目　次

（50音索引）

【使用說明】

一、排列順序：

本辭典的字彙是以日語五十音為排列順序。清音之後為濁音、半濁音、促音、拗音。排列過程中，詞頭索引皆以平假名表示，外來語則使用片假名表示，外來語的長音部分以「－」符號表示。

二、符號標記：

1. 【 】——代表漢字或外來語原文出處。
2. ①——代表重音所在位置。
3. スル——代表加「する」後成為サ行動詞。
4. （ ）——代表該字彙的詞性，名詞則省略。
3. 〔 〕——代表補充說明。
4. 「 」——代表日文的例句，其後面為中文的翻譯。
5. ～——代表例句中與詞條字彙相同部分的省略。
6. ① ——代表不同意義的項目。

三、略語

(1)品詞略語

（代）…………代名詞
（動五）………五段動詞
（動上一）……上一段動詞
（動下一）……下一段動詞
（動カ變）……カ行變格動詞
（動サ變）……サ行變格動詞
（形）…………形容詞
（形動）………形容動詞
（トダル）…………以「－と」、
　　「－たる」形式使用的詞
（連語）………連語
（副）…………副詞
（接續）………接續詞
（接頭）………接頭語
（接尾）………接尾語
（感）…………感嘆詞
和………………和製語

(2)語種略語

英………英語
德………德語
法………法語
俄………俄語
韓………韓語
荷………荷蘭語
拉………拉丁語
希………希臘語
義………義大利語
西………西班牙語
葡………葡萄牙語

あ

あ【亜】 ①(接頭)①亞，次。次於…。「～熱帯」亞熱帶。②亞。表示中心原子的氧化數少於標準數。「～硫酸」亞硫酸。②亞。亞洲(亞細亞)。「東～」東亞。

ああ(副) 那樣，那麼。

アーカイブ【archive】 ①檔案，檔案館，檔案室，資料室，資料館。②資料庫備份。

アーキテクチャー【architecture】 ①建築學，建築樣式，構造。②(電腦的)架構，結構格式。

アークとう【─灯】 弧光燈。

アーケード【arcade】 ①拱廊。②商店街拱廊，騎樓。

アース【earth】 電器的接地線，地線。

アーチ【arch】 ①拱，拱形。②牌樓，拱門。③圓弧，弓形。「虹の～」彩虹弧。④(棒球運動中的)全壘打。

アーチェリー【archery】 ①射箭，西洋弓。②射箭術。

アーチスト【artist】 藝術家。

アーティチョーク【artichoke】 朝鮮薊。

アーティフィシャル【artificial】 (形動) 人工的，人造的，人為的。

アート【art】 藝術，美術。「モダン～」現代藝術。

アーバン【urban】 都市的，城市的，城市風格的。

アーベント【德 Abend】 ①傍晚，晚上，黃昏。②晚會。

アーミー【army】 軍隊，(尤指)陸軍。

アーム【arm】 胳臂，臂。

アーモンド【almond】 杏仁，扁桃。

アーリアじん【─人】 雅利安人。

アール【法 are】 公畝。公制的面積單位，1公畝等於100m²。

あい【藍】 ①蓼藍。②靛青，靛藍。

あい【愛】 ①愛。「子への～」對孩子的愛。「～の鞭」愛的鞭策。②愛戀，愛情，愛慕。「～をうちあける」表露愛慕之心。吐露愛情。③熱愛。「芸術への～」對藝術的愛。④博愛。→アガペー。⑤愛。(佛教)迷戀某人或某物。

アイ【eye】 眼睛。

あいあいがさ【相合い傘】 合撐一把傘。

アイアン【iron】 鐵頭球桿，鐵器。

あいいれない【相容れない】 (連語) 互不相容，勢不兩立。「～立場」互不相容的立場。

あいいろ【藍色】 深藍色。

あいいん【合い印】 核對印，騎縫章，聯名蓋章。

あいいん【愛飲】 スル 愛飲，愛喝。「日本酒を～する」愛喝日本酒。

あいうち【相打ち・相撃ち・相討ち】 對打，對攻。

あいえんか【愛煙家】 愛抽煙的人，嗜煙者。

あいえんきえん【合縁奇縁・相縁機縁】 投緣奇緣，投緣機緣。

あいおいのまつ【相生の松】 連理松。

あいか【哀歌】 哀歌。

あいがかり【相懸かり】 互掛。將棋初局的一種陣形。

あいかぎ【合い鍵】 另外配的鑰匙，備份鑰匙。

あいかた【相方】 ①對手，搭檔。②有客妓女，陪客妓女。

アイカメラ【eye camera】 視線運動記錄儀。

あいがも【間鴨・合鴨】 雜交鴨。

あいかわらず【相変わらず】 (副)依然，照舊。

あいかん【哀感】 悲傷的感覺。

あいかん【哀歓】 悲歡，哀樂。「人生の～」人生的悲歡。

あいがん【哀願】 スル 哀求，懇求。

あいがん【愛玩・愛翫】 スル 玩賞，欣

あ

賞。「~動物」玩賞動物。

あいぎ◎【間着・合着】 夾衣，春秋衫。

あいきどう◎【合気道】 合氣道。

あいきゃく◎【相客】 ①室友。②同座的客人，在座客人。

アイキャッチャー◎【eye catcher】 引人注目的廣告畫面。

あいきょう◎【愛郷】 愛故鄉，愛家鄉。「~心」熱愛故鄉之心。

あいきょう◎【愛嬌・愛敬】 ①可愛，動人。「~のある娘」可愛的女孩子。②殷勤，討好。「彼は誰にでも~を振りまく」他對誰都和藹可親。

あいきょうげん◎【間狂言】 間狂言。一曲能樂演奏中的狂言部分。

あいくち◎【合口・匕首】 ①匕首。②合，投緣，合得來。「~が悪い」合不來。③蓋口縫，介面縫，縫口。

あいくるし・い◎【愛くるしい】 （形）惹人喜愛，極可愛。「~・い笑顔」可愛的笑臉。

あいけん◎【愛犬】 愛犬，寵物狗。「~家」愛狗的人。

あいこ◎【相子】 ①不分勝負。②不相上下。「勝負はこれで~になった」這樣一來比賽就不分上下了。

あいこ◎【愛顧】ㇲㇽ 關照，惠顧。「ご~をいただく」承蒙惠顧。

あいご◎【愛護】ㇲㇽ 愛護。「動物~」愛護動物。

あいこう◎【愛好】ㇲㇽ 愛好，嗜好。「テニスを~する」愛好網球。

あいこう◎【愛校】 愛校。「~心」愛校心。

あいこく◎【愛国】 愛國。「~心」愛國心。

あいことば◎【合い言葉】 ①口令，暗語。②口號，標語。

アイコン◎【icon】 （電腦）圖示。

アイコンタクト◎【eye contact】 眉來眼去，眉目傳情。

あいさい◎【愛妻】 ①愛妻，嬌妻。②疼愛妻子。「~家」愛妻子的人。

あいさつ◎【挨拶】ㇲㇽ ①致意，寒暄，問候。「初対面の~」初次見面的寒暄。

「別れの~」告辭時的應酬話。②致詞，演說。「披露宴で~する」在婚宴上致詞。「新任の~」就職演說。③回答，對答，應對。「知らせたのに何の~もない」通知了，卻沒有任何回音。④致詞，打招呼，客套話。「~状」賀信；致敬信。⑤問候，回敬。「あとで~に行くからな」回頭再去問候！

あいし◎【哀史】 哀史，悲哀史。「女工の~」女工的哀史。

あいじ◎【愛児】 愛子，愛兒。

アイシー◎【IC】〔integrated circuit〕積體電路。

あいしゃ◎【愛車】 愛車。

あいじゃく◎【愛着】ㇲㇽ 留戀執著，依依不捨。

アイシャドー◎【eye shadow】 眼影，眼瞼膏。

あいしゅう◎【哀愁】 哀愁。「~を帯びた曲」帶有哀愁的曲調。

あいしょ◎【愛書】 ①喜歡書。「~家」愛書人。②心愛的書，愛書。

あいしょう◎【相性・合い性】 ①投緣，性情相投。「~の悪い友人」性情不合的朋友。②緣分，相剋性。「あのチームとは~がいい」與那個隊有緣。

あいしょう◎【愛妾】 愛妾。

あいしょう◎【愛称】 愛稱，暱稱。

あいしょう◎【愛唱】ㇲㇽ 愛唱，喜歡唱。「~の歌は北国の春だ」愛唱的歌曲是北國之春。

あいじょう◎【愛情】 愛戀之情，愛情。「~をいだく」擁有愛情。

あいじょう◎【愛嬢】 愛女，令千金，掌上明珠。

あいじん◎【愛人】 ①情人。②愛人。愛人類。「敬天~」敬天愛人。

アイシング◎【icing】 ①蛋糕糖粉，糖衣。②結冰。③加冰，冰鎮。④死球。在冰上曲棍球中，從紅線的己方一側打出的球，直接越過對方的球門線。

アイス◎【ice】 ①冰。②「アイスクリーム」「アイスキャンデー」的略稱。

あいず◎【合図】ㇲㇽ 發信號，暗號。「~を送る」發信號。

アイスバーン③【德 Eisbahn】 雪面冰場。雪面凍結呈冰一樣的狀態。

アイスホッケー④【ice hockey】 冰球，冰上曲棍球。

アイスランド【Iceland】 冰島。

あい・する③【愛する】（動サ變）①愛，喜愛，疼愛。「子供を～・する」疼愛孩子。②心愛。「～・する人」心愛的人。③喜愛。「スポーツを～・する人」喜愛運動的人。④珍愛，熱愛。「祖国を～・する」熱愛祖國。

あいせき⓪【合い席・相席】スル 同席，同桌，併桌。

あいせき⓪【哀惜】スル 哀惜。（對人的去世等）感到悲傷、惋惜。「～の念にたえない」哀惜之念。

あいせき⓪【愛惜】スル 愛惜。「～の品を手放す」賣掉心愛之物。

あいせつ⓪【哀切】 哀切。「～きわまりない」極其哀切。

あいぜん⓪【愛染】 愛執，貪愛。特指為男女愛慾所俘獲。

アイゼン⓪【德 Eisen】 （登山用）防滑套鞋，冰爪。

あいそ⓪【哀訴】スル 哀訴，哀告。

あいそ⓪【愛想】①親切，和藹。「～のよい人」惹人喜歡的人。會應酬。②恭維，慇懃，客套。「～を言う」說客套（恭維）話。③親近。「～が尽きる」厭惡；厭棄。④關心，招待。「何のお～もなくて、失礼いたしました」沒什麼可招待的，對不起。⑤結帳，帳單。
愛想を尽かす 失去好感。厭煩。

あいぞう⓪【愛憎】 愛憎。好惡。

あいぞう⓪【愛藏】スル 珍藏。「～の品」珍藏品。

あいそく⓪【愛息】 愛子，令郎，令公子。

アイソタイプ④【isotype】 視覺語言，繪畫文字語言。

あいぞめ⓪【藍染め】 藍染。

あいだ⓪【間】①間，空隙，縫隙。「雲の～から月が見える」從雲縫裡看見月亮。②間，之間，間隔。「7時から8時までの～」7點鐘到8點鐘之間。③間

隔，距離。「～を置いて雷鳴が聞こえる」隔了一會兒傳來雷聲。④之間。「東洋と西洋の～には歴史や文化に大きな相違がある」東方和西方之間，在歷史和文化上有很大的不同。⑤關係。交往，交情。「二人の～はうまくいかない」兩人之間處得不好。⑥折衷。中間，平均。「双方の主張の～をとる」對雙方的主張採取折衷的態度。

あいたい⓪【相対】 面對面，當面。「～で話をつける」當面商定。

あいたい・する⓪【相対する】（動サ變）①當面。彼此面對面。②互相對立，相對。「～・する意見」針鋒相對的意見。

あいちゃく⓪【愛着】 留戀，依依難捨，難以忘懷。「故郷に～を感じる」對故鄉不能忘懷。

あいちょう⓪【哀調】 悲調。「～をおびた音」帶有悲調的曲子。

あいつ⓪【彼奴】（代）那個傢伙，那小子。「～はいい奴だ」那小子可是個好傢伙。

あいつ・ぐ【相次ぐ・相継ぐ】（動五）相繼，接連不斷。「事故が～・いで起こる」事故接連不斷地發生。

あいて⓪【相手】①同伴，對象，搭檔，配角。「話 の～」談話的對象。「遊び～」玩伴。②對方，對手，敵手。「あんなやつ～にならない」他不配作我的對手。③（做工作的）對象。「それは子供～の雑誌だ」那是以小孩為對象的雜誌。

アイデア①【idea】 想法，主意，觀念，理念，思考，靈感，思路，創意。

アイディーカード⑤【ID card】 身分證，ID卡。

あいでし⓪【相弟子】 師兄弟，同門。

アイテム①【item】 事項，項目，條款，品目。

あいとう⓪【哀悼】スル 哀悼。「～の意を表する」表達哀悼之意。

あいどく⓪【愛讀】スル 愛讀，喜歡讀。「～書」愛讀的書；愛看的書。

アイドリング①【idling】スル 怠速，怠速運轉。

あ

アイドル⓪【idol】 ①偶像。②受歡迎的人。

あいなかば・する⑤【相半ばする】（動サ變） 各半，對半，參半。「功罪を～・する」功過各半。

あいなめ⓪【鮎魚女・鮎並】 六線魚。

あいな・る⑤【相成る】（動五） 成，成爲，變成。「なる」的鄭重說法。「春暖の候と～・りました」已是春暖花開時節。

あいにく⓪【生憎】 ①（形動）不湊巧，掃興。「～なお天気」不湊巧的天氣。「～の雨」掃興的雨。②（副）不湊巧，時機不對。「～留守です」不巧不在家。

アイヌ⓪【Ainu】 愛奴族，愛奴人。

あいのこ⓪【間の子・合いの子】 ①混血兒。②雜種。③介於兩者之間者。

あいのて⓪【間の手・合いの手】 ①間奏。②跟著拍手。③插話。「～を入れる」插話。

あいのり⓪【相乗り】スル ①同乘，共乘。「タクシーに～する」共乘一輛計程車。②合夥做。「～番組」合辦節目。

あいば⓪【愛馬】 ①愛馬。心愛的馬。②喜歡馬。

アイバンク④【eye bank】 眼庫，角膜銀行，眼球銀行。

あいはん・する⓪【相反する】（動サ變） 相反。對立。「～・する立場」相反的立場。

アイビー①【ivy】 常春藤。

あいびき⓪【合い挽き】 牛豬混合餡，合絞餡。

あいびょう⓪【愛猫】 ①愛貓，心愛的貓。②喜歡貓。「～家」愛貓人。

あいぶ①【愛撫】スル 愛撫。

あいふく⓪【間服・合い服】 夾衣，春秋裝。

あいふだ⓪【合い札】 ①寄物牌。②對號牌。

アイブロー④【eyebrow】 眉，眉毛。

あいべつりく⑤【愛別離苦】 愛別離苦。

あいべや⓪【相部屋】 ①同房間，同室。②同寢室，同宿舍。

あいぼ①【愛慕】スル 愛慕。

あいぼう⓪【相棒】 搭檔，夥伴。

あいぼし⓪【相星】 同星。勝負之星的個數相等。

アイボリー①【ivory】 ①象牙。②象牙色，乳白色。③象牙紙。

あいま⓪①【合間】 ①縫，縫隙。②空閒，閒暇，間隙，間歇。「勉強の～にテニスをする」學習的空閒打打網球。

あいまい⓪【曖昧】 曖昧，模稜兩可。「～な表現」曖昧不明的表現。

アイマスク③【和 eye mask】 眼罩。

あいまって①【相俟って】（連語） 相輔相成，互相結合。「両々～」兩者相輔助成。

あいみたがい⓪【相身互い】 惺惺相惜，互相照顧，同病相憐。「苦しい時は～です」痛苦時互相關照。

あいみつもり⓪【合い見積もり】 會同評估，工程評估比較。「～を取る」採取會同評估。

あいもかわらず【相も変わらず】（連語） 依然如故，仍舊。「相変わらず」的強調說法。

あいやど⓪⓪【相宿】 同宿，合宿。

あいよう⓪【愛用】スル 愛用，常用。「～の自転車」常用的自行車。

あいよく⓪【愛欲・愛慾】 ①情欲。「～におぼれる」沉溺於情欲之中。②愛欲。

アイライナー③【eyeliner】 眼線筆。

アイライン③【和 eye＋line】眼線。

あいらく⓪【哀楽】 哀樂，悲歡。「喜怒～」喜怒哀樂。

あいらし・い④【愛らしい】（形） 可愛。「～・い小犬」可愛的小狗。

アイランド⓪【island】 島嶼，島。

アイリス①【iris】 ①鳶尾。②照相機鏡頭的光圈。

アイリッシュ①【Irish】 「愛爾蘭的」之意。

アイレット①【eyelet】 鈕孔，扣眼，孔眼，金屬環。

あいれん⓪【愛憐】スル 愛憐，憐愛。

あいろ①【隘路】 ①隘路。②難關，險

阻，障礙。

アイロニー⓪【irony】 ①譏諷，挖苦。②譏諷，反話。③〔哲〕譏諷。蘇格拉底式問答法的一種特性。

アイロニカル④【ironical】（形動） 挖苦的，諷刺的，反諷的。

アイロン⓪【iron】 熨斗。

あいわ⓪【哀話】 悲哀故事。

あいわ・する⓪【相和する】（動サ變） ①和睦，親睦。「朋友～・する」朋友和睦。②互相呼應，一唱一和。

あ・う⓪【合う】（動五） ①合，合一，匯合。「二つの川の～・う所」兩條河的匯合處。②合，吻合。完全一致。「考え方が～・う」想法一致。③對。與標準相同。「時計は～・っている」錶很準。「答えが～・わない」答非所問。「足に～・わない靴」不合腳的鞋子。④划算，不虧本。「これは～・わない商売だ」這是個虧本的買賣。⑤⑦互相…。「愛し～・う」相愛。「話し～・う」商量；協商。⑦合。在一起。「溶け～・う」融合；融洽。

あ・う⓪【会う・逢う】（動五） 逢，會見。「客に～・う」會客。

アウェー⓪【away】 客場。

アウター⓪【outer】 ①外部的，外側的。→インナー。②同「アウターウエア」。

アウト①【out】 ①外側，外部，外面的。↔イン。②界外，出界。↔イン。③（棒球）出局。↔セーフ。④（高爾夫球）前半輪。↔イン

アウトバーン④【德 Autobahn】 高速公路，快速道路。

あうん⓪⓪【阿吽・阿呍】 阿吽。立在寺院山門左右的兩座狛犬之相，一座張嘴，一座閉嘴。

あえか①（形動） 柔美，嬌豔，纖弱，苗條。「～な花」嬌豔的花。

あえ・ぐ②【喘ぐ】（動五） ①喘。②掙扎。「物価高に～・ぐ」苦於物價過高。

あえて⓪【敢えて】（副） ①故意，勉強，硬（做不必做的事情）。「～危険をおかす」敢於冒險；鋌而走險。②特別。「～驚くに足りない」不值得特別驚訝。

あえな・い【敢え無い】（形） 短暫的，無常的。「～・い最期をとげる」悲慘地死去。

あえもの⓪【和え物・韲え物】 涼拌菜。

あ・える⓪【和える・韲える】（動下一） 拌，調製。「酢で～・える」用醋拌食。

あえん⓪⓪【亜鉛】 鋅。

あお⓪【青・蒼】 １①青，藍。②綠色。「～葉」綠葉。「～信號」綠燈。↔赤。２（接頭）表示「不成熟的」「年輕的」等意思。「～二才」小毛頭。

青は藍より出でて藍より青し 青出於藍而勝於藍。

あおあお③【青青・蒼蒼】（副） 綠油油，蒼蒼，蒼鬱。「大通りの並木が～と茂っている」大街兩側綠樹成蔭。

あおあらし③【青嵐】 和風。

あお・い⓪【青い・蒼い】（形） ①青，藍色的。「～・い空」藍色的天空。②蒼白，慘白。「～・い月」泛白的月光。「顔が～・い」臉色發青。③不成熟，幼稚。「考えがまだ～・い」想法還很幼稚。

あおいきといき⓪③【青息吐息】 長吁短嘆，一籌莫展。

あおいろ⓪【青色】 青色。

あおうなばら③【青海原】 滄海。

あおうま⓪【青馬・白馬】 ①青馬。青毛馬。②白馬，白花馬。白毛或摻雜黑色、深褐毛色的馬。

あおうめ⓪⓪【青梅】 青梅。

あおえんどう③【青豌豆】 青豌豆。

あおがい⓪【青貝】 ①史氏背尖貝。②青螺。用於螺鈿的貝類之總稱。

あおかび⓪【青黴】 青黴。

あおき⓪【青木】 ①綠樹。②東瀛珊瑚。

あおぎり⓪【青桐・梧桐】 梧桐，青桐。

あお・ぐ②【仰ぐ】（動五） ①仰，仰視，仰望。「夜空を～・ぐ」仰望夜空。②尊敬，推崇。「師として～・ぐ」尊為師長。③（向上司、長輩和尊敬的人）尋求指教和幫助。「ご指導を～・ぐ」仰仗您的指導。④一飲而盡，仰頸喝掉。

あ

「毒を～・ぐ」服毒（自殺）。

あお・ぐ⓪【扇ぐ・煽ぐ】（動五）　扇。搖動團扇、摺扇等使起風。

あおくさ・い④【青臭い】（形）　①帶青草味。②幼稚，不老練，乳臭未乾。

あおこ⓪⑤【青粉】　微囊藻。

あおさ⓪【石蓴】　石蓴。

アオザイ②【越 ao dai】　越南女用長衣。

あおざ・める④【青ざめる】（動下一）　發青。變青。「病人のような～・めた顔をしている」臉色蒼白得像病人一樣。

あおしお⓪【青潮】　青潮。

あおじそ⓪【青紫蘇】　青紫蘇。

あおじゃしん③【青写真】　①藍圖。②藍圖。完成的預測圖，未來的規劃構想。

あおじろ・い④【青白い・蒼白い】（形）　①青白色的，銀白色的。「～・い月の光」銀白色的月光。②蒼白，發青的。

あおしんごう③【青信号】　①通行號誌，綠色號誌，綠燈。②綠燈。一路順暢的象徵。↔赤信号

あおすじ⓪【青筋】　青筋。

あおそこひ③【青底翳】　青光眼（的俗稱）。

あおぞら③【青空】　①藍天，碧空，青空，晴空。②露天。「～市場」露天市場。

あおた⓪【青田】　青苗田。

あおだいしょう③【青大将】　錦蛇。

あおたがい⓪【青田買い】　①買青苗。在農作物還是青苗的時候，預先買進。②提前內定雇用契約。企業提前內定錄用將於翌年畢業的學生。

あおだけ⓪【青竹】　青竹，綠竹。

あおだたみ③【青畳】　青色榻榻米。

あおてんじょう③【青天井】　①青天，露天。把天空比作天花板的說法。②股市持續上漲，一路上揚，牛市。

あおな⓪【青菜】　青菜。深綠色葉菜類的總稱。

あおにさい③【青二才・青二歳】　黃口孺子，小毛頭。

あおにび⓪【青鈍】　藍灰色，青灰色。

あおの・く⓪【仰のく】（動五）　仰，臉朝上。「～・いて見る」仰望。

あおの・ける⓪【仰のける】（動下一）　仰。仰起。「顔を～・ける」仰起臉來。

あおのり⓪【青海苔】　青海苔。

あおば⓪【青葉】　綠葉，新綠。

あおびかり③【青光り】ｽﾙ　青光。

あおびょうたん③【青瓢箪】　①青葫蘆。②瘦得臉色蒼白的人。

あおぶくれ⓪【青膨れ】ｽﾙ　青腫。臉、皮膚等青腫。

あおぶさ⓪【青房】　青穗。相撲台上方懸索式屋頂東北角垂的青色大穗。→赤房・白房・黒房

あおまめ⓪【青豆】　青豆，青豌豆。

あおみ⓪【青み】　①青，綠色。「～の勝った紫色」偏青的紫色。②綠色配菜。

あおみずひき③【青水引】　青紙繩。一邊染成白色，一邊染成藏青色的花紙繩，喪事用。

あおみどろ③【水綿・青味泥】　水綿。綠藻的一種。

あおむ・く⓪【仰向く】（動五）　仰，向上仰。

あおむけ⓪【仰向け】　仰面朝上。

あおむ・ける⓪【仰向ける】（動下一）　仰，仰起。「顔を～・ける」仰起臉。

あおむし②【青虫】　青蟲，青菜蟲。

あおもの⓪【青物】　①青菜。「四季の～が溢れている」四季蔬菜十分充足。②青色魚。

あおやぎ⓪【青柳】　①青柳，綠柳。②剝出來的蛤蜊肉。

あおり⓪【障泥・泥障】　擋泥片。繫在馬鞍帶上，垂掛在馬腹兩側擋泥的馬具。

あお・る⓪【煽る】（動五）　①吹動，搖動。「風に～・られてカーテンがゆれている」窗簾被風吹動。②哄抬，鼓動，煽。「人心を～・る」煽動人心。③挑唆，煽動。「学生を～・って事を起す」煽動學生鬧事。

あか①【赤】　①①赤，紅。②赤，暖色。③紅燈。↔青。「～で停止する」紅燈停。④赤。共產主義、共產主義者的俗稱。⑤「赤字」之略。「決算は～だ」決算出現赤字。②（接頭）表示完全、分明等意思。「～裸」赤裸。「～恥」當眾

出醜；丟人現眼。

あか⓪【垢】　①污垢。「顔は～だらけだ」臉上滿是污垢。②水鏽。「水～」水鏽；水垢。③骯髒，齷齪。「心の～を洗い流す」洗去心靈的污濁。

あか⓪【銅】　銅。「～の鍋」銅鍋。

あか⓪【閼伽】　閼伽。供奉神佛的供物。

あかあか⓪【赤赤】（副）　紅通通。「～燃える太陽」紅通通地太陽。

あかあか⓪【明明】（副）　明亮。「電灯が～とともる」燈火通明。

あか・い⓪【赤い・紅い】（形）　紅的，紅色的。「～・い椿の花」紅色的山茶花。「夕日が～・い」紅色的夕陽。

アカウンタビリティー⓪【accountability】　說明責任，說明職責。

あかえ⓪【赤絵】　紅彩，紅綠彩。以紅色爲主調，用綠、紫、青等顏料施釉上彩繪的陶瓷器。

あかえい⓪【赤鱝・赤鱏】　赤土魟。

あかがい⓪【赤貝】　赤貝，魁蛤，魁蚶。

あかがね⓪【銅】　銅。

あかかぶ⓪【赤蕪】　紅蕪菁。

あかがみ⓪【赤紙】　①紅紙。②赤紙令狀。

あかぎ⓪【赤木】　①茄冬，重陽木。②原木。↔黒木。③紅木。

あがき⓪【足搔き】　①掙扎。②亂蹬，手腳亂動。

あかぎれ⓪【皸・皴】　皸裂。

あが・く⓪【足搔く】（動五）　①掙扎，奮力掙脫。②刨蹄。

あかげ⓪【赤毛】　①紅頭髮。②紅褐色毛，紅毛。

あかゲット⓪【赤一】　①紅毛毯。②紅毯客。進城觀光的鄉下人。

あかご⓪【赤子・赤児】　嬰兒。

あかざ⓪【藜】　藜，灰菜，灰藋。

あかざとう⓪【赤砂糖】　紅砂糖，紅糖。

あかさび⓪【赤錆】　鐵鏽，紅鏽。

あかし⓪【灯・灯火】　燈，燈火。「み～」供神佛燈。

あかし⓪【証し】　證據，證明。「身の～をたてる」證明自己的清白。

あかじ⓪【赤字】　①紅字，赤字。②赤字。↔黒字。③紅字，紅色批注。「～を入れる」用紅筆批改。

アカシア⓪【acacia】　①金合歡，鴨皂樹。②刺槐的俗稱。

あかしお⓪【赤潮】　赤潮，紅潮。

あかじそ⓪【赤紫蘇】　紅紫蘇。

あかじ・みる⓪【垢染みる】（動上一）　弄髒。

あかしんごう⓪【赤信号】　①紅燈，紅色號誌，停止號誌。②紅色信號，危險信號。↔青信号

あか・す⓪【明かす】（動五）　①揭露，道破。「手品の種を～・す」揭開戲法的祕密。②通宵達旦。「夜を～・す」通宵不眠。「かたり～・す」談到天亮。

あか・す⓪【飽かす】（動五）　不吝，不惜。「金に～・して建てた家」不惜鉅資建造的房子。

あかず⓪【赤酢】　紅醋。梅子醋的一種。

あかすり⓪③【垢擦り】　搓澡用具。

あか・せる⓪【飽かせる】（動下一）　大量使用。

あかだし⓪【赤出し】　紅味噌湯。

あかちゃ・ける⓪【赤茶ける】（動下一）　變爲紅褐色。

あかちゃん⓪【赤ちゃん】　嬰兒。

あかチン⓪【赤一】　紅藥水，紅汞。

あかつき⓪【暁】　①拂曉，魚肚白。②…之時，…之際。「成功の～には、祝賀会をもよおそう」在成功曙光來臨之際開慶祝會吧。

あがったり⓪【上がったり】　糟糕，糟透。「これでは～だ」這樣就完蛋了。

アカデミー⓪【academy】　①學士院，科學院，翰林院。②學會，學院，研究院，研究會。

アカデミズム④【academism】　①學問至上。②墨守成規的學風。

アカデミック④【academic】（形動）　①學術的，學究式的。②墨守成規的。

あかてん⓪【赤点】　不及格分數。

あかとんぼ③【赤蜻蛉】　①紅蜻，紅蜻蜓。②紅蜻蜓。二次大戰前和二戰期間練習用的小型雙翼飛機的俗稱。

あがな・う③【購う】（動五）　①購買。

②換取，贖。「汗と涙によって～・われた今日の成功」用汗水和眼淚換來的今天的成功。

あかなす⓪⓪【赤茄子】 番茄的別名。

あかぬけ⓪【垢抜け】 ｽﾙ 雅緻，講究，脫俗，不土氣，清秀。

あかぬ・ける⓪【垢抜ける】（動下一）講究，脫俗，雅緻，不土氣。「～・けた服装」講究的服裝。

あかね⓪【茜】 ①紅藤仔草，紅藤草。②茜草染料，茜素。③茜紅色。④紅蜻蜓的別名。

あかはじ⓪【赤恥】 出醜，丟臉。「～をかく」丟臉；出洋相。

あかはた⓪【赤旗】 ①紅旗。②赤旗，紅旗。共產黨、工人等舉的旗幟。③赤旗。平氏的旗幟，與源氏的白旗相對。

あかはだか⓪【赤裸】 ①赤裸，赤裸裸。②赤裸裸，一無所有。「焼け出されて～になる」被燒得一無所有。

あかはら⓪【赤腹】 ①赤腹鶫。②紅腹蠑螈。蠑螈的俗稱。③紅腹魚。褐三齒雅羅魚的異名。

あかびかり⓪【垢光り】 ｽﾙ 油污發亮。「～している服」油污發亮的衣服。

あかぶさ⓪【赤房】 紅穗。相撲運動中，相撲台上方懸索式屋頂東南角垂掛的紅色大穗。→青房・白房・黒房

あかふだ⓪【赤札】 特價品，紅標商品。

アガペー①【希 agapē】 教徒間情誼。

アカペラ⓪【義 a cappella】 無伴奏式。

あかぼう⓪【赤帽】 ①紅帽。②紅帽人。在車站以搬運隨身行李爲職業的人。

あがほとけ②【吾が仏】 尊者，貴人，我佛。「～尊し」我佛之尊。

あかまつ⓪【赤松】 日本紅松。

あかまんま⓪【赤飯】 睫穗蓼的異名。

あかみ⓪【赤み】 紅色的，紅的程度。「顔に～がさす」臉上泛出紅暈。

あかみ⓪【赤身】 ①紅肉，瘦肉。「～の刺身」紅肉生魚片。↔白身。②心材。↔白太とも

あかみそ⓪【赤味噌】 紅味噌。

あかむけ⓪【赤剝け】 擦破皮，蹭掉皮漏出紅肉。

あかむし⓪【赤虫】 紅蟲，魚餌蟲。

あか・める⓪【赤める】（動下一）使臉色變紅。「顔を～・める」紅了臉；面紅耳赤。

あが・める⓪【崇める】（動下一）尊，崇，推崇，崇拜，欽佩。「祖先を～・める」崇敬祖先。

あかもん⓪【赤門】 ①朱門。紅色的門。②朱門。東京大學的通稱。「～出」東京大學畢業。

あからがお⓪【赤ら顔】 紅臉。

あからさま（形動）直言不諱，明目張膽，直截了當。「～に言えば」直接了當地說。

あから・む⓪【赤らむ】（動五）①發紅，紅起來。「かきの実が～・んできた」柿子發紅了。②臉紅。「ほんのりと顔が～・む」臉微微發紅。

あから・む⓪【明らむ】（動五）天亮。「東の空が～・んでくる」東方的天空亮起來了。

あから・める⓪【赤らめる】（動下一）弄紅，使發紅。「彼女は顔を～・めて弁解している」她正紅著臉辯解。

あかり⓪【明かり】 ①明，亮光。「窓から月の～がさしこむ」從窗戶射進月光。②燈，燈火。「～をつける」點燈。

あがり⓪【上がり】 ① ①上升，上漲。↔下がり。「値～」漲價。②收穫，利益，收入。「店の～がいい」商店很賺錢。③做好，做成。完成。「一丁～」（餐館用語）做好了一盤菜。④結束，終了。「今日は五時～だ」今天五點下班。⑤成果。「この染め色の～がいい」這種染法染出的顏色好看。⑥贏，滿格。雙六遊戲中，棋子進入最後棋盤格，亦指其棋盤格。⑦贏牌，和牌。⑧剛泡的茶。② （接尾）①…出身，當過…。「軍人～」軍人出身。②剛…。「湯～」剛洗完澡。「雨～」雨剛停。

あが・る⓪【上がる】（動五）①上，登。↔おりる。「三階に～・る」爬上三樓。②上升，上漲。「物価が～・る」物價上漲。③長進，提高。「地位が～・る」地位提高。④提高，加快。「速度

が～・る」速度加快。⑤取得，收到。「成果が～・る」取得成果。⑥登陸。「おかに～・る」登陸；上陸。⑦進入，進。⑧拜謁，拜訪。「御相談に～・る」前去與您商量。⑨上學，升學。「小学校に～・る」上小學。⑩向北行，北上。↔さがる。⑪上供。供奉於神佛之前。⑫完畢，完成。「校正が～・る」校對完畢。⑬（雨、雪）停。「雨が～・る」雨停了。⑭停息。「脈が～・った」脈搏停了。⑮和牌，贏牌。⑯過得去，夠用。「一人当たり1万円で～・る」平均每人1萬日圓就夠了。⑰失去鎮靜，怯場。⑱「食べる」、「飲む」的敬語。⑲接在其他動詞的連用形下面，表示下列意思。㋐做好，完成。「染め～・る」染好。㋑完全…，全部…。「ふるえ～・る」不停發抖；直打哆嗦。㋒向上…，…起來。動作及於上方。「飛び～・る」飛起來。

あが・る[0]【挙がる】（動五）　①舉起，揚起。「手が～・る」手舉起來。②（犯人）被抓住，落網。③出示，證實。「証拠が～・る」舉出證據來。④取得，收到。「成果が～・る」取得成果。

あが・る[0]【揚がる】（動五）　①炸好，煎好。「てんぷらが～・る」油炸魚（蝦等）炸好了。②升起，飄揚，飛起。「国旗が～・る」國旗升起。③撈，卸。「港に魚が～・る」魚卸在碼頭上。④昂揚，奮發。「意気が～・る」意氣昂揚。⑤雷動。「歓声が～・る」歡聲雷動。

あかる・い[0]【明るい】（形）　①明亮的，亮的。「～・い電灯」明亮的電燈。「～・い色調」明亮的色調。②鮮明，明快。「～・い色」亮色。③開朗，快活，歡樂。「～・い性格」開朗的性格。④公正嚴明。「～・い選挙」公正的選舉。⑤光明。「～・い見通し」光明的前景。⑥明白，通曉，熟悉。「東京の地理に～・い」對東京的地理很熟悉。↔くらい

あかるみ[0]【明るみ】　①亮，亮處。「外の～に出てみる」到外面亮處看看。②公開化。「～に出す」公布於眾。

あかる・む[3]【明るむ】（動五）　發亮，亮起來。「東の空が～・む」東方的天空發亮。

あかんたい[0]【亜寒帯】　亞寒帶。

あかんぼう[0]【赤ん坊】　①新生兒，嬰兒。②幼稚者。

あき[0]【空き・明き】　①空隙，空地。②空額，缺額。「席の～がない」座無虛席。③空閒，閒著，閒置物。「～瓶」空瓶子。④空閒，閒暇，閒工夫。

あき[1]【秋】　秋。

あき[2]【飽き・厭き】　厭煩，膩，夠。「～のこない絵」百看不厭的畫。

あきあき[3]【飽き飽き】スル　厭倦，煩透了，厭煩極了。「話の長いのには～した」厭煩了又臭又長的講話。

あきあじ[2]【秋味】　秋鮭魚。

あきおち[0]【秋落ち】　秋收減產。

あきかぜ[2]【秋風】　①秋風。比喻男女之間的愛情變冷淡。「～が立つ」刮起秋風（關係冷淡）。

あきカン[3]【空き缶】　空罐。

あきくさ[0]【秋草】　秋草，秋季花草。

あきご[0]【秋蚕】　秋蠶。

あきさく[0]【秋作】　秋季作物。

あきざくら[3]【秋桜】　秋櫻。大波斯菊的異名。

あきさむ[0]【秋寒】　秋寒，秋涼。

あきさめ[0]【秋雨】　秋雨。

あきしょう[3]【飽き性・厭性】　易厭煩，沒耐性。

あきす[0]【空き巣・明き巣】　①空巢，空鳥窩。②空巢，空宅。③闖空門行竊（賊）。

あきた・りる[4]【飽き足りる】（動上一）滿足，滿意。「現状に～・りない」不滿足於現狀。

あきち[0]【空き地・明き地】　空地，閒置地。

あきつしま[3]【秋津島・秋津洲・蜻蛉洲】秋津島，秋津洲，蜻蛉洲。大和國的異名，也為日本的異名。

あきっぽ・い[4]【飽きっぽい】（形）　沒定性。易煩的，厭煩的。「～・い人質」沒定性的人。

あ

あきな・う◎【商う】（動五） 經商，做生意，賣東西。「魚を〜・う」經營魚類生意。

あきなす【秋茄子】 秋茄子。

あきのななくさ◎【秋の七草】 秋之七草。秋天開花的具代表性 7 種植物：胡枝子、芒、葛藤、瞿麥、敗醬草、佩蘭、桔梗。→春の七草

あきばれ◎【秋晴れ】 秋晴，秋高氣爽。

あきびより◎【秋日和】 秋高氣爽。

あきびん◎【空き瓶・明き壜】 空瓶。

あきま◎【空き間・明き間】 ①空房間。②空間。空隙。

あきまき◎【秋蒔き】 秋播，秋種。

あきまつり◎【秋祭り】 秋祭，秋季祭祀。

あきめ・く【秋めく】（動五） 漸有秋意。

あきめくら◎【明き盲】 ①睜眼瞎子。②文盲。

あきや◎【空き家・明き家・空き屋】 空房，空屋。

あきらか【明らか】（形動） 明顯，明瞭，清楚，明晰。「事件の全貌が〜になる」事件的全貌已明瞭。

あきら・める◎【明らめる】（動下一） 搞清楚，弄明白。

あきら・める◎【諦める】（動下一） 斷念，死心，放棄，打消…念頭。「進学を〜・める」打消升學的念頭。

あ・きる◎【厭きる】（動上一） 膩煩，厭倦。「もうこの遊びには〜・きた」我已經厭倦了這種遊戲。

あ・きる◎【飽きる】（動上一） 飽，足夠。「読み〜・きる」讀夠了。

アキレスけん◎【―腱】 ①阿基里斯腱。②致命弱點，最大的弱點。「ここが彼の〜だ」這裡是他的致命弱點。

あきんど◎【商人】 商人，買賣人。

あく◎【悪】 惡，邪惡。↔善。「〜にそまる」沾染惡習。

あ・く◎【空く】（動五） ①出現空隙。「穴が〜・く」漏了個洞。②空開，拉開。「差が〜・く」拉開差距。③空出來。「グラスが〜・く」玻璃酒杯空了。④空，空閒。「手が〜・く」手空出來。「電話が〜・く」電話空著無人使用。⑤空缺。「ポストが〜・く」職位空缺。

あ・く◎【開く】（動五） ①開，開著。↔しまる。「戸が〜・く」門開了。②開業，開門。↔しまる。「店が〜・く」商店開業。

アクア◎【拉 aqua】 水，水溶液。

あくあらい◎【灰汁洗い】スル 灰水洗滌。

あくい【悪意】 ①惡意，歹意。「〜を抱く」抱持惡意。②惡意，歪曲。「〜に解釈する」惡意曲解。③〔法〕惡意。↔善意

あくうん◎【悪運】 ①厄運，倒楣。②惡運，賊運。「〜が強い」邪運亨通。

あくえき◎【悪疫】 瘟疫。霍亂、鼠疫等惡性流行病。

あくえきしつ◎【悪液質】 極度瘦弱狀態，惡病體質。

あくえん◎◎【悪縁】 ①〔佛〕惡緣。②惡緣，孽緣。

あくぎゃく◎【悪逆】 ①惡逆。違背人道的殘酷行為。「〜無道」惡逆無道。②惡逆。古代《律》中所規定的八虐之一，殺害君主和尊親屬的罪行。

あくぎょう◎◎【悪行】 惡行，壞事，劣跡。

あくぎょう◎【悪業】 惡業，壞事。

あくさい◎【悪妻】 惡妻，壞老婆。↔良妻

悪妻は百年の不作ゞ 妻子不賢，倒楣百年。

アクサン◎【法 accent】 ①重音，語調。②音符。

あくじ◎【悪事】 惡行，壞事。「〜をはたらく」做壞事。

あくじき◎【悪食】スル ①吃怪食。②惡食，粗茶淡飯，粗食。

あくしつ◎【悪疾】 惡疾，難治的病。

あくしつ◎【悪質】 ①品質差，劣質。↔良質。②惡性，惡質。「〜な手段」惡劣的手段。

アクシデント◎【accident】 事故，災難，事變。

あくしゅ◎【悪手】 惡手，壞步。下圍棋

或將棋時的壞棋。

あくしゅ【握手】スル　①握手。「～を交わす」互相握手。②握手言和。

あくしゅう【悪臭】　惡臭。

あくしゅう【悪習】　惡習，陋習。「～に染まる」沾染上惡習。

あくしゅみ【悪趣味】　①低級嗜好。「～な服装」低級的服飾。②惡作劇，不良嗜好。

あくじゅんかん【悪循環】　惡性循環。「～におちいる」陷入惡性循環。

あくしょ【悪所】　①險地，險路，惡道，惡所。②不良場所。「～通い」出入不良場所。

あくしょ【悪書】　不良書籍。「～追放」清除不良書籍。

あくじょ【悪女】　①惡女，壞女人。②醜女。容貌難看的女人。

アクション【action】　①動作，行動，活動。②動作，武打。「～映画」動作片；武打電影。

あくせい【悪声】　惡聲。令人不愉快的聲音，難聽的聲音。

あくせい【悪性】　①惡性。↔良性。②〔法〕惡性。有犯罪的危險性，或具有反社會的性格。

あくせい【悪政】　惡政。↔善政

あくせく【齷齪・偓促】（副）スル　辛辛苦苦，忙忙碌碌。「～と働く」忙忙碌碌地工作。

アクセサリー【accessory】　①首飾，服飾用品。②附件，配件。「カー-～」汽車配件。

アクセス【access】　①連結。與訊息系統或訊息媒體進行接觸或連接。②存取。用電腦進行資料的寫入與讀取。

あくせん【悪銭】　①不義之財，惡錢。「～身につかず」不義之財留不住。②劣幣。

アクセント【accent】　①聲調。②語調。③〔音〕重音，強拍，強音。④重點，著重點。「経済に～を置いた政策」把著重點放在經濟發展上的政策。⑤重點。「文章に～をつける」突顯出文章重點。

あくそう【悪相】　兇相，惡相。

あくた【芥】　垃圾，塵埃，紙屑，轉指沒有價值的東西。

アクター【actor】　男演員。→アクトレス

あくたい【悪態】　壞話，罵人話，髒話。「～をつく」口出惡言。

あくだま【悪玉・悪魂】　惡魂，壞蛋。↔善玉

あくたれ【悪たれ】　①胡鬧，頑皮，惡作劇，調皮搗蛋。「～小僧」淘氣鬼；頑童。②髒話。

あくた・れる【悪たれる】（動下一）胡亂，不聽話。

あくち【悪血】　壞血，毒血。

アクチュアリティー【actuality】　①現實，事實。②（描寫等的）現實性，現實感。「～に乏しい」缺乏現實感。③時事，時局性。

アクティビティー【activity】　活動，行動，活動能力。

あくてん【悪天】　壞天氣。↔好天。「～をついて出発する」冒著壞天氣出發。

あくど・い（形）　①刺眼的。「～・い色」刺眼的顏色。②惡毒，毒辣。「～・いやり方」毒辣的做法。

あくとう【悪投】スル　暴投。→暴投

あくとう【悪党】　①惡黨，狐群狗黨。「～の一味」一夥狐朋狗友。②無賴。

あくどう【悪童】　惡童，頑童，淘氣鬼。

あくとく【悪徳】　惡德，缺德。「～業者」不法業者。↔美徳

アクトレス【actress】　女演員。→アクター

あくなき【飽くなき】（連體）　貪得無厭的，無休止的，無止境的。「～欲望」貪得無厭的慾望；欲壑難填。「～精進」無止境的精進。

あくにん【悪人】　惡人，壞傢伙。

あくぬき【灰汁抜き】　去澀味。

あぐ・ねる【倦ねる】（動下一）　棘手，厭倦。「考え～・ねる」想煩了；思考不下去。

あ

あくば⓪【悪罵】 スル 辱罵，大罵，惡罵。「～を浴びせる」破口大罵。

あくび⓪【欠・欠伸】 ①（打）哈欠。②欠字邊。漢字的偏旁之一。

あくひつ⓪【悪筆】 字寫得不好，難看的字。

あくひょう⓪【悪評】 壞名聲，貶低，惡評。↔好評。「～を買う」招致惡評。「～が立つ」名聲變壞。

あくびょうどう⓪【悪平等】 形式上的平等。

あくふう⓪【悪風】 陋習。壞習慣，不好的風俗，惡習。「～をのぞく」破除壞風氣。

あくぶん⓪【悪文】 拙劣的文章。

あくへい⓪【悪弊】 弊病，陋習，壞習慣。

あくへき⓪【悪癖】 惡習，壞毛病。

あくま⓪【悪魔】 ①惡魔，魔鬼。②惡魔。

あくむ⓪【悪夢】 惡夢，可怕的夢，不吉利的夢。「～のような事件」像惡夢般的事件。

あぐ・む⓪【倦む】 （動五） 厭倦，棘手。「攻め～・む」很難攻下；不易攻克。

アクメ⓪【法 acmé】 性高潮。

あくめい⓪【悪名】 惡名，臭名。「～が高い」惡名昭彰。

あくやく⓪【悪役】 ①反派角色，反面人物，反派演員。②惡差事。

あくゆう⓪【悪友】 惡友，狐朋狗友。↔良友

あくよう⓪【悪用】 スル 濫用，惡用。↔善用。「地位を～する」濫用職權。

アグリーメント⓪【agreement】 合意，協定，契約，合同。

アグリビジネス⓪【agribusiness】 農業綜合產業。

あくりょう⓪【悪霊】 惡靈，陰魂，鬼魂。

あくりょく⓪【握力】 握力。

アクリル⓪【德 Acryl】 壓克力，丙烯酸。「アクリル樹脂」和「アクリル繊維」的略語。

あくる⓪【明くる】 （連體） 下（個），第二。「～年」翌年。「～日」第二天。明天。

あくれい⓪【悪例】 ①惡例，壞榜樣，壞例子。②壞的先例。

アグレッシブ⓪【aggressive】 （形動） ①攻擊性的，攻勢的，侵略性的。②積極的，進取的，主動的。

アグレマン⓪【法 agrément】 派駐國同意。「～を求める」徵求派駐國同意。

あくろ⓪【悪路】 惡路，壞路，險道。

アクロバット⓪【acrobat】 ①雜技，特技，亦指雜技演員。②雜技舞。

アクロポリス⓪【希 akropolis】 衛城。

あけ⓪【朱・緋】 朱，紅，緋。

あけ⓪【明け】 ①明，天亮，黎明，拂曉。↔暮れ。「～の明星」啓明星。②期滿。「梅雨～」梅雨季結束。③到新的一年或新的一天。「～4歳の馬」剛滿4歲的馬。

あげ⓪【上げ】 ①裝載，提高。「荷物の～下ろし」貨物的裝卸。「値～」價格提高。②縫褶子。「～をおろす」放開縫褶子。

あげ⓪【揚げ】 ①油炸魚肉丸子。②油炸豆腐。

あげあし⓪【上げ足・揚げ足・挙げ足】 ①抬腿，抬腳。②上揚，上漲，看漲。↔下げ足

あげあぶら⓪【揚げ油】 煎炸油。

あげいた⓪【上げ板・揚げ板】 ①蓋板，活動木地板。②踏板。

アゲーン⓪【again】 網球運動中，反覆平分。

あげおろし⓪【上げ下ろし・揚げ卸し】 拿放，提放。「箸の～にも文句を言う」吹毛求疵。

あけがらす⓪【明け烏】 黎明時啼叫的烏鴉，亦指其啼叫聲。

あげく⓪【挙げ句・揚げ句】 ①最終結果，最後。「病気の～とうと死んでしまった」久病不癒，終於死去。②末句。連歌、連句的最後一句。↔発句

あけくれ⓪【明け暮れ】 スル ①朝暮，早晚。②埋頭於。「仕事に～する」每天忙

於工作。③一天到晚，經常。「病気に
なった友達のことを～心配している」
日夜掛念生病的朋友。

あけく・れる⓪【明け暮れる】（動下一）
一天到晚，從早到晚，埋頭於。「読書
に～・れる」一天到晚讀書。

あげさげ⓪【上げ下げ】スル ①上下，起
落。②褒貶。「人を～する」褒貶人。

あげしお⓪【上げ潮】 ①漲潮。↔下げ潮
・引き潮。②高漲。「わがチームは～に
乗っている」我們隊伍正處於顛峰期。

あげず【上げず】（連語） 隔不到…，
不到…。「三日に～やってくる」隔不到
三天就來一次。

あけすけ⓪【明け透け】 直率，露骨，不
客氣。「～にものを言う」直率地說。

あげぜん⓪⓪【上げ膳】 上飯菜。「～据え
膳」盛情款待。

あげぞこ⓪【上げ底】 高底。桶子的底很
高。「～のみやげ物」華而不實的禮物。

あげだし⓪【揚げ出し】 輕炸，過油。

あけたて⓪【開け閉て】スル 啓閉，開關，
開閉。

あげだま⓪【揚げ玉】 ①油渣。②油炸魚
丸。

あげちょう⓪【揚げ超】 入超。↔散超

あけっぱなし⓪【明けっ放し・開けっ放
し】 ①敞開。「戸を～にする」敞開
門。②直率，心直口快。「～な性格」心
直口快的性格。

あけっぴろげ⓪【明けっ広げ・開けっ広
げ】 ①敞開。②直率，心直口快。「～
の性格」直率的性格。

あげつら・う⓪【論う】（動五） 數落。
「過去の失敗を～・う」數落過去犯的
錯。

あけて⓪【明けて】（副） 過了年，到了
新的一年。「～25歳になる」過了年就
25歲了。

あげて⓪【挙げて】（副） 一舉，全部，
所有，一致。「野党は～反対した」在野
黨一致反對。

あけに⓪【明け荷】 ①竹箱，柳條箱。②
身邊衣物箱。關取進入相撲場時帶進出
場預備室的箱子。

あけのみょうじょう⓪【明けの明星】 啓
明星。↔宵の明星

あげはちょう⓪【揚羽蝶・鳳蝶】 鳳蝶。
鳳蝶科蝴蝶的總稱。

あけはな・す⓪【明け放す・開け放す】
（動五） 敞開。

あけばん⓪【明け番】 ①下夜班（人）。
②歇班。③大夜班。

あけび⓪【木通・通草】 木通，野木瓜。

あげひばり⓪【揚げ雲雀】 高空的啼鳴雲
雀。

あけぼの⓪【曙】 曙光，破曉，黎明。

あげまく⓪【揚げ幕】 ①揚幕。能樂舞台
上掛在橋懸與鏡子間之間的幕。②揚
幕。歌舞伎中通向花道的出入口處的
幕。

あげもの⓪【揚げ物】 油炸食品，炸的東
西。

あけやらぬ【明けやらぬ】（連語） 朦
朦亮。「～空」朦朦亮的天空；夜漸漸放
明。

あ・ける⓪【明ける】（動下一） ①天
明，天亮。「夜が～・ける」天亮了。②
過年。「～・けましておめでとう」新年
好。③終了，期滿。「梅雨が～・ける」
梅雨季結束。④挖洞。⑤空開，留空。
⑥空出，騰空。⑦不在家。⑧空，空出
來。

あ・ける⓪【開ける】（動下一） ①開。
將關閉著的東西打開。「ドアを～・け
る」開門；把門打開。「ふたを～・け
る」打開蓋子。② 開門。開始營業
等。↔閉める。「二日から店を～・け
る」二號開業。

あ・げる⓪【上げる】（動下一） ①舉，
抬，放。移向高處。「たんすを2階に～
・げる」將衣櫥抬到2樓。「ロケットを
打ち～・げる」發射火箭。②揚，抬。
「頭を～・げる」揚起頭；抬頭。③提
高，增加。↔さげる。「給料を～・げ
る」提高工資。④提高，改善。「料理の
腕を～・げる」提升烹調技藝。⑤提
高，加速。「ピッチを～・げる」提升速
度。⑥獲得，取得。「利益を～・げる」
獲得利益。⑦給，送給。「与える」、

「やる」的禮貌說法。⑧請進，讓到。「座敷に～・げる」請到客廳裡。⑨送進學校。「大学に～・げる」送入大學。⑩大聲，放聲。「大声を～・げてうたう」高聲歌唱。⑪嘔吐。⑫上供，供養。⑬完成，做完。「仕事を今月中に～・げる」在本月之內做完工作。⑭維持。「総額 500 円で～・げる」用總額 500 萬日圓來維持。⑮漲潮。

あ・げる[0]【挙げる】（動下一） ①舉，抬，揚。↔おろす。②逮捕。③舉例，列舉。「実例を～・げる」舉實例。④獲得，取得。「すばらしい成績を～・げる」取得好成績。⑤舉行婚禮，辦婚事。⑥竭盡。「全力を～・げる」竭盡全力。⑦舉兵，起兵。⑧生孩子。「二男一女を～・げる」生下 2 男 1 女。

あ・げる[0]【揚げる】（動下一） ①炸，煎。「魚を～・げる」煎魚。②升，放。「花火を～・げる」放煙火。③撈起，卸下。「荷を～・げる」卸貨。④招，叫。「芸者を～・げる」招藝妓。⑤高聲，放聲，大聲。「歓声を～・げる」高聲歡呼。

あけわた・す[4]【明け渡す】（動五） 騰退，讓出，騰出。

アゲンスト[2]【against】 逆風。運動中，指迎面的風。

あご[2]【飛魚】 飛魚的異名。

あご[2]【顎・頤】 ①顎。②下顎，下巴。「～をなでる」得意洋洋。③倒鉤。魚鉤的倒刺。

あこう[1]【赤秀・榕樹】 雀榕。

あこうだい[2]【赤魚鯛】 松原氏平鮋。

アコースティック[5]【acoustic】 原音的，聲覺的，原聲的。

アコーディオン[4]【accordion】 手風琴。→バンドネオン

あこがれ[0]【憧れ】 憧憬，渴望。嚮往。「彼の～の的は野球選手になることだ」他期望的目標是當一名棒球選手。

あこが・れる[0]【憧れる】（動下一） 憧憬，嚮往，渴望。「スターに～・れる」渴望當明星。

あこぎ[1]【阿漕】 [1]阿漕。三重縣津市的地名。[2]（形動）貪得無厭。「～なかせぎ方」貪得無厭的賺錢方法。

あごひげ[2]【顎鬚】 鬍鬚，頰鬚。

あごひも[2]【顎紐】 下顎帽帶。

あこやがい[2]【阿古屋貝】 福克多珍珠蛤。

あさ[2]【麻】 ①大麻。②麻織物，麻布。

あさ[1]【朝】 朝，早晨，上午。

あざ[1]【字】 字。町或村中的一行政區劃名稱，有「大字」和「小字」，一般將「小字」單稱爲「字」。

あざ[2]【痣】 痣。

あさ・い[0]【浅い】（形） ①淺。「川の～・いところで遊ぶ」在河水淺的地方玩耍。②淺薄，短淺。「きみの考えは～・いよ」你的想法是淺薄的。③淺，時間短。「知り合ってから日が～・い」相識以來的日子還很短。④淺。顏色淡。「～・い緑色」淺綠色。

あさいち[2]【朝市】 早市。

あさいち[2]【朝一】 早上頭一件事。「～で荷物を届ける」早上先把行李送到。

アサインメント[2]【assignment】 分配，分派，任務。

あさおき[2]【朝起き】スル 早起，起得早。

あさがえり[3]【朝帰り】スル 早晨才回家，晨歸。

あさがお[2]【朝顔】 ①牽牛（花），喇叭花。②漏斗狀物，尿壺。

あさがけ[0]【朝駆け・朝駈け】スル ①清晨跑馬。②晨襲。↔夜討ち。③晨訪。

あさかぜ[2]【朝風】 晨風。

あさがた[2]【朝方】 清晨。

あさがら[0]【白辛樹・麻殼】 小葉白辛樹。

あさぎ[0]【浅黄】 淡黃色，淺黃。

あさくさのり[4]【浅草海苔】 ①紫菜。②淺草乾紫菜。

あさぐもり[0]【朝曇り】 早晨天陰，晨陰。

あさぐろ・い[4]【浅黒い】（形） 淺黑。「～・い肌」淺黑色的皮膚。

あさげ[0]【朝餉・朝食】 早飯，早餐。

あざけ・る[3]【嘲る】（動五） 嘲笑，譏諷，奚落。「人の失敗を～・る」嘲笑別

人的失敗。
あさざけ[2]【朝酒】　晨酌，朝酒。
あさじ[0]【浅茅】　矮茅，疏茅，淺茅草。
あさしお[0]【朝潮】　早潮，朝潮。↔夕潮
あさじめり[3]【朝湿り】　朝濕。
あさせ[0]【浅瀬】　淺灘。
あさだち[0]【朝立ち】スル　清晨起程。
あさぢえ[0]【浅知恵】　淺見，膚淺的想法。
あさつき[2]【浅葱】　細香蔥。
あさづけ[0]【浅漬け】　醃（菜）。
あさって[2]【明後日】　後天。
あさっぱら[5]【朝っ腹】　大清早，清晨。「～から急ぎの電話があった」一大早就有緊急電話。
あさづみ[0]【朝摘み】　早晨摘的。「～の苺(いちご)」清晨摘的草莓。
あさつゆ[2]【朝露】　朝露。
あさで[0]【浅手】　輕傷。↔深手
あざと・い[3]（形）①奸滑，陰險，刁狠。「～・い商法」奸詐的經商方法。②小聰明，思慮不深。
あざな[0]【字】　①字。在中國，男子成年後除真實名字外另取的名字。②綽號，外號。③字。町或村中的一個區劃。
あざな・う[3]【糾う】（動五）　撚，搓。「禍福は～・える縄のごとし」禍福如糾纏。
あさなぎ[0]【朝凪ぎ】　晨靜。↔夕凪ぎ
あさなゆうな[1]【朝な夕な】（副）　朝夕。早晚，總是。
あさなわ[0]【麻縄】　麻繩。
あさね[2]【朝寝】スル　睡懶覺。
あさはか[2]【浅はか】（形動）　欠缺思慮，膚淺，粗淺。「～な考え方」膚淺的想法。
あさはん[0]【朝飯】　早飯，早餐。
あさばん[1]【朝晩】　早晨與晚上，朝夕，亦指一整天。
あさひ[1]【朝日・旭】　朝陽，旭日，晨曦。
あさぶろ[0]【朝風呂】　晨浴。
あさぼらけ[0]【朝ぼらけ】　黎明，拂曉。
あさまだき[3]【朝未だき】　黎明，拂曉。
あざみ[0]【薊】　薊。
あさみどり[3]【浅緑】　淺綠。
あざむ・く[3]【欺く】（動五）　①騙，誆騙，蒙蔽。「父母を～・く」欺騙父母。②使混淆，賽過，勝似。「雪を～・く白さ」勝似雪的白色。
あさめし[0]【朝飯】　早飯，早餐。
あさもや[0][3]【朝靄】　晨靄，朝靄。
あざやか[2]【鮮やか】（形動）　①鮮豔，鮮明。「～な新緑」鮮艷的新綠。②高明，精湛，美妙，高超。「～な腕前」高超的本領。
あさやけ[0]【朝焼け】　朝霞，早霞。↔夕焼け
あさゆ[2]【朝湯】　晨浴。
あさゆう[1]【朝夕】　①朝夕，早晚。②朝夕，時時。「家族の幸せを～祈っている」每天都祈禱家人的幸福。
あざらし[2]【海豹】　海豹。
あさり[0]【浅蜊】　菲律賓簾蛤，海瓜子。
あさ・る[0]【漁る】（動五）　①漁，漁撈。②獵食，覓食，捕食。③搜羅，搜集。「古本を～・る」搜集古書。
アザレア[2]【azalea】　映山紅。杜鵑花的園藝品種。
あざわら・う[4]【嘲笑う】（動五）　嘲笑。「ぼくが失敗したのを見て彼は～・た」看到我失敗了，他嘲笑我。
あし[2]【足・脚】　①腿，足，腳。②腿。「机の～」桌腳。③從主體分出來的部分。「かんざしの～」簪子突出的部分。④〔數〕垂足。垂線與直線或平面相交的點。⑤走，步行。「～を伸ばす」接著往前走。⑥代步工具。「通勤の～をうばわれる」通勤車停開。⑦趨勢。「雨～」雨勢。⑧金錢，錢。
あし[1]【葦・蘆・葭】　蘆葦。
あじ[0]【味】　①味道。「いい～がする」味道很好。②滋味，味道。「失敗の～を覚える」嘗到失敗的滋味。③滋味，情趣，妙處。「～のある文章」妙趣橫生的文章。
あじ[1]【鯵】　竹筴魚。
アジア[1]【Asia】　亞洲，亞細亞。
あしあと[3]【足跡】　①足跡，腳印。②路徑，歷程，蹤跡。「泥棒は～をくらまし

あ

た」小偷隱蔽了蹤跡。③成就，功績，足跡。

アジール◎【德 Asyl】 庇護所。

アジェンダ②【agenda】 計畫表，議事行程，行動議程，議題。

あしおと◎【足音】 ①腳步聲。「～を忍ばせる」悄悄地走。②某種事物臨近的徵兆。「春の～」春天的腳步聲。

あしか◎◎【海驢・葦鹿】 海獅。

あしがかり②【足掛かり】 ①立足處。②線索，門路。「解決の～ができた」有了解決問題的線索。

あしかけ◎【足掛け】 ①擱腳，放腳處。②前後大約，第…。「～4 年になる」前後有 4 個年頭了。→満・丸

あじかげん②【味加減】 味道，鹹淡。「～をみる」嘗嘗味道（鹹淡）。

あしかせ◎【足枷】 ①足枷，腳鐐。②枷鎖，桎梏，累贅。

あしがた◎【足形・足型】 ①腳印，足跡。②襪楦，鞋楦。

あしがため③【足固め】 ①做準備，打基礎。「選挙のための～」為選舉做準備。②柱腳連接梁。③練腿力。

あしからず③【悪しからず】（連語） 原諒，別見怪，別生氣。「～ご了承下さい」別見怪，請予原諒！

あじきな・い④【味気ない】（形） 乏味。「～・い話」乏味的話。

あしきり◎◎◎【足切り】 ①砍腿遊戲。②預試淘汰。

あしくせ◎◎◎【足癖】 腳的習慣。走路或擱腿的習慣（毛病）。

あしくび②【足首・足頸】 腳脖子，腳腕。

あしげ◎【足蹴】 用腳踢，無情對待。「恩人を～にする」恩將仇報。

あじけな・い④【味気ない】（形） 乏味，沒意思。「～・い話」乏味的話。

あしこし◎【足腰】 腿和腰。「～を鍛える」練腰和腿。

あしごしらえ③【足拵え】 ｽﾙ 準備鞋襪。「厳重に～する」充分準備鞋襪。

あじさい◎【紫陽花】 洋繡球，紫陽花，八仙花。

あしざま◎【悪し様】 說壞話，使壞，誹謗，貶低。「人を～に言う」說人家的壞話。

あししげく【足繁く】（連語） 常去。「～通う」常來常往。

アシスタント②【assistant】 助手，助理，助教。

アシスト②【assist】 ｽﾙ ①協助。「編集長を～する」協助主編。②助攻隊員。

あした◎【明日】 明天。

あした◎【朝】 早晨，朝。↔夕べ。「～の露」朝露。

あしだ◎【足駄】 高齒木屐。

あしだい◎【足代】 車馬費，車錢。

あしだまり③【足溜まり】 ①落腳點。②立足點。

あしついで③【足序で】 順路，順便，順道。

あしつき◎【足付き】 ①步調，步履。「心もとない～」令人擔心的步履。②有腳，帶腿的（器物）。「～の杯」有腳的杯子。

あじつけ◎【味付け】 ｽﾙ 調味，添味，添味的食品。

アジテーション②【agitation】 ①挑唆，煽動。②鼓動。

アジテーター③【agitator】 煽動者。

あしでまとい④【足手纏い】 綁手綁腳，礙手礙腳，絆腳石。「～になる」成為絆腳石。

アジト◎【agit】 宣傳指揮部。

あしどめ◎【足留め】 ｽﾙ 禁止外出，禁止通行。「～を食う」被禁止外出。

あしどり③【足取り】 ①步法，步伐，腳步。「軽い～」腳步輕。②行蹤，蹤跡。「～をたどる」追蹤。③行情動態。

あじな◎【味な】（連體） ①新奇，巧妙，有味。「～ことをする」做得巧妙。②狂妄，自作聰明。「～まねをする」擺臭架子；耍小聰明。

あしなえ◎【蹇・跛】 蹇，跛，瘸子，癱子。

あしならし③【足馴らし】 ①練腳力。「～に歩いてみる」走一走練腿力。②準備活動，預先準備。

あしば◎【足場】　①鷹架。「～をかける」搭鷹架。②立足處，落腳處，立腳點，腳支點。「～を失う」站不住腳。失去立足點。③立腳點，基礎。「～を固める」打好基礎。④交通之便。「～が良い住居」交通方便的住所。

あしばや◎【足早】　腿腳快，腳步快，走得快，快步走。「～に通りすぎる」快步走過去。

あしび◎◎【馬酔木】　馬醉木。楼木的別名。

あしびょうし③【足拍子】　腳打拍子。

アジびら◎　煽動性傳單。

あしぶえ◎【葦笛】　①蘆葉笛。②蘆蓆。用蘆葦莖製作的豎笛。→ケーナ

あしぶみ③【足踏み】　スル　①踏步。②原地踏步，踏步不前。「このごろは原料が不足して、生産が～している」近來原料不足，生產停滯不前。

あしまかせ③【足任せ】　①信步。「～の旅」信步之旅。②信步所至，隨意走。

あしまめ◎【足まめ】　腿勤。「～に調査する」不辭辛苦地調查。

あしまわり③【足回り】　①身旁，亦指整理鞋襪。②行駛系統。「～の良い車」行駛系統良好的車。

あじみ◎【味見】　スル　嘗味道，嘗鹹淡。「料理の～をする」嘗嘗菜的鹹淡。

あしもと③【足下・足元・足許】　①腳下。「～に御用心」留神腳下。②腳步，步伐。「～があぶない」腳步不穩；走路搖晃。③身旁，腳下，處境。「～を脅かす」威脅身旁安全。④地板下，地面層地板構造。⑤（某人的）弱點。「～に付け込む」利用對方弱點。

アジャスター◎【adjuster】　調整，調節裝置，調停人，調解人。

アジャスト③【adjust】　調整，調節，調停。

あしやすめ③【足休め】　スル　歇腿，歇腳。

あじゃり◎◎【阿闍梨】　①阿闍梨。密教中，修行達到一定階段並接受過灌頂的僧人。②阿闍梨。在日本，授予真言宗和天台宗僧人的職位。

あしゆ◎◎【足湯・脚湯】　泡腳，燙腳，洗腳。

あしゅ◎【亜種】　亞種。

あしゅら◎◎【阿修羅】　阿修羅。

あしよわ◎【足弱】　腿腳軟弱。

あしら・う◎（動五）　①應對，待人，應答。「うまく相手を～う」巧妙地應付對方。②敷衍了事，應付，怠慢。「鼻の先で～う」嗤之以鼻。③配合，搭配，點綴。「造花に緑の葉を～う」給人造花配上綠葉。

アジ・る②（動五）　煽動。挑唆。「盛んに～る」大肆煽動。

あじろ◎【網代】　①魚籪，竹柵。捕魚的設備。②木蓆，竹蓆，葦蓆。

あじわい◎【味わい】　①味，味道，風味。「ほんとうに～が深い」真有滋味。②風趣，情趣，妙趣。「しみじみとした～」頗有風趣。

あじわ・う◎【味わう】　（動五）　①品味，品嘗，嘗。「一つ～ってごらんなさい」請嘗嘗看。②玩味，欣賞。「俳句を～う」欣賞詩歌。③體驗，體味。「苦しみを～う」受苦。

あしわざ◎【足技・足業】　足技。在柔道和相撲中，用腿將對手摔倒的招數。

あす◎【明日】　①明日，明天。②不遠的將來，未來。「～の世界」未來的世界。

あすかじだい⑤【飛鳥時代】　飛鳥時代。

あずかり◎【預かり】　①看，收存，寄存，保管，寄存。「～物」寄存物品。②擱置，保留。

あずか・る③【預かる】　（動五）　①收存，代人保管，受託照看，代為照看，幫助照看。「荷物を～る」保管行李。②替人看管，替人經營。「留守を～る」替人看家。③保留，擱置，暫緩。「勝負を～る」暫不定勝負。

あずか・る③【与る】　（動五）　①干預，參與，參加。「計画の立案に～る」參與制定計畫。②承蒙，蒙受。「おほめに～る」承蒙誇獎。

あずき③【小豆】　紅豆，赤小豆。

あずけいれ◎【預け入れ】　スル　存入，儲蓄。

あず・ける◎【預ける】　（動下一）　①託

付，寄存，寄放，交給。「銀行に金を～・ける」把錢存到銀行。②委託，交給。「この事件の解決は先生に～・けることにした」這件事件委託老師解決。③倚靠別人。「上体を～・ける」將上身倚靠在別人身上。④由別人決定。「勝負を～・ける」把勝負交給別人決定。

アスコットタイ⑥【ascot tie】 阿斯科特領帶。

アスコルビンさん⑥【一酸】 抗壞血酸。維生素 C 的別名。

あずさ⓪【梓】 ①黃花楸的別名。②梓樹的別名。

アスター①【aster】 ①紫菀屬。②翠菊，藍菊。

アステリスク④【asterisk】 星號。

アストロノート⑤【astronaut】 太空人。

アストロノミー⑤【astronomy】 天文學。

あすなろ⓪【翌檜】 日本羅漢柏，明日柏。

アスパラガス⑥【asparagus】 石刁柏，蘆筍。

アスピック⓪【法 aspic】 花色肉凍。

アスピリン⓪【德 Aspirin】 阿斯匹林。

アスファルト⑤【asphalt】 柏油，瀝青。

アスペクト⓪【aspect】 形勢，局面，見地。

あずま⓪【東・吾妻】 東，吾妻。指關東地方。

あずまや⓪【東屋・四阿】 ①錐形屋頂，方形尖頂屋（建築）。②涼亭，亭子。

アスリート①【athlete】 田徑比賽選手，運動員，體育選手。

アスレチック⓪【athletic】 （體育）「運動的」「運動競技」之意。

あせ⓪【汗】 ①汗。②汗水，辛勞，辛勤。③出汗，出水，反潮。

あぜ⓪【畦・畔】 畔，田埂，田坎，畦。

あせかき⓪【汗掻き】 易出汗。

あぜくら⓪【校倉】 校倉。倉庫形式的一種。

あせじ・みる【汗染みる】（動上一）汗漬，汗濕。「シャツが～・みた」襯衫被汗水弄髒了。

あせしらず⓪【汗知らず】 痱子粉，爽身粉。

アセスメント②【assessment】 評價，評估，調查核定。→環境アセスメント

あせ・する⓪【汗する】（動サ變） 流汗，冒汗。「額に～・して働く」工作做得滿頭大汗。

あせだく⓪【汗だく】（形動） 渾身是汗，大汗淋漓，汗流浹背。「～で働く」汗流浹背地工作。

アセチルコリン⑤【acetylcholine】 乙醯膽鹼。

アセチレン③【acetylene】 乙炔。

アセット①【asset】 資產，財產。

あせとり③【汗取り】 汗衫，背心。

アセトン①【acetone】 丙酮。

あせば・む③【汗ばむ】（動五） 出汗，冒汗。「厚着をしたので～・んできた」因為穿太厚冒汗了。

あせび⓪①【馬酔木】 馬醉木，梫木。

あせみず③【汗水】 汗水。「～たらして働く」汗水淋漓地工作。

あせみずく③【汗水漬く】（形動） 汗流浹背，大汗淋漓，揮汗如雨。

あぜみち③【畦道】 田間小道。

あせみどろ③【汗みどろ】（形動） 渾身濕透，汗流浹背，揮汗如雨。「～になって苦闘している」汗流浹背地艱苦奮鬥。

あせも⓪【汗疹】 痱子。

あせ・る②【焦る】（動五） 焦急，著急，焦躁。

あ・せる②【褪せる】（動下一） ①褪，褪色，掉色。「色が～・せやすい」容易掉色。②衰敗，衰退，衰弱。「色香が～・せる」紅顏色衰。

アセロラ⓪【acerola】 西印度櫻桃。

あぜん⓪【啞然】（タル） 啞然，目瞪口呆。

アセンブラー③【assembler】 組合語言程式。

アソート②【assorted】（形動）各色俱備的，什錦的，混合的。

あそこ⓪【彼所・彼処】（代） ①那裡，那兒。指距離說話者和聽者都較遠的地方。「ここより～の方が涼しそうだ」那

裡似乎比這裡涼快。②那個地方，那裡，那兒。指說話者和聽者相互都知道的地方，老地方。「～に家を建てよう」在那裡蓋房子吧！③那種局面，那種地步。「事件が～まで進んでは手の施しようもない」事情弄到這種地步已無計可施。

アソシエーション⓪【association】 ①聯盟，聯合，協會。②社團。

あそば・す⓪【遊ばす】（動五） ①讓……玩，叫……玩，使閒著，使閒置。「子供を砂場で～・す」讓孩子在沙坑裡玩。②做，辦。「する」的敬語。主要由女性使用。「何を～・すおつもりですか」您打算做什麼？③（補助動詞）表示比「なさる」更加尊敬的意思，主要由女性使用。「御免～・せ」請原諒；對不起。

あそばせことば⓪【遊ばせ言葉】 「遊ばせ」的禮貌語。女性用語，加上「あそばせ」後會使說的話聽起來顯得禮貌或文雅，如「ごめんあそばせ」、「おいであそばせ」等。

あそび⓪【遊び】 ①玩要，遊戲。遊玩。②吃喝嫖賭，尋歡作樂，冶遊。③遊隙。機械的連接部分有少許空隙。「ハンドルの～」方向盤的遊隙。④扉頁，前襯。

あそ・ぶ⓪【遊ぶ】（動五） ①玩，遊玩。②冶遊，嫖賭，遊蕩。③賦閒。「彼は会社をやめて家で～・んでいる」他辭去了公司的工作在家閒著。④閒置。「せっかくの機械が～・んでいる」好好的機器閒置不用。⑤遊覽，遊學。「彼は若い頃パリに～・んだ」他年輕時遊歷過巴黎。⑥故意投壞球。「一球～・ぶ」故意投出一記壞球。

あだ⓪【仇】 ①仇人，仇敵。「父の～を討つ」為父報仇。②仇恨，怨恨。③危害，災禍。「親切のつもりが～となった」好心腸竟成了惡冤家。

あだ⓪【徒】（形動） ①徒然，白費。「人の好意を～やおろそかに思うな」別把人家的好意不當回事。②虛偽，虛浮，浮蕩。

あだ⓪【婀娜】（形動） 妖豔，婀娜。「～な年増」妖豔的半老徐娘。

アダージョ③【義 adagio】 柔板，慢速。

あたい⓪【価・値】 ①價錢，價碼。②價錢，價值。

あた・う⓪【能う】（動五） 能夠，盡其所能。「～・う限りの援助」盡可能的援助。

あだうち⓪④【仇討ち】 報仇，復仇。

あた・える⓪【与える】（動下一） ①與，給，投與，給予，授予。「犬にえさを～・える」給狗餵食。②給予。「機会を～・える」給予機會。③使蒙受，給予。「ショックを～・える」給予打擊。④分配，布置。「先生は生徒に宿題をたくさん～・えた」老師給學生留了許多作業。⑤使蒙受，使遭受。「大損害を～・える」使蒙受嚴重損失。

あたかも⓪【恰も・宛も】（副） ①宛如，恰似，猶如。「～戰場のようだ」猶如戰場一般。②值，正值，恰值。「時～仲春三月」時值仲春三月。

あだざくら③【徒桜】 短命櫻花。

あたたか③【温か】（形動） ①溫和，暖和。②熱情，溫和，溫暖，溫馨。「あの人は心の～な人だ」他是個熱心腸的人。

あたたか・い④【温かい】（形） ①溫，溫和，和煦。②溫暖的，和睦的。「～・い家庭」溫暖的家庭。

あたたか・い④【暖かい】（形） 溫暖，暖和，和煦。「～・い日ざし」和煦的陽光。

あたたま・る④【温まる】（動五） 溫暖，轉暖。「心～・る話」溫暖人心的話。「体が～・る」身體暖和起來。

あたたま・る④【暖まる】（動五） ①升溫，暖和。「ストーブで部屋が～・った」因為開著暖爐，房間暖和起來。②溫，暖，滿足，心滿意足。「心～・る話」溫暖人心的話。

あたた・める④【温める】（動下一） ①加溫，弄溫。②不發表，保留。「プランを～・める」保留計畫。③重溫，恢復。「旧交を～・める」重溫舊交。

あたた・める[4]【暖める】（動下一） 弄暖和，加溫，加熱，熱敷，燙。「ストーブで部屋を～・める」用火爐把房間弄暖和。

アタッカー[2]【attacker】 （排球）扣球手，扣球攻擊手。

アタック[2]【attack】スル ①進攻。②征服，挑戰。「頂上に～する」向頂峰挑戰。③攻，攻堅。「難関に～する」挑戰難關。④起奏，起唱。

アタッシェ[2]【法 attaché】 專職隨員，專職館員。

アタッチメント[2]【attachment】 附件，配件。

あだっぽ・い[2]【婀娜っぽい】（形） 嬌媚，妖媚，婀娜。

あだな[0]【徒名・仇名】 豔聞，醜聞。「～が立つ」豔聞傳開。

あだな[0]【渾名・綽名】スル ①綽號，外號，諢名。「～をつける」取外號。②別稱。「南海の竜と～される男」人稱「南海之龍」的人。

あだばな[0]【徒花】 有名無實的花，有名無實，徒有虛名。

あたふた[1]（副）スル 慌張，手忙腳亂。「～と駆けつける」慌忙地趕到。

アダプター[2]【adapter】 轉接器，接合器，接頭。

あたま[3]【頭】 ①頭，腦袋。「転んで～にけがをした」把頭摔傷了。「～をふる」搖頭。②頭型，頭髮。「～を洗う」洗頭。③腦筋，腦子，智力。「～が良い」頭腦好。④腦子。「～が古い」想法落伍。⑤頭，頂端。「富士山の～に雪が積もっているのが見える」能看見富士山頂有積雪。⑥頭目，首領，首腦。⑦人頭。人數。「1人～千円です」每人一千日圓。⑧開始，開頭，起首。

アダム[1]【Adam】 亞當。

あだめ・く[3]【婀娜めく・徒めく】（動五）妖媚，風騷。

あたら[0]【可惜】（副） 可惜，令人惋惜。「～好機を逸した」可惜錯失良機。

アタラクシア[3]【葡 ataraxia】 〔哲〕安寧，不動心。

あたらし・い[4]【新しい】（形） ①新，新的。「～・い年を迎える」迎接新的一年。②新。與過去的事物不同。「～・い方法を見つける」發現了新的方法。③新。剛剛完成。「～・い校舎にはいる」搬入新校舍。④新鮮。「～・い魚を買う」買新鮮的魚。↔古い

あたり[1]【辺り】 ①周邊。「この～は静かだ」這周邊很安靜。②大致，大約，前後，上下，左右。「次の日曜～には来るだろう」大約在下週左右會來吧。

あたり[0]【当たり】 [1]①猜中，命中。↔はずれ。②獲得成功。「今度の企画は大～をとるだろう」這次的企劃會大獲成功吧。③待人，處事。「人～がとてもよい」待人態度非常好。④估計，推測。「犯人の～をつける」推測犯人是誰。⑤打中，打擊。「鋭い～」強打。⑥上鉤，咬鉤。「ぜんぜん～がない」魚根本不上鉤。⑦叫吃。圍棋術語。⑧中，中籤，中獎，中彩。↔はずれ。⑨食物中毒，中暑。「暑気～」中暑。「食～」食物中毒。[2]（接尾）表示「每…」「平均…」之意。「一日～の生産高」日平均產量。「一人～三つ」每人三個。

あた・る[0]【当たる】（動五） ①砸，碰撞。「ボールが頭に～・った」球撞到頭了。②擊中，射中。「矢が的に～・る」箭射中靶子。③身受。「火に～・る」烤火。④及，到。「日が～・る」有陽光；陽光照得到。⑤中獎，中彩。「宝くじに～・る」中彩券。⑥猜中，猜對，準。「天気予報が～・る」天氣預報很準確。⑦恰當。正合適。「その非難は～・らない」那種指責不恰當。⑧走運，成功。「今度の興行は～・った」這次演出成功了。⑨中毒，受害。「フグに～・って死ぬ」因吃河豚中毒身亡。⑩抵擋，對抗。「敵に～・る」抗敵。⑪拿人出氣，發脾氣，苛待。「～・りちらす」亂發脾氣。⑫弄清，查明。⑬擔任，承擔。「その任務に～・る」承擔該項任務。

アダルト[2]【adult】 成人，成人用。

あたん【亜炭】 褐煤。

あちこち⓪【彼方此方】 ①（代）這兒那兒，這邊那邊，到處，各處。「～見て回る」到處轉一轉。②（形動）倒，顛倒，相反。「話が～する」話題顛倒了。

あちゃらか 滑稽鬧劇。

アチャラづけ⓪【阿茶羅漬け】 阿茶羅醃菜。

あちら⓪【彼方】（代）①那兒，那裡，那邊，那個。「北は～です」北是那邊。「～に見えますのが…」那裡看到的就是…。「～の方」那一方。②那位，他。「～はどなたですか」那位是誰？③那邊，國外，西方。「～風のもてなし方」西式的接待方式。

あつ⓪【圧】 壓，壓力。「～を加える」加壓。

あっ⓪（感） 啊！呀！哎呀！「～、危ない」哎呀，危險！

あつあつ⓪【熱熱】（形動）①如膠似漆，熱戀。「～の仲」如膠似漆的關係。②滾燙，滾熱，熱呼呼。「～のうちにどうぞ」請趁熱吃吧。

あつ・い⓪【厚い】（形）①厚。②深厚，真摯。「友情に～・い」深厚的友情。③深厚，深似海，重如山。「～・い恩顧」恩情深似海；恩重如山。↔薄い

あつ・い⓪【篤い】（形）①病危，病篤。「～・い病」嚴重的病。②篤信。「信仰が～・い」信仰堅定不移。

あつ・い⓪【熱い】（形）①熱，燙。↔冷たい。「～・いお茶」熱茶。②發燙，發熱，發燒。「熱が出て体が～・い」因發燒而身體發燙。③沸騰。「～・い血潮」熱血沸騰。④熱戀，火熱。「～・い仲」如膠似漆的關係。

あつえん⓪【圧延】スル 軋製，壓延，輥軋。

あっか⓪【悪化】スル 惡化。「病気～した」病情惡化了。

あっか⓪【悪貨】 惡幣，劣幣。↔良貨

あつかい⓪【扱い】①運用，運作，操縱。②接待。「客の～がよい」善於待客。③看待，對待。「子供～」當成孩子看待。

あつか・う⓪【扱う】（動五）①運用，

運作，操縱。「機械を～・う」操作機器。②處理，處置，辦理，經辦。「電話局では電報も～・う」電信局也受理電報業務。③對待，對付，應付。「頑固で～・いにくい人」頑固而難對付的人。④對待。「子供を国の宝として～・う」把孩子看做為國家的寶貴財富。⑤公斷，調處，處置，說和，勸解。

あっかく⓪【圧覚】 壓覺。→触覚

あつかまし・い⓪【厚かましい】（形）厚顏無恥，厚臉皮。

あつがみ⓪【厚紙】①厚紙。②卡紙，厚紙板。

あつがり⓪【暑がり】 怕熱（者）。↔寒がり

あつかん⓪⓪【熱燗】 燙酒，溫酒。

あっかん⓪【圧巻】 壓卷，精華，壓軸。

あっかん⓪【悪漢】 惡棍，壞蛋，惡漢。

あつぎ⓪【厚着】スル 穿得厚，穿得多。↔薄着

あつぎり⓪【厚切り】 切厚，厚塊，厚片。「～パン」厚片麵包。

あつくるし・い⓪【暑苦しい・熱苦しい】（形）①悶熱，酷暑難熬。「～・い夏の夜」悶熱的夏夜。②熱騰騰，熱烘烘，熱呼呼。「～・い身なり」看上去熱呼呼的裝扮。

あっけ⓪【呆気】 呆若木雞，目瞪口呆。

あっけらかん⓪（副） 若無其事，呆呆地，茫然地。

あっこう⓪【悪口】スル 罵人，誹謗。「上役の～をいう」說上司的壞話。

あつさ⓪【暑さ】①暑熱。②酷暑。↔寒さ

あっさい⓪【圧砕】スル 壓碎，碾碎。

あっさつ⓪【圧殺】スル 鎮壓，制服。「反対意見を～する」壓制反對意見。②壓死。碾死。

あっさり⓪（副）スル ①清淡的樣子，淡泊的樣子。「～とした味」清淡的味道。②輕易。「～負ける」輕易地輸掉。

あつじ⓪【厚地】 厚布料，厚重織物。↔薄地

アッシュ①【ash】 歐洲梣，北美梣。

あっしゅく⓪【圧縮】スル ①壓縮。②縮

あ

短。③壓縮檔案。

あっしょう⓪【圧勝】 スル 壓倒性勝利，大勝。「大差で~する」以懸殊差距壓倒性取勝。

あっ・する⓪【圧する】 (動サ變) 威鎮，鎮壓。「会場を~する熱弁」壓倒會場的雄辯。

あっせい⓪【圧制】 壓制。

あっせい⓪【圧政】 高壓政治。

あっせん⓪【斡旋】 スル 斡旋。「就職を~する」斡旋就職事宜。→調停・仲裁

あっち③【彼方】 (代) 那裡或那邊。

あづちももやまじだい⑤【安土桃山時代】 安土桃山時代。

あつで⓪【厚手】 厚實。↔薄手。「表紙には~の純を使う」封面使用質地厚的紙。

あってん⓪【圧点】 壓點。→圧覚

あつでんき③【圧電気】 壓電現象，壓電。

あっとう⓪【圧倒】 スル 壓倒，凌駕。「相手の大声に~された」被對方的大叫聲所壓倒。

アッパー①【upper】 ①加在其他外來語前面表示「上層的」之意。「~クラス」上層社會。

あっぱく⓪【圧迫】 スル ①壓迫，硬壓。「胸が~される」胸部被壓住。②壓制。

あっぱっぱ⓪ 寬鬆的短袖連身裙。

あっぱれ②【天晴れ・遖】 ① (形動) 漂亮，令人欽佩。「~なふるまい」令人欽佩的舉止。② (感) 漂亮，真棒，好極了，真了不起。「よくやった。~、~」幹得好，漂亮！漂亮！

アップ①【up】 スル ①上升，提高。「基本給を~する」提高基本工資。②「クローズアップ」之略。③「クランクアップ」之略。④盤髮。「~-ヘア」盤髮髮型。⑤洞數領先。⑥增加，提高。「コスト-~」成本提高。↔ダウン

あっぷく⓪【圧伏・圧服】 スル 制服，壓制使服從。

アップリケ④【法 appliqué】 補花，貼花，嵌花。

アップル①【apple】 蘋果。

あつぼった・い⑤【厚ぼったい】 (形) 厚重。「~・いセーター」厚實的毛衣。

あつまり③【集まり】 ①聚集，集合，集體。②聚會，集會。「今日の~は午後一時からです」今天的集會從下午一點鐘開始。

あつま・る③【集まる】 (動五) 聚集，集合，匯集。「子供たちは、みんなテレビの前に~・った」孩子們都聚在電視機前。「同情が~・る」博得同情。

あつみ③【厚み】 ①厚度。「~のある本」有厚度的書。②寬厚，寬宏。「~のある人」寬厚的人。

あつ・める③【集める・聚める】 (動下一) 收集，聚集，召集，吸收，網羅。「人材を~・める」網羅人才。「みんなの智恵を~・める」集思廣益。

あつもの③【羹】 羹，菜湯。

あつやき⓪【厚焼き】 厚煎。「~の卵」厚煎蛋。

あつらえ⓪【誂え】 訂做 (品)。↔出来合い 「~物」訂做物。

あつら・える④【誂える】 (動下一) 訂購，訂做。「洋服を~・える」訂做西服。

あつりょく③【圧力】 壓力。「~がかかる」施加壓力。

あつりょくがま③【圧力釜】 壓力鍋，高壓鍋。

あつりょくだんたい⑤【圧力団体】 壓力團體。

あつれき⓪【軋轢】 スル 傾軋，磨擦。「~を生ずる」出現磨擦。

あて⓪【当て】 ①目標，目的。「~もなくさまよう」漫無目的地徘徊。②指望，希望。③指望，依靠，期待。「人を~にする」指望別人。④墊子，護具，補片。「肩~」墊肩。

あて⓪【宛て】 寄往…，發往…。「会社~」寄往公司。

アディオス③【西 adiós】 (感) 再見！再會！

あてうま⓪【当て馬】 ①試情公馬。②試探者。「~候補」形式候選人。

あてがい⓪【宛てがい】 分給，供給，配給。「～の制服」配給的制服。

あてが・う【宛てがう】（動五）①貼緊，緊靠，貼上。「受話器を耳に～・う」把聽筒貼在耳朵上。②分給，分派。「新人に仕事を～・う」分派新人工作。

あてこす・る⓪【当て擦る】（動五）指桑罵槐，嘲諷，諷刺，譏諷。

あてこ・む【当て込む】（動五）指望，盼望。「人出を～・んで店を出す」指望外出人潮而開店。

あてさき⓪【宛て先】 收件人的地址（姓名）。

あてじ⓪【当て字・宛て字】 借用字，假借字。

あてずいりょう⓪【当て推量】 猜測。「～で言う」猜測地說。

あですがた⓪【艶姿】 女人豔麗的姿態。

あてずっぽう⓪【当てずっぽう】 胡猜，瞎猜。「～に答える」胡猜亂答。

あてつけがまし・い⓪【当て付けがましい】（形）話中有話的，指桑罵槐的。

あてつ・ける⓪【当て付ける】（動下一）①諷刺，譏諷，指桑罵槐，借題發揮。②誇耀，炫耀。

あてっこ⓪【当てっこ】 スル ①猜名，猜謎。②比準遊戲。

あてど⓪【当て所】 目的，目標，線索。「～なくさまよう」漫無目標地徘徊。

アテナ⓪【Athēna】 雅典娜。

あてにげ⓪【当て逃げ】 スル 肇事逃逸。

あてぬの⓪【当て布】 ①襯片，加固布。②墊肩，墊布。③熨墊布。

アデノイド③【adenoide】 腺樣增殖體，腺體組織。

あてはずれ③【当て外れ】 失望。

あてはま・る⓪【当て嵌まる】（動五）正適合，正適宜，完全符合。「問題に～・る答えを考える」思考符合問題的答案。

あては・める⓪【当て嵌める】（動下一）相當適用，正好應用。「規則に～・めて考える」應用規則加以考慮。

あてみ⓪【当て身】 毒招，惡招，狠招。柔道中，戳或擊打對方的要害來制服對方的招數。

あでやか②【艶やか】（形動）華麗，豔麗，鮮豔。「～な振袖姿」華麗的振袖和服打扮。

アデュー①【法 adieu】（感）再見！一路平安！

あてられる⓪【当てられる】（連語）①羨慕，豔羨。②中毒，中暑。

あ・てる⓪【当てる】（動下一）①打中，投中，碰上，撞上。「ボールを頭に～・てる」把球打到頭上。②擊中，射中。「矢を的に～・てる」把箭射在靶子上。③貼緊，靠上。「胸に手を～・てる」把手貼在胸口。④曬，烤，吹，淋。「日光に～・てる」曬太陽。⑤中獎，中彩。「特等を～・てる」中特獎。⑥猜對，猜測，猜。「試合の勝敗を～・てる」推測比賽的勝負。⑦成功。「株で～・てる」在股票上獲得成功。⑧派，安排，指派。「委員に～・てる」委派爲委員。⑨填上。「仮名に漢字を～・てる」將假名填上漢字。

あてレコ⓪ 配音錄製。

アテンション②【attention】 注意，注目。「～・プリーズ」請注意。

アテンポ②【義 a tempo】 原來的速度。

あと①【後】 ①①後，後方，後面。「～からついて来る」從後面跟來。②以後，後來。↔先。「～で電話します」隨後打電話。③之後，後果。「～先も考えず」不顧前後。④後果，其餘。「～は明日考える」其餘的明天再考慮。⑤後事。死後。「～を頼む」託付後事。⑥後代，子孫。「～が絶える」絕後。⑦後任，後繼者。「お～はどなたですか」您的後繼者是哪位？②（副）再，更加。「～五分で終わる」再五分鐘就結束。

あと①【跡・迹】 ①跡，印，痕跡。「タイヤの～」車輪的痕跡。②跡象，痕跡。「苦心の～が見える」可以看出費盡苦心的跡象。「手術の～」手術的疤痕。③繼承人，家業。「～を継ぐ」繼承家業。④蹤跡，行蹤。「～をくらます」潛

あ

逃；銷聲匿跡。

アド⓪ 住處，住址。「アドレス」的省略說法。

アド⓪【ad】 廣告。

あとあし⓪【後足・後脚】 後足，後肢。

あとあじ⓪【後味】 ①餘味，後味。②餘味，後味，印象。「～の悪い事件」印象不好的事件。

あとあと⓪【後後】 將來，以後。

あとおいしんじゅう【跡追い心中・後追い心中】 殉情自殺。追隨死去的情人或配偶等而自殺。

あとおし⓪【後押し】 ⟨スル⟩ ①後面推（者）。②後援，支援。

アドオンほうしき⑤【～方式】 〔add on system〕加息方式。

あとがき⓪【後書き】 後記，跋。↔前書き

あとかた⓪【跡形】 形跡，痕跡。「～もなく消え去る」消失得無影無蹤。

あとかたづけ⑤【後片付け・跡片付け】 ⟨スル⟩ 善後。

あとがま⓪【後釜】 ①繼任，後任，繼任者。「～にすわる」繼任；接任。②後妻，繼室。

あときん⓪【後金】 尾款。

あとくされ⓪【後腐れ】 後患，後遺症。「～のないようにしておく」做到不留後患。

あとくち⓪【後口】 ①回味，餘味。「～が悪い」餘味不佳。②後申請（者），進一步約定。「～がかかる」需要進一步的約定。③下一位。「～に回される」輪到下一位。

あとげつ⓪【後月】 上個月，上月份。

あどけな・い④（形） 天真可愛，天真無邪。「子供たちの～い顔」孩子們天真無邪地臉。

あとさき⓪【後先】 ①先後，前後。②前因後果。③前後顛倒，順序顛倒。「話が～になる」話說顛倒。

あとざん⓪【後産】 第三產程。生出胎兒之後，胎盤、卵膜、臍帶等排出體外的過程。

あとじさり⓪【後退り】 ⟨スル⟩ ①倒著後退。

②蟻獅的別名。

あとしまつ③【後始末・跡始末】 ⟨スル⟩ ①拾掇，清理。「会場の～」會場的清理。②善後。

あとずさり⓪【後退り】 ⟨スル⟩ 倒退，倒著走。

あとぜめ⓪【後攻め】 （體育比賽等）後攻。

あとぞなえ③【後備え】 後衛，殿後。

あとぞめ⓪【後染め】 匹染，織後染色。↔先染め

あとち⓪②【跡地】 舊地皮，舊址。「～利用」舊地皮利用。

あとつぎ⓪【跡継ぎ・後継ぎ】 ①繼承家業，亦指其人。②接班人。

あとづけ⓪【後付け】 後附（資料）。卷末附加的後記、索引、附圖、版權頁等。↔前付け

あとづ・ける④【跡付ける】 （動下一）查對，考證，追蹤調查。

あととり⓪【跡取り】 繼承人，後嗣。「～むすこ」嗣子。

アトニー⓪【德 Atonie】 鬆弛。「胃～」胃鬆弛。

アドバイザー③【adviser】 提議人，忠告者，顧問。

アドバイス③【advice】 ⟨スル⟩ 提建議，出主意，勸告，忠告。「適切な～」恰當的建言。

アドバタイジング④【advertising】 廣告，廣告業。

あとばら⓪②【後腹】 ①產後腹痛。②繼室所生的孩子。

あとばらい③【後払い】 ⟨スル⟩ 延期付款，後付款。↔先払い・前払い

アドバルーン③【ad balloon】 廣告氣球。

アドバンス③【advance】 預付款，訂金。

アドバンテージ③【advantage】 ①平手後領先。②有利條款，有利原則。

アトピー⓪【atopy】 過敏症，特異性反應。

あとひき⓪【後引き】 貪嘴，貪杯，沒完沒了。「～上戸（じょうご）」貪杯酒鬼。

アドベンチャー③【adventure】 冒險。

アドホック③【拉 ad hoc】 特別，專門，臨時。「~委員会」特別委員會。

あとまわし【後回し】 往後放，緩辦，後辦。「難しいことは~にする」把難處理的事往後延。

アトミック③【atomic】 原子的，核子動力的。

アドミッション③【admission】 ①（入場、入學、入境等的）許可。②入場費。

アドミニストレーション⑥【administration】 統治，行政，經營，管理。

アドミラル⓪【admiral】 提督，艦隊司令，海軍上將。

アトム①【atom】 原子。→原子

あとめ【跡目】 ①家業，家產，繼承人，繼嗣。「~を継ぐ」繼承家業。②後任，繼任者。

アトモスフェア⑤【atmosphere】 ①大氣，空氣。②氛圍，氣氛。

あとやく⓪⓪【後厄】 災厄次年。↔前厄。→厄年

アトラクション③【attraction】 ①餘興節目。②吸引力，魅力。

アトラクティブ③【attractive】（形動）吸引人的，有魅力的。

アトラス①【Atlas】 ①阿特拉斯。希臘神話中的巨人神。②世界地圖集。

アトランダム④【at random】（形動）任意地，隨機地。「~に例をあげる」隨便舉個例子。

アトリエ⓪【法 atelier】 ①畫室，雕塑室。②師徒藝人團。③攝影棚，攝影室。

アドリブ⓪【ad lib】 ①即興演奏。②即興發揮，即興表演，即興臺詞。

アドレス①【address】 ①地址，住址。②擊球姿勢。③網址，位址。

アドレナリン④【adrenalin】 腎上腺素。

あな⓪【穴・孔】 ①坑，窪。②孔，眼，穴。「針の~」針眼。③虧空，窟窿。「~を埋める」填補虧空。④空缺，缺額。「舞台に~があく」舞台上缺個角色。⑤穴，漏洞，好事情，好地方。⑥（賽馬、賽車等）爆冷門。「~を当て

る」賭中冷門。

アナーキー①【anarchy】 無政府狀態，混亂狀態，無序狀態。

アナーキスト④【anarchist】 無政府主義者。

アナーキズム④【anarchism】 無政府主義。

あなうま⓪【穴馬】 黑馬。在賽馬當中似乎會意外獲勝的馬。

あなうめ⓪【穴埋め】 スル ①填坑，埋坑。②填補虧空，彌補。「赤字を~する」彌補赤字。③補缺。「~記事」補白。

アナウンサー③【announcer】 播音員，廣播員，主持人。

アナウンス③【announce】 スル ①播音，廣播。②公告，宣佈，通告。

あなかがり⓪【穴縢り】 鎖扣眼，鎖鈕孔。

あなかしこ【穴賢】（連語）惶恐拜上。放在書信末尾的客套語，女性用語。

あながち⓪【強ち】（副）一概，並非，未必。「~悪いとは言えない」不見得不好。

あなぐま⓪【穴熊】 獾，狗獾。

あなぐら⓪【穴蔵・穴倉】 窖，地窖。

アナグラム③【anagram】 字（或詞）謎遊戲。

アナクロ⓪ 時代錯誤。

あなご⓪【穴子】 糯鰻。

あなた②【貴方】（代）①你，您。指聽者，「きみ」的稍尊敬語。「~はどうなさいますか」您怎麼辦呢？②老公，老婆，（孩子）的爸（媽）。

あなづり【穴釣り】 ①冰釣。在結了冰的湖面上鑿洞釣魚。②洞釣。將魚鉤放入洞穴中，釣日本鰻鱺等。

あなど・る【侮る】（動五）輕視，蔑視，藐視，侮辱。「~りがたい勢力」不容輕視的力量。

あなば⓪【穴場】（人們不太知道的）好地方。「行楽の~」遊玩的好地方。

あなぼこ【穴ぼこ】 坑，窪，凹處。

アナリシス③【analysis】 分解，分析，解析。

あ

アナリスト⓪【analyst】　分析專家。

アナルセックス④【anal sex】　肛交，雞姦。

アナログ⓪【analog】　類比。用連續變化的物理量來表現物質、系統等的狀態。↔デジタル

あに①【兄】　①兄，兄長，哥哥。②兄，姐夫，大伯子，大舅子。↔弟

あに①【豈】（副）　豈，哪是。→あにはからんや。「～青年のみであろうか」豈止青年哉？

あにい①【兄い】　①老大，哥哥。②少俠。

あにうえ⓪【兄上】　兄長，哥哥。「兄」的敬語。

あにき①【兄貴】　①兄長，哥哥。「兄」的親切而尊敬的說法。②老兄，大哥，老大。在年輕人、工匠或流氓中，指年長的男子或有勢力的男子。「～分」拜把大哥。③年長。比自己年紀大。「君は僕より一つ～だ」你比我年長一歲。

アニサキス⓪【拉 Anisakis】　海獸胃線蟲。

アニス①【anise】　大茴香，洋茴香。

あにでし⓪②【兄弟子】　師兄，師哥。↔弟弟子

アニバーサリー③【anniversary】　週年紀念日，節日。

アニマル①【animal】　動物。

アニミズム③【animism】　萬物有靈論。

アニメ⓪　「アニメーション」之略。

アニメーション③【animation】　動畫片，卡通影片。

アニュアル①【annual】　年鑑，年報，每年的。

あによめ⓪【兄嫁・嫂】　嫂，嫂子。

アニリン⓪【anilin】　苯胺，阿尼林。

アヌス①【拉 anus】　肛門。

あね⓪【姉】　①姐姐。②嫂子，大姑，大姨子。③大姐。（後面加上「さん」）親切稱呼女子的用語。↔妹

あねうえ⓪【姉上】　姐姐。「姉」的敬語。

あねき⓪【姉貴】　姐姐。「姉」的親切的說法。

あねご⓪【姉御・姐御】　姐姐。「姉」的敬語。②大嫂，大姐。對首領、頭目、結拜把兄的妻子或者女首領等的尊稱。「～肌」有大姐風範。

あねさん⓪【姉さん】　①姐姐。「姉」的親切而尊敬的說法。②大嫂，大姐頭。頭目、結拜兄長的妻子或女首領。

アネックス⓪【annex】　①附錄，附件。②別館，配樓，附屬建築。

あねったい⓪【亜熱帯】　亞熱帶。

あねむこ⓪【姉婿】　姐夫。

アネモネ①【anemone】　銀蓮花。

あの⓪【彼の】（連體）　①那，那個。指距離說話者和聽者都稍遠的東西。「～赤い靴がほしい」我想要那雙紅鞋。②那，那個。指說話者和聽者都已經知道的事情。「～人はどうしていますか」那個人怎麼樣啦？

あのよ①【彼の世】　彼世，陰間，冥府。

アパート②　單元式住宅，公共住宅，公寓。

アバウト②【about】（形動）　馬馬虎虎的。

あば・く②【暴く・発く】（動五）　①挖，挖掘。「大昔の墓を～・く」挖掘古代的墳墓。②揭發，揭露，揭示，使暴露。「秘密を～・く」揭露秘密。

アパシー①【apathy】　①脫離政治。對政治漠不關心。②〔心〕無情感，淡漠。

あばずれ⓪【阿婆擦れ】　女流氓，蕩婦。

あばら⓪【肋】　肋，肋骨。

あばらや⓪【荒屋】　破房子，敝宅，寒舍。

アパルトヘイト⑤【非 apartheid】　種族隔離政策。

アパルトマン④【法 apartement】　公寓，單元式住宅。

あばれ⓪【暴れ】　亂鬧或橫衝直撞。

あば・れる⓪【暴れる】（動下一）　①亂鬧，胡鬧，動粗，動武，粗暴，橫衝直撞。②大鬧，大顯身手。「甲子園で大いに～・れる」在甲子園大顯身手。

アパレル①【apparel】　衣著，衣服，服裝。「～産業」服裝產業。

あばれんぼう⓪【暴れん坊】　就愛胡鬧，

烈性子的人。

アバンチュール⑤【法 aventure】 危險的
戀愛。

アピール②【appeal】スル ①號召，呼籲。
「自分の考えを~する」呼籲自己的主
張。②感動。「読者に~するルポ」打動
讀者的報導。③具有感染力，有魅力。
「セックス~」性感。④（比賽）申
訴。

あびきょうかん①【阿鼻叫喚】 ①哀號，
阿鼻叫喚。②凄慘無比。「~の巷たま」凄
慘無比之地。

あひさん②【亜砒酸】 亞砷酸。

あびせか・ける⑥【浴びせ掛ける】（動下
一） 潑，潑上。「水を~・ける」潑
水。

あび・せる⓪【浴びせる】（動下一） ①
潑，潑灑。「頭から水を~・せる」從頭
上淋水。②大量施加，紛紛發出。「集中
砲火を~・せる」覆蓋密集炮火。「一太
刀ひとだちを~・せる」紛紛提出質問。③刀
砍，刀劈。

アビタシオン④【法 habitation】 住居，
寓所，住宅。

アビリンピック⑤ 【⑯ abilympic; ability+
Olympic】 日本全國殘障者技能比賽大
會。

あひる⓪【家鴨・鶩】 鴨，鴨子，家鴨。

あ・びる⓪【浴びる】（動上一） ①沖，
潑，淋，洗浴。「シャワーを~・びる」
淋浴。②弄滿身，弄一身。「ほこりを~
・びる」弄一身灰塵。「ライトを~・
びる」全身灑滿燈光。

あぶ⓪【虻・蝱】 虻。

アフォリズム④【aphorism】 警句，格
言，箴言。

あぶく②【泡】 （水的）泡，氣泡。

アブサン②【法 absinthe】 苦艾酒。

アブストラクト④【abstract】 ①①抽象藝
術。②（文獻資料等的）摘要，摘錄。
②（形動）抽象的。↔コンクリート。
「~な絵」抽象畫。

アフター①【after】 以後的，後來的。

アフタヌーン③【afternoon】 ①午後，下
午。②午後穿的女裝。

あぶな・い⓪【危ない】（形） ①危險，
不安全。「道路で遊ぶのは~・い」在馬
路上玩很危險。②危險，不穩固。「首
が~・い」飯碗難保。③危險，不保
險。「決勝への進出は~・い」要進入決
賽不大保險。④危險，靠不住。「彼の保
証では~・い」他的保證靠不住。

あぶなえ⓪②【危な絵】 危繪。江戶後期
的一種浮世繪。

あぶなげない⑤【危なげない】（連語）
萬全，萬無一失。「~演技」萬無一失的
表演。

あぶなっかし・い⑤【危なっかしい】
（形） 危險，令人擔心，提心吊膽。
「~・い運転ぶり」車開得讓人提心吊
膽。

アブノーマル④【abnormal】（形動） 不
正常的，異常的，病態的，變態的。「~
な関係」不正常的關係。↔ノーマル

あぶみ⓪【鐙】 ①馬鐙。②登山軟梯。

あぶら⓪【油】 ①油。②（加）油，力
氣，能量。

あぶら⓪【脂・膏】 ①脂，膏。②脂肪，
油。「顔に~が浮く」臉上冒油。

アプリオリ③【拉 a priori】 ①先天。在
中世紀，表示知識和能力等在因果系列
當中處於更爲根本性的、原因的位置。
②先天。在近代，意爲「先天的」。↔
ア-ポステリオリ

アフリカ⓪【Africa】 非洲。

アプリケーション④【application】 ①適
用，應用。②申請，志願。

アプリコット④【apricot】 杏。

あぶりだし⓪【炙り出し】 烤墨紙，密寫
紙。

あぶ・る②【炙る・焙る】（動五） ①烘
烤，焙。「のりを~・る」烘烤海苔。②
烘，烤。「手を~・る」烤手。

アプレゲール④【法 après-guerre】 ①戰
後革新。②戰後派。↔アバン-ゲール

アフレコ⓪ 【⑯ after＋recording】 後期
錄音，後期配音。

あふ・れる③【溢れる】（動下一） ①
溢，漾出，橫流，泛濫。「川が~・れ
る」河水泛濫。②擠不進去，裡外全

是。「会場から人が～・れる」會場內外全是人。③橫溢。「才気～・れる青年」才華橫溢的青年。

あぶ・れる⓪【溢れる】（動下一）　①失業。「仕事に～・れる」失業。②一無所獲。

アプローチ③【approach】スル　探討，研究，線索，入門。②引道，通道。③（高爾夫球）近距離切球。④起滑台，助跑道。

あべかわもち⓪【安倍川餅】　安倍年糕，安倍川糕。

あべこべ⓪　相反，顛倒。「左右が～になる」左右顛倒。「向きが～だ」方向相反。

アベック②【法 avec】　成對男女。

アヘッド③【ahead】　比分領先。

アベニュー①【avenue】　大街，林蔭大道。

アベマリア④【拉 Ave Maria】　①祝福瑪利亞。②《瑪利亞頌歌》，《聖母頌》。

アペリチフ③【法 apéritif】　開胃酒。

アベレージ③【average】　①平均，標準。②（棒球）打擊率。

あへん⓪【阿片・鴉片】　鴉片。

アペンディックス⑤【appendix】　附錄，附加，增補。

アポ⓪　「アポイントメント」之略。「～をとる」約定見面時間。

アポイントメント⑤【appointment】　約會。見面、聚會的約定。

あほう⓪【阿呆・阿房】　愚，蠢，笨，傻瓜，混蛋，糊塗蟲。

アボカド⓪【avocado】　鱷梨，酪梨。

アポステリオリ⑤【拉 a posteriori】　①後天。②後天。在近代，意爲「後天的」。↔アプリオリ

アポストロフィ⑤【apostrophe】　撇號。「'」。

あほらし・い④【阿呆らしい】（形）　呆傻的，荒唐的。

アポリア⓪【希 aporia】　難題。

アボリジニ④【aborigine】　土著民族，原住民。

アポロ①【Apollo】　阿波羅，太陽神。

あま⓪【海女】　漁女，海女。

あま⓪【尼】　①〔佛〕㋐尼，比丘尼。㋑尼，尼姑。②修女。③娘兒們。罵女人的話。

あま⓪【亜麻】　亞麻。

アマ⓪　外行，業餘愛好者。↔プロ

あまあい⓪【雨間】　降雨間歇。

あまあし⓪【雨脚・雨足】　①雨勢。「～が激しい」雨下得猛。②雨勢。「激しい～」猛烈的雨勢。

あま・い⓪【甘い】（形）　①甜。↔辛い。②淡。↔辛い。「～・すぎる料理」太淡的菜餚。③甜密。「バラの～・い香り」玫瑰的甜蜜芳香。④嘴甜的，甜言蜜語。「～・い言葉で誘う」用甜言蜜語誘惑。⑤寬鬆，姑息，遷就。「子供に～・い親」對孩子寬容的父母。⑥鬆的，不緊，不準。「ねじが～・い」螺絲鬆動。

あまいろ⓪【亜麻色】　亞麻色。「～の髪」亞麻色的頭髮。

あま・える⓪【甘える】（動下一）　撒嬌。「子が親に～・える」小孩跟父母撒嬌。「お言葉に～・えてお世話になります」既然您這麼說，就請您多費心了。

あまえんぼう⓪【甘えん坊】　愛撒嬌的孩子。動不動就撒嬌的孩子。

あまがえる⓪【雨蛙】　雨蛙。

あまがき③【甘柿】　甜柿子。

あまかけ・る④【天翔る】（動四）　飛天，翱翔。

あまがさ③【雨傘】　雨傘。

あまガッパ③【雨一】　雨披風，雨斗篷，無袖雨衣。

あまから・い④【甘辛い】（形）　又甜又鹹，甜鹹的。「～・く煮る」煮得又甜又鹹。

あまかわ⓪【甘皮】　①嫩皮，內皮。②軟皮。指（趾）甲根部的薄皮。↔粗皮（あらかわ）

あまぐ②【雨具】　雨具。

あまくだり③【天下り・天降り】スル　①下凡，天降。②硬性決定，強迫命令。③空降，天官下凡。「～人事」空降人事。

あまくだ・る④【天下る・天降る】（動五）　①下凡。②天官下凡。

あ

あまくち⓪【甘口】 ①甜口，發甜，帶甜味。↔辛口。「～の酒」甜酒。②花言巧語，甜言蜜語。

あまぐつ⓪【雨靴】 雨靴，雨鞋。

あまぐも⓪【雨雲】 雨雲。

あまぐり②【甘栗】 糖炒栗子。

あまごい⓪【雨乞い・雨請い】 スル 祈雨，求雨。

あまざけ⓪【甘酒・醴】 甜米酒，酒糟。

あまざらし③【雨曝し】 暴露在雨中，任憑雨淋。

あまじお⓪【甘塩】 不太鹹，鹹味淡。「～の鮭」不太鹹的鮭魚。

あまじたく③【雨支度】 スル 準備雨具。

あましょく⓪【甘食】 甜味麵包。

あま・す⓪【余す】（動五） ①餘，剩下，剩餘。「～すところなく」毫無保留地。②餘，剩下。「卒業まで～すところ一か月となった」離畢業還剩下一個月了。

あまず⓪【甘酢】 甜醋。

あまずっぱ・い④【甘酸っぱい】（形） ①甜酸，酸甜。「～・いみかん」酸甜的橘子。②喜中有悲，甜中帶酸。「～・い初恋の思い出」甜中帶酸的初戀回憶。

あまぞら⓪【雨空】 正在下雨的天空，亦指就要下雨的天空。

アマゾン⓪【Amazon】 亞馬遜河。

あまた①【数多・許多】（副） 許多，眾多，數多。

あまだい⓪【甘鯛】 馬頭魚。

あまだれ⓪【雨垂れ】 簷滴水。從屋簷等處滴落的雨滴。

雨垂れ石を穿つ 〔漢書〕水滴石穿；滴水穿石。

あまちゃ⓪【甘茶】 ①繡球花。②甘茶。繡球花和絞股藍的葉子經過蒸、揉、烘乾後煎成的飲料。

アマチュア⓪【amateur】 業餘愛好者，外行。↔プロフェッショナル

あまつさえ⓪【剰え】（副） 而且，並且。「折からの大雪、～車は故障で修理中」正碰上下大雪，而且車子又因故障正在修理。

あまったる・い⑤【甘ったるい】（形）

①太甜。「～・い飲みもの」甜膩的飲料。②嬌滴滴，嗲。「～・い声」嗲聲嗲氣。③寬厚，寬大。

あまった・れる⓪【甘ったれる】（動下一） ①撒嬌。「～・れた声」撒嬌聲。②撒嬌。

あまっちょろ・い⑤【甘っちょろい】（形） 想得天真，看得簡單。「～・い考え方」天真的想法。

あまでら⓪【尼寺】 ①尼庵，尼寺，修女院。②尼寺。鎌倉東慶寺的俗稱。

あまど⓪【雨戸】 防雨門板，護雨板，板窗扇。

あまどい⓪【雨樋】 簷槽落水管，雨水管。

あまとう⓪【甘党】 愛吃甜食者。↔辛党^{から}とう

あまなつ⓪【甘夏】 甜橙。

あまなっとう③【甘納豆】 甘納豆，甜豆。

あまに⓪【甘煮】 加糖煮，甜煮。「小魚の～」甜煮小魚。

あまに⓪【亜麻仁】 亞麻子，亞麻仁。

あまねく③【遍く・普く】（副） 普遍，遍及各個角落。「彼の名は、世界に～知れわたっている」他的名字為世人所周知。

あまの【天の】（連語） 在天上的，屬於天界的。

あまのり⓪【甘海苔】 紫菜。

あまみ⓪【甘み・甘味】 ①甜度，甜味。②甜食，甜糕點。

あまみず⓪【雨水】 雨水。

あまみそ③【甘味噌】 甜味噌。↔辛味噌^{から}みそ

あまもよい④【雨催い】 要下雨似的。

あまもよう③【雨模様】 好像要下雨。

あまもり③【雨漏り】 スル 漏雨。

あまやか・す④【甘やかす】（動五） 嬌縱，寵溺。

あまやどり③【雨宿り】 スル 避雨，躲雨。

あまよけ⓪【雨除け・雨避け】 スル 雨布，雨篷。

あまり③【余り】 ① ①餘，剩餘。②之餘，因過於…而…。「うれしさの～涙が

あ

出た」高興得流出了眼淚。②（形動）
①太過分。「～の寒さに震えあがる」因
爲太冷而發抖。②過火，過分。「～な仕
打ち」過火的行爲。 ③（副）①太過
於。「昨日は～あつかった」昨天太熱
了。②（下接否定詞語表示）不那麼
…，不怎麼…，不太…。「ぼくの成績
は～よくない」我的成績不怎麼好。④
（接尾）多，餘。「100 人～集まった」
聚集了一百多人。

アマリリス③【amaryllis】 孤挺花。

あま・る②【余る】（動五）①餘，剩，
剩餘，結餘。「会費が～・る」會費有結
餘。②餘。③過猶不及。「かわいさ～
・って憎さ百倍」愛之甚則恨之深。「勢
い～・って」氣勢過猛。④過分，不
堪，超過。「目に～・る」目不忍睹；看
不下去。「1000 人に～・る人数」人數超
過 1000 人。

アマルガム③【amalgam】 汞合金。

あまん・じる④【甘んじる】（動上一）
甘於，安於，甘心。「現状に～・じる」
安於現狀。

あみ②【網】 ①網，魚網，鳥網，燒烤
網。②網。爲捕人捉物而佈下的羅網。
「捜査の～にかかる」落入搜查網。

あみ②【醬蝦・糠蝦】 糠蝦。

アミ①【法 ami;amie】 密友，親密的友
人，情人。

あみあげぐつ④【編み上げ靴】 綁帶式半
筒靴。

アミーゴ③【西 amigo】 朋友，夥伴，同
胞。

あみがさ②【編み笠】 草笠。

あみき②【編み機】 編織機。

あみだ②【阿弥陀】 ①阿彌陀佛。②阿彌
陀籤。③阿彌陀戴法。

あみだ・す③【編み出す】（動五） 編
出，發明出，研究出。「新戦術を～・
す」研究出新戰術。

あみだな②【網棚】 行李架。

あみど②【網戸】 紗門，紗窗。

アミノさん②【一酸】 胺基酸。

あみのめ②【網の目】 ①網目，網紋。②
密如網眼，天羅地網。「捜査の～をくぐ
りぬける」穿過搜查的天羅地網。

あみばり③【編み針】 編織用針，織針。

あみはん②【網版】 加網銅鋅版，網線
版。

あみめ②【網目】 網眼，網目。

あみめ②【編み目】 ①編織孔，網紋，織
眼，組織。「～が粗い」織眼粗。②線
圈，織目，針跡。

あみもと②【網元】 船老闆，船東。→網
子

あみもの②【編み物】 編織物，針織物。

あみやき②【網焼き】 スル 網烤，網烤料
理。

アミューズメント②【amusement】 娛
樂，遊戲。

アミラーゼ③【德 Amylase】 澱粉酶。

あ・む①【編む】（動五） ①編，織。
「セーターを～・む」織毛衣。②編，
編輯，編纂。「詩集を～・む」編輯詩
集。

アムール②【法 amour】 愛，戀愛。

あめ①【天】 天空，天。

あめ①【雨】 ①雨。②（如下雨般）不間
斷地紛紛而降的東西。「涙の～」淚如雨
下。

あめ①【飴】 飴，糖飴。

あめあがり③【雨上がり】 雨剛停。

あめあし②①【雨脚・雨足】 雨腳，雨
勢。

あめあられ①【雨霰】 子彈紛飛，箭如雨
下。

あめいせんそう①【蛙鳴蟬噪】 ①蛙鳴蟬
噪。②徒勞無益的議論。

あめいろ①【飴色】 飴色，米黃色。

アメーバ②【德 Amöbe】 阿米巴原蟲，
變形蟲。

あめおとこ①【雨男】 雨男，招雨的男
人。

あめかぜ②【雨風】 ①風雨。雨和風。「～
をしのぐ」頂風冒雨。②連雨帶風，風
雨交加。

あめざいく②【飴細工】 ①吹糖人。②虛
有其表；繡花枕頭。

アメシスト③【amethyst】 紫水晶。

アメダス①【AMeDAS】 〔Automated Meteorological Data Acquisition System〕地區氣象觀測資訊系統。

あめつち◎【天地】 天地。

あめつゆ◎【雨露】 雨露。「～をしのぐ」遮避雨露。

あめに◎【飴煮】 飴煮。

アメニティ②【amenity】 適合居住，舒適。

あめのうお◎【鯇】 櫻鱒。琵琶鮭的別名。

アメフト◎ 「アメリカン－フットボール」之略。美式足球的略語。

あめふり②【雨降り】 下雨，降雨。

あめもよい③【雨催い】 要下雨似的。

あめもよう③【雨模様】 好像要下雨，要下雨的樣子。

アメリカ◎【America】 ①美洲，美洲大陸。②美國，美利堅合眾國的簡稱。

アメリカン◎【American】 美式的，美國的，美國人的。

あめんぼ◎【水黽・水馬】 水黽。

あもく◎【亜目】 亞目。

アモルファス③【amorphous】 非晶體，非結晶性。

あや②【文・綾】 ①紋樣，綾，斜紋織物。「～を描く」描繪紋樣。②修辭。「文章の～」文章的修辭。③情節。「事件の～」事件的情節。

あやいと◎【綾糸】 ①彩繩。翻花繩用的細繩。②彩線。

あやう・い◎【危うい】 （形） 危急，危難。「～いところを助けられる」在危急的時候得救。

あやうく◎【危うく】 （副） ①好不容易才…，勉勉強強。「～難をのがれる」好不容易才躲過一場災難。②險些，差一點，幾乎。「～追突するところだった」差一點追撞。

あやおり◎【綾織り】 ①綾織物，織綾匠。→斜文ﾓﾝ織り

あやか・る③【肖る】 （動五） 羨慕，仿效。「あなたの幸運に～・りたい」我真希望像您一樣幸運。

あやし・い◎【怪しい】 （形） ①怪，奇怪，古怪。「挙動が～・い」行動可疑。②怪異，神奇，奇異。「～・い物音」奇怪的聲響。③可疑，怪怪的，靠不住。「～・いとにらんだ男」覺得怪怪的男人。④不妙的。「雲行きが～・い」形勢變化不妙。⑤怪怪的，不清不白。「ふたりはどうも～・い」兩個人關係怪怪的。

あやし・む③【怪しむ】 （動五） 懷疑。覺得很可疑。「こんな所にいると～・まれるよ」在這種地方是會被別人懷疑的。

あや・す②（動五） 逗，哄。「泣いている赤ん坊を～・す」哄啼哭的嬰兒。

あやつり◎【操り】 ①「操り芝居」和「操り人形」之略。②操縱，操縱裝置。

あやつ・る③【操る】 （動五） ①操縱，駕駛，精通，耍弄，擺弄。「ボートを上手に～・る」熟練地駕駛遊艇。「5か外国語を～・る」會 5 國語言。②操縱。「世論を～・る」操縱輿論。

あやとり◎【綾取り】 翻花繩遊戲。

あやな・す③【綾なす・彩なす】（動五） 點綴，彩繪。「もみじが～・す山々」紅葉點綴的群山。

あやにしき③【綾錦】 綾錦，織錦，錦繡。「～を身にまとう」身著綾羅綢緞。

あやぶ・む③【危ぶむ】 （動五） ①放心不下，不放心。「安否が～・まれる」放心不下是否平安。②感到沒把握，擔心，懸念。「進級が～・まれる」感到升級沒有把握；擔心升不了級。

あやふや◎（形動） 含糊，曖昧。「～な態度」曖昧的態度。

あやまち◎【過ち】 ①錯誤，失敗，過失。②過錯，罪過。「～を認める」認錯。

あやま・つ③【過つ】（動五） 弄錯。「的に～・たず矢をあてる」準確命中靶子。

あやまり③【誤り・謬り】 ①錯誤，謬誤。「わたしの記憶に～がなければ…」如果我沒記錯的話。②誤。「弘法にも筆の～」弘法大師也有筆誤。

あやま・る③【誤る・謬る】（動五） ①

あ

誤，搞錯，做錯，錯誤。「判斷を~・る」判斷錯誤。②錯誤，犯錯。「一生を~・った」誤了一生。

あやま・る◎【謝る】（動五）　①賠禮，道歉，謝罪，認錯。「別に~・ることはない」用不著道歉。②折服，認輸。「彼の熱心さには~・るよ」他的熱情真讓我折服。③敬謝不敏，謝絕。「あの仕事ばかりは~・るよ」只有那項工作我敬謝不敏啦！

あやめ◎【文目】　①花樣，色彩。②（事物的）道理，區別。「~も分からぬ闇夜」伸手不見五指的黑夜。

あやめか◎【菖蒲科】　鳶尾科。

あや・める◎【危める・殺める】（動下一）　加害，殺害。「人を~・める」殺人。

あゆ①【鮎】　香魚。

あゆ①【阿諛】スル　阿諛，諂媚，逢迎。「~追従」阿諛奉承。

あゆみ①【歩み】　①走，步行。②步伐，步調。「~をそろえる」調整步伐；統一步調。③發展變化，進程，演變。「近代絵画の~」現代繪畫的進程。④螺距。「ねじの~」螺距。

あゆ・む①【歩む】（動五）　①走，步行。②走過，經歷過。「~・んできた道」走過的路。

あら◎【粗】　①①魚骨架，魚骨。「~吸い物」魚骨湯。②毛病。「~を探す」找毛病；吹毛求疵。②（接頭）①粗（略），梗概。「~けずり」粗略刨過。②粗。表示「尚未進行加工」之意。「~木」粗製木材。

あら◎【鱇】　東方鱸。

アラー①【阿 Allāh】　阿拉。

アラーム②【alarm】　①報警裝置，警報器。②鬧鐘。

あらあら①【粗粗】（副）　粗粗地，粗略地，大體上。

あらあらし・い⑤【荒荒しい】（形）　粗野，粗暴，惡劣，魯莽，兇暴，剛猛，粗獷，強度大。「~・い動作」粗野的動作。

あらい◎【洗い】　洗，洗滌。「水~」水洗。

あら・い②【荒い】（形）　①兇猛，劇烈，瘋狂。「波が~・い」波濤洶湧。②粗暴。「気性が~・い」性情粗暴。③粗俗。「言葉が~・い」語言粗俗。④亂來，胡來。「金遣いが~・い」亂花錢。⑤酷虐。「人づかいが~・い」過分任意支使人。

あら・い◎【粗い】（形）　①稀疏，有縫隙。「目の~・い網」孔眼大的網。②粗略，概略，大致。「全体を~・く調べる」對整體作了概略的調查。③粗枝大葉。「仕事ぶりが~・い」工作粗糙。④粗，不細。「つぶが~・い」粒子粗。⑤粗糙，不光滑。「~・い手ざわり」觸感粗糙。

アライアンス②【alliance】　同盟，聯合，提攜。

あらいそ◎【荒磯】　荒岩灘，洶湧岩灘。

あら・う◎【洗う】（動五）　①洗，洗濯。「ハンカチを~・う」洗手帕。②洗滌，洗淨，淨化，一筆勾銷。「心が~・われる」心靈得到淨化。③查，清查，洗清。「身えを~・う」查明身分。④沖刷。「岸べを~・う波」沖刷岸邊的波浪。

あらうま◎【荒馬】　烈馬，悍馬。

あらうみ◎【荒海】　波濤洶湧的大海。

あらが・う③【抗う・争う・諍う】（動五）　抗爭，抗拒，抵抗。「権力に~・う」與權力抗爭。

あらかじめ◎【予め】（副）　預先，事先。「~準備しておく」預先做好準備。

あらかせぎ③【荒稼ぎ】スル　發大財，發橫財。「相場で~した」從事投機事業發了大財。

あらかた◎【粗方】（副）　大部分，大體上，大致，差不多。「仕事は~終わった」工作大體上結束了。「~の人」大部分的人。

あらがね◎【粗金・鉱】　金屬礦石，金屬礦砂。

あらかべ◎【荒壁・粗壁】　粗坯牆，毛坯牆。

アラカルト①【法 á la carte】　點菜，叫

菜。↔ターブル・ドート

あらかわ【粗皮】 ①粗皮，樹的表皮。↔甘皮。②生皮。尚未鞣製的獸皮。

あらき◎【荒木・粗木】 原木。

あらぎも◎【荒肝】 膽。膽量，膽子。

あらぎょう◎【荒行】 苦修，苦行。

あらくれ◎【荒くれ】 粗野，粗莽，粗暴，粗人。「～者」魯莽漢。

あらけずり◎【粗削り・荒削り】 ①粗刨，粗削，大刨。②初步加工，粗糙，草率，質樸。「～の魅力」質樸的魅力。

あら・げる◎【荒げる】 (動下一) 〔本來是「あららげる」〕使粗暴，使胡來，使亂做。「声を～・げる」粗聲粗氣。

あらごと◎【荒事】 荒事。歌舞伎中以勇士、鬼神類為主角的威武雄壯的狂言。

あらごなし◎◎【荒ごなし・粗ごなし】 スル①粗略地弄碎。②事先略做準備。

あらさがし◎【粗探し・粗捜し】 スル 故意挑剔，找碴，挑毛病。

あらし◎【嵐】 ①風暴。②狂風暴雨，暴風雨。③風暴。(用於比喻)事件或騷亂。「～の前の静けさ」暴風雨來臨前的平靜。

あらじお◎【粗塩】 粗鹽。

あらしごと◎【荒仕事】 粗活，體力勞動。

あら・す◎【荒らす】 (動五) ①毀壞，破壞，糟蹋。②侵害，騷擾，擾亂。「台風で庭が～・された」由於颱風院子被毀壞。③傷害，損害。「タバコはのどを～・す」香煙傷害嗓子。

あらすじ◎【荒筋・粗筋】 概略，梗要，梗概，粗線條。

あらせいとう◎ 紫羅蘭。

あらせられる(連語) ①「ある」的敬語。「御機嫌いかがあらせられましょうか」您好嗎？②身為…。「である」的尊敬表現，等於「…でいらっしゃる」。「第2皇女で～お方」身為第二皇女的人。

あらそい◎【争い】 爭，爭吵，爭鬥，爭端。「骨肉の～」骨肉之爭。

あらそ・う◎【争う】(動五) ①爭，競爭，爭奪。「優勝を～・う」爭奪冠軍。②爭吵，口角。「となりの人と～・う」與鄰居爭吵。③爭鬥。「二つの国が～・う」兩國交戰。④爭，爭取。「一刻を～・う」分秒必爭。

あらそえない◎【争えない】 (連語) 不爭的，不饒人的。「年は～」年齡是不饒人的。

あらた◎【新た】(形動) ①剛出現的，迄今為止沒有過的。「～な問題」新的問題。②新，新鮮。「～な感動」新的感動。③重新，更新。「気分を～にする」使情緒煥然一新。

あらたか◎(形動) 靈驗的，藥有特效。「霊験～な神」很靈驗的神。

あらだ・つ◎【荒立つ】(動五) ①猛烈起來，激烈起來。「語気が～・つ」語氣激烈起來。②惡化，複雜化。「事が～・つ」事情複雜化。

あらだ・てる◎【荒立てる】(動下一) ①使變粗暴，使狂暴。「声を～・てる」粗聲粗氣。②使惡化，鬧大。「事を～・てる」把事情鬧大。

あらたま・る◎【改まる】(動五) ①改變，更新。「規則が～・る」規則更新。②改，改好。「あの人の行いはすっかり～・った」他的行為完全改變了。③故作鄭重，客氣。「～・った挨拶」客氣的寒暄。④病情惡化，病危。「病状にわかに～・る」病情突然惡化。

あらため◎【改め】 ①改，改稱，更改。「中村芝翫～歌右衛門」中村芝翫改稱歌右衛門。②深入調查，弄清。

あらためて◎【改めて】(副) ①再次，另行，改日再。「～うかがいます」改日再來拜訪。②重新，特意。「～言うまでもない」不必再說，無須重覆。

あらた・める◎【改める】(動下一) ①改變，更改，改稱。「規則を～・める」改變規則。②改正，改善。「悪いくせを～・める」改正惡習。③莊重，嚴肅，凜然。「威儀を～・める」使威儀凜然。④檢驗，查。「切符を～・める」驗票。

あらづくり◎【粗造り】 粗製，粗坯，毛

あ

坏。「～の壁」毛坯牆。

あらっぽ・い⓪【荒っぽい】（形）①粗暴，粗野。②粗枝大葉，馬虎。「仕事が～い」工作粗枝大葉。

あらて⓪【新手】①生力軍。「～の軍勢」生力軍。②新人，新手。③新手段，新方法。「～の詐欺」詐欺的新手段。

あらと⓪【粗砥・荒砥】粗磨刀石。

あらなみ⓪【荒波】怒濤，惡浪，顛簸，艱辛。「～の中を船が進む」船在波濤洶湧中航行。

あらなわ⓪【荒縄・粗縄】粗草繩。

あらに⓪⓪【粗煮】燉魚雜碎，熬魚骨。

あらぬ⓪（連體）①不正確的，估計錯誤的。「～方向に目をやる」朝錯誤的方向看。②沒道理的，反常的。「～ことを口走る」胡說八道。③出乎意料的，意外的。「～うわさ」莫名其妙的傳言。

あらぬり⓪【荒塗り・粗塗り】スル粗抹，粗抹法。

あらの⓪【荒野・曠野】荒野，荒原，曠野。

アラビア⓪【Arabia】阿拉伯半島。

あらびき⓪【粗挽き・粗碾き】粗碾，粗磨，粗絞。

あらひとがみ⓪【現人神・荒人神】現人神。具有人的姿態之神，曾指天皇。

アラブ⓪【Arab】①阿拉伯。阿拉伯人，亦指阿拉伯各國。②阿拉伯馬。

アラベスク⓪【法 arabesque】①阿拉伯式裝飾紋樣，蔓藤花紋樣。②阿拉伯風格器樂曲。

あらぼとけ⓪【新仏】新亡靈。死後第一次在盂蘭盆會上祭祀的死者亡靈。

あらまき⓪⓪【荒巻き・新巻き・苞苴】纏繩鮭。北海道名產。

あらまし①大概，大致，梗概。「事件の～を述べる」敘述事件的概略。②（副）大體上，大部分，大致，差不多。「仕事も～片付けた」工作也大致結束了。

あらむしゃ【荒武者】勇猛武士，猛士，粗野武士。

あらめ【荒布】羽葉藻，黑菜。

アラモード⓪【法 à la mode】最新流行，

亦指其款式。「パリの～」巴黎的最新流行款式。

あらもの⓪【荒物】清掃用具，日常雜用品。「～屋」雜貨鋪；雜貨店。

あらゆ⓪【新湯】新的洗澡水，還沒有人泡過的洗澡水。

あらゆる⓪（連體）全部的，所有的，一切。「太陽は～生物に光を与える」太陽給所有生物陽光。

あららか⓪【荒らか】（形動）粗暴。粗野。

あららぎ⓪【蘭】植物紅豆杉的別名。

あらら・げる⓪【荒らげる】（動下一）使粗暴，兇起來。「声を～・げる」厲聲。

あらりえき⓪【粗利益・荒利益】毛利，利差。

あらりょうじ⓪【荒療治】スル劇烈的方法或藥物治療。

あられ⓪【霰】①霰。②炒年糕丁，炸年糕丁。③小方塊花紋，雪珠紋。

あられもな・い（形）不成體統的，不體面的。「～い寝姿」有失體統的睡姿。

あらわ⓪⓪【露・顕】（形動）①祖露，裸露。「肌を～にする」裸露肌膚。②顯露，公然。「～にいやな顔をする」顯出不耐煩的神色。③公然，大白。「真相が～になる」真相大白。

あらわざ⓪【荒技】猛招，狠招。

あらわ・す⓪【表す】（動五）①表現，表露。「怒りを顔に～・す」把憤怒表現在臉上；面呈怒容。②表達。「言葉に～・す」表達成言語。③標明，表明。「実験の結果をグラフで～・す」用圖表示實驗的結果。

あらわ・す⓪【現す】（動五）顯露，露出。「姿を～・す」露面。「才能を～・す」顯露才能。

あらわ・す⓪【顕す】（動五）宣揚，表彰。「功績を世に～・す」把功績宣揚於世。

あらわ・す⓪【著す】（動五）寫作。「研究を本に～・す」將研究成果寫成書。

あ

あらわ・れる⓪【表れる】（動下一）①
表現，表露。「怒りが顔に～・れる」憤
怒表露在臉上；怒形於色。②顯示，表
現。「作品に～・れた個性」作品裡表現
出來的個性。

あらわ・れる⓪【現れる】（動下一）①
出現，露出。「くまが裏山に～・れる」
熊在深山出現。②顯現，出現。「救世主
が～・れる」救世主現身。③來，到，
到達某處。「5分おくれて～・れる」遲
到5分鐘。

あらわ・れる⓪【顕れる】（動下一）暴
露，敗露。「悪事が～・れる」壞事敗
露。

あらんかぎり⓪【有らん限り】（連語）
所有，全部，一切。「～の力を出す」竭
盡全力。

あり⓪【蟻】①蟻，螞蟻。②燕尾榫，鳩
尾榫，楔形接合。

アリア①【義 aria】①詠歎調。②抒情
曲。

ありあけ⓪【有明】①黎明。拂曉。②有
明。陰曆十六夜以後，月亮還掛在空中
天就要亮的時候，亦指當時的月亮。

ありあま・る⓪④【有り余る】（動五）
有餘，過多。「～・る才能」過人的才
能；有餘的才能。

ありあり③【有り有り・在り在り】（副）
①明顯，一清二楚。「不安のようすが～
見える」清清楚楚地看得出不安的樣
子。②歷歷在目，清晰。「なき父の姿
が～目に浮かぶ」已逝父親的身影歷歷
在目。

ありあわせ⓪【有り合わせ】現成，現
有。「～のお菓子で，ご飯を食べる」用
現在的點心當飯吃。

アリーナ⓪【arena】羅馬競技場。

あり・うる②【有り得る】（動下二）可
能有，應該有。「～・うるケース」可能
有的情況。「そんなことは～・えない」
那種事不可能有。

ありか⓪【在り処・在り所】所在，下
落。「宝の～を捜し求める」尋求寶物的
所在。

ありかた⓪【在り方】應有的存在狀態，

理想狀態，存在狀態，現實狀況。「生徒
会の～に不満を持つ」對學生會的現狀
抱有不滿。

ありがた・い⓪【有り難い】（形）①值
得高興，值得感謝，感激。「手伝っても
らえば～・い」如能得到幫助將不勝感
激。②難得一見的，難得的。「ほんとう
に～・い雨だ」真是難得的雨啊！

ありがち⓪【有り勝ち】（形動）常有，
常見。「～なミス」常有的錯誤。

ありがとう②【有り難う】謝謝，感謝。
「どうも～」非常感謝！

ありがね⓪【有り金】現錢，手頭錢。「～
をはたいて買う」花光手上的錢來買。

ありきたり⓪【在り来り】老套，老生常
談。「～の解釈」老生常談的解釋。

ありくい⓪【蟻食・食蟻獣】食蟻獣。

アリゲーター③【alligator】短吻鱷。

ありさま⓪②【有り様】樣子，光景，情
況，狀況，存在狀態。「火事のあとはひ
どい～だった」火災過後是一片殘象。

ありじごく⓪【蟻地獄】①蟻獅。②蟻地
獄，死地，絕境。

アリストクラシー⑤【aristocracy】①貴
族政治。②貴族階級。

ありだか⓪【有り高】現有量，現額。

ありたやき⓪【有田焼】有田燒。

ありづか⓪【蟻塚・垤】蟻封，蟻垤，蟻
塚。

ありつ・く③【有り付く・在り付く】（動
五）終於得到，總算找到。「やっと仕
事に～・いた」終於找到了工作。

ありったけ⓪【有りっ丈】全部，所有，
一切。「～の力を出す」拿出全部力量；
竭盡全力。

ありてい⓪【有り体】照實，據實。「～
に言えば」如果照實說。

ありなし①【有り無し】有無。

ありのまま⓪【有りの儘】如實，真實，
實事求是。「～の事実」事實真相。

アリバイ⓪【alibi】不在場證明。

ありふ・れる⓪④【有り触れる】（動下
一）常有，到處都有，司空見慣。「～
・れた話」老生常談。

ありまき⓪【蟻巻・蚜虫】蚜蟲的別名。

あ

ありゅうさん⓪【亜硫酸】　亞硫酸。

ありよう⓪【有り様】　①樣子，情況，狀況。「政治の～」政治情況。②如實，照樣。「～に言えば」說實在的；實事求是地說。③應有的狀態，理想的狀態。「義務教育の～」義務教育理想的狀態。④應該有，可能有。「そんなことは～がない」不可能有那種事。

アリラン　《阿里郎》。朝鮮民謠。

あ・る⓪【有る】（動五）　①有，存在。「机の上に本が～る」桌子上有書。②有，擁有。「彼には兄弟が３人・～る」他有三兄弟姐妹。③有，具有。「気品が～・る」有品格。④有。發生，舉行。「明日会議が～・る」明天有個會議；明天開會。⑤有，足足有。「重さ10トンも～・る岩」重量足足有10噸的岩石。⑥（以「…とある」的形式表示）寫著…，寫有…。「条文には『…』と～・る」條文中寫有「…」。⑦（以「…とあって」的形式表示）因為…，由於…。「全体で決まったと・～・ってはやむをえない」因為是全體決定的，所以毫無辦法。⑧處於，處在。（以「…にあって」的形式）表示「在某處」之意。「わが党に～・っては」既然在我黨之內，就…。

あるいは⓪【或いは】　1（接續）或，或者，或許。「くもり～雨」陰或有雨。2（副）①或許，有可能。「～わたしの間違いかも知れない」或許是我的疏忽。②或，或者。「明日は、～雨が降るかも知れない」明天也許要下雨。

アルカイズム④【法 archaïsme】　古風主義。在文學、美術中為加強其效果，有意識地採用已經過時的古式表達方法或體裁。

アルカイック④【法 archaïque】（形動）古樸的，古拙的，古式的。

アルカディア③【Arcadia】　阿卡迪亞。

アルカリ⓪【荷 alkali】　鹼。→酸

アルカロイド④【alkaloid】　生物鹼。

アルギンさん⓪【一酸】〔alginic acid〕藻酸。

ある・く②【歩く】（動五）　①走，步

行，行走。「～・いて行く」走著去。②走遍，巡迴，周遊。「世界各地を～・く」走遍世界各地。③走，度過。「まじめに人生を～・く」認真走人生路。④保送上一壘。

アルコール⓪【荷 alcohol】　①醇，乙醇，酒精。②醇酒。指酒類。

アルゴリズム④【algorism】　①十進位法。②演算法，處理方式。

アルゴン⓪【argon】　氬。

アルサロ⓪　副業沙龍。由家庭主婦和學生等當女招待的夜總會，流行於1950年代前期。

あるじ①【主】　①一家之長，家或店等之長，主人。②國君，君主。

アルゼンチンタンゴ⑤【Argentine tango】阿根廷探戈舞。→タンゴ

アルタイル③【Altair】　河鼓二，牛郎星。

アルチザン⓪【法 artisan】　①工匠。藝匠。②藝匠，工匠式藝術家。

アルツハイマーびょう⓪【一病】　阿茲海默症，老年癡呆症。

アルデヒド⓪【aldehyde】　醛。

アルデンテ③【義 al dente】　麵煮得有勁道。

アルト①【義 alto】〔音〕①女低音，女低音聲部，女低音歌手。②中音樂器。

あるときばらい⓪【有る時払い】　有錢時付款，不定期付款。「～の催促なし」有錢就給，不用催促。

アルバイター③【德 Arbeiter】　臨時雇的勞動者，打工者，工讀生。

アルバイト③【德 Arbeit】スル　打工，工讀，工讀生。

アルパカ⓪【alpaca】　①羊駝。②羊駝毛織物。

アルバトロス③【albatross】　①信天翁。②信天翁球。在高爾夫球運動中，以比某洞標準桿數少３桿的桿數擊球入洞。

アルバム①【album】　①相簿，相本，集郵冊。②唱片冊。③專輯唱片。

アルピニスト④【alpinist】　登山家。

アルピニズム④【alpinism】　登山，登山運動。

アルファ⓪【alpha; A·α】 ①阿爾法。②最初，開始。↔オメガ。

アルファベット④【alphabet】 字母表。

アルファルファ③【alfalfa】 紫花苜蓿。

アルプス①【Alps】 阿爾卑斯山脈。

アルヘイとう⓪【有平糖】 有平糖。

あるべき①【有るべき・在るべき】（連語）應有的，必須的。「学生の～姿」學生應有的姿態（面貌）。

アルペッジョ③【義 arpeggio】〔音〕琶音。

アルペン①【德 Alpen】 ①阿爾卑斯山。②高山滑雪項目。

アルペンしゅもく④【一種目】 高山滑雪項目，阿爾卑斯滑雪項目。→ノルディック種目

アルペンスキー⑥【Alpen ski】 高山滑雪，登山滑雪術，登山滑雪用具。

アルマイト③【⑯Alumite】 耐酸鋁，防蝕鋁。

あるまじき④【有るまじき】（連語） 不應有，不該有。「教師に～行為」教師不應有的行爲。

アルマジロ③【armadillo】 犰狳。

アルマニャック④【法 armagnac】 雅邑白蘭地。

アルミナ⓪【alumina】 礬土。氧化鋁（Al_2O_3）的通稱。

アルミニウム④【aluminium】 鋁。

あれ⓪【荒れ】 ①狂暴，變天。「～模様」要變天的樣子。「大～」大暴風雨；大亂。②粗糙，皸裂。「肌の～」皮膚皸裂。

あれ⓪【彼】（代） ①那，那個。指與說話者和聽話者很有距離的東西。「～を取ってきてください」請拿那個來。②那件事。指說話者和聽話者雙方都明白的事情。「～はどうなっているの」那件事怎麼樣啦？③那時。那個時候。「～から田中君には会っていない」從那時起就再沒見到過田中君了。④他，那個人。指平輩以下的第三人。「～の言うことも聞いてみてください」也請聽一聽他說的話。

あれい⓪【亜鈴・啞鈴】 啞鈴。

アレキサンドライト⑦【alexandrite】 紫翠玉。

あれくる・う④【荒れ狂う】（動五） ①狂暴，發瘋，瘋狂。「人が変わったように～・う」就像換了個人似的非常狂暴。②狂，暴，洶湧。風和浪等肆虐。「～・う風雨」狂風暴雨。

アレグレット④【義 allegretto】 稍快地（演奏），小快板。

アレグロ②【義 allegro】 快，快板，活潑。

アレゴリー①【allegory】 諷喻，寓言。

あれしき⓪ 一點，那麼一種程度。「～の事」那麼點事。

あれしょう⓪③【荒れ性】 乾性。↔脂性

あれち⓪【荒れ地】 ①荒地，不毛之地，惡劣地況。「山間の～」山中的不毛之地。②荒蕪地，荒地。因不耕種而荒蕪的土地。

あれの⓪【荒れ野】 荒野。

あれは・てる④【荒れ果てる】（動下一）荒蕪。徹底荒廢。「何年も住まなかった家は、～・ててしまった」好些年無人居住的家園徹底的荒廢了。

あれほど⓪【彼程】 那樣，那麼，那般。「～言ったのに」儘管費了那麼多口舌，但…。

あれもよう③【荒れ模様】 ①要起風暴，要變天。「台風の影響で、海上は～だ」受颱風影響，海面上起了風暴。②要發脾氣（似的），變壞，紛亂，荒唐。

あ・れる⓪【荒れる】（動下一） ①狂暴，洶湧，變天，惡劣。「海が～・れる」海上波濤洶湧。②荒蕪，破敗。荒廢。「～・れた田畑」荒蕪的田地。③生活荒唐。④粗暴，胡鬧。「生活が～・れる」生活放蕩。⑤乾燥，粗糙，皸裂。「肌が～・れる」皮膚粗糙。⑥失常，混亂，失序。「試合が～・れる」比賽混亂。⑦漲跌不定。

アレルギー③【德 Allergie】 ①過敏反應。②過敏，反感。「核～」對核武的反感。

アレルゲン③【allergen】 過敏原，致敏

あ

原。

アレンジ⓪【arrange】スル ①排列，整理，排隊。②安排步驟，佈置。③編曲，改編。

アロエ⓪①【荷 aloë】 蘆薈。

アロケーション⓪【allocation】 分配，分攤，分派，分擔。

アロハ①【aloha】 阿囉哈，夏威夷語「歡迎」「再見」之意，夏威夷衫。

アロマ①【aroma】 芳香，香氣。

アロワナ⓪【arowana】 紅龍魚，金龍魚。

あわ⓪【泡・沫】 ①泡沫，氣泡。「～が立つ」起泡。②沫。「口角～を飛ばす」說得嘴角口沫橫飛。

あわ⓪【粟】 粟，小米。

アワー①【hour】 時間，時段。

あわ・い②【淡い】（形） ①淡，淡薄，清純，清淡。↔濃い。「～・い水緑色」淡綠色。②些微。「～・い光」微弱的光。③淡，淡漠，冷淡。「～・い恋心」淡漠的戀情。

あわい⓪①【間】 期間，時候，功夫，縫隙。

あわさ・る⓪【合わさる】（動五） 蓋，合，緊貼，緊閉。「ふたが～・らない」蓋子蓋得不緊。

あわ・す②【合わす】（動五） 合起，合併。「仏前に手を～・す」在佛前雙手合十。

あわ・す②【淡す・醂す】（動五） 除澀。除去澀柿子的澀味。

あわせ③【合わせ】 ①合併，調合，核對。②起竿，抬竿。

あわせ③【袷】 夾和服，夾衣。

あわせて⓪【併せて】（連語） ①合，共，共計，累計。「～一万円」共1萬日圓。②伴隨。「この件も～お願いいたします」這件事也一併拜託了。

あわせも・つ⓪【併せ持つ】（動五） 兼有，兼備。「硬軟～・った考え」軟硬兼施的想法。

あわ・せる⓪【合わせる】（動下一） ①匹配，使合適。②〔也可以寫成「併せる」〕合併，結合，合到一起。「力を～

・せる」齊心合力。③對，投機，統一。「答えを～・せる」對答案。「話を～・せる」談話投機。「口裏を～・せる」統一口徑。④合，調。「音を～・せる」調音。⑤調合，混合。「香を～・せる」調配香味。

あわただし・い⑤【慌ただしい・遽しい】（形） ①慌忙的。匆忙，急忙。「～・く旅立つ」匆忙啓程。②慌亂的，不穩定，動盪不安。「政局が～・い」政局動盪不安。

あわだ・つ③【泡立つ】（動五） 起泡，起沫。

あわだ・つ③【粟立つ】（動五） 起雞皮疙瘩。

あわだ・てる④【泡立てる】（動下一） 使起沫，使起泡，使發泡。

あわつぶ⓪【粟粒】 粟粒，小米粒，一丁點兒。

あわ・てる⓪【慌てる】（動下一） 慌，驚慌，慌張，張惶。

あわび⓪【鮑・鰒】 鮑螺，鮑魚。

あわもり⓪【泡盛】 泡盛燒酒。

あわや①（副） 差一點兒，險些，幾乎。

あわゆき③【泡雪・沫雪】 雪花，沫雪。

あわゆき③【淡雪】 薄雪。

あわよくば④（連語） 運氣好的話，有機會的話。「～勝てるかも知れない」如果順利的話也許能取勝。

あわれ⓪【哀れ】 [1]①憐憫，可憐。「～をさそう」惹人憐憫。②哀愁，情愁。「旅の～」旅愁。③悲哀，傷心。[2]（形動）①可憐，淒慘。「～な物語」淒慘的故事。②淒慘，可憐。「～な姿」一副可憐相。

あわれみ⓪③④【哀れみ・憐れみ】 憐憫，同情。「～をかける」給予憐憫。

あわれ・む⓪③【哀れむ・憐れむ】（動五） 同情，憐憫。

あん①【案】 ①法，主意，創意。「いい～が浮かぶ」想出好方案。②草稿，草案。③預料，意圖，計畫。

あん①【庵・菴】 ①庵，草棚，茅廬。②庵。附於雅號或住所、飯館名稱等後的用詞。「芭蕉～」芭蕉庵。

あん⓪【餡】 ①（豆）餡，豆沙。②餡。包在包子或麻糬中的經調味的肉末、味噌或蔬菜等。③芡汁，鹵汁。④填塞物。

あんあんり①【暗暗裏・暗暗裡】 暗中，背地裡。「～に実行する」暗中實行。

あんい⓪【安易】 ①簡單。「問題を～に考える」把問題看得簡單。②普通，沒新意。「～な発想」沒有新意的構思。

あんいつ⓪【安逸・安佚】 安逸。「～をむさぼる」貪圖安逸。

あんうつ⓪【暗鬱】 （形動） 陰沉，陰鬱，悶悶不樂。「～な梅雨空」陰沉沉的梅雨天氣。「～な表情」悶悶不樂的表情。

あんうん⓪【暗雲】 ①烏雲，陰雲。「二つの国の間こは～が漂っている」兩國間漂浮著烏雲。②似乎要發生什麼事件的險惡形勢。

あんえい⓪【暗影・暗翳】 ①陰影，黑影。②不祥之兆。

あんか①【安価】 廉價，便宜，賤價。↔高価

あんか⓪【行火】 手爐，腳爐。

あんか①【案下】 ①桌下，案下，案旁。②足下。寫在收信人名下的用語。

アンカー①【anchor】 ①錨。②最後一棒。田徑或游泳接力比賽中，跑（游）最後一棒的人。

あんがい①【案外】 （副） 沒想到。「～うまくいった」沒想到進行得很順利。

あんかけ⓪【餡掛け】 澆汁菜，淋芡汁菜。

あんかん⓪【安閑】 （タ儿） ①安閒，悠閒。「～とした日々」安閒的日子。②安之若素，安閒。「～としていられない」不能安之若素地待著。

あんき⓪【暗記・諳記】 スル 背下來，記熟。「公式を～する」把公式背下來；熟記公式。

あんぎゃ①【行脚】 スル 〔唐音〕①〔佛〕行腳，雲遊，遊方。②遊歷，周遊。

あんきょ①【暗渠】 暗渠，陰溝，暗溝。

あんぐ①【暗愚】 庸，愚昧。「～な君主」昏君。

あんぐう⓪【行宮】 行宮。

アングラマネー⑤【underground money】 地下資金，黑錢。

アンクル①【uncle】 伯父，叔父，舅父，姑父，姨父。

アングル①【angle】 ①角度。②〔「カメラ アングル」之略〕視角。③對事物的看法，觀點。④角落。

アンクレット⓪【anklet】 腳鏈，腳環。

アングロ【Anglo】 （接頭） 英格蘭的，英國（人）的。

あんくん⓪【暗君】 暗君，昏君。

アンケート①【法 enquête】 問卷調查。

あんけん⓪【案件】 ①案件。②案件。

あんこ⓪【餡こ】 餡，內餡。

あんこう⓪【鮟鱇】 ①鮟鱇。②愚蠢的人，癡呆的人。

あんこうしょく⓪【暗紅色】 暗紅色。

アンコール③【encore】 スル 安可。

アンコールワット⑥【Angkor Vat】 吳哥窟。

あんこく⓪【暗黒・闇黒】 ①漆黑，黑暗。「～な夜」漆黑的夜晚。②灰暗，暗淡。③黑暗。「～地帯」黑暗地帶。

アンゴラ【Angora】 安哥拉毛海，毛海毛織品。

アンゴラうさぎ⑤【～兎】 安哥拉兔。

あんころもち③【餡ころ餅】 裹豆沙麻糬。

あんざ⓪①【安座・安坐】 スル 安坐。

あんざいしょ⑤⓪【行在所】 行宮。

あんさつ⓪【暗殺】 スル 暗殺，謀殺。

あんざん⓪【安産】 スル 順產，平安地分娩。↔難産

あんざん⓪【暗算】 スル 心算。

あんざんがん③【安山岩】 安山岩。

アンサンブル①【法 ensemble】 ①合奏，合唱，重奏，重唱。②樂團，樂隊。③統一，配合，和諧。④女士套裝，配套束裝。⑤套裝和服。

あんし①【暗視】 夜視。

あんじ⓪【暗示】 スル 暗示。「～を得る」得到暗示。

アンジェラス①【Angelus】 領報祈禱，奉告祈禱鐘。

あ

あんししょく◎【暗紫色】　深紫色。

あんしつ◎【庵室】　庵室。

アンシャンレジーム◎【法 ancien régime】　舊封建社會制度，舊體制。

あんじゅ◎【庵主】　①庵主。②庵主。正在蓋庵室的人。③庵主。茶室的主人。

あんじゅう◎【安住】スル　①安居。「～の地を見出す」找到安居之地。②滿足於某種地位或狀態。

あんしゅつ◎【案出】スル　想出，研究出。「新しい方法を～する」研究出新的方法。

あんしょう◎【暗証】　身分代碼，密碼。

あんしょう◎【暗礁】　暗礁。

あんしょく◎【暗色】　暗色，深色。↔明色

あんしん◎【安心】スル　安心，放心，安穩。「両親を～させる」讓父母親放心。

あんず◎【杏子・杏】　杏。

あんせい◎【安静】　靜養，安靜。

あんせん◎【暗線】　暗線。

あんぜん◎【安全】　安全，保險。

あんぜん◎【暗然・黯然・闇然】（トル）　①黯然。②黯然，憂鬱。「～たる思い」黯然的心情。

あんそく◎【安息】スル　安息。

アンソロジー◎【anthology】　選集，文選。

あんだ◎◎【安打】スル　安打。（棒球運動中的）安全打點。

アンダー◎【under】　①曝光不足，顯影不足。②下，下面的。

アンダーウエア◎【underwear】　內衣，襯衣。

アンダースロー◎【underhand throw】　低手投球，低投。

アンダーパー◎【under par】　低於標準桿，少於標準桿數。

アンダーハンド◎【underhand】　低手球，下手球。

アンダーライン◎【underline】　（畫）重點線。

あんたい◎【安泰】　安泰。「国家～」國家安泰。

あんたん◎◎【暗澹】（トル）　①昏暗，陰森。②暗淡。「～たる思い」暗淡的心情。

アンダンテ◎【義 andante】　行板。

アンチ◎【anti】（接頭）　反。意為「反對…」「非…」「抗…」等。

アンチック◎【法 antique】　粗體。鉛字的字體之一。

アンチモン◎【antimon】　銻。

あんちゃく◎【安着】スル　①穩定，沉著。②未出事故，平安抵達。

あんちゃん◎【兄ちゃん】　①哥哥。稱呼自己兄長的用語。②小夥子，大哥，阿飛。稱呼年輕男子的用語，亦指看似不良的年輕男子。「～風の男」阿飛模樣的男人。

あんちゅうもさく◎◎【暗中模索】スル　暗中摸索。摸索。

あんちょく◎【安直】　①價廉，便宜。②省事，輕鬆，簡便，簡單。「～なやり方」簡便的做法。

あんちょこ◎　自學參考書。

アンチョビー◎【anchovy】　鯷魚。

アンツーカー◎【法 en-tout-cas】　紅沙土，紅土場地。

あんてい◎【安定】スル　①安定，穩定。②〔物〕穩定。③〔化〕惰性。

アンテナ◎【antenna】　①天線。②觸角，觸鬚。

あんてん◎【暗点】　暗點。→盲点もう

あんてん◎【暗転】スル　①舞臺變暗，不落幕而轉換場景。②事態向不好的方向轉化。

あんど◎【安堵】スル　①放心。②安堵，允許領有。

アンド◎【and】　及，和，與，兼。

あんとう◎【暗闘】スル　暗鬥。

アントニム◎【antonym】　反義詞。↔シノニム

アントルメ◎【法 entremets】　最後的甜點。

アントレ◎◎【法 entrée】　主菜，間菜。西餐在繼魚料理之後、烤肉之前上的一道主要菜餚。

アンドロイド◎【android】　智慧型機器

人。

アンドロメダ[5]【拉 Andromeda】 英仙座。

あんな[0]（形動） ①那樣的。「~姿にはなりたくない」我可不想變成那副模樣。②那般，那麼。「~静かな所はない」並不是那麼安靜的地方。

あんない[3]【案内】スル ①引路，帶路。「目的地まで~する」帶路到目的地。②導遊，嚮導。「万里の長城を~する」陪同遊覽長城。③通知，告知。「入学~」入學通知。④熟悉，詳知。「ご~の通り」正如您所知。⑤傳達。「受付で~を請う」請傳達室傳達一下。

アンニュイ[3]【法 ennui】 無聊，厭倦感。

あんねい[0]【安寧】 安寧。「~秩序」安寧的秩序。

あんのじょう[3]【案の定】（副） 不出所料。「~午後から雨こなった」不出所料下午開始下雨了。

あんのん[0]【安穏】 安穩。「~に暮らす」安穩地過日子。

あんば[0]【鞍馬】 鞍馬。

アンバー[1]【amber】 琥珀，琥珀色。

あんばい[3]【塩梅・按配】スル （菜餚的）味道，口味。「~がいい」味道很好。②（事物的）情況，狀況。「いい~に雨がやんだ」正好雨停了。③身體情況，健康狀態。「体の~が悪い」身體情況欠佳。

あんばい[3]【按排・按配】スル 安排。

アンパイア[3]【umpire】 裁判。

あんばこ[0]【暗箱・暗函】 暗箱，暗匣。

アンバランス[4]【unbalance】 不平衡，不均衡，不和諧。「収支の~」收支不平衡。

あんパン[3]【餡一】 帶餡麵包。

あんはんのう[3]【暗反応】 ①暗反應。②暗循環反應。

あんぴ[1]【安否】 否平安無事。「~を問う」問安。

アンビギュイティ[4]【ambiguity】 歧義。

アンビシャス[3]【amtitious】（形動） 野心勃勃，抱負遠大，有雄心。

アンビバレンス[3]【ambivalence】 矛盾情緒。

あんぶ[1]【暗部】 暗部，陰影（區）。

あんぶ[1]【鞍部】 鞍部。

あんぷ[0]【暗譜・諳譜】スル 記住樂譜，背樂譜。

アンプ[1] 放大器，增幅器，擴音器。

アンフェア[3]【unfair】（形動） 不公平，不正當，不光明。

アンプル[1]【法 ampoule】 安瓿。

アンブレラ[4]【umbrella】 洋傘。

あんぶん[0]【案分・按分】スル 分配。

あんぶん[0]【案文】 草稿。

アンペア[3]【ampere】 安培。

あんぽう[0]【罨法】スル 包裹法，濕敷法。「冷~」冷包裹法；冷濕敷法。

あんぽんたん[3]【安本丹】 糊塗蟲，笨蛋，傻瓜。「この、~め」你這個傻瓜！

あんま[0]【按摩】スル 按摩。

あんまく[0]【暗幕】 黑幕簾。

あんまり[0]【余り】（副・形動） 於，過分，過火。「~好きじゃない」不太喜歡。「~な仕打ち」過分的行為。

あんまん[0]【餡饅】 豆沙包。

あんみつ[0]【餡蜜】 蜜豆餡。

あんみん[0]【安眠】スル 安眠。「~妨害」

あんもく[0]【暗黙】 沉默，緘默。「~の了解を得る」達成默契。

アンモナイト[4]【ammonite】 菊石。

アンモニア[0]【ammonia】 氨。

あんや[1]【暗夜・闇夜】 黑夜。

あんやく[0]【暗躍】スル 暗中活動，祕密策畫。

あんらく[1][0]【安楽】 安樂，身心皆安，很滿足。「余生~に暮らす」安度餘生。

アンラッキー[3]【unlucky】（形動） 不幸，倒楣。不走運。↔ラッキー

あんりゅう[0]【暗流】 暗流。

い▣【イ】　Ａ音。西洋音樂的音名。

い▣【井】　井。

い▣【亥】　①亥。②亥時。

い▣【医】　醫，醫治，醫生，醫術。

い▣【威】　威。「虎の～を借る狐[きつね]」狐假虎威。

い▣【胃】　胃。

い▣【異】　①異，不同。②（形動）奇異，奇怪。「～ち感じ」奇異的感覺。

い▣【意】　①意，心意，意願，意圖。「～のままに振舞う」隨心所欲。②意思，意義。

いあい【居合】　拔刀斬。

いあい【遺愛】　遺愛。「父の～の品」父親生前喜愛之物。

いあつ【威圧】スル　壓制，威懾。「～的な態度」高壓式的態度。

いあわ・せる▣【居合わせる】（動下一）當時在場。「現場に～」正好在現場。

いあん▣【慰安】スル　慰勞，安慰。「社員の～旅行」公司職員的慰勞旅行。

いい▣【謂】　謂。因由，內容，意思。「日暮れて道遠しとはまさにこの～であろう」這真可謂是日暮路遠吧。

い・い▣【好い・良い・善い】（形）好，良，善。〔「よい」的終止形，連體形之轉換音〕主要用於口語中。「～・い人」好人。

いいあい【言い合い】スル　爭論，吵嘴，口角。

いいあ・う▣【言い合う】（動五）①互相說，各說各的。「悪口を～・う」相互對罵。②爭吵，吵架，爭論。

いいあ・てる▣【言い当てる】（動下一）言中，猜中，猜到。

いいあらそ・う▣【言い争う】（動五）吵嘴，口角，爭吵，爭論。

いいあらわ・す▣【言い表す】（動五）言表。「ことばでは～せないうれしさ」無法用語言來表達的喜悅。

いいあわ・せる▣【言い合わせる】（動下一）預先商量，事先協商。「～・せたように全員が反対する」大家像事先商量好似的一致反對。

いいえ▣（感）　不，不是，不對。「～、そうていはいあいません」不，不是那樣。

いいお・く【言い置く】（動五）留言，留話。

いいおく・る▣【言い送る】（動五）①函告，傳話。②轉告，傳達。

いいおと・す【言い落とす】（動五）忘了說。「肝心な用件を～・す」重要的事忘了說。

いいかえ・す【言い返す】（動五）①還嘴，頂嘴，爭辯，回敬。「負けずに～・す」不示弱地頂嘴。②重複說。

いいか・える▣【言い換える】（動下一）換言，換句話說。

いいがかり▣【言い掛かり】　（找）碴，挑毛病，藉口。「～をつける」找碴。

いいか・ける▣【言い掛ける】（動下一）①剛一開口。「～・けてやめる」剛開口又不說了。②向…說。「無理難題を～・ける」提出無理要求。

いいかげん▣【好い加減】　①（形動）①適當，恰當，適度。適可而止的。「～にしろ」算了吧！適可而止吧！②敷衍，馬虎，胡亂。不負責任的樣子。「仕事を～にやる」工作馬馬虎虎。③不痛不癢，支吾搪塞。不徹底的。「～な返事しないでくれ」回答請清楚點，別含含糊糊的。②（副）真是。頗，很，相當。「～いやになる」相當討厭。

いいかた▣【言い方】　說法，表述方式。「～が気に入らない」話說的不中聽。

いいか・ねる▣【言い兼ねる】（動下一）①難於開口，礙於，難說。「ここでは～・ねる」在這裡難於開口。②（接否定）看似什麼都說得出。「とんでもないことを～・ねない」什麼話都能說得出口。

いいかわ・す⓪【言い交わす】（動五）
①交談。②訂婚約。「～・した仲」訂婚
關係。

いいき⓪【異域】 異域，外國，異國。

いいきか・せる⓪【言い聞かせる】（動下
一） 勸告，勸說，教誨。

いいき・る⓪【言い切る】（動五） ①斷
定，說死。②說穿。

いいぐさ⓪【言い種・言い草】 ①話，說
法，措辭。「その～が気にくわない」那
種說法令人討厭。②藉口。「今さら～も
ないものだ」事到如今發牢騷也沒用。

いいくさ・す⓪【言い腐す】（動五） 挑
毛病，貶低，貶斥。

イーグル⓪【eagle】 ①鷲，鷹。②老鷹
球。高爾夫球運動中，以比某洞的標準
桿數少兩桿的桿數擊球入洞。

いいくる・める⓪【言い包める】（動下
一） 哄騙，朦騙。

いいこ・める⓪【言い籠める】（動下一）
駁倒，說倒。「事実で相手を～める」用
事實駁倒對方。

いいさ・す⓪【言い止す】（動五） 話沒
說完。「～・して席を立つ」話沒說完便
離席而去。

イーサネット⓪【Ethernet】 乙太網路，
小區域內通訊網路。→ラン（LAN）

イージー①【easy】（形動） 簡單，單
純，輕易，簡便。「～な考え方」
簡單的想法。

いいしぶ・る⓪【言い渋る】（動五） 欲
言又止，不便明說，不好意思說。「返事
を～る」難以答覆。

いいじょう⓪【言い条】 主張，意見。
「相手の～を立てる」尊重對方的意
見。

いいしれない⓪【言い知れない】（連語）
不知怎麼說才好的，難以形容。「～悲し
み」難以形容的悲傷。

いいす・ぎる⓪【言い過ぎる】（動上一）
說過頭，說得過火，說得過分。「ちょっ
と～・ぎてしまった」有點說過火了。

イースター①【Easter】 復活節。

いいす・てる⓪【言い捨てる】（動下一）
撂話，說一聲就走開，說完就不管，說

完就算了。

イースト⓪【east】 東，東方。

イースト⓪①【yeast】 酵母，酵母菌。

いいそこな・う⓪【言い損なう】（動五）
①說錯，失言。「せりふを～・った」說
錯了台詞。②忘了說。「うっかりして一
番大切なことを～・った」一疏忽，最
關鍵的事忘了說。③沒能說出。

いいそび・れる⓪【言いそびれる】（動下
一） 沒能說出。

いいだくだく⓪【唯唯諾諾】（ル） 唯唯
諾諾。「～として従う」唯命是從。

いいだこ⓪【飯蛸】 短蛸。章魚的一種。

いいだしっぺ⓪【言い出しっ屁】 提議
人，誰先說誰先做。

いいた・てる⓪【言い立てる】（動下一）
①堅決主張，強調。②列舉。「欠点を～
・てる」列舉缺點。③託詞。藉口。

いいちがい⓪【言い違い】 說錯（話）。

いいちが・える⓪【言い違える】（動下
一） 說錯。

いいつか・る⓪【言い付かる】（動五）
奉命，受命。「重要な仕事を～・る」接
受重要的工作。

いいつ・ぐ⓪【言い継ぐ】（動五） ①流
傳，口承，傳說。「代々～・がれてき
た」被世世代代流傳下來。②接著說。

いいつく・す⓪【言い尽くす】（動五）
說盡，說完。「意見は～・されていた」
把意見都說出來了。

いいつくろ・う⓪【言い繕う】（動五）
粉飾，掩飾，遮掩。

いいつけ⓪【言い付け】 吩咐，命令，指
示。「親の～」父母之命。

いいつ・ける⓪【言い付ける】（動下一）
①吩咐，委任，命。「母は部屋をきれい
に掃除するようにと姉に～・けた」媽
媽吩咐姐姐把房間打掃乾淨。②告發，
告密。「弟はぼくが先生に叱られたこと
を父に～・けた」弟弟把我被老師罵的
事告訴了爸爸。③說慣，常說。

いいつたえ⓪【言い伝え】 傳說，言傳。

いいつた・える⓪【言い伝える】（動下
一） 傳說，言傳，流傳下來。「今な
お～・えられている昔話」現在仍然流

い

いいつの・る◎【言い募る】（動五）　越說越僵。

イートイン◎【eat-in】　店內用餐。

いいとお・す◎【言い通す】（動五）　硬說，堅持說，一口咬定。

いいなお・す◎【言い直す】（動五）　①重說，重申。②改口，改說。「わかるように標準語で～・す」改用讓人聽得懂的標準語說。

いいな・す◎【言い做す】（動五）　①煞有介事地說，編造。「事実のように～・す」編造的像事實一樣。②說和，調停。

いいならわ・す◎【言い慣わす】（動五）　①說慣。「お盆には魚に出ないと世間で～・している」世人傳說孟蘭盆節那天不能去捕魚。②俗話說，常說。

いいなり◎【言い成り】　唯命是從，百依百順。「他人の～になる」任憑他人擺布。

いいにく・い◎【言い難い】（形）　①不好意思說，難於啟齒。「面と向かっては～・い」當面不好意思說。②難說。

いいぬ・ける◎【言い抜ける】（動下一）　托辭，支吾搪塞。「あいつは口がうまいからいつも巧みに～・ける」那傢伙能言善道，總是能巧妙的搪塞過去。

いいね◎【言い値】　要價，開價。↔付け値。「～で買う」按要價購買。

いいのが・れる◎【言い逃れる】（動下一）　託詞，支吾搪塞，推卸責任。

いいのこ・す◎【言い残す】（動五）　①沒說完，言而未盡。②留話，留言。「父の～・した教え」父親留下的教誨。

いいはな・つ◎【言い放つ】（動五）　斷言，一口斷定，不客氣地說，斬釘截鐵地說。

いいはや・す◎【言い囃す】（動五）　①議論紛紛，傳揚。「二人の仲を～・す」對二人的關係議論紛紛。②稱讚，讚揚。

いいは・る◎【言い張る】（動五）　固執己見，堅持說，硬說。

いいひらき◎【言い開き】 スル　辯白，辯解，分辯。

いいふく・める◎【言い含める】（動下一）　說明白，仔細囑咐。

いいふる・す◎【言い古す】（動五）　陳詞濫調，老生常談，老話。

いいぶん◎【言い分】　說法，說詞，意見，牢騷，不平。「皆の～を聞く」傾聽大家的意見。

イーブン◎【even】　平分，同分。

いいまか・す◎【言い負かす】（動五）　說服，駁倒。

いいまぎら・す◎【言い紛らす】（動五）　支吾，敷衍，打岔。

いいまわし◎【言い回し】　措詞，說法。「～がうまい。」措詞得當。

いいよう◎【言い様】　說話技巧，措詞。「ものも～で角が立つ」一句話能把人說樂，也能把人說惱。

いいよど・む◎【言い淀む】（動五）　吞吞吐吐，欲言又止。

いいよ・る◎【言い寄る】（動五）　①求愛，追求異性。②搭話接近。

いいわけ◎【言い訳】 スル　申辯，辯解，分辯，解釋。

いいわた・す◎【言い渡す】（動五）　宣示，宣明，宣判，宣告。

いいん◎【医院】（小）　醫院。

いいん◎【委員】　委員。「学級～」班長。

い・う◎◎【言う・云う】（動五）　①響，作響，吱吱聲。「戸がガタガタ～・う」門咯嗒咯嗒作響。②言，云，說，講，道。「名前を～・う」說出姓名。「行き先を～・う」說出去向。③說。命令，指示。「私の～・う通りにしろ」按我說的去做。④稱爲。叫做。「日本と～・う国は」叫做日本的國家；日本這個國家。

いうなり◎【言う成り】　任人擺布，唯命是從，沒有主見。

いえ◎【家】　①房，屋。「～を建てる」蓋房子。②家，家宅。「～を出る」離家出走。③成家。「結婚して～をもつ」結婚成家。④家。「彼の～は代々医者だった」他家代代都是醫生。⑤家世，門第。「～を継ぐ」繼承家業；承祧。

いえい⓪【遺詠】　①遺詩。②遺詠。辭世的詩。

いえい⓪【遺影】　遺照，遺像。

いえがまえ⓪【家構え】　房屋構造。

いえがら⓪【家柄】　①門第，家世。②大戶人家，名門。「さすが~だ」不愧是名門。

いえき⓪【胃液】　胃液。

いえじ⓪【家路】　歸途，回家的路。「~につく」踏上歸途。

イエス①【yes】　①(感)是，對。②(名)對，是的。表示贊成。「~かノーか返答を迫る」迫使回答同意還是不同意。↔ノー

イエスキリスト⑤【希 Iēsous Christos】　耶穌基督。救世主耶穌。→キリスト

いえすじ⓪【家筋】　家世，血統，家系。

いえつき⓪【家付き】　①附帶房子。「~の土地」帶房子的土地。②一直住在某人家，招婿入贅。「~の娘」招婿入贅的女兒。

いえづと⓪【家苞】　（帶回家的）禮物，土產。

いえで⓪【家出】スル　離家出走。

いえども【雖も】（連語）　雖然，即使…也…。

いえなみ⓪【家並み】　①房屋成排。②家家戶戶。

いえぬし⓪【家主】　①房東，房主。②戶主。一家之主。

いえばえ⓪【家蠅】　家蠅。

いえばと⓪【家鳩】　家鴿。

いえもと⓪【家元】　家元，師門，師家，嫡派，掌門人。

いえやしき⓪【家屋敷】　房地產，房產。「~を売りはらう」賣掉房屋和宅地。

い・える⓪【癒える】（動下一）　①痊癒，癒。②癒合，復原，消除。「心の痛手が~・える」心靈的創傷治好了。

イエロー①【yellow】　黃色，黃。

いえん⓪【以遠】　比某一地點更遠，亦指其場所。

いえん⓪【胃炎】　胃炎。

いお①【庵】　庵，（草）廬。

いおう⓪【硫黄】　硫磺，硫。

いおう⓪【以往】　①以後。「明治~」明治時期以後。②在那以前，從前。

いおうびょう⓪【萎黄病】　①萎黃病。植物的病狀。②萎黃症。缺鐵性貧血，患者皮膚、黏膜等蒼白，多見於年輕女性。

イオマンテ③　歸天祭禮。愛奴族的儀禮之一。→熊祭り

いおり⓪【庵・廬】　庵，廬。「~を結ぶ」結庵；結廬。

イオン①【德 Ion】　離子。

いおんびん②【イ音便】　「イ」音便。

いか⓪【烏賊】　烏賊，墨魚，魷魚。

いか⓪【紙鳶・凧】　紙鳶。

いか①【以下・已下】　①以下。↔以上。②以下，等。「代表団団長~10名の一行」連代表團團長在內的一行10人。③下面，以下，以後。↔以上。「~省略」以下從略。

いか①【医科】　醫科。「~大学」醫科大學。

いか①【異化】スル　①異化。↔同化。②〔生〕異化作用，分解代謝。↔同化。③〔德 Verfremdung〕陌生化。

いが②【毬】　刺殼斗。

いかい⓪【位階】　位階，階位。

いかい⓪【遺戒・遺誡】　遺戒，遺訓。

いがい⓪【貽貝】　貽貝，淡菜。

いがい①【以外】　以外，之外。「電車~の乗りものはない」除了電車沒有別的交通工具。「読書~にスポーツもすきだ」除了讀書外，還喜歡運動。

いがい⓪①【意外】　意外。「事件は~な方向に発展した」事件朝著意想不到的方向發展了。

いがい⓪【遺骸】　遺骸。

いかいよう②【胃潰瘍】　胃潰瘍。

いかが②【如何】（副）　①如何。「~いたしましょうか」如何做才好？怎麼辦好呢？②如何，妥否。「~おすごしでしょうか」過得怎麼樣。③如何，行嗎，可以嗎。「お茶は~ですか」來杯茶怎麼樣？

いかがわし・い⓪【如何わしい】（形）　①可疑的，不可靠的。「~・い薬」不可

靠的藥。②色情的，不正經，不規矩，有失道德。「～・い場所」色情場所。

いかく⓪【威嚇】スル　威嚇，恐嚇，恫嚇。「～射撃」威嚇性射擊；鳴槍警告。

いがく①【医学】　醫學。「～生」醫學生。

いかくちょう③【胃拡張】　胃擴張。胃壁鬆弛，胃呈異常擴展的疾病。

いがぐり⓪⓪【毬栗】　帶刺殼斗栗子，毛栗子。

いかけ⓪【鋳掛け】　鑄焊，鑄件焊補。「～屋」焊補修理的人或店舖。

いか・ける⓪【射掛ける】（動下一）　放箭。向敵人射箭。

いかさま⓪【如何様】　冒牌貨，亦指作弊，詐欺。「～をやる」作虛弄假。

いか・す（動五）　棒，帥，有派頭。「～・すスタイル」瀟灑的姿態。

いか・す【生かす・活かす】（動五）①弄活，救活，留活命，使活下去。⇔殺す。「もう～・しておけない」不能再讓他活下去。②運用，有效利用，充分發揮，應用，運用。⇔殺す。「才能を～・す」充分發揮才能。

いかすい⓪【胃下垂】　胃下垂。

いかずち⓪【雷】　雷。

いかそうめん【烏賊素麺】　烏賊麵。

いかぞく②【遺家族】　遺屬，遺族。

いかだ⓪【筏】　①筏子，木排，竹筏。「～を流す」放流筏。②烤鰻魚串。

いがた⓪【鋳型】　①鑄模，造型，鑄器模型。②模式。

いかつ・い③【厳つい】（形）　嚴厲，嚴肅，粗獷，繃緊。「～・い顔」繃著臉；嚴厲的面孔。

いかな⓪【如何な】（連體）　如何的。「～人でもかなうまい」無論什麼樣的人也會吃不消吧。

いかなご【玉筋魚】　玉筋魚。

いかなる②【如何なる】（連體）　如何的，怎樣的。「～困難があろうとも」不管有怎樣的困難。

いかに②【如何に】（副）　①如何，怎樣。「人生は～生きるべきか」人生應該如何渡過？②如何，多麼。「～辛くても努力しなければならない」無論有多少

艱難困苦也必須努力！③無論如何。「～に忙してても」無論怎麼忙。

いかにも②【如何にも】（副）　①真的，實在，的確，完全。「このまま中止するのは～残念だ」就這樣放棄實在遺憾。②的確，著實，確實，誠然。「～学生らしい態度」確實是學生應有的態度。「～、そのとおりだ」的確如此。

いかのぼり③【紙鳶・凧】　紙鳶。風箏。

いかばかり③【如何許り】（副）　如何，多麼，怎樣。「～お喜びのことでしょう」該是多麼高興的事啊！

いかほど⓪【如何程】　①多少，若干。「料金は～でしょうか」是多少錢呀？②多麼，何等。「～努めても及ばない」無論怎樣努力，也來不及了。

いがみあ・う④【啀み合う】（動五）　①相互咆哮，互咬。②互相仇視，彼此不和。

いかめし・い④【厳めしい】（形）　①嚴肅，莊嚴。「～・い顔つき」嚴肅的面孔。②嚴厲，嚴格，森嚴。「～・い警備陣」森嚴的警備陣容。

いカメラ②【胃―】　胃內視鏡。

いかもの⓪【如何物】　①贗品，假貨。「～をつかませられる」受騙買了假貨。②冷門貨，稀奇古怪東西。「～あさり」獵奇。

いかよう⓪【如何様】（形動）　怎麼樣，如何，怎麼。「～にもするがいい」你隨便怎麼辦好了。

いから・す④【怒らす】（動五）　①惹怒，惹惱。使生氣。②瞪（眼），聳（肩），端（肩），擺架子。「肩を～・して歩く」擺起架子聳肩。

いから・せる【怒らせる】（動下一）　惹怒，惹惱，擺架子。

いがらっぽ・い⑤【蘞辛っぽい】（形）　辣嗓子，嗆嗓子。

いかり⓪⓪【怒り】　怒，憤怒，生氣。「国民の～を呼ぶ」激起民憤。

いかり⓪【錨・碇】　①錨，碇。②錨狀鉤子。

いか・る②【怒る】（動五）　①怒，憤怒，惱怒。②聳起，抬起。「肩が～・

る」聳起肩膀。③粗魯，粗野。行動粗暴。

いかれぽんち[4]　公子哥。

いか・れる[0]（動下一）　①頭腦（精神）不正常。②著迷，熱衷，迷戀。「女に～・れる」迷戀女色。③報廢，陳舊，（機能）衰退，出故障。「車が～・れる」車該報廢了。④輸。「まんまと～・れてしまった」一敗塗地。

いかん[2]**【如何・奈何】**　如何，怎麼樣。「理由の～を問わず」不管理由如何。

いかんせん　①莫可奈何。無奈，很遺憾。②怎麼辦；無奈。

いかんとも　（下接否定）怎麼也…，無奈…。「～しがたい」怎麼也不好辦；無可奈何。

いかん[1]**【衣冠】**　①衣冠。②衣冠。平安中期以後穿用的僅次於束帶的正裝。

いかん[1]**【尉官】**　尉官。

いかん[0]**【移管】**スル　移管，移交，劃出。

いかん【移監】スル　移監。

いかん[0]**【遺憾】**　遺憾。「～千万」萬分遺憾。「～の意を表す」表示遺憾。

いがん[0]**【胃癌】**　胃癌。

いかんそく[2]**【維管束】**　維管束。

いき[2]**【生き】**　①生，活。指活著的。↔死に。②新鮮，生機勃勃。「～のいい魚」新鮮魚。③生動。有生氣。「～のいい若者」朝氣蓬勃的年輕人。④活（棋）。↔死に。⑤保留，恢復。（校對時）把刪掉的字保留。

いき[1]**【息】**　①氣息。「～が苦しい」呼吸困難。②呼吸。「～が絶える」氣息已絕；斷氣。③元氣，生氣，氣勢。「～を吹き返す」甦醒；緩過氣來。④步調，節奏。「二人は～が合う」兩人配合得很好。⑤氣味。茶等的香味。

いき[0]**【粋】**　①漂亮，瀟灑，風流，帥，派。↔野暮(やぼ)・ぶいき。「～な人」瀟灑，風流人物。②通情達理，老練，圓滑。↔野暮・ぶいき。「～な計らい」圓滑的處理。③粉味通。精通花街柳巷、嫖妓玩樂，亦指花街柳巷，花柳界。「～筋の女」青樓女子。④豔聞，風流韻事。

いき[1]**【域】**　域，階段，限度，境界。「名人の～に達する」達到名人的境界。

いき[1]**【閾】**　閾（限）。

いき[1]**【位記】**　授位證書。授予位階時交付的證明文書。

いき[1]**【意気】**　意氣，幹勁，氣魄。「～がある」意氣高昂。

いき[1]**【遺棄】**スル　①遺棄。「死体を～する」遺棄屍體。②〔法〕遺棄。

いぎ[1]**【威儀】**　①威儀。「～を正す」端正威儀。②威儀。

いぎ[1]**【異義】**　異義。↔同義。「同音～」同音異義。

いぎ[1]**【異議】**　異議。

いぎ[1]**【意義】**　①意義，意思。「単語の～を調べる」查單字的意思。②意義。事物的價值和重要性。「～のある人生」有意義的人生。

いきあたりばったり[0][3]**【行き当たりばったり】**　漫無目的，得過且過，敷衍了事。「何事も～にやる」什麼事都得過且過。

いきあた・る[4]**【行き当たる】**（動五）　碰壁，走到盡頭。

いきいき[3]**【生き生き・活き活き】**（副）スル　①活生生，生動，鮮活。「～とした魚」鮮活的魚。②生動，生氣勃勃。「～(と)した表情」生動的表情。

いきうつし[0]**【生き写し】**　酷似，逼真，非常像，一模一樣。「母親に～だ」和母親一模一樣。

いきうま[2]**【生き馬】**　活馬，活著的馬。

いきうめ[0][4]**【生き埋め】**　活埋。

いきえ[0][2]**【生き餌】**　活餌，活食。

いきおい[3]**【勢い】**　[1]①勢力，氣勢。「走った～でとぶ」靠助跑的衝力飛起來。②氣勢，銳氣，勁頭，威勢。「日の出の～」飛黃騰達。③權勢。「政界で～をもつ」在政界具有權勢。④勢，勢頭。「緒戦に勝った～で勝ち進む」以首戰告捷之勢，乘勝前進。[2]（副）勢必。「高いから～売れなくなる」因為價錢太貴自然賣不了。

いきがい[3][5]**【生き甲斐】**　生存意義，人

い

生價值。

いきかえ・る◎【生き返る】（動五）①復活，復生，甦醒過來。②恢復，復甦，重現活力。「久しぶりの雨で、草木が～・ったようだ」久旱逢甘霖，草木好像甦醒過來了。

いきがかり◎【行き掛かり】 事情的進展。同「ゆきがかり」。「～上、ここでやめるわけにはいけない」既然已著手，就不能就此停止。

いきがけ【行き掛け】 中途，順路，順便。

いきがみ◎【生き神】 活神仙。

いきが・る◎【粋がる】（動五） 裝瀟灑。「人前で～・るいやなめ」在人前愛逞強的討厭傢伙。

いきき◎◎【行き来】スル 往來，往返，交往，來往。

いきぎも◎【生き肝・生き胆】 活體肝臟。

いきぎれ◎◎【息切れ】スル ①呼吸困難，氣喘。「走って来たので～がする」因為是跑來的，所以很喘。②做到一半沒勁了，不能堅持下去。

いきぐされ◎【生き腐れ】 鮮腐。（魚等）看起來新鮮實際已腐爛。「鯖(さば)の～」鯖魚看起來新鮮實際已腐爛。

いきぐるし・い◎【息苦しい】（形）①呼吸困難，憋氣。②沉悶緊張，令人窒息。「～・い雰囲気」沉悶緊張的氣氛。

いきけんこう◎【意気軒昂】(タル) 意氣昂揚，意氣高昂。

いきご・む◎【意気込む】（動五） 意氣風發，鼓足幹勁，興致勃勃，強烈意願。「今度はぜひ勝とうと～・む」加把勁，這次一定贏。

いきざい◎【遺棄罪】 遺棄罪。

いきさき◎【行き先】 去向，去處，目的地。

いきさつ◎【経緯】 原委，來龍去脈。「これまでの～を説明する」說明事情的原委。

いきざま◎【生き様】 生存方式。「すさまじいまでの～」活得非比尋常。

いきじ◎【意気地】 意氣，氣概，毅力，

自負，自尊心，好勝心。「男の～」男人的自尊心。

いきじごく◎【生き地獄】 人間地獄，活地獄。

いきしな◎【行きしな】 順道，順便。「～に立ち寄る」順便去。

いきしに◎【生き死に】 生死，死活。「～にかかわる問題」生死攸關的問題。

いきじびき◎【生き字引】 活字典。

いきしょうてん◎【意気衝天】 意氣衝天，氣勢衝天。「～の勢い」幹勁衝天的氣勢。

いきす・ぎる◎【行き過ぎる】（動上一）①路過，經過。②過火，過度，走過頭。

いきすじ◎【粋筋】 ①花柳界等色情方面。「～の客」花柳界的客人。②風流豔事。「～のうわさ」桃色傳聞。

いきせきき・る◎【息せき切る】（動五）氣喘吁吁。「発車まぎわに～って駅に駆けつけた」快要發車時才氣喘吁吁地趕到車站。

いきそそう◎【意気阻喪・意気沮喪】スル意志衰退，意志頹廢，意氣沮喪。

いきたい◎【生き体】 活勢。相撲運動中，力士互相扭在一起同時倒時，腳尖向下並被判定身體姿勢處於比對手占優勢的狀態。↔死に体

いきだおれ◎【行き倒れ】 路倒，倒在路上。

いぎたな・い◎【寝穢い】（形） ①貪睡的，愛睡覺的。②睡相難看。

いきち◎◎【生き血】 鮮血。

いきち◎◎【閾値】 ①閾值。②刺激閾限值。

いきちがい◎【行き違い】 走岔了，分歧，誤解。

いきづかい◎【息遣い】 呼吸情況，喘氣節奏。

いきつぎ◎【息継ぎ】スル ①吸氣，換氣。②歇口氣，休息一下，間歇。

いきづ・く◎【息衝く】（動五） ①喘氣。②嘆氣，嘆息。

いきつけ◎【行き付け】 去習慣的，常去，去熟了。

いきづま・る⓪【息詰まる】（動五）　呼吸困難，喘不過氣，令人窒息。「バレーの試合は～る熱戦だった」是一場緊張激烈的排球比賽。

いきとうごう⓪【意気投合】スル　意氣相投，情投意合。

いきどお・る⓪【憤る】（動五）　氣憤，憤慨。「社会の腐敗に～を覚える」對社會的腐敗感到憤怒。

いきとしいけるもの【生きとし生ける物】　一切生物，一切生靈。

いきとど・く⓪【行き届く】（動五）　周到，周密，無微不至。

いきどまり⓪【行き止まり】　走到盡頭。

いきながら・える⓪⓪【生き長らえる】（動下一）　①長生，長壽。②倖存，存活，活下來。「99才まで～・えた」長壽地活到99歲。

いきなり⓪（副）　一下子，冷不防，馬上，突然。

いきぬき⓪⓪【息抜き】スル　①間歇，歇口氣。②通風孔，換氣口。

いきぬ・く⓪【生き抜く】（動五）　活下去，活到底。

いきのこ・る⓪【生き残る】（動五）　倖存，殘存。

いきのね⓪【息の根】　呼吸，命。

いきの・びる⓪【生き延びる】（動上一）　倖存，長生，延長生命。

いきば⓪【行き場】　去處，下落。

いきはじ⓪⓪【生き恥】　活著受辱。↔死に恥

いきば・る⓪【息張る】（動五）　（運氣）使勁，用力拼，使勁堅持。

いきぼとけ⓪【生き仏】　①善良人，活菩薩。②活佛。

いきま・く⓪【息巻く】（動五）　慷慨激昂，怒氣沖沖。

いきみ⓪⓪【生き身】　活人，活體。↔死に身

いき・む⓪【息む】（動五）　運氣用力，運氣使勁。

いきもの⓪⓪【生き物】　①活物，活體。②生命力。「言葉は～だ」語言是有生命力的。

いきょ⓪【依拠】スル　依據，依靠。「大衆に～する」依靠群眾。

いきょう⓪【異教】　異教。

いきょう⓪【異郷】　①異鄉，他鄉。②異國。

いきょう⓪【異境】　①外國，外國土地。②異境。不同尋常的地方。

いぎょう【異形】　異形，奇形怪狀。「～の者」打扮奇特的人。

いぎょう⓪⓪【偉業】　偉業。「～を成し遂げる」完成偉業。

いぎょう【遺業】　遺業。「父の～を継ぐ」繼承父親的遺業。

いきようよう⓪【意気揚揚】（ゟ）　意氣昂揚，得意揚揚。「～と引きあげる」得意揚揚地凱旋而回。

いきょく⓪【医局】　診療室，醫務室。

いきょく⓪【委曲】　委曲，詳情。「～を尽くして説明する」詳細的説明。

イギリス【葡 Inglez】　英國。

いきりた・つ⓪④【熱り立つ】（動五）　激憤，怒不可遏。

いきりょう⓪【生き霊】　生魂，生靈，活人怨魂。↔死霊リョウ

い・きる⓪【生きる】（動上一）　①活著。②生活。「～・きるために働く」勞動生活。「海に～・きる」在海上生活。③度過一生，活著。略帶文學色彩的説法。「限られた命を精いっぱい～・きる」盡全力度過有限的生命。「芸一筋に～・きる」獻身於藝術。④有效，生動，發揮作用。「この法律はまだ～・きている」這個法律還有效。⑤活（棋）。⑥棒球運動中，上壘的球員未出局。↔（除了②③以外）死ぬ

いきわかれ⓪【生き別れ】　生離，生別，訣別。↔死に別れ

いきわた・る⓪【行き渡る】（動五）　普及，遍布。

いく⓪【幾】（接頭）①幾，多少。「～人」幾（個）人。「～山河」幾多山河。②幾，許多。「～百年となく」不止幾百年。「～久しく」許久；很久。

イグアナ【西 iguana】　①鬣蜥。②綠鬣蜥。

いぐい◎【居食い】ｽﾙ 坐食，坐吃。

いくいく◎【郁郁】ﾀﾙ ①郁郁。文化昌盛貌。②郁郁。香氣濃郁貌。「～たる梅花」郁郁梅花。

いくえ◎【幾重】 幾層，幾重，多層，重重。

いくえい◎【育英】 育英，培育人才。「～事業」育英事業。

いくさ②【戦・軍】 ①戰，戰事。②軍力，兵力。

いぐさ◎【藺草】 植物燈心草的別名。

いくさき◎【行く先】 目的地，去處，前途。

いくじ◎【育児】ｽﾙ 育兒。

いくじ◎【意気地】 氣魄，志氣，骨氣，好勝心。「～が無い」沒志氣。

いくしゅ◎【育種】ｽﾙ 育種。

いくせい◎【育成】ｽﾙ 培養，培訓，培育，造就，育成。「選手を～する」培養運動員。

いくた◎【幾多】(副) 幾多，許多，無數。「～の困難をのりこえる」克服許多困難。

いくたび②【幾度】 幾度，幾次，多少次。

いくつ◎【幾つ】 多少，幾個，幾歲。「お子さんは～ですか」小孩幾歲了？「全部で～ですか」一共幾個？

いくど◎【幾度】 幾度，幾次。「～電話をしてもるすでした」打了幾次電話都不在家。

いくどうおん◎◎【異口同音】 異口同聲。「～に賛成と叫んだ」異口同聲喊贊成。

いくとせ◎【幾年】 好幾年，多年，多少年。「故郷を出てはや～」離開故鄉已幾度春秋。

イグニッション③【ignition】 (內燃機的)點火裝置。

いくばく◎【幾許・幾何】 ①沒多少，沒多久。「余命～もない」餘生無幾；風燭殘年。②(以「いくばくか」的形式)很少，一點點。「～かの金を渡す」給了一點點錢。

いくび◎【猪首】 豬首，短粗脖。

いくひさし・い④【幾久しい】(形) 永久，永遠。「～・くお幸せに」祝你們永遠幸福。

いくびょう◎【育苗】ｽﾙ 育苗。

いくぶん◎【幾分】 ①幾分(之一)。「財産の～かを分けてやふ」分給你一部分財產。②(副) 多少，少許。「～か効果があるようだ」好像多少有些效果。

いくもう◎【育毛】 育毛，生毛，生髮。「～剤」生髮劑；生毛劑。

いくら◎【幾ら】 ①①多少，多少錢。「これは～ですか」這個多少錢？②(下接否定) 幾乎，差不多。「残金は～もない」沒剩多少錢了。③多麼，很多。「そんな話は～もある」那種事多得很。②(副) ①多麼，何等。「今まで～探したことか」至今讓我找得好苦啊！②(下接「ても」、「でも」或推量式) 無論怎樣，怎麼…也…。「～走ってもへいきだ」無論怎麼跑，也不在意。

イクラ◎◎【俄 ikra】 鹽漬魚子，鹹鮭魚子，鹹鱒魚子。

いくりん◎【育林】 育林。

いくん◎◎【偉勲】 偉大功勳，豐功偉績。「～を立てる」建立偉大功勳。

いくん◎【遺訓】 遺訓。

いけ②【池】 ①池，池塘。②水坑，水窪。③硯池。↔陸ぉ

いけい◎【畏敬】ｽﾙ 畏敬，敬畏。「～の念の打たれる」不禁肅然起敬。

いけい◎【異形・異型】 異形，異型。

いけいれん◎【胃痙攣】 胃痙攣。

いけうお◎【活け魚】 活魚。「～料理」活魚菜餚。

いけがき◎【生け垣】 樹籬，綠籬，樹牆。

いけしゃあしゃあ◎◎(副) 厚著臉皮，毫不在乎，不知羞恥。

いけす◎◎【生け簀】 養魚籠，養魚槽，魚池，箱網。

いけず◎ 心術不正，愛使壞(者)。「～な男」愛使壞的男人。

いけずうずうし・い◎(形) 厚臉皮的，死不要臉。「～・いやつだ」厚臉皮的傢伙。

いけすかない◎【いけ好かない】（連語）不稱心，不順眼，討厭的。

いけずみ◎【埋け炭・活け炭】埋火炭，灰中火炭。

いげた◎【井桁】①井欄。井口處「井」字形木框。②井欄狀，井字形，井字形紋。

いけづくり◎【生け作り・活け造り】①全魚鮮魚片。②新鮮的生魚片。

いけどり◎④【生け捕り】生擒，活捉。

いけにえ◎◎【生け贄】①犧牲，活祭品，活供品。②犧牲（品）。

いけばな◎【生け花・活け花】插花，生花，花道。

い・ける◎【生ける・活ける】（動下一）①插（花）。②養活。

いけん◎【威権】威權。

いけん◎【異見】スル異議。「～を述べる」表示異議。

いけん①【意見】スル①意見，見解。「～を出す」提出意見；陳述意見。「～書」意見書。②勸告，規勸，提意見。「いくら～・しても効目がない」怎麼勸也沒效果。

いけん◎【違憲】違憲。

いげん◎【威厳】威嚴。「～が備わる」具有威嚴的態度。

いげんびょう◎【医原病】醫源性疾病。由於醫療行爲而引起的疾病。

いご①【以後】①以後，今後。「～気をつけます」今後我會注意。②以後，之後。↔以前。「夜10時～に電話をください」晚上10點以後打電話給我。

いご①【囲碁】圍棋。

いこう◎【以降】之後，以後。「終戦～今日まで」從戰後到今天。

いこう◎【威光】威光，威勢。「人の～笠の着る」狐假虎威。

いこう◎【移行】スル轉移，過渡，轉變，轉運，改行。「時勢の～」時勢的轉變。

いこう◎【移項】スル〔數〕移項。在等式或不等式中，把在一邊的某項改變符號後移到式子的另一邊。

いこう◎【偉功】豐功偉績。「～をたてる」建立豐功偉績。

いこう◎【意向・意嚮】意向，意圖。「～を確める」弄清意圖。

いこう◎【遺構】遺構，遺留構築物。

いこう◎【遺稿】遺稿。

いこ・う◎【憩う】（動五）休憩，歇，放鬆休息，休息。

イコール②【equal】①相等，等於。②〔數〕等號「＝」。

いこく◎◎【異国】異國，外國。

いごこち◎【居心地】心情，感覺。

いこじ◎【意固地・依怙地】固執，頑固，彆扭。「～をはる」固執己見。

いこつ◎【遺骨】①遺骨，骨灰。②遺骨。

いごっそう◎倔強，有骨氣，頑固的人。

イコノグラフィー◎【法 iconographie】①肖像學。②圖像學。

いこ・む◎【鋳込む】（動五）鑄，澆鑄，澆注，熔鑄。

いこん◎◎【遺恨】遺恨，宿怨，舊恨，舊仇。「～を晴らす」解舊恨；報舊仇。

イコン◎【德 Ikon】像，聖像。

いごん◎【遺言】遺囑。

いざ①（感）喂，走吧，來吧。勸誘人或決心做某事時說的詞語。

いさい◎【委細】①詳細，詳情。「事の～を述べる」述說詳情。「～面談」詳情面談。②詳盡。「彼は～かまわずさっさと出て行った」他不管三七二十一轉頭就走了。

いさい◎【異彩】異彩，特色。

いさい◎【偉才】偉才，奇才，天才。

いざい◎【偉材】偉材，奇才，天才。

いさお◎【功・勲】功績，功勳。「～をたてる」立功。

いさかい◎◎【諍い】スル爭論，吵架，口角。

いざかや◎◎【居酒屋】小酒館，小飯館，居酒屋。

いさき◎◎【伊佐木】三線雞魚。

いさぎよ・い◎【潔い】（形）果斷，乾淨。「～く謝る」果斷地認錯。

潔しとしない以爲可恥；不屑；不肯。自己的自豪感或良心不允許（那樣做）。

い

いさく◎【遺作】 遺作，遺著。

いさご◎【砂・沙・砂子】 沙，砂，沙子。

いざこざ◎ 糾紛，爭執。「~を起こす」引起糾紛。「~が絶えない」糾紛不斷。

いさざ◎【鯋】 裸頭鰕虎魚。

いささか◎【些か・聊か】 ①(副)①略微，些許，有點。「~疲れた」稍微有點累了。②(後接否定)一點也不…，全然。「~も相違ありません」一絲不差。②(形動)一點點，些許，僅。「~なりとも感謝の気持ちを表したい」想略表感謝之情；聊表寸心。

いさな◎【勇魚】 勇魚。鯨的古日語名。

いざな・う◎【誘う】(動五) 約請，勸誘，引誘。

いさまし・い◎【勇ましい】(形) ①勇，勇敢，勇猛。「~・く戦う」奮勇戰鬥。②勇敢的，潑辣。「~・い女」活潑的女人。③雄壯。「~・い歌声」雄壯的歌聲。

いさ・む◎◎【勇む】(動五) 奮勇，振奮，踴躍。「~・んで出発しだ」精神抖擻地出發了。

いさ・める◎◎【諫める】(動下一) 規諫，規勸，糾正。

いざよい◎【十六夜】 十六夜。陰曆八月十六日的月亮，亦指陰曆十六那天的夜晚。

いざよ・う◎(動五) 欲進又止，徘徊，猶豫。「~・う波」徘徊的波浪。

いざり◎【躄】 ①膝行。②瘸子。

いさりび◎◎【漁り火】 漁火。

いざ・る◎【躄る】(動五) ①膝行。「~・り寄る」蹭近；膝行而至。②滑動，滑溜。「花瓶が横へ~・る」花瓶滑向一邊。

いさん◎【胃散】 胃散。

いさん◎【胃酸】 胃酸。

いさん◎【遺産】 ①遺產。②遺產。前代人留下來的業績。「文化~を保護する」保護文化遺產。

いし◎【石】 ①石頭，石子。②岩石，礦石，石材的總稱。③石。各種寶石及礦物的加工品，如寶石、圍棋棋子、硯石、墓石、打火機火石等。亦指用於鐘錶軸承上的鑽石。④結石。⑤半導體，IC(積體電路等的俗稱)。⑥石頭。剪刀-石頭-布猜拳時的手勢之一，用拳頭表示。⑦石，鐵石。喻冷、硬之物，無情之物。「~のようにおしだまる」像石頭似地默不作聲。

いし◎【医師】 醫師。

いし◎【意志】 ①意志。「~薄弱」意志薄弱。②意志。「彼は~が強い」他意志堅強。

いし◎【意思】 ①意思。「手紙でなかなか~が通じない」靠信函很難溝通意思。②〔法〕意思。「~表示をする」表明態度。

いし◎【遺子】 遺子，遺孤。

いし◎【遺志】 遺志。

いし◎【縊死】 スル 縊死，勒死。

いじ◎【医事】 醫事，醫務。「~評論」醫事評論。

いじ◎【意地】 ①意氣用事，固執，倔強。「~を張る」固執己見。②心術，用心，心眼。「~が悪い」心術不正。③貪婪，貪嘴，貪吃。「食い~」貪吃；嘴饞。「あいつは~が汚い」那傢伙貪得無厭。

いじ◎【意字】 表意文字。↔音字

いじ◎【維持】 スル 維持，維護。「現状~」維持現狀。

いじ◎【遺児】 ①遺兒，遺孤。②棄兒，棄嬰。

いしあたま◎【石頭】 ①硬腦袋。②死腦筋。

いじいじ◎(副) スル 畏縮，畏首畏尾的。

いしうす◎【石臼】 ①石臼，石磨。②石臼，磨盤，笨重東西。

いしがき◎【石垣】 ①石垣，石頭牆。②石護牆，石壩。

いしがめ◎【石亀】 日本石龜。

いしかりなべ◎【石狩鍋】 石狩火鍋。以鮭魚為主材料的火鍋料理。

いしき◎【居敷・臀】 臀，屁股。

いしき◎【意識】 ①意識，注意力。「他人の目を~・する」在意他人的看法。②意識。(相對於意識紊亂、無意識

等）有清晰的自律性心理功能。「～を失う」失去意識。「～を取り戻す」恢復知覺。③意識。自身清楚地知道要出現的狀態、問題等。「彼等にはなんら罪の～がない」他們對自己的罪行毫無認識。

いじきたな・い◎【意地汚い】（形）　①貪吃，嘴饞。②貪婪，貪慾。「金に～・い」對金錢貪得無厭。

いしきりば◎【石切り場】　採石場。

いしぐみ◎◎◎【石組み】　山石布置，組石。在庭院中組合天然石而布置的山石，亦指布置成的樣子。

いじく・る◎【弄くる】（動五）　①弄，擺弄。②玩賞，玩味，賞玩。「盆栽を～・る」玩賞盆栽。

いしくれ◎◎【石塊】　石塊，石子。

いしけり◎【石蹴り】　跳房子。

いじ・ける◎（動下一）　①畏縮，氣餒，縮成一團。②不開朗，乖僻。「～・けた態度」怯懦的態度。

いしころ◎【石塊】　石塊，小石頭。

いしずえ◎◎【礎】　①礎，柱礎，基石。②基石，柱石。「事業の～をきずく」打下事業的基礎。

いしずり◎【石摺り】　拓片，拓本，拓字。

いしだい◎◎【石鯛】　條石鯛。

いしだたみ◎【石畳・甃】　①石板地面，鋪石地面。

いしだん◎【石段】　石砌踏步，石階，石級。

いしつ◎【異質】　異質。↔同質。「～の文化」不同性質的文化。

いしつ◎【遺失】ㇲㇽ　遺失。

いしづき◎【石突き】　①金屬帽，金屬頭。②金屬箍，金屬頭。③蘑菇根。

いじっぱり◎【意地っ張り】　固執，頑固（的人）。「頑固で～」頑固不化（的人）。

いじどうくん◎【異字同訓】　異字同訓。對字形各異、意思相似的漢字採取同一「訓讀」的方法。

いしなぎ◎【石投】　堅鱗鱸。

いしばい◎◎【石灰】　石灰。

いしばし◎【石橋】　石橋。

いしひょうじ◎【意思表示】ㇲㇽ　〔法〕意思表示。期望產生一定的法律效果，而將其意思向外部表示的行為。

いしぶみ◎【碑】　碑，石碑。

いしべきんきち◎◎【石部金吉】　老古板。

いじまし・い◎（形）　吝嗇。「～・いやつだ」吝嗇的傢伙。

いじめっこ◎【苛めっ子】　好欺負人的孩子。

いじ・める◎【苛める・虐める】（動下一）　①欺負，虐待。「いたずらっ子に～・められて泣いて帰った」被淘氣小孩欺負得哭著回家去了。②磨練。

いしもち◎◎【石持】　石首魚，白姑魚。

いしや◎【石屋】　石匠，石料店。

いしゃ◎【医者】　醫生，大夫。

いしゃ◎【慰藉】　慰藉。

いしやき◎【石焼き】　石烤。「鮎の～」石烤香魚。

いじゃく◎【胃弱】　胃弱。慢性胃功能虛弱。

いしやま◎【石山】　①石山。岩石裸露的山。②石山。開採石材的山。

いしゅ◎【異種】　異種。↔同種

いしゅ◎◎【異趣】　異趣。「～奇観」異趣奇觀。

いしゅう◎【異臭】　異臭，怪味。「あたりに～が漂う」四處彌漫著臭氣。

いしゅう◎【蝟集】ㇲㇽ　蝟集，群集。

いじゅう◎【移住】ㇲㇽ　移居，遷移。為墾殖、殖民等目的，遷居於國內或國外的某地。

いしゅがえし◎【意趣返し】　復仇，報仇雪恨。

いしゅく◎【畏縮】ㇲㇽ　畏縮，發怵。

いしゅく◎◎【萎縮】ㇲㇽ　①萎縮。「寒いのですっかり～・してしまった」凍得縮成一團。②萎縮。生物正常發育的器官、組織的大小出現減小。

いしゅつ◎【移出】ㇲㇽ　運出，移出。↔移入

いじゅつ◎【医術】　醫術。

いしょ◎【医書】　醫書。

いしょ◎【遺書】　遺書，遺囑。

いしょう◎【衣装・衣裳】 ①衣裳。②戲服，劇裝，行頭。

いしょう◎【異稱】 異稱，異名。

いしょう◎【意匠】 ①意匠，匠心，創意。「～を凝らす」精心設計。②外觀設計，實用新型。

いじょう◎【以上・已上】 ①以上，超過。↔以下。「予想～の好成績」超過預料的好成績。「3歲～は有料」3歲以上收費。②以上，上述。↔以下。「～現状を分析してみた」以上對現狀作了分析。③寫在信件、條文或目錄的末尾處，表示「終了」。④（作接續助詞用）既…，既然…。「引受けた～は、責任をもつ」既然承擔下來，就要負責任。

いじょう◎【委譲】 スル 下放，委讓。把權限等託付、讓與他人。

いじょう◎【異状】 異狀。「～なし」沒有變化。

いじょう◎【異常】 異常，反常。↔正常。「～な性格」異常的性格。

いじょう◎【移乗】 スル 換乘，轉乘。

いじょう◎【移譲】 スル 移讓，轉讓。「土地を～する」轉讓土地。

いじょうふ◎【偉丈夫】 男子漢，魁偉男子。「堂々たる～」堂堂男子漢。

いしょく◎【衣食】 ①衣食，吃穿。②衣食，過日子，生活。

いしょく◎【委嘱・依嘱】 スル 委託。

いしょく◎【異色】 ①異色。②獨具一格。「～の作品」與眾不同的作品。

いしょく◎【移植】 スル ①移植。把植物移種到別的地方。②移植，引進。吸收外國的文化或制度。③移植。取出生物體組織的一部分或內臟器官移植到別的部位或其他個體上。

いじょく◎【居職】 居家職業。裁縫等在家裡工作的手藝人，亦指其職業。↔出職

いしょくじゅう◎【衣食住】 衣食住。

いじらし・い◎（形） 可愛，憐憫。

いじ・る◎【弄る】（動五） ①弄，擺弄。②玩賞，玩弄。「庭木を～るのが私の趣味です」玩賞院子的樹木是我嗜好。③隨意變動。「機構を～る」隨意變更機構。

いじわる◎【意地悪】 使壞，作弄，心術不良，壞心眼（的人）。

いじわる・い◎【意地悪い】（形） 刁難人的，使壞的。「～・いことを言う」說話刁難人。

いしん◎【威信】 威信。「～にかかわる」有關威信。

いしん◎【異心】 異心。「～を抱く」懷有異心。

いしん◎【維新】 ①維新。②明治維新。

いしん◎◎【遺臣】 遺臣。

いじん◎【異人】 ①外國人，（尤指）西洋人。②異人。「同名～」同名異人。

いじん◎【偉人】 偉人。

いしんでんしん◎【以心伝心】 ①以心傳心。②心領神會，心心相印，以心傳心。

いす◎【椅子】 ①椅子。②交椅，職位，位置。

いすう◎◎【異数】 ①破格，破例。②別無他例，異例。

いすか◎【鶍】 紅交嘴鳥。

いすく・める◎【射竦める】（動下一）盯住。「彼のまなざしに～・められた」看到他的眼神，而動彈不得了。

いずくんぞ◎【焉んぞ・安んぞ】（副）焉，安。（與下面的疑問、反問語氣相呼應）怎麼能，如何。「燕雀いずくんぞ～鴻鵠こうこくの志を知らんや」燕雀安知鴻鵠之志哉。

いずこ◎◎【何処】（代）何處。哪裡。「～も同じ」哪裡都一樣。「～ともなく去る」不知去何處。

いずまい◎◎【居住まい】 坐相，坐姿。「～を正して先生の話を聞く」端坐傾聽老師的訓話。

いずみ◎◎【泉】 ①泉水，泉。②源泉。「知識の～」知識的源泉。

いずみねつ◎【泉熱】 泉熱病。類似猩紅熱的一種傳染病。

イズム◎【ism】 主義，學說。

いずも◎【出雲】 出雲。舊國名之一，相當於島根縣東部，雲州。

イスラム⓪【阿 Islām】 ①伊斯蘭教。②伊斯蘭教徒，回教徒。③伊斯蘭世界。把伊斯蘭教奉爲國教的國家，亦指伊斯蘭文化圈。

いずれ⓪【何れ・孰れ】 [1]（代）孰，哪個，何時，哪一方，哪個時候。「～が勝つか」哪一方獲勝呢？[2]（副）①遲早，反正，歸根到底。「幾ら隠したって～分子ことだろう」無論怎樣隱瞞早晚也會知道吧！②最近，不久，改日。「～お伺いします」過幾天去拜訪您。

いすわ・る③【居座る・居坐る】（動五）①久坐不走，賴著不走。「玄関先に～・る」一直坐在大門口。②不變動，賴在那兒，留任。③穩定，平穩。

いせい⓪【威勢】 ①朝氣，精神，勇氣，幹勁。「～のいい人」充滿朝氣的人。②威勢，威力。

いせい⓪【為政】 為政，當政，當權。「～者」爲政者，當政者。

いせい⓪【異姓】 異姓，他姓。↔同姓

いせい⓪①【異性】 異性。↔同性

いせえび⓪【伊勢海老】 日本龍蝦。

いせき⓪【移籍】 スル ①遷移戶口，轉戶籍。②轉籍，轉會。改變所屬到其他單位。「他球団に～する」轉籍到其他球隊。

いせき⓪【遺跡・遺蹟】 遺跡，故址。

いせつ⓪【異説】 異說，異論，不同見解。「～を唱える」主張異說。

いせん⓪【緯線】 緯線。↔経線

いぜん⓪【以前】 ①以前。↔以後。「1920年～」1920年以前。②不足，不夠，缺乏，算不上。「常識～の問題」缺乏常識的問題。③以前，以往。「～会ったことがある」以前見過。

いぜんけい⓪【已然形】 已然形。

いそ⓪【磯】 磯，岩灘，高低潮間帶。

イソ⓪【ISO】 〔International Standardization Organization〕國際（工業規格）標準化機構，ISO。

いそいそ①（副）スル 興沖沖，雀躍。「～と出かける」興沖沖地外出。

いそう⓪【位相】 ①〔數〕〔topology〕拓撲。②〔物〕〔phase〕相，位相，相位。③〔言〕位相語。如忌諱用語、女官隱語、女性用語、幼兒用語、學生用語及商人用語等。

いそう⓪【移送】 スル ①移送，轉移，轉運。②〔法〕移送。在訴訟或行政程序中，在同類機關內移交案件。③移送，送交，解送。將人移交其他場所。→送致

いぞう⓪【遺贈】 スル 遺贈。

いそうがい③【意想外】 意外，意料之外。「～のできごと」意外事件。

いそうろう⓪③【居候】 スル 吃閒飯，寄食者，食客。

いそがし・い④【忙しい】（形） ①忙，忙碌。②急急忙忙。「小鳥が～・くとびまわる」小鳥急急忙忙地飛來飛去。

いそが・す③【急がす】（動五） 催，催促。「仕事を～・す」催促幹活。

いそぎ⓪③【急ぎ】 急，緊急。「～の用件」急事。

いそぎんちゃく③【磯巾着】 海葵。

いそ・ぐ②【急ぐ】（動五） ①急，趕緊，著急。②趕路，趕赴，快走。

いぞく①【遺族】 遺屬，遺族。

いそくさ・い④【磯臭い】（形） 磯腥味，海腥味。

いそじ⓪【五十路】 50歲，50年。

いそし・む③【勤しむ】（動五） 勤勉，勤奮。「勉学に～・む」勤學；勤奮學習。

いそづたい⓪【磯伝い】 沿著海邊走，順著海灘走。

いそづり⓪【磯釣り】 磯釣，海岸垂釣。

いそべ⓪【磯辺】 海邊，海灘，海濱。

いそめ⓪【磯目】 磯沙蠶。

いそん⓪【依存】 スル 依存，依賴。「親に～した暮し」依靠父母生活。

いそん⓪【遺存】 スル 遺存，留存。

いぞん⓪【異存】 異議，存異。「～はない」沒有異議。

いた①【板】 ①板，木板。②板。「ガラス～」玻璃板。③砧板，廚子，廚房。「～さん」廚師。④舞臺。「～にのせる（=上演スル）」上演。

いたい⓪【異体】 ①異狀，異態。「～な

風体はの男」著裝異樣的男子。②異體字。③異體。↔同体。「雌雄～」雌雄異體。

いたい⓪【遺体】 遺體。「～を葬る」埋葬遺體。

いた・い⓪【痛い】（形） ①疼，疼痛。②痛，難受，痛苦。「借金で頭が～・い」因負債而頭痛。③痛心，慘重。「～・い目にあう」嘗到痛苦。④短處，為難，難堪，痛處的。「～・いところをつく」指責弱點觸到痛處。

いだい⓪【医大】 醫大。「医科大学」的簡稱。

いだい⓪【偉大】（形動） 偉大。「～な業績」偉大的業績。

いたいいたいびょう⓪【イタイイタイ病】 痛痛病。

いたいけ⓪①【幼気】（形動） ①可憐，令人憐愛。「～な孤児」可憐的孤兒。②可愛，惹人愛。「～な子供」可愛的孩子。

いたいけな・い①【幼気ない】（形） 可愛，可憐。「まだ～・い子供だ」還是個幼稚可愛的孩子。

いたいたし・い①【痛痛しい】（形） 很可憐，痛心，心痛。

いたがね⓪【板金・板銀】 ①金屬板，金屬薄板。②板金，板銀。

いたがみ⓪【板紙】 （厚）紙板，紙殼。

いたガラス③【板―】 平板玻璃。

いたく⓪【依託・依托】スル ①委託，託付。②依託，依靠，靠。

いたく⓪【委託】スル ①委託。「業務を代理人に～する」把業務委託給代理人。②〔法〕委託。把法律行爲或事實行爲等託付給他人。③委託。在交易中，客戶把買賣託付給商品經紀人或證券業者。

いだ・く⓪【抱く・懷く】（動五） ①「だく」的文語說法。「子供を～・く」抱小孩。②懷有，懷抱，感到。「興味を～・く」有興趣。

いたこ⓪ 女巫。

いたご⓪【板子】 船底活板。

いたざい⓪【板材】 板材。

いたじき⓪【板敷き】 鋪板。

いた・す②【致す】（動五） ①「する」的謙讓語。「私が～・します」我來做。「する」的禮貌語。「5万円も～・します」要用5萬日圓。「する」的尊大語。地位高者對地位低者的行爲加以貶低的說法。「これ邪魔を～・すな」喂！別搗亂！②致，盡，達，及。把心思等用於某方面。「思いを～・す」深思。③帶來，招致。「不徳の～・すところです」引發不良行爲的地方。

いたずら⓪【悪戯】スル ①淘氣，惡作劇。「～な子供」淘氣的孩子。②玩耍，擺弄。「危なものを～してはいけない」不要玩危險的東西。③玩弄，逍遙，解悶。「ちょっとパソコンを～しています」玩一玩電腦。④戲弄，調戲。

いたずら⓪【徒ら】（形動） 徒勞無益，無用。「～に時間をすごす」白白浪費時間。

いたずり⓪【板摺り】 板搓。在黃瓜、款冬等上面撒上鹽，在砧板上搓揉，以使其綠色更加鮮豔。

いただき⓪【頂】 頂，頂端，頂峰。「山の～」山頂。

いただき⓪【頂き・戴き】 勝定了，贏定了。「この試合は～だ」這場比賽（我們）贏定了。

いただきます⑤【戴きます】（連語） 那就不客氣啦，那我就吃了。

いただ・く⓪【頂く・戴く】（動五） ①戴。「雪を～・く富士山」積雪的富士山。②要，領受，拜領，承蒙賜與。「先生から本を～・いた。」老師送我一本書。③（補助動詞）（以「…ていただく」的形式）表示從別人那裡得到恩惠的動作。「先生に説明して～・きます」請老師來說明。（以「お…いただく」「ご…いただく」的形式）表示請別人做該動作。「お医者さんに来て～・きます。」請醫生來。

いただたみ⓪【板畳】 木板榻榻米。夾著木板心的製成榻榻米。

いたたまれない⑤【居た堪れない】（連語） 待不下去，難以自容，無地自容。「はずかしくて～」羞得無地自容。

いたち⓪【鼬】 鼬，黃鼠狼。

いたチョコ⓪【板—】 方塊形巧克力。

いだつ⓪【遺脱】スル 脱落，遺漏。

いたって⓪②【至って】（副） 極其，非常。「この夏は～暑い」這個夏天很熱。

いたで⓪【痛手】 ①重傷，重創。「～を負う」負重傷。②沉重打擊，重大損失。「大きな～を受ける」受到沉重的打擊。

いだてん⓪【韋駄天】 ①韋馱天。②飛毛腿。

いたどり⓪【虎杖】 虎杖。

いたのま⓪【板の間】 ①鋪地板的房間。②更衣室。

いたば⓪【板場】 ①廚房。②廚師，炊事員。

いたばさみ③【板挟み】 左右為難，兩頭受氣。「～の立場」左右為難的立場。

いたばり⓪【板張り】 ①鋪釘木板，鋪貼木板。②漿板。把漿洗的和服料貼在木板上曬乾。

いたぶき⓪【板葺き】 板葺，木板屋面，鋪木板屋頂。

いたぶ・る③（動五） ①搖動，晃動，搖晃。「庭木が強風に～・られた」院子裡的樹被大風吹得直晃。②勒索錢財，敲竹槓，敲詐。「やくざに～・られた」被無賴敲詐。

いたべい⓪【板塀】 板壁，板牆。

いたまえ⓪【板前】 ①廚子，日本廚師。②廚房。

いたまし・い⓪【痛ましい・傷ましい】（形） 可憐至極，令人心酸，目不忍睹，淒慘。

いたみ③【痛み】 ①疼痛。「足の～で歩けない」因腳痛而無法走路。②痛心，苦楚，煩惱。「心の～」心裡的煩惱。

いたみ③【傷み】 ①腐爛，爛，腐敗。「夏は肉などの～が早い」夏天肉類很容易腐爛。②傷，損傷，損壞。「家の～がはげしい」房子破損得很嚴重。

いた・む②【悼む】（動五） 追悼，哀悼，悼念。「友の死を～・む」哀悼朋友亡故。

いた・む②【痛む】（動五） ①疼，痛。「手術のあとが～・んでねむれない」手術後疼得睡不著覺。②傷心，苦惱。「心が～・む」傷心。③捨不得花錢，花錢心疼。「お付き合いで懐が～・む」在交往上花錢感到心疼。

いた・む②【傷む】（動五） ①損壞，損傷。②壞，爛，損傷。「～・んだりんご」爛掉的蘋果。

いため⓪【板目】 ①板縫。②弦切紋理，弦面紋理。↔柾目

いためがわ⓪【撓め革】 熟革。→なめし革

いためつ・ける⑤【痛め付ける】（動下一） 重創，痛擊，磨練。

いた・める⓪【炒める】（動下一） 炒，煎。

いた・める⓪【痛める】（動下一） ①弄痛，搞痛。「腹を～・めた子供」親生子女。②傷心，心痛。「心を～・める」傷心。很痛苦。③掏腰包，破費，心疼。「自分の懐を～・めずにすませる」可以不用自己掏腰包。

いたや⓪【板屋】 木板房頂，板屋。

いたり⓪①【至り】 ①至，極。「感心の～」感佩之至。②…之所致，…的結果。「若気の～」年輕所致。

イタリック③【italic】 斜體字，西文斜體。

いた・る⓪②【至る・到る】（動五） ①至，到。「東京を経て横浜に～・る」經東京至橫濱。②至，到某時期，時間。「交渉は深夜に～・った」交涉至深夜。③至，達到。「大事には～・らない」未釀成大禍。

いたわさ⓪【板山葵】 芥末魚板。

いたわし・い⓪【労しい】（形） 可憐的，淒慘的。「～い身の上」悲憐的境遇。可憐的身世。

いたわ・る③【労る】（動五） ①關懷，照顧，憐憫，憫惜，憫恤。「お年寄りを～・る」關懷老年人。②安慰，慰勞。「部下を～・る」慰勞部下。③保養。「病の身を～・る」保養有病的身體。

いたん⓪【異端】 異端。「～者」異端分子。

い

いち◎【市】 ①市集，市場。「～が立つ」有市集；逢集。②市街，街道。

いち◎【一・壱】 ①一。「～円」一日圓。「～本」一根。「～冊」一冊。②⑦一，第一，首先，頭一個。「～の宮」第一宮。「～の子分」第一個部下。④開端，開始，起初。「～から出なおす」從頭做起。⑦最高，最上，第一。「クラスで～の悪童」班裡最淘氣的孩子。

いち◎【位置】 スル ①位置，位於。②位置。「部長の～にある人物」位居部長之位的人物。

いちあん◎【一案】 （有好多個中的）一個方案，一個辦法。「～として示す」拿出一個方案。

いちい◎【一位】 北方紅豆杉，日本紅豆杉。

いちいせんしん◎【一意専心】 一心一意。

いちいたいすい◎【一衣帯水】 一衣帶水。

いちいち◎【一一】 ①一一。「ここで～説明するわけにはいけない」不能在這裡一一說明。②（副）一一，逐一，逐個，一個一個。「～文句をつける」逐個挑毛病。

いちいん◎【一因】 原因之一。「これも失敗の～だ」這也是失敗的原因之一。

いちう◎【一宇】 ①一宇。「八紘～」八紘一宇。②一所，一處，一宇。

いちえん◎【一円】 ①一帶，一片。「この辺り～」這附近一帶。②一（日）圓。→円

いちおう◎【一往・一応】（副） 姑且，首先，大致，相應地，差不多。「～の調べはついた」大致調查清楚了。

いちがいに◎【一概に】（副） 一概，一律。「～そうは言い切れない」不能一概而論。

いちがつ④【一月】 一月。

いちがん◎【一丸】 一團，一丸，一個整體。「～となって戦う」齊心上陣。

いちがんレフ⑤【一眼～】 單眼反光相機。

いちぎ◎【一義】 ①一義。②一義。最根本的意義、意思。「人生における第～」人生中的第一要義。③一番道理。

いちぎ◎【一議】 只商議、磋商一次。「～に及ばず」不用商量。

いちく◎【移築】 スル 拆建，拆遷新建。「校舎を～する」拆遷新建校舍。

いちぐう◎【一隅】 一隅。「敷地の～」地基的一隅。

いちぐん◎②【一軍】 ①一軍，一支隊伍。「～を率いる」率領一支隊伍。②一軍。正式參賽隊，正式隊伍。

いちげい◎【一芸】 一藝，一技。「～に秀でる」有一技之長。

いちげき◎【一撃】 スル 一撃。「～を加える」給予一撃。

いちげん◎【一元】 ①一元。↔多元。「～化」一元化。②一元。一個年號。「一世～」一世一元。

いちげん◎【一見】 頭一次見，陌生顧客。「～の客」陌生的客人。

いちげん◎【一言】 スル 一言。一句話。「～も発しない」一言不發。

いちご◎①【苺・莓】 草莓。

いちご◎【一期】 ①一期，一世。「～の不覚」一期之不覺。②臨終，彌留之際。

いちごいちえ◎【一期一会】 ①一期一會。一生只出現一次的茶會。②一期一會，機會難得。一生中僅一次的機會。

いちごう◎◎【一毫】 絲毫。「～の隙もない」沒有絲毫縫隙。

いちころ◎ 一撃就倒，一下子失敗，一下子完蛋。「～でやられる」一撃就被打倒。

いちごん◎【一言】 スル 一言。一句話，短話。「あえて～すれば」斗膽進上一言。

いちざ◎【一座】 スル ①同座。②在座者。③聚會。「～の余興」聚會的餘興。④全劇團，一個劇團。「旅回りの～」巡迴演出的劇團。

いちじ◎【一次】 ①一次，頭次，初次，首次。「～試験」初次試驗。②一次，原始，最初。「～史料」第一手史料。

いちじ◎【一時】 ①一時，暫時，暫態間，短時期。「計画は～中止」計畫暫時

中止。②一時，那時，當時。「～は失敗するかと心配した」當時曾擔心過失敗。③一時。「～の間にあわせ」敷衍一時。④一次，一度。「～払い」一次付款。⑤一點（鐘）。

いちじいっく④【一字一句】　一字一句。「～たりともおろそかにしない」一字一句也不馬虎。

いちじく【無花果】　無花果。

いちしちにち⑥【一七日】　頭七。人死後的七天。

いちじつ②⓪【一日】　①一號，一日，初一。②一日，一天。「～山野に遊ぶ」在山野玩一天。

いちじゅういっさい⑤【一汁一菜】　一菜一湯。

いちじゅん⓪【一巡】スル　一巡，一圈，轉一圈。「当番が～した」值班輪了一回。「場内を～する」繞場一周。

いちじょ②【一助】　一點幫助，一些補貼。「研究の～にもなれば幸いです」能對研究有所幫助乃是幸事。

いちじょう②【一条】　一條。五攝家之一，藤原北家，從九條家分立出來。以九條道家之子實經爲鼻祖的九條流派的正支，其稱呼由來於居所的一條坊門。

いちじょう②⓪【一場】　①一場，一席某場，某席。②一場。「～の夢」一場夢。

いちじるし・い⑤【著しい】（形）　顯著，明顯，顯然。「練習の効果が～・い」練習的效果顯著。

いちじん⓪【一陣】　一陣。「～の風」一陣風。

いちず②【一途】　一味，專心，一心一意。「～な性質」死心眼。

いちせいめん③【一生面】　新局面。「物理学研究に～を開く」在物理學研究中打開了新的局面。

いちぞく⓪【一族】　①一族。「藤原氏～」藤原氏一族。②一族，一家人，全家人，同門弟子。

いちぞん②⓪【一存】　己見。「私の～では決められない」我個人的意見決定不了。

いちだい②【一代】　①一輩子，一代。②一代。國王、君主、一家之主等，在其位的期間。③一代，一個時代。「～の名優」一代名優。

いちだん⓪【一団】　①一團，一夥，成團，一隊，一集合體。「～となって走る」成群結隊地跑。②一個團體。

いちだんらく②【一段落】スル　①一段落，一段。②一段落。「仕事が今日で～する」工作今天告一段落。

いちづ・ける④【位置づける】（動下一）定位。

いちど②【一度】　一度，一回，一次。「前に～見たことがある」以前曾見過一次。

いちどう②⓪【一同】　①一同，全體，大家。②一同，全員，全體，都。「有志～」有志一同。

いちどう②⓪【一堂】　一堂，一處。「～に会する」齊聚一堂。

いちどきに②【一時に】（副）　一下子。「ももと桜が～咲く」桃花和櫻花同時開。

いちどく⓪【一読】スル　一讀。「この小説は～の価値がある」這部小說值得一讀。

いちなん②【一男】　一男，一個兒子。

いちなん②【一難】　一難，一個困難。

いちにち②【一日】　①一日，一天。②整天，一天，從早到晚，終日。「また～遊んだ」又玩了一天。③某日。「初夏の～富士山にのぼった」初夏的一天登了富士山。④一日，初一，一號。

いちにょ②【一如】　①一如，不二。②一如。爲一體，不可分割。「物心～」物心一如。

いちにん②【一人】　一人。一個人。

いちにん⓪【一任】スル　一任，責成，任憑，完全委託。「その仕事は君に～するよ」那項工作完全交給你啦。

いちねん②【一年】　①一年，一整年。「事故から～たった」發生事故已經一年了。②一年級（生）。第1學年，一年級學生。

いちねん②【一念】　一念，誠心，精誠。「～岩をも通す」精誠所至，金石爲

開，有志者事竟成。

いちのぜん⓪【一の膳】 一膳。日本宴席的第一道正式飯菜。

いちのとり⓪【一の酉】 一酉，初酉。11月第1個酉日。

いちば⓪【市場】 市場。

いちばい【一倍】スル ①一倍。「～半」一倍半。②倍，一倍，加倍。「人～働く」比別人加倍地工作。③加倍，更加。「～注意する」加倍注意。

いちはつ【一八・鳶尾】 鳶尾。

いちばつひゃっかい⓪【一罰百戒】 殺一儆百，一罰百戒。

いちはやく【逸速く】（副） 很快地，搶先。「～駆け付ける」很快跑到。

いちばん⓪②【一番】 ①①頭號，一號，第一，最初，首班。②最好，最妙。「疲れた時は寝るのが～だ」累的時候睡覺最好。③（能、狂言、圍棋、將棋、相撲等可以用「番」計數的）一場，一齣，一盤，一局。「結びの～」末場（出、盤、局）。「狂言～」一幕狂言（劇）。②（副）①最，頂。「～よい品」最上品。②（下決心）試一下，來一番。「成功することは難しいが～やってみよう」很難成功，但不妨試試吧。

いちび⓪【市日】 市集日。

いちびょうそくさい⓪【一病息災】 一病息災，一病解千災。

いちぶ⓪【一分】 ①一分。長度單位，一寸的十分之一。②百分之一。③一成。「～咲き」（花）開一成。④分毫，喻極少。「～の隙も見せない守備」無懈可擊的守備。

いちぶ⓪【一部】 ①一部，局部。↔全部・全体。「～の地域」一部分區域。②一部，（書籍、冊子等的）一套，亦指一冊。

いちぶぶん⓪【一部分】 一部分。

いちぶん⓪【一分】 面子。「男の～が立たない」丟男子漢的面子。

いちぶん⓪【一文】 ①一篇文章。②一文。寫得短小的文章。「～を草する」草擬一文。

いちべつ⓪【一瞥】スル 一瞥。「～もくれない」看都不看一眼。

いちべついらい⓪【一別以来】 一別以來，分別以來。

いちぼう⓪【一望】スル 一望。「山にのぼって町を～する」登山眺望整個城市。

いちぼくづくり【一木造り】 獨木雕。

いちまい⓪【一枚】 ①一枚，一塊，一張，一片。②一塊。田地的1區劃。③一（個）角色。「計画に～加わる」計畫增加一個角色。④一個檔次，一個級別。「彼の方が～上手うわてだ」他更高一籌。

いちまつ⓪【一抹】 一抹，一絲，一縷，一片。「～の煙がたちのぼる」升起一縷煙。

いちみ⓪【一味】 ①一夥，同夥。「ごうとうの～」盜賊的同夥。②一味，一股。「～の清風」一股清風。③一味（中藥）。

いちみゃく⓪【一脈】 ①一條，一根。②一脈。「～相通じるものがある」有一脈相通之處。

いちめい⓪②【一命】 ①一（條）命。「～をとりとめる」保住一條命。②一命，一道命令。「～を奉ずる」奉命。

いちめん⓪【一面】 ①一面。物體的一個面。②一面，片面。事物的一個側面，事態的一個方面。「～の真理」一面的真理。③一面，一片，成片，滿。某場所全體、整體。「～の銀世界」一片銀裝世界。④頭版，一版。報紙的第一版面。

いちもうさく⓪【一毛作】 一年一作。

いちもうだじん⓪【一網打尽】 一網打盡。

いちもく⓪②【一目】スル ①一目，一眼。「～りょうぜん」一目瞭然。②一目。圍棋的一個子，亦指棋盤上的一個格。

いちもつ【一物】 ①一物。②壞主意，陰謀。「胸に～がある」居心叵測。別有用心。③「陰莖」的隱語。

いちもつ⓪【逸物】 逸品，尤物。

いちもん【一文】 ①一文（錢）。②一文，分文。「～の値うちもない」分文不

値。

いちもん⓪⓪【一門】 ①一門，一家。②一門。同一宗門。③一門。學門、武道、藝術、技能等的同門。

いちもんいっとう⓪⓪【一問一答】スル 一問一答。

いちもんじ③【一文字】 ①一字。一個字。②一字。「一」這個字。③一字形。「口を~に結ぶ」緊閉著嘴。「真~」筆直。

いちもんなし③【一文無し】 分文皆無，一文不名。

いちや⓪【一夜】 ①一夜。②一夜，一天夜裡。「秋の~、友と語りなかす」一個秋夜，和朋友談到天明。

いちゃいちゃ①（副）スル 調情。

いちやく⓪【一躍】スル ①一躍。指一次跳躍。②一躍，一舉。「~有名になる」一舉成名。

いちゃつ・く⓪⓪（動五） 調情，調戲，嬉戲挑逗。

いちゃもん⓪ 找碴，耍賴。「~をつける」找碴兒。

いちゆう⓪【一揖】スル 一揖，一拱手。

いちゅう⓪【移駐】スル 移防，換防，移駐。

いちょ⓪【遺著】 遺作。

いちよう⓪⓪【一葉】 ①一葉。②一張，一頁。「写真~」一張照片。③一艘。

いちよう⓪【一様】 ①一樣。「~な意見」一樣的意見。②一樣，常有。「尋常~の人物ではない」不是一般人物。

いちょう【銀杏・公孫樹】 銀杏，白果樹，公孫樹。

いちょう①【医長】 主任醫師。

いちょう⓪【胃腸】 胃腸。

いちょう⓪【移調】スル〔音〕變調，轉調，換調。

いちようらいふく⓪【一陽来復】 ①一陽來夏。冬去春來，新年來到。②一陽來復，否極泰來。

いちよく⓪【一翼】 ①一翼。一隻翅膀。②一部分任務，工作崗位。「ひとりで~を担う」獨當一面。

いちらん⓪【一覧】スル ①一覽，瀏覽。

「会議の前に資料を~しておく」會議前把資料看一遍。②一覽，便覽概要。「~表」一覽表。

いちり⓪【一理】 一理，一種道理。「反対意見にも~ある」反對意見也有一理。

いちりいちがい①【一利一害】 一利一害，一得一失。

いちりつ⓪【市立】 市立。「~高校」市立高中。

いちりづか⓪【一里塚】 ①里程碑，一里塚。②里程碑。完成大業過程中的一個階段。

いちりゅう⓪【一流】 ①一流，頭等。「~の画家」一流畫家。②一個流派。③一流，之流。「かれ~の方法」他的獨特的方法。

いちりょうじつ③【一両日】 一兩日，一兩天。「~中にご返事します」一兩天內回覆。

いちりんざし⓪【一輪挿し】 ①一朵插瓶。用於插1~2朵花的小花瓶。②插一朵。將一朵花插在花瓶等中，亦指該花。

いちりんしゃ③【一輪車】 ①獨輪車。一個輪的手推車，如手推獨輪車等。②單輪車。單輪的自行車。

いちる⓪【一縷】 一縷，一線。「~の望みを持っている」抱有一線希望。

いちるい⓪【一塁】 一壘。

いちれい⓪【一礼】スル 一禮，客氣一下。「~して前を通る」略施一禮後，從前面走過。

いちれつ⓪⓪【一列】 ①一列，一行，一排。「~に並ぶ」排成一列。②第一列，第一排，頭排，頭列。

いちれん⓪【一連】 ①一連，一塊，一系列，一連串。「~の汚職事件」一系列的貪污案。②一串。「数珠~」一串念珠。③一令。印刷用紙1000張。

いちれんたくしょう⓪【一蓮托生】 同甘共苦，休戚與共。「~の運命」同甘共苦的命運。

いちろ①【一路】 ①一直路。「真実~」真實一生；一根筋；傻得實在。②一

路，直接。「～帰国の途につく」直接踏上歸國之路。

いちろう【一浪】スル 重考一年。

いちろくしょうぶ【一六勝負】 ①賭骰子。②賭一把，碰運氣。

いつ【一】 ①一，一個。②相同，同一的。「心を～にする」團結一心。

いつ【何時】（代） ①何時，幾時。「完成は～ですか」什麼時候完成？「出発は～でもいい」什麼時候出發都行。②平常，往常，平時，通常。「～の年よりも雨が少ない」雨水比往年少。

いつか【五日】 ①五日，五天時間。②五日，五號，初五。

いつか【何時か】（副） ①何時，曾經。「～来た道」曾經走過的路。②遲早，何時，總有一天。「～後悔する時が来る」總有一天會後悔的。③不知何時。「～明るくなっていた」不知不覺地天已亮了。

いっか【一下】 一下。「号令～、直ちに出動する」號令一下，立即出動。

いっか【一家】 ①一家。「～のだんらん」一家團聚。②一夥，幫派。「次郎長～」次郎長一派。③一家，一派。「～を成す」自成一派。

いっか【一荷】 ①一擔，一挑。②雙鉤，多鉤。

いっか【一過】スル ①一下子通過。「台風～」颱風一掃而過。②瀏覽，大略過目。

いっかい【一介】 一介。「～の書生」一介書生。

いっかい【一回】 ①一回。「週に～休む」一週休息一次。②一圈，一週。③一回，第一回。小說等的一章或第一章。④第一局。「～の表」第一局的上半局。

いっかく【一角】 ①一角。「文壇の～」文壇的一角。「三角形の～」三角形的一角。②一個犄角。「～獣」麒麟；獨角獸。

いっかく【一画・一劃】 ①一畫。②一區劃，一塊，一段。

いっかくせんきん【一獲千金・一攫千金】 一攫千金；一獲千金。「～を夢みる」夢想一獲千金。

いつかしら【何時か知ら】（副） ①不知不覺，不知何時。「～雨が降り出していた」不知何時下起雨來了。②不久，遲早。「～わかってくれるだろう」不久就會明白吧。

いっかつ【一括】スル ①總括一起，匯總一起。②總括。「～してしはらう」彙總付款。

いっかつ【一喝】スル 一喝，大喝一聲。「～して退ける」大聲喝退。

いっかど【一角・一廉】 一要角。「～の人物」了不起的人物。

いっかん【一巻】 ①一捲，一盤。②一卷，頭卷。

いっかん【一貫】スル ①一貫。「～して反対する。」一貫反對。「終始～」始終一貫；始終如一。②一貫。重量的單位，約 3.75kg。③一貫。1000 文錢。→貫

いっかん【一環】 一環。「学校行事の～として」作爲學校活動的一部份。

いっき【一気】 呼吸一次，一口氣。

いっき【一揆】 起義，暴動，一揆。如「土一揆」「一向一揆」「百姓一揆」等。

いっき【逸機】スル 逸失機會，失去機會，錯過機遇。

いっきいちゆう【一喜一憂】スル 一喜一憂。「勝敗に～する」對（選舉）勝敗一喜一憂。

いっきく【一掬】 ①一掬。②少許，一點點兒，寸心。「～の涙」一掬之淚。

いっきゅう【一級】 ①一級，頭等。「～品」一級品。②一級。指資格而言。「～整備士」一級維修員。③一級。柔道、劍道、書法、圍棋、將棋、算盤等技能的等級，初段之下等級的第1位。

いっきゅう【逸球】スル 沒接住，漏接，漏球。

いっきょう【一興】 一興趣，一樂，一趣。「船で行くのも～だ」划船去也很有趣。

いっきょしゅいっとうそく【一挙手一投

足】 一舉手一投足，一舉一動。「選手
の～に注目する」注意觀察運動選手的
一舉手一投足。

いつ・く【居着く】（動五）　①安居，
定居，落戶。「北京に～」定居北京。②
待住，待下去。「のら猫が家に～かな
い」在家待不住的野貓。

いっく【一句】　①一句。一首俳句。「～
詠む」詠一句俳句。②一句。和歌、漢
詩等的韻文的一個句子段落。③一句。
語言的一個句子段落。

いつくし・む【慈しむ】（動五）　慈
愛，憐愛，疼愛。「親は子を～・んでそ
だてる」父母慈愛地養育後代。

いっけい【一系】　一系。「万世[ばんせい]～」
萬世一系。

いっけい【一計】　一計。「～を案じる」
想出一計；定下一計。

いっけつ【一決】スル　一致決定。「衆
議～する。」大家一致決定。

いっけつ【溢血】スル　溢血。

いっけん【一件】　一件。「～落着」一
件事解決。

いっけん【一見】スル　①一見，一觀。「～
にあたいする」值得一看。②一看，一
瞥。「～してわかる」一看便知。③一
見，乍看。「～まじめそうな人」乍看像
是認真的人。

いっけん【一軒】　一軒，一家。

いっこ【一戸】　一戶。

いっこ【一個・一箇】　一個。

いっこ【一顧】スル　一顧。「～だに値し
ない」不屑一顧。

いっこう【一向】（副）　①一向（不），
絲毫（不）。「～便りがない」杳無音
信。②全然，完全。「～平気だ」完全不
在乎。

いっこう【一考】スル　想一想，考慮一
下。「～を要する」需要想一想。

いっこう【一行】　①一行。「使節団
の～」使節團一行人。②一個行為。「一
言～」一言一行。

いっこく【一刻】　[1]一刻，片刻。「～を
争う」分秒必爭。[2]死性，刻板，冥頑
不化，死心眼。「～な老人」執拗的老
人。

いっこく【一国】　一國。

いつごろ【何時頃】　大約何時，什麼時
候。「今度は～上京されますか」下次什
麼時候進京？

いっこん【一献】　敬一杯，敬杯酒，便
宴。「～さしあげたい」想敬您一杯酒。

いっさい【一切】　[1]一切。「～が明ら
かになった」全部真相大白了。[2]（副）
都，一概，一切。「酒は～飲まない」根
本不喝酒。

いっさい【一再】　一再。「～ならず」
再三地。

いつざい【逸材】　逸才。「高校球界
の～」高中棒球界的逸才。

いっさいたふ【一妻多夫】　一妻多
夫。→一夫多妻

いっさく【一昨】　冠於年、月、日之
前，表示比「昨」更早的一個單位時
間。

いっさく【一策】　一策。「窮余の～」
窮極之策。

いっさくさくじつ【一昨昨日】　大前
天。

いっさつ【一札】　一札。一份文書，一
張證明文書。

いっさんかたんそ【一酸化炭素】　一氧
化碳。

いっさんに【一散に・逸散に】　（副）
一溜煙地。「～にげた」一溜煙地逃跑
了。

いっし【一子】　①一子。一個孩子。②
一子。獨生子。③一子。圍棋中的一個
棋子。

いっし【一矢】　一矢，一箭。

いっし【一糸】　一絲。

いっし【一指】　一指。「～だに触れな
い」連一個指頭都不碰。

いっし【逸史】　逸史。

いつじ【逸事】　軼事，逸事。

いつしか【何時しか】（副）　不知不覺
地。「～夜もふけていた」不知不覺地夜
已深。

いっしき【一式】　一套，整套，全
套。「～とりそろえる」湊成一套。

いっしつ◎【一失】　一失。「千慮の～」千慮一失。

いっしつりえき◎【逸失利益】　逸失利益。

いっしどうじん◎【一視同仁】　一視同仁。

いっしゃせんり◎【一瀉千里】　①一瀉千里，一氣呵成。事情一口氣地進行。「～の勢いで発展している」以一瀉千里之勢迅速發展。②一瀉千里，滔滔不絕。

いっしゅ◎【一種】　①一種，一類。「果物の～」水果的一種。②一種。說不出來的某些感覺。「～異様な雰囲気」一種奇特的氣氛。

いっしゅう◎【一周】スル　轉一圈，周遊。「世界を～する」周遊世界。

いっしゅう◎【一週】　一週，一星期。

いっしゅう◎【一蹴】スル　①一腳踢開，斷然拒絕。「要求を～する」斷然拒絕其要求。②一蹴，一舉，輕取。「相手を～する」一舉戰勝敵人。

いっしゅくいっぱん◎【一宿一飯】　一宿一餐。「～の恩義」一宿一餐的恩義。

いっしゅん◎【一瞬】　一瞬，一刹那。「～のうちに消えた」一眨眼就消失了。

いっしょ◎【一所】　一處。

いっしょ◎【一緒】　①一同，一起。「～にしよう」一起做吧！②放一起。「二人が～になる」兩個人結婚。③一同，一起。指同時或同樣等。「～に入学する」同時入學。④一塊兒，一起，一同。（以「ご一緒する」的形式）同行的自謙說法。「駅までご～しましょう」一起去車站吧！

いっしょ◎【逸書・佚書】　佚書。

いっしょう◎【一生】　①一生，終身，一輩子。「幸せな～」幸福的一生。②（九死）一生。「九死に～を得る」九死一生。③一生的，終身的。「～のお願い」一生的願望。

いっしょう◎【一将】　一將。「～功成り万骨ぼっ枯る」一將功成萬骨枯。

いっしょう◎【一笑】スル　一笑。「破顔～」破顔一笑。

いっしょうがい◎【一生涯】　一輩子，平生，畢生。

いっしょく◎【一色】　①一色，一種顔色。②清一色。「赤～にぬる」全塗上紅色。

いっしょくそくはつ◎【一触即発】　一觸即發。「～の危機」一觸即發的危機。

いっしん◎【一心】　一心。「読みたい～」一心想讀。

いっしん◎【一身】　一身。「責任を～に引き受ける」責任一身承擔，攬責於一身。

いっしん◎【一新】スル　①一新，革新，刷新。「農村の面目は～しつつある」農村的面貌正日新月異。②明治維新。「御～」明治維新。

いっしん◎【一審】　一審。

いっしんいったい◎【一進一退】スル　①一進一退。②一進一退，忽好忽壞。「～の病状」忽好忽壞的病情。

いっしんきょう◎【一神教】　一神教。

いっしんとう◎【一親等】　一親等。

いっすい◎【一睡】スル　稍睡一會兒，睡一小覺。

いっすい◎【溢水】スル　溢水。

いっ・する◎◎【逸する】（動サ變）　①逃逸。②逸出，超逸，超出。「常軌を～・する」超出常軌。③遺漏。「要点を～した説明」遺漏要點的說明。④逸失。「古書が多く～・した」散失了很多古書。⑤安逸，逸樂。

いっすん◎【一寸】　①一寸，一尺的十分之一，約 3.03cm。②一寸。很短的距離、時間、尺寸，比喻很少。「～のばし」稍放一寸；留長一點兒。

いっせ◎【一世】　①一世，一輩子，一生。②一世。（相對於兒子二世，孫子三世而言的）某人那一代。

いっせい◎◎【一世】　①一世。一位天皇的在位年間。一代。②一世，時代。該人生存的時代，當代。「～に令名を響かせる」揚一世名聲。③一世。對同名的國王、法王、皇帝等中的最初登位者的稱呼。「ジョージ～」喬治一世。④一代。移民等第一代人。

いっせい◎【一声】　①一聲。「汽笛～」

一聲汽笛。②一聲。能樂謠曲的構成部分之一。

いっせい⓪【一斉】　一齊。「〜射擊」一齊射擊。

いっせいいちだい⑤【一世一代】　一生一世。「〜の大ばくち」一生一世的大賭注。

いっせいめん⑤【一生面】　別開生面，新局面。「物理学研究に〜を開く」在物理學研究方面開闢新局面。

いっせき⓪【一夕】　①一夕。「一朝〜」一朝一夕。②一夕。某夜晚。「〜歓談する」一夕暢談。

いっせき⓪【一石】　一石。「〜二鳥にちょう」一石二鳥；一箭雙鵰。

いっせき⓪④【一席】　①一席，一次。「〜設ける」設一席宴。②一番，一段，一席，一場。「〜伺う」說一段兒。③首位，一席。（順序上的）第一位，首席。

いっせつ⓪④【一節】　①一節。詩、文章、音樂等的一個段落區分。②一場，一期。職業棒球比賽日程的一個階段。

いっせつ⓪④【一説】　①一說。一種說法或學說。②一說。另一種說法，異說。

いっせつたしょう⓪【一殺多生】　一殺多生。殺一人而救眾生。

いっせつな⓪【一刹那】　一刹那，一瞬間。「〜の出来事」一刹那發生的事。

いっせん⓪【一閃】　スル　一閃。「白刃〜」白刃一閃。

いっせん⓪【一戦】　スル　一戰，一仗。「〜を交える」打一仗。

いっせん⓪【一銭】　①一錢。貨幣單位，一日圓的百分之一。②一錢。很少的錢。

いっせん⓪④【一線】　①一線。一條線。②一線，一界線。「〜を引く」劃一道界線。③一線。（作戰的）前線。「〜で活躍する」活躍在第一線上。

いっそう⓪【一掃】　スル　一掃，肅清。「不安を〜する」消除顧慮。

いっそう⓪④【一層】　1一層。2（副）①更，越發。「風は〜ひどくなった」風更大了。②斷然，索性。

いっそう⓪【逸走】　スル　逃走，逃跑，溜。

いつぞや⓪【何時ぞや】（副）　何時，曾經，不久前。「〜はお世話になりました」日前承蒙關照。

いったい⓪【一体】　1①一體。一個身體，亦指一個歸總整體。「夫婦〜」夫婦一體。「表裏〜」表裡一致。②一座，一尊。佛像、雕像等的數法。③一體。某種樣式，一種樣式、體裁。「漢字の〜」漢字的一體。④整體，總體，全體。「今年は〜に寒い」總體來說，今年比較冷。2（副）①究竟，到底。表示強烈疑問，亦用於譴責而質問對方。「〜どうするつもりですか」究竟你打算怎麼辦？②最初，本來，根本。

いったい⓪【一帯】　一帶。「この辺〜」這附近一帶。

いつだつ⓪【逸脱】　スル　逸出，脫離，遺漏，洩漏。「当初の目的から〜する」脫離當初的目的。

いったん⓪【一旦】（副）　①暫時，姑且。「車は赤信号で〜停止すること」汽車遇到紅燈就必須停車。②一旦。「〜決心したら最後までやりぬく」一旦下決心就要做到底。③一旦，如果。「〜泣き出したら泣きやまない」一旦哭起來，就哭個沒完。

いっち⓪【一致】　スル　①一致，相符。「指紋が〜する」指紋相符。②一致。「意見が〜する」意見一致。③一致。合為一條心。「〜団結」團結一致。

いっちはんかい⓪④【一知半解】　一知半解。

いっちゃく⓪【一着】　スル　①第一個到達。②一套，單件。③穿件衣服。「〜に及ぶ」要穿件衣服。④最先著手。

いっちゅうや⓪【一昼夜】　一晝夜。

いっちょう⓪【一丁】　①一塊（豆腐），一把（刀）。以「丁」作量詞計算的豆腐，刀等物的一個。②一局，一盤，一下，一場。「〜揉んでやろう」給你按摩一下吧；我來教你一下吧。③賭一把，來一盤。「〜やってみるか」賭一把怎麼樣？

いっちょう⓪【一朝】　1①一朝。某個早

晨。②一朝。很少的時間。「～にして滅ぶ」一朝滅亡。[2](副)一旦，一朝。「～事ある時は」一旦有事時。

いっちょういっせき⓪【一朝一夕】　一朝一夕，一時半刻。「～には完成しない」一朝一夕完成不了。

いっちょういったん⓪【一長一短】　一長一短，有長有短。「どんな人にも～がある」無論是什麼人都有長處短處。

いっちょうら⓪【一張羅】　①最好衣服，藏箱底的盛裝。②唯一一件衣服。

いっちょくせん⓪【一直線】　①一直線。②一直線，筆直。

いつつ⓪【五つ】　①五個。②５歲。

いづつ⓪【井筒】　井圍，井欄。

いっつい⓪【一対】　一對。「～の茶碗」一對飯碗。

いって⓪①【一手】　①一手，一著。下圍棋、將棋的一步。②一手。唯一的方法、手段。「おくの～で売りだす」只有硬推銷。③一手。一切都由一人處理。「販売を～に引き受ける」把銷售售獨自一人包了。

いってい⓪【一定】スル　①一定，穩定。「～した物価」穩定的物價。②一定。「間隔を～する」一定間隔。③一定。某種程度。「～評価できる」可做一定的評價。

いっていじ③【一丁字】　一丁字，丁。「～を識しらず」〔唐書〕目不識丁。

いってき⓪【一擲】スル　一擲。「乾坤けん～」孤注一擲；乾坤一擲。

いってつ⓪①【一徹】　頑固的，固執的。「～な性格」很固執的性格。「老いの～」老頑固。

いつでも①【何時でも】（副）　①任何時候。「～肌身離さず身につけている」片刻不離身；總隨身攜帶。②隨時，任何時候，無論什麼時候。「気が向いたら～おいで」高興的話，您隨時來吧！

いってん⓪①【一天】　①滿天。「～にわかにかきくもる」整個天空忽然陰暗起來。②全天下。

いってん⓪①【一点】　①一點。「～一画」一點一畫。②一點，一處。一個地點。「空の～を見つめる」注視空中的一點。③一點。強調事項、事物、事實等之意的「某點」的說法。「この～は譲れない」這一點是不能讓步的。④一點兒。極少，微量。「～の非の打ち所もない」一點都無可非議。⑤一分。得分的計數方法，指一個單位。⑥一件。物品的計數方法，指一個。「美術品～」一件美術品。

いってん⓪【一転】スル　①一轉，轉一圈。②一轉，突然一變。一下子全部改變。「心機～」心情爲之一變。

いっと①【一途】　一個方向，唯一，純一。「時局は悪化の～をたどる」時局日趨惡化。

いっとう⓪①【一刀】　①一把刀。②一刀。「～のもとに斬り倒す」砍倒在一刀之下；一刀砍倒。

いっとう⓪【一灯】　一盞燈，一個光亮。「貧者の～」（富者捐獻的萬燈不如）貧者的一燈。

いっとう⓪【一党】　①一黨，同黨，一夥，一派。②一黨。一個政黨、黨派。「～独裁」一黨獨裁。

いっとう⓪【一等】　[1]①一等，頭等。②一等。一個等級。「死～を減ずる」死罪減一等。[2](副)頂級，一等一。「クラスで～成績がいい」在班上成績最好。

いっとう⓪【一統】スル　①一統。「天下を～する」一統天下。②全體，大家。「御～様」各位同仁。

いっとう⓪【一頭】　一頭。牛、馬等動物的數法，指一隻、一匹。

いっとき①【一時】　①一刻，一時。「雨が～止んだ」雨停了一會兒。②一個時間，同時，一下子，一回。「～に集中する」同時集中。③某一時，那時。「～は負けるかと思った」一時曾想過會不會輸呢。④一個時辰。→とき

いっとくいっしつ⓪【一得一失】　一得一失，有利有弊。

いつに⓪②【一に】（副）　一任，全。「～各員の努力にかかっている」全靠各位的努力。

いっぱ⓪【一波】　①一波。②第一波。「ストの第～」罷工的第一波。

いっぱ◎【一派】 ①一派。「～を成す」構成一派。②一派，一黨，一夥。一個派閥或集團。

いっぱい◎【一杯】 ①①一杯，一碗。「コップ～の水」一杯水。②一杯。飲少量的酒。「もう～いかがですか」再來一杯如何？③一艘（船），一隻（烏賊、螃蟹等）。②（副）①滿滿的，非常多。「もう～です」已經夠了。已經飽了。②滿滿地。「元気～働く」精神飽滿地工作。非常之多。③所有，全部，整個。「制限時間が～になる」限定時間已到。

いっぱい◎【一敗】 スル 一敗。「～地に塗まれる」一敗塗地。

いっぱく◎【一泊】 スル 住一宿。「京都に～する」在京都住一宿。

いっぱし◎【一端】 ①①夠格的，不遜於人。「～の役者になる」當一名合格的演員。②（副）還夠格，滿在行地。

いっぱつ◎【一発】 ①打一發，射一箭，一發，一箭，一彈，一槍。②一次，一回。「～でかいことをやってやる」（我）要幹一件大事。

いっぱん◎◎【一半】 一半。「責任の～はこちらにもある」我方也有一半的責任。

いっぱん◎◎【一般】 ①一般。↔特殊。「～の会社」普通的公司。②一般人。「～に公開する」向一般大眾公開。③一般。基本的、概括性的，遍及總體的。「～論」一般而論。

いっぱん◎【一斑】 一部分。「考えの～を述べる」談點想法。

いっぴ◎【一臂】 一臂。「～の労をとる」盡一臂之力。

いっぴきおおかみ◎【一匹狼】 孤狼，一匹狼。「政界の～」政界的一匹狼。

いっぴつ◎【一筆】 ①一筆。筆不離紙一次寫成。②一筆。稍寫兩筆，亦指簡短的書狀。「～したためる」寫一筆；寫短箋。③一塊（土地），一方（田地），一筆。一個區劃的水旱田，土地。

いっぴん◎【一品】 ①一品，一種，一樣。②一品，第一，無雙。「天下～」獨一無二。舉世無雙。

いっぴん◎【逸品】 逸品，傑作，珍品。「天下の～を集める」收集天下的珍品。

いっぴんいっしょう◎【一顰一笑】〔韓非子〕一顰一笑。「～を伺う」仰人鼻息；看人臉色。

いっぷ◎【一夫】 一夫。一位丈夫，一位男子。

いっぷいっぷ◎【一夫一婦】 一夫一妻。

いっぷう◎◎【一風】 ①一風。一種流儀。②一種風格，別具一格，稍有不同。「～変わった人」有點古怪的人。

いっぷく◎【一服】 スル ①喝杯茶，抽支煙，一杯茶，一根煙。②歇一歇。「このへんで～しよう」在這裡休息一下吧。③一服，一副，一杯，一支。藥粉、茶、煙等一次的量。「この薬は食後に～ずつ飲む」這個藥要飯後各服一次。④一包毒藥。「～盛る」下一劑毒藥。

いつぶ・す◎【鋳潰す】（動五） 回爐，熔化，熔毀。

いつぶん◎【逸文・佚文】 逸文，佚文。「風土記～」《風土記》佚文。

いっぺん◎◎【一片】 ①一片，一張。②一片。從大塊上切下來的一部分。「～の肉」一片肉。③一點兒。「～の良心もない人」毫無良心的人。

いっぺん◎【一変】 スル 一變。「景色が～する」景色截然不同。

いっぺん◎◎【一遍】 ①一遍。「～も行ったことがない」一次也沒去。②表面上的，形式上的。「通り～のあいさつ」一般性的寒暄。

いっぺんとう◎【一辺倒】 一邊倒。「～の外交」一面倒的外交。

いっぽ◎【一歩】 ①一步。「～踏み出す」邁出第一步。②一步，些許。「敵に～先んずる」先敵人一步。

いっぽう◎【一方】 ①一方。②一方之雄。③一方，單方。「～通行」單行道。④只顧…，一個勁地…。「物価があがる～だ」物價一味地上漲。⑤一方面…，另一方面…；既…又…。一邊…另外又…。「勉強をする～、よく遊びもす

る」不僅學習，同時也常玩。

いっぽう⓪【一報】スル 通知一下。「到着次第御~ください」一到達請立即通知。

いっぽん⓪【一本】 ①一支，一棵，一隻，一根，一本，一封，一次。鉛筆、棍棒、瓶子等細長物的數法，亦可用於書、信、電話等。②一本。劍道中決定勝負的一擊，柔道中招數完全用上的獲勝。「~取る」得一本。③贏一著。在爭辯或討價還價中，使對手折讓一次。「これは~取られた」這下子輸了一著。④能掙錢了，能自立。成人，尤指藝妓而言。「~になる」藝妓能自立。⑤一本。（不同版本中的）某本書。「~に曰く」一本書中曰。⑥一壺酒。「~つける」燙一壺酒。⑦一個方向，一個系統，一條道。「志望校を~にしぼる」把志願學校集中在一個方向上。

いつまで⓪【何時迄】（副） 到何時，到任何時候。

いつみん⓪【逸民】 ①逸民，隱士，逸士。②逸民，平民，百姓。「泰平の~」太平盛世的逸民。

いつも⓪【何時も】 ①①日常，平時，往常。「~と様子が違う」不同往常；反常。②老樣子，一如既往。「~の場所で会う」在老地方見面。②（副）總是，經常；遲早。「~にこにこしている」總是笑咪咪的。

いつらく⓪【逸楽・佚楽】スル 逸樂。

いつわ⓪【逸話】 逸話，逸聞。「おもしろい~」有趣的逸聞。

いつわり⓪【偽り・詐り】 偽，詐，假。「~をいう」撒謊。

いつわ・る⓪【偽る・詐る】（動五） ①偽，詐，撒謊，假冒。「学校行くと~・って家を出る」撒謊說去學校而離開了家。②詐欺。「人を~・る」騙人。

いて⓪【射手】 射手，弓箭手。

イデア①【希 idea】 理念。

イディオム①【idiom】 慣用句，成語，熟語。

イデオローグ④【法 idéologue】 意識形態家，空論家。

イデオロギー③【德 Ideologie】 意識形態，觀念形態。

いてき⓪【夷狄】 ①夷狄，未開化人，野蠻人。②蠻夷。對外國人的蔑稱。

いでたち⓪【出で立ち】 ①裝束，服飾，打扮。「旅の~」旅行的裝扮。②啓程，動身。

いてつ・く⓪【凍て付く】（動五） 結凍，凍結。「~・くような寒さ」凍結般的寒冷。嚴寒。

いでゆ⓪【出で湯】 溫泉。「~の町」溫泉鄉。

い・てる②【凍てる・冱てる】（動下一） 結凍。「~・てる月」結凍的月份。

いてん⓪【移転】スル ①搬家，遷移，遷至。②移轉，轉讓。

いでん⓪【遺伝】スル 遺傳。

いでんし③【遺伝子】 基因。

いでんしくみかえ⓪【遺伝子組み換え】 基因重組。

いでんしちりょう⑤【遺伝子治療】 基因療法，基因治療。

いと①【糸】 ①線，紗。②絲。「蜘蛛の~」蜘蛛絲。③釣線，釣絲，魚線。「~を垂れる」垂釣。④絲弦。「三味線の~」三味線的絲弦。⑤線索。「推理の~をたぐる」追溯推理的線索。

いと①【意図】スル ①意圖，打算。②企圖，意圖。「相手の~を見抜く」看穿對方的意圖。

いど①【井戸】 井。

いど①【異土】 異土，異鄉。

いど①【緯度】 緯度。

いと・う②【厭う】（動五） ①厭，怕，嫌棄，顧及。「何事も~・わず働く」什麼事也不嫌棄地工作。②珍惜，保重，照顧。「体をお~・い下さい」請您多保重。③厭惡，躲避。「世を~・う」厭世。

いどう⓪【異同】 異同，不同，差別。「諸本の~を調べる」調查比對各種版本的異同。

いどう⓪【異動】スル 調動，變動。「人事の~」人事變動。

いどう◎【移動】スル 移動，轉移，遷徙，流動，傳遞，傳至，傳播，移送。

いとおし・い◎【愛おしい】（形） ①可愛。②可憐的。

いとおし・む◎【愛おしむ】（動五） ①珍惜，愛惜。「青春を～・む」珍惜青春。②喜愛，疼愛。「わが子を～・む」疼愛自己的孩子。③同情，憐惜。

いときりば◎【糸切り歯】 尖牙，（人的）犬齒。

いとく◎【威徳】 威德。威嚴和德望。

いとく◎◎【遺德】 遺德。

いどくち◎【糸口・緒】 ①線頭。②開端，頭緒。「事件解決の～を見つける」找到了解決事件的線索。

いとくり◎◎【糸繰り】 絡紗，絡絲。

いとぐるま◎【糸車】 手紡車。

いとけな・い◎【幼い・稚い】（形） 年幼，幼稚。「～・い子供」天真的孩子。

いとこ◎【従兄弟・従姉妹】 堂兄弟，堂姐妹，表兄弟，表姐妹。

いどころ◎◎【居所】 居所，住所，居住場所，住處。「虫の～が悪い（=機嫌ガ悪イ）」情緒不佳；不高興。

いとごんにゃく◎【糸蒟蒻】 蒟蒻絲。

いとざくら◎【糸桜】 垂枝櫻的異名。

いとさばき◎【糸捌き】 ①繃紗，理線。②弦技法。「あざやかな～」精湛的弦技法。

いとし・い◎【愛しい】（形） 可愛。「～・い女の子」可愛的女孩。

いとしご◎【愛し子】 可愛的孩子，疼愛的孩子。

いとすぎ◎【糸杉】 ①柏木，絲柏。②垂絲柏。

いとぞこ◎【糸底】 陶瓷器的底部。

いとたけ◎【糸竹】 ①絲竹。日本樂器的總稱。②絲竹。音樂，樂曲。「～の道」絲竹之道。

いとづくり◎【糸作り】 切絲，生魚絲。

いとな・む◎【営む】（動五） ①營生，從事，過日子。「生活を～・む」謀生。②經營，開辦。「父は本屋を～・む」父親經營書店。③做，進行，舉辦。「法要を～・む」做法事。④營造，作巢，築

巢。「愛の巣を～・む」營造愛巢。

いとのこ◎【糸鋸】 線鋸。

いどばたかいぎ◎【井戸端会議】 井邊會。主婦們於家務空閒聚在一起的閒聊。

いとへん◎【糸偏】 ①絞絲邊，糸字邊。②纖維產業。與纖維有關係的產業。「～景気」纖維業景氣。

いとま◎【暇・遑】 ①閒暇，閒工夫。「応接に～がない」應接不暇。②度假。③辭職，辭退。④告辭。「～を告げる」告辭。⑤離婚。「妻に～を出す」向妻子提出離婚。

いとまき◎【糸巻き】 ①繞線，線桃子。②收線軸。③弦軸。

いとみみず◎【糸蚯蚓】 遊絲蚓，線蚯蚓，顫蚓。

いど・む◎【挑む】（動五） ①挑，挑起。「試合を～・む」挑戰比賽。②挑戰。「世界記録に～・む」向世界記錄挑戰。③挑逗。

いとめ◎【糸目】 ①線，線條，細線。②細紋。③大澤角頭沙蠶。

いと・める◎【射止める】（動下一） ①射中，射死。「一発で見事に猪を～・めた」一槍就把野豬打死了。②射中，獲得，到手。「彼女の心を～・めた」贏得了她的芳心。

いとも◎（副） 極其，格外。「～簡単」極其簡單。

いとやなぎ◎【糸柳】 垂柳的別名。

いとわし・い◎【厭わしい】（形） 討厭的。「顔を見るのも～・い」看見那張臉就討厭。

いな◎【鯔】 小鯔。烏魚幼魚的稱呼，全長約20cm。

いな◎◎【異な】（連體） 怪異，奇異。「～ことを承る」聽到件怪事。

いな◎【否】 １（感）否，不，並非。２①否，不同意，不贊成。「～も応もない」不置可否。②（是）否。「事実か～か調べる」調查是否為事實。

いない◎【以内】 ①以內。「3時間～に帰る」三小時以內回來。②（範圍）以內。「これより～立ち入り禁止」禁止入

内。

いなお・る〿【居直る】（動五）①態度突變，翻臉。「押し売りが〜・る」翻臉強賣給人。②態度突變，翻臉。「こそ泥は急に〜・った」竊賊突然狗急跳牆了。③坐正，端坐。

いなか〿【田舎】①鄉下，農村。②窮鄉僻壤。③老家，故里。「私の〜は信州だ」我的老家是信州。

いながら〿【居乍ら】（副）坐著，不出門。「テレビのおかげで〜にして、天下の形勢を知る」多虧了電視，不出家門，便知天下事。

いなご〿【稲子・蝗】稲蝗。

いなさく〿【稲作】稲作。

いな・す〿〿【往なす・去なす】（動五）①急閃身。②搪塞，避開。「質問を軽く〜・す」輕易地避開別人的質問。

いなずま〿【稲妻・電】①閃電，雷電。②閃電般，閃電似的。

いなせ〿【鯔背】瀟灑，英俊，帥氣。「〜な若い衆」瀟灑的年輕人。

いなだ〿【稲田】稲田。

いなな・く〿【嘶く】（動五）嘶，嘶鳴。

いなびかり〿【稲光】雷的電光，閃電。

いなほ〿【稲穂】稲穂。

いな・む〿【否む・辞む】（動五）①拒絕，不答應，謝絕。「彼の要求を〜・む」拒絕了他的要求。②否，否定。

いなや〿【否や】①否，不同意。「彼に〜はないはずだ」他不會同意。②是否應允。「〜を問う」詢問是否應允。

いなら・ぶ〿【居並ぶ】（動五）坐成一排，併排坐，併肩坐，列坐。「おおぜいの客がずらりと〜・ぶ」許多客人並排坐了一大排。

いなり〿【稲荷】①稲荷神社。②狐狸的別稱。③油炸豆腐。

いなん〿【以南】以南。↔以北

イニシアチブ〿【initiative】①主動權。「会議の〜を取る」取得會議的主動權。②提案權，創制權。

いにしえ〿【古】古代，古時候，從前，往昔。「〜をしのぶ」懷古。

イニシエーション〿【initiation】入會儀式，加入儀式，成年儀式。

いにゅう〿【移入】スル①移入，引入。②運入，運進。↔移出。「東北地方から米〜する」從東北地方運入稲米。

いにょう〿【遺尿】遺尿。「〜症」遺尿症。

いにん〿【委任】スル委任。「全権を首席代表に〜する」把全權委任給首席代表。

イニング〿【inning】局，回合。棒球比賽中，由兩隊各進行一次進攻和防守構成的段落劃分。

いぬ〿【犬・狗】①犬，狗。②走狗。「警察の〜」警察的走狗。

いぬい〿【戌亥・乾】乾，戌亥，西北方。

イヌイット〿【Innuit, Inuit】因紐特人。愛斯基摩人，在加拿大的正式稱呼。→エスキモー

いぬかき〿〿【犬掻き】狗爬式。

いぬき〿【居抜き】全套設備房屋，帶家具設備。

いぬくぎ〿【犬釘】鈎頭道釘，狗頭道釘，普通道釘。

いぬくぐり〿【犬潜り】狗洞。

いぬじに〿【犬死に】スル無謂喪命，徒然喪命，白死。

いぬたで〿〿【犬蓼】睫穗蓼。

いぬちくしょう〿【犬畜生】狗畜生。「〜にも劣る奴」連狗畜生都不如的傢伙。

いぬつげ〿【犬黄楊】假黄楊。

いぬのふぐり〿【犬の陰嚢】婆婆納。植物名。

いね〿【稲】稲，水稲。

いねかけ〿【稲掛け】稲架，曬稲架。

いねかり〿【稲刈り】スル割稲子，收稲子。

いねこき〿〿【稲扱き】打稲子，打穀，脫粒，稲穗脫穀機。

いのいちばん〿〿【いの一番】天字第一號，最先。「〜に駆けつける」最先跑到。

いのう〿【異能】特異能力，特殊才能。「〜の士」有特殊才能之士。

いのこずち◎【牛膝】　牛膝。植物名。

いのこ・る◎【居残る】（動五）　留下來。

いのしし◎【猪】　野猪。

イノシンさん◎【一酸】　〔inosine〕次黄嘌呤核苷酸，肌苷酸。

イノセント◎【innocent】　無罪的，天真無邪的，純潔的。

いのち◎【命】　①命，性命。「～を捧げる」獻出生命；捐軀。②生命，生涯，一生。「～を落す」送命。③壽命。「～をちぢめる」縮短壽命。④命根子。「画家にとって絵筆は～だ」畫筆是畫家的命根子。

いのふ◎【胃の腑】　胃腑，胃。「酒が～にしみわたる」酒滲透到胃腑。

イノベーション◎【innovation】　創新，技術革新，新設計。

イノベーター◎【innovator】　革新者，創新者，改革者。

いの・る◎【祈る】（動五）　①祈禱，禱告。「平和を神に～・る」向神祈禱和平。②衷心盼望，希望。「御健康を～・る」祝您健康。

いはい◎【位牌】　靈牌，牌位。

いはい◎【違背】スル　違背，違反。

いはく◎【医博】　「医学博士」的略語。

いばしんえん◎【意馬心猿】　意馬心猿。

いはつ◎【衣鉢】　衣鉢。「～を継ぐ」繼承衣鉢。

いはつ◎【遺髪】　遺髮。

いばら◎【茨・荊・棘】　荊棘。薔薇、枸橘等有刺灌木的總稱。

いば・る◎【威張る】（動五）　張狂，高傲，逞威風，擺架子，大搖大擺，飛揚跋扈。

いはん◎【違反】スル　違反，違章，違規。「交通～」違反交通規則。

いはん◎【違犯】スル　違犯，違反。

いび◎【萎靡】スル　萎靡。「～沈滞する」萎靡不振。

いびき◎【鼾】　鼾聲，打呼。「～をかく」打鼾。

いびしゃ◎【居飛車】　屯飛車。將棋對局中，讓飛車留在最初擺放位置的戰

術。→振り飛車。

いひつ◎【遺筆】　遺筆。

いびつ◎【歪】　歪，變形，扭曲。「性格が～になる」性格乖僻。

いひょう◎【意表】　意表，意外之事。「敵の～に出る」出乎敵人的意外。

いびょう◎【胃病】　胃病。

いびりだ・す◎④【いびり出す】（動五）　攆走，逼走。「嫁を～・す」逼走兒媳婦。

いび・る◎（動五）　欺負，虐待。「嫁を～・る」虐待兒媳。

いひん◎【遺品】　遺物。

いふ◎【畏怖】スル　畏懼，恐怖。「～の念」恐懼之念。

いふ◎【異父】　異父。同母不同父。

いぶ◎【威武】　威武。

いぶ◎【慰撫】スル　慰撫，撫慰。

イブ◎【eve】　前夜。節日前夜，尤指耶誕節前夜。

イブ◎【Eve】　夏娃。

いふう◎【威風】　威風。「～あたりを払う」八面威風。「～堂堂」威風凜凜。

いふう◎【遺風】　遺風。

いぶかし・い◎【訝しい】（形）　詫異的，可疑的，奇怪的。

いぶか・る◎③【訝る】（動五）　懷疑，納悶，詫異，驚訝。「心中しきりに～・る」心裡真納悶。

いぶき◎【息吹】　①氣息，呼吸。②氣息。「春の～」春天的氣息。

いふく◎【衣服】　衣服。

いぶくろ◎【胃袋】　胃。

いぶしぎん◎【燻し銀】　①熏銀。熏以硫磺，除去表面光澤的銀器，亦指其色。②素雅品味。「～の魅力」素雅品味的魅力。

いぶ・す◎【燻す】（動五）　①熏，嗆，煙熏。「蚊を～・す」熏蚊子。②熏黑。「～・した天井」被熏黑的天花板。③嗆蚊子，點火熏蚊子。

いぶつ◎【異物】　①異物。②怪物。

いぶつ◎【遺物】　古物，文物，遺物。「前世紀の～」前世紀的文物。

イブニングコート◎【evening coat】　①燕

尾服。②晚禮服。

いぶ・る⓪【燻る】（動五）　嗆，煙熏，冒煙。

いぶん⓪【異文】　①異文。②異文，不同於本文。

いぶん⓪【異聞】　異聞，奇聞。「近世～」近世奇聞。

いぶん⓪【遺文】　①遺作，遺文。②遺文。過去時代的文書中現存的文獻。「平安～」平安遺文。

いぶんし③【異分子】　異己分子。

いへき⓪【胃壁】　胃壁。

いへん⓪【異変】　異變。「暖冬～」暖冬異變。

イベント⓪【event】　①活動，事件。②賽項。「メーン-～」主要賽項。

いぼ⓪【疣】　①疣，瘊子，（蟾蜍）瘰疣。②疙瘩。

いぼ①【異母】　異母。同父不同母。↔同母

いほう⓪【異邦】　異邦，異國。

いほう⓪【彙報】　彙報，彙編，報告集。

いほう⓪【違法】　違法。↔適法。「～行為」違法行為。

いほく①【以北】　以北。↔以南

いぼく⓪【遺墨】　遺墨。

いぼじ⓪【疣痔】　疣痔。痔核的俗稱。

いぼだい⓪【疣鯛】　刺鯧，瓜子鯧。

いほん⓪【異本】　異本。原本是同一作品，但在輾轉抄寫中文字或結構上多少出現一些相異之處的版本。

いま①【今】　①①今，現在，此時。「～10時だ」現在 10 點整。②剛才，剛剛，馬上。「～来たところだ」剛才來到。③今，現今，當今，目前，現在。「～の若者は幸せだ」現代的年輕人是幸福的。②（副）再，還，另。「～少し待ってくれ」再稍等一下。③（接頭）①表示最近的、新的、這次的。「～出来」新做的（粗糙）東西。②現代的（…翻版，…重演）。「～浦島」現代的浦島太郎。

いま①【居間】　起居室。

いまいち①【今一】　差一點兒，再加把勁，再加一個。「～調子が出ない」差一點兒；使不上勁。

いまいまし・い④【忌ま忌ましい】（形）悔恨，可氣，可恨，可惡，令人討厭的。

いまがわやき⓪【今川焼き】　今川燒。

いまごろ⓪【今頃】　①此時，這時候。「～東京についただろう」現在已到東京了吧。②此時，這會兒，這時候。

いまさら①【今更】（副）　①事到如今，事已至此。「～どうしようもない」事到如今已毫無辦法了。②再一次，現在重新。「～言うまでもない」現在無需再言及。

イマジネーション⓪【imagination】　想像，想像力，幻想，創造力。

いましめ⓪【戒め・警め】　①規戒，勸誡，訓誡。「父の～を守る」遵守父親的訓誡。②懲戒。

いまし・める④【戒める・警める】（動下一）　①勸戒，規勸，勸導，規戒，警告。「自らを～・める」告誡自己。②懲戒，申斥，責怪。「言うことを聞かない子をきつく～・める」對不聽話的孩子嚴加訓斥。③提防，引以為戒，戒備。

いまだ①【未だ】（副）　①未，尚，還。「原因は～究明されていない」原因尚未查清。②到現在也…，到現在一直。「～下手な絵をかいています」直到現在仍然畫得不好。

いまちのつき⑤【居待ちの月】　坐待月，坐等月。陰曆十八日的月亮，尤指陰曆八月十八日的月亮。

いまどき⓪【今時】　①現時，如今。「～の若い者は」如今的年輕人。②這時候。「～なにしに来た」這時候來做什麼？

いまに①【今に】（副）　①早晚，不久。「～わかるだろう」不久就會明白的。②至今。「～何の返事もない」至今沒有任何回信。

いまふう⓪【今風】　今式，時興。「～の考え方」現代式的想法。

いままで⓪【今迄】（副）　迄今，至今。「～一度も欠席したことがない」至今從沒缺席過。

いまよう⓪【今様】　流行，時興。「～の

髪型」時興的髮型。

いまりやき⓪【伊万里焼】 伊萬里燒。從伊萬里港發貨的陶瓷器的總稱，以有田燒爲主。

いまわ⓪【今際】 彌留，最後，將盡之時。「～の時」彌留之時。

いまわし・い④【忌まわしい】（形） ①討厭，可憎。「～・い事件が起こる」發生了令人討厭的事件。②忌諱，不祥。

いみ②【忌み・斎】 ①忌，齋戒，嫌忌，忌諱。②居喪，服中，忌避。「～が明ける」服喪期滿。

いみ①【意味】 ㋜ ①意思，意義。「言葉の～」語言的意義。②意味，含義，動機，內涵。「このことばの～が分からない」不懂這句話的意思。③意義。

いみあい⓪【意味合い】 意義，涵義。

いみあけ⓪【忌み明け】 服滿，滿月，服喪期滿。

いみきら・う④【忌み嫌う】（動五） 嫌棄，厭惡，嫌惡，忌諱。

イミグレーション④【immigration】 ①移居，移民。②出入境管理。

いみことば④【忌み詞・忌み言葉】 忌諱詞，忌諱用語。

いみじくも②（副） 恰當。「～言い得た」說得很恰當。

いみしん⓪【意味深】（形動） 意味深，耐人尋味。「～な笑い」意味深長的笑。

いみしんちょう⑤【意味深長】 意味深長。「～な言い回し」意味深長的措辭。

いみづ・ける④【意味付ける】（動下一） 賦予意義，使具有意義，使具有價值。

イミテーション③【imitaiton】 ①仿冒品，模仿品，假貨。②模仿，仿造。

いみな⓪【諱】 ①諱，諡號。根據生前的德行而於死後贈與的稱號。②名諱。身分高貴者的實名，在世時忌諱稱呼。

いみび⓪【忌み日・斎日】 齋日。不吉利的日子。

いみょう⓪【異名】 異名，別名，俗名，綽號。

いみん⓪【移民】 ㋜ 移民，僑民。「集団～」集體移民。〔現在多用「移住」一詞〕

い・む⓪【忌む・斎む】（動五） ①忌，忌諱，禁忌。「友引の葬式を～・む」忌諱在友引日舉辦葬禮。②忌，討厭，厭惡。「不正を～・む」忌不正當行爲。

いめい⓪【威名】 威名。

いめい⓪【異名】 異名，俗名，別名，綽號。

イメージ②【image】 ㋜ ①印象。②意象。

イメージアップ⑤【⑥ image＋up】 ㋜ 改善形象，提高聲譽。↔イメージ-ダウン

イメージキャラクター【image character】 形象化人物。

イメージこうこく【―広告】 形象廣告。→インフォーマティブ広告

イメージダウン③ ㋜ 聲譽受損，形象變差。↔イメージ-アップ

イメージチェンジ⑤ ㋜ 改變印象，改換形象。

いも②【芋・薯・藷】 芋，薯。

いもうと④【妹】 ①妹妹。↔姉。②弟妹，小姑，小姨子。

いもがしら④【芋頭】 芋頭的種芋。

いもがゆ③【芋粥】 ①地瓜稀飯。②山藥甜粥。

いもがら⓪【芋幹・芋茎】 芋莖。

いもざし⓪【芋刺し】 串糖葫蘆（式刺殺）。

いもせ②【妹背・妹兄】 ①夫婦。②兄妹，姐弟。

いもちびょう⓪【稲熱病】 稻熱病。

いもづる⓪【芋蔓】 山藥蔓，地瓜蔓，地瓜秧。

いもの②⓪【鋳物】 鑄件，鑄造器物。↔打ち物。「～師」鑄工；爐工；鑄物師；鑄造匠。

いもばん⓪【芋版】 薯版。

いもむし②【芋虫】 蠋，豆蟲，毛蟲，青蟲。

いもめいげつ【芋名月】 芋名月。中秋明月的別名。

いもり①【井守・蠑螈】 蠑螈，赤腹蠑螈。

いもん⓪【慰問】 ㋜ 慰問。「被災者を～する」慰問受災的人。

い

いや□（感）　呀，唉呀。「～、実にすばらしい」唉呀，真棒！

いや□【否】（感）　①不。「『寒い』『～、寒くない』」「冷嗎？」「不，不冷。」②不。否定自己先前說的話時使用。「半年、～一年待ってくれ」半年，不，等我一年。

イヤー【year】　年。附在其他詞後使用。「オリンピックー」奧林匹克年。

いやいや【嫌嫌】　[1]（副）不情願地。勉強。「～ながら引き受ける」勉強地接受。

いやおう□□【否応】　願意不願意，答應不答應。「相手に～を言わせない」不容對方分說。

いやがうえに□□【弥が上に】（副）　益，更加。「～気分はもり上がった」氣氛更加熱烈。

いやがらせ【嫌がらせ】スル　生氣，討人嫌，令人不愉快。

いやが・る□【嫌がる】（動五）　嫌，不願意。「勉強を～・る」討厭學習。

いやき□【嫌気】スル　行情不順，行情疲軟。「～売り」停損拋售。

いやく□【医薬】　醫藥。「～品」醫藥品。

いやく□【意訳】スル　意譯。

いやく□【違約】スル　違約，爽約，失信。

いやくきん【違約金】　違約金。

いやけ□【嫌気】　討厭，厭煩，厭倦，不高興。「勉強に～がさす」對學習產生厭倦。

いやし□【癒し】　醫治，治癒。

いやし・い□【卑しい・賤しい】（形）①卑賤，下賤，卑微。「～・い家柄の出身。」出身卑微。②卑鄙，敗壞，下流，粗卑淺薄。「～・いことば」下流話。③嘴饞，貪婪。「酒に～・い」貪杯。④吝嗇，貪婪。「金に～・い」貪財。⑤寒酸，貪婪。「～・い身なり」寒酸的打扮。

いやしくも□【苟も】（副）　①假如，既然。②苟且，隨便。「一点一画～ず」一絲不苟。

いやし・める□【卑しめる・賤しめる】（動下一）　輕視，卑視，瞧不起。「自らを～・める行為」自卑的行為。

いや・す【癒す】（動五）　①醫治。「病を～・す」治病。②解除。「悲しみを～・す」解除悲傷。

いやはや（感）　哎呀，啊呀。驚呆時等發出的感歎詞。「～おどろいた」哎呀，嚇了我一跳。

イヤホーン□【earphone】　耳機。

いやま・る□【弥増る】（動五）　越發強烈，越來越甚，越來越多。「望郷の念が～・る」思鄉的念頭越發強烈。

いやま・す【弥増す】（動五）　越發增加，越發強烈。「子を思う心が～・す」想孩子的心情越發強烈。

いやみ□【嫌み】　①諷刺，挖苦人（的話）。「～を言う」故意譏諷；挖苦人。②討厭，討人嫌，令人生厭。「～な男」討人厭的傢伙。

いやらし・い□【嫌らしい】（形）　①討厭，可憎，討人嫌，令人不快。「人の悪口ばかりで～・い」淨說別人的壞話，令人討厭。②下流，卑鄙，猥褻。「～・いことを言う」說下流話。

イヤリング□【earring】　耳環。

いゆう□【畏友】　畏友。敬畏的友人。

いよいよ□【愈・愈愈】（副）　①越發，更，愈。「天気は～あつくなってきた」天氣越來越熱。②到底，終於。「～出発だ」終於出發了。③緊要關頭，到最後。「～の時」關鍵時刻。④果真，確實。「～それに違いない」確實是那樣。

いよう□【異様】　異樣，奇異，離奇。「～な音がする」有奇怪的聲響。

いよう□【偉容・威容】　偉容，威容。

いよく□【意欲】　意願，熱情，積極性。「～を燃す」激發熱情。

いらい□【以来】　以來。「卒業～大学につとめている」畢業以後一直在大學工作。

いらい□【依頼】スル　①委託，託付，請求。「～を受ける」接受委託。②依靠，依賴，託人情。「人に～せず自分のことは自分でする」不依賴別人，自己的事自己做。

いらいら□【苛苛】　[1]（副）スル①急躁，

焦急。②刺痛。②焦慮，焦躁，著急。「～がなおる」從焦躁中平靜下來。

いらか⓪【甍】　①屋脊，甍。②瓦屋面，屋面瓦。「～の波」屋面瓦的鱗波。

いらくさ⓪②【刺草・蕁麻】　蕁麻，咬人貓。

いらざる【要らざる】（連語）　無須。「～心配をする」做不必要的擔心。

イラスト②　插圖，插畫。「イラストレーション」之略。

イラストレーション⑤【illustration】　插圖，圖解。

イラストレーター⑤【illustrator】　插畫家，繪圖家。

いらだたし・い④【苛立たしい】（形）著急，焦急，焦躁，使神經緊張。「うまくいかなくて～い」進展不順利令人煩躁。

いらだ・つ③【苛立つ】（動五）　著急，焦急，焦躁。「～・つ気持ちをおさえる」按捺住焦躁的情緒。

いらっしゃい④〔「いらっしゃる」的命令形〕①來，去，在。「来い」、「行け」、「居ろ」的敬語。「早く～」快來。「じっとして～」請待著別動。②歡迎人來訪時的寒暄語，比「いらっしゃいませ」口氣略輕。「やあ，～。早かったね」啊！歡迎歡迎（您來啦），真早啊。

いらっしゃ・る④（動五）〔「入らせる」的轉換音〕①來，去，在。「行く」、「来る」、「居る」的敬語。「今，パリに～・る」現在在巴黎。②（補助動詞）是，在，正在。（補助動詞）「（て）いる」「（で）ある」的敬語。「聞いて～・る」正在聽著。「お元気で～・る」（您，他）身體好。

いらむし②【刺虫】　刺蟲。刺蛾的幼蟲。

いり⓪【入り】　①進入，加入。「政界～」進入政界。「土俵～」進入相撲比賽場地。②裝，載，盛。「20個～の箱」裝20個的箱子。③沉落，沒入。「日の～」日落。④入，開始，第一天。「寒の～」入寒。⑤收入，進項。「～が少ない」收入少。⑥開銷，花費。「～がかさむ」花費增加。

いりあい⓪【入会】　入會。「～地」入會地。

いりあい⓪【入相】　日落時分，日暮時分，黃昏。「～の鐘」日落時分的鐘聲。

いりうみ⓪【入り海】　海岔，海灣。

いりえ⓪【入り江】　河口灣，小海灣，入水口。

いりおもてやまねこ⓪【西表山猫】　西表山貓，西表野貓。

いりかわ・る④【入り代わる】（動五）代替，更替，交替，替換。

いりぐち⓪【入り口】　①入口。↔出口。②開端，起頭，頭緒。「学問の～」學問的開端。

いりく・む③【入り組む】（動五）　錯綜複雜，相互關聯，互相糾纏，曲折，交錯。「～・んだ話」錯綜複雜的情節（故事）。「～・んだ海岸線」曲折的海岸線。

いりこ⓪②【煎り粉・炒り粉】　①熟米粉。②炒大麥粉。

いりこ②【熬り子】　小沙丁魚乾。

いりこ・む③【入り込む】（動五）　①鑽入，擠進，攻入。「敵陣深く～・む」深入敵陣。②錯綜複雜，交錯。「～・んだ事情」錯綜複雜的情況。

イリジウム③【iridium】　銥。

いりしお⓪【入り潮】　①退潮，落潮。②漲潮，滿潮。

いりたまご③【煎り玉子・炒り玉子】　煎蛋，炒蛋。

いりどうふ⓪【炒り豆腐】　炒豆腐，煎豆腐。

いりはまけん⓪【入り浜権】　入濱權。進入海岸、海濱採集魚蝦貝類或進行海水浴、欣賞景觀的權利。

いりひ⓪【入り日】　落日。

いりびた・る④【入り浸る】（動五）　①泡，浸泡。②泡。「飲み屋に～・る」泡在小酒館裡。

いりふね⓪【入り船】　入港船，進港的船。↔出船

いりまじ・る④【入り交じる】（動五）混雜，摻雜。「驚きと喜びが～・る」驚

い

喜交加。

いりまめ⓪【炒り豆】 炒豆。

いりみだ・れる⓪【入り乱れる】（動下一） 摻雜，混雜，紛亂，攪在一起。

いりむこ⓪【入り婿】 入贅婿。

いりもや⓪【入母屋】 歇山式。

いりゅう⓪【慰留】 スル 慰留，挽留。

いりゅう⓪【遺留】 スル ①遺忘。「～品」遺忘物品。②遺留。死後留下。

イリュージョン③【illusion】 ①幻影，幻想，錯覺，幻覺。②〔美〕錯覺。

いりよう⓪【入り用】 ①需要，需用。「～な品物」需要的物品。②（所需）花費，開銷。

いりょう⓪【衣料】 衣服，衣料。「～品」衣料。

いりょう⓪【医療】 醫療，行醫。「～施設」醫療設施。

いりょうかご⓪【医療過誤】 醫療事故，醫療過失。

いりょうほけん⑤【医療保険】 醫療保險。

いりょく⓪【威力】 威力，威勢，威懾。「～を振るう」發揮威力。

い・る⓪【入る】（動五） ①入。進入。「佳境に～・る」進入佳境。②入，進入。完全達到…的狀態。「寝～・る」入睡。

い・る⓪【居る】（動上一） ①在，待在。「池に魚が～・る」池塘裡有魚。②存在，活。「この世に～・ない」不存在於這個世上。③正在。「子供が遊んで～・る」小孩正在玩呢。

い・る⓪【要る】（動五） 要，需要。「返事は～・らない」不需要回信。

い・る⓪【煎る・炒る・熬る】（動五） 炒，煎，熬。「ごまを～・る」炒芝麻。

い・る⓪【射る】（動上一） ①射。「弓を～・る」射箭。②射中。「獣を～・る」射中野獸。③刺眼，晃眼，照射。「太陽の光が目を～・る」陽光刺眼。④射中，獲得。「金的を～・る」射中金靶。⑤中的，中要害。「的を～・た質問」切中要害的質問。

いる⓪【鋳る】（動上一） 鑄，鑄造。「釜をいる」鑄鍋。

いるい⓪【衣類】 衣服，衣裳。

いるい⓪【異類】 異類。

いるか⓪【海豚】 海豚。

いるす⓪【居留守】 假裝不在家。「～を使う」假裝不在家。

イルマン⓪【葡 irmão】 副司祭。

イルミネーション④【illumination】 五彩燈飾。

いれあ・げる⓪【入れ揚げる】（動下一） 揮霍，花大錢，花很多錢。「女に～・げる」為女人耗盡錢財。

いれい⓪【威令】 嚴令，威令。

いれい⓪【異例】 異例，破格，破例。「～の措置」破例的措施。

いれい⓪【違例】 ①違例。不合常例。②違和。生病，欠安。

いれい⓪【慰霊】 慰靈，追悼死者。「～祭」追悼會。

いれか・える⓪【入れ替える】（動下一） 改換，變換，調換，置換。「新しいのと～・える」換上新的。

いれがみ⓪【入れ髪】 假髮。

いれかわり⓪【入れ代わり】 更換，輪換，替換，交替。

いれかわりたちかわり⓪【入れ代わり立ち代わり】（副） 連續不斷，絡繹不絕。「～人が尋ねて来る」來訪的人絡繹不絕。

イレギュラー②【irregular】 不規則的，非正則的。↔レギュラー

いれぐい⓪【入れ食い】 容易上鉤。

いれこ⓪【入れ子】 套匣，套盒。

いれこ・む⓪【入れ込む】（動五） ①塞入，塞進，塞到。②精神抖擻，振奮，熱心，入迷。

いれずみ⓪【入れ墨・刺青・文身】 スル 刺青，紋身。

いれぢえ⓪【入れ知恵・入れ智慧】 スル 從旁指點，出主意，教唆。「親の～」父母幫忙出的主意。

いれちが・う⓪【入れ違う】（動五） ①裝錯，放錯。「順番を～・う」裝錯順序。②錯過，交錯。

いれば⓪【入れ歯】 鑲牙，假牙。「総～」

全口假牙。

イレブン[2]【eleven】 11名隊員。亦指足球隊。

いれもの[0]【入れ物・容れ物】 容器。

い・れる[0]【入れる】（動下一） ①放入，裝入，加入，兌入，放上。「箱に～・れる」裝入箱內。②加入，入。「仲間に～・れる」入夥。③修改，補足，加工。「文章に手を～・れる」修改文章。④交納，繳納。「会費を～・れる」繳納會費。⑤含在內，算入，包括。「考慮に～・れる」考慮進去。⑥答應，採納，聽從，承認。「忠告を～・れる」接受忠告。⑦插入，添加。「一息～・れる」喘口氣。⑧開，點。「スイッチを～・れる」打開開關。⑨沏，泡。「お茶を～・れる」沏茶。⑩聯絡。「電話を～・れる」打電話。

いろ[2]【色】 ①色，顏色。「赤い～」紅色。②神色，臉色。「～が悪い」臉色難看。③色。樣子，情趣。「秋の～が深まる」秋色已濃。④色。（聲音等的）調子、餘韻。「音(ね)～」音色。

いろあい[3]【色合い】 ①色調，色相，配色，調色。②色彩。「混戦の～を深める」加深了混戰的色彩。

いろあく[0]【色悪】 色惡。歌舞伎的角色之一。

いろあげ[4]【色揚げ】スル 複染，重染。

いろあ・せる[4]【色褪せる】（動下一） ①褪色、掉色。「～・せた着物」褪了色的衣服。②陳舊，變舊。「～・せた思い出」以往的回憶。

いろいろ[0]【色色】 [1]（形動）各種各樣，形形色色，多樣。「友だちと～話をした」和朋友天南地北地聊了一陣。[2]（副）種種，各方面。「～と御面倒おかけしました」給您添了種種麻煩。

いろう[0]【慰労】スル 慰勞。「～会」慰勞會。

いろう[0]【遺漏】スル 遺漏，有漏洞，疏忽。「万～なきよう努める」努力做到萬無一失。

いろえんぴつ[3]【色鉛筆】 彩色鉛筆。

いろおち[4][3]【色落ち】 脫色，退色，褪色，掉色。「洗濯で～する」因洗滌褪色。

いろおとこ[3]【色男】 ①漂亮男人。「～金と力はなかりけり」漂亮男人沒錢沒力氣。②情夫。③色鬼，色魔，好色的男人。

いろおんど[3]【色温度】 色溫（度），顏色溫度。

いろおんな[3]【色女】 ①漂亮女人，美女。②風流女子。③情婦，情人。

いろか[2]【色香】 ①色香。②姿色，色相，女色，紅顏。「～に迷う」迷戀女色。

いろがみ[2]【色紙】 色紙，彩色摺紙。

いろがわり[3]【色変わり】スル ①褪色，掉色。②顏色不同，改變顏色，變色。「～の品」顏色不同的物品。

いろきちがい[4]【色気違い】 ①色情狂。②色迷，色鬼。

いろけ[3]【色気】 ①色調，花色。②色相，姿色。③可愛動人，親切和藹。「～のない応対」冷淡的應酬。④愛慕異性心，春心，春情。「～がつく」知春；春情發動。⑤有女人在場的氣氛。「～抜きの宴会」沒有女人的宴會。⑥雄心，慾望，野心。「大いに～がある」野心勃勃。

いろけし[4]【色消し】 ①庸俗，不雅，煞風景，不通人情。②消色，消色差。

いろこい[2]【色恋】 戀情，談情說愛。「～沙汰」豔聞。

いろごと[2]【色事】 ①色事，風流韻事。「～に耽(ふけ)る」沉溺色事。②情色戲劇，戀愛場面。

いろごのみ[3]【色好み】 好色，色鬼。

いろざと[2]【色里】 花街柳巷，妓院街，青樓。

いろじかけ[3]【色仕掛け】 利用色相，美人計。「～で情報を盗む」利用色相盜竊情報。

いろじろ[0]【色白】 白皙。

いろずり[0][4]【色刷り】 ①彩印，彩色印刷。②彩印版畫。

いろづ・く[3]【色付く】（動五） ①有色，帶色，著色，漸熟。「ミカンの実

が~・く」橘子漸黃。②泛紅。「顏が~・く」臉泛起紅暈。

いろっぽ・い⓪【色っぽい】（形）有性魅力，色迷迷，性感，嫵媚，妖媚，妖豔。「~・い目つき」嫵媚的眼神；含情脈脈。

いろつや⓪【色艶】①色澤。「~のよいりんご」色澤好的蘋果。②色澤，氣色，面色。「~がいい」氣色好。③聲色，趣味，雅趣。「あの人の話には~がある」那個人說話很風趣。

いろどり⓪【彩り】スル①著色，塗色，上色。②配色。「この絵は~がいい」這幅圖顏色配得好。③裝飾，點綴，添彩。「生活に~を添える」點綴生活。為生活增色。

いろど・る⓪【彩る】（動五）①塗上顏色。「壁をうすい黃色に~・る」把牆塗上淺黃色。②彩飾，妝飾，點綴。「花で食卓を~・る」用鮮花點綴餐桌。

いろなおし③【色直し】スル 換不同色的衣服，更換服裝。

いろは⓪【伊呂波・以呂波・色葉】①伊呂波。取「いろは歌」開頭的三個字，作為「いろは歌」四十七個假名的總稱。②初步，入門。「コンピューターの~からならいはじめる」從電腦的基礎學起。

いろまち⓪【色町・色街】紅燈區，色情街。

いろめ③【色目】①色調。②媚眼。「~を使う」拋媚眼。③色調，顏色搭配。「着物の~がよい」衣服的顏色調和。

いろめがね③【色眼鏡】①有色眼鏡。②有色眼鏡，偏見。「~で人を見る」以成見看人。

いろめきた・つ⓪【色めき立つ】（動五）緊張起來，活躍起來。「校長の発言に会場は~・った」由於校長的發言，會場活躍起來。

いろめ・く⓪【色めく】（動五）①緊張起來。⑦一下子激動起來。「大事件の報に~・く」因重大事件的報導而一下子激動起來。⑦驚恐不安，過分緊張。「株価暴落に証券界が~・く」對股價暴跌，證券界驚恐不安。②賣弄風騷，風流，多情，動情。「ちょっと~・いた女性」有些賣弄風情的女性。

いろもの⓪【色物】①彩色衣物，花衣服。「~のシャツ」花襯衫。②曲藝節目，色物。指漫才、音曲、曲藝、魔術等。

いろもよう⓪【色模様】①彩色圖案。②愛情場面。

いろよ・い③【色好い】（形）可喜的，喜色的。「~・い返事」令人滿意的答覆。

いろり⓪【囲炉裏】地爐，炕爐。

いろわけ⓪【色分け】スル①用彩色區分。「地図を国別に~する」把地圖上的各國用不同色彩加以區別。②區分開，分門別類。「上・中・下三種類に~する」分成上、中、下三類。

いろん⓪【異論】不同論調。「~を唱える」唱不同論調。

いろんな⓪【色んな】（連體）各種的，各色的，形形色色。「~できごとがあった」發生了各式各樣的事情。

いわ②【岩・巌・磐】岩石，岩體。

いわい②【祝い】①祝賀，慶祝。「~の宴」賀宴。②賀禮。「これはほんのお~のしるしです」這只是表示一點我的祝賀心意。

いわ・う②【祝う】（動五）①祝賀，慶賀。「お正月を~・う」慶祝新年。②慶祝，祝願。「おしあわせを~・う」祝您幸福。

いわお⓪【巌】大岩石，大磐石。

いわかん⓪【違和感】不協調感。

いわく⓪【曰く】①緣故，緣由。「何か~ありげだ」彷彿有什麼緣故。②曰，云，說。「孔子~、…」子曰、…。

いわし⓪【鰯・鰛】鰮，沙丁魚。

いわたおび④【岩田帯】保胎帶，腹帶。

いわだな⓪【岩棚】岩棚，岩礁。

いわつつじ③【岩躑躅】①越橘。②日本杜鵑花的別名。

いわつばめ③【岩燕】毛腳燕。

いわな⓪【岩魚】紅點鮭。

いわば⓪【岩場】岩場。

いわはだ【岩肌】　岩表，岩石的表面。

いわはな【岩鼻・岩端】　岩端。

いわぶろ【岩風呂】　岩石浴池。

いわむろ【岩室・石室】　岩室，石室，石窟，山洞。

いわや【岩屋・窟】　岩屋，石窟。

いわやま【岩山】　岩山，石山。

いわゆる【所謂】　所謂。「この感情が～恋というものだ」這種感情就是所謂的戀情。

いわれ【謂】　①緣由，緣故，因由。「～のない非難を受ける」受到無端的責難。②來由，來歷。「その～はこうだ」它的由來是這樣的。

いわんや【況んや】（副）　何況，更。多使用「いわんや…（において）をや」的形式。

いん【印】　①印，章，圖章。②在文書的印跡，印痕。「捨て～」欄外蓋印章。③印，印契。「～をおす」蓋印。

いん【因】　①因。原因，根源。「勝利の～」勝利的原因。②因。引起某結果的原因。↔果

いん【院】　①①院。上皇、法皇、女院等住的御所。「～に参る」前往御所。②院。指太上皇、法皇、女院等。「～の仰せ」院旨。②（接尾）①院。接官廳等國家機關、學校、醫院等公共建築物名稱之後。「病～」醫院。「寺～」寺院。②院。接在寺或其中一個建築以及附屬的塔頭等名稱之後。「三千～」三千院。

いん【陰】　①陰，背面，背陰處，背地裡。②陰。易學的二元論中與陽相對的事物。↔陽

いん【韻】　①韻。在詩文中，把發音相同或類似的詞，依照一定的間隔或一定的位置排列。②韻母。漢字音中，除去頭子音以外的部分。

いん【殷】　殷，商。中國古代的王朝。

イン【in】　①內側，內部。②界內，界內球。

いんあつ【陰圧】　陰壓。容器等的內部壓力呈比外部壓力小的狀態。

いんいつ【隱逸】　隱逸，隱居，遁世。

いんいん【陰陰】（タル）　陰暗，陰森，凄涼。「～とした杉並木の道」陰暗的杉樹林陰道。

いんう【淫雨】　淫雨。長時間連綿不斷的雨。

いんう【陰雨】　陰雨。陰濕地長時間連綿不斷的雨。

いんうつ【陰鬱】（形動）　①陰鬱，陰沉，陰暗。「～な天気」陰鬱的天氣。②陰鬱，鬱悶，壓抑。「～な思い」鬱悶的感覺。

いんえい【印影】　印痕，印跡，印章底樣。

いんえい【陰影・陰翳】　①影，陰影，暗影，陰暗處。②含蓄，有情趣，耐人尋味。「～に富んだ文章」富含變化的文章。

いんか【引火】スル　引火。

いんか【陰火】　陰火，鬼火。

いんが【印画】　照片，正片，拷貝。

いんが【因果】　因果。「～関係を明らかにする」明確因果關係。

いんがい【員外】　員額之外，編制外。↔員內

いんがい【院外】　①院外。稱爲院的建築物或政府機關以外。②院外。衆議院、參議院的外部。

いんがおうほう【因果応報】　因果報應。

いんかく【陰核】　陰蒂。

いんかしょくぶつ【隱花植物】　隱花植物。↔顯花植物

インカム【income】　收入，所得。

インカムゲイン【income gain】　利益，利息。

いんかん【印鑑】　①圖章，印章。②印鑑。「～をおす」蓋章。

いんかん【殷鑑】　殷鑑，前車之鑑。「～遠からず」殷鑑不遠。

いんかんしょうめい【印鑑証明】　印鑑證明。

いんき【陰気】　①陰氣。↔陽気。②（形動）憂悶，陰鬱，鬱悶，陰沉，陰暗。↔陽気。「～な性格」陰鬱的性格。

いんぎ【院議】　院議。衆議院、參議院的會議或決議。

いんきくさ・い⑤【陰気臭い】（形）鬱悶，陰暗，憂鬱，沉悶。「～・い部屋」陰暗的房間。

インキュベーション④【incubation】①孵化，培養。②培養風險企業。

いんきょ①【允許】スル 允許，批准。

いんきょ①【隱居】スル 隱居（者），隱退（者），退休。「郊外に～する」隱居郊外。

いんきょく①【陰極】 陰極。↔陽極

いんきん①【陰金】 股癬。「陰金田虫」的略語。

いんぎん①【慇懃】 殷勤。「～な態度」殷勤的態度。

いんきんたむし⑤⑥⑥【陰金田虫】 腹股溝癬。

インク①①【ink】 油墨，墨水。

インクライン④【incline】 傾斜面纜車，傾斜面索道。

イングリッシュ②【English】①英語。②英國的，英國式。

いんくんし③【隱君子】①隱君子，隱士。②菊花的異名。

いんけい①【陰莖】 陰莖。

いんけん①【引見】スル 接見。

いんけん①【隱見】スル 忽隱忽現，隱約可見。

いんけん①【陰險】（形動） 陰險。「～なやり口」陰險的手段。

いんげんまめ①【隱元豆】 四季豆。

いんこ①【鸚哥】 鸚哥。

いんご①【隱語】 隱語，暗號，黑話。

いんこう①【咽喉】①咽喉。②咽喉。必須通過的要地，要道。

いんこう①【淫行】 淫行，淫亂的行爲。

いんごう①【因業】①殘酷，刻薄無情。「あまり～なことをするな」太要太刻薄。②孽，業障。

いんごう①【院号】①院號。上皇、皇太后、天皇的准母等人的尊號。②院號。貴人所建寺院的稱號，亦指該貴人的稱號。③院號。在（日本）死者的戒名上附加「院」的稱號。

インコース③【⑭in+course】①內圈，裡道。②內曲線球。↔アウト-コース

インコーナー③【in-corner】 內角，本壘內角。↔アウト-コーナー

インゴール③【in-goal】 得分區。

いんこく①【印刻】スル 篆刻。

いんこく①【陰刻】スル 陰刻，陰文篆刻。↔陽刻

インゴット①【ingot】 錠，鑄塊。

インサート③【insert】スル ①插入，插進。②插入畫面。③插入資料。→アペンド・オーバーライト

いんざい①【印材】 印材。

インサイダー③【insider】①局內人，內部人員。②協會成員，圈內人，業界同行。↔アウトサイダー

インサイド①【inside】①內側，內部。②內角（球）。↔アウトサイド

いんさつ①【印刷】スル 印刷。「～物」印刷品。

いんさん①【陰慘】 陰慘，陰暗悲慘的事。「～な事件」悲慘的事件。

いんし①【印紙】 印花。

いんし①【因子】①要因，因素。②因子。

いんし①【淫祀・淫祠】 淫祭，淫祠。

いんし①【隱士】 隱士。

いんじ①【印字】スル ①印字，打字。「～機」印表機。②印字。印章的文字。

いんじ①【印璽】 印璽。天皇的印（內印）和國家的印（外印）。

いんじ①【韻字】①韻字。在和歌中，放在1首和歌的末尾的詞。②韻字。在連歌、俳諧中句子停頓處的字。③押韻字，韻腳字。漢詩中用於韻腳的字。

インジケーター④【indicator】①示功器，顯示器，壓力計。②指示劑。③計數器。

インジゴ①【indigo】 靛藍。

いんしつ①【陰濕】①陰濕，陰潮。「～な土地」陰暗潮濕的土地。②陰沉，陰損，陰險。「～ないじめ」陰沉的虐待。

インシャラー①【阿 Inshallah】 印沙阿拉。按照神的意願之意，在伊斯蘭教中讚美絕對神阿拉的詞語。

いんしゅ①【飲酒】スル 飲酒，喝酒。「～運転」酒後駕車。

いんじゅ⓪【印綬】　印綬。表示身分、官位級別的官印和繫印的綬帶。

いんしゅう⓪【因習・因襲】　舊習，因習，因襲。

インシュリン⓪【insulin】　胰島素。

いんじゅん⓪【因循】　[1]因循，猶豫。[2]（形動）因循（守舊）。「～な態度をとる」採取因循守舊的態度。

いんしょう⓪【印章】　印章。

いんしょう⓪【印象】　印象。「よい～を与える」給予好的印象。「～的な出来事」印象深刻的事件。

いんしょく⓪【飲食】スル　飲食。「～店」飲食店。

いんしん⓪⓪【音信】　音信。「～が絶える」斷絕音信。

いんしん⓪【殷賑】　富饒，繁榮。「～を極める」繁榮之極。

いんしん⓪【陰唇】　陰唇。

いんすう③【因数】　因數，因式。

いんずう③【員数】　①數目，個數。「～をそろえる」備齊數目。②額數，定額。一定的數量。「～外」額外。

インスタント④【instant】　①即席，簡便。②速食，速食食品。

インストール④【install】　安裝。

インストラクター③【instructor】　教師，指導員，專職講師。

インストルメンタル④【instrumental】（形動）樂器的，器樂的。

インスパイアー④【inspire】　鼓吹，鼓舞，激勵。

インスペクター④【inspector】　檢查員，檢查官，監督員，視察員。

いん・する⓪【印する】（動サ變）　①蓋印，印。②印上。「足跡を～・する」印上足跡。③印在心上。

いん・する⓪【淫する】（動サ變）　①沉湎，沉溺，迷戀。「酒色に～・する」迷戀酒色。②淫。做淫亂之事。

いんせい⓪【殷盛】　繁盛。「～をきわめる」極其繁盛。

いんせい⓪【院生】　研究所學生，研究生。

いんせい⓪【院政】　①院政。上皇或法皇在院廳進行政治，亦指這種政治形態。②院政。通常指在公司或組織中，從現職上引退下來的前會長或前社長等，仍舊掌握經營實權。

いんぜい⓪【印税】　版稅。

いんせき⓪【引責】スル　引咎，負責任。「～辭任」引咎辭職。

いんせき⓪【姻戚】　姻戚，姻親。「～関係」姻親關係。

いんせき⓪【隕石】　隕石。

いんぜん⓪【隠然】（タル）　隱然，潛在。↔顕然。「～たる勢力を持っているよ」擁有潛在的勢力。

インセンティブ④【incentive】　鼓勵，獎勵。

いんぞう⓪【印相】　印相，印章之相。

いんぞく⓪⓪【姻族】　姻親。→血族

いんそつ⓪【引率】スル　引領，率領。「生徒を～する」率領學生。

インターカレッジ⑥　校際運動會。

インターセプト④【intercept】　截球，攔截，斷球。

インターチェンジ⑤【interchange】　①立體交流道。②交流道，高速公路出入口。

インターナショナル⑤【international】　[1]①國際。社會主義運動的國際組織，分爲第一國際到第三國際。②國際歌。[2]（形動）國際間的，國際的。「～な組織」國際組織。

インターネット⑤【internet】　網際網路。

インターネットバンキング⑧【internet banking】　網路銀行。

インターハイ⑤〔和製語〕（日本）全國高中運動會，高中校際比賽。

インターバルトレーニング⑧【interval training】　間歇訓練。

インターフェア④【interfere】　干擾，影響。故意妨礙對方運動員的比賽。

インターフェロン⑥【interferon】　干擾素。

インターポール⑤【Interpol】〔International Criminal Police Organization〕國際刑警組織。

インターホン③【interphone】　內部電話

機，內線電話。

インターン⓪【intern】 實習（生）。

いんたい⓪【引退】 スル 引退，退職。

いんたい⓪【隱退】 スル 隱退，退穩。

インダストリアル【industrial】 實業的。

インダストリアルエンジニアリング⓬【industrial engineering】 經營管理工程學，工業工程學。

インダストリアルデザイン⓰【industrial design】 工業設計，外觀設計。

インダストリー③【industry】 產業，工業。

インタビュアー③【interviewer】 採訪者，記者。

インタビュー③【interview】 スル 訪問，採訪，專訪。

インタラクティブ④【interactive】 人機對話，互動式。

インタレスト①【interest】 ①興趣，趣味，關心。②利害關係。

インタロゲーションマーク⑨【interrogation mark】 問號。用「？」來表示。

いんち⓪【引致】 スル ①強制到場。②拘提。

いんち【印池】 印泥盒。

インチ①【inch】 英寸。

いんちき⓪ ①搞鬼，作弊，出老千。「～をする」作弊。②作假，作弊，造假。「～商品」冒牌商品。

いんちょう⓪【院長】 院長。

インディアペーパー⑤【India paper】 聖經紙。

インディーズ①【indies】 獨立製片人，獨立製作人，獨立電視臺。

インディオ⓪【西 dio】 美洲土著居民，印第奧人。

インディペンデント④【independent】 ①獨立的，自立的，無所屬（的人）。②獨立的石油公司（相對國際石油資本而言）。

インテグレーション⑤【integration】 〔教〕綜合，一體化，統合，綜合教學。

いんてつ⓪【隕鐵】 隕鐵，鐵隕石。

インデックス③【index】 ①索引，目錄。②指數，指標。③下標。

インテリア③【interior】 室內裝潢，室內陳設。

インテリジェンス④【intelligence】 知性，理智，智慧。

インテリジェント⑤【intelligent】 智慧型。

インテルメッツォ④【義 intermezzo】 ①間奏曲。②幕間劇。戲劇、歌劇等的幕間表演。

いんでんき③【陰電気】 負電，陰電。↔陽電気

いんでんし③【陰電子】 陰電子，負電子。↔陽電子

インデント①【indent】 縮進，縮排，縮格。

インド①【印度】

インドア③【indoor】 室內，屋內。↔アウトドア

いんとう⓪【咽頭】 咽喉。

いんとう⓪【淫蕩】 スル 淫蕩。「～な生活」淫蕩的生活。

いんどう⓪【引導】 引導。

いんとく⓪【陰德】 陰德。「～を施す」積陰德；施陰德。↔陽德

いんとく⓪【隱匿】 スル 隱匿。「～物資」隱匿物資。

イントネーション④【intonation】 聲調，語調，（聲音）抑揚。

インドネシア④【Indonesia】 印尼。

イントラネット⑤【intranet】 內部網路，企業網路。

イントロダクション⑤【introduction】 ①序言，緒論，序論，緒言，前言。②序曲，引子，入門。

インナー①【inner】 ①「內部的」「內側的」之意。②內衣。

インナーキャビネット⑤【inner cabinet】 核心內閣。

インナーシティー【inner city】 都心。

いんない①【院內】 ①議院內部。「～交涉団体」議院內部交涉團體。②院內。

いんにく⓪【印肉】 印泥，印色。

いんにん⓪【隱忍】 スル 隱忍。「～自重」

隱忍持重。

いんねん⓪【因縁】 ①因緣。使事物、現象生滅的各種原因。②因緣。認爲由前世所決定，而不得不認命。③因緣。從很早以前的關係。「浅からぬ~」不淺的因緣；關係非淺。④因緣。由來，來歷，緣由。⑤找碴，尋釁，藉口，憑藉。「~をつける」找藉口。

いんのう⓪【陰囊】 陰囊。

インバーター⓪【inverter】 ①變換器，交流變流器。②整流器，逆變流器。

インパクト⓪【impact】 ①碰撞瞬間。②衝擊。

インバネス⓪【inverness】 長披風，無袖長外套。

インパルス⓪【impulse】 ①〔生〕神經衝動。②〔理〕脈衝。③衝擊電流，脈衝。

いんばん⓪【印判】 圖章，印章。

いんび①【淫靡】 淫靡。無節制，淫亂。

いんび①【隱微】 隱微。

インビテーション③【invitation】 招待，邀請，請帖，請柬。

いんぶ①【陰部】 陰部。外陰部，外生殖器。

インファイト③ 〔源自 infighting〕貼身戰術。↔アウト-ボクシング

インフィニティ【infinity】 無限，無限大。

インフォーマル③【informal】 （形動）非正式的，非正規的，簡略的。「~な集まり」非正式集會。

インフォーマント③【informant】 資料提供者，訊息提供者。

インフォームドコンセント⑦【informed consent】 告知說明。向患者詳盡說明診療目的、內容，徵得同意後進行治療。

インフォマーシャル⑤【informercial】 資訊廣告。

インフォメーション④【information】 ①資訊，資料，情報，報導，消息。②接待，收發室，傳達室，詢問處。

インプット③【input】 スル 輸入，投入。↔アウトプット

インフラストラクチャー⑥【infrastructure】 基礎建設，基礎設施。

インフルエンザ③【influenza】 流行性感冒，流感。

インフレ⓪ 「インフレーション」之略。↔デフレ

インフレーション⓪【inflation】 通貨膨脹。↔デフレーション

インプレッション【impression】 印象。

いんぶん⓪【韻文】 ①韻文。（漢詩、賦等）押韻的文章。② 韻文。（詩、和歌、俳句等）韻律整齊的文章。「~体」韻文體。↔散文

いんぺい⓪【隱蔽・陰蔽】 スル 隱蔽，隱瞞。「事實を~する」隱瞞事實。

インベーダー③【invader】 侵略者，侵入者。

インベストメント③【investment】 投資，資本投入。

インペリアル⓪【imperial】 ①帝國的，皇帝的，皇室的。②最上等的，最優質的。

インベンション③【invention】 ①發明，創造。②〔音〕創意曲，小即興曲。

インポ⓪ 陽萎。「インポテンツ」之略。

インボイス③【invoice】 發貨單，發票。

いんぼう⓪【陰謀・隱謀】 陰謀，密謀。

インポータント③【important】 （形動）要緊，重要。

インポート③【import】 輸入，進口，進口貨。

インポシブル③【impossible】 （形動）不可能的，不會有的。

インポテンツ③【德 Impotenz】 陽萎。

いんぽん⓪【院本】 ①院本。中國金代時期盛行的戲劇。②院本。江戶時代收集淨琉璃全部詞章的版本。

いんぽん⓪【淫奔】 淫奔，淫蕩。

いんめつ⓪【湮滅・堙滅】 スル 湮滅，毀滅。「証拠を~する」毀滅證據。

いんめん⓪【印面】 印面。

いんもう⓪【陰毛】 陰毛。

インモラル③【immoral】 （形動）不道德的，放蕩的，品行不端的。

いんもん⓪【陰門】 陰門，陰戶。

いん

いんゆ◎【引喩】　引喩。

いんゆ◎【隱喩】　隱喩，暗喩。「〜法」
　暗喩法。

いんよう◎【引用】ｽﾙ　引用。

いんよう◎◎【陰陽】　陰陽。

いんよう◎【飲用】ｽﾙ　飲用。「〜水」飲
　用水。

いんよく◎【淫欲】　淫慾。「〜におぼれ
　る」沈溺於淫慾。

いんらん◎◎【淫乱】　淫亂，淫蕩。「〜な
　女」淫亂的女人。

いんりつ◎【韻律】　韻律。

いんりょう◎【飲料】　飲料。「〜水」飲
　料水。

いんりょく◎【引力】　引力。↔斥力

いんれい◎【引例】ｽﾙ　引例，舉例，例
　證。

いんれき◎【陰暦】　陰暦。↔陽暦

いんわい◎【淫猥】　淫猥。「〜な表現」
　淫猥的表現。

う⓪【卯】 卯。

う①【鵜】 鸕鷀，魚鷹。

う①【得】（動下二） 得，能，能夠，可以。→える（得）・うる（得）

うい①【初】 初，第一個，第一次。「～孫」頭一個孫子；長孫。

うい①【有為】〔佛〕有為。↔無為。「～転変」有為轉變。

う・い①【愛い】（形） 值得稱讚的，值得欽佩的，可愛的。「～・い奴」可愛的（小）傢伙；好小子（用於長輩對晚輩的誇獎）。

う・い①【憂い】（形） 煩憂，苦悶，憂愁。「旅は～・いもの」出門事事難。

ウイ①【法 oui】（感） 是的，對。↔ノン

ウイーク②【week】 週，一週，一星期。

ウイークポイント⑤【weak point】 弱點，要害。「～をつく」擊其要害。

ウイークリー①【weekly】 週報，周刊。

ウイービング⓪【weaving】ス ル 閃躲防守。

ういういし・い⑤【初初しい】（形） 天真爛漫，純真無邪。

ういきょう⓪【茴香】 茴香。

ウィザード②【wizard】 奇才，行家，電腦高手。

ういざん⓪【初産】 初產，頭胎。

ういじん⓪【初陣】 初次上陣。

ウイスキー③②【whisky】 威士忌。

ウイスキーボンボン⑤【和 英 whisky+法 bonbon】 威士忌夾心糖。

ウイッグ②【wig】 假髮。

ウイット②【wit】 妙語，機智，機靈，聰明。

ういてんぺん⑤【有為転変】〔佛〕有為轉變。「～の世の中」不斷轉變的人世。

ウイドー⓪【widow】 未亡人，寡婦，遺孀。

ウイニングショット⑥【winning shot】 致勝球。

ウイニングボール⑥【winning ball】 勝利紀念球。

ういまご⓪②【初孫】 長孫（女），頭一個孫子（女）。

ウイルス②【拉 Virus】 ①病毒。②電腦病毒。

ういろう②【外郎】 外郎米粉糕，外郎糕。

ウインカー②【winker】 方向燈。

ウインク②【wink】ス ル 暗送秋波，擠眉弄眼，遞眼神。「～して合図する」使眼色遞暗號。

ウイング①【wing】 ①羽翼。②（足球）左右翼。

ウインター①【winter】 冬，冬季，冬天。

ウインタースポーツ⑦【winter sports】 冬季運動。

ウインチ①【winch】 起貨機，捲揚機。

ウインド①【wind】 風。

ウインドサーフィン⑤【wind surfing】 風帆衝浪運動。

ウインナコーヒー⑤【和 德 Wiener+英 coffee】 維也納咖啡。

ウインナワルツ⑥【德 Wiener Waltzer】 維也納圓舞曲。

ウーステッド⓪【worsted】 精紡毛織物。

ウーマン①【woman】 婦女，婦人，女人。成年女性。

ウール①【wool】 羊毛，羊毛織物。

ウーロンちゃ③【烏竜茶】 烏龍茶。

うえ⓪【上】 [一]①上，上部，上方，高處。「～の棚」上層；上格。②上，上面。「机の～の本」桌子上的書。③外部，外面。「～にセーターを着る」外面穿著毛衣。④上，上方，上邊。「～から3字目」向上數第三個字。⑤上，前面。「～に述べたように」如上所述。⑥上，高。地位、能力、品質等占優勢的一方。「～の方から指令がきた」上面來了指示。⑦上頭，上面，上邊。年齡大

う

的人，年長。「五つ~の兄」比我大五歲的哥哥。

うえ⓪【飢え】 饑餓。「~に苦しむ」餓得難受；苦於饑餓。

ウエア⓪【wear】 衣著，服裝。「スポーツ~」運動服。「アンダー~」襯衣；內衣。

ウエー【way】 （造語）道，道路。「ハイ~」高速公路。

ウエーター⓪【waiter】 男服務生，男招待員。

ウエートレス②【waitress】 女招待，女服務生。

ウエーバー⓪【waiver】 ①棄權聲明書。在關稅及貿易總協定（GATT）的例外條款中規定的，免除自由化義務的聲明書。②職業球員公開轉換球籍，釋出名單。

ウエーブ【wave】 スル ①波浪式髮型。「~をかける」把頭髮燙成波浪狀捲髮。②（指電波、聲波等的）波。

うえき⓪【植木】 栽植花木。「庭に~を植える」在院子裡種植樹。

うえこみ⓪【植え込み】 ①樹叢，花草叢，花木叢。②嵌入，鑲入，植入，嵌植。「~のコンセント」嵌入式插座。

ウエザー①【weather】 天候，天氣。

うえさま①②【上様】 ①臺照。寫在收據、發票上代替客戶姓名的用語。②天皇的敬稱。③大人。對貴人，特別在武家時代對將軍的敬稱。

うえした⓪【上下】 ①上下。上和下。「~そろいの服」上下套裝。②倒，顛倒。「~になる」上下顛倒；底朝上。

うえじに⓪①【飢え死に】 スル 餓死。

ウエス①⓪【waste】 抹布，棉紗布。

ウエスタン②【western】 ①西部片。②西部音樂。

ウエスト②【waist】 ①腰，腰部，腰圍尺寸。②腰圍，腰圍線。③西裝背心，馬甲。

うえつ・ける⓪【植え付ける】 （動下一）①栽，移植，插秧。②植入，灌輸。③（喻）使新的思想或觀點等銘刻在心。

ウエッジ①【wedge】 挖起桿。高爾夫球桿。

ウエット②【wet】 （形動） 感情脆弱，易傷感。↔ドライ

ウエディング⓪【wedding】 婚禮，結婚儀式。

ウエディングベル⑥【wedding bell】 婚禮鳴鐘。

ウエディングリング⑥【wedding ring】 婚戒。

ウエハース②【wafers】 薄脆餅。

ウェブ①【web】 網，網眼。

う・える⓪【飢える・餓える】 （動下一）①餓，饑餓，饑困。②渴望，苦於缺乏…。「愛情に~・える」渴望愛情。

う・える⓪【植える】 （動下一） ①種，栽，植，插植。②種植，撒種。播種。③培養，培育。④立（樁），排（字），植（絨），嵌入。

ウエルカム【welcome】 歡迎。

ウエルターきゅう④【一級】 〔welter〕中丙級，輕中量級。拳擊運動的體重級別之一。

ウエルダン③【well-done】 全熟。牛排的烤製法。→ミディアム・レア

ウェルネス①【wellness】 ①健康，情況良好。②保健，保健活動。

うえん⓪【有緣】 ①〔佛〕有緣。「~の衆生じょう」有緣眾生。②有緣（分）。↔無緣

うえん⓪【迂遠】 （形動） ①迂遠，繞遠，繞圈子。「~な話」拐彎抹角的話。②不切實際。「~な計画」不切實際的計畫。

ウェンズデー②【Wednesday】 星期三，禮拜三，週三。

うお⓪【魚】 魚。

うおいちば③【魚市場】 魚市場，魚市。

うおうさおう⓪【右往左往】 スル 東奔西竄。「事故現場で~する人々」在事故現場亂竄的人們。

ウオー【war】 戰爭，戰鬥。

ウオーキートーキー⑥【walkie-talkie】 無線電對講機。

ウオーキング⓪①【walking】 走，步行，散步。

桿。

ウオークインクロゼット[7]【walk-in closet】　步入式衣物間，藏衣室。

ウオークマン[1]【[和] Walkman】　隨身聽。

ウオークラリー[4]【walk rally】　步行智力競賽。

ウオーター[2]【water】　水。

ウオーターシュート[6]【water chute】　小艇滑水道。

ウオーターハザード[5]【water hazard】　水坑障礙區。位於高爾夫球道上的湖、池、河、排水溝等。

ウオータープルーフ[7]【waterproof】　（鐘錶等）防水性，耐水性。

ウオーターフロント[7]【water front】　水邊，水濱。

ウオーターポロ[6]【water polo】　水球。

ウオーミングアップ[7]【warming up】スル　預備動作，暖身運動。

ウォールがい[4]【一街】〔Wall Street〕華爾街。

うおがし[0]【魚河岸】　①魚河岸。對東京都中央區築地中央批發市場的通稱。②魚市。泛指魚蝦水產市場。

うおごころ[3]【魚心】　對對方有好感。

うおすき[2]【魚鋤】　什錦魚火鍋。

ウオツカ[2]【俄 vodka】　伏特加（酒）。

ウオッシャブル[1]【washable】　可洗的，耐洗的。

ウオッチ[1]【watch】　①手錶，懷錶。②警衛，保全人員，值班員。

ウオッチング[1]【watching】　觀察。「バード-～」野鳥觀察。

うおつり[0]【魚釣り】　釣魚。

うおのめ[0][3]【魚の目】　雞眼。

ウォン[1]【円】　韓圜。

ウォンテッド[1]【wanted man】　逃犯，通緝犯，受招聘者，想要的人。

うおんびん[2]【ウ音便】　「ウ」音便。

うか[1]【羽化】スル　①羽化。昆蟲由幼蟲或蛹變態成爲成蟲。②羽化（成仙）。

うかい[0]【迂回】スル　迂迴，繞遠路。「～路」迂迴路。

うがい[0]【嗽】スル　漱口，漱。「～薬」含漱藥水；漱口劑。

うかがい[0]【伺い】　①請示，詢問。「進退～」請示去留（的辭呈）；試探性辭呈。②祈求神諭。③拜訪。訪問的謙詞，使用時常在詞前加「お」。

うかが・う[0]【伺う】（動五）　①請教。「聞く」「尋ねる」的自謙語。「ご意見を～・いたい」想聽聽您的意見。②祈求神諭。「神意を～・う」祈求神意。③拜訪。「訪問する」的自謙語。「あす十時に～・います」明天10點去拜訪您。

うかが・う[0]【窺う】（動五）　①窺視，偷看。「戸口に立って中を～・う」站在門口向裡面偷看。②觀察。「顔色を～・う」察顏觀色。③窺伺。「いいチャンスをを～・う」窺伺良機。④略知，窺見。「内情の一端を～・う」略知內情。

うかさ・れる[0]【浮かされる】（動下一）①神志不清，精神恍惚。「熱に～・れてうわごとを言う」燒得神志不清，亂說話。②著迷，迷上。「切手収集に～・れる」著迷於集郵。

うか・す[0]【浮かす】（動五）　①浮，使漂起。「池にふねを～・す」讓小船漂浮在池塘裡。②使浮起，浮。「腰を～・す」抬起屁股；坐不穩。③省出，勻出，騰出。「ひまを～・す」騰出時間。

うかつ[0]【迂闊】　粗心大意，大大咧咧，馬虎。「自分の～を悔やむ」後悔自己的粗心大意。

うが・つ[2]【穿つ】（動五）　①穿，挖，開鑿。「雨垂石を～・つ」滴水穿石。②道破，說穿，洞悉。「～・った言葉」一針見血的話。

うかとうせん[1]【羽化登仙】　羽化登仙。

うかば・れる[0]【浮かばれる】（動下一）①能超度。「これでどうや仏も～・れるだろう」這樣好歹也能成佛吧。②報答，報償。「このままでは彼の努力も～・れない」照這樣，他的努力也將毫無成果。

うかびあが・る[5]【浮かび上がる】（動五）　①浮上來，浮起，浮出，漂起。②升起，騰空。「気球が～・る」氣球飛起來。③出息，翻身，發跡，浮出。「どん底の暮しから～・る」從最貧困的生活中解脫。④顯露，變明顯，明朗化，

う

水落石出。「真相が～・る」露出真面目。

うか・ぶ◎【浮かぶ】（動五）　①浮，漂。↔沈む。「木の葉が水に～・ぶ」樹葉漂在水面上。②飄，浮。「白雲が～・ぶ」白雲飄浮。③浮現，露出。「涙が目に～・ぶ」淚眼汪汪。④想起，想到，想出。「いい名案が～・ぶ」想出好主意。

うか・べる◎【浮かべる】（動下一）　①浮，泛。↔沈める。「船を水に～・べる」水中泛舟。②泛起，（使）露出，呈現，帶著。「顔に喜びを～・べる」喜形於色。③浮現，想起，憶起。「故郷の風景を心に～・べる」想起故郷的景色。

うか・る◎【受かる】（動五）　考上，考中，考取，通過，及格。↔落ちる。「大学に～・る」考上大學。

うかれ・でる◎【浮かれ出る】（動下一）①乘興而出。「花見に～・でる」乘興出去賞花。②出去走走，出去溜達。

うか・れる◎【浮かれる】（動下一）　陶醉，喜不自禁，興高采烈。「音楽に～・れる」被音樂陶醉。

うがん◎【右岸】　右岸。↔左岸

うき◎【浮き・浮子・浮標】　①浮子，浮漂，魚漂。②浮標。為了測定水流的方向、速度而設置在水面上的漂浮物。

うき◎【雨季・雨期】　雨季，雨期。

うきあが・る◎【浮き上がる】（動五）①浮出，浮起，漂起。「死体が～・った」屍體浮上來了。②飄浮，飄起。「人物が背景から～・る」人物從背景浮現出來（指有立體感）。③浮起，脫離，翹起。「床板が～・る」地板翹起。④脫離。「大衆から～・る」脫離大衆。

うきあし◎【浮き足】　①蹺腳，動搖，欲逃，想溜，拔腿欲逃。「～になる」拔腿欲逃；想溜掉。②蹺腳，蹺起腳。③浮動，波動。交易中行情不定，變動激烈。

うきうお◎◎【浮き魚】　表層魚。↔底魚

うきうき◎【浮き浮き】（副）スル　喜滋滋，興高采烈，喜不自禁。「～と出かける」興高采烈地出門。

うきおり◎【浮き織り】　浮紋織物，提花。↔固織り

うきがし◎【浮き貸し】スル　帳外放款，私自貸款。

うきくさ◎【浮き草・萍】　①浮萍。②萍蹤，漂泊不定。

うきぐも◎◎【浮き雲】　浮雲。

うきごし◎【浮き腰】　①坐立不安，搖擺不定，準備逃跑。②浮腰，拉臂貼身摔腰摔。柔道招數名。

うきしずみ◎◎【浮き沈み】スル　浮沉，沉浮。「世の中は～激しい」世界變化無窮。

うきしま◎【浮き島】　①浮島。浮於濕原或沼澤的水面上，如同漂浮著的島嶼似的物體。②浮島現象，海市蜃樓。當從海岸看到洋面島嶼時，島嶼尤如浮出水面般的光學、氣象學上的一種現象。

うきす◎【浮き州】　浮洲。

うきす◎【浮き巣】　浮巢，浮窩。

うきだ・す◎【浮き出す】（動五）　浮出，漂出。

うきた・つ◎【浮き立つ】（動五）　①快活，高興。「春になると心が～・つ」一到春天，心情就快活起來。②興奮不已。「旅行前で生徒が～・っている」旅行在即，學生興奮不已。

うき・でる◎【浮き出る】（動下一）　①浮出，露出。「額に脂汗が～・でる」額頭上現出黏汗。②凸出，圖案。

うきドック◎【浮き―】　浮船塢，浮塢。

うきな◎◎【浮き名】　豔聞，醜聞，桃色新聞。「～を流す」傳出醜聞。

うきね◎【浮き寝】　①（水鳥）浮在水面睡覺。②在船中睡覺。③睡不好，不得安眠，睡不安穩。心緒不安地入睡。「旅の～」旅途中睡不安穩。

うきぶくろ◎【浮き袋】　①浮袋，救生圈，救生袋。②魚鰾。

うきぼり◎【浮き彫り】　①浮雕。②凸出，刻畫，塑造。「現代人の不安を～にした作品」描繪現代人不安的作品。

うきみ◎【憂き身】　坎坷經歷，身世苦。

うきめ①①【憂き目】 苦頭，苦難。「自業自得の~に遭う」自食其果。

うきよ②①①【浮き世】 浮世。

うきわ⓪【浮き輪】 救生圈。

う・く⓪【浮く】（動五） ①浮，漂。↔沈む。「人が空中に~・く」人懸在空中。②浮起，浮出。「脂が肌に~・く」皮膚出油。③浮動，鬆動，晃動，動搖，不牢固。「ねじが~・く」螺絲鬆動。④浮動，脫離。「大衆から~・いた存在」脫離大眾。⑤高興，快活。「~・かぬ顔」不高興的臉色。⑥輕佻，輕薄。「~・いたうわさ」豔聞。⑦剩餘，餘。「月一万円ほど~・く」一個月剩一萬日圓左右。

うぐい⓪【鯎・石斑魚】 鯎魚，褐三齒雅羅魚。

うぐいす②【鶯】 鶯，黃鶯。

うぐいすいろ⓪【鶯色】 鶯綠色，茶綠。

うぐいすばり⓪【鶯張り】 鶯聲鋪法。木製地板的鋪設方法之一。

うぐいすまめ⓪【鶯豆】 煮甜豌豆。

うぐいすもち④【鶯餅】 鶯餅。

うけ②【受け・請け】 ①受，承受，保人，招架(者)，接替。「~にまわる」四處招架；忙於招架。②評價，人緣，聲譽，印象。「~がいい」人緣好。③接受，接替，承諾，答應，保證，擔保。「~に立つ」擔保；作證。④承受器，支承物。「鍋の~」鍋支架。

うけ⓪【筌】 筌。

うけ⓪【有卦】 好運氣，鴻運。

うけあ・う③【請け合う】（動五） ①承諾，擔保。「納期を~・う」承諾按期繳納。②保證。「品質のよさは~・う」保證品質。

うけい⓪【右傾】 スル 右傾。↔左傾。「~した政策」右傾的政策。

うけい・れる⓪⓪【受け入れる・受け容れる】（動下一） ①接受，受理。「西洋の文化を~・れる」吸收西方文化。②接收，收容，接納，容納。「正直の人々を~・れる」收容正直的人。③收進。「納入品を~・れる」收進繳納物。

うけうり⓪【受け売り・請け売り】 スル 現買現賣，鸚鵡學舌。

うけおい⓪⑤【請負】 包工，承包，承攬。「~仕事」包工工作。「~業」承包業。

うけお・う⓪③【請け負う】（動五） 包工，承攬，承包。「建築工事を~・う」承包建築工程。

うけぐち⓪⓪【受け口】 ①收件口，收貨處，投入口。「郵便受けの~」信箱的投入口。②戽斗，地包天。

うけごし⓪【受け腰】 ①躬身，躬腰。②被動姿態。「質問攻めに~になる」面對接連不斷的質問變得很被動。

うけこたえ③【受け答え】 スル 對答，應答，應對。

うけざら⓪【受け皿】 ①托盤，茶碟，茶托。②接受準備，接收準備。「政権の~づくり」爲接收政權做準備。「退職後の~」爲退職後的出路做準備。

うけしょ⓪【請書】 承諾書，承諾字據。

うけだ・す③【請け出す】（動五） ①贖當，贖出。「質に入れたカメラを~・す」贖回典當的照相機。②贖身。

うけだち⓪③【受け太刀】 ①架劍，架刀。②招架。

うけたまわ・る⓪【承る】（動五） ①「聞く」的自謙語。㋐恭聽。「御意見を~・る」恭聽您的意見。㋑傳聞，聽說。「~・るところによりますと」據說；聽說。②願遵從。「引き受ける」的自謙語。「御用命を~・る」願遵從吩咐。③敬悉。「承諾する」的自謙語。「委細~・りました」詳情敬悉。

うけつ・ぐ⓪③【受け継ぐ】（動五） 承襲，繼承，相傳，接受，接過來，接收傳遞。「~・ぐ人がいる」後繼有人。

うけつけ⓪【受付】 スル ①受理。「願書の~」受理申請書。②收發室，傳達室，詢問處，掛號處，接待處，傳達員，收發員。「会社の~」公司的收發室（接待室）。

うけつ・ける⓪【受け付ける】（動下一） ①受理。接受提議、申請、報名等。「申し込みは十日から~・ける」申請從10日開始受理。②受理，接受，聽取。③

う

受理，容納，採納。「胃が～・けない」
倒胃口。

うけと・める⓪④【受け止める】（動下
一）①接住，擋住。「なぐってくるの
を右手で～・めた」用右手擋住了揮過
來的拳頭。②阻擋，防止，防守。「敵の
攻撃を～・める」擋住敵人攻擊。

うけとり⓪【受け取り・受取】①接，
收，領。「代理人を～にやる」派代理人
領取。②收據，回條。

うけと・る⓪【受け取る】（動五）①
收，領，接。「金をたしかに～・った」
的確收到了錢。②領會，理解。「彼は私
の言ったことをまちがって～・ったら
しい」他好像誤解了我的話。

うけなが・す⓪③【受け流す】（動五）
①搪塞，對付，避開。「柳に風と～・
す」當耳邊風。②架開，擋開。

うけにん⓪【請人】保人。

うけみ⓪③⓪【受け身】①被動。「鋭い質
問に～になる」面對尖銳的質問而陷於
被動。②被動。消極的態度。「あの人は
何をするにも～だ」那個人做什麼事都
很被動。

うけもち⓪【受け持ち】職掌，職責，擔
任，負責，擔當（人），劇中人物。

うけも・つ⓪③⓪【受け持つ】（動五）職
掌，擔任，負責，支援。「君はどんな仕
事を～・っていますか」你負責哪方面
的工作。

う・ける⓪【受ける】（動下一）①接
住，承接，取得，接收。「電話を～・け
る」接電話。②受，遭受，蒙受。「被害
を～・ける」受害。③接受，答應，引
起。「教育を～・ける」接受教育。④接
受，承擔。「仕事を～・ける」接受工
作。⑤得到，獲得，承蒙。「許可を～・
ける」獲准。⑥受歡迎。「中華料理は大
いに～・ける」中國菜大受歡迎。

う・ける⓪【請ける】（動下一）①承
攬。「注文を～・ける」承攬訂貨。②
贖，贖回。「質ぐさを～・け出す」贖
當。

うけわたし⓪【受け渡し】スル ①交接，授
受，出納。「荷物の～」貨物的交接。②

交割，交貨。「～けっさいび」交割日。

うげん⓪【右舷】右舷。↔左舷

うご⓪【海髪】真江籬。海藻龍鬚菜的別
名。

うご⓪【雨後】雨後。「～の筍たけ」雨後
春筍。

うごうのしゅう⓪【烏合の衆】烏合之
眾。

うごか・す⓪【動かす】（動五）①開
動，轉動，啓動，活動。「車を～・す」
開車。②移動，挪動。「机を～・す」挪
動桌子。③搖動，晃動。「風が木の葉
を～・す」風吹動樹葉。④動員，發
動，調動。「兵を～・す」調兵。⑤打
動。「心を～・す音楽」打動人心的音
樂。⑥推動。「時代を～・す力」推動時
代前進的力量。⑦動用。「巨額の資金
を～・す」動用鉅額資金。

うこぎ⓪【五加】五加。植物名。

うごき⓪【動き】①動作，移動，動態。
「～が鈍い」動作遲鈍。②變動，動
向，動態，變遷，位移。「世の中の～」
社會動態；世道之變遷。

うご・く⓪【動く】（動五）①活動，搖
動。「風で木の葉が～・いている」樹葉
被風吹動。②發動，開動，動員，勸
說。「あの時計は～・いていない」這錶
停了。③動（心），動搖。「心が～・
く」動心。④變動，變更。「世の中が～
・く」世界在變動。⑤確鑿（無疑）。
「～・かぬ証拠」確鑿的證據。⑥調
動，調轉，離開。「支社へ～・く」調往
分公司。

うこさべん⓪③【右顧左眄】スル 左顧右
盼，猶豫不決。

うごめか・す④【蠢かす】（動五）聳
動，抽動。「鼻を～・す」得意洋洋。

うごめ・く③【蠢く】（動五）蠢動，蠕
動。「蚯蚓が～・いている」蚯蚓在蠕
動。

うこん⓪【鬱金】①鬱金，薑黃。

うこんいろ⓪【鬱金色】鬱金黃，薑黃
色，鵝黃色。

うさ⓪【憂さ】①憂，憂愁，煩惱。「人
の世の～」人間世的煩惱。②憂愁，苦

悶，抑鬱。「~を晴らす」解悶；消愁。

うさぎ[0]【兎】　兔。

うさぎごや[0]【兎小屋】　①兔子籠。②兔子籠。歐美人形容日本人狹小住居的詞語。

うざったい[4]（形）　亂糟糟。

うさばらし[3]【憂さ晴らし】スル　解悶，消愁，消遣，散心。

うさん[0]【烏盞・胡盞】　烏盞。上了黑釉的建盞，用於獻茶。

うさん[0]【胡散】（形動）　形跡可疑。「~な男がいる」有個形跡可疑的男人。

うさんくさ・い[5]【胡散臭い】（形）　值得懷疑，形跡可疑，不可靠，奇怪。「~・い人物」形跡可疑的人物。

うし[0]【牛】　①牛。

うし[1]【齲歯】　齲齒。蛀齒，蟲牙。

うじ[1]【氏】　[1]①氏。表示各個家系的名稱，名字，姓。②氏，門第。③氏族。→氏の上。[2]（接尾）氏。附在名字、姓名之後表示敬意。「山田~」〔現在讀作「し（氏）」〕山田氏。

うじ[1]【蛆】　蛆。

うじうじ[1]（副）スル　不乾脆，躊躇不決。「いつまでも~するな」別磨磨蹭蹭的。

うしお[0]【潮】　①潮水。②潮流。③高湯。

うしがえる[3]【牛蛙】　牛蛙。

うじがみ[0][2]【氏神】　①氏族神，氏神（社）。②氏神，土地神。③宅地神。

うじこ[0]【氏子】　氏子。祭祀共同的祖先神的人們。

うじすじょう[1][3]【氏素性】　家庭出身。「~の知れぬ者」身世不明的傢伙。

うしとら[0]【丑寅・艮】　艮，東北方。

うしな・う[0]【失う】（動五）　①失，喪失，失掉。「財産を~・う」失去財產。「自信を~・う」喪失信心。②失掉，喪失。「チャンスを~・う」失去機會。③失分，丟分。↔得る。「一挙に3点~・った」一下子丟掉 3 分。④喪失，亡。「夫を~・う」失去丈夫。⑤失去，迷失，迷惘。「生きる術すべを~・う」失去謀生之道。

うしのひ[3]【丑の日】　丑日。

うしみつ[0]【丑三つ】　丑時三刻。「草木も眠る~時」萬籟俱寂的深夜。

うじむし[2]【蛆虫】　①蛆蟲。②蠢貨，蛆蟲，鼠輩。

うじょう[0]【有情】　①〔佛〕有情，眾生。↔非情。②有情，有感情。↔無情

うしろ[0]【後ろ】　①後，後方，後面。↔前。「~を振り向く」向後看；回頭看。②（認爲事物有方向）㋐後，後面，後邊。↔前。「本棚の~に置く」放在書架的後面。「~で糸を引く」背後指揮；暗中操縱。㋑背離。「敵に~を見せる」從敵前退卻（逃跑）。③後部，後邊。↔前。「列の~につく」跟在隊伍後。

うしろあし[3][0]【後ろ足】　後肢，後腿。↔前足

うしろあわせ[4]【後ろ合わせ】　背靠背。「~に立つ」背靠背站立。

うしろがみ[0]【後ろ髪】　①後髮。②事後牽掛。「~を引かれる」牽腸掛肚。

うしろきず[3]【後ろ傷・後ろ疵】　背傷。↔向こう傷

うしろぐら・い[5][0]【後ろ暗い】（形）　虧心。

うしろだて[0]【後ろ楯】　後盾，後援。

うしろで[0][3]【後ろ手】　反剪，雙手反綁，將手背到身後。「~に縛り上げる」反剪雙臂綁起。

うしろみごろ[4]【後ろ身頃・後ろ衤身】　後身，後衣片。↔前身頃

うしろむき[0]【後ろ向き】　①朝後，背著身，背著臉。↔前向き。②向後看，倒退，保守，朝後。↔前向き。「改革に~の態度を取る」對改革抱著消極的態度。

うしろめた・い[5]【後ろめたい】（形）　內疚，負疚，愧疚。「私には~・いところはない」我問心無愧。

うしん[0]【有心】　有心，有想法，有辨解能力。

うす[1]【臼】　臼，磨。

うず[1]【渦】　漩渦，漩，渦流。

うすあかり[3]【薄明かり】　①微亮，微光。②微明。日出前或日落後微弱朦朧的光亮。

うすあじ⓪【薄味】 （口味）清淡。

うすい⓪【雨水】 ①雨水。②雨水。二十四節氣之一。

うす・い⓪【薄い】 （形） ①薄。↔厚い。「唇が～・い」嘴唇薄。②淺，淡。色、味、光、影等不濃厚。↔濃い。「～・いピンク」淡粉色。「味が～・い」味淡。③薄，稀，稀疏。「～・い髪の毛」稀疏的頭髮。④稀，淡，淡薄。「～・い牛乳」稀牛奶。「～・い霧」薄霧。⑤冷淡，淡漠，淡薄。「愛情が～・い」愛情淡薄。⑥薄，低。「儲けが～・い」賺得少；利薄。⑦淡薄。「縁が～・い」緣分薄。

うすいた⓪【薄板】 ①薄板。↔厚板。「～塀」薄板牆。②薄板，花瓶托板。③薄板花綢。↔厚板。④〔sheet〕薄鋼板。↔厚板

うすうす⓪【薄薄】 （副） 略微，稍稍，模糊。「～知っている」略知一二。

うすがみ⓪【薄紙】 薄紙。

うすかわ⓪【薄皮】 薄皮。「～饅頭」薄皮包子。

うすぎ⓪【薄着】 スル 穿著單薄。↔厚着。「伊達の～」愛漂亮的人不穿棉衣。

うすぎたな・い⓪【薄汚い】 （形） ①有點兒髒，不大乾淨，有點兒邋遢。「～部屋」有點亂的房間。②不大乾淨。「～・いやり方だ」不大乾淨的手段。

うすぎぬ⓪⓪【薄絹】 薄綢，薄紗。

うすきみわる・い⓪【薄気味悪い】 （形） 有點害怕，有點可怕。

うすぎり⓪【薄切り】 （切）薄片。

うず・く②【疼く】 （動五） ①疼，陣疼，針扎般疼痛。「古傷が～・く」舊傷作痛。②難過，痛心。「思い出すたびに心が～・く」每當想起（那件事）便感到痛心。

うすくち⓪【薄口】 ①清淡，淺淡。↔濃い口。②味道清淡。③薄（胎）瓷。製作得較輕薄的陶瓷器等。

うずくま・る⓪⓪【蹲る】 （動五） 蹲，踞，蹲坐。「道端に～・る」蹲在路旁。

うすぐも⓪⓪【薄雲】 薄雲。

うすぐもり⓪⓪【薄曇り】 ①有點陰，半

陰天，微陰天氣。②有點陰，微陰，半陰。

うすぐら・い⓪⓪【薄暗い】 （形） 微暗。「～・い部屋」微暗的房間。

うすくらがり⓪⓪【薄暗がり】 微發暗，微暗處。

うすげしょう③【薄化粧】 スル 淡妝。↔厚化粧

うすじ⓪【薄地】 薄質，薄質地，薄織物。↔厚地

うすじお⓪【薄塩】 稍帶鹹味，少加鹽，薄鹽。「～の料理」口味淡的菜。

うずしお⓪⓪【渦潮】 漩渦潮，渦潮。

うすずみ⓪【薄墨】 淡墨（色），淺墨（色）。

うずたか・い⓪【堆い】 （形） 堆得高的，堆積如山。「～・いごみの山」堆積如山的垃圾。

うすちゃ⓪【薄茶】 ①淡茶，薄茶。↔濃い茶。②淺茶色，淡茶色，淺咖啡色。

うすっぺら⓪【薄っぺら】 （形動） ①很薄，單薄。「～な布」單薄的布料。②膚淺，淺薄，輕薄。「～な知識をひけらかす」賣弄淺薄的知識。

うすで⓪【薄手】 ①薄，較薄。↔厚手。「～の湯のみ」薄瓷茶碗。②膚淺。「～な考え」膚淺的想法。③小傷口，輕傷。↔深手

うすのろ⓪【薄鈍】 低能，痴呆，弱智，半傻（者）。「～な（の）男」低能的男子。

うすば⓪【薄刃】 薄刃，薄刃菜刀。

うすばか⓪【薄馬鹿】 半傻，低能，弱智，二百五。

うすばかげろう⓪【薄羽蜉蝣】 蟻蛉。

うすび⓪【薄日】 薄日，暗淡陽光。「～がさす」射出暗淡的陽光。

うすべり⓪【薄縁】 布邊薄草席。

うずまき⓪【渦巻き】 ①打漩兒。②渦形，蝸殼式，螺旋形。「デモの～」示威的人潮湧動。③漩渦，混亂，動蕩不安。「戦争の～」戰爭的漩渦。

うずま・く⓪【渦巻く】 （動五） ①打漩兒，漩成漩渦。「濁流が～・く」濁流打成漩渦。②一片混亂。「頭の中が～・

く」頭腦混亂。

うすま・る⓪③④【薄まる】（動五）　變薄，變淺，變淡。「味が～・る」味道變淡。

うずま・る⓪【埋まる】（動五）　①埋，埋住，埋沒。「大雪で道が～・る」道路被大雪埋沒了。②擠滿，塞滿。「参道が人で～・る」參拜（神社、寺廟）的道路擠滿了人。

うすみどり③【薄緑】　淺綠色，淡綠色。

うずみび⓪【埋み火】　埋火。

うすめ⓪【薄目】　瞇眼，半睜眼。「～を開ける」瞇著眼睛。

うす・める⓪③【薄める】（動下一）　稀釋，弄淡，沖淡。「水で～・める」摻水稀釋。

うず・める⓪【埋める】（動下一）　①埋，埋上，掩埋。「母親の胸に顔を～・める」把頭埋進母親的懷裡。②填上，堵住，彌補。「余白を～・める」填補空白。③占滿，擠滿，充滿。「部屋を花で～・める」房間裡堆滿花。

うすもの⓪【薄物】　紗羅織物，薄織物。

うずも・れる⓪③④【埋もれる】（動下一）　①被埋上，被蓋住。「家が雪に～・れる」房子被雪埋住。②埋沒，湮沒。「～・れた人才」被埋沒了的天才。

うすやき⓪【薄焼き】　煎薄餅。「～卵」煎蛋皮。

うすゆき⓪【薄雪】　薄雪。

うすよご・れる⓪【薄汚れる】（動下一）　稍有些髒，顯得髒。「～・れたハンカチ」有點兒髒的手帕。

うずら⓪【鶉】　日本鶴鶉。

うすら・ぐ⓪【薄らぐ】（動五）　①變薄，變淡，變稀。「日差しが～・ぐ」陽光淡。②淡薄。「憎しみが～・ぐ」憎恨的情緒淡薄了。

うす・れる⓪【薄れる】（動下一）　變薄，漸薄，退化。「記憶が～・れる」記憶逐漸淡薄。

うせつ⓪【右折】ㇲル　右彎。↔左折。「～禁止」禁止右彎。

うせもの⓪【失せ物】　失物。

う・せる⓪【失せる】（動下一）　①丟失。「やる気が～・せる」失去幹勁。②來，去，走開。「行く」「去る」的粗俗說法。「どこへでも～・せやがれ」愛去哪兒去哪兒！③消失，死亡。

うそ⓪【嘘】　①謊言，假話。「～をつく」說謊；撒謊。②不正確，錯誤。「～字」錯字；別字。

うそ⓪【獺】　獺。水獺的別名。

うそ⓪【鷽】　灰雀。

うぞうむぞう④【有象無象】　一群無聊之輩，一堆廢物。

うそく⓪【右側】　右側。↔左側

うそさむ・い④【うそ寒い】（形）　微寒，有點冷，涼絲絲。「～・い初冬の夕べ」初冬微寒的傍晚。

うそじ⓪【嘘字】　錯字，別字。

うそつき⓪【嘘吐き】　說謊，撒謊。

うそっぱち⓪④【嘘っぱち】　一派謊言。

うそはっけんき⑤【嘘発見器】　測謊器，測謊裝置。

うそはっぴゃく④【嘘八百】　謊話連篇。「～をならべる」胡說八道。

うそぶ・く③【嘯く】（動五）　①佯裝不知，若無其事。「ぼくは何も知らないと～・く」佯裝不知地說，我什麼也不知道。②吹牛，誇口。

うた⓪【歌】　①歌，歌曲，歌謠，謠曲，歌謠曲，唄。「～を歌う」唱。②和歌，尤指短歌。「～を詠む」詠和歌；詠歌。③詩歌。「初恋の～」初戀的詩歌。

うたあわせ【歌合わせ・歌合】　歌合賽和歌會。

うだいじん③【右大臣】　右大臣。

うたいもんく④【謳い文句】　宣傳口號，宣傳詞句。

うた・う⓪【歌う・唄う】（動五）　①唱，念唱，哼唱。「声をそろえて～・う」齊聲歌唱。②叫，鳴，啼。「小鳥が～・う」小鳥在歌唱。③詠，吟，賦詩。「祖国のすばらしい山河を～・った詩」寫祖國大好山河的詩。

うた・う⓪【謳う】（動五）　①倡導，大力強調，極力主張。「宣言には独立自主が～・ってある」宣言中強調獨立自主。②謳歌，歌唱，頌揚。「わが世の春

を～・う」謳歌吾世之春。

うたうたい◎【歌歌い・歌唄い】 歌手。

うたがい◎【疑い】 懷疑，疑惑，嫌疑。「～を抱く」懷疑。「～がかかる」受到懷疑；背上嫌疑。

うたが・う◎【疑う】（動五） ①疑，懷疑，疑惑。「～・う余地がない」毫無疑義。「わが目を～・う」懷疑自己的眼睛。②疑心，猜疑，懷疑。「彼が犯人ではないかと～・う」懷疑他是罪犯。③懷疑，不相信。「皆は彼の成功を信じて～・わなかった」大家堅信他一定會成功。

うたかた◎【泡沫】 ①泡沫，水泡。②泡沫，泡影。「～の恋」短暫的戀情。

うたガルタ③【歌―】 歌牌，和歌紙牌。

うたがわし・い◎【疑わしい】（形） ①不可信，令人懷疑。「その話は～・い」那種說法存疑。②靠不住，不確切，說不準。「うまく行くかどうか～・い」成不成還說不定。③可疑。「彼の行動には～・いところがある」他的行動有點可疑。

うたぐ・る◎【疑る】（動五） 疑，懷疑，疑心，猜疑，不相信。「～・るような目つき」懷疑般的眼神。

うたげ◎【宴】 宴。宴會。

うたごえ③【歌声】 歌聲。

うたごころ③【歌心】 ①歌心。意欲吟誦和歌的風雅心境。②和歌修養，歌心。有關和歌的心得、素養。③歌意，歌心。和歌中包含的意思與內容。

うたざいもん③【歌祭文】 歌祭文。→祭文

うたざわ◎【歌沢・哥沢】 歌澤。三味線音樂的一個曲種。

うたた◎①【転】（副） 不由得地，情不自禁地，不知不覺。「～今昔の感にたえない」不勝今昔之感。

うたひめ◎【歌姫】 歌姬，女歌唱家。

うたまくら③【歌枕】 ①歌枕，和歌名勝，和歌題材。②歌枕。寫和歌時必不可少的和歌用語、枕詞、名勝古蹟等。

うたものがたり③【歌物語】 ①歌物語。以和歌爲主的物語。②歌物語。平安時代前期的物語的一種。

うたよみ◎【歌詠み】 詠歌，和歌作家。

うだ・る◎【茹だる】（動五） ①煮，煮熟。「卵が～・る」煮雞蛋。②熱得發昏，熱得渾身發軟。「～・るような暑さ」悶熱。

うたわ・れる◎【謳われる】（動下一）①稱譽，稱頌，著稱。「絶世の美女と～・れた女優」被譽爲絕代佳人的女演員。②明文規定。「憲法には思想の自由が～・れている」憲法中明文規定思想自由。

うち◎【内・中】 ①中，內，裡面。↔そと。「心の～を話す」說心裡話。②內部，當中。↔そと。「これも仕事の～だ」這也是份內工作。「3 人の～で一番背が高い」在三個人中個子最高。③我，我們。「～の社長」我們公司的社長。④我家。「～ではみな 6 時に起きる」我們家全都六點起床。⑤心中，內心。「～に秘めた情熱」蘊藏在心中的熱情。⑥裡，中，期間。「若い～によく勉強しなければならぬ」應該趁著年輕的時候努力學習。⑦我老婆，我丈夫，我妻子。

うちあ・う③【打ち合う】（動五） ①對打，對攻輪流下（子）。②相互施招。「投げを～・う」互施技技。

うちあげ◎【打ち上げ】 ①發射。「ロケットの～」火箭的發射。②結束，結束宴。「工事完了の～をする」舉行工程竣工宴。

うちあけばなし◎【打ち明け話】 明說，坦白說，開誠布公的話。

うちあ・ける◎【打ち明ける】（動下一）明說，坦白說，開誠布公。「わたしはあの人に自分の気持ちを～・けた」我向他表明了自己的心意。

うちあ・げる◎【打ち上げる】（動下一）①發射，放，打出，提子。「花火を～・げる」放煙火。②結束，閉幕。「三ヶ月の芝居興行を～・げた」結束了三個月的戲劇演出。③沖上岸，湧上岸。「津波で大きな船が岸に～・げられていた」因爲海嘯，大船被沖上岸來。

うちあわせ⓪【打ち合わせ】スル ①碰頭會，事前商量。②搭門。多指西服前開襟的重疊處。

うちあわ・せる⓪【打ち合わせる】（動下一） ①互擊，對打，碰擦，使碰撞。「石と鉄を～・せて火を作る」使石、鐵互擊取火。②事前磋商，事先商定。「出発の時間を～・せる」商議出發時間。

うちいり⓪【討ち入り】 攻入，殺進。「四十七士の～」四十七義士攻入復仇。

うちいわい⓪【内祝い】 ①自家慶賀，內部慶祝。②自家人賀禮，贈喜，禮品。

うちうち⓪【内内】 ①家裡，家中。「～のようす」家庭狀況。②家裡，內部，私下，自用。「人事で～で決める」內部決定人事。

うちうみ⓪【内海】 ①內海。↔外海。②湖，湖水。

うちおと・す⓪⓪【打ち落とす】（動五） ①打掉，打落，擊落。②砍下，砍掉。「首を～・す」把頭砍下。

うちかえ・す⓪【打ち返す】（動五） ①回擊，反擊。②打回去，還擊。打回到對手的一邊。「センター前に～・す」打回中心線前。③反湧回來，又打回來，反打回來。「～・す波」又打回來的波浪。④重彈。將舊棉花重新加工。「古綿を～・す」重彈舊棉花。⑤翻地，犁田。播種或插秧前翻耕農田的土。「田を～・す」翻耕田地。

うちかけ⓪【打ち掛け・褡襠】 褡襠（新娘禮服）。罩在繫帶子的和服外面、長下擺的小袖和服。

うちがけ⓪【内掛け】 內掛，內勾。在相撲比賽中的招數。

うちか・つ⓪【打ち勝つ】（動五） ①戰勝，打贏，下贏。「強敵に～・つ」戰勝強敵。②贏，勝出，戰勝。

うちき⓪【内気】 沉靜，靦腆，羞怯，拘謹，怯生。「～な人」性格靦腆的人。

うちきず⓪⓪【打ち傷】 跌打損傷，撞擊傷。

うちき・る⓪【打ち切る】（動五） ①猛切，砍。「木の枝を～・る」砍樹枝。②停止，中斷，截止，中止。「討議を～・る」停止討論。

うちきん⓪【内金】 定金，預付款。→手付金

うちくだ・く⓪⓪【打ち砕く】（動五） 打碎，打破，粉碎，摧毀。「相手の自信を～・く」摧毀對方的自信心。

うちくび⓪【打ち首】 砍頭，斬刑，斬首。

うちげいこ③【内稽古】 家中傳授。↔出稽古でぎ

うちけし⓪【打ち消し】 否定，否認，打消。

うちけ・す⓪【打ち消す】（動五） ①否認。「いくら何と言っても事実は～・せない」不管怎麼說事實是否定不了的。②打消，消除。「水をかけて火を～・す」潑水滅火。

うちゲバ⓪【内一】 內部暴力，內訌。

うちこ⓪【打ち粉】 ①擦刀粉。②敷麵粉，乾粉。③撲粉，痱子粉。

うちこ・む⓪【打ち込む】（動五） ①打進，釘進，鍥入，砸入，攻入。②射入，擊入，打進。③迷戀，埋頭，全神貫注。「科学研究に～・む」埋頭於科學研究。④劈，猛刺。⑤刺中，說中。

うちじに⓪【討ち死に】スル 戰死，陣亡。「合戦で～する」交戰中陣亡。

うちぜい⓪【内税】 內含稅。→外税

うちそろ・う④【打ち揃う】（動五） 聚齊，到齊，一齊。

うちたお・す⓪⓪【打ち倒す】（動五） ①打倒。「暴漢を～・す」打倒歹徒。②打倒。

うちだし⓪【打ち出し】 ①散戲，散場。②模鍛，砸花，凸紋打製。

うちだ・す⓪【打ち出す】（動五） ①打出，射擊。②開打。③模鍛，打出（花紋），打製（凸紋）。④提出，打出。「新しい方針を～・す」提出新的方針。

うちた・てる⓪⓪【打ち立てる】（動下一） 樹立，建立，奠定。「将来の方針をはっきり～・てる」明確地樹立未來

う

的方針。

うちつ・ける⓪【打ち付ける】（動下一）
①碰，撞，撞擊。「柱に頭を～・ける」
將頭碰到柱子上。②釘。「塀に板を～・
ける」往牆上釘板子。

うちっぱなし⓪【打ちっ放し】　無加工飾
面，脫模毛面。

うちづら⓪【内面】　對家人面孔（態
度）。↔外面を

うちでし⓪【内弟子】　內弟子，入室弟
子，上門徒弟。「～をおく」收入門徒
弟。

うちでのこづち⑤【打ち出の小槌】　如意
小寶槌。

うちと・ける⓪【打ち解ける】（動下一）
無戒心，無隔閡，放得開，釋懷，融
洽。「～・けてつきあう」無隔閡交往。

うちどころ⓪【打ち所】　①碰撞處，碰撞
部位。「～が悪くて死ぬ」撞到要害處而
死亡。②問題點，指責處。「非の～がな
い」無可非議。

うちどめ⓪【打ち止め・打ち留め】　①終
場，終了。「この一番が今日の～だ」這
一場是今日最後一場比賽。②停用，停
機。

うちと・める⓪【打ち止める・打ち留め
る】（動下一）　①釘牢，釘住。②結
束表演。③擊斃，打死。

うちと・る⓪【打ち取る】（動五）　①擊
斃，拼殺，斬。「敵の大将を～・った」
擊斃了敵軍主將。②擊敗，取勝。「一回
戦でＡチームを～・った」一次交鋒戰
勝Ａ隊。

うちにわ⓪【内庭】　內院，裡院。

うちぬ・く⓪【打ち抜く】（動五）　①沖
裁，沖切。「プレスで鉄板を～・く」用
沖床沖切鐵板。②打通，開通。「二間
を～・いて祝宴を催す」將二間打通舉
辦慶祝宴會。③幹到底，打到底。「スト
を～・く」將罷工進行到底。④穿透，
打穿。「たまが壁を～・く」子彈穿透牆
壁。

うちのめ・す⓪【打ちのめす】（動五）
①打倒，打垮，打趴下，打翻下。「暴漢
を～・す」將歹徒打倒。②打垮，弄

垮，摧毀，嚴重打擊。「相次ぐ不幸に～
・される」被接二連三的不幸擊垮。

うちのり⓪【内法】　①內側尺寸，柱內
距，內徑。↔外法ぞ。②內距。

うちはた・す⓪⓪【討ち果たす・打ち果た
す】（動五）　殺死，打死，打垮，殲
滅。「首尾よく敵を～・す」順利地殲
滅敵人。

うちはら・う⓪【打ち払う】（動五）　①
拂（去）。猛然甩動。「袖を～・う」
拂袖。②揮，揮掉。「ほこりを～・う」
揮掉灰塵。③驅逐，趕走。「異国船を～
・う」驅逐異國船隻。

うちぶ⓪【打歩】　貼水，升水，溢價。

うちぶところ⓪【内懐】　①內懷，懷裡。
↔外懐を。「～深くしまう」深深地藏
在懷裡。②內心，內情，內幕。「～を見
透かされる」被人看透內心。

うちぶろ⓪【内風呂】　①正堂浴池。②家
中浴室。↔外風呂

うちべんけい⓪【内弁慶】　家裡稱霸。

うちぼり⓪【内堀・内濠・内壕】　內護城
河。↔外堀

うちほろぼ・す⓪【討ち滅ぼす】（動五）
攻殲，伐滅，剿滅。「賊軍を～・す」剿
滅叛軍。

うちまか・す⓪【打ち負かす】（動五）
戰勝，擊敗。「完膚なきまでに～・す」
打得體無完膚；打得落花流水。

うちまく⓪【内幕】　內幕，內情。「～を
探る」探聽內幕。

うちまご⓪【内孫】　親孫子，孫子，內
孫。↔外孫

うちまた⓪【内股】　①大腿內側，內股。
②內八字步。↔外股

うちまわり⓪【内回り】　內環行（物）。
↔外回り。「山手線の～電車」山手線的
內環線電車。

うちみ⓪【打ち身】　撞傷，青腫。

うちみず⓪【打ち水】スル　灑水，潑水。

うちもの⓪【打ち物】　①鍛造武器。②鍛
造物，鍛件。↔鋳物。③打擊樂器。

うちもも⓪【内股・内腿】　大腿內側。↔
外股

うちやぶ・る⓪【打ち破る】（動五）　①

打破，破除。②打破，打敗，攻破，擊敗。

うちゆ⓪【內湯】　房間內浴室，室內浴室。↔総湯

うちゅう⓪【宇宙】　宇宙。

うちゅうかん【右中間】　右中外野。

うちゅうくうかん⓪【宇宙空間】　〔space〕外太空，宇宙空間。

うちゅうこうがく⓪【宇宙工學】　航空太空工程學，航太工程。

うちゅうじん【宇宙人】　宇宙人，外星人。

うちゅうじん【宇宙塵】　宇宙塵。

うちゅうせん⓪【宇宙船】　太空船。

うちゅうせん⓪【宇宙線】　宇宙（射）線。

うちゅうつうしん⓪【宇宙通信】　宇宙通信，衛星通訊。

うちゅうへいき⓪【宇宙兵器】　宇宙武器，太空武器。

うちゅうゆうえい⑥【宇宙遊泳】　太空漫步。

うちゅうロケット⑤【宇宙一】　太空火箭。

うちょうてん⑥【有頂天】　①〔佛〕有頂天。②歡天喜地，欣喜若狂，得意洋洋。「～になっておどりだした」高興得手舞足蹈。

うちよ・せる④⑤⓪【打ち寄せる】（動下一）　①滾滾而來，拍打。「波が磯に～・せる」波浪湧上岸邊。②沖上來，湧上岸。「波が海草や木切れを岸辺に～・せる」波浪把海草木片等沖上海岸。③逼近，靠近，迫近。

うちわ⓪【団扇】　團扇，蒲扇。

うちわ⓪【內輪】　①家裡，內部。②內幕。③低估。「～に見積もる」往下估，保守地估計。

うちわく⓪【內枠】　①裡框，內框。↔外枠。②份內，配額內。「予算の～におさまる」控制在預算配額內。

うちわけ⑥【內訳】　細目，分類細帳。「その数の～は示されている」提出了該數的細目。

うちわた⓪【打ち綿】　重彈（棉）花。

うちわたし⓪⓪【內渡し】　スル　預付，預支。「～金」預付款。

うちわに⓪【內鰐】　內八字腳。→外鰐

うつ⑥【鬱】　鬱悶。「～を散じる」散心；解悶。

う・つ⑥【打つ】（動五）　①打，擊，敲，拍。「雨が窓を～・つ」雨打在窗戶上。②打，打進，釘進，扎入，注射。「釘を～・つ」釘釘子。③打，擀，鍛造敲打（碾展）製作。「そばを～・つ」擀蕎麥麵條。④感動，打動，叩。「彼の言葉はみんなの心を～・っている」他的話能打動大家的心。⑤採取（措施），使用（手段）。「逃げを～・つ」準備逃跑。「～・つ手がない」束手無策。⑥標上，注上，打上。「番号を～・つ」標上號碼。⑦猛烈地進行。「なだれを～・つ」雪崩一般；蜂擁。⑧演出。「芝居を～・つ」演戲。⑨打賭，下賭注。「博打を～・つ」賭博。

うつうつ⓪【鬱鬱】（ｔｒ ダル）　①憂鬱。「～として楽しまない」悶悶不樂。②鬱鬱。草木生長繁茂。

うっかり③（副）スル　馬虎，不留神，漫不經心，稀裡糊塗。「～して見のがした」沒留神被跑了。

うつぎ⓪【空木】　溲疏，水晶花，空木。

うづき⓪【卯月】　陰曆四月（的異名）。

うつくし・い④【美しい】（形）　①美，優美，美麗，絢麗，豔麗，漂亮，悅耳，動聽。↔醜い。「～・い景色」美景。②美好，高尚，純潔，珍貴，貴重。「～・い友情」純潔的友情。

うっくつ⓪【鬱屈】　スル　抑鬱，鬱悶。「気持ちが～する」心情煩悶。

うつけ⓪⓪【空・虚】　①空，虛。②呆，痴呆，呆子。「この～め」這個呆子。

うっけつ⓪【鬱血】　スル　淤血。

うっこんこう⓪【鬱金香】　鬱金香的異名。

うつし⓪【写し】　①謄寫，謄錄，摹寫，摹本，抄本。②抄本，抄件。③仿製（品），複製（品）。

うつしえ⓪【写し絵】　①臨摹畫。②肖像畫，寫生畫。

う

うつしだ・す⓪【映し出す・写し出す】
（動五）　①映出，放映出。②畫出，
寫出，反映出。

うつしよ⓪【現世】　現世。

うつ・す⓪【写す】（動五）　①抄寫，謄
寫，摹寫，臨摹。②描繪，描寫。③拍
照，拍攝。「写真を～・す」照相；拍
照。

うつ・す⓪【映す】（動五）　①投射，映
照。②放映。

うつ・す⓪【移す】（動五）　①移，挪，
搬，遷移，付諸，轉送。②調動，變
更，變動，轉為。「営業係に～・す」轉
職為營業員。③轉移，改變。「話題を～
・す」轉換話題。④使染上，感染。「風
邪を～・す」使傳染感冒。⑤度過，推
移。「時を～・さず」不失時機地。

うっすら⓪【薄ら】（副）　薄薄地。「初
雪が～つもった」初雪薄薄地積了一
層。

うっ・する⓪【鬱する】（動サ變）　鬱
悶，憂鬱。「気が～・する」心情鬱悶。

うっせき⓪【鬱積】スル　鬱積，鬱結。「～し
ている不平」鬱積起來的不滿。

うつせみ⓪【空蟬】　①現世，世間，今
世。②蟬殼，蟬蛻。

うつぜん⓪【鬱然】（たる）　①鬱鬱蔥蔥，
繁茂。「～たる原始林」繁茂的原始林。
②盛大，蔚然，雄厚。

うっそう⓪【鬱蒼】（たる）　鬱鬱蔥蔥，茂
密，蒼鬱。「～たる森」蒼鬱的森林。

うった・える⓪④【訴える】（動下一）
①訴訟，起訴。「兄弟は財産の争いを裁
判に～・えた」兄弟之間為爭財產打了
官司。②申訴，訴說，宣傳，告狀。「苦
しみを～・える」訴苦。③訴諸。「武力
に～・える」訴諸武力。④打動，震
撼，感動，激發。「視覚に～・える芸
術」視覺效果強烈的藝術。

うっちゃらか・す⑤⓪【打っ遣らかす】
（動五）　撇開，丟開不管。「仕事
を～・す」撇開工作。

うっちゃり⓪　①扭身後捽。②轉敗為勝，
扭轉局勢。

うっちゃ・る⓪【打っ遣る】（動五）　①

扔掉。②棄置不顧，拋開不管。

うつつ⓪【現】　①真的，現實。「夢か～
か幻か」是做夢、是現實、還是幻覺？
②清醒。「～にかえる」清醒過來。

うって⓪④【討っ手】　討伐軍，追捕者，
追兵。「～をさしむける」派遣追兵。

ウッディー①【woody】　（形動）木質
的。「～な壁紙」木紋壁紙。

ウッド⓪【wood】　①木頭，木材。②木頭
球桿，木桿。→アイアン

うっとうし・い⑤【鬱陶しい】（形）　①
陰沉，沉悶，鬱悶。「～・い気分」鬱悶
的心情。②令人厭煩，麻煩的。「髪の毛
が下がってきて～・い」頭髮放下來，
怪不舒服。

うっとり③（副）スル　陶醉，入迷，出神，
心曠神怡。「～と思い出にひたってい
る」陶醉在回憶中。

うつびょう⓪【鬱病】　憂鬱症。

うつぶ・す③【俯す】（動五）　俯臥，趴
下。「大地に～・す」俯臥在大地上。

うつぶ・せる⓪【俯せる】（動下一）　①
俯臥，俯伏。②扣置，扣著放。

うっぷん⓪④【鬱憤】　鬱憤，積憤，積
恨。「酒を飲んで～を晴らす」飲酒發洩
情緒。

うつぼ⓪【鱓】　海鱔。

うつぼかずら③【靫葛】　豬籠草。

うつぼつ⓪【鬱勃】（たる）　①勃發，旺
盛。「内心～たるものがある」內心躍躍
欲試。②洶湧，滾滾。「雲が～とわく」
烏雲滾滾。

うつむ・く③【俯く】（動五）　俯首，低
頭，垂頭。→あおむく。「恥ずかしく
て～・く」羞得低下頭。

うつむ・ける⓪【俯ける】（動下一）　①
俯首，低頭。→あおむける。「顔を～・
ける」低下頭。②倒，扣。「植木鉢を～
・けて重ねる」將花盆扣著疊起來。

うつらうつら①（副）スル　迷迷糊糊，昏昏
沉沉，朦朧。

うつり⓪【移り】　①搬移，移動，遷居。
②回禮，回贈物。

うつ・る⓪【写る】（動五）　照像，拍
照。

うつ・る◎【映る】（動五）　映照。「夕日が窓に〜・る」夕陽映照在窗上。

うつ・る◎【移る】（動五）　移，遷，遷移。①搬遷，移動，調動，改變。「家が東京に〜・る」家搬到東京。②變化，變遷。「時代が〜・るにつれて風俗が変わる」隨著時代的改變，風俗習慣也會變化。③轉移，過渡，轉向，改變。「田中さんは古典音楽から現代音楽に興味が〜・った」田中的興趣是從古典音樂轉到了現代音樂上。④薰上，染上，串上。「くすりのにおいが手に〜・った」藥味薰到了手上。⑤感染。「風邪が〜・る」染上感冒。⑥延燒，蔓延。「倉に火が〜・る」火延燒到倉庫。⑦推移，變遷，流逝。「時〜・る」時光流逝。

うつろ◎【空ろ・虚ろ】　①空，空心，空洞，空蕩。「中が〜な木」中間空心的樹。②空虛，呆滯，茫然。「〜な目をした人」兩眼發呆的人。

うつろ・う◎【移ろう】（動五）　①變遷，推移，變化。「刻々と〜・う暁の空」時刻變化著的拂曉天空。②衰落，褪色，色衰。「〜・う色香」色衰的紅顏。

うつわ◎【器】　①器，器皿，容器。「〜に盛る」裝在容器裡。②成器，才幹，人才。「人の長となる〜」是當領導的料。

うで◎【腕】　①臂，胳臂，手臂。「〜に下げる」掛在胳臂上。②托架，扶手，桁架，翼手。「〜木」桁架；托架。③本領，本事。「すべては君の〜次第だ」全看你的本事了。④腕力，臂力，力氣。「〜ずくで」逞武力；憑力氣。

うてき◎①【雨滴】　雨滴，雨點，簷溜滴。

うでき◎①【腕木】　懸臂樑，挑樑。

うできき◎◎【腕利き】　有本領，有才幹，能人，將才。「〜の職人」能工巧匠。

うでぐみ③④【腕組み】ㇲㇽ　抱著胳臂，雙手抱胸。

うでくらべ⑤【腕比べ・腕競べ】ㇲㇽ　比本事，比力氣。

うでずく◎④【腕尽く】　動武，憑力氣，訴諸武力。「〜で取り上げる」以武力奪取。

うでずもう③【腕相撲】　掰手腕。

うでたてふせ◎【腕立て伏せ】　俯地挺身。

うでだめし③【腕試し】ㇲㇽ　試試本事，試試力量。

うでっこき◎【腕っ扱き】　有能耐，有本領，能人，幹將。「〜の職人」能工巧匠。

うでっぷし◎④【腕っ節】　臂力，腕力。「〜がつよい」腕力強；有臂力。

うでどけい③【腕時計】　手錶。

うてな◎【台】　植物的花萼。

うでぬき◎【腕貫】　①帶環，繰帶。②袖套。③護臂。④手環，手鐲。

うでまえ◎【腕前】　本事，本領，技能，才幹。「彼女の料理の〜はなかなかのものだ」她的烹調技術相當不錯。

うでまくら③【腕枕】ㇲㇽ　（以）臂（代）枕。

う・でる②【茹でる】（動下一）　煮，燙，焯。

うでわ◎【腕輪】　手環，手鐲，臂環。

うてん①【雨天】　雨天。「〜順延」雨天順延。

うど◎【独活】　九眼獨活，土當歸。

うと・い◎【疎い】（形）　①不密切，疏遠。②生疏，不諳，不熟悉。↔詳しい。「実情に〜・い」不太了解實情。

うとう◎【善知鳥】　角嘴海雀。

うとう◎【右党】　①右派政黨。②愛好甜食者。↔左党

うとく◎◎【有徳】　①有德。②富，富裕。

うとまし・い④【疎ましい】（形）　討厭，厭惡。「見るのも〜・い」連看到都覺得討厭。

うと・む②【疎む】（動五）　疏遠，冷淡，怠慢，厭棄。「上役に〜・まれる」被上司疏遠。

うどん◎【饂飩】　烏龍麵，麵條。

うどんげ◎【優曇華】　優曇華。植物名。

うとん・じる④【疎んじる】（動上一）

う

疏遠，冷淡，怠慢，嫌棄。「派閥外の人を～・じる」疏遠不同派系的人。

うなが・す【促す】（動五）　①促，催。②促使。「参加を～・す」促使參加。③促進，推動。「発育を～・す」促進發育。

うなぎ◎【鰻】　鰻魚，日本鰻。

うなさ・れる◎【魘される】（動下一）魘（住）。「悪夢に～・れる」被惡夢魘住。

うなじ◎◎【項】　後頸，後脖頸。

うなず・く◎【頷く・首肯く】（動五）點頭，首肯。

うなだ・れる◎【項垂れる】（動下一）垂頭，低頭。

うなどん◎【鰻丼】　鰻魚丼。「うなぎどんぶり」（鰻丼）之略。

うなばら◎◎【海原】　大海，海原，海洋。「大～」大海原。

うなり◎【唸り】　①呻吟聲，吼叫聲，轟鳴聲，呼嘯聲。「モーターの～」馬達的轟鳴聲。②風箏哨，響笛。

うな・る◎【唸る】（動五）　①吼，嘯，嗥。「犬が～・る」狗發出低沉的嗚嗚聲。②呻吟，哼哼。「痛さに～・る」因疼痛而呻吟。③讚歎，叫好。「大向こうを～・らせる名演技」博得滿場觀眾喝彩的出色表演。

うに◎【海胆・海栗】　海膽。

うぬ◎【汝・己】　（代）汝，你這小子。

うぬぼ・れる◎【自惚れる・己惚れる】（動下一）　自我陶醉，驕傲，自滿，自大。「天才だと～・れる」認為自己是天才而驕傲自滿。

うね◎【畝・畦】　①壟，株行。②壟狀條紋，稜紋。

うねうね◎（副）ス₂　逶迤，蜿蜒，連綿起伏，彎彎曲曲。

うねおり◎【畝織り】　重平組織，畝組織。

うねり◎　①波動，波狀起伏，蜿蜒，逶迆。②長浪，波濤，浪濤。

うね・る（動五）　①蜿蜒曲折，彎彎曲曲，逶迆。「～・っていく山道」彎彎曲曲的山路。②翻滾，起伏。「波が～・

る」波浪起伏。

うのう◎【右脳】　右腦。

うのけ◎【兎の毛】　絲毫，秋毫。「～で突いた程の傷」只有一丁點兒的傷。

うのはな◎【卯の花】　水晶花。

うのみ◎【鵜呑み】　①整個吞。②囫圇吞棗。「師の説を～にする」囫圇吞棗地接受老師的觀點。

うは◎【右派】　右派。↔左派

うば◎【姥・媼】　姥，媼。

うば・う◎【奪う】（動五）　①搶奪，搶劫，攔截。②剝奪，罷免，篡奪，把持。「自由を～・う」剝奪自由。「王位を～・う」篡奪王位。③掠奪，奪去，奪走。「命を～・う」奪去生命。④奪，強姦，玷污。「貞操を～・う」奪人貞操。⑤消耗，耗掉，吸收。「エネルギーを～・う」消耗能量。⑥迷人。「景色に心が～・われる」沉迷於景色。⑦得分，奪標，奪冠。

うばがい◎【姥貝・雨波貝】　北寄貝。

うばぐるま◎【乳母車】　嬰兒車，嬰兒手推車。

うばざくら◎【姥桜】　姥櫻。先葉開花種櫻花的俗稱。

うひょう◎◎【雨氷】　雨淞。

うぶ◎【初】　①純真，純樸，單純。②純潔，情竇未開。「～な少女」天真的少女。

うぶぎ◎◎【産衣・産着】　初生嬰兒服，新生嬰兒服。

うぶげ◎【産毛】　胎毛，胎髮，絨毛，汗毛。

うぶごえ◎◎【産声】　①新生兒第一聲啼哭。②誕生，新生。「新制度が～をあげる」新制度宣告誕生。

うぶすな◎【産土】　出生地。

うぶや◎【産屋】　①產屋。舊時專用於分娩使用的房子。②產房，分娩室。

うぶゆ◎◎【産湯】　嬰兒初浴，新生兒洗澡水。

うべな・う◎【諾う】（動五）　答應，允諾，首肯。

うへん◎【右辺】　右端，右邊。↔左辺

うま◎【馬】　馬。

うま・い⓪【旨い・甘い】（形）①美味，香甜，好吃。↔まずい。「このりんごは～・い」這個蘋果好吃。②好，很棒，順利。↔まずい。「日本語が～・い」日語很好。

うまうま①（副）輕易地，漂亮地。「～（と）一杯食わされた」輕易地上了當。

うまおい⓪【馬追い】趕馬入圈，圈馬。

うまがえし⓪【馬返し】回馬嶺。

うまかた⓪【馬方】趕腳的，腳夫。

うまごやし⓪【馬肥やし・苜蓿】苜蓿，南苜蓿。

うまさけ⓪⓪【旨酒・味酒】美酒。「勝利の～」勝利美酒；慶功酒。

うまずめ⓪【石女・不産女】石女。不能生孩子的女人。

うまづら⓪【馬面】馬臉，驢臉，馬面。

うまとび⓪【馬飛び・馬跳び】スル 跳馬背，跳馬。

うまに⓪【旨煮・甘煮】甜味燉菜。

うまのあし⓪【馬の脚・馬の足】①扮演馬腳角色。②跑龍套演員，笨拙演員。

うまのほね⓪【馬の骨】不知哪兒來的，不明底細的人。「どこの～とも知れない男」也不知是哪兒來的傢伙。

うまのり⓪⓪【馬乗り】①騎馬，乘馬。②騎上，跨上。

うまみ⓪【旨み・旨味】①甜度，香甜度，好味道，美味。②有趣味，妙處。③甜頭，好處，油水。「～のない商売」沒油水的買賣。

うまや⓪【厩・馬屋】馬廄，馬棚，馬舍。

うま・る⓪【埋まる】（動五）①埋上，填滿，填平。「落ち葉で穴が～・る」落葉填平了坑穴。②埋住，埋上。「土砂に～・った家」被沙土埋沒的房子。③占滿，擠滿。「部屋が本で～・る」房間裡塞滿了書。④填補，填充。「空席が～・る」座無虛席。⑤彌補。「赤字が～・る」彌補赤字。

うまれ⓪【生まれ】①出生。「昭和の～」昭和年間出生。②出生地，籍貫。「～は東京」出生地為東京。③門第，出身。「高貴の～」高貴的出身。

うまれお・ちる⓪【生まれ落ちる】（動上一）生下，出生，落地。

うまれぞこない⓪【生まれ損ない】孬種，劣種。

うまれつき⓪【生まれ付き】①稟性，天生，先天。②生來。自出生以來。

うまれつ・く⓪【生まれ付く】（動五）生來，生就，天生。「～・いての器量よし」天生的美貌。

うま・れる⓪【生まれる・産まれる】（動下一）①生，產，娩出。↔死ぬ。「子供が～・れる」生了孩子。「ひよこが～・れる」雞（鳥）雛孵出。②產生，誕生。「新しい国が～・れる」新國家誕生。③產生。「愛情が～・れる」產生愛情。

うみ①【海】海，海洋。

うみ②【膿】①膿。②積弊。「積年の～を出す」清除多年的積弊。

うみあけ⓪【海明け】開海。

うみかぜ⓪【海風】海風。

うみがめ⓪⓪【海亀】海龜。

うみせんやません⓪【海千山千】老江湖，老奸巨滑（的人）。

うみだ・す⓪【生み出す・産み出す】（動五）①生出，產出。②創作出，生產出。「よいアイディアを～・す」想出好辦法。③生出，體現，產生。「利益を～・す」產生效益。

うみづき⓪⓪【産み月】預產月，臨產月。

うみつ・ける⓪【生み付ける・産み付ける】（動下一）①產在…上。②遺傳給後代。

うみつばめ⓪【海燕】叉尾海燕。

うみなり⓪⓪【海鳴り】海鳴。

うみねこ⓪【海猫】黑尾鷗。

うみのおや⓪【生みの親】①生身父母。②創始人。「近代オリンピックの～」現代奧林匹克的創始人。

うみのくるしみ【産みの苦しみ】①產痛。②創業艱辛。

うみのひ⓪【海の日】海日。國民的節日之一，7月20日。

う

うみびらき◎【海開き】 開海，開放海水浴場（日）。

うみべ◎【海辺】 海邊。

うみへび◎◎【海蛇】 ①青環海蛇。②蛇鰻。

うみぼうず◎◎【海坊主】 ①禿頭海怪。②綠蠵龜的異名。

うみほおずき◎【海酸漿】 海姑娘。紅皺岩螺、香螺、混雜紡錘螺等海產螺類動物的卵囊。

うみほたる◎【海蛍】 海螢。

うむ◎【有無】 ①有無。「資格の～は問わない」不問有無資格。②生死、勝負、黑白等相互對立的兩個概念。

う・む◎【生む・産む】（動五） ①生，產，娩出，生下，產下。「子供を～む」生小孩。②創出。「新記録を～む」創出新紀錄。③生。「利子が利子を～・む」利滾利。④產生。「誤解を～・む」產生誤解。

う・む◎【倦む】（動五） 厭倦，厭煩。「仕事に～・む」厭倦工作。

う・む◎【熟む】（動五） 熟。果實完全成熟。

う・む◎【膿む】（動五） 化膿。

うめ◎【梅】 梅樹，梅。

うめあわ・せる◎【埋め合わせる】（動下一） ①補償，賠償。②彌補。用其他東西補上欠缺的部分。

うめき◎【埋め木】 木磚，木栓，塞槽木片。

うめ・く◎【呻く】（動五） ①呻吟，哼哼。②感歎，嘆息。

うめくさ◎【埋め草】 補白。報刊、雜誌等填補空白的簡短文章或報導。

うめしゅ◎【梅酒】 梅酒，梅子酒，青梅酒。

うめず◎【梅酢】 青梅醋，梅子醋。

うめた・てる◎【埋め立てる】（動下一） 填築，填海造地。

うめづけ◎【梅漬け】 醃梅子，醃酸梅。

うめぼし◎【梅干し】 梅乾，醃梅，鹹梅乾。

うめもどき◎【梅擬】 落霜紅。植物名。

う・める◎【埋める】（動下一） ①埋，填，填平。「宝物を～・める」埋寶物。②掩埋，埋上。③擠滿，塞滿。「くぼみを～・める」填滿坑窪處。④填補。「余白を～・める」填補空白。⑤補足，彌補。「赤字を～・める」填補赤字。⑥兌，加入（涼水）。「熱いお湯に水を～・める」往熱水裡加入冷水。

うもう◎【羽毛】 羽毛，羽絨。

うもれぎ◎【埋もれ木】 ①陰沉木，陰杪。「～細工」陰沉木工藝。②被遺忘（者）。「～に花が咲く」枯木開花；時來運轉。

うも・れる◎【埋もれる】（動下一） ①埋。「地下に～・れている資源」埋藏在地下的資源。②被埋沒。「～・れた芸術家」被埋沒的藝術家。

うやうやし・い◎【恭しい】（形） 恭恭敬敬，彬彬有禮。「神だなの前で～・く頭を下げる」在神龕前，恭恭敬敬地低頭施禮。

うやま・う◎【敬う】（動五） 敬。「師と～・う」敬為師表。

うやむや◎【有耶無耶】 含混，糊裡糊塗。「～にしておく」不了了之；稀裡糊塗了事。

うゆう◎【烏有】 烏有。「～に帰す」化為烏有。

うよく◎【右翼】 ①右翅，右翼。②右翼。分左右兩翼展開的事物的右側部分。「敵の～を攻める」攻擊敵人的右翼。③右翼，保守派。④右外野，右外野手。↔左翼

うら◎【裏】 ①裡面，背面。↔表。②後面，反面。↔表。「家の～」房子的後面。③裡，裡子，內裡。↔表。「～をつける」加上裡布。④反面，違背。⑤隱情，內情，內幕。↔表。「ことばの～」言外之意。⑥背後，暗地裡。「～から手を回す」暗地裡活動。⑦非本行的，不常露的，身藏。↔表。「～芸」不常露的技藝。⑧下半場。↔表。

うらあみ◎【裏編み】 反面編織。

うらうち◎【裏打ち】 スル ①裱裡，褙。②證實，佐證。「経験に～された話」由經驗證實的事實。

うらうら◎（副）　晴朗，明朗。「春の日が～照る」春天的陽光晴朗明媚。

うらおもて◎【裏表】　①表裡，正反面。②表裡掉換。「シャツを～に着る」反穿襯衫。③表裡不一。「～のない人」表裡如一的人。④表面和內情。「政界の～に通じた人物」通曉政界詳情的人物。

うらかいどう◎【裏街道】　①小路，小道。②邪路，邪道，歪門邪道。「人生の～」人生的旁門左道。

うらがえ・す◎【裏返す】（動五）　翻過來，翻裡作面。

うらがえ・る◎【裏返る】（動五）　①表裡互換。②翻過來。

うらがき◎【裏書き】ㇲㇽ　①證實，旁證。「実験の成功は理論の正しさを～した」實驗的成功證實了理論的正確。②背面證明，背面注釋，背面簽字。③背書，背面簽名。

うらかた◎◎【裏方】　①後台工作人員。↔表方。②貴夫人。

うらがなし・い◎◎【心悲しい】（形）　有些悲傷的，令人感傷的。「～・い気持ち」有些悲傷的心情。

うらがね◎【裏金】　①暗錢，賄賂，活動費。「入札に～が動いた」投標中動用了賄賂。②黑帳，小金庫。

うらが・れる◎【末枯れる】（動下一）　葉尖（枝梢）乾枯。「～・れた冬の景色」枝梢葉尖枯萎的冬景。

うらぎり◎【裏切り】　背叛，變節，違背，辜負。「～行為」背叛行為。「～者」變節者；叛徒。

うらぎ・る◎【裏切る】（動五）　①背叛，叛變，倒戈，出賣，通敵。「敵に通じて国を～・る」通敵叛國。②辜負，違背。

うらぐち◎【裏口】　①後門，便門。②走後門。「～入学」走後門入學。

うらげい◎【裏芸】　非本行技藝，不常露技藝，身藏技藝。↔表芸

うらごえ◎【裏声】　假聲，假嗓。↔地声

うらごし◎【裏漉し】ㇲㇽ　過濾，濾網，篩網。「～にかける」過濾。

うらさく◎【裏作】　復種，復種作物。↔表作

うらさびし・い◎◎【心寂しい】（形）　心裡寂寞的，令人感到寂寞的。「～・い場末の町並み」令人感到寂寞的近郊街景。

うらじ◎【裏地】　襯裡，裡面，裡子。↔表地

うらじろ◎【裏白】　①白裡子，白底，白背。「～の紙」背面白的紙。②裡白。裡白科的常綠蕨類植物。

うらだな◎【裏店】　巷內房屋。↔表店。「～住まい」租借內房子住（的人）。

うらづけ◎【裏付け】ㇲㇽ　①確證，擔保，根據。「アリバイの～」不在案發現場的證據。②證實，證明，支援。「～捜査」搜查證實。

うらづ・ける◎【裏付ける】（動下一）　證實，證明，印證，保證，支援。「犯行を～・ける証拠」證實犯罪的證據。

うらて◎【裏手】　後面，背面。

うらどおり◎【裏通り】　背街，後街，小巷，裡胡同。↔表通り

うらどし◎【裏年】　歇枝年，小年。果實結果少的年份。↔生り年。→隔年結実

うらない◎【占い】　①卜卦，算命。「星～」占星。②占卜者，占卜師，算命的。

うらな・う◎【占う・卜う】（動五）　①占卜，算命，卜卦。②預測，預言。「相場を～・う」預測行情。

うらながや◎【裏長屋】　小巷內長條屋，背街成排房屋。↔表長屋

うらなり◎【末生り】　①尾生瓜。↔本<small>もと</small>生り。②面色蒼白無精打采者。「～の瓢箪<small>たん</small>」面色蒼白的無精打采者。

うらにほん◎◎【裏日本】　裡日本。指本州面日本海的區域。↔表日本

うらはずかし・い◎◎【心恥ずかしい】（形）不由得感到害羞，羞答答的。

うらばなし◎【裏話】　祕聞，內情，內部消息。「事件の～」事件的內幕。

うらばんぐみ◎◎【裏番組】　競爭節目。

うらぶ・れる◎◎（動下一）　落魄，破落。「～・れた姿」落魄的樣子。

う

うらぼん◎◎【盂蘭盆】〔佛〕盂蘭盆會。

うらまち◎◎【裏町】 後街，小巷。

うらみ◎【恨み・怨み】 恨，怨。「～を晴らす」雪恨。

怨み骨髄に徹す 恨之入骨。

恨みを買う 招怨恨；得罪人。

うらみ◎【憾み】 缺憾，憾事，缺陷。「安易に過ぎる～がある」有過於簡單之缺憾。

うらみち◎◎【裏道】 ①近路，小道。②後門道。③邪門歪道。

うら・む◎【恨む・怨む】（動五）①怨恨，懷恨。「農民たちは土匪をたいへん～・んでいる」農民們把土匪恨透了。②報仇，解恨。「一太刀～・む」一刀雪恨。

うら・む◎【憾む】（動五）悔恨，可惜。「自らの不勉強を～・む」悔恨自己不努力學習。

うらめ◎◎【裏目】 ①骰子背面點數。②背面刻度。③雙反面線圈。

裏目に出る 事與願違。

うらめし・い◎【恨めしい・怨めしい】（形）①可恨的，有怨氣的。「自分の言った愚かな言葉が～・い」恨自己說蠢話。②可惜。「人を見る目のなかったことが～・い」可惜自己看錯了人。

うらもん◎【裏門】 後門。↔表門

うらもん◎【裏紋】 副家徽。↔表紋

うらやま◎【裏山】 ①後山。②背山。

うらやまし・い◎【羨ましい】（形）令人羨慕，令人嫉妒，眼紅。「足のはやい人が～・い」十分羨慕跑得快的人。

うらや・む◎【羨む】（動五）羨慕，眼紅，嫉妒。「正選手になった人を～・む」羨慕當選為正式選手的人。

うらら◎◎【麗ら】（形動）明媚，舒暢。「春～」春光明媚。

うららか◎【麗らか】（形動）①明媚，和煦。「～な春の一日」春光明媚的一天。②開朗，舒暢，歡快。「うぐいすの声が～に聞こえる」聽見黃鶯歡快的叫聲。

うらわか・い◎【うら若い】（形）嬌嫩，很年輕。「～・き乙女」嬌嫩的少女。

女。

ウラン◎【德 Uran】 鈾。

うり◎【瓜】 瓜。

うり◎【売り】 ①出售，賣。「家を～に出す」出售房屋。②拋出，拋售。↔買い

うりあげ◎【売り上げ】 銷售額，營業額。

うりいえ◎【売り家】 房屋出售，出售房屋。

うりいそ・ぐ◎【売り急ぐ】（動五）急售，拋售。

うりオペレーション◎【売りー】 銷售證券業務。↔買いオペレーション

うりかい◎【売り買い】 スル 買賣，生意。「株の～」股票的買賣。

うりかけ◎【売り掛け】 賒銷，賒賣，賒款。↔買い掛け

うりき◎【売り気】 ①賣意。②賣氣，拋售風。↔買い気

うりき・る◎【売り切る】（動五）售光，賣完。

うりき・れる◎【売り切れる】（動下一）銷售一空，售完。

うりぐい◎【売り食い】 スル 變賣度日。

うりこ◎【売り子】 店員，小販。

うりことば◎【売り言葉】 挑釁（話）。

うりこ・む◎【売り込む】（動五）①推銷，兜售。②促銷，推薦。「店の名を～・む」宣傳店名。③自我推薦，使留下印象。「顔を～・む」使自己出名。④出賣。「敵国に機密を～・む」向敵國出賣機密。

うりざねがお◎【瓜実顔】 瓜子臉。

うりさば・く◎【売り捌く】（動五）①販賣，推銷，兜售。「しいれた品物をすっかり～・く」把進貨推銷得乾乾淨淨。②賣掉，處理掉。「滞貨を～・く」賣掉積壓商品。

うりだ・す◎【売り出す】（動五）①上市，開始出售。「お正月用品を～・す」開始發售新年用品。②減價推銷，優惠出售，售出。③（剛剛）走紅，揚名，出名，成名。「青春小説で～・した作家」以青春小說出名的作家。

うりたた・く④【売り叩く】（動五） 廉價拋售。

うりたて⓪【売り立て】 拍賣，賣掉，賣光。

うりつ・ける④【売り付ける】（動下一） 強賣，硬賣。「きず物を～・ける」強賣次級品。

うりて⓪【売り手】 賣主，賣方，出賣人。↔買い手

うりとば・す④【売り飛ばす】（動五） ①大拍賣，處理掉。「蔵書を二束三文で～・す」把藏書極便宜地賣掉。②賣掉，賣爲娼妓。「娘を～・す」把女兒賣掉。

うりぬし②⓪【売り主】 賣主，賣方，出賣人。↔買い主

うりね⓪【売り値】 賣價，時價。↔買い値

うりば⓪【売り場】 ①櫃檯，售貨處，門市部。「化粧品～」化妝品專櫃。②出售好時機，賣出好機會。

うりはら・う④【売り払う】（動五） 賣掉，賣光。

うりふたつ①【瓜二つ】（形動） 一模一樣，酷似。「母親と～だ」酷似母親。

うりもの⓪【売り物】 ①待售物品，出售品，賣品。②賣點，招牌貨。③搶手貨，暢銷貨。

うりや⓪【売り家】 出售房屋，待售房屋。

うりょう①【雨量】 雨量，降雨量。

うりわた・す④【売り渡す】（動五） ①賣給，賣出，交售，出售，銷貨，轉讓。「家屋敷を～・す」賣出房產。②出賣。「敵に～・す」出賣給敵人。

う・る⓪【売る】（動五） ①賣，售。↔買う。「電気製品を～・る」賣電器產品。②出賣。爲「仲間を～・る」出賣同夥。③沽名，揚名。「顔を～・る」沽名。④挑釁，挑起。「けんかを～・る」找碴打架。⑤賣身。「体を～・る」出賣肉體。

うる①【得る】（動下二） ①得，得到。「今日の会は大いにうるべきものがあった」今天的會議大有收穫。②能夠。「集めうる限りの材料をみな集める」把能收集到的材料都收集起來。→える（得る）

うるう②【閏】 閏月。

うるうづき②【閏月】 閏月。

うるうどし②【閏年】 閏年。

うるうび②【閏日】 閏日。在陽曆中，指2月29日。

うるうびょう②【閏秒】 閏秒。

うるおい⓪【潤い】 ①潤澤，濕潤。「～のある肌」潤澤的肌膚。②溫情，情趣，人情味。「～のある家庭」有人情味的家庭。

うるお・う③【潤う】（動五） ①濕潤。「ひさしぶりの雨で田畑が～・う」久旱之後的雨使田地濕潤了。②變寬裕，變寬綽。「家計が～・う」家計變寬裕。③受益，受惠，分享，均霑，潤澤。「民が～・う」民眾受益。

うるお・す③【潤す】（動五） ①潤，弄濕，澆灌。「お茶でのどを～・す」用茶水潤潤嗓子。②使富裕。「輸出が国の経済を～・す」出口使國家的經濟富裕。③潤，施惠，使受惠，使受益。「観光客が町を～・す」觀光客使城鎮受益匪淺。

うるか⓪【鱁鮧・潤香】 鹽漬香魚。

うるさ・い⓪【煩い・五月蠅い】（形） ①嘈雜，吵得慌，煩人的。「オートバイの音が～・い」摩托車聲吵死人了。②煩人的。「～・くつきまとう」糾纏得煩人；胡攪蠻纏。③嘴碎，話多，愛嘮叨，煩人的。「～・いおやじ」愛嘮叨的老爺子。④不厭其煩，說三道四，煩瑣，挑剔。「父は食べものに～・い」父親吃東西好挑剔。⑤煩人的，厭惡。「～・い問題」煩人的問題。

うるさがた⓪【うるさ型】 煩人型。

うるし⓪【漆】 ①漆樹。②漆。

うるち⓪【粳】 粳米。↔糯（もち）

ウルトラ⓪【ultra】 超，極端的，過激的。

ウルトラマリン⑥【ultramarine】 群青，群青色。

ウルフ①【wolf】 狼。

う

うる・む【潤む】（動五）①濕潤，潮濕。「目が～・む」眼睛濕潤；涙眼汪汪。②朦朧。「月が～・む」月色朦朧。③哽咽聲，嗚咽聲。「声が～・む」聲音哽咽起來。

うるめいわし⓪【潤目鰯】 脂眼鯡。

うるわし・い⓪【麗しい】（形）①秀麗，美麗，漂亮。「～・い菊の花」美麗的菊花。②感人的，完美可愛。「～・い友情」感人的友誼。③良好，爽。「御機嫌～・く」精神（身體）很好。

うれあし⓪【売れ足】 銷售速度，銷貨速度。

うれい⓪【愁い・憂い】①擔憂，憂慮，憂，愁。「～のない生活」無憂無慮的生活。②悲傷，哀愁，憂愁。「～を帯びた顔」面帶愁容。

うれえ⓪【愁え・憂え】 憂愁，憂慮，悲傷。

うれ・える⓪【愁える・憂える】（動下一）①悲傷，哀嘆，傷心。「道義の退廃を～・える」哀嘆道義的荒廢。②憂愁，擔心，憂慮。「国の将来を～・える」為國家的將來擔憂。

うれくち⓪【売れ口】①銷路，買主。「～を探す」尋求銷路。②婆家，出路。「～が決まらない」出路還沒確定；婆家未定。

うれし・い【嬉しい】（形）①高興，歡喜，開心。「病気がなおってほんとうに～・い」病好了，真高興。②感激。「お心づかい～・く存じます」對您的關懷，我十分感激。

うれすじ⓪⓪【売れ筋】 暢銷貨，好賣的商品。「～商品」暢銷商品。

うれだか⓪【売れ高】 銷售量，銷售金額。

ウレタン⓪⓪【urethane】①氨基甲酸酯，尿烷。②聚氨酯類。

うれっこ⓪【売れっ子】 紅人，名角，有名氣者。「～の作家」走紅的作家。

うれのこ・る⓪【売れ残る】（動五）①賣剩下。②嫁不出去。

うれゆき⓪【売れ行き】 行銷，銷路。「不景気で～がわるい」因為經濟蕭條，銷路不佳。

う・れる⓪【売れる】（動下一）①暢銷。②出名，馳名。「名前が～・る」出名。③出名，走紅。「～・れているタレント」走紅的演員。

う・れる⓪【熟れる】（動下一）熟，成熟。「よく～・れたバナナ」熟透了的香蕉。

うれわし・い⓪【憂わしい】（形）堪憂的，可憂，可嘆。「～・い風潮」堪憂的風潮。

うろ⓪【虚・空・洞】 洞，孔，窟窿。「～のある大木」有窟窿的大樹。

うろ⓪【迂路】 繞道，迂迴路。

うろ⓪【雨露】①雨露。「～をしのぐ」遮避雨露。②雨露，恩澤。「～の恵み」雨露的恩惠。

うろ⓪【烏鷺】①烏鴉和鷺鷥。②圍棋的異名。「～の争い」圍棋戰。

うろうろ⓪（副）スル①轉來轉去，心慌意亂。「慌てて～する」急得打轉。②徘徊，走來走去。「怪しい男が～している」形跡可疑的男人走來走去。

うろおぼえ⓪【うろ覚え】 模糊記憶，記不清。

うろこ⓪【鱗】 鱗。

うろた・える⓪【狼狽える】（動下一）著慌，驚慌，倉皇。「地震に～えて、外へ飛び出す」被地震嚇到而跑到戶外。

うろつ・く⓪（動五）徘徊，彷徨，轉來轉去。「あやしい人が家の前を～・いている」形跡可疑的人在屋前走來走去。

うろぬ・く⓪【疎抜く】（動五）間苗，疏苗。「小松菜を～・く」給小松菜間苗。

うろん⓪【胡乱】①可疑，奇怪。「～な男」可疑的傢伙。②可疑，胡亂。「～の言辞」胡言亂語。

うわえ⓪【上絵】①描繪。在染布的留白處繪上其他顏色的紋樣或徽章。②釉上彩繪。

うわがき⓪【上書き】スル 寫在信件、書籍等表面上，亦指該文字。「小包の～を見れば、彼は引越したようだ」從寄件地址看來，他好像搬家了。

う

うわがみ⓪【上紙】　①外包裝紙。②書皮，封皮。

うわかわ⓪【上皮】　①外皮，外罩。②身體的表皮，皮膚。

うわき⓪【浮気】スル　①沒定性，浮躁。「～で何にも手を出す」心情浮躁，什麼都做。②用情不專一，水性楊花，輕浮。「～な男」用情不專的男人，拈花惹草的男人。

うわぎ⓪【上着・上衣】　上衣，外衣。

うわぐすり⓪⓪【釉・上薬】　釉。

うわごと⓪【囈語・譫言】　囈語，胡言亂語。

うわさ⓪【噂】スル　①傳說，謠傳，傳聞，風聲，風言風語。「～が流れる」流傳風言風語。②談論，閒話，背後議論，流言傳聞。

うわすべり⓪【上滑り】スル　①表面打滑。②膚淺，一知半解。「～な知識」淺薄的知識。③輕薄，不穩重。「～な男」不穩重的男人。

うわずみ⓪【上澄み】　澄清層。液體中的混和物沉澱在底部，其上部形成的澄清的部分。

うわず・る⓪【上擦る】（動五）　①聲音變尖，尖聲，激動。「喜びに声が～・る」高興得聲音抬高。②激動。「気持ちが～・る」情緒激動。

うわぜい⓪【上背】　身長，個頭，身高。「～がある」身材高大。

うわちょうし③【上調子】　①不穩重，輕浮。「～な男」輕浮的男人。②看漲。

うわつ・く⓪【浮つく】（動五）　①忘乎所以，浮動，浮躁。「～・いた態度」浮躁的態度。②輕浮，輕佻。「～・いた風潮」輕浮的潮流。

うわつち⓪【上土】　表土。

うわづつみ⓪【上包み】　外包裝，包裝紙，書皮，封面。

うわっつら⓪【上っ面】　外表，表面上。

うわっぱり⓪【上っ張り】　罩衣，罩衫，工作服。

うわづみ⓪【上積み】スル　①裝在上面。②另加，追加，補加，外添。

うわて⓪【上手】　①占上風，強過，勝過。「実務では課長より～だ」實際業務上強過課長。②凌人，壓人。↔下手。「～に出る」採取盛氣凌人的態度。③強者，高手。

うわてなげ④【上手投げ】　①上手摔，上手投。相撲的決勝招數之一。

うわに⓪【上荷】　①上方的貨。↔下荷。②上甲板貨。

うわぬり⓪【上塗り】スル　①面漆，塗面漆。「壁の～をする」重新刷牆壁。②重犯。「恥の～」醜上加醜；丟人又眼。

うわね⓪【上値】　高價。↔下値

うわのせ⓪【上乗せ】スル　①裝在上面。②另加，追加，補加，外添。

うわのそら③【上の空】　心神不定，心不在焉。「話を～で聞く」心不在焉地聽。

うわのり⓪【上乗り】スル　押貨，押貨員，搭貨車。

うわばき⓪【上履き】　室內鞋。↔下履き

うわばみ⓪【蟒蛇】　蟒，蟒蛇，蚺蛇。

うわばり⓪【上張り】スル　貼面，裱糊面。↔下張り

うわべ⓪【上辺】　外表，上邊，門面。「～をつくろう」修飾外表；裝潢門面。

うわまえ⓪【上前】　①大襟，外襟，上襟。↔下前。②佣金，回扣。

うわまわ・る⓪【上回る・上延る】（動五）　超過，超出。↔下回る。「予想を～・る利益」超出預估的盈利。

うわむき⓪【上向き】　①朝上，向上，仰。↔下向き。②向上，看漲，趨好轉。↔下向き

うわむ・く⓪【上向く】（動五）　①向上，朝上，仰。「～・いた鼻」朝天鼻。②向上，看好，看漲。「景気が～・く」景氣好轉。↔下向く

うわめ⓪【上目】　向上翻眼珠，眼珠朝天。「～をつかう」翻眼珠朝上看。

うわもの⓪【上物】　地上物。

うわやく⓪【上役】　上級，領導。上司。↔下役

うわ・る⓪【植わる】（動五）　栽，種。「街路に松が～・っている」街道旁栽著松樹。

うわん⓪【右腕】　右臂。↔左腕

う

うん⓪【運】 ①運，命運，運氣。「～が悪い」運氣不佳。②好運，幸運。「そろそろ～が向いて来た」逐漸時來運轉了。

うん⓪【暈】 暈。太陽、月亮周圍出現的環狀光。

うん⓪（感） 嗯。表示肯定、應允之意時使用的詞語，比「はい」的禮貌程度差一些。

うんえい⓪【運営】 スル 營運，領導，實施，經營，經營管理。

うんえん⓪【雲煙・雲烟】 雲煙，雲霞。

うんおう⓪【蘊奥】 蘊奧，奧義。「学問の～を究める」探究學問之奧義。

うんか①【雲霞】 ①雲霞。②雲集。「～の如き大軍」雲集的大軍。

うんかい⓪①【雲海】 雲海。

うんき①【温気】 暖氣，熱氣，暑氣，熱浪。「～に蒸される」熱浪蒸人。

うんき①【運気】 運氣。

うんきゅう⓪【運休】 スル 停運，停開，停駛。

うんきゅう⓪【雲級】 雲級。雲的分類。

うんげん⓪【繝繝・暈繝】 月華染色，暈色染色。

うんこ⓪ 大便。

うんこう⓪【運行】 スル ①運行。公共汽車、列車等按規定路線運動。②運行。天體按其一定的軌道前進。「星が大空を～する」星體在太空中運行。

うんこう⓪【運航】 スル 航行，航運。

うんざり③（副） スル 實在討厭，徹底厭煩。「雨の日がつづいて～した」陰雨綿綿，令人厭煩。

うんざん⓪【運算】 スル 運算。

うんし①【運指】 運指。「～法」運指法。

うんしゅう⓪【雲集】 スル 雲集。↔雲散

うんじょう⓪【雲上】 雲上，雲端。

うんしん⓪【運針】 運針法。

うんすい⓪【雲水】 ①雲水，行雲流水。②雲遊（僧）。

うんせい⓪【運勢】 運勢，運氣。

うんそう⓪【運送】 スル 運送，運輸。

うんそう⓪【運漕】 スル 漕運，水運。

うんだめし⓪【運試し】 試運氣，碰運氣。

氣。

うんちく⓪【蘊蓄・薀蓄】 スル 蘊蓄，造詣，學識。

うんちん⓪【運賃】 運費，票價，運價。

うんでい⓪【雲泥】 雲泥。天壤。「～の差」雲泥之別；天壤之別。

うんてん⓪【運転】 スル ①開，駕駛，運轉。「車を～する」開車。②周轉，營運，流動，運轉。

うんどう⓪【運動】 スル ①運動。↔静止「分子の～」分子的運動。②運動。「水泳は非常によい～だ」游泳是很好的運動。③活動。「選挙～」選舉活動。

うんどうかい③【運動会】 運動會。

うんどうじょう⓪【運動場】 運動場，體育場。

うんどうしんけい⑤【運動神経】 運動神經。↔感覚神経

うんどうのほうそく⓪【運動の法則】 運動定律。(1)第一定律（慣性定律）。(2)第二定律（牛頓運動定律）。(3)第三定律（作用反作用定律）。

うんぬん⓪【云云】 スル ①云云。「彼が死亡した～は全くの誤報である」他現在已死等等，完全是誤傳。②說長道短，議論紛紛。「人の私生活を～するものではない」對他人私生活不該說三道四。

うんぱん⓪【運搬】 スル 搬運，運輸，運載，馱運。「食糧を～する」搬運糧食。

うんぴつ⓪【運筆】 運筆。

うんぷてんぷ⓪【運否天賦】 運否天賦，聽天由命。

うんまかせ③【運任せ】 憑運氣。

うんめい⓪【運命】 ①命，命運，運氣。「彼は我々と～を共にした」他與我們共命運。②前途，未來，命運。「主人公の～やいかに」主角的命運如何。

うんも⓪【雲母】 雲母。

うんゆ①【運輸】 運輸，輸送。

うんよう⓪【運用】 スル 運用。「資金を有効に～する」有效地運用資金。

え

え⓪【枝】 樹枝。「梅が～」梅枝。

え⓪【柄】 ①把，柄，把手。「傘の～」傘柄。②柄，葉柄。

え⓪【餌】 餌，食，餌料。「鶏に～をやる」給雞餵食。「まき～」撒餌。

え①【絵・画】 ①畫，圖畫，繪畫，畫卷，圖。②畫面，圖片。

エア①【air】 空氣，大氣，空中，天空。

エアカーゴ⑤【air cargo】 空運貨物。

エアカーテン⑤【air curtain】 氣幕。

エアガン②【air gun】 空氣槍。

エアクッション⑤【air cushion】 氣墊避震器。

エアクリーナー④【air cleaner】 空氣清淨機。

エアコン⓪ 空調。

エアコンディショナー⑦【air conditioner】 空氣調節裝置，溫度調節裝置，空調。

エアコンディショニング⑦【air conditioning】 空氣調節，空調。

エアコンプレッサー⑥【air compressor】 空氣壓縮機，壓氣機。→エア-ポンプ

エアサービス⑤【air service】 空運。

エアゾール③【aerosol】 噴霧劑，按鈕式噴霧器。

エアターミナル⑤【air terminal】 ①候機室。②機場大樓，機場大廈。

エアチェック③【air check】 スル 播音記錄，廣播錄音。

エアドーム③【air dome】 充氣式圓頂建築，圓頂充氣室。→空気膜構造

エアバス③【airbus】 空中巴士。

エアバッグ③【air bag】 氣囊，安全氣囊。

エアブラシ③【airbrush】 噴槍，噴漆。

エアブレーキ④【air brake】 空氣煞車器，空氣閘。

エアポート③【airport】 飛機場，航空站。

エアポケット③【air pocket】 空中氣旋，氣穴。

エアポンプ③【air pump】 空氣泵。

エアメール③【airmail】 航空信，航空郵件。

エアライン③【airline】 ①定期航線，定期航班。②航空公司。

エアログラム④【aerogram】 航空郵簡，航空書簡。

エアロビクス④【aerobics】 有氧運動。

えい⓪【鱝・鱏】 鰩。

えい①【栄】 光榮，榮耀。「当選の～をになう」得到當選榮譽。

えい【嬰】 升記號。↔変

えいい①【栄位】 榮位。

えいい①【営為】 營生。

えいい①【鋭意】 鋭意。「～研究に努める」專心致力研究。

えいいん⓪【影印】 スル 影印。「～本」影印本。

えいえい⓪【営営】 (ゟ) 孜孜不倦，忙忙碌碌。「～として築きあげた財産」辛辛苦苦積攢的財産。

えいえん⓪【永遠】 ①永遠。②永恆，永遠。「～の真理」永恆的真理。

えいか①【詠歌】 詠歌。→御詠歌ごえ

えいが①【映画】 電影。

えいが①【栄華】 榮華。「～を極める」極盡榮華。

えいかく⓪【鋭角】 ①〔数〕鋭角。↔鈍角。②敏鋭感覺的角度。「～的」鋭利的；敏鋭的。

えいかん⓪【栄冠】 榮冠，桂冠。「勝利の～に輝く」榮獲勝利的桂冠。

えいかん⓪【叡感】 睿感。天子感佩之事。

えいき①【英気】 ①英氣。②精力，活力。「～を養う」養精蓄鋭。

えいき①【鋭気】 鋭氣，朝氣。

えいきごう⓪【嬰記号】 升記號。↔変記號

えいきゅう⓪【永久】 永久，永恆。「～不変」永恆不變。

え

えいきゅうけつばん⓪【永久欠番】　永久空號。

えいきゅうし⓪【永久歯】　恆牙，永久齒。

えいきゅうじしゃく⑤【永久磁石】　永久磁鐵。←→一時磁石

えいきょ①【盈虚】ス ル　①盈缺，盈虧。②盈虛，盛衰。

えいきょう⓪【影響】ス ル　影響。「よい～を及ぼす」給予好的影響。

えいぎょう⓪【営業】ス ル　營業，經商。

えいぎん⓪【詠吟】ス ル　吟詠。

えいくん⓪【英君】　英君，英主，英明君主。

えいけつ⓪【永訣】ス ル　永訣，死別。

えいけつ⓪【英傑】　英傑。「維新の～」維新的豪傑。

えいけん⓪【英検】　英檢。「実用英語技能検定」之略。

えいこ①【栄枯】　榮枯，盛衰。

えいご⓪【英語】　英語。

えいこう⓪【栄光】　榮光，光榮，榮耀。「勝利の～」勝利的榮光。

えいごう⓪【永劫】　永劫。「未来～」萬世；未來永劫。

えいこうだん⓪【曳光弾】　曳光彈。

えいこく⓪【英国】　英國。

えいさい⓪【英才】　英才。

えいさくぶん⓪【英作文】　英語作文。

えいし①【英姿】　英姿。

えいし①【英資】　英才之資。

えいじ⓪【英字】　①英文字母，英文。②英文。英語。「～新聞」英文報紙。

えいじ①【嬰児】　嬰兒，嬰孩。

えいじつ⓪【永日】　永日，永晝。

えいじはっぽう⑤【永字八法】　永字八法。

えいしゃ⓪【泳者】　游泳選手。

えいしゃ⓪【映写】ス ル　放映。

えいしゃ⓪【営舎】　營房，營舍。

えいしゃく⓪【栄爵】　榮爵。

えいしゅ⓪【英主】　英明的君主。

えいじゅう⓪【永住】ス ル　永住，定居。

えいしゅん⓪【英俊】　英俊。

えいしょう⓪【詠唱】ス ル　①〔音〕詠歎調。②詠唱。

えいしょく⓪【栄職】　榮職，光榮職務。

えいじょく⓪【栄辱】　榮辱。

えい・じる⓪③【映じる】（動上一）　①映，映照。「夕日が湖水に～・じる」夕陽映在湖面上。②映照，映射。「富士山が朝日に～・じる」朝陽照耀下的富士山。③覺察出，感覺到。「子供の目にも異様に～・じた事件」就連孩子的眼中也能覺察到異樣的事件。

えい・じる⓪③【詠じる】（動上一）　①吟，詠，賦。②吟詠，吟詩。「詩を～・じる」吟詩；作詩。

えいしん⓪【栄進】ス ル　榮升，升遷。

えいしん⓪【詠進】ス ル　進獻詩歌。

えいじん⓪【英人】　英國人。

エイズ①【AIDS】　〔acquired immunodeficiency syndrome〕愛滋病，後天免疫不全症候群。

えい・ずる⓪③【映ずる】（動サ變）　映，映照。

えい・ずる⓪③【詠ずる】（動サ變）　吟，詠。

えいせい⓪【永世】　永世。

えいせい⓪【衛生】　衛生。

えいせい⓪【衛星】　衛星，人造衛星。

えいせいこく⓪【衛星国】　衛星國。

えいせいちゅうけい⓪【衛星中継】　衛星轉播。

えいせいとし⓪【衛星都市】　衛星都市，衛星城。

えいせん⓪【曳船】ス ル　拖船，引水船。

えいぜん⓪【営繕】ス ル　營造修繕，修建，修理。「～費」營造修繕費。

えいそう⓪【泳層】　游泳層。

えいそう⓪【営倉】　禁閉室，禁閉處分。

えいそう⓪【営巣】ス ル　營巢。

えいぞう⓪【映像】　①映像，放映（投映）影像。②映象，印象。

えいぞう⓪【営造】ス ル　營造。

えいぞう⓪【影像】　①影像。②肖像，畫像，形象。

えいぞく⓪【永続】ス ル　永存，持恆，持久，不斷。「発展が～する」持久發展。

えいたい①⓪【永代】　永世，永遠，萬

代。

えいたいくよう⓪【永代供養】 永代供養。

えいたつ⓪【栄達】スル 榮達，顯達，發跡，飛黃騰達。

えいだつ⓪【頴脱】スル 脫穎而出。

えいたん⓪【詠嘆・詠歎】スル 詠歎，讚歎。「～に供する」供御覽。

えいだん⓪【英断】 英斷，英明決斷。「～を下す」下英明決斷。

えいだん⓪【営団】 營團。在第二次世界大戰中，國家爲便於管理統治公共事業而設置的企業形態之一。

えいち⓪【英知・叡智】 ①睿智，洞察力。②〔哲〕睿智。

えいてん⓪【栄典】 榮典。

エイト①【eight】 ①英語的「8」。→フォア。②八人並列爭球。

えいねん⓪【永年】 長年，長時間。「～勤続」長年工作。

えいのう⓪【営農】スル 經營農業。

えいびん⓪【鋭敏】 ①銳敏，敏銳。②敏銳。「～な頭脳」敏銳的頭腦。

えいぶん⓪【叡聞】 天聽，天子聽。

えいへい⓪【衛兵】 衛兵，哨兵，守衛。

えいべつ⓪【永別】スル 永別。

えいほう⓪【泳法】 泳姿。「潜水～」潛泳。

えいほう⓪【鋭鋒】 ①銳鋒，鋒芒。②銳鋒，尖銳言辭。

えいまい⓪【英邁】 英邁。「～な君主」英邁的君主。

えいみん⓪【永眠】スル 永眠，長眠。

えいめい⓪【英名】 英名。「～天下にとどろく」英名震天下。

えいめい⓪【英明】 英明。「～な君主」英明的君主。

えいやく⓪【英訳】スル 英譯，譯成英文。

えいゆう⓪【英雄】 英雄。

えいよ①【栄誉】 榮譽。「入選の～をになう」獲得入選的榮譽。

えいよう⓪【栄養・営養】 營養。「～をとる」攝取營養。

えいよう⓪【栄耀】 ①榮耀。②富貴榮耀，奢華。

えいようし③【栄養士】 營養士（師）。

えいようしっちょう⓪【栄養失調】 營養失調。

えいようそ③【栄養素】 營養素。

えいようふりょう⑤【栄養不良】 營養不良。

えいらん⓪【叡覧】 睿覽，御覽。「～に供する」供御覽。

えいり①【営利】 營利。

エイリアン①【alien】 ①外國人，異國人。②（宇宙科幻小說中的）宇宙人，外星人。

えいりしゅぎ④【営利主義】 營利主義。

えいりょ①【叡慮】 睿慮。天子的聖慮。

えいりん⓪【営林】 營林。保護、培育森林，森林的經營。「～事業」營林事業。

えいりん⓪【映倫】 影倫。「電影倫理規程」或「電影倫理規程管理委員會」的簡稱。

えいりんしょ③【営林署】 營林署。

えいれい⓪【英霊】 英靈。

えいれんぽう③【英連邦】 英聯邦。

えいわ⓪【英和】 ①英日，英和。「～対訳」英日對譯。②「英和辞典」的簡稱。

えいん⓪【会陰】 會陰。

エーカー①【acre】 英畝。

エークラス③【A class】 A級，甲級，一級，頭等。

エージ①【age】 ①年齡。②時代，時期。

エージェンシー①【agency】 ①代理業，代理店。②廣告代理店。

エージェント①【agent】 ①代理店，代理人。②代理人，經紀人。③情報員，情報提供者。

エージズム①【ageism】 年齡主義，年齡歧視，老年歧視。

エージレス①【ageless】（形動） 不老的，永久的。

エージング⓪【aging】 ①老化，老齡化。②（葡萄酒、乳酪等）熟成。③〔化〕熟成。

エース①【ace】 ①么點牌。②王牌投手，主投手。③頂尖人材，第一人。「財界

の～」財界的第一人。④得分。

エーテル【荷 ether】 ①醚。②乙醚。

エーデルワイス◎【德 Edelweiss】 高山薄雪草。

エード【ade】 果汁飲料。

エートス◎【希 ēthos】 ①〔哲〕特性。性格、習性等個人的持續性的特殊性質或品質。②特性。帶社會團體、民族特徵的風氣、風俗、習慣。③氣質，格調。藝術作品中包含的道德性、理性的特性。

エーばん◎【A 判】 A 型紙。→B 判

エープリル◎【April】 4 月。

エール【ale】 （在英國指）啤酒。

エール【yell】 加油聲，聲援。

えがお◎◎【笑顔】 笑臉，笑顔。

えがきだ・す◎【描き出す】（動五） ①描繪出，畫出。「下町の情緒を～・す」描繪出庶民區的情形。②勾勒出，描繪出。

えが・く◎【描く・画く】（動五） ①畫，描，描繪，作畫。「美しい風景を～・く」畫了一幅美麗的風景。②描寫，表現，塑造，創作。「音楽に～・かれた田園風景」用音樂所描寫的田園風光。③描繪，想像。「夢を～・く」夢想。④畫，劃，沿。「ボールが弧を～・いて飛ぶ」球呈弧形飛出。

えがた・い◎【得難い】（形） 難得，珍貴，寶貴。「二度と～・い好機だ」這是千載難逢的好機會。「～・い経験」寶貴的經驗。

えがら◎◎【絵柄】 圖形安排，圖案設計，圖樣，紋樣。

えがらっぽ・い◎【蕨辛っぽい】（形） 辣嗓子，嗆嗓子。

えき◎【役】 戰爭，戰役。「西南の～」西南之役。

えき◎【易】 卜易，算卦，占卜師。

えき◎【益】 ①益，益處。↔害。「何の～もない書物」沒有任何益處的書籍。②利益，有利。↔損

えき◎【液】 液體，汁。

えき◎【駅】 ①車站。②驛站。

えきうり◎◎【駅売り】 車站銷售（物品）。「～の弁当」車站賣的便當。

えきか◎【液化】 スル 液化。

えきか◎【液果】 液果。果皮肉質，液汁多的果實的總稱。↔乾果

えきか◎【腋下】 腋下。

えきが◎【腋芽】 腋芽。↔頂芽

えきがく◎【疫学】 流行病學。

えきぎゅう◎【役牛】 役牛，耕牛。

えききん◎◎【益金】 ①贏利，利潤。②利益金。↔損金

エキサイティング◎【exciting】（形動） 令人興奮，使人激動，振奮人心。

エキサイト◎【excite】 スル 興奮，振奮，激動，狂熱。「観衆が～する」令觀眾興奮。

エキジビション◎【exhibition】 展覽會。

エキジビションゲーム◎【exhibition game】表演賽。

えきしゃ◎【易者】 算卦先生，卜卦人。

えきしゃ◎【駅舎】 站內建築。

えきしゅう◎【腋臭】 腋臭，狐臭。

えきしょう◎【液晶】 液晶（體）。

えきじょう◎【液状】 液狀，液態。

エキス◎【荷 extract】 ①提取物，萃取物，浸膏。②本質，精髓，精華，精萃。

エキストラ◎【extra】 臨時演員。

エキスパート◎【expert】 專家，行家。

エキスパンダー◎【expander】 拉力器，擴胸器。

エキスポ◎【expo】 博覽會，展覽會，萬國博覽會。

えき・する【益する】（動サ變） 有益，裨益。

えきせいかくめい【易姓革命】 易姓革命。

エキセントリック◎【ecentric】（形動） 與眾不同，古怪，稀奇。

エキゾチシズム◎【exoticism】 異國情調，異國趣味，外國風味。

エキゾチック◎【exotic】（形動） ①異國的。②外國人的，西歐的。「～な顔だち」外國人的臉型。

えきたい◎【液体】 液體，液態。

えきちく◎【役畜】 役畜。

えきちゅう◎【益虫】　益蟲。↔害虫

えきちょう◎【益鳥】　益鳥。

えきちょう◎【駅長】　①站長。②驛站長，驛長。

えきでん◎【駅伝】　①長距離接力賽。「駅伝競走」之略。②驛傳制。→駅制・伝馬

えきとう◎【駅頭】　站前，車站。

えきばしゃ◎【駅馬車】　驛馬車。

えきひ◎【液肥】　水肥，液體肥料，流體肥料。

えきびょう◎【疫病】　疫病。

えきビル◎【駅一】　車站大樓。

えきべん◎【駅弁】　車站便當。

えきむ◎【役務】　勞役，勞務。

えきり◎◎【疫痢】　疫痢。

えきれい◎【疫癘】　疫癘。

えぐ・い◎【蘞い・刳い・醶い】　（形）①澀口，嗓子麻。②心腸硬。

エクササイズ◎【exercise】　訓練，鍛鍊，演習，練習，習題。

エグジット◎【exit】　出口。

エクスタシー◎【ecstasy】　①出神。②〔哲・宗〕奪魂，法悅。

エクスチェンジ◎【exchange】　①交換，轉換，（和外國貨幣之間的）兌換。②匯兌，匯率。③兌換市場，交易所，交換所。

エクステリア◎【exterior】　屋外，房外，外部的。

エクスプレス◎【express】　普通快車，快車，快捷郵件。

エクスプレッション◎【expression】　①表現，表情，表達。②樂曲構思。

エクスペンシブ◎【expensive】　（形動）高價的，昂貴的，太花錢的，不經濟，奢侈。

エクスポート◎【export】　輸出，出口，出口（商）品。

エグゼクティブ◎【executive】　執行長，總經理，董事。

エクセレント◎【excellent】　（形動）極優秀的，一流的。

エクソシスト◎【exorcist】　伏魔師，除魔師。

えくぼ◎【靨】　①笑靨，酒窩。②黑痣，烏痣。

えぐみ◎【蘞味・刳味】　澀味，辣味。

えぐりだ・す◎【抉り出す】　（動五）挖出，剜出，揭出，揭露。「事件の真相を～・す」揭露事件的真相。

エクリチュール◎【法 écriture】　①寫作，文書。②字體。

えぐ・る◎【抉る】　（動五）①挖，剜。②挖苦，刺痛。「胸を～・るような話」剜心般的話。③深挖，深究。「現代の世相を～・る」深究現代的世相。

エクレア◎【法 éclair】　巧克力泡芙。

えげつな・い◎（形）①下流的，赤裸的。「～・い言葉」下流的話。②薄情，卑鄙下流，無情無義。「商売のやり方が～・い」〔原為關西方言〕做生意的手段無情無義。

エゲレス◎【荷 Engelsch】　英國。

エゴ◎【拉 ego】　①自我。②自我主義的簡稱，利己主義的簡稱。

エゴイスティック◎【egoistic】　（形動）利己的，自私。

エゴイスト◎【egoist】　利己主義者。

エゴイズム◎【egoism】　①利己主義，自私自利。②個人主義。「近代的～」現代式的個人主義。

えこう◎【回向】　スル〔佛〕迴向。

エコー◎【echo】　回聲，回音，回響。「～をかける」安裝回聲裝置。

えごころ◎【絵心】　①繪畫才能，繪畫欣賞力。「～がある」有欣賞繪畫能力。②畫興，畫意，畫畫心。「～が起きる」畫興大發。

エコサイド◎【ecocide】　生態滅絕。

えこじ◎【依怙地】　固執，執意，意氣用事。「～になる」變得固執。

えことば◎【絵詞】　①圖說。②題詞畫，繪詞。「伴大納言～」伴大納言繪詞。

えごのき◎　野茉莉。

エコノミー◎【economy】　①經濟，實惠，理財。②節約，節省，節儉。

エコノミークラス◎【economy class】　經濟等級，經濟艙。

エコノミクス◎【economics】　經濟學。

え

エコノミスト【economist】 經濟學家，經濟學者。

エコノミック【economic】（形動） 經濟上，經濟的。

えごのり【恵胡海苔】 鉤凝菜，沙仙菜。

えこひいき【依怙贔屓】スル 偏袒，偏見。

エコビジネス【ecobusiness】 生態業。與環境有關的企業活動。

えごま【荏胡麻】 白蘇，荏，野蘇麻。

エコマーク 環境保護標誌，環保標誌。

えごよみ【絵暦】 畫曆。

エコロジー【ecology】 生態學。

えコンテ【絵―】 分鏡圖劇本。

えさ【餌】 餌，誘餌。

えさがし【絵探し】 玩畫謎，畫謎。

えし【絵師・画師】 畫師。

えし【壊死】スル 壞死。

えしき【会式】 會式。法會的儀式，尤指日蓮宗中以日蓮的忌日 10 月 13 日為中心而舉辦的法會。

えじき【餌食】 ①活餌（食）。②（成為他人慾望或利益的）犧牲品。「暴力団の～になる」成了暴力集團的犧牲品。

えしゃく【会釈】スル ①頷首。②體貼，照顧。「遠慮～もない」一點也不客氣。

えしゃじょうり【会者定離】〔佛〕會者定離。

エシャロット【法 échalote】 韭菜。

えず【絵図】 ①畫，繪畫，圖。②繪圖，圖紙，略圖，草圖。

えすがた【絵姿】 畫像，肖像，畫姿。

エスカップ【ESCAP】〔Economic and Social Commission for Asia and the Pacific〕（聯合國）亞洲及太平洋經濟社會委員會。

エスカルゴ【法 escargot】 法國蝸牛。

エスカレーション【escalation】 逐步上升（擴大，升級）。「戦線の～」戰線逐步擴大。

エスカレーター【escalator】 手扶梯。

エスカレート【escalate】スル 逐步升級，逐步上升。「紛争が～する」糾紛逐漸激烈。

エスキス【法 esquisse】 畫稿，素描，示意圖。

エスキモー【Eskimo】 愛斯基摩人。

エスケープ【escape】スル 蹺課，逃學。

エスコート【escort】スル 護衛，護花使者。

エスタブリッシュメント【establishment】 既成體制，權勢集團，統治集團。

エステティク【德 Ästhetik;法 esthétique】 ①美學，審美學。②全身美容。

エステティックサロン【⑭法 esthétique+salon】 全身美容沙龍。

エステル【ester】 酯。

エストラゴン【法 estragon】 茵陳蒿，龍蒿。

エストロゲン【estrogen】 雌激素。

エスニック【ethnic】 民族的，民族性的。「～料理」民族菜餚。

エスノロジー【ethnology】 民族學。

エスパー【⑭ esper】 超能力者。

エスパニョール【español】 西班牙的，西班牙人，西班牙語，西班牙風格。

エスばん【Ｓ判】 Ｓ號，小號。

エスプリ【法 esprit】 ①心，精神，靈魂。②機靈，機智。

エスプレッソ【義 espresso】 蒸汽加壓咖啡壺。

エスペラント【Esperanto】 世界語。

エスマーク 安全標章。

えずめん【絵図面】 設計圖，效果圖。

えせ【似非・似而非】（接頭） ①似是而非，冒牌。「～文化人」冒牌文化人。②似是而非，卑劣，庸俗。「～歌」庸俗和歌。

えそ【壊疽】 壞疽。

えぞ【蝦夷】 蝦夷人。

えぞうし【絵草紙・絵双紙】 繪草紙。

えぞぎく【蝦夷菊】 翠菊的別名。

えぞまつ【蝦夷松】 魚鱗雲杉。

えそらごと【絵空事】 臆造的。空談。「まったくの～で実現不可能だ」完全是無稽之談，不可能實現。

えた 穢多。中世以後，被視為賤民的一個階層。

えだ【枝】 ①枝，樹枝。②分支，分

岔。「～道」岔路。

えたい⓪【得体・為体】 來歷，原形，真相，本性，本來面目。「～の知れない男だ」來歷不明的男人。

えだうち⓪【枝打ち】 スル 修枝，剪枝。

えだおろし⓪【枝下ろし】 スル 剪枝。

えだがわり⓪【枝変わり】 枝變異。

えだげ⓪【枝毛】 髮尖分叉，分叉的頭髮。

えだは⓪【枝葉】 ①枝葉。②枝葉，末節，枝節。「それは～の問題だ」那只是枝節問題。

えだぶり⓪【枝振り】 樹形，枝勢。「～のいい松」樹形好的松樹。

えだまめ⓪【枝豆】 毛豆，帶枝毛豆。

えだみち⓪【枝道】 ①岔道，支線。②離開主題，離題，枝節。「話が～にそれる」話離開主題。

エダムチーズ⑤【Edam cheese】 艾登乳酪。

えたり【得たり】（連語） 正中下懷，得意。「～顔」得意面孔；得意洋洋。

えだる【柄樽】 柄樽，帶提梁紅（黑）漆酒桶。

えだわかれ⓪【枝分かれ】 スル ①分叉，分枝，發枝。②分歧，分支，分流，分段（等）。

エタン⓪【ethane】 乙烷。

エチケット③【法 étiquette】 禮儀作法，社交規矩，禮節。

えちごじし④【越後獅子】 越後獅子。

エチュード③【法 étude】 ①練習曲。「ショパンの～」蕭邦練習曲。②（繪畫、雕塑等的）習作，試作。↔タブロー

エチル⓪①②【德 Äthyl】 乙基，乙烷基。

エチレン⓪【ethylene】 乙烯。

えつ⓪①②【悦】 喜悅，高興，愉快。「～に入る」滿懷喜悅。

えつ⓪【閲】 閱。「～を乞こう」請閱覽。

えっきょう⓪【越境】 スル 越境。

エッグ⓪【egg】 雞蛋。「ハム-～」火腿蛋。

えづ・く【餌付く】（動五） 開始吃食。

エックス⓪【Ｘ・x】 ①Ｘ，x。②未知數。③羅馬字中的 10（Ｘ）。

エックスきゃく⓪【Ｘ脚】 Ｘ型腿。↔Ｏ脚

エックスせん⓪【Ｘ線】 Ｘ射線，Ｘ光。

エックスせんしょくたい【Ｘ 染色体】 Ｘ染色體。→Ｙ染色体

エックスデー⓪【⑥ X+day】 Ｘ日，某日。

えづけ⓪【餌付け】 スル 附餌，餵食。

えっけん⓪【越権】 越權。「～行為」越權行爲。

えっけん⓪【謁見】 スル 謁見，晉見。

エッジング⓪【edging】 ①雪刃邊。在滑雪中，將雪刃立在雪面上，使產生阻力。②（服飾中的）飾邊，滾邊。

えっ・する⓪【謁する】（動サ變） 謁見，晉見。

えっ・する⓪【閲する】（動サ變） ①閱讀，過目。②閱歷，經歷。

エッセイスト③【essayist】 隨筆家，散文作家。

エッセー①【英 essay;法 essai】 ①隨筆，議論文，小品文。②評論，小論文，論說文。

エッセンシャル③【essential】（形動）本質的，必須。

エッセンス①【essence】 ①精華。②香精。「バニラ-～」香草精。

エッチ①【Ｈ・h】 ①Ｈ，h。②氫的元素符號（Ｈ）。③〔hard〕Ｈ，h。表示鉛筆芯硬度的符號（Ｈ）。↔Ｂ。④Ｈ，h。表示時間的符號。⑤Ｈ，h。表示臀圍的符號。

えっちゅうふんどし⑥【越中褌】 越中兜襠布，越中褌。

エッチング⓪①【etching】 腐蝕，蝕刻版，腐蝕銅版畫。

えっとう⓪【越冬】 スル 越冬。「～資金」越冬資金。

えつどく⓪【閲読】 スル 閱讀。「文献を～する」閱讀文獻。

えつなん⓪【越南】 越南。

えつねん⓪【越年】 スル 越年，過年。

エッフェルとう⓪【―塔】 艾菲爾鐵塔。

えっぺい⓪【閲兵】ㇲㇽ　閲兵。

えつぼ①【笑壺】　笑容滿面，滿臉堆笑。「～に入る」眉開眼笑。

えつらく⓪【悦楽】ㇲㇽ　喜悅歡樂。

えつれき⓪【閲歴】　閱歷。

えて②【得手】　①拿手。↔不得手。②猴。

エディション①【edition】　①出版，發行，刊行。②（出版物的）版，版本，版次。

エディター①【editor】　①編輯，編者。②影片剪輯人員，編輯機。③編輯程式。

エディプスコンプレックス⑧【Oedipus complex】　伊底帕斯情結（戀母情結）。→エレクトラ-コンプレックス

エティモロジー④【etymology】　①詞源，語源。②詞源學，語源學。

えてかって⑤【得手勝手】　光顧自己不顧別人，任性，放肆，恣意。「～な振る舞い」恣意妄為。

えてこう③【猿公】　猴公。對猿猴擬人化的稱呼。

えてして⓪【得てして】（副）　常常，總愛，總是。

エデュケーション③【education】　教育。

エデン①【Eden】　伊甸園，樂園。

えと⓪【干支】　干支。

えど⓪【穢土】〔佛〕穢土。

えど⓪【江戸】　江戸。東京的舊名。

えどおもて⓪【江戸表】　江戸表。地方對政治中心「江戸」的稱呼。

えどがろう③【江戸家老】　江戸家老。↔国家老

えとき②【絵解き】ㇲㇽ　①說明畫意，解說畫意。②圖解。③解說，介紹。「事件の～をする」介紹事件經過。

えとく⓪①【会得】ㇲㇽ　領會，體會。

えどじだい③【江戸時代】　江戸時代。

エトセトラ②【拉 et cetera】　等等，以外，其他。

えどっこ③【江戸っ子】　江戸人，東京人。「ちゃきちゃきの～」純粹的東京人。

えどづま⓪【江戸褄】　江戸褄。和服上的花紋的排放方式之一。

えどま⓪【江戸間】　江戸間。江戸以及關東一帶使用的房屋的標準尺。

えどまえ⓪【江戸前】　江戸前。江戸近海，尤指芝、品川附近的海。「～のハゼ」江戸鰕虎魚。

えどむらさき④【江戸紫】　江戸紫。

エトランゼ③【法 étranger】　異邦人，外國人，外地人，外族人，外人。

エトワール③【法 étoile】　①星星，命運。②明星，紅人。③星形廣場。

えな⓪【胞衣】　胎衣，胞衣。

エナメル⓪【enamel】　①磁漆，瓷漆。②搪瓷。

えにし⓪【縁】　緣。「～の糸」姻緣線；紅線。

エニシダ⓪【金雀児】　金雀花。

えにっき③【絵日記】　繪畫日記。

エネルギー②【德 Energie】　①力，氣力，能量，體力。②能，能量。③能源。「～の節約」節約能源。

エネルギッシュ③【德 energisch】（形動）　充滿活力的，有精力的。

えのあぶら③【荏の油】　荏子油，蘇子油。

えのき⓪①【榎】　朴樹。

えのぐ⓪【絵の具】　顏料。

えのころぐさ④【狗尾草】　狗尾草。

エバー【ever】　經常，永遠，有持續性。

えはがき②【絵葉書き・絵端書き】　繪畫明信片，風景明信片。

エバミルク　無糖煉乳，淡煉乳。

えばもよう③【絵羽模様】　繪羽紋樣。

えび⓪【海老・蝦・蛯】　蝦。

えびいろ⓪【葡萄色】　紫紅葡萄色，紅褐色。

えびがため⓪【海老固め】　摟頸抱腿摔，扼頸抱腿摔。

えびがに⓪【海老蟹】　克氏原螯蝦。

エピキュリアン⑤【epicurean】　享樂主義者，快樂主義者。

エピグラム③【epigram】　諷刺詩，短嘲詩，箴言詩，格言詩，警句。

エピゴーネン③【德 Epigonen】　模仿

者，追隨者，亞流。

えびす⓪【戎・夷】　未開化人，野蠻人，戎，夷。

えびす⓪【恵比須・恵比寿・夷・戎】　惠比須，財神。七福神之一。

エピソード③【episode】　插曲。

えびちゃ⓪【葡萄茶】　栗色，絳紫色。

えびね⓪【海老根・蝦根】　根厚蘭。

エピローグ③【epilogue】　①收場白，結尾，結尾語。↔プロローグ。②〔音〕⑦終章。⑦終結部分或者小結部分。

エフェクト②【effect】　①效果，效力，功效。②音效。

エフェドリン③【ephedrine】　麻黃鹼，麻黃素。

エフじこう⓪【ƒ字孔】　f孔，響孔。

えふで⓪【絵筆】　畫筆，繪畫筆。「～をとる」執畫筆（作畫）。

エプロン①【apron】　①圍裙。②停機坪。③前舞台。

エペ⓪【法 épée】　重劍。擊劍用的劍的一種。→フルーレ・サーブル

エベレスト③【Everest】　埃弗勒斯峰。

えほう⓪【恵方・吉方】　吉方，吉利方位。↔ふさがり

えぼし⓪【烏帽子】　烏帽子。

えぼだい⓪【えぼ鯛】　刺鯧的異名。

エポック①【epoch】　新時代，新階段，新紀元。

エボナイト①【ebonite】　硬質橡膠，硬橡膠，膠木。

エボラしゅっけつねつ⑦【―出血熱】〔Ebola〕伊波拉病毒出血熱。

エボリューション③【evolution】　進化。

えほん②【絵本】　①圖畫書，繪本，畫冊。②圖畫的畫帖。③繪本，畫本。

えま①【絵馬】　繪馬匾。

エマージェンシー②【emergency】　非常事態，緊急事態，突發事件。

えまき⓪【絵巻】　畫捲。「絵巻物」的簡稱。

エマルション②【emulsion】　乳劑，乳液，乳膠。

えみ②【笑み】　笑，笑容。「にっこりと～・む」嫣然一笑。

エミグレーション⓪【emigration】　（向外國等的）移居，移民。

エミュレーター③【emulator】　模擬器，模擬程式。

えみわ・れる⓪【笑み割れる】（動下一）裂，開口。栗子的刺殼斗、果實等熟透而裂開。

え・む①【笑む・咲む】（動五）　①笑，微笑，嫣然一笑。「ほほ～・む」微笑。②綻放，開放。③裂口。（栗子等的）果實成熟後裂開。

エムばん⓪【M判】　M號，中號，中碼。→L判・S判

エメラルド③【emerald】　純綠柱石，祖母綠。

エメンタールチーズ⑦【Emmental cheese】　艾曼塔乳酪。

えもいわれぬ⓪【えも言われぬ】（連語）難以言表的，說不出的，妙不可言的。「～よい香りがする」發出妙不可言的香味。

エモーショナル②【emotional】（形動）感情的，情緒的，訴諸感情的。

エモーション②【emotion】　感動，情緒，感情，情感。

えもじ⓪【絵文字】　①繪畫文字。②美術字。繪畫形式的裝飾文字。

えもの⓪【得物】　得意武器。「手ごろな～」合手的傢伙（武器）。

えもの⓪【獲物】　①獵物，捕獲物。②戰利品，收穫。

えものがたり⓪【絵物語】　連環圖畫，繪圖故事。

えもん⓪【衣紋・衣文】　①衣服。②和服掩襟。

えもんかけ②【衣紋掛け】　衣架。

えら⓪【鰓・腮・顋】　①鰓。②腮。「～が張った顔」鼓著腮幫子的臉。

エラー①【error】　スル　①失策。②誤差。③防守失誤。

えら・い②【偉い・豪い】（形）　①了不起，卓越，偉大。「～・い人」偉人。②高貴，高層。「会社で一番～・いのは社長だ」公司裡最高首腦是總經理。③非常，極其。「～・く疲れた」非常疲憊。

④嚴重，嚴峻，厲害。「～・いことになった」事態嚴峻。⑤非常吃力，累人。「階段の上り下りが～・い」上下台階非常吃力。

えら・ぶ[2]【選ぶ・択ぶ】（動五） ①選擇，選。「学校を～・ぶ」選擇學校。②編，編選。「歌集を～・ぶ」編選歌集。③以「…をえらばない」的形式）不挑剔，不挑揀，不加選擇。「勝つためには手段を～・ばない」爲取得勝利而不擇手段。

えらぶつ[0]【偉物・豪物】 大人物，偉人。

えらぶ・る[3]【偉ぶる】（動五） 擺架子，妄自尊大。「～・った態度」妄自尊大的態度。

えり[2]【魞】 箔筌（類漁具）。

えり[2]【襟・衿】 ①衣領，領子。②後頸，脖子。③被頭。

エリア[1]【area】 地區，地域，區域，領域。

えりあか[4][0]【襟垢】 領垢，衣領污垢。

えりあし[0]【襟足・領脚】 後脖頸髮際（周圍），後脖領髮際。

エリート[2]【法 élite】 精英。「～意識」精英意識。優越感。

エリカ[1]【拉 Erica】 歐石南。

えりぐり[0]【襟刳】 領口，領弧線。

えりごのみ[3]【選り好み】スル 挑剔，挑揀。

えりしょう[0]【襟章】 領章。

えりぬき[0]【選り抜き】 選拔。精選。「～の選手」選拔的選手。

えりぬ・く[3]【選り抜く】（動五） 精選，選拔。

えりまき[2]【襟巻き】 圍巾，圍領。

えりもと[4]【襟元】 ①領子的周圍，領邊。②（衣領釦起來時）胸部的周圍。

えりわ・ける[0]【選り分ける】（動下一） 分別挑選。

エリンギたけ【一茸】 〔義 eryngi〕杏鮑菇。

え・る[1]【彫る・鐫る】（動五） ①雕上，刻上，鐫。②鏤空，挖穿，挖通。

え・る[1]【選る】（動五） 選擇。

える[1]【得る】（動下一） ①得到，獲得。↔うしなう。「利益をえる」得益；獲利。②得到，遭受。「病をえる」得病。③懂得。「要領をえない」不得要領。④得，能，可以。「言いえて妙だ」說得妙。→うる（得）・う（得）

エルグ[1]【erg】 爾格。釐米、克、秒制中的單位之一。

エルドラド[3]【西 El Dorado】 黄金國。

エルニーニョ[3]【西 El Niño】 聖嬰現象。

エルばん[0]【L 判】 L（英文）號。→M判・S判

エルピー[3]【LP】〔long playing〕密紋唱片。

エルボー[1]【elbow】 ①手肘，衣服的肘部。②彎頭，肘形彎管。

エルム[1]【elm】 榆樹，榆木。

エレガンス[1]【elegance】 優美，優雅，文雅。

エレガント[1]【elegant】（形動） 優雅的，典雅的，漂亮的。「～な服装」漂亮的服裝。

エレキ[1] ①電。②電吉他的略語。

エレキテル[2] 靜電發生器，（醫療）摩擦起電機。

エレクト[2]【erect】スル 直立，勃起。

エレクトーン[4]【㊗ Electone】 雙層電子琴。

エレクトラコンプレックス[2]【Electra complex】 戀父情結。→エディプス-コンプレックス

エレクトリックギター【electric guitar】 電吉他。

エレクトロニック[0]【electronic】 電子（學）的。應用電子工程學之意。

エレクトロニックコマース[9]【electronic commerce】 電子商務。

エレクトロン[4]【electron】 ①電子。②愛勒克特龍鎂合金。

エレジー[1]【elegy】 悲曲，悲歌，哀歌，輓歌。

エレメント[1]【element】 ①要素，成分。②元素。③元件，單元。

エロ[1] ①色情的，性慾的，性愛的。「～

本」黃色書刊。②性慾，性衝動，色情作品。

エロキューション◎【elocution】 說話術，演說術，朗讀法，發聲法。

エログロ◎〔「エロチック」和「グロテスク」之略〕色情而怪誕的事物現象。「～映画」黃色電影。

エロス①【希 Erōs】 ①厄洛斯。希臘神話中的愛神。②性愛，性慾上的愛。③本能。佛洛伊德用語，指包括性本能、自我防衛本能的原始本能。↔タナトス。

えん◎【円】 ①圓（形）。②〔數〕圓周。③日圓。

えん◎【宴】 宴會。「～を張る」設宴。

えん◎【塩】 鹽。

えん◎【縁】 ①緣，緣分。「妙な～で彼に会う」由於一個奇妙的機緣遇上他。②血緣，姻緣。「夫婦の～を結ぶ」結成夫妻。③相識關係，交情，因緣。「～もゆかりもない」非親非友。④關係。「日本と～の深い国」和日本關係深的國家。⑤機緣。「これが～で結ばれる」這是由於機緣而結合在一起。

えん◎【艶】 豔。豔麗而鮮豔。

えんいん◎【延引】スル 拖延，遲延。

えんいん◎【援引】スル 援引。

えんいん◎【遠因】 遠因。↔近因

えんう◎【煙雨】 煙雨。

えんえい◎【遠泳】スル 長泳，遠距離游泳。

えんえき◎【演繹】スル 演繹（推理）。↔帰納。

えんえん◎①【奄奄】（タル） 奄奄。「気息～」氣息奄奄。

えんえん◎【延延】（タル） 拖延，長長的，沒完沒了。「～と話しつづける」沒完沒了地說。

えんえん◎【蜿蜒】（タル） 蜿蜒。「～たる山脈」蜿蜒的山脈。

えんおう◎【鴛鴦】 （雌雄成對的）鴛鴦。

えんか①【円価】 日圓牌價。

えんか①【円貨】 日幣，日圓貨幣。

えんか①【煙火】 ①煙火。②炊煙。③狼煙，烽火。

えんか◎【塩化】 氯化。

えんか◎【演歌・艶歌】 演歌。

えんか◎【燕窩】 燕窩。

えんかい◎【延会】 延會。

えんかい◎【沿海】 ①沿海。沿陸地的海的一部分。「～漁業」沿海漁業。②沿海。靠海的陸地部分。「～の都市」沿海的城市。

えんかい◎【縁海】 緣海，陸緣海，淺陸緣海。

えんがい◎【円蓋】 圓蓋，圓屋頂，穹頂。

えんがい◎【掩蓋】 ①掩蓋，覆蓋（物）。②掩蔽物。

えんがい◎【煙害】 煙害。

えんがい◎【塩害】 鹽害。

えんかく◎【沿革】 沿革。「学制の～」學制的沿革。

えんかく◎【遠隔】スル 遠隔，遠程，遙遠。「～診療」遠距離診療。

えんかくせいぎょ◎【遠隔制御】 遙控。

えんかつ◎【円滑】 順利，順暢。「交渉が～に運ぶ」談判順利進行。

えんかわせ◎【円為替】 日圓匯票。

えんかん◎【煙管・烟管】 ①煙袋，煙桿。②火管，煙管。

えんかん◎【鉛管】 鉛管。

えんがん◎【沿岸】 ①沿岸。②沿岸水域。

えんき◎【延期】スル 延期。

えんき①【塩基】 ①鹼基。②鹼。

えんぎ①【演技】スル 演技，裝腔作勢。「見事な～を見せる」表現高超的演技。

えんぎ①【演義】 演義。

えんぎ◎【縁起】スル ①吉凶之兆。「～がよい」吉利。②緣起。起源。由來。「この神社の～は誰でも知るだろう」這個神社的由來，大家都很清楚吧。

えんきょく◎【婉曲】（形動） 委婉，婉轉。「～に断る」婉言拒絕。

えんきょり◎【遠距離】 遠距離，遠端，遠途。↔近距離。「～通勤」遠距離上下班；遠途通勤。

え

えんきり◎【縁切り】スル 斷絕關係，斷緣。

えんきん◎【遠近】 遠近。

えんぐみ◎【縁組み】スル 建立收養關係，結親。「～が整う」談成親事。

えんグラフ◎【円―】 圓形圖表。

えんぐん◎【援軍】 援軍。

えんげ◎【嚥下】スル 嚥下。

えんけい◎【円形】 圓形。

えんけい◎【遠景】 遠景。↔近景

えんげい◎【園芸】 園藝。

えんげい◎【演芸】 表演藝能，表演技藝，曲藝表演，節目演出，演藝。「～の競演会」文藝節目會演。

エンゲージ◎【engage】 婚約。

えんげき◎【演劇】 戲劇。

エンゲルけいすう◎【―係数】 恩格爾係數。表示飲食費在生活費中所占比例的係數，認為隨著收入的增加而降低。

えんげん◎【淵源】スル 淵源。

えんこ◎【円弧】 圓弧。

えんこ◎【塩湖】 鹽湖，鹹水湖。↔淡水湖

えんこ◎【縁故】 ①親屬關係。②緣分。

えんご◎【援護】スル 援護。幫助保護有困難的人。「被災者を～する」救濟災民。

えんご◎【縁語】 緣語。修辭法之一。

えんこう◎【猿猴】 猿猴。

えんこうきんこう◎【遠交近攻】 遠交近攻。

エンコーダー◎【encoder】 編碼器。→デコーダー

えんごく◎【遠国】 遠國。

えんこん◎【怨恨】 怨恨。「～をいだく」懷恨；抱恨。

えんざ◎【円座・円坐】スル ①團坐，圍坐。②蒲團。

えんざい◎【冤罪】 冤罪。不實之罪。

エンサイクロペディア◎【encyclopaedia】 百科事典，百科全書。

えんさき◎【縁先】 簷廊前，廊簷下。

えんさん◎【塩酸】 鹽酸。

えんざん◎【遠山】 遠山。

えんざん◎【演算】スル 演算。

えんし◎【遠視】 遠視（眼）。↔近視

えんじ◎【衍字】 贅字。文章中多餘文字。

えんじ◎【園児】 幼稚園園生。

えんじ◎【臙脂・燕脂】 胭脂。

えんじいろ◎【臙脂色】 胭脂紅。

えんじつてん◎【遠日点】 遠日點。↔近日点

エンジニア◎【engineer】 工程師，技師。

エンジニアリング◎【engineering】 工程，工程學，工程技術。

えんじゃ◎【演者】 ①演員。演出的人。②演講人。

えんじゃ◎【縁者】 親人，親友，親屬。「親類～」遠近親戚。

えんじゅ◎【槐】 槐樹。

えんしゅう◎【円周】 圓周。

えんしゅう◎【演習】スル 演習。

えんじゅく◎【円熟】スル 圓熟，成熟。

えんしゅつ◎【演出】スル ①導演，編導，演出。②組織安排，編導。

えんしょ◎【炎暑】 炎暑。「～の候」炎暑季節。

えんしょ◎【艶書】 豔書，情書。

えんじょ◎【援助】スル 援助。「資金～」資金援助。

エンジョイ◎【enjoy】スル 享樂，享受。

えんしょう◎【延焼】スル 延燒。

えんしょう◎【炎症】 炎症。

えんしょう◎【遠称】 遠稱（代名詞）。→近称・中称

えんしょう◎【塩硝・焔硝】 ①硝酸鉀，硝石。②有煙火藥的俗稱。

えんしょう◎【艶笑】スル 豔笑，媚笑。

えんじょう◎【炎上】スル 著大火，起大火，失火。

えんしょくはんのう◎【炎色反応】 焰色反應。

えん・じる◎【演じる】（動上一） ①表演。②扮演。③做出。「醜態を～・じる」出醜。

えんしん◎【遠心】 離心。↔求心

えんじん◎【円陣】 ①圓圈，圓陣。「～を組む」站成一個圓圈。②圓陣。圓形的陣式。

えんじん⓪【猿人】　猿人。

エンジン①【engine】　發動機，引擎。

えんすい⓪【円錐】　圓錐。

えんずい⓪【延髄】　延髓。

エンスト◎スル　意外熄火，引擎熄火，發動機停止。

えんせい⓪【延性】　延展性。→脆性

えんせい⓪【遠征】スル　遠征。「軍隊の～」軍隊長征。

えんせい⓪【厭世】　厭世。

えんせき⓪【宴席】　宴席。

えんせき⓪【縁戚】　親屬。

えんせきがいせん【遠赤外線】　遠紅外線。

えんぜつ⓪【演説・演舌】スル　演說，演講。「～を聞く」聽演講。

エンゼル①【angel】　安琪兒。天使。

エンゼルフィッシュ⑤【angelfish】　神仙魚，天使魚。

えんせん⓪【沿線】　沿線。

えんせん⓪【厭戦】　厭戰，厭惡戰爭。

えんぜん⓪③【婉然】（ト/タル）　婉然，婀娜。

えんぜん⓪【嫣然・艶然】（ト/タル）　嫣然。「～とほほえむ」嫣然一笑。

えんそ①【遠祖】　遠祖。

えんそう⓪【演奏】スル　演奏。「～会」演奏會。

えんそく⓪【遠足】スル　遠足，郊遊。

エンターテイナー⑤【entertainer】　藝人。

エンターテイメント⑤【entertainment】　娛樂，演藝。

えんたい⓪【延滞】スル　①拖延，延滯。②拖欠，延滯。「支払いが～している」付款拖欠。

えんだい⓪【演台】　演講台。

えんだい⓪【演題】　演講題目，講題。

えんだい⓪【縁台】　長凳。

えんだい⓪【遠大】（形動）　遠大。

エンタイトルツーベース⑧【entitled two base hit】　規則二壘打。在棒球比賽中，根據規則或約定，給與打者、跑者向前推進兩個壘的權利。

エンダイブ③【endive】　菊苣，匐莖苦菜。

えんだか⓪【円高】　日圓升值。↔円安

えんたく⓪【円卓】　圓桌。

えんタク⓪【円一】　一日圓計程車。

エンタシス①【entasis】　柱中微凸線，收分線。

えんだて⓪④【円建て】　以日圓標價，日圓基價。

えんだん⓪【演壇】　講台，講壇。

えんだん⓪【縁談】　提親，說媒，收養介紹。

えんちてん【遠地点】　遠地點。↔近地点

えんちゃく⓪【延着】スル　延後到達，逾期到達。↔早着

えんちゅう⓪【円柱】　①圓柱。②圓柱體。

えんちょう⓪【延長】スル　①延長。「会期を～する」延長會期。②全長。「～三千キロメートル」總長 3 千公里。③〔數〕延長線。④延長，延續。「この講演は大学の講義の～ともいえる」這個演講也可以說是大學講座的繼續。

えんちょう⓪【園長】　園長。「～先生」園長先生。

えんちょく⓪【鉛直】　①鉛垂，垂直。↔水平。②垂直。

えんづ・く⓪【縁付く】（動五）　出嫁。「娘は鄰村の農家に～・いた」女兒嫁到鄰村的一戶農家。

えんてい⓪【堰堤】　堰堤，堤壩。

えんてい⓪【園丁】　園丁，花匠。

えんてん⓪⓪【炎天】　炎天，烈日當空。

えんでん⓪【塩田】　鹽田，鹽灘。

えんてんかつだつ⑤【円転滑脱】　①順當，順利。「～に事を進める」事情進展順利。②圓滑老練，圓滑自如。「～な人物」圓滑老練的人。

エンド①【end】　①終了，結束。②端，先端，終端。

えんとう⓪【円筒】　①圓筒。「～形」圓筒形。②圓柱。

えんとう⓪【遠投】スル　遠投，遠擲。

えんとう⓪【遠島】　流放孤島。

えんどう⓪【沿道】　沿道，沿路，沿途。

え

えんどう◎【豌豆】　豌豆。

えんどお・い【縁遠い】（形）　①姻緣無份。②無緣，緣分淺。「私は社會科學には〜・い」我對社會科學欠研究。

えんどく【煙毒】　有害氣體，煙毒。

えんどく【鉛毒】　①鉛毒。②鉛中毒。

えんとつ【煙突】　煙筒，煙囪。

エンドラン◎　打帶跑戰術的略語。

エントランス◎【entrance】　①入口，門口，玄關。②進入。

エントリー◎【entry】　スル　報名，名單，名冊。

エントロピー◎④【entropy】　熵。

えんにち【縁日】　緣日，廟會，香市。

えんねつ【炎熱】　炎熱。

えんのう【延納】　スル　晚繳，遲繳，滯繳。

えんのした◎◎【縁の下】　①走廊下面。②地板下面。

エンパイアステートビルディング◎【Empire State Building】　帝國大廈。

えんばく◎◎【燕麦】　燕麥。

えんぱつ◎【延発】　スル　延期出發，誤點發車，誤點起飛。

エンパワーメント④⑤【empowerment】　①增權益能，賦權。②授權。

えんばん◎【円板】　圓板，圓盤。

えんばん◎【円盤】　①鐵餅。②唱片，唱盤。

えんばん◎【鉛版】　鉛版。

えんぴ【猿臂】　猿臂，長臂。「〜を伸ばす」伸展猿臂。

えんぴつ【鉛筆】　鉛筆。

えんびふく【燕尾服】　燕尾服。

えんぶ【円舞】　①圓圈舞。②圓舞。類似華爾滋或波爾卡等，男女倆人一組跳的交際舞。

えんぷく【艶福】　豔福。「〜家」有豔福的人。

エンブレム④【emblem】　①象徵，標誌，標記，象徵性紋樣。②徽章，紀念章。

えんぶん【塩分】　鹽分。

えんぶん◎【艶聞】　豔聞，緋聞。

えんぺい【掩蔽】　スル　①掩蔽。「〜壕ごう」掩蔽壕。②掩星。

えんぺい◎【援兵】　援兵。

エンペラー【emperor】　皇帝。

えんぼう◎【遠望】　スル　遠望，遠眺。

えんぼう◎【遠謀】　遠謀，深謀。「深慮〜」深謀遠慮。

えんぽう◎【遠方】　遠方，遠處。

エンボス◎【emboss】　壓花，浮雕，壓凸。

えんぽん◎【円本】　一日圓書。

えんま◎【閻魔】〔梵 Yama〕〔佛〕閻王，閻羅，閻魔王。

えんまく◎【煙幕】　煙幕。

えんまん◎【円満】　①圓滿，美滿。「〜な家庭」美滿家庭。②圓融。「〜な性格」溫厚的性格。

えんむ◎【煙霧】　①煙霧。②煙霧，煙塵。

えんむすび◎【縁結び】　（男女）結緣。

えんめい◎【延命】　延命。指延長壽命。

えんもく◎【演目】　劇目。

えんや◎【艶冶】　妖冶。「〜な姿態」妖冶的姿態。

えんやす◎【円安】　日圓貶值。↔円高

えんゆうかい◎【園遊会】　園遊會。

えんよう◎【援用】　スル　援用，援引。

えんよう◎【遠洋】　遠洋。

えんらい◎【遠来】　遠來。「〜の客をもてなす」款待遠方來客。

えんらい◎【遠雷】　遠雷，遠處打的雷。

エンリッチ◎【enrich】　強化食品。

えんりょ◎【遠慮】　スル　①客氣。「どうぞご〜なく」請不要客氣。②停止，取消。「車内での喫煙はご〜ください」車內請勿吸煙。③謝絕，謙辭。「招待を〜する」謝絕邀請。④遠慮。「深謀〜」深謀遠慮。⑤閉門反省。

えんりょぶか・い【遠慮深い】（形）（言行或態度）非常客氣。

えんるいか◎【塩類化】　鹽化。

えんれい◎【艶麗】　①豔麗。②豔麗，華麗。

えんろ◎【遠路】　遠路，遠道。「〜はるばる訪れる」遠道來訪。

お［尾］　尾，尾巴。「～を垂れる」垂著尾巴。「彗星の～」慧星的尾巴。

お【雄・牡】　雄，牡，公，男。↔め。「～鹿」雄鹿。「～花」雄花。

お【御】（接頭）①向對方或第三者表示敬意。「～子様」少爺；公子。「～きれいでいらっしゃる」真漂亮！②表示禮貌、鄭重、文雅。「～暑うございます」真熱呀！「～茶」茶。③表示對動作主體的敬意。「～いでなさる」（您）來（去）。「～世話になる」承蒙關照。「社長が～呼びだ」社長叫你。④表示委婉的命令，不能對尊長使用。「～黙り」請安靜。⑤表示對動作所涉及的對方的敬意。「先生を～呼びする」（我去）叫老師。⑥（反用的尊敬表現）表示諷刺、戲弄的心情。「～高くとまっている」高高在上；自命不凡。「～えら方」大人物。⑦表示謙遜、卑微的心情。→ご（御）。「～恥ずかしい」很慚愧。

おあいにくさま［御生憎様］　真不湊巧，真對不起。

おあし［御足］　錢，金錢。

オアシス［oasis］①綠洲。②休息場所，綠洲。「都会の～」都市的綠洲。

おあずけ［御預け］①先擺著，先別吃，不許吃。②延後實行，擱置。→預け。「旅行はしばらく～だ」旅行暫時擱下來。「～を食う」告吹。

おあつらえむき［御誂え向き］　正好，正適宜，最理想。「運動会には～の天気だ」正是開運動會的理想天氣。

オアペック［OAPEC］〔Organization of the Arab Petroleum Exporting Countries〕阿拉伯石油輸出國組織。

おい［老い］①老，年老，衰老。②老人，老年人。「～の繰り言」老年人的嘮叨。

おい［笈］　笈。修練者、行腳僧等背的箱子。

おい［甥］　姪子，外甥。↔姪。

おいあ・げる［追い上げる］（動下一）①趕上去。②緊追，追上，趕上。

おいうち［追い打ち・追い討ち］①追討，追擊。「～をかける」予以追擊。②痛擊，痛打落水狗。「経営不振に不況の～を受ける」在經營不佳之際，又受到蕭條的衝擊。

おいえ［御家］①貴府，府上。「～の一大事」府上的頭等大事。②當家的，尊夫人。

おいおい［追い追い］（副）漸漸地，逐漸，不久。「～わかってくることだ」漸漸地就會明白的。

おいおと・す［追い落とす］（動五）①趕下去，奪取，趕走。②趕下，趕入。

おいかえ・す［追い返す］（動五）趕回去，逐回，擊退。「敵を～・す」擊退敵人。

おいか・ける［追い掛ける］（動下一）①追趕。②接連，緊接著。

おいかぜ［追い風］　順風。↔向かい風。「～に乗る」乘風；順風。

おいかわ［追河］　平頜鱲。

おいく・ちる［老い朽ちる］（動上一）老朽。

おいご［甥御］　賢姪，您外甥。

おいごえ［追い肥］　追肥。

おいこ・す［追い越す］（動五）①趕過，超過，追趕。「追いつき～・せ」超趕過去！②超越，超越，超過。「先頭の人を～・す」超過前頭的人。

おいこみ［追い込み］①趕進，塞進。②最後關頭，趕進度，趕工，衝刺。「～をかける」最後加把勁。③加坐位，加桌，無間隔座席。

おいこ・む［追い込む］（動五）①趕入，攆進。②逼，趕入，逼入，使陷入。③衝刺。④接排，擠排，移前。

おいさき［老い先］　晚年，殘年。「～が短かい」風燭殘年。

お

おいさらば・える◎【老いさらばえる】（動下一）年老體衰，年老衰弱。

おいし・い◎（形）①好吃，味美。②真合適，有利益，令人歡喜。「～・い話」聽了讓人覺得有利可圖的話。

おいしげ・る◎【生い茂る】（動五）繁茂，茂盛，叢生。

おいすが・る◎【追い縋る】（動五）緊追不放，追上纏住。

オイスター◎【oyster】生蠔，牡蠣。

おいそれと◎（副）不加思索地，輕易地，貿然。「そんな大金を～は出せない」不能輕易地拿出那麼多錢。

おいだき◎【追い炊き】スル加煮飯，再做飯。

おいだ・す◎【追い出す】（動五）①趕出，驅除，攆出，轟出，逐出。「部屋から～・す」從房間轟出去。②除名，趕走，驅除。

おいたち◎【生い立ち】成長歷程。「不幸な～」不幸的經歷。

おいた・てる◎【追い立てる】（動下一）①催促，督促。「勉強に～・てる」督促加緊學習。②轟趕，攆走，逐出，轟走。

オイタナジー◎【德 Euthanasie】安樂死。

おいちょかぶ◎八九。花紙牌賭博的一種玩法。

おいちら・す◎【追い散らす】（動五）驅散，轟散。

おいつ・く◎【追い付く】（動五）①趕上，追上。「やっと同点に～・いた」終於追成同分。②追上，趕上。「外国の水準に～・く」達到國外的水準。③來得及。「今更悔やんでも～・かない」事到如今後悔也來不及了。

おいつ・める◎【追い詰める】（動下一）①追逼，緊逼，窮追不捨。「袋小路に～・める」追到死巷裡。②嚴厲追究，追逼。「土壇場に～・められる」被追逼到最後關頭。

おいて◎【追風】順風。

おいで◎【御出で】①來，去，往，出席，光臨。「来ること」、「行くこと」的敬語。「～を願う」希望您光臨。②住在，在家。「いること」的敬語。「社長は今どちらに～ですか」社長現在在哪裡呢？

おいてきぼり◎【置いてきぼり】拋棄，撇下，不管，甩掉。「～を食う」遭拋棄；被甩了。

おいど◎【御居処】臀部，屁股。

おいなりさん◎【御稲荷さん】①稲荷神君，五穀神君。②豆皮壽司。

おいぬ・く◎【追い抜く】（動五）①趕過，超越。②超越，勝過。

おいはぎ◎【追い剥ぎ】攔路搶劫，土匪。

おいばね◎【追い羽根】打羽毛健。

おいばら◎【追い腹】切腹殉主。

おいはら・う◎【追い払う】（動五）趕開，趕走，轟走。

おいぼれ◎【老い耄れ】老糊塗，老東西，老朽。

おいまわ・す◎【追い回す】（動五）①緊追不捨，糾纏不放。②驅使。「仕事に～・される」忙得不可開交。

おいめ◎【負い目】欠債，負疚，欠人情。

おいや・る◎【追い遣る】（動五）打發走，派走，放逐，趕走，攆走。

おいら◎【己等】（代）我，咱們。「しあわせは～の願い」幸福是我的願望。

おいらく◎【老いらく】年邁。「～の恋」黃昏之戀。

おいらん◎【花魁】花魁。

お・いる◎【老いる】（動上一）年老，衰老。「～・いてますます盛ん」老當益壯。

オイル◎【oil】①油。②（特指）石油。

オイルショック◎【oil shock】石油衝擊，石油危機。

おいろなおし◎【御色直し】重染，套染，套色。

おいわけ◎【追い分け】①岔道，岔路。②「追分節」之略。

おう◎【王】王，國王，帝王。「百獣の～ライオン」百獸之王的獅子。↔女王

お・う◎【負う】（動五）①背，負。「子

供を~・う」背小孩。②背負。「責任を~・う」負責任。③遭受，蒙受，負傷。「傷を~・う」負傷。④背，背向，背靠。「山を後ろに~・ったホテル」倚山的飯店。⑤（以「…に負う」的形式）承蒙，仰仗，有賴於。「王さんに~・う所が多い」借助於小王的地方很多。

お・う⓪②【追う・逐う】（動五）①追，追趕，追逐，緊跟。「母の後を~・う子供」緊跟在母親身後的孩子。②追求。「理想を~・う」追求理想。③驅逐，驅趕，轟攆。「蠅を~・う」趕蒼蠅。④催逼，逼迫。「毎日の仕事に~・われる」每日忙於工作。⑤追蹤，跟蹤。「敵機をレーダーで~・う」用雷達追蹤敵機。⑥循序，依序。「日を~・って改善される」日漸改善。

おうあ①【欧亜】 歐亞。

おうい①【王位】 王位。

おういつ⓪【横溢・汪溢】スル 洋溢，橫溢，旺盛。「活気が~する」精神旺盛。

おういん⓪【押印】スル 蓋章，蓋印，蓋戳。

おういん⓪【押韻】スル 押韻。

おうう①【奥羽】 奥羽。現在的東北地區。

おうえん⓪【応援】スル ①應援，援助。「選挙の~」幫忙選舉。②聲援，助威。

おうおう⓪【往往】（副） 往往。「~失敗することがある」往往失敗。

おうか①【欧化】スル 歐化。「~思想」歐化的思想。

おうか①【桜花】 櫻花。「~爛漫」櫻花爛漫。

おうか①【謳歌】スル 謳歌。「青春を~する」謳歌青春。

おうが①【枉駕】スル 駕臨。

おうかくまく⓪【横隔膜】 橫隔膜。

おうかん⓪【王冠】 ①王冠。②瓶蓋。

おうかん⓪【往還】スル ①大街，大道。「脇~」幹道。②來往，往來。

おうぎ③【扇】 扇子，折扇。

おうぎ①【奥義】 奥秘。「~を授ける」

傳授秘訣。

おうきゅう⓪【王宮】 王宮。

おうきゅう⓪【応急】 應急。「~の手当て」搶救；急救措施。

おうぎょく⓪【黄玉】 黄玉，黃寶石。

おうこう⓪【横行】スル ①橫行，橫衝直撞。「~闊歩」橫行闊步。②橫行，霸道。「何はばかることなく~する」肆無忌憚地橫行。

おうこく⓪【王国】 王國。「自動車~」汽車王國。

おうこく⓪【横谷】 橫谷。↔縦谷

おうごん⓪【黄金】 ①黄金，金。②黄金，黃金般（的）。「~時代」黃金時代。③錢，金錢，貨幣。「~万能」金錢萬能。

おうざ①【王座】 王座，王位。

おうさつ⓪【応札】スル 投標。

おうさつ⓪【殴殺】スル 毆斃，打死。

おうさつ⓪【鏖殺】スル 殺盡，殺光，趕盡殺絕。

おうさま①【王様】 大王，陛下。對（國）王的敬稱。

おうし⓪【横死】スル 橫死，死於非命。

おうじ①【王子】 王子。

おうじ①【往事】 往事。

おうじ①【往時】 過去，往時。「~をしのぶ」懷念過去。

おうじ①【皇子】 皇子。

おうじつ⓪【往日】 往日，往昔，從前。

おうしゃ①【応射】スル 還擊，反擊。

おうじゃ①【王者】 王者。「マラソンの~」馬拉松冠軍。↔覇者

おうしゅ①【応手】 應著，應手。圍棋、將棋術語。

おうじゅ①【応需】スル 滿足顧客需要，按要求。「入院~」備有住院床位。

おうしゅう⓪【応酬】スル ①回嘴，爭辯。「巧みな~振りだ」應答得很巧妙。②應酬，回敬酒。

おうしゅう⓪【押収】スル 收押。

おうしゅう①【欧州】 歐洲。

おうしゅう①【奥州】 奥州。陸奥國的別名。

おうじゅく⓪【黄熟】スル 黄熟。指稻、麥

お

等的穗成熟變爲黃色。

おうじゅほうしょう⓪【黄綬褒章】 黃綬褒章。

おうじょ①【王女】 王女，公主。

おうじょ①【皇女】 皇女。天皇的女兒。

おうしょう⓪【王将】 王將。→玉将ぎょく

おうしょう⓪【応召】 スル 應召，應徵集合。

おうじょう⓪【王城】 王城。都城。

おうじょう⓪【往生】 スル ①往生。指死去。「～を遂げる」壽終正寢。②死心。「とうと～させた」終於讓他死心了。

おう・じる⓪③①【応じる】（動上一）①因應，回應。「挑戦に～・じる」接受挑戰。②相應，相稱，按照。「場合に～・じて対処することにしよう」根據情況處理吧。

おうしん⓪【往信】 去信。↔返信

おうしん⓪【往診】 スル 出診。

おうす①【御薄】 淡茶。薄茶。

おうすい⓪①【王水】 王水。

おうずい⓪【黄水】 黃水。從胃中吐出的摻有膽汁的黃色液體。

おうせ⓪【逢瀬】 相會，相逢，幽會。「～を楽しむ」期待相逢。

おうせい⓪【王制】 君王制。

おうせい⓪【王政】 王政。帝王、國王實行的政治。

おうせい⓪【旺盛】 旺盛，充沛。「好奇心の～な人」好奇心極強的人。

おうせき⓪①【往昔】 往昔。

おうせつ⓪【応接】 スル 應接，接待，招待。「～間」會客室；接待室。

おうせん⓪【応戦】 スル 應戰。

おうそ①【応訴】 スル 應訴。在民事訴訟中，應原告提起的訴訟，成爲被告而在法庭上進行辯論等。

おうそう⓪【押送】 スル 押送，押解。

おうぞく①【王族】 王族。

おうだ①【殴打】 スル 毆打。「頭部を～する」毆打頭部。

おうたい⓪【応対】 スル 應對，接待，應答。「来客の～に出る」接待來客。

おうたいホルモン⓪【黄体一】 黃體激素，黃體酮。

おうだく⓪【応諾】 スル 應諾。

おうだん⓪【黄疸】 黃疸。

おうだん⓪【横断】 スル ①橫過，橫渡，橫穿。②橫越，橫跨，橫渡，橫斷。↔縦斷。「道路を～する」橫越馬路。③橫切，橫斷。「～面」橫剖面；橫切面。

おうちゃく⓪【横着】 スル ①偷懶。「～を決め込む」存心偷懶。②不要臉，不講理，狡猾。「～なやつ」不要臉的東西。

おうちょう⓪【王朝】 王朝。

おうて①【王手】 將軍。「優勝へ～をかける」再將軍就獲得冠軍。

おうてっこう⓪【黄鉄鉱】 黃鐵礦。

おうてん⓪【横転】 スル ①橫滾，側滾。②橫滾，側滾，翻滾。

おうと①【王都】 王都。

おうと①【嘔吐】 スル 嘔吐。「～を催す」令人作嘔。

おうど①【王土】 王土。

おうど①【黄土】 黃土。

おうとう①【王統】 王統。帝王、國王的血統。

おうとう⓪【応答】 スル 應答，答辯。「質疑～」質疑答辯。

おうどう⓪【王道】 ①王道。↔覇道はどう。②〔royal road 的譯語〕捷徑，近道，速成法。「学問に～なし」在學問上沒有捷徑。

おうどう⓪【黄銅】 黃銅。

おうとつ⓪【凹凸】 凹凸。

おうな② 【媼・嫗】 老媼，老嫗。↔翁おきな

おうなつ⓪【押捺】 スル 捺，按，押，蓋印，蓋章。「指紋の～」按手印。

おうねん⓪【往年】 往年。

おうのう⓪【懊悩】 スル 懊惱。「～の極み」懊惱至極。

おうばい⓪【黄梅】 迎春花。

おうはん⓪【凹版】 凹版。

おうばんぶるまい⓪【椀飯振る舞い】 スル 盛情款待，盛宴。

おうひ①【王妃】 王妃。

おうふう⓪【欧風】 歐風，歐洲風格。

おうふく⓪【往復】 スル ①往返，來回。「～切手」來回車票。②往返。「～は二時間かかる」往返需 2 小時。

おうぶん⓪【応分】 量力，合乎身分。↔過分。「～の寄付」量力捐助。

おうぶん⓪【欧文】 歐文。

おうへい⓪【横柄】 傲慢，蠻橫，狂妄。「～な口をきく」口氣傲慢地說話。

おうべい⓪【欧米】 歐美。「～諸国」歐美諸國。

おうへん⓪【応変】 應變。「臨機～」臨機應變。

おうへん⓪【黄変】 スル 變黃。

おうぼ①【応募】 スル 應募，應徵。「試験に～する資格」應試資格。報考資格。

おうほう⓪【応報】 報應。「因果～」因果報應。

おうほう⓪【往訪】 スル 往訪，去拜訪，前去訪問。↔来訪

おうぼう⓪【横暴】 蠻橫，專橫。「～なやり方」蠻橫的做法。

おうむ⓪【鸚鵡】 鸚鵡。

おうめん⓪【凹面】 凹面。

おうもんきん⓪①【横紋筋】 橫紋肌。↔平滑筋

おうよう⓪【応用】 スル 應用。「～がきかない」不適用。

おうよう⓪【鷹揚】 大方，大氣。「～にかまえる」落落大方；氣派十足。

おうらい⓪【往来】 スル ①往來，通行。「人の～が激しい」行人來往頻繁。②街道，大街，馬路。③縈繞，徘徊。「胸中を～する思い」縈繞在心頭的想法。④來往，往來。

おうりつ⓪【王立】 皇家所立的。「～植物園」皇家植物園。

おうりょう⓪【横領】 スル 侵占，侵吞。「公金を～する」侵吞公款。

おうりん⓪【黄燐】 黃磷。

おうれつ⓪【横列】 橫列，橫隊。↔縦列

おうレンズ③【凹―】 凹透鏡。↔凸レンズ

おうろ①【往路】 去路。↔復路

オウンゴール⑤【own goal】 烏龍球。

おえつ⓪①【嗚咽】 スル 嗚咽。

おえらがた⓪【御偉方】 大人物。「会社の～」公司的大人物。〔開玩笑的說法〕

お・える⓪【終える】 （動下一） ①做完，完結，完畢。↔始める。「一日の仕事を～えた」完成了一天的工作。②終止，終結。

おおあきない③【大商い】 大買賣，大筆生意。↔小商い

おおあざ①【大字】 大字。町或村內的區劃的名稱之一。↔小字

おおあじ⓪【大味】 ①味道平常，沒味道。「この魚は～で、うまくない」這種魚味道平常，不好吃。②乏味，平淡無味，稀鬆平常。「～な演技」不精湛的演技。↔小味

おおあたり③【大当たり】 スル ①中頭彩，猜中。②大獲成功。「福引きで～をとった」抽籤中了頭彩。

おおあな⓪【大穴】 ①大穴，大洞。②大虧空，大窟窿。「今月は～をあけた」這個月出現了大虧空。③大冷門，大空門。在賽馬、賽車中，勝負順序出現很大的變動，亦指由此而產生的高額的分紅。「～をねらう」爆大冷門。

おおあめ⓪【大雨】 大雨。

おおあり⓪【大有り】 ①有很多。②有的是，當然有。「不満は～だよ」不滿當然有啦！

おおあれ⓪①【大荒れ】 ①大暴風雨，大風暴，波濤洶湧。「海は～だ」海上狂風暴雨。②胡來，胡鬧。「酔って～に荒れる」醉酒後胡鬧。

おお・い①②【多い】（形） ①多。「人口が～・い」人口多。②數量、次數等相對較大。「去年の雨が～かった」去年的雨水多。↔すくない →多く

おおいちばん④【大一番】 最重要一場比賽。

おおいちょう⓪【大銀杏】 大銀杏。

おおいなる①【大いなる】（連體） 大的，偉大的。「～野望」狂妄的野心；野心勃勃。

おおいに①【大いに】（副） 大，太，很，甚，非常。「ひさしぶりだから、今夜は～飲もう」好久不見了，今晚要多喝幾杯。

おおいばり③【大威張り】 ①非常傲慢。②很自豪，不甘示弱，理直氣壯。「～で

お

故郷に帰る」很自豪地回到故郷。

おおいり⓪【大入り】　叫座，來的人多。「～満員」客滿；滿座。

おお・う⓪②【覆う・被う・蔽う・掩う】（動五）　①捂，蒙，被，覆蓋，被覆，遮蔽，套在。「ハンカチで顔を～・う」用手絹把臉捂住。②籠罩。「友情の雰囲気に～・われている」充滿了友誼的氣氛。③掩蓋，掩飾，遮掩，掩蔽。「雪が山を～・う」山被大雪覆蓋了。

おおうち⓪【大内】　大内。皇居，御所。

おおうつし⓪【大写し】ス　特寫。「顔を～にする」拍臉部特寫。

おおえど③【大江戸】　大江戸。

おおおく⓪【大奥】　大内，大奥。江戸城中，將軍的夫人、側室、侍女們的居所。

おおおじ⓪⓪【大伯父・大叔父】　伯祖，叔祖，舅爺。↔大伯母(ば)

おおがかり③【大掛かり】　大規模。「～な装置」大規模裝置。

オーガスト①【August】　8月。

おおかぜ④⓪【大風】　大風。

おおかた⓪【大方】　①大部分，大半。「財産の～を失った」財產的大部分都失去了。②各位，大家。「～の予想に反した結果」與大家預料的結果相反。

おおがた⓪【大形】　大型，大號。↔小形

おおがた⓪【大型】　大型。規格、規模等大，亦指其物。↔小型

オーガニゼーション③【organization】　組織，構成，機構。

オーガニック⓪【organic】　有機栽培，有機栽培農作物產品。「～-フード」只施有機肥料的農產品；綠色食品。

おおかみ⓪【狼】　狼。

おおがら⓪【大柄】　①身材高大，骨架大，魁梧。「～な男」魁梧的男子。②大型花樣，大花紋。↔小柄

おおかれすくなかれ【多かれ少なかれ】（連語）　多少，或多或少，多多少少。

おおかわ⓪【大川】　①大川，大河，大江。②大川。流經東京都内的隅田川在吾妻橋附近下游的通稱。③大川。流經

大阪市内的淀川下游的通稱。

おおき・い③【大きい】（形）　①巨大，高大。②規模大，有勢力。「～・い会社」大公司。③大量。「損害が～・い」損害大。④大。指年長。「姉は私より二つ～・い」姐姐大我兩歲。⑤大，宏大，偉大。「気持ちを～・く持つ」有極大的度量。⑥重大，重要。「～・い事件」大事件。⑦誇大。「話が～・い」說大話。⑧自豪，威風，架子大，了不起。「～・い顔をする」擺架子。⑨大的，嚴重的。「～・い違い」大的分歧。↔ちいさい

オーキシン③【auxin】　生長素。

オーキッド①【orchid】　西洋蘭花。

おおきど⓪【大木戸】　①大門，前門，大柵欄門。②城門，關卡。

おおきな①【大きな】（形動）　大，巨大，偉大，宏大。「規模の～会社」規模大的公司。

おおきに①【大きに】　（副）非常，大爲，很，頗，甚。「～ありがとう」非常感謝。

おおきみ⓪⓪【大君】　①大君。對天皇的敬稱。②大君。對親王、諸王等天皇子孫的敬稱。

オーきゃく⓪【O脚】　O形腿。↔X脚

おおぎょう⓪①【大仰・大業】　誇大，誇張，鋪張。「～なしぐさ」誇大的動作。

おおぎり⓪【大切】　壓軸戲。

おおく⓪【多く】　[1]①多，許多，很多。「～の望みはない」沒有太多的奢望。②多半，大多數。「批判の～は的はずれだ」大多數的批評不中肯。[2]（副）多半，大約。「運動会は、昔は～秋に行われたものだ」運動會以前大都在秋季舉行。

オーク①【oak】　櫟屬植物。

おおぐい⓪【大食い】　飯量大，吃得多，大胃王。「やせの～」瘦人飯量大。

オークション①【auction】　拍賣。

オークス①【Oaks】　奥克斯賽馬。

おおぐち⓪【大口】　①大口。大嘴，張大的嘴。②大話，吹牛，誇張。「～をたたく」說大話；吹牛。③大宗，大批。↔

おおくら◎【大蔵】　大倉庫，國庫。

オークル◎【法 ocre】　土黄色，黄褐色。

オーケー◎【OK】　[1] 行，好，對，可以。「～を出す」表示同意。　[2]（感）好，可以。

おおげさ◎【大袈裟】　①誇大，誇張，吹牛。「～に言う」言過其實。②鋪張，小題大作。「～な歓迎の行事」大肆鋪張的歡迎儀式。

オーケストラ◎【orchestra】　①管弦樂。②管弦樂隊，管弦樂團。

オーケストレーション◎【orchestration】　管弦樂法。

おおごえ◎【大声】　大聲。↔小声

おおごしょ◎【大御所】　權威，泰斗。「文壇の～」文壇泰斗。

おおごと◎【大事】　大事，重大事件。「ほうっておくと～になる」如果置之不理，事態就嚴重了。

おおさか◎【大阪】　①大阪府。②大阪市。

おおざけ◎◎【大酒】　大量的酒。「～飲み」喝大量酒（的人）。

おおさじ◎【大匙】　大匙，湯匙。

おおざっぱ◎【大雑把】（形動）　①草率，粗糙，粗枝大葉。「～な考え方」粗略的想法。②粗略，大略。「～な見積もり」大致的估算。

おおざと◎【邑】　邑部，右耳部。

オーサリング◎【authoring】　①著作，創作出。②編輯。

おおさわぎ◎【大騒ぎ】　スル　大騒動，大亂，大鬧。「～になる」亂成一團。

おおし・い◎【雄雄しい】（形）　雄壯，英武，英勇。↔めめしい。「～・い姿」雄壯的英姿。「困難に～・く立ち向かう」勇敢地面對困難。

オージー◎【Aussie】　澳大利亞人，澳大利亞的。

おおしお◎【大潮】　大潮，朔望潮。↔小潮

おおじかけ◎【大仕掛け】　大規模。「～な計画」龐大的計畫。

おおじだい◎【大時代】　（形動）極爲老

舊。「～な洋服」過時的衣服。

オーシャン◎【ocean】　大洋，大海。

おおじょたい◎【大所帯・大世帯】　①大家庭，大戶人家。②龐大組織，大家。

おおずもう◎【大相撲】　大相撲。日本相撲協會舉辦的專業相撲比賽。

おおせ◎【仰せ】　①「言いつけ」「命令」的敬語。「～にしたがう」按照您的指令。②「言いこと」「ことば」的敬語。「～の通りです」完全如您所說。

おおぜい◎【大勢】　很多人，許多人，大批人。↔小勢

おお・せる【果せる】（接尾）　做到底。全部做完，徹底完成。「逃げ～・せる」逃掉。「やり～・せる」做到底。

オーセンティック◎【authentic】（形動）　真實的，道地的，可信賴的，服裝樣式中指稱正統派。

おおそうじ◎【大掃除】　大掃除。大規模的掃除。

おおぞこ◎【大底】　最低價，底價。↔大天井

おおそとがり◎◎【大外刈り】　大外刈，切別。

オーソドックス◎【orthodox】（形動）　正統派。「～な解釈」正統（派）的解釋。

おおぞら◎【大空】　寬廣的天空。

オーソライズ◎【authorize】　スル　特許，認可，授權，指定，許可。

オーダー◎【order】　スル　①順序，次序，秩序。②訂購，訂貨。「洋服を～する」訂做西服。③〔建〕柱式建築樣式。古代希臘、羅馬建築中的柱子的樣式，指柱子的底座、柱身、柱頭、柱頂盤、樑等的裝配和相互的比例以及裝飾等的關係。在希臘時代有多利安式、愛奧尼亞式、科林斯式，羅馬時代又加上了托斯卡納式、複合式。

オーダーメード◎【和 order＋made】　訂做。↔レディー-メード

おおだい◎【大台】　大關。在股票行情中，以 100 日圓爲單位，成爲投資家的大致基準的單位。

おおたちまわり◎【大立ち回り】　①武戲。②激烈的爭吵，打群架。「～を演ず

お

る」大打出手。

おおだてもの⓪⓪【大立て者】　①台柱，招牌演員。②大人物，巨頭，要人。「政界の～」政界要人。

おおだな⓪【大店】　大店，大鋪子。

おおづかみ⓪【大摑み】スル　①抓一大把。②簡要，概要，扼要。「内容を～に理解する」內容大致理解。

おおつごもり③【大晦】　除夕，年三十。

おおつづみ③【大鼓】　大鼓。↔小鼓

おおっぴら⓪【大っぴら】（形動）　公開化，毫不在乎，毫不掩飾，毫不顧忌。「事件が～になる」事件公開了。

おおづめ⓪⓪【大詰め】　①最後一場。②大結局，終局，末尾，尾聲。「試合も～を向かえる」比賽已進入尾聲。

おおて⓪【大手】　①（城的）正面，前門，正門。↔搦め手。②正面進攻部隊。↔搦手。③大戶，大企業，大公司。「～企業」大企業。④大戶頭。「大手筋」之略。

おおで⓪【大手】　上肢，手臂。「～を広げて立ちはだかる」張開手臂攔住去路。

おおてあい③【大手合い】　段位賽，圍棋升段大賽。

オーディオ①【audio】　聲音，音頻。

オーディション③【audition】　①試唱，試演，試聽。②試聽，試看。

おおでき⓪【大出来】　很成功。「きみとしては～だ」以你而言是很成功。

オーデコロン④【法 eau de Cologne】　古龍水。

おおてんじょう③【大天井】　最高峰價，天井價。↔大底

オート①【auto】　①「オートモビル（automobile）」之略）機動車，汽車。②「機動車的」「自動的」之意。

おおどうぐ③【大道具】　大道具。↔小道具

おおどおり③【大通り】　大街，大道，大馬路。

おおどか②（形動）　從容，豁達，大方。

オートキャンプ⑤【和 auto+camp】　汽車露營旅行。

オートクチュール⑤【法 haute couture】　高級時裝店。

おおどころ⓪⓪【大所】　①大專家，權威，泰斗。「学会の～」學會的權威。②大公館，大宅邸，大戶人家，有錢人家。

おおどしま③【大年増】　中年婦女。

オードトワレ④【法 eau de toilette】　淡香水。

おおとの⓪【大殿】　①大殿。②老太爺，大老爺。

オートバイ③〔autobicycle 之略〕摩托車，機車。

オートパイロット⑤【auto-pilot】　自動駕駛儀。

オートフォーカス⑤【auto-focus】　自動對焦。

オードブル⓪⓪【法 hors-d'œuvre】　開胃菜，前菜，冷盤。

オートマチック⑤④【automatic】　①自動裝置，自動機械。②（形動）自動的。自動式。

オートミール③【oatmeal】　燕麥片，麥片粥。

オートメーション④【automation】　自動化，自動裝置。

おおとり⓪【大鳥・鳳】　①大鳥。②鳳凰。

オートリバース⑤【auto-reverse】　自動換面。

オートレース④【和 auto+race】　摩托車賽，汽車賽。

オートロック④【和 auto+lock】　自動上鎖。「～ドア」自動上鎖門。

オーナー①【owner】　①物主，所有人，持有主。「球団の～」球隊的所有人。②船主。

おおなた⓪【大鉈】　大砍柴刀。大柴刀。

おおなみ⓪【大波】　大浪，巨浪。

オーナメント①【ornament】　①飾物，裝飾。②首飾，手鐲，項鍊。

オーバー①【over】　①超，越過。「予算を～する」超出預算。②〔overexposure〕過度曝光。↔アンダー。③超越，跨越，跨過。「～シューズ」雨套

鞋；套靴。「～-フェンス」越過外場屏障。「～-ラン」超越壘位；越出接力區接棒。

オーバーアクション⑤【overaction】 誇張的姿態，過火的動作，過分的表演。

オーバーウェート⑥【overweight】 超過重量，超重，過胖。

オーバーオール⑤【overall】 工作服，罩衣。

オーバーコート⑤【overcoat】 大衣，外衣，外套。

オーバースロー⑥【overhand throw】 上投法，上手投球。

オーバータイム⑤【overtime】 加班工時，加班（時間）。

オーバードクター⑥【⑪over＋doctor】 失業博士。

オーバーパー⑤【over par】 超過標準桿。

オーバーハンド⑤【overhand】 上手球。

オーバーヒート⑤【overheat】 ⋏⋏ （引擎等機器）過熱。

オーバーブッキング⑥【overbooking】 超量預售，超額預售。

オーバーブラウス⑥【overblouse】 女式長罩衫。

オーバーフロー⑥【overflow】 ①氾濫，溢流，溢出。②溢流口，溢水口。

オーバーヘッド⑤【overhead】 傳輸上額外加上的部分。

オーバーホール⑤【overhaul】 ⋏⋏ 解體檢修，徹底檢查，大修。

オーバーラップ⑤【overlap】 ⋏⋏ 疊影，重疊攝影。

オーバーラン⑤【overrun】 ⋏⋏ ①滑壘過頭。②開出跑道，滑出跑道，場端安全區。

オーバーローン⑤【overloan】 超額貸款。

オーバーワーク⑤【overwork】 過度勞累，工作過度。

おおばこ⓪【大葉子】 車前草，車前子。

おおはば⓪⓪【大幅】 ①闊幅，寬幅布。②大幅度，頗大，頗廣。「～な値上げ」大幅度漲價。

オーバル⓪【oval】 卵形，橢圓形。

おおばん⓪【大判】 全開紙，大開本。

おおばん⓪【大鷭】 白冠雞。

おおびけ⓪【大引け】 收盤，收盤行情。↔寄り付き

オープナー①【opener】 ①開罐器，開瓶器。②首場，開場。

おおぶね⓪【大船】 大船。巨大的船。

おおぶり⓪【大振り】 ①用力搖動，大力揮動。（手、物 等）。↔小振り。「バットを～する」用力揮動球棒。②（形動）大型，大號。↔小振り

おおぶろしき⓪【大風呂敷】 說大話，空談。

オーブン①【oven】 烤箱，烤爐。

オープン①【open】 ①⋏⋏①開業，開店，開場。②戶外、不受限制、非正式等意。「～セット」外景。「～コース」不分道跑道；無標線跑道。「～戰」公開賽；表演賽。②（形動）開放的。「～な態度」坦率的態度。

オープンエア⑤【open air】 戶外，野外，露天。

オープンカー⑤【open car】 敞篷跑車，敞篷車。

オープンかかく⑤【一価格】 自由定價，開放價格。製造商對自家產品不設定希望零售價格或標準價格，由零售店自由設定銷售價格。

オープンゲーム⑤【open game】 公開比賽，自由競賽。

オープンコース⑤【open course】 無標線跑道，不分道跑道。↔セパレート-コース

オープンサイド⑤【open side】 開放邊。在橄欖球運動中，從司克欄或爭邊球的位置看，到邊線的廣闊的一側。

オープンシャツ⑤【open shirt】 敞領襯衫，開衿衫。

オープンショップ⑤【open shop】 自由加入雇傭制。→ユニオン-ショップ

オープンスタンス⑥【open stance】 開式站姿，開放位，右奔式。在打棒球、高爾夫球等時，擊球方向一側的腳比另一腳拉後一點，站開身體的姿勢。↔クローズド-スタンス

オープンスペース[6]【open space】 空地，開放空間。

オープンセット[5]【open set】 外景。

オープンせん[0]【一戰】 公開賽。

オープンせんしゅけん[7]【一選手權】〔open championship〕公開錦標賽。

オープンハウス[5]【open house】 新建住宅展示。

おおへい[1]【大柄】 傲慢，妄自尊大，旁若無人。「～な態度」傲慢的態度。

おおべや[0]【大部屋】 大房間，大通鋪。↔個室。

オーボエ[1]【義 oboe】 雙簧管。

おおまか[0]【大まか】（形動） 不拘小節，大手大腳，粗枝大葉。

おおまけ[0]【大負け】スル ①慘敗。②大減價。

おおまた[0]【大股】 ①叉開雙腿。②大步，闊步。↔小股。「～に歩く」邁大步走。

おおまつよいぐさ[5]【大待宵草】 大待宵草，大月見草。

おおまわり[3]【大回り】 繞遠路，繞彎。

おおみえ[4][0]【大見得】 大亮相。

おおみそか[3]【大晦日】 除夕，大年三十。

オーム[1]【ohm】 歐姆。

おおむかし[3]【大昔】 很久很久以前，上古。

おおむぎ[0][3]【大麦】 大麥。

おおむこう[3]【大向こう】 ①站票席。②一般觀眾，群眾。

おおむね[0]【概ね】 大概，大致。「事の～を知る」知道事情的大概。

おおむらさき[4]【大紫】 大紫蛺蝶。

おおめ[0]【大目】 大眼睛。「～に見る」寬宥不責；睜一隻眼，閉一隻眼。

おおめだま[3]【大目玉】 大眼珠，大眼睛。

大目玉を食らう 受申斥。

おおめつけ[3]【大目付】 大目付。江戶幕府的職名。

おおもじ[0]【大文字】 大寫字母。

おおもと[0]【大本】 本源。「教育の～」教育的根本。

おおもの[0]【大物】 ①大物，大個的，大傢伙。↔小物。「～を釣り上げる」釣上個大個的。②大人物，大亨。↔小物。「田中さんは将来～になるだろう」田中將會變成大人物的。

おおもり[0]【大盛り】 多盛，盛滿（的）。

おおもん[1]【大門】 大門，正門。

おおや[1]【大家・大屋】 屋主。↔店子たな。

おおやけ[0]【公】 ①公，國家。「～の機関」公家機關。②公共，公家。③公開，表面化。「研究の結果を～にする」公開發表研究結果。

おおやしま[3]【大八洲】 大八洲。日本的古稱、美稱。

おおゆき[0][4]【大雪】 大雪。

おおよそ[0]【大凡】 [1]概況，大要。「話の～は分かった」說明的內容大致明白了。[2]（副）①大體，大半，大致，大約。「宿題は～できた」作業差不多都做完了。②大凡，總之，大體上。「～現代の教育は…」大凡現代的教育…。

オーラ[1][0]【aura】 氣氛，靈氣。→アウラ

おおらか[1][2][3]【大らか】（形動） 大方，大度，豁達，灑脫。

オーラル[0]【oral】 口頭的，口述的，嘴上的。

オール[1]【all】 全部，一切。

オールインワン[6]【all-in-one】 胸衣，女用緊身衣，束身衣。

オールウエザー[5]【all-weather】 ①全天候。「～-コート」全天候風衣。②全天候跑道。

オールオアナッシング[6]【all-or-nothing】 不全寧無。全有或全無。

オールスパイス[5]【allspice】 多香果，眾香子，牙買加胡椒。

オールディーズ[1]【oldies】 老歌，老電影。

オールドタイマー[5]【old-timer】 老派的人，落後於時代的人。

オールドファッション[5]【old-fashioned】 過時款式，陳舊款式。

オールドミス[5]【㊞old+miss】 老小姐，老處女，老姑娘。

オールナイト⓪【all-night】 通宵，徹夜。

オールマイティー④【almighty】 ①王牌。②全能。

オールラウンド⓪【all-round】（形動） 萬能，全能，多方面，多才多藝。「～-プレーヤー」全能運動員。

オーレオマイシン⑤【aureomycin】 金黴素。

オーロラ⓪【aurora】 極光。

おおわざ④⓪【大技】 大技。在柔道、相撲、摔角等運動中，伴隨有大動作的豪邁的招數。↔小技

おおわらわ③【大童】 披頭散髮，全力奮戰，拼力死戰。

おか⓪【丘・岡】 丘，岡，丘陵。

おか⓪【陸】 ①陸地，岸上。②硯池。硯臺上磨墨的部分。↔池

おかあさん②【お母さん】 媽媽，母親，娘。

おかいこぐるみ⑤【御蚕ぐるみ】 滿身綾羅綢緞。「～で育てられる」在錦衣玉食中長大；嬌生慣養。

おかえし⓪【御返し】 スル ①回禮，回敬。②報答，報復。

おかか⓪【御嬶】 太太，老婆，老婆子。

おかかえ⓪【御抱え】 私人僱傭，包租。「～の運転手」包車司機。

おかき⓪【御欠き】 年糕片。

おがくず③【大鋸屑】 鋸屑，鋸末。

おかぐら③【御神楽】 ①對「神楽」的敬語。②在平房上面增建（的）二樓。

おかげ⓪【御蔭・御陰】 ①保佑。②託福，沾光。「～さまで元気です」托您的福，我很好。③幸虧，多虧。「川がある～で夏は涼しい」幸虧有河，夏季才很涼爽。

おかざり⓪【御飾り】 ①御飾。神佛前的飾物。②御飾。新年的注連飾。

おがさわらりゅう⓪【小笠原流】 小笠原流派。

おかし・い③（形） ①可笑，滑稽。②不正常，失常。「調子が～・い」情況不正常。③奇怪，可疑。「素振りが～・い男だ」樣子有些可疑的男子。④可笑，不

合理。「論理的に～・い」邏輯上可笑。

おかしがた・い⑤【犯し難い】（形） 不可傷害的，不可侵犯的，不容玷污的，不容破壞的。「～・い威厳」不可侵犯的威嚴。

おかしらつき⓪⓪【尾頭付き】 全魚，整條魚，帶頭尾。

おか・す②【犯す】（動五） ①犯。「罪を～・す」犯罪。②姦污，污辱。

おか・す②⓪①【冒す】（動五） ①冒險。「あえて危険を～・す」勇於冒險；鋌而走險。②侵襲，感染，侵犯。「結核に～・される」感染結核病。③侵蝕。④冒充，假冒。

おかず⓪【御数】 菜，菜餚。主食外的副食品。

おがたまのき⓪【小賀玉の木】 含笑花。

おかちめんこ⓪ 醜女人。

おかって⓪【御勝手】 〔女性用語〕廚房。

おかっぱ⓪【御河童】 瀏海短髮，西瓜皮，妹妹頭。

おかっぴき⓪【岡っ引き】 岡引，捕吏。

おかづり⓪【陸釣り】 岸釣，陸釣。

おかどちがい③【御門違い】 走錯門，弄錯對象，估計錯誤，路線不對。「～の話だ」答非所問。

おかぶ⓪【御株】 專長，特長，擅長。

おかぼ⓪【陸稲】 早稻。

おかぼれ⓪【岡惚れ・傍惚れ】 スル 單戀，暗戀。「すし屋の娘に～する」暗戀壽司店的女孩。

おかま⓪【御釜】 ①鍋的禮貌說法。②火山的噴發口，火口湖。③男同性戀，亦指其對象。

おかまい⓪【御構い】 ①招待，張羅。「どうぞ～なく」請不必客氣。「何の～もいたしませんでした」招待不周，實在抱歉。②逐出，驅逐，放逐。「江戸十里四方～」被逐出江戶的十里四方。

おかみ⓪【御上】 ①政府、朝廷、幕府（等的敬稱）。②聖上。對天皇的敬稱。③主君，主人，女主人。

おがみ⓪【拝み】 封簷板頂端接縫，斜構件頂端接縫。

おが・む②【拝む】（動五） ①拜，叩

お

拜。「神仏を～・む」向神佛叩拜。②祈禱，念咒。「祈禱師に～・んでもらう」請祈禱師祈禱。③拜託，懇求，央求。④瞻仰，拜謁，拜見，見識。「看」的謙讓語。「一目～・む」見識一下；拜見一面。

おかめはちもく⓪【傍目八目・岡目八目】旁觀者清（當局者迷）。

おかもち⓪【岡持ち】食盒，提盒。

おかやき⓪【傍焼き・岡焼き】スル 嫉妒，吃醋。

おから⓪【御殻】豆腐渣。

おがら⓪【麻幹・苧殻】麻桿。

オカリナ⓪【義 ocarina】陶笛。

オカルト⓪①【occult】神秘的，玄妙的，超自然的。「～現象」超自然現象。

おがわ⓪【小川】小河。

おかわり⓪【御代わり】スル 再來一份，添加。「ご飯の～をする」再盛一碗飯。

おかんむり⓪【御冠】不高興，鬧脾氣。「今日社長は～だ」今天社長情緒不佳。

おき⓪【沖】海上，洋面，湖面，岸外。「～の船」海面上的船。

おき⓪【熾・燠】①紅炭火。②餘燼。

おき【置き】（接尾）每，每隔。「3日～」每隔3天。「2メートル～」每隔2公尺。

おぎ⓪【荻】荻。

おきあい⓪【沖合】海上，湖上，近海，遠濱，濱外，海面上，洋面上，湖面上。

おきあがりこぼし⓪【起き上がり小法師】不倒翁。

おきあが・る⓪【起き上がる】（動五）起來，爬起來。「ベッドから～・る」從床上爬起來。

おきあみ【沖醬蝦】磷蝦。

おきいし⓪【置き石】觀賞石，點景石，假山。

おきか・える⓪【置き換える・置き替える】（動下一）①換位置，置換。②挪換，調換，替換，取代。

おきがけ⓪【起き掛け】剛起來，剛起床。

おきがさ⓪【置き傘】備用傘。

おきぐすり⓪【置き薬】預放備用藥。

おきご⓪【置き碁】讓子，饒子，授子。圍棋術語。

おきごたつ⓪【置き炬燵】放在腳爐木架內可以移動的暖爐。

おきざり⓪【置き去り】扔下，撇下，丟下，遺棄。

オキシダント③【oxidant】氧化劑。

オキシドール④【oxydol】雙氧水。

オキシフル⓪【⑯ oxyfull】雙氧水。過氧化氫的商標名。

おきづり⓪【沖釣り】洋面釣。坐船去海上釣魚。

おきて⓪【掟】成規，規章，戒律，法紀。「村の～」村規。

おきてがみ⓪【置き手紙】スル 留信，留便條，留言，字條。

おきどけい⓪【置き時計】座鐘。

おきどころ⓪【置き所】①放置處。「お金の～を忘れた」忘了放錢的地方。②安身之處，存身之所。「身の～がない」無安身之處。

おきな⓪①【翁】翁，老翁。↔おうな。

おぎな・う⓪【補う】（動五）補，補充，彌補，補貼。「赤字を～・う」彌補赤字。

おきにいり⓪【御気に入り】喜愛，寵愛。

おきぬけ⓪【起き抜け】剛起床，剛起來。

おきば⓪【置き場】放置處，存放處，貨場，堆置場。「自転車～」自行車寄車處。「身の～がない」無處安身。

おきばな⓪【置き花】擺花。

おきびき⓪【置き引き】スル 順手牽羊。「～にあう」皮包被賊偷了。

おきふし⓪①【起き伏し・起き臥し】①起臥，起居。②（副）日夜，朝夕，時刻。「～故郷を思う」日夜思念故鄉。

おきまり⓪①【御決まり】常規，老習慣，老套。「そら，～の泣き落しが始まった」瞧！又開始老套的哭泣戰術了。

おきみやげ⓪【置き土産】①臨別禮物

（贈品）。②遺留業績（債務）。

おきもの⓪【置物】 ①陳設品，裝飾品，擺設。②花瓶，擺設。

おきや⓪【置屋】 藝妓屋，置屋。

おきゃん⓪【御俠】 辣妹，野丫頭。「～な町娘」潑辣的城市姑娘。

お・きる②【起きる】（動上一） ①起，起立，站起來。「倒れかかった麦が～・きた」倒下的麥子挺立起來了。②起床。「毎朝6時に～・きる」每天早上6點起床。③睡醒，醒來。「赤ん坊が～・きる」嬰兒睡醒了。④（事件等）發生，發。「火事が～・きる」發生火災了。

おきわす・れる⑤【置き忘れる】（動下一） 忘記帶回，忘記放在哪兒。「公園にボールを～・れる」把球忘在公園裡了。

おく①【奥】 ①裡面，內部，深處。「～の間」裡面的屋子。②裡間，裡屋，內院，內宅。「客を～に通す」把客人請到內宅。③深處，奧秘。「心の～」內心的深處。

おく①【億】 億。

お・く⓪①【置く】（動五） ①放，擱。「本を机の上に～・く」把書放在桌子上。②設置。「学校に保健所を～・く」在學校裡設置保健室。③留住，雇備。「店員を～・く」雇店員。④間隔，相隔，每隔。「二週間～・いてまた来なさい」隔兩周再來。⑤留下，丟下。「茶代を～・いて店を出た」留下茶錢走了。⑥除外。「適任者は彼を～・いてはいない」勝任者非他莫屬。⑦擱下，停下。「筆を～・く」擱筆。⑧落，降。「葉に～・く露」落在葉子上的露水。⑨⑦表示繼續保持某種狀態。「電灯をけして～・く」燈關著。④表示預先做好某種準備。「資料を調べて～・く」預先查好資料。⑦爲了今後作準備。「記録して～・く」紀錄下來。

おくがい⓪【屋外】 屋外，室外。↔屋内

おくがき④⓪【奥書】 結束語，後記，跋。

おくがた②⓪【奥方】 尊夫人。「～様」尊夫人。

おくさま①【奥様】 夫人，太太。

おくさん①【奥さん】 夫人，太太。對他人之妻的敬稱，其敬意較「おくさま」稍輕。

おぐし⓪【御髪】 頭髮。

おくじょう⓪【屋上】 ①屋上。②平屋面，屋頂平臺。

おくじょちゅう③【奥女中】 內侍女，女佣人。

おく・する③【臆する】（動サ變） 怯懦，畏懼，畏縮。「～・することなく自説を述べる」毫不怯懦地闡述己見。

おくせつ⓪【憶説・臆説】 臆說。

おくそく⓪【憶測・臆測】スル 臆測，揣測。「これはただの～にすぎない」這只不過是猜測罷了。

おくそこ⓪【奥底】 深處，底層，底蘊。「心の～をうちあける」說心裡話。

オクターブ③【法 octave】 八度音。

おくだん⓪【憶断・臆断】スル 臆斷。

オクタンか③【一価】 辛烷值。

おくち①【奥地】 內地，腹地。

おくちょう⓪【億兆】 億兆，無數。

おくつき②【奥つ城】 墓，墓地。

おくづけ④⓪【奥付】 版權頁。

おくて⓪【晩生】 晚熟。

オクトーバー③【October】 10月。

オクトパス③【octopus】 章魚。

おくない②【屋内】 屋內，室內。↔屋外

おくに⓪【御国】 ①貴國，您家鄉。「～はどちらですか」您家鄉在哪兒？②故鄉，出生地，出身地。「～自慢」誇耀自己的家鄉；誇自己家鄉好。③祖國。「～のため」爲了祖國。

おくにかぶき⓪【阿国歌舞伎】 阿國歌舞伎。

おくのいん①【奥の院】 內院，內殿，後堂。

おくのて⑤【奥の手】 絕招，絕技，秘訣。

おくば①【奥歯】 臼齒。↔前歯

おくび⓪【噯気】 噯氣，打嗝。

おくびょう③【憶病・臆病】 膽怯，膽小，怯懦。「～者」懦夫；膽小鬼。

おくふか・い◎【奥深い】（形）①很深，幽深，深邃。「森の～い所」森林深處。②深奥。「意味が～・い」意義深遠。

おくま・る◎【奥まる】（動五）在深處，在最裡頭。「～・った部屋」在裡面的房間。

おくまんちょうじゃ◎【億万長者】大富翁，億萬富翁。

おくみ◎【衽・袵】衽，襟。

おくむき◎【奥向き】家務。↔表向き

おくめん◎【臆面】羞怯。
　臆面もない　恬不知恥。

おくゆかし・い◎【奥床しい】（形）典雅，幽雅，文雅，雅致。

おくゆき◎【奥行き】進深，縱深。↔間口。

おくゆるし◎【奥許し】得真傳。

おくら◎【御蔵】收藏起來，擱置，停。「～になる」取消演出計畫。「～入り」收藏起來不用；擱置起來。

オクラ◎【okra】秋葵。

おぐら・い◎◎【小暗い】（形）微暗，發暗，稍暗。「昼でも～・い深山の道」即使在白天也發暗的深山小路。

おくら・す◎【遅らす・後らす】（動五）拖延。「開始の時間を～・す」延遲開始的時間。

おくら・せる◎◎【遅らせる・後らせる】（動下一）拖延。「出発を～・せる」延遲出發。

おくり◎【送り】①送，寄。「～先」寄往地點。「順～」依次傳送；按順序傳遞。「野辺の～」送殯。②送，伴送。↔迎え。③變更管轄。「検察庁～」檢察廳變更管轄。

おくりがな◎【送り仮名】送假名。為輔助漢字讀音而附在漢字後面的假名。

おくりこ・む◎【送り込む】（動五）送進，送入，派進。「病人を病院へ～・む」把病人送進醫院。

おくりじょう◎【送り状】發票，發貨單，裝貨清單。

おくりだ・す◎【送り出す】（動五）①送出，送行。②送出。「名作を世に～・す」讓名著問世。

おくりつ・ける◎【送り付ける】（動下一）送交，送到。「督促状を～・ける」送交督促書狀。

おくりび◎【送り火】送靈火。↔迎え火

おくりもの◎【贈り物】贈物，贈品，禮品，禮物。

おく・る◎◎【送る】（動五）①郵寄，寄送，寄。「プレゼントを～・る」送禮物。②傳遞，傳送。「合図を～・る」傳遞信號。③派遣，打發。「留学生を～・る」派遣留學生。「バントで三塁へ～・る」透過觸擊球使（跑者）上三壘。④送行，送別，伴送。「友人を～・る」送別友人。「お客さんを玄関まで～・る」把客人送到門口。⑤送終。「母を～・る」為母親送終。⑥送葬，送殯，出殯。「死者を～・る」埋葬死者。⑦經過，度過。「少年時代を北海道で～・った」在北海道度過少年時代。⑧傳，送，傳遞。「れんがを手で～・る」用手傳遞磚。⑨標上，加注上。

おく・る◎◎【贈る】（動五）①贈，贈送，送禮。「先生にプレゼントを～・る」送老師禮品。②贈給。「博士号を～・る」授予博士學位。

おくるみ◎【御包み】（棉）斗篷，嬰兒包被。

おくれ◎【遅れ】晚，遲，延誤。「～を取り戻す」把延誤的時間搶回來。「1時間～」晚1小時。

おくれ◎【後れ】落後。「開発の～」開發延宕。

おく・れる◎◎【遅れる】（動下一）①遲，延誤，耽誤。「返事が～・れて、失礼しました」回信遲了，很抱歉。②落伍，落後。↔進む「完成が～・れる」比預定完成的進度要落後。「このとけいは10分～・れている」這個錶慢了10分鐘。

おく・れる◎◎【後れる】（動下一）①落後，落伍，過時，趕不上。「流行に～・れる」沒趕上流行。②晚死。「夫に～・れる」丈夫先死了。③害怕，怯懦，退縮。

お

おけ◎【桶】 木桶。

オケ◎ 管弦樂，管弦樂團的簡稱。

おけら◎【朮】 蒼朮。植物名。

おける◎【於ける】（連語） 於，在，在…的，在…情形（下）。「英国に～内陸交通発達史」英國的內陸交通發達史。

おこ◎【烏滸・尾籠】 蠢，痴呆，糊塗，無知。「～の沙汰さた」糊塗行為。

おこえがかり◎【御声掛かり】 推薦，舉薦，提拔，打個招呼。

おこがまし・い◎【烏滸がましい】（形） 不知分寸，可笑，狂妄，冒昧。「～・い言い方」狂妄無知的說法。

おこげ◎【御焦げ】 鍋巴。

おこさま◎【御子様】 ①令郎，令媛。②小孩，孩子。「～ランチ」兒童午餐。

おこし◎【粔籹】 糯米糖，米花糖。

おこし◎【御越し】 ①「行く」的敬語。「どちらへ～ですか」您到哪兒去？②「来る」的敬語。「～をお待ちしています」恭候您的光臨。

おこじょ◎ 掃雪鼬，白鼬。

おこ・す◎【起こす】（動五） ①扶起，立起。「転んだ子供を～・す」把跌倒的孩子扶起來。②叫醒，弄醒。「明日早く～・してください」明天早點叫醒我。③翻，翻動。「畑を～・す」翻地。④發起，發動，掀起，鬧起，發生。「交通事故を～・す」發生交通事故。⑤起，引起，惹起，升起。「好奇心を～・す」引起好奇心。⑥興起，開辦，振興。「会社を～・す」開辦公司。「伝票を～・す」開傳票。

おこぜ◎【鰧・虎魚】 日本鬼鮋。→オニオコゼ

おごそか◎【厳か】（形動） 莊嚴，嚴肅，莊重。「～な雰囲気」莊嚴肅穆的氣氛。

おこた◎ 被爐，暖爐。

おこた・る◎【怠る】（動五） 懶怠，懈怠，怠慢，疏忽。「注意を～・る」疏忽大意。

おこない◎【行い】 ①行為，行動，動作。②品行，舉止。「日頃の～が悪い」平時的品行不端。

おこないすます◎【行い澄ます】（動五） 清心寡欲，淨心修行。

おこな・う◎◎【行う】（動五） ①為，辦，做。「文化祭を～・う」舉辦文化節。②進行，實行，實施，執行，開展，履行。「言うは易く～・うは難し」說起來容易做起來難。

おこなわ・れる◎【行われる】（動下一） 盛行，流行，風行。「この説が今は～・れている」這種說法現在很盛行。

おこのみやき◎【お好み焼き】 什錦燒。

おこぼれ◎【お零れ】 餘惠。「～にあずかる」跟著沾點光。

おこも◎【御薦】 乞丐。

おこもり◎【御籠り】 スル 閉關。

おこり◎【起こり】 ①來源，由來。「地名の～」地名的由來。②起因，緣由。「事の～」事情的起因。

おごり◎【奢り】 ①奢，奢華。②請客，作東，招待。「今日は私の～だ」今天我請客。

おこ・る◎【怒る】（動五） ①發怒，怒。②怒斥，訓斥。「親にひどく～・られた」被父親狠狠地訓了一頓。

おこ・る◎【起こる】（動五） ①起，發生，開始。「戦争が～・る」發生戰爭。②起，有，萌發，燃起，激起。「いたずら心が～・る」萌發出惡作劇的想法。

おご・る◎◎【奢る】（動五） ①奢，奢華，奢靡。「口が～・っている」講究吃，講究口味。②請客，招待，款待。「先輩に～・ってもらう」讓前輩請客。

おご・る◎◎◎【驕る・傲る】（動五） 驕傲，傲慢。「～・った態度をとる」採取傲慢的態度。

おごる平家は久しからず 驕者必敗。

おこわ◎【御強】 硬飯，紅豆糯米飯。

おさ◎【筬】 杼，筘。紡織機的附屬工具之一。

おさえ◎◎【押さえ・抑え】 ①按，摁，壓，捂。「石を～にする」用石頭壓住。②威勢，鎮懾力，威懾力。③殿軍。

おさえこ・む◎【押さえ込む】（動五） 壓住，按住，扣住，摁住，控制，壓

制。「反主流派の動きを~・む」壓制住反主流派的行動。

おさえつ・ける⓪⑤【押さえ付ける・抑え付ける】（動下一）　壓制，控制，管制，鎮壓。「反対派を~・ける」鎮壓反對派。

おさ・える⓪【押さえる】（動下一）　①壓，摁，按。「紙を~・えながら字を書きます」一邊按著紙，一邊寫字。②掩，摀。「口を~・える」摀住嘴。「傷口をガーゼで~・える」用紗布摀住傷口。③扣押，扣留，扣住。「三人分は~・えておく」留出三人分。④抓住，掌握。「要点を~・える」抓住要點。

おさ・える⓪【抑える】（動下一）　①抑制，扼制，控制。「感情を~・える」控制感情。②壓制，鎮壓。「反対意見を~・える」壓制反對意見。③扼制，抑制。「怒りを~・える」扼制怒火。④控制，抑制。「価格を~・える」控制價格。

おさおさ①（副）　絲毫（無），完全。「準備~おこたりなし」準備充分，無懈可擊。

おさがり⓪【御下がり】　①撤下供品。②撤下的榮餚，殘羹剩飯。③（撿）舊用物。「兄の~の服」撿哥哥的舊衣服。

おさき⓪【御先】　①先，率先。「先」的禮貌說法。「どうぞ~に」您先請吧。②以後，將來，前途。「~真っ暗」前途渺茫（暗淡）。

おさげ⓪【御下げ】　垂肩辮，髮辮。

おさだまり⓪【御定まり】　照例，老套。「~の文句」陳腔濫調。

おさと⓪【御里】　①娘家。②出身，來歷，老底。「~が知れる」露出原形；露出馬腳。被掀老底。

おさな・い⓪③【幼い】（形）　①幼小，年幼。「~・い子供」年幼的孩子。②幼稚，不成熟。「~・い考え」幼稚的想法。

おざなり⓪【御座成り】　應景，應付過場。「~を言う」說敷衍場面的話。

おさま・る③【治まる】（動五）　①治，平定，平息。「争いが~・る」平息爭

論。②治，安定，穩定。「国が~・る」國家安定，和平。③穩定，滿意，滿足。「気持ちが~・る」情緒穩定。④治癒，復元，康復。「痛みが~・る」治癒疼痛。

おさむ・い⓪【御寒い】（形）　①冷，寒冷。「寒い」的禮貌語。②寒酸，貧乏。「~・い予算」寒酸的預算。

おさ・める③【治める】（動下一）　①治，治理。「国を~・める」治國。②平定，平息。「けんかを~・める」平息爭吵。③治，治理，管理。「家を~・める」治（管）家。

おさ・める③【納める・収める】（動下一）　①收納，收存，收藏，放進。「金を箱に~・める」把錢放在箱子裡。②納入，歸納。「400字以内に~・める」歸納到400字以內。③收到，獲取，取得，獲得。「薬が効果を~・める」有藥效。④收，接納，收下。「謝礼を~・める」收謝禮。⑤繳納，交納，上繳。「会費を~・める」繳納會費。⑥收入，納入。「目録に~・める」收入目錄。⑦平息，結束。「怒りを~・める」平息憤怒。

おさらい⓪【御浚】　ㇲㇽ　①複習，溫習。②排練，排演。「~会」彩排；預演會。

おさらば①　①分別，告別。「高校生活とも~だ」也與高中生活告別。②（感）再見。「いざ、~」那麼，再見吧。

おさん⓪【御産】　分娩。

おさんどん②　①炊事女傭人。②炊事，做飯。

おし⓪【押し】　①推，壓，推力，壓力。②魄力，毅力，推行。「~が強い」魄力強。

おし⓪【唖】　唖，唖巴。

おじ⓪【伯父・叔父】　叔父，伯父，舅父。↔おば

おしあいへしあい⓪【押し合い圧し合い】　擁擠，推擠。

おしあ・てる⓪【押し当てる】（動下一）　壓上，按上，摀上，按到。「手を目頭に~・てる」用手摀住眼角。

おし・い②【惜しい】（形）　①愛惜，珍

おし・い。「時間が～・い」時間寶貴；珍惜時間。②可惜。「チャンスをのがしたの～・い」錯過了好機會，真遺憾。③捨不得。「これをすてるには～・いと思う」扔掉這個有點可惜。

おしいれ◎【押し入れ】 壁櫥，壁櫃。

おしうり◎【押し売り】スル ①硬性推銷，強賣（人）。②強迫接受，硬性灌輸。「親切の～」獻慇情。

おしえ◎【教え】 教，教導，教誨。「～を請う」請教。

おしえ◎【押し絵】 貼畫，貼花。

おし・える◎◎【教える】（動下一） ①教，教授。「日本語を～・える」教日語。②指點，指教。「えきへ行く道を～・えてください」請告訴去火車站的路。③教，教訓，教誨，告誡。「歴史の～・える所」歷史的教訓。

おしおき◎【御仕置き】 懲罰，懲處。

おしかえ・す◎【押し返す】（動五） 頂回去，推回去。「押されたら～・せ」被壓迫，就要反抗！

おしかく・す◎【押し隠す】（動五） 拼命隱瞞，拼命掩飾。「痛みを～・す」拼命隱瞞疼痛。

おしかけにょうぼう◎【押し掛け女房】 硬上門成親的老婆，自己送上門的老婆。

おしか・ける◎【押し掛ける】（動下一） ①不請自來，逕自去。「～・けて来たお客さんです」不請自來的客人。②蜂擁而至，擁到，湧進。「生徒たちが教室へ～・けていく」學生們向教室蜂擁而去。

おしき◎【折敷】 食盤，托盤，木製方盤。

おじぎ◎【御辞儀】スル 行禮，敬禮，鞠躬。

おしきせ◎【御仕着せ】 上級慣例。

おしき・る◎【押し切る】（動五） ①鍘。②不顧，排除。「親の反対を～・って結婚した」不顧父母的反對結了婚。

おしくら◎【押し競】 互推遊戲。

おしくらまんじゅう◎【押し競饅頭】 擠香油。一種小孩遊戲。

おじけ◎【怖気】 害怕，膽怯，畏懼。「～がつく」膽怯起來。

おしこみ◎【押し込み】 破門搶劫的強盜。

おしこ・む◎【押し込む】（動五） ①闖入，闖進。「おおぜいの人が～・んできた」很多人闖了進來。②硬擠進，硬裝到，塞進。

おしこ・める◎【押し込める】（動下一） 塞進，硬擠進。

おしころ・す◎【押し殺す】（動五） 強忍住，憋住。「笑いを～・す」強忍住笑。

おじさん◎【小父さん】 叔叔，伯伯。↔おばさん

おじさん◎【伯父さん・叔父さん】 叔叔，伯伯，大叔，大伯。↔おばさん

おしずし◎◎【押し鮨】 模壓壽司，大阪式壽司。

おしすす・める◎【推し進める】（動下一） 推進，推動，推行。「計画を～・める」推動計畫。

おしたじ◎【御下地】 醬油。

おしだし◎【押し出し】 ①推出，擠出。②儀表，風采，風度，外表。「～がよい」風度好。

おしだ・す◎【押し出す】（動五） ①擠出，擠壓出。②推出，走出，闖入。③蜂擁而出，出動。「花見に～・す」蜂擁去賞花。

おした・てる◎【押し立てる】（動下一） ①豎起，扯起，舉起，揭起。「看板を～・てる」豎起招牌。②推舉，擁戴。「主将に～・てる」推舉爲主將。③猛推。「土俵際まで～・てる」猛推到相撲比賽區邊緣。

おしだま・る◎【押し黙る】（動五） 沉默不語，一言不發。「先生にしかられて～・る」被老師批評得一言不發。

おしちや◎◎【御七夜】 第七夜。嬰兒出生的第七天。

おしつけがまし・い◎【押し付けがましい】（形） 強迫命令式，強加於人，硬逼著。「～・い態度」強迫命令式的態度；強加於人的態度。

お

おしつ・ける⓪【押し付ける】（動下一）
①壓住，按住，頂住。「手で～・ける」
用手按住。②強加，強迫，強制。「仕事
を～・ける」把工作硬推給別人。

おしっこ⓪〔幼兒語〕小便。

おしつぶ・す⓪【押し潰す】（動五）　①
壓爛，擠碎。②壓垮。「少数派の意見
を～・す」壓垮少數派的意見。

おしつま・る⓪【押し詰まる】（動五）
①迫近年底，逼近年關。「今年も～・っ
た」今年也迫近年關了。②迫近，臨
近，逼近。「納期が～・る」交納期限臨
近。

おして⓪【押して】　①（連語）硬，硬
要，冒著。「風雨を～出発した」冒著風
雨出發。②（副）硬要，勉強。「無理を
承知で～頼んだ」明知勉強還要硬求。

おしとお・す⓪【押し通す】（動五）　堅
持到底，硬要堅持。「自分の意見を～・
す」固執己見。

おしどり⓪【鴛鴦】　鴛鴦。

おしなが・す⓪【押し流す】（動五）　①
沖走，沖垮。②驅使，推動。「流行に～
・される」受流行所驅使（推動）。

おしなべて⓪【押し並べて】（副）　①一
般說來，概括地說，總體看來。「～緑の
天地になった」到處是綠色的世界。②
全都一樣，完全相同，一律。「～成績が
よい」總括來說，成績還不錯。

おしの・ける⓪【押し退ける】（動下一）
推開，排擠掉。「人を～・けて出る」推
開別人（自己）到前面去。

おしのび⓪【御忍び】　微服出行，私訪。

おしば⓪⓪【押し葉】　押花樹葉。

おしはか・る⓪【推し量る】（動五）　揣
測，猜測，揣度。「相手の気持ちを～・
る」揣測對方的心情。

おしばな⓪【押し花】　押花。

おしひろ・める⓪【押し広める】（動下
一）　推廣，傳播。「仏教を～・める」
傳播佛教。

おしべ⓪【雄蕊】　雄蕊。↔雌蕊

おしボタン③【押し―】　按鈕。

おしぼり⓪【御絞り】　溼手巾，冰（熱）
毛巾。

おしまい⓪【御仕舞い】　①結束，完了。
「これで～」到此結束。②無望，完
蛋，沒指望。「ここで失敗したら～だ」
要是在此失敗的話就全完了。③售完，
沒貨。

おし・む【惜しむ】（動五）　①吝惜，
吝嗇，捨不得。「金を～・む」吝惜錢。
②惜力。「骨身を～・む」怕辛苦。③愛
惜，珍惜。「時間を～・む」珍惜時間。
「名を～・む」愛惜名聲。④惋惜，可
惜。「友の死を～・む」對朋友的死感到
遺憾。

おしむぎ⓪【押し麦】　麥片。

おしめ⓪【襁褓】　尿布。

おじめ⓪【緒締め】　玉牌，玉佩，玉墜。

おしめり⓪【御湿り】　及時雨。「いい～
ですね」及時雨。

おしもんどう③【押し問答】ｽﾙ　對吵，爭
吵，爭論。

おじや⓪　雜燴粥，菜粥。

おしゃか⓪【御釈迦】　①御釋迦。②廢
品。「～になる」成為廢品。

おしゃく⓪【御酌】ｽﾙ　斟酒。

おしゃぶり⓪　奶嘴。

おしゃべり⓪【御喋り】ｽﾙ　①聊天，閒
談。「～も必要だ」聊聊天也是必要的。
②健談，多嘴多舌者。「～な人」多嘴多
舌的人。

おしゃま⓪　早熟，少年老成。「～な子」
早熟的女孩。

おしや・る⓪【押し遣る】（動五）　推
開，推過去，推到一邊。「隅に～・る」
推到角落裡。

おしゃれ⓪【御洒落】ｽﾙ　好打扮，好修
飾，愛漂亮。「～する」打扮。

おじゃん⓪　沒成，告吹，拉倒。「～にな
る」告吹。

おしゅう⓪【汚臭】　污臭。

おじゅう⓪【御重】　套盒（的禮貌說
法）。

おしょう①【和尚】　和尚。

おじょうさん⓪【御嬢さん】　令媛，小
姐。

おじょうず⓪【御上手】　會說話，奉承
話。「～を言う」說奉承話。

おしょく◎【汚職】 瀆職，貪污。

おじょく◎【汚辱】 污辱。「～をあばく」揭發貪污。

おしよ・せる◎【押し寄せる】（動下一）蜂擁而至，湧過來。「おおぜいの人が洪水のように～・せてきた」很多人像洪水般湧了過來。

お・じる◎【怖じる】（動上一）害怕，膽怯。「物音に～・じる」害怕聲響。

おしろい◎【白粉】 白粉，香粉。

オシログラフ③【oscillograph】 示波器，錄波器。

オシロスコープ⑤【oscilloscope】 示波器，陰極射線示波器。

おしわ・ける◎【押し分ける】（動下一）推開，撥開。「葦を～・けて進む」撥開蘆葦向前走。

おしん◎【悪心】 噁心。

おじん 大叔。↔おばん

おしんこ②【御新香】 新醃菜，新鹹菜，新醬菜。

おす◎【雄・牡】 雄，公，牡。↔雌

お・す◎◎【押す】（動五）①推，撐。↔引く。「ドアを～・す」推開門。「乳母車を～・す」推嬰兒車。②壓，按。「空気入れを～・す」按壓打氣筒。③蓋印。「判子を～・す」蓋章。④貼。「金箔を～・す」貼金箔。⑤壓倒（對方）。「相手の気迫に～・される」被對方的氣勢壓倒。⑥強加於人。「理詰めで～・す」以理服人。⑦堅持，貫徹。「医学部受験一本槍で～・す」堅持通過醫學部的考試。⑧不顧，冒著。「病気を～・して出席する」帶病出席。

お・す◎◎【推す】（動五）①推舉，推選。「委員に～・す」推選爲委員。②猜測，推斷，推想。「日ごろの言動から～・して、かれにまちがいない」根據平時的言行，推斷是他沒錯。

おすい◎【汚水】 污水，髒水。「～を処理する」污水處理。

オスカー①【Oscar】 奧斯卡。

おすそわけ◎【御裾分け】 スル 分贈，轉送，分享。

おすまし③【御澄まし】 ①假裝一本正經（的人）。②清湯，高湯。

おすみつき◎【御墨付き】 ①附御墨。②有保證，有認可。「～が与えられる」得到權威人士的保證。

オセアニア③【Oceania】 大洋洲。

おせおせ◎【押せ押せ】 ①波及，牽連，影響到。②勢不可擋，壓倒優勢。「～ムード」勢不可擋的風氣。

おせじ◎【御世辞】 恭維（話），奉承（話）。

おせち②【御節】 節日菜餚，過年飯。「～料理」新年菜餚。

おせっかい②【御節介】 愛多管閒事，愛瞎操心。

オセロ①【Othello】 奧塞羅棋。

おせん◎【汚染】 スル 污染。「放射能に～される」遭幅射污染。

おぜんだて◎【御膳立て】 スル ①備膳，備餐，準備飯菜。②準備好，籌備齊。

おそ・い◎◎◎【遅い】（形）①晚，遲。↔はやい。「帰りが～・い」回來得晚。②晚，來不及。「後悔しても、もう～・い」即使後悔也來不及了。③慢，緩慢，遲鈍。↔はやい。「理解が～・い」理解得慢。

おそいかか・る◎【襲い掛かる】（動五）襲來，撲來。

おそ・う◎【襲う】（動五）①襲撃，偷襲。「強盗が銀行を～・う」強盜搶劫銀行。②襲撃，侵襲。「台風に～・われる」遭到颱風侵襲。③侵擾，困擾，襲擾。「恐怖に～・われる」被恐怖的心情所籠罩。④襲，承襲，沿襲，繼承。「父の事業を～・う」繼承父業。⑤突然前往，突然造訪。「忙しい所を友だちに～・われる」正忙碌的時候，朋友突然來了。

おそうまれ◎◎【遅生まれ】 晚生，生得晚（的人）。指4月2日至12月31日出生，亦指某人。↔早生まれ

おぞけ◎【怖気】 害怕，膽怯。畏懼。

おそざき◎【遅咲き】 晚開，遲開。↔早咲き

おそじも◎【晚霜】 晚霜。進入4～5月後下的霜。

おそぢえ◎【遅知恵】 ①智力發育晚。②事後諸葛，馬後砲。

おそで◎【遅出】 上班晚。↔早出

おそなえ◎【御供え】 供品。「～物」供品。

おそばん◎【遅番】 晚班。↔早番

おそまき◎【遅蒔き】 ①晚播，晚種。②錯過機會，下手太晚。「～ながら受験勉強を始める」盡管著手晚了點，但還是開始準備考試。

おぞまし・い◎【悍ましい】（形） 討厭，令人不愉快。「～い出来事」令人不愉快的事。

おそまつ◎【御粗末】（形動） 粗糙，不精細。「～な物ですが，差上げます」不是什麼好東西，請收下。

おそらく◎【恐らく】（副） 恐怕，或許。「～できないだろう」恐怕不會吧！

おそれ◎【恐れ】 ①畏懼，害怕。「～をいだく」心懷畏懼。②虞，恐怕。「台風が上陸する～がある」擔心颱風登陸。

おそれい・る◎【恐れ入る】（動五） ①欽佩。「おみごと，～りました」太棒了，真佩服您。②吃驚，嚇呆。「あれで天才のつもりだから～る」那樣還自認爲天才，真讓人感到吃驚。

おそれおお・い◎【畏れ多い】（形） 誠惶誠恐，不勝惶恐，不勝感激。

おそれげ◎【恐れ気】 害怕，畏懼的樣子。

おそれながら◎◎◎【恐れ乍ら】（副） 很抱歉，不揣冒昧。「～申し上げます」恕我冒昧直言。

おそ・れる◎【恐れる・怖れる・懼れる・惧れる】（動下一） ①怕，害怕，懼怕。「死を～・れる」怕死。②恐怕，擔心。「失敗するのを～・れる」擔心失敗；害怕失敗。

おそろし・い◎【恐ろしい】（形） ①嚇人的，可怕的，令人害怕的，令人恐懼的。「～・い人」可怕的人。②可怕。「地震によるパニックが～・い」地震引起的混亂十分可怕。③驚人，非常。「～・く暑い」天熱得驚人。④可怕。「慣れとは～・いもので」習慣是很可怕

怕的東西。

おそわ・る◎◎【教わる】（動五） 受教，跟…學習。「その先生に～・ったことがある」我曾受教於那位老師。

おそわ・れる◎【魘れる】（動下一） 魘住，夢中驚叫。「悪夢に～・れる」惡夢魘住。

おそん◎【汚損】 スル 污損，玷污。

オゾン◎【ozone】 臭氧。

オゾンそう◎【―層】 臭氧層。

おだ◎ 大吹大擂。

おたあさま◎【御母様】 母親大人。↔おもうさま

おだいもく◎【御題目】 御題目，南無妙法蓮華經。

おたいらに◎【御平らに】（連語） 隨便坐。

おたおた◎（副） スル 慌慌張張。

おたか・い◎【御高い】（形） 驕傲自大，架子大的。「～・く構える」擺架子。

おたがい◎【お互い】 彼此，相互。

おたがいさま◎【お互い様】 彼此彼此，彼此一樣。

おたから◎【御宝】 寶貝，珍寶。

おだき◎【雄滝】 大瀑布，雄瀑。↔雌滝

おたく◎【御宅】 ①您家，府上，貴府。②貴方，貴處。「～の社長さん」貴公司的社長。

おだく◎【汚濁】 スル 污濁，混濁。「水質～」水質混濁。

おだけ◎【雄竹】 大竹。

おたけび◎◎【雄叫び】 吶喊，吼聲。

おたずねもの◎【御尋ね者】 通緝犯，逃犯。

おたちだい◎◎【御立ち台】 ①演講台。②採訪台。

おたっし◎【御達し】 指令，通知，通告。「その筋の～により…」根據有關方面命令……。→たっし（達）

おだて◎【煽て】 煽動，慫恿，恭維，戴高帽。「～にのる」受人慫恿。

おだ・てる◎【煽てる】（動下一） 捧，煽動，慫恿，奉承，恭維，戴高帽。「兄

お

を～・ててかわぐつを買ってもらった」奉承哥哥一番，讓他給我買了一雙鞋。

おたふく②【阿多福】 ①醜女面具。「阿多福面」的簡稱。②醜女人。

おたふくかぜ⑤【阿多福風邪】 痄腮。流行性腮腺炎的俗稱。

おだぶつ②⓪【御陀仏】 成佛。「落ちたら～だ」掉下去就嗚呼哀哉了。

おたまじゃくし⑤【御玉杓子】 ①圓杓子，湯杓。②蝌蚪。

おたまや⓪【御霊屋】 靈堂，祖廟，祠堂。

おだやか⓪【穏やか】（形動） ①平穩，平靜。「～な海」平靜的海面。②溫和，沉穩，安詳。「～な性格」溫和的性格。

オダリスク③【法 odalisque】 宮女。

おたんこなす⓪ 愚蠢，笨蛋。

おたんちん⓪ 笨蛋，愚笨。

おち②【落ち】 ①遺漏，遺誤，疏忽。「リストに～がある」名單上有遺漏的。②結果，下場。「失敗するのが～だ」落個失敗的結局。

おちあ・う③【落ち合う】（動五） ①會合，相會，碰面。「約束して七時に公園で～・う」約好了7點在公園會合。②匯合。河與河匯流。

おちあゆ③【落ち鮎】 降河香魚。

おちい・る⓪【陥る】（動五） ①陷，落入，掉進。「穴に～・る」陷進坑裡。②中圈套，上當。「敵の術中に～・る」中敵人的圈套。③陷入，瀕於。「混乱に～・る」陷入混亂狀態。

おちうお③【落ち魚】 降河魚。

おちおち①③【落ち落ち】（副） 安穩，安心。「心配で夜も～眠れない」擔心得夜裡也無法安穩入睡。

おちこぼれ⓪【落ち零れ】 ①撒出物，漏出物。②殘餘物，剩餘物，餘惠。③落後生。

おちこ・む⓪【落ち込む】（動五） ①落進，掉進，墜入。「川に～・む」掉進河裡。②凹陷，下陷，塌陷。「過労のため急に目が～・んだ」過於勞累兩眼一下子塌下去了。③跌落，掉下，下滑。「業

績が～・む」業績下滑。④低落，消沉。「彼はこのごろ～・んでいるんです」他最近情緒低落。

おちつきはら・う⑥【落ち着き払う】（動五） 非常沉著，十分鎮靜。

おちつ・く⓪⓪【落ち着く】（動五） ①平穩，穩定。「物価が～・く」物價穩定。②安定，安穩，定居，安頓。「結婚して、生活が～・く」婚後生活安定下來。③有頭緒，有著落，有歸結。「交渉は～・いた」交渉有了結果。④穩定，平靜，安詳，溫和。「気分が～・く」情緒穩定。⑤沉著，鎮靜。「～・いて避難しなさい」請沉著避難。⑥穩，靜，諧調，勻和。「～・いた色」淡雅的顏色。

おちど⓪【落ち度】 罪過，錯誤，失策，過失。

おちの・びる③【落ち延びる】（動上一） 安全逃到遠方。「犯人が東京へ～・びた」犯人安全地逃到東京去了。

おちば⓪【落ち葉】 落葉。

おちぶ・れる⓪④【零落れる・落魄れる】（動下一） 落魄，淪落，零落。

おちぼ⓪③【落ち穂】 落穗。「～拾い」拾落穗（的人）。

おちめ⓪⓪③【落ち目】 敗運，衰敗，倒楣運。「～になる」走霉運；運過勢衰。

おちゃ⓪【御茶】 ①茶（的禮貌說法）。「～を入れる」沏茶；泡茶。②茶道。「～を習う」學習茶道。

おちゃらか・す④（動五） 戲弄，調侃，尋開心，開玩笑。「人の話を～・す」拿別人的話尋開心。

おちょう⓪【雄蝶】 雄蝶。↔雌蝶

おちょく・る③（動五） 揶揄，開玩笑，愚弄人。「人を～・る気か」想愚弄人嗎？

おちょぼぐち③【おちょぼ口】 櫻桃小口，小噘嘴。

お・ちる②【落ちる】（動上一） ①落，墜，掉下。「雨が～・ちる」下雨。②脫落，剝落，褪掉。「色が～・ちる」褪色。③漏掉，遺漏。「名前が名簿から～・ちている」名字從名冊上漏掉了。④低落，降低，衰落。「人気が～・ちる」

人氣下降。⑤落榜，沒考中。「試験に~・ちる」沒考上。⑥陷落。「城が~・ちる」城池淪陷。⑦陷入，落入。「罠に~・ちる」落入圈套。⑧逃亡，遁逃。「都を~・ちる」逃離都城。⑨得標。「競売で~・ちる」拍賣會上得標。⑩結算，清算。「手形が~・ちる」票據結算。⑪坦白，招供。

おつ[1]【乙】　乙。

おっかけ[0]【追っ掛け】　①追趕。②隨後，緊接著。「~続編を出す」緊接著出續集。③（電影）追蹤場面。

おっか・ける[4]【追っ掛ける】（動下一）追趕。「泥棒を~・ける」追趕小偷。

おっかな・い[4]（形）　可怕的。「夜道は~・い」怕走夜路。「~・い顔」可怕的面孔。

おっかなびっくり[5]（副）　膽戰心驚，戰戰兢兢。「~夜道を歩いている」提心吊膽地走在夜路上。

おっかぶ・せる[5]【押っ被せる】（動下一）　①蓋，蓋上。②推卸，轉嫁，推諉。「責任を人に~・せる」把責任推給別人。③壓服，倨傲，頤指氣使。「~・せるように命じる」頤指氣使地發號施令。

おつき[0]【御付き】　侍從，隨從，隨員。

おつぎ[0]【御次】　其次，下一位。「~はどなたですか」下一位是哪位？

おっくう[3]【億劫】　懶得，不想動。「考えるのも~だ」連想都懶得想。

オックステール[5]【oxtail】　（烹調用）牛尾。

おつくり[0]【御作り・御造り】　①梳妝，打扮，化妝。②〔原爲婦女用詞〕生魚片。

おつけ[0]【御汁】　①湯，清湯。②味噌湯。

おつげ[0]【御告げ】　天啓，神諭。

おっこ・ちる[4]（動上一）　落下，掉下，落第。「溝に~・ちる」掉進溝裡。「試験に~・ちた」考試不及格。

おっこと・す[4]（動五）　使落下，失掉，遺失。「財布を~・した」把錢包弄丟了。

おっさん[0]　大叔，叔叔。

おっしゃ・る[3]【仰る・仰有る】　（動五）①說，講，叫，稱。「言う」的敬語。「先生の~・るとおりです」正如老師您說的那樣。②稱爲…。叫作…。「お名前はなんと~・いますか」您叫什麼名字？

オッズ[1]【odds】　賠率，機會。

おっちょこちょい[5]　輕浮，輕佻，毛手毛腳（的人）。

おっつかっつ[4]（形動）　①不相上下，不分軒輊，相仿。「体格は私と~だ」體格與我相仿。②幾乎同時。「~に帰国した」差不多同時回國。

おって[0]【追っ手】　追捕者，追趕者，追兵。「~がかける」派兵追。

おって[3][0]【追って】（副）　隨後，一會兒。「結果は~お知せします」結果日後通知您。

おっと[0]【夫】　夫，丈夫。↔妻

おっとせい[3]【膃肭臍】　海狗。

おつとめ[0]【御勤め】　①工作，職業，上班。「勤め」的禮貌語。「どこに~ですか」您在哪裡高就？②做功課。在佛前念經，修行。③服務，特價。「~品」特價品。

おっとり[3]（副）スル　大方，穩重。「~（と）構える」落落大方。

おっとりがたな[5]【押っ取り刀】　手拿著刀，匆忙，慌忙。「~で現場にかけつける」急急忙忙地跑到現場。

おっぱい[0]〔幼兒語〕奶。乳汁，亦指乳房。

おっぱら・う[4]【追っ払う】（動五）　轟走，趕走，驅逐。「おいはらう」的強調說法。「野次馬を~・う」驅散起哄的人群。

おっぽ[3]【尾っぽ】　尾巴。「馬の~」馬尾巴。

おっぽりだ・す[3]【おっ放り出す】（動五）　扔出，拋出，逐出。「窓からごみを~・す」從窗戶扔出垃圾。

おつむ[2]　頭，腦袋。主要爲幼兒用語。「~が痛い」頭痛。

おつもり[0]【御積もり】　最後一杯酒，散

席。「このへんで~にしよう」就喝最後一杯酒吧。

おつや◎【御通夜】 守夜。

おつり◎【御釣り】 找零錢，找錢。「釣り錢」的禮貌語。

おてあげ◎【御手上げ】 沒轍，認輸，舉手投降。「こう不景気では商売も~だ」要是這樣不景氣的話，買賣也只好認賠了。

おでい◎【汚泥】 ①污泥。「~にまみれる」滿身污泥。②淤渣，泥漿，礦泥，淤泥，油泥。

おでき②【御出来】 膿疱，疙瘩，癤子。

おでこ◎ 額，前額，天庭。

おてだま②【御手玉】 擲沙包遊戲。

おてつき◎◎【御手付き】 ①摸錯牌。②染指下女。

おてつだいさん②【御手伝いさん】 女傭人，管家。

おてまえ◎【御手前】 點茶技法（手法），泡茶方法。

おでまし◎【御出座】 外出，出門，蒞臨，大駕光臨。「国王が式場に~になりました」國王親臨現場了。

おてもと◎【御手元・御手許】 手頭，身邊。

おてもり◎【御手盛り】 為自己打算，謀取私利，利己主義。「~法案」謀取私利的法案。

おてやわらか④【御手柔らか】 （形動）手下留情。「~に願いします」請手下留情。

おてん◎【汚点】 ①污點，污跡。②污點，瑕疵。「服に~がつく」衣服髒了一塊。

おでん◎【御田】 ①關東煮。②御田煮。把豆腐穿成串蘸醬燒烤，或將蒟蒻、芋頭等煮後穿成串，抹上味噌的食物。

おてんきや◎【御天気屋】 喜怒無常的人。

おてんとうさま◎【御天道様】 太陽公公。對太陽的親暱稱呼。

おてんば◎【御転婆】 野丫頭，頑皮女孩，輕佻女子。

おと◎【音】 ①音，聲音，響聲。②名

聲。「~に聞こえた富士山」聞名的富士山。

おとあわせ◎【音合わせ】 スル ①調音。②試音。

おといれ◎【音入れ】 スル ①配音。②泛指一般的錄音、灌製唱片。

おとうさん②【お父さん】 父親，爸爸。

おとうと④【弟】 弟弟。↔兄。

おとおし◎【御通し】 小菜，涼菜，冷盤。

おどおど①（副）スル 戰戰兢兢，提心吊膽，恐懼不安，惴惴不安。

おとがい◎【頤】 頰，下巴。

おどか・す◎【脅かす・威かす・嚇かす】（動五）①威脅，脅迫，威逼，恐嚇，嚇唬。「ナイフで~・す」用刀子威脅。②震驚。

おとぎ◎【御伽】 陪侍。

おとぎりそう◎【弟切草】 小連翹。

おとくい◎【御得意】「得意」的禮貌語。「~の料理」特色菜；拿手菜。「~さん」顧客；主顧。

おど・ける◎◎【戯ける】（動下一）詼諧，說笑話，開玩笑。「人のまねをして~・ける」模仿別人的動作搞怪。

おとこ③【男】 男人。↔おんな。

おとこいっぴき③【男一匹】 一條漢子，男子漢大丈夫。

おとこぐるい④【男狂い】 男人迷，男人狂。

おとこごろし④【男殺し】 男人殺手，迷人美女。

おとこざか④【男坂】 陡坡。↔女坂

おとこじょたい④【男所帯・男世帯】 男人家庭，光棍戶。↔女所帯

おとこでいり④【男出入り】 男人風波，爭風吃醋。

おとこなき◎【男泣き】 スル 男兒淚，男人哭泣。「~に泣く」男兒號啕大哭。

おとこぶり◎◎【男振り】 ①（男子的）相貌，風采，儀表。↔女振り。「~がよい」一表人材。②聲譽。男子的名譽或體面。「~を上げる」提高聲譽。

おとこみょうり④【男冥利】 男人福。↔女冥利。「~に尽きる」慶幸生為男兒

お

身。

おとこむすび⓪【男結び】　正結，正釦，男釦。↔女結び

おとこもじ③【男文字】　男人筆跡。「～の手紙」男人筆跡的信。↔女文字

おとこやもめ③【男鰥】　鰥夫。↔女寡「～に蛆がわき，女やもめに花が咲く」鰥男生蛆，寡女花香。

おとこらし・い⑤【男らしい】（形）　有男子漢氣概，像個男子漢。↔女らしい

おとさた⓪②【音沙汰】　音信，消息。

おとし⓪【落とし】　①圈套，陷阱。「～をかける」設圈套。②木片插銷，門閂。

おどし⓪【脅し・威し・嚇し】　①威脅，嚇唬，恐嚇。「～をきかす」遭到恐嚇。②稻草人。

おどし⓪【縅】　穿片鎧甲，穿甲繩。

おとしだま③【御年玉】　壓歲錢，過年禮。

おとし・める④【貶める】（動下一）　輕蔑，貶低。「人を～・めることは言うな」不要說瞧不起人的話。

おと・す②【落とす】（動五）　①使落下，使墜落，扔下，掉下。「なみだを～・す」落淚。②丟失，丟掉，遺失。「財布を～・す」丟失錢包。③落，掉，漏掉，遺漏。「二字を～・した」漏掉兩個字。④下掉，降低，減低，貶低。「スピードを～・す」放慢速度。⑤使不及格，使落選。「60 点以下の学生は～・す」60 分以下的學生不及格。⑥攻陷，攻克。「陣地を～・す」攻陷陣地。「くどき～・す」說服；勸服。⑦使陷入，使落入。「罪に～・す」誘使犯罪。⑧得標，拍板定案。「100 万円で～・す」以 100 萬日圓得標。⑨結清，清算，結算。「手形を～・す」結清票據。

おど・す⓪②【脅す・威す・嚇す】（動五）　威脅，恐嚇。「武力で～・す」以武力威脅。

おど・す⓪②【縅す】（動五）　縫綴。將鎧甲片用皮線或細繩連綴在一起。

おとず・れる④【訪れる】（動下一）　①訪問，拜訪。「先生を～・れる」拜訪老

師。②到訪，來臨。「春が～・れる」春天來臨。

おとつい⓪【一昨日】　前天，前日。

おととい③【一昨日】　前天，前日。

おととし②【一昨年】　前年。

おとな⓪【大人】　①大人，成年人。↔こども。②老成，成熟。

おとな・う③【訪う】（動五）　訪問，拜訪。「古刹を～・う」尋訪古刹。

おとなし【音無し】　無聲，無聲響，無聲息。「～の構え」屏息以待。

おとひめ②【乙姫】　龍宮仙女。

おとめ②【乙女・少女】　少女，姑娘。

オドメーター③【odometer】　里程表。

おとも②【御供】スル　陪伴，作伴，侍從，隨員。「～いたします」我陪您吧。

おどら・す③【踊らす】（動五）　①使跳舞，讓跳舞。②操縱，擺布。「黑幕に～・される」受幕後操縱。

おどら・す③【躍らす】（動五）　①使激動，使受鼓舞。「胸を～・す」心潮澎湃。②躍動，跳動。「海に身を～・す」縱身躍入海裡。

おとり⓪【囮】　①媒鳥。②誘惑物，誘餌。「お金を～に使う」以金錢爲誘餌。

おどり⓪【踊り】　舞，舞蹈。

おどりぐい③【踊り食い】　活吃。趁銀魚或蝦等活著的時候生吃。

おどりこ③【踊り子】　①舞蹈者。（盂蘭盆舞等）跳舞的人。②舞女，職業舞女。

おどりこそう⓪【踊子草】　野芝麻。

おとりさま③【御酉様】　御酉會。指酉市，11 月酉日在東京鷲神社舉行的祭禮。

おと・る②【劣る】（動五）　①劣，次，差，不如，不及。↔まさる。「体力が～・る」體力不如人。②與…相同，和…一樣。「あすも今日に～・らず暑そうだ」聽說明天的熱不亞於今天。

おど・る⓪②【踊る】（動五）　跳舞，舞蹈。「ワルツを～・る」跳華爾茲舞。

おど・る⓪②【躍る】（動五）　①跳，躍，蹦。「～・り上がって喜ぶ」興奮地跳躍起來。②跳躍，跳躍。「銀鱗が～・

る」銀鱗跳躍。③跳動，激動。「胸が~・る」心情激動。

おどろ◎（形動）蓬亂。「髮を~に振り乱す」披頭散髮。

おどろきい・る◎【驚き入る】（動五）非常驚訝，十分驚奇，大吃一驚。「見事な腕前，~~・りました」精湛的技藝，令我驚歎（折服）。

おどろ・く◎【驚く】（動五）吃驚，驚訝，驚恐，驚奇。「彼女の美しさに~・く」對她的漂亮感到驚歎。

おないどし◎【同い年】同歲，同年。

おなおり◎【御直り】請（您）換包廂。

おなか◎【御腹】腹，肚子。

おなが◎【尾長】灰喜鵲，長尾樫鳥。

おながどり◎【尾長鳥】長尾雞。

おなぐさみ◎【御慰み】助興，安慰，解悶。「うまくできたら~」若能表演得好，就算給大家助興了。

おなご◎【女子】女子。

おなさけ◎【御情け】情面，憐憫，關懷。「~で進級する」靠關說進級。

おなじ◎【同じ】（形動）①同，相同。「~教科書を使う」使用同樣的教材。②相同，一樣。「兄と~に振る舞う」舉止和哥哥一樣。「~部屋にとまる」住同樣的房間。

オナニー◎【德 Onanie】自慰，手淫。

オナペット◎【和德 Onanie＋英 pet】性幻想對象。

おなみ◎【男波】高波浪，大浪。↔女波

おなみだちょうだい◎【御涙頂戴】賺人熱淚（之作）。

おなら◎屁，放屁。

おなり◎【御成】出訪，出行，歸來，光臨。「上樣の~」貴人出行（駕到）。

おなんど◎【御納戶】儲藏室，庫房。

おに◎【鬼】鬼，鬼怪，魔鬼。

おにあざみ◎【鬼薊】鬼薊，聖薊。

おにいさん◎【お兄さん】哥哥，令兄，您哥哥。

オニオン◎【onion】洋蔥。

おにがわら◎◎【鬼瓦】①脊頭瓦，獸頭瓦。②嚴厲可怕的面孔。

おにぎり◎【御握り】飯糰（的禮貌說法）。

おにご◎【鬼子】①鬼子。與父母長像不同的孩子。②鬼孩子。姿態異常，尤指出生時就長牙的孩子。

おにば◎【鬼歯】虎牙，齙牙。

おにび◎【鬼火】鬼火，磷火。

おにもつ◎【御荷物】貨物，行李。

おにやんま◎【鬼蜻蜓】無霸勾蜓。

おニュー◎【御一】新買的物品。「~の靴に~の帽子」新鞋加新帽。

おにゆり◎【鬼百合】卷丹。植物名。

おね◎【尾根】山脊，山嶺。

おねえさん◎【お姉さん】姐姐。

おねじ◎【雄螺子】螺絲釘，螺栓。↔雌螺子（めね）

おねしょ◎スル尿床。

おねば◎【御粘】溢出黏汁。

おねり◎【御邌・御練】結隊行進。

おの◎【斧】斧子，斧頭。

おのおの◎【各・各々】[1]各，各人，一個一個。「人には~長所もあり，短所もある」人各有所長。[2]（代）各位，諸位。

おのが◎【己が】（連語）我的，自己的。「~務めを果たす」完成自己的任務。「~耳を疑う」懷疑自己的耳朵。

おのこ◎【男子】①男人。②男孩子。男性小孩。

おのの・く◎【戦く】（動五）發抖，戰慄。「恐怖のあまり~・く」嚇得發抖。

おのぼりさん◎【御上りさん】鄉巴佬，鄉下人。

オノマトペ◎◎【法 onomatopée】擬聲擬態語。

おのみ◎【尾の身】鯨尾肉。

おのれ◎【己】（代）①自己，自己自身。「~にきびしい」嚴以律己。有自知之明。②你，你這小子。「~今に見ていろ」你這傢伙，走著瞧。

おは◎【尾羽】尾羽。

おば◎【伯母・叔母】姑母，姨母，伯母，嬸母，舅母，叔母。↔おじ

おばあさん◎【お祖母さん】奶奶，姥姥，外婆。

お

オパール◎【opal】 蛋白石。

おはぎ◎【御萩】 萩餅。

おはぐろ◎【御歯黒・鉄漿】 染黑牙。

おばけ◎【御化け】 ①妖精，妖怪。②幽靈。③奇形怪狀。「～きのこ」奇形怪狀的蘑菇。

おはこ◎【十八番】 ①拿手好戲。②老毛病，習慣，癖好。

おはこび◎【御運び】 勞駕，去，來。「～をいただき光栄です」承蒙大駕光臨，甚爲榮幸。

おばさん◎【伯母さん・叔母さん】 姑母，姨母，伯母，嬸母，舅母。↔おじさん

おはじき◎【御弾き】 彈彈珠，彈珠。

おはち◎【御鉢】 ①飯桶，飯鉢。②火山噴火口。「～巡り」遊（富士山）噴火口。

おはつ◎【御初】 ①當年新品。「～のマツタケ」新品松茸。②新穿。③初次，第一次。「始めて」的禮貌說法。「～にお目にかかります」初次見面。

おばな◎【尾花】 柔荑花。

おばな◎【雄花】 雄花。

おはなばたけ◎【御花畑・御花畠】 天然花園。高山植物野花盛開的地方，高山草原。

おはよう◎【お早う】（感） 早啊！早安！

おはらい◎【御祓】 ①驅災。「社頭で～を受ける」在神社前接受驅災祭神。②驅災符。

おはらいばこ◎【御祓箱】 御祓箱。由伊勢御師每年向各國的信徒分發的裝有神符、曆書等的箱子。

おはらめ◎【大原女】 大原女。

おはり◎②【御針】 裁縫，縫紉，針線工作。

おばん◎【大媼，大嬸，阿姨。↔おじん

おびあげ◎【帯揚げ】 帯子襯。

おびいわい◎【帯祝い】 束帶順產祝賀。

おび・える◎◎【怯える】（動下一） 害怕，膽怯。「不安に～・える」惴惴不安。

おびがね◎【帯金】 ①金屬帶。②刀環。

おびがみ◎【帯紙】 ①帯紙。②書腰。

おびかわ◎【帯革】 ①皮帶，皮褲帶。②傳動帶。

おびがわ◎【帯側】 和服帶子布料。

おびグラフ◎【帯一】 帯狀圖表。

おひさま◎【御日様】 太陽公公。

おひざもと◎【御膝下】 ①貴人的身邊。「～から反対の声があがる」身邊有反對聲浪。②君主、將軍等所在的土地。「将軍の～」將軍所在地。

おびじ◎【帯地】 腰帶布料，帯子布料。

おびじめ◎◎【帯締め】 和服繫帶，細繫帶。

おびしん◎【帯芯】 和服帶芯。

おひたし◎【御浸し】 燙青菜。

おびただし・い◎【夥しい】（形） ①大量，大批，無數。「～・い出血のために死んだ」因出血過多而死。②非常，極。「連日の～・い疲労をとかしてくれた」爲我解除了連日來的極度疲勞。

おひつ◎【御櫃】 飯桶，飯櫃。

おびどめ◎【帯留め】 繫帶鉤，和服繫帶。→帯締め

おひとよし◎【御人好し】 厚道（人），老實（人），老好人，大好人。

おびな◎【男雛】 男人偶。↔女雛

おひなさま◎【御雛様】 ①人偶。②人偶節。

オピニオンリーダー◎【opinion leader】 社會名流，有影響力人物。「財界の～」金融界有影響力的人物。

おひねり◎【御撚り】 供錢，賞封，喜封。

おびのこ◎【帯鋸】 鏈鋸。

おびばんぐみ◎【帯番組】 帯狀節目。

おびふう◎【帯封】 帯封，腰封，封帶，封套。

おひや◎【御冷や】 冷水，涼水。

おびやか・す◎【脅かす】（動五） ①威嚇，威逼，脅迫。②危及，威脅。「平和を～・す」威脅和平。

おひょう◎【大鮃】 大比目魚。

おひらき◎【御開き】 散會，散席，閉幕。

お・びる◎◎【帯びる】（動上一） ①佩，

帶。「腰に剣を～・びている」腰裡佩帶著劍。②肩負。「使命を～・びる」肩負使命。③帶有，稍有。「黒みを～・びる」帶點黑。

おひれ⓪【尾鰭】 尾鰭。

おひろめ⓪【御披露目】 ㇲㇽ ①披露，公布，宣布。②初次亮相。

オフ①【off】 ①關掉，關閉。↔オン。②離開，過時，偏離。「シーズン-～」過時；不合時令。

オファー①【offer】 ㇲㇽ 報價，開價。

オフィサー①【officer】 ①船舶職員。②士官，軍官。→ソルジャー

オフィシャル②【official】（形動） 正式的，公認的。「～な記録」正式的記録。

オフィス①【office】 ①事務所，辦事處，辦公室。②政府機關，官廳，官署。

おぶ・う⓪【負ぶう】（動五） 背，負。「赤ん坊を～・う」背孩子。

オフェンス①【offence】 進攻，攻方。↔ディフェンス

おふくろ⓪【御袋】 媽媽。↔おやじ

おふくわけ③【御福分け】 ㇲㇽ 分贈禮品。

オフコン⓪ 辦公用電腦之略。

オブザーバー②【observer】 觀察員，旁聽者，列席人員。

オフサイド①【offside】 越位。↔オン-サイド

おぶさ・る⓪【負ぶさる】（動五） ①被人背。「母の背中に～・る」被母親背在背上。②依賴，仰仗。「他人に～・って生活する」依靠別人生活。

オフシーズン③【off-season】 過季，淡季。

オブジェ①【法 objet】 原物體藝術。

オブジェクション③【objection】 反對，異議，不服。

オブジェクト①【object】 ①（英語語法中的）受詞。②目標，目的，客觀，客體。↔サブジェクト

オフショア②【offshore】 離境的，向海外的。

オプション①【option】 選擇權，自由選擇。

オブストラクション⑤【obstruction】 阻擋，攔截。

オフセット①【offset】 膠版印刷，膠版。

おふだ⓪【御札】 護身符，神符。

オフタイム③【off-time】 業餘時間，空閒時間。

おふでさき⓪【御筆先】 神諭。

オフホワイト④【off-white】 灰白色，黃白色，米色。

オブラート②【荷 oblaat】 膠囊。

オフライン③【off-line】 離線。↔オン-ライン

オブリガート④【義 obbligato】 助奏。

オフリミット③【off limits】 禁止入內。↔オン-リミット

おふる⓪【御古】 舊東西，舊衣物。「兄貴の～」哥哥的舊東西。

おふれ⓪【御触れ】 告示，布告，通告。「禁止の～を出す」發佈禁止的通知。

オフレコ⓪ 不准記録，不得對外公開，不得發表，不對外發表談話。↔オン-レコ

オフロード④【off-road】 越野。

おべっか⓪ 阿諛，恭維。「～を使う」拍馬屁。

オペラ①【義 opera】 歌劇。

オペラグラス④【opera glass】 看戲望遠鏡。

オペラコミック⑤【法 opéra-comique】 法國喜歌劇。→グランド-オペラ

オペラブッファ⑥【義 opera buffa】 義大利喜歌劇。↔オペラ-セリア

オベリスク③【拉 obelisk】 方尖碑，方尖塔。

オペレーター①【operator】 操作員。

オペレーティングシステム⑧【operating system】 作業系統。

おべんちゃら⓪ 阿諛，奉承。「～を言う」說奉承話。

おぼえ③【覚え】 ①記住，記性，記憶。「～がよい」記性好。②迄今仍記得，經驗，體驗。「よくしかられた～がある」有常挨斥責的體驗。③猜得到，想像得到。「身に～のない罪」自己想像不到的罪。④信心，把握。「腕に～がある」技術上有把握。⑤信任，器重，寵

信。「社長の～がめでたい」喜得社長的器重。⑥備忘錄，便條。

おぼえがき⓪【覚え書き・覚書】　①紀要，筆記，便條。「話しを聞きながら～を取る」一邊聽講話，一邊摘要。②隨筆。「シェークスピア～」莎士比亞隨筆。③備忘錄。

おぼ・える⓪【覚える】（動下一）　①記，記住。「せりふを～・える」記臺詞。②（用命令形表現）要記住，要記得。「～・えていろ」你給我記著！③掌握（技術），學會。「こつを～・える」掌握竅門。④感覺，覺得，感到。「痛みを～・える」感覺疼痛。

おぼこ⓪　①不諳世故（的人）。「～な娘」不諳世故的女孩。②天真少女，處女。

おぼし・い③【思しい】（形）　好像是，彷彿是。「犯人と～・き男」好像是犯人的男子。

オポジション⓪【opposition】　反對，敵對，作對。

おぼしめし⓪【思し召し】　①高見，尊意。「神様の～」神的旨意。②意見，意願。「～の程はいかがでしょうか」尊意如何？③愛慕心，有意。「君はあの娘に～があるのじゃないか」你是不是有意於那個姑娘啊。

おぼしめ・す⓪④【思し召す】（動五）　想，思量，認爲。「思う」的尊敬語。「この問題についてどう～・しますか」對這個問題您的意見如何？

オポチュニスト③【opportunist】　機會主義者。

おぼつかな・い⓪④【覚束無い】（形）　①不清楚，模糊。「～・い返事をする」回答得不明確。②靠不住，沒指望，可疑。「うまく行くかどうかまだ～・い」是否順利還沒有把握。③不穩，不安。「あすの天気は～・い」明天的天氣令人擔心。

おぼっちゃん④【お坊ちゃん】　①公子，少爺。②公子哥，大少爺。「～育ち」公子哥出身。

おぼ・れる⓪【溺れる】（動下一）　①溺水，淹沒，溺死。②沉湎，沉迷，迷

戀。「恋に～・れる」沈溺於愛情。

おぼろ⓪【朧】　①魚鬆。②「朧豆腐」「朧昆布」等之略。

オマージュ②【法 hommage】　①尊敬，敬意。②讚詞，獻詞，題詞。

おまいり⓪【御参り】 ｽﾙ　參拜。「神社へ～に行く」去神社參拜。

おまえ⓪【御前】　（代）你。「今度は～の番だよ」這次輪到你了喔！

おまけ⓪【御負け】 ｽﾙ　①打折，減價，削價。②贈品，附錄。③添加，附帶。「うわさ話に～がつく」在謠言上又加油添醋。

おまじり⓪【御交じり】　半流質食物。

おませ⓪　老成，小大人。「～な子」老成的孩子。

おまちどおさま⑤【御待ち遠様】　讓您久等，使您久候。

おまつ⓪【雄松・男松】　黑松的異名。↔雌松

おまつり⓪【御祭り】　祭祀，祭典，祭日，節日，廟會。

おまもり③【御守り】　護身符。

おまる②【御虎子】　便盆，尿壺，便桶。

おまわり⓪【御巡り】　巡警。「～さん」巡警。

おまんま⓪【御飯】　（米）飯（的俗稱）。

おみえ⓪【御見え】　光臨。「～になる」光臨。

おみおつけ⓪【御味御付け】　味噌湯（的禮貌說法）。

おみき⓪【御神酒】　①御神酒。②酒。

おみくじ⓪【御神籤】　神籤。

おみしりおき⓪【御見知り置き】　請記住我（的事）。「希望把我的事放在您的心上」之意。「～願います」請記住我（今後多關照）。

おみずとり⓪④【御水取り】　汲水儀式。→修二会

おみそれ⓪【御見逸れ】 ｽﾙ　①眼拙，沒認出來。②有眼無珠，有眼不識泰山。「お見事な腕前、～いたしました」真有一手，我真是有眼不識泰山。

オミット②【omit】 ｽﾙ　被罰出局，被罰下

場，取消比賽資格。

おみとおし⓪【御見通し】 看透，看穿。「何でも～だ」什麼都騙不了我。

おみなえし③【女郎花】 敗醬草，黃花敗醬。

おみや⓪ 禮物，好吃的，好東西。「おみやげ」之略，幼兒用語。

おむかえ⓪【御迎え】スル ①恭迎，迎接。「駅まで～に行く」前往車站迎接。②迎接。指臨終時，佛為把人招去淨土而出現。「～が来る」來迎接。

おむすび⓪【御結び】 飯糰（的禮貌說法）。

おむつ②【御襁褓】 尿布。

オムニバス③【omnibus】 ①集錦。②公共馬車，公共汽車。

オムライス③〔⑥ オム（オムレツ之略）＋ライス〕蛋包飯。

オムレツ⓪【法 omelette】 煎蛋捲。

おめ⓪【御目】 ①眼的尊稱。②看的敬語。「～にとまる」受到青睞（賞識）；被看中。「～に止まる」注意到。受重視。

おめい⓪【汚名】 汚名，臭名，壞名聲。「～をそそぐ」洗刷汚名。

おめおめ①（副） 厚臉皮，恬不知恥。「失敗したら～帰れない」失敗後沒臉回去。

おめかし②スル 愛打扮。「～して出かける」用心打扮一番後出門。

おめざ〔幼兒用語〕①睡醒。②睡醒後吃的點心。

おめし⓪【御召し】 呼喚，召見，乘坐，穿。「呼ぶ」、「乗る」、「着る」的敬語。「～により参上しました」應召趨訪。「着物を～になる」穿衣服。

おめずおくせず②①【怖めず臆せず】 毫不畏懼。

おめだま⓪【御目玉】 申斥，責備。「～を食う」受申斥。

おめつけ⓪【御目付け】 監察。「～役」監察官。

おめでた⓪【御目出度・御芽出度】 喜事，喜慶事。「彼女の～の式が近い」她的結婚典禮快到了。

おめでた・い⓪（形） ①可喜，可賀。「めでたい」的禮貌說法。②老好人，憨厚。「彼には～いところがある」他有些過於老實。③太天真，太樂觀。「どこまで～い奴だ」那傢伙總是想得太天真。

おめでとう⓪（感） 恭喜，賀喜，道喜。

おめみえ⓪【御目見・御目見得】スル ①拜謁，謁見，拜會，晉謁。②初次亮相，初次與觀眾見面。

おめもじ⓪【御目文字】スル 見面，會見，相見。「一度～いたしたく…」想見一次面…。

おも⓪【面】 面。表面，外表。「川の～」河面。

おも⓪【主】（形動）主要，重要。「収入は米作が～だ」收入主要靠種稻子。

おもい②【思い】 ①思，想。「～にふける」沉思。②心緒，思緒，感。「いやな～」厭煩之感。③預測，計畫。「～どおりになる」依照計畫。④思念，懷念，想念。「親～」思念父母。⑤希望，願望，願。「～がかなう」如願以償。⑥思慕，愛慕，戀慕。「～を寄せる」傾訴愛慕之心。⑦恨，仇恨。「～を晴らす」雪恨。

おも・い⓪【重い】（形） ①重，沉。「～・い荷物」很重的貨物（行李）。②沉重，嚴重。「～・い足どり」沉重的腳步。③遲鈍。「腰の～・い人」懶得動彈的人；動作遲緩的人。④沉穩，穩重，有力量。「～・い腰の力士」有腰勁的力士。⑤重要，重大。「責任が～・い」責任重大。⑥重，嚴重。「病気が～・くなった」病重了。「～・い罪」重罪。 ⟷軽い

おもいあが・る④⓪⑤【思い上がる】（動五） 覺得了不起，自大，自滿。

おもいあた・る④⓪⑤【思い当たる】（動五） 認為有道理，覺得對，想到。「事件の原因については～・る節がある」關於事件的起因，我想到一些情節。

おもいあま・る④⓪⑤【思い余る】（動五） 想不出辦法，不知如何是好。

おもいいた・る⑤【思い至る】（動五）

お

想到，考慮到。「私の不明に～・る」想到我（自己）的不明智。

おもいいれ◎【思い入れ】スル 沉思，迷戀。

おもいうか・べる◎◎【思い浮かべる】（動下一） 想起，浮現。

おもいえが・く◎【思い描く】（動五） 在心裡描繪。「新しい生活を～・く」在心裡描繪新的生活。

おもいおこ・す◎◎【思い起こす】（動五） 憶起，回想起。「少年時代を～・す」回憶起少年時代。

おもいおもい◎【思い思い】（副） 各隨其願，各按所好，各行其是。「～のことを言う」各抒己見。

おもいかえ・す◎◎【思い返す】（動五） ①回想，再想一遍。「手紙の内容を～・す」重想一遍信的内容。②改主意。改變想法，重新考慮。

おもいがけな・い◎【思い掛け無い】（形） 想不到的，沒料到的，意外的。「～・い事件」意外的事件。

おもいきった◎【思い切った】（連語） 大膽的，果斷的。「～処置」果斷的處理。

おもいきり◎◎【思い切り】 斷念，死心，想開。「～が悪い」想不開；不死心。

おもいき・る◎◎【思い切る】（動五） ①放棄，死心，想開。「その計画は早いうちに～・ったほうがいい」那項計畫早點放棄比較好。②下定決心。

おもいこ・む◎【思い込む】（動五） ①深信，確信，認定，固執的認為。「事実だと～・む」深信是事實。②下定決心，一心想要，一心打算。「～・んだらあとへ引かない」一旦下了決心，就絕不回頭。

おもいさだ・める◎【思い定める】（動下一） 下定決心，拿定主意。

おもいしら・せる◎【思い知らせる】（動下一） 使痛感，使深感，使悟到。「いつか～・せてやる」遲早會讓他深深地感到。

おもいすごし◎【思い過ごし】 過慮，瞎操心。

おもいだしわらい◎【思い出し笑い】スル 回想起什麼而獨自笑。

おもいだ・す◎【思い出す】（動五） 想起來，憶起，記起。

おもいた・つ◎◎【思い立つ】（動五） 想做，決心做，計畫做。「急に～・って留学に行く」忽然打定主意去留學。

おもいちがい◎【思い違い】スル 想錯，誤會，誤解。「それはきみの～だ」那是你的誤會。

おもいどおり◎【思い通り】 如意，如願，稱心，遂願，得心應手。「すべてが～になった」一切如願。

おもいとどま・る◎【思い止まる】（動五） 摒棄念頭，打消…主意，放棄…念頭。「辞任を～・る」放棄辭職的念頭。

おもいのこ・す◎◎【思い残す】（動五） 遺憾，遺恨，懊悔。「～・すことはない」毫無遺憾。

おもいのほか◎【思いの外】（副） 意外地，出乎意料地。「～よくできた」意外地好。

おもいや・る◎【思い遣る】（動五） ①同情，體諒，體貼。「弱いものを～・る」同情弱者。②遐想，遙想。「外国で働く夫を～・る」遙想在國外工作的丈夫。③令人擔憂，不堪設想。「先が～・られる」前途令人擔憂（不堪設想）。

おも・う◎【思う】（動五） ①想，思考。「私はこう～・う」我是這麼想的。②推想，推測，猜想，估計。「明日は雨だと～・う」預測明天有雨。③想像。「将来のことを～・う」想像將來的事。④希望，期待。「将来りっぱな先生になろうと～・う」將來希望成為一名優秀的教師。⑤感覺，感到，覺得。「さむいと～・う」覺得冷。⑥掛念，放心不下。「故郷を～・う」思念故鄉。

おもうさま◎【思う様】（副） 盡情地，痛快地，儘量地。「新年の夜～に歌いおどった」新年的夜晚盡情地歌舞。

おも・える◎【思える】（動下一） 可以認為，可以想，可想像。「人のしわざとは～・えない」不能想像竟是人幹的勾

当。

おもおもし・い⓪【重重しい】（形）①沉重的，笨重的，吃力的。「～・い足どりで歩く」邁著沉重的步伐。②莊重，穩重，沉著。「～・い態度」莊重的態度。③嚴肅，鄭重。「～・い口調」嚴肅的口氣。④沉悶，鬱悶，不舒暢。「～・い雰囲気」沉悶的氣氛。↔かるがるしい

おもがい⓪②【面繋・羈】馬籠頭。

おもかげ⓪⓪【面影・俤】①影像，模樣。「幼時の～」兒時的模樣。②痕跡，跡象，風貌，面貌。「このあたりには、まだ昔の～がのこっている」這一帶還保持以往的遺風。

おもかじ②【面舵】①右舵，外舵。↔取り舵。「～いっぱい」右滿舵！②右舷。

おもがわり⓪【面変わり】ㇲㇽ 面容變了，變了模樣。「すっかり～する」完全變了模樣。

おもき⓪⑤【重き】重，重要。

おもくるし・い⑤【重苦しい】（形）沉悶，鬱悶，沉重，不舒暢。「気分が～・い」心情沉重。

おもざし⓪【面差し】面相，相貌，臉龐。「この子の～は父親によく似ている」這個孩子的相貌很像爸爸。

おもしろ・い④【面白い】（形）①高興，愉快。「旅行はとても～・かった」旅行非常愉快。②有趣，風趣，有趣味，有意思。「子供たちは～・そうに遊んでいる」孩子們玩得很有趣？③滑稽，可笑。「～・くてたまらない」非常可笑。

おもしろおかし・い⑤【面白おかしい】（形）①有趣可笑，滑稽可笑。「～・く話す」講得滑稽可笑。②快樂。「世の中を～・く暮らす」快樂地生活在世上。

おもしろはんぶん⑤【面白半分】半開玩笑，半湊熱鬧，半認真。

おもた・い⓪【重たい】（形）①重，沉。「荷物が～・い」行李重。②感覺沉（重）。「まぶたが～・くなる」眼皮發沉（睏得睜不開）。③沉重，鬱悶，沉悶。「気分が～・い」心情沉重。

おもだか⓪【沢瀉】野慈姑，水芋。

おもたせ⓪②【御持たせ】您帶來的。

おもだち⓪②【面立ち】面龐，面貌，相貌。「整った～」端正的相貌。

おもちゃ②【玩具】①玩具。②玩物，消遣品。「人の気持ちを～にする」玩弄別人的感情。③便宜貨。

おもて⓪【表】①表，表面。↔裏。②前面，正面。↔裏。「～参道」正面參拜道路。③屋外，戶外。↔うち。「～で人の声がする」房前有人說話。④外觀，外表，外貌。↔裏。「～を飾る」裝飾外表。⑤公開。「～沙汰にする」公開出來。⑥正式的，正宗的。↔裏。「～芸」正宗技藝。⑦前半局。↔裏。⑧表面，覆蓋（榻榻米、木屐等）表面的東西。「畳～」榻榻米席面。⑨「表千家」之略。

おもて⓪【面】①臉，顏面。「～を上げる」仰起臉。②面。指物體的表面。「～に出さない」不動聲色。③假面。能樂等的面具。

おもてあみ⓪【表編み】正面編織，表面編織，正面織法。→裏編み

おもてがき⓪【表書き】寫信封，寫在表面上。

おもてがまえ⓪【表構え】門面。

おもてかんばん⓪【表看板】正面招牌，正面廣告牌

おもてぐち⓪【表口】正門，前門。

おもてげい⓪【表芸】本行技藝，正式技藝，專業。↔裏芸

おもてげんかん⓪【表玄関】大門，正門廳。

おもてさく⓪【表作】主要作物。↔裏作

おもてざた⓪【表沙汰】公開，表面化，張揚出去。「矛盾が～になる」矛盾公開了。

おもてだ・つ⓪【表立つ】（動五）公開，暴露。「双方の矛盾はだんだん～・ってきた」雙方的矛盾漸漸地表面化了。

おもてどおり⓪【表通り】幹道，大馬路，主要街道。↔裏通り

おもてにほん⑤【表日本】 表日本，日本太平洋沿岸地區。↔裏日本

おもてむき⓪【表向き】 ①公開，對外發表。

おもてもん⓪【表門】 大門。正門，前門。↔裏門

おもなが⓪【面長】 臉長，長臉。「～な人」長臉的人。

おもに⓪【重荷】 ①重貨，重載。②重擔，重任，包袱。

おもに【主に】（副） 主要。「読者は～学生だ」讀者主要是學生。

おもね・る③【阿る】（動五） 阿諛，奉承，迎合，巴結。

おもばば【重馬場】 難跑的賽馬場。

おもはゆ・い⓪【面映い】（形） 害臊，不好意思。「あまりほめられたので～・かった」受到過份的誇獎，怪不好意思的。

おもみ⓪【重み】 ①重量，分量。②威嚴，派頭。「～の性格」穩重的性格。③重大性，重要性。「～のあることば」有分量的話。

おもむき⓪⓪【趣】 ①雅趣，情趣。「冬枯れの景色にも～がある」多景色也有它特有的情趣。②趣。情景，氣氛，感覺。「秋の～」秋趣。③旨趣，大意，要領。「話の～」話的大意。④情況，局面。樣子，狀況。「近く御上京の～…」最近您上京的情況…

おもむ・く【赴く・趣く】（動五） ①赴，奔赴，前往。「京都に～・く」去京都。②趨，傾向。「人心の～・く」人心所向。③趨向，漸變。「父の病気は快方に～・く」爸爸的病情好轉。

おもむろに⓪【徐に】（副） 徐徐地，緩慢地，靜靜地，徐緩地。「～口を開く」緩慢地開口講話。

おもめ⓪【重め】 稍重，略重。↔軽め

おももち⓪⓪【面持ち】 表情，神色，面色。「納得のゆかない～」不能理解的樣子。

おもや⓪【母屋・母家】 ①主屋，正房，上房，主房。②正堂，正殿。

おもやつれ⓪【面窶れ】 スル 面容憔悴，面容枯槁。

おもゆ⓪【重湯】 米湯，粥湯。

おもらし⓪【御漏らし】 スル 尿床（的幼兒用語）。

おもり⓪【錘】 スル ①鎮石，壓鐵。②鉛錘。③秤錘，秤砣，砝碼。

おもろ・い③（形） 有趣。「～・い男」有趣的男子。

おもわく⓪【思惑・思わく】 ①念頭，意圖，期望。「～がはずれる」期望落空。②評價，人緣，意見。「世間の～を気にしない」不把世間的評論放在心上。③投機，冒險。

おもわし・い④【思わしい】（形） 滿意，稱心。「病状が～・くない」病情不怎麼好。

おもわず⓪【思わず】（副） 無意識地，不知不覺地，不加思索地。「～笑いだす」不由得笑了起來。

おもわすれ⓪【面忘れ】 スル 忘記面孔，忘記長相，不敢相認。

おもわせぶり⓪【思わせ振り】 暗中示意，賣弄風情。「～をする」故弄玄虛。

おもわぬ【思わぬ】（連語） 意想不到。「～誤解」意想不到的誤解。

おもん・じる⓪⓪【重んじる】（動上一） 看重，重視，注重。↔かろんじる。「信義を～・じる」注重信義。

おもん・ずる⓪⓪【重んずる】（動サ變） 重視，注重。

おもんぱかり⓪【慮り】 思考，考慮，思慮。「～に欠ける」欠考慮。

おもんぱか・る⑤【慮る】（動五） 謀劃，深思熟慮。

おもん・みる④【惟る】（動上一） 想來想去。「つらつら～・みるに」仔細想來。

おや⓪【親】 ①父，父母，雙親。「生みの～」親生父母。②親。有幼子的生物。「～鳥」親鳥。③母，母體。「～芋」母芋。④主體，母體。「～会社」總公司。⑤大的，大者。「～指」大拇指。↔子

おやいも⓪【親芋】 母芋。

おやおもい⓪【親思い】 惦記父母，體諒

父母，孝順父母（的人）。

おやかた⓪⓪【親方】 ①師傅，頭目，首領，主人，老闆。↔子方。②師傅。

おやかぶ⓪⓪【親株】 ①舊股（票）。②母株，親株。分株繁殖苗木時的原植株。↔子株

おやがわり⓪【親代わり】 義父母，養育人。

おやぎ⓪【親木】 母株。

おやくしょしごと⓪【お役所仕事】 官僚作風，衙門作風。

おやこ⓪【親子】 ①親子。「二人は～のように見える」看起來像父子（母子、父女、母女）一樣。②母子。「～電話」母子電話機。

おやご⓪【親御】 令尊，令堂。對他人父母的敬稱。

おやこうこう⓪【親孝行】ｽﾙ 孝順父母（的人）。↔親不孝

おやごころ⓪【親心】 父母心。

おやじ⓪⓪【親父・親爺・親仁】 ①老爺子。對父親的暱稱。↔おふくろ。「うちの～」我爸爸。②在工作單位對自己上級或年長者的暱稱。③老闆，掌櫃，店鋪的主人。「やおやの～」蔬菜店的老闆。

おやしお⓪【親潮】 親潮，千島海流。→黒潮

おやしらず⓪【親知らず】 ①不認識父母（兒）。②智齒。

おやす・い⓪【お安い】（形） 不費事，容易，簡單。「～・い御用だ」小事一樁。

おやだま⓪【親玉】 ①頭頭，頭子，頭目。「すりの～はだれだ」小偷的頭目是誰。②大珠。處於念珠中心位置的最大的珠子。

おやつ⓪【御八つ】 午後點心。

おやどり⓪【親鳥】 親鳥。

おやばか⓪【親馬鹿】 溺愛子女的糊塗父母。

おやばなれ⓪【親離れ】 離開父母。

おやふこう⓪【親不孝】ｽﾙ 不孝，不孝順父母。↔親孝行

おやぶね⓪⓪【親船】 母船，主船。

おやぶん⓪⓪【親分】 ①頭目，首領。↔子分。②黨魁。結黨者的頭子。③乾爹，乾媽，撫養人。

おやま⓪【女形・女方】 女形，女方，女角，女木偶。

おやみな・い【小止み無い】（形） 不斷，不停。「雨が～・く降る」雨下個不停。

おやもと⓪【親元・親許】 父母家，娘家。

おやゆずり⓪【親譲り】 父母遺傳，父母遺留物。

おやゆび⓪【親指】 拇指，大腳趾。

およが・す【泳がす】（動五） 使在監視下自由行動。「容疑者を～・す」讓嫌疑人在監視下自由行動。

およ・ぐ⓪【泳ぐ】（動五） ①游泳。「川を～・いでわたる」游過河去。②混世，鑽營。「政界を～・ぐ」在政界鑽營。

およそ⓪【凡そ】〔「おおよそ」的轉換音〕①大概，概略，凡。「～の見当は付いた」大致有了眉目。②（副）①大體上，大約。「話は～分った」你的話我大致明白了。②凡，凡是，一般來說。「～人として親を思わぬものはない」一般來說沒有人不思念自己的父母的。③（多伴有否定）完全，全然，根本。「～意味がない」毫無意義。

およばずながら⓪⓪【及ばず乍ら】（副）雖然並不充分，儘管能力有限。「～お手伝いいたしましょう」雖然能力有限，但願意幫忙。

およばれ⓪【御呼ばれ】 被邀請，受招待。「～にあずかる」受到邀請。

および⓪【及び】（接續） 及，以及。「東京～大阪で開く」在東京及大阪召開。

およ・ぶ⓪【及ぶ】（動五） ①及，波及，及於，涉及。「外国からの影響が国内に～・ぶ」來自於外國的影響波及到國內。②及，到。「会議は夜更けに～・ぶ」會議持續到深夜。③及，趕得上，比得上。「彼の実力には～・ばない」論實力比不上他。④及，達到。「力の～・ぶ限り」只要能力所能及。「～・ばぬ

お

恋」不自量力的戀愛。⑤演變成，導致。「ついに犯行に～・ぶ」終於導致犯罪。⑥不必。「わざわざ行くには～・ばない」不必特意去。

およぼ・す【及ぼす】（動五）　波及，帶來。「洪水が作物にえいきょうを～・す」洪水給農作物帶來很大的影響。

オラクル【oracle】　神諭，天啟。

オラショ【葡 oratio】　祈禱，禱告。

オラトリオ⑤【義 oratorio】　聖樂，清唱劇。

オランウータン④【orangutan】　紅毛猩猩。

オランダ⓪【葡 Olanda】　荷蘭。

おり⓪【折り】　①摺，摺疊（的東西）。②摺疊盒。③摺頁，摺帖。④時節，季節。「酷寒の～」嚴寒季節。⑤機會，時機。「～をみて話す」找機會搭話。

おり⓪【澱】　沉澱物。

おり⓪【織り】　織。「手～」手織。

おり⓪【檻】　檻，籠，囚籠。

おりあい⓪【折り合い】　①相互關係，相處。「～がよい」相處很好。②妥協，遷就，和解。「～をつける」調停。講和。

おりあ・う③【折り合う】（動五）　相互讓步，相互妥協。「値段が～・った」講妥了價錢。

おりあしく④【折悪しく】（副）　偏巧，不湊巧，偏偏。「～雪になる」不湊巧下起寒來了。

おりいって⑤【折り入って】（副）　特別地，深入地，誠懇地。「～ご相談にあがりました」我特地來和您商量。

オリーブ②【法 olive】　木犀欖，橄欖樹。

おりえり⓪【折り襟】　翻領。

オリエンタル③【oriental】　東方的，東洋的，東洋式的。

オリエンテーション⑤【orientation】　①方位，方位測定，指標。②定位，定向，取向。③新生訓練，新人教育。

オリエンテーリング⑤【orienteering】　越野追蹤比賽。

オリエント③【orient】　東方，東方國家。→オクシデント

おりおり⓪①【折折】　①應時，隨時。「四季～の花」四季應時的花朵。②（副）時時，常常，時常。「～見かける」常常看到。

おりかえし⓪【折り返し】　①貼邊，折邊，折返，折疊，翻折。「ズボンの～」翻折的褲角。②疊句，重複句。③折返（點）。「～の電車」回程的電車。「マラソンの～点」馬拉松折返點。

おりかえ・す③【折り返す】（動五）　①翻疊，翻 x 折。②折回，折返。③立即，立刻。「～して返信がきた」立即收到回信。

おりかさな・る⓪【折り重なる】（動五）　疊起。「人びとが～・るようにたおれている」人們像重疊似地倒下去。

おりがし③【折り菓子】　盒裝糕點。

おりがみ②【折り紙】　摺紙遊戲，摺紙。

おりから⓪【折から・折柄】　正巧那時，正在那時。「～雪が降り出した」適逢下雪。

おりこみ⓪【折り込み】　折疊夾入，折疊夾帶（物）。「～広告」夾報廣告。

おりこ・む③【折り込む】（動五）　①折進，折入，窩進。「カーテンの端を三寸～」把窗簾邊折入三寸。②折入，夾入。「広告を新聞に～・む」把廣告夾進報紙裡。

おりこ・む③【織り込む】（動五）　①織入，織進去。「金糸を～・む」織入金線。②穿插進去，編入。「小説の中に詩がいくつか～・んである」小說裡穿插了幾首詩。

オリジナリティー④【originality】　獨創性，創意。

オリジナル②【original】　①原作，原物，原畫，原文。②（形動）創造，創新。「～な発想」創新的構思。

おりしも②【折しも】（副）　正在那時，恰在那時候。「～雪が降ってきた」正在那時下起雪來了。

オリジン⓪【origin】　起源，根源，發端，出處。

おりたたみ⓪【折り畳み】　摺疊。「～の傘」摺疊傘。

おりたた・む◎【折り畳む】（動五）　疊，摺疊。

おりた・つ◎【降り立つ】（動五）　下來後站立。「自転車から～・つ」從自行車上下來。

オリックス②【oryx】　彎角羚。

おりづめ◎【折り詰め】　盒裝，盒裝食品。

おりづる②【折り鶴】　紙鶴。

おりど②【折り戸】　摺疊門。

おりな・す③◎【織り成す】（動五）　①織成。「錦を～・す」織錦緞。②交織，穿插。「さまざまな人間が～・すドラマ」各種人物變幻登場的戲劇。

おりひめ◎【織り姫】　①織女。織女星。②織女，紡織女工。

おりふし②【折節】　①①那個時候，隨時，應時。「～の眺め」應時的景致。②季節。「～の移り変わり」季節的變化。②（副）偶爾，有時。「駅で～会う友だち」在車站偶爾碰到朋友。

おりほん◎【折り本】　折本。

おりめ③【折り目】　①折線，折痕。「ズボンの～」褲線。②規矩，禮貌。「～の正しい人」有禮貌的人。③段落。「勉強の～をつける」使學習告一段落。

おりもと◎【織り元】　紡織廠（主）。

おりもの◎【下り物】　白帶。

お・りる②【下りる】（動上一）　①下，降，降落，下來。「幕が～・りる」幕布落下。②排出，排泄下來。「回虫が～・りる」蛔蟲排出來了。③下來。「補助金が～・りる」補助金下來了。④卸下。「重荷が～・りる」卸下重擔。⑤上鎖。「錠が～・りる」鎖上。

お・りる②【降りる】（動上一）　①下來，下降。「山を～・りる」下山。②下，下來。「地下鉄を～・りる」下了地鐵。③降，下。「けさはしもが～・りた」早晨下霜了。④退位，卸任。「社長を～・りる」辭去社長職務。⑤退出。「仕事を～・りる」從工作中退出。

オリンピア②【Olympia】　奧林匹亞。

オリンピック④【Olympic】　奧林匹克運動會。

オリンポス②【Olympos】　奧林匹斯山。

お・る①【折る】（動五）　①摺，摺疊。「鶴を～・る」摺紙鶴。②折斷。「枝を～・る」折斷樹枝。③折，屈。「腰を～・る」彎腰。④折服，屈服。「我が を～・る」折服。

お・る◎【居る】（動五）　①在，有。「家に～・ります」在家。②在。「いる」的鄭重說法，對晚輩使用。「息子はどこに～・るか」兒子在什麼地方？

お・る①【織る】（動五）　①織。「機を～・る」（機）織布。②編，編織。「筵を～・る」編席。③編造。「物語を～・る」編故事。

オルガスムス③【德 Orgasmus】　性高潮。

オルガニスト④【organist】　風琴手。

オルガニズム③【organism】　有機體，生物體。

オルガン◎【葡 orgão】　風琴。

オルゴール③【荷 orgel】　八音盒，音樂盒。

オルターナティブ⑤【alternative】　代替，代替方案。

オルドビスき④【―紀】　〔Ordovician period〕奧陶紀。

おれ◎（代）　俺。我，用於男子對同伴、晚輩直率交談時。

おれあ・う◎【折れ合う】（動五）　互相讓步，妥協。「値段の点では～・わなかった」價錢上沒講妥。

おれい◎【御礼】　①謝意，謝詞。「～をいう」致謝；道謝。②謝禮，酬謝。

オレガノ◎【西 oregano】　奧勒岡。

おれきれき◎【御歴歴】　顯貴名流。「～が揃う」顯貴名流齊聚一堂。

おれくぎ②【折れ釘】　曲釘。已折彎的釘子。

おれせんグラフ⑤【折れ線―】　曲線圖。

おれめ◎【折れ目】　摺痕。

お・れる②【折れる】（動下一）　①摺，摺疊。「ページの端が～・れる」折上頁角。②折斷。「風で枝が～・れた」風把樹枝刮斷了。③拐彎，轉彎。「角を右に～・れる」從轉角向右拐彎。④折

お

服，屈服。「相手も大分～れてきた」
對方也做了很大的讓步。

オレンジ①【orange】　柑橘、橙、臍橙等
的總稱。

おろ⓪【悪露】　惡露。

おろおろ①（副）スル　①不知所措，坐立不
安。「妹の急病で親は～している」妹妹
得了急病，父母不知所措。②嗚咽。「～
と泣く」嗚咽而泣。

おろか①【疎か】（副）　別說…，豈止
…。不用說…。「家は～土地まで失う」
別說房子了，連土地都失去了。

おろし③【下ろし】　①卸，卸下。「荷物
の積み～」貨物的裝卸。②研碎，搗
碎，末兒，泥。

おろし③【卸】　批發。

オロシヤ⓪【俄 Rossiya】　俄國。

おろ・す②【下ろす】（動五）　①取下，
放下。「旗を～・す」把旗降下來。②打
下。「回虫を～・す」打蛔蟲。③提取
（存款等）。「貯金を～・す」提取存
款。④新用，開始用。「靴を～・す」穿
用新鞋。⑤卸開，切開，剖開，片開。
「魚を 4 枚に～・る」把魚切成四片。
⑥鎖上。「錠を～・す」上鎖。

おろ・す②【降ろす】（動五）　①降下，
取下，弄下，卸下。「トラックから荷物
を～・す」從卡車上卸貨。②使下車
（船），讓下車（船）。「乗客を～・
す」讓乘客下車。③使下來，使退下。
「彼を委員長の役から～・す」讓他從
委員長的職位降下來。④撤下。「番組か
ら～・す」從節目中撤掉。

おろそか②【疎か】（形動）　疏忽，草
率，馬虎，不認真。「仕事を～にする
な」不允許工作馬虎。

おろち①【大蛇】　蟒蛇。「八岐やまた
の～」八岐的大蛇。

おろぬ・く③【疎抜く】（動五）　疏拔。
「菜を～・く」間菜苗。

おわい⓪【汚穢】　大小便，糞尿。

おわしま・す【御座します】（動四）
光臨，前往，在。「ある」、「いる」
的尊敬語。

おわ・す【御座す】（動サ變）　「ある」

「いる」「行く」「来る」的尊敬語。

おわらい【御笑い】　①笑話。落語。「～
を一席」給各位說段笑話（落語）。②笑
話，笑料，笑柄。「こいつはとんだ～
だ」這真是個天大的笑話。

おわり⓪【終わり】　①終了，結局，結
束。↔はじめ。「～良ければすべて良
し」結局好一切好。②臨終。

おわ・る⓪【終わる】（動五）　①完了，
結束。「授業が～・った」下課了。②告
終。「計画が失敗に～・る」計劃以失敗
告終。③終結，終局。「一介の市井
人じんで～・る」以一介庶民壽終正寢。
「一生が～・る」一生終結。④終止，
做完，完畢。「私の挨拶あいさつを～・りま
す」我的話結束了。

おん⓪【音】　①聲音，響聲。「澄ん
だ～」清楚的聲音。②語音。③音讀。
日語漢字讀音法中的漢字音。↔訓。「～
で読む」按音讀念。

おん⓪【恩】　恩。「子を持って知る親
の～」養兒方知父母恩。

おん【御】（接頭）　增添敬意，比「お」
更爲鄭重。「～身」貴體。「～礼」致
謝；道謝。

オン①【on】スル　開，接通，閉合。↔オ
フ。

おんあい⓪⓪【恩愛】　①恩愛，恩情。②
恩愛。「～の絆」親情的羈絆。

おんいき⓪【音域】　音域。

おんいん⓪【音韻】　音韻，聲韻。

オンエア③【on the air】　在播音中，播放
中。

おんが①【温雅】　溫和而文雅。「～な作
品」典雅的作品。

おんかい⓪【音階】　音階。

おんがえし【恩返し】スル　報恩。

おんかく⓪【温覚】　熱覺。↔冷覚

おんがく①【音楽】　音樂。「～を習う」
學習音樂。

おんかん⓪【音感】　音感。

おんがん⓪【温顔】　和顏悅色。

おんき①【遠忌】　遠忌。每隔 50 年舉行
的法事。

おんぎ①【音義】　音義。

おんぎ◎【恩義・恩誼】　恩義。「〜に報いる」報恩。

おんきゅう◎【恩給】　養老金，撫恤金。

おんきゅう◎【温灸】　溫灸。

おんきょう◎【音響】　音響，聲響。

オングストローム◎【angstrom】　埃。長度的輔助單位。

おんくん◎【音訓】　音訓。

おんけい◎【恩恵】　恩惠。

おんげん◎【音源】　聲源。

おんこ◎【恩顧】　眷顧，惠顧。

おんこう◎【温厚】　溫厚。「彼はたいへん〜な紳士」他是非常溫厚的紳士。

おんこちしん◎【温故知新】　溫故知新。

おんさ◎【音叉】　音叉。

オンザロック◎【on the rocks】　冰鎮威士忌。

おんし◎【恩師】　恩師。

おんし◎【恩賜】　恩賜。「〜公園」恩賜公園。

おんじ◎【音字】　表音文字，音字。↔意字

おんしつ◎【音質】　音質。

おんしつ◎【温室】　溫室，暖房。

おんしゃ◎【恩赦】　恩赦。使已確定刑的全部或一部分消滅、或者使公訴權消滅，由內閣決定並經天皇認證實行，有大赦、特赦、減刑、免除刑事執行和復權5種。

おんしゃ◎【御社】　貴公司。

おんしゅう◎【温習】 スル　溫習。

おんじゅん◎【温順】　溫順。「〜な人」溫順的人。

おんしょう◎【恩賞】　賞賜，獎賞。

おんしょう◎【温床】　溫床。「悪の〜となった」成了滋生罪惡的溫床。

おんじょう◎【恩情】　恩情。

おんじょう◎【温情】　溫情。

おんしょく◎【温色】　①暖色。↔寒色。②和顏悅色。

おんしらず◎【恩知らず】　知恩不報（的人）。

おんしん◎【音信】　音信。「〜不通」音信不通。

おんじん◎【恩人】　恩人。「命の〜」救命恩人。

オンス◎【ounce】　盎司。

おんすい◎【温水】　溫水。↔冷水。「〜プール」溫水池。

オンステージ◎【onstage】　登臺，上臺。

おんせい◎【音声】　①聲音，語音。②聲音。「ラジオの〜が中断する」收音機的聲音斷了。

おんせつ◎【音節】　〔syllable〕音節。

おんせん◎【温泉】　溫泉。↔冷泉。→鉱泉。

おんそ◎【音素】　〔phoneme〕音位，音素。

おんぞん◎【温存】 スル　安善保存，珍存。「あすの試合にそなえて力を〜する」保存力量準備明天比賽。

おんたい◎【御大】　頭頭，老大。

おんたく◎【恩沢】　恩澤。「〜に浴する」沐恩。

おんだん◎【温暖】　溫暖。↔寒冷。「気候〜の地方」氣候溫暖的地方。

おんだんぜんせん◎【温暖前線】　暖鋒。↔寒冷前線

おんち◎【音痴】　音癡。感覺遲鈍的人。「方向〜」不辨方向的人；路癡。

おんちゅう◎【御中】　啓，公啓。郵件上，添加在個人名義之外的公司、團體等收件人名下的詞語。

おんちょう◎【音調】　音調。

おんちょう◎【恩寵】　恩寵。

おんてい◎【音程】　音程。

おんてき◎◎【怨敵】　怨敵，仇敵。

オンデマンド◎【on demand】　應要求，回應請求。

おんてん◎【恩典】　恩典。

おんてん◎【温点】　溫點。↔冷点

おんど◎【音頭】　音頭。

おんど◎【温度】　溫度。

おんとう◎【穏当】　穩當。「〜な処置」穩當的處置。

おんどく◎【音読】 スル　①朗讀，念。↔黙読。②音讀。按照字音讀漢字。↔訓読

おんどり◎【雄鳥】　雄鳥。↔めんどり

オンドル◎【温突】　〔韓語〕火炕。

おんな◎【女】　女，女人，女子。

お

おんねん⓪【怨念】 怨念，怨恨。「～を
　いだく」懷恨。

おんぱ①【音波】 聲波。

オンパレード③【on parade】 （演員等）
　聚集，公演。「人気歌手の～」人氣歌手
　的大公演。

おんばん⓪【音板】 音板。

おんばん⓪【音盤】 唱片。

おんびき⓪【音引き】 音序索引。將漢字
　按其音序編排以便查閱。

おんぴょうもじ⑤【音標文字】 音標文
　字。

おんびん⓪【音便】 音便。

おんびん⓪【穩便】 溫和的，穩妥。

おんぶ①【負んぶ】 スル ①背著，背。②靠
　別人，依賴別人。「旅行の費用をおやじ
　に～する」讓我父親承擔旅行費用。

おんぷ⓪【音符】 音符。

おんぷ⓪【音譜】 樂譜。

おんぷう⓪【温風】 暖風。

おんぶきごう④【音部記号】 譜號。

オンブズマン⑤⑥【（瑞典語）ombuds-
　man】 行政監察委員。

おんぼろ⓪ 破舊，襤褸，破爛不堪。「～
　自転車」破舊的自行車。

おんみ①【御身】 玉體，貴體。尊敬對方
　身體的詞語。「～お大切に」請保重玉
　體。

おんみつ⓪【隱密】 隱密。「～に事を運
　ぶ」秘密策劃。

おんめい⓪【音名】 音名。

おんもと⓪【御許】 座前，座右。

オンモン⓪①【諺文】 韓文，朝鮮文。

おんやく⓪【音訳】 スル 音譯。「Gas をガ
　スに～する」把「Gas」音譯成「瓦
　斯」。

おんやさい③【温野菜】 熱的蔬菜料理。

おんよう①【陰陽】 陰陽。

おんよう⓪【温容】 溫和面容。「～に接
　する」目睹溫和的面容。

おんよみ⓪【音読み】 スル 音讀。按字音讀
　漢字。↔訓読み

オンライン⓪【on line】 連線，線上。↔
　オフ ライン。

オンラインショッピング⑥【on-line shop-
　ping】 線上購物。

オンラインヘルプ⑥【on-line help】 線上
　求助。

オンリー①【only】 唯，僅，專心，一心
　一意。「仕事～の人」專心工作的人。

おんりつ⓪【音律】 音律。

おんりょう①⓪【怨霊】 怨靈，冤魂。

おんりょう⓪【温良】 溫良。

おんわ⓪【温和・穩和】 溫和。

か【過】 ① ①過。②「過去」的簡稱。「～、現、未の三世」過、現、未三世。②（接頭）①過，過分。「～保護」過度保護。②〔化〕過，高。「～酸化鉛」過氧化鉛。「～塩素酸」過氯酸。「～マンガン酸」過錳酸。

か【下】 （接尾）下。「支配～」支配下。

か【荷】 （接尾）擔，挑。「酒樽3～」酒樽3擔。

か【箇・個・ケ】 （接尾）個。一般下接漢語的名詞。「3～月」3個月。「5～条」5條。

か【顆】 （接尾）顆，粒。「半～のミカン」半顆橘子。

が【我】 我，自我。「あくまで～を張る」始終堅持己見。「～が強い」自我意識強。「～を通す」一意孤行。

が【画】 畫，圖畫。

が【賀】 賀喜，祝賀。「～を述べる」道賀。道喜。

が【雅】 ①雅致，風流。②純正高雅。↔俗

が【蛾】 蛾。

カー【car】 車，汽車，小汽車。

カーキいろ【―色】 土黄色，卡其色。

カーゴ【cargo】 ①載貨，貨物。②運輸機，貨輪。「エア-～」空運貨物。

カーサ【西 casa】 家，住居，住宅。

かあさん【母さん】 母親，媽媽。

カースト【casta】 種姓。係印度特有的世襲身分、等級制度。

ガーゼ【德 Gaze】 紗布。

カーソル【cursor】 游標。

ガーター【garter】 吊襪帶。

カーチェイス【car chase】 汽車追逐。

かあちゃん【母ちゃん】 媽咪。幼兒等對母親的暱稱。

かあつ【加圧】 スル 加壓。↔減圧。「蒸気を～する」加壓蒸氣。

カーディガン【cardigan】 開衿羊毛衫。

カーディナル【cardinal】 樞機。羅馬天主教會中指樞機卿。

ガーデニング【gardening】 園藝，西式園藝，英式園藝，修整庭園。

カーテン【curtain】 ①窗簾，帷幕。②幕，障礙。「鉄の～」鐵幕。

ガーデン【garden】 庭園，遊樂園，樂園。

カーテンコール【curtain call】 謝幕。

カート【cart】 （搬運貨物用）手推車。

カード【card】 ①卡片。②撲克牌，紙牌。③信用卡、現金卡的簡稱。

ガード【源自 girder】 高架橋。

ガード【guard】 スル ①警衛，看守。②哨鋒。美式足球運動中，中鋒兩側的球員。③後衛。籃球中負責防守的隊員。④防守。拳擊、擊劍等運動中的防禦。「～を固める」守備嚴密。

ガードル【girdle】 調整型內衣，束腹。

カードローン【和 card+loan】 卡片貸款，預借現金。

カートン【carton】 ①紙板箱。用打蠟的厚紙製作的箱子。②一條煙。內裝 10 或 20 盒捲煙的盒子。→カルトン

カーナビ【「カー-ナビゲーション-システム」（汽車導航系統）的簡稱。

カーナビゲーションシステム【car navigation system】 汽車導航系統。

カーニバル【carnival】 狂歡節，嘉年華會。

カーネーション【carnation】 康乃馨。

ガーネット【garnet】 石榴石。

カーバ【阿 Ka'ba】 克爾白（天房）。伊斯蘭教徒最神聖的處所。

カーバイド【carbide】 碳化鈣。

カービンじゅう【―銃】 卡賓槍。

カーフ【calf】 牛犢。

カーブ【curve】 スル ①彎，曲線。「ゆるやかに～した道路」緩彎的道路。②曲

線球。→ドロップ・スライダー
カーフェリー[3]【[和] car+ferry】 車輛渡輪，汽車渡輪。
カーペット[1]【carpet】 地毯，鋪墊織物。
ガーベラ[0]【gerbera】 非洲菊。
カーポート[3]【carport】 簡易汽車棚。
カーボン[1]【carbon】 ①碳。②碳棒。
カーボンブラック[6]【carbon black】 碳黑。
カーマインレッド[6]【carmine red】 洋紅色，胭脂紅。
カーラー[1]【curler】 髮捲。
カーリーヘア[5]【curly hair】 多捲式髮型。
カール[1]【curl】スル 髮捲，捲髮。
カール[1]【德 Kar】 冰斗，冰坑，圍谷。
ガール[1]【girl】 少女，姑娘，年輕女子。↔ボーイ
かい[1]【貝】 貝。「~細工」貝殼工藝品。
かい[1]【会】 會，集會，會議。「野鳥の~」野鳥會。
かい[1]【戒】 〔源自梵語〕戒律，禁戒。
かい[1]【怪】 怪。「山荘の~」山莊之怪。
かい[1]【下位】 下位，下級，低檔，下屬。↔上位
かい[1]【下意】 下意。↔上意。「~上達」下情上達。
かい[1]【歌意】 歌的意思。「~を説く」說明歌的意思。
がい[1]【害】 害，損害。「健康に~がある」有礙健康。↔益
がい[1]【我意】 吾意，任意，己見。
かいあく[0]【改悪】スル 惡化，變壞，改壞。↔改善
がいあく[1]【害悪】 貽害，危害。「世の~となる」成爲社會的危害。
かいあげ[0]【買い上げ】 ①採購，徵購。②買，購買。「お~の品」您買的東西。
かいあさ・る[4]【買い漁る】（動五） 收購，搜購。「古本を~・る」搜購古籍。
がいあつ[3]【外圧】 外壓。↔内圧
かいい[1]【会意】 會意。漢字六書之一。
かいい[1]【怪異】 ①鬼怪，妖怪。②怪異，怪誕。「~な物語」神怪故事。
かいい[1]【海尉】 海尉。海上自衛隊自衛官的軍銜名稱。
かいい[1]【魁偉】 魁偉。「容貌~な男」容貌魁偉的男子漢。
がいい[1]【害意】 歹意，害人之心。「~をいだく」懷有害人之心。
かいいき[1]【海域】 海域。
かいいぬ[1]【飼い犬】 家犬，飼養犬。
かいい・れる[4]【買い入れる】（動下一） 購買，收購，採購。「原料を~・れる」購買原料。
かいいん[0]【会員】 會員。「~をつのる」徵募會員。
かいいん[0]【改印】スル 更換印鑑。「~届」更換印鑑申請書。
かいいん[0]【海員】 海員。→船員
かいいん[0]【開院】スル 開院。↔閉院
がいいん[0]【外因】 外因。↔内因
かいう[1]【海芋】 海芋。
かいう・ける[4]【買い受ける】（動下一） 買受。承購，買取。
かいうん[0]【海運】 海運。「~業」海運業。「~国」海運國。
かいうん[0]【開運】 交好運，走運，開運。「~を祈る」祝你幸運。
かいえき[1]【改易】スル 改易。罷免現在職者任命新人。
かいえん[0]【海淵】 海淵。位於海溝的最深部。
かいえん[0]【開園】スル 開園，開放，開門。↔閉園
かいえん[0]【開演】スル 開演。↔終演
がいえん[0]【外延】 〔論〕〔extension〕外延。↔内包。→概念
がいえん[0]【外苑】 外苑，外圍庭園。「明治神宮~」明治神宮外苑。↔内苑
がいえん[0]【外縁】 外緣。
かいおうせい[3]【海王星】 〔Neptune〕海王星。
かいおき[0]【買い置き】スル 儲購。「タバコの~」儲購香煙。
かいオペレーション[5]【買い一】 購進業務。↔売りオペレーション
かいか[1]【開化】スル 開化。「文明~」文明開化。

かいか◎【開花】スル ①開花。「サクラの〜予想」櫻花的花期預測。②事物蓬勃發展。「町人文化が〜する」市民文化蓬勃發展。

かいか◎【開架】 開架。

かいか◎【階下】 ①下層，樓下。②階下，臺階下面。↔階上

かいが◎【絵画】 繪畫。

がいか◎【外貨】 ①外幣。②外國貨。

がいか◎【凱歌】 凱歌。「〜をあげる」高唱凱歌。

かいかい◎【開会】スル 開會。↔閉会

かいがい◎【海外】 海外。「〜旅行」海外旅行。

がいかい◎【外界】 外界。↔内界

かいがいし・い◎【甲斐甲斐しい】(形) 勤快。「〜・く働く」辛勤工作。

かいかく◎【改革】スル 改革。

かいがく◎【開学】 辦學。「〜の精神」辦學的精神。

がいかく◎【外角】 ①〔數〕外角。②外角。↔内角

がいかく◎【外核】 外核。→内核

がいかく◎【外殻】 外殼。

がいかく◎【外郭・外廓】 ①外圍。②外郭。城郭最外部的城牆。↔内郭

かいかけ◎【買い掛け】 賒購。↔売り掛け

かいかた◎【買い方】 ①購買方式。②買方。↔売り方

かいかつ◎【快活】(形動) 快活，開朗，爽快。「〜に話す」爽快地談話。

かいかつ◎【開豁】(形動) ①遼闊，開闊。「〜な平原」遼闊的平原。②豁達。

がいかつ◎【概括】スル 概括。「多くの意見を〜する」總括很多的意見。

かいかぶ・る◎【買い被る】(動五) 高估，過於自信。「才能もないくせに自分を〜・る」本來沒有能耐卻自命不凡。

かいがら◎【貝殻】 貝殼。「〜細工」貝殼工藝品。

かいかん◎【会館】 會館。

かいかん◎【快感】 快感。「〜を覚える」感到歡樂。

かいかん◎【開館】スル 開館。↔閉館

かいがん◎【海岸】 海岸。

かいがん◎【開眼】スル 復明。「〜手術」復明手術。

がいかん◎【外患】 外患。↔内患。「内憂〜」内憂外患。

がいかん◎【外観】 外觀。「〜で人を判断する」以貌取人。

がいかん◎【概観】スル 概觀，梗概，概括。

かいき◎【買い気】 購買意向，買意。↔売り気

かいき◎【回忌】 忌辰。

かいき◎【回帰】スル 回歸。

かいき◎【会規】 會規，會章。

かいき◎【会期】 會期。

かいき◎【快気】 ①快活勁。②病癒。

かいき◎【怪奇】 ①離奇。「複雑〜」複雑離奇。②奇醜，奇特，奇怪。「〜な面相」奇特的面相。

かいき◎【開基】スル 開基。奠基

かいぎ◎【会議】スル 開會，會議。「〜録」會議記録。「日本学術〜」日本學術會議。

かいぎ◎【懐疑】スル 懷疑。「〜的」懷疑的。

がいき◎【外気】 戶外空氣。

かいきえん◎【怪気炎】 奇怪氣勢，奇怪氣焰。「〜をあげる」鼓起邪勁。

かいぎゃく◎【諧謔】 諧謔，詼諧，幽默。

かいきゅう◎【階級】 ①級別，等級，官銜，軍階。②階級。③階層。

かいきゅう◎【懐旧】 懷舊。「〜談」懷舊的言談。

かいきゅういしき◎【階級意識】〔德 Klassenbewu-βtsein〕階級意識。

かいきゅうとうそう◎【階級闘争】〔德 Klassenkampf〕階級鬥爭。

かいきょ◎【快挙】 快意之舉。

かいぎょ◎【海魚】 海魚。

かいきょう◎【回教】 回教。

かいきょう◎【海況】 海況。

かいきょう◎【海峡】 海峽。「泳いで〜を渡る」橫渡海峽。

かいぎょう◎【改行】スル 換行。另起一行。

かいぎょう◎【開業】スル 開業。

がいきょう◎【概況】 概況。「天気～」天氣概況。

かいきょく◎【開局】スル 開播，開門。

がいきょく◎【外局】 外局。日本的國家行政組織中直屬府、省等，置於其內局系統之外，具有特殊性事務的機構。

かいきり◎【買い切り】 ①全部買下。②買斷，買下。

かいき・る◎【買い切る】（動五） ①包租，全部包下。「劇場を一日～・る」包租劇場一天。②全部買下。「在庫品を一括～・る」將庫存品全部買下。

かいきん◎【皆勤】スル 全勤。

かいきん◎【開襟・開衿】スル ①開襟，敞領。②開懷，推心置腹。

かいきん◎【解禁】スル 解禁。「あゆ漁が～になる」解除禁止捕撈香魚的禁令。

がいきん◎【外勤】 外勤，外勤人員。↔内勤

かいく◎【化育】スル 化育。

かいく◎【海区】 海區。在海域上設定的區間。

がいく◎【街区】 街區。在房屋鱗次櫛比的地方，爲道路所環繞的一個區劃。

かいぐい◎【買い食い】 買零食吃。

かいぐすり◎【買い薬】 成藥。

かいくん◎【回訓】スル 回訓，批示。↔請訓

かいぐん◎【海軍】 海軍。

かいけい◎【会計】スル ①付款，算帳。「お～をしてください」請結帳。②會計。

かいけい◎【塊茎】 塊莖。→塊根

かいけつ◎【怪傑】 怪傑。

かいけつ◎【解決】スル 解決。「それは～しきれない問題だ」那是解決不了的問題。

かいけつびょう◎【壊血病】 壞血病。

かいけん◎【会見】スル 會見。「記者～」記者會。

かいけん◎【改憲】スル 改憲，修改憲法。「～論者」修憲論者。

かいけん◎【懐剣】 懷劍，匕首。

かいげん◎【戒厳】 戒嚴。

かいげん◎【改元】スル 改元。指改年號。

かいげん◎【開元】 開元。開創紀元，奠基，尤指開國。

かいげん◎【開眼】スル 開眼，開光。→かいがん（開眼）。「真の演技に～した」領悟了真正的演技。

がいけん◎【外見】 外表，表面，外觀。「～をかざる」裝飾外表。

かいこ◎【蚕】 蠶。

かいこ◎【回顧】スル 回顧，回憶。「～録」回憶錄。

かいこ◎【解雇】スル 解僱。

かいこ◎【懐古】スル 懷古。「～談」懷古的言談。

かいご◎【介護】スル 看護。「～人」看護人。

かいご◎【改悟】スル 悔改。「前非を～する」悔改前非。

かいご◎【悔悟】スル 悔悟。

かいこう◎【回航・廻航】スル 返航，轉航。

かいこう◎【改稿】スル 改稿。

かいこう◎【海港】 海港。↔河港

かいこう◎【海溝】 海溝。

かいこう◎【開口】 開口，張口。

かいこう◎【開校】スル 建校，開學。↔閉校。

かいこう◎【開港】スル 開港，開始通航，建成航道。

かいこう◎【開講】スル 開講。

かいこう◎【邂逅】スル 邂逅。

かいごう◎【会合】スル 聚會，集會。「～を開く」舉行聚會。

かいごう◎【改号】スル 改號。改變稱號、年號等。

がいこう◎【外交】 ①外交。↔内政。②外務，外勤（人員）。

がいこう◎【外光】 戶外光線，外部光線，室外光，外光。

がいこう◎【外港】 外港。↔内港

がいこきゅう◎【外呼吸】 外呼吸。↔内呼吸

かいこく◎【戒告】スル ①告誡。「～を与え

る」予以告誡。②告誡，警告。「～処分」警告處分。

かいこく◎【海国】　海洋國家。「～日本」海洋國家日本。

かいこく◎【開国】 スル　開國。↔鎖国。

がいこく◎【外国】　外國。

がいこくかわせ⑤【外国為替】　外匯。↔内国為替。

がいこつ◎【骸骨】　骸骨。

かいことば⑤【買い言葉】　還口，反唇。↔売り言葉

かいこ・む◎【買い込む】（動五）　購入，儲購。

かいごろし◎【飼い殺し】　①養到死。家畜即使無用了也養到死。②養一輩子，終生雇用。「～も同然の扱いだ」如同終生雇用般的待遇。

かいこん◎【悔恨】 スル　悔恨。

かいこん◎【開墾】 スル　開墾。

かいこん◎【塊根】　塊根。→塊茎

かいさ❶【海佐】　海佐，海校。海上自衛隊自衛官的軍銜名稱。

かいさい◎【快哉】　快哉。「～を叫ぶ」大聲稱快。

かいさい◎【皆済】 スル　清償完畢。

かいさい◎【開催】 スル　召開，舉辦。

かいざい◎【介在】 スル　介於…之間。

がいさい◎【外債】　外債，外國公司債券。↔内債。→外貨債・外国債

がいざい◎【外在】 スル　外在。↔内在

がいざい◎【外材】　外國木材，進口木材。

かいざいく❶【貝細工】　貝殼工藝品。

かいさく◎【改作】 スル　修改作品。

かいさく◎【開削・開鑿】 スル　開鑿，挖掘。

かいささえ◎【買い支え】　買進支撐。

かいさつ◎【改札】 スル　剪票，驗票。「～口」剪票口；驗票口。

かいさつ❶【開札】 スル　開標。

かいさん◎【海産】　海產。

かいさん◎【開山】 スル　①開山。建寺及建寺的人，開基。②開山。宗派的鼻祖，開祖，祖師。③開山，流派創始人。技術、技藝、武藝等自創一流派的人。

かいさん◎【解散】 スル　①散會。↔集合。②解散。

かいざん◎【改竄】 スル　篡改，塗改。「帳簿を～する」塗改帳簿。

かいざん◎【海山】　海山，海峰。

かいざん◎【開山】　開山。↔閉山。→かいさん（開山）。「～式」開山儀式。

がいさん◎【概算】 スル　概算，估算。「遠足の費用を～する」大致估計郊遊的費用。「～要求」概算要求。

かいし❶【海士】　海士。日本海上自衛隊自衛官的軍銜名稱。

かいし❶【海市】　海市蜃樓，幻景。

かいし❶【開始】 スル　開始。↔終了

かいし❶【懐紙】　①懷紙。疊起來揣在懷中備用的紙。②懷紙。正式謄寫和歌、連歌、俳諧等所用紙張。

かいじ❶【海事】　海事。

かいじ◎【開示】 スル　開示，宣告，宣布，揭示，明確指出。「勾留理由の～」宣布羈押理由。

がいし❶【外史】　外史。↔正史。「日本～」日本外史。

がいし❶【外資】　外資。「～導入」引進外資。

がいし❶【碍子】　礙子，絕緣瓷瓶。

がいじ◎【外字】　外文，外文字。「～新聞」外文報紙。

がいじ❶【外耳】　外耳。

かいしき◎【開式】 スル　儀式開始。↔閉式

がいして❶【概して】（副）　整體來看。「新入生の成績は～良い」今年的新生成績基本上都不錯。

かいし・める◎【買い占める】（動下一）　全買下，包購，買斷。

かいしゃ◎【会社】　公司。

かいしゃ❶【膾炙】 スル　膾炙。「人口に～する」膾炙人口。

がいしゃ◎【外車】　進口車。

がいしゃ◎【害者】　被害人。

かいしゃく❶【介錯】 スル　剖腹後割首。在日本於剖腹自殺者的旁邊等著割取其首級，亦指其人。「～人」割首人。

かいしゃく❶【解釈】 スル　解釋。「あの文章はいろいろに～される」那篇文章可

作種種解釋。
がいじゅ①【外需】 外需。↔内需
かいしゅう⓪【回収】スル 回收。「廃品~」廢物回收。
かいしゅう⓪【会衆】 會眾，與會者。
かいしゅう⓪【改宗】スル 改宗，改變信仰。
かいしゅう⓪【改修】スル 改建，修復。「橋を~する」修理橋樑。
かいじゅう⓪【怪獣】 怪獸。「~映画」怪獸電影。
かいじゅう⓪【海獣】 海獸。
かいじゅう⓪【晦渋】 晦澀，費解。「~な文章」晦澀的文章。
かいじゅう⓪【懐柔】スル 懷柔。「~策」懷柔之策。
がいしゅう⓪【外周】 外周，外圈。↔内周
がいじゅうないごう⓪【外柔内剛】〔唐書〕外柔內剛。↔内柔外剛
がいしゅつ⓪【外出】スル 外出。
かいしゅん⓪【回春】 ①回春。「~の妙薬」回春妙藥。②病治好了，康復。③春回大地，新的一年到來。
かいしゅん⓪【改悛】スル 悔罪，悔改，改悛。「~の情」悔改之心。
かいしゅん⓪①【悔悛】スル 改過自新，悔過，悔悛。
かいしょ③【会所】 會所，集會的場所。
かいしょ⓪【開所】スル 開所，開始辦公。↔閉所
かいしょ⓪【楷書】 楷書。→行書・草書
かいじょ①【介助】スル 照料，照顧，照應，照看幫助。
かいじょ①【解除】スル 解除。「武装~」解除武裝。
かいしょう⓪【回章・廻章】 傳閱件。供多人依次傳看的文件。
かいしょう⓪【会商】スル 會商，交涉。
かいしょう⓪【快勝】スル 大勝。
かいしょう⓪【改称】スル 改稱，改名。「社名を~する」更改公司名稱。
かいしょう①⓪【海将】 海將。海上自衛官的最高軍銜。
かいしょう⓪【海嘯】 湧潮，怒潮，激浪。→感潮河川・ポロロカ
かいしょう⓪【解消】スル 解除，解散，消除，撤消。
かいじょう⓪【回状・廻状】 傳閱件。
かいじょう⓪【会場】 會場。
かいじょう⓪【海上】 海上。「~運送」海上運輸。
かいじょう⓪【階上】 ①樓上。②臺階上。↔階下
かいじょう⓪【階乗】〔factorial〕階乘。由1至n的自然數的積。
かいじょう⓪【塊状】 塊狀。
がいしょう⓪【外相】 外相，外務大臣。
がいしょう⓪【外商】 ①外銷。「~部」外銷部。②外商。
がいしょう⓪【外傷】 外傷。
がいしょう⓪【街商】 攤販，路邊攤。
がいしょう⓪【街娼】 街娼，流鶯。
かいじょうたつ①【下意上達】 下意上達。→上意下達
かいしょく⓪【会食】スル 會餐，聚餐。
かいしょく⓪【海食・海蝕】スル 海蝕。
かいしょく⓪【解職】スル 解職，免職。
がいしょく⓪【外食】スル 外食，在外用餐。
かいしん①⓪【回心】スル〔conversion〕回心轉意，懺悔。
かいしん⓪【回診】スル ①巡診，查房。②出診。
かいしん⓪【会心】スル 會心，得意。「~の作」得意之作。
かいしん⓪【戒心】スル 戒心。
かいしん①【改心】スル 洗心革面。
かいしん⓪【改新】スル 革新，翻新。
かいじん⓪【灰燼】 灰燼。
かいじん⓪【怪人】 怪人。
かいじん⓪【海神】 海神。
がいしん⓪【外心】〔數〕外心。↔内心
がいしん⓪【外信】 外國通信。「~部」外國通信部。
かいず⓪【海図】 海圖。
かいすい⓪【海水】 海水。
かいすう③【回数】 回數，次數。「~を重ねる」屢次；三番二次。
がいすう③【概数】 概數。大概的數量。

ガイスト③【德 Geist】 精神，心靈，靈魂。

かい・する③【介する】（動サ變） ①透過，藉助，藉介，仲介。「人を~して就職をたのむ」透過旁人來請求就職。②介意，在意。

かい・する③【会する】（動サ變） ①會，會聚，會合。「一堂に~・する」會聚一堂。②交會，匯聚。「3本の直線が一点に~・する」三條直線會於一點。

かい・する③【解する】（動サ變） 解，懂。「日本語を~する」懂日文。

がい・する③【害する】（動サ變） ①害。「感情を~する」傷害感情。②殺死，殺害。③妨礙，阻礙。「交通を~・する」妨礙交通。

かいせい⓪【快晴】 大晴天，快晴。

かいせい⓪【改正】ㇲﾙ 修訂，修正，改正。

かいせい⓪【改姓】ㇲﾙ 改姓。

がいせい⓪【外征】ㇲﾙ 出征國外。

がいせい⓪【慨世】 慨世，憤世。「~の士」憤世之士。

がいせい⓪【蓋世】 蓋世。「~の英雄」蓋世英雄。→抜山蓋世

かいせき⓪【会席】 聚會坐席，聚會宴席，會席。

かいせき⓪【怪石】 怪石。「奇岩~」奇岩怪石。

かいせき⓪【解析】ㇲﾙ ①解析。②〔數〕〔analysis〕解析。

かいせき⓪【懐石】 懷石（料理）。

がいせき⓪【外戚】 外戚。母系的親戚。

かいせきこ【海跡湖】 海跡湖。

かいせつ⓪【回折】ㇲﾙ 〔diffraction〕衍射，繞射。

かいせつ⓪【開設】ㇲﾙ 開設，創辦，開辦設立。「学校を~する」開辦學校。

かいせつ⓪【解説】ㇲﾙ 解說，講解。「例をしめして~する」舉例說明。

がいせつ【外接】ㇲﾙ 外接，外切。↔內接

がいせつ【劉切】（形動）劉切。

かいせん⓪【廻船・回船】 回船。從事日本國內沿岸物資運輸的貨船。

かいせん⓪【回線】 電訊線路，電路，網路。「~の故障」線路故障。

かいせん⓪【会戦】ㇲﾙ 會戰。

かいせん⓪【改選】ㇲﾙ 改選。

かいせん⓪【海戦】 海戰。「日本海~」日本海海戰。

かいせん⓪【界線】 界線，界限。

かいせん⓪【疥癬】 疥癬。

かいせん⓪【開戦】ㇲﾙ 開戰。↔終戰

かいぜん⓪【改善】ㇲﾙ 改善。↔改惡。「待遇を~する」改善待遇。

がいせん⓪【外線】 ①外線。室外電線。②外線。連接內部與外部的電話線。↔內線

がいせん⓪【凱旋】ㇲﾙ 凱旋。

がいぜん⓪【蓋然】 蓋然，或然。↔必然

がいぜん⓪【慨然】（ﾀﾙ） ①慨然。憤慨感嘆。②慨然，慷慨激昂。

かいせんきょく⓪【回旋曲】 迴旋曲。

かいそ⓪【改組】ㇲﾙ 改組。「理事会を~する」理事會改組。

かいそ⓪【開祖】 開祖，開山祖師。

かいそう⓪【回送・廻送】 ①轉寄，郵遞。②放空車回送。將電車、汽車等空車調送他處。

かいそう⓪【回想】ㇲﾙ 回想，回憶。「~にふける」沉浸於回憶往事。

かいそう⓪【廻漕・回漕】ㇲﾙ 漕運，船運，水路運輸。

かいそう⓪【会葬】ㇲﾙ 送殯。「~御礼」送殯謝禮。

かいそう⓪【改葬】ㇲﾙ 改葬，遷墓。

かいそう⓪【改装】ㇲﾙ 改裝，裝修。「店內を~する」裝修店內。

かいそう⓪【海草】 海草。

かいそう⓪【海曹】 海曹。日本海上自衛隊自衛官的階級名稱。

かいそう⓪【海藻】 海藻。↔淡水藻

かいそう⓪【階層】 ①樓層。②分層，分級。③階層。

かいそう⓪【潰走】ㇲﾙ 潰逃。

かいぞう⓪【改造】ㇲﾙ 改造。「内閣を~する」內閣改組。「社会を~する」改造公司。

がいそう⓪【外装】 ①外部裝飾。↔內

かいぞうど⓪【解像度】　清晰度，解析度。

かいそく⓪【会則】　會則，會章。

かいそく⓪【快足】　健步如飛，飛毛腿。「～を誇る」自恃跑得快。

かいそく⓪【快速】　①飛馳，飛奔。②「高速電車」的簡稱。

かいぞく⓪【海賊】　海盜。

がいそふ⓪【外祖父】　外祖父。

がいそぼ⓪【外祖母】　外祖母。

かいぞめ⓪【買い初め】　新年初次購物。

かいそん⓪【海損】　海損。

がいそん⓪【外孫】　外孫。↔內孫

かいたい⓪【拐帯】　スル　拐帶，拐走。「公金を～する」捲公款潛逃。

かいたい⓪【解体】　スル　①解體，拆卸。「～工事」拆除工程。「財閥～」財閥解體。②解剖。

かいたい⓪【懐胎】　スル　懷胎。

かいだい⓪【改題】　スル　改題，改名。

かいだい⓪【海内】　海內，天下。「～無双」天下無雙。「～に威光を輝かす」威振天下。

かいだい⓪【解題】　スル　簡介。就書籍、作品的作者、內容、意義、出版年月、體裁等所作的說明。

かいたく⓪【開拓】　スル　①開拓，開荒。「～地」開拓地。②開拓。「新境地を～する」開拓新天地。

かいだく⓪【快諾】　スル　欣然承諾。

かいだし⓪【買い出し】　採購。

かいだ・す⓪【搔い出す】　（動五）　淘掉，舀出。「池の水を～・す」將池中的水舀出。

かいたた・く⓪【買い叩く】　（動五）　殺價購買，壓價購買。

がいため⓪【外為】　外匯的俗稱。

かいだん⓪【会談】　スル　會談。「両国首脳が～する」兩國首腦會談。

かいだん⓪【戒壇】　戒壇。

かいだん⓪【怪談】　怪談。「四谷～」《四谷怪談》。

かいだん⓪【階段】　①臺階。②階梯，步。順次漸進的等級。「出世の～をのぼりつめる」一步步發跡至頂峰。

かいだん⓪【解団】　スル　解散團體。↔結団

がいたん⓪【慨嘆・慨歎】　スル　慨嘆。「～にたえない」不勝慨歎。

かいだんじ⓪【快男児】　爽快男兒，豪爽男兒。

ガイダンス①【guidance】　指導，輔導。

がいち①【外地】　外占土地，外國占領地。↔内地

かいちく⓪【改築】　スル　改建。

かいちゅう⓪【回虫・蛔虫】　蛔蟲。

かいちゅう⓪【改鋳】　スル　改鑄。「貨幣の～」貨幣的重新鑄造。

かいちゅう⓪【海中】　海中，海洋之中。

かいちゅう⓪【懐中】　スル　懷中，口袋中。「～にしまう」揣在懷裡。

がいちゅう⓪【外注】　スル　向外訂貨，外購。「部品の多くを～に出す」大部份的零件都在廠外訂貨。

がいちゅう⓪【害虫】　害蟲，蛀蟲。↔益虫

かいちょう①【回腸】　回腸。

かいちょう⓪【会長】　會長。

かいちょう⓪【快調】　①順利，情況良好。「万事～に進んでいる」一切進行得很順利。②理想的。「～なすべり出し」理想的起步。

かいちょう⓪【海鳥】　海鳥。

かいちょう⓪【開帳】　スル　①開龕。②揭秘，展示。「衆目の前でご～に及んだ」公諸於眾。

かいちょう⓪【諧調】　諧調，影調，層次。

がいちょう⓪【害鳥】　害鳥。↔益鳥

かいちん⓪【開陳】　スル　陳述。「見解を～する」陳述見解。

かいつう⓪【開通】　スル　開通。

かいづか⓪【貝塚】　貝塚。

かいつけ⓪【買い付け】　①買慣，經常去買。「～の店」常光顧的商店。②收購，購買。「小麦の～をする」收購小麥。

かいつ・ける④【買い付ける】　（動下一）　①買慣。②收購，購買。

かいつなぎ⓪【買い繋ぎ】　買期貨保值，套購保值。↔売り繋ぎ

かいつぶり⓪【鸊鷉】 鷿鷈。

かいつま・む【掻い摘まむ】（動五）
概括，摘要。「～んで言えば」概括言
之。

かいづめ⓪【貝爪】 扁平短指（趾）甲。

かいて⓪【買い手】 買主，買方。↔売り
手。「その絵にはすぐ～がついた」那張
畫很快有了買主。

かいてい⓪【改定】スル 修改決定。

かいてい⓪【改訂】スル 修訂。

かいてい⓪【海底】 海底。

かいてい⓪【開廷】スル 開庭。↔閉廷

かいてい【階梯】 階梯。

かいてき⓪【快適】（形動） 暢快舒適。
「～な住い」舒適的住宅。

がいてき⓪【外敵】 外敵。「～を防ぐ」
防禦外敵。

がいてき⓪【外的】（形動） 外的，外在
的，外部的。↔内的。「～条件」外在條
件。

かいてん⓪【回天】 回天，扭轉乾坤。「～
の事業」扭轉乾坤的事業。

かいてん⓪【回転・廻転】スル ①旋轉，轉
動。②回轉。③周轉。「～資金」周轉資
金。

かいてん⓪【開店】スル ①開店，開張。
「本屋を～する」開書店。②開店，開
門營業。↔閉店。「デパートは午前 10
時に～する」百貨公司上午十點開門。

かいでん⓪【皆伝】スル 真傳。「免許～」
傳授全部秘訣。

がいでん⓪【外電】 外電。

カイト【kite】 西洋風箏。「スポー
ツ～」風箏運動。

ガイド①【guide】スル ①指南，引導，嚮
導。「観光～」旅遊指南。②導遊。③入
門，導讀。「～-ブック」入門書。

かいとう⓪【会頭】 會頭，會長。

かいとう⓪【快刀】 快刀，鋒利的刀。

かいとう⓪【怪盗】 怪盜。「～ルパン」
怪盜魯邦。

かいとう⓪【解凍】スル ①解凍。②解壓
縮。

かいとう⓪【解答】スル 解答。

かいどう⓪【会同】スル 聚會，集會，會

同。

かいどう⓪【会堂】 會堂。

かいどう⓪【怪童】 怪童。身材高大並有
怪力的男孩子。

かいどう⓪【海道】 海道，海岸沿線。

かいどう⓪【街道】 大道，幹道，大路，
街道。

がいとう⓪【外灯】 戶外燈。

がいとう⓪【外套】 外套。

がいとう⓪【街灯】 路燈，街燈。

がいとう⓪【街頭】 街頭。「～演説」街
頭演講。

がいとう⓪【該当】スル 符合，該當，屬
於。

かいどき⓪【買い時】 購物的好時機。

かいどく⓪【買い得】 划算。↔買い損

かいどく⓪【回読】スル 傳閱，輪流閱讀。

かいどく⓪【解読】スル 破譯，解讀。「暗
号の～」密碼破解。

がいどく⓪①【害毒】 毒害。「世に～を流
す」毒害社會。

かいどり⓪【飼い鳥】 飼養鳥，家鳥。

かいと・る③【買い取る】（動五） 買
進，買下，買入。「特許を～・る」買下
專利。

かいな⓪【腕】 上臂。

かいな・い【甲斐無い】（形） ①無濟
於事，沒有成效，白費。「今更くやんで
も～・いことだ」事到如今後悔也無濟
於事。②不值得。「生きていても～・い
身だ」活著也沒意思。

かいなん⓪【海難】 海難。

かいにゅう⓪【介入】スル 介入，干預。
「両国間の争いに～しない」不介入兩
國之間的爭端。

かいにん⓪【解任】スル 解任，召回，革
職。

かいにんそう⓪【海人草・海仁草】 海人
草。

かいぬし⓪【買い主】 買主，買受人。↔
売り主

かいぬし⓪①【飼い主】 飼主。

かいね⓪【買い値】 買價。↔売り値

かいねこ⓪【飼い猫】 家貓。

がいねん⓪【概念】 概念。

かいのう◎【皆納】スル 完稅，繳清。

かいは①【会派】 派別，會派。

かいば◎【飼い葉】 牧草。

かいば①【海馬】 ①〔seahorse〕海馬的別名。②海龍的別名。③〔hippocampus〕海馬體。處於大腦顳葉部，調控欲望、本能和自主神經活動。

かいはい◎【改廃】スル 改廢。「機構を～する」改革和廢除機構。

がいはく◎【外泊】スル 外宿。「無斷で～する」擅自在外過夜。

がいはく◎【該博】 廣博，淵博。「～な知識」廣博的知識。

かいはくしょく◎【灰白色】 灰白色。

かいばしら◎【貝柱】 干貝。

かいはつ◎【開発】スル ①開發，開墾。「原始林の～」開發原始森林。②開發，啓發。「～途上国」開發中國家。③開發，研製，首創。「新製品の～につとめる」努力研製新產品。

かいばつ◎①【海抜】 海拔。

がいはんぼし①【外反拇趾】 拇趾外翻。

かいひ◎【会費】 會費。

かいひ◎【開扉】スル 開門。

がいひ◎【外皮】 外皮。

かいびゃく◎①【開闢】 開闢，開天闢地。「～以来の最大珍事」開天闢地以來的最稀奇事。

かいひょう◎【海氷】 海冰，浮冰。

かいひょう◎【海豹】 海豹的別名。

かいひょう◎【開票】スル 開票，開標。「即日～」即日開票。

かいひょう◎【解氷】 解凍。↔結氷

がいひょう◎【概評】スル 概評。概括整體的評論。

かいひん◎【海浜】 海濱。

がいひん◎【外賓】 外賓。

かいふ◎【回付・廻附】スル 傳送，送交。

がいぶ◎【外部】 ①外部，外面，外單位。②外部，外面，外單位。「～に知れる」傳到外部。↔内部

かいふう◎【海風】 海風。↔陸風

かいふう◎【開封】スル ①啓封。拆開信件等的信封。②開封，敵口。剪掉信封的上端，使能看見其中內容物的郵件。日本第三種郵件和第四種郵件必須開封。

かいふく◎【回復・恢復】スル ①恢復。「天候の～を待って出発する」等天氣好轉再出發。②挽回，收復，收回。「名誉を～する」恢復名譽。

かいふく◎【快復】スル 康復，痊癒。「病気が～する」病已痊癒。

かいふく◎【開腹】スル 開腹，剖腹。「～手術」開腹手術。

かいぶつ◎【怪物】 ①怪物。②怪傑，怪人。「財界の～」財界的怪傑。

かいぶん◎【回文・廻文】 ①傳閱件。②回文。無論順讀還是倒讀，文句皆同的辭格。

かいぶん◎【怪聞】 奇聞。

がいぶん◎【外分】スル 〔數〕外分。某一線段的分點不在其線段上，而在其延長線上。↔内分

がいぶん◎【外聞】 ①外界傳聞，風言風語。「～をはばかる」害怕風言風語。②名聲，顏面。「～を気にする」顧及面子。

かいぶんしょ◎【怪文書】 匿名信，黑函。

かいぶんるい①【下位分類】 下位分類。將按一定基準分類的各項，進一步按更細的基準進行分類。

かいへい◎【海兵】 ①海兵。海軍士兵。②「海軍兵学校」的簡稱。

かいへい◎【皆兵】 皆兵。「国民～」全民皆兵。

かいへい◎【開平】スル 〔數〕開平方。

かいへい◎【開閉】スル 開閉，啓閉，開合。

がいへき◎【外壁】 外壁，外牆。↔内壁

かいへん◎【改変】スル 改變，變換。

かいへん◎【改編】スル 改編。

かいへん◎【海辺】 海邊。

かいべん◎【快便】 快便，健康排便。「快食～」快食快便。

がいへん◎【外編・外篇】 外編，外篇。↔内編

かいほう◎【介抱】スル 護理，服侍。

かいほう◎【会報】 會報。向會員及外部的人通報的文件或雜誌。

かいほう◎【快方】 好轉，見好。「病状が～に向かう」病情開始好轉。

かいほう◎【開放】 スル 敞開，開放。「体育館は日曜日も～する」體育館週日也開放。

かいほう◎【開法】〔数〕開方。↔冪法

かいほう◎【解放】 スル 解放。「政治犯を～する」釋放政治犯。

かいぼう◎【海防】 海防。

かいぼう◎【解剖】 スル 解剖。

がいぼう◎【外貌】 外貌。

かいぼり◎【搔い掘り】 スル 竭澤而漁。

がいまい◎【外米】 外國米，進口米。↔内地米

かいまき◎【搔巻】（薄）棉睡衣。

かいまく◎【開幕】 スル ①開幕，開演。↔閉幕。「～のベルが鳴った」開幕的鈴聲響了。

かいま・みる◎【垣間見る】（動上一）①偷看，偷瞄。「戸の透き間から～・みる」從門縫偷看。②管窺。

かいみょう◎【戒名】 ①戒名。僧侶在佛教儀式上為死者取的名字，鬼號。↔俗名。②〔佛〕戒名。佛教徒經受戒被賜與的名字，法名。

かいみん◎【快眠】 スル 熟睡，睡得香。

かいむ◎【皆無】 皆無。「彼は法律の知識が～だ」他對法律一無所知。

がいむ◎【外務】 ①外務。指國際關係的行政事務。②外務，外勤。

かいめい◎【改名】 スル 改名。

かいめい◎【開明】 ①開明。文明開化。②開明。「～な君主」開明的君主。

かいめい◎【階名】 音階名稱，唱名。→音名

かいめい◎【解明】 スル 闡明，究明，弄清，研究。「事故の原因を～する」查明事故的原因。

かいめつ◎【壊滅・潰滅】 スル 覆滅，毀滅，瓦解。「地震で町は～した」由於地震，城鎮毀滅了。

かいめん◎【海面】 海面，海平面。

かいめん◎【海綿】 海綿。

がいめん◎【外面】 外面。「～は平静をよそおう」表面故作鎮靜。↔内面

かいめんかっせいざい◎【界面活性剤】界面活性劑。

かいもく◎【皆目】（副）（下接否定）完全，全然。「～見当がつかない」全然沒有頭緒。

カイモグラフ【kymograph】 示波器。

かいもどし◎【買い戻し】 スル 買回，補進。

かいもど・す◎【買い戻す】（動五）買回，補進。

かいもと・める◎【買い求める】（動下一）購買，收購，求購。

かいもの◎【買い物】 スル 購物。

かいもん◎【開門】 スル 開門。↔閉門

がいや◎【外野】 ①外野。↔内野。②外野手。③局外人。「～がうるさい」局外人議論紛紛。

かいやく◎【改訳】 スル 改譯，重新翻譯。

かいやく◎【解約】 スル 解約。

かいゆ◎【快癒】 スル 痊癒。「病気が～る」病痊癒了。

かいゆう◎【回遊】 スル 周遊，雲遊。

かいゆう◎【回游・洄游】 スル 洄游。

かいゆう◎【会友】 會友。

がいゆう◎【外遊】 スル 出國旅遊，出國留學。

がいゆう◎【外憂】 外患。↔内憂

かいよう◎【海洋】 海洋。

かいよう◎【海容】 スル 海涵寬容。「御～下さい」敬乞海涵寬容。

かいよう◎【潰瘍】 潰瘍。「胃～」胃潰瘍。

がいよう◎【外用】 外用。↔内服

がいよう◎【外洋】 外海，遠洋，外洋，公海。↔内洋

がいよう◎【概要】 概要。

かいらい◎【傀儡】 傀儡。

がいらい◎【外来】 外來。「～者」外來者。「～思想」外來思想。

かいらく◎【快楽】 快樂。「～にふける」沉浸在快樂中。

かいらん◎【回覧・廻覧】 スル 傳閱。「～板」傳閱板。

かいらん◎【壊乱・潰乱】 スル 潰亂。秩序等混亂不堪。

かいり◎【乖離】スル 乖離。「人心が~する」人心背離。

かいり◎【海里・浬】〔nautical mile;sea mile〕海浬。→ノット

かいり◎【海狸】 海狸。

かいりく◎【海陸】 ①海陸。海洋和陸地。②海陸。海軍和陸軍。

かいりつ◎【戒律】〔佛〕戒律。

がいりゃく◎【概略】 概略。「事件の~を説明する」就事件的大致情況加以説明。

かいりゅう◎【海流】 海流，洋流。「日本~」日本洋流。→潮流

かいりょう◎【改良】スル 改良。「稲の品種を~する」改良稲子的品種。

がいりょく◎【外力】 外力。↔内力

がいりん◎【外輪】 ①外環。②鋼圈。

かいれい◎【回礼】スル 四處拜年。

かいれい◎【海嶺】 洋脊，海嶺。

かいれき◎【改暦】スル ①改暦。修訂暦法。②新日暦，亦指新年。

かいろ◎【回路】 電路。

かいろ◎【海路】 海路，航線。

かいろ◎【懐炉】 懐爐。

がいろ◎【街路】 街道，大街，大路。「~樹」行道樹。「~灯」路燈。

かいろう◎◎【回廊・廻廊】 迴廊。

かいろうどうけつ◎【偕老同穴】 偕老同穴。

カイロプラクチック◎【Chiropractic】 脊椎按摩療法。

がいろん◎【概論】スル 概論。「文学~」文學概論。

かいわ◎【会話】スル 會話。

かいわい◎【界隈】 周圍一帶，附近，近處。「この~では彼はちょっとした顔だ」在這兒一帶他有點兒名氣。

がいわくせい【外惑星】 外行星。↔内惑星

かいわれ◎【貝割れ・穎割れ】 （剛張開子葉）嫩芽。

かいん◎【下院】 下議院。↔上院

か・う◎【支う】（動五）①支，支撐。「つっかい棒を~・う」支上頂棍。②鎖上。「鍵を~・う」上鎖。

か・う◎【買う】（動五）①買，購買。↔売る。②看中，賞識。「彼の才能は人々に高く~・われている」他的才能受到人們很高的評價。③承擔，響應。「進んで大役を~・って出る」主動承擔重任。④招致。「彼女の怒りを~・ってしまった」惹她生氣了。⑤找，招。「女を~・う」找女人。

か・う◎【飼う】（動五）飼養。

ガウス◎【gauss】 高斯。磁通量密度的CGS電磁單位。

カウチ◎【couch】 躺椅，睡椅。

ガウチョ◎【西 gaucho】 高楚牧童，高楚人。南美洲草原的牛仔。

カウボーイ◎【cowboy】 牛仔。美國西部的牧牛人。

かうん◎【家運】 家運。「~が傾く」家道中衰。

ガウン◎【gown】 ①長衫。②法服。神職人員、法官、律師等穿著的服裝。

カウンシル◎【council】 評議會，審議會，會議。

カウンセラー②【counselor】 心理諮商師。

カウンセリング◎◎【counseling】 心理諮詢，諮詢指導。

カウンター◎【counter】 ①收銀台，櫃檯。②計算機，計數器。「ガイガー~」蓋氏計算器。

カウンター◎◎【counter】 迎擊，還擊。

カウント◎【count】スル ①數，報數，讀秒，秒數統計。「入場者数を~する」統計入場人數。②記分，計時。

かえ◎【替え】 替換品，預備。「~ズボン」換洗的褲子。「シャツの~がない」沒有備用襯衫。

かえし◎【返し】 ①還禮。收禮後的回禮。②報復。「この前のお~だ」這是對之前的報復。

かえ・す◎【返す】（動五）①歸還，打回。「借金を~」還借款。「旧状に~・す」故態復萌。②回覆。「そう言われて~・す言葉もなかった」被那麼一說，無言以對。③退去，返回。「破壊された自然を元の姿に~・すのは難しい」

被破壞的大自然很難恢復原狀。④反
擊，還。「言い～・す」反唇相擊。

かえ・す【帰す】（動五）　使回去。
「台風が上陸するというので生徒を～
・した」聽說颱風要登陸，所以讓學生
回去了。

かえ・す回【孵す】（動五）　孵。

かえだま回【替え玉】　①冒牌貨。②替
身，槍手，冒名頂替（的人）。「～を
使って入学試験を受ける」找人代考入
學測驗。

かえって回【却って】（副）　卻，反倒。
「その治療で～病気が重くなった」那
麼一治反而使病情加重了。

かえで回【楓】　楓樹。

かえらぬひと【帰らぬ人】（連語）　不
歸人。「～となる」作古。

かえり回【帰り】　①歸，返回。「～がお
そい」回來得晚。②返回時，歸途。「学
校の～に寄る」放學時順便去。↔行き

かえりうち回【返り討ち】　復仇被害。「～
になる」復仇不成反被仇人殺死。

かえりざき回【返り咲き】　①再度開花。
②東山再起，捲土重來。「政界への～を
ねらう」試圖在政界東山再起。

かえりざ・く回【返り咲く】（動五）　①
花期已過，再度開花。②捲土重來。「政
界に～」重返政界。

かえりしな回【帰りしな】　正要回去，歸
途，歸程。

かえりしんざん【帰り新参】　復職。

かえり・みる回【顧みる】（動上一）　①
回顧。「歴史を～・みる」回顧歷史。②
顧，顧念。「仕事に追われて家庭を～・
みる暇がない」忙於工作，無暇顧及家
庭。③回頭看。「うしろを～・みる」回
頭看。

かえる回【蛙】　蛙。

かえ・る回【返る】（動五）　①返還，歸
還。「忘れ物が～・ってきた」遺失的東
西找回來。②還原。恢復原有狀態。
「町は元の姿に～・った」城市恢復了
原樣。③返回，折回，反射。「答えが～
・る」有答覆。

かえ・る回【帰る・還る】（動五）　①返

回。「昨日東京に～・った」昨天回到東
京。②回去。「客が～・る」客人回去
了。

かえ・る回【孵る】（動五）　孵。「ひよ
こが5羽～・った」孵出五隻小雞。

か・える回【替える・換える】（動下一）
①替換、地位。②換。「小切手を現金
に～・える」將支票換成現金。③更
換。「着物を～・えて出掛ける」換衣服
出去。④添。添加飯菜或飲料。

か・える回【代える】（動下一）　代替。
「健康は何物にも～・えられない」用
任何東西也換不到健康。

か・える回【変える】（動下一）　①改
變，改換。「方向を～・える」改變方
向。②變更。「住所を～・える」變更住
所。

かえん回【火炎・火焰】　火焰。

がえん回【賀宴】　賀宴，喜宴。

がえん・ずる【肯んずる】（動サ變）
聽從，承諾，肯定，答應。首肯。

かお回【顔】　①面部，顏面，臉。「～を
洗う」洗臉。②臉型，面相，相容。「き
れいな～」長得俊俏。③表情，神色。
「皆真剣な～をして聞いていた」大家
嚴肅認真的傾聽著。④人，人數。「～が
揃ったら始めよう」人到齊了就開始
吧！⑤面子。「彼は～が広い」他交際
廣。「業界の～」業界的影響力。「～が
きく」有面子；吃得開。「～を立てる」
給面子。

かおあわせ回回【顔合わせ】ㇲㇽ　①初次會
面。②聯袂演出。「二大スターの初～」
兩大明星首次聯袂。③照面，交手。「横
綱どうしの～」横綱級的交手。

かおいろ回【顔色】　①面色，氣色。「～
がよい」氣色好。②神色，臉色。「～を
読む」察言觀色。

かおう回【花押】　畫押。

かおく回【家屋】　①住房。②房屋。

カオス回【希 khaos】　混沌，混亂。↔コ
スモス。

かおだし回回【顔出し】ㇲㇽ　出面，出訪。

かおだち回【顔立ち】　面孔，眉目。「上
品な～」眉目清秀。

かおつき⓪【顔付き】　相貌。

かおつなぎ⓪【顔繋ぎ】ㇲㇽ　敘舊，聯誼。

かおなじみ⓪【顔馴染み】　面熟，熟人。

かおパス⓪【顔─】　顏面通行證，權勢開道。

かおぶれ⓪【顔触れ】　出席者，列入名單者，會員。

かおまけ⓪【顔負け】ㇲㇽ　汗顏，相形見絀。「プロも～の技」連行家都遜色的技術。

かおみしり⓪【顔見知り】　熟人。「彼とは～だ」我跟他認識。

かおみせ⓪【顔見世】ㇲㇽ　亮相。

かおむけ⓪【顔向け】　露面，見人。

かおやく⓪【顔役】　頭面人物。「土地の～」地方上的角頭。

かおり⓪【薫り・香り】　氣味，芳香。

かお・る⓪【薫る・香る】（動五）　發出香味，散發香氣。

かおん⓪【訛音】　訛音。帶口音的（不準確）發音。

かか①【呵呵】（副）　哈哈。「～大笑する」哈哈大笑。

かが①【花芽】　花芽。

がか⓪【画家】　畫家。

がが①【峨峨】（ㇳㇽ）　峨峨，巍峨。

かかあでんか①【嚊天下】　老婆當家，妻管嚴。→亭主関白

かかい⓪①【歌会】　歌會。

かがい①【加害】　加害。→被害

かがい①【花街】　花街柳巷，紅燈區。

かがい①【課外】　課外。

がかい⓪【瓦解】ㇲㇽ　瓦解。

かかえ⓪【抱え】　[1]包雇，雇用，長期雇傭。「お～の運転手」包雇的司機。[2]（接尾）抱，摟。「一～の薪」一抱柴火。

かか・える⓪【抱える】（動下一）　①抱，挾持。「腹を～・えて大笑いをする」捧腹大笑。②雇用，聘用，豢養。③承擔，擔負，有負擔。「病人を～・えている」有病人要照顧。④背負。「巨額の借金を～・えて倒産した」因負巨額債務而倒閉。

カカオ①【cacao】　可可。可可樹。

かかく⓪【価格】　價格。

かがく①【化学】〔chemistry〕化學。

かがく①【価額】　價額。

かがく①【家学】　家學。

かがく①【歌学】　歌學。有關和歌的學問。

ががく①【雅楽】　雅樂。

かがくきごう⓪【化学記号】　化學符號。

かがくこうぎょう⓪【化学工業】　化學工業。

かがくごうせい⓪【化学合成】　化學合成。

かがくしき⓪【化学式】　化學式。

かがくせんい⓪【化学繊維】　化學纖維。

かがくちょうみりょう⓪【化学調味料】　化學調味品。

かがくはんのう⓪【化学反応】　化學反應。

かがくひりょう⓪【化学肥料】　化學肥料。

かがくぶっしつ⓪【化学物質】　化學物質。

かがくぶんせき⓪【化学分析】　化學分析。

かがくへいき⓪【化学兵器】　化學武器。

かがくへんか⓪【化学変化】　化學變化。→物理変化

かがくやくひん⓪【化学薬品】　化學藥品。

かがくりょうほう⓪【化学療法】　化學療法。

かか・げる⓪①【掲げる】（動下一）　①懸掛，挑掛，打出，揭示。「旗を～・げる」懸掛旗幟。②揚，舉。「たいまつを～・げる」舉起火把。③掀，挑，揭。「簾を～・げる」掀簾子。④揭示，提出，倡導，表示。「平和主義を～・げる」提出和平主義。⑤登載，打出。「声明文を巻頭に～・げる」聲明刊登在首頁。

かかし⓪【案山子】　稻草人。

かか・す⓪【欠かす】（動五）　欠缺。「授業には～・さず顔を出す」一次也不缺地來上課。

かかずら・う[4]【係う】（動五） ①關係。「そんなことに～・ってはいられない」不能與那種事有關係。②囿於。「くだらない問題に～・う」拘泥於無足輕重的問題。

かかたいしょう[1]【呵呵大笑】 呵呵大笑。

かかと[0]【踵】 踵，腳跟，鞋跟。

かがま・る[0]【屈まる】（動五） 下蹲，彎腰。

かがみ[3]【鏡】 鏡。

かがみいた[4]【鏡板】 ①鑲板，心板。鑲入門框、格子間的平滑的木板。②鏡板。能樂舞臺正面繪有古松的護牆板。③鏡板。在歌舞伎舞臺上模仿能樂舞台時，置於正面上繪松樹的護牆板。

かがみもじ[4]【鏡文字】 鏡映文字。

かがみもち[3]【鏡餅】 扁圓形年糕，鏡餅。

かが・む[0]【屈む】（動五） ①下蹲。②彎腰。

かが・める[0]【屈める】（動下一） 下蹲，彎腰。

かがやかし・い[5]【輝かしい・耀かしい】（形） 輝煌。「～・い業績を残す」留下了輝煌的業績。

かがやか・す[4]【輝かす・耀かす】（動五） ①使放光輝。「目を～・して話を聞く」目光炯炯地傾聽。②光耀，使閃耀，使放光渾。顯示威名、威力等。「母校の名誉を～・す」爲母校增光。

かがや・く[3]【輝く・耀く】（動五） ①光芒四射，照耀，放光，閃耀。「空に～・く星」天空閃耀的星星。②洋溢。「彼女の顔に幸福に～・いていた」她的臉上閃著幸福的光彩。③榮耀。「文部大臣賞に～・く」榮獲了文部大臣獎。

かかり[1]【掛かり】 ①花費，開支。「入院の～がかさむ」住院的花費很大。②掛。「高～」高掛。③掛鉤，倒鉤。

かかりあ・う[0]【掛かり合う】（動五） 有瓜葛，有關聯。

かかりきり[0]【掛かり切り】 專心做一件事。

かか・る[2]【懸かる】（動五） ①懸，懸掛。「月が中天に～・る」月懸中天。②受託。「優勝が～・る」奪冠使命在身。③擔心。「気に～・る」掛念。

かか・る[2]【掛かる】（動五） ①垂掛。「壁に絵が～・っている」牆上掛著畫。②受到，遭到，碰到。「疑いが～・る」遭到懷疑。③掛出，掛起。「霞が～・る」出霞。④濺到，落到，掛上。「雨が～・る」被雨淋了。⑤陷入。「罠に～・る」陷入圈套。⑥拿到。「案件が会議に～・る」案件提交到會議上。⑦加大，上，徵，打，冠。「税金が～・る」上稅。⑧需花費，需要。「金が～・る」需要花錢。⑨投。「保険が～・っている」投了保。⑩看，靠，依賴，任憑，取決於。「医者に～・る」看醫生。⑪施加，開動，發動。「ブレーキが～・る」煞車。⑫掛心，擔心。「気に～・る」擔心。⑬上手，動手。「～・って来い」你動手吧。⑭著手。「仕事に～・る」著手工作。

かか・る[2]【罹る】（動五） 罹，患。「結核に～・る」患結核病。

かかる[2]【斯かる】（連體） 這種的，這般的，如此的，這樣的。「～事態はもうとっくに予測された」這種事態早被預測到了。

かが・る[0]【縢る】（動五） 包縫，連綴，鎖（邊）。

かかわらず[2]【拘らず】（連語） 不論，不管。「晴雨に～挙行する」不論晴天或雨天照常舉行。②儘管。「度々催促したにも～一向返済しない」儘管再三催促，可他就是一直不還。

かかわり[0]【係り・関り】 有關係，有牽連。「私はあの事件とは何の～もない」我跟那個事件毫無關係。

かかわりあ・う[0]【係り合う】（動五） 有關係。

かかわ・る[0][3]【係る・拘る】（動五） ①關係到，受牽連，涉及到，牽扯。「これは命に～・る事だ」這是性命攸關的事情。「この事柄は重要な問題に～・っている」事關重大。②拘泥。「些細なことに～・る」拘泥於枝微末節。

かかん◎【下瞰】スル 俯瞰，下瞰。

かかん◎【花冠】 花冠。

かかん◎【果敢】（形動） 果敢，當機立斷。「～な攻撃」果敢的攻撃。

かがん◎【河岸】 河岸。

かかんきしょうこうぐん【過換気症候群】 過度換気症候群。

かき◎【牡蠣】 牡蠣。

かき②【垣・牆】 垣，牆，籬笆，攔擋物。

かき◎【柿】 柿。

かき◎【下記】 下列，下述。↔上記。「細目は～のとおり」細目如下。

かき◎【火気】 ①煙火。「～厳禁」嚴禁煙火。②火勢，熱氣。

かき◎【火器】 ①火器，武器。「重～」重武器。②盛火器。火盆等盛火的器具。

かき◎【花卉】 花卉。

かき◎【花期】 花期。

かき◎【夏季】 夏季。

かき◎【夏期】 暑期，夏季期間。「～講習」暑期講習。

かぎ◎【鉤】 ①鉤，鉤子，掛鉤。②鉤形（物）。「～鼻」鷹鉤鼻。

かぎ②【鍵】 ①鑰匙。「～でドアをあける」用鑰匙把門打開。②鎖。「引出しの～があかない」抽屜的鎖開不開。③關鍵。「彼が問題解決の～を握っている」他掌握了解決問題的關鍵。

がき◎【餓鬼】 餓鬼。

かきあげ◎【掻き揚げ】 炸什錦。

かきあ・げる◎【掻き上げる】（動下一）撩上去，梳上去。「髪を～・げる」把頭髮梳上去。

かきあつ・める⑤◎【掻き集める】（動下一）①攏在一起，收到一起。②收集，召集。

かぎあ・てる◎【嗅ぎ当てる】（動下一）①嗅出。②探聽到，打探到。「犯人の隠れ家を～・てる」偵査出犯人藏身的地方。

かぎあな◎【鍵穴】 鑰匙孔。

かきあらわ・す◎【書き表す】（動五）寫出，畫出，撰寫，記錄，記述表示。

かきあわ・せる◎◎【掻き合わせる】（動下一）攏合，攏一起，掩上。「襟元を～・せる」將衣領掩上。

かきいだ・く◎【かき抱く】（動五）摟抱。「わが子をひしと～・く」摟抱住自己的孩子。

かきいれ◎【書き入れ】 寫入，寫進，加批註。

かきい・れる◎【書き入れる】（動下一）寫入，填寫。

かきいろ◎【柿色】 ①柿子色，紅黃色。②紅褐色。③深褐色，黑褐色。

かきおき◎【書き置き】 留言，留言條。

かきおこ・す◎◎【書き起こす】（動五）動筆。「新しく～・した文章」新動筆的文章。

かきおろし◎【書き下ろし】 新寫，新作。

かきか・える◎◎【書き替える・書き換える】（動下一）①重寫，改寫。②更換。

かきかた◎◎【書き方】 ①寫法，畫法。②筆順。③習字，書法，書寫。

かきき・える◎【掻き消える】（動下一）突然消失。

かきき・る◎【掻き切る】（動五）剖。「切る」的強調說法。「腹を～・る」切腹。

かきくだし◎【書き下し】 往下書寫，由上往下書寫。

かきくだ・す◎【書き下す】（動五）①從上往下寫。②信筆往下寫，一氣呵成。

かきくど・く◎【掻き口説く】（動五）再三央求，再三勸說。「涙ながらに～・く」流著眼淚再三勸說；淚流滿面地再三央求。

かきくも・る◎【掻き曇る】（動五）突然烏雲密布，驟然全陰。「お天気はにわかに～・った」天氣突然變陰了。

かきく・れる◎【掻き暮れる】（動下一）①不住地哭，哭得死去活來。「涙に～・れる」哭成淚人。②驟暗。

かきけ・す◎◎【掻き消す】（動五）①完全消失。「話し声を～・すような車の

騒音」汽車噪音淹沒了說話聲。②瞬間消失。「～・すように見えなくなる」瞬間消失得無影無蹤。

かきごおり⓪【欠き氷】 ①碎冰塊，碎冰。②刨冰

かきことば⓪【書き言葉】 書面語言，書面語。↔話し言葉

かきこみ⓪【書き込み】スル 寫入，填入。

かきこ・む⓪【書き込む】（動五） ①寫入，填寫。②寫入。電腦將資料儲存到記憶體中。

かきこ・む⓪【掻き込む】（動五） 扒，狼吞虎嚥。「お茶漬けを～・む」將茶泡飯一個勁地向嘴裡扒。

かぎざき⓪【鉤裂き】スル 勾破。

かきさ・す⓪【書き止す】（動五） 停筆。

かきしぶ⓪【柿渋】 柿油，柿漆。

かきしる・す⓪【書き記す】（動五） 記載，抄寫，寫文章，登錄記載。

かきすて⓪【掻き捨て】 不怕出醜，不怕羞，滿不在乎。「旅の恥は～」旅途之中不知羞。

かきそ・える⓪【書き添える】（動下一）添寫，附帶寫上，添加題寫。

かきぞめ⓪【書き初め】 新春試筆，初試筆。

かきそん・じる⓪【書き損じる】（動上一） 筆誤。

がきだいしょう⓪【餓鬼大将】 孩子王。

かきだし⓪【書き出し】 起首，開頭部分。

かきだ・す⓪⓪【書き出す】（動五） ①動筆，開始寫，寫起來，開始書寫。②寫出，標出。「大きく～・す」大書。③摘錄，摘要。「カードに～・す」摘錄到卡片上。

かぎだ・す⓪【嗅ぎ出す】（動五） ①嗅出。②探出，嗅出。「敵の秘密をうまく～・した」巧妙地探出了敵人的秘密。

かきた・てる⓪【書き立てる】（動下一）①列舉。「要求項目を一つ一つ～・てる」把要求事項一一寫出來。②大書特書。「週刊誌は一齊に彼女のスキャンダ

ルを～・てた」每個週刊雜誌都大登特登她的醜聞。

かきた・てる⓪【掻き立てる】（動下一）①攪拌，攪打。「卵を～・てる」打蛋。②挑動，煽情，勾起。「ますます好奇心を～・てられた」越發激起了好奇心。

かぎタバコ⓪【嗅ぎ一】 鼻煙。

かきたま⓪【掻き卵・掻き玉】 蛋花湯。

かきちら・す⓪【書き散らす】（動五）信筆寫，信手寫。「雑文を～・す」信筆寫雜文。

かきつけ⓪【書き付け】 ①便條，記事條。②帳單，字據。

かきつ・ける⓪【書き付ける】（動下一）寫下，記下。

かぎつ・ける⓪【嗅ぎ付ける】（動下一）①嗅出。②探出，查出，嗅出。「彼はわれわれの秘密を～・けたらしい」他似乎察覺出我們的秘密了。

かぎっこ⓪【鍵っ子】 鑰匙兒童。

かぎって⓪【限って】（連語） 只有，惟有。（以「…に限って」的形式）表示特限定之意。「うちの息子に～」只有我家的孩子…。

かきつばた⓪【杜若・燕子花】 斑葉著莪，燕子花。

かきつら・ねる⓪【書き連ねる】（動下一） 連篇累牘，開列。

かきて⓪【書き手】 ①筆者。②文人墨客。

がきどう⓪②【餓鬼道】 餓鬼道。

かきとめ⓪【書留】 掛號，掛號郵件。

かきと・める⓪⓪【書き留める】（動下一） 寫下來，記下來。

かきとり⓪【書き取り】 ①記錄，記錄文本。②抄寫，聽寫，默寫。「生徒に～をさせる」讓學生聽寫。

かきと・る⓪⓪【書き取る】（動五） ①抄寫。②記錄，聽寫。

かきなお・す⓪【書き直す】（動五） 重寫，改寫。

かきなが・す⓪【書き流す】（動五） 隨筆寫，信筆寫。

かきなぐ・る⓪【書きなぐる】（動五）胡寫，亂畫。

かきなら・す◎【搔き鳴らす】（動五）
彈。

かぎなり◎【鈎狀】　鈎狀，鈎形。

かぎなわ◎【鈎繩】　鈎索。繩端帶有鈎子
的繩索。

かきぬき◎【書き抜き】スル　摘錄，節錄，
摘要。

かきぬ・く◎◎【書き抜く】（動五）　摘
錄。

かきね◎【垣根】　①籬笆，垣籬，柵
欄。②牆腳。

かきねつ◎【夏季熱】　夏季熱。

かきのこ・す◎【書き残す】（動五）　①
寫下來。②漏寫。

かきのし◎【書き熨斗】　手書禮籤。包裝
禮品時不附上禮籤，代之以簡略地手書
「のし」二字。

かきのたね◎【柿の種】　柿種年糕丁。形
狀與柿子種相仿，帶有辣味的炸碎年
糕。

かぎのて◎【鈎の手】　鈎形，鈎狀。

かぎばな◎【鈎鼻】　鷹鈎鼻。

かきま・ぜる◎◎【搔き混ぜる】（動下
一）　①攪拌。「よく～・ぜてお飲みく
ださい」請攪拌好後再飲用。②擾亂，
干擾。「議事を～・ぜる」干擾議事。

かきまわ・す◎【搔き回す】（動五）　①
攪和。②亂翻。「引き出しを～・す」翻
亂抽屜。③攪亂，擾亂。「中で誰かが～
・しているに違いない」一定有人從中
搗亂。

かきみだ・す◎【搔き乱す】（動五）　攪
亂，弄亂。「秩序を～・す」攪亂秩序。

かきむし・る◎【搔き毟る】（動五）　用
指尖、爪等搔。「髪の毛を～・る」撓頭
髮。

かきもち◎【欠き餅】　①乾年糕片。②碎
年糕。

かきもの◎◎【書き物】　①稿子，文字材
料。「簡単な～を配る」分發簡單的文字
材料。②寫作。「この二・三日～に忙し
い」近來忙於寫作。

かぎゃく◎【可逆】　可逆。↔不可逆

かきゃくせん◎【貨客船】　郵輪。

かきゅう◎【下級】　下級，低檔，低級，
次。

かきゅう◎【火急】　火急。「～のお知ら
せ」緊急通知。

かきゅう◎【加給】スル　加薪。↔減給

かぎゅう◎【蝸牛】　蝸牛。

かきゅうてき◎【可及的】（副）　儘量。
「～速やかに撤去せよ」儘快撤走！

かきょ◎【科挙】　科舉。

かきょう◎【佳境】　佳境。「いよいよ～
に入る」漸入佳境。

かきょう◎【架橋】スル　架橋。

かきょう◎【華僑】　華僑。

かぎょう◎【家業】　家業，祖業。

かぎょう◎【稼業】　謀生職業，生意。
「大工～」從事木匠工作。

かぎょう◎【課業】　課業，功課。

がぎょう◎【画業】　以作畫爲業，繪畫的
工作。

かきよ・せる◎【搔き寄せる】（動下一）
①摟，聚攏，拉過來。「毛布を～・せ
る」將毛毯拉過來。②攏在一起，摟在
一起。「落ち葉を～・せる」將落葉撥在
一起。

かぎり◎【限り】　①限度，界限。「今日～
絶交する」從今以後絶交。「人間の力に
は～がある」人的力量是有限的。②僅
限，限度內。「申込は今週～だ」報名到
本週截止。「命の～たたかう」戰鬥到生
命的最後一刻。

かぎりな・い◎【限り無い】（形）　①無
限，無止境。「～・く感謝いたします」
萬分感謝。②無比。「～・い創造力」無
限的創造力。

かぎ・る◎【限る】（動五）　①限，限
定。「人数を～・る」限定人數。②僅限
於。「期日を～・って注文する」限期訂
貨。③（以「…は…に限る」形式）最
好，頂好。「花は桜に～・る」花以櫻花
爲最。

かきわ・ける◎【書き分ける】（動下一）
分寫，分別寫。

かきわ・ける◎◎【搔き分ける】（動下
一）　撥開。

かぎわ・ける◎【嗅ぎ分ける】（動下一）
嗅出，識別。「にせ物を～・ける」識別

贋品。

かきわり⓪【書き割り】 布景。

かきん⓪【家禽】 家禽。↔野禽

かきん⓪【瑕瑾】 ①瑕疵。②缺點，短處。

かく⓪【角】 ①四角，方形。「～に切る」切成方形。②〔數〕〔angle〕角，角度。③角。將棋的棋子之一。

かく⓪①②【画・劃】 筆畫，筆劃。

かく⓪【格】 格。依據其自身價值形成的等級、地位、身分等。「～が違う」等級不同。「～が上がる」升格。

かく⓪【核】 ①〔物〕核。指原子核。②〔物〕核。氣體冷凝、液體沸騰、結晶自液體中生成等時，使其液滴、氣泡、微結晶得以形成的最初的誘因物質。③〔化〕核原子。④〔化〕核。有機環化合物的環形結合的構成部分，如苯核等。⑤〔生〕細胞核。⑥核。指核子武器。「～廃絶」銷毀核子武器。

かく⓪【佳句】 佳句。

か・く⓪【欠く】（動五） ①弄壞，弄破，碰破。「茶碗を～・く」把碗碰了個缺口。②殘缺不全，缺少。「必要を～・くべからず」不可缺。③缺乏，欠缺。「常識を～・いた言動」缺乏常識的言行。

か・く⓪【書く】（動五） ①書寫。②繪畫，畫圖。③寫作。「小説を～・く」寫小說。

か・く⓪【舁く】（動五） 抬。（兩人以上）以肩搬運。「駕籠を～・く」抬轎。

か・く⓪【掻く】（動五） ①撓，搔，捋。「蚊にくわれたところを～・く」搔被蚊子叮癢的地方。②刮，削，刨。「かつぶしを～・く」削鰹魚片。③撥，扒，鉤，掏，攏，摟。「道路の雪を～・く」鏟除路上的雪。④攪拌。「からしを～・く」攪拌芥末。⑤犁地，翻地。「田を～・く」犁田。⑥砍切，砍掉。「首を～・く」割下首級。

かぐ⓪【家具】 傢具。

か・ぐ⓪【嗅ぐ】（動五） ①嗅，聞。②嗅出，探索。「悪くなっていないか匂いを～・いてみる」聞聞看壞了沒有。

がく⓪【学】 知識。「彼はなかなか～がある」他很有學問。

がく⓪①【楽】 音樂。「～の音ね」樂音。

がく⓪①【萼】 花萼。

かくあげ⓪【格上げ】 ﾏﾙ 升格。↔格下げ

かくい①【各位】 各位。「ご出席の～に申し上げます」向到會的各位報告。

かくい①②【隔意】 隔閡。「～なく話し合う」無隔閡地交談。

がくい①②【学位】 學位。學士、碩士、博士的稱號。

かくいつ⓪【画一】 劃一，統一。「すべてを～化する」把一切規格化。

かくいん①【各員】 各自，各個人。「～一層奮励努力せよ」各自要多加努力！

がくいん⓪②【学院】 學院。

かくう⓪【架空】 ①懸空。「～電線」懸空輸電線。②虛構，空想。「～の人物」虛構的人物。

かぐう⓪【仮寓】 ﾏﾙ 暫住，臨時住所。

かくえき⓪【各駅】 各站，每站。「～停車」每站停車。

がくえん⓪【学園】 學園。

かくおち⓪【角落ち】 讓角，拿掉角。在將棋比賽中，強手以無角行的讓子來對局。

かくおび⓪【角帯】 角帶。在日本幅窄而硬的男用帶子。

がくおん⓪【学恩】 教學之恩。在學問上受到教誨的恩情。

がくおん⓪②【楽音】 樂音。↔非楽音

かくかい①②【角界】 相撲界。

かくがい①②【閣外】 閣外，內閣以外。↔閣内

がくがい①②【学外】 校外。尤指大學之外。↔学内

かくかく⓪①【斯く斯く】（副） 如此這般。「～の事情で」根據如此這般的情況。

がくがく⓪【諤諤】（ﾀﾙ） 諤諤，直言不諱。「侃々かん々かん～」侃侃諤諤。

かくかぞく⓪【核家族】 核心家庭。小家庭。

かくがり⓪【角刈り】 平頭。

かくぎ①【格技】 格鬥技。

か

かくぎ回回【閣議】 內閣會議，閣議。

かくぎょう回【角行】 角行。將棋棋子之一。

がくぎょう回回【学業】 學業。「～に励む」勤於學業。

がくげい回回【学芸】 學藝，學問技藝，文化教育。

がくげき回【楽劇】 〔德 Musikdrama〕音樂劇。

かくげつ回【隔月】 隔月。「雑誌を～に発行する」雜誌隔月發行。

かくげん回回【格言】 格言。

かくご回回【覚悟】 スル 覺悟，決心。「少々の損は～の上だ」對少許的虧損已有心理準備。

かくさ回【格差】 差距。「賃金～を是正する」縮小工資的差別。

かくさ回【較差】 上下差。

かくざ回【擱座】 スル ①擱淺。②拋錨。

かくざい回回【角材】 角料，方料，方材。

がくさい回【学債】 學債。學校法人向入學者和他們的父母要求財政援助的一種方法，原則上在一定期限後歸還本金而無利息。

がくさい回【学際】 〔interdisciplinary〕學科間的，跨學科的，學際。「～的な研究」學科間的研究。

かくさく回【画策】 スル 策劃，出謀劃策。

かくざとう回【角砂糖】 方糖。

がくさら回【額皿】 匾盤，裝飾用畫盤。

かくさん回【拡散】 スル 擴散。「核兵器の～を防止する」防止核武擴散。「においが～する」氣味擴散。

かくさん回【核酸】 核酸。

かくし回【隠し】 ①藏匿。「～財産」藏匿財產。②口袋。

かくし回【客死】 スル 客死。

かくし回【客思】 旅行途中的思緒，旅情。

かくじ回【各自】 各自。

がくし回【学士】 學士。

がくし回【学資】 學費。

がくじ回【学事】 ①學校教學。「～に志す」立志向學。②教務。

かくしあじ回【隠し味】 提味佐料，微量佐料。

かくしき回【格式】 禮儀，家規，規格，排場，格式。「～を重んじる」注重禮節。→きゃくしき（格式）

がくしき回【学識】 學識。

かくしつ回【角質】 角質。

かくしつ回【確執】 スル 固執己見，爭執。「～が生じる」發生爭執。

かくじつ回【隔日】 隔日。「～勤務」隔天工作。

かくじつ回【確実】 （形動） 確實，緊實，真實，真。

かくじっけん回【核実験】 核子試驗。

かくして回【斯くして】 ①（副）如斯，這樣。「事件は～無事解決した」事件就這樣順利解決了。②（接續）於是。「～、条約は結ばれるに至った」於是，就締結了條約。

がくしゃ回【学者】 學者，學家。「彼はなかなかの～だ」他是個很了不起的學者。

がくしゃ回【学舎】 校舍，學堂。

かくしゃく回【矍鑠】 （たル） 矍鑠，健壯。「～たる老人」矍鑠的老人。

かくしゅ回【各種】 各種。

かくしゅ回【馘首】 スル 解雇。

かくしゅ回【鶴首】 スル 翹首。

かくしゅう回【隔週】 隔週。

かくじゅう回【拡充】 スル 擴充。

がくしゅう回【学習】 スル 學習。

がくしゅうしどうようりょう回【学習指導要領】 學習指導要領，教學指導綱要。

がくしゅうしょうがい回【学習障害】 學習障礙。

かくしょ回【各所】 各處，到處。

がくしょう回【楽章】 〔movement〕樂章。

がくしょく回【学殖】 學問上的知識，淵博的學識。「～豊かな人」學問豐富的人。

かくじょし回【格助詞】 格助詞。

かくしん回【革新】 スル 革新。↔保守。「技術の～」技術革新。

かくしん◎【核心】 核心。

かくしん◎【確信】 スル 確信，信心。

がくじん◎【岳人】 登山愛好者。

がくじん◎【楽人】 樂人，樂師，奏樂者。

かくじんかくよう◎【各人各様】 因人而異，各自不同。

かく・す◎【隠す】（動五） ①隱藏，躲藏。「頭~・して尻~・さず」藏頭露尾。顧頭不顧尾。②隱瞞，隱去。「年を~・す」隱瞞歲數。

かくすい◎【角錐】 〔pyramid〕稜錐。

かくすう◎【画数】 筆畫數。

かく・する◎【画する・劃する】（動サ變） ①畫，劃，劃線，寫字。②劃分。「明治維新は日本歴史に新しい時代を~・した」明治維新在日本歴史上開創了新時代。③計畫，策劃。

かくせい◎【覚醒】 スル 覺醒，清醒，醒悟。

かくせい◎【隔世】 ①隔世。「往時を思うと~の感がある」想起當時，真有隔世之感；恍如隔世。②〔生〕隔代。

がくせい◎【学生】 （大）學生。

がくせい◎【学制】 學制。

がくせい◎【楽聖】 樂聖。「~ベートーベン」樂聖貝多芬。

かくせいき◎【拡声器】 擴音器。

がくせき◎【学績】 ①學業成績。②學問上的成就。

がくせき◎【学籍】 學籍。

がくせきぼ◎【学籍簿】 學籍簿。

かくぜつ◎【隔絶】 スル 隔絕，隔開。「文明社会から~した島」與文明社會隔絕的島嶼。

がくせつ◎【学説】 學說。

がくせつ◎【楽節】 樂節。

かくぜん◎【画然・劃然】（タル） 截然，分明。「~たる差」截然之差。

かくぜん◎【確然】（タル） 確鑿。

がくぜん◎【愕然】（タル） 愕然。

かくせんせき◎【角閃石】 角閃石。

かくせんそう◎【核戦争】 核子戰爭。

がくそう◎【学窓】 學校，學校生活。「~を巣立つ」走出校門（進入社會）。

がくそう◎【学僧】 學僧。

がくそう◎【楽想】 樂思。樂曲的構思。

がくそく◎【学則】 學校規則，校規。

がくそう◎【学卒】 「大学卒業（者）」的略稱。

かくそで◎【角袖】 角袖。和服的方袖。

かくだい◎【拡大】 スル 擴大，擴展（形狀、規模等）↔縮小

がくだい◎【楽隊】 樂隊。

かくだいかいしゃく◎【拡大解釈】 スル 擴大解釋。

かくだいきょう◎【拡大鏡】 放大鏡。

かくだいさいせいさん◎【拡大再生産】 擴大再生產。

かくたん◎【喀痰】 スル 喀痰，咳痰。

かくだん◎【格段】 特別，明顯，格外，相當。「彼女のピアノはこの1年間に~の進歩を遂げた」她的鋼琴這一年有顯著的進步。

がくだん◎【楽団】 樂團。「交響~」交響樂團。

かくだんとう◎【核弾頭】 核子彈頭。

かくち◎【各地】 各地。

かくちく◎【角逐】 スル 角逐。

かくちゅう◎【角柱】 ①稜柱，角柱。②〔數〕〔prism〕稜柱，角柱，方柱。

かくちょう◎【拡張】 スル 擴張，（心肌）舒張。

かくちょう◎【格調】 格調。「~高い詩」格調高雅的詩。

がくちょう◎【学長】 大學校長。→総長・校長

がくちょう◎【楽長】 樂團團長。

かくつう◎【角通】 相撲通。

かくづけ◎◎【格付け】 スル 評定等級。

かくてい◎【確定】 スル 確定。「期日は~次第お知らせします」日期一確定馬上就通知您。

がくてき◎【学的】（形動） 學術的，科學上的。「~価値の高い研究」學術價值高的研究。

カクテル◎【cocktail】 雞尾酒。「~パーティー」雞尾酒會。

がくてん◎◎【楽典】 樂典。

かくど◎【角度】　角度。「見る～によって表情が違う」看的角度不同，表情也不同。

かくど◎【確度】　準確度，可靠性。「～の高い情報」準確度高的資訊。

がくと◎【学徒】　學生。

がくと◎【学都】　學都，學院城，大學城。

がくと◎【楽都】　樂都，音樂之都。「～ウィーン」音樂之都維也納。

かくとう◎【格闘・挌闘】スル　格鬥，搏鬥。「～の末泥棒をつかまえた」格鬥一場捉住了小偷。

かくとう◎【確答】スル　明確答覆。「彼は～を避けた」他迴避不做出明確的答覆。

がくとう◎【学統】　學派，學術傳統。「先師の～」先師的學派。

がくどう◎【学童】　學童，學齡兒童。

がくどうほいく◎【学童保育】　學童保育。

かくとく◎【獲得】スル　獲得。

がくとく◎【学徳】　才德，品學。「～兼備」德才兼備；品學兼優。

かくない◎【閣内】　內閣的內部。↔閣外

がくない◎【学内】　①大學校內，「～の問題」大學組織內的問題。②大學校園內。↔学外

かくに◎【角煮】　燉魚塊，燉肉塊。

かくにん◎【確認】スル　確認，證實，判明，驗證。

かくねん◎【客年】　去年，前一年。

かくねん◎【隔年】　隔年。

がくねん◎【学年】　①學年。②年級。

かくねんりょう◎【核燃料】　核燃料。

かくのかさ◎【核の傘】　核子保護傘。

がくは◎【学派】　學派。「ヘーゲル～」黑格爾學派。

がくは◎【楽派】　樂派。「古典～」古典樂派。

かくばくはつ◎【核爆発】　核子爆炸。

がくばつ◎【学閥】　學閥。

かくば・る◎【角張る】（動五）　①成方形，有稜角。「～・った顔」方臉。②拘謹，拘泥，生硬。「～・った態度」嚴肅的態度。

かくはん◎【拡販】　擴大銷售。「～材料」擴大銷售材料。

かくはん◎【撹拌】スル　攪拌，攪和。

かくはんのう◎【核反応】　核子反應。

がくひ◎【学費】　學費。

かくびき◎【画引き】　筆畫檢索，筆畫索引。

かくひつ◎【擱筆】スル　擱筆，停筆。↔起筆

がくふ◎【岳父】　岳父。

がくふ◎【楽譜】　樂譜。

がくぶ◎【学部】　學部，院，系。

がくふう◎【学風】　①學風。「質実剛健の～を養う」培養樸素剛毅的學風。②學風，校風。

かくふく◎【拡幅】スル　加寬。「～工事」拓寬工程。

がくぶち◎【額縁】　鏡框，畫框。

かくぶんれつ◎【核分裂】　〔物〕核裂變，核分裂。

かくへいき◎【核兵器】　核子武器。

かくへき◎【隔壁】　間壁，隔牆，隔壁，分隔物。

かくべつ◎【格別】　[1]例外，特別。「大雨の日は～、ふだんの日は自転車で通っている」下大雨的日子除外，平日總是騎自行車上下班。[2]（副）特別，格外，極其。「今年の暑さは～だ」今年格外熱。

かくほ◎【確保】スル　確保。「国防を～する」確保國防。

かくほう◎【確報】　確報。確切的消息通報。

がくほう◎【学報】　學報，校報，校刊。大學裡由學校發行，主要用來通報校內情況的雜誌、報紙、文件等。

がくぼう◎【学帽】　學生帽。

がくぼく◎【学僕】　學僕。作為老師家、學校或私塾裡的男僕。

かくま・う◎【匿う】（動五）　藏匿，窩藏。

かくまき◎【角巻き】　毛料披巾。

かくまく◎【角膜】　角膜。

かくまく◎【隔膜】　隔膜。

がくむ◎【学務】　學務。

かくめい⓪【革命】　革命。「産業～」產業革命。

がくめい⓪【学名】　學名。→和名

がくもん⓪【学問】ㇲﾙ　學術，學問，學科。

がくや⓪【楽屋】　①後台。②事物的內情，事件的內幕。

かくやす⓪【格安】　特價。

がくゆう⓪【学友】　①校友。②學友。學問上的朋友。

かくゆうごう⓪【核融合】　核融合。

がくようひん③【学用品】　學習用品。

かぐら⓪【神楽】　神樂。

かくらん⓪【霍乱】　霍亂。

かくらん⓪【攪乱】ㇲﾙ　攪亂，搗亂，干擾。「社会の秩序を～する」攪亂社會秩序。

がくらん⓪【学らん】　學生制服。

かくり⓪【隔離】ㇲﾙ　隔離，隔絕。

がくり⓪【学理】　學理。

かくりつ⓪【確立】ㇲﾙ　確立，確定。

かくりつ⓪【確率】　〔probability〕機率，隨機。

かくりょう③②【閣僚】　閣員，部長。

かくれ⓪①【隠れ】　隱藏，躲藏。「～場所」隱蔽處。

がくれい⓪【学齢】　學齡。

がくれき⓪【学歴】　學歷。

かく・れる③【隠れる】（動下一）　①遮蔽，隱蔽。②隱匿，潛藏，不外露。「～・れた人材」不外露的人才。

かくれんぼう③【隠れん坊】　躲貓貓，捉迷藏遊戲。

かくろん⓪【各論】　分題討論，分專題討論。↔総論

かぐわし・い⑥【馨しい・芳しい】（形）　芳香，馨香。

かくん⓪【家君】　家君，家父。

かくん⓪①【家訓】　家訓，家教。

かけ⓪【欠け】　①缺口，豁口。「～茶碗」有缺口的飯碗。②破片，碎片，殘片。「瀬戸～」陶瓷碎片。

かけ⓪【掛け】　□①賒帳。「～で買う」賒帳購買。②賒帳款。「～がたまる」賒了很多帳。

かけ⓪【賭け】　①賭錢，賭博。「～マージャン」賭麻將。

かげ①【陰・蔭・翳】　①背光處，背陰處。②背後，後面。「カーテンの～に隠れる」藏在窗簾後面。③背地裡，背後，暗地。「誰か～で操る人間がいるにちがいない」一定有人在背後操縱。④背面，裡面。⑤陰鬱，暗淡。「～のある表情」帶憂鬱的表情。

かげ①【影】　①影子。②光，燈火。「星～」星光。③映射，倒影。「障子にうつる～」映在紙拉門上的影子。④形象，形狀。「うわさをすれば～」說曹操，曹操就到。⑤心中的形象。「～を慕う」戀慕心中偶像。⑥背景。「背後に大物の～が見える」看出背後有大人物的影子。⑦陰影。「幸福だった彼等の生活にふと暗い～が差した」在他們幸福的生活裡忽然出現了陰影。⑧影子。「～武者」影武者。

かげ⓪【鹿毛】　鹿毛。馬的毛色的名。

がけ【掛け】（接尾）　①穿著，戴著。「ゆかた～」穿著浴衣。②掛念，惦記，牽掛。「心～」掛心。③剛做完某事。「起き～」剛起床。④順便，在…途中。「帰り～に郵便局に寄る」回家的途中，順便到郵局一趟。⑤幾人坐。「3人～のソファアー」三人坐沙發。⑥幾折。「定価の8～で売る」定價的8折出售。

かけあい⓪【掛け合い】　①互相潑，互相搭配。「～で歌う」對唱。②交涉，談判。「～に行く」去交涉。

かけあ・う③【掛け合う】（動五）　①互相潑，相互搭配。「川で子供が水を～・って遊ぶ」孩子們在河裡互相潑水玩。②談判，交涉。「後払いにするよう製造元に～・う」跟製造商交涉貨款後付。

かけあし②【駆け足・駈け足】ㇲﾙ　①跑步。②策馬飛奔。

かけあわ・せる⑥⑤【掛け合わせる】（動下一）　①相乘。②使交配，使雜交。

かけい⓪【下掲】　揭示如下，亦指下面揭示的事物。

かい **②**【火刑】　火刑。

かい **②**【花茎】　花莖。

かい **②**【佳景】　美景，佳景。

かい **②**【家兄】　家兄。

かい **②**【家系】　家系，世系。「～図」家譜。

かい **②**【家計】　家計，生計。

がい **②**【雅兄】　兄台，雅兄。（男性在書信上）尊稱對方的用語。

かいうどん **⑤**【掛け饂飩】　清湯麵，素湯麵。

かいうり **②**【掛け売り】　スル　賒賣，賒銷。↔掛け買い・現金売り

かげえ **②**【影絵】　影子畫，影子遊戲，手影遊戲。

かいえり **②**【掛け襟】　和服襯領。

かいおち **②**【駆け落ち】　スル　私奔。

かいがい **②**【掛け買い】　スル　賒帳購買。↔掛け売り

かいがえ **②**【掛け替え】　取代，替代。「～のない人を失う」失去了無法替代的人。

かいがね **②**【掛け金】　掛鉤，插銷，門扣。

かいきん **②**【掛け金】　分期款，分期繳納金，賒欠款。「保険の～は月１万円です」按月付的保險費是一萬日圓。

がけくずれ **②**【崖崩れ】　塌方，滑坡，山崩。

かげぐち **②**【陰口】　背後說壞話。「～をきく」背後說壞話。

かいくらべ **②**【駆け競べ】　スル　賽跑。

かいご **②**【賭け碁】　賭圍棋。

かいごえ **②③**【掛け声】　①喝彩聲，加油聲。②口號，吆喝聲。

かいごと **②③**【賭け事】　賭博，博弈。

かいことば **②**【懸け詞・掛け詞】　雙關語。

かいこみ **②**【駆け込み】　跑進，搶上（車）。「～乗車」搶著上車。

かいこ・む **②③**【駆け込む】　（動五）　跑進。「息せき切って家に～・んで来た」氣喘吁吁地跑進家裡。

かいざん **②**【掛け算】　乘法。↔割り算

かいじ **②**【掛け字】　字畫，條幅。

かいじく **②**【掛け軸】　掛軸。

かいす **②**【懸巣】　松鴉。鳥名。

かいず **②**【掛け図】　掛圖。

かいすて **②**【掛け捨て】　中途停止交納。保險業務或互助會中，中途停交分期保費或保證金。

かいずりまわ・る **②**【駆けずり回る】　（動五）　東奔西跑，奔走。

かげぜん **②**【陰膳】　供膳。爲祈祝外出參加戰爭或旅行的人的安全，留守在家的人所供奉的飯菜。「～を据える」擺上供膳。

かいそば **②**【掛け蕎麦】　鮮湯蕎麥麵，清湯蕎麥麵。

かいだおれ **②**【掛け倒れ】　呆帳，倒帳。

かいだし **②**【掛け出し】　①外懸式。「～桟敷」外懸式看臺。②（依山坡或懸崖等地形建造）懸空式建築。

かいだし **②**【駆け出し】　初出茅廬，不熟練，新手。「～の記者」初出茅廬的記者。

かぢち **②**【陰地】　背陰地。

かいちが・う **②**【掛け違う】　（動五）　①走岔了。「～・って会えなかった」走岔了路而沒碰上。②有分歧。「先方の希望と～・う」和對方所希望的不一樣。③弄錯了，「ボタンを～・う」扣錯了紐釦。「電話を～・う」打錯了電話。

かいつ **②**【可決】　スル　贊成，通過。↔否決

かいつけさんばい **②**【駆け付け三杯】　晚來罰三杯。

かいつ・ける **②**【駆け付ける】　（動下一）　跑到，迅速趕到。「現場に～・ける」急速奔赴現場。

かいっこ **②**【駆けっこ】　スル　賽跑。

かいどけい **②**【掛け時計】　掛鐘。

かいとり **②**【掛け取り】　收帳，討帳（人）。

かげながら **②②**【陰乍ら】　（副）　暗自，暗中。「～ご成功をお祈りします」我暗暗地祝您成功。

かいぬ・ける **②**【駆け抜ける】　（動下一）　跑過去，鑽過去。

かいね **②**【掛け値】　①謊價，虛價。②誇大。「～のない話」毫無不實之詞。

かげのないかく[1]【影の内閣】〔shadow cabinet〕影子內閣，預備內閣。

かけはぎ[0]【掛け接ぎ】（對接）暗縫。

かけはし[2]【掛け橋・懸け橋・梯】①吊橋，棧橋，棧道。「木曾の~」木曾棧道。②吊橋，浮橋，渡橋。③搭橋，橋梁，媒介，媒人。「日本語を学んで中日友好の~になろう」學好日語爲中日友好搭起橋樑。

かけばな[2]【掛け花】掛花。

かけはな・れる[0]【懸け離れる】（動下一）①遠離，遠隔，相離太遠。②懸殊，相背離，相差甚遠。「現実から~・れた理論」和現實相差甚遠的理論。

かけひ[0]【懸け樋・筧】引水管，引水筒。

かけひき[0][2]【駆け引き】スル 隨機應變，討價還價，足智多謀，用計，周旋。

かげひなた[1][3]【陰日向】①向陽背陰。②陰一套陽一套，表裡不一，兩面派。「~なく働く」人前人後一樣地工作。

かけぶとん[3]【掛け布団】棉被。

かげふみ[2]【影踏み】踩影子。

かけへだた・る[5][0]【懸け隔たる】（動五）①遠隔。②相差懸殊。「実力の~・った相手」實力相差懸殊的對手。

かげべんけい[3]【陰弁慶】窩裡橫。在沒有人的地方逞強，在人前則變得怯懦起來。

かげぼうし[3]【影法師】人影。

かげぼし[0]【陰干し・陰乾し】スル 陰乾。

かげま[0]【陰間】少年男妓，相公，男娼。

かげまつり[3]【陰祭り】小祭。

かけまわ・る[0]【駆け回る】（動五）①到處跑。②奔波。「仕事のために~・る」爲工作到處奔波。

かげむしゃ[0]【影武者】幕後人物，影武者。

かけめ[0]【欠け目】①不夠的分量。②欠缺，不足。③假眼。圍棋中，在四周被棋子圍住時不得不填上的不完全的眼。

かけめ[2]【掛け目】分量。

かけもち[0]【掛け持ち】スル 兼職，兼任，兼做。

かけもの[2]【掛け物】掛軸，掛畫，條幅。

かげもん[2]【陰紋】陰紋。→日向(ひな)紋

かけや[2]【掛け矢】打樁槌，大木槌。

かけよ・る[0]【駆け寄る】（動五）跑到眼前，跑近。

かけら[0]【欠片】①殘片，碎末。②一點點，絲毫。「あの男には誠意の~もない」那個男的毫無誠意。

かげり[3]【陰り・翳り】①陰暗。②陰影，暗影。「表情に~がある」臉上顯露出陰影。③陰影。「輸出に~が見え始めた」出口方面開始顯出不樂觀的跡象。

か・ける[0]【欠ける】（動下一）①出缺口。「茶碗が~・ける」碗有了缺口。②欠，缺少，缺額，不足。「1万円に1千円~・ける」距離一萬日圓還差一千日圓。③缺乏，不足，欠缺。「経営能力が~・けている」缺乏經營能力。④缺少，缺乏。「常識に~・ける」缺乏常識。⑤月缺，月虧。↔満ちる

か・ける[2]【掛ける】（動下一）①掛，掛上。「カーテンを~・ける」掛窗簾。②添。「迷惑を~・ける」添麻煩。③蓋上，戴上，蒙上，撒上，捆上，扣上，別上。「ふとんを~・ける」蓋上被子。④潑，澆，噴（水）。「水を~・ける」潑水。⑤使上當，使陷入。「ナワを~・ける」設圈套。⑥提交。「裁判に~・ける」提起訴訟。⑦課徵。「税金を~・ける」徵收稅金；上稅；課稅。⑧花費。「時間を~・ける」花費時間。⑨就，看。「医者に~・ける」就醫。⑩打開，開動，刨。「レコードを~・ける」放唱片。⑪乘，乘以，相乘。⑫在意，牽掛。「気に~・ける」掛記。⑬築，搭。「巣を~・ける」築巢。⑭寄託，含帶。「願を~・ける」寄託願望。⑮表示動作即將發生的樣子。「火が消え~・けている」火要熄了。

か・ける[2]【懸ける】（動下一）①拼，不惜（一切）。「命を~・ける」拼命。②懸。「懸賞を~・ける」懸賞。③懸念。「心に~・ける」掛心。

か・ける[2]【賭ける】（動下一）①打

賭。「マージャンに金を~・ける」打麻將賭錢。②賭，博。「勝負を~・けてたたかう」決一雌雄。

か・ける【駆ける・駈ける】（動下一）①跑，奔跑。快跑。②策馬。

かげ・る【陰る・翳る】（動五）①被遮住，遮陰。「月が~・る」雲遮月。②發暗。「日が~・る」夕陽西下。③陰沉。「表情が~・る」臉色陰沉下來。

かげろう【陽炎】空氣層的熱氣，地氣。春天，晴天時在沙灘或田野看到的無顏色的空氣晃動。

かげろう【蜉蝣】蜉蝣。

かけわた・す【掛け渡す・架け渡す】（動五）架設，搭。「橋を~・す」架設橋樑。

かけん⓪【家憲】家規，家法。

かげん⓪【下弦】下弦。↔上

かげん⓪【下限】①下限，最低限。②〔數〕下限。↔上限

かげん⓪【加減】スル ①①加減。②調整，調控，控制，斟酌，使恰好。「音量を~する」調音。③事物的狀態、情況，健康狀況，有時也指時令等。「お~はいかがですか」身體狀況怎麼樣？「陽気の~」季節時令。②（接尾）①火候。「そばのゆで~」麵條煮的火候。②恰好。「飲み~の熱さ」正好適合喝的溫度。③稍有，微帶。「かたむき~」略微有點傾斜。

がげん【雅言】雅言。↔俗言。

かこ①【水夫・水手】船夫，水手。

かこ①【過去】過去。「~をふりかえる」回顧往事。

かご⓪【駕籠】肩輿，轎子。

かご①【過誤】失誤，過錯。

かご①【歌語】歌語。主要指和歌創作時使用的特殊語言或表現。

がご①【雅語】雅語。

かこい⓪【囲い】①圍，包圍。「~をする」圍起來。②圍牆，圍欄，圍障，圍屏。

かこう⓪【火口】火山口，火口。

かこう⓪【加工】スル 加工。「~食品」加工食品。

かこう⓪【仮構】スル ①臨時建築（物），暫設構築（物）。②虛構。「~の世界」虛構的世界。

かこう⓪【河口】河口（灣）。

かこう⓪【河港】河港。↔海港

かこう⓪【華甲】花甲。

かこう⓪【歌稿】歌稿。歌的草稿。

かこ・う【囲う】（動五）①圍住。②暗蓄。「妾を~・う」暗蓄小妾。③儲藏。

かごう⓪【化合】スル 化合。

がこう⓪【画工】畫工，畫匠。

がこう⓪【画稿】畫稿。

がごう⓪【雅号】雅號。

かこうがん【花崗岩】花崗岩。

がこうそう⓪【鵞口瘡】鵝口瘡。

かこうち【可耕地】可耕地。

かごかき⓪【駕籠舁き】轎夫。

かこかんりょう⓪【過去完了】〔past perfect〕過去完成式。

かこきゅう⓪【過呼吸】〔醫〕過度呼吸，過度換氣。

かこく⓪【苛酷・苛刻】（形動）苛刻，嚴酷。

かこく⓪【過酷】（形動）過苛，過嚴，過酷。「~な条件」過苛的條件。

かこちょう⓪【過去帳】過去帳。寺院裡記錄檀家、信徒中死者的俗名、法名、死亡年月日的帳簿。

かこ・つ②【託つ】（動五）抱怨。「不遇を~・つ」抱怨懷才不遇。

かこつ・ける⓪【託つける】（動下一）藉口，憑藉，托詞，假託。「病気に~・けて欠席する」托病不出席。

かごぬけ⓪【籠脱け】①金蟬脫殼。②穿竹簍。江戶時代流行的一種跳起來鑽入竹簍的雜技。

かこみ⓪【囲み】①包圍，圍起物，圍子。②包圍。「敵の~を破る」打退敵人的圍攻。

かこ・む【囲む】（動五）①圍，圍繞，掩映。②來，下。「一局~・む」下一盤棋。

かごめ⓪【籠目】竹筐眼，網眼紋，竹籠格飾。

かごめかごめ◎　猜猜他是誰。一種兒童遊戲。

かこん◎【仮根】　假根。

かこん◎◎【禍根】　禍根。「将来に～を残す」給將來留下禍根。

かごん◎【過言】　言重，誇張，誇大，說得過頭，說得過火。「成功は彼せのおかげと言っても～ではない」說成功全靠她也不爲過。

かさ◎【毬・毬】　毬果，松球。「松～」松果。

かさ◎【笠】　①斗笠，草帽。「～をかぶる」戴著斗笠。②罩。傘狀物。「電灯の～」燈罩。

かさ◎【傘】　傘。

かさ◎【嵩】　物的大小或分量，體積或容積。「～が高い」體積大。「水～」水量。

かさ◎【暈】　暈。太陽、月亮周圍形成的光圈。

かさ◎【瘡】　瘡，痂。「～かき」長大瘡的人。

がさ　〔警察用的隱語〕捜査家宅。「～いれ」捜査家宅！

かさあげ◎【嵩上げ】ヌル　提高。「賃金ベースを～する」提高基本工資。

かざあし◎【風脚・風足】　風速，風力。

かざあな◎【風穴】　①風洞。②通風孔，換氣孔。

かさい◎【火災】　火災。

かさい◎【花菜】　花菜。如花椰菜、青花菜等。

かさい◎【果菜】　果菜。水果和蔬菜。

かさい◎【家裁】　「家庭裁判所」的簡稱。

かざい◎【家財】　家財，家產，家當。

かざい◎【歌材】　和歌的素材。

がさい◎【画才】　繪畫的才能。

がざい◎【画材】　①繪畫的題材。②畫具。

かさいりゅう◎【火砕流】　火山碎屑流，火山灰流。

かざおれ◎【風折れ】　樹木等被風刮斷。

かざかみ◎【風上】　上風，上風處。↔かざしも

かさぎ◎◎【笠木】　壓頂木，橫樑。

かざきり◎◎【風切り】　①風向旗。在船上爲得知風向而立的旗。②封簷瓦壟，封簷壓頂。掛瓦屋面的懸山雙坡頂，在山牆瓦的內側從屋脊到簷口鋪的一行或兩行並排的圓瓦。

かさく◎【仮作】ヌル　虛構，編造。

かさく◎【佳作】　佳作。

かさく◎【寡作】　寡作。極少創作作品。↔多作

かざぐるま◎【風車】　風車。

かざけ◎【風邪気】　①有點感冒。②快要起風。

かさご◎【笠子】　石狗公。魚名。

かざごえ◎【風邪声】　感冒鼻音。

かささぎ◎◎【鵲】　鵲，喜鵲。

かざしも◎【風下】　下風（向）。↔かざかみ

かざ・す◎◎【翳す】（動五）　高舉，高高揚起。「旗を～・す」揮旗。

かさたて◎【傘立て】　傘架。

がさつ◎（形動）　言行粗野，不禮貌。「～なものの言い方をする」說話粗野。說話不禮貌。

かざとおし◎◎【風通し】　通風。

かさな・る◎【重なる】（動五）　①重疊。「山々が～・っている」山巒重疊。②兩個以上的事情、現象同時發生。「不幸が～・る」禍不單行。③不斷，積攢，累積。「心労が～・る」不斷操心勞神。

かさね◎【重ね・襲】　①重疊，重疊物。②多層次穿衣，套裝。

かさねがさね◎【重ね重ね】（副）　①屢次，三番五次。「～の不幸」屢遭不幸。②反覆說，一次次，衷心，一個勁地說。「～御礼申し上げます」深致謝意。

かさねぎ◎【重ね着・襲ね着】ヌル　套著穿，套裝。

かさねもち◎【重ね餅】　雙層年糕。

かさ・ねる◎【重ねる】（動下一）　①重疊，搭，累。「本を～・ねる」把書堆起來。②反覆，重複，累積。「失敗を～・ねる」屢遭失敗。

かざはな◎【風花】　①晴天飛雪。②雨

滴，雪花。

かさば・る⓪【嵩張る】（動五） 太大，太重，太貴。「荷物が～・る」貨物太重了。

かさぶた⓪【瘡蓋】 瘡痂。

かざまち⓪【風待ち】 スル 待風。

かざまど⓪⓪【風窓】 通風窗，通風孔，換氣孔，天窗。

かざみ⓪【風見】 ①觀風，見風。觀察風的方向、強度、速度等。②風（向）標，風向指示器。

がざみ⓪【蝤蛑】 三疣梭子蟹。

かさ・む⓪【嵩む】（動五） 漲，增加。「経費が～・む」經費增加。

かざむき⓪【風向き】 ①風向。②形勢。「時代～が変わる」時代發生變化。

かざよけ⓪⓪【風除け】 避風，風擋。

かざり⓪【飾り】 ①裝飾品。②松飾、注連飾等的總稱。

かざりけ⓪【飾り気】 好裝飾，好修飾，愛打扮，矯飾。

かざりた・てる⓪【飾り立てる】（動下一） 過分裝飾。「部屋を～・てる」把房間裝飾得漂漂亮亮。

かざりつけ⓪【飾り付け】 ①妝點，裝潢，裝飾。②陳列商品。

かざりつ・ける⓪【飾り付ける】（動下一） 裝潢，妝點，修飾。

かざ・る⓪【飾る】（動五） ①裝飾，裝修，點綴，擺設。「部屋を立派に～・ってある」房間裝飾得非常漂亮。②裝潢，粉飾，修飾。「うわべを～・る」裝飾門面。

かさん⓪【加算】 スル ①加算。「元金に利子を～する」本金上加算利息。②加法。↔減算

かさん⓪【加餐】 加餐，注意飲食。「御～下さい」請注意飲食。

かさん⓪【家蚕】 家蠶。

かさん⓪【家産】 家產。

かざん⓪【火山】 火山。

がさん⓪【画賛・画讃】 畫讚。在繪畫的餘白處添加題寫的文章、詩句。

かさんかすいそ⓪【過酸化水素】 過氧化氫。

かさんしょう⓪【過酸症】 胃酸過多症。

かざんせいじしん⓪【火山性地震】 火山（性）地震。

かざんたい⓪⓪【火山帯】 火山帶。

かざんだん⓪【火山弾】 火山彈。

かざんばい⓪【火山灰】 火山灰。

かし⓪【河岸】 ①河岸。②河岸市場。

かし⓪【樫・橿】 櫟樹。

かし⓪【下肢】 下肢，後腿。↔上肢

かし⓪【下賜】 スル 賜給。

かし⓪【可視】 可視，可見。↔不可視。「～光線」可視光線。

かし⓪【仮死】 假死。昏迷不醒。

かし⓪【華氏】 華氏。

かし⓪【菓子】 點心，糕點，糖果。

かし⓪【瑕疵】 瑕疵。

かし⓪【歌詞】 歌詞。

かじ⓪【舵・柁・楫・梶】 舵。

かじ⓪【鍛冶】 鍛冶，鍛造，打鐵，鐵匠。

かじ⓪【火事】 火災，失火。

かじ⓪【加持】 スル 〔佛〕〔梵 adhiṣṭhāna〕加持。

かじ⓪【家事】 家務事，家政，家事。

がし⓪【賀詞】 賀詞。

がし⓪【餓死】 スル 餓死。

カシオペアざ③【―座】 〔拉 Cassiopeia〕仙后（星）座。

かしおり⓪【菓子折り】 糖果盒，點心盒。

かじか⓪【鰍・杜父魚】 杜父魚。

かじか⓪【河鹿】 溪樹蛙。

かしかた⓪【貸し方】 ①貸與人。借出方的人。②借法。物品借出的方法。③貸方。↔借り方

かじか・む⓪【悴む】（動五） 凍僵。「足が～・む」腳凍僵了。

かしかり⓪【貸し借り】 スル 借貸。「～なし」無借貸。

かしかん⓪【下士官】 下士官，下士。

かじき⓪【梶木・旗魚】 旗魚。

かしきり⓪【貸し切り】 包租，整租。「～バス」包租巴士。

かしき・る⓪【貸し切る】（動五） 包租，整租，出租。↔借り切る。

かしきん◎【貸し金】 貸款。

かし・ぐ◎【炊ぐ・爨ぐ】（動五） 燒飯，做炊事。

かし・ぐ◎【傾ぐ】（動五） 傾，歪。「荷物の重みで車が～・ぐ」由於貨物的重量，車傾向一邊。

かじく◎【花軸】 花軸，花序軸。

かし・げる◎【傾げる】（動下一） 傾斜，歪。「首を～・げる」歪頭。

かしこ◎【賢・畏】 敬具，敬白。女性的書信中，結尾寫的表示敬意的詞語。「あらあら～」寫得潦草請見諒。

かしこ◎【彼処】（代） 彼處，那兒，那裡。「ここ～」這兒那兒；此處彼處。

かしこ・い◎【賢い】（形） ①聰明，伶俐，賢明。②巧妙。「～・いやりかた」高明的做法。

かしこうせん◎【可視光線】 可視光線，可見光線。↔不可視光線

かしこくも◎【畏くも】（副） 誠惶誠恐。

かしこし◎【貸し越し】 透支。↔借り越し

かしこどころ◎【賢所】 賢所。宮中安置作爲天照大神牌位神鏡八尺鏡的地方。

かしこま・る◎【畏まる】（動五） ①敬畏，拘謹，畢恭畢敬。「～・って話を聞く」恭恭敬敬地聽。②知道了，明白了。「はい，～・りました」是，明白了。③難通融。「～・った顔付き」一副難以通融的表情。

かじしんぱん◎【家事審判】 家事審判。

カシス①②【法 cassis】 黑醋栗。

かしず・く◎【傅く】（動五） 服侍。「姑に～・く」服侍婆婆。

かしせき◎【貸し席】 出租場所（業者）。

かしだおれ◎【貸し倒れ】 呆帳，壞帳。

かしつ◎【過失】 過失。↔故意

かじつ◎【佳日・嘉日】 佳日，吉日。

かじつ◎【果実】 果實，子實。

かじつ◎【過日】 日前，前些日子。

がしつ◎【画質】 畫面品質，影像品質。

かしつけ◎【貸し付け】ㇲㇽ 出借，出租，貸款。「～金」貸款。

かしつ・ける◎【貸し付ける】（動下一） 出借，出租，放款。

かして◎【貸し手】 貸方，貸與方。↔借り手

かじとり◎【舵取り・楫取り】ㇲㇽ 掌舵，操舵，舵手。

カジノ①【義 casino】 賭場。

かじのき◎【梶の木・構の木】 構樹，楮樹。

かしば◎【火事場】 火災現場。

かしパン◎【菓子一】 夾心麵包，甜麵包。

かしビル◎【貸し一】 出租樓房。

かしほん◎【貸し本】 出租圖書，出租書。「～屋」租書店。

かしま◎【貸し間】 出租房屋。

かしまし・い◎【姦しい・囂しい】（形） 喧囂。

かしまだち◎【鹿島立ち】ㇲㇽ 出門，上路。

カシミア◎【cashmere】 喀什米爾羊毛，山羊絨（製品）。

かじみまい◎【火事見舞い】 火災慰問。

かしもと◎【貸し元】 ①貸款人，債主。②開設賭場的人。

かしや◎【貸し家・貸し屋】 出租的房屋。

かしゃ◎【仮借】 假借。

かしゃく◎【呵責】 斥責，譴責。「良心の～に堪えない」不堪忍受良心的譴責。

かしゅ◎【火酒】 烈酒，高濃度酒。

かしゅ◎【歌手】 歌手，歌唱家。

かじゅ◎【果樹】 果樹。

がしゅ◎①【画趣】 畫意，畫趣。

がしゅ◎【雅趣】 雅趣。「～に富む」富有雅趣。

がじゅ◎【賀寿】 賀壽。

カジュアル①【casual】（形動）（服裝等）不呆板，平常式樣。↔フォーマル。「～な服裝」輕便的服裝。

かしゅう◎【家集】 個人和歌集。

かしゅう◎【歌集】 歌曲集。

かじゅう◎【加重】ㇲㇽ 加重。

かじゅう◎【果汁】 果汁。

か

かじゅう◎【荷重】 載荷，負載。

かじゅう◎【過重】 過重。

がしゅう◎【我執】 〔佛〕我執。

がしゅう◎【画集】 畫冊。

がしゅまる◎【榕樹】 榕樹。

がしゅん◎【賀春】 賀春。恭賀新春，用於賀年卡等。

がじゅん◎【雅馴】 洗鍊。

かしょ◎【家書】 ①家書。家裡來的信。②家中的藏書。

かしょ◎【歌書】 歌書。論述和歌的書籍。

かじょ◎【加除】 スル 增刪，增減。「条文を～する」增刪條款。

かじょ◎【花序】 花序。

かしょう◎【火傷】 スル 燒傷，燙傷。

かしょう◎【仮称】 スル 臨時名稱，暫名。

かしょう◎【仮象】 〔德 schein〕假象。

かしょう◎【和尚・和上】 和尚。

かしょう◎【河床】 河床，河底。

かしょう◎【華商】 華商。→華人

かしょう◎【嘉賞・佳賞】 スル 嘉獎，嘉賞。

かしょう◎【歌唱】 スル 歌唱。

かしょう◎【過小】 （形動） 過小，過低。↔過大。「～評価」過低評價。

かしょう◎【寡少】 （形動） 寡少，非常少，極少。「～な戦力」極小的軍事力量；極小的戰鬥力。

かじょう◎【下情】 下情。「～に通じる」通曉下情。

かじょう◎【渦状】 渦狀。「～紋」渦狀紋。

かじょう◎【過剰】 過剩。

かじょう◎【箇条・個条】 ①條款，條目。「該当する～」相應條款。②（接尾）條，項。「3～の要求」〔也寫作「か条」「ヶ条」〕三條要求。

がしょう◎【画商】 畫商。

がしょう◎【臥床】 スル ①臥床。就寢，睡覺。②床。

がしょう◎◎【賀正】 賀年。

がしょう◎【雅称】 雅稱，雅號。

がじょう◎【牙城】 牙城。主將駐紮的城。

がじょう◎【画帖】 ①速寫本。②畫帖，畫冊。

がじょう◎【賀状】 賀信。

かしょく◎【火食】 スル 吃熟食。

かしょく◎【仮植】 スル 假植。

かしょく◎【河食・河蝕】 河流侵蝕。

かしょく◎【家職】 ①世襲的職業，家業。②家職。武家、華族家中執掌事務的人。

かしょく◎◎【華燭・花燭】 ①華燈，花燭。②花燭，婚禮。「～の典（＝結婚式）」花燭慶典（結婚儀式）。

かしょく◎【貨殖】 貨殖，理財，經商，賺錢。

かしょく◎【過食】 スル 過食，過飽，進食過多。

かしょくしょう◎【過食症】 過食症。→食欲異常

かしら◎【頭】 ①頭。②頭髮。③頭，開頭。「3人兄弟の～」三兄弟中的老大。「一文字」首字；字頭。④頭兒，工頭，老闆。

かじりつ・く◎【齧り付く】 （動五） ①咬住。②緊緊抱住。「母に～・く」纏住母親不放。

かじ・る◎【齧る】 （動五） ①咬，啃。②一知半解。「何でも～・っている」什麼都學一點。

かしわ◎【柏・槲】 槲樹，柞櫟。

かしわもち◎【柏餅】 柏餅。

かしん◎【花信】 花信。花開的消息。

かしん◎【家臣】 家臣。

かしん◎【過信】 スル 過於相信。「実力を～する」過於相信實力。

かじん◎【佳人】 佳人。

かじん◎【家人】 家人。

かじん◎【歌人】 歌人。

がしんしょうたん◎【臥薪嘗胆】 スル 臥薪嘗膽。

かす◎【滓】 渣滓。

か・す◎【化す】 （動五） 化爲，變成。「廃墟と～・す」化爲廢墟。

か・す◎【仮す】 （動五） ①假以，假借。「時を～・す」假以時日。②原諒，寬恕。「罪を～・す」寬恕罪過。

か・す⓪【貸す・藉す】（動五） ①借給，借出，貸出。↔借りる。「部屋を学生に～・す」把房間借給學生。②提供幫助。「力を～・す」出力。

か・す⓪【科す】（動五） 科處（刑罰）。「実刑を～・す」科以實刑。

か・す⓪【課す】（動五） 課，課賦。「重税を～・す」課以重税。

かず⓪【数】 ①數目。②數。「人の～を数える」點人數。③眾多。「～ある作品中の名作」諸多作品中的名著。④算得上，數得上。「～にも入らない」不值一提。⑤構成某一事物的同類事物。「亡き～に入る」計入死亡之列。

かず⓪【下図】 下圖。「～参照」參照下圖。

ガス①【荷 gas】 ①氣體。「炭酸～」二氧化碳氣體。②燃氣。③霧氣。④毒氣。「～マスク」防毒面具。⑤屁。⑥汽油。「～欠」缺油。〔也寫作「瓦斯」〕。

かすい⓪【下垂】 ｽﾙ 下垂。「胃～」胃下垂。「五弁花を～する」5 瓣花下垂。

かすい⓪【仮睡】 ｽﾙ 假寐，小睡。

かすい⓪【花穂】 花穂。

かすい①【河水】 河水。

かずい⓪【花蕊】 花蕊。

かすか①【幽か・微か】（形動） 微，微弱，細弱，朦朧，隱約。「～な記憶」模糊的記憶。

かすがい⓪【鎹】 ①鋦子，扒釘，騎馬釘。②紐帶。「子は～」孩子是維繫夫婦感情的紐帶。

かずかず①【数数】 種種，許多。「名画～の」許多的名畫。

カスケード③【cascade】 階梯狀瀑布。

ガスけつ⓪【一欠】 缺油，缺燃料。

かず・ける③【被ける】（動下一） 推卸，推給，嫁禍。「人に罪を～・ける」嫁禍於人。

ガスこんろ③【一焜炉】 煤氣爐，瓦斯爐。

ガスじゅう⓪【一銃】 ①催淚槍。②空氣槍。

かすじる⓪【粕汁・糟汁】 酒糟湯，醪糟湯。

ガスストーブ④【和 gas+stove】 瓦斯暖爐。

カスタード③【custard】 卡士達，蛋奶餡。

カスタードクリーム⑦【custard cream】 卡士達醬。

カスタードプディング⑥【custard pudding】 卡士達布丁。

カスタネット④【castanet】 響板。

カスタマー①【customer】 顧客，客戶。

カスタマイズ④【customize】 客戶化，用戶化。

カスタム⓪【custom】 ①關稅，海關。②特別規格，訂做。「～-メイド」訂做；訂做品。

ガスタンク④【gas tank】 瓦斯罐，瓦斯桶。

ガスちゅうどく④【一中毒】 瓦斯中毒。

かすづけ⓪【粕漬け・糟漬け】 酒糟醃漬。

カステラ⓪【葡 castella】 長崎蛋糕。

ガスとう⓪【一灯】 瓦斯燈，煤氣燈。

かすとり⓪④【粕取り・糟取り】 ①糟餾酒。②劣等私釀酒。

かずとりき④【数取り器】 計數器。

ガスぬき⓪③【一抜き】 ｽﾙ ①抽排瓦斯。②發洩不滿。

かずのこ⓪【数の子】 乾鯡魚子。

ガスバーナー④【gas burner】 瓦斯燈。

ガスパチョ③【西 gazpacho】 西班牙冷湯。

ガスボンベ④【德 Gasbombe】 貯氣瓶，貯氣鋼瓶。

ガスマスク③【gas mask】 防毒面具。

かすみ⓪【霞】 霞，靄。→霧。

かす・む⓪【霞む・翳む】（動五） ①雲霧朦朧。「山が～・む」山色朦朧。②朦朧，暗淡。「涙で目が～・む」淚眼朦朧。③暗淡，不醒目，看不清。「豪華な顔ぶれに主賓が～・む」來賓陣容聲勢浩大，主賓相形見絀。

かす・める⓪【掠める】（動下一） ①偷，掠取。「店を～・める」搶劫商店。②瞞，背著，趁人不注意。「親の目を～・める」瞞過父母的眼睛。③掠過。「風

が顔を~・める」清風拂面。④一閃念。「不安が心を~・める」忽然感到不安。

かずもの⓪【数物】　①不值錢的東西。「~の靴」極普通的鞋。②成套物品。「~の皿」一套盤子。③數量少的東西。

かずら⓪【葛・蔓】　葛，蔓草。

かすり⓪⓪【絣・飛白】　碎紋色織布。

かすりきず⓪【擦り傷】　擦傷。

かす・る【掠る・擦る】（動五）　擦過，掠過。「弾丸が耳を~・る」子彈從耳邊擦過。

か・する②【化する】（動サ變）　①化爲，變成，化作。「砂漠と~・する」變成砂漠。②同化。③感化。「徳をもって人を~・する」以徳化人。

か・する②【架する】（動サ變）　架，架設。「橋を~・する」架橋。

か・する②【科する】（動サ變）　科處，判處，判罰。「罰金を~・する」處以罰款。

か・する②【嫁する】（動サ變）　①出嫁。「~・しては夫に従う」出嫁從夫；嫁雞隨雞，嫁狗隨狗。②轉嫁。「責任を~・する」推卸責任。

か・する②【課する】（動サ變）　課徵，負擔。「税金を~・する」課税。

が・する②【賀する】（動サ變）　祝賀，表示祝賀之意。「還暦を~・する」慶賀花甲；祝賀六十歳誕辰。

かす・れる⓪⓪【掠れる・擦れる】（動下一）　①飛白。因墨水或油墨量少，寫出的字筆畫斷斷續續。「字が~・れる」字帶飛白。②沙啞。「風邪で声が~・れる」因感冒，嗓子啞了。

ガスレンジ③【gas range】　瓦斯爐。

かせ⓪【桛・綛】　桄子，卷線軸。

かぜ⓪【風】　①風。②風，風氣，風尚。「世間の~は冷たい」世態炎涼。③架子，風度。「先輩~をふかす」擺出一副前輩的樣子。

かぜ⓪【風邪】　風邪，感冒。

かぜあたり⓪⓪【風当たり】　①風勢，風力。風的強度。②壓力。「世間の~が強い」社會上的批評很厲害。

かせい⓪【火星】　〔Mars〕火星。

かせい⓪【火勢】　火勢。

かせい⓪【加勢】スル　①援助，幫忙，幫手。②增援，增援部隊。

かせい⓪【仮性】　假性。

かせい⓪【苛性】　苛性，腐蝕性。

かせい⓪【苛政】　苛政。

かせい⓪【家政】　家政。

かせい⓪【歌聖】　歌聖。

かぜい⓪【課税】スル　課税。

かせいがん⓪【火成岩】　火成岩。

かせき⓪【化石】　化石。

かせ・ぐ【稼ぐ】（動五）　①賺錢，掙錢。②爭得。③賺。「学費を~・ぐ」賺學費。④爭取。「時を~・ぐ」爭取時間。

かぜけ⓪【風邪気】　感冒的徵兆。

かせつ⓪【仮設】スル　①暫設。②假設。

かせつ⓪【仮説】　〔hypothesis〕假說。

かせつ⓪【佳節・嘉節】　①佳節。②好時節。

かせつ⓪【架設】スル　架設。「電線を~する」架設電線。

カセット②【cassette】　①磁帶盒。②錄音帶。卡式錄音帶之略。③底盒，軟片盒。

かぜとおし③【風通し】　通風，「~が悪い」通風不良。

かぜのたより⓪【風の便り】　風聞，傳聞。「~に聞く」聽到傳聞。

かぜひき⓪⓪【風邪引き】　感冒，感冒患者。

か・せる⓪【痂せる・悴せる】（動下一）　①結痂。「おできが~・せる」瘡子結痂了。②起斑疹。「漆に~・せる」漆中毒發炎。

かせん⓪【化繊】　化纖。「化学繊維」的略稱。

かせん①【河川】　河川，河流。

かせん⓪【架線】スル　架線。

かせん⓪【寡占】　壟斷。→独占。「~市場」壟斷市場。

かせん⓪【歌仙】　歌仙。「三十六~」三十六歌仙。

かぜん⓪【果然】（副）　果然。

がぜん◎【俄然】（副）　俄頃，俄然。「～攻勢に転じた」俄頃轉入攻勢。

かそ◎【過疎】　過疏，過度稀少。↔過密。「～地域」人口過疏地區。

がそ【画素】　像素。

かそう◎【下層】　下層。↔上層

かそう◎【火葬】スル　火葬，火化。

かそう◎【仮装】スル　①化裝。「～行列」化裝遊行。②偽裝。「～空母」偽裝航空母艦。

かそう◎【仮想】スル　假想，虛擬。

かそう◎【加増】スル　加增，增加。

かそう◎【架蔵】スル　（主要指書籍）收藏在架子上。

かそう◎【家蔵】スル　家藏。

がぞう◎【画像】　①畫像。②畫面。

かぞえあ・げる◎◎【数え上げる】（動下一）　列舉。「長所を～・げる」列舉優點。

かぞえうた◎【数え歌】　數數兒歌。

かぞえた・てる◎◎【数え立てる】（動下一）　條列。「欠点を～・てる」列舉缺點。

かぞえどし◎【数え年】　虛歲。

かぞ・える◎【数える】（動下一）　①計數，計算，清點，點。②一一舉出，列舉。「長所を～・える」列舉優點。③數。「負債者は100人を～・える」負債者人數爲一百。④算得上，數得著。「名作の一つに～・える」算得上是一部名著。

かそく◎【加速】スル　加速。↔減速

かぞく◎【家族】　家族。

かぞく◎【華族】　貴族。日本舊憲法中位於皇族之下，士族之上，享有貴族待遇的特權身分。

がぞく◎【雅俗】　雅俗。「～をないまぜた文」雅俗交織的文章。

かそけ・し◎【幽し】（形）　微弱，淡。

かそざい◎【可塑剤】　可塑劑。

かそせい◎【可塑性】　可塑性。→脆性²⁴・弾性

ガソリン◎【gasoline】　汽油。

ガソリンエンジン◎【gasoline engine】　汽油發動機。

かた◎【方】　①①方向，方位。「東の～30里」東方30里。②對人的尊稱。「あの～は校長先生です」那位是校長先生。③地方，場所。「道なき～」無路之處。④（下多接否定語）手段，方法。「やる～なし」不知怎麼做好。沒有辦法。⑤時期，時分。「来～し行く末」過去和將來。②（接尾）①樣子，方法。「やり～」做法。②住處，家。「山田～」山田家。③用於多數人的尊稱。「おふた～」兩位。④〔也讀作「がた」〕大約，左右。「五割～高い」大約貴五成。「朝～」早晨。⑤〔也讀作「がた」〕㋐方面，一側。「父～」父親方面。「売り～」賣方。㋑負責人。「衣装～」服裝主管。㋒做某事的人。「撃ち～やめ」停止射擊！

かた◎【形】　形，外形。

かた◎【型】　①模型，模式，款式。②示範動作。③樣式，風格，模式。④慣例。「～通り」照例；老套。

かた◎【肩】　①肩，肩膀。②路肩。「路～」路肩。

かた◎【潟】　①潟湖。②潮間帶，潮灘。③海灣，湖岔。

かた◎【過多】　過多。↔過少。「胃酸～」胃酸過多。

かたあげ◎【肩揚げ・肩上げ】スル　肩褶。

かたあて◎【肩当て】　①墊肩布。②墊肩。擔負重物或硬物時墊在肩上的墊子。

かたい◎【下腿】　小腿。

かたい◎【過怠】　過失，疏漏。

かた・い◎【固い】（形）　①硬，凝固。↔やわらかい。「～・いパン」硬麵包。②結實。↔ゆるい。「～・い握手」緊緊的握手。③堅決，堅定。「～・い決意」堅定的決心。④可靠，有把握的。「優勝は～・い」勝利在握。⑤嚴厲，嚴肅。「～・く断る」堅決拒絕。⑥死硬，執拗，固執。「頭が～・い」死腦筋。

かた・い◎【堅い】（形）　①硬，堅硬，堅固。↔やわらかい。「～・い木」硬木。②堅挺，穩健，堅實，靠得住。「～・い商売」穩健的買賣。③可靠，可

信。「～・い人」可信的人。④死板，拘謹，僵硬，太嚴肅。「～・い話」拘謹的言辭。

かた・い回【硬い】（形）　①堅硬。↔やわらかい。「～・い宝石」堅硬的寶石。②僵硬，死板，生硬。「～・い表情」僵硬的表情。③生硬。「～・い表現」生硬的表現。

かた・い回【難い】（形）　難。「想像するに～・くない」不難想像。

かだい回【仮題】　臨時題目。

かだい回【歌題】　和歌的主題。

かだい回【課題】　課題。「人生の～」人生的課題。

かだい回【過大】（形動）　過大。↔過小。「～評価」過高評價。

がだい回【画題】　①畫題。加在繪畫上的題目。②繪畫題材。

かたいき回【片息・肩息】　喘，憋氣，喘息。「～をつく」氣喘吁吁。

かたいじ回【片意地】　固執，倔強，固執己見。「～を張る」固執己見；意氣用事。

かたいっぽう回【片一方】　單獨一方。

かたいなか回【片田舎】　偏僻鄉村，偏遠地方。

かたいれ回【肩入れ】　スル　①袒護，偏袒。②縫墊肩，墊肩。

かたうで回回【片腕】　①單臂，獨臂，單手。②助手，心腹。「社長の～となって働く」工作上成為社長的得力助手。

かたえ回【片方】　①單方。②旁邊。

かたおか回【片岡】　一邊傾斜的山岡。

がたおち回【がた落ち】　スル　驟然低落，暴跌。「信用が～になる」信用驟降。

かたおもい回【片思い】　單相思，單戀。

かたおや回【片親】　單親。↔二親（ふたおや）

かたがき回【肩書き】　頭銜，官銜。

かたかけ回【肩掛け】　披肩，披風。

かたがた回【旁・旁旁】　①（接續）借機，順便。②（接尾）兼帶，順便。「～御礼申し上げます」順致謝意。

かたかな回回【片仮名】　片假名。→仮名・平仮名

かたがみ回【型紙】　紙樣，紙型。

かたがわ回【片側】　單方面，單向，單側。↔両側。「～通行」單向通行。

かたがわり回【肩代わり・肩替わり】　スル　過戶，轉移，更替。「借金を～する」替別人還債。

かたき回【敵】　①敵，對手。「恋～」情敵。「商売～」生意對手；商業競爭者。「碁～」圍棋對手。②仇人，仇敵。「～をうつ」報仇。

かたぎ回【気質】　氣質，性格。「昔～」古板的習性。「学生～」學生氣質。

かたぎ回【堅気】　正經，規矩。「～な人」正經人。「～な職人」正經的手藝人。

かたく回【火宅】　〔佛〕火宅。《法華經》將充滿苦難的現世喻為遇火災之家的詞語。

かたく回【仮託】　スル　寄託。「自らの思想を主人公に～する」把自己的思想寄託於主角。

かたく回【家宅】　家宅。

かたくずれ回【形崩れ】　變形，走樣。

かたくち回【片口】　單嘴缽。↔両口

かたぐち回【肩口】　肩頭。

かたくな回【頑】（形動）　頑固，固執。「～な態度」頑固的態度。

かたくり回【片栗】　山慈姑。

かたくるし・い回【堅苦しい】（形）　死守規矩的，死板的，呆板的，刻板的，謹慎的。「～・いあいさつ」拘謹的客套話。

かたぐるま回【肩車】　①跨坐肩上。②柔道運動中，把對手橫在肩上扛摔出去的招數。

かたこと回【片言】　咿呀學語，不完整的話語。

かたこり回回【肩凝り】　肩酸，肩膀酸痛，肩頭僵硬。

かたさがり回【肩下がり】　右下斜，右踢肩。

かたさき回回【肩先】　肩頭。

かたしき回【型式】　型號。

かたじけな・い回【忝い・辱い】（形）　實不敢當的，非常感謝，誠惶誠恐。

かたしろ回回【形代】　代偶。祭祀時代替神靈安置的人偶。

かたず[0]【固唾】　極度緊張時嘴裡存的唾沫。「～を呑(の)む」緊張地屏住氣息。

かたすかし[3]【肩透かし】　閃躲。「～を食わせる」使撲空。

カタストロフィー[2]【catastrophe】　①變革，突變，大災變。②悲慘結局。

かたすみ[0][3]【片隅】　一隅，角落。

かたぞめ[0][4]【型染め】　紙版印染。

かたたたき[3]【肩叩き】スル　捶肩，捶背。

かたち[0]【形】　①形狀，形態，様子，外形，型。「髪の～」髮型。②形式。「～にこだわる」拘泥形式。③外形。「依願退職という～で処理する」以自願請辭的形式辦理。④風姿。「みめ～」姿容。⑤蹤跡，痕跡。「影も～もない」無影無蹤。

かたつ[0]【下達】スル　下達，向下傳達。↔上達。「上意～」上意下達。

かたづ・く[3]【片付く】（動五）　①收拾整齊，整理好。「部屋はきちんと～・いている」房間收拾得很整齊。②得到解決，處理好。「事件が～・く」事件得到解決。

がたつ・く[0]（動五）　①喀噠喀噠響。②動蕩，不穩。「党内が～・く」黨內出現紛爭。③搖晃。「機械が～・く」機器發生故障。④戰慄，發抖。「寒さに～・く」凍得渾身發抖。

かたづ・ける[4]【片付ける】（動下一）　①整理，收拾。「本を～・ける」整理書。②了結，收拾。「仕事を～・ける」結束工作。

かたっぱし[3][4]【片っ端】　一端，一部分。

かたつむり[3]【蝸牛】　蝸牛。

かたて[3][0]【片手】　①單手，獨臂。②單方，一側。「舞台の～」舞臺一側。③單把。「～のなべ」單柄鍋。

かたておち[0]【片手落ち】　偏袒。

かたてま[0][4]【片手間】　業餘。本業之外。「～を利用して勉強する」利用業餘時間學習。

かたどおり[3]【型通り】　照舊，照例，老套。「～の挨拶(あいさつ)」照例的致詞。

かたとき[0][4]【片時】　片刻。「～も目を離せない」時刻盯著。

かたど・る[3]【象る・模る】（動五）　①仿照，模仿。「城を～・ったケーキ」模仿城堡而做的蛋糕。②形象化，象徵。「生の喜びを～・った群像」把生的喜悅形象化了的群像。

かたな[3]【刀】　刀，大刀。

かたなし[0]【形無し】　①糟蹋，損壞。②不光彩。「失敗続きで彼も～だ」連遭失敗，他也太慘了。

かたねり[0]【固練り・固煉り】　攪稠，和稠。「～の餡(あん)」和稠的餡。

かたは[0]【片刃】　單刃，一面有刃。↔諸刃(もろは)

かたはい[0]【片肺】　①單肺葉。②單邊引擎。「～飛行」單邊引擎飛行。

かたはし[0][4]【片端】　①一頭。②一部分，少量，一點兒。

かたはしから[0]【片端から】（副）　從頭開始一個個地（做）。

かたはだ[0]【片肌】　露一隻臂膀。↔諸肌(もろはだ)

かたはば[2]【肩幅】　肩寬。

かたばみ[0]【酢漿草】　酢漿草。

かたはらいた・い[6]【片腹痛い】（形）　滑稽可笑的，可笑之極的。

カタパルト[3]【catapult】　彈射器。

かたひざ[2]【片膝】　單膝。

かたひじ[0]【片肘・片肱】　單肘。

かたひじ[0][1]【肩肘・肩肱】　肩和肘。

かたびら[0][4]【帷子】　不加內裡的衣服。

かたびらき[3]【片開き】　單開。只有開一扇門。

かたぶつ[0]【堅物】　耿直的人，古板的人，嚴謹的人。

かたぶとり[3]【固太り・堅肥り】スル　實胖，墩實。

がたべり[0]【がた減り】スル　驟減。

かたほ[0][2]【片帆】　偏帆。為接受橫向風力揚帆行駛，將風帆偏斜張掛。→真帆(まほ)

かたほう[2]【片方】　單方，一方面。↔両方。「～の言い分」一面之詞。

かたぼう[0]【片棒】　單扛，一頭轎夫。指其中一方抬轎人。

かたぼうえき[3]【片貿易】　單邊貿易，不

平衡貿易。

かたまり⓪【固まり・塊】　①結成塊。「砂糖の～」砂糖塊。②塊。「肉の～」肉塊。③極端…的人，執迷不悟的人。「あいつはけちの～だ」那傢伙是吝嗇鬼。④集團。「やじうまの～」跟著起哄的人群。

かたま・る⓪【固まる】（動五）　①硬化，固結，結塊，成塊。「コンクリードが～・る」水泥凝固。②成塊，成群。③團結。「全員の心が一つに～・る」全體人員團結一心。④穩固，成形，牢固。「基礎が～・る」基礎牢固。⑤堅定，堅信，篤信。「仏教に～・る」篤信佛教。⑥固執。「排外思想に～・る」拘泥於排外思想。

かたみ⓪【片身】　半身。

かたみ⓪【形見】　①遺物。「母の～」母親的遺物。②紀念物。「青春の～」青春的紀念品。

かたみ⓪【肩身】　①身軀。②面子。「～が狭い」臉上無光。「～が広い」有面子。

かたみち⓪【片道】　①單程。「～切符」單程車票。②單方面。「～貿易」單方貿易。

かたむき⓪⓪【傾き】　①傾斜，斜度。②（有某）傾向，行情。

かたむ・く⓪【傾く】（動五）　①傾斜，歪斜。「船が～・く」船身傾斜。②傾向。「思想が左に～・く」思想左傾。③具有某種傾向。「文弱に～・く」偏於文弱。④衰落，衰微。「家運が～・く」家道中落。⑤西下，西斜。「夕日が～・く」夕陽西下。

かたむ・ける⓪【傾ける】（動下一）　①使傾斜，使歪斜。「首を～・ける」傾首；歪頭。②傾注。「全力を～・ける」傾注全力。③傾覆，傾倒。「家産を～・ける」傾家蕩產。④乾杯。「一献～・ける」乾上一杯酒。

かため⓪【固め】　①堅固，鞏固，硬實，堅固物。②約定，誓約。「夫婦の～」夫妻誓約。③守備，警備。「門の～に就く」就任門衛。

かため⓪【片目】　一隻眼睛，獨眼。

かた・める⓪【固める】（動下一）　①堅硬，凝固，澆注，澆築。「小麦粉をこねて～・める」把麵粉和硬。②加固。「コンクリートで～・める」用水泥加固。③歸一起，歸總。「食料を～・めて買い込む」把食品材料歸在一起買下。④鞏固。「基礎を～・める」鞏固基礎。⑤加強防守，固守。「警備を～・める」加強守備。

かためん⓪【片面】　①一面，單面。「～を青く塗る」把一面塗成藍色。②片面，單方面。「ものの～しか見ない」只看見事物的一面。③半邊臉。

かたやき【堅焼き・固焼き】　烤硬。

かたやぶり⓪【型破り】　打破常規，與眾不同。「～の演出」破例的演出。

かたゆで⓪【堅茹で】　煮硬，煮硬點。「～の卵」硬煮蛋。

かたよ・せる⓪【片寄せる】（動下一）　偏袒，不公正。

かたらい⓪【語らい】　談心，私語。「～のひととき」談心時機。

かたら・う⓪【語らう】（動五）　①談話，談心。「友と～・う」與朋友談心。②勸說，邀請。「友を～・って旅に出る」邀請朋友一起出去旅遊。

かたり⓪【語り】　①說書，講談。②道白。③梗概。歌舞伎演出中，寫在看板、劇目上逑說內容提要的七五調文字。④解說，旁白。

かたり⓪【騙り】　騙，詐欺。「～をはたらく」進行詐騙。

かた・る⓪【語る】（動五）　①講，說，談。「自分の考えを～・る」說自己的想法。②說唱。「～・るに落ちる」不打自招。③說明。「現場の状況をくわしく～・る」把現場的狀況作詳細說明。

かた・る⓪【騙る】（動五）　①騙，騙取。「金を～・る」詐財。②欺騙，詐稱。「他人の名を～・る」冒名。盜用別人的名義。

カタル⓪【荷 catarrhe】　卡他症狀，黏膜炎。

カタルシス⓪【希 katharsis】　①卡塔西

斯。透過觀賞悲劇而排解日常之鬱悶情
緒、淨化精神。②宣洩。

カタログ◎【catalog（ue）】 產品目錄。

かたわ◎【片端】 ①殘廢，殘疾。②片
面，偏倚。「～な知識」片面的知識。

かたわく◎【型枠】 模板，型板。

かたわら◎【傍ら】 ①邊，旁邊。「～の
いすにすわる」坐在旁邊的椅子上。②
旁，側。「母屋の～の茶室」正房旁邊的
茶室。③一邊…一邊。「アルバイトの～
勉強をする」一面打工，一面唸書。

かたわれ◎【片割れ】 ①同夥之一，一份
子。「泥棒の～」小偷之一。②一個，一
個碎片，殘片，互補（事）物。

かたん◎【下端】 下端，下頭。↔上端

かたん◎【荷担・加担】 スル 參加，參與。
「陰謀に～する」參與陰謀。

かだん◎【花壇】 花壇。

かだん◎【果断】 果斷，斷然。「～な処
置」果斷的處置。

かだん◎【歌壇】 歌壇。

がだん◎【画壇】 畫壇，繪畫界。

カタンいと◎【一糸】 縫紉線。

かち◎【徒歩・徒】 徒步。

かち◎【勝ち】 勝，贏。↔負け

かち◎【価値】 價值。

がち◎【勝ち】（接尾） 常常，每每，動
輒。「この時計は進み～だ」這支手錶常
常走快。「曇り～」常常陰天。

かちあ・う◎◎【搗ち合う】（動五） ①
衝突，相撞，碰。「頭と頭が～・う」頭
碰頭。②不約而同，碰一起，湊一塊
兒。「日曜日と祝日が～・う」星期天和
節日碰在一起。

かちあげ◎【搗ち上げ】 上頂，上撞。

かちいくさ◎【勝ち軍】 戰勝，勝仗。↔
負け軍

かちうま◎【勝ち馬】 獲勝馬，優勝馬。

かち・える◎【勝ち得る】（動下一） 取
得，贏得。「名声を～・える」贏得名
聲。

かちかん◎【価値観】 價值觀。

かちき◎【勝ち気】 好勝，要強，剛強。
「～な女」好勝的女人。

かちく◎【家畜】 家畜，牲畜。

かちぐり◎【搗ち栗・勝ち栗】 搗栗子。

かちこし◎【勝ち越し】 領先。

かちこ・す◎【勝ち越す】（動五） ①領
先。↔負け越す。「2勝1敗で～・す」
以二勝一負領先。②領先，勝出，超
前。「1点～・す」領先1分。

かちとうしゅ◎【勝ち投手】 勝利投手。
↔負け投手

かちどき◎【勝ち鬨】 勝利歡呼。

かちと・る◎【勝ち取る】（動五） 奪
取，贏得。「勝利を～・る」奪取勝利。

かちなのり◎【勝ち名乗り】 ①宣布勝者
名。「～を受ける」獲得行司呼名宣布獲
勝。②宣告勝利。「全国大会で～をあげ
る」在全國大會宣告勝利。

かちぬき◎【勝ち抜き】 淘汰。「～戦」
淘汰賽。

かちぬ・く◎【勝ち抜く】（動五） 連
勝，勝利前進。「～・いて決勝戦に進出
する」連勝進入決賽。

かちほこ・る◎【勝ち誇る】（動五） 勝
誇。

かちぼし◎【勝ち星】 勝星，白圈，優勝
符號。↔負け星

かちまけ◎◎【勝ち負け】 勝負，勝敗。

かちみ◎【勝ち味】 獲勝希望，獲勝跡
象。「～がない」沒有獲勝的希望。

かちめ◎◎【勝ち目】 得勝希望，取勝希
望。

かちゅう◎◎【火中】 スル 火中。「～に投ず
る」投入火中。

かちゅう◎【花柱】 花柱。

かちゅう◎【家中】 ①家中。②家中。日
本戰國時代表示武家君主、家臣團總體
的擬制同族之稱呼。

かちゅう◎【渦中】 ①漩渦中。②事物
處於混亂、糾紛之中。「事件の～にまき
こまれる」捲入事件的糾紛中。

かちょう◎【花鳥】 花鳥。

かちょう◎◎【家長】 家長。

かちょう◎【課長】 課長。

がちょう◎【画帳】 畫冊。

がちょう◎【鵞鳥】 鵝。

かちょうきん◎【課徴金】 課徵金。→輸
入課徵金

か

かちわり⓪ 刨冰。

かちんこ⓪ 拍板，打板。

がちんこ⓪ （相撲界）嚴肅認真比賽。

かつ⓪【活】 ①活。「死中に~を求める」死裡求生。②甦醒。

かつ⓪【渇】 渴，口渴。「~を癒す」止渴。

か・つ⓪【勝つ】（動五） ①勝，獲勝。「試合に~・つ」比賽獲勝。②戰勝，克制，克服。「誘惑に~・つ」戰勝誘惑。③勝過，優越，強過。「技術の面では相手に~・つ」在技術方面勝過對手。④過重。「荷が~・つ」負擔過重。

かつ⓪【且つ】 ①（接續）且，並且。「健康で~頭もよい」身體健康且聰明。②（副）一邊…一邊…，且…且…。「泣かせ、~笑わせる」使人又哭又笑。

カツ 炸豬排之略。「~-ライス」炸豬排飯。

かつあい⓪【割愛】 スル 割愛。

かつあげ⓪ スル 恐嚇敲詐。

かつえき⓪【滑液】 關節滑液。

かつ・える⓪③【餓える・飢える】（動下一） ①饑，餓。「~・えて死ぬ」饑餓而死。②饑渴，渴望。「母の愛に~・える」渴望母愛。

かつお⓪【鰹・松魚・堅魚】 鰹魚。

かっか⓪【核果】 核果。

かっか①【閣下】 閣下。

がっか⓪【学科】 學科，科目。「理科系の~が得意だ」擅長理科專業。

がっか①【学課】 學業課程。

がっかい⓪【学会】 學會，學社。

がっかい⓪【学界】 學界，學術界。

かっかく⓪【赫赫】（ッル） ①赫赫，顯赫。「~たる戦果」赫赫戰果。②光明照耀貌。「~たる太陽」赫赫的太陽。

かっかざん⓪【活火山】 活火山。→休火山・死火山

かっかそうよう①⓪【隔靴掻痒】 隔靴搔癢。「~の感」隔靴搔癢之感。

かつかつ①【戛戛】（ッル） 戛戛，咔咔，嗒嗒。「~たる馬蹄の響き」戛戛的馬蹄聲響。

かつがつ①【且つ且つ】（副） 勉強，好

歹。「その日その日を~しのぐ」勉強維持每天生計。

がつがつ①（副）スル ①卡滋卡滋，狼吞虎嚥。「~（と）食う」狼吞虎嚥猛吃。②貪婪樣。

がっかり③（副）スル 頹喪，失望，灰心喪氣。「一度くらい失敗しても~するな」即使失敗了一次也不要灰心喪志。

かつがん⓪【活眼】 洞察力，銳利眼光。「~の士」有識之士。

がっかん⓪【学監】 學監。監督學生的職員。

かっき⓪【客気】 客氣。「~にかられる」為客氣所驅使。

かっき⓪【活気】 活力，生氣，生機。

がっき⓪【学期】 學期。「新~」新學期。

がっき⓪【楽器】 樂器。

かつぎだ・す⓪④【担ぎ出す】（動五） ①擡出，抬出。②捧為，推舉。「彼を市長選挙に~・す」把他推舉出來參加市長選舉。

かっきてき⓪【画期的・劃期的】（形動） 劃時期的，劃時代的。「~な発明」劃時代的發明。

かつぎや⓪【担ぎ屋】 ①迷信者。②惡作劇者，捉弄人者。③行商，挑擔小販。

がっきゅう⓪【学究】 學究。「~肌の人」學究氣質的人。

がっきゅう⓪【学級】 學級，班級，年級。

かっきょ⓪①【割拠】 スル 割據。「群雄~」群雄割據。

かつぎょ①【活魚】 活魚。「~輸送」活魚運輸。

かっきょう⓪【活況】 盛況，活躍景象。「市場が~を呈する」市場呈現一片繁榮。

がっきょく⓪【楽曲】 樂曲。

かっきん⓪【恪勤】 スル 恪勤。「精励~」勵精恪勤。

かつ・ぐ②【担ぐ】（動五） ①挑，扛，肩負。②擁戴。「とうとう議長に~・ぎ出された」終於被公推為議長。③迷信。「そんなに御幣を~・ぐなよ」別那麼迷信了。④捉弄人，愚弄人。「彼は人

を～・ぐのがうまい」他很會捉弄人。

がっく回【学区】 學區。

かっくう回【滑空】スル 滑翔。「グライダーが青空を～する」滑翔翼在晴朗的天空滑翔。

かっくうき【滑空機】 滑翔機。

がっくり□（副）スル ①突然無力地。「～（と）膝をつく」突然無力地跪倒。②灰心，氣餒，頹喪。「入試に落ちて～する」沒考上大學，他很頹喪。③急劇，驟。「客が～（と）減った」客流量驟減。④壽終。「～息を引き取る」壽終嚥氣。

かっけ回【脚気】 腳氣病。

がっけい回【学兄】 學長，學兄。

かっけつ回【喀血】スル 喀血。→吐血

かっこ□【各戸】 各戸。

かっこ□【各個】 各個。

かっこ□【括弧】 括號，括弧。

かっこう回【恰好・格好】 ①①外形，外表，姿勢，樣子。「この洋服はなかなか～よくできている」這身西服樣式很好看。②體面，面子，外表，形象。「彼は～ばかり気にする」他很講究打扮。③情況，狀態，樣子。「会議は中断された～だ」情況是會議中斷了。②（形動）恰好，剛好。「値段も大きさも～な品だ」價錢、大小都恰好的東西。③（接尾）上下，左右，大約。「40～の男」40歲左右的男人。

かっこう回【郭公】 郭公，布穀鳥，大杜鵑。

かっこう回【滑降】スル 滑降，速降滑雪。「急斜面を～する」從陡坡滑下去。

かつごう回【渇仰】スル 渴仰，虔信，篤信。

がっこう回【学校】 學校。

かっこ・む【掻っ込む】（動五） 扒，撥，快吃。

かっさい回【喝采】スル 喝采。

かつざい回【滑剤】 潤滑劑。

がっさい回【合切】 所有一切，全部。「一切～」一切的一切。

がっさく回【合作】スル 合作，合著。「日米～映画」日美聯合拍攝的電影。

かっさつ回【活殺】 生殺。「～自在」生殺予奪。

がっさつ回【合冊】 合訂本。

かっさら・う回【掻っ攫う】（動五） ①橫奪，攫取，搶奪。②撈除，清。「底を～・う」清底。

がっさん回【合算】スル 總計，合計。

かっし□【甲子】 甲子。

かつじ回【活字】 活字，鉛字。

かっしゃ回【活写】スル 生動描寫。

かっしゃ回【滑車】 滑輪，滑車。

かっしゃかい回【活社会】 真正的社會。

ガッシュ□【法 gouache】 水粉畫顏料，水粉畫。

がっしゅうこく□【合衆国】 ①合眾國。②「美利堅合眾國」的簡稱。

がっしゅく回【合宿】スル 集訓，合宿。

かっしょう回【滑翔】スル 滑翔。

かつじょう回【割譲】スル 割讓。「領土を～する」割讓領土。

がっしょう回【合従】スル 合縱。

がっしょう回【合唱】スル 合唱，齊唱。

がっしょう回【合掌】スル 合掌。

かっしょく回【褐色】 褐色。「～の肌」褐色皮膚。

かつじんが回【活人画】 活人畫。

かっすい回【渇水】 枯水。

かっ・する回回【渇する】（動サ變） ①渴，口渴。②渴望。「愛に～・する」渴望愛情。③乾涸。「池が～・する」水池乾涸了。

がっ・する回回【合する】（動サ變） ①合，匯合。「意見が～する」意見取得一致。②合併。

かっせい回【活性】 活力，活性，靈活性。→活性化

かっせき回【滑石】 滑石。

かっせん回【合戦】 會戰。「関ヶ原の～」關原會戰。

かっせん回【活栓】 活栓，水龍頭，活塞。

かっせん回【割線】 割線。

かつぜん回【豁然】（ル） ①豁然。②恍然。「～として悟る」恍然大悟。

かっそう回【滑走】スル 滑行。

か

かっそう◎【褐藻】　褐藻。

がっそう◎【合奏】ㇲㇽ　合奏。→独奏

カッター①【cutter】　①獨桅帆船。②艦載艇。③鉸刀。

カッターシャツ③　翻領襯衫。

がったい◎【合体】ㇲㇽ　①合爲一體，合體。「会社が～する」公司合併。②同心。「君臣～」君臣同心。

かったつ◎【闊達・豁達】（形動）　豁達。「自由～」自由豁達。

かつだつ◎【滑脱】　圓滑。「円転～」圓滑自如。

かったる・い①（形）　①疲倦，慵懶。②令人著急，令人不耐煩。

かったん◎①【褐炭】　褐煤。

かつだんそう③【活断層】　活斷層。

がっち◎【合致】ㇲㇽ　符合，合乎，對準。「双方の意見が～する」雙方意見一致。

かっちゅう◎①【甲冑】　甲冑，盔甲。

がっちり③（副）ㇲㇽ　①堅固，牢固。「～した体」結實的身體。②嚴密。「～と腕を組む」緊緊地挽著手臂。③仔細，精明，鑽營。「～かせぐ」精於賺錢。

がっつ・く①②（動五）　貪婪，貪。「あまり～くな」不要太貪。

かつて①【曾て・嘗て】（副）　①曾，曾經。「このあたりは～荒野だった」從前這一帶是荒野。②（後接否定語）從未有過，未曾有過。「こんな爽快なことは～なかった」從未有過這樣大快人心的事。

かって◎【勝手】　①廚房。「～道具」廚房用具。②情況，情形。「土地の～を知っている」熟悉地面上的情況。③順手。「使い～がよい」好用。④生計，家境。「～が苦しい」家境清苦。⑤任意，任性，放任，隨便。「～にしたらいい」隨你的便。「～気まま」任意而爲。

カッティング◎【cutting】ㇲㇽ　①剪輯。②剪裁。

カッテージチーズ⑥【cottage cheese】　脫脂乳酪，農家乳酪，酪農乳酪。

かってでる⑤【買って出る】（連語）　毛遂自薦。「幹事役を～」主動擔任幹事職務。

がってん③【合点】　①同意，答應，承諾。②瞭解，領會，明白。「～がいく」能瞭解。「よしきた、～だ」好，明白了！

かっと◎①①（副）　①耀眼，旺盛。「～照りつける太陽」烈日炎炎的太陽。②激動。「すぐ～なる性質」易激動的性質。③猛然瞪大，猛然張大，一下子變大。「～目を見開く」猛然瞪大了眼睛。

カット①【cut】ㇲㇽ　①切，割，砍，截。②裁，剪。③剪髮。「髪を～する」剪頭髮。④攔接。⑤斷球。⑥削球，切擊。⑦切割，切換鏡頭，一個鏡頭。⑧插圖，插畫。

ガット①【GATT】〔General Agreement on Tariffs and Trade〕關稅及貿易總協定。

ガット①【gut】　腸弦，腸線。

かっとう◎【葛藤】ㇲㇽ　葛藤，糾葛。

かつどう◎【活動】ㇲㇽ　活動，發展，工作。「この洋服は～的ではない」這件衣服不適於活動。

かっとば・す◎③【かっ飛ばす】（動五）　打得遠，飛得遠。

カツどん◎【一丼】　炸豬排蓋飯。

かっぱ◎【河童】　河童。

かっぱ①【喝破】ㇲㇽ　①喝斥。②喝破，道破。

かっぱつ◎【活発・活潑】　活潑，活躍，輕快。

かっぱらい◎【搔っ払い】　盜竊，小偷，扒手。

かっぱら・う◎【搔っ払う】（動五）　①偷竊，盜竊。「店先の本を～・う」偷書店裡的書。②橫掃。「棒で足を～・う」用棒子掃腿。

かっぱん◎【活版】　書版，凸版，活版。

かっぱんいんさつ【活版印刷】　書版印刷。

がっぴ◎【月日】　月日。「生年～」出生年月日。

がっぴつ◎【合筆】ㇲㇽ　合宗，合筆。在土地登記簿上把鄰接的數宗土地合併成一宗土地。↔分筆

がっぴょう⓪【合評】スル 集體評論，集體評定，合評。「～会」評議會。

かっぷ⓪【割賦】 分期付款。

カップ⓪【cup】 ①帶把茶杯。「コーヒー-～」咖啡杯。②量杯。③獎盃，優勝盃。「優勝～」優勝盃。→トロフィー。④罩杯。⑤球洞。高爾夫球球洞的別名。

かっぷく⓪【恰幅】 身段，體格，體態。

かっぷく⓪【割腹】スル 剖腹。

かつぶし⓪【鰹節】 乾鰹魚片。

かつぶつ⓪【活仏】 活佛。

かつぶつ⓪【活物】 活物。

がっぷり⓪（副） 緊緊地扭在一起。「～と四つに組む」互相扣手緊緊地扭在一起。

がっぺい⓪【合併】スル 合併。「二つ会社を～する」把兩個公司合併。

かつべん⓪【活弁】 無聲電影解說員。

かっぽ⓪【闊歩】スル 闊歩。「大通りを～する」在大街上闊歩而行。

かつぼう⓪【渇望】スル 渇望。「皆、雨を～している」大家都盼著下雨。

かっぽう⓪【割烹】 ①烹飪，烹調。②飯館，餐館。「～料理」日本餐館菜餚。

がっぽん⓪【合本】スル 合訂，合訂本。

かつまた①【且つ又】（接續） 並且，而且，加之。

かつもく⓪【刮目】スル 刮目。「～に値する」值得刮目相看。

かつやく⓪【活躍】スル 活躍，得勢，大顯身手。「政界で～する」活躍於政界。

かつやくきん⓪【括約筋】 括約肌。

かつよう⓪【活用】スル ①活用，有效利用。「学んだ知識を～する」活用所學的知識。②活用。在日語語法上，動詞、形容詞、形容動詞、助動詞，按其作用不同詞形發生變化，亦指其變化體系。

かつようけい⓪【活用形】 活用形。

かつようじゅ⓪【闊葉樹】 闊葉樹的舊稱。

かつら⓪【桂】 連香樹。

かつら⓪【鬘】 假髮。

かつらく⓪【滑落】スル 滑落。「～事故」滑落意外。

かつりょく⓪【活力】 活力。「～にあふれる」充滿活力。

カツレツ⓪【cutlet】 炸肉排。

かつろ⓪【活路】 活路，生路，出路。「～を開いて脱出する」殺開一條生路逃出。

かて⓪【糧・粮】 乾糧，糧食。「心の～」精神食糧。

かてい⓪【下底】 下底。梯形相對平行的兩條邊中下側的一邊。↔上底

かてい⓪【仮定】スル 假定，假設。

かてい⓪【家庭】 家庭。

かてい⓪【過程】 過程。「発展の～を分析する」分析發展的過程。

かてい⓪【課程】 課程。「博士～を修了する」修完博士課程。

かていい⓪【家庭医】 家庭醫生。

かていきょうし⓪【家庭教師】 家庭教師。

かていさいばんしょ⓪【家庭裁判所】 家庭法院，家庭裁判所。

かていほうもん⓪【家庭訪問】 家訪，家庭訪問。

カテーテル⓪【荷 katheter】 導管，插管。

カテキン⓪【catechin】 兒茶素，兒茶酸。

かててくわえて①①①【糅てて加えて】（連語） 而且，再加上。

カテドラル⓪【法 cathédrale】 主教座堂。

かてん⓪【火点】 火力點。

かてん⓪【加点】スル 加分，追加分數。「6回表に1点～する」6次表上加1分。

かでん⓪【瓜田】 瓜田。

かでん⓪①【家伝】 家傳，祖傳。「～の名刀」祖傳的名刀。

かでん⓪【家電】 家電。「～業界」家電業界。

がてん⓪【合点】スル 領會，首肯，明白。「早～」貿然斷定。

がでんいんすい⓪①【我田引水】 只顧自己，自私自利。

カデンツァ⓪【義 cadenza】 華彩樂段。在樂曲即將終止前，為發揮獨唱者或獨奏者的精湛技巧而插入的華麗裝飾部

分。

かと回【過渡】　過渡。「～期」過渡期。

かど回【角】　①角。「～を丸くする」把菱角弄圓。②角，角落。③拐角。

かど回【門】　①門，門口。②門。「笑う～には福来たる」笑門福至。家和萬事興。

かど回【廉】　緣由，原因，涉嫌。「挙動不審の～で逮捕する」由於舉止可疑而逮捕。

かど回【過度】　過度，過量。「～の労働で、体をこわした」勞動過度，搞壞了身體。

かとう回【下等】　①下等，低級。↔上等。「～な言葉」低級下流的語言。②低等。↔高等。「～動物」低等動物。

かとう回【過当】　（形動）過當。

かどう回【可動】　可活動。「～式」活動式。

かどう回【華道・花道】　花道。

かどう回【稼働】　スル　①工作，勞動，做工。「～人口」勞動人口。②發動，運轉。「～時間」運轉時間。

かどうかん回【仮道管・仮導管】　假導管。

かとうせい回【寡頭制】　寡頭制，寡頭政治。

ガトー回【法 gâteau】　糕點，西式點心。「プチ～」小點心。

かとき回【過渡期】　過渡期。

かとく回【家督】　①家督。一家的繼承人，嫡子。②家督。戶主的地位。

かどぐち回【門口】　門口，門前。「～に立つ」站在門口。

かどち回【角地】　角地，拐角處土地。

かどづけ回回【門付】　スル　挨家挨戶表演乞討。

かどで回【門出・首途】　スル　①出門，啓程，動身。②新起點。「人生の～」人生的新起點。

かどば・る回【角張る】　（動五）①有稜角。②拘謹，生硬。「～・った態度」生硬的態度。

かどばん回【角番】　①決勝局，角番。圍棋、將棋等對局中，決定本盤棋勝負的一戰。②角番。相撲比賽中如果再敗一次或輸多贏少時即從其地位掉下的狀態，亦指其勝負。

かどび回【門火】　①門火。盂蘭盆會在門前生的火。②門火。葬禮出殯時在門前焚的火。

かどまつ回【門松】　門松。新年立在家門口的松樹裝飾。

カドミウム回【cadmium】　鎘。

かどみせ回【角店】　街角店。

カドリール回【quadrille】　卡德利爾舞，方塊舞。

カトリシズム回【Catholicism】　天主教（教義）。

カトレア回【拉 cattleya】　嘉德麗雅蘭。

かどわか・す回【勾引かす】　（動五）誘拐，拐騙，勾引。「子供を～・す」拐騙兒童。

かとん回【火遁】　火遁。「～の術」火遁術。

かとんぼ回【蚊蜻蛉】　①大蚊。②細螟。③竹竿。細高個子的人或虛弱的人。

かな回【仮名】　假名。↔真名‥→漢字

かなあみ回【金網】　金屬絲網，鐵紗。

かない回【家内】　①家內，家中。②家人。「～安全を祈る」祈禱闔家平安。③內人。

かな・う回【敵う】　（動五）①能做到，得以，實現，得償。「足が痛って歩行も～・わない」腳不好，無法步行。②趕得上，敵得過。「英語では彼に～・う者はない」在英語方面沒有一個人比得上他。③經得起，受得住。「こうあっくては～・わない」這麼熱真受不了。

かな・う回【適う】　（動五）適合，符合，達到。「理に～・う」合理。

かなえ回【鼎】　鼎。

かな・える回【叶える】　（動下一）滿足願望。「子供たちの願いを～・えてやる」滿足孩子們的願望。

かながき【仮名書き】　スル　假名書寫。↔真名‥書き

かなきりごえ【金切り声】　尖叫聲，刺耳尖銳聲，切割金屬聲。「～を上げる」發出尖叫聲。

カナキン⓪【葡 canequim】 細棉布，本色細平布。→キャラコ

かなぐ⓪【金具】 金屬零件，五金零件，配件，小五金。

かなくぎ⓪【金釘】 鐵釘，金屬釘。

かなくさ・い④【金臭い】（形） 鐵鏽味。

かなくず③⓪【金屑】 鐵屑，金屬屑。

かなくそ⓪【金屎】 ①鐵鏽。②鐵渣，打鐵火星。

かなぐつわ⓪【金轡】 金轡頭。

かなぐりす・てる⓪⑤【かなぐり捨てる】（動下一） ①脫掉一扔。②丟掉，拋開。「恥も外聞も～・てる」拋開恥辱和面子。

かなけ⓪【金気・鉄気】 ①金屬味，鐵鏽味。②鐵鏽。③銅臭。

かなし・い⓪【悲しい・哀しい】（形） 悲哀，悲傷，傷心，可悲。

かなしき⓪【金敷・鉄敷】 鐵砧，錘砧。

かなしばり③【金縛り】 ①緊緊捆綁。②金錢束縛。③束縛住。「～にあう」身體被束縛住了。

かなしぶ⓪【金渋・鉄渋】 金屬鏽。

かなしみ⓪【悲しみ・哀しみ】 悲哀，悲傷，哀傷，哀痛。「～に打ち沈む」因悲傷而無精打采。

かなし・む⓪【悲しむ・哀しむ】（動五） 悲哀，哀痛，悲痛，可悲，傷心。

かなぞうし③【仮名草子】 假名草子。

かなた①②【彼方】（代） 那邊，那方，彼岸。「海の～」海的彼岸。

かなづかい③【仮名遣い】 假名用法，假名標音法，假名拼寫法。

カナッペ⓪【法 canapé】 開胃點心。

かなつぼまなこ⑤【金壺眼】 眼窩凹陷的圓眼睛。

カナディアン②【Canadian】 「加拿大的」「加拿大人的」「加拿大式的」之意。

かなてこ⓪【鉄梃】 鐵撬棒，鐵撬棍，鐵撬槓。

かな・でる③【奏でる】（動下一） 演奏樂器，尤指演奏絃樂器。

かなとこ⓪【鉄床】 鐵砧。

かなばさみ③【金鋏】 金屬剪。

かなぶつ⓪【金仏】 金佛。

かなぶん⓪①【金亀】 日本銅光金龜。

かなぼう⓪【金棒・鉄棒】 鐵棒，鐵棍。「鬼に～」如虎添翼。

かなまじり③【仮名交じり】 夾雜假名（文）。

かなめ⓪【要】 要害，關鍵。「肝心～のところでしくじった」在節骨眼上失敗了。

かなもの⓪【金物】 金屬炊具。

かなやま⓪【金山】 礦山。

かならず⓪【必ず】（副） 必定。「そんな粗末な計画では～失敗に経るだろう」那麼馬馬虎虎的計畫必定要失敗的。

かなり①【可成り・可也】（副・形動） 相當。「ここからまだ～の道のりがある」離這兒還相當遠的路程。

カナリア⓪【西 canaria】 金絲雀。

がな・る②（動五） 大聲說話，吵嚷，喊叫。

かなん⓪【火難】 火難，火災。

かに⓪【蟹】 蟹，螃蟹。

かにかくに①（副）種種。「～うらさびしい秋の暮れ」內心感到種種寂寞的秋暮。

かにく⓪【果肉】 果肉。

かにこうせん③【蟹工船】 蟹工船。有加工螃蟹罐頭設備的捕蟹船。

かにたま⓪【蟹玉】 芙蓉蟹。

カニバリズム④【cannibalism】 食人風俗。

がにまた⓪【蟹股】 O 形腿（的人）。

かにみそ⓪【蟹味噌】 蟹黃。

かにゅう⓪【加入】 スル 加入。「組合に～する」加入工會。

カニューレ⓪【德 Kanüle】〔醫〕插管。

カヌー①【canoe】 ①划艇，皮艇。

カヌーイング⓪【canoeing】 獨木舟漂流，漂流運動。

かね⓪【金】 ①金屬。②金錢，錢。

かね⓪【鐘】 ①吊鐘。「～をつく」敲鐘。②鐘聲。「お寺の～が聞こえる」聽見寺院的鐘聲。

かね◎【鉦】　鉦。用撞木敲的鐘。「～太鼓で探す」敲鑼打鼓到處找。

かねいれ◎⑤【金入れ】　錢包，錢夾。

かねがね③②（副）　很久以前，老早。

かねくいむし③【金食い虫】　食金蟲。把光花錢不產生利益的事物比作蛀子的罵詞。

かねぐら◎【金蔵】　保險櫃，金庫。

かねぐり◎【金繰り】　籌款，籌錢。「～がつかない」籌不到款。

かねじゃく◎【曲尺・矩尺】　矩尺，直角曲尺。

かねずく◎【金尽く】　金錢萬能。

かねそな・える③【兼ね備える】（動下一）　兼備。「知恵と勇気を～・える」智勇雙全。

かねたたき③【鉦叩】　①叩鉦。②鉦槌。③叩鉦化緣僧。④鉦蟋。

かねつ◎【加熱】ㅈル　加熱。

かねつ◎【過熱】ㅈル　①過熱。「出火の原因はストーブの～からだ」起火的原因是由於爐子燒得過熱。②過熱，過於激烈。③〔物〕加熱至沸點以上。

かねづかい◎【金遣い】　花錢的方法，花錢。「～が荒い」揮金如土。

かねづまり◎⑤【金詰まり】　手頭緊，銀根吃緊。

かねづる◎【金蔓】　生財之道。「～をつかむ」找個金主。

かねて①【予て】（副）　以前，事先，老早，一向懷有的。「それは～のゆめだった」那是我以前的夢想。

かねない◎【兼ねない】（連語）　很有可能…。「秘密をもらし～」很有可能洩漏秘密。

かねばなれ◎⑤【金離れ】　花錢，花錢態度。「～がよい」花錢大方。

かねへん◎【金偏】　金字邊。

かねまわり③【金回り】　①經濟情況。「～がよい」經濟情況好。②資金週轉情況，資金流通情況。

かねめ◎【金目】　值錢。「～の物はみな売り払った」值錢的東西都賣掉了。

かねもうけ③◎【金儲け】ㅋル　賺錢。「～がうまい」善於賺錢。

か・ねる②【兼ねる】（動下一）　①兼有，兼備，兼。「食堂と居間を～・ねる」兼作飯廳和起居室。②兼職，兼任。「外相を～・ねる」兼任外相。③礙難。「言い～・ねる」很難說。「引き受け～・ねる」難以接受。

カネロニ◎【義 cannelloni】　義大利春捲。

かねん◎【可燃】　可燃。「～物」可燃物。

かねんど③【過年度】　上年度。

かの◎【彼】（連體）　那個。

かのう◎【化膿】ㅈル　化膿。

かのう◎【可能】　可能。「実行～な計画」可行的計畫。

かのうせい◎【可能性】　可能性。「成功の～」成功的可能性。

かのうどうし③【可能動詞】　可能動詞。

かのえ◎【庚】　庚。

かのこまだら③【鹿の子斑】　鹿皮花紋。

かのじょ①【彼女】　①（代）她。↔彼。②女友，女朋友。↔彼氏。「～ができた」有女朋友了。

かのと◎【辛】　辛。

カノン①【canon】　標準比率。

カノンほう②【―砲】〔荷 kanon〕加農炮。

かば◎【蒲】　①植物香蒲的異名。②紅褐色。

かば◎【樺】　樺，樺樹。

かば◎【河馬】　河馬。

カバー①【cover】ㅈル　①皮，殼，套。「いすの～を新しくした」換上了新椅套。②補償，抵補。「赤字を～する」填補赤字。③補位。

カバーガール◎【cover girl】　封面女郎。

かばいだて◎【庇い立て】　庇護，祖護。「無用な～」不必要的祖護。

かばいろ◎【蒲色・樺色】　紅褐色。

かば・う◎【庇う】（動五）　庇護，祖護。「彼女は身をもって子供を～・った」她挺身護著孩子。

かはく①【下膊】　前臂，小臂。

かはく◎【仮泊】ㅈル　臨時停泊。

かはく◎【科白】　科白。演員的動作舉止和臺詞。

がはく◎【画伯】　畫伯。對畫家的敬稱。

カバディ◎【kabaddi】　卡巴迪。體育競技項目之一。

ガバナビリティー◎【governability】　統率能力，管理能力。

かばね◎【尸・屍】　屍體，屍骸。

かばのき◎【樺の木】　樺木。白樺。

ガバメント◎【government】　政府。

かばやき◎【蒲焼き】　烤魚串，蒲燒。

かはん◎【河畔】　河畔。

かはん◎【過半】　過半。

かはん◎【過般】　前些日子，前幾天，不久前。

かばん◎【鞄】　皮包，包包。

がばん◎【画板】　畫板。

かはんしん【下半身】　下半身。↔上半身

かはんすう◎◎【過半数】　過半數，超過半數。

かひ◎【下婢】　女傭，女僕。

かひ◎【可否】　①好壞，善惡。②贊成與反對。

かひ◎【果皮】　果皮。

かひ◎【歌碑】　歌碑。刻有和歌的碑。

かび◎【黴】　黴，霉。

かび◎【華美】　華美，華麗，浮華。「～な服装」華麗的服裝。

がび◎【蛾眉】　蛾眉。

かびくさ・い◎◎【黴臭い】（形）①霉味。「押入が～・い」壁櫥裡有霉味。②落伍，陳腐。「～・い話はもう聞き飽きた」陳腔濫調已經聽膩了。

カピタン◎【葡 capitão】　江戶時代從歐洲到日本的外國船船長。

かひつ◎【加筆】 スル　潤色，刪改，加幾筆。

がひつ◎◎【画筆】　畫筆。

がびょう◎【画鋲】　圖釘，按釘。

か・びる◎【黴る】（動上一）　長霉，發霉。

かひん◎【佳品】　佳品，佳作。

かびん◎【花瓶】　花瓶。

かびん◎【過敏】　過敏。

かふ◎【下付】 スル　發放。

かふ◎【花譜】　花譜，花卉圖譜。

かふ◎【家父】　家父。↔家母

かふ◎【寡夫】　鰥夫。

かふ◎【寡婦】　寡婦。

かふ◎【華府】　華府。華盛頓哥倫比亞特區。

かぶ◎【株】 ①①樹樁，樹墩，殘株。「木の～につまずいた」被樹樁絆了一跤。②株。「牡丹を1～植える」種一株牡丹。③股，股份。④地位。「年寄～」顧問特權。⑤股份公司的股份，股票。「～取引所」股票交易。

かぶ◎【蕪】　蕪菁，蔓菁。

かぶ◎【下部】　①下部。②下級，基層，下部，下面。「～組織」下級組織。

かぶ◎【歌舞】 スル　歌舞。「～音曲おんぎょく」歌舞樂曲。

がふ◎【画布】　畫布。

がふ◎【画譜】　畫譜。將繪畫按種類區分彙集的書，畫集。

かふう◎【下風】　下風，劣勢。「～に立つ」處於下風。

かふう◎【家風】　家風。「～に合わない」不合家風。

かふう◎【歌風】　和歌的特點和傾向。

がふう◎【画風】　畫風。

カフェ◎【法 café】　咖啡館，茶館。

カフェイン◎【德 Kaffein】　咖啡因，咖啡鹼。

カフェオレ◎◎【法 café au lait】　牛奶咖啡，咖啡歐蕾。

カフェテラス◎◎【和法 café+法 terrasse】　露天茶座，露天咖啡座。

カフェテリア◎【cafeteria】　自助餐館。

カフェバー◎【和café+bar】　咖啡酒吧。

カフェロワイヤル◎【法 café royal】　法式高級咖啡。

かぶか◎【株価】　股票價格，股價。

かぶき◎【歌舞伎・歌舞妓】　歌舞伎。

かぶきもん◎【冠木門】　冠木門。

かふきゅう◎◎【過不及】　過與不及。

かふく◎【下腹】　下腹。

かふく◎【禍福】　禍福。

がふく◎【画幅】　掛軸。

かぶけん◎【株券】　股票。

かぶこうぞう◎【下部構造】　〔德

unterbau〕經濟基礎。→上部構造

カプサイシン③【capsaicin】 辣椒素。

かぶさ・る◎【被さる】（動五） ①被，蓋上，蒙上。「雪が屋根に～・た」雪把屋頂蓋住了。②有…要擔負。「上役が休んだので仕事がこっちに～・ってきた」因上級休息，工作都落到我的肩上。

かぶしき②◎【株式】 ①股，股份。②股權，股份。③股票。

カフス①【cuffs】 袖口（貼邊）。

かぶ・せる◎【被せる】（動下一） ①被，蓋，蒙，戴，綁上，別上，套上。「ふたを～・せる」把蓋子蓋上。②澆，沖。「水を～・せる」澆水。③罩，套上，重疊，重色，疊音。「赤を～・せる」罩一層紅色。④緊接著前面的話說。「相手の言葉に～・せて反論する」立刻反駁對方的話。⑤栽，扣。「人に罪を～・せる」歸罪於他人。

カプセル①【德 kapsel】 ①膠囊。②密封艙，太空艙。

かふそく②【過不足】 過與不足。「～がない」不多不少。

カプチーノ①【義 cappuccino】 卡布奇諾。

かふちょう②【家父長】 家長。

かぶと①【兜】 頭盔。

かぶぬし②◎【株主】 股東。

かぶねんきん③【寡婦年金】 寡婦年金。

がぶのみ◎【がぶ飲み】 スル 咕嚕咕嚕地喝。

かぶら◎【蕪】 蕪菁。

かぶり①◎【頭】 頭。

かぶ・る②【被る】（動五） ①戴，蓋，蒙，包。「帽子を～・る」戴帽子。②灌，沖。「波を～・る」衝浪。③頂，背。「罪を～・る」背負罪名。④〔也寫作「冠る」〕曝光。

かぶれ◎【気触れ】 ①皮膚炎，皮疹。②著迷，痴狂。「西洋～」崇洋。

かぶ・れる◎【気触れる】（動下一） ①發炎，起斑疹。「漆に～・れる」漆中毒發炎。②感染，染上，熱中，趕。「流行に～・れる」趕時髦。

かぶわけ◎④【株分け】 スル 分株。「菊の～」給菊花分株。

かふん◎【花粉】 花粉。

かぶん◎【過分】 過分，過度。↔応分。「～のお褒めにあずかりました」您過獎了。

かぶん◎【寡聞】 寡聞。「～にして存じません」因我孤陋寡聞還不知道。

がぶん◎【雅文】 雅文。特指平安時代的假名文。

かぶんすう②【仮分数】 假分數。↔真分數

かべ◎【壁】 ①牆，壁，間壁。②喻大的困難或障礙。「研究が～にぶつかってしまって、悩んでいる」研究遇到障礙而苦惱。③牆。人與人之間的隔閡。「二人の間に～ができる」二人之間產生了一道牆。

かへい◎【花柄】 花柄。

かへい◎【貨幣】 貨幣。

がべい◎【画餅】 畫餅充饑。

カペイカ②【俄 kopeika】 戈比。蘇聯貨幣單位。

かべかけ◎④【壁掛け】 壁掛。

かべがみ◎【壁紙】 壁紙，牆紙。

かべしんぶん③【壁新聞】 壁報。

かべつち◎【壁土】 抹牆泥，抹牆土。

かべひとえ③【壁一重】 一牆之隔。

かへん◎【カ変】 「カ行變格活用」的簡稱。

かへん◎【可変】 可變。↔不変。「～式」可變式。

かへん◎【花片】 花片。

かへん◎【佳篇】 佳篇。

かべん◎①【花弁】 花瓣。

かほう①【下方】 下方。↔上方

かほう①【火砲】 火炮。

かほう①【加法】 加法。↔減法。

かほう◎①【加俸】 加薪補貼。

かほう①【果報】 果報。「～者」幸運兒。↔業ごう

かほう①【家宝】 家寶，家傳之寶。

かほう◎①【家法】 家法。

がほう◎①【画法】 畫法。

がほう◎【画報】 畫報。

かほうわ◎【過飽和】　過度飽和。

かぼく◎【花木】　花木。

かぼく◎【家僕】　家僕。

かほご◎【過保護】　嬌慣，溺愛，過度保護。

カポジーにくしゅ◎【―肉腫】　〔Kaposiś sarcoma〕多發性出血性腫瘤。

かぼす◎◎　酸橙。

かぼそ・い◎【か細い】（形）　①纖細，纖弱。「～・い体で一家の生計をしている」以其纖弱的身體，維持一家人的生活。②微弱。「あの男は～・い声をしている」他的聲音很微弱。

カボチャ◎〔源自葡 Cambodia〕南瓜。

カポック◎【kapok】　木棉。

ガボット◎【法 gavotte】　加沃特舞曲。

かほんか◎【禾本科】　禾本科。

かま◎【釜】　釜，飯鍋。

かま◎【罐】　汽鍋，鍋爐。

かま◎【鎌】　鐮刀。

かま◎◎【蒲】　蒲草，香蒲。

がま◎【蝦蟇】　癩蛤蟆。

かまいたち◎【鎌鼬】　鐮刀狀傷口。

かま・う◎【構う】（動五）　①管，關心，顧。「お金はいくらかかっても～・わない」錢需要多少都沒關係。②理睬，照顧，幫忙。「余計なことを～・わないでほしい」我勸你不要管閒事。③調戲，逗弄。「子を～・う」逗孩子玩。

かまえ◎◎【構え】　①結構，格局。「立派な～の家」宏偉結構的房子。②預備姿勢，姿態，架勢。「正眼の～」（擊劍）正眼架式。③框。漢字部首名稱。

かま・える◎【構える】（動下一）　①修建，建造，修築。「～家を～・える」修建一幢房子。②架勢，格局，擺出姿態，拉開架勢，採取某種姿勢。「偉そうに～・える」擺架子。③做好準備，預備姿勢。「銃を～・える」揣著槍準備射擊。④捏造，虛構。「口実を～・える」捏造口實。

かまきり◎【蟷螂・螳螂】　螳螂。

がまぐち◎【蝦蟇口】　蛙嘴式小錢包。

かまくび◎◎【鎌首】　鐮刀脖。「～をもたげる」揚起鐮刀脖。

かま・ける◎（動下一）　忙於，專心於。「仕事に～・けて、外出の暇がない」忙於工作，無暇外出。

がまし・い（接尾）　好像是那樣，確實像…。「未練～・い」戀戀不捨的。「差し出～・い」多管閒事的。

かます◎【魳】　金梭魚。

かま・す◎【嚼ます】（動五）　①使咬住，堵住嘴。「猿轡（さるぐつわ）を～・す」用東西塞住嘴；上轡頭。②塞入，揳。「楔（くさび）を～・す」揳楔子。③回擊教訓，頂回去，下馬威。「一発～・す」回擊教訓他一下。

かま・せる◎【嚼ませる】（動下一）　塞入，頂回去。「一発～・せる」回擊教訓他一下。

かまたき◎◎【罐焚き】スル　司爐，燒鍋爐，亦指其人。

かまち◎◎【框】　門框，窗框，框。

かまど◎【竈】　灶。「～を分ける」分家。

かまとと◎　明知故問，裝糊塗。

かまびすし・い◎【囂しい】（形）　喧囂，吵鬧。「～・い話し声」吵鬧的説話聲。

かまぼこ◎【蒲鉾】　魚板。

かまめし◎【釜飯】　小鍋什錦飯。

かまもと◎【窯元】　窯戶。

かまゆで◎【釜茹で】　鍋煮。

がまん◎【我慢】スル　忍受，抑制。「この寒さはとても～できない」冷得無法忍受。

カマンベール◎【法 camembert】　卡芒貝爾軟乾酪。

かみ◎【上】　①河的上游。「舟で川の～に行く」坐船到河的上游去。②上，前面部分。「～半期」上半期。「～の句」上句。③上方。「～半身」上半身。④上位。→おかみ。⑤上座，上席。「～の座につく」坐上座。

かみ◎【神】　神。

かみ◎【紙】　紙。

かみ◎【髪】　頭髮。「～を下ろす」出家。落髮爲僧。

かみ◎【加味】スル　加進，摻加，摻入。「出席率を～した成績」加出席率的成

績。

かみ◎【佳味】 佳味，佳餚。

がみ◎【雅味】 雅趣。

かみあ・う③【嚙み合う】（動五） ①互咬，相咬。「犬が～・う」狗互相咬。②嚙合，咬合。「歯車が～・う」齒輪嚙合。③相合。「義論が～・わない」意見不一致。

かみあわせ◎【嚙み合わせ】 嚙合。

かみあわ・せる◎⑤【嚙み合わせる】（動下一） ①嚙合。「歯車を～・せる」使齒輪嚙合。②使相咬，互咬。「闘犬を～・せる」使鬥犬互咬。

かみいちだんかつよう⑦【上一段活用】 上一段活用。

かみいれ③【紙入れ】 紙夾，紙匣。

かみがかり◎【神憑り】 スル ①神靈附體，附體。②異想天開。「そんな～のようなことを言うな」別說那種異想天開的事。

かみかくし③【神隠し】 貿然失蹤。「～にあう」遇到失蹤的人。

かみかざり③【髪飾り】 髮飾。

かみかぜ③【神風】 ①神風。神為拯救危難刮起的暴風。②指無謀而不要命。「～運轉」玩命駕駛。

かみがた◎③【上方】 都城方面。

かみがた◎③【髪型・髪形】 髮型。

かみき②【上期】 上半期，前半期。↔下期しも

かみきり◎③【紙切り】 ①裁紙刀。②剪紙。

かみきりむし③【髪切虫・天牛】 天牛。

かみき・る③【嚙み切る】（動五） 咬斷，咬掉。

かみきれ③【紙切れ】 紙片，破紙。

かみくず◎【紙屑】 紙屑，廢紙。

かみくだ・く◎③【嚙み砕く】（動五） ①咬碎，嚼爛。②使難題易懂。「～・いて説明する」詳細、易懂地說明。

かみこ◎【紙子・紙衣】 紙衣裳。

かみごいちにん◎【上御一人】（連語） 上御一人，天皇的尊稱。

かみころ・す④【嚙み殺す】（動五） ①咬死。②咬牙忍住。

かみこんしき③【紙婚式】 紙婚儀式。慶祝結婚1周年的儀式。

かみざ◎【上座】 上座，上席。↔下座しも

かみざいく③【紙細工】 紙工藝。

かみさ・びる④【神さびる】（動上一） 古穆。「～・びた境内」古穆的神社境內。

かみさま①③【神様】 ①神仙，上帝。②專家，大王，神。「打撃の～」打擊之神。

かみさん◎【上さん】 妻，老婆。「うちの～」我老婆；我妻子。

かみしばい③【紙芝居】 連環畫劇，拉洋片。

かみし・める④【嚙み締める】（動下一） ①用力嚼，咬緊。②細嚼，玩味，仔細品味。「～・めれば、～・めるほど味が出る」越嚼越有滋味。

かみしも◎【上下】 上下。

かみすき②③【紙漉き】 抄紙，抄紙工。

かみそり◎【剃刀】 剃刀。

かみだな◎【神棚】 神棚。

かみだのみ③【神頼み】 求神。「苦しい時の～」臨時抱佛腳。

かみタバコ③【嚙み―】 口嚼煙。

かみつ◎【過密】 ①過密。↔過疎かそ「～都市」人口過密的城市。②過密，過滿。「～なスケジュール」排滿滿的行程表。

かみつ・く③【嚙み付く】（動五） ①啃，咬住。「狂犬が人に～・く」狂犬咬傷人。②極力爭辯，頂撞。「彼は気が短くて、すぐに～・いてくる」他脾氣暴躁，動不動就和人爭辯起來。

かみづつみ③【紙包み】 紙包。

かみつぶて③【紙礫】 紙球，紙彈。

カミツレ③ 洋甘菊。

かみて①【上手】 ①上游。②上方，上部。③上座，右側。↔下手しも

かみでっぽう③【紙鉄砲】 竹槍。

かみなづき③【神無月】 無神月。

かみなり◎③【雷】 雷，打雷。

かみにだんかつよう◎【上二段活用】 上二段活用。

かみねんど③【紙粘土】 紙黏土。

かみのく◎【上の句】　上句。↔下の句。

かみのけ◎【髪の毛】　頭髮。

かみばさみ◎【紙挟み】　紙夾，文件夾。

かみはんき◎【上半期】　上半期，上半年度。↔下半期

かみひとえ◎【紙一重】　一層紙，一紙厚，一紙之隔。「～の差」一紙之差。

かみぶくろ◎【紙袋】　紙袋。

かみふぶき◎【紙吹雪】　彩紙屑。

かみまきタバコ◎【紙巻き一】　捲煙，紙煙，紙捲香煙。

かみやしき◎【上屋敷】　上宅邸。

かみやすり◎【紙鑢】　砂紙。

かみゆい◎【髪結い】　梳頭，梳髮，梳頭匠。

かみよ◎【神代】　神代，遠古。「～の昔」很久很久以前。

かみわざ◎◎【神業】　鬼斧神工，神技。

かみん◎【仮眠】スル　假寐，打盹，小睡。「～をとる」打個盹兒。

かみん◎【夏眠】スル　夏眠，夏蟄。

カミングアウト◎【coming out】　出櫃。公開承認自己為同性戀者。

か・む◎【搔む】（動五）　搔。

か・む◎【嚙む・嚙む・咬む】（動五）①嚼，咀嚼。「よく～んで食べる」細嚼慢嚥。②咬。「犬に～・まれる」被狗咬。③嚙合。「ギアが～・む」齒輪嚙合。④拍岸，沖刷。「波が岩を～・む」波浪拍打岩石。⑤參與（計畫）。「計画に一枚～・む」參與一些策劃。

カム◎【cam】　凸輪。

ガム◎【gum】　口香糖之略稱。

カムイ◎〔愛奴語〕神。

がむしゃら◎【我武者ら】　冒失，莽撞，玩命。「～に突進する」冒失地衝上去。

ガムシロップ◎【gum syrup】　膠蜜糖。

ガムテープ◎【ⓐgum+tape】　膠帶，紙膠帶。

カムバック◎【comeback】スル　恢復，東山再起。「舞台に～する」重返舞臺。

カムフラージュ◎【法 camouflage】スル　迷彩，偽裝。

ガムラン◎【gamelan】　甘美朗。印度尼西亞傳統音樂。

かめ◎【瓶・甕】　甕，缸，廣口瓶。

かめ◎【亀】　龜。

かめい◎◎【下命】スル　①下令，命令，吩咐，敕命。「御～を賜る」賜降令。②下訂單，預訂。「当方に御～下さい」請儘管給我下訂單。

かめい◎【加盟】スル　加盟。

かめい◎【仮名】　假名，化名。

かめい◎【家名】　①家名。「～を継ぐ」繼承家名。②家庭名聲，家名。「～を汚す」沾污家庭名聲。

がめい◎【雅名】　雅名，雅號。

カメオ◎【cameo】　寶石浮雕。

がめつ・い◎（形）　唯利是圖，利欲薰心。「～・い男」貪婪的傢伙。

かめのこ◎【亀の子】　幼龜，小龜。

かめのこう◎【亀の甲】　龜甲，龜殼。

かめぶし◎【亀節】　龜甲鰹魚乾。

かめむし◎【椿象・亀虫】　椿象，放屁蟲，臭腥龜仔。

カメラ◎【camera】　①照相機。②攝影機，錄影機。

カメラマン◎【cameraman】　攝影師，攝影家。

カメラリハーサル◎【camera rehearsal】（影、視）攝影彩排。

カメラワーク◎【camera work】　攝影技術。

カメリア◎【camellia】　山茶。

が・める◎（動下一）　偷藏。

カメレオン◎【chameleon】　變色蜥蜴，變色龍。

かめん◎【仮面】　假臉，假面具。「～舞踏会」假面舞會。「～をはぐ」剝去假面具。

がめん◎◎【画面】　畫面，投影面。

かも◎【鴨】　野鴨。

かもい◎◎【鴨居】　上擋，門楣，門窗上框。↔敷居

がもう◎【鵝毛】　鵝毛。鵝的羽毛，亦喻極輕的東西。

かもく◎【科目】　①科目。「予算～」預算科目。②學科，科目。「必修～」必修科目。

かもく◎【寡黙】　寡默，沉默寡言。「～

な人」沉默寡言的人。

かもじ⓪⑤【髢】 假髮。

かもしか⓪③【羚羊】 長鬃山羊，羚羊。

かもしだ・す③④【醸し出す】（動五）醸出，醸成，醖醸出，引起。「なごやかな雰囲気を～・す」營造出歡樂的氣氛。

かもしれない④【かも知れない】（連語）也許，也未可知。「明日は雨～・い」明天也許有雨。

かも・す②【醸す】（動五） ①醸。「酒を～・す」醸酒。②醸成，引起，造成。「物議を～・す」引起風言風語。

かもつ①【貨物】 貨物。→かぶつ（貨物）

かもなんばん⑤【鴨南蛮】 蔥花鴨肉湯麵。

かものはし③【鴨嘴】 鴨嘴獸。

カモミ～ル③【chamomile】 洋甘菊。

かもめ⓪【鷗】 海鷗。

かも・る②【鴨る】（動五） 占便宜。「麻雀で～・られた」打麻將當了冤大頭。

かもん⓪【下問】 スル 下問，垂問。「御～があった」有所垂問。

かもん⓪【家門】 家門。「～の名誉」家門的名譽。

かもん⓪【家紋】 家徽。

かもん⓪【渦紋】 漩渦花紋。

かや⓪【茅・萱】 茅草。

かや⓪【榧】 榧樹，香榧。

かや⓪【蚊帳・蚊屋】 蚊帳。

かやく⓪【火薬】 火藥。

かやく⓪【加薬】 ①調味料，佐味料。②輔助藥，藥引子。③配菜。

かやつりぐさ⓪【蚊帳吊草・莎草】 莎草。

かやぶき⓪【茅葺き】 茅葺。「～屋根」茅草屋面。

かやり⓪【蚊遣り】 燻蚊子。

かゆ⓪【粥】 粥。

かゆ・い②【痒い】（形） 癢。

かゆばら⓪【粥腹】 粥腹。「～で力が出ない」粥腹無力。

かゆみ③【痒み】 癢。「～止め」止癢。

かよい⓪【通い】 ①往來。來往，通行。②通勤。↔住み込み。

かよいづめ⓪【通い詰め】 常來常往。

かよいばこ⓪【通い箱】 送貨箱。

かよう【可溶】 可溶。

かよう【歌謡】 歌謠。

かよう【斯様】（形動） 這樣。

がようし⓪【画用紙】 圖畫紙。

かようび③【火曜日】 星期二，週二。

かよく【寡欲・寡慾】 寡欲。「～な人」寡欲的人。

がよく【我欲・我慾】 私欲，個人欲望。

かよわ・い⓪【か弱い】（形） 弱，柔弱的。「～・い女性」柔弱的女性。

かよわ・す⓪【通わす】（動五） ①上。使往來通勤，使通學。「学校に～・す」每天上學。②使相通，通款曲，保持關係。「心を～・す」使心意相通。

から⓪【空】 ①空。「～の財布」空錢包。②（接頭）①空。「～手」空手。②只有外表而無實質之意。「～いばり」虛張聲勢。「～手形」空頭支票；一紙空文。③空。表示該動作未達其本來目的之意。「～回り」空轉；空談；白忙。

から⓪【唐・韓・漢】 ①〔主要寫作「唐・漢」〕唐，漢。中國的古稱。「～天竺␣␣」唐天竺。②〔寫作「韓」〕韓。朝鮮的古稱。

から⓪【殻】 外殼，外皮。「卵の～」蛋殼。「自分の～に閉じこもる」封閉在自己的殼（小天地）中。「もぬけの～」蛻下來的殼。

がら① 雞骨架，雞骨頭。

がら⓪【柄】 ①①體格，身材。「～の大きい女の子」高個子的女孩。②人品，品格，性格。「～の悪い男」人品不佳的人。③花樣，花紋。「着物の～」衣服的花樣。②（接尾）身分，品格，風氣，性。「人～」人品。「季節～」季節。

カラー①【拉 Calla】 海芋。

カラー①【collar】 領子。

カラー①【color】 ①彩色。↔モノクローム。②顏色。「ポスター-～」廣告顏料。③特色，獨特風格。「ローカル-

～」地方特色。

がらあき◎【がら空き】 空空（的）。「～の電車」空無一人的電車。

からあげ◎【空揚げ】 スル 乾炸（食品）。

からあし◎【空足】 腳下踩空。「～をふむ」踩空。

から・い◎【辛い】（形） ①辣，麻辣。「～・い酒はまっぴらだ」烈酒一點也不能喝。②鹹，鹹的。↔甘い。「塩がはいりすぎて～・い」鹽放多了。太鹹。③嚴格，嚴厲。↔甘い。「点が～・い」分數嚴格。

からいばり③【空威張り】 スル 擺空架子，虛張聲勢。

からいも◎【唐芋・唐薯】 甘薯，白薯，紅薯。

からいり◎【乾煎り】 乾煎，乾炒。

からうす③【唐臼・碓】 碓臼。

からうり◎【空売り】 賣空。↔空買い

からオケ◎【空―】 卡拉 OK。

からおし◎【空押し】 スル 壓凸。

からがい◎【空買い】 買空。↔空売り

からか・う③（動五） 嘲弄，調戲，戲弄，揶揄。

からかさ②【傘】 傘，油紙傘。

からかぶ◎【空株】 空股。↔実株・現株

からかみ◎【唐紙】 花紙，花紋紙。

がらがらへび③【がらがら蛇】 響尾蛇。

からき◎【唐木】 唐木。

からきし◎（副） 毫（無）。「～知らない」一點也不知道。

からくさもよう③【唐草模様】 蔓藤紋，蔓藤花紋。

からくじ◎【空籤】 空籤，沒抽中。

がらくた◎ 破爛東西。不值錢的東西。

からくち◎【辛口】 ①很辣，辛辣，鹹烈。↔甘口。「～の酒」烈酒。②厲害，嚴厲。「～の批評」嚴厲的批評。

ガラクトース③【galactose】 半乳糖。

からくも①【辛くも】（副） 好不容易。「一点差で～にきる」好不容易以一分之差領先。

からくり②◎【絡繰り・機関】 ①機關，自動裝置。②計謀策略，企圖。

からぐるま③【空車】 ①空車。②空轉。

からくれない④【唐紅・韓紅】 大紅，唐紅，韓紅。

からげいき③【空景気】 假繁榮，虛假景氣。

から・げる③【絡げる・紮げる】（動下一） ①捆，紮。「荷物を～・げる」捆行李。②撩起，紮起。「裾を～・げる」撩起衣襟。

からげんき③【空元気】 外強中乾，虛張聲勢。

ガラコンサート⑤【gala concert】 慶祝演奏會，特別公演。

カラザ①【拉 chalaza】 合點，卵帶。

からさわぎ③【空騒ぎ】 スル 大驚小怪，無端紛擾。

からし◎【芥子・辛子】 芥茉子粉。

からしし◎【唐獅子】 唐獅子。

からす①【烏・鴉】 烏鴉。

から・す◎【枯らす】（動五） 使枯乾，使枯萎，養枯。「植木を～・す」栽的樹枯萎了。

ガラス◎【荷 glas】 玻璃。

からすき③【唐鋤・犁】 唐鋤，犁。

からすみ◎【鱲子】 乾魚子。

からせき◎【空咳】 乾咳。

からだ◎【体・身体】 ①五體，身體。「～が大きい」身材高大。②身體。「～を鍛える」鍛鍊身體。③自身。「忙しい～」百忙之身。

からだき◎【空焚き】 スル 乾燒。

からたけ◎③【漢竹・唐竹】 漢竹，唐竹。

からたち◎【枳殼・臭橘】 枸橘，枳殼。

からだのみ◎【空頼み】 空信賴，白信賴。

からちゃ◎【空茶】 純喝茶，只有茶，清茶。

からっかぜ◎【空っ風・乾っ風】 乾風。

からっきし③（副） 簡直，完全，毫（不），一點（也不）。

カラット①②【carat; karat】 ①克拉。②K。

がらっぱち◎③ 粗俗，粗暴。

からっぺた【空っ下手】 極其拙劣，最

差。

からっぽ⓪【空っぽ】 空，空虛，空空如也。「～の財布」空錢包。

からつやき⓪【唐津燒】 唐津燒。

からつゆ⓪【空梅雨】 空梅雨。

からて⓪【空手】 ①空手，赤手空拳。②〔也寫作「唐手」〕空手道。

からてがた⓪【空手形】 ①無交易票據。②空頭支票。「～を振り出す」開空頭支票。

からとりひき④【空取引】 買空賣空。

ガラナ⓪【guarana】 瓜拿納。

からねんぶつ④【空念仏】 ①空念佛。②空話，空談，空念佛。「～に終わる」止於空談。

からはふ⓪【唐破風】 捲棚式封簷板。

からびつ⓪【唐櫃】 唐櫃。

カラビナ⓪【德 Karabiner】 鐵環，鐵鎖。

からぶき⓪【乾拭き】 ㋈ル 乾拭，乾擦。「柱を～する」乾擦柱子。

からぶり⓪【空振り】 ㋈ル ①揮棒落空。②揮空，空拳。③落空，白做了。「説得が～に終わる」勸導以無功告終。

カラフル①【colorful】 （形動） 色彩豐富。「～な服装」絢麗多彩的服裝。

からへた②【空下手】 極其拙劣，最差。

からぼり⓪【空堀・空濠】 空壕溝，戰壕。

からま・す③【絡ます】 （動五） 纏繞，攀爬。

からま・せる④【絡ませる】 （動下一） ①纏繞。「糸を～・せる」纏線。②纏上，攀爬，糾纏，纏一起，纏一塊。

からまつ②【落葉松・唐松】 落葉松。

からま・る③【絡まる】 （動五） ①纏繞。「つたが～・る」常春藤纏著。②糾紛，糾葛，糾纏。「この事件には、いくつもの問題が～・っている」此一事件有好多問題纏繞著。

からまわり③【空回り】 ㋈ル ①空轉，怠速。②空忙，徒勞。「議論が～する」白爭論一場。

からみ⓪【絡み】 ①纏住。②瓜葛，相關。「政局との～」與政局相關。↔から

み

からみ⓪【辛み・辛味】 ①辣味，鹹味。②辣味，辛味。

からみ⓪【空身】 隻身。「～で山に登る」隻身登山。

がらみ【絡み・搦み】 （接尾） ①連…，帶…。「風袋～の重さ」毛重；連皮重量。②左右，上下。「四十～の男」四十歲上下的男人。③瓜葛，關於…方面。「選挙～」關於選舉方面。

からみそ⓪【辛味噌】 鹹味噌。↔甘味噌

からみだし④【空見出し】 空白詞條。

から・む②【絡む・搦む】 （動五） ①纏住，纏上。「着物のすそが足に～・む」和服的下擺纏到了腳。②錯綜複雜。「金錢問題が～・む」金錢問題錯綜複雜。③糾纏不休，胡攪蠻纏。「酒に酔って～・む」醉酒後糾纏不休。

からむし②【苧・苧麻】 苧麻。

からめ⓪【辛め】 ①偏鹹，稍鹹，稍辣。「～の味付け」把味調得偏鹹（辣）些。②稍嚴。「～の点」稍嚴之處。

から・める③【絡める】 （動下一） ①纏上，捲上，繞上。「首に手を～・める」用手勾著脖子。②塗上，黏上。「水飴を～・める」塗上麥芽糖。

カラメル⓪【法 caramel】 焦糖，糖色。

カラメルソース⑤【caramel sauce】 焦糖醬。

からもの⓪【唐物】 舶來品，中國貨。

からもん⓪②【唐門】 唐門。有封簷板大門。

からよう⓪【唐様】 中國風格。

カラリスト①【colorist】 著色師，色彩畫家。

から・れる⓪【駆られる】 （動下一） 被…驅使，受…支配。「郷愁に～・れる」受鄉愁驅使。

カラン【荷 Kraan】 自來水龍頭，管口。

がらん⓪②【伽藍】 伽藍。寺院建築，尤指大寺院。

カランコエ④【拉 Kalanchoe】 長壽花。

がらんどう③（形動） 裡面空空（的），空曠（的），空蕩（的）。大空間（容

器）內什麼也沒有，誰也不在。

かり◎【仮】 ①臨時，暫時，暫代。「～免許」臨時執照。②假。「～の姿」假姿態。

かり◎【狩り】 ①打獵，狩獵。②捕捉，獵獲。「暴力団～」逮捕暴力集團。③採集，獵。「紅葉ᵇ～」觀賞紅葉。

かり◎【雁】 鴻雁。雁的異名。

カリ◎【荷 kali】 ①鉀之略稱。②碳酸鉀或氫氧化鉀。③鉀。「塩素酸～」氯酸鉀。

がり◎【我利】 私利。「～我欲」私利私欲。

かりあ・げる◎【刈り上げる】 （動下一）①理短髮，推頭，剪髮。②割完，割光。

かりあつ・める◎【駆り集める】 （動下一） 緊急召集，緊急募集。「援軍を～・める」召集援軍。

かりいれ◎【刈り入れ】 スル 收割。「～どき」收割季節。

かりいれ◎【借り入れ】 スル 借來，借入。↔貸し出し

かりい・れる◎【刈り入れる】 （動下一）收割。

かりい・れる◎【借り入れる】 （動下一）借入，租來。「資金を～・れる」借來資金。

かりう・ける◎【借り受ける】 （動下一）借入，借用，租用，借取。「資金を～・ける」借取資金。

カリウム◎【荷 kalium】 鉀。

カリエス◎【德 Karies】 骨結核。

かりおや◎【仮親】 ①假父母。收養或結婚時，暫且充當父母的人。②義父母。賣身或學徒時認的名義上的父母。

かりか・える◎【借り換える】 （動下一）還舊債借新債。

かりかた◎【借り方】 ①借（租）法。②借方，借戶。↔貸し方

カリカチュア◎【caricature】 諷刺畫，連環畫，漫畫。

かりがね◎【雁が音・雁金】 ①雁的叫聲。②小白額雁。

かりぎ◎【借り着】 スル 借衣服穿。

カリキュラム◎【curriculum】 教育課程，教學計畫。

かりき・る◎【借り切る】 （動五） 包租，全部租下。↔貸し切る。「バスを～・る」包租巴士。

かりこ・す◎【借り越す】 （動五） 超支，透支。

かりこみ◎【狩り込み】 圍捕，大搜捕。警察在街頭拘捕流浪者、妓女等。

かりこ・む◎【刈り込む】 （動五） 修剪，整形。「かみを～・む」剪髮。

かりしゃくほう◎【仮釈放】 假釋。

かりしゅつごく◎【仮出獄】 假釋，假出獄。

かりしょぶん◎【仮処分】 假處分，先予處分。

カリスマ◎【德 Charisma】 神授能力，超凡力，神賜般的。

かりそめ◎【仮初め】 ①短暫，一時。「～の恋」短暫之戀。②輕微，微不足道。「～の病」一點兒小病。③忽略，不重視。「～の振舞」舉止輕浮。

かりたお・す◎【借り倒す】 （動五） 欠帳不還，賴債，賴帳。「友だちの金を～・す」借朋友的錢不還。

かりだ・す◎【駆り出す】 （動五） 驅使，逼迫，迫使，動員，趕出來。「応援に～・す」拉去加油。

かりた・てる◎④【駆り立てる】 （動下一） ①轟出，驅趕出來。「猪の群を～・てる」驅趕野豬群。②迫使，逼迫，驅使，使鼓起勇氣。「仕事に～・てる」被迫去工作。

かりちょういん◎【仮調印】 スル 草簽。

かりちん◎【借り賃】 租金。耗損費。↔貸し賃

かりて◎【借り手】 借貸人，借錢者，租戶，租借使用人。↔貸し手

かりと・る◎【刈り取る】 （動五） ①收割。②根除，剪除，剷除。

かりに◎【仮に】 （副） ①假定，假使。②臨時，姑且，權作。

かりぬい◎【仮縫い】 スル ①試樣縫。②假縫。

かりね◎【仮寝】 スル ①打盹，假寐。②旅

途住宿，尤指在野外露宿。

ガリバー⓪【Gulliver】　①格列佛。《格列佛遊記》的主角。②格列佛。比其他事物強出許多的比喻。

カリひりょう⓪【―肥料】　鉀肥。

カリフ①【caliph】　哈里發。穆罕默德死後，成爲統率全伊斯蘭教徒的宗教上、政治上的最高權威者，於13世紀廢除。

カリフラワー④【cauliflower】　花椰菜，花菜。

がりべん⓪【がり勉】スル　用功。

かりめん⓪【仮免】　臨時執照，臨時許可證。

かりもの⓪【借り物】　①借來物。②借鑑物。「～の思想」借鑑的思想。

かりゃく⓪【下略】　下文省略，下略。↔上略・中略

かりゅう⓪【下流】　①下游。②低下階層。

かりゅう⓪【花柳】　花柳。歌妓，藝妓，亦指花街柳巷、妓院區。

かりゅう⓪【顆粒】　①顆粒。「～状の風邪薬」顆粒狀感冒藥。②麥粒腫。

がりゅう⓪【我流】　自成一家，獨創一派。

かりゅうど①②【狩人】　獵人，獵戶。

かりょう①【加療】スル　加以治療。

かりょう①【佳良】　良好，優良。「風味～」風味優良。

かりょう⓪【過料】　〔在法界爲與「科料」加以區別，而讀作「あやまちりょう」〕罰款。

かりょう⓪【科料】　〔在法界爲與「過料」加以區別而讀作「とがりょう」〕科費。日本刑法所規定的刑罰之一。

がりょう①②【臥竜】　臥龍。「～鳳雛ほう」臥龍鳳雛。

がりょう⓪【雅量】　雅量。

がりょうてんせい⓪【画竜点睛】　畫龍點睛。「～を欠く」畫龍而未點睛。

かりょく⓪①【火力】　①火力。「～発電」火力發電。②火力。「敵を～でうちころす」用火力消滅敵人。

カリヨン①【法 carillon】　排鐘，大鐘琴，音韻鐘。

か・りる⓪【借りる】（動上一）　①借，借用。↔貸す。「部屋を～・りる」租屋。②借助。「知恵を～・りる」借助他人智慧；請人出主意；向人請教。③借（用）。「偉人のことばを～・りて決意をのべる」借用偉人之言表達決心。

かりわたし⓪【仮渡し】スル　暫付，墊付。

かりんさんせっかい⑤【過燐酸石灰】　過磷酸鈣。

かりんとう⓪【花林糖】　花林糖。

か・る⓪【刈る】（動五）　刈，割，剪。「草を～・る」割草。

か・る⓪①【狩る】（動五）　①獵，狩獵。「狐を～・る」獵狐。②搜捕，搜尋，搜。「山を～・る」搜山。③找尋，尋覓。爲尋樂或採集而尋求所喜愛的草木花卉等。

か・る⓪【駆る・駈る】（動五）　①驅逐，轟趕，趕走，撞走。「牛を～・る」趕牛。②驅，策。「車を～・る」驅車飛奔。③受…驅使，受…支配。「不安に～・られる」爲不安所驅使。

が・る（接尾）〔動詞五段型活用〕①想，覺得，感覺。「うれし～・る」感覺快樂。「あわれ～・る」覺得可憐。「見た～・る」想看。②故作，裝出，逞。「強～・る」逞強。「痛～・る」怕疼。

ガル①【gal】　伽。加速度 CGS 單位。

かる・い⓪【軽い】（形）　①輕，輕便。「～・い荷物」輕（便）的行李。②輕鬆，快活。「気持ちが～・くなる」心情輕鬆了。③輕浮，不穩重，不嚴謹。「尻が～・い」坐不穩；輕浮。「口が～・い」嘴不嚴；愛說話。④輕軟。「～・い球を投げる」投出軟球。⑤不重要。「責任が～・い」責任輕。⑥輕微。「～・い傷」輕傷。「罪が～・い」罪輕。⑦輕鬆。「～・い読み物」輕鬆讀物。⑧隨便。「～・い食事」便飯。「～・く会釈する」隨便打個招呼。⑨輕易。「～・く予選を通過する」輕易地通過初選。

かるいし⓪【軽石】　輕石，浮石，泡沫岩。

かるかや⓪【刈萱・刈茅】　黃背草，黃背茅。

かるがる◎【軽軽】（副）スル ①毫不費力，輕鬆地，輕輕地。「～（と）持ち上げる」輕鬆地拿起來。②輕而易舉地，輕鬆地。「～とやってのける」輕鬆搞定。

カルキ◎【荷 kalk】 石灰的略稱，漂白粉的俗稱。

かるくち◎【軽口】 ①愛說，好說話（的人）。「あの男は～だ」那傢伙太愛說。②言談風趣，俏皮話，詼諧。「～をたたく」說俏皮話。

カルシウム◎【calcium】 鈣。

カルス◎【callus】 ①癒合組織。在植物篩管內沉澱於篩板兩面，堵塞篩孔的似纖維質的後質。②痂，骨痂。植物體受傷時，於傷口形成的不定形癒傷組織。③塊組織。莖、根等分裂組織的細片經人工培養，得到的不定形細胞塊。用於蘭花等的無性繁殖。

カルスト◎【德 Karst】 喀斯特。

カルタ◎【葡 carta】 紙牌，骨牌。

カルチエラタン◎【Quartier Latin】 卡爾捷。巴黎區域名。

カルチャー◎【culture】 教養，文化。

カルテ◎【德 Karte】 病歷。

カルテット◎【義 quartetto】 四重唱，四重奏。

カルデラ◎【caldera】 陷落火山口。

カルデラこ◎【―湖】 陷落火口湖。

カルテル◎【德 Kartell】 卡特爾，聯合企業。→トラスト・コンツェルン

カルト◎【cult】 膜拜。

ガルニ◎ 西餐配菜。

かるはずみ◎【軽はずみ】 草率，隨便。「～な発言」輕率的發言。

カルパッチョ◎【carpaccio】 義式生牛肉薄片，義式生魚片。

カルバドス◎【法 calvados】 卡爾瓦多斯。

カルビ◎〔韓語〕（韓國烤肉中的）五花肉。

カルボキシルき◎【―基】〔carboxyl group〕羧基。

カルボナーラ④【義 spaghetti alla carbonara】炭燒麵。

カルマ◎【梵 karma】 羯磨。業。

かるみ◎【軽み】 ①輕，輕感。②平易輕鬆，輕妙。俳諧用語。→さび・しおり

かるめ◎【軽め】 輕微，較輕，稍輕。↔重め。「～に見積もる」估計較輕。

カルメラ◎【葡 caramelo】 （焦糖）蜂窩糖。

カルメン◎【Carmen】 《卡門》。

かるやきせんべい◎【軽焼き煎餅】 輕烤煎餅。

かるわざ◎【軽業】 ①驚險特技。②冒險計畫，冒險事業，危險工作。

かれ◎【彼】 ①（代）他，彼。↔彼女。「～のことは心配いらない」他的事不必擔心。②他。情人中的男性。↔彼女。「～とわかれる」與他分手。

彼も人なり予ずれも人なり 〔韓愈〕彼亦為人，予亦為人。

彼を知り己おのを知れば百戦殆あやうからず〔孫子〕知己知彼，百戰不殆。

がれ◎ 山麓碎石堆，岩屑堆。

かれい◎【鰈】 鰈。

かれい◎【加齢】スル ①增加年齡，添歲。②隨年齡老化。

かれい◎【佳例・嘉例】 佳例。吉例。

かれい◎【佳麗】 佳麗。

かれい◎【家令】 家令。原本指日本皇族、華族的家中主管家務的人。

かれい◎【華麗】 華麗。「～な舞台」富麗堂皇的舞台。

カレイドスコープ◎【kaleidoscope】 萬花筒。

カレー◎【curry】 咖哩。

ガレージ◎【garage】 車庫。

かれえだ◎【枯れ枝】 枯枝。

かれおばな◎【枯れ尾花】 枯芒。

かれき◎【枯れ木】 枯木，枯樹。

がれき◎◎【瓦礫】 瓦礫。「～と化した街」化為瓦礫的街。

かれくさ◎【枯れ草】 枯草。

かれこれ◎【彼此】（副） ①這個那個。②大約。「～12 時近い」大約快 12 點了。

かれさんすい◎【枯山水】 枯山水（庭園）。

かれし⓪【彼氏】 ①（代）他，那個人，那一位。↔彼女。②情郎，男友，他。↔彼女。「～ができる」有男朋友。

かれすすき⓪【枯れ薄】 枯芒。

かれつ⓪【苛烈】（形動）酷烈。「～な戦い」酷烈的戦鬥。

カレッジ①【college】 單科大學，專科學院。

かれの⓪【枯れ野】 枯野。

かれは⓪【枯れ葉】 枯葉，黃葉。

かれら⓪【彼等】（代）他們，那夥人。

か・れる⓪【枯れる】（動下一）①凋零，乾枯，枯死。②枯乾，乾巴巴。「やせても～・れても武士だ」雖然枯瘦也是個武士。

カレワラ⓪【Kalevala】《卡勒瓦拉》，《英雄國》。

かれん⓪①【可憐】 可憐，可愛（的），「～な花」可愛的花。

カレンダー②【calendar】 日曆。

カレンツ①【currants】 小葡萄乾。「～-ケーキ」小葡萄乾點心。

カレント①【current】 ①現在的，流行的，通例的。②當前，現行。

かろ①【火炉】 火盆，火爐。

かろう⓪①【家老】 家老。職務名。

かろう⓪【過労】 過勞，過度疲勞。

がろう⓪①【画廊】 畫廊。

かろうじて⓪②【辛うじて】（副）最大限度，好不容易，勉強。

かろとうせん①【夏炉冬扇】〔論衡〕夏爐冬扇。

かろやか②【軽やか】（形動）輕鬆愉快的樣子。「～な足取り」輕盈的腳步。

カロリー①【法 calorie】 卡路里。

かろん⓪【歌論】 歌論。

がろん⓪①【画論】 繪畫理論。

ガロン①【gallon】 加侖。

かろん・じる⓪【軽んじる】（動上一）輕，輕視，草率，怠慢。「命を～・じる」輕視生命；輕生。

かろん・ずる⓪【軽んずる】（動サ変）輕視，草率，簡慢。

かわ②【川・河】 江，川，河。

かわ②【皮】 ①皮。「リンゴの～をむく」削蘋果皮。②皮，外罩。「まんじゅうの～」饅頭皮。③皮，外表。「ばけの～がはげる」原形畢露。

かわ②【革】 皮革。

かわ⓪【側】 ①一側。「南っ～」南邊②成行列的事物的各個列。「この～の人」這一列人。

かわ②【歌話】 歌話。

がわ⓪【側】 ①側，一方。「北～」北方。②殼。「時計の～」錶殼。③某一邊，側，方。「生徒の～からの発言」來自學生一方的發言。

かわあかり③【川明かり】（夜間）河面發亮。

かわあそび③【川遊び】 江上遊覽，遊江河。

かわい・い③【可愛い】（形）①可愛。「あの子は～・い顔をしている」那孩子長得惹人喜愛。②可愛，小巧。「～・い小犬」好玩的小狗。「～・いおもちゃ」小巧玲瓏的玩具。

かわいが・る④【可愛がる】（動五）①愛護，珍愛，疼愛。②疼愛。

かわいさ④【可愛さ】 感覺可愛，可愛的程度。

かわいそう④【可哀相・可哀想】（形動）可憐（相），令人同情貌。

かわいらし・い⑤【可愛らしい】（形）可愛。「赤ん坊の～・い手」嬰兒可愛的小手。

かわうお②【川魚】 河魚。

かわうそ⓪【川獺・獺】 水獺。

かわおと⓪【川音】 河水聲。

かわおび⓪②【革帯】 皮帶。

かわか・す③【乾かす】（動五）弄乾，曬乾，烤乾。

かわかぜ②【川風】 江風，河風。

かわかぶり③【皮被り】 ①皮包覆。「骸骨の～」皮包骨（喻瘦子）。②包莖的俗稱。

かわかみ⓪【川上・河上】 川上，河上游。↔川下

かわき③【乾き】 乾，乾燥。

かわき③【渇き】 ①渴，口渴。②乾渴。「心の～」渴望。

かわきり◎【皮切り】 首次,開始。

かわ・く◎【乾く】（動五） ①乾。「洗濯物が～・く」洗的衣物乾了。②冷冰冰。「～・いた声の返事」冷冰冰的回答。

かわ・く◎【渇く】（動五） ①渴。「のどが～・く」口渴。②渴望。

かわくだり◎【川下り】 順河漂流。

かわぐつ◎【革靴・皮靴】 皮鞋。

かわごろも◎【皮衣・裘】 皮衣,裘。

かわざかな◎【川魚】 河魚。

かわさきびょう◎【川崎病】 川崎病。

かわざんよう◎【皮算用】 過早的如意算盤,過早指望,八字還沒一撇就想入非非。

かわしも◎【川下】 川下,河下游。↔川上

かわじり◎【川尻】 ①入海口。②下游方向。

かわ・す◎【交わす】（動五） ①交,簽定(協定)。「言葉を～・す」交談。②交,交錯。「枝を～・す」樹枝交錯。③接在動詞連用形後,表示「相互做…」之意。「言い～・す」互相說。

かわ・す◎【躱す】（動五） ①閃,躱。「批評を～・す」躱避批評。②躱開,轉移。「追及の矛先を～・す」轉移追究的矛頭。

かわず◎【蛙】 蛙。青蛙的別名。

かわすじ◎【川筋】 ①河道,水路,水脈。②沿河流域,沿河地帶。

かわせ◎【為替】 匯兌,外匯,匯票。

かわせそうば◎【為替相場】 匯率,匯價,外匯牌價。

かわせてがた◎【為替手形】 匯票。

かわせみ◎【川蟬・翡翠・魚狗】 翠鳥。

かわぞい◎【川沿い】 河沿線。

かわそう◎【革装】 革裝。用皮革裝訂。

かわぞこ◎【川底・河底】 河底。

かわたれどき◎【彼は誰時】 分不清人時,薄明,微明。

かわたろう◎【河太郎】 河太郎。河童的異名。

かわづら◎【川面】 ①河面,江面。②河畔。

かわづり◎【川釣り】 河釣。

かわと◎【革砥】 磨刀皮帶。

かわどこ◎【川床・河床】 河床,河槽。

かわはぎ◎【皮剝】 冠鱗單棘魨。

かわばた◎【川端】 河邊,河畔。

かわはば◎【川幅・河幅】 河寬,江寬。

かわばり◎【革張り・皮張り】ㇲㇽ 蒙皮,皮面物。

かわひも◎【革紐・皮紐】 皮繩,皮帶,皮條。

かわびらき◎【川開き】 開江納涼煙火。

かわぶくろ◎【革嚢・皮袋】 皮口袋,皮囊。

かわぶね◎【川舟・川船】 江船,河船。

かわべ◎【川辺】 河邊,河沿。

かわむこう◎【川向こう】 河對岸。

かわや◎【厠】 廁所。

かわやなぎ◎【川柳】 ①杞柳,細柱柳。楊柳科落葉灌木或小喬木。②川柳短詩。

かわゆ・い◎（形） 可愛。

かわら◎【河原・川原】 河灘,河床。

かわらけ◎【土器】 低溫陶器,土器。

かわらせんべい【瓦煎餅】 瓦片煎餅。

かわり◎【代わり】 ①代,代替,代用。「会長の～に出席する」代替會長出席。②代價。「おやつをもらう～にお使いに行く」享用了您的點心,為您跑腿來相抵。③再添。「ご飯のお～」再添碗飯。④以「がわり」形式,表示…代用品之意。「名刺～に菓子折を渡す」用點心盒權代名片。「親～」撫養人。

かわり◎【変わり】 ①變。「お～ありませんか」您還好吧。②異變,異狀。「～者」異人;怪人;怪物。③相差。「甲と乙に大した～はない」甲與乙相差無幾。

かわりだね◎◎【変わり種】 變種。

かわりは・てる◎◎◎【変わり果てる】（動下一） 全變,徹底改變。「～・てた姿」面目全非。

かわりびな◎◎◎【変わり雛】 應時人偶。

かわりみ◎【変わり身】 見風轉舵,隨機

応変。「～が早い」很快地隨機應變。

かわりめ◎【替わり目・代わり目】 轉變期，更替期，轉捩點，轉換。→変わり目。「舞台の～」舞臺轉換（布景）。

かわりもの◎【変わり者】 奇人，怪人。

かわ・る◎【代わる】 （動五） 代替。

かわ・る◎【替わる】 （動五） 更替，替換，更換，交替。「世代が～・る」世代交替。

かわ・る◎【変わる】 （動五） ①改變。「部屋が～・って、気分も～った」房間改變了，心情也變了。②改換，改變。「年が～・る」年頭改變。

かん【奸】 奸。「君側の～」君側奸人。

かん◎【肝】 肝。「～機能」肝機能。

かん◎【官】 官。國家機關，官廳，官員，官吏。「～を辞する」辭官。

かん【巻】 ①①卷。指卷子本、捲軸等捲軸物。②卷。書籍，書。②（接尾）卷，捲。計數書籍、卷冊、全集或錄音磁帶等的量詞。「全 3～の絵巻」全三卷的繪畫卷。「文学全集の第 1～」文學全集的第 1 卷。

かん◎【疳】 疳，疳積。

かん【貫】 （接尾）①貫。日本尺貫法中的重量單位。②貫。舊錢幣單位。

かん◎【棺】 棺。

かん◎【款・欵】 ①款。法律文書等的分條條文，條款。②款。預算書、決算書等的用語，位於「部」之下，「項」之上，以作區別。「～項目」款、項、目。

かん◎【閑】 閑，閑暇時間。

かん◎【感】 感，感覺，感動。「隔世の～」隔世之感；恍如隔世。

かん◎【管】 ①管子。②管樂器。

かん◎【関】 關口，門，關卡。

かん◎【歓】 歡樂，快樂。「～を尽くす」盡歡。

かん◎【緘】 緘，封口，書信。

かん◎【燗】 燙酒。「～をつける」燙酒。

かん◎【癇】 ①脾氣（暴）躁。「～の強い子」壞脾氣的傢伙。②癲癇。

かん◎【簡】 書簡。

かん◎【観】 外觀。「別人の～がある」

判若兩人。

かん◎【艦】 軍艦。「～が傾く」軍艦傾斜。

かん◎【鐶】 鐶，金屬環。

かん◎【韓】 韓。大韓民國，韓國。「日～会談」日韓會談。

カン◎【缶・罐】 ①罐，桶。「お茶の～」茶罐。②「缶詰め」的略稱。「鮭～」鮭魚罐頭。

がん◎【眼】 眼，眼力。「～が利く」眼尖；有眼力。

がん◎【雁・鴈】 雁，大雁。

がん◎【癌】 ①癌。②毒瘤。「社会の～」社會毒瘤。

がん◎【願】 許願。「～をかける」許願。

ガン◎【gun】 槍。

かんあけ◎【寒明け】 開春。↔寒の入り

がんあつ◎【眼圧】 眼壓。

がんあつし◎【感圧紙】 感壓紙。

かんあん◎【勘案】 ｽﾙ 綜合考慮，斟酌。「事情を～する」綜合考慮事情。

かんい◎【官位】 官位。

かんい◎◎【簡易】 簡易。「～住宅」簡易住宅。

がんい◎【含意】 〔implication〕ｽﾙ 含意。

がんい◎【願意】 願意，心願。「～を述べる」述說心願。

かんいっぱつ◎◎【間一髪】 間一髪，千鈞一髮。「～のところで助かった」危急關頭得救了。

かんいん◎【官印】 官印。

かんいん◎【姦淫】 ｽﾙ 姦淫。

かんえい◎【官営】 官營，政府經營。↔民営

かんえつ◎【観閲】 ｽﾙ 閱兵，觀閱。

かんえん◎【肝炎】 肝炎。

がんえん◎【岩塩】 岩鹽，石鹽。

かんおう◎【観桜】 賞櫻，觀櫻。「～会」賞櫻會。

かんおけ◎【棺桶】 棺材。

かんおん◎◎【漢音】 漢音。

かんか◎【干戈】 干戈，武器。

かんか◎【看過】 ｽﾙ 看漏，饒恕。

かんか◎【閑暇】 閒暇。

かんか▢▢【感化】スル　感化。

かんか▢【管下】　管轄下。

かんが▢【官衙】　官衙。

かんが▢【閑雅】　①嫺雅。「～な舞」嫺雅的舞蹈。②幽雅。「～な景色」幽雅的景色。

がんか▢【眼下】　眼底下。

がんか▢▢【眼科】　眼科。

がんか▢【眼窩・眼窠】　眼窩，眼眶。

かんかい▢▢【官界】　官界。官吏的世界。

かんかい▢【感懐】　感懐。「～を抱く」抱有感懐；心懐感慨。

かんかい▢【緩解・寛解】スル　緩解。

かんかい▢【環海】　環海。

かんがい▢【干害・旱害】　乾旱，旱災。

かんがい▢【寒害】　寒害。

かんがい▢【感慨】　感慨，感想。

かんがい▢【灌漑】スル　灌漑。「～用水」灌漑用水。

がんかい▢▢【眼界】　眼界，視野。

かんがえ▢【考え】　想法，意見，觀點，辦法，信念。

かんがえおよ・ぶ▢【考え及ぶ】　（動五）想到，設想。「～・ばない事件」沒想到的事件。

かんがえごと▢【考え事】　想事情，考慮事情。

かんがえもの▢▢【考え物】　難題，需要考慮。

かんが・える▢▢【考える・勘える】　（動下一）　①想，思想，思索，考驗。「数学の問題を～・える」思索數學問題。②想像。「～・えられない事件」不可想像的事件。③思考。「将来を～・える」思考將來。

かんかく▢【間隔】　間隔。「15分～に発車する」隔15分鐘發一次車。

かんかく▢【感覚】スル　①感覺，知覺。→五感。②感覺。「～が古い」見解老舊。「芸術的な～」藝術方面的感受。

かんがく▢【官学】　官學。官立的學校。↔私学。

かんがく▢【漢学】　漢學。

がんかけ▢【願掛け】スル　許願。

かんかつ▢【管轄】スル　管轄。「～区域」管轄區域。

かんがっき▢【管楽器】　管樂器。

かんが・みる▢【鑑みる】　（動上一）　鑑於，根據。「現状に～・みる」鑑於現狀。

カンガルー▢【kangaroo】　袋鼠。

かんかん▢【感官】　感官，感覺器官。

かんかん▢【漢奸】　漢奸。

かんかん▢▢【閑閑】　（ト）　閒閒，悠閒。「悠々～」悠悠閒閒。

かんがん▢【汗顔】スル　汗顔，慚愧。「～の至り」汗顔之至。

かんがん▢▢【宦官】　宦官。

かんかんがくがく▢【侃侃諤諤】　（ト）　侃侃諤諤，直言不諱。

かんかんしき▢【観艦式】　閲艦儀式。集中海軍艦艇、飛機，並由國家元首檢閲其威儀的儀式。

かんき▢【刊記】　刊記。

かんき▢【官紀】　官紀。「～紊乱(びんらん)」官紀紊亂。

かんき▢【乾季・乾期】　旱季，乾旱期。→雨季

かんき▢【勘気】　受罰，受責。

かんき▢▢【喚起】スル　喚起。

かんき▢【寒気】　寒氣。

かんき▢▢【換気】スル　換氣。「～扇」換氣扇。

かんき▢【歓喜】スル　歡喜，歡呼。「～の声をあげる」發出歡呼的聲音。

がんぎ▢【雁木】　①鋸齒形木板，之字形曲摺物。②雁木構造。在多雪地區，臨街房屋伸出長簷，其下為通路。

かんぎく▢【寒菊】　寒菊。

かんぎく▢【観菊】　賞菊，觀菊。

かんきだん▢【寒気団】　冷氣團。

かんきつるい▢【柑橘類】　柑橘類。

かんきゃく▢【閑却】スル　忽視，閒置。

かんきゃく▢【観客】　觀眾。「～席」觀眾席。

かんきゅう▢【官給】スル　官費，官給。「～品」官給品。

かんきゅう▢【感泣】スル　感泣。因過於感激而哭泣。

かんきゅう⓪【緩急】 緩急。「～自在」緩急自如。

がんきゅう⓪【眼球】 眼球。

かんきゅうちゅう⓪【肝吸虫】 肝吸蟲。

かんきょ⓪【官許】 スル 官許。政府批准，亦指其許可。「～を得る」取得官方許可。

かんきょ⓪【閑居】 スル 閑居。「小人～して不善をなす」小人閑居則為不善。

かんきょう⓪【感興】 感興趣，感興致。「～がわく」興致勃勃。

かんきょう⓪【環境】 環境。

かんきょう⓪【艦橋】 艦橋。

かんぎょう⓪【官業】 官營事業。

かんぎょう⓪【寒行】 寒行。忍耐嚴寒，鍛鍊自身並祈願的修行。

かんぎょう⓪【勧業】 勸業。獎勵發展農工商業等產業。

がんきょう⓪【眼鏡】 眼鏡。

がんきょう⓪【頑強】（形動） 頑強。「～に抵抗する」頑強抵抗。

かんきょく⓪【寒極】 寒極。

カンきり⓪⓪【缶切り】 開罐器。

かんきん⓪【桿菌】 桿菌。

かんきん⓪【換金】 スル 變賣，變現。

かんきん⓪【監禁】 スル 監禁。

がんきん⓪【元金】 本金，本錢。

かんく⓪【甘苦】 甘苦。

かんく⓪【管区】 管區。

かんく⓪【艱苦】 スル 艱苦。

がんぐ⓪【玩具】 玩具。

がんぐ⓪【頑愚】 頑固而愚蠢。

がんくび⓪【雁首】 煙袋鍋。

かんぐ・る⓪【勘繰る】（動五） 瞎猜，猜疑，胡亂推測。

かんぐん⓪【官軍】 官軍。

かんげ⓪【勧化】 スル 〔佛〕勸化，化緣，募緣。

かんけい⓪【奸計・姦計】 奸計。「～をめぐらす」定奸計。

かんけい⓪【関係】 スル ①關係到。②關係。「先輩後輩の～」師兄弟的關係。③關於。「営業～の仕事」營業性工作。「台風～のニュース」關於颱風的消息。

かんげい⓪【歓迎】 スル 歡迎。「～会」歡迎會。

かんげいこ⓪【寒稽古】 冬練三九。（武道、音曲等的）寒冷中進行的練習。

かんげき⓪【間隙】 ①間隙。②隙，間隙。「～に乗じる」趁隙。③嫌隙。「～を生ずる」產生嫌隙。

かんげき⓪【感激】 スル 感激，感動。「友達の親切に～する」感激朋友的親切。

かんげき⓪【観劇】 スル 觀戲，看戲。「～会」觀戲會。

かんげざい⓪⓪【緩下剤】 緩瀉劑。→峻下剤しゅんげざい

かんけつ⓪【完結】 スル 完結。

かんけつ⓪【間欠・間歇】 間歇，間斷。

かんけつ⓪【簡潔】（形動） 簡潔，簡練。「～に説明する」簡潔地說明。

かんげつ⓪【寒月】 寒月。

かんげつ⓪【観月】 賞月，觀月。

かんけん⓪【官憲】 官憲，官府，憲兵，警方。「～の手がまわる」警方已佈置好。

かんけん⓪【漢検】 漢字檢定。

かんけん⓪【管見】 管見，拙見。

かんげん⓪【甘言】 甜言蜜語。「～にのせられる」上了花言巧語的當。

かんげん⓪【換言】 スル 換言。「これを～すれば、以下のようである」把這個換句話說，如下所述。

かんげん⓪⓪【管弦・管絃】 管弦。

かんげん⓪【還元】 スル ①還原。「利益を～する」歸還利益。②〔化〕還原。

がんけん⓪【眼瞼】 眼瞼，眼皮。

がんけん⓪【頑健】 健壯，強健。「～な体」健壯的體格。

かんこ⓪【喚呼】 スル 呼喚。

かんこ⓪【歓呼】 スル 歡呼。「～の声」歡呼聲。

かんご⓪【看護】 スル 看護，護理。

かんご⓪【閑語】 スル ①輕聲細語。②閒談，閒話。

かんご⓪【漢語】 漢語。

がんこ⓪【頑固】 ①頑固。「～な人」頑固的人。②痼疾。「～な病気」難治的病。

かんこう◎【刊行】スル 刊行，刊出。

かんこう◎【完工】スル 完工。

かんこう◎【勘考】スル 充分思考，深思熟慮。

かんこう◎【勘校】スル 勘校。

かんこう◎【敢行】スル 敢爲。「極点踏破を~する」敢爲天下先；敢於登峰造極。

かんこう◎【感光】スル 感光。

かんこう◎【慣行】 例行，慣行，習俗。「~に從う」依慣例。

かんこう◎【箝口】スル ①鉗口，不准說話。②緘口。閉口不言，不說話。「~結舌」緘口結舌。

かんこう◎【緩行】スル 緩行。

かんこう◎【観光】 觀光。「~地」觀光地。

かんごう◎【勘合】スル ①核對，對證。②勘合。

がんこう◎【眼孔】 ①眼孔，眼窩。②眼界。

がんこう◎①【眼光】 ①眼光，目光。②眼力。

がんこう◎【雁行】スル 雁行。

がんこうしゅてい◎【眼高手低】 眼高手低。

かんこうちょう◎【官公庁】 官公廳，政府機關，行政機關。

かんこうば◎【勧工場】 勸業場。明治、大正年間，許多家商店在一個建築物中，陳列、銷售商品之處。

かんこうばい◎【寒紅梅】 寒紅梅。

かんこうへん◎【肝硬変】 肝硬化。

かんごえ◎【寒肥】 寒肥，多肥。

かんこく◎【勧告】スル 勸告。

かんこく◎【韓国】 韓國。

かんごく◎【監獄】 監獄。

かんこつ◎【顴骨】 顴骨。

かんこつだったい◎【換骨奪胎】スル 換骨奪胎。

かんこどり◎【かんこ鳥】 閑古鳥。布穀鳥的別名。

かんごり◎【寒垢離】 寒垢離。寒冬中邊洗冷水浴潔身，邊向神佛祈禱。

かんこんそうさい◎【冠婚葬祭】 冠婚葬祭。

祭。

かんさ①【感作】 過敏。

かんさ①【監査】スル 審計，監查，監事，監察。「会計を~する」會計審計。

かんさ①【鑑査】スル 鑑定檢查。

かんさい◎【完済】スル 償清，結清。

かんさい①◎①【関西】 關西。↔関東

かんさい◎【艦載】スル 艦載。載於軍艦。

かんさい◎【漢才】 漢學才能，漢才。「和魂~」和魂漢才。

かんさい◎【簡裁】 「簡易裁判所ばんしょ」的簡稱。

かんざい◎【寒剤】 冷凍劑，製冷劑，冷卻劑。

かんざい◎【管財】 管財，理財。「~会社」理財公司。

かんさく◎【間作】スル ①間作。壟與壟之間或株與株之間，栽培別的作物。②間作。輪作之一，利用收穫農作物和到栽培下季農作物的空隙栽培蔬菜等。

がんさく◎【贋作】スル 造假，贋作，偽作，贋品。

かんざくら③【寒桜】 寒櫻。

かんざけ◎【燗酒】 燙酒。

かんざし◎【簪】 簪。

かんさつ◎【監察】スル 監察，監察人。

かんさつ◎【観察】スル 觀察。

かんさつ◎【鑑札】 執照，許可證。

がんさつ◎【贋札】 僞鈔，假鈔。

かんざまし◎【燗冷まし】 燙後又冷了的酒。

かんざらし◎【寒晒し】 ①寒曝。②「寒晒し粉」的略語。

かんさん◎【換算】スル 換算，折合。「~表」換算表。

かんさん◎【閑散】 閑散，冷清。「~とした店」冷清的店鋪。

かんし①【干支】 干支。

かんし①【冠詞】 冠詞。

かんし①【看視】スル 看守，注視。

かんし①【鉗子】 手術鉗。

かんし①【漢詩】 漢詩。

かんし①【監視】スル 監視。「~網」監視網。

かんし①【諫止】スル 勸阻，諫止。

か

かんし◎【諫死】スル 死諫。

かんし◎【環視】スル 環視。「衆人~の中」眾人環視之中。

かんじ◎【感じ】 ①自覺。②感受。「優しい~の人」有溫柔感的人。③感到。

かんじ◎【幹事】 幹事。

かんじ◎【漢字】 漢字。→仮名

かんじ◎【監事】〔法〕監事。

がんじがらめ◎【雁字搦め】 ①五花大綁，捆得很結實。「犯人を~にする」把犯人捆緊。②束縛住。

かんしき◎【乾式】 乾式。↔湿式。「~複写機」乾式影印機。

かんしき◎【鑑識】スル ①鑑識，鑑別。「~眼」鑑別力；眼力。②鑑定能力，鑑識。③鑑定。「~課」鑑識科。

かんじき◎◎【樏・橇】 樏，橇。

がんしき◎【眼識】 眼識，眼力。

カンジダしょう◎【―症】〔拉 candida〕念珠菌病。

かんしつ◎【乾漆】 ①乾漆，漆塊。②乾漆法，脱胎。

がんしつ◎【眼疾】 眼疾。

がんじつ◎【元日】 元旦。

かんじつげつ◎◎【閑日月】 ①閒歲月。閒暇的時期。②悠閒。內心有寬裕。

かんしゃ◎【官舎】 官舍。

かんしゃ◎◎【感謝】スル 感謝。「好意に~する」感謝（您的）好意。

かんじゃ◎【患者】 患者。「外来~」前來就診的患者；外來患者。

かんじゃ◎【間者】 奸細。

かんしゃく◎◎【癇癪】 脾氣大，火氣，怒氣，肝火，鬧脾氣。

かんじゃく◎【閑寂】（形動）閒寂，寂靜。

かんしゃくだま◎【癇癪玉】 ①摔炮。②暴怒。「ついに~を破裂させる」終於暴怒；終於暴跳如雷。

かんしゃくもち◎【癇癪持ち】 脾氣暴躁，火氣大（的人）。

かんしゅ◎【巻首】 卷首。↔巻尾

かんしゅ◎【看守】スル ①看守。法務事務官的等級之一。②看護、照料。

かんしゅ◎【看取・観取】スル 識破，看透。

かんしゅ◎【緩手】 緩手。圍棋、將棋等對局中，避開要害處而於非要害處著子。

かんしゅ◎【艦首】 艦首。↔艦尾

かんしゅ◎【感取】 感到。「鋭く~する」敏銳地感到。

かんじゅ◎【甘受】スル 甘受。「非難を~する」甘願受責難。

かんじゅ◎【官需】 官需。↔民需

かんじゅ◎【貫首・貫主】 ①貫首。最上位的人。②貫首，貫主。各宗派本山或各大寺院管長的稱呼。

かんじゅ◎【感受】スル 感受。

がんしゅ◎【癌腫】 癌腫瘤，癌。→肉腫

がんしゅ◎【願主】 願主。對神佛許願的本人。

かんしゅう◎【慣習】 習慣。「土地の~に従う」遵從當地習慣。

かんしゅう◎【監修】スル 監修，主編。

かんしゅう◎【観衆】 觀眾。

がんしゅう◎【含羞】 含羞，害羞。

かんじゅく◎【完熟】スル 全熟。「~したりんご」熟透的蘋果。

かんしょ◎【甘蔗】 甘蔗的別名。

かんしょ◎【甘藷・甘薯】 甘薯。

かんしょ◎【官署】 官署。

かんじょ◎【官女】 官女，女官。仕於宮中或將軍家等的女子。

かんじょ◎【寛恕】スル 寛恕。「~を請う」請求寛恕。

がんしょ◎【雁書】 雁書，書信，音信。

がんしょ◎【願書】 申請書。「~を出す」提出申請書。

かんしょう◎【干渉】スル ①干渉。「私生活に~する」干預私生活。「内政へ~」干涉內政。②〔物〕干涉。

かんしょう◎【奸商・姦商】 奸商。

かんしょう◎【冠省】 前略。

かんしょう◎【勧奨】スル 勸勉獎勵。

かんしょう◎【勧賞】スル 獎賞，獎勵，鼓勵。

かんしょう◎【感傷】 多愁善感，感傷。「~にひたる」一味傷感。

かんしょう◎【管掌】スル 掌管。「政府~」

政府掌管。

かんしょう◎【緩衝】　緩衝。「～地帯」緩衝地帯。

かんしょう◎【環礁】　環礁。

かんしょう◎【癇性・疳性】　神經質，脾氣暴躁。

かんしょう◎【観照】　スル　觀照，靜觀。「自然を～する」靜觀自然。→観想。

かんしょう◎【観賞】　スル　觀賞。「～植物」觀賞植物。

かんしょう◎【鑑賞】　スル　鑑賞，欣賞。

かんじょう◎【冠状】　冠狀。

かんじょう◎【勘定】　スル　①計數，計算。②付款，結帳，算帳。「～を済ませる」清帳。③預測。「～外のハプニング」意外事件。④估計，算計。「～が先に立つ人」遇事先算計的人。

かんじょう◎【感状】　軍功狀。

かんじょう◎【感情】　感情，情感，情緒。

かんじょう◎【管状】　管狀，筒狀。

かんじょう◎【環状】　環狀，環形。

かんじょう◎【灌頂】　〔佛〕灌頂。

がんしょう◎【岩床】　岩席，礦席，礦層，岩床。

がんしょう◎【岩礁】　岩礁。

がんじょう◎【頑丈・岩乗】（形動）　強壯，強健，健壯，堅固。

かんしょく◎【官職】　官職。

かんしょく◎【寒色】　冷色。↔暖色

かんしょく◎【間色】　中間色。

かんしょく◎【間食】　スル　點心，零食。

かんしょく◎【閑職】　閑職。

かんしょく◎【感触】　スル　①感觸，觸覺。「つるつるした～」滑溜溜的感覺。②感觸，覺察。從對方態度等隱約得到的感受。「～がふかい」感觸很深。

がんしょく◎【顔色】　①顔色。②臉色，面色。心情。「～をただす」正顔厲色。

かん・じる◎【感じる】（動上一）　①感到，感知。「寒さを～・じる」覺得冷。②感覺。「親しみを～・じる」感覺親切。③感動。「誠意に～・じる」被誠意所感動。④感到。「～・じる所がある」有所感。⑤感應。「放射能を～・じる」

感應放射能。

かんしん◎【甘心】　スル　甘心。滿足，覺得暢快。

かんしん◎①①【奸臣・姦臣】　奸臣。

かんしん◎【寒心】　スル　寒噤。

かんしん◎【感心】　スル　①佩服，欽佩。②（反語說法）真服了。「君のばかさかげんには～するよ」您那糊塗勁真叫我服了。

かんしん◎【歓心】　歡心。

かんじん◎【肝心・肝腎】　非常重要，要緊。

かんじん◎【閑人】　閑人。

かんじん◎【勧進】　スル　勸進，勸化。

かんしんせい◎【完新世】　完新世。

かんす◎【鑵子】　燒水罐，罐子。

かんすい◎【完遂】　スル　完成，達成。「計画を～する」完成計畫。

かんすい◎【冠水】　スル　水淹，淹水。

かんすい◎【梘水】　〔也寫作「鹹水・乾水・漢水」〕蘇打水。

かんすう◎【巻数】　捲數。

かんすう③【関数・函数】　①〔數〕〔function〕函數。

かんすうじ③【漢数字】　漢數字。

かんすぼん◎【巻子本】　卷子本，書法捲軸。

かん・する③【冠する】（動サ變）　給戴上。

かん・する◎【関する】（動サ變）　關於。

かん・する◎【緘する】（動サ變）　①緘。封（信），閉上。②緘口。「口を～・する」緘口不言。

かん・ずる◎【感ずる】（動サ變）　感覺，感到，感動，感應。

かん・ずる◎【観ずる】（動サ變）　觀，徹悟。「諸法の実相を～・ずる」觀諸法實相。

かんせい◎【完成】　スル　完成，落成，成立。

かんせい◎【官制】　官制。

かんせい◎【官製】　官製。↔私製

かんせい◎【陥穽】　スル　陷阱。

かんせい【乾生】　旱生。↔湿生

かんせい⓪【喊声】　喊聲。

かんせい⓪【喚声】　喊聲。

かんせい⓪【感性】　感性，感受力。「～のゆたかな人」感性豐富的人。

かんせい⓪【慣性】　〔物〕慣性。→慣性の法則

かんせい⓪【管制】 スル　管制。「灯火～」燈火管制。

かんせい⓪【歓声】　歡聲，歡呼聲。

かんせい⓪【閑静】　（形動）　閑靜。

かんぜい⓪【関税】　關稅。

かんぜおんぼさつ⑤【観世音菩薩】〔佛〕觀世音菩薩。

かんせき⓪⓪【漢籍】　漢籍。中國人用漢文寫的書籍。

がんせき⓪【岩石】　岩石。

かんせつ⓪【冠雪】 スル　冠雪，山頂積雪，白雪覆蓋。「初～」頭一次白雪覆蓋。

かんせつ⓪【間接】　間接。↔直接

かんせつ⓪【関節】　關節。

かんぜつ⓪【冠絶】 スル　冠絶，無雙。

がんぜな・い【頑是無い】（形）　年幼無知，幼稚，天真。「四つではまだ～・い子供だ」才四歲，還是個天真無邪的孩子。

かんぜより⓪【観世縒り】　紙捻。

かんせん⓪【汗腺】　汗腺。

かんせん⓪【官選】 スル　官選。↔民選

かんせん⓪【幹線】　幹線。↔支線

かんせん⓪【感染】 スル　感染。

かんせん⓪【観戦】 スル　觀戰。

かんせん⓪【艦船】　艦船。軍艦和船舶。

かんぜん⓪【完全】　完全，完美，完整，完善，理想，純粹，純。「～な形で保存する」以完整的形式保存。

かんぜん⓪【間然】 スル　受批評，受指責。「～する所がない」無可非議；無懈可擊。

かんぜん⓪【敢然】（タル）　果敢地，毅然，決然。「～とたたかう」毅然決然起來抗爭。

がんぜん⓪⓪【眼前】　眼前。

かんぜんちょうあく⑤【勧善懲悪】　勸善懲惡。

かんそ⓪【簡素】　簡樸，簡化，簡單樸素。「～な暮らし」簡樸的生活。

がんそ⓪【元祖】　鼻祖，始祖，創始人。

かんそう⓪【完走】 スル　跑完（全程）。「マラソン大会で～する」參加馬拉松比賽跑完全程。

かんそう⓪【乾燥】 スル　①乾燥，烘乾，乾性。②枯燥。「～無味な本」枯燥乏味的書。

かんそう⓪【間奏】　間奏。

かんそう⓪【感想】　感想，隨想。「～文」感想文。

かんそう⓪【歓送】 スル　歡送。「～会」歡送會。

かんそう⓪【観相】　相面，觀相。

かんぞう⓪【甘草】　甘草。

かんぞう⓪【肝臓】　肝臟。

かんぞう⓪【萱草】　萱草。

がんそう⓪【含嗽・含漱】 スル　含漱。

がんぞう⓪【贋造】 スル　偽造，假造，贋造。

かんそく⓪【観測】 スル　觀測。

かんぞく⓪【奸賊・姦賊】　奸賊。

かんそん⓪【寒村】　寒村。貧窮冷落的村莊。

かんそんみんぴ⑤【官尊民卑】　官尊民卑。

カンタータ③【義 cantata】　康塔塔。

カンタービレ④【義 cantabile】　吟唱地。

かんたい⓪【寒帯】　寒帶。

かんたい⓪【歓待・款待】 スル　款待，熱情款待。「～を受ける」受到款待。

かんたい⓪【艦隊】　艦隊。

がんたい⓪【眼帯】　眼罩。

かんたいじ③【簡体字】　簡體字，簡化字。

かんたいへいようかざんたい【環太平洋火山帯】　環太平洋火山帶。

かんだか・い【甲高い・疳高い】（形）　尖銳的，高尖的。

かんたく⓪【干拓】 スル　排水造地，圍海（湖）造地，圍墾，乾拓。「～地」乾拓地；圍墾地。

かんたまご③【寒卵】　寒冬蛋。

かんたる⓪【冠たる】（連體）　冠，居第一位。「世界に～技術」技冠天下；世界

上最好的技術。

がんだれ◎【雁垂】　厂字邊。

かんたん◎【邯鄲】　邯鄲。

かんたん◎◎【肝胆】　肝膽。「～相照らす」肝膽相照。

かんたん◎【感嘆・感歎】ㇲㇽ　感嘆，讚歎。

かんたん◎【簡単】　簡單，簡易。

かんだん◎【寒暖】　寒暖，寒暑，冷暖。

かんだん◎【間断】　間斷。

かんだん◎【閑談】ㇲㇽ　閒談。

かんだん◎【歓談】ㇲㇽ　歡談，暢談。

がんたん◎【元旦】　元旦。

かんち◎【奸智・姦智・奸知】　奸智，詭計。「～にたける」詭計多端。老奸巨猾。

かんち◎【完治】ㇲㇽ　痊癒。「傷が～する」瘡傷痊癒。

かんち◎【寒地】　寒地。↔暖地

かんち◎【換地】ㇲㇽ　換地。

かんち◎【閑地】　①閑地，僻靜處。②閒置地。③閒職。

かんち◎【感知】ㇲㇽ　感知，察覺。

かんち◎【関知】ㇲㇽ　相干，有關。「わたしの～するところではない」非我所知。

かんちがい◎【勘違い】ㇲㇽ　錯想，誤會。

かんちく◎【寒竹】　寒竹。

がんちく◎【含蓄】ㇲㇽ　含蓄，耐人尋味。「～のある言葉」含蓄的話語。

かんちゅう◎【寒中】　隆冬，嚴冬，寒冬中，三九天。「～見舞い」嚴冬裡的問候。

かんちゅう◎【閑中】　閒暇中。

がんちゅう◎【眼中】　①眼中。②心目中。「～におかない」不放在眼裡。

かんちょう◎【干潮】　低潮，乾潮，平潮。↔満潮

かんちょう◎【完調】　最佳狀態。

かんちょう◎◎【官庁】　官廳，政府機關。

かんちょう◎【浣腸・灌腸】ㇲㇽ　灌腸。

かんちょう◎【間諜】　間諜。

かんちょう◎【管長】　管長，掌門人。

かんちょう◎【館長】　館長。

かんちょう◎【艦長】　艦長。

がんちょう◎【元朝】　元晨，元旦早晨。

かんつう◎【姦通】ㇲㇽ　通姦。

かんつう◎【貫通】ㇲㇽ　貫通，貫穿。「トンネルが～する」貫通隧道。

カンツォーネ◎【義 canzone】　坎佐納。義大利民謠的總稱。

かんづ・く【感付く・勘付く】（動五）感覺到，察覺出。「おかしいと～く」感到很奇怪。

かんづくり◎【寒造り】　寒造，寒冬製造。利用寒冬中的冷氣等製作東西，多指造酒。

かんつばき◎【寒椿】　小葉山茶。

カンづめ◎【缶詰め】　罐頭，罐裝。

カンテ◎【德 Kante】　①岩脊，岩稜。②跳臺端。

かんてい◎【官邸】　官邸。「首相～」首相官邸。

かんてい◎【艦艇】　艦艇。

かんてい◎【鑑定】ㇲㇽ　鑑定，鑑別。「絵を～する」鑑定畫。

がんてい◎◎【眼底】　眼底。

かんていりゅう◎【勘亭流】　勘亭體。用於歌舞伎招牌和節目單的字體。

かんてつ【完徹】　通宵。「完全な徹夜」的略語。

かんてつ【貫徹】ㇲㇽ　貫徹（到底）。「初志～」貫徹初衷。

カンデラ◎◎【candela】　坎（德拉），新燭光。

かんてん◎◎【干天・旱天】　乾旱天。「一の慈雨」久旱逢甘霖。

かんてん◎【官展】　官辦展覽，官辦美展。

かんてん◎◎【寒天】　①寒天，寒空。②洋菜，瓊脂。

かんてん◎◎【観点】　觀點。「～がちがう」觀點不同。

かんでん◎【乾田】　乾田。↔湿田。

かんでん◎【感電】ㇲㇽ　觸電，電擊。「～死」觸電而死。

かんでんち◎◎【乾電池】　乾電池。↔湿電池

かんど◎【感度】　①敏感度，反應。「～

か

がにぶい」反應遲鈍。②靈敏度，靈敏性。③感光度。

かんど⓪【漢土】　漢土。中國，中國的土地。

かんとう⓪【完投】ス ル　投完全場，完投。

かんとう⓪【巻頭】　卷頭，卷首。↔巻末。「～を飾る」裝飾卷頭。

かんとう⓪【竿頭】　竿頭。

かんとう⓪【敢闘】ス ル　敢鬥，勇鬥，英勇奮鬥。「～精神」英勇奮鬥精神。

かんとう①【関東】　關東。關東地區的簡稱。↔関西。

かんとう⓪【関頭】　關頭。「～に立つ」面臨重要關頭。

かんどう⓪【勘当】ス ル　逐出師門，逐出家門，斷絕關係。

かんどう⓪【間道】　捷徑，小路。↔本道。

かんどう⓪【感動】ス ル　感動，打動。

がんとう⓪【龕灯】　佛燈，龕燈。

かんどうし⑤【感動詞】　感嘆詞，感動詞。

かんどうみゃく⑤【冠動脈】　冠動脈，冠狀動脈。

かんとく⓪【感得】ス ル　感悟，悟得，體會。

かんとく⓪【監督】ス ル　①監督，監督者。②導演，監督，教練，領隊。③監督。「～機関」監督機關。

かんどころ⓪①【勘所】　重點，要點，關鍵。「～を押える」掌握住要點。

がんとして①【頑として】　頑固地。「～聞き入れない」頑固地聽不下去。

かんドック③【乾一】　乾船塢。→浮きドック

カントリー①【country】　田園（的），郊外（的），國家（的）。

かんな⓪【鉋】　刨刀。「～をかける」用刨刀刨。

カンナ①【拉 canna】　美人蕉。

かんない①【管内】　管轄區域內。↔管外

かんない①【館内】　館內。

かんなづき③【神無月】　無神月。陰曆十月的異名。

かんなめさい⑤【神嘗祭】　神嘗祭。

かんなん①【艱難】ス ル　艱難。「～汝を

玉にす」吃得苦中苦，方爲人上人。

がんにく⓪【眼肉】　眼肉。

かんにゅう⓪【陥入】ス ル　陷入。

かんにゅう⓪【貫乳・貫入】　細裂紋，開片。

かんにゅう⓪【嵌入】ス ル　嵌入。

かんにん①【堪忍】ス ル　堪忍，寬恕。

カンニング⓪【cunning】ス ル　考場作弊。

かんにんぶくろ⑤【堪忍袋】　忍耐限度，忍耐肚量。「～の緒が切れる」忍無可忍。

かんぬき⓪③【閂】　閂，門栓。

かんぬし①【神主】　神主。

かんねつし⑤【感熱紙】　感熱紙。

かんねん①【観念】ス ル　①觀念。「時間の～がない」沒有時間觀念。②覺悟，斷念。「もはやこれまでと～する」只好至此死心。③〔哲〕〔idea〕觀念。→イデア

がんねん①【元年】　元年。「祖国復帰～」回歸祖國元年。

かんのいり⓪【寒の入り】　入寒。指進入寒多，亦指小寒當日。↔寒明け

かんのう⓪【完納】ス ル　納完，繳清。

かんのう⓪【官能】　官能。

かんのう⓪【間脳】　間腦。

かんのう⓪【感応】ス ル　感應。

かんのもどり【寒の戻り】　倒春寒。

かんのん⓪【観音】　〔佛〕觀音。

かんば【悍馬・駻馬】　悍馬，烈馬。

かんぱ①【看破】ス ル　看破。

かんぱ①【寒波】　寒潮，寒流。

カンパ①③④　募捐，募集金，應募捐款。

かんばい⓪【完売】ス ル　售完，售罄。

かんばい⓪【寒梅】　寒梅。

かんばい⓪【観梅】　賞梅。

かんぱい⓪【完敗】ス ル　大敗，完全敗北。↔完勝

かんぱい⓪【乾杯】ス ル　乾杯。

かんぱく①【関白】　關白。

かんばし・い④【芳しい・馨しい】（形）①芳香，芬芳，馨香。②理想，美好。「～・くない成績」不太理想的成績。

かんばし・る④【甲走る】（動五）　尖聲鳴響。

カンバス⓪【canvas】 ①帆布。②畫布。

かんばせ⓪【顔】 容顏。「花の~」如花的容顏。

かんぱち⓪【間八】 杜氏鰤。

かんばつ⓪【旱魃】 天旱，旱魃。

かんばつ⓪【間伐】 スル 間伐。

かんぱつ【渙発】 スル 頒布。「大詔~」頒發大詔。

かんぱつ⓪【煥発】 スル 煥發。「才気~」才氣煥發。

かんはっしゅう⓪【関八州】 關八州。江戶時代關東八國的稱謂，即相模、武藏、上野、下野、安房、上總、下總、常陸。相當於現在的日本關東地區。

カンパニー①【company】 公司，商社，商會。

カンパリ【義 campari】 康帕里。義大利開胃酒的苦味利口酒之一。

がんばり⓪【頑張り】 頑強堅持，努力奮鬥，固執己見，頑強拼搏。「~がきく」頑強堅持。

がんば・る③【頑張る】 （動五） ①固執己見。②奮爭，奮鬥，頑強拼搏。「最後までずっと~・る」一直堅持到最後。

かんばん⓪【看板】 ①招牌，廣告牌。「~を出す」掛出招牌。②幌子，外表，招幌。「慈善事業を~にする」以慈善事業為幌子。③牌子，外觀。「~だおれ」虛有其表。④關門。「そうそう~の時間です」快到打烊的時間了。

かんばん【燗番】 燙酒員。「御~」燙酒師傅。

かんぱん⓪③【甲板】 甲板。「上~」上甲板。

かんぱん【官版・官板】 官版。官府出版，亦指其書籍。↔私版。

かんぱん⓪【乾板】 乾板。照相乾板。↔濕板ぱん。

かんパン③【乾一】 壓縮餅乾。

がんばん⓪【岩盤】 基岩，底岩。→地盤

かんび①【甘美】 ①甘美，香甜。「~な果実」香甜的果實。②甘美，甜蜜，甜美。「~な陶酔に浸る」沉浸於甜美的陶醉中。

かんび①【完備】 スル 完備，完善。「設備

が~している」設備完善。

かんび①【巻尾】 卷尾，卷末。↔巻首

かんび①【艦尾】 艦尾。↔艦首

かんぴ①【官費】 官費。

がんぴ①【雁皮】 蕘花，黄芫花。

かんびょう①【看病】 スル 護理，看護，照看病人。

かんぴょう⓪③【干瓢】 葫蘆條，葫蘆乾。

がんびょう⓪【眼病】 眼病。

かんぴょうき⓪【間氷期】 間冰期。

かんぶ①【患部】 患部，患處。

かんぶ①【幹部】 幹部。

かんぷ①【完膚】 完膚。「~無きまで」體無完膚。

かんぷ①【姦夫】 姦夫。

かんぷ①【悍婦】 悍婦，潑婦。

かんぷ①【乾布】 乾布。「~摩擦」乾布摩擦。

かんぷ①【還付】 スル 退還，歸還。

カンフー①【功夫】 〔中文〕功夫。

かんぷう⓪【完封】 スル ①完全封住。「反擊を~する」完全封住反擊。②（棒球）完全封殺。

かんぷう⓪③【寒風】 寒風。

かんぷく⓪【官服】 官服。↔私服

かんぷく⓪【感服】 スル 佩服，敬佩，折服。

がんぷく⓪【眼福】 眼福。「思わぬ~にあずかる」意外飽眼福。

かんぶつ⓪【乾物】 乾物，乾貨，乾菜。

かんぶつ⓪【換物】 換物，以錢換物。↔換金

がんぶつ⓪【贋物】 贋品。

かんぶつえ③【灌仏会】 浴佛會，浴佛節。

がんぶつそうし⑤【玩物喪志】 〔書經〕玩物喪志。

かんぶり⓪③【寒鰤】 寒鰤。

カンブリアき⑤【一紀】 寒武紀。

カンフル①【荷 kamfer】 精製樟腦。

かんぶん⓪【漢文】 古漢語，漢文。

かんぶんがく③【漢文学】 漢文學。

かんぺいしゃ⓪【官幣社】 官幣社。

かんぺき⓪【完璧】 完璧，完美無缺。「~

を期する」力求完美。

かんぺき◎【癇癖】　愛發脾氣，一觸即怒。「～が強い」太愛發脾氣。

がんぺき◎【岸壁】　岸壁，靠岸處，碼頭。

がんぺき◎【岩壁】　岩壁。

かんべつ◎【鑑別】スル　鑑別。

かんべに◎【寒紅】　寒紅。寒冬製造的胭脂。

かんべん①【勘弁】スル　寬恕，容忍。「彼の態度にはもう～でぎない」對他的態度再也無法容忍了。

かんべん◎【簡便】　簡便。「～に済ます」簡便地了結。

かんぼう◎【官房】　官房。

かんぼう◎【感冒】　感冒。

かんぼう◎【監房・檻房】　牢房，監房。

かんぼう①【官報】　官報。

かんぽう◎◎【漢方】　中醫，中醫學，中醫方。

かんぽう◎【艦砲】　艦炮。

がんぼう◎【願望】スル　願望。

かんぽうのまじわり◎【管鮑の交わり】　管鮑之交。

かんぼく◎◎【灌木】　灌木。↔喬木

かんぽん◎◎【刊本】　刊本，刊物。→写本・版本。

かんぽん◎【完本】　全本。全集等當中，沒有缺冊、整套齊全的書本。↔欠本・端本

かんぽん◎◎【官本】　官本。官廳發行的書本，官版的書。

がんぽん◎◎【元本】　①本金。②資本，資財。

ガンマ①【gamma；Γ・γ】　Γ、γ。希臘語字母表的第3字母，居α、β之後。

かんまいり◎【寒参り】スル　寒冬參拜。

かんまつ◎【巻末】　卷末。↔巻頭

かんまん◎【干満】　漲退潮。「～の差」潮水漲落差；漲退潮之差。

かんまん◎【緩慢】　緩慢。

ガンマン①【gunman】　槍手。

かんみ①【甘味】　甜味。「～料」甜味料；甘味劑。

かんみ①【鹹味】　鹹味。

がんみ◎◎【玩味・翫味】スル　①品味。②玩味。「熟読～する」熟讀玩味。

かんみん◎◎【官民】　官民。「～一体」官民一致。

かんみんぞく③【漢民族】　漢民族，漢族，漢人。

かんむり◎◎【冠】　①冠。戴在頭上表示地位、等級等的帽子。②字頭，字蓋。冠を曲げる　鬧情緒；不高興。

かんむりょう③【感無量】　無限感慨。「～の面持ち」無限感慨的表情。

かんめ◎【貫目】　重量，分量。

かんめい◎◎【官命】　官命，官方命令。

かんめい◎【感銘・肝銘】スル　感銘，銘感，銘心。「多大の～を受ける」深銘肺腑。

かんめい◎【漢名】　漢名。在中國的名稱，多就指動植物而言。→和名

かんめい◎【簡明】　簡明。簡單明瞭。

がんめい◎【頑迷・頑冥】（形動）　頑冥。頑固而不明事理。

かんめん◎【乾麺】　乾麵。

がんめん③【顔面】　顏面，臉部。

かんもうで③【寒詣で】スル　寒冬參拜。

かんもく◎【完黙】　完全沉默。

がんもく◎【眼目】　重點，關鍵，精彩處。「～をとらえる」抓住要點。

かんもち◎【寒餅】　寒糕。

がんもどき③【雁擬き】　炸豆腐丸子。

かんもん◎【喚問】スル　傳訊，傳喚，傳問。「証人を～する」傳喚證人。

かんもん◎【関門】　關口，難關。「入学試験の～を突破する」突破入學考試大關。

がんもん◎◎【願文】　禱文，祈禱書。

かんや①【寒夜】　寒夜。

かんやく◎【完訳】スル　全文翻譯，全譯。↔抄訳

かんやく◎【漢訳】スル　漢譯。

かんやく◎【簡約】スル　簡約，簡化。

がんやく◎【丸薬】　藥丸。

かんゆ◎【肝油】　魚肝油，肝油。

かんゆ◎【換喩】　換喩。

かんゆう◎【官有】　官有，國有。↔民有

かんゆう◎【勧誘】スル　勸誘，邀請，推

銷。

がんゆう⓪【含有】スル 含有，含。

かんよ①【関与】スル 干預，參與。「経営に〜する」參與經營。

かんよう⓪【肝要】 要緊，緊要。「〜な点」要點。

かんよう⓪【涵養】スル 涵養，修養。「德性を〜する」涵養德行。

かんよう⓪【寛容】 寬容。

かんよう⓪【慣用】スル 慣用。

かんようしょくぶつ⓪【観葉植物】 觀葉植物。

がんらい①【元来】（副） 原來，本來。

がんらいこう③【雁来紅】 雁來紅的別名。

かんらく⓪【陥落】スル 陷落。

かんらく⓪①【歓楽】 歡樂，尋歡作樂。「〜の巷（ちまた）」尋歡作樂的花街柳巷。

かんらくがい⓪【歓楽街】 娛樂街，歡樂街。

かんらん⓪【甘藍】 甘藍。

かんらん⓪【寒蘭】 寒蘭。

かんらん③⓪【橄欖】 橄欖。

かんらん⓪【観覧】スル 觀覽。「〜席」參觀席。

かんり①【官吏】 官吏。

かんり①【管理】スル 管轄，管理。「会社を〜する」管理公司。

かんり①【監理】スル 監理。「電波〜局」電波監理局。

がんり①【元利】 本利。本金與利息。

がんりき⓪①【眼力】 ①眼力。②視力。

がんりき⓪①【願力】 願力。

かんりつ⓪【官立】 官立。「国立」的舊說法。

かんりゃく⓪【簡略】 簡略，簡化，簡潔。

かんりゅう⓪【乾留・乾溜】スル 乾餾。→蒸留

かんりゅう⓪【貫流】スル 流經，貫流。

かんりゅう⓪【寒流】スル 寒流。↔暖流

かんりゅう⓪【還流】スル 回流，送回。「〜器」回流器。

かんりょう⓪【完了】スル 完了，完畢。「工事が〜する」工程結束。

かんりょう⓪【官僚】 官僚，高級官員，部長級官員。

かんりょう⓪【感量】 感量。秤、計量儀器做出反應所能衡量出的最低的量。

がんりょう③【含量】 含量。

がんりょう③【顔料】 顏料。

がんりょく①【眼力】 眼力。

かんりん⓪【翰林】 翰林。

かんるい⓪【感涙】 感動落淚。「〜にむせぶ」感激涕零。

かんれい⓪【寒冷】 寒冷。↔温暖。「〜地」寒冷地區。

かんれい⓪【慣例】 慣例。

かんれき⓪【還暦】 還曆，花甲。指61虛歲。

かんれん⓪【関連】スル 關連，關聯，聯繫。

かんろ⓪【甘露】 甘露。

かんろ①【寒露】 寒露。二十四節氣之一。

がんろう⓪【玩弄・翫弄】スル 玩弄。

かんろく⓪①【貫禄】 威嚴，派頭，氣勢，有身分。「〜がある」有威嚴。

かんわ⓪【官話】 官話。

かんわ⓪①【閑話】スル 閑話。

かんわ⓪①【漢和】 ①漢和。中國和日本。②漢和。中文與日文。③「漢和辞典」之略。

かんわ⓪【緩和】スル 緩和。「制限を〜する」放寬限制。

き◎【木・樹】 ①樹。②木頭，木料，木材。「～の箱」木箱。③柝。用於開場、終場信號等的梆子。「～が入る」柝聲響起。

き◎【生】 ①純。沒有加混合物的。「ウイスキーを～で飲む」純喝威士忌。②（接頭）①生。「～醬油」生醬油。「～糸」生絲。②純，純真。「～娘」純真的姑娘。「～真面目」一本正經。

き◎【黄】 黃。

き◎【気】 ①氣度，天性，性格。「～が小さい」度量狹小。②心，熱情，欲望。「～をそそる」勾起慾望。③心神，意念，神志。「～を失う」神志不清；喪失意識。④關照，關懷。「～がつく」注意到；意識到。⑤氣力，精力。「～が張る」緊張；精力集中。⑥心情。「～を悪くする」心情不好。⑦氛圍。「厳粛の～」嚴肅感；嚴肅的氣氛。⑧風味。「～の抜けたビール」走味的啤酒。⑨打算。「どうする～だ」打算怎麼辦？

き◎【奇】 奇，稀奇，珍奇，奇怪，離奇。「事実は小説より～なり」事實比小說更離奇。

き◎【季】 ①季節。②季語，季題。

き◎【紀】 〔period〕紀。地質時代的劃分單位。「石炭～」石炭紀。

き◎【軌】 轍，車轍。「～を一にする」（＝同じくする）如出一轍。

き◎【記】 記。「旅の～」旅行雜記。

き◎【基】 〔radical〕基。

き◎【期】 期。「少年～」少年期。「第3～」第3期。

き◎【機】 ①時機。「～が熟する」時機成熟。②飛機。「1番～」1號機。

き【貴】 （接尾）表示敬意的用語。「兄～」兄長。「伯父～」大爺；伯父。

ぎ【義】 義。

ぎ【儀】 ①儀式，典禮。「婚礼の～」婚禮儀式；婚禮。②事項，事情。「その～はご容赦ください」此事請原諒。

ギア◎【gear】 齒輪。「～を入れる」裝齒輪。

きあい◎【気合】 ①全神貫注（並伴有發聲）。「～をかける」吶喊鼓舞。②步調，呼吸。「～を計る」協調步調。「～が合わない」步調不一致；呼吸不協調。

ぎあく◎【偽悪】 偽惡。「～趣味」有故意裝壞的癖好。

きあけ◎◎【忌明け】 除服，服滿，除孝。

ギアシフト◎【gear shift】 換檔（桿），變速桿。

きあつ◎【気圧】 氣壓。

きあわ・せる◎【来合わせる】（動下一）巧遇。

きあん◎【起案】 スル 起草方案，草擬。

ぎあん◎【議案】 議案。

きい◎【奇異】 奇異，離奇，希奇，古怪。「～な感じ」奇異的感覺。

きい◎【貴意】 尊意。

キー◎【key】 ①鑰匙。②關鍵。「事情解決の～」解決事件的關鍵。③琴鍵，鍵盤。

キーステーション◎【key station】 主控台，中央台。

キーセン◎【妓生】 妓生。朝鮮的藝妓。

きいたふう◎【利いた風】 裝懂，自命不凡。「～な顔をする」做出裝懂的樣子。

きいちご◎【木苺】 懸鉤子。

きいつ◎【帰一】 スル 歸一。「一つの原因に～する」歸於一個原因。

きいっぽん◎【生一本】 ①純正，道地。「灘の～」純正道地的灘（兵庫縣大阪灣北岸的地區）產清酒。②直率，耿直，正直，直性子。「～な性格」耿直的性格。

きいと◎【生糸】 生絲。↔練り糸

キーノート◎【keynote】 ①主音基調。②主旨，基調。

キープ◎【keep】 スル ①確保。②控球。

キーポイント⓪【key point】 關鍵點。「問題解決の~」解決問題的關鍵點。

キーボード③【keyboard】 ①樂器鍵盤。②鍵盤樂器的總稱。③（電腦用於輸入的狀似打字機的）鍵盤。

キーホルダー⓪【key holder】 鑰匙圈。

キール①【keel】 （船的）龍骨。

きいろ⓪【黄色】 黄色。

キーワード⓪【key word】 關鍵字。

きいん⓪【気韻】 ①氣韻。「~にあふれる絵」富有氣韻的繪畫。②神韻。

きいん⓪【起因・基因】 スル 起因。

ぎいん⓪【議員】 議員。

ぎいん⓪【議院】 議院。

きう①【気宇】 氣宇，氣度。「~壮大」氣宇軒昂。

キウイ①【kiwi】 奇異鳥。

きうけ⓪【気受け】 人緣，名聲。「世間の~がよい」在社會上的人緣好。

きうつ⓪【気鬱】 憂鬱，心情鬱悶。

きうら⓪【木裏】 木裡，心材面。↔木表

きうん⓪【気運】 氣運，趨勢，氣勢。「賛成の~が高まる」贊成的趨勢增加。

きうん⓪【機運】 機運。「統一の~が熟する」統一的時機成熟。

きえ①【帰依】 スル 皈依。「仏道に~する」皈依佛教。

きえい⓪【気鋭】 銳意。「新進~の作家」新鋭作家。

きえい・る⓪【消え入る】（動五） ①消，消逝。「~・るような声」有氣無力的聲音。②昏迷。③噎氣。

きえう・せる⓪【消え失せる】（動下一）使消失，溜走。「とっとと~・せろ」趕快滾開！

きえぎえ⓪【消え消え】（副） 消失殆盡。「雪が~に残っている」雪消失殆盡。

きえつ⓪【喜悦】 スル 喜悅，欣喜。

きえのこ・る⓪【消え残る】（動五） 未完全消失。「昨日の雪が~・る」昨天的雪尚未完全融化。

き・える⓪【消える】（動下一） ①熄滅。「火が~・えた」火滅了。②消失，

消逝。「足音が~・えた」脚步聲消失了。③化，融化，破滅。「雪が~・える」雪化了。④消失。「音が~・える」聲音消失。「痛みが~・える」疼痛消失。⑤磨滅，消除，消失。「憎しみが~・える」憎惡感消除。

きえん⓪【気炎・気焔】 氣焰。「~をあげる」氣焰高張。

きえん⓪①【奇縁】 奇緣。「合縁~」投緣奇緣。

きえん⓪【機縁】 機緣，契機。

ぎえん⓪【義援・義捐】 スル 捐助，義捐。「~金」捐款。

きおい⓪①【気負い】 精神抖擻，奮勇。

きおう⓪【既往】 既往，以往。

きお・う⓪【気負う】（動五） 振奮，抖擻精神，催人奮進。「優勝をめざして大いに~・う」爲爭取優勝而振奮。

きおく⓪【記憶】 スル 記憶。

きおくれ⓪①【気後れ】 スル 畏縮，膽怯。

きおち⓪【気落ち】 スル 洩氣，沮喪，氣餒。「受験に失敗して~する」考試失敗十分沮喪。

きおも⓪【気重】 ①心情沉重，消沉。②行情停滯，交易清淡。

きおもて⓪【木表】 邊材面，木表。↔木裏

きおん⓪【気温】 氣溫。

きおん⓪【基音】 基音，基本音。

ぎおん⓪【擬音】 擬音，擬聲。

ぎおん⓪①【祇園】 祇園，祇園精舍。

きか①【机下・几下】 足下，座右。書信中使用的敬辭之一。

きか①【気化】 スル 汽化。

きか①【奇貨】 ①奇貨，珍品。②良機。

きか①【奇禍】 奇禍，橫禍。

きか②【帰化】 スル 歸化，入籍。

きか①【貴家】 府上，尊府。「~益々御清栄の段」祝府上愈愈康泰。

きか①【麾下】 麾下。「~の精鋭」麾下的精銳。

きか①【貴下】（代） 閣下，您。書信用法。「~の御健闘を祈る」希望您努力奮鬥。

きが①【起臥】 スル 起居。「~を共にする」

き

共同生活。

きが◎【飢餓・饑餓】　饑餓。「～感」饑餓感。

ぎが◎【戯画】　滑稽畫，戲畫。

ギガ【giga】（接頭）　吉，千兆。冠在單位前，表示 10^9 即 10 億倍的詞語。符號 G。

きかい₂【奇怪】　①奇怪。「～な事件」奇怪的事件。②豈有此理。「～千万」豈有此理。

きかい◎【棋界】　棋界。

きかい◎【貴会】　貴會。

きかい◎【機会】　機會。

きかい◎【機械・器械】　機器，機械。

きがい◎【気概】　氣概，氣魄。「～のある人物」有骨氣的人。

ぎかい◎【議会】　議會。

きがえ◎【着替え】ㇲㇽ　更衣，換衣服。

きか・える◎【着替える】（動下一）　換衣服，更衣。「着物を～・える」換上衣服。

きかがく₂【幾何学】〔geometry〕幾何學。

きがかり◎◎【気掛かり】　擔心，掛念，惦念。

きかく◎【企画】ㇲㇽ　企劃，策劃，規劃。

きかく◎【規格】　規格。

きかく【棋客】　棋客，棋手。

きがく◎【器楽】　器樂。↔声楽。「～曲」器樂曲。

ぎかく【擬革】　人造革，仿皮。

ぎがく◎【伎楽】　伎樂。

きかげき◎【喜歌劇】　喜歌劇。

きかざ・る◎【着飾る】（動五）　盛裝，打扮。

きか・す◎【利かす】（動五）　使發揮作用。「わさびを～・す」充分發揮出山葵的作用。「気を～・す」靈機一動。

きガス【希一】　稀有氣體。

きか・せる◎【利かせる】（動下一）　①使…充分有效。「甘味を～・せる」弄甜。②動腦筋。「気を～・せる」靈機一動。

きか・せる◎【聞かせる】（動下一）　①使…聽到，讓…聽。②講清，說清。「説

いて～・せる」向對方說清楚。③中聽，好聽。「彼の歌はなかなか～・せる」他的歌十分動聽。

きがた◎【木型】　①木模型，木型，木模板。②木模版，木楦，鞋楦，襪楦。

きかつ◎【飢渇・饑渇】ㇲㇽ　饑渴。

きがね◎【気兼ね】ㇲㇽ　多心，客氣，顧慮，拘束。「～のいらない人」毫無顧忌的人。

きかねつ◎【気化熱】　汽化熱。

きかへいきん₃【幾何平均】〔數〕幾何平均。↔算術平均

きがまえ◎◎【気構え】　①心理準備，決心，氣概。「万一の時の～を持つ」做好了應付任何突發事件的心理準備。②氣字頭。

きがる◎【気軽】（形動）　①不擺架子，爽快。「～に引き受ける」爽快地承擔下來。②輕鬆愉快，隨隨便便。「～旅行する」輕鬆愉快的旅行。

きがる・い◎【気軽い】（形）　融洽，舒暢，輕鬆愉快。

きかん◎【気管】　氣管。

きかん◎【汽缶・汽罐】　汽鍋，鍋爐。

きかん◎【奇観】　奇觀，奇景。「天下の～」天下奇觀。

きかん◎【季刊】　季刊。

きかん◎【軌間】　軌距。

きかん◎【既刊】　既刊，已出版。↔未刊

きかん◎【帰還】ㇲㇽ　歸還，歸來，回歸。「全員ぶじに基地に～した」全體安全返回基地。

きかん◎【帰館】ㇲㇽ　回館，歸館，回府。

きかん◎【帰艦】ㇲㇽ　歸艦。

きかん◎【基幹】　基幹，骨幹，主幹。

きかん◎◎【亀鑑】　龜鑑，榜樣。

きかん₂【期間】　期間。「有効～」有效期限。

きかん◎【旗艦】　旗艦。

きかん◎【器官】　器官。

きかん◎【機関】　①内燃機，蒸汽機，發動機，引擎。②機構。③〔organ〕機關。「執行～」執行機關。

きがん◎【祈願】ㇲㇽ　祈禱，祈願。

きがん◎【帰雁】　歸雁。

ぎかん◎【技官】　技術官員，技官。

ぎかん◎【技監】　技監。

ぎがん◎【義眼】　義眼，假眼。

きき◎【利き】　作用。「ブレーキの～がよくない」煞車不靈。

きき◎【危機】　危機。「～を救う」挽救危機。

きき◎【忌諱】スル　忌諱。「～に触れる」觸犯忌諱。

きき◎【記紀】　記紀。《古事記》與《日本書紀》。「～神話」記紀神話。

きき◎【鬼気】　陰氣，鬼氣，陰森之氣。「～人に迫る」陰氣逼人。

きき◎【毀棄】スル　毀棄。「～罪」毀棄罪。

きき◎【機器・器機】　機器，儀器，器材。「教育～」教學儀器。

きぎ◎【木木】　樹木，各種樹。

きぎ◎【機宜】　恰合時宜。「～を得る」可乘之機。

ぎぎ◎【疑義】　疑義。「～を抱く」質疑義；懷疑。

ぎぎ①【巍巍・魏魏】（トタル）　巍巍，巍峨，巍然。「～たる岩峰」巍峨的岩峰。

ききいっぱつ◎【危機一髪】　千鈞一髮。

ききうで◎【利き腕】　慣用手。

ききお・く◎①【聞き置く】（動五）　先聽聽，聽而置之，姑且聽聽。

ききおさめ◎【聞き納め】　就聽這一次。

ききおと・す◎【聞き落とす】（動五）　聽漏，漏聽。

ききおぼえ◎【聞き覚え】　①耳熟。「～のある声」耳熟的聲音。②聽會的。

ききおよ・ぶ◎【聞き及ぶ】（動五）　聽到，久仰。「事前にとうから～・んでいた」事前早有耳聞。

ききかいかい◎【奇奇怪怪】　奇奇怪怪。「～な出来事」奇奇怪怪的事件。

ききかえ・す◎【聞き返す】（動五）　①反覆聽。「録音を～・す」反覆聽錄音。②重問，再問，反覆問。「分からなかったら何遍でも～・すがよい」如果不明白可以反覆多問幾次。③反問。「君の意見は、と～・す」反問道：「你的意見呢?」

ききがき◎【聞き書き】スル　記錄，聽寫，

見聞錄。「民話の～」民間傳說集。

ききかじ・る◎【聞き齧る】（動五）　一知半解學會一點皮毛。

ききかんり③【危機管理】〔crisis management〕危機管理。

ききぐるし・い⑤【聞き苦しい】（形）　①難以聽懂，聽不清楚。「声が小さく～・い」聲小聽不清。②話不中聽，難聽。「～・い自慢話」讓人無法忍受的自吹自擂。③難聽，不好聽，不堪入耳。「～・い中傷」不堪入耳的中傷。

ききこみ◎【聞き込み】　①聽到。②探聽。

ききこ・む③【聞き込む】（動五）　聽到，探聽到。「犯人のところを～・む」偵察到犯人的住處。

ききざけ◎【利き酒】スル　品酒。

ききじょうず③◎【聞き上手】　會聽，善聽（者）。↔聞き下手た。「～の話しべた」會聽不會說。

きぎす◎【雉子】　雉子。雉雞的古名。

ききすご・す◎【聞き過ごす】（動五）　沒仔細聽，聽聽而已。

ききすて◎【聞き捨て】　置若罔聞。「親の注意は～にでない」不能把父母的話當耳邊風。

ききそこな・う◎【聞き損なう】（動五）　①誤聽，聽錯。「電話番号を～・う」聽錯電話號碼。②沒聽到。「朝の天気予報を～・う」沒聽到早晨的天氣預報。

ききだ・す③【聞き出す】（動五）　問出，刺探出。「秘密を～・す」刺探出秘密。

ききただ・す④【聞き糾す】（動五）　問清楚，打聽明白。「事件の真相を～・す」查清事件的真相。

ききちがい◎【聞き違い】　誤聽，聽錯。

ききちが・える◎【聞き違える】（動下一）　誤聽，聽錯。

ききつ・ける◎【聞き付ける】（動下一）　①聽到，瞭解到，打聽到，打探消息。「新聞記者が～・ける」新聞記者打探消息。②聽到，覺察到。「足音を～・けて犬がほえる」狗聽到腳步聲而叫。③聽慣。「愚痴は～・けている」聽慣了牢

き

騒話。

ききつた・える◎【聞き伝える】（動下一）　傳聞，風聞，間接聽到。「評判を～・える」間接聽到評價。

ききづら・い◎【聞き辛い】（形）　難聽，不好聽。

ききて◎【利き手】　慣用手。

ききて◎【聞き手・聴き手】　聽者，聽眾，聽方。↔話し手

ききとが・める◎【聞き咎める】（動下一）　聽後提醒，聽後追究，聽後指責，責問。

ききどころ◎【聞き所】　值得聽之處。「この曲の～」此曲中值得聽的地方。

ききとど・ける◎【聞き届ける】（動下一）　答應，應允，允許，批准。「願いを～・ける」答應請求。

ききと・る◎【聞き取る・聴き取る】（動五）　①聽清楚，聽懂。「どんなかすかな音でも～・る」不論多小的聲音都能聽見。②聽取，打聽。「関係者から事情を～・る」從有關人士那裡聽取情況。

ききなが・す◎【聞き流す】（動五）　馬耳東風，置若罔聞。「人から悪口を言われても～・す」別人怎麼說壞話我也充耳不聞。

ききにく・い◎【聞き難い】（形）　①難聽，不容易聽。「声が小さくて～・い」聲音太小聽不清楚。②難聽，不好聽，不容易聽。「悪口は～・い」壞話難聽。③不好意思問，難開口問。「気楽に～・い」不好坦然相問。

きぎぬ◎【生絹】　生坏綢，生絹。↔練絹 ねりぎぬ

ききほ・れる◎【聞き惚れる】（動下一）　聽得入迷，聽得出神。

ききみみ◎【聞き耳】　傾聽。「～を立てる」豎起耳朵傾聽。

ききめ◎【効き目】　見效，效驗，靈驗，效力。「～の早い薬」藥效快的藥。

ききもら・す◎【聞き漏らす】（動五）　漏聽，沒聽見。「肝心な点を～・す」把重要的地方漏聽了。

ききやく◎【聞き役】　聽的角色。「～にまわる」變成只聽別人講（而自己不開口）的人。

ききゃく◎【棄却】　スル　①棄而不納，否定，否決。「動議を～する」否決動議。②〔法〕駁回。→却下 きゃっか

ききゅう◎【危急】　危急。

ききゅう◎【気球】　氣球。

ききゅう◎【希求・冀求】　スル　冀求，希求，希冀。

ききゅう◎【帰休】　スル　回家休假，臨時停職。

ききょ◎①【起居】　スル　起居，作息。「～を共にする」共同生活；朝夕相處。

ぎきょ◎【義挙】　義舉。

ききょう◎【気胸】　氣胸。

ききょう◎【奇矯】　奇特，離奇古怪。「～な振る舞い」奇特的舉止。

ききょう◎【桔梗】　桔梗。

ききょう◎【帰京】　スル　回京，返京。

ききょう◎【帰郷】　スル　歸鄉，回鄉。

きぎょう◎①【企業】　企業。

きぎょう◎①【起業】　スル　創業。「～家」創業家。

きぎょう◎①【機業】　紡織業，機織業。「～家」紡織業者。

ぎきょう◎【義俠】　俠義，義俠。「～心」俠義心。

ぎきょうだい◎【義兄弟】　①結拜兄弟。②姻親兄弟。

ききょく◎①【危局】　危局。「～に直面する」面臨危局。

ぎきょく◎【戯曲】　劇本，戲曲。

ききわけ◎【聞き分け】　聽懂，聽明白，辨別。「～のよい子」懂事的孩子；聽話的孩子。

ききわ・ける◎【聞き分ける】（動下一）　①聽後分辨出，聽出來，聽明白。「清音と濁音を～・ける」聽出清音和濁音。②聽懂。「話のよしあしを～・ける」能聽出好壞話。

ききん【飢饉・饑饉】　①饑饉，饑荒。②災荒，缺乏。「水～」水荒。

ききん◎【基金】　基金。

ききん◎【寄金】　捐款。「政治～」政治獻金。

ぎきん◎①【義金】　捐款。

口）的人。

ききんぞく⓪【貴金属】 貴金屬。

きく②【菊】 菊，菊花。

きく①【危懼】 スル 危懼，畏懼。

きく①【起句】 首句，起句。

きく①【規矩】 規矩。→規矩準縄じゅんじょう

き・く⓪【利く】（動五） ①靈敏，好用。「気が～・く」機靈。「ブレーキが～・かないとあぶない」煞車不靈就危險了。②能幹，經得住。「無理が～・かない」不能勉強。「見晴らしが～・く」能眺望得很遠。

き・く⓪【効く】（動五） 有效，見效，起作用。「この薬は非常に～・く」此藥很有效。

き・く⓪【聞く】（動五） ①聽，聞。「せせらぎの音を～・く」聽到了小溪流的水聲。②聽從，答應。「言うことを～・かない子」不聽話的孩子。③問，打聽，詢問。「道を～・く」問路。④〔③④也寫作「訊く」〕反省，反躬。「自分の胸に～・く」反躬自省；捫心自問。⑤聞。「香を～・く」聞香味。⑥品嘗。「酒を～・く」品酒。

き・く⓪【聴く】（動五） 專心聽，留心聽。「音楽を～・く」專心聽音樂。

きぐ①【危惧】 スル 畏懼。

きぐ①【器具】 器具，用具。「家庭用の電気～」家用電氣用具。

きくいし②【菊石】 菊石。

きくいただき②【菊戴】 戴菊鳥。

きくいむし③【木食虫】 小蠹蟲，蛀木蟲。

きくいも⓪【菊芋】 菊芋，洋薑。

きぐう⓪【奇遇】 奇遇。

きぐう⓪【寄寓】 スル 寄居。

きくじゅんじょう①【規矩準縄】 規矩準繩，規矩繩墨。

きぐすり②【生薬】 生藥。

きく・する③【掬する】（動サ變） ①掬。②體諒。「～・すべき意見」應體諒的意見。

きくずれ⓪②【着崩れ】 スル 穿走樣。

きぐち⓪①【木口】 ①木質。②木材橫斷面。③木提把，提梁。

きくな⓪【菊菜】 茼蒿的別名。

きくにんぎょう③【菊人形】 菊花人偶。

きくのせっく⓪【菊の節句】 菊花節。重陽節。

きくばり②【気配り】 スル 用心周到，照顧，照料。

きくばん⓪【菊判】 菊版規格紙。

きくびより⓪【菊日和】 金秋晴日。

きぐみ①【木組み】 間柱結構，木材衍構。

きぐみ①【気組み】 心理準備，幹勁。

きぐらい②【気位】 派頭，氣質，氣度，風度。「～が高い」派頭大。

きくらげ②【木耳】 木耳。

きぐろう②【気苦労】 勞神，操心。「～が絶えない」老是操心；操心不已。

きくん①【貴君】 （代） 你。「～のためにお喜び申し上げます」給您道喜。

ぎくん⓪【義訓】 義訓。

ぎくん⓪【戯訓】 戯訓。

ぎぐん⓪【義軍】 義軍。

きけい⓪【奇形・畸形】 畸形。

きけい⓪【奇計】 巧計，奇計。

きけい⓪【奇警】 非常伶俐，言行超常。

きけい⓪【貴兄】 （代） 兄台，學長。

ぎけい⓪【偽計】 僞詐之計。

ぎけい⓪【義兄】 ①義兄，盟兄。結拜兄弟中的兄長。②義兄，堂兄，表兄，大伯，內兄，姐夫。

ぎげい①【伎芸】 技藝。歌舞、音樂等的演技。

ぎげい①【技芸】 技藝。與美術、工藝等藝術有關的技術。

きげき⓪【喜劇】 喜劇。

きけつ⓪【既決】 ①既決。「～事項」已決事項。②既決，已經判決。↔未決。「～囚」既決囚犯。

きけつ⓪【帰結】 スル 歸結，歸宿。「当然の結論に～する」歸結爲當然的結論。

ぎけつ⓪【議決】 スル 議決，表決，決議。「予算案を～する」會議決定預算草案。

きけん⓪【危険】 危險，風險。「～な仕事」危險的工作。

きけん⓪【貴顕】 顯貴。「～紳士」顯貴紳士。

き

きけん◎【棄権】スル 棄權。「選挙を～する」放棄選舉的權利。

きげん◎【紀元】 紀元。

きげん◎【起源・起原】 起源。「生命の～」生命的起源。

きげん◎【期限】 期限。「～が切れる」過期。

きげん◎【機嫌】 ①①情緒，心情。「～がよい」心情好。②（人的）安否，近況。「ご～を伺う」問候；問好；問安。②（形動）高興的，痛快的。（多用「御機嫌」的形式）「ずいぶんご～ですね」非常高興的樣子。

きこ◎【旗鼓】 ①旗鼓。軍旗和鼓。②旗鼓。（轉指）軍隊。

きこ◎【騎虎】 騎虎。「～の勢い」騎虎難下。

きご◎【季語】 季語，季節用語。

きご◎【綺語】〔佛〕綺語。巧言哄騙掩飾。「狂言～」狂言綺語。

ぎこ◎【擬古】 擬古，仿古。「～文」擬古文。

きこう◎【気孔】 氣孔。

きこう◎【気功】 氣功。

きこう◎【気候】 氣候。

きこう◎【奇行】 奇行。與衆不同的奇特行爲。

きこう◎【季候】 各季的氣候。

きこう◎【紀行】 紀行，遊記。

きこう◎【帰航】スル 返航。

きこう◎【帰港】スル 歸港，回港，返港。

きこう◎【起工】スル 開工，動工。「～式」開工典禮；開工儀式。

きこう◎【起稿】スル 起草，打草稿。↔脫稿

きこう◎【寄港・寄航】スル 停泊，停靠，停落，寄港，停泊港。

きこう◎【寄稿】スル 投稿，撰稿。「雑誌に～する」給雜誌投稿。

きこう◎【貴校】 貴校。

きこう◎【機甲】 機動裝甲。

きこう◎【機構】 結構。「流通～」流通機構。

きこう◎【貴公】（代）貴公，你。

きごう◎【記号】 符號。「論理～」邏輯

符號。「化学～」化學符號。

きごう◎【揮毫】スル 揮毫。（指用毛筆）寫字或作畫。

ぎこう◎【技工】 技工。「歯科～士」牙科技工。

ぎこう◎【技巧】 技巧。「～をこらす」講究技巧。

きこうし◎【貴公子】 貴公子。

きこうぼん◎【稀覯本】 稀覯本。罕見的珍稀本。

きこえ◎【聞こえ】 ①聽到，聽見。②口碑，名聲。「名医の～が高い」名醫的聲譽很高。③評論。「世間の～が悪い」社會上的風評不好。

きこ・える◎【聞こえる】（動下一） ①聽見，聽得到，能聽到。「音が～・える」聽見聲音。②聞名，出名。「世に～・えた名人」聞名於世的名人。③傳播，傳開。「悪いうわさが～・える」壞消息傳播開。④聽起來像。「皮肉に～・える」聽起來有諷刺的味道。

きこく◎【帰国】スル ①歸國，回國。「～の途につく」踏上歸國之途；起程回國。②回老家，返鄉，回鄉。

きこく◎【貴国】 貴國。

ぎごく◎【疑獄】 疑獄，難斷案件，重大賄賂案。「造船～」造船賄賂案。

きごこち◎【着心地】 穿著感。「～のよい服」穿起來很舒服的衣服。

きごころ◎【気心】 性情，脾氣。「～の分った友だちと旅行する」和知心朋友一起旅行。

きこしめ・す◎【聞こし召す】（動五）灌。喝酒的戲謔用語。「相当～・している」（不用於第一人稱）挺能灌的。

ぎこちな・い◎（形）〔也讀作「ぎごちない」〕僵硬，不靈活，不圓通。「～・い手つき」手的動作顯得很不靈活。

きこつ◎【気骨】 骨氣。「～のある人」有骨氣的人。

きこつ◎◎【奇骨】 奇骨。

きこな・す◎【着こなす】（動五）穿得合身，穿著得體。「和服をじょうずに～・す」穿著得體的和服。

ぎこぶん◎【擬古文】 擬古文。

きこ・む【着込む】（動五）①鄭重地穿。「新しい背広を～・む」穿著筆挺的新西裝。②多層次穿法，套穿。「寒いから～・んだほうがよい」天冷還是多穿些好。

きこり⓪【樵・樵夫】 樵夫，伐木人。

きこん⓪【気根】 氣生根，氣根。

きこん⓪【既婚】 已婚。「～者」已婚者。

きざ①②【気障】 裝腔作勢，矯揉造作。「～な奴」矯揉造作的傢伙。

きさい⓪【奇才】 奇才。「天下の～」天下奇才。

きさい⓪【既済】 ①已了結。②已清償，已償還。↔未済

きさい⓪【記載】スル 記載，填寫。「氏名を～の上捺印する」簽名後蓋章。

きさい⓪【起債】スル 發行債券。

きさい⓪【鬼才】 鬼才。

きさき⓪②【后・妃】 后，妃。「王様とお～様」國王與王后。

ぎざぎざ①⓪ 鋸齒狀，鋸條狀。「～のある葉」邊緣呈鋸齒狀的葉子。

きさく【奇策】 奇策。

ぎさく⓪【偽作】スル 偽作。

きざけ⓪【生酒】 原酒。

きさご⓪【細螺】 蝸螺。

きささげ⓪【木豇豆】 梓樹，黃花楸。

きざし⓪【兆し・萌】 兆，先兆，預兆，跡象。「病人に回復の～が見えてきた」病人開始出現好轉的兆頭。

きざ・す⓪②【兆す・萌す】（動五）①萌，萌發，發芽。「ポプラにはもう新芽が～・した」白楊樹已萌發出新芽。②預兆，萌生，起意。「春が～・す」春天將至。

きざっぽ・い⓪【気障っぽい】（形）矯揉造作，有些刺眼。「～・い身なり」有些刺眼的裝扮。

きざはし⓪③【階】 台階，階。「石の～」石階。

きさま⓪【貴様】（代）你，你這東西，你這小子。

きざみ⓪【刻み】 ①刻，刻紋。「材木に～を入れる」在木材上刻紋。②煙絲。「刻みタバコ」的略稱。③（接尾）每

…。「朝は5分～に電車がくる」早晨每5分鐘來一班電車。

きざ・む⓪【刻む】（動五）①切碎，切細。「肉を～・む」剁肉。②刻，刻紋。「文字を～・む」刻上文字。③雕刻。「仏像を～・む」刻佛像。④刻畫，刻上，刻出。「木に目じるしを～・んだ」在樹上刻上記號。⑤銘刻，牢記。「心に～・む」銘刻在心。⑥刻骨。「身を～・まれる思い」刻骨之感。

きさらぎ⓪【如月・衣更着・更衣】 如月。陰曆二月的別名。

きざわり⓪【気障り】 討厭，可憎。

きさん⓪【帰山】スル 歸山，回寺。

きさん⓪【帰参】スル ①回來，歸來。②再事舊主。「～がかなう」得以再事舊主。

きさん⓪【起算】スル 起算。「～日」起算日。

ぎさん⓪【蟻酸】 蟻酸，甲酸。

きさんじ⓪【気散じ】 ①解悶，散心，消遣。「～に散歩する」散步去散散心。②愉快，快活，心情輕鬆。

きし①【岸】 岸。

きし①【棋士】 棋士，棋手。

きし①【貴紙】 貴函，貴報。

きし①【貴誌】 貴刊。

きし①【旗幟】 旗幟。「～を鮮明にする」旗幟鮮明。

きし①【騎士】 騎士。

きじ⓪【雉・雉子】 雉雞。

きじ①【木地】 ①木材質地，材質，木材花紋。②漆器胎，木胎。

きじ①【素地・生地】 ①本來面目，本色，素質。「よっぱらって～が出る」醉酒後，現了原形。②素顏。③布料，衣料。④素坯。

きじ①【記事】 ①記事，消息。②記事，記實。

ぎし①【技師】 技師，技術員，工程師。

ぎし①【義士】 義士。

ぎし①【義子】 義子，義女，兒媳，女婿。

ぎし①【義姉】 ①義姐，嫂子，大姑子，大姨子。②義姐，盟姐，乾姐。

ぎし①【義肢】 義肢。

き

ぎし⓪【義歯】　假牙。

ぎし⓪【擬死】　擬死，假死。

ぎじ⓪【疑似・擬似】　疑似。「～コレラ」疑似霍亂。

ぎじ⓪【擬餌】　擬餌。

ぎじ⓪【議事】　議事。「～が始まる」開始審議。

きしかいせい⓪【起死回生】　起死回生。「～の策を講じる」採取起死回生的措施。「～の一打」起死回生的一擊。

ぎしき⓪【儀式】　儀式。「～を執り行う」舉行儀式。

きじく⓪【基軸】　基軸。

きじく⓪【機軸】　①方式，方法，方案。「新～を打ち出す」提出新方案。②活動的中心，事物的中心。

きしつ⓪【気質】　①氣質，性情，脾氣。「二人は～が合わない」兩個人性情不合。②〔心〕氣質。構成人的性格基礎的感情性反應的特徵。

きじつ⓪【期日】　期日，日期，期限。「～が来る」期限到了。

きしどう⓪【騎士道】　騎士道。「～精神」騎士精神。

ぎじどう⓪【議事堂】　議事堂。

きしな⓪【来しな】　來時。「～に立ち寄る」來時順便去一趟。

きじばと⓪⓪【雉鳩】　金背鳩。

きしべ⓪⓪【岸辺】　岸邊。

きし・む⓪【軋む】　（動五）　吱吱作響，吱吱嘎嘎響。「歩くと床が～・む」一走動地板就會吱吱嘎嘎響。

きしめ・く⓪【軋めく】　（動五）　吱嘎作響。「車輪が～・く」車輪吱嘎作響。

きしめん⓪⓪【棊子麺】　棋子麺。名古屋的有名特產。

きしもじん⓪【鬼子母神】　〔梵 Hārītī〕鬼子母神。

きしゃ⓪【汽車】　火車。

きしゃ⓪【帰社】　回公司。

きしゃ⓪⓪⓪【記者】　記者。「撮影～」攝影記者。

きしゃ⓪【喜捨】　スル　布施。「浄財を～する」喜捨淨財。

きしゃ⓪【貴社】　貴公司，貴社。

きしゃ⓪【騎射】　スル　騎射。

きしゃく⓪【希釈・稀釈】　スル　稀釋。

きじゃく⓪【着尺】　和服料。↔羽尺。「～地」和服衣料。

きしゃクラブ⓪【記者一】　記者俱樂部。

きしゅ⓪【奇手】　奇著，險招，奇招。

きしゅ⓪【鬼手】　致勝的一招，奇著。

きしゅ⓪【期首】　期首。規定的某期間的起首。↔期末

きしゅ⓪【旗手】　旗手。

きしゅ⓪【機首】　機首，機頭。

きしゅ⓪【機種】　機種。飛機的種類。

きしゅ⓪【騎手】　騎士。

きじゅ⓪【喜寿】　喜壽。虛歲的 77 歲。

ぎしゅ⓪【技手】　技術員。

ぎしゅ⓪【義手】　義手，假手。

きしゅう⓪【奇習】　奇習，奇俗。

きしゅう⓪【奇襲】　スル　奇襲，偷襲。「背後から～する」從背後偷襲。

きしゅう⓪【季秋】　①季秋。秋天之末，晚秋。②季秋。陰曆九月的別名。

きしゅう⓪【既習】　スル　已學，既習。「～の漢字」已學過的漢字。

きしゅう⓪【貴酬】　謹覆，復函。

きじゅう⓪【機銃】　機槍。「機関銃」的略稱。

きしゅく⓪【寄宿】　スル　寄宿。「～生」寄宿生。

きじゅつ⓪【奇術】　戲法，魔術。「～師」魔術師。

きじゅつ⓪【既述】　スル　已述，上述，既述。

きじゅつ⓪【記述】　スル　記述。「事件の経過を～する」記述事件的經過。

ぎじゅつ⓪【技術】　技術，手藝。「運転～」駕駛技術。

きしゅん⓪【季春】　①季春。春之末，暮春。②季春。陰曆三月的別名。

きじゅん⓪【帰順】　スル　歸順。

きじゅん⓪【基準】　基準。「採点の～」評分基準。「～線」基準線。

きしょ⓪【奇書】　奇書。

きしょ⓪【寄書】　スル　①寄信。②投稿。

きしょ⓪【希書・稀書】　珍本。

きしょ⓪【貴所】　①府上。②（代）您。

き

きしょ◎【貴書】　貴函，大札。

きじょ◎【鬼女】　①女鬼。②魔女。

きじょ◎【貴女】　①尊貴女人。②（代）您。

ぎしょ◎【偽書】　偽書，假信。

きしょう◎【気性】　天性，個性，秉性。「～があらい」脾氣暴躁。「進取の～」〔也寫作「気象」〕進取的個性。

きしょう◎【気象】　氣象。「～を観測」觀測氣象。

きしょう◎【希少・稀少】　稀少，稀罕。

きしょう◎【奇勝】　奇勝。

きしょう◎【記章】　紀念章，獎章。

きしょう◎【起床】　スル　起床。「午前5時に～する」上午5點起床。

きしょう◎【起請】　スル　起誓，誓約書，誓願書。

きじょう◎【机上】　桌上。

きじょう◎【気丈】　剛毅，剛強。「～な女性」剛強的女人。

きじょう◎【軌条】　軌條。

きじょう◎【機上】　機上。「～の人となる」坐上飛機的人。

きじょう◎【騎乗】　スル　騎馬，騎乘。

ぎしょう◎【偽称】　スル　偽稱，詐稱。「弁護士だと～する」偽稱律師；假冒律師。

ぎしょう◎【偽証】　スル　偽證。

ぎじょう◎【議定】　スル　議定。「国憲を～する」議定國家憲法。

ぎじょう◎【議場】　會場。

きしょうてんけつ◎【起承転結】　起承轉合。

ぎじょうへい◎【儀仗兵】　儀仗兵。

きじょうゆ◎【生醤油】　原味醬油，純醬油。

きしょく◎【気色】　①氣色，表情，神色，臉色。「～をうかがう」窺視臉色。②情緒，感覺。「～が悪い」心情不好。③氣色。「～がすぐれない」氣色不好。

きしょく◎【寄食】　スル　寄食，寄居。「友人の家に～する」寄居於友人家；吃住在朋友家。

きしょく◎【喜色】　喜色。「～満面」滿面喜色。

き・る◎【軋る】　（動五）　吱嘎作響。「紙の上を走るペンの～音」鋼筆劃紙的沙沙聲。

ぎじろく◎【議事録】　會議記錄。

きしん◎【帰心】　歸心。「～矢の如こし」歸心似箭。

きしん◎【寄進】　スル　進獻，捐獻，捐贈。

きしん◎【貴紳】　權貴士紳。

きじん◎◎【奇人・畸人】　奇人，怪人，畸人。

きじん◎◎【鬼神】　鬼神。「断じて行えば～もこれを避く」斷而敢行，鬼神避之。

きじん◎【貴人】　貴人。身分尊貴的人。

ぎしん◎【義心】　正義心。

ぎしん◎【疑心】　疑心。「～を抱く」懷有疑心。

ぎじん◎【義人】　義人，義士。

ぎじん◎【擬人】　擬人。

きす◎【鱚】　沙鮻。

キス◎【kiss】　スル　接吻，親嘴。

きず◎【傷・疵・瑕】　①傷。「～を受ける」受傷。②瑕疵，傷痕。「このリンゴは大分～がついた」這些蘋果大半都有毛病。③瑕疵，缺陷。「玉に～」白玉微瑕。④污點。「古い～をあばく」揭露往日短處。⑤傷，傷害。「心の～」內心的傷害。

きず◎【生酢】　原醋，高醋。

きずあと◎【傷痕】　傷痕，傷疤。「～が残る」留下傷疤。

きすい◎【汽水】　半鹹水。

きすい◎【既遂】　既遂。↔未遂

きずい◎【気随】　隨便，任性，無拘束。「～気まま」自由自在；我行我素。

きずい【奇瑞】　瑞兆。

きすう◎【奇数】　奇數。↔偶數

きすう◎【帰趨】　スル　趨勢。「勝敗の～」勝負的趨勢。

きすう◎【基数】　基數。

きず・く◎【築く】　（動五）　①修築，構築，修建。「堤防を～・く」築堤。②築，修築。「城を～・く」築城。③建立，奠定，構築，積累，確定，（逐漸）形成。「財産を～・く」攢下財產。

き

きずぐち⓪①【傷口】 ①傷口，創面。②傷疤。「昔の～に触れる」刺痛舊傷疤。③裂痕，分歧。「～が広がる」裂痕（分歧）擴大。

きずつ・く⓪【傷付く・疵付く】（動五）①負傷。「～・いた足」受傷的腳。②損壞，出毛病。「皿が～・いた」碟子有損傷了。③創傷。「心が～・く」精神受到創傷。

きずつ・ける⓪【傷付ける・疵付ける】（動下一）①弄傷。②弄壞。「柱を～・ける」弄壞柱子。③損害，詆毀，傷害。「プライドを～・ける」傷害自尊心。

きずな⓪①【絆・紲】 ①羈絆，情絲。「～を断ち切る」斬斷情絲。②羈絆，韁繩。

キスマーク⓪【㘞kiss+mark】 ①唇印。②吻痕。

きずもの⓪【傷物・疵物】 瑕疵品。

キスリング⓪【德 Kissling】 基斯林登山背包。

き・する⓪【帰する】（動サ變）①歸於，化為。「泡に～・する」化為泡影。②歸順，歸附。③歸罪於，歸因於。「罪を人に～・する」歸罪於他人。

き・する⓪【記する】（動サ變）①記，記錄。「ここに私の名前を～・する」在這裡寫下我的名字。②銘記。

き・する⓪【期する】（動サ變）①以…為期，定下期限。「年末を～・して論文を書く」以年底為期、完成論文。②約定，約好。「二人は再会を～・して別れた」兩人約定再會後分手了。③指望，期待。「きみに～・するところが大きい」對你寄予很大的希望。

ぎ・する⓪【擬する】（動サ變）①比擬，比作。「築山{つきやま}を富士に～・する」把假山比作富士山。②估計，擬定，虛擬。「作者に～・せられる」被擬定為作者。③比量，對準，瞄向。「銃を胸に～・する」把槍對準胸膛。

ぎ・する⓪【議する】（動サ變） 聚在一起商量意見，審議。

きせい⓪【気勢】 氣勢，聲勢。「～が上がる」有氣勢；氣勢磅礴。

きせい⓪【奇声】 怪聲，奇聲。「～を発する」發出怪聲。

きせい⓪【既成】 既成，已有，原有。「～事実」既成事實。

きせい⓪【既製】 做好，現成。「～の洋服」成衣。「～品」成品。

きせい⓪【寄生】スル 寄生。

きせい⓪【規正】スル 矯正，調整。

きせい⓪【規制】スル 規制，管制，禁令，控制，管制。「法律で～する」用法律限制。

きせい⓪【期成】 期成，期待成功（完成）。「～同盟」期成同盟。

きせい⓪①【棋聖】 棋聖。

ぎせい⓪【擬制】 〔法 fiction〕擬制。

ぎせい⓪【擬勢・儀勢】 虛張聲勢。「～を示す」虛張聲勢。

ぎせい⓪【擬製】スル 假造，仿造，仿製，造假。

ぎせい⓪【犠牲】 ①犧牲，代價。「多大の～を払う」付出很大的代價。②犧牲者，犧牲品。「戦禍の～となる」成為戰禍的犧牲者。③犧牲。祭神時上供的活物。

ぎせいご⓪【擬声語】 擬聲詞，形聲詞。→擬態語

きせき⓪【奇石】 奇石。

きせき⓪【奇跡・奇蹟】 奇蹟。「～の生還」奇蹟般的生還。

きせき⓪【軌跡】 ①車轍。②足跡，經歷。③〔數〕軌跡。

きせき⓪①【鬼籍】 鬼籍，生死簿。

きせき⓪②【輝石】 輝石。

ぎせき⓪【議席】 議席。

きせずして⓪【期せずして】（連語） 不期。「みんなの～意見が一致する」大家的意見不謀而合。

きせつ⓪【季節】 季節。「秋は一番よい～だ」秋天是最好的季節。

きせつ⓪【既設】 既設，已經設置。「～の施設」既設設施。

きぜつ⓪【気絶】スル 昏倒，昏厥。

ぎぜつ⓪【義絶】スル （恩斷）義絶，斷絶關係。

キセノン⓪【xenon】 氙。

き・せる⓪【着せる】（動下一）①給…穿上，裹上。「子供に着物を~せる」給孩子穿上衣服。②使擔負，使蒙受。「他人に罪を~・せる」嫁禍於人。

キセル⓪【khsier】①煙管，煙袋。②中間逃票乘車。

きぜわし・い⓪【気忙しい】（形）①慌張，忙亂。「年末になるとなんとなく~・くなる」到了年底，總覺得有點忙亂。②性急，急躁。

きせわた⓪【着せ綿・被せ綿】 藍菜，大花益母草。

きせん⓪【汽船】 輪船，汽船。

きせん⓪【貴賎】 貴賎。「職業に~なし」職業不分貴賎。

ぎぜん⓪【偽善】 偽善。「~者」偽善者；偽君子。

ぎぜん⓪【巍然】（ㇳﾙ）巍然。

きそ⓪【起訴】ㇲﾙ 起訴。「殺人罪で~する」以殺人罪起訴。

きそ⓪【基礎】 基礎。「~を固める」鞏固基礎。

きそう⓪【奇想】 奇想。

きそう⓪【起草】ㇲﾙ 起草，草擬。「草案を~する」起草草案。

きそう⓪【基層】 基層。

きそう⓪【帰巣】 歸巢。

きそ・う⓪【競う】（動五）競爭，競賽，比賽。「力を~・う」比力量。

きぞう⓪【寄贈】ㇲﾙ 捐贈，贈與。「藏書を図書館に~する」將藏書捐贈給圖書館。

ぎそう⓪【偽装】ㇲﾙ 偽裝，掩飾。

ぎそう⓪【艤装】ㇲﾙ 舾裝，安裝儀器設備。

ぎぞう⓪【偽造】ㇲﾙ 偽造，假造，造假。

ぎそうかん⓪【蟻走感】 蟻爬感。

きそく⓪【規則】 規則，規範。

きぞく⓪【帰属】ㇲﾙ 歸屬，歸於，屬於。

きぞく⓪【貴族】 貴族。「落ちぶれた~」沒落的貴族。

ぎそく⓪【義足】 義足，假腳。

ぎぞく⓪【義賊】 義賊。

きそこうじょ⓪【基礎控除】 基本免稅額，基本扣除額。

きそたいおん⓪【基礎体温】 基礎體溫。

きそたいしゃ⓪【基礎代謝】 基礎代謝。

きそつ⓪【既卒】 已畢業。「~者」已畢業生。

きそねんきん⓪【基礎年金】 基礎年金。

きそば⓪【生蕎麦】 純蕎麥麵條。

きそゆうよ⓪【起訴猶予】 免予起訴。

きそん⓪【既存】ㇲﾙ 已有，既有，現有，既存。「~の設備」現有設備。

きそん⓪【毀損】ㇲﾙ 毀損，毀壞，敗壞。「名誉を~する」敗壞名譽。

きた⓪【北】 北，北方。「仙台は東京の~にある」仙台在東京的北方。

ぎだ⓪【犠打】 犧牲打。

ギター①【guitar】 吉他。

きたい⓪【危殆】 危殆。危急的，非常危險。

きたい⓪【気体】 氣體。

きたい⓪【希代・稀代】 稀世，絕代。「~の悪人」稀世惡人。

きたい⓪【期待】ㇲﾙ 期待。

きたい⓪【機体】 機體。

きだい⓪【季題】 季題，季節語。

きだい①【貴台】（代）高台。尊台，閣下。書信用語。

ぎたい⓪【擬態】 擬態。

ぎだい⓪【議題】 議題。

きたえあ・げる⓪【鍛え上げる】（動下一） 鍛錬出來，煉成。「一人前の選手に~・げる」鍛錬成獨當一面的選手。

きた・える⓪【鍛える】（動下一）①鍛錬，錘煉。「鉄を~・える」鍛鐵。②鍛錬，磨煉。「からだを~・える」鍛錬身體。「意志を~・える」鍛錬意志。

きだおれ⓪⓪【着倒れ】 把家穿窮。講究穿著以致傾家蕩產。「京の~大阪の食い倒れ」京都人穿窮，大阪人吃窮。

きたかいきせん⓪【北回帰線】 北回歸線。

きたかぜ③④【北風】 北風。

きたきりすずめ⑤【着た切り雀】 只有身上一套衣服（的人）。

きたく⓪【帰宅】ㇲﾙ 回家。「5時に会社から~する」5點從公司回家。

き

きたく◎【寄託】スル 寄存，寄託。

きたく◎【貴宅】 貴宅，府上。

きたぐに◎【北国】 北國。

きたけ◎◎【着丈】 身長，衣服長度，和服長度。

きた・す◎◎【来す】（動五） 招來，引起，導致，招致，造成。「悪性インフレを～・す」引起悪性通貨膨脹。

きたつ◎【既達】 既達。

きだて◎【気立て】 性格，脾氣。「～がやさしい」性格溫柔。

きたな・い◎【汚い・穢い】（形） ①髒，骯髒。「～・い手」髒手。②粗野，粗俗，髒亂，不整潔。「机の上が～・い」桌子上髒亂。③下流，粗俗卑鄙。「～・い言葉」污言穢語；髒話。④吝嗇，小氣。「金に～・い」對錢財吝嗇。⑤骯髒。不光明正大，卑鄙無恥。「やり方が～・い」手段骯髒。

きたのかた◎【北の方】 正房夫人。

きたはんきゅう◎【北半球】 北半球。↔南半球

きたまくら◎【北枕】 ①北枕。頭朝北停靈。②北枕。頭朝北睡，一般忌諱此種睡法。

ぎだゆうぶし◎【義太夫節】 義太夫調。淨琉璃的流派之一。

ギタリスト◎【guitarist】 吉他手，吉他演奏家。

きた・る◎◎【来る】（動五） 來，到來。「冬過ぎて春～・る」冬去春來。

きたる◎【来る】（連體） （意表）即將來臨的一次，接著要來的一次，下次的。「水泳大会は～8月10日ときまった」游泳比賽大會定於即將到來的8月10日。↔去る

きたん◎【忌憚】 忌憚，顧忌，客氣。「～のない意見」毫無顧忌的意見。

きだん◎【気団】 氣團。

きだん◎【奇談】 奇談。

きだん◎【綺談】 綺談，趣談，趣話。

きち◎◎【吉】 吉，吉慶。↔凶

きち◎【危地】 危險境地，險境。「～を脱する」脱離險境。

きち◎【奇知・奇智】 奇智。

きち◎【既知】 既知，已知。

きち◎【基地】 基地。

きち◎【貴地】 貴寶地。

きち◎【機知・機智】 機智。「～に富む」富於機智。

きちがい◎【気違い・気狂い】 ①發瘋，瘋子，瘋人。②癡迷，狂熱，迷。「彼は野球～だ」他是個棒球迷。

きちく◎【鬼畜】 鬼畜。

きちじ◎【吉事】 吉事，喜事。↔凶事

きちじつ◎【吉日】 吉日。↔凶日。「～をえらんで縁談をすすめる」選個吉日去提親。

きちじょう◎【吉祥】 吉祥。吉利，吉兆。

きちすう◎【既知数】 已知數，已知量。

きちゃく◎【帰着】スル ①回到，歸來。②最終得出，結局是…，歸結於…。「～するところは同じだ」結論一致。

きちゃく◎【貴着】 送達貴處。書信中的用語。「～の節は」當您收到時。

きちゅう◎【忌中】 居喪期間。

きちょう◎【几帳】 几帳，幔帳。

きちょう◎【帰朝】スル 回國，歸國，歸朝。「～の途につく」踏上歸國的路前進。

きちょう◎【記帳】スル 記帳，登帳。

きちょう◎【基調】 ①〔音〕基調。②基調。作爲大趨勢上的行情或經濟形勢的基本動向。

きちょう◎【機長】 機長。

きちょう◎【貴重】（形動） 貴重，珍貴，寶貴。「～な経験」寶貴的經驗。

ぎちょう◎【議長】 ①主持人，司儀。②議長。

きちれい◎【吉例】 吉例。吉利的習慣，吉利的慣例，好的先例。

キチン◎【chitin】 甲殼質，幾丁質，角質。

きちんやど◎【木賃宿】 柴錢小旅店，自炊小客棧。租金便宜的簡易旅館。

きつ・い◎（形） ①緊，窄小。「くつが～・いので，足がいたい」鞋擠得腳痛。②累人，費力，苛刻，吃不消。「～・い仕事」吃不消的工作。③剛強，逞強。

「体が～・く弱っている」身體衰弱得很厲害。④強烈，厲害，吃不消。「～・い日ざし」強烈的陽光。⑤過火，過度。「冗談が～・い」玩笑開得過火。

きつえん⓪【喫煙】スル 吸煙，抽香煙。「～室」吸煙室。

きつおん⓪【吃音】 口吃，結巴。

きっかい【奇っ怪】 奇怪。「～千万」千奇百怪；奇怪萬千。「～な振る舞い」奇怪的舉止。

きづかい【気遣い】 ①掛念，牽掛，操心，惦念。「お～は無用に願います」請不必掛念。②擔心，害怕，懸念。「雨になる～はない」無需擔心下雨。

きづか・う【気遣う】（動五） 掛念，惦念，擔心。「友達安否を～・う」擔心朋友是否平安。

きっかけ⓪【切っ掛け】 起首，契機，時機，誘因，導致。「話の～が見つからない」不知從何說起。

きづかれ⓪④【気疲れ】スル 精神疲憊，勞心。

きづかわし・い④【気遣わしい】（形）擔心，不放心。「友の安否が～・い」朋友的安否令人擔心。

きっきゅうじょ【鞠躬如】（ｽﾙ） 鞠躬如儀。

きっきょう⓪①【吉凶】 吉凶。「～を占う」預卜吉凶。

きっきょう⓪【喫驚・吃驚】スル 吃驚。

きっきん⓪【喫緊】 吃緊。「～の問題」吃緊的問題。

キック①【kick】スル 踢（球）。

きづ・く②【気付く】（動五） ①注意到，意識到，發覺。「自分の誤りに～・く」意識到自己的錯誤。②清醒過來，甦醒過來。

ぎっくりごし⓪【ぎっくり腰】 閃到腰，扭到腰。

きつけ⓪【着付け】 穿出形，穿衣技巧，給（幫）…穿衣服。

きつけ⑤⓪【気付け】 ①使清醒，使振作。②興奮劑，甦醒藥。③使注意。

きづけ⓪【気付】 轉交。「田中様～山田様」田中先生轉交山田先生。

きっこう⓪【拮抗・頡頏】スル 拮抗，頡頏，對抗。「相～する勢力」相抗衡的勢力。

きっさ⓪【喫茶】 ①喝茶，飲茶。②茶館，咖啡館。

きっさき⓪④【切っ先】 ①刀鋒，鋒刃，刀刃。「刀の～が欠ける」刀不利了。②鋒芒，銳氣。「追及の～が鈍る」追究的鋒芒不銳利；不想再追究下去。

ぎっしゃ①【牛車】 牛車。

きっしん①【吉辰】 吉辰。

きっすい⓪【生っ粋】 純粹，道地。「～の江戸っ子」道地的東京人。

きっすい⓪【喫水・吃水】 吃水。

きっすいせん⓪【吃水線】 吃水線。

きっ・する⓪①【喫する】（動サ變） ①吃，喝。「茶を～・する」喝茶。②蒙受（不好的事情），遭受。「侵略者は惨敗を～・した」侵略者遭到慘敗。

きつぜん⓪【屹然】（ｯ） ①屹然。「～として天を突く」屹然衝天。②屹然。「～として動じない」屹然不動。

きっそう⓪【吉左右】 ①喜訊，喜報，佳音。「～を待つ」等候佳音。②音訊，資訊。「～が知りたい」希望得到訊息。

きっそう⓪【吉相】 吉相，福相。

きづち①【木槌】 木槌。

キッチュ①【德 Kitsch】 ①贋品，偽劣品。②挪用，挪用品。

ぎっちょ① 慣用左手，左撇子。

きっちょう⓪【吉兆】 吉兆，祥兆。↔凶兆

キッチン①【kitchen】 廚房。

きつつき②【啄木鳥】 啄木鳥。

きって⓪③【切手】 郵票。「郵便切手」之略。

きっと⓪（副） ①一定，必定，必然。「5 時には～帰ってくる」五點一定回來。②一定，務必。「～知らせてください」請你務必告訴我。③嚴峻，緊緊地。「～しかりつける」嚴加申斥。

キット①【kit】 成套配件，整套零件。

キッド①【kid】 小山羊皮。

きつね⓪【狐】 狐，狐狸。

きつねうどん④【狐饂飩】 油炸豆腐條加

蔥絲的烏龍麵。

きつねけん◎【狐拳】　狐拳。

きっぷ◎【切符】　①票。②券，票。購買或兌換特定物品所使用的紙片。「米～」米票。③入場券，比賽資格。

きっぷ◎【気っ風】　氣度，個性，氣魄。「～がいい」氣質好。

きっぽう◎【吉報】　吉報，喜信，喜訊，喜報，好消息。↔凶報

きづまり◎④【気詰まり】　發窘，放不開，不自在，受拘束。

きつもん◎【詰問】　スル　詰問。

きつりつ◎【屹立】　スル　屹立。

きて◎【来手】　來者，來的人。「嫁の～がない」沒人肯嫁他。

きてい◎【既定】　既定。「～の方針」既定方針。↔未定

きてい◎【規定】　スル　規定，界定。「～の時間通りに着く」準時到達。

きてい◎【規程】　規程。「不合理な～と制度を改める」改革不合理的規章制度。

きてい◎【旗亭】　旗亭。酒樓，飯館，亦指旅館。

ぎてい◎【義弟】　①小叔，內弟，妹夫，堂弟，表弟。②盟弟，義弟。結拜兄弟後當弟弟的人。↔義兄

きているい◎【奇蹄類】　奇蹄類。

きてき◎【汽笛】　汽笛。

きてれつ◎【奇天烈】　(形動)　非常奇怪，非常離奇。「奇妙～な服裝」奇裝異服。

きてん◎【起点】　起點。↔終点

きてん◎【基点】　基點，原點，零點。

きてん①【貴店】　貴店，貴寶號。

きてん【機転・気転】　機靈，機智。「～が利く」機靈；心眼快；興致大發。

きでん◎【貴殿】　(代)　閣下，台端，您。「～の御意見を伺いたく存じます」想聽聽您的意見。

ぎてん◎【疑点】　疑點。「～がのこる」留下疑點。

ぎてん◎①【儀典】　儀典。

きでんたい◎【紀伝体】　紀傳體。

きと①【企図】　スル　企圖。

きと①【帰途】　歸途。

きどあいらく①【喜怒哀楽】　喜怒哀樂。

きとう◎【季冬】　①冬末，晚冬。②季冬。陰曆十二月的別名。

きとう◎【祈禱】　スル　祈禱。

きとう◎【帰投】　スル　返航，回基地。

きとう◎【亀頭】　龜頭。

きどう◎【気道】　呼吸道。

きどう◎【軌道】　軌道。「～を修正する」修正軌道。

きどう◎【起動】　スル　起動，啓動。→転送

きどう◎【機動】　機動。「弾力性をもち、～性にとむ戦略戦術」靈活機動的戦略戦術。

きどうしゃ◎【気動車】　內燃引擎車。

きどうらく◎【着道楽】　講究穿戴，講究服飾。→食い道楽

ぎとぎと◎(副・形動)　スル　黏，黏糊糊。「油で手が～する」手被油弄得黏糊糊的。

きとく◎【奇特】　(形動)　令人欽佩，值得讚揚。「～な人」令人欽佩的人。

きとくけん◎【既得権】　既得權利。

きどごめん◎【木戸御免】　免費入場，自由進出。

キトサン◎【chitosan】　幾丁聚糖，聚葡萄胺糖。

きどせん◎【木戸銭】　門票錢，入門費。

きどり◎【気取り】　①裝腔作勢，擺架子，虛偽。「～のない人」沒有架子的人。②假裝。「英雄～」假裝英雄。「夫婦～」假裝夫婦。

きど・る◎【気取る】　(動五)　①裝腔作勢，裝模作樣。「～・って歩く」裝模作樣地走路。②假裝，硬充，冒充。「大人物を～・る」裝成大人物的樣子。

きどるいげんそ◎【希土類元素・稀土類元素】　〔rare earth elements〕稀土元素。

キナ◎【荷 kina】　金雞納皮。

きない◎【畿内】　畿內。

きない◎【機内】　機內。飛機的內部。

きなが◎【気長】　(形動)　從容不迫，耐心。「～に待つ」耐心等待。

きながし◎【着流し】　和服便裝。

きなくさ・い◎【きな臭い】　(形)　①焦

臭，糊味。②火藥味的。「国境が～・い」邊境有火藥味。③有些蹊蹺，總覺得怪怪的。「どことなく～・い話」總覺得有些蹊蹺的話。

きなぐさみ⓪【気慰み】 消遣，散心。

きなこ⓪⓪【黄な粉】 黄豆粉。「～餅」黄豆粉黏糕。

きなり⓪【生成り・生形】 本色紗，本色布。

きなん⓪【危難】 危難。「～に遭う」遭危難。

ギニー⓪【guinea】 幾尼。英國自 17 世紀後半期至 19 世紀初使用的金幣。

キニーネ⓪【荷 kinine】 金雞納，奎寧。

きにち⓪⓪【忌日】 忌日。

ギニョール⓪【法 guignol】 布袋戲。

きにん⓪【帰任】 ㇲㇽ 歸任，返任。

きぬ①【絹】 ①蠶絲。②絲織物，絲綢。

きぬいと⓪【絹糸】 蠶絲。

きぬおりもの④【絹織物】 絲織物，絲綢。

きぬかつぎ④【衣被】 衣被芋頭。

きぬけ⓪【気抜け】 ㇲㇽ 沮喪，氣餒，無精打采。

きぬごし⓪【絹漉し】 絹濾。用絹篩、絹袋等過濾。

きぬごしどうふ⓪【絹漉し豆腐】 絹濾豆腐，嫩豆腐。

きぬじ⓪【絹地】 絲綢面料。

きぬずれ⓪④【衣擦れ】 衣服摩擦，衣服摩擦聲。

きぬた⓪【砧】 砧，砧響聲。「～を打つ」搗布。

きぬばり③【絹針】 綢針。

きぬわた③【絹綿】 絲棉。

きね①【杵】 杵。

ギネスブック④【Guinness Book】 《金氏世界紀録》。

きねづか⓪⓪【杵柄】 杵柄。

きねん⓪【祈念】 ㇲㇽ 禱告，祈念。「平和を～する」禱告和平。

きねん⓪【紀年】 紀年。「西暦～」西曆紀年。「～法」紀年法。

きねん⓪【記念】 ㇲㇽ 紀念，留念。「～品」紀念品。「卒業の～に写真を取る」爲紀

念畢業而攝影。

ぎねん⓪【疑念】 疑念，存疑。「～を抱く」抱有疑念。

きのう①【昨日】 昨日，昨天。「～の新聞」昨天的報紙。

きのう①【気嚢】 氣囊。

きのう⓪【帰納】 ㇲㇽ 〔induction〕歸納。

きのう⓪【帰農】 ㇲㇽ 務農，返鄉務農。

きのう①【機能】 ㇲㇽ 機能，功能。「～を発揮する」發揮功能。「胃の～が衰える」胃功能衰退。

ぎのう①【技能】 技能。

きのえ⓪【甲】 甲。

きのこ①【茸・蕈】 蕈菇，蕈，菇。

きのじ⓪【喜の字】 77 歲。「～の祝い（＝喜寿）」77 歲誕辰（喜壽）。

きのと⓪【乙】 乙。

きのどく④⓪【気の毒】 ㇲㇽ ①憐憫，憐惜。「彼らは～なくらい収入が少ない」他們的收入少得可憐。②對不起，過意不去，於心不安。「雨の中を来てもらったのに、留守にしていて～なことをした」你冒雨趕來我卻不在家，真是過意不去。

きのぼり③【木登り】 爬樹，上樹。

キノホルム⓪【chinoform】 奇諾仿，喹碘仿。

きのみ①【木の実】 樹木果實。

きのみきのまま⓪⓪【着の身着の儘】 （連語） 就身上這身衣服。「～で焼け出される」因失火燒得只剩下身上穿的衣服了。

きのめ⓪【木の芽】 ①樹芽。初春。②花椒芽。

きのめあえ④【木の芽和え】 花椒芽白味噌拌涼菜。

きのやまい①【気の病】 積勞成疾，神經衰弱。

きのり⓪【気乗り】 ㇲㇽ 有意思，願意，起勁。「その話には～がしない」對那件事不感興趣。

きば①【牙】 犬牙，獠牙，虎牙，象牙。

きば①【木場】 木材場，木材堆置場。

きば①【騎馬】 騎馬。「～で行く」騎馬去。

き

きはい◎【気配】 景氣，苗頭，景況，氣氛。

きはい◎【跪拝】 スル 跪拜。

きばい◎【木灰】 木灰，草木灰。

きばえ◎【着映え】 穿上顯得漂亮。「～のしない着物」穿起來顯得不漂亮的和服。

きはく◎【気迫・気魄】 氣魄。「～がある」有氣魄。

きはく◎【希薄・稀薄】 ①稀薄。②不充實，缺乏。↔濃厚。「意欲が～だ」缺乏熱情。

きばく◎【起爆】 スル 起爆，引爆。「～装置」引爆裝置。

きばさみ◎【木鋏】 剪樹剪，樹剪。

きはずかし・い◎【気恥ずかしい】（形） 害羞。「～・い思いをする」感覺害羞。

きばせん◎【騎馬戦】 騎馬打仗，騎馬戰。

きはだ◎【木肌・木膚】 樹皮。

きはだ◎【黄肌】 黃鰭鮪。

きはだ◎【黄蘗】 黃蘗，黃柏。

きばたらき◎【気働き】 機靈，機智，機敏。

きはちじょう◎【黄八丈】 黃八丈花格綢，黃八丈綢。

きはつ◎【揮発】 スル 揮發。

きばつ◎【奇抜】 奇拔，新奇，奇特，奇異，離奇。「～な服装」奇裝異服。

きば・む◎【黄ばむ】（動五） 泛黃，發黃。

きばらい◎【既払い】 既付，已付。

きばらし◎◎【気晴らし】 スル 散心，消愁，解悶。「海岸の散歩はいい～になる」在海岸散步是很好的消遣。

きば・る◎【気張る】（動五） ①憋氣使勁，用力。②發奮。③出錢大方，肯花錢。「チップを～・る」慷慨地給小費。

きはん◎【帰帆】 スル 歸帆。

きはん◎◎【規範・軌範】 規範。「道德～」道德規範。

きはん◎◎【羈絆】 羈絆。「～を脱する」擺脫羈絆。

きばん◎【基盤】 根基，基盤，底板，底座。「～がしっかりしている」基礎牢固。

きはんせん◎【機帆船】 機動帆船。

きひ◎【忌避】 スル 忌避，迴避，逃避，躲避。「徴兵を～する」逃避徵兵。

きび◎【黍】 黍，黍子。

きび◎【気味】 心情，情緒，心緒。「いい～だ」活該。「～が悪い」令人不快。

きび◎【機微】 微妙處。「人生の～」人生的微妙處。

きび◎【驥尾】 驥尾。

きびき◎【忌引】 居喪，喪假。

きびし・い◎【厳しい】（形） ①嚴厲。「しつけが～・い」（對孩子）管教嚴格。②厲害，嚴酷，艱辛。「寒さが～・い」冷得厲害。③嚴肅，嚴峻，險峻。「～・い試練にたえる」經得起嚴峻的考驗。

きびす◎【踵】 踵，腳後跟。

きびだんご◎【黍団子・吉備団子】 ①黍丸子。②吉備團子。

きひつ◎【起筆】 スル 起筆。

ぎひつ◎【偽筆】 偽筆。

きびょう◎【奇病】 怪病，疑難雜症。

ぎひょう◎【戯評】 諷刺性評論，戲評。

きびょうし◎【黄表紙】 黃表紙。

きひん◎【気品】 高雅，典雅，文雅，品格，品位，氣度。「どことなく～がある」看上去很高雅。

きひん◎【気稟】 稟性。

きひん◎【貴賓】 貴賓。「～席」貴賓席。

きびん◎【機敏】 機敏，機靈，敏捷。「～に処理する」靈活處理。

きふ◎◎【寄付・寄附】 スル 捐助，捐贈。「音楽会の収入は赤十字社に～する」音樂會的收入捐給紅十字會。

きふ◎【棋譜】 棋譜。

きぶ◎【基部】 基部，底部。

ぎふ◎【義父】 義父，繼父，乾爹，公公，岳父。

ギブアップ⑤【give up】 スル 認輸，放棄，死心。

キブアンドテーク⑥【give-and-take】 互利，平等交換，互通有無。

きふう◎【気風】 風格，習氣，風氣，風尚。「農村に新しい～が現らわれた」農

村出現了新氣象。

きふう⓪⓪【棋風】 棋風。

きふく⓪【帰服】 スル 歸服，歸順。

きふく⓪【起伏】 スル 起伏，高低不平。「山脈が～している」山脈起伏。

きぶく⓪【忌服】 服喪。

きぶく・れる⓪【着脹れる】（動下一）穿得鼓脹。

きふじん⓪【貴婦人】 貴婦人。

ギプス①【德 Gips】 石膏繃帶。

ぎふぢょうちん③【岐阜提灯】 岐阜燈籠。

きぶつ⓪【木仏】 木佛。

きぶつ⓪【器物】 器物。器具類。

キブツ①【(希伯來) kibbutz】 基布茲。以色列的農村共同體。

ギフト①【gift】 贈物，贈品，禮品。「～チェック」（銀行發行的）饋贈用支票。

きぶとり⓪【着太り】 スル 穿上後顯得胖。「～する体つき」穿衣服顯得胖的體形。

きふる・す【着古す】（動五）穿舊。「父親の～・した服」父親穿舊的衣服。

きふワイン③【貴腐一】 貴腐白葡萄酒。

きぶん⓪【気分】 ①心境，心情，情緒。「～がよい」心情舒暢。②舒服，舒適（與否）。「～がすぐれない」心情不好。③氣氛，空氣。「会場が楽しい～にあふれている」會場裡充滿著歡樂的氣氛。④氣質，個性，脾氣。「～のよい男」氣質好的人。

きぶん⓪【奇聞】 奇聞。

ぎふん⓪【義憤】 義憤。「～を覚える」感到義憤。

ぎぶん⓪【戯文】 戲文。

きへい⓪【騎兵】 騎兵。

ぎへい⓪【義兵】 義軍，義兵。

きへき⓪【奇癖】 奇癖，怪癖。

きべん⓪【詭弁】 詭辯。「～を弄する」玩弄詭辯。

きぼ①【規模】 規模。「大～に進める」大規模地進行。

ぎぼ①【義母】 義母，繼母，岳母，婆

婆。

きほう⓪【気泡】 氣泡。

きほう⓪【既報】 所報，已報，既報。「～のとおり」正如所報。

きほう⓪【貴方】 貴處，尊府。

きぼう⓪【希望】 スル 希望，期望。「～に満ち前途」充滿希望的前途。

ぎほう⓪【技法】 技法。

ぎぼうし③【擬宝珠】 玉簪花。

きぼね⓪【気骨】 操心。

きぼり⓪【木彫り】 木刻，木雕。

きほん⓪【基本】 基本。

ぎまい⓪【義妹】 ①義妹，弟妹，小姑子，小姨子。②義妹，乾妹妹。結拜姐妹中當妹妹的女性。

きまえ⓪【気前】 大方，氣派，氣度，慷慨。「～がいい」慷慨；有氣派。

きまかせ③【気任せ】 任意，隨便，隨心所欲。「～な旅」隨便出遊。

きまぐれ⓪⓪【気紛れ】 看興頭，容易衝動，心情陰晴不定。「これは一時の～じゃない」這不是一時的心血來潮。

きまじめ②【生真面目】 一本正經。「～な顔をしている」裝著一本正經的樣子。

きまず・い⓪③【気まずい】（形）令人發窘，不融洽，有隔閡，不痛快，拘謹。「～思いで別れる」不歡而散。

きまつ⓪①【期末】 期末。↔期首。「～なので忙しい」因期末很忙。

きまって⓪【決まって】（副）肯定，經常。「～人のことをだめだめと言う」總是說別人不行。

きまま①【気儘】 任性，隨便，放縱，任意。

きまり⓪【決まり・極り】 ①終結，了結，結束。「～をつける」告一段落。②決定，規定。「～を破る」破壞規定，道理，規律，規範，規則。③常例，老套。「それは会社のお～だ」那是公司的老規矩。④礙於情面，難為情。「～が悪い」覺得不好意思。

きま・る⓪【決まる・極る】（動五）①定，決定。「住所が～・る」住處決定了。②固定。「～・った友達と遊ぶ」和

き

固定的朋友玩。③肯定，必然，當然。「薬は飲みにくいに～・っている」藥當然難吃。④必定會，一定會。「彼は成功に～・っている」他一定會成功。

ぎまん⓪【欺瞞】ㇲㇽ 欺瞞。「～に満ちた言動」充滿欺瞞的言行。

きみ⓪【君】 ①君。「万乗の～」萬乗之君。②君主，主公。「～に忠義を尽くす」為君盡忠。③君。接在人名、官名等後，多借助「の」、「が」連接，對其人表示敬意。「父～」父君。「師の～」師君。「源氏の～」源氏君。

きみ⓪【気味】 ①感觸，感受，情緒。「～が悪い」令人不悅；令人毛骨悚然。「いい～だ」活該！②有點…，稍微…。「風邪の～で会社を休んだ」有點感冒沒上班。

きみかげそう⓪【君影草】 君影草，草玉鈴。

きみがよ⓪【君が代】 ①《君之代》。現為日本國歌的歌。

きみじか⓪【気短】（形動）急躁，性急。↔気長。「～な人」性急的人。

きみず⓪【黄身酢】 蛋黃香醋。

きみつ⓪【気密】 氣密，密封，不透氣。

ギミック⓪【gimmick】 ①機關，把戲。②特技。

きみどり⓪【黄緑】 黃綠色。

きみょう⓪【奇妙】（形動）①奇妙。「～な風習」奇妙的風俗習慣。②奇妙，靈妙。「～によく効く薬」非常靈驗的藥。

きみわる・い【気味悪い】（形）令人不快，令人毛骨悚然。「～・い声」令人毛骨悚然的聲音。

きみん⓪【棄民】 棄民。

ぎみん⓪【義民】 義民。

ぎむ⓪【義務】 義務。↔権利

きむずかし・い【気難しい】（形）難以取悅，不好侍候。「～・い顔をしている」繃著臉。板著面孔。

きむすめ⓪【生娘】 童女，處女，純真女孩。

キムチ⓪〔韓語〕韓國泡菜。

ギムナジウム⓪【德 Gymnasium】 高級文科中學。

ギムレット⓪【gimlet】 琴蕾（雞尾酒）。

きめ⓪【決め・極め】 規矩，規約。「グループの～に従う」遵從集體的規矩。

きめ⓪【木目】 木紋。

きめい⓪【記名】ㇲㇽ 記名。→署名

きめい⓪【記銘】ㇲㇽ〔心〕銘印，銘記。

ぎめい⓪【偽名】 假名，冒名，化名。

きめこ・む【決め込む・極め込む】（動五）①認定，斷定，自以為是。「合格するものと～・んでいた」自認為一定能考上。②橫下心做，決心。「だんまりを～・む」決心保持沉默。

きめつ・ける⓪【決め付ける・極め付ける】（動下一）①片面認定，片面斷定。「証拠が充分でないのに、彼を犯人だと～・けるのは危険だ」在證據不足的情況下認定他是犯人，是很危險的。②申斥，指責，駁斥。「社員を頭から～・ける」不容分說地指責公司職員。

きめて⓪【決め手・極め手】 ①解決手段，決定性依據，真憑實據，致勝關鍵，決勝負招數。「指紋が犯人逮捕の～になった」指紋成了逮捕犯人的決定性證據。②決策者。

き・める【決める・極める】（動下一）①定，決定，規定。「出発の日をまだ～・めていない」出發的日期還沒定下來。②表態。「態度を～・めかねる」難以表態。③選定。「社長を誰に～・めるか」選定誰當社長呢？④認定，作主，打定主意。「彼がきっと来るものと～・めている」我認定他一定會來。⑤施招。「上手投げを～・める」施上手摔招數。

ぎめん⓪【鬼面】 鬼面，鬼臉。

きも⓪【肝】 ①肝，肝臟。②魄力，膽力，膽量。「～が太い」膽大。

きもいり⓪【肝煎り】 ①撮合，調解（人）。②肝煎。

きもすい⓪【肝吸い】 鰻魚肝湯。

きもだめし⓪【肝試し】 試膽量。

きもち⓪【気持ち】 ①心情，心緒，情緒，精神。「留学に行ってみたい～になる」想出國留學。②心境，舒服，舒

適，情緒，精神。「～のいい朝」舒適的早晨。③心情，心神，性情，性格。「～を新たにする」心情煥然一新。④小意思，心意。「ほんの～だけですが…」這僅僅是一點心意。⑤（用作副詞）一點點，稍微，略微。「～、席を詰めて下さい」請稍往裡面擠一擠！

きもの◎【着物】 ①衣物，衣服。「～を着る」穿衣服。②（相對於西服而言）和服，尤指長和服。

きもん◎【奇問】 奇問。「珍問～」怪問；奇問；離譜奇問。

きもん◎【鬼門】 鬼門。

きもん◎【旗門】 旗門。

ぎもん◎【疑問】 ①疑問。「彼の行動には～の点が多い」他的行動有很多可疑的地方。②疑問。「長い間の～がやっと解けた」長時間的疑問終於明白了。

きやく◎【規約】 規約，協約，常規，約定。「～に従う」遵守章程。

きゃく◎【客】 ①客，客人。「～をもてなす」招待客人。②旅客，客戶。

きゃく◎【脚】 （接尾）件，個，把。「椅子5～」椅子5把。

ぎやく◎【偽薬・擬薬】 安慰劑。

ぎゃく◎【逆】 逆，反，顛倒。「～に言えば」反過來說。

ギャグ◎【gag】 噱頭。「～で笑わせる」用噱頭使人笑。

きゃくあし◎【客足】 叫座情況，入座情況，客流量。

きゃくあしらい◎【客あしらい】 待客。

きゃくあつかい◎【客扱い】 スル 接待客人，待客方法。

きゃくいん◎【客員】 客座，客席，準成員。「～教授」客座教授。↔正員

きゃくいん◎【脚韻】 韻腳。「～を踏む」押韻。→頭韻

きゃくうけ◎【客受け】 スル 顧客的評價，受顧客歡迎。「～がいい」受顧客歡迎。

ぎゃくうん◎【逆運】 背運，逆境。

きゃくえん◎【客演】 スル 客串。

ぎゃくえん◎【逆縁】 〔佛〕逆緣。↔順緣。

きゃくご◎【客語】 賓語。

ぎゃくこうか◎【逆効果】 反效果，反效應。

ぎゃくこうせん◎【逆光線】 逆光線。

ぎゃくコース◎【逆—】 ①逆行線，逆行路線。②回頭路，倒行。

ぎゃくさつ◎【虐殺】 スル 屠殺，虐殺。

ぎゃくざや◎【逆鞘】 ①逆差。②價格失調。↔順鞘

ぎゃくさん◎【逆算】 スル 逆算，倒算。

きゃくしつ◎【客室】 ①客廳，接待室。②客房，客艙。

きゃくしゃ◎【客車】 客車。

ぎゃくしゅう◎【逆襲】 スル 反攻，反擊，還擊。「～をはばむ」阻止反擊。

ぎゃくじょう◎【逆上】 スル 氣得發昏，勃然大怒，大為惱火。「すっかり～してしまう」徹底地衝昏了頭腦。

きゃくしょうばい◎【客商売】 服務業。

きゃくしょく◎【脚色】 スル ①改編劇本，寫腳本。「伝説を芝居に～する」把傳說改編成戲劇。②渲染，文學描寫。

きゃくじん◎【客人】 客人。

ぎゃくしん◎【逆心】 叛逆心，叛意。

ぎゃくしん◎【逆臣】 逆臣。

ぎゃくシングル◎【逆—】 異側單手接球。

ぎゃくすう◎【逆数】 〔數〕倒數。

きゃくずき◎【客好き】 ①好客。②受客人喜歡。「～のする店」客人喜歡的店鋪。

きゃくすじ◎【客筋】 ①顧客類型。②顧客，主顧，客戶。

ぎゃくせい◎【虐政】 虐政。

ぎゃくせいせっけん◎【逆性石鹸】 陽性肥皂。

きゃくせき◎【客席】 客席，觀覽席，觀眾席，客人坐席。

ぎゃくせつ◎【逆接】 逆接。↔順接

ぎゃくせつ◎【逆説】 〔paradox〕①反論。②〔論〕悖論。

きゃくせん◎【客船】 客船，客輪。

きゃくぜん◎【客膳】 客飯，客膳。

ぎゃくせんでん◎【逆宣伝】 スル 反宣傳。

きゃくせんび◎【脚線美】 腿部曲線美。

きゃくそう◎【客層】 顧客層次。

き

ぎゃくぞく◎【逆賊】　逆賊，反賊。

きゃくたい◎【客体】　客體。

ぎゃくたい◎【虐待】スル　虐待。「精神的な~に堪えかねる」不堪精神上的虐待。

きゃくだね◎【客種】　顧客種類，顧客類型。

ぎゃくたんち◎【逆探知】スル　逆探測，反追蹤。

きゃくちゅう◎【脚注・脚註】　注脚。←頭注

ぎゃくて◎③【逆手】　①反扭胳臂。「~をとる」反扭對方胳臂。②回擊，將計就計。「~を使う」將計就計。←順手。③反手（握槓）。

ぎゃくてん◎【逆転】スル　逆轉，倒轉。「ハンドルを~する」反轉方向盤。

きゃくど◎【客土】　客土。為改良土壤，從別處大量運入性質不同的土。

ぎゃくと◎【逆徒】　逆徒，叛徒。

きゃくどめ◎【客止め】スル　客滿，謝絕入場。

きゃくひき◎【客引き】スル　拉客，攬客，攬客者。

きゃくぶ◎【脚部】　腿部。

ぎゃくふう◎③【逆風】　逆風。←順風

きゃくぶん◎【客分】　以客相待，客人身分。

きゃくほん◎【脚本】　脚本。「~家」劇作家。

きゃくま◎【客間】　客廳。

きゃくまち◎◎【客待ち】スル　等客，候客。

ぎゃくモーション③【逆─】　反向動作。

ぎゃくもどり◎◎【逆戻り】スル　返回，歸返。

ぎゃくゆにゅう◎【逆輸入】スル　再輸入，再進口。

ぎゃくよう◎【逆用】スル　反過來利用。

きゃくよせ◎【客寄せ】　招攬客人。「~の福引き」招攬客人的抽獎。

ぎゃくりゅう◎【逆流】スル　逆流，倒流，回流。

きゃくりょく◎◎【脚力】　脚力。

ギャザー①【gather】　褶襞，皺褶。「~・スカート」百褶裙。

きゃしゃ①【華奢・花車】　①苗條，窈窕，別致。「~な女」苗條的女人。②不結實，纖弱。「こんな~な机では、すぐこわれるぞ」這麼不結實的桌子，很快就會壞掉的。

きやす・い③【気安い】（形）　不必客氣，沒顧慮，不拘束。「彼と一緒にいると~・く感じる」跟他在一起覺得不拘束。

キャスター①【caster】　①萬向輪，脚輪。②新聞播報員。

キャスト①【cast】　①分派角色。「ミス・~」錯派角色。②鑄型，鑄件。

きやすめ◎③【気休め】　暫時安心，一時安慰。只是當時感到寬慰的話、想法、行為。

きやせ◎【着痩せ】スル　穿上衣服反顯瘦。←着太り

キャセロール③【法 casserole】　西餐蒸鍋。

きゃたつ◎【脚立・脚榻】　高凳，架梯，梯凳。

キャタピラ①【caterpillar】　履帶。

きゃつ◎【彼奴】（代）　那個傢伙，那小子。

きゃっか①【却下】スル　駁回。→棄却

きゃっかん◎【客観】〔object〕客觀。←主観

ぎゃっきょう◎【逆境】　逆境。←順境。「~にある」身處逆境。

きゃっこう◎【脚光】　脚燈。

ぎゃっこう◎【逆光】　逆光。←順光

ぎゃっこう◎【逆行】スル　逆行。←順行。「時代の流れに~する」逆時代潮流而動。

キャッシュ①【cash】　現金，現款。「~で払う」現金支付。

キャッシュオンデリバリ①【cash on delivery】　交貨付款，貨到付款。

キャッシュカード④【⑧cash+card】　現金卡，提款卡。

キャッシュディスペンサー⑥【cash dispenser】　自動付款機，自動提款機。

キャッシュバック④【cash back】　現金回

キャッシュフロー⑤【cash flow】　現金流量。

キャッシュメモリー④【cache memory】　快取記憶體。

キャッシュレス⓪【cashless】　無現金，不使用現款。

キャッシング⓪【cashing】　（貸款）現金化。

キャッチ①【catch】ㇲㇽ　①捕捉。②接球，捕接球。③〔「キャッチャー」的轉換音〕捕手。

キャッチセールス⑤【⑥ catch+sales】　兜售。

キャッチフレーズ⑤【catch phrase】　宣傳標語，廣告詞。

キャッチャー①【catcher】　①（棒球中的）捕手。②捕，抓。「バード-～」捕鳥。

キャッツアイ④【cat's-eye】　①貓眼石。②（貓眼）路面反光標誌。

キャップ①　〔源自 captain〕首領，頭頭。

キャップ①【cap】　①無簷帽。②筆蓋，筆套。

ギャップ①【gap】　①空隙，間隙。②分歧，差異。「～を埋める」消除分歧。

きゃつら①【彼奴等】（代）　這些傢伙，那些傢伙。

キャディー①【caddie】　球童，桿弟。

キャパシティー③【capacity】　①能力，接受能力，才幹。②容量，容積。

ギャバジン⓪【gabardine】　軋別丁。布料名。

キャバレー⓪【法 cabaret】　夜總會。

きゃはん【脚絆・脚半】　綁腿。

キャビア①【caviar】　魚子醬。

キャピタリズム④【capitalism】　資本主義。

キャピタル①【capital】　①首字母，大寫字母。②首府，首都。③資本。④（建築中的）柱頭。

キャピタルレター⑤【capital letter】　①（西文的）大寫鉛字。②（西文中）首字，大寫字母。

キャビネ⓪【法 cabinet】　六英寸版。

キャビネット①【cabinet】　①機殼，殼體。②裝飾架，陳列架。③書櫃，櫥櫃。

キャビン①【cabin】　①船艙，客艙。②機艙。

キャプション①【caption】　①標題。②字幕。

キャプテン①【captain】　①隊長。②船長，艦長。③機長。

キャブレター③【carburetor】　汽化器。

ギヤマン⓪【荷 diamant】　①金剛石。②玻璃或玻璃製品的古稱。

キャミソール③【camisole】　婦女貼身背心，吊帶貼身衣。

きゃら①【伽羅】　沉香，伽南香，奇南香。

キャラウェー⓪【caraway】　葛縷子，藏茴香。

ギャラクシー④【galaxy】　天河，銀河。

キャラクター①【character】　①性格，人格，本色。②角色。③文字，符號。

キャラコ②①【calico】　平（紋）布。

キャラバン①【caravan】　①沙漠商隊。②遠征隊，旅行（團）。「～を組む」結成旅行團。③巡迴促銷。

きゃらぶき⓪【伽羅蕗】　煮款冬莖。

キャラメル⓪【caramel】　牛奶糖，太妃糖。

ギャラリー①【gallery】　①回廊，長廊。②畫廊。③看臺。高爾夫、網球等的觀眾席。

ギャランティー②【guarantee】　演出費，保證金。

きやり⓪①【木遣り】　集體運木。

キャリア①【career】　①經歷，經驗。「～がある」有經驗。②專門職業。「～-ウーマン」職業婦女。③菁英公務員。對通過國家公務員最高級考試，並在日本中央官廳就職者的俗稱。「～組」公務員菁英組。

キャリー①【carry】　球程。高爾夫球運動中，球的飛行距離。

キャリブレーション④【calibration】　校準，校定。

ギャル①【gal】　少女，女孩。

き

ギャルソン⓪【法 garçon】 服務生。指飯店、餐館等的侍者。

キャロット⓪【carrot】 胡蘿蔔。

ギャロップ⓪【gallop】 奔馳,疾馳,策馬飛奔。

キャロル⓪【carol】 （聖誕）頌歌。「クリスマス-～」聖誕頌歌。

ギャング⓪【gang】 幫派,暴力集團。

キャンセル⓪【cancel】スル 解約,註銷,取消,退。「航空券を～する」取消機票;退機票。

キャンデー⓪【candy】 ①糖果。②冰棒。「アイス-キャンデー」之略。

キャンドル⓪【candle】 蠟燭。

キャンドルサービス⑥〔源自 candle light service〕燭光服務,燃喜燭。在結婚喜宴上,新郎新娘轉著圈把招待客人桌子上的蠟燭點燃。

キャンバス⓪【canvas】 ①帆布,畫布。②帆布墊包。

キャンパス⓪【campus】 校園,學校場地。

キャンピング⓪【camping】 露營,野營。

キャンプ⓪【camp】スル ①露營。②軍營,兵營。③集訓營地。「～入り」進入集訓營地。④收容所。「難民～」難民營。

ギャンブラー⓪【gambler】 賭徒,賭棍,賭博者。

ギャンブル⓪【gamble】 博彩,賭博,投機。

キャンペーン⓪【campaign】 宣傳運動,宣傳活動。「～を張る」展開宣傳活動。

キュイジーヌ⓪【法 cuisine】 烹飪,菜肴,料理。「ヌーベル～」原味菜肴。

きゆう⓪【杞憂】スル 杞人之憂。

きゅう⓪【九】 九。

きゅう⓪【旧】 ①舊,陳舊。②過去,以前,原來。「～に復する」復舊。③「旧暦」之略。↔新。「～の正月」舊（農）曆正月。

きゅう⓪【灸】 灸,灸術。

きゅう⓪【級】 ①①級,年級。②級。在圍棋、將棋、柔道、劍道等運動中,到段之前的技藝的等級。②（接尾）①級。

「一～建築士」一級建築師。②級。水平。「プロ～の腕前」專業級的本領。

きゅう⓪【宮】 宮,宮殿。

きゅう⓪【球】 ①球。②〔數〕球,球形,球體。

きゅう⓪【急】 ①（形動）①急。「この川は流れが～だ」這條河流很急。②急劇,唐突,忽然,一下子。「温度が～に下がった」溫度突然下降。③緊急,急迫。「～な用事で、何も用意していなかった」因為事情太急,沒有任何準備。④急,陡。「～な坂」急坡;陡坡。⑤急。（催逼之勢等）嚴厲。「催促が～だ」催促得急。②①著急,急迫。「～を要する」需要趕快。②危急,緊急。「～を告げる」告急。

キュー①【cue;Q】 Q 暗號。換場暗號。「～を出す」發出Q暗號。

ぎゆう①【義勇】 義勇。

ぎゅう①【牛】 ①牛。②牛肉。

きゅうあい⓪【求愛】スル 求愛。

きゅうあく①⓪【旧悪】 舊惡,舊時罪惡,往昔惡行。「人の～をあげく」揭發別人往日惡行。

キューアンドエー⑥【Q&A】 問答。

きゅうい⓪【球威】 投球威力。

きゅういん⓪【吸引】スル ①吸,吸進。「このポンプの～力がつよい」這台抽水機的吸力很大。②吸引。

きゅういん⓪【吸飲】スル 吸食。「阿片を～する」吸鴉片;抽大煙。

ぎゅういんばしょく⓪【牛飲馬食】スル 暴飲暴食。

きゅうえん⓪【旧怨】 舊怨,宿怨。

きゅうえん⓪【旧縁】 舊交。

きゅうえん⓪【休園】 休園,休園日。

きゅうえん⓪【休演】スル 停演。

きゅうえん⓪【求縁】スル 求婚,求偶,徵婚。

きゅうえん⓪【救援】スル ①救援。「～物資」救援物資。②救援投手。

きゅうおん⓪【旧恩】 舊恩。

きゅうおん⓪【吸音】スル 吸音。→防音。「～材」吸音材料。

きゅうか⓪【旧家】 世家,望族。

きゅうか◎【休暇】 休假。

きゅうかい◎【旧懐】 懷舊。「～の情」懷舊之情。

きゅうかい◎【休会】 スル 休會。

きゅうかく◎◎【嗅覚】 嗅覺。

きゅうがく◎【休学】 スル 休學。

きゅうかざん◎【休火山】 休火山。→活火山・死火山

きゅうかつ◎【久闊】 久違，久別。

きゅうかなづかい◎【旧仮名遣い】 舊假名用法。

きゅうかぶ◎【旧株】 舊股，老股。↔新株

ぎゅうかわ◎【牛革】 牛皮，牛皮革。

きゅうかん◎【旧館】 舊館。↔新館

きゅうかん◎【休刊】 スル 休刊。

きゅうかん◎【休館】 スル 休館。

きゅうかん◎【急患】 急診病人。

きゅうかんちょう◎【九官鳥】 九官鳥。

きゅうかんび◎【休肝日】 肝休日。俗指好酒的人當天停止飲酒的日子。

きゅうき◎【吸気】 吸氣。↔排気

きゅうぎ◎【球技】 球技，球類比賽，球類運動。

きゅうぎ◎【球戯】 ①玩球遊戲，玩球。②撞球，打撞球。

きゅうきゅう◎【救急】 急救，搶救。「～病院」急救醫院。

きゅうきゅう◎◎【汲汲】（タル） 汲汲。

きゅうきゅうきゅうめいし◎【救急救命士】 急救士，急救救命士。

きゅうきゅうしゃ◎【救急車】 救護車。

きゅうぎゅうのいちもう◎【九牛の一毛】（連語） 九牛一毛。

きゅうきょ◎【旧居】 故居。↔新居

きゅうきょ◎【急遽】（副） 急遽，匆忙，急促，急速。「～帰国した」匆忙回國。

きゅうきょう◎【旧教】 舊教。

きゅうきょう◎【究竟】 スル 究竟，結局，最終，根本。「～の目的」最終的目的。

きゅうきょう◎【窮境】 窘境，困境。「～に陥る」陷入困境。

きゅうぎょう◎【休業】 スル 停工，停業，歇業，停課，休業。

きゅうきょく◎【究極・窮極】 スル ①最終，終極。「～の目的」最終目的。②最終，結局，究竟，窮極，窮追。

きゅうけい◎【弓形】 弓形。

きゅうけい◎【休憩】 スル 休憩，小憩。

きゅうけい◎【求刑】 スル 求刑。

きゅうけい◎【宮刑】 宮刑。

きゅうけい◎【球形】 球形。

きゅうけい◎【球茎】 球莖。

きゅうげき◎【旧劇】 舊劇。

きゅうげき◎【急激】（形動） 急劇。

きゅうけつ◎【給血】 スル 供血。「友人に～を要求する」要求給朋友輸血。

きゅうけつき◎【吸血鬼】 吸血鬼。

きゅうご◎【救護】 スル 救護。「～班」救護隊；救護小組。

ぎゅうご◎【牛後】 牛後。→鶏口

きゅうこう◎【旧交】 舊交，舊誼，老交情。「～を温める」重溫舊誼。

きゅうこう◎【旧稿】 舊稿。

きゅうこう◎【休校】 スル 學校停課。

きゅうこう◎【休耕】 スル 休耕。「～地」休耕地。

きゅうこう◎【休講】 スル 停課。

きゅうこう◎【休航】 停航。

きゅうこう◎【急行】 スル ①急往，急奔，急趨，奔赴。「災害地に～する」急忙趕往災區。②快車。「急行列車」的簡稱。

きゅうこう◎【躬行】 躬行，躬親。「～実践」躬行實踐。

きゅうごう◎【糾合・鳩合】 スル 糾合，聯合，糾集，集合。「同志を～する」集合同志。

きゅうこうか◎【急降下】 スル 俯衝，急速向下飛。「～爆撃」俯衝轟炸。

きゅうこく◎【急告】 スル 急告，緊急通知（告）。

きゅうこく◎【救国】 救國。

きゅうこん◎【求婚】 求婚，求偶，找配偶。

きゅうこん◎【球根】 球根。

きゅうさい◎【休載】 スル 停止連載。

きゅうさい◎【救済】 スル 救濟。

きゅうさく◎【旧作】 舊作。

き

きゅうし⓪【九死】 九死。「～に一生<ruby>しょう</ruby>を得る」九死一生。

きゅうし⓪【旧師】 舊師。

きゅうし⓪【休止】 スル 休止，停歇，停止，靜止。「運動を～する」停止運動。

きゅうし⓪【臼歯】 臼齒。

きゅうし⓪【急死】スル 猝死，驟亡。

きゅうし⓪【急使】 急使。

きゅうし⓪【球史】 棒球史。

きゅうし⓪【窮死】スル 窮死。

きゅうじ⓪【旧時】 舊時。

ぎゅうし⓪【牛脂】 牛油。

ぎゅうじ⓪【牛耳】 牛耳。「～を執<ruby>と</ruby>る」執牛耳。

きゅうしき⓪【旧式】 舊式。「～な考え」舊想法。「これは～な車だ」這是老爺車。

きゅうじたい⓪【旧字体】 舊字體。

きゅうしつ⓪【吸湿】 吸濕，吸潮。「～剤」吸濕劑。

きゅうじつ⓪【休日】 休息日，假日。

きゅうしゃ⓪【厩舎】 廄舍，馬廄，馬圈，馬棚。

きゅうしゃ⓪【鳩舎】 鴿舍，鴿子窩。

きゅうしゃ⓪【柩車】 靈車，靈柩車。

ぎゅうしゃ⓪【牛車】 牛車。

ぎゅうしゃ⓪【牛舎】 牛舍，牛棚。

きゅうしゅ⓪【旧主】 舊主。

きゅうしゅ⓪【鳩首】スル 聚首，鳩合，聚合。「～協議する」聚首協商。

きゅうしゅう⓪【旧習】 舊習，舊習慣。

きゅうしゅう⓪【吸収】スル 吸收。

きゅうしゅう⓪【急襲】スル 突襲。「敵を～する」突襲敵人。

きゅうしゅう⓪【九州】 九州。

きゅうしゅつ⓪【救出】スル 救出。

きゅうじゅつ⓪【弓術】 弓（箭）術。

きゅうじゅつ⓪【救恤】 救濟，撫恤。「～品」救濟品。

きゅうしゅん⓪【急峻】 陡峻，陡峭。「～な岩場」陡峻的岩場。

きゅうしょ⓪⓪【急所】 ①要害，致命處。②要害，關鍵。「～をつく」打中要害。

きゅうじょ⓪【救助】スル 救助。

きゅうしょう⓪【旧称】 舊稱。

きゅうじょう⓪【休場】スル ①停演。②休賽，休演。

きゅうじょう⓪【宮城】 宮城，皇城。

きゅうじょう⓪【球状】 球狀。

きゅうじょう⓪【球場】 棒球場。

きゅうじょう⓪【窮状】 窮狀，窘態，窘境。「～を訴える」訴苦。

きゅうしょうがつ⓪【旧正月】 陰曆正月。

きゅうしょく⓪【休職】スル 停職。

きゅうしょく⓪【求職】スル 求職，找工作。

きゅうしょく⓪【給食】 供餐，供食，提供飲食。

ぎゅうじ・る⓪【牛耳る】（動五）執牛耳，控制，操縱。「会議を～・る」主持會議。

きゅうしん⓪【休心・休神】スル 放心，安心。「御～下さい」請放心。

きゅうしん⓪【休診】スル 停診。

きゅうしん⓪【求心】 向心。↔遠心

きゅうしん⓪【急伸】スル ①激增。②暴漲。

きゅうしん⓪【急信】 急信，急報。

きゅうしん⓪【急進】スル ①急進，激進。②冒進。↔漸進<ruby>ぜん</ruby>

きゅうしん⓪【急診】 急診。

きゅうしん⓪【球心】 〔數〕球心。

きゅうしん⓪【球審】 主審。

きゅうじん⓪【九仞】 九仞。「～の功<ruby>こう</ruby>を一簣<ruby>いっき</ruby>に虧<ruby>か</ruby>く」爲山九仞，功虧一簣。

きゅうじん⓪【旧人】 ①舊人，老人。②舊人，古人，智人。

きゅうじん⓪【求人】スル 徵求用人，招聘人員。「～広告」招聘廣告；招聘啓事。

きゅうす⓪【急須】 小茶壺。

きゅうすい⓪【給水】スル 給水，供水。

きゅうすう⓪【級数】 〔數〕〔series〕級數。

きゅう・する⓪【給する】（動サ變）供給，支給。

きゅう・する⓪【窮する】（動サ變）①窮困。「生活に～・する」生活窮困。②窮，困窘，沒辦法。「答えに～・する」

無言以答。

きゅうせい⓪【九星】 九星。占卜運勢和吉凶的標準。

きゅうせい⓪【旧制】 舊制。↔新制

きゅうせい⓪【旧姓】 舊姓，原姓。

きゅうせい⓪【急性】 急性。↔慢性

きゅうせい⓪【急逝】 ｽﾙ 猝死。

きゅうせいぐん⓪【救世軍】 救世軍。

きゅうせいしゅ⓪【救世主】 救世主。「チームの～」體育隊的救星。

きゅうせかい⓪【旧世界】 舊大陸，舊世界。↔新世界

きゅうせき⓪⓪【旧跡・旧蹟】 古跡。「名所～」名勝古跡。

きゅうせつ⓪【旧説】 舊說，古說。

きゅうせっきじだい⓪【旧石器時代】 舊石器時代。

きゅうせん⓪【休戦】 ｽﾙ 休戰，停戰。「～協定」停戰協定。→停戰

きゅうせんぽう⓪【急先鋒】 急先鋒。「改革派の～」改革派的急先鋒。

きゅうそ⓪【窮鼠】 窮鼠。「～猫をかむ」老鼠急了也咬貓。

きゅうそう⓪【急送】 ｽﾙ 急送，搶運，快運。

きゅうぞう⓪【急造】 ｽﾙ 趕造。「～の建物」趕造的建築物。

きゅうぞう⓪【急増】 ｽﾙ 急增，驟增，陡增。「～する都市人口」驟增的城市人口。

きゅうそく⓪【休息】 ｽﾙ 休息。

きゅうそく⓪【急速】 急速，快速，迅速。

きゅうそく⓪【球速】 球速。

きゅうぞく⓪【九族】 九族。

きゅうたい⓪【旧態】 舊態，老樣子。「～依然」舊態依然；依然如故。

きゅうたい⓪【球体】 球體。

きゅうだい⓪【及第】 ｽﾙ 及第，及格。↔落第

きゅうたいりく⓪【旧大陸】 舊大陸。↔新大陸

きゅうたく⓪【旧宅】 舊宅。

きゅうたん⓪【急湍】 急湍，急流。

きゅうだん⓪【糾弾・糺弾】 ｽﾙ 彈劾，抨擊。「汚職を～する」彈劾瀆職。

きゅうだん⓪【球団】 職業棒球隊。

きゅうち⓪【旧知】 舊知，故知。「一見～のごとし」一見如故。

きゅうち⓪【窮地】 窮境，困境，窘境。「～に陥る」陷入困境。

きゅうちゃく⓪【吸着】 ｽﾙ ①吸附，吸住。②吸附。

きゅうちゅう⓪【宮中】 宮中。

きゅうちょう⓪【級長】 班長。

きゅうちょう⓪【窮鳥】 窮鳥。被追得無處可逃的鳥。

きゅうつい⓪【急追】 ｽﾙ 急追，猛追。「敵を～する」猛追敵人。

きゅうてい⓪【休廷】 ｽﾙ 休庭。「～を宣する」宣布休庭。

きゅうてい⓪【宮廷】 宮廷。

キューティクル⓪【cuticle】 ①表皮，護膜，角質層。②指甲上皮。

きゅうてき⓪【仇敵】 仇敵。

きゅうてん⓪【灸点】 ｽﾙ ①灸點。②施灸，灸治。

きゅうてん⓪【急転】 ｽﾙ 急轉。

きゅうでん⓪【宮殿】 宮殿。

きゅうでん⓪【給電】 供電。

きゅうテンポ⓪【急一】 快速，迅速，急速。

きゅうと⓪【旧都】 舊都。↔新都

きゅうとう⓪【旧冬】 去年冬季，舊冬。

きゅうとう⓪【急騰】 ｽﾙ 暴漲，猛漲，急劇上升。↔急落

きゅうとう⓪【給湯】 ｽﾙ 供熱水。「～設備」供給熱水設備。

きゅうどう⓪【弓道】 弓道。

きゅうどう⓪【旧道】 舊道，舊路。↔新道

きゅうどう⓪【求道】 求道。「～者」求道者。

ぎゅうとう⓪【牛刀】 牛刀。「～を以て鶏を割く」殺雞焉用牛刀。

ぎゅうとう⓪【牛痘】 牛痘。

ぎゅうなべ⓪【牛鍋】 牛肉鍋。

きゅうなん⓪【救難】 救難。「～訓練」救難訓練。

きゅうなん⓪【急難】 突發災難，急難。

ぎゅうにく◎【牛肉】 牛肉。

きゅうにゅう◎【吸入】スル 吸入。

ぎゅうにゅう◎【牛乳】 牛乳,牛奶。

きゅうねん◎【旧年】 舊年,舊歲。

きゅうは◎【旧派】 舊派,老派。↔新派

きゅうは◎【急派】スル 急派。「特使を~する」急忙派遣特使。

きゅうば◎【弓馬】 弓馬,騎射。

ぎゅうば◎【牛馬】 牛馬。「~のようにこき使う」像牛馬一樣任意驅使。

きゅうはい◎【九拝】スル 九拝,九叩。「三拝~する」三拝九叩。

きゅうはい◎【休配】 停止配送。

きゅうはく◎【急迫】スル 急迫,吃緊。「事態が~する」事態急迫。

きゅうはく◎【窮迫】スル 窘迫。

きゅうはん◎【旧版】 舊版,舊版本。↔新版

きゅうはん◎【急坂】 陡坡。

きゅうばん◎【吸盤】 吸盤。

きゅうひ◎【給費】スル 供給費用,給助學金。「~生」公費生。

きゅうひ◎【厩肥】 廄肥,圈肥,欄糞。

ぎゅうひ◎【求肥】 牛皮糖。

キューピー◎【Kewpie】 丘比娃娃。

キュービズム◎【cubism】 立體主義,立體派。

きゅうひつ◎【休筆】スル 擱筆,停筆。

キューピッド◎◎【Cupid】 丘比特。

きゅうびょう◎【急病】 急病,急性病。

きゅうふ◎◎【給付】スル 給付,發放,供給。

キューブ◎【cube】 立方體。

きゅうぶん◎【旧聞】 舊聞,舊事。「~に属する」屬於舊聞。

きゅうへい◎【旧弊】 ①舊弊。「~を改める」改革積弊。②(形動)因循守舊,老套。「~な考え方」因循守舊的思想。

きゅうへん◎【急変】スル ①急變,突變,驟變,動盪。「病状が~する」病情急變;病情突變。②突發,不測,突變。「~にそなえる」預防萬一。

きゅうぼ◎◎【急募】 緊急招募,急聘。「店員を~する」急募店員。

ぎゅうほ◎【牛歩】 牛步,緩步。

きゅうほう◎【旧法】 舊法。

きゅうほう◎【急報】スル 急報。

きゅうぼう◎【窮乏】スル 窮困。「~生活」窮困的生活。

キューポラ◎【cupola】 融鐵爐。

きゅうぼん◎【旧盆】 舊曆盂蘭盆會。

きゅうみん◎【休眠】スル 休眠。「~芽」休眠芽。

きゅうみん◎◎【窮民】 窮人,窮民,饑民。

きゅうみん◎【救民】 濟貧,救民。

きゅうむ◎【急務】 急務,當務之急。

きゅうむいん◎【厩務員】 廄務員。

きゅうめい◎【究明】スル 究明,查明。「真理を~する」究明真理。

きゅうめい◎【糾明・糺明】スル 查明,糾明。

きゅうもん◎◎【糾問・糺問】スル 糾問,訊問。

きゅうやく◎【旧約】 ①舊約,前約。②《舊約》。《舊約聖經》的略稱。↔新約

きゅうやく◎【旧訳】 舊譯。↔新訳

きゅうゆ◎【給油】スル 加油,補充油料。

きゅうゆう◎【旧友】 舊友,老朋友。

きゅうよ◎【給与】スル ①薪水,津貼,工薪,工資,補貼,補助費。②給與,配給。「作業服を~する」發給工作服。

きゅうよ◎【窮余】 窮極。

きゅうよう◎【休養】スル 休養。「~をとる」休養。

きゅうよう◎【急用】 急事。

きゅうらい◎【旧来】 以往,從來。「~の陋習を破る」打破陋習。

きゅうらく◎【及落】 及第與否。

きゅうらく◎【急落】スル 暴跌,急跌。↔急騰

きゅうり◎【胡瓜】 胡瓜,小黃瓜。

きゅうり◎【窮理・究理】スル 窮理,窮究事物的道理、法則。

きゅうりゅう◎【穹窿】 穹窿。

きゅうりゅう◎【急流】 急流,激流。

きゅうりょう◎【丘陵】 丘陵。「~地帯」丘陵地帶。

き

きゅうりょう◎【旧領】 舊領土，舊領地。

きゅうりょう◎【給料】 薪水，工資。

きゅうれい◎【旧例】 舊例。

きゅうれい◎【急冷】 急冷，驟冷，突冷，淬火。

きゅうれき◎【旧暦】 舊曆，陰曆。

キュラソー②【法 curaçao】 柑桂酒。

キュレーター①【curator】 管理人，館員。

キュロット②【法 culotte】 ①短馬褲。②褲裙。

きよ①【寄与】 スル 有助於，貢獻。

きょ①【居】 住所，住家，住居。「～を構える」蓋居舍。「～を定める」定居。

きょ①【挙】 舉動，行動，企圖。「軽率な～にでる」輕舉妄動。

きょ①【虚】 不備，大意。「～に乗ずる」乘虛。

ぎょ【御】 ①（接頭）①接在表示應尊敬人的行為、事情等的漢字前表示尊敬。「～意」尊意。「～慶」吉慶。②御。接在專表示天皇或與之相當的人的行為、事情、所持物的漢字前表示尊敬。「～感」御意。「～製」御製。「～物」御物。②（接尾）接在表示動作的漢字後，表示天子或與之相當的人的動作。「還～」還駕。「出～」啓駕。「渡～」啓駕；神輿啓行。

きょあく①【巨悪】 巨惡，惡棍。「～に立ち向かう」對付惡棍。

きよ・い②【清い】 （形） ①清亮。②純潔，潔白。「心の～・い人」心地純潔的人。③純潔，清白，清純。「～・い愛」純潔的愛。④乾淨，痛快。「過去のことは～・く水に流す」過去的事一乾二淨地付諸流水。

ぎょい①◎【御意】 ①貴意，尊意。「～に従う」謹遵貴意。②如您所說，如您所想。「～にございます」您說得對。

きよう◎【紀要】 紀要。

きよう◎【起用】 スル 起用。「新人を～する」提拔新人。

きよう◎【器用】 靈巧，精巧。「～な人」手巧的人。「何でも～にこなす」什麼都能巧妙處理。

きょう①【今日】 今日，今天。

きょう①【凶・兇】 凶。↔吉

きょう①【京】 ①京，首都。「藤原～」藤原京。②京都。「～の三条大橋」京都的三條大橋。

きょう①【香】 香。將棋的棋子名，「香車」之略。「～落ち」讓香車。

きょう①【強】 ①強。↔弱。②（接尾）強，有餘，掛零。↔弱。「4m～飛んだ」跳了4米多。

きょう①【経】 經，佛經。

きょう①【卿】 卿。

きょう①【境】 ①境，地方。「無人の～を行く」入無人之境。②境，心境。「無我の～」無我之境。

きょう◎【興】 興，興致，興趣。「～を添える」助興。「～に乗ずる」乘興。「～をつくす」盡興。

ぎょう◎【儀容】 儀容。

ぎょう①【行】 ①行。「～を改める」改行；換行。②〔佛〕行。「諸～無常」諸行無常。③（接尾）行。「5～削る」刪去5行。

ぎょう①【業】 ①工作，業務，職業。「医を～とする」以行醫為業。②學業。「～を終える」畢業。

きょうあい◎【狭隘】 ①狹窄。「～な谷間」狹窄的山谷。②狹隘。「～な心の持ち主」心胸狹隘的人。

きょうあく◎【凶悪・兇悪】 兇惡。

きょうあす②【今日明日】 今天明天，這一兩天。

きょうあつ◎【強圧】 スル 強壓。「～的な態度」強硬的態度。

きょうあん◎【教案】 教案。

きょうい①【胸囲】 胸圍。

きょうい①【脅威】 スル 威脅，脅迫。

きょうい①【強意】 加強語氣。「～の助詞」加強語氣的助詞。

きょうい①【驚異】 驚異。

きょういく◎【教育】 スル 教育。

きょういん◎【教員】 教員。

きょうえい◎【共栄】 共榮。「共存～」共存共榮。

き

きょうえい◎【競泳】スル 游泳比賽。

きょうえき◎【共益】 共益。

きょうえつ◎【恐悦・恭悦】スル 恭喜，恭賀。「～至極に存じます」恭喜之至。

きょうえん◎【共演】スル 聯袂演出。「二大スターの～」二大明星聯袂演出。

きょうえん◎【饗宴】 饗宴，招待宴會。

きょうおう◎【胸奥】 胸中，心裡頭。

きょうおく◎①【胸臆】 胸臆。內心之中，心裡。

きょうおち◎【香落ち】 讓香車。指將棋對局中，高手拿掉左香車下棋。

きょうおんな◎【京女】 京都女子。「東男あずまに～」東京男兒京都女子。

きょうか①【狂歌】 狂歌。

きょうか①【強化】スル 強化。「とりしまりを～する」加強取締。

きょうか①【教化】スル 教化。

きょうか①【教科】 教科，教學科目。

きょうか①【橋架】 拱架。

きょうが①【恭賀】 恭賀，謹賀。「～新年」恭賀新年。

ぎょうが①【仰臥】スル 仰臥。「床に～する」仰臥在床鋪上。

きょうかい◎【協会】 協會。

きょうかい◎【胸懐】 胸懷。

きょうかい◎【教会】 教會。

きょうかい◎【教戒・教誡】スル 教誨、訓誡。

ぎょうかいがん◎【凝灰岩】 凝灰岩。

きょうかく◎【侠客】 侠客。

きょうかく◎【胸郭】 胸廓。

きょうがく◎【共学】スル （男女）同校。

きょうがく◎①【教学】スル 教學。

きょうがく◎【驚愕】スル 驚愕，嚇呆。「突然の悲報に～する」被突然的噩耗嚇呆。

ぎょうかく◎【仰角】 仰角。

ぎょうかく◎【行革】 「行政改革ぎょうせいかいかく」之略。

きょうかたびら◎【経帷子】 經帷子。

きょうかつ◎【恐喝】スル 敲詐，恐嚇，恫嚇。

きょうがのこ◎【京鹿の子】 京鹿子染。在京都染的一種鹿紋紫染。

きょうが・る【興がる】 （動五） 高興。

きょうかん◎【共感】スル 共感，共鳴。「～をいだく」抱有同感。

きょうかん◎【教官】 教育官員。

きょうかん◎【郷関】 鄉關。

ぎょうかん◎【行間】 行間。「～を読む」體會字裡行間的意義。

きょうき①【凶器・兇器】 兇器。

きょうき①【狂気】 發瘋，瘋狂。

きょうき①【狂喜】スル 狂喜。「～乱舞」樂得手舞足蹈。

きょうぎ◎①①【経木】 ①薄木片，木紙。②經木。書寫經文的寬 25cm 左右的薄板。

きょうぎ①【狭義】 狭義。↔広義

きょうぎ①【教義】 教義。

きょうぎ①【競技】スル 競技，競賽。

ぎょうぎ◎【行儀】 行為禮儀，行儀。「～作法」行儀作法。

きょうきゃく◎【橋脚】 橋墩。

きょうきゅう◎【供給】スル ①供給。②供應。↔需要

きょうぎゅうびょう◎【狂牛病】 狂牛病。

きょうきょう◎①【兢兢】 （ト|タル） 兢兢。「戦々～」戰戰兢兢。

きょうきょう◎①【恐恐】 （副） 誠惶誠恐，小心翼翼。

きょうぎょう◎【協業】スル 〔經〕〔co-operation〕合作，協力。

ぎょうぎょうし・い【仰仰しい】 （形） 誇大，小題大作。

きょうきん◎【胸襟】 胸襟，胸懷。「～を開く」開誠布公；推心置腹。

きょうく◎【狂句】 狂句。

きょうく◎【恐懼】スル ①恐懼，惶恐。「～感激」受寵若驚。②惶恐。「候文體」書信末尾用語。「～謹言」惶恐謹言。「～再拝」惶恐再拝。

きょうく◎【教区】 教區。「～牧師」教區牧師。

きょうぐ◎【教具】 教具，教學用具。

きょうぐう◎【境遇】 境遇。

きょうくん◎【教訓】スル 教訓，警世訓

諭。

きょうけ⓪【教化】スル 教化。

きょうげき⓪【京劇】 京劇。

きょうげき⓪【挟撃・夾撃】スル 夾擊，夾攻。「～して捕らえる」夾擊捕獲。

きょうけつ⓪【供血】スル 供血，捐血。

ぎょうけつ⓪【凝血】スル 凝血。

ぎょうけつ⓪【凝結】スル 凝結。

きょうけん⓪【狂犬】 狂犬，瘋狗。

きょうけん⓪【強肩】 投球力強。

きょうけん⓪【強健】 強健，健壯。

きょうけん⓪【強権】 強權。「～政治」強權政治。

きょうけん⓪【教権】 教權。

きょうげん⓪【狂言】 狂言。

きょうこ⓪【強固・鞏固】（形動） 堅強，堅定，鞏固，牢固。「～な意志」堅定的意志。

きょうこう⓪【向後・嚮後】 從此往後，以後，今後。

きょうこう⓪【恐惶】スル 惶恐。「～至極」惶恐至極。

きょうこう⓪【恐慌】スル 恐慌。「～をきたす」引起恐慌。

きょうこう⓪【胸腔】 胸腔。

きょうこう⓪【強行】スル 強行。「雨の中で試合を～する」在雨中堅持比賽。

きょうこう⓪【強攻】 強攻。「～策」強攻之策。

きょうこう⓪【教皇】 教皇。

きょうこう⓪【強硬】（形動） 強硬。「～な態度」強硬的態度。

きょうごう⓪【校合】スル 校勘，核對，校對。

きょうごう⓪【強豪】 豪強，高手。「柔道界の～」柔道界的高手。

きょうごう⓪【競合】スル ①爭執，競爭。②綜合因素。「～脱線」綜合因素造成的脫軌。③〔法〕競合。

ぎょうこう⓪【暁光】 曉光，曙光。

ぎょうこう⓪【僥倖】スル 僥倖。

きょうこうぐん【強行軍】 強行軍，急行軍。

きょうこく⓪【峡谷】 峽谷。「黒部～」黑部峽谷。

きょうこく⓪【強国】 強國。

きょうこつ⓪【胸骨】 胸骨。

きょうこのごろ⓪【今日此頃】 近來，最近。「暑さきびしい～」這些天熱得厲害。

きょうさ①【教唆】スル 教唆，挑撥。「殺人を～する」教唆殺人。

きょうさい⓪【共催】スル 共同主辦，聯合舉辦。

きょうさい⓪【恐妻】 懼內，怕老婆。「～家」怕老婆的人；妻管嚴。

きょうざい⓪【教材】 教材。

ぎょうさい⓪【業際】 跨行業，業際。「～市場の開拓」跨行業市場的開拓。

きょうさく⓪【凶作】 歉收。↔豊作

きょうさく⓪【狭窄】 狹窄。「幽門～」幽門狹窄。

きょうさく⓪【競作】スル 競爭創作（比賽），競創。

きょうさつ⓪【挟殺】スル 夾殺。

きょうざまし①⓪【興醒まし】 掃興，敗興。

きょうざめ⓪【興醒め】 掃興，敗興。「そんなことを言われては～だ」說那種話真叫人掃興。

きょうさん⓪【協賛】スル 協贊，贊助。

ぎょうさん⓪【仰山】（形動） ①誇張，誇大。「～に言う」誇張地說。②多，很多。「金が～いる」需要很多錢。

きょうし【狂死】スル 狂死，瘋死。

きょうし【狂詩】 狂詩。

きょうし【教士】 教士。

きょうし【教師】 教師。

きょうじ【凶事】 凶事。↔吉事

きょうじ【矜持・矜恃】 驕矜，矜誇。

きょうじ【脇侍・脇士・夾侍・挟侍】 脅侍。

きょうじ⓪【教示】スル 教示，示範，教導。「御～を賜りたく」請賜教。

きょうじ①【驕児】 ①驕子，驕兒。②驕子，驕橫者。

ぎょうし【凝脂】 凝脂。光滑。

ぎょうし⓪【凝視】スル 凝視。「相手を～する」凝視對方。

ぎょうじ③【行司】 行司。

き

ぎょうじ⓪①【行事】　慶典，例行之事。「年中～」（一年中按慣例舉行的）傳統節日活動。

きょうしつ⓪【教室】　教室。「料理～」烹飪教室。

きょうじつ⓪【凶日】　凶日。↔吉日きち

きょうしゃ⓪【香車】　香車。將棋的棋子之一。

きょうしゃ①【強者】　強者。↔弱者

きょうしゃ①【驕奢】　驕奢。

きょうじや①【経師屋】　裱糊匠。

ぎょうしゃ①【業者】　業者。「出入りの～」出入的業者。

ぎょうじゃ①【行者】　行者。

きょうじゃく⓪①【強弱】　①強弱。強和弱。②強度，強弱。強的程度。

きょうしゅつ⓪【供出】　スル　半強制出售，交納物資，供出。「米を～する」供出稻米。

きょうじゅつ⓪【供述】　スル　供述，口供。

きょうじゅん⓪【恭順】　スル　恭順，順從。「～の意を表する」表示恭順之意。

きょうしょ①【教書】　①教皇詔書。②〔message〕咨文。

ぎょうしょ⓪【行書】　行書。

きょうしょう⓪【協商】　スル　協商，商談。「三国～」三國協商。

きょうしょう⓪【狭小】　狹小。↔広大。「～な土地」狹小的土地。

きょうしょう⓪【胸章】　胸章。

きょうしょう⓪【嬌笑】　スル　嬌笑。

きょうじょう⓪【凶状・兇状】　行兇罪狀，兇案。「～持ち」身犯兇案；有前科。

きょうじょう⓪【教条】　教條。

きょうじょう⓪【教場】　教學場所。

ぎょうしょう⓪【行商】　スル　行商，小販。「～人」小販。

ぎょうしょう⓪【暁鐘】　曉鐘。

ぎょうじょう⓪【行状】　①行狀，行為。「～を改める」改正行為。②一生事跡，行狀，行跡。

きょうしょく⓪【教職】　教職。「～に就く」就任教職。

きょう・じる④⓪【興じる】　（動上一）

有興趣，感興趣，喜歡，高興。「トランプに～・じる」對撲克牌感興趣。

きょうしん⓪【共振】　スル　共振，諧振。

きょうしん⓪【狂信】　狂熱信仰。

きょうしん⓪【強震】　強震。

きょうじん⓪【凶刃・兇刃】　兇器，兇刃。「～に斃れる」遇兇身亡。

きょうじん⓪①【狂人】　狂人，瘋人，瘋子。

きょうじん⓪【強靱】　（形動）　強靱，堅韌。「～な精神力」堅韌（不拔）的精神力量。

きょうしんざい③【強心剤】　強心劑。

きょうしんしょう⓪【狭心症】　心絞痛，狹心症。

きょうす①【香子】　香子。將棋「香車」的別名。

ぎょうずい⓪【行水】　スル　沖澡，沖涼。「～を使う」沖澡。

きょう・する③【供する】　（動サ變）　①供給，端出，擺上。「茶菓を～・する」端出茶點。②供，提供。「閲覧に～・する」供閱覽。

きょう・する③【饗する】　（動サ變）　饗。

きょう・ずる⓪③【興ずる】　（動サ變）　有興趣，喜歡，高興。「思い出話に～・ずる」喜歡回憶往事。

きょうせい⓪【共生・共棲】　スル　共生。

きょうせい⓪【匡正】　スル　匡正，改正，糾正。

きょうせい⓪【強制】　スル　強制，逼迫。

きょうせい⓪【強請】　スル　強要，強行請求。

きょうせい⓪【教生】　教學實習生。

きょうせい⓪【嬌声】　嬌聲。

きょうせい⓪【矯正】　矯正。

ぎようせい⓪【偽陽性】　假陽性。

ぎょうせい⓪【行政】　行政。「～手腕」行政手腕。

ぎょうせい⓪【暁星】　晨星。

ぎょうせいかいかく⑥【行政改革】　行政改革。

ぎょうせいかん③【行政官】　行政官。

ぎょうせいかんちょう⑤【行政官庁】　行

政官廳。國家行政關係諸機關的總稱。

ぎょうせいきかん⓪【行政機関】 行政機關。

ぎょうせいく⓪【行政区】 行政區。

ぎょうせいけん③【行政権】 行政權。

ぎょうせいしどう⑤【行政指導】 行政指導。

ぎょうせいそしょう⑤【行政訴訟】 行政訴訟。

ぎょうせき⓪【行跡】 行徑，行跡。

ぎょうせき⓪【業績】 業績。「大きな～をあげる」獲得巨大的成績。

きょうせん⓪【胸腺】 胸腺。

きょうせん⓪【教宣】 教育宣傳。「～活動」教育宣傳活動。

ぎょうぜん⓪【凝然】（タル）凝然。「～として立ち尽くす」凝然佇立。

きょうそ①【教祖】 教祖。

きょうそう⓪【狂騒・狂躁】 狂躁。「～の坩堝」狂躁的熱潮。

きょうそう⓪【競争】 スル 競爭。「～が激しい」競爭激烈。

きょうそう⓪【競走】 スル 賽跑。

きょうそう⓪【競漕】 スル 划船比賽。

きょうぞう⓪【胸像】 胸像，半身像。

ぎょうそう⓪【形相】 形相，長相，神情。「～が変った」面孔變了。

きょうそうきょく③【協奏曲】 協奏曲。

きょうそく⓪【教則】 教學規則。

きょうぞめ⓪【京染め】 京染，京都染色品。

きょうそん⓪【共存】 スル 共存。「～共栄」共存共榮。

きょうだ①【怯懦】 怯懦。「～な性格」怯懦的性格。

きょうだ①【強打】 スル ①痛打，痛擊，撞。「転んで頭を～する」跌倒後撞到頭。②強打，強擊。「～を誇る打線」以強打自豪的打擊陣容。

きょうたい⓪①【狂態】 狂態，醜態，失態。「～を演じる」醜態百出。

きょうたい⓪【嬌態】 嬌態，媚態。

きょうだい①【兄弟】 兄弟姐妹。「四人～」兄弟姐妹四人。

きょうだい⓪【強大】 強大。↔弱小。

「～な権力」強大的權力。

きょうだい⓪【鏡台】 梳妝台，鏡台。

ぎょうたい⓪【業態】 業態，營業方式。事業、營業的形態。

きょうだいでし⑤【兄弟弟子】 師兄弟。

きょうたく⓪【供託】 スル 提存。

きょうたく⓪【教卓】 講桌，教桌。

きょうたん⓪【驚嘆・驚歎】 スル 驚歎。

きょうだん⓪【凶弾・兇弾】 罪惡的子彈，兇彈。「～に斃れる」倒在罪惡的子彈之下。

きょうだん⓪【教団】 教團，宗教團體。

きょうだん⓪【教壇】 講壇，講台。

きょうち①【境地】 境地，意境，界界。「苦しい～」困境。「新しい～を開く」開闢新天地。

きょうちくとう③【夾竹桃】 夾竹桃。

きょうちゅう①⓪【胸中】 胸中，心事，心曲。「～を打ち明けて話しあう」開誠佈公地交談。

ぎょうちゅう⓪【蟯虫】 蟯蟲。

きょうちょ①【共著】 共著，合著。

きょうちょう⓪【凶兆】 凶兆。↔吉兆

きょうちょう⓪【協調】 スル ①協調。「～性」協調性。②協調，合作。「国際～を保つ」保持國際協調。

きょうちょう⓪【強調】 スル 強調，大力。「重點を～する」強調重點。

きょうちょく⓪【強直】①スル ①僵直。②僵直。→拘縮

きょうつい⓪【胸椎】 胸椎。

きょうつう⓪【共通】 スル 共通，共同。

きょうつう⓪【胸痛】 胸痛。

きょうつうご⓪【共通語】 ①通用語，共通語。②共同語。

きょうづくえ③【経机】 經几。

きょうてい⓪【協定】 スル 協定。「～を結ぶ」締結協定。②〔agreement〕協定。

きょうてい⓪【胸底】 心中，心底，心裡。「～に秘めた思い」藏在心裡的想法。

きょうてい⓪【教程】 教程，教科書。「ドイツ語～」德語教程。

きょうてい⓪【筐底・篋底】 箱底，箱中。「～に秘める」藏於箱底。

き

きょうてい◎【競艇】 賽艇。

きょうてき◎【強敵】 強敵，勁敵。

きょうてん◎【教典】 教典。

きょうてん◎【経典】 經典。

きょうでん◎【強電】 強電。↔弱電

ぎょうてん◎【仰天】 スル 非常吃驚。「びっくり～する」大吃一驚。

ぎょうてん◎【暁天】 拂曉的天空。

きょうてんどうち◎【驚天動地】 驚天動地。「～の大事件」驚天動地的大事件。

きょうと◎【凶徒・兇徒】 兇徒，暴徒。

きょうと◎【教徒】 教徒。

きょうと◎【京都】 京都。

きょうど◎【強度】 ①強度。「材料の～を測る」測定材料的強度。②強度，高度。「～の近視」高度近視。

きょうど◎【郷土】 ①鄉土，故土。「～を愛する」熱愛故鄉。②鄉土。「～文学」地方文學。

きょうとう◎【共闘】 スル 聯合抗爭。「全野党が～する」所有在野黨聯合抗爭。

きょうとう◎【教頭】 教務主任。

きょうとう◎【驚倒】 スル 大吃一驚，震驚。

きょうどう◎【共同】 スル 共同。「～して事にあたる」共事。「～で使う」共同使用。

きょうどう◎【協同】 スル 協同，合作。「～して敵に当る」同心協力共同抗敵。

きょうどう◎【教導】 スル 教導，指導。「青少年を～する」教導青少年。

きょうどう◎【経堂】 經堂，藏經堂。

きょうどうせいはん◎【共同正犯】 共同正犯。↔単独正犯

きょうどうたい◎【共同体】 〔community〕共同體。

きょうどうぼきん◎【共同募金】 共同募款，共同募捐。

きょうな◎【京菜】 京菜。雪裡蕻的別名。

きょうにん◎◎【杏仁】 杏仁。

きょうねん◎◎【凶年】 ①荒年，歉收年。↔豊年。②凶年。

きょうねん◎【享年】 享年，終年。

ぎょうねん◎【行年】 享年。

きょうは◎【教派】 教派。

きょうばい◎【競売】 スル 拍賣，競賣，變賣。

きょうはく◎【脅迫】 スル 脅迫，威逼，恐嚇。「～状」恐嚇信。

きょうはん◎【共犯】 共犯。

きょうび◎【今日日】 近來，如今。「～安い土地などあるものか」這年頭哪有什麼便宜土地。

きょうふ◎【恐怖】 スル 恐怖。「～を感じる」感到恐怖。

きょうふ◎【教父】 教父。

きょうぶ◎【胸部】 胸部。「～疾患」呼吸系統疾病。

きょうふう◎【強風】 ①強風。②強風。

きょうふう◎【矯風】 移風易俗，矯正風俗。

きょうへい◎【強兵】 強兵。「富国～」富國強兵。

きょうへき◎【胸壁】 ①堡壘，據點，要塞。②胸壁。

きょうへん◎【共編】 スル 合編。

きょうべん◎【強弁】 スル 強辯，狡辯。

きょうべん◎【教鞭】 教鞭。「～を執と る」執教鞭；當老師。

きょうほ◎【競歩】 競走。

きょうほう◎【凶報】 ①凶訊，壞消息。↔吉報。②噩耗，訃聞。

きょうぼう◎【凶暴・兇暴】 兇暴，殘暴。「～な性格」兇暴的性格。

きょうぼう◎【共謀】 スル 共謀，合謀，同謀。「～して詐欺をはたらく」合謀進行詐騙。

きょうぼう◎【狂暴】 狂暴。「酒を飲むと～になる」一喝酒就變得狂暴起來。

きょうぼく◎【喬木】 喬木。↔灌木かんぼく

きょうほん◎【狂奔】 スル 狂奔。

きょうほん◎【教本】 教科書，教材。

きょうま◎【京間】 京間。建築尺寸名。

きょうまく◎【胸膜】 胸膜。

きょうまく◎【強膜・鞏膜】 鞏膜。

きょうまん◎◎【驕慢】 驕慢。

きょうみ◎【興味】 趣味，樂趣，興趣，興致。「～がある」有興趣。

き

きょうむ◎【教務】 教務。「～課」教務處。

ぎょうむ①【業務】 業務。「日常～」日常工作。

きょうめい◎【共鳴】 ｽﾙ 共鳴，共振，諧振。

きょうめん③【鏡面】 鏡面。

きょうもん◎【経文】 經文。

きょうやく◎【共訳】 ｽﾙ 共譯，合譯。

きょうやく◎【協約】 ｽﾙ 協約。「労働～」勞動協約。

きょうゆ①【教諭】 ｽﾙ ①教諭。教導曉諭。②教諭。依據日本教育職員資格法取得普通資格證書，且從事學校教育的人員。

きょうゆう◎【共有】 ｽﾙ 共有。↔專有

きょうゆう◎【梟雄】 梟雄。「乱世の～」亂世梟雄。

きょうよ①【供与】 ｽﾙ 供給。

きょうよう◎【共用】 ｽﾙ 共用。

きょうよう◎【供用】 供使用。

きょうよう◎【強要】 ｽﾙ 強要，強行，勒索。

きょうよう◎【教養】 ｽﾙ 教養。「～を身につける」有教養。

きょうらく◎【享楽】 ｽﾙ 享樂。「～をむさぼる」貪圖享樂；耽於享樂。

きょうらく◎【競落】 ｽﾙ 拍定。

きょうらん◎【狂乱】 ｽﾙ 狂亂，瘋狂。「～物価」物價飆漲。

きょうらん◎【狂瀾】 狂瀾。「～を既倒に廻らす」回狂瀾於既倒。

きょうらん◎【供覧】 供覽，展覽，陳列。

きょうり①【胸裏・胸裡】 胸裡，內心。

きょうり①【教理】 教理，教義。

きょうり①【郷里】 鄉里。

きょうりきこ③【強力粉】 高筋麵粉。→薄力粉

きょうりつ◎【共立】 ｽﾙ 共立。

ぎょうりつ◎【凝立】 ｽﾙ 凝立，佇立。

きょうりゅう◎③【恐竜】 恐龍。

きょうりょう◎【狭量】 ｽﾙ 狹量，狹隘。↔広量

きょうりょう◎【橋梁】 橋梁。

きょうりょく◎【協力】 ｽﾙ 協力，協作，協助，合作。

きょうりょく◎【強力】 強力，強勁。

きょうりん◎【杏林】 杏林。

きょうれつ◎【強烈】（形動）強烈，猛力。「～な印象を残す」留下深刻的印象。

ぎょうれつ◎【行列】 ｽﾙ 行列，隊伍。

きょうれん◎【教練】 ｽﾙ 教練。

きょうわ◎【協和】 ｽﾙ 協和，和睦，和諧。「互に尊敬し～する」互相尊敬，和睦相處。

きょうわこく◎【共和国】 共和國。

きょうわせい◎【共和制】〔republic〕共和制。

きょえい◎【虚栄】 虛榮。「～心」虛榮心。

ぎょえい◎【魚影】 魚影。「～が濃い」魚影濃。

ぎょえい◎【御詠】 御詠，御詩。

ぎょえん◎【御苑】 御花園，御苑。

きょおく◎【巨億】 巨億，億萬。「～の富」巨富。

ギョーザ①【餃子】 餃子。

きょか①【許可】 ｽﾙ ①許可，准許，允許。「入学を～する」准許入學。②〔法〕許可，批准。「～証」許可證。③〔法〕許可。「ガス事業の～」對經營瓦斯業的許可。「農地売買の～」農地買賣的許可。

ぎょか①【漁火】 漁火。

きょかい◎【巨魁・渠魁】 魁首，頭頭，頭目，頭兒。「盗賊団の～」竊盜集團的頭頭。

ぎょかい◎【魚介】 魚貝，海鮮。「～類」魚貝類。

きょがく◎【巨額】 鉅額。「～の投資」巨額的投資。

ぎょかく◎【漁獲】 ｽﾙ 漁獲。「～高」漁獲收入額。「～量」漁獲量。

きょかん◎【巨漢】 彪形大漢，巨漢。

きょかん◎【巨艦】 巨艦。

きょがん◎◎【巨岩・巨巌】 巨岩。

ぎょがんレンズ④【魚眼―】 魚眼鏡頭，全景鏡頭。

きょぎ[1]【虛偽】　虛僞。「~の申したて」虛僞的陳述。
ぎょき[1]【漁期】　漁期。
きょぎょう[0]【虚業】　投機性事業。
ぎょきょう[0]【漁協】　漁協。「漁業協同組合」的略稱。
ぎょぎょう[1]【漁業】　漁業。
ぎょぎょうきょうどうくみあい[8]【漁業協同組合】　漁業工會，漁業協同組合。
ぎょぎょうけん[2]【漁業権】　漁業權。
ぎょぎょうすいいき[4]【漁業水域】　漁業水域。
きょきょじつじつ[1]【虚虚実実】　虛虛實實。「~のかけひき」虛虛實實的策略。
きょきん[0]【醵金】スル　〔也寫作「拠金」〕籌款。「~を求める」要求籌款；要求集資。
きょく[0]【曲】　①曲。音樂作品。②曲。不正確，犯有錯誤。↔直。③趣味，美妙。「~がない」枯燥無味。
きょく[1]【局】　局。
きょく[1]【極】　極。「疲労の~に達する」疲勞達到極點。
きょく[1]【巨軀】　魁梧身材。
ぎょく[0]【玉】　①玉。寶石。②蛋。③交易對象，交易額。④「建て玉」（成交貨）之略。⑤將棋中「玉将」的略稱。
ぎょく[1]【漁区】　漁區。
ぎょぐ[1]【漁具】　漁具。
ぎょくあんか[3]【玉案下】　台鑒，座右。書信中的敬辭。
きょくう[1]【極右】　極右。↔極左
きょくうち[0]【曲打ち】　擊花鼓。
ぎょくおん[0]【玉音】　玉音。天皇的聲音。「~放送」播放玉音。
きょくがい[2]【局外】　局外。「~者」局外人。
きょくがくあせい[5]【曲学阿世】　曲學阿世。「~の徒」曲學阿世之徒。
ぎょくがん[0]【玉顔】　玉顏，龍顏。天皇的容顏。
きょくぎ[1]【曲技】　特技，雜技。「~飛行」特技飛行。「~団」雜技團。
きょくげん[0]【局限】スル　局限。
きょくごま【曲独楽】　陀螺雜技。
きょくさ[1]【極左】　極左。↔極右
ぎょくざ[1]【玉座】　玉座，寶座。
ぎょくさい[0]【玉砕】スル　玉碎。↔瓦全（がぜん）
きょくし[1]【曲師】　曲師，彈三味線的人。
きょくじつ[0]【旭日】　旭日。
きょくしょ[1]【局所】　局部。「~疲労」局部疲勞。
きょくしょう[0]【極小】　極小。↔極大
きょくしょう[0]【極少】　極少。
ぎょくしょう[0]【玉将】　玉將。在將棋對局中，弱手所擁有的王將。
ぎょくせきこんこう[0]【玉石混淆】スル　玉石混淆。
きょくせつ[0]【曲折】スル　曲折。「紆余~」波折。
きょくせつ[0]【曲節】　曲調。
きょくせん[0]【曲線】　曲線。↔直線
きょくそう[0]【曲想】　樂曲的構思，亦指樂曲的主題。「~を練る」推敲樂曲的主題。
きょくだい[0]【極大】　極大。↔極小
ぎょくたい[0]【玉体】　玉體。
ぎょくだい【玉代】　招妓費。
きょくたん[3]【極端】　極端。「~な意見」極端的意見。「~にきらいだ」特別討厭。
きょくち[1]【極地】　極地。
きょくち[1]【極致】　極致。「美の~」美的極致。
きょくちょう[0]【曲調】　曲調。「哀切な~」悲哀的調子。
きょくちょう[0]【局長】　局長。
きょくちょく[0]【曲直】　曲直。「是非~」是非曲直。
きょくてん[2]【極点】　①極點。「疲労が~に達する」疲勞達到極點。②極點。緯度 90 度的地點。
きょくど[1]【極度】　極度。「~の疲労」極度疲勞。
きょくとう[0]【極東】　〔Far East〕遠東。
きょくどめ[0][4]【局留】　存局待取。
きょくのり[0]【曲乗り】スル　車技，馬技，踩球。

ぎょくはい⓪【玉杯】 玉杯。

きょくびき⓪【曲弾き】 特技彈奏。

きょくひつ⓪【曲筆】 ｽﾙ 曲筆。↔直筆。「舞文ぶん～」舞文弄墨。

きょくひどうぶつ⓪【棘皮動物】 棘皮動物。

きょくぶ①【局部】 局部。「～の痛み」局部疼痛。「～麻酔」局部麻醉。

きょくほう⓪【局方】 「日本薬局方」的略語。

きょくほく⓪【極北】 極北地區，北極地區，極北。

きょくめん②③【曲面】 曲面。「レンズの～」透鏡的曲面。

きょくめん⓪【局面】 ①局面，棋局。②局面，局勢。「新しい～を迎える」迎來新的局面。

きょくもく⓪【曲目】 曲目，演奏節目單。

ぎょくもん⓪【玉門】 ①玉門。②女性的陰部。

ぎょくよう⓪【玉葉】 玉葉。「金枝～」金枝玉葉。

きょくりょう②【極量】 極量。

きょくりょく⓪②【極力】 （副） 極力。「～水を節約する」極力節約用水。

ぎょくろ①【玉露】 玉露茶。

きょくろん⓪【極論】 ｽﾙ 極端而論。「～すれば…」若極端而論…。

ぎょぐん⓪【魚群】 魚群。

ぎょけい⓪①【御慶】 喜慶，道喜，恭喜。

きょけつ⓪【虚血】 缺血。

きょげん⓪【虚言】 虚言，謊言，誑語。

きょこう⓪【挙行】 ｽﾙ 舉行。

きょこう⓪【虚構】 虚構，編造。

きょごう⓪【倨傲】 倨傲。

ぎょこう⓪【漁港】 漁港。

きょこん⓪【許婚】 許婚，定親，訂婚。「～者」許婚者。

きょざい⓪【巨財】 鉅額財產，巨富。「～を築く」累積萬貫家財。

きょし①【挙止】 舉止。

きょし①【鋸歯】 鋸齒。

きょじ①【虚字】 虚字。

ぎょじ①【御璽】 御璽。

きょしき⓪①【挙式】 ｽﾙ 舉行儀式。

きょしつ⓪①【居室】 居室。

きょじつ⓪①【虚実】 虚實，真假。「～とりまぜて話す」將真假虛實混為一談。

きょしてき⓪【巨視的】 （形動）〔macroscopic〕宏觀的。↔微視的

ぎょしゃ⓪①【御者・駅者】 御者，馭手，趕車人。

きょじゃく⓪【虚弱】 虚弱。「～な体」虚弱的身體。

きょしゅ①【挙手】 ｽﾙ 舉手。

きょしゅう⓪【去就】 去就，去留。「～を決しかねる」去就難決。

きょじゅう⓪【居住】 ｽﾙ 居住。「～地」居住地。

きょしゅつ⓪【醵出】 ｽﾙ 〔也寫作「拠出」〕籌出，籌集，出資。「資金を～する」籌出資金。

きょしょ①【居所】 居所。

きょしょう⓪【巨匠】 巨匠。

きょしょう⓪【挙証】 舉證。

きょじょう⓪①【居城】 居城。

ぎょしょう⓪【魚礁】 魚礁。

ぎょじょう⓪【漁場】 漁場。

きょしょく⓪【虚飾】 虚飾，粉飾。

ぎょしょく⓪【漁色】 漁色。「～家」漁色家。

きょしょくしょう⓪【拒食症】 厭食症。

きょしん⓪①【虚心】 虚心。「～に耳を傾ける」虛心傾聽。

きょじん⓪【巨人】 巨人。

ぎょしん⓪【魚信】 咬鈎，上鈎。

きょすう②【虚数】 〔數〕虚數。↔実数

ぎょ・する②【御する】 （動サ變） ①馭，駕馭。「荒馬を～・する」駕馭烈馬。②駕馭，控制。「～・しやすい人物」容易駕馭的人物。③駕馭，支配。「人民を～・する」統治人民。

きよせ⓪【季寄せ】 季語集。

きょせい⓪【巨星】 ①巨星，大星。↔矮星せい。②巨星，大人物，偉人。「～墜おつ」巨星殞落。

きょせい⓪【虚勢】 虚（張威）勢。「～を張はる」虛張聲勢。

き

ぎょせい◎【御製】　御製作品。

きょせつ◎◎【虚説】　謠傳，無稽之談。

きょぜつ◎【拒絶】 スル　拒絶。「無理な要求を~する」拒絶無理的要求。

ぎょせん◎【漁船】　漁船。

きょそ◎【挙措】　舉措。

きょぞう◎【虚像】　①虚像。②假像。「マスコミによる~」宣傳工具製造的假像。 ↔実像

ぎょそん◎【漁村】　漁村。

きょたい◎【巨体】　巨大身軀，魁梧身軀。

きょだい◎【巨大】　巨大。「~な建物」巨大的建築。

ぎょだい◎【御題】　御題。

きょたく◎◎【居宅】　日常住處，居宅，寓所。

きょだく◎【許諾】スル　許諾，允許。「~料」許諾金。

ぎょたく◎【魚拓】　魚拓。

きょだつ◎【虚脱】スル　虚脱。「~状態」虚脱狀態。

ぎょたん◎【魚探】　魚群探測器。

きょちゅうちょうてい◎【居中調停】　居中調停。

きょっかい◎【曲解】スル　曲解。

きょっかん◎【極冠】　極冠。

きょっけい◎【極刑】　極刑。

きょっこう◎【旭光】　旭光，旭日之光。

ぎょっこう◎【玉稿】　玉稿，尊稿。

きょてん◎◎【拠点】　據點。「戦略上の重要~」戰略上的重要據點。

きょとう◎【巨頭】　巨頭，首腦。「~会談」首腦會談。

きょとう◎【挙党】　舉黨。「~態勢」全黨態勢。

きょどう◎【挙動】　舉動。「~不審」行跡可疑。

ぎょとう◎【漁灯】　漁燈，漁火。

ぎょどう◎【魚道】　魚道。魚群通過的通路。

ぎょにく◎【魚肉】　魚肉。「~ハム」魚肉火腿。

きょにんか◎【許認可】　許認可。「~権」許認可權。

きょねん◎【去年】　去年。

ぎょばん◎【魚板】　木魚板，魚鼓。

きょひ◎【巨費】　巨費。

きょひ◎【拒否】スル　拒絶，否決。

きょひ◎【許否】　可否，許可與否。

ぎょひ◎【魚肥】　魚肥。魚作成的肥料。

きょふ◎【巨富】　巨富。

ぎょふ◎【漁夫・漁父】　漁夫，漁翁。

きよぶき◎【清拭き】スル　揩淨，擦光，擦亮。

ぎょふく◎◎【魚腹】　魚腹。「~に葬ら る」葬身魚腹。

ぎょぶつ◎【御物】　御物。「正倉院~」正倉院御物。

きょへい◎【挙兵】スル　舉兵。

きょへん◎【巨編・巨篇】　巨篇，巨片，巨著。

きょほ◎【巨歩】　偉大足跡，偉大業績。「~を踏み出す」大步前進。

きょほう◎【巨峰】　巨峰。葡萄的品種之一。

きょほう◎【虚報】　虚報。

ぎょほう◎【漁法】　漁法。

きよほうへん◎【毀誉褒貶】　毀譽褒貶。「~相半ばする」毀譽參半。

きょぼく◎【巨木】　巨木，大喬木。

きょまん◎◎【巨万】　鉅額，極多。

ぎょみん◎◎【漁民】　漁民。

きょむ◎【虚無】　虚無。

きょむしゅぎ◎【虚無主義】　虚無主義。

きょめい◎【虚名】　虚名。

ぎょめい◎【御名】　御名。「~御璽」御名御璽。

きよ・める◎【清める・浄める】（動下一）　洗淨，弄乾淨，去污垢。「体を~・める」把身體洗淨。

きょもう◎【虚妄】　虚妄，虚假。

ぎょもう◎【漁網】　漁網。

きよもと◎【清元】　清元。「清元調」的簡稱。

ぎょゆ◎【魚油】　魚油。

きょよう◎【挙用】スル　舉用，起用。

きょよう◎【許容】スル　容許。「~範囲」許容範圍。

きょらい◎【去来】スル　去來，來去。「胸

中に~する思い」縈繞於心中的思念。

ぎょらい◎【魚雷】　魚雷。

きよらか◎【清らか】（形動）　清，清潔，清澈，清楚，清秀，純潔。

きょり◎【巨利】　巨利，莫大利益。「~を博する」取得巨利。

きょり◎【距離】　距離，差距。「ここから駅までのどのくらいの~があるか」從這裡到車站有多遠。

きょりゅう◎【居留】　スル　①居留，逗留。②僑居。

ぎょりょう◎【漁猟】　漁獵。「~生活」漁獵生活。

ぎょりん◎【魚鱗】　魚鱗。

ぎょるい◎【魚類】　魚類。

きょれい◎【挙例】　スル　舉例。

きょれい◎【虚礼】　虛禮。「~廃止」廢除虛禮。

ぎょろう◎【漁労・漁撈】　捕撈，漁撈。

ぎょろめ◎【ぎょろ目】　炯炯有神的大眼睛，目光銳利的大眼睛。

きよわ◎【気弱】　懦弱。「~な人」懦弱的人。

きら◎【綺羅】　①綺羅。「~をまとう」身裹綺羅。②華美，奢華。「~を尽くす」極盡奢華。

キラー①【killer】　殺手，威力。「巨人~」巨人殺手。

きらい◎【嫌い】　①嫌，不願，厭煩，厭惡。↔好き。「肉が~だ」討厭吃肉。②有…之嫌。「独断専行の~がある」有些獨斷專行之嫌。

きら・う◎【嫌う】（動五）　①嫌，厭惡，厭煩。「家業を~・う」嫌棄家業。②忌，忌諱，厭忌。「日本人は「4」と「9」の字を~・う」日本人忌諱「四」和「九」字。③嫌，躲開，躲避。「湿気を~・う絵」怕潮濕的畫。④不拘，不挑。「所~・わず、ごみを捨てる」隨地扔垃圾。

きらく◎【気楽】（形動）　①舒暢，安閒，輕鬆，愉快。「~な仕事」輕鬆的工作。②無顧慮，無牽掛，坦然。「~な人」坦然的人。

きら・す◎【切らす】（動五）　①耗盡，

磨斷，磨損盡。「鼻緒を~・す」磨斷木屐帶。「しびれを~・す」腿麻木；等得不耐煩。②使之能夠切。「肉を~・せて骨を断つ」切肉斷骨。③用完，用盡。「タバコを~・す」煙吸光了。

きらず◎【雪花菜】　豆腐渣。

ぎらつ・く◎（動五）　耀眼。「太陽が~・く」太陽耀眼。

きらびやか◎（形動）　華麗，絢麗。「~な衣装」華麗的衣著。

きらぼし◎【綺羅星】　成排的精英人物，綺羅星。「~のごとく並ぶ」冠蓋如雲。

きらめ・く◎【煌めく】（動五）　閃耀，閃爍。「才能が~・く」才華橫溢。

きらら◎【雲母】　雲母。

きらん◎【貴覧】　台覽。「~に供する」謹供台覽。

きり◎【切り】　①（事物就此結束的）段落，一個階段。「~をつける」告一段落。②界限，限度。「話し出したら~がない」一說起來就沒完。③表演結束的部分。

きり◎【桐】　泡桐，桐樹。

きり◎【錐】　錐子，鑽。

きり◎【霧】　①霧。②霧。「~を吹く」噴霧。

ぎり◎【義理】　①義理，情理，道理。「そんなこと言えた~か」豈有說那種話的道理。②人情，情面，情義，情分，情理，義理。「~を欠く」欠缺情理。③擬制血親，名義（上）的。「~の父」岳父，公公。

ぎりあい◎【義理合い】　情面關係，禮尚往來。

きりあ・げる◎【切り上げる】（動下一）　①截止，為止。「仕事を早めに~・げる」盡早結束工作。②捨尾進一。↔切り捨てる。「端数を~・げる」捨尾數進一。③升值。↔切り下げる

きりうり◎【切り売り】　スル　切開零售。「スイカの~」切開西瓜零賣。「知識の~によって収入をえる」靠賣賣知識賺取收入。

きりえ◎【切り絵】　剪紙畫，剪貼畫。

きりおと・す◎【切り落とす】（動五）

①剪掉，砍下。「枝を～・す」剪枝。②
落幕，垂下幕布。

きりかえし◎【切り返し】　①反砍，倒
砍，回擊。②反砍訓練。劍道的基本動
作之一。③切翻。相撲的決定勝負招數
之一。④倒敘。電影手法之一。

きりか・える◎【切り替える・切り換え
る】（動下一）　改換，轉換，掉換，
切換，拼接。「チャンネルを～・える」
換頻道。

きりかか・る◎【切り掛かる・斬り掛か
る】（動五）　要砍，用刀砍。

ぎりがた・い◎【義理堅い】（形）　堅守
義理的，行為端正的，重情義的。「～・
い人」規規矩矩講禮節的人。

きりかぶ◎②【切り株】　殘株，樹樁。

きりかみ◎【切り紙】　剪紙。「～細工」
剪紙手工。

きりかわ・る◎【切り替わる】（動五）
轉換，變換。

きりきざ・む◎【切り刻む】（動五）　切
碎，剁碎，砍碎。

ぎりぎり◎【限り限り】　最大限度，勉
強，極限。

きりぎりす③【螽斯・蟋蟀】　螽斯。

きりくず・す◎【切り崩す】（動五）　①
削平，砍平，挖掉。「丘を～・す」削平
山丘。②瓦解，離間，破壞。「団結を～
・す」破壞團結。

きりくち◎【切り口】　①切口，裁口，斷
面，截面，撕開處。②創口，刀口。③
〔數〕截口，斷面，切面，截面。

きりこ◎【切り子・切り籠】　切角立方
體。

きりこうじょう③【切り口上】　一板一眼
地說，鄭重其事口吻。

きりごたつ③【切り炬燵】　固定腳爐。

きりこ・む◎【切り込む・斬り込む】（動
五）　①砍入，楔入。「ガラス障子を～
・む」嵌上玻璃拉門。②殺進，砍入。
「敵陣深く～・む」深深殺進敵陣。③
逼問，追問。「あいまいな論点に鋭く～
・む」對曖昧的觀點嚴辭質問。

きりさいな・む◎【切り苛む】（動五）
①砍碎，宰割，殘殺。②摧殘，折磨。

「心が～・まれる思い」精神受折磨的
感覺。

きりさ・く◎【切り裂く】（動五）　剖
開，剪開，切開，劈開。「布を～・く」
把布剪開。

きりさ・げる◎【切り下げる】（動下一）
①剪得垂下。「髪の毛を～・げる」把頭
髮剪得下垂。②砍斷，砍掉。「肩口か
ら～・げる」從肩頭砍掉。③貶值。↔
切り上げる

きりさめ◎【霧雨】　濛濛細雨，牛毛細
雨，毛毛雨。

キリシタン②【葡 Christão】　天主教
（徒）。

きりじに◎【切り死に・斬り死に】スル　被
砍死。

ギリシャ【葡 Grécia】　希臘。

きりすて◎【切り捨て・斬り捨て】　①去
掉，切掉。②捨去，捨掉。↔切り上
げ。③斬殺，斬掉。

きりす・てる◎【切り捨てる・斬り捨て
る】（動下一）　①切掉，切去。②捨
去，捨掉。↔切り上げる。③斬殺，斬
掉。

キリスト◎【葡 Christo】　基督。

きりずみ◎【切り炭】　切炭。

きりだし◎【切り出し】　①開言，說出。
②伐後運出。

きりだ・す◎【切り出す】（動五）　①開
採後運出。②開言，開腔，說出，開
口。「商談を～・す」開口商談。

きりた・つ◎【切り立つ】（動五）　峭
立，陡立。「～・ったがけ」懸崖峭壁。

ぎりだて◎【義理立て】スル　盡情義，顧面
子。

きりつ◎【起立】スル　起立，直立。

きりつ◎【規律】　規律，紀律，規範，
約定，法紀。

きりづま◎②【切妻】　山牆封簷板。懸山
雙坡頂的兩端的部分。

きりつ・める◎【切り詰める】（動下一）
壓縮，緊縮，節減。「～・めた生活」儉
樸的生活。

きりどおし◎【切り通し】　穿山道，過山
嶺。

きりと・る[3]【切り取る】（動五） 截取，切下，割下，剪下。「枝を～・る」剪枝。

きりぬ・く[0]【切り抜く】（動五） 剪（下），裁（開）切下，挖透。

きりぬ・ける[0]【切り抜ける】（動下一） 脫離，闖過，克服。「不況を～・ける」擺脫蕭條。

きりは[0][1][2]【切り羽・切り端】 採礦場。

きりばな[2]【切り花】 切花。

きりはな・す[0]【切り放す】（動五） 截斷，切開，割斷，割裂。

きりはら・う[0]【切り払う・斬り払う】（動五） ①剪掉，砍掉，剷除。「庭園の雜草を～・う」鏟除庭園裡的雜草。②擊退，殺退。

きりばり[0]【切り張り・切り貼り】スル 挖補上。「障子を～する」修補拉門紙。

きりび[2]【切り火】 鑽（木取）火，打火。

きりひとは[4]【桐一葉】 一葉知秋。

きりひら・く[0]【切り開く】（動五） ①割開，劈開。②開墾，開拓。「荒野を～・く」開墾荒野。③砍開，撕開，殺開，開闢，殺出。「退路を～・く」殺出一條退路。④開創，開闢。「新時代を～・く」開創新時代。

きりふき[2][3]【霧吹き】 噴霧，噴霧器。

きりふ・せる[4]【切り伏せる・斬り伏せる】（動下一） 砍倒。「一刀のもとに～・せる」一刀砍倒。

きりふだ[2]【切り札】 王牌。「最後の～を出す」打出最後的王牌。

きりぼし[0]【切り干し】 乾菜。切後乾製品。

きりまわ・す[0]【切り回す】（動五） 處理，掌管，管理，操持。「母が一人で店を～・している」媽媽一個人把店舖經營得很好。

きりみ[3]【切り身】 魚塊，魚段。

きりみず[2]【切り水】 剪下即插入水中。

きりむす・ぶ[4]【切り結ぶ・斬り結ぶ】（動五）交鋒，白刃格鬥，刀刃相接。

きりもち[2]【切り餅】 方形年糕。

きりもみ[0][4]【錐揉み】スル 螺旋。

きりもり[2]【切り盛り】スル 安排，料理。「家計の～」家計的安排。

きりゃく[1]【機略】 機謀，謀略。「～に富む」足智多謀。

きりゅう[0]【気流】 氣流。「上昇～」上升氣流。

きりゅう[0]【寄留】スル 寄居。暫住。「先生の宅に～する」暫住老師家。

きりょ[1]【羈旅・羇旅】 羈旅，旅途，旅行。

きりょう[1]【器量】 ①器量，才幹。「～のある人」有才幹的人。②容貌，姿色。「～のよい娘」長得漂亮的女孩。

ぎりょう[0][1]【技量・技倆】 本領，技藝。「～を磨く」練本事。

ぎりょう[0]【議了】スル 議了。

きりょく[0][1]【気力】 魄力，氣力，勇氣。「～のある人」有幹勁的人。

キリルもじ[5]【一文字】〔Cyrillic alphabet〕西里爾字母。

きりん[0]【騏驎】 ①駿馬。②同「麒麟」。

きりん[0]【麒麟】 ①長頸鹿。②麒麟。

き・る[1]【切る】（動五） ①切，割，截，剁，砍。「つめを～・る」剪指甲。②割傷，砍傷，切傷，劃傷，創傷，刺傷，扎傷。「ガラスで手を～・った」玻璃把手劃傷了。③扯開，切開，拆開，挖開，拉開。「堰を～・る」開壩。「封を～・る」開封；拆封。④斷，截斷，拉開。「スイッチを～・る」斷掉開關。⑤斷絕，掛斷，剪斷。「縁を～・る」斷絕關係；離婚。「電話を～・る」掛斷電話。⑥除去，甩掉，去掉。「服を洗って水を～・る」洗完衣服把水擰乾。⑦截止，限制。「人数を～・る」限制人數。⑧打破，突破。「千円を～・る」低於一千日圓。⑨開，開具。「手形を～・る」開支票。⑩開始。「スタートを～・る」起跑。⑪惹人注目，無所顧忌，帶頭。「たんかを～・る」大聲叱責；怒斥。「札びらを～・る」揮霍。⑫轉動，轉向，拐彎。「ハンドルを～・る」打方向盤。⑬抨擊。「世相を～・る」抨擊世態。⑭劃，畫，比畫（劃）。「十字を～

・る」劃十字。

きる[0]【着る】（動上一） ①穿，著，亮（相）。「上着を～・る」穿上衣。②負，承當，承擔。「恩に～・る」感恩。

キル[1]【kill】 扣殺。排球運動中的扣球。

キルティング[1]【quilting】 鋪棉拼布，絎縫繡。

キルト[1]【kilt】 蘇格蘭短裙。

キルト[1]【quilt】 羽絨被褥。

ギルド[1]【guild】 基爾特，行會。

きれ[2]【切れ】 [1]①利度，快鈍。②小片，零碎。切下的部分。「紙～」碎紙。③蒸發度，揮發度。「水の～がよい」乾得快。④〔也寫作「裂」〕殘篇，殘片，斷句，斷片。「古筆～」古墨跡斷片。⑤敏銳度，靈敏度。「頭の～がいい」頭腦敏銳。

きれあが・る[0]【切れ上がる】（動五） 向上吊。「目じりが～・る」眼角向上偏斜。

きれあじ[2]【切れ味】 銳利度。

きれい[1]【綺麗・奇麗】（形動） ①漂亮，美麗，好看。「～な景色」綺麗的景色。②動聽，美妙，清脆，悅耳。「～な声」清脆的聲音。③乾淨，潔淨。「～な水」乾淨的水。④純潔，清白。「身辺を～にする」清理身邊（卑鄙齷齪之人）。⑤清白。「～な関係」清白的關係。⑥整潔。「教室は～に掃除してある」教室打掃得很乾淨。⑦完全，乾乾淨淨。「～に忘れた」忘得一乾二淨。

ぎれい[0]【儀礼】 儀禮，禮節，禮貌。「～をおもんじる」重視禮節。

きれぎれ[0]【切れ切れ】 零零碎碎，不連貫。「～に答える」斷斷續續地回答。

きれこみ[0]【切れ込み】 開岔，缺口，切口，斷面，裂口，葉子周邊的鋸齒裂痕。「～のあるスカート」有開岔的裙子。

きれじ[0]【切れ地・布地】 ①一塊布，一塊衣料。②織物，衣料。

きれじ[2]【切れ字】 斷句字（詞）。

きれじ[2]【切れ痔・裂れ痔】 肛裂。

きれつ[0]【亀裂】 龜裂，裂縫，裂痕。

ぎれつ[1][0]【義烈】 忠烈。

きれなが[0]【切れ長】 眼角細長清秀。「～の目」細長清秀的眼睛。

きれま[3]【切れ間】 間隙，縫隙。「雲の～」雲隙；雲縫。

きれめ[3]【切れ目】 ①斷開處，裂縫，縫隙。②階段，段落。③斷絕時，用盡時，中斷時，停頓。「金の～が縁の～」錢盡緣盡。

きれもの[2]【切れ者】 有才幹的人。「王さんは～だ」王先生是個機敏的人。

き・れる[2]【切れる】（動下一） ①斷，斷開。「たこの糸が～・れる」風箏的線斷了。②破，開裂，產生縫隙。「袖口が～・れる」袖口磨破了。③開口，決口。「堤防が～・れる」堤防決堤了。④斷電，停電。「電話が～・れる」電話中斷。⑤斷，斷絕。「縁が～・れる」關係斷絕。⑥用盡，用光。「あいにくその品物は～・れています」對不起，那項物品缺貨。⑦期滿，到期。「期限が～・れる」期限滿了。⑧欠，差，虧，缺。「5万円より少し～・れる」差一點不到5萬日圓。⑨偏，斜。「ボールが左へ～・れる」球偏向左方。⑩鋒利，快。「よく～・れるナイフ」鋒利的小刀。⑪敏銳。「頭が～・れる」頭腦敏捷。⑫高超，傑出，突出。「技が～・れる」技藝高超。⑬可以，能夠。「5時までにやり～・れる」五點以前能完成。

きろ[1]【岐路】 歧路。「人生の～に立つ」徘徊於人生的歧路。

きろ[1]【帰路】 歸途。

キロ[1]【法 kilo】 千。

きろう【生蠟】 木蠟。日本蠟。

ぎろう[0]【妓楼】 妓樓。

キロカロリー[3]【kilocalorie】 千卡，大卡。

きろく[0]【記録】スル ①記錄，報告文學。「～に残す」記錄在案。②紀錄。「世界～」世界紀錄。

キログラム[3]【法 kilogramme; 英 kilogram】〔也寫作「瓩」〕千克，公斤。

ギロチン[2]【guillotine】 斷頭台。

キロトン[0]【kiloton】 千噸。

キロヘルツ◎【kilohertz】 千赫（茲）。

キロメートル◎【法 kilomètre】 千米，公里。

キロリットル◎【法 kilolitre】 千升。

キロワット◎【kilowatt】 千瓦。

ぎろん◎【議論】スル 議論，辯論，爭論。

きわ◎【際】 ①際，邊，緣，端。「崖ぎけの～に立つ」站在崖邊。②近旁，旁邊。「窓～」窗前；靠窗。③際，時，時候。「桜の散り～」櫻花凋落之時。

ぎわく◎【疑惑】 疑惑。「～を招く」惹人疑惑。

きわた◎【木綿】 木棉。

きわだ・つ◎【際立つ】（動五） 顯著，突出，清晰，驚人。「～った変化がない」沒有顯著的變化。

きわど・い◎【際疾い】（形） ①千鈞一髮，危急萬分，緊要關頭。「～・いところで助かった」在千鈞一髮之際得救了。②接近於，幾乎，近乎（猥褻）。「～・い話」近乎猥褻的話。

きわまり◎【極まり・窮まり】 極，窮，頂端。

きわま・る◎【極まる】（動五） ①極。「不安が～・る」極度不安。②極其，透頂，至極。「滑稽ぶ～・る話」滑稽至極的話。

きわみ◎【極み】 極，頂點。「ぜいたくの～を尽くす」極盡奢侈。

きわめがき◎【極め書き】 文物鑑定書。

きわめて◎【極めて】（副） 極，極其。「交通が～便利である」交通極爲便利。

きわ・める◎【極める】（動下一） ①走到頭，到了頂。「頂上を～・める」登上山頂。②極盡，達到極限，達到頂點。「栄華を～・める」極盡榮華。③極端，極，特。「口を～・めてほめそやす」滿口稱讚；極端讚揚。

きわもの◎【際物】 ①應時商品，時令商品。「～売り」賣應時商品。②應時物，迎合潮流的商品。「～の映画」時尚電影。

きん◎【斤】 斤。

きん◎【金】 金。

きん◎【菌】 ①菌類。「酵母～」酵母菌。②病原菌等有害菌，細菌。「コレラ～」霍亂菌。

きん◎【琴】 琴。

ぎん◎【銀】 銀。

きんあつ◎【禁圧】スル 壓制。

きんい◎【金位】 K金成色，純金率。→金き

きんいつ◎【均一】 均一，均等，均勻，一律。「1000円～」一律 1000日圓。

きんいっぷう◎【金一封】 一包錢，一筆錢。

きんいろ◎【金色】 金色。

ぎんいろ◎【銀色】 銀色。

きんいん◎【近因】 近因。↔遠因

きんいん◎【金員】 ①金額，款額。②金錢，錢款。「多額の～」鉅款。

きんうん◎【金運】 財運。

きんえい◎【近詠】 近詠。最近作的詩歌。

きんえい◎【近影】 近影，近照。

ぎんえい◎【吟詠】スル 吟詠。

きんえん◎【近縁】 ①近緣，近親。↔遠縁きえん。②近緣。「～種」近緣種。

きんえん◎【筋炎】 肌炎。

きんえん◎【禁煙】スル ①禁煙。「車内～」車內禁止吸煙。②戒煙，忌煙。「今日から～する」今天開始戒煙。

きんおうむけつ◎【金甌無欠】 金甌無缺。比喻像一點殘缺沒有的金甌一樣。

きんか◎【金貨】 金幣。

きんか◎【槿花】 ①槿花。②牽牛花。

ぎんか◎【銀貨】 銀幣。

ぎんが◎【銀河】 銀河。

きんかい◎【近海】 近海。「日本～」日本近海。「～魚」近海魚。

きんかい◎【欣快】 欣悅，欣喜。「～の至り」至爲欣喜；欣喜之至。

きんかい◎【金塊】 金塊。

ぎんかいしょく◎【銀灰色】 銀灰色。

きんかぎょくじょう◎【金科玉条】 金科玉條，金科玉律。「師の教えを～とする」把老師的教導作爲金科玉律。

きんがく◎【金額】 金額。

ギンガム◎【gingham】 條紋格子棉布。

き

きんがわ⓪【金側】 黄金外殻。「～の時計」金殻表。

ぎんがわ⓪【銀側】 銀外殻。「～の時計」銀殻表。

きんかん⓪【近刊】 ①近期出刊，近期出版。「～予告」近刊預告。②近刊。最近已出版。「～本」近刊本。

きんかん⓪【金冠】 ①金冠。②金齒冠，金牙套。

きんかん⓪【金柑】 金柑，金橘。

ぎんかん⓪【銀漢】 銀漢，天河，銀河。

きんかんがっき⑤【金管楽器】 銅管樂器。

きんかんばん⓪【金看板】 金字招牌。

きんき①【近畿】 近畿。「近畿地方」的略稱。

きんき①【禁忌】 スル 禁忌。

ぎんぎつね⓪【銀狐】 銀狐。

きんきゅう⓪【緊急】 緊急。

きんきゅうどうぎ⑤【緊急動議】 緊急動議。

きんきゅうひなん⑤【緊急避難】 緊急避難。

きんぎょ①【金魚】 金魚。

きんきょう⓪【近況】 近況。「～報告」近況報告。

きんきょう⓪【禁教】 禁教。「～令」禁教令。

きんぎょも⓪【金魚藻】 金魚藻。

きんきょり①【近距離】 近距離，短距離，短途。↔遠距離。「～輸送」短程運輸。

きんきん⓪【近近】（副） 近日。「この法律は～施行される」這條法律最近施行。

きんきん⓪【僅僅】（副） 僅僅。「創業後～1年」創業後僅僅1年。

きんぎん⓪【金銀】 金銀。

きんく⓪【金句】 箴言，格言，佳句，至理名言。

きんく⓪【禁句】 ①禁句。②避諱言詞。

キング①【king】 ①王，國王，大王。②王牌。「ハートの～」紅心K。

きんけい⓪【近景】 近景。↔遠景。

きんけい⓪【謹啓】 謹啓，敬啓者。

きんけつ⓪【金欠】 缺錢，沒錢。

きんけん⓪【金券】 ①金券。在特定的範圍內，承認價值與面額表示金額相當的證券。「一部は～で支給する」部分用金券支付。「～ショップ」使用金券的商店。②金券。在金本位制的國家中，可兌換成金幣的紙幣。

きんけん⓪【勤倹】 勤儉。「～貯蓄」勤儉儲蓄。

きんげん⓪【金言】 金言。

きんげん⓪【謹言】 謹啓，謹言。「恐惶～」誠惶謹言。

きんげん⓪【謹厳】 謹嚴。「～実直」謹嚴耿直。

きんこ①【近古】 近古。

きんこ①【金庫】 金庫，保險櫃。

きんこ①【禁固・禁錮】 スル 監禁。

きんこう⓪【近郊】 近郊。↔遠郊。「～住宅地」近郊住宅區。

きんこう⓪【欣幸】 欣幸。高興而感到幸運。「～の至り」欣幸之至。

きんこう⓪【金工】 金屬美術工藝，金屬工藝品工匠，金匠。

きんこう⓪【金鉱】 ①金礦石。②金礦，金礦山。

ぎんこう⓪【吟行】 スル 行吟，閒步吟詠。「～会」行吟會。

ぎんこう⓪【銀行】 銀行。

きんこうたいしょう⓪【菌交替症・菌交代症】 菌群失調。

きんこく⓪【謹告】 謹告，謹啓。

きんこん⓪【緊褌】 緊褌，勒緊褲帶。

きんこんいちばん【緊褌一番】 發憤，發奮。

きんこんしき⓪【金婚式】 金婚式。慶祝結婚50周年的儀式。

ぎんこんしき⓪【銀婚式】 銀婚式。慶祝結婚25周年的儀式。

きんさ①【僅差】 微小差別，微差。

ぎんざ⓪【銀座】 銀座。

きんさく⓪【近作】 近作。

きんさく⓪【金策】 スル 籌款，籌措資金，想辦法湊錢。

きんざん①【金山】 金礦山。

ぎんざん①【銀山】 銀礦山。

きんざんじみそ◎【金山寺味噌】　金山寺味噌。

きんし◎【近視】　近視。↔遠視

きんし◎【金糸】　金絲，金線，金箔包芯線。

きんし◎【菌糸】　菌絲。

きんし◎【禁止】スル　禁止，戒斷。「立ち入り～」禁止入內。

きんじ◎◎【近似】スル　近似。

きんじ◎【近侍】スル　近侍，隨扈。

きんじ◎【近時】　近時。

ぎんし◎【銀糸】　銀絲，銀線。

きんじえない◎【禁じ得ない】（連語）　不禁，禁不住。「同情を～」不禁同情。

きんしぎょくよう◎【金枝玉葉】　金枝玉葉。

きんしつ◎【均質】　均質。

きんしつ◎◎【琴瑟】　琴瑟。

きんじつ◎◎【近日】　近日。「～にお訪ねいたします」兩三天內前去拜訪。

きんじて◎◎【禁じ手】　禁招。

きんじとう◎【金字塔】　①不朽業績。②金字塔。

きんしゃ◎【金紗・錦紗】　織錦薄紗。

ぎんしゃり◎【銀舎利】　白米飯的俗稱。

きんしゅ◎【金主】　金主，出資人。

きんしゅ◎【筋腫】　肌瘤。「子宮～」子宮肌瘤。

きんしゅ◎【禁酒】スル　①禁酒。②戒酒，忌酒。

きんしゅう◎【錦秋】　錦秋。「～の候」錦秋的時節。

きんしゅう◎【錦繡】　錦繡。「綾羅うち～」綾羅錦繡。

きんじゅう◎【禽獣】　禽獸。鳥獸。

きんしょ◎【禁書】　禁書。

きんじょ◎【近所】　①近處，近旁。②左近，近鄰，鄰居。「～づきあい」鄰居相處往來。

きんしょう◎【近称】　近稱。

きんしょう◎【金将】　金將。將棋的棋子之一。

きんしょう◎【僅少】　少許。「～の差で勝つ」險勝。

きんじょう◎【錦上】　錦上。「～に花を添える」錦上添花。

きんじょう◎【謹上】　謹啓，謹上。

ぎんしょう◎【吟唱・吟誦】スル　吟唱，吟誦。

ぎんしょう◎【銀将】　銀將。將棋的棋子之一。

ぎんじょう◎【吟醸】　精醸。

きん・じる◎◎【禁じる】（動上一）　禁，禁止，不准。

ぎん・じる◎◎【吟じる】（動上一）　①吟，吟誦。「漢詩を～・じる」吟漢詩。②吟詩，作詩。「一首～・じる」吟詩一首。

きんしん◎【近臣】　近臣。

きんしん◎【近親】　近親。

きんしん◎【謹慎】スル　謹慎，慎重。「～の意を表す」表示謹慎之意。

きんす◎【金子】　金子。

ぎんす◎【銀子】　銀子。

きん・ずる◎◎【禁ずる】（動サ變）　禁，禁止，不准。

ぎん・ずる◎◎【吟ずる】（動サ變）　吟，吟誦。

きんせい◎【近世】　近世。↔上世。

きんせい◎【金星】〔拉 Venus〕金星。

きんせい◎【禁制】スル　禁制，禁令，禁規。「～をおかす」違犯禁令。

きんせい◎【謹製】　謹製。

ぎんせかい◎【銀世界】　銀色世界，白雪皚皚。「一面の～」一片銀色世界。

きんせき◎【金石】　金石。「～の交まわり」金石之交。

きんせつ◎【近接】スル　①近接，挨近，貼近，靠近。「都市に～した町」城市附近的城鎮。②鄰近，緊接，相鄰。「工業地帶に～する地域」緊接工業區的區域。

ぎんせつ◎【銀雪】　銀雪。泛銀色光輝的雪。

きんせん◎【金銭】　金錢，現金。

きんぜん◎【欣然】（タル）　欣然。「～として赴おもく」欣然前往。

ぎんぜん【銀髯】　銀髯，銀鬚。

きんせんい◎【筋繊維】　肌纖維。

きんせんか◎【金盞花】　金盞花。

きんそく◎【禁足】スル　不准外出，禁閉，

きんそく。「～令」禁止外出令；禁足令。

きんそく【禁則】 禁則。

きんぞく◎【金属】 金屬。

きんぞく◎【勤続】スル 連續工作。「～20年」連續工作20年。

きんたい◎【近体】 近體。↔古体

きんだい【近代】 近代。「～都市」近代都市。

きんだいげき◎【近代劇】 近代劇。

きんだいこっか◎【近代国家】 近代國家。

きんだいさんぎょう◎【近代産業】 近代產業。

きんだいし◎【近代詩】 現代詩。

きんたいしゅつ◎【禁帯出】 禁止帶出。

きんだいてき◎【近代的】 (形動) 現代的。「～な設備」現代的設備。

きんだいぶんがく◎【近代文学】 近代文學。

きんだか◎【金高】 金額。

きんたま◎【金玉】 ①金球，金珠，金蛋。②睾丸的俗稱。

ぎんだら◎【銀鱈】 裸蓋魚。

きんだん◎【金談】 金錢借貸談判。

きんだん◎【禁断】スル 嚴禁，戒斷。「殺生～」嚴禁殺生。

きんちさん◎【禁治産】 禁治產。

きんちてん◎【近地点】 近地點。↔遠地點

きんちゃく◎【巾着】 荷包，寶袋，首飾袋。

きんちゃく◎【近着】スル 最近到達，近日到達。「～の洋書」最新到的外文書。

きんちゅう◎【禁中】 禁中。皇居，宮中。

きんちょ◎【近著】 近著。近作。

きんちょう◎【禁鳥】 禁鳥，禁獵鳥。

きんちょう◎【緊張】スル ①緊張。「～した顔」緊張的面容；緊張的表情。②(氣氛)緊張，興奮。「両国間の～が高まる」兩國之間關係緊張。

きんちょう◎【謹聴】スル ①謹聽，敬聽，恭聽，聆聽。②注意聽，好好聽著。「～、～」注意聽！請注意聽講。

きんちょく◎【謹直】 嚴謹正直。「～な

人」嚴謹正直的人。

きんつば◎【金鍔】 金鍔點心。

きんてい◎【謹呈】スル 謹呈，謹贈，敬贈。

ぎんでい◎【銀泥】 銀泥。

きんてき◎【金的】 金色箭靶，金靶。「～を射落とす」射落金靶。

きんでんぎょくろう◎【金殿玉楼】 金殿玉樓，瓊樓玉宇。

きんてんさい◎【禁転載】 禁止轉載。「無断～」禁止擅自轉載。

きんでんず◎【筋電図】 肌電圖。

きんど◎【襟度】 胸襟廣度，胸懷。

きんとう◎【均等】 均等，均勻。

きんとう◎【近東】 〔Near East〕近東。

きんとき◎【金時】 ①金太郎人偶。金太郎造型的人偶。②紅豆刨冰。

きんどけい◎【金時計】 金錶。

ぎんどけい◎【銀時計】 ①銀錶。②銀錶畢業生。東京帝國大學的優等畢業生的俗稱。

きんとん◎【金団】 金團。在糖煮栗子、豆子等外面裹上白薯泥、豆泥的食品。

ぎんなん◎【銀杏】 銀杏，白果。

きんにく◎【筋肉】 肌肉。

ぎんねず◎【銀鼠】 銀灰色。

きんねん◎【近年】 近年，近幾年，這些年。

きんのう◎【金納】スル 現金繳納。↔物納

きんのう◎【勤王・勤皇】 保王，保皇。「～の志士」保王志士。

きんば◎【金歯】 金牙。

きんぱ◎【金波】 金波。「～銀波」金波銀波。

きんばえ◎【金蠅】 金蠅，綠蠅。

きんぱく◎【金箔】 金箔。

きんぱく◎【緊迫】スル 緊迫。

ぎんぱく◎【銀箔】 銀箔。

ぎんはくしょく◎【銀白色】 銀白色。

きんぱつ◎【金髪】 金髮。

ぎんぱつ◎【銀髪】 銀髮。

ぎんばん◎【銀盤】 ①銀盤，銀盤。②溜冰場。「～の女王」滑冰女王。

きんぴか◎【金ぴか】 ①金光閃閃。「～の勲章」金光閃閃的勳章。②金光閃

閃，光彩照人，華麗。「～に着飾る」打扮得光彩照人。

きんぴらごぼう⓪【金平牛蒡】　金平牛蒡。

きんぴん⓪①【金品】　錢物，錢財，財物。

きんぶち⓪【金縁】　金邊，金框。「～眼鏡_{めが}」金框眼鏡。

ぎんぶち⓪【銀縁】　銀邊，銀框。「～眼鏡_{めが}」銀框眼鏡。

きんぷら【金麩羅】　金婦羅。

ぎんぶら【銀ぶら】　スル　逛銀座。

きんぶん⓪【均分】　スル　均分。

きんぷん⓪【金粉】　金粉。

ぎんぷん⓪【銀粉】　銀粉。

きんべん⓪【勤勉】　勤勉，勤奮。「～家」勤勉的人。

きんぺん⓪【近辺】　旁邊，邊上。「東京の～」東京附近。

きんぼう⓪【近傍】　近旁。

きんぽうげ⓪【金鳳花】　金鳳花。

きんぼし⓪【金星】　金星。在大相撲的本場比賽中，平幕力士戰勝橫綱時的優勝星。「～をあげる」獲金星。

きんほんい③【金本位】　金本位。

ぎんほんい③【銀本位】　銀本位。

ぎんまく⓪【銀幕】　①銀幕。②影壇，電影界。「～の女王」影壇女王；影后。

きんまんか⓪【金満家】　大財主，富豪。

ぎんみ③【吟味】　スル　①吟味，玩味，推敲。「語句を～する」吟味詞句。②審查，審訊。

きんみつ⓪【緊密】　緊密，緊湊。「～に連絡を取る」密切聯繫。

きんみゃく⓪【金脈】　①金礦脈，金脈。②資金後盾，財源，財路。

きんみらい③【近未来】　近未來。

きんむ①【勤務】　スル　勤務，上班工作。「～時間」上班時間。

きんむく⓪【金無垢】　純金，足金。

きんめ⓪【斤目】　斤重。

ぎんめし⓪【銀飯】　白飯，白米飯。

きんめだい③【金目鯛】　金眼鯛。

きんモール③【金―】　①金線辮帶。②金絲緞。

ぎんモール③【銀―】　①銀線辮帶。②銀絲緞。

きんもくせい③【金木犀】　金桂，丹桂。

きんもつ⓪【禁物】　禁忌事項，切忌。「油断は～」切忌疏忽大意。

きんもん⓪【禁門】　禁門。

きんゆ⓪【禁輸】　禁運。「～品」禁運品。

きんゆう⓪【金融】　金融。

ぎんゆうしじん⑤【吟遊詩人】　行吟詩人，吟遊詩人。

きんよう⓪【緊要】　緊要。「～な問題」緊要的問題。

きんようび③【金曜日】　星期五，金曜日，周五。

きんよく⓪【禁欲・禁慾】　スル　禁欲。「～的生活」禁欲的生活。

ぎんよく⓪【銀翼】　銀翼。

きんらい⓪【近来】　近來。

きんり⓪①【金利】　（存款、貸款的）利息，利率。「～が高い」利息高。

きんり①【禁裏・禁裡】　①皇居，御所，禁中。②天皇。

きんりょう①【斤量】　斤量。

きんりょう⓪【禁猟】　禁獵。

きんりょう⓪【禁漁】　禁漁。

きんりょく①【金力】　金錢勢力。「～にものをいわせる」依仗金錢勢力。

きんりょく①【筋力】　肌力。

きんりん⓪【近隣】　近鄰，鄰近。「～の村」鄰近的村。

ぎんりん⓪【銀輪】　①銀環。②自行車車輪，自行車。

きんるい①【菌類】　菌類。

きんれい⓪【禁令】　禁令。

きんろう⓪【勤労】　スル　①辛勞。②領取報酬勞動，勞動。「～者」勞動者；薪水階級；領取報酬之勞動者。

きんろうかいきゅう⑤【勤労階級】　薪水階級，勞動階級。

きんろうしょとく⑤【勤労所得】　勞動所得，工作所得。↔不労所得

く⓪【九】　九，九個。

く⓪【区】　區。「気候~」氣候區。

く⓪【句】　句。

く⓪【苦】　苦。「~あれば楽あり」有苦就有樂。

ぐ⓪【具】　①用具，器具。「物の~」武器。②用具，工具。「政争の~」政治鬥爭的工具。③配料，配菜。「雑煮の~」雜煮的配菜。

ぐ⓪【愚】　笨，愚蠢。

ぐあい⓪【具合・工合】　①情形，情況，狀況。「体の~」身體狀況。②方便，合適。「~が悪い」不方便。③樣子，姿態。「~の悪い思いをする」覺得不像樣。④事情的做法，方法。「こんな~に打て」就這樣打!

グアノ⓪【guano】　鳥糞石，海鳥糞。

グアバ⓪【guava】　番石榴。

クアハウス③【德 Kurhaus】　療養所。

ぐあん⓪⓪【愚案】　①愚蠢想法。②拙見，愚見。

くい⓪⓪【悔い】　悔恨，後悔。「~を残る」留下悔恨。

くい⓪【食い】　①食，咬，吃。②魚上鉤。

くい⓪【句意】　句意。

くいあ・う③【食い合う】（動五）　①對咬，互咬互吃。「票を~・う」互拉選票。②接合，嚙合。「歯車が~・う」齒輪相互嚙合。

くいあげ⓪【食い上げ】　丟掉飯碗。「おまんまの~」飯碗砸了。

くいあら・す⓪③【食い荒らす】（動五）　①胡亂吃而糟塌食物。②吃得狼藉。「膳の料理を~・す」把這飯吃得到處都是。③吞食，蹂躪，踐踏，侵占。「対立候補の地盤を~・す」侵占對手候選人的地盤。

くいあらた・める⓪⑤⓪【悔い改める】（動下一）　悔改。「これまでなまけていたことを~・て、一生懸命勉強する」悔

改以往懶散行爲、努力用功。

くいあわせ⓪【食い合わせ】　忌同食。「~が悪い」忌同食；同時吃不好。

くいいじ⓪④【食い意地】　嘴饞，貪吃。「~がはる」貪吃。

くいい・る③⓪【食い入る】（動五）　①咬進，嵌進，勒入。②透入，射入。「~・るような目つき」咄咄逼人的目光。

クイーン①【queen】　①女王，王妃，皇后。② Q 牌。③皇后。西洋棋中的女王棋子。④皇后，女明星。「当劇団の~」本劇團的皇后。

くいかけ⓪【食い掛け】　沒吃完，吃一半。

くいき⓪【区域】　區域。「立ち入り禁止~」禁止入内的區域。

くいき・る③⓪【食い切る】（動五）　①咬斷。「縄を~・る」咬斷繩子。②吃光。「一人では~・れない」一個人吃不完。

くいけ⓪【食い気】　食慾，貪吃。「~盛りの少年」食欲旺盛的少年。

くいこ・む③【食い込む】（動五）　①勒進去，陷進去。「ひもがかたに~・む」繩子勒進肩膀。②打入，侵占，入侵。「会議が昼休みを~・む」會議佔用午休時間。③超支，賠錢。「原資に~・む」蝕本；虧本。

くいさが・る⓪【食い下がる】（動五）　咬住，揪住。「あいまいな答弁に~・る」揪住含糊不清的答辯不放。

くいしば・る⓪③【食い縛る】（動五）　咬緊。「歯を~・る頑強」咬緊牙關努力。

くいしんぼう⓪【食いしん坊】　嘴饞，饞鬼。

クイズ①【quiz】　益智問答，猜謎。

くいぜ⓪【杭・株】　樹椿。

くいぞめ⓪【食い初め】　初食，首次持箸。

くいたお・す⓪【食い倒す】（動五）　①

白吃白喝，霸王餐。②吃窮。

くいだおれ⓪【食い倒れ】　吃窮，吃垮。「京の着倒れ、大阪の～」京都人講究穿，大阪人講究吃。

くいだめ⓪【食い溜め】ㇲㇽ　多吃點，填腹。

くいちが・う⓪⓪【食い違う】（動五）　①交錯，錯開。「継ぎ目が～・う」接縫錯開了。②有分歧，相左。「意見が～・う」意見不一致。

くいちぎ・る⓪【食い千切る】（動五）　咬斷，咬掉。

くいちら・す⓪⓪【食い散らす】（動五）　①吃得狼藉。②亂吃，每樣都吃一點。「何でも～・してみる」什麼都嘗試。

くいつ・く⓪【食い付く】（動五）　①咬住，咬上。②咬住，抓住。「仕事に～・く」專注於工作。③熱衷。「金もうけの話に～・く」熱衷於賺錢的話題。④咬住，纏住。「野党に～・かれる」被在野黨纏住。

クイック⓪【quick】　快。

くいつな・ぐ⓪【食い繋ぐ】（動五）　①省著，一點一點吃。②餬口。「本を売って～・ぐ」變賣書籍餬口。

くいつぶ・す⓪【食い潰す】（動五）　吃光，吃窮，坐吃山空。「遺産を～・す」敗光遺產。

くいつ・める⓪⓪【食い詰める】（動下一）　債台高築而趁夜逃走。

くいで⓪【食い出】　夠吃。「～のある料理」夠分量的飯菜。

くいどうらく⓪【食い道楽】　好吃，美食家。

くいと・める⓪⓪【食い止める】（動下一）　制止，抑制。「被害を～・める」控制住災害。

くいな⓪【水鶏・秧鶏】　秧雞。

くいにげ⓪【食い逃げ】ㇲㇽ　白吃白喝，吃霸王餐。

くいのば・す⓪【食い延ばす】（動五）　省吃儉用。

ぐいのみ⓪【ぐい飲み】　一飲而盡。

くいはぐ・れる⓪【食い逸れる】（動下一）　①沒趕上吃。②無法餬口。

くいぶち⓪⓪【食い扶持】　伙食費。

くいもの⓪⓪【食い物】　①食品，食物。②犧牲品，食物。「弱い者を～・にする」弱肉強食。

く・いる⓪【悔いる】（動上一）　後悔。「罪を～・いる」對自己的罪行感到後悔。

クインテット⓪【義 quintetto】　五重奏，五重唱。

くう⓪【空】　①空中，天空。「～をにらむ」凝視天空。②空。「～をつかむ」抓空。

く・う【食う・喰う】（動五）　①吃。②吃穿。「～・っていけない」無法生活下去。③叮，咬，螫，蛀蝕。「蚤²に～・われる」被跳蚤咬。④（似乎要）吞吃掉。→食ってかかる。⑤併吞，侵犯。「対立候補の地盤を～・う」吃掉對立候選人的地盤。⑥戰勝。「強敵を～・う」打敗強敵。⑦耗費。「時間を～・う」花時間。⑧吃虧，上當，蒙受。「パンチを～・う」挨一拳。

グー⓪〔源自 good〕（形動）多好，極好。「それは～だね」那麼好啊！（感）好啊。「好」的加油聲。

くうい⓪【空位】　虛位，空缺。

ぐうい⓪⓪【寓意】　寓意。

くういき⓪【空域】　航空區域。

ぐういん⓪【偶因】　偶然原因。

ぐうえい⓪【偶詠】　偶詠。偶然吟詠。「早春～」早春偶詠。

くうかん⓪【空間】　空間。「宇宙～」宇宙空間。

ぐうかん⓪【偶感】　偶感。

くうかんち⓪【空閑地】　空地，閒置土地。

くうき⓪【空気】　空氣。

くうきょ⓪【空虚】　空虛，空洞。「～な生活」空虛的生活。

ぐうきょ⓪【寓居】ㇲㇽ　①寓居，寄居。②敝寓，寒舍。

くうぐん⓪【空軍】　空軍。

くうけい⓪【空閨】　空閨。「～をかこつ」閨怨。

くうげき⓪【空隙】　空隙。

くうけん⓪【空拳】 空拳。「徒手～」赤手空拳。

くうげん⓪【空言】 ①流言。「～に惑わされる」被空言所惑。②空話。「～を吐く」空談。

ぐうげん⓪【寓言】 寓言。

くうこう⓪【空港】 機場。

くうさ①【空佐】 空佐，空校。航空自衛官軍銜名稱。

ぐうさく⓪【偶作】 偶作。

くうさつ⓪【空撮】 スル 空中攝影，空拍。

くうし①【空士】 空士。航空自衛官軍銜名。

ぐうじ①【宮司】 宮司。神社之長的神官。

くうしつ⓪【空室】 空室，空屋。

くうしゃ⓪【空車】 空車。↔実車

くうしゅう⓪【空襲】 スル 空襲。「～警報」空襲警報。

くうしょ⓪【空所】 空場所。

くうしょう⓪①【空将】 空將。航空自衛官軍銜名。

ぐうすう③【偶数】 偶數。↔奇数

グーズベリー④①【gooseberry】 歐洲醋栗。

ぐう・する③【遇する】 (動サ變) 款待。「丁重に～・する」殷勤款待。

くうせき⓪【空席】 ①空位，空座。②空缺。

くうぜん⓪【空前】 前所未有。空前。「～のできごと」前所未有的事件。

ぐうぜん⓪【偶然】 偶然。「～の一致」偶然的巧合。

くうそ①【空疎】 空疏，空泛。「～な議論」空泛的議論。

くうそう⓪【空曹】 空曹。航空自衛官軍銜名。

くうそう⓪【空想】 スル 空想，虛構。

ぐうぞう⓪【偶像】 偶像。「～視する」把…視為偶像。

くうそくぜしき④【空即是色】 空即是色。→色即是空

ぐうたら⓪ 吊兒郎當。「～者」吊兒郎當者。

くうち⓪【空地】 空地。

くうちゅう⓪【空中】 空中。

くうちゅうけん③【空中権】 空中權。→地上権・地下権

くうちゅうぶんかい⓪【空中分解】 スル 空中解體。

くうちゅうろうかく⓪【空中楼閣】 空中樓閣。

くうちょう⓪【空腸】 空腸。

くうちょう⓪【空調】 空調。「空気調節」的略稱。

くうてい⓪【空挺】 空降。

ぐうているい⓪【偶蹄類】 偶蹄類。↔奇蹄類

クーデター①【法 coup d'État】 政變。

くうてん⓪【空転】 スル 空轉，毫無結果。「会議が～する」會議毫無結果。

くうでん⓪【空電】 天電。

くうどう⓪【空洞】 空洞。

ぐうのね⓪【ぐうの音】 哼，嗯，吭聲。

くうはく⓪【空白】 ①空白，空白處。②空白。「記憶の～」記憶中的空白。

くうばく⓪【空漠】 (タル) ①空泛。「～たる野原」空曠的原野。②空曠。「～とした議論」空洞的理論。

ぐうはつ⓪【偶発】 スル 偶發。「～的な事件」偶發性的事件。

くうひ⓪①【空費】 スル 白費。

くうふく⓪【空腹】 空腹。「～も覚える」感覺到餓。

くうぶん⓪【空文】 空文。無效力的文書。

くうぼ①【空母】 航母。「航空母艦」的略稱。

くうほう⓪【空砲】 空包彈。↔実砲

クーポン①【法 coupon】 ①聯票，套票。②回數票。

くうゆ⓪①【空輸】 スル 空運。

ぐうゆう⓪【偶有】 偶有。

クーラー①【cooler】 ①冷氣裝置，冷卻器，空調。②冰桶。

くうらん⓪【空欄】 空欄。

くうり①【空理】 空理論，空道理。「空論」空洞的理論。

クーリングオフ⑤【cooling off】 鑑賞期內解約制度。

くさやきゅう◎【草野球】 業餘棒球。

くさやぶ◎【草藪】 草叢。

くさり◎【鎖・鏁・鏈】 ①鎖鏈。②鏈，鎖鏈，連鎖。「両国をつなぐ～」連結兩國的紐帶。

くさりあみ◎【鎖編み】 鎖針編織，鎖針織法。

くさ・る◎【腐る】（動五） ①腐，腐爛。②腐臭。「～・った卵」腐爛的雞蛋。③鏽爛，腐朽。「鉄が～・る」鐵生鏽。

くさ・れる◎【腐れる】（動下一） 腐敗，腐爛。

くさわけ◎【草分け】 ①開拓，奠基（者）。②先驅，開拓，創始（人）。

くし①【串】 竹籤，鐵籤。

くし②【櫛】 梳子。

くし①②【駆使】スル ①驅使。②運用自如，熟練掌握。

くじ①【籤・闍】 （抽）籤，（抓）闍。

くしあげ◎【串揚げ】 炸串。

くじうん◎【籤運】 籤運。

くしがき◎【串柿】 柿餅串。

くしカツ◎【串―】 炸豬肉串。

くしき◎【奇しき】（連體） 奇妙的。「～縁えにし」奇緣。

くじ・く②【挫く】（動五） ①挫，扭。「足を～・く」扭到腳。②挫敗。「敵を～・く」打敗敵人。

くしくも①【奇しくも】（副） 沒想到，真奇妙。

くしけず・る③【梳る】（動五） 梳。

くじ・ける③【挫ける】（動下一） 受挫，氣餒。「勇気が～・ける」勇氣受挫。

くしざし◎【串刺し】 ①用竹籤穿。②刺穿殺死，刺殺。

くじびき◎④【籤引き】スル 抽籤。

くしまき◎【櫛巻き】 盤髮。

くしめ◎【櫛目】 梳痕，梳子印。

ぐしゃ①【愚者】 愚者。

クシャトリヤ②【梵 ksatriya】 刹帝利。古代印度四大種姓中的第二位身分。→カースト

くしゃみ②【嚔】 噴嚔。

くじゅ①【口授】スル 口授。

くしゅう①【句集】 句集。

くじゅう①【苦汁】 苦汁。

くじゅう①【苦渋】スル 苦惱，苦澀。「～に満ちた顔」滿臉憂愁。

くじょ①【駆除】スル 驅除。

ぐしょ①【愚書】 ①愚書。無聊內容的書。②愚書。謙稱自己所寫書信或書籍等的詞語。

くじょう①【苦情】 不平，抱怨，牢騷，申訴，苦情。

ぐしょう◎【具象】 具象。↔抽象。「～画」具象畫。

ぐしょぬれ◎【ぐしょ濡れ】 濕透，濕淋淋。

くじら◎【鯨】 鯨。

くじ・る②【抉る】（動五） 摳，掏。

くしん①②【苦心】スル 苦心，挖空心思，費盡心思。

ぐじん◎①【愚人】 愚人。

くす①【樟】 樟樹。

くず①【屑】 ①屑，切屑。②渣滓，糟粕，廢物。

くず①【葛】 葛。

ぐず①【愚図】 遲鈍，磨蹭，慢吞吞。

くずあん◎②【葛餡】 芡汁。

くずお・れる④【頽れる】（動下一） ①坍塌，頽然坐下。②頽廢，頽唐。

くずかご◎【屑籠】 廢紙簍，垃圾桶。

ぐずぐず①【愚図愚図】 ①（副）スル 拖延，磨磨蹭蹭。②沒完沒了抱怨，嘟噥。嘟嘟囔囔。「～言うな」別沒完沒了抱怨！③不明確確定。「～した天気」陰晴不定的天氣。

くすぐった・い◎⑤【擽ったい】（形） ①發癢，呵癢。②放不開，害羞。「～・いほめことば」讓人難為情的讚美之言。

くすぐり◎【擽り】 逗笑，逗樂，使發笑。「～を入れる」添加笑料。

くすぐ・る◎【擽る】（動五） ①使發癢。②使發笑，逗樂，逗笑。「客を～・る」把客人逗樂。③激發，使高興。「人の心を～・る」撩撥人心。

くずこ①【葛粉】 葛粉。

くずざくら③【葛桜】 櫻葉葛包子。

くずし回【崩し】　①草。「草體字」的略稱。②變奏。「さのさ~」莎諾莎變奏曲。

くずしがき回【崩し書き】　簡寫，連筆，草寫，連筆字。

くず・す回【崩す】（動五）　①使崩潰，拆掉，拆毀，拆卸。②使零亂，弄零散。「列を~・す」打亂隊形。③連筆，簡筆，草寫，草體。④找開，換成零錢。「一万円札を~・す」把一萬日圓鈔票找開。

くすだま【薬玉】　①避瘟藥袋，香包。②祝賀彩球。

ぐずつ・く回回【愚図つく】（動五）　①磨蹭，拖拉。②纏人。③陰晴不定。

くずてつ回【屑鉄】　鐵屑，廢鐵，廢鋼鐵。

くす・ねる回回（動下一）　偷盜。

くすのき回【樟・楠】　樟樹，香樟。

くすぶ・る回【燻る】（動五）　①燻冒煙，燻。「天井が~・る」屋頂燻黑。②煙燻，燻黑。③悶居。「家の中に~・っている」悶在家裡。④隱居。「田舎に~・っている」隱居鄉下。⑤糾纏不休，無休無止。「国境紛争が~・る」國界問題長期得不到解決。

くす・べる回【燻べる】（動下一）　煙燻，使冒煙。

くずまんじゅう回【葛饅頭】　葛粉豆沙包。

くす・む回（動五）　①低調，不刺眼，不鮮豔，講樸素，不焦急。②不顯眼，隱居。「地方で~・んでいる」隱居地方。

くずもち回【葛餅】　葛粉糕，葛餅。

くずもの回【屑物】　①破爛。②廢品。

くずや回【屑屋】　收破爛的。

くずゆ回【葛湯】　葛湯。

くすり回【薬】　①藥，藥品。②良藥。「失敗が~になる」失敗成爲一劑良藥。③賄賂。「~を利かせる」進行賄賂。

ぐ・する回【具する】（動サ變）　①備有，具備。②帶路，陪伴。

ぐず・る回【愚図る】（動五）　吵人，磨人。「子供が~・る」小孩子磨人。

くずれ回【崩れ】　①崩，坍塌，散亂，走形。「髮の~」頭髮散亂。②暴跌，崩潰，行情急劇下跌。③沒落，落魄，某種身分、職業的悲慘結局。「役者~」落魄的演員。④失敗，出局。未完成，呈半途而廢的狀態。「併殺~」（棒球）雙殺出局。

くず・れる回【崩れる】（動下一）　①崩，崩潰，坍塌，倒塌，塌陷。「家が~・れる」房子倒塌。②零亂變形，走樣。「バランスが~・れる」失去平衡。③變天。④換成零錢。「やっと一万円札が~・れた」好不容易找開一萬日圓。⑤行情下跌。

くすんごぶ回【九寸五分】　九寸五分匕首。

くせ回【癖】　①癖，毛病。②特點。「~のある字」有特點的字。③習慣，習性。「いい~をつける」養成好習慣。④折痕。「~をつける」打摺。

くせ回【救世】　救世。

ぐせい回【愚生】（代）　愚生，鄙人。

くせげ回【癖毛】　自然捲，捲毛。

くせつ回【苦節】　苦守節操，苦節。「~10年」苦守節操十年。

くせもの回【曲者・癖者】　①壞人，歹人。②難對付者，老奸巨猾的人。③要注意的事。「恋は~」戀愛是要謹慎以對的。

くせん回回【苦戦】　スル　苦戦。

くそ回【糞】　①糞，屎。②屎。污垢或殘渣。「鼻~」鼻屎。

ぐそく回回【具足】　スル　完備，齊全，應有盡有。「~円満」具足圓滿。

ぐそく回回【愚息】　犬子，小兒。

くそたれ回【糞垂れ】　屎蛋，混蛋。

くそぢから回【糞力】　蠻力，傻勁。

くそどきょう回【糞度胸】　傻大膽。

くそばえ回【糞蠅】　黃蠅。

くそまじめ回【糞真面目】　過於認真，太過正經。

くそみそ回【糞味噌】（形動）　①好壞不分。②信口貶低，胡亂說。「~にけなす」狠貶。貶得一文不值。

くだ回【管】　管，管子。

ぐたい[0]【具体】　具體。↔抽象

くだ・く[2]【砕く】（動五）　①打碎，弄碎。「花瓶を～・く」打碎花瓶。②挫敗，摧毀。「夢を～・く」打破夢想。③使淺顯易懂。「～・いて説明する」淺顯易懂地說明。④絞盡腦汁。「心を～・く」煞費苦心。

くたくた[0]（形動）　疲憊不堪，精疲力盡。「～に疲れる」疲憊不堪。

くだくだし・い[5]（形）　冗長，囉嗦。「話が～・い」說個沒完。

くだ・ける[3]【砕ける】（動下一）　①破碎，粉碎。「花瓶が～・ける」花瓶碎了。②洩氣。「腰が～・ける」癱軟；洩勁。③融洽，平易近人。「～・けた言い方」通俗易懂的說法。

ください[3]【下さい】　①請給（我）…。「小遣いを～」請給（我）零用錢。「お電話を～」請給我打電話。②請。「ぜひご検討～」請務必研究一下。

くださ・る[3]【下さる】（動五）　賜予，給予。「与える」「くれる」的敬語。「先生の～・った御本」老師送（給我）的書。

くだされもの[0]【下され物】　賜物，贈品。

くださ・れる[4]【下される】（動下一）　①賜予，給予。「与える」的敬語。「温かいお言葉を～・れた」送給我熱情的話語。②從接受其行爲者的立場對行爲人表示敬意。「贈り物お受け取り～・れたく」敬請收下禮物。

くだ・す[0]【下す・降す】（動五）　①下達。「命令を～・す」下命令。②做明確的判斷。「決断を～・す」下決斷。③瀉，打。「腹を～・す」腹瀉。「虫を～・す」打蟲子。④下手，著手。（用「手をくだす」的形式）自己動手。「自ら手を～・す」親自下手。⑤一直…下去。「書き～・す」一直寫下去。「飲み～・す」一口氣喝下去。

くだって【下って・降って】（接續）　至於我這裡。書信中，寫自己事情時的謙虛用語。「～私ども一同元気でおります」至於我這裡，大家都健康。

くたにやき[0]【九谷焼】　九谷燒。陶磁器名。

くたば・る[3]（動五）　①精疲力盡，疲憊不堪。「猛練習で～・る」因訓練猛烈而精疲力盡。②死去，見鬼。「早く～・ってしまえ」見鬼去吧！快死去！

くたび・れる[4]【草臥れる】（動下一）　①疲乏，疲勞。②穿舊，用舊，難看。「～・れた背広」穿舊了的西服。「～・れた顔」難看的面容。③疲乏，膩煩。「待ち～・れる」等煩了。

くだもの[2]【果物】　水果。

くだらない[0]【下らない】（連語）　沒價值，不值錢，無聊。「～映画」無聊的電影。

くだり[0]【下り・降り】　①下降，下坡。↔のぼり。「登りは苦しいが～は楽だ」下坡容易上坡難。②下行。↔のぼり。「～の列車」下行列車。③順流而下。↔のぼり。「川～」順河而下。

くだ・る[0]【下る・降る】（動五）　①下降。↔のぼる。「坂道を～・る」下坡。②順流而下。↔のぼる。「舟で川を～・る」乘舟順流而下。③下去地方。↔のぼる。「奥州へ～・る」下奥州。④南下。↔のぼる。⑤宣判。「判決が～・る」宣判。⑥往後推移。「やや時代が～・っての事」時代稍往後推移的事。⑦少於。「月収は100万を～・らない」月收入不下100萬。⑧下野。「野に～・る」下野。⑨腹瀉。「おなかが～・る」腹瀉。⑩流淚。「涙滂沱（ぼうだ）として～・る」涕泗滂沱。

くち[0]【口】　①口，嘴。②指說話，口頭。「～をつぐむ」緘口。③傳聞，評判。「人の～がうるさい」人言可畏。④邀請，叫去。「～がかかる」被人請去。⑤吃，口味。「～をつける」張口吃；親口；親嘴。「～に合う」合口味。⑥門口，出入口。「非常～」太平門；安全出口。⑦開端，開始。「宵の～」剛剛入夜。

ぐち[1]　石首魚。黃姑魚的別名。

ぐち[0]【愚痴・愚癡】　抱怨，牢騷。「～をこぼす」發牢騷。

くちあけ◎◎【口開け・口明け】 ①開口，開封，開塞，開蓋。②開端，起頭。「興行の～の日」公演的第一天。③開禁。

くちあたり◎◎【口当たり】 ①口感。「～のいい菓子」口感不錯的點心。②待人接物感。「～のいい人」善於應酬的人。

くちいれ◎◎【口入れ】 スル ①介紹，作媒。「～屋」介紹所；介紹人。②插嘴，多嘴。

くちうつし◎◎【口移し】 ①嘴對嘴餵。②口頭傳授。「～で教え込む」口頭傳授。

くちうら◎【口裏】 口氣，口徑。「～から推察する」從說話口氣推斷。

くちうるさ・い◎◎【口煩い】（形） 吹毛求疵。

くちえ◎【口絵】 卷首畫，卷首插圖，卷頭照片。

くちおし・い◎【口惜しい】（形） 可惜的。

くちおも◎【口重】 寡言，說話謹慎。↔口軽
る。「～な客」說話謹慎的客人。

くちかず◎【口数】 ①說話的次數，話語數量。「～の多い人」話多的人。②（人）口數，吃飯人數。「～が減る」吃飯人數減少。

くちがね◎【口金】 金屬蓋，金屬箍，金屬卡口，金屬包邊。「瓶の～」瓶蓋。

くちがる◎【口軽】 說話隨便，嘴不牢，說溜嘴。↔口重

くちき◎【朽ち木】 ①朽木。②不得志。

くちきき◎【口利き】 ①居間，調解。「おじの～で就職が決まる」靠叔叔的介紹決定了工作。②調停人，和事佬。

くちぎたな・い◎【口汚い】（形） ①嘴髒。「～・くののしる」用髒話罵人。②貪嘴，嘴饞。

くちく◎【駆逐】 スル 驅逐，淘汰。

くちぐせ◎【口癖】 口頭語，口頭禪。

くちぐち◎【口口】 眾口。「～に叫ぶ」異口同聲大喊。

くちぐるま◎◎【口車】 花言巧語，甜言蜜語。

くちげんか◎◎【口喧嘩】 スル 吵架鬥嘴，爭吵。

くちごうしゃ◎【口巧者】 口才好。

くちごたえ◎◎【口答え】 スル 頂嘴，頂撞。

くちコミ◎【口―】 街談巷議，小道消息。

くちごも・る◎【口籠る】（動五） ①說不清楚，含混不清。②吞吞吐吐，支吾，含糊。「彼は知らない人の前で・る」他在陌生人面前說話結結巴巴的。

くちさがな・い◎【口さがない】（形） 嘴損，刻薄，說長道短。

くちさき◎【口先】 口頭上，嘴上說。「～だけの好意」只在口頭上的好意。

くちざみし・い◎【口淋しい】（形） 嘴閒得慌，嘴饞。

くちしのぎ◎【口凌ぎ】 ①勉強度日，勉強糊口。②暫且充饑。「お～にどうぞ」請暫且充充饑。

くちじゃみせん◎【口三味線】 ①哼唱三味線。②甜言蜜語，花言巧語。「～に乗る」被花言巧語所騙。

くちじょうず◎【口上手】 口才好。

くちすぎ◎【口過ぎ】 スル 謀生。

くちずさ・む◎【口遊む】（動五） 吟唱，哼唱，隨口吟誦。

くちぞえ◎【口添え】 スル 美言，說情，代人說好話。

くちだし◎【口出し】 スル 插嘴，多嘴。

くちだっしゃ◎【口達者】 好說，健談者。

くちぢゃ◎【口茶】 スル 續茶。

くちつき◎【口付き】 ①嘴形，口形。②語氣，口氣，口吻。「不満そうな～」不滿的口吻。③帶濾嘴的。「口付きタバコ」的簡稱。

くちづけ◎【口付け】 スル 親嘴。接吻。

ぐちっぽ・い◎【愚癡っぽい】（形） 好發牢騷。「～・い係長」愛發牢騷的股長。

くちどめ◎【口止め】 スル 堵嘴，封口。不讓人說出去。

くちとり◎◎◎【口取り】 ①小菜，小吃。②執繮。指牽拉牛或馬的繮繩。

くちなおし◎◎【口直し】 漱口。清潔

腔。

くちなし◎【梔・梔子・山梔子】 梔子。

くちならし◎◎【口慣らし・口馴らし】スル ①試食，試著吃。②練嘴。

くちなわ◎【蛇】 蛇的異名。

くちのは◎④【口の端】 ①話柄，口頭。②談論，口碑。「～にとる」被人談論。

くちば◎【朽ち葉】 枯葉。

くちばし◎【嘴・喙】 鳥嘴，喙。

くちばし・る◎【口走る】（動五） ①說溜嘴。「熱が出てうわごとを～・った」發燒說夢話。②說漏，洩密。「思わず秘密を～・った」無意中洩露秘密。

くちは・てる◎④【朽ち果てる】（動下一）①枯朽，腐爛。②默默無聞地徒然死去。

くちはばった・い◎◎【口幅ったい】（形）吹牛，誇口。

くちばや◎【口速】（形動） 說話快。

くちび【火】 ①點火器。②點火火舌。用於爆炸物或火繩槍點火的火。③導火線，開端，起因。

くちひげ◎【口髭】 髭，鬚。

くちびょうし③【口拍子】 用嘴打拍子。

くちびる◎【唇・脣】 唇，嘴唇。

くちぶえ◎③【口笛】 口哨。

くちふさぎ◎【口塞ぎ】 ①粗茶淡飯。②緘口。

くちぶちょうほう◎【口不調法】 笨嘴拙舌，嘴笨。

くちぶり◎【口振り】 語氣，口氣，口吻。

くちべた◎【口下手】 不善言談，笨嘴拙舌，嘴笨。

くちべに◎【口紅】 口紅。

くちべらし◎【口減らし】 減少吃飯人口，減人口。

くちまかせ◎【口任せ】 信口開河。

くちまね◎【口真似】スル 模仿別人說話，口技。

くちまめ◎【口忠実】 話多，健談，愛說話。

くちもと◎【口元・口許】 ①嘴邊，嘴角，口邊。②口形，嘴形。③口，門口。「瓶の～」瓶口。

くちやかまし・い◎◎【口喧しい】（形）①愛挑剔。「～・い隱居」愛挑剔的老人。②嘴碎，愛嘮叨。「～・く指図する」嘮嘮叨叨地指使。

くちやくそく③【口約束】スル 口頭約定。

くちゅう◎【苦衷】 苦衷。「彼の～を察する」體諒他的苦衷。

くちゅう◎【駆虫】スル 驅蟲，除蟲。

くちょう◎【口調】 ①腔調。「諭すような～」教誨人似的腔調。②語調，聲調。「おだやかな～で話す」用平靜的口氣說話。

ぐちょく◎【愚直】 愚直，過分正直。「～な男」過分正直的人。

くちよごし◎③【口汚し】 隨便吃點，便飯不成敬意。

くちよせ◎③【口寄せ】スル 招魂說話，跳大神，女巫師。

く・ちる◎【朽ちる】（動上一） ①腐朽。②丟名聲，失名譽。③默默無聞地死去。「片田舍で～・ちる」在偏僻鄉村終老一生。

ぐち・る◎【愚痴る】（動五） 發牢騷，抱怨。

くつ◎【靴】 鞋，靴。

くつう◎③【苦痛】 苦痛。

くつおと◎③【靴音】 鞋聲。

くつがえ・す③【覆す】（動五） ①翻覆，翻轉。②顛覆，推翻，使覆滅。「現政權を～・す大事件」推翻現政權的大事件。③推翻。「決定を～・す」完全改變決定。

くつがえ・る③【覆る】（動五） ①翻轉，翻過來。②覆滅，垮臺，被推翻。「王制が～・る」君主制被推翻。「一審判決が～・る」一審判決被推翻。

クッキー①【cookie】 餅乾。

くっきょう◎【究竟】 ①極強大，強壯。「～な精兵」強壯的精兵。②（副）究竟，到底。「～するに」結果…。

くっきょう◎【屈強】 強壯。「～な男たち」健康的男人。

くっきょく◎【屈曲】スル 屈面，曲折。

クッキング①【cooking】 烹調，烹飪。

くっこうせい◎【屈光性】 向光性，趨光

性。

くっさく◎【掘削・掘鑿】ㇲㇽ 挖掘。

くっし◎□【屈指】 屈指，首屈一指。

くつした◎□【靴下】 襪，襪子。

くつじゅう◎【屈従】ㇲㇽ 屈從。

くつじょく◎【屈辱】 屈辱，恥辱。

クッション□【cushion】 ①靠墊，墊席。②緩衝墊，減震墊。「ワン～おく」墊緩衝墊。

くっしん◎【屈伸】ㇲㇽ 屈伸。「ひざの～運動」膝部屈伸運動。

くっしん◎【掘進】ㇲㇽ 掘入。

グッズ□【goods】 商品，物品。

くつずみ◎【靴墨】 皮鞋油，鞋油。

くっ・する◎□□【屈する】（動サ變） ①彎曲腰或手足。②屈服，屈從。「敵に～・する」屈服於敵人。③氣餒，挫折。「失敗にも～・しない」失敗也不氣餒。

くつずれ◎【靴擦れ】 鞋子磨腳。

くっせつ◎【屈折】ㇲㇽ ①彎曲，曲折。②歪曲，扭曲。「～した心理」扭曲的心理。③折射。

くっそう◎【屈葬】 屈肢葬。↔伸展葬

くったく◎【屈託】ㇲㇽ ①發愁，操心，擔心。「～のない人」沒有憂慮的人。②厭倦。「～した表情」厭倦的表情。

くっちせい◎【屈地性】 向地性。

くっつ・く◎（動五） ①緊貼，黏在一起。②黏上，吸附。「洋服に綿ごみが～・く」棉絮吸附在西服上。③緊挨，緊靠。「ぴったり～・いてすわる」緊挨著坐。④緊跟。「いつも母親に～・いている」總跟著母親。

くっつ・ける◎（動下一） 把…黏上，把…貼上，使…挨上。

グッド□【good】 ①好，好的。②好球，有效球。

グッドタイミング□【good timing】 好時機。

グッドナイト□【good night】（感） 晚安，再見。

グッドバイ□【good-bye】（感） 再見，再會。

グッドモーニング□【good morning】（感） 您早，早安。

グッドラック□【good luck】（感） 祝您順利！

くつぬぎ◎□【沓脱ぎ】 脫鞋處，放鞋處。

クッパ 韓國蓋飯。

グッピー□【guppy】 孔雀魚。

くっぷく◎【屈服・屈伏】ㇲㇽ 屈服，折服。

くつべら◎【靴箆】 鞋拔子。

くつみがき◎【靴磨き】 擦鞋（的人）。

くづめらくがみ【苦爪楽髪】 鞋店，鞋鋪。

くつろ・ぐ◎【寛ぐ】（動五） ①寬鬆舒適，輕鬆愉快，愜意，放鬆。②舒展，舒緩。「ゆかたに着替えて～・ぐ」換上浴衣舒展。

くつわ◎【轡・銜】 馬勒，馬嚼子，馬口銜，轡。

くつわむし◎【轡虫】 紡織娘。蟲名。

ぐてい◎【愚弟】 ①愚弟。愚笨的弟弟。「～賢兄」愚弟賢兄。②愚弟，舍弟。謙稱自己弟弟的詞語。

くてん◎【句点】 句點，句號。→読点てん

くでん◎【口伝】 ①口傳。②口授。

くてんコード【区点一】 區點代碼。

くど◎【竈】 灶，爐灶。

くど・い◎【諄い】（形） ①冗長乏味，囉嗦，煩瑣。「話が～・い」說話囉嗦。②味道過重，油膩。「味付けが～・い」調味太重。③過於強烈，刺眼。「～・い柄」刺眼的花樣。

くとう◎【句読】 ①句讀。②「句読点」的簡稱。

くとう◎【苦闘】ㇲㇽ 苦鬥，苦戰。「悪戦～」惡戰苦鬥。

くどう◎【駆動】ㇲㇽ 驅動。「四輪～」四輪驅動。

ぐどう◎【求道】 求道。

くどき◎【口説き】 ①勸說。②口說。日本音樂的曲調的稱呼。

くどく◎【功徳】 功德。「～を施す」施功德。

くど・く◎【口説く】（動五） ①說服，勸說。「言葉巧みに～・く」花言巧語地勸說。②追，追求。「女を～・く」追女

人。

くどくど⓪（副）　絮叨，囉嗦，囉囉嗦嗦，沒完沒了，一再敘述。「～と説明する」囉囉嗦嗦地解釋。

ぐどん⓪【愚鈍】　愚鈍，愚魯。

くないちょう②【宮内庁】　宮內廳。

くなん⓪【苦難】　苦難。

くに⓪【国・邦】　①國，邦。「～を治める」治國。②地域，地方。「北の～」北國；北方。③家鄉，老家。「～に帰る」回家鄉。

くにいり⓪④【国入り】ㇲㇽ　入國。→お国入り

くにおもて③【国表】　國表（領地）。

くにがえ⓪【国替】　國替。

くにがら⓪【国柄】　國情，地方風情。「お～」貴國國情。

くにがろう③【国家老】　國家老。↔江戸家老

くにく⓪⓪【苦肉】　苦肉。

くにことば③【国言葉】　①國語。②家鄉話，土話，土語。

くにざかい③【国境】　國境，國界。

くになまり③【国訛り】　①地方話，方言。②家鄉話。

くにぶり⓪【国風・国振り】　國風，風土人情。

くにもと⓪【国元・国許】　①出生地，老家，家鄉。②故國，領國。

くぬぎ⓪【櫟・椚・橡・櫪】　麻櫟，青剛，柞櫟。

くね・る②（動五）　①迂迴曲折。「まがり～・る」彎彎曲曲。②扭動。扭身體。

くねんぼ⓪【九年母】　橘柑。

くのいち⓪【くノ一】　女隱者，亦指女人。

くのう⓪①【苦悩】ㇲㇽ　苦惱。「～の色が現れる」流露出苦惱的神色。

くはい⓪【苦杯】　痛苦的經歷，苦頭。「～をなめる」嘗到苦頭；吃苦頭。

くば・る②【配る】（動五）　①分發，配送。「資料を～・る」分發資料。②多方注意，多方留神，用心周到。「気を～・る」注意；顧全。

くひ⓪【句碑】　俳句碑。

くび⓪【首・頸】　①頸，脖子。②首，頭，腦袋。「～を垂れる」垂頭。③頸，脖。「つぼの～」罈罐的頸部。④撤職，革職，免職。〔出自被斬首之意〕失去職位，解雇。⑤地位，職位。「～があぶない」職位不保。

ぐび⓪【具備】ㇲㇽ　具備。「条件を～する」具備條件。

くびかざり③【首飾り・頸飾り】　項鍊，頸飾。

くびかせ⓪④【首枷・頸枷】　①枷，木枷，鐵枷。②枷鎖，羈絆，累贅。「子は三界の～」孩子乃三界之枷鎖。

くびき⓪【軛・頸木・衡】　①軛。②桎梏。「国家の～から脱する」擺脫國家的桎梏。

くびきり⓪④【首切り・首斬り】　①斬首，劊子手。②解雇，解職。「従業員の～」從業員的解雇。

くびくくり⑤⓪【首縊り】　自縊，懸樑。

くびじっけん④【首実検】ㇲㇽ　①檢驗首級。古時，大將親自確認戰場上割取的敵人的首級。②當場確認，當場辨認。讓熟悉的人當面確認是否是（嫌疑人等）本人。

ぐびじんそう⓪【虞美人草】　虞美人的別名。

くびす⓪【踵】　踵，腳後跟。

くびすじ⓪【首筋・頸筋】　頸，脖子。

ぐひつ⓪【愚筆】　愚筆，拙筆。

くびづか⓪【首塚】　首（級）塚，人頭塚。

くびったけ⓪【首っ丈】（形動）　迷戀的，被迷住的，神魂顛倒。

くびったま⓪【首っ玉】　脖子。

くびっぴき⓪【首っ引き】　愛不釋手地使用。「辞書と～で洋書を読む」抱著辭典看外文書。

くびつり⓪【首吊り】ㇲㇽ　上吊，自縊。

くびなげ⓪【首投げ】　挾頸摔。

くびねっこ⑤⓪【首根っ子】　頸背，後脖子。

くびのざ⓪【首の座】　斬刑座。

くびまき⓪④【首巻き・頸巻き】　圍巾。

くび・る□【絞る】（動五） 絞殺，勒死，縊死，絞死。

くび・れる□□【括れる】（動下一） 中間變細。「腰が～・れる」束腰。

くび・れる□【絞れる】（動下一） 上吊，自縊。

くびわ□【首輪・頸輪】 ①項圈，頸圈。②項鍊。

ぐぶ□【供奉】 スル 供奉。

くふう□【工夫】 スル 設法，想辦法，創意，動腦筋，下功夫。「～をこらす」想方設法；悉心鑽研。

ぐふう□【颶風】 颶風。

くぶくりん□【九分九厘】 八九不離十，基本上。「～までできあがった」完成了百分之九十九。

くぶどおり□【九分通り】（副） 九成，大致，幾乎。「～完成」九成完成了。

くぶん□□【区分】 スル 分割，劃分，部分，分。「うけもち区域を～する」劃分責任區域。

くべつ□【区別】 スル 區別，辨別，分清。「～をつける」加以區別。

く・べる□□（動下一） 添燃料。「ストーブに炭を～・べる」往爐子裡添煤。

くぼ□【凹・窪】 窪，凹，凹陷，坑窪。

くぼう□【公方】 ①公方。天皇，亦指朝廷。②公方。鎌倉末期至室町、江戶時代，將軍的尊稱。「～様」公方大人。

くぼち□【凹地・窪地】 窪地，凹地，窪陷，低窪地。

くぼま・る□【凹まる・窪まる】（動五） 凹陷，窪陷。

くぼみ□【凹み・窪み】 小坑，窪坑，窪處，凹坑，凹陷處。

くぼ・む□□【凹む・窪む】（動五） 窪陷，凹陷，塌陷。「～・んだ土地」已塌陷的土地。

くま□【隈・曲・阿】 ①（河流、道路等的）折曲錯綜處。②陰暗處，深邃處，死角。③陰影，輪廓，黑眼圈。「眼の下に～ができる」眼下出現陰影。

くま□□【熊】 熊，狗熊。

くまい□□【供米】 供米。

ぐまい□【愚妹】 愚妹，舍妹。

ぐまい□【愚昧】 愚昧。「～な人」愚昧的人。

くまぐま□【隈隈】 到處，各處。

くまこうはちこう□【熊公八公】 熊公八公。指沒受過教育的庶民稱謂。

くまざさ□【隈笹】 山白竹。

くまそ□【熊襲】 熊襲。古代南九州的地名。

くまたか□【熊鷹】 赫氏角鷹。

くまで□□【熊手】 ①竹耙子。②竹耙吉祥物。

くまどり□□□【隈取り・暈取り】 スル ①勾畫輪廓，勾畫界限。②明暗法，暈映，暈染。③臉譜，勾臉譜。

くまど・る□【隈取る・暈取る】（動五） ①暈映，暈染。②勾臉譜。

くまなく□【隈無く】（副） 到處，不留死角。「月の光が～さしている」月光普照。

くまのい□【熊の胆】 熊膽。

くまばち□【熊蜂】 青條花蜂，熊蜂。

くまんばち□□【熊ん蜂】 ①金環胡蜂的別名。②熊蜂。

くみ□【組み】 ①副，組，對。②組，幫，類別。「バスで行く～」搭乘巴士去的一組。③班級。④排版，製版。

ぐみ□【茱萸・胡頽子】 胡頽子。

くみあい□【組合】 ①扭打。②合夥。③工會。

くみあ・う□【組み合う】（動五） ①合夥，配合，搭配。②扭打，較量，扭成一團。「四つに～・う」扭在一起。

くみあ・げる□【汲み上げる】（動下一） ①汲上來。②接受，汲取。「大衆の要求を～・げる」接受群眾的要求。

くみあわせ□【組み合わせ】 ①配合，組成。②〔數〕組合。

くみあわ・せる□【組み合わせる】（動下一） ①編排，組合起來，組合在一起，編織在一起。把兩個以上的東西合為一組。②編組。（在體育比賽等中）確定比賽的對手。

くみい・れる□【組み入れる】（動下一） 編入，列入，納入，插入，算入。「日程に～・れる」納入行程。

くみうち⓪【組み討ち・組み打ち】　①厮打，扭打。②厮殺，扭打。

くみおき⓪【汲み置き】　舀好水，打好水預備著。「～の水」舀好的水。

くみかえ⓪【組み替え・組み換え】　①改編，改組，改訂，重組。②〔生〕基因重組。

くみか・える⓪③⑤【組み替える・組み換える】（動下一）　重編，改編，改組，改排。「日程を～・える」重排行程。

くみかわ・す⓪【酌み交わす】（動五）　對飲，對酌，互斟共飲。

くみきょく⓪【組曲】　組曲。

くみこ・む⓪【組み込む】（動五）　編入，列入，排入，歸入，排進去。「会議を日程に～・む」把會議列入行程。

くみさかずき⓪【組み杯】　套杯。

くみし・く⓪③④⓪【組み敷く】（動五）　按倒，按在身下。「泥棒を～・く」把小偷按倒。

くみしゃしん③【組み写真】　成組照片。

くみしやす・い⑤【詠し易い】（形）　好對付的，不可怕的。「～・い相手」好對付的對手。

くみ・する③【詠する・組する】（動サ變）　參加，入夥，投奔，加入，聯盟。「少数派に～・する」與少數派聯合。

くみたて⓪【組み立て】　組裝，裝配。「～式」組裝式。

くみちょう⓪【組長】　組長。

くみチンキ③【苦味―】　苦味酊。

くみつ・く⓪【組み付く】（動五）　扭住，揪住，抓住，抱住。「犯人に～・く」揪住犯人。

くみて⓪【組み手】　①插捧交手。相撲中，兩位力士交手時的手與臂的位置。②交手，散手。空手道中，實際與對手對抗進行攻防的形式。③接發球墊球。排球運動接發球中，雙手墊接球。

くみとり④【汲み取り】　掏糞，掏糞工。「～便所」掏取式廁所。

くみと・る③【汲み取る】（動五）　①淘出，舀出，掏出。②諒解，體諒，體察，考慮。「人の心を～・る」體諒別人的心情。

くみはん⓪【組み版】　排版，組版。

くみひも⓪【組紐】　縧子，線帶，頭繩，絲繩，紐辮，絲編帶。

くみふ・せる⓪【組み伏せる】（動下一）　扭倒，按倒，按在地上。「犯人を～・せる」把犯人按倒在地。

くみやく⓪【苦味薬】　苦味藥。

くみわけ⓪【組分け】　スル　分組。

くみん⓪【区民】　特區居民。

クミン⓪【cumin】　小茴香，歐蒔蘿。

く・む⓪②⓪【汲む・酌む】（動五）　①汲，打。「水を～・む」打水。②斟，倒。「お茶を～・む」倒茶。③汲取，玩味，鑽研。「～・めども尽きぬ味わい」玩味不盡的妙趣。④屬於，汲於。繼承思想、流儀、體系等。「カントの流れを～・む学派」屬於康德流派的學派。

く・む①【組む】（動五）　①（他動詞）①交叉起來，使交叉。「腕を～・む」交叉雙臂。②編，織，紮，搭。「やぐらを～・む」搭瞭望樓。③編排，編成，組成，配成。「日程を～・む」編排行程。「活字を～・む」排版。②（自動詞）①扭打，扭作一團。「四つに～・む」扭在一起。②合夥，聯合，配合。「彼と～・んで仕事をする」和他一起做事。

くめん⓪【工面】　スル　①籌劃，籌措。「～がつく」籌措到錢。②資金周轉。「～がいい」資金周轉靈活；手頭寬裕。

くも①【雲】　雲。

くも①【蜘蛛】　蜘蛛。

くもあし⓪【雲脚・雲足】　①雲移動的狀況，雲腳。「～が早い」雲走得快。②雲腳。

くもい⓪【雲居・雲井】　①雲中，雲空中。②禁宮中，宮中。

くもがくれ③【雲隠れ】　スル　①（月亮等）隱藏在雲中。②躲藏，消聲匿跡。

くもがた⓪【雲形】　雲形。「～斗拱とぃきょぅ」雲形斗拱。

くもじ⓪【雲路】　空中之路。鳥或月亮等通行的路線。

くもすけ⓪【雲助】　轎夫，腳夫，無賴漢。

くもつ◎【供物】 供物，供品。

くものうえ◎【雲の上】 ①雲上，天上。②宮中，禁宮中。

くものみね◎【雲の峰】 雲峰。像山峰一樣聳立的雲。

くもま◎◎【雲間】 雲縫。

くもまく◎【蜘蛛膜】 蛛網膜。

くもゆき◎【雲行き】 ①行雲。雲移動狀況。②前途。

くもら・す◎【曇らす】（動五） ①使暗淡，使朦朧。②陰沉，面帶愁容。「顔を～・す」面帶愁容。

くもり◎【曇り】 ①陰，陰天。②模糊不清，朦朧。「鏡に～がある」鏡子模糊。③鬱悶，陰沉。

くも・る◎【曇る】（動五） ①陰天。②變模糊，朦朧。「レンズが～・る」鏡片模糊。③憂鬱，鬱悶。↔晴れる。「顔が～・る」神情憂鬱。

くもん◎【苦悶】 スル 苦悶。

くやくしょ◎【区役所】 區公所。

くやし・い◎【悔しい・口惜しい】（形） 懊悔的，遺憾的。

くやみ◎【悔やみ】 ①懊悔，後悔。②弔唁，弔慰，哀悼。「お～を述べる」表示哀悼。

くや・む◎【悔やむ】（動五） ①悔恨，懊悔，後悔。②弔唁，哀悼。「友の死を～・む」哀悼友人的死去。

ぐゆう◎【具有】 スル 具有。

くよう◎【供養】 スル 供養。

くら◎【蔵・倉・庫】 倉庫，庫房，棧房。

くら◎【鞍】 鞍，鞍子。

くらい◎【位】 ①天皇的地位，皇位。②官位。朝廷、國家授予的身分、等級、稱號等。→位階。③位階。在某團體內的地位、身分的上下關係。④位數。表示數的每 10 倍的位值之稱。「百の～」百位數。

くら・い◎◎◎【暗い】（形） ①暗，昏暗，黑暗。「明かりが～・い」光線昏暗。②暗，發暗。「～・い紫色」暗紫色。③陰暗。「いつも～・い顔をしている」神情總是很憂鬱。④陰暗。「～・い

過去」陰暗的過去。⑤暗淡，黑暗。「見通しは～・い」前景暗淡。⑥生疏，不熟悉。「音楽に～・い」不懂音樂。↔明るい

クライアント◎【client】 ①委託人，顧客。②諮詢者，來面談者。

クライシス◎【crisis】 ①危機。②經濟危機，恐慌。

グライダー◎【glider】 滑翔機。

クライテリア◎【criteria】 規範，尺度，判定基準。

クライマー◎【climber】 登山家，尤指進行攀岩的人。

クライミング◎【climbing】 攀登，尤指攀岩。

クライモグラフ◎【climograph】 氣候圖。

くらいれ◎◎【蔵入れ・庫入れ】 スル 入庫，收進倉庫。↔蔵出し

グラインダー◎【grinder】 磨床，研磨機。→研磨盤

グラインド◎【grind】 ①旋轉。②搖，扭，擺。

くら・う◎◎◎【食らう】（動五） ①吃，喝。「酒を～・う」喝酒。②蒙受，挨。「パンチを～・う」挨了一拳。

グラウチング◎【grouting】 灌漿。

クラウン◎【clown】 小丑，丑角。

クラウン◎【crown】 ①王冠。②帽頂。

グラウンド◎【ground】 運動場，比賽場，棒球場。

くらがえ◎【鞍替え】 スル ①轉班子。②改行，轉業。

くらがり◎【暗がり】 暗處。

くらく◎【苦楽】 苦樂。「～をともにする」同甘共苦。

クラクション◎【klaxon】 電喇叭，警笛，報警器。

くらげ◎【水母・海月】 水母。

くらざらえ◎【蔵浚え】 スル 清倉。

くらし◎【暮らし】 ①度日。②生計，家計。「～が立たない」入不敷出。

グラジオラス◎【gladiolus】 唐菖蒲。

クラシカル◎【classical】（形動） 古典的。「～な建築」古典建築。

くらしきりょう◎【倉敷料】 倉租，棧租，倉庫費。

クラシシズム◎【classicism】 古典主義。

クラシック◎【classic】 ①古典。②經典作品。③古典的。「～バレー」古典芭蕾。④古典音樂。

グラシンペーパー⑤【glassine paper】玻璃紙。

くら・す◎◎【暮らす】（動五） ①度日，度時光，度歲月。「平和に～・す」和平相處。②過日子。「商売をして～・す」做買賣維持生活。③整天。「遊び～・す」整天光玩。

クラス◎【class】 ①班級。②等級，階級，層級。「トップ～」最高等級；最高層。③種類，類別。

グラス◎【glass】 玻璃杯，玻璃酒杯。

グラス【grass】 草，草坪，草地。

クラスター◎【cluster】 ①群，簇。「～化合物」簇化合物。②建築群。③叢集。→セクター

クラスト◎【crust】 硬雪殼，雪殼。

くらだし◎◎【蔵出し・庫出し】スル ①出庫，出棧，提貨。↔蔵入れ。②出窖。「～の酒」出窖的酒。

グラタン◎【法 gratin】 乳酪焗烤菜，脆皮焗烤。

クラッカー◎【cracker】 ①鹹餅乾。②拉炮。

クラック◎【crack】 裂口，縫隙。

ぐらつ・く◎◎（動五） ①搖晃，搖動，活動，鬆動。「テーブルが～・く」桌子搖搖晃晃。②動搖。「決心が～・く」決心動搖。

クラッシュ◎【crash】 ①衝撞。②程式、系統當機。

グラッセ◎【法 glacé】 ①蜜餞。「マロン～」蜜餞栗子。②上光，加光澤。「にんじんの～」給胡蘿蔔上光澤。

クラッチ◎【clutch】 離合器。

グラデーション◎【gradation】 層次，漸層。

グラニューとう◎【―糖】〔granulated sugar〕細砂糖。

くらばらい◎【蔵払い】スル 清倉大拍賣。

グラビア◎【gravure】 凹印。「～誌」凹印雜誌。

クラビーア◎【德 Klavier】 鍵盤樂器。

くらびらき◎【蔵開き】スル 正月擇吉開倉。

クラブ①【club】 ①俱樂部。②課外活動小組，社團。③俱樂部。「ナイト～」夜總會。

クラブ①【crab】 蟹，螃蟹。

グラフ①【graph】 ①圖表，坐標圖。②畫報。

グラフィック◎◎【graphic】 繪畫似的圖解，畫報。

グラフィティ◎【義 graffiti】 即興塗鴉。「青春～」青春塗鴉。

クラフト◎【craft】 手工藝品，民間工藝品。

クラフトし◎【―紙】〔kraft paper〕牛皮紙。

くらべもの◎【比べ物】 對比物。

くら・べる◎◎【比べる・較べる】（動下一） 比較，比。

グラマー◎【glamor】 有魅力的，性感的。

くらまい◎【蔵米】 藏米，倉儲祿米。

くらま・す◎◎【晦ます・暗ます】（動五） ①隱藏（身影或居所），隱蔽。「ゆくえを～・す」隱藏行蹤。②欺騙，蒙蔽，欺瞞。「ひとの目を～・す」掩人眼目。

グラマラス◎【glamorous】（形動） 富有魅力的。「～な女優」富有魅力的女演員。

クラミジア◎【拉 Chlamydia】 披衣菌。

くら・む◎【眩む】（動五） ①耀眼，刺眼。②頭昏眼花。「目が～・みそうな断崖」令人頭暈的斷崖。③執迷，失去理智。「欲に目が～・む」利令智昏。

グラム①【法 gramme；英 gram】 克。→キログラム

くらもと◎【蔵元】 釀酒廠，醬油廠。

くらやしき◎【蔵屋敷】 儲藏棧房，倉群，藏屋敷。

くらやみ◎【暗闇】 ①漆黑，暗處。②暗處，昏暗。「～に葬る」葬於無人知曉的地方。③暗淡，黑暗。「この世は～だ」

今世是黑暗的。

クラリオネット④【clarionet】 單簧管，黑管。

くらわ・す⑤④【食らわす】（動五）①「たべさせる」的通俗說法。②使受打擊。「パンチを～・す」給他一拳。

くらわたし⑥【倉渡し】 倉庫交貨。

クランク⓪【crank】 手搖柄，搖把。

クランケ①【德 Kranke】 患者。

グランス②【拉 glans】 龜頭。

グランド⓪【grand】「大」「壯大」等意。

グランドオペラ⑤【grand opera】 大歌劇。

グランドスラム⑤【grand slam】①大滿貫。②〔grand slam homer〕滿貫全壘打。指滿壘全壘打。

グランドデザイン⑥【grand design】 宏偉藍圖。

グランドピアノ⑥【grand piano】 大鋼琴。→アップライト-ピアノ

グランプリ③【法 grand prix】 大獎。

くり⓪【刳り】 挖，剜。「襟の～」領子的口。

くり⓪【栗】 栗子，栗樹。

くり①【庫裏・庫裡】 香積廚，炊事用房。

クリアー①【clear】①（形動）清晰的，清澈的。② スル ①越過，跳過。②（電腦等）清除。

くりあが・る④【繰り上がる】（動五）①傳遞。②提前。「出発が１日～・る」提前一天出發。③進位。

くりあ・げる⑤④⓪【繰り上げる】（動下一）①遞進。②提前。↔繰り下げる

クリアランス②【clearance】①清除，掃除。「～セール」清倉大拍賣。②通關手續。③〔經〕票據交換。

くりあわ・せる⑥【繰り合わせる】（動下一）①繼絲，紡線。②抽出，騰出。「万障～・せて出席する」撥冗出席。

グリー①【glee】 無伴奏重唱曲。

クリーク②【creek】 渠，溝渠。特指中國長江附近的水渠。

グリース②【grease】 潤滑脂，潤滑油。

グリーティングカード⑦【greeting card】 賀卡。

クリーナー⓪【cleaner】 電動吸塵器。

クリーニング⓪【cleaning】 スル ①洗滌，多指乾洗。②洗淨，淨化。

クリーミー①【creamy】（形動）奶油般的。「～な泡立ち」奶油般起泡沫。

クリーム②【cream】①奶油醬汁，奶油調味汁。②蛋奶糊。③「アイス-クリーム」的簡稱。④潤膚乳，乳霜。

くりい・れる⓪⑤⓪【繰り入れる】（動下一）①捲入，依次收進，依次收入。↔繰り出す。②編入。「この経費は来年度の予算に～・れる必要がある」有必要把這筆經費列入下年度的預算。

くりいろ⓪【栗色】 栗色，棕色。

クリーン⓪【clean】（形動）①乾淨的，清潔的。「～なイメージ」乾淨的印象。②好看的。

グリーン②【green】①綠色。②綠地，草地，草坪。③果嶺。

グリーンサラダ⑤【green salad】 青菜沙拉。

グリーンしゃ⑥【―車】 綠色列車。

グリーンティー⑤【green tea】 綠茶，日本茶。

グリーンフィー⑤【green fee】 高爾夫球道使用費。

グリーンベルト⑥【green belt】 綠帶。指根據城市規劃而設的綠地地帶。

クリエーター③【creator】①造物主，神，上帝。②創作家。③創始者，創設者。

クリエーティブ⑤【creative】（形動）創造性的，獨創性的。「～な発想」有創造性的構思。

クリエート②【create】 スル 創造。「新しい音楽を～する」創作出新的音樂。

くりかえし⓪【繰り返し】 重複，反覆，往復。

くりかえ・す⓪③④⓪【繰り返す】（動五）反覆，重複。

くりかた⓪【刳り形】①線腳。在建築、門窗、傢具上，經旋挖作裝飾的曲線。

②旋孔，旋紋。

ぐりぐり[0] 硬腫塊，肌瘤。

くりげ[0][3]【栗毛】 栗毛。馬的毛色的名稱。

クリケット[3]【cricket】 板球。

くりけむし[3]【栗毛虫】 栗毛蟲。

グリコーゲン[3]【徳 Glykogen】 肝醣。

くりこし[0]【繰り越し】 ①轉入，滾入。②結轉，移下。③轉次頁。

くりこ・す[3][4][0]【繰り越す】（動五） 移後，結轉，轉入，滾入，轉歸。

くりごと[0]【繰り言】 嘮叨話，絮語。「老の～」老人的嘮叨。

くりこ・む[3][4]【繰り込む】（動五） ①魚貫而入。「会場へ～・む」依次進入會場。②拉回來。↔くりだす。③編入，列入。「日程に～・む」列入行程。

くりさ・げる[4][5]【繰り下げる】（動下一） ①順序下移，依序撤下。②拖延，延期，往後移。「開演を1時間～・げる」延後1小時開演。↔繰り上げる

クリスタル[2]【crystal】 水晶。

クリスチャニア[4]【徳 Kristiania】 挪威式轉彎。

クリスチャン[2]【Christian】 基督教徒。

クリスマス[3]【Christmas】 聖誕節。

クリスマスイブ[6]【Christmas Eve】 聖誕夜。

クリスマスカード[6]【Christmas card】 聖誕卡。

クリスマスキャロル[6]【Christmas Carol】 聖誕頌歌。

クリスマスツリー[7]【Christmas tree】 聖誕樹。

グリズリー[2]【grizzly】 灰熊。

グリセード[3]【glissade】 煞車滑降。

グリセリン[0]【glycerin】 甘油。

くりだ・す[3][4]【繰り出す】（動五） ①依次拉出，順序放出（線、繩、纜等）。↔繰り入れる。「ザイルを～・す」放登山繩。②派出。「応援を～・す」連續派出支援人員。③猛刺，猛扎。↔繰り込む。「槍を～・す」挺槍猛刺。④一起出發，一齊出去，都去。「花見に～・す」大家都去賞花。

くりつ[0]【区立】 區立。「～図書館」區立圖書館。

クリック[2]【click】 ①卡嗒聲。②按滑鼠按鈕。

グリッサンド[4]【義 glissando】 滑奏。→ポルタメント

グリッド[2]【grid】 柵極。

クリッパー[2]【clipper】 ①割草器。②剪刀，理髮推剪。③快速船，快速帆船。

クリップ[2]【clip】 ①夾子。②筆夾，筆套夾。③迴紋針。④髮夾。

グリップ[2]【grip】 握柄，球拍把，球桿把，握棒法，握拍法，握桿法。

クリティカル[2]【critical】（形動） ①批判的。②重大的，危機性的，决定性的。

くりど[2]【繰り戸】 單槽多扇拉門。

クリトリス[3]【clitoris】 陰蒂。

クリニック[2]【clinic】 ①臨床講義。②診所。

グリニッジひょうじゅんじ[8]【一標準時】 格林威治標準時。

くりぬ・く[3][4]【刳り貫く】（動五） 刳空，鑽空，挖空，剜空，掏空。

くりの・べる[4][5]【繰り延べる】（動下一） 展期，延緩。

クリノメーター[4]【clinometer】 傾斜儀，測斜器。

くりひろ・げる[5][6][0]【繰り広げる】（動下一） ①展開。「絵巻物を～・げる」把畫卷展開。②進行。「熱戦を～・げる」展開激戰。

くりふね[3]【刳り舟】 獨木舟。

くりまんじゅう[3]【栗饅頭】 栗子餡包子。

くりめいげつ[3]【栗名月】 栗名月。陰曆九月十三日夜晚的月亮。→芋名月

くりや【厨】 廚房。

グリュイエールチーズ[7]【[和] 法 Gruyère+英 cheese】 格呂耶爾乳酪。

くりょ[1]【苦慮】スル 苦思，焦慮。「事態の収拾に～する」爲收拾事態而焦慮。

グリル[1]【grill】 ①〔grill room〕西餐廳。②（肉或魚的）烤網，烤架，烤網。

クリンチ②【clinch】スル　緊扣。

グリンピース④【green peas】　青豌豆。

く・る①【刳る】（動五）　刳，挖，剜，鑽。

く・る①【繰る】（動五）　①纏繞。②翻，揭。「ページを～・る」翻頁。③依序拉出，依序拉動。「雨戸を～・る」依序拉出防雨板。④依次數，依次計算。「日を～・って思い出す」數著天數憶起。

くる①【来る】（動力變）　①來。「電車がくる」電車來了。②來到。「夏がくる」夏天到了。③達到。「限界にくる」達到極限。④產生（某種知覺、感覺）。「胸にじんとくる」感人肺腑。

ぐる①　同謀，壞夥伴。「～になる」結夥。

グル①【guru】　領袖，導師。

くるい①【狂い】　①失常，發瘋。「～が生じる」發生失常。②狂熱，入迷。

くる・う①【狂う】（動五）　①發瘋，瘋狂。②對賭博入迷。③預測錯誤。「予定が～・う」預定計畫全亂了。④失常。「調子が～・う」運轉狀況的失常。

クルー①【crew】　①船員。②划船選手。③機組人員。④採訪小組。⑤舞伴。

クルーザー②【cruiser】　①巡洋艦。②遊艇。

クルージング④【cruising】　遊艇巡遊。

クルーズ②【cruise】　巡遊，航海旅行。

グルーピー③【groupie】　追星族女孩。

グルーピング【grouping】スル　分類，分組。

グループ②【group】　群，組，群體。

グループサウンズ⑤【和 group+sounds】　小樂隊，演奏小組。

グルーミー①【gloomy】（形動）　憂鬱的，鬱悶的。

グルーミング②【grooming】　（動物用舌、爪等）理毛。

くるおし・い⑤【狂おしい】（形）　要發瘋的，瘋了似的。「～・い思い」要發瘋之感。

くるし・い③【苦しい】（形）　①難受。「息が～・い」呼吸困難；憋得慌。②困難，難受，辛酸，沉重。「～・い立

場」難受的立場。③艱苦。「家計が～・い」生計拮据。④不合情理，不講理。「～・い言い訳」不合情理的辯解。⑤難…，不好…。「寝～・い」難以入睡。「聞き～・い」難聽；不好聽。

くるしまぎれ④【苦し紛れ】　逼不得已，萬般無奈。「～に嘘をつく」逼不得已才說謊。

くるし・む③【苦しむ】（動五）　①感到痛苦，感到難受。「病気に～・む」為疾病感到苦惱。②苦惱，傷腦筋，無法擺脫。「貧困に～・む」苦於貧困。③苦於。「理解に～・む」難以理解。

くるし・める④【苦しめる】（動下一）　①整人，折磨，使痛苦。②使為難，使苦惱。「人を～・める」折磨人。

クルス①【葡 cruz】　十字，十字架，類似十字架之物。

クルセード③【crusade】　十字軍，改革運動。

グルタミン⓪①【glutamine】　麩醯胺。構成蛋白質的氨基酸之一。

グルタミンさん⓪【一酸】　麩醯胺酸。

グルテン⓪【德 Gluten】　穀蛋白。

クルトン①【法 croton】　炸麵包丁。

グルニエ①【法 grenier】　閣樓。

くるびょう⓪【佝僂病・痀瘻病】　佝僂病。→骨軟化症

くるぶし⓪【踝】　踝，踝骨，腳踝。

くるま⓪【車】　①輪，車輪。②車，汽車。

くるまいす③【車椅子】　輪椅。

くるまえび⓪【車海老・車蝦】　班節蝦。

くるまざ⓪【車座】　圍坐。

くるまだい③【車代】　車費，車馬費。

くるまどめ⓪【車止め】　止車楔，緩衝器，車擋。

くるまひき⓪【車引き】　運輸人員，車夫。

くるまよせ⓪【車寄せ】　車廊，停車門廊。

くるま・る③【包まる】（動五）　包起來，裹住。「ふとんに～・る」從頭到腳裹在被裡。

グルマン①【法 gourmand】　胃口好的

人，飯量大的人，美食家。

くるみ⓪【胡桃】 胡桃，核桃。

ぐるみ（接尾） 全，連帶，包括。「町~
の反對運動」全城掀起的反對運動。

くる・む②【包む】（動五） 包裹。「体を
毛布で~・む」用毛毯裹住身體。

グルメ①【法 gourmet】 美食通，美食
家。

くるめがすり⓪【久留米絣】 久留米碎紋
布。

くるめ・く③【眩く】（動五） ①旋轉。
「風車の~・く音」風車轉動的聲音。
②目眩，發暈。「目が~・くようだ」有
點目眩似的。

くる・める③【包める】（動下一） ①一
共，總共。「諸経費を~・める」包括各
種經費在內。②包，裹。③哄騙。

くるる⓪【枢】 ①樞軸。②門閂。

くるわ⓪【曲輪・郭・廓】 ①城郭。②花
街柳巷。

くるわし・い④【狂わしい】（形） 瘋了
似的，要發瘋的。

くるわ・せる⓪④【狂わせる】（動下一）
①使發狂，使精神失常。②使失常，使
發毛病。「磁気嵐が計器を~・せる」
磁暴使儀器產生異常。③打亂，弄亂，
改變。「人生を~・せる」改變了人生。

くれ⓪【暮れ】 ①日暮，黃昏，傍晚。↔
明け。②暮，末，底。「~の春」暮春。
③歲暮，年底，年尾。「~のにぎわい」
年底的熱鬧景象。

クレー②【clay】 ①黏土。②飛碟靶。

グレー②【gray, grey】 灰色，鼠色。

クレージー②【crazy】（形動） 瘋狂的，
狂熱的，荒唐的。

クレーター⓪【crater】 火山口，隕石坑，
月坑。

グレード⓪②【grade】 階級，等級，級
別。

グレートデーン⑤【Great Dane】 大丹
狗。

グレートブリテン⑤【Great Britain】 大不
列顛島。

グレーハウンド⑤【greyhound】 格力
犬，靈緹犬。

グレービー②【gravy】 肉湯，肉汁。

クレープ②【法 crêpe; 英 crepe】 ①縐
布，縐紗，縐類織物。②可麗餅。

グレープ②【grape】 葡萄。

グレープフルーツ⑤【grapefruit】 葡萄
柚。

クレーム⓪【claim】 ①索賠。②（一般
指）申訴，申述，要求。「~をつける」
提出要求。

クレーン②【crane】 吊車，起重機。

クレオール⓪【Creole】 ①克里奧爾人。
②克里奧爾語。

クレオソート⓪【creosote】 木餾油，雜
酚油。

くれぐれも③【呉呉も】 （副）周到，仔
細。「~お気をつけ下さい」請多加小
心。

グレコローマンスタイル⑧【Greco-Roman
style】 古典式摔角。→フリー-スタイ
ル

クレジット②【credit】 ①信用。②貸款。
③賒賬，賒銷。

クレジットカード⑥【credit card】 信用
卡。

クレジットタイトル⑧【⑥ credit title】 演
職員表，片頭（片尾）字幕，拍攝人員
表。

グレシャムのほうそく⑫【—の法則】 格
雷欣法則。格雷欣提出的「劣幣驅逐良
幣」的原則。

クレセント②【crescent】 鋁門窗鎖。

クレゾール③【德 Kresol】 甲酚，煤酚。

クレソン⓪【法 cresson】 水芹，水田
芹。

ぐれつ⓪【愚劣】 愚劣，愚蠢，糊塗。「~
なやり方」笨拙的作法。

クレッシェンド④【義 crescendo】 漸強
演奏指令，漸強記號。↔デクレッシェ
ンド・ディミヌエンド

くれない⓪【紅】 鮮紅色。

くれなず・む④【暮れ泥む】（動五） 日
暮遲遲。

くれのあき【暮れの秋】 暮秋，秋末。

くれのこ・る④【暮れ残る】（動五） 落
日餘暉，黃昏殘照。

くれのはる⓪【暮れの春】　暮春，晚春。

クレバー①【clever】（形動）　機靈，機敏。

クレバス②【crevasse】　裂隙，冰隙，雪縫。

クレパス②　蠟筆，油畫棒。

クレペリンけんさ⑤【―検査】　克雷佩林測試法。

クレマチス③【clematis】　鐵線蓮（園藝品種）。

くれむつ②【暮れ六つ】　暮六。傍晚 6時。↔明け六つ

クレムリン②【Kremlin】　克里姆林宮。

くれゆ・く④【暮れ行く】（動五）　遲暮，垂暮，近暮，天色漸晚，漸到…底。

クレヨン②【法 crayon】　蠟筆。→コンテ

く・れる⓪【呉れる】（動下一）　①給我。「父か～・れた小づかい」父親給我的零用錢。②施捨，給。「こんなものでよければ～・れてやる」這種東西可以的話就給他算了。

く・れる⓪⓪【暮れる・昏れる】（動下一）　①日暮，天黑。↔明ける。「日が～・れる」天黑。②日暮，過去。「年が～・れる」到了年底；一年即將過去。③度過。「一日練習で～・れた」在整天的練習中度過了…。

ぐ・れる②（動下一）　學壞。

くろ⓪【畔・壠】　畔，壠，田埂。

くろ①【黒】　①黑，黑色。②黑子，黑方。↔白。③有犯罪嫌疑。↔白

くろあえ③【黒和え】　黑芝麻拌菜。↔白和しらあえ

くろ・い②【黒い】（形）　①黑。②帶黑色的，發黑的。「日に焼けた～・い顔」被太陽曬黑的臉。

クロイツフェルトヤコブびょう⓪【―病】　賈庫氏症候群。

くろう①【苦労】　スル　辛苦，勞苦，操勞，勞累。「～のかいがない」白費力氣。

ぐろう⓪【愚弄】　スル　愚弄。「人を～する」愚弄人。

くろうと①【玄人】　①內行，行家。「～芸」行家表演。②妓女，坐枱小姐。↔素人しろうと

クロークルーム⑤【cloakroom】　衣帽間，衣帽寄存處。

クローズ①【close】　關閉，關門，結束。

クローズド②【closed】　「關閉」「被關閉」之意。

クローズドショップ⑥【closed shop】　不開放工廠（商店）。

クローズドスタンス⑦【closed stance】　封閉式擊球姿勢。↔オープン-スタンス

クローナ①【(瑞典) krona】　克朗。瑞典貨幣單位。

クローネ①【(丹麥・挪威) krone】　克郎。丹麥、挪威的貨幣單位。

クローバー①【clover】　白三葉草的別名。

グローバリズム⑤【globalism】　全球主義，泛地球主義。

グローバリゼーション⑥【globalization】　全球化，世界化。

グローバル②【global】（形動）　全球的，世界性的。「～な視点」全球性的視點。

くろおび⓪【黒帯】　黑帶。

クローブ②【clove】　丁香。

グローブ②【globe】　球形玻璃燈罩，電燈罩。

グローブ②【glove】　①棒球分指手套。→ミット。②拳擊手套，拳擊套。

クロール②【crawl】　狗爬式，自由式。

クローン①【clone】　①複製。②複製，仿製。「～-コンピューター」複製電腦。

くろがき⓪【黒柿】　日本柿。

くろがね⓪【鉄】　鐵的舊稱，現在仍用於文語。「～の門」鐵門。

くろかみ⓪【黒髪】　黑髮。「緑の～」烏黑髮亮的頭髮。

くろき⓪【黒木】　①未剝皮圓木。↔赤木。②黑木。將新伐材焙烤熏黑後製成的薪材。

グロキシニヤ⓪【gloxinia】　大岩桐，新寧治花。

くろくも⓪【黒雲】　黑雲，烏雲。

くろぐろ⓪【黒黒】（副）　スル　烏黑，黑黑。

くろげ⓪【黒毛】　黑毛。

くろご⓪【黒子・黒衣】 ①黑衣，輔佐員。木偶劇中操縱木偶的人或歌舞伎的幕後人員。②幕後操縱者。

くろこげ⓪【黒焦げ】 焦黑。

くろこしょう③【黒胡椒】 黑胡椒。

くろしろ⓪②【黒白】 黑白，曲直。「～をつける」分清黑白。

くろず⓪【黒酢】 黑醋。

クロスオーバー④【crossover】 混合音樂。

クロスカウンター⑤【cross counter】 交叉出擊。

クロスカントリー⑤【cross-country】 越野長跑。

クロスゲーム④【close game】 難分勝負體育比賽。

クロスステッチ⑤【cross-stitch】 十字縫，十字繡。

クロスバー④【crossbar】 ①橫桿。跳高、撐竿跳等項目中跳越的橫木。②球門橫樑，球門橫木。

くろず・む⓪【黒ずむ】（動五） 發黑。

クロスレート④【cross rate】 交叉匯率。

クロスレファレンス⑥【cross-reference】 交叉訪問，交叉引用，對照索引。

クロスワードパズル⑦【crossword puzzle】 填字遊戲。

クロゼット②【closet】 ①衣櫥。②盥洗室，洗手間，衛生間，廁所。

くろそこひ⓪【黒底翳】 黑內障。

くろだい⓪【黒鯛】 黑鯛。

くろダイヤ③【黒一】 ①黑鑽石。②煤，煤炭。

クロッカス②【crocus】 番紅花，藏紅花。

クロッキー②【法 croquis】 速描，寫生畫。

グロッキー②【groggy】 ①累得東倒西歪。②站不穩，東倒西歪。拳擊運動中被重拳打得搖搖晃晃。

クロック②【clock】 時鐘。

くろづくり③【黒作り】 烏賊醬。

グロッサリー②【glossary】 術語彙編，詞彙表。

くろつち⓪【黒土】 黑土。

くろっぽ・い④【黒っぽい】（形） ①發黑的。②像內行的。

グロテスク②【法 grotesque】（形動） ①奇異的，奇形怪狀的。「～な姿」奇形怪狀的樣子。②奇怪花樣。

くろてん⓪【黒貂】 黑貂、紫貂。

クロニクル②【chronicle】 紀錄，年代記，編年史。

くろぬり⓪【黒塗り】 黑塗層，塗黑物。

クロノグラフ④【chronograph】 ①計時器。②測時天文手錶。

クロノメーター④【chronometer】 ①經線儀，天文鐘。②精確記時計。

くろパン⓪【黒一】 黑麵包。

くろビール③【黒一】 黑啤酒。

くろびかり③【黒光り】スル 黑亮。

くろぶさ⓪【黒房】 黑穗。相撲臺上方懸索式屋頂西北角垂掛的黑色大穗。→青房・赤房・白房

くろふね⓪【黒船】 黑船。

くろぼ⓪【黒穂】 黑穗。因黑穗病而變黑的麥穗。

くろぼし⓪【黒星】 ①黑星。相撲表星表中表示輸的黑圓記號。↔白星。②靶心。

くろまく⓪【黒幕】 ①黑幕，黑色的幕。②幕後操縱者，幕後人物。「政界の～」政界的幕後人物。

くろまつ⓪②【黒松】 黑松。

クロマニヨンじん⑤【一人】 克羅馬儂人。

くろまめ⓪【黒豆・烏豆】 黑豆。

くろみ⓪【黒み】 發黑。「～がかった茶色」發黑的茶色。

くろみずひき⓪【黒水引】 黑白紙繩。

くろみつ⓪【黒蜜】 黑糖汁。

クロム⓪【chrome】 鉻。

くろめ⓪【黒布・黒菜】 昆布。

くろもじ⓪【黒文字】 ①釣樟。②牙籤。

くろやま⓪【黒山】 人山人海，黑壓壓的人群。「～のような人だかりがする」黑壓壓地聚集許多人。

くろゆり⓪【黒百合】 黑百合。

クロレラ②【chlorella】 綠球藻。

クロロフィル④【chlorophyll】 葉綠素。

クロロホルム⓪【chloroform】 氯仿，三氯甲烷。

クロロマイセチン⓪【Chloromycetin】 氯胺苯醇。氯黴素的商標名。

くろわく⓪【黒枠・黒框】 黑框。框在死亡或葬禮通知、訃告等周圍的粗黑線。

クロワッサン⓪【法 croissant】 牛角麵包。

ぐろん⓪②【愚論】 ①愚論，謬論。②愚見，拙見。

くわ⓪【桑】 桑。

くわ⓪⓪【鍬】 鎬鑹，鋤，鍬。

くわい⓪【慈姑】 野慈姑。

クワイア②【choir】 唱詩班。

くわいれ⓪④【鍬入れ】 ①破土儀式。農家於正月 11 或 15 日在象徵吉利方向的田地上初次揮鎬破土。②開工儀式。

くわえこ・む④【銜え込む】（動五） ①銜住，銜緊。②帶來。「男を～・む」帶來男人。

くわ・える⓪⓪【加える】（動下一） ①加劇，加上，使更加。「混迷の度を～・えた」加劇了混亂的程度。②加入，入夥，參加。「仲間に～・える」加入到成員中；入夥。③施加，加以。「治療を～・える」加以治療。

くわ・える【銜える・咥える】（動下一） 吸，銜。「指を～・える」吸手指；吃手。

くわがた⓪【鍬形】 ①燕尾形立件，鳳翅形飾件，鍬形飾件。②鍬形蟲的簡稱。

くわけ⓪【区分け】スル 區分，劃分，分開。

くわし・い⓪【詳しい・委しい・精しい】（形） ①詳，詳細，詳密。「～・い説明」詳細地說明。②詳悉，熟悉。↔うとい。「パソコンに～・い」精通電腦。

クワス②【俄 kvas】 噶瓦斯，克瓦斯。

くわずぎらい【食わず嫌い】 ①不食而厭，挑食，偏食。②有偏見。

くわせもの⓪⓪【食わせ物・食わせ者】 讓人上當之物，唬人之物，假貨。

くわ・せる⓪【食わせる】（動下一） ①給人吃，讓人吃。②贍養，扶養。「家族を～・せる」養家。③給予。「びんたを～・せる」給人耳光。④使上當。「いっぱい～・せる」使完全上當。

くわだ・てる④【企てる】（動下一） 企圖，策劃，搞陰謀，計畫。「陰謀を～・てる」策劃陰謀。

グワッシュ⓪【法 gouache】 水粉顏料，水粉畫法。

くわばら②①【桑原】 桑原咒。為避免落雷、災難及討厭事情的發生而念的咒語。

くわり⓪【区割り】スル 劃分，區劃。「分譲地の～をする」劃分讓地。

くわわ・る⓪④⓪【加わる】（動五） ①加，增加，添加。「新人が 3 人～・る」加三位新人。「スピードが～・る」速度加快。②加入。「メンバーに～・る」加入到成員中。③施加，加工。「圧力が～・る」施加壓力。

くん⓪【訓】 訓讀。↔音 おん

くん⓪【勲】 勳。日本的勳位等。

くん【君】（接尾） 君。用在朋友或下、晚輩等人的姓名之後。「山下～」山下君。

ぐん⓪【軍】 軍方，軍隊。

ぐん⓪【郡】 郡。都道府縣的下級區劃之一。

ぐん⓪【群】 群。

くんい⓪【勲位】 勳位。

ぐんい⓪【軍医】 軍醫。

くんいく⓪【訓育】スル 訓育。

くんいく⓪【薫育】スル 薰陶，薰染。「生徒を～する」薰陶學生。

ぐんえき⓪【軍役】 軍役。

ぐんか⓪【軍靴】 軍靴。

ぐんか⓪【軍歌】 軍歌。

くんかい⓪【訓戒・訓誡】スル ①訓誡。「～をたれる」垂訓。②警告，訓誡。

ぐんがく⓪【軍楽】 軍樂。

ぐんかん⓪【軍艦】 軍艦。

ぐんき⓪【軍紀・軍規】 軍紀，軍規。「～を乱す」亂軍紀。

ぐんき⓪【軍記】 ①軍記，戰記。記錄戰爭或交戰情況的書籍。②「軍記物語」「軍記物」的簡稱。

ぐんき⓪【軍旗】 軍旗。

ぐんき◎【軍機】 軍機。

ぐんきょ◎【群居】 スル 群居。

くんこ◎【訓詁】 訓詁。

くんこう◎【君公】 君主，主上，主公。

くんこう◎【勳功】 功勳。

くんこう◎【薰香】 薰香。

ぐんこう◎【軍功】 軍功。

ぐんこう◎【軍港】 軍港。

くんこく◎【訓告】 スル 訓告，教訓，告誡。

ぐんこく◎【軍国】 軍國。

ぐんざん◎【群山】 群山。

くんし◎【君子】 君子。

くんじ◎【訓示】 スル 訓示。

くんじ◎【訓辞】 訓話，訓辭，訓迪。

ぐんし◎【軍使】 軍使。

ぐんし◎【軍師】 軍師，智囊，謀士。

ぐんじ◎【軍事】 軍事。「～行動」軍事行動。

ぐんしきん◎◎【軍資金】 軍費。

くんしゃく◎【勳爵】 勳爵。

くんしゅ◎【君主】 君主。

くんしゅ◎【薰酒】 薰酒。

ぐんじゅ◎【軍需】 軍需，軍用物資。↔民需

ぐんしゅう◎【群集・群衆・群聚】 スル ①群集，群聚，群衆。②群衆。③群落。

ぐんしょ◎【軍書】 軍書，兵書。

ぐんしょ◎【群書】 群書。

くんしょう◎【勳章】 勳章。

くんじょう◎【燻蒸】 スル 熏蒸。

ぐんしょう◎【群小】 群小。雖多但小而不足道。「～作家」群小作家。

ぐんじょう◎【群青】 群青。藍色的無機顏料之一。

くんしん◎◎【君臣】 君臣。

ぐんしん◎【軍神】 軍神，戰神。

ぐんじん◎【軍人】 軍人。

くんずほぐれつ◎【組んず解れつ】 合合離離。

くん・ずる◎【訓ずる】（動サ變） 訓讀。

くん・ずる◎◎【薰ずる】（動サ變） ①薰，飄香。「香を～・ずる」飄香。②薰，飄香。「南風～・ずる時節」南風飄香時節。

香時節。

ぐんせい◎【薰製・燻製】 燻製（品）。

ぐんせい◎【軍制】 軍制。

ぐんせい◎【軍政】 軍政。↔民政。

ぐんせい◎【群生】 スル 群生，簇生，叢生，聚生，散生。

ぐんせい◎【群棲】 スル 群棲，群居。

ぐんぜい◎【軍勢】 軍勢，兵力。

ぐんせき◎【軍籍】 軍籍。

ぐんそう◎【軍曹】 軍曹，中士。日本舊陸軍下士官之一。

ぐんそう◎【軍装】 スル ①軍裝，武裝。「～を解く」解除武裝。②軍裝，著軍裝。

ぐんぞう◎【群像】 群像。「青春の～」青春的群像。

くんそく◎◎【君側】 君側。「～の奸を除く」清除君側之奸佞。

ぐんぞく◎【軍属】 軍屬。軍隊中的非軍人。

ぐんたい◎【軍隊】 軍隊。

くんだり◎【下】（接尾） 偏遠地方。「シベリア～」西伯利亞那個偏遠地方。

ぐんだん◎◎【軍団】 軍團。

くんづけ◎◎【君付け】 スル 以君相稱。指在人名後加「君」的稱呼。

ぐんて◎【軍手】 軍用手套，工作手套，粗棉手套。

くんてん◎【訓点】 訓點。訓讀漢字標點，日文字母及訓讀符號。

くんでん◎【訓電】 スル 訓電，電令。

くんとう◎【勳等】 勳等，功勳等級。

くんとう◎【薰陶】 スル 薰陶。「よき～を受ける」受到良好薰陶。

くんどう◎【訓導】 スル 訓導。

ぐんとう◎【軍刀】 軍刀。

ぐんとう◎【群島】 群島。

ぐんとう◎【群盗】 群盗。

くんどく◎【訓読】 スル 訓讀。↔音読

クンニリングス◎【cunnilingus】 對女性口交，舐陰愛撫。

ぐんば◎【軍馬】 軍馬。

ぐんばいうちわ◎【軍配団扇】 ①指揮扇，軍配團扇。日本古時將軍指揮軍隊部署、進退時使用的武具。②行司指揮扇。相撲比賽中行司使用的用具。

ぐんばつ⓪【軍閥】　軍閥。

ぐんび⓪【軍備】　軍備。

ぐんぴ⓪【軍費】　軍費。

ぐんぴょう⓪【軍票】　軍用鈔票，軍票。

ぐんぶ⓪【軍部】　軍部，軍事當局。

ぐんぶ⓪【郡部】　郡屬地區。

ぐんぶ⓪【群舞】スル　團體舞。「ツルの～」仙鶴齊舞。

くんぷう⓪⓪【薫風】　薫風，和風，暖風。

ぐんぷく⓪【軍服】　軍服。

ぐんぽう⓪【軍法】　軍法。

ぐんぽうかいぎ⑤【軍法会議】　軍法會議。

くんみん⓪【君民】　君民。

くんみんせいおん⓪【訓民正音】　訓民正音。

ぐんむ⓪【軍務】　軍務。

くんめい⓪⓪【君命】　君命。

ぐんもう⓪【群盲】　群盲。

ぐんもん⓪【軍門】　軍門，營門。

くんゆ⓪【訓諭】スル　訓諭。

ぐんゆう⓪【群雄】　群雄，群英。

ぐんよう⓪【軍用】　軍用。

ぐんらく⓪①【群落】　群落。

ぐんりつ⓪⓪【軍律】　軍隊紀律。

ぐんりゃく⓪⓪【軍略】　軍略，作戰策略，軍事戰略。「～家」軍略家。

くんりん⓪【君臨】スル　君臨，稱霸，稱雄。「財界に～する」君臨財界。

くんれい⓪【訓令】スル　訓令。

ぐんれい⓪【軍令】　軍令。

くんれん⓪【訓練】スル　訓練，培訓。「実地～」實地訓練。

くんわ⓪【訓話】　訓話。「校長の～」校長的訓話。

け

け⓪【毛】 ①⑦毛。哺乳類動物皮膚上衍生的絲狀物。⑦頭髮。⑦鳥類的羽毛。②植物葉、莖等表皮上似毛狀物的總稱。③獸毛。「～のシャツ」毛衣；羊毛衫。④毛。「筆の～」毛筆的毛；筆毫。⑤毫毛。喻微小。「～ほどもない」絲毫沒有。

け⓪【気】 ①跡象，苗頭，預兆。「酒乱の～がある」有發酒瘋的跡象。「火の～」火的跡象。②（接頭）增添「不由得」「總覺得」的意思。「～だるい」總覺得疲勞。「～だかい」高雅。「～おされる」感到氣餒。③（接尾）（表示某種）樣子，跡象，感覺。「塩～」鹹味；鹽分。「色～」色調；色瞇瞇。「まじり～」混雜（物）；摻雜的程度。「寒～」寒意。「いや～」厭煩。→げ（気）

け⓪【卦】 卦。→八卦はっけ

け【家】（接尾） 家。附在姓氏、官職、稱號等後。「平～」平家。「将軍～」將軍家。「伯爵～」伯爵家。

げ⓪【下】 ①下，下等。↔上じょう。「～の成績」下等的成績。②下，下卷。書等分成二卷、三卷時的最後一卷。

げ⓪【偈】 偈。

ケア①【care】 照護。

けあがり⓪【蹴上がり】 屈伸上槓。

けあし⓪【毛足】 絨毛。「～の長い絨緞じゅうたん」長絨地毯。

けあな⓪【毛穴・毛孔】 毛孔。

ケアマネジャー⑤【care manager】 照護管理人。

ケアレスミス⑤〔源自careless mis-take〕 不慎失誤，不注意過失。

ケアワーカー⑤【care worker】 看護工。→介護福祉士

けい①【兄】 ①兄。↔弟てい。②（代）兄，兄長，老兄。男子在書信中對關係密切的前輩、同輩表示尊敬的用語。「～のご意見をお聞かせ下さい」願聞老兄高見。③（接尾）…兄。「佐藤～」佐藤兄。

けい①【刑】 刑。「～に服する」服刑。

けい①【系】 系。「一つの～をなす」形成一個體系。

けい①【計】 ①計畫。「百年の～」百年大計。②合計。「～三万円」合計三萬日圓。

けい①【桂】 ①（日本將棋棋子的）桂馬。②肉桂樹。

けい①【景】 ①景色，景致。「眼下の～を賞する」觀賞眼前的風景。②（布）景。「第2幕第1～」第2幕第1景。

けい①【罫】 ①格。②格線。畫在圍棋、將棋棋盤上的橫豎線。

げい①【芸】 ①技能，技藝。「～は身を助く」家有千金，不如一技在身。②雜技。「動物に～を仕込む」訓練動物耍雜技。

ゲイ①【gay】 同性戀者。

けいい①【経緯】 ①經緯。②（事情的）原委，經過。「～を述べる」述說原委。

けいい①【敬意】 敬意。

けいい①【軽易】 輕易。

げいいき⓪【芸域】 藝境。「～を深める」深化藝境。

けいいん⓪【契印】 騎縫章。

げいいん⓪【鯨飲】スル 鯨飲，暴飲。

けいえい⓪【経営】スル ①經營，營運。「レストランを～する」經營西餐廳。②經營，經辦，指導，管理。「学級～」班級管理。

けいえい⓪【継泳】 接力泳。

けいえい⓪【警衛】スル 警戒護衛。

けいえい⓪【形影】 形影。

けいえん⓪【敬遠】スル ①敬而遠之。「部長を～する」對部長敬而遠之。②故意保送。

けいえん⓪【閨怨】 閨怨。「～の詩」閨怨詩。

けいおんがく③【軽音楽】 輕音樂。

け

けいか⓪【経過】スル ①經過。時間過去而流逝。②經過。事項的時間過程的演變。「手術後の～は良好」手術後恢復良好。

けいが①【慶賀】スル 慶賀。

けいかい⓪【軽快】 ①輕快。「～に走る」輕快地跑動。②心情輕鬆愉快。「～な気分」輕快的舒暢心情。

けいかい⓪【警戒】スル 警戒，防範。「歳末特別～」年終特別警戒。「～心」戒心。

けいがい⓪【形骸】 ①形骸。②徒具形式，空架子，軀殼，形骸。「自治の～化」自治的形式化。

けいかく⓪【圭角】 （性格、言行上）有稜角，不圓滑。「～がとれる」處世圓滑。

けいかく⓪【計画】スル 計畫，規畫。「～を立てる」制定計畫。

けいがく⓪【掲額】スル 懸掛光榮榜。

けいかん⓪【挂冠】スル 掛冠。指辭官。

けいかん⓪【荊冠】 荊冠。

けいかん⓪【景観】 景觀。「都市～」都市景觀。

けいかん⓪【警官】 警官。

けいかん⓪【鶏冠】 雞冠。

けいがん⓪【炯眼】 ①炯眼。「～人を射る」炯眼射人。②慧眼。

けいがん⓪【慧眼】 慧眼。「～の士」慧眼之士；有識之士。

けいき①【刑期】 刑期。

けいき①【契機】 契機。「入院を～にタバコをやめた」以入院為契機戒了煙。

けいき①【計器】 計量儀器，儀表。「～飛行」儀表飛行。

けいき⓪【景気】 ①景氣。「～の変動」景氣的變動。②景氣，繁榮。「今年はすごい～だ」今年異常繁榮。③幹勁十足，精神振奮。「～のいいかけ声」使人振奮的叫聲。

けいき①【継起】スル 相繼發生，繼起。「重大事件が～する」重大事件相繼發生。

げいぎ①【芸妓】 藝妓，藝伎。

けいきへい①【軽騎兵】 輕騎兵。

けいきょ①【軽挙】スル 輕舉，草率行事。「～して事をあやまつ」由於草率行動而把事情弄糟。

けいきょく⓪【荊棘】 荊棘。「～の道」荊棘載途。

けいきんぞく①①【軽金属】 輕金屬。↔重金属

けいく⓪①【警句】 警語。

けいぐ①【刑具】 刑具。

けいぐ①【敬具】 敬具。

けいぐん⓪【鶏群】 ①雞群。②平凡的人群。

けいけい⓪【炯炯・烱烱】（タル） 炯炯。「眼光～として」目光炯炯。

けいけいに⓪①①【軽軽に】（副） 輕率地，草率地。「～判断してはいけない」不能輕率地下判斷。

げいげき⓪【迎撃】スル 迎擊。

けいけつ⓪【経穴】 經穴。

けいけん⓪【経験】スル 經驗。

けいけん⓪【敬虔】（形動） 虔敬，虔誠。「～な祈り」虔誠的祈禱。

けいげん⓪【軽減】スル 減輕，緩解。「消費者の負担を～する」減輕消費者的負擔。

けいこ①【稽古】スル 學習，練習（武藝、技能等）。

けいご⓪【敬語】 敬語。

けいご①【警護・警固】スル 護衛，警衛。「重要人物を～する」保護重要人物。

げいこ⓪【芸子】 藝子，藝妓。

けいこう⓪【径行】スル 逕行。「直情～」直情逕行。

けいこう⓪【経口】 經口。「～薬」口服藥。

けいこう⓪【蛍光】 螢光。

けいこう⓪【傾向】 ①傾向，趨勢。「減少の～にある」有減少的趨勢。②傾向。「～小説」傾向小説。

けいこう⓪【携行】スル 帶去。「食糧を～する」帶糧食去。

けいこう⓪【鶏口】 雞口。

げいごう⓪【迎合】スル 迎合，逢迎。

けいこうぎょう①【軽工業】 輕工業。↔重工業

けいこく◎【渓谷・谿谷】 渓谷。

けいこく◎【経国】 經國。「～の事業」經國事業。

けいこく◎【傾国】 傾國（美女），絕色女子。

けいこく◎【警告】スル 警告。「～を発する」發出警告。

けいこつ◎【脛骨】 脛骨。→腓骨ひこつ

けいこつ◎【頸骨】 頸骨。

げいこつ◎【鯨骨】 鯨魚骨。

げいごと◎③【芸事】 藝事。古琴、三味線、舞蹈等遊藝或有關這些遊藝的事情。

けいさい◎【荊妻】 荊妻。謙稱自己妻子的用語。

けいさい◎【掲載】スル 刊登，登載。

けいざい◎【経済】〔economy〕經濟。

けいざいきかくちょう◎【経済企画庁】 經濟企劃廳。

けいざいたいこく◎【経済大国】 經濟大國。

けいざいてき◎【経済的】（形動）①經濟方面的，經濟上的。「～な発展」經濟方面的發展。②經濟的。「～な理由で退学する」因經濟的原因而退學。③經濟的，節省的，節約的。

けいざいなんみん◎【経済難民】 經濟難民。

けいざいはくしょ◎【経済白書】 經濟白皮書。

けいざいふうさ◎【経済封鎖】 經濟封鎖。

けいさつ◎【警察】 警察。

けいさつがっこう◎【警察学校】 警察學校。

けいさつかん◎【警察官】 警官。

けいさつけん◎【警察犬】 警犬。

けいさつけん◎【警察権】 警察權。

けいさつこっか◎【警察国家】 警察國家。

けいさつしょ◎【警察署】 警察署。

けいさつちょう◎【警察庁】 警察廳。

けいさつてちょう◎【警察手帳】 警察證，警察手冊。

けいさん◎【計算】スル ①計算。②計算，考慮，估計。「～に入れる」考慮在內。

けいさん◎【珪酸】 矽酸。

けいさんぷ◎【経産婦】 經產婦。有過分娩經驗的婦女。

けいし◎【刑死】スル 被處死刑。

けいし◎①①【軽視】スル 輕視，輕蔑。↔重視。「結果を～する」輕視結果。

けいし◎【継子】 繼子。

けいし◎【継嗣】 繼嗣。

けいし◎【罫紙】 格紙。

けいし◎【警視】 警視。警官的官銜之一。

けいじ◎【兄事】スル 以兄事之，敬之如兄。

けいじ◎【刑事】 ①刑警。②刑事。↔民事。「～事件」刑事案件。

けいじ◎【計時】スル 計時。「～員」計時員。

けいじ◎【啓示】スル 啓示，神啓。

けいじ◎【慶事】 喜慶事。↔弔事

けいじ◎【繋辞】〔論〕〔copula〕聯繫詞。

けいしき◎【形式】①形式。「書類の～」書面形式。②形式。「～だけの挨拶」徒具形式的客套話。↔内容

けいしつ◎【形質】①形質。物質的外形與實質。②性狀。構成生物分類標準的一切形態上的特徵。

けいしつ◎【継室】 繼室，後妻，續弦。

けいしゃ◎【珪砂】 矽砂，石英砂。

けいしゃ◎【傾斜】スル ①傾斜，傾斜度。「南に～した土地」向南傾斜的大地。②傾向。「軍国主義への～」傾向軍國主義。③傾斜。「～配置」重點部署；傾斜配置。

けいしゃ◎【鶏舎】 雞舍。

げいしゃ◎【芸者】 藝人，藝妓。

げいしゃ◎【迎車】 空計程車。

けいしゅ◎【警手】 看柵工。

けいしゅう◎【閨秀】 閨秀。「～作家」閨秀作家。

けいしゅく◎【慶祝】 慶祝。

けいしゅつ◎【掲出】スル 公布，揭曉，披露。「合格者の氏名を～する」公布合格人員名單。

け

げいじゅつ◎【芸術】 藝術。

けいしゅん◎【慶春】 慶春，慶新春。用在賀年卡等上面的賀詞。

げいしゅん◎【迎春】 迎春。賀年卡的問候語。

けいしょ【経書】 經書。

けいしょう◎【形象】 形象。

けいしょう◎【敬称】 敬稱，尊稱。

けいしょう◎【景勝・形勝】 名勝，美景，風景勝地。

けいしょう◎【軽捷】 輕便敏捷。「～な身のこなし」輕捷的身段。

けいしょう◎【警鐘】 警鐘，警告。「～を鳴す」鳴警鐘。

けいじょう◎【刑場】 刑場。

けいじょう◎【形状】 形狀。「葉の～」葉的形狀。

けいじょう◎【計上】 スル 計入，列入，編入。「予算に～する」列入預算。

けいじょう◎【啓上】 スル 啓上，敬啓。「一筆～」一筆啓上。

けいじょう◎【経常】 經常，日常。「～支出」經常性支出。

けいじょう◎【敬讓】 ①敬讓。尊敬他人並且自己表示謙遜。②〔文〕敬讓。「～表現」敬讓的表達。

けいじょう◎【警乗】 スル 警察乘上車船警戒。

けいしょく◎【軽食】 小吃，速食，便飯。

けいしん◎【軽信】 スル 輕信。「巧言を～する」輕信花言巧語。

けいず◎【系図】 族譜圖，家譜，宗譜。

けいすい◎【軽水】 輕水。

けいすう◎【係数】 係數。「膨張～」膨脹係數。

けい・する◎【敬する】（動サ變） 敬，恭敬。

けいせい◎【形成】 スル 形成。「人格の～」人格的形成。

けいせい◎【形声】 形聲。

けいせい◎【形勢】 形勢。「～は不利になる」形勢不利。

けいせい◎【警世】 スル 警世。「～家」警世家。

けいせい◎【警醒】 スル 警醒。

けいせき◎【形跡】 跡象，形跡。「侵入した～がある」有侵入的跡象。

けいせき◎【珪石】 矽石。

けいせつ◎【蛍雪】 螢雪，囊螢積雪。

けいせん◎【係船・繋船】 スル 繫船。

けいせん◎【経線】 經線。↔緯線

けいせん◎【罫線】 格線。

けいそ【珪素・硅素】 矽。

けいそう◎【形相】 形相，相貌。

けいそう◎【係争・繋争】 スル 爭訟，爭執。

けいそう◎【軽装】 スル 輕裝。

けいそう◎【軽躁】 輕率浮躁。「～な質」生性輕浮。

けいそう◎【継走】 接力賽跑。

けいぞう◎【恵贈】 スル 惠贈。

けいそうど◎【珪藻土】 矽藻土。

けいそく◎【計測】 スル 計測。「～器」計測器

けいぞく◎【係属・繋属】 スル 〔法〕繫屬。

けいぞく◎【継続】 スル 繼續，持續。「観測を～する」繼續觀測。

けいそつ◎【軽率】（形動） 輕率，草率。「～なふるまい」輕率的舉動。

けいぞん◎【恵存】 惠存。

けいたい◎【形体】 形體。

けいたい◎【形態】 形態。

けいたい◎【敬体】 敬體。↔常体

けいたい◎【携帯】 スル 攜帶。「～電話」攜帶式電話；手機。

けいだい◎【境内】 境內。

げいだい◎【芸大】 藝大。「芸術大学」的簡稱。「東京～」東京藝大。

けいたく◎【恵沢】 惠澤。

げいだん◎【芸談】 藝談。有關藝道的談話。

けいだんれん◎【経団連】 經團聯。「経済団体連合会」的略語。

けいちつ◎【啓蟄】 驚蟄。

けいちゅう◎【傾注】 スル 傾注，專心。

けいちょう◎【軽佻】 輕佻。

けいちょう◎【軽重】 輕重。「鼎の～を問う」問鼎輕重。

けいちょう◎【傾聴】　傾聴。「～に値する」值得傾聽。

けいちょう◎【慶弔】　慶弔，紅白帖之事。

けいつい◎【頸椎】　頸椎。

けいてい◎【兄弟】　兄弟。

けいてき◎【警笛】　警笛。

けいてん◎【経典】　經典。

けいでんき◎【軽電機】　輕型電機。↔重電機

けいと◎【毛糸】　毛線。

けいど◎【経度】　經度。↔緯度

けいど◎【軽度】　輕度。↔重度。「～のやけど」輕度燒傷。

けいど◎【傾度】　陡度，梯度。

けいとう◎【系統】　①系統。②血統。③派系，體系。④家系。

けいとう◎【恵投】　スル　惠贈。

けいとう◎【傾倒】　スル　①傾倒，傾心。「シュバイツァーに～する」為舒伯特所傾倒。②傾倒，倒塌。歪斜倒下。

けいとう◎【継投】　スル　接續投球。

けいとう◎【鶏頭】　雞冠花。

げいとう◎【芸当】　①演藝，雜技。②驚人技藝。

げいどう◎【芸道】　藝道。

けいどうみゃく◎【頸動脈】　頸動脈。

げいどころ◎◎【芸所】　技藝之鄉。

けいにく◎【鶏肉】　雞肉。

げいにく◎【鯨肉】　鯨肉。

げいにん◎【芸人】　①藝人。②多才多藝者，藝人。

けいねん◎【経年】　經年。

げいのう◎◎【芸能】　藝能，藝術技能。

けいば◎【競馬】　賽馬。

げいは◎【鯨波】　①巨浪，驚濤駭浪。②（戰場上發出的）吶喊聲。

けいはい◎【珪肺】　矽肺。

けいはい◎【軽輩】　小人物，下級。

けいばい◎【競売】　（法律用語）拍賣。

けいはく◎【敬白】　敬白。也作客套語用於書信的末尾。

けいはく◎【軽薄】　①輕薄，輕浮，輕佻。「～な発言」輕薄的發言。②阿諛，逢迎。

けいはつ◎【啓発】　スル　啓發，啓迪。「大いに～された」深受啓發。

けいばつ◎【刑罰】　刑罰。

けいばつ◎【閨閥】　姻親派閥。

けいばつ◎【警抜】　出類拔萃。立意構思出人意表地高超。「～な比喩」出類拔萃的比喻。

けいはん◎【京阪】　京阪。京都和大阪。

けいはんざい◎【軽犯罪】　輕犯罪。

けいはんしん◎【京阪神】　京阪神。京都、大阪和神戶。

けいひ◎【桂皮】　桂皮。

けいひ◎【経費】　經費。

けいび◎【軽微】　輕微。「～な被害」輕微受害。

けいび◎【警備】　スル　警備，警戒。

けいひん◎【京浜】　京濱。東京和橫濱。

けいひん◎【景品】　①贈品。②紀念品，獎品。

げいひんかん◎【迎賓館】　迎賓館。

けいふ◎【系譜】　家譜，系譜。

けいふ◎【継父】　繼父。

けいぶ◎【軽侮】　スル　輕侮，輕蔑。

けいぶ◎【頸部】　頸部。

けいぶ◎【警部】　警部。警官的警衔之一。

げいふう◎【芸風】　藝術的獨特風格，演藝風格。

けいふく◎【敬服】　スル　敬服，欽佩。

けいふく◎【慶福】　喜事。

けいぶつ◎【景物】　①應景物。②奉送品，贈品。

けいふぼ◎【継父母】　繼父母。

けいふん◎【鶏糞】　雞糞。

けいべつ◎【軽蔑】　スル　輕蔑，輕視。

けいべん◎【軽便】　輕便，簡便。

けいべんてつどう◎◎【軽便鉄道】　輕便鐵路。

けいぼ◎【敬慕】　スル　敬慕。

けいぼ◎【継母】　繼母。

けいほう◎【刑法】　刑法。

けいほう◎◎【警報】　警報。「～器」警報器。

けいぼう◎【閨房】　閨房，內室。

けいぼう◎【警棒】　警棍。

ゲイボーイ◎【㊇gay+boy】 人妖。

けいま◎【桂馬】 桂馬。將棋棋子之一。

けいまい◎【兄妹】 兄妹。

けいみょう◎【軽妙】 輕妙。「～なタッチ」輕妙的指法。

けいむ◎【警務】 警務。「～局」警務局。

けいめい◎【鶏鳴】 ①雞鳴。②黎明，拂曉。

げいめい◎【芸名】 藝名。

けいもう◎【啓蒙】 スル 啓蒙。

けいやく◎【契約】 スル 〔法〕契約，合約。

けいゆ◎①【経由】 スル 經由，經過。

けいよ①【刑余】 有前科者。「～の身」前科之身。

けいよ①【恵与】 スル ①惠贈。②施與恩惠。

けいよう◎【形容】 スル 形容。「～しがたい美しさ」難以形容的美。

けいよう◎【京葉】 京葉。東京和千葉。

けいよう◎【掲揚】 スル 懸掛。「国旗を～する」懸掛國旗。

けいら◎【警邏】 スル 警戒巡邏（的人）。

けいらく◎【経絡】 經絡。

けいらん◎【鶏卵】 雞蛋

けいり①【経理】 財會，會計事務。

けいりし③【計理士】 計理士。

けいりゃく◎【計略】 計略。

けいりゅう◎【係留・繋留】 スル 繫留，拴住。

けいりゅう◎【渓流・谿流】 溪流。

けいりょう◎①【計量】 スル 計量。

けいりょう◎【軽量】 輕量。

けいりん◎【桂林】 ①桂林，連香樹之林，綺麗的樹林。②文人夥伴。

けいりん◎【競輪】 自行車賽。

けいるい◎【係累】 家累，累贅。

けいれい◎【敬礼】 スル 敬禮。

けいれき◎【経歴】 スル 經歷。

けいれつ◎【系列】 系列。

けいれん◎【痙攣】 スル 痙攣。

けいろ◎【毛色】 ①毛色。②（事物的）種類，性質，樣子。「～の変った人」性情古怪的人。

けいろ◎【経路・径路】 ①路徑，途徑，路線，軌跡。②路徑，過程，歷程。

けいろう◎【敬老】 敬老。

けいろく◎【鶏肋】 雞肋。

けう◎【希有・稀有】（形動） 稀有。「～な事件」稀有的事件。

けうと・い【気疎い】（形） 煩，討厭。「あの人に会うのは～・い」討厭見他。

ケーキ①【cake】 蛋糕。

ケージ①【cage】 ① 鳥籠。② 電梯間。③護籠。

ケース①【case】 ①容器。②（展示用的）玻璃櫃（盒子）。③事例，情形。

ケータリング◎【catering】 外送餐點，送外賣料理。

ゲート①【gate】 ①門。②起跑門。「～イン」進入隔離通道。③柵極。

ゲートル◎【法 guêtres】 護腿套，綁腿，鞋罩。

ケービング◎【caving】 （體育運動項目之一的）洞穴探險。

ケープ①【cape】 披肩，斗篷。

ケーブル①【cable】 ①纜，纜繩。②電纜。

ケーブルカー④⑤【cable car】 纜車，索道。

ゲーム①【game】 ①遊藝，博弈爭勝負的遊戲。②比賽，競技，亦指其局數，場數，盤數。

ゲームオーバー④ 遊戲結束。

ゲームさ◎【一差】 局數差。

ゲームセンター④【㊇game+center】 電動遊樂中心。

けおさ・れる◎③【気圧される】（動下一）相形見絀。「堂々たる門構えに～・れる」被富麗堂皇的門面所壓倒。

けおと・す③④【蹴落とす】（動五） ①踢落。踢掉。②擠掉，排斥掉。「先輩を～・して出世する」排擠掉老前輩而飛黃騰達。

けおりもの◎③【毛織物】 毛織物，毛織品。

けが◎【怪我】 スル 受傷。

げか◎【外科】 外科。

げかい◎【下界】 ①下界，人間世界。②

下限，地面，下面。

けかえし⓪【蹴返し】 踢翻。

けかえ・す⓪【蹴返す】（動五） ①踢回去。②回踢。

けがき⓪【罫書き・罫描き】 ｽﾙ 畫線。

けが・す⓪【汚す】（動五） ①褻瀆。「聖域を～・す」褻瀆聖域。②玷污，敗壞。「家名を～・す」有辱家庭名聲。③忝列，忝居。「末席を～・す」忝列末席。④姦污。「身を～・される」遭到姦污。

けがに⓪【毛蟹】 伊氏毛甲蟹。

けがらわし・い⓪【汚らわしい】（形） 污穢，厭惡。「聞くのも～・い話」聽起來都覺得噁心的話。

けがれ⓪【汚れ】 ①骯髒。②污辱。③污穢，污點。

けが・れる⓪【汚れる】（動下一） ①弄髒，污濁。「心が～る」思想骯髒。②玷污，失貞。③污穢。從某種宗教或信仰的角度來看屬於不淨。

けがわ⓪【毛皮】 毛皮。

げかん⓪【下浣】 下浣，下旬。

げかん⓪【下疳】 下疳。生殖器的傳染性潰瘍。

げき⓪【劇】 戲劇，演戲，電視劇。

げき⓪【檄】 檄。闡明主張，徵求同意，敦促採取行動的一種檄文。「～を飛ばす」飛傳檄文。

げきえいが⓪【劇映画】 劇情片。

げきえつ⓪【激越】 激越，激動，激昂。「～な口調」激昂的語調。

げきか⓪【劇化】 ｽﾙ 戲劇化。

げきか⓪【激化】 ｽﾙ 激化。

げきが⓪【劇画】 連環畫。

げきげん⓪【激減】 ｽﾙ 銳減，猛降。↔激增

げきこう⓪【激昂】 ｽﾙ 激昂，激奮，激憤。「非難されて～する」受到指責而情緒激動。

げきさく⓪【劇作】 ｽﾙ 戲劇創作，劇作。

げきさん⓪【激賛】 ｽﾙ 激讚，十分讚賞。

げきし⓪【劇詩】 〔dramatic poetry〕劇詩。

げきしゅう⓪【激臭・劇臭】 劇臭，惡臭。

げきしょ⓪【激暑・劇暑】 酷暑。「～の候」酷暑天候。

げきしょう⓪【劇症・激症】 急症。

げきしょう⓪【激賞】 ｽﾙ 激賞，極力稱讚。「批評家の～を受ける」受到評論家的稱讚。

げきじょう⓪【劇場】 劇場，劇院。

げきじょう⓪【激情】 激情。

げきしょく⓪【激職・劇職】 繁忙的職務。

げきしん⓪【激震・劇震】 強震。

げきじん⓪【激甚・劇甚】 甚劇，嚴重。「～災害」嚴重災害。

げき・する⓪【激する】（動サ變） ①激怒。「相手の無礼に～・する」為對方的無禮激怒。②激烈。「感情が～・する」情緒激動。③猛擊，猛撞。

げきせん⓪【激戦】 ｽﾙ 激戰，酣戰。

げきぞう⓪【激増】 ｽﾙ 激增，猛增。↔激減。「犯罪が～する」犯罪劇增。

げきたい⓪【撃退】 ｽﾙ 撃退，趕走，攆走。「押し売りを～する」趕走強行推銷的商人。

げきだん⓪【劇団】 劇團。

げきちん⓪【撃沈】 ｽﾙ 撃沉。

げきつい⓪【撃墜】 ｽﾙ 撃落。

げきつう⓪【劇通】 戲劇通。

げきつう⓪【激痛・劇痛】 劇痛。「～が走る」全身劇痛。

げきてき⓪【劇的】（形動） 戲劇性的，扣人心弦的。「～な一生」戲劇性的一生。

げきど⓪【激怒】 ｽﾙ 激怒，震怒。

げきとう⓪【激闘】 ｽﾙ 激鬥，酣戰。

げきどう⓪①【激動】 ｽﾙ 動搖，動盪，劇烈動盪。「～する社会情勢」動盪不安的社會情勢。

げきどく⓪【劇毒】 劇毒。

げきとつ⓪【激突】 ｽﾙ 猛烈撞擊，猛撞。「塀に～する」猛撞在牆上。

げきは⓪【撃破】 ｽﾙ 撃破。

げきはつ⓪【激発】 ｽﾙ 激發，激起。「反乱が～する」激起叛亂。

げきひょう⓪【劇評】 劇評。

け

げきふん◎【激憤】ㇲㇽ 激憤。

げきぶん◎【檄文】 檄文。

げきへん◎【激変・劇変】ㇲㇽ 驟變，遽變。

げきむ◎①【激務・劇務】 劇務。

げきめつ◎【撃滅】ㇲㇽ 殲滅。「敵艦隊を~する」殲滅敵軍艦隊。

げきやく◎【劇薬】 劇藥。

けぎらい◎【毛嫌い】ㇲㇽ 不由得厭惡，莫名其妙地討厭。

げきりゅう◎【激流】 激流，急流。

げきりょ◎【逆旅】 ①旅館，旅店。②旅行。

げきりん◎【逆鱗】 逆鱗。據說龍喉下有一片逆生的鱗，有人觸動則必大怒。

げきれい◎【激励】ㇲㇽ 激勵。「友人を~する」激勵朋友。

げきれつ◎【激烈・劇烈】 激烈，劇烈。「~な競争」激烈的競爭。

げきろう◎【激浪】 激浪，狂瀾。

げきろん◎【激論】ㇲㇽ 激烈爭論，激烈辯論。「~をたたかわす」激烈爭論。

げくう◎【外宮】 外宮。↔内宮ない

げけつ◎【下血】ㇲㇽ 便血。

けげん◎【怪訝】 詫異，驚訝。「~な目で見つめる」用詫異的目光盯著看。

けご◎【毛蚕】 毛蠶，蟻蠶。

げこ◎【下戸】 不喝酒者。↔上戸じょう

げこう◎【下校】ㇲㇽ 放學，下課。↔登校

げこう◎【下向】 下鄉。

げこく◎①【下刻】 下刻。將一刻（兩小時）三等分的最後部分。↔上刻・中刻

げごく◎【下獄】ㇲㇽ 下獄，坐牢。

げこくじょう◎【下克上・下剋上】 下剋上，以下犯上。

けこみ◎【蹴込み】 ①踢板。②（鞋台）踢板。房門口處與地面垂直部分。③踏板。人力車乘客放腳的地方。

けこ・む◎【蹴込む】（動五） 踢進去，踢入。「石を~・む」把石頭踢進去。

けさ◎【今朝】 今朝，今天早晨。

けさ◎①【袈裟】 袈裟。

げざ◎【下座】ㇲㇽ 下座。↔上座

げざい◎【下剤】 瀉藥。

けさがけ◎【袈裟懸け】 ①斜著披上。②

斜肩砍下去，斜（肩）斬。

げさく◎【下作】 下作，遜作。↔上作

げさく◎【下策】 下策。↔上策

げさく◎【戯作】 戲作。江戸時代後期的通俗娯樂小說類的總稱。

けさのあき◎【今朝の秋】 今朝之秋。俳句，立秋日的早晨。

げざん◎【下山】ㇲㇽ ①下山。↔登山②下山。閉居寺院修行的人出行到俗世。

けし◎【芥子・罌粟】 ①罌粟。②芥子。喻極小之意。「~粒」小芥子。

げし◎①【夏至】 夏至。↔冬至

げじ◎①【下知】ㇲㇽ 下達指令。

けしいん◎【消印】 ①郵戳。②註銷印。

けしか・ける◎①【嗾ける】（動下一） 唆使，教唆。

けしき◎【気色】 ①氣色，神色，面容，表情。「恐れる~もなく進み出た」毫無懼色地走上前去。②預兆，跡象。「~ありげ」好像有什麼特別原因似的。

けしき◎【景色】 景色。

げじげじ◎①③【蚰蜒】 ①蚰蜒的俗稱。②討厭鬼。

けしゴム◎【消し―】 橡皮擦。

けしずみ◎【消し炭】 熟炭，軟炭。

けしつぶ◎【芥子粒】 ①芥子（粒）。②小芥子。「飛行機はもう~のように小さくなった」飛機已經小如芥子了。

けしと・ぶ◎【けし飛ぶ】（動五） 飛逝，煙消雲散，化為烏有，化為泡影。

けしと・める◎【消し止める】（動下一）①撲滅。②消滅，阻止。

けじめ◎ ①區別，差別。「公私の~をつける」劃分公私界限。②區分，辨別，界線。「~をつける」加以區別；劃清界線。

げしゃ◎【下車】ㇲㇽ 下車。↔乗車

げしゅく◎【下宿】ㇲㇽ 寄宿人家，租房間住，住公寓，寄宿。

ゲシュタポ◎【德 Gestapo】〔Geheime Staatspolizei〕蓋世太保。

ゲシュタルト◎【德 Gestalt】〔心〕格式塔，形態。

げしゅにん◎【下手人】 下手人。殺人的

309

犯人。

げじゅん◎【下旬】　下旬。

げじょ◎【下女】　女傭，下女，女僕。↔下男

けしょう②【化粧】ｽﾙ　①化妝，打扮。②裝飾，裝潢。「雪~」銀裝素裹。

げじょう◎【下乗】ｽﾙ　下車，下馬，下轎。

けじらみ◎【毛虱】　陰虱。

けしん◎【化身】　化身。「美の~」美的化身。

げじん◎【外陣】　外陣。↔內陣

け・す◎◎【消す】（動五）　①抹去，塗掉，勾銷，使消失。「黒板の字を~・す」擦掉黑板上的字。②熄滅，關閉。「電灯を~・す」關燈。「スタンドを~・す」關抬燈。③關掉。「テレビを~・す」關掉電視。④消音，消磁。「音を~・す」消音。「データを~・す」消除資料。⑤消除，解除，去除。「記憶から~・す」從記憶中抹去。「毒を~・す」解毒。

げす◎【下種・下衆・下司】　①賤種，低級，卑劣、卑鄙（的人）。「~な考え」卑鄙的想法。②賤種，下流，下賤者。

げすい◎【下水】　①污水。↔上水。「~管」排水管。②下水道。

けすじ◎【毛筋】　①髮絲。②絲。喻微小的事物。「~ほどの乱れもない」一絲不亂。

ゲスト◎【guest】　①客人。↔ホスト・ホステス。②客串，佳賓。↔レギュラー。「~出演」客串演出。

けずね◎【毛臑】　多毛的小腿。

げすば・る◎【下種張る・下衆張る】（動五）　下流，低劣行徑。

けずりぶし◎【削り節】　乾柴魚片。

けず・る◎◎【削る】（動五）　①削，刨，刮，剝蝕。「えんぴつを~・る」削鉛筆。②削減。「予算を~・る」削減預算。③砍掉，刪掉。「名簿から名前を~・る」把名字從名冊中刪掉。

げせわ◎【下世話】　俗語，俚語。「~の話」俗語；流行語。

げせん◎【下船】ｽﾙ　下船。↔乗船

げせん◎【下賤】　下賤，卑賤。

けそう◎【懸想】ｽﾙ　懷念，愛慕。

げそく◎【下足】　（在劇場、曲藝場、餐館等處客人）脫下的鞋。

けぞめ◎【毛染め】　染髮。

けた◎【桁】　①橫梁，橫木，桁架，桁。「橋~」橋桁。②位數，定位。③算盤柱。

げた◎【下駄】　①木屐。②倒空。印刷、出版領域中的倒空鉛字「＝」。

けたい◎【懈怠】　懈怠。

げだい◎【外題】　①外標題。②劇目名。

けたお・す◎【蹴倒す】（動五）　①（用腳）踢倒。②賴帳。

けだか・い◎【気高い】（形）　高尚，高雅。

けだし◎【蹴出し】　襯裙。穿和服時所穿的一種內裙。

けだし◎【蓋し】（副）　大概，想來，的確。「~名言というべきだろう」大概可以稱為名言吧。

けたたまし・い◎（形）　尖銳的，刺耳的，放聲的。

けたちがい◎【桁違い】　①位數搞錯。②相差懸殊，顯著，異常。「~に大きい」相差懸殊。

げだつ◎【解脱】ｽﾙ　〔源自梵語〕解脫。「煩悩を~する」從煩惱中解脫。

けた・てる◎【蹴立てる】（動下一）　①踢起，揚起。②踩腳，頓足。

げたばきじゅうたく◎【下駄履き住宅】　底層設商店住宅，底層辦公住宅。

けたはずれ◎【桁外れ】　出格，格外，異乎尋常。

けだま◎【毛玉】　起毛球，絨球。

けだもの◎【獣】　畜牲，不是人。

けだる・い◎【気怠い】（形）　倦怠，疲倦，無精打采。「~い夏の昼下がり」疲倦的夏日午後。

げだん◎【下段】　①下段，下層。↔上段。「本棚の~」書架最下面一層。②下段。在劍道、槍術中，擺出刀尖或槍尖比水平面低的架式。↔上段

けち◎　①小氣，吝嗇（鬼）。「~な人」

け

小氣的人。②寒酸得不值一提。「～な商売を営む」經營小本生意。③小氣，器量狹隘。「～な考え」狹隘的思想。④不祥之兆。「～が付く」有不祥之兆。

けちを付ける ❶說喪氣話；掃興。❷雞蛋裡挑骨頭；專挑毛病。

けちがん◎【結願】〔佛〕結願。

けちくさ・い④（形）①小氣，吝嗇。②小心眼。「～・い考え」狹隘的想法。③寒酸，不體面。「～・い借家住まい」住寒酸的借來的房子。

けちけち①（副）スル 太小氣。「そう～するな」別那麼小氣。

ケチャ①【（印尼）kechak】 克恰克。印尼峇里島的民俗娛樂活動。

ケチャップ③【ketchup】 番茄醬汁，番茄醬。

けちょんけちょん①（形動） 一頓好打，落花流水，體無完膚。

けちらか・す④◎【蹴散らかす】（動五）踢散，踢亂，衝散。「敵を～・す」衝散敵人。

けち・る②（動五） 吝嗇，小氣。

けちんぼう①【けちん坊】 小氣鬼，吝嗇鬼。

けつ◎【欠】 ①欠，缺，虧。「～を補う」彌補虧空。②缺席。

けつ◎【尻・穴】 ①屁股。②最後，末尾。「～から3番目」倒數第三。③尾款。

けつ①【決】 ①決定，決斷。「～をくだす」做出決定。②表決。「～をとる」表決。

げつ①【月】 星期一的略語。

けつあつ◎【血圧】 血壓。

けつい①【決意】スル 決意，決心。「～を固める」下定決心。

けついん◎【欠員】 缺額，空額，缺員。「～が生じる」出現缺額。

けつえき②【血液】 血液。

けつえきせいざい⑤【血液製剤】 血液製劑。

けつえきセンター⑦【血液—】 捐血中心，血庫。

けつえん◎【血縁】 血緣。

けっか①【決河】 決堤，決口。「～の勢い」決堤之勢。

けっか◎①【結果】スル ①結果。「手術の～がよい」手術的結果很好。②結果實，結果。

げっか①【月下】 月下。

けっかい◎【決壊・決潰】スル 潰決，決口。

けっかく◎【欠格】 不夠資格，不夠格，失格。↔適格

けっかく◎【結核】 結核病。

げつがく◎【月額】 月額。每月的金額。

けっかふざ④【結跏趺坐】 結跏趺坐，蓮花坐。

けっかん◎【欠陥】 缺點，缺陷。「～を補う」彌補缺陷。

けっかん◎【血管】 血管。

けつがん◎【頁岩】 頁岩。

げっかん◎【月刊】 月刊。「～雑誌」月刊雜誌。

げっかん◎【月間】 月。「交通安全～」交通安全月。

けっき①【血気】 血氣。「～盛んな若者」血氣方剛的青年。「～にはやる」意氣用事。

けっき①【決起・蹶起】スル 蹶起，奮起。「市民が～する」市民奮然而起。

けつぎ①◎【決議】スル 決議。

けっきゅう◎【血球】 血球。

けっきゅう◎【結球】スル 結球，包心，捲心。

げっきゅう◎【月給】 月薪，月工資。「～をもらう」領月薪。

げっきゅうぎ⑤【月球儀】 月球儀。

けっきょ①【穴居】スル 穴居。

けっきょく◎【結局】（副） 總之，最終，歸根結底。

けっきん◎【欠勤】スル 缺勤，請假。↔出勤

けっく①【結句】 ①結句。詩歌的最後一句。②（副）結果，結局。

けづくろい③【毛繕い】 理毛。

げっけい◎【月桂】 月桂樹。

げっけい◎【月経】 月經。

けつご①【結語】 結語。

けっこう◎【欠航】スル 停航，停班。

けっこう◎【血行】 血行。血液的循環。

けっこう◎【決行】スル 決意進行，照常進行。「改革を～する」堅決實行改革。

けっこう◎【結構】①スル ①結構，佈局。「この小説は～が良い」這篇小説結構好。②盡善盡美（的東西）。「～を尽くした邸宅」精巧別緻的宅邸。②（形動）①很好，優秀。「～な出来栄え」做得完美無缺。②非常好，太好了，很好。「～な品をどうもありがとうございました」給我這樣好的東西太感謝了。③足夠。「もう～だ」已經夠了。③（副）相當，滿好，還可以。「～役に立つ」滿好；頗勝任。

けつごう◎【結合】スル 結合。

げっこう◎【月光】 月光。

けっこん◎【血痕】 血痕，血跡。

けっこん◎【結婚】スル 結婚。「すでに～相手がいる」已經有了結婚對象。

けっさい◎【決済】スル 結算，清算，結清。「勘定を～する」結算賬目。

けっさい◎【決裁】スル 裁決，批准，審批。

けっさい◎【潔斎】スル 齋戒。「精進～」精進齋戒。

けっさく◎【傑作】 ①傑作。②鬧笑話。「～な出来事」鬧笑話的事件。

けっさつ◎【結紮】スル 結紮。「精管～」輸精管結紮。

けっさん◎【決算】 決算。「～期」決算期。

げっさん◎【月産】 月產。1個月的產量。

けっし◎◎【決死】 決心一死，拼命。「～の覚悟」誓死的決心。「～隊」敢死隊。

けつじ◎【欠字・闕字】 缺字，漏字。

げつじ◎【月次】 按月。「～報告」月報。

けっしきそ◎【血色素】 血色素。

けつじつ◎【結実】スル ①結實，結果。②成果，收穫，結實。「長い間の努力がみごとに～した」長期的努力取得了豐碩的成果。

けっして◎【決して】（副） 決（不）。

けっしゃ◎【結社】 結社。

げっしゃ◎【月謝】 月酬。

けっしゅ◎【血腫】 血腫。

けっしゅう◎【結集】スル 結集，結聚，集結。

げっしゅう◎【月収】 月收，月收入。

けっしゅつ◎【傑出】スル 傑出。「彼の能力は～している」他的能力是超群的。

けっしょ◎【血書】スル 血書，寫血書。

けつじょ◎【欠如】スル 欠缺，缺少，不足。「必要な条件が～している」缺少必要的條件。

けっしょう◎【血漿】 血漿。

けっしょう◎【決勝】 決勝，決賽，決勝負。

けっしょう◎【結晶】スル 結晶，晶體。「雪の～は肉眼でも見ることができる」雪的結晶用肉眼也能看到。

けつじょう◎【欠場】スル 未出場，缺席。

けつじょう◎【結縄】 結繩。

げっしょう◎【月商】 月銷售額。

けっしょうばん◎【血小板】 血小板。

けっしょく◎【欠食】スル 缺食，吃不飽。「～児童」缺食兒童。

けっしょく◎【血色】 血色。

げっしょく◎【月食・月蝕】 月蝕。

げっしるい◎【齧歯類】 齧齒類。

けっしん◎【決心】スル 決心。

けっしん◎【結審】スル 結審，終審。

けっ・する◎【決する】（動サ變）①決定，規定。「勝負を～・する」決定勝負。②潰決。「堤を～・する」決堤。

けっせい◎【血清】 血清。

けっせい◎【結成】スル 結成，組成，組建。「クラブを～する」把俱樂部組織起來。

けっせき◎【結石】 結石。

けっせつ◎【結節】スル ①結合起來。②打結，結節。③結節，小瘤。「～性紅斑」結節性紅斑

けっせん◎【血栓】 血栓。「脳～」腦血栓。

けっせん◎【血戦】スル 血戰。

けっせん◎【決戦】スル 決戰。「天下分け目の～」你死我活的決戰。

けつぜん◎◎【決然】（タル） 決然，斷然，

毅然。「態度が～としている」態度堅定。

けつぜん◎【蹶然】（丶ヵ丶） 蹶然。

けっせんとうひょう◎【決選投票】 決選投票，最終投票。

けっそう◎【血相】 臉色，神色。「～を変える」變臉色。

けっそく◎【結束】スル ①捆束，捆綁。②團結。「～を固める」加強團結。

けつぞく◎◎【血族】 血親。→姻族

げっそり③（副）スル 失意消瘦，心灰意冷。

けっそん◎◎【欠損】スル ①缺損，欠缺。②虧損。

けったい◎（形動） 稀奇古怪。「～な男」奇怪的男人。

けったく◎【結託】スル 勾結，合謀，結夥，串通。「互いに～する」互相勾結。

けったん◎【血痰】 血痰。

けつだん◎【決断】スル 決斷，果斷。「～力に乏しい」不夠果斷。

けつだん◎【結団】スル 結成團體。→解団。「～式」團體成立儀式。

げったん◎【月旦】 ①月旦。每月的第一天，1號。②月旦評。「人物～」人物月旦評。

けっちゃく◎【決着】スル 了結，解決，結果。「このことはまだ～を見ない」這件事還沒有著落。

けっちょう◎【結腸】 結腸。

けっちん◎【血沈】 血沉。

けってい◎【決定】スル ①決定，定奪，確定。②裁定。

けってん◎◎【欠点】 缺點。

ケット① 〔「ブランケット」之略〕毛毯。

ゲット①【get】 ①取得，收到。②（冰上曲棍球、排球等運動中）得分。

けっとう◎【血統】 血統。

けっとう◎【血糖】 血糖。

けっとう◎【決闘】スル 決鬥。「～を申し込む」要求決鬥。

けっとう◎【結党】スル 結黨。→解党

ゲットー①【ghetto】 ①猶太人居住區。②（特定民族的）集中居住區。

けっとば・す◎【蹴っ飛ばす】（動五）

踢開，踢飛。

げつない◎【月内】 月內。當月之內。

けつにょう◎【血尿】 血尿。

けっぱい◎【欠配】スル 停止配給，停發。

けっぱく◎【潔白】 潔白，清白，純潔。「身の～を証明する」證明自身清白。

けっぱつ◎【結髪】スル 結髮，束髮。

けっぱん◎【欠番】 缺號。「永久～」永遠缺號。

けっぱん◎【血判】スル 血印。「～状」血（印）書。

けつび◎【結尾】 結尾，結束。

けっぴょう◎【結氷】スル 結冰。

げっぴょう◎【月評】 月評。

げっぷ◎ 打嗝。「～が出る」打嗝。

けつぶつ◎【傑物】 傑出人物。

けつぶん◎【欠文・闕文】 闕文。脫落字句的文章。

けっぺい◎【血餅】 血餅，血塊。

けっぺき◎【潔癖】 ①潔癖。②清高，廉潔，潔癖。「～な人」潔癖的人。

けつべつ◎【決別・訣別】スル ①訣別。②絕交。

けっぺん◎【血便】 血便。

けつぼう◎【欠乏】スル 缺乏。

げっぽう◎【月報】 月報。

けつまく◎【結膜】 結膜。

けつまず・く◎【蹴躓く】（動五） （「つまずく」的強調說法）絆倒。

けつまつ◎【結末】 結局，結尾，終結。

げつまつ◎【月末】 月末。→月初

けつみゃく◎◎【血脈】 血脈。

けづめ◎【距・蹴爪】 ①距。雉科雄性成鳥位於腿後側的角質突起物，用於攻擊。②距。牛、馬等腳後方的小趾。

けつめい◎【血盟】スル 血盟。按血指印堅定地盟誓。

けつめい◎【結盟】スル 結盟。

げつめい◎【月明】 月明。

げつめん◎【月面】 月表。

けつゆうびょう◎【血友病】 血友病。

げつよ◎【月余】 月餘。一個多月。

げつようび③【月曜日】 星期一。

けつらく◎【欠落】スル 欠缺，缺乏。「道德心の～」缺乏道德觀念。

けつり◎【月利】　月息，月利。

けつりゅう◎【血流】　血流。

けつりん◎【月輪】　月輪。

けつるい◎【血涙】　血涙。「～をしぼる」痛苦流涕。

けつれい◎【欠礼】スル　失禮。「病中につき年賀～」因病恕不賀年。

げつれい◎【月例】　月例。「～の会議」每月一次的例會。

げつれい◎【月齢】　月齡。

けつれつ◎【決裂】スル　決裂。

けつろ◎【血路】　血路。「～をきり開く」殺出一條血路。

けつろ◎【結露】スル　結露。

けつろん◎◎【結論】スル　結論。「話し合いが～に達した」商量妥了。

げてもの◎【下手物】　①粗貨。↔上手物。②奇特東西。「～趣味」奇特興趣；古怪興趣。

げてん◎【外典】　外典。↔内典

けとう◎【毛唐】　洋鬼子。

げどう◎【外道】　外道。

げどく◎【解毒】スル　解毒。「～剤」解毒劑。

けとばし◎【蹴飛ばし】　馬肉（的俗稱）。

けとば・す◎【蹴飛ばす】（動五）　①踢飛，踢開，踢散。②拒絕。

ケトル◎【kettle】　水壺，燒水壺。

けど・る◎【気取る】（動五）　察覺，猜測到。

けなげ◎【健気】（形動）　年少剛毅。

けな・す◎【貶す】（動五）　貶低，貶斥。

ケナフ◎【kenaf】　槿麻，紅麻。

けなみ◎【毛並み】　①毛色。②（血統、家世、學歷等的）好壞，高低，貴賤。「～がいい」門第高貴。

げなん◎【下男】　男僕，下男，男備人。↔下女

げに◎【実に】（副）　確實，實在，誠然。

げにん◎◎【下人】　①下人。身分低下的人，卑賤的人。②下人。學徒或僕人、傭人。

けぬき◎◎【毛抜き・鑷】　鑷子。

げねつ◎【解熱】スル　退燒。↔発熱

ゲネプロ◎　彩排，總彩排。

けねん◎【懸念】スル　懸念。

ゲノム◎【德 Genom】　基因組。

けば◎【毛羽・毳】　①毛絨，細毛，毛刺。「～が立つ」起毛絨。②暈滃線。

げば◎【下馬】スル　下馬。

けはい◎◎【気配】　①苗頭，情形，擔心，好像。「となりの部屋に人のいる～がする」隔壁的屋子裡似乎有人。「秋の～がこくなってきた」秋意濃了。②行情。

けはえぐすり◎【毛生え薬】　生髮藥，長毛藥。

けばけばし・い◎（形）　炫麗，花俏刺眼，花俏。「～・く飾る」裝飾得花俏。

げばさき◎【下馬先】　下馬處，下馬牌前。

けばだ・つ◎【毛羽立つ・毳立つ】（動五）　起毛。

げばひょう◎◎【下馬評】　風傳，社會傳聞。「～を気にする」顧慮局外人議論。

げばふだ◎【下馬札】　下馬牌。

けばり◎【毛鉤】　毛鉤。

ゲバルト◎【德 Gewalt】　武鬥。

げはん◎【下阪】スル　下去大阪。

げはん◎【下版】スル　付印，下版。

けびょう◎【仮病】　假病，裝病。「～をつかって休む」裝病告假。

げ・びる◎【下卑る】（動上一）　卑下。

げひん◎【下品】　下品，下流，庸俗。↔上品

けぶか・い◎【毛深い】（形）　毛濃密，多毛的。

けぶり◎【気振り】　神態，神色。

けぶ・る◎【煙る】（動五）冒煙。

げぼく◎【下僕】　男僕，男備人。

けぼり◎【毛彫り】　毛髮雕。

けまり◎【蹴鞠】　蹴鞠。

ケミストリー◎【chemistry】　化學。

け・みする◎【閲する】（動サ變）①翻看，檢查。②閱歷。

けむ◎【煙】　用大話唬人；矇騙人。

けむ・い◎【煙い】（形）煙氣嗆人。

けむくじゃら◎【毛むくじゃら】 毛髮濃密的，毛茸茸的。

けむし②【毛虫】 毛蟲。

けむた・い③【煙たい】 （形）①煙氣嗆人。②使人拘束，令人不安。

けむり◎【煙・烟】 ①煙。②煙狀物。「土~」塵土飛揚；土煙。

けむ・る◎【煙る】 （動五）①冒煙。②朦朦朧朧。「春雨に~・る山々は美しい」春雨濛濛中的群山很美。

げめん【外面】 ①外面。⇔内面。②外表。

けもの◎【獣】 獸。

げや①【下野】 下野，下臺。

けやき◎【欅】 欅樹。

けやぶ・る◎【蹴破る】（動五） 踢破。「ドアを~・る」踢破門。

けやり◎【毛槍】 毛槍。

けら◎◎【啄木鳥】 啄木鳥的別名。

けら◎【螻蛄】 螻蛄。

ゲラ◎〔源自 galley〕 ①活字盤。裝活字排版的長方形盤。②活膠盤打樣。

けらい①【家来】 家來。（在日本）宣誓效忠君主或主人的人，僕從。

げらく◎【下落】 スル 下跌。「株価が~する」股價下跌。

ゲラずり◎【一刷り】 活膠盤打樣。

ケラチン②【keratin】 角質蛋白，角質素。

けり 結尾，結束，完結，著落。「紛争に~を付ける」結束爭端。

けり◎【鳧】 跳鴴。

げり◎【下痢】 腹瀉。

ゲリマンダー③【gerrymander】 劃分選區。

げりゃく◎◎【下略】スル 下略。

ゲリラ◎【guerrilla】 游擊隊。

け・る①【蹴る】（動五） ①踢，踹，蹬。「ボールを~・る」踢球。②踩。「大地を~・って走る」踩著腳跑。③蹬，踢（水）。「水を~・って泳ぐ」踢水游動。④憤而離開。「席を~・って立つ」憤然離席。駁回。

ゲル①【德 Gel】 凝膠體。

ケルビン①【kelvin】 開。絕對溫度的單位，符號 K。

ゲルマニウム③【德 Germanium】 鍺。

ゲルマン◎【德 Germane】 日耳曼人。

ケルン①【cairn】 累石，石堆，標石。

げれつ◎【下劣】 低劣，低級。「~な趣味」低級趣味。

けれんみ◎ 騙人，欺騙。「~のない芸」真功夫。

げろ①スル ①嘔吐物，吐。②坦白的隱語。「~を吐く」坦白。

ケロイド◎◎【德 Keloid】 瘢瘤，蟹足腫。

げろう②【下郎】 ①男傭人。②小子，狗腿子。罵男人的詞。

ケロシン①◎【kerosene】 煤油。燈油。

けわし・い③【険しい】（形） ①險峻，陡峭。②艱險，險惡。③嚴峻。「~・い情勢」形勢險惡。

けん◎ 配菜。

けん①【件】 ①案件，事件。「ご依頼の~は承知しました」您所託的事情知道了。②（接尾）件，項，起。「5~ある」有5件。

けん◎【券】 券，票，證。

けん◎【妍】 容貌美麗。「美女が~を競う」美女爭妍。

けん◎【県】 縣。

けん①【剣】 ①劍。兩刃的刀，日本通常也包括單刃刀而稱大刀。②劍。劍術，劍道。③（步槍的）刺刀。④（長在蜜蜂等昆蟲尾部的）螫針。

けん◎【拳】 划拳。

けん◎【険】 ①險阻，險要。山勢等險惡，亦指其他地方。「天下の~」天險。②〔也寫作「慳」〕兇相，兇氣，嚴峻，冷酷。「~のある顔」兇相。

けん◎【間】 ①①間。長度單位。②間。指建築物的柱子與柱子之間。②（接尾）①間。計算建築物柱子與柱子之間數的量詞。「三十三~堂」三十三間堂。②間。圍棋，將棋中計算目數的量詞。「3~とび」三間跳。

けん◎【腱】 肌腱。

けん◎【権】 權力。「選手~」冠軍的資格。

け

けん⓪【鍵】 鍵。

けん【軒】 ①間，棟，座。「右から3~目」從右數起第三間。②軒。添用在雅號、店號等的末尾。「桃中~」桃中軒。

げん⓪【元】 ①〔數〕㋐元。方程式未知數的個數。㋑〔element〕元。集合的元素。②圓，元。中國的貨幣單位，1元等於10角。

げん【原】 本來的，原來的。「~題」原題。

げん⓪【減】 ①減。↔增。②減法運算。「加~乘除」加減乘除。

げん⓪【驗】 ①效驗。②兆頭，先兆。「~がいい」好兆頭；吉利。③靈驗。

けんあく⓪【険悪】 ①險惡。「~な天気」惡劣的天氣。②表情等嚴峻而可怕。

げんあつ⓪【減圧】 スル 減壓。↔加圧

けんあん⓪【検案】 スル 驗屍，屍體檢驗。

けんあん⓪【懸案】 懸案。「~を解決する」解決懸案。

げんあん⓪⓪【原案】 原案，草案。

けんい①【権威】 ①權威，權勢，勢力。②權威，專家，大家。「彼は宇宙物理学の世界的~だ」他是宇宙物理學的世界權威。

げんい①【原意】 原意。

けんいん⓪【牽引】 スル 牽引，拖拉。

けんいん⓪【検印】 ①驗訖印。②檢驗章。

げんいん⓪【原因】 スル 原因。↔結果。

げんいん⓪⓪【現員】 現有人員。

げんいん⓪【減員】 スル 減員，裁員。↔增員

けんうん⓪【巻雲】 捲雲。

げんうん⓪【眩暈】 暈眩，頭暈。

けんえい⓪【県営】 縣營。「~住宅」縣營住宅。

けんえい⓪【献詠】 スル 獻詠，獻詩。

げんえい⓪【幻影】 幻影。

けんえき⓪【検疫】 スル 檢疫。

けんえき⓪【権益】 權益。

げんえき⓪⓪【原液】 原液。

げんえき⓪⓪【現役】 ①現役。②在職，在職人員。③應屆大學考生，應屆大學考取者。

げんえき⓪【減益】 減益。↔增益。「減収~」減收減益。

けんえつ⓪【検閲】 スル ①檢查，審查。②審查。

けんえん⓪【犬猿】 犬猿，水火不容。

げんえん⓪【減塩】 低鹽。

けんお①【嫌悪】 スル 嫌惡，厭惡。

けんおん⓪【検温】 スル 測量體溫。

げんおん⓪【原音】 原發音，原音。

けんか①【県下】 縣內，縣下。

けんか①【県花】 縣花。

けんか①【喧嘩】 スル 吵架，打架。「~になる」打起架來。「~両成敗」不問青紅皂白，對打架雙方各打50大板。

けんか⓪⓪【献花】 スル （在神前、靈前等）供花，獻花。

げんか①【言下】 言下，立即。「~に断る」立即拒絕。

げんか①【原価】 ①原價。②成本價，成本。「生産~」生產成本。

げんか①【現下】 現下，現在，目前。

げんか①【減価】 減價。

げんが①【原画】 原畫，原創的繪畫。

けんかい⓪【見解】 見解。「~を述べる」發表意見。

けんかい⓪【県会】 「県議会」的略稱。「~議員」縣議會議員。

けんかい⓪【狷介】 狷介，耿直。「~孤高」狷介孤高。

けんがい⓪⓪【圏外】 圈外，範圍外。↔圈內。「当選~」當選圈外。

けんがい①【懸崖】 懸崖。

けんがい①【遣外】 遣外。派遣到外國。「~使節」遣外使節。

げんかい⓪【限界】 界限，極限。「能力の~」能力的限度。

げんかい⓪【厳戒】 スル 嚴戒，嚴防。「あたりを~する」對周圍嚴加戒備。

げんがい⓪【言外】 言外。「~の含み」言外之意，弦外之音。

けんかく⓪【懸隔】 スル 懸隔，懸殊。「事実と~する」與事實相距甚遠。

けんがく⓪【見学】スル 參觀學習。

けんがく⓪【研学】スル 鑽研學問。

げんかく⓪【幻覚】 幻覺。

げんかく⓪【厳格】(形動) 嚴格，嚴肅。「～な父」嚴父。

げんがく⓪【弦楽・絃楽】 弦樂。

げんがく⓪【衒学】 炫耀學問，炫學，炫才。「～的な態度」炫耀學問的態度。

げんがく⓪【減額】スル 減額。↔増額

けんかしょくぶつ⓪【顕花植物】 顯花植物。↔隠花植物

げんがっき⓪【弦楽器・絃楽器】 絃樂器。

けんがみね⓪【剣ヶ峰】 ①劍峰。火山噴火口的邊緣，尤指富士山的劍峰。②劍峰。相撲比賽場的最高部分。③被逼上絕路。

けんかん⓪【兼官】スル 兼官。

けんかん⓪【顕官】 顯官，高官，顯宦。

げんかん⓪【玄関】 正門，大門，玄關。「～でオーバーをぬいで上がりました」在玄關脫下外衣進屋了。「客を～におくり出す」把客人送出大門。

げんかん⓪【厳寒】 嚴寒。

げんかんさりょうほう⓪【減感作療法】 減敏療法。

けんぎ⓪【建議】スル 建議。向政府機關提出意見。

けんぎ⓪【県議】 縣議員。縣議會議員的略語。

けんぎ⓪【嫌疑】 嫌疑。

げんき⓪【元気】 元氣，精神，活潑。

げんき⓪【原器】 標準原器。為測量基準的標準器。

げんき⓪【衒気】 矯飾，虛榮心，裝模作樣。

げんぎ⓪【原義】 原義，本義。

けんぎかい⓪【県議会】 縣議會。

けんきゃく⓪【剣客】 劍客，劍術家。

けんきゃく⓪【健脚】 健步。「～を誇る」以健步自豪。

けんきゅう⓪【研究】スル 研究。

けんぎゅう⓪【牽牛】 牽牛星。

げんきゅう⓪【言及】スル 言及，提及，談到。「進退問題に～する」言及去留問題。

げんきゅう⓪【原級】 ①原級。「～留め置き」留級。②原級。在歐洲諸語言中，與形容詞、副詞的比較級、最高級形式相對應的基本形。

げんきゅう⓪【減給】スル 減薪。「～処分」減薪處分。

けんきょ⓪【検挙】スル 拘捕，逮捕，檢舉。

けんきょ⓪【謙虚】(形動) 謙虛。「～な態度」謙虛的態度。

げんきょう⓪【顕教】 顯教。↔密教

げんきょう⓪【元凶・元兇】 元兇，首惡。「～がつかまった」抓住了罪魁禍首。

げんきょう⓪【現況】 現狀。

げんぎょう⓪【現業】 現業，現場作業。

けんぎょうのうか⓪【兼業農家】 兼職農家，兼職農戶。↔専業農家

けんきょうふかい⓪【牽強付会】スル 牽強附會。

けんきょく⓪【限局】スル 侷限。

げんきょく⓪【原曲】 原曲。

けんきん⓪【献金】スル 捐款。「二万円を～する」捐獻二萬日圓。

げんきん⓪【現金】 現金，現款。

げんきん⓪【厳禁】スル 嚴禁。

けんぐん⓪【建軍】 建軍。「～の精神」建軍精神。

げんくん⓪【元勲】 元勳。

げんくん⓪【厳君】 令尊，令嚴，嚴君。

げんげ⓪【紫雲英】 紫雲英。

けんけい⓪【県警】 縣警。

けんけい⓪【賢兄】 賢兄，令兄。

げんけい⓪【原形】 原形。

げんけい⓪【原型】 模型。

げんけい⓪【減刑】スル 減刑。

けんげき⓪【剣戟】 劍戟。

けんげき⓪【剣劇】 武戲，武打片。

けんけつ⓪【献血】スル 捐血。

げんげつ⓪【弦月】 弦月，彎月。

げんげつ⓪【限月】 限月。期貨交易中的交貨期限。

けんけん⓪ 單腳跳。

けんけん⓪【喧喧】(トタル) 喧鬧，吵鬧。

けんげん◎【建言】スル 建議，提議，建言。「～書」建議書。

けんげん◎【献言】スル 獻言，進言。「総理に～する」向總理進言。

けんげん◎【権限】 許可權。

けんげん◎【顕現】スル 顯現，顯神。

けんけんふくよう◎【拳拳服膺】スル 拳拳服膺。

けんこ◎【眷顧】スル 眷顧，照顧。

けんご◎【堅固】 ①堅固，堅定。「志操～な人」志操堅定的人。②堅固。「～な城」堅固的城池。

げんこ◎【拳固】 拳頭。

げんご◎【言語】 語言，言語。

げんご◎【原語】 原詞，原語。（未翻譯之前的）原先的詞語，翻譯前的外國語。

けんこう◎【兼行】スル ①兼行，兼程。「昼夜～する」晝夜兼程。②兼辦，兼作。

けんこう◎【健康】 健康，健全。「～を害する」有害健康。

けんこう◎【権衡】 權衡。

けんこう◎【軒昂】（タル） 軒昂。「意気～」氣宇軒昂。

けんごう◎【剣豪】 劍豪。劍術的達人。

げんこう◎【元寇】 元寇。蒙古入侵。

げんこう◎【原鉱】 原礦。

げんこう◎【原稿】 原稿，稿件。「～をかく」打草稿。

げんこう◎【現行】 現行。「～の法規」現行法規。

げんごう◎【元号】 元號。紀年的名號。

けんこうこつ◎【肩甲骨・肩胛骨】 肩胛骨。

けんこく◎【建国】スル 建國。

げんこく◎【原告】 原告。↔被告

けんこくきねんのひ◎【建国記念の日】建國紀念日。日本國民節日之一，2月11日。

げんごろう◎【源五郎】 黑龍虱。

けんこん◎◎【乾坤】 乾坤。

げんこん◎◎【現今】 現今，現在，目前。「～の情勢」現今的形勢。

けんさ◎【検査】スル 檢查。

けんざい◎【建材】 建材。

けんざい◎【健在】 ①健在。「ぼくの父は80歳だがまだ～だ」我父親已80歲，還健在。②健在，依然如舊。「たよりがないが～らしい」雖然沒有消息，但好像還健在。

けんざい◎【顕在】スル 顯在，顯然存在。↔潜在

げんさい◎【減殺】スル 減低，減少。

げんさい◎【減債】スル 減債。

げんざい◎【原罪】 原罪。

げんざい◎【現在】スル ①現在。「～は父母と3人くらしです」現在和父母3個人生活。②到…的現在為止。「2000年～」（截止於）2000年現在。

げんざいりょう◎【原材料】 原材料。

けんざかい◎【県境】 縣界，縣境。

けんさき◎◎◎【剣先】 ①劍尖，刀尖。②羊角領，尖角翻領。

けんさく◎【建策】スル 建策。「～を練る」仔細推敲建策。

けんさく◎【研削】スル 磨削。

けんさく◎【検索】スル 檢索。

けんさく◎【献策】スル 獻策，獻計。

げんさく◎【原作】 原作，原著。「～者」原作者。

げんさく◎【減作】 歉收，減產。

げんさくどうぶつ◎【原索動物】 原索動物。

けんさつ◎【検札】スル 驗票。

けんさつ◎【検察】スル 檢察。

けんさつ◎【賢察】スル 明察，明鑑，賢察。

けんさん◎【研鑽】スル 鑽研。「～を積む」鑽研有素。

けんざん◎【見参】スル 謁見參拜。

げんさん◎【原産】 原產。

げんさん◎【減産】スル 減產。↔増産

げんざん◎【減算】 減法運算。↔加算

けんし◎【犬歯】 犬齒，尖牙。

けんし◎【剣士】 劍士，劍客。

けんし◎【検視】スル ①檢查。②驗屍，檢驗屍體。

けんし◎【献詞】 獻詞。

けんし◎【絹糸】 蠶絲。

けんじ⓪【健児】　健兒。

けんじ⓪【検字】　檢索，筆畫索引。

けんじ①【検事】　檢事。

けんじ①【献辞】　獻辭。

けんじ①【顕示】　スル　顯示，明示。

げんし①【元始】　開端。

げんし①【幻視】　幻視。

げんし①【原子】　原子。

げんし①【原紙】　蠟紙。「～を切る」刻蠟紙。

げんし①【原資】　①原資，本金。②原資。作爲財政投融資的資金源。

げんし①【減資】　スル　減資。↔增資

げんじ①【言辞】　言辭。

げんじ①【現時】　現時，現在。

げんじ①【源氏】　①源氏。源姓氏族的稱謂。②源氏。《源氏物語》的略語。

けんしき①【見識】　①見識，見解。②派頭，架子，氣度。

げんしじだい①【原史時代】　原史時代。

げんしつ⓪【玄室】　玄室。古墳中放置棺材的墓室。

げんじつ⓪【現実】　現實。↔理想。「～を直視する」正視現實。

げんじてん①【現時点】　現在這個時間點。

けんじゃ①【賢者】　賢者。↔愚者

げんしゃ①【減車】　減少車輛數。↔增車

げんしゃく⓪【現尺】　原尺寸，實際尺寸，原寸圖。↔縮尺

けんしゅ①【堅守】　スル　堅守。「信ずる所を～する」堅守信念。

げんしゅ①【元首】　元首。

げんしゅ⓪【原酒】　原酒。

げんしゅ⓪【原種】　原種。

げんしゅ①【厳守】　スル　嚴守。「秘密を～する」嚴守秘密。

けんしゅう⓪【研修】　スル　研修，進修。「日本語を～する」進修日語。

けんしゅう⓪【献酬】　スル　獻酬，交杯，換盞。

けんじゅう⓪【拳銃】　手槍。

げんしゅう⓪【減収】　スル　減收。↔增收

げんじゅう⓪【現住】　スル　現住。

げんじゅう⓪【厳重】（形動）　嚴重，嚴格，嚴密。「～な抗議を申込む」提出嚴正的抗議。

げんじゅうみん③【原住民】　原住民，土著。

げんしゅく⓪【厳粛】（形動）　①嚴肅，莊嚴。「～に声明する」莊嚴聲明。②嚴肅，嚴峻。「～な事実」鐵一般的事實。

けんしゅつ⓪【検出】　スル　檢驗出。

けんじゅつ⓪【剣術】　劍術，刀術。

げんしゅつ⓪【現出】　スル　出現，現出，呈現。

げんじゅつ⓪①【幻術】　①幻術，魔法。②戲法。魔術。

けんしゅん⓪【険峻・嶮峻】　險峻，峻峭。「～な山道」險峻的山路。

げんしょ①【原初】　事物的最初。

げんしょ①【原書】　原文書，原書。

げんしょ①【厳暑】　嚴暑，酷暑。

けんしょう⓪【肩章】　肩章。

けんしょう⓪【検証】　スル　①驗證。②勘驗，查證。「～調書」查證報告書。→書證

けんしょう⓪【憲章】　憲章。

けんしょう⓪【謙称】　謙稱。↔敬稱

けんしょう⓪【顕彰】　スル　表彰，顯彰，彰顯。

けんしょう⓪【懸賞】　懸賞。

けんじょう⓪【堅城】　防衛堅固的城池。

けんじょう⓪【謙譲】　謙讓。「～の美徳」謙讓的美德。

げんしょう⓪【現象】　現象。

げんしょう⓪【減少】　スル　減少，降低。↔增加

げんじょう⓪【原状】　原狀，原貌。「～に戻す」恢復原狀。

げんじょう⓪【現状】　現狀。「～を打破する」打破現狀。

げんじょう⓪【現場】　現場。

けんしょうえん⓪【腱鞘炎】　肌腱炎。

けんじょうしゃ③【健常者】　健全人。

けんしょく⓪【兼職】　スル　兼職。

けんしょく⓪【顕職】　顯位，高官。

げんしょく⓪【減食】　スル　減食，縮食。

けん・じる⓪【献じる】（動上一）　獻，獻上。

げん・じる⓪【減じる】（動上一）①減。「罪一等を〜・じる」罪減一等。②減，減去。「5から3を〜・じる」從5減去3。

けんしん⓪【健診】　健診。

けんしん⓪【検針】スル　（水電）查錶。

けんしん⓪【検診】スル　診斷。

けんしん⓪【献身】スル　獻身。

けんじん⓪【県人】（同）縣人。「〜会」同鄉會。

けんじん⓪【堅陣】　守備堅固的陣地。

けんじん⓪【賢人】　賢人。

げんじん⓪【原人】　原人。

げんず⓪【原図】　原圖。

けんすい⓪【建水】　水罐，水盆。

けんすい⓪【懸垂】スル　①懸垂。②引體向上。

げんすい⓪【元帥】　元帥。

げんすい⓪【減水】スル　水量減少。

げんすい⓪【減衰】スル　衰減。「〜曲線」衰減曲線。

げんすいばく⓪【原水爆】　原子彈和氫彈。

けんすう⓪【件数】　件數，次數。

げんすう⓪【現数】　現有數量。

けん・ずる⓪【献ずる】（動サ變）　同「献じる」。

げんすん⓪【原寸】　原尺寸。「〜大の模型」原寸大小的模型。

げんせ⓪【現世】　現世。

けんせい⓪【県政】　縣政。

けんせい⓪【牽制】スル　牽制，制約。

けんせい⓪【権勢】　權勢。

けんせい⓪【憲政】　憲政。

げんせい⓪【原生】　原生。

げんせい⓪⓪【現生】スル　現生，現存。

げんせい⓪【現制】　現制，現行制度。

げんせい⓪【現勢】　現勢，目前形勢。

げんせい⓪【厳正】　嚴正。「〜な裁判を行う」嚴正的審判。

げんぜい⓪【減税】スル　減稅。↔增稅

けんせき⓪【譴責】スル　譴責。

げんせき⓪【原石】　原石。

げんせき⓪【原籍】　原籍。

けんせきうん⓪【巻積雲】　捲積雲。

けんせつ⓪【建設】スル　建設。「その住宅は〜中です」那個住宅正在建設中。

げんせつ⓪【言説】スル　話語，言論。「難解な〜」令人費解的言論。

けんせん⓪【献饌】　獻饌。↔撤饌〔てっせん〕

けんぜん⓪【健全】（形動）　健全。「身心ともに〜である」身心健康。「〜な財政」穩定的財政。

げんせん⓪【源泉】　源泉，泉源。「エネッギーの〜」能源。

げんせん⓪【厳選】スル　嚴選，嚴格挑選。「応募者から〜する」從應徵者中嚴格挑選。

げんぜん⓪【現前】スル　在眼前。

げんぜん⓪【厳然・儼然】　嚴肅，嚴厲。「〜たる態度をとる」採取嚴厲的態度。

けんそ⓪【険阻・嶮岨】　險阻。「〜な山」險阻之山。

げんそ⓪【元素】　元素。

けんそう⓪【喧噪・喧騒】　喧鬧，喧囂。「〜の巷〔ちまた〕」喧鬧的街巷。

けんぞう⓪【建造】スル　建造，修建。

げんそう⓪【幻想】　幻想。「〜をいだく」抱有幻想。

げんそう⓪【現送】スル　硬幣裝運，現金運輸，現貨運輸。

げんそう⓪【舷窓】　舷窗。於船舶側面所開的圓窗。

げんぞう⓪【幻像】　幻象，幻影。

げんぞう⓪【現像】スル　顯影。「〜液」顯影液。

けんそううん⓪【巻層雲】　捲層雲。

けんそく⓪【検束】スル　約束，管束。

けんぞく⓪【眷属・眷族】　①眷屬，家眷。②僕從，家臣。

げんそく⓪【原則】　原則。

げんそん⓪【玄孫】　玄孫。

げんそん⓪【現存】スル　現存，現有。

けんたい⓪【倦怠】スル　倦怠，厭倦。

けんたい⓪【検体】〔醫〕送檢樣本。

けんたい⓪【献体】スル　大體捐贈。

けんだい⓪⓪【見台】　閱書架，樂譜架。

けんだい⓪【兼題】　兼題。歌會、俳句會等上以事先擬好的題目。↔席題

げんたい◎【減退】スル　減退。↔増進

げんだい◎【原題】　原名，原標題。

げんだい◎【現代】　現代。

げんだいげき◎【現代劇】　現代劇。↔時代劇

げんたいけん◎【原体験】　原始體驗，最初體驗。

けんだか◎【権高】（形動）　高傲。傲慢。

げんだか◎【現高】　現額，現有金額。

けんだま◎【剣玉・拳玉】　劍球。

けんたん◎【健啖】　飯量大，胃口好。「～家ゕ」飯量大的人。

けんたん◎【検痰】スル　驗痰。

げんたん◎【減反・減段】スル　減少耕作面積。↔増反

けんち◎【見地】　見地，見解。

げんち◎【言質】　承諾，許諾，諾言。「～を取る」取得口頭承諾。

げんち◎【現地】　①現場，現地。「～で交渉する」現場交涉。②當地，現住地。

けんちく◎【建築】スル　建築。「～家」建築家。

けんちじ◎【県知事】　縣知事。

けんちゃ◎【献茶】スル　獻茶。

げんちゅう◎【原注】　原注。

けんちょ◎【顕著】（形動）　顯著。

げんちょ◎【原著】　原著。

けんちょう◎【県庁】　縣廳。

げんちょう◎【幻聴】　幻聽。

けんちん◎【巻繊】　松肉。從中國傳入並日本化了的素菜。

けんつく◎　痛斥，責罵，申斥。「～を食わす」給予痛斥。

けんてい◎【検定】スル　檢定，審定。

けんてい◎【献呈】スル　獻呈，進獻，敬呈。「大切に保存していた歴史的文物を科学院に～した」把精心保存的歷史文獻獻給了科學院。

けんてい◎【賢弟】　賢弟，令弟。「愚兄～」愚兄賢弟。

げんてい◎【限定】スル　限定。

けんてき◎【涓滴】　涓滴。「～岩を穿ぅつ」滴水穿石。

けんてん◎◎◎【圏点】　圈點。

けんでん◎【喧伝】スル　盛傳，宣揚。

げんてん◎【原典】　原著。「訳文を～に当たって調べてみる」對照原著查看譯文。

げんてん◎【原点】　原點，始點，零點。

げんてん◎【減点】スル　扣分，減分。

げんど◎【限度】　限度。「忍耐にも～がある」忍耐也是有限度的。

けんとう◎【見当】　①估計，預估，預計，眉目，頭緒，推斷。②大致方向，大體方位。「駅はこちらの～のはずだ」火車站按估計應該是在這方向。③上下，大約，左右。「バスにいる乗客は20人～だ」公車上的乘客大約有二十人。

けんとう◎【拳闘】　拳擊。

けんとう◎【健闘】スル　健鬥，拼搏，再接再勵。

けんとう◎【検討】スル　檢討，探討。

けんどう◎【県道】　縣道。

けんどう◎【剣道】　劍道，擊劍。

げんとう◎【幻灯】　幻燈（片）。

げんとう◎【舷灯】　舷燈。

げんとう◎【舷頭】　舷頭。

げんとう◎【厳冬】　嚴冬。

げんどうき◎【原動機】　原動機，動力機。

けんとうし◎【遣唐使】　遣唐使。

ケントし◎【―紙】　肯特紙，繪圖紙。

けんどじゅうらい◎【捲土重来】　捲土重來。「～を期す」指望捲土重來。

けんどん◎【倹飩】　①大碗麵，大碗飯食。②外送箱。

けんない◎【圏内】　圈內。↔圈外。「無電の通信～にある」在無線電通訊的範圍之內。

げんなま◎【現生】　現錢。現金的俗稱。

げんなり◎（副）スル　①吃膩，膩厭。②疲倦，厭倦。

けんなん◎【剣難】　刀斧之災，殺身之禍。「～の相ゖがある」有殺身之相。

げんに◎【現に】（副）　現實地，實際地。

げんに◎【厳に】（副）　嚴格地。

けんにょう◎【検尿】　驗尿。

けんにん◎【兼任】スル　兼任。↔專任

けんにん◎【堅忍】スル　堅忍。「～持久」堅忍持久。

けんにん◎【検認】　驗證。

げんにん◎【現認】スル　現實認定。

けんにんじがき◎【建仁寺垣】　建仁寺垣。竹籬笆的一種。

けんにんふばつ◎【堅忍不抜】　堅忍不拔。「～の精神」堅忍不拔的精神。

ケンネル◎【kennel】　狗屋，犬舍，狗窩。

けんのう◎【献納】スル　獻納。

けんのう◎【権能】　權能。

げんのう◎【玄能】　玄能。一種較大型，頭兩端沒尖角的鐵錘。

けんのん◎【剣吞・険難】（形動）　危險，不安。

けんば◎【犬馬】　犬馬。「～の労をとる」效犬馬之勞。

けんぱ◎【検波】スル　檢波。檢測電波是否存在。

げんば◎【現場】　①現場。②現場，工地。

けんぱい◎【献杯・献盃】スル　敬酒，獻杯。

げんぱい◎【減配】スル　股息削減，減少股利，少配給量。↔增配

けんばいき◎【券売機】　售票機。

けんぱく◎【建白】スル　建議。「～書」建議書。

げんばく◎【原爆】　「原子爆弾」的略語。

げんばくしょう◎◎【原爆症】　放射線疾病。

げんぱつ◎【原発】　①「原子力発電」「原子力発電所」的略語。「～事故」核能發電事故。② スル　〔醫〕原發。（腫瘤、症狀等）由病因直接或初次表現出來。「～部位」原發部位。

けんばん◎【鍵盤】　鍵盤。

げんばん◎【原盤】　原盤，母帶。

げんぱん◎【原版】　原版，底版，活字版。

げんはんけつ◎【原判決】　原判決。

けんぴ◎【建碑】スル　立碑，樹碑。

げんぴ◎【厳秘】　絕對機密。

けんびきょう◎【顕微鏡】　顯微鏡。

けんぴつ◎【健筆】　健筆。「～をふるう」揮健筆。

げんぴょう◎【原票】　原始傳票，原始存單，存根。

けんぴん◎【検品】スル　檢查產品，檢驗產品。

げんぴん◎【減便】　減班次。

げんぴん◎【現品】　現貨，實物。「代金引換に～を送る」給了貨款就交貨。

けんぶ◎【剣舞】　劍舞。

けんぷ◎【絹布】　絲綢，綢子。

げんぶ◎【玄武】　玄武。

げんぷ◎【厳父】　①嚴父。②嚴父，令尊。對他人父親的敬稱。

げんぷう◎【厳封】スル　嚴封，密封。

げんぷく◎【元服】スル　元服。公家、武家府中男子的成人儀式。

けんぷじん◎【賢夫人】　賢夫人，賢妻。

けんぶつ◎【見物】スル　遊覽，觀光，遊覽者，觀光者。

げんぶつ◎【原物】　原物，原件。

げんぶつ◎【現物】　①現物，實物。②現貨。

けんぶん◎【見聞】スル　見聞。「～を広める」增長見聞。

けんぶん◎【検分】スル　實際查看，調查，確實看清。

げんぶん◎【原文】　原文。

げんぶんいっち◎【言文一致】　言文一致。

けんぺい◎【権柄】　①權柄。②（形動）安自尊大，傲慢。「～にあごで使う」頤指氣使。

げんぺい◎【源平】　①源平。源氏和平氏。「～の戦い」源平之戰。②對抗雙方，敵我。「～ガルタ」源平紙牌。

けんぺいりつ◎【建蔽率・建坪率】　建築（占地）面積係數。

けんべん◎【検便】スル　驗糞便。

けんぼ◎【賢母】　賢母，良母。「良妻～」賢妻良母。

けんぽ◎【健保】　健康保險（的簡稱）。

げんぼ◎【原簿】　原簿，底帳，原始的帳簿。「戸籍～」戶籍原簿。

けんぼう◎【権謀】　權謀，權略。

けんぼう◎【健忘】　健忘。

けんぼう◎【拳法】　拳術，拳法。

けんぽう◎【憲法】　憲法。

げんぽう◎【減法】　減法。↔加法

げんぽう◎【減俸】スル　減薪，降工資。

げんぼく◎【原木】　原木。「パルプの～」紙漿原木。

けんぽん◎【献本】スル　獻本，贈書。

けんぽん◎【絹本】　絹本。

げんぽん◎【原本】　原書。

けんま◎【研磨】スル　①研磨拋光，磨削。②鑽研，深入研究。

げんまい◎【玄米】　糙米。

けんまく◎【剣幕】　氣勢洶洶，兇暴態度，兇狠言詞。

げんまん◎【拳万】スル　打勾勾。「ゆびきり～」勾小指發誓。

げんみつ◎【厳密】（形動）　嚴密，周密。「～な調査をする」進行嚴密的調査。

げんみょう◎【玄妙】（形動）　玄妙。

けんみん◎③【県民】　縣民。

けんむ◎【兼務】スル　兼職，兼辦。

けんめい◎【件名】　①文件名。②分類名稱。「～目録」分類目録。「～索引」分類索引。

けんめい◎【賢明】　賢明。「～な処置」高明的措置。

けんめい◎【懸命】　（形動）拼命，盡最大能力。「～な努力をする」盡最大的努力。

げんめい◎【言明】スル　言明，說清。

げんめい◎【厳命】スル　嚴令，嚴格命令。

げんめつ◎【幻滅】スル　幻滅。

けんめん◎③【券面】　票面，面值。「～額」面額。

げんめん◎【原綿】　原棉。

げんもう◎【原毛】　原毛。

けんもほろろ①（形動）　橫眉冷對，嚴辭不受。

けんもん◎【検問】スル　盤查，盤問。「通行人を～する」盤查行人。

けんもん◎③【権門】　權門，豪門。

げんもん◎【舷門】　舷門。

げんや◎【原野】　原野。

けんやく◎【倹約】スル　儉約，節儉。「出費を～する」節省開支。

げんゆ◎【原油】　原油。

けんゆう◎【県有】　縣有。「～地」縣有地。「～林」縣有林。

げんゆう◎【現有】　現有。「～勢力」現有勢力。

けんよう◎【兼用】スル　兼用。

けんよう◎【険要】　險要。「～の地」險要之地。

けんよう◎【顕揚】スル　顯揚，頌揚，表彰。

けんらん◎【絢爛】　絢爛，絢麗。「～豪華」絢麗豪華。

けんりかぶ◎【権利株】　權利股，潛在股票。

けんりきん◎【権利金】　權利金。

けんりつ◎【県立】　縣立。「～高校」縣立高中。

げんりゅう◎【源流】　源流。

けんりょ①【賢慮】　①卓見，高見。②尊見。

けんりょう◎【見料】　①參觀費。②算命費用，看相費用，卦金。

げんりょう◎【原料】　原料。

げんりょう◎【減量】スル　減量。

けんりょく◎【権力】　權力。

けんるい◎【堅塁】　戒備森嚴的堡壘。

けんろ◎【険路・嶮路】　險路，險道。

けんろう◎【堅牢】　堅牢，堅固。「～な作り」堅固的結構。

げんろう◎【元老】　元老。「新聞界の～」新聞界的元老。

げんろういん◎③【元老院】　元老院。

げんろくそで◎【元禄袖】　元祿袖。和服袖樣式之一。

げんろん◎◎【言論】　言論。

げんろん◎【原論】　原論。

げんわく◎【幻惑】スル　迷惑，蠱惑。

けんわんちょくひつ⑤【懸腕直筆】　懸腕垂筆，懸腕直筆。

こ

こ回【子・児】 ①①孩子。←親。「〜を生む」生孩子。「犬の〜」小狗。②小孩，娃娃。「都会の〜」城市小孩。③子女。雙親間所生的孩子，亦指養子或繼子女。←親。「〜を思う親心」思念孩子的父母心。④女孩。「きれいな〜」漂亮女孩。⑤衍生物，附屬物。「竹の〜」竹筍。「〜会社」子公司。②（接尾）有時與上一詞之間有促音。①（從事某事或處於某種狀態的）…人。「売り〜」售貨員。「売れっ〜」受歡迎的人；紅人。②（有某種用途的）東西。「背負しよい〜」背架。③孩子。「ひとりっ〜」獨生子。「だだっ〜」磨人嬌兒。④…子。附在女性姓名之後構成名字。「花〜」花子。

こ回【粉】 粉。「身を〜にして働く」不遺餘力地工作。

こ回【弧】 弧。「〜をえがく」畫曲線。

こ回【個】 ①1個人。「〜としての人間存在」作為個人的社會存在。②（接尾）個。「みかん3〜」3個橘子。

こ【故】（接頭）故。加在人名等之前，表示該人已死亡。

ご回回【五・伍】 五，伍。

ご回【後】 後。「その〜」其後。「夕食〜」晩飯後。

ご回【碁】 圍棋。「〜を打つ」下圍棋。

ご回【語】 ①語言，話。「〜を次ぐ」傳話；接過話頭。②單字。

ご回【呉】 吳，吳國。

ご【御】①（接頭）①表示尊敬之意。「〜両親」令尊令堂。②對某人行為表示尊敬之意。「〜説明くださる」承蒙解說。③對行為所涉及的他人表示尊敬。「〜紹介する」謹向您介紹。④表示禮貌、高雅的措詞。「〜飯」膳食。→お（御）。②（接尾）添加尊敬之意。「伯父〜」伯父大人。

コア回【core】 ①核心，核。②地核。③（線圈等的）鐵芯。④型芯。⑤核心，公共設施中心。→コアーシステム

ごあいさつ回【御挨拶】 ①致詞，問候。②什麼話，無理措詞。「これは〜だね」這像人話嗎！

こあきない回【小商い】 小買賣，小本經營。←大商い

コアコンピテンス回【core competence】〔也讀作「コア-コンピタンス」〕核心技術，核心能力。

こあざ回【小字】 小字。構成日本町、村的大字的小區域，亦簡稱為「字」。←大字

こあじ回【小味】 有點小滋味。「〜のきいた料理」饒有味道的菜餚。←大味

コアタイム回【core time】 核心時間。

こあたり回【小当たり】スル 試探。「〜に当たってみる」稍作試探。

コアラ回【koala】 無尾熊。

コアントロー回【法 Cointreau】 康圖酒，君度橙酒，白柑桔酒。

こい回【恋】 戀愛，愛情。

こい回【鯉】 鯉。

こい回【故意】 ①故意。「〜に人を殺す」蓄意殺人。②〔法〕故意。←過失。「未必の〜」未必的故意。

こ・い【濃い】（形）①濃，深。←淡い。「〜・い緑」深綠；濃綠色。「夕闇が〜・い」暮色濃濃。②濃，烈，重。←淡い。「〜・い味つけ」味道濃。③濃密。「髪の毛が〜・い」頭髮濃密。④濃重。「疲労の色が〜・い」大有疲倦之色。⑤可能性程度大。「しだいに不安が〜・くなる」不安逐漸加重。⑥濃情愛濃厚。「〜・い愛情」很深的愛情。

ごい回【語意】 詞義，語義，語意。

こいがたき回【恋敵】 情敵。

こいき回回【小意気・小粋】 時髦，漂亮，雅緻。

こいくち回【濃い口】 味濃，色重（的）。←薄口

こいぐち回回【鯉口】 ①鞘口。刀鞘口。

②套袖。

こいこが・れる【恋い焦がれる】（動下一）　苦戀，苦相思。

こいこく【鯉濃】　濃味噌鯉魚段。

こいごころ【恋心】　戀情。

ごいさぎ【五位鷺】　夜鷺。

こいさん　（小）小姐。日本關西地區對主人家最小女孩的稱呼。

こいじ【恋路】　戀情路，戀愛路。「忍ぶ～」秘密戀愛路。

ごいし【碁石】　圍棋子。

こいし・い【恋しい】（形）　戀慕，懷戀，懷念，戀戀不捨。「ふるさとが～・い」故鄉令人懷念。「寒くなると火が～・い」一變冷就懷念起火。

こい・する【恋する】（動サ變）　心愛，戀愛。「互いに～・する」相愛。

こいちゃ【濃い茶】　①濃茶，釅茶。↔薄茶。②濃茶色。

こいつ【此奴】（代）　①這小子，這傢伙。「～はかわいいね」這小傢伙真可愛。②這個，這東西。「～はいいなあ」這玩意兒不錯啊！

ごいっしん【御一新】　御一新。明治維新的別名。

こいなか【恋仲】　情侶。

こいにょうぼう【恋女房】　戀愛妻。

こいねが・う【希う・冀う・庶幾う】（動五）　希，冀，冀望。「無事を～・う」冀望無事。

こいねがわくは【希くは・冀くは・庶幾くは】（副）　但願。「～お力をかされんことを」但願鼎力相助。

こいのぼり【鯉幟】　鯉魚旗。

こいびと【恋人】　戀人，情人，意中人。

こいぶみ【恋文】　情書。

こいも【子芋】　①子芋。②芋頭的別名。

コイル【coil】　線圈。

こいわずらい【恋煩い】 スル　相思病。

こいん【雇員】　雇員。

コイン【coin】　硬幣。

こう【公】　①公家，官府。「～と私しの別」公私之別。②公。5 等爵位的第 1

位，公爵。③（代）公。對貴人的敬稱。④（接尾）公。接在貴人名字後面，表示敬意。「家康～」家康公。

こう【功】　①功勞，功勳，功績。「～を立てる」立功。②經驗的累積，資歷業績。「年の～」年高經驗多；閱歷深。

こう【甲】　①甲，甲殼。②手背，腳背。③甲。十干的第 1。④甲等，第一。⑤甲方。「～は乙に賃貸料を支払う」甲方向乙方支付租金。

こう【江】　①江。②長江。

こう【行】　步行，出行。「～を共にする」同行。

こう【劫】　劫。

こう【孝】　孝，孝順。「～を尽くす」盡孝。

こう【効】　成效。「薬石～なく」藥石罔效。

こう【庚】　庚。

こう【侯】　侯。「老～」老侯爺。

こう【香】　①香味。「～を聞く」聞香。②香。在佛前焚燒的香料。③香道。

こう【候】　時候，季候。「盛夏の～」盛夏之際；時值盛夏。

こう【校】　①學校。「わが～」我校。②校對。「初～」初校。

こう【項】　①條款。「別の～で規定する」另項規定。②〔數〕項。

こう【綱】　綱。→亜綱

こう【稿】　稿，草稿。「～を起こす」起稿。

こう【鋼】　鋼。

こう【講】　①講。指講解，講義。②講，講會。如法華八講、最勝講等。③講。如涅槃講、地藏講、報恩講等。④講。如富士講、伊勢講等。⑤跟會，互助會。

こ・う【恋う】（動五）　①戀慕。②依戀。「母を～・う」戀母。③懷念，思念。「故郷を～・う」懷念故鄉。

こ・う【請う・乞う】（動五）　①哀求，乞求。②希望，請求。「至急御回答を～・う」請儘快回答。

ごう【号】　Ⅰ①號，雅號。②號。指定期發行的雜誌等的各期。③號。鉛字的

大小的單位。→号数活字。④號。表示油畫畫布大小的單位，0號最小，比6寸照片稍大。②（接尾）①號，期。對於雜誌等定期發行物或有順序的物件，逐次計算順序的量詞。「第 8~」雜誌第八期。「1~車は禁煙車」1號車廂為禁煙車廂。②號。加在列車、船、飛機、動物等的名字上的用語。「特急ひかり~」光號特快列車。

ごう◎【合】 ①合。日本度量衡制尺貫法中的體積單位。→升。②合。面積單位，坪或步的 10 分之 1。→坪。③合。在日本表示登山路的概略單位。「富士山の 5~目」富士山的第五段。

ごう◎【剛・豪】 剛，剛強。↔柔。「~の者」剛強者。「柔よく~を制す」柔能克剛。

ごう◎【郷】 鄉。「白川~」白川鄉。→郷里制

ごう◎【業】 ①業。

ごう◎【濠・壕】 壕，壕溝，城壕。

こうあつ◎【光圧】 光壓。

こうあつ◎【高圧】 ①高壓。「~ガス」高壓氣體。②高的電壓。↔低圧

こうあん◎【公安】 公安，公共安寧。

こうあん◎【公案】 公案。

こうあん◎【考案】 ｽﾙ 設計，規劃，首創，創擬，設計發明。「これは彼が~したものだ」這是他想出來的。

こうい◎【好意】 ①好感。出於讓人高興的心情。「~をいだく」懷有好感。②好意。親切的善意。「~的な態度」善意的態度。「人の~を無にする」辜負別人的一番好意。

こうい◎【行為】 行為。

こうい◎【皇位】 皇位。

こうい◎【校医】 校醫。

こうい◎【校異】 校異，校對。

こうい◎【高位】 高位。「~高官」達官顯貴。

ごうい◎【合意】 ｽﾙ 合意。「~のうえできめる」經雙方同意後決定。

こういき◎【広域】 廣域。

こういしょう◎【後遺症】 後遺症。

こういつ◎【後逸】 ｽﾙ 漏接。棒球等運動中，球沒接住向後丟失。

ごういつ◎【合一】 ｽﾙ 合一。「知行~」知行合一。

こういっつい◎【好一対】 恰好一對。「~の夫婦」一對般配的夫妻。

こういってん◎【紅一点】 紅一點，一點紅。

こういど◎【高緯度】 高緯度。

こういん◎【工員】 員工。

こういん◎【公印】 官印，公章。

こういん◎【勾引・拘引】 ｽﾙ 拘傳，拘提。

こういん◎【後胤】 後胤，子孫，後裔。

ごういん◎【強引】 （形動）強制，強行。「~なやり方」強制的作法。

こうう◎【降雨】 降雨。「~量」降雨量。

ごうう◎【豪雨】 豪雨。「集中~」局部豪雨。

こううん◎【幸運・好運】 幸運，好運。↔非運・不運。「~に恵まれる」很幸運。「~児」幸運兒。

こううん◎【耕耘】 ｽﾙ 耕耘。

こううんりゅうすい◎【行雲流水】 行雲流水。

こうえい◎【公営】 公營。↔私営

こうえい◎【光栄】 光榮，榮譽。「身にあまる~」無上光榮。

こうえい◎【後裔】 後裔。

こうえい◎【後衛】 後衛。↔前衛。→バックス

こうえき◎【公益】 公益。↔私益

こうえき◎【交易】 ｽﾙ 互易及買賣，交易。

こうえつ◎【校閲】 ｽﾙ 校閱。「~を受ける」接受校閱。

こうえつ◎【高閲】 敬閱，敬覽，敬請過目。「御~いただきたく」敬請閱覽。

こうえん◎【口演】 ｽﾙ 口演。以口表演的形式。

こうえん◎【公園】 公園。

こうえん◎【公演】 ｽﾙ 公演。

こうえん◎【好演】 ｽﾙ 表演出眾，出色表演。

こうえん◎【後援】 ｽﾙ 後援。「~会」後援會。「~部隊」後援部隊。

こうえん⓪【高遠】　高遠。「～な理想」高遠的理想。

こうえん⓪【講筵】　講席，講筵，講座，講解。

こうえん⓪【講演】ㇲㇽ　演講。「～会」演講會。

こうお⓪【好悪】　好惡。

こうおつ⓪【甲乙】　①甲乙。②第一和第二，優劣。「～つけがたい」難分優劣。

ごうおん⓪【轟音】　轟響。

こうか⓪【工科】　工科。

こうか⓪【公課】　公課。由國家或地方公共團體課徵的租稅以外的公的金錢負擔。→公租

こうか⓪【考課】　考評，考核，考勤，考績。「～表」考核表。「人事～」人事考核。

こうか⓪【効果】　①效果，效應。「～をあげる」見成效。「～的」有效的。②效果。在話劇、電影等方面，人工製造出與其場面相吻合的氣氛、真實感等，以及爲達此目的而使用的擬音、照明、音樂等。

こうか⓪【校歌】　校歌。

こうか⓪【降下】ㇲㇽ　①空降，降落，降下，下降，跳下。「～部隊」空降部隊。②下達命令等。「大命の～」大命降下。

こうか⓪【降嫁】ㇲㇽ　下嫁。「臣籍～」臣籍下嫁。

こうか①【高価】　高價。↔安価・廉価

こうか⓪【高架】　高架。

こうか①【高歌】ㇲㇽ　高歌。「～放吟」高歌狂吟。

こうか①【黄禍】　〔yellow peril〕黄禍。

こうか⓪【硬化】ㇲㇽ　①硬化。物質變硬。②強硬。「態度が～する」態度強硬。↔軟化

こうか⓪【硬貨】　①硬幣，金屬貨幣。→軟貨

こうか⓪【膠化】ㇲㇽ　膠化。

こうが①【黄河】　黄河。

こうが①【高雅】（形動）　高雅。

ごうか①【業火】　業火。焚燒罪人的地獄之火。

ごうか①【豪華】　豪華，氣派。「絢爛～」絢麗豪華。

こうかい⓪【公海】　公海。↔領海。→排他的経済水域

こうかい⓪【公開】ㇲㇽ　公開。「情報を～する」訊息公開。

こうかい⓪【更改】ㇲㇽ　更改。

こうかい①【後悔】ㇲㇽ　後悔。「～してもおいつかない」悔之莫及。

こうかい⓪【航海】ㇲㇽ　航海。「太平洋を～する」航海太平洋。

こうかい⓪【降灰】　降灰，落灰，落塵。

こうがい①【笄】　笄，簪子。

こうがい⓪【口外】ㇲㇽ　外傳，洩漏。

こうがい⓪【口蓋】　顎，上顎。

こうがい⓪【公害】　公害。

こうがい⓪【郊外】　郊外，郊區。

こうがい⓪【梗概】　梗概。

こうがい⓪【鉱害】　礦山災害，礦害。

こうがい⓪【慷慨・忼慨】ㇲㇽ　憤慨。「悲憤～する」悲憤憤慨。

こうがい⓪【構外】　場所外，院外。↔構内

ごうかい⓪【豪快】（形動）　豪爽，豪快。「～なホームラン」豪邁的全壘打。

ごうがい⓪【号外】　號外。

こうかいどう③【公会堂】　禮堂，公眾會堂。

こうかがく③【光化学】　光化學。

こうかく⓪【口角】　口角，嘴角。「～泡を飛ばす」爭得嘴角唾沫亂飛。

こうかく⓪【広角】　廣角。

こうかく⓪【甲殻】　甲殼。

こうかく⓪【降格】ㇲㇽ　降格，降級。↔昇格。「～人事」人事降級。

こうがく⓪【工学】　〔engineering〕工學，工程學。

こうがく⓪【光学】　〔optics〕光學。

こうがく⓪【向学】　向學。「～心」向學心。

こうがく⓪【好学】　好學。

こうがく⓪【後学】　①爲今後學，將來作參考。「～のために見学しておく」爲了將來之用而參觀一下。②後學。後進的學者。↔先学

こうがく⓪【高額】　高額。↔小額・低

額。「～の紙幣」大面額紙幣。

ごうかく◎【合格】スル ①合格，考取。②合格。「～品」合格品。

こうかくか◎【好角家】 相撲迷。

こうがくねん③④【高学年】 高年級。

こうかくほう◎【高角砲】 高角砲，高射砲。

こうかつ◎【広闊】 廣闊。

こうかつ◎【狡猾】 狡猾。「～な手段」狡猾的手段。

こうかん◎【公刊】スル 公開刊出。

こうかん◎【公館】 公館，使領館。「在外～」駐外公館。

こうかん◎【交換】スル ①交換。「物々～」以物易物。②互易，以貨易貨。

こうかん◎【交歓・交驩】スル 交歡，聯歡。「～会」聯歡會。

こうかん◎【向寒】 漸冷，漸寒，向寒。↔向暑。「～の候」向寒季節。

こうかん◎【好感】 好感。「～をいだく」抱有好感。

こうかん◎【好漢】 好漢，好男兒。

こうかん◎【後患】 後患。「～を断つ」根除後患。

こうかん◎【校勘】スル 校勘。

こうかん◎【浩瀚】 浩瀚。

こうかん◎【高官】 高官。「高位～の人」達官顯貴。

こうかん◎【鋼管】 鋼管。

こうがん◎【厚顔】 厚顏。「～なやつ」厚臉皮的傢伙。「～無恥」厚顏無恥。

こうがん◎【紅顔】 紅顏。「～の美少年」紅顏美少年。

こうがん◎【睾丸】 睾丸。

ごうかん◎【合歓】スル ①合歡。男女共寢。②合歡樹。

ごうかん◎【強姦】スル 強姦。↔和姦

ごうがん◎【傲岸】 傲岸，自大高傲。「～な態度」傲岸的態度。

こうき①【公器】 公器。「新聞は社会の～だ」報紙乃社會之公器。

こうき①【広軌】 寬軌。鐵路軌距超過標準軌距（1435mm）的軌道。↔狹軌

こうき①【光輝】 ①光輝。②光彩，榮譽，光榮。

こうき①【好奇】 好奇。「～の目を向ける」用好奇的眼光去看。

こうき①【好機】 好機會，良機。「～をとらえる」抓住良機。

こうき①【後記】スル ①後記。「詳細は～する」詳見後記。②後記，跋。「編集～」編後記。

こうき①【後期】 後期。

こうき①【皇紀】 皇紀。日本的紀元。

こうき①【香気】 香氣。

こうき①【校規】 校規。

こうき①【校旗】 校旗。

こうき①【降旗】 降旗。表示投降意思的白旗。

こうき①【高貴】 ①高貴。「～の生まれ」高貴的出身。②高貴，貴重。「～な薬」名貴藥品。

こうき①【綱紀】 綱紀。

こうぎ①【公儀】 公儀。朝廷，亦指幕府。

こうぎ①【広義】 廣義。↔狹義

こうぎ①【交誼】 交誼。「～を結ぶ」結交。

こうぎ①【好誼】 友情，交情，情誼。

こうぎ①【抗議】スル 抗議。「～を申込む」提出抗議。

こうぎ①【高誼】 高誼，厚意。「御～に預かる」多蒙高誼。

こうぎ①【講義】スル 講課，講解，講義。「～録」講課記錄。

ごうき①【剛毅】 剛毅。「～な人柄」剛毅的品格。

ごうき①【豪気・剛気】 豪氣，豪邁。

ごうぎ①【合議】スル 合議。

ごうぎ①【強気・豪儀】（形動） 豪放，豪邁，頑強。「そいつは～だ」那人很頑強。

こうきあつ③【高気圧】 高氣壓。↔低氣壓

こうきぎょう③【公企業】 公營企業。↔私企業

こうきゅう◎【公休】 公休。

こうきゅう◎【考究】スル 考究。

こうきゅう◎【攻究】スル 鑽研，專攻。

こうきゅう◎【後宮】 後宮。

こうきゅう◎【恒久】 恆久，持久。「～の平和」持久的和平。

こうきゅう◎【高級】 高級，上等。↔低級

こうきゅう◎【高給】 高薪。↔薄給

こうきゅう◎【硬球】 硬球。↔軟球

こうきゅう◎【講究】 スル 講究。

ごうきゅう◎【号泣】 スル 號泣。

ごうきゅう◎【剛球・豪球】 剛球，豪球。棒球運動中，投手投出的速度快、有威力的球。

ごうきゅう◎【強弓】 硬弓。

こうきょ◎【公許】 公許，政府批准。

こうきょ◎【皇居】 皇居。

こうきょ◎【薨去】 スル 薨（去）。（在日本指）親王或官至三位以上的人死去。

こうぎょ◎【香魚】 香魚。

こうきょう◎【口供】 スル 口供。

こうきょう◎【公共】 公共。「～の施設」公共設施。

こうきょう◎【好況】 經濟繁榮，市場繁榮。↔不況

こうきょう◎【高教】 訓誨，指教，您的教導。「御～を乞う」請指教。

こうぎょう◎【工業】 工業。

こうぎょう◎【鉱業・砿業】 礦業。

こうぎょう◎【興行】 スル 演出，公演，賽事，比賽。

こうぎょう◎【興業】 スル 興業。「～銀行」興業銀行。

こうきょういく◎【公教育】 公辦教育。

こうきょうがく◎【交響楽】 交響樂。

こうきょうきょく◎【交響曲】 〔symphony〕交響曲。

こうきょうし◎【交響詩】 交響詩。

こうきょうじぎょう◎【公共事業】 公共事業。

こうきょうしょくぎょうあんていじょ◎【公共職業安定所】 公共職業安定所。

こうきょうだんたい◎【公共団体】 公共團體。

こうきょうとうし◎【公共投資】 公共投資。

こうきょうほうそう◎【公共放送】 公共廣播。

こうきょうりょうきん◎【公共料金】 公用事業收費。

こうぎょく◎【紅玉】 紅玉，紅寶石。

こうぎょく◎【硬玉】 硬玉。↔軟玉

こうぎょく◎【鋼玉】 剛玉。

こうきん◎【公金】 公款。↔国庫金

こうきん◎【抗菌】 抗菌。

こうきん◎【拘禁】 スル 拘禁。↔抑留

こうぎん◎【高吟】 スル 高吟。高聲吟詠詩、歌等。「放歌～」放歌高吟。

ごうきん◎【合金】 合金。

こうく◎【工区】 工區。

こうく◎【鉱区】 礦區。

こうぐ◎【工具】 工具。

ごうく◎【業苦】 〔佛〕業苦。

こうくう◎【口腔】 口腔。醫學慣用語。

こうくう◎【航空】 航空。

こうぐう◎【厚遇】 スル 厚遇，優待。「～を受ける」受到厚遇。

こうくう◎【皇宮】 皇宮。

こうくうき◎【航空機】 航空器。

こうくうけん◎【航空券】 機票。

こうくうじえいたい◎【航空自衛隊】 航空自衛隊。

こうくうしゃしん◎【航空写真】 航空攝影。

こうくうびん◎◎【航空便】 航空郵件。

こうくうぼかん◎【航空母艦】 航空母艦。

こうぐち◎【坑口】 坑口。

こうくつ◎【後屈】 スル 後屈。↔前屈。「子宮～」子宮後屈。

こうぐん◎【行軍】 スル 行軍。

こうぐん◎【皇軍】 皇軍。

こうげ◎【香華】 香華，香花。

こうげ◎【高下】 スル ①高下，上下。（地位等的）高和低。②高下。（價值等的）優和劣。③漲落。「相場の乱～」行情暴漲暴跌。

こうけい◎【口径】 口徑。

こうけい◎【光景】 光景，情景，景象。「おそろしい～をまのあたりにする」目睹可怕的景象。

こうけい◎【後景】 後景。↔前景

こうけい◎【後継】　後繼。「～者」後繼人。

こうげい◎【工芸】　工藝。「～美術」工藝美術。

ごうけい◎①【合計】ㇲㇽ　合計。

こうげき◎【攻撃】ㇲㇽ　攻擊，抨擊。「人身～」人身攻擊。

こうけち◎【纐纈】　絞纈紮染。

こうけつ◎【高潔】　高潔。「～な人格」高潔的人格。

こうけつ◎【膏血】　膏血。「～を絞る」課徵重稅。

ごうけつ◎【豪傑】　豪傑，好漢。「～笑い」放聲大笑。

こうけつあつ◎【高血圧】　高血壓。

こうけん◎【公権】　公權。↔私權

こうけん◎【効験】　效驗。「～あらたかな薬」特效藥。

こうけん◎【後見】ㇲㇽ　①監護，監護人。②輔佐員。

こうけん◎【貢献】ㇲㇽ　(做)貢獻。「優勝に～する」為奪冠貢獻。

こうけん◎【高見】　高見。

こうげん◎【公言】ㇲㇽ　公開說，明言。

こうげん◎⓪【巧言】　巧言，花言巧語。→巧言令色。「～を弄する」玩弄花言巧語。

こうげん◎【光源】　光源。

こうげん◎⓪【抗原】　抗原。→抗体

こうげん◎【荒原】　荒原。

こうげん◎【高言】ㇲㇽ　誇口，說大話。

こうげん◎【高原】　高原。

ごうけん◎【合憲】　符合憲法，合憲。↔違憲

ごうけん◎【剛健】　剛健。「質実～」質樸剛健。

こうげんがく◎【考現学】　考現學。

こうげんびょう◎【膠原病】　膠原病。

こうけんりょく◎【公権力】　公權力。

こうこ①【好個】　合適，恰好。「～の材料」合適的材料。

こうこ①【後顧】　後顧。「～の憂いがない」無後顧之憂。

こうこ◎【香香】　香醃菜。

こうこ①【曠古】　曠古。「～の大戦」曠古（空前）的大戰。

こうご◎【口語】　口語。↔文語

こうご◎【交互】　①(互相)交錯。「男と女が～に並ぶ」男女交錯排列。②交替輪流。「～に番をする」輪流看守。

ごうご◎【豪語】ㇲㇽ　豪言壯語，誇口。

こうこう◎【口腔】　口腔。

こうこう◎【坑口】　坑口。

こうこう◎【孝行】ㇲㇽ　孝行，孝順，孝敬。「親に～する」孝順父母。

こうこう◎【後攻】ㇲㇽ　後攻。↔先攻

こうこう◎【後項】　後項。↔前項

こうこう◎【航行】ㇲㇽ　航行。

こうこう◎【高校】　高中。「高等学校」之略。

こうこう◎【皓皓】　①皎潔。「～たる月光」皎潔的月光。②皓皓，皎皎。「月が～と照る」明月皎皎。

こうこう◎①①【煌煌】　煌煌。「星が～と輝く」星光煌煌。

こうごう◎【交合】ㇲㇽ　交合，性交。

こうごう◎【皇后】　皇后。

こうごう◎【香合・香盒】　香盒。

ごうごう◎【囂囂】　囂囂，喧囂。「～たる非難」囂囂的責難。「喧喧～」喧喧囂囂。

ごうごう◎①①【轟轟】　轟轟。「～たる爆音」轟轟的爆炸聲。

こうこうがい①【硬口蓋】　硬顎。↔軟口蓋

こうごうし・い①【神神しい】(形)　神聖，莊嚴。「～・い神社」莊嚴神聖的神社。

こうごうせい①【光合成】　光合作用。

こうこうや①【好好爺】　好爺爺，慈祥老人。

こうこがく①【考古学】〔archaeology〕考古學。→先史学

こうこく◎【公告】ㇲㇽ　公告。

こうこく◎【国国】　公國。

こうこく◎【広告】ㇲㇽ　廣告。「新聞に～を出す」在報紙上登出廣告。

こうこく◎【抗告】ㇲㇽ　上訴，上告。

こうこく①【侯国】　侯國。

こうこく◎①【皇国】　皇國。

こうこく◎【興国】　興國。

こうこく◎【鴻鵠】　鴻鵠。「～の志こころ」鴻鵠之志。（全文為燕雀えんじゃく安いずんぞ鴻鵠の志を知らんや。）

こうこつ◎【硬骨】　①硬骨。②硬骨頭。↔軟骨。「～の士」硬骨頭戰士；剛毅之士。

こうこん◎【黄昏】　黃昏，傍晚。

ごうコン◎【合一】　聯合茶話會，男女聯誼。

こうさ◎【公差】　〔數〕公差。

こうさ◎【交差・交叉】スル　交叉。↔平行。「線路が～する」線路交叉。

こうさ◎⓪【考査】スル　①考查，考核，審核。「人物を～する」考查人品。②考察，測驗。

こうさ◎【黄砂】　黃沙。

こうざ◎【口座】　①帳目，分類帳，會計科目。②帳戶，戶頭。「預金口座」「振替口座」之略。

こうざ◎⓪【高座】　高座。曲藝等中，為表演者設置的高座席。

こうざ◎【講座】　講座。「夏期～」暑期講座。「～日本文学史」日本文學史講座。

こうさい◎【公債】　公債。

こうさい◎【光彩】　光彩。「～を放つ」放出光彩。

こうさい◎【虹彩】　虹膜。

こうざい◎⓪【功罪】　功罪。「～相半あいなかばする」功罪各半。

こうざい◎【鋼材】　鋼材。

こうさく◎【工作】スル　①製作。②工作，幹活。③做工作。為達到某一目的，事先活動的人。「裏面で～する」私底下做工作。

こうさく◎【交錯】スル　交錯，交織，錯雜，跌蕩。「愛とにくしみが～する」愛恨交錯。

こうさく◎【耕作】スル　耕作，耕種。「農地を～する」耕種農田。

こうさく◎【鋼索】　鋼索。

こうさつ◎【高札】　①尊函，大札。②布告牌。

こうさつ◎【高察】　明察，高見。

こうさつ◎【絞殺】スル　絞死，勒死。

こうざつ◎【交雑】スル　交雜，雜交。

こうさん◎【公算】　可能性，概率。「成功する～は大きい」成功的可能性很大。

こうさん◎【恒産】　恆産。「～なきものは恒心なし」無恆産者無恆心。

こうさん◎【降参】スル　①投降，屈服。②認輸，受不了，吃不消。「君にはもう～したよ」算我服了你。

こうざん◎【高山】　高山。

こうざん◎【鉱山】　礦山。

こうし◎【公子】　公子。

こうし◎【公私】　公私。「～を混同する」公私不分。

こうし◎【公使】　公使。→大使

こうし◎【甲子】　甲子。

こうし◎【光子】　光子。

こうし◎【行使】スル　行使。「武力～」動用武力。

こうし◎【孝子】　孝子。

こうし◎【厚志】　深情，厚意，厚志。

こうし◎【後肢】　後肢。

こうし◎【後嗣】　後嗣。

こうし◎【皇嗣】　皇嗣，皇太子。

こうし◎【格子】　格子。

こうし◎【高士】　高士，隱士。

こうし◎【嚆矢】　嚆矢，響箭。「～とする」以為嚆矢。

こうし◎【講師】　①演講者，講師。②講師。在大學中的職稱名。

こうじ◎【小路】　小路，小徑，胡同。↔大路おおじ。「袋～」死胡同。

こうじ◎【麹・糀】　麴，麴種。

こうじ◎【工事】スル　工程，施工。

こうじ◎【公示】スル　公示。

こうじ◎【好事】　①好事。②善行。「～魔ま多し」好事多磨。

こうじ◎【好餌】　好餌，香餌。「～をもって人をさそう」以誘餌騙人。

こうじ◎【後事】　後事。「妻に～を託す」向妻子託付後事。

こうじ◎【柑子】　柑子。

こうじ◎【高次】　高程度，高一級。↔低次。「より～の技術」更高一級的技

術。

こうじ【講師】 講師。在皇宮舉辦的歌會或過去的歌合、詩會上，專司朗讀和歌、漢詩之職者。

ごうし回【合祀】 スル 合祀。

ごうし回【合資】 スル 合資。

ごうし【郷士】 鄉村武士。

ごうじ【合字】 合字。

こうしき【公式】 正式。↔非公式。

こうしき【硬式】 硬式。↔軟式

こうしけつしょう回【高脂血症】 高血脂症。

こうしせい回【高姿勢】 高姿態，高壓姿態。↔低姿勢

こうしつ【後室】 遺孀，後室。有身分的人的末亡人。

こうしつ【皇室】 皇室。

こうしつ【高湿】 高濕（度）。

こうしつ【硬質】 硬質。↔軟質

こうじつ回【口実】 口實，藉口。「～を設る」找藉口。

こうじつ【好日】 好日子。「日々これ～」天天都是好日子。

こうしゃ回【公社】 公社。

こうしゃ回【公舎】 公舍。公務員用的住宅。

こうしゃ回【巧者】 手巧，靈巧，發揮得好。「さすがは試合～だ」不愧是比賽的高手。

こうしゃ回【後者】 後者。↔前者

こうしゃ回【校舎】 校舍。

こうしゃ回回【降車】 スル 下車。↔乗車

ごうしゃ回【豪奢】 豪奢。「～な生活」豪奢的生活。

こうしゃく回【公爵】 公爵。

こうしゃく回【侯爵】 侯爵。

こうしゃく回【講釈】 スル ①講解，解釋。說明書籍或文章的意義等。②講解示範。裝模作樣地說明。「～を垂れる」示範解釋。③講釋。「～師」講釋師。

こうしゃほう回回【高射砲】 高射炮。

こうしゅ回【工手】 技術工人。

こうしゅ回【公主】 公主。

こうしゅ回【巧手】 巧手。「琴の～」古琴巧手。

こうしゅ回【好手】 好手。下圍棋、將棋的高手。

こうしゅ回【攻守】 攻守。「～所を変える」攻守易位。

こうしゅ回【拱手】 スル 拱手。「きょうしゅ(拱手)」的習慣讀法。「～傍観」袖手旁觀。

こうじゅ回【口授】 スル 口授，口傳。

こうしゅう回【口臭】 口臭。

こうしゅう回【公衆】 公眾。

こうしゅう回【講習】 スル 講習。「～会」講習會。

こうじゅう回回【講中】 ①遊山拜廟團體。②講中。日本賴母子會的成員。

ごうしゅう回【豪州・濠洲】 澳洲。澳大利亞。

こうしゅうは回【高周波】 高頻，高周波。↔低周波

こうじゅく回【紅熟】 スル 紅熟。「～した柿」紅熟的柿子。

こうしゅけい回【絞首刑】 絞刑。

こうしゅつ回【後出】 後出，見後。（論文等中）出現在那之後的部分。

こうじゅつ回【口述】 スル 口述。

こうじゅつ回【公述】 スル 公述。

こうじゅつ回【後述】 スル 後述。↔前述

こうじゅほうしょう回【紅綬褒章】 紅綬獎章。

こうじゅん回【降順】 降序。按字母序排列，逆減次次序。↔昇順

こうしょ回【向暑】 向暑，天氣漸熱。↔向寒。「～の候」向暑時節。

こうしょ回【高所】 高處，高遠。「大所～から物を考える」從全局考慮問題。

こうしょ回【高書】 高書，大札，大作。

こうしょ回【講書】 スル 講書。「～始め」新年首次（進宮）講書。

こうじょ回【公序】 公序，公共秩序。

こうじょ回【皇女】 皇女。↔皇子

こうじょ回【控除】 スル （從計算的對象中，將某一金額、數量等）扣除。「扶養～」扣除扶養（費用）。

こうしょう回【口承】 スル 口頭傳承。

こうしょう回【口誦】 スル 口誦，朗誦。

こうしょう回【工匠】 工匠。

こうしょう◎【工廠】　工廠。陸海軍的製造武器、彈藥等軍需品的工廠。

こうしょう◎【公称】　スル　公稱，名義。

こうしょう◎【公娼】　公娼。↔私娼

こうしょう◎【公証】　公證。

こうしょう◎【公傷】　公傷。↔私傷

こうしょう◎【交渉】　スル　①交涉，談判。「～が決裂する」交涉決裂。②關聯，關係。「留学生と～をもつ」和留學生還保持著聯繫。

こうしょう◎【行賞】　行賞。「論功～」論功行賞。

こうしょう◎【考証】　スル　考證。「時代～」時代考證。

こうしょう◎【咬傷】　咬傷。

こうしょう◎【哄笑】　スル　哄笑。

こうしょう◎【校章】　校章，校徽。

こうしょう◎【高尚】　高尚。↔低俗。「～な趣味」高尚的興趣。

こうしょう◎【高唱】　スル　高唱。↔低唱

こうしょう◎【鉱床】　礦床。

こうじょう◎【口上】　①口信，口述，遊說。「～がうまい」善詞令。②開場白。

こうじょう◎【工場】　工場，工廠。

こうじょう◎【交情】　交情。「こまやかな～」深厚的交情。

こうじょう◎【向上】　スル　向上，進步，改善，增強。↔低下

こうじょう◎【厚情】　厚情，厚誼，深情。「ご～に感謝します」感謝您的深情厚誼。

こうじょう◎【荒城】　荒城。

ごうしょう◎【豪商】　豪商，大商人。

ごうじょう◎【強情】　固執，頑固。「～を張る」剛愎。

こうしょうがい◎【高障害】　高欄。

こうしょく◎【公職】　公職。

こうしょく◎【好色】　好色。「～漢」好色之徒。

こうしょく◎【降職】　スル　降職，降級。

こうしょく◎【黄色】　黄色。

こうしょつき◎【紅蜀葵】　紅蜀葵。紅秋葵的別名。

ごうじょっぱり◎【強情っ張り】　固執，倔強，剛愎。「～な子供」固執的孩子。

こう・じる◎◎【困じる】（動下一）　為難。「処置に～・じる」沒辦法處置；束手無策。

こう・じる◎◎【高じる・昂じる】（動上一）　①增高，高漲，加劇，加甚。「恋慕の情が～・じる」戀慕之情日甚一日。②加劇。「病が～・じる」病情加劇。

こう・じる◎【講じる】（動上一）　①講解，講授。「論語を～・じる」講《論語》。②想辦法，採取措施。「対策を～・じる」講對策。③和解。「和を～・じる」講和。

こうしん◎【口唇】　口唇，嘴唇。

こうしん◎【亢進・昂進】　スル　亢進，惡化，加劇。「心悸～」心跳過速。「インフレの～」通貨膨脹加劇。

こうしん◎◎【功臣】　功臣。

こうしん◎【交信】　スル　交換無線電通信，互相聯繫。

こうしん◎【行進】　スル　行進。「デモ～」示威遊行。

こうしん◎◎【孝心】　孝心。

こうしん◎【更新】　スル　更新，刷新。「記録を～する」刷新記錄。

こうしん◎【庚申】　庚申。

こうしん◎【後進】　①向後行進，後退。↔前進。②後進，後人，後輩。↔先進。「～に道を譲る」為後人讓路。

こうしん◎【恒心】　恆心。→恒産

こうしん◎【紅唇】　紅唇。喻美女。

こうじん◎【公人】　公職人員。「～として発言する」以公職人員身分發言。↔私人

こうじん◎【行人】　行人。

こうじん◎【幸甚】　幸甚。「～の至り」至為幸甚。

こうじん◎【後人】　後人。↔先人

こうじん◎【後陣】　後方陣地。↔先陣

こうじん◎【後塵】　後塵。「～を拝す る」步後塵。

こうじん◎【黄塵】　黄塵。「～万丈」黄塵萬丈；塵土飛揚。

こうしんじょ◎【興信所】　徵信社，信用調查所。

こうしんせい◎【更新世】　更新世。

こうじんぶつ◎【好人物】　大好人，和善人。

こうず◎【構図】　構圖。

こうず◎【公図】　地籍冊。

こうすい◎【香水】　香水。

こうすい◎【降水】　降水。

こうすい◎【硬水】　硬水。↔軟水

こうすい◎【鉱水】　礦泉水。

こうずい◎◎【洪水】　洪水。

こうすい◎【香水】　〔佛〕香水。佛教中指供在佛前的加入各種香料製成的水。

こうすう◎【口数】　①口數，人口數。②項數，份數，物品數。

ごうすう◎【号数】　號數。

こうずか◎【好事家】　好事者。

こう・する◎【抗する】（動サ變）　反抗，抗拒。「時流に～・する」抗拒潮流。

ごう・する◎【号する】（動サ變）　①號稱，公開宣稱。②命名，稱作，取雅號。「芭蕉庵と～・する」號芭蕉庵。

こうせい◎【公正】　公正。「～な裁判」公正的裁決。

こうせい◎【攻勢】　攻勢。↔守勢。「～に転ずる」轉爲攻勢。

こうせい◎【更正】　ｽﾙ　更正，改正。

こうせい◎【更生】　ｽﾙ　①更生，重新做人。「新しく～する」重新做人。②復活，甦醒。③翻新，再生。

こうせい◎【厚生】　厚生，福利，保健。「～施設」福利設施。

こうせい◎【後世】　後世。

こうせい◎【後生】　後生，後輩。「～畏る可し」後生可畏。↔先生

こうせい◎【恒星】　恆星。→惑星

こうせい◎【校正】　ｽﾙ　校正，校對。

こうせい◎【硬性】　硬性。↔軟性

こうせい◎【構成】　ｽﾙ　構成，結構，配置。「委員会を～する」組成委員會。

こうせい◎【鋼製】　鋼製。

ごうせい◎【合成】　ｽﾙ　合成。

ごうせい◎【剛性】　剛性。

ごうせい◎【豪勢】　①豪奢，豪華。「～な暮し」豪華的生活。②氣勢大。「～に

雪が降った」雪下得很大。

ごうせいゴム◎【合成一】　合成橡膠。

ごうせいしゅ◎【合成酒】　合成酒。

ごうせいじゅし◎【合成樹脂】　合成樹脂。→プラスチック

ごうせいせんい◎【合成繊維】　合成纖維。

ごうせいせんざい◎【合成洗剤】　合成洗滌劑。

ごうせいひかく◎【合成皮革】　人造革，合成皮革。

こうせいぶっしつ◎【抗生物質】　〔antibiotics〕抗生素。

こうせき◎【口跡】　措詞，口條，口齒。「～がいい」口齒俐落。

こうせき◎【功績】　功績。「～をあげる」立功。

こうせき◎【光跡】　光跡。

こうせき◎【航跡】　航跡。船舶等通過後，在水面留下的波紋。

こうせき◎【鉱石】　礦石。→脈石

こうせきうん◎【高積雲】　高積雲。

こうせきそう◎◎【洪積層】　洪積層。

こうせつ◎【公設】　公設。↔私設。「～市場」公設市場。

こうせつ◎◎【巧拙】　巧拙。「技術の～」技術的優劣。

こうせつ◎【交接】　ｽﾙ　①交際，結交。②交配，性交，交合。

こうせつ◎【巷説】　巷議。

こうせつ◎【降雪】　ｽﾙ　降雪。「～量」降雪量。

こうせつ◎【高説】　高論，高見。「御～を拝聴する」聆聽您的高見。

こうぜつ◎【口舌】　口舌。「～の徒」口舌之徒。

ごうせつ◎【豪雪】　大雪。「～地帯」大雪地帶。

こうせん◎【口銭】　傭金。

こうせん◎【交戦】　ｽﾙ　交戰。

こうせん◎【光線】　光線。「太陽～」太陽光。

こうせん◎【好戦】　好戰。「～的風潮」好戰的風潮。

こうせん◎【抗戦】　ｽﾙ　抗戰。「徹底～を

さけぶ」呼籲徹底抗戰。

こうせん⓪【香煎】　炒麵粉，炒米粉。

こうせん⓪【黄泉】　黄泉。

こうせん⓪【鉱泉】　礦泉。→温泉

こうぜん⓪【公然】（ﾀﾙ）　公然，公開。「～とルールをやぶる」公然破壞規則。

こうぜん⓪【昂然】（ﾀﾙ）　昂然。「～と胸を張る」昂首挺胸。

こうぜん⓪【浩然】（ﾀﾙ）　浩然。

ごうぜん⓪【傲然】（ﾀﾙ）　傲然。

ごうぜん⓪【轟然】（ﾀﾙ）　轟然。

こうそ①【公租】　公租，公賦。→公課

こうそ①【公訴】ｽﾙ　公訴。

こうそ①【皇祖】　皇祖。

こうそ①【高祖】　高祖。

こうそ①【控訴】ｽﾙ　控訴。

こうそ①【酵素】〔enzyme〕酵素，酶。

こうぞ⓪【楮】　小構樹，楮。

こうそう⓪【抗争】ｽﾙ　抗爭，對抗，爭辯。「派閥～」派閥抗爭。

こうそう⓪【後送】ｽﾙ　後送。

こうそう⓪【皇宗】　皇宗。「皇祖～」皇祖皇宗。

こうそう⓪【香草】　香草。

こうそう⓪【江争】　內訌。

こうそう⓪【降霜】　降霜。

こうそう⓪【高僧】　高僧。

こうそう⓪【構想】ｽﾙ　設想，構思，構想。「～を練る」進行構思。

こうそう⓪【高燥】　高而乾燥。→低湿

こうぞう⓪【構造】　①結構。「耐震～」抗震結構。②構造，結構，體系，組織。「社会～」社會結構。「精神～」精神結構。

ごうそう⓪【豪壮】（形動）　豪壯，雄壯。

こうそく⓪【光速】　光速。

こうそく⓪【拘束】ｽﾙ　拘束，束縛，制約。「校規によって自分を～する」用校規來約束自己。

こうそく⓪【校則】　校規。

こうそく⓪【高速】　高速。↔低速

こうそく⓪【梗塞】ｽﾙ　①不暢通。「金融の～」資金週轉不靈。②梗塞。「心

筋～」心肌梗塞。

こうぞく⓪【後続】ｽﾙ　後續。「～部隊」後續部隊。

こうぞく⓪【皇族】　皇族。

ごうぞく⓪【豪族】　豪族。「地方～」地方豪族。

こうそくど③【高速度】　高速度。

こうそくりょく⓪【拘束力】　拘束力。→公定力

こうそつ⓪【高卒】　高中畢業。

こうそん⓪【皇孫】　皇孫。

こうそんじゅ③【公孫樹】　公孫樹。銀杏的中文名。

こうた⓪【小唄】　短歌。小曲。

こうたい⓪【交代・交替】ｽﾙ　交替，交換，代謝，輪換，轉換。

こうたい⓪【抗体】　抗體。→抗原

こうたい⓪【後退】ｽﾙ　後退，倒退。↔前進。「列車を～させる」倒車。

こうだい⓪【広大・宏大】　廣大，宏大，廣闊，大片。↔狭小。「～な草原」遼闊的草原。

こうだい⓪【後代】　後代。

こうだい⓪【高台】　①高臺，樓臺，高閣，樓閣。②（代）臺端，臺鑑，臺啓。

ごうたい⓪【剛体】　剛體。

こうたいごう③【皇太后】　皇太后。

こうたいし③【皇太子】　皇太子。

こうだか⓪【甲高】　腳背高。「～な足」腳背高的腳。

こうたく⓪【光沢】　光澤。

こうだく⓪【黄濁】ｽﾙ　黃濁，混濁。

ごうだつ⓪【強奪】ｽﾙ　強奪，掠奪，搶奪。

こうたん⓪【降誕】ｽﾙ　聖誕。聖人等誕生。

こうだん⓪【公団】　公團。

こうだん⓪【巷談】　巷議。「～俗説」街談巷議。

こうだん⓪【後段】　後段。↔前段

こうだん⓪【降壇】ｽﾙ　下（講）壇。

こうだん⓪【高談】ｽﾙ　①高談闊論。②見解高明的談論。

こうだん⓪【講談】　講談。在曲藝場演出

的一種曲藝。「～師」講談師。

こうだん⓪【講壇】 講臺，講壇。

ごうたん⓪【豪胆・剛胆】 大膽，豪膽。

こうだんし③【好男子】 好男子，美男子。

こうち①【巧遅】 慢工巧匠。↔拙速

こうち①【巧緻】 精緻。

こうち①⓪【拘置】 ｽﾙ 拘禁。

こうち①【狡知・狡智】 狡智，狡詐。「～にたける」長於狡智。

こうち①【耕地】 耕地。

こうち①【高地】 高地。↔低地。

ごうち①【碁打ち】 下圍棋的人。

こうちく⓪【構築】 ｽﾙ 構築。「～物」構築物。

こうちせい⓪【向地性】 向地性，屈地性。→屈地性

こうちゃ⓪①【紅茶】 紅茶。

こうちゃく⓪【膠着】 ｽﾙ ①膠著，黏結著。②膠著。「交渉が～状態になる」談判陷於僵局。

こうちゅう⓪【甲虫】 甲蟲。

こうちゅう⓪【鉤虫】 鉤蟲。

こうちょう⓪【好調】 順暢，情勢佳，情況好。↔不調・低調

こうちょう⓪【紅潮】 ｽﾙ 臉紅，潮紅。「耳まで～する」臉紅到耳根。

こうちょう⓪【候鳥】 候鳥。→渡り鳥

こうちょう⓪【校長】 校長。

こうちょう⓪【高潮】 ｽﾙ ①高潮，滿潮。↔低潮。②高潮。「最～」最高潮。

こうちょう⓪【高調】 ｽﾙ ①高調。②情緒高漲。

こうちょう⓪【硬調】 ①硬調，高反差。②行情看漲。↔軟調

こうちょうかい③【公聴会】 公聽會。

こうちょうどうぶつ⑤【腔腸動物】 腔腸動物。

こうちょく⓪【硬直】 ｽﾙ ①僵硬，僵直。「死後～」死後僵硬。②死硬。「～した態度をしないように」務請採取靈活態度。

ごうちょく⓪【剛直】 剛直。「～な男」剛直的人。

こうちん①【工賃】 工資，工錢。

ごうちん⓪【轟沈】 ｽﾙ 炸沉。

こうつう⓪【交通】 交通。「～が便利だ」交通便利。「～事故」交通事故。

こうつうきかん⑤【交通機関】 交通機構，交通系統，交通電信系統。

ごうつくばり⓪④【業突く張り】 貪婪，死頑固。「～な男」貪婪的人。

こうつごう③【好都合】 順利，很方便，恰好。↔不都合

こうてい⓪【工程】 工序。

こうてい⓪【公定】 ｽﾙ 公定。

こうてい⓪【公邸】 公邸，官邸。

こうてい⓪【行程】 ①行程。「8時間の～」8小時的行程。②行程，旅程。③行程，衝程。

こうてい⓪【肯定】 ｽﾙ 肯定。「人生を～する」肯定人生。↔否定

こうてい⓪【皇帝】 皇帝。

こうてい⓪【校定】 ｽﾙ 校定，勘校。

こうてい⓪【校訂】 ｽﾙ 校訂。

こうてい⓪【校庭】 校園。

こうてい⓪【高低】 高低。「土地の～」土地的高低。

こうてい⓪【高弟】 高徒，得意門生。

こうてい⓪【航程】 航程。

こうでい⓪【拘泥】 ｽﾙ 拘泥，固執。

ごうてい⓪【豪邸】 豪邸，豪宅。

こうてき⓪【好適】 （形動）恰好。

こうてき⓪【公的】（形動） 公的。↔私的。「～な問題」公（共）的問題。

ごうてき⓪【号笛】 號笛。

こうてきしゅ③【好敵手】 好對手，好敵手。

こうてつ⓪【更迭】 ｽﾙ 更迭。

こうてつ⓪【鋼鉄】 鋼鐵。「～の意志」鋼鐵般的意志。

こうてん⓪【公転】 ｽﾙ 公轉。→自転

こうてん⓪【交点】 交點。

こうてん⓪【好天】 好天氣。↔悪天。「～に恵まれる」喜逢好天氣。

こうてん⓪【好転】 ｽﾙ 好轉。「景氣が～する」景氣回升。

こうてん⓪【後天】 後天。↔先天

こうてん⓪【荒天】 暴風雨天。

こうでん⓪【香典・香奠】 香奠，奠儀。

こ

こうでんかん⓪【光電管】　光電管。

ごうてんじょう⓪【格天井】　方格天花板，格子天花板。

こうでんち⓪【光電池】　光電池。

こうど①【光度】　發光強度，光度。

こうど①【高度】　①高度。②（形動）程度高。「～の文明社会」高度的文明社會。

こうど①【硬度】　硬度。

こうとう⓪【口答】　口答。

こうとう⓪【口頭】　口頭。「～で答える」口頭回答。

こうとう⓪【公党】　公開的政黨。↔私党

こうとう⓪【叩頭】ｽﾙ　叩頭，磕頭。

こうとう⓪【光頭】　光頭，禿頭。

こうとう⓪【好投】ｽﾙ　投得好。

こうとう⓪【皇統】　皇統，天皇的血統。

こうとう⓪【紅灯】　①紅燈。②燈紅。「～緑酒」燈紅酒綠。

こうとう⓪【高等】　高等。↔下等

こうとう【高踏】　高蹈，脱俗，清高。

こうとう⓪【高騰・昂騰】ｽﾙ　高漲，飛漲，騰貴。「地価が～する」地價飛漲。

こうとう⓪【喉頭】　喉頭，喉嚨。

こうどう⓪【公道】　①公道，公路。↔私道。②公道，公正。「～にもとる」有悖公道。

こうどう⓪【行動】ｽﾙ　行動，行爲。「ただちに～する」立即行動。

こうどう⓪【坑道】　坑道，巷道，地下道。

こうどう⓪【香道】　香道。

こうどう⓪【黄道】　黄道。

こうどう⓪【講堂】　禮堂，大廳。

ごうとう⓪【強盗】　強盗，行搶。

ごうどう⓪【合同】ｽﾙ　①聯合，合併。②〔數〕⑦疊合，全等，相合。④同餘。

こうとうむけい⓪【荒唐無稽】　荒唐無稽，荒誕無稽。

こうとく⓪【公徳】　公德。「～心」公德心。

こうとく⓪【高徳】　高德，優秀的高尚品德。

こうどく⓪【鉱毒】　礦毒，礦山污染。→鉱害

こうどく⓪【講読】ｽﾙ　講評。「原書～」原書講評。

こうどく⓪【購読】ｽﾙ　購閱，訂閱。「読売新聞を～する」訂閱讀賣新聞。

こうどくそ⓪【抗毒素】　〔antitoxin〕抗毒素。→血清

こうとりい⓪【公取委】　公取委。公正交易委員會的簡稱。

こうない①【口内】　口內，口中。

こうない①【構内】　院內，場內，境內，機構內，區域內，建築內。↔構外。「駅の～」車站內。

こうなご⓪【小女子】　玉筋魚的異名。

こうなん①【後難】　日後的災難。

こうなん①【硬軟】　硬軟。

こうにち⓪【抗日】　抗日。

こうにゅう⓪【購入】ｽﾙ　購入，採購，購物。

こうにん⓪【公認】ｽﾙ　公認。「～を受ける」取得許可。

こうにん⓪【後任】　後任，繼任。↔前任。「部長の～が決まる」決定部長的後任。

こうにん⓪【降任】ｽﾙ　降級，降任。↔昇任

こうねつ①【光熱】　光與熱。

こうねつ⓪【高熱】　高熱，高燒。

こうねんき⓪【更年期】　更年期。

こうのう⓪【行嚢】　郵政行嚢。郵袋的舊稱。

こうのう⓪【効能・功能】　功能，效能。

こうのう⓪【後脳】　後腦。

こうのう⓪【降納】ｽﾙ　降下收起。

ごうのう⓪【豪農】　富有農戸，富農。

こうのとり⓪【鶴】　鶴，東方白鶴。

こうのもの⓪【香の物】　清香醃菜，清香鹹菜。

ごうのもの⓪【剛の者】　①剛者，剛強者。「あっぱれ、～」令人佩服的剛強者。②剛者。對某事特別擅長的人。

こうは①【光波】　光波。

こうは①【硬派】　①硬派，強硬派。②硬漢派。把與女性交往和好打扮等視爲軟弱而極力避免，且愛顯示力氣與男子氣概的年輕人。③政經記者。↔軟派

こうば◎【工場】　工廠。

こうはい◎【交配】スル　交配。

こうはい◎【光背】　光背。佛像背後象徵性地表示從佛身放光的裝飾。

こうはい◎【後背】　後背。

こうはい◎【後輩】　後輩，後生，晚生。↔先輩。「大学の～」大學的低年級同學。

こうはい◎【荒廃】スル　①荒廢。「～した土地」荒地。②頹廢。「人心が～する」人心渙散。「精神の～」精神頹廢。

こうはい◎【高配】　（您的）關懷，關照，照顧，照料。

こうはい◎【興廃】スル　興廢。

こうばい◎【公売】スル　公賣。「～処分」公賣處分。

こうばい◎【勾配】　傾斜度，梯度，坡度，斜坡。「～が急だ」坡度大。

こうばい◎【紅梅】　紅梅。

こうばい◎【購買】スル　購買。

こうばいすう◎【公倍数】　公倍數。

こうはいち◎【後背地】〔德 Hinterland〕腹地，後置地。

こうはく◎【紅白】　紅白。「～の餅」紅白江米麵餅。「～試合」紅隊和白隊比賽。

こうはく◎【黄白】　黃白，金錢。

こうばく◎【広漠】　廣漠，廣闊，遼闊。「～たる草原」遼闊的草原。

こうばく◎【荒漠】　荒漠。

こうばこ◎【香箱】　香盒。盛香的盒子。

こうばし・い◎【香ばしい】（形）　香噴噴的。

こうはつ◎【後発】スル　①後發。「～部隊」後出發部隊。②後來出現的。「～の商品」後來才有的商品。↔先発

こうばな◎【香花】　香花。

ごうはら◎◎【業腹】　義憤填膺，十分惱怒。

こうはん◎【公判】　公判，公審，公開審判。

こうはん◎【後半】　後半。↔前半。「～戦」後半場比賽。

こうはん◎【紅斑】　紅斑。

こうはん◎【鋼板】　鋼板。

こうはん◎【攪拌】スル　攪拌。

こうはん◎【広範・広汎】（形動）　廣泛。「～にわたる調査」廣泛調查。

こうばん◎【交番】スル　①交替，輪換。②警察值班崗亭。

こうばん◎【降板】スル　退場。指投手從投手板退下來。↔登板

ごうはん◎【合板】　膠合板。

こうはんい◎【広範囲】　廣範圍，大範圍。

こうはんせい◎【後半生】　後半生。↔前半生

こうひ◎【口碑】　口碑。

こうひ◎【工費】　工程費，建築費，工程造價。

こうひ◎【公費】　公費。↔私費

こうひ◎【后妃】　后妃。

こうひ◎【高批】　（您的）指教。「御～を賜る」承蒙您的指教。

こうび◎【交尾】スル　交尾。

ごうひ◎【合否】　合格與否。

こうヒスタミンざい◎【抗―剤】　抗組織胺藥。

こうひつ◎【硬筆】　硬筆。

こうひょう◎【公表】スル　公開發表，公布，宣布。「真実を～する」公布實情。

こうひょう◎【好評】　好評。↔悪評・不評。「～を博する」博得好評。

こうひょう◎【高評】　高評，厚讚。

こうひょう◎【講評】　講評。

こうひょう◎【降雹】　降雹，下冰雹。

ごうびょう◎◎【業病】　業病。

こうひん◎【公賓】　政府賓客。

こうびん◎【幸便】　吉便。拜託別人捎信時附在信函開頭的話。

こうびん◎【後便】　下封信，下次郵寄。

こうふ◎【工夫】　勞工，工人。

こうふ◎【公布】スル　公布。

こうふ◎【交付】スル　交付。

こうふ◎【坑夫】　坑夫，井下工。「坑内員」的舊稱。

こうふ◎【鉱夫】　礦工。

こうぶ◎【公武】　①公武。公家和武家。②公武。朝廷與幕府。

こうぶ◎【後部】　後部。↔前部

こうぶ◎【荒蕪】ㇲㇽ　荒蕪。「～地」荒蕪之地。

こうふう◎【光風】　①雨後掠過草木的風。②光風。明媚的春天吹拂的和風。

こうふう◎【校風】　校風。

こうふく◎【幸福】　幸福。

こうふく◎【降伏】ㇲㇽ　投降，降服，屈服。「無条件～」無條件投降。

ごうふく◎【剛腹】　豁達，大度，大膽。

ごうぶく◎【降伏】ㇲㇽ　降伏。

こうぶつ◎【好物】　愛喝的，愛吃的。

こうぶつ◎【鉱物】　礦物。

こうふん◎【口吻】　①口邊，嘴邊。②口吻。

こうふん◎【公憤】　公憤。↔私憤

こうふん◎【興奮・昂奮】ㇲㇽ　興奮。「こいコーヒーを飲んだため～して眠れなかった」因喝了濃咖啡，興奮得睡不著。

こうぶん◎【行文】　行文，文筆。

こうぶん◎【高閲】　聆聽他人的敬辭。「～に達する」承蒙親閱。

こうぶん◎【構文】　構句，構文。句子或文章的結構。

こうぶんしかごうぶつ◎【高分子化合物】　高分子化合物。

こうぶんしょ◎【公文書】　公文書。

こうべ◎◎【首・頭】　頭，腦袋。「～をたれる」垂頭。

こうへい◎【工兵】　工兵。

こうへい◎【公平】　公平。「～に分ける」公平分配。

こうへん◎【口辺】　口邊，嘴邊。

こうへん◎◎【後編・後篇】　後篇。

こうべん◎【抗弁】ㇲㇽ　抗辯。

ごうべん◎【合弁・合辦】　合資。

こうほ◎【候補】　①候選人。「会長の～に推す」推選為會長候選人。②後補「～地」後補地。③選舉的候選人。

こうぼ◎【公募】ㇲㇽ　公開募集，公開徵集，公開發行。↔私募

こうぼ◎【酵母】　酵母。

こうほう◎【工法】　施工法，建造法，做法。

こうほう◎【公法】　公法。↔私法

こうほう◎【公報】　公報。「～で発表する」在公報上發表。

こうほう◎【広報・弘報】　宣傳，廣泛通報。「～活動」宣傳活動。

こうほう◎【後方】　後方。↔前方

こうほう◎【航法】　導航（技術），航海術。

こうぼう◎【工房】　工作室。

こうぼう◎【光芒】　光芒。

こうぼう◎【攻防】　攻防，攻守。「～戦」攻防戰。

こうぼう◎【興亡】　興亡。「民族の～」民族的興亡。

こうぼう◎【弘法】　弘法。「弘法大師」之簡稱。「～にも筆の誤り」弘法大師也有筆誤；智者千慮，必有一失。

ごうほう◎【号俸】　薪俸等級。

ごうほう◎【号砲】　訊號砲。

ごうほう◎【合法】　合法。↔不法

ごうほう◎【豪放】　豪放，豪爽。「～磊落」豪放磊落。

こうほうじん◎【公法人】　公法人。↔私法人

こうぼく◎【公僕】　公僕。

こうぼく◎【香木】　香木。

こうぼく◎【高木】　高樹，喬木。↔低木

こうほね◎【河骨・川骨】　萍蓬草。

こうほん◎◎【校本】　校本。

こうほん◎◎【稿本】　①底稿，草稿。②原稿、抄本等手寫的文本。

こうまい◎【高邁】　高邁。高尚卓越。「～な理想」高邁的理想。

ごうまつ◎【毫末】　絲毫，毫末。「～の邪念もない」毫無邪念。

こうまん◎◎【高慢】　傲慢，高傲。「～な男」傲慢的男人。

ごうまん◎【傲慢】　傲慢。「～な態度」傲慢的態度。

こうみ◎◎【香味】　香味。

こうみゃく◎【鉱脈】　礦脈。

こうみょう◎【功名】　功名。「～心」功名心。

こうみょう◎【巧妙】　巧妙。「～な手口」巧妙的手法。

こうみょう◎【光明】　光明。「前途に～

を見いだす」前途看到光明。

こうみん◎【公民】　〔citizen〕公民。

こうむ◎【工務】　工務，土木工程。「～課」工務處。

こうむ◎【公務】　公務。「～で出張する」因公出差。

こうむ◎【校務】　校務。

こうむ・る【被る・蒙る】（動五）　①承蒙。「多大の恩恵を～る」承蒙極大恩惠。②蒙受。「損害を～る」蒙受損害。③遭，招致。「不満を～る」引起不滿。

こうめい◎【公明】　公明，公道，公正。「～選挙」公明的選舉。

こうめい◎【高名】　①著名，負盛名。「～な画家」著名畫家。②大名，芳名。「ご～は承っております」久仰大名。

ごうめいがいしゃ◎【合名会社】　無限公司。

ごうも◎【毫も】（副）　毫（無）。「～気にかけない」絲毫也不放在心上。

こうもう◎【紅毛】　①紅毛，紅頭髮。②紅毛人。

こうもう◎【膏肓】　膏肓。

ごうもう◎【剛毛】　剛毛。

こうもく◎【項目】　項目。

こうもく◎【綱目】　綱目。「建議の～」建議綱目。

ごうもくてきてき◎【合目的】（形動）　合乎目的的。

こうもり◎【蝙蝠】　蝙蝠。

こうもん◎【肛門】　肛門。

こうもん◎【後門】　後門。「前門の虎、～の狼」前門拒虎，後門進狼。

こうもん◎【校門】　校門。

こうもん◎【黄門】　①黃門。中納言的中國式名稱。②黃門，水戶黃門。

こうもん◎【閘門】　閘門。

ごうもん◎【拷問】スル　拷問，刑訊。

こうや◎【紺屋】　染坊，染匠。

こうや◎【広野・曠野】　曠野。

こうや◎【荒野】　荒野。

こうやく◎【口約】スル　口約。

こうやく◎【公約】スル　公約，諾言。

こうやく◎【膏薬】　膏藥。

こうやくすう◎【公約数】　公約數，公因數。

こうゆ◎【香油】　芳香油。

こうゆう◎【公有】　公有。↔私有。「～地」公有地。

こうゆう◎【交友】　交友。「～関係」朋友關係。

こうゆう◎【交遊】スル　交遊。

こうゆう◎【校友】　校友。「～会」校友會。

ごうゆう◎【剛勇・豪勇】　剛勇，豪勇。

こうよう◎【公用】　①公事，公務。②公用。↔私用

こうよう◎【孝養】スル　孝養。「～を尽くす」盡孝養。

こうよう◎【効用】　①效用。「薬の～」藥效。②用處，用途。→限界効用

こうよう◎【紅葉】スル　紅葉。

こうよう◎【高揚】スル　高揚，高昂，蓬勃發展。

こうよう◎【黄葉】スル　黃葉。

こうよう◎【綱要】　綱要。「経済学～」經濟學綱要。

こうようじゅ◎【広葉樹】　闊葉樹。↔針葉樹

ごうよく◎【強欲・強慾】　貪婪，慾望強，利欲薰心。「～な男」貪得無厭的傢伙。

こうら◎【甲羅】　①甲殼。②人的後背。「～干し」曬背。③老練。「～を経る」有經驗；老練。

こうらい◎【光来・高来】　光臨，駕臨。「御～を仰ぐ」敬候大駕光臨。

こうらい◎【高麗】　高麗。

こうらく◎【行楽】　行樂，遊覽，出遊，遊玩，旅遊。「～地」遊覽地。

こうらん◎【勾欄・高欄】　勾欄。

こうらん◎【高覧】　垂覽，垂閱。「御～に供す」謹供垂閱。

こうり◎【小売り】スル　零售。

こうり◎【公吏】　公吏。

こうり◎【公理】　公理。「人生の～」人生的公理。

こうり◎【功利】　功利。

こうり◎【行李・梱】　行李。

こうり◎【高利】 高利，高息。↔低利。

ごうり◎【合理】 ①合乎邏輯。→非合理。②合理。→不合理

ごうりき◎【合力】スル ①合力，協力，協助。②捐助，救濟。

ごうりき◎【強力・剛力】 ①強力，力大。「～無双」力大無雙。②登山嚮導。

こうりつ◎【公立】 公立。

こうりつ◎【効率】 效率。「熱～」熱效率。「～がよい」效率高。

こうりつ◎【高率】 高比率。↔低率。「～の収益」高比率的收益。

こうりゃく◎【攻略】スル 攻略。

こうりゃく◎【後略】スル 後略。↔前略・中略

こうりゅう◎【勾留】スル 羈押，拘留。

こうりゅう◎【交流】スル ①交流。「文化の～をはかる」謀求文化的交流。②交流電。↔直流

こうりゅう◎【拘留】スル 拘役。

こうりゅう◎【興隆】スル 興隆，興盛，振興。

ごうりゅう◎【合流】スル ①合流，匯流。「～点」匯流點。②合流，匯合，合併。「友軍と～する」與友軍會合。

こうりょ◎【考慮】スル 考慮，打算。「～に入れる」加以考慮。

こうりょ◎【高慮】 高慮。

こうりょう◎【広量・宏量】 寬宏大量。↔狭量

こうりょう◎【香料】 ①香料。②奠儀。

こうりょう◎【校了】スル 校完，校對完了。

こうりょう◎【黄粱】 黃粱。小米的中文名。

こうりょう◎【綱領】 綱領，綱要。

こうりょう◎【稿料】 稿費，稿酬。

こうりょう◎【荒涼・荒寥】 荒涼，寂寥。「～たる原野」荒涼的原野。

こうりょく◎【抗力】 阻力，抵抗力，反作用力。

こうりょく◎【効力】 效力。「～を失う」失效。

ごうりょく◎【合力】スル 〔物〕合力。↔分力

こうりん◎【光輪】 光環。

こうりん◎【光臨】 光臨。「ご～をあおぐ」恭候光臨。

こうりん◎【後輪】 後輪。

こうりん◎【降臨】スル 降臨，下界，下凡。「天孫～」天孫降臨。

こうるい◎【紅涙】 ①紅涙，美女之涙。「～をしぼる」紅涙交流。②血涙。

こうるさ・い◎◎【小煩い】（形） 小煩，怪討厭，有些煩人。

こうれい◎【好例】 好例，正好的例子。

こうれい◎【恒例】 恆例，慣例。

こうれい◎【高齢】 高齡。「～者」高齡者。

ごうれい◎【号令】スル ①口令。「～をかける」喊口令。②號令。

こうれつ◎【後列】 後列，後排。↔前列

こうろ◎【香炉】 香爐。

こうろ◎【航路】 航線，航道。

こうろう◎【功労】 功勞。「～を立てる」立功。

こうろう◎【高楼】 高樓。

こうろく◎◎【高禄】 厚祿，高祿，高薪。

こうろん◎【口論】スル 口角，爭論。

こうろん◎【公論】 公論，輿論。

こうろん◎【高論】 高論。

こうろん◎【硬論】 強硬的議論。

こうろんおつばく◎【甲論乙駁】スル 甲論乙駁。

こうわ◎◎【高話】 高見，高論。「御～を伺う」拜聞高見。

こうわ◎【講和・媾和】スル 媾和，講和，議和。「～条約」談和條約。

こうわ◎【講話】スル 講話。

こうわん◎【港湾】 港灣。

ごうわん◎【豪腕・剛腕】 鐵臂，鐵腕。「～投手」鐵臂投手。

こえ◎【声】 ①聲音。「風の～」風聲。②心聲。「読者の～」讀者之聲。③某事物正在臨近。「師走の～をきく」聽到臘月的腳步聲。

こえ◎【肥】 肥料。「基～」基肥。

ごえ【越え】（接尾） 越過。「伊賀～」越過伊賀的路。「鴨～」鴨越。

こえい◎【孤影】 孤影。「～悄然しょう」孤影悄（蕭）然。

ごえい◎【護衛】 スル 護衛。

ごえいか◎【御詠歌】 詠歌。

こえがわり◎【声変わり】 スル 變聲。

こえごえ②【声声】 齊聲，同聲，聲聲。「～に訴える」齊聲呼籲。

こえだ◎【小枝】 小枝。

こえだめ◎【肥溜め】 糞坑，堆肥場。

こ・える②【肥える】（動下一） ①胖，肥。↔やせる。「～・えた豚を飼う」養肥豬。②肥，肥沃。↔やせる。「よく～・えた土」非常肥沃的土壤。③有眼力。「目が～・える」有眼力。④豐收。財產等增加。「戦争で～・えた資本家」因戰爭發財的資本家。

こ・える◎【越える】（動下一） ①越過，穿過，超越。「峠を～・える」越過山口。「～・え難い壁」難以越過的牆。②過了（某個日期）。「～・えて 1990 年の１月」過了年就是 1990 年 1 月。

ゴー◎【go】 ①去。行進，前進。②前進信號。「前進」的信號。↔ストップ

ゴーイングマイウエー⑥【going my way】「～を貫く」始終走自己的路。

こおう◎【呼応】 スル 呼應。

ゴーカート⑤【go-cart】 小型賽車，單座無車身小型娛樂汽車。

コーキング◎①【caulking】 スル 斂縫填隙，嵌縫，堵縫。

コークス◎【德 Koks】 焦（炭）。

ゴーグル◎【goggle】 護目鏡，防風鏡。

ゴーゴー③【go-go】 阿哥哥舞。

ゴーサイン③【和 go+sign】 許可信號。「～が出た」放行；開綠燈。

ゴージャス①【gorgeous】（形動） 豪華。

コース①【course】 ①路線。「登山～」登山路線。②路線，賽道。③球路，球道。④學科，課程。「ドクター-～」博士課程。⑤路線，過程。「エリート-～」精英路線。⑥（西餐中的）一道菜。「フル-～」量大的一道菜。

コースター①【coaster】 雲霄飛車。「ジェット-～」噴射式雲霄飛車。

ゴーストップ④【和 go+stop】 交通信號，紅綠燈。

ゴーダチーズ④【Gouda cheese】 高達乳酪。

コーチ①【coach】 スル 教練（員），指導員。

コーチャー◎【coacher】 教練員，指導員，跑壘指導員。

コーチン①【cochin】 交趾雞，九斤黃雞。

コーディネーター④【coordinator】 ①協調人。②流行服飾銷售顧問。

コーディネート④【coordinate】 スル 搭配，協調。

コーティング◎【coating】 スル ①鍍膜。②塗覆。

コーデュロイ③【corduroy】 燈芯絨。

コート①【coat】 外套。

コート①【court】 球場。

コード①【chord】 ①（絃樂器的）弦。②和音，合弦。

コード①【code】 ①準則，規程。「プレス-～」新聞準則。②電碼，代碼，密碼。③編碼。

コード①【cord】 軟線，電線。

こおとこ②【小男】 小個子男人。↔大男

コードバン◎【cordovan】 科爾多瓦皮革，高級皮革，馬臀革。

こおどり②【小躍り】 スル 雀躍。

コーナー①【corner】 ①角落。②拐角。③本壘內外角。棒球術語，好球區的角。④特賣場，專櫃，攤位。

コーナリング◎①【cornering】 彎道滑行，曲線（轉彎）行駛。

コーヒー③【英 coffee；荷 koffie】 咖啡。

コーヒーブラウン⑥【coffee brown】 咖啡色。

コーヒーブレーク⑥【coffee break】 喝咖啡休息時間，喝茶休息時間。

コーヒーミル⑤【coffee mill】 咖啡豆研磨機。

コーヒーメーカー⑤【coffee maker】 咖啡壺。

コープ①【cooperative society】 消費生活合作社。

ゴーフル⓪【法 gaufre】 奶油鬆餅。

コーポラス⓪〔源自 corporate＋house〕分戶公寓，公共住宅，集合住宅。

コーポラティブハウス【⑯cooperative+house】 共同住宅，集合住宅。

コーポレーション⓪【corporation】 公司，法人。

コーポレート⓪【corporate】 「團體的」「企業的」之意。

ごおや⓪ 苦瓜。

コーラ①【cola】 ①可樂樹，可樂果。②可樂。

コーラス①【chorus】 合唱，合唱曲。

コーラン⓪【Koran】 《可蘭經》。

こおり⓪【氷・凍り】 冰。

こおりつ・く⓪【凍り付く】（動五）①凍結，凍上。②結凍，凍冰，凍結。「道路が〜・く」道路結冰了。

コーリャン①【高粱】 高粱。

コール①【call】 スル ①呼叫。指用電話或電報呼叫出。②叫。撲克牌中要求打出手中牌。「〜をかける」叫牌。

ゴールイン④【⑯goal+in】 スル ①到終點。②終成眷屬。「めでたく〜した」喜結良緣。

ゴールキーパー④【goalkeeper】 守門員。

ゴールキック④【goal kick】 球門球。

コールスロー③【coleslaw】 捲心菜沙拉。

コールタール④【coal tar】 煤焦油。

ゴールデン⓪【golden】 金的，金色的，價值最高的。

ゴールデンアワー⑤【⑯golden+hour】 黃金時段。

ゴールデンウイーク⑦【⑯ golden+week】 黃金週。

ゴールデンレトリーバー⑧【golden retriever】 黃金獵犬。

コールド【cold】 寒冷。

ゴールド⓪【gold】 金，黃金。

コールドクリーム⑥【cold cream】 冷霜，面霜。

コールドゲーム⑤【called game】 有效比賽。

コールドパーマ⑤〔cold wave 和 permanent wave 的合成語〕冷燙。

コールドバレエ【法 corps de ballet】 芭蕾舞群舞，芭蕾舞團。

コールドビーフ⑥【cold beef】 冷牛肉。

ゴールドメダリスト⑦【gold medalist】 金牌得主，冠軍。

ゴールドラッシュ⑤【gold rush】 淘金熱。

コールマンひげ⑤【―髭】 科爾曼鬍鬚。

こおろぎ【蟋蟀】 蟋蟀。

コーン①【cone】 ①圓錐。②錐形甜筒。

コーン①【corn】 玉米。

ごおん⓪①【呉音】 吳音。

ごおん⓪【御恩】 恩情，大恩。

こおんな⓪【小女】 小個子女人，矮女。

こか①【固化】 スル 固化。「ゴムが〜する」橡膠固化。

こが①【古雅】 古樸雅緻。

こが①【個我】 個人自我。

こがい【子飼い】 ①從小養。②抱養。③從小培養。「〜の犬」從小養大的狗。

こがい①【戸外】 戶外。

ごかい①【沙蚕】 沙蠶。

ごかい①【五戒】〔佛〕五戒。

ごかい①【碁会】 圍棋會。

ごかい⓪【誤解】 スル 誤解。「真意を〜する」誤解真意。

こがいしゃ⓪【子会社】 子公司。↔親会社

ごかいしょ⓪【碁会所】 圍棋會所。

ごかいどう②【五街道】 五大道。即東海道、中山道、奧州大道、甲州大道、日光大道。→街道

コカイン①【cocaine】 可卡因，古柯鹼。

こがき⓪【小書き】 スル ①小字註解。②小寫。能樂中，寫在劇目曲名左下方的很小的特殊演出標記。

ごかく⓪【互角】 水準相當，勢均力敵。「〜の勝負」不分勝負。

ごがく⓪【語学】 ①語言學。②學語言。「〜の先生」外語老師。

こがくれ②【木隠れ】 樹木掩映，樹木遮擋。「〜に見える湖」樹木掩映的湖泊。

こかげ①⓪【小陰・小蔭】 一小塊陰涼或

隱蔽處。

こかげ▣【木陰・木蔭】 樹陰，樹陰下。

こがしら▣【小頭】 小頭目。管少數人部下的頭目。

こが・す【焦がす】(動五) ①焦，燒焦，烤糊。「ごはんを～・す」把飯煮糊。②心焦，焦急。「胸を～・す」苦苦思念。

こかた▣【子方】 童角。能樂中的兒童演員。

こがた▣【小形】 小型。

こがた▣【小型】 小型。↔大型。「～の自動車」小型汽車。

こがたな▣【小刀】 小刀。

こかつ【枯渇・涸渇】ㇲㇽ ①枯竭，乾涸。②枯竭，匱乏。「資金が～する」資金枯竭。

ごがつ▣【五月】 五月。

こがね▣▣【小金】 小錢，小額款。

こがね▣【黄金】 ①黄金，金子。②金黄色。

こかぶ▣【子株】 ①子株。↔親株。②股票中的新股。

こがら▣【小柄】 ①小個子。「～な選手」小個子的選手。②小花，小花紋。↔大柄

こがら▣【小雀】 山雀。

こがらし▣【木枯らし・凩】 秋風，寒風。

こがれじに▣▣【焦がれ死に】ㇲㇽ 相思病死。

こが・れる▣【焦がれる】(動下一) ①相思，思慕，眷戀。「ふるさとに～・れる」思慕故鄉。②渴望，嚮往。「思い～・れる」非常渴望（想念）。

こかん▣▣【股間】 胯襠，胯間。

こがん▣【湖岸】 湖岸。

ごかん▣【五官】 五官。

ごかん▣【五感】 五感。

ごかん▣【互換】ㇲㇽ 互換。

ごかん▣【語幹】 語幹。↔語尾。

ごがん▣【護岸】 護岸，護坡。「～工事」護岸工程。

こかんせつ▣【股関節】 髖關節。

こき▣【古希・古稀】 古稀。指70歲人。

「～を過ぎる」年逾古稀。

こき▣【呼気】 呼氣，送氣。↔吸気

ごき▣【語気】 語氣，語調。「～が荒い」語氣粗暴。

ごき▣【語基】〔base〕字根。

ごき▣【誤記】ㇲㇽ 誤記，筆誤，錯誤。

ごぎ▣【語義】 詞義，語義。

コキール▣〔法語 coquille 的英文讀法〕貝殼菜餚。

こきおろ・す【扱き下ろす】(動五) 貶低。「くそみそに～・す」貶得一無是處。

こぎく▣【小菊】 ①小菊花。②小菊紙。

ごきげん▣【御機嫌】①「きげん」的敬語或禮貌語。「～いかがですか」您好嗎。②(形動)①心情好，高興。「今日ばばかに～だ」今天高興萬分！②好得很。「すばらしい」的俗語。「～な曲」好得很的曲子。

こきざみ▣【小刻み】 ①切細，切碎。②零碎，零星，短促。「～に震える」微微地顫抖。③分成幾個階段，一點一點地進行。「～に値上げする」一點一點地漲價。

こぎたな・い▣【小汚い】(形) 有點髒，不太乾淨。↔こぎれい。「～・い店」不太乾淨的店。

こきつか・う【扱き使う】(動五) 酷使。「従業員を～・う」任意驅使員工。

こぎつ・ける▣【漕ぎ着ける】(動下一) 努力達到，努力做到。「やっとのことで妥協にまで～・けた」好不容易達成了妥協。

こぎって▣【小切手】 支票。

ごきぶり▣【蜚蠊】 蜚蠊，蟑螂。

こきみ▣▣【小気味】 心情。比「気味」語氣略強。「～がいい」心情舒暢。

こきゃく▣【顧客】 顧客，顧主。

コキュ【法 cocu】 戴綠帽男人。

こきゅう▣【呼吸】ㇲㇽ ①呼吸。②訣竅。「泳ぎの～を覚える」掌握游泳的訣竅。③步調，合拍。「～を合わせる」使步調一致。

こきゅう▣【故旧】 故舊，舊友。「～忘れがたし」故舊難忘。

こきゅう◎【胡弓・鼓弓】 胡琴。

こきよう◎【小器用】（形動） 小才幹，小聰明。「～に立ち回る」靈巧地鑽營。

こきょう◎【故郷】 故郷。

ごきょう◎【五経】 五經。「四書～」四書五經。

ごぎょう◎【五行】 五行。

ごぎょう◎【御形】 清明草。鼠麴草的別名。

こぎれい【小綺麗】（形動） 蠻整潔，蠻漂亮。↔こぎたない

こきん◎【古今】 ①古今。②《古今和歌集》的簡稱。

こく◎【石・斛】 ①石。容積單位。②石。日本船的裝載量，或作爲衡量木材實際體積的單位。

こく◎【刻】 刻。

こ・く◎【扱く】（動五） ①捋，捋掉。「稲を～・く」捋下稻粒。②（把有根莖等）拔出。「大根を～・く」拔蘿蔔。

こ・く◎【放く】（動五） ①放。「屁～を～・く」放屁。②「說」的粗鄙說法。「ばかを～・くな」不許胡說！

こく◎【酷】（形動） 苛刻。「～な批評」苛刻的批評

こ・ぐ◎【漕ぐ】（動五） ①划（船），搖（櫓），搖（槳）。②蹬，騎，踩。「ペダルを～・ぐ」踩腳踏板。③盪。④撥開（雪或草叢前進）。「やぶを～・ぐ」撥開草叢。⑤打瞌睡，打盹兒。「会議中に舟を～・ぐ」開會時打瞌睡

ごく◎【極】 （副）極，頂。「～一般的」極一般的。

ごく◎【獄】 獄，牢獄。「～に投ずる」下獄。

ごく◎【語句】 語句，詞句。

ごくあく◎【極悪】 極惡。「～非道」窮兇極惡。

こくい【国威】 國威。「～発揚する」發揚國威。

こくい【黒衣】 黑衣。

ごくい【極意】 秘訣，極意。「～を授ける」傳授祕訣。

こくいっこく◎【刻一刻】（副） 一刻一刻地，每時每刻地，時時刻刻地。「～別れの時が近づく」分別的時候一刻刻逼近。

こくいん◎【刻印】 スル 刻圖章，刻印。

こくう【虚空】 虛空。「～を見詰める」凝望虛空。

こくう◎【穀雨】 穀雨。

ごくう◎【御供】 供品。「人身ひとみ～」人身供品。

こくうん◎【国運】 國運。

こくうん◎【黒雲】 烏雲。

こくえい◎【国営】 國營。

こくえき◎【国益】 國家利益。

こくえん【黒鉛】 石墨。

こくおう◎【国王】 國王。

こくがい◎【国外】 國外。↔国内

こくがく◎【国学】 國學。固有的思想與精神的學術。

こくぎ◎【国技】 國技。

こくぐん◎【国軍】 國軍。

こくげき◎【国劇】 國劇。

ごくげつ◎【極月】 臘月。

こくげん◎【刻限】 ①時限，刻限。「～に遅れる」超過時限。②時刻，時間。

こくご◎【国語】 國語。

こくごう◎【国号】 國號。

こくごがく◎【国語学】 國語學。

ごくごく◎【極極】（副） 極端，極其。

こくごじてん◎【国語辞典】 國語辭典。

こくごしんぎかい◎【国語審議会】 國語審議會。

こくさい◎【国債】 國債。

こくさい◎【国際】 〔International〕國際。

こくさいか◎【国際化】 スル 國際化。「経済が～する」經濟國際化。

こくさいかいきょう◎【国際海峡】 國際海峽。

こくさいかせん◎【国際河川】 國際河流。

こくさいけっこん◎【国際結婚】 國際婚姻。

こくさいご◎【国際語】 國際語。

ごくさいしき◎【極彩色】 濃豔色彩。

こくさいしほうさいばんじょ◎【国際司法裁判所】 〔International Court of Justice〕國際（司法）法庭。

こくさいしゅうし◎【国際収支】　國際收支。一國在一定期間內，與外國進行的所有的貿易收支帳目。

こくさいはんざい◎【国際犯罪】　國際犯罪。

こくさいほごどうぶつ◎【国際保護動物】　國際保護動物。

こくさいれんごう◎【国際連合】　〔United Nations〕聯合國。

こくさく◎【国策】　國策。

こくさん◎【国産】　國產。「～品」國產品。

こくし◎【国士】　①國士。為國事而憂慮奔走的人。②國士。一國中非常傑出的人物。

こくし◎【国史】　①國史。②日本史。

こくし◎【酷使】　スル　酷使。「労働者を～する」驅使工人。

こくじ◎【告示】　スル　告示，公布，布告。

こくじ◎【国字】　國字。

こくじ◎【国事】　國事。

こくじ◎【国璽】　國璽，御璽。

こくじ◎【酷似】　スル　酷似。

ごくし◎【獄死】　スル　在監獄中死去。

こくしびょう◎【黒死病】　黑死病。鼠疫的別名。

ごくしゃ◎【獄舎】　獄舍，牢房，監獄。

こくしゅ◎【国手】　國手，神醫。

こくしゅ◎【国主】　①一國的君主，天子，皇帝。②「国主大名」之略。

こくしょ◎【国書】　國書。

こくしょ◎【酷暑】　酷暑。

こくしょ◎【黒書】　黑皮書。

ごくしょ◎【極暑】　極熱，酷暑。

こくじょう◎【国情・国状】　國情。

ごくじょう◎【極上】　極好，最好。「これは～の品です」這是極品。

こくしょく◎【黒色】　黑色。

こくじょく◎【国辱】　國辱，國恥。

こくじん◎【黒人】　黑人，黑種人。

こくすい◎【国粋】　國粹。

こく・する◎【刻する】（動サ變）　刻，雕刻。

こく・する◎【哭する】（動サ變）　哭，慟哭。

こくぜ◎◎【国是】　國是。

こくせい◎【国政】　國政。

こくせい◎【国勢】　國勢，國情。

こくぜい◎【国税】　國稅。→地方税

こくぜい◎【酷税】　酷稅。

こくせき◎【国籍】　國籍。

こくせん◎【国選】　國家選任。

こくそ◎【告訴】　スル　告訴。→告発

こくそう◎【国葬】　國葬。

こくそう◎【穀倉】　穀倉，糧倉。「～地帯」穀糧地帶。

ごくそう◎【獄窓】　獄窗，鐵窗。

こくぞうむし◎【穀象虫】　玉米象蟲。

こくぞく◎【国賊】　國賊。

ごくそつ◎【獄卒】　獄卒。

こくたい◎【国体】　國體，國家體制。

こくだか◎【石高】　石收穫量，米穀收穫量。→貫高

こくたん◎【黒檀】　烏木，烏文木，黑檀。

こくち◎【告知】　スル　告知。「～板」佈告欄。

こぐち◎【小口】　①橫切面，橫斷面。②物體的端部。↔大口。③小額，小批，少量。「～の預金」小額存款。

こぐち◎【木口】　木材橫切面。

ごくちゅう◎【獄中】　獄中。

こくちょう◎【国鳥】　國鳥。

こくちょう◎【黒鳥】　黑天鵝。

ごくちょうたんぱ◎【極超短波】　微波。

ごくつぶし◎【穀潰し】　酒囊飯袋，飯桶。

こくてい◎【国定】　國定。

こくてつ◎【国鉄】　國鐵。「日本国有鉄道」的略稱。

こくてん◎【黒点】　黑點。

こくでん◎【国電】　國電。曾指舊國鐵中大城市週邊的短距離電車線。

こくど◎【国土】　國土。

こくどう◎【国道】　國道。

ごくどう◎【極道・獄道】　①吃喝嫖賭，為非作歹。「～息子」浪子；敗家子。②敗家子，惡棍。

こくどけいかく◎【国土計画】　國土計

畫。

こくない◎【国内】 國內。↔国外

こくないそうせいさん◎【国内総生産】〔gross domestic product〕國內生產總值。

こくないほう◎【国内法】 國內法。

こくなん◎【国難】 國難。

こくねつ◎【酷熱】 酷熱。

ごくねつ◎【極熱】 極熱。

こくはく◎【告白】 スル 告白，表白。「愛の～」愛情的表白。②告解，懺悔。

こくはく◎【酷薄】 刻薄。

こくはつ◎【告発】 スル 告發。→告訴

こくばん◎【黒板】 黑板。

こくひ①【国費】 國費，公費。

こくび◎①【小首】 小動一下頭。「～をかしげる」略微歪頭（懷疑或思索）。

ごくひ◎【極秘】 絕密，極端秘密。

ごくび◎【極微】 極微，極小。

こくびゃく◎◎【黒白】 ①黑白。②正和邪，有罪和無罪。「裁判で～をつける」透過裁判定黑白。

こくひょう◎【酷評】 スル 酷評，嚴厲批評。「新作を～する」酷評新作。

こくひん◎【国賓】 國賓。→公賓

ごくひん◎【極貧】 極貧。

こくふ①【国父】 國父。

こくふ①【国富】 國富，國家財力。

こくふう◎【国風】 ①國風。一個國家或地區特有的風俗、習慣。②民謠。③和歌。

こくふく◎【克服】 スル 克服。

ごくぶと◎【極太】 極粗。「～の万年筆」極粗的鋼筆。

こくぶん◎【国文】 ①國文。②「国文学」、「国文科」之略。

こくぶんがく◎【国文学】 國文學，日本文學。

こくぶんぽう◎【国文法】 國文法，日語文法。

こくべつ◎【告別】 スル 告別。

こくべつしき◎【告別式】 告別式。

こくへん◎【黒変】 スル 變黑。

こくほう◎【国宝】 國寶。

こくほう◎【国法】 國法。「～を守る」遵守國法。

こくぼう◎【国防】 國防。

ごくぼそ◎【極細】 極細。「～の毛糸」極細的毛線。

こくみん◎【国民】 國民。

こくみんえいよしょう◎【国民栄誉賞】 國民榮譽獎。

こくみんきゅうかむら◎【国民休暇村】 國民休假村。

こくみんけんこうほけん◎【国民健康保険】 國民健康保險。

こくみんしゅくしゃ◎【国民宿舎】 國民宿舍。

こくみんしょとく◎【国民所得】〔national Income〕國民收入，國民所得。

こくみんしんさ◎【国民審査】 國民審查制度。

こくみんせい◎【国民性】 國民性。

こくみんそうせいさん◎【国民総生産】〔gross national product〕國民生產總值，國民生產毛額。

こくみんたいいくたいかい◎【国民体育大会】 國民體育大會。

こくみんとうひょう◎【国民投票】 國民投票。→レファレンダム

こくみんねんきん◎【国民年金】 國民年金。

こくみんのしゅくじつ◎【国民の祝日】 國民節日。

こくむ①【国務】 國務。

こくむしょう◎【国務省】 國務院。

こくむだいじん◎【国務大臣】 國務大臣。

こくめい◎【国名】 國名。

こくめい◎【刻銘】 銘刻，刻銘。

こくめい◎◎【克明】（形動）細緻，綿密，詳實。「～に記す」細心記下。

こくもつ◎【穀物】 穀物。

ごくもん◎【獄門】 獄門，牢門。「～に懸かける」梟首懸掛獄門示眾。

こくゆう 0【国有】 國有。

こくようせき◎【黒曜石】 黑曜岩。

こぐら・い①【小暗い】（形）小暗，幽暗。「森の中の～い道」森林中幽暗的小道。

こくらがり⑥【小暗がり】 幽暗，小暗（處）。

ごくらく⓪【極楽】 極樂。↔地獄

ごくらくおうじょう⑤【極楽往生】 ｽﾙ 安詳去世，往生極樂。

ごくらくじょうど⑤【極楽浄土】 極樂淨土。

ごくらくちょう⑤【極楽鳥】 極樂鳥，風鳥。

ごくらくとんぼ⑤【極楽蜻蛉】 悠閒者。

こくり①【酷吏】 酷吏。

こくりつ⓪【国立】 國立。→公立・私立

こくりょく②【国力】 國力。

こくるい①【穀類】 穀類。

こくれつ⓪【酷烈】（形動） 酷烈。「寒気～」寒氣酷烈。

こくれん⓪【国連】 聯合國（的簡稱）。

ごくろう②【御苦労】 ①辛苦，受累。「ほんとうに～さま」實在讓您辛苦了。②真辛苦呀，夠辛苦的了。「暑いのに～なことだ」天氣這麼熱，可真夠辛苦的。

こくろん⓪【国論】 國民輿論。

こぐんふんとう⓪【孤軍奮闘】 ｽﾙ 孤軍奮戰。

こけ①【苔】 苔，苔蘚。→苔植物

こけ①【虚仮】 虛假。「～の一念」愚者的一念。

こげ②【焦げ】 ①焦，糊。②鍋巴。

ごけ①【碁笥】 棋笥。盛放圍棋子的容器。

ごけ⓪【後家】 未亡人，寡婦，孀婦。

こけい⓪【固形】 固形，固體，固態。「～スープ」固體湯。

こけい⓪【孤閨】 孤閨，空閨。

ごけい⓪【互恵】 互惠。「～の精神」互惠精神。

ごけい⓪【語形】 語形，詞形，詞態。「～変化」詞形變化。

こけおどし⓪【虚仮威し】 虛假威勢，紙老虎。

こげくさ・い④【焦げ臭い】（形） 焦味。

こけし⓪【小芥子】 小芥子木偶，小芥子人偶。

こけつ⓪【虎穴】 虎穴，險地。

こげつ・く⓪【焦げ付く】（動五） ①燒焦，燒糊。②形成呆帳。

コケット②【法 coquette】 風騷女子。

コケットリー①【英 coquetry；法 coquetterie】 賣弄風情的態度，嬌滴滴的，風騷，媚態。

コケティッシュ②【coquettish】（形動） 賣弄風情，嬌滴滴，賣俏，媚態。

こけむ・す③【苔生す】（動五） 生苔，長苔。「あそこには～した石がある」那裡有長了青苔的石頭。

こけもも⓪②【苔桃】 越橘。

こけら⓪【柿】 薄木片。

こけら⓪【鱗】 魚鱗。

こ・ける②【痩ける】（動下一） 瘦。「ほおが～・ける」臉頰消瘦。

こ・げる②【焦げる】（動下一） 焦。「ご飯が～・げる」飯燒焦了。

こけん⓪【沽券】 （人的）身價，體面，品格。「～にかかわる」有關體面。

ここ⓪【此所・此処】（代） ①這，這兒，這裡，此處。「～はどこだろう」這是哪兒？②這裡，這兒，此處。「どうぞ～へおかけください」請到這兒坐吧。③這個。「～が大事な点だからよく考えなさい」這點很重要，要慎重考慮。④如此，如今。「事～に至る」事到如今。⑤這（件事、時候）。「～一番という時」在這最關鍵時刻。⑥最近。「～一ヶ月は忙しいかった」這一個月很忙。

ここ⓪【古語】 古語。↔現代語。「～にいわく」古語說。

ごご①【午後】 午後。↔午前

ココア⓪【cocoa】 可可粉，熱可可。

ごごいち⓪【午後一】 下午第一（要）事，當天下午最先進行的事。「～でお届けします」（將在）下午先呈報。

ここう⓪【股肱】 股肱。「～の臣」股肱之臣。

ここう⓪【虎口】 虎口。「～を脱する」脫離虎口。

ここう⓪【孤高】 孤高，清高。「～を持する」自持孤高。

ここう⓪【糊口・餬口】 餬口，謀生。「～を凌ぐ」勉強糊口。

ここう⓪【古豪】 老行家，老手。

ここう⓪①【呼号】スル ①呼號。②呼號，號召。

ごこう⓪【後光】 後光。「～がさす」後光四射。

こごえ⓪【小声】 小聲。↔大声

こごえつ・く⓪【凍え付く】（動五） 結冰，凍上。

こご・える⓪【凍える】（動下一） 凍僵。「手足が～・えて仕事ができない」手腳凍僵不能工作。

ここかしこ⓪【此処彼処】（代） 這裡那裡，到處。

ここく⓪【故国】 故國。

ごこく⓪【五穀】 五穀。

ごこく⓪【後刻】 過一會兒，回頭。「～参上いたします」回頭拜訪。

ごこく⓪【護国】 護國，保衛國家。

こごし⓪①【小腰】 腰部的小動作。「～をかがめる」稍微彎腰。

ここじん⓪【個個人】 每個人，各個人，各自。「～の責任」每個人的責任。

ここち⓪【心地】 心情，感覺。「住み～のよい家」住著舒適的房子。「夢見～がする」彷彿在夢境中。

こごと⓪【小言】 訓斥。「～を食う」遭斥責。

こごと⓪【戸毎】 每戶，每家。

ココナッツ⓪【coconut】 椰子。

ここに①【是に・爰に・茲に】 ①此時。「本日～竣工式を挙行するにあたり」值此舉行竣工儀式之際。②故此，由此，因此。「～お知らせするものであります」故此通知。

ここの⓪【九】 九，九個。「なな、や、～、とお」七、八、九、十。

ここのか⓪【九日】 ①九日，九號。②九天。

ここのつ⓪【九つ】 ①九，九個。②九歲。③正午十二點。

ここべつべつ⓪【個個別別】 分別，一個一個。「～に出発する」一個一個出發。

ここまい⓪【古古米】 陳年米。

こごみ 莢果蕨的別名。

こご・む⓪【屈む】（動五） 屈身，彎腰。「～・んで靴をはく」彎腰穿鞋。

こごめ⓪【小米・粉米】 碎米。

こご・める⓪【屈める】（動下一） 屈，彎。「腰を～・める」彎腰。

ココやし⓪【―椰子】〔coconut tree〕可可椰子。

ここら⓪ （代）①此處。②這程度，這些。「仕事は～でやめよ」工作到此結束吧。

こご・る⓪【凝る】（動五） 凝，凝固，凝結，凍結。「魚の煮汁が～・る」魚的湯汁凝成凍。

こころ②【心】 ①心胸，腦海，品格，心神，心理。「～が小さい」心胸窄。②心，心緒，心神，心思。「～のままに振舞い」任性。③有心，有心眼。「～ある人」有心人。④同情心，心意，誠心。「～のこもった弁当」充滿心意的便當。⑤真心。「～にもないことを言う」言不由衷。⑥天分，才幹。「絵～」繪畫天分。⑦神髓，意境。「和歌の～」和歌的意境。⑧謎底。

こころあたり⓪【心当たり】 頭緒，猜想，線索。「～を探す」尋找線索。

こころあて⑤⓪【心当て】 ①推測。猜測。②期待，指望。「～にする」一心指望。

こころある⓪【心有る】（連體） 有心，懂事。↔心無い。「～人は分かってくれるでしょう」通情達理的人會理解吧。

こころいき⓪【心意気】 ①氣魄，氣概。「青年の～をほめたたえる」讚賞年輕人的氣魄。②大度，氣質。「大阪商人の～」大阪商人的氣質。

こころえ⓪【心得】 ①心得，體會，修養，素養。「礼儀の～がない」不懂禮儀。②須知，注意事項。「生徒～」學生須知。③代理。「局長～」代理局長。

こころえがお⓪【心得顔】 全懂似的，有體會似的。「～に言う」好像很內行地說。

こころえちがい⑤【心得違い】 ①想錯，誤會，誤解。「とんだ～」天大的誤會。

②不端正。

こころ・える⓪【心得る】（動下一）　①懂得，精通，明白，領會。「多少料理を～・えている」稍微懂得一點烹調。②應承，應允。「～・えました」明白了（交給我吧）。③心得。

こころおきなく⑥【心置き無く】（副）①毫不拘束，毫不客氣。「～話してください」請不客氣地說。②無牽掛地，無顧慮地。「これで～ででかけられます」這樣就可以無顧慮地出門了。

こころおぼえ④【心覚え】　①記住，記憶。「全然～がない」完全不記得。②記事便條，備忘。

こころがけ⓪【心掛け】　用心，留心。「ふだんの～」平時的用心。

こころが・ける⑤【心掛ける】（動下一）留心，有心，上心，牽掛。「人の悪口を言わないように～・ける」注意不說別人的壞話。

こころがまえ⓪【心構え】　心理準備，思想準備。

こころがわり⓪【心変わり】 スル　改主意，變心。

こころくばり⓪【心配り】　關心，關懷。「いろいろとお～ありがとう」感謝您的多方關心。

こころぐるし・い⑤【心苦しい】（形）內心難過，過意不去，不好意思。

こころざし⓪【志】　①志向，志願。「～を立てる」立志。②盛情。「人の～を無にする」拒絕別人的盛情。

こころざ・す③【志す】（動五）　志向，立志，志願。「日本文学に～・す」立志於研究日本文學。

こころしずか④【心静か】（形動）　心靜，鎮靜，平心靜氣。

こころじょうぶ⑤【心丈夫】（形動）　放心，膽壯。「君が一緒なので～だ」有你在一起就放心了。

こころ・する④【心する】（動サ變）　小心，留神。「～・すべきことだ」是件值得注意的事情。

こころぞえ④⓪【心添え】　勸告。

こころだのみ③【心頼み】　依靠，指望。

「援助を～にする」指望援助。

こころづかい④【心遣い】　操心，關懷，用心。

こころづくし⓪【心尽くし】　盡心，苦心，費心。「～の送別会が開かれた」召開了盛情的歡送會。

こころづもり⓪【心積もり】スル　盤算，預定。「あす出発する～です」我預定明天動身。

こころづよ・い⑥【心強い】（形）　有依恃，有信心，膽壯。↔心細い。「何人がいるから～・い」因為有好幾個人所以膽子大。

こころな・い⑥【心無い】（形）　①無心，輕率，不懂事。②沒心，無情，冷酷。「～・い仕打ち」不體諒人的態度。③不解情趣，不懂風情。

こころなし⓪【心做し】（副）　心理作用，心情的緣故。「～かやせて見える」或許是心理作用看上去消瘦了。

こころならずも⑥【心ならずも】（副）違心，出於無奈，無可奈何。「～承知してしまった」出於無奈只好同意了。

こころにく・い⑥【心憎い】（形）　①令人忌妒，令人眼紅。「～・い演技」令人忌妒的精湛演技。②無微不至。「～・い心遣い」無微不至的關懷。

こころのこり③【心残り】　牽掛，掛念，留戀。

こころのたけ⓪【心の丈】（連）　衷腸，衷曲。「～を述べる」傾訴衷腸。

こころぼそ・い⑥【心細い】（形）　心虛，心中沒底，心裡空蕩蕩。↔心強い。「一人で夜道を歩くのは～・い」晚上一個人走路害怕。

こころまち⓪⓪【心待ち】スル　盼望，期盼。「よいお知らせを～にしている」期待著你的好消息。

こころみ③【試み】　嘗試。

こころ・みる④【試みる】（動上一）　嘗試，力圖，試試看。「抵抗を～・みる」試圖進行抵抗。

こころもとな・い⑤【心許ない】（形）①擔心，放心不下，不安。「～・い返事をする」回答得沒有把握。②心中沒

底，（擔心）不夠。「ふところが~・い」擔心帶的錢不夠。

こころやす・い[5]【心安い】（形） ①不見外的，不費心的，熟悉的。「~・い友達」親密無間的朋友。②輕鬆，不客氣。「~・く頼める人」可以不客氣拜託的人。

こころやすだて[0][7]【心安立て】 不見外。

こころやり[3][0]【心遣り】 ①解悶，散心。②體貼。

こころよ・い[4]【快い】（形） ①愉快，暢快，愜意。「~・いそよ風」愜意的微風。②痛快，爽快。「~・く引き受ける」爽快地接受。

ここん[1]【古今】 ①古今。「~東西」古今中外。②從古至今。「~に例を見ない」史無前例。

ごこん[0]【語根】〔root〕詞根。

ごごんぜっく[4]【五言絶句】 五言絕句。→絶句

ここんとうざい[1]【古今東西】 古今東西。「~の文学に通じている」通曉古今東西的文學。

こざ[1]【胡坐】スル 盤腿坐。

ごさ[1]【誤差】 誤差。

ござ[3]【茣蓙・蓙】 涼席，席子。

コサージュ[2]【corsage】 領飾，領花。

さい[2][0]【小才】 小才能。「~が利く」有點小才能。

こさい[1]【巨細】 仔細，巨細。「~もらさず調査する」鉅細靡遺地調查。

こざいく[2]【小細工】 ①小手藝，小工藝。②小伎倆，小花招。「~を弄(ろう)する」玩弄小伎倆。

ございま・す[4]【御座います】（動サ特活） ①「ある」之意的禮貌語。「右手に銀行が~・す」右邊有銀行。②（補助動詞）補助動詞「ある」之意的禮貌語。「資料は用意して~・す」資料準備好了。

コサイン[2]【cosine】 餘弦。→三角関数

こさ・える[4][0]【拵える】（動下一） 「こしらえる」的通俗說法。「団子を~・える」做丸子。

こざかし・い[4]【小賢しい】（形） ①自作聰明。「~・い口をきいて、あとで後悔するぞ」賣弄小聰明，以後會後悔的。②滑頭，狡猾。「~・い男」狡猾的傢伙。

こさじ[0]【小匙】 ①小匙。②湯匙，調羹，羹匙。

ござしょ[2]【御座所】 御座所。天皇或貴人的居室。

こさつ[0]【古刹】 古剎，古寺。

こさつ[0]【故殺】スル 〔法〕故意殺人。

こざっぱり[4]（副）スル 蠻乾淨，蠻俐落。「~とした身なりをしている」打扮得乾淨俐落。

こざとへん[0]【阜偏】 阜字邊。

ござぶね[0]【御座船】 ①御座船。②帶篷遊船。

こさめ[0]【小雨】 小雨，細雨。↔大雨

ござ・る[2]【御座る】 （動五）①「ある」「いる」「行く」「来る」的尊敬語。②「ある」「いる」的禮貌語。③（食物）腐爛。④（補助動詞）「ある」的尊敬語。「見て~・る」拜讀；觀看。

こさん[0]【古参】 老人，老手，老資格。↔新参(しんざん)

ごさん[0]【午餐】スル 午餐。「~会」午餐會。

ごさん[0]【誤算】スル ①誤算，算錯。②失算。「重大な~」重大失算。

ごさんけ[2]【御三家】 御三家。德川一族的三家。

こし[0]【腰】 ①腰。「~をおろす」坐下；落坐。②腰身，腰部，腰帶。③牆裙，門中冒頭。牆、門窗扇等的下半部分。④和歌中第三句的五個字。⑤黏勁，韌勁，挺勁。「~のあるうどん」有韌性的麵條。「~の強い筆」彈性佳的毛筆。⑥架式。「にげ~」要逃跑的架式。「けんか~」要打架的架式。

こし[1]【輿】 輿，肩輿，轎子。

こし[1]【古詩】 古詩。

こし[1]【古紙・故紙】 故紙，舊紙，廢紙。「~再生」廢紙再生。

こし[1]【枯死】スル 枯死。

こじ[1]【固持】スル 固執。「自説を~する」

固執己見。

こじ◎【固辞】ㇲㇽ　堅辭。「謝礼を~して受けない」堅決拒絕謝禮。

こじ◎【孤児】　孤兒。

こじ◎【故事・古事】　故事，古事，典故。「~来歴」故事的由來；典故來歷。「~成語」成語故事。

こじ◎【誇示】ㇲㇽ　誇示，炫耀，顯露。

ごし◎【語誌・語史】　語誌，詞史。

ごし【越し】(接尾)　①隔著（某物作某事）。「垣根~」隔著籬笆。②歷經，歷時。「5年~の懸案」歷時5年的懸案。

こしあげ◎②【腰揚げ】　腰部縫褶。

こじあ・ける◎【抉じ開ける】(動下一)　撬開，扒開。「雨戸を~・ける」撬開護窗板。

こしあん◎【漉し餡】　紅豆沙，豆沙餡。→粒餡つぶ

こしいた◎【腰板】　①裙板，牆壁、拉門、籬笆等下部安裝的木板。②腰部襯板。和服袴後腰部襯墊的山形板。

こしいれ◎【輿入れ】ㇲㇽ　出嫁。

こじいん②【孤児院】　孤兒院。

コジェネレーション【cogeneration】　汽電共生。

こしお◎【小潮】　小潮。↔大潮

こしおび◎③【腰帯】　腰帶。婦女穿和服時的細帶。

こしおれ◎④【腰折れ】　背駝，駝背。

こしかけ④③【腰掛け】　①椅子，坐具。②臨時工作，暫棲身處，暫居職位。

こしか・ける④【腰掛ける】(動下一)　坐，坐下。

こしかた②【来し方】(連語)　①來處，來方。②既往，過去。「~行く末」前前後後；繼往開來。

こしがみ◎【濾し紙・漉し紙】　濾紙。

こしき◎【古式】　古式，老式。「~建物」老式建築。

こじき◎【乞食】　乞食，乞討，乞丐，叫花子。

ごしき①◎【五色】　①五色。②各色各樣。

こしぎんちゃく④【腰巾着】　①腰（荷）包。②跟班的。

こしくだけ◎【腰砕け】　半途而廢。「仕事は~になった」工作半途而廢了。

こしぐるま③【腰車】　腰車。柔道的招數之一。

こしけ◎【腰気・帯下】　白帶，帶下。

こしだめ◎【腰だめ】　①大致瞄準射擊。②摸索著做。

こしたんたん①◎【虎視眈眈】(ㇳㇽ)〔易經〕虎視眈眈。

ごしちちょう◎【五七調】　五七調。→七五調

こしつ◎【固執】ㇲㇽ　固執，頑固堅持。「自説に~する」固執己見。

こしつ◎【個室】　單人房間，單間。

こしつ◎【痼疾】　痼疾，舊病。

こじつ◎【故実】　故實，儀式，法制。→有職ゆう

ごじつ◎【後日】　日後，事後。

こしつき◎【腰付き】　腰姿勢。「危なっかしい~」危險的腰姿勢。

ゴシック①①【Gothic】　黑體。

こじつ・ける◎(動下一)　牽強附會。「理屈を~・ける」牽強附會編造理由。

ゴシップ②①【gossip】　雜談，閒談，緋聞，小道消息。「スターの~」明星的緋聞。

ごじっぽひゃっぽ⑤【五十歩百歩】　五十步笑百步。

こしなわ◎【腰縄】　腰繩。

こしぬけ◎【腰抜け】　①癱瘓，癱子。②膽小鬼，窩囊廢，懦夫。

こしのもの⑤【腰の物】　①腰刀。②掛件，腰上物件。

こしひも◎【腰紐】　細腰帶。

こしべんとう③【腰弁当】　隨身帶著便當。

こしぼね◎【腰骨】　①腰椎骨，骼骨。②耐力，堅持力。

こじま◎【小島】　小島。

こしまき◎【腰巻】　①內裙，圍腰布。②書腰。套在書籍上的紙帶。

こしまわり③【腰回り】　腰圍。

こしもと◎【腰元】　①侍婢。②腰邊，腰周圍。

こしゃ◎【誤写】スル　誤寫，誤筆，寫錯。

こしゆ①【腰湯】　坐浴。「～を使う」洗坐浴。

こしゆ①【戸主】　戸主。

こしゆ①【古酒】　老酒，陳酒。

こしゆ①【固守】スル　固守，堅守。

こしゆ①【鼓手】　鼓手。

ごしゆ◎【御酒】　酒。酒的禮貌語。

ごしゆ①【語種】　語種。

こしゆう◎【呼集】スル　召集，集合。「非常～」緊急集合。

こしゆう◎【固執】スル　固執。「自説に～する」固執己見。

ごじゆう②【五十】　①五十。②五十歳，半百。

ごじゆうおん③【五十音】　五十音。

ごじゆうおんじゆん◎【五十音順】　五十音序。

ごじゆうおんず◎【五十音図】　五十音圖。

ごじゆうかた③【五十肩】　五十肩，肩關節凍結症。

ごしゆうしようさま③【御愁傷様】　真令人悲傷，節哀（順變）。

こじゆうと◎【小舅】　大舅子，小舅子。

こじゆうとめ◎【小姑】　大姑，小姑，大姨子，小姨子。

こじゆけい◎【小綬鶏】　竹雞。

ごじゆん◎【語順】　詞序語順。

こしよ①【古書】　①古書，古籍。②舊書。「～展」舊書展。「～店」舊書店。

ごしよ①【御所】　御所。「東宮～」東宮御所。

ごじよ①【互助】　互助。

こしよう②【小姓・小性】　侍童，家童。

こしよう◎【古称】　古稱，舊稱。

こしよう◎【呼称】スル　稱呼，稱名。

こしよう◎【故障】スル　故障，障礙，毛病。

こしよう②【胡椒】　胡椒。

こしよう◎【湖沼】　湖沼。湖泊和沼澤。

こしよう◎【誇称】スル　誇稱，自誇。

こじよう◎【古城】　古城。

こじよう◎【孤城】　孤城。

こじよう◎【弧状】　弧狀，弧形。

ごしよう◎【後生】　〔佛〕來生，來世，後世，未來世。↔今生・前生

ごじよう◎【五常】　五常。

ごじよう◎【互譲】　互讓，互相謙讓。

こしようがつ③【小正月】　小正月。

こしよく◎【古色】　古色。「～を帯びる」帶有古色。

こしよく◎【個食・孤食】　單獨用餐，個別用餐。

ごしよく◎【誤植】　誤排。

こじらいれき③【故事来歴】　典故來歷。「～を調べる」調查典故來歷。

こしらえ◎【拵え】　①樣式，構造。「しもた屋風の～」非商業形式的構造。②準備，預備。③装束，打扮。「粋な～」漂亮的裝束。④扮裝，化裝，假扮。「助六の～」扮演助六。⑤外飾。「結構な～の刀」裝飾豪華的刀。

こしら・える④【拵える】（動下一）　①製造，製作，搞出，置辦，建造，做。「料理を～・える」做菜。②籌措，籌備，預留。「資金を～・える」籌措資金。③化妝，打扮，裝扮。「顔を～・える」化妝。④吃飽。「腹を～・える」吃飽肚子。⑤捏造，虛構。「言いわけを～・える」編造理由。⑥交友。「愛人を～・える」有了情人。

こじら・せる④【拗らせる】（動下一）　①使複雜化。「問題を～・せる」使問題複雜化。②久拖不癒。「風邪を～・せる」感冒久拖不癒。

こじり◎【湖尻】　湖尾，湖出水口。→湖頭

こじ・る②【抉る】（動五）　撬，剜，抉。「戸を～・って開ける」把門撬開。

ごじる◎【呉汁】　吳汁味噌湯。

こじ・れる◎【拗れる】（動下一）　①彆扭，執拗，複雜。「気持ちが～・れる」心理彆扭。②久治不癒。

こじわ◎【小皺】　小皺紋，小褶。

こしん◎【湖心】　湖心。

こじん①【古人】　古人，前人。

こじん①【故人】　故人。

こじん①【個人】　個人。

ごしん◎【誤信】スル　誤信。

ごしん⓪【誤診】 スル 誤診。

ごしん⓪【誤審】 スル 誤判，誤審。

ごしん⓪【護身】 護身，防身。「～術」護身術；防身術。

ごじん⓪【御仁】 〔現在多爲具有諷刺意味的說法〕仁人。「立派な～だ」真是個善人；真是個好人。

ごしんえい⓪【御真影】 玉照。

ごじんか⓪【御神火】 御神火。

ごしんぞう⓪【御新造】 夫人，太太。

こ・す⓪【越す】 (動五) ①穿過，越過，度過。「峠を～・す」越過山口。②越過。「冬を～・す」過冬。③搶先，占先。「先を～・す」搶先。④遷居，搬家。「会社の近くに～・す」搬到公司附近。⑤(以「おこし」的形式表示)「行く」「来る」的敬語。「どうぞまたお～・し下さい」請一定光臨。

こ・す⓪【濾す・漉す】 (動五) 濾，過濾。「砂で水を～・す」用沙子濾水。

ごす⓪【呉須】 ①青料。②青花。中國青花瓷。

こすい⓪【湖水】 湖水。

こすい⓪【鼓吹】 スル ①鼓動。「愛国心を～する」宣傳愛國心。②鼓吹，提倡，宣傳。

こす・い⓪【狡い】 (形) 吝嗇狡猾的。「～・い奴」唯利是圖的滑頭。

こすう⓪【戸数】 戸數，家數。

こすう⓪【個数】 個數。

ごすう⓪【語数】 詞數，單字數量。

こずえ⓪【梢・杪】 梢。

こすから・い【狡辛い】(形) 既吝嗇又狡猾的。「～・い男」既吝嗇又狡猾的男人。

コスチューム⓪【costume】 戲裝，化裝服。

こすっから・い【狡っ辛い】(形) 既吝嗇又狡猾的。「～・い考え」陰險毒辣的想法。

コスト⓪【cost】 ①成本，原價。②物價。

コストアップ⓪【cost up】 スル 成本增加，成本提高。

コストインフレーション⓪【cost inflation】

成本推動型通貨膨脹。→需要インフレーション

コストパフォーマンス⓪【cost performance】 ①價格性能比。②成本績效。

ゴスペル⓪【gospel】 福音。

ゴスペルソング⓪【gospel song】 福音歌，黑人教會音樂。

こす・む【尖む】(動五) 尖，小尖。圍棋術語。

コスメチック⓪【cosmetic】 ①化妝品。②髮蠟。

コスモス⓪【義 kosmos】 ①〔哲〕宇宙。↔カオス。②〔拉 cos-mos〕大波斯菊。

コスモポリタン⓪【cosmopolitan】 ①世界主義者。②世界公民，國際人。

こすりつ・ける⓪【擦り付ける】(動下一) ①使勁擦(蹭)。「馬が鼻づらを～・ける」馬使勁蹭鼻尖。②擦上，蹭上。

こす・る⓪【擦る】(動五) 蹭，擦，揉，搓，擦亮。「手を～・る」搓手。

こ・する⓪【鼓する】(動サ變) ①鼓，敲，擂。②鼓起(勇氣等)。「勇気を～・する」鼓起勇氣。

ご・する⓪【伍する】(動サ變) 與…爲伍。

ご・する⓪【期する】(動サ變) ①期待。②決心。

こす・れる⓪【擦れる】(動下一) 擦，蹭。「車内は満員で肩と肩が～・れる」車内人多得肩碰肩。

ごすんくぎ⓪【五寸釘】 五寸圓釘。

ごせ⓪【後世】 〔佛〕後世，來世，來生。→前世・現世。「～を願う」禱告後世。

ごぜ⓪【瞽女】 瞽女。挨門唱歌乞討的失明女藝人。

ごせい⓪【互生】 スル 互生。→対生・輪生

ごせい⓪【悟性】 〔德 Verstand;英 under-standing〕〔哲〕領悟，悟性。→感性・理性

ごせい⓪【語勢】 (說話時的)口氣，語氣，語調。「～を強めて言う」加重語氣說。

こせいだい⓪【古生代】　古生代。

こせいぶつ⓪【古生物】　古生物。

こせがれ⓪【小伜】　①小崽子，小東西。對年幼的人的蔑稱。②小兒，犬子。對自己兒子的謙稱。

コセカント⓪【cosecant】　餘割。→三角関数

こせき⓪【戸籍】　戸籍。

こせき⓪【古跡・古蹟】　古跡。

こせつ⓪【古拙】　古拙。

こぜつ⓪【孤絶】　スル　孤絶。

こぜに⓪【小銭】　小錢，零錢。

こぜりあい⓪【小競り合い】　①小戰鬥。②小糾紛，小麻煩。

こせん⓪①【古銭・古泉】　古錢，古幣。

こせん⓪【弧線】　弧線。

ごせん⓪【五線】　五線〔譜〕。

ごせん⓪【互選】　スル　互選。

ごぜん①【午前】　午前，上午。↔午後

ごぜん⓪①【御前】　①御前。②（代）大人。③（接尾）御前。「竜王～」龍王御前；龍王爺。「祇王～」祇王御前。

ごぜん⓪【御膳】　①膳食。飯食的禮貌語。②御膳。指天皇、主君用飯。③冠在飲食物名前，表示最上等之意。「～そば」高級雞蛋蕎麥麵條。

こせんきょう⓪【跨線橋】　跨越鐵路橋。

こせんじょう⓪【古戦場】　古戰場。

こせんりゅう⓪【古川柳】　古川柳。江戶時代的川柳。

こぞ①【去年】　去年。

こぞう①【小僧】　①小伙計，學徒。②毛孩子，小傢伙。對年少者輕蔑的稱呼。③小僧，小和尚。「お寺の～」寺院的小和尚。

ごそう⓪【護送】　スル　護送，監送。

ごぞう⓪①【五臓】　五臟。

こそく⓪【姑息】　姑息。「～な手段」姑息手段。「因循～」因循姑息。

こそ・ぐ①【刮ぐ】（動五）　刮去，刮掉。

こぞく①【古俗・故俗】　舊俗，古俗。

ごぞく①【語族】　〔family of languages〕語族。→語派

ごそくろう②【御足労】　勞步。「～をお

かけいたします」煩您勞步。

こそ・げる⓪①【刮げる】（動下一）　刮掉，刮去。「靴の泥をへらで～・げる」用小木片刮掉鞋上的泥。

こそこそ①（副）　スル　偷偷摸摸，鬼鬼祟祟。「～とするな」不要鬼鬼祟祟的。

こそだて②【子育て】　スル　育兒。

こぞって③【挙って】（副）　舉，全，都，統統，一致。「～参加する」全部參加。

こそで⓪①【小袖】　狹袖便服，和服內衣，小袖。

こそどろ⓪【こそ泥】　毛賊，小偷。

こそばゆ・い⓪（形）　①發癢。②害羞，覥腆。「人前でほめられて～・い」在人前被表揚感到害羞。

こぞ・る③【挙る】（動五）　舉，全聚齊。→こぞって

ごぞんじ⓪【御存じ】　（「存じ」的敬語）您知道。「～の通り」如您所知。

こたい⓪【古体】　①舊式，古式。②古體詩。↔近体

こたい⓪【固体】　固體。→液体・気体

こたい⓪【個体】　個體。

こだい①【古代】　古代。

こだい①【誇大】（形動）　誇大，誇張。「～に言う」誇大其辭。

ごたい⓪【五体】　五體，全身。「～満足」五體健全。

こだいこ②【小太鼓】　小鼓。

ごだいしゅう③【五大州】　五大洲。

ごたいそう②【御大層】（形動）　太誇張，過分誇大。「～な態度」誇張的態度。

こたえ②【答え】　①回答，回應。②答案。

こたえられない⓪【堪えられない】（連語）　好得不得了，沒有比這更好的了。

こた・える③【答える】（動下一）　回答，答覆。「先生の質問に～・えた」回答老師的問題。

こた・える③【応える】（動下一）　①回應，反應，不負，報答。「家族の期待に～・えて良い成績で試験に受かっ

た」不辜負家人的期待，以優異的成績通過考試。②反應，受打擊，受刺激，被激（發）。「寒さが～・える」寒風刺骨。

こだか・い◎【小高い】（形）　略高的，稍高的，微微突起的。「～・い丘」微微突起的小丘。

こだから◎◎【子宝】　寶貝，小寶寶。「～に恵まれる」得個小寶貝。

ごたく◎【御託】　誇誇其談的話，絮絮叨叨的話。「～を並べる」廢話連篇。

こだくさん◎【子沢山】　孩子多，子女多。「律義者の～」規矩人孩子多。

ごたくせん◎【御託宣】　①神諭，天啓。②訓諭，訓示。對別人的話或命令的諷刺說法。

ごたごた◎　①混亂，亂七八糟，亂成一團。②爭吵，糾紛。「～が絶えない」糾紛不斷。

こだし◎【小出し】　零星拿出，分次發表。「貯金を～に使う」零星地使用存款。

こだち◎【小太刀】　小太刀。

こたつ◎【炬燵・火燵】　被爐。

ごだつ◎【誤脱】　錯漏。

ごたつ・く◎◎（動五）　①混亂，雜亂。②出問題，有糾紛。「社内が～・く」公司內發生了糾紛。

こだて◎【小楯】　小擋箭牌。

こだね◎【子種】　①種，子種。「～を宿す」懷上種。②種，精子。「～がない」沒種。

ごたぶん◎【御多分】　常例，慣例。

こだま◎【木霊・木精・谺】　スル　①樹精。②山鳴谷響，回聲。「歌声が山々に～した」歌聲在群山中迴盪。

こだわ・る◎（動五）　①拘泥。「形式に～・る」拘泥於形式。②講究，追求。「銘柄に～・る」追求品牌。

こたん◎【枯淡】　枯淡，淡泊，恬淡。「～な味わい」枯淡的意境。

コタン◎〔愛奴語〕村莊，聚落。

ごだん◎【誤断】　スル　誤判。「～を犯す」犯了判斷錯誤。

ごだんかつよう◎【五段活用】　五段活用。

コタンジェント◎【cotangent】　餘切。→三角関数

こち◎【東風】　東風。

こち◎【鯒・牛尾魚】　牛尾魚。

こち◎【故地】　故地。

こち◎【故知・故智】　故智。「～に学ぶ」效法故智。

ごちそう◎【御馳走】　スル　①招待，款待。「同僚を招いて～した」請同事吃飯。②盛筵，酒席。

ごちそうさま◎◎【御馳走様】（連）　承蒙您款待。

こちゃく◎【固着】　スル　固著，緊固。「船底に貝が～する」貝殼固著在船底。

ごちゃまぜ◎　雜亂，攙雜，亂七八糟。

ごちゅう◎【語中】　①語中。（相對於語首、語尾）語的中間。②語中。在那句話中。

コチュジャン◎〔韓語〕朝鮮辣醬。

こちょう◎【胡蝶・蝴蝶】　蝴蝶。

こちょう◎【誇張】　スル　誇張。「～して言う」誇大其辭。

こちょう◎【鼓腸・鼓脹】　脹氣，腹脹。

ごちょう◎【伍長】　伍長。日本舊陸軍的軍銜之一。

ごちょう◎【語調】　語調，腔調。「～を強める」加強語氣。

こちら◎【此方】（代）　①這兒，這裡，這邊，這個。「～へお入りください」請進到這邊。②我這邊，我方，我們。「～に責任がある」我們應該負責。③這位。「～は校長先生です」這位是校長先生。

こぢんまり◎（副）　スル　小巧，小而整潔（雅致）。「～とした部屋」小而整潔的房間。

こつ◎◎【骨】　①遺骨，骨灰。「お～を拾う」揀遺骨。②要點，真髓。「～をのみこむ」掌握要點。

こつあげ◎◎【骨揚げ】　スル　撿骨灰，拾遺骨。

ごつ・い◎（形）　①硬梆梆，堅硬。「～・い体つき」粗壯的體格。②粗俗。「～・い男」粗俗男人。

こつえん⓪【忽焉】（ㇳル）　忽然。突然。「～として逝く」遽逝。

こっか⓪【国花】　國花。

こっか⓪【国家】　國家。

こっか⓪【国歌】　國歌。

こづか⓪【小柄】　雜用小刀，短刀。

こっかい⓪【国会】　國會。

こづかい⓪【小遣い】　零花，零用（錢）。

こっかく⓪【骨格・骨骼】　①骨骼。②骨架。構成事務的基本的框架。

こつがら⓪【骨柄】　①骨架，體格。②人格，為人。「人品～卑しからざる老人」人品素養高尚的老人。

こっかん⓪【国漢】　國語和漢語。

こっかん⓪【骨幹】　骨幹。

こっかん⓪【酷寒】　酷寒，嚴寒。

ごっかん⓪【極寒】　極寒。

こっき⓪【克己】ㇲル　克己，自制。「～心」克己心。

こっき⓪【国旗】　國旗。

こづきまわ・す⓪【小突き回す】（動五）　①連推帶擠，推推搡搡。「胸ぐらをとって～・される」揪住胸襟連推帶搡。②欺負，左右刁難。

こっきょう⓪【国教】　國教。

こっきょう⓪【国境】　國境。

こっきり⓪（接尾）　只。「一ぺん～」只有一篇。

こっきん⓪【国禁】　國禁。「～を犯す」觸犯國禁。

こっく⓪【刻苦】ㇲル　刻苦。「～精励」勤奮刻苦。

コック①【cock】　活栓，閥門，旋塞，開關，龍頭。

コック①【荷 kok】　炊事員，廚師。

こづ・く②【小突く】（動五）　戳，捅，碰，搖。「頭を～・く」戳腦袋。

コックス①【cox】　舵手。

こづくり②【小作り】　①做得小。②身材短小。↔大作り。「～な男」身材瘦小的男人。

こっくん⓪【国訓】　國訓。用日語固有的讀法讀出漢字所示意思的讀法。

こっけい⓪【滑稽】　滑稽，詼諧，戲謔。

「はたから見ると～だ」從旁側看覺得很可笑。

こっけい⓪【酷刑】　酷刑。

こっけん⓪【国権】　國權。

こっけん⓪【黒鍵】　黑鍵。↔白鍵

こっこ①【国庫】　國庫。

こっこう⓪【国交】　國交，邦交。「～断絶」斷絕邦交。

ごつごうしゅぎ③【御都合主義】　機會主義，見風使舵。

こっこく①【刻刻】　刻刻，時刻。「時々～」時時刻刻。「～と変化する」時時刻刻在變化。

こつこつ⓪（副）　孜孜不倦，埋頭苦幹。「～調査を続ける」埋頭繼續調查。

こつざい⓪【骨材】　骨料，集料。

こっし①【骨子】　要點，重點，主要內容。「議論の～」議論的要點。

こっしつ⓪【骨質】　骨質。

こつずい⓪【骨髄】　骨髓。

こっせつ⓪【骨折】ㇲル　骨折。

こつぜん⓪【忽然】（ㇳル）　忽然。「～と消える」突然消失。

こっそう⓪【骨相】　①骨骼。②骨相。

こつそしょうしょう⓪【骨粗鬆症】　骨質疏鬆症。

こっそり③（副）　悄悄地，偷偷地。

ごっそり③（副）　精光，通通。「～持ち去る」全被拿走了。

ごった⓪（形動）　雜亂。

こっち③【此方】　（代）這兒，我這邊。「こちら」的通俗說法。「～においで」到這兒來。「～の負けだ」我這邊弄錯了。

こづち②【小槌】　小槌。「打ち出の～」如意小寶槌。

ごっちゃ⓪（形動）　雜亂，混雜。「～にまぜる」摻和在一起。

こっちょう⓪【骨頂・骨張】　透頂，無以復加。「愚の～」糊塗透頂。「真～」真無以復加。

ごっつぁん⓪　相撲界為「承蒙款待」「多謝」之意。「～です」承蒙款待。

こつつぼ⓪【骨壺】　骨灰罐。

こつづみ②【小鼓】　小鼓。

こづつみ◎【小包】 ①小包。「小包郵便物」的略稱。②小的包裹。

コッテージ①【cottage】 山中小屋，小別墅。

こってり③（副）スル ①味濃油膩。「～した中華料理」味濃油膩的中餐。②夠嗆。「～と油をしぼられた」被罵得夠嗆。

ゴッド①【god; God】 上帝，造物主。

こっとう◎【骨董】 古董。

コットン①【cotton】 ①棉，棉花，棉布，棉製品。②棉紙。

こつにく◎【骨肉】 ①骨肉。②骨肉。「～の情」骨肉之情。

こつにくしゅ④【骨肉腫】 骨肉瘤。

こっぱ◎【木っ端】 ①木屑，木片。②微不足道，廢物。「～役人」微不足道的小吏。

こっぱい◎【骨灰】 骨灰。

こっぱい◎【骨牌】 骨牌。

こっぱん◎【骨盤】 骨盆。

こっぴど・い◎【小っ酷い】（形） 很厲害的，很嚴厲的。「～・く叱られた」受到嚴厲的訓斥。

こつぶ◎【小粒】 ①小粒，細粒。↔大粒。②身材矮小。③能力小，器量小。「人間が～だ」人能力小。

コップ◎【荷 kop】 玻璃杯，杯子。

こっぷん◎【骨粉】 骨粉。

コッペパン◎④◎ 紡錘形麵包，橄欖形麵包。

コッヘル①【德 Kocher】 炊具。

こっぽう◎◎【骨法】 ①骨架，骨骼。②骨法。藝術創作的主要著眼點，藝道等的要領、奧妙所在。

こづま◎【小褄】 （和服的）底襟。「～をとる」拾起底襟。

こつまく◎◎【骨膜】 骨膜。

ごづめ◎【後詰め】 預備隊，打後陣。

こづれ◎【子連れ】 帶著孩子。

こて◎【鏝】 ①鏝，抹刀。②焊烙鐵。③燙髮鉗，火鉗。④烙鐵。⑤小鏟子。「移植～」移花鏟。

こて◎◎【小手】 ①手指頭，手。②前臂，小臂。「～をかざす」用手遮目。

こて◎【籠手】 前臂皮護具。劍道的防護用具之一。

ごて◎◎【後手】 後手，被動。↔先手。「～になる」落後一步。

こてい◎【固定】スル 固定。

こてい◎◎【湖底】 湖底。

こてき◎【鼓笛】 鼓笛。鼓和笛子。

こてさき◎【小手先】 手指尖，小本事，小技巧。「～で片づける」用手指頭就收拾了。

こてしらべ◎【小手調べ】 試試看，小試。

ごてどく◎【ごて得】 軟磨硬泡地取得便宜。

こてなげ◎【小手投げ】 剪手摔。相撲中決定勝負的招數之一。

こでまり②【小毛毬】 麻葉繡線菊。

こてん◎【古典】 古典，經典。「～力學」經典力學。

こてん◎◎【個展】 個人作品展覽會，個展。

ごてん◎【御殿】 府第，豪宅。

こと②【事】 ❶①發生的事情，事態，事件。「～の真相を調べる」調查事情的真相。②事情，情況。「～を分けて説明する」將情況分別説明。③重大事件，重大事態。「たいへんな～になった」情況大為不妙。❷（形式名詞）①和某事有關的事情。「自分の～は自分でしなさい」自己的事自己做。②表示以某人物作為動作、心情的對象。「彼女の～が好きだ」就喜歡她。③行為，行徑。「いい～をした」做了件好事。④說話的內容。「彼の言った～を聞いたか」聽到他說的話了嗎？⑤（以「…ということだ」的形式）據說，傳聞。「彼が入院したという～だ」聽說他住院了。⑥（以「…ことがある〈ない〉」的形式表示）經驗，體驗，經歷。「私は日本に行った～がある」我曾經去過日本。⑦（以「…ことにしている」的形式表示）習慣。「毎朝散歩する～にしています」習慣每天早晨散步。⑧（以「…ことはない」的形式表示）沒有…必要。「心配する～けありません」無須擔心。⑨（以「…ことだ」的形式）表示「最好…」

之意。「風邪気味の時は早く寝る～だ」覺得感冒時最好早點睡覺。⑩（以「…ことにする」的形式）表示「已經決定…（下定決心）」之意。「来週見学旅行に行く～になる」決定下周去見習旅行。❸接在用言的連體形之後，使用言體言化。表示某某事情。「行く～は行くが今日はだめだ」去是去，但今天不行。❹接在形容詞的連體形後，構成副詞。「うまい～やった」做得好。❺接在人稱代詞或相當於人稱代詞的詞後，表示同其有關的意思。「私～このたび」此次我因私事…。❻（以「ごと」的詞形接在其他詞後）表示行爲、狀態。「祝い～」喜事。「きれい～」漂亮。

こと[1]**【琴・箏】** 箏。

こと[1]**【古都】** 古都。「～京都」古都京都。

こと[1]**【糊塗】**スル 敷衍，掩飾。「うわべを～する」掩飾外表。

ごと【毎】（接尾） 表示每、全部等意，多用「ごとに」的形式。「一雨～に暖かくなる」一場（春）雨一場暖。「会う人～に頼む」逢人便求。

ことあげ[4]**【言挙げ】**スル 說起，提起，談起。

ことあたらし・い[6]**【事新しい】**（形） 重新，故意。「～・く言うまでもない」無須重新再說。

ことう[0][1]**【古刀】** 古刀。

ことう[0]**【孤島】** 孤島。「絶海の～」遠海的孤島。

こどう[0]**【鼓動】**スル ①跳動，搏動，律動。②搏動，萌動。「春の～」春意萌動。

ごとう[0]**【語頭】** 語首，字首。↔語尾・語末

ごとう[0]**【誤答】**スル 誤答。

こどうぐ[2]**【小道具】** ①小工具。②小道具。↔大道具。

ごとうしゃく[2]**【五等爵】** 五等爵。

ごとうち[2]**【御当地】** 貴地，此地。「～ソング」貴地歌謠。

ごとおび[2]**【五十日】** 五十日。一個月中帶有五、十的日子。

ことか・く[3][2]**【事欠く】**（動五） ①缺少。「資金に～・く」缺乏資金。↔事足りる。②偏偏，偏要。「言うに～・いて」（明明可以不講）偏要講出來。

ことがら[0][4]**【事柄】** 事情，事項，事件，項目，事故，情由，材料。「大切な～」重要的情況。

ことき・れる[4]**【事切れる】**（動下一） 斷氣，嚥氣。

こどく[0]**【孤独】** 孤獨，孤單。「～な生活」孤獨的生活。

ごとく[0][1]**【五徳】** ①五德。②鍋支架，火架子，爐架。

ごとく【如く】（助動） 如。「次の～決定する」決定如下。

ごどく[0]**【誤読】**スル 誤讀，讀錯。

ことごとく[3]**【悉く・尽く】**（副） 盡，悉，全部。「～読みつくす」全部讀完了。

ことごとに[3]**【事毎に】**（副） 每件事，總是。「～反対される」事事遭到反對。

ことこまか[3]**【事細か】**（形動） 詳盡，詳詳細細。「～に説明する」詳詳細細地說明。

ことさら[0]**【殊更】** [1]（副）①故意，特意。「～に話したのではない」並不是故意說的。②特別，格外，尤其。「～秋の紅葉が美しい」秋天的紅葉格外美。[2]（形動）①故意那樣做。「～に明るく振る舞う」特意顯得快活。②特意。「～な準備は不要だ」無需特意準備。

ことさらめ・く[5]**【殊更めく】**（動五） 做作，故作姿態。

ことし[0]**【今年】** 今年。

ことじ[2][0]**【琴柱・箏柱】** 琴柱，琴馬。

ごとし【如し】（助動） 如。「春の夜の夢の～」如春夜的夢一樣。

ことだま[0]**【言霊】** 語言的魔力。

ことた・りる[0]**【事足りる】**（動上一） 足夠。↔事欠く

ことづか・る[4]**【言付かる・託かる】**（動五） 受託。「伝言を人から～・る」受託捎帶口信。

ことづけ[4][0]**【言付け・託け】**スル 託付，託帶口信。「～を頼む」託人捎信。

ことづ・ける[4]【言付ける・託ける】（動下一） 託付，託帶口信。「手紙を～・ける」託人捎信。

ことづて[0][4]【言伝】 ①口信，託帶口信。「～を頼む」委託帶個口信。②傳言，流言，傳說，傳聞。

ことづめ[2]【琴爪・箏爪】 琴爪，箏爪，箏義甲。

ことてん[0]【事典】 事典。

ことなかれしゅぎ[6]【事勿れ主義】 明哲保身，得過且過，老好人主義。

ことな・る[3]【異なる】（動五） 異於，不同，相異，不一樣。「はっきりと～・る」截然不同。

ことに[1]【殊に】（副） 尤其。「桜は～美しい」櫻花特別美。

ことのお[1]【琴の緒】 琴弦。

ことのは[3]【言の葉】 ①語言。②和歌。

ことのほか[0]【殊の外】（副） ①出乎意料，沒想到，意外。「これは～簡単だった」這件事出乎意外的容易。②格外，太。「去年の冬は～寒かった」去年冬天特別地冷。

ことば[3]【言葉・詞】 ①語言。「～で感情を伝える」用語言來傳達感情。②語言，語詞。「お祝いの～」賀詞。③語句，單字。「やさしい～で説明する」用通俗易懂的語言說明。

ことはじめ[3]【事始め】 事物的開端。

ことぶき[2]【寿】 祝壽，慶賀，賀喜。

ことぶれ[4][0]【事触れ・言触れ】 報信，傳播。「春の～」春的使者；報春。

ことほ・ぐ[3]【言祝ぐ・寿ぐ】（動五） 祝壽，致賀，祝賀，道喜。「新春を～・ぐ」恭賀新春。

ことほどさように[2]【事程左様に】（連語） 竟然如此。「～現実はきびしい」現實竟然如此嚴酷。

こども[0]【子供】 ①小孩，孩子。↔大人。「結婚して～ができた」結婚有了小孩。②幼稚。「考えることが～だ」想法還是幼稚。

こどもだまし[4]【子供騙し】 騙孩子把戲。

こともなげ[4][0]【事も無げ】（形動） 若無其事，滿不在乎。「～に言う」滿不在乎地說。

こどものひ[5]【こどもの日】 兒童日，兒童節。

ことよ・せる[4]【事寄せる】（動下一） 假託，藉口，托詞。「病気に～・せて欠席する」藉口有病沒有出席。

ことり[0]【小鳥】 小鳥。

ことわざ[4]【諺】 諺語。

ことわり[4][0]【理】 理。當然的事，道理。

ことわ・る[3]【断る】（動五） ①拒絕。「出席を～・る」拒絕出席。②先通知，先說明，先請示，先請假。「まえもって～・っておく」預先通知。

こな[2]【粉】 粉。

こなぐすり[3]【粉薬】 藥粉。

こなごな[0]【粉粉】（形動） 粉碎。「～に砕く」搗得粉碎。

こなし[0]【熟し】 身段，穿法。「身の～が軽い」身段輕盈。「着～」衣服的穿法。

こな・す[0]【熟す】（動五） ①（透過胃腸將吃下的食物）消化。②弄碎。「土を～・す」把土研碎。③做好，演好，處理好。「二日の仕事を一日で～・す」二天的工作一天做完。④脫粒。收割穀物後使其子實脫落下來。「大豆を～・す」大豆脫粒。⑤熟，熟練，純熟，運用自如。「コンピューターを使い～・す」電腦使用熟練。

こなた[1]【此方】（代） 這裡，這邊。↔かなた。「～を振り向く」回頭看這邊。

こなまいき[3]【小生意気】（形動） 狂妄，自大，自命不凡。「～なことを言う」說狂妄的話。

こなみじん[0]【粉微塵】 粉碎。「～に砕く」打得粉碎。

こなミルク[3]【粉—】 奶粉。

こなゆき[2]【粉雪】 細雪。

こな・れる[0]【熟れる】（動下一） ①（吃下的食物爲腸胃所）消化。②消化，運用自如。「～れた文章」嫻熟的文章。③練達，處事圓滑。「よく～・れた人」老練的人。

ごなん⓪【御難】　災難，困難。「～続き」災難不斷。

こにくらし・い⓪【小憎らしい】（形）可氣，令人生氣。「～・い子供」討人嫌的孩子。

こにだ⓪【小荷駄】　馬馱運的行李。

こにもつ⓪【小荷物】　小件行李。

コニャック⓪【法 cognac】　干邑白蘭地。

ごにん⓪【誤認】　スル　誤認，認錯，弄錯。「事実～」誤認事實。

こぬか⓪【小糠・粉糠】　糠。

コネクション⓪【connection】　門路，後門。

コネクター⓪【connector】　連接器。

こねく・る⓪【捏ねくる】（動五）　①揉搓，反覆捏弄。②強詞奪理，捏造理由。「理屈を～・る」強詞奪理。

ごねどく⓪【ごね得】　糾纏不休，迫使對方讓步而得便宜。

こ・ねる②【捏ねる】（動下一）　①揉，拌，和。「そば粉を～・ねる」揉麵。和麵。②嘮叨不休，糾纏。「だだを～・ねる」撒嬌纏人。

ご・ねる②（動下一）　總發牢騷，總抱怨。「補償金をめぐって、～・ねる」爲補償金問題總發牢騷。

ごねん⓪【御念】　①費心，勞神。「～には及びません」不必費心。②小心，認真。「～の入った御挨拶」真摯的問候。③（具有輕蔑、諷刺意味）過於客氣，太殷勤。「～の入ったことだ」您客氣了。

この⓪【此の】（連體）　①這，這個。指距講話人較接近的事物。「～小説は面白い」這本小説很有趣。②這個。指講話人所説或所做的事。「～問題を解決しなければならない」必須解決這個問題。③這。（後接表示日時的詞）最近，以來。「～10 年というもの」這十年來的事。

このあいだ⓪【此の間】　這幾天。「～日本に行ってきた」前幾天去了日本。

このうえ⓪【此の上】（連語）　再，還，此外。「～要求することはない」此外再沒有什麼要求了。

このかた①【此の方】　以來。「卒業～会っていない」畢業以來，再沒見面。「10 年～順調だ」10 年以來還算順利。

このかん⓪【此の間】　這其間，這期間。「～の事情」這其間的情況。

このご⓪【此の期】　這時刻，關鍵時刻。「～に及んで」事到如今。

このごろ⓪【此の頃】　這段時間，這些日子，現今。

このさい⓪【此の際】　這種情況，這時。「～先生に相談してみよう」這種情況就和老師商量一下吧！

このした⓪【木の下】　樹下。

このしろ⓪【鰶・鮗】　斑鰶。

このたび②【此の度】　這回，這次。「～はお世話になりました」這回承蒙您幫忙了。

コノテーション③【connotation】　①言外之意，含意（涵義）。②含蓄，内涵。↔ディノテーション

このは①【木の葉】　樹葉。

このぶん⓪【此の分】　現在的狀態，這個樣子，這種情況。「～ではうまくいくだろう」這樣就能很順利了吧！

このほど⓪【此の程】　這次，這回。「～ではうまくいくだろう」這樣就能很順利了吧。

このま⓪【木の間】　樹間。

このまし・い④【好ましい】（形）　①令人有好感，令人喜歡。「～・い人」討人喜歡的人。②可喜的，良好的，預期的。「即決が～・い」最好立即決定。

このまま⓪【此の儘】　就這樣。

このみ①②【好み】　①愛好，嗜好。「客の～に合う」合乎顧客的口味。②要求，希望。「お～どおり」正如您希望的。

このみ②【木の実】　（樹上結的）果實。

この・む②【好む】（動五）　①愛好。「音楽を～・む」愛好音樂。②願意。「～・むと～・まざるとにかかわらず」不管是否願意。

このめ①【木の芽】　樹芽。

このもし・い④【好もしい】（形）　令人

喜歡。「～・い青年」令人喜歡的青年。

このよ◎【此の世】 今世，此世。

このわた◎【海鼠腸】 海參腸。

このんで◎【好んで】（副） 願意，甘願，喜歡。「～事を構える」喜歡藉端生事。

こば◎【木羽・木端】 ①木片，木塊，木屑，木材零頭。②蓋屋頂薄木片，木板瓦。

ごば◎【後場】 後場，後市，午盤。↔前場ぜん

こばい◎【故買】スル 故買，買贓。「～屋」買贓物的人。

ごはい◎【誤配】スル 錯送，誤投。

こばか◎【小馬鹿】 鄙視。採取瞧不起他人的態度。

こはく◎【琥珀】 琥珀。

ごはさん◎【御破算】 ①去掉重打。「～で願いましては」去掉重打。②推倒重來，從頭做起，另起爐灶，一筆勾銷。「雨で～になる」因雨需要重來。

こばしり◎【小走り】 小跑，小跑步。

こはぜ◎【小鉤・鞐】 ①搭扣，鉤扣。②折縫接合，咬口接合。

こばち◎【小鉢】 ①小鉢。②小鉢菜。

ごはっと◎【御法度】 ①「法度」的敬語。②違禁（品）。「競馬の話は～だ」賽馬是違禁的。

こばな◎【小鼻】 鼻翼。「～を動かす」得意洋洋。

こばなし◎【小咄・小話】 ①小故事。②小咄，小笑話，墊話。

こばなれ◎【子離れ】 適當放手不管。「～できない親」無法放手不管的父母。

こはば◎【小幅】 ①窄幅。「～な布」窄幅布。②小幅。「～な値動き」小幅的價格波動。

こば・む◎【拒む】（動五） ①拒絕。「要求を～・む」拒絕要求。②阻擋，阻止。「敵の侵入を～・む」阻止敵人的侵入。

ごばらい◎【後払い】 後付，日後付款。

こはる◎【小春】 小春，小陽春。陰曆十月的異名。

コバルト◎【cobalt】 鈷。「～照射」照射

鈷 60。

こはん◎【湖畔】 湖畔。

こばん◎【小判】 小判。錢幣名。

ごはん◎【御飯】 飯。「～をたく」做飯。

ごばん◎【誤判】 誤判。

ごばん◎【碁盤】 圍棋盤。

こはんとき◎【小半時】 半小時。

こはんにち◎【小半日】 小半天。接近半天，大約半天。

こび①◎【媚】 諂媚，巴結。「～を売る」獻媚。

ごび①【語尾】 詞尾，語尾。↔語頭。

コピー①【copy】スル ①拷貝，複印，複製。②仿製品。「～商品」仿造商品。③廣告文稿。

こびき◎◎【木挽き】 伐木（工），拉大鋸（的人）。

こひざ◎◎【小膝】 膝。「～を打つ」（忽然想起什麼時）一拍膝蓋。

こひつ◎【古筆】 古墨跡。

こひつじ◎【小羊・子羊】 小羊，羔羊。「迷える～」迷途羔羊。

こびと◎【小人】 小矮人。

こびへつら・う◎【媚び諂う】（動五）諂媚，獻媚，討好。「外国に～・う」崇洋媚外。

ごひゃくらかん◎【五百羅漢】〔佛〕五百羅漢。

ごびゅう◎【誤謬】スル 謬誤。「～を犯す」犯錯誤。

こひょう◎①【小兵】 小個（子）。「～力士」小個子力士。↔大兵だい

こびりつ・く◎◎（動五） ①黏附，黏上，黏著，附著。②縈繞，不可磨滅，深深印（留）在。「頭に～・く」印在腦子裡。

こひる◎【小昼】 ①接近中午，快 12 點。②上午加餐。

こ・びる◎【媚びる】（動上一） ①諂媚，巴結。「上役に～・びる」巴結上司。②獻媚，賣弄風騷。

こびん◎①【小鬢】 鬢角。

こぶ◎【瘤】 ①瘤，腫包。②癭子。「木の～」樹癭子。③（繩子等繫緊的）結。「縄の～をほどく」解開繩子。④累

贅。「～つき」有累贅（有孩子）。

こぶ⓪【昆布】　昆布，海帶。

こぶ①【鼓舞】スル　鼓舞。「士気を～する」鼓舞士氣。

ごふ⓪【護符・御符】　護符。

ごぶ①【五分】　①五分，半寸。②五分，半成。③全體的一半。「～の仕上がり」完成一半。④不分上下，勢均力敵。「～にわたり合う」雙方交手勢均力敵。

ごぶいん⓪【御無音】　久未間候，久未通信。「～にうち過ぎ」久疏問候。

こふう⓪【古風】　古風。「～な考え」老舊思想。

ごふうじゅうう⓪【五風十雨】　五風十雨。

こぶか・い③【木深い】（形）　樹木茂密。「～・い森」茂密的森林。

ごふく⓪【呉服】　衣料。

こふくげきじょう⑤【鼓腹撃壌】スル　鼓腹撃壌。

こぶくしゃ②【子福者】　多子多福者。

ごぶごぶ③【五分五分】　半斤八兩，不相上下，勢均力敵。「形勢は～だ」勢均力敵。

ごぶさた⓪【御無沙汰】スル　久疏問候。「～しております」很久沒通信（訪問、見面）了。

こぶし⓪①【辛夷】　日本辛夷。植物名。

こぶし⓪【拳】　拳（頭）。「～をふり上げる」揮起拳頭。

こぶし⓪【小節】　花腔，小調。「～をきかせる」動聽的花腔。

こぶし⓪【古武士】　古代武士。

こぶじめ⓪【昆布締め】　海帶味醃魚。

ごふじょう②【御不浄】　洗手間。

こぶちゃ⓪【昆布茶】　海帶茶。

こぶつ⓪①【古物】　①舊貨。「～商」舊貨商。②古物，古董。

こぶつ⓪【個物】　個別事物。

こぶつき⓪【瘤付き】　拖累，累贅。

ごぶつぜん⓪【御仏前】　御佛前。

こぶとり⓪【小太り】　稍胖，微胖。「～の女」有點胖的女人。

ごふない②【御府内】　御府內。

こぶね⓪【小舟・小船】　小舟，小船。

こぶまき⓪【昆布巻き】　海帶捲

こぶら⓪【腓】　腓，腿肚。

コブラ①【cobra】　眼鏡蛇。

コプラ①【copra】　椰肉乾，椰子乾。→椰子油

こぶり⓪【小振り】　[1]小幅揮動，小振動。↔大振り。[2]（形動）小型，小號。↔大振り

こぶり⓪【小降り】　降得小，下得小。↔大降り

ゴブレット①【goblet】　高腳杯。

こふん⓪【古墳】　古墳。

こぶん⓪【子分】　部下，黨羽，嘍囉。↔親分

こぶん⓪【古文】　古文。

ごふん⓪【胡粉】　胡粉。白色的顏料。

ごへい⓪【語弊】　語病。「語句に～がある」語句中有語病。

こべつ⓪【戸別】　按戶，挨家挨戶，挨門。

こべつ⓪【個別・箇別】　個別，單個，單獨。「生徒を～に指導する」個別指導學生。

コペルニクスてきてんかい⓪【一的転回】　哥白尼式轉變。

ごほう⓪【語法】　語法。「日本語の～」日語語法。

ごほう⓪【誤報】スル　誤報，報錯，錯報。

ごぼう⓪【牛蒡】　牛蒡。

ごぼう⓪【御坊】　寶剎，高僧。

こぼうず②【小坊主】　①小和尚。②小子。

こぼく⓪【古木】　古木。

こぼく⓪【枯木】　枯木。

こぼ・す②【零す】（動五）　①把…弄灑，撒落，掉。「涙を～・す」落淚。②倒出，潑出。「余ったコーヒーを流しに～・す」把剩下的咖啡倒到水槽裡。③溢，掉，灑落。「大粒の涙を～・す」溢出大顆淚珠。④發牢騷，鳴不平。「愚痴を～・す」抱怨。⑤露出，發出。「笑みを～・す」露出笑容。

こぼね②【小骨】　①小骨頭，刺。②有點辛苦，有點費力氣。「～を折る」費點勁。

こぼれ◎【零れ】 ①灑落，溢出。②剩餘的東西。「お～」餘惠。

こぼ・れる◎【毀れる】（動下一） 缺損。「刃が～・れる」刀刃崩了一塊。

こぼ・れる◎【零れる】（動下一） ①灑，灑落。「水が～・れる」水溢出來。②溢出，流出。「涙が～・れる」掉淚。③閃現，顯現。「笑うと白い歯が～・れる」笑時顯現出潔白的牙齒。④流露，顯露，表露。「笑みが～・れる」笑容滿面。

こぼんのう②【子煩悩】 操心孩子，疼愛子女（的人）。

こま◎【駒】 ①駒。小馬，亦指馬。②棋子。③弦馬。支撐弦的小物件。④墊片，隔片，楔子。「～をかう」墊上楔子。

こま◎◎【齣】 ①畫幅，畫格，框。電影膠片上的一個畫面。②場，小節。小說、戲曲等的一個片斷或一個場面。「日常生活の一～」日常生活的一個片斷。③節。大學、高中等的課程表的一時段。

ごま◎【胡麻】 芝麻，胡麻。

ごまあえ◎◎【胡麻和え】 芝麻拌菜。

コマーシャリズム⑤【Commercialism】 商業主義，營利主義。

コマーシャル◎【commercial】 商業廣告。

ごまあぶら③【胡麻油】 芝麻油。

こまい①【木舞・小舞】 ①抹灰板條，板條骨架。②小板條，細板條。為承受屋面襯板和木瓦板橫搭在椽子上的細長木料。

こまい①【古米】 舊米。↔新米

こまいぬ◎【狛犬】 狛犬，獅子狗。

こまえ◎②【小間絵・駒絵】 小插圖。

こまおち◎【駒落ち】 讓子。↔平手^{ひら}

こまおとし③【齣落とし】 低速攝影，快動作鏡頭。

こまか◎【細か】（形動） ①細小，細微。「～な砂」細沙。②詳細。「～に調べる」詳細調查。③細緻入微。「～に指示を与える」細緻入微地給予指示。

こまか・い◎【細かい】（形） ①細。「～

・い砂」細沙子。②零的。「～・いお金にする」換成零錢。③微顫。「肩が～・く震える」肩膀微微抖動。④詳細，精密。「考えが～・い」想法細緻。⑤瑣碎。「～・い事まで口を出す」連瑣碎小事都干涉。⑥入微。「～・い心遣い」無微不至的關懷。⑦花錢計較。「お金に～・い」在金錢方面斤斤計較。

ごまか・す◎（動五） ①隱瞞，欺瞞，欺騙，朦騙，詆騙。「人目を～・す」瞞人耳目。②舞弊，搞鬼。「仕事を～・すな」工作別敷衍。③掩飾，掩蓋。「笑って～・す」笑著掩飾過去。

こまぎれ◎【細切れ・小間切れ】 ①零碎。「～の情報」零碎資訊。②碎肉塊。

こまく◎【鼓膜】 鼓膜。

こまげた◎【駒下駄】 低齒木屐。

こまごま③【細細】（副）スル ①零零碎碎。「～した用件」瑣事。②仔細，細緻入微。「～と世話する」細心地照料。

ごましお◎【胡麻塩】 ①芝麻鹽。②斑白，花白。「～頭」頭髮斑白。

こましゃく・れる◎（動下一） 小大人言行。「～・れたことを言う」小孩說大人話。

ごますり③④【胡麻擂り】 逢迎，拍馬屁（的人）。

こませ 魚餌。

こまた◎【小股】 小步。「～に歩く」小步走。↔大股。

ごまだれ◎【胡麻垂れ】 麻醬佐料汁。

ごまだん◎【護摩壇】 護摩壇。

こまち◎【小町】 ①小町。②美麗姑娘。

ごまつ◎【語末】 語尾。↔語頭

こまづかい◎【小間使い】 侍女，女僕。

こまつな◎【小松菜】 小松菜。

こまどり◎【駒鳥】 日本歌鴝，野鴝。

こまぬ・く③【拱く】（動五） 拱手，袖手旁觀。

こまねずみ③【独楽鼠・高麗鼠】 小白鼠，高麗鼠。

ごまのはい◎【護摩の灰】 護摩灰騙子。威脅或欺騙旅行者從而攫取財物的人。

こまむすび③【細結び・小間結び】 死結，死扣。

こまめ◎【小まめ】（形動）　勤懇，勤勉。「～な人」勤勉之人。

ごまめ◎【鱓】　鯤魚乾。

こまもの◎【小間物】　日用百貨。

こまやか◎【細やか・濃やか】（形動）①深厚，濃厚。「～な心づかい」深切地關懷。②意味深長。「～な味わい」深長的意味。③細緻，細微。

こまりは・てる◎【困り果てる】（動下一）　沒辦法，一籌莫展。「～・てて身をひく」因無辦法而抽身退出。

こまりもの◎【困り者】　難纏的傢伙，不可救藥的人。

こま・る◎【困る】（動五）①苦惱。「交通が不便で～・る」苦於交通不便。②難辦，為難。「どうしたらいいか～・っている」為不知道怎麼辦好而傷腦筋。③貧困，窮困。「生活に～・る」生活貧困。

こまわり◎【小回り】①拐彎小彎。↔大回り。「～がきく車」回轉半徑小的汽車。②隨機應變。

コマンダー◎【commander】　指揮官，部隊首長，司令官。

コマンド◎【command】　命令，指令。

コマンド◎【commando】　突擊隊員，奇襲隊員。

ごまんと◎（副）　多得很，有的是。「お金ならここに～ある」要錢這兒有的是。

こみ◎【込み】①包括在內，通通。「大小に～する」把大小混在一起。②含，包含在內。「消費税～で 1000 円」含消費税共 1 千日圓。

ごみ◎【塵・芥】　垃圾，塵埃。

こみあ・う◎【込み合う】（動五）　擁擠，十分擠。「～・った電車」擁擠的電車。

こみあ・げる◎【込み上げる】（動下一）①湧出，湧現。「涙が～・げる」眼淚汪汪。②噁心，上湧。

こみい・る◎【込み入る】（動五）　錯綜複雜糾纏不清，說不清。「～・った事情」錯綜複雜的事情。

コミカル◎【comical】（形動）　滑稽的。

「～なタッチの映画」具有滑稽感的電影。

こみこみ◎【込み込み】　含税、含服務費。「～でいくらか」含税、含服務費多少錢。

こみだし◎【小見出し】　（詞條中的）子條目，小領詞。→親見出し

ごみため◎【芥溜め・塵溜め】　垃圾場，垃圾堆。

こみち◎①【小道】　小道。

コミック◎【comic】　（形動）滑稽的，喜劇的。

コミッショナー◎【commissioner】　執委會仲裁長。

コミッション◎【commission】①手續費，傭金。②賄賂。③專門委員會。

コミッティー◎【committee】　委員會。

コミット◎【commit】ｽﾙ　關連，參加，互相牽連。

コミットメント◎【commitment】　互相牽連，偏袒。

こみみ◎【小耳】　耳朵，聽到一點。「～にはさむ」稍有耳聞。

コミューター◎【commuter】①短程小型客機，通勤旅客運輸，短程空運。②月票乘客。

コミューン◎【法 commune】　自治團體。

コミュニケ◎【法 communiqué】　聲明，公報，公告。

コミュニケーション◎【communication】溝通，交流，資訊。

コミュニケート◎【communicate】ｽﾙ　交流，溝通，傳達。

コミュニスト◎【communist】　共產主義者。

コミュニズム◎【communism】　共產主義。

コミュニティー◎【community】①團體，共同體，地域社會。②社區，共同體。→アソシエーション

コミュニティーセンター◎【community center】　社區中心。

こ・む◎【込む】（動五）①混雜，擁擠。↔すく。「電車が～・む」電車裡擁

擠不堪。②精巧，精緻，複雜，費事。「手の~・んだ仕事」精細活兒；複雜的工作。③入，進。「飛び~・む」跳入；飛入。④深入。「思い~・む」深思。⑤保持。「だまり~・む」默不作聲；保持沉默。

ゴム⓪【荷 gom】　橡膠。

ゴムあみ⓪【―編み】　羅紋編織，羅紋組織。

ゴムいん⓪⓪【―印】　橡皮章。

こむぎ②【小麦】　小麥。

こむずかし・い⑤【小難しい】（形）　有點難以對付，小麻煩，邪門歪道。「~・い理屈」歪理。

こむすび②【小結】　小結。力士的等級之一。

こむすめ②【小娘】　〔蔑〕小丫頭，黃毛丫頭。「~のくせに」一個黃毛丫頭卻…。

こむそう⓪【虚無僧】　虛無僧。

ゴムなが⓪【―長】　長筒膠鞋。

ゴムホース⑤【⓪荷 gom+英 hose】　橡皮軟管。

ゴムまり⓪【―毬】　皮球。

こむら⓪⓪【腓】　腓，小腿肚。

こむらさき③【濃紫】　深紫色，絳紫色。

ごむりごもっとも【御無理御尤も】　您說的都對。

ゴムわ②⓪【―輪】　橡皮圈。

こめ②【米】　米。

こめあぶら③【米油】　米糠油。

こめい【古名】　古名，舊名。

こめかみ⓪【顳顬・蟀谷】　顳顬，鬢角，太陽穴。

こめくいむし【米食い虫】　①米蟲。②飯桶，懶蟲。

こめぐら⓪【米蔵】　米倉。

コメコン⓪【COMECON】　〔Council for Mutual Economic Assistance〕經濟互助委員會。

こめだわら③【米俵】　米草包，米草袋。

こめつき⓪⓪【米搗き】　搗米，舂米。

コメット②【comet】　彗星。

こめつぶ②【米粒】　米粒。

コメディアン③【comedian】　喜劇演員。

コメディー⓪【comedy】　喜劇。

こめどころ③【米所】　盛產稻米處，米鄉。

こめびつ⓪【米櫃】　①米櫃。②生活費來源。

こめもの【込め物】　①填塞物，填料。②填空材料。

こ・める②【込める・籠める】（動下一）　①裝入，填入。「弾丸を~・める」裝子彈。②傾注，貫注，集中，帶。「心を~・める」專心致志。③籠罩。

こめん⓪①【湖面】　湖面。

ごめん⓪【御免】　①允許，許可（的敬辭）。「天下~」領有特許。「木戸~」免費入場（的人）。②免官，免職（的敬辭）。「お役を~」罷職。③「ごめんなさい」的略語。「さっきは~ね」剛才真對不起。④「ごめんください」的略語。「玄関で~と呼ばわる」在大門口喊道：我可以進來嗎？⑤表示否決、拒絕情緒的用語。「戦争はもう~だ」讓戰爭見鬼去吧！

ごめんそう⓪【御面相】　長相，尊容。「たいそうな~」嚇人的尊容。

コメンテーター④【commentator】　解說員，評論員。

コメント⓪【comment】　スル　評論，解說，說明。「~を求める」徵求意見。

こも⓪【薦・菰】　①（粗）草席。②菰。茭白筍的別名。

こもかぶり③【薦被り】　①包草蓆酒桶。②〔源於乞丐披著草蓆〕乞食，乞丐。

ごもく⓪【五目】　①五種東西，亦指各種東西混在一起。②「五目鮨」「五目そば」「五目飯」等的略語。

ごもくずし③④【五目鮨】　什錦壽司飯。

ごもくそば【五目蕎麦】　什錦蕎麥麵。

こもごも⓪【交交】（副）　①交加，交互，交替。「悲喜~」悲喜交加。②各自，分別。「~体験を語る」各談各的體驗。

こもじ⓪【小文字】　①小字。②小寫字母。↔大文字

こもち⓪【子持ち】　①有孩子。②有身孕，懷孕，孕婦。③魚腹內有卵。「~シ

シャモ」有卵柳葉魚。④套件，套格，套圖案。「～縞」套格花紋。

こもの⓪【小物】　①小東西。↔大物。②小人物。↔大物。

こもの⓪【小者】　①僕從，小廝。②學徒。

こもり⓪【子守】　照顧孩子。「孫の～」照顧孫子。

こも・る⓪【籠る】（動五）　①閉門不出，幽閉，悶。「部屋に～・る」悶在房間裡。②充滿（氣體等）。「けむりが～・る」充滿煙霧。③包含，蘊含。「心の～・った手紙」真誠的信。④閉關。「寺に～・る」閉關山寺。⑤悶在裡面。「陰以に～・る」悶在裡面。

こもれび⓪③【木漏れ日・木洩れ陽】　從樹葉間透入的陽光。

こもん⓪【小紋】　小花紋。

こもん⓪【顧問】　顧問。

コモンセンス④【common sense】　常識，良知。

こや⓪②【小屋】　①小屋，小房，簡易房，臨時房。②戲棚。

こやがけ⓪④【小屋掛け】　搭小屋，搭戲棚。

こやかまし・い⑤【小喧しい】（形）　嘴碎，嘮叨。「～・く小言をいう」絮絮叨叨發牢騷。

こやく⓪【子役】　兒童角色。

ごやく⓪【誤訳】　スル　誤譯，譯錯。

こやくにん③【小役人】　小官吏。

こやぐみ⓪【小屋組】　房架，屋架。

こやし⓪【肥やし】　肥料，糞尿。

こや・す②【肥やす】（動五）　①使肥沃。「土地を～・す」使土地肥沃。②使具鑑別能力。「目を～・す」提高鑑賞力。③使財產增加。「私腹を～・す」中飽私囊。④肥育，育肥，催肥。

こやみ⓪【小止み】　暫停。「～なく降る」一時不停地下。

こゆう⓪【固有】　①固有。「～の性質」固有的性質。②特有。

こゆき⓪【小雪】　小雪。↔大雪

こゆき⓪①【粉雪】　細雪。

こゆび⓪【小指】　①小指。②（豎起小指）暗指妻子、情人。

こよい⓪【今宵】　今宵，今夜。

こよう⓪【古謡】　古謠。

こよう⓪【雇用・雇傭】　スル　雇用，雇傭。

ごよう⓪【御用】　①事情。「用事」「入用」等的敬辭或禮貌語。「何か～ですか」您有什麼事呢。②公事。③逮捕，被捕了。④御用。「～新聞」御用報紙。

ごよう⓪【誤用】　スル　誤用，錯用。

ごようまつ⓪【五葉松】　五針松。

コヨーテ③【coyote】　叢林狼。

こよなく⓪（副）　無上，無比。「私が～愛した女性」我最愛的女人。「～晴れた青空」無比晴朗的天空。

こよみ⓪③【暦】　日曆，曆書，年曆。

コラーゲン②【collagen】　膠原蛋白。

コラージュ②【法 collage】　黏貼畫，拼貼畫。

コラール⓪②【德 Choral】　（合唱）讚美詩，眾讚歌。

こらい①【古来】　古來。從古至今，自古以來。「～のしきたり」慣例。

ごらいこう⓪【御来光】　御來光。

ごらいごう⓪【御来迎】　①御來迎。「來迎」的尊敬語。②佛光。在高山上日出、日落時，背著陽光站立，自己的身影就會映照得很大，影子周圍出現帶顏色光環的現象。

こら・える③【堪える・怺える】（動下一）　①能忍受。「悲しみを～・える」忍受悲傷。②抑制住，忍住。「涙を～・える」忍住淚水。③挺得住。「土俵際で～・える」緊要關頭挺得住。④容忍，寬恕。「私に免じて～・えてやって下さい」請看在我的份上，饒了他吧。

ごらく⓪【娯楽】　娛樂。「～室」娛樂室。

こらしめ⓪④【懲らしめ】　懲罰，懲戒。

こらし・める④【懲らしめる】（動下一）　懲罰，懲戒。「悪漢を～・める」懲罰惡漢。

こら・す②【凝らす】（動五）　凝神，講究，動腦筋。「目を～・す」凝眸。「工夫を～・す」悉心鑽研。

こら・す②【懲らす】（動五）　懲，懲罰。「悪を～・す」懲惡。

コラボレーション②【collaboration】 合作，協力，共同研究。

コラム①【column】 短評，專欄。

コラムニスト④【columnist】 專欄作家。

ごらん①【御覽】 閱覽，觀賞，看見（的敬語）。「～に供する」供您觀賞。「～のとおり」如您所見。

こり①【梱】 ①捆。綁好繩子等的貨物、行李。②（接尾）捆。計數捆紮好的行李等的量詞。

こり①【凝り】 ①肌肉僵硬塊。「肩の～」肩上出現的肌肉僵硬塊。

こり①【狐狸】 狐狸。「～の輩」狡猾之徒；老狐狸精。

ごり①【鮴】 ①杜父魚的異名。②小蝦虎魚。

コリア①【Korea】 南韓，韓國。

コリー①【collie】 可利牧羊犬。

ごりおし②【ごり押し】 ｽﾙ 硬逼，強行。

こりかた・る⓪④【凝り固まる】（動五）①凝固，凝結。②拘泥，熱中。「旧習に～・る」墨守成規。

こりこう①④【小利口】（形動） 小聰明。「～に立ち回る」到處賣弄小聰明。

こりごり③⓪【懲り懲り】（副）ｽﾙ 膽怯，畏縮。「もう株は～だ」再也不想去搞股票了。

こりしょう③⓪【凝り性】 迷，熱中性。熱中於事物的性格。

こりつ⓪【孤立】 ｽﾙ 孤立。「～無援」孤立無援。

ごりむちゅう⓪【五里霧中】 五里霧中。

こりや③①【凝り屋】 迷，熱中的人。

ごりやく⓪【御利益】 利益。「～を受ける」蒙神佛保佑。

こりゅう⓪【古流】 ①古法，古流。②古流派。花道流派之一。

こりょ①【顧慮】 ｽﾙ 顧慮。

ごりょう⓪【御陵】 御陵，皇陵。

ごりょうにん③【御寮人】 寶眷。（主要在關西地方）對中等商家女兒或年輕妻子的敬稱。

こりょうり③【小料理】 便餐，便飯。「～屋」小飯館；小餐館。

ゴリラ①【gorilla】 大猩猩。

こ・りる②【懲りる】（動上一） 不敢（想）再嘗試。「一回だけて～・りてしまった」做一回就不想再做了。

こ・る①【凝る】（動五） ①沉湎，入迷，凝。「野球に～・る」熱衷於棒球。②精心，講究。「～・った細工」做工精細。③板結，肌肉僵硬，肌肉酸痛。「肩が～・る」肩膀酸痛。

こるい⓪⓪【孤塁】 孤堡，孤壘。「～を守る」據守孤堡。

コルク①【荷 kurk】 軟木塞，軟木，塞栓。

ゴルゴンゾラチーズ【Gorgonzola cheese】 戈爾根佐拉乳酪。

コルサコフしょうこうぐん⑥【―症候群】 科爾薩科夫氏症候群。失憶症候群。

コルセット①【corset】 ①馬甲，調整型內衣。②腰部支撐護具。→ギプス

コルチゾン③【cortisone】 可松體。

コルネット③【cornet】 短號。樂器名。

ゴルフ①【golf】 高爾夫球。

ゴルファー①【golfer】 高爾夫球選手。

コルホーズ③【俄 kolkhoz】 集體農莊。

これ⓪【此れ・之】（代） ①這，此。「～は何ですか」這是什麼。②此時，現在。「～から出かけます」現在出去。③此處，這邊。「～へどうぞ」請這邊來。④此人，這個人。「～が娘です」這個人是我女兒。⑤如此。「～だから困るんだよ」正因爲如此才難。

ごれい⓪【語例】 例句。

ごれいぜん⓪【御靈前】 御靈前。

これきり③【此れ切り】 ①只有這些。「今月の小遣いは～だ」這個月的零用錢就這些。②到此爲止。「学生生活も～だ」學生生活也到此爲止。

コレクション②【collection】 收集，收藏。

コレクター③【collector】 收藏家。

コレクティブハウス⑥【collective house】 集體住宅。

コレクト⓪【collect】 ｽﾙ ①彙集，收集。②貨到付款，交貨付款。

これこれ③①【此れ此れ】 如此這般。「～の理由で」以如此這般的理由。

これしき回②【此れ式】　這麼點兒。「～のことにくじけてどうする」這麼一點事就灰心喪志可怎麼辦呢。

コレステロール⑤【cholesterol】　膽固醇。

これだけ回【此れ丈】　①只有這個（這些），唯有這個（這些）。「欲しいのは～だ」需要的只有這個（這些）。②這種程度，這麼些。「小遣いはたったの～」零用錢就這麼點兒。③這種程度，這樣地。④僅限於此。「～は許せない」唯有這件事不能答應（寬恕）。

これっきり回【此れっ切り】　「これきり」的轉音說。「～来ないでくれ」以後不要再來了。

これっぽっち回【此れっぽっち】　一點點。「～では足りない」僅一點點可不夠。「～もやましいところはない」連一點內疚都沒有。

こればかり回【此れ許り】　①這種程度，這麼點兒。「～のことで騒ぐことはない」為這麼點小事，沒必要大吵大鬧。②僅限於此，只有這個。「～は譲れない」只有這件事不能讓步。③極少，一點點，非常少。「だますつもりは～もなかった」毫無騙你的意思。

これほど回【此れ程】　這種程度，這麼，這樣。「～美しい花を見たことがない」從來看過這麼美麗的花。

これまで回【此れ迄】　①迄今為止，以往，過去。「～の努力がむだになる」從前的付出都白費了。②就此結束。「今日は～」今天就到此為止。

これみよがし回◎【此れ見よがし】（形動）　誇耀，炫耀。「～な態度」炫耀的態度。

コレラ回【荷 cholera】　霍亂。

こ・れる②【来れる】（動下一）　能來，可以來。

ころ回【頃】　①前後，左右。「幼い～の思い出」孩提時代的回憶。②時節，時期。「桜の咲く～」櫻花盛開的時候。③適當的時期，時機。「～を見計らう」見機；伺機。④以「ごろ」的形式作接尾詞。㋐前後，左右。「3時～まで待つ」等到三點前後。㋑好時候。「桜は今が

見～だ」現在恰好是賞櫻花的時候。「食べ～」正適合吃的時候；正是吃的季節。②恰好的程度。「年～」風華正盛；（女孩）正值妙齡。「手～」適合。

ごろ回【語呂・語路】　措詞調子，語調，腔調。「～が悪い」措詞不佳。

ころあい回【頃合い】　①時機恰好，正合適，方便時。「在宅の～を計ってたずねる」選擇在家的時候去訪問。②正合適。「～の大きさ」大小正合適。

ごろあわせ回【語呂合わせ】　合轍押韻的雜俳，諧音俏皮話，雙關語。

コロイド②【colloid】　膠體。膠質。

ころう回【古老・故老】　故老。

ころう回【固陋】　固陋，守舊。「頑迷～」冥頑固陋。

ころがき回【枯露柿・転柿】　枯露柿餅。

ころがし回【転がし】　①滾動，轉動。②轉售，倒賣。「土地～」轉賣土地。

ころが・す回【転がす】（動五）　①滾動，轉動。「玉を～・す」滾球。②推倒，摺倒。「相手を土俵に～・す」把對手摺倒在相撲比賽場上。③胡亂堆放。「大切な物を～・しておく」胡亂堆放著重要物品。④再轉賣，倒賣。「土地を～・す」倒賣土地。

ころがりこ・む⑤【転がり込む】（動五）　①滾入，滾進。「ボールが穴に～・む」球滾進洞裡。②匆忙進入。「交番に～・む」匆忙跑進派出所。③匆忙入住，匆忙寄居。「実家に～・む」回到娘家住下。④意外得到。「幸運が～・む」幸運從天而降。

ころが・る回【転がる】（動五）　①滾動。「100 円玉が～・って落ちる」100日圓硬幣滾落下來。②躺倒。「ベンドに～・って休む」躺在床上休息。③扔著，放著。「チャンスはどこでも～・っている」機會多得很。

ごろく回①【語録】　語錄。

ころげお・ちる⑤【転げ落ちる】（動上一）　①滾落，滾下。「階段を～・ちる」滾下樓梯。②失勢，下臺。

ころし回【殺し】　①殺死。「人～」殺人犯。②殺人，殺人案。「～の現場」殺人

現場。

ころ・す⓪【殺す】（動五）　①殺，殺死。↔生かす。②殺死。「我が子を戦争で～・す」我的孩子被戰爭奪去生命。③壓抑，控制，憋著。「声を～・して泣く」禁聲哭泣。④殺，封殺。↔生かす。「持ち味を～・す」使失去原味。「スピードを～・した球」已減速的球。「白の大石を～・す」封殺大片白子。⑤迷住，勾魂。「目で～・す」用眼勾魂。

コロス⓪【義 choros】　合唱團。古希臘劇的合唱隊伍。

コロセウム③【拉 Colosseum】　羅馬競技場。

ごろつき⓪　惡棍，流氓，地痞。

コロッケ⓪【法 croquette】　可樂餅。

コロップ②　軟木，軟木塞。「～抜き」軟木塞起子。

コロナ①【corona】　日晷。

コロニー①【colony】　①殖民地，聚居地，集體居住區。②群體治療設施。

ごろね⓪【転寝】スル　穿著衣服睡，和衣而睡。

コロネーション③【coronation】　加晷典禮。

ころば・す⓪【転ばす】（動五）　①使滾動。②摔倒，推倒。

ごろはちぢゃわん⑤【五郎八茶碗】　五郎八茶碗。

ころ・ぶ⓪【転ぶ】（動五）　①滾，轉，滾動。「ボールが～・ぶ」球來回滾動。②倒下，跌倒。「滑べて～・ぶ」滑倒。③轉向，倒向。「どう～・んでも不利にはならない」轉向哪邊都不吃虧。

ゴロフクレン④【荷 grofgrein】　毛呢。

コロボックル③　小矮人。

ころも⓪【衣】　①衣服，服裝。②法衣，僧衣。③麵衣。

コロラチュラソプラノ⑥【義 coloratura soprano】　花腔女高音。

コロリ②　霍亂的別名。

コロン①【colon】　冒號（：）。

コロンブス③【Christophorus Columbus】　哥倫布。

こわ・い②【怖い・恐い】（形）　①可怕，恐怖，令人害怕。「雷が～・い」怕打雷。②可怕，不安，擔心。「相場は～・い」行情真可怕。③可怕，厲害。「やはり専門家は～・い」畢竟還是專家厲害。

こわ・い②【強い】（形）　①硬。「～ご飯」硬飯。②心腸硬，冷酷。「情が～・い」心腸硬；冷酷。

こわいろ⓪【声色】　聲色。「～をつかう」模仿聲色。

こわき⓪⓪【小脇】　腋下。「～に抱える」挾在腋下。

こわく⓪【蠱惑】スル　蠱惑，誘惑。「～的な目」誘惑人的眼神。

こわけ⓪⓪【小分け】スル　細分。

こわごわ⓪【怖怖】（副）　戰戰兢兢，提心吊膽。「古井戸を～とのぞく」戰戰兢兢地往古井下望。

こわざ⓪【小技】　小技。相撲、柔道等運動中的技巧性小招數。↔大技

こわ・す②【壊す・毀す】（動五）　①弄壞，毀壞。「古い家屋を～・す」拆毀舊房屋。②搞壞，毀壞。「時計を～・す」弄壞手錶。「腹を～・す」吃壞肚子。③破壞。「いい話を～・す」壞了好事。④換開。「1万円札を～・す」把1萬日圓鈔票換開。

こわだか⓪【声高】（形動）　大聲，高聲。「～にののしる」高聲叫罵。

こわだんぱん③【強談判】　強硬交涉，強硬談判。「～に及ぶ」終至演變成強硬談判。

こわっぱ⓪【小童】　黃口孺子，毛頭小子。

こわね⓪⓪【声音】　聲音，嗓音。

こわば・る③【強張る】（動五）　變僵硬，生硬。「表情が～・る」表情僵硬。

こわめし②【強飯】　紅豆糯米飯，紅豆飯，硬飯。

こわもて⓪【強持て】　出於恐懼而受厚待。「～のする人」出於畏懼而受厚待的人。

こわもて⓪【強面】　板著臉，態度強硬。「～で交渉する」以強硬態度進行交

渉。

こわれもの⓪⓪【壊れ物】 易碎物品。「～注意」易碎物品，小心輕放。

こわ・れる⓪【壊れる・毀れる】 （動下一） ①壞，碎，毀，坍塌。「コップが～・れる」杯子被打碎。②損壞。「時針が～・れる」錶壞了。③落空，毀掉，破裂。「縁談が～・れる」親事告吹。

こん⓪【根】 ①精力，元氣毅力，耐性。「～が続かない」沒有耐心、沒有毅力。②〔數〕根。③〔化〕根。

こん⓪【紺】 紺，藏青。

こん⓪【今】（連體） ①這個，今。「～シーズン」這個季節。②今天的。「～夜半」今天半夜。③這次的，這回的。「～国会」本屆國會。

ごん【権】（接頭） ①權。「～大納言」權大納言。②權。與「正」相對，表示「副」或「準」之意。「～僧正」權僧正。

こんあつ⓪【根圧】 根壓。

こんい⓪【懇意】 親密交往，有交情。「～にしている人」親密交往的人。

こんいん⓪【婚姻】 婚姻。

こんか⓪【婚家】 婆家，岳家。

こんかい⓪【今回】 此次，這回。

こんかぎり③【根限り】（副） 拼命，竭盡全力。「～働く」拼命工作。

こんがらか・る⓪③（動五） ①亂成一團。「毛糸が～・る」毛線亂成一團。②雜亂，紛亂，沒條理。「話が～・る」說話沒條理；語無倫次。

こんかん⓪【根幹】 ①根幹。根和樹幹。②根本，基礎。「思想の～」思想基礎。

こんがん⓪【懇願・悃願】スル 懇求，懇請。「協力を～する」懇請協助。

こんき①【今季】 本季。

こんき①【今期】 本期，本屆。「～の予算」本期預算。

こんき⓪【根気】 耐性，毅力，堅持精神。「～のいる仕事」需要耐性的工作。

こんき①【婚期】 婚期，婚齡。「～を逸する」錯過婚期。

こんぎ①【婚儀】 婚禮。

こんきゃく⓪【困却】スル 為難，不知所措。「答弁に～する」難以答辯。

こんきゅう⓪【困窮】スル ①困頓，窮困，貧困。②困厄，無計可施。「対策に～する」苦無對策。

こんきょ①【根拠】 ①根據。「～のない意見」沒有根據的意見。②據點，根據。「～地」根據地。

ごんぎょう⓪⓪【勤行】 勤行。努力實踐佛道，在佛前誦經、祈禱。

こんく①【困苦】スル 困苦。

コンク①【conc.】 〔concentrated 之略〕已濃縮的之意。「～ジュース」濃縮果汁。

ごんぐ①【欣求】スル 〔佛〕欣求。高興地祈求。

ゴング①【gong】 鑼，鈴。

コンクール③【法 concours】 競技會，競賽會，競演會。

こんぐらか・る⓪⓪（動五） 混亂，紛亂，紊亂。「話が～・る」說話沒條理；語無倫次。

コングラチュレーション⑥【congratulation】（感） 恭喜，恭賀，祝賀。

こんくらべ③【根比べ】スル 比耐性，比毅力。

コンクリート④【concrete】 混凝土。

コングレス①【congress】 ①代表大會，議會。②國會。

コングロマーチャント⑤【⑭ conglo＋merchant】 聯合商業。

コングロマリット⑤【conglomerate】 綜合性大企業，集團企業。

ごんげ⓪【権化】 ①〔佛〕權化。↔實化。②化身。「悪の～」惡的化身。

こんけい⓪【根茎】 根莖。

こんけつ⓪【混血】スル 混血。

こんげつ⓪【今月】 本月。

こんげん⓪⓪【根源・根元】 根源。「失敗の～」失敗的根源。

ごんげん⓪【権現】 〔佛〕權現。

こんご⓪①【今後】 今後。

こんこう⓪【混交・混淆】スル 混淆。「玉石～」玉石不分。

こんごう⓪【金剛】 金剛石。

こんごう回【根号】 根號。

こんごう回【混合】スル 混合。

コンコース回【concourse】 公眾聚集的場所。

コンコーダンス回【concordance】 詞彙索引，重要詞語。

コンコルド回【Concorde】 協和式飛機。

こんこん回【昏昏】(ｽﾙ) 昏昏沉沉。「～と眠り続ける」昏昏沉沉地睡不醒。

こんこん回【滾滾】(ｽﾙ) 滾滾。

こんこん回【懇懇】(ｽﾙ) 誠懇，懇切。「～とさとす」諄諄教誨。

こんこんちき回 ①狐。②不僅僅。「間抜けの～」豈止是愚蠢。

コンサート回【concert】 音樂會，演奏會。

コンサートマスター回【concertmaster】 首席小提琴。

こんざい回【混在】スル 夾雜，混在。

コンサイス回【concise】 簡明小辭典。三省堂版小型辭書的商標名。

こんさいるい回【根菜類】 根菜類。

こんさく【混作】スル 混作，混種。

こんざつ回【混雑】スル 混雜。

コンサバティブ回【conservative】 保守的，守舊的。 ↔プログレッシブ

コンサルタント回【consultant】 企業顧問。「経営～」經營顧問。

コンサルティング回【consulting】 (接受)諮詢。

こんじ回【今次】 這次，這回，此次。「～の大戦」這次大戰。

こんじ回【根治】スル 根治。「病気を～する」根治疾病。

コンシェルジュ回【法 concierge】 傳達員，接待處。

こんじき回【金色】 金色。

こんじゃく回【今昔】 今昔。

こんしゅう回【今週】 這週，本週。

コンシューマー回【consumer】 用戶，消費者。

こんしゅご回【混種語】 混種語。

こんじゅほうしょう回【紺綬褒章】 藏青綬帶獎章。

こんしょ回【懇書】 誠懇書信。

こんじょう回【今生】 今生。「～の別れ」今生永別。

こんじょう回【根性】 ①根性，生性，本性，天性，性情。「～が悪い」脾氣不好。②毅力，骨氣。「～がいる」有毅力。

こんじょう回【紺青】 紺青。

こんじょう回【懇情】 深情，盛情。「御～を賜る」承蒙盛情。

ごんじょう回【言上】スル 上言，稟告。

こんしょく回【混色】 混合色。

こんしょく回【混食】スル 混食。

こん・じる回回【混じる】(動上一) 混，混合，摻混。

こんしん回【混信】スル 串音，串報，交調失真。

こんしん回【渾身】 渾身。「～の力をふりしぼる」使出渾身的力氣。

こんしん回【懇親】 親密交往，聯誼。「～会」聯誼會；懇親會。

コンス回【公司】 〔中文〕公司。

こんすい【昏睡】スル 酩酊大醉。

コンスタント回【constant】 ①永恒，經常。②〔物・數〕不變數，常數，定數。

コンスティテューション回【constitution】 ①構造，組織。②憲法，國法。

コンストラクション回【construction】 ①構造，結構，構成。②建設，建造。

こん・ずる回回【混ずる】(動サ変) 混合，摻混。

こんせい回【混成】スル 混成，雜化作用。

こんせい回【懇請】スル 懇請。

こんせき回【痕跡】 痕跡。「～を残す」留下痕跡。

こんせつ回回【懇切】 懇切，誠懇。「～に説明する」誠懇地說明。

コンセプション回【conception】 思維，概念。

コンセプト回回【concept】 ①概念。②新創意概念。

こんせん回【混戦】 混戰。

こんせん回【混線】スル ①干擾，串線。②說話無頭緒。

こんぜん回【婚前】 婚前。「～交渉」婚

前交涉。

こんぜん◎【渾然・混然】(トル) 渾然。「～一体となる」渾然一體。

コンセンサス⑤【consensus】 意見一致，合意，同感，贊同。「国民の～を得る」得到國民的贊同。

コンセント◎【⑩ concentric+plug】 插座，插孔，萬用插座。

コンセントレーション⑥【concentration】 集中，專心。

コンソーシアム⑤【consortium】 國際財團，放款銀行團。

コンソール③【console】 落地式機座。

コンソメ◎【法 consommé】 清（燉肉）湯。→ポタージュ

こんだく◎【混濁】スル ①混濁。②混濁，模糊。

コンダクター③【conductor】 ①樂隊指揮。②導遊，嚮導。

コンタクト①【contact】スル 接觸，交往。

こんだて◎④【献立】 ①菜單，配餐。②方案，安排。

こんたん◎①【魂胆】 陰謀，企圖。「何か～がありそうだ」好像有什麼陰謀。

こんだん◎【懇談】スル 懇談，暢談。「～会」懇談會。

コンチェルト③【義 concerto】 協奏曲。

こんちくしょう③【此畜生】(感) 這個畜生，他媽的。

コンチネンタル◎【continental】 歐式，大陸式。

コンチネンタルタンゴ⑧【continental tango】 歐洲大陸探戈曲。

こんちは④【今日は】(感) 你好。「こんにちは」的通俗說法。

こんちゅう◎【昆虫】 昆蟲。

こんちょう◎【今朝】 今朝，今晨。

コンツェルン③【德 Konzern】 康采恩，聯合企業。

コンテ①【法 conté】 炭筆，素描筆。

こんてい◎【根底】 根底，根基，根本。「～から覆す」從根本推翻。

こんでい◎【金泥】 金泥。

コンディショナー③【conditioner】 ①調節器。「エア-～」空調。②整髮劑。

コンディショニング◎【conditioning】 調整，調節。

コンディション③【condition】 狀態，條件，身體狀況。「～を調える」調整狀態。

コンテキスト①【context】 文脈，上下文。

コンテスト①【contest】 比賽（會），競賽（會）。

コンテナ◎①【container】 貨櫃。運輸用的金屬製容器。

コンデンサー③【condenser】 ①電容器。②聚光器。

コンデンス③【condense】スル 凝縮，濃縮，壓縮。

コンデンスミルク⑥【condensed milk】 煉乳。

コンテンツ①【contents】 內容，目錄。

コンテンポラリー⑤【contemporary】(形動) ①現代的，當代的。②同時代的，同期的。

コント①【法 conte】 ①短篇小說，小故事。②諷刺短劇。

こんど◎【今度】 ①這次，這回。「～の旅行はどこだ」這次去哪旅行。②下次，下個。「～いっしょうにやりましょう」下次一起做吧。③最近，這回。「～隣に越して参りました」最近我搬到（您的）隔壁。

こんとう◎【昏倒】スル 昏倒，暈倒。

こんどう◎①【金堂】 金堂，正殿。

こんどう◎【混同】スル ①混同，混淆。「公私を～する」公私不分。②〔法〕混同。

コンドーム③【法 condom】 保險套。

こんとく◎①【懇篤】 誠懇，熱心，熱忱，熱誠。

コンドミニアム⑤【condominium】 住戶共有公寓，分租公寓。

ゴンドラ◎【gondola】 ①遊覽船，平底輕舟。②吊艙，吊籃。

コントラクト④【contract】 合約。契約。

コントラクトブリッジ⑧【contract bridge】 定約式橋牌，合約式橋牌。

コントラスト①◎【contrast】 ①對比，對

照。②反差，襯度。「黒と白の～」黑白的對照。

コントラバス③【德 Kontrabass】 低音大提琴。

コントラルト④【義 contralto】 女低音，女低音歌手。

コンドル①【condor】 禿鷹。

コントローラー④【controller】 ①控制器，控制閥。②航空管制官。③企業經營的管理者，企業管理機關。

コントロール④【control】スル ①控制，統制。②控球能力。

こんとん⓪【混沌・渾沌】 ①混沌。②混沌，模糊不清，難以預料。「勝敗の行方は～としている」勝敗難料。

こんな⓪（形動） ①這樣（的），這種（的）。「～ことは初めてだ」這種事情還是第一次。②這樣，如此，這麼。「～いい天気になるとは思わなかった」沒想到天氣會這麼好。

こんなん⓪【困難】 ①困難。難以實現、實行之事。「計画の変更は～だ」改變計畫是困難的。②困難。「～に打ち勝つ」戰勝困難。

こんにち①【今日】 今日，今天。「～の日本」今日日本。

こんにゃく③【蒟蒻・菎蒻】 蒟蒻，魔芋。

こんにゅう⓪【混入】スル 混入。

こんねん⓪【今年】 今年。本年。

コンバーター①【converter】 轉換器，變頻器。→インバーター。

コンバーティブル③【convertible】 ①敞篷車。②兩用領，兩用袖。

コンバート①【convert】スル ①換守備位置。②進門得分。

コンパートメント⑤【compartment】 包廂。

こんぱい⓪【困憊】スル 困憊，疲憊。「疲労～」困憊不堪；疲勞困憊。

コンバイン③【combine】 聯合收割機。

こんぱく⓪【魂魄】 魂魄，氣魄。

コンパクト①③【compact】 ①粉盒。②（形動）結構緊湊的，攜帶式的，袖珍的，縮小的。「～なカメラ」袖珍相機。

コンパクトディスク⑥【compact disk】 光碟 CD 片。

コンパス①【荷 kompas】 ①圓規，兩腳規。②指南針，羅盤。③人的步伐或腿的長度。「～が長い」步伐大。

コンパチブル③【compatible】 可共存的，可相容的。

コンバット①【combat】 鬥爭，戰鬥。

コンパニオン③【companion】 ①夥伴，伴侶。②女嚮導，接待小姐。③入門書，指南。

コンパルソリー③【compulsory】（形動）強制的，義務的。

こんばん①【今晩】 今晚。

こんぱん①【今般】 此次，這次。「～の事件」這次事情。

こんばんは⓪【今晩は】（感） 晚安。

コンビ①【combination】 搭檔，配合。「～を組む」組成搭檔。

コンビーフ③【corned beef】 牛肉罐頭。

コンビナート④【俄 kombinat】 聯合企業，聯合工廠。

コンビニエンスフーズ⑧【convenience foods】 即時食品。

コンビネーション④【combination】 ①組合，聯合，搭配，配合。「色の～が良い」顏色搭配得好。②連褲內衣。

コンピューター③【computer】 電腦。

コンピューターグラフィックス⑧【computer graphics】 電腦製圖，電腦圖形學。

コンピューターゲーム【computer game】 電腦遊戲，電子遊戲。

コンピューターネットワーク【computer network】 電腦網路。

コンピューターリテラシー⑨【computer literacy】 電腦運用能力。

コンピューターワクチン⑦【computer vaccine】 電腦防火牆，電腦防病毒軟體。

こんぴら⓪【金毘羅・金比羅】 金毘羅。

コンピレーション④【compilation】 編輯，彙編。

こんぶ①【昆布】 海帶。

コンファレンス①【conference】 ①會議，協商會。②聯合組織。

コンフィギュレーション⑤【configuration】 ①配置，構成，形態。②配置。

コンフィデンシャル④【confidential】 機密，內部情報。

コンプライアンス④【compliance】 ①（對要求、命令的）承諾，追隨，服從，聽從。②〔物〕柔量，柔軟度。

コンプリート④【complete】（形動）完全的，完整的，完成的。

コンプレックス④【complex】 ①自卑感。②〔心〕情結。

コンプレッサー④【compressor】 空氣壓縮機。

コンペ⓪ ①（高爾夫球）比賽。②設計競賽。

コンペイトー【葡 confeito】 金平糖，金米糖。

こんぺき⓪【紺碧】 深藍色。

コンペティション⑤【competition】 競爭，競賽，比賽。

ごんべん【言偏】 言字邊。

コンベンショナル⑤【conventional】（形動）①慣例的，老套的。②常規的，約定的。

コンベンション④【convention】 ①舊習，習俗。②大會，集會。③規章，章程。

コンボ⓪【combo】 小爵士樂隊。

こんぼう⓪【混紡】 スル 混紡。

こんぼう⓪【棍棒】 ①棍棒。②呈酒瓶形的木製體操用具。

こんぼう⓪【梱包】 スル 捆包，打包。「書籍を～する」捆包書籍。

コンポート④【compote】 ①水果蜜餞。②高腳果盤，有腳盤。

コンポーネント⑤【component】 元件，組件，零件。

コンポジション④【composition】 ①組成，構成。②作文。③作曲，寫成的樂曲，音樂作品。

コンポスト①【compost】 堆肥，混合肥料。

こんぽん⓪⓪【根本】 根本，根源。

コンマ①【comma】 ①逗點。②小數點。

こんまけ⓪⓪【根負け】 スル 堅持不住，沒毅力。「相手のしつこさに～する」對方的糾纏真沒辦法。

こんみょうにち⓪【今明日】 今明兩日，今明兩天。

こんめい⓪【混迷】 スル 混亂迷離，紛亂。「～する政局」混亂迷離的政局。

こんめい⓪【昏迷】〔醫〕昏迷。

コンメンタール⑤【德 Kommentar】 注釋，評論，注釋書。

こんもう⓪【根毛】 根毛。

こんもう⓪⓪【懇望】 スル 懇求，熱望。「～黙し難く」懇求難以推辭。

こんや①【今夜】 今夜。

こんやく⓪【婚約】 スル 婚約，訂婚。「～者」訂婚者。

こんゆう⓪【今夕】 今夕。

こんよく⓪【混浴】 スル 混浴。

こんらん⓪【混乱】 スル 混亂，打亂。

こんりゅう⓪【建立】 スル 建立，興建。

こんりゅう⓪【根粒・根瘤】 根瘤。

こんりんざい⓪【金輪際】（副）（下接否定語）絕對（不），決（不）。「もう～会わない」決不再見面。

こんれい⓪【婚礼】 婚禮。

こんろ⓪【焜炉】 ①煮飯爐，家庭炊事用爐。②特指陶爐。

こんわ【懇話】 誠懇談話。「～会」懇談會。

こんわく⓪【困惑】 スル 困惑，爲難。

さ

さ回【差】 ①差異，差別，差距。「寒暖の~」寒暑之差。②〔數〕差。↔和

ざ回【座】 ①座位或席位。「~に着く」就座；入座。②集會、宴會等的氣氛。「送別会の~がにぎわう」歡送會的現場非常熱鬧。③地位。「権力の~」掌權之位。④工會，行會。「絹~」絹業工會。

サー回【Sir】 ①先生，閣下。②爵士。

サーカス回【circus】 馬戲（團）。

サーキット回【circuit】 ①電路。②環形道。

サーキュレーター回【circulator】 （空氣、瓦斯的）循環器。

サークル回回【circle】 ①圓，圓周。②同好會。「学習~」學習小組。

サージ回【serge】 嗶嘰布。

サーチ回【search】 ①檢查，搜尋，調查。②資料檢索。

サーディン回【sardine】 ①沙丁魚，日本鰮。②橄欖油漬沙丁魚，油漬沙丁魚（罐頭）。

サード回【third】 ①第3，第3位。②（棒球運動中的）三壘，三壘手。③三檔，三檔速度。汽車變速裝置的第3速。

サーバー回回【server】 ①發球員，發球方。②分菜勺，分菜叉。③飯盆，菜盆，菜盤，托盤。

サービス回【service】 ｽﾙ ①服務，效勞，服侍。「~のよいホテル」服務周到的飯店。②拍賣，廉價出售，附帶贈品出售。「出血大~」流血大拍賣。

サービスエース回【service ace】 發球得分。

サービスエリア回【service area】 ①有效接收區，可接收區。②發球區。③休息站。

サービスぎょう回【~業】 服務業。

サービスステーション回【service station】 ①（汽車）加油站。②服務點，維修站。

サーブ回【serve】 ｽﾙ 發球，開球，首發球。

サーファー回回【surfer】 衝浪選手，衝浪者。

サーフィン回【surfing】 衝浪運動。

サーフボード回【surf board】 衝浪板。

サーブル回【法 sabre】 馬刀，佩刀，佩劍，軍刀。

サーベイ回【survey】 調查，勘探，勘查，測量。

サーベイランス回【surveillance】 監視。

サーベル回【荷 sabel】 佩劍，佩刀，軍刀。

ざあま・す 〔東京高台地區婦女首先使用的詞語〕被當作補助動詞使用，是「ある」的敬語。相當於「ござます」。「大変おもしろう~・すわ」真有趣啊。

ザーメン回【德 Samen】 精液。

サーモグラフィー回【thermography】 溫度記錄法，體溫記錄診斷法。

サーモスタット回【thermostat】 恆溫器，恆溫自動調節器。

サーモン回【salmon】 鮭，鮭魚。

サーロイン回【sirloin】 嫩後腿肉，上腰肉。

さい回【才】 ①才幹，才華。「音楽の~がある」有音樂才能。②智力，才智。「~におぼれる」恃才（傲物）。③才。度量船載貨物或石料的單位。④才。度量木材體積的單位。

さい回【妻】 妻，拙荊。

さい回【細】 細。「微に入り、~にわたる説明」詳細入微的說明。

さい回【犀】 犀牛。

さい回【際】 際。（做某事的）時機，時候，場合。「上京の~はお知らせください」來東京時請通知一聲。

さい回【賽・采】 骰子。「~を振る」擲骰子；搖骰子。

さい◎【最】 ①（ﾀﾙ）最。「俗物の~たるものだ」俗物之最；最庸俗的人。②（接頭）最。「業界の~大手」業界最大公司。「~先端」最尖端。

さい【歳】（接尾） 歲。「50~」50歲。「満18~」滿18歲。

さいあい◎【最愛】 最愛。「~の妻」最愛的妻子。

さいあく◎【最悪】 最壞，最糟，最惡。「~の状況におちいる」陷入最糟的狀態。

ざいあく◎【罪悪】 罪惡。「~感」罪惡感。

ざいい①【在位】ｽﾙ 在位。「~60 年」在位 60 年。

さいいんざい◎【催淫剤】 春藥，媚藥。

さいう①【細雨】 細雨。

さいうよく◎【最右翼】 最有希望獲勝者。「今年度賞金王の~」本年度最高獎金的最有希望得主。

さいうん◎【彩雲】 彩雲。

さいえい◎【再映】 重播，再映。

さいえん◎【才媛】 才媛，才女。

さいえん◎【再演】ｽﾙ 重演。「逆転劇を~する」重演復辟鬧劇。

さいえん◎【再縁】ｽﾙ 再婚。

さいえん◎【菜園】 菜園。「家庭~」家庭菜園。

サイエンス①【science】 科學，自然科學。

サイエンスフィクション◎【science fiction】 科幻小說。

サイエンティフィック◎【scientific】（形動） 科學的，科學上的，學術性的。

さいおう◎【塞翁】 塞翁。「~が馬」塞翁失馬焉知非福。

さいか◎【再嫁】ｽﾙ 再嫁，改嫁。

さいか①【西下】ｽﾙ 西下，西行。↔東上

さいか①【災禍】 災禍。

さいか①【最下】 最下，最劣，最次。↔最上

さいか①【裁可】ｽﾙ 裁可，批准。

さいか①【採火】 採火。經由日光點燃聖火用的火種。

ざいか◎【在荷】ｽﾙ 現貨，存貨，庫存貨物。

ざいか①【財貨】 財貨，錢財。

ざいか①【罪科】 ①罪，罪過，罪行。②罪刑。

ざいか①【罪過】 罪過。

さいかい◎【再会】ｽﾙ 再會，重逢。「~を期する」期待再會。

さいかい◎【再開】ｽﾙ 再開，再次（重新）舉行。「店を~する」商店重新開業。

さいかい◎【西海】 西海。

さいかい◎【斎戒】ｽﾙ 齋戒。

さいかい◎【際会】ｽﾙ 際遇，遭逢。「千載一遇のチャンスに~する」遇見千載難逢的機會。

さいがい◎【災害】 災害。

さいがい◎【際涯】 （土地等的）邊際，盡頭。

ざいかい◎【財界】 財界。「~人」財界人士。

ざいがい◎【在外】 僑居國外，在國外。「~資産」在國外資產。

さいかいはつ◎【再開発】ｽﾙ 再開發。「駅前を~する」重新開發車站前。

さいかく◎【才覚】ｽﾙ ①才智，機靈，機智。②籌劃，籌措。「お金を~する」籌集資金。

ざいがく◎【在学】ｽﾙ 上學，在校學習。

ざいかた◎④【在方】 鄉下，農村，鄉間，鄉村。「~文書」農村文書。

さいかち◎【皂莢】 皂莢，皂角。

さいかん◎【才幹】 才幹。

さいかん◎【再刊】ｽﾙ 再刊，復刊。

さいかん◎【彩管】 畫筆。「~を揮う」揮筆作畫。

さいかん◎【菜館】 菜館，餐廳。

ざいかん◎【在官】ｽﾙ 做官，為官。

ざいかん◎【在監】ｽﾙ 在監。

さいき①【才気】 才氣。

さいき①【再起】ｽﾙ 再起。「~を図る」企圖東山再起。

さいき①【祭器】 祭器。

さいき①【債鬼】 討債鬼。

さいぎ①【再議】ｽﾙ 再議，覆議。「一事不~」一事不再議。

さいぎ◎【猜疑】スル 猜疑，猜忌。「～心」猜疑心。

さいきけいせい◎【催奇形性】 致畸性。「～物質」致畸物質。

サイキック◎【psychic】 通靈（的人）。

さいきょ◎【再挙】スル 重整旗鼓，捲土重來，東山再起。「～をはかる」企圖捲土重來。

さいきょ◎【裁許】スル 批准，裁許。「市長が～する」市長批准。

さいきょう◎【西京】 西京，多指京都。

さいきょう◎【最強】 最強。

ざいきょう◎【在京】スル 在京。指在東京。「～の友人」在東京的朋友。

ざいきょう◎【在郷】スル 在郷，居郷。

さいきん◎【細菌】 細菌。

さいきん◎【最近】 最近，新近。「～忙しくなった」最近忙了起來。

ざいきん◎【在勤】スル ①在…工作，在…供職。②執勤中。「～手当」工作津貼；執務津貼。

さいく◎【細工】スル ① 細工，工藝（品）。「竹～」竹子工藝品。②動腦筋，耍陰謀詭計，耍小聰明，精心。「事前に～する」事前精心策劃。

さいくつ◎【採掘】スル 挖掘，採礦，開採。「石油を～する」開採石油。「～権」開採權。

サイクリング◎【cycling】 自行車運動，自行車遠足。

サイクル◎【cycle】 ①循環，周期。②周波。→ヘルツ。③自行車。

サイクルヒット◎【cycle hits】 完全打擊。

サイクロトロン◎【cyclotron】 迴旋加速器。

サイクロン◎【cyclone】 旋風，氣旋。

さいくん◎【細君】 ①細君，女主人。②〔也寫作「妻君」〕我老婆。

ざいけ◎【在家】 在家。不出家在俗皈依佛教的人。↔出家。

ざいけい◎【財形】 勤勞者財產形成制度。

さいけいこく◎【最恵国】〔most favored nation〕最惠國。「～待遇」最惠國待遇。

さいけいれい◎【最敬礼】スル 最敬禮。「深々と～する」深深地鞠躬行最敬禮。

さいけつ◎【採血】スル 抽血，採血，取血。

さいけつ◎【採決】スル 表決。「挙手によって～する」舉手表決。

さいけつ◎【裁決】スル 裁決。

さいげつ◎【歳月】 歲月，年月。

サイケデリック◎【psychedelic】（形動）致幻的，幻覺狀態。「～なポスター」迷幻海報。

さいけん◎【再建】スル 重建。「会社を～する」重建公司。

さいけん◎【再検】スル 再次檢查，重新研討。

さいけん◎【細見】スル ①細看。②詳圖，導覽手冊。

さいけん◎【債券】 債券。

さいけん◎【債権】 債權。↔債務

さいげん◎【再現】スル 再現。

さいげん◎【際限】 邊際，盡頭止境。「人間の欲望には～がない」人的欲望無止境。

ざいげん◎【財源】 財源。「～を求める」尋找財源。

さいこ◎【最古】 最古，最早。「～の町」最古老的城鎮。

さいご◎【最後】 ①最後。↔最初。「～の手段」最終手段。②一…就沒有辦法了。「言い出したら～、もう手に負えない」一旦說出來，就沒辦法。

さいご◎【最期】 臨死。「立派な～をとげる」轟轟烈烈地死去。

ざいこ◎【在庫】 ①庫存。「～の品物」庫存商品。②庫存量。「～調整」調整庫存。

サイコアナリシス◎◎【psychoanalysis】精神分析，精神分析學。

さいこう◎【再考】スル 重新考慮。「～を促す」促請重新考慮。

さいこう◎【再校】 二校。

さいこう◎【再興】スル 再興，復興，重

振。「お家の～をはかる」企圖家族復興。

さいこう⓪【採光】 スル 採光。「天窓から～する」從天窓採光。

さいこう⓪【採鉱】 スル 採礦。

さいこう⓪【最高】 ①最高。「～気温」最高氣溫。②最高，最好。「～の設備を誇る」誇耀最好的設備。③最高，最佳，傑出。「～の水準」最高水準。↔最低

ざいこう⓪【在校】 スル 在校。「～生」在校生。

ざいごう⓪【在郷】 スル ①鄉村，鄉下，鄉間。②在鄉下。

ざいごう⓪【罪業】 〔佛〕罪業，罪孽。

さいこうがくふ⑤【最高学府】 最高學府。

さいこうけんさつちょう⑧【最高検察庁】 最高檢察廳。

さいこうさいばんしょ⑧【最高裁判所】 最高法院。

さいこうちょう⓪【最高潮】 最高潮。「祭りは～に達した」節日氣氛達到高潮。

さいこうほう⓪【最高峰】 ①最高峰。②巔峰。

さいこく⓪【催告】 スル 催告。

さいごくさんじゅうさんしょ⑨【西国三十三所】 西國三十三所。關西33所安置觀音菩薩的寺院。

サイコセラピー⑤【psychotherapy】 心理療法，精神療法。

サイコセラピスト⑥【psychotherapist】 精神科醫生。

さいころ⓪④【賽子・骰子】 骰子。

サイコロジー⑤【psychology】 心理學，心理。

さいこん⓪【再建】 スル 再建，重修。

さいこん⓪【再婚】 スル 再婚。

さいさい⓪【歳歳】 歳歳。每年，年年。「年々～」年年歳歳。「～年年人同じからず」歳歳年年人不同。

さいさい⓪【再再】 （副） 一再。「～にわたる警告」一再警告。

さいさき⓪④【幸先】 好兆頭，幸運預

兆。「～がよい」前兆吉利。

さいさん⓪【採算】 核算，邊際利潤。「～が取れない」不划算。

さいさん⓪【再三】 （副） 再三。「～注意をうながす」再三提醒。

ざいさん①⓪【財産】 ①財産。「私有～」私有財産。②財富。「この経験を～とする」把該經驗作為財富。

さいし①【才子】 才子。

さいし①【妻子】 妻子，妻小。「～を抱えて路頭に迷う」攜妻小在街頭迷路。

さいし①【祭司】 祭司。

さいし①【祭祀】 祭祀。

さいじ①【祭事】 祭事，祭祀。

さいじ①【細字】 小字。

さいじ①【催事】 集會，（文藝）活動。「～場」集會場所。

さいしき⓪【彩色】 スル 染色，著色，彩色。「～を施す」上彩色。

さいしき⓪【祭式】 祭式。

さいじき⓪【歳時記】 ①歳時記。②俳諧歳時記，俳句歳時記。

さいじつ⓪【祭日】 ①節日。②祭日。皇室有祭典的日子。③祭日。神社等有祭禮的日子。

ざいしつ⓪【在室】 スル 在室內。

ざいしつ⓪【材質】 材質。

ざいしゃ⓪【在社】 スル 在公司。「～30年」在公司30年。

さいしゅ①⓪【採取】 スル 採取，採集，開採。「標本を～する」採取標本。

さいしゅ⓪【採種】 スル 採種。

さいしゅ①【祭主】 祭主。

さいしゅう⓪【採集】 スル 採集。「昆虫～」採集昆蟲。

さいしゅう⓪【最終】 最終。「～列車」末班列車。

ざいじゅう⓪【在住】 スル （長期）居住，僑居。「カナダ～」居住加拿大。

さいしゅつ⓪【歳出】 年度支出，歳出。↔歳入

さいしょ①【細書】 スル 用小字書寫，亦指書寫的小字。

さいしょ⓪【最初】 最初，最先，最早。↔最後 「～が肝心だ」凡事開頭最重

要。

さいじょ◎【才女】 才女。

さいしょう◎【宰相】 ①首相，總理大臣。「鉄血～」鐵血宰相。②宰相。中國古時候的丞相。

さいしょう◎【最小】 最小。↔最大。「被害を～にとどめた」災害降到最小限度。

さいしょう◎【最少】 ①最少。↔最多。②最年輕。↔最長

さいじょう◎【斎場】 ①齋場，祭祀場所。②殯儀館。

さいじょう◎【最上】 ①最上，最上面，最頂上。「ホテルの～階」飯店的最頂層。②最佳，至上。「～の成績」最好的成績。

ざいしょう◎◎【罪障】 〔佛〕罪孽。

ざいじょう◎◎【罪状】 罪狀。「～は明らか」罪狀明顯。

さいしょく◎◎【才色】 才色，才貌。

さいしょく◎【菜食】 スル 菜食，素食。↔肉食。「～主義」素食主義。

ざいしょく◎【在職】 スル 在職，任職。

さいしん◎【再診】 再診，複診。↔初診

さいしん◎【再審】 スル 再審。

さいしん◎【細心】 細心。「～の注意を払う」細心關注；密切注意。

さいしん◎【最深】 最深。

さいしん◎【最新】 最新。「～のデータ」最新的資料。

さいじん◎【才人】 才子。

さいじん◎【祭神】 祭神。

サイズ①【size】 尺寸，尺碼，號碼。

ざいす②【座椅子】 無腳座椅。

さいすん◎【採寸】 スル 量（身體）尺寸。

さいせい◎【再生】 スル ①再生，復活。②重新作人，新生。「～を誓う」發誓重新作人。③再生。把報廢的東西重新製成新產品。④放音，放映。「ビデオテープを～する」播放錄影帶。

さいせい◎【再製】 スル 重製，再製，翻新。

さいせい◎【済世】 濟世。「救民～」救民濟世。

さいせい◎【最盛】 最盛，全盛，鼎盛。

ざいせい◎【在世】 スル 在世。

ざいせい◎【財政】 ①財政。②經濟情況。「我が家の～は苦しい」我家的「財政」困難。

さいせいき①【最盛期】 最盛期，鼎盛期。

さいせいさん①【再生産】 スル 再生產。

さいせき◎【砕石】 スル 碎石，粉碎岩石。

さいせき◎【採石】 スル 採石。「～場」採石場。

ざいせき◎【在席】 在位，在座位上。

ざいせき◎【在籍】 スル 在籍，在冊。

さいせつ◎【再説】 スル 反覆說明，重述。

さいせつ◎【細説】 スル 細說。

さいせん◎【賽銭】 香資，香油錢。「～箱」功德箱；賽錢箱。

さいぜん◎【最前】 ①最前頭，最前方。②剛才，方才。「～の話のとおり」就像剛才說的那樣。③（以「最前の」形式）剛才在的，剛才提到的。「～の男」剛才那個男人。

さいぜん◎【最善】 ①最佳，最善。「～の策」最佳之策。②盡可能地，全力。「～を尽くす」竭盡全力。

さいぜん◎【截然】 (ﾀﾙ) 截然。又讀せつぜん。

さいぜんせん③【最前線】 最前線。「販売の～に立つ」站在銷售的第一線。

さいせんたん③【最先端】 ①尖端，頂端。②最前頭，最尖端，最先進。「～の技術」最尖端的技術。

さいそう◎【彩層】 色球，色球層。

ざいぞう◎◎【才蔵】 ①才藏。在新年走街串戶逗笑賣藝、充當太夫陪襯角色的人。②應聲蟲，幫腔的。

さいそく◎【細則】 細則。

さいそく◎【催促】 スル 催促，催逼。

さいた◎【最多】 最多。↔最少。「～数の投票で当選した」以最多的票數當選。

サイダー①【cider】 汽水。

さいたい◎【妻帯】 スル 成家。「～者」有婦之夫；有妻者。

さいたい◎【臍帯】 臍帶。

さいだい◎◎【細大】 巨細。「～もらさず

報告する」巨細靡遺地報告。

さいだい⓪【最大】　最大。↔最小

さいだいげん⓪【最大限】　上限，最大限度。「～の努力を払う」付出最大限度的努力。

さいだいこうやくすう⑤【最大公約數】　①最大公約（因）數，最大公因式。②共同點。「～を示す見解」有共同點的見解。

さいたく⓪【採擇】　スル　選擇，挑選，採納，通過。「決議案を～する」通過決議。

ざいたく⓪【在宅】　スル　在宅，在家。「先生はご～ですか」老師在家嗎？

さいたる⓪【最たる】（連體）　最…的。「愚作の～もの」愚作之最。

さいたん⓪【採炭】　スル　挖煤，採煤。「～量」採煤量。

さいたん⓪【最短】　最短。↔最長。「～距離」最短距離。

さいたん⓪【歲旦】　歲旦，元旦。

さいだん⓪【祭壇】　祭壇。

さいだん⓪【裁斷】　スル　①裁斷。「～を下す」下裁斷。②裁剪，裁開，裁斷。

ざいだん⓪【財團】　①財團。②「財団法人」之略。

さいち⓪【才知・才智】　才智。「～にたける」才多智廣。

さいち⓪【細緻】　細緻，緻密。「～をきわめた研究」極其細緻的研究。

さいちゅう⓪【最中】　最盛時期，正…中。「試合の～に雨が降り出した」比賽正在進行的時候下起雨來。

ざいちゅう⓪【在中】　スル　內有，內裝。「写真～」內有照片。

さいちょう⓪【最長】　①最長。↔最短。「日本～の橋」日本最長的橋。②最年長。↔最少

ざいちょう⓪【在庁】　スル　在官廳。

さいづち⓪②③①【才槌】　小木槌。

さいてい⓪【再訂】　スル　重新修訂。

さいてい⓪【最低】　①最低。「～気温」最低氣溫。②最次，最差。↔最高。「～の男」最差的男人。

さいてい⓪【裁定】　スル　裁定。「委員会の～

が下った」下達了委員會的裁定。

さいていげん⓪【最低限】　下限，最低限。「～の生活」最低限度的生活。

さいていちんぎんせい⑦【最低賃金制】　最低薪資制。

さいてき⓪【最適】　最適。「植物の生育に～の温度」最適宜植物生長的溫度。

ざいテク⓪【財―】　理財技巧。

さいてん⓪【採点】　スル　評分，打分數，記分。

さいてん⓪【祭典】　①祭典。②典禮，盛典，慶祝活動。「スポーツの～」體育盛典。

さいでん⓪【祭殿】　祭殿。

さいど①【再度】　再度。

さいど①【彩度】　彩度。→色相・明度

さいど①【済度】　スル〔佛〕超度。

サイド①【side】　①旁邊，側面。②（橄欖球、網球等競技比賽的敵、我雙方各自的）陣地，邊，場區，一方。③方面。「住民～の声」居民方面的呼聲。

サイドアウト④【side out】　①換邊發球。②出界，球出界。

サイドカー④【sidecar】　單輪側掛車。摩托車、自行車旁側掛的車輛。

さいどく⓪【再読】　スル　再讀，重讀。「熱心に～する」認真重新讀。

サイドステップ⑤【side-step】　側步，橫跨步。

サイドスロー⑤【⑭side＋throw】　側投。

サイドテーブル④【side table】　側桌，邊桌，小桌，茶几。

サイドビジネス④【⑭ side＋business】　副業，業餘打工。

サイドブレーキ④【⑭side＋brake】　手煞車。

サイドベンツ④【side vents】　側開叉，擺叉。

サイドボード④【sideboard】　①櫥櫃，碗架，食具櫥。②車牌。

サイドミラー④【⑭side＋mirror】　側後視鏡。

サイドライン④【sideline】　①邊線。②旁線。

さいとり⓪【才取り】　①經紀（人）。②

瓦匠副手，泥工。
サイドリーダー[4]【side reader】（外語教材的）輔助教材，輔助讀物。
サイドワーク[4]【[和] side + work】 副業，兼職，業餘工作。
さいな・む[3]【苛む・嘖む】（動五） 虐待，苛責，折磨。「後悔の念に～・まれる」悔恨交加。
さいなん[3]【災難】 災難。「危うく～を免れた」差點遇難。
ざいにち[0]【在日】スル 旅居日本，旅日，在日。
さいにゅう[0]【歳入】 歲入，年收入。↔歲出
さいにん[0]【再任】スル 再任，重任。
ざいにん[0]【在任】スル 在任。
ざいにん[0][3]【罪人】 罪人。
さいにんしき[3]【再認識】スル 再認識。
サイネリア[3]【cineraria】 瓜葉菊。
さいねん[0]【再燃】スル ①再燃，復燃，重新燃起。②復發，重新提起。「財政問題が～する」再度發生財政問題。
さいのう[1][0]【才能】 才能。「彼は語学の～に恵まれている」他很有語言的才能。
ざいのう【財嚢】 ①錢包，錢袋。②囊中錢財。「～をはたく」傾囊。
さいのかわら[1]【賽の河原】 ①冥河河灘。②石頭灘。
さいのめ[0][4]【賽の目】 ①骰子點，骰子的點數。②丁，骰子塊，小四方塊。「～に切る」切丁。
サイバースペース[6]【cyber space】 網路空間。
さいはい[0]【再拝】スル ①再拜，再鞠躬。②再拜。附加在書信末尾的用語。「頓首～」頓首再拜。
さいはい[0]【采配】 ①令旗，麾。②指示，指揮。「あの店は彼が～を振っている」在那個商店他掌管大權。
さいばい[0]【栽培】スル 栽培。「温室でトマトを～する」溫室裡栽培番茄。
さいばし・る[4]【才走る】（動五） 才氣外露，過分聰明，鋒芒外露。「～・って失敗する」聰明反被聰明誤。
さいはつ[0]【再発】スル 復發，又發生，再發生，再發作。
ざいばつ[0]【財閥】 財閥。
さいはて[0][4]【最果て】 最偏遠，盡頭。「～の町」最偏遠的城鎮。
サイバネティックス[5]【cybernetics】 控制論。美國數學家維納所開創的學問。
さいばら[0][1]【催馬楽】 催馬樂。日本古代的一種歌謠。
さいはん[0]【再犯】 再犯。
さいはん[0]【再版】スル 再版。
さいはん[0]【再販】 轉售。「再販売価格維持契約」的簡稱。「～価格」轉售價格。
さいばん[1]【裁判】スル 審判。
さいばん[0]【歳晩】 歲晚，年終。
さいひ[1]【採否】 採用與否，採納否，錄用否，取捨。「～を決める」決定採用與否。
さいひ[1]【歳費】 歲費，議員年薪。
さいひつ[0]【細筆】スル ①細筆，小楷筆。②寫小字。
さいひょう[0]【細氷】 冰針。
さいひょうせん[0]【砕氷船】 破冰船。
さいふ[0]【財布】 錢包，錢袋。
さいふ[0]【採譜】スル 採譜，記譜。
さいぶ[1]【細部】 細節。「～にわたって調べる」詳細地調查。
ざいぶつ[1]【財物】 財物。
さいぶん[0]【細分】スル 細分。「土地を～する」詳細劃分土地。
さいぶん[0]【才分】 才能。「芸術性豊かな～」藝術性豐富的才能。
さいべつ[0]【細別】スル 詳細區別。
さいへん[0]【再編】スル 重編，再編，重組，改組。「チームを～する」重新組隊。
さいへん[0]【砕片】 碎片。
さいへん[0]【細片】 細片，小碎片。
さいぼ[0]【歳暮】 歲暮。
さいほう[0]【西方】 〔佛〕西方。
さいほう[0]【採訪】スル 採訪。
さいほう[0]【裁縫】スル 裁縫，縫紉，做針線活。「～を習う」學裁縫。
さいぼう[0]【細胞】 〔cell〕細胞。

さいほう⓪【財宝】 財寶。

サイボーグ③【cyborg】 〔源自 cybernetic organism〕人工有機體，生控體系統。

サイホン①【siphon】 ①虹吸管。②虹吸式咖啡壺。

さいまつ⓪【歳末】 歳末。

サイマルキャスト【simulcast】 （無線電台和電視台）聯播。

さいみつ⓪【細密】 細密，緻密，綿密。「～観察する」細密觀察。

さいみん⓪【細民】 細民，窮人。

さいみん⓪【催眠】 ①發睏。②〔心〕催眠。

さいむ①【債務】 債務。↔債権。「～者」債務人。

ざいむ①【財務】 財務。

ざいめい⓪【罪名】 罪名。

さいもく⓪【細目】 細目。「～にわたる説明」詳盡的說明。

さいもく⓪【材木】 木材，木料。

ざいもつ①【財物】 財物。

さいもん⓪【祭文】 祭文。

ざいや①⓪【在野】 在野。「彼は生涯～の身であった」他一生身居於野。

さいやく⓪【災厄】 災厄。

さいゆ⓪【採油】 スル ①開採石油。②榨油。

さいゆしゅつ①【再輸出】 スル 再出口。

さいゆにゅう③【再輸入】 スル 再進口。

さいよう⓪【採用】 スル 採用，錄用。「彼の提案は社長に～された」他的建議被社長採納。

さいよう⓪【細腰】 細腰。

さいらい⓪【再来】 スル ①再來，重現。「暗黒時代の～」黑暗時代的再度來臨。②復生，再世。「彼はキリストの～と言われている」他被人稱為基督的再生。

ざいらい⓪⓪【在来】 原有，原先，以往，通常。「これは～の品種とは違う」這和原有的品種不同。

さいらん⓪【採卵】 スル 採卵，撿蛋。「～養鶏」養雞採蛋。

さいり①【犀利】 ①犀利。「明敏～」靈敏犀利。②犀利，鋒利。「～な筆致」犀利的筆鋒。

さいりゅう⓪【細流】 細流，小河。

ざいりゅう⓪【在留】 スル 居留，逗留，僑居。「～邦人」僑居國外的日本人。

さいりゅう⓪【細粒】 細粒。

さいりょう⓪【宰領】 スル ①監管，看管。②領隊。

さいりょう⓪【最良】 最優良，最精良。「～の方法を選ぶ」選擇最好的方法。

さいりょう⓪【裁量】 スル 裁量，決斷，裁奪。「君の～に一任する」任（憑）你裁奪。

ざいりょう③【材料】 ①材料。「建築～」建築材料。②資料。「研究の～はまだ足りない」研究的資料還不充分。③素材，題材。④材料。可作判斷根據等的事物。「反論の～」反駁的材料。⑤因素。「好～」利多因素。

ざいりょく①【財力】 財力。

さいりん⓪【再臨】 スル 再臨，再來臨。

ザイル①【德 Seil】 登山繩。

さいるいガス③【催涙―】 催涙瓦斯。

さいれい⓪①【祭礼】 祭禮。

サイレン①【siren】 警笛，汽笛。

サイレンサー③【silencer】 滅音器。

サイレント①【silent】 ①無言，沉默，無聲。②〔言〕不發音字母。↔トーキー

サイロ①【silo】 青貯窖，貯青塔。

さいろう⓪【豺狼】 豺狼。

さいろく⓪【再録】 スル 重錄，重刊。

さいろく⓪【採録】 スル 蒐錄，收錄。

さいろく⓪【載録】 スル 載錄，記載，收錄。

さいろん⓪【再論】 スル 再論。

さいわい⓪【幸い】 ①①幸運。「不幸中の～」不幸中之大幸。②幸好。「～なことに空も晴れてきた」幸好天晴了。②（副）幸而，幸虧。「～命に別状はなかった」幸虧沒有生命危險。

さいわりびき③【再割引】 再貼現。

さいわん⓪【才腕】 才幹，手腕。「～を振るう」大顯身手。

サイン①【sign】 スル ①信號，暗號。「～を送る」發送信號；暗號。②簽名，署名，簽字。

サイン⓪【sine】　正弦。

ざいん⓪【座員】　劇團成員。

ザイン⓪【德 Sein】　①實在，存在，本質。②現實，實情。↔ゾレン

サインプレー⑤【sign play】　暗號攻防。

サインペン⓪【㊆ sign＋Pen】　簽字筆

ザウアークラウト⑥【德 Sauerkraut】　德國泡菜。

サウス⓪【south】　南，南方。

サウスポー①【southpaw】　①（棒球運動中的）左手投球。②左拳擊手。

サウナ⓪【芬 sauna】　芬蘭浴，桑拿浴。

サウンド⓪【sound】　（聲）音，音響。

さえ⓪【冴え】　①清澈，鮮明，清脆，耀度，逼真度。「音の～」聲音的逼真度。②敏銳，機敏，清晰。「頭の～」頭腦清晰，頭腦敏銳。③精巧，高明，純熟。「上手投げに～を見せる」（棒球）施展投球的高超技藝。

さえかえ・る⓪④【冴え返る】（動五）①清澈，皎潔，純熟，逼真。「～った冬の月」清澈的冬月。②春暖乍寒。

さえき⓪【差益】　差額利益，盈餘。↔差損。「円高～」日圓升值差價。

さえぎ・る③【遮る】（動五）①遮斷，遮攔，阻擋，打斷。②遮，遮擋，遮蔽。「垣根に～・られて中が見えない」被籬笆遮住看不見裡面。

さえざえ③【冴え冴え】（副）スル　非常清澈，分外明朗。「～とした秋の月」皎潔的秋月。

さえず・る③【囀る】（動五）①鳥囀，嘰嘰喳喳叫。「スズメが～・る」麻雀嘰嘰喳喳叫。②喋喋不休，嘰嘰喳喳。

さえつ⓪【査閲】スル　查閱，檢查。「～官」查閱官。

さ・える②【冴える】（動下一）①皎潔，清澈，明亮。②清脆，鮮明，亮。③（頭腦）清晰，靈敏。「頭が～・える」頭腦清晰。④興奮得睡不著。「目が～・えて眠れない」興奮得睡不著；眼睜睜地睡不著。⑤高超，純熟，精湛。「腕の～・えた職人」手藝高超的工匠。⑥沒生氣，不精神，沒勁，不起眼。「～・えない服裝」不起眼的服裝。

さえわた・る⓪④【冴え渡る】（動五）清澈，清澄。「～・った月」皎潔的月光。

さえん⓪【茶園】　茶園。

さお⓪【竿・棹】　❶①竹竿，竿。「物干し～」曬衣竿。②船篙。「～を差す」撐篙。③釣竿。「のべ～」整根長釣竿。❷（接尾）①支。「大漁旗2～」2支大漁旗。②計數箱櫃等的量詞。「簞笥2～」2個箱子。③根，條。「羊羹2～」2條羊羹。④竿。「洗濯物3～」3竿洗曬的衣服。

さおう⓪【沙翁】　莎翁。莎士比亞的敬稱。

さおさ・す③【棹さす】（動五）①撐篙。「舟に～・す」撐渡。②順水推舟，乘機。「急流に～・す」在急流中撐船。

さおだけ⓪②【竿竹】　竹竿。

さおだち⓪【棹立ち・竿立ち】　前肢起揚，豎立。

さおとめ②【早乙女】　①插秧女。②姑娘，少女。

さおばかり③【竿秤・棹秤】　桿秤。

さか⓪【坂】　①坡，坡道。②大關。「60の～をこす」過了六十歲大關。

さか⓪【茶菓】　茶點。

さが⓪【性】　①天性，性格，性情。「悲しき～」悲傷性格。②慣例，習俗，習慣。「うき世の～」浮世的習俗。

ざか⓪【座下】　足下，座右，台啓。

ざが⓪【座臥・坐臥】　①坐臥。②日常，平常。「常住～」平常。

さかあがり③【逆上がり】　前翻轉上。

さかい②【境】　①境，邊界，界線，疆界。「国の～」國界；國境線。②分水嶺，界線。「生死の～」生死界線。

さかうらみ⓪③【逆恨み】スル　反遭怨恨。「～を受ける」反遭抱怨。「忠告して～される」一番忠告反招怨恨。

さか・える③【栄える】（動下一）繁華，興盛，興旺，榮耀，繁榮。「国家が～・える」國家繁榮昌盛。

さかおとし③【逆落とし】　①倒栽蔥，栽落，墜落。②從陡坡急速衝下。「鵯越えの～」從鵯越的陡坡衝下來。

さかき◎【榊】　①神木。②楊桐。

さがく◎【差額】　差額。

さかぐら◎【酒蔵】　酒窖，酒庫。

さかげ◎【逆毛】　①毛髮倒豎。②逆豎髮。

さかご◎【逆子・逆児】　逆産兒，足先露。

さかさ◎【逆さ】　顛倒。

さかさま◎【逆様】　逆，倒，顛倒，正相反。「切手を~に貼ってしまった」把郵票貼倒了。

さがしあ・てる◎【探し当てる・捜し当てる】（動下一）　搜尋到，找到。

さかし・い◎【賢しい】（形）　①機靈，精明。「それが~・い生き方というものなのだろう」那就是所謂的較聰明的生存法吧！②自作聰明。

さかしお◎【逆潮】　逆潮。↔真潮

さがしだ・す◎【捜し出す】（動五）　搜出。

さかしら◎【賢しら】　裝懂，自作聰明。「~を言う」說大話。

ざがしら◎【座頭】　①首席，團長。②座頭，首座。歌舞伎劇團的首席演員。

さが・す◎【探す・捜す】（動五）　找，尋求，搜尋。「仕事を~・す」找工作。

さかずき◎【杯・盃】　①杯，酒盅，酒杯。「~を干す」乾杯。②交杯，交杯爲盟。「夫婦の~をかわす」夫婦交杯。

さかぞり◎【逆剃り】 スル　倒剃。刀刃往上剃。

さかだい◎【酒代】　酒錢。

さかだち◎【逆立ち】 スル　①倒立，倒豎。②竭盡全力。「~してもかなわない」竭盡全力也敵不過。

さかだ・つ◎【逆立つ】（動五）　倒豎。「髪の毛が~・つ」毛髮倒豎。

さかだ・てる◎【逆立てる】（動下一）　倒豎。「髪を~・てて怒る」怒髮沖冠。

さかだる◎【酒樽】　酒桶，酒樽。

さかて◎【逆手】　①倒持，反握。↔順手。②反手。

さかて◎【酒手】　①酒錢。②小費，額外賞錢。「~をはずむ」（一高興）多給小費。

さかな◎【肴】　①餚，下酒菜。「刺身を~に酒を飲む」用生魚片下酒。②助興歌舞，助興趣聞。「旅の話を~に酒を酌む」談些旅途趣聞助酒興。

さかな◎【魚】　魚。「池に~が泳いでいる」魚在池子裡游著。

さかなで◎【逆撫で】 スル　觸怒，觸犯，惹惱，忤逆。

さかなみ◎【逆浪】　逆浪，頂頭浪。

さかねじ◎【逆捩じ】　①反攻，反駁。「~を食わせる」給以反擊。②反擰。

さかのぼ・る◎【逆上る・遡る】（動五）　①溯，逆流而上。「船で揚子江を~・る」乘船溯長江而上。②追溯，回溯。「話は10年前に~・る」話題要追溯到10年前。

さかば◎【酒場】　酒吧，酒館。「大衆~」大眾酒館；小酒館。

さかぶね◎【酒槽】　榨酒桶，酒槽。

さかま・く◎【逆巻く】（動五）　波浪翻滾，洶湧。「~・く波の中に飛び込む」跳進洶湧的浪濤中。

さかみち◎【坂道】　坡道。

さかむけ◎【逆剝け】　肉刺，倒刺。

さかむし◎【酒蒸し】　酒蒸魚料理。

さかめ◎【逆目】　①豎眼。②逆紋，交錯紋，斜交木紋。

さかもり◎【酒盛り】 スル　酒宴。

さかや◎【酒屋】　①酒鋪，賣酒人。②酒坊，釀酒酒廠。

さかやき◎【月代】　月代。成人男子剃掉從額頭到頭中央部分的頭髮的髮型。

さかやけ◎【酒焼け】 スル　酒後紅臉。「~した顔」酒後的大紅臉。

さかゆめ◎【逆夢】　反夢。↔正夢

さから・う◎【逆らう】（動五）　①逆，反，背逆。「流れに~・って舟を漕ぐ」逆水行舟。②違背，違抗，忤逆。「命令に~・う」違抗命令。

さかり◎【盛り】　①興盛，全盛，鼎盛。「暑さも~を越す」盛暑已過。「桜の~」櫻花盛開的時候。②壯年，年富力強，精力充沛的時期。「男の~だ」男人正值壯年。③（動物在一定的時期）發情。「~のついた猫」發情的貓。

さく⓪②【作】　①作品。②年收，收成。「~が良い」收成好。

さく⓪【柵】　①柵欄，圍欄。②城柵。

さく⓪【朔】　朔。↔望ぼう

さく⓪②【策】　①計謀，謀略。「万全の~」萬全之策。②策略，對策。「~を講じる」採取對策。

さ・く⓪【咲く】（動五）　花開，綻放。↔散る

さ・く⓪【裂く】（動五）　①撕裂，撕開，裂，撕。「絹を~・く」裂帛。②切開，剖開，破開。「魚の腹を~・く」剖開魚腹。③分裂，拆散。「二人の仲を~・く」拆散兩個人的親密關係。

さ・く⓪【割く】（動五）　匀出，分出，騰出。「研究の時間を~・いて講演をする」騰出研究的時間作演講。

ざく　火鍋輔助材料。

さくい⓪【作為】ｽﾙ　①做作，造作，矯飾。「~の跡が残る」遺留有作偽的痕跡。②〔法〕作為。↔不作為

さくい⓪【作意】　①立意。②機智，竅門。③意志，企圖。

さくいん⓪【索引】　索引。

さくおとこ⓪【作男】　長工，雇農。

さくがら⓪【作柄】　①作物收成。「今年の米の~が平年なみだ」今年稻米是普通收成。②作品水準。

さくぎょう⓪【昨暁】　昨天凌晨。

さくぐ⓪【索具】　索具，纜繩。

さくげき⓪【作劇】ｽﾙ　創作戲曲。「~術」戲劇創作藝術。

さくげん⓪【削減】ｽﾙ　削減。「予算を3割~する」把預算削減三成。

さくげんち⓪【策源地】　策源地。

さくご⓪【錯誤】　錯誤。「試行~」嘗試錯誤。

さくさく①【嘖嘖】（ﾄﾙ）　嘖嘖。「好評~」嘖嘖稱讚。

さくざつ⓪【錯雑】ｽﾙ　錯綜複雜。「~した利害」錯綜複雜的利害關係。

さくさん⓪【作蚕】　柞蠶。

さくさん⓪②【酢酸・醋酸】　醋酸，乙酸。

さくし①【策士】　策士，謀士，智囊。

さくし⓪【錯視】　〔心〕視錯覺。

さくじ⓪【作字】　造字。

さくじつ⓪【昨日】　昨日，昨天。

さくじつ⓪【朔日】　朔日，陰曆初一。

さくしゃ⓪【作者】　作者。「狂言~」狂言劇本作者。

さくしゅ①【搾取】ｽﾙ　剝削。

さくしゅう⓪【昨秋】　昨秋。去年的秋天。

さくしゅう⓪【昨週】　上週。

さくしゅん⓪【昨春】　昨春。

さくじょ①【削除】ｽﾙ　刪除，刪去，勾銷。

さくじょう⓪【作条】　纜繩，鋼纜，鋼絲繩。

さくず⓪【作図】ｽﾙ　①製圖。②〔數〕作圖。「~題」作圖題。

さく・する⓪【策する】（動サ變）　策劃，謀劃。

さくせい⓪【作成】ｽﾙ　作成，寫成。「法案を~する」草擬法案。

さくせい⓪【作製】ｽﾙ　製造。

さくせい⓪【鑿井】ｽﾙ　鑽井，掘井，鑿井。

サクセス①【success】　成功，成就，發跡。

サクセスストーリー⑥【success story】　成功故事，發跡故事。

さくせん⓪【作戦・策戦】　①作戰計畫，行動計畫。「私の~が図にあたった」恰中我計。②作戰。「~計画を立てる」擬定作戰計畫。

さくぜん⓪【索然】（ﾀﾙ）　索然。

さくそう⓪【錯綜】ｽﾙ　錯綜。「事情が~している」情況錯綜複雜。

さくちょう⓪【昨朝】　昨晨，昨天早晨。

さくづけ⓪③【作付け】ｽﾙ　種植，播種。「麦の~面積」麥子的種植面積。

さくてい⓪【策定】ｽﾙ　策劃制定，籌劃。「基本方針を~する」制定基本方案。

さくてき⓪【索敵】ｽﾙ　搜索敵軍，偵察敵情。

さくど①【作土】　耕作土，熟土。↔心土

さくどう⓪【策動】ｽﾙ　策動。

さくにゅう⓪【搾乳】ｽﾙ　擠奶。

さくねん◎【昨年】　去年。

さくばく◎【索漠・索莫】（たる）　索寞，索漠。「～とした気持ち」凄涼之感受。

さくばん◎【昨晩】　昨晚。

さくひん◎【作品】　作品。

さくふう◎【作風】　作品風格。

さくふう◎【朔風】　朔風。

さくぶん◎【作文】スル　①作文。②官樣文章，空談。「机上の～にすぎない」只是紙上談兵而已。

さくぼう◎【策謀】スル　謀劃計策，策謀。「～をめぐらす」策劃；籌劃。

さくもつ◎【作物】　作物。

さくや◎【昨夜】　昨夜。

さくやく◎【炸薬】　炸藥。

さくゆ◎【搾油】スル　榨油。

さくゆう◎【昨夕】　昨夕，昨晚。

さくら◎【桜】　①櫻花。②馬肉的俗稱。③櫻花色，淡紅色，粉紅色。

さくらえび◎【桜海老】　櫻花蝦。

さくらがい◎【桜貝】　櫻蛤。

さくらがみ◎【桜紙】　櫻花衛生紙。

さくらがり◎【桜狩り】　（野外）賞櫻。

さくらじまだいこん◎【桜島大根】　櫻島蘿蔔。

さくらぜんせん◎【桜前線】　櫻花前線。

さくらそう◎【桜草】　櫻草。

さくらだい◎【桜鯛】　①珠斑鮨。②櫻鯛。

さくらにく◎【桜肉】　馬肉。

さくらふぶき◎【桜吹雪】　櫻花吹雪。

サクラメント◎①【Sacrament】　沙加緬度。

さくらもち◎【桜餅】　櫻餅。

さくらゆ◎【桜湯】　櫻湯。

さくらん◎【錯乱】スル　①錯亂，混亂，紊亂。「事態を～させる」造成事態混亂。②精神錯亂。「～状態に陥る」陷入精神錯亂狀態。

さくらんぼう◎【桜桃】　櫻桃。

さぐり◎【探り】　探問，探聽。「～を入れる」試探。

さくりつ◎【冊立】スル　冊立。

さくりゃく◎【策略】　策略，計策。「～を用いる」用計；使用策略。「～家」策略家。

さぐ・る◎【探る】（動五）　①探，摸。「ポケットを～・って切符を出す」從口袋裡摸出車票。②刺探，偵察，偵探。「敵情を～・る」偵察敵情。③探索，探求。「日本語の起源を～・る」探求日語的起源。④探尋。

さくれい◎【作例】　範例。

さくれつ◎【炸裂】スル　炸裂，爆炸。「砲弾が～する」砲彈爆炸。

ざくろ◎【石榴・柘榴】　石榴。

さけ◎【酒】　①日本酒。②酒。③酒宴。「～の席」酒席。

さけ◎【鮭】　鮭魚。

さげ◎【下げ】　①跌落。「100円の～」下跌一百日圓。②（落語等的）灑落結尾。

さけい◎【左傾】スル　左傾。↔右傾

さげお◎【下げ緒】　刀鞘縧帶。

さけかす◎①◎【酒粕・酒糟】　酒糟。

さけくさ・い◎【酒臭い】（形）　帶酒氣，有酒臭味。「～・い息」有酒味的氣息。

さけくせ◎【酒癖】　酒癖，酒瘋。「～が悪い」發酒瘋；酒品太差。

さけじ◎【裂け痔】　裂痔，肛裂。

さげしお◎【下げ潮】　落潮，退潮。↔上げ潮

さけずき◎①◎【酒好き】　好酒，貪杯的人。

さげす・む◎【蔑む・貶む】（動五）　蔑視，鄙視，藐視，輕視。「いなか者と～・まれる」被輕視爲土包子。

さけのみ◎①◎【酒飲み】　很會喝酒，愛喝酒。

さけび◎【叫び】　叫，喊叫，喊聲，叫聲，呼聲。

さけびたり◎【酒浸り】　沉溺於酒。

さけ・ぶ◎【叫ぶ】（動五）　①叫喊，喊叫，呼喊。②呼籲。「再軍備反対を～・ぶ」大聲呼籲反對重建軍備。

さけめ◎【裂け目】　裂縫，小裂口。

さげもどし◎【下げ戻し】　退回，發回。「～の願書」退回來的申請書。

さ・ける◎【裂ける】（動下一）　裂，裂

開，破裂。「地震で地面が~・けた」由
於地震地面裂開了。

さ・ける②【避ける】（動下一）　①避。
「食事時を~・けて訪問する」避開用
餐時間，進行訪問。②避免。「武力衝突
を~・ける」避免武裝衝突。

さ・げる②【下げる】（動下一）　①降
低，降下。「飛行機は機首を~・げて着
陸態勢に入った」飛機把機首朝下準備
著陸。↔あげる。②低下，降低。「頭
を~・げる」低頭。↔あげる。③掛，
戴，懸掛，佩帶。「風鈴を~・げる」掛
風鈴。④撤下。「仏壇から供物を~・げ
る」從佛壇撤下供品。「食事がすんだの
でお膳を~・げる」餐已用完，撤下餐
具。↔あげる。⑤後挪，後退，後倒。
「机の位置を少し~・げる」把桌子稍
往後挪一挪。⑥提取，提出。「貯金を~
・げる」提取存款。⑦發放，下發，發
給。「払い~・げる」出讓。↔あげる。
⑧降低。「運賃を~・げる」降低運費。
「地位を~・げる」降低地位。「時間を
くり~・げる」延後時間。↔あげる

さげわた・す④【下げ渡す】（動五）　撥
給，撥下，發還。「国有地を民間に~・
す」將國有地撥給民間。

さげん⓪【左舷】　左舷。↔右舷

ざこ⓪【雑魚】　雑魚。

さこく⓪【鎖国】スル　鎖國，閉關自守。↔
開国

さこつ⓪【鎖骨】　鎖骨。

ざこつ⓪【座骨・坐骨】　坐骨。

ざこね⓪【雑魚寝】スル　多人一塊睡。

さこんのさくら⓪【左近の桜】　左近之
櫻。→右近ぅこの橘たちばな

ささ⓪【酒】〔中世的女性用語〕酒。

ささ⓪【笹】　小竹子，細竹。

ささい⓪【些細・瑣細】（形動）　些許，
細微，瑣細。「ごく~なことから口論に
なった」爲一點小事爭吵起來了。

ささえ⓪②【支え】　支柱，支座，支架，
支援，支撐。「心の~を失う」失掉了精
神支柱。

さざえ⓪【栄螺・拳螺】　蠑螺，角蠑螺。

ささ・える⓪②【支える】（動下一）　①

支，支撐，支承。「看護婦に~・えられ
て歩く」由護士攙扶著走。②維持（社
會、集團），保持（某種狀態）。「国の
繁栄を~・える」維持國家的繁栄。③
援助，支援。「声援に~・えられて完走
する」在加油聲中跑完全程。④撑住，
頂住，阻止，擋住。「敵の攻撃を~・え
る」阻止敵人的猛攻。

ささがき⓪【笹掻き】　切薄片。

ささかまぼこ⓪【笹蒲鉾】　小竹葉魚板。

ささくれだ・つ⓪【ささくれ立つ】（動
五）　長倒刺。「~・った指先」起了倒
刺的手指頭。

ささく・れる⓪（動下一）　①劈裂，起毛
邊。「うちわの縁が~・れた」團扇的邊
裂開了。②長倒刺，長肉刺。③煩躁。
「~・れた気分」煩躁的心情。

ささげ⓪【豇豆・大角豆】　豇豆。

ささげもの⓪【捧げ物】　敬獻物，奉獻
品。

ささ・げる⓪【捧げる】（動下一）　①捧
舉，雙手高舉。「国旗を~・げる」高舉
國旗。②奉獻，敬獻。「医学に一生を~
・げる」把一生奉獻給醫學。③獻給，
捧上。「母に~・げる」獻給母親。

ささたけ⓪【笹竹・篠竹】　笹竹。

ささつ⓪【査察】スル　查看，查察。「米の
作柄状況を~する」查看稻米的收成狀
況。

ささなき⓪【笹鳴き】　啾鳴，啾啾低鳴。

さざなみ⓪【細波・小波・漣】　細波，漣
漪。「水面に~が立つ」水面起漣漪。

ささにごり⓪【細濁り・小濁り】　微濁，
微渾。

ささぶね⓪【笹舟】　小竹葉舟，小竹葉小
船。

ささみ⓪【笹身】　雞胸肉。

ささめ・く⓪（動五）　私語，細語。
「人々の~・く声」人們的竊竊私語
聲。

さざめ・く⓪（動五）　①喧鬧，喧嘩，大
聲說笑。「夕日を浴びて子供たちが笑
い~・きながら帰ってきた」夕陽下孩
子們喧笑著歸來。②沙沙作響，嘩嘩
響。「林が風に~・めく」樹林隨風沙沙

作響。

ささめゆき⓪【細雪】 細雪。

ささやか①【細やか】（形動）①細小，簡樸，簡單。「～に暮らす」過著簡樸的生活。②薄，微薄。「～な贈り物」薄禮。

ささや・く⓪【囁く・私語く】（動五）①私語，嘀咕。「耳元で～・く」附耳低語；咬耳朵。②私下談論，小聲談論。「社長の引退が～・かれている」私下議論社長的辭職。

ささやぶ⓪【笹藪】 小竹叢，細竹竹叢。

ささら⓪①【簓】 竹刷子，竹炊帚。

ささりんどう③【笹竜胆】 龍膽草的別名。

ささ・る②【刺さる】（動五）扎，扎入，刺入。「手にとげが～・る」手扎到刺。

さざれいし③【細れ石】 小石子，小石頭。

さざんか⓪【山茶花】 山茶花。

サザンクロス⑤【Southern Cross】 南十字星，南十字（星）座。

さし⓪【刺し】 ①刺，扎，穿。「串～」穿串。②生魚片。「いか～」生墨魚片。

さし⓪【差し・指し】 ①二人一起，倆人面對面。「～で話す」二人面對面談話。②（接頭）調整語氣、加強意義的接頭語。「手を～出す」伸出手來。「～換える」換，更換。③（接尾）支，曲，首。「一～舞う」舞一曲。

さし⓪【蛆子】 ①青蠅幼蟲。②蛆，蛆蟲。

さし⓪【砂嘴】 沙嘴。

さし⓪【渣滓】 渣滓。

さじ⓪【匙】 匙，湯匙。

さじ⓪【瑣事・些事】 瑣事。「～にとらわれる」瑣事纏身。

ざし⓪【座視・坐視】スル 坐視。「～するに忍びない」不忍坐視。

さしあ・げる⓪【差し上げる】（動下一）①舉，舉起。「子供を軽々と～・げる」輕輕把孩子舉起。②贈送，贈給，獻。「この花をあなたに～・げます」這束花送給您。

さしあし⓪【差し足】 躡足。「抜き足～で歩く」躡手躡腳走。

さしあたり⓪【差し当たり】（副）當前。

さしあぶら③【差し油】 注油，上（的）油。

さしあみ⓪③【刺し網】 刺網。

さしいれ⓪【差し入れ】 ①送東西。從外部為被拘押、拘留的人送食物或所需物品。②送慰勞品。

さしい・れる④⓪【差し入れる】（動下一）①放入，放進，裝進，投入，插入。「手を～・れる」插手。②為被拘留等的人送食物及所需物品。「弁当を～・れる」送便當。③送慰勞飲食品。「夜食を～・れる」送宵夜。

さしえ⓪③【挿絵】 插圖，插畫。

サジェスチョン②【suggestion】 暗示，啟發。「～を与える」給予啟發。

サジェスト②【suggest】スル 暗示，啟發。

さしお・く⓪【差し置く・差し措く】（動五）①放置，擱。②擱置。「この問題は～・いて、次に進もう」這個問題先擱置，進行下一個吧。③忽視，拋開，不理睬。「課長を～・いて部長と相談する」拋開課長和部長商量。

さしおさえ⓪【差し押さえ】 查封，扣押。

さしおさ・える⓪③【差し押さえる】（動下一）查封，扣押，凍結。「財産を～・えられる」財産被凍結。

さしか・える⓪③【差し替える】（動下一）更換，替換。「メンバーを～・える」替換成員；換人。

さしかか・る④【差し掛かる】（動五）①到達，走到。「急坂に～・る」走到陡坡。②逼近，臨近，緊迫。「雨期に～・る」臨近雨季。③遮蓋，籠罩。「屋根に～・る桜」遮蓋於屋頂的櫻樹。

さしかけ⓪③【差し掛け・指し掛け】 ①遮蓋，罩上，蒙住。②暫停，日後再賽。

さしか・ける④③⓪【差し掛ける・指し掛ける】（動下一）①遮蓋，罩上。「傘を～・ける」撐傘。②蒙住。

さじかげん⓪【匙加減】 ①製劑量。②藥方，處方。③斟酌，關照分寸，酌情。「彼の～一つで事が決まる」由於他的妥善關照，事情決定了。

さしがね⓪②【差し金】 ①鋼曲尺，矩尺，角尺。②教唆，指使，授意。「いらざる～」不需要授意。

さしき⓪【挿し木】 スル 插木，扡插。

さじき【桟敷】 看台。

ざしき⓪【座敷】 鋪席客廳，鋪席房間。「～に通される」被（主人）請到客廳裡。

さしきず⓪【刺し傷】 刺傷，扎傷。

さしぐすり⓪【差し薬・注し薬】 點眼藥，眼藥水。

さしぐ・む⓪②【差し含む】 （動五） 含淚，噙淚。

さしく・る⓪②【差し繰る】 （動五） 安排，調配。「日程を～る」安排行程。

さしこ⓪【刺し子】 衲縫衣料，多層衲縫布。

さしこみ【指し込み】 讓棋另下，逐級讓棋。

さしこみ⓪【差し込み】 ①插入，扎進。②插頭，插銷。③劇痛，絞痛。

さしこ・む⓪【差し込む】 （動五） ①插入，扎進。「かぎを～む」把鑰匙插進去。②照進，射入。「日が部屋に～む」日光射進房間。③劇痛，絞痛。

さしさわり⓪【差し障り】 阻礙，妨礙，故障。

さししめ・す⓪【指し示す】 （動五） ①指示，指明。「目標を～す」指示目標。②指示，指著。「標識が北を～す」標誌指著北。

さしず⓪【指図】 スル 指使，指示。「誰の～でそんなことをしたのだ」是誰指使你做那種事的。

さしずめ⓪【差し詰め】 （副） ①總之。②當前，目前。「～困ることはない」眼前還沒有什麼困難。

さしせま・る⓪【差し迫る】 （動五） 緊迫，逼近，迫近。「年の瀬が～る」年關迫近。

さしだしにん⓪④【差出人】 發貨人，寄件人，發信人。↔受取人

さしだ・す⓪【差し出す】 （動五） ①伸出，探出。「手を～す」伸出手。②拿出，提交。「申込書を～す」提交申請。③寄送，寄出。「速達で～す」用限時信寄出。④派發，差遣。「代理人を～す」派代理人。

さした・てる⓪【差し立てる】 （動下一） ①寄出，發出，送交。「小包を～てる」寄發郵件。②派遣，打發。

さしたる⓪【然したる】 （連體） （多下接否定）了不起的。「～困難はなかった」沒什麼了不起的困難。

さしちが・える⓪【差し違える】 （動下一） 誤判。在相撲比賽中，行司判定錯誤。

さしつか・える⓪【差し支える】 （動下一） 有礙，妨礙，礙事，影響。「仕事に～える」對工作有妨礙。

さしつかわ・す【差し遣わす】 （動五） 差遣，派出。「代表団を～す」派遣代表團。

さしつぎ⓪【刺し継ぎ】 織補。

さしつぎ⓪【指し継ぎ】 繼續下。

さして⓪【然して】 （副） （下接否定）怎麼，那麼。「～重要なことでもない」也並不是那麼重要的事。

さしでがまし・い⓪②【差し出がましい】 （形） 多事，出風頭，多嘴多舌。「～・いことを言う」說多嘴多舌的話。

さしとお・す⓪【刺し通す】 （動五） 刺穿，刺透。

さしと・める⓪【差し止める】 （動下一） 制止，阻止，停止。「出版を～・める」停止出版。

さしぬい⓪②【刺し縫い】 ①衲縫，多層衲縫布。②雙面刺繡。

さしね⓪【指し値】 指定價格，限價，遞價，出價。

さしの・べる⓪②【差し伸べる・差し延べる】 （動下一） （向某個方向）伸出。「援助の手を～・べる」伸出救援之手。

さしば⓪【差し歯】 ①（裝）木屐齒。②鑲牙。

さしはさ・む◎【差し挟む】（動五）①插進，插入。「言葉を～・む」插嘴。②心懷，抱持。「疑いを～・む」持疑；懷疑。③夾（在東西中間）。「本にしおりを～・む」把書籤夾進書裡。

さしひか・える◎【差し控える】（動下一）①侍立，待命，靜候。②節制。「食事を～・える」節制飲食。③節制，暫緩。「発表を～・える」暫不發表。

さしひき◎【差し引き】ｽﾙ ①扣除，抵銷，扣除後餘額。「貸しと借りを～する」扣除貸款和借款。②潮水的漲落。③體溫的升降。

さしひ・く◎【差し引く】（動五）扣除，抵銷。「給料から家賃を～・く」從工資中扣除房租。

さしひび・く◎◎【差し響く】（動五）產生影響。「値上げが生活費に～・く」漲價影響到生活費。

さしまね・く◎◎【差し招く】（動五）招手叫。「こちらへくるように～・く」招手叫過來。

さしまわ・す◎◎【差し回す】（動五）派，調派，調撥。「迎えの車を～・す」調派迎接車輛。

さしみ◎【刺し身】生魚片。

さしみ◎【差し身】插身。在相撲比賽中，用拿手的插手招數迅速將手插入對方腋下。

さしみず◎【差し水】ｽﾙ 添水，加水。

さしむかい◎【差し向かい】面對面，相對。

さしむ・ける◎【差し向ける】（動下一）派遣，打發。「空港までお迎えの車を～・けましょう」派車到機場去接吧！

さしもどし◎【差し戻し】①退回，駁回。②〔法〕退回原判，發還。

さしもど・す◎【差し戻す】（動五）退回，駁回。「事件を第一審に～・す」把案子退回第一審。

さしもの◎【指物・差物】①軍標。「旗～」旗標。②細木器，細木家具。

さしゅ◎【詐取】ｽﾙ 詐取。「預金を～する」詐取存款。

さしゅう◎【査収】ｽﾙ 查收，驗收。「御～ください」敬請查收。

さじゅつ◎【詐術】詐術，騙術。「～にたけた男」精於騙術的男子。

さしょう◎【些少】少許，些許。

さしょう◎【査証】ｽﾙ 查證，查驗。

さしょう◎【詐称】ｽﾙ 詐稱，冒稱，冒充，虛報。「学歴を～する」謊報學歷。

さじょう◎【砂上】沙子之上。「～の楼閣」空中樓閣。

ざしょう◎【座礁・坐礁】ｽﾙ 觸礁。

ざしょう◎【挫傷】ｽﾙ 挫傷，扭傷。

ざじょう◎【座乗・坐乗】ｽﾙ 登艦（機）指揮。

ざしょく◎【座食・坐食】ｽﾙ 坐食。「～の徒」坐吃山空之徒。

さしりょう◎【差し料】佩刀，佩劍。

さしわたし◎【差し渡し】直徑。「～1mの木」直徑 1m 的樹。

さじん◎【砂塵】沙塵。

さ・す◎【差す・注す】（動五）①點，加，上。「水を～・す」加一點水。「目薬を～・す」點眼藥。②抹，塗，擦。「紅を～・す」塗口紅。

さ・す◎【指す】（動五）①指。「指で東を～・す」用手指指向東方。②指名。「授業で2回～・された」在課堂上兩次被指名。③指出。「『それ』は文中のどの語を～・すか」「それ」是指文章中的哪個詞？④告密。「違反建築で～・される」因違章建築而被告密。⑤朝向，指向。「山を～・して進む」朝著山的方向前進。⑥向。「未来を～・して進む」走向未來。⑦走，下。「将棋を～・す」下將棋。

さ・す◎【挿す】（動五）①插。「髪に花を～・す」把花插在頭髮上。②插枝。「サツキを～・してふやす」插枝杜鵑花繁殖。③插花。「花を花瓶に～・す」把花插進花瓶裡。④插入，插進。「手紙を状差しに～・す」把信插進信封裡。

さ・す◎【刺す】（動五）①刺，扎。「針で～・す」用針扎。②螫。「蚊に～・される」被蚊子螫了。③衲（縫）。

「雑巾を〜・す」枷縫抹布。④扎，刺。「人を〜・す」刺人。「とどめを〜・す」刺其咽喉。⑤黏捕，黏。「鳥を〜・す」黏鳥。⑥觸殺。「セカンドで〜・す」在二壘被觸殺。⑦刺激。給予眼、鼻、舌等強烈的刺激。「鼻を〜・すにおい」刺鼻的氣味。⑧刺。「その一言が胸を〜・した」那一句話刺痛了（他的）心。

ざす⓪【座主】 座主。

さすが⓪【流石】（副） ①不愧，到底，畢竟。「離れていても、〜（に）心は通じている」雖然分開了，但畢竟心靈相通。「〜先生で知識が豐富だ」不愧是老師，知識真豐富。②甚至，就連…也。「〜の君もだめだったのかい」連你都不行了嗎？

さずかりもの⓪【授かり物】 賞賜物，天賜。「子供は天からの〜だ」孩子是上天的賞賜物。

さずか・る⓪【授かる】（動五） ①被授予，天賜。「子供は〜・り物だ」孩子是天賜。②傳授。由老師授予學問或技術。「秘伝を〜・る」授秘傳。

さず・ける⓪【授ける】（動下一） ①授予，賜予。「勲賞を〜・ける」授予勳章。②教授。「秘策を〜・ける」教授秘訣。

サスペンション③【suspension】 懸吊系統。

サスペンス③【suspense】 懸疑，不安。

サスペンダー③【suspenders】 ①褲子吊帶。②吊襪帶。

サスペンデッドゲーム⑧【suspended game】暫停比賽，保留比賽，暫時中止比賽。

さすら・う③【流浪う・流離う】（動五）流浪，流離，飄泊。「異郷を〜・う」飄泊異郷。

さす・る⓪【摩る・擦る】（動五） 搓，摩擦，撫摸。「背中を〜・る」按摩背部。

ざ・する②【座する・坐する】（動サ變）①坐。「〜・して死を待つ」坐以待斃。②受（事件）連累，受牽連，連坐。「汚職事件に〜・する」受到貪污事件的牽連。

ざせき⓪【座席】 座席，座位，宴席。

させつ⓪【左折】 スル 左折。↔右折

させつ⓪【挫折】 スル 挫折。

さ・せる⓪（動下一） ①令，讓。「家にいる人に戸をあけ〜・せる」讓屋裡的人把門打開。②允許做，讓做，放任。「ぜひ私も仲間に入れ〜・せてください」請允許我參加吧！

させる⓪【然せる】（連體） 值得一提的，怎麼樣的，了不起的。「〜こともなく終わる」還沒怎麼的就結束了。

させん⓪【左遷】 スル 左遷。

ざぜん⓪【座禅・坐禅】 〔佛〕坐禪。

さぞ①【嘸】（副） 一定…吧，想必…吧。「〜寒いことでしょう」想必一定很冷吧。

さそい⓪【誘い】 誘惑，引誘。「〜を断る」拒絕誘惑。

さそいだ・す④【誘い出す】（動五） ①邀出，誘出，約出。「遊びに〜・す」約到外面去玩。②引誘，誘使，套出。「重大情報を〜・す」套出重大情報。

さそ・う⓪【誘う】（動五） ①邀請，勸誘，會同，約。「お茶に〜・う」邀人喝茶。②引誘。「悪の道に〜・う」引入歧途。③誘使，引起，催促。「会葬者の涙を〜・う」引發送殯者潸然淚下。

さぞかし③【嘸かし】（副） 想必…吧。「さぞ」的加強語。

さそく⓪【左側】 左側。「〜通行」左側通行。↔右側

さぞや①【嘸や】（副） 想必，一定是。「さぞ」的加強語。

さそり⓪【蠍】 蠍子。

さそん⓪【差損】 差損。↔差益

さた①【沙汰】 スル ①（適當的）處置，處分。「地獄の〜も金次第」錢能通神；有錢能使鬼推磨。②（君主、官府等的）裁定，指示，通知。「追って〜する」隨後通知。③風聲，傳說。④音信，消息。「何の〜もない」杳無音信。⑤事件，行爲，動作。「正気の〜ではない」不是正常人的行爲。

さ

サターン◎【Saturn】　土星。

さだいじん◎【左大臣】　左大臣。

さだか◎【定か】（形動）　確定，清楚，明確，確實。「～に覚えています」記得很清楚。

ざたく◎【座卓】　矮桌，日式炕桌。

さだま・る◎【定まる】（動五）　①決定，確定，明確。「方針が～・る」確定方針。②安定，穩定。「足元が～・らない」腳步不穩。③平息，平靜。「天気が一向～・らない」天氣變化無常。

さだめ◎【定め】　①規定，決定，規則，章程。②固定，一定，穩定。③定數。「悲しい～」悲慘的命運。

さだめて◎【定めて】（副）　想必，一定，諒必。

さだ・める◎【定める】（動下一）　①決定，制定，規定。「規則を～・める」定規則。②確定，明確，注定。「目標額を～・めて積み立てる」確定目標額進行累積。

さたやみ【沙汰止み】　告吹，作罷，無下文。「計画は～となった」計畫已經吹了。

さたん◎【左袒】スル　左袒。

さたん◎【嗟嘆・嗟歎】スル　①嗟嘆，嘆息。②感歎，讚歎。

サタン◎【Satan】　撒旦，魔鬼，魔頭。

ざだん◎【座談】スル　座談。「～会」座談會。

さち◎【幸】　①自然獲物。「山の～海の～」山珍海味。②幸運，幸福。「君の前途に～あれと祈る」祝你前途幸福。

さちゅう【左注・左註】　左注。加在正文左側的注。

ざちょう◎【座長】　①主持人，會議主席。②團長。

さつ◎【札】　①鈔票，紙幣，票子。②（接尾）張，封，份，件。「一～書かせる」讓他寫一張。

さつ【冊】（接尾）　冊，本。「3～の本」3冊書。

ざつ◎【雑】（形動）粗枝大葉。「君の考えは～だ」你的想法太粗率了。

さつい◎◎【殺意】　殺機，殺意。「～を抱

く」懷有殺機。

さついれ◎【札入れ】　錢包夾，票夾。

さつえい◎【撮影】スル　攝影。「映画を～する」拍電影。

ざつえい◎【雑詠】　雜詠。↔題詠

ざつおん◎【雑音】　①雜音，噪音，吵雜聲。②雜音，干擾。③多嘴多舌，插嘴。「わきから～を入れるな」不要從旁亂插嘴。

さっか◎【作家】　作家。

さっか◎【作歌】スル　作詩，作和歌。

さっか◎【昨夏】　去年夏天。

ざっか◎【雑貨】　雜貨。「～商」雜貨商。

サッカー◎【seersucker】泡泡紗，皺紗薄織物。

サッカー◎【soccer】　英式足球。

さつがい◎【殺害】スル　殺害。

さっかく◎【錯角】　錯角。

さっかく◎【錯覚】スル　錯覺，錯以爲。「～をおこす」發生錯覺。

ざつがく◎【雑学】　雜學。

さっかしょう◎◎【擦過傷】　擦傷。

サッカリン◎【saccharin】　糖精。

さっかん◎【錯簡】　錯行，倒頁。

さつき◎【五月・皐月】　①皋月。陰曆五月。②皋月杜鵑。

さっき◎【先】　剛才，方才，先前。

さっき◎【殺気】　殺氣，緊張氣氛。「戦場に～がみなぎる」戰場上充滿殺氣。

ざつき◎◎【座付き】　劇團專屬。

ざっきょ◎◎【雑居】スル　雜居，雜處。

さっきょう◎【作況】　收成。

さっきょく◎【作曲】スル　作曲，譜寫。「～家」作曲家。

さっきん◎【殺菌】スル　殺菌，滅菌。「熱湯で～する」用滾開的水殺菌。

ざっきん◎【雑菌】　雜菌。

さっく【作句】　作俳句或所作的俳句。

サック◎【sack】　①囊，套，罩。「小刀の～」小刀鞘。②〔「ルーデ-サック」之略〕保險套。

ざっくばらん◎（形動）　心直口快，直率，坦率。「～な人」心直口快的人。

さっくり◎（副）スル　①任人宰割。「～切れる」任人宰割。②清淡。「～した味」

清淡的味道。

ざっくり①（副）①〔「ざくり」的強調語〕猛地切開或大塊裂開貌。「～と西瓜を割る」嘩地一刀將西瓜切開。②深深地裂開。「～と割れた傷口」割得深的傷口。③粗織。「～とした生地」粗織的布料。

ざっけん①【雑件】雑事，雜案，雑件。

さつげんがっき③【擦弦楽器】擦弦樂器。

ざっこく①【雑穀】雜糧。

さっこん①【昨今】這些日子，近來，近幾天。「～の交通事情を集める」搜集近來的交通情況。

ざっさん①【雑纂】雜纂，雑輯。

さっし①【察し】察覺。「～が早い」察覺得早。

さっし①①【冊子】冊子。「小～」小冊子。

ざっし①【雑誌】雜誌。

ざっじ①【雑事】雜事，瑣事。「～に追われる」雜事纏身。

サッシュ①【sash】①金屬窗框。「アルミ-～」鋁製窗框。②裝飾帶，飾帶。

ざっしゅ①【雑種】雜交種，雜種。

ざっしゅうにゅう③【雑収入】雜項收入。

ざっしょ①【雑書】雜書。

さっしょう①【殺傷】スル 殺傷。「～事件」殺傷事件。

ざっしょく①【雑食】スル 雜食。「～性」雜食性。

ざっしょとく③【雑所得】雜所得，雜項收入。

さっしん①【刷新】スル 刷新，革新。「選挙制度の～」選舉制度的革新。

さつじん①【殺人】殺人。「～犯」殺人犯。

さつじん【殺陣】武打場面。

さっすい①【撒水】スル 〔「さんすい」為慣用讀法〕灑水，噴水。「～車」灑水車。

さっすう③【冊数】冊數。

さっ・する①【察する】（動サ變）①觀察，察知。「表情から～・する」由表情察知。②體諒，體察。「苦衷を～・する」體諒苦衷。

ざっせつ①【雑節】雜節。

ざつぜん①【雑然】（タル）雜然，亂七八糟。↔整然。「～とした部屋」亂七八糟的房間。

さっそう①【颯爽】（タル）精神抖擻地出門。

ざっそう①【雑草】雜草。

さっそく①【早速】（副）立刻，馬上。「～のご返事、ありがとう」很快接到回信，十分感謝。

ざっそん【雑損】雜項損失。

ざった①【雑多】雜多，繁多，繁雜，形形色色，五花八門。「種々～な人間」各種各樣的人。

さつたば①①【札束】鈔票捆，成疊的鈔票。「～で頬をはる」貪得無厭地接受金錢。

ざつだん①【雑談】スル 雜談，聊天，閒談。

さっち①【察知】スル 察知，察覺。「敵の動向を～する」察覺敵人的動向。

さっちゅうざい③【殺虫剤】殺蟲劑。

ザッツ①【德 Satz】跳躍。滑雪跳躍的起跳。

さっとう①【殺到】スル 紛紛而來，紛至沓來，蜂擁而至。「注文が～する」訂單蜂擁而至。

ざっとう①【雑踏・雑沓】スル 擁擠，雜沓，人山人海。「～している銀座」非常擁擠的銀座街。

ざつねん①①【雑念】雜念，胡思亂想。「～を払う」摒除雜念。

ざっぱい①【雑俳】〔雑體俳諧之意〕雜俳。

ざっぱく①【雑駁】雜亂無章，沒有條理，沒有系統。「～な知識」沒有系統的知識。

さつばつ①【殺伐】（形動）殺伐，充滿殺機，殺氣騰騰。「～とした都会の光景」冷酷無情的都市景象。

さっぱり①（副）スル ①乾淨俐落，瀟灑。「～した教室」乾淨整潔的教室。②（性格或味道等）淡泊，清淡。「～した

味」清淡可口的味道。③暢快，痛快，輕鬆。「試験が終わって～した」考試結束真輕鬆。④精光，一乾二淨。「きれい～なくなる」落得；一無所有了。⑤根本，完全，全然。「～顔を見せない」根本不露面。⑥完全不行，一點也不會。「～分からない」一點也不明白。

ざっぴ⓪【雑費】 雜費。

さっぴ・く⓪⓪【差し引く】（動五）「差し引く」的轉意。「税金を～・かれる」扣除稅金。

さつびら【札片】 鈔票，紙鈔。

さっぷうけい⓪【殺風景】 ①殺風景。「～な街」大殺風景的街。②掃興，敗興。「男ばかりで～な旅行だ」都是男的真是敗興的旅行。

ざつぶつ⓪【雑物】 雜物。

ざつぶん⓪【雑文】 雜文。「～を書く」寫雜文。

ざっぽう⓪【雑報】 雜聞，雜訊，短訊，零碎消息，社會版消息。

ざつぼく⓪【雑木】 雜木。

さつま⓪⓪【薩摩】 薩摩。

さつまあげ【薩摩揚げ】 油炸菜絲魚肉餅，油炸魚肉丸子。

さつまいも【薩摩芋】 番薯，甘薯，白薯，紅薯。

さつまがすり⓪【薩摩絣】 薩摩碎花紋棉布。

さつまじる【薩摩汁】 薩摩濃湯。

さつまのかみ⓪【薩摩の守】 無票乘車，搭霸王車（的人）。

さつまはやと【薩摩隼人】 ①薩摩隼人。薩摩的武士。②鹿兒島男子。

ざつむ⓪【雑務】 雜務，雜事。

ざつよう⓪【雑用】 雜事，瑣事，雜活。「～に追われる」雜務纏身；忙於瑣事。

さつりく⓪【殺戮】 スル 殺戮。

ざつろく⓪【雑録】 雜錄，雜記。

ざつわ⓪【雑話】 スル 雜談，漫談，雜話。

さて⓪【扨・偖】 ⓵（接續）①那麼，其次，且說。「～、次に…」那麼，接下來…。②於是，就這樣。「～、桃太郎は…」於是，桃太郎就…。⓶（感）①那

麼，那就。「～、そろそろ始めようか」那麼，該開始吧。②那麼，那。表示猶豫和躊躇心情的用語。「～、困ったな」到底怎麼辦呢？

さであみ【叉手網】 抬網。

さてい⓪【査定】 スル 查定，考核，核定。「税金を～する」核定稅款。

サディスティック⓪【sadistic】（形動）性虐待狂的，施虐淫的，虐待狂的。

サディスト②【sadist】 施虐淫者，虐待狂者。↔マゾヒスト

サディズム①【sadism】 虐待狂，施虐淫魔，性虐待狂。↔マゾヒズム

さてお・く⓪【扨措く・扨置く】（動五）暫且撇開，暫放一邊。「冗談は～・いて、本題にはいろう」先別開玩笑，談正題吧。

さてつ⓪【砂鉄】 鐵砂，鐵礦砂。

サテライト①【satellite】 衛星。

サテライトオフィス⑥【satellite office】 衛星事業所，衛星辦公室。

サテライトきょく⑦【一局】 衛星站，衛星轉播站。

サテライトスタジオ⑦【satellite studio】 衛星廣播室。

さてん⓪【茶店】 茶館，咖啡館。

さと⓪【里】 ①鄉里，村莊。②故里，老家，故鄉。「お～はどちらですか」您的故鄉是哪兒？③娘家，原生家庭，自己家。「～に帰える」回娘家。④（人的）身世，天性。「お～が知れる」身世暴露。

さと・い②【聡い・敏い】（形） 伶俐，敏銳，聰敏，精。「利に～・い」精於謀利。

さといも⓪【里芋】 芋（芳），芋頭。

さとう⓪【左党】 ①好酒者。②左派政黨。↔右党

さとう②【砂糖】 砂糖，白糖。

さとおや⓪【里親】 ①養父母，養父，養母。②寄養父母，監護人，寄養人。

さとがえり③⓪【里帰り】 スル 回門。

さとかぐら③【里神楽】 鄉間神樂。

さとかた【里方】 娘家，娘家人，生身家庭（的人）。

さとご⓪【里子】　寄養，養子，養女。「～に出す」送出去寄養。

さとごころ③【里心】　想家，思鄉，懷鄉。「～がつく」鄉愁。

さとことば⓪【里言葉】　土話，家鄉話。

さと・す②⓪【諭す】（動五）①曉諭，教導，告誡。「生徒をじゅんじゅと～す」諄諄教誨學生。②神諭，天啓。

さとびと②【里人】　鄉下人，本村人，本地人，當地人。

さとやま②【里山】　近山，里山。

さとゆき②【里雪】　鄉間雪，平原雪。↔山雪

さとり③【悟り・覚り】①領悟，理解，領會。②〔佛〕悟，覺悟。↔迷い。「～を開く」開悟。

さと・る②⓪【悟る・覚る】（動五）①悔悟，領悟。「判然と～・る」翻然悔悟。②認清，看透，醒悟，覺悟，發覺。「彼は死期を～・る」他察覺死期將至。③開悟，了悟。

サドル①【saddle】　車座墊。

サドンデス①②【sudden death】①猝死。②延長賽決勝法。

さなえ⓪【早苗】　稻秧。

さなか①【最中】　最高潮，最盛期，正當中。「戦いの～」戰鬥最激烈時。

さながら⓪②【宛ら】（副）①宛，宛然，宛如恰似，彷彿，如同。「～花のようにきれいだ」漂亮得像花一樣。②原封不動，照原樣。「本番～に行う」按正式那樣進行。

さなぎ⓪【蛹】　蛹。

さなだひも⓪【真田紐】　真田縱帶。

サナトリウム④【sanatorium】　療養院。

サニーサイドアップ⑦【sunny-side up】　單面煎蛋。

サニーレタス⑤【sunny lettuce】　紫紅萵苣，紫葉生菜。

サニタリー①【sanitary】（形動）　衛生的，清潔的。

さね⓪【札】　鎧甲片。

さね①【実・核】①果核。②〔建〕企口板樺舌，陽樺。③陰核。

さねかずら⓪【真葛・実葛】　南五味子。

さのう⓪①【左脳】　左腦。

さのう⓪【砂囊】①砂袋。②砂囊，肫，肌胃。

さのみ①【然のみ】（副）（下接否定）那般，並不那麼。「…～高いという程でもない」並不那麼貴。

さは①【左派】　左派。↔右派

さば⓪【鯖】　鯖。

サパー①【supper】　晚飯，晚餐。

サパークラブ④【supper club】　夜總會。

さはい⓪①【差配】ス́ル①調處，一手包辦，獨自處置。「仕事の～をする」全權處理工作。②分派，調遣。

サバイバル②【survival】　生存，存活。

さばおり⓪【鯖折り】　鯖折。相撲中決定勝負的一招。

さばき⓪【捌き】　妥善處理，巧妙使用，熟練操作。「包丁～」烹飪技藝嫻熟。②處置，處理事情。

さばき⓪【裁き】　審判，判決。「～が下る」宣判。

さばく⓪【佐幕】　佐幕。支援江戸幕府繼續存在。

さばく⓪【砂漠・沙漠】　砂漠，沙漠。

さば・く②【捌く】（動五）①理開，梳理，弄好，整理好。「着物の裾を～・く」整理好和服的下襬。②剖開，開膛。「鰹を～・く」剖開鰹魚。③嫻熟運用，妥善處理。「包丁を～・く」嫻熟運用烹飪技藝。④巧妙處理。「仕事を一人で～・く」一個人出色處理工作。⑤銷完，處理。「在庫を～・く」處理庫存。

さば・く②【裁く】（動五）　裁判，審判，審理。「喧嘩をうまく～・くのは難しい」妥善地勸解吵架是件難事。

さばぐも⓪【鯖雲】　捲積雲的通稱。

さば・ける⓪【捌ける】（動下一）①理開，整理好。②銷完，售罄，暢銷。「子供向けの本はよく～・ける」適合小孩的書非常暢銷。③開明，開通。「張さんのお祖母さんは年の割には～・けた事を言う」小張的奶奶年紀雖老，說話很開明。

サバティカル①【sabbatical】　休長假。

さばぶし【鯖節】 鯖魚乾，乾鯖魚。

サバラン【法 savarin】 薩瓦蘭蛋糕，甜酒蛋糕。

さはんじ【茶飯事】 常事，家常便飯。「日常～」日常事情。

サバンナ【savanna】 熱帶稀樹草原。

さび 緑芥末。「～をきかせる」調出緑芥末的嗆鼻辣味。

さび【寂】 ①幽寂，古香。②蒼老，低沉。「～のきいた声」蒼老的聲音。→軽み・しおり

さび【錆・銹】 ①鏽。②惡報，惡果。「身から出た～」咎由自取。

さびあゆ【錆鮎】 鏽斑香魚。

さびいろ【錆色】 紅褐色，棕紅色，赫石色，鐵鏽色。

さびごえ【寂声】 蒼聲。

さびし・い【寂しい・淋しい】 （形）①空蕩，失落。「彼の顔が見えないのは～・い」見不到他而感到有些失落。②寂寞，冷清，孤單。「彼女はどことなく～・そう様子であった」他不知道爲什麼，顯得很孤寂。③寂靜，空寂，冷清，荒涼。「～・い夜道」寂靜的夜道。

さびつ・く【錆付く】 （動五）①生鏽，生鏽卡住。②生鏽，不靈光。「頭が～・く」腦袋生鏽；腦袋不靈光。

さびどめ【錆止め】 防鏽。

ざひょう【座標】 座標。

さ・びる【錆びる】 （動上一）①生鏽。「～・びたナイフは使いにくい」生鏽的刀用起來不方便。②聲音蒼老，聲音沙啞。

さび・れる【寂れる】 （動下一）①冷落，衰微，凋零，蕭條。「市場が～・れた」市場蕭條。②荒涼，荒蕪。「～・れた風景」一片荒涼景象。

サファイア【sapphire】 藍寶石。

サファリ【safari】 狩獵旅行。「～-スーツ」獵裝；旅行裝。

サファリパーク【safari park】 野生動物園，自然動物園，開放式動物園。

サファリラリー【Safari Rally】 沙法利拉力賽，狩獵旅行拉力賽。

サブウエー【subway】 地鐵，地下鐵。

サブカルチャー【subculture】 亞文化，次文化。

サブジェクト【subject】 ①主題，話題。②（英語文法中指）主語，主格。③〔論〕主詞，主項。④〔哲〕主觀，主體。↔オブジェクト

サブタイトル【subtitle】 ①（書籍、論文等的）副標題。②字幕。

ざぶとん【座布団・座蒲団】 坐墊。

サブマリン【submarine】 ①潛水艇，潛艇。②低手投球（手），低肩投球（手）。

サプライ【supply】 供應，供給。

サプライヤー【supplier】 供應者，供貨人，供應廠商。

サフラワーオイル【safflower oil】 紅花油，藏紅花油。

サフラン【荷 saffraan】 番紅花，藏紅花。

サブリミナルアド【subliminal ad】 潛意識廣告，下意識廣告。

サプリメント【supplement】 補遺，附錄。

サブルーチン【subroutine】 子程式。

サブレー【法 sablé】 奶油甜餅乾，奶酥餅乾。

さべつ【差別】 スル ①差別。②歧視，差別（待遇），排斥。「人種～」種族歧視。

さへん【サ変】 「サ行変格活用」之略。

さへん【左辺】 左邊。↔右辺

さほう【作法】 禮法，禮節，禮貌，規矩，作法。「子供に～をつける」對孩子進行禮節教育。

さぼう【砂防】 防沙。「～造林」防沙造林。

さぼう【茶房】 茶館。

サポーター【supporter】 ①護具。②支持者，後援者。

サポート【support】 スル 支撐，支援。

サボタージュ【法 sabotage】 スル ①怠工。②偷懶，怠惰。

サボテン【仙人掌・覇王樹】 仙人掌。

さほど【然程】 （副）那般，那麼。「～

おいしくない」並不那麼好吃。

サボ・る回【動五】 怠惰，偷懶，逃學。「授業を～・る」逃課。

ザボン回【葡 zamboa】 柚子，文旦。

さま回【様】 [1]①（事物的）樣子，狀態，情況。「都市の～がかわった」城市的樣子變了。②模樣。「～を変える」改變模樣。[2]（接尾）①接在人名、身分、住處等名詞後表示尊敬之意。「中村～」中村先生。「殿～」老爺；大人。②接在冠有接頭詞「お」、「ご（御）」的名詞或形容動詞後，表示謙恭禮貌。「御馳走さ～」承蒙您款待。「お粗末～」不成敬意。③現在一般用「ざま」的形式表示做的樣子。⑦表示持續。「続け～」繼續做。「生き～」活著；健在。⑦…的瞬間，做…的同時。「すれ違い～」擦身而過的一瞬間。「振り向き～」回頭的時候。④表示方向、方面。「雨が横～に降る」大雨斜著落下。⑤接在體言或冠有「お」、「ご（御）」的體言後（表示謝意、歉意），為「こと」之意的禮貌語。「これははばかり～」這太麻煩您了。

ざま回【様・態】 狼狽相，醜態，醜相。「なんて～だ」像個什麼樣子！

サマー回【summer】 夏，夏季，夏天。

サマーウール国【summer wool】 夏用毛織物。

サマースクール国【summer school】 暑期學校，暑期補習班，暑期講習會。

さまがわり国【様変わり】 スル ①變了樣。「町並みが～する」街景變樣了。②行情突變。

さまざま国回【様様】 種種，形形色色，各種各樣。「春になると、～な色の花がきれいに咲き乱れている」一到春天，各式各樣的花就開得漫山遍野。

さま・す回【冷ます】（動五）①放涼，弄涼。「お湯を～・してから飲みましょう」把開水放涼再喝吧。②降低，減低。「興奮を～・す」掃興。

さま・す回【覚ます・醒ます】（動五）①喚醒，弄醒。「人の足音で目を～・した」被人的腳步聲弄醒了。②醒酒。

「ちょっと風に当たって酔いを～・したらいかがでしょうか」您吹吹風醒醒酒如何？③醒悟，清醒，使覺醒。「彼女も今度という今度は目～・すだろう」她這回可醒悟了吧。

さまたげ回【妨げ】 妨礙，障礙，阻撓。「出世の～」出人頭地的障礙。

さまた・げる回回【妨げる】（動下一）①防礙，阻礙，阻擋，阻撓，阻止，抑制。「他人の勉強を～・げないでください」請你不要妨礙別人學習。②禁止。「重任を～・げない」可連任。

さまつ回【瑣末】 瑣碎，微不足道。

さまで回【然迄】（副） 到那種程度，那麼樣。

さまよ・う回【彷徨う】（動五）①徬徨，流浪，漂泊。「村から村へあてもなく～・い歩く」從一個村莊到一個村莊，毫無目的地流浪著。②遊蕩，徘徊。「生死の境を～・う」徘徊在生死線上。

サマリー国【summary】 概要，概括，摘要。

さみだれ回【五月雨】 ①五月雨，梅雨，淫雨。②斷續反覆。「～スト」不斷反覆罷工。

サミット国【summit】 ①山頂，山巔，山峰，高峰。②高峰會，最高領袖會議。

さみどり回【早緑】 嫩綠，新綠。

さむ・い回【寒い】（形）①寒冷，冷。←暑い。「北国の冬は～・い」北國的冬天冷。②膽寒，膽怯，心虛。「背筋が～・くなる」背脊發冷；不寒而慄；膽顫心驚。③心寒，寒心。「心が～・い」心寒。④寒酸，簡陋。「お～・い研究設備」簡陋的研究設備。

さむえ回回【作務衣】〔佛〕作務衣。

さむけ国【寒気】 ①發冷，風寒，寒氣。「～がする」渾身發冷。②寒冬，寒氣。

さむざむ回【寒寒】（副）スル ①冷冰冰，冷颼颼，凄涼，蕭索。「～とした冬景色」冷颼颼的多季天空。②冷清，簡陋，寒酸。「家具一つない～とした部屋」一件家具也沒有的冷清房間。

さ

サムシング[0]【something】　某物，某事。

さむぞら[0]【寒空】　寒空。「～の下に子供たちは元気よく走り回っている」在冷天裡孩子們很活潑地跑來跑去。

サムネイル[0]【thumbnail】　①縮略圖。②縮圖。電腦中縮小的圖檔。

さむらい[0]【侍】　①侍衛，近侍。②了不起的人，果敢的人。

さめ[0]【鮫】　鮫，鯊。

さめがわ[0]【鮫皮】　鯊魚皮。

さめはだ[0]【鮫肌】　鯊魚皮，魚鱗皮。

さ・める[0]【冷める】（動下一）①涼，變冷，變涼。「お茶が～・める」茶水涼了。②冷卻，減退，降低，淡薄。「百年の恋も一時に～・めた」百年的愛慕一下子就淡了。

さ・める[0]【覚める・醒める】（動下一）①睡覺醒來。「彼は深い眠りから～・めた」他從酣睡中醒了過來。②醒酒，清醒。「酔いが～・める」酒醒了。③覺醒，醒悟。「一時の迷いから～・める」從一時的迷惘中醒悟過來。④平靜，冷靜。「～・めた目で世の中を見る」冷眼看世界。

さ・める[0]【褪める】（動下一）　褪色，掉色，脱色。「あの人は色の～・めたセーターを着ている」他穿著一件褪了色的毛衣。

さも[0]【然も】（副）①實在，的確。「～うれしそうに笑う」笑得實在開心。②彷彿，好像。「～あらん」好像有吧。

さもし・い（形）　卑劣，下流。「そんな～・い事はするな」別做那種見不得人的事。

ざもち[0]【座持ち】　應酬，周旋，善於調節氣氛。「～がうまい」善於應酬；善於周旋。

ざもと[0]【座元】　劇場主人，座元，座主。

サモワール[0]【俄 samovar】　俄式茶壺，燒水壺。

さや[0]【鞘】　①鞘，刀鞘，劍鞘。「刀の～を払う」拔刀出鞘。②蓋子，套子。③價差。「利～」利潤；毛利。

さやあて[0][2][4]【鞘当て】　①碰鞘之爭，意氣之爭。②兩個男人爭奪一個女人。「恋の～」爭風吃醋。

さやいんげん[0]【莢隠元】　菜豆，四季豆。

さやえんどう[3]【莢豌豆】　嫩豌豆，豌豆莢。

さやか[1]【清か・冴やか】（形動）①明朗。「月が～に照りわたる」明月普照。②嘹亮，清脆，清朗。「～な笛の音」清脆的笛聲。

ざやく[0]【座薬・坐薬】　坐藥，塞劑，栓劑。

さやまめ[0]【莢豆】　莢豆。

さやよせ[0]【鞘寄せ】　縮小差幅。

さゆ[0][1]【白湯】　白開水。

さゆう[1]【左右】　スル　①左右。「前後～に揺れる」前後左右搖晃。②左右。「～の者に命ずる」命令左右的人。③支吾。「言を～にして即答を避ける」支吾其詞不立即回答。④左右。「運命を～する大事件」左右命運的大事件。

ざゆう[0]【座右】　座右，案頭。「その小説を～に備えて愛読している」把那本小說放在身邊經常讀。「～の銘」座右銘。

さゆり[1][0]【小百合】　百合的異名。

さよ[1]【小夜】　夜，夜晚。「～ふけて」夜深；夜闌。

さよう[0]【作用】　スル　①作用，起作用。「あれは電気の～で動く」那是由電的作用而動的。②功能。「消化～」消化功能。

さよう[0]【左様・然様】　[1]（形動）那樣，那種。「～でございます」是的；是那樣。[2]（感）①是那樣，沒錯，對。「～、私が致しました」對，是我做的。②對了。「～、あれは8年前のことでした」對了，那是8年前的事了。

さようなら[0][4]【左様なら】　（感）再見，再會。

さよきょく[0]【小夜曲】　小夜曲。

さよく[1]【左翼】　①左翼。「たまが白鳥の～に当たった」子彈打中了天鵝的左翅膀。②左翼，左派，激進派。③左外野，左外野手，左野手。⇔右翼

さよなきどり⓪【小夜鳴き鳥】 夜鶯。

さよなら⓪① ①告別,最後一場。「～ホーム・ラン」(最後一局的)再見全壘打。②(感)再見,再會。「じゃ、～」那麼,再見啦。

さより⓪【細魚・鱵】 日本下鱵魚。

さら⓪【新・更】 新,新物。「～の洋服」新西裝。「～湯」新洗澡水。

ざら①⓪ (形動)屢見不鮮,不稀罕,常見。「そんな話は～にある」老生常談。

さらいしゅう⓪【再来週】 下下週。

さら・う⓪【浚う・渫う】(動五) 淘,疏濬,疏通。「川を～う」疏浚河道。

さら・う⓪【復習う】(動五) 溫習,復習。「舞の手を～う」復習舞蹈的固定動作。

さら・う⓪【攫う・掠う】(動五) ①搶走,攫走,橫奪,掠奪。「とんびに油揚げを～われる」到嘴的肉被搶走。②拐走,誘拐。「盗賊に～われたお姫様」被強盗拐走的千金小姐。③奪得,贏得,獨占。「世間の話題を～った出来事」獨占社會話題的事件。

さら・える⓪④【浚える】(動下一) 疏濬,疏通,淘。「井戸を～える」淘井。

ざらがみ⓪【ざら紙】 草紙,粗糙紙,磨木漿紙。

さらけだ・す④【曝け出す】(動五) 暴露出,揭露出,揭穿。「弱点を～す」暴露出弱點。

サラサ②①【葡 saraça】 印花布。

さらさら①【更更】(副) 一點也(不),一向(不),決(不)。「そんなことは～と考えていないようだ」好像完全沒有那種想法。

さらし⓪【晒し・曝し】 ①漂白(布)。②漂洗,拔除。「～玉葱蒸」除掉辛辣味的洋蔥。

さらしあめ⓪【晒し飴】 關東糖。

さらしあん⓪①⓪【晒し餡】 豆沙粉。

さらしくじら⓪【晒し鯨】 脱脂鯨魚片。

さらしくび⓪【晒し首・曝し首】 梟首示眾,示眾首級。

さらしこ⓪【晒し粉】 漂白粉。

さらしもの⓪【晒し者】 ①丟臉者,受嘲笑者。②示眾人。

さらしもめん⓪【晒し木綿】 漂白棉布。

さら・す⓪【晒す・曝す】(動五) ①曬,曝曬,風吹雨打。「夜具を日光に～す」曬被褥。②漂白。「布を～す」把布漂白;漂布。③示眾。「人目に～・す」示眾。④暴露,曝露,面臨。「危険に身を～す」置身險境。⑤專注。「新聞に目を～・す」專注地看報紙。

さらそうじゅ⓪【娑羅双樹・沙羅双樹】娑羅雙樹。

サラダ①【salad】 沙拉。

サラダオイル④【salad oil】 沙拉油。

サラダな⓪【―菜】 沙拉生菜,葉用萵苣。

サラダボウル④【salad bowl】 沙拉盤,生菜盤。

さらち⓪【更地・新地】 空地,新地,空地皮。

さらに①⓪【更に】(副) ①更,更加。「雨が～激しく降ってきた」雨下得更大。②再次,而且,還。「～交渉する」再次交涉。③一點也(不),全然(不)。「～反省の色がない」簡直毫無悔悟之色。

ざらば⓪【ざら場】 隨時買賣交易,隨時成交價格。

さらばかり⓪【皿秤】 盤秤。

サラファン①【俄 sarafan】 薩拉範。俄羅斯的一種民族服裝。

サラブレッド④【thoroughbred】 ①純種馬。②名門人士,血統優秀之人。「彼女は政界の～だ」她是政界名門出身。

さらまわし⓪【皿回し】 轉碟子(的人)。

サラミ⓪【salami】 薩拉米臘腸,蒜味腸。

ざらめ⓪【粗目】 粗砂糖。

さらゆ⓪①⓪【更湯・新湯】 剛放的洗澡水。

サラリー①【salary】 月薪,工資,薪水,薪金。

サラリーマン③【salaried man】 薪水族,

薪水階級。

サラリーマンきんゆう⓪【―金融】 上班族金融。

サラン①【Saran】 〔商標名〕莎隆樹脂。

サリー①【（印度）sarī】 莎麗。印度婦女的民族衣裝。

ざりがに⓪【蝲】 螯蝦。

さりげな・い④【然りげ無い】（形） 若無其事，不動神色。「彼女は何事もなかったかのように～・く挨拶した」她裝出若無其事的樣子跟大家打招呼。

さりじょう⓪②【去り状】 休書，離婚書。

サリチルさん③【―酸】 〔salicylic acid〕水楊酸。

さりとて①【然りとて】（接續） 雖說如此，但是。「欲しいが、～すぐには買えない」雖說想要，但也不能馬上就買。

さりょう⓪【茶寮】 ①茶寮，茶室。②咖啡店，茶館。

サリン⓪【Sarin】 沙林。神經毒劑之一。

さる①【猿】 ①猿，猴。「～も木から落ちる」智者千慮，必有一失。②猴（精的人）。「～の人真似」東施效顰。③插銷。

さ・る①【去る】（動五） ①離去。「故郷を～・る」離開故郷。「この世を～・る（＝死ヌ）」去世；離開人世。②過去，經過。「冬が～・り春がきた」冬去春來。③過去。「危険が～・る」危險過去了。④「都を～・ること200里」距離首都200里。⑤距今。「今を～・る100年の昔」距今一百年。⑥去，去掉。「俗念を～・る」去俗念。⑦休妻，離婚。⑧（接在サ變動詞後）完全…掉。「無視し～・る」完全無視；全當耳邊風。

ざる⓪【笊】 ①笊籬，籠筐，淺筐，竹簍，小籠屜。②下得不高明的圍棋。③盛在小竹簍上撒有烤海苔末（蘸汁吃）的蕎麥麵。

サルーン⓪【saloon】 小轎車。

さるおがせ③【猿麻桛】 松蘿。

さるがく⓪②【猿楽・申楽】 猿樂，申樂。

さるぐつわ⓪【猿轡】 堵口物，塞口物，鉗口物。「～をかませる」用東西把嘴堵上。

サルサ①【西 salsa】 ①薩爾薩。美國的流行音樂。②莎莎醬。

さるしばい③【猿芝居】 ①耍猴戲。②拙劣計謀，拙劣的花招。

さるすべり⓪【百日紅】 紫薇。

ざるそば⓪【笊蕎麦】 笊蕎麥麵。

さるぢえ⓪【猿知恵】 小聰明。

さるのこしかけ⓪【猿の腰掛】 多孔菌，靈芝。

サルバルサン⓪【Salvarsan】 胂凡鈉明（六〇六），灑爾佛散。梅毒、瘧疾等的特效藥。

サルビア①【salvia】 一串紅。

サルファざい③【―剤】 〔sulfa drug〕磺胺製劑，磺胺藥物。

サルベージ③【salvage】 ①打撈沉船作業。「～船」打撈船。②海難營救。

ざるほう⓪【笊法】 笊籬法。漏洞百出的法律的俗稱。

さるまた⓪【猿股】 開襠褲，三角褲，短襯褲。

さるまね⓪【猿真似】 ᵪᵤ 模仿外形，東施效顰，表面上模仿。

さるまわし③【猿回し】 耍猴戲。

サルモネラ⓪【salmonella】 沙門氏菌屬。

さるもの②【然る者】（連語） 不尋常的人，難對付的人。「敵も～」敵人也不是平常人。

されき⓪【砂礫】 沙礫。

されこうべ⓪【髑髏】 髑髏，骷髏。

ざれごと⓪【戯れ言】 戲言，玩笑話。

ざれごと⓪【戯れ事】 鬧著玩。

ざ・れる②【戯れる】（動下一） 戲耍，戲謔，鬧著玩。

サロン①【法 salon】 ①大客廳，會客室。②沙龍。③（旅館、客船等的）談話室，大廳。④酒吧，酒館。

サロン①【sarong】 沙龍，筒式圍裙。

サロンエプロン⑥【⑯ 馬來 sarong ＋英 apron】 沙籠圍裙，花邊小圍裙，刺繡小圍裙。

さわ◎【沢】　①谷溪，小溪。「葦が～に一面い生えている」沼澤裡長著一片蘆葦。②沼澤。

さわ◎【茶話】　茶話。

サワー①【sour】　①酸味雞尾酒。「ウイスキー～」威士忌酸味雞尾酒。②乳酸飲料。

サワークリーム⑤【sour cream】　酸奶油。

さわあじさい【沢紫陽花】　繡球花。

さわがし・い【騒がしい】（形）　①喧嘩，吵鬧，喧囂。「～くて先生の話が聞きとれない」吵鬧得聽不清老師的講話。②吵吵嚷嚷，議論紛紛。「マンション建設をめぐって～・い」圍繞建造公寓問題議論紛紛。③騒然，騒亂，不平靜。「世間が～・い」社會騷亂。

さわが・す【騒がす】（動五）　騷擾，騒動，轟動。「人心を～・す」騷擾人心。

さわが・せる◎【騒がせる】（動下一）　騷擾，騒動，轟動，亂。「世間を～・せた事件」轟動社會的事件。

さわがに◎【沢蟹】　漢氏澤蟹。

さわぎ◎【騒ぎ】　①吵，喧鬧，喧囂，嘈雜。吵鬧，聲音吵人。「雨なので子供たちが家にいて大変な～だ」下了雨孩子們在家裡鬧得天翻地覆。②騒亂，鬧事，騷動。「～を起こす」引起鬧事。③哪裡還談得上。「今は旅行どころの～ではない」（忙都忙不過來）現在哪裡還談得上旅行呢！

さわ・ぐ◎【騒ぐ】（動五）　①吵鬧，吵嚷，玩鬧。「公園で子供たちが～・いでる」孩子們在公園鬧著。②騒動，鬧事。「観客が～・ぐ」觀眾騷動起來。③慌張，手忙腳亂。「今になって～・いでも始まらない」事到如今，慌張也沒有用。④不安穩，不踏實。「何だか胸が～・ぐ」總覺得心裡不踏實。⑤極力關注，轟動。「あの件はいちじ新聞で～・がれたものだ」那事在報紙上曾轟動一時。

さわしがき◎【醂し柿】　浸柿。

さわ・す【醂す】（動五）　去澀

（味）。「柿を～・す」去柿子的澀味。

ざわつ・く◎（動五）　人聲嘈雜，亂哄哄。「会場が～・いている」會場亂哄哄。

さわに◎【沢煮】　白肉蔬菜湯。

ざわめ・く◎（動五）　嘈雜，吵嚷嚷，亂亂哄哄，嘰嘰喳喳。「会場が～・く」會場亂亂哄哄。

さわやか②【爽やか】（形動）　①清爽，爽快，爽朗。「～な秋の日」秋高氣爽的日子。②清爽，爽朗，爽快。「弁舌～な青年」口齒清晰明快的青年。

さわら◎【椹】　日本花柏。

さわら◎【鰆】　馬加鰆。

さわらび◎【早蕨】　幼蕨。

さわり◎【触り】　觸碰，觸摸，觸覺，觸感。「手～」手感。

さわり◎【障り】　①障（礙），故障，事故。②妨礙，阻礙，障礙。「～があって行けない」因故不能去。③生病。

さわ・る◎【触る】（動五）　①觸摸。「濡れた手でスイッチに～・ってはいけない」不許用濕手觸摸開關。②觸碰。「物が足に～・った」東西碰到了腳上。③觸及，涉及。「だれも～・りたがらない問題」誰也不願意觸及的問題。④觸犯，觸怒。「神経に～・る」觸動神經。「お気に～・ることがあったらお許し下さい」要是有什麼惹您生氣的話，請多加原諒。

さわん◎【左腕】　①左臂。②左撇子，慣用左手。↔右腕。「～投手」左投投手。

さん◎【桟】　①格檔，櫺條，窗櫺，梃。②插銷，木插拴。

さん◎◎【産】　①生產，分娩。「お～が軽い」分娩順利。②出生、成長的地方，籍貫地。「彼はハルピン～だ」他出生於哈爾濱。③產業。「～を成す」發大財。④物產，產物。「北海道～のジャガイモ」北海道產的馬鈴薯。

さん◎【算】　①算（卦）。②算籌。③希望，可能性。「成功の～が大きい」成功之算很大。

さん◎【酸】　①酸物，酸味。「このレモンは～が弱い」這檸檬不怎麼酸。②

〔化〕酸。→アルカリ

さん【山】（接尾）　①山。接在山名後。「富士～」富士山。「筑波～」筑波山。②山。添加在佛寺的稱號後，表示寺院的山號。「金竜～浅草寺」金龍山淺草寺。「吉祥～永平寺」吉祥山永平寺。

サン[1]【sun】　太陽。

さんい[1]【賛意】　贊同，同意。「～を表する」表示贊成。

さんいつ[0]【散逸・散佚】スル　散逸，逸失。

さんいん[0]【山陰】　①山陰。山的北側或山的背陰。②山陰地區。

さんいん[0]【産院】　婦產科醫院。

ざんえい[0]【残映】　①殘映。②殘影，殘痕，遺跡。「江戸文化の～」江戶文化的殘影。

さんえん[0]【三猿】　三猿。3 種姿勢的猴子形象，寓意「不看、不聽、不說」。

サンオイル[3]【[和] sun+oil】　日光浴專用油。爲使皮膚健美而塗抹的日曬用油。

さんか[0]【参加】スル　參加，加入。「運動会に～する」參加運動會。

さんか[0]【参稼】　參加組織發揮作用。

さんか[1]【惨禍】　慘禍，嚴重災害。「戦争の～をこうむる」遭受戰爭的慘禍。

さんか[0]【産科】　婦產科。

さんか[1]【傘下】　傘下，翼下。「別の派閥の～に入る」投入另一派系的翼下。

さんか[0]【酸化】スル　氧化。

さんか[1]【賛歌・讃歌】　讚歌，頌歌。「～を歌う」唱讚歌。

さんが[1]【山河】　山河，河山。「故郷の～をしのぶ」懷念故鄉的山河。

さんが[1]【参賀】スル　進宮朝賀。

ざんか[1]【残火】　殘火，餘火。

ざんか[1]【残花】　殘花。

さんかい[1][0]【山海】　山海。

さんかい[0]【参会】スル　與會，到會。

さんかい[0]【散会】スル　散會。

さんかい[0]【散開】スル　散開，疏散。

さんがい[0][1]【三界】　〔佛〕三界。「～に家無し」三界無家。

さんがい[0]【惨害】　慘害，慘禍，慘災，浩劫。

ざんがい[0]【残骸】　①殘骸。「敵兵の～」敵兵的殘骸。②殘骸。「遭難機の～」遇難飛機的殘骸。

さんかいき[3]【三回忌】　三周年忌。

さんかく[1]【三角】　三角。「まると～」圓和三角。「二等辺～」等腰三角。

さんかく[0]【参画】スル　參與計畫，參與策畫。「その計画の立案に～する」參與那項計畫的訂定工作。

さんがく[0]【山岳】　山岳。「～地帯」山岳地帶。

さんがく[0]【産額】　產量，產額，產值。

さんかくかんけい[5]【三角関係】　三角關係，三角戀愛。

さんかくかんすう[7]【三角関数】　三角函數。

さんかくきん[3]【三角巾】　三角巾。

さんかくけい[3]【三角形】　三角形。

さんかくす[4]【三角州】　三角洲。

さんかくそくりょう[5]【三角測量】　三角測量。

さんかくてん[4]【三角点】　三角點。

さんかくなみ[4]【三角波】　三角浪，巨浪。

さんかくほう[0][4]【三角法】　三角學。

さんかくぼうえき[5]【三角貿易】　三角貿易。

さんがつ[1]【三月】　三月。

さんがにち[0][3]【三箇日】　正月頭三日，正月頭三天。

さんかめいちゅう[4]【三化螟虫】　三化螟蟲。

さんかん[0]【山間】　山間。「～の僻地」山間僻地；偏僻山坳。

さんかん[0]【参観】スル　參觀，觀摩。「学校を～する」觀摩學校。

ざんかん【残寒】　殘寒，春寒。

さんぎ[0][3]【算木】　①算木。易經中，用於占卜的木條。②算木。日本古代數學中所用的計算器具。

ざんき[1]【慚愧・慙愧】スル　慚愧。「～に堪えない」不勝慚愧。

さんぎいん[3]【参議院】　參議院。

ざんぎく[1]【残菊】　殘菊。一直開到秋末的菊花。

さんきゃく[4][0]【三脚】 ①三腳，三條腿。「二人～」兩人三腳。②三腳架。

ざんぎゃく[0]【残虐】 殘虐，殘暴。「～な行為」殘虐的行爲。

さんきゅう[0]【産休】 產假。

サンキュー[1]【thank you】（感） 謝謝。

さんきょう[1]【山峡】 山峽，山谷，狹谷。

さんぎょう[0]【三業】 三業。「料理屋、藝者屋、情人茶屋」3種營業。→二業。「～地」三業地。

さんぎょう[1]【蚕業】 蠶業。「～試験場」蠶業試驗場。

さんぎょう[0]【産業】 產業。

ざんきょう[0]【残響】 餘音，餘響，回聲。

ざんぎょう[0]【残業】スル 加班。「～手当」加班費；加班津貼。

さんぎょうかくめい[5]【産業革命】〔industrial revolution〕產業革命，工業革命。

さんぎょうしほん[5]【産業資本】 產業資本。↔金融資本

さんぎょうスパイ[5]【産業－】 產業間諜。

さんぎょうはいきぶつ[7]【産業廃棄物】 產業廢棄物。

さんぎょうべつくみあい[7]【産業別組合】 產業別組合，產業工會。

さんぎょうようロボット[7]【産業用－】 工業機器人。

さんきょく[1]【三曲】 三曲。箏、三弦和簫（或胡琴）的合奏。

ざんぎり[0][4]【散切り】 披散短髮。

さんきん[0]【参勤・参覲】スル 參見，參覲。

さんきん[0]【産金】 產金。出產黃金。

ざんきん[0]【残金】 ①餘額，餘款。②尾款，餘額。

さんきんこうたい[0][5]【参勤交代】 參勤交代。江戶幕府的大名統制政策之一。

さんく[1]【惨苦】 慘重的痛苦，艱辛的痛苦。

さんぐう[3]【参宮】スル 參拜神宮，參拜神社。

サングラス[3]【sunglasses】 太陽眼鏡。

サングリア[3]【西 sangria】 果汁紅葡萄酒。

さんぐん[0]【三軍】 三軍。

さんけ[0]【産気】 臨盆，分娩（跡象）。

さんげ[1]【散華】スル ①〔佛〕散花。爲供養神佛而散布花朵。②光榮犧牲，陣亡。「南海に～した勇士」在南海陣亡的勇士。

ざんげ[3][1]【懺悔】スル 懺悔。

さんけい[0]【山系】 山系。「ヒマラヤ～」喜馬拉雅山系。

さんけい[0]【参詣】スル 參拜（神社或寺院）。

さんげき[0]【惨劇】 慘劇。

さんけつ[0]【酸欠】 缺氧。

ざんけつ[0]【残欠・残闕】 殘缺，殘缺物。

ざんげつ[1]【残月】 殘月。

さんけん[1][0]【三権】 三權。

さんけん[0]【散見】スル 散見。

さんげん[0]【三弦・三絃】 三弦。「三味線」的別名。

ざんげん[3][0]【讒言】スル 讒言，誣陷。「～にあう」遭人誣陷。

さんげんしょく[3]【三原色】 三原色。

さんこ[1]【三顧】 三顧。「～の礼」三顧之禮。

さんご[1]【珊瑚】 珊瑚。

さんご[0]【産後】 產後。↔產前

さんこう[0]【三后】 三后。太皇太后、皇太后、皇后的總稱。

さんこう[0]【山行】 山中行，遊山，登山。「奥穂高～」登奧穗高山。

さんこう[0]【参考】スル 參考，借鑑。「彼女の意見を～にする」參考她的意見。

さんこう[0]【散光】 散射光，漫射光。

さんこう[0]【鑽孔】スル 鑽孔，膛孔，穿孔，打孔。「～機」鑽機；鑿孔機；鑽床。

さんごう[3]【山号】 山號。寺院名上所加的別稱。

ざんこう[0]【残光】 餘輝，餘暉，殘光。

さんこうしょ[5]【参考書】 參考書。

さんごく[1]【三国】 ①三國。三個國家。

②三國。日本、唐土、天竺，日本、朝鮮、中國，亦指全世界。③三國。中國東漢末興起的魏、吳、蜀的總稱。

ざんこく⓪【残酷・残刻】 殘酷，殘忍。「～取り扱う」殘酷的對待。

さんこつ⓪【散骨】 撒骨灰。

さんさ①【三叉】 三叉，三岔。

ざんさ①【残渣】 殘渣，渣滓。

さんさい⓪【三彩】 多彩鉛釉陶器，三彩。

さんさい⓪【山妻】 山妻，拙荊。

さんさい⓪【山菜】 山菜，山野菜。

さんさい⓪【山塞・山砦】 ①山寨。建造在山中的堡壘。②山寨，賊窩。

さんざい⓪【散在】ㇲ 散在，散布，遍布。

さんざい⓪【散剤】 散劑。

さんざい⓪【散財】ㇲ 散財。

ざんさい⓪【残滓】 「ざんし」的習慣讀法。

ざんざい⓪【斬罪】 斬首罪。

さんさがり⓪【三下り】 三降。三味線的調弦法之一。

さんさく⓪【散策】ㇲ 隨便走走，散步。「朝の郊外を～する」在清晨的郊外散步。

さんざし⓪【山樝子・山査子】 山楂。

さんさしんけい⓪【三叉神経】 三叉神經。

ざんさつ⓪【惨殺】ㇲ 慘殺，殘殺。

ざんさつ⓪【斬殺】ㇲ 斬殺。

さんざめ・く⓪（動五） 喧嚷，打鬧。

さんさん⓪【三三】 雙三。玩五子連珠時，同時兩處出現 3 子相連的棋局。

さんさん⓪⓪【潺潺】（ㇳル） 潺潺，潺然。

さんさん⓪⓪【燦燦・粲粲】（ㇳル） 燦燦，燦爛，燦然。「太陽の光が～とふりそそぐ」陽光燦爛。

さんざん⓪【散散】 ① （形動）①厲害，嚴重。「～しかられた」受到嚴厲申斥。②淒慘之極，倒大楣，慘敗。「～にやっつける」打得（敵人）屁滾尿流。② （副）無情地，兇狠地。「～待たされた」被無情地晾在一邊。

さんさんくど⓪【三三九度】 三三九度。儀式獻杯的禮法。

さんさんごご①【三三五五】（副） 三三五五，三五成群，三三兩兩。「学生たちは～帰ってきた」學生們三五成群地回來了。

さんし①【蚕糸】 蠶絲。

さんじ①【三時】 ①三時，三點，三點鐘。時刻名之一。②三時點心。

さんじ①【参事】 參事。

さんじ①【惨事】 慘案。「ちょっとした不注意が大～を引き起こした」由於極小的疏忽而引起了一場大慘禍。

さんじ①【産児】 産兒，剛出生的嬰兒。

さんじ①【賛辞・讃辞】 贊詞，褒詞，頌詞。「～を呈する」致頌詞。

ざんし①【残滓】 殘渣，殘滓。「～を除く」清除殘渣。「旧体制の～」舊體制的殘渣餘孽。

ざんし①【惨死】ㇲ 慘死。

ざんし①【慚死】ㇲ 慚愧而死。

ざんじ①【暫時】 暫時，片刻。「～お待ち願います」請稍等片刻。

サンジカリスム⓪【法 syndicalisme】 工會主義。

さんしき①【三色】 三色。

さんじげん①【三次元】 三次元。

さんしすいめい⓪⓪【山紫水明】 山清水秀，山明水秀，山紫水明。「～の西湖がすきだ」喜歡山明水秀的西湖。

さんしちにち⓪【三七日】 ①三七・21天。「～の行〞」三七之行。②三七。佛教中指人死後第 21 天。

さんしつ⓪【蚕室】 蠶室。

さんしつ⓪【産室】 産房，産室。

さんしのれい①【三枝の礼】 三枝之禮。

さんしゃ①【三者】 三者，三人，三方。「～会談」三方會談。

さんしゃく⓪【参酌】ㇲ 參酌斟酌。

さんじゃく⓪【三尺】 三尺帶。小孩繫的束帶。

さんじゅ①【傘寿】 傘壽。虛歲 80 歲，亦指其祝壽。

ざんしゅ①【斬首】ㇲ 斬首。

さんしゅう⓪【三秋】 ①初秋、仲秋、晚

秋（孟秋、仲秋、季秋）的總稱。②三秋。

さんしゅう⓪【参集】ｽﾙ 匯集，雲集。

さんじゅう⓪【三重】 三重，三層。「～衝突」三重衝突。

さんじゅうごミリ⓪【35―】 35mm 底片，135 照相機，萊卡相機。

さんじゅうさんかいき【三十三回忌】 三十三周年忌。

さんじゅうろっかせん【三十六歌仙】 三十六歌仙。

さんじゅうろっけい⓪【三十六計】 三十六計。

さんしゅつ⓪【産出】ｽﾙ 產出。

さんしゅつ⓪【算出】ｽﾙ 算出。「経費を～する」計算出經費。

さんじゅつ⓪【算術】〔arithmetic〕算術。

さんじょ⓪⓪【産所】 產房。

さんじょ【賛助】ｽﾙ 贊助，協助。「～を求める」請求贊助。

ざんしょ⓪⓪【残暑】 殘暑。

さんしょう⓪【三唱】ｽﾙ 三唱，三呼。「A さんの音頭で万歳を～する」A 君領頭三呼萬歲。

さんしょう⓪【山椒】 花椒。

さんしょう⓪【参照】ｽﾙ 參照，參看，參閱。「多くの歴史資料を～する」參照許多歷史資料。

さんじょう⓪【参上】ｽﾙ 拜謁，造訪，拜訪。「さっそく～いたします」我馬上就去拜訪您。

さんじょう⓪【惨状】 慘狀。

ざんしょう⓪【残照】 殘照，餘輝。

さんしょく⓪【三食】 三餐，三頓飯。「～付き」每天附三頓飯；附帶三餐。

さんしょく⓪【山色】 山色，山景。

さんしょく⓪【蚕食】ｽﾙ 蠶食。「領土を～される」領土被蠶食。

さんじょく⓪【産褥】 產褥。「～に就く」坐月子。

さんしょくすみれ⓪【三色菫】 三色菫，人面花。

さんじょくねつ⓪【産褥熱】 產褥熱。

さん・じる⓪⓪⓪【参じる】（動上一）①

拜訪，拜謁，拜見。「行く」、「来る」之意的謙讓語。「御挨拶に～・じました」到府上拜訪問候。②修禪，參禪。「永平寺に～・じる」到永平寺參禪。

さん・じる⓪⓪⓪【散じる】（動上一）①落，謝。散落。「風に花が～・じる」風吹花落。②散失，佚失。「覚え書きが～・じた」備忘錄佚失了。③逃散。「追い立てられ四方に～・じる」被追得四散奔逃。④散去。「疑念を～・じる」散去疑念。

さんしん⓪【三振】ｽﾙ 三振。

さんしん⓪【三線】 三線。

さんじん⓪【山人】 ①山人，隱士。②山人。文人墨客等的雅號下的添加語。「紅葉～」紅葉山人。

さんじん⓪【散人】 ①無用之人，無能之人。②散人，散士，閒人。③散人。文人等添加在雅號下的詞語。「荷風～」荷風散人。

ざんしん⓪【残心】 意不斷，殘心。武道中的心理準備，一個動作結束後仍不能解除緊張而鬆懈。

ざんしん⓪【斬新】（形動）嶄新，新穎，新奇。「～なテレビが出回った」新穎的電視機上市了。

さんしんとう⓪【三親等】 三親等。

さんすい【山水】 山水。

さんすい【散水・撒水】ｽﾙ 撒水，灑水，噴水。

さんずい⓪【三水】 三點水。漢字偏旁之一。

さんすう⓪【算数】 ①算數。②算術。

さんすくみ⓪⓪【三竦み】 三方互相牽制。「試合が～になった」比賽陷入僵局。

サンスクリット⓪【Sanskrit】 梵語，梵文。

さんすけ⓪【三助】 澡堂服務員，搓澡工。

さんずのかわ【三途の川】〔佛〕三途之河，冥河。

さん・する⓪⓪⓪【参する】（動サ變）參，參與，參加。「機密に～・する」參

與機密事項。

さん・する【産する】（動サ變）　①（自動詞）①出生，誕生。「北アメリカに～・する」產於北美。②出產，生產。東西被創造出，天然長成。「東京湾で～・した浅草海苔」東京灣產的淺海苔。②（他動詞）①生產，分娩，生孩子。「男児を～・する」產下一男孩。②生出，造出東西。「政治家を多く～・した土地」造就出許多政治家的土地。

さん・ずる【参ずる】（動サ變）　同「参じる」。「明日～・ずるつもりです」準備明天前去拜訪。

さん・ずる【散ずる】（動サ變）　同「散じる」。「風に花が～・ずる」風吹花落。

さんずん【三寸】　三寸。「胸～」心中；方寸。

さんぜ【三世】　①〔佛〕三世。「主従は～」主僕三世緣。②三代，三輩。「～の恩」三世之恩。

さんせい【三省】スル　三省。

さんせい【三聖】　①三聖。釋迦、孔子、耶穌。②三聖，三傑。

さんせい【賛成】スル　賛成。↔反対

さんせいう【酸性雨】　酸雨。

さんせいがん【酸性岩】　酸性岩。↔塩基性岩

さんせいし【酸性紙】　酸性紙。

さんせいしょくひん【酸性食品】　酸性食品。

さんせき【三蹟・三跡】　三跡。平安中期的3位擅長書法的人。

さんせき【山積】スル　堆積如山，積壓如山。「木材があき地に～している」空地上木材堆積如山。

ざんせつ【残雪】　殘雪。

サンセット【sunset】　日落，日落時分。

サンセリフ【sans serif】　無襯線字體。→セリフ

さんせん【山川】　山川，河山。「～草木」山川草木。

さんせん【参戦】スル　參戰。

さんぜん【参禅】スル　參禪。

さんぜん【産前】　產前，臨產。↔産後

さんぜん【燦然・粲然】（タル）　燦然。「頭上に～と輝く王冠」頭上燦然發光的王冠。

さんぜんせかい【三千世界】　〔佛〕三千世界。

さんそ【酸素】　〔英 oxygen;德 Sauerstoff〕氧。

ざんそ【讒訴】スル　讒害，誣告，讒言。

さんそう【山相】　山相。

さんそう【山荘】　山莊。

ざんぞう【残像】　殘像，視覺暫留。

さんぞく【山賊】　山賊，綠林大盜，山中強盜。

さんそん【山村】　山村。

さんぞん【三尊】　〔佛〕三尊。指佛、法、僧三寶。

ざんそん【残存】スル　殘存，留存。「～する兵力」殘存兵力。

さんたい【三体】　三體。楷書、行書、草書三種字體。

さんだい【参内】スル　八宮參見，晉謁。「～する」入宮參見。

さんだいしゅう【三代集】　三代集。《古今和歌集》、《後撰和歌集》、《拾遺和歌集》。

さんだいばなし【三題噺】　三題噺。

ざんだか【残高】　餘額。

さんだつ【簒奪】スル　簒奪。「帝位を～する」簒奪帝位。

さんだゆう【三太夫】　三太夫。

サンダル【sandal】　涼鞋。

さんだわら【桟俵】　米草包圓蓋。

サンタ【葡 santa】　①聖的，聖者，聖徒，聖。②聖誕老人。

サンダーバード【thunderbird】　雷鳥。

さんたん【三嘆・三歎】スル　三歎，再三讚歎。「～に値する」值得再三讚歎。

さんたん【賛嘆・讃歎】スル　讚歎。

さんたん【惨憺・惨澹】（タル）　①淒慘，慘痛。「試合は～たる結果に終わった」輸得一敗塗地。②費盡心血，慘澹。「苦心～」苦心慘澹；煞費苦心。

さんだん【散弾・霰弾】　霰彈，散彈。

さんだん【算段】スル　張羅，籌集，籌措

（錢），設法。「無理~して金をつくった」東挪西借籌措錢款。

さんだんがまえ⓪【三段構え】 三種對策，三種方案，三道防線。

さんだんとび⓪【三段跳び】 三級跳遠。

さんだんめ⓪【三段目】 三段目。在相撲力士排行榜中，處於幕下之下、序二段之上的位力士。

さんち①【山地】 山地。

さんち①【産地】 産地。「~で買うのは安い」在産地購買較便宜。「~直送」産地直銷。

サンチ① 釐米。「46~の主砲」46釐米口徑的主炮。

サンチーム④【法 centime】 生丁，仙士。1法郎的百分之一。

さんちゃんのうぎょう⑤【三ちゃん農業】 三老農業。

さんちゅう①【山中】 山中。

さんちょう⓪①【山頂】 山頂。

さんちょく⓪【産直】 産地直銷。

さんづけ⓪【さん付け】 加敬稱「さん」。

さんてい⓪【算定】ス┃ 算定，推算。「年間収入に応じて税額を~する」按照全年收入計算確定稅額。

ざんてい⓪【暫定】 暫定。

サンデー①【sundae】 聖代。

サンデー①【Sunday】 星期天，禮拜天。

サンデッキ④【sun deck】 日光甲板。客船上能進行日光浴或運動的甲板。

さんてん⓪③【山巓・山顛】 山巓。

さんど①【三度】 三度，三回，三次。

さんど①【酸度】 酸度。↔塩基度

サンド①【sand】 沙，沙子。

ざんど①【残土】 殘土，廢土。

サンドイッチ④【sandwich】 三明治。「~にされる」像三明治那樣被夾在中間。

さんとう①【三冬】 三冬。初冬、仲冬、晩冬（孟冬、仲冬、季冬）的總稱。

さんとう①【三等】 三等，三級，第三。「競走で~になる」獲得賽跑第三。

さんどう⓪【山道】 山道，山路。

さんどう⓪【参堂】ス┃ ①參拜佛堂。②拜訪，造訪。到別人家訪問的自謙語。

さんどう⓪【参道】 參道，參拜道路。「~の両側にきれいな花が植えてある」漂亮的花栽種在參拜道路的兩側。

さんどう⓪【桟道】 棧道。

さんどう⓪【産道】 産道。

さんどう⓪【賛同】ス┃ 贊同。「彼女の提案は全員の~が得られなかった」她的提案沒能得到全體的贊同。

さんとうせいじ④【三頭政治】 三頭政治。

サントニン⓪①【santonin】 山道年。

サントメじま④【一縞】 聖多美條紋布。

さんない①【山内】 ①山內。②寺院境域內，寺內。

さんにゅう⓪【参入】ス┃ 參加，進入。「新たに~する企業」新加入的企業。

さんにゅう⓪【算入】ス┃ 算入，計入。「消費税を~した額」把消費稅計算在內的金額。

ざんにゅう⓪【竄入】ス┃ ①竄入，竄進，躲入。②混入。

さんにん⓪【三人】 三人，三個人。

ざんにん⓪【残忍・惨忍】 殘忍。「~な性格」殘忍的性格。

さんにんかんじょ⑤【三人官女】 三宮女人偶。

さんにんしょう⓪【三人称】 第三人稱。

さんぬる【去ぬる】（連體） 過去，以前。「~日」過去的日子。

ざんねん③【残念】（形動） ①遺憾，抱歉，可惜。「~ですが、私にはできません」很抱歉，我辦不到。②懊悔，悔恨。「~無念」悔恨萬分。

さんのぜん⓪【三の膳】 三膳。

さんのとり⓪【三の酉】 三酉。11月的第3個酉日。

さんば①【産婆】 産婆，接生婆。

サンバ①【葡 samba】 森巴。

さんぱい⓪【参拝】ス┃ 參拜。

さんぱい⓪【酸敗】ス┃ ①酸腐。②餿。

ざんぱい⓪【惨敗】ス┃ 慘敗，一敗塗地。「昨日の試合では~を喫した」昨天的比賽吃了個大敗仗。

サンバイザー④【sun visor】 ①遮陽板。②（頭上戴的只有帽簷部分的）遮陽

さ

帽。

さんばいず◎【三杯酢】 三杯醋。

さんばがらす◎【三羽烏】 三傑。「夏目門下の~」夏目門下的三傑。

さんぱくがん◎【三白眼】 三白眼。

さんばし◎【桟橋】 棧橋。

さんばそう◎【三番叟】 三番叟。能中「翁」的角色名。

さんぱつ◎【散発】スル ①零星發射，散射。②不時發生。「学生同士の小ぜり合いが~する」同學間常發生口角。

さんぱつ◎【散髪】スル 理髮，剪髮。「~に行く」去理髮。

さんばらがみ◎◎【さんばら髪】 散亂的頭髮，披散的頭髮。

さんばん◎【三ばん】 當選三要件。選舉中當選的 3 個必要條件，即「地盤」（和選民的關係），「招牌」（頭銜），「皮包」（選舉資金）。

サンパン◎【三板・舢板】 舢板。

ざんぱん◎◎【残飯】 剩飯。

さんび◎【酸鼻】スル 鼻酸，悲痛心酸。「~をきわめる」極令人鼻酸。

さんび◎【賛美・讃美】スル 讚美，歌頌。「口をきわめて~する」滿口稱讚。

さんぴ◎【賛否】 贊成與否，贊否。「その案に~両論がある」對該提案有贊成和反對兩種意見。

さんぴつ◎◎【三筆】 三筆。3 位優秀的書法家。

さんびゃくだいげん◎【三百代言】 ①三百代言，訟棍。②詭辯。

さんぴょう◎【散票】 散票。

さんびょうし◎【三拍子】 ①三拍子。由強、弱、弱 3 拍構成 1 個單位的拍子。②三要件。「~揃う」萬事俱備。

ざんぴん◎【残品】 剩貨，存貨，殘存物品。

さんぶ◎【三部】 三部，三部分，三部門。

さんぷ◎◎【産婦】 産婦。

さんぷ◎◎【散梗・撒布】スル 散布，撒布。「農薬を~する」撒農藥。「~剤」噴撒劑。

ざんぶ◎【残部】 ①殘部，剩貨。②（出版物等的）存貨，剩餘冊數。「~僅少」存書無幾。

さんぷく◎【山腹】 山腰。

さんぷくつい◎【三幅対】 ①三幅一套掛軸。②三件一套。

さんふじんか◎【産婦人科】 婦産科。

さんぶつ◎【産物】 産物。「当地の主な~は米だ」當地的主要物産是稻米。「時代の~」時代的産物。

サンプリング◎◎【sampling】スル 抽樣。「~調査」抽樣調査。

サンプル◎【sample】 樣品，貨樣，樣書，樣本，標本。

さんぶん◎【散文】 散文。↔韻文

さんぺいじる【三平汁】 三平湯。北海道的地方菜。

ざんぺん◎【残片】 殘片。

サンボ◎【俄 sambo】 桑勃式摔角。

さんぽ◎【散歩】スル 散步，隨便走走。

さんぼう◎【三方】 ①三方。②三方供案，三孔供盤。

さんぼう◎【三宝】 ①三寶。3 種寶物。②〔佛〕三寶。佛、法、僧。

さんぼう◎【参謀】 參謀。「選挙の~」競選參謀。

さんぼう◎【算法】 演算法。

ざんぼう◎【讒謗】スル 讒（言毀）謗。「罵詈~」謾罵讒謗。

ざんぽん◎◎【残本】 ①賣剩下的書刊，賣不掉的書刊。②殘本。

さんぼんじろ◎◎【三盆白】 細白糖。

さんま【秋刀魚】 秋刀魚。

さんまい◎【三枚】 三片。「~におろす」（把魚）片切成三片。

さんまい◎【三昧】 〔梵 samādhi〕〔佛〕三昧。

さんまい◎【産米】 産米。「本年度~」本年度産米。

さんまい◎【散米】 撒米。

さんまん◎【散漫】 散漫，渙散，鬆懈。「~な人」馬虎的人。「彼は注意力が~だ」他精神渙散。

さんみ◎【三位】 ①三位。正三位和從三位。「源~頼政」源三位賴政。②三位。在基督教中指父（上帝）、子（基

督）、聖靈三個位格。

さんみ⓪【酸味】 酸味。「～が強い」太酸。

さんみいったい⓪【三位一体】 〔doctrine of Trinity〕三位一體。

さんみゃく⓪【山脈】 山脈。「その～は東西に走っている」那山脈東西走向。

ざんむ⓪【残務】 剩餘的工作，善後的工作。「～を整理する」清理善後的工作。

ざんむ⓪【残夢】 殘夢，餘夢。

さんめん⓪【三面】 ①三面，三方面。②三副面孔。→三面六臂③三版。

さんもうさく⓪【三毛作】 一年三熟，三毛作。

さんもん⓪【三文】 三文。指無價值，非常便宜。「～の価値もない代物」一文不值的代用品。

さんもん⓪【山門】 ①山門。寺院的門，亦指寺院。→三門②山門。比叡山延曆寺的異名。→寺門

さんや⓪【山野】 山野。「～をうずめる」漫山遍野。

さんやく⓪【三役】 ①三役。相撲中對大關、關脇、小結的總稱。②三首腦，三要職。

さんやく⓪【散薬】 藥粉。

さんよ⓪【参与】 スル 參與，參預，參議，參事。「国事に～する」參與國事。

ざんよ⓪【残余】 殘餘。

さんよう⓪【山容】 山容，山姿。

さんよう⓪【山陽】 ①山陽。②山陽道之略。③山陽地方之略。

さんよう⓪【算用】 スル ①計算，算帳，算術。「胸～」心算。②算計，估量。

さんようちゅう⓪【三葉虫】 三葉蟲。

さんらく⓪【惨落】 スル 慘跌。

さんらん⓪【産卵】 スル 產卵。

さんらん⓪【燦爛】 （タル） 燦爛，輝煌。

さんらんし⓪【蚕卵紙】 蠶卵紙。

さんり⓪【三里】 足三里（穴）。

さんりく⓪【三陸】 三陸。陸奧、陸中、陸前3國的稱謂。

さんりつ⓪【篡立】 スル 篡立，篡位。

ざんりゅう⓪【残留】 スル 殘留，留守，殘餘，留下。「その地に～して任務を遂行する」留該地執行任務。

さんりょう⓪【山稜】 山脊。

さんりょう⓪【産量】 產量。

ざんりょう⓪【残量】 剩餘量。

さんりょうきょう⓪【三稜鏡】 三稜鏡。

さんりん⓪【山林】 山林。

さんりんしゃ⓪【三輪車】 ①三輪車。②三輪摩托車。

さんりんぼう⓪【三隣亡】 三鄰亡。曆注之一。

さんるい⓪【三塁】 三壘。

ざんるい⓪【残塁】 スル 殘壘。

さんるいしゅ⓪【三塁手】 三壘手。

サンルーフ③【sunroof】 附天窗的車頂，天窗。

サンルーム③【sunroom】 陽光屋，日光室。

さんれい⓪【山霊】 ①山中精靈。②山神。

さんれい⓪【蚕齢】 蠶齡。

さんれつ⓪【参列】 スル 參列，出席，列席。

さんろう⓪【参籠】 スル 參籠，閉關，閉居祈禱。「寺に～する」在寺院閉居祈禱。

さんろく⓪【山麓】 山麓。

さんわおん⓪【三和音】 三和弦。

し

し◎【士】 ①士。「好学の～」好學之士。
②侍衛，武士。

し◎【子】 ① ①子女，孩子。「―― をもうける」生個孩子。②子爵。③孔子。「～いわく」子曰。② （接尾） ①表示男子之意。「読書～」讀書郎；讀書人。②子。「3～置く」先放 3 子。

し◎【氏】 ①姓氏。②（代）他，她。「～は」他（她）。③（接尾）①氏。接在人的姓名後表示尊敬之意。「山田太郎～」山田太郎氏。②氏。接在氏族名後，表示爲該氏族出身。「藤原～」藤原氏。③位。（接數詞之後）表示對「人」的尊稱。「御出席の 3～」出席的 3 位。

し◎【四・肆】 四，肆。

し◎【市】 市。

し◎【死】 死。↔生

し◎【私】 私。「公と～と」公與私。

し◎【師】 ①①師，老師。「～と仰ぐ」拜師。②大師。② （接尾）①師。「医～」醫師。「講談～」講談師。②接在僧侶、神父等姓氏後表示尊敬之意。

し◎【詞】 詞。

し◎【詩】 詩。

し◎【資】 ①資本。「～を投じる」投資。②天資，資質。

し【姉】（接尾） 姐，姊，大姐。

じ◎【地】 ①地。「雨で～が濡れている」下雨地濕了。②當地，本地。「～の産物」本地的物產。③品質，天性，秉性。「あれが彼の～だ」那是他的天性。④質地。「～の厚い織物」質地厚實的織物。⑤底子。「水色の～に白の水玉」淺藍色的底配白色水珠花紋。

じ◎【字】 字。「～を書く」寫字。

じ◎【持】 不分勝負，平手，相持不下。

じ◎【時】 ①①小時。②時候。某一特定的時刻。②（接尾）①時。接名詞下表示「時候」「時機」。「空腹～」空腹時。「革命～」革命時。②時，點。用於表示時刻。「6～半に起きる」6 點半起床。

じ◎【痔】 痔，痔瘡。

じ◎【辞】 辭。話語，文章。「開会の～」開會詞。

じ◎【次】 ①（接頭）〔化〕次。「～亜燐酸」次磷酸。②（接尾）次。「第 1～探検隊」第一支探險隊。

しあい◎【試合】スル 比賽，競賽。

じあい◎【地合い】 ①品質。②市場動向。

じあい◎【慈愛】 慈愛，疼愛。「深い～」深厚的慈愛。

しあがり◎【仕上がり】 完成。「～が遅れる」完成得慢；沒按期完成。

しあが・る◎【仕上がる】 （動五）完成，做完。

しあげ◎【仕上げ】 ①做完，完工。②收尾，精細加工，完工階段。

じあげ◎【地上げ】 ①墊地。②收購土地。「～屋」土地收購商。

しあ・げる◎【仕上げる】（動下一）做完，完工。「今日中に～・げる」今天之內做完。

しあさって◎ 大後天。

ジアスターゼ◎【德 Diastase】 麥芽酶製劑。

シアター①【theater】 劇場，電影院。

しあつ◎【指圧】スル 指壓。「腰の～」指壓腰部。

じあまり◎【字余り】 餘字。和歌、俳句等多於規定的字數。↔字足らず

しあわせ◎【幸せ・仕合わせ】 走運。

しあん◎【私案】 個人提案。

しあん◎【思案】スル ①思慮。②擔心，憂慮。「～の種」思慮的原因。

思案に余る 一籌莫展。左思右想想不出好辦法。

思案に暮れる 苦於思索。想來想去不知如何是好。

しあん◎【試案】 試行方案。

じあん◎【事案】 案件。

しい◎【椎】 櫟樹。

しい⓪【四囲】ㇲㇽ　四周，周圍。「～の情勢」周邊的情勢。

しい⓪【思惟】ㇲㇽ　思維。

しい⓪【恣意】　恣意。「～的に振舞う」恣意妄爲。

じい⓪【祖父・爺】　祖父，外祖父，爺爺，老爺。「～ちゃん」爺爺；外公。

じい⓪【示威】ㇲㇽ　示威。「～運動」示威運動。

じい⓪【字彙】　字彙。

じい⓪【次位】　次位，第二位。

じい⓪【自慰】ㇲㇽ　①自慰。自己安慰自己。「～的行為」自慰行爲。②自慰。指手淫。

じい⓪【事彙】　事典。

じい⓪【侍医】　侍醫，御醫。

じい⓪【辞彙】　辭書，辭典。

シーアは⓪【一派】　什葉派。→スンニー派

しいか⓪【詩歌】　詩歌。

しいく⓪⓪【飼育】ㇲㇽ　飼育。「家畜を～する」飼養牲口。

シークレット⓪【secret】　秘密，機密。

ジーコード⓪【G—】　G 代碼。

しいさあ　獅子吻獸。

シーサイド⓪【seaside】　海岸，海邊，海濱。

ジーザスクライスト⓪【Jesus Christ】　耶穌，基督。

じいさん⓪【祖父さん・爺さん】　祖父，爺爺。

シージーエスたんいけい【CGS 単位系】　公分克秒單位制（CGS 制）。

じいしき⓪【自意識】　自意識，自我意識。「～が強い」自我意識強。

シージャック⓪【㊟ sea＋jack】　劫船。

シース⓪【sheath】　文具盒。

シーズ⓪【㊟ seeds】　種子。

し・する⓪【弑する】（動サ變）　弑。

シースルー④【see-through】　透明服裝。

シーズン⓪【season】　①季節。「緑の～」綠色季節。②季節，賽季。「いよいよスキーの～だ」滑雪的季節快到了。

シーソー⓪【seesaw】　蹺蹺板。

シーソーゲーム⑤【seesaw game】　拉鋸戰。「試合は～になった」比賽成了拉鋸戰。

しいたけ⓪【椎茸】　香菇，香蕈，冬菇。

しいた・げる⓪⓪【虐げる】（動下一）　摧殘，虐待。

シーチキン③【Seachicken】　海底雞。

シーツ①【sheet】　床單。

しいて⓪【強いて】（副）　勉強，強迫。「～行けとは言わない」並不逼你去。

シート①【seat】　座位，席位。

シート①【sheet】　①全張，整版。②闊幅薄膜，闊幅針布。

シード①【seed】ㇲㇽ　種子選手賽。「～校」種子學校。

シートノック④【㊟ seat＋knock】　守備練習，防守練習。

シートベルト④【seat belt】　安全帶。

シードル⓪【法 cidre】　蘋果酒。

しいな⓪【粃・秕】　粃，秕穀。

シーハイル③【德 Schi Heil】　滑雪順利！

ジーパン⓪【㊟ jeans＋pants】　工作褲，牛仔褲。

ジープ①【jeep】　吉普車。

シーフード③【sea food】　海鮮。

シープスキン⑤【sheep skin】　羊皮。

シーベルト③【sievert】　西弗（簡稱「希」）。劑量當量的 SI 單位。

シーホース③【sea horse】　海馬的英語名。

ジーマーク③【G—】〔good design mark〕G 字標誌。

シームレス①【seamless】〔無縫的女用〕長筒襪。

ジーメン①【G-men】〔government men〕國家特警，G-men。美國聯邦調查局（FBI）直屬特警的通稱。「麻薬～」緝毒特警。

じいや①【爺や】　老伯。↔ばあや

しいら⓪【鱰・鱪】　鬼頭刀。

シーラカンス④【coelacanth】　腔棘魚。

シーリング⓪【ceiling】　限額。「ゼロ～」零限額。

し・いる⓪【強いる】（動上一）　強迫，迫使。「寄付を～・いる」強迫捐贈。

し・いる⓪【誣いる】（動上一）　誣陷，誣衊。

シール①【seal】　①海豹。②防滑海豹皮。

シール①【seal】スル　封條，密封條。

シールド①【shield】　①遮罩。②護罩。

シーレーン①【sea lane】　海上通道。

しい・れる⓪【仕入れる】（動下一）　①採購，買進，進貨，進料。②到手，取得，獲得。「その情報はどこから～・れてきたのだ」你這個消息是從哪兒來的？

じいろ⓪【地色】　地色，底色。

しいん⓪【子音】〔consonant〕子音，輔音。↔母音

しいん⓪【死因】　死因。

しいん⓪【私印】　私印，私章。

しいん⓪【試飲】スル　試飲。

じいん①【寺院】　寺院。

ジーンズ①【jeans】　細斜紋布。

じう⓪【慈雨】　慈雨，及時雨。「旱天の～」旱天的慈雨。

じうた⓪【地歌・地唄】　地方歌謠。

じうたい⓪【地謠】　地謠，伴唱人。

しうち⓪【仕打ち】　對待，行為。多用於貶意。

しうん①【紫雲】　紫雲。

しうんてん⓪【試運転】スル　試車，磨合，試運轉。

シェア①【share】　市場占有率。

しえい⓪【市営】　市營，市辦。「～住宅」市營住宅。

しえい⓪【私営】　私營。

じえい⓪【自営】スル　自營。「～業」自營業。

じえい⓪【自衛】スル　自衛。

じえいかん②【自衛官】　自衛官。

じえいかん②【自衛艦】　自衛艦。

じえいけん②【自衛権】　自衛權。

じえいたい②【自衛隊】　自衛隊。

シェーカー①【shaker】　調酒杯，雪克杯。

シェーク①【shake】スル　抖動，震動，搖。

シェード①【shade】　①遮陽。②燈罩，燈傘。

シェーバー①【shaver】　剃鬚刀，刮鬍刀。

シェービング⓪⓪【shaving】　刮臉，剃鬚。「～クリーム」刮鬍膏。

シェープアップ④【shape-up】スル　減肥，健美。「～体操」健美操。

シェーマ①【德 Schema】　形式，圖式，圖解。

ジェーリーグ④【⑪J league】　日足聯。日本職業英式足球聯盟的稱謂。

しえき⓪⓪【私益】　私益，私利。↔公益

しえき⓪【使役】スル　使役。

ジェスイット③【Jesuit】　耶穌會會士。

シエスタ①【西 iesta】　（午飯後的）午睡。

ジェスチャー①【gesture】　①姿勢，手勢，動作。「～をして演説する」比著手勢演講。②做作，矯揉造作，故作姿態。

ジェット①【jet】　噴氣，噴射，射流。

ジェットエンジン④【jet engine】　噴射發動機。

ジェットき⓪【―機】　噴射式飛機。

ジェットきりゅう【―気流】　噴射氣流。

ジェットコースター④【⑪jet + coaster】　雲霄飛車，過山車。

ジェットスキー⑤【jet ski】　水上摩托車。

ジェトロ①【JETRO】〔Japan External Trade Organization〕日本貿易振興會。

ジェネレーション③【generation】　世代，一代。

ジェノサイド③【genocide】　種族滅絕。

シェパード⓪②【shepherd】　牧羊犬。

シェフ①【法 chef】　主廚，廚師長。

ジェラート②【義 gelato】　義大利冰淇淋，義大利果凍。

ジェラシー①【jealousy】　嫉妒，嫉恨。

シェリー①【sherry】　雪利酒。

シェリフ①【sheriff】　保安官，保安員。

シェル①【shell】　①貝殼。②賽艇。

ジェル①【gel】　凝膠（體），（液）凍膠。

シェルター①【shelter】　掩蔽所，防空

壞。

シェルパ⓪【Sherpa】 雪巴人。

しえん⓪【支援】 スル 支援，後援。

しえん⓪【私怨】 私怨，私仇。

しえん⓪【紫煙】 ①紫煙。②（吸煙時的）煙霧。「～をくゆらす」煙霧繚繞。

じえん⓪【自演】 自演。「自作～」自導自演。

ジェンダー①【gender】 性別。「～ギャップ」性別差異。

ジエンド③【the end】 終止，結束，完了。「一連の騒動はこれで～となった」一系列的騒動就此結束了。

ジェントルマン①【gentleman】 先生，紳士。↔レディー

しお⓪【塩】 ①鹽，食鹽。②鹽味，鹹味。「～かげんがちょうどいい」鹹淡正合適。

しお⓪【潮・汐】 ①潮，潮汐。②（做某件事的）好機會，好時機。「電話を～に席を立つ」趁著打電話的機會退席。

しおあい⓪①【潮合い】 ①潮況。②機會，火候。

しおあじ⓪【塩味】 鹽味，鹹味。

しおいり⓪①【潮入り】 潮水流入，海水浸濕，海水倒灌。

しおう⓪【雌黄】 雌黄。

じおう⓪【地黄】 地黄。

しおおし⓪【塩押し】 醃鹹菜，醃菜。

しおお・せる⓪【仕果せる】（動下一）做完，完成，做好。

しおかげん③【塩加減】 鹹淡，鹹度。「～を見る」嘗鹹淡。

しおかぜ⓪【潮風】 海風。

しおがま⓪【塩竈】 塩竈市。宮城縣中部瀬臨松島灣的市。

しおから⓪①【塩辛】 鹽漬水産食品。

しおからい④【塩辛い】（形） 鹹。

しおからごえ⓪【塩辛声】 嘶啞聲，公鴨嗓。

しおからとんぼ⑤【塩辛蜻蛉】 灰蜻。

しおき⓪【仕置き】 スル ①懲處，處罰。②處置，處刑。

しおぐもり③【潮曇り】 潮陰。

しおくり⓪【仕送り】 スル 寄送，寄生活費，寄學費。「家からの～を受けた」收到家裡寄來的生活費。

しおけ⓪【塩気】 鹹味。

しおけ⓪【潮気】 潮氣。

しおけむり③【潮煙】 潮煙。

しおこしょう③【塩胡椒】 椒鹽。

しおこんぶ③【塩昆布】 鹹海帶。

しおさい⓪【潮騒】 潮水聲，海濤聲。

しおさき⓪【潮先】 潮峰，浪頭。

しおざけ⓪【塩鮭】 鹹鮭魚。

しおさめ⓪【仕納め】 結尾，收尾。「仕事は～にする」工作到此結束。

しおしお⓪①（副） 無精打采地，垂頭喪氣地。「～帰えっていく」無精打采地回去了。

しおぜ⓪【塩瀬】 塩瀬橫稜紡綢。

しおせんべい③【塩煎餅】 鹹煎餅。

しおだし⓪③【塩出し】 スル 泡掉鹽分，去鹹味。

しおだち⓪③【塩断ち】 スル 戒鹽，忌鹽。

しおた・れる④【潮垂れる】（動下一） ①（被海水浸濕）水滴落。②無精打采，沒精神。喪失元氣。③悲泣。

しおづけ④⓪【塩漬け】 鹽漬。

しおで⓪【牛尾菜】 牛尾菜。

しおどき④⓪【潮時】 ①漲潮時，落潮時。②（正是做某件事的）機會，時機。「～を待つ」等待時機。

シオニズム③【英 Zionism;俄 sionizm】 猶太復國主義。

しおばな⓪②【塩花】 ①鹽花。為除穢消災而撒的鹽。②鹽花。日本飯館等商人在出入口擺放的三把鹽。

しおひ⓪【潮干】 低潮，退潮。

しおひがり③【潮干狩り】 趕海。退潮後去海濱撿蜆、文蛤等貝殼。

しおびき④⓪【塩引き】 ①食鹽醃製品，醃魚，醃菜。②鹹鮭魚。

しおふき⓪【潮吹き】 ①鯨水呼吸，鯨魚噴水。②四角蛤蜊。

ジオプトリー③【德 Dioptrie】 屈光度，折光度。

ジオフロント④【和 geo＋front】 地下空間。

しおま⓪①【潮間】 漲落潮期間，落潮

時。

しおまち▣【潮待ち】スル 待潮。

しおまねき▣【潮招】 清白招潮蟹。

しおまめ▣【塩豆】 鹽豆。

しおみず▣【塩水】 鹽水。

しおめ▣【潮目】 潮目，潮界。

しおもみ▣▣【塩揉み】スル 揉鹽食品。

しおやき▣▣【塩焼き】スル 鹽烤。

しおやけ▣▣【潮焼け】スル ①海風吹曬。②海霞。

しおゆで▣【塩茹で】スル 鹽煮。

しおらし・い▣（形） ①溫文儒雅，謙恭文雅。②可愛。「～・い小花」可愛的小花。③剛毅。「～・い決意」令人欽佩的決意。

ジオラマ▣【法 diorama】 透景畫。

しおり▣▣【栞・枝折り】 ①書籤，書帶。②指南，入門書。「旅の～」旅行指南。

しおり▣【撓・萎】 真情，撓。→軽み・さび

じおり▣【地織り】 土布，家織布。

しおりど▣【枝折り戸】 折枝門。折竹子或樹枝做成的簡陋平開門。

しお・れる▣【萎れる】（動下一） ①枯萎。②氣餒。「しかられて、～・れている」被訓而氣餒了。

しおん▣【師恩】 師恩。

しおん▣▣【紫苑】 紫苑。

じおんかなづかい▣【字音仮名遣い】 漢字假名標音法，字音假名用法，字音假名用法。

しか▣【鹿】 鹿。

しか▣【史家】 史家。

しか▣【市価】 市價。

しか▣【歯科】 牙科。「～医」牙科醫生。

しが【歯牙】 齒牙。「～にも掛けない」不足掛齒；何足掛齒。

じか▣【直】 直接。

じか▣【自火】 自家起火。

じか▣【自家】 自家。

じか▣【時価】 時價。

じか▣【磁化】 磁化。

じか▣【時下】（副） 時下。目前，這時節。

じが▣【自我】〔英 self;拉 ego〕〔哲〕自我。

シガー▣【cigar】 雪茄（煙）。

しかい▣【司会】スル 主持會議，會議主持人，司儀。

しかい▣【市会】 「市議會」的略稱。

しかい▣【死灰】 ①死灰。②死灰。沒有生機之物。

しかい▣▣【視界】 視野，眼界，能見度。「～にはいる」進入視野。

しがい▣【市外】 市外。↔市内

しがい▣【市街】 市街，街市，鬧市。「～地」鬧區。

しがい▣【死骸】 屍骸，遺骸。

じかい▣【次回】 下回，下次。

じかい▣【自戒】スル 自戒。

じかい▣【自壊】スル 自毀。

じかい▣【持戒】〔佛〕持戒。↔破戒

じかい▣▣【磁界】 （主要用於工程學方面）磁場。

じがい▣【自害】スル 自盡。

しがいせん▣【紫外線】 紫外線。

しかえし▣【仕返し】スル 報仇，還擊，回擊。

じがお▣【地顔】 淨臉，素顏。

しかかりひん▣【仕掛かり品】 半成品。

しかか・る▣【仕掛かる】（動五） ①開始做，著手做。②正在做。

しかく▣【四角】 ①四角形，方形，四方形。②鄭重其事，一本正經。「あまり～な事を言うな」說話別太一本正經了。

しかく▣【死角】 死角。

しかく▣【刺客】 刺客。「～をさしむける」派遣刺客。

しかく▣【視角】 視角。

しかく▣【視覚】 視覺。

しかく▣【資格】 資格。「教師の～を取る」取得教師資格。

しがく▣【史学】 史學。

しがく▣【志学】 有志於學。

しがく▣【私学】 私學。↔官学

しがく▣【視学】 督學。

しがく▣【斯学】 斯學。「～における第一人者」這門學問的第一人。

しがく▣【詩学】 詩學。

じかく◎【字画】 筆畫，畫數。

じかく◎【寺格】 寺格。寺院的格式。

じかく◎□【耳殻】 耳殼，耳廓。

じかく◎【自覚】 スル 自覺。「自分の能力を~する」知道自己的能力。

じかく◎【痔核】 痔核。

じがく□【自学】 スル 自學。「~自習」自修；自學自習。

しかけ◎【仕掛け】 ①中途，正在做。「~の仕事」未完的工作。②出招，找碴。「相手の~を待つ」等對方發難。③（按照某種特殊需要而製作的）裝置，機關。「自動的に閉まる~を取りつける」安裝自動關閉裝置。

しか・ける◎【仕掛ける】（動下一） ①挑釁，找碴。「喧嘩をを~・ける」找碴打架。②設置，安設，安設裝置。「わなを~・ける」設圈套。③開始做，（某一動作）做到中途。④架上，放上（鍋）。

しかざん◎【死火山】 死火山。

しかし◎【然し・併し】（接續） ①然而。「もう春が来た。~気候はまださむい」已經是春天了，可是天氣還是很冷。②姑且不說。「よく会社をやめたね。~どうするつもりだい」經常不去公司上班吧，這姑且不說，那你做什麼打算呢？③但還是。「~、豪壮な邸宅だなあ」但還是豪宅啊！

しかじか◎【然然・云云】（副） 云云，某某，等等。「~の理由による」根據種種理由。

じがじさん◎【自画自賛】 スル ①自畫自讚。②自吹自擂，自賣自誇。

しかしゅう◎【私家集】 私家集。

しかしゅう◎【詞華集・詞花集】 詩選，文選。

しかず◎【如かず】（連語） ①不如。「百聞は一見に~」百聞不如一見。②不如，莫若。「三十六計逃げるに~」三十六計走爲上策。

じかせん◎【耳下腺】 腮腺。

じがぞう◎【自画像】 自畫像。

しかた◎【仕方】 ①作法，辦法。「あいさつの~」問候、寒暄的方式。②舉止，行爲，話的說法。「礼を欠く~」缺乏禮貌的舉止。

じかた◎□【地方】 地方。日本舞蹈中負責音樂伴奏者，亦指其伴奏音樂。↔立方。

じかたび◎□【地下足袋】 膠底襪。

じがため◎【地固め】 スル ①打地基。②打基礎。「明日への~」爲未來打好基礎。

じかだんぱん◎【直談判】 スル 直接談判。

しがち◎【仕勝ち】（形動） 往往，動輒。「日曜日は寝坊~だ」星期天常睡懶覺。

じかちゅうどく◎【自家中毒】 自體中毒。

しかつ◎【死活】 死活，生死關頭。「~問題」生死存亡的問題。

しがつ◎【四月】 四月，四月份。

じかつ◎【自活】 スル 自食其力，獨立生活。

しかつめらし・い◎（形） ①裝腔作勢，一本正經，拘謹，拘泥。「~・い顔つき」一本正經的面孔。②看似正確，好像合乎道理。「~・い話」好像有理的話。

しかと◎【確と】（副） ①確實。「~そうか」確實如此嗎？②緊，牢固。「刀を~握る」緊握著刀；把刀握緊。

じかどうちゃく◎【自家撞着】 スル 自相矛盾。「~に陥る」陷入自相矛盾。

しがな・い◎（形） ①沒前途。「~・い恋」沒前途的戀愛。②貧窮的。「~・い暮らし」貧窮的生活。

じかに◎【直に】（副） 直接地。

じがね◎【地金】 ①基本金屬，胎金。②本性，本來面目。「~が出る」現出本性，露出馬腳。

しか・ねる◎【為兼ねる】（動下一） ①做不到，難以辦到。「賛同~・ねる」難以贊成。②（以「しかねない」的形式）很可能會…，做得出來。「彼なら~・ねない」如果是他，很可能做得出來。

しかばね◎【尸】 死屍，屍體。

じかび◎【直火】 直接烘烤（的火）。

じかまき◎【直播き】 直播。

じがみ◎【地紙】 ①扇面紙，傘面紙。②

底紙。

じがみ⓪【地髮】 真髮。

しがみつ・く⓪【動五】 抱住，摟住。

しかめっつら⓪【顰めっ面】 愁眉苦臉。

しか・める③【顰める】（動下一） 皺眉，顰蹙。「はの痛みに顏を～・める」牙疼得皺眉頭。

しかも②【然も・而も】（接續） 並且，而且。「富士山は高くて～美しい」富士山高而且美麗。

じかよう②【自家用】 自家用，家用。

しからし・める④【然らしめる】（動下一） 所使然，所致。「時勢の～・めるところだ」是時勢所致。

しからば②【然らば】（接續） 若是如此。

しがらみ③【柵】 ①柵堰。②羈絆。「浮き世の～」浮世的羈絆。

しか・り②【然り】（動ラ變） 這樣，如此。

しかりつ・ける⓪【叱り付ける】（動下一） 痛加訓斥。

しか・る⓪【叱る】（動五） 叱責，斥責。

しかるに⓪【然るに】（接續） 然而，可是。

シガレット⓪【cigarette】 香煙。「～ケース」（香）煙盒。

しかん⓪【士官】 軍官。

しかん⓪【子癇】 子癇。

しかん⓪【支管】 支管。

しかん⓪⓪【仕官】 ㋴ル 仕官。

しかん⓪【史觀】 史觀。「唯物～」唯物史觀。

しかん⓪【弛緩】 ㋴ル 鬆弛，渙散。「筋肉が～する」肌肉鬆弛

しかん⓪【屍姦】 姦屍。

しかん⓪【齒冠】 齒冠，牙冠。

しがん⓪【此岸】 〔佛〕此岸。↔彼岸ひがん

じかん⓪【耳管】 耳咽管，歐氏管。

じかん⓪【時間】 ①時間。「～を要する」需要時間。②時間，時刻。「約束の～に來た」準時赴約。③小時，鐘頭。④課時。「授業の～」上課時間。

しき⓪【式】 ①儀式，典禮。「祝賀の～」

祝賀儀式；慶祝會。②專指結婚典禮。「～を擧げる」擧行婚禮。③方式。「それ～でやってみよう」用這種方式做做看。④算式，公式。

しき【色】 〔佛〕色。物質的存在。↔心。

しき⓪【士氣】 士氣。「～を鼓舞する」鼓舞士氣。

しき②⓪【子規】 子規。杜鵑的異名。

しき②【四季】 四季。

しき⓪【死期】 死期。「～が迫る」臨終。

しき⓪⓪【志氣】 志氣。「盛んな～」昂揚的志氣。

しき⓪【私記】 私（個）人記錄。

しき⓪【始期】 始期。↔終期

しき⓪【指揮】 ㋴ル 指揮，主持。

しき⓪【紙器】 紙器。

しぎ⓪【鴫・鷸】 鷸。

しぎ⓪【仕儀】 情勢，地步。「かような～にあいなり…」弄到如此地步…。

しぎ⓪【私議】 ㋴ル ①私見。②私下議論。

しぎ⓪【試技】 試跳，試投，試擧。

じき⓪【直】 ⑴①立刻，馬上，不遠，很快。「～に直る」很快就會痊癒。②（沒有中間的人或物）直接。「～の取引」直接交易。③直系，關係很親近。「～の妹」親妹妹。⑵（副）立刻，馬上。「もう～歸る」已經馬上要回來（去）。

じき⓪【次期】 下期，下屆。「～總裁」下屆總裁。

じき⓪【時季】 時節。「～はずれ」過時。

じき⓪【時期】 ①時機。「～尚早」爲時尚早。②時期。「～を區切る」分時期。

じき⓪【時機】 時機。「～到來」時機已到。

じき⓪【磁氣】 磁力，磁性。「～を帶びる」帶磁。

じき⓪【磁器】 瓷器。

じき⓪⓪【敷】（接尾） 張，鋪。「六疊～」6張榻榻米大小。

じぎ⓪【字義】 字義。「～どおりに解釋する」按字義解釋。

じぎ⓪【兒戲】 兒戲。「～に等しい」等同兒戲。

じぎ⓪【時宜】 ①時宜。「～にかなった

処置」切合時宜的處置。②寒暄。「～を述べる」寒暄。

じぎ◎【辞宜・辞儀】 スル ①鞠躬。②客氣，辭謝。

しきあらし◎【磁気嵐】 磁暴。

しきい◎【敷居】 門檻，下框。↔鴨居^{かも}。「～をまたぐ」跨門檻。

しきいし◎【敷石・鋪石】 鋪石。

しきうつし◎【敷き写し】 スル ①鋪圖描繪。②照抄，抄襲。

しきかい◎【色界】〔佛〕色界。

しぎかい◎【市議会】 市議會。

しきかく◎【色覚】 色覺。

しきがく◎【式楽】 式樂。

しきがし◎【式菓子】 儀式點心，供果。

しきがわら◎【敷瓦・甃】 鋪地磚，板瓦。

しきかん◎◎【色感】 色感。「～が豊かだ」色感豐富。

しきかん◎【指揮官】 指揮官。

しきぎょう◎【私企業】 私人企業。↔公企業。

しききん◎【敷金】 押金，押租。→権利金

しきけん◎【指揮権】 指揮權。「～発動」行使指揮權。

しきご◎【識語】 識語，序，跋。

しきさい◎【色彩】 色彩。「～の美しい絵」色彩鮮艷的畫。

じきさん◎【直参】 直參。直接侍奉主君。↔陪臣^{ばい}。

しきし◎◎【色紙】 ①彩紙，花紙。②墊布，襯布。

しきじ◎【式次】 儀式程序。

しきじ◎【式辞】 致詞，祝詞。

しきじ◎【識字】 識字，認字。「～運動」識字運動。「～率」識字率。

じきじき◎【直直】（副）直接。「校長に～に報告する」直接向社長報告。

しきしだい◎【式次第】 儀式程序。

しきじつ◎【式日】 ①儀式日。②紀念日，祭祀日，集會日，節日，儀式日。

しきしゃ◎【指揮者】 指揮者。

しきしゃ◎【識者】 識者，有識之士。

しきじゃく◎【色弱】 色弱。

しきじょう◎【式場】 禮堂，會場，儀式場所。

しきじょう◎【色情】 色情。

しきせ◎【仕著せ・四季施】（雇主）發服裝。

しきそ◎【色素】 色素。

じきそ◎【直訴】 スル 直訴，告御狀，越級上訴，告狀。「校長に～する」直接向校長反應。

じきそう◎【直奏】 スル 直奏，直接上奏。

しきそくぜくう◎【色即是空】〔佛〕〔般若心經〕色即是空。

しきだい◎◎【式台・敷台】 鋪板低台。

しきたり◎【仕来り】 常規，規矩。

ジギタリス③【拉 digitalis】 毛地黃，洋地黃。

しきち◎【敷地】 地基，用地，地皮。

しきちょう◎【色調】 色調。

しきつ・める◎【敷き詰める】（動下一） 全鋪上，鋪滿。

じきディスク◎【磁気一】 磁碟。

じきテープ⑤【磁気一】 磁帶。

じきでし◎【直弟子】 親授弟子，師授弟子。

しきてん◎【式典】 儀式，典禮。

じきでん◎【直伝】 直接傳授。

じきドラム⑤【磁気一】 磁鼓。

じきとりひき◎【直取引】 直接交易。

じきに◎【直に】（副）立即，馬上，直接。「～効いてくる」立刻見效。

しきのう◎【式能】 式能。能樂之一。

じきひ◎【直披】 親啓，親展。

しきひつ◎【直筆】 親筆。

しきふ◎【敷布】 床單，褥單，單子。

しきふく◎【式服】 儀式服裝，儀式服。

しきぶとん◎【敷き布団】 墊被。↔掛け布団

しきべつ◎【識別】 スル 識別。

しきほう◎【四季報】 四季報，季刊。

しきぼう◎◎【指揮棒】 指揮棒。

しきま◎【色魔】 色魔。

しきみ◎【樒・梻】 日本大茴香。

しきもう◎【色盲】 色盲。

しきもの◎【敷物】 墊子，鋪墊物。

じきもん◎【直門】 親授門生，親授門

人。

しぎやき⓪【鴫焼き】 烤醬茄子。

しぎゃく⓪【嗜虐】 嗜虐。

じきゃく①【次客】 第二主賓。

じぎゃく⓪【自虐】 自虐。「～的」自虐性的。

しぎゃくてき⓪【嗜虐的】（形動） 嗜虐的。

しきゅう⓪【子宮】 子宮。

しきゅう⓪【支給】 スル 支給。

しきゅう⓪【四球】 四壞球。

しきゅう⓪【死球】 觸身球。

しきゅう⓪【至急】 火急。「～ご返事ください」請趕快回信。

じきゅう⓪【自給】 スル 自給。

じきゅう⓪【持久】 スル 持久。「～力」持久力。

しきゅうしき⓪【始球式】 開球儀式。

じきゅうじそく⓪【自給自足】 スル 自給自足。「～の経済」自給自足經濟。

じきゅうひりょう⓪【自給肥料】 自給肥料。農家自行生產的肥料。

しきょ①【死去】 スル 逝去。

じきょ①【辞去】 スル 告辭，辭別。

しきょう①【司教】 司教。

しきょう⓪【市況】 市場情況。

しきょう⓪【詩興】 詩興。

しきょう⓪【詩経】 《詩經》。

しぎょう⓪【仕業】 機械作業。「～点検」機械作業檢查。

しぎょう⓪【始業】 スル 開始上班，開課，開學。「～式」開學典禮。

じきょう⓪【自供】 スル 自供，供述，供詞。

じきょう⓪【持経】 〔佛〕持經。

じきょう⓪【自彊】 自強。

じぎょう⓪【地形】 ①打地基。②基礎工程。

じぎょう①【事業】 ①事業。「福祉～」福利事業。②企業，實業，事業。

しきよく⓪【色欲・色慾】 色慾。

しきょく①【支局】 支局，分局，分社。

じきょく⓪【時局】 時局。「重大な～」嚴峻的時局。

じきょく⓪【磁極】 磁極。

じきらん⓪【直覧】 親覽，親閱。

しきり⓪【仕切り】 ①隔開，分室，分格，分隔。「部屋に～をする」分隔房間。②結帳，結算。

しきり⓪【頻り】（形動） 不斷，頻頻。

しきりきん⓪【仕切り金】 發票金額。

しきりに⓪【頻りに】（副） ①頻繁地。「交通事故が～起こる」交通事故頻頻發生。②實在。「～恐縮している」實在過意不去；慚愧得很。

しきりねだん⓪【仕切り値段】 成交價格。

しき・る⓪【頻る】（動五） 頻繁，頻頻，不停。「降り～・る」下個不停。

しき・る⓪【仕切る】（動五） ①隔開，分隔間，分隔。「部屋を～・る」分隔房間。②了結。③結帳，清帳。④擺架勢。

じきわ⓪【直話】 スル 直接談話。

しきわら⓪【敷き藁】 鋪草，墊草。

しきん⓪【至近】 非常近，最近。「～距離」最近距離。

しきん⓪【資金】 資金。「～が足りる」資金充足。

しぎん⓪①【歯齦】 齒齦，牙齦。

しぎん⓪【詩吟】 吟（漢）詩。

しきんせき⓪【試金石】 試金石。

しく⓪①【死苦】 〔佛〕死苦。

しく①【詩句】 詩句。

し・く⓪①【如く・及く】（動五） 匹敵，及得上。「逃げるに～・かず」走為上策；莫如逃走。

し・く⓪【敷く・布く】（動五） ①鋪。「シーツを～・く」鋪床單。②全面鋪上，鋪滿。「砂利を～・く」鋪滿砂礫。③墊，墊上。「ざぶとんを～・いてすわる」墊上坐墊坐著。「尻に～・く」墊在屁股下。④公布，頒布。「戒厳令を～・く」頒布戒嚴令。⑤敷設。「鉄道を～・く」敷（鋪）設鐵路。

じく⓪①【軸】 ①①車軸。②畫軸。③捲軸，掛軸。④筆桿，火柴棒，桿。⑤中心軸。⑥軸心。⑦〔數〕〔axis〕對稱軸，旋轉軸。

じく①【字句】 字句。

ジグ⓪【jig】 夾具。

じくあし②【軸足】 軸足，軸腿。

じくう⓪【時空】 時空。「～を超えた真理」超越時空的真理。

じくうけ③【軸受け】 軸承。

しくかつよう③【シク活用】 「シク」活用。

じくぎ⓪②【軸木】 ①軸木。②細小木條。

しぐさ⓪【仕種】 ①做法，舉止，動作。「かわいい～」可愛的姿勢。②身段，作派，做功。

ジグザグ⓪【zigzag】 鋸齒形，Z字形，閃電形，犬牙形。

じくじ①【忸怩】（タル） 忸怩，羞愧。「内心～たる思いであった」内心羞愧。

しくじ・る③（動五） ①沒成功，沒辦好，失策。「～ってもへこたれない」失敗了也不氣餒。②被解職，被解雇。

じくそう⓪【軸装】 捲軸裝，裱成掛軸條幅。

ジグソーパズル⑤【jigsaw puzzle】 拼圖遊戲。

じぐち⓪【地口】 詼諧語，俏皮話，雙關語。

しくつ⓪【試掘】スル 試掘，鑽探，勘探。「温泉を～する」勘探溫泉。

しくはっく①【四苦八苦】スル ①千辛萬苦。非常痛苦。「～の生活」充滿苦難的生活。②〔佛〕四苦八苦。

じくばり⓪【字配り】 字的排列。

シグマ①【sigma；Σ・σ・s】 西格馬。

しくみ⓪【仕組み】 ①（機械等裝配物的）構造，結構機制。「機械の～」機器的構造。②策劃，安排。「巧妙な～」巧妙的安排。

しく・む②【仕組む】（動五） ①策劃，安排，企劃。②改編，構思。「おこった事件を劇に～・む」把發生的事件改編成戲劇。

じぐも⓪【地蜘蛛】 地蜘蛛。

じくもの⓪【軸物】 捲軸。

シクラメン②【cyclamen】 仙客來。

しぐれ⓪【時雨】 初冬陣雨。

しぐ・れる⓪【時雨れる】（動下一）（初多時）降陣雨。

じくろ⓪【軸艫】 軸艫。

じくん⓪【字訓】 漢字訓讀。

じぐん⓪【自軍】 我軍，我隊，本隊。

しくんし②【四君子】 四君子。

しけ⓪【時化】 ①波濤洶湧，惡劣海況。↔凪。②捕不到魚。③不叫座。

じげ⓪【地毛】 真髮。

しけい⓪【死刑】 死刑。「～に処せられる」被處以死刑。

しけい⓪【私刑】 私刑。

しけい⓪【紙型】 紙型。

しけい⓪【詩形】 詩形。

じけい⓪【字形】 字形。

じけい⓪【次兄】 二哥。

じけい⓪【自警】スル 自我警戒。

じけいれつ③【時系列】 時間序列。

しげき⓪【史劇】 史劇，歷史劇。

しげき⓪【刺激・刺戟】スル 刺激（物）。「～を受ける」受刺激。

しげき⓪【詩劇】 詩劇。

しげく②【繁く】（副） 頻繁，頻頻。「～通う」頻繁往來。

しげこ・む③（動五） 冶遊。

しげしげ①【繁繁】（副） ①頻繁，頻頻，常常。「彼は図書館に～と通う」他常去圖書館。②凝視。「母親の顔を～と見つける」仔細端詳著媽媽的面容。

しけつ⓪【止血】スル 止血。

じけつ⓪【自決】スル ①自決。「民族～」民族自決。②自殺，自盡。

しげみ⓪【茂み・繁み】 茂密處，繁盛處。

しけもく⓪ 煙頭，煙屁股。

し・ける②【時化る】（動下一） ①波濤洶湧，海況惡劣。「台風で～・ける」由於颱風，海面波濤洶湧。②手頭拮据。③垂頭喪氣，心情鬱悶。「～・けた顔をして」愁眉苦臉，無精打采。

し・ける②【湿気る】（動下一） 受潮，潮濕。「ビスケットは～・けてしまった」餅乾受潮了。

しげ・る②【茂る・繁る】（動五） 茂盛，繁茂，茂密。「野にも山にも若葉

しけん◎【私見】 私見，個人見解。

しけん◎②【私権】 私權。↔公権

しけん◎【試験】スル ①試験。「機械の性能を～する」試驗機器的性能。②測驗，考試。「～を受ける」參加考試。

しげん◎【至言】 至言，至理名言。

しげん◎【始原】 始源，開頭，起源，起始。

しげん◎【資源】 資源。「～を開発する」開發資源。

じけん①【事件】 事件。「～が起こる」發生事件。

じげん◎【示現】スル 示現。神佛顯靈。

じげん◎【字源】 字源。

じ げ ん◎◎【次元】〔dimension〕①〔物〕量綱，因次。②〔數〕次元，維，度。

じげん◎【時限】 ①期限，定時。②堂，節。「第一～は8時からだ」第一節課八點開始。

じげんばくだん◎【時限爆弾】 定時炸彈。

しこ◎【四股】 四股。相撲的基本動作之一。「～を踏む」踏四股。

しこ◎【四顧】スル 四顧，環顧。

しこ◎【指呼】スル ①用手指著招呼。②指呼。招呼一聲就能回答的近距離。「～の間」指呼之間。

しご◎【死後】 死後。

しご◎【死語】 死語，廢語。

しご◎【私語】スル 私語。

しご◎【詩語】 詩語。

じこ◎【自己】 自己。「～流」自成一派。

じこ①【事故】 事故。「交通～が起きた」發生了交通事故。

じご①【事後】 事後。↔事前。「～承諾を求める」請求事後同意。

じご①【持碁】 平棋，和棋，和局。

じご①【爾後】 爾後。

じこあんじ◎【自己暗示】 自我暗示。「～をかける」給予自我暗示。

しこいわし◎【鯷鰯】 黑背鰮。鯷魚的別名。

しこう◎【至高】 至高。

しこう◎【志向】スル 志向。「音楽を～する」有志於音樂。

しこう◎【思考】スル 思考。「冷静に～する」冷靜地思考。

しこう◎【指向】スル ①指向。②指向，定向。「～性アンテナ」定向天線。

しこう◎【施工】スル 施工。

しこう◎【施行】スル ①施行。②施行，實施。

しこう◎②【伺候・祗候】スル ①伺候。②問安，請安。

しこう◎【歯垢】 牙垢，齒垢。

しこう◎【嗜好】スル 嗜好。

しこう◎【試行】スル 試行。

しごう①【師号】 師號。

しごう①【諡号】 諡號。

じこう◎【事項】 事項。

じこう◎【時好】 時好，時興，時尚。「～に投ずる」迎合時尚。

じこう◎【時効】 ①〔法〕時效。「～が成立する」時效成立。②時效，消滅時效，失效。「あの約束は～だ」那項約定已經失效。

じこう◎【時候】 時候。「～の挨拶」時令寒暄；季節性問候，時節氣候問候。

じごう◎【寺号】 寺號。→山号

しこうして◎【而して】（接續） 於是，然後。

じごうじとく①◎【自業自得】〔佛〕自業自得，自作自受，自食其果。

じごえ◎【地声】 本嗓，本聲。

しごき◎【扱き】 ①捋。②嚴格鍛鍊。

しこく◎②【四国】 四國。

しごく◎②【至極】 ①（副）至極。「～快適です」舒服極了。②（接尾）表示「極、最、非常」等意。「残念～」極為遺憾。

しご・く②【扱く】（動五） ①捋。一隻手握住細長物，用另一隻手拉抹過去。「稲の穂を～・く」捋稻穗。②磨練，嚴格訓練。「新人を～・く」嚴格地訓練新人。

じこく◎【自国】 自己的國家。

じこく①【時刻】 ①時刻。「ただいまの～は午後1時です」現在的時間是下午一

點。②時刻。合適的時候，好時機。「～到来」時機到了。

しごく◎【地獄】 地獄。

じごくみみ◎【地獄耳】 ①耳朵尖，耳朵靈。②好記性，過耳不忘。

じこけんお①【自己嫌悪】 自我嫌惡。「～に陥る」陷入自我憎惡。

じこけんじ③【自己顕示】 自己顯示，自我突顯。

しごこうちょく◎【死後硬直】 死後僵直。

しこしこ①（副）スル ①有彈性的。「～（と）した歯ざわり」有咬勁。②持之以恒。「～（と）書きためた原稿」腳踏實地寫出來的原稿。

じこしょうかい③【自己紹介】スル 自我介紹。

じごしょうだく◎【事後承諾】 事後承諾。

しごせん◎【子午線】 子午線。

したたま①（副） 很多，大量。「～もうけた」賺了很多（錢）。

しごと◎【仕事】 ①工作，事情，事業。「母の～を手伝う」幫媽媽做事。②工作。「お～は何ですか」您的職業是什麼呢？③〔物〕功。

しごとし②【仕事師】 ①土木建築工人。②強人，高手，企業家。

しごとはじめ③【仕事始め】 新年初次上班。

しごとりつ③【仕事率】 〔物〕功率。

しごとりょう③【仕事量】 工作量。

しな②①【醜名】 醜名。相撲力士的藝名。

しな・す（動五） 安善處理。

じこはさん③【自己破産】 自我宣告破產。

じこほぞん③【自己保存】 自我保存。「～本能」自我保存本能。

しこみ◎【仕込み】 ①傳授，教育，訓練。「師匠の～」師傅的傳授。②採購，購進，進貨。「～にかかる」採購；進貨。③下料。「新酒の～」新酒下料釀造。

しこみづえ◎【仕込み杖】 藏刀手杖，手杖刀。

しこ・む②【仕込む】（動五） ①傳授，教。「芸を～・む」教才藝。②採購，購進。③備齊，備置。準備齊全。「食料を～・む」備齊食品。④內藏，裝入。「杖に刀を～・む」手杖裡藏著刀。⑤放入原料。「酒を～・む」釀酒。⑥掌握。「留学して～・んだ知識」留學學到的知識。

しこめ◎【醜女】 醜女。

しこり③【凝り】 ①肌肉僵硬。「肩の～」肩膀肌肉僵硬。②疙瘩。「心に～が残る」在心裡留下了疙瘩。

じこりゅう◎【自己流】 自我流，自成一派。

じこ・る②【事故る】 （動五）出事故，出事。

ジゴロ◎【法 gigolo】 舞男。

しこん◎【紫紺】 紺紫色。

しこん◎①【歯根】 牙根，齒根。

じこん◎【自今・爾今】 自今，今後，以後。「～は一切禁止する」今後一切禁止。

しさ①【示唆】スル 暗示，啟發，唆使。

しさ①【視差】〔parallax〕①視差。②〔天〕視差。③視差。照相機取景器視野和鏡頭視野的差異。

しざ◎【視座】 認識立場，觀點，立足點。

じさ①【時差】 ①時差。②錯開時間。「～出勤」錯開時間上班；時差出勤。

シザーカット③【scissors cut】 剪髮。→カット

しさい◎①【子細・仔細】 ①詳細，仔細，縝密。「～に検証する」仔細查證。②詳情，內情，底細。「～を話す」講述詳情。③妨礙，因故。「～はあるまい」不會有什麼妨礙。

しさい◎【司祭】〔priest〕祭司。

しさい◎【詩才】 寫詩的才能。

しざい◎【死罪】 死罪。

しざい◎①【私財】 個人的財產。

しざい◎①【資材】 資材，材料。「建築～」建築材料。

しざい◎【資財】 資財，資產。

じざい◎【自在】 自在，隨心所欲，自

由，自如。「～に機械を操る」熟練地操縱機器。

じさい⓪【自裁】スル 自裁，自盡。

じざかい⓪【地境】 地界。

しさく⓪【思索】スル 思索。

しさく⓪【施策】スル 應施行的政策，應實行的計畫。

しさく⓪【試作】スル 試作，試製，試製品。

じざけ⓪【地酒】 本地酒。

しさつ⓪【刺殺】スル ①刺殺。②觸殺。

しさつ⓪【視察】スル 視察。

じさつ⓪【自殺】スル 自殺。

じさつてき⓪【自殺的】（形動）自殺性的。「～な行為」自殺性行為。

じさつてん⓪【自殺点】 自殺分，烏龍球失分。

じさつほうじょざい⓪【自殺幇助罪】 幫助自殺罪。

じさない⓪【辞さない】 （連語）不辭。「死をも～覚悟」萬死不辭的心理準備。

しざ・る⓪【退る】（動五） 後退，倒退。

しさん⓪【四散】スル 四散。

しさん⓪【試算】スル 試算，概算。「工事費を～する」試算工程費。

しさん⓪⓪【資産】 資產。「～家」資產家，大財主。

しざん⓪⓪【死産】スル 死產，死胎。

じさん⓪【自賛・自讃】スル 自誇，自吹，自讚。

じさん⓪【持参】スル 攜帶，帶去（來）。

しし①【四肢】 四肢。

しし①【死屍】 死屍。

しし①【志士】 志士。「勤王の～」勤王志士。

しし①【嗣子】 嗣子。

しし①【獅子】 ①獅子。②（獅子舞用的）獅子頭。

しし①【孜孜】（たル） 孜孜。「～汲々」孜孜汲汲。

しじ①【支持】スル ①支撐。「梁を～する柱」支撐橫樑的柱子。②支持，擁護。「家族の～を得た」得到家人的支持。

しじ①【四時】 ①四時。指春、夏、秋、冬，四季。②四時。朝、晝、暮（夕）、夜四個時段。「～の座禅」四時坐禪。

しじ①【死児】 死兒。

しじ①【私事】 ①私事。↔公事ごう。②私事，隱私。「～をあばく」揭發隱私。

しじ①【指示】スル ①指著給人看。②指示。

しじ①【指事】 指事。漢字六書之一。

しじ①【師事】スル 師事。

じし①【次子】 次子。

じし①【侍史】 ①侍史。在貴人身邊侍候的書記。②（日本人）寫在收信人名下用作附語，向對方表示敬意的詞語。

じし①【次姉】 二姐。

じし①【自死】 自裁，自殺。

じじ①⓪【爺】 老頭兒，老頭子，老爺爺。↔婆ばば

じじ①【自恃】 自恃。「～の念」自恃之念（心）。

じじ①【時事】 時事。「～に明るい」通曉時事。

じじい①【爺】 老頭兒，老頭子。↔ばばあ

ししおき④⓪【肉置き】 膘。肉的胖（肥）瘦。

ししおどし①【鹿威し】 鹿威。（一種藉水力發聲）驅趕禍害農作物的鳥獸的裝置。

ししがしら③【獅子頭】 獅子頭。形似獅子頭的木製面具。

ししき①【司式】 司儀。

ししく①【獅子吼】スル 獅子吼。

じじこっこく①【時時刻刻】（副） 時時刻刻。

ししそうしょう①【師資相承】スル 師徒（生）相承。

ししそんそん①【子子孫孫】 子子孫孫。

しじだいめいし⑤【指示代名詞】 指示代名詞。

ししつ⓪【私室】 私室。

ししつ⓪【紙質】 紙質。

ししつ⓪【脂質】 脂類，脂質。

ししつ⓪【資質】 資質，天資。「作家としての～にめぐまれる」具有當作家的

天份。

しじつ⓪【史実】 史實。

じしつ⓪【地質】 質地，品質。

じしつ⓪【耳疾】 耳疾。

じしつ⓪【自失】 自失。「茫然~」茫然自失。

じしつ⓪【自室】 自室。

じじつ⓪【時日】 ①時日。「開催の~」舉辦的時日。②時日，工夫，時間。「~を費やす」費工夫；費時日。

ししふんじん⓪【獅子奮迅】スル 獅子奮迅。「~の勢い」獅子奮迅之勢。

しじま① 靜寂，寂靜。「夜の~」夜的靜寂。

ししまい③【獅子舞】 獅子舞。

しじみ⓪【蜆】 真蜆。

しじみちょう⓪【蜆蝶】 灰蝶。

しじみばな⓪【蜆花】 笑靨花。

じじむさ・い④【爺むさい】（形） ①老氣，邋遢。②老氣橫秋。「~・い考え」陳舊的觀念。

ししゃ①【支社】 ①分公司，分店，分社。↔本社。②支社。神社的分社，分社。

ししゃ①②【死者】 死者。

ししゃ①【使者】 使者。「~を派遣する」派遣使者。

ししゃ①【試写】スル 試映，試放，試片。「~会」試映會。

ししゃ①②【試射】スル 試射。

じしゃ①【寺社】 寺社。寺院（佛閣）和神社。

じしゃ①【自社】 本社，自社，本公司。「~製品」本公司產品。

ししゃく①【子爵】 子爵。

しじやく⓪【指示薬】 指示劑。

じしゃく①【磁石】 ①磁鐵。②羅盤（儀），指南針。

じじゃく⓪【示寂】スル 圓寂。

じじゃく⓪【自若】（タル） 自若。「泰然~」泰然自若。

ししゃごにゅう①【四捨五入】スル 四捨五入。

ししゃざい②【止瀉剤】 止瀉劑。

シシャモ⓪【柳葉魚】 柳葉魚。

ししゅ①【死守】スル 死守。

ししゅ①【詩趣】 詩趣，詩意，詩情。「~に富んだ風景」充滿詩意的景色。

じしゅ①【自主】スル 自主。

じしゅ①【自首】スル 自首。

ししゅう⓪【死臭・屍臭】 屍臭。

ししゅう⓪【刺繡】スル 刺繡。「ハンカチに~する」繡手絹。

ししゅう⓪【詩集】 詩集。

しじゅう⓪【四十】 四十，40歲。

しじゅう⓪【始終】 ① ①始終。開始和終了，亦指自始至終。「事の~を調べる」調查事情的始終。②始終，始末。 ②（副）經常，不斷，總是。「~けんかしている」經常吵架。

じしゅう⓪【自修】スル 自修。

じしゅう⓪【自習】スル 自習。「よく~時間を利用する」好好地利用自習時間。

じじゅう⓪【自重】 自身重量。

じじゅう⓪【侍従】 侍從。

しじゅううで⓪【四十腕】 四十腕痛。

しじゅうから⓪【四十雀】 山雀。

しじゅうくにち①②【四十九日】 七七，做七。

しじゅうしちし⑤【四十七士】 四十七士。指47位赤穗浪士。

しじゅうしょう⓪【四重唱】 四重唱。

しじゅうはって⓪【四十八手】 ①四十八手。相撲決勝招數的總稱。②耍花招，玩弄把戲。

ししゅうびょう⓪【歯周病】 牙周病。

ししゅく⓪【止宿】スル 住宿，投宿。

ししゅく⓪【私淑】スル 私淑。「~する作家」私淑作家。

じしゅく⓪【自粛】スル 自肅，自我約束。

ししゅつ⓪【支出】スル 支出，開支。↔收入

しじゅつ⓪【施術】スル 動手術。

じしゅトレ⓪【自主一】 自主訓練。

しじゅほうしょう③【紫綬褒章】 紫綬獎章。

じしゅりゅうつうまい④【自主流通米】 自主流通米。

しじゅん①【至純・至醇】 至純。「~の心」至純之心。

じじゅん⓪【耳順】　耳順。60歲的異名。

しじゅんかせき④【示準化石】　標準化石。

ししゅんき②【思春期】　青春期，思春期。

しじゅんせつ④【四旬節】　四旬節。

ししょ①【支所】　分公司，分所，辦事處。

ししょ①【支署】　支署，分署。

ししょ①【司書】　司書。

ししょ①【史書】　史書。

ししょ①【四書】　四書。

ししょ①【死所・死処】　死得有價值的處所。「～を得る」死得其所。

ししょ①【私書】　①私人文書。②私人書信。

しじょ①【子女】　①子女，兒女。「帰国～」歸國子女。②女子，女孩。「良家の～」良家婦女。

じしょ①【地所】　地皮。

じしょ①【字書】　字典。

じしょ①⓪【自書】　ス ル　親筆，自書。

じしょ①【辞書】　辭書。

じじょ①【次女・二女】　次女，二女兒。

じじょ①【自助】　自助。

じじょ①【自序】　自序。

じじょ①【児女】　①女兒。②女人孩子。

じじょ①【侍女】　侍女。

ししょう⓪【支障】　障礙，妨礙。「～を生む」產生障礙。

ししょう⓪【死傷】　ス ル　死傷，傷亡。「～者」死傷者。

ししょう⓪【私娼】　私娼。↔公娼。「～窟」私娼窟。

ししょう⓪【私傷】　私傷。公務外受的傷。↔公傷

ししょう⓪【刺傷】　ス ル　刺傷，扎傷。

ししょう⓪【師匠】　師傅，老師，師匠。「生け花の～」插花師傅。

ししょう⓪【視床】　視丘。

ししょう⓪①【詞章】　①詞章，辭章。詩歌和文章的總稱。②詞章。謠曲、說唱中的詞句。

しじょう⓪【史上】　歷史上。「～に名をとどめる」史上留名。

しじょう⓪【市場】　市場。

しじょう⓪【至上】　至上，無比。「～の喜び」無比的喜悅。

しじょう⓪【至情】　①至情，至誠。②常情。

しじょう⓪【私情】　私情，私心。

しじょう⓪【紙上】　①紙上。「～の空論」紙上空談。②報紙上。「～をにぎわす」使版面活潑。

しじょう⓪【詩情】　①詩情。「～ゆたか」充滿詩情。②詩興。「～がわく」詩興大發。

しじょう⓪【試乗】　ス ル　試乘。

しじょう⓪【誌上】　雜誌上。

じしょう⓪【自称】　ス ル　①自稱。「～世界一」自稱世界第一。②自稱，第一人稱。

じしょう⓪【自傷】　ス ル　自傷。

じしょう⓪【自照】　ス ル　自省。

じしょう⓪【事象】　事物現象。「自然界の～」自然界事物的現象。

じじょう⓪【自浄】　自淨。

じじょう⓪【事情】　事情，緣故，情由，情況。

しじょうかかく④【市場価格】　市場價格。

じしょうぎ②【持将棋】　和棋，將棋平手。

ししょうじ②【指小辞】　指小詞。接尾詞的一種。

じじょうじばく④【自縄自縛】　自繩自縛，作繭自縛。「～に陥る」陷於作繭自縛的境地。

ししょうせつ②【私小説】　①私小說。②自傳體小說（的譯詞）。

しじょうせんゆうりつ④【市場占有率】　市場占有率。

ししょく⓪【試食】　ス ル　試嘗，試吃。

じしょく⓪【辞職】　ス ル　辭職。「会社を～する」從公司辭職。

ししょく⓪【辞色】　辭色。「～を改める」不假辭色。

じじょでん②【自叙伝】　自敘傳，自傳。

ししょばこ②【私書箱】　私人信箱。

ししん①⓪【至心】　至心，真心，誠心。

ししん◎【私心】　①私心。「～を去る」去掉私心。②己見，個人意見。

ししん◎【私信】　私用信函。

ししん◎【使臣】　使臣，使節。

ししん◎【指針】　指針。

ししん◎【視診】スル　視診。透過視覺進行的診斷。

ししん【詩神】　詩神。

しじん◎【士人】　①武士。②士人。

しじん【四神】　四方四神。

しじん【至人】　至人。

しじん◎【私人】　私人。↔公人

しじん◎【詩人】　詩人。

じしん◎【地震】　地震。

　地震雷火事親父　地震、打雷、失火、嚴父。依次舉出的四件可怕之事。

じしん◎【自身】　①自身，自己，親自。「彼は～で来た」他親自來了。②自身。「それはきみ～だけの問題ではない」那不只是你本身的問題。

じしん◎【自信】　自信。「できる～がある」有信心做得到。

じしん◎◎【侍臣】　侍臣，近侍。

じしん◎【時針】　時針。

じしん◎【磁針】　磁針。

じじん◎【自刃】スル　自刃。「～して果てる」自殺。

じじん◎【自尽】スル　自盡。

じじん◎【自陣】　本陣，本營。

ししんけい◎【視神経】　視神經。

ししんでん◎【紫宸殿】　紫宸殿。

じしんは◎【地震波】　地震波。

ジス◎【JIS】　〔Japanese Industrial Standard〕日本工業規格（JIS）。

しすい◎◎【止水】　①止水。「明鏡～」明鏡止水。②止水，截水，隔水，擋水。「～栓」止水栓。

しずい◎【歯髄】　牙髓。

じすい◎【自炊】スル　自炊。

しずいえん◎【歯髄炎】　牙髓炎。

しすう◎【指数】　指數。

しすう◎【紙数】　①紙張數，篇幅。「～が尽きる」紙張數用盡。②頁數。

じすう◎【字数】　字數。

しずか◎【静か】（形動）　①安靜，寂靜，肅靜。②寧靜，平靜。「～な海」寧靜的大海。③冷靜，平靜。「～に話す」平靜地說。④文靜。「～な人」文靜的人。

ジスかんじ◎【JIS漢字】　JIS漢字。

しずく◎【滴・雫】　滴，水滴。

しずけさ◎【静けさ】　寧靜，寂靜。「嵐の前の～」暴風雨前的寧靜。

しずしず◎【静静】（副）　靜靜地，靜悄悄地，安詳地。「～と歩く」靜悄悄地走。

シスター◎【sister】　①姐妹，姊妹。②姐妹。羅馬天主教會中的修女。③（女學生中的）同性戀對象。

システマチック◎【systematic】（形動）　有系統的。

システム◎【system】　①體系，組織機構。②系統，裝置。

システムアドミニストレーター◎【system administrator】　系統管理者。

システムエンジニア◎【systems engineer】　訊息處理專家，系統設計工程師。

システムキッチン◎【㈪system＋kitchen】　組合式廚房。

システムこうがく◎【―工学】　〔systems engineering〕系統工程（SE）。

システムコンポーネント◎【㈪ system＋component】　系統元件，系統零件。

システムてちょう◎【―手帳】　系統手冊。

ジステンパー◎【distemper】　犬瘟熱。

ジストマ◎【distoma】　寄生吸蟲。

ジストロフイー◎【dystrophie】　營養障礙。

じすべり◎【地滑り・地辷り】　①山崩，地滑，塌方。②大變革，大變化。「～的」極其顯著的。壓倒性的。一步一步的。

ジスマーク◎【JIS mark】　JIS標誌（記）。

しずまりかえ・る◎【静まり返る】（動五）　鴉雀無聲，萬籟俱寂，非常安靜，一片寧靜。「生徒が帰って教室が～・る」學生放學後，教室裡變得鴉雀無聲。

しずま・る◎【静まる】（動五）　①安靜下來。「会場が～・る」會場安靜了。②平息，平定。「風がやんで海が～・る」風停了，大海平靜下來了。

しず・む◎◎【沈む】（動五）　①沉，沉入，沉沒。↔浮く・浮かぶ。「船が～・む」船沉沒。②沒入，埋入。「ソファーに～・む」（身體）陷入沙發之中。③落，落入。↔登る。「日が～・む」日落。④墜落。「機体が～・む」機體墜落。⑤淪落，沉淪。「不幸の境遇に～・む」陷入不幸的境地。⑥陷入。「悲しみに～・む」陷入悲傷之中。

しずめ◎【鎮め】　平定，鎮守，鎮守者。「国の～」國家的鎮守者。

しず・める◎【沈める】（動下一）　①沉。↔浮かべる。「船を～・める」使船下沉。②淪落。「苦界に身を～・める」身陷苦境。③擊倒。「マットに～・める」擊倒在拳擊臺上。

しず・める◎【静める】（動下一）　①使安靜，使寂靜。「教室を～・める」使教室安靜下來。②平息。「内乱を～・める」平定內亂。

しず・める◎【鎮める】（動五）　①平息。「反乱を～・める」平息叛亂。②鎮定。「気持ちを～・める」鎮定情緒。③止痛等。「いたみを～・める」鎮痛。

し・する◎【死する】（動サ變）　死。

し・する◎【資する】（動サ變）　有助於，有益於。

じ・する◎【侍する】（動サ變）　侍候。

じ・する◎【持する】（動サ變）　①持。「満を～・して待つ」持滿戒盈。②持，堅持。「戒を～・する」持戒；守戒。

じ・する◎【辞する】（動サ變）　①告辭，辭別。「先生のお宅を～・する」從老師家告辭出來。②拒絕，推辭。「勧誘を～・する」拒絕邀約。③辭（職）。「役員を～・する」辭去董事。

しせい◎【四声】　四聲。中國音韻學中，漢字字音的四種聲調的總稱。

しせい◎【市井】　市井。

しせい◎【市制】　市制。「～をしく」施行市制。

しせい◎【市政】　市政。

しせい◎【死生】スル　生死，死活。「～観」生死觀。

しせい◎【至誠】　至誠。「～天に通ず」至誠通天。

しせい◎【私製】　私製。↔官製

しせい【刺青】　刺青。

しせい◎【姿勢】　①姿勢。「正しい～で字を書く」以正確的姿勢寫字。②（對事物的）姿態，態度。「前向きの～」積極態度。

しせい◎【施政】　施政。「～方針を述べる」發表施政方針。

しせい◎【詩聖】　詩聖。

しせい◎【試製】スル　試製。

しせい◎【資性】　資性，資質，天性。

じせい◎【自生】スル　自生，野生。「ツバキの～地」山茶花的自生地。

じせい◎【自制】スル　自制。「～心のよわい人」自制心弱的人。

じせい◎【自省】スル　自省。「深く～する」深刻反省。

じせい◎◎【時世】　時世。

じせい◎◎【時制】　時態。印歐語等語言的語法範疇之一。

じせい◎【時勢】　時勢。「～に逆らう」逆於時勢。

じせい◎【辞世】　①絕命詩，遺言。「～を詠む」詠絕命詩。②辭世。

じせい◎【磁性】　磁性。

しせいかつ◎【私生活】　私生活。

しせいし◎【私生子】　私生子。

しせいだい◎【始生代】　太古代。

しせき◎【歯石】　牙結石。

じせき◎【次席】　次席。「～で入選する」以次席（第二位）入選。

じせき◎【自責】スル　自責。「～の念」自責之念。

じせき◎【事跡・事蹟】　事跡。

じせき◎◎【事績】　業績，功績，成就。

しせつ◎【私設】スル　私設。↔公設。「～秘書」私人秘書。

しせつ◎【使節】　使節。「親善～」親善使節。

しせつ⓪⑥【施設】 スル　施設，設施。「公共～が完備している」公共設施完備。

じせつ⓪【自説】　己見。

じせつ⓪⑥【持説】　所持意見。

じせつ⓪【時節】　①時節。「～はずれ」不合時節。②時勢，時世，世道。「～を弁えぬ発言」不識時務的發言。③好時機，機會。「～到来」時機來到。

しせん⓪【支線】　支線。

しせん⓪【死線】　死亡線。「～をさまよう」徘徊在死亡線上。

しせん⓪【私撰】　私撰。↔勅撰・官撰

しせん⓪【私選】スル　私人選擇。

しせん⓪【脂腺】　皮脂腺。

しせん⓪【視線】　視線。

しせん⓪⑥【詩仙】　詩仙。

しぜん⓪【自然】　①①自然，大自然。「～の法則」自然規律。②自然，本性，天性。「悲しい時には泣くのが人間の～だ」悲痛時哭泣是人的自然情感流露。②（形動）自然。「～な動作」自然的動作。③（副）自然，不由得。「～と頭が下がる」自然地低下頭。

しぜん⓪【至善】　至善，極善。

じせん⓪【自選・自撰】スル　自選。

じせん⓪【自薦】スル　自薦。↔他薦

じぜん⓪【次善】　次善。「～の策」次善之策。

じぜん⓪【事前】　事前。↔事後

じぜん⓪【慈善】　慈善。「～事業専念する」專心慈善事業。

しぜんかい⓪【自然界】　自然界。

しぜんかがく④【自然科学】　自然科學。

しぜんけん⓪【自然権】　自然權，天賦人權，自然權利。

しぜんげんしょう④【自然現象】　自然現象。

しぜんじ⑤【自然児】　自然兒。不爲世俗左右之人。

しぜんしゅぎ④【自然主義】　〔naturalism〕自然主義。

しぜんしょくひん④【自然食品】　自然食品，天然食品。

しぜんじん⑤【自然人】　〔法〕自然人。

しぜんすう④【自然数】　〔數〕自然數。

しぜんせんたく④【自然選択】　〔natural selection〕自然選擇。

しぜんそう⓪【自然葬】　自然葬。

しぜんたい⓪【自然体】　①自然體。柔道中自然站立的基本姿勢。②自然態度，自然姿態。「審議には～で臨む」對審議抱自然態度。

しぜんとうた④【自然淘汰】スル　自然淘汰。「粗製品は～される」粗劣產品會被自然淘汰。

しぜんほう⓪②【自然法】　自然法，自然律。

しそ①【始祖】　始祖。

しそ①【紫蘇】　紫蘇。

しそう⓪⑥【死相】　死相。

しそう⓪【志操】　志節，操守。「～堅固」志節堅定。

しそう⓪【思想】　思想。

しそう⓪【使嗾】スル　唆使。

しそう⓪【詞藻】　詞藻。「～に富んだ文章」詞藻豐富的文章。

しそう⓪【歯槽】　齒槽。

しそう⓪【試走】スル　①（賽前等的）試跑。「軽く～する」輕鬆地試跑。②試車，試驗駕駛。「～車」試車。

しぞう⓪【死蔵】スル　死藏（不用）。「書物を～する」死藏書籍（不看）。

しぞう⓪【私蔵】スル　私藏。

じそう⓪【寺僧】　寺僧。

じぞう⓪②【地蔵】　地藏，地藏菩薩。

シソーラス③【thesaurus】　①主題詞表，詞語彙編，類義語詞典。②詞庫，檢索詞典。

しそく⓪【子息】　（指他人的）兒子。

しそく⓪⑥【四則】　四則（運算）。

しそく⓪【紙燭・脂燭】　紙燭，松明。

しぞく①【士族】　士族。

しぞく①【氏族】　〔clan〕氏族。

じそく⓪【自足】スル　自足。「自給～」自給自足。

じそく⓪【時速】　時速。

じぞく⓪【持続】スル　持續。「～力」持續力；持久力。

しそこな・う【仕損なう】（動五）　失敗，沒辦好，搞壞。

しそちょう②【始祖鳥】 始祖鳥。

しそつ①【士卒】 士卒。

しそん①【子孫】 子孫。

じそん①【自損】 自損，自傷。↔他損。「～事故」自傷事故。

じそん①【児孫】 兒孫。

しそん・じる①【仕損じる】（動上一）做壞，搞砸，出錯。「せいては事を・・じる」急則生錯。

した①【下】 ①下，下邊，下方。「～へすりる」降下。②手下，支配下。「人の～で働く」在他人手下幹活。③下面，底下，裡面，裡邊。「外着の～にシャツを着る」外衣裡面穿襯衫。④下邊，底下。「～から5字目の文字」從下數第5個字。⑤下面，下邊，後面。「～につづける」後面接續。⑥低，低下。「レベルは王さんより～だ」水準比小王低。⑦年齡小，年少。「彼は私より二つ～です」他比我小2歲。⑧（…之後）馬上，隨後，緊接著。「言う～からぼろを出す」一開口就露了馬腳。⑨私底下。「～ごしらえ」事先準備。↔上²ᵉ

した①【舌】 舌。

しだ①【羊歯】 蕨。

じた①【自他】 ①自他。「～の区別がない」不分彼此。②自動詞和他動詞。

じだ①【耳朵】 ①耳垂。②耳朵。

したあじ③【下味】 ①底味。「～をつける」調底味。②趣趺。

シタール①【（印地安）sitār】 西塔琴。

したい①【死体・屍体】 屍體。

したい①【肢体】 肢體。

したい①【姿態】 姿態。「美しい～」優美的姿態。

しだい①【次第】 ①①次第，次序，程序，順序。「入学式～を決める」決定入學典禮的程序。②經過，緣由。「事の～を話す」講述事情的經過。②（接尾）①要看…（而定），全憑。「合格するかどうかは君の努力～だ」通過與否要看你的努力。②聽其自然，聽任。「言いなり～になる」唯命是從。③（接其動作後）立刻，馬上，（一俟）就。「着き～連絡する」到了之後馬上聯繫。

しだい①【私大】 私大，私立大學。

じたい①【自体】 ①自體，本身。「液体はそれ～の形を持たない」液體本身沒有形狀。②（副）本來，原來。「～あなたが悪い」本來就是你不好。

じたい①【事態】 事態。「緊急～」緊急事態。

じたい①【辞退】 スル 辭退，謝絕，辭謝，推辭。「出場～」謝絕出場。

じたい①【字体】 字體。→書体たい

じだい①【地代】 ①地租。②地價。

じだい①【次代】 下一時代，下一代。

じだい①【事大】 事大。弱者仕奉強者。「～思想」事大思想。

じだい①【時代】 ①時代。「江戸～」江戶時代。②時代。現在所在的時期。「～を先取りする」走在時代的前端。③古色，時代。「～をさかのぼる」回溯時代。「～がつく」古色古香。

じだいげき①【時代劇】 時代劇，歷史劇。↔現代劇

じだいさくご①【時代錯誤】 時代錯誤。

じだいもの①【時代物】 ①古董。「～の時計」古鐘。②時代物。取材於明治時代以前的歷史劇、歷史影片，亦指其文學。↔世話物

した・う①②【慕う】（動五） ①懷念，戀慕。「ふるさとを～・う」懷念故鄉。②追隨，跟隨。「母のあとを～・って日本まで行く」追隨母親到日本去。③景仰，仰慕，敬仰。「学風を～・う」景仰學風

したうけ①【下請け】 スル 轉包，轉承攬，分包，轉包人。「～に出す」轉包。

したうち①【舌打ち】 スル 咋舌，咂嘴。

したえ①【下絵】 畫稿，草圖，畫底樣。

したえだ①【下枝】 下枝。↔上枝ᵘʷᵉ

したおし①【下押し】 行情看跌，下跌。

したおび①【下帯】 下帶。遮住陰部的布。

したが・う①【従う・随う】（動五） ①跟隨。「ガイドに～・って観光する」跟著導遊觀光。②服從，聽從，遵從。「指示に～・う」服從指示。③順從，順應。「時勢に～・う」順應時勢。④隨著

…而…。「回を重ねるに~・って」隨著一次次重複而…。⑤服從，從事。「兵役に~・う」服兵役。

したが・える⓪【従える】（動下一）①帶領，率領。「供を~・える」帶領隨從人員。②使聽從。

したがき⓪【下書き】スル ①打底稿，寫草稿，草稿，底稿。②試寫（稿），草稿。

したかげ③【下陰】背陰處，陰影。

したがって⓪【従って】（接續）從而，因而，其結果。

したがり⓪【下刈り】除草。

したぎ⓪【下着】貼身衣（褲），內衣。

したく⓪【支度・仕度】スル ①準備，預備。「食事の~をしておく」準備做飯。②準備。「出発の~をしてくる」做出發的準備。

したく⓪【私宅】私宅。

しだ・く②（動五）摧毀，打碎，踐踏。「踏み~・く」踩毀。

じたく⓪【自宅】自己住宅。

したくさ②【下草】樹下雜草。

したげいこ③【下稽古】預演，排練，演習，彩排。

したけんぶん③【下検分】スル 預先檢查。

したごころ③【下心】①別有用心，不懷好意。「~をいだく」別有用心。②心字底。

したごしらえ③【下拵え】スル ①預先準備，事先準備。②準備做菜材料，備料。

したさき⓪【舌先】①舌尖。②嘴上說說，話語，巧辯。

したざわり⓪【舌触り】口感，味道。「~がいい」味道好。

したじ⓪【下地】①底子。②基層，底層。③底子。

しだし⓪【仕出し】①外送飯菜，送外賣。「~屋」送外賣飯館。②跑龍套（的）。

したし・い③【親しい】（形）①親近，親密。「~・い友人」親近的朋友。②熟悉，習以為常。「耳に~・・いメロディー」非常熟悉的旋律。③親的。「~

・い縁者」近親。④親自，親身。「~・くお言葉を賜る」親自賜言（教）。

したじき⓪【下敷き】①墊子，墊。「~を下にしく」在下面墊上墊板。②被壓在底下。「倒れた木の~になった」被倒下的樹壓在底下。③基礎，範例，樣板。「名作を~にする」以名著為典範。④墊板，仿紙。

したしみ④【親しみ】親切，親密，親近。

したし・む③【親しむ】（動五）①親密，接近，喜愛。「友人と~・む」與朋友親近。②親近，欣賞，歡迎，喜好。「自然に~・む」親近大自然。

したしょく⓪【下職】轉包業者。

したしらべ③【下調べ】スル ①預先調查。「現地へ~に行く」預先到現場去調查。②預習。

したず⓪【下図】草圖。

したそうだん③【下相談】スル 事前磋商。「来月の会談の~に来ました」為下個月會談的事前磋商而來。

したたか⓪【強か】①（形動）難對付，不好惹。「あいつは~なやつだ」那個傢伙是個難以對付的傢伙。②（副）厲害，猛烈，強烈。「頭を~打つ」猛打一頓腦袋。

したたかもの⓪⑥【強か者】不好惹的人，惹不起的人。

したた・める④【認める】（動下一）①寫（文章）。「手紙を~・める」寫信。②吃飯。「夕食を~・める」吃晚飯。

したたらず③【舌足らず】①口齒不清，笨嘴笨舌。②說不清楚，條理不清。「~の文章」不通順的文章。

したたり④⓪【滴り】水滴，點滴。

したた・る③【滴る】（動五）①滴落。「汗が~・り落ちる」汗珠滴下來。②嬌嫩欲滴。「緑~・る若葉」青翠欲滴的嫩葉。

したたる・い⓪【舌たるい】（形）嬌聲嬌氣，嗲聲嗲氣。

じたつ⓪【示達】スル 下達，示達。

したつづみ③【舌鼓】咂嘴，吧嗒嘴。

したっぱ⓪【下っ端】卑微者。

したづみ⓪【下積み】 ①裝在底下，壓在底下。↔上積^{うわ}み。②埋沒（的人），受壓者。

したつゆ⓪【下露】 草木上的露水。

したて⓪【仕立て】 ①縫紉。②預備，準備，專備。「特別～」特別準備。

したて⓪【下手】 ①下手，下邊。「丘の～に陣を取る」在山丘下面布陣。②下手。相撲中由對方所插手臂的下方插入對方腋下。③低手。圍棋、將棋等中指棋力低的棋手。↔上手^{うわ}。

したてあがり⓪【仕立て上がり】 縫製好，做好。「～の着物」剛做好的衣服。

したておろし⓪【仕立て下ろし】 新做的衣服。

したてなげ⓪【下手投げ】 ①下手投。相撲中決定勝負的招數之一。②低手投球。

したてもの⓪【仕立物】 裁縫製品，針線活兒，縫製物。

したてや⓪【仕立屋】 裁縫店，成衣店，裁縫師。

した・てる⓪【仕立てる】（動下一） ①縫製。「洋服を～・てる」做西裝。②培養，造就。「一人前の人に～・てる」培養成人。③特別準備。「車を～・てて駅に出迎える」準備車到車站迎接。④喬裝，裝扮。「悪人に～・てる」扮演壞人。

したどり⓪【下取り】 スル 以舊折價換新，折舊。「車を～に出す」折舊換車。

したなめずり⓪⓪【舌舐めずり】 スル ①舔舌，舔唇。②期待，焦急等待。

したに⓪【下煮】 スル 先煮。

したぬい⓪【下縫い】 スル 假縫。

したぬり⓪【下塗り】 スル 塗底層，打底。

したね⓪【下値】 低價。↔上値^{うわ}。

したば⓪【下葉】 底葉，下葉。↔上葉^{うわ}。

したばえ⓪【下生え】 樹下草木。

したばき⓪【下履き】 室外鞋。↔上履^{うわ}き。

したばたらき⓪【下働き】 ①助手，配手。②做雜工，雜工，伙夫。

したはら⓪【下腹】 下腹部，小腹。「～が痛む」下腹部疼。

したばり⓪【下張り】 スル 裱糊底層紙（布），裱糊底。↔上張り

したび⓪【下火】 ①火勢漸弱。「火事が～になる」火災的火勢漸弱。②衰退，走下坡路。「インフルエンザがようやく～になった」流行性感冒總算過去了。

したびらめ⓪【舌平目・舌鮃】 舌鰨，扁魚，牛舌魚。

したまえ⓪【下前】 前底襟。↔上前^{うわ}。

じたまご⓪【地卵】 當地雞蛋。

したまち⓪【下町】 下町，低地街區，低地工商業區。↔山の手。「～育ち」在下町長大的人。

したまわ・る⓪【下回る】（動五） 低於，比…的少，在…以下。↔上回る。「予想を～・る」比預料的少。

したみ⓪【下見】 スル ①事前查看，預先檢查。「～に行く」先去查看一下。②預習（書等），預先看一下。③魚鱗板，雨淋板。「～板」魚鱗板；橫釘木外牆板。

した・む⓪【湑む・醸む】（動五） 滴淨，瀝出，瀝淨。

したむき⓪【下向き】 ①朝下，向下。②衰微，衰落。「景気が～になる」經濟蕭條。③下跌。↔上^{うわ}向き。

しため⓪【下目】 ①往下看（眼神）。「～で見る」眼神朝下看。②低劣。

したやく⓪【下役】 ①下級，下屬，部下。↔上役^{うわ}。②小官，下級官員。

したよみ⓪【下読み】 スル 預先讀，預習。

じだらく⓪⓪【自堕落】 不檢點，放蕩，自甘墮落，懶散，邋遢。「～な生活」放蕩（墮落、懶散）的生活。

したりげ（形動） 得意洋洋，沾沾自喜。「～な口ぶりで話す」得意洋洋地說。

しだれざくら⓪【枝垂れ桜】 垂櫻。

しだれやなぎ⓪【枝垂れ柳】 垂柳。

しだ・れる⓪【枝垂れる】（動下一） 枝條下垂。

したわし・い⓪【慕わしい】（形） 懷念，戀慕，眷戀。「旧友を～・く思う」懷念老友。

したん⓪【紫檀】 紫檀。

しだん⓪【史談】 史談。

しだん⓪【指弾】 スル 彈指，指責，責難。

「～を受ける」受指責。

しだん⓪【師団】　師。軍隊的編制單位。

しだん⓪【詩壇】　詩壇。

じたん⓪【時短】　縮短工時。

じだん⓪【示談】スル　①商談，商議。②私下和解，私了。「～で争い事を解決する」透過協商解決了糾紛。

じだんだ⓪【地団駄】　跺腳，頓足。「～を踏む」捶胸頓足。

しち①【七】　七。

しち②【質】　①質押。「宝石～に入れる」當掉寶石。②〔法〕質權。

しち②①【死地】　①死地，險境，絕境。「～に赴く」赴死地；步入絕境。②死地，死處。「～を求める」尋求死處。

じち①【自治】　自治。「～の精神」自治精神。↔官治

しちいれ⓪【質入れ】スル　入質，典當。

じちかい②【自治会】　自治會。

しちかいき③【七回忌】　七年忌辰，七周年忌辰。

しちがつ④【七月】　七月。

しちく⓪【糸竹】　絲竹；樂器，音樂。

しちぐさ⓪【質草・質種】　質押品。

しちけん⓪【質券】　質券，當票。

しちけん⓪【質権】　質權。

じちけん②【自治権】　自治權。

しちごさん⓪②【七五三】　七五三祝賀日。

しちごちょう⓪【七五調】　七五調。

しちさん⓪【七三】　①七三比。②七三（偏分）。「髪を～に分ける」把頭髮按七三之比分開。

しちしちにち③【七七日】　七七祭日。「～の法要」七七法事；辦七七。

しちしょう⓪【七生】　七生。「～報国」七生報國。

じちしょう②【自治省】　自治省。

じちたい②【自治体】　自治體。「地方～」地方自治體。

しちてんばっとう⓪【七転八倒・七顛八倒】スル　七顛八倒，滿地打滾。「～して苦しむ」疼得滿地打滾。

しちどうがらん⑤【七堂伽藍】　〔佛〕七堂伽藍。

しちながれ⓪【質流れ】　流當，死當。

しちなん⓪【七難】　①〔佛〕七難。②七難，百醜。「色の白いは～隠す」一白遮百醜。

しちふくじん④【七福神】　七福神。

しちふだ⓪【質札】　當票。

しちみ⓪【七味】　①七味。七種美味。「～八珍」七味八珍。②「七味唐辛子」的略稱。

しちみとうがらし⑥【七味唐辛子】　七味粉。

しちむずかし・い⑥⓪【しち難しい】（形）　非常困難，特別麻煩，棘手。

しちめんちょう⓪【七面鳥】　火雞。

しちめんどう⓪【しち面倒】（形動）　非常麻煩，特別費事。「～な手続」極其麻煩的手續。

しちめんどうくさ・い⓪【しち面倒臭い】（形）　特別麻煩，非常費事。「～・い注文」非常麻煩的要求。

しちや⓪【質屋】　典當商，當舖。

しちゃく⓪【試着】スル　試穿，試衣服。「～室」試衣間。

しちゅう⓪【支柱】　①支柱。②頂樑柱，支柱。「一家の～」一家的支柱。

しちゅう⓪【市中】　市內。

しちゅう⓪【死中】　死中，死裡，險境，絕境，死境。「～に活を求む」死裡求生；死中求活。

しちゅうすいめい⑤【四柱推命】　四柱推命。

シチュエーション③【situation】　①狀態，事態，狀況，局面，場合，場面。②（尤指小說、戲劇、電影等中出現的人物所處的）境遇。

じちょ①【自著】　自著。

しちよう⓪【七曜】　①一週七天。②七曜。七顆星辰，指日、月和木、火、土、金、水五星。

しちょう⓪【支庁】　支廳。「網走～」綱走支廳。

しちょう①【市長】　市長。

しちょう⓪【弛張】スル　①弛張，一弛一張。②寬嚴。

しちょう⓪【思潮】　思潮。「時代～」時代思潮。

しちょう◎【視聴】スル ①注意、注目。「～を集める」引人注目。②視聴。「～者」視聴者。

しちょう◎【試聴】スル 試聽。「～室」試聽室。

しちょう◎【輜重】 輜重。「～隊」輜重隊。

じちょう◎【次長】 次長，次官。

じちょう◎【自重】スル ①自重。「各自の～を望む」望各自自重。②自重，珍重，保重。

じちょう◎【自嘲】スル 自嘲。

しちょうそん◎【市町村】 市町村。

しちょく◎【司直】 司直。「～の手にゆだねる」聽憑司直一手處理。

じちりょう◎【自治領】 自治領域。

しちりん◎【七輪・七厘】 七厘炭爐。

じちん◎【自沈】スル 自沉。

じちんさい◎【地鎮祭】 奠基儀式，破土典禮，地鎮祭。

しつ◎【室】 ①房間。②室。官廳、公司等的組織上的單位之一。「役員～」董事室。③妻室，內室。「家康の～」家康之室。

しつ◎【質】 ①素質。「蒲柳の～」虛弱的體質。②品質，質量。「～が悪い」品質不好。

じつ◎【実】 ①真實，事實。↔虛。「～の親」親生父母；生身父母。②誠意，誠實。「～のない人」不誠實的人。③實體，內容，實質。「名より～をとる」務實不務名。④成果，實績。「行政改革の～」行政改革的成果。

じつあく◎【実悪】 實惡。歌舞伎的角色之一。

しつい◎【失意】 失意。↔得意。「～のどん底」極度失意。

しついん◎【室員】 室員。

じついん◎【実印】 正式私章，正式印章。

じついん◎【実員】 實際人員。

しつう◎【止痛】 止痛。「～薬」止痛藥。

しつう◎【私通】スル 私通，通姦。

しつうはったつ◎◎【四通八達】スル 四通八達。「～の地」四通八達之地。

じつえき◎【実益】 實益。

じつえん◎【実演】スル 當場表演，實際演習。「すぐれた技術を～する」實地表演先進技術。

しつおん◎【室温】 室溫。

しっか◎【失火】スル 失火。

しっか◎【膝下】 ①膝下。「～を離れる」離開（父母）膝下。②膝下。書信用敬語之一。

じっか◎【実科】 實科。主要以實用為目的的學科，如商科、工科等。

じっか◎【実家】 親生父母家，娘家。

しっかい◎【悉皆】（副） 悉皆，全部。「～調査」全面調查。

じつがい◎【室外】 室外，戶外，屋外。

じっかい◎【十戒】〔佛〕十戒。

じつがい◎【実害】 實際損害，實際損失。

しつがいこつ◎【膝蓋骨】 膝骨，膝蓋骨。

しっかく◎【失格】スル 失格。

じつがく◎【実学】 實學，應用學科。

しっかと◎【確と・聢と】（副） 確實，牢實。

じつかぶ◎【実株】 實股。↔空株かぶ

しっかり◎【確り・聢り】（副）スル ①確實，結實，牢固，牢靠。「～（と）した建物」牢固的建築。②堅定，堅強，可靠。「若いが～（と）した人だ」雖然年輕但是個堅定（可信）的人。③堅實，清醒，健壯。「気を～（と）もて」振作起來！④（動作、行為）紮實，穩健。「～（と）歩け」穩步前進！⑤堅固，牢靠，靠緊。「～（と）くっつく」靠緊。⑥〔經〕行情上漲，堅挺。

シッカロール◎【Siccarol】 粉餅式爽身粉。

しっかん◎【質感】 質感。

しっかん◎【疾患】 疾病。「呼吸器の～」呼吸系統疾病。

じっかん◎【十干】 十干。

じっかん◎【実感】スル ①實感，真實感，確實感到。「こわいというのが～だ」害怕（恐懼）就是實感。②真實感情。「～にあふれた言葉」充滿真實感情的話。

しっき◎【湿気】　濕氣。

しっき◎【漆器】　漆器。

しつぎ◎【質疑】スル　①質疑。「～応答」回答質疑；答疑。②質詢，質疑。

じつき◎【地付き】　①定居。「～の下町っ子」土生土長的下町人。②土生土長（當地）。「～の鯛」土生土長的鯛魚。

じつぎ◎◎【実技】　實際技巧，實用技藝。「体育の～」體育實際技巧。

しっきゃく◎【失脚】スル　失勢，下臺，失足。「大臣が～した」大臣下臺了。

しつぎょう◎【失業】スル　失業。「～者」失業者。

じっきょう◎【実況】　實況。「～中継」實況轉播。

じつぎょう◎【実業】　實業。

じつぎょうか◎【実業家】　實業家。

じっきょうほうそう⑧【実況放送】　實況直播。

しつぎょうほけん⑧【失業保険】　失業保險。

しっきん◎【失禁】スル　失禁。

しっく◎【疾駆】スル　疾驅，疾馳。

シック①【法 chic】（形動）　時髦，漂亮，高雅。「～な装い」時髦的裝束。

しっくい◎【漆喰】　灰漿，灰泥。

シックス①【six】　六，六個。

しつけ◎【仕付け／躾】　①教育，管教，訓練，教養。「～のよい子」懂規矩的孩子。②粗縫，臨時縫上，絹（線），絎（線）。「白糸で～をかける」用白線縫一下。

しっけ◎【湿気】　濕氣。

しっけい◎【失敬】スル　①①失敬，對不起。「～千万」多有失敬。②告辭。「それでは～する」就此告辭。③擅自拿走。「おかしを～する」拿塊點心吃。②（感）向人道歉或告別時發出的感歎語。「やあ～」啊！再見。

じっけい◎【実兄】　親哥哥，胞兄。

じっけい◎【実刑】　實刑。「～判決」實刑判決。

じっけい◎【実景】　實景。

しっけつ◎【失血】スル　〔醫〕失血。「～死」失血致死。

じつげつ◎【日月】　①日月。「～星辰せいしん」日月星辰。②歲月，年月。「長い～を経った」經過了漫長的歲月。

しつ・ける③【仕付ける】（動下一）　①做慣，習慣。「～・けない仕事」做不慣的工作。②教育，教養，管教。「子供を～・ける」教育孩子。

しっけん◎【識見】　識見，見識。「高い～の持ち主」見多識廣的人。

しっけん◎【失権】スル　失權。「～株」失權股。

しつげん◎【失言】スル　失言。「～を取り消す」收回失言。

しつげん◎【湿原】　濕原，沼澤地，泥炭地。

じっけん◎【実見】スル　目睹，親眼看見。

じっけん◎【実検】スル　驗明，鑑定，核查。「首～」驗明首級。

じっけん◎【実権】　實權。「政治の～を握る」掌握政治實權。

じつげん◎【実現】スル　實現。「夢が～する」實現夢想。

しっけんとう◎【失見当】　定向失能。

しっこ①（幼兒用語）小便，撒尿。

しつご◎【失語】スル　①說溜嘴。②失語。

しつこ・い③（形）　①執拗・糾纏不休的。「～・く言う」喋喋不休地嘮叨。②濃豔，濃重，膩人。「この料理は～・い」這道菜太膩。

しっこう◎【失効】スル　失效。「契約が～する」契約失效。

しっこう◎【執行】スル　執行。「政務を～する」執行政務。

じっこう◎【実行】スル　實行。「計画を～する」實施計畫。

じっこう◎【実効】　實效。

しっこく◎【桎梏】　桎梏，枷鎖。「～を逃れる」掙脫桎梏。

しっこく◎【漆黒】　烏黑，漆黑。「～の髪」烏黑的頭髮。

じつごと◎◎【実事】　實事。歌舞伎演技，演出的一種。「～師」實事師。

じっこん◎【昵懇】　親暱。「～の間柄」

親暱的關係。

じっさい【実際】 ①①實際。「～の話」實際的話。②（並非理論或推測而）實地進行。「～の業務」實際業務。②（副）真正，確實，完全。「～そのとおりだ」確實那樣；確實如此。

じつざい【実在】スル 實在。「～の人物」實在人物；實有其人。

しっさく【失策】スル ①失策。②（棒球）失誤。

じっさく【実作】スル 實際創作（的）作品。

しつじ①①【執事】 執事，管家。

じっし【十指】 十指。

じっし【実子】 親生子女。

じっし【実姉】 親姐姐。

じっし【実施】スル 實施。「新しい法案を～する」實施新法案。

じつじ【実字】 實字。具有實質意義的漢字。

しっしき【湿式】 濕式。↔乾式。「～複写機」濕式影印機。

しつじつ【質実】 質樸，樸實。「～剛健」質樸剛健。

じっしつ【実質】 實質。

じっしゃ【実写】スル ①實況拍攝。②寫實。

じっしゃ【実車】 實車。計程車等營業用汽車載有乘客等。↔空車

じっしゃ【実射】 實彈射擊，實射。「～訓練」實彈射擊訓練。

じっしゃかい①【実社会】 實際社會，現實社會。

じっしゅう【実収】 實收，實際收穫量。

じっしゅう【実習】スル 實習。「～生」實習生。

しつじゅん【湿潤】 濕潤。「～な土地」濕潤的土地。

しっしょう【失笑】スル 失笑。

じっしょう【実証】スル 實證，證實。「その仮説は～された」那個假設已經證實了。

じつじょう【実情・実状】 ①實情，真情。「～を報告する」報告實情。②現狀。

じっしょうしゅぎ⑤【実証主義】 〔positivism〕實證主義。

じっしょうてき【実証的】（形動） 實證（的）。「～な学問」實證的學問。

しっしょく⓪【失職】スル 失業。「会社の倒産で～する」因公司破產而失業。

しっしん【湿疹】 濕疹。

じっしんほう⓪【十進法】 〔decimal system〕十進法，十進位，十進位法。

じっすう【実数】 ①實際數量，實際數字，實數。②〔數〕實數。↔虛數

しっ・する⓪【失する】（動サ變） ①失去，錯過。「機会を～・する」錯過機會。②過於，過度，失於。「遅きに～・する」失於過遲。

しっせい【叱正】 指正，斧正，叱正。「御～を乞う」敬請斧正。

しっせい【失政】 失政。

しっせい【執政】 執政。

しっせい【湿性】 濕性。↔乾性

じっせい【実勢】 實力。

じっせいかつ【実生活】 實際生活。

しっせいしょくぶつ⓪【湿生植物】 濕生植物。

しっせき【叱責】スル 叱責，申斥。「～を受ける」受到叱責。

しっせき【失跡】スル 失蹤。

じっせき【実跡・実蹟】 真實形跡。

じっせき【実積】 ①絕對體積，實積。②實測面積。

じっせき【実績】 實績，實際成績。「～をあげる」做出實際成績。

しつぜつ【湿舌】 濕舌。天氣圖上含大量水蒸氣的氣團呈舌狀突出的部分。

じっせつ【実説】 真事，實事，真實故事。

じっせん⓪【実戦】 實戰。「～で鍛える」透過實戰鍛鍊自己。

じっせん⓪【実践】スル 實踐。「理論を～にうつす」把理論落實到實踐。

じっせん⓪【実線】 實線。

しっそ【質素】 樸素，儉樸，質樸，節儉。「～に暮らす」儉樸地生活。

しっそう【失踪】スル 失蹤。「社長が突

然~した」社長突然失蹤了。

しっそう⓪【疾走】スル 疾跑，快跑。「全力で~」用全力奔跑。

じっそう⓪【実相】 實相，真相。「社会の~」社會真相。

じっそう⓪【実装】 實裝。

じつぞう⓪【実像】 ①實像。②本相，真相。↔虚像

しっそく【失速】スル 失速。「~状態」失速狀態。

じっそく【実測】スル 實測。「~図」實測圖。

じつぞん⓪【実存】スル〔existence〕實存。指實際存在。

じつぞんしゅぎ⓪【実存主義】〔哲〕〔法 existentialisme〕實存主義，存在主義，生存主義。

しった⓪【叱咤・叱咤】スル ①叱責。②大聲鼓勵。「~激励」大聲激勵。

しったい⓪【失対】 失業對策。「~事業」失業對策事業。

しったい⓪【失態】 失態，失面子，丟臉。「~を演ずる」當眾失態。

じったい⓪【実体】 實體。「~のない理論」空洞的（沒有實質的）理論。

じったい⓪【実態】 實態，實況。「~調査」實況調查。

しったかぶり⓪【知ったか振り】 不懂裝懂，裝內行。「~をする」不懂裝懂。

しったん【悉曇】 悉曇。梵文字母。

じつだん⓪【実弾】 ①實彈。②實彈。喻用於競選的現金。

しっち【失地】 失地。「~を回復する」收復失地。

しっち⓪【湿地】 濕地，草沼，沼澤。

じっち⓪【実地】 ①實地。「~調査」實地調查。②實際。「~にやってみる」實際嘗試。

しっちゃく⓪【失着】 失著。下圍棋出現的錯著。↔正着

じっちょく⓪【実直】 耿直，誠實。「彼は~青年だ」他是個耿直的青年。

しっちん⓪【七珍】 七珍，七寶。

しっつい⓪【失墜】スル 喪失，失墜。「権威を~する」失去權威。

じつづき⓪【地続き】 毗連，接壤。

じって⓪【十手】 十手捕棍。捕具之一。

じってい⓪【実弟】 胞弟，親弟弟。

じっていほう⓪【実定法】 實在法，實定法。↔自然法

しつてき⓪【質的】（形動）質的，品質的。↔量的。「~向上」質的提高。

しってん⓪【失点】 失分。↔得点

しつでん⓪【湿田】 濕田。↔乾田

しっと⓪【嫉妬】スル 嫉妒。「~心」嫉妒心。「友人を~する」嫉妒朋友。

しつど⓪【湿度】 濕度。「~計」濕度計。

しっとう⓪【失当】 失當，不當。「~な処分」不當的處分。

しっとう⓪【失投】スル 誤投，投球失誤。

しっとう⓪【執刀】スル 執刀，掌刀，操刀。

じつどう⓪【実動】スル 實際運轉。「~台数」實際運轉台數。

じつどう⓪【実働】スル 實際勞動（工作）。「~時間」實際工作時間。

しつない⓪【室内】 室內。「~楽」室內音樂。

じつに⓪【実に】（副）確實，實在，著實。「~おもしろかった」真有趣！

しつねん⓪【失念】スル 忘記，遺忘。「名前を~する」忘記名字。

じつねん⓪【実年】 實年。為稱呼還處於工作精力旺盛的50~60歲的人。

じつは⓪【実は】（副）實際上，老實說，說實在的。

ジッパー①【Zipper】 拉鏈的商標名。

しっぱい⓪【失敗】スル 失敗。「~は成功のもと」失敗乃成功之母。

じっぱひとからげ⓪⓪【十把一絡げ】 眉毛鬍子一把抓。

しっぴ⓪【失費】 開支，開銷，破費。

しっぴ⓪【櫛比】スル 櫛比。「~する家々」鱗次櫛比的房屋。

じっぴ⓪【実否】 實否，真實與否，是否屬實。

じっぴ⓪【実費】 實際費用。

しっぴつ⓪【執筆】スル 執筆。

しっぷ⓪【湿布】スル 濕敷，敷布，敷料。

シップ【ship】 船。

しっぷう◎⓪【疾風】 疾風。

しっぷうじんらい【疾風迅雷】 迅雷不及掩耳。「～の勢い」迅雷不及掩耳之勢。

しっぷうどとう◎【疾風怒濤】 疾風怒濤。

しっぷうもくう◎【櫛風沐雨】 櫛風沐雨。

じつぶつ◎【実物】 實物。

しっぺい◎【竹箆】 竹箆。禪宗中，爲規戒修行者而使用竹板。

しっぽ◎【尻尾】 ①（動物的）尾巴。②末尾。「大根の～」蘿蔔的根部。③位次的最後。「列の～につく」列在隊伍的後面。

じつぼ◎【地坪】 地坪。

じつぼ◎⓪【実母】 生母。

しつぼう◎【失望】 スル 失望。

じっぽう◎【十方】 ①十方。四方（東西南北）、四隅（東南、東北、西南、西北）及上、下十個方向。②到處，十方。

じっぽう◎【実包】 實彈。↔空包

しっぼく◎【質朴・質樸】 質樸，樸實。「～な男」質樸的（男）人。

じつまい◎【実妹】 胞妹，親妹妹。

しつむ◎【執務】 スル 辦公，工作，執勤。

じづめ◎⓪【字詰め】 容納字數。

しつめい◎【失名】 佚名，無名，名字不詳。

しつめい◎【失命】 スル 喪命，絕命。

しつめい◎【失明】 スル 失明。

じつめい◎【実名】 實名，真名，本名。

しつもん◎【質問】 スル 質問，提問，質詢。

しつよう◎【執拗】（形動） ①執拗的。「～につきまとう」糾纏不休。②執拗，固執。「～に反対する」固執地反對。

じつよう◎【実用】 實用。「～に供する」供實際使用。

じつようしんあん◎【実用新案】 實用新型。工業所有權的一種。

じづら◎【字面】 字面。「～だけを読む」只看字面。

しつら・える◎【設える】（動下一） ①設，安設，陳設。「ベッドを～・える」準備床舖。②裝飾，裝修。

じつり◎【実利】 實際利益，實際效用。「～をとる」得到實際利益。

しつりょう◎⓪【室料】 房間費，住宿費。

しつりょう◎⓪【質量】 質量。

しつりょうほぞんのほうそく【質量保存の法則】 質量守恆定律。

じつりょく◎【実力】 ①實力。「～を保存する」保存實力。②武力。如武力、警察力量等。「～にうったえる」訴諸武力。

しつれい◎【失礼】 ①失禮。「そんなことを言ったら～だよ」說那樣的事，太沒禮貌了。②（感）對不起，請原諒，失禮。「あっ、～」啊，對不起了。

じつれい◎【実例】 實例。

しつれん◎【失恋】 スル 失戀。

じつろく◎【実録】 實錄。

じつわ◎【実話】 實話，實事，真事。

して◎⓪【仕手】 ①做事的人，幹活的人。②大戶。「～株」大宗投機股票。

しで◎【四手】 四手。懸掛在玉串或注連繩等上的紙條。

してい◎⓪【子弟】 子弟。指年輕人，年少者。

してい◎【私邸】 私邸。

してい◎【指定】 スル 指定。「期日を～する」指定日期。

してい◎【師弟】 師生，師徒。

してい◎【視程】 視距，能見度，能見距離，直視可達距離。

じてい◎【自邸】 自宅，自邸。

シティー⓪【city】 城市，都市，都會。

シティーホテル④【⑯city+hotel】 城市旅館。

しでか・す◎【仕出かす】（動五） 做出。「大それたことを～・す」做出無法無天的事來。

してかぶ◎【仕手株】 大宗投機股票。

してき◎【指摘】 スル 指摘，指出。「問題点を～する」指出問題點。

してき◎【史的】（形動） 歷史（的），歷

史性（的）。「～考察」歷史性考察。

してき◎【私的】（形動） 私人（的），個人（的）。↔公的。「～な行動」私人行為。

してき◎【詩的】（形動） 富有詩意的。「～表現」富有詩意的表達。

じてき◎【自適】スル 自適，自在。「悠々～」悠閒自適。

してせん◎【仕手戦】 （股市）大戶戰。

してつ◎【私鉄】 私鐵，私有鐵路，民營鐵路。

じてっこう②【磁鉄鉱】 磁鐵礦。

しでのたび①【死出の旅】 死去。

してや・る◎【為て遣る】（動五） 幹得好，幹得漂亮。多採用「してやったり」、「してやられる」的形式。

してん◎【支店】 分店，支店，分號。↔本店

してん◎【支点】 支點。

してん◎【視点】 視點，焦點。

しでん◎【史伝】 史傳。「～小説」史傳小說。

しでん◎【市電】 市營電車，市區電車。

しでん◎【師伝】 師傳。

しでん◎【紫電】 紫色電光，寒光。「～一閃」寒光一閃。

じてん◎【字典】 字典。

じてん◎【次点】 第二高分，第二高票（的人）。

じてん◎【自転】スル 自轉。

じてん◎【事典】 事典。

じてん◎【時点】 時點。「現～」現時點。

じてん◎【辞典】 辭典，詞典。「国語～」國語辭典。

じでん◎【自伝】 自傳。

じてんしゃ②【自転車】 自行車，腳踏車，單車。

じてんしゃそうぎょう⑤【自転車操業】 自行車式作業。

してんのう③【四天王】 四天王，四大金剛。

しと①【使徒】 使者。「平和の～」和平使者。

しど①【示度】 示度。儀表顯示的刻度數字。

じど①【磁土】 瓷土，高嶺土。

しとう◎【死闘】スル 死戰，死鬥，殊死戰。「～を繰り返す」反覆殊死戰。

しとう◎【至当】 最合理，最適當，最恰當。「～な発言」最恰當的發言。

しとう◎【私党】 私黨。↔公党

しとう◎【私闘】スル 私鬥。

しどう①【士道】 士道。

しどう◎【市道】 市建道路，市政道路。

しどう◎【私道】 〔法〕私道。為私人所有的道路。↔公道

しどう◎【始動】スル 啓動，開動。「機械が～する」機器啓動。

しどう◎【指導】スル 指導，領導。「～者」指導者；領袖；領導人。

しどう◎【斯道】 斯道。「～の大家」斯道之大家。

じとう◎【寺塔】 寺塔。

じどう◎【自動・自働】 自動。↔手動。「～車」汽車。

じどう①【児童】 兒童。

じどうし②【自動詞】 自動詞。↔他動詞

じどうしゃ②【自動車】 汽車，機動車。

じどうしょうじゅう◎【自動小銃】 自動步槍。

じどうせいぎょ④【自動制御】 自動控制。

じどうてき◎【自動的】（形動） 自動（的）。「～にドアが開く」門自動打開。

じどうはんばいき⑥【自動販売機】 自動販賣機。

しとく①【至徳】 至德。

しどく①【死毒・屍毒】 屍毒。

じとく◎【自得】スル ①自得。以自己的能力體會。②自己滿足。③自受。「自業じ～」自作自受。

じとく◎【自涜】スル 自慰，手淫。

しどけな・い④（形） 不整潔，邋遢，散亂，雜亂。「～・いかっこう」衣衫不整的樣子。

しと・げる◎【為遂げる】（動下一） 完成，做完。「仕事を～・げる」完成工作。

しどころ◎②【為所】 該做時，該做的。

「思案の～」應該考慮的。
しとね[0]【茵・褥】　褥墊。「草の～」草墊子。
しとみ[2][0]【蔀】　密格吊窗，密櫺吊窗。
しと・める[3]【仕留める】（動下一）　收拾，幹掉。「最後の打者を～・める」把最後一名打者幹掉（使出局）。
しとやか[2]【淑やか】（形動）　嫺靜，嫻淑。「～にふるまう」舉止文雅。
シトロン[2]【法 citron】　①佛手柑。②檸檬水，檸檬汽水。
しな[0]【品】　①物品。「お祝いの～」禮品。②品級，品位。「～が落ちる」品級下降。③作態，嬌態。「～を作る」故作媚態。
しな[1]【支那】　支那。
しない[1]【竹刀】　竹刀。
しない[1]【市内】　市內。↔市外
しな・う[2]【撓う】（動五）　撓。「柳の枝が～・う」柳枝彎曲。
しなうす[0]【品薄】　缺貨，商品不足。
しながき[0]【品書き】　目錄，貨單，菜單。
しなかず[0]【品数】　品種數，品數。
しながれ[0]【品枯れ】　缺貨，貨物缺乏。
じなき【地鳴き】　平時鳴聲。
しなぎれ[0]【品切れ】　售完，賣光。
シナゴーグ[3]【synagogue】　猶太教教會。
しなさだめ[3]【品定め】　評定，評價。
シナジー[1]【synergy】　共同合作，相乘效果。
しなじな[2]【品品】　各種物品。
しなだれかか・る[6]【撓垂れ掛かる】（動五）　①憑靠，倚靠。「手摺りに～・る」倚靠著欄杆。②依偎，偎靠。「甘えて～・る」撒嬌地依偎著。
しなだ・れる[0][4]【撓垂れる】（動下一）　彎曲下垂。「枝が～・れる」樹枝下垂。
しなのき[1]【科の木】　椴樹，田麻。
しな・びる[4][0][3]【萎びる】（動上一）　枯萎，乾癟。「リンゴが～・びてしまった」蘋果乾癟了。
シナプス[1]【synapse】　突觸。
しなもの[0]【品物】　物品，（尤指）商品。
シナモン[1]【cinnamon】　肉桂油。
しなやか[2]（形動）　①柔韌，柔和，軟。「～な枝」柔軟的樹枝。②溫柔。「～な物腰」舉止溫柔。
じならし[2]【地均し】スル　①整平地面，整地工具。②事前做好準備工作。「交渉の～をする」談判之前做準備。
じなり[0]【地鳴り】　地鳴，地聲。
シナリオ[0]【scenario】　電影劇本，電影文學劇本。
しな・る[2]【撓る】（動五）　柔韌彎曲。「枝が～・る」枝條柔韌。
しなん[1]【至難】　極難，最難，至難。「～のわざ」極難的技巧。
しなん[1]【指南】スル　指導，指南。「剣術を～する」指導劍術。
じなん[1]【次男・二男】　二兒子，次子。
シナントロプスペキネンシス[10]【拉 Sinanthropus Pekinensis】　中國猿人北京種。北京猿人的學名。
シニア[1]【senior】　年長者，高年級（生）。↔ジュニア。「～コース」高年級課程。
しにおく・れる[0][5]【死に後れる】（動下一）　①苟且偷生。②只剩自己活著。「老妻に～・れる」老妻先逝而自己還活著。
しにがお[0]【死に顔】　遺容。
しにがくもん[4]【死に学問】　死學問。
しにがね[0]【死に金】　①死錢。②白花錢。③棺材本。
しにがみ[0]【死に神】　死神，催命鬼，追命鬼。「～にとりつかれる」被催命鬼揪住了。
シニカル[1]【cynical】（形動）　冷笑，嘲諷。「～な笑い」冷笑。
しにぎわ[0]【死に際】　臨終之時，臨死之際。
しにく[0]【死肉・屍肉】　屍肉。
しにく[0]【歯肉】　牙齦。
しにく・い[3]【為難い】（形）　難辦，爲難。
しにざま[0]【死に様】　死相。
シニシズム[3]【cynicism】　①犬儒主義。

②玩世不恭。

しにしょうぞく⓪【死に装束】 ①壽衣。②切腹自盡時穿的装束。

しにせ⓪【老舗】 老店，老字號商店，老鋪子。

しにぞこない⓪【死に損ない】 差點沒死，自殺未遂。

しにそこな・う⓪【死に損なう】（動五）①差點死，差點沒死。②自殺未遂。

しにたい⓪【死に体】 死體。相撲中，被判定不能重新站起來的狀態。↔生き体

しにた・える⓪【死に絶える】（動下一）死絕，絕種，滅絕。

しにはじ⓪【死に恥】 遺恥，遺羞。「～をさらす」死後遺羞。↔生き恥。

しにばしょ⓪【死に場所】 適死處。

しにばな⓪【死に花】 臨終榮譽，死後榮譽。「～を咲かせる」死得光榮。

しにみ⓪【死に身】 ①屍體。↔生き身。②拼一死之驅。

しにみず⓪【死に水】 臨終潤唇水。
死に水を取る ①臨終餵一口水。讓臨終的人口中含一口水。②臨終護理。做彌留之際的服侍。

しにめ⓪【死に目】 臨死，臨終。

しにものぐるい⓪【死に物狂い】 拼命，豁出命，拼死拼活。「～で勉強する」拼命學習。

しにょう⓪【屎尿】 糞便，屎尿。「～処理」收拾屎尿。

シニョン①【法 chignon】 西式女髮髻。

しにわか・れる⓪【死に別れる】（動下一）死別，永別。「彼は幼い時親に～・れた」他年幼時父母就去世了。

しにん⓪【死人】 死人。「～に口┌無し」死無對證。

じにん⓪【自任】 スル 以…為己任，以…自居。「料理の名人だと～する」以名廚師自居。

じにん⓪【自認】 スル 自認。「失敗を～した」自認失敗。

じにん⓪【辞任】 スル 辭任，辭職。「彼は会長を～した」他辭掉了會長職務。

し・ぬ⓪【死ぬ】（動五） ①死，死亡。↔生まれる。「病気で～・ぬ」因病死亡。②死板。「目が～・んでいる」眼睛無神；目光呆滯。③不發揮作用。「利き腕が～・んでいる」慣用手沒發揮作用。④（棒球）出局。↔生きる。「盗塁で～・ぬ」因盜壘出局。

じぬし⓪【地主】 地主。

じねずみ⓪【地鼠】 中麝鼩，土撥鼠。

シネラマ⓪【Cinerama】 新藝拉瑪系統寬銀幕電影，全景電影。

シネラリア③【拉 Cineraria】 瓜葉菊。

しねん⓪【思念】 スル 思念。「～をこらす」思念不已。

じねん⓪【自然】 自然。

しの⓪①【篠】 矮竹。

しのうきん⓪①【子囊菌】 子囊菌。

しのうこうしょう⓪①【士農工商】 士農工商。

しのぎ⓪①【鎬】 刀稜。

しの・ぐ⓪②【凌ぐ】（動五） ①忍受，忍耐，熬過，抵禦。「飢えを～・ぐ」忍饑挨餓。②超過，勝過，凌駕。「先輩を～・ぐ」勝過前輩。

しのこ・す⓪【仕残す・為残す】（動五）沒有做完，沒弄完。「宿題を～・す」沒做完作業。

しのごの⓪【四の五の】（連語） 說長道短。「～言う」說長道短。

じのし⓪【地伸し】 スル 燙平，熨布。

しのしょうにん⓪【死の商人】 軍火商，死亡商人。

しのだけ⓪【篠竹】 矮竹。

シノニム①【synonym】 同義詞，同義語。↔アントニム

しのはい⓪【死の灰】 死灰。核子爆炸產生的放射性微粒子的通稱。

しのば・せる⓪③【忍ばせる】（動下一）①私帶，暗藏。「身を～・せる」藏身。②悄悄行事。「足音を～・せる」放輕腳步；躡足。

しのびあい⓪【忍び逢い】 幽會。

しのびあし⓪【忍び足】 躡足。

しのびあるき④【忍び歩き】 悄悄地走，躡足而行。

しのびい・る④【忍び入る】（動五） 潛入。

しのびがえし⓪【忍び返し】 防盜遮攔。

しのびごえ⓪【忍び声】 小聲，悄聲。

しのびな・い⓪③【忍びない】（形） 不忍。「見るに～・い」目不忍睹。

しのびなき⓪【忍び泣き】 暗泣。

しのびね⓪【忍び音】 ①小聲，悄聲。②暗泣聲。

しのびよ・る⓪③【忍び寄る】（動五） 偷偷接近，悄悄靠近。

しのびわらい③【忍び笑い】 竊笑，偷笑。

しのぶ⓪【忍】 骨碎補。植物名。

しの・ぶ⓪②【忍ぶ】（動五） ①忍耐，忍受。「恥を～・ぶ」忍辱。②偷偷做，悄悄做。「人目を～・ぶ」避人耳目。

しの・ぶ⓪②【偲ぶ】（動五） ①回憶，思念，想念，懷念，緬懷。「故郷を～・ぶ」懷念故郷。②追憶，懷念，緬懷。「亡き母を～・ぶ」懷念去世的母親。

しのぶえ⓪③【篠笛】 篠笛。

シノプシス③【synopsis】 概要，梗概。

しば⓪【芝】 草坪。

しば⓪【柴】 柴，柴火，柴枝。「～刈り」砍柴。

じは①【自派】 本派。

じば⓪【地場】 ①當地，本地。「～産業」本地產業。②當地所，當地所人。

じば⓪【磁場】 磁場。

ジハード①【阿 jihād】 吉哈德，聖戰。

しはい①【支配】 ｽﾙ ①統治，支配，管轄，控制。「～者」統治者。②支配，左右。「運命に～される」受命運支配。

しはい⓪【紙背】 ①紙背。「～文書」背書。②文中含義，言外之意。「眼光～に徹す」看穿言外之意；識破文中含義。

しはい⓪【賜杯】 賜杯。「～争奪戦」賜杯爭奪賽。

しばい⓪【芝居】 ①戲劇。「～のプログラム」戲劇節目單。②（演員的）演技。「～が下手だ」演技差。③（為欺騙別人耍的）花招，把戲。「～を打つ」耍花招。

しばいがか・る⓪【芝居がかる】（動五） 裝模作樣。「～・った振る舞い」裝模作樣的舉止。

しばいぎ⓪【芝居気】 嘩眾取寵之心，裝模作樣。「～たっぷり」充滿嘩眾取寵之心；好耍花招。

しばいごや⓪【芝居小屋】 戲院。

しばいぢゃや⓪【芝居茶屋】 戲劇茶屋，戲院茶館。

しばえび⓪②【芝海老・芝蝦】 周氏新對蝦。

しばかり⓪【芝刈り】 剪草。「～機」剪草機。

じばく⓪【自縛】 ｽﾙ 自縛。「自縄～」作繭自縛。

じばく⓪【自爆】 ｽﾙ 自己炸（毀），自爆。

しばぐり⓪【柴栗】 日本板栗，茅栗。

しばざくら③【芝桜】 針葉天藍繡球。叢生福祿考的別名。

じばさんぎょう⓪【地場産業】 地方工業，地方產業。

しばし①【暫し】（副） 暫時，片刻，不久。「～足をとどめる」歇腳片刻。

しばしば①【屢屢】（副） 屢次，常常，經常。「～訪れる」經常訪問。

じはだ⓪①【地肌】 ①地表，地面。②素肌，天生皮膚。「～が白い」天生皮膚白。

しばたたく③【屢叩く・瞬く】（動五） 老眨眼。「目を～・く」老是眨眼睛。

じばち①【地蜂】 細黃胡蜂的別名。

しはつ⓪【始発】 ①始發（車），頭班（車）。↔終発・最終。②起點站。↔終着

じはつ⓪【自発】 自發，自願。

しばづけ⓪【柴漬け】 醃漬製品，什錦醃菜。

しばふ⓪【芝生】 草坪。

しばぶえ⓪②【柴笛】 樹葉笛。

しばやま⓪【芝山】 結縷草山。

じばら⓪【自腹】 ①自己的腹部。②腰包。「～を切る」自己掏腰包。

しはらい⓪【支払い】 支付，付款。

しはら・う③【支払う】（動五） 支付，付款。

しばらく②【暫く】（副） ｽﾙ ①暫時，片刻且慢，一會兒。「～お待ち下さい」請

稍候片刻。②很久,許久。「やあ～で
す」啊,好久沒見了。③暫且,暫時。
「この問題は～置いて」這個問題暫且
擱置一下。

しばりあ・げる⓪⑤【縛り上げる】(動下
一) 綁上。

しばりくび⓪【縛り首】 絞刑。

しばりつ・ける⓪⑤【縛り付ける】(動下
一) ①捆住,綁住,綁到…上。②約
束,拘束,束縛。「校則で～・ける」用
校規加以約束。

じばれ⓪【地腫れ】スル 腫起一片。

しば・れる⓪(動下一) 寒冷,凍。

しはん⓪【市販】スル 市場銷售。

しはん⓪【死斑・屍斑】 死斑,屍斑。

しはん⓪【私版】 個人出版(物),自費
出版(物)。「～の本」自費出版的
書。↔官版

しはん⓪【師範】 ①榜樣,師範,典範。
②師範,師傅,先生,教師。③師範。
「師範学校」的略稱。

しはん⓪【紫斑】 紫斑。

じはん⓪【事犯】〔法〕犯事,違章之
事,違規之事,違法之事。

じばん⓪【地盤】 地基,地面。

ジバン⓪【葡 gibāo】 襦袢,貼身襯衣,
汗衫。

じはんき⓪【自販機】 自動販賣機。

ジパング②【Zipangu】 日本國。

しひ⓪①【私費】 自費,私費。↔公費

しひ①【詩碑】 詩碑。

しび①【鮪】 黑鮪魚。

しび①【鴟尾】 鴟尾。

じひ⓪①【自費】 自費。

じひ①【慈悲】〔佛〕慈悲。「～の心」
慈悲之心。

シビア①【severe】(形動) 苛刻,刻薄,
嚴格。

じびいんこうか⓪【耳鼻咽喉科】 耳鼻咽
喉科。

じびか⓪【耳鼻科】 耳鼻科。

じびきあみ⓪【地引き網・地曳き網】 地
曳網,地拉網,大拉網,地拖網。

じひしんちょう④【慈悲心鳥】 慈悲心
鳥。

しひつ⓪【試筆】スル 試筆。

じひつ⓪【自筆】 親筆。↔代筆

じひびき⓪【地響き】 地面震動聲。

じひぶか・い④【慈悲深い】(形) 慈悲
為懷,慈悲深厚的。

しひゃくしびょう⑤【四百四病】 四百零
四病,百病。「～の外ほか」相思病。

しひょう⓪【死票】 無效票,廢票。

しひょう⓪【指標】 ①指標,標識。「～
とする数字」作為指標的數字。②
〔數〕首數。

しひょう⓪【師表】 師表。「世の～と仰
がれる」被尊為一世師表。

じひょう⓪【時評】 時評,時事評論。
「文芸～」文藝時評。

じひょう⓪【辞表】 辭呈,辭職書。「～
を出す」遞辭呈。

じびょう⓪【持病】 宿疾,老毛病。

しびょうし③【四拍子】 四拍子。

シビリアン③【civilian】 ①(相對軍人而
言的)普通市民,民間人,平民。②
(相對武官而言的)文官,老百姓。

シビルミニマム⑤【和 civil + minimum】
市民生活環境最低標準。

しびれ③【痺れ】 麻木,麻痺。「足の～」
腿麻。

しび・れる③【痺れる】(動下一) ①
麻,麻木。「足が～・れて動かない」腳
發麻動彈不得。②(因導電身體)麻。
「感電して～・れる」觸電而感到麻酥
酥的。③(因受強烈刺激而)激動,興
奮,陶醉。「彼女の美声に～・れる」為
她優美動聽的聲音而陶醉。

しびん⓪【溲瓶】 尿瓶,尿壺。

しふ①【詩賦】 詩賦。

しぶ②【渋】 ①澀味。②柿漆,柿核液。
③鏽,垢。「水道の～」自來水管的水
鏽。

しぶ①【支部】 支部。

しぶ①【市部】 市區部分,市屬地區。

じふ①【自負】スル 自負。「～心」自負心。

じふ①【慈父】 慈父。

しぶ・い②【渋い】(形) ①澀,發澀。
「この柿は～・くておいしくない」這

個柿子有澀味不好吃。②雅致，素雅。「～・い色の着物」顏色素雅的衣服。③陰沉，悶悶不樂。「～・い顏」陰沉的面孔。④小氣。「お金に～・い」出錢不乾脆。⑤發澀。「戸が～・い」門（開關）發澀。

しぶいろ◎【渋色】　（和柿漆一樣的）紅茶色。

しふう◎【士風】　武士風。武士的風度、風紀。

しぶうちわ◎【渋団扇】　茶色團扇。

シフォン◎【法 chiffon】　雪紡綢，薄綢。

しぶおんぷ◎【四分音符】　四分音符。

しぶがき◎【渋柿】　澀柿子。

しぶがっしょう◎【四部合唱】　四部合唱。

しぶがみ◎◎【渋紙】　柿漆紙。

しぶかわ◎【渋皮】　澀皮。「～が剝ける」變漂亮。

しぶき◎【飛沫】　飛沫，水花。

しふく◎◎【至福】　至福，無上幸福。

しふく◎【私服】　①便服，便裝。↔官服・制服。②便衣。「～が張り込む」埋伏下便衣警察。

しふく◎【私腹】　私囊。「～を肥やす」中飽私囊。

しふく◎【紙幅】　紙面，篇幅。「～が尽きる」（規定的）紙面寫滿。

しふく◎【雌伏】　スル　雌伏。養精蓄銳，靜待時機。↔雄飛。

しぶ・く◎【繁吹く】（動五）　水花飛濺，風雨交加。「～・く波」飛濺的浪花。

じぶくろ◎【地袋】　地櫃，地櫥。↔天袋

ジプシー◎【gypsy】　①吉普賽人。②流浪者。

しぶしぶ◎【渋渋】（副）　勉勉強強。

しぶぞめ◎【渋染め】　柿漆染。

しぶちゃ◎【渋茶】　①濃茶，澀茶。②下等的茶葉。

しぶちん◎【渋ちん】　吝嗇鬼，小氣鬼，摳門兒。

しぶつ◎【死物】　死物。

しぶつ◎【私物】　私有物。

じぶつ◎【事物】　事物。

じぶつ◎【持仏】　持佛，護身佛。

ジフテリア◎【diphtheria】　白喉。

シフト◎【shift】　スル　①改變防守態勢。「バント-～」觸擊防守態勢。②換班。「～勤務」換勤務。③變速，變換。「～-レバー」變速桿。

しぶと・い◎（形）　堅強，頑強，倔強。「根性が～・い」性情頑強。

じぶに◎【治部煮】　治部煮。

しぶぬき◎【渋抜き】　スル　除澀，去澀味。

じふぶき◎【地吹雪】　地吹雪。

しぶみ◎【渋味】　①澀味。②老練，古雅，雅致。「～のある演技」老練的演技。

しぶりばら◎◎【渋り腹】　腹瀉的一種，症狀爲雖有便意，但又幾乎排不出便來。

しぶ・る◎【渋る】（動五）　①不流暢，發澀。「筆が～・る」文思枯竭。②不肯，不痛快，不爽快。「返事を～・る」不痛快回答。③便秘。

しろく◎【四分六】　四六比例，四六開。「～で有利」按四六開有利。

しふん◎【私憤】　私憤。↔公憤

しふん◎【脂粉】　脂粉。「～の香」脂粉香氣。

しぶん◎【士分】　武士身分。

しぶん◎◎【詩文】　詩文。

じふん◎【自刎】　スル　自刎。

じふん◎【自噴】　スル　自噴，自然噴出。

じぶん◎【自分】（代）　①自己。「～のことは～でやれ」自己的事自己做！②自己。「～もそう思います」我也這麼想。

じぶん◎【時分】　①時分，時候。「若い～」小時候。②時機，時刻。「～をうかがう」伺機。

じぶんかって◎【自分勝手】　自私，只顧自己，任性。「～な行動」自私的行爲。

しぶんしょ◎【私文書】　私文書。↔公文書

じぶんどき◎◎【時分時】　吃飯時間。

じぶんもち◎【自分持ち】　自己出錢，自己負擔。

しべ◎【稭】 稻稈。

しべ◎【蕊・蘂】 蕊，花蕊。

しへい◎【私兵】 私人軍隊，私兵。

しへい◎【紙幣】 紙幣，鈔票。↔実貨

じへいしょう◎【自閉症】〔autism〕自閉症。

しへき◎【嗜癖】 癮，上癮，成癮。

じべた◎【地べた】 地面。

しべつ◎【死別】 スル 死別。↔生別

シベリアンハスキー◎【Siberian husky】哈士奇犬。

ジベレリン◎【gibberellin】 激勃素。

しへん◎【四辺】 四邊，四周。

しへん◎【紙片】 紙片，票單。

しへん◎【詩編・詩篇】 詩篇，詩集。

しべん◎【支弁】 スル 支付，付款。

しべん◎【至便】 至便，極爲方便。「通勤に～な土地」上下班極爲方便的地方。

しべん◎【思弁】 スル 思辨。

じへん◎【事変】 事變。「上海～」一二八事變；八一三事變。

じべん◎【自弁】 スル 自付。

しほ◎【試補】 試用員，見習員。「司法官～」見習司法官。

しぼ◎【皺】 縐，縮縐。

しぼ◎【思慕】 スル 思慕。「母を～する」懷念母親。

じぼ◎【字母】 字母。

じぼ◎【慈母】 慈母。

しほう◎◎【司法】 司法。

しほう◎◎【四方】 ①四方。②四周，四面。「～を山で囲まれる」四面環山。③四面八方。「～から攻め立てる」從四面八方猛烈進攻。

しほう◎【至宝】 至寶。

しほう◎【私法】 私法。↔公法

しぼう◎【子房】 子房。

しぼう◎【死亡】 スル 死亡。

しぼう◎【志望】 スル 志願，願望。「進学を～する」志願升學。

しぼう◎【脂肪】 脂肪。

じほう◎【寺宝】 寺寶。

じほう◎【時報】 ①報時。②時報。「社会～」社會時報。

じぼうじき◎【自暴自棄】 自暴自棄。

しほうじん◎【私法人】 私法人。↔公法人

しぼつ◎【死没・死歿】 スル 歿，死亡。

しぼ・む◎◎【萎む・凋む】（動五） ①枯萎，凋萎。「花が～む」花枯萎了。②癟，消氣。「夢が～む」大夢難圓。

しぼり◎【絞り】 ①絞。②紮染。③光圈。

しぼりあ・げる◎◎【絞り上げる】（動下一） ①榨乾，擠乾，擰乾。②擠出。「声を～・げる」聲嘶力竭。

しぼりあ・げる◎【搾り上げる】（動下一） ①追究到底。「白状するまで～・げる」一直追究到坦白爲止。②勒索，敲詐，榨取。「残らず～・げる」勒索到一文不剩；敲骨吸髓。

しぼりかす◎【搾り滓】 殘渣，渣滓。

しぼりぞめ◎【絞り染め】 絞纈染法，紮染，紮染物。

しぼりだ・す◎【絞り出す】（動五） ①擠出，擰出。「チューブから～・す」從管裡擠出來。②絞。「ない知恵を～・す」絞盡腦汁。

しぼりだ・す◎【搾り出す】（動五） 榨出。「ゴマから油を～・す」從芝麻裡榨出油來。

しぼりと・る◎【搾り取る】（動五） 榨取，勒索，敲詐。「なけなしの金を～・る」勒索走僅有的一點錢。

しぼ・る◎【絞る】（動五） ①擰，擠。「タオルを～・る」擰毛巾。②絞。「知恵を～・る」絞盡腦汁。③擠出。「声を～・って助けを求める」拼命呼叫求救。④擰緊。「蛇口を～・る」擰緊水龍頭。⑤集中。「目標を～・る」集中目標。⑥放低（音量等）。「ボリュームを～・る」放低音量。⑦嚴格訓練。「合宿で～・られた」透過集訓受到了嚴格訓練。

しほん◎【資本】 資本。「～を出る」出資。

しほんばしら◎【四本柱】 四根柱。

しま◎【島】 島，島嶼。

しま◎【縞】 條紋，條子。

しまあじ◎【縞鯵】 黃帶擬鯵。

しまい①【終い】 ①〔也寫作「仕舞い」〕結束，停止，休止。②末尾，最後，終了。「～まで読む」讀到末尾。③全沒了，賣光，售完。「魚は全部お～になりました」魚全部賣光了。

しま・う◎【終う・仕舞う】（動五） ①終了，完了。「仕事が～った」工作結束了。②收拾起來，放起來。「おもちゃを～・う」把玩具收拾起來。③完了，光了，盡了。「食べて～・う」吃完了。

しまうま◎【縞馬】 斑馬。

じまえ◎【自前】 ①自己出錢，自辦。「～の衣装」自己出錢買的服裝。②獨立開業（藝妓）。「～の芸妓」獨立營業的藝妓。

しまおくそく◎【揣摩臆測】 スル 揣摩臆測。

しまかげ◎【島陰】 島嶼背面，隱沒在島後。

しまかげ◎【島影】 島影。

じまく◎【字幕】 字幕。

しまぐに◎【島国】 島國。

しまぐにこんじょう◎【島国根性】 島國性格，島國根性。

しまだい◎【島台】 蓬萊山形盆景。

しまだくずし④【島田崩し】 略式島田髻。

しまつ①【始末】 スル ①應對，應付，收場。「～を付ける」清倉了結。②節約，節儉，節省。「～して使う」節省著用。③（壞）結果。「この～です」（落到）這步田地。

しまつしょ◎③【始末書】 悔過書，檢討書，書面檢查。「～をとる」要寫檢討報告。

しまった①（感） 完啦，完了，糟糕，糟了，壞了。「～、財布を忘れた」糟糕，忘了帶錢包。

しまづたい③【島伝い】 逐島，沿島。「～に北上する」逐島北上。

しまつや◎【始末屋】 節儉家，吝嗇鬼，節儉者。

しまながし③【島流し】 スル 流放荒島，流刑。

しまぬけ◎【島抜け】 スル 脫島罪犯。

しまへび◎【縞蛇】 茱花蛇。

しまめ◎【縞目】 條花，經柳（織疵）。條紋間的界限。

しまり◎【締まり】 ①嚴緊，緊湊。「～のない生活」散漫的生活。②緊張，嚴肅。「生活に～が出る」生活緊張。③關門，閉門，鎖門。「～をしてから寝る」關上門再睡覺。④儉樸，節約。「～屋」很儉樸的人；很客嗇的人。⑤收場，完結。「～をつける」收場結束。

しま・る◎【絞まる】（動五） 被壓緊，被勒緊。↔ゆるむ。「身が～・る」身體被勒住。

しま・る◎【閉まる】（動五） ①閉。被關閉，被緊閉。↔ひらく・あく。「ドアが～・る」門緊閉著。②關門，下班。↔あく。「店は毎日8時に～・る」商店每天八點關門。

しま・る◎【締まる】（動五） ①繫緊，紮緊。「ねじが～・る」螺絲拴緊了。②嚴肅，結實，繃緊。「筋肉が～・っている」肌肉結實。③（精神）緊張。「身が～・る思い」感到身體發緊。↔だれる

じまわり◎【地回り・地廻り】 ①地痞，無賴。②附近產的，周邊運來（的副食品）。「～の米」附近產的米。③流動售貨，流動攤販。「～の商人」來往於城郊跑買賣的商人。

じまん◎【自慢】 スル 自滿，自誇，得意，引以為榮。

しまんろくせんにち◎【四万六千日】 四萬六千日。

しみ◎【衣魚・紙魚】 衣魚，蠹魚。

じみ◎【地味】 ①樸素，質樸，素淡。↔派手。「～な服を着ている」穿著樸素的衣服。②地力，土質。

じみ◎【滋味】 ①滋味，滋養品。②滋味。「～豊かな作品」有滋有味的作品。

しみい・る③【滲み入る・染み入る】（動五） 滲入，滲進去。

しみこ・む③【滲み込む・染み込む】（動五） 滲入，滲進。「水が土に～・む」水滲到土裡。

しみじみ⓪（副）①痛切，深切。「～いやになる」打從心裡討厭。②親切。「～（と）語り合う」親切交談。

しみず⓪【清水】 清水，清澈泉水，清泉。

じみち⓪【地道】 穩鍵，踏實。「～な人」踏實的人。

しみつ・く⓪【染み付く】（動五）①染上，沾染上。「シャツに汗が～・く」襯衫沾了汗。②染上，沾染上。「遊び癖が～・く」染上玩癖。

しみったれ⓪ 吝嗇，小氣，吝嗇鬼，小氣鬼。

しみとお・る③【滲み透る】（動五）滲透，銘刻。「心に～・る」心中銘感。

しみぬき⓪③【染み抜き】ｽﾙ 除垢，去污，除垢劑，去污劑。

しみゃく⓪【死脈】 死脈，絕脈。

シミュレーション③【simulation】 類比，虛擬。

シミュレーター③【simulator】 模擬器，類比裝置。

しみょう⓪①【至妙】 極妙，至妙。「～の技」至妙的技藝。

し・みる⓪③⓪【染みる】（動上一）染上，沾染。「油が～・みた服」滿是油味的衣服。

し・みる⓪【凍みる】（動上一）凍，結凍。

じ・みる⓪【染みる】（接尾）①染上，沾染，沾污。「あか～・みる」沾上污垢。②看來好像，彷彿。「年寄り～・みる」像老人似的。

しみわた・る⓪【染み渡る】（動五）滲透。「五臓六腑に～・る」感人肺腑。

しみん⓪【四民】 四民。指封建時代士、農、工、商４種等級身分的民眾。

しみん⓪【市民】 市民。

しみん【嗜眠】 嗜睡。

ジム①【gym】 ①拳撃練習場，體育館。②拳撃倶樂部。

ジムカーナ③【gymkhana】 汽車障礙賽。

じむかん②【事務官】 事務官。

しむ・ける⓪③【仕向ける】（動下一）①促使，唆使。「努力するように～・ける」勸其發奮努力。②對待。「親切に～・ける」親切對待。③發貨，發送。

じむし⓪【地虫】 蟎蜡。

じむじかん③【事務次官】 事務次官。

じむてき⓪【事務的】（形動）事務性的。

じむとりあつかい⓪【事務取扱】 事務署理，臨時代理。

しめ⓪【注連】 注連繩。

しめ②【締め】 ①①繋，勒，撐。「～が弱い」繋（勒、撐）得不緊。②合計，總計，共計。「～を出す」報出總計。②（接尾）捆，束，把。

しめあ・げる⓪④⑤【締め上げる】（動下一）①捆緊，勒緊。「帯をきゅっと～・げる」勒緊帶子。②（使懶散的人完全）振作起來。「特訓で～・げる」透過專門訓練使振作起來。③嚴厲追究。「～・げて泥を吐かせる」嚴厲追究而使坦白交代。

しめい①【氏名】 姓名。

しめい①【死命】 死命。「～を制する」置人於死。

しめい①【使命】 ①使命。「～を受ける」接受使命。②使命，天職。「～感」使命感。

しめい①【指名】ｽﾙ 指名，指定。

じめい⓪【自明】 自明。「～の理」自明之理。

しめお②【締め緒】 繋結繩，繋結帶。

しめかざり③【注連飾り】 注連飾。

しめきり⓪【締め切り】 截止。「予約の～は月末です」預約截止日期到月底。

しめこみ⓪【締め込み】 護襠肚帶。

しめころ・す④【絞め殺す】（動五）勒死，絞死，縊死，扼死。

しめさば②【締め鯖】 醋醃鯖魚片。

しめし⓪【示し】 示範，表率，榜樣。

しめじ⓪⓪【湿地・占地】 玉蕈。

じめじめ①（副）ｽﾙ ①潮濕，濕答答，濕漉漉，陰濕。②陰沉。

しめ・す⓪②【示す】（動五）①出示，揭示。「証明書を～・す」出示證明。②指示，指導。「矢印で道を～・す」用箭頭指路。③指示，標示。「雨戸が留守を～

・す」關上防雨板表明人不在。④表露，表現。「難色を～・す」面露難色。

しめ・す◎【湿す】（動五）①弄濕，浸濕，潤。「のどを～・す」潤嗓子。②潤筆。「一筆～・す」寫封短信。

しめた◎【占めた】（感）太好了，好極了，棒極了。

しめだか◎⑤【締め高】總量，總數。

しめつ◎【死滅】スル 死滅。

しめつ・ける◎【締め付ける】（動下一）①緊固，勒緊，捆緊，抱緊，繫緊。②憋，憋悶。「胸を～・けられる思いがする」心裡覺得悶得慌。

しめっぽ・い④【湿っぽい】（形）①潮濕。「～・い部屋」潮濕的房間。②憂鬱，陰鬱，抑鬱，陰沉。「～・い気分」憂鬱的心情。

しめて◎【締めて】（副）合計，總計。「～5億円」總計 5 億日圓。

しめなわ◎【注連縄・七五三縄】注連縄，七五三繩。

しめやか②（形動）①寂靜，肅靜。「～に雨が降る」雨靜靜地下。②悲涼，冷清。「葬儀が～に行なわれた」葬禮在沈痛的氣氛中進行。

しめり◎【湿り】①潮濕，濕氣。「～を帯びる」帶水氣；受潮。②好雨，及時雨。

しめ・る◎【湿る】（動五）①發潮，潮濕。「～・った空気」潮濕的空氣。②憂鬱，抑鬱，冷。「座が～・る」冷場。

し・める◎【占める】（動下一）①占據，占領，轄。「権力の座を～・める」占據權力的寶座。②占。「多数を～・める」占多數。

し・める◎【絞める】（動下一）①揢，勒。②揢（勒）死。「鶏を～・める」把雞揢死。

し・める◎【締める】（動下一）①繫緊，勒緊，捆緊。↔ゆるめる。「帯を～・める」繫緊帶子。②繫上，捆上，綁上。「ネクタイを～・める」繫上領帶。③擰緊。↔ゆるめる。「ねじをきつく～・める」把螺絲用力擰緊。④緊張，振奮。「気持ちを～・める」振奮精神。

「クラスの気風を～・める」整頓班級風氣。⑤節省，緊縮。「経費を～・める」節省經費。⑥醃。「酢で～・める」用醋醃。⑦結算，結帳。「帳簿を～・める」結帳。⑧齊拍手，一齊擊掌。「手を～・める」齊拍手。

しめん◎【四面】四面，周圍。

しめん◎【紙面】①紙面。②報紙版面，報紙上。「～を賑わす」豐富版面。

しめん◎【誌面】雜誌版面，雜誌上。

じめん◎【地面】地面，土地，地皮。

しも◎【下】①下游。「～に下る」往下去。②下半。「～半期」下半期。「～の句」下句。③下身。「～半身」下半身。「～の世話をする」服侍別人大小便。

しも◎【霜】①霜。「～が降りる（置く・降る）」下霜。②借喻白髮的詞語。「頭に～をいただく」霜髮滿頭；滿頭秋霜。

しもいちだんかつよう⑦【下一段活用】下一段活用。

しもがか・る◎【下掛かる】（動五）說猥褻話。「～・った話」下流話。

しもがこい◎【霜囲い】圍防霜圍子，防霜圍子。

しもがれ◎【霜枯れ】霜枯，霜打凋零。

しもがれどき◎【霜枯れ時】①霜枯時。②淡季，蕭條季節。

しもき◎【下期】下半期，下半年度。↔上期。「～の決算」下半年度的決算。

じもく◎【耳目】耳目。「人の～となって働く」充當別人的耳目。

しもごえ◎【下肥】水肥。人糞尿肥。

しもざ◎【下座】下座，末席。↔上座。

しもじも②【下下】下下（民），小民。↔うえうえ

しもたや◎【仕舞た屋】商業街住戶。

しもつき◎【霜月】霜月。陰曆十一月的異名。

しもて◎◎【下手】①河的下游方向。②下邊，下方。↔上手。

じもと◎【地元】①當地，本地。「～新聞」地方報紙。②自己居住的地方。「～出身」本地出身。

しもどけ◎【霜解け・霜融け】霜融化。

「～の道」冰霜融化的道路。

しもにだんかつよう【下二段活用】 下二段活用。

じもの【地物】 土產。

しものく◎【下の句】 下句。短歌的最後兩句。↔上の句。

しもばしら◎【霜柱】 霜柱，冰柱。

しもはんき◎【下半期】 下半期。↔上半期

しもぶくれ◎⑤【下膨れ】 下部膨脹，下寬臉，大腮幫。

しもふり◎◎【霜降り】 ①雪花紋路。②上等精牛肉，霜降牛肉。

しもべ◎◎【僕】 男僕人，傭人。

しもやけ◎【霜焼け】 凍瘡。

しもやしき◎【下屋敷】 下邸宅。

しもよ◎【霜夜】 霜夜。

しもん◎【指紋】 指紋。「～を採る」取指紋。

しもん◎【試問】 スル 考試。「口頭～」口試。

しもん◎【諮問】 スル 諮詢。「～機関」諮詢機關。

じもん◎【地紋】 底紋，網底。

じもん◎【寺門】 寺門。

じもん◎【自問】 スル 自問。

しや◎【視野】 視野。

しゃ◎【社】 ①社。會社（公司）、報社等的略稱。「わが～の発展」我們公司的發展。②（接尾）家，座。「20～を超す系列会社」超過 20 家的系列公司。

しゃ◎【紗】 紗。

しゃ◎【斜】 斜，歪。

じゃ◎【邪】 邪，邪惡。↔正

じゃ◎【蛇】 蛇，蟒。

ジャー◎【jar】 廣口保溫瓶。

じゃあく◎◎【邪悪】 邪惡。「～な心」邪惡的心。

ジャーク◎【jerk】 挺舉。

シャークスキン◎【sharkskin】 鯊皮布，雪克斯金細呢。

ジャーゴン◎【jargon】 ①莫名其妙的話。②術語。

シャーシー◎【chassis】 ①（汽車、電車等的）底盤。②（裝配收音機、電視機等的配件）底架，機架，機殼。

ジャージー◎【jersey】 ①平針織物。②澤西種乳牛。

ジャーナリスティック◎【journalistic】 時髦。「～な見方」時髦的觀點。

ジャーナリスト◎【journalist】 新聞工作者。

ジャーナリズム◎【journalism】 傳媒，大眾傳媒業者。

ジャーナル◎【journal】 ①定期報刊。②日報。

ジャーニー◎【journey】 旅行，短途旅行。

シャープ◎【sharp】 （形動）①敏銳，敏感。「～な男」頭腦敏銳的男人。②清晰。「～な画面」清晰的畫面。

シャープナー◎【sharpener】 削鉛筆刀。

シャーベット◎【sherbet】 果子露，果子凍。

シャーマニズム◎【shamanism】 薩滿教。

ジャーマン◎【German】 德國式的，德國人。

シャーリング◎◎【shirring】 抽縐，抽褶。

シャーレ◎【德 Schale】 培養皿。

しゃい◎【謝意】 ①謝意，謝忱。「～を述べる」表示謝意。②歉意，賠罪。

シャイ◎【shy】 （形動）靦覥。「～な性格」靦覥的性格。

ジャイアント◎【giant】 巨人，巨物。

ジャイアントスラローム◎【giant slalom】 大曲道賽。

ジャイアントパンダ【giant panda】 大熊貓，貓熊，熊貓。

ジャイロコンパス◎【gyrocompass】 陀螺羅盤，迴轉羅盤。

ジャイロスコープ◎【gyroscope】 陀螺儀，迴轉儀。

しゃいん◎【社員】 ①公司職員。②社員，社團成員。

じゃいん◎【邪淫】 邪淫。

しゃうん◎◎【社運】 公司的命運。

しゃえい◎【射影】 スル ①投影。②〔數〕射影。

しゃおう⓪【沙翁】 沙翁。對莎士比亞的尊稱。

しゃおく⓪【社屋】 公司房屋；社屋。

しゃおん⓪【遮音】ｽﾙ 遮音，隔音。「～効果」隔音效果。

しゃおん⓪【謝恩】ｽﾙ 謝恩，答謝。

しゃか⓪【釈迦】 釋迦。

ジャガー①【jaguar】 美洲豹。

しゃかい①【社会】 ①社會。「～を形成する」構成社會。②社會。「上流～」上流社會。③社會。世上，世間。「～に出る」走入社會。

しゃがい②【社外】 ①社外，公司外部，外單位。「～の人間」外部人員。②公司以外，單位外。

しゃかいうんどう⑤【社会運動】 社會運動，社會活動。

しゃかいか②【社会科】 社會科，社會課。

しゃかいかがく⑥【社会科学】 社會科學。

しゃかいがく②【社会学】 〔法 sociologie〕社會學。

しゃかいけいやくせつ⑧【社会契約説】 社會契約說。

しゃかいじぎょう⑤【社会事業】 社會事業，社會工作。

しゃかいしほん⑤【社会資本】 社會資本。

しゃかいしゅぎ④【社会主義】 〔socialism〕社會主義。

しゃかいじん②【社会人】 社會人。

しゃかいせい⓪【社会性】 社會性。

しゃかいせいさく⑤【社会政策】 社會政策。

しゃかいてき⓪【社会的】（形動） 社會的，社會性的。「～な問題」社會性問題。

しゃかいなべ⑤【社会鍋】 社會鍋，慈善鍋。

しゃかいふくし⑤【社会福祉】 社會福利，社會福祉。

しゃかいふっき⑤【社会復帰】ｽﾙ 重返社會，回歸社會。

しゃかいほけん⑤【社会保険】 社會保險

しゃかいほしょう⑤【社会保障】 社會保障。

しゃかいみんしゅしゅぎ⑨【社会民主主義】 社會民主主義。

しゃかいめん③【社会面】 社會版（面）。

ジャガいも⓪【―薯】 馬鈴薯，洋芋。

しゃかいもんだい⑤【社会問題】 社會問題。

じゃかご⓪③【蛇籠】 蛇籠。

ジャガタラ⓪【荷 Jacatra】 加留鰭。印度尼西亞雅加達的古名。

しゃかにょらい③【釈迦如来】 釋迦如來。

しゃが・む②（動五） 蹲，蹲下。

しゃかむに②【釈迦牟尼】 釋迦牟尼。

しゃがれごえ④【嗄れ声】 嘶啞聲，沙啞聲。

しゃが・れる④⓪（動下一） 嘶啞，沙啞。

しゃかん⓪【舎監】 舎監。

しゃがん⓪③【斜眼】 斜眼。

しゃがん⓪【赭顔】 赭顏，紅色的臉。

じゃかん⓪【蛇管】 軟管，蛇管。

じゃき①【邪気】 ①邪勁，邪氣。「無～」純真可愛；天真無邪。②邪氣。「～を払う」驅除邪氣。

シャギー①【shaggy】 長絨織物。

しゃきょう⓪【写経】ｽﾙ 寫經。

しゃぎょう①【社業】 公司的事業。

じゃきょう⓪①【邪教】 邪教。

じゃきょく⓪【邪曲】 心態不正。

しゃぎり⓪ 幕間奏。

しゃきん⓪【謝金】 謝金。

しゃやく⓪【試薬】 試藥，試劑。

しゃく①【勺】 勺。日本尺貫法度量衡的容積單位。

しゃく①【尺】 ①尺。②長度，尺寸。「～を取る」量尺寸。

しゃく①【杓】 木勺。

しゃく⓪①【笏】 笏。

しゃく①【酌】 酌，斟酒。「お～をする」斟酒；酌。

しゃく①【釈】 ①釋。佛教。②註釋。

しゃく回【爵】　爵。

しゃく回【癪】　①胸腹部劇痛的總稱。②生氣，發怒，怒氣。「～にさわる」觸怒。令人生氣。

じやく回【持薬】　常服藥，常備藥。

じゃく回【弱】　①弱。↔強。②（接尾）弱，不到。↔強。「1000 人～」不到1000 人。

じゃく回【寂】　〔佛〕圓寂。

しゃく・う回【杓う】（動五）　舀。

しゃくぎ回【釈義】　釋義。

しゃくざい回【借財】スル　借債。

じゃくさん回【弱酸】　弱酸。

しゃくし回【杓子】　長柄勺。

しゃくし回【釈氏】　釋氏。釋迦，釋尊。

しゃくじ回【借字】　借（用漢）字。

じゃくし回【弱視】　弱視，視弱。

じゃくしゃ回【弱者】　弱者。↔強者

しゃくしゃく回【綽綽】（ﾀﾙ）　綽綽。「余裕～」綽綽有餘。

しやくしょ回【市役所】　市政廳（府）。

じゃくしょう回【弱小】　弱小。↔強大。「～チーム」弱隊。

じゃくじょう回【寂静】　寂靜，安靜。

じゃくしん回【弱震】　弱震。

じゃく・する回【寂する】（動サ變）　圓寂，入寂。

しゃくぜん回【釈然】（ﾀﾙ）　釋然。「まだ～としない」還是想不開。

じゃくそつ回【弱卒】　弱卒。

しゃくそん回回【釈尊】　釋尊。

じゃくたい回【弱体】　①弱體。②脆弱。「組織が～化する」組織變得軟弱無力。

しゃくち回【借地】スル　借地，租地，租賃土地。

じゃぐち回【蛇口】　水龍頭，龍頭，水栓。

じゃくてき回【弱敵】　弱敵。

じゃくてん回【弱点】　①缺點。「こわれやすいのが～だ」容易壞是（它的）缺點。②弱點。「～をつかむ」抓住弱點。

じゃくでん回【弱電】　弱電。↔強電

しゃくど回【尺度】　①尺。②尺度。

しゃくどう回回【赤銅】　紫銅，紅銅，赤銅。

じゃくどくワクチン回【弱毒一】　減毒疫苗。→ワクチン

しゃくとりむし回【尺取虫】　尺蠖。

しゃくなげ回【石南花・石楠花】　石楠花。

じゃくにくきょうしょく回【弱肉強食】　弱肉強食。

しゃくにゅう回【借入】　借入，借來。「～金」借款。

しゃくねつ回【灼熱】スル　灼熱，熾熱，灼燒。「～の太陽」灼熱的太陽。

じゃくねん回【若年】　年幼，年少。

じゃくねん回【寂然】（ﾀﾙ）　寂然。

じゃくはい回【若輩】　年輕人，經驗不足者。「～の身」經驗不足之人。

しゃくはち回【尺八】　尺八。直笛的一種。

しゃくふ回【酌婦】　女招待。

しゃくぶく回【折伏】スル　〔佛〕折伏。↔摂受 [ﾋｮｳ]

しゃくほう回【釈放】スル　釋放。

しゃくま回【借間】スル　借房間。

しゃぐま回【赤熊】　赤熊。將犛牛的白尾毛染紅而成，用於拂塵、假髮頭套等。

しゃくめい回【釈明】スル　闡明，釋明。

じゃくめつ回【寂滅】スル　〔佛〕寂滅。

しゃくもん回【釈門】　釋門，佛門。

しゃくや回【借家】スル　借房，借屋。

しゃくやく回【芍薬】　芍藥。

じゃくやく回【雀躍】スル　雀躍。「欣喜 [ｷﾝ]～」歡欣雀躍。

しゃくよう回【借用】スル　借用，租用，租賃。「～証」借據；借條。

しゃくらん回【借覧】スル　借閱。

しゃくりあ・げる回【噦り上げる】（動下一）　抽抽搭搭，抽噎。

しゃくりなき回回【噦り泣き】　抽泣，抽噎，啜泣。

しゃくりょう回回【酌量】スル　酌量，酌情。「情状～」酌量情狀。

しゃく・る回回回【杓る】（動五）　①抉，挖，摳，剜。「中身を～って取る」把裡面的東西摳出來。②舀。「水を～って飲む」舀水喝。

じゃくれい◎【若齢】 弱齡，幼齡，若
齡。

しゃく・れる◎◎【杓れる】（動下一） 下
凹。「～・れたあご」扁下頦。

しゃけい◎【舎兄】 舍兄，家兄。↔舍弟

しゃけい◎【斜頸】 斜頸。

しゃげき◎【射撃】スル 射擊。

しゃけつ◎【瀉血】ス ル 放血。

ジャケット◎◎【jacket】 ①短外衣，夾
克，短外套。②封套，唱片套，書皮。

しゃけん◎【車券】 自行車彩券。

しゃけん◎【車検】 車檢（證）。

じゃけん【邪険・邪慳】 狠毒，刻薄。
「～な人」狠毒的人。

しゃこ◎【車庫】 車庫。

しゃこ◎【蝦蛄】 蝦蛄，琵琶蝦，螳螂
蝦。

しゃこ◎【鷓鴣】 鷓鴣。

しゃこう◎【社交】 社交。

しゃこう◎【斜光】 斜光。

しゃこう◎【斜坑】 斜井。

しゃこう◎【遮光】ス ル 遮光。「～幕」遮
光幕。

じゃこう◎【麝香】 麝香。

しゃこうか◎【社交家】 社交家，交際
家。

しゃこうかい◎【社交界】 社交界。

しゃこうせい◎【社交性】 社交性，好交
際。

しゃこうダンス◎【社交一】〔social dan-
ce〕交際舞，交誼舞，社交舞。

しゃこうてき◎【社交的】（形動） 社交
的，善交際的。「～な性格」善交際的性
格。

しゃこく◎【社告】 公告，通告。

シャコンヌ◎【法 chaconne】 夏康舞
曲。

しゃさい◎【社債】 公司債券。

しゃざい◎【謝罪】ス ル 謝罪，賠禮，道
歉。「～の意を表す」表示歉意。

しゃざい◎【瀉剤】 瀉藥。

しゃさつ◎【射殺】ス ル 射殺，擊斃。

しゃし◎【奢侈】 奢侈。「～な生活を送
る」過著奢侈的生活。

しゃじ◎【社寺】 社寺。

しゃじ◎【謝辞】 ①謝辭，謝詞。②謝罪
詞。

しゃじく◎【車軸】 車軸。

しゃじつ◎【写実】ス ル 寫實，如實描寫。

しゃじつしゅぎ◎【写実主義】〔real-
ism〕寫實主義。

じゃじゃうま◎【じゃじゃ馬】 ①烈馬，
悍馬。②潑辣的人，潑婦，悍婦。

しゃしゃり・でる◎【しゃしゃり出る】
（動下一） 恬不知恥，好出風頭。

しゃしゅ◎【社主】 社主，業主。

しゃしゅ◎【車種】 車種。

しゃしゅ◎【射手】 射手，弓箭手。

じゃしゅう◎【邪宗】 邪宗（門）。江
戶時代對基督教的稱呼。

しゃしょう◎【車掌】 車掌，乘務員，列
車長，售票員。

しゃしょう◎【捨象】ス ル 捨象。→抽象

しゃじょう◎【車上】 車上。「～の人と
なる」坐上車。

しゃじょう◎【射場】 ①射擊場，靶場。
②射箭場。

しゃじょう◎【謝状】 ①感謝信，謝函。
②道歉書，道歉信。

しゃしょく◎【社稷】 社稷。

しゃしん◎【写真】 照相，攝影，照片，
相片。

じゃしん◎【邪心】 邪心。

じゃしん◎◎【邪神】 邪神，不吉利神。

しゃ・す◎【謝す】（動五） 告辭，致
謝，道歉，謝絕。

ジャズ◎【jazz】 爵士音樂。

じゃすい◎【邪推】ス ル 往壞處推測，猜
疑，胡猜。「好意を～する」猜疑（別人
的）好意。

ジャズダンス◎【jazz dance】 爵士舞。

ジャスティファイ◎【justify】ス ル 正當
化。

ジャスト◎【just】 整，正，恰。

ジャスミン◎◎【jasmine】 茉莉。

しゃ・する◎【謝する】（動サ變） ①
謝，致謝。「厚意を～・する」感謝盛
情。②道歉，賠禮。「無沙汰を～・す
る」久疏問候，致以歉意。③謝，謝
絕，辭謝。「面会を～・する」謝絕會

面。
しゃぜ[1]【社是】 公司（社團）基本方針。
しゃせい[0]【写生】スル 寫生。
しゃせい[0]【射精】スル 射精。
しゃせつ[0]【社説】 社論，社評。
しゃぜつ[0]【謝絶】スル 謝絕。「面会を~する」謝絕會面。
しゃせん[0]【車線】 行車道，車道線。「片側2~」單向雙線道。
しゃせん[0]【斜線】 斜線。
しゃそう[0]【社葬】 公司葬，社葬。
しゃそう[0]【車窓】 車窗。
しゃぞう[0]【写像】 〔數〕〔mapping〕映射。
しゃたい[0]【車体】 車體，車身。
しゃだい[0]【車台】 底盤。
しゃたく[0]【社宅】 公司住宅。
しゃだつ[0]【洒脱】 灑脫，灑落，瀟灑。「軽妙~」輕妙瀟灑；瀟灑輕鬆。
しゃだん[0]【社団】 社團。
しゃだん[0]【遮断】スル 遮斷，截斷，切斷，隔離。「交通を~する」截斷交通。
しゃち[1]【鯱】 虎鯨，殺人鯨。
じゃち[1]【邪知・邪智】 奸智，狡黠，詭詐。
しゃちほこ[0]【鯱】 鯱，虎頭魚飾。
しゃちほこば・る[3]【鯱張る】（動五）①嚴肅，莊嚴。「~・った顔つき」嚴肅的面孔。②拘謹，拘板，不自然。「~・った言い方」拘謹的談吐。
しゃちゅう[1]【車中】 車中，車裡。
しゃちゅうだん[2]【車中談】 車中談話。
しゃちょう[0]【社長】 社長，公司經理，總經理。
シャツ[1]【shirt】 襯衫。
じゃっか[0]【弱化】スル 弱化，削弱。
ジャッカル[1]【jackal】 豺狼。
しゃっかん[0]【借款】 借款。
じゃっかん[0]【若干】 若干，多少。「~その傾向がある」多少有那種傾向。
じゃっかん[0]【弱冠】 弱冠。
しゃっかんほう[0]【尺貫法】 尺貫法。
じゃっき[1]【惹起】スル 惹起，引起。
ジャッキ[1]【jack】 千斤頂，起重器。
しゃっきょう[0][1]【釈教】 釋教，佛教。
しゃっきん[3]【借金】スル 借錢，借款。
じゃっく[1]【惹句】 招攬人的詞句。
ジャック[1]【jack】 ①傑克（J）。撲克牌中的花牌之一。②插孔，插口，插座。
しゃっくり[1]【嚏・吃逆】スル 呃逆，打嗝。
シャックル[1]【shackle】 鋼卸釦，U形鉤。
しゃっけい[0]【借景】 借景。
じゃっこく[0]【弱国】 弱國。
しゃっこつ[0]【尺骨】 尺骨。
ジャッジ[1]【judge】スル ①審判，判定。「ミス-~」誤判。②（拳擊、摔角等的）副裁判員。
ジャッジペーパー[4]【judge paper】 記分紙，記分單。
ジャッジメント[1]【judgment】 審判，判斷。
シャッター[1]【shutter】 ①快門。②百葉窗（門）。
シャットアウト[4]【shutout】スル ①禁止入內，開除。「部外者を~する」禁止外部人員入內。②完封，完全封殺。「~勝ち」完全封殺獲勝。
シャツドレス[3]【[和] shirt + dress】 男襯衫式連身裙。
ジャップ[1]【Jap】 小日本。對日本人的蔑稱。
シャツブラウス[4]【[和] shirt + blouse】 仿男式女襯衫。
シャッフル[1]【shuffle】スル ①洗牌。②隨機選曲（演奏）。
シャッポ[1]【法 chapeau】 帽子。
しゃてい[0][2]【舎弟】 ①舍弟。↔舍兄。②（流氓團體中的）小弟，把弟。
しゃてい[0]【射程】 ①射程。「~距離」射程距離。②勢力範圍。「~に入る」進入勢力範圍之內。
しゃてき[0]【射的】 ①射的，打靶。②射擊遊戲。「~場」射擊遊戲場。
しゃでん[1][0]【社殿】 神殿，社殿。
しゃど[1]【斜度】 斜度。「平均~」平均斜度。
しゃどう[0]【車道】 車道。↔步道

シャトー⓪【法 château】 ①城堡，宮殿。②大別墅。大邸宅。

シャトーブリアン⓪【法 chateaubriand】 夏多布里昂牛排，夏氏牛排。

シャドーボクシング④【shadow boxing】 想像拳，空拳攻防練習。

シャトル⓪【shuttle】 ①太空梭。②羽毛球的羽毛。

しゃない⓪【社内】 公司內，社內。

しゃない⓪【車內】 車內。

しゃにくさい⓪【謝肉祭】 謝肉節，狂歡節，嘉年華會。

しゃにち⓪【社日】 社日。雜節之一，祭祀土地神的日子。

しゃにむに①【遮二無二】（副） 冒失，不管不顧，不管三七二十一，死乞百賴。

ジャニュアリー⓪【January】 1月。

じゃねん⓪【邪念】 ①邪念。「～を抱く」心懷邪念。②雜念，胡思亂想。「～を払う」排除雜念。

じゃのひげ⓪【蛇の鬚】 沿階草，麥門冬。

じゃのめ⓪【蛇の目】 ①雙圈。②蛇目傘。

しゃば①【車馬】 車馬。

しゃば①【娑婆】 〔佛〕娑婆。

しゃばくじょう⓪【射爆場】 射擊轟炸場，靶場。

しゃばっけ⓪⓪【娑婆っ気】 名利心。「～が多い」名利心重。

ジャパニーズ③【Japanese】 日本人，日本語，日本式（的）。

ジャパネスク③【Japanesque】 日本風。

ジャパノロジー③【Japanology】 日本學，日本研究。

じゃばら⓪【蛇腹】 ①蛇腹狀，蛇腹花紋。②（手風琴）伸縮風箱，（燈籠）折疊罩，伸縮軟管，蛇管。

しゃはん⓪【這般】 這般。「～の事情により」基於這般情形。

ジャパン⓪【Japan】 日本。

じゃひ⓪【邪飛】 （棒球）界外飛球。

しゃふ⓪【車夫】 車夫。

しゃぶ⓪ 興奮劑的隱語。

ジャブ①【jab】 快拳。「～を出す」出快拳。

しゃふう⓪【社風】 社風，公司的風氣。

しゃふく⓪【車幅】 車寬，車幅。

しゃぶしゃぶ⓪ 涮涮鍋，涮牛肉。

しゃふつ⓪【煮沸】 スル 煮沸。「～消毒」煮沸消毒。

シャフト①【shaft】 ①傳動軸。②桿柄。高爾夫球桿的長柄部分。

しゃぶ・る⓪⓪（動五） 含，吸吮。「あめを～・る」含著糖果。

しゃへい⓪【遮蔽】 スル 遮蔽，遮罩。「～物」遮蔽物。

しゃべく・る③【喋くる】（動五） 閒扯，閒聊。

しゃべ・る②【喋る】（動五） ①喋喋不休，多嘴多舌。「よく～・る奴だ」多嘴多舌的傢伙。②洩露，說出。「だれにも～・るなよ」對任何人都不准洩露。

シャベル①【shovel】 鏟，鍬。

しゃへん⓪【斜辺】 斜邊。

じゃほう⓪①【邪法】 邪法。

ジャポニカまい⓪【一米】 〔japonica〕蓬萊米。→インディカ米

ジャポニスム③【法 japonisme】 ①日本主義。②日本（人）的氣質，日本風格，日本研究。

しゃほん⓪【写本】 ①手抄，抄寫，抄本，手寫本。②抄本，臨摹本。

シャボン⓪【葡 sabão】 肥皂。

シャボンだま⓪【一玉】 肥皂泡。

じゃま⓪【邪魔】 スル 妨礙，干擾，打擾。「仕事の～をするな」不要妨礙工作。

じゃまだて⓪【邪魔立て】 故意打擾，找麻煩。「いらぬ～をするな」別來找麻煩。

じゃまっけ⓪【邪魔っ気】（形動） 礙事，令人討厭，惹人煩，討人嫌。「～な石」絆腳石。

しゃみ①【沙弥】 〔佛〕沙彌。

しゃみせん⓪【三味線】 三味線。

シャム⓪【Siam】 暹羅。

ジャム①【jam】 果醬。

ジャムセッション④【jam session】 即興爵士樂演奏會。

シャムそうせいじ◎【―双生児】 連體雙胞胎。

シャムねこ◎【―猫】 暹羅貓。

しゃめい◎【社名】 社名。

しゃめい◎【社命】 公司命令。

しゃめん◎【斜面】 斜面，傾斜面。

しゃめん◎【赦免】 スル 赦免。「犯罪者を～する」赦免罪犯。

シャモ◎ 和人。愛奴人對非愛奴血統的日本人的稱呼。

シャモ◎ 暹羅雞。

しゃもじ◎【杓文字】 勺子，飯勺。盛飯。

しゃもん◎【借問】 スル 借問，試問。

しゃもん◎【沙門】 沙門。

じゃもん◎【蛇紋】 蛇紋。

しゃゆう◎【社友】 社友，同事，同仁。

しゃよう◎【社用】 公務。

しゃよう◎【斜陽】 斜陽，夕陽。「～産業」日趨沒落的產業。

じゃよく◎【邪欲】 ①邪欲。②淫慾。

しゃらく◎【洒落】（形動） 灑落，灑脫。

しゃらくさ・い◎【洒落臭い】（形） 裝蒜，裝相，臭美，傲慢。「～・いことを言うな」別那麼臭美。

じゃら・す◎【戲らす】（動五） 逗弄，戲弄。「子猫を～・す」逗弄小貓（玩）。

しゃり◎【舎利】 ①〔佛〕舍利。②白米飯粒，米飯。「銀～」白米飯。

じゃり◎【砂利】 ①砂礫，礫石，砂石。②（俗稱）小孩。

シャリアピンステーキ◎【Shalyapin steak】夏里亞賓牛排。

しゃりべつ◎【舎利別】 果汁，糖漿。

しゃりょう◎【車両・車輛】 車輛。

しゃりん◎【車輪】 車輪。

しゃれ◎【洒落】 ①俏皮話，戲謔語。「～をとばす」說俏皮語。②風趣，詼諧，幽默。「～が通じない」不懂幽默。③漂亮，華麗，好打扮。

しゃれい◎【謝礼】 スル 謝禮。

しゃれき◎【社歴】 ①企業年資，入社工齡。②社史。

しゃれこ・む【洒落込む】（動五） ①打扮得異常漂亮。②心血來潮。

しゃれっけ【洒落っ気】 ①好打扮。②愛開玩笑，好詼諧。

しゃれのめ・す◎【洒落のめす】（動五）總開玩笑，盡說詼諧話。

しゃれぼん【洒落本】 灑落本。

しゃ・れる【洒落る】（動下一） ①打扮，妝飾。②灑脫，別緻。「なかなか～・れた店」相當別緻漂亮的商店。③滑稽，詼諧，風趣。④傲慢，狂妄，自大。「～・れたまねをするな」別那麼趾高氣昂。

じゃ・れる◎【戲れる】（動下一） 戲耍，嬉戲。「子ねこがボールに～・れている」小貓咪在玩球。

じゃれん◎【邪恋】 不正經戀愛，邪戀。

シャワー◎【shower】 蓮蓬頭，淋浴。

シャン◎【德 schön】 漂亮，美人，麗人。↔ウンシャン

ジャンキー◎【junkie】 吸毒成癮者，（轉指對某事）著迷者。

ジャンク◎【junk】 中國平底帆船。

ジャンクション◎【junction】 ①結合，接合，連接。②立體交叉道。

ジャンクフード◎【junk food】 速食食品，垃圾食物。

シャングリラ◎【Shangri-la】 香格里拉。

ジャングル◎【jungle】 密林，熱帶叢林。

じゃんけん◎【じゃん拳】 スル 剪刀-石頭-布拳，猜拳。

ジャンそう◎【雀莊】 麻將館。

シャンソン◎【法 chanson】 法國歌曲，大眾歌曲，香頌。

シャンツェ◎【德 Schanze】 滑雪跳臺。

シャンデリア◎【法 chandelier】 枝形吊燈。

ジャンパー◎【jumper】 ①運動服，作業服。②女學生裙。

ジャンピング◎【jumping】 跳躍。

ジャンプ◎【jump】 スル 跳，跳躍。

シャンプー◎【shampoo】 スル 洗髮精。

シャンペン【法 champagne】 香檳酒。

ジャンボ◎【jumbo】 ①巨大的，大號

的。「～-サイズ」大號尺寸。②鑿岩台車，移動式巨型多頭鑽機台。

ジャンボリー⓪【jamboree】　童子軍露營大會。

ジャンル⓪【法 genre】　部門，種類。

しゅ⓪【主】　①主人。②國家、團體、家庭的居首者。③主。成爲中心的事或事物。↔從。④主。基督教中指上帝或基督。

しゅ⓪【朱】　①朱，紅色。②朱砂。③紅筆。「原稿に～を入れる」用紅筆修改原稿。

しゅ⓪【種】　①種類，類別。「この～の品物」這種物品。②〔species〕種。生物分類上的基本單位。

しゅ【首】（接尾）　首。「3～詠む」詠詩三首。

じゅ⓪【寿】　歲數，年齡。「百歳の～」百歲之壽。

じゅ【従】（接頭）　副，從。↔正。「～三位」從三位。

シュア⓪【sure】（形動）　確實的，可靠的。

しゆい⓪【思惟】ㇲㇽ　思惟。

しゆい⓪【主位】　主位。

しゆい⓪【主意】　①中心思想，主要著眼點，主旨。「法案の～」法案的主旨。②主要意義，趣旨。

しゆい⓪【首位】　首位。↔末位。「～を争う」爭奪首席。

しゆい⓪【趣意】　①旨趣，宗旨。「～書」宗旨書。②中心思想，基本意思，主要想法。

じゆい⓪【樹医】　樹醫。→樹木医

しゆいろ⓪【朱色】　朱色。

しゅいん⓪【手淫】ㇲㇽ　手淫。

しゅいん⓪【主因】　主因。↔従因

じゅいん⓪【樹陰】　樹陰，樹蔭。

しゆう⓪【市有】　市有，市屬。

しゆう⓪【私有】ㇲㇽ　私有。↔公有。「～地」私有地。

しゆう⓪【師友】　師友。

しゆう⓪【雌雄】　①雌雄，公母。②雌雄，勝負。「～を争う」一決雌雄。

しゆう⓪【州・洲】　①州。「遠～」遠州。

「紀～」紀州。②〔state〕州。③洲。「アジア～」亞洲。

しゅう⓪【周】　①周圍。②（接尾）周，圈。「トラック4～」沿跑道跑四圈。

しゅう⓪【宗】　①宗旨。②宗派，宗門。

しゅう⓪【週】　星期，週。

しゅう⓪【醜】　①醜，醜陋。「美と～」美與醜。②醜，恥辱。「～をさらす」出醜；丟臉。

じゆう⓪【自由】　①自由。「言論の～」言論自由。②自由。「3か国語を～にあやつる」自由地使用三種語言。

じゆう⓪【事由】　事由。

じゆう⓪【十・拾】　十，拾。

じゆう⓪【住】　住，住所，住處。「衣、食、～」衣、食、住。

じゆう⓪【柔】　柔軟，柔和。↔剛

じゆう⓪【柱】　柱。

じゆう⓪【重】　①多層餐盒。「～詰め」盛在多層餐盒裡（的菜飯）。「二の～」雙層餐盒。②（接頭）重。「～クロム酸」重鉻酸。「～水素」重氫。③（接尾）層，重。「五～の塔」五層塔。

じゆう⓪【従】　從，從屬。↔主

じゅう⓪【銃】　槍。

じゆう【中】（接尾）　①中。整個期間，整（個）。「一年～」一年到頭；一整年；全年。②整個，全。「世界～」整個世界；全世界。③所有，一切。「親戚～」所有親戚；一切親戚。

ジュー⓪【Jew】　猶太人。

しゅうあく⓪【醜悪】　醜惡，醜陋。「～な行い」醜惡的行徑。

じゆうあつ⓪【重圧】　重壓。

しゅうい⓪【周囲】　①周圍環境，周圍（的人）。「～が甘やかす」周圍的人嬌生慣養。②周長。

しゅうい⓪【拾遺】　拾遺。「宇治～」《宇治拾遺》。

じゅうい⓪【重囲】　重圍。「敵の～を破る」突破敵人的重圍。

じゅうい⓪【獣医】　獸醫。

じゆういし⓪【自由意志】　自由意志。

じゅういちがつ⓪【十一月】　十一月。

しゅういつ⓪【秀逸】　傑出，優秀。「～

な作品」優秀的作品。

じゅういつ⓪【充溢】 ｽﾙ 充沛，充溢。「気力が～する」精力充沛。

しゅういん⓪【衆院】 眾院，眾議院。

じゅういん⓪【充員】 ｽﾙ 補員，補充人員。

しゅうう①【秋雨】 秋雨。

しゅうう①【驟雨】 驟雨，暴雨。

しゅううん⓪【舟運】 船運，船舶運輸。

しゅうえき⓪①【収益】 收益。

しゅうえき⓪【就役】 ｽﾙ 服刑，就役。

しゅうえん⓪【周縁】 周緣，周圍。

しゅうえん⓪【終焉】 ①終焉，臨終。②安度晚年。「～の地」安度晚年之地。

しゅうえん⓪【終演】 ｽﾙ 演出結束，劇終，演完。↔開演

しゅうえん⓪【就園】 就園，入園。「～率」入園率。

じゅうえん⓪【重縁】 親戚聯姻，親上加親。

じゅうおう①⓪【縦横】 ｽﾙ ①縱橫，長寬，橫豎。「～につらぬく大通り」縱橫貫通的大街。②縱橫，四通八達。「道が～に通じている」道路四通八達。③自由自在，隨心所欲。「～に活動する」任意活動。

じゅうおん⓪【重恩】 大恩，重恩。

しゅうか①【秀歌】 優秀的和歌。

しゅうか①【衆寡】 眾寡。

しゅうか①【集荷】 ｽﾙ 集中物產。

しゅうか①【集貨】 ｽﾙ 集中貨物。

じゅうか①【住家】 住家。

じゅうか①【銃火】 槍火。「～を交える」交火。

じゆうが②【自由画】 自由畫。

しゅうかい⓪【周回】 ｽﾙ 旋轉，環繞，周圍。

しゅうかい⓪【集会】 ｽﾙ 集會。

しゅうかい⓪【醜怪】 醜八怪，醜怪。

しゅうがい⓪【臭害】 臭害，臭味公害。

しゅうかいどう③⓪【秋海棠】 秋海棠。

じゅうかがくこうぎょう⑤【重化学工業】 重化學工業。

しゅうかく⓪【収穫】 ｽﾙ 收穫，收成。「～期」收穫期。

しゅうかく⓪【臭覚】 嗅覺。

しゅうがく⓪【修学】 ｽﾙ 修學，研修。

しゅうがく⓪【就学】 ｽﾙ 就學。→就学生

じゅうかさんぜい⑤【重加算税】 重加算稅。

じゅうかしつ⑤【重過失】 〔法〕重大過失。

じゅうかぜい⑤【従価税】 從價稅。

じゆうがた⓪【自由形】 自由式。游泳比賽項目之一。

じゅうがつ④【十月】 十月。

しゅうかん⓪【収監】 ｽﾙ 收監，下獄，監禁。「既決囚を～する」把既決犯收監。

しゅうかん⓪【終刊】 ｽﾙ 終刊，最後一期。

しゅうかん⓪【習慣】 ①習慣。「～をつける」養成習慣。②習慣，風俗。

しゅうかん⓪【週刊】 週刊。

しゅうかん⓪【週間】 ①一週，一個星期。②週（間）。「新聞～」新聞週。

しゅうかん⓪【重患】 重病，重症患者。

しゅうかん⓪【獣姦】 獸姦。

じゅうがん⓪【銃眼】 槍眼。

しゅうき①【周期】 週期。

しゅうき①【周忌】（接尾） 週年忌日，週年忌辰。「三～」三週年忌日。

しゅうぎ①【衆議】 眾人合議，大家意見。「～一決する」大家商定。

じゅうき①【什器】 日常用具，什器。

じゅうき①【銃器】 槍械，槍枝。

しゅうきゃく⓪【集客】 招引客人，攬客。「～力」攬客能力。

しゅうきゅう⓪【週休】 週休日。「～2日制」週休二日制。

しゅうきゅう⓪【週給】 週薪。

しゅうきゅう⓪【蹴球】 踢球。

じゅうきょ①【住居】 ｽﾙ 居住，住居。

しゅうきょう①【宗教】 宗教。「～心」宗教信念。

しゅうぎょう⓪【終業】 ｽﾙ ①收工，下班，停止營業。②結業。「～式」結業式。

じゆうぎょう②【自由業】 自由業，自由職業。

しゅうきょく◎【終曲】 終曲。

しゅうきょく◎【終局】 ①終局。②事物的結局。

しゅうきょく◎【終極】 終極。「～の目的」終極目的。

しゅうきょく◎【褶曲】 ス╮ 褶曲。

しゅうきん◎【集金】 ス╮ 收款。「～員」收款員。

しゅうぎん◎【秀吟】 秀吟，佳句。

じゅうきんぞく◎【重金属】 重金屬。↔軽金属

しゅうぐ◎【衆愚】 眾愚，群愚。

ジュークボックス◎【jukebox】 ①投幣式自動點唱機。②光碟櫃。

シュークリーム◎【法 chou à la crème】 奶油泡芙，泡芙。

じゅうぐん◎【従軍】 ス╮ 從軍，隨軍，參軍。「～記者」隨軍記者。

しゅうけい◎【集計】 ス╮ 匯總，總計。

じゆうけいざい◎【自由経済】 自由經濟。

じゅうけいてい◎【従兄弟】 堂兄弟，叔伯兄弟，表兄弟。↔従姉妹

しゅうげき◎【襲撃】 ス╮ 襲擊，偷襲。

じゅうげき◎【銃撃】 ス╮ 槍擊。「～戦」槍戰。

しゅうけつ◎【終結】 ス╮ 終結，完結。「争議が～する」糾紛結束。

しゅうけつ◎【集結】 ス╮ 集結。

しゅうげつ◎【秋月】 秋月。

じゅうけつ◎【充血】 ス╮ 充血。

じゅうけつきゅうちゅう◎【住血吸虫】 血吸蟲。

しゅうけん◎【集権】 集權。↔分権。「中央～」中央集權。

しゅうげん◎【祝言】 ①賀詞，祝詞。②婚禮。

じゅうけん◎【銃剣】 ①槍劍。「～類」槍劍類。②刺刀。

じゅうげん◎◎【重言】 疊字。

じゅうこ◎【住戸】 住戶。

じゅうご◎【銃後】 後方國民，後方。「～の備え」後方的準備。

しゅうこう◎◎【舟行】 ス╮ ①船行，舟行。「～千里」船行千里。②乘船遊玩。

しゅうこう◎【周航】 ス╮ 乘船周遊（各地）。

しゅうこう◎【秋耕】 秋耕。↔春耕

しゅうこう◎【修好・修交】 ス╮ 修好，親善。「両国間に～条約が締結された」兩國之間締結了友好條約。

しゅうこう◎【就航】 ①初航，首航。「国際線に～する」首航國際航班。②航班。「週2回の～」每週次航班。

しゅうこう◎【集光】 ス╮ 聚光，集聚光線。「～器」聚光器。

しゅうこう◎【醜行】 醜行。

しゅうごう◎【秋毫】 秋毫，絲毫。

しゅうごう◎【習合】 ス╮ 習合，融和。「神仏～」神佛融合。

しゅうごう◎【集合】 ス╮ ①集合。↔解散。「～時間は必ず守ってください」一定要遵守集合時間。②〔數〕〔set〕集，集合。

じゅうこう◎【重厚】 莊重，穩重，沉穩，厚重。「～な語り口」沉穩的語調；莊重的口吻。

じゅうこう◎【銃口】 槍口。「～を向ける」把槍口對著（某個目標）。

じゅうこう◎【獣行】 獸行。

じゅうごう◎【重合】 ス╮ 〔化〕聚合（反應）。

じゅうこうぎょう◎【重工業】 重工業。↔軽工業

じゅうこく◎【縦谷】 縱谷。↔横谷

しゅうこつ◎【収骨】 ス╮ ①拾骨灰。②收集遺骨。

じゅうごや◎【十五夜】 ①十五夜，滿月之夜。②中秋夜。→十三夜

じゅうこん◎【重婚】 ス╮ 重婚。「～罪」重婚罪。

しゅうさ◎【収差】 像差。

じゅうざ◎【銃座】 槍座。

しゅうさい◎【秀才】 秀才。

じゅうざい◎【重罪】 重罪。

しゅうさく◎【秀作】 佳作，傑作。

しゅうさく◎【習作】 習作。

しゅうさつ◎【集札】 ス╮ 收票。

しゅうさつ◎【愁殺】 ス╮ 悲愁。

じゅうさつ◎【重刷】 ス╮ 再刷，重印。

じゅうさつ◎【銃殺】スル ①槍殺。②槍斃，槍決。

しゅうさん◎【秋蚕】 秋蠶。

しゅうさん◎【集散】スル 集散。「農産物の~地」農產品的集散地。

じゅうさんかいき⑤【十三回忌】 十三週年忌辰。

じゅうさんや◎【十三夜】 十三夜。陰曆九月十三的夜晚，又稱「豆名月」「栗名月」。

しゅうし①【収支】 收支。

しゅうし①◎【宗旨】 ①宗旨。②派別，宗派。

しゅうし①【秋思】 秋的傷感。

しゅうし①【修士】 碩士。學位之一。

しゅうし①【修史】 修史，編史。

しゅうし◎【終止】スル ①終止。②終止，終止形。

しゅうし①【終始】 ①始終，從頭到尾。「研究に~した一生」一生堅持研究。②（副）始終，從頭到尾。「彼は~黙っていた」他始終保持著沉默。

しゅうじ◎【修辞】 修辭。

しゅうじ◎【習字】 習字，練字。

しゅうじ◎【集字】スル 集字。

じゅうし①【自由詩】 自由詩。↔定型詩

じゅうし①◎【重視】スル 重視。↔軽視

じゅうし①【従姉】 堂姐，叔伯姐姐，表姐。↔従妹

じゅうじ◎【十字】 十字。「~を切る」劃十字。

じゅうじ①【住持】スル 住持。

じゅうじ①◎【従事】スル 從事。「文学の研究に~する」從事文學研究。

ジューシー①【juicy】 （形動）富含汁液的，多汁的。「~なフルーツ」多汁的水果。

じゅうじか◎【十字架】 十字架。「~にかける」釘在十字架上。「~を背負って生きる」背著十字架生活。

じゅうじぐん⑤【十字軍】 〔Crusades〕十字軍。

じゅうしちかいき⑤【十七回忌】 十七週年忌辰。

しゅうじつ◎【秋日】 ①秋日，秋陽。②秋季，秋日。

しゅうじつ◎【終日】 終日。

しゅうじつ◎【週日】 工作日。

じゅうじつ◎【充実】スル 充實。沒有不足的地方，十分完備。

じゅうしまい①【従姉妹】 堂姐妹，表姐妹。↔従兄弟

じゅうしまつ①【十姉妹】 十姊妹。雀形目飼養鳥。

しゅうしゃ◎【終車】 末班車，最後一班車。

じゅうしゃ①◎【従者】 從者，隨從，隨扈。

しゅうじゅ①◎【収受】スル 收受，受賄。

しゅうしゅう◎【収拾】スル 收拾。「事態を~する」收拾局面。

しゅうしゅう◎【収集・蒐集】スル 收集，搜集。

しゅうしゅう◎【修習】スル 修習，學習，進修，研修。「司法~生」司法進修生。

しゅうしゅう①【啾啾】（トル） 啾啾。憂愁地哭泣。「鬼哭き~」鬼哭啾啾。

じゅうじゅう①◎【重重】（副） ①屢屢，再三，重重。「~おわびいたします」再三表示歉意。②十分，非常，很。「~承知のうえでしたことだ」在充分了解的基礎上才做的。

じゆうしゅぎ⑤【自由主義】 〔liberalism〕自由主義。

しゅうしゅく◎【収縮】スル 收縮。↔膨張

しゅうじゅく◎【習熟】スル 熟悉，熟練，擅長。

じゅうしゅつ◎【重出】スル 重複出現。

じゅうじゅつ①◎【柔術】 柔道，柔術。→柔道

じゅうじゅん◎【従順】 順從，溫順。

しゅうじょ①【醜女】 醜女。

じゅうしょ①【住所】 住居地，住址，住所。「~録」住址名簿；通訊錄。→居所

しゅうしょう◎【周章】スル 倉皇驚恐。

しゅうしょう◎【秋宵】 秋夜。

しゅうしょう◎【終宵】 通宵。

しゅうしょう◎【就床】スル 上床睡覺，就寢。

しゅうしょう◎【愁傷】スル 憂愁悲傷。→

御愁傷様

しゅうじょう◎【醜状】　醜状，醜態。「～をさらけ出す」暴露醜態；醜態畢露。

じゅうしょう◎【重症】　①重症，重病。↔軽症。②重症，太重。「彼の収集癖もそうとう～だな」他的收集癖也實在太重。

じゅうしょう◎【重唱】　スル　重唱。

じゅうしょう◎【重傷】　重傷。↔軽傷

じゅうしょう◎【重賞】　重賞。「～レース」重賞賽馬。

じゅうしょう◎【銃床】　槍托，槍把。

じゅうしょう◎【銃傷】　槍傷。

じゅうしょうしゅぎ◎【重商主義】〔mercantilism〕重商主義。

しゅうしょく◎【秋色】　秋色，秋意。

しゅうしょく◎【修飾】　スル　修飾。

しゅうしょく◎【就職】　スル　就職。「会社に～する」在公司上班。

しゅうしょく◎【愁色】　愁色，愁容，憂色。

じゅうしょく◎【住職】　スル　住持職，方丈職。

じゅうしょく◎【重職】　重職，要職。

しゅうじょし◎【終助詞】　終助詞。

しゅうしん◎【修身】　修身。

しゅうしん◎【就寝】　スル　就寝。

しゅうじん◎【囚人】　囚犯。

しゅうじん◎【衆人】　眾人。

しゅうじん◎【集塵】　集塵。「～袋」集塵袋。

じゅうしん◎【重心】　重心。

じゅうしん◎【重臣】　重臣。

じゅうしん◎【銃身】　槍筒，槍管。

じゅうしん◎【獣心】　獣心。「人面～」人面獣心。

シューズ◎【shoes】　鞋。

ジュース◎【deuce】　局末平手，局末平分。

ジュース◎【juice】　果汁，蔬菜汁。

しゅうすい◎【秋水】　①秋水。②利刃。

じゅうすい◎【重水】　重水。

じゅうすいそ◎【重水素】　重氫。

しゅう・する◎【修する】（動サ変）　①修，學習。「学を～・する」修學。②修

正。「身を～・する」修身。③舉辦。「法会を～・する」舉辦法會；做佛事。

じゅう・する◎【住する】（動サ変）　住，居住。「異境に～・する」住在異國。

しゅうせい◎【修正】　スル　修正，修改。「書類を～する」修正文件。

しゅうせい◎【修整】　スル　修整。

しゅうせい◎【終生・終世】　終生，畢生。「～忘れ得ぬ人」終生不能忘的人。

しゅうせい◎【習性】　習性，習癖。

しゅうせい◎【集成】　スル　集成，集大成。

じゅうぜい◎【収税】　スル　收稅，徵稅。

じゅうせい◎【銃声】　槍聲。

じゅうせい◎【獣性】　獣性。

じゅうぜい◎【重税】　重稅。「～感」重稅感。

しゅうせき◎【集積】　スル　集聚，集積。

じゅうせき◎【重責】　重責。

しゅうせん◎【周旋】　スル　周旋，斡旋，介紹。「～人」介紹人；經紀人。

しゅうせん◎【終戦】　停戰。↔開戰

しゅうせん◎【鞦韆】　鞦韆。

しゅうぜん◎【修繕】　スル　修繕。「屋根を～する」修繕屋頂。

しゅうぜん◎【愁然】（ﾀﾙ）　愁然，戚然。

じゅうせん◎【縦線】　縦線。

じゅうぜん◎【十全】　十全，完善。「～の準備」充分的準備

じゅうぜん◎【従前】　從前。

しゅうそ◎【宗祖】　宗祖。

しゅうそ◎【臭素】　溴。

しゅうそ◎【愁訴】　スル　訴苦，愁訴，自訴，哀訴。「不定～」不定的自訴症狀。

しゅうそう◎【秋霜】　秋霜。

しゅうぞう◎【収蔵】　スル　收藏。

じゅうそう◎【住僧】　住僧。住宿僧。

じゅうそう◎【重奏】　スル　重奏。

じゅうそう◎【重曹】　小蘇打。

じゅうそう◎【重創】　重創。

じゅうそう◎【縦走】　スル　①縦向。②縦行，縦走。

じゅうそうてき◎【重層的】（形動）　多

層的，重層的，複層的。「～な構造」多層結構。

しゅうそく◎【収束】スル ①結束，完結，收束。「争いが～する」爭端結束。②〔數〕收斂（級數）。

しゅうそく◎【終息・終熄】 結束，終結。

しゅうぞく◎【習俗】 習俗。

じゅうそく◎【充足】スル 充足，充裕。

じゅうぞく◎【従属】スル 從屬，附屬。

しゅうたい◎【醜態】 醜態。「～を演ずる」丟臉；出醜。

じゅうたい◎【重体・重態】 病危，垂危，危篤，重症。

じゅうたい◎【渋滞】スル ①停滯，遲滯。「研究が～している」研究沒有進展。②塞車，阻塞，堵車。「交通～」交通堵塞。

じゅうたい◎【縦隊】 縱隊。↔橫隊

じゅうだい◎【十代】 十幾歲，十多歲。10～19歲。

じゅうだい◎【重大】（形動）①重大，嚴重。「～な事件」重大事件；嚴重事件。②重大，重要。「～な役割」重要作用。

しゅうたいせい③【集大成】スル 集大成，匯集。

じゅうたく◎【住宅】 住宅。

しゅうだつ◎【収奪】スル 收奪，掠奪，剝奪。「土地を～する」掠奪土地。

しゅうたん◎◎【愁嘆・愁歎】スル 愁歎，悲歎。

しゅうだん◎【集団】 ①集體，群體，集團，總體。「～生活」集體生活。②團體。「政治～」政治團體。

じゅうたん◎【絨緞・絨毯】 地毯，絨毯。

じゅうだん◎【銃弾】 槍彈。

じゅうだん◎【縦断】スル ①縱斷。↔橫斷。②南北走向，縱貫。「日本列島を～する」縱貫日本列島。

しゅうち◎◎【周知】スル 周知。

しゅうち◎◎【羞恥】 羞恥。「～心」羞恥心。

しゅうち◎◎【衆知・衆智】 眾智。「～を

集める」集思廣益。

しゅうちく◎【修築】スル 修築。

しゅうちゃく◎【収着】 吸附。

しゅうちゃく◎【祝着】 祝賀，慶賀。「御壮健で～に存じます」得知您身體健壯，可喜可賀。

しゅうちゃく◎【執着】スル 固執，執著。「～心」執著心。

しゅうちゃく◎【終着】 到達終點。

しゅうちゃくえき◎【終着駅】 終點站。「人生の～」人生的終點站。

しゅうちゅう◎【集中】スル 集中。「精神を～する」集中精神

しゅうちゅう◎【集注・集註】 集注，集解。

しゅうちゅうごうう◎【集中豪雨】 局部（性）大雨，局部（性）暴雨。

しゅうちょう◎【酋長】 酋長。

じゅうちん◎【重鎮】 重鎮，重要人物。「文学界の～」文學泰斗。

じゅうづめ◎◎【重詰め】 多層食盒。

しゅうてい◎【舟艇】 舟艇，小船，小艇，舢板。

しゅうてい◎【修訂】スル 修訂，改訂。「～版」修訂版。

じゅうてい◎【重訂】スル 重新修訂，再次修訂，重訂。

じゅうてい◎【従弟】 堂弟，表弟。↔從兄

しゅうてん◎【終点】 終點。↔起點。

しゅうでん◎【終電】 末班電車。

じゅうてん◎【充填】スル 填縫，填補，填充。

じゅうてん③【重点】 重點。「人柄に～をおく」重點放在人品上。

じゅうでん◎【充電】スル ①充電。↔放電。②充電，卯足勁，鼓足勁。

じゅうでんき◎【重電機】 重型電機。↔輕電機

しゅうでんしゃ③【終電車】 末班電車。

しゅうと①【舅】 公公，岳父。

しゅうと①【宗徒】 宗徒，信徒。

シュート①【shoot】スル ①自然曲線，自然曲球。棒球術語。②投籃，射門，擊出界外球。

ジュート◎【jute】 黃麻，黃麻纖維。

じゅうど◎【重度】 重度。↔軽度

しゅうとう◎【周到】 周到。

しゅうどう◎【修道】 修道。

じゅうとう◎【充当】 スル 撥作，抵充，充作，填補，補充，充當。「利益を預金に~する」把盈利充當存款。

じゅうとう◎【重盜】 雙盜壘。棒球術語。

じゅうどう◎【柔道】 柔道，柔術。→柔術

じゅうとうほう◎【銃刀法】 刀槍法。《槍炮刀劍類所持等取締法》的略稱。

しゅうとく◎【収得】 スル 收得，收取。

しゅうとく◎【拾得】 スル 拾得，撿到。「~物」拾得物。

しゅうとく◎【習得】 スル 掌握，習得。「実務を~する」掌握實際業務。

じゅうとく◎【重篤】 病篤。

しゅうとめ◎【姑】 婆婆，岳母。

シュードラ◎【梵 sūdra】 首陀羅。古印度瓦爾納（四種姓）中的第4位。

じゅうなん◎【柔軟】（形動） ①柔軟。「~な体」柔軟的身體。②靈活。「~な対応」靈活的處置。

じゅうにおんおんかい◎【十二音音階】〔音〕十二音階。

じゅうにがつ◎【十二月】 十二月。

じゅうにく◎【獣肉】 獣肉。

じゅうにし◎【十二支】 十二支，地支。

じゅうにしちょう◎【十二指腸】 十二指腸。

しゅうにゅう◎【収入】 收入。↔支出

しゅうにゅういんし◎【収入印紙】 印花稅票，印花。

しゅうにゅうやく◎【収入役】 收入官。→出納長

じゅうにりつ◎【十二律】 十二律。

しゅうにん◎【就任】 スル 就任。「委員長に~する」就任委員長。

じゅうにん◎【住人】 住民，住戶，居民。

じゅうにん◎【重任】 スル ①重任。重要任務。②重任，連任，再任。

じゅうにんといろ◎【十人十色】 （愛好、想法、性格等）人各不相同，十人十樣。

じゅうにんなみ◎【十人並み】 一般人，平常人，普通人。

しゅうねん◎【周年】 ①整年，全年。「~栽培」全年栽培。②週年。「創立20~」創立20週年。

しゅうねん◎【執念】 固執，執念。

じゅうねん◎【十年】 十年。

しゅうのう◎【収納】 スル ①收納，收繳。②收穫農作物。③收藏，收存。「国庫に~する」收存在國庫。

じゅうのう◎【十能】 火鏟，爐鏟。

じゅうのうしゅぎ◎【重農主義】〔physiocracy〕重農主義。

しゅうは◎【周波】 週波。

しゅうは◎【宗派】 ①宗派，教派。②（技藝等的）流派。

しゅうは◎【秋波】 秋波。「~を送る」送秋波。

しゅうはい◎【集配】 スル 收發。

しゅうばく◎【就縛】 スル 就縛。

じゅうばこ◎【重箱】 多層餐盒。

じゅうはちばん◎【十八番】 保留節目，拿手好戲。

しゅうはつ◎【終発】 （發）末班車。↔始発

しゅうばつ◎【秀抜】 出眾，卓越。「~な成績」優異的成績。

じゅうばつ◎【重罰】 重罰。

しゅうばん◎【終盤】 ①終盤。圍棋、將棋等臨近最後結束的階段。「~戦」終盤戰；決賽。②最後階段。「試合は~にはいる」比賽進入了最後階段。

しゅうばん◎【週番】 按週輪流值班，值週。

じゅうはん◎【重犯】 スル ①重犯。犯重罪②再犯，重犯。

じゅうはん◎【重版】 スル 再版。

じゅうはん◎【従犯】 從犯。↔主犯

しゅうび◎【愁眉】 愁眉。「~を開く」舒展愁眉。

じゅうひ◎【獣皮】 獣皮。

しゅうひょう◎【集票】 拉票。「~能力」拉票能力。

じゅうびょう◎【重病】 重病。

しゅうふう◎◎【秋風】 秋風。

しゅうふく◎【修復】 スル 修復，恢復。「～工事」修復工程。

じゅうふく◎【重複】 スル 重複。

しゅうぶん◎【秋分】 秋分。↔春分

じゅうぶん◎【重文】 ①併列句。②「重要文化財」的略稱。

しゅうぶんてん◎【秋分点】 秋分點。

しゅうぶんのひ◎【秋分の日】 秋分之日，秋分節。

しゅうへき◎【習癖】 習癖。「悪い～」壞習癖。

しゅうへき◎【皺襞・褶襞】 皺襞。

しゅうへん◎【周辺】 周邊。「飛行場の～」飛機場的周邊。

じゅうべん◎【重弁】 重瓣，疊瓣。「～花」重瓣花；疊瓣花。

しゅうほ◎【修補】 スル 修補。

しゅうほう◎【週報】 週報。

しゅうぼう◎【衆望】 衆望。「～を担う」身負重任。

じゅうほう◎◎【什宝】 什寶。

じゅうほう◎◎【重宝】 貴重寶物。

じゅうほう◎【重砲】 重炮。「野戦～」野戦重炮。

じゅうほう◎【銃砲】 槍炮。

じゆうぼうえき◎【自由貿易】 自由貿易。

じゅうまい◎【従妹】 堂妹，表妹。↔従姉

じゅうまいめ◎【十枚目】 十枚目。「十両」的別名。

しゅうまく◎【終幕】 ①（戲劇的）最後一幕，最後一場。↔序幕。②散戲，散場，閉幕。↔開幕。③結束，終結。「～を迎える」接近尾聲。

しゅうまつ◎【週末】 週末。

じゅうまん◎【充満】 スル 充満。「怒りが～する」充満了憤怒。

しゅうみ◎◎【臭味】 ①臭味。②壞習氣。

しゅうみつ◎【周密】 周密，縝密。

しゅうみん◎【就眠】 スル 就寢，入睡，就眠。

じゅうみん◎◎【住民】 居民，住民。

じゅうみんうんどう◎【住民運動】 居民運動。

じゅうみんきほんだいちょう【住民基本台帳】 居民基本名冊。

じゅうみんけんうんどう【自由民権運動】 自由民権運動。

じゅうみんぜい◎【住民税】 居民稅。

じゅうみんとうろく◎【住民登録】 居民登記，戸口登記。

じゅうみんひょう◎【住民票】 居民卡。→住民基本台帳

しゅうむ◎【宗務】 宗教事務。

しゅうめい◎【襲名】 スル 繼承師名，襲名。「～披露」宣布繼承師名。

じゅうめん◎【渋面】 愁眉苦臉，鬼臉。「～をつくる」故作愁眉苦臉；做鬼臉。

じゅうもう◎【柔毛】 絨毛。

しゅうもく◎【衆目】 衆目。「～の認めるところ」衆目昭彰。

じゅうもく◎◎【十目】 十目，衆目。

じゅうもつ◎【什物】 ①什物。②什寶。

しゅうもん◎【宗門】 宗門，宗派，宗旨。

じゅうもんじ◎【十文字】 十字形。「～の道」交叉路。

しゅうや◎【秋夜】 秋夜。

しゅうや◎【終夜】 終夜，一整夜。

しゅうやく◎【集約】 スル 彙集，匯總，集約，密集。

じゅうやく◎【重役】 ①要職，重任。②要員，要職。

じゅうやく◎【重訳】 スル 再譯，轉譯，重譯。

しゅうやくのうぎょう◎【集約農業】 集約農業。↔粗放農業

じゅうゆ◎【重油】 重油。

しゅうよう◎【収用】 スル 徵用。

しゅうよう◎【収容】 スル 收容，容納。

しゅうよう◎【修養】 スル 修養。「～を積む」累積修養。

しゅうよう◎【襲用】 スル 襲用，沿用。

じゅうよう◎【充用】 スル 充作…使用，撥到…使用。

じゅうよう◎【重要】 重要。

じゅうよく◎【獣欲】 獣欲。

しゅうらい◎【襲来】スル 來襲。

しゅうらい①【従来】 從來。

しゅうらく◎【集落・聚落】 聚落。

しゅうらん◎【収攬】スル 收攬，收攏，籠絡。「人心を~する」籠絡人心。

じゅうらん◎【縦覧】スル 縱覽。「名簿を~する」縱覽名冊。

しゅうり①【修理】スル 修理。

じゆうりつ②【自由律】 自由律。

しゅうりょう③【収量】 收穫量，產量。「とうもろこしの~が多い」玉米的收成好。

しゅうりょう◎【秋涼】 秋涼。

しゅうりょう◎【修了】スル 學完，修完。

しゅうりょう◎【終了】スル 終了。↔開始

じゅうりょう③【十両】 十兩。相撲力士等級。

じゅうりょう③【重量】 重量。

じゅうりょうあげ◎【重量挙げ】 舉重。

じゅうりょうぜい③【従量税】 從量稅。

じゅうりょく①【重力】 重力，引力。

しゅうりん◎【秋霖】 秋霖，連綿秋雨。

じゅうりん◎【蹂躙】スル 蹂躪。「人権~」蹂躪人權。

シュール◎ 超現實主義的略稱。

ジュール①【joule】 焦耳。

じゅうるい◎【獣類】 獣類。

しゅうれい◎【秀麗】 秀麗。「眉目~」眉清目秀。

しゅうれい◎【秋冷】 秋涼，秋冷。「~の候」秋涼季節。

じゅうれつ◎【縦列】 縱列，縱隊。

しゅうれっしゃ③【終列車】 末班列車。

しゅうれん◎【収斂】スル 收斂。

しゅうれん◎【修錬・修練】スル 修錬。

しゅうろう◎【就労】スル 從事勞動，參加工作，工作，打工。「~時間」從事勞動時間。

じゆうろうどうしゃ◎【自由労働者】 自由勞動者。

しゅうろく◎【収録】スル 收錄。「番組の~」節目的收錄。

しゅうろく◎【集録】スル 集錄，輯錄。

じゅうろくささげ⑤【十六大角豆・十六豇豆】 十六豇豆。

じゅうろくミリ③【16―】 16mm膠片，16mm攝影機，16mm電影放映機。

じゅうろくむさし⑤【十六六指・十六武蔵】 十六武藏。遊戲的一種。

しゅうろん◎【宗論】 宗論。「安土~」安土宗論。

しゅうろん◎【修論】 碩士論文。

しゅうろん◎【衆論】 眾論。

しゅうわい◎【収賄】スル 受賄。↔贈賄

ジューンブライド⑤【June bride】 六月新娘。

しゅえい◎【守衛】 警衛，門衛，守衛。

じゅえい◎【樹影】 樹影。

じゅえき◎【受益】 受益。

じゅえき◎◎【樹液】 樹液，樹膠。

ジュエリー①【jewelry】 珠寶。

ジュエル①【jewel】 寶石。

しゅえん◎【主演】スル 主演。↔助演

しゅえん◎【酒宴】 酒宴。

しゅおん①【主音】 主音。

しゅおん◎①【主恩】 主恩。主人或君主的恩惠。

しゅか①【主家】 主人家，雇主家。

しゅか①【首夏】 ①初夏。②陰曆四月的異名。

しゅか①【酒家】 ①酒家。②愛喝酒者，酒客。

しゅが①【主我】 自私自利。

じゅか①【儒家】 儒家。

じゅか①【樹下】 樹下。

シュガー①【sugar】 糖，砂糖。

しゅかい◎①【首魁】 魁首，罪魁，主謀。

しゅがい◎【酒害】 酒害。

じゅかい◎【受戒】スル 〔佛〕受戒。

じゅかい◎【授戒】スル 〔佛〕授戒。

じゅかい◎【樹海】 樹海。

しゅかく◎【主客】 ①賓主。②主次，主客。「~処をかえる」主客易位；喧賓奪主；本末倒置。③主體和客體，主詞和受詞。

しゅかく◎◎【主格】 主格。

しゅかく◎【酒客】 酒客。

じゅがく⓪【儒学】 儒學。

しゅかん⓪【手簡・手翰】 手簡，手書。

しゅかん⓪【主幹・主監】 主將，主幹。

しゅかん⓪【主管】 スル 主管。

しゅかん⓪【主観】 主觀。↔客観

しゅかん⓪②【首巻】 首卷。

しゅがん⓪【主眼】 主要目標，著重點，主要著眼點。「経済に～をおく」以經濟爲重點。

じゅかん⓪【樹幹】 樹幹。

しゅき①【手記】 スル 手記。

しゅき①【酒気】 酒氣，醉意。「～を帯びる」帶有醉意。

しゅき①②【酒器】 酒器。

しゅぎ①【手技】 手技，手藝。

しゅぎ①【主義】 ①主義。「事なかれ～」多一事不如少一事主義；但求平安無事的消極主義。②主義。「実証～」實證主義。

しゅきゅう⓪【守旧】 守舊。「～派」守舊派。

しゅきゅう⓪【首級】 首級。

じゅきゅう⓪【受給】 スル 領受給付。

じゅきゅう⓪【需給】 供求，供需。

しゅきょう⓪【主教】 主教。

しゅきょう⓪【酒興】 酒興。

しゅぎょう⓪【修行】 スル ①修學，練習，修行。②〔佛〕修行。

じゅきょう⓪【儒教】 儒教。

じゅぎょう①【授業】 スル 授課，講課，教課。

しゅぎょく⓪②【珠玉】 ①珠寶，珠玉。②瑰麗，瑰寶，珠玉。「～の短編」珠玉短篇。

しゅきん⓪【手巾】 手絹，手帕。

しゅく②【宿】 ①旅店，客棧。②驛站。③星座，星宿。

じゅく①【塾】 補習班，私塾。

しゅくあ②【宿痾】 宿疾，老毛病。

しゅくあく⓪【宿悪】 ①舊惡。②〔佛〕宿惡。↔宿善

しゅくい⓪【祝意】 祝賀之意。

しゅくい⓪【宿意】 ①宿願。②宿怨。

しゅくう②【宿雨】 ①淫雨。②宿雨，隔夜雨。

しゅぐう⓪【殊遇】 特殊待遇。

しゅくうん⓪【宿運】 宿運，宿命。

しゅくえい⓪【宿営】 スル 住宿營地。

しゅくえき⓪②【宿駅】 驛站。

しゅくえん⓪【祝宴】 慶祝宴，喜宴。

しゅくえん⓪【祝筵】 喜筵，祝賀筵，喜宴。

しゅくえん⓪【宿怨】 宿怨。

しゅくえん⓪【宿縁】 〔佛〕宿緣。

しゅくが⓪②【祝賀】 スル 祝賀，慶賀。「～会」慶祝會。

しゅくがく⓪【宿学】 宿學。長期研究的優秀學者。

しゅくがん⓪【宿願】 宿願，夙願。

じゅくぎ①【熟議】 スル 熟議，好好地議一議。

しゅくけい⓪【粛啓】 敬啓者，肅啓。

じゅくご⓪【熟語】 ①合成詞，複合詞，熟語。②漢字複合詞，熟語。

しゅくごう⓪【宿業】 〔佛〕宿業。

しゅくさい⓪【祝祭】 祝祭。

しゅくさいじつ⓪【祝祭日】 祝祭日，慶祝日和祭祀日。

しゅくさつ⓪【縮刷】 スル 縮版印刷，縮印（版本）。「携帯版に～する」縮印成攜帶版。

しゅくし①【祝詞】 祝詞，賀詞。

じゅくし①【熟思】 スル 熟思，熟慮。

じゅくし①【熟柿】 熟柿子。

じゅくし①【熟視】 スル 熟視。仔細看，凝視。

じゅくじくん⓪②【熟字訓】 複合詞訓讀。

しゅくじつ⓪【祝日】 節日。

しゅくしゃ①【宿舎】 ①宿舍。「国民～」國民宿舍；廉價旅館。②宿舍。「公務員～」公務員宿舍。

しゅくしゃ⓪【縮写】 スル 縮寫，縮印，縮拍。「写真を～する」縮小照片。

しゅくしゃく⓪【縮尺】 スル ①縮尺，比例尺。「10分の1に～する」縮尺爲十分之一。②比例，比例尺。

しゅくしゅ①【宿主】 宿主。

しゅくしゅく⓪【粛粛】（トル）①肅靜，蕭瑟。②莊嚴肅穆。

しゅくしょ◎【宿所】 ①住宿處，住處。②住所，寓所。

しゅくじょ①【淑女】 淑女。「紳士～」紳士淑女。

じゅくじょ①【熟女】 熟女，成熟女性。

しゅくしょう◎【祝勝・祝捷】 祝賀勝利。「～会」慶功大會。

しゅくしょう◎【宿将】 宿將。

しゅくしょう◎【縮小】 スル 縮小。↔拡大

しゅく・す①【祝す】（動五） 慶祝，慶賀。

しゅくず◎【縮図】 ①縮圖。②縮影。「人生の～」人生的縮影。

じゅく・す①【熟す】（動五） 熟，成熟。

じゅくすい◎【熟睡】 スル 熟睡。

しゅくせい◎【粛正】 スル 肅正，整飭。「綱紀～」肅正綱紀。

しゅくせい◎【粛清】 スル 肅清，肅反清理。

じゅくせい◎【塾生】 塾生，私塾學生。

じゅくせい◎【熟成】 スル 成熟。

しゅくぜん◎【粛然】（トタル） 肅然。「師の前に～と並ぶ」肅然列於師前。

しゅくだい◎【宿題】 ①家庭作業。②懸案，有待解決問題，懸而未決問題。

じゅくたつ◎【熟達】 スル 純熟，嫻熟，精通。

じゅくだん◎【熟談】 スル 仔細商談。

じゅくち①【熟知】 スル 熟知，熟悉。「事情を～している」熟悉情況。

しゅくちょく◎【宿直】 スル 值宿，值夜班，值宿員。↔日直

しゅくてい◎【粛呈】 謹呈者，敬啓者，肅呈。「恭敬呈稟」之意。

しゅくてき◎【宿敵】 宿敵。「～打倒」打倒宿敵。

しゅくてん◎【祝典】 慶典，祝典，慶祝儀式。

しゅくでん◎【祝電】 賀電。

じゅくでん◎【熟田】 熟地。適合耕種的田地。

しゅくとう◎【祝禱】 祝福禱告，降福，祝禱。

しゅくとう◎【粛党】 スル 清黨，整肅黨。

じゅくとう◎【塾頭】 ①塾頭，學監。負責對塾生進行指導、監督的人。②塾頭，塾長。

しゅくとく◎【淑徳】 淑德。

じゅくどく◎【熟読】 スル 熟讀。「～玩味する」熟讀玩味。

じゅくねん◎【熟年】 熟年。50歲前後的年齡。

しゅくば◎【宿場】 宿場。江戶時代對「宿驛」的稱呼。

しゅくはい◎【祝杯・祝盃】 祝賀酒杯。「～をあげる」舉杯慶賀。

しゅくはく◎【宿泊】 スル 投宿，住宿。「旅館に～する」住旅館。

しゅくふ①【叔父】 叔父，舅父。

しゅくふく◎【祝福】 スル 祝福。「結婚を～する」結婚祝福。

しゅくへい◎【宿弊】 宿弊。

しゅくべん◎【宿便】 宿便。

しゅくぼ①【叔母】 姑母，姨母。

しゅくぼう◎【祝砲】 祝賀炮。

しゅくぼう◎【宿坊・宿房】 住宿房，齋房。

じゅくみん◎【熟眠】 スル 熟睡。

しゅくめい◎【宿命】 宿命。

しゅくやく◎【縮約】 縮簡。縮小使之整潔。

じゅくらん◎【熟覧】 スル 審視，熟視，熟覽。

じゅくりょ①【熟慮】 スル 熟慮。「～の上断行する」熟慮之後斷然實行。

じゅくれん◎【熟練】 スル 熟練。「～工」熟練工。

しゅくん①②【主君】 主君。

しゅくん◎【殊勲】 殊勳。

じゅくん◎【受勲】 受勳。

しゅけい◎【主計】 會計，主計。

しゅげい◎【手芸】 手工藝。「～品」手工藝品。

じゅけい◎【受刑】 スル 受刑，服刑。「～者」受刑人。

じゅげむ◎【寿限無】 《壽限無》。古典落語之一。

しゅけん◎【主権】 主權。

じゅけん◎【受検】 スル 受檢。

じゅけん⓪【受験】スル　報考，應試，應考。「大学を～する」考大學。

じゅけん⓪【授権】スル　〔法〕授權。

しゅげんじゃ②【修験者】　修験者。

しゅご⓪【主語】　主語，主詞。↔述語

しゅご⓪【守護】スル　守護。

しゅこう⓪【手工】　手工。

しゅこう⓪【手交】スル　親手遞交（公文等）。

しゅこう⓪【首肯】スル　首肯，贊同。「～しがたい提案」令人難以贊同的提案。

しゅこう⓪【酒肴】　酒肴，酒菜。「～を供する」端出酒菜。

しゅこう⓪【趣向】　①意向。「御～了承しました」尊意敬悉。②動腦筋。下功夫。「飾り付けに～を凝らす」對於裝飾特別下功夫。

しゅごう⓪【酒豪】　酒豪，喝酒高手。

じゅこう⓪【受講】スル　聽課，受訓。

しゅこうぎょう③【手工業】　手工業。↔機械工業

しゅこうげい④【手工芸】　手工藝。

しゅごしん③【守護神】　守護神。

しゅさ①【主査】スル　主査。

しゅざ①【首座】　首席，上座。「老中～」老中首席。

しゅさい⓪【主宰】スル　主宰（者），主持（者）。

しゅさい⓪【主祭】　主祭。

しゅさい⓪【主菜】　主菜。

しゅさい⓪【主催】スル　主辦，舉辦。「～者」主辦者。

しゅざい⓪【取材】スル　取材，採訪。

しゅざん⓪【珠算】　珠算。

じゅさん⓪【授産】　介紹就業，安排工作。

しゅし①【主旨】　主旨。

しゅし①【種子】　種子。

しゅし①【趣旨】　趣旨，旨趣，宗旨。

しゅじ①【主事】　主事，主任。「指導～」指導主任；教導主任。

じゅし①【樹脂】　樹脂。

じゅし②【豎子・孺子】　豎子，孺子。

しゅじい②【主治医】　主治醫師。

しゅしがく②【朱子学】　朱子學。

しゅじく⓪【主軸】　①主軸。②主力。「チームの～」球隊的主力。

しゅししょくぶつ③【種子植物】　種子植物。

しゅしゃ①【手写】スル　手寫，手抄。「～本」手抄本。

しゅしゃ①【取捨】スル　取捨。「～選択」取捨選擇。

しゅしゃ①【儒者】　儒者，儒學家。

しゅしゅ①【守株】スル　守株（待兔），墨守成規。→杭を守る

しゅじゅ①【侏儒】　①侏儒。②鼠目寸光者，無知者。

しゅじゅ①【種種】　種種，各種。

じゅじゅ①【授受】スル　授受。「金銭の～」金錢的授受。

しゅじゅう①【主従】　①主僕。「～関係」主僕關係。②主從。主要的和從屬的。「～が逆転する」主從顛倒；本末倒置。

しゅじゅざった①【種種雑多】　種類繁多。

しゅじゅつ①【手術】　手術。

じゅじゅつ①【呪術】　咒術。

しゅしょ①【手書】スル　手書。親筆寫的。

しゅしょ①【朱書】スル　朱書。紅筆書寫（的東西）。

しゅしょう⓪【主将】　①主將。②隊長，領隊，主將。

しゅしょう⓪【主唱】スル　提倡。

しゅしょう⓪【首相】　首相。

しゅしょう⓪【首唱】スル　首倡。

しゅしょう⓪【殊勝】　①殊勝。「～な心がけ」其志可嘉。②一本正經而神妙。「～顔」一本正經的神氣；很有志氣的樣子。

しゅじょう⓪【主上】　主上。從前對天皇的敬稱。

しゅじょう⓪【主情】　注重情感，情感至上。↔主知。「～的な文章」注重情感的文章。

しゅじょう⓪【衆生】　〔梵 sattva〕〔佛〕眾生。

じゅしょう⓪【受章】スル　獲獎章，獲勳章。「文化勲章の～」獲文化勳章。

じゅしょう⓪【受賞】スル　獲獎，受賞。「ノーベル賞の～」獲得諾貝爾獎。

じゅしょう⓪【授章】スル　授勳章，授獎章。

じゅしょう⓪【授賞】スル　授賞，發獎，頒獎。「～者」獲獎者。

じゅじょう⓪【樹上】　樹上，樹木之上。「～生活」樹上生活。

しゅしょく⓪【主食】　主食。↔副食

しゅしょく⓪【酒色】　酒色。

しゅしょく⓪【酒食】　酒食，酒飯。

しゅしん⓪【主審】　主裁判員，主裁判，主審。

しゅしん⓪【朱唇】　朱唇。

しゅじん⓪【主人】　①主人，家長，戶長。②主人，先生。「～はまだ帰っておりません」我丈夫還沒回來。③雇主。④主人，東道主。「～役」東道主。

じゅしん⓪【受信】スル　①收聽、收視。「～料」收視費。②收信，收件。↔発信

じゅしん⓪【受診】スル　受診。

しゅす①【繻子】　緞子。

じゅず⓪【数珠】　念珠，數珠。

しゅすい⓪【取水】スル　取水，引水，進水。

じゅすい⓪【入水】スル　投水自盡。

じゅずだま⓪【数珠玉】　①念珠珠子。②薏苡。

しゅずみ⓪【朱墨】　朱墨。

しゅせい⓪【守勢】　守勢。↔攻勢。「～を取る」採取守勢。

しゅせい⓪【酒精】　酒精，乙醇。

しゅぜい⓪【酒税】　酒税。

じゅせい⓪【受精】スル　受精。

じゅせい⓪【授精】スル　授精。「人工～」人工授精。

しゅぜいきょく⓪【主税局】　主税局。

しゅせき⓪【手跡・手蹟】　手跡，筆跡。

しゅせき⓪【主席】　主席。「国家～」國家主席。

しゅせき⓪【首席】　首席。

しゅせき⓪【酒石】　酒石。

しゅせき⓪【酒席】　酒席。

しゅせん⓪【主戦】　①主戦。「～論」主戦論。②主力。成為作戦的主力。「～投手」主力投手。

しゅせん⓪【酒仙】　酒仙。

しゅぜん⓪【鬚髯】　鬚髯。

じゅせん⓪【受洗】スル　受洗。

しゅせんど②【守銭奴】　守財奴，吝嗇鬼。

しゅそ①【主訴】　主訴。

じゅそ①【呪詛】スル　咒詛。

しゅぞう⓪【酒造】　造酒。

じゅそう⓪【樹霜】　樹霜，霧淞，樹掛。

じゅぞう⓪【寿像】　壽像。

じゅぞう⓪【受像】スル　顯像，收到影像。↔送像

じゅぞう⓪【受贈】スル　受贈，接受贈品。「～者」受贈者。

しゅそく⓪【手足】　①手足。②手下。「～となって働く」在手下工作。

しゅぞく⓪【種族】　種族。

しゅたい⓪【主体】　主體。「医師を～とする調査団」以醫師為主體的調査團。

しゅだい⓪【主題】　主題。

しゅだい⓪【首題】　頭道題，首題。

じゅたい⓪【受胎】スル　受胎。

じゅだい⓪【入内】スル　正式入宮。

しゅたく⓪【手沢】　手澤。轉指放在身邊的常用物或其愛物。

じゅたく⓪【受託】スル　受託，信託。

じゅだく⓪【受諾】スル　應諾，承諾。

しゅたる⓪②【主たる】（連體）　主要的。

しゅだん①【手段】　手段，辦法。「～をとる」採取手段。

しゅち①【主知】　唯理，主智。↔主情

しゅち①②【趣致】　興致。

しゅちく⓪【種畜】　種畜。

しゅちにくりん①【酒池肉林】　酒池肉林。

しゅちゅう⓪【手中】　手中。「勝利を～にする」勝券在握。

しゅちゅう⓪【主柱】　棟梁，中流砥柱。

じゅちゅう⓪【受注・受註】スル　接受訂貨，接受訂單。↔発注

しゅちょ①⓪【主著】　主要著作。

しゅちょう⓪【主張】スル　主張。

しゅちょう⓪【主潮】　①主流。②主要思潮。

しゅちょう⓪【主調】 主調，基調。

しゅちょう②【首長】 首長，首領，元首。

しゅちょう⓪【腫脹】 スル 腫脹。

じゅつ【述】 口述。「鈴木博士～」鈴木博士口述。

じゅつ【術】 ①術。技藝，技能。「蘇生～」復活術。②術。妖術，魔術。「～にかける」使用魔術。

しゅつえん⓪【出演】 スル 登臺，演出。「～者」演出者；演員。

しゅっか⓪【出火】 スル 起火。

しゅっか⓪【出荷】 スル ①出貨，上市。②發貨。

じゅっかい⓪【述懐】 スル 述懷。「心境を～する」心境述懷。

しゅっかん⓪【出棺】 スル 出殯。

しゅつがん⓪【出願】 スル 申請。「特許～中」正在申請專利。

しゅつぎょ①【出御】 スル 啓駕，駕臨。↔入御

しゅっきょう⓪【出京】 スル ①進京，前往京城。②出京，離京。從首都去外地。

しゅっきょう⓪【出郷】 スル 出鄉，離鄉。

しゅっきん⓪【出勤】 スル 出勤，上班。「バスで～する」搭公車上班。

しゅっけ⓪【出家】 スル 〔佛〕出家，出家人。↔在家

じゅっけい⓪【術計】 權術計謀。

しゅつげき⓪【出撃】 スル 出擊。

しゅっこ①【出庫】 スル ①出庫。由倉庫裡發出物品。②出車庫。電車、公共汽車等開出車庫。↔入庫

じゅつご⓪【述語】 述語，謂語。↔主語

じゅつご⓪【術後】 術後。

じゅつご⓪【術語】 術語，學術用語。

しゅっこう⓪【出向】 スル 借調。

しゅっこう⓪【出校】 スル ①到校。②發出校樣。

しゅっこう⓪【出航】 スル 出航，起航。

しゅっこう⓪【出港】 スル 離港，出港。↔入港

しゅっこう⓪【出講】 スル 到校講課。

じゅっこう⓪【熟考】 スル 熟思，熟慮。

しゅっこく⓪【出国】 スル 出國。↔入国

しゅつごく⓪【出獄】 スル 出獄，出監。↔入獄

じゅっさく⓪【述作】 スル 著述。

しゅっさつ⓪【出札】 スル 賣票，售票。

しゅっさん⓪【出産】 スル 生孩子，生產。

しゅっし⓪①【出仕】 スル 出仕，任職，供職。

しゅっし⓪【出資】 スル 出資。

しゅつじ⓪【出自】 出自，籍貫。

しゅっしゃ①【出社】 スル （到公司）上班。↔退社

しゅっしょ⓪①【出処】 出處，去留，進退。居官或爲民，出仕或在野。

しゅっしょう⓪【出生】 スル 出生。

しゅつじょう⓪【出場】 スル 出場，上場。

しゅっしょく⓪【出色】 出色。「～の出来ばえ」出色的成果。

しゅっしん⓪【出身】 ①出身，籍貫，原籍。「山形県～」山形縣出身。②出身，畢業。「～校」畢業學校。

しゅつじん⓪【出陣】 スル 出陣，上陣。

しゅっすい⓪【出水】 スル ①出水，冒水。②發大水，洪水。

しゅっすい⓪【出穂】 出穗，抽穗，秀穗。

じゅっすう⓪【術数】 術數。「権謀～」權謀術數。

しゅっせ⓪【出世】 スル ①發跡，出息，變富貴。「～が早い」發跡得早。②升任，發跡。「課長から部長に～した」由課長晉升部長。③〔佛〕出世。

しゅっせい⓪【出征】 スル 出征。

しゅっせい⓪【出精】 賣力，發奮。

しゅっせき⓪【出席】 スル 出席。↔欠席

しゅっせけん⓪【出世間】 〔佛〕出世間，出家。

しゅっせん⓪【出船】 スル 出船，出港。

しゅっそう⓪【出走】 スル 參賽。「～馬」參賽馬。

しゅったい⓪【出来】 スル ①出事。「大事件が～する」出了大事。②完成。

しゅつだい⓪【出題】 スル 出題，命題。

しゅったつ⓪【出立】 スル 啓程，動身。

しゅったん⓪【出炭】 スル 出煤，產煤。「～量」出煤量。

じゅっちゅう◎【術中】 計策中，圈套中。「～におちいる」落入圈套。

しゅっちょう◎【出張】スル 出差，公出。

しゅっちょう◎【出超】 出超，貿易順差。↔入超

しゅっちん◎【出陳】スル 展出陳列。

しゅってい◎【出廷】スル 出庭。

しゅってん◎【出典】 典故出處，出典。

しゅつど◎【出土】スル 出土。「～品」出土文物。

しゅっとう◎【出頭】スル 到場，出面。「～を命ずる」傳訊。

しゅつどう◎【出動】スル 出動。

じゅつな・い【術無い】（形） 無計可施，受不了。「頭が痛くて～・い」頭疼得受不了。

しゅつにゅう◎【出入】スル 出入。

しゅつば【出馬】スル 出馬。「事の大小を問わずみずから～する」不論大小事都親自出馬。

しゅっぱつ◎【出発】 ①出發。②（事物的）開端。

しゅっぱん◎【出帆】スル 出航。

しゅっぱん◎【出版】スル 出版。「～業」出版業。

しゅっぴ◎【出費】スル 出費用，花費，開銷。

しゅっぴん◎【出品】スル 展出作品，展出物品。

じゅつぶ◎【述部】 述語部分。↔主部

しゅっぺい◎【出兵】スル 出兵，派兵。↔撤兵

しゅつぼつ◎【出没】スル 出沒。「すりが～する」扒手出沒。

しゅっぽん◎【出奔】スル 出奔，出走，逃跑。

しゅつもん◎【出問】スル 出題。

しゅつらん◎【出藍】 青出於藍（而勝於藍）。「～の誉れ」青出於藍之美譽。

しゅつりょう◎【出猟】スル 出獵，狩獵。

しゅつりょう◎【出漁】スル 出海捕魚。

しゅつりょく◎【出力】スル ①輸出功率。②輸出，輸出結果。↔入力。「検索結果を～する」輸出檢索結果。

しゅつるい◎【出塁】スル 上壘。

しゅと◎【首途】 首途，出發，動身。

しゅと◎【首都】 首都。

しゅとう◎【手刀】 手刀。

しゅとう◎【酒盗】 醃鰹魚腸。

しゅとう◎【種痘】 種痘，接種牛痘。

しゅどう◎【手動】 手動。↔自動

しゅどう◎【主動】 主動。「～的」主動的。

しゅどう◎【主導】スル 主導。「～権る」主導權。

じゅどう◎【受動】 被動。↔能動

しゅとく◎【取得】スル 取得，獲取。「権利を～する」取得權利。

しゅとけん◎【首都圏】 首都圈。

しゅとして◎【主として】（副） 主要是。「～気候の変化による」主要是由於氣候的變化。

じゅなん◎【受難】スル 受難。

ジュニア◎【junior】 ①少年，未成年人。↔シニア。②低年級，低年級生。

しゅにく◎【朱肉】 紅印泥。

しゅにく◎【酒肉】 酒肉。

じゅにゅう◎【授乳】スル 授乳，哺乳。

しゅにん◎【主任】 主任。

しゅぬり◎【朱塗り】 朱漆，朱漆器。

じゅのう◎【受納】スル 收納，收下。

シュノーケル◎【德 Schnorchel】 ①潛艇吸排氣管，通氣管。②呼吸管。潛水用具之一。

しゅはい◎【酒杯・酒盃】 酒杯。

じゅはい◎【受配】スル 領取，領受。

じゅばく◎【呪縛】スル 咒縛。

しゅはん◎【主犯】 主犯。↔從犯。→正犯

しゅはん◎【首班】 首班，首領，首席。

しゅひ◎【守秘】スル 保密，守密。

しゅひ◎【種皮】 種皮。

しゅび◎【守備】スル 守備。↔攻擊

しゅび◎【首尾】スル ①首尾，始終。「～一貫している」始終如一。②（事物的）趨勢，結果。「その後の～はいかがですか」後來情況怎樣。

じゅひ◎【樹皮】 樹皮。

しゅひつ◎【主筆】 主筆。

しゅひつ◎【朱筆】 朱筆，朱批。

しゅびょう⓪【種苗】 種苗。

じゅひょう⓪①【樹氷】 樹冰，樹掛，霧淞。

しゅひん⓪【主賓】 主賓。

しゅふ①【主婦】 主婦。

しゅふ⓪【主夫】 主夫。

しゅふ①【首府】 首府。

しゅぶ①【主部】 ①主部，主體。②〔文法〕主語部分。↔述部

じゅふ①【呪符】 ①咒符，護身符。②咒符，咒物，物神。

シュプール①【德 Spur】 滑跡。

じゅぶつ①【呪物】 咒物，物神。

シュプレヒコール⑤【德 Sprechchor】 ①齊誦。齊呼。

しゅぶん⓪【主文】 主文。

じゅふん⓪【受粉】 スル 受粉。

しゅへき⓪【酒癖】 酒癖。

シュペリオリティーコンプレックス①【superiority complex】 自尊情緒，優越情緒。↔インフェリオリティー-コンプレックス

しゅほう⓪【手法】 手法，方法。

しゅほう⓪【主峰・首峰】 主峰。

しゅほう⓪【主砲】 ①主炮。②主力打者。

しゅほう⓪【修法】 修法。

しゅみ①【趣味】 ①興趣，趣味，業餘愛好。②趣味，情趣。

シュミーズ②【法 chemise】 無袖貼身內衣。

しゅみせん②【須弥山】 須彌山。

しゅみだん②【須弥壇】 須彌壇。

シュミットカメラ⑤【Schmidt camera】 施密特相機。

しゅみゃく⓪【主脈】 主脈。↔支脈

じゅみょう⓪【寿命】 ①壽命。②壽命，使用期限。「この電池の～はあと数時間だ」這個電池還可以用幾個小時。

しゅむ①【主務】 主管事務，主管，主務。「～大臣」主務大臣。

しゅめい⓪【主命】 主命。主人的命令。

しゅもく⓪①【種目】 種目。

しゅもく①①【撞木】 撞木，鐘槌。

じゅもく①【樹木】 樹木。

しゅもつ⓪①【腫物】 腫物，腫包，疙瘩。

しゅやく⓪【主役】 主角，主要人物。↔脇役

しゅゆ①【須臾】 須臾。

じゅよ①【授与】 スル 授予。「卒業証書を～する」授予畢業證書。

しゅよう⓪【主要】 主要。「～な人物」主要人物。

しゅよう⓪【腫瘍】 腫瘤，腫瘍。

じゅよう⓪【受容】 スル 接納，容納，感受。「～性に富む」富感受性。

じゅよう⓪【需要】 ①需要。②需求。↔供給

しゅよく①【主翼】 主翼。

しゅら①【修羅】 〔佛〕修羅。「阿修羅」的略稱。

シュラーフザック⑤【德 Schlafsack】 睡袋。

ジュライ①【July】 7月。

ジュラき①【一紀】 侏羅紀。

じゅらく⓪【入洛】 スル 入洛，進京，入都。

しゅらじょう⓪【修羅場】 〔佛〕修羅場。

ジュラルミン①①【duralumin】 硬鋁，杜拉鋁。

しゅらん⓪【酒乱】 發酒瘋，酒顛，酒狂。

じゅり①【受理】 スル 受理。

しゅりけん②【手裏剣】 飛鏢，手裡劍。

じゅりつ⓪【樹立】 スル 樹立。

しゅりゅう⓪【主流】 ①主流。河流、海流等的主流。②主流，主流派。「～派」主流派。

しゅりょう⓪【首領】 首領。「盗賊の～」盜賊的首領。

しゅりょう⓪【酒量】 酒量。「～が上がる」酒量見長。

じゅりょう⓪【受領】 スル 收，受領，領受。「～証」收據；收條。

しゅりょく①【主力】 主力。「受験勉強に～を注ぐ」把主要力量放在應試學習上。

じゅりょく①【呪力】 咒力，符咒力。

じゅりん◎【樹林】　樹林。

シュリンク②【shrink】　①收縮，縮水。②熨平。

シュリンプ②【shrimp】　蝦。「～-カクテル」小蝦雞尾酒沙司。

しゅるい①【酒類】　酒類。

しゅるい①【種類】　種類。

じゅれい◎【樹齢】　樹齡。

シュレッダー②【shredder】　碎紙機。

しゅれん◎【手練】　ㇲㇽ　嫺熟，純熟，熟巧。「～の早業」嫺熟神技。

しゅろ◎【棕櫚・棕木梠】　棕櫚。

じゅろうじん②【寿老人】　壽老人，壽星。

しゅろちく◎【棕櫚竹】　棕櫚竹。

しゅわ◎【手話】　手語。

しゅわおん◎【主和音】　主和音，主和絃。→三和音

じゅわき◎【受話器】　受話器，話筒。

しゅわん◎◎【手腕】　手腕，本領，才能。「～のある人」有本事的人。

しゅん◎【旬】　盛產期，旺季，味道鮮美季節。

しゅん（副）　無精打采，沮喪。「～となる」一下子枯了。

じゅん◎【旬】　旬。「上～」上旬。

じゅん◎【順】　①次序。↔逆。「～を追って漸進する」循序漸進。②順從，和順，溫順。「親には～な子」順從父母的孩子。

じゅんあい◎【純愛】　純純的愛，純潔的愛情。

じゅんい①【准尉】　准尉。

じゅんい①【順位】　順序，名次，順位。「～にしたがう」按著順序。

じゅんいつ◎【純一】　純一，純真。「～な愛情」純真的愛情。

しゅんう◎【春雨】　春雨。

しゅんえい◎【俊英】　俊傑。

じゅんえき◎【純益】　純利。

じゅんえん◎【巡演】　ㇲㇽ　巡演，巡迴上演。

じゅんえん◎【順延】　ㇲㇽ　順延。「雨天～」雨天順延。

じゅんおくり◎【順送り】　依序傳遞。

しゅんが◎【春画】　春畫，春宮畫。

じゅんか◎【純化】　ㇲㇽ　純化。

じゅんか◎【馴化・順化】　ㇲㇽ　馴化。「高度～」高度馴化。

じゅんか◎【醇化】　ㇲㇽ　①純化。②透過敦厚教導而受到感化。「人心を～する」感化人心。

じゅんかい◎【巡回】　ㇲㇽ　巡迴，巡視，巡查。「レントゲン検査～車」X光線檢查巡迴車。

しゅんかしゅうとう◎【春夏秋冬】　春夏秋冬。

じゅんかつ◎【潤滑】　滋潤，滑潤。

しゅんかん◎◎【春寒】　春寒。

しゅんかん◎◎【瞬間】　瞬間。

じゅんかん◎【旬刊】　旬刊。

じゅんかん◎【旬間】　一旬。十天。「交通安全～」交通安全旬。

じゅんかん◎【循環】　ㇲㇽ　循環。「血液の～をよくする」使血液循環正常。「水の～」水的循環。

しゅんき①【春季】　春季。

しゅんき①【春期】　春季期間。

しゅんき①【春機】　春情。

しゅんぎく◎◎【春菊】　茼蒿。

じゅんぎゃく◎◎【順逆】　順逆。

じゅんきゅう◎【準急】　準快車。「準急行列車」的略稱。

しゅんきょ①【峻拒】　ㇲㇽ　峻拒，嚴拒。

じゅんきょ①【準拠】　ㇲㇽ　依據，準據。

しゅんぎょう◎【春暁】　春曉。

じゅんきょう◎【殉教】　ㇲㇽ　殉教。

じゅんきょう◎【順境】　順境。↔逆境

じゅんぎょう◎【巡業】　ㇲㇽ　巡迴演出。

じゅんきん◎【純金】　純金，足金。

じゅんぎん◎【純銀】　純銀，足銀。

じゅんぐり◎【順繰り】　依次，輪流，輪班。

じゅんけい◎【純系】　純系。

しゅんけいぬり◎【春慶塗】　春慶漆法，塗明漆。

しゅんけつ◎【俊傑】　俊傑。

じゅんけつ◎【純血】　純種。

じゅんけつ◎【純潔】　純潔。

じゅんげつ◎【閏月】　閏月。

じゅんけっしょう⓪【準決勝】 複賽，準決賽。

しゅんけん⓪【峻険・峻嶮】 險峻。

しゅんげん⓪【峻厳】 嚴厲，嚴峻，峻毅。「～な顔つき」嚴峻的面孔。

じゅんけん⓪【巡見】 スル 巡視。

じゅんけん⓪【巡検】 スル 巡檢，巡視。

じゅんこ①【醇乎・純乎】（タル） 純粹，純粹的。

しゅんこう⓪【春光】 春光。

しゅんこう⓪【春耕】 春耕。

しゅんこう⓪【竣工・竣功】 スル 竣工。「～式」竣工典禮。

じゅんこう⓪【巡行】 スル 巡行。

じゅんこう⓪【巡幸】 スル 巡幸。

じゅんこう⓪【巡航】 スル 巡航。

じゅんこう⓪【順行】 スル 順序而行，依序而行。↔逆行

じゅんこうこく⓪【準抗告】 準抗告。

じゅんこく⓪【殉国】 殉國。

じゅんさ①⓪【巡査】 巡查。

しゅんさい⓪【俊才・駿才】 英才，俊才。

じゅんさい⓪【蓴菜】 蓴菜，蓴菜。

じゅんさつ⓪【巡察】 スル 巡察，巡邏。

しゅんじ①【瞬時】 隨時，瞬間。

じゅんし①【巡視】 スル 巡視，巡邏。「工場を～する」巡視工廠。

じゅんし①【殉死】 スル 殉死。

じゅんじ①【順次】（副） 順次。

しゅんじつ①【春日】 春日。

じゅんじつ①【旬日】 旬日。十天。

じゅんしゅ①【遵守・順守】 スル 遵守。

しゅんしゅう⓪【春愁】 春愁。

しゅんじゅう①【春秋】 春秋。年月，歲月。「～を経る」幾經春秋。

しゅんじゅん⓪【逡巡】 スル 逡巡，躊躇，猶豫。

じゅんじゅん⓪【順順】 按順序，依次。

じゅんじゅん⓪【諄諄】（タル） 諄諄。「～と説く」諄諄教誨。

じゅんじょ①【順序】 順序，次序。「～をふむ」按順序。

しゅんしょう⓪①【春宵】 春宵。

しゅんじょう⓪【春情】 ①春光，春色。②春情，春心。「～を催す」催動春心。

じゅんしょう⓪【准将】 准將。軍官名。

じゅんじょう⓪【純情】 純情。

じゅんじょう⓪【準縄】 準繩。「規矩～」規矩準繩。

しゅんしょく①【春色】 春色。

じゅんしょく⓪【純色】 單純色。

じゅんしょく⓪【潤色】 スル 潤色，粉飾。

じゅん・じる⓪【殉じる】（動上一） ①殉葬。②追隨。「大臣に～・じて次官も辞職した」次長也跟著部長一起辭職了。③殉死。「国難に～・じる」殉國難。

じゅん・じる⓪【準じる・准じる】（動上一） 準，以…為準則，按照，依照。「先例に～・じる」依照先例。

じゅんしん⓪【純真】 純真。「～な愛」純真的愛。

じゅんすい⓪【純水】 純水。

じゅんすい⓪【純粋】 ①純粹，道地，純真，純潔。「～な愛」純真的愛。②純粹。「～なアルコール」純酒精。

じゅんせい⓪【純正】 ①純正。②理論研究，純形式研究。「～化学」純化學。

じゅんせい⓪【準星】 類星體。

しゅんせつ⓪【春雪】 春雪。

しゅんせつ⓪【浚渫】 スル 疏浚，挖泥。「～船」疏浚船。

じゅんせつ⓪【順接】 スル 順接。↔逆接

じゅんぜん⓪①【純然】（タル） ①純然，純粹。「～たる金貨」純金的金幣。②純然，純屬。「～たる汚職行為」純屬貪污行為。

しゅんそう⓪①【春草】 春草。

しゅんそく⓪【駿足】 ①駿足，跑得快。「～のランナー」跑得快的跑者。②駿馬。

じゅんたいじょし⓪【準体助詞】 準體助詞。

じゅんたく⓪【潤沢】 ①豐富，寬裕。「～にある物資」豐富的物資。②潤澤，光澤，濕潤。「～な黒い瞳」潤澤的黑眸。

しゅんだん⓪【春暖】 春暖。

じゅんち①【馴致】 スル 馴服。

じゅんちょう⓪【順調】 順利。「仕事が～

に運んでいる」工作進行得順利。

じゅんて⓪【順手】　正手握法，正握。↔逆手

しゅんでい⓪【春泥】　春泥。

じゅんど①【純度】　純度。

しゅんとう⓪【春闘】　春鬥，春季鬥爭。

しゅんどう⓪【蠢動】スル　蠢動。「賊徒の～」賊黨的蠢動。

じゅんとう⓪【順当】（形動）　順當，理所當然。「～な人選」理所當然的人選。

じゅんなん⓪【殉難】スル　殉難，遇難。

じゅんのう⓪【順応】スル　順應。

じゅんぱく⓪【純白】　①純白。②純潔，潔白。

しゅんぱつりょく⓪【瞬発力】　爆發力。

じゅんばん⓪【順番】　輪流，輪班。

しゅんぴ【春肥】　春肥。

じゅんび①【準備】スル　準備。

じゅんぴつ⓪【潤筆】　潤筆，揮毫。「～料」潤筆費。

しゅんびん⓪【俊敏】　俊敏，機敏。「～な若者」俊敏的年輕人。

しゅんぷう⓪【春風】　春風。

じゅんぷう⓪【順風】　順風。↔逆風

じゅんぷう⓪【醇風・淳風】　淳風。「～美俗」淳風美俗。

じゅんぷうまんぱん⓪【順風満帆】　一帆風順，順風滿帆。「経営は～」經營上一帆風順。

しゅんぶん⓪【春分】　春分。↔秋分

じゅんぶん⓪【純分】　成色，純度。

じゅんぶんがく⓪【純文学】　純文學。

しゅんべつ⓪【峻別】スル　嚴加區別。

じゅんぽう⓪【旬報】　旬報，旬刊。

じゅんぽう⓪【遵奉】スル　遵奉，遵守。

じゅんぽう⓪【遵法・順法】　遵法，守法。「～精神」遵法精神。

じゅんぼく⓪【純朴・淳朴】　純樸，淳樸。「～な気風」純樸的風氣。

しゅんぽん⓪【春本】　淫書，黃色書籍。

じゅんまいしゅ⓪【純米酒】　純米酒。

しゅんみん⓪【春眠】　春眠。

しゅんめ⓪【駿馬】　駿馬。

じゅんめん⓪【純綿】　純棉。

じゅんもう⓪【純毛】　純毛。

じゅんゆう⓪【巡遊】スル　巡遊。

じゅんよ①【旬余】　旬餘。10餘日。

しゅんよう⓪【春陽】　春陽，春日。

じゅんよう⓪【準用】スル　準用。

じゅんら⓪【巡邏】スル　巡邏。

しゅんらい⓪【春雷】　春雷。

しゅんらん⓪【春蘭】　春蘭。

じゅんり①【純利】　純利。

じゅんり①【純理】　純理。純粹的理論。

じゅんりゅう⓪【順流】スル　隨波逐流，順流。

じゅんりょう⓪【純良】　純良。

じゅんりょう⓪【純量】　淨重。

じゅんりょう⓪【淳良】　淳良。

じゅんれい⓪【巡礼】スル　巡禮（者）。

しゅんれつ⓪【峻烈】　峻烈。「～な気性」峻烈的天性。

じゅんろ⓪【順路】　順路，正常路線。

しょ①⓪【書】　①書法。「～を習う」練習書法。②書籍。「必読の～」必讀的書。③書信。「～を送る」投書；修書。

しょ①【署】　官署，尤指警察署。

しょ①【緒】　緒，端緒，頭緒。「～に就く」就緒。

しょ①【所】（接尾）　所，處。「西国三十三～」西國三十三所。

じよ①【自余・爾余】　其餘。「～は想像にまかせる」其餘全憑想像。

じょ①【序】　①順序。「長幼の～」長幼之序。②序，序文。↔跋

じょ①【女】（接尾）　女。「千代～」千代女。

しょあく①【諸悪】　諸惡，萬惡。「～の根源」萬惡之源。

しよい①【所為】　所爲。「悪魔の～」惡魔所爲。

じょい①【女医】　女醫（生）。

じょい①【叙位】　敍位。授予位階。

しょいこ⓪【背負い子】　背架。

しょいこ・む【背負い込む】（動五）　①背負，背起。「20キロの荷物を～・む」背起20公斤的行李。②背負，擔負，承擔。「やっかいな仕事を～・む」接受一件麻煩的任務。

しょいちねん①②【初一念】　初念，初

衷。「～を貫く」貫徹初衷。

しょいん◎【書院】　書院，書房，書齋。

じょいん◎【女陰】　女陰。女性的陰部。

ジョイント◎【joint】スル　①接頭，接縫，連結器，聯軸節。②聯合，共同。「～受注」共同接受訂貨。

しよう◎【仕様】　做法，辦法，方法，手段。「なんとかほかに～がない」再沒有什麼別的方法嗎？

しよう◎【子葉】　子葉。

しよう◎【止揚】スル〔德 aufheben〕揚棄。

しよう◎【私用】スル　①私用。↔公用。「～に供する」供私用。②私事。↔公用。「～で出かける」因私外出。

しよう◎【使用】スル　使用，利用。「時間を有効に～する」有效地利用時間。

しよう◎◎【枝葉】　①枝葉。②枝節。「～の問題」枝節問題。

しよう◎【試用】スル　試用。「～品」試用品。

しよう◎【飼養】スル　飼養。

しよう◎【小】　小。「大は～を兼ねる」大的兼俱小的用途。

しよう◎【正】　①正。↔從。「～一位」正一位。②（接頭）。整。「～3時」三點整。

しよう◎【抄・鈔】　①抄，摘錄。②抄錄，注釋書。「史記の～」史記抄。

しよう◎【性】　①性格，性情，性質，秉性。「～に合わない仕事」不合性情的工作。②性質，性能。「～のよい鉄」性能好的鐵。

しょう【牀・床】（接尾）床位。「300～の大病院」三百床位的大醫院。

しょう【相】（接尾）大臣，相。

しよう◎【将】　將，將軍，大將。

しょう◎【称】　①稱，稱謂，稱號。「名人の～を贈る」贈名人之稱。②稱號。「仲間は彼をふくちゃんという～で呼ぶ」伙伴們把他稱爲「阿福」。

しょう◎【章】　①章。文章、樂曲等的一大段落的完結。②章。「校～」校徽。

しょう◎【笙】　笙。

しょう◎【勝】　勝。「3～2敗」3勝2負。

しょう◎【証】　證據，證明。「後日の～とする」作日後的證據；立此存照。

しょう◎【鉦】　鉦。

しょう◎【頌】　頌。

しょう◎【衝】　①要衝。「率先その～に当たる」首當其衝。②重任。「外交の～に当たる」身負外交重任。

しょう◎【賞】　賞，獎賞。「～を与える」授獎。

しょう◎【簫】　簫。

しょ・う◎【背負う】（動五）　①背負。②承擔，擔負。「政界を～って立つ」擔負政界的重任。③自負，自大。「あの人、～ってるわね」那個人，真是自命不凡呀！

じよう◎【次葉】　次頁。

じよう◎【滋養】　滋養，滋養品。

じょう4【上】　①上。「～の位」上位。②上。「～の巻」上卷。③上，呈上。

じょう◎【丈】　①丈。日本尺貫法度量衡制的長度單位。②長度，身長。「～が足りない」不夠長。

じょう◎【条】　①條。分條款寫成的文章。②（接尾）條。計數條文、條款等的量詞。「憲法第9～」憲法第9條。

じょう◎【情】　①情。「好惡の～」好惡之情。②性情。「～が深い」感情深。③同情，同情心。「～に厚い」富於同情心。④性慾。「～を交わす」男女相愛；男女私通。

じょう◎【嬢】　Ⅰ少女，小姐。「お～」姑娘；小姐。Ⅱ（接尾）①小姐。「田中～」田中小姐。②小姐。「案内～」導遊小姐。

じょう◎【錠】　①鎖，鎖頭。「～をかける」上鎖；鎖上。②藥片，片劑。「健胃～」健胃片。

じょう【畳】（接尾）張，塊。「四～半の部屋」四張半榻榻米大小的房間。

じょうあい◎【情愛】　情愛。「～が深い」愛情深厚。

しょうあく◎【掌握】スル　掌握，控制。「仲間の心を～する」理解同伴的心情。

しょうあん◎【硝安】　硝銨。「硝酸銨」

的簡稱。

しょうい◎【小異】　小異。

しょうい◎【少尉】　少尉。

じょうい◎【上意】　上意。↔下意

じょうい◎【情意】　情意。

じょうい◎【攘夷】　攘夷。「尊王～」尊王攘夷。

じょうい◎【譲位】スル　讓位。

じょういき◎【浄域】　淨域。指神社、寺院境內等神聖的場所。「～をけがす」褻瀆淨域。

しょういだん◎【焼夷弾】　燃燒彈，燒夷彈。

しょういん◎【勝因】　勝因。↔敗因はいいん

じょういん◎【上院】　上院，上議院。↔下院

じょういん◎【冗員・剰員】　冗員。

じょういん◎【乗員】　乘務員，空勤人員。

しょうう◎【小雨】　小雨。「～決行」小雨照常舉行。

じょううち◎【常打ち】スル　定點演出，定場演出。

しょううちゅう◎【小宇宙】　微觀宇宙，微觀世界，小宇宙。

しょううん◎【商運】　商運。商務運氣。

しょううん◎【勝運】　勝運。

じょうえい◎【上映】スル　上映。

しょうえき◎◎【漿液】　漿液。

しょうエネ◎【省一】　節能。「省エネルギー」的略稱。

しょうエネルギー◎【省一】　節能。

しょうえん◎【小宴】　小宴，便宴，小酌。「～を張る」設便宴。

しょうえん◎【荘園・庄園】　莊園。

しょうえん◎【硝煙】　硝煙。

しょうえん◎【招宴】　招待宴會。

じょうえん◎【上演】スル　上演，演出。

じょうえん◎【情炎】　情火，慾火。「～を燃やす」慾火中燒。

しょうおう◎【照応】スル　照應。

しょうおう◎【蕉翁】　蕉翁。松尾芭蕉的敬稱。

しょうおく◎【小屋】　小屋，寒舍。

しょうおん◎【消音】スル　消音，消聲。

じょうおん◎【常温】　常溫。

しょうか◎【昇華】スル　昇華。

しょうか◎【消化】スル　消化。

しょうか◎【消火】スル　滅火，消防。

しょうか◎【消夏・銷夏】　消暑。打發度過炎熱夏天。

しょうか◎【商科】　商業學科，商科（商學系）。

しょうか◎【商家】　商家。「～の出」商家出身。

しょうか◎【唱歌】スル　唱歌，唱的歌。「小学～集」小學唱歌集。

しょうか◎【娼家】　娼家。

しょうか◎【頌歌】　頌歌。

しょうが◎【生姜・生薑】　薑，生薑。

じょうか◎【城下】　城下。

じょうか◎【浄化】スル　①淨化。「血液を～する」淨化血液。②清除不良現象。「政界を～する」整肅政界。

じょうか◎【浄火】　淨火。神聖之火。

じょうか◎【情火】　情火，慾火。「～に身を焦がす」受慾火煎熬。

しょうか◎【情歌】　情歌，戀歌。

しょうかい◎【哨戒】スル　巡邏，放哨。「～艇」巡邏艇。

しょうかい◎【商会】　商會，商行。

しょうかい◎【紹介】スル　介紹。「自己～」自我介紹。

しょうかい◎【照会】スル　詢問，洽詢，查聽，照會。「詳細については事務所あてにご～下さい」詳細情形請向辦事處照會。

しょうかい◎【詳解】スル　詳解。「源氏物語～」源氏物語詳解。

しょうがい◎【生害】スル　自戕。

しょうがい◎【生涯】　生涯，終生。「ご恩は～忘れません」您的恩情，畢生不忘。

しょうがい◎【渉外】　涉外。「～係」涉外人員。

しょうがい◎【傷害】スル　傷害。

しょうがい◎【障害・障碍】スル　①障礙，妨礙。②障礙，殘疾，缺陷。

じょうかい◎【常会】　①定期會議，例會。②常會。（特指日本的）通常國會。

じょうがい[0]【場外】　場外。↔場内。「~にあふれた観衆」被擠出場外的觀眾。

しょうがいきょうそう[5]【障害競走】　障礙賽馬。

しょうがいねんきん[5]【障害年金】　殘疾年金，殘障年金。

しょうがいぶつきょうそう[7]【障害物競走】　障礙賽(跑)。

しょうかく[0]【昇格】スル　升格，升級，晉升。↔降格

しょうがく[0]【小学】　小學。「小学校」的略稱。

しょうがく[0]【小額】　小額。↔高額

しょうがく[0]【少額】　少額，金額少。一點點的錢。↔多額

しょうがく[1][0]【正覚】　〔佛〕〔「無上等正覚」之略〕正覺。

しょうがく[1]【商学】　商學。「~部」商學系。

しょうがく[0]【奨学】　奬學。「~資金」奬學資金。

じょうかく[0]【城郭・城廓】　城郭。

じょうがく[0]【上顎】　上頜。↔下顎

しょうかたい【松果体】　松果體。

しょうがつ[4]【正月】　正月。

しょうがっこう[3]【小学校】　小學。

しょうかん[0]【小官】　①小官，小官吏，下級官吏。↔大官。②(代)下官。官吏的自我謙稱。

しょうかん[0][3]【小寒】　小寒。

しょうかん[0]【小閑】　小閒，一點空閒。「~を得る」得一點空閒。

しょうかん[0]【召喚】スル　傳喚。「証人を~する」傳喚證人。

しょうかん[0]【召還】スル　召回，召還。「大使を~する」召回大使。

しょうかん[0][1]【将官】　將官。

しょうかん[0]【消閑】　休閒。

しょうかん[0]【商館】　商行，洋行，商館。「オランダ~」荷蘭洋行。

しょうかん[1][0]【傷寒】　傷寒。

しょうかん[0]【償還】スル　償還，償付。

しょうがん[0]【賞翫】スル　欣賞，玩賞。「織部の皿を~する」欣賞織部碟(盤)子。

じょうかん[0]【上官】　上官。上級官職。

じょうかん[0]【上浣】　上浣，上旬。

じょうかん[0]【冗官】　冗官。

じょうかん[0]【乗艦】スル　乘艦，搭艦。

じょうかん[0]【情感】　情感。「~の豊かな人」情感豐富的人。

しょうかんしゅう[3]【商慣習】　商業慣例，商事習慣。

じょうかんぱん[3]【上甲板】　上甲板。

しょうき[1]【小器】　①小器皿。②小器。度量狹小。↔大器

しょうき[0]【正気】　精神正常，神志清醒。

しょうき[1]【将器】　大將器量，將才。

しょうき[1]【商機】　①商機。「~に敏である」敏於商機。②商業機密。

しょうき[1]【鍾馗】　鍾馗。

しょうぎ[1]【床几】　①折疊式凳子，折凳。②長凳，條凳。「~で夕涼みする」坐在長凳上乘晚涼。

しょうぎ[1]【省議】　省務會議，省務會議議決。

しょうぎ[0]【将棋】　將棋，日本象棋。

しょうぎ[1]【商議】スル　商議。

しょうぎ[1]【娼妓】　藝妓，娼妓。

じょうき[0]【上気】スル　沖昏頭腦，(因血往上衝而)臉上發燒。

じょうき[1]【上記】　上述。↔下記(かき)

じょうき[1]【条規】　規章，條例。

じょうき[1]【常軌】　常軌，常規。「~を逸する」越出常規；越軌。

じょうき[1]【蒸気】　蒸汽，水蒸氣。

じょうぎ[1]【定規】　①規尺。②一定之規。「杓子(しゃくし)~」清規戒律；死規矩。

じょうぎ[1]【情義】　情義。

じょうぎ[1]【情宜・情誼】　情誼。「~に厚い」重情誼。

じょうききかん[5]【蒸気機関】　蒸汽機。

じょうききかんしゃ[5]【蒸気機関車】　蒸汽機關車。

じょうきげん[3]【上機嫌】　很高興，情緒好，興高采烈。「彼は~で家に帰った」他興高采烈地回去了。

しょうきち[0][4]【小吉】　(占卜)小吉。

しょうきゃく◎【正客】　正客，上賓。

しょうきゃく◎【消却・銷却】スル　①吊銷，註銷，消除。②耗費。③償還，還清。

しょうきゃく◎【焼却】スル　焚燒。「ごみを～する」焚燒垃圾。

しょうきゃく◎【償却】スル　清償。

じょうきゃく◎【上客】　①上客，主賓。②好主顧，大客戶。

じょうきゃく◎【乗客】　乘客。

じょうきゃく◎【常客】　常客，老主顧。「店の～」店鋪的老主顧。

しょうきゅう◎【昇級】スル　升級，晉級，晉升。

しょうきゅう◎【昇給】スル　增加工資，加薪。「定期～」定期加薪。

しょうきゅうし◎【小休止】スル　小憩。

しょうきょ◎【消去】スル　①消去，塗掉，消失。②〔數〕消去。↔強化

しょうきょう◎【商況】　商情。

しょうぎょう◎【商業】　商業。

じょうきょう◎【上京】スル　上京，進京。

じょうきょう◎【状況・情況】　情況，狀況。「～が変わる」情況變了。

しょうきょく◎【消極】　消極。「～策」消極對策。↔積極。

しょうきん◎【正金】　①硬幣。②現金。

しょうきん◎【賞金】　獎金，賞金。

しょうきん◎【償金】　賠償金，賠款。

じょうきん◎【常勤】スル　固定班專職。「～職員」固定班職員。

しょうく◎【章句】　章句。

じょうく◎◎【冗句】　冗句。「～を削る」刪去冗句。

じょうくう◎【上空】　上空，高空。

しょうくうとう◎【照空灯】　探照燈。

しょうぐん◎【将軍】　將軍。

じょうげ◎【上下】スル　①上下，高低。「洋服たんすを～に仕切る」把衣櫃分爲上下兩層。②上下，漲落。「物価が～する」物價漲落不定。③上下，高低，貴賤，尊卑。「～の区別がない」沒有身分高低之分。

しょうけい◎【小径】　小徑，小路。

しょうけい◎【小計】スル　小計。

しょうけい◎【小憩】スル　小憩。

しょうけい◎【捷径】　捷徑。「合格の～」取得合格的捷徑。

しょうけい◎【象形】　象形（文字）。

しょうけい◎【憧憬】スル　憧憬。

じょうけい◎【情景】　情景。「あのときの～がいまでも思いうかびます」當時的情景仍歷歷在目。

しょうげき◎【衝撃】スル　衝撞，衝擊，碰撞。「～をあたえる」給予衝擊。

しょうけつ◎【猖獗】スル　猖獗。「～をきわめる」極爲猖獗。

しょうけん◎【正絹】　純絲，純絲織物。

しょうけん◎◎【商圏】　商圈。

しょうけん◎◎【商権】　商權。

しょうけん◎◎【証券】　證券。

しょうげん◎◎【証言】スル　證言，證詞。

じょうけん◎◎【条件】　條件。「～を受け入れる」接受條件。

じょうげん◎◎【上弦】　上弦。↔下弦

じょうげん◎◎【上限】　上限。「必要経費の～」所需經費的上限。↔下限

しょうこ◎【尚古】　尚古，厚古。「～主義」尚古主義。

しょうこ◎【称呼】スル　稱呼。

しょうこ◎【証拠】　證據。「明らかな～がいくらでもある」鐵證如山。

しょうこ◎【鉦鼓】　鉦鼓。

しょうご◎【正午】　正午。

じょうこ◎【上古】　上古，遠古。

じょうご◎【漏斗】　漏斗。

じょうご◎【上戸】　①會喝酒（者）。↔下戸。②（「以…上戸」的形式）醉酒後露出的某種毛病。「泣き～」醉後好哭（的人）。

じょうご◎【冗語・剰語】　冗詞，廢話。

じょうご◎【畳語】　疊字，疊詞。

しょうこう◎【小康】　①稍有好轉。「～状態」（病情處於）稍有好轉的狀態。②小康。

しょうこう◎【昇汞】　昇汞，氯化汞（Ⅱ）。

しょうこう◎【昇降】スル　升降，上下。「～口」升降口。

しょうこう◎【将校】　將校，軍官。

しょうこう◎【消光】スル 消磨時光，度日。

しょうこう◎【症候】 症候，病狀。

しょうこう◎【商工】 工商業，工商。

しょうこう◎【商高】 商業高中，高商。

しょうこう◎【商港】 商港。

しょうこう◎【焼香】スル 燒香。「仏前で~する」在佛前燒香。

しょうごう◎【称号】 稱號。

しょうごう◎【商号】 商號。

しょうごう◎【照合】スル 核對，查對，對照。「書類の~を終る」文件核對完畢。

じょうこう◎【上皇】 上皇，太上皇。

じょうこう◎【条項】 條目，專案，條款。

じょうこう◎【乗降】スル 上下。「~口」出入口。

じょうこう◎【情交】スル ①戀情，肉體關係。②交情。

じょうごう◎【乗号】 乘號，×。

しょうこうい◎【商行為】 商業行為。

しょうこうしゅ◎【紹興酒】 紹興酒。

しょうこうねつ◎【猩紅熱】 猩紅熱。

しょうこく◎【小国】 小國。

しょうごく◎◎【生国】 出生國，出生地。

じょうこく◎【上告】スル 〔法〕上告，上訴。「~を棄却する」駁回上訴。

しょうこくみん◎【少国民】 少男，少女。

じょうごや◎【定小屋】 （戲劇、雜技等演出的）常設小劇場。

しょうこり◎【性懲り】 接受教訓，悔改心。「いくら叱られても~もなくいたずらをする」不管怎麼被罵，仍沒有受到教訓，還是淘氣。

しょうこん◎【性根】 毅力。

しょうこん◎【招魂】 招魂。

しょうこん◎【商魂】 商魂。「たくましい~」頑強的經商氣魄。

しょうこん◎【傷痕】 傷痕。

しょうごん◎【荘厳】スル 〔佛〕莊嚴，裝飾。顯示淨土等佛國土及佛、菩薩等之德的美麗姿態或其裝飾。

じょうこん◎【条痕】 子彈痕跡。指槍彈發射時留在子彈上的膛線劃痕。

しょうこんゆ◎【松根油】 松根油。

しょうさ◎【小差】 小差。↔大差。「~で勝つ」以微小差別獲勝。

しょうさ◎【少佐】 少佐，少校。

しょうさ◎【証左】 佐證。「~を求める」要求佐證。

じょうざ◎【上座】スル 上座，首席。↔下座。

しょうさい◎【商才】 經商才能，商才。「~に長ける」擅經商才能。

しょうさい◎【詳細】 詳細，詳情。「~を知らせる」告知詳情。

じょうさい◎【城塞・城砦】 城塞，城堡。

じょうざい◎【浄財】 捐款。「~を集める」募善款。

じょうざい◎【浄罪】 洗罪，滌罪，淨罪。

じょうざい◎【錠剤】 錠劑。

じょうさく◎【上作】 ①傑作。↔下作。②豐收，豐產。

じょうさく◎【上策】 上策。↔下策。「中止するのが~だ」作罷才是上策。

じょうさし◎【状差し】 信箱，信袋。

しょうさつ◎【笑殺】スル 付之一笑。「妥協案は~された」妥協案被付之一笑。

しょうさっし◎【小冊子】 小書，小冊子。

しょうさん◎【消散】スル 消散。

しょうさん◎【称賛・賞賛】スル 讚賞，稱讚。「~の声を浴びる」一片讚揚聲；受到稱讚。

しょうさん◎【勝算】 勝算。「~がある」穩操勝算。

しょうさん◎【硝酸】 硝酸。

じょうさん◎【蒸散】スル 蒸散（作用）。

じょうざん◎【乗算】 乘法。

しょうし◎【小史】 小史，簡史。「日本開化~」日本開化小史。

しょうし◎【小誌】 小雜誌。

しょうし◎【抄紙】 抄紙。「~機」抄紙機。

しょうし◎【尚歯】 敬老。

し

しょうし⓪【笑止】 可笑，荒唐。「～の至り」可笑至極。

しょうし【焼死】 ス ル 燒死。

しょうし【証紙】 收訖標籤，驗單。

しょうし⓪【頌詩】 頌詩。

しょうじ【小字】 小字。

しょうじ【小事】 小事，瑣事，小節。↔大事。「大事の前の～」不能因小失大；要防微杜漸。

しょうじ⓪【少時・小時】 ①少時。「～より学に親しむ」從小就愛學習；少而好學。②少刻，片刻。「～の猶予」猶豫片刻；片刻猶豫。

しょうじ【生死】 生死。「～の境」生死關頭。

しょうじ④【商事】 商事。

しょうじ【頌辞】 頌辭。

しょうじ⓪【障子】 拉窗，拉門。

じょうし⓪【上巳】 上巳，女兒節，桃花節。

じょうし⓪【上司】 上司，上級。

じょうし【上使】 上使。由幕府、藩等派遣的使者。

じょうし【上肢】 上肢，前肢。↔下肢。

じょうし【上梓】 ス ル 上梓，付梓。

じょうし【城址・城趾】 城址。

じょうし⓪【娘子】 ①女孩子，少女，處女。②娘子。「～軍」娘子軍。

じょうし【情史】 情史。

じょうし【情死】 ス ル 殉情。

じょうじ⓪【常時】 ①平時，平常。②經常，時常。

じょうじ【情事】 情色之事，豔情。

じょうじ⓪【畳字】 疊字符號。如「ヽ」、「々」、「〱」等。

しょうじい・れる⓪【招じ入れる・請じ入れる】（動下一）請入，請進，讓進。

しょうしか⓪【少子化】 少子化。

しょうじき④⓪【正直】 ①誠實，坦率，正直。「ばか～」死腦筋。②（副）其實，老實說。「～わたしも困るんです」其實，我也有困難之處。

じょうしき⓪【定式】 定式，定例。

じょうしき⓪【常識】 常識，理性。「～に欠ける」缺乏常識。

しょうしげん⓪【省資源】 節省資源。

しょうしつ⓪【消失】 ス ル 消失。「権利が～する」喪失權利。

しょうしつ⓪【焼失】 ス ル 燒失，燒掉，燒毀。

じょうしつ⓪【上質】 上等，高品質，優質，上乘高檔，上好的。「～な布」高品質的布料。

じょうじつ⓪【情実】 情面，私情，人情。「～ぬきにする」打破情面。

しょうしみん⓪【小市民】 小市民，小資產階級。

しょうしゃ⓪【小社】 敝公司。

しょうしゃ⓪【商社】 商社，商行。

しょうしゃ⓪【勝者】 勝者。↔敗者

しょうしゃ⓪【照射】 ス ル ①照射。日光等光線射到（人體或物體上）。②照射，輻射。使光線、放射線等照射到。

しょうしゃ⓪【瀟洒】（形動）瀟灑，雅致。「～な建物」雅致的建築。

しょうじゃ⓪【生者】 生者。

しょうじゃ⓪【精舎】〔佛〕精舎。

じょうしゃ⓪【乗車】 ス ル 乘車，上車。↔下車・降車。「～口」乘車口；進站口。

じょうしゃ⓪【浄写】 ス ル 謄清，繕寫（文件）。「草稿を～する」謄清草稿。

じょうじゃ⓪【盛者】 盛者。權勢正盛的人。

しょうしゃく⓪【焼灼】 ス ル 燒灼。

しょうしゃく⓪【照尺】 尺規。

じょうしゅ⓪【城主】 城主。

じょうしゅ⓪【情趣】 情趣，風趣。

じょうじゅ⓪【成就】 ス ル 成就，完成。「望みが～した」如願以償。

しょうしゅう⓪【召集】 ス ル 召集。

しょうしゅう⓪【招集】 ス ル 召集。「理事会を～する」召集理事會。

じょうじゅう⓪【小銃】 步槍。「自動～」自動步槍。

じょうしゅう⓪【常習】 ス ル 常習，平時惡習。「タバコの～者」經常吸煙的人。

じょうじゅう⓪【常住】 ス ル ①常住，長期居住。②〔佛〕常住。↔無常。

しょうしゅつ⓪【抄出】 ス ル 摘抄，摘錄，

抄出。

しょうじゅつ⓪【詳述】スル 詳述。「国際情勢について~する」詳述國際形勢。

じょうじゅつ⓪【上述】スル 上述。

じょうしゅび⓪【上首尾】 順利，圓滿，成功。↔不首尾。「万事~に運んでいる」諸事順利。

しょうしゅん⓪【頌春】 頌春，賀春。

しょうじゅん⓪【照準】 ①瞄準。「~器」瞄準器。②瞄準。「甲子園出場に~を合わせる」瞄準甲子園棒球賽。

じょうじゅん⓪⓪【上旬】 上旬。→中旬・下旬

しょうしょ①【小暑】 小暑。

しょうしょ①【消暑・銷暑】 消暑。

しょうしょ①【証書】 證書，證件，證照，字據，文契單據。

しょうじょ①【少女】 少女。

しょうじょ①【昇叙・陞叙】スル 升叙，升級。

じょうしょ⓪【上書】スル 上書，上奏。

じょうしょ⓪【浄書】スル 謄清，謄錄，繕寫。

じょうしょ⓪【情緒】 ①情緒，情趣，情意，風趣。「~豊かな町」富有情趣的小城。②情緒，情感。「~不安定」情緒不穩定。

じょうじょ①【乗除】スル 乘除。「加減~」加減乘除。

しょうしょう⓪【少少】 ①少許，稍微，一點兒。「~お待ちください」請稍等。②普通，平常。「~のこと」普普通通的事。

しょうしょう①【少将】 少將。軍銜之一。

しょうしょう⓪⓪【蕭蕭】(タル) 蕭蕭。

しょうじょう⓪【小乗】〔佛〕小乘。↔大乘

しょうじょう⓪【症状】 症狀。「自覚~」自覺症狀。

しょうじょう⓪⓪【清浄】 ①潔淨，純潔。②〔佛〕清淨。「六根~」六根清淨。

しょうじょう①【猩猩】 猩猩。

しょうじょう⓪【賞状】 獎狀。

しょうじょう⓪【蕭条】(タル) 蕭條。

じょうしょう⓪【上昇】スル 上升。↔下降・低下

じょうしょう⓪⓪【丞相】 丞相。

じょうしょう⓪【常勝】 常勝。「~を誇る」以常勝軍自豪。

じょうじょう⓪【上上】 上上，極佳。「天気は~だ」天氣非常好。

じょうじょう⓪【上乗】 上乘，最佳。「~の出来」最佳成績。

じょうじょう⓪【上場】スル 上市。

じょうじょう⓪【条条】 條條，每條。

じょうじょう⓪【情状】 情況，狀況，情形，情狀。

じょうじょう⓪⓪【嫋嫋】(タル) ①嫋嫋，嫋娜。②嫋嫋。「余韻~」餘韻嫋嫋。

しょうしょく⓪【小食・少食】 少食，食量小。

しょうしょく⓪【小職】(代) 小職，卑職。

じょうしょく⓪【常食】スル 常食，常吃。「米を~とする」以米為主食。

しょう・じる⓪【生じる】(動上一) ①生長。「木の芽が~・じる」樹發芽。②產生，出現。「事故を~・じる」造成事故。

しょう・じる④⑤【招じる】(動上一) 邀請，宴請。「宴会に~・じる」邀請赴宴。

しょう・じる⓪【請じる】(動上一) ①聘請，招聘。「講師を~・じる」聘請講師。②請進，讓進。「座敷に~・じる」讓(請)進客廳。

じょう・じる⓪⓪【乗じる】(動上一) ①乘(機)，抓住。「勝利に~・じて前進する」乘勝前進。②(乘法的)乘。↔除する

しょうしん⓪【小心】 膽小，小性，小心(謹慎)。「~者」膽小的人。

しょうしん⓪⓪【小身】 小人物。↔大身

しょうしん⓪【昇進・陞進】スル 晉升，晉級。「部長に~する」晉升為部長。

しょうしん⓪【焦心】スル 焦急。

しょうしん⓪【焼身】スル 自焚，焚身。「~

自殺」焚身自盡。

しょうしん⓪【傷心】ｽﾙ 傷心。

しょうじん【小人】 ①小孩，兒童。→しょうにん。②小人。

しょうじん⓪【焼尽】ｽﾙ 燒盡，燃盡。

しょうじん【精進】ｽﾙ ①〔佛〕吃齋，齋戒，吃素。②專心致志，精進。「芸道に～する」專心致志於技藝之道。

じょうしん⓪【上申】ｽﾙ 呈報。「～書」呈報書。

じょうしん⓪【上伸】ｽﾙ 上揚，上升。

じょうじん⓪【常人】 常人，普通人。

じょうじん⓪【情人】 情人。

しょうじんぶつ⓪【小人物】 小人。↔大人物

じょうず②【上手】 ①好，棒，高明，高手。↔下手。「水泳の～な人」游泳高手。②奉承，恭維，會說話。「お～を言う」說奉承話。

しょうすい⓪【小水】 小便，尿。

しょうすい⓪【憔悴】ｽﾙ 憔悴。

じょうすい⓪【上水】 飲用水。↔下水

じょうすい⓪【浄水】 ①淨水。用來洗手漱口的潔淨的水。②清潔水，乾淨水。

しょうすう⓪【小数】 〔數〕小數。

しょうすう③【少数】 少數。↔多數。「～意見」少數意見。

じょうすう③【乗数】 乘數。

しょう・する③【称する】（動サ變） ①稱，叫。「病気と～・して欠席する」稱病缺席。②稱讚，稱頌。「人の功を～・する」稱讚別人的功績。

しょう・する③【証する】（動サ變） ①證明。②擔保，保證。「安全を～・する」保證安全。

しょう・する③【頌する】（動サ變） 歌頌，頌揚。

しょう・する③【誦する】（動サ變） 朗誦，朗讀。

しょう・する③【賞する】（動サ變） ①讚賞。②欣賞。「花を～・する」賞花。

しょう・ずる③【生ずる】（動サ變） 產生，出現。

しょうせい⓪【招請】ｽﾙ 邀請。「～にこ

たえる」應邀。

しょうせい⓪【将星】 將星。將官的異稱。

しょうせい⓪【勝勢】 勝勢。將獲勝的形勢。

しょうせい⓪【照星】 準星。

しょうせい⓪【鐘声】 鐘聲。

しょうせい⓪【小生】（代） 小生。書信用語。

じょうせい⓪【上製】 精製，特製。

じょうせい⓪【情勢・状勢】 形勢，情勢。「～判断」形勢判斷。

じょうせい⓪【醸成】ｽﾙ 釀成。「社会不安を～する」釀成社會不安。

しょうせき⓪⓪【硝石】 硝石。硝酸鉀的通稱。

じょうせき⓪【上席】 ①上席，上座。②首席，首位，首座。「～の判事」首席法官。

じょうせき⓪【定石】 ①定式，棋式，棋譜。②常規做法。「～どおりに事を運ぶ」按照常規辦事。

じょうせき⓪【定席】 固定座位，專門座位。

しょうせつ⓪【小雪】 小雪。二十四節氣之一。

しょうせつ⓪【小節】 ①小節。②〔音〕小節。

しょうせつ⓪【小説】 小說。「～家」小說家。

しょうせつ⓪【章節】 章節。

しょうせつ⓪【詳説】ｽﾙ 詳說。「章を改めて～する」另章詳說。

じょうせつ⓪【常設】ｽﾙ 常設。

じょうぜつ⓪【饒舌】 饒舌。「～な人」饒舌的人。

しょうせっかい【消石灰】 消石灰，熟石灰。

しょうせん⓪【省線】 省線。日本原鐵道省、運輸省管轄下的鐵路線。「～電車」省線電車。

しょうせん⓪【商船】 商船。

しょうせん⓪【商戦】 商戰。「歳末～」歲末商戰。

しょうぜん⓪【承前】 承前文，接前文，

接上回。

しょうぜん⓪【悄然】（ﾀﾙ） 悄然。「～と去る」悄然而去。

じょうせん⓪【乗船】 スル 乗船。↔下船。

しょうせん⓪【情宣】 訊息宣傳。「～活動」訊息宣傳活動。

しょうせんきょくせい⑤【小選挙区制】 小選區制。→大選挙区制

しょうそ⓪【勝訴】 スル 勝訴。↔敗訴。「原告側が～した」原告方勝訴。

じょうそ⓪【上訴】 スル 上訴。

しょうそう⓪【少壮】 少壮。「～の学者」少壮學者。

しょうそう⓪【尚早】 尚早。「時期～」為時尚早。

しょうそう⓪【焦燥・焦躁】 スル 焦躁。「～感」焦躁感。

しょうぞう⓪⓪【肖像】 肖像。「～画」肖像畫。

じょうそう⓪【上奏】 スル 上奏。

じょうそう⓪【上層】 上層。↔下層。

じょうそう⓪【情操】 情操。

じょうぞう⓪【醸造】 スル 醸造，醸製。「日本酒を～する」醸造日本酒。

しょうそく⓪【消息】 ①消息。「～が漏れる」走漏消息。②消息，音信。「あの人は久しく～がない」他很久沒有消息。

しょうぞく⓪⓪【装束】 装束，服装。「晴れの～」盛装。

しょうたい⓪【小隊】 小隊，排。

しょうたい⓪【正体】 ①真面目，原形。「～を現す」現出原形。②神志，意識。「酔うと～がなくなる」一喝醉了就不省人事。

しょうたい①【招待】 スル 邀請，招待。「～状」邀請函；請帖；請柬。

じょうたい⓪【上体】 上體，上身。

じょうたい⓪【常体】 常體，普通體。↔敬体

じょうだい①【上代】 上代。

じょうだい⓪【城代】 城代。城主不在期間代替城主守城的人。

しょうたく⓪【妾宅】 妾宅。

しょうたく⓪【沼沢】 沼澤。「～地」沼澤地。

しょうだく⓪【承諾】 スル 承諾。「～を求める」乞求應允。

じょうたつ⓪【上達】 スル ①進步，長進。「腕が～する」技術長進。②上達。↔下達。「下意～」下意上達。

じょうだま⓪【上玉】 ①高級妓女，漂亮藝妓。②上等貨，高級品。

しょうたん⓪⓪【小胆】 膽小。↔大胆。「～な男」膽小鬼。

しょうたん⓪【賞嘆・賞歎】 スル 讚歎，歡賞讚賞。

しょうだん⓪【昇段】 スル 升段。

しょうだん⓪【商談】 貿易談判，商業談判，洽談貿易，談買賣。「～が成立する」買賣談妥。

じょうたん⓪⓪【上端】 上端。↔下端

じょうだん⓪⓪【上段】 ①上層，上格。↔下段。②臺上，上臺。③上座，上席。「～の席」上座。

じょうだん⓪⓪【冗談】 ①笑話，玩笑，戲謔。「～を真に受ける」拿玩笑當真。②開玩笑，鬧著玩，惡作劇。「～にも程がある」開玩笑也要有個分寸。

しょうち⓪【承知】 スル ①知道。「ご～の通りです」如您所知。②同意，答應。「相手の申し入れを～する」答應對方要求。③原諒，饒恕。「そんなことをしたら～しないぞ」那麼做可不饒你。

しょうち⓪【招致】 スル 招致。

しょうち⓪【勝地】 勝地，名勝。

じょうち⓪【常置】 スル 常置。「委員会を～する」常置委員會。

じょうち⓪【情致】 情致。情趣興致。

じょうち⓪【情痴】 情癡，癡情。

しょうちゃんぼう⑤【正ちゃん帽】 阿正帽。

しょうちゅう⓪【掌中】 掌中，手中。「実権～に握る」掌握實權。

しょうちゅう⓪【焼酎】 燒酒，白酒。

じょうちゅう⓪【常駐】 スル 常駐。

じょうちゅう⓪【条虫】 條蟲。

じょうちょ①【情緒】 情緒，情趣，情調（「じょうしょ」的習慣讀法）。「異国～」異國情調（趣）。

しょうちょう◎【小腸】 小腸。

しょうちょう◎【省庁】 省廳。

しょうちょう◎【消長】 スル 消長，興衰，榮枯。「国運の～」國運的消長。

しょうちょう◎【象徴】 スル 象徴。

じょうちょう◎【上長】 長者，上司，長上。

じょうちょう◎【冗長】 冗長。「～な文」冗長的文章。

じょうちょう◎【情調】 情調，情趣。「中国～」中國風情。

しょうちょく◎【詔勅】 詔敕。天皇發布的文書。

しょうちん◎【消沈】 スル 消沉。「意気～する」意志消沉。

しょうつきめいにち◎【祥月命日】 祥日忌日，祥月忌辰。

しょうてい◎◎【小弟・少弟】（代） 小弟。對自己的謙稱。

じょうてい◎【上底】 上底。↔下底

じょうてい◎【上帝】 上帝。

じょうてい◎【上程】 スル 提到議程上。「予算案を議会に～する」把預算草案提到議會的議事行程上。

しょうてき◎【小敵・少敵】 ①小敵，寡敵。②弱小的敵人。↔大敵

じょうでき◎【上出来】 做得很好，成績很好，非常成功。「～の絵」畫得很好的畫。

じょうてもの◎【上手物】 上品，精品，佳品。↔下手物

しょうてん◎【小店】 ①小店，小店鋪。②小店，鄙店。

しょうてん◎【小篆】 小篆，秦篆。

しょうてん◎【声点】 聲調符號。

しょうてん◎【昇天】 スル ①升天，升空。「旭日～」旭日東升。②升天，死去。

しょうてん◎【商店】 商店。「～街」商店街。

しょうてん◎【焦点】 焦點。「問題の～となる」成爲問題的焦點。

しょうてん◎【衝天】 衝天。「意気～」氣勢衝天。

しょうでん◎【小伝】 小傳，略傳。

しょうでん◎【昇殿】 スル 上殿，昇殿。

しょうでん◎【詳伝】 詳細的傳記。

じょうてんき◎【上天気】 好天氣。

しょうど◎【焦土】 焦土。「～と化す」化爲焦土。

しょうど◎【照度】 照度。光的單位名。

じょうと◎【譲渡】 スル 轉讓。

じょうど◎【浄土】 〔佛〕淨土。↔穢土

じょうど◎【壌土】 壌土。

しょうとう◎◎【小刀】 小刀。

しょうとう◎【松濤】 松濤。

しょうとう◎【消灯】 スル 熄燈，關燈。↔点灯。「～時間」熄燈時間。

しょうとう◎【檣頭】 桅頂，杆頂，桅尖。

しょうどう◎【唱道】 スル 倡導，首倡。

しょうどう◎【唱導】 スル 〔佛〕倡導，說教。

しょうどう◎【衝動】 ①震動，震驚，打擊。「人々に～を与えた事件」令人震撼的事件。②衝動。「一時の～にかられて自殺する」由於一時的衝動而自殺。

じょうとう◎【上棟】 上梁。

じょうとう◎【上等】 上等，高級。「これより～なのはありません」沒有比這個再好的了。↔下等

じょうとう◎【常套】 常規，慣例，老套。「～手段」慣用手段。

じょうどう◎【常道】 常道，常規。「商売の～」經商的常規。

じょうどう◎◎【情動】 〔心〕〔emotion〕情緒，激情，動情。

しょうとく◎【生得】 天生，生來，生得。

しょうとく◎【頌徳】 頌德。「～碑」頌德碑。

しょうどく◎【消毒】 スル 消毒。

じょうとくい◎【上得意】 上好顧客，大主顧。

じょうとくい◎【常得意】 老主顧，老顧客，常客。

しょうとくたいし◎【聖徳太子】 聖徳太子（574-622）。

しょうとつ◎【衝突】 スル ①相撞。「～事故」相撞事故。②衝突。「彼は人と～しやすい男だ」他是個容易和人發生衝突

的人。

しょうとりひき⓪【商取引】 商事交易商資交易。

じょうない⓪【場内】 場內。↔場外。「〜騒然となる」場內騷動。

しょうなごん⓪【少納言】 少納言。太政官的職員。

しょうなん⓪【小難】 小難，小的災難。

しょうに⓪【小児】 小兒，小孩子。

しょうにか⓪【小児科】 小兒科。

しょうにびょう⓪【小児病】 小兒病。小兒多發病的總稱。②幼稚病。

しょうにまひ⓪【小児麻痺】 小兒麻痺。

しょうにゅうせき⓪【鍾乳石】 鐘乳石。

しょうにん⓪【上人】 ①（佛）上人。②對僧侶的敬稱。

しょうにん⓪【小人】 兒童。→大人・中人

しょうにん⓪【承認】 スル 承認，認可，批准，通過。「事実を〜する」承認事實。

しょうにん⓪【昇任・陞任】 スル 升任，升級。

しょうにん⓪【商人】 商人。

しょうにん⓪【証人】 證人。「事実が私の〜です」事實是我的證人。

しょうにん⓪【聖人】 ①聖人。指佛和菩薩。②聖人，聖僧。高僧的尊稱。

じょうにん⓪【常任】 スル 常任，常務。

しょうね⓪【性根】 根性，本性，天性。「〜を据える」穩住心神；下定決心。

しょうねつ⓪【焦熱】 灼熱，焦熱。「〜の地」焦熱之地。

じょうねつ⓪【情熱】 激情。「仕事に〜を燃やす」對工作充滿熱情。

しょうねん⓪【少年】 少年，未成年。

しょうねん⓪【生年】 實際年齡，生年。

じょうねん⓪【情念】 情感，情念。

しょうねんいん⓪【少年院】 少年院，少年犯教養院。

しょうねんば⓪【正念場】 ①最關鍵場面。②關鍵時刻。

しょうのう⓪【小脳】 小腦。

しょうのう⓪【小農】 小農。

しょうのう⓪【笑納】 スル 笑納。「どうぞ〜下さい」請笑納。

しょうのう⓪【樟脳】 樟腦。

じょうのう⓪【上納】 スル ①繳納，上繳。②上貢，上繳。「〜金」繳納金。

しょうのつき⓪【小の月】 小月。↔大の月

しょうは⓪【小破】 スル 小破，輕微損壞。

じょうは⓪【条播】 條播。播種方式之一。

じょうば⓪【乗馬】 スル ①騎馬。②乘用馬，坐騎。

しょうはい⓪【勝敗】 勝敗，輸贏。「〜は時の運」勝敗在於時運。

しょうはい⓪【賞杯・賞盃】 獎盃。

しょうはい⓪【賞牌】 獎牌，獎章。

しょうばい⓪【商売】 スル ①經商，做買賣，做生意。②行業，生意。「〜が繁昌する」買賣興隆。

しょうばいがたき⓪【商売敵】 商業敵人。

しょうばいがら⓪【商売柄】 ①業種，業性，商業性質。②生意性，職業習慣，行業習慣。「〜目が利く」生意性眼光敏銳。

しょうばいぎ⓪【商売気】 生意經，營利心，經商意識。「〜を出す」只想賺錢。

しょうはく⓪【松柏】 松柏。

じょうはく⓪【上白】 上等白米。

じょうはく⓪【上膊】 上臂。

じょうばこ⓪【状箱】 信箱（盒）。

しょうばつ⓪【賞罰】 賞罰。「〜なし」無賞罰。

じょうはつ⓪【蒸発】 スル 蒸發，失蹤，出走。

じょうはり⓪【浄玻璃】 透明玻璃。

しょうばん⓪【相伴】 スル 作陪，陪伴，相伴。「お〜にあずかる」承蒙作陪。

じょうはんしん⓪【上半身】 上半身。↔下半身

しょうひ⓪【消費】 スル 耗費，花費。「時間を無駄に〜する」浪費時間。

しょうび⓪【賞美・称美】 スル 稱讚，讚美，欣賞，讚賞。

しょうび⓪【焦眉】 燃眉。「〜の急」燃

眉之急。

しょうび①【薔薇】　薔薇，玫瑰。

じょうひ⓪①【上皮】　上皮。

じょうひ⓪①【冗費】　冗費。

じょうび⓪【常備】　スル　常備。

しょうひざい③【消費財】　消費資料，生活資料，消費品。↔生産財・資本財

しょうひしゃ③【消費者】　消費者。↔生産者

しょうひぜい③【消費税】　消費稅。

じょうびたき③【尉鶲】　黃尾鴝。

しょうひょう⓪【商標】　商標。「登録~」註冊商標。

しょうひょう⓪【証票】　憑單單據，票據。

しょうひょう⓪【証憑】　憑證，證據。

しょうびょう⓪【傷病】　傷病。

しょうひん⓪【小品】　小品。

しょうひん⓪【商品】　商品。

しょうひん⓪【賞品】　獎品。

じょうひん③【上品】　①高尚，文雅，典雅，高雅，亮麗。「彼女は~な顔つきだ」她長得秀氣。②上等品。↔下品

しょうふ【正麩】　漿糊粉。

しょうふ⓪【娼婦】　娼婦。

しょうぶ【尚武】　尚武。「~の精神」尚武精神。

しょうぶ①【勝負】　スル　①勝負，勝敗，輸贏。②比賽，競賽。「きょうのはおもしろい~だった」今天的比賽真有趣。

しょうぶ【菖蒲】　菖蒲。

じょうふ【上布】　上等麻布，麻紗。

じょうふ【丈夫】　丈夫，大丈夫，男子漢。

じょうふ⓪①【情夫】　情夫。

じょうふ⓪①【情婦】　情婦。

じょうぶ【上部】　上部。↔下部

じょうぶ⓪【丈夫】（形動）①健康，強壯。②結實，堅固。「~な生地」結實的布料。

しょうふう⓪【蕉風】　松尾芭蕉風。

しょうふく【妾腹】　庶出，庶子。

しょうふく【承服】　スル　服從，聽從。「~しがたい」難以服從。

じょうふく【浄福】　淨福。淸淨之福。

じょうぶくろ⓪③【状袋】　信封，信袋。

しょうふだ⓪①【正札】　價格標籤，價目牌。

じょうぶつ①【成仏】　スル　〔佛〕成佛。

しょうぶん⓪①【小文】　①小文，短文。②小文。謙稱自己所寫文章。

しょうぶん⓪①【性分】　性情。「~に合わない」不合個性。

じょうぶん⓪①【冗文】　冗文。

じょうぶん⓪①【上聞】　上聞。「~に達する」奏達上聞。

じょうぶん⓪①【条文】　條文。

しょうへい⓪【招聘】　スル　招聘。「技術者を~する」招聘技術人員。

しょうへい⓪①【哨兵】　哨兵。

しょうへい⓪①【将兵】　官兵，將士。

しょうへい⓪①【傷兵】　傷兵。

しょうへいが③【障屏画】　障壁畫和屏風畫。

しょうへき⓪【障壁】　①障壁，圍牆，隔牆。②障礙，壁壘，隔閡。「越え難い~」難以逾越的障礙。

じょうへき⓪【城壁】　城牆。

しょうへん⓪【小片】　小片，小的碎片。

しょうへん⓪【小編・小篇】　短篇。

しょうへん⓪【掌編・掌篇】　小小說。

しょうべん③【小便】　スル　①小便。②毀約，違約。

じょうへん⓪【上編・上篇】　上編，上篇。

じょうほ①【譲歩】　スル　讓步。「~にも限界がある」讓步也要有個界限。

しょうほう⓪【商法】　商法。「悪徳~」不道德的經商方法。

しょうほう⓪【勝報・捷報】　捷報。

しょうほう⓪【詳報】　詳報。

しょうぼう⓪【消防】　消防。

しょうぼう⓪【焼亡】　スル　燒毀，燒掉。

じょうほう⓪【定法】　定規，定法。

じょうほう⓪【乗法】　乘法。↔除法

じょうほう⓪【常法】　常法，常規。

じょうほう⓪【情報】　消息，資訊。「~を提供する」提供情報。

じょうほうかがく⑤【情報科学】　資訊科學。

じょうほうかでん⓪【情報家電】　資訊類家電。

じょうほうさんぎょう⑤【情報産業】　資訊產業。

じょうほうしょり⑤【情報処理】　訊息處理。

しょうほうてい⓪【小法廷】　小法庭。

しょうほうもう⑤【情報網】　情報網。

しょうほん⓪①【正本】　正本。

しょうほん⓪【抄本】　摘錄本，抄本。

じょうまい⓪【上米】　上等米。

じょうまえ⓪【錠前】　鎖。

しょうまきょう⓪【照魔鏡】　照妖鏡。

しょうまん⓪【小満】　小滿。二十四節氣之一。

じょうまん⓪【冗漫】　冗長。「～な文章」冗長的文章。

しょうみ⓪【正味】　①實質內容，淨重。②實價，實進價。

しょうみ⓪【賞味】スル　嘗味，品嘗，愛吃，回味無窮。

じょうみ⓪【情味】　人情味，情味。「～に欠ける」缺少人情味。

しょうみきかん⑤【賞味期間】　賞味期，保鮮期。

じょうみつ⓪【詳密】　詳密。「～な解説」詳密的解釋。

じょうみゃく⓪【静脈】　靜脈。

じょうみゃくちゅうしゃ⑤【静脈注射】　靜脈注射。

じょうみゃくりゅう⑤【静脈瘤】　靜脈瘤，靜脈曲張。

しょうみょう⓪①【声明】　聲明。在日本，指做法會時僧人讚唱佛的聲樂。

しょうみょう⓪①【称名】スル　稱名。口稱佛的名號「南無阿彌陀佛」。

じょうみん⓪【常民】　平民，黎民。

しょうむ⓪【商務】　商務。

じょうむ⓪【乗務】スル　乘務。

じょうむ⓪【常務】　①常務。②常務董事。

しょうめ⓪【正目】　淨重。

しょうめい⓪【証明】スル　證明。「無実を～する」證明不屬實。「～書」證明書；証書。

しょうめい⓪【照明】スル　照明。

しょうめつ⓪①【生滅】スル　生滅，生死。

しょうめつ⓪【消滅】スル　消滅，湮滅，取消。「契約が～する」契約失效。

しょうめん⓪【正面】　①正面。「～玄関」正門。②正面，迎面，對面。「～を見つめる」凝視前方。

しょうもう⓪【消耗】スル　①消耗，耗費。「体力を～する」消耗體力。②消耗，耗盡。「神経を～する仕事」耗心費神的工作。

じょうもく⓪【条目】　條目，條款。

しょうもの⓪【抄物】　抄物。

じょうもの⓪【上物】　上等貨，高級品。

しょうもん⓪【証文】　證明文書，文契。

しょうもん⓪【照門】　照門。射擊裝置。

じょうもん⓪【定紋】　定徽，家徽。「～付き」附帶定徽。

じょうもん⓪【縄文】　繩紋。

しょうや⓪【庄屋】　庄屋，名主。

しょうやく⓪【生薬】　生藥。

しょうやく⓪【抄訳】スル　節譯，摘譯。

じょうやく⓪①【条約】　條約。

じょうやど⓪①【定宿・常宿】　常住飯店，固定旅館。

じょうやとい⓪【常雇い】　長期雇傭，長工。

じょうやとう⓪【常夜灯】　常夜燈，常明燈。

しょうゆ⓪【醤油】　醬油。

しょうよ①【賞与】　獎金，分紅。

じょうよ①【丈余】　丈餘。一丈（約3m）有餘。

じょうよ①【剰余】　剩餘。

じょうよ①【譲与】スル　讓與。

しょうよう⓪【小用】　①小事，瑣事。②小便，小解。「～を足す」解小便。

しょうよう⓪【小葉】　小葉。蕨類植物中稱羽片。

しょうよう⓪【称揚・賞揚】スル　稱讚，讚揚。

しょうよう⓪【商用】　①商務。「～で出張する」因商務出差。②商用。

しょうよう⓪【逍遥】スル　逍遙。

しょうよう⓪【慫慂】スル　慫慂。

し

しょうよう▣【従容】(タル) 従容。「~として死に就く」從容就義。

じょうよう▣【乗用】スル 乗用。「~車」轎車。

しょうよう▣【常用】スル 常用。「この薬は~しても副作用がない」這種藥常吃也沒有副作用。

じょうよう▣【常備】スル 常雇，長期雇用。

しょうようじゅりん▣【照葉樹林】照葉林，闊葉林。

しょうよく▣【小欲・少欲】寡欲，少欲。「~知足」寡欲知足。

じょうよく▣【情慾・情欲】情慾。「~のとりことなる」成為情慾的俘虜。

しょうらい▣【招来】スル 招致，招來。「不幸を~する」招致不幸。

しょうらい▣【松籟】松籟，松濤。

しょうらい▣【将来】①將來。「~に備える」以備未來之需。②招致，惹來。「危機を~する」引起危機。

じょうらく▣【上洛】スル 上京，進京。到京都去。

しょうらん▣【笑覧】スル 笑覽。「御~を乞う」敬乞笑覽。

しょうらん▣【照覧】スル 照覽，明鑑。「神も御~あれ」神亦明鑑。

じょうらん▣【上覧】スル 上覽，御覽。

じょうらん▣【擾乱】スル 擾亂。

しょうり▣【勝利・捷利】スル 勝利，得勝。↔敗北

じょうり▣【条理】條理。「~にかなう」合乎道理。

じょうり▣【情理】情理。「~にそむいた事をする」做傷害情理的事。

じょうり▣【場裏・場裡】場內，場裡。「国際~」國際舞臺；國際場合。

じょうりく▣【上陸】スル 上陸，登陸。

しょうりつ▣【勝率】獲勝率，勝率。

しょうりゃく▣【省略】スル 省略，省去。「以下~にしたがう」以下從略。

じょうりゃく▣【上略】スル 前文從略，前略，上略。

しょうりゅう▣【昇竜】升龍。

じょうりゅう▣【上流】①上游。②上流階層。

じょうりゅう▣【蒸留・蒸溜】スル 蒸餾。「溶液を~する」蒸餾溶液。

じょうりゅうしゅ▣【蒸留酒】蒸餾酒。

じょうりゅうすい▣【蒸留水】蒸餾水。

しょうりょ▣【焦慮】スル 焦慮，焦急。

しょうりょう▣▣【小量】度量小，氣量小，量小。「~なる人物」度量小的人。

しょうりょう▣【商量】スル 酌量，斟酌，權衡。

しょうりょう▣【渉猟】スル 尋訪，探訪，歷訪。「山野を~する」走遍山野。

しょうりょう▣▣【精霊】〔佛〕精靈。死者的靈魂。

しょうりょく▣【省力】省力，省工，省勞力。

じょうりょくじゅ▣【常緑樹】常綠樹，常青樹。↔落葉樹

じょうるい▣【城塁】城壘。

じょうるり▣【浄瑠璃】淨琉璃。說唱故事之一。

しょうれい▣【省令】省令。各省發布的命令。

しょうれい▣【奨励】スル 獎勵，鼓勵。「スポーツを~する」鼓勵體育活動。

しょうれい▣【瘴癘】瘴癘。「~の地」瘴癘（流行）之地。

じょうれい▣【条例】條例。「~を制定する」制定條例。

じょうれん▣【常連】①常客，熟客。「彼はその料理屋の~だ」他是那間餐廳的常客。②老夥伴，老搭檔。

しょうろ▣【松露】松露菌。

しょうろ▣【捷路】捷徑。

じょうろ▣【如雨露】澆花器。

じょうろう▣【鐘楼】鐘樓。

じょうろう▣【上臈】①上臈。有地位的高僧。↔下臈。②上臈。身分高的人。↔下臈。

しょうろうびょうし▣【生老病死】〔佛〕生老病死。

じょうろく▣【抄録】スル 摘錄，抄錄。

じょうろく▣【丈六】丈六。「~の仏」丈六佛像。

しょうろん▣【小論】①小論文，小評

論。②小論。謙稱自己寫的論文。

しょうろん⓪【詳論】ㇲㇽ　詳論。

しょうわ⓪【小話】　小故事，小笑話。

しょうわ⓪【笑話】　笑話。

しょうわ⓪【唱和・倡和】ㇲㇽ　唱和。

じょうわ⓪【情話】　①情話，愛情故事。「佐渡~」佐渡情話。②情話。充滿情愛的話，男女之間的貼心話。

しょうわくせい③【小惑星】　小行星。

しょうわる③【性悪】　心眼壞，性惡。「~な女」心眼壞的女人。

じょうわん⓪【上腕】　上臂，大臂。

しょえん⓪【初演】ㇲㇽ　首次上演，首次演奏。

しょえん⓪【所縁】　因緣，緣分，關係。

じょえん⓪【助演】ㇲㇽ　演配角，擔任配角。↔主演

ショー①【show】　①秀。②展示會，展覽會。

ショーアップ③【show up】ㇲㇽ　提高，向上。

じょおう⓪【女王】　女王，女皇。

じょおうあり【女王蟻】　蟻后。

じょおうばち【女王蜂】　女王蜂。

ジョーカー①【joker】　鬼牌。

ジョーク①【joke】　詼諧，笑話，玩笑。

ショーケース④【showcase】　陳列架，陳列櫃。

ジョーゼット②【georgette】　喬琪紗。

ショーツ①【shorts】　①短褲。②女式短內褲。

ショート①【short】ㇲㇽ　①短。↔ロング。②短路。③（棒球）游擊手。

ショートアイアン④【short iron】　短鐵桿。

ショートカット④【short cut】　短髮髮型。

ショートケーキ④【shortcake】　鮮奶油蛋糕，花飾蛋糕。

ショートステイ⑤【short stay】　短期照料。

ショートストップ⑤【short stop】　（棒球）游擊手。

ショートトラック④【short track】　短跑道速度滑冰。

ショートドリンク⑥【short drink】　小口喝，淺酌。

ショートパンツ⑤【short pants】　短褲。

ショートプログラム⑥【short program】　短曲。

ショートホール⑤【short hole】　短距球洞。

ショービニスム④【法 chauvinisme】　沙文主義。

ショーマン①【showman】　演出者，表演者。

ショール①【shawl】　披巾，披肩。

ショールーム③【showroom】　商品陳列室，展室。

しょか①【初夏】　初夏。

しょか①【書架】　書架。

しょか①【書家】　書家，書法家。

しょが①【書画】　書畫。「~骨董」書畫古董。

しょかい⓪【初回】　初次，第1回。

しょかい⓪【初会】　①初次會面，（妓女）初次接客。②首次會議。

しょかい⓪【所懐】　所懷。「~を述べる」述懷。

しょがく⓪【初学】　初學。「~者」初學者。

じょがくせい③【女学生】　女學生。

しょかつ⓪【所轄】ㇲㇽ　所轄。「~の警察署」所轄警察署。

じょがっこう③【女学校】　女子學校，女校。

しょかん⓪【所管】ㇲㇽ　所管。

しょかん⓪【書簡・書翰】　書簡。

じょかん⓪【女官】　女官。

じょかんとく③【助監督】　助理導演，副導演。

しょき①【初期】　初期。「昭和の~」昭和初期。

しょき①【所記】　有記載。

しょき①【所期】ㇲㇽ　所期，預期。「~の目的を達する」達到預期目的。

しょき①【書記】　書記，文書。

しょき①【庶幾】ㇲㇽ　庶幾，但願。

しょき①【暑気】　暑氣。

しょきあたり③【暑気中り】　中暑。

しょきか【初期化】スル 初始化。

しょききょく◎【書記局】 書記局。

しょきちょう◎【書記長】 書記長，總書記。

しょきばらい◎【暑気払い】 祛暑，驅暑。

しょきびどう③【初期微動】 初期微震。

しょきゅう◎【初級】 初級。「~講座」初級講座。

じょきゅう◎【女給】 女侍，女服務生。

じょきょ①【除去】スル 除去。「障害を~する」除去障礙。

しょぎょう◎①【所業・所行】 所作所為，行徑。「ふらちな~に及ぶ」荒唐至極的行徑。

しょぎょう①【諸行】 〔佛〕諸行。

じょきょうじゅ③【助教授】 副教授。

じょきょく◎【序曲】 序曲，前奏曲，前奏。

じょきん◎【除菌】 除菌。

ジョギング①【jogging】 慢跑。

しよく【私欲・私慾】 私欲。「私利~」私利私欲。

しょく◎【食・蝕】 食，蝕。

しょく①【燭】 ①燭火。②燭光。

しょく◎【職】 ①職。「~を離れる」離職。②職業，行業，手藝。「手に~をつける」有技術在身。

しょく①【初句】 起句，第一句。

しょく【色】（接尾）色。「多~刷り」多色印刷。

しょくあたり◎③【食中り】 食物中毒。

しょくあん◎【職安】 「職業安定所」的略稱。

しょくいき◎①【職域】 ①工作範圍。②工作場所，工作崗位。

しょくいん◎【職印】 職印，官印，公章。

しょくいん③【職員】 職員。「~録」職員名錄；職員名冊。

しょぐう◎【処遇】スル 待遇。「冷たい~を受ける」受到冷淡待遇。

しょくえん◎【食塩】 食鹽。

しょくおや◎【職親】 職親。以父母資格當保證人，並進行照料的人。

しょくがい◎【食害】スル 食害。

しょくぎょう◎【職業】 職業。

しょくぎょういしき⑤【職業意識】 職業意識。

しょくぎょうきょういく⑤【職業教育】 職業教育。

しょくぎょうびょう◎【職業病】 職業病。

しょくぎょうやきゅう⑤【職業野球】 職業棒球。

しょくげん◎【食言】スル 食言。

しょくご◎【食後】 飯後。↔食前

しょくざい◎【贖罪】スル 贖罪。

しょくざい◎【食材】 食品材料。

しょくし①【食指】 食指。「~が動く」食指大動。

しょくじ◎【食事】スル 吃飯，進食，用餐，飲食，正餐，餐飲。

しょくじ◎【食餌】 食餌，餌食。

しょくじ◎【植字】スル 排字。「~工」排字工。

しょくしゅ◎【触手】 觸手。

しょくしゅ◎【職種】 職業種類，工作種類。

しょくじゅ◎【植樹】スル 植樹，種樹。「~まつり」植樹節。

しょくじょ◎①【織女】 ①織女。②織女星。

しょくしょう◎【食傷】スル 吃膩，厭煩。「~気味」有點膩了。

しょくしょう◎【職掌】 職掌，職守，負責。

しょくしん◎【触診】スル 觸診。

しょくじん◎【食甚・蝕甚】 蝕甚。

しょくず◎【食酢】 食用醋。

しょく・する③【食する】（動サ變） ①食。「害虫を~・する鳥」吃害蟲的鳥。②謀生，吃飯，食用。「~・する道を失う」失去謀生之道。

しょく・する③【食する・蝕する】（動サ變） 蝕。

じょくせ◎①【濁世】 〔佛〕濁世。

しょくせい◎【食性】 食性。

しょくせい◎【植生】 植被，植生。

しょくせい◎【職制】 ①職制。②管理人

員，負責人，管理職。

しょくぜん◎【食前】　飯前。↔食後

しょくぜん◎【食膳】　飯桌，餐桌，食案。「～に供する」（把飯菜）擺上飯桌。

じょくそう◎【褥瘡・蓐瘡】　褥瘡。

しょくだい◎【燭台】　燭臺，蠟臺。

しょくたく◎【食卓】　飯桌，餐桌。

しょくたく◎【嘱託・属託】スル　①囑託，委託。②特約人員，特約顧問。

しょくち◎【諸口】　①雜項。②雜項帳戶，跨科目戶頭。

じょくち◎【辱知】　辱知。謙稱與自己相識。「～の間柄」相識。

しょくちゅうしょくぶつ【食虫植物】　食蟲植物。

しょくちゅうどく◎【食中毒】　食物中毒。

しょくつう◎【食通】　美食家，美食通。

しょくどう◎【食堂】　①食堂，飯廳，用餐室。②食堂，餐廳，飯館。

しょくどう◎【食道】　食道。

しょくどうらく◎【食道楽】　講究吃喝。

しょくにく◎【食肉】　①食肉，吃肉。②食用肉。

しょくにん◎【職人】　工匠，手藝人。

しょくにんかたぎ【職人気質】　匠人氣質，工匠氣質，手藝人特性。

しょくのう◎【職能】　①職務能力，業務能力。②職能。

しょくば◎【職場】　職場，工作場所。「～に出て働く」上班工作。

しょくばい◎【触媒】　催化劑，觸媒。

しょくはつ◎【触発】スル　觸發。「～機雷」觸發水雷。

しょくパン◎【食一】　吐司。

しょくひ◎【食費】　伙食費，餐費，膳食費。

しょくひ◎【植皮】スル　植皮。「～手術」植皮手術。

しょくひん◎【食品】　食品。「冷凍～」冷凍食品。

しょくぶつ◎【植物】　植物。

しょくぶつえん◎【植物園】　植物園。

しょくぶつしつ◎【植物質】　植物質。

しょくぶつせい【植物性】　植物性。「～脂肪」植物性脂肪。

しょくぶつゆ【植物油】　植物油。

しょくぶん◎【食分】　蝕分。

しょくぶん◎【職分】　職分，職務本分。「～を果たす」盡職分。

しょくべに◎【食紅】　食品紅色素，食用紅色素。

しょくぼう◎【嘱望・属望】スル　囑望，屬望。「前途を～される」囑望前途。

しょくみ◎【食味】　食味，食物的味道。

しょくみん◎【植民・殖民】スル　殖民。

しょくみんち◎【植民地】　殖民地。

しょくむ◎【職務】　職務。

しょくむきゅう◎【職務給】　職務工資。

しょくむしつもん【職務質問】スル　職務詢問，職務質問。

しょくめい◎【職名】　職務名稱，職業名稱，職名。

しょくもう◎【植毛】スル　植毛。

しょくもく◎【嘱目・属目】スル　①囑目，注目。②看見，觸目。

しょくもたれ◎【食靠れ】　積食，消化不良。

しょくもつ◎【食物】　食物，食品。

しょくもつせんい【食物繊維】　食物纖維。

しょくもつれんさ【食物連鎖】　食物鏈。

しょくやすみ【食休み】スル　飯後休息。

しょくよう◎【食用】　食用。「～油」食用油。

しょくよく◎【食欲・食慾】　食欲。「～をそそる」引起食欲。

しょくりょう◎【食料】　食品材料，食物。

しょくりょう◎【食糧】　食糧。

しょくりん◎【植林】スル　植樹造林，營造林。

しょくれき◎【職歴】　職歷，工作履歷。

しょくん◎【諸君】　諸君，諸位，各位。「～の健康をいのる」祝大家身體健康。

じょくん◎【叙勲】　敘勳，授勳。「～を受ける」受勳。

しょけい◎【処刑】スル　處刑，行刑，處死刑。

しょけい◎【初経】　第一次月經，初潮。

しょけい◎【書痙】　書寫痙攣，手指痙攣。

しょけい①【諸兄】　諸兄，各位兄長，各位仁兄。「読者~」各位讀者。

じょけい◎【女系】　女系，母系。

じょけい◎【叙景】　寫景，敘景。「~文」寫景文。

しょげかえ・る◎◎【悄気返る】（動五）　垂頭喪氣。

しょけつ◎【処決】スル　決斷，處決。「懸案を~する」處斷懸案。

じょけつ◎【女傑】　女傑，女中豪傑。

しょ・げる【悄気る】（動下一）　沮喪，頹喪，垂頭喪氣。「彼は入学試験に落ちて、すっかり~・げている」他沒考上學校、很沮喪。

しょけん◎【初見】　初見。

しょけん◎【所見】　①所見。「医師の~」醫師所見。②意見，想法。

しょけん◎【書見】スル　看書。「~台」小書桌。

しょけん①【諸賢】　諸賢，諸君，諸位。「読者~に訴える」訴請諸位讀者。

しょげん◎【緒言】　緒言。

じょけん◎【女権】　女權。「~の拡張」女權的擴張。

じょげん◎【助言】スル　勸告，忠告，建議。「人の~を聞かない」不聽旁人的忠告。

じょげん◎【序言】　序言。

しょこ①【書庫】　書庫。

しょこう◎【初校】　初校，一校。

しょこう①【諸侯】　諸侯，諸大名。

しょこう◎【曙光】　曙光。「平和の~」和平的曙光。

しょごう◎①【初号】　創刊號。

じょこう◎【女工】　女工。↔男工

じょこう◎【徐行】スル　慢行，減速，徐行。「カーブにさしかかって車が~する」到拐彎處車輛行駛緩慢。

じょごう◎【除号】　除號。

しょこく①【諸国】　諸國，各國。

ショコラ①【法 chocolat】　巧克力。

しょこん◎【初婚】　初婚。

しょさ◎①【所作】　①〔佛〕所作，作持。②動作，舉止，行爲。「同じ~を繰り返す」重複同一動作。

しょさい◎【所載】　登載，所載，刊載，刊登。「新年号~の論文」新年號刊登的論文。

しょさい◎【書斎】　書齋，書房。

しょざい◎【所在】スル　①所在。「~地」所在地。②所作所爲，行爲。「~がない」無所事事。

じょさい◎【如才】　馬虎，閃失。「万事に~がない」萬事不馬虎。

じょさい◎【助祭】　助祭。

しょさごと◎【所作事】　所作事。歌舞伎的舞蹈。

しょさん◎【所産】　產物。「時代の~」時代的產物。

じょさんぷ◎【助産婦】　助產士。

しょし①【初志】　初志，初衷。「~をつらぬく」不改初衷。

しょし①【所思】　所思，所想。

しょし①【書肆】　書肆。

しょし①【書誌】　①書誌。②書目，文獻目錄。

しょし①【庶子】　庶子。

しょし①【諸子】　諸位。「~に期待する」寄期望於諸位。②諸子（百家）。

しょし①【諸氏】　諸位，各位。

しょし①【諸姉】　諸姊，各位大姐。

しょじ①【所持】スル　所持，攜帶。

しょじ①【諸事・庶事】　諸事，萬事。「~万端」諸事萬端。

じょし①【女子】　①女兒。②女子。「~校」女校；女子學校。

じょし①【女史】　女史，女士。

じょし①【助詞】　助詞。

じょし①【序詞】　序言，序詞。

じょじ①【女児】　女兒。↔男児

じょじ①【助字】　助字，虛字。

じょじ①【助辞】　助辭。助詞、助動詞的總稱。

じょじ①【叙事】　敘事。

しょしがく◎【書誌学】　書誌學。

しょしき⓪【書式】 書寫格式，公文格式。

しょしき⓪【諸式】 ①日用品。「～万端」一切用品。②物價。「～が値上がりする」物價上漲。

じょじし⓪【叙事詩】 敘事詩。

じょしつ⓪【除湿】 スル 除濕。「～器」除濕器。

しょしゃ⓪【書写】 スル ①抄寫。「経文を～する」抄寫經文。②習字，書寫（課）。

じょしゃく⓪【叙爵】 敘爵。

じょしゅ⓪【助手】 ①助手，幫手。②助教。

しょしゅう⓪【初秋】 初秋。

しょしゅう⓪【所収】 所收，所集，收錄。

じょしゅう⓪【女囚】 女囚。

しょしゅつ⓪【初出】 スル 初次出現。「～の漢字」首次出現的漢字。

しょしゅつ⓪【所出】 ①出生地。②出處。

しょしゅつ⓪【庶出】 庶出。↔嫡出

じょじゅつ⓪【叙述】 スル 敘述。

しょしゅん⓪【初春】 初春。

しょじゅん⓪【初旬】 初旬。

しょしょ⓪【処暑】 處暑。

しょしょ⓪【所所・処処】 處處。「～の寺社をめぐる」巡遊各所寺院神社。

しょじょ⓪【処女】 ①處女（地）。「～峰」處女峰。②處女。「～航海」處女航。

しょしょう⓪【書証】 書證，書面證據。

しょじょう⓪【書状】 書信，信函，書簡。

じょしょう⓪【女将】 老闆娘，女掌櫃。

じょしょう⓪【序章】 序章。

じょじょう⓪【如上】 如上。

じょじょう⓪【抒情・叙情】 抒情。

じょじょうふ⓪【女丈夫】 女丈夫，女中豪傑。

じょしょく⓪【女色】 女色。「～に迷う」迷戀女色。

しょじょさく⓪【処女作】 處女作。

しょじょち⓪【処女地】 處女地。

じょじょに⓪【徐々に】 （副）慢慢地，

逐漸地。「列車は～速度をはやめた」列車逐漸加快了速度。

しょじょまく⓪【処女膜】 處女膜。

しょしん⓪【初心】 ①初心。「～を貫く」貫徹初衷。②初學。

しょしん⓪【初診】 初診。↔再診

しょしん⓪【所信】 信念。「～を表明する」表明信念。

しょしん⓪【書信】 書信。

じょしん⓪【女神】 女神。

じょすう⓪【除数】 除數。

じょすうし⓪【助数詞】 助數詞，量詞。

じょすうし⓪【序数詞】 序數詞。如數「第一」「第四」等。

しょ・する⓪【処する】 （動サ變） ①相處，應付。「世に～・する道」處世之道。②科處，處刑。「死刑に～・する」處死刑。

じょ・する⓪【序する】 （動サ變） 作序。

じょ・する⓪【叙する】 （動サ變） ①敘述。「情景れを～・する」敘述情景。②敘爵，敘勳。

じょ・する⓪【恕する】 （動サ變） 寬恕，原諒。

じょ・する⓪【除する】 （動サ變） ①除法。↔乗ずる。②除去，消除。「障害を～・する」消除障礙。

しょせい⓪【処世】 處世。

しょせい⓪【初生】 初生。

しょせい⓪【書生】 ①學生。尤指明治、大正時期的學生。②寄宿學生，學徒。

しょせい⓪【書聖】 書聖。對書法名人的敬稱。

じょせい⓪【女声】 女聲。↔男声。「～合唱」女聲合唱。

じょせい⓪【女性】 女性。↔男性。

じょせい⓪【女婿・女壻】 女婿。

じょせい⓪【助成】 スル 助成，資助。「～金」資助款。

じょせい⓪【助勢】 スル 助勢，援助，支援。

しょせき⓪【書籍】 書籍。

じょせき⓪【除籍】 スル 除籍，除名。

しょせつ⓪【所説】 所說。

しょせつ◎【諸説】 諸說。

じょせつ◎【序説】 序言，緒論。

じょせつ◎【叙説】 スル 敘說。

じょせつ◎【除雪】 スル 除雪。

しょせん◎【初戦】 初戰。「～を飾る」初戰告捷。

しょせん◎【所詮】 (副) 終究，畢竟。

しょそう◎【諸相】 諸相，百態。「社会の～を映す」反應社會的各個方面的現象。

しょぞう◎【所蔵】 スル 所藏，收藏。「彼の～する資料」他所藏的資料。

じょそう◎【女装】 スル 男扮女裝。

じょそう◎【助走】 スル 助跑。

じょそう◎【助奏】 スル 助奏，副伴奏。

じょそう◎【序奏】 序曲，前奏。

じょそう◎【除草】 スル 除草。「～剤」除草劑。

じょそう◎【除喪】 滿服，除服。

じょそう◎【除霜】 スル 除霜。

しょそく◎【初速】 初速。槍炮的最初速度。

しょぞく◎【所属】 スル 所屬。

じょぞん◎【所存】 所思，所想，主意，看法。「彼はどういう～なのかわからない」不知道他打的是什麼主意。

じょそんだんぴ◎【女尊男卑】 女尊男卑。↔男尊女卑

しょたい◎①【所帯・世帯】 ①自立門戶。「～を持つ」成家。②家計，家務。「～のやりくり」操持家務。

しょたい◎【書体】 筆體，字體。

しょだい◎①【初代】 初代，第一代，第一任。「～名人」初代名人。

じょたい◎【女体】 女體。

しょたいどうぐ◎【所帯道具】 家庭用具。

しょたいもち◎③【所帯持ち】 自立門戶。

しょたいやつれ◎【所帯窶れ】 スル 疲累憔悴。

しょだち◎【初太刀】 第一刀，頭一刀。

しょだな◎【書棚】 書架，書櫥，書櫃，書棚。

しょだん◎【処断】 スル 裁決，處斷，量刑。

しょだん◎【初段】 ①頭一段，第一段。②初段。

しょち◎【処置】 スル ①處置，處理。「うまく～する」妥善處理。②處置。「応急～」急救處置。

しょちゅう◎◎【書中】 書中，信件中，信函。「～の趣承知いたしました」來函敬悉。

しょちゅう◎【暑中】 暑期，盛夏，三伏天。

じょちゅう◎【女中】 ①女傭，女僕。②女官，仕女，侍女，女中。「御殿～」殿上仕女。

じょちゅう◎【除虫】 スル 除蟲。

しょちょう◎【初潮】 初潮，初經。

しょちょう◎【所長】 所長。

しょちょう◎【署長】 署長。

じょちょう◎【助長】 スル 助長，促進。「工業の発達を～する」促進工業發展。

しょっかい◎【職階】 職階，職務級別。

しょっかく◎【食客】 寄食者，食客。

しょっかく◎【触角】 觸角。

しょっかく◎【触覚】 觸覺。

しょっかん◎【食間】 餐間。「～服用の薬」兩頓飯中間服用的藥。

しょっかん◎【触感】 觸感，觸覺。

しょっき◎【食器】 食器，食具。

しょっき◎◎【織機】 織布機。

ジョッキ◎ 〔源自 jug〕大啤酒杯。

ジョッキー◎【jockey】 職業騎師。

しょっきり◎【初っ切り】 初切。作為花相撲或巡迴演出餘興表演的滑稽對手搭配。

ショッキング◎【shocking】 (形動) 駭人聽聞的，令人震驚的。「～な話」令人震驚的話。

ショック◎【shock】 ①(物理性的)打擊，衝擊。②震動，衝擊，打擊。「～を受ける」受到打擊。③休克。

ショックアブソーバー◎【shock absorber】 緩衝器，避震器。

ショックし◎【一死】 休克死。

しょづくえ◎【書机】 矮書桌。

しょっけん⓪【食券】　餐券，飯票。

しょっけん⓪【職権】　職權。

しょっこう⓪【燭光】　燭光。

しょっこう⓪【織工】　紡織工，紡織工人。

しょっこう⓪【職工】　職工。

しょっちゅう⓪（副）　總是，經常，始終。

しょっつる⓪　鹽汁魚露。「～鍋」鹽汁魚露火鍋。

しょっ・てる③【背負ってる】（動下一）　自負，自傲。

ショット①【shot】　①打球。②一鏡到底。③一杯。飲威士忌等烈酒時一口能喝進去的量。

ショットバー⓪【⑥ shot+bar】　小飲酒吧。

しょっぱ・い③【塩っぱい】（形）　①鹹，鹹的。「この料理は～・い」這道菜很鹹。②小氣，吝嗇的。「～・いおやじ」吝嗇的老頭。

しょっぱな⓪【初っ端】　開端。

しょっぴ・く③（動五）　扭送。「犯人を～・く」扭送犯人。

ショッピング①【shopping】　購物。

ショッピングセンター⑥【shopping center】　商店街，購物中心。

ショッピングモール⑥【shopping mall】　徒步區。

ショップ①【shop】　店鋪，商店。

しょて①【初手】　①初手，頭招。②開始，頭一回。「～からやりなおす」從頭重做。

しょてい⓪【所定】　所規定。「～の手続き」所規定的手續。

じょてい⓪【女帝】　女帝，女皇。

しょてん⓪①【書店】　書店。

しょでん⓪【所伝】　所傳。「代々～の宝物」世代所傳的寶物。

しょとう⓪【初冬】　初冬。

しょとう⓪【初等】　初等。

しょとう⓪【初頭】　初，始，起初。「21世紀～」二十一世紀初。

しょとう⓪【蔗糖】　蔗糖。

しょとう①【諸島】　諸島，群島。「奄美～」奄美諸島。

しょどう⓪【初動】　最初行動。

しょどう①①【書道】　書法。

じょどうし②【助動詞】　助動詞。

しょとく⓪【所得】　所得，收益。「国民～」國民所得。

しょとくこうじょ⑤【所得控除】　所得扣除，收入扣除。

しょとくぜい③【所得税】　所得税。

しょなのか③【初七日】　頭七。

じょなん⓪【女難】　女禍，女難。「～の相」女難之相。

じょにだん②【序二段】　序二段。相撲力士的等級。

しょにち⓪【初日】　第一天，頭一天。

じょにん⓪【叙任】　スル　敘任，任官。

しょねつ⓪【暑熱】　暑熱。

しょねん⓪【初年】　①初年，頭一年。「～度」頭一年度。②初年，初期。「昭和～」昭和初年。

じょのくち⓪【序の口】　①開頭，開端。「この研究もまだ～だ」這項研究才剛剛開始。②序口。相撲力士等級榜上所標的最低級別的地位。

しょは①【諸派】　諸派，各派。

しょば⓪〔「ばしょ（場所）」的倒語〕場子。「～代」場子費。

じょはきゅう②【序破急】　序破急三階段。

しょはつ⓪【初発】　起始，開始。

しょばつ①【処罰】　スル　處罰。「～を受ける」受處罰。

しょはん⓪【初犯】　初犯。

しょはん⓪【初版】　初版，首版。

しょはん①【諸般】　諸般，諸多。「～の事情」諸多情況。

じょばん⓪【序盤】　序盤，初盤。「～戦」序盤戰。

しょひ①【諸費】　諸費。「～高騰の折」諸費高漲之時。

しょひょう⓪【書評】　書評。

しょふう⓪①【書風】　書法風格，書風。「定家の～」定家的書法風格。

しょふく⓪【書幅】　字畫。

じょふく⓪【除服】　除服。

しょぶん⓪【処分】スル ①處分，處理，處置。「がらくたを～する」處理（賣掉）破爛東西。②處分，懲處。「～を受ける」受處分。

じょぶん⓪【序文・叙文】 序文。↔跋文

しょへき⓪【書癖】 ①讀書癖，書迷。②藏書癖，藏書狂。

ショベルローダー⑤【shovel loader】 鏟裝機，鏟斗裝載機。

しょへん⓪【初篇・初篇】 初篇（編），第一篇（編）。

しょほ①【初步】 初步，入門。「日本語の～」日語入門。

しょほう⓪【処方】スル 處方。

しょほう①①【書法】 ①書法。②文章的寫法。

しょほう①①【諸方】 各方，各處。

しょぼう⓪【書房】 出版社，書店。

じょほう⓪【叙法】 敘述方法，表達方法。

じょほう⓪【除法】 除法。↔乘法

しょほうせん⓪【処方箋】 處方箋。

しょぼく・れる⓪④（動下一） 洩氣，精神不振。「彼は～・れて座っている」他無精打采地坐著。

しょぼつ・く⓪（動五） ①雨濛濛。「小雨が～・く」細雨濛濛。②矇矓，惺忪。「～・いた目つき」沒睡醒的樣子。

しょほん⓪【諸本】 諸本，各種版本。

じょまく⓪【序幕】 ①第1幕。↔終幕②序幕。「～はおもしろいです」序幕挺有意思。

じょまくしき③【除幕式】 揭幕式，揭幕典禮。

じょみゃく⓪【徐脈】 徐脈。

しょみん⓪【庶民】 庶民。「～の声」庶民的呼聲。

しょむ①【処務】 處理事務，應處理事務。

しょむ①【庶務】 庶務，總務。「～課」庶務課。

しょめい⓪【書名】 書名。

しょめい⓪【署名】スル 署名，簽名。「契約書に～がなければ効力を生じない」合約上沒有簽名就不能生效。→記号

じょめい⓪【助命】 救命。

じょめい⓪【除名】スル 除名。

しょめん⓪①【書面】 書面，信件，書狀。「～をもって通知する」用書面通知；函告。

しょもう⓪【所望】スル 所望，希望。「茶を～したい」想喝茶。

しょもく⓪【書目】 書目，圖書目錄。「～解題」書目簡介。

しょや①【初夜】 初夜。新婚夫婦的第1個夜晚。

じょや①【除夜】 除夕。

しょやく⓪【初訳】スル 初譯，首譯（本）。「本邦～」本邦首譯本。

じょやく⓪【助役】 助理，副手。

じょやのかね⑤【除夜の鐘】 除夕鐘聲。

しょゆう⓪【所有】スル 所有。「～地」所有地。

じょゆう⓪【女優】 女演員。↔男優

しょゆるし①【初許し】 初次允許，首次允許。

しょよ①【所与】 所與，給予（物）。「～の条件」給予的條件。

しょよう⓪【所用】スル 所用。「～の資材」所用物資材料。

しょよう⓪【所要】 所要。「～の条件」必要的條件。

しょり①【処理】スル 處理，辦理，收拾。

じょりゅう⓪【女流】 女流。「～作家」女作家。

しょりょう①⓪【所領】 所領，領地。領有的土地。

じょりょく①⓪【助力】スル 助力。

しょりん⓪【書林】 ①書林，書屋，書店。②出版社。

しょるい①【書類】 文件，文書，資料，公函。「重要～」重要文件。

ショルダー①【shoulder】 ①肩。②肩部。

じょれつ⓪【序列】 序列。「年功～」用年資排序。

しょろう⓪【初老】 初老。

じょろう⓪【女郎】 妓女。

しょろん⓪【所論】 所論，論點。

しょろん◎【緒論】 緒論，序論。

しょんぼり③（副）スル 無精打采，悄然。「～（と）帰る」悄然而返。

しらあえ◎【白和え】 白色拌菜。

じらい◎◎【地雷】 地雷。

じらい①【爾来】（副） 爾來。

しらいと◎◎【白糸】 ①白線。②生絲的異名。「滝の～」瀑布如白絲。

しらうお◎【白魚】 日本銀魚。

しらうめ◎【白梅】 白梅。

しらが◎【白髪】 白髮。「～頭」白頭。

しらかし◎【白樫】 小葉青岡。

しらかば◎【白樺】 白樺，樺木。

しらかべ◎【白壁】 白壁，白牆。

しらかゆ◎【白粥】 白粥。

しらかわよふね◎【白河夜船】 白河夜船。

しらき◎【白木】 白木，素木。「～の柱」白木柱子。

しらくも◎◎【白雲】 白雲。

しら・ける◎【白ける】（動下一） ①掃興，敗興，冷落。「座が～・ける」冷場。②褪色，掉色，變白。「写真が～・ける」照片褪色。

しら・げる◎【精げる】（動下一） ①精白加工。「玄米を～・げる」精白加工糙米。②精雕細刻，精製。

しらこ◎【白子】 ①魚白。魚的精巢。②白化症患者，白子。

しらさぎ◎【白鷺】 白鷺。

しらさや◎【白鞘】 白劍鞘。

しらじ◎【白地】 白地，空白，白紙，白布。

しらしめゆ◎【白絞め油】 精製菜油。

しらしら◎◎【白白】（副） 放亮，微明，漸白。「～と夜が明けていく」天漸漸放亮。

しらじらし・い④【白白しい】（形） ①顯而易見的，瞞不住人的。「～・いうそをつく」睜眼說瞎話。②假裝不知的。「よくも～・くそんなことが言えたものだ」（他）居然厚著臉皮說出那種話來。

しらす◎【白州・白洲】 白砂地，白砂洲。

じら・す②【焦らす】（動五） 使（人）焦心，讓（人）著急。「そう～・さずに早く言え」快點說吧，別讓人著急。

しらずしらず④【知らず知らず】（副） 不由得，不知不覺。「～のうちに眠ってしまった」不知不覺睡著了。

しらせ◎【知らせ】 ①告知，通知。「～をうける」接到通知。②預感。「虫の～」預感。

しら・せる◎【知らせる】（動下一） ①告知，通知，使得知，傳播。「前もって電話で～・せる」事先用電話通知。②使知道。使體會到，使懂得。「恨みを～・せてやる」讓你知道恨。

しらたき◎【白滝】 ①白瀑布。②細蒟蒻絲。

しらたま◎【白玉】 ①白玉。②糯米湯圓。

しらちゃ・ける◎【白茶ける】（動下一） 褪色，褪成淡茶色。

しらっと②（副）スル 冷冷清清。「～した雰囲気」冷冷清清的氣氛。

しらつゆ◎【白露】 白露水。

しらとり◎【白鳥】 ①白鳥。②天鵝的異名。

しらなみ◎【白波・白浪】 ①白浪，白波。「～が立つ」翻起白浪。②盜賊。「～五人男」《白浪五人男》。

しらに◎【白煮】 白煮，水煮。

しらぬい◎◎【不知火】 神秘火光，不知名火。

しらぬかお◎【知らぬ顔】 佯裝不知，若無其事。

しらは◎【白刃】 白刃。

しらは◎◎【白羽】 白羽，白翎。

しらばく・れる◎（動下一） 佯作不知，假裝不知。「いくら～・れても駄目だ」佯裝不知問了一下。

シラバス◎【syllabus】 教學大綱，教案。

しらはた◎【白旗】 白旗。「～を掲げる」打出白旗。

しらはりぢょうちん◎【白張り提灯】 白（紙）燈籠。

しらふ◎【素面】 素面。沒喝酒，亦指沒

喝酒時的臉。

シラブル₁【syllable】 音節。

しらべ₃【調べ】 ①審查,審問,調查。「刑事の~」刑事調查。②音調,調性。「ワルツの~」華爾滋舞曲的調性。

しら・べる₃【調べる】(動下一) ①查找,調查。「事實を~・べる」調查事實。②檢查,點檢。「エンジンを~・べる」檢查引擎。③查問,盤查,調查。

しらほ₀【白帆】 白帆。

しらみ₀【虱】 蝨子。

しら・む₀【白む】(動五) ①發亮,漸白。「空が~・む」天空發亮了。②掃興,殺風景。「座が~・む」冷場。

しらやき₀【白燒き】 白燒,乾烤。「うなぎの~」乾烤鰻魚。

しらゆき₂【白雪】 白雪。

しらん₀【紫蘭】 白芨。

しり₀【尻・臀】 臀部,屁股。

しり₀【私利】 私利。「~を図る」貪圖私利。

じり₀【事理】 事理。「~をわきまえる」明白事理;懂事情。

しりあい₀【知り合い】 認識,相識,熟人。「~が多い」熟人多。

しりあ・う₃【知り合う】(動五) 相識,結識。「旅で~・う」在旅行中相識。

しりあがり₀【尻上がり】 ①(東西)前低後高,(事物的狀態)越往後越好。「~によくなる」越往後越好。②(說話的聲調)越往後越高。「~にものを言う」用升調說話。

シリアス₁【serious】(形動) ①認真的,嚴肅的。「~な小說」嚴肅的小說。②嚴重(的)。「~な局面」嚴重的局面。

シリアル₁【cereal】 穀類食品。

シリーズ₂【series】 ①聯賽,系列賽,循環賽。「日本~」日本聯賽。②連載,連續,系列,集。「思い出の名画~」紀念名畫集。

シリウス₁【Sirius】 天狼星。

しりうま₄₀【尻馬】 馬後。「~に乗る」盲從附和。

しりえ₂₀【後方】 後方,後邊。↔まえ

しりおし₄₀【尻押し】 スル ①後面推。②撑腰,作後盾。

しりおも₀【尻重】 屁股沉,不愛動。↔尻軽。「~な人」遲鈍的人。

しりがい₀【尻繋・鞦】 鞦,後鞴。

しりかくし₃【尻隱し】 ①後兜。②文過飾非。

シリカゲル₃【silica gel】 矽膠。

しりがる₀【尻軽】 ①敏捷,俐落。↔尻重。②輕浮,輕佻。「~な女」輕佻的女人。

じりき₀【地力】 本力。「~を発揮する」發揮實力。

じりき₀【自力】 ①自力。「~で生活する」自食其力。②〔佛〕自力。↔他力

しりくせ₀【尻癖】 ①失禁。②亂搞,淫蕩。「~が悪い」好亂搞。

シリコーン₁【silicone】 (聚)矽酮,聚矽氧烷。

しりこそばゆ・い₅【尻こそばゆい】(形) 不好意思,心神不定,難為情。

しりごみ₃₀【尻込み・後込み】 スル 畏縮不前,躊躇不前。「~して手を出そうとしない」退縮起來不敢動手。

シリコン₁【silicon】 矽。→シリコーン

シリコンバレー₅【Silicon Valley】 矽谷。

しりさがり₀【尻下がり】 ①(前高)後低。②越來越壞。③(說話聲調)越往後越低。

じりじり₁(副) スル ①逐步逼近。「~とせまる」步步逼近。②焦急,心焦。「~して大声をあげた」焦急得叫嚷起來。③火辣辣地曝曬。「~照りつける太陽」火辣辣的太陽。④滲出,沁出。「~とにじみ出る脂汗」沁出來的黏汗。

しりすぼまり₀【尻窄まり】 ①越來越細窄。「~の容器」口大底小的容器。②虎頭蛇尾,每況愈下。「騷動も~に終わる」騷動也日漸平息地結束了。

しりぞ・く₃【退く】(動五) ①倒退,後退。↔進む。②退職,退位。從公職引退。

しりぞ・ける₄【退ける・斥ける】(動下

一）①斥退，使退出，使退下。「人を～・けて密談する」屏退左右，進行密談。②撤職，免職。「要職から～・ける」免去要職。③擊退，打退，趕回，趕跑。「挑戦者を～・ける」擊退挑戰者。④拒絕，排斥。「彼の要求を～・ける」拒絕他的要求。

じりだか◎【じり高】 行情漸漲。↔じり安

しりだこ◎◎【髀胝】 髀胝。猴子屁股無毛部位。

しりつ◎【市立】 市立。「～図書館」市立圖書館。

しりつ◎【私立】 ｽﾙ 私立。「～大学」私立大學。→国立・公立

じりつ◎【而立】 而立。30歲的別稱。

じりつ◎【自立】 ｽﾙ 自立。

じりつ◎【自律】 自律。「～性を尊重する」尊重自律性。↔他律

しりとり◎◎【尻取り】 文字接龍，接詞尾。

しりぬぐい◎◎【尻拭い】 ｽﾙ 擦屁股。

しりぬけ◎【尻抜け】 ①健忘，搣了就忘，記性不好。②有頭無尾，有始無終。

しりはしょり◎【尻端折り】 ｽﾙ 紮起衣襟，掖衣襟。

じりひん◎【じり貧】 ①越來越窮。②行情漸跌。

しりめ◎◎【尻目・後目】 ①斜眼看，斜視，側目。「人を～に見る」斜眼看人。②輕視，蔑視。

しりめつれつ◎◎【支離滅裂】（形動） 支離破碎，七零八落。

しりもち◎【尻餅】 屁股著地。「～をつく」摔個屁股著地。

じりやす◎【じり安】 行情漸跌。↔じり高

しりゅう◎【支流】 ①支流。②支派，分支。

じりゅう◎【自流】 自家風格，自流。

じりゅう◎【時流】 時代潮流，時尚。「～に乗る」順應潮流。

しりょ◎【思慮】 ｽﾙ 思慮，思考，顧慮。

しりょう◎【史料】 史料。

しりょう◎◎【死霊】 亡靈，靈魂，鬼魂。↔生き霊

しりょう◎【思料・思量】 ｽﾙ 思量。

しりょう◎【試料】 試料，試樣，試劑。

しりょう◎【資料】 資料，樣本。

しりょう◎◎【飼料】 飼料。

じりょう◎【寺領】 寺院領地。

しりょく◎【死力】 死力，最大力量。「～を尽くす」使勁；盡最大力量。

しりょく◎【視力】 視力。「～が衰える」視力減退。

しりょく◎【資力】 資力，財力。

じりょく◎【磁力】 磁力。

しりん◎【四隣】 ①（街坊）四鄰。②鄰國。

シリング◎【shilling】 先令。原為英國輔助貨幣單位。

シリンダー◎【cylinder】 ①圓筒，圓柱。②汽缸。

シリンダーじょう◎【―錠】 圓筒彈子鎖。

しる◎【汁】 ①汁，汁液。「リンゴの～」蘋果汁。②湯。「～の実」湯裡的材料。③高湯，佐料湯。

し・る◎【知る】（動五） ①知道，知曉，瞭解。「そのことは前から～・っていた」那件事以前就知道了。②知，懂。「一を聞いて十を～・る」聞一知十。③懂得，知曉。「英語は～・らない」不懂英語。④知道，瞭解。「あの人なら、よく～・っている」那個人我認識。「～・らない人」不認識的人；陌生人。⑤察覺。「夜が明けたのも～・らずに勉強する」只顧用功，連天亮了都不知道。⑥有關。「君のしたことだ、私は～・らん」你做的事我不管。⑦體會，經歷。「恋を～・る」經驗戀愛。

シルエット◎【法 silhouette】 黑色輪廓像，側面影像，剪影。「富士山の～」富士山的剪影。

シルク◎【silk】 生絲，絲綢，綢布。

シルクハット◎【silk hat】 大禮帽，高筒禮帽。

シルクロード◎【Silk Road】 絲綢之路。

しるこ◎◎【汁粉】 豆沙湯，汁粉。

ジルコン⓪【zircon】 鋯石。

しるし⓪【印・標】 ①記號，標記，符號，標誌，依據。「~をつける」做上記號。②證明，表示，標誌。「友情の~としてこれをあなたに贈ります」把這東西送給你個個紀念。

しるし⓪【驗・徵】 ①先兆，預兆。「雪は豊年の~と言う」瑞雪兆豐年。②效力，效果。

しるし⓪【首・首級】 首級。

しる・す⓪【記す】（動五） ①寫。「ノートに名前を~・す」在筆記本上寫上名字。②記住，銘記。「胸に~・して忘れない」記在心上不記取。

ジルバ⓪〔jitterbug 的轉換音〕吉魯巴舞。

シルバー①【silver】 ①銀。②銀色。③銀灰色，灰鼠色。

シルバーグレー⑤【silver grey】 銀灰色。

シルバーシート⑤【⓪ silver+seat】 博愛座。

シルバーハウジング【⓪silver housing】 銀髮族住宅。

シルバーフォックス⑤【silver fox】 銀狐。

しるべ⓪【知る辺】 熟人。「~をたずねる」對找熟人。拜訪熟人。

しるべ⓪【導・標】 路標，指南，嚮導。「道~」路標。

しるもの⓪【汁物】 湯。

シルルき⓪【一紀】〔Silurian period〕志留紀。

しるわん⓪【汁椀】 湯碗。

しれい⓪【司令】ス ル 司令。「~官」司令官。

しれい⓪【指令】ス ル 指令，指示。「~を出す」下命令。

じれい⓪【事例】 事例。

じれい⓪【辭令】 ①任免證書，任免令。「~を授与する」授與任命書。②辭令。「外交~」外交辭令。

ジレー①【法 gilet】 ①西裝背心。②背心，背心式外衣。

しれごと⓪【痴れ言】 癡言，癡話，蠢話，傻話。

しれつ⓪【齒列】 齒列。「~矯正」齒列矯正。

じれった・い⓪【焦れったい】（形） 焦急。

ジレッタント③【法 dilettante】 愛好者。

しれっと①（副）ス ル 若無其事，泰然自若。「~した顔」若無其事的表情。

しれもの⓪【痴れ者】 笨蛋，糊塗蟲。

し・れる⓪【知れる】（動下一） ①可知，會知道。「人に~・れては困る」若被人知道就糟了。②明知，知道。「居所が~・れない」下落不明。

し・れる⓪【痴れる】（動下一） 癡，變傻，發呆。「酒に酔い~・れる」酒醉如癡。

じ・れる⓪【焦れる】（動下一） 焦急，不耐煩。「返事がないので、~・れている」沒有音信，十分焦急。

しれわた・る⓪【知れ渡る】（動五） 人所共知。「うわさが世間に~・る」傳聞人盡皆知。

しれん⓪【試練・試煉】 考驗，鍛錬。「~に耐える」經得住考驗。

ジレンマ①【dilemma】 左右為難，進退維谷。「~に陥る」陷於左右為難的困境。

しろ⓪【代】 ①代用物，代用。「御靈みた~」靈位；神主牌。②材料。「壁~」牆的材料。③代價，價金。「飲み~」酒錢。④（一定的）領域，區域。「糊のり~」（貼紙）抹漿糊的地方。

しろ①【白】 ①白，白色。②清白。↔黒。「容疑者は~と判明した」斷定嫌疑人清白。③白棋，白方。↔黒。

しろ⓪【城】 城，城堡。

しろあと⓪①③【城跡】 城址。

しろあり⓪①②【白蟻】 白蟻。

しろあん⓪【白餡】 白餡。

しろ・い②【白い】（形） 白的，白色的。「~・い雲」白雲。

しろう⓪【屍蠟】 屍蠟。

じろう⓪【痔瘻】 痔瘻，肛瘻。

しろうお⓪【素魚・白魚】 彼氏冰蝦虎。

しろうと①②【素人】 外行，門外漢。↔玄人くろ。「ずぶの~」生手。完全外行。

しろうとばなれ⓪【素人離れ】ス ル 不愈外

行，像專家。「～した腕前」專家般的本
領。

しろうとめ⓪【素人目】　外行眼光。「～
にもわかる」即使外行人也看得出來。

しろうま⓪【白馬】　①白馬。②濁酒的異
名。

しろうり⓪【白瓜】　越瓜，醃瓜，白瓜。

しろおび⓪【白帯】　①白色的帶子。②白
帶。柔道、空手道、合氣道中，沒有段
位的人佩帶的帶子。

しろかき⓪【代掻き】　耙（水）田，耙
地。

しろがすり③【白絣・白飛白】　白底碎紋
布。

しろがね⓪【銀】　①銀。「～細工」銀工
藝品。②銀色。「～に輝く峰々」銀光閃
閃的群峰。

しろくじちゅう③【四六時中】（副）　24
小時，終日。

しろくばん⓪【四六判】　四六規格。

しろくべんれいたい⑤【四六駢儷体】　四
六駢儷體文，駢儷文，駢文。

しろくま⓪【白熊】　白熊。

しろくろ⓪③【白黒】スル　①黑白，白黑。
②翻白眼。③是曲直，有罪無罪。「～
を判定する」判定有罪無罪。

しろざけ②【白酒】　白色甜米酒。

しろじ⓪【白地】　素地，白底，素底。

しろしょうぞく③【白装束】　白裝束。

しろじろ③【白白】（副）スル　白白的，雪
白。

じろじろ①（副）　凝視，盯著。「しきり
に人を～と見る」直盯著人看。

しろずみ⓪【白炭】　白炭，白色木炭。

しろたえ⓪②【白妙・白栲】　桑皮布。

しろタク⓪【白―】　白牌計程車，地下計
程車。

シロップ①③【荷 siroop】　①果子露，水
果味糖漿。②糖漿，單糖漿。

しろっぽ・い④【白っぽい】（形）　發白
的。「～・い着物」發白的衣服。

しろつめくさ③【白詰草】　白三葉草。

しろながすくじら⑤【白長鬚鯨】　藍鬚
鯨。

しろなまず③【白癜】　白斑病。

しろナンバー⓪【白―】　白牌車，私家
車。

しろバイ⓪【白―】　白摩托車，警用摩托
車。

しろぶさ⓪【白房】　白穗。垂於相撲臺上
方的白色大穗。→赤房・青房・黒房

しろぼし⓪【白星】　①白星。相撲上用以
表示獲勝的白圓圈。②勝利，建功。「～
をあげる」取得勝利。↔黒星

シロホン⓪【xylophone】　木琴。

しろみ⓪②【白身】　①白肉。↔赤身。②
蛋清，蛋白。

しろみそ③【白味噌】　白味噌醬。

しろむく⓪【白無垢】　一身白，白無垢
裝。

しろめ⓪②【白眼・白目】　眼白，白眼
（珠）。↔黒眼。「～をむく」翻白眼
（珠）。

しろもの⓪②【代物】　有價值物，寶物。
「世界に二つとない～」世上獨一無二
的寶貴東西。

しろん⓪【史論】　史論，史評。

しろん⓪【私論】　私下觀點。

しろん⓪【詩論】　詩論，詩評。

しろん⓪【試論】　試論。

じろん⓪【持論】　所持論點，所持觀點，
一貫主張。

じろん⓪【時論】　時事論評，時論。

しわ⓪【皺・皴】　皺紋，皺摺，褶子。
「額の～」抬頭紋。

しわ⓪【史話】　史話。

しわ⓪【詩話】　詩話，詩評。

しわ・い②【吝い】（形）　吝嗇的。「～
・い旦那だ」吝嗇的主人。

しわが・れる⓪【嗄れる】（動下一）　嘶
啞。

しわくちゃ⓪【皺くちゃ】　全是皺摺，皺
巴巴。

しわけ③【仕分け・仕訳】スル　①清理，區
分。「品物の～をする」把東西分類。②
分錄，明細。

しわざ⓪【仕業】　所作所為，行為，勾
當。「これはだれの～だ」這是誰幹的勾
當。

しわしわ⓪①【皺皺】（形動）　皺巴巴。

じわじわ⓪（副）一點點地，慢慢地，一步一步地。「汗が~出る」汗水慢慢地流出來。

しわす【師走】 臘月。

しわのばし⓪⓪【皺伸ばし】 ①弄平皺褶，熨平皺紋。②（尤指老年人）消遣，散心，解悶。

しわばら⓪【皺腹】 皺腹。「~切る（＝老人ガ切腹スル）」老人剖腹自殺。

しわぶき⓪⓪【咳き】スル ①咳嗽。②清嗓子。

しわほう⓪【指話法】 手語，手語法。

しわよせ⓪⓪【皺寄せ】スル 波及，轉移，轉嫁。「インフレの~をうける」受到通貨膨脹的影響。

じわり⓪（副） 緩緩地，徐徐地。

じわれ⓪【地割れ】スル 地裂，地裂隙。

しわんぼう⓪【吝ん坊】 吝嗇鬼。

しん⓪【心】 ①內心，精神。「~、技、体」心（理）、技（術）、體（能）。②心，內心，真心。「~から尊敬する」打心眼裡尊敬。③芯，心。→芯⓪。「鉛筆の~」鉛筆芯。「体の~まで暖まる」暖到心裡去了。

しん⓪【臣】 臣，家臣，臣下。↔君。

しん⓪【信】 ①誠實，不欺。②信任。「~を置く」相信。③（接尾）封。「アメリカからの第1~」來自美國的第一封信。

しん⓪【真】 ①真。「偽をすてて~をのこす」去偽存真。②真理。「~、善、美」真、善、美。

しん⓪【親】 ①親。↔疎。「~疎の別なく」不分親疏。②親屬，親戚。

しん⓪【秦】 秦。

しん⓪【清】 清朝。

しん⓪【新】 新。

じん⓪【仁】 ①仁愛，仁慈。「~の心」仁愛之心。②人。「あの~はなかなかの人物だ」那位是個了不起的人物。③仁。

じん⓪【陣】 ①陣。「背水の~をしく」擺下背水之陣。②陣營，陣地。③戰鬥，戰役。「冬の~」冬季戰役。④陣容。「報道~」報導陣容。

ジン⓪【gin】 杜松子酒。

しんあい⓪【信愛】スル 信愛。

しんあい⓪【親愛】スル 親愛。「~なる読者」各位親愛的讀者。

じんあい⓪【仁愛】 仁愛。

じんあい⓪【塵埃】 ①塵埃。「~にまみれる」沾滿塵埃。②塵埃，塵世。「~のちまたを逃れる」逃避塵世。

しんあん⓪【新案】 新型。「実用~」實用新型。

しんい⓪【神威】 神威。

しんい⓪【神意】 神意。

しんい⓪【真意】 ①真意。「彼の~がわからない」不明他的真意。②真正的意思。

じんい⓪【人為】 人為。

しんいき⓪⓪【神域】 神域。神社境內。

しんいき⓪【震域】 地震區。

しんいり⓪【新入り】 新進，新參加，新加入者。「~の社員」新加入的社員。

しんいん⓪【心因】 心因。「~性疾患」心因性疾病。

しんいん⓪【神韻】 神韻。「~を帯びる」帶有神韻。

しんいん⓪【真因】 真正原因。「事件の~を探る」探明事件的真正原因。

じんいん⓪【人員】 人員。「~を調べる」調查人數。

じんう⓪【腎盂】 腎盂。

しんうち⓪【真打】 壓軸演員。

しんえい⓪【新鋭】 新銳，新秀。「~の選手」後起之秀。

じんえい⓪【陣営】 陣營。「敵の~を襲撃する」襲擊敵人陣地。

しんえいたい⓪【親衛隊】 ①近衛軍，禁衛隊。②明星護衛隊，追星族。

しんえん⓪【深淵】 ①深淵。②極深的底層。「悲しみの~」悲痛的深淵。

しんえん⓪【深遠】 深遠。「~な思想」深遠的思想。

じんえん⓪【人煙】 ①炊煙。②人煙。

じんえん⓪【腎炎】 腎炎。

しんおう⓪【心奥】 內心。

しんおう⓪【深奥】 ①深奧。②（幽）深處。「森の~を探る」探索森林的深處。

しんおう◎【震央】 震央。

しんおん◎【心音】 心音。

しんおん◎【唇音】 唇音。

しんか【臣下】 臣下，臣子。

しんか【真価】 真正價值。「~を発揮する」發揮真正的價值。

しんか【深化】スル 深化。「思索の~」思索的深化。

しんか【進化】スル 〔evolution〕進化。→退化

じんか◎◎【人家】 人家，住戶。「~が密集する」住宅密集。

シンカー◎【sinker】 下墜球，下沉球。

シンガー◎【singer】 歌唱家。

しんかい◎◎【深海】 深海。

しんかい【新開】 ①新開墾，新開墾地。②新開闢的市街。

しんがい【心外】 意外的。「~な出来事」意外事件。

しんがい【侵害】スル 侵害。侵犯。「領土を~する」侵害領土。

しんがい【震駭】スル 震駭，震驚。「世を~させる」震驚世界。

じんかい◎◎【人界】 人界，人世間，人間。

じんかい◎【塵芥】 塵芥。

じんかい◎【塵界】 塵世，塵界，凡界。

しんがお◎【新顔】 新面孔。→古顔「~の歌手」新歌手。

しんかく◎【神格】 神格。

しんがく◎【心学】 心學。修心的學問。

しんがく◎【進学】スル 升學。「来年は大学に~する」明年升入大學。

じんかく◎【人格】 人格。「~がりっぱである」人格高尚。

じんかくけん◎【人格権】 〔法〕人格權。

じんがさ◎◎【陣笠】 ①陣笠。古時下級武士在陣中戴的斗笠。②普通議員。「~連」普通議員夥伴。

しんがた◎【新型・新形】 新型，新式。

しんがっこう◎【神学校】 神學校。

しんかなづかい◎【新仮名遣い】 新假名用法。→旧仮名遣い

しんかぶ◎◎【新株】 新股。→旧株

しんから◎【心から】（副） 從心裡，由衷地。「~喜ぶ」由衷喜悅。

しんがり◎◎【殿】 殿後，殿軍，後衛。

しんかん◎◎【心肝】 心，心裡。「~に徹する」刻骨銘心。

しんかん◎【信管】 引信，信管。「~を切る」切斷引信。

しんかん◎【宸翰】 宸翰，宸章。帝王的辭文作品。

しんかん◎◎【深閑・森閑】（タル） 鴉雀無聲，萬籟俱寂。「家の中が~としている」家中鴉雀無聲。

しんがん◎【心眼】 慧眼。

しんがん◎◎【心願】 心願。

しんがん◎【真贋】 真假，真贋。

しんかんかくは【新感覚派】 新感覺派。

しんかんせん【新幹線】 新幹線。

しんき【心気】 心緒，心情。

しんき【心悸】 心悸，心跳過快。

しんき【辛気】 鬱悶，煩躁，心情焦躁。

しんき【振起】スル 振起，奮起。

しんき◎【新奇】 新奇。「~を追う」追求新奇。

しんき◎【新規】 ①新規劃。「~に計画を立てる」重新制定計畫。②新客，新主顧。「御~様」各位新主顧。

しんぎ◎【心木】 車軸，心軸。

しんぎ◎【心技】 心技，精神技術。「~充実」充實心技；充實精神技術。

しんぎ◎【信義】 信義。「~にそむく」背信忘義。

しんぎ◎【神技】 神技，非凡技藝。

しんぎ◎【真偽】 真偽。「~を確かめる」核實真偽。

しんぎ◎【審議】スル 審議。「法案を~する」審議法案。

じんき◎【人気】 風氣。「~のよい土地」風氣好的地區。

じんぎ◎【仁義】 仁義。「~にもとる」不仁不義。

じんぎ◎【神祇】 神祇。

じんぎ◎【神器】 神器。

しんきいってん◎【心機一転】 念頭一

転，心機一動。「～、一から出直す」念頭一轉，乾脆從頭重新開始。

しんきげん◎【新紀元】 新紀元。「～を画する」劃時代。

しんきじく◎【新機軸】 新設計，新方案。「～を出す」提出新方案。

ジンギスかんなべ【―汗鍋】 成吉思汗鍋。

しんきゅう◎【進級】 スル 晉級，升級。

しんきゅう◎【新旧】 新舊。「～交替」新舊交替。

しんきゅう◎【鍼灸】 針灸。

しんきょ◎【新居】 新居。↔旧居。「～を構える」建新居。

じんきょ◎【腎虚】 スル 腎虧。

しんきょう◎【心境】 心境。「～の変化をきたす」心情發生了變化。

しんきょう◎【信教】 信教。

しんきょう◎【神橋】 神橋。

しんきょう◎【神鏡】 神鏡。

しんきょう◎【進境】 進步情況，長進程度，進步程度。「～が著しい」進步顯著。

しんきょう◎【新教】 新教。

しんぎょう◎【心経】 心經。

しんぎょうそう◎【真行草】 真行草。漢字字體之一。

しんきょく◎【新曲】 新曲，新歌。

しんきろう◎【蜃気楼】 海市蜃樓。

しんきん◎【心筋】 心肌。

しんきん◎【宸襟】 宸衷，宸襟。天子之心。「～を悩ます」攪擾宸襟。

しんきん◎【親近】 スル ①親近。②親人，近親。「～者」親近者。

しんぎん◎【呻吟】 スル 呻吟。「病床に～する」在病床上呻吟。

しんく◎【辛苦】 スル 辛苦，勞苦。「粒粒りゅうりゅうー」粒粒皆辛苦。

しんく◎【深紅・真紅】 深紅。「～の花びら」深紅的花瓣。

シンク【sink】 （廚房、烹調場所的）洗滌池，洗滌槽。

しんぐ◎【寝具】 寢具。

じんく【甚句】 甚句。民謠分類上的名稱。

ジンク【zinc】 鋅。「～凸版」鋅凸版。

しんくう◎【真空】 真空。「～地帯」真空地帶。

しんぐう◎◎【新宮】 新宮。從本宮分出來的神社。

じんぐう◎【神宮】 神宮。

ジンクス【jinx】 不祥，倒楣事。「～を破る」破除不祥。

シンクタンク◎【think tank】 智庫，智囊團。

シングル◎【single】 ①單排扣的西服。②單打。③單人床，（旅館等的）單人房。④單份。威士忌酒容量單位。⑤（棒球）一壘打。⑥獨身者，單身。

シングルカット◎【single cut】 單曲。

シングルス◎【singles】 單打。↔ダブルス

シングルはば◎【―幅】 單幅。→ダブル幅

シングルばん◎【―盤】 單曲唱片，單曲CD。

シングルヒット◎【single hit】 一壘打。↔ロング-ヒット

シングルマザー◎【single mother】 單親媽媽，未婚媽媽，單身媽媽。

シンクロナイザー◎【synchronizer】 同步器。

しんぐん◎【進軍】 スル 行軍。

じんくん◎◎【仁君】 仁君。

しんけい◎【神経】 神經。

じんけい◎【陣形】 陣形。「～を整える」排陣；布陣。

しんけいかびん◎【神経過敏】 神經過敏。

しんけいしつ◎【神経質】 神經質。

しんけいしょう◎【神経症】 精神官能症，神經病。

しんけいすいじゃく◎【神経衰弱】 神經衰弱。

しんけいつう◎【神経痛】 神經痛。

しんけいブロック◎【神経―】 神經阻滯。

しんげき◎【進撃】 スル 進撃。

しんげき◎【新劇】 新劇。

しんけつ◎◎【心血】 心血。「～を注そ

ぐ」傾注心血。

しんげつ◎【新月】　新月。

じんけつ◎【人血】　人血。

じんけつ◎【人傑】　人傑。

しんけん◎【神劍】　神劍。

しんけん◎【神權】　神權。

しんけん◎【真劍】　①真刀，真劍。「～で立ち合う」用真刀（劍）對打。②（形動）認真，一絲不苟，一本正經。「～に働く」認真地工作。

しんけん◎【親權】　〔法〕親權。

しんげん◎【進言】ㇲㇽ　進言，建議。

しんげん◎◎【箴言】　箴言。

しんげん◎【震源】　震源，震央。

しんげん◎【森嚴】（形動）　森嚴。「～な境内」森嚴的神社境內。

じんけん◎【人權】　人權。

しんけんざい◎【新建材】　新建材。

じんけんひ◎【人件費】　人事費，人頭費，人員開支，人員工資。

しんげんぶくろ◎【信玄袋】　信玄袋，水桶包。

しんこ◎【糝粉】　米粉。

しんこ◎【新香】　新香。指新醃的鹹菜。

しんご◎【新語】　新詞，新語。

じんご◎【人後】　人後。

じんご◎【人語】　人語，人話。「～を解する犬」懂人話的狗。

しんこう◎【侵攻】ㇲㇽ　侵占，侵攻。

しんこう◎【信仰】ㇲㇽ　信仰。

しんこう◎【振興】ㇲㇽ　振興。

しんこう◎【深更】　夜半，深更。「激論は～に及んだ」激烈爭論到深更。

しんこう◎【深紅】　深紅。「～色」深紅色。

しんこう◎【深耕】ㇲㇽ　深耕。

しんこう◎【進行】ㇲㇽ　①行進。「～中の列車」行進中的列車。②進行。「工事の～がはかばかしくない」工程進行得不順利。

しんこう◎【進攻】ㇲㇽ　進攻。

しんこう◎【進航】ㇲㇽ　航行前進。

しんこう◎【新興】　新興。「～勢力」新興勢力。

しんごう◎【信號】ㇲㇽ　①信號。「～を送

る」發信號。②紅綠燈。

じんこう◎【人口】　人口。

じんこう◎【人工】　人工，人造。↔天然。「～を加工する」加工。

じんこう◎【沈香】　沉香（木）。

じんこうえいせい◎【人工衛星】　人造衛星。

じんこうえいよう◎【人工栄養】　人工餵養，人工營養。

じんこうこきゅう◎【人工呼吸】　人工呼吸。

じんこうじゅせい◎【人工授精】　人工授精。

じんこうしんぱい◎【人工心肺】　人工心肺。

じんこうずのう◎【人工頭腦】　人工頭腦，電腦。

じんこうちのう◎【人工知能】　〔artificial intelligence〕人工智慧。

じんこうてき◎【人工的】（形動）　人工（的）。

しんこきゅう◎【深呼吸】ㇲㇽ　深呼吸。「大きく～する」做深呼吸。

しんこく◎【申告】ㇲㇽ　①申報，呈報。「税関に～する」向海關申報。②申請。「着任を～する」申請上任。

じんこつ◎【人骨】　人骨。

しんこっちょう◎【真骨頂】　本來面目，真面目，真實本領。「～を発揮する」施展真實本領。

シンコペーション◎【syncopation】〔音〕切分法，切分音。

しんこん◎【心魂】　心魂。「～を傾けた大作」傾注心魂的大作。

しんこん◎【新婚】ㇲㇽ　新婚。「～旅行」新婚旅行；蜜月旅行。

しんごん◎【真言】　真言。

しんさ◎【審査】ㇲㇽ　審查。「資格～」資格審查。

しんさい◎【震災】　震災。

じんさい◎【人災】　人災，人禍。

じんざい◎【人材】　人材。「～をあつめる」廣招人才。

しんさく◎【真作】　真作，真品。

しんさく◎【新作】ㇲㇽ　新作。↔旧作

しんさつ◎【診察】スル 診察，診斷。「～室」診療室。

しんさん◎【心算】 盤算，打算。

しんさん◎【辛酸】 辛酸。「つぶさに～をなめる」飽嘗辛酸。

しんさん◎【神算】 神算。「～鬼謀」鬼謀神算。

しんざん◎【深山】 深山。「～幽谷」深山幽谷。

しんざん◎【新参】 新入，新來，新手，新參加。↔古参。

しんし【伸子】 竹撐，幅撐，邊撐伸幅器。「～張り」繃上竹撐。

しんし【唇歯】 唇齒。

しんし【真摯】 真摯，誠懇。「～な態度」誠懇的態度。

しんし【紳士】 紳士。

しんじ【信士】 〔佛〕信士。→信女

しんじ【神事】 神事。「～を執り行う」舉行祭神儀式。

しんじ【神聖】 神聖。

じんし◎【人士】 人士。

じんじ◎【人事】 ①人情世故。「～にわずらわされる」爲人情世故所煩擾。②人事。「～を担当している」擔任人事工作。「～異動」人事異動。

しんじいけ◎【心字池】 心字池。

しんしき◎【神式】 神道儀式。「～で結婚式を挙げる」按神道儀式舉行婚禮。

しんしき◎【新式】 新式，新型，新款式。↔旧式。「～のカメラ」新式照相機。

シンジケート◎【syndicate】 ①企業聯盟，財團。②認購銀行團，放款銀行團。③犯罪集團。「麻薬～」販毒集團。

しんじたい◎【新字体】 新字體。→旧字体

しんしつ◎【心室】 心室。

しんしつ◎【寝室】 寢室，臥室。

しんじつ【信実】 信實，誠實，真心。

しんじつ◎【真実】 ①真實。「～を語る」說實話；講真話。②（副）實在，由衷地。「～申し訳ない」真對不起。

じんじつ◎【人日】 人日。五個節日之一。

じんじつ◎【尽日】 ①整天，終日。②晦日，除夕。

しんしゃ◎【辰砂】 辰砂。

しんしゃ【深謝】スル 衷心感謝，深謝。「お力ぞえを～いたします」對您的大力相助深表謝意。

しんしゃ【新車】 新車。

しんしゃ【親炙】 親炙。

しんじゃ【信者】 信者，教徒。

じんしゃ【仁者】 仁者。

じんじゃ【神社】 神社。

ジンジャー◎【ginger】 薑，乾薑粉。

しんしゃく◎【斟酌】スル ①酌情，體諒，照顧。「相手の立場を～する」體諒對方的處境。②斟酌。進行照顧。「採点に～を加える」在評分上加以照顧。

しんしゅ【進取】 進取。「～の精神に富んでいる」富於進取精神。

しんしゅ【新酒】 新酒。↔古酒

しんしゅ【新種】 新種。

しんじゅ【神授】 神授。「王権～説」君權神授說。

しんじゅ【真珠】 真珠，珍珠。

しんじゅ◎【親授】スル 親授，親賜，御賜。

じんしゅ◎【人種】 人種。

じんじゅ◎【人寿】 人壽，人的壽命。

しんしゅう【神州】 神州。

しんしゅう◎【真宗】 真宗，淨土真宗。

しんしゅう◎【新秋】 ①新秋。「～の候」新秋時節。②新秋。指陰曆七月。

しんしゅう◎【新修】スル 新修。

しんじゅう◎【心中】スル 殉情。

しんじゅう◎【臣従】スル 臣事，臣從。

しんしゅく◎【伸縮】スル 伸縮，舒縮。「～自在」伸縮自如。

しんしゅつ◎【浸出】スル 浸出，泡出。

しんしゅつ◎【進出】スル 進到，打入，進軍，擴張，進出，挺進。「海外へ～する」向海外擴張。

しんしゅつ◎【滲出】スル 滲出，浸析。

しんしゅつ◎【侵出】 出擊入侵。

しんじゅつ◎【針術・鍼術】 針灸術，針刺療法。

じんじゅつ◎【仁術】 仁術。「医は～な

り」醫乃仁術。

しんしゅつきぼつ⓪【神出鬼没】 神出鬼沒。「～の怪盗」神出鬼沒的怪盜。

しんしゅん⓪【新春】 新春。

しんじゅん⓪【浸潤】 スル ①浸潤。「雨水が～する」雨水浸潤。②〔醫〕浸潤。「肺～」肺浸潤。

しんしょ①【信書】 書信,信件。「～開披罪」非法拆開他人信件罪。

しんしょ①⓪【新書】 新書。

しんしょ①【親書】 親筆信。

しんしょ①【親署】 スル 親署。

しんじょ①【神助】 神助。「天祐てん～」天佑神助。

しんじょ①⓪【寝所】 臥室。

しんじょ①【糝薯】 肉末山藥糕。

しんしょう⓪【心証】 ①(言行給人的)印象。「～を害する」給人的印象不好。②〔法〕心證。

しんしょう⓪【心象】 〔心〕心象,意象。

しんしょう①【身上】 財產,身價。「～をつぶす」傾家;破產。

しんしょう⓪【辛勝】 スル 勉強取勝,艱辛取勝,險勝。

しんじょう⓪【心情】 心情。「～をゆたかなする」使心情舒暢。

しんじょう⓪【身上】 ①身世,履歷。「～調査」身世調査。②長處,優點。「まじめなのが彼の～だ」為人正直是他的特點。

しんじょう⓪【信条】 信條,信念。「誠実であることを～とする」把誠實當做信條。

しんじょう⓪【真情】 ①真情,真心。「～を吐露する」吐露真情。②真情,實情。「～を知る」瞭解實情。

しんじょう⓪【進上】 スル ①進獻,贈給,奉送。「～物」進獻物。②呈上,奉上。

じんしょう⓪【人証】 人證。

じんじょう⓪【尋常】 ①尋常,平常。「～な顔立ち」尋常的長相。②堂堂正正。「～に勝負しろ」要堂堂正正地比賽。

じんじょういちよう⓪【尋常一様】 通常,尋常一樣。「～ではない」不同尋常。

じんじょうしょうがっこう⑦【尋常小学校】 尋常小學。

しんしょうひつばつ⓪【信賞必罰】 信賞必罰。

しんしょうぼうだい⓪【針小棒大】 誇大其詞,針小棒大。

しんしょく⓪【侵食・侵蝕】 スル 侵蝕,侵占,侵吞。

しんしょく⓪【神色】 神色,神情。「～自若じじゃく」神色自若。

しんしょく⓪【神職】 神職。

しんしょく⓪【浸食・浸蝕】 スル 侵蝕。

しんしょく⓪【寝食】 スル 寢食。「～を共にする」寢食與共。

しん・じる⓪①【信じる】 (動上一) ①相信,確信。「私は彼のことばを～・じる」我相信他的話。②信任,信賴。「友人を～・じる」信賴朋友。③信奉,信仰,皈依。「神を～・じる」信神。

しんしん①【心身】 心身。

しんしん①⓪【心神】 心神。

しんしん⓪【津津】 (トル) 津津。「興味～」津津有味。

しんしん⓪【深深】 (トル) ①深沉。「夜は～と更け渡る」夜深人靜。②萬籟俱寂。「～たる森」萬籟俱寂的森林。

しんしん①【信心】 スル 信心,信仰心。

しんじん①【真人】 真人。

しんじん⓪【深甚】 深切,深甚。「～なる謝意を表す」謹表深切的謝意。

しんじん⓪【新人】 ①新人。「～戦」新人戰。②新人,新秀。「～歌手」新歌手。→旧人

じんしん⓪【人心】 人心。「～を一新する」振奮人心。

じんしん⓪【人臣】 人臣。「位～を極める」位極人臣。

じんしん⓪【人身】 ①人身,人體。②個人身世,人身。

じんしんこうげき⑤【人身攻撃】 人身攻擊。

じんしんじこ⑤【人身事故】 人身事故。

じんしんばいばい⑤【人身売買】 人身買賣,販賣人口。

しんすい◎【心酔】スル 衷心敬佩，由衷敬佩，衷心羨慕，醉心。「西洋文化に～する」醉心於西洋文化。

しんすい◎【浸水】スル 水浸，浸水。「大雨で家が～した」由於大雨房子被水淹了。

しんすい◎【深邃】 深邃，深奧。

しんすい◎【進水】スル 下水。「～式」下水典禮。

しんすい◎◎【薪水】 ①砍柴和汲水。②炊事。

しんすい◎【親水】 親水。「～公園」親水公園。

しんずい◎【心髄】 心髄。

しんずい◎◎【神髄・真髄】 神髄，真髄。「音楽の～を味わう」玩味音樂的真髄。

じんすい◎【尽瘁】スル 盡瘁，盡力。

じんずう◎【神通】〔佛〕神通。

しんせい◎◎【心性】 心性，精神。

しんせい◎【申請】スル 申請。「～書類」申請書。

しんせい◎【神聖】 神聖。「～な場所」神聖的場所。

しんせい◎【真正】 真正。

しんせい◎【真性】 ①真性。「～コレラ」真性霍亂。②本性，天性。

しんせい◎【新生】スル ①新出生。②新生，重新做人。

しんせい◎【新制】 新制。「～中学」新制中學。

しんせい◎【新星】 新星。

しんせい◎【親政】 親政。

じんせい◎【人生】 人生。「～七十古来稀なり」人生七十來稀。

じんせい◎【人性】 人性。

じんせい◎【仁政】 仁政。「～を施す」施仁政。

しんせいがん◎【深成岩】 深成岩。

じんせいかん◎【人生観】 人生觀。

じんせいこうろ◎【人生行路】 人生如行路，人生旅途。

しんせいめん◎【新生面】 新生面，新局面。「～を開く」別開生面。

しんせき◎◎【臣籍】 臣籍。

しんせき◎【真跡・真蹟】 真跡。

しんせき◎【親戚】 親戚。「遠い～より近くの他人」遠親不如近鄰。

じんせき◎◎【人跡】 人跡。「～未踏の密林」人跡未至的茂密森林。

シンセサイザー◎【synthesizer】 電子合成器，電子音響合成器。

しんせつ◎【真説】 真說。正確的學說。

しんせつ◎【新設】スル 新設。「～の学校」新設立的學校。

しんせつ◎【新雪】 新雪。

しんせつ◎【新説】 新說。

しんせつ◎【親切・深切】 親切，懇切，好心。「彼は～な人です」他是個熱忱的人。

しんせっきじだい◎【新石器時代】 新石器時代。

しんせん◎【神仙】 神仙。

しんせん◎【神饌】 神饌，供品。

しんせん◎【深浅】 深淺。

しんせん◎【新選・新撰】スル 新選，新編，新撰。

しんせん◎【新線】 新線。

しんせん◎【震顫・振顫】 震顫。

しんせん◎【新鮮】（形動）①新鮮。「～な果物」新鮮的水果。②新鮮，清新。「～な空気」清新的空氣。③新穎。「～なアイデア」新穎的想法。

しんぜん◎【神前】 神前。「～で誓う」神前發誓。

しんぜん◎【親善】 親善，友善。「友好～」友好親善。

じんせん◎【人選】スル 人選。「～をかさねる」反覆選拔。

しんそ◎【親疎】 親疏。

しんそう◎【神葬】 神葬。

しんそう◎【真相】 真相。「事件の～を調べる」調查事件的真相。

しんそう◎【深窓】 深宅，深閨。「～の令嬢」大家閨秀；深閨小姐。

しんそう◎【深層】 深層。「～心理」深層心理。

しんそう◎【新装】スル 新裝飾，新裝修。「～を凝らす」裝飾一新。

しんぞう◎【心像】 心像。

しんぞう◎【心臓】 心臓。

しんぞう◎【神像】 神像。

しんぞう◎【新造】 スル ①新造，新建。②新婦，少婦。

じんぞう◎【人造】 人造。「～ゴム」人造橡膠。

じんぞう◎【腎臓】 腎臓，腎。

しんぞく◀【親族】 親族，親屬。

じんそく◎【迅速】 迅速。「～な対処」迅速的處理。

しんそこ◀◎【心底・真底】 ①心底。「～からのぞむ」衷心希望。②（副）從心裡。「～きらいだ」打心裡討厭。

しんそつ◎【真率】 真率。「～な態度」真率的態度。

しんそつ◎【新卒】 剛畢業（生）。

じんた 嘀打樂隊，嘀打樂。

しんたい◀【身体】 身體。

しんたい◀◎【神体】 神體。

しんたい◀【進退】 スル ①進退。「～の自由を失う」失去進退的自由。②進退，動作。「挙止～」舉止進退。③進退，去留。「この問題は彼の～に関する」這個問題關係到他的去留。

しんだい◎【身代】 身價，家産。「～をつぶす」盪盡家産。

しんだい◎【寝台】 床鋪，臥鋪。

じんたい◀【人体】 人體。「～解剖」人體解剖。

じんたい◎【靱帯】 靱帶。

じんだい◀【人台】 人體模型。

じんだい◀【神代】 神代。

じんだい◎【甚大】 （形動）甚大。「被害～」受害甚大。

しんたいけんさ◀【身体検査】 ①檢查身體，體檢。②搜身。

じんだいこ◀◎【陣太鼓】 戰鼓，陣鼓。

しんたいそう◀【新体操】 藝術體操。

しんたいはっぷ◀【身体髪膚】 身體髪膚。

じんだいめいし◀【人代名詞】 人稱代名詞。

しんたいりく◀【新大陸】 新大陸。↔旧大陸

しんたく◎【信託】 スル ①信託，委託，託

管。「国民の～に応える政党」不辜負國民信任的政黨。②信託。「～会社」信託公司。

しんたく◎【神託】 神託，神諭。

しんたく◎【新宅】 ①新宅。②另立門戶。

しんたつ◎【申達】 スル 申令。

しんたつ◎【進達】 スル 轉呈，轉遞。

シンタックス◀【syntax】 ①句法。②語法。

じんだて◀【陣立】 （排兵）布陣，陣腳，陣法。

しんたん◀◎【心胆】 心膽。「～を寒からしめる」（使）心驚膽寒。

しんたん◎【薪炭】 ①薪炭。②（泛指）燃料。「～商」燃料商。

しんたん◀【震旦】 震旦，中國。

しんだん◎【診断】 スル 診斷。「～書」診斷書。

しんち◀【新地】 ①新地。新開闢的土地。②新領地。

じんち◀【陣地】 陣地。「～をきずく」構築陣地。

しんちく◎【新築】 スル 新建，新築，新建築物。

じんちく◀◎【人畜】 人畜。「幸いに～に被害がなかった」幸而人畜均未受災。

しんちゃ◀【新茶】 新茶。↔古茶

しんちゃく◎【新着】 スル 新到，新到貨物。

しんちゅう◀【心中】 心中。「～のよろこび」心中喜悦。

しんちゅう◎【進駐】 スル 進駐。

じんちゅう◎【陣中】 陣中。

しんちょ◀【新著】 新著。

しんちょう◎【伸長・伸暢】 スル 伸長，增長。

しんちょう◎【伸張】 スル 擴大，擴展，伸張。

しんちょう◎【身長】 身長，身高。

しんちょう◎【深長】 深長。「意味～」意味深長。

しんちょう◎【清朝】 清朝。

しんちょう◎【慎重】 慎重。「～な態度」慎重的態度。

しんちょう◎【新調】スル 新製，新做。「背広を～する」新做西服。

じんちょうげ◎【沈丁花】 瑞香。

しんちょく◎【進捗】スル 順利進展。

しんちん◎【深沈】 ①沉著持重。②深沉。夜色漸深。

しんちんたいしゃ◎【新陳代謝】スル 新陳代謝。

しんつう◎【心痛】スル ①痛心，擔憂，憂傷。②心痛。胸部疼痛感。

じんつう◎【陣痛】 陣痛。

しんて◎【新手】 新做法，新招數。「～の詐欺」新招數詐欺。

しんてい◎◎【心底】 心底。

しんてい◎【進呈】スル 贈送，奉送，進呈。

しんてい◎【新訂】スル 新訂。「～版」新訂版。

じんてい◎【人定】 〔法〕認定，人定。

じんていしつもん◎【人定質問】 人別訊問。

じんていじんもん◎【人定尋問】 人別詢問。

しんてき◎◎【心的】（形動） 心的。「～な現象」心理現象。

じんてき◎【人的】（形動） 人的。「～損害」人的損害。

シンデレラ◎【Cinderella】 灰姑娘，仙杜瑞拉。

シンデレラコンプレックス◎〔Cinderella complex〕灰姑娘情結。

しんてん◎【伸展】スル 伸展。

しんてん◎【進展】スル 進展。「交渉が～する」交渉有進展。

しんてん◎【親展】 親展，親啓。

しんでん◎【神田】 神田。奈良、平安時代歸神社所有的田地。

しんでん◎【神殿】 神殿，神廟。

しんでん◎【寝殿】 寢殿。

しんでん◎【新田】 新田。新開墾的田。

しんでん◎【親電】 親電。一國元首以自己的名義發出的電報。

しんでんず◎【心電図】 心電圖。

しんてんち◎【新天地】 新天地。「～を求めて船出する」啓航尋求新天地。

しんてんどうち◎【震天動地】 震天動地，驚天動地。

しんと◎【信徒】 信徒。

しんど◎【心土】 心土。↔作土

しんど◎【深度】 深度。

しんど◎【進度】 進度。

しんど◎【震度】 震度。

しんど・い（形） 累死人的。「～・くしてもこの仕事をやってしまおう」即使再累，也要把這個工作做完。

しんとう◎【心頭】 心頭。心上，心中。「怒り～に発する」怒上心頭心頭火起；怒火攻心。

しんとう◎【神灯】 神燈。供神用的燈。

しんとう◎【神道】 神道。

しんとう◎【浸透・滲透】スル ①浸透，滲透。②滲透，滲入。

しんとう◎【新刀】 新刀。

しんとう◎【震盪・振盪】スル 震盪，振盪。

しんとう◎【親等】 親等。

しんどう◎【神童】 神童。

しんどう◎【振動】スル 振動，搖動。

しんどう◎【新道】 新道，新路。↔旧道

しんどう◎【震動】スル 震動。

じんとう◎【人頭】 ①人頭。「～獣身」人頭獸身。②人頭，人數。

じんとう◎【陣頭】 前線，陣前。「～指揮」前線指揮。

じんどう◎【人道】 ①人道。「～にかなう」合乎人道。②人行道。

じんどうしゅぎ◎【人道主義】〔humanitarianism〕人道主義。

じんどうてき◎【人道的】（形動） 人道的。

じんとく◎【人徳】 人德，品德。某人所具備的道德。

じんとり◎【陣取り】 搶占陣地（遊戲）。「～合戦」搶占陣地大會戰。

じんど・る◎【陣取る】（動五） ①擺陣，布陣。②占據。「各クラスは適当な場所に～・って討論をはじめた」各班級找個適當的場所後開始討論。

シンナー◎【thinner】 稀釋劑。

しんないぶし◎【新内節】 新內調。

しんに◎【真に】（副）　真正地。「～に行きたい」真的想去。

じんにく◎【人肉】　人肉。

しんにち◎【親日】　親日。↔反日・抗日。「～家」親日家。

しんにゅう◎【侵入】スル　侵入，闖入。

しんにゅう◎【浸入】スル　浸入，進水，滲入。

しんにゅう◎【進入】スル　進入，入內。「～禁止」禁止入內。

しんにゅう◎【新入】　新入，新人。「～社員」新社團成員。

しんにょ◎【信女】〔佛〕信女。→信士

しんにょ◎【真如】〔佛〕真如。

しんにょう◎【之繞・辵】　走字邊。

しんにん◎【信任】スル　信任。

しんにん◎【新任】　新任。

しんにん◎【親任】スル　親自任命，親任。

しんにんとうひょう◎【信任投票】　信任投票。

しんねこ◎　私下談情。「～をきめこむ」悄悄談戀愛。

しんねん◎【信念】　信念。「～を崩さない」堅定信念。

しんねん◎【新年】　新年。「～おめでとう」恭賀新年。

しんのう◎【心囊】　心囊，心包。

しんのう◎【親王】　親王。

しんぱ◎【新派】　新派。↔旧派。「～をおこす」振興新派。

シンパ◎　同情者，贊同者，支持者。

じんば◎【人馬】　人和馬。「～一体の妙技」人馬配合默契的妙技。

しんぱい◎【心肺】　心肺。「～機能」心肺功能。

しんぱい◎【心配】スル　①擔心，掛念。②操心，照顧，幫忙，張羅。「よけいな～をする」瞎操心。

じんぱい◎【塵肺】　塵肺。

じんばおり◎【陣羽織】　陣羽織，披風，戰袍。

しんぱく◎【心拍・心搏】　心搏。

シンパシー◎【sympathy】　同情，同感，共鳴。

しんばつ◎【神罰】　神罰。

しんぱつ◎【進発】スル　（軍隊等）出發。

しんぱつじしん◎【深発地震】　深層地震。

しんばりぼう◎【心張り棒】　頂門棍，頂門棒。「～をかう」頂上頂門棒。

シンバル◎【cymbals】　西洋鐃鈸。

しんばん◎【新盤】　新唱片。

しんぱん◎【侵犯】スル　侵犯。

しんぱん◎【新版】　新版，新版本。↔旧版

しんぱん◎【審判】スル　①審判。「世論の～を受ける」受到輿論的審判。②裁判員，裁判。

しんぱん◎◎【親藩】　親藩。

しんび◎【審美】　審美。

しんぴ◎【神秘】　神秘，奧秘。「自然の～」大自然的奧秘。

しんぴ◎【真皮】　真皮。

しんぴ◎【真否】　真否，真假，真偽。「～を確かめる」核實真偽。

しんぴ◎【親披】　親披。與「親展」同義。

じんぴ◎【靭皮】　靭皮。

シンビジウム◎【拉 cymbidium】　蘭。

しんぴつ◎【宸筆】　宸筆，御筆。

しんぴつ◎【真筆】　真筆。↔偽筆。「定家の～」定家真跡。

しんぴつ◎【親筆】　親筆。「大臣の～」大臣的親筆。

しんぴょうせい◎【信憑性】　可信性，可靠性。「～に欠ける」缺乏可靠性。

しんぴん◎【新品】　新品，新貨，新產品。

じんぴん◎◎【人品】　人品。「～いやしからぬ紳士」風度不俗的紳士。

しんぶ◎【深部】　深部。

しんぷ◎【神父】　神父。

しんぷ◎【新婦】　新娘，新婦。↔新郎

しんぷ◎【新譜】　新譜，新譜曲唱片。

ジンフィーズ◎【gin fizz】　杜松子汽酒。

しんぷう◎【新風】　新風氣。「政界に～を吹き込む」為政界注入新風氣。

シンフォニー◎【symphony】　交響曲。

シンフォニーオーケストラ◎【symphony

orchestra】 交響樂團。

しんぷく◎【心服】 スル 心服。

しんぷく◎【振幅】 振幅。

しんぷく◎【震幅】 震幅。

しんふぜん③【心不全】 心力衰竭，心功能不全。「急性～」急性心力衰竭。

じんふぜん③【腎不全】 腎功能衰竭。

しんぶつ◎【神仏】 神佛。「～に祈る」向神佛祈禱。

じんぶつ◎【人物】 ①人物。「登場～」出場人物。②人物。性格、人品或能力等優秀的人。「なかなかの～だ」了不起的人物。

シンプル①【simple】（形動） ①單純的，簡單的。②質樸的，無裝飾的，樸素的。

しんぶん◎【新聞】 報紙，新聞。

じんぶん◎【人文】 人文。

じんぷん◎【人糞】 人糞。

じんぶんしゅぎ⑤【人文主義】 人文主義。

しんぶんじれい⑤【新聞辞令】 ①新聞任免令。②人事傳聞，人事變動新聞。

しんぶんすう◎【真分数】 真分數。↔仮分数

しんぶんだね⑤【新聞種】 （重要）報導材料，新聞材料。「～になる」成爲新聞材料。

じんぶんちりがく⑥【人文地理学】 人文地理學。↔自然地理学

しんぺい◎【新兵】 新兵。↔古兵

しんぺん◎【身辺】 身邊。「～雑事」身邊瑣事。

しんぺん◎【新編・新篇】 新編。「～源氏物語」新編源氏物語。

しんぽ①【進歩】 スル 進步。↔退歩。「～した文明」進步的文明。

しんぼう◎【心房】 心房。

しんぼう◎【心棒】 心軸，心棒。

しんぼう◎【辛抱】 スル 含辛（茹苦）。

しんぼう◎【信望】 信望，期望。

しんぼう◎【深謀】 深謀。「～遠慮」深謀遠慮。

しんぽう◎【信奉】 スル 信奉。「～者」信奉者。

しんぽう◎【神宝】 神寶。

しんぽう◎【新法】 新法。↔旧法。

じんぼう◎【人望】 人望，聲望。「～のある人」有聲望的人。

しんぼく◎①【神木】 神木。神社境內的樹木。

しんぼく◎【親睦】 スル 親睦。「～を深める」加深友誼。

シンポジウム④【symposium】 專題座談會，研討會。

しんぽしゅぎ⑤【進歩主義】 進步主義。↔保守主義。

しんぼち◎【新発意】 〔佛〕新發意，新出家人。

しんぽてき◎【進歩的】（形動） 進步的。↔保守的

しんぼとけ③【新仏】 新佛，新死者，新魂。

シンボライズ④【symbolize】 スル 象徵，表示。

シンボリズム④【symbolism】 象徵主義。

シンボリック④【symbolic】（形動） 象徵性的。

シンボル①【symbol】 符號。

しんぽん◎【新本】 ①新本。新的本子。↔古本。②新書。

しんまい◎【新米】 ①新米。↔古米。②新手，生手。

じんましん③【蕁麻疹】 蕁麻疹。

しんみ◎【親身】 ①親人，親骨肉。②情同骨肉，親如骨肉。「～になって」親如骨肉般地。

しんみ①◎③◎【真味】 真味，原味。

しんみち◎【新道】 新道，新路。

しんみつ◎【親密】 親密。↔疎遠。「～な間柄」親密的關係。

じんみゃく◎【人脈】 人脈。

しんみょう◎【神妙】 ①令人敬佩的。「～な心がけ」神妙的用心。②老老實實，規規矩矩。「～にしろ」不許亂動。

しんみり③（副）スル ①心平氣和，平心靜氣。「～と話す」心平氣和地說。②沉靜，寂靜，悄然。

しんみん◎【臣民】 臣民。

じんみん⓪【人民】　人民。

じんみんさいばん⑤【人民裁判】　人民審判。

じんみんせんせん⑤【人民戦線】　人民戦線。

しんめ⓪【新芽】　新芽。

しんめい⓪①【身命】　身命。「～をなげうつ」捨身。

しんめい⓪①【神明】　神明。「天地～に誓う」向天地神明發誓。

じんめい⓪【人名】　人名。「～辞典」人名辭典。

じんめい⓪【人命】　人命。「～にかかわる問題」攸關人命的問題。

シンメトリー①【symmetry】　對稱，勻稱。

シンメトリック⑤【symmetric】　（形動）對稱的，勻稱的。

じんめんじゅうしん⑥【人面獣心】　人面獸心。

しんめんもく③【真面目】　真面目，真正價値。「～を発揮する」發揮真正的價値。

しんもつ⓪【進物】　禮物，禮品，贈品。

しんもん⓪【審問】ㅈㅣㅣ　審問。

じんもん⓪【尋問・訊問】ㅈㅣㅣ　①詢問，盤問。②〔法〕詢問。「～調書」詢問筆錄。

しんや①【深夜】　深夜。

じんや①【陣屋】　軍營，營帳，營房。軍隊的陣營。

しんやく⓪【新約】　①新約。②《新約聖經》的略稱。↔旧約

しんやく⓪【新訳】　新譯。↔旧訳。

しんやく⓪【新薬】　新藥。

しんゆう⓪【心友】　知心朋友，知音。

しんゆう⓪【親友】　親密朋友，摯友，契友。

しんよ①【神輿】　神輿。

しんよう⓪【信用】ㅈㅣㅣ　①相信，信用。「友人のことばを～する」相信朋友的話。②信用。「～のある店」有信譽的店。③〔credit〕信用（交易）。

じんよう⓪【陣容】　陣容。「～を整える」調整陣容。

しんようがし⓪【信用貸し】　信用貸款，信貸。↔抵当貸し

しんようきんこ⑤【信用金庫】　信用金庫。

しんようくみあい⑤【信用組合】　信用組合，信用合作社。

しんようじゅ③【針葉樹】　針葉樹。↔広葉樹

しんようじょう⓪【信用状】　信用狀。

しんようとりひき⑤【信用取引】　信用交易，保證金交易。

しんようはんばい⑤【信用販売】　信用銷售。

しんらい⓪【信頼】ㅈㅣㅣ　信賴。「医者を～する」相信醫生。

しんらい⓪【新来】　新來。

じんらい⓪【迅雷】　迅雷。「疾風～」疾風迅雷。

しんらつ⓪【辛辣】　①辛辣。「～な批評」辛辣的批評。②辛辣。味極辣。

しんらばんしょう⓪【森羅万象】　森羅萬象。

しんり①【心理】　①心理。②心理。「心理学」的簡稱。

しんり①【真理】　真理。「～を探求する」探求真理。

しんり①【審理】ㅈㅣㅣ　審理。「事件を～する」審理案件。

しんりがく③【心理学】　心理學。

じんりき①【人力】　人力。

じんりきしゃ③①【人力車】　人力車，黃包車。

しんりしょうせつ⑤【心理小説】　心理小說。

しんりゃく⓪【侵略・侵掠】ㅈㅣㅣ　侵略。「～者」侵略者。

しんりょ①【深慮】　深慮，遠慮，深思熟慮。「遠謀～」深謀遠慮。

しんりょう⓪【神領】　神社領地，神領。

しんりょう⓪【診療】ㅈㅣㅣ　診療，診治。

しんりょう⓪【新涼】　新涼。初秋的涼爽。

しんりょうないか⑤【心療内科】　身心內科。

しんりょく⓪【深緑】　深綠色。

しんりょく⓪【新緑】　新綠。

じんりょく①【人力】　人力。

じんりょく⓪①【尽力】スル　盡力。「会社の再建に～する」爲重建公司而盡力。

しんりりょうほう④【心理療法】　心理治療，心理療法。

しんりん⓪【森林】　森林。

じんりん⓪【人倫】　人倫。

しんりんてつどう⑤【森林鉄道】　森林鐵路。

しんりんよく⓪【森林浴】　森林浴。

しんるい⓪【進塁】スル　進壘。往前進一壘。

しんるい⓪【親類】　親屬，親戚。「～縁者」遠近親戚。

じんるい①【人類】　人類，世人。

しんれい⓪①【心霊】　①心靈。②靈魂。

しんれい⓪【神霊】　神靈。

しんれい⓪【振鈴】　搖鈴，振鈴。

しんれい⓪【浸礼】　浸禮。

しんれき⓪【新暦】　新曆。↔旧暦

じんれつ⓪【陣列】　陣列，陣形，陣勢。

しんろ①【針路】　航向。

しんろ①【進路】　①前進的道路。↔退路。②出路，前途，前程。

しんろう⓪【心労】スル　費心，操心，勞心。

しんろう⓪【辛労】スル　辛勞，辛苦，勞苦。「～辛苦」千辛萬苦。

しんろう⓪【新郎】　新郎。↔新婦

じんろう⓪【塵労】　①塵勞。②〔佛〕塵累。

しんろく⓪①【神鹿】　神鹿。

じんろく⓪【甚六】　憨傻，憨老大。「惣領の～」傻老大。

しんわ⓪【神話】　神話。

しんわ⓪【親和】スル　和睦，親和。「家庭の～を図る」促進家庭和睦。

しんわがく⓪【神話学】　神話學。

す

す⓪【州・洲】 沙洲。

す⓪①【巣・栖・窠】 ①巢，穴，窩。②巢。人的住處。「とりの～」鳥巢。③巢穴，賊窩。

す①【酢・醋】 醋。

す①【簀】 簀。竹席。

す①【鬆】 ①蜂窩眼。「～が立つ」起蜂窩孔。②氣孔。

ず⓪【図】 ①圖畫，繪畫。②地圖，圖紙。③〔數〕圖形。④目標，良機。「～に乗る」得意忘形；飄飄然。

ず⓪【頭】 頭。「～が高い」缺乏教養；傲慢不恭。

すあげ【素揚げ】 清炸，清炸食品。

すあし【素足】 赤腳，光腳。

ずあん⓪【図案】 圖樣，圖案，設計圖。「～家」圖案家。

すい①【水】 ①水。②星期三。「水曜」的略稱。

すい①【粋】 ①精粹，精華。②無雜質，純粹。

す・い①【酸い】 (形) 酸的。

ずい①【髄】 ①髓質。②髓。植物莖中心部維管束所圍成的薄壁組織。③精髓。

すいあ・げる⓪【吸い上げる】 (動下一) ①吸上來，往上吸，抽上來。②攫取，侵占。「もうけを～・げる」榨取利潤。

すいあつ⓪【水圧】 水壓。

すいい①【水位】 水位。

すいい①【推移】 スル ①推移，變遷。「時代の～」時代的變遷。②推移，流逝。「月日が～する」歲月流逝；時光流逝。

ずいい①⓪【随意】 隨意。「どうぞ、ご～に」請便。

すいいき⓪【水域】 水域。「危険～」危險水域。

ずいいきん③⓪【随意筋】 隨意肌。↔不隨意筋

ずいいち①【随一】 首屈一指，頭一號。

スイート②【suite】 套房。

スイート②【sweet】 ①甜的，甜味的。②(形動) 甜美，甜蜜。

スイートコーン⑤【sweet corn】 甜玉米。

スイートスポット⑥【sweet spot】 球拍中心點，桿頭擊球面中心點。

スイートハート⑤【sweet heart】 戀人。

スイートホーム⑤【sweet home】 甜蜜家庭。

スイートポテト⑥【sweet potato】 ①甘薯，番薯。②番薯泥。

スイートメロン⑥【sweet melon】 黃甜瓜，黃金瓜。

スイーパー②【sweeper】 自由中衛。→ストッパー

ずいいん⓪【随員】 隨員。

すいうん⓪【水運】 水運。

すいうん⓪【衰運】 衰運。↔盛運

すいうん⓪【瑞雲】 瑞雲，祥雲。

すいえい⓪【水泳】 スル 游泳。

すいえき⓪【膵液】 胰液。

すいえん⓪【水煙・水烟】 ①水煙，水霧。②塔剎火焰飾物。

すいえん⓪【垂涎】 スル 垂涎。

すいおん⓪【水温】 水溫。「～計」水溫計。

すいか①【水火】 ①水火。「～の難」水火之難。②水火。「～の仲」水火不相容；勢同水火。

すいか①【水禍】 水禍，水災。

すいか⓪【西瓜】 西瓜。

すいか①【誰何】 スル 什麼人。

すいがい⓪【水害】 水災，澇災，水害。

すいかずら③【忍冬】 忍冬，金銀花。

すいがら⓪【吸い殻】 煙頭，煙蒂。

すいかん⓪【水管】 水管。

すいかん⓪【吹管】 吹管。

すいかん⓪【酔漢】 醉漢。

すいがん⓪【酔眼】 醉眼。

すいがん⓪【酔顔】 醉相。

ずいかん⓪【随感】 隨想。

ずいき⓪【芋茎】 芋莖。

ずいき◎【随喜】スル 隨喜。

ずいき◎【瑞気】 瑞氣。

すいきゃく◎【酔客】 醉客。

すいきゅう◎【水球】 水球。

すいぎゅう◎【水牛】 水牛。

すいきょ◎【推挙・吹挙】スル 推舉，推薦。

すいきょう◎【水郷】 水郷，澤國。

すいきょう◎【酔狂・粋狂】 奇想，發瘋，異想天開。

すいぎょく◎【翠玉】 翠玉，綠寶石。

すいきん◎【水禽】 水禽。

すいぎん◎【水銀】 水銀，汞。

すいぎんちゅう◎【水銀柱】 水銀柱。

すいぎんとう◎【水銀灯】 水銀燈，汞燈。

すいくち◎【吸い口】 ①濾嘴。「きせるの～」煙嘴。②煙嘴，濾嘴。

すいくん◎【垂訓】 垂訓，垂教。「山上の～」山上的垂訓（耶穌基督的訓誡）。

すいぐん◎【水軍】 水軍，水師。

すいけい◎【水系】 水系，河系。

すいけい◎【推計】スル 推測計算，推算，推斷。

すいけん◎【水圏】 水圈。

すいげん◎【水源】 水源。

すいこう◎【水耕】 水耕，水栽培。

すいこう◎【推考】スル 推斷思考。

すいこう◎【推敲】スル 推敲。

すいこう◎【遂行】スル 推行，落實，實現，既遂。

ずいこう◎【随行】スル 隨行，隨行者。

ずいこう◎【瑞光】 瑞光。

すいこみ◎【吸い込み】 ①吸入，吸進。②污水孔。

すいこ・む◎【吸い込む】（動五） ①吸入，吸進。②吸入，捲入，陷入，吞掉。「谷底に～・まれそうだ」好像要被吸入谷底似的。

すいさいが◎【水彩画】 水彩畫。

すいさつ◎【推察】スル 推測，猜想，想像，推斷。「～に難しくない」不難推測。

すいさん◎【水産】 水產。

すいさん◎【炊爨】スル 煮飯。「飯盒はん～」用飯盒煮飯。

すいさん◎【推参】 ①造訪，拜訪。②冒昧，冒失，沒禮貌。「～至極」冒昧之極。

すいさん◎【推算】スル 推算，估計。

すいさんか◎【水酸化】 氫氧化。

すいさんき◎【水酸基】 羥基。

すいし◎【水死】スル 淹死。

すいし◎【出師】 出師，出兵。

すいじ◎【炊事】スル 炊事，做飯。

ずいじ◎【随時】（副） ①隨時。「～利用できる施設」可隨時利用的設施。②隨時。「欠員が生じれば～補う」如果出現缺員，隨時補充。

すいしつ◎【水質】 水質。「～検査」水質檢查。

ずいしつ◎【髄質】 髓質。↔皮質

すいしゃ◎【水車】 ①水渦輪機。②水車。

すいじゃく◎【衰弱】スル 衰弱。

すいじゅん◎【水準】 水準。

すいじゅんき◎【水準器】 水準器。

すいじゅんてん◎【水準点】 水準點。

ずいしょ◎【随所・随処】 隨處，到處。

すいしょう◎【推奨】スル 推薦。

すいしょう◎【推賞・推称】スル 讚賞。「～に値する作品」值得讚賞的作品。

すいじょう◎【水上】 水上。「～生活者」水上人家。

すいじょう◎【穂状】 穗狀。

ずいしょう◎【瑞祥・瑞象】 祥瑞，瑞象。

すいじょうき◎【水蒸気】 水蒸氣。→湯気

すいじょうけいさつ◎【水上警察】 水上警察。

すいしょく◎【水色】 ①水色。水邊的景色。②水色，淡藍色。

すいしん◎【水深】 水深。

すいしん◎【推進】スル 推進，推動。「～器」推進器。

すいじん◎【水神】 水神。

すいじん◎【粋人】 ①風流人物。②精通人情世故者。

すいせい◎【水生・水棲】スル 水生，水

棲。→陸生
すいせい[0]【水声】 水聲。
すいせい[0]【水性】 水性，水溶性。↔油性。「～ペイント」水性塗料。
すいせい[0]【水星】 〔Mercury〕水星。
すいせい[0]【水勢】 水勢。
すいせい[0]【衰勢】 衰勢。
すいせい[0]【彗星】 彗星。
すいせいむし[5]【酔生夢死】 醉生夢死。
すいせき[1]【水石】 盆景石，山水石。
すいせん[0]【水仙】 水仙。
すいせん[0]【水洗】スル 水洗。「～便所」沖水式廁所。
すいせん[1]【垂線】 垂線。
すいせん[0]【推薦】スル 推薦，舉薦。「学長に～する」推薦爲大學校長。
すいぜん[0]【垂涎】スル 垂涎。「～の的」羨慕的對象。
すいそ[1]【水素】 〔英 hydrogen;德 Wasserstoff〕氫。
すいそう[0]【水草】 水草。
すいそう[0]【水葬】スル 水葬，海葬。
すいそう[0]【水槽】 水槽，水箱，儲水櫃。
すいそう[0]【吹奏】スル 吹奏。
すいぞう[0]【膵臓】 胰腺，胰臟，胰。
ずいそう[0]【随想】 隨想。
ずいそう[0][3]【瑞相】 瑞相。
すいそく[0]【推測】スル 推測。
すいぞくかん[4][3]【水族館】 水族館。
すいたい[0]【衰退・衰頽】スル 衰退，衰頹。
すいたい[0]【推戴】スル 推戴，推舉擁戴。「総裁に～する」推戴爲總裁。
すいたい[0]【酔態】 醉態。
すいたい[0]【錐体】 錐體。
すいだしごうやく[5]【吸い出し膏薬】 拔毒膏。
すいだ・す[3]【吸い出す】（動五） 抽出，吸出。「膿(うみ)を～・す」吸出膿。
すいたらし・い[5]【好いたらしい】（形） 惹人喜歡，可愛。「～・い人」惹人喜愛的人。
すいだん[0]【推断】スル 推斷。
すいち[1]【推知】スル 推知。
すいちゅう[0]【水中】 水中，水裡。
すいちゅうか[3]【水中花】 水中花。
すいちゅうよくせん[5]【水中翼船】 水翼船。
ずいちょう[0]【瑞兆】 瑞兆。
ずいちょう[0]【瑞鳥】 瑞鳥。
すいちょく[0]【垂直】 垂直。「～に立つ」垂直而立。
すいちょくとび[4]【垂直跳び】 垂直跳，立定跳躍。
すいちょくりちゃくりくき[9]【垂直離着陸機】 垂直起降飛機。
すいつ・く[3]【吸い付く】（動五） ①吸吮。「赤ん坊が乳房に～・く」嬰兒吸住乳頭。②吸著，吸附。「磁石に釘が～・く」磁鐵上吸著釘子。
すいつ・ける[4]【吸い付ける】（動下一） ①吸住，吸附。②對火點煙。邊吸邊給煙點火。③抽慣。「～・けているタバコ」抽慣了的香煙。
スイッチ[2]【switch】スル ①開關，燈開關。②轉轍器，路閘。③轉換，改變。「考え方を～する」轉變想法。
すいっちょ[2] 日本螽似織的異名。
すいてい[0]【水底】 水底。
すいてい[0]【推定】スル 推斷，推定。「死亡時刻を～する」推測死亡時間。
すいてき[0]【水滴】 ①水滴。②硯滴。
すいでん[0]【水田】 水田。↔陸田
すいとう[0]【水痘】 水痘。
すいとう[0]【水筒】 水筒，水壺。
すいとう[0]【水稲】 水稻。↔陸稻
すいとう[0]【出納】スル 出納。
すいどう[0]【水道】 ①給水系統，自來水管道。②水道。
ずいどう[0]【隧道】 隧道。
すいとりがみ[4]【吸い取り紙】 吸墨紙。
すいと・る[3]【吸い取る】（動五） ①攝取，吸取。「養分を～・る」吸取養分。②吸出，吮出，吸掉。「掃除機でほこりを～・る」用吸塵器吸灰塵。③榨取，搜刮，壓榨。
すいとん[0]【水団】 麵疙瘩湯。
すいとん[0]【水遁】 水遁。「～の術」水遁術。

すいなん◎【水難】 水難。

すいのう◎【水嚢】 ①水篩。②帆布水桶，水嚢。

すいのみ◎【吸い飲み・吸い呑み】 鴨嘴壺。

すいば◎【酸葉】 酸模。

すいばいか◎【水媒花】 水媒花。

すいはん◎【垂範】 スル 垂範。「先先〜する」率先垂範。

すいはん◎【炊飯】 煮飯。「〜器」電鍋。

すいばん◎【水盤】 水盤。

すいばん◎【推輓・推挽】 スル 推挽，推輓。「後進を〜する」推挽後輩。

ずいはん◎【随伴】 スル ①陪伴，陪同，伴隨。「社長に〜する」陪伴社長。②伴隨，隨同。「〜現象」伴隨現象。

すいはんきゅう◎【水半球】 水半球。↔陸半球

すいひ◎【水肥】 水肥。

すいび◎【衰微】 スル 衰微。「国力が〜する」國力衰微。

ずいひつ◎【随筆】 随筆。

すいふ◎【水夫】 水夫，水手，船夫。

すいぶん◎【水分】 水分。

すいへい◎【水平】 ①水平。「〜に保つ」保持水平。②水平（方向）。與地球的重力方向成直角，亦指其方向。↔鉛直。③水平器。水準器的一種。

すいへい◎【水兵】 水兵，海軍士兵。

すいほ◎【酔歩】 スル 酔歩。

すいほう◎【水泡】 水泡，泡影。「〜に帰する」化爲泡影。

すいほう◎【水疱】 水疱。「〜疹」水疱疹。

すいぼう◎【水防】 防汛，防洪。

すいぼう◎【衰亡】 スル 衰亡。

ずいほうしょう◎【瑞宝章】 瑞寶章。

すいぼつ◎【水没】 スル 淹沒，水沒。

すいま◎【睡魔】 睡魔。

ずいまくえん◎【髄膜炎】 腦脊髄膜炎，腦膜炎。

すいみつとう◎【水蜜桃】 水蜜桃。

すいみゃく◎【水脈】 ①地下水脈。②航道。

すいみん◎【睡眠】 睡眠。→ノンレム睡眠・レム睡眠。

スイミング◎【swimming】 游泳。

ずいむし◎◎【髄虫】 螟蟲。

すいめい◎【水明】 水明。「山紫〜の地」山明水秀之地。

すいめつ◎【衰滅】 スル 衰滅。

すいめん◎【水面】 水面。

すいもの◎【吸い物】 日式湯。

すいもん◎【水門】 水閘。

すいやく◎【水薬】 水藥。

すいよ◎【酔余】 醉酒後的結果。

すいようえき◎【水溶液】 水溶液。

すいようせい◎【水溶性】 水溶性。

すいよく◎【水浴】 スル 水浴。

すいよ・せる◎【吸い寄せる】（動下一）吸引人，引人注目。

すいらい◎【水雷】 水雷。

すいらん◎【翠巒】 翠巒。

すいり◎【水利】 ①舟楫之利，水利。「〜の便が悪い」航運不方便。②水利。將水用於飲用、工業生產、灌漑等。

すいり◎【推理】 スル 推理。

すいりく◎【水陸】 水陸。

すいりしょうせつ◎【推理小説】 推理小說。

すいりゅう◎【水流】 水流。

すいりょう◎◎【水量】 水量。

すいりょう◎【推量】 スル 推量，推測。

すいりょく◎【水力】 水力。

すいりょく◎【推力】 推力。

すいれい◎【水冷】 水冷。「〜式エンジン」水冷式引擎。

すいれん◎【水練】 游泳的鍛錬。

すいれん◎【睡蓮】 睡蓮。

すいろ◎【水路】 ①水渠，渠道。「農業用〜」農用水渠。②水路，航道。③（游泳池中的）泳道。

スイング◎【swing】 スル ①揮擊，揮棒，揮桿。②〔音〕搖擺（樂）。

スイングアウト◎【swing out】 三振出局。

スイングジャズ◎【swing jazz】 搖擺爵士樂。

すう◎【数】 數目、數量。「合格者の〜を報告する」報告及格人數。

す・う回回【吸う】（動五）①吸。↔吐く。②吸收。「根から水を～・う」從根部吸收水分。

スウェーデン②【Sweden】 瑞典。

スウェーデンリレー⑥【Swedish relay】 瑞典式接力。

スウェット②【sweat】 「汗」「汗衫」之意。「～バンド」防汗帽襯圈。

スウェットスーツ⑤【sweat suit】 運動衫，運動衣。

すうがく回【数学】 數學。

すうき回【枢機】 ①樞機，樞紐。②樞機，樞要。「国政の～に参画する」參與國政樞機。

すうき回【数奇】 ①不走運。②多舛，坎坷。「～な生涯」坎坷的生涯。

すうききょう回【枢機卿】 樞機主教，紅衣主教。

すうけい回【崇敬】 スル 崇敬。「～の念を抱く」懷著崇敬的心情。

すうこう回【崇高】 崇高。「～な精神」崇高的精神。

すうこう回【趨向】 スル 趨向，傾向，趨勢。「～いまだ定まらず」趨向未定。

すうこく回【数刻】 數刻，幾小時。

スーザホーン③【sousaphone】 蘇澤大號。

すうし回【数詞】 數詞。

すうじ回【数字】 ①數字。②算計，計算。「～に明るい」精於計算。

すうじ回【数次】 數次。

すうしき回【数式】 數式，數學式。

すうじく回【枢軸】 樞軸，中樞，樞紐。

すうじくこく回【枢軸国】 軸心國。

ずうずうし・い回【図図しい】（形） 厚臉皮，滿不在乎。

ずうずうべん回【ずうずう弁】 屄屄腔。

すうせい回【趨勢】 趨勢。

すうたい回【素謡】 素謠。

ずうたい回【図体】 大塊頭，大個頭，個頭大。

すうち回【数値】 數值。

すうちょくせん回【数直線】 實數直線，數直線。

スーツ①【suit】 套裝。

スーツケース④【suit case】 旅行箱，小提箱。

すうとう回【数等】（副） 遠遠，相當，很。「この方が～上だ」這個相當好。

すうどん回【素饂飩】 素湯麵，陽春麵。

スーパー①【super】 ①超市。②超級。

スーパーコンピューター⑦【supercomputer】 超級電腦。

スーパースター⑥【superstar】 超級明星。

スーパーだいかいてん⑦【一大回転】 超級大回轉。

スーパーバイザー⑤【supervisor】 ①管理者，監督者。②管理程式，監控程式。

スーパーマーケット⑤【supermarket】 超級市場，超市。

スーパーマン④【superman】 超人。

すうはい回【崇拝】 スル 崇拜。「英雄～」英雄崇拜。

すうひょう回【数表】 數量表。

スープ①【soup】 西式湯。

スーベニル④【souvenir】 紀念品，禮品。

すうみつ【枢密】 樞密。

ズーム①【zoom】 推拉鏡頭。

ズームアウト④【zoom out】 拉鏡頭。

ズームイン④【zoom in】 推鏡頭。

ズームレンズ⑤【zoom lens】 變焦鏡頭。

すうよう回【枢要】 樞要。「～な地位にある」位居樞要。

すうり①【数理】 數學理論。「～的な処理を施す」進行數理處理。

すうりょう③【数量】 數量。

すうれつ回【数列】 數列。

すえ回【末】 ①末梢。↔本。「竹ざおの～」竹竿的末梢。②老么。「～は男だ」最小的是男孩。③子孫，後裔。「藤原氏の～」藤原氏後裔。④末，末尾。「通知が～まで届いていない」通知沒有下達到最基層。⑤未來，將來，前途。「～長く」長久。⑥末世，亂世。「世も～だ」已經是末世了。⑦無關緊要，小事一樁。「～の問題」無關緊要的問題。

ずえ①【図会】 圖冊，畫冊。

スエード⓪【法 suède】 起絨皮革。

すえお・く⑤⓪【据え置く】（動五）①安放，放置。②置之不理。「貯金を～く」不動用存款。③遲延，延期。在一定期間內不返還或償還存款或債券等。

すえおそろし・い⑥【末恐ろしい】（形）前程堪憂，前途不堪設想。

すえずえ⓪【末末】①將來，前景。「～どうなるか」將來怎麼辦？②子孫。

すえぜん⓪⓪【据え膳】①現成飯菜，已擺好飯菜。「上げ膳～のもてなし」殷勤招待。②女人挑逗男人。

すえたのもし・い⑥【末頼もしい】（形）前途有望，大有前途。

すえつ・ける⓪【据え付ける】（動下一）安裝，裝配，安設。

すえっこ⓪【末っ子】 老么。

すえながく③④【末長く】（副）長久，永遠。

すえふろ⓪【据え風呂】 有灶浴桶。

す・える⓪②【据える】（動下一）①放置，安放，固定。②使當上，使位居，安排。「田中さんを課長に～・える」讓田中當上課長。③占據，坐定，打下基礎。「腰を～・える」穩坐不動。④穩住。「腹を～・える」沈著。

す・える②【饐える】（動下一） 餿掉。「～・えたにおい」餿味。

すおう②【素襖・素袍】 素襖，素袍。

すおう②【蘇芳・蘇方・蘇枋】①蘇方，蘇木，蘇枋。植物名。②蘇木色。發黑的暗紅色。

すおどり②【素踊り】 素舞蹈。

ずおも⓪【頭重】①頭沉，頭重。②倔強。③頭重。交易中行情似漲卻又漲不上去的狀態。

すか⓪①落空。「～を食う」落空；失望。②沒中。

ずが①【図画】 圖畫。

スカート②【skirt】①裙子。②裙部，裙板。

スカーフ②【scarf】 圍巾，頭巾，披巾。

スカーレット②【scarlet】 深紅色，緋紅，猩紅。

スカイ②【sky】 天空，天。

すがい⓪【酢貝】 朝鮮花冠小月螺。

ずかい⓪【図解】 スル 圖解。

スカウト②【scout】 スル ①物色人才，球探。②童軍。男童子軍、女童子軍的略稱。

すがお⓪【素顔】①素臉，素面。②本來面目。

すがき⓪⓪【酢牡蠣】 醋牡蠣。

すかさず【透かさず】（副） 不失時機地，當即。「失言に～やじをとばす」立刻對失言喝倒彩。

すかし⓪【透かし】①浮水印。「～のはいったお札」帶浮水印的紙幣。②透明，透亮。「～のないカーテン」不透光的窗簾。

すかしおり⓪【透かし織り】 薄絹。

すかしべ⓪【透かし屁】 無聲屁，悶屁。

すかしぼり⓪【透かし彫り】 透雕，鏤空。

すか・す（動五） 裝蒜。假裝，裝模作樣。

すか・す⓪【空かす】（動五） 空著肚子。

すか・す⓪【透かす】（動五）①留空，留縫，留出空隙。②疏剪，疏伐，間伐，間拔。「枝を～・す」疏枝。③透過。「窓ガラスを～・して外を見る」透過玻璃窗看外面。

すか・す⓪【賺す】（動五） 哄，勸。「子供を～・して寝かせる」哄孩子睡覺。

すがすがし・い⑤【清清しい】（形） 清爽，涼爽，爽快，涼快。「～・い朝」涼爽的早晨。

すがた①【姿】①身段，身姿。「～がいい」身段好。②形象，身影，身形。「～をくらます」隱其身形。③姿態，舉止，態度。「上品な～」優雅的姿態。④姿態，姿容。「美しい富士山の～」秀美的富士山。⑤面貌，形象，狀態，相狀。「世の～」社會狀態；世態。

すかたん⓪⓪ 落空，上當受騙。「～をくう」期望落空。

スカッシュ②【squash】①果汁汽水。②壁球。

スカトロジー⓪【scatology】 糞尿譚，糞便學。

すがめ⓪①【眇】 眯。

すが・める⓪③【眇める】 （動下一） 眯，瞄，瞄準。

すがら（接尾） ①自始至終，一直。「夜も～」徹夜；整夜；通宵。② 在…途中，順路。「道～」中途順便。

ずがら⓪【図柄】 圖案花紋，紋樣。

スカラー①【scalar】 純量，無向量。

スカラシップ②【scholarship】 獎學金。

スカラップ②【scallop】 ①扇貝料理，貝殼菜。②荷葉邊，扇形邊。

すがりつ・く④【縋り付く】 （動五） 扶住，扒住，揪住，抱住，纏住。

スカル①【scull】 雙槳艇，雙槳賽艇。

すが・る⓪②【縋る】 （動五） ①扶，抓，倚，靠，拄。「つえに～・る」拄著手杖。②靠，依附，仰仗。「同情に～・る」依賴同情。

ずかん⓪【図鑑】 圖鑑。「植物～」植物圖鑑。

スカンク②【skunk】 臭鼬。

ずかんそくねつ⓪【頭寒足熱】 頭寒足熱。

すかんぴん④【素寒貧】 赤貧，赤貧者。「～になる」一貧如洗。

すかんぽ⓪【酸模】 酸模的別名。

すき②【好き】 ①喜好，喜歡，愛好。②喜愛。「春より秋が～だ」喜愛秋天勝過喜愛春天。③好色。「～者」色鬼。④任性，隨便。「～にするがいい」按你想的去做。

すき⓪【犂】 犁。

すき②【数寄・数奇】 愛好風雅，雅趣。「～を凝らす」講究風雅。

すき⓪【隙・透き】 ①縫隙，空隙，間隙。②空隙，漏洞。③空閒。

すき⓪【鋤】 鋤鐮。

すぎ⓪【杉・椙】 日本柳杉，杉木。

すぎあや⓪【杉綾】 山形斜紋，人字形斜紋。

スキー②【ski】 ①滑雪板。②滑雪。

スキーマ⓪【schema】 基模。

スキーム①【scheme】 方案，計畫，框架。

スキーヤー②【skier】 滑雪選手。

すきいれ⓪【漉き入れ】 抄浮水印，抄帶浮水印紙。

すきうつし⓪【透き写し】 スル 勾描（暈染）透寫。

すきおこ・す【鋤き起こす】 （動五） 鋤地，刨地，翻地。

すきかえ・す【漉き返す】 （動五） 重抄。

すきかえ・す【鋤き返す】 （動五） 翻地。「畑を～・す」翻地。

すきかって②【好き勝手】 隨意，任性，隨心所欲。

すききらい②③【好き嫌い】 好惡，挑剔。「～が激しい」好惡分明；愛憎分明。

すきぐし②【梳き櫛】 篦子，篦梳。

すきげ⓪【梳き毛】 假髮束，假髮綹。

すぎごけ⓪【杉苔】 金髮蘚，土馬鬃。

すきごころ⓪【好き心】 ①好色心。②好奇心。

すぎこしかた⓪【過ぎ来し方】 （連語） 已往，往昔。

すぎこしのまつり⓪【過ぎ越しの祭】 〔Passover〕逾越節。

すきこの・む【好き好む】 （動五） 嗜好。「～・んで苦労する者はない」特別喜好辛苦勞動的人是沒有的。

すきこ・む【漉き込む・抄き込む】 （動五） 抄入，抄上（浮水印）。

すぎさ・る⓪④【過ぎ去る】 （動五） ①過去，通過。「台風が～・った」颱風已過。②（成為）過去。「～・った日々」逝去的日子。

すきずき②【好き好き】 各有所好，各有所愛。「蓼を食う虫も～」人各有所好；蘿蔔白菜，各有所愛。

スキッド②【skid】 打滑。

スキッパー②【skipper】 （小型船、艇的）船長，艇長。

すきっぱら⓪【空きっ腹】 空腹。

スキップ②【skip】 スル 跳著走，蹦著走。

すきとお・る【透き通る・透き徹る】 （動五） 透明，清澈。

すぎな⓪【杉菜】 問荊。

すぎはらがみ⓪【杉原紙】 杉原紙。

すきほうだい③【好き放題】 任性，爲所欲爲。

すきま⓪【隙間・透き間】 ①縫。「戸の～」門縫。②間隙。閒暇。

すきまかぜ③【隙間風】 ①縫隙風，賊風。②嫌隙，隔閡。「夫婦の間に～が吹き始めた」夫婦間開始產生嫌隙。

すきみ⓪【剝き身】 薄魚片，薄肉片。

すきみ⓪【透き見】 スル 窺視，偷看。

すきもの⓪【好き者】 好事者，好奇者，風流人物，風流之人。

すきや⓪【数寄屋・数奇屋】 雅屋，數寄屋。

すきやき⓪【鋤焼き】 日式牛肉火鍋。

スキャット②【scat】 斯卡特唱法。

スキャナー②【scanner】 掃描器。

スキャンダラス④【scandalous】 （形動）醜聞性的，醜聞的。「～な事件」醜聞事件。

スキャンダル⓪【scandal】 醜聞，醜事。

スキャンティー③【scanties】 （女用緊身）短襯褲，短內褲。

スキューバ②【scuba】 輕便潛水器，自攜式水下呼吸器。

スキューバダイビング⑥【scuba diving】 水肺潛水。

スキル②【skill】 技術，技巧，本領。

す・ぎる②【過ぎる】 （動上一） ①經過。「列車は駅を～・ぎた」列車通過了車站。②逝去。③超過。「60を～・ぎた年ごろのじいさん」六十多歲的老伯。④極盛時已過，過了旺盛期。「桜も～・ぎた」櫻花也過了盛開期。⑤過度，過分。「いたずらが～・ぎる」過分淘氣。⑥勝過。「お前に～・ぎた女房だ」作你老婆可委屈她了。⑦過度，過分。「食べ～・ぎる」吃多了。

スキン②【skin】 ①皮膚，肌膚。「バックス～～」鹿皮。②保險套的別名。

ずきん⓪【頭巾】 頭巾，兜帽。→ときん

スキンシップ④【㊀skin+ship】 親膚育兒法。

スキンダイビング⑥【skin diving】 浮潛運動。

スキンヘッド③【skinhead】 ①剃光頭，禿子。②光頭黨。

す・く②①【好く】 （動五） ①喜歡，愛慕。②愛好，喜好，喜歡。「酒を～・く」好喝酒。

す・く⓪【透く】 （動五） ①有空隙，有間隙。「歯の間が～・く」牙齒間有縫隙。②透出，透視。「模様が～・いて見える」花紋透過來了。

す・く⓪【漉く・抄く】 （動五） 抄（紙），抄漉。造紙。「紙を～・く」抄紙。「海苔を～・く」抄海苔。

す・く⓪【鋤く】 （動五） 鋤地，翻地。「田を～・く」翻地。

すぐ⓪【直】 （副）①馬上，立刻，動不動。「～行きます」馬上就去。②（距離）極近。「～そば」就在旁邊。③（形動）直爽。「～な人」直爽的人。

ずく⓪【木菟】 貓頭鷹。角鴟的異名。

ずく【尽く】 （接尾） ①全憑，專靠。「腕～」憑本事；憑能耐；憑力量。②淨是。「欲得～でつきあう」淨爲私利而交往。

すくい⓪【救い】 ①救，救援，拯救。②勸慰，補償，拯救。「せめてもの～」唯一的安慰。

スクイザー②【squeezer】 榨汁機。

スクイズプレー⑤【squeeze play】 強迫取分。

すくいなげ⓪【掬い投げ】 掬投。相撲決定勝負的招術之一。

すく・う⓪①【掬う】 （動五） ①掬，捧，舀，撇，撈。「水を～・う」舀水。「金魚を～・う」撈金魚。②掃踢，抄。「足を～・う」抄腿。

すく・う⓪①【救う】 （動五） ①救，救濟，解救，挽救，救贖。「被災者を～・う」救濟受害者。「罪を犯した人を～・う」挽救罪犯。②搭救，拯救，普渡。「おぼれている人を～・う」救助溺水的人。

すく・う⓪【巣食う】 （動五） ①築巢。②盤踞，棲居，占據。「悪念が胸に～・う」惡念盤踞於胸中。

スクーター[2]【scooter】　輕型摩托車。

スクーナー[2]【schooner】　縱帆船。

スクープ[2]【scoop】スル　（搶到）獨家新聞，獨家報導。

スクーリング[0][2]【schooling】　（集中）面授。

スクール[2]【school】　學校。

スクールカラー[5]【school colors】　學校的特色，校風。

スクールゾーン[5]【[和]school+zone】　學校幼稚園區。

スクールバス[5]【school bus】　校車。

スクールフィギュア[5]【school figure】　規定圖形的舊稱。

スクエアダンス[5]【square dance】　方塊舞。

すぐき[1]【酸茎】　酸莖。

すぐさま[1]【直様】（副）　立即。

すくせ[2][0]【宿世】　宿世。

すくな・い[3]【少ない・尠い・寡い】（形）少，低。↔多い。「人が～・い」人很少。

すくなからず[4]【少なからず】（副）　①非常多，不少。「～立腹の様子だ」很生氣的樣子。②屢屢，常常。「～耳にした」常常聽說。

すくなくとも[3][2]【少なくとも】（副）　至少，最低。

すくなめ[0]【少なめ】　稍少，略少。↔多め

すくみあが・る[5]【竦み上がる】（動五）　竦起，縮成一團。

すく・む[0][2]【竦む】（動五）　①竦懼，驚呆，發呆。②畏縮，縮成一團。

ずくめ【尽くめ】（接尾）　淨是，清一色，完全。「いいこと～」淨是好事。

すく・める[0][3]【竦める】（動下一）　竦，縮，縮成一團。「首を～・める」縮頭。

すくよか[2]【健よか】（形動）　茁壯。

スクラッチ[3]【scratch】　同起跑線。

スクラッチカード【scratch card】　刮刮卡。

スクラップ[3]【scrap】　①剪報。「～ブック」剪貼簿。②廢金屬，廢鐵，碎鐵。

スクラブ[2]【scrub】　磨砂膏。「～-クリーム」磨砂洗面乳。

スクラム[2]【scram】　快速停爐。

スクラム[2][0]【scrum】　司克欄爭球隊形，並列爭球。

スクランブル[3]【scramble】　①緊急出動。②鎖碼，擾頻。

スクランブルエッグ[7]【scrambled eggs】　西式炒蛋。

スクランブルこうさてん[9]【一交差点】　亂序十字路口。

すぐり[1]【酸塊】　水葡萄，醋栗。

スクリーニング[3]【screening】　篩選，資格審查。

スクリーン[2]【screen】　①電影銀幕。②電影，電影界。

スクリーンセーバー[6]【screen saver】　螢幕保護程式。

スクリーンプロセス[7]【screen process】　背景放映（拍攝法），銀幕合成攝影法。

スクリプター[3]【scripter】　場記，拍攝現場記錄員。

スクリプト[3]【script】　腳本，劇本，演出本。

スクリュー[2]【screw】　①螺旋槳。②螺釘。

すぐ・る[2]【選る】（動五）　挑選。

すぐれて[2]【勝れて】（副）　顯著，尤其。「～政治的な問題」尤其是政治性問題。

すぐ・れる[3]【勝れる・優れる】（動下一）　①優勝，卓越，優秀，優異，高明，明智，綺麗，巧妙，出類拔萃，出色，上乘，傑出，名貴，精通，精闢。「～・れた性質」優秀品行。②良好狀態。多伴有否定語。「健康が～・れない」身體不佳。

スクロール[3]【scroll】　捲動，滾動。

スクワット[3]【squat】　①屈膝運動，下蹲。②蹲槓鈴。

すけ[2]【助】　[1]①幫手。②配角，幫腔，助場。「～に出て話をする」出面救場。③〔流氓團體間的隱語〕女人，情婦。[2]（接尾）（因「助」多用於人名中，故

す

而）稱呼具有某種特徵的人。「飲み～」酒鬼。「ちび～」小矮子。

すげ◎【菅】 苔草，羊鬍子苔草，羊鬍子草，蓑衣草。

ずけ◎ 鮪魚的瘦肉。

ずけい◎【図形】 ①圖形。②圖解、圖表等的總稱。③〔數〕圖形。

スケーティング◎◎【skating】 溜冰。

スケート◎◎【skate】 ①溜冰鞋。②溜冰（運動）。③滑輪運動，輪式溜冰鞋。

スケートボード◎【skateboard】 滑板。

スケートリンク◎【skating rink】 溜冰場，冰上曲棍球場。

スケープゴート◎【scapegoat】 代罪羔羊，負罪羊。

スケール◎【scale】 ①規模程度，度量大小，見識大小。②圖尺，標尺，標度。

スケールメリット◎【scale merit】 規模效益。

すげか・える◎◎【挿げ替える】（動下一） ①另安，另裝，更換。②更換，安插。

すげがさ◎【菅笠】 苔草斗笠。

すけこまし◎ 誘騙少女，拐賣婦女（者）。

スケジュール◎◎【schedule】 日程，預定，行程表，預定表。「～を組む」安排行程。

ずけずけ◎（副） 直言不諱，不講情面，毫不客氣。

すけそうだら◎【助宗鱈・助惣鱈】 狹鱈。明太魚的別名。

すけだち◎【助太刀】 ｽﾙ 助陣，幫手。「彼の～をする」助他一臂之力。

スケッチ◎【sketch】 ｽﾙ ①寫生，寫生繪畫。②速寫，散記。

スケッチブック◎【sketch book】 寫生本，素描簿。

すけっと◎◎【助っ人】 幫手。

すけとうだら◎【介党鱈・鯳】 狹鱈，明太魚。

すげな・い◎【素気無い】（形） 冷漠。「～・い返事」冷漠的回答。

すけばん◎【助番】 〔流氓團體間的隱語〕大姊頭。

すけべえ◎【助兵衛】 好色，色鬼。

すけべえこんじょう◎【助兵衛根性】 ①食色根性。②貪得無厭習性，利慾薰心習性。

スケボー 滑板。

す・ける◎【助ける】（動下一） 幫忙，幫助。「仕事を～・ける」幫助幹活。

す・ける◎◎【透ける】（動下一） 透過…看見。

す・げる◎◎【挿げる・箝げる】（動下一） 插入，安上，穿入。「鼻緒を～・げる」穿上木履帶。

スケルツォ◎【義 scherzo】 詼諧曲，諧謔曲。

スケルトン◎【skeleton】 （船、建築物的）骨架。

すけん◎【素見】 （對妓女、物品等）光看不買。

スコア◎【score】 ①（體育比賽或遊戲的）得分。「～をつける」記分。②總譜。

スコアラー◎【scorer】 記分員。

スコアリングポジション◎【scoring position】 得分圈。

すご・い◎【凄い】（形） ①非常可怕。②好得驚人，好得不得了，好得很。「～・い美人」百裡挑一的美人。③太厲害，太甚。「～・い人気」非常有人緣。

ずこう◎【図工】 圖畫和手工。

すごうで◎◎【凄腕】 精明能幹，幹將。「～の男」精明能幹的男子。

スコープ◎【scope】 ①（視野、見識、作用等的）範圍，領域。②示波器，觀測器。

スコール◎【丹麥・瑞典 skål】 乾杯。

スコール◎【squall】 ①颸。②驟雨。

スコーン◎【scone】 司康麵包。

すこし◎【少し】（副） 稍微，一點點，稍許。「もう～のみたい」還想喝一點。

すご・す◎【過ごす】（動五） ①過，度，生活。「たのしい冬休みを～・した」渡過一個愉快的寒假。②超過限度。「酒を～・す」飲酒過量。③（接在動詞連用形後面）⑦ 放過，不管，聽之任之。「不正を見～・す」對壞行為視而

不見。⑦過度。「寝〜・す」睡過頭。

すごすご◎【悄悄】（副）　垂頭喪氣，無精打采。「〜と引きかえす」敗興而歸。

スコッチウイスキー【Scotch whisky】　蘇格蘭威士忌。

スコッチエッグ⑤【Scotch egg】　蘇格蘭蛋。

スコッチテリヤ⑤【Scotch terrier】　蘇格蘭㹴犬。

スコットランド◎【Scotland】　蘇格蘭。

スコットランドヤード⑥【Scotland Yard】　蘇格蘭警場。

スコップ②【荷 schop】　鏟子，爐鏟，火鏟，鐵鍬。

すこぶる①①【頗る】（副）　頗，頗為。「このワインは女性に〜人気がある」這種葡萄酒頗受女性的歡迎。

すごみ◎①【凄み】　①嚇人，驚人。「〜のある顔」可怕的面孔。②嚇唬。「〜をきかす」嚇唬人。

すご・む②【凄む】（動五）　威嚇，嚇唬。採取恐嚇對手的態度。

すごも・る③【巣籠る】（動五）　伏窩，入蟄。

すこやか②【健やか】（形動）　健壯，雄健。

スコラてつがく⑤【―哲学】　經院哲學，煩瑣哲學。

すごろく◎【双六】　雙六。遊戲名。

スコンク②【skunk】　零分敗北。

すざく①【朱雀】　朱雀。

すさび◎【荒び・遊び】　消遣，解悶，排遣。「筆の〜」寫字消遣。

すさ・ぶ【荒ぶ】（動五）　①放蕩，荒唐。②荒疏，生疏。

すさまじ・い④【凄まじい】（形）　①可怕的，驚人的。「〜・い光景」可怕的情景。②駭人，猛烈，厲害。「〜・い暴風雨」猛烈的暴風雨。③吃驚的，荒唐的，糟透的。

すさ・む②【荒む】（動五）　荒廢，荒疏，放蕩。「学問が〜・む」學習荒廢。

すさ・る②【退る】（動五）　往後退，退出。

ずさん◎【杜撰】　①杜撰。②疏漏多，粗

糙，草率，不徹底。「〜な工事」粗糙的工程；豆腐渣工程。

すし◎①【鮨・鮓】　壽司。

すじ①【筋】　①條，道，細條紋。②筋。③筋。（俗指）血管。「青〜を立てる」青筋暴露。④血統，血脈。⑤素質。「おどりの〜がいい」跳舞的素質好。⑥（事物的）道理，條理。「〜のとおった意見」合理的意見。

ずし①【図示】ｽﾙ　圖示，圖解。

ずし①【厨子】　櫥子，神櫥。

すじあい◎【筋合い】　（可以理解或接受的）理由，根據。「君にうらまれる〜はない」沒道理受你的怨恨。

すじかい◎◎【筋交い・筋違い】　①斜交叉，斜對面。「〜の家」斜對面的人家。②斜支撐，斜撐，對角支撐。

すじがき◎【筋書き】　①概況，概要，梗概。②計畫，預定。「〜通りに事を運ぶ」按計畫辦事。

すじがね◎【筋金】　鋼筋，鐵筋。

すじがねいり◎【筋金入り】　千錘百錬，有骨氣。「〜の闘士」千錘百錬的鬥士。

ずしき◎【図式】　①圖表。②關係說明圖。「〜で示す」用邏輯框圖表示。

すじこ◎【筋子】　醃魚卵。→イクラ

すじだて◎【筋立て】　構思，結構，情節。「作品の〜」作品的結構。

すしだね◎【鮨種】　壽司材料。

すじちがい◎【筋違い】　①不合道理，不對頭。②扭了筋。

すしづめ◎【鮨詰め】　擠滿，塞緊。「〜の電車」擠得滿滿的電車。

すじば・る③【筋張る】（動五）　①肌肉隆起，肌肉顯露，青筋暴起。「〜・った手」青筋暴起的手。②呆板，生硬。「〜・った話」生硬的話。

すじまき◎【条蒔き・筋播き】　⇨じょうは（条播）

すじみち◎①【筋道】　①事理，條理，理路，脈絡，發展規律。②程序，手續。「〜をふんで議事を進める」按程序進行議事。

すじむかい◎【筋向かい】　斜對門，斜對面。「〜の家」斜對面的房子。

すじめ⓪【筋目】 ①褶線。②血統。家世。「～の正しい家」血統純正的家族。③條理。

すしめし⓪【鮨飯】 壽司醋飯。

ずじょう⓪【頭上】 頭上。「～注意」注意頭頂。

すす⓪【煤】 ①煙灰，煤灰。②煙塵，灰塵，吊塵。「～払い」掃塵；大掃除。

すず⓪【鈴】 鈴。

すず⓪【錫】 錫。

すずかけ⓪【篠懸・鈴懸】 懸鈴木。

すずかけのき⓪【鈴懸の木】 懸鈴木。

すずかぜ⓪【涼風】 涼風。

すすき⓪【薄・芒】 芒草。

すすぎ⓪【濯ぎ】 ①洗濯，洗刷。②洗腳水。

すずき⓪【鱸】 鱸魚。

すす・ぐ⓪【濯ぐ】（動五） 漂洗，洗濯，洗刷。「洗濯物を水で～・ぐ」用水漂洗洗滌物。

すす・ける③【煤ける】（動下一） ①煙熏，熏黑。②發煤煙色，發黑。「家が～・けた」房子陳舊變色了。

すずこんしき③【錫婚式】 錫婚式。

すずし・い⓪【涼しい】（形） ①涼爽。②明亮。「～・い目」明亮的眼睛；水靈靈的眼睛。

すずしろ⓪【蘿蔔・清白】 萊菔。蘿蔔的異名。

すずな⓪【菘・鈴菜】 蔓菁。蕪菁的異名。

すずなり⓪【鈴生り】 ①結實累累，掛滿枝頭。②擠得滿滿，擁擠不堪。「～の見物人」擠得滿滿的參觀者。

すすはらい③【煤払い】 打掃屋子，打掃房子，掃塵。

すずみ⓪【涼み】 乘涼，納涼。

すす・む⓪③【進む】（動五） ①前進。↔退く。②打算走…道路，致力於…方面。「芸の道に～・む」打算搞藝術。③順利進展。↔おくれる。「仕事が～・む」工作有進展。④快。↔おくれる。「時計が5分～・んでいる」手錶快5分鐘。⑤上升，進步。⑥加重，惡化，發展迅速。「病気が～・む」病情加重。⑦增進，發展迅速。「食が～・む」食欲大增。「気が～・まない」不悅。不情願。

すずむし⓪【鈴虫】 日本同蟋。

すずめ⓪【雀】 麻雀，家雀。

すずめずし⓪【雀鮨】 雀壽司。

すずめばち③【雀蜂・胡蜂】 胡蜂。

すずめやき⓪【雀焼き】 烤麻雀。

すす・める⓪③【進める】（動下一） ①使前進。②推進，開展。③撥快。「時計を5分～・めておく」把鐘（錶）撥快5分鐘。④推行，晉升，提升，進級。「上級に～・める」升到上一班；升到高年級。「合理化を～・める」推行合理化。

すす・める⓪③【勧める・奨める】（動下一） ①勸，勸告，勸誘。「入会を～・める」勸其入會。②勸用。「酒を～・める」勸酒。

すす・める⓪③【薦める】（動下一） 推舉。推薦。「先生が～・める本」老師推薦的書。

すずやか②【涼やか】（形動） 清爽，爽快。「～な顔をしている」爽快的表情。

すずらん⓪【鈴蘭】 鈴蘭，君影草。

すずり⓪【硯】 硯臺。

すすりな・く④【啜り泣く】（動五） 抽泣，啜泣。「～・げて泣く」抽泣地哭。

すす・る⓪③【啜る】（動五） ①喝，啜飲。「かゆを～・る」喝粥。②抽吸。「はなを～・る」抽吸鼻涕。

すずろ⓪【漫】（形動） 不由得，不知不覺。

すすんで⓪【進んで】（副） 主動。「～仕事を手伝う」主動幫忙做工作。

ずせつ⓪【図説】 圖解說明。

すそ⓪【裾】 ①下擺，裾。②底部，下端。「着物の～をひきずる」和服的下擺曳到地面。

すそがり⓪【裾刈り】 後頸修邊。

すそさばき⓪【裾捌き】 下擺處置。

すその⓪【裾野】 環繞，邊緣。

すそまわし⓪【裾回し】 下擺貼邊。

すそもの⓪【裾物】 下等品。

すそもよう⓪【裾模様】 下擺帶花，下擺花樣。

すそわけ⓪【裾分け】 分贈，與人分享。

スター①②【star】 ①星星。②明星。

スターシステム④【star system】 名演員中心制。

スターター②【starter】 ①發號員。②起動機。

スターダスト④【star dust】 星塵，宇宙塵，小星星群。

スターダム②【stardom】 明星的地位。

スターチ②【starch】 澱粉，澱粉食品。

スターティングブロック⑧【starting block】起跑器。

スタート②【start】 ㋜ル 出發，出發點。

スタートダッシュ⑤【start dash】 （短跑比賽中起跑後的）加速跑。

スタープレーヤー⑤【star player】 明星球員，體育明星。

スタイリスト④【stylist】 ①注重服飾，愛打扮的人。②（藝術上的）樣式主義者，形式主義者。③造型設計師。

スタイリッシュ④【stylish】 （形動）時髦的，新式的。

スタイリング⓪【styling】 款式，花樣，整型，定型。

スタイル②【style】 ①體型，姿態，風采。②服裝或髮型，造型。③（工業產品的）型號，樣式，款式。「斬新な〜の車」斬新款式的車。④風格。

スタウト②【stout】 黑啤酒。

すだ・く②【集く】 （動五） ①集群鳴叫。②聚集，群集。

スタグフレーション⑤【stagnation】 蕭條。

すだこ⓪【酢蛸】 醋蛸，醋章魚。

すたこら①（副） 急忙，匆忙，慌張。「〜さっさと逃げる」逃之夭夭。

スタジアム②【stadium】 體育場。

スタジアムジャンパー⑥【stadium jumper】運動服。

スタジオ⓪【studio】 ①工作室。②攝影棚，照相館，製片廠。③（錄音、錄影等的）錄音室，（廣播電臺的）播音室。

すだち⓪①【巣立ち】 出窩，離巢。

すだち⓪【酢橘】 酸橘。

スタッカート④②【義 staccato】 斷奏，斷音。↔レガート

スタッドレスタイヤ⑦【studless tire】 無釘的防滑輪胎。

スタッフ②【staff】 ①職員，員工，人員。「編集〜」編輯人員。②演藝工作人員。③間接職能部門。↔ライン

スタディー⓪【study】 學習，研究。

スタティック②【static】 （形動） 靜態的，靜止的，靜的。↔ダイナミック

スタビライザー④【stabilizer】 避震裝置，穩定器，減震器。

ずだぶくろ③【頭陀袋】 頭陀袋。

スタミナ⓪【stamina】 體力，精力。

すた・る⓪②【廃る】 （動五） ①廢棄。②丟人，丟臉，失面子。「男が〜・る」（作為一個男人）失面子。

すだれ⓪【簾】 竹簾，葦簾。

すた・れる⓪②【廃れる】 （動下一） ①廢弛，荒廢，敗壞。「道義が〜・れる」道義廢弛。②廢棄。「街が〜・れる」街道廢棄。

スタンガン②【stun gun】 電擊棒。

スタンス②【stance】 ①姿勢，架勢。②兩腳分開站立。

スタンダード④【standard】 標準，基準，規格。

スタンダードナンバー⑦【standard number】 標準曲目。

スタンディングオベーション⑧【standing ovation】 站起來狂熱鼓掌，雷鳴般掌聲，鼓掌喝彩。

スタンディングスタート⑧【standing start】站立式起跑，立定出發。→クラウチング-スタート

スタント②【stunt】 特技，驚險技藝。

スタンド⓪【stand】 ①看臺。②「電気スタンド」的略稱。③（放置物品的）台，座，架。「インク-〜」墨水瓶架。④立餐店。⑤（街頭、車站等地的）小雜貨店。「ガソリン〜」加油站。

スタンドイン⑤【stand in】 替身演員。

スタンドオフ⑤【stand off】 接鋒。橄欖球中衛之一。

スタンドカラー⑤【stand-up collar】 豎

領，立領。

スタンドプレー⑤〔源自 grandstand play〕①博得喝彩表演。②自我表現行為，嘩眾取寵行為。

スタンバイ⓪【stand-by】ㇲル ①待命，待機。②（航海、航空用語，出港、出發等的）預備，準備。③（為防備發生事故而預先準備的）備用節目，後備演員。

スタンプ⓪【stamp】①印，章，戳。「記念~」紀念章。②郵戳。

スタンプラリー⑤【stamp rally】收集郵戳。

スチーム②【steam】①蒸氣。②暖氣。

スチール②【steal】（棒球比賽中）盜壘。

スチール②【steel】鋼鐵，鋼。

スチール②【still】劇照。

スチューデント③【student】學生。

スチュワーデス③【stewardess】空中小姐，空姐。

スチュワード③【steward】①廚師，伙食管理員，招待員。②空中少爺。

ずつう⓪【頭痛】①頭痛。②擔心，憂慮，煩惱。「~の種」煩惱的根源。

スツール②【stool】凳子。

すっからかん④（形動）空空蕩蕩，空空如也，精光。「~の財布」空蕩蕩的錢包。

すっかり③（副）精光，徹底。「~忘れてしまった」完全忘記了。

ズッキーニ③【義 zucchini】西葫蘆，美洲南瓜，夏南瓜。

すっきり③（副）ㇲル ①洗練，清爽。「~（と）したデザイン」洗練的設計。②舒暢，暢快，輕鬆。「久しぶりに髪の毛を切って~とした」好久沒有理髮了，這次一理髮感到舒服多了。③痛快，舒服。「どうも~しない話だ」聽起來總覺得心裡不舒服。

ズック①【荷 doek】粗布。

ズックぐつ【一靴】帆布鞋。

すづけ⓪⓪【酢漬け】醋漬。

ずっこ・ける⓪（動下一）①滑下來。「椅子から~・ける」從椅子上滑下來。②滑脫，脫離。「仲間から~・けた」脫離同伴；離群。

すったもんだ⓪【擦った揉んだ】ㇲル 爭得一塌糊塗，意見不一。「~のあげく中止となる」因意見不一而中止。

ずっと⓪⓪（副）①遙遠，…得很。「~昔のことだ」很早以前的事。「~東の方」遙遠的東方。②一直。「~持っている」一直在等。

すっとんきょう⑤【素っ頓狂】突然發瘋似的。

すっぱ・い③【酸っぱい】（形）酸的。

すっぱだか⓪【素っ裸】①赤身，裸體。②一無所有，精光。

すっぱぬ・く⓪【素っ破抜く】（動五）揭穿，揭露。

すっぽか・す⓪（動五）①食言，失約。「約束を~・す」食言；爽約。②棄置不顧，擱下，扔下。「けいこを~・す」把練習的事拋在腦後。

すっぽぬ・ける⑤【すっぽ抜ける】（動下一）脫落，偏離。「靴が~・けた」鞋子掉了下來。

すっぽん⓪【鼈】鼈，日本鼈，甲魚，元魚，團魚，王八。

すっぽんぽん⓪⓪⓪（形動）赤裸（女），赤條條。

ステアリン⓪③【stearin】硬脂精，三硬脂酸甘油酯。

ステアリング⓪【steering】轉向系統。「パワー-~」動力方向盤；動力轉向。

すていし⓪【捨て石】①景石。②拋石。為了在水底打基礎或減弱水勢而投入水中的石頭。③棄子。

スティック②【stick】①棒狀物。②球桿，曲棍球桿。

すていん⓪【捨て印】欄外蓋章。

ステーキ②【steak】（切得很厚的）烤肉，尤指烤牛排。

ステークス②【stakes】特別獎金賽馬。

ステークホルダー⑤【stakeholder】企業利益關係人。

ステージ②【stage】①舞臺，講壇。②攝影棚。

ステージママ⑤【和 stage+mamma】星媽

兼經紀人。
ステーショナリー[2]【stationery】　文具。
ステーション[2][0]【station】　①火車站，停車場。②局，站，所。「サービス~」服務站。③值班室。「ナース-~」護理站。
ステータス[2]【status】　社會地位，身分。
ステート[2]【state】　①國家。②（美利堅合眾國、澳大利亞等的）州。
ステートメント[2]【statement】　聲明，聲明書。
ステープルファイバー[6]【staple fiber】　化纖短纖維，人造短纖維。→フィラメント
すてお・く[3]【捨て置く・棄て置く】（動五）　置之不理，棄置。「忠告を~・く」對忠告置之不理。
すてがな[0]【捨て仮名】　①見「送り仮名②」。②棄假名訓讀。爲表示促音、拗音等，靠右小寫的假名。如「っ」、「ゃ」、「ゅ」、「ィ」之類。③棄假名。爲了使讀者按照作者的意圖去讀，在漢字的下方添加的小假名。多見於川柳、俳句等。
すてがね[0]【捨て金】　冤枉錢，白花錢。
すてき[0]【素敵】（形動）　極好，絕佳，極漂亮。「~な音楽」絕妙的音樂。
すてご[0]【捨て子・棄て子】　棄嬰，棄兒。
すてさ・る[3]【捨て去る】（動五）　毅然捨棄，毅然離開。
すてぜりふ[3]【捨て台詞】　丟下的話。
ステッカー[2]【sticker】　有背膠的標籤。
ステッキ[2]【stick】　（西洋式的）手杖。
ステッチ[2]【stitch】　①線跡。②裝飾線跡縫紉機。
ステップ[2]【step】スル　①（上下火車、電車、巴士的）踏板。②步法。③跨步跳。三級跳遠中的第二級跳躍。④跨步，邁步。
ステップバイステップ[8]【step by step】　一步一步地，逐步地，循序漸進地。
ステディー[2]【steady】　穩定關係。
すててこ[0]　短襯褲。
すでに[1]【既に・已に】（副）　以前，已經。「~手遅れだった」已經晚了。
すてね[0]【捨て値】　拋售價。
すてぶち[0]【捨て扶持】　白白扶持。
すてみ[0]【捨て身】　捨身，拼命，豁出命，奮不顧身。「~で事に当たる」拼命去辦。
す・てる[3][0]【捨てる・棄てる】（動下一）　①扔掉，拋棄，捨棄。↔拾う。②丟棄，拋棄，不顧，不理。「妻子を~・てる」拋棄妻子。③置之不理。「故障はいつまでも~・てておくわけにはいかない」故障不應總是置之不理。④捨身，捨己。「身を~・てて人を助ける」捨己助人。
ステルス[2]【stealth】　隱形技術。
ステレオ[0]【stereo】　立體聲。↔モノラル。「~放送」立體聲廣播。
ステレオタイプ[5]【stereotype】　①鉛板。②陳規舊套，陳腔濫調，老套。「~の演說」陳腔濫調的演說。
ステロイド[3]【steroid】　類固醇。
ステンカラー[4]【[和] 法 soutien+英 collar】　豎領。
ステンドグラス[5]【stained glass】　彩繪玻璃，玻璃彩畫。
ステンレススチール【stainless steel】　不鏽鋼。
スト[1][2]【strike】　「ストライキ」（罷工）的略語。
ストアがくは[4]【一学派】　斯多葛學派。
ストイシズム[4]【stoicism】　斯多葛主義。
ストイック[3][2]【stoic】（形動）　斯多葛派信徒式的。
ストーカー[2]【stalker】　追蹤狂，跟蹤狂。
すどおし[0][2]【素通し】　①清楚可見。②平光眼鏡。
ストーブ[2]【stove】　火爐，暖爐。
ストーブリーグ[5]【stove league】　爐邊漫談。
ストーム[2]【storm】　①暴風雨。②學生集體騷動。
すどおり[0][2]【素通り】スル　過門不入。
ストーリー[2]【story】　故事，小說。

ストーリーテラー⑥【storyteller】 講書人，小說作家。

ストール①【stole】 長圍巾。

ストーン②【stone】 石頭。

ストーンウォッシュ⑥【stonewash】 石磨，石洗。

ストッカー①【stocker】 冷凍櫃，冷藏箱。

ストッキング②【stockings】 過膝襪，長筒襪。

ストック②【stock】スル ①存貨，庫存，儲存。②貯存，貯存的物品。③高湯。④股票。

ストック②【德 stock】 滑雪杖。

ストックオプション⑤【stock option】 認股權，認股選擇權。

ストッパー①【stopper】 ①制動器，止動器，門擋。②攔網隊員。

ストップ②【stop】スル ①停，停止，中止。②停止信號。↔ゴー。

ストップウオッチ⑤【stop watch】 碼表。

ストップモーション⑤【stop motion】 停格，定格。

すどまり②【素泊まり】 純住宿。

ストやぶり③【一破り】 破壞罷工（者）。

ストライカー②【striker】 前鋒，射手，得分手。

ストライキ③【strike】 ①罷工。②罷課，罷試。

ストライク②【strike】 ①好球。↔ボール。②全倒。

ストライド②【stride】 步幅。「～走法」大步跑法。

ストライプ②【stripe】 條紋，線條。

ストラクチャー②【structure】 ①構造，組織，體系。②建造物，建築物。

ストラップ③【strap】 細肩帶，帶子。

ストラディバリウス⑤【Stradivarius】 斯特拉地瓦利。

ストラテジー②【strategy】 戰略。

ストリーキング③【streaking】 裸奔。

ストリート②【street】 街道，大街，市街。

ストリートガール⑥【street girl】 私娼，街娼，阻街女郎。

ストリキニーネ③【strychnine】 馬錢子鹼，士的寧，番木鼈鹼。

ストリッパー③【stripper】 脫衣舞女。

ストリップ②【strip】 ①「ストリップショー」的略語。②（冷軋）帶鋼。

ストリップショー④【strip show】 脫衣舞。

ストリング②【string】 ①細繩，弦，絃樂器。②（撞球）得分。

ストレート②【straight】 ①指筆直，直。②直拳。③（棒球）直線球。

ストレス②【stress】 ①壓力反應，壓力，緊張狀態。②（強弱型音調中的）強聲部，重音。

ストレッサー③【stressor】 致壓力因素。

ストレッチ②【stretch】 ①彈力布。②（競技場、賽馬場等的）直線跑道。

ストレッチたいそう②【一体操】 伸展體操。

ストレッチャー②【stretcher】 推車擔架。

ストレプトマイシン⑥【streptomycin】 鏈黴素。

ストレンジャー②【stranger】 陌生人。

ストロー②【straw】 ①麥桿，麥管。②吸管。

ストローク②【stroke】 ①用臂划水。②划槳。③揮擊。

ストロークプレー⑦【stroke play】 總桿數比賽，比桿賽。→マッチ-プレー

ストロフルス④【拉 strophulus】 嬰兒苔癬。

ストロベリー④【strawberry】 （荷蘭）草莓。

ストロボ②【strobo】 頻閃，電子閃光。

ストロンチウム⑤【strontium】 鍶。

すな②⓪【砂・沙】 沙子。

すなあらし③【砂嵐】 沙塵暴。

スナイパー②【sniper】 狙擊手。

すなお①【素直】（形動） ①老實，純樸，淳樸，聽話，善良，乖。「～な子供」天真的孩子。②純正，道地。「～な字」工整的字。

すなかぶり③【砂被り】 被沙看臺。

すなかべ⓪【砂壁】　砂壁。

すなぎも⓪【砂肝】　鳥的砂囊。

すなけむり③【砂煙】　塵土飛揚，沙塵，揚沙，揚塵。

すなご⓪【砂子・沙子】　①沙子，細沙。②噴沙。

すなゴム⓪【砂—】　沙橡皮，粗橡皮。

すなじ⓪【砂地】　沙地。

スナック②【snack】　小吃。

スナッチ②【snatch】　抓舉。

スナップ②【snap】　暗鈕，子母鈕。

すなどけい③【砂時計】　砂漏，砂計時器。

すなど・る③【漁る】（動五）　捕魚。

すなば⓪【砂場】　沙池，沙坑。

すなはま⓪【砂浜】　海濱沙灘。

すなぶくろ③【砂袋】　①沙袋。②（鳥類的）砂囊。

すなぶろ⓪【砂風呂】　沙浴。

すなぼこり③【砂埃】　（細）沙塵。

すなわち②【則ち・即ち】（接續）　①即，換言之。「5月5日、～子供の日」五月五日是兒童節。②（常接「…ば」）則。「戦えば～勝つ」戰則勝。

スニーカー②【sneakers】　休閒鞋，輕便運動鞋。

ずぬ・ける③④【図抜ける・頭抜ける】（動下一）　出奇，出眾。「～・けて背が高い」身材十分高大的人。

すね⓪【臑・脛】　脛。

すねあて⓪【脛当て】　護脛，護腿。

スネーク②【snake】　蛇。

すねかじり③【脛噛り】　靠父母養活，啃老族。「親の～」靠父母生活。

す・ねる②【拗ねる】（動下一）　任性，乖戾，彆扭。「世を～」玩世不恭。

ずのう①【頭脳】　頭腦，腦力，智力。「～明晰」頭腦清晰。

ずのうろうどう④【頭脳労働】　腦力勞動。

スノー【snow】　雪。

スノーガン②【snow gun】　雪槍。

スノータイヤ④【snow tire】　雪地輪胎，防滑輪胎。

スノードロップ④【snowdrop】　雪花蓮，雪花，雪鐘花。

スノーボート④【snow boat】　船形雪橇。

スノーボード④【snowboard】　滑雪板。

スノーモービル④【snowmobile】　摩托雪橇，雪上摩托車。

すのこ⓪③【簀の子】　①竹簾，竹席。②板架，隔架。

スノッブ②【snob】　勢利小人，冒牌紳士。

スノビズム③【snobbism】　勢力眼，冒充紳士，紳士派頭。

すのもの⓪【酢の物】　醋拌涼菜。

スパ⓪【spa】　溫泉。

スパーク②【spark】スル　放出火花，電火花。

スパークリングワイン⑧【sparkling wine】　葡萄汽酒。

スパート②【spurt】スル　衝刺。「～をかける」衝刺。

スパーリング③【sparring】　對打練習。

スパイ⓪①【spy】スル　間諜，密探，特務。

スパイク②【spike】スル　①防滑釘。②釘鞋傷人。③扣球，扣殺。

スパイクタイヤ④【和spike+tire】　鑲釘防滑輪胎。

スパイシー③【spicy】　（形動）含香料的，加香料的。

スパイス②【spice】　香辛料，香辣調味料。

スパイダー②【spider】　蜘蛛。

スパイラル③【spiral】　①螺旋（線），螺旋形。②迴旋。

スパゲッティ③【義 spaghetti】　義大利實心細麵條。

すばこ⓪⓪【巣箱】　巢箱，鳥巢箱，蜂巢箱。

すばしこ・い④（形）　迅速，靈敏，快捷，俐落。

すはだ⓪【素肌・素膚】　①素肌。②裸露皮膚。

スパッツ②【spats】　短護腿，鞋罩。

スパナ②【spanner】　扳手，扳子。

すばなし②【素話】　素話。（日本）無伴奏的落語。

すばなれ⓪【巣離れ】スル　離巢，獨立，成

年。

スパニエル⓪【spaniel】　西班牙獵犬。

スパニッシュ⓪【Spanish】　西班牙的，西班牙風格的，西班牙式的。

ずばぬ・ける④【ずば抜ける】（動下一）出眾，超群。「～・けた成績」出眾的成績。

すはま【州浜・洲浜】　沙洲海濱。

すばや・い③【素早い】（形）　①快速，敏捷，犀利。「～・く起きる」迅速地起來。②反應快，快捷，機敏。「彼の真意を～・く見抜く」很快就看穿了他的本意。

すばらし・い④【素晴らしい】（形）　①絕佳，出色，華美，極好，非常好。②不同尋常的，不一般的，超常的。「～・く速い」特快。極快。

すばる⓪【昴】　昴，文曲星，昴宿星團。

スパルタ⓪【Sparta】　斯巴達。

スパルタきょういく⑤【―教育】　斯巴達教育。

ずはん⓪【図版】　插圖，圖版。

スパンコール④【spangle】　亮片，閃光物。

スピーカー②【speaker】　①擴音器，揚聲器。②發言人，演講者。

スピーキング【speaking】　（英語教育中的）會話，演講。

スピーチ②【speech】　演講，致詞。

スピーディー②【speedy】（形動）　敏捷的，迅速的。

スピード⓪【speed】　速度。

スピードアップ⑤【speed-up】 スル 加快，加速，增效。

スピードガン【speed gun】　測速器。

スピッツ①【德 Spitz】　狐狸狗，尖耳（絲毛）犬。

スピットボール【spit ball】　口水球。

スピニングリール⑥【spinning reel】　導線輪。→キャスチング-リール

ずひょう⓪【図表】　圖表。

スピリット②【spirit】　①精神，靈魂。②烈酒。

スピロヘータ④【德 Spirochäte】　螺旋體，螺旋體屬病原生物。

スピン①【spin】　①旋轉，自旋，回轉。②旋轉。

スピンドル⓪【spindle】　心軸。

スフ①　人造短纖維，人造棉。

ずふ①【図譜】　圖譜。「歴史～」歷史圖譜。「植物～」植物圖譜。

スフィンクス③【sphinx】　人面獅身像。

スプール②【spool】　①纏線板，線框。②捲軸，捲線筒。

スプーン②【spoon】　①湯匙。②匙桿。③匙形擬餌鉤。

スフォルツァンド⓪【義 Sforzando】　強調，加強。

すぶた⓪【酢豚】　咕咾肉，咕嚕肉。

ずぶと・い【図太い】（形）　厚顏，厚臉皮，厚顏無恥，死皮賴臉。「～・い人間」厚臉皮的人。

ずぶぬれ⓪【ずぶ濡れ】　濕透。

スプラッシュ③【splash】　濺水。

すぶり⓪【素振り】　（持械）手法練習，假動作練習。

スプリット①【split】　分瓶，技術瓶。

スプリットタイム⑤【split time】　區間記錄，分段時間，分段成績。

スプリング⓪【spring】　春，春天。

スプリングボード⑥【springboard】　①跳板。②機會，契機。

スプリンクラー①【sprinkler】　①灑水器。②自動灑水系統。

スプリンター③【sprinter】　短跑選手，短距離游泳選手。

スプリント①【sprint】　短距離競速，衝刺。

スフレ①【法 soufflé】　蛋奶酥。

スプレー②⓪【spray】　噴霧器。

スプロール【sprawl】　城市盲目擴展。

すべ①②【術】　手段，方法。「なす～を知らぬ」不知如何去做才好。

スペア②【spare】　①預備，備品，備件。②補中。保齡球運動中，第二球將剩下的球瓶全部打倒。

スペアミント③【spearmint】　薄荷，綠薄荷。

スペアリブ③【sparerib】　豬排骨肉。

スペース⓪【space】　①空間。②場所，場

地。③（報紙、雜誌等的）版面。④外太空，宇宙空間。

スペースオペラ⓪【space opera】　太空探險劇。

スペースシャトル⑤【space shuttle】　太空梭。

スペード⓪【spade】　黑桃。撲克牌花色的一種。

すべからく①【須らく】（副）　應該，須。「学生は~勉強すべし」學生必須學習。

スペキュレーション⓪【speculation】　①投機。②黑桃 A。

スペクタクル③【spectacle】　壯觀場面。

スペクトル③【法 spectre】　〔物〕光譜。

ずべこう⓪【ずべ公】　大姐頭，女流氓。

スペシャリスト③【specialist】　專家。↔ゼネラリスト

スペシャル②【special】　特別，特殊。

スベタ【葡 espada】　醜女人，醜八怪。

スペック⓪【spec】　〔specification 之略〕規格明細表，說明書。

すべっこ・い④【滑っこい】（形）　光滑。「~・い肌」光滑的肌膚。

すべて①【全て・凡て・総て】　①一切，凡。「~をはっきりさせる」把一切都搞清楚。②（副）所有，一切，統統。「仕事は~終わった」工作全部結束了。

すべりこ・む④⓪【滑り込む】（動五）　①滑進，溜進。②滑壘。③剛趕上（時間）。「試験開始まぎわに~・む」眼看考試要開始了才趕到。

すべりどめ⓪【滑り止め】　①防滑（物）。「~に砂をまく」撒沙防滑。②備份學校。

すべりひゆ③【滑莧】　馬齒莧。

スペリング⓪【spelling】　拼法。

すべ・る②【滑る】（動五）　①滑，滑動，滑行。「電車が~・るようにホームに入ってきた」電車滑入月台。②打滑。「手が~・る」手滑。③落榜。

す・べる②【統べる・総べる】（動下一）　總括，統轄，統治。「国を~・べる」統治國家。

スペル⓪【spell】　拼寫，拼法。

スペルマ②【拉 sperma】　精子，精液。

スポイト②【荷 spuit】　滴管，滴液吸管。

スポイル②【spoil】　ス ル　寵壞，慣壞。「~された子供」被寵壞的孩子。

ずほう⓪【図法】　投影，作圖法，繪圖法，製圖法。

スポーク②【spoke】　輪輻。車輪的輻條。

スポークスマン②【spokesman】　發言人，代言人。

スポーツ②【sports】　體育運動。

スポーツカー⑤【sports car】　跑車。

スポーツドリンク⑥【sport drink】　運動飲料。

スポーツマン④【sportsman】　運動員。

スポーツマンシップ⑦【sportsmanship】　運動家精神。

スポーティー③【sporty】（形動）　輕便的，適合運動的。

すぼし⓪③【素干し】　晾乾，陰乾。

ずぼし⓪①【図星】　①靶心。②心事。「それは~だ」說得正對。

スポット②【spot】　①點，污點。②場所，地點。

スポットライト⑥【spotlight】　①聚光燈。②焦點。

すぼま・る⓪③【窄まる】（動五）　漸窄，漸尖，漸細。「先が~・る」先端越來越窄。

すぼ・む⓪③【窄む】（動五）　①縮窄，變窄。「洗濯してズボンが~・んだ」用水洗過後褲子縮小了。②收縮，縮癟。「花が~・む」花謝了。③衰落，減弱。「勢いが~・む」勢力衰弱。

すぼ・める⓪③③【窄める】（動下一）　噘，收窄，收攏。「口を~・める」噘嘴。

ずぼら⓪　吊兒郎當，懶散。「~な人」吊兒郎當的人。

ズボン①②【法 jupon】　褲子，西裝褲，工作褲。

スポンサー②【sponsor】　①（資金方面的）後援者，贊助者，資助者。②（商

業廣播的）廣告主，節目提供者。

スポンジ[0]【sponge】　①海綿。②海綿狀製品。

スポンジケーキ[5]【sponge cake】　鬆糕，海綿蛋糕。

スマート[2]【smart】（形動）　①苗條，俊俏，瀟灑。②漂亮，時髦，入時。「~な家具」時髦的家具。

スマートボール[5]【㊓ smart+ball】　彈珠枱。

すまい[1]【住まい】　住所，住處。

スマイル[2]【smile】　微笑。

すま・う[2]【住まう】（動五）　住，居住。

すまき[0]【簀巻き】　用竹簾捲起（物）。

すまし[3]【澄まし・清し】　①清湯，高湯。②洗（酒）杯器，洗（酒）杯水。③裝模作樣，假裝正經。「~顔」一臉假正經。

すま・す[2]【澄ます】（動五）　①澄清，濾清。②平心靜氣，集中注意力。「心を~・す」專心。③假正經，一本正經，裝模作樣，若無其事。「いつも人の物を使って~・した顔をしている」總是滿不在乎地使用別人的東西。

すま・せる[3]【済ませる】（動下一）　做完，完成。「夕食を~・せる」吃完晚飯。

スマッシュ[2]【smash】スル　高壓球，扣殺，扣球。

スマッシング[2]【smashing】　扣殺，扣球。

すまない[2]【済まない】（連語）　對不起，抱歉，勞駕。「本当に~・い」實在對不起。

すみ[2]【炭】　①炭，木炭。②燒焦物，黑炭。

すみ[1]【隅・角】　隅，角落。「~から~まで」各個角落。

すみ[2]【墨】　①墨。②黑煙灰。「なべ底の~」鍋底煙灰。③墨汁。章魚、烏賊等體內的黑液。④墨。「墨縄」「墨糸」的略稱。「~をする」研墨。

すみいと[0]【墨糸】　墨線。→墨壺

すみえ[0]【墨絵】　水墨畫。

すみか[1]【住み処・栖】　住處，住家。住所，住居。「かりの~」臨時住處。

すみがま[0][2]【炭窯】　炭窯。

すみこみ[0]【住み込み】　住入，住宿。↔通い

すみずみ[2][1]【隅隅】　各個角落，各個方面。「~まで詳しく知っている」詳知全部內容。

すみそ[2]【酢味噌】　醋味噌，糖醋醬。

すみぞめ[0]【墨染め】　墨染灰色。

すみつき[2][4]【墨付き】　①墨附著性。②附墨證明。將軍或諸大名給臣下的證明書。→御墨付

すみつ・く[3][4]【住み着く】（動五）　定居，落戶。

すみっこ[1]【隅っこ】　角落。

すみつぼ[0][2]【炭壺】　熄火罐。

すみつぼ[0][2]【墨壺】　①墨線斗。②墨壺，墨盒。

すみてまえ[3]【炭手前・炭点前】　點前炭。

すみながし[3]【墨流し】　流墨。

すみな・れる[4]【住み慣れる】（動下一）住慣。「~・れた土地」住慣了的地方。

すみび[2]【炭火】　炭火。

すみません[4]【済みません】（連語）　對不起，勞駕。表示道歉或感謝等時的用語。「どうも~でした」非常對不起。

すみやき[0][4]【炭焼き】　①燒炭（人）。「~小屋」燒炭小屋。②炭烤。

すみわけ[0]【棲み分け】　分棲。

すみわた・る[4][0]【澄み渡る】（動五）晴空萬里。

す・む[1]【住む】（動五）　住，居住，定居。「長春に~・む」居住在長春。

す・む[1]【済む】（動五）　①完結，結束，完成。「手続きが~・む」手續辦完了。②了結。「これは金で~・む問題ではない」這是金錢解決不了的事。③辦得到，過得去。「電話で話が~・む」打電話談談就成了。④心滿意足。「気が~・む」舒心；滿意。⑤過得去，對得起。「あやまらなくては気が~・まない」不賠個不是心裡過意不去。→みません

す・む[0]【澄む・清む】（動五）　①清澈，清澄，澄澈，澄碧。「～・んだ水」清澈的水。②純，鮮明，明亮。「～・んだ色」明亮的顏色。③清脆，清晰純淨。「～・んだ声」悅耳的聲音。

スムーズ[2]【smooth】　①（形動）順暢，圓滑。②滑面，正面。↔ラフ

すめん[10]【素面】　①（劍道）不帶護面具。②素面。沒喝醉時的本來面目。

ずめん[0]【図面】　圖紙，圖樣，圖面。

すもう[0]【相撲・角力】　相撲。

すもうとり[0]【相撲取り】　相撲選手。

すもうべや[0]【相撲部屋】　相撲部屋。

スモーキング[0]【smoking】　吸煙。

スモーク[2]【smoke】　①煙。②煙幕。舞臺等的煙霧。③〔smoked〕燻製的。

スモール[2]【small】　小的，細小的。

スモック[2]【smock】　①罩衫。②圖案形衣褶。

スモッグ[2]【smog】　煙霧，煙塵。

すもも[0]【酸桃・李】　李。

スモン[1]〔源自 subacute myelo-optico-neuropathy 的字首〕亞急性脊髓視神經症。

すやき[0]【素焼き】　素燒。

すよみ[0]【素読み】スル　讀校。不與原稿核對，唯讀校樣校對。

スラー[1]【slur】　〔音〕連音符號。

スライサー[2]【slicer】　切片機。

スライス[2]【slice】スル　①切片，薄片。②右曲球。↔フック。③削球，切球。

スライダー[0]【slider】　外側旋轉球。

スライディング[10][2]【sliding】スル　①滑動，滑行。②（棒球）滑壘。

スライディングスケール[8]【sliding scale】　①浮動工資制。②計算尺。

スライド[0]【slide】スル　①滑，使滑動。②浮動。「物価に～する賃金」按物價浮動調整的工資。③幻燈片。

スライドガラス[5]【slide glass】　載玻片。

スライドせい[0]【－制】　浮動工資制。

ずらか・る[3]（動五）　開小差，溜走。

スラグ[0]【slag】　熔渣，鐵渣，爐渣。

ずら・す[0]（動五）　①錯動，挪一挪，蹭一蹭。「机を左へ～してください」請把桌子向左挪一挪。②錯開，避開。「出発を一日～・す」錯開一天再出發。

スラッガー[1]【slugger】　（棒球）強打者。

スラックス[2]【slacks】　女式西裝褲，長褲。

スラッシュ[2]【slash】　①斜線號。②開衩。

スラブ[1]【slab】　①板岩，陡壁板岩。②板材。③扁坯，初軋板坯。

スラブ[1]【Slav】　斯拉夫民族。

スラム[1]【slum】　貧民區，貧民街，貧民窟。

スラローム[3]【slalom】　小回轉比賽，障礙滑雪比賽。

スラング[1]【slang】　俗語，隱語。

スランプ[2]【slump】　①低潮，萎靡。精力。「～に陥る」陷於萎靡。②不景氣，蕭條。

すり[1]【掏摸】　扒竊，扒手，小偷。

ずりあが・る[0][3]【ずり上がる】（動五）　向上滑，往上蹭。

すりあし[2]【摺り足】　蹭著走，蹭著地走。

スリー[2]【three】　三個，三。

スリークォーター[5]【three-quarter】　〔4分之3之意〕①四分衛。②過肩投球。

スリーサイズ[4]【⑧ three+size】　三圍尺寸。

スリーバント[4]【⑧ three+bunt】　觸擊球。

スリーピース[4]【three-piece】　三件式套西裝。

スリーピングバッグ[7]【sleeping bag】　（登山用的）睡袋。

スリーブ[2]【sleeve】　（西服的）袖子。

すりえ[0][3]【擂り餌】　研磨鳥食。

ずりお・ちる[3][4]【ずり落ちる】（動上一）　滑落，滑下。「眼鏡が～・ちる」眼鏡滑落下來。

すりか・える[4]【摺り替える】（動下一）　偷換，頂替。「問題を～・える」偷換題目。

すりガラス[3]【磨り～】　毛玻璃，磨砂玻璃。

すりきず◎【擦り傷】 擦傷。

すりきり◎【摺り切り】 刮平。「砂糖大さじ～1杯」一大匙砂糖。

すりき・れる④【擦り切れる】 (動下一) 磨斷，磨破，磨損。「畳が～・れる」榻榻米磨破了。

すりこぎ◎【擂り粉木】 擂杵，研磨杵。

すりこみ◎【刷り込み】 銘記。

すりこ・む◎【刷り込む】 (動五) 加印上。

すりこ・む◎【擦り込む】 (動五) ①擦上，抹上。「クリームを～・む」擦乳液。②磨碎加入。「山芋を～・む」山藥研磨後加入。

スリット②【slit】 開口，開衩。

スリッパ①②【slipper】 拖鞋。

スリップ◎①【slip】 ル ①打滑，空轉。「車が～する」汽車發生打滑。②襯裙。

すりぬ・ける◎【擦り抜ける】 (動下一) ①擠過去。「人ごみの間を～・ける」從人群中擠去。②蒙混過去。「その場はうまく～・けた」當時巧妙地蒙混過關了。

すりばち◎②【擂り鉢】 擂鉢，研鉢。

すりひざ◎②【擦り膝・磨り膝】 蹭膝，膝行。

すりへら・す◎④【磨り減らす】 (動五) ①磨薄，磨損。「靴の底を～・す」鞋底磨薄了。②損耗，勞神。「神経を～・す」耗費心血。③耗損，耗費。消耗財產。

すりみ◎【擂り身】 肉泥。

スリム①【slim】 (形動) 苗條，纖細。「～な体つき」苗條的身材。

すりむ・く③【擦り剝く】 (動五) 擦破，蹭破。「転んでひざを～・く」跌倒後把膝蓋蹭破了。

すりもの◎【刷り物】 印刷品。

すりよ・る◎③④【擦り寄る】 (動五) ①貼近，湊近。「官庁に～・る業者」依賴政府的企業。②膝行靠近，蹭近。「小犬が～・ってくる」小狗依偎到跟前來。

スリラー◎②【thriller】 驚悚小說，驚悚電影。

スリリング②【thrilling】 (形動) 驚險，駭人聽聞。

スリル①【thrill】 毛骨悚然，戰慄，驚恐，驚險，刺激。「～満点」驚險至極。

す・る①【剃る】 (動五) 剃，刮。「顔を～・る」刮臉。

す・る①【掏る】 (動五) 扒竊，偷竊。

す・る①【擦る・摩る】 (動五) ①擦，劃，摩擦。「マッチを～・る」劃火柴。②消耗盡，花光，賠(輸)光。「競馬で大分～・った」因賽馬花得精光。

する◎【為る】 (動サ變) ①進行某行為。「電話をする」打電話。②使成為某種狀態。「じっとしている」一動不動。「のんびりする」悠然自得。③做，當，擔當，充當。「医者を～」當醫生。④當作。「旅行を楽しみにする」把旅行當樂趣；期待著出門旅行。⑤感到，覺得。「寒けがする」感到發冷。⑥時間經過。「もう一週間もすると夏休みだ」再過一週就放暑假了。⑦相當於。「5千円もする本」值五千日圓的書。⑧選定，選，要。「どちらにしようか」要哪個呢？⑨快要，即將，將要。「日がくれようとしている」天快黑了。

ず・い②【狡い】 (形) 狡猾。

スルーパス④【through pass】 空檔傳球。在足球運動等中，穿過對方防守隊員間的傳球。

スループット④【throughput】 資訊通過量。

ずるがしこ・い⑤【狡賢い】 (形) 奸滑。

ずる・ける◎③【動下一】 偷懶，打混。「当番を～・ける」值班偷懶。

ずるずるべったり◎ 糊裡糊塗拖下去。

ズルチン◎【德 Dulzin】 甘素，對乙氧苯基脲。

すると◎(接續) ①於是。「ドアの前に立った。～ひとりでに開いた」站到門前，於是門自動開了。②如此說來。「～、彼の負けか」如此說來，他輸啦？

するど・い③【鋭い】 (形) ①尖利，鋒利，快，銳利。「～・い小ナイフ」鋒利

的小刀。②激烈的，尖銳的。「～・い目つき」尖銳地批評。③敏捷，靈敏。「～・い見方」敏銳的見解。↔にぶい

するめ◎【鯣】 烏賊乾。

ずるやすみ◎【ずる休み】スル 偷懶休息。

ずれ◎ ①背離，偏差。「考え方に～がある」想法有偏差。②〔物〕錯位，偏移，位移。

スレート◎【slate】 ①石片，石板瓦。②石棉瓦。

ずれこ・む◎【ずれ込む】（動五） 推延，延遲。「完成が来月まで～・む」完成時間延到下個月。

すれすれ◎【擦れ擦れ】 ①幾乎接觸上，幾乎擦到，差點碰上。「水面に～鳥が飛んだ」鳥兒貼著水面飛過。②差一點就，勉勉強強。「発車～に乗った」勉強趕上車。

すれちが・う◎◎【擦れ違う】（動五） ①會車，交錯。「列車が～・う」列車會車。②錯過，走岔。③不一致，不統一，有分歧。「意見が～・う」意見不一致。

すれっからし◎【擦れっ枯らし】 老於世故，老滑頭。

す・れる◎【擦れる・摩れる】（動下一） ①磨，摩擦。「靴下のかかとが～・れる」襪跟磨破了。②世故，滑頭。「～・れた子供」世故的小孩子。

ず・れる◎（動下一） ①偏離，不對頭。「二人の考えが～・れる」兩個人的想法不一致。②錯位，偏離，偏移，閃到一旁。「壁の額が～・れる」牆上的扁額移了位。

スレンダー◎◎【slender】（形動） 纖細的，苗條的。

すろうにん◎【素浪人】 窮浪人，窮光蛋。

スロー◎【slow】（形動） 緩慢的，遲緩的。

スロー◎【throw】 投擲。

スローイン◎【throw-in】 擲界外球。

スローイング◎【throwing】 投，擲。

スローガン◎◎【slogan】 標語，口號。

ズロース◎◎【drawers】 襯褲，襯袴。

スローダウン◎【slow down】スル 減速，降低速度。

スロープ◎【slope】 傾斜，梯度，坡。

スローモー◎ 遲緩，緩慢。

スローモーション◎【slow motion】 ①慢（動作）鏡頭。②遲緩，緩慢。

ずろく◎【図録】 圖錄，圖鑑。

スロット◎【slot】 ①投幣口。②插口，插槽。

すわ◎（感） 哎呀。「～、一大事」哎呀，不得了！

ずわいがに◎【ずわい蟹】 松葉蟹。

スワッピング【swapping】 交換夫妻，交換夫妻會。

スワップ◎【swap】 ①交換，互換。②交換，置換技術。

すわり◎【座り・坐り】 ①坐，跪坐。②安穩性，穩定性。「～のいい家具」穩當的家具。

すわりこ・む◎【座り込む・坐り込む】（動五） ①一屁股坐下。②靜坐，靜坐示威。

すわりだこ◎【座り胼胝】 跪坐長繭。

すわ・る◎【座る・坐る】（動五） ①坐，跪坐。「いすに～・る」坐在椅子上。②坐，居於。「課長のいすに～・る」當上了課長。

すわ・る◎【据わる】（動五） ①占據。「腰が～・る」坐下不動。②定住。「目が～・る」眼睛發直。③沉著，不動搖。「性根が～・る」本性不移。

スワン◎【swan】 天鵝。

すん◎【寸】 ①寸。②尺寸。「～がつまる」尺寸短，不夠長。

すんいん◎【寸陰】 寸陰，極短的時間。

すんか◎【寸暇】 寸暇，片刻的閒暇。「～を惜しんで勉強する」珍惜每寸光陰用來學習。

ずんぎり◎◎【寸切り】 ①切圓片。②插花筒，茶葉筒。

ずんぐり◎（副）スル 矮胖，短粗。「～太った中年のおばさん」矮胖的中年婦女。

ずんぐりむっくり◎（副）スル 又矮又胖。

すんげき◎【寸隙】 寸隙。

すんげき◎【寸劇】 短劇。

すんげん⓪⓪【寸言】 寸言。

すんごう⓪【寸毫】 絲毫。「決意は~も揺るがない」決心絲毫也不動搖。

すんこく⓪【寸刻】 寸刻，片刻。「~を争う」爭分奪秒。

すんし①【寸志】 ①寸心，寸衷，聊表寸心。②薄禮，菲儀。

すんじ①【寸時】 片刻，須臾，寸時。「~にも惜んで勉強する」珍惜每一分鐘學習。

すんしゃく⓪【寸借】 スル 暫借，暫借少許金錢。

すんぜん⓪【寸前】 臨近，緊跟前，迫在眉睫。「ゴール~で抜く」臨近終點前超過去。

すんたらず⓪【寸足らず】 ①不夠尺寸。「~の着物」不夠尺寸的衣服。②不夠標準。「~のことしかできない」只能做到這種標準。

すんだん⓪【寸断】 スル 寸斷，支離破碎。「台風で鉄道が~された」因颱風，鐵路被刮得支離破碎。

すんちょ①【寸楮】 寸楮，寸簡。

すんづまり⓪⓪【寸詰まり】 短小，尺寸縮短。「~の浴衣」短小的浴衣。

すんてつ⓪①【寸鉄】 寸鐵。「身に~も帯びず」手無寸鐵。

すんでに①【既に】 （副） 差一點兒（沒）…，眼看要…。

すんでのところで⓪（連語） 眼看就要…，幾乎…。「~乗り遅れるところだった」差點沒趕上（車）。

ずんどう⓪【寸胴】 上下一般粗。「~な体型」上下一般粗的體形。

ずんどぎり⓪【寸胴切り】 切圓片。

すんなり①（副） スル ①修長。「~（と）した手足」修長的手腳。②順利，毫不費力。「要求が~（と）通る」要求順利地通過了。

スンニーは⓪【一派】 〔阿 Sunnī〕遜尼派。

すんびょう⓪【寸秒】 分秒。

すんびょう⓪【寸描】 簡單的描寫，寫生。

すんぴょう⓪【寸評】 短評。

すんぶん⓪【寸分】 分毫。「~たがわず作る」做得分毫不差。

ずんべらぼう⓪ ①呆板。②吊兒郎當。

すんぽう⓪【寸法】 ①尺寸，長短。「~が合わない」不合尺寸。②計畫，安排。

すんわ⓪【寸話】 簡短的話。

せ

せ◎【畝】 日畝。

せ◎【背・脊】 ①背，脊，後背，脊梁。「～をソファーにもたせかける」把後背靠在沙發上。②背後，背面。「海を～にして写真を取る」以大海爲背景照相。③身高，個子，身材。「～の高い人」身材高大的人。④山脊，山梁。「山の～」山脊。⑤書背。

せ◎【瀬】 ①淺灘，水淺處。↔淵。②急流，急灘。③立足點，立足地。「立つ～がない」無立足之地。

ぜ①【是】 是。↔非。「彼の考えを～とする」認定他的想法是對的。

せい①【正】 ①正。↔邪。②主要的，正式的。↔副。「～副 2 通」正、副兩份（文本）。③〔數〕正，正數。↔負。

せい①【生】 ①生。活著。「～の喜び」生之喜悅。②生命。「～を全うする」保全生命。③小生。④學生。「青木～」學生青木。

せい①【制】 制，制度。

せい①【姓】 姓。「～を置く」冒名。

せい①【性】 ①本性，性情。「人間の～は善とする」人性本善。②性別。③性慾。「～にめざめる」情竇初開。④性質、傾向。「柔軟～」柔軟性；靈活性。

せい①【聖】 ①〔Saint〕聖。「～ヨハネ」聖約翰。②（形動）聖。無污濁、純潔而受人尊敬貌。「～なる土地」聖地。

せい①【精】 ①精靈。「森の～」森林精靈。②精力。「～も根も尽きる」精疲力竭。③精華。

せい①【製】 製。「金属～の机」鐵製桌子。

せい①【所為】 緣故，由於。

せい【世】（接尾）世。「日系 3～」日裔三世。「チャールズ 2～」查爾斯二世。

ぜい①【税】 税。

ぜい①【贅】 奢侈。「～を尽くす」極盡奢華。

せいあ①【井蛙】 井蛙，井底之蛙。

せいあい◎【性愛】 性愛。

せいあくせつ◎【性悪説】 性惡說，性惡論。↔性善說

せいあつ◎【制圧】スル 壓制。

せいあん◎【成案】 定案。「～を得る」已有定案；胸有成竹。

せいい①【誠意】 誠意。「～をもって解決にあたる」以誠意來解決問題。

せいいき◎【西域】 西域。

せいいき◎【声域】 聲域。

せいいき◎【聖域】 聖域，聖地。

せいいく◎【生育】スル 生長。「麦が～する」麥子生長。

せいいく◎【成育】スル 長大，長成，成年。

せいいつ◎【斉一】 齊一，劃一，統一。

せいいっぱい③【精一杯】 盡力，拼命，傾全力。「～努力する」全力以赴地努力。

せいいん◎【正員】 正式人員。

せいいん◎【成因】 成因。

せいいん◎【成員】 成員。

せいう①【晴雨】 晴雨。「～兼用」晴雨兩用。

せいうん◎【青雲】 ①青雲，青天。②青雲，高位。「～の志ここ」青雲之志。

せいうん◎【星雲】 星雲。

せいうん◎【盛運】 盛運，鴻運。↔衰運。「～がめぐってきた」吉星高照。

せいえい◎【清栄】 清綏，康泰，幸福健康。「時下ますますご～の段、お喜び申しあげます」時下貴體日益強健、謹表示由衷的高興。

せいえい◎【精鋭】 ①精銳。「～部隊」精銳部隊。②精銳，精英，精兵。「～の士」精英之士。

せいえき◎【精液】 精液。

せいえん◎【声援】スル 聲援。「～を送る」給予聲援。

せいえん[0]【凄艶】　冷豔，淒豔。「～な女性」冷豔女子。
せいえん[0]【清宴】　清宴，雅宴。
せいえん[0]【清艶・清婉】　清秀。「～な美女」清秀美女。
せいえん[0]【盛宴】　盛宴。
せいえん[0]【製塩】スル　製鹽。
せいおう[0]【西欧】　①西歐。↔東欧。②西洋，歐洲。
せいおう[3]【聖王】　聖王。
せいおん[0]【声音】　聲音。
せいおん[1][0]【清音】　清音。
せいおん[0]【静穏】　平靜安穩。
せいか[1]【正価】　淨價，實價。
せいか[1]【正貨】　現金，硬幣，鑄幣。
せいか[1]【正課】　正課，必修課，正式課程。
せいか[1]【生花】　①插花。②鮮花。
せいか[1]【生家】　①生身之家，父母家。「鷗外の～」（森）鷗外出生的家。②娘家。
せいか[1]【成果】　成果。「～をあげる」獲得成果。
せいか[1]【声価】　聲名。「～を高める」提高聲譽。
せいか[1]【青果】　蔬果。「～市場」蔬菜果品市場。
せいか[1]【盛夏】　盛夏。
せいか[1]【聖火】　聖火。
せいか[1]【聖歌】　聖歌，聖樂。「～隊」唱詩班；聖樂隊。
せいか[1]【製菓】　製作糕點。
せいか[1]【製靴】　製靴，製鞋。
せいが[1]【清雅】　清雅。
せいかい[0]【正解】　正解。
せいかい[1]【政界】　政界。
せいかい[0]【盛会】　盛會。
せいかいけん[3]【制海権】　制海權。「～を握る」掌握制海權。
せいかがく[3]【生化学】〔bio-chemistry〕生物化學。
せいかく[0]【正格】　正規。
せいかく[0]【性格】　性格。
せいかく[0]【製革】　製革。
せいかく[0]【精確】（形動）　精確。「～な機械」精密儀器。
せいがく[0]【声楽】　聲樂。↔器楽
ぜいがく[0]【税額】　稅額。「追徴～」追徵稅額。
せいかくげき[4]【性格劇】　性格劇。特別強調表現主角的特殊性格的劇。
せいかくはいゆう[5]【性格俳優】　性格演員。
せいかぞく[3]【聖家族】　聖家庭，神聖家庭。
せいかたんでん[1]【臍下丹田】　臍下丹田。
せいかつ[0]【生活】スル　生活，謀生。「毎日を楽しく～する」每天愉快地生活。
せいかつきゅう[4]【生活給】　基本生活工資。
せいかつきょうどうくみあい[9]【生活協同組合】　生活協同組合。
せいかつしどう[5]【生活指導】　生活指導。
せいかつせっけい[5]【生活設計】　生活設計。
せいかつはんのう[5]【生活反応】　活體反應。
せいかつひ[4]【生活費】　生活費。
せいかん[0]【生還】スル　①生還。「戦地から～する」從戰場上活著回來。②跑者回到本壘得分。
せいかん[0]【性感】　性感。
せいかん[0]【清閑】　清閒。
せいかん[0]【盛観】　盛觀，壯觀。「～をきわめた」極其壯觀。
せいかん[0]【精悍】　精悍。「～な顔つき」幹練的表情。
せいかん[0]【精管】　精管，輸精管。
せいかん[0]【製缶】　製罐，鍋爐製造。
せいかん[0]【静観】スル　靜觀。「事態を～する」靜觀事態。
せいがん[0]【正眼】　①正眼。把刀刃朝向對方眼睛的姿勢。「～に構える」做正眼姿勢。②正眼，正視。
せいがん[0]【青眼】　青睞。↔白眼
せいがん[0]【晴眼】　明眼。「～者」明眼人。
せいがん[0]【誓願】スル　誓願。

せいがん◎【請願】ｽﾙ ①申請，請求。②請願。

ぜいかん◎【税関】 海關。

せいかんぶっしつ⑤【星間物質】 星際物質。

せいがんぶっしつ⑤【制癌物質】 抗癌物質。

せいき◎【世紀】 世紀，百年。「～の祭典」百年大典。

せいき◎【正気】 正氣。

せいき◎【正規】 正式規定，正規。「～の手続き」正式手續。

せいき◎【生気】 ①生氣，朝氣。「～を失う」失去活力。②生機。

せいき◎【生起】ｽﾙ 產生。「疑問が～する」出現疑問。

せいき◎【西紀】 公曆，西元。

せいき◎【性器】 性器官。

せいき◎【精気】 精氣，精力。「～がつく」精力充沛。

せいぎ◎【正義】 正義。「～感」正義感。

せいぎ◎【盛儀】 盛典，大典。

せいぎ◎【精義】 精義，詳解。

せいきゅう◎【制球】 控球。「～に苦しむ」難以控制球。

せいきゅう◎【性急】 性急。「～な処置」草率的處理。

せいきゅう◎【請求】ｽﾙ 請求。「～書」請求書。

せいきょ◎【逝去】ｽﾙ 逝世。「父君の御～を悼む」對令尊的逝世表示哀悼。

せいきょ◎【盛挙】 盛舉，壯舉。

せいぎょ◎【生魚】 生魚，活魚，鮮魚。

せいぎょ◎【成魚】 成魚。

せいぎょ◎【制御・制禦・制馭】ｽﾙ ①控制，駕馭，抑制，調控。「欲望を～する」抑制慾望。②控制，操縱。「自動～装置」控制裝置。

せいきょう◎【正教】 正教。

せいきょう◎【生協】 生協。生活協同組合（消費合作社）的簡稱。

せいきょう◎◎【政教】 政教。「～分離」政教分離。

せいきょう◎【盛況】 盛況。

せいきょう◎【聖教】 聖教。

せいきょう◎【精強】 精銳。「～な軍隊」精銳之師。

せいぎょう◎【正業】 正業。「～につく」從事正當職業。

せいぎょう◎【生業】 生業。維生的職業。

せいぎょう◎【成業】ｽﾙ 業有所成。

せいぎょう◎【盛業】 盛業，生意興隆。

せいきょういく◎【性教育】 性教育。

せいきょうと◎【清教徒】 清教徒。

せいきょく◎【政局】 政局，政情。

せいぎょく◎【青玉】 藍寶石。

せいきん◎【精勤】ｽﾙ 精勤，勤勉。「～賞」勤勉獎。

ぜいきん◎【税金】 稅款，稅金，捐稅。

せいく◎【成句】 ①成語，熟語。「故事～」典故成句。②固定詞組，慣用語。

せいくうけん◎【制空権】 制空權。

せいくらべ◎【背比べ】 比身高。「どんぐりの～」不相上下；半斤八兩。

せいくん◎【正訓】 正訓。

せいくん◎【請訓】ｽﾙ 請示，請訓。↔回訓

せいけい◎【正系】 正系。

せいけい◎【生計】 生計。「～を立てる」謀生；確定生計。

せいけい◎【成形・成型】ｽﾙ ①成形。將物品做成一定形狀。②成型。將坯料加工成一定的形狀。

せいけい◎【西経】 西經。↔東経

せいけい◎【整形】ｽﾙ 整形，矯正。

せいけつ◎【清潔】 ①清潔。②廉潔，清廉。↔不潔

せいけん◎【生検】 活檢。

せいけん◎【政見】 政見。「～放送」政見廣播。

せいけん◎【政権】 政權。「～を握る」執掌政權。

せいけん◎【聖賢】 聖賢。

せいげん◎【制限】ｽﾙ 限制。

ぜいげん◎【税源】 稅源。

ぜいげん◎【贅言】ｽﾙ 贅言。「～を要しない」不需要贅言。

せいご◎【鯔】 鱸魚苗。

せいご◎【正誤】 ①正誤。②勘誤。

せいご◎◎【生後】 出生後，出生以後。

せいご◎【成語】 成語。「故事～」典故成語。

せいこう◎【生硬】 生硬。「～な文章」生硬的文章。

せいこう◎【成功】スル ①成功。「失敗は～のもと」失敗是成功之母。②成功，功成名就。「～者」成功者。

せいこう◎【性交】スル 性交，交媾。

せいこう◎【性向】 ①性情，習性。②（事物的）傾向。「貯蓄～」儲蓄傾向。

せいこう◎【政綱】 政治綱領，政綱。

せいこう◎【盛行】スル 盛行。

せいこう◎【精巧】 精巧，精密。「～な時計」精緻的錶。

せいこう◎【精鋼】 優質鋼，精煉鋼。

せいこう◎【製鋼】 製鋼，煉鋼。

せいごう◎【正号】 正號。表示正數的符號。

せいごう◎【整合】スル 整合。

せいこうい◎【性行為】 性行為。

せいこううどく◎【晴耕雨読】スル 晴耕雨讀。

せいこうかい◎【聖公会】 聖公會。

せいこうとうていがた◎【西高東低型】 西高東低型氣壓。

せいこうほう◎【正攻法】 正攻法。

せいこく◎【正鵠】 ①靶心，鵠的。②要害，要點。「～を射た意見」擊中要害的意見。

せいこつ◎【整骨】 整骨。「～院」整骨醫院。

ぜいこみ◎【税込み】 含稅（款）。「～10万円」含稅金共十萬日圓。

せいこん◎【生痕】 生物痕跡化石。

せいこん◎【成婚】 成婚。「皇太子御～」皇太子成婚。

せいこん◎【精根】 （做事的）精力與毅力，氣力。「～尽きる」精疲力竭。

せいこん◎【精魂】 精魂。「～を傾ける」傾注精魂；全神貫注。

せいごん◎【誓言】スル 誓言。

せいさ◎【性差】 性別差異。

せいさ◎【精査】スル 詳查，細查。

せいざ◎【正座・正坐】スル 正坐，端坐，正襟危坐。

せいざ◎【星座】 星座。

せいざ◎◎【静座・静坐】スル 靜坐。

せいさい◎【正妻】 正妻，正室。↔內妻

せいさい◎【制裁】スル 制裁。「～を加える」加以制裁。

せいさい◎【精彩・生彩】 ①精彩。「～を放つ」大放異彩。「～がない」不生動。②精彩，光彩。「～に富んだ絵」畫得相當精彩的繪畫。

せいさい◎【精細】 精細。「～な調査」精細的調查。

せいざい◎【製材】スル 製材，木材加工。

せいざい【製剤】スル 製劑。

せいさく◎【制作】スル 製作。「映画を～する」製作電影。→製作

せいさく◎【政策】 政策。

せいさく◎【製作】スル ①製造。②製片，製作。「～者」製作人。

せいさつ◎【省察】スル 省察。

せいさつ◎【精察】スル 詳察。

せいさつよだつ◎【生殺与奪】 生殺予奪。「～の権」生殺予奪之權。

せいさん◎【正餐】 正餐。

せいさん◎【生産】スル ①生產。「紙の～」紙的生產。②生產，養殖。「～もあげる」提高生產水準。

せいさん◎【成算】 勝算，心中有數。「十分～がある」胸有成竹。

せいさん◎【青酸】 氫氰酸。

せいさん◎【凄惨】 凄惨。「～な光景」凄慘的光景。

せいさん◎【清算】スル ①清算。②清理，了結，結束。「過去を～する」清算過去。

せいさん◎【聖餐】 聖餐。

せいさん◎【精算】スル 精算。「運賃を～する」精算運費。

せいざん◎【青山】 ①青山。②墳地。「人間到る所～あり」人間到處有青山。

せいさんかくけい◎◎【正三角形】 正三角形，等邊三角形。

せいさんカリ◎【青酸一】 氰化鉀的別名。

せいさんざい◎【生産財】 生産資料，生産物資。↔消費財

せいさんしゃ◎【生産者】 生産者。↔消費者。

せいさんしゃかかく◎【生産者価格】 生産者價格。

せいさんしゅだん◎【生産手段】 生産資料，生産手段。

せいさんてき◎【生産的】（形動） ①生産的，生産性的。②建設性的。

せいさんりょく◎【生産力】 生産力。

せいし①【世子・世嗣】 世子，世嗣。

せいし①【正史】 正史。

せいし①【正使】 正使。

せいし①◎【正視】スル 正視。「～するにしのびない」不忍正視。

せいし①【生死】 生死。「～を共にする」生死與共。

せいし◎【制止】スル 制止。

せいし◎【姓氏】 姓氏。

せいし◎【聖旨】 聖旨。

せいし①◎【精子】 精子。

せいし◎【静止】スル 静止。↔運動

せいし◎【静思】スル 静思。

せいじ◎【正字】 正字，正體字。

せいじ◎【青磁・青瓷】 青瓷。

せいじ◎【政事】 政事。

せいじ◎【政治】 政治。

せいじ◎【盛事】 盛事，盛舉。

せいじ◎【盛時】 ①盛時，年富力強時期。②盛時，鼎盛時期。

せいしえいせい①【静止衛星】 同步衛星，静止衛星。

せいじか◎【政治家】 政治家。

せいじかつどう①【政治活動】 政治活動。

せいしき◎【正式】 正式。

せいしき◎【制式】 制式。

せいしき◎【清拭】スル 清潔擦拭。

せいしき◎【整式】〔数〕整式。

せいじけっしゃ◎【政治結社】 政治結社。

せいじけんきん◎【政治献金】スル 政治捐款。

せいじごろ◎【政治ごろ】 政治流氓，政治騙子。

せいじしきん◎【政治資金】 政治資金。

せいしつ◎【正室】 ①正室。↔側室。②正室，主房，正房，正廳。

せいしつ◎【性質】 ①性情，性格。「おだやかな～」沉穩的性格。②性質。「水にとけやすい～」易溶於水的（特性）性質。

せいじつ◎【聖日】 聖日，主日。

せいじつ◎【誠実】 誠實。

せいじてき◎【政治的】（形動） ①政治的，政治上的。②政治性的。「～解決」政治解決。③政治手段的。「～に動く」玩政治。

せいじはん◎【政治犯】 政治犯。

せいじや◎【政治屋】 政客，政治販子。

せいじゃ◎【正邪】 正邪，是非，善惡。「～曲直」正邪曲直。

せいじゃ◎【生者】 生者。

せいじゃ◎【聖者】 聖者。

せいしゃえい①【正射影】〔数〕正投影，正射影。

せいじゃく◎【静寂】 静寂，寂静。「夜の～を破る」打破深夜的静寂。

ぜいじゃく◎【脆弱】 脆弱。「～な体」脆弱的身體。

せいしゅ◎【清酒】 清酒。

せいじゅう◎【西戎】 西戎。→東夷・北狄・南蛮

ぜいしゅう◎【税収】 税收。

せいしゅく◎【静粛】 肅静，静穆。「ご～に願います」請肅静。

せいしゅく◎【星宿】 星宿。

せいじゅく◎【成熟】スル ①成熟。②發育成熟。

せいしゅん◎【青春】 青春。

せいじゅん◎【正閏】 ①正閏。「南北朝～論」南北朝正閏論。②正閏。平年和閏年。

せいじゅん◎【清純】 清純，純潔，純真。「～な少女」清純少女。

せいしょ◎【正書】 正書，正楷。

せいしょ◎【青書】〔blue book〕藍皮

せ

書。→白書

せいしょ◎【清書】スル 謄清，繕清。

せいしょ◎【盛暑】 盛暑。「～の侯」盛暑季節。

せいしょ◎【聖書】 聖經。

せいしょ◎【誓書】 宣誓書，誓文。

せいじょ◎【聖女】 ①聖女。無邪的清純女性。②聖女。天主教會中被列爲聖人的女性。

せいじょ◎【整序】スル 整序，調整秩序。

せいじょ◎【整除】スル 整除。

せいしょう◎【正賞】 主獎，正獎。↔副賞

せいしょう◎【齊唱】スル ①齊唱。「万歳～」齊呼萬歳。②齊聲高呼。

せいしょう◎【政商】 政商。

せいしょう◎【清祥】 康泰，時綏，清祥。

せいしょう◎【清勝】 康泰，康健。「益々御～の段」謹祝貴體日益康健。

せいじょう◎【正常】 正常。↔異常

せいじょう◎【性状】 性狀。

せいじょう◎【性情】 性情。

せいじょう◎【政情】 政情。「～不安」政情不穩。

せいじょう◎【清浄】 清淨，乾淨。

せいじょうき◎【星条旗】〔the Stars and Stripes〕星條旗，美國國旗。

せいしょうねん◎【青少年】 青少年。

せいじょうやさい◎【清浄野菜】 潔淨蔬菜。使用化肥栽培的蔬菜。

せいしょく◎【生色】 生色，生氣，人色。「～を取り戻す」恢復生氣。

せいしょく◎【生食】スル 生食，生吃。「オレンジを～する」生吃橘子。

せいしょく◎【生殖】スル 生殖。

せいしょく◎【声色】 ①聲色。聲音和臉色。「～を和らげる」和顔悦色。②態度，臉色。「～をうかがう」察顔觀色。

せいしょく【星食】 掩星。

せいしょく【聖職】 聖職。

せいじりょく◎【政治力】 ①政治力。②政治手腕，社交能力，公關能力。

せいしん◎【成心】 成見，偏見。

せいしん◎【星辰】 星辰。

せいしん◎【清新】 清新。「～の気」清新的空氣。

せいしん◎【精神】 ①精神，精力。「～を集中する」集中精神。②精神，理念。「建学の～」建校宗旨。

せいじん◎【成人】スル 成人，成年人。

せいじん◎【聖人】 聖人。

せいしんあんていざい◎【精神安定剤】鎮定劑。

せいじんえいが◎【成人映画】 成人電影。

せいしんえいせい◎【精神衛生】 心理衛生。

せいしんかがく◎【精神科学】 精神科學。

せいしんかんてい◎【精神鑑定】 精神鑑定。

せいじんきょういく◎【成人教育】 成人教育。

せいじんしき◎【成人式】 成人禮。

せいしんしゅぎ◎【精神主義】 精神主義，精神論。

せいしんしょうがい◎【精神障害】 精神障礙。

せいしんちたい◎【精神遅滞】 精神發育遲滯。

せいしんてき◎【精神的】（形動） 精神的。↔肉体的

せいしんねんれい◎【精神年齢】〔mental age〕精神年齡。

せいじんのひ◎【成人の日】 成人節。

せいしんびょう◎【精神病】 精神病。

せいじんびょう◎【成人病】 成人病，中老年疾病。

せいしんぶんか◎【精神文化】 精神文化。↔物質文化

せいしんぶんせき◎【精神分析】〔psychoanalysis〕精神分析。

せいしんぶんれつびょう◎【精神分裂病】〔schizophrenia〕精神分裂症。

せいしんりょうほう◎【精神療法】 精神療法。

せいしんりょく◎【精神力】 精神力量。

せいしんろうどう◎【精神労働】 精神勞動，腦力勞動。↔筋肉労働・肉体労働

せいず⓪【星図】　星圖。「全天～」全天星圖。

せいず⓪【製図】ㇲㇽ　製圖。

せいすい⓪【清水】　清水，淨水。

せいすい⓪【盛衰】　盛衰，興衰。「栄枯～」榮枯盛衰。

せいすい⓪【精粋】　精粹，精華。

せいすい⓪【静水】　靜水。

せいずい⓪①【精髄】　精髓。

せいすう③【正数】　正數。↔負数

せいすう③【整数】　整數。

せい・する⓪【制する】（動サ變）　①制止。「騒ぎを～・する」制止吵鬧。②控制。「死命を～・する」置人於死。③節制，控制。「怒りを～・する」抑制憤怒。④制定。「律令を～・する」制定律令。

せい・する⓪【製する】（動サ變）　製造，做。

せいせい⓪【生生】　生生。

せいせい⓪【生成】ㇲㇽ　①生成。「新しい物質が～する」生成新物質。②形成。

せいせい⓪【精製】ㇲㇽ　①精製。「～品」精製品；精品。②精製。「砂糖を～する」精製砂糖。

せいせい⓪【清清】（副）ㇲㇽ　清爽，爽快，輕鬆。

せいぜい⓪【精精】（副）　①儘量，盡力，盡人於可能。「～勉強いたします」盡力學習。②頂多，充其量。「出席者過～10人だろう」出席者最多是10人吧。

せいせいかつ③【性生活】　性生活。

せいせいどうどう⓪【正正堂堂】（ㇳㇽ）　堂堂正正。

ぜいせいはかい④【脆性破壊】　脆性破壞。

せいせき⓪【成績】　成績。「いい～を取った」取得好成績。

せいせき⓪【聖跡・聖蹟】　聖跡。

せいせきずほう⓪【正積図法】　等積投影。

せいぜつ⓪【凄絶】　凄絶，慘烈。「～な戦い」慘烈的戰鬥。

せいせっかい③【生石灰】　生石灰。氧化鈣的通稱。

せいせん⓪【生鮮】　生鮮，新鮮。「～な食品」新鮮食品。

せいせん⓪【征戦】ㇲㇽ　征戰。「～の将士」征戰將士。

せいせん⓪【聖戦】　聖戰。

せいせん⓪【精選】ㇲㇽ　精選。

せいぜん⓪【生前】　生前。

せいぜん⓪【西漸】ㇲㇽ　西漸。

せいぜん⓪【整然】（ㇳㇽ）　整整齊齊。「～と並ぶ」排得整整齊齊。

せいせんしょくたい⓪【性染色体】　性染色體。

せいぜんせつ⓪【性善説】　性善說，性善論。↔性悪説

せいそ⓪【世祖】　世祖。

せいそ⓪【清楚】　清秀，整潔，清爽。

せいそ⓪【精粗】　精粗，優劣，好壞。

せいそう⓪【正装】ㇲㇽ　正裝，禮裝，禮服。

せいそう⓪【政争】　政治鬥爭。

せいそう⓪【星霜】　星霜，歲月。「幾～」幾經星霜。

せいそう⓪【悽愴】　凄愴。

せいそう⓪【清掃】ㇲㇽ　清掃。「～車」清掃車。

せいそう⓪【盛装】ㇲㇽ　盛裝。

せいそう⓪【精巣】　睾丸，精巢。↔卵巣

せいぞう⓪【製造】ㇲㇽ　製造，製備。「～業」製造業。

せいそうけん⓪【成層圏】　平流層。

せいそく⓪【正則】　①法則。②正規，正式。

せいそく⓪【生息】ㇲㇽ　生息。「野生の猿の～地」野生猴的棲息地。

せいそく⓪【棲息・栖息】ㇲㇽ　棲息。

せいぞく⓪【正続】　正續。（書籍的）正編與續編。

せいぞろい③【勢揃い】ㇲㇽ　集結，聚集，雲集。

せいぞん⓪【生存】ㇲㇽ　生存。「遭難者の～を確認する」確認受難者是否活著。

せいぞんきょうそう⑤【生存競争】　生存競爭。

せいぞんけん⓪【生存権】　生存權。

せいた⓪【背板】　（椅）背板。

せ

せいたい◎【正対】スル　正對，正面相對。

せいたい◎【生体】　活體，有機體，生物體。「～解剖」活體解剖。

せいたい◎【生態】　生態。「象の～をさぐる」探尋象的生存狀況。「現代学生の～」現代學生的生活狀態。

せいたい◎【成体】　成熟個體。

せいたい◎【声帯】　聲帶。

せいたい◎【青黛】　①青黛，青黑色。②青黛，青黑色眉黛。

せいたい◎【政体】　政體。→国体

せいたい◎【聖体】　聖體，龍體。

せいたい◎【静態】　靜態。↔動態。「人口～」人口靜態。

せいたい◎【整体】　矯正體形，復位，推拿。「～術」矯形術；推拿術；按摩術。

せいだい◎【正大】　正大。「公明～」光明正大。

せいだい◎【盛大】　盛大，隆重。

せいだい◎【聖代】　聖世。

せいたいがく◎【生態学】　生態學。

せいたいけい◎【生態系】　生態系統，生態系。

せいたいはんのう◎【生体反応】　生體反應，活體反應。

せいたく◎【請託】スル　拜託，託人情。

せいだく◎□【清濁】　①清濁。清澄和混濁。②清濁，正邪，善惡。

ぜいたく③④【贅沢】スル　奢侈，鋪張，浪費，奢靡，奢望。「～な生活」奢侈的生活。

せいだ・す□【精出す】（動五）　賣力氣，拿出幹勁，全力以赴。

せいたん◎【生誕】スル　誕生。

せいだん◎【政談】　政談。

せいだん◎【星団】　星團。

せいだん◎【清談】スル　清談。

せいだん◎【聖断】　聖斷。天子裁斷。

せいだん◎【聖壇】　聖壇。

せいたんきょく◎【聖譚曲】　聖譚曲。

せいたんさい◎【聖誕祭】　聖誕節。

せいち□【生地】　出生地。

せいち□【聖地】　聖地。

せいち□【精緻】　精緻，精細，細緻。

せいち◎□【整地】スル　整地。

ぜいちく◎【筮竹】　筮竹，卜籤。

せいちゃ◎【製茶】　製茶。「～業」製茶業。

せいちゅう◎【正中】スル　①正中。②公正，公允，不偏不倚。

せいちゅう◎【成虫】　成蟲。

せいちょう◎【正調】　正調。「～江差追分」正調《江差追分調》。

せいちょう◎【生長】スル　生長，成長。「麦の苗が～する」麥的苗生長。

せいちょう◎【成長】スル　①成長，長大成人。「～期の子供」成長期的小孩。②成長。事物的規模變大。「経済の～」經濟增長。

せいちょう◎【成鳥】　成鳥。

せいちょう◎【声調】　聲調。腔調。

せいちょう◎【性徴】　性徴。

せいちょう◎【政庁】　政廳。

せいちょう◎【清朝】　清朝字體，楷體鉛字。

せいちょう◎【清澄】　清澄。

せいちょう◎【清聴】スル　清聽。說話人對他人聽自己講話等所用的敬語。「ご～ありがとうございました」感謝各位垂聽我的發言。

せいちょう◎【整調】スル　①調整，調節。②領槳手。

せいちょうざい□【整腸剤】　整腸劑。

せいつう◎【精通】スル　精通。「日本の事情に～する」通曉日本事情。

せいてい◎【制定】スル　制定。

せいてき◎【政敵】　政敵。

せいてき◎【清適】　安康。「御～のことと存じます」祝您安康。

せいてき◎【性的】（形動）　①性的。「～な魅力」性的魅力。②性別的。「～特徴」性徴。

せいてき◎【静的】（形動）　靜的，靜態的。↔動的

せいてつ◎□【聖哲】　聖哲。

せいてつ◎【製鉄】　煉鐵，製鐵。

せいてん◎【青天】　青天，青空，蒼天。

せいてん◎【盛典】　盛典。

せいてん◎【晴天】　晴天。

せいてん◎【聖典】　聖典。

せいでん⓪【正殿】　正殿。

せいてんかん⓪【性転換】　スル　性倒轉，性轉變。

せいでんき⓪【静電気】　靜電。

せいてんし⓪【聖天子】　聖天子。

せいと⓪【生徒】　①學生。②中學生。

せいと⓪【征途】　征途，旅途。「～につく」踏上征途。

せいと⓪【聖徒】　聖徒。

せいど⓪【制度】　制度。

せいど⓪【精度】　精確度，精密度。

せいとう⓪【正当】　正當。「～な理由」正當的理由。

せいとう⓪【正答】　スル　正確答案。

せいとう⓪【正統】　正統。

せいとう⓪【政党】　政黨。

せいとう⓪【精糖】　精糖。

せいとう⓪【製糖】　製糖。

せいどう⓪【正道】　正道。「～を歩む」走正道。

せいどう⓪【生動】　スル　生動。「気韻～」氣韻生動。

せいどう⓪【制動】　スル　制動。

せいどう⓪【青銅】　青銅。

せいどう⓪【政道】　政道。

せいどう⓪【聖堂】　聖堂。

せいどう⓪【精銅】　精銅。

せいどういつせいしょうがい⓪【性同一性障害】〔gender identity disorders〕性別認同障礙。

せいとうせい⓪【正当性】　正當性。

せいとうせいじ⓪【政党政治】　政黨政治。

せいとうないかく⓪【政党内閣】　政黨內閣。

せいとうぼうえい⓪【正当防衛】　正當防衛。→過剰防衛

せいとく⓪【生得】　生就，天生，先天。

せいどく⓪【精読】　スル　精讀，熟讀。

せいとん⓪【整頓】　スル　整頓，拾掇。「整理～」整理整頓。

せいなんせい⓪【西南西】　西西南。

せいにく⓪【精肉】　精肉。

ぜいにく⓪【贅肉】　贅肉。

せいにゅう⓪【生乳】　生乳，鮮奶。

せいねん⓪【生年】　①生年。出生的年份。②年紀，年歲。

せいねん⓪【成年】　成年。

せいねん⓪【青年】　青年。

せいねん⓪【盛年】　盛年，壯年。

せいのう⓪【性能】　性能，效率。「～のよいカメラ」性能好的照相機。

せいは⓪【制覇】　スル　①稱霸。「海上を～する」稱霸於海上。②稱霸，奪冠。「全国～を目ざす」目標是全國第一。

せいばい⓪【成敗】　成敗。「～は時の運」成敗在於時運。

せいはく⓪【精白】　スル　精白（加工），碾米。「～米」精白米。

せいばく⓪【精麦】　スル　精麥。

せいはつ⓪【整髪】　スル　整理頭髮，理髮。

せいばつ⓪【征伐】　スル　征伐，征討。

せいはん⓪【正犯】　正犯。

せいはん⓪【製版】　スル　製版。

せいはんたい⓪【正反対】　正相反。

せいひ⓪【正否】　正確與否，對與不對。「事の～を弁別する」判明事情的正確與否。

せいひ⓪【成否】　成否，成功與否。「～は今後の動きにかかる」成功與否在於以後的行動。

せいび⓪【整備】　スル　整備，整治，配備，維修，保養。「自動車～工場」汽車修配廠。

ぜいびき⓪【税引き】　納稅後，扣稅，稅後。

せいひつ⓪【静謐】　靜謐，寧靜，安寧。

せいひょう⓪【青票】　藍票。↔白票

せいひょう⓪【製氷】　スル　製冰，造冰。

せいびょう⓪【性病】　性病。

せいびょう⓪【聖廟】　聖廟，孔廟。

せいひれい⓪【正比例】　スル　正比例。↔反比例

せいひん⓪【清貧】　清貧。「～に甘んずる」甘於清貧。

せいひん⓪【製品】　製品，產品。

せいふ⓪【正負】　①正負。正數和負數。②正負。正極和負極。

せいふ⓪【政府】　政府。

せいぶ⓪【西部】　西部。

せ

せいぶ⓪【声部】　聲部。

せいふう⓪【西風】　①西風。②秋風。

せいふう⓪【清風】　清風。

せいふく⓪【正副】　正副。「～議長」正副議長。

せいふく⓪【制服】　制服。↔私服

せいふく⓪【征服】スル　征服，克服。「自然を～する」征服自然。

せいふく⓪【清福】　清福。

せいふく⓪【整復】スル　整復，整骨。「柔道～師」柔道整骨師。

せいぶつ⓪【生物】　生物。

せいぶつ⓪【静物】　靜物。

ぜいぶつ⓪【贅物】　贅物，贅疣，廢物。

せいぶつが⓪【静物画】　靜物畫。

せいぶつかがくへいき⑧【生物化学兵器】　生化武器。

せいぶつどけい⑧【生物時計】　生物鐘，生理時鐘。

せいぶつへいき⑧【生物兵器】　生物武器。

せいふん⓪【製粉】スル　製粉，磨麵粉。

せいぶん⓪【成分】　①成分。②〔化〕成分。

せいぶん⓪【成文】　成文。

せいぶんか⓪【成文化】スル　成文化。

せいぶんほう⓪【成文法】　成文法。↔不文法

せいへい⓪【精兵】　精兵。

せいへき⓪【性癖】　性癖。

せいべつ⓪【生別】スル　生別，生離。↔死別

せいべつ⓪【性別】　性別。

せいへん⓪⓪【正編】　正編，正篇。

せいへん⓪【政変】　政變。

せいぼ①【生母】　生母。

せいぼ①【歳暮】　①歲暮，年底。②年終禮物。

せいぼ①【聖母】　聖母。「～像」聖母像。

せいほう⓪【製法】　製法。

せいほう⓪【西方】　西方。

せいぼう⓪【声望】　聲望。「～のある人」有聲望的人。

せいぼう⓪【制帽】　制式帽。

ぜいほう⓪【税法】　稅法。

せいほうけい⓪【正方形】　正方形。

せいほく⓪【西北】　西北。

せいほくせい⓪【西北西】　西北西。

せいぼつねん⓪【生没年・生歿年】　生沒年，生歿年，生卒年。「～未詳」生卒年不詳。

せいホルモン③【性一】　性激素。

せいほん⓪【正本】　正本。

せいほん⓪【製本】スル　裝訂。

せいまい⓪【精米】スル　碾米，精米。

せいみつ⓪【精密】　精密，精細，細緻。

せいみょう⓪【精妙】　精妙。

せいむ①【政務】　政務。「～をとる」辦公。

ぜいむ①【税務】　稅務。

せいむかん③【政務官】　政務官。

せいむじかん⑤【政務次官】　政務次官。

ぜいむしょ③【税務署】　稅務署。

せいめい①【生命】　生命。「政治～」政治生命。

せいめい⓪【声名】　聲名。

せいめい⓪【声明】スル　聲明。「共同～」共同聲明。

せいめい⓪【姓名】　姓名。

せいめい⓪【清明】　①清明。二十四節氣之一。②清明。清澈明朗。「～な月影」清明的月影。

せいめい⓪【盛名】　盛名。「～をはせる」馳名。

せいめいせん⓪【生命線】　①生命線。爲保證存在所必須防守的界線。②生命線。手相中指手掌上的掌紋。

せいめいほけん⑤【生命保険】　人壽保險，生命保險。

せいめいりょく⓪【生命力】　生命力。

せいめん⓪⓪【生面】　①生面，新局面。「一～を開く」別開生面。②初次會面。

せいめん⓪【製麺】　製麵條，壓麵條，壓切麵。

せいもく⓪【井目・星目】　星目。標記在圍棋盤上的九個黑點。

ぜいもく⓪【税目】　稅目，稅種。

せいもん⓪【正門】　正門。

せいもん⓪【声門】　聲門。

せいもん⓪【声紋】 聲紋。

せいもん⓪【誓文】 誓文。

せいや⓪【征野】 戰場。

せいや⓪【星夜】 星夜。

せいや⓪【聖夜】 聖誕夜。

せいやく⓪【成約】 スル 成約。約定成立。

せいやく⓪【制約】 スル 制約。

せいやく⓪【製薬】 製藥。

せいやく⓪【誓約】 スル 誓約。「～書」誓約書。

せいゆ⓪【聖油】 聖油。

せいゆ⓪【製油】 スル 製油，煉油。

せいゆう⓪【西遊】 スル 西遊。

せいゆう⓪【声優】 配音演員，廣播劇演員。

せいゆう⓪【清遊・清游】 スル ①清遊，雅遊。作風雅之遊。②雅遊，清遊。書信中指稱對方旅行時所用的敬語。「御～の由」欣聞您去雅遊。

せいよう⓪【西洋】 西洋。↔東洋

せいよう⓪【静養】 スル 靜養。

せいようりょうり⑤【西洋料理】 西餐。

せいよく⓪【性欲・性慾】 性慾。

せいらい①【生来】 ①生來，天生。「～の怠け者」天生的懶人。②生來，從來。「～病弱です」出生以後一直是病弱（的體質）。

せいらん⓪【青嵐】 青嵐，山嵐。

せいらん⓪【清覧】 台覽，台鑑。「御～願います」敬請台覽。

せいり①【生理】 生理。

せいり①【整理】 スル ①整理。整頓，收拾。「交通を～する」整頓交通。②清理，裁減，淘汰。「ごみを～する」清理垃圾。

ぜいり①【税吏】 稅吏，稅務官。

せいりきゅうか⑤【生理休暇】 生理假。

ぜいりし③【税理士】 稅理士，稅務師。

せいりしょくえんすい⑧【生理食塩水】 生理食鹽水。

せいりつ⓪【成立】 スル 成立，達成。「予想が～する」預測成立。

ぜいりつ⓪【税率】 稅率。

せいりてき⓪【生理的】（形動） ①生理的。「～な現象」生理現象。②生理的。

本能上感到如此。「～な嫌悪感」直覺感到厭惡。

せいりゃく⓪【政略】 ①政治策略。②謀略，計謀。

せいりゅう⓪【清流】 清流。

せいりゅう⓪【整流】 スル 整流。

せいりゅうとう⓪【青竜刀】 青龍刀。

せいりょう⓪【声量】 聲量，音量。「～がある」聲音洪亮。

せいりょう⓪【青竜】 青龍。

せいりょう⓪【清涼】 清涼，涼爽。

せいりょういんりょうすい【清涼飲料水】 清涼飲料水。

せいりょうざい【清涼剤】 清涼劑。「一服の～」一帖清涼劑。

せいりょく①【勢力】 勢力。「～を伸ばす」擴張勢力。「～範囲」勢力範圍。

せいりょく①【精力】 精力。「～を傾ける」傾注全部精力。

せいりょくぜつりん【精力絶倫】 精力絶倫。

せいりょくてき⓪【精力的】（形動） 精力十足的，精力充沛的。「～な活動」精力充沛地活動。

せいるい⓪⓪【声涙】 聲淚。「～倶に下る」聲淚俱下。

せいれい⓪【制令】 スル 律令制度。

せいれい⓪【政令】 政令。

せいれい⓪【聖霊】〔Holy Spirit〕聖靈。

せいれき⓪【西暦】 西曆，公曆，西元。

せいれつ⓪【清冽】 清澈。「～な流れ」清涼刺骨的溪水。

せいれつ⓪【整列】 スル 整隊，排隊，排列。「1列に～する」排成一列。

せいれつ⓪【凄烈】 凄慘激烈。「～な戦い」凄慘激烈的戰鬥。

せいれん⓪【清廉】 清廉。「～の士」清廉之士。「～潔白」廉潔。

せいれん⓪【精錬】 スル 精煉，提純。

せいれん⓪【製錬】 スル 冶煉，熔煉。

せいろう③【蒸籠】 蒸籠。

せいろう⓪【晴朗】（形動） 晴朗。「天気～」天氣晴朗。

せいろん⓪【正論】 正論。

せいろん⓪【政論】 政論。

せ

ゼウス⓪【Zeus】　宙斯。

セージ⓪⓪【sage】　洋蘇，鼠尾草。

セーター①【sweater】　毛衣，毛線上衣。

セーフ①【safe】　安全上壘。↔アウト。

セーブ①【save】ス ル　①節省。「力を~する」節省力氣。②救球記錄。

セーフガード④【safeguard】　保護貿易條款。

セーフティー①【safety】　安全。

セーフティーゾーン⑥【safety zone】　安全島。

セーフティーバント⑦【和 safety+bunt】　觸擊上壘。

セーフティービンディング⑥【和safety+德 Bindung】　脱落式固定器。

セーブポイント⑤【save point】　救援球數。

セームがわ⓪【―革】〔源自德語 Sämischleder〕油鞣革。

セーラー①【sailor】　水手，船員，海軍士兵。

セーリング⓪【sailing】　航海，導航法。

セール①【sail】　帆。

セール①【sale】　促銷。「年末~」年底促銷。

セールス②【sales】ス ル　①銷售，（特指）推銷。②推銷員。

セールストーク⑤【sales talk】　推銷遊說，推銷講話技巧。

セールスポイント⑤【sales point】　賣點。

セールスマン④【salesman】　推銷員，營業員。

せおいなげ⓪【背負い投げ】　過肩摔。

せお・う⓪【背負う】（動五）　①背。「荷物を~・う」背行李。②擔負，擔當，背負。「責任を~・う」擔負責任。

セオリー①【theory】　理論，學說，假說。

せかい①【世界】　①世界。「~地図」世界地圖。②世界，宇宙。「~の創造」世界的創造。③世界，天地，生活圈。「新しい~が開ける」開創新的天地。

せかいいさん⑤【世界遺產】　世界遺產。

せかいかん③【世界觀】　世界觀。

せかいぎんこう⑤【世界銀行】　世界銀

行。

せかいじ③【世界時】　世界時。

せかいぞう⓪【世界像】〔德 Weltbild〕世界觀認識，世界像。

せかいたいせん⑤【世界大戰】　世界大戰。

せかいてき⓪【世界的】（形動）　①世界性（的）。「~な不況」世界性經濟蕭條。②世界（級）的。「~な学者」世界級的學者。

せがき⓪①【施餓鬼】　施餓鬼。

せか・す②【急かす】（動五）　催，催促。「原稿を~・す」催稿件。

せか・せる③【急かせる】（動下一）　催促，一再催促。「仕事を~・せる」一再催促趕快工作。

せかっこう②【背恰好】　身材，體態。

せが・む②（動五）　乞求，央求。「子供に~・まれる」被孩子纏著。

せがれ⓪【伜・倅】　①小兒，犬子。②小子，小傢伙。

せがわ⓪【背革】　皮製書背，皮脊裝訂本。

セカント①【secant】　正割，割線。

セカンド⓪①【second】　①次等（的）。第二，第二的。②（棒球中的）二壘，二壘手。③第二檔。（汽車變速裝置的）第二速度。

セカンドハウス⑤【second house】　別墅。〔俗〕妾宅。

セカンドハンド⑤【secondhand】　二手（貨）。舊貨，半舊的。

セカンドラン⑤【second run】　二輪片。

せき②【咳】　咳，咳嗽。

せき①【堰】　堰。「~を切ったように」像決了堤的水般地……。

せき①【関】　①關隘，關口，關卡，關哨。「逢坂の~」逢坂關。②遮擋（物），遮斷（物）。

せき①【積】　積。↔商。

せき①【籍】　①戶口。「~を入れる」入籍。②隸屬。「野球部に~を置く」加入棒球隊。

せき【石】（接尾）　①鑽。計數在手錶上鑽石數目的量詞。「21~」21 鑽（手

せ

錶）。②燈，管。在電器產品中計數電晶體、二極體等數目的量詞。

せき【隻】（接尾）　①隻，艘。「軍艦1～」一艘軍艦。②用於計數屏風等的量詞。

せきあく◎【積悪】　積惡。↔積善

せきあ・げる◎◎【咳き上げる】（動下一）　①嗚咽，哽咽。②咳嗽不止。

せきい・る◎【咳き入る】（動五）　咳嗽不止。

せきうん◎【積雲】　積雲。

せきえい◎【石英】　石英。→水晶

せきえい◎【隻影】　隻影。

せきえん◎【積怨】　積怨。

せきが◎【席画】　即席作畫。

せきがいせん◎◎【赤外線】　紅外線。

せきがいせんしゃしん◎【赤外線写真】　紅外線攝影。

せきがく◎【碩学】　碩學。

せきがし◎【席貸し】 スル　出租座位，出租會場。

せきがん◎【隻眼】　①獨眼，一隻眼。②慧眼。「一～を有する」別具慧眼。

せきご◎【隻語】　隻字片語。

せきこ・む◎◎【咳き込む】（動五）　咳嗽不止。

せきこ・む◎◎【急き込む】（動五）　焦急，急切。

せきさい◎【積載】 スル　裝載，搭載。

せきざい◎【石材】　石材，石料。

せきさん◎【積算】 スル　①求和計算。②估算，概算。

せきし◎【赤子】　赤子，百姓。

せきじ◎【席次】　①座次，席次。②名次，次序。

せきしつ◎【石室】　石室。

せきじつ◎【昔日】　昔日。「～のおもかげなし」沒有昔日的風貌。

せきしゅ◎【隻手】　隻手，單手。

せきじゅうじ◎【赤十字】　〔Red Cross〕國際紅十字會。

せきしゅつ【析出】 スル　析出。

せきしゅん◎【惜春】　惜春。「～の賦」惜春賦。

せきじゅん◎【石筍】　石筍。

せきしょ◎【関所】　①關卡，關口。②關卡，難關。

せきじょう◎【席上】　席上。

せきしょく◎【赤色】　①赤色。②共產主義。

せきしん◎【赤心】　赤心，丹心。

せきずい◎【脊髄】　脊髓。

せきせい◎【赤誠】　赤誠。

せきせいいんこ◎【背黄青鸚哥】　虎皮鸚鵡。

せきせき◎【寂寂】（タル）　寂寂。

せきせつ◎【積雪】　積雪。

せきぜん◎【積善】　積善。↔積悪

せきぜん◎【寂然】（タル）　寂然。

せきぞう◎【石造】　石造，石製。「～の神殿」石造神殿。

せきぞう◎【石像】　石像。

せきぞく【石鏃】　石鏃。

せきだい◎【席題】　即席出題。↔兼題

せきた・てる◎◎【急き立てる】（動下一）　緊催，催逼。

せきたん◎【石炭】　煤，煤炭。

せきち◎【尺地】　尺地。

せきちく◎【石竹】　石竹。

せきちゅう◎【石柱】　石柱。

せきちゅう◎【脊柱】　脊柱。

せきついカリエス◎【脊椎─】　脊椎結核。

せきついどうぶつ◎【脊椎動物】　脊椎動物。↔無脊椎動物

せきてい◎【石庭】　石庭院，石庭園。

せきてい◎【席亭】　①曲藝場。②曲藝場經營者。

せきどう◎【赤道】　赤道。

せきとく◎【尺牘】　尺牘。

せきと・める◎◎【塞き止める】（動下一）　①塞住，堵住，攔住，截住。②阻攔，阻止。抑制住事物的進展。

せきとり◎◎【関取】　關取。「十両」以上力士的敬稱。

せきにん◎【責任】　責任。「～を果たす」履行責任。「～を負う」負責任。

せきねつ◎【赤熱】 スル　赤熱，熾熱，火熱。

せきねん◎【昔年】　昔年。

せ

せきねん⓪【積年】　積年。「~の鬱憤を晴らす」發洩積年的鬱憤。
せきのやま⑤【関の山】　最大限度，充其量。「この収入では、食べていくだけが~だ」這點收入頂多夠勉強吃飽肚子。
せきはい⓪【惜敗】スル　惜敗，輸得可惜。
せきばく⓪【寂寞】(トタル)　寂寞，淒涼。「~とした風景」淒涼景象。
せきばらい③【咳払い】スル　清嗓子。
せきはん⓪③【赤飯】　赤飯，紅豆糯米飯。
せきばん⓪【石版】　石版。
せきばん⓪【石盤】　石板。
せきひ⓪【石碑】　①石碑。②墓石，石塔。
せきひつ⓪【石筆】　石筆。
せきひん⓪【赤貧】　赤貧。「~洗うが如し」一貧如洗。
せきふ⓪【石斧】　石斧。
せきぶつ⓪【石仏】　石佛。
せきぶん⓪【積分】スル〔integral〕積分。
せきへい⓪【積弊】　積弊。
せきべつ⓪【惜別】　惜別。「~の情」惜別之情。
せきぼく⓪【石墨】　石墨。
せきむ①【責務】　職務，職責。「~を果す」盡責。
せきめん⓪【赤面】スル　臉紅，羞愧。「~の至り」羞愧之至。
せきもり②【関守】　守關卡的人。
せきゆ⓪【石油】　石油。
セキュリティー②【security】　安全，防止犯罪，安全保障。
せぎょう【施行】スル　施行。
せきらら⓪【赤裸裸】　①赤裸裸。②露骨，真實，赤裸裸。「~に告白する」赤裸裸地告白。
せきらんうん③【積乱雲】　積雨雲。
せきり①【赤痢】　痢疾。
せきりょう②【席料】　座位費，場租費。
せきりょう⓪【脊梁】　脊骨，脊柱。
せきりょう⓪【責了】〔「責任校了」之略〕責任校對完了。當文稿的訂正處不多時，由印刷廠負責訂正，完成校對工作。
せきりょう⓪【寂寥】(トタル)　寂寥。「~感」寂寥感。
せきりょく②【斥力】　斥力。↔引力
せきりん⓪【赤燐】　赤燐，紅燐。
せぎ・る②【瀬切る】(動五)　截流，斷流。
せきれい②【鶺鴒】　鶺鴒。
せきわけ⓪【関脇】　關脇。力士等級之一。
せきわん⓪【隻腕】　單臂，獨臂。
せぎん⓪【世銀】　世銀。「世界銀行」的略稱。
せ・く①【急く】(動五)　①急，著急。「気が~・く」著急。②急劇。「息が~・く」氣喘吁吁。
せ・く①【塞く・堰く】(動五)　堵塞，擋住，堰塞，攔。「川を~・く」攔河。
せぐくま・る④【跼まる】(動五)　跼，躬腰，躬身。
セクシー①【sexy】(形動)　性感的，色情的，引起性慾的。
セクショナリズム⑤【sectionalism】　宗派主義，地方主義，本位主義，異己主義。
セクション①【section】　①部分，地區，段。②(文章等的)節，項。③(公司等的)部，部門，科。
セクター①【sector】　①區域，領域，部門。②磁區。
セクト①【sect】　①黨派。②宗派。
セグメント①【segment】　部分，段，片，節。
セクレタリー③【secretary】　秘書，書記。
せぐろいわし④【背黒鰯】　黑背鰮。日本鯷的別名。
せけん①【世間】　①世間，世上，世人。「渡る~に鬼はない」世上總有好人在。②交際範圍，活動範圍。「~が広い」交際範圍廣。
ぜげん⓪【女衒】　人口販子。
せけんずれ⓪【世間擦れ】スル　滑頭，世故。
せけんてき⓪【世間的】(形動)　①世間

的，社會的。②世上常見的，世俗的。

せけんなみ⓪【世間並み】　一般，平常，普普通通。

せけんばなし⑥【世間話】　①閒談，閒聊，家常話。②民間故事。

せこ⓪【勢子】　狩獵幫手。

せこ①【世故】　世故。「～にたける」通曉世故。

せこ・い②（形）　①小氣，吝嗇。②心胸狹窄，氣量小。

せこう⓪【施工】ㇲﾙ　施工。

セコハン⓪　二手貨。

セコンド⓪【second】　①秒。②（錶的）秒針。③拳擊助手。

セサミ①【sesame】　芝麻。

せじ①【世事】　世事。「～にうとい」不諳世事。

せ　じ⓪【世辭】　奉承（話），恭維（話）。「～の巧みな人」會說奉承話的人。

セシウム①【cesium】　銫。

せし・める③（動下一）　巧取，巧要。「おじさんからおこづかいを～・める」從叔叔那裡騙來的零用錢。

せしゅ①【施主】　①施主。②治喪者。

せしゅう⓪【世襲】ㇲﾙ　世襲。

せじょう⓪【世上】　世上。「～の風聞」世上的風聞。

せじょう⓪【世情】　世情。「～にうとい」不諳世事。

せじょう⓪【施錠】ㇲﾙ　鎖上。

せじん⓪【世人】　世人。

せすじ⓪①【背筋】　①背肌。②背脊。「～が寒くなる」背脊發冷；毛骨悚然。

セスナき①【一機】　塞斯納飛機。

ぜせい⓪【是正】ㇲﾙ　改正，更正，訂正，糾正。「悪い習慣を～する」改正壞習慣。

せせこまし・い⑤（形）　①窄小，無餘裕。②心胸狹窄，器量小，不大方。

ぜぜひひ①【是是非非】　是是非非。「～に対処する」應付是是非非。

せせらぎ⓪　潺潺水聲，淺溪細流。「小川の～」小溪的潺潺水聲。

せせらわら・う⑤【せせら笑う】（動五）　嘲笑，冷笑。

せせ・る②【挵る】（動五）　①剔，挖，掏。搔。「歯を～・る」剔牙。②擺弄，撥弄。「火鉢の炭を～・る」撥弄火盆中的炭。

せそう⓪⓪【世相】　世相。「～を反映する」反映世態。

ぜぞく⓪【世俗】　世俗。「～に染まる」沾染上世俗習氣。

せたい①【世帯】　大家庭，戶，家。

せたい⓪①【世態】　世態。「～人情」世態人情。

せだい①⓪【世代】　①世代。血脈相承的親、子、孫等各代。②一代，世代。出生年大致相同的年齡層。

せたけ⓪【背丈】　身高，身長，個子。

セダン⓪【sedan】　轎車。→クーペ

せち①【世知・世智】　處世才能。

せちがら・い④【世知辛い】（形）　①生活艱難。「～・い世の中」生活艱苦的社會。②過於精明，計較得失，攻於心計，好算計。「～・いやつ」斤斤計較的傢伙。

せつ①【拙】　笨拙。

せつ①【節】　①時節，節氣。「その～はお世話になりました」那時期承蒙您關照。②節操。「～を曲げる」屈節。③節度。「～を越えない」不越節。④節。文章、詩歌、音樂等的一個段落。

せつ①【説】　①言論，說法，論斷，學說。②傳說，評判，傳聞。

せつ①【癤】　癤瘡，癤子。

せつあく⓪【拙悪】　粗拙。

せつえい⓪【設営】ㇲﾙ　營建，基建，籌建，籌備。

せつえん⓪【節煙】ㇲﾙ　節制吸煙。

ぜつえん⓪【絶遠】　絕對遠，極遠。

ぜつえん⓪【絶縁】ㇲﾙ　①絕緣，決裂。「～状」決裂書。②絕緣。非導電。

ぜつえんたい⓪【絶縁体】　絕緣體。

せっか⓪【石化】ㇲﾙ　石化。

ぜっか⓪①【舌禍】　舌禍。

ぜっか⓪【絶佳】　絕佳。「風光～」風景絕佳。

せっかい⓪【切開】ㇲﾙ　切開。

せっかい◎【石灰】 石灰。

せつがい◎【雪害】 雪害，雪災。

ぜっかい◎【絶海】 極遠的海。「〜の孤島」極遠海的孤島。

せっかいがん◎【石灰岩】 石灰岩，石灰石。→石灰石

せっかいにゅう◎【石灰乳】 石灰乳。

せっかく◎【石槨】 石槨。

せっかく◎【折角】（副） ①特意。「〜来たのに留守だった」特意來，但（主人）不在家。②特意，煞費苦心。「〜のお誘いですが」真對不起您的特意邀請。③好不容易，難得。「〜の旅行だから、ゆっくり遊んでください」難得的旅行，好好玩玩吧。

せっかち◎ 性急，發急，急躁（的人）。

せっかっしょく◎【赤褐色】 赤褐色，紅褐色。

せっかん◎【石棺】 石棺。

せっかん◎【折檻】 スル 〔漢書〕規戒，責備，責打，嚴懲。「子供を〜する」責備孩子。

せっかん◎【摂関】 攝關。攝政與關白。

せつがん◎【切願】 スル 懇請，懇求。

せつがん◎【接岸】 スル 靠岸，攏岸。→離岸

せつがんレンズ◎【接眼—】 接目鏡。→対物レンズ

せっき◎【石器】 石器。

せっき◎【節季】 ①節末。季節或時節的末尾。②年底，歲末，12月。

せつぎ◎【節義】 節義，氣節。

せっきゃく◎【隻脚】 隻腳，獨腳，單腳，單腿。

せっきゃく◎【接客】 スル 接客。

せっきゃくぎょう◎【接客業】 接客業，接客服務業。

せっきょう◎◎【説教】 スル 說教，規勸，訓誡。

せっきょう◎【説経】 スル 說經，講經。

ぜっきょう◎【絶叫】 スル 喊叫，大聲呼叫。

せっきょく◎【積極】 積極。→消極

せっきょくてき◎【積極的】（形動） 積極的。→消極的

せっきん◎【接近】 スル 接近。

せつ・く◎【責付く】（動五） 緊催，催逼。

ぜっく◎【絶句】 スル ①忘詞。「驚きのあまり〜する」吃驚地說不出話來。②絕句。五言絕句和七言絕句。

セックス◎【sex】 スル ①性別。→ジェンダー。②性交。

セックスアピール◎【sex appeal】 性魅力，性感。

セックスチェック◎【sexcheck】 性別檢查。

せっくつ◎【石窟】 石窟。

せっけい◎【設計】 スル ①設計。②規劃。「生活〜」規劃生活。

せっけい◎【雪渓】 雪谷。

ぜっけい◎【絶景】 絕景。「天下の〜」天下絕景。

せつげつか◎【雪月花】 雪月花。

せっけっきゅう◎【赤血球】 紅血球。

せっけん◎【石鹸】 肥皂。

せっけん◎【席巻・席捲】 席捲，橫掃。「市場を〜する」席捲市場；充斥市場。

せっけん◎【接見】 スル 接見。

せっけん◎【節倹】 スル 節儉，儉樸。「〜家」節儉家。

せつげん◎【切言】 スル 懇切進言。

せつげん◎【接舷】 スル 船靠岸或他船。

せつげん◎【雪原】 雪原，冰原。

せつげん◎【節減】 スル 節減，節省。「経費を〜する」節減經費。

ゼッケン◎【德 zecchin】 號碼布。

ぜつご◎◎【絶後】 絕後。「空前〜」空前絕後。

せっこう◎【斥候】 スル 斥候。

せっこう◎【石工】 石匠，石工。

せっこう◎【石膏】 石膏。「〜細工」石膏工藝品。

せっこう◎【拙稿】 拙稿。

せっこう◎【拙攻】 拙劣的攻擊。

せつごう◎【接合】 スル 接合。

せっこう◎【絶交】 スル 絕交。

せっこう◎【絶好】 絕好，絕佳。

せっこつ◎【接骨】 スル 接骨。

せっさ⓪【切磋・切瑳】スル　切磋。

せっさく⓪【切削】スル　切削。

せっさく⓪【拙作】　拙作。

せっさく⓪【拙策】　下策，拙策。

せつざん⓪【雪山】　雪山。

ぜっさん⓪【絶賛・絶讃】スル　稱讚，絶讚，高度讚揚，十分稱讚。

せっし⓪【切歯】スル　①切齒。咬緊牙關。②十分遺憾，非常懊悔。

せっし①【摂氏】　攝氏。

せつじ⓪【説示】スル　說明指示。

せつじつ⓪【切実】（形動）　①切實，深切，痛切。「～に感じる」切實地感動。②切實。「～な要求」迫切的要求。③切合實際。「～な表現」極爲恰當的表現。

せっしゃ⓪【接写】スル　特寫，近攝。

せっしゃ⓪【摂社】　攝社。附屬於本社，位於「本社」和「末社」之間。

せっしゃ⓪【拙者】（代）　在下，鄙人。

せっしゅ①【拙守】　不善守，拙守。

せっしゅ①【窃取】スル　竊取。「官金を～する」竊取公款。

せっしゅ⓪【接種】スル　接種。

せっしゅ①【摂取】スル　攝取，吸取。

せっしゅ⓪【節酒】スル　節酒，控制酒量。

せっしゅう⓪【接収】スル　接收。

せっしょ①【切所】　難路，險路。

せつじょ①【切除】スル　切除。

せっしょう⓪【折衝】スル　折衝樽俎，交涉，談判。

せっしょう⓪【殺生】　①スル　殺生。②（形動）殘酷，狠毒。「～なことを言うな」不要說不留情的話。

せっしょう⓪【摂政】　①攝政。②攝政。③攝政者。

ぜっしょう⓪【絶唱】スル　①絶唱。非常優秀的詩或歌。②絶唱，高歌，熱情歌唱。

ぜっしょう⓪【絶勝】　絶景，絶勝。

せっしょく⓪【接触】スル　①接觸。「～が悪い」接觸不良。②接觸。（人和人）有聯繫，打交道。「～を深める」加深交往。

せっしょく⓪【節食】スル　節食，節制飲食。

せつじょく⓪【雪辱】スル　雪恥。「～をとげる」終於洗刷了恥辱。

ぜっしょく⓪【絶食】スル　絶食。

せっしょくしょうがい【摂食障害】　飲食障礙。

セッション①【session】　會期，會議。

せっすい⓪【節水】スル　節水。

せっ・する⓪③【接する】（動サ變）　（自動詞）①接觸，接連，瀕臨。②接到。「急報に～・する」接到緊急通知。③接待，應酬。「訪客に～・する」接待來訪客人。

せっ・する①【摂する】（動サ變）　①攝理，兼任。②攝取。

せっする①【節する】（動サ變）　①節制。②節儉。

ぜっ・する⓪①【絶する】（動サ變）　①斷絶。②絶，遠遠超過。「言語に～・する」絶難言喩。

せっせい⓪【摂生】スル　攝生，養生。

せっせい⓪【節制】スル　節制。

せつぜい⓪【節税】スル　節稅。

ぜっせい⓪【絶世】　絶代，絶世。「～の美女」絶世美女。

せつせつ⓪【切切】（ト）　①切切。心情急迫的樣子。「～たる帰心」歸心似箭。②殷切，深切，懇切。「～と訴える」切切陳詞。

せっせん⓪【拙戦】　拙戰。拙劣的戰鬥、比賽。

せっせん⓪【接戦】スル　①勢均力敵的戰鬥，勝負難分的比賽。「1点を争う～」一分之爭的激烈比賽。②肉搏戰。

せっせん⓪【雪線】　雪線。

ぜつぜん⓪【截然】（ト）　截然。「～たる差」截然不同。

ぜっせん⓪【舌尖】　①舌尖。②談吐，口才。

ぜっせん⓪【舌戦】　舌戰。「はげしい～を展開する」展開了激烈的論戰。

せっそう⓪【節奏】　節奏。

せっそう⓪①【節操】　節操。「～を守る」守貞節。

せっそう①【拙僧】（代）　拙僧，小僧，山僧，貧僧。

せつぞく◎【接続】スル 連接，接續。

ぜっそく◎【絶息】スル 氣絕，絕命，斷氣，嚥氣。

せっそくどうぶつ◎【節足動物】 節肢動物。

せった◎【雪駄・雪踏】 雪鞋。

セッター◎【setter】 塞特獵犬。

せったい◎【接待・摂待】スル 接待，款待。

ぜったい◎【舌苔】 舌苔。

ぜったい◎【絶対】 ①絕對。沒有其他與之相並列的事物。「～の真理」絕對真理。②絕對，無條件。↔相対。「～の権力」絕對的權力。③絕對。一定，必定。「～間違いない」絕對沒有錯。

ぜつだい◎【舌代】 便條，便柬，啓事。

ぜつだい◎【絶大】 絕大，極大。「～な権力」巨大的權力。

ぜったいあんせい◎【絶対安静】 絕對安靜。

ぜったいおんかん◎【絶対音感】 絕對音感。

ぜったいおんど◎【絶対温度】 絕對溫度。

ぜったいし◎【絶対視】スル 看法絕對，絕對化。

ぜったいしゃ◎【絶対者】 〔哲〕絕對者。

ぜったいしゅぎ◎【絶対主義】 〔absolutism〕絕對主義，絕對論。↔相対主義。

ぜったいぜつめい◎【絶体絶命】 無法逃避，一籌莫展，窮途末路。

ぜったいたすう◎【絶対多数】 絕對多數。

ぜったいてき◎【絶対的】（形動） 絕對的。↔相対的

ぜったいひょうか◎【絶対評価】 絕對評價，絕對評分標準。↔相対評価。

ぜったいりょう◎【絶対量】 絕對量。

ぜったいれいど◎【絶対零度】 絕對零度。

せったく◎【拙宅】 敝舍，寒舍，舍下。

せつだん◎【切断・截断】スル 切斷，截斷，決斷。

ぜったん◎【舌端】 ①舌端。②舌鋒，口才。

せっち◎【接地】スル 接地，觸地。

せっち◎【設置】スル 設置。

せっちゃく◎【接着】スル 黏合，黏接，黏結。

せっちゃくざい◎【接着剤】 黏接劑，黏合劑。

せっちゅう◎【折衷・折中】スル 折衷，折中。

せっちょ◎【拙著】 拙著。

ぜっちょう◎【絶頂】 ①絕頂，最高峰。②絕頂，頂點，極點。「人気の～」紅得發紫。

せっちん◎【雪隠】 便所，廁所。

せってい◎【設定】スル 設定，固定，劃定。

セッティング◎【setting】スル ①配備，安裝。②安置，裝置，調整，調節，設定。

せってん◎【接点】 ①〔數〕切點。②接觸點。「東西文明の～」東西方文明的接觸點。

せつでん◎【節電】スル 省電。

セット◎【set】 ①（器具等的）一組，一套，一副，一式。「コーヒー～」一套咖啡具。②舞臺裝置，布景。③接收裝置。④局，盤。網球、乒乓球、排球等所分成的若干回次。⑤安裝，裝配，調整，設置。「目覚まし時計を 6 時に～する」把鬧鐘調到 6 點。⑥布置，安排。「テーブルを～する」安排桌子。⑦梳整髮型，做頭髮。「髪を～する」做頭髮。

せつど◎【節度】 適度。「～を守る」掌握分寸。

セットアップ◎【set up】 ①配套。②裝配

せっとう◎【窃盗】スル 竊取，偷盜。「～犯」竊盜犯。

せつどう◎【雪洞】 雪洞。→せっとう（雪洞）

ぜっとう◎【舌頭】 ①舌尖。②措詞，辯才。

ぜっとう◎【絶倒】スル ①大笑。「抱

腹～」捧腹大笑。②絶倒。激動得站立不穩。

せっとうご①【接頭語】　接頭詞，字首詞。

セットオール④【㉖ set+all】　平手。

ゼットき⑤【Z 旗】　Z 型旗。

せっとく⓪【説得】ｽﾙ　說服，勸導。

セットバック④【set back】　縮進，收進。

セットポイント④【set point】　局點。網球、乒乓球、排球等決勝的最後 1 分。

セットポジション⑤【set position】　固定式姿勢，固定式投球。

せつな⓪【利那】〔梵 kṣaṇa〕利那，頃刻。

せつな・い③【切ない】（形）　難過，苦惱，不開心。

せつなしゅぎ④【利那主義】　利那主義，短暫享樂主義。

せっぱ⓪【切羽】　護手金板。

せっぱく⓪【切迫】ｽﾙ　①逼近，迫近。②迫切，急迫，緊迫。「面接の期日が～する」面試的日期迫近了。

せっぱく⓪【雪白】　雪白。

せっぱん⓪⓪【折半】ｽﾙ　平分，均攤。「もうけは～にする」賺的錢平分。

ぜっぱん⓪【絶版】　絶版。

せつび①【設備】ｽﾙ　設備。

せつび①【雪庇】　雪簷。

せつびご③【接尾語】　接尾詞。

せっぴつ⓪【拙筆】　拙筆。

ぜっぴつ⓪【絶筆】　絶筆。

ぜっぴん⓪【絶品】　絶品。

せっぷく⓪【切腹】ｽﾙ　切腹，剖腹。

せつぶん⓪【拙文】　拙文。

せつぶん⓪【節分】　節分。對立春、立夏、立秋和立冬的稱呼。

せっぷん⓪【接吻】ｽﾙ　接吻。

ぜっぺき⓪【絶壁】　峭壁。

せっぺん⓪【雪片】　雪片。

せつぼう⓪【切望】ｽﾙ　熱切盼望。

せっぽう⓪【説法】ｽﾙ　說法。「釈迦に～」班門弄斧。

ぜつぼう⓪【絶望】ｽﾙ　絶望。

ぜっぽう⓪【舌鋒】　舌鋒，談鋒。

ぜつみょう⓪【絶妙】　絶妙。「～な演技」絶妙的演技。

ぜつむ①【絶無】　絶無。

せつめい⓪【説明】ｽﾙ　說明，闡明。

ぜつめい⓪【絶命】ｽﾙ　絶命。

ぜつめつ⓪【絶滅】ｽﾙ　滅絶。

せつもう⓪【雪盲】　雪盲。

せつもん⓪【設問】ｽﾙ　提問，質疑，出題目。

せつやく⓪【節約】ｽﾙ　節約，節省。

せつゆ⓪【説諭】ｽﾙ　訓誡，教誨，告誡。

せつよう⓪【切要】　切要，緊要。

せつり①【摂理】　①攝理，法則。「自然の～」自然的法則。②〔providence〕天意，天道，天命。

せつり①【節理】　①節理。比較有規則的岩石裂紋。②事物的條理。

せつりつ⓪【設立】ｽﾙ　設立。

ぜつりん⓪【絶倫】　絶倫，無比。「精力～」精力無比。

セツルメント①【settlement】　貧民救濟（設施）。

せつわ⓪【説話】ｽﾙ　民間流傳的故事。

せと①【瀬戸】　窄海峽。

せどうか⓪【旋頭歌】　旋頭歌。和歌的一種體裁。

せとうち⓪【瀬戸内】　瀬戸內海。

せとぎわ⓪⓪【瀬戸際】　緊要關頭，生死關頭。「～に立つ」面臨緊要關頭。

せとないかい③【瀬戸内海】　瀬戸內海。

せともの⓪【瀬戸物】　瀬戸物。陶瓷器的通稱。

せとやき⓪【瀬戸焼】　瀬戸燒。陶瓷名。

せな①【背】　背。

せなか⓪【背中】　脊背。

ぜに①【銭】　錢幣。

ぜにかね⓪【銭金】　金錢，貨幣。

ぜにごけ⓪【銭苔】　地錢。

セニョーラ③【西 señora】　太太，夫人。

セニョール③【西 señor】　老爺，先生。

セニョリータ④【西 señorita】　小姐。

ぜにん⓪【是認】ｽﾙ　認可，承認。↔否認

せぬい①【背縫い】　脊縫，背縫。

せぬき⓪⓪【背抜き】　前夾後單。

ゼネコン⓪【general contractor】　總承包

人。

ゼネラリスト⓪【generalist】 通才鴻儒。←スペシャリスト

ゼネラル⓪【general】 「一般的」「總體的」之意。

せのび⓪【背伸び】 スル ①踮腳尖。②逞能，逞強。

せばま・る⓪【狭まる】（動五） 變窄，縮小。

せば・める⓪【狭める】（動下一） 縮小，縮短，弄狹窄。

セパレーツ⓪【separates】 單件女裝。

セパレート⓪【separate】 分離的，分裝的，各別的。

セパレートコース⓪【separate course】 分道跑道。

せばんごう⓪【背番号】 背號。

せひ⓪【施肥】 スル 施肥。

ぜひ⓪【是非】 ①是非。「～を論じる」論是非。②（副）一定，必須，非此不可。「～遊びに来てください」請一定來玩。

セピア⓪【sepia】 暗褐色顏料。

ぜひとも⓪【是非共】（副） 無論如何，務必。「～いらっしゃい」請您務必來。

せひょう⓪【世評】 世評，輿論。

せびらき⓪【背開き】 背開。

せび・る⓪（動五） 硬要，非要，死皮賴臉地要。

せびれ⓪①【背鰭】 背鰭。

せびろ⓪【背広】 西裝。

せぶし⓪【背節】 鰹魚脊肉乾。

セプテンバー⓪【September】 九月。

せぶみ⓪【瀬踏み】 スル ①試探，摸底。②涉水探深淺。

ゼブラ①【zebra】 斑馬。

ゼブラゾーン⓪【zebra zone】 斑馬線區。

セブン①【seven】 7，七個。

せまい⓪【施米】 スル 施米。

せま・い②【狭い】（形） ①狹小。「～・い部屋」狹小的房間。「～・い道」窄道。②狹隘，淺陋。「視野が～・い」視野狹隘。③狹窄，狹隘。←広い。「気持ちが～・い」心胸狹窄。

せまきもん②【狭き門】（連語） 窄門，

龍門難登。

せまくるし・い⑤【狭苦しい】（形） 憋屈，擠得難受。

せま・る②【迫る・逼る】（動五） ①縮短，變狹窄。「距離が～・る」距離縮小。②逼近，迫近。「危険が～・る」危險逼近。③逼近，迫近，臨近。「テストの日が～・る」考試日期臨近。④逼真。「真に～・った演技」逼真的演技。⑤急迫，急促。「息が～・る」呼吸急促。⑥陷入困境，困窘。「貧に～・る」陷入貧困。⑦逼迫，強迫。「復縁を～・る」逼迫復婚。

セマンティックス②【semantics】 語義學。

せみ⓪【蟬】 蟬，知了。

セミ①【semi】 「半」「準」等意（用作接頭詞）。

せみくじら②【背美鯨】 露脊鯨。

セミコロン②【semicolon】 分號。

せみしぐれ②【蟬時雨】 陣雨聲般蟬鳴，聒耳蟬鳴。

セミダブル③【⑭semi+double】 雙人床。

セミドキュメンタリー⑤【semi-documentary】 半記錄性作品，藝術性記錄片。

ゼミナール③【徳 Seminal】 研討會，課堂討論。

セミファイナル③【semifinal】 ①準決賽。②熱身賽。

セミプロ⓪【semiprofessional】 半職業性的，半行家的。

ゼムクリップ⑤【Gem clip】 〔商標名〕迴紋針。

せむし⓪①【僂傴】 佝僂，駝背。

せめ⓪【責め】 ①責難，拷打，折磨。「ひどい～を受ける」受到嚴厲斥責。②責任。「重い～を負う」身負重任。

せめあぐ・む⓪【攻め倦む】（動五） 攻到疲倦。

せめうま⓪【責め馬】 調教馬。

せめおと・す【攻め落とす】（動五） 攻落，攻陷。「城を～・す」攻陷城池。

せめか・ける⓪【攻め懸ける】（動下一） 攻上去，進攻。

せめぎあ・う⓪【鬩ぎ合う】（動五） 互

争，互鬩。

せめく◎【責め苦】 責罰，折磨。「地獄の～」受到地獄般的折磨。

せめ・ぐ◎【鬩ぐ】（動五） 内訌，争鬥。

せめさいな・む◎【責め呵む】（動五）百般折磨，苛責，摧残。「後悔の念に～・まれる」悔恨交加。

せめた・てる◎【攻め立てる】（動下一）猛攻。

せめた・てる◎【責め立てる】（動下一）嚴厲譴責，嚴加催逼。

せめて◎（副） 起碼，最低，至少。「～もう一度会いたい」至少希望再見一面。

せめどうぐ◎【責め道具】 刑具。

せめのぼ・る◎【攻め上る】（動五）攻向都城，上攻。

せめほろぼ・す◎【攻め滅ぼす】（動五）攻殲，殲滅，剿滅。攻擊而使其滅亡。

せめよ・せる◎【攻め寄せる】（動下一）攻到跟前，攻向附近。

せ・める◎【攻める】（動下一） 攻，攻打，進攻。

せ・める◎【責める】（動下一） ①譴責，責難，指責，斥責。「罪を～・める」譴責罪行。②譴責，折磨，虐待。「～・めて白状させる」透過威逼使其招供。③催促，催逼。「借金取りに～・められる」被討債的逼著還錢。④拷問。「～・めて白状させる」嚴刑逼供。

セメン◎ ①水泥。②山道年片。

セメンシナ【拉 semen cinae】 山道年花。

セメント◎【cement】 水泥。

せもじ◎【背文字】 書背文字。

せもたれ◎【背凭れ】 靠背。

せもつ◎【施物】 布施物品。

せやく◎【施薬】 スル 施藥。

ゼラチン◎【gelatin】 動物膠，明膠。→膠にかわ

ゼラニウム③【拉 Geranium】 天竺葵，洋葵，石蠟紅。

セラピー◎【therapy】 治療，治療法。

セラピスト③【therapist】 治療師。

セラミックス③【ceramics】 陶瓷，陶瓷製品，陶瓷工業。

せり②【芹】 水芹。

せり②【迫】 升降裝置。

せり②【競り】 拍賣。「車を～に出す」把汽車拿出去拍賣。

せりあ・う③【競り合う】（動五） 互相競爭，互相爭奪。

せりあ・げる④◎【迫り上げる】（動下一）推出，推上。

せりあ・げる④◎【競り上げる】（動下一）競價。

ゼリー①【jelly】 果凍。

セリウム②【cerium】 鈰。

せりうり◎【競り売り】 拍賣。

せりおと・す◎【競り落とす】（動五）競買得手，競標到。

せりか・つ◎③【競り勝つ】（動五） 競爭獲勝，取勝。「混戦で～・つ」在混戰中競爭獲勝。

せりだし◎【迫り出し】 升降活動舞台。

せりだ・す◎【迫り出す】（動五） ①升出，伸出。②凸出，突出。「おながが～・す」挺著肚子。

せりふ◎②【台詞・科白】 ①臺詞，口白。②說法，說辭。「そんな～は聞き飽きた」那一套聽膩了。③陳腔濫調。「どこかで聞いた～だ」在哪兒聽過的陳腔濫調。

せりもち◎【迫持】 砌拱，拱頂，拱。

せりょう◎【施療】 スル 義診。

せ・る◎【競る】（動五） ①競爭。「ゴール直前で激しく～・る」接近終點，選手們激烈地競爭。②競價。

セル 薄嗶嘰，嗶嘰。

セル①【cell】 ①細胞。②賽璐珞。③電路細胞元，單元格。

セルフ①【self】 表示「自己自身」和「自動」之意。

セルフケア④【self care】 自我保健，自我照護。

セルフコントロール⑧【self-control】 スル自制，克己，自我克制。

セルフサービス④【self-service】 自助式。

セルフタイマー④【self-timer】 自拍裝

置，自動照相裝置。

セルモーター⓪【cell motor】 啓動馬達，蓄電池電動機。

セルリアンブルー⑥【cerulean blue】 天藍，蔚藍。

セルロイド③【celluloid】 賽璐珞。

セルロース③【cellulose】 纖維素。

セレクション②【selection】 選擇，選拔。

セレクト②【select】 ｽﾙ 選擇，分選。

セレナーデ③【德 Serenade】 ①窗前情歌。②小夜曲。

セレモニー①【ceremony】 儀式，典禮。

ゼロ①【zero】 ①零。②零分。③完全沒有。「美的センス～」美的感覺等於零；完全沒有美感。

ゼロエミッション④【zero emission】 零廢棄物。

ゼロさい⓪【―歳】 未滿周歲。「～児」未滿周歲的嬰兒。

ゼロサム①【zero sum】 零和。「～ゲーム」零和遊戲。

ゼロックス③【Xerox】 靜電影印機，施樂影印機。

セロテープ③【cello tape】 透明膠帶。

ゼロはい⓪【―敗】 以零分敗北，光頭。「～を喫した」剃了光頭。

ゼロメートルちたい⓪【―地帯】 零米地帶。

セロリ①【celery】 芹菜，旱芹，藥芹。

せろん⓪【世論】 輿論。

せわ②【世話】 ｽﾙ ①關照，照料，護理，服侍。「子供を～する」照顧孩子。②介紹，居間。「いい医者を～する」介紹個好大夫。③幫忙，幫助，照顧。

せわし・い③【忙しい】（形）①忙碌，急忙，繁忙。「～・い日日を送る」每天忙忙碌碌。②匆忙，焦急。「～・い男だ」匆忙的男人。

せわしな・い④【忙しない】（形）①忙碌，繁忙，急忙。「ずいぶんと～・い旅だった」真是一趟匆忙的旅行。②匆忙，焦急。「～・い子」匆忙的孩子。

せわずき⓪④【世話好き】 樂於助人，熱心腸（的人）。

せわた⓪【背腸】 背腸，泥腸。

せわにょうぼう⑤【世話女房】 能幹的賢妻。

せわにん⓪【世話人】 發起人，召集人，聯絡人，負責人，組織者。

せわもの⓪②【世話物】 世話物。→時代物

せわやき④⓪【世話焼き】 ①樂於助人。②發起人，召集人，聯絡人，組織者。

せわり⓪【背割り】 ①衣背開叉。②背口，背面鋸成楔形開口。

せん①【千・阡・仟】 千，仟。「～に一つ」千分之一。

せん①【先】 ①現在之前。「～の勤め先」先前的工作單位。②以前，很久以前。「瓶の～を抜く」拔瓶塞。

せん①【栓】 ①栓，塞子。「～に聞いた話とは内容が違う」內容和以前聽過的不同。②閥，栓，閥門。

せん①【腺】 腺。

せん①【銭】 ①錢。硬幣。②錢。「円」的百分之一。

せん①【線】 ①線。②線路，航線，鐵路線。交通工具的路線。「彼女は国際～のスチュワーデスではない」她不是國際航線的空服員。③線條。「柔らかな腰の～」柔軟的腰部線條。④思路。「この～で仕事を進めましょう」按照這個線路去做。⑤界線。「支出はこの～でおさえる」支出要限制在這條線以下。

せん①【選】 選，選擇。「～にもれる」落選。

ぜん①【全】（接頭）表示「全體的」「全部的」之意。「～生徒」所有的學生。「～世界」全世界。

ぜん①【前】 ①以前。「～の会社は」前一家公司。②前任。「～首相」前首相。③前。「紀元～221年」西元前221年。

ぜん①【善】 善，善行。「～は急げ」為善務急；好事不宜遲。

ぜん①【禅】 ①〔佛〕禪。

ぜん⓪【膳】 ①①飯桌，食案，小方桌。②膳。飲食，飯菜。②（接尾）①碗。②雙。計算成對筷子的量詞。

ぜん【然】（接尾）如此，樣子。「学

者~としている」一副學者樣子。

ぜんあく◎【善悪】 善惡，好壞。「彼女は~を明らかにする」她會明辨善惡。

せんい◎【船医】 船醫。

せんい◎【戦意】 戰意，士氣，鬥志。

せんい◎【遷移】スル 遷移。

せんい◎【繊維】 纖維。

ぜんい◎【善意】 善意。「彼の話を~に解釈する」從善意來解釋他的話。↔悪意

せんいき◎【戦域】 戰區。

ぜんいき◎【全域】 全域，整個地區，整個領域。「市内~にわたって断水した」整個市區停水了。

せんいん◎【船員】 船員。

ぜんいん◎◎【全員】 全員。

せんうん◎【戦雲】 戰雲。「~急を告げる」戰事告急。

せんえい◎【先鋭・尖鋭】 尖銳，敏銳。「~な理論」尖銳的理論。

せんえい◎【船影】 船影。

ぜんえい◎【前衛】 ①前衛。↔後衛。②先鋒。↔後衛。→フォワード

せんえき◎【戦役】 戰役。「日露~」日俄戰爭。

せんえつ◎【僭越】 僭越，超越。「~な事をする」做僭越的事情。

せんおう◎【先王】 先王。

せんおう◎【専横】 專橫。「~な振る舞い」專橫跋扈。

ぜんおん◎【全音】 全音。

ぜんおんおんかい◎【全音音階】 全音音階。

ぜんおんかい◎【全音階】 全音階。↔半音階

ぜんおんぷ◎【全音符】 全音符。

せんか◎【専科】 專科。

せんか◎【泉下】 黃泉之下，泉下。

せんか◎【戦火】 戰火，戰爭。「~を交える」交戰；交火。

せんか◎【戦果】 戰果。「~があがる」獲得戰果。

せんか◎【戦禍】 戰禍。

せんか◎◎【選果】スル 選果。

せんか◎【選科】 選修課程。

せんか◎【選歌】 選歌。

せんが◎【線画】 線條畫，白描。

ぜんか◎【前科】 前科。「あの人には~がある」他有前科。

せんかい◎【仙界】 仙界。

せんかい◎【先回】 上回，上次，前次。

せんかい◎【浅海】 淺海。

せんかい◎【旋回】スル 盤旋，迴旋，旋轉。「たかがその船の上空を~している」老鷹在船的上方盤旋。

せんがい◎◎【選外】 落選。「彼女の作文は~になった」她寫的作文落選了。

ぜんかい◎◎【全会】 全會，全體會員，全體與會者。「~一致」全會一致。

ぜんかい◎【全快】スル 痊癒。「病気が~した」疾病全好了。

ぜんかい◎【全開】スル ①全開。「窓を~する」把窗戶全打開。②完全開動。「エンジン~」引擎全開。

ぜんかい◎【全壊・全潰】スル 全壞。

ぜんかい◎【前回】 前回，上回，上次，前次。

せんがき◎【線描き】 線描，線描畫。

せんかく◎【先覚】 先覺。「~者」先覺者。

せんがく◎【先学】 前輩先學，先覺。↔後学

せんがく◎【浅学】 淺學，學識淺薄。「~菲才の身」本人才疏學淺。

せんかく◎【全角】 全形字。

ぜんがく◎◎【全学】 整個大學，全校。

ぜんがく◎◎【全額】 全額。

ぜんがく◎【前額】 前額。

ぜんがくれん◎◎【全学連】 全學聯。全日本學生自治會總聯合會的簡稱。

せんかし◎【仙花紙・泉貨紙】 仙花紙，泉貨紙。和紙的一種。

せんかたな・い◎【為ん方無い・詮方無い】（形） 沒法子，毫無辦法。「今さら言っても~・いことだが」現在再說也無濟於事。

せんかん◎【戦艦】 戰艦，軍艦。

せんかん◎【潜函】 沉箱。

せんかん◎【選管】 選舉管理委員會。

せんがん◎【洗眼】スル 洗眼。

せんがん回【洗顔】スル 洗臉。

ぜんかん回【全巻】 全卷，整卷。

ぜんかん回回【全館】 全館，整館。

せんカンブリアじだい回【先一時代】 前寒武紀時代。

せんき回【疝気】 疝氣。「~持ち」患疝氣病（的人）。

せんき回【戦記】 戰記，戰事記錄。

せんき回【戦旗】 戰旗。

せんき回【戦機】 戰機。「~が熟す」戰機成熟。

せんぎ回【先議】スル 先議。→予算先議権

せんぎ回【詮議】スル ①審問，訊問。「厳しく~する」嚴加審問。②詮議。透過評議、討論闡明事物。

ぜんき回【全期】 ①全期。②整個期間。

ぜんき回【前記】スル 前記，前述，上述。「~のごとく」如上所述。

ぜんき回【前期】 前期。

せんきゃく回【先客】 先客。

せんきゃく回【船客】 船客。

せんきゃくばんらい回回【千客万来】 千客萬來。客人絡繹不絕。

せんきゅう回【選球】スル 選球。「~眼」選球眼力。

ぜんきゅう回【全休】スル 全休。

せんきょ回【占居】スル 占據某場所。

せんきょ回【占拠】スル 占據。

せんきょ回【選挙】スル 選舉。

せんぎょ回【鮮魚】 鮮魚。

せんきょう回【仙境・仙郷】 仙境，仙鄉。

せんきょう回【宣教】スル 傳教，布道。

せんきょう回【船橋】 （船舶駕駛）橋樓。

せんきょう回【戦況】 戰況。

せんぎょう回【専業】 專業。

せんきょうし回【宣教師】 傳教士。

せんきょううんどう回【選挙運動】 選舉運動，競選活動。

せんきょかんりいいんかい回【選挙管理委員会】 選舉管理委員會。

せんきょく回【戦局】 戰局。

せんきょく回【選曲】スル 選曲。

せんきょく回【選局】スル （電視等）選台。

せんきょく回【選挙区】 選舉區。

せんきょけん回【選挙権】 選舉權。

せんぎり回回【千切り・繊切り】 切絲。

せんきん回【千金】 ①千金。千兩。②千金。鉅額的金錢。「~をついやす」花費大量金錢。

せんきん回【千鈞】 千鈞。「~の重み」千鈞之重。

ぜんきんだいてき回【前近代的】（形動）前近代的。「~な考え」前近代的思想。

せんく回回【先駆】スル 先驅。「~者」先驅者。

せんく回回【選句】スル 選句。

せんく回【線区】 區段，區間。

せんぐ回【船具】 船具。

ぜんく回【前駆】スル 前驅，開道。「騎馬で~する」騎馬開道。

せんぐう回【遷宮】 遷宮。

ぜんくしょうじょう回【前駆症状】 前驅症狀。

せんくち回【先口】 前幾號，先申請，先預約。

ぜんくつ回【前屈】スル ↔後屈

せんくん回【先君】 先君。以前的君主。

ぜんぐん回【全軍】 全軍。

せんぐんばんば回【千軍万馬】 ①千軍萬馬。②身經百戰。「~の古強者おもの」身經百戰的老兵。

せんげ回【遷化】スル 〔佛〕遷化。

ぜんけ回【禅家】 禪家。

せんけい回【扇形】 扇形。

せんけい回【船形】 船形，船模型。

せんけい回【線形・線型】 線形。

ぜんけい回【全形】 ①全形。整個形狀。②完整的形狀。

ぜんけい回【全景】 全景。

ぜんけい回【前掲】スル 前述，上述，前列。

ぜんけい回【前景】 前景。

ぜんけい回【前傾】スル 前傾。

せんけつ回【先決】スル 先決，首先決定。「~問題」先決問題。

せんけつ回【専決】スル 獨斷專行。「~事項」專斷事項。

せんけつ◎【鮮血】　鮮血。「〜がほとば
しる」鮮血迸濺。

せんげつ◎【先月】　上月，上個月。

ぜんげつ◎【前月】　前一個月。

せんけん◎【先見】　スル　先見。

せんけん◎【先遣】　スル　先遣。「〜部隊」
先遣部隊。

せんけん◎【先賢】　先賢。

せんけん◎【専権】　專權。「〜横暴」專
權橫暴。

せんけん◎【浅見】　淺見。

せんげん◎【千言】　千言。

せんげん◎◎【宣言】　スル　宣言。「国家の独
立を〜する」宣告國家獨立宣言。

ぜんけん◎【全権】　①全權。「〜を委ね
る」委以全權。②全權，一切權力。「〜
を握る」掌握權力。

ぜんけん◎【前件】　上列條款，上列事
項。

ぜんげん◎【前言】　①前言，原先所說。
「〜を取り消す」取消前言。②前言，
前人的話。

ぜんげん◎【漸減】　スル　漸減，遞減。→漸
増

せんけんてき【先験的】（形動）〔哲〕
〔德 transzendental〕先驗的。

せんこ【千古】　①千古。遙遠的往昔。
②千古。永遠，永久。

せんご◎【戦後】　戰後。

ぜんこ◎【全戸】　①家家戶戶，所有住
戶，各戶。②全家，全戶。

ぜんご◎【前後】　スル　①前後。「行列の〜」
隊伍的前後。②（時間上）前後。「お正
月の〜には多くの人が帰省する」新年
前後，許多人回鄉省親。③前後情況，
前因後果。「〜の考えもなく誘いにの
る」沒考慮前因後果而上了當。④左
右，前後。「戦後〜に生れた子供たち」
在大戰結束前後出生的孩子。⑤前後顛
倒，錯亂。「カードの順番が〜してい
る」卡片順序顛倒了。

ぜんご◎【善後】　善後。

せんこう◎【先考】　先考，亡父。→先
妣<small>せん</small>
ひ<small>ひ</small>

せんこう◎【先行】　スル　①先行。「〜車」

先行車。②先行，先前。「〜の法規」先
行法規。③領先。

せんこう◎【先攻】　スル　先攻。↔後攻

せんこう◎【専行】　スル　專行。「独断〜」
獨斷專行。

せんこう◎【専攻】　スル　專攻，專修。

せんこう◎【穿孔】　スル　穿孔，鑽孔，打
孔。

せんこう◎【閃光】　閃光。

せんこう◎【戦功】　戰功。

せんこう◎【潜行】　スル　①潛行。潛入水中
行進。②潛伏。秘密活動。「地下に〜す
る」潛伏地下活動。

せんこう◎【潜航】　スル　①潛航。潛入水中
航行。②潛航。秘密航行。

せんこう◎【線香】　線香，香。

せんこう◎【選考・銓衡】　スル　選考，權
衡。「〜に漏れる」落選。

せんこう◎【選鉱】　スル　選礦。

せんこう◎【遷幸】　遷幸。天皇將都城
遷移到其他地方。

せんこう◎【鮮紅】　鮮紅。「〜色」鮮紅
色。

ぜんこう◎【全校】　①全校。②所有學
校。

ぜんこう◎【前項】　前項。

ぜんこう◎【善行】　善行。「〜を積む」
積善。

せんこく◎【先刻】　①剛才，方才。「〜
は失礼しました」方才對不起了。②老
早，從前，早已。「そんなことは〜承知
だ」那件事早就知道了。

せんこく◎【宣告】　スル　①宣告。「破産〜」
破産宣告。②宣告判決。

せんごく◎【戦国】　戰國。

ぜんこく◎【全国】　全國。

せんこつ◎【仙骨】　仙骨。

せんこつ◎【仙骨・薦骨】　骶骨。

ぜんこん◎◎【善根】　〔佛〕善根。

ぜんざ◎【前座】　①助演。②前座。單口
相聲等級中最下位的人。

センサー◎【sensor】　感測器，感應器。

せんさい◎【先妻】　先妻。↔後妻

せんさい◎【浅才】　淺才，菲才，庸才。

せんさい◎【戦災】　戰禍。

せんさい◎【繊細】 ①繊細。「彼女は~な指でピアノを弾いている」她用繊細的手指弾著鋼琴。②細膩。「彼女は~な感受性を持っている」她具有細膩的感受性。

せんざい①【千歳】 千歳，千古。「名を~に残す」名垂千古。

せんざい◎【前栽】 ①栽有花草樹木的庭院。②庭前種植的花草樹木。

せんざい◎【洗剤】 洗滌劑。

せんざい◎【煎剤】 煎劑，湯藥。

せんざい◎【潜在】 スル 潜在。↔顕在。「~意識」潜意識。

ぜんさい◎【前菜】 前菜，冷盤，小菜，開胃菜。

ぜんざい◎①【善哉】 ①善哉。汁粉的一種。②（感）善哉！真好！

せんさく◎【穿鑿】 スル ①鑿穿，鑿通，鑿孔。②刨根問底，追根究底，鑽研。「~好き」好追根究底。

せんさく◎【詮索】 スル 探索，尋求。

センサス①【census】 ①人口調査，國勢調査。②國情普査。

せんさばんべつ①【千差万別】 千差萬別。

ぜんざん◎【全山】 ①全山，滿山。②所有山。③整間寺廟。

せんし①【先史】 先史，史前。

せんし①【先師】 ①先師。②先賢。

せんし①【穿刺】 スル 穿刺。

せんし①【戦士】 ①戦士。②戦士，活動家。「企業~」企業戦士。

せんし①【戦史】 戦史。

せんし①【戦死】 スル 戦死，陣亡。「~者」陣亡者；戦死者。

せんじ①【戦時】 戦時。↔平時

ぜんし①【全紙】 ①整張紙，全張紙。②全紙。整版，全版。③所有報紙。

ぜんし①【前史】 前史。

ぜんし①【前肢】 前肢。

ぜんじ①【禅師】 禪師。

ぜんじ①【漸次】（副）漸次。

せんしつ◎【船室】 船室，客艙。

せんじつ◎①【先日】 前幾天。

ぜんしつ◎【禅室】 禪室。

せんじつ・める◎【煎じ詰める】（動下一） ①煎透，熬透。②反覆推敲。

センシティブ①【sensitive】（形動） 鋭敏，敏感，神經質。

せんしばんたい◎【千姿万態】 千姿萬態。

センシビリティー①【sensibility】 感受性，敏感性。

センシブル①【sensible】（形動） 敏感的，敏鋭的。「~な性格」敏感的性格。

せんじもん◎【千字文】 《千字文》。

せんしゃ①【洗車】 スル 洗車。

せんしゃ①【戦車】 坦克。

せんじゃ①【撰者】 ①編撰者，編選者。「~の一人となる」成為一名評選人。②撰者，作者。

せんじゃ①【選者】 評選人。「俳句の~」俳句的評選者。

ぜんしゃ①【全社】 ①全公司。②所有公司。

ぜんしゃ①【前車】 前車。「~の轍を踏む」重蹈覆轍。↔後車

ぜんしゃ①【前者】 前者。↔後者

せんしゃく◎【浅酌】 スル 淺酌，淺斟，小酌。

ぜんしゃく◎【前借】 スル 借支，預借。

せんしゅ①【先取】 スル 先取，先取得。「~点」先得分。

せんしゅ①【船主】 船主。

せんしゅ①【船首】 船首。↔船尾

せんしゅ①【選手】 選手，運動員。「野球~」棒球選手。

せんしゅ①【繊手】 纖手。

せんしゅう◎【千秋】 千秋。「一日千秋~」一日千秋。

せんしゅけん③【選手権】 冠軍，錦標。

せんしゅむら③【選手村】 選手村。

せんしょ①【選書】 選編書。

ぜんしょ①【全書】 全書。「六法~」六法全書。

ぜんしょ①【前書】 ①前封信。②前文，上文，前書。

ぜんしょ①【善処】 スル 妥善處理。「前向きに~する」前瞻性妥善處理。

せんしょう◎【先勝】 スル ①先勝。②先

勝，先勝日。六曜之一。

せんしょう【先蹤】 先蹤，先跡。

せんしょう【船檣】 船檣，船桅桿。

せんしょう【戦勝・戦捷】ㅈㄦ 戰勝，戰捷。

せんしょう【戦傷】 掛彩，戰傷。

せんしょう【僭称】ㅈㄦ 僭稱。「皇帝を～する」僭稱皇帝。

せんしょう【選奨】ㅈㄦ 擇優推薦。「芸術～」推薦優秀藝術。

せんじょう【洗浄・洗滌】 洗淨，洗滌。

せんじょう【扇状】 扇狀，扇形。

せんじょう【扇情・煽情】 煽情。「～的な広告」煽情廣告。

せんじょう【戦場】 戰場。

せんじょう【僭上】 僭上。

せんじょう【線上】 ①線上。②界線上。「当落～」處於當選與否的邊緣。

せんじょう【線条】 線條。

せんじょう【線状】 線狀，線形。

ぜんしょう【全勝】ㅈㄦ 全勝。

ぜんしょう【全焼】ㅈㄦ 全燒，燒光。

ぜんじょう【前条】 前條。

ぜんじょう【禅譲】ㅈㄦ 禪讓，協商讓權。

ぜんしょうとう【前照灯】 前照燈，前燈，頭燈。

せんしょく【染色】ㅈㄦ 染色，上色。

せんしょく【染織】ㅈㄦ 染織。

ぜんしょく【前職】 前職。

せんしょくたい【染色体】 染色體。

せん・じる【煎じる】（動下一） 煎，熬。

せんしん【先進】 先進。↔後進

せんしん【専心】ㅈㄦ 專心，一心一意。

せんしん【線審】 司線員，邊線裁判。

せんしん【潜心】 潛心，深思。「～熟慮」深思熟慮。

せんじん【千尋・千仞】 千尋，千仞。「～の谷」千尋谷。

せんじん【先人】 先人。「～の遺訓を守る」遵守先父遺訓。↔後人

せんじん【先陣】 ①頭陣，前鋒。「～を争う」爭打頭陣。②頭陣，前鋒。↔後陣

せんじん【戦陣】 戰陣。

せんじん【戦塵】 ①戰塵，征塵。②戰塵，戰亂。「～を逃れる」躲避戰亂。

ぜんしん【全身】 全身。

ぜんしん【前身】 ①從前身分。②前身。

ぜんしん【前進】ㅈㄦ 前進。↔後退・後進

ぜんしん【前震】 前震。

ぜんしん【漸進】ㅈㄦ 漸進。↔急進

ぜんじん【全人】 全人。

ぜんじん【前人】 前人。

せんしんばんく【千辛万苦】ㅈㄦ 千辛萬苦。「～を重ねる」歷盡千辛萬苦。

せんす【扇子】 扇子。

センス【sense】 感覺。「～がある人と友達になりたい」想和有常識的人成為朋友。

せんすい【泉水】 泉水。

せんすい【潜水】ㅈㄦ 潛水。

せんすいかん【潜水艦】 潛艇，潛水艇。

せんすいびょう【潜水病】 潛水病。

ぜんすう【全数】 全數。

せんすべ【為ん術・詮術】應對之術。「～なく、ただ見送る」無應對之術而乾瞪眼。

せん・する【宣する】（動サ變） 宣佈，宣告。「開会を～・する」宣佈開會。

せん・する【僭する】（動サ變） 僭，僭越。

せん・する【撰する】（動サ變） 撰。

せん・ずる【詮ずる】（動サ變） 詮釋。

ぜんせ【前世】 〔佛〕前世。

せんせい【先生】 ①老師，師傅，先生。②先生。對師傅、教師、醫師、律師、國會議員等的尊稱。③先生。對他人帶親密或嘲弄語氣的稱呼。「～ご執心のようだな」看來先生還很痴情啊！④先出生。↔後生

せんせい【先制】ㅈㄦ 先發制人。「～攻撃」先發制人攻擊。

せ

せんせい⓪【宣誓】スル　宣誓。

せんせい⓪【全盛】　全盛。「今はサッカーが～だ」現在踢足球很盛行。

せんせい⓪【善政】　善政。↔悪政

せんせいじゅつ⓪【占星術】〔astrology〕占星術。

せんせいりょく③【潜勢力】　潜在勢力。

センセーショナル⓪【sensational】（形動）駭人聽聞的，轟動的，煽情的。

センセーション②【sensation】　駭人聽聞事物，轟動事件。

せんせき⓪【船籍】　船籍。

せんせき⓪【戦績】　戰績。

せんせき⓪①【泉石】　泉石。

せんせん⓪【先先】　上上，大前。「～月」上上個月。

せんせん⓪【宣戦】スル　宣戰。

せんせん⓪【戦線】　①戰線，戰場。②戰線。「～を視察する」視察前線。

ぜんぜん⓪【戦前】　戰前。

ぜんせん⓪【全線】　①全線。「落雷のために～が不通になった」由於雷擊全線不通了。②全線，所有戰線。

ぜんせん⓪【前線】　①前線，火線。「～赴いた」開赴前線。②鋒面。

ぜんせん⓪【善戦】スル　善戰，力戰，奮戰。「～しても散退した」雖努力奮戰，還是失敗了。

ぜんぜん⓪【前前】　上上，大前。「～回」上上次。

ぜんぜん⓪【全然】（副）　①全然。「～わかりません」一點也不懂。②非常，很。「～いい」非常好。

せんせんきょうきょう⓪【戦戦恐恐・戦戦兢兢】（ダル）　戰戰兢兢，心驚膽戰。

せんそ①【践祚・践阼】スル　践祚。

せんぞ①【先祖】　先祖。

せんそう⓪【船倉・船艙】　船艙。

せんそう⓪【戦争】スル　戰爭。

ぜんそう⓪【前奏】　前奏。↔後奏

ぜんそう⓪【禅僧】　禪僧。

ぜんぞう⓪【漸増】スル　漸增。↔漸減

ぜんそうきょく③【前奏曲】　①〔法prélude〕前奏曲。②前奏。「春の訪れの～」春天到來的前奏。

ぜんそうほう⓪【漸層法】　漸層法。

せんぞく⓪【専属】スル　專屬。

ぜんそく⓪【喘息】　氣喘，哮喘。「～にかかる」患氣喘。

ぜんそくりょく③⓪【全速力】　全速。

センター①【center】　①中央，中心。②中鋒。③（棒球運動中的）中外野，中外野手。

センターポール⑤【center pole】　中心旗桿。

センターライン⑤【center line】　①中線。②中心線，道路中心標線。

せんたい⓪【船体】　船體，船身。

せんたい⓪【船隊】　船隊。

せんたい⓪①【戦隊】　戰隊。

せんだい⓪【先代】　①先代，上一代。②上一代。藝名、綽號等代代相繼承時，其人的前一代。「～梅幸」上一代梅幸。③以前的時代。

ぜんたい⓪【全体】　① 全體，通體，整體，整株。↔一部。②（副）①本來，根本。「入試に失敗したのは～お前が勉強しなかったからだ」入學考試失敗根本就是你不用功。②（表示強烈疑問）究竟，到底。「～彼は何を考えているのだ」你究竟在考慮什麼？

ぜんだい⓪【前代】　①前代，以前的時代。②前代。當今主子的前一代。

せんだいひら⓪【仙台平】　仙台平紋綢。

ぜんだいみもん⓪【前代未聞】　前所未聞。「～の大事件」前所未聞的大事件。

せんたく⓪【洗濯】スル　洗濯，洗衣物。

せんたく⓪【選択】スル　選擇。「職業～の自由」選擇職業的自由。

せんだつ⓪①【先達】　先達。先輩，先學。「理論物理学の～」理論物理學的先達。

せんだって⓪③【先達て】　前不久。

ぜんだて⓪①【膳立て】スル　①備膳，擺飯菜。②預做準備。「お～が整う」做好預先準備。

ぜんだま⓪【善玉】　善人。↔悪玉

センタリング⓪【centering】スル　傳中（球）。

せんたん⓪【先端・尖端】　①尖端，頂

端，尖端。↔後端。「岬の～」海角的頂端；岬角。②尖端。「～技術」尖端技術。

せんたん⓪【戦端】 戰端。「～を開く」首開戰端；開戰。

せんだん⓪【専断・擅断】スル 專斷。

せんだん⓪【栴檀・楝】 ①苦楝樹。②檀香，白檀。檀香的別名。

せんだん⓪【船団】 船隊。

ぜんだん⓪【前段】 前段。↔後段

せんち①【戦地】 戰地。

センチ①【法 centi】 公分之略稱。

ぜんち①【全治】スル 痊癒，完全康復。「怪我がやっと～した」傷好不容易治好了。

ぜんちし③【前置詞】〔preposition〕前置詞。→後置詞

ぜんちしき③【善知識】〔佛〕善知識。↔悪知識

ぜんちぜんのう⓪【全知全能】 全知全能。「～の神」全知全能的上帝。

センチメンタリスト⑥【sentimentalist】 感傷主義者，脆弱愛哭的人。

センチメンタリズム⑥【sentimentalism】 感傷主義。

センチメンタル⓪【sentimental】（形動）多愁善感的，易動情感的，感傷的。

せんちゃ⓪【煎茶】 ①煎茶。綠茶的一種。②煎茶。與玉露、番茶比較，屬中等的茶葉。

せんちゃく⓪【先着】スル ①先到。「～順」到達先後順序。②先著。圍棋對局中先行下子。

せんちゅう⓪①【戦中】 戰爭期間，戰時。

せんちょう⓪【船長】 ①船長。②船長。船的長度。

ぜんちょう⓪【全長】 全長。

ぜんちょう⓪【前兆】 前兆。「地震の～がぜんぜんなし」完全沒有地震的前兆。

せんて⓪【先手】 ①先手。②先手。「～を争う」先發制人。↔後手

せんてい⓪【先帝】 先帝。

せんてい⓪【剪定】スル 剪枝，剪定。

せんてい⓪【船底】 船底。

せんてい⓪【選定】スル 選定。「読物を～する」選定讀物。

ぜんてい⓪【前庭】 ①前庭，前院。②前庭。內耳的一部分，與半規管一起感受平衡感覺。

ぜんてい⓪【前提】 前提。

ぜんてき⓪【全的】（形動） 全體的，總體的。

せんてつ⓪【先哲】 先哲。

せんてつ①⓪【銑鉄】 銑鐵，生鐵，鑄鐵。

せんてつ⓪【前轍】 前車覆轍。

ぜんでら⓪【禅寺】 禪寺。

せんでん⓪【宣伝】スル 宣傳。

ぜんてん⓪【全天】 滿天。

ぜんてん⓪①【全店】 全店，整間店。

ぜんてん⓪【全点】 全部物品。

ぜんてんこうき⑤【全天候機】 全天候飛機。

センテンス①【sentence】 句子。

せんと①【遷都】スル 遷都。

セント①【cent】 美分。貨幣名。

セント①【Saint】 聖徒。

せんど①【先途】 關鍵時刻。「ここを～と戦う」關鍵時刻決一死戰。

せんど①【繊度】 纖度，細度。

せんど①【鮮度】 鮮度。「～がよい」很新鮮。

ぜんと①【前途】 前途，前程。「彼の～を祝して乾杯」祝他前途遠大，乾杯。

ぜんど①【全土】 全土，全國。

せんとう⓪【先登】 先登，率先。

せんとう⓪【先頭】 先頭，前頭，最前列。「～をきる」帶頭；領頭。

せんとう⓪【尖塔】 尖塔。

せんとう⓪【戦闘】スル 戰鬥。

せんとう①【銭湯】 澡堂，公共浴室。

せんどう⓪【先導】スル 前導，嚮導。「～車」前導車。

せんどう⓪【扇動・煽動】スル 煽動，挑動。

せんどう①【船頭】 ①船頭，船老大。②船夫。

せんどう⓪【顫動】スル 顫動。

せ

ぜんとう⓪【漸騰】スル 漸漲，漸騰。↔漸落

ぜんどう⓪【善導】スル 善導，善誘。

ぜんどう⓪【蠕動】スル 蠕動。

せんどきじだい⓪【先土器時代】 先土器時代。

セントポーリア④【拉 Saintpaulia】 非洲菫。

セントラル①【central】 ①中央棒球聯盟。②「中心的」「中央的」之意。

セントラルリーグ⑤【Central League】 中央棒球聯盟。

せんな・い③【詮無い】（形） 沒有辦法，沒用處，無益。

せんなり⓪【千成り・千生り】 結實累累，簇生結實。

ぜんなんぜんにょ①【善男善女】 善男善女。

ぜんに①【禅尼】 禪尼。↔禅門

せんにちこう③【千日紅】 千日紅。

ぜんにちせい⓪【全日制】 全日制。↔定時制

せんにゅう⓪【先入】 先入。事先就在心中形成的看法。

せんにゅう⓪【潜入】スル 潛入。

ぜんにゅう⓪【全入】 「全員入学」（全體升學）的略語。「高校~」全體升高中。

せんにょ①【仙女】 仙女。

せんにん①【仙人】 仙人。

せんにん⓪【先任】 先任（者），前任。↔後任

せんにん⓪【専任】スル 專任，專職。↔兼任。「~講師」專職講師。

せんにん⓪【選任】スル 選任。

ぜんにん⓪【前任】 前任。「~者」前任者。

ぜんにん⓪【善人】 善人。

せんにんばり③【千人針】 千人針，千人結。

せんにんりき③【千人力】 千人之力。

せんぬき③【栓抜き】 瓶塞起子，瓶塞鑽，螺絲錐，開瓶器。

せんねつ①【潜熱】 潛熱。

せんねん⓪【先年】 先年，過去的某年。

せんねん⓪【専念】スル 專念，悉心，專心致志，一心一意。「仕事に~する」埋頭工作。

ぜんねん⓪【前年】 ①前一年，上一年。②前年，前幾年，前些年。

せんのう⓪【洗脳】スル 洗腦。

ぜんのう⓪【全能】 全能。「全知~」全知全能。

ぜんのう⓪【前納】スル 預繳，先交。

ぜんば⓪【前場】 前場，早盤。↔後場

せんばい⓪【専売】スル 專賣。

せんぱい⓪【先輩】 先輩，學長，師兄（姐）。↔後輩

ぜんぱい⓪【全敗】スル 全敗，滿盤皆輸。

ぜんぱい⓪【全廃】スル 全廢，全撤銷，全取消。

せんぱく⓪【浅薄】 淺薄。「~な知識をふりまわす」賣弄淺薄的知識。

せんぱく⓪【船舶】 船舶。

せんばつ⓪【選抜】スル 選拔，擇優。

せんぱつ⓪【染髪】スル 染髮。

せんぱつ⓪【洗髪】スル 洗髮。

せんぱつじしん【浅発地震】 淺層地震。

せんばづる⓪【千羽鶴】 千隻鶴。

せんぱばんぱ①【千波万波】 千波萬浪，層層波浪，萬重浪。

せんばん⓪【千万】 ①萬分，多方，百般。「~かたじけない」萬分感激。②（接尾）萬分…，…之至。「無礼~」無禮之極。

せんばん⓪【先番】 ①最先輪到，值頭班。②先行。圍棋對局中先走的人。

せんばん⓪【旋盤】 旋床，車床，切削機床。「~工」車工。

せんぱん⓪【先般】 前些天，這幾天，上次。「~申し上げたとおり」像前些日子跟您談的那樣。

せんぱん⓪【戦犯】 戰犯。

ぜんはん⓪【前半】 前半，前一半。↔後半

ぜんぱん【全判】 全開，全紙。

ぜんぱん⓪【全般】 全般，全盤，全面，普遍。

ぜんはんせい⓪【前半生】 前半生。↔後

半生

せんび◎【船尾】　船尾。↔船首

せんび◎【戦備】　戦備。

せんび◎【先妣】　先妣。↔先考

せんび◎【先非】　前非。

せんび◎【戦費】　戦争所需費用。

ぜんび◎【善美】　善美。「～を尽くす」盡善盡美。

ぜんび◎【前非】　前非。

せんびき◎◎【線引き】ｽﾙ　劃線。

せんびきこぎって◎【線引小切手】　劃線支票。

せんぴつ◎【染筆】ｽﾙ　染筆，濡筆，潤筆。

せんびょう◎【線描】　線描。「～画」線描畫。

せんびょう◎【選評】　選評，選後評語。

せんびょうし◎【戦病死】ｽﾙ　病死軍中。

せんびん◎【先便】　前信，前函。↔後便

せんびん◎【船便】　水運。

ぜんびん◎【前便】　前信，前函。↔後便

せんぶ◎【先負】　先負日，不宜辦事日。

せんぶ◎【宣撫】ｽﾙ　宣撫。「～工作」宣撫工作。

せんぷ◎【先夫】　先夫，前夫。

せんぷ◎【先父】　先父。亡父。

せんぷ◎【宣布】ｽﾙ　宣布。「大教～」傳佈大教。

ぜんぶ◎【全部】　全部，都。↔一部

ぜんぶ◎【前部】　前部。↔後部

ぜんぶ◎【膳部】　托盤飯菜。

ぜんぷ◎【前夫】　前夫。

せんぷう◎◎【旋風】　①旋風。②風潮，風波，旋風。「一大～を巻き起こす」掀起一場大風波。

せんぷうき◎【扇風機】　電扇，風扇。

せんぷく◎【船幅】　船寬。

せんぷく◎【船腹】　①船腹。②船艙。③船隻。「～数」船隻數。

せんぷく◎【潜伏】ｽﾙ　潜伏。「犯罪者は山中に～している」罪犯在山裡潜伏著。

ぜんぷく◎【全幅】　①完全，全部。「～の信頼」完全信頼。②全幅，整幅。

せんぶり◎【千振】　日本當藥。

せんぶん◎【撰文】ｽﾙ　撰文。

せんぶん◎◎【線分】　〔數〕線段。

ぜんぶん◎【全文】　全文。

ぜんぶん◎◎【前文】　①前文，序言，序文。置於法令、規章條款前的文章。敘述制定的理由、目的及原則等。②前文。寫於書信開頭的有關時令、問安等的文字。③前文，上文。前面寫的文章，亦指前述的文章。

せんぶんりつ◎【千分率】　千分率。

せんべい◎【煎餅】　煎餅。

せんぺい◎【尖兵・先兵】　尖兵。

せんべつ◎【選別】ｽﾙ　分選，挑選，選擇，篩選，分類。

せんべつ◎【餞別】　餞別，餞行（禮物）。

せんべん◎【先鞭】　〔晉書〕先鞭，占先。「～をつける」著先鞭。

ぜんぺん◎◎【全編・全篇】　全篇，通篇。

ぜんぺん◎【前編・前篇】　前篇，上篇，上卷。

せんぺんいちりつ◎【千篇一律】　千篇一律。「～の文章」千篇一律的文章。

せんぺんばんか◎【千変万化】ｽﾙ　千變萬化。

せんぼう◎【羨望】ｽﾙ　羨慕。「～の的となる」成爲羨慕的目標。

せんぽう◎【先方】　對方，對手。↔当方

せんぽう◎【先鋒】　先鋒。「急～」急先鋒。

せんぽう◎◎【旋法】　調式。

せんぽう◎【戦法】　作戰方法。

ぜんぼう◎【全貌】　全貌。「その事件の～が明らかになった」那個事件的整體情況一清二楚。

せんぼうきょう◎【潜望鏡】　潜望鏡。

せんぼつ◎【戦没・戦歿】ｽﾙ　戰歿，戰死，陣亡。「～者」陣亡者。

ぜんぽん◎【善本】　善本。

せんぼんしめじ◎【千本湿地】　簇生口蘑。

せ

せんまい⓪【洗米】 洗米，淨米。

せんまい⓪【饌米】 饌米，供米。

ぜんまい⓪【発条・撥条】 發條，盤簧，彈簧。

ぜんまい⓪【薇】 紫萁，薇，紫蕨。

せんまいづけ⓪【千枚漬け】 千枚漬，醬蕪菁片。

せんまいどおし⓪【千枚通し】 千層通，錐子的一種。

せんまいばり⓪【千枚張り】 千層貼。

ぜんみ⓪【禅味】 禪味，禪趣。

せんみつ⓪【千三つ】 ①吹牛大王，好撒謊。②經紀人，中間人，掮客。

せんみょう⓪【宣命】 宣命。

せんみん⓪⓪【賤民】 賤民。

せんむ⓪【専務】 ①專務。②「専務取締役」之略。

せんめい⓪【鮮明】 鮮明。「旗幟~」旗幟鮮明。

せんめい⓪【闡明】 スル 闡明。

せんめつ⓪【殲滅】 スル 殲滅。

ぜんめつ⓪【全滅】 スル 全滅。

せんめん⓪【洗面】 スル 洗臉。

せんめん⓪⓪【扇面】 扇面。

ぜんめん⓪【全面】 ①全面。②整版。「~戦争」全面戰爭。

ぜんめん⓪⓪【前面】 前面。前方，表面。

せんめんき⓪【洗面器】 洗臉盆。

ぜんめんてき⓪【全面的】（形動） 全面的。

せんもう⓪【旋毛】 髮旋。旋渦狀毛髮處。

せんもう⓪【繊毛】 繊毛。

せんもう⓪【譫妄】 譫妄。

ぜんもう⓪【全盲】 全盲。→半盲

せんもううんどう⓪【繊毛運動】 繊毛運動。

せんもん⓪【専門】 ①專門，專業。「その仕事は~的な知識を必要とする」那個工作需要專門知識。②專門，專一。「食い気~」就懂得吃。

ぜんもん⓪【前門】 前門。

ぜんもん⓪【禅門】 ①禪門，禪宗。②禪門。在家進入佛門剃髮的男子。→禅尼

せんもんか⓪【専門家】 專家。

せんもんがっこう⓪【専門学校】 專門學校。

ぜんもんどう⓪【禅問答】 ①禪問答。②莫名其妙的問答。

せんや⓪【先夜】 前些天夜裡。

ぜんや⓪【前夜】 ①昨夜。②前夜。「革命~」革命前夜。

せんやく⓪⓪【仙薬】 仙藥，靈丹，妙藥。

せんやく⓪【先約】 ①先約，前約。②有約在先。

せんやく⓪⓪【煎薬】 湯藥，煎藥。

ぜんやく⓪【全訳】 スル 全譯，全部譯文。→抄訳

ぜんやく⓪【前約】 前約。

ぜんゆ⓪【全癒】 スル 痊癒。

せんゆう⓪【占有】 スル 占有，占為己物。

せんゆう⓪【専有】 スル 專有。→共有

せんゆう⓪【戦友】 戰友。

せんゆうこうらく⓪【先憂後楽】 先憂後樂。

せんよう⓪【占用】 スル 占用。

せんよう⓪【宣揚】 スル 宣揚。「国威を~する」宣揚國威。

せんよう⓪【専用】 スル 專用。

ぜんよう⓪【全容】 全貌，全部內容。

ぜんよう⓪【前葉】 前葉。→脳下垂体

ぜんよう⓪【善用】 スル 善用。→悪用

ぜんら⓪⓪【全裸】 全裸。

ぜんらく⓪【漸落】 スル 漸落，漸跌。→漸騰

せんらん⓪【戦乱】 戰亂。

せんり⓪【千里】 千里。

せんりがん⓪【千里眼】 千里眼。

せんりつ⓪【旋律】 旋律。

せんりつ⓪【戦慄】 スル 戰慄，顫抖。

ぜんりつせん⓪【前立腺】 前列腺。

せんりひん⓪⓪【戦利品】 戰利品，繳獲品。

せんりゃく⓪⓪【戦略】 〔strategy〕戰略。

ぜんりゃく⓪【前略】 前略。

せんりゅう⓪⓪【川柳】 川柳。短詩名。

せんりょ⓪【千慮】 千慮。

せんりょ⓪【浅慮】 淺慮，考慮不周。

せんりょう⓪【千両】 ①一千兩。②千兩。價値非常高。③金粟蘭。

せんりょう⓪【占領】ㇲ 占領，占據。「都は敵軍の～下におかれた」首都處於敵軍的占領之下。

せんりょう⓪【線量】 放射劑量。

せんりょう⓪【染料】 染料。→顔料

せんりょう⓪【選良】 選良。

ぜんりょう⓪【全寮】 ①全宿舍，整個宿舍。②各個宿舍，所有宿舍。③全部寄宿。「～制」全部寄宿制。

ぜんりょう⓪【善良】 善良。「彼女は性質が～だ」她心地善良。

せんりょうやくしゃ⑤【千両役者】 ①名角，名演員。②名人，名流。

せんりょく⓪【戦力】 ①戰力，戰爭能力。②工作能力，戰鬥力。

ぜんりょく⓪①【全力】 全力。「彼女は作曲に～を傾けた」她把全力傾注於作曲。「～疾走」全力奔跑。

ぜんりん⓪【前輪】 前輪。

ぜんりん⓪【善隣】 善鄰，睦鄰。

せんるい⓪【蘚類】 蘚類。

せんれい⓪【先例】 先例。

せんれい⓪【洗礼】 ①洗禮。基督教的入教儀式。②洗禮。初次深刻或特殊的經歷體驗。「戦闘的な～を受ける」經受戰鬥的洗禮。

せんれい⓪【船齢】 船齢。

ぜんれい⓪【全霊】 全心，全副精神。「全身～を打ち込む」全身心投入。

ぜんれい⓪【前例】 前例，先例。「～がない」沒有前例。

せんれき⓪【戦歴】 戰鬥經歷。

ぜんれき⓪【前歴】 此前經歷。

せんれつ⓪【戦列】 ①戰鬥隊形，戰鬥隊列。②戰鬥組織。

ぜんれつ⓪【前列】 前列，前排。↔後列

せんれん⓪【洗練・洗煉・洗錬】ㇲ 洗煉，精練，考究，講究。

せんろ⓪【線路】 線路。

せんろっぽん③【千六本・繊六本】 蘿蔔絲。

ぜんわ⓪【禅話】 禪話。

ぜんわん⓪【前腕】 前臂。

そ

そ□【祖】 ①祖先。②始祖，鼻祖。「医学の～」醫學之祖。

そ□【租】 租，田租。

そあく⓪【粗悪】 粗劣，劣質，差。

そあん⓪【素案】 草案。

そい□【素意】 素意，素志。

そい□【粗衣】 粗衣，布衣。「～粗食」布衣粗食。

そいつ⓪【其奴】（代）那個傢伙，那小子。「～がやったのに違いない」一定是那傢伙幹的！

そいと・げる□【添い遂げる】（動下一）①白頭到老，白頭偕老。②克服困難如願結爲夫妻。

そいね⓪【添い寝】 ｽﾙ 睡在身旁。

そいん⓪【素因】 ①根本原因，源由。②體質因素。

そいん⓪【疎音】 久疏音訊，久不通信。

そいん⓪【訴因】 起訴原因。

そいんすう□【素因数】 質因數。→素数

そう□【双】 ①雙，一對。「～の目」雙眸。②（接尾）雙，對。「屏風ぴょう～」一對屏風。

そう□【相】 ①外表，相貌，模樣。②相。吉凶等形狀、狀態。

そう□【草】 ①草稿，草案。②草書，草體。

そう□【装】 ①裝束，打扮。②裝。書籍的裝訂形式。

そう□【僧】 僧，僧人。

そう□【想】 想。

そう□【層】 ①層，層次。②（社會）階層。

そう□【箏】 箏，十三弦琴。

そう□【宋】 宋。中國王朝名。

そう□【然う】 Ⅰ（副）①那樣地，那麼。②（後接否定詞）（不）那麼，（不）太。「値段は～高くはないだろう」價錢不會那麼貴吧！ Ⅱ（感）①是，是的，不錯。②是嗎？③對了。說話中忽然想起某件事時。

そう【総】（接頭） 總，總體。「～収入」總收入。

そう【艘】（接尾） 艘，隻。

ぞう□【象】 象。

ぞう□【像】 ①形象。「理想～」理想的形象。②像。仿照神佛、人、鳥獸等製造的東西。③〔物〕像，影像。

ぞう□【増】 增加，增多。↔減。

ぞう□【雑】 雜歌，雜句。

ぞう【贈】（接頭） 追贈。

そうあい⓪【相愛】 ｽﾙ 相愛。

ぞうあく⓪【増悪】 ｽﾙ 病情惡化。「病勢が～する」病情惡化。

そうあげ⓪⓪【総揚げ】 ｽﾙ 招全體藝妓遊樂。

そうあたり□【総当たり】 循環賽，聯賽。

そうあん⓪【草案】 草案。

そうあん⓪【草庵】 草庵，草廬，茅屋。

そうあん⓪【創案】 ｽﾙ 首創，發明，創案。

そうい□【相違】 ｽﾙ 差異，分歧，不同。

そうい□【創痍】 瘡痍。

そうい□【創意】 創意。

そうい□【僧位】 僧位。

そういん⓪【僧院】 寺院，寺，修道院。

そういん⓪【総員】 所有人員。

ぞういん⓪【増員】 ｽﾙ 增員。↔減員

そううつ□【躁鬱】 躁鬱。

そううつびょう⓪【躁鬱病】 躁鬱症。

そううら⓪【総裏】 內裡。

そううん⓪【層雲】 層雲。

ぞうえい⓪【造営】 ｽﾙ 營造，營建，興建。

ぞうえいざい□⓪【造影剤】 造影劑。

ぞうえき⓪【増益】 ｽﾙ 增益，增加利益。↔減益。

そうえん⓪【蒼鉛】 鉍。

ぞうえん⓪【造園】 造園。

ぞうえん⓪【増援】 ｽﾙ 增援。

ぞうお□【憎悪】 ｽﾙ 憎惡，厭惡。

そうおう◎【相応】　相應。「分~」合乎身分；與身分相稱。

そうおく◎【草屋】　①草屋，茅屋。②舍下，敝舍。

そうおん◎【宋音】　宋音。漢字讀音之一。

そうおん◎【騒音】　嘈雜聲，噪音。

そうか◎【喪家】　喪家。

そうが◎【爪牙】　爪牙，（轉義）毒手，魔掌。

そうが◎【挿画】　插圖。

ぞうか◎【造化】　①造化。指造物主。②造化，自然。「~の妙」造化之妙。

ぞうか◎【造花】　人造花。

ぞうか◎【増加】 スル　增加，增多。↔減少

そうかい◎【壮快】　壯快，雄壯暢快。

そうかい◎【掃海】 スル　掃雷。清除魚雷等。

そうかい◎【爽快】　爽快，爽朗。

そうかい◎【滄海・蒼海】　滄海。

そうかい◎【総会】　大會，全會。

そうがい◎【霜害】　霜害。

そうかいや◎【総会屋】　股東大會敲詐者。

そうがかり◎【総掛かり】　①全體動員，全體出動。②總攻擊。③總費用。

そうかく◎【総画】　總筆畫數。

そうがく◎◎【宋学】　宋學。→朱子学

そうがく◎【奏楽】 スル　奏樂。

そうがく◎【総額】　總額。

ぞうがく◎【増額】 スル　增額。↔減額

そうかつ◎【総括】 スル　總括。

そうがな◎【総仮名】　全假名。

そうかへいきん◎【相加平均】　算術平均數，算術平均。→相乗平均

そうがら◎【総柄】　滿幅花紋。

そうかん◎【壮観】　壯觀。「~な眺め」壯觀的景色。

そうかん◎【相姦】　相姦。「近親~」近親相姦。

そうかん◎【相関】 スル　相關。「~する二つの現象」相關的兩種現象。

そうかん◎【送還】 スル　送還，遣返。

そうかん◎【創刊】 スル　創刊。

そうかん◎【総監】　總監。監督全體人員

的官職。

そうがん◎【双眼】　雙眼。

ぞうかん◎【増刊】 スル　增刊。

ぞうがん◎◎【象眼・象嵌】 スル　鑲嵌，鑲嵌工藝品。

ぞうがんこうぶつ◎【造岩鉱物】　造岩礦物。

そうき◎【早期】　早期，初期。

そうき◎【想起】 スル　想起，回憶起。

そうき◎【総記】　①總體記述。②總類，綜合類。

そうぎ◎【争議】　爭議。→労働争議・小作争議

そうぎ◎【葬儀】　葬禮。

そうき◎【雑木】　雜木。

ぞうき◎【臓器】　臟器。

そうきゅう◎【早急】　火急，趕快。

そうきゅう◎【送球】 スル　①傳球。②手球。

そうきゅう◎【蒼穹】　蒼穹。

そうきゅうきん◎【双球菌】　雙球菌。

そうきょ◎【壮挙】　壯舉。

そうぎょ◎【草魚】　草魚。

そうきょう◎【躁狂】 スル　①狂躁。②躁症。

そうぎょう◎【早暁】　黎明，拂曉。

そうぎょう◎【創業】 スル　創業。

そうぎょう◎【僧形】　僧相，僧人模樣。

そうぎょう◎【操業】 スル　機械作業，操作。

ぞうきょう◎【増強】 スル　增強，加強。

そうきょういく◎【早教育】　學齡前教育，幼兒教育。

そうきょく◎【箏曲】　箏曲。

そうきょくせん◎【双曲線】　雙曲線。

そうぎり◎【総桐】　全桐木。

そうきん◎【送金】 スル　匯款，匯錢。

ぞうきん◎【雑巾】　抹布，揩布。「~がけ」用抹布擦。

そうく◎【走狗】　走狗。「権力の~」權力的走狗。

そうく◎【痩軀】　瘦的身軀，體瘦。

そうぐ◎【装具】　①武裝用具，作業用具。②化妝用具，服飾品。

そうくう◎【蒼空】　碧空。

そうぐう◎【遭遇】スル　遭遇。

そうくずれ◎【総崩れ】　全面崩潰，全部崩潰。

そうくつ◎【巣窟】　巢窟，巢穴，賊窟。

そうけ◎【宗家】　宗家。

そうけ◎【僧家】　僧侶。

ぞうげ◎◎【象牙】　象牙。

そうけい◎【早計】　草率，過急，輕率。

そうけい◎【総計】スル　總計。

そうげい◎【送迎】スル　迎送，接送。

ぞうけい◎【造形・造型】スル　造型，造形。

ぞうけい◎【造詣】　造詣。「～が深い」造詣深。

そうけだ・つ◎【総毛立つ】（動五）　毛骨悚然。

ぞうけつ◎【造血】スル　造血。

ぞうけつ◎【増血】スル　增血。

ぞうけつ◎【増結】スル　加掛，增掛。

そうけっさん◎【総決算】　①總決算，總結算。②總結，清算，算總帳。

そうけん◎【双肩】　①雙肩。②肩負，擔負。「会社の興亡が～にかかる」肩負著公司的興亡。

そうけん◎【壮健】　健壯。

そうけん◎【送検】スル　送檢。

そうけん◎【創見】　創見。

そうけん◎【創建】スル　創建。

そうけん◎【総見】スル　集體觀看。

そうげん◎【草原】　①草原。②草原地帶。

ぞうげん◎◎【造言】　捏造事實，謊言。

そうご◎【相互】　①相互，彼此。②相互，交替。

ぞうご◎【造語】スル　構詞，造詞，創造新詞。「～成分」構詞成分。

そうこう◎【壮行】　壯行，餞行。「～会」餞行會；誓師會。

そうこう◎【走向】　走向。

そうこう◎【走行】スル　行車，走向。

そうこう◎【奏功】スル　奏功。

そうこう◎◎【草稿】　草稿。

そうこう◎【送稿】スル　送稿。

そうこう◎【装甲】スル　裝甲。

そうこう◎◎【操行】　操行。

そうこう◎【糟糠】　糟糠。

そうこう◎【霜降】　霜降。二十四節氣之一。

そうこう◎【倉皇・蒼惶】（トタル）　倉皇，匆忙慌張。

そうこう◎【然う斯う】（副）スル　這樣那樣，這個那個。「～していられない」做這做那，總待不住。

そうごう◎◎【相好】　①〔佛〕相好。②容貌，表情。「～を崩す」笑逐顔開。

そうごう◎【総合・綜合】スル　綜合。↔分析。

そうごう◎【贈号】スル　贈號，追贈諡號。

そうごうかいはつ◎【総合開発】　綜合開發。

そうごうがくしゅう◎【総合学習】　綜合學習。

そうこうげき◎【総攻撃】スル　總攻擊，群起而攻。

そうごうだいがく◎【総合大学】　綜合大學。↔単科大学

そうこく◎【相克・相剋】スル　相剋。↔相生。

そうこん◎【早婚】　早婚。

そうこん◎【草根】　草根。

そうこん◎【瘡痕・創痕】　傷痕，創痕。

そうごん◎【荘厳】　莊嚴。

ぞうごん◎【雑言】　漫罵，肆意挑釁。

そうさ◎【走査】スル　掃描。

そうさ◎【捜査】スル　搜查，查找。

そうさ◎【操作】スル　①操作。②安排。

ぞうさ◎【造作・雑作】　費工夫，花錢，麻煩，費事。

そうさい◎【相殺】スル　抵銷，相抵。

そうさい◎【葬祭】　殯葬，祭祀，喪葬，葬祭。「冠婚～」冠婚葬祭。

そうさい◎【総裁】　總裁。

そうざい◎◎【総菜・惣菜】　家常菜，普通菜。

そうさく◎【捜索】スル　搜索。

そうさく◎【創作】スル　①創作。②創作，謊言，假話，虛構，捏造。

ぞうさく◎◎◎【造作】スル　①蓋，修建，建造。②室內裝潢，裝潢。

そうさくいん◎【総索引】　①總索引。②

詞彙索引。

そうさつ⓪【増刷】スル 增印，加印。

そうざらい③【総浚い】スル ①全部複習，總複習。②總排練，彩排。

そうざん⓪【早産】スル 早產。↔晚產

ぞうさん⓪【増産】スル 增產。↔減產

ぞうざんうんどう⑤【造山運動】 造山運動。

そうし①【壮士】 壯士。

そうし①【草紙・草子・双紙・冊子】 ①冊子。裝訂好的書。②草紙，草子，雙紙。用假名寫的作品。

そうし①【創始】スル 創始。「学問の～者」學問的創始人。

そうじ⓪【相似】スル ①相似。②〔數〕相似。③〔生物〕同功。

そうじ⓪【送辞】 歡送辭。

そうじ⓪【掃除】スル 掃除。

ぞうし⓪【増資】スル 增資，增加資本。↔減資

そうしき⓪【葬式】 葬禮，殯儀。

そうじしょく⓪【総辞職】スル 總辭。

そうしつ⓪【宗室】 ①宗室。②皇室，皇族。③宗室。茶道裏千家流派中師家代代繼承的號。

そうしつ⓪【喪失】スル 喪失。「自信を～する」喪失信心。

そうして⓪【然して】（接續） 然後，於是，而且。

そうじて①⓪【総じて】（副） 總括來說。

そうじまい③【総仕舞い】スル ①全部完成。②全部買光，全部賣光。

そうしゃ①【壮者】 壯年人。

そうしゃ①【走者】 ①（田徑賽中的）賽跑選手，接力賽選手。「第1～」第一棒跑者。②（棒球中的）跑壘員，跑者。

そうしゃ①【奏者】 演奏者，演奏家。

そうしゃ①【掃射】スル 掃射。

そうしゃ①【操車】 調度，調車。「～場」調車場。

ぞうしゃ⓪【増車】 增加車輛。↔減車

そうしゅ①【双手】 雙手。

そうしゅ①【宗主】 宗主。

そうじゅ①【送受】スル 收發。

そうしゅ⓪【造酒】スル 造酒。

そうしゅう⓪【早秋】 初秋。

そうしゅう⓪【爽秋】 爽秋。

そうしゅう⓪【総集】スル 總集。

そうじゅう⓪【操縦】スル ①操縱，駕駛。「～士」飛行員；飛機駕駛員。②操縱，駕馭。

ぞうしゅう⓪【増収】スル 增收。↔減收

ぞうしゅうわい③【贈収賄】 行賄受賄，行受賄。

そうじゅく⓪【早熟】 早熟。↔晚熟

そうしゅけん③【宗主権】 宗主權。

そうしゅこく③【宗主国】 宗主國。↔從属国

そうしゅつ⓪【創出】スル 創出，首創。

そうしゅん⓪【早春】 早春。

そうしょ①【草書】 草書。→楷書・行書

そうしょ⓪①【双書・叢書】 叢書，群書。

ぞうしょ①【蔵書】 藏書。

そうしょう⓪【宗匠】 宗匠。

そうしょう⓪【相承】スル 相承，相繼。「師資～」師資相承。

そうしょう⓪【相称】 對稱。

そうしょう⓪【創唱】スル 首倡。

そうしょう⓪【創傷】 創傷。

そうしょう⓪【総称】スル 總稱，統稱。

そうじょう⓪【奏上】スル 奏上。

そうじょう⓪【相乗】スル 相乘。

そうじょう⓪【葬場】 殯儀館。

そうじょう⓪【僧正】 僧正。

そうじょう⓪【層状】 層狀。

そうじょう⓪【騒擾】スル 騷擾。

ぞうしょう⓪【蔵相】 藏相。指大藏大臣。

ぞうしょう⓪【増床】 ①增床，加床。②擴大營業面積。

そうしょく⓪【草食】スル 草食。↔肉食

そうしょく⓪【装飾】スル 裝飾，裝潢。「～品」裝飾品。

ぞうしょく⓪【増殖】スル 增殖，增生。

そうしん⓪【送信】スル 發送，發射。「ファックスを～する」發傳真。「～機」發報機。

そうしん⓪【喪心・喪神】スル 昏厥，昏

迷。

そうしん◎【総身】 渾身。

そうしん◎【痩身】 體痩，痩身。

ぞうしん◎【増進】スル 増進，增強。↔減退

そうしんき◎【送信機】 發射機。

そうしんぐ◎【装身具】 首飾，裝飾品。

そうず◎【添水】 添水。

そうず◎【挿図】 插圖。

そうず◎【僧都】 僧都。

そうすい◎【送水】スル 送水，輸水。

そうすい◎【総帥】 統帥。

ぞうすい◎【増水】スル 漲水，增水。

ぞうすい◎【雑炊】 雜菜粥，雜燴粥。

そうすう◎【総数】 總數。

そうすかん◎【総すかん】 遭眾人嫌，惹萬人厭。

そう・する◎【奏する】（動サ變） ①上奏。②演奏。③取得成果。「功を～・する」奏效。

そう・する◎【草する】（動サ變） 起草。

ぞう・する◎【蔵する】（動サ變） 藏。

そうせい◎【早世】スル 早逝。

そうせい◎【早生】 ①早結實。↔晚生。②早產。「～児」早產兒。

そうせい◎【走性】 趨性。

そうせい◎【創世】 創世。

そうせい◎【創成】スル 創成，創始，創建。「科学の～期」科學的創始期。

そうせい◎【創製】スル 創製。「先代が～した銘菓」上一輩創製的知名點心。

そうせい◎【叢生・簇生】スル 簇生，叢生。

そうぜい◎【総勢】 全員，總人數。

ぞうせい◎【造成】スル 造成，做成，修成，修好。「宅地～」整修住宅用地。

ぞうぜい◎【増税】スル 增稅。↔減稅

そうせいじ◎【双生児】 雙胞胎，攣生子，雙生子。

そうせき◎【僧籍】 僧籍。

そうせきうん◎【層積雲】 層積雲。

そうせつ◎【創設】 創設，創辦。「～者」創辦人。

そうせつ◎【総説】スル 總論。

そうぜつ◎【壮絶】 極其壯烈，氣壯山河。「～な戦い」極其壯烈的戰鬥。

ぞうせつ◎【増設】スル 增設，增添。

そうせん◎【操船】スル 駕船，開船。

そうぜん◎【蒼然】（ｔ ｒｕ） ①蒼然。顏色蒼翠貌。②蒼然。傍晚昏暗貌。③蒼然。陳舊、褪色貌。

そうぜん◎【騒然】（ｔ ｒｕ） 騒然。吵鬧貌。

ぞうせん◎【造船】スル 造船。

そうせんきょ◎【総選挙】 總選舉，大選。

そうそう◎【早早】 ①…之後馬上就，剛一…就。「正月～」剛過新年就…；新年伊始。②（副）急忙。

そうそう◎【草草】 ①草草（地）。②簡慢，怠慢。「お～さまでした」怠慢了。③草草。書信末尾的謙辭。「～不一ふいっ」草草不能盡言。

そうそう◎【草創】スル 草創。

そうそう◎【葬送】スル 送葬。

そうそう◎【錚錚】（ｔ ｒｕ） ①錚錚聲。②錚錚，傑出。「～たるメンバー」優秀人才。

そうそう◎【然う然う】 ① (副)（下接否定語）（不能老是）那麼，那樣。「～無理は言えない」不能總說辦不到。② (感)①是的是的，對了對了。突然想起某件事情時。「～、電話するんだった」是的是的，是要打電話的。②是的，沒錯。「～、そのとおり」是的，你說的對。

そうぞう◎【送像】スル 發送影像訊號。↔受像

そうぞう◎【創造】スル 創造。「天地～」創造天地。

そうぞう◎【想像】スル 想像。

そうぞうし・い◎【騒騒しい】（形） ①嘈雜的。②動亂，紛擾，不安寧。

そうぞく◎【総則】 總則。↔細則

そうぞく◎◎【相続】スル 承襲，繼承。「遺産～」繼承遺產。

そうぞく◎【僧俗】 僧俗。

そうそくふり◎【相即不離】 相即不離，水乳交融，分不開。

そうそつ◎【倉卒・忽卒】 倉猝。

そうそふ③【曾祖父】 曾祖父。

そうそぼ③【曾祖母】 曾祖母。

そうそん◎【曾孫】 曾孫。

そうだ◎【操舵】 掌舵。「～手」舵手。

そうたい◎【早退】 スル 早退。

そうたい◎【相対】 スル ①面對，面對面。②相對。↔絶対

そうたい◎【総体】 ①總體。②（副）一般說來，總的說來。

そうだい◎【壮大】 壯大，雄偉，壯麗。

そうだい◎【総代】 總代表。

ぞうだい◎【増大】 スル 增大。

そうたいしゅぎ⑤【相対主義】〔哲〕〔relativism〕相對主義。↔絶対主義

そうたいせいりろん◎【相対性理論】〔物〕相對論。

そうたいひょうか⑤【相対評価】 相對評價。↔絶対評価

そうだち◎【総立ち】 全體起立。

そうたつ◎【送達】 スル 送達。

そうだつ◎【争奪】 スル 爭奪。「選手権～戦」冠軍爭奪戰。

そうだん◎【相談】 スル 商量，協商，磋商。

そうだん◎【装弾】 スル 裝彈。

そうだん◎【僧団】 僧團。

ぞうたん◎【増反】 增加耕種面積，擴大耕種面積。

そうち◎【送致】 スル 〔法〕送交，解送，押送（犯人）。

そうち①【装置】 スル 裝置。

ぞうち①【増置】 スル 增置，增設。

ぞうちく◎【増築】 スル 增建，擴建。

そうちゃく◎【早着】 スル 早到，提前到達。↔延着

そうちゃく◎【装着】 スル 穿上，安裝，裝上。

そうちょう◎【早朝】 清晨。

そうちょう◎【宋朝】 ①宋朝，宋代。②仿宋。「宋朝活字」的略稱。

そうちょう◎【荘重】 莊重，嚴肅。「～に式典を行う」莊嚴地舉行典禮。

そうちょう◎【曹長】 曹長。

そうちょう◎【総長】 ①總長。「検事～」

檢事總長。②大學校長。

ぞうちょう◎【増長】 スル 自大起來，傲慢起來。

ぞうちょう◎【増徴】 スル 加徵。

そうで◎【総出】 全體出動。「村中～で彼を歓迎した」全村出動來歡迎他。

そうてい◎【壮丁】 ①壯丁。②壯丁。（舊制）徵兵適齡者。

そうてい◎【送呈】 スル 送呈，送上，呈上。「拙著を～します」謹送上拙著。

そうてい◎【装丁・装釘・装幀】 スル 裝訂，裝幀。

そうてい◎【想定】 スル 假想，假設。

そうてい◎【漕艇】 划船，划艇。

ぞうてい◎【贈呈】 スル 贈呈，贈送。「記念品を～する」贈送紀念品。

そうてん◎【争点】 爭論點。

そうてん◎【装填】 スル 裝填。

そうてん◎①【総点】 總分（數）。

そうてん◎【蒼天】 蒼天。

そうでん◎【相伝】 スル 相傳。

そうでん◎【送電】 スル 輸電，配電，供電。

そうでん◎【桑田】 桑田，桑園。

そうと①【壮図】 壯志，宏圖。「南極探険の～を抱く」抱有南極探險的宏圖。

そうと①【壮途】 壯途，征途。

そうとう◎【双頭】 兩個頭，雙頭。

そうとう◎【相当】 スル １①相當。②相當於。「それに～する日本語はない」沒有與其相等的日語。②（形動）相當，相稱或適合的狀態。「それ～なもの」與之相當的東西。③（副）很，頗，相當。「彼女は～な自信を持っている」她頗有把握。

そうとう◎【掃討・掃蕩】 スル 掃蕩，肅清。

そうとう◎【想到】 スル （終於）想到，想出。

そうとう◎【総統】 ①統治全體。②總統。

そうどう◎【草堂】 ①草堂，草庵。②茅舍，舍下。

そうどう◎【僧堂】 僧堂。→禅室

そうどう◎【騒動】 スル ①騷動。②（引起

そ

社會騷亂的）嚴重糾紛。「お家～」家庭糾紛。

ぞうとう◎【贈答】スル 贈答，互贈。「品物を～する」相互贈送禮品。「～歌」贈答詩。

そうどういん◎【総動員】スル 總動員。

そうとうしゅう◎【曹洞宗】 曹洞宗。

そうとく◎【総督】スル 總督。

そうトンすう◎【総～数】 ①總噸位。→排水トン数。②總噸數。

そうなめ◎【総嘗め】 ①波及全部，全部受害。②全部擊敗，一一打敗。

そうなん◎【遭難】スル 遇難，遇險，遭難。

そうに①【僧尼】 僧尼。

ぞうに◎【雑煮】 雜煮。

そうにゅう◎【挿入】スル 插入，插進。

そうにゅう◎【装入】スル 裝入，填入，放入。

そうねん◎【壮年】 壯年。

そうねん◎【想念】 念頭。

そうは①【争覇】スル 爭覇。

そうは①【走破】スル 跑完全程，跑完。

そうは①【掻爬】スル 刮除，人工流產。

そうば◎【相場】 ①市價，行情。②行情交易。

ぞうは◎【増派】スル 增派。

ぞうはい◎【増配】スル 增配。→減配

そうはく◎【蒼白】 蒼白。

そうはく◎【糟粕】 ①酒糟，酒渣。②糟粕。剩餘的無用物。

そうはつ◎【早発】スル ①提前出發，提前開車。②早期發生。→遅発

そうはつ◎【総髪・惣髪】 ①總髮，全髮。男子束髮型的一種。②披肩髮。將頭髮全部梳到腦後垂下。

ぞうはつ◎【増発】スル 加開車（班）次。

そうばな◎【総花】 ①全員小費。②利益均霑。

そうばん◎【早晩】 （副） 早晚。

ぞうはん◎【造反】スル 造反。

そうび①【装備】スル 裝備。

そうび①【薔薇】 薔薇。

ぞうひびょう◎【象皮病】 象皮病，血絲蟲病。

そうひょう◎【総評】スル 總評。

そうびょう◎【宗廟】 宗廟。

そうびょう◎【躁病】 狂躁性精神病。

そうひょう◎【雑兵】 小兵，小卒。

ぞうびん◎【増便】スル 增加班次。

そうぶ◎【創部】スル 創立部。部的創立。

ぞうふ◎【臓腑】 臟腑，內臟。

そうふう◎【送風】スル 送風。「～器」鼓風機；送風機。

そうふく◎【双幅】 雙幅（畫）。

そうふく◎【僧服】 僧服。

ぞうふく◎【増幅】スル 增幅，放大。

ぞうぶつ◎①【贓物】 贓物。

ぞうぶつしゅ◎【造物主】 造物主。

そうへい◎【僧兵】 僧兵。

ぞうへいきょく◎【造幣局】 造幣局。

そうへき◎【双璧】 雙璧。

そうべつ◎【送別】スル 送別，送行。「彼女のためこ～会を開くことになっている」決定為她開歡送會。

そうほ◎【相補】 互補。「～関係」互補關係。

ぞうほ◎【増補】スル 增補。

そうほう◎【双方】 雙方。

そうほう◎【走法】 （田徑賽中的）跑法。

そうほう◎【奏法】 奏法，演奏法。

そうぼう◎【双眸】 雙眸。

そうぼう◎【怱忙】 匆忙。

そうぼう◎【相貌】 相貌。

そうぼう◎【僧坊・僧房】 僧坊，僧房。

ぞうほう◎【増俸】スル 加薪，增俸。→減俸

そうほうこう◎【双方向】 雙向（通訊）。

そうぼうべん◎【僧帽弁】 二尖瓣。

そうほん◎①【草本】 草本植物，草本。

ぞうほん◎【造本】 製書，出書。

そうほん◎【蔵本】 藏本，藏書。

そうほんけ◎【総本家】 總本家，本支。

そうほんざん◎【総本山】 〔佛〕總本山。

そうまくり◎【総捲り】 概論，概評，總評。「現代小説～」現代小說概論。

そうみ◎①【総身】 渾身。

そうむ⓪【双務】 雙務。↔片務

そうむ①【総務】 總務。「～部長」總務部長。

ぞうむし⓪【象虫】 象鼻蟲。

そうめい⓪【聡明】 聰明。

そうめいきょく③【奏鳴曲】 奏鳴曲。

そうめつ⓪【掃滅】 ㇲㇽ 掃蕩。

そうめん①【索麺・素麺】 細麵，麵線。

そうもう①【草莽】 ①草莽。草叢，鄉村。②草莽。民間，在野。

そうもく①【草木】 草木。

ぞうもつ①【臓物】 下水。

そうもん⓪【奏聞】 ㇲㇽ 上奏。

そうもん⓪【相聞】 相聞。《萬葉集》中和歌的分部之一。↔挽歌・雑歌

そうもん⓪①【桑門】 〔佛〕桑門。

そうもん⓪【僧門】 僧門。

そうゆう⓪【曾遊】 ㇲㇽ 曾遊之地。

ぞうよ①【贈与】 ㇲㇽ 贈與。

そうよう⓪【掻痒】 搔癢。「隔靴～」隔靴搔癢。

そうらん⓪【争乱】 動亂，天下大亂。

そうらん⓪【総覧・綜覧】 ㇲㇽ ①總覽。②彙編，總覽。

そうらん⓪【総攬】 ㇲㇽ 總攬。「国政を～する」總攬國政。

そうらん⓪【騒乱】 騷亂。

そうり①【総理】 ㇲㇽ ①總理。「内閣総理大臣」的簡稱。②總管，總理。「国務を～する」總理國務。

ぞうり⓪【草履】 草履。

そうりつ⓪【創立】 ㇲㇽ 創立。

そうりょ①【僧侶】 僧侶。

そうりょう①【送料】 運費，郵資。

そうりょう①【爽涼】 涼爽。「～な朝風」涼爽的晨風。

そうりょう⓪【総量】 總量。

そうりょう③【総領・惣領】 ①嗣子，後嗣。②老大。

ぞうりょう⓪【増量】 增量，加重。↔減量

そうりょうじ③【総領事】 總領事。

そうりょく①【走力】 跑的(耐久)力，跑的能力。

そうりょく①⓪【総力】 總力，全力。

ぞうりん⓪【造林】 ㇲㇽ 造林。

ソウル①【soul】 精神，靈魂。

そうるい⓪【走塁】 ㇲㇽ 跑壘。「～妨害」妨礙跑壘。

そうるい①【藻類】 藻類。

そうルビ③【総一】 漢字全注假名。↔ぱらルビ

ソウルミュージック⑥【soul music】 靈樂，靈魂音樂。

そうれい⓪【壮麗】 壯麗。「～な建築」壯麗的建築。

そうれい⓪【葬礼】 葬禮。

そうれつ⓪【壮烈】 壯烈。「～な最期を遂げる」壯烈犧牲。

そうれつ⓪【葬列】 送葬行列，弔唁行列。

そうろ①【走路】 跑道。

そうろう⓪【早老】 顯得老，早衰。

そうろう⓪【早漏】 早洩。↔遅漏

そうろう⓪【蹌踉】 (ㇳㇽ) 蹌踉，踉蹌。

そうろん⓪①【総論】 總論。↔各論

そうわ⓪【挿話】 插曲。

そうわ⓪【総和】 總和。

ぞうわい⓪【贈賄】 ㇲㇽ 行賄。↔収賄

そうわき⓪【送話器】 話筒，送話器。

そうわく⓪【総枠】 總架構，大框架。「支出の～がきめられている」正在定支出的總架構。

そえがき⓪【添え書き】 ㇲㇽ ①附言，再者，再筆，又及。②題款。

そえがみ⓪【添え髪】 ㇲㇽ 假髮。

そえぎ⓪【添え木・副え木】 ①支棍。②夾板，支架，托架。

そえじょう⓪②【添え状】 附信。

そえぢ⓪【添え乳】 餵奶睡覺。

そえもの⓪【添え物】 ①附加物，搭配物，附件。②贈品。

そ・える⓪【添える・副える】 (動下一) ①添，佐，附加，補充，追加。②使跟隨，使陪同，使陪伴。「主治医を～・える」讓主治醫生陪同。

そえん⓪【疎遠】 疏遠。↔親密

ソーイング⓪【sewing】 縫紉，裁縫。

ソーサー①【saucer】 茶托，茶碟。

ソーシャル①【social】 社會的，社交

的。
ソース[1]【sauce】 調味汁，醬汁。
ソーセージ[1][3]【sausage】 香腸，臘腸，紅腸。
ソーダ[1]【荷 soda】 ①碳酸鈉，蘇打，純鹼。②蘇打水，汽水。
ソーダガラス[4]【荷 soda glas】 鈉鈣玻璃。
ソーダすい[3]【一水】 蘇打水，汽水。
ソート[1]【sort】スル 分類。
ソープ[1]【soap】 肥皂。
ソープランド[4]【[和] soap+land】 單間式特殊浴池。
ソーホー[1]【SOHO】〔small office home office〕舒活族，SOHO 族，居家辦公。
ソーラー[0]【solar】 太陽，太陽能。
ソーラーカー[3]【solar car】 太陽能車。
ソーラーシステム[5]【solar system】 太陽能系統。
ソール[1]【sole】 鞋底。
ゾーン[1]【zone】 地帶，區域，範圍。
そかい[0]【租界】 租界。
そかい[0]【疎開】スル 疏散。
そがい[0]【阻害】スル 阻礙，妨礙。
そがい[0]【疎外・疏外】スル ①疏遠，討厭而排擠。②〔德 Entfrem-dung〕異化，疏離。
そかく[0]【阻隔】スル 阻隔。
そかく[0]【組閣】スル 組閣。
そがん[0][1]【訴願】スル 訴願。
そぎいた[0]【削ぎ板】 木瓦板。
そぎだけ[2]【削ぎ竹・殺ぎ竹】 尖竹。
そきゅう[0]【訴求】スル 訴求。
そきゅう[0]【遡及・溯及】スル 溯及。
そぎょう[1]【祖業】 祖業。
そく[1]【即】 ①（接續）即，即是。②（副）即刻。「着き次第~知らせる」到達後立即通知。
そく【束】 ①〔數〕〔lattice〕格。②束。
そく【則】 ①規範，規則。②（接尾）則。「第 5~」第五則。
そく【足】（接尾） 雙。「靴 1~」一雙鞋。
そ・ぐ[1]【殺ぐ】（動五） 削弱，削減，「気勢を~・ぐ」殺殺氣勢。「力を~・ぐ」削弱力量。
ぞく[0]【俗】 [1]①俗世。②風俗。[2]（形動）①通俗的。②俗氣。↔雅
ぞく[1]【族】 ①族。同宗。②〔化〕族。
ぞく[1]【属】 屬。
ぞく[1]【続】 續集。
ぞく[0]【賊】 ①賊，盜賊。②叛賊。
ぞくあく[0]【俗悪】 俗惡。
そくあつ[0]【側圧】 側壓。
そくい[1][2]【即位】スル 即位。
そくいん[0]【惻隠】 惻隱。「~の情」惻隱之心。
ぞくうけ[0]【俗受け】スル 爲一般人接受，受民眾喜愛。
ぞくえい[0]【続映】スル 繼續放映，延長放映。
そくえん[0]【測鉛】 （測深）鉛錘。
ぞくえん[0]【続演】スル 繼續演出，延長演出。
そくおう[0]【即応】スル 相應，順應。
そくおん[2]【促音】 促音。
そくおんき[3]【足温器】 暖腳器。暖腳用的電熱器。
そくおんびん[3]【促音便】 促音便。
ぞくぎいん[3]【族議員】 族議員。
そくぎん[0]【即吟】スル 即吟。
ぞくぐん[0]【賊軍】 賊軍，叛軍，匪軍。
ぞくけ[3][0]【俗気】 俗氣。「~が出る」顯得俗氣。
ぞくげん[0]【俗諺】 俗諺。
ぞくご[0]【俗語】 俗語。
そくざ[1]【即座】 即時，當場，即席，當即。
そくさい[3]【息災】 消災，息災。
ぞくさい[0]【俗才】 俗才。
そくさん[0]【速算】スル 速算。「~表」速算表。
そくし[0]【即死】スル 即死，當即死亡。
そくじ[1]【即時】 即時。
ぞくし[1]【賊子】 賊子，賊臣。
ぞくじ[0]【俗字】 俗字，俗體字。→正字
ぞくじ[1][0]【俗耳】 俗耳。「~に入りやすい」易入俗耳；易被一般人接受。
ぞくじ[1]【俗事】 俗事，瑣事。

そくしつ◎【側室】 側室，偏房。↔正室・嫡室

そくじつ◎【即日】 即日。「～開票」即日開（投票）箱票。

そくしゃ◎【速写】 スル 快照，速寫。

そくしゃ◎【速射】 スル 速射。

そくしゅう◎【束脩】 束脩。

そくしゅう◎【速修】 スル 速修。

ぞくしゅう◎【俗臭】 俗臭。俗氣。「～芬々ぷん」俗臭十足。

ぞくしゅう◎【俗習】 俗習。

ぞくしゅつ◎【続出】 スル 連續發生，接連出現，不斷發生。「問題が～する」不斷發生問題。

そくじょ◎【息女】 令愛，令嬡。「御～」令愛；令嬡。

ぞくしょ◎【俗書】 ①通俗的書籍。②粗俗書法。

ぞくしょう◎【俗称】 スル ①俗稱，通稱。②俗名。

ぞくしょう◎【賊将】 賊將。

そくしん◎【促進】 スル 促進。「農業の発展を～する」促進農業發展。

ぞくしん◎【俗信】 民間信仰，迷信。

ぞくしん◎【続伸】 スル 不斷上漲，持續上漲。↔続落

ぞくしん◎【賊臣】 賊臣。

ぞくじん◎【俗人】 俗人。

ぞくじん◎【俗塵】 俗塵。「～を避ける」逃避俗事。

ぞくじんしゅぎ◎【属人主義】 屬人主義。

そくしんじょうぶつ◎【即身成仏】 スル〔佛〕即身成佛。

そく・する◎【即する】（動サ變） 即，就，結合，切合，根據，適應。「実際に～・した計画」切合實際的計畫。

そく・する◎【則する】（動サ變） 依據，遵照。「前例に～・する」遵照先例。

ぞく・する◎【属する】（動サ變） ①從屬於，隸屬，歸屬。「派閥に～・する」從屬於派閥。②屬於。「トマトはなす科に～・する」番茄屬於茄科。③屬於。認爲（事項）歸入某一分類。「旧聞に～・」

・する」屬於舊聞。

そくせい◎【即製】 スル 現製。「～品」現製品。

そくせい◎【促成】 スル 促成。

そくせい◎【速成】 スル 速成。

ぞくせい◎【族制】 家族制度。

ぞくせい◎【属性】 屬性。

そくせき◎【即席】 ①即席。「～の句作」即席作俳句。②（不費事）臨時湊合，臨時應付。「～ラーメン」速食麵。

そくせき◎【足跡】 ①足跡。「過去の～をふり返る」回顧一下過去所走的道路。②業績。「輝かしい～」光輝的業績。

ぞくせけん◎【俗世間】 俗世間，世俗世界。「～の些事」俗世瑣事。

ぞくせつ◎【俗説】 俗說。

そくせん◎【側線】 ①支線。列車經常使用的幹線以外的線路。②側線。位於魚類及兩棲類體側。

そくせん◎【塞栓】 栓塞。

そくせんそっけつ◎【速戦即決】 速戰速決。

ぞくぞく◎【続続】（副） 陸續，紛紛。

そくたい◎【束帯】 束帶。

そくだく◎【即諾】 スル 立即應允。

そくたつ◎【速達】 スル 限時專送。

そくだん◎【即断】 スル 立斷，立即決定。「～を下す」當機立斷。

そくだん◎【速断】 ①速斷速決。②輕率判斷，輕率決定。「原因も調べずに～する」不查明原因草率下判斷。

そくち◎【測地】 スル 測地。

ぞくちしゅぎ◎【属地主義】 屬地主義。

ぞくちょう◎【族長】 族長，家長。

ぞくっぽ・い◎【俗っぽい】（形） 通俗的，低級的。「～・い言い方をする」通俗（俗氣）的說法。

そくてい◎【測定】 スル 測定。「～値」測定值。「ダムの高さを～する」測定攔河壩的高度。

ぞくでん◎【俗伝】 世俗間的傳言。

そくど◎【速度】 ①速度。②進度，速度。「仕事の～を上げる」提高工作效率。

そ

ぞくと◎【賊徒】 竊盜集團。

そくとう◎【即答】スル 即答。「～しかねる」難以即回答。

そくとう◎【速答】スル 速答，快答。

ぞくとう◎【属島】 屬島。

そくとう◎【続投】スル 連續投球，連投。

そくとう◎【続騰】スル 續漲。↔続落

そくどく◎【速読】スル 快讀，速讀，快速閱讀。「～術」速讀術。

ぞくに◎【俗に】（副） 俗話說。「泳げない人を～かなづちという」通常把不會游泳的人叫旱鴨子。

ぞくねん◎【俗念】 俗念。「～を去る」去掉俗念。

そくのう◎【即納】スル 立即交納。「注文品を～する」立即繳納訂貨。

そくばい◎【即売】スル 當場出售，促銷。「～会」促銷會。

そくばく◎【束縛】スル ①束縛，捆綁。②限制。「時間に～される」受時間限制。

そくはつ◎【束髪】 束髮。

ぞくはつ◎【続発】スル 連續發生，相繼產生。「火事が～する」連續發生火災。

ぞくばなれ◎【俗離れ】スル 脫俗，離俗。

そくび◎【素首】（蔑稱）頭，腦袋。

そくひつ◎【速筆】 快筆，寫得快。↔遅筆

ぞくぶつ◎【俗物】 俗物。「～根性」俗物根性。

ぞくぶつてき◎【即物的】（形動） ①即物的，就事而論。「～描写」即物性描寫。②功利的，現實的。「～な考え」很現實的想法。

そくぶん◎【仄聞・側聞】スル 側聞，傳聞，風聞。

そくへき◎【側壁】 側壁。

ぞくへん◎【続編・続篇】 續篇，續集。

そくほ◎【速歩】 小跑步。

そくほう◎【速報】スル 快報，速報，及時報導。「開票～」開票速報。

ぞくほう◎【続報】スル 續報。

そくみょう◎◎【即妙】 即妙，機智，隨機應變。「～の返答」機智的回答。

ぞくみょう◎【俗名】 ①俗名。僧人出家前的名字。②俗名。死者生前的名字。

↔戒名・法名

そくめん◎◎【側面】 ①側面。②〔數〕側面。③側面，側翼。「～攻撃」側面進攻。④側面，片面。「ちがった～を見る」發現不同的一面。

ぞくよう◎【俗用】 俗事，瑣事。

ぞくよう◎【俗謡】 通俗民謠。

ぞくらく◎【続落】スル 連續下跌，續跌。↔続伸・続騰

ぞくりゅう◎【粟粒】 粟粒。

そくりょう◎◎【測量】スル 測量，測繪。「地形を～する」測量地形。

ぞくりょう◎◎【属領】 屬（領）地。

そくりょく◎【速力】 速率，速度。

そくろう◎【足労】 勞步。「御～を願う」請勞步。

ぞくろん◎【俗論】 俗論。

そけい◎【素馨】 素馨花。

そけいぶ◎【鼠蹊部】 腹股溝部，鼠蹊部。

そげき◎【狙撃】スル 狙擊。「～兵」狙擊手。

ソケット◎◎【socket】 插座，燈座。

そ・げる◎【削げる・殺げる】（動下一） 被削掉，被削薄，消瘦，瘦削。「指先が～・げる」手指尖被削掉。

そけん◎【訴権】 訴權。

そこ◎【底】 ①底。「鍋の～」鍋底。「川の～」河底。②底下，底層。「地の～」地底下。③底，到頭，邊際，限度。「絶望の～にしずむ」陷入極度絕望中。④底，內心。「心の～」心底；內心深處。

そこ◎【其処・其所】（代） ①那兒，那裡，那邊。距離聽者較近的地方。「～で待て」在那等著。②那裡，那邊。指前面所提到的場所。「薬屋があるから、～を右に曲がりなさい」（前面）有家藥房，請從那裡向右拐。③那個時候，那時。「～までは順調だった」那時曾很順利。

そご◎【祖語】 祖語，發源語。「印欧～」印歐祖語。

そご◎【齟齬】スル 齟齬，不協調。「～をきたす」出現分歧。

そこあげ◎【底上げ】スル 提高（水準）。

「賃金の～」薪水的提高。

そこい◎◎【底意】 本意，真心，意圖，用心。「～がある」有用意。

そこいじ◎【底意地】 心眼，心地，心腸。「～が悪い」壞心眼。

そこいら◎ ①（代）那邊，那裡。②大約，左右。「二十^{はた}か～の青年」20歲左右的青年。

そこいれ◎【底入れ】 スル 跌入谷底。

そこう◎【素行】 素行，操行。

そこう◎【粗肴】 粗肴，家常菜。「粗酒～」薄酒粗肴。

そこう◎【粗鋼】 粗鋼，原鋼。

そこう◎【遡行・溯行】 スル 溯流而上，逆水而上。

そこう◎【遡航・溯航】 スル 逆流航行。

そこうお◎【底魚】 底棲魚類。↔浮き魚

そこうしょう◎【鼠咬症】 鼠咬熱。

そこかしこ◎【其処彼処】（代） 各處，四處。「～でうわさがたつ」流言四起。

そこきみわる・い◎【底気味悪い】（形）駭人。「～・い家だ」駭人的房屋。

そこく◎【祖国】 祖國。

そこしれない◎【底知れない】（連語）高深莫測，不可估量。「～力」高深莫測的力量。

そこそこ◎◎（副） ①匆匆忙忙，草草了事，倉促。「食事も～に出かける」匆匆地吃過飯就出去。②不錯，頗具，還可以。「～の成績」還不錯的成績。

そこぢから◎◎【底力】 潛力。「～がある」有潛力。

そこつ◎【粗忽】 ①疏忽，冒失。「～者」冒失鬼。②過失，過錯。「～をわびる」認錯。

そこつち◎【底土】 底土。

そこづみ◎【底積み】 堆放在底層，底層貨物。

そこで◎【其処で】（接續） ①因此，所以。「授業が終った～家に帰った」上完課，於是回家。②那就。「～仕事について話しますが」那麼，現在談一下工作。

そこな・う◎【損なう・害う】（動五）①損害。「健康を～」損害健康。②傷害，損害。使（情緒、品位、關係等）變壞。「機嫌を・～う」得罪人。③沒成功，出錯。「食べ・～う」（錯過機會）沒吃到。「映画を見～う」沒看成電影。

そこなし◎【底無し】 ①無底。「～の沼」無底的沼澤。②沒底限，無限度，無止境。「～の食欲」無限度的食欲。

そこぬけ◎【底抜け】 ①掉底。「～のバケツ」掉了底的水桶。②無底，極端。「～の楽天家」極端的樂觀者。③散漫，吊兒郎當者。

そこね◎◎【底値】 最低價，底價，最低值。↔天井値

そこ・ねる◎【損ねる】（動下一） 傷害，損傷，失敗，出錯。

そこのけ◎【其処退け】（接尾） 不及…。「本職～の腕前」不及行家的技能。

そこはかとなく◎〔連語〕 總覺得，說不清地。「香りが～たたよっている」不知從哪兒飄來香氣。

そこばく◎【若干・幾許】（副） 若干，幾許。

そこばなれ◎【底離れ】 脫離谷底。→底入れ・底割れ

そこひ◎【底翳】 內障。指黑矇、白內障、青光眼等。

そこびえ◎【底冷え】 スル 嚴寒徹骨，透心涼。「～のする夜」寒冷徹骨的夜晚。

そこびかり◎◎【底光り】 スル 底光，暗中發光。

そこびきあみ◎【底引き網・底曳き網】底拖網。

そこまめ◎【底豆】 腳底水泡。

そこら◎【其処ら】（代） ①那裡，那兒。「～に落ちている」掉在那裡了。②那種程度。「～が限界だろう」那種程度就可以了吧？

そこわれ◎【底割れ】 破底。→底入れ・底離れ

そさい◎【蔬菜】 蔬菜。

そざい◎【素材】 素材，坯料。

ソサエティー②【society】 ①社會，社交界。②會，協會，團體。

そざつ◎【粗雑】 隨便，馬虎，潦草，粗

糙，粗枝大葉。「~に扱う」馬馬虎虎地處理。

そさん◎【粗餐】 便飯，便餐，粗茶淡飯。

そし◎【阻止・沮止】 スル 阻止。「侵入を~する」阻止（敵人）侵入。

そし◎【祖師】 祖師。

そし◎【素子】 元件，零件，單元。

そし◎【素志】 素志。「~をつらぬく」貫徹宿願。

そじ◎【措辞】 措辭。

ソシオロジー◎【sociology】 社會學。

そしき◎【組織】 スル ①組裝（物）。②組織。「サッカークラブを~する」組織足球隊。③組織。構成生物體的單位之一。

そしきか◎【組織化】 スル 組織化，系統化。

そしきてき◎【組織的】（形動） 有組織的，有系統的。

そしきばいよう◎【組織培養】 組織培養。

そしきろうどうしゃ◎【組織労働者】 有組織勞動者。

そしつ◎【素質】 素質。「~にめぐまれている」具有天分。

そして◎（接續） 然後，於是，而且。

そしな◎①【粗品】 薄禮，小意思。

そしゃく◎【咀嚼】 スル ①咀嚼。②琢磨，領會。「師の教えを~する」體會老師的教導。

そしゃく◎【租借】 スル 租借。

そしゅ◎【粗酒】 粗酒，薄酒，淡酒。

そじゅつ◎①【祖述】 スル 祖述。繼承和發展前人的學說。

そしょう◎【訴訟】 スル 訴訟。

そじょう◎【俎上】 俎上，砧板之上。

そじょう◎【訴状】 訴狀。

そじょう◎【遡上・溯上】 スル 逆流而上。

そしょく◎【粗食】 スル 粗食，粗茶淡飯。「粗衣~」粗衣粗食；布衣疏食。

そしらぬ③◎【そ知らぬ】（連體） 佯作不知，佯裝不知。「~顔」佯裝不知的表情。

そしり◎【謗り・譏り・誹り】 誹謗，指責。「軽率の~を免れない」免不了要受到輕率的指責。

そし・る②【謗る・譏る・誹る】（動五） 誹謗，譏諷，指責。

そしん◎①【祖神】 祖神。

そすい◎【疎水・疏水】 水渠。↔親水

そすう②【素数】 質數。↔合成数

そせい◎【粗製】 ①粗製。「~品」粗製品。②粗製。精製前的狀態。

そせい◎【組成】 スル 組成，構成。

そせい◎【蘇生】 スル 甦醒，復甦。

ぞぜい◎①【租税】 租稅。

そせき◎【礎石】 ①基石。作爲建築物基座的石頭。②基礎，基石。事物發展的根本。「和平国家建設の~となる」成爲和平建設國家的基礎。

そせん◎【祖先】 祖先。「人類の~」人類的祖先。

そそ①【楚楚】（ﾀﾙ） 楚楚。「~とした美女」楚楚動人的美女。

そそう◎【阻喪・沮喪】 スル 沮喪，頹喪。「意気~する」垂頭喪氣。

そそう◎【粗相】 スル ①過失，過錯，差錯。②遺便，遺尿。「寝床で~する」在床上遺便；尿床。

ぞぞう◎【塑像】 塑像。

そそ・ぐ◎①【注ぐ・灌ぐ】（動五） ①（自動詞）①流入，注入。「川が海に~・ぐ」河水流入大海。②不斷降下，不斷落下。「花畑に~・ぐ雨」降到花園裡的雨。②（他動詞）①倒入，盛入，注入。「酒を~・ぐ」倒酒。②澆，灑。「明るい光を~・ぐ太陽」灑下明亮陽光的太陽。③流淚，落淚。「花にも涙を~・ぐ」對花也落淚。④貫注，傾注。「視線を~・ぐ」注目視線。

そそ・ぐ◎②【雪ぐ】（動五） 洗雪。「汚名を~・ぐ」洗刷惡名。

そそ・ぐ◎【濯ぐ】（動五） 涮洗，漱（口）。

そそくさ①（副） スル 慌慌張張，匆匆忙忙。「~と帰る」匆匆忙忙地回去。

そそけだ・つ◎（動五） ①蓬亂，蓬散，起毛。②毛骨悚然。

そそ・ける◎（動下一） 蓬亂，散亂。

「髪が～・ける」頭髮蓬亂。

そそっかし・い◎（形）　毛手毛腳，慌張，冒失，輕率。「～・い人」冒失鬼；輕率的人。

そそのか・す◎【唆す】（動五）　唆使。「友人を～・して遊びに出かける」勸誘朋友出去玩。

そそりた・つ◎②【聳り立つ】（動五）　聳立，屹立，高聳。「目の前に～・っている絶壁」聳立在面前的峭壁。

そそ・る◎②（動五）　引起，勾起，增進。「好奇心を～・る」勾起好奇心。「食欲を～・る」增進食欲。

そぞろ◎【漫ろ】（形動）①心神不定，漫然。「気も～に出かけて行った」心神不定出門。②自然而然，不知不覺，不由得。「～にさびしく思われる」不由地感到寂寞。

そだ◎【粗朶】　柴火，柴枝。

そだいごみ◎【粗大塵】　大型垃圾。

そだち◎【育ち】①生長。「～が早い」生長快。②成長環境。「氏より～」成長環境勝於門第姓氏。

そだ・つ◎【育つ】（動五）①發育，成長。「この子は日本で～・った」這孩子在日本長大。「生物は少しずつ～・つ」生物一點一點生長。②長進，成長。「音楽の才能がどんどん～・つ」音樂才能進步很快。

そだてあ・げる⑤【育て上げる】（動下一）　撫養成人，培養成人，養大，培育。「女手一つで～・げる」靠母親雙手養大。

そだ・てる◎【育てる】（動下一）①養育，撫育，培育，培養，撫養。「母親一人の手で子を～・てる」媽媽一個人撫養孩子。②培養，教育。「後継者を～・てる」培養接班人。

そち◎【措置】スル　措施。「適切な～をとる」採取適當的措施。

そちゃ◎①【粗茶】　粗茶。

そちら◎【其方】（代）①那裡，那邊。指離聽者較近的方位。「～へ放る」扔到那邊去。②您那裡，你們那裡。指聽者較近的地方。「～は雪でしょう」你們

那裡已經下雪了吧？③那個。指聽者附近的東西。「～を見せて下さい」請拿那個給我瞧瞧。④您，您家的人。「～さま」您的家人。〔比「そっち」禮貌的說法〕

そつ◎　漏洞，疏忽。「やることに～がない」做事認真。

そつ◎【卒】①差役，兵士，卒。②畢業。「高～」高中畢業。

そつい◎【訴追】スル　①訴追，追訴。

そつう◎【疎通・疏通】スル　①疏通。②溝通。「意見の～」意見溝通。

そつえん◎【卒園】スル　幼稚園畢業。「～式」幼稚園畢業典禮。

そっか◎【足下】①腳下，足下。「～に踏まえる」踩在腳下。②足下。寫在收信人名字下或旁邊的敬稱。

ぞっか◎【俗化】スル　俗化，庸俗化。

ぞっかい◎【俗界】　俗界。

ぞっかい◎【俗解】スル　俗解。「語源～」語源俗解。

ぞっかい◎【続開】　繼續召開。「委員会を～する」繼續召開委員會。

ぞっかく◎【属格】〔genitive case〕屬格。

ぞっかん◎【続刊】スル　續刊。

そっき◎【速記】スル　速記。「～術」速記法。

ぞっきぼん◎【ぞっき本】　廉價書刊，特價書刊。

そっきゅう◎【速球】　快速球，快球。↔緩球

そっきゅう◎【速急・即急】（形動）　趕緊，急忙，快速。「～な対処」快速應對。

そっきょう◎【即興】　即興。「～詩人」即興詩人。

そつぎょう◎【卒業】スル　①畢業。②體驗過，過了…階段。「漫画はもう～した」早就過了看漫畫的階段。

ぞっきょく◎【俗曲】　俗曲。

そっきん◎【即金】　立即付現，即付現金。

そっきん◎【側近】　側近，親信，心腹。「国王の～」國王的親信。

ソックス◎【socks】 短襪。

そっくび◎【素っ首】 腦袋瓜。「そくび（素首）」的強調形。

そっくり◎ ①（副）全部，原封不動。「骨ごと～食べる」連骨頭全部吃。②（形動）一模一樣，極像。「母親～」和母親一模一樣。

そっくりかえ・る⑤⑥【反っくり返る】（動五） 反翹，挺胸凸肚。

そっけつ◎【即決】スル 即決，速戰速決，立刻決定，當下決定。「議案を～する」當場通過議案。

そっけつ◎【速決】 速決。

そっけな・い◎【素っ気無い】（形） 愛理不理，不客氣，冷淡。「～・い返事がかえってきた」得到了冷淡的回覆。

そっこう◎【即効・即功】 立即見效，速效。「～薬」速效藥。

そっこう◎【速攻】スル 速攻，快攻，閃電進攻。

そっこう◎【速効】 速效。

そっこう◎【側溝】 街溝，側溝，邊溝。

そっこう◎【測候】 測候，觀測氣象。

ぞっこう◎【続行】スル 繼續進行。

そっこく◎【即刻】 即刻。「～うかがいます」即刻就去。

ぞっこく◎【属国】 屬國。

ぞっこん◎③①（副） 從內心裡，打從心眼裡。「～ほれこんでいる」從心眼裡迷戀。

そつじ◎【卒爾・率爾】 唐突，冒昧，率爾。

そつじながら◎【卒爾ながら】（連語） 冒昧得很；恕我冒昧。

そつじゅ◎【卒寿】 卒壽。虛歲90歲，亦指90歲大壽。

そっせん◎【率先】スル 率先。

そつぜん◎【卒然・率然】（ト） 猝然。「～として逝く」猝然過世。

そっち◎【其方】（代） 那裡，那邊，你。

そっちょく◎【率直】 率直，坦率。「～に言う」坦率地說。

そっとう◎【卒倒】スル 猝倒，昏厥，暈倒。

そっぱ◎【反っ歯】 齙牙。

ソップ◎【荷 sop】 湯，肉湯。

そっぽ◎【外方】 一旁，外邊。

そつろん◎【卒論】 畢業論文。

そで◎【袖】 ①袖。「～を翻す」把袖子翻過來。②鎧袖。③桌子的兩側（的抽屜）。④旁側，翼部。

そてい◎【措定】〔德 Setzung〕設定。

ソテー◎【法 sauté】 炒，煎，嫩煎。「ポーク～」嫩煎豬肉。

そでがき◎【袖書き】 ①（右）批註。②又及，再啟。

そでぐち◎【袖口】 袖口。

そでぐり◎【袖刳り】 袖籠，袖窿。

そでしょう◎【袖章】 袖章，臂章。

そでたけ◎【袖丈】 袖長。

そてつ◎【蘇鉄】 蘇鐵，鐵樹。

そでつけ◎【袖付け】 上袖（部），裝袖（部）。

そでなし◎【袖無し】 背心。

そでのした◎【袖の下】 賄賂。「～を使う」行賄。

そと◎【外】 ①外面，外頭。↔うち・なか。「窓の～を眺める」眺望窗外。「～へ出て遊ぶ」到外面去玩。②領域以外。↔うち。「関心の～」不屬於關心的範圍。③別處，外面。↔うち。「秘密が～に漏れる」秘密洩漏出去。

そとあるき◎【外歩き】スル 出門，出外辦事。「～の仕事」外勤工作。

そとう◎【粗糖】 粗糖。

そとうみ◎③◎【外海】 外海。↔内海うち

そとおもて③【外表】 把正面疊在外面。↔中表なかおもて

そとがけ◎【外掛け】 外勾。相撲中決定勝負的一招。

そとがま◎【外罐・外釜】 室外燒水鍋，室外燒水澡堂。

そとがまえ③【外構え】 外觀。

そどく◎【素読】スル 誦讀，光只是讀。「論語を～する」誦讀《論語》。

そとぜい◎【外税】 外稅。→内税

そとづら◎【外面】 ①外面，對外人的態度（表情），給外人的印象。↔内面うちづら。「～のいい人」對待外人好；給外

人的印象好。②外面，外表。

そとのり回【外法】 外包尺寸，外側尺寸。

そとば回【卒塔婆・卒都婆】 〔梵Stūpa〕〔佛〕 卒塔婆。

そとぼり回【外堀・外濠】 外護城河。↔内堀

そとまご回【外孫】 外孫，外孫女。↔内孫

そとまた回【外股】 外八字。↔内股

そとまわり回【外回り】 ①四周。「～を片付ける」打掃四周。②週邊，外圈。↔内回り。③外勤，外務。

そとみ回【外見】 外表。外觀。

そとめ回【外目】 在外人眼裡，在外人看來。

そとゆ回【外湯】 室外浴池。

そとわく回【外枠】 外框。↔内枠

そとわに回【外鰐】 外八字步。↔内鰐

ソナー回【SONAR】 〔取自 sound navigation and ranging 的字首〕聲納。

そなえ回【備え】 ①預備，準備。預先做好的防備。「万全の～」萬全的準備。②戒備。「～を固める」加強戒備。

そなえもの回回【供え物】 供物，供品，供果。

そな・える回回【供える】 （動下一） 供上，上供，敬獻，進獻。

そな・える回回【備える】 （動下一） ①備，防備。「台風に～・える」防範颱風。②備置，配備。「電話を～・えた車」備有電話的車。③具備，備齊，齊備。「音楽家の才能を～・えている」具有音樂家的才能。

そなた回【其方】 （代） 你，汝。

ソナタ回【義 sonata】 奏鳴曲。

ソナチネ回【義 sonatine】 小奏鳴曲。

そなわ・る回【備わる】 （動五） ①齊備，齊全。「実験器具が～・っている」實驗器具已備好了。②具有，具備。「品のよさが～・っている」品質良好。③設有，備有。「最新設備が～・る」備有最新設備。

ソニックブーム回【sonic boom】 聲震，音爆。

そにん回【訴人】 起訴人。

ソネット回【sonnet】 十四行詩，商籟體。

そねみ回【嫉み】 嫉妒。

そね・む回【嫉む】 （動五） 嫉妒，妒忌。

その回【園】 ①庭院，庭園。「～に咲いている桜の花」園裡開著的櫻花。②場所。「学びの～」學習園地。

その回【其の】 （連體） ①那個。指距聽者近的事物。「～本をください」給我那本書。②表示前面剛說過的或雙方都知道的事項。「～件ですが」關於那件事。

そのう回【園生】 庭園，種植園。「竹の～」竹園。

そのうえ回【其の上】 （接續） 兼之，而且。「勉強はできるし、～ピアノも上手だ」學習也好，琴彈得也好。

そのうち回【其の内】 （副） 過幾天，不久。

そのくせ回【其の癖】 （接續） 儘管…可是。

そのご回【其の後】 其後，之後。「～の消息」之後的消息。

ソノシート回【sonosheet】 薄膜唱片。

そのじつ回【其の実】 其實。

そのすじ回【其の筋】 ①那一行，那方面。「～の専門家」那方面的專家。②主管機關，當局。「～のお達し」主管機關的通知。

そのせつ回【其の節】 ①那時，彼時，當時。「～は御心配かけました」當時讓您多費心了。②屆時，到時。「～はよろしく」屆時請多多關照。

そのた回【其の他】 另外，其他。「～大勢」另外還有許多人。

そのて回【其の手】 ①那種手段，那一手，那一套。「～は食わぬ」不吃那一套。②那一類，那種。「～の品物」那種東西。

そのでん回【其の伝】 那種做法，那種想法。

そのば回【其の場】 ①現場，當場。「～にいあわせる」當時在場。②就地，立刻。「～で解決する」就地解決。

そのばかぎり【其の場限り】 只限當場，一時。「～の約束」應付場面的約定。

そのばしのぎ【其の場凌ぎ】 敷衍一時，應付一時，權宜之計。「～のやり方」權宜之計。

そのはず【其の筈】 當然，理所當然，應當。「それも～」那也是理所當然的。

そのひぐらし【其の日暮らし】 ①當天賺當天花，勉強餬口。②得過且過，苟且偷安。

そのへん【其の辺】 ①那邊，那一帶。那附近。「～でストップ」在那兒停下。②那麼些，那種程度。「～で手を打つ」差不多就成交。③有關那方面。「～の事情」有關那方面的事情。

そのほう【其の方】 （代） 汝，你。

そのまま【其の儘】 ①原封不動地，照原樣。「父の仕事を～引きつぐ」完全接替父親的工作。「～話す」照實說。②簡直一樣。一模一樣。「木の葉～の昆虫」和樹葉一模一樣的昆蟲。

そのみち【其の道】 ①那一行。「～の達人」行家。②色欲方面。

そのむかし【其の昔】 古時候，昔日。

そのもの【其の物・其の者】 ①那個東西，其本身。「～ずばり」直截了當；一針見血；一語道破。②非常，極。「まじめ～」非常認真。

そば【側・傍】 ①側，旁邊，附近。②一…馬上就…，隨後就…。「注意する～から忘れる」剛提醒就忘掉。

そば【蕎麦】 ①蕎麥。②蕎麵，蕎（麥）麵條。

ソバージュ【法 sauvage】 蓬鬆髮。

そばがき【蕎麦掻き】 燙麵蕎麥餅。

そばかす【蕎麦滓】 雀斑。

そばかす【雀斑】 雀斑。

そばがら【蕎麦殻】 蕎麥殼。

そばこ【蕎麦粉】 蕎麥粉，蕎麥麵粉。

そばだ・つ【聳つ・峙つ】（動五） 聳立，高聳。

そばだ・てる【敧てる】（動下一） 豎起。「耳を～・てる」側耳傾聽。

そばづえ【側杖・傍杖】 牽連，連累，株連。「～を食う」受牽連。

そばみち【岨道】 陡峭山路。

そばめ【側目】 旁觀者看來，側目。「～にも可哀相だ」從旁觀者來看也夠可憐的。

そばめ【側め・側妻】 偏房，姨太太。

そば・める【側める】（動下一） ①側，側身，側臉。②側目。「目を～・める」令人側目。

そばゆ【蕎麦湯】 蕎麥麵湯。

そはん【粗飯】 粗茶淡飯，便飯。

そび・える【聳える】（動下一） 聳立，屹立。「雲に～・える富士の山」高聳入雲的富士山。

そびやか・す【聳やかす】（動五） 聳起，抬高。「肩を～・して歩く」聳著肩走路。得意洋洋地走。

そびょう【祖廟】 祖廟。

そびょう【素描】スル 〔法 dessin〕素描。

そびょう【粗描】スル 粗描。

そび・れる（接尾） 失去機會，錯過機會。「寝～・れる」沒能睡成。

そふ【祖父】 祖父，外祖父。↔祖母

ソファー【sofa】 沙發。

ソファーベッド【sofa bed】 坐臥兩用沙發，沙發床。

ソフィスティケーション【sophistication】 ①狡辯。②老練，世故，富於經驗，見過世面。

ソフィスト【sophist】 智者派，詭辯派。

ソフト【soft】 ①（形動）溫和的。「～なもの腰」溫和態度。②①軟帽。②軟霜淇淋。③壘球。④電腦軟體。

ソフトウエア【software】 軟體。↔ハードウェア

ソフトクリーム【和 soft cream】 軟霜淇淋，霜淇淋。

ソフトさんぎょう【―産業】 軟體產業。

ソフトタッチ【soft touch】 穩重。

ソフトテニス【soft tennis】 軟式網球（運動）。

ソフトフォーカス【soft focus】 散焦，

柔焦。

ソフトぼう⓪【—帽】 軟禮帽。

ソフトボール④【softball】 壘球。

ソフトランディング⑥【soft landing】スル
（太空船等的）軟著陸。

そふぼ①【祖父母】 祖父母。

ソフホーズ③【俄 sovkhoz】 （蘇聯的）
國營農場。

そぼく⓪【素朴・素樸】 ①樸素。「～な
人柄」樸素的人品。②純樸。「～な質
問」單純的想法。

そぼぬ・れる⓪【そぼ濡れる】（動下一）
淋透，透濕。

そぼふ・る③【そぼ降る】（動五） 下毛
毛雨，下濛濛細雨。

そぼろ⓪ 魚（肉）鬆。

そま①【杣】 ①育林山。②伐木人。③保
育林的木材。

そまぎ①【杣木】 保育林的樹，保育林的
木材。

そまつ①【粗末】 ①粗糙，不精緻。「～
な品」粗糙的東西。②不重視，不尊
重，不愛惜，怠慢。「お金を～にする」
浪費錢。

そまびと⓪【杣人】 伐木人。

そまやま⓪【杣山】 育林山。

そま・る⓪【染まる】（動五） ①著色，
染色。「赤く～・る」染紅。②顏色染成
一片。「西の空が赤く～・る」西邊的天
空染紅了。③染上，沾染。「悪に～・
る」沾染惡習。

そまん⓪【疎慢・粗慢】 疏懶。

そみつ⓪①【粗密・疎密】 疏密。「人口
の～」人口的疏密。

そみつは③【疎密波】 疏密波。

そむ・く⓪【背く・叛く】（動五） ①違
背，違抗，違拗。「親に～・く」反抗父
母。②叛逆，背叛。「主君に～・く」背
叛主君。③違背，違反。「法に～・く」
違法。④辜負。「信頼に～・く」辜負了
信賴。

そむ・ける③【背ける】（動下一） 背過
（身）去，扭過（臉）去。「目を～・け
る」把視線移開。

ソムリエ③【法 sommelier】 侍酒師，酒

保。

そめ⓪【染め】 ①染，染色品。「友禅～」
友禪印花綢。②染色。「～のいい布地」
染色好的布料。

そめあがり⓪【染め上がり】 染成，染
好。「よい～」好的染色成色。

そめあ・げる⓪【染め上げる】（動下一）
染好，印染加工。「生地を～・げる」印
染好坯布。

そめいよしの⓪【染井吉野】 染井吉野
櫻。

そめいろ⓪【染め色】 染色。

そめこ⓪【染め粉】 染料粉。

そめつけ⓪【染め付け】 ①染上，染色，
染色花紋。②藍花布。

そめぬきもん【染め抜き紋】 拔白印花
家徽。

そめぬ・く⓪【染め抜く】（動五） 拔
染。「紋を～・く」拔染家徽。

そめもの⓪【染め物】 染色成品。染布，
亦指已染成的布等。「～屋」染坊；染
匠。

そ・める⓪【初める】（動下一） 開始
…，初次…。「明け～・める」天開始亮
起來。「恋い～・める」開始戀愛。

そ・める⓪【染める】（動下一） ①染，
印染。「藍で～・める」用藍色染。②
染，塗上顏色。「爪を～・める」染指
甲。③染成一片。「夕日が空を～・め
る」夕陽染紅了天空。

そめわ・ける⓪【染め分ける】（動下一）
異色分染，分染。

そも①【抑】（接續） 原來，究竟。「～
何者か」究竟是何人？

そもう⓪【梳毛】 梳毛。

そもさん①【作麼生・什麼生】（副） 怎
樣，如何。

そもそも①【抑】 ①（事物的）最初，開
端，原來，本來。「～のきっかけ」一開
始的動機。②（接續）說起來，抑或。
「～人生とは何だろう」人生到底是什
麼呢？

そや①【征矢・征箭】 征矢，征箭。

そや①【粗野】 粗野，粗魯。「～なふる
まい」粗暴的行為。

そよう◎【素養】 素養。「音楽の～」音樂素養。

そようちょう②【租庸調】 租庸調。

そよかぜ②【微風】 微風，和風。

そよ・ぐ◎【戦ぐ】（動五） 搖曳，輕輕搖動。「風に～・ぐ葉」風中沙沙作響的樹葉。

そよそよ①（副） 微微地吹，輕輕地吹，和風吹拂。「～と春風がふく」春風輕輕地吹拂。

そよふ・く◎【そよ吹く】（動五） 微風輕拂。「～・く春風」輕拂的春風。

そら◎【空】 ①①天空。「～に輝く星」天空上閃爍的星星。②空間，太空。「～飛ぶ鳥」在空中飛翔的小鳥。③天氣。「～があやしい」天氣靠不住。④空蕩，空寂，心境，心思。「旅の～」旅行的空寂。「生きた～がない」沒有活下去的心思。②（接頭）①假裝。「～とぼける」裝傻。「～泣き」假哭；乾哭。②不可靠，不能信賴。「～だのみ」空指望。

そらいびき◎【空鼾】 假裝打鼾。

そらいろ◎【空色】 ①天藍色。②天色。

そらおそろし・い◎【空恐ろしい】（形） 無根由地害怕，瞎擔心。「将来が～・い」對將來總覺得害怕。

そらおぼえ◎【空覚え】 ①記住，背下來。②模糊記憶。

そらごと◎②【空言・虚言】 假話，空話。

そら・す◎【反らす】（動五） 反弓，弄彎。「胸を～・す運動」擴胸運動。

そら・す◎【逸らす】（動五） ①偏離，錯過，避開，躲開（目標）。「矢を～・す」避開（質問、攻擊）。②岔開，扭轉。「視線を～・す」把目光移開。「話を～・す」岔開話題。③得罪人。「客を～・さない話し方」不得罪客人的說法。

そらぞらし・い◎【空空しい】（形） 假的，虛偽的。「～・いお世辞」虛偽的奉承。

そらだのみ◎【空頼み】 スル 空指望。「～に終わる」終成泡影。

そらとぼ・ける◎【空惚ける】（動下一） 故作不知。

そらなき◎【空泣き】 スル 裝哭，乾哭。

そらなみだ③【空涙】 假裝流淚。

そらに◎①◎【空似】 偶然相似，貌似。「他人の～」沒有血緣關係而相似。

そらね◎【空音】 ①幻音。「笛の～」笛聲的幻覺。②模仿叫聲。

そらね◎【空寝】 スル 裝睡。

そらねんぶつ③【空念仏】 空念佛。

そらまめ◎【空豆・蚕豆】 蠶豆。

そらみみ◎②【空耳】 ①聽錯，幻聽。②裝聾，假裝聽不見。

そらめ◎【空目】 ①看錯。②假裝沒看見。③眼珠朝天。「～を使う」用白眼（看人）。

そらもよう◎【空模様】 ①天氣，天色。②形勢，氣氛。事態的發展趨勢。「会議が険悪な～になる」會議氣氛緊張。

そらん・じる④【諳んじる】（動上一） 背，默記。

そらん・ずる④【諳んずる】（動サ變） 背，默記。「詩文を～・ずる」背詩。

そり◎【反り】 ①扭曲，翹曲，反拱。「～が強い」翹起得很嚴重。②反彎。刀身的彎曲。

そり◎【剃り】 ①剃。「～を入れる」用剃刀剃。②剃刀，剃臉刀。

そり◎【橇】 雪橇，橇。

そりかえ・る◎③【反り返る】（動五） ①翹，反翹。「～・った刀」翹曲了的刀。②挺胸凸肚，挺直腰，挺著胸脯。

ソリスト③【法 soliste】 ①獨唱者，獨奏者。②首席芭蕾舞演員。

ソリッド③【solid】 ①硬的，堅實的。②固態，固體。

ソリッドステート◎【solid state】 固體電路。

ソリッドタイヤ⑤【solid tire】 實心輪胎。

そりみ③【反り身】 挺胸，挺起胸。

そりゃく◎【粗略・疎略】 粗略，疏略，簡慢，馬虎，疏忽。

そりゅうし③【素粒子】 基本粒子，元粒子。

ソリューション②【solution】 溶解，溶

體，溶液。

そりん◎【疎林】 疏林。

そ・る◎【反る】（動五） ①彎曲，捲曲，翹起。②反弓身軀，後仰。「うしろに～・る」身軀向後仰。

そ・る◎【剃る】（動五） 剃，刮。「ひげを～・る」刮鬍子。

ゾル◎【德 Sol】 膠體溶液，溶膠。

ソルト◎【salt】 鹽，食鹽。

ソルフェージュ◎【法 solfège】 視唱聽課程，音樂基礎教育課。

ソルベ◎【法 sorbet】 果子露冰淇淋。

それ◎【其れ】（代） ①那個。指離說話者較遠，離聽者較近的事物。「それは何」那是什麼。②那個，那件事。「～は大変だ」那可糟了。③那時。「～から会っていない」從那以後沒見過他。

それ◎（感） 喂，嘿，瞧。「～、行け」喂，走開！「～、見ろ」喂，你看！

ソレイユ◎【法 soleil】 ①太陽。②向日葵。

それがし◎【某】（代） 某人，某事，某某。「～の金品を渡す」交出某人的貴重物品。

それから◎（接續） ①然後，而後。「ごはんを食べて～勉強する」吃過飯之後就用功。②還有。「～宿題もある」也還有作業。

それきり◎【其れ切り】 ①到此為止，再沒…。②以其為限，只有那些。

それしき◎◎【其れ式】 只那麼一點，只是那麼個程度。「～のことではおどろかない」那麼一點小事嚇不倒。

それしゃ◎【其れ者】 ①內行，行家。②藝妓，女郎。

それそうおう◎【其れ相応】 與其相應，恰如其分。「～の謝礼」與其相應的謝禮。

それぞれ◎◎【其れ其れ・夫れ夫れ】 各自，各個，分別，每個。「人には～の好みがある」每個人有每個人的愛好。

それだけ◎【其れ丈】 ①唯獨（有）那個。「～はごめんだ」唯有那件事我決不做。②只有那些，就那麼點。「残りは～だ」剩下的只有那些。③那些，那種程

度。「～あれば十分だ」有那些就足夠了。④相稱的，相應地。「年をとると、～疲れやすくなる」年紀越大就容易感到疲勞。

それでも◎（接續） 儘管如此。「合格はむずかしい。～私は挑戦したい」可能不合格，儘管如此我也想試試。

それなら◎（接續） 如果那樣，要是那樣，那麼。

それなり◎【其れなり】 ①就此，就那樣，沒有下文。「話し合いは～になった」談話就那麼結束了。②恰如其分，相應地。「～の効果はある」有一定的效果。

それに◎（接續） 而且。

それほど◎【其れ程】 ①那麼，那樣。「～欲しいのか」那麼想要嗎？②並非那麼…，並不…。「被害は～でもなかった」災害並不那麼嚴重。

それゆえ◎【其れ故】（接續） 因此，所以。

そ・れる◎【逸れる】（動下一） 偏，錯開，脫離。「矢が～・れる」箭射偏了。「進路が～・れる」前進路線偏了。

ソれん◎【ソ連】 蘇聯。

ソロ◎【義 solo】 ①獨唱，獨奏，獨舞。②陽春全壘打。

ゾロアスターきょう◎【─教】 〔Zoroaster〕瑣羅亞斯德教。

そろい◎◎◎【揃い】 [1]①齊全。聚齊。「全巻～」全集齊備。②一式，一樣，一致。「～の衣装」成套的服裝。[2]（接尾）①套，副。「ゴルフ用具ひと～」一套高爾夫用具。②都是，全是，淨是。「傑作～」都是傑作。

そろう◎【疎漏・粗漏】 疏漏，潦草。「～なきを期す」希望沒有什麼疏漏。

そろ・う◎【揃う】（動五） ①一致，相同，整齊。「つぶが～・う」顆粒整齊。②和諧，整齊，協調。「足並みが～・う」步調整齊。③聚齊，齊備。「条件が～・う」條件齊備。

そろ・える◎【揃える】（動下一） ①使一致，使整齊。「高さを～・える」使高矮一致。②使一致，使相同，使和諧，

「声を～・える」齊聲。③備齊，湊齊，齊全。「資料を～・える」備齊資料。④使井然，使整齊。「靴を～・える」把鞋擺整齊。

そろそろ⓪（副）①慢慢地，徐徐地。「～歩く」慢慢地走。②就要。「～帰ってくるころだ」馬上就該回來了。

ぞろぞろ⓪（副）①接連不斷，一個接一個地，成群結隊地，絡繹不絕地。「～と学生が帰っくる」學生一個接一個地回來。②拖拉著。「裾を～と引きずる」拖拉著衣裙下襬。

そろばん【算盤・十露盤】①算盤。②如意算盤。「～抜きの仕事」無利可圖的工作。

そろばんずく⓪⓪【算盤尽く】好打算盤，斤斤計較，唯利是圖。

そろばんだか・い【算盤高い】（形）很會打算盤。

ぞろめ⓪【ぞろ目】①同點。②賽馬等中同欄的馬得第一和第二。

そわ・せる⓪【添わせる】（動下一）①使不離左右。②使結成夫妻。

そわそわ⓪（副）スル 心神不定，坐立不安，慌慌張張，不沉著。「～した様子」慌慌張張的樣子。

ソワレ⓪【法 soiréo】①晚會。②晚宴服，晚禮服。③晚間演出。

そん⓪【損】虧損，吃虧，不划算。↔得・益。「～をして得を取れ」吃小虧占大便宜。「～な役回り」倒楣的角色。

そんい【尊意】尊意。

ぞんい【存意】想法，意向，意見。

そんえい⓪【村営】鄉村經營。

そんえい⓪【尊影】尊影，玉照。

そんえき⓪【損益】損益，盈虧。

そんか⓪【尊下】足下，閣下，尊下。

そんか⓪【尊家】尊家，尊府。「御～の御繁栄をお祈り申し上げます」恭祝尊府繁榮。

そんかい⓪【村会】①村議會。

そんかい⓪【損壊】スル 損壞。

そんがい⓪【損害】損害，損失，損傷。「台風による～」颱風帶來的災害。

ぞんがい⓪【存外】出乎意料。「～うま

くいった」意外的順利。

そんかん⓪【尊翰】尊函，貴函，華翰。

そんがん⓪【尊顔】尊顔。「御～を拝する」拜睹尊顔。

そんぎ⓪【村議】村（議會）議員。

そんぎ⓪【存疑】存疑。

そんぎかい⓪【村議会】村議會。

そんきょ⓪【蹲踞】スル ①蹲踞，蹲坐。②蹲踞。相撲或劍道中的基本姿勢。

そんきん⓪【損金】①虧損，損金。②損金。稅法上使法人資產減少的經費。↔益金

ソング⓪【song】歌，歌曲。

そんけい⓪【尊兄】①令兄。②（代）仁兄。

そんけい⓪【尊敬】スル 尊敬。「父親に～の念をいだく」對父親懷有敬仰之情。

そんけいご⓪【尊敬語】尊敬語。

そんげん⓪⓪【尊厳】尊嚴。「生命の～」生命的尊嚴。

そんげんし⓪【尊厳死】尊嚴死。

そんこう⓪【尊公】（代）尊公，仁兄，足下。

そんごう⓪【尊号】尊號。用於天皇、太上天皇、皇后、皇太后等。

そんざい⓪【存在】スル 存在，存在物。

ぞんざい⓪（形動）潦草，馬虎，粗魯，不禮貌。「字を～に書く」寫字潦草。「～な言葉使い」說話粗魯。

ぞんじ⓪⓪⓪【存じ】知道，認識。「御～の人」您所認識的人。

ぞんじあ・げる⓪【存じ上げる】（動下一）（「知る」「思う」的謙讓語）知道，記得。「お名前は～・げております」久仰大名。

そんしつ⓪【損失】①損失。↔利益。②損耗，損失。

そんじゃ⓪【尊者】①尊者。長上或身分高貴的人。②〔佛〕尊者。

そんしょ⓪【尊書】尊函，貴函，大札。

そんしょう⓪【尊称】尊稱，敬稱。

そんしょう⓪【損傷】スル 損傷。「機体に～を受ける」機身受到損傷。

そんしょく⓪【遜色】遜色。「～がない」毫不遜色。

そんじょそこら⓪（代）　那兒，那種程度。「～にない話」不平常的話。

そん・じる⓪⓪【損じる】（動上一）　①損壞，損傷。「部品が～・じる」零件損壞了。②損失。「利益を～・じる」損失利潤。③傷害，損害（健康、感情等）。「母の機嫌を～・じてしまった」破壞了媽媽的心情。④敗壞，玷污。「名声を～・じる行為」有損名聲的行為。

そんすう⓪【尊崇】スル　尊崇。「神仏を～する」尊崇神佛。

そん・する⓪【存する】（動サ變）　①（自動詞）①存有，存在。「厳然たる事実が～・する」存在無可爭辯的事實。②存活。「この世に～・する限り」只要存活在這個世上。②（他動詞）保存，保留。「江戸の名残を～・する」現存江戸的遺跡。

ぞん・ずる⓪【存ずる】（動サ變）　①（「思う」、「考える」的謙讓語）認為，想，打算。「こちらの方がよいと～・じます」我認為還是這個好。②（「知る」「承知する」的謙讓語）知道，認識。「よく～・じております」我很清楚；我很熟悉。

そんぜい⓪【村税】　村稅。

そんぞく⓪【存続】スル　存續，延續。「学会の～を望む」希望學會繼續存在下去。

そんぞく⓪【尊属】　尊親屬。

そんたい⓪【尊体】　①尊像。對肖像的敬稱。②尊體，貴體。

そんだい⓪【尊大】　尊大，驕傲自大。「～な態度をとる」自尊自大。

そんだい⓪【尊台】（代）　尊台，臺端。

そんたく⓪⓪【忖度】スル　忖度。「心中を～する」忖度其內心。

そんたく⓪⓪【尊宅】　尊宅，貴府，府上。「御～」府上。

そんち⓪【存置】スル　保留，保存。「遺跡を～する」保留遺跡。

ぞんち⓪【存知】スル　知悉。

そんちょう⓪【村長】　村長。→市町村長

そんちょう⓪【尊重】スル　尊重。「民族の文化を～する」尊重民族文化。

ゾンデ【徳 sonde】　探針，探棒。

そんどう⓪【尊堂】　①①令堂。②尊府，貴府，府上。②（代）閣下，臺端，您。

そんとく⓪【損得】　損益，盈虧，得失。「～を考えずに行動する」不考慮得失就行動。

そんな（形動）　那麼，那般。

そんなこんな　那樣這樣，那個這個。「～で、手間取る」那樣這樣地耽誤時間。

ぞんねん⓪【存念】　意見，想法。「御～を伺いたい」想聽聽您的高見。

そんぱい⓪【存廃】　存廢。

そんぴ⓪【存否】　①存否。②安否，健在與否。「登山者の～を気づかう」擔心登山者是否平安。

そんぴ⓪【尊卑】　尊卑。「貴賎～」貴賎尊卑。

ゾンビ⓪【zombie】　僵屍。

そんぷ⓪【尊父】　令尊。「御～」令尊大人。

そんぷうし⓪【村夫子】　村夫子。「～然とした人」宛如村夫子的人。

ソンブレロ⓪【西 sombrero】　寬邊帽。

ぞんぶん⓪【存分】　隨意，盡情，盡興。「～に楽しむ」盡情享受。

そんぽ⓪【損保】　損保。損害保險之略。

そんぼう⓪⓪【存亡】　存亡。「危急～の秋とき」危急存亡之秋。

そんみん⓪【村民】　村民。

そんめい⓪【尊名】　尊名，大名。「御～」尊姓大名。

ぞんめい⓪【存命】スル　在世，健在。「亡父～中は」父親在世時。

そんもう⓪【損亡】スル　損失，虧損。

そんもう⓪【損耗】スル　損耗。

そんゆう⓪【村有】　村有，村裡所有。

そんよう⓪【尊容】　尊容。

そんらく⓪【村落】　村落。

そんりつ⓪【存立】スル　存立。「国家の～があやぶまれる」國家的獨立存續，令人擔心。

そんりょう⓪⓪【損料】　租金，磨損費，折舊費。

た

た①【田】 ①水田，稻田。②田地。「わさび～」山葵田。

た①【他】 ①其他。「～に理由はない」沒有別的理由。②別的人，他人。「秘密を～にもらすな」不要把秘密洩露給別人。③他處，別處。「～に移る」移至他處。

た①【多】 多。

だ①【打】 擊，打。「投～のバランス」投打（球）的平衡。

ダーウィニズム④【Darwinism】 達爾文主義。

ターキー①【turkey】 ①火雞。②三次全倒，連續全倒。

ダーク①【dark】 黑暗，發黑。↔ライト

ダークチェンジ④【dark change】 （戲劇、電影等中的）轉暗。

ダークホース④【dark horse】 黑馬。

ターゲット①【target】 ①目標，標的。

ターコイズ③【turquoise】 綠松石。

ダース①【dozen】 打。以12個為一組。「鉛筆2～」2打鉛筆。

タータンチェック⑤【tartan check】 格子花紋，格子花呢。

タータントラック⑥【Tartan track】 塔當跑道，塑膠跑道。

ダーツ①【darts】 ①摺縫，合身短縫。

タアツァイ③【塌菜】 〔中文〕塌菜。

ダーティー①【dirty】 （形動）（道德上）骯髒的，髒兮兮的。「～な金」骯髒的金錢。

ダートコース④【dirt course】 沙土跑馬道。

タートルネック⑤【turtle neck】 高領，直筒領。

ターニングポイント⑥【turning point】 轉向點，轉機。

ターバン①【turban】 頭巾。

ダービー①【Derby】 德貝賽馬。

タービン①【turbine】 渦輪機，汽輪機。「蒸気～」蒸汽渦輪機。「ガス～」瓦斯渦輪機。

ターフ①【turf】 草皮，草地，草坪。

ターボチャージャー④【turbocharger】 渦輪增壓器。

ターミナルアダプター⑦【terminal adapter】 終端配接器。

ターミナルケア④【terminal care】 安寧療護。

ターミナルデパート⑦【⑭ terminal+department store】 總站百貨商場。

ターム①【term】 術語，專門用語。「テクニカル-～」術語；專門技術名詞。

ターメリック④【turmeric】 薑黃（粉）。

ダーリン①【darling】 親愛的。

タール①【tar】 焦油。

ターン①【turn】 スル ①轉，旋轉。「クイック-～」迅速轉身。②拐彎，轉彎，轉向，改變方向。「右に～する」向右拐。③游泳折返。

ターンオーバー④【turnover】 ①反轉，翻轉。②失去持球權。

ターンテーブル④【turntable】 ①轉盤。②轉臺，轉車台。

たい①【鯛】 鯛魚。

たい①【体】 ①身體。「～を開いてはたく」閃身一拍。②形式，樣子。「～を成さない」不成樣子。③實質，實體。「名は～を表す」名符其實。

たい①【対】 ①對。相對。「赤組～白組」紅隊對白隊。②比，對比。「二～一」以2比1。③成對。「～を成す」成對。④對等，水準相當。「～で勝負する」公平競爭。

たい①【隊】 隊。「～を組む」排隊。

たい①【他意】 他意。「別に～はない」別無他意。

タイ①【tie】 ①領帶。②平分。「～記録」平紀錄。

だい①【大】 [一]①大。指數量、形體、規範、範圍等。「公算が～だ」可能性大。②很，極，深，非常。指程度大。「～の

仲良し」非常要好。③大。指較大的一方。④出色，勝任。「～の男」堂堂男子漢。⑤大學。「大学」的略語。「～卒」大學畢業。⑥大。表示如同列舉物大小程度之意。「卵～」雞蛋大小。「等身～」等身般大；身體般大。②（接頭）①大。表示數量及形體、規模超過一般的。「～豊作」大豐收。②偉大，優秀。「～学者」優秀的學者。③大。表示狀態及程度大。「～混乱」大混亂。④大。表示地位、（官職）序列等高。「～僧正」大僧正。

だい回【代】 ①代，輩。「子孫の～」子孫後代。②代價，貨款。「お～」貨款。③〔Era〕代。地質時代最大的劃分單位。④代理。「師範～」代課老師。

だい回【台】 ①台，架，座，底托。「カステラを～にしたケーキ」用海棉蛋糕當底的點心。②（接尾）①台，輛，架。「車一～」一輛車。②表示數量的大致範圍，例如「1000 円台」意為 1000 日圓至 1999 日圓之間。③台。計算一次能印刷張數的單位的量詞。

だい回【題】 ①題目，標題。②題目，命題。「『日本の印象』という～の作文」題目為「日本的印象」的作文。

だい回【第】 （接頭） 第。「～2 番目」第二。

たいあたり回【体当たり】 スル ①身體碰撞。②拼命做，玩命做。

たいあつ回【耐圧】 耐壓。

タイアップ③【tie up】 スル 聯合，合作，協力。

ダイアリー回【diary】 日記，日記本。

ダイアローグ③【dialogue】 對話。↔モノローグ

たいあん回【大安】 大安。曆注的一種。「～吉日」黃道吉日。

たいあん回【対案】 異議案，（提）反對提案。「～を出す」提出反對方案。

だいあん回【代案】 代替的方案。

たいい①【大尉】 大尉。軍階名。

たいい①【大意】 大意。「～をつかむ」掌握大意。

たいい①【体位】 ①體質，體格標準。「～

の向上」增強體格。②體位。

たいい回【退位】 スル 退位。

だいい回【題意】 題意。

たいいく回【体育】 體育。

だいいち回【第一】 ①第一。②首要，第一。「健康が～だ」健康最重要。③第一。最為傑出，最優秀。「世界～の彫刻家」世界第一的雕塑家。

だいいちいんしょう回【第一印象】 第一印象。

だいいちぎ回【第一義】 第一義。↔第二義。「～的問題」最根本的問題。

だいいちじさんぎょう③【第一次産業】第一產業。

だいいちじせかいたいせん③【第一次世界大戦】 第一次世界大戰。

だいいちにんしゃ回【第一人者】 第一人。

たいいっせん回回【第一線】 ①第一線，最前線。②第一線，最前列。「～で活躍する」活躍於第一線。

たいいほう回【対位法】 對位法。

たいいん回【太陰】 太陰。

たいいん回【退院】 スル ①出院。↔入院。②退院。議員退出眾議院或參議院。

たいいん回【隊員】 隊員。

だいいん回【代印】 スル 代他人蓋印（蓋章）。

ダイン①【die-in】 死亡示威。

だいいんしん回【大陰唇】 大陰唇。

だいうちゅう③【大宇宙】 〔macrocosm〕大宇宙。

だいえい回【題詠】 題詠。依題意創作。↔雜詠

たいえいてき回【退嬰的】 （形動） 保守的，退縮的。「～な風潮」保守風潮。

たいえき①【体液】 體液。

たいえき回【退役】 スル 退役，退伍，復員。

ダイエット①【diet】 スル 節食。

だいえん回【代演】 スル 代演。

たいおう回【対応】 スル ①對應，相對。「～する二辺」相對的兩邊。②相應，對應。相互處於一定的關係。「学力に～する高校」符合學力的高中。③相稱。「人

気に～する実力がない」沒有與人氣相稱的實力。④對付，看人行事。「～策」對策。

たいおう⓪【滞欧】スル 旅歐。

だいおう⓪【大王】 大王。

だいおう⓪【大黄】 大黄。

だいおうじょう⓪【大往生】スル 大往生。「～を遂げる」無疾而終；終老天年。

ダイオキシン⓪【dioxine】 戴奧辛。

たいおん⓪①【体温】 體溫。

だいおん⓪【大恩】 大恩。「～を受ける」承蒙大恩。

だいおんじょう⓪【大音声】 大聲音。「～で呼ばわる」大聲喊叫。

たいか⓪【大火】 大火。

たいか①【大家】 ①大家。「書道の～」書法界的權威。②大家庭。③大戶人家。

たいか①【大過】 大過，大錯誤。「～なく学校生活をおくる」順利渡過學校生活。

たいか①【対価】 對價，等價，回報。「労働の～」勞動的回報。

たいか①【耐火】 耐火。

たいか①【退化】スル 退化，退步，倒退。↔進化

たいか①⓪【滞貨】スル 滯運，滯銷貨，滯運貨。

たいが①【大河】 大河，大江。

タイガ①【俄 taiga】 原始針葉林。

だいか①⓪【代価】 ①貨款，價錢。②代價。

だいか①【台下】 閣下。

タイガー①【tiger】 虎。

たいかい⓪【大会】 ①大會。「国民体育～」國民體育大會。②大會，全體會議。「全国～」全國大會。

たいかい⓪【大海】 大海。

たいかい⓪【退会】スル 退會。↔入会

たいがい⓪【大概】 ①①大概。「～訪問の意を果たした」大概知道了來訪的目的。②大多，多半。「～の人」多半的人。③大概，差不多。「ふざけるのも～にしろ」開玩笑也要適可而止。②（副）大概，大致，大體。「～家にいる」大概在家。

たいがい⓪【体外】 體外。↔体内

たいがい⓪【対外】 對外。↔対内。「～政策」對外政策。

だいかいてん⓪【大回転】 大回旋。

たいかく⓪【対角】 對角。

たいがく⓪【退学】スル 退學，開除。

だいがく⓪【大学】 大學。

だいがくいも⓪【大学芋】 拔絲地瓜。

だいがくいん⓪【大学院】 研究所。

だいがくにゅうがくしかくけんてい【大学入学資格検定】 大學入學資格檢定。

ダイカスト⓪【die-casting】 壓鑄，模鑄。

たいがため⓪【体固め】 壓技。

だいかつ⓪【大喝】スル 大喝。

だいがっこう⓪【大学校】 大學校。

だいがわり⓪【代替わり】スル 換代。

たいかん①【大旱】 大旱。

たいかん①【大官】 大官。

たいかん⓪【大観】スル ①總觀，大觀。「時局を～する」大觀時局。②壯觀。「富士山の～」富士山的壯觀。

たいかん⓪【大鑑】 大鑑。「家庭医学～」家庭醫學大鑑。

たいかん⓪【体感】スル 體感。

たいかん⓪【耐寒】 耐寒。

たいかん⓪【退官】スル 辭官，退官。「定年～」（到年齡）辭官。

たいかん⓪【戴冠】スル 戴冠，加冕。「～式」加冕典禮。

たいがん⓪【大願】 ①大願，宏願，弘願。②〔佛〕大願。

たいがん⓪【対岸】 對岸。「～の火事」事不關己；隔岸觀火。

だいかん⓪①【大寒】 大寒。節氣名。

だいかん①⓪【代官】 代官。

だいがん⓪【代願】 代許（還）願（者）。

たいき①【大気】 大氣。

たいき①【大器】 ①大容器。②大器。↔小器。「大器晩成」大器晚成。

たいき①⓪【待機】スル 待機，伺機。

たいぎ①【大義】 大義。「悠久の～」悠久的大義。

たいぎ◎【大儀】 ①大儀，隆重儀式。②（形動）①厭倦，懶得動彈。「起きるのが~だ」懶得起床。②辛苦了，受累了。

だいぎ◎【台木】 ①砧木。②台架，砧板，底板，底座。

だいぎ◎【代議】 ヌル 代議。

たいぎご◎【対義語】 反義詞。↔同義語

だいきち◎【大吉】 大吉。↔大凶

たいきゃく◎【退却】 ヌル 退卻，敗走。「総~」總撤退。

たいぎゃく◎【大逆】 大逆。

たいぎゃくざい◎【大逆罪】 大逆罪。

たいきゅう◎【耐久】 耐久，持久。「~性」耐久性。「~力が乏しい」缺乏耐久力。

だいきゅう◎【大弓】 大弓。

だいきゅう◎【代休】 補假，補休，調休。「~をとる」補假；補休。

たいきょ◎【大挙】 ヌル 大舉，一擁而上。「~しておしかける」大舉逼近。

たいきょ◎【退去】 ヌル 退去，退出，撤離。

たいきょう◎【胎教】 胎教。

たいぎょう◎【大業】 大業，偉業。

だいきょう◎【大凶】 大凶。

だいきょうこう◎【大恐慌】 大蕭條，大恐慌。

たいきょく◎【大局】 ①全局，大局。②大局，全局。「~から判断する」從大局考慮。

たいきょく◎【対局】 ヌル 對局，對弈。

たいきょく◎【対極】 配極，配電極。

たいきょくけん◎【太極拳】 太極拳。

だいきらい◎【大嫌い】（形動） 最討厭，極不喜歡。「~な人」最討厭的人。

タイきろく◎【─記録】 平紀錄。

たいきん◎【大金】 大錢，鉅款。

だいきん◎◎【代金】 貨款，價金。

だいぎんじょう◎【大吟醸】 大吟醸。

たいく◎【体軀】 身軀，體格。

たいぐ◎【大愚】 大愚。

だいく◎【大工】 木工，木匠。「日曜~」業餘木匠。

たいくう◎【対空】 對空，防空。「~射撃」對空射擊。

たいくう◎【滞空】 留空，滯空，空中續航。「~時間」滯空時間。

たいぐう◎【対偶】 ヌル ①對偶，一對。②〔數・論〕〔contraposition〕對偶。

たいぐう◎【待遇】 ヌル ①款待，招待。②待遇。「~を改善する」改善待遇。③待遇，區別對待。「部長~」部長待遇。

たいぐうひょうげん◎【待遇表現】 區別表達，待遇表達方式。

たいくつ◎【退屈】 ヌル ①無聊，發悶，無所事事。「~のぎ」消遣。②無聊枯燥無味。「~な講義」單調乏味的講解。

たいぐん◎【大軍】 大軍，重兵。

たいぐん◎【大群】 大群。

たいけ◎【大家】 ①大家，富戶。②大家，望族。

たいけい◎【大系】 大系。「漢文~」漢文大全。

たいけい◎【大計】 大計。「百年の~」百年大計。

たいけい◎【大慶】 大慶。「~に存じます」衷心慶祝。

たいけい◎【体刑】 身體刑。

たいけい◎【体形】 體形。

たいけい◎【体型】 體型。

たいけい◎【体系】 體系。

たいけい◎【隊形】 隊形，戰鬥隊形。

たいけい◎【大兄】（代） 兄長，老兄，仁兄，大兄。「~の御高見を承りたく」願聞仁兄高見。

だいけい◎【台形】 梯形。

たいけつ◎【対決】 ヌル 對決，交鋒，較量，相爭。「世紀の~」世紀對決。

たいけん◎【大圏】 大圈。地球的大圓。

たいけん◎【大権】 大權。

たいけん◎【大賢】 大賢，大智。「~は愚なるが如し」大智若愚。

たいけん◎【体験】 ヌル 體驗，親身經歷。「~談」經驗談。

たいけん◎【帯剣】 ヌル 帶劍，佩劍。

たいげん◎【大言】 ヌル 大言，誇海口。

たいげん◎【体言】 體言。↔用言

たいげん◎【体現】 ヌル 體現。

だいけん◎【大検】 大檢。「大学入学資

格検定」的略稱。

だいげんすい⓪【大元帥】　大元帥。

だいげんにん⓪【代言人】　代言人，辯護人。

たいこ①【太古】　太古，遠古。

たいこ①【太鼓】　大鼓，太鼓。

たいご①【大悟】スル　大悟。

たいご①【隊伍】　隊伍。「～を組む」排隊；列隊。

だいご①【醍醐】　〔佛〕醍醐。

たいこう⓪【大公】　大公。

たいこう⓪【大綱】　大綱，綱要。

たいこう⓪【太閤】　太閤，太政大臣。

たいこう⓪【体腔】　體腔。

たいこう⓪【対向】スル　相對，相向。「～するページ」對頁。「～車」對面來的車。

たいこう⓪【対抗】スル　對抗，抗衡。「～意識」對抗意識。

たいこう⓪【対校】スル　①校際，學校對學校。「～試合」校際比賽。②校對，校勘，校訂。

だいこう⓪【退行】スル　倒行，退行。

だいこう⓪【代行】スル　代行，代辦，代理，代替，替代。「部長～」代理部長。

だいこう⓪【代講】スル　代講，代課。

だいこう⓪【乃公】（代）乃公。

だいごう⓪【大剛】　大剛。

だいごう⓪【題号】　標題，書名。

たいこうたいごう⑦【太皇太后】　太皇太后。

たいこく⓪【大国】　大國，強國。↔小国

だいごく⓪【大獄】　大獄。「安政の～」安政大獄。

だいこく⓪⓪【大黒】　①大黑。「～様」大黑神。②大黑。僧侶妻子的通稱。

だいこくてん⓪【大黒天】　〔佛〕大黑天。

だいこくばしら⑤【大黒柱】　①中柱，主立柱，頂樑柱。②棟梁，砥柱，台柱。「一家の～」一家的台柱。

たいこばし③【太鼓橋】　陡拱橋，太鼓橋，玉帶橋，尖拱橋。

たいこばら⑤⓪【太鼓腹】　將軍肚，大腹便便。

だいごみ⓪【醍醐味】　①醍醐味。②妙趣。「釣りの～を味わう」享受釣魚的樂趣。

たいこもち③【太鼓持ち】　①助興藝人。②拍馬屁者，馬屁精，奉承者。「社長の～」社長的馬屁精。

だいこん⓪【大根】　蘿蔔。

だいこんやくしゃ⑤【大根役者】　蹩腳演員。

たいさ①【大佐】　大佐，上校。

たいさ①⓪【大差】　大差。↔小差

たいざ⓪【対座・対坐】スル　對坐。

だいざ⓪【台座】　台座，座。

たいさい⓪【大祭】　大祭，盛大祭典。

たいざい⓪【滞在】スル　逗留，旅居。

だいざい⓪【大罪】　大罪。

だいざい⓪【題材】　題材。

たいさく⓪【大作】　①大作，巨著。②大作，傑作。

たいさく⓪【対策】　對策。

だいさく⓪【代作】スル　代作，代筆。

たいさつ⓪【大冊】　大部頭書，巨冊。

たいさん⓪【耐酸】　耐酸，抗酸。「～性」耐酸性。

たいさん⓪【退散】スル　離去，散去。「そろそろ～することにしよう」快點散了吧。

たいざん⓪【大山・太山】　大山。

たいざん①【泰山・岱山】　泰山。「～の安きに置く」安如泰山；穩如泰山。

だいさんき③【第三紀】　第三紀。

だいさんごく③【第三国】　第三國。

だいさんじさんぎょう⑦【第三次産業】　第三產業。

だいさんしゃ①【第三者】　第三者，局外人。

だいさんせかい⑤【第三世界】　第三世界。

だいさんセクター⑥【第三―】　第三部門（公私合營部門）。

だいさんていこく⑤【第三帝国】　〔德 Das Dritte Reich〕第三帝國。

たいざんほくと①【泰山北斗】　泰山北斗，泰斗。

たいし①【大志】　大志。

たいし◎【大使】 大使。

たいし①【太子】 ①太子，皇太子。②聖徳太子。

たいじ◎【対峙】 スル ①對峙。山峰等相對著而聳立。②對峙。兩股勢力對抗。

たいじ◎【胎児】 胎兒。

たいじ◎【退治】 スル 降伏，消滅，退治。「ビルの鼠を～する」消滅大樓內的老鼠。

だいし①【大師】 ①〔大導師之意〕大師。對佛、菩薩的敬稱。②大師。對德高僧人的敬稱。③弘法大師（空海）。

だいし◎【台紙】 襯紙，底紙，台紙。

だいし◎【台詞】 台詞。

だいじ◎【題字】 題字。

だいじ◎【題辞】 題辭，題詞。

ダイジェスト①【digest】 スル 摘要，文摘，節錄，簡集，簡編。「～版」文摘版。

だいしきょう③【大司教】 大主教。

だいしぜん③【大自然】 大自然。

たいしつ◎【体質】 體質。「～が弱い」體質弱。

たいしつ◎【対質】 スル 〔法〕對質，對證。

たいしつ◎【耐湿】 耐濕，防潮。「～性」耐濕性。

たいしつ◎【退室】 スル 退房。

だいしっこう③【代執行】 代執行。

たいして①【大して】（副）特別，那麼。「～うまいとも思わない」不覺得怎麼好吃。

たいしぼうりつ【体脂肪率】 體脂肪率。

たいしゃ①【大社】 ①大社。②出雲大社。

たいしゃ①【大赦】 大赦。

たいしゃ◎【代赭】 代赭，代赭石顏料。

たいしゃ①◎【代謝】 スル ①代謝。→物質交代。②代謝。「新陳代謝」的略語。

たいしゃ◎【退社】 スル ①辭職。↔入社。②下班。↔出社。「～時間」下班時間。

だいしゃ◎【台車】 ①台車，轉向架。②台車，運貨車。

だいじゃ◎【大蛇】 大蛇。

たいしゃく①◎【貸借】 スル ①借貸。「～関係」借貸關係。②借貸分項列記，借貸明細。

たいしゃくてん③【帝釈天】 〔梵 Sákra devānām indra〕帝釋天。

だいしゃりん③【大車輪】 ①大迴旋。②拼命做，努力做。「～の働き」拼命工作。

たいしゅ◎【大酒】 スル 大量喝酒。「～家」酒量大的人；大酒桶。

たいじゅ①【大儒】 大儒，鴻儒，碩儒。

たいじゅ①【大樹】 ①大樹。「寄らば～のかげ」大樹底下好乘涼。②將軍、征夷大將軍的異名。

たいしゅう◎【大衆】 大眾。

たいしゅう◎【体臭】 ①體臭，體味。②獨特風格，獨特氣息。

たいじゅう◎【体重】 體重。「～計」體重計。

たいしゅうかぜい【大衆課税】 大眾稅。

たいしゅうてき◎【大衆的】（形動）群眾性的，大眾化的，群眾性的，通俗化的。

たいしゅうぶんがく⑤【大衆文学】 大眾文學。

たいしゅつ◎【退出】 スル 退出，正式離開。

たいしゅつ◎【帯出】 スル 帶出。「禁～」禁止帶出。

たいしょ①【大所】 大處，大處著眼。「～高所」從大處著眼。

たいしょ①【大暑】 ①大暑，炎暑。②大暑。二十四節氣之一。

たいしょ①【太初】 太初，太始。

たいしょ①【対処】 スル 對付，應付，處理。

たいしょ◎【対蹠】 截然相反。

だいしょ◎【代書】 スル 代書，代寫。

だいしょ◎【代署】 スル 代簽，代署名。

たいしょう◎【大将】 ①大將（上將）。②大將，主帥，主將。③頭兒，頭頭，大將。「お山の～」集團老大；山大王。④哥們兒，姐們兒，老兄，夥計。「～、一杯いこうよ」哥們兒，去喝一杯！

たいしょう⓪【大笑】 スル 大笑。「呵呵_か～」哈哈大笑。

たいしょう⓪【大勝】 スル 大勝，大捷。

たいしょう【大詔】 大詔。

たいしょう⓪【大賞】 大獎，大賞，最高獎。「レコード～」破紀錄獎。

たいしょう⓪【対称】 對稱。

たいしょう⓪【対象】 對象。「研究の～」研究對象。

たいしょう⓪【対照】 スル ①對照，對比。「本文と～する」對照原文。②鮮明對照，反差。「～の妙」巧妙的對比。

たいしょう⓪【隊商】 商隊。

たいじょう⓪【退場】 スル 退場。

だいしょう⓪【大小】 ①大小。「～を問わない」不論大小。②大小武士刀。「～をたばさむ」夾著大小武士刀。③大小鼓。

だいしょう⓪【代償】 ①代償，抵償，補償物。②代價。爲實現目標而付出的東西。「高価な～を払う」付出很大的代價。

だいじょう⓪【大乗】 大乘。↔小乘

だいじょうかん⓪【太政官】 太政官。

だいじょうさい⓪【大嘗祭】 大嘗祭。

だいじょうだん⓪【大上段】 ①大上盤，大上段。劍道用語。②專橫，高壓，盛氣凌人。

だいじょうふ⓪【大丈夫】 大丈夫，男子漢。「堂々たる～」堂堂的大丈夫。

だいじょうぶ⓪【大丈夫】 （形動）放心，安心，不要緊，沒關係，靠得住。「～成功する」一定會成功。

たいしょうりょうほう⓪【対症療法】 對症療法。↔原因療法。

たいしょく⓪【大食】 スル 吃得多，食量大。「～漢」飯桶。能吃的人。

たいしょく⓪【体色】 體色。

たいしょく⓪【耐食・耐蝕】 耐蝕，抗蝕。「～性」耐腐蝕性。

たいしょく⓪【退色・褪色】 スル 褪色。

たいしょく⓪【退職】 スル 退職。「～金」退休金。

だいじり⓪⓪【台尻】 槍托底部。

たい・じる⓪⓪【退治る】 （動上一）征

服，降服。

たいしん⓪【大身】 高官顯貴，達官貴人。↔小身。「～の旗本」大身旗本。

たいしん⓪【対審】 スル 對審。

たいしん⓪【耐震】 耐震，抗震。「～性」耐震性。「～構造」抗震結構。

たいじん⓪【大人】 ①大個子。②大人，成人。③大人物。「なかなかの～」了不起的人。

たいじん⓪【対人】 對人。「～関係」與人的關係。

たいじん⓪【対陣】 スル 對陣，對峙。

たいじん⓪【退陣】 スル ①退出陣地，收兵，撤退。②辭職，隱退，下臺。「内閣が～する」內閣辭職。

だいしん⓪【代診】 スル 代診，代診醫師。

だいじん⓪【大尽】 ①大財主。②豪客，千金買笑者。

だいじん⓪【大臣】 大臣，國務大臣。「大蔵～」大藏大臣。

だいしんいん⓪【大審院】 大審院。

だいじんぐう⓪【大神宮・太神宮】 大神宮，太神宮。

だいしんさい⓪【大震災】 大震災。

だいじんぶつ⓪【大人物】 大人物，偉人。↔小人物

だいす⓪【台子】 臺子，茶臺子，茶具架。

ダイス⓪【dice】 骰子。

だいず⓪⓪【大豆】 大豆，黃豆。

たいすい⓪【耐水】 耐水，防水，抗水。「～性」耐水性。

たいすう⓪【対数】 〔logarithm〕對數。

だいすう⓪【台数】 台數。車輛單位。

だいすうがく⓪【代数学】 〔algebra〕代數學。

だいすき⓪【大好き】 最喜好，很愛好。

タイスコア⓪【tie score】 同分，平手。

たい・する⓪【体する】 （動サ變） 體會，領會。「意を～・する」領會意圖；體會用意。

たい・する⓪【対する】 （動サ變） ①面對，相對，相望。②對於，針對。「子供に～・する態度」對孩子的態度。③對待。「愛想よく～・する」待人和藹可

親。④相反，相對。「明に～・する暗」
與明相對的暗。⑤對抗。「学校の決まり
に～・する抗議」對於學校規定的抗
議。⑥對於，關於。「質問に～・して答
える」回答問題。

たい・する◎【帯する】（動サ變）　帶，
佩帶，攜帶。「大小を～・する」佩帶大
小武士刀。

だい・する◎【題する】（動サ變）　①命
題。「『夕焼け』と～・した詩」以「晚
霞」爲題的詩。②題字，題辭。

たいせい◎【大政】　大政。

たいせい◎【大勢】　大勢，大局。「天下
の～」天下大勢。

たいせい◎【体制】　①生物體基本構造。
②體制。「資本主義～」資本主義體制。

たいせい◎【体勢】　體勢，架勢。

たいせい◎【対生】スル　對生。→互生ごせ・
輪生

たいせい◎【耐性】　①耐受性。②抗藥
性。

たいせい◎【胎生】　胎生。↔卵生。→卵
胎生

たいせい◎【退勢・頽勢】　頽勢，敗局。
「～を挽回する」挽回頽勢。

たいせい◎【泰西】　泰西。指西洋各國。
「～名画」西洋名畫。

たいせい◎【態勢】　態勢，陣勢。「～を
立て直す」重整態勢。

たいせい◎【大勢】　人數眾多，很多人，
勢大，勢眾。

たいせいよう③【大西洋】　〔Atlantic Oc-
ean〕大西洋。

たいせき①【体積】　體積。

たいせき◎【退席】スル　離席，退場。

たいせき◎【堆石】　冰磧。

たいせき◎【堆積】スル　①堆積，累積，堆
積物。「土砂が～する」沙土堆積。②沉
積，沉降。

たいせき◎【滞積】　積壓。

たいせつ◎【大雪】　①大雪。②大雪。二
十四節氣之一。

たいせつ◎【大切】（形動）　①重要，要
緊，關鍵。「～な資料」重要的資料。②
貴重，寶貴。「～な品」貴重品。③慎

重，小心，精心，珍重，重視，珍惜，
愛惜，疼愛，珍愛。「～にあつかう」小
心處理。

たいせん◎【大戦】　大戰。

たいせん◎【対戦】スル　對戰，對打，對
抗，比賽交鋒。「～成績」比賽成績。

たいせん◎【対潜】　反潛。「～哨戒機」
反潛巡邏機。

たいぜん◎【大全】　大全。「釣魚～」釣
魚大全。

たいぜん◎【泰然】（ﾄﾙ）　泰然。

だいせん◎【題簽】　題簽。

だいせんきょくせい③【大選挙区制】　大
選舉區制。

だいぜんてい③【大前提】　大前提。

たいそ①【太祖】　太祖。

たいそう◎【大葬】　大葬。

たいそう◎【体操】スル　體操。「準備～」
預備操。

たいぞう◎【退蔵】スル　囤積，儲存，貯
藏。「～物資」囤積物資。

だいそう◎【代走】　代跑。

だいぞうきょう③【大蔵経】　〔佛〕大藏
經。

だいそうじょう③【大僧正】　大僧正。

たいそうのれい③【大喪の礼】　大喪之
禮。天皇的葬禮。

たいそく◎【体側】　體側。

だいそつ◎【大卒】　大學畢業。

だいそれた③【大それた】（連體）　狂妄
的，荒唐的，無法無天的。「～考え」狂
妄的念頭。

たいだ①【怠惰】　怠惰。「～な生活」怠
惰的生活。

だいだ①◎【代打】　代打。

だいたい◎【大体】　Ⅰ（副）①大體，大
致。「住民の～が賛成している」大部分
居民都贊成。②差不多，大約，大體。
「～500人くらい」大約500人左右。③
說起來，本來。「～お前が悪い」本來就
是你不好。Ⅱ①大概，概要，大略。「～
分かった」大概明白了。②大部分，大
多數。「～の者は賛成した」大部分人贊
成。

だいだい①◎【橙】　酸橙，玳玳橙。

た

だいだい◎【代代】 代代，輩輩，一代接一代。「先祖～」世世代代。

だいだいてき◎【大大的】（形動） 大大的，大肆的，大張旗鼓。「～に宣伝する」大肆宣傳。

だいだいり◎【大内裏】 大内裏，宮城。

だいたすう◎◎【大多数】 大多數，多數。「～が賛成した」大多數都贊成。

タイタック◎【tie tack】 領帶飾針，領帶夾。

たいだん◎【対談】 スル 對談，面談。

たいだん◎【退団】 スル 退團。↔入団

だいたん◎【大胆】 大膽。↔小胆「～に行動する」大膽地行動。

だいだんえん◎【大団円】 大團圓。「～を迎える」迎接大團圓。

だいたんふてき◎【大胆不敵】 無所畏懼，膽大包天，旁若無人，毫無懼色。

たいち◎◎【対地】 對地。「～攻撃」對地攻撃。

たいち◎【対置】 スル 對（稱位）置。

だいち◎【大地】 大地。「～を耕す」耕耘大地。

だいち◎【代地】 替代地。

だいち◎【代置】 スル 替代，替換，置換。

だいち◎◎【台地】 台地。

たいちゃづけ◎【鯛茶漬け】 生鯛魚茶泡飯。

たいちょ◎【大著】 巨著，大作。

たいちょう◎【体長】 體長。

たいちょう◎【体調】 身體狀況，身體狀態。

たいちょう◎【退庁】 スル 從機關下班，離廳，離局。↔登庁

たいちょう◎【退潮】 スル ①退潮。②衰落，衰退。「～が目立つ」明顯衰退。

たいちょう◎【隊長】 隊長。

だいちょう◎【大腸】 大腸。

だいちょう◎【台帳】 台帳。「土地～」土地台帳。

たいちょうかく◎【対頂角】 對頂角。

だいちょうきん◎◎【大腸菌】 大腸（桿）菌。

タイツ◎【tights】 緊身衣褲。

たいてい◎【大抵】 ①①大抵，大概。「～知っている」大概知道。②一般，普通。「なみ～のことではない」不是一般的事情。②（形動）適度，適當。「ふざけも～にしろ」開玩笑也要適可而止。③（副）①大抵，基本上，大體上，差不多。「問題は～できた」問題基本解決了。②大約，或許。「8 時には～帰っている」8 點或許就回家了。③幾乎，多少。「～気がつきそうなものだが」多少是意識到了，但…。

たいてい◎【大帝】 大帝。

たいてい◎【退廷】 スル 退庭。「裁判官が～する」法官退庭。

たいてき◎【大敵】 ①大敵，勁敵。「油断～」千萬不可疏忽大意。②大敵，大軍。↔小敵

たいてき◎【対敵】 對敵。

たいてん◎【大典】 ①大典。重大的儀式，大禮。②大典。重大的法律，大法。

たいてん◎【退転】 スル 〔佛〕退轉。

たいでん◎【帯電】 スル 帶電。

だいてん◎【大篆】 大篆。

たいと◎【泰斗】 泰斗。「社会学の～」社會學的泰斗。

タイト◎【tight】 緊，緊身的，密集的。「～スカート」緊身裙。

たいど◎【態度】 ①態度。「～を決める」表態。「～を改める」改變態度。②態度。應酬方式。「強硬な～」強硬的態度。③態度，行為。「授業～」講課風格。

たいとう◎【対当】 スル ①相對。②相稱，對稱，對等。

たいとう◎【対等】 對等。「～の立場」對等的立場。

たいとう◎【帯刀】 スル 帶刀，佩刀。

たいとう◎【頽唐】 頽唐。

たいとう◎【台頭・擡頭】 スル 抬頭，得勢，興起。「反対派の～」反對派勢力抬頭。

たいとう◎【駘蕩】（タル） ①悠悠。「～として流れる大河」悠悠流淌的大河。②駘蕩。舒緩悠閒的樣子。「春風～」春風駘蕩。

たいどう⓪【胎動】スル ①胎動。②前兆，萌動，兆頭。「気運が〜する」氣運的預兆。

たいどう⓪【帯同】スル 偕同，帯領。

だいとう⑤【大刀】 大刀。↔小刀

だいどう⓪【大同】 ①大同，大致相同。「小異を捨てて〜に就く」捨小異就大同。②大聯合。爲了一個共同目的，大家聚集在一起。

だいどう⓪⑤【大道】 ①大道，大路，街頭。「天下の〜」天下大道。②大道，正道。「政治の〜」政治大道。

だいどうしょうい⑤【大同小異】 大同小異。

だいどうみゃく⑥【大動脈】 ①主動脈。②大動脈。轉指主要的交通幹線。

だいとうりょう③【大統領】 ①〔president〕大總統，總統。②好棒，好樣的。「よう，〜」喔！好樣的！

たいとく⓪【体得】スル 領會，體會，掌握。「仕事のこつを〜する」領會工作的要領。

たいどく⓪【胎毒】 胎毒。

だいとく⓪【大徳】 〔佛〕大德。→たいとく

だいどく⓪【代読】スル 代讀，替人念。「祝辞を〜する」代讀賀詞。

だいどころ⓪【台所】 ①廚房，伙房。②家計。「〜が苦しい」財政困難。

タイトル⓪①【title】 ①題目，標題，稱號，頭銜。「本の〜」書名。②（電影或電視的）字幕。③冠軍，錦標。

タイトルマッチ⑤【title match】 錦標賽，冠軍賽。

タイトルロール⑤【title role】 劇名角色，片名角色，主題角色。

タイトロープ④【tight rope】 ①鋼索。②走鋼絲，過獨木橋，過危橋。

たいない⓪【体内】 體內。↔体外

たいない⓪【胎内】 胎內。

だいなごん③【大納言】 ①大納言。②大納言紅豆。

だいなし⓪【台無し】 糟蹋，弄糟，白費。「努力が〜になる」努力白費了。

ダイナマイト④【Dynamite】 黃色炸藥。

ダイナミズム⑥【dynamism】 ①推動力，活力。「民衆運動の〜」群眾運動的推動力。②動力主義。

ダイナミック④【dynamic】（形動） 強而有力的。↔スタティック

ダイナモ⓪【dynamo】 發電機。

だいなん⓪⓪【大難】 大難。

だいにぎ③【第二義】 第二義，次要。↔第一義。「〜的意義」次要意義。

だいにげいじゅつ⑤【第二芸術】 第二藝術。

だいにじさんぎょう【第二次産業】 第二產業。

だいにじせいちょう【第二次性徴】 第二性徴。

だいにじせかいたいせん⓪【第二次世界大戦】 第二次世界大戰。

たいにち⓪【対日】 對日。「〜政策」對日政策。「〜感情」對日感情。

たいにち⓪【滞日】スル 逗留日本，留日。

だいにちにょらい⑤【大日如来】 〔佛〕〔梵 Mahāvairocana 摩訶毗盧遮那〕大日如來。

だいにゅう⓪【代入】スル 代入。

たいにん⓪【大任】 大任。「〜を果たす」完成大任。

たいにん⓪【退任】スル 退任，卸任，退職。

たいにん⓪【大人】 大人，成人。→中人ちゅう・小人しょう

だいにん⓪【代人】 代辦人，代理人。

ダイニング⓪【dining】 吃飯，用餐。

ダイニングキッチン⑤【⑯dining+kitchen】 廚房兼餐廳。

ダイニングルーム⑤【dining room】 餐廳。

たいねつ⓪【耐熱】 耐熱。

だいの⓪【大の】（連體）①大的。「〜男人」大男人。②很，極。「〜好物」非常喜歡的東西。

だいのう⓪【滞納】スル 滯納。

だいのう⓪⓪【大脳】 大腦。

だいのう⓪【大農】 大農。大規模農業。→大農法

だいのう⓪【代納】スル ①代納，代交，代

繳。②代納。用別的代替應繳納的東西。

だいのうかい₀【大納会】　年底終場交易。↔大発会

たいは₀【大破】スル　報廢，大破，全毀。

だいば₀【台場】　炮台場。

ダイバー₀【diver】　①潛水員。②跳水選手，潛水選手。

たいはい₀【大敗】スル　大敗，慘敗。

たいはい₀【退廃・頽廃】スル　頹廢。

だいばかり₃【台秤】　臺秤，磅秤。

たいはく₀【大白】　大白杯。大的杯子。

たいはく₀【太白】　太白，金星。

だいはちぐるま₃【大八車・代八車】　運貨車，板車。

たいばつ₀【体罰】　體罰。

だいはっかい₃【大発会】　年初首場交易。↔大納会

たいはん₀【大半】　大半，大半數。「～を占める」占一多半。

たいばん₀【胎盤】　胎盤。

だいばんじゃく₃【大磐石】　①大磐石。②磐石。

たいひ₀₁【対比】スル　對比。「二つの案を～する」對比兩個方案。

たいひ₀₁【待避】スル　①躲避，迴避。「～所」避車處。②讓車。「～線」讓車線；會車線；待避線。

たいひ₀₁【退避】スル　退避，轉移，疏散。

たいひ₀₁【堆肥】　堆肥。

タイピスト₃【typist】　打字員。

だいひつ₀【代筆】スル　代筆，代寫。「手紙を～する」代寫書信。

たいひょう₀【体表】　體表。

たいびょう₀【大病】スル　大病。

だいひょう₀【大兵】　大漢。↔小兵。「～肥満」彪形大漢；肥胖大漢。

だいひょう₀【代表】スル　①「親族を～してあいさつする」代表親屬致詞。②代表。「クラス～」班級代表。

タイピン₀【tiepin】　領帶別針。

ダイビング₀₁₀【diving】スル　①跳水。②飛機俯衝。③潛水。

たいぶ₁【大部】　①大部頭。↔小部。②大部分。

たいぶ₁【退部】スル　退部。↔入部

タイプ₁【type】スル　①型，型式。「新しい～の車」新型車。②類型。「芸術家～」藝術家類型。③打字機，打字。「英文～」英文打字機。

だいぶ₁【大分】（副）①很多，相當。「～できあがった」大部分都做到了。②很，極，頗，相當。「～寒くなった」已經很冷了。

ダイブ₁【dive】スル　①（頭先入水地）跳水，鑽入。「～-プレー」跳水比賽。②潛水。③飛機俯衝。

たいふう₃【台風・颱風】　颱風。

たいふう₀【耐風】　抗風。「～構造」抗風構造。

だいぶきん₃【台布巾】　擦桌子布，抹布。

だいふく₃【大福】　①大福餅。②大福，多福。

だいぶつ₀【大仏】　大佛。

だいぶつ₀【代物】　代替物，代用物。

たいぶつレンズ₅【対物—】　接物鏡。→接眼レンズ

だいぶぶん₃【大部分】　大部分，多半。「～の人」大部分的人。

だいぶん₀【大分】（副）①很多，相當。「貯金が～たまった」存了很多錢。②很，頗。「～よくなった」好多了；大有好轉。

たいぶんすう₃【帯分数】　帶分數。→真分数

たいへい₀【太平・泰平】　太平。「天下～」天下太平。

たいへいよう₃【太平洋】　〔Pacific Ocean〕太平洋。

たいへいようせんそう₅【太平洋戦争】　太平洋戰爭。

たいへいらく₃【太平楽】　信口開河，風涼話。「～を並べる」淨說風涼話；信口開河。

たいべつ₀【大別】スル　大致區別。

たいへん₀【大変】　①①大事變，大事件。「国家の～」國家的重大事變。②重大，嚴重。「～な失敗」大失敗。③太費

勁，了不得，真夠受的。「よごれ落とすのが～だ」不容易洗掉污垢。 2（副）大，太，非常，很。「～面白い映画」非常有意思的電影。

たいへん◎【対辺】 對邊。

たいべん◎【胎便】 胎便。

だいへん◎【代返】スル 代人簽到，替人應到。

だいべん③【大便】 大便。

だいべん◎【代弁・代辨】スル ①代人賠償，代價。②代辦。「～業」代辦業。

だいべん◎【代弁・代辯】スル 代辯，代言。「～者」代言人。

たいほ◎【退歩】スル 退步。↔進步

たいほ①【逮捕】スル 逮捕。

たいほう◎【大砲】 大炮。

たいほう◎【大法】 大法。「天下の～」天下的大法。

たいぼう◎【待望】スル 期待，期望。

たいぼう◎【耐乏】 耐受貧乏。「～生活」清貧生活。

だいほうてい③【大法廷】 大法庭。

たいぼく◎【大木】 大木，巨樹。

タイポグラフィー③【typography】 ①活版印刷術。②排字藝術。

だいほん◎【台本】 腳本。

だいほんえい③【大本営】 大本營。

だいほんざん③【大本山】 大本山。

たいま◎【大麻】 ①大麻。②大麻符。日本伊勢神宮頒布的神符。

タイマー①【timer】 ①計時員。時間記錄員。②碼表。③定時（自動）開關。④自拍裝置。

たいまい◎【大枚】 大款，巨款。「～をはたく」花掉巨款。

たいまい◎【玳瑁・瑇瑁】 玳瑁。

たいまつ◎【松明】 火把，松明。

たいまん◎【怠慢】 怠慢，怠忽。「職務～」怠忽職守。

だいみょう③【大名】 大名。

だいみょうじん③【大明神】 大明神。

タイミング◎【timing】 應時，適時，同步，時機。「～が悪い」不合適宜。

タイム①【thyme】 百里香，麝香草。

タイム①【time】 ①時，時刻，時間。②

比賽時間。③暫停。「～を要求する」要求暫停。

タイムアウト④【time out】 暫停時間。

タイムアップ④【⑯ time＋up】 時間到，時限到。

タイムカード④【time card】 出勤卡，記時卡。

タイムカプセル④【time capsule】 時空膠囊。

タイムキーパー④【time-keeper】 計時員。

タイムスイッチ④⑤【time switch】 計時器，計時開關。

タイムスリップ⑤【time slip】 時空穿梭，時空跳躍。

タイムテーブル④【timetable】 時間表，課程表，時刻表。

タイムトライアル⑤【time trial】 計時賽，個人計時賽。

タイムトラベル④【time travel】 時空旅行。

タイムトンネル④【time tunnel】 時光隧道，時空隧道。

タイムマシン⑤【time machine】 時光機。

タイムラグ④【time lag】 時間停滯。

タイムリー①【timely】 正合時宜，適時。「～な発言」適時的發言。

タイムリミット⑤【time limit】 限期，期限。

タイムレコーダー⑤【time recorder】 打卡鐘。

たいめい◎【大命】 大命。天皇的命令，敕命。「～降下」大命降下。

たいめい◎【待命】 待命。

だいめい◎【題名】 題名，書名，劇目。

だいめいし③【代名詞】 代名詞。

たいめし◎【鯛飯】 鯛魚飯。

たいめん◎③【体面】 體面。「～を保つ」保持體面。

たいめん◎【対面】スル ①相會，碰面，遭遇，重逢。②對面。「～してすわる」面對面坐下。

たいもう◎【大望】 宏願，大志。「～を抱く」胸懷大志。

た

たいもう◎【体毛】 體毛。

だいもく◎【題目】 ①書名。②題目，議題。

だいもん◎【大門】 大門。

だいもんじ◎【大文字】 ①大字。②「大文字の火」的略語。

たいや◎【逮夜】 逮夜。舉行殯葬的前夜，亦指忌日前夜。

タイヤ◎【tire】 輪胎。

ダイヤ◎ ①金剛石，鑽石。②方塊，紅方塊。

たいやき◎【鯛焼き】 鯛魚燒。

たいやく◎【大厄】 ①危難，大禍，大厄。②最大的厄年，虛歲男42歲、女33歲。

たいやく◎【大役】 ①大使命。「～を果たす」完成重大任務。②主角。↔端役。「～をこなす」演好重要角色。

たいやく◎【大約】 大約。

たいやく◎【対訳】 スル 對譯。

だいやく◎【代役】 代演，替身。「～をつとめる」當替身。

ダイヤグラム◎【diagram】 行車時刻表，列車運行時刻表，列車運行圖。

ダイヤモンド◎【diamond】 ①金剛石，鑽石。②〔棒球〕內野，內場。

ダイヤモンドこんしき◎【―婚式】 鑽石婚（儀式）。

ダイヤル◎【dial】 ①撥號盤。「～を回す」撥電話號碼。②標度盤。

ダイヤルイン◎【dial-in】 直接撥入。

たいよ◎【貸与】 スル 貸與，貸給。

たいよう◎【大洋】 大洋，海洋。

たいよう◎【大要】 大要。「計画の～」計畫的大要。

たいよう◎【太陽】 太陽。

たいよう◎【体様・態様】 形態，樣子，狀態。

たいよう◎【耐用】 耐用。

だいよう◎【代用】 スル 代用。

だいようかんじ◎【代用漢字】 代用漢字。

だいようきょういん◎【代用教員】 代用教員。

たいようけい◎◎【太陽系】 太陽系。

たいようでんち◎【太陽電池】 太陽電池，太陽能電池。

たいようねん◎【太陽年】 太陽年，陽曆。

たいようれき◎【太陽暦】 太陽曆。

たいよく◎【大欲】 大欲望，貪婪。

だいよんき◎【第四紀】 第四紀。

だいよんじさんぎょう◎【第四次産業】 第四產業。

たいら◎【平ら】 （形動）①平，平坦。「～な土地のことを平地という」平坦的土地被稱為平地。②隨便坐，盤腿坐。「どうぞお～に」請隨便坐吧。

たいらか◎【平らか】 （形動）①平坦的。「～な土地」平坦的土地。②太平，平靜。「～な世」太平之世。「心中～でない」心中不平靜。

たいらがい◎【平貝】 櫛江珧的別名。

たいらぎ◎【玉珧】 日本江珧蛤。

たいら・げる◎◎【平らげる】 （動下一）①平定。「朝敵を～・げる」平定叛國賊。②吃光，吃盡。「全部～・げる」全部吃光；一掃而光。

たいらん◎【大乱】 大亂。

たいらん◎【台覧】 台覽，台鑑。

タイラント◎【tyrant】 暴君，專制君主。

だいり◎◎【内裏】 大內，禁宮，皇宮，內宮，內裏。

だいり◎【代理】 スル 代理，代理人。「～店」代理店。

だいリーガー◎【大―】 大聯盟成員。

だいリーグ◎【大―】 〔major league〕大聯盟。

だいりき◎【大力】 大力。「無双の～」力大無窮的大力士。

たいりく◎◎【大陸】 ①大陸。②大陸，中國。「～文化」大陸文化。

たいりくせいきこう◎【大陸性気候】 大陸性氣候。↔海洋性気候

たいりくだな◎◎【大陸棚】 大陸棚。

たいりくてき◎【大陸的】 （形動）①大陸性的。「～気候」大陸性氣候。②大度的，落落大方的。

だいりせき◎【大理石】 大理石。

だいりせんそう⓪【代理戦争】 代理戦争。

たいりつ⓪【対立】 スル 對立，衝突。「両派の~が深まる」兩派的對立激化。

だいりてん⓪【代理店】 代理店，代銷店，經銷店，代理行。

だいりはは⓪【代理母】 代理孕母。

たいりゃく⓪【大略】 大略，概略，概要，概況。「事件の~を説明する」說明事件的概要。

たいりゅう⓪【対流】 對流。

たいりゅう⓪【滞留】 スル 滯留，停滯。

たいりゅうけん③【対流圏】 對流層，對流圈。

たいりょう⓪【大猟】 狩獵豐收。

たいりょう⓪【大量】 大量，大批。↔少量。「~生産」大量生產。

たいりょう⓪【大漁】 漁獵豐收。

たいりょく①【体力】 體力。「~が衰える」體力衰退。「~をつける」增強體力。

たいりん⓪【大輪】 大朵。「~の菊」大朵菊花。

タイル①【tile】 瓷磚，面磚。

たいれい⓪【大礼】 大典，大禮。

ダイレクト④【direct】（形動） 直接的，徑直的。「~キャッチ」直接接球。

たいれつ⓪【隊列】 隊伍。

たいろ①【退路】 退路，後路。↔進路。「~を断つ」截斷退路。

たいろう①⓪【大老】 大老。官職名。

だいろっかん①⓪【第六感】 第六感。

たいわ⓪【対話】 スル 對話，交談。

たいわんぼうず③【台湾坊主】 ①圓形脫毛症的俗名。②臺灣氣旋。

たいん⓪【多淫】 多淫，淫蕩，好色。

たう①【多雨】 多雨。

たうえ③【田植え】 插秧。

ダウしきへいきんかぶか⑥【一式平均株価】 道瓊股票平均價格，道瓊股價平均指數。

たうち①【田打ち】 犁田，翻地。

ダウト①【doubt】 吹牛。撲克牌的玩法之一。

ダウニングがい【一街】〔Downing Street〕唐寧街。

タウリン①【taurine】 牛磺酸。

タウン①【town】 城鎮，市鎮，城市，都市。「ニュー-~」新城。

ダウン①【down】 スル ①下降，降落。↔アップ。「コスト~」成本降低。②倒下。拳擊中擊倒。③倒下，累得趴下，垮了。「風邪で~する」罹患感冒倒下。

ダウン①【down】 （水鳥的）絨毛，羽毛。「~-ジャケット」羽絨衣；羽絨夾克。

ダウンサイジング⑥【down sizing】 小型輕量化。

タウンし③【一誌】 城市雜誌，地區雜誌。

ダウンしょうこうぐん【一症候群】 唐氏症。

ダウンタウン④【down town】 低地工商業區，商業區域。

タウンハウス⑥【town house】 連棟房屋。

ダウンヒル④【down hill】 速降，滑降。

ダウンロード④【download】 下載。

たえがた・い④【堪え難い】（形） 不堪忍受。「~・い苦痛」難以忍受的痛苦。

だえき⓪【唾液】 唾液。

たえしの・ぶ⓪④【堪え忍ぶ】（動五） 忍住。「痛さを~・ぶ」忍住疼痛。

たえず①【絶えず】（副） 不斷地，不停地，不懈地。「~練習する」不斷地練習。

たえだえ③【絶え絶え】（形動） ①微弱，奄奄，越來越少。「息も~に話す」奄奄一息地說。②斷斷續續，時斷時續。「声が~に聞こえる」斷斷續續地聽到聲音。

たえて⓪【絶えて】（副） ①都（沒），一向（沒有）。「うわさは~ひさしく聞かない」很久沒有聽到傳聞。②好久，一直。「~久しく」好久不見。

たえなる①【妙なる】（連體） 妙的，美妙的，優美的。「~笛の音」優美的笛聲。

たえは・てる⓪【絶え果てる】（動下一） ①斷絕。②斷氣。「息が~・てる」斷

氣。

たえま[3]【絶え間】　①空隙，間隙。「雨が～なく降る」雨一直在下。②縫隙，縫兒。「雲の～」雲隙。

た・える[2]【堪える・耐える】（動下一）　①堪，耐，抗，經受。「水圧に～・える」受得住水壓。「高温に～・える」耐高溫。②值得。「鑑賞に～・える作品」值得欣賞的作品。③勝任。「任に～・えない」不能勝任。

た・える[2]【絶える】（動下一）　①中斷，斷絕。「水が～・える」斷水。②絕，滅絕，盡。「家が～・える」家庭沒落。③命絕。「命が～・える」命絕。

だえん[0]【楕円・橢円】　橢圓。

たお・す[2]【倒す】（動五）　①放倒，推倒。「木を～・す」把樹放倒。②放倒，打倒，打敗，擊敗。「チャンピオンを～・す」打敗冠軍。③打倒，推翻。「政府を～・す」推翻政府。

たおやか[2]【嫋やか】（形動）　柔美，優美溫柔，婀娜。「～な姿」婀娜的身姿。

たおやめ[0]【手弱女】　窈窕淑女。↔ますらお

たお・る[2]【手折る】（動五）　折取，採，摘。「枝を～・る」折枝。

タオル[1]【towel】　①毛巾布。「～の寝巻き」毛巾布睡衣。②浴巾，毛巾。

タオルケット[4]　〔[和] towel＋blanket 之略語〕毛巾被。

たお・れる[3]【倒れる】（動下一）　①倒，塌，垮。「家が～・れる」房屋倒塌。②病倒，臥病，倒下。「風邪で～・れる」患感冒臥床不起。③垮臺，倒臺，崩潰。「内閣が～・れる」內閣垮台。④倒閉。

たか[0]【鷹】　鷹。

たか[1]【多寡】　多寡。

たが[2]【箍】　箍。

だが[1]（接續）　但是，然而。

ダガー[1]【dagger】　劍號。西文中的符號鉛字之一，即「†」。

たかあしだ[3]【高足駄】　高齒木屐。

ダカーポ[2]【義 da capo】　從頭反覆。

たかい[0]【他界】スル　他界，去世。「父は去年～した」父親去年去世了。

たか・い[2]【高い】（形）　①高。「背が～・い」個子高。②高。響亮，洪亮。「～・い声で歌う」高聲歌唱。③聲音大。「～・い声」大聲。④高。出名，有聲譽。「評判が～・い」評價高。⑦（香味）濃烈。「香り～・くにおう」香味撲鼻。⑤高貴。「身分が～・い」身分高。⑥高，貴。「値段が～・い」價格昂貴。

たがい[0]【互い】　相互，互相，彼此。→おたがい・たがいに。「～の利益」雙方的利益。

互いに素そ　〔數〕①互質，互素。兩整數除 1 或-1 外無其他公約數。②互素。兩個整式除常數外無其他公因式。③互素。兩集合不具有共同元素。

だかい[0]【打開】スル　打開，解決。「局面を～する」打開局面。

たかいびき[3]【高鼾】　大鼾聲，大呼嚕聲。

たが・う[2]【違う】（動五）　①有差異的。「寸分～・わぬ」分毫不差；一模一樣。②有差異的，有差距。「ねらい～・わず」瞄得分毫不差；瞄得準。③違背，違反。「人の道に～・う」有違做人的道德。

たが・える[3][2]【違える】（動下一）　①使不一致，使不同，使有差別。「筆跡を～・える」使筆跡不同。②違背。「約束を～・える」違約。

たかが[1]【高が】（副）　充其量，大不了，頂多。

たかがり[0]【鷹狩り】　鷹獵。

たかく[0]【多角】　①多角，多邊。②多方面，多種，多邊。

たがく[0]【多額】　大額，多額，鉅額。↔小額

たかぐもり[0]【高曇り】　高雲。

たかげた[0][4]【高下駄】　高齒木屐。

だがし[0][2]【駄菓子】　粗糧點心。「～屋」粗糧點心鋪。

たかしお[0]【高潮】　高潮，滿潮。

たかしまだ[3]【高島田】　高島田式髮髻。

たかじょう[0]【鷹匠】　鷹匠。馴養鷹的人。

たかせぶね⓪【高瀬舟】　高瀬舟，平底船。

たかぞら⓪【高空】　高空。

たかだい⓪【高台】　高台，高地，高崗。

たかだか②⓪【高高】　（副）　至多，頂多，充其量。「～100 円ぐらいのものだ」也只不過是 100 日圓左右的東西。

たかちょうし③【高調子】　高嗓門，高調。「話声が～になる」說話嗓門高了起來。

だかつ⓪【蛇蠍】　蛇蠍。「～のごとく嫌われる」厭如蛇蠍。

たかつき②⓪【高坏】　高腳盤，高腳碟，高腳漆盤。

だがっき⓪【打楽器】　打擊樂器。

たかてこて⓪⓪⓪【高手小手】　反剪兩臂捆綁，五花大綁。「～に縛り上げる」五花大綁捆起來。

たかどの⓪【高殿】　高殿，高樓，樓閣。

たかとび⓪④【高跳び】　スル　跳高。

たかとび⓪④【高飛び】　スル　遠走高飛。

たかとびこみ③【高飛び込み】　跳台跳水。

たかな⓪【高菜】　大芥菜。

たかなみ⓪【高波】　高浪，大浪。

たかな・る③【高鳴る】　（動五）　①大鳴。②（心）跳動，（情緒）激動。「期待に胸が～・る」按捺不住期待的心情。

たかね⓪【高値】　①高價，貴。②最高價。↔安値

たかね⓪【高嶺・高根】　高峰，高嶺，山巔，高山頂。「富士の～」富士高峰。

たがね⓪【鏨】　鏨刀，鏨子，鋼鏨。

たが・ねる③【縮ねる】　（動下一）　綁成一束。

たかのぞみ③【高望み】　スル　奢望。

たかのつめ【鷹の爪】　朝天椒，小尖辣椒。

たかは⓪【鷹派】　鷹派。↔鳩派

たかばなし③【高話】　高聲說話，大聲說話。

たかはりぢょうちん⑤【高張り提灯】　高掛燈籠。

たかびしゃ⓪【高飛車】　高壓，強硬，強制。「～に出る」採取高壓手段。

たかぶ・る③【高ぶる・昂ぶる】　（動五）①興奮，衝動，高昂，昂揚，激昂。「神経が～・る」神經興奮。②高傲，自滿。「ほとんど～・るところがない人だ」是個謙虛的人。

たかべ【鯖】　銀腹無鱗鯖。

たかまくら③【高枕】　①高枕頭。②高枕無憂。

たかま・る③【高まる】　（動五）　升高，增高，高漲，加劇，發達。「緊張が～・る」緊張加劇。

たかみ③【高み】　高處。↔低み。「～の見物㋫」袖手旁觀；作壁上觀；坐山觀虎鬥。

たかめ⓪【高め】　①較高，偏高，稍高。↔低め。「～の球」偏高的球。②偏貴，較貴。↔安め

たか・める③【高める】　（動下一）　抬高，增強。「競争力を～・める」提高競爭力。

たがやさん⓪　鐵刀木，黑心樹。

たがや・す③【耕す】　（動五）　耕，耕作。「土壌を～・す」耕地。

たかようじ③【高楊枝】　悠然剔牙。形容吃飽了的樣子。「武士は食わねど～」武士餓著肚子剔牙（比喻打腫臉充胖子）。

たから③【宝・財】　①寶，財寶。②寶貝，寶物。「子供は国の～」孩子是國寶。③金錢。「お～」金錢。

だから①（接續）　因此，所以。

たからか②【高らか】　（形動）　高聲，大聲。「声～に歌う」高聲歌唱。

たからぶね③【宝船】　寶船。

たからもの⓪【宝物】　寶物，寶貝。

たかり⓪【集り】　敲詐，勒索，攔路搶劫。「ゆすり～」敲詐勒索。

たか・る⓪【集る】　（動五）　①聚集，爬滿。「はえが～・る」爬滿蒼蠅。②敲詐，勒索，強行索取，攔路搶劫。③迫使請客，強迫請客。

たかわらい③【高笑い】　スル　大笑，哄笑。

たかん⓪【多感】　（形動）　多感，善感。「～な青春時代」善感的青春時代。

だかん◎【兌換】スル　兌換。

だかんしへい◎【兌換紙幣】　可兌現紙幣，兌現紙幣。→不換紙幣

たかんしょう◎【多汗症】　多汗症。

たき◎【滝】　瀑布。

たき◎【多岐】　多方面，千頭萬緒，多岐，錯綜。「問題が～にわたる」問題涉及多方面。

たぎ◎【多義】　多義。「～語」多義詞。

だき◎【唾棄】スル　唾棄，憎惡。「～すべき男」令人唾棄的人。

だきあ・う◎【抱き合う】（動五）　互相擁抱，相擁。「～・って泣く」相擁而泣。

だきあ・げる◎【抱き上げる】（動下一）　抱起。

たきあわせ◎【炊き合わせ】　拼盤。

だきあわせ◎【抱き合わせ】　搭售，搭賣品。

だきおこ・す◎【抱き起こす】（動五）　抱起。

だきかか・える◎【抱き抱える】（動下一）　抱住，摟抱住。

たきがわ◎【滝川】　湍流，奔流。

たきぎ◎【薪・焚き木】　柴，薪。「～拾い」拾柴；撿柴火。

たきぐち◎【焚き口】　爐口，爐門，灶門，灶膛，灶口。

たきぐち◎【滝口】　瀑口。瀑布流落處。

たきこみごはん◎【炊き込み御飯】　什錦飯。

だきこ・む◎【抱き込む】（動五）　①抱住，手抱。②籠絡。「役人を～・んだ贈収賄事件」籠絡官員的行受賄事件。

タキシード◎【tuxedo】　晚禮服，晚會禮服，無尾晚禮服。

たきし・める◎【薫き染める】（動下一）　熏香。

だきし・める◎【抱き締める】（動下一）　抱緊，摟緊。

だきすく・める◎【抱き竦める】（動下一）　抱緊，抱牢。

たきだし◎【炊き出し】　煮飯賑濟災民，施飯。

だきつ・く◎【抱き付く】（動五）　抱住，摟住。「母親に～・く」抱住媽媽。

たきつけ◎【焚き付け】　引火棒，引火柴，引火物。

たきつ・ける◎【焚き付ける】（動下一）　①生火，點火，點燃。②挑唆。「両方を～・けて、けんかをさせる」挑撥雙方使之打架。

たきつぼ◎【滝壺】　瀑布潭。

たきび◎【焚き火】スル　燒落葉（的火）。

たきぼうよう◎【多岐亡羊】　歧路亡羊。

たきもの◎【焚き物】　柴，劈柴，柴火。

だきゅう◎【打球】　擊球，打球。

たきょう◎【他郷】　他鄉，異鄉。

だきょう◎【妥協】スル　妥協。

たきょく◎【多極】　多極。「～化時代」多極化時代。

たぎ・る◎【滾る】（動五）　①翻滾，翻騰，奔騰。②滾開，沸騰。「湯が～・る」熱水滾開。③高漲，沸騰。「情熱が～・る」熱情高漲。

たく◎【宅】　①自宅。②我家先生，我丈夫。「～に申し伝えます」一定轉告我家先生。

たく◎【卓】　桌，桌子。

た・く◎【炊く】（動五）　炊，燒，燜，煮。「御飯を～・く」做飯；煮飯。

た・く◎【焚く】（動五）　①燒，燃，焚。「かがり火を～・く」燃起篝火。「薪を～・く」點燃木柴。②燒熱。「風呂を～・く」燒洗澡水。

タグ◎【tag】　①簽條，貨簽，行李條。②標籤，商標。③標記，特徵，標識。

だく◎【諾】　承諾。

だく◎【駄句】　拙句。

だ・く◎【抱く】（動五）　抱。「赤ん坊を～・く」抱嬰兒。

だくあし◎◎【跑足】　快步。

たくあんづけ◎【沢庵漬け】　醃蘿蔔乾，澤庵漬。

たぐい◎◎◎【類い】　①同類，同類貨色。「この～の絵はたくさんある」這類畫很多。②同等，類似，匹敵。「～まれな秀才」罕見的高材生。

たぐい◎【諾意】　承諾的意志。

たくいつ◎【択一】　擇一，選一。「二

者~」二者擇一。

たくえつ◎【卓越】スル 卓越，超群，傑出。「~した技術」高超的技術。

たぐ・える◎【類える】（動下一） 類比，相匹敵。「金銀にも~・え難い」還難以和金銀相比。

だくおん◎②【濁音】 濁音。

たくけい◎【磔刑】 磔刑。

たくさん③【沢山】 ①很多，許多，大量，特別多。「~食べる」吃很多。②夠了。「もう~だ」已經夠了。

たくしあ・げる◎③（動下一） 挽起，撩起。「シャツの袖を~・げる」挽起襯衫袖子。

タクシー①【taxi】 出租汽車，計程車。

たくしき◎【卓識】 卓識，高見。

たくしこ・む◎（動五） ①扯回。「綱を~・む」扯繩索。②掖進，塞入。

たくじしょ②【託児所】 托兒所。

たくしょう◎【托生・託生】 託生。「一蓮~」一蓮託生。

たくじょう◎【卓上】 桌上。「~電話」桌上電話。

たくしょく◎【拓殖】スル 拓殖，開荒移民。

たくしん◎【宅診】スル 家中門診。

たく・す②【託す・托す】（動五） ①拜託，拜託。「後事を~・す」託付後事。②託轉，託付，代辦。「伝言を~・す」託人捎口信；託人帶口信。

だくすい◎【濁水】 濁水，渾水。

たく・する③【託する・托する】（動サ變） 委託，託付，託詞。「弟に手紙を~・する」託弟弟帶信。

だくせい◎【濁声】 濁聲，嗓音嘶啞。

たくせつ◎【卓説】 卓見。

たくぜつ◎【卓絶】スル 卓絕。「~した作品」卓絕的作品。

たくせん◎【託宣】スル ①神託。②意見，忠告。

たくそう◎【託送】スル 託運。「旅行の土産は~にする」託運旅行中買的禮物。

だくだく◎【諾諾】（ト/タル） 諾諾。「唯々~」唯唯諾諾。

たくち◎【宅地】 宅地，地皮。

だくてん③◎【濁点】 濁點，濁音符號。

タクト①【德 Takt；英 tact】 ①（音樂）指揮棒，指揮。「~をふる」指揮樂隊。②拍子，節拍。

ダクト◎【duct】 送風管，通風道。

たくはい◎【宅配】スル 宅配。「~便」送貨到家服務；宅配服務。

たくはつ◎【托鉢】スル 托鉢。「~僧」托鉢僧。

だくひ①【諾否】 答應與否。「~を問う」詢問答應與否。

タグボート③【tugboat】 牽引船，拖輪。

たくぼく◎【啄木】 啄木鳥的異名。

たくほん◎【拓本】 拓本。

たくま◎【琢磨】スル 鑽研，琢磨。「切磋~」切磋琢磨。

たくまざる【巧まざる】（連語） 自然的，不加修飾的，不矯揉造作的。「~ユーモア」自然流露的幽默。

たくまし・い④【逞しい】（形） ①健壯，雄壯，魁梧。「~・い若者」健壯的年輕人。②頑強，剛毅，堅韌不拔。「~・い精神力」堅韌不拔的毅力。③旺盛，蓬勃，茁壯。「~・い食欲」旺盛的食欲。

たくましゅう・する◎【逞しゅうする】（動サ變） 逞能，任意，猖獗。「想像を~・する」異想天開；隨意想像。

たくまずして【巧まずして】（連語） 出乎意料，沒想到，不料。「~うまくいった」沒想到進展順利。

タグマッチ③【tag match】 車輪戰。

たくみ◎①【工・匠】 工匠。

たくみ◎①【巧み】 ①（形動）精巧，巧妙，靈巧，精彩，出色。「~な手つき」巧妙的手勢。②意匠。「~をこらす」巧奪天工；獨具匠心。

たく・む◎【巧む】（動五） ①精彩，出色，費心計，動腦筋。「~・まざる美しさ」不加修飾的美；自然美。②取巧，搗鬼，要陰謀，耍花招。「悪事を~・む」策劃幹壞事。

たくらみ◎【企み】 企圖，陰謀，搗鬼，謀劃，策劃。

たくら・む③【企む】（動五） 企圖，策

劃陰謀。「陰謀を~・む」策劃陰謀。

たくりつ◎【卓立】 ～ス 傑出，卓立。

たぐりよ・せる◎【手繰り寄せる】（動下一） 拉到身邊，拉過來。

たぐ・る②【手繰る】（動五） ①扯。「糸を~・る」扯線。②回想，追憶，追溯。「記憶を~・る」追憶。

たく・れる◎（動下一） 起皺，起褶。

たくろん◎【卓論】 高論，卓見。

たくわえ◎③④【貯え・蓄え】 儲蓄。

たくわ・える④③【貯える・蓄える】（動下一） ①儲存，儲備，積蓄。「金を~・える」積蓄金錢。②蓄積，積累。「実力を~・える」蓄積實力。③留鬍子。「ひげを~・える」蓄鬍鬚。

たけ◎【丈・長】 ①身長，身高，高矮。「身の~」身高。②長短，尺寸，長度。「スカートの~」裙長。③盡其所有，一切，全部。「思いの~をうちあける」把想法全部說出來。

たけ◎【竹】 竹，竹子。

たけ◎【岳・嶽】 岳，高山。

たけ◎【茸】 蕈，菌類。

たけ◎【他家】 別人家，其他人家。

たげい◎①【多芸】 多藝。「~多才」多才多藝。

たけうま◎【竹馬】 ①高蹺。②竹馬。

たけがき◎②【竹垣】 竹籬笆，竹垣。

だげき◎【打撃】 ①打擊，敲打，撞擊。②打擊。心靈上或物質上的損害。「父の死で~を受けた」因父親的死受到打擊。③揮棒。

たけくらべ◎【丈比べ】 ～ス 比身高，比高矮，比個子。

たけざいく◎【竹細工】 竹器工藝，竹編工藝。

たけざお◎【竹竿】 竹竿。

たけす◎【竹簀】 竹簀，竹席，竹簾。

たげた◎【田下駄】 田木屐。

たけだけし・い④【猛猛しい】（形） ①兇悍，兇猛，猙獰。勇猛強悍貌。「~・い顔つき」兇猛的表情。②厚顏無恥，厚臉皮，不要臉。「盗人~・い」強盜似的厚顏無恥。

たけつ◎【多血】 ①多血，血量多。②血氣方剛。

だけつ◎【妥結】 ～ス 達成妥協。

たけとんぼ③【竹蜻蛉】 竹蜻蜓。

たけなわ◎【酣・闌】 ①酣，正濃，高潮。「秋~」秋意正濃。②闌。稍過盛時，剛開始衰退。「齢も既に~」年齡已過中年。

たけのかわ◎【竹の皮】 筍皮。

たけのこ◎【竹の子・筍】 筍，竹筍。

たけのこせいかつ⑤【筍生活】 靠變賣度日。

たけべら◎【竹箆】 竹片。

たけぼうき③【竹箒】 竹掃帚，竹掃把。

たけみつ◎②【竹光】 竹刀，（譏諷）鈍刀。

たけやらい③【竹矢来】 竹柵欄，竹圍欄。

たけやり◎【竹槍】 竹槍，竹矛。

たけりた・つ④【猛り立つ】（動五） 異常激動。

たけ・る②【哮る】（動五） 咆哮。

た・ける②【闌ける】（動下一） ①正濃。「春~・けて」春色正濃；春意盎然。②將盡。「日が~・ける」日過中天；天過中午。

た・ける②【長ける】（動下一） 擅長，長於，精通於。「悪知恵に~・ける」滿腦子小聰明。

たげん◎【多元】 多元。↔一元

たげん◎【多言】 ～ス 多言，多舌，多嘴。「~を要しない」無須多言。

だけん◎【駄犬】 雜犬，雜種犬。

たこ①【凧】 風箏。

たこ①【胼胝・胝】 胼胝，繭，厚皮。「ペン~」經常寫字指上磨出的厚繭。

たこ①【蛸・章魚・𩸗】 章魚，蛸。

たご◎【担桶】 木桶，水桶，糞桶。

たこあげ③【凧揚げ】 ～ス 放風箏。

たこあし◎③【蛸足】 蛸足。「~配線」蛸足式配線。

たこう◎【多幸】 多福。「御~を祈る」祝您多福。

だこう◎【蛇行】 ～ス 蛇行。

たこうしき◎【多項式】 多項式。↔單項

式

たこく◎◎【他国】　①外鄉，異鄉。「～者」外鄉人。②他國，異邦。外國。

タコグラフ③【tachograph】　里程表，轉速計，速度記錄器。

たごさく◎【田吾作】　莊稼佬，鄉巴佬，鄉下佬。

タコス①【西 tacos】　塔科司，玉米餅。

たこつぼ◎【蛸壺】　捕章魚罐。

たこにゅうどう③【蛸入道】　①章魚的別名。②秃子。

たこのき◎【蛸の木】　小笠原露兜。

たこはいとう③【蛸配当】　資本股利，動用資本分紅。

たこべや◎【蛸部屋】　簡陋工寮。

タコメーター③【tachometer】　轉速表。

たこやき◎【蛸焼き】　章魚燒。

たこん◎【多恨】　多恨。「多情～」多情多恨。

たごん◎【他言】ス ル　外傳，洩露。「～無用」禁止洩露。

たさい◎【多才】　多才。「多芸～」多才多藝。

たさい◎【多彩】　①（美麗）多彩。「～な色模様」美麗多彩的花紋。②豐富多彩。「～なもよおし」豐富多彩的表演。

ださ・い◎（形）　土裡土氣，俗氣，俗。「～・い服」土裡土氣的衣服。

たさいぼうせいぶつ③【多細胞生物】　多細胞生物。↔単細胞生物

たさく◎【多作】ス ル　多產。↔寡作

ださく◎【駄作】　劣作。

たさつ◎【他殺】　他殺。「～死体」他殺屍體。

たさん◎【多産】ス ル　①多產。指孩子生得多。②多產，大量出產。

ださん◎【打算】　盤算，打算，計計。

たし◎【足し】　填補，補助，補充，貼補。「生活費の～に内職をする」爲了補貼生活費做兼職。

たし◎【他紙】　他報。其他的報紙。

たし◎【他誌】　其他雜誌。

たじ◎【他事】　他事。別的事。

だし◎【山車】　山車，彩車。

だし◎【出し】　①鮮汁湯。②煮鮮汁湯材料。③藉口，誘餌，工具，幌子。「弟を～にする」把弟弟當作誘餌。

だしいれ◎【出し入れ】ス ル　出納，存取，收付。

だしおし・む◎【出し惜しむ】（動五）　捨不得出（錢、物、力等）。「会費を～・む」捨不得出會費。

たしか◎【確か・慥か】　[1]（形動）①確實，確切，確鑿。「～な証拠」確鑿的證據。②靠得住，可靠，保險。「～な学力」真才實學。[2]（副）大概，大約，確實。「出発は～明日だ」我記得出發日期確實是明天。

たしか・める◎【確かめる】（動下一）　確認，查明，弄清楚。「真偽を～・める」弄清真偽。

だしがら◎【出し殻】　①湯渣。②茶葉渣。

だしこんぶ③【出し昆布】　煮湯海帶。

たしざん②【足し算】　加法。↔引き算

だししぶ・る◎【出し渋る】（動五）　摳。

だしじゃこ③【出し雑魚】　（煮湯汁用的）小雜魚乾，小沙丁魚乾，小魚乾。

だしじる◎【出し汁】　鮮汁湯，湯汁，淋汁，高湯。

たしせいせい①【多士済済】　人才濟濟。

たじたじ◎（副）　退縮，畏縮。「言いまくられて～となる」對方的高談闊論使之支吾起來。

たじたたん①【多事多端】　①事多，非常忙碌。②多事多端，多變故。

たじたなん①【多事多難】　多災多難，事多難。

たしつ◎【多湿】　多濕，潮濕。

たじつ◎【他日】　他日，改日。

だしっぱなし◎【出しっ放し】　用完不管。「水道を～にする」用完自來水不關上。

だしなげ◎【出し投げ】　投出。相撲決勝招式之一。

たしなみ◎◎【嗜み】　①嗜好。「上品な～」高雅的嗜好。②謹慎，節制。「～がない」不謹慎

たしな・む③【嗜む】（動五）　①愛好，

嗜好，感受，素養，修養。「俳句を～・む」通曉俳句。②嗜好，喜好。「酒を～・む」好喝酒。③謹慎，節制，檢點。「身を～・む」小心謹慎。

たしな・める【窘める】（動下一） 勸誠，規誠，責備。

だしぬ・く⓪【出し抜く】（動五） 搶先，先占，乘機利用。「他紙を～・く」搶先於別的報紙。

だしぬけ⓪【出し抜け】 突然，冷不防，出其不意。「～に言われても困るよ」突然提出來，很讓人爲難。

たしまえ⓪【足し前】 補足部分。

だしもの⓪【出し物】 演出節目。

たしゃ⓪【他社】 他社，其他公司。

たしゃ⓪【他者】 別人，他人。↔自己

たしゃ①【多謝】スル ①多謝。②深爲抱歉。「妄評～」妄評見諒。

だしゃ①【打者】 （棒球）打者。

だじゃれ⓪【駄洒落】 拙劣笑話。「～を飛ばす」說一些低級笑話。

たしゅ①【多種】 多種。

だしゅ①【舵手】 舵手，掌舵人。

たじゅう⓪【多重】 多重，多層。

たじゅうほうそう⓪【多重放送】 多重廣播。

たしゅたよう①⓪【多種多様】 多種多樣，各式各樣。

たしゅつ⓪【他出】スル 出門。外出。

たしゅみ⓪【多趣味】 業餘愛好多，興趣多。

だじゅん⓪【打順】 打擊順序。

たしょ①【他所】 別處，其他地方。

たしょう⓪【多少】 ①多少。「～にかかわらず」不管多少。②（副）多少，少許。「～名の知れた人」稍有名氣的人。

たしょう⓪【多生】 〔佛〕①輪迴。②多生，活衆。使多數活下去。「一殺～」殺一救衆；一殺多生。

たしょう⓪【多祥】 多祥，多福。「御～をお祈りします」祝您多吉祥。

たじょう⓪【多情】 ①多情。②易動感情。「～多感」多愁善感。「～な思春期」多愁善感的青春期。

たしょく⓪【多食】スル 多食，多吃。「肉類を～する」多吃肉類。

たじろ・ぐ⓪（動五） 畏縮，後退。

だしん⓪【打診】スル ①叩診。②試探，打探。「意向を～する」試探意向。

たしんきょう⓪【多神教】 多神教。↔一神教

た・す⓪【足す】（動五） ①增補。②添，補。「数を一つ～・す」加上一個數。

だ・す①【出す】（動五） ①拿出，掏出，取出。↔入れる。「かばんから本を～・す」從書包裡拿書。②露出，顯現出。「喜びを顔に～・す」臉上露出喜悅的表情。③發生。「火事を～・す」發生火災。④寄出，發出。「小包を～・す」寄包裹。⑤提出。「届けを～・す」提出申請。

たすう①【多数】 多數，許多，很多，爲數衆多。↔少数。「～を占める」占多數。

だすう①【打数】 打擊次數。

たすか・る③【助かる】（動五） ①得救，脫險。「けががひどいので、～・らない」傷太重，無法獲救。②省事，省錢。「野菜が安いので～・る」由於菜價低而省錢。

たすき⓪①【襷】 ①袖口掛帶，束袖帶。②綬帶。「候補者の～を掛ける」斜掛候選人綬帶。

タスク①【task】 ①課題，任務。②作業，任務。由電腦處理程式執行時的最小單位。↔ジョブ

たすけ③【助け】 ①幫助，救助。「～を呼ぶ」呼救。②必需品，補助。「生活の～にする」供作生活補助。

たす・ける③【助ける】（動下一） ①援救。「被災者を～・ける」援救受災人。②幫助，資助，救濟。「難民を～・ける」救濟難民。③助，助長，有助於。「消化を～・ける薬」助消化的藥。

たずさ・える⓪③【携える】（動下一） ①攜帶。「大金を～・える」攜帶巨款。②攜手。「手を～・えて困難に当たる」攜手面對困難。

たずさわ・る④【携わる】（動五） 有關

係，參與。「教育に～・る」從事教育。

ダスター ⓪【duster】 ①防塵衣，風衣。②除塵工具。③垃圾通道。

ダスト ⓪【dust】 ①灰塵，塵埃，垃圾。②塵，屑，粉末。「スター-～」宇宙塵。③粉塵。

たずねあ・てる ⑤【尋ね当てる】（動下一） 尋到，搜尋到，詢問到。「移転先を～・てる」尋找新住址。

だ・する ⓪【堕する】（動サ變） 墮落，落入，流於，陷於。「安易な生活に～・する」沉溺於安易的生活中。

たぜい ⓪【多勢】 眾多人（之勢）。「－に無勢ぶぜ」寡不敵眾。

だせい ⓪【惰性】 惰性。

だせき ⓪【打席】 打擊區。

たせん ⓪【他薦】 スル 他薦。↔自薦

たせん ⓪【多選】 多次當選。

だせん ⓪【打線】 打擊順序，打者陣容。

たそがれ ⓪【黄昏】 黃昏，傍晚。「～の町」黃昏中的城鎮。

たそが・れる ⓪【黄昏れる】（動下一） 黃昏，日暮，天將黑。「空が～・れてきた」天黑了下來。

だそく ⓪【蛇足】 蛇足，畫蛇添足。

たた ⓪【多多】（副） 多，很多。「人生に失敗～ある」人的一生失敗很多。

ただ ⓪【只・唯】 ①①平常，平凡。「～の人」平平常常的人。②白白。「～で済むとは思われない」不會就這麼白白了事。③白給，不要錢。「～の酒」不要錢的酒。②（副）唯，只，僅。「～一人」僅一個人。

ただ ⓪【徒・只】（副） 徒，白費。

だだ ⓪【駄駄】 磨人，不聽說。「～をこねる」撒嬌。

ダダ ⓪【法 dada】 達達主義，達達派。

ただい ⓪【多大】 很大，極大，莫大。「～の成果」極大的成果。

だたい ⓪【堕胎】 スル 墮胎。

ダダイスト ⑤【法 dadaïste】 達達主義者，達達派文學家，達達藝術家。

ダダイスム ⑤【法 dadaïsme】 達達主義，達達派。

ただいま ⓪⓪【只今・唯今】 ① ①眼前，

當前，目前，現在。「～の時刻」眼前時刻。②剛剛，剛才。「～出かけました」剛剛出去。③這就，立刻，馬上。「～うかがいます」這就去拜訪。② （感）我回來了。

たた・える ⓪①⓪【称える】（動下一） 稱讚，讚揚，表彰，歌頌。「徳を～・える」頌德。

たた・える ⓪①⓪【湛える】（動下一） ①充滿，裝滿。「満々と水を～・えた湖」蓄滿水的湖泊。②滿面，浮出，洋溢。「満面に笑みを～・える」滿面笑容。

たたかい ⓪【戦い】 戰鬥，爭鬥，戰爭。

たたかい ⓪【闘い】 戰鬥，爭鬥。「病苦との～」與疾病痛苦搏鬥。

たたか・う ⓪【戦う】（動五） ①戰鬥，作戰，交戰。「隣国と～・う」與鄰國交戰。②競賽，比賽。「同じ町のチームと～・う」與同村的隊伍比賽。

たたか・う ⓪【闘う】（動五） ①戰鬥，鬥爭，奮鬥。「土俵で～・う」在（相撲）比賽場力爭打敗對手。②搏鬥。「貧乏と～・う」與貧窮抗爭。

たたき ⓪【叩き】 拍鬆。

たたきあ・げる ⓪⓪【叩き上げる】（動下一） 鍛鍊出來，捶打出來，練成，熬出頭。「10年も～・げ社長となる」努力10年熬到社長的位置。

たたきうり ⓪⓪【叩き売り】 叫賣，拋售。

たたきう・る ⓪【叩き売る】（動五） 拋售，拍賣，減價賣。

たたきおこ・す ⓪⓪【叩き起こす】（動五） ①敲門叫醒。②叫醒。

たたきこ・む ⓪【叩き込む】（動五） ①打進，鎚打進去。②嚴教，灌輸，教會。「技を～・む」教手藝。③牢記，掌握。「頭によく～・む」牢記在腦子裡。

たたきだい ⓪【叩き台】 徵求意見的基本方案，待審原案。

たたきだいく ④【叩き大工】 拙木匠，笨木匠。

たたきだ・す ⓪【叩き出す】（動五） ①打走，趕出，轟走。②敲打出。

たたきつ・ける ⑤【叩き付ける】（動下

一）①擲，擲，摔。②扔出，摔。「辞表を～・ける」把辭呈一摔。

たたきなお・す【叩き直す】（動五）①敲直，砸直，錘直。②糾正，改正。「根性を～・す」把性情糾正過來。

たたきのめ・す⓪⓪【叩きのめす】（動五）①痛打，打翻在地。②痛擊，打垮。「敵国を～・す」消滅敵國。

たた・く②【叩く・敲く】（動五）①敲，叩，敲擊，捶打。「戸を～・く」敲門。②敲，拍。「机をどんと～・く」狠拍桌子。③鼓（掌）。「手を～・く」拍手；擊掌。④敲。打，揍。「尻を～・く」打屁股。⑤拍擊，敲打，捶打。類似拍打物體的動作。「雨脚が地面を～・く」雨點敲打著地面。⑥詢問，徵求。「専門家の意見を～・く」詢問專家的意見。⑦上門請教，討教。（以「敲門」的形式）登門求教。「師の門を～・く」登師門討求教。⑧抨擊，斥責。「マスコミに～・かれる」受輿論抨擊。⑥殺價，砍價，駁價。「半値に～・いて買った」把價格壓到半價買了。

ただごと⓪【只事・徒事】常事，小事，一般事。「～ではない」並非小事；非同小可。

ただし⓪【但し】（接續）但是。

ただし・い③【正しい】（形）①正當，正直。「～・い心」正直的心。②準確，正確，確切，合理。「～・い答え」正確的答案。

ただ・す【正す】（動五）①改正，糾正，訂正，矯正。「誤りを～・す」糾正錯誤。②端正，擺正。「姿勢を～・す」端正姿勢。③辨別，辨明。「是非を～・す」辨別事非。

たたずまい⓪⓪【佇まい】氣氛，景象，氣勢。「静かな～を見せる」讓人感覺靜止的狀態。

たたず・む③【佇む】（動五）佇立。「岸べに～・む」佇立在岸邊。

ただちに⓪【直ちに】（副）①立時，立即，立刻。「～始める」馬上開始。②直接，親自。「失敗は～死を意味する」失敗直接意味著死亡。

だだっこ②【駄駄っ子】撒嬌任性的小孩。

だだっぴろ・い⑤【だだっ広い】（形）特別大，異常寬敞。「～・い屋敷」特別大的宅邸。

ただでさえ①【只でさえ】本來就…，平時就…。

ただなか⓪【直中】①正中間。「大海の～」大海中間。②正在進行中，正當…之際。「争いの～に割って入る」在爭論的火頭上硬參加進來；硬參與爭論。

ただならぬ⓪【徒ならぬ】不尋常的，非一般的。「～様子」不尋常的樣子。

ただのり⓪【只乗り】スル白坐車，坐霸王車。

ただばたらき③【只働き】スル白作工，無償勞動。

たたみ⓪【畳】榻榻米。

たたみいわし⓪【畳鰯】小沙丁魚片。

たたみおもて⓪【畳表】榻榻米蓆面，草蓆面。

たたみがえ⓪【畳替え】換榻榻米蓆面。

たたみか・ける⑤【畳み掛ける】（動下一）一個勁地說（做），接連不斷地說（做），不停地進行。「～・けて質問する」接二連三地提問。

たたみこ・む⓪【畳み込む】（動五）①折疊放入。②埋藏心間，記在心裡。「教えを胸に～・む」把教誨記在心裡。

たた・む⓪【畳む】（動五）①折，疊。「布団を～・む」疊被。②關，關上，合上，疊起。「傘を～・む」合上傘。③關閉。「店を～・む」關店；歇業。④隱，藏（在深處不外露）。「胸に～・んだなやみ」藏在心裡的煩惱。⑤鋪路。「石を～・んだ道」鋪有石塊的路。⑥幹掉，收拾掉。「～・んでしまえ」幹掉！

ただもの⓪【只者・徒者】一般人。「～ではない」非一般人。

ただよ・う③【漂う】（動五）①飄浮，漂浮。「暗雲が～・う」烏雲在飄。②飄蕩，飄散。「バラの香りが～・う」薔薇花的芳香四逸。③洋溢，漂。「不穏な空気が～・う」不穩定的空氣漂蕩。

たたら◎【踏鞴】 踏鞴。

たたり◎【祟り】 ①作祟。②惡果。「あとの~がおそろしい」恐懼後果。

たた・る◎【祟る】（動五） ①降災,作祟。「悪霊が~・る」鬼魂作祟。②惡果,惡報。「過労が~・って病気になる」因疲勞過度生病。

ただれ◎【爛れ】 潰爛。

ただ・れる◎【爛れる】（動下一） ①皮膚爛,潰爛,糜爛。②生活糜爛。「酒に~・れた生活」沉溺於酒的生活。

たたん◎【多端】 繁忙,繁多,多端。「事務~」事務繁忙。

たち◎【太刀】 太刀,長刀。

たち◎【質】 ①天性,資質。「おこりっぽい~」容易發怒的性格。②品質。「~の悪い病気」惡性病。

たち【達】（接尾） 們。表示複數。「きみ~」你們。「わたし~」我們。

たちあい◎【立ち会い】 ①見證,在場,見證人。「第三者の~」第三者在場。②開市,開盤,交易。

たちあいえんぜつ⑤【立会演説】 辯論演說。「選挙の~」競選演說。

たちあ・う◎◎【立ち会う】（動五） 到場,在場,會同,出席,參加。「手術に~・う」會同手術。

たちあ・う◎◎【立ち合う】（動五） 交手,對打。

たちあが・る◎◎◎【立ち上がる】（動五） ①起立,站起來。「座席から~・る」從座位上站起來。②站起來,重振,振作,覺醒。「廃墟から~・る」從廢墟中站起來。③著手,發動。「暴力追放に~・る」著手取締暴力。④開動,啓動,運轉。

たちあ・げる◎◎◎【立ち上げる】（動下一） 開,打開,開動,驅動。「パソコンを~・げる」打開電腦。

たちい◎◎【立ち居・起ち居】 起居,舉止。

たちいた⑤【裁ち板】 裁剪台板。

たちいた・る④◎【立ち至る】（動五） 到,至。「倒産に~・る」達到破產的地步。

たちいり◎【立ち入り】 入內,進入,干預。「~禁止」禁止入內。

たちい・る◎◎【立ち入る】（動五） ①進入,入內。②介入,干預。「他人のことには~・るな」不要干涉別人的事。③深入（到核心等）。「~・った問題」深入的問題。

たちうお◎【太刀魚】 白帶魚。

たちうち◎【太刀打ち】 スル 交鋒,較量。「とても~できない」無法競爭。

たちうり◎【立ち売り】 スル 站著賣。

たちおうじょう⑤【立ち往生】 スル ①站著死。「弁慶の~」進退維谷。②拋錨,為難,發愣。「雪のため車が~する」因雪車在路上拋錨。「難問に~する」被難題給困住了。

たちおく・れる◎◎【立ち後れる】（動下一） ①晚走。②落後,遲滯。「社会資本の充実が~・れる」社會資本的充實落後。

たちおよぎ◎【立ち泳ぎ】 スル 立泳。

たちかえ・る◎◎【立ち返る】（動五） 返回,回歸,恢復。「本心に~・る」恢復本性。

たちかぜ◎【太刀風】 刀風。「~鋭く斬りかかる」刀風凌厲地砍殺。

たちかた◎【立ち方】 立方,舞蹈演員。歌舞伎、日本舞踊中站著跳舞的人。↔ 地方

たちがれ◎【立ち枯れ】 スル 枯萎。

たちき◎◎【立ち木】 ①立木。生長在地面的樹木。

たちぎえ◎【立ち消え】 ①中途自滅。②中斷,告吹,沒有下文,半途而廢。「移転の話が~になる」搬遷的話題沒有下文。

たちぎき◎【立ち聞き】 スル 駐足偷聽,站著偷聽,站著竊聽。

たちき・る◎◎【断ち切る】（動五） ①斷絕,割斷,斷開。「くされえんを~・る」斷絕孽緣。②切斷,截斷。「敵の退路を~・る」截斷敵人的退路。

たちき・る◎◎【裁ち切る】（動五） 裁開,剪斷。

たちぐい◎【立ち食い】 スル 站著吃的,立

食。「～そば屋」立食蕎麵館。

たちぐされ⓪【立ち腐れ】スル 立腐，立木腐朽，閒置毀壞。

たちくらみ⓪【立ち暗み】スル 猛然站起眼前發黑。

たちげいこ③【立ち稽古】 站著排練。

たちこ・める④（一）【立ち籠める】（動下一） 覆蓋，充滿，彌漫。「暗雲が～・める」烏雲籠罩。

たちさき⓪⓪【太刀先】 ①刀尖，刀鋒。②刀鋒，攻勢。③舌鋒，詞鋒。「～鋭く追及する」言詞鋒犀利地追究。

たちさばき⓪【太刀捌き】 刀法。

たちさ・る③【立ち去る】（動五） 起身走開，起身離去。「一礼して～・る」客氣一句後起身離去。

たちさわ・ぐ④【立ち騒ぐ】（動五） 喧鬧，喧嚷。「胸が～・ぐ」內心思潮洶湧。

たちしょうべん③【立ち小便】スル （男性）隨地小便。

たちすがた③【立ち姿】 ①立姿。②舞姿。

たちすく・む④④【立ち竦む】（動五） 嚇呆，驚呆，呆立不動。

たちせき③【立ち席】 站席，站位。

たちつく・す④⓪【立ち尽くす】（動五） 佇立當場，始終站立，站到最後。

たちどころに⓪【立ち所に】（副） 立時，立刻。

たちどま・る④⓪【立ち止まる】（動五） 站住，止步。

たちなお・る④⓪【立ち直る】（動五） 恢復原狀，復原，好轉，回升。「非行から～・る」改邪歸正。

たちなら・ぶ④④【立ち並ぶ】（動五） 排列，林立，雲集。「家が～・ぶ」房子排成一列。

たちの・く③⓪【立ち退く】（動五） ①搬出，搬遷。②撤離，走開，離開，撤退。

たちのぼ・る④⓪【立ち上る】（動五） 上升，升起，冒起。

たちば③⓪【立場】 ①立腳地。②立場，立腳點，立足點。③處境，境地。「子供

の～に立つ」站在孩子的立場。④立場，觀點。「提案の～を明らかにする」弄清提案的觀點。

たちばさみ③【裁ち鋏】 裁衣剪，裁縫剪刀。

たちはだか・る⑤⓪【立ちはだかる】（動五） ①擋道，叉開腿阻擋，擋住路。「暴漢の前に～・る」堵住歹徒的去路。②阻擋，阻礙，妨礙。「難関が～・る」有難關。

たちはたら・く⑤⓪【立ち働く】（動五） 做事勤快。「台所でかいがいしく～・く」在廚房勤快地工作。

たちばな⓪【橘】 日本柑橘。

たちはばとび③【立ち幅跳び】 立定跳遠。

たちばん⓪【立ち番】スル 站崗，放哨。

たちびな⓪【立ち雛】 立姿人偶。

たちふさが・る⑤⓪【立ち塞がる】（動五） 阻擋，堵住，攔阻。

たちまさ・る④【立ち勝る】（動五） 勝過。「他よりも～・る」勝過他人。

たちまじ・る④⓪【立ち交じる】（動五） 參加，加入，混入。

たちまち⓪【忽ち】（副） ①轉眼間，不一會兒的工夫，立刻。「～売り切れる」不一會兒的工夫就賣完了。②突然，忽然。「～起こる抗議の声」突然響起的抗議聲。

たちまわり⓪【立ち回り】 ①武打場面，武行，格鬥。②扭打，打架。「～を演ずる」演打鬥戲。

たちまわ・る④⓪【立ち回る】（動五） ①走來走去，轉來轉去。②鑽營，奔走。「うまく～・る」善於鑽營。③中途去。「犯人の～・りそうな所」犯人中途可能去的地方。

たちみ⓪⓪【立ち見】 ①立觀，站著看。②按幕站著看戲，站票席。「～席」站票席。

たちむか・う④⓪【立ち向かう】（動五） ①抗擊，反抗，迎敵，對付。「大軍に～・う」對抗大軍。②應付，對待。「難局に～・う」應付困難局面。

たちもち③【太刀持ち】 ①持刀侍從。②

持刀力士。

たちもど・る[4]【立ち戻る】（動五） 回到，返回。「原点に~・って考える」回到問題的出發點上來考慮。

たちもの[2]【断ち物】 戒斷，戒食。

たちやく[0]【立役】 主角，正派角色。

たちゆ・く[0][3]【立ち行く】（動五） 過得下去。「生活が~・かない」生活過不下去。

だちょう[0]【駝鳥】 駝鳥。

たちよみ[0]【立ち読み】スル 站著看，站著讀。

たちよ・る[0][3]【立ち寄る】（動五） ①走近，站起靠近，站起挨近。②順便到，中途去，中途落腳。「本屋に~・る」順便去書店。

たちわざ[0]【立ち技】 立技。柔道、摔角等運動中的招數。↔寝技

だちん[0]【駄賃】 跑腿錢，腳力錢。

たちんぼう[0]【立ちん坊】 一直站著。「電車の中は~だった」在電車裡一直站著。

たつ[0]【竜】 龍。

た・つ[1]【立つ】（動五） ①豎立，立著。「柱が~・つ」柱子立著。②站立，置身。「舞台に~・つ」上台演出。③離開，離去。「席を~・つ」離席；退席。④冒出，湧起，上升。「煙が~・つ」冒煙。⑤扎，刺。「とげが~・つ」扎入。刺進。⑥關。「ふすまが~・っている」隔扇門關著。⑦起，發生。「波が~・つ」起浪。⑧激動，激昂。「気が~・つ」心情激昂。⑨分明，昭然，顯眼。「人目に~・つ」引人注目。⑩有用。「役に~・つ」有用處；中用。

た・つ[1]【建つ】（動五） 建成，蓋起。「家が~・つ」蓋房子。

た・つ[1]【絶つ】（動五） ①斷絕。「交際を~・つ」斷交。②絕斷，失去聯絡。「消息を~・つ」斷絕消息。③斷念，破滅。「望みを~・たれる」希望破滅，剝奪。④斷送。「命を~・つ」斷送性命；剝奪生命。「後を~・たない」接連不斷。後繼有人。

た・つ[1]【裁つ】（動五） 裁，剪。「着物を~・つ」裁衣服。

だつ【脱】 超脫，脫離。「~工業化」後工業化。

たつい[1][2]【達意】 達意，意思通達。「~の文章」意思通達的文章。

だつい[0][1]【脱衣】スル 脫衣。↔着衣。「~室」更衣室。

だっかい[0]【脱会】スル 脫會。脫離組織。

だっかい[0]【奪回】スル 奪回，收復。

たっかん[0]【達観】スル ①達觀，超脫，看得開。「人生を~する」看得開人生；對人生抱達觀的態度。②看清，看透。

だっかん[0]【奪還】スル 奪回來。「タイトルを~する」奪回頭銜。

だっきゃく[0]【脱却】スル 拋棄，丟掉。「古い考えを~する」拋棄舊觀念。

たっきゅう[0]【卓球】 乒乓球。

だっきゅう[0]【脱臼】スル 脫臼。

ダッキング[0][1]【ducking】スル 閃躲。

タック[1]【tuck】 折縫，活褶。

ダック[1]【duck】 鴨子。「北京~」北京烤鴨。

ダッグアウト[4]【dug-out】 球員休息區。

タックス[1]【tax】 稅金，租金。

タックスフリー【tax free】 免稅。

タックスヘイブン[5]【tax haven】 免稅區，避稅天堂。

たづくり[2]【田作り】 種田，耕田，種地。

タックル[1]【tackle】スル 抱人截球，鏟球。

たっけん[0]【卓見】 卓見，卓識。

たっけん[0]【達見】 達見，達識。

だっこう[0]【脱肛】 脫肛。

だっこう[0]【脱稿】スル 完稿。

だっこく[0]【脱穀】スル 脫粒，脫穀。

だつごく[0]【脱獄】スル 越獄。「~囚」越獄囚犯。

だつサラ[0]【脱―】スル 自行創業。

たっし[0]【達し】 指示，告示，通告。「その筋からのお~」有關方面的指示。

だっしにゅう[3]【脱脂乳】 脫脂乳。

だっしふんにゅう[4]【脱脂粉乳】 脫脂奶粉。

だっしめん◎【脱脂綿】 脱脂棉。

たっしゃ①【達者】（形動） ①純熟，精通。「英語が～だ」英語純熟。②健壯，強壯。「～で暮らす」健康地生活。

だっしゅ①【奪取】スル 奪取。「大量得点を～する」取得大量分數。

ダッシュ①【dash】スル ①猛撞。「～戰法」猛擊戰術。②猛衝，飛奔。「スタート～」起跑衝刺。③破折號。「─」的符號。

だっしゅう◎【脱臭】スル 除臭，去臭，脱臭。

だっしゅつ◎【脱出】スル 脱出，逃離。「国外に～する」逃往國外。

だっしょく◎【脱色】スル 脱色。

たつじん◎【達人】 高手，好手，達人。「剣道の～」劍道達人。

だっすい◎【脱水】スル 脱水，除去水分。

たっ・する◎【達する】（動サ變）（自動詞）①到達，抵達。「目的地に～・する」到達目的地。②傳給，傳到。「社長の耳に～・する」傳到社長耳裡。③達到，精通。「名人の域に～・する」達到名人的水準。④到達一定的數值。「人口が100万に～・する」人口達到100萬。

だっ・する◎⓪【脱する】（動サ變）（自動詞）①脱離。「危機を～・する」擺脱危機。②漏掉，脱落。「名簿から名前が～・する」名冊上漏掉了名字。

たつせ◎【立つ瀬】 立足地。「～がない」無立足之地。

たっせい◎【達成】スル 達成，達到。「目標を～する」達到目標。

だつぜい◎【脱税】スル 逃税，漏税。

タッセル①【tassel】 纓，穗，綏，流蘇。

だっせん◎【脱線】スル ①出軌，脱軌。②離題，越軌。「話が～する」話離題。

だっそう◎【脱走】スル 逃跑，開小差。「～兵」逃兵。

たった◎【唯】（副） 只，僅就。「～人」只一個人。

だったい◎【脱退】スル 退出，脱離。

タッチ①【touch】スル ①碰觸，觸摸。「ノー～」不許觸摸。②觸殺。③指觸，指法。「見事を～」爛熟的指法。④

觸覺，觸感。

タッチアウト④【⓪ touch＋out】 觸殺出局。

タッチアップ⑧【⓪ touch＋up】 返回觸壘。

タッチアンドゴー⑦【touch and go】 連續起降。

タッチタイピング⑥【touch typing】 盲打。打字時不看鍵盤上的鍵。

タッチダウン④【touch down】スル 觸地得分。

タッチネット④【touch net】 觸網。

タッチパネル④【touch panel】 觸控板。

たっちゅう◎【塔頭・塔中】 〔佛〕塔頭。

だっちょう◎【脱腸】 脱腸。

タッチライン④【touch line】 邊線。

ダッチロール④【Dutch roll】 空中翻滾，8字形蛇行飛行。

ダッチワイフ④【Dutch wife】 ①性交娃娃，充氣娃娃。

たって①◎（副） 強要，硬要。「～の願い」硬要的願望。

だって①（接續） 話雖如此，可是。

だっと①【脱兎】 脱兔。「～の勢い」脱兔之勢。

たっと・い③【尊い・貴い】（形） 珍貴，寶貴，尊貴，高貴的。「～・いお方」尊貴的人。

だっとう◎【脱党】スル 脱黨，退黨。

たっと・ぶ③【尊ぶ・貴ぶ】（動五） 尊貴，尊重，尊崇，敬重。「先生を～・ぶ」尊敬老師。「自主性を～・ぶ」尊重自主性。

たづな◎【手綱】 ①繩繩。「～を引く」拉繩繩。②管制，管束。「～を引き締める」勒緊繩繩；嚴加管教。

たづなさばき◎【手綱捌き】 ①操繩，控繩。②善於用人，會驅使人。

たつのおとしご◎【竜の落とし子】 冠海馬，紅海馬，龍落子。

タッパーウェア⑧【Tupperware】 密閉食品容器。

だっぱん◎【脱藩】スル 脱藩。

だっぴ◎【脱皮】スル ①蛻皮。②轉變，破

除陳規。

たっぴつ◎【達筆】　達筆，善書，好字。

タップ①【tap】　①絲錐，螺絲模。②陷型模。③分接頭，接頭。

タップダンス④【tap dance】　踢踏舞。

たっぷり③（副）①充分，充足。「時間が~ある」時間足夠。「お金が~ある」非常有錢。②寬裕，寬鬆。「~（と）した服」寬鬆的衣服。

ダッフルコート⑤【duffle coat】　粗呢（雙排釦）大衣。

たつぶん◎【達文】　達文，優秀的文章。

だつぶん◎【脱文】　漏字，漏文，掉字。

だっぷん◎【脱糞】スル　排便。

たつべん◎【達弁】　（能言）善辯。

だつぼう◎【脱帽】スル　①脱帽。②佩服，服輸，甘拜下風。「君にはとてもかなわない。~する」實在比不過你。我服輸了。

だっぽう◎【脱法】スル　鑽法律漏洞，逃避法律，脱法。

たつまき◎【竜巻】　龍捲風。

たつみ◎【巽・辰巳】　東南。

だつもう◎【脱毛】スル　①脱毛，掉髮。②去毛，除毛。

だつらく◎【脱落】スル　①漏掉，脱落。②脱隊。「~者」脱隊者。

だつりゃく◎【奪略・奪掠】スル　掠奪，搶劫。

だつりゅう◎【脱硫】　脱硫。「~装置」脱硫装置。

だつりょく◎②【脱力】　脱力。「~感」無力感。

だつりん◎【脱輪】スル　①脱輪，掉輪。②懸輪，脱輪。車輪出路肩等。

だつろう◎【脱漏】スル　脱漏，遺漏。

たて①【盾・楯】　①盾，盾牌，擋箭牌。②後盾。「証文を~に居座る」仗著擁有契約不肯離職。

たて①②【殺陣】　武打，格鬥。「~師」武打場面設計師。

たて①【縦・竪】　①豎，縦。「地震の~揺れ」地震引起的上下震動。②縦，縦向。前後方向。「~に並ぶ」縦向排列。③上下級關係。「会社の~の関係」公司

上下級關係。

たで◎【蓼】　蓼。「~食う虫も好き好き」人各有所好。

だて①②【伊達】　①俠義，義氣。「おとこ~」男子漢義氣。②虛榮，時髦，賣弄。「~や粋狂で」賣弄或發瘋。

だて【立て】（接尾）①特意，成心，故意。「かばい~」故意庇護。②套，隻，根，匹數。「四頭~の馬車」四匹馬拉的馬車。③部，本。「3本~の映画」一次上映三部電影。

だて【建て】（接尾）①層，式。「五階~」五層樓的建築。②…支付方式。「ドル~輸出」美元支付方式出口。

たてあな◎【竪穴・縦穴】　豎坑，豎穴。↔横穴

たてあみ◎【建て網・立て網】　建網，固定網。

たていた◎【立て板】　立板，豎板。「~に水」口若懸河。

たていと◎【縦糸・経糸・経】　經紗，經線，經絲。↔横糸

たてうり◎【建て売り】　建屋出售。「~住宅」新成屋。

たておやま◎【立女形】　立女形。歌舞伎術語。

たてか・える◎④【立て替える】（動下一）　墊付。

たてか・える◎【建て替える】（動下一）　翻建，重修，重蓋。

たてがき◎【縦書き】　直寫。↔横書き

たてか・ける④◎【立て掛ける】（動下一）　豎起來，立著放，靠著豎放。「傘を壁に~・ける」把傘靠牆放。

たてがみ◎②【鬣】　鬃，鬃毛。

たてかんばん③【立て看板】　直立式招牌，立式廣告牌。

たてぎょうじ③【立て行司】　立行司。相當相撲行司最高等級的人。

たてぎょく◎【建て玉】　成交股票，成交期貨，成交貨物。

たてき・る③◎【立て切る・閉て切る】（動五）　關緊，緊閉。

たてぐ◎【建具】　隔間門窗，構件，窗扇。

たてぐみ[0]【縦組み】　直排。

たてこう[0]【縦坑・立て坑】　豎井，通風井。

たてごと[2][0]【竪琴】　豎琴。

たてこ・む[3][0]【立て込む】（動五）　①擁擠。「人で～・む」人多擁擠。②事情多，繁忙，繁密。「事務が～・む」事務繁忙。

た

たてこも・る[4][0]【立て籠る】（動五）　①閉門不出，閉居。「書斎に～・る」待在書房裡。②據守，固守。「城に～・る」固守城池。

たてし[2]【殺陣師】　武術指導。

たてしお[0]【立て塩】　稀釋鹽水。

たてじく[0][2]【縦軸】　〔數〕縱軸，縱座標軸。

たてじま[0]【縦縞・竪縞】　縱向條紋，直條花紋，直條紋。

だてじめ[0]【伊達締め】　伊達狹腰帶。

たてつ・く[1][3]【楯突く】（動五）　對抗，頂嘴，頂撞。

たてつけ[0]【建て付け】　安裝情況。「～が悪い」門窗關不緊。

たてつづけ[0]【立て続け】　接連不斷，接二連三。「～に飲む」接連不斷地喝。

たてつぼ[2]【建て坪】　建築占地面積。

たてなお・す[0][4]【立て直す】（動五）　①重作，重訂，重整。「計画を～・す」改變計畫。②重組，重整，修復，端正。「会社を～・す」重建公司。

たてなお・す[0]【建て直す】（動五）　①翻修。②重建，重造。「会社を～・す」重建公司。

たてなが[0]【縦長】　縱長。↔横長

たてなみ[0]【縦波】　縱波，壓縮波。↔横波

たてぬき[0]【経緯】　經緯。

たてね[2]【建値・立て値】　①（交易所爲買賣成交後簡便交割而制定的）標準價格，市價。②官方牌價，銀行匯率，法定匯價。③市價。

たてひざ[2]【立て膝】スル　翹二郎腿。

たてぶえ[0][2]【縦笛・竪笛】　豎笛，簫。

たてまえ[0][2]【建前】　上樑（儀式）。

たてまえ[2][3]【建前・立前】　（公開）主張，場面話。「～と本音」場面話與真心話。

だてまき[0]【伊達巻き】　伊達腰帶。

たてまし[0]【建て増し】スル　增建，擴建。

たてまつ・る[4]【奉る】（動五）　①捧上，獻上。「玉串を～・る」獻上玉串。②奉承，恭維，捧。「会長に～・ってお く」捧他當會長。

たてむすび[3]【縦結び】　十字結，反釦。

だてめがね[3]【伊達眼鏡】　裝飾眼鏡，平光眼鏡。

たてもの[2][3]【建物】　房屋，建築物。

たてやくしゃ[3]【立役者】　①主角，主要演員。②核心人物，主力，骨幹。「事件解決の～」解決事情的核心人物。

たてゆれ[0]【縦揺れ】スル　上下搖，前後顛簸。

た・てる[2]【立てる】（動下一）　①立，直立，挺立，豎起。「卵を～・てる」立雞蛋。②冒出，揚起。「湯気を～・てる」冒熱氣。③豎起。「襟を～・てる」豎起領子。④扎，抓。「とげを～・てる」扎到刺。⑤（亦寫作「閉てる」）關，閉。「戸を・～てる」關門。⑥掀起，響起，發出。「足音を～・てる」發出腳步聲。⑦激動，激昂。「目くじらを～・てる」吹毛求疵；找碴。⑧傳播，散播。「うわさを～・てる」傳播謠言。⑨燒開，燒熱。「風呂を～・てる」燒洗澡水。⑩訂定，制定。「計画を～・てる」制定計畫。

た・てる[2]【点てる】（動下一）　泡茶，點茶。「抹茶を～・てる」點沏抹茶。

たてわり[0]【縦割り】　①豎劈。②縱向分割，上下級組織。↔横割り。「～行政」上下級行政。

だてん[0]【打点】　打點。

だでん[0]【打電】スル　打電報，發電報。

たとい[2]【仮令・縦】　（副）縱令，縱然，縱使，即使。

たどう[0]【他動】　他動。由他人推動。「～的」他動的。

たどう[0]【多動】　過動。

だとう[0]【打倒】スル　打倒，推翻，打翻。「～赤組」打倒紅隊。

だとう◎【妥当】 ⁻スル 妥當。「～な意見」妥當的意見。

タトウー─【tattoo】 刺青，紋身。

たとうがみ②【畳紙】 包裝紙，懷紙。

たとえ◎◎②【譬え・喩え・例え】 ①打比方，比喻。「適切な～ではないかも知れない」也許這個比喻不合適。②例，例子。「世の～に漏れず」不出世上的常例。

たとえば②【例えば】（副） ①譬如，例如。②例如，比如說。比方說。③假如，假設，如果。「～僕が君だったら、そうはしない」假如我是你，不會那樣做。

たと・える◎【譬える・喩える】（動下一） 比喻，比方。「一生を旅に～・える」把一生比喻成旅行。

たどく◎【多読】 ⁻スル 多讀。

たどたどし・い⑤（形） ①蹣跚。②生硬，不熟練，不俐落。「～・い発音」生硬的發音。

たどりつ・く◎◎◎【辿り着く】（動五） ①好不容易走到，掙扎著走到。「山小屋に～・く」好不容易才走到山上的小屋。②摸索找到，終於得出。「結論に～・く」終於得出結論。

たど・る②◎【辿る】（動五） ①邊走邊找，摸索著走。「地図を～・って歩く」靠地圖前進。②追蹤，跟蹤，追尋。「犯人の足取りを～・る」追尋罪犯的行蹤。③順著，查明。「文脈を～・りながら読む」順著前後文邏輯關係讀。④日益走向，步入。「悲しい運命を～・る」走向悲慘的命運。⑤探索，尋求，追尋。「記憶を～・る」追憶；回想。

たどん◎【炭団】 ①煤球，炭團。②炭團。相撲比賽中黑星的俗稱。

たな◎【店】 ①店。②櫃上，東家。③租房，借房。「～子」租房人；房客。

たな◎【棚】 ①隔板。②魚的游泳層。「～を探る」尋找魚的游泳層。

たなあげ◎【棚上げ】 ⁻スル ①擱置，暫不處理。「問題を～にする」暫不處理問題。②敬而遠之，不予重視，架空。

たなおろし◎◎【棚卸し・店卸し】 ⁻スル ①

盤存，存貨盤點，現貨清點。②專挑毛病，批評缺點。

たなこ◎【店子】 房客，租屋人。↔大家<ruby>大<rt>おお</rt></ruby><ruby>家<rt>や</rt></ruby>

たなご◎【鱮】 鱊魚。

たなごころ③【掌】 掌，掌心，手掌。

たなざらえ④【棚浚え】 ⁻スル 清倉拍賣。

たなざらし◎◎【店晒し】 ①滯銷。②擱置。

たなだ◎【棚田】 梯田。

タナトロジー④【thanatology】 死亡學。

たなばた◎【七夕・棚機】 七夕，七夕節，乞巧節。

たなび・く◎【棚引く】（動五） 繚繞，飄蕩，拖長。「山にかすみが～・く」山中彩霞繚繞。

たなん◎◎【多難】 多難，多災。「前途～」前途多難。

たに◎【谷・渓・谿】 ①谷，溪谷，山澗，山谷，山溝。②天溝，溝槽。「気圧の～」氣壓槽。

だに◎【壁蝨】 ①壁虱，蜱蟎。②地痞流氓。「町の～」街上的地痞流氓。

たにあい◎【谷間】 峽谷，溪谷，山澗。

たにあし◎【谷足】 谷腳，下方腳。↔山足

たにかぜ◎【谷風】 谷風。↔山風

たにがわ◎【谷川】 山溪，山谷河流。

たにく◎【多肉】 多肉，肉質。

たにし◎【田螺】 錘田螺，田螺。

たにそこ◎【谷底】 谷底。

たにふところ⑤【谷懐】 山坳。

たにま◎【谷間】 峽谷，山澗，溪谷。

たにまち②◎【谷町】 贊助者。相撲界裡指後援者。

たにわたり④【谷渡り】 渡谷。「鶯の～」黃鶯飛越山谷的鳴聲。

たにん◎【他人】 ①他人，別人。②他人，外人。「赤の～」毫無血緣關係的人。③局外人，旁人。

たにんぎょうぎ④【他人行儀】 多禮，太客氣。「～に話す」話說得見外。

たにんどんぶり④【他人丼】 非雞肉蓋飯。

たぬき②【狸・貍】 ①貉，狸貓。②騙

子，滑頭。「～じじい」狡猾的老頭子。③假寐，裝睡。「～をきめこむ」佯裝睡覺。

たぬきねいり[4]【狸寝入り】スル　裝睡，假寐。

たぬきばやし[4]【狸囃子】　貉子鼓腹。

たね[1]【種】　①種，籽。②種。「～がいい」品種優良。③種子，子孫。「～を宿す」懷孕。④起因，根源。「なやみの～」煩惱的原因。⑤原材料，主料。「おでん～」雜燴菜的原材料。⑥原材料，重要素材。「新聞～」新聞素材。⑦基礎，看家本領。「飯の～」賴以吃飯的本事。

たねあかし[3]【種明かし】スル　揭密，亮底牌。

たねいた[0]【種板】　（照相的）原底片，底版。

たねいも[0]【種芋】　種芋，種薯。

たねうし[0][2]【種牛】　種牛。

たねうま[0][2]【種馬】　種馬。

たねがしま[3]【種子島】　種子島槍。火繩槍的異名。

たねぎれ[0]【種切れ】スル　材料斷絕。「話が～になる」沒有了話題。

たねちがい[3]【種違い・胤違い】　異父同母。→腹違い

たねつけ[0][4]【種付け】スル　配種。

たねび[2]【種火】　火種。

たねほん[0]【種本】　藍本。

たねまき[2]【種蒔き】スル　播種。

たねもの[2]【種物】　①植物的種子。②湯麵主配料。

たねもみ[2]【種籾】　稻種。

たねん[0]【他年】　以後，將來。「～に期す」以期他年。

たねん[0]【他念】　他念。「～がない」無他念。

たねん[0]【多年】　多年。

たねんせいしょくぶつ[7]【多年生植物】　多年生植物。

たねんそう[0]【多年草】　多年生草本。

たのう[0]【多能】　①多能，多才。「多芸～」多才多藝。②多功能，萬能。「～工作機械」萬能工作機。

たのし・い[3]【楽しい】（形）　快樂，高興。「～・い大学生活」快樂的大學生活。

たのし・む[3]【楽しむ】（動五）　①快樂，享受，欣賞。「俳句を～・む」欣賞俳句。②以…爲消遣，使快活。「ピアノを～・む」以彈琴爲樂。③期待，盼望，喜盼。「娘の成長を～・む」期待女兒長大。

たのみ[1][3]【頼み】　①請求，懇求。「～をきく」詢問有什麼要求。②依靠，信賴。「応援を～にする」依靠援助。

たのみのつな[1]【頼みの綱】　希望之綱。

たの・む[2]【頼む】（動五）　①請求，懇求，囑託。「頭を下げて～・む」俯首請求。②拜託，委託。「運送屋を～・む」委託運輸行。③指望，依靠，依賴。「一家の柱と～・む父」全家人依靠的父親。

たのもし・い[4]【頼もしい】（形）　可靠，靠得住，可指望。「～・い人」可靠的人。

たのもしこう[0][4]【頼母子講】　互助會。

たば[1]【束・把】　[1]把，束，捆。「花～」花束。[2]（接尾）束，把，捆。「1～」一束。

だは[1]【打破】スル　打破，破除。「悪習を～する」破除惡習。

だば[1]【駄馬】　①馱馬，役馬。②駑馬，劣馬。

たばい[0]【多売】スル　多賣，多銷。「薄利～」薄利多銷。

タバコ[0]【葡 tabaco】　①紅花煙草，煙草。②香煙，煙葉。

タバコせん[0][3]【一銭】　買煙錢。

タバコぼん[3]【一盆】　煙盤，煙匣。

たばさ・む[3]【手挟む】（動五）　夾著，夾拿。「弓矢を～・む」夾著弓箭。

タバスコ[2]【西 Tabasco】　塔巴斯辣醬油。

たはた[1]【田畑】　田地，耕地。

たはつ[0]【多発】スル　①多次發生。「事故が～する」事故多發。②多部發動機，多引擎。「～機」多引擎飛機。

たばね[3][0]【束ね】　①捆，束。②率，統

治，治理（人）。「村の～」村子的治理。

たば・ねる[3]【束ねる】（動下一） ①捆，紮，包，束。「花を～・ねる」包花。②統領，統帶。「若い人を～・ねていく役」統領年輕人的工作。

たび[2]【度】 [1]①度，次，回。「この～はおめでとうございます」祝賀您。②每逢，每當。「見る～に思い出す」每當看到便會想起。③次數，回數。「～重なる」屢次。[2]（接尾）次，回，度。「いく～」好幾次。

たび[2]【旅】 旅行，遠行，出門。

タピオカ[0]【tapioca】 樹薯澱粉。

たびかさな・る[0][5]【度重なる】（動五） 反覆，屢次，再三，接二連三。「悪い事が～・る」壞事接二連三地發生。

たびがらす[3]【旅烏】 ①流浪者。②外鄉佬。

たびげいにん[3]【旅芸人】 流動藝人。

たびごころ[3]【旅心】 ①旅懷，旅心。②旅興。

たびさき[0][4]【旅先】 旅行（目的）地，旅行途中。

たびじ[0][2]【旅路】 旅程，旅途。「三日の～」三天的旅程。

たびじたく[3]【旅支度】スル 旅行準備。

たびすがた[3]【旅姿】 旅姿，旅裝。

たび・する[3]【旅する】（動サ變） 旅行。「辺地を～する」在偏遠地方旅行。

たびだ・つ[3]【旅立つ】（動五） ①起身，啓程，動身。「アメリカに～・つ」啓程去美國。②（喻）死亡。「冥土に～・つ」赴黃泉。

たびたび[0]【度度】（副） 屢次，屢屢。「～注意される」屢次受到提醒（警告）。

たびどり[2]【旅鳥】 旅鳥。→渡り鳥

たびね[0]【旅寝】スル 旅途住宿。

たびはだし[3]【足袋跣】 只穿布襪子（走路）。「～で飛び出す」只穿著襪子就跑出去。

たびびと[0]【旅人】 旅客，旅行者，遊人。

たびまくら[3]【旅枕】 旅途住宿。

たびまわり[3]【旅回り】 到處旅行。「～の一座」巡迴演出的劇團。

たびょう[0]【多病】 多病。「才子～」才子多病。

たびらこ[0]【田平子】 稻槎菜。

ダビング[0]【dubbing】スル ①複製，翻錄。②混合錄音。

タフ[1]【tough】（形動） 頑強，堅韌，不屈。

タブ[1]【tab】 ①〔tabulation之略〕製表，列表。②垂片，袖飾。

タブ[1]【tub】 浴盆，浴缸。「バス-～」澡盆。

だふ[1]【懦夫】 懦夫。

ダフ[1]【duff】 未擊中，揮桿落空。

タフィー[1]【taffy】 太妃糖。

タブー[1][2]【taboo】 忌諱，避諱，禁忌。「彼の前では、その話は～だ」在他面前不能說那話。

タフガイ[2]【[和]tough＋guy】 硬漢。

たぶさ[1]【髻】 髻，頂髻。

タフタ[1]【taffeta】 塔夫綢。

だぶつ・く[0]（動五） ①蕩漾，晃蕩。「桶の水が～・く」桶裡的水蕩漾。②寬裕，過剩，充斥，過多。「商品が～・く」商品過剩。

タフネス[1]【toughness】 堅強，頑強，不屈不撓。

たぶのき[1]【椨】 紅楠。

だふや[2]【だふ屋】 賣黃牛票的人。

たぶらか・す[4]【誑かす】（動五） 誆騙。「人を～・す」誆騙人。

ダブ・る[2]（動五） ①重疊。呈雙重，重複。「日曜と祭日が～・る」星期天和節日重疊在同一天。②（棒球）雙殺。

ダブル[1]【double】 ①指「雙重、雙層、二倍」等意。②雙份。③雙人間。④雙打。

ダブルインカム[4]【double income】 雙重收入。

ダブルキャスト[4]【double casting】 AB角。

ダブルス[1]【doubles】 雙打。↔シングルス

ダブルスコア[5]【double score】 雙倍分。

ダブルスタンダード⓪【double standard】 雙重標準，雙重基準。

ダブルはば⓪【─幅】 雙幅。西服料中，爲單幅2倍的幅寬，約1.4m。

ダブルパンチ⑤【double punch】 ①連擊。②雙重（沉重）打擊。「落第と失恋の～」落榜和失戀的雙重打擊。

ダブルブッキング⑥【double-booking】 接受雙重預約，接受超額預約。

ダブルプレー⑤⑥【double play】 雙殺。

ダブルベッド④【double bed】 雙人床。

ダブルボギー⑤【double bogey】 超兩擊，超兩桿。

タブレット⓪【tablet】 ①藥片，片劑。②通票。

タブロイド③【tabloid】 對開。

タブロー②【法 tableau】 ①完成作品，定稿作品。↔エチュード。②繪畫作品。

たぶん⓪【他聞】 別人聽見。「～を憚る」怕別人聽見。

たぶん①【多分】 ①①大量，厚重。「～の寄付」大量的捐助。②很多，相當多。「～に疑わしい」相當可疑。②（副）恐怕，或許。「明日は～晴れるだろう」明天大概放晴吧。

だぶん⓪【駄文】 拙文。

たべあわせ⓪【食べ合わせ】 合吃，同時吃。

たべかす⓪【食べ滓】 食物殘渣。

たべごろ⓪①【食べ頃】 好吃時節。

たべざかり③⓪【食べ盛り】 食欲旺盛，正能吃（的孩子）。

たべすぎ⓪【食べ過ぎ】 吃過量。

たべずぎらい⓪【食べず嫌い】 沒嘗就厭惡的。

タペストリー③【tapestry】 掛毯。

たべつ・ける④【食べ付ける】 （動下一） 吃慣。「～・けない御馳走」吃不慣的宴席菜。

たべで⓪【食べ出】 有份量。「～のある料理」有份量的菜。

たべもの③②【食べ物】 食品，食物。

た・べる②【食べる】 （動下一） ①吃。②維持生計，生活，過日子。「この収入

では～・べっけない」靠這點收入無法生活下去。

だべ・る②【駄弁る】 （動五） 閒聊，閒扯，聊天。「喫茶店で～・る」在茶館閒聊。

たべん⓪【多弁】 愛說話，能說善道。

だべん⓪【駄弁】 瞎聊，胡扯。

たぼ⓪【髱】 髮包。

たほ①【拿捕】 スル 捕獲，緝捕。

たほう②【他方】 ①其他方面。另一方。「～の言い分けも聞く」也聽其他方面的說法。②（副）另一方面。

たほう⓪【多忙】 百忙，多忙。「～をきわめる」極忙；特別忙。

だほう⓪【打法】 打法。

だぼう⓪【打棒】 揮棒。「～がふるう」揮棒出色。

たほうとう③【多宝塔】 多寶塔。

たほうめん③【多方面】 多方面。「～な知識」多方面的知識。

だぼく⓪【打撲】 スル 打，跌打。「全身で重体」因遍體鱗傷而垂危。

だぼくしょう⓪③【打撲傷】 撞傷，跌傷。

だぼシャツ⓪ 蝙蝠衫。

だぼはぜ⓪【だぼ鯊】 蝦虎魚。

だぼら⓪【駄法螺】 吹牛，說大話。「～を吹く」吹牛。

だほん⓪【駄本】 無聊書。

たま②【玉】 ①球。「毛糸の～」毛線球。②珠，泡泡。「～の汗」豆大的汗珠。③（眼鏡等的）鏡片，透鏡。「～がくもる」鏡片模糊。④算珠。「～を置く」撥算珠。⑤睾丸。⑥玉，玉石。「～をちりばめる」鑲寶石。⑦明珠。「掌中の～」掌上明珠。⑧女性，藝伎，妓女。「上～」美人；漂亮藝伎。

たま②【球】 ①（打棒球、高爾夫球、撞球等用的）球。②電燈泡。「～をとりかえる」換燈泡。

たま②【弾】 ①彈，子彈，槍彈，炮彈。「ピストルの～」手槍的子彈。②（訂書機的）訂書釘。

たま⓪【偶・適】 偶然，偶爾。「～の機会」偶然的機會。

たま⓪【魂・霊】 靈魂。

たまあし⓪【球足】 球速，球飛行距離。「～がはやい」球速快。

たまいし⓪【玉石】 卵石。

たまいれ⓪【玉入れ】 投球賽。

たま・う②【給う】 （動五） 男性對同輩、晚輩或部下略帶敬意或表示親切時使用的補助動詞。多以命令形「たまえ」的形式出現，表示命令。「これを見～・え」請看這個。「あまり悲しみ～・うな」別太悲傷。

たまおくり⓪【霊送り・魂送り】スル 送靈，送魂。

たまがき⓪【玉垣】 玉垣，玉欄。

だまか・す【騙かす】 （動五） 欺騙。

たまぐし⓪【玉串】 玉串。

たまくら⓪【手枕】 手枕。曲肱爲枕。

だまくらか・す（動五）矇騙。

たま・げる⓪【魂消る】 （動下一） 魂飛膽顫。「あっと～・げる」「啊」地嚇了一大跳。

たまご②【卵・玉子】 ①卵，蛋。②雞蛋。③未成熟，未出茅廬。「医者の～」實習醫生。④雛型，生成階段。「台風の～」颱風的形成期。

たまごいろ⓪【卵色】 蛋黃色，淡黃色。

たまごがた⓪【卵形】 卵形。「～の顔」鵝蛋臉。

たまござけ⓪【卵酒】 蛋酒。

たまごとじ⓪【卵綴じ】 蛋花湯。

たまごやき⓪【卵焼き】 煎蛋。

たまさか⓪②【偶さか】 （副） ①偶遇，巧遇。「～友人に会った」巧遇朋友。②偶爾。「～おとずれる人もいる」也有偶爾來的人。

たましい③【魂】 ①魂魄。②氣力，氣魄，精神，心魂。「～を込めた作品」嘔心瀝血之作。③魂。「大和魂（だましい）」大和魂。

だましうち⓪③【騙し打ち】 暗算，陷害。

たまじゃり⓪②【玉砂利】 粗礫石，鵝卵石。

だま・す②【騙す】 （動五） ①騙，誆騙，欺騙。「人を～・す」騙人。②哄。「泣く子を～・す」哄孩子別哭。③將就著，湊合著。「～・し～・しボロ車を運転する」將就著駕駛破車。

たまずさ②【玉梓・玉章】 華翰，玉章。「雁の～」雁帛。

たますだれ③【球簾】 蔥蘭，玉簾。

たまたま⓪【偶】 （副） ①碰巧，偶然。「～彼と出合った」偶然碰到了。②偶爾。「～見かける」偶爾看到的人。

たまつき②④【玉突き】 ①撞球。②連續相撞。「～事故」連環車禍。

たまてばこ③【玉手箱】 ①玉匣。②秘匣。

たまな⓪【玉菜】 捲心菜的別稱。

たまに⓪【偶に】 （連語）偶爾。「～食べる果物」偶爾吃到的水果。

たまねぎ③【玉葱】 洋蔥。

たまのお③【玉の緒】 ①串珠繩。②魂索，性命繩。

たまのこし⓪④【玉の輿】 玉輿，貴婦身分。「～に乗る」當上貴婦人。

たまのり⓪【球乗り・玉乗り】 踩大球。

たまのれん③【珠暖簾】 珠子串成的字型簾。

たまひろい③【球拾い】 撿球，球童。

たままつり③【魂祭り】 祭祖靈（儀式），祭靈。

たまむかえ③【霊迎え・魂迎え】 迎靈，迎靈儀式。

たまむし②【玉虫】 彩豔吉丁蟲。

たまむしいろ⓪【玉虫色】 ①閃光色，彩虹色。②彩虹式。「～の改革案」彩虹式的改革案。

たまもの⓪④【賜・賜物】 ①賜物。「自然の～」自然的恩賜。②賞賜，賞物。「神様からの～」神靈所賜。③（好）結果。「努力の～」努力的結果。

たまゆら⓪【玉響】 暫時。一小會兒時間。

たまよけ⓪④【弾除け】 防彈。

たまらない⓪【堪らない】 （連語） 忍受不了，難以忍受。不能忍受，難耐。「暑くては～」熱得受不了。「腹がへって～」肚子餓得要命；餓得慌。

たまり⓪【溜まり】 ①休息處。②味噌醬

汁。

たまりか・ねる⓪【堪り兼ねる】（動下一） 忍受不住，難以容忍。「～ねて泣き出す」忍不住哭了起來。

だまりこく・る④【黙りこくる】（動五） 一聲不吭，默不作聲。

だまりこ・む④【黙り込む】（動五） 緘默，保持沉默。

たまりじょうゆ⑤【溜まり醤油】 大豆醬油。

たま・る⓪【堪る】（動五） 忍耐，忍受。「これぐらいで泣いて～・るものか」這點小事就哭，怎麼可以呢。

たま・る⓪【溜まる】（動五） ①積存，堆積。「地面に雨水が～・る」地面積有雨水。②積攢，蓄積。「お金が～・る」攢下錢。③拖欠。「家賃が２か月分～・る」拖欠了兩個月的房租。④積壓。「宿題が～・る」作業積壓。

だま・る⓪【黙る】（動五） 不作聲，沉默不語。「～・れ」住口！

たまわ・る③【賜る・給わる】（動五） 拜領。「もらう」的謙遜語。「ごほうびを～・る」得到獎品。

たみ①【民】 人民，百姓。「流浪の～」流民。

ダミー①【dummy】 ①替身假人。②人體模型。

たみぐさ⓪②【民草】 草民。

だみごえ⓪③【濁声】 ①沙啞聲，濁聲（濁氣）。②方音。帶有鄉音的口音。

だみん⓪【惰眠】 ①睡懶覺。②無所事事，虛度光陰。「～をむさぼる」遊手好閒。

ダム①【dam】 水壩，攔河壩。

たむけ⓪【手向け】 ①供奉，供品。「～の花」上供的花。②臨別贈物。「～の言葉」臨別贈言。

たむ・ける③【手向ける】（動下一） ①供，上供，供獻。「墓に花を～・ける」向墓地獻花。②餞別，臨別贈物。

ダムサイト①【damsite】 壩址。

たむし⓪⓪【田虫】 金錢癬。

タムタム①【tamtam】 鑼。

ダムダムだん⑤【一弾】 達姆彈。

たむろ・する⓪【屯する】（動サ變） 聚集，屯集。「学生が三三五五～・している」學生三三兩兩聚在一起。

ため②【為】 ①有益，有用。「～になる本」有益的書。②由於，因為。「事故の～におくれる」因為事故遲到。③為了。「入学する～には勉強することだ」為了入學就要用功。

ため⓪【溜】 ①聚積力量，蓄積力量。「腰の～がきかない」腰使不上力。②糞坑，糞堆。

だめ②【駄目】 ①（圍棋）空眼，單官。②注意事項，指出毛病，提醒。「～を出す」指出毛病。③白費，無用，徒勞。「どうやっても～だ」怎麼做也白費。④不行，不可以。「投げては～だ」不可扔。⑤辦不到，不會。「この問題はむずかしくて～だ」這問題太難答不出來。⑥沒用處，失去作用。「かばんが～になる」包包壞了。

ためいき③【溜め息】 嘆氣。「～をつく」嘆氣；唉聲嘆氣。

ためいけ⓪【溜め池】 貯水池，蓄水池，池塘。

ダメージ②【damage】 損害，重創。

だめおし⓪【駄目押し】ｽﾙ 叮嚀，一再叮囑，再次確認。

ためがき⓪【為書き】 贈言，贈詩，題款。

ためこ・む③【溜め込む】（動五） 積攢，攢下。「小金ﾞﾁを～・む」積攢零錢。

ためし③【試し・験し】 試驗，嘗試。「ものは～」事物需要嘗試。

ため・す②【試す】（動五） 試，試試，試驗。「能力を～・す」試試能力。

ためつすがめつ①【矯めつ眇めつ】（連語） 仔細端詳。

ために⓪【為に】（接續） 因此。

ためらいきず⓪【躊躇い傷】 猶豫傷。用利刃等自殺而未致死，身體上留下的傷。

ためら・う③【躊躇う】（動五） 躊躇，猶豫。「話すのを～・う」說話猶猶豫豫。

た・める⓪【溜める】（動下一）①積，蓄，積存。「目に涙を～・める」淚汪汪。②存，積攢。「お金を～・める」攢錢。③過期不繳，拖欠。「家賃を～・める」拖欠房租。④積，積壓。「宿題を～・める」積壓作業。

た・める⓪【矯める】（動下一）①矯，矯正。「枝を～・める」矯枝。②改正。「悪習を～・める」改掉惡習。

ためん⓪①【他面】其他方面，另一方面。

ためん⓪【多面】多面，多方面。

たも⓪【攩網】小撈網。

たもあみ⓪②【攩網】小撈網。

ダモイ①【俄 domoi】回國，返鄉，歸鄉。

たもう①【多毛】多毛。

たもうさく②【多毛作】多作，一年多作。

たもくてき②【多目的】多目的，多功能。「～ホール」多功能廳。

たもくてきダム⑥【多目的―】多功能壩，綜合性大壩。

ダモクレスのけん⓪【―の剣】達摩克利斯之劍。繁榮中也常伴隨著危險之意。

たも・つ②【保つ】（動五）①保持。「健康を～・つ」保持健康。②維持，維護。「平和が～・たれる」和平得以維持。③保住。「命を～・つ」保命。

たもと⓪【袂】①袂，袖兜。和服袖子自袖縫起下面下垂的部分。②旁邊，畔。「橋の～」橋畔。

だもの⓪【駄物】次品，劣等貨。

たや・す⓪【絶やす】（動五）①滅絕，根絕，消滅；斬草除根。「子孫を～・す」使斷子絕孫；斬草除根。②絕滅，斷絕，清除。「害虫を～・す」消滅害蟲。

たやす・い⓪③【容易い】（形）容易，不難，簡便。「～・い仕事」容易的工作。

たゆう①【大夫・太夫】①大夫，太夫。能樂扮演仕手方（主角）的觀世、金春、寶生、金剛各流派家元的稱號。②大夫，太夫。江戶吉原等官許的妓院區對最高等級妓女的稱呼。

たゆた・う③【揺蕩う】（動五）①搖蕩，漂蕩。「～・う小舟」漂浮的小船。②猶豫，躊躇，游移。

たゆみな・い④【弛みない】（形）不鬆弛，不懈。「～・い努力」不懈怠地努力。

たゆ・む②【弛む】（動五）鬆懈，鬆弛。「～・まぬ努力」不懈的努力。

たよう⓪【他用】①他事，其他事情。②別的用途，他用。

たよう⓪【多用】スル①事多，繁忙。「ご～中、恐縮ですが」在您百忙中麻煩您，實在抱歉。②多用。「漢字を～する」大量使用漢字。

たよう⓪【多様】多樣，各式各樣。「多種～」多種多樣。

たより①【便り】スル消息，音信，信。「～が来る」來信。

たより⓪【頼り】①依賴，依仗，借助。「夫を～にする」依靠丈夫。②門路，後門，關係。「～を求めて就職する」託關係就業。

たよりがい④【頼り甲斐】可依靠，靠得住，值得信賴。「～のない男」不可信賴的男人。

たよりな・い④【頼り無い】（形）①沒把握，不可靠，不可信。「～・い人間」不可靠的人。②靠不住。「～・い話」無法相信的話。

たよ・る⓪【頼る】（動五）①依賴，仰仗。「親に～・る」依賴父母。②投靠，找門路。「おじを～・って東京に出る」靠叔叔去東京。

たら①【鱈・大口魚】鱈魚。

たらい⓪【盥】盥，盆。「金～」金盆。

ダライラマ④【Dalai Lama】達賴喇嘛。

だらかん⓪【だら幹】工賊，墮落幹部。

だらく⓪【堕落】スル墮落。「～した生活」墮落的生活。

だらけ（接尾）①滿是，到處。「紙くず～の部屋」淨是紙屑的房間。②淨是，全是。「どろ～」淨是泥。

だら・ける④③（動下一）衣冠不正，散漫，懶散，零亂，邋遢。「休みが続くと、生活が～・ける」長時間休息，生

活就變得散漫。

たらこ回【鱈子】 鱈魚子。

だらし （後接否定）嚴謹，規矩，整齊。「～がない」不整齊。

たらしこ・む回【誑し込む】（動五）誘騙，哄騙，勾引。「娘を～・む」哄騙少女。

だらしな・い回（形）①不嚴謹，不整齊，不檢點，失態，邋遢，散漫。「～・い服裝」邋遢的衣服。②無度的，失態的。「金錢に～・い」花錢無度。

たら・す回【垂らす】（動五）①垂，滴，淌。「よだれを～・す」流口水。②垂，吊，拖。「釣り糸を～・す」垂下釣絲；垂釣。

タラソテラピー回【thalassotherapy】 海洋療法。

タラップ回①【葡 trap】 舷梯，扶梯。

だらに回回【陀羅尼】〔佛〕陀羅尼。→真言

たらのき回【楤の木】 楤木。

たらばがに回【鱈場蟹・多羅波蟹】 帝王蟹，鱈場蟹。

たらふく回回【鱈腹】（副）吃飽，喝足。「～食う」吃得飽飽的。

だらりのおび⑤【だらりの帯】 長垂繫帶。

タランテラ回【義 tarantella】 塔蘭台拉舞曲，塔蘭台拉舞。

ダリア回【dahlia】 大麗花。

たりかつよう回【タリ活用】「タリ」活用。

たりき回【他力】〔佛〕他力。↔自力

たりきほんがん回【他力本願】①〔佛〕他力本願。↔自力本願。②依靠外力，靠別人。

たりつ回【他律】 他律，不能自律。↔自律。「～的態度」不能自律的態度。

だりつ回【打率】 打擊率。

タリフ回【tariff】 關稅，關稅率，關稅表。

たりゅう回【他流】 別派，異派。

たりょう回【多量】 大量，多量。↔少量

だりょく回【打力】 打擊率。

た・りる回【足りる】（動上一）①充

足，夠，充分。「認識が～・りない」認識不夠。②足夠，將就。「用が～・りる」可以湊合。③足以，值得。「信賴するに～・りる人物」值得信賴的人。

たる回【樽】 木桶，樽。「漬物～」醬菜桶。

た・る回【足る】（動五）①足，充分，夠。「1000 円～・らない」不足 1000 日圓。②值得，足以。「語るに～・る人物」值得一提的人。③滿足。「～・るを知る」知足。

ダル回【dull】（形動）①呆笨，倦怠。「～な気持ち」倦怠的情緒。②無聊，不精彩，沒興趣。「～な試合運び」不精彩的比賽階段。

だる・い回【怠い・懈い】（形）懶倦，慵懶。「体が～・い」渾身無力。

たるがき回回【樽柿】 樽柿。把澀柿子裝入空酒桶裡，利用殘留在桶裡的酒精成分除澀並使之變甜的柿子。

たるき回【垂木・椽】 椽，椽子。

タルク回【talc】①滑石。②滑石粉。

たるざけ回【樽酒】 桶裝酒。

タルタル回【Tartar】 塔塔醬，韃靼醬。

タルタルステーキ回【tartar steak】 韃靼牛排。

タルタルソース⑤【tartar sauce】 塔塔醬。

タルト回【法 tarte】 柚子夾心蛋捲。

タルトレット回【法 tartelette】 一人份果料派。

だるま回【達磨】①〔梵 Bodhi-dharma 菩提達磨〕達摩。②達摩不倒翁。

だるまストーブ⑥【達磨一】 圓火爐。

たる・む回【弛む】（動五）①鬆弛。「目の皮が～・む」眼皮鬆了。睏了。②鬆懈，放鬆。「少し～・んでいるぞ」你有點精神不振啊。

ダルメシアン回【Dalmatian】 大麥町犬。

たれ回【垂れ】①下垂，下垂的東西。②垂簾。③佐料汁，調料汁。④漢字構成部分的名稱，例如「广（广字邊）」「厂（厂字邊）」和「疒（疒字邊）」等。

たれ回【誰】（代）誰。「～か故郷を思

わざる」誰能不思故鄉！

だれ@【誰】（代）誰。「あの人~」那人是誰。

だれか@【誰か】（連語）誰，某人，有人。「~手伝ってくれ」誰來幫個忙。

だれかれ@【誰彼】（代）誰和誰，某人和某人。「~の区別なく接する」不論是誰都同樣對待。

だれぎみ@【だれ気味】①疲軟，有所鬆懈，不太緊張。「試合が~になる」比賽不太緊張。②疲軟。

たれこ・む@【垂れ込む】（動五）告密。「警察に~・む」向警察告密。

たれこ・める@@【垂れ籠める】（動下一）低垂籠罩，密布。「暗雲が~・める」烏雲籠罩。

たれさが・る@【垂れ下がる】（動五）下垂，低垂。「旗が~・っている」旗子低垂著。

だれそれ@【誰某】（代）誰，某人，某某。

たれながし@【垂れ流し】スル ①大小便失禁。②隨地排污，隨地排放。「~公害」隨地排污公害。

たれまく@【垂れ幕】垂幕。

たれめ@【垂れ目】三角眼。

た・れる②【垂れる】（動下一）①滴，垂，流。「しずくが~・れる」滴水。②耷拉，懸垂，垂。「犬が舌を~・れる」狗垂著舌頭。③垂下，懸掛。「釣り糸を~・れる」垂下釣絲。④拉，撒，放。「糞を~・れる」拉屎；解大便。⑤給部下、晩輩以教訓或做出榜樣。「範を~・れる」垂範。

タレント@@【talent】①才能，才幹，本事。②演員，演藝人員。

タロいも@【─芋】〔taro〕芋頭。

たろう①【太郎】①太郎。日本人對長子的稱呼。「八幡~義家」八幡太郎義家。②添加在最優秀的、最大的東西下的詞語。「坂東~（=利根川）」坂東太郎（=利根川）。

タロットカード@【tarot card】塔羅牌。

タワー①【tower】塔。「東京~」東京塔。

たわいな・い@@【たわい無い】（形）①天真。「~・く言いくるめられる」被當成孩子哄。②一下子，輕而易舉。「~・く勝負がついた」很快出了勝負。③不足取，不得要領。「~・い話」無聊的話題。④不省人事。「~・く眠っている」昏睡。

たわけ@【戲け・白痴】①胡鬧，幹蠢事。②蠢才，混蛋。「~め」白癡。

たわ・ける@【戲ける】（動下一）胡鬧，瞎鬧，幹蠢事。「~・けた話」蠢話；胡說八道的話。

たわごと@【戲言】戲言，蠢話。

たわし@【束子】刷帚。

たわ・む@【撓む】（動五）撓，彎曲。

たわむれ@@【戲れ】戲耍，玩耍嬉戲，戲謔。「~に詠んだ歌」嬉戲中吟詠的歌。

たわむ・れる@【戲れる】（動下一）①嬉戲，玩耍。「子犬と~・れる」和小狗玩耍。②開玩笑，嘲弄。「~・れて言う」戲言。③調戲，調情，挑逗。

たわ・める@【撓める】（動下一）使彎曲，弄彎。「木の枝を~・める」弄彎樹枝。

たわら@【俵】稻草包，草袋。「~に詰める」裝稻草包。

たわわ@【撓わ】（形動）彎曲，撓，壓彎。「枝も~に実がなる」果實結得都壓彎了枝頭。

たん①【反・段】①（日）反，段。土地面積單位。②反，段，匹。布帛單位。

たん①【単】①「単試合」之略。②「単勝式」之略。

たん①【短】缺點，短處。↔長。「~を補う」補短。

たん①【嘆・歎】嘆息，嘆氣。「亡羊の~」亡羊之嘆。

たん①【痰】痰。

たん①【端】事情的開頭。「~を発する」開頭。

だん@@【団】團體。

だん①【段】①臺階，梯級。「~を上がる」上樓梯。②段，層，節。「寝台車の上の~」臥鋪車的上層。③等級，檔

次。「上の~に進む」上升一個等級；升級。④文章的段落。⑤場面，局面。「いざという~になると尻込みする」一到緊要關頭便畏縮不前。⑥書信、文件中多指前述的內容。「失礼の~お許し下さい」失禮之處尚請原諒。

だん①【断】　決定事情。「~を下す」下決斷。

だん①【暖】　溫暖。「~を取る」取暖。

だん①【壇】　壇，台，臺子。「~に上る」上台。登台。

たんい①【単位】　①單位。計量長度、質量、時間等標準量的名稱。②單位。團體、組織等。「クラス~」班級單位。③學分。「~をとる」取得學分。

だんい①【段位】　段位。

たんいかぶせいど⑥【単位株制度】　單位股制度。

たんいくみあい④【単位組合】　單位工會，單位組合。

たんいせいしょく④【単為生殖】　單性生殖，孤雌生殖。

たんいつ①【単一】　①一個，單獨。「~の民族」單一民族。②只有一種東西，沒有其他攙雜物。「~経済」單一經濟。

だんいん①【団員】　團員。「消防~」消防隊員。

だんう①【弾雨】　彈雨。「砲煙~」槍林彈雨。

たんおん①【単音】　單音。

たんおん①【短音】　短音。↔長音

たんおんかい①【短音階】　小音階，短音階。

たんか①【担架】　擔架。

たんか①【単価】　單價。

たんか①【炭化】　スル　碳化。

たんか①【啖呵】　凌厲言詞。「~を切る」說得淋漓盡致；痛罵一番。

たんか①【短歌】　短歌。↔長歌

だんか①【檀家】　檀家。

タンカー①【tanker】　油輪，運油船。

だんかい①【団塊】　團塊。「~の世代」嬰兒潮世代。

だんかい①【段階】　①樓梯。②級別，等級，音級。「5~評価」評為 5 級。③步

驟。「~をふむ」按步驟進行。④階段。「今はまだ準備の~だ」現在還處於準備階段。

だんがい①【断崖】　懸崖，斷崖。「~絶壁」斷崖絕壁。

だんがい①【弾劾】　スル　彈劾。「大統領を~する」彈劾總統。

だんがいさいばんしょ①【弾劾裁判所】　彈劾法庭，彈劾法院。

ダンガリー①【dungaree】　粗藍布，斜紋布。

たんがん①【単眼】　單眼。

たんがん①【嘆願・歎願】　スル　請願，哀求，懇求，求情。「~書」請願書。

だんかん①【断簡】　斷簡殘幅（畫）。

だんがん①【弾丸】　①彈丸，彈頭。②喻速度特別快的東西。「~ライナー」子彈列車。

たんき①【単記】　スル　單記。↔連記。「候補者名を~する」單記候選人名。

たんき①【短気】　性急，急性子，沒耐性。「~を起こす」發脾氣。「~は損気」性急吃虧。

たんき①【短期】　短期。↔長期

だんぎ①【談義・談議】　①談議，交談，商談。「世相~」談議世態。②空洞談話，空洞訓話。「へたの長~」索然無味的冗長訓話。

たんきゅう①【探求】　スル　探求，追求。「幸福の~」尋找幸福。

たんきゅう①【探究】　スル　探究，探討，鑽研。「真理を~する」探究真理；追求真理。

だんきゅう①【段丘】　階地。

たんきょり①【短距離】　①短距離。②短跑。

たんきょりりちゃくりくき①【短距離離着陸機】　〔short takeoff and landing〕短距離起落飛機。

たんく①【短軀】　矮個子。

タンク①【tank】　①槽，罐，桶，箱。②坦克。

ダンクショット④【dunk shot】　扣籃。

タングステン④【tungsten】　鎢。

タングステンこう①【─鋼】　鎢鋼。

た

たんぐつ◎【短靴】 矮筒鞋，短筒鞋。

ダンケ【德 danke】（感） 謝謝。

たんけい◎【端渓】 端溪。以産端硯而有名。

たんげい◎【端倪】 スル 端倪，揣測。「～すべからざる事態」不可揣測的事態。

だんけい◎【男系】 男系，父系。

だんけつ◎【団結】スル 團結。「一致～」團結一致。

たんけん◎【探検・探険】スル 探險，探查。「～隊」探險隊。

たんけん◎【短剣】 ①短劍，短刀，匕首。↔長劍。②時針，鐘錶的短針。

たんげん◎◎【単元】 單元。

だんげん◎【断言】スル 斷言。

たんご◎【単語】 單字。

たんご◎【端午】 端午。

タンゴ◎【tango】 探戈舞曲，探戈（舞）。

だんこ◎【断固・断乎】（ト|タル） 斷然，決然，果斷。「～たる態度」決然的態度。

だんご◎【団子】 ①米糰，飯糰。「月見～」中秋江米糰子。②丸子。「肉～」肉丸子。

たんこう◎【炭坑】 煤井，煤礦井，煤礦坑。

たんこう◎【探鉱】 勘查，探勘，找礦，探礦。

たんこう◎【淡紅】 淡紅。「～色」淡紅色。

だんこう◎【団交】 團體交涉。

だんこう◎【断交】スル 斷交。

だんこう◎【断行】スル 斷然實行，堅決實行。「改革を～する」堅決實行改革。

だんごう◎【談合】スル ①商議。②圍標，串通投標。

たんこうしき◎【単項式】 單項式。↔多項式

たんこうぼん◎【単行本】 單行本。

だんこく◎【暖国】 暖國。

だんこん◎【男根】 陽物，陽具，男生殖器。

だんこん◎【弾痕】 彈痕。

たんさ◎【探査】スル 探查，探測，探究。「火星を～する」探測火星。

たんざ◎【単座・単坐】 ①獨坐。②單座（位）。座位只有一個。↔複座。「～戦闘機」單座戰鬥機。

たんざ◎【端座・端坐】スル 端坐，正坐。

だんさ◎◎【段差】 ①段位差。圍棋、將棋等的段位差別。②垂直錯位，臺階高差，落差。

ダンサー◎【dancer】 ①（西方舞蹈的）舞蹈家，舞蹈演員。②舞女，舞妓。

たんさい◎【単彩】 單色，一色。

たんさい◎【淡彩】 淡彩色，淡彩。

たんさい◎【短才】 ①短才，少才。②不才。自己才能的謙稱。

だんさい◎【断裁】スル 裁切（紙等）。「～機」裁紙機。

だんざい◎【断罪】スル ①判罪，斷罪。②斷頭罪。

たんさいぼう◎【単細胞】 ①單細胞。②頭腦簡單。「～の男」頭腦簡單的人。

たんさいぼうせいぶつ◎【単細胞生物】 單細胞生物。↔多細胞生物

たんさく◎【単作】 單季，單作，一年一作。

たんさく◎【探索】スル ①探索，搜尋。②搜索。

たんざく◎◎◎【短冊・短尺】 ①紙箋，長紙條。②詩箋。

たんさん◎【単産】 「産業別単一労働組合」之略，產業別單一勞動工會（組合）。

たんさん◎【炭酸】 碳酸。

たんさんえん◎【炭酸塩】 碳酸鹽。

たんさんカリウム◎【炭酸―】 碳酸鉀。

たんさんすい◎【炭酸水】 碳酸水，蘇打水。

たんさんせん◎【炭酸泉】 碳酸泉。

たんし◎【短詩】 短詩。

たんし◎【短資】 短期資金。

たんし◎【端子】 端子。

だんし◎【男子】 ①男孩子，男兒。②男子，男兒。「～の一言だ」大丈夫一言爲定。

だんじ◎【男児】 ①男生，男孩子。↔女児。②男兒。「日本の～」日本的男孩。

タンジェント◎【tangent】 正切。→三角

関数

たんしき◎【単式】 ①單式，單一方式，簡單形式。②單式簿記，單式記帳。↔複式

だんじき◎◎【断食】 スル 禁食，斷食。

たんしきんるい◎【担子菌類】 擔子菌亞門。

だんじこ・む◎【談じ込む】（動五） 叫苦，抗議。

たんじじつ◎【短時日】 短時日，短期間。

たんしつ◎【炭質】 炭質，煤質。

たんじつ◎【短日】 天短，晝短。

たんじつしょくぶつ◎【短日植物】 短日照植物。→長日植物

だんじて◎◎【断じて】（副） ①斷然，絕對。「～許されない行為だ」那是決不能允許的行為。②堅決，必定。「～拒否する」堅決拒絕。

たんしゃ◎【単車】 單人摩托車，機動自行車。

だんしゃく◎【男爵】 ①男爵。②男爵馬鈴薯。

だんしゅ◎【断酒】 スル 戒酒，忌酒。

だんしゅ◎【断種】 スル 絕育。

たんしゅう◎【反収・段収】 反產量，段產量。日本每1段（反）地（約10公畝）作物的收穫量。

たんじゅう◎【胆汁】 膽汁。

たんじゅう◎【短銃】 短槍。

だんしゅう◎【男囚】 男囚。

たんじゅうしつ◎【胆汁質】 膽汁質。希波克拉底的體液學的氣質4類型之一，激情易怒的氣質。

たんしゅく◎【短縮】 スル 縮短，縮減。「～授業」縮減課程。

たんじゅん◎【単純】 ①單純，單一。↔複雜。「～な構造」簡單的構造。②單純，簡單。「～計算」簡單計算。

たんじゅんご◎【単純語】 單純字。→派生語・複合語

たんじゅんへいきんかぶか◎【単純平均株価】 簡單平均股價。→ダウ式平均株価

たんしょ◎【短所】 短處，缺點。↔長所

たんしょ◎【端緒】 端緒。「～を開く」開端。

だんじょ◎【男女】 男女。

たんしょう◎【探勝】 スル 探訪名勝，遊覽名勝。

たんしょう◎【短小】 短小，矮小。↔長大

たんしょう◎【嘆称・嘆賞】 スル 讚賞，讚歎。

たんじょう◎【誕生】 スル ①誕生。「～日」生日。②周歲生日。③誕生，成立，創辦。「新政府～」新政府誕生。

だんしょう◎【男妾】 男妾。

だんしょう◎【男娼】 男娼，男妓，鴨子。

だんしょう◎【断章】 斷章。

だんしょう◎【談笑】 スル 談笑。「なごやかに～する」談笑風生。

だんじょう◎【壇上】 壇上。「～に立つ」站在講臺上。

たんしょうとう◎【探照灯】 探照燈。

たんしょく◎【単色】 單色，原色。

だんしょく◎【暖色】 暖色。↔寒色

たん・じる◎◎【嘆じる・歎じる】（動上一） ①慨嘆。「身の不運を～・じる」慨歎身世的不幸。②歎服。

だん・じる◎◎【断じる】（動上一） 斷定，判定。「犯人と～・じる」判定是犯人。

だん・じる◎◎【弾じる】（動上一） 彈，奏。「琴を～・じる」彈琴。

だん・じる◎【談じる】（動上一） 談，談論。「世相を～・じる」談論世相。

たんしん◎【丹心】 丹心。

たんしん◎【単身】 單身，獨身。

たんしん◎【単親】 單親。

たんしん◎【短信】 ①短信，短箋，便條。②短訊。

たんしん◎【短針】 短針，時針。↔長針

たんじん◎【炭塵】 煤塵，煤粉，煤屑，煤灰。

たんす◎【簞笥】 櫃，櫥櫃。

ダンス◎【dance】 スル 跳舞，舞蹈，交際舞。

たんすい[0]【淡水】 淡水。
だんすい[0]【断水】スル 斷水，停水。
たんすいかぶつ[3]【炭水化物】 碳水化合物。
たんすいろ[3]【短水路】 短泳道，短泳池。↔長水路
たんすう[3]【単数】 ①單數。②〔文法〕單數。↔複数
ダンスパーティー[4]【[和] dance＋party】 舞會。
ダンスホール[4]【dance hall】 舞廳，舞場。
たんすよきん[4]【箪笥預金】 壓箱底錢。
たんせい[0][1]【丹青】 ①丹青。②顏料，顏色，色彩。
たんせい[1]【丹精・丹誠】スル 精心，盡心，丹誠。「～して育てる」精心培育。
たんせい[0]【単性】 單性。
たんせい[0]【嘆声・歎声】 ①嘆氣聲。②嘆息聲，感嘆聲。
たんせい[1]【端正・端整】 端正，端莊，嚴謹。「～な着こなし」端正大方（有打扮）。
たんぜい[0]【担税】 擔稅，負稅。
だんせい[0]【男声】 男聲。↔女声。「～合唱」男聲合唱。
だんせい[0]【弾性】 彈性，彈力。
たんせき[0][1]【旦夕】 ①旦夕，早晚，朝夕。②旦夕，迫切。「命(いのち)～に迫る」命在旦夕；危在旦夕。
たんせき[1]【胆石】 膽結石。
だんぜつ[0]【断絶】スル ①斷絕，滅絕，絕嗣，滅門。「王朝が～する」王朝滅絕。②斷絕，絕交。「国交～」斷絕邦交。
たんせん[0]【単線】 ①單線。②單線。鐵路術語。↔複線
たんぜん[3][1]【丹前】 丹前棉袍。
たんぜん[0]【端然】（トタル） 端端正正的樣子。「～と座す」端然而坐。
だんせん[0]【断線】スル 斷線。
だんぜん[0]【断然】（副） ①斷然。「～断る」斷然拒絕。②斷然，大膽地幹。「～行く」斷然前往。③絕對。「A 組は～強い」A 組絕對強。
たんそ[1]【単組】 單組，單位組合（日本的單位工會）。
たんそ[1]【炭素】〔carbon〕碳。
たんそう[0]【炭層】 煤層。
たんぞう[0]【鍛造】スル 鍛造。「～機」鍛造機；鍛壓機。
だんそう[0]【男装】スル （女扮）男裝。「～の麗人」男裝美人。
だんそう[0]【断想】 片斷想法。
だんそう[0]【断層】 斷層。
だんそう[0]【弾奏】スル 彈奏。「琴を～する」彈琴。
だんそう[0]【弾倉】 彈倉，彈匣。
たんそく[0]【探測】 探測。「～気球」探測氣球。「～機」探測器。
たんそく[0]【短足】 腿短，短腿。
たんそく[0]【嘆息・歎息】スル 嘆息，讚歎。
だんぞく[0]【断続】スル 斷續。「波の音が～して聞こえる」斷斷續續聽到波濤聲。
だんそんじょひ[5]【男尊女卑】 男尊女卑。↔女尊男卑
たんだ[1]【短打】 短打。
たんたい[0]【単体】 單質。↔化合物
たんだい[0]【短大】 短大，短期大學。
だんたい[0]【団体】 團體，群體，集體。「～旅行」團體旅行。「政治～」政治團體。
だんたい[0]【暖帯】 暖帶。溫帶中接近於亞熱帶的地帶，溫暖帶。
だんだら[0]【段だら】 段染（段織）粗橫條紋。「～模様」多色相間粗橫條紋圖案。
たんたん[0]【坦坦】（トタル） ①平坦，坦途。②平安無事。「～たる人生」平凡的人生。
たんたん[0][3]【眈眈】（トタル） 眈眈。「虎視～」虎視眈眈。
たんたん[0]【淡淡】（トタル） 淡淡，不介意。「～と語る」從容地敘述。
だんだん[1]【段段】 [1]①臺階，階梯。②一件件，一樁樁，一樣樣。「御教示の～身に沁みます」您的指點一一銘記心中。[2]（副）慢慢，漸漸。「～寒くなる」漸漸冷起來了。

た

だんだんこ◎【断断乎】（トル）　斷然，決然。「～として戦う」斷然而戰。

たんち◎◎【探知】スル　探知，探明，偵察。「電波～機」無線電探測設備。

だんち◎「段違い」的略語，通俗的說法。

だんち◎【団地】　小區，社區。

だんち◎【暖地】　暖地，溫暖地帶。

だんちがい◎【段違い】　①差得遠，差異大，懸殊。「～にうまい」大相徑庭。②高度不同，高低不一。「～平行棒」高低槓（體操）。

だんちサイズ◎【団地一】　住宅尺寸，小區尺寸。

だんちゃ◎【団茶】　團茶，磚茶，茶磚。

だんちゃく◎【弾着】　彈著。槍彈或炮彈落下到達（地上等）。

たんちょう◎【丹頂】　丹頂鶴。

たんちょう◎【単調】　單調，乏味。「～な仕事」單調的工作。

たんちょう◎【短調】　小調。↔長調

たんちょう◎【探鳥】　探鳥，賞鳥。

だんちょう◎【団長】　團長。

だんつう◎【緞通・段通】〔源自中文「毯子」〕地毯，絨毯。

だんつく◎【旦つく】　我老公。「旦那」的輕蔑説法。「うちの～」我家那口子。

たんつぼ◎【痰壺】　痰盂，痰桶。

たんてい◎【探偵】スル　偵探。「私立～」私家偵探。

たんてい◎【端艇・短艇】　短艇，舢板。

だんてい◎【断定】スル　斷定，判定。「犯人と～する」判定是犯人。

ダンディー①【dandy】　過於講究外表的男人，講衣著，講時尚。

ダンディズム①【dandyism】　講衣著，愛虛榮，講時尚。

たんてき◎【端的】（形動）　坦率，直截了當，正面，不繞彎。「～に言えば」直接了當地說。

たんでき◎【耽溺】スル　沉溺。「酒色に～する」沉溺於酒色。

たんてつ◎【鍛鉄】　①鍛鐵。②熟鐵。

タンデム①【tandem】　①兩馬縱駕雙輪馬車。②雙人協力車。

たんでん◎【丹田】　丹田。「臍下～」臍下丹田。

たんでん◎【炭田】　煤田。

だんと◎【檀徒】　檀徒。

たんとう◎【担当】スル　擔當，負責，主管，擔負。「政権～する」執政。

たんとう①【短刀】　短刀，匕首。

だんとう◎【弾頭】　彈頭。「核～」核彈頭。

だんとう◎【暖冬】　暖冬。「～異変」暖冬異變。

だんどう◎【弾道】　彈道。

だんとうだい◎【断頭台】　斷頭臺。「～の露と消える」魂散斷頭臺。

たんとうちょくにゅう◎【単刀直入】　單刀直入。

たんどく◎【丹毒】　丹毒。

たんどく◎【単独】　單獨，單個。「～登頂」單獨登頂。「～飛行」單獨飛行。

たんどく◎【耽読】スル　埋頭讀書，耽讀。

だんトツ◎　絕對優勢，遙遙領先。

だんどり◎◎【段取り】スル　步驟，安排，計畫。「～をつける」作出安排。

タンドリーチキン◎【Tandoori chicken】　田都里烤雞。

だんな◎【檀那】〔源自梵語〕〔佛〕①檀那。布施，給予。②施主。

だんな◎【旦那】　①老爺，東家，老闆。②掌櫃的，老爺，官人。妻子對自己的丈夫或他人的丈夫的稱呼。③老爺。商人等對男主顧的稱呼。

たんなる①【単なる】（連體）　僅僅，只是。「～うわさにすぎない」只不過是傳說。

たんにん◎【担任】スル　擔任，管。「3年2組の～」三年二班的班導師。

タンニン①【tannin】　鞣酸，丹寧。

だんねつ◎【断熱】スル　絕熱，隔熱。

たんねん◎【丹念】　精心，細心，仔細。「～に調べる」細心查找。

だんねん◎◎【断念】スル　斷念，死心，達觀，放棄。「計画を～する」放棄計畫。

たんのう◎【胆囊】　膽囊。

たんぱ◎【短波】　短波。

ダンパー①【damper】　避震器，阻尼器。

た

たんばい⓪【探梅】 スル 探梅，尋梅，賞梅。

たんぱい⓪【炭肺】 煤矽肺。

たんぱく⓪【淡白・淡泊】 ①淡，素。↔濃厚。「～な味」清淡的味道。②淡泊。「金に～だ」對金錢淡泊。

たんぱく⓪【蛋白】 ①蛋白。②蛋白質。

たんぱくしつ⓪【蛋白質】 〔protein〕蛋白質。

たんぱつ⓪【単発】 ①單發。②單引擎。「～機」單引擎飛機。③單一，只。「～のヒット」單一的安全打。

たんぱつ⓪【短髪】 短髪。

だんぱつ⓪【断髪】 スル ①剪髪，斷髪。②短髪。

タンバリン③【tambourine】 鈴鼓，手鼓。

たんパン⓪【短一】 短褲，半截褲。

だんぱん⓪【談判】 スル 談判，協商。「ひざづめ～」促膝相談。

たんび①【耽美】 耽美，唯美。

たんび①【嘆美・歎美】 スル 讚美，讚歎。

たんびしゅぎ④【耽美主義】 〔aestheti-cism〕唯美主義。

たんぴょう⓪【短評】 短評。

だんびら④③【段平】 大砍刀，大片刀，寬刀。

たんぴん⓪【単品】 ①單一物品，單一商品，單一產品。「～生産」單一產品生產。②單個，單件，單品。

ダンピング①【dumping】 スル 傾銷，不當拍賣。

たんぶ①【反歩・段歩】 反步，段步。日本以「反」「段」為單位計算田地面積的用語。

ダンプ①【dump】 スル 列印（出），顯示（出）。

タンブール③【法 tambour】 ①鼓，太鼓，鼓手。②刺繡繃子。

たんぷく⓪【単複】 ①單純與複雜。②〔文法〕單複。③單雙打。

だんぶくろ③【段袋】 ①大布袋。②段袋。幕府末期幕府士兵操練用的下部呈筒形的袴。

タンブラー⓪【tumbler】 平底大酒杯。

「ビヤ～」大啤酒杯。

タンブリング⓪【tumbling】 技巧運動，騰翻體操。

たんぶん⓪【単文】 單句。→重文・複文

たんぶん⓪【短文】 短文。↔長文

たんぺいきゅう⓪【短兵急】（形動）短兵相接，攻其不備，冷不防。「～に攻め立てる」冷不防發起猛攻。

たんべつ⓪【反別・段別】 ①每反（段）田。②每反，每段。日本以「町、反、畝、步」等為單位所表示的田地面積。

ダンベル①【dumbbell】 啞鈴。

たんべん⓪【単弁】 單瓣。

たんぺん⓪【短編・短篇】 短篇。↔長編

たんぺん⓪【短辺】 窄邊。長方形的，較窄的一方的邊。

だんぺん⓪③【断片】 斷片，片斷，片段。

だんぺん⓪【断編・断篇】 斷篇。

たんぼ①【田圃】 田圃，莊稼地。

たんぽ①【担保】 擔保。

たんぼう⓪【探訪】 スル 探訪。

だんぼう⓪【暖房】 スル 供暖，取暖。↔冷房。「～装置」暖氣裝置。

だんボール③【段一】 瓦楞紙，瓦楞紙板。

たんぽぶっけん⑧【担保物権】 擔保物權。

たんぽぽ⓪【蒲公英】 蒲公英。

タンポン①【德 Tampon】 止血棉，棉球。

たんほんいせいど【単本位制度】 單本位制，單一本位制。↔複本位制度

だんまく⓪①【弾幕】 彈幕，火網，彈雨。

だんまく⓪①【段幕】 橫條幕。

たんまつ⓪【端末】 ①末端。②終端設備。

だんまつま⓪③【断末魔】 〔佛〕斷末魔。臨死時，臨終，臨終之苦。「～の呼び声」臨終前的痛苦喊叫。

たんまり③（副） 很多，許多。

だんまり⓪【黙り】 ①沉默，無言，不吭聲。「～をきめこむ」閉口不語；一聲不吭。②暗鬥。歌舞伎的出場人物在黑暗

中默不出聲地摸打。

たんみ【単味】　單一。「~肥料」單一肥料。

たんめい⓪①【短命】　短命。↔長命

タンメン⓪【湯麺】　〔中文〕湯麺。

だんめん③【断面】　①剖面，截面，斷面，切面。②剖面，斷面。「現代社会の一~」現代社會的一個剖面。

たんもの⓪【反物】　①單件和服料。②布匹，衣料。和服料子的總稱。

だんもの⓪【段物】　①段物。能樂一曲的演唱、舞蹈中最精彩的部分。②段物箏曲。箏曲的曲種之一。③段物。淨琉璃的曲種分類之一。

たんや⓪【短夜】　短夜，夏夜。↔長夜

だんやく⓪【弾薬】　彈藥。「~庫」彈藥庫。

だんゆう⓪【男優】　男演員。↔女優

たんよう⓪【単葉】　①單葉。②單翼（機）。「~機」單翼飛機。↔複葉

たんらく⓪【短絡】ㇲㇽ　①短路。②短路，衝動決斷。「~的思考」衝動性的思考。「~した論理」短路的邏輯。

だんらく⓪【段落】　①段落。長篇文章中一個完整的部分。②段落。事物劃分的階段。

だんらん⓪【団欒】ㇲㇽ　團聚，團圓。「一家~」一家團圓。

たんり⓪【単利】　單利。↔複利

だんりゅう⓪【暖流】　暖流。↔寒流

たんりょ⓪【短慮】　①短慮，淺見，短見。②性急。

たんりょく⓪【胆力】　膽力，膽量。

だんりょく⓪①【弾力】　①彈力，彈性。「~性に富む」富有彈性。②彈性，靈活。「~的に運用する」靈活運用。

だんりん⓪【檀林・談林】　①〔佛〕檀林，修行所。②談林派。

たんれい⓪【端麗】　端莊而秀麗。「容姿~」姿容端麗。

たんれん①【鍛錬・鍛練】ㇲㇽ　①鍛錬。「心身を~する」鍛錬身心。②鍛造，錘煉金屬。

だんろ①【暖炉】　暖爐，壁爐。

だんろん⓪【談論】ㇲㇽ　談論，言談。

だんわ⓪【談話】ㇲㇽ　①談話。「~室」談話室。②談話。就某事的非正式意見。「総理大臣の~」首相的談話。

ち

ち[0]【血】 ①血，血液。②氣血。「~の気が多い」血氣方剛。③血統。「~を引く」繼承血統。

ち[1]【乳】 眼環。

ち[0]【地】 ①地面上，大地。「~の果て」大地的盡頭；天涯海角。②土地，場所。「安住の~」安居地。③位置，立場。「~の利」地利。④書、掛軸或貨物底部的一方。↔天。「天~無用」請勿倒置。

ち[1]【治】 治。「~に居て乱を忘れず」居安思危。

ち[1]【知・智】 智。

ちあい[0]【血合い】 血合。

チアガール[3]【[和] cheer+girl】 女子啦啦隊。

チアノーゼ[3]【德 Zyanose】 發紺，瘀青。

チアホーン[3]【cheer horn】 加油喇叭。

チアリーダー[3]【cheerleader】 女子啦啦隊隊員。

ちあん[0]【治安】 治安。

ちあんいじほう[0]【治安維持法】 治安維持法。

ちい[1]【地位】 地位，職位。「~のある人」有地位的人。

ちい[1]【地異】 地異。如地震、火山爆發、洪水等。

ちいき[1]【地域】 區域，地區。

ちいきしゃかい[4]【地域社会】 區域社會，社區。

ちいく[1]【知育】 智育。

チーク[1]【teak】 柚木。

チークダンス[4]【[和] cheek+dance】 貼面舞。

ちいさ・い[3]【小さい】（形） ①小。「規模が~・い」規模小。「~・い会社」小公司。②數量少。「1は2より~・い」1小於2。③年齡小，幼小。「~・い頃」小時候。④音量低。「声が~・い」聲音小。⑤小氣，度量狹小。「人物が~・い」爲人小氣。

ちいさな[1]【小さな】（形動） 小，微小。「~店」小店。

チーズ[1]【cheese】 乳酪，起司。

チーズケーキ[4]【cheese cake】 起司蛋糕。

チーズフォンデュー[4]【cheese fondue】 起司火鍋。

チーター[1]【cheetah】 獵豹。

チーフ[1]【chief】 主任。

チープ[1]【cheap】 廉價的，便宜的。

チーフアンパイア[6]【chief umpire】 棒球運動主審。

チープガバメント[4]【cheap government】 廉價政府。

チーム[1]【team】 ①團體，團隊，組。②隊。

チームカラー[4]【team color】 隊風。

チームティーチング[4]【team teaching】 小組教學。

チームプレー[5]【team play】 團體競賽。↔個人プレー

チームメート[4]【team mate】 隊友。

チームワーク[4]【team work】 團隊合作，協同行動，默契。

ちいるい[2]【地衣類】 地衣類。

ちいん[0]【知音】 知音。

ちうみ[0]【血膿】 血膿，膿血。

ちえ[2]【知恵・智恵】 智慧。「~をしぼる」絞盡腦汁。「~を借りる」請人出主意。

チェア[1]【chair】 椅子。「ロッキング-~」搖椅。

チェアパーソン[3]【chairperson】 議長，主持人，司儀，主席。

チェアマン[1]【chairman】 議長，司儀，主席。

チェーサー[1]【chaser】 ①追捕者，追蹤者，追求者。②勾兌用水，勾兌用酒，勾兌用飲料。

チェーン[1]【chain】 ①雪鏈，防滑鏈。②

鏈條。③連鎖店。

チェーンストア⑤【chain store】 連鎖商店。

チェーンスモーカー⑤【chain smoker】 老煙槍，煙不離手者。

チェーンソー⑤【chain saw】 鏈鋸。

チェーンメール④【chain mail】 直接轉寄（郵件）。

ちえきけん【地役権】 地役權。

ちえしゃ【知恵者】 智者，足智多謀的人。

チェス①【chess】 西洋棋。

ちえすと①（感） 好！好呀！

チェスト①【chest】 櫃，箱。

チェッカー①【checkers】 ①西洋跳棋。②格紋。

チェッカーフラッグ⑥【checker flag】 賽車旗，格紋旗。

チェック①【check】 ᴢᴜ ①支票。②黑白兩色相間的方格紋樣，格紋。③檢驗，核對，驗訖印。「会計が店の帳簿を～する」會計核對商店的帳目。

チェックアウト⑤【check out】 ᴢᴜ 退房。↔チェックイン

チェックイン④④【check in】 ᴢᴜ ①登記（入住）。↔チェックアウト。②旅客辦理登機手續。

チェックオフ④【check off】 扣除工會費。

チェックリスト④【check list】 檢驗單，核對表。

ちえねつ②【知恵熱】 智齒熱。

ちえのわ④【知恵の輪】 九連環。

ちえば①【知恵歯】 智齒。

ちえぶくろ③【知恵袋】 智囊。

チェリー①【cherry】 櫻桃。

チェリオ①【cheerio】 萬歲，乾杯，恭喜，多保重，再見。

チェリスト②【cellist】 大提琴演奏家，大提琴演奏者。

チェレスタ②【義 celesta】 鐘琴。

チェロ①【義 cello】 大提琴。

ちえん⓪【地縁】 地緣。「～社会」地緣社會。→血縁

ちえん⓪【遅延】 ᴢᴜ 遲延，延遲，耽擱，延誤。

チェンジ①【change】 ᴢᴜ ①變換，兌換。②（棒球運動等中）交換攻守，（網球、排球運動等中）交換場地。

チェンジアップ④【change-up】 變化球。

チェンジオブペース⑥【change of pace】 變化球。

チェンジコート④【change court】 交換場地，換邊。

チェンバロ⓪【義 cembalo】 大鍵琴（亦曾譯撥弦古鋼琴、羽管鍵琴）。

ちか①【地下】 ①地下。「～3 階」地下第 3 層。②地下，陰間。「～に眠る」長眠於地下。③地下。非法進行政治運動、社會運動等。「～組織」地下組織。

ちか①【地価】 地價。

ちか①【治下】 （處於某政權、國家的）統治下。

ちかい⓪【誓い】 發誓。「～を立てる」立誓；發誓。

ちかい⓪【地階】 地下樓層。

ちかい⓪【地塊】 地塊。

ちか・い②【近い】（形） ①接近，緊靠，不遠的。「学校に～・い」離學校近。②不久，即將。「～・い将来」不久的將來。③親近，親密。「～・い親戚」近親。④近似，相近。「朱に～・い赤」近似朱紅色的紅色。⑤近視。「目が～・い」眼睛近視。↔遠い

ちがい⓪【違い】 ①差異。②差錯。錯誤。

ちがいだな②⓪【違い棚】 多寶格。

ちがいほうけん⑤【治外法権】 治外法權。

ちか・う⓪②【誓う】（動五） ①起誓，發誓。②下定決心。「心に～・う」暗下決心。

ちが・う⓪【違う】（動五） ①不同。「意見が～・う」意見不同。②不符，不對，不同。「注文したのと～・う」和訂購的不符。③不對，錯誤。「答えが～・う」答案不對。④閃，扭，偏離。「首の筋が～・った」扭了脖子。「話が～・う」話岔了題。⑤錯過。「すれ～・う」錯過。

ちかうんどう◎【地下運動】 地下運（活）動。

ちが・える◎◎【違える】（動下一） ①使不同。②弄錯，搞錯。「うっかり道を~・える」沒留神錯路了。③錯，閃，扭。「こしの筋を~・える」扭到腰。④使交錯，使交叉。「紐をたすきに~・える」把帶子繫成十字交叉。

ちかく◎【近く】 ① ①近處，附近。②將近。「100キロ~の道のり」將近100公里的路程。② （副）不久，近期。「~完成する家」快要蓋完的房子。

ちかく◎【地核】 地核。

ちかく◎【地殻】 地殻。

ちかく◎【知覚】 スル 知覺。

ちがく①【地学】 ①地球科學。②地學。日本高中的理科科目之一。③地質學、礦物學、地理學的總稱。

ちかけい◎【地下茎】 地下莖。

ちかごろ◎【近頃】 最近，近日。「~の映画はとても面白い」最近的電影很有意思。

ちかし・い◎【近しい・親しい】（形）親近。「~・い関係」親近的關係。

ちかしげん◎【地下資源】 地下資源。

ちかすい◎【地下水】 地下水。

ちかぢか◎◎【近近】（副） 近期，最近，不久。

ちかづき◎【近付き】 相識，熟人。「お~になれて光栄です」能和您相識很榮幸。

ちかづ・く◎【近付く】（動五） ①靠近，挨近。②臨近。「入学式が~・く」開學典禮的日期臨近。③接近，交往，認識。④近乎，近似。「本物に~・いてきた」近乎像真的了。

ちかづ・ける◎【近付ける】（動下一）使靠近，使挨近，使接近。↔遠ざける

ちかって◎◎【誓って】（副） 發誓。「~他言はしません」發誓絶不對別人說。

ちかてつ◎【地下鉄】 地鐵，地下鐵道。

ちかどう◎【地下道】 地道，地下道，地下行人穿越道。

ちかば◎【近場】 近處。

ちかま◎【近間】 近處。

ちかまわり◎【近回り】 スル 走近路。↔遠回り

ちかみち◎【近道】 スル ①近道，近路。②捷徑。

ちかめ◎【近め】 較近。↔遠め

ちかめ◎【近目・近眼】 近視，近視眼。

ちがや◎【茅萱】 白茅，茅草。

ちかよ・る◎◎【近寄る】（動五） 挨近，靠近，走近。

ちから◎【力】 ①力量，力氣，勁道。「~を出す」出力。「風の~を利用する」利用風力。②權力，勢力。「君主の強大な~」君主強大的力量。③力量。「彼の~をかりる」借助他的力量。④氣力與體力，精力。「~をふりしぼる」竭盡全力。⑤能力。「英会話の~」英語會話的能力。⑥〔物〕力。

ちからいっぱい◎【力一杯】（副） 竭盡全力。

ちからうどん◎【力うどん】 力士烏龍湯麵。

ちからおとし◎【力落とし】 洩氣，失望。

ちからがみ◎【力紙】 ①力紙。力士用來擦身體的白紙。②加強紙。為加強裝訂處而貼的紙。

ちからこぶ◎【力瘤】 ①肌肉。兩臂二頭肌隆起形成的肌肉。②盡力，努力。「~を入れる」傾注心力。

ちからしごと◎【力仕事】 力氣活兒，粗重工作。

ちからずく◎【力尽く】 硬幹。「~で奪う」強行奪取。

ちからぞえ◎【力添え】 スル 支援。「お~を願いたい」想請您助一臂之力。

ちからだめし◎【力試し】 試力氣，試能力。

ちからづ・ける◎【力付ける】（動下一）激勵。

ちからづよ・い◎【力強い】（形） ①有信心，有仗恃。②強勁，遒勁，強力，強而有力，雄渾有力。「~・い助け」強有力的支援。

ちからぬの◎【力布】 加固布，襯布。

ちからまかせ◎【力任せ】 盡力做，使出

全力。「~に引っ張る」使盡渾身力氣地拉。

ちからまけ[0][5]【力負け】スル　因實力弱而失敗。

ちからみず[3]【力水】　力水。供力士漱口用的水。「~をつける」添力水。

ちからもち[3]【力持ち】　大力士，身強力壯。

ちからわざ[0][5]【力業】　①粗重工作。②需要強大體力的技藝。

ちかん[0]【遅緩】　遲緩。緩慢，慢慢地進行。

ちかん[0]【痴漢】　色情狂，色狼。

ちかん[0]【置換】スル　置換。

ちき[1][2]【知己】　①知己。②熟人。

ちき[1][0]【稚気】　稚氣，天真。「~愛すべし」天真可愛。

ちぎ[1]【遅疑】スル　遲疑。

ちきゅう[0]【地球】　〔earth〕地球。

ちきゅうぎ[2]【地球儀】　地球儀。

ちきゅうせつ[2]【地久節】　地久節。日本皇后誕辰的舊稱。→天長節

ちぎょ[1]【稚魚】　魚苗。

ちきょう[0]【地峡】　地峽。

ちぎょう[1]【知行】スル　知行。近世指將軍、大名作爲俸祿給家臣土地支配權，亦指其土地。

ちぎり[3]【契り】　①盟約。「~を交わす」交換盟約。②男女有肉體關係。「~を結ぶ」結爲事實夫妻。③因緣，宿命。

ちぎりき[0][3]【乳切り木】　①杵棒。②棍子，短木棒。

ちぎ・る[2]【契る】（動五）　①誓約。②男女發生關係。「一夜を~・る」做一夜夫妻。

ちぎ・る[2]【千切る】（動五）　①撕碎，掐碎。「紙を~・る」把紙撕碎。②掐下，揪掉，摘取。

ちぎ・れる[3]【千切れる】（動下一）　撕掉，扯碎。「紙が~・れる」紙撕碎了。

チキン[2]【chicken】　雞肉。

チキンナゲット[4]【chicken nugget】　炸雞塊。

チキンライス[4]【[和]chicken+rice】　日本雞飯。

ちく[1][2]【地区】　地區。「風致~」風景區。

ちぐ[1]【痴愚】　癡愚。

ちくいち[2]【逐一】（副）　逐一。「~報告する」逐一地進行報告。

ちぐう[0]【知遇】　受禮遇。「~を得る」得到知遇。

ちくおんき[3]【蓄音機・蓄音器】　留聲機，唱機。

ちくご[0]【逐語】　逐句，逐字。

ちぐさ[1]【千草・千種】　千草，各式各樣的草。

ちくざい[0]【蓄財】スル　存錢，蓄財。「巨万の~」萬貫之財。

ちくさつ[0]【畜殺】スル　屠宰。

ちくさん[0]【畜産】　畜產。「~業がさんだ」畜牧業繁榮。

ちくじ[1]【逐次】（副）　逐次。「~発表する」逐次發表。

ちくじつ[0]【逐日】（副）　逐日，按日。

ちくしゃ[1][2]【畜舎】　畜舍。

ちくしょう[3]【畜生】　①〔佛〕畜生。②畜生，混帳東西。

ちくじょう[0]【逐条】　逐條。「~審議」逐項審議。

ちくじょう[0]【築城】スル　築城。

ちくしょうどう[3]【畜生道】　〔佛〕畜生道。「~に堕おちる」淪爲畜生。

ちくせき[0]【蓄積】スル　蓄積，累積，儲存。「知識を~する」累積知識。

ちくぜんに[0]【筑前煮】　筑前燉雞。

ちくぞう[0]【築造】スル　築造，修建，建造。

チクタク[1]【ticktack】（副）　滴答。

ちくてい[0]【築庭】スル　築庭。

ちくてい[0]【築堤】スル　修壩，築堤。

ちくてん[0]【逐電】スル　逃之夭夭，潛逃。

ちくでん[0]【蓄電】スル　蓄電。

ちくでんち[3]【蓄電池】　蓄電池。

ちくねん[0]【逐年】（副）　逐年。「~物価があがる」物價逐年上漲。

ちくのうしょう[0]【蓄膿症】　蓄膿症，副鼻竇炎。

ちくはく[0]【竹帛】　竹帛。「名を~に残す」青史留名。

ちぐはぐ◎◎ （事物）不一致，不協調。「～な服装」不成套的衣服。「話が～になる」話不投機。

ちくび【乳首】 ①乳頭。②奶嘴。

ちくふじん【竹夫人】 竹夫人。夏天入寢時抱在懷裡或放在腳下降溫用的竹籠。

ちくよう◎【竹葉】 ①竹葉。②竹葉青。酒的別名。

ちくりょく◎【畜力】 畜力。「～機」畜力機。

ちくりん◎【竹林】 竹林。

ちく・る◎（動五） 打小報告。

ちくろく◎【逐鹿】 スル 逐鹿。

ちくわ【竹輪】 筒狀魚板，竹輪。

ちくわぶ【竹輪麸】 圓筒狀麵食，麵捲。

ちけい◎【地形】 地形。「～図」地形圖。

チケット□□【ticket】 票，券。

ちけん◎【地券】 地券。明治政府從1872年（明治5）起發給土地所有人的證書，1889年廢除。

ちけん◎【知見・智見】 スル ①實際觀察得知。②知識，見識。「～を広める」增長見識。

ちご◎【稚児】 ①金童玉女。在神社、寺院的祭禮、法會等中，扮成天童加入活動行列裡的童男童女。②相公。成為男同性戀物色對象的少年。③嬰兒。

ちこう◎【地溝】 地塹，地溝。

ちこう◎【知行】 知行。知識與實踐。

ちこう◎【遅効】 遲效。

ちこく◎□【治国】 治國。

ちこつ◎□【恥骨】 恥骨。

チコリー□【chicory】 菊苣。

ちさ□□◎【萵苣】 ①萵苣。②厚殼樹的別名。

ちさがり□【乳下がり】 ①乳下。從墊肩到乳頭所在位置的尺寸。②乳下。西式裁剪中，從肩線和領圈線相接處到胸的最高位置的尺寸。

ちさん◎【治山】 整治山林。「～治水」治山治水。

ちさん◎【治産】 治產。財產的管理和處分。「禁～」禁治產。

ちさん◎【遅参】 スル 誤點，遲到，來晚。

ちし◎【地史】 地球的歷史。

ちし◎【地誌】 地方誌。

ちし◎【知歯】 智齒。

ちし◎【致仕】 スル ①致仕。辭官退休。②致仕。70歲的別稱。

ちし◎【致死】 致死。「毒薬の～量」毒藥的致死量。「過失～」過失致死。

ちじ◎【知事】 知事。

ちしお◎【血潮・血汐】 ①流出的血。②熱血。「熱い～」（沸騰的）熱血。

ちしき□◎【知識】 ①知識。「～を身につける」掌握知識。②智識。

ちじき◎【地磁気】 地磁。

ちじく◎【地軸】 ①地軸。地球的自轉軸。②地軸。想像中支撐大地的軸。「～を揺るがす」震天鑠地。

ちしつ◎【地質】 地質。

ちしつ◎【知悉】 スル 知悉，通曉，盡悉。

ちじつ◎【遅日】 遲日。不易日落的春日。

ちしつじだい◎【地質時代】 地質時代，地質年代。

ちしまかいりゅう◎【千島海流】 親潮。

ちしゃ◎【萵苣】 萵苣，葉用萵苣。

ちしゃ◎【治者】 治者，為政者。

ちしゃ◎【知者・智者】 智者。「～の教え」智者之教。「～の一失と愚者の一得と」智者千慮，必有一失；愚者千慮，必有一得。

ちしょう◎【地象】 地象。大地發生的現象。

ちしょう◎【知将・智将】 智將。足智多謀的大將。

ちしょう◎【池沼】 池沼。

ちしょう◎【致傷】 致傷。

ちじょう◎【地上】 ①地上。②人間，人世。「～の楽園」人間天堂。

ちじょう◎【痴情】 癡情。「～のもつれ」癡情糾纏。

ちじょうい◎【知情意】 知情意。

ちじょうけん◎【地上権】 地上權。→地下権・空中権

ちじょく◎【恥辱】 恥辱。

ちしりょう◎【致死量】 致死量。

ちじん【地神】 土地神，土地公。

ちじん◎【知人】 熟人。

ちじん◎【痴人】 癡人。

ちしんじ【遅進児】 遲緩兒。

ちず◎【地図】 地圖。

ちすい◎【治水】 ㇲル 治水。「治山～」治山治水。

ちすじ◎【血筋】 ①血脈。②血親，血緣。

ちせい◎【地勢】 地勢，地貌。

ちせい◎①②【治世】 ①太平盛世。↔乱世。②治世，治理國家。

ちせい◎①②【知性】 知性，理智，智慧。

ちせいてき◎【知性的】 (形動) 智慧的，理智的，理性的。「～な顔立ち」一臉智慧相。

ちせき◎【地積】 地積。土地的面積。

ちせき◎【地籍】 地籍。

ちせつ◎【稚拙】 稚嫩，稚拙。

ちそ◎【地相】 ①地形，地貌，地相。土地的樣子。②地相，風水。建房屋等時考慮當地的吉凶相。

ちそう◎【地層】 地層。

ちそう◎【馳走】 ㇲル 宴請，請客，款待。→ごちそう

ちそく◎①【遅速】 快慢，遲速。

ちぞめ◎【血染め】 血染。

ちたい①【地帯】 地帶。「安全～」安全地帶。

ちたい◎【遅滞】 ㇲル 遲滯，拖延，遲延，塞車。「工事が～する」工程遲滯。

ちたい◎【痴態】 癡態，醜態。「～を演ずる」出洋相；醜態百出。

ちだい◎【血鯛】 血鯛。

ちだるま◎【血達磨】 血達摩。

チタン◎【德 Titan】 鈦。

ちち①【父】 ①父。生父、繼父、養父的總稱。↔母。②先驅者。「近代医学の～」近代醫學之父。③天父。

ちち①◎【乳】 ①母乳。②乳房。③（植物的）乳汁。

ちち①②【遅遅】 (ル) ①遲遲。「～として進まない」遲遲未進展。②遲遲。天長且晴朗的樣子。「春日～たり」春日遲遲。

ちちうえ◎【父上】 父親大人。

ちちおや◎【父親】 父親。↔母親

ちちかた◎【父方】 父方，父系。↔母方

ちぢか・む◎①【縮かむ】 (動五) 攣縮，抽搐，痙攣。

ちちぎみ◎【父君】 父君，老爸，父親。

ちちくさ・い④【乳臭い】 (形) ①乳臭。「～・い赤ん坊」乳臭未乾的嬰兒。②孩子氣的，幼稚，不成熟。「～・い考え」幼稚的想法。

ちちくび◎【乳首】 乳頭。

ちちく・る③【乳繰る】 (動五) 男女幽會調情。

ちちご②◎【父御】 令尊。↔母御

ちぢこま・る④◎【縮こまる】 (動五) 蜷縮。

ちちのひ①②【父の日】 父親節。

ちちばなれ③◎【乳離れ】 ㇲル 離乳，斷奶。

ちちはは①【父母】 父母。

ちぢま・る◎③【縮まる】 (動五) 縮小，縮短，畏縮。「会期が～・る」縮短會期。

ちぢみ◎【縮み】 ①縮，縮小。「伸び～」伸縮。②「縮織り」之略。

ちぢ・む◎③【縮む】 (動五) ①縮小。「風船が～・む」氣球縮小了。②抽縮，縮短。「セーターが～・む」毛衣縮水。③畏縮，蜷縮。「身の～・む思い」瑟縮不安。

ちぢ・める◎③【縮める】 (動下一) ①縮小。②縮短。「寸法を～・める」縮短尺寸。③蜷縮，收縮。「首を～・める」縮脖。

ちちゅう◎【地中】 土中，地裡。

ちちゅうかい③【地中海】 地中海。

ちぢら・す◎③【縮らす】 (動五) 弄捲，使捲曲，弄蜷縮。「髪を～・す」弄捲頭髮。

ちぢれげ◎【縮れ毛】 捲毛，捲髮。

ちぢ・れる◎③【縮れる】 (動下一) 捲曲，起皺。

ちつ①【帙】 帙，書衣。

ちつ①【膣・腟】 陰道，膣。

チッキ◎ 鐵路行李，行李托運單，行李存

單。

ちっきょ⓪【蟄居】スル 蟄居。

チック⓪【tic】 抽搐，抽動。

ちっこう⓪【築港】スル 築港。

ちつじょ⓪②【秩序】 ①順序。「～立てて考える」有條理地思考。②秩序。「社會の～」社會秩序。

ちっそ⓪【窒素】〔nitrogen〕氮。

ちっそさんかぶつ⓪【窒素酸化物】 氮氧化物。

ちっそひりょう⓪【窒素肥料】 氮素肥料，氮肥。

ちっちゃ・い⓪（形） 小的。「ちいさい」的轉換音。

ちつづき⓪【血続き】 繼承血統。

ちっと⓪【些と】（副） 一點，稍微。「～やそっと」就一點點，稍微。

ちっとも⓪【些とも】（副） ①毫（無），總（不）。②只要稍微，哪怕一點兒。

チップ⓪【chip】 ①籌碼。②木屑。③晶片。

チップ⓪【tip】 ①賞錢，小費。②擦棒球。

ちっぽけ⓪（形動） 極小。

ちてい⓪【地底】 地底。

ちてい⓪【池亭】 池畔的亭子。

ちてき⓪【知的】（形動） 智慧的，知識的，理性的。「～な会話」理智的交談。

ちてきざいさんけん⑤【知的財産権】 知慧財產權。→無体財産権

ちてん⓪②【地点】 地點。

ちと⓪【些と】（副） ①稍微，有點兒。②一會兒。

ちどうせつ②【地動説】 地動說。

ちとく⓪②【知徳】 智德。知識和道德。「～合一」智德合一；品學兼優。

ちとせ⓪②【千歳】 千歲。長久的歲月。

ちとせあめ③【千歳飴】 千歲飴。

ちどめ⓪【血止め】 止血，止血藥。

ちどめぐさ④【血止め草】 天胡荽，圓葉止血草。

ちどり⓪【千鳥・鵆】 鴴鳥。

ちどん⓪【遅鈍】 遲鈍。

ちなまぐさ・い⑤【血腥い】（形） ①血腥。②血腥。「～い話」血腥的故事。

ちなみに⓪②【因に】（接續） 有關聯，順便（附帶）說一下。

ちな・む②【因む】（動五） 源於，來自。「季節に～・んで名づける」因出生季節而命名。

ちにち⓪【知日】 日本通。

ちぬだい⓪【茅渟鯛】 黑鯛的異名。

ちぬ・る②【血塗る】（動五） 沾血。「～・られた歴史」血跡斑斑的歷史。

ちねつ⓪【地熱】 地熱。

ちのう①【知能】 智慧。「～検査」智力測驗。

ちのうしすう⑤【知能指数】〔intelligence quotient〕智力商數，智商。

ちのけ⓪【血の気】 ①血色。「～のない顔」沒有血色的臉。②血氣方剛。「～の多い気質」血氣方剛的性情。

ちのみご⓪【乳飲み児】 乳兒，吃奶的孩子。

ちのり⓪【血糊】 黏稠的血，血糊。

ちはい⓪【遅配】スル 晚發，延誤，誤期。

ちばし・る③【血走る】（動五） 眼紅，紅眼。「目を～・らせる」令人眼紅。

ちはつ⓪【遅発】スル ①遲發車。②晚出現。↔早発。「～月経」月經晚來。③延遲。「～信管」導火線晚爆。

ちばなれ⓪【乳離れ】スル 斷奶，離乳。

ちはらい②【遅払い】 遲付，給付遲延。

ちばん⓪【地番】 土地編號，地號。

ちひつ⓪【遅筆】 遲筆。寫文章等下筆慢或寫得很慢。↔速筆

ちひょう⓪【地表】 地表。

ちび・る②（動五） ①滴答。「小便を～・る」滴答小便。②吝嗇，摳門，小氣。「出費を～・る」捨不得出費用。

ち・びる②【禿びる】（動上一） 磨禿。「鉛筆が～・びた」鉛筆不尖了。

ちひろ⓪【千尋】 千尋。「～の海」深不可測的大海。

ちぶ①【恥部】 ①陰部。②陰暗面。「大都会の～」大城市的黑暗面。

ちぶさ①【乳房】 乳房。

チフス①【德 Typhus】 傷寒。

ちぶつ①【地物】 地上萬物。

ちへい⓪【地平】 ①平坦的大地，大地的

平面。②地平面。

ちへど◎【血反吐】 嘔血。「~をはく」嘔血。

ちへん◎【地変】 地殼變動，地變。

ちほ①【地歩】 （自己的）地位，立場，立足點。「~を固める」鞏固地位。「~を占める」占有地位。

ちほう①①【地方】 ①地方，地區。「関東~」關東地方。②地方，地區，外地。首都之外的地區。↔中央

ちほう◎【痴呆】 癡呆，白癡。

ちぼう◎【知謀・智謀】 智謀。

ちほうぎかい◎【地方議会】 地方議會。

ちほうぎんこう◎【地方銀行】 地方銀行。

ちほうけいば◎【地方競馬】 地方賽馬。

ちほうけんさつちょう◎【地方検察庁】 地方檢察廳。

ちほうこうきょうだんたい◎【地方公共団体】 地方公共團體。

ちほうこうふぜい◎【地方交付税】 地方交付稅。

ちほうこうむいん◎【地方公務員】 地方公務員。

ちほうさい◎【地方債】 地方債。

ちほうさいばんしょ◎【地方裁判所】 地方法院。

ちほうじち◎【地方自治】 地方自治。

ちほうじちたい◎【地方自治体】 地方自治體。「地方公共団体」的通稱。

ちほうしょく◎【地方色】 地方色彩。

ちほうせんきょ◎【地方選挙】 地方選舉。

ちほうばん◎【地方版】 地方版。

ちほうぶんけん◎【地方分権】 地方分權。↔中央集権

チマ①〔韓語〕朝鮮女長裙。

ちまき◎【粽】 粽子。

ちまた◎【巷】 ①巷。「紅灯の~」花街柳巷。②世間，社會上。「~の声」民眾的聲音。③（發生事情的）地方，場所。「修羅の~」修羅場。

ちまつり◎【血祭り】 血祭。「~に上げる」抓人做血祭。

ちまなこ◎②【血眼】 ①血紅的眼。②為

某事而狂奔拼命。「金策に~になる」為籌款而拼命奔走。

ちまみれ◎【血塗れ】 沾滿血。

ちまめ◎【血豆】 紫皰，血皰。

ちまよ・う◎【血迷う】 （動五） 發瘋，癲狂，不能自制。

ちみ◎【地味】 土質。「~が肥えている」土地肥沃。

ちみち◎【血道】 血脈。「~を上げる」神魂顛倒。

ちみつ◎【緻密】 ①緻密。「~な木目」細緻的木紋。②緻密，周密，縝密。「~な計画」周密的計畫。③緻密，精細。「~な仕上がり」做工精細。

ちみどろ◎【血塗ろ】 ①沾滿血，全是血。②浴血，拼命。「~の苦闘」浴血奮戰。

ちみもうりょう◎【魑魅魍魎】 魑魅魍魎。

ちみゃく◎【血脈】 血脈。

チムニー①【chimney】 ①煙囪。②狹窄岩縫。

ちめい◎【地名】 地名。

ちめい◎【知名】 知名，出名。「~人」知名人士。

ちめい①【知命】 ①知命。出自論語「五十而知天命」。② 50 歲的別稱。

ちめい◎【致命】 致命。

ちめいしょう◎①【致命傷】 ①致命傷。「~を負う」受致命傷。②沉重打擊，致命打擊。「投機失敗が~となった」投機不成受到致命的打擊。

ちめいてき◎【致命的】 （形動） ①致命的，要命的。「~な傷」致命傷。「~なミス」致命的錯誤。

ちもう◎【恥毛】 陰毛。

ちもく①【地目】 地目。

ちゃ①【茶】 ①茶樹。②茶。③茶道，茶湯。

チャージ①【charge】 スル ①充電。②加油，裝燃料。③費用。「テーブル-~」桌位費。

チャーシュー①【叉焼】 叉燒肉。

チャージング◎【charging】 衝撞。比賽中身體撞到對方。

チャーター[1]【charter】 ｽﾙ 包下，包租。

チャーチ[1]【church】 基督教會，教堂。

チャート[1]【chart】 ①海圖。②圖表，一覽表。

チャーハン[1]【炒飯】 炒飯。

チャービル[1]【chervil】 細葉芹。

チャーミング[1]【charming】（形動） 有魅力的，迷人的。「～な女」有魅力的女性。

チャーム[1]【charm】 ｽﾙ 迷人，誘人。「～-ポイント」誘人之處。

チャームポイント[4]【⑭charm+point】 魅力點。

チャイナ[1]【China】 ①中國，中國式的。「～-ドレス」旗袍。②陶瓷器。

チャイニーズ[3]【Chinese】 中國人，中國語，中文。

チャイム[1]【chime】 ①編擊樂器，組鐘。②鐘琴音響裝置。

チャイルドシート[5]【child-seat】 幼兒專用（輔助）座椅。

ちゃいろ[0]【茶色】 茶色。

ちゃうけ[0]【茶請け】 茶點心，茶點。

ちゃうす[0]【茶臼】 茶磨，茶臼。

チャウダー[1]【chowder】 西式海鮮湯。「クラム-～」西式蛤蜊海鮮湯。

チャウチャウ[1]【chow chow】 獅子狗，鬆獅犬。

ちゃえん[0]【茶園】 茶園。

チャオズ[0]【餃子】 餃子。

ちゃかい[0]【茶会】 茶會。

ちゃがけ[0]【茶掛け】 茶室書畫掛軸。

ちゃがし[0]【茶菓子】 茶點心，茶點。

ちゃかす[0]【茶滓】 茶葉渣。

ちゃか・す[0]（動五） 挖苦，開玩笑。「人の話を～・してはいけない」不許拿人家的話開玩笑。

ちゃかっしょく[0]【茶褐色】 茶褐色，棕色。

ちゃがま[0][2]【茶釜】 茶釜。

ちゃがゆ[0]【茶粥】 茶粥。

ちゃがら[0]【茶殻】 茶葉渣。

ちゃき[0]【茶器】 茶器。

ちゃきちゃき[0] 道地，正牌，真正的。「～の江戸っ子」道地江戸人。

ちゃきん[0][2]【茶巾】 茶巾。

ちゃきんずし[0]【茶巾鮨】 茶巾壽司。

ちゃく[0]【着】 [1]到達，抵達。→発「東京～」抵達東京。[2]（接尾） ①套，件。計數衣服的量詞。「スーツ 1～」1套西裝。②名次。

ちゃくい[0]【着衣】 ｽﾙ 著裝，衣著。

ちゃくえき[2][0]【着駅】 到站。→発駅

ちゃくがん[0]【着岸】 ｽﾙ 靠岸。

ちゃくがん[0]【着眼】 ｽﾙ 著眼。「～点」著眼點。

ちゃくざ[0]【着座】 ｽﾙ 就座。

ちゃくし[1]【嫡子】 ①嫡子。繼承家業的人。②嫡子。正妻所生的子女。→庶子

ちゃくし[1]【嫡嗣】 嫡嗣。得繼承家業的子女。

ちゃくじつ[0]【着実】 紮實，踏實，牢靠。「～に進歩する」腳踏實地的工作作風。

ちゃくしゅ[1]【着手】 ｽﾙ 著手。「研究に～する」開始研究。

ちゃくしゅつ[0]【嫡出】 嫡出，嫡生子。→庶出

ちゃくじゅん[0]【着順】 到達順序。

ちゃくしょう[0]【着床】 ｽﾙ 著床，植入。

ちゃくしょく[0]【着色】 ｽﾙ 著色，上色。「～剤」著色劑。

ちゃくしん[0]【着信】 ｽﾙ 來信，來電。

ちゃくすい[0]【着水】 ｽﾙ 著水。降落到水面上。→離水

ちゃくせい[0]【着生】 附著維生。

ちゃくせき[0]【着席】 ｽﾙ 入席，就座。

ちゃくせつ[0]【着雪】 ｽﾙ 附著雪。

ちゃくせん[0]【着船】 ｽﾙ 船進港。

ちゃくそう[0]【着想】 ｽﾙ 主意，構思。「～の奇抜さ」構思之奇特。

ちゃくたい[0]【着帯】 ｽﾙ 繫腹。孕婦在妊娠第5個月的吉日繫腹帶。

ちゃくだつ[0]【着脱】 ｽﾙ 裝卸。「装備の～」裝備的裝卸。

ちゃくち[0]【着地】 ｽﾙ ①著地，落地，著陸。②到達地。「～払い」目的地付款；到達地付款。

ちゃくちゃく[0]【着着】（副） 順利地。

ちゃくでん[0]【着電】 ｽﾙ 來電。

ち

ちゃくなん②【嫡男】 嫡長子，嫡子。

ちゃくに◎【着荷】 スル 到貨，收貨。

ちゃくにん◎【着任】 スル 到任，上任。

ちゃくはつ◎【着発】 ①到達和出發。②觸發。「～信管」觸發導火線。

ちゃくばらい◎【着払い】 交貨付款。「料金～」費用交貨付款。

ちゃくひょう◎【着氷】 スル 結冰，覆冰。

ちゃくふく◎【着服】 スル ①穿衣服。②私吞，侵吞。

ちゃくぼう◎【着帽】 スル 戴帽子。↔脱帽

ちゃくもく◎【着目】 スル 著眼。「将来性に～する」著眼於未來。

ちゃくよう◎【着用】 スル ①把衣服穿在身上。②戴。「腕章を～する」戴臂章。

ちゃくりく◎【着陸】 スル 著陸。↔離陸

ちゃくりゅう◎【嫡流】 嫡系，嫡派，嫡流，正支。↔庶流。「源氏の～」源氏的正支。

チャコ◎ 滑石筆。西式裁剪中在布上畫線用的粉筆。

チャコール③【charcoal】 木炭，活性碳。「～-フィルター」炭濾器。

チャコールグレー⑥【charcoal gray】 黑灰色，深灰色。

チャコールフィルター⑧【charcoal filter】 活性碳濾器。

ちゃこし◎【茶漉し】 濾茶器。

ちゃさじ◎【茶匙】 ①茶匙，小湯匙。②茶匙。舀取抹茶用的小勺。

ちゃしつ◎【茶室】 茶室。進行茶道活動的屋室。

ちゃしぶ◎【茶渋】 茶垢。

ちゃしゃく◎【茶杓】 茶勺。

ちゃじん◎【茶人】 ①茶人，精通茶道的人。②獨具風格之人。

ちゃせき◎【茶席】 茶席。舉行茶道的席位，亦指茶會。

ちゃせん◎【茶筅・茶筌】 茶筅。

ちゃだい◎【茶代】 ①茶水費。②（旅店、飯館等的）小費。

ちゃたく◎【茶托】 茶托，茶碟。

ちゃだち◎【茶断ち】 スル 斷茶，戒茶。

ちゃだな◎【茶棚】 茶具架，茶架。

ちゃだんす③【茶簞笥】 茶具櫃，碗櫃。

ちゃち①（形動） 不值錢，粗糙而簡陋。「～な作り」做工粗糙。

ちゃちゃ①【茶茶】 插話打趣，打岔。「～を入れる」插嘴打岔。

チャチャチャ③【西 cha-cha-cha】 恰恰舞。

ちゃっか◎【着荷】 スル 到貨，收貨。

ちゃっかり③（副）スル 有縫就鑽，從不吃虧。「～したやつ」從不肯吃虧的傢伙。

チャック◎【chuck】 拉鏈的商標名。

ちゃづけ◎【茶漬け】 ①茶泡飯。②粗茶淡飯，簡單飯菜。

ちゃっこう◎【着工】 スル 開工，動工。「～式」開工儀式。

ちゃづつ◎【茶筒】 茶葉筒。

チャット①【chat】 聊天。電腦網路上進行的輕鬆對話。

チャツネ◎【chutney】 辣芡。

ちゃつぼ◎【茶壺】 茶葉罐，茶葉盒。

ちゃつみ◎④【茶摘み】 採茶（人）。

ちゃてい◎【茶亭】 茶亭，路邊茶棚。

ちゃとう◎【茶湯】 茶湯。

ちゃどう◎【茶道】 茶道。

ちゃどうぐ③【茶道具】 茶道用具，茶具。

ちゃどころ②◎【茶所】 優質茶產地。

チャドル◎【伊 chādor】 查達爾巾。伊斯蘭女教徒緊密遮身的黑布。

ちゃのこ◎【茶の子】 ①茶點。②早茶點。農家在早飯前吃的簡單食物。③小菜一碟，不算什麼。

ちゃのま◎【茶の間】 飯廳，餐廳，茶室。

ちゃのみ◎【茶飲み】 ①飲茶，好喝茶。②茶人，茶道師傅。

ちゃのみともだち⑤【茶飲み友達】 ①茶友。②老夫婦，老伴。

ちゃのみばなし◎【茶飲み話】 茶話，閒談。

ちゃのゆ◎【茶の湯】 ①品茗會，茶湯（會）。②茶道。

ちゃばおり◎【茶羽織】 茶羽織，茶褂。齊腰短和服外褂。

ちゃばこ◎【茶箱】 ①茶箱。②茶具箱。

ちゃばしら◎【茶柱】 茶柱。

ち

ちゃばたけ⓪【茶畑】 茶田，茶園。

チャパティ①【(北印) chapati】 印度烤餅。

ちゃばな⓪【茶花】 茶室插花。

ちゃばら⓪【茶腹】 茶飽，喝水喝到飽。「～も一時㌧」喝茶也可充饑一時。

ちゃばん⓪【茶番】 ①茶房。②茶番。利用手邊物品表演的滑稽短劇或說話藝術，如「立茶番」「口上茶番」「俄狂言」等。③醜劇，鬧劇。

ちゃびん⓪【茶瓶】 茶瓶。

チャプスイ③【雑砕】 雜碎，雜燴。

チャプター①【chapter】 （書、論文等的）章，主要標題。

ちゃぶだい⓪【卓袱台】 可折疊式矮腳餐桌。

チャペル①【chapel】 小教堂。

ちゃほ①【茶舗】 茶葉鋪。

チャボ⓪ 矮雞，短腳雞。

ちゃぼうず②【茶坊主】 ①茶坊主。指在武家的城內、宅邸內掌管茶道、勤雜等的人。②奴才。對諂上欺下阿附權貴者的諷罵之詞。

ちやほや①（副）スル 迎合，奉承，嬌寵，嬌養，吹捧。

ちゃみせ⓪【茶店】 ①茶館，茶攤。「峠の～」山嶺上的茶館。②茶葉鋪，茶葉店。

ちゃめ⓪【茶目】 淘氣，活寶。

ちゃめし⓪【茶飯】 ①茶飯。②醬油飯。

ちゃめっけ⓪【茶目っ気】 俏皮，活寶。「～たっぷり」淘氣鬼；大活寶。

ちゃや⓪【茶屋】 ①茶葉鋪。②茶葉店。③茶館，茶屋。

ちゃやあそび⓪【茶屋遊び】 冶遊，嫖妓。

ちゃら⓪ 減為零，無借貸。「～にする」做到無借貸。

ちゃらんぽらん⓪ 吊兒郎當，靠不住。「～な男」吊兒郎當的男人。

チャリティー①【charity】 慈善。

チャリティーショー⑤【charity show】 慈善演出，義演。

ちゃりんこ⓪ ①（黑話）少年扒手。②（年輕人用的俗語）自行車，小型摩托車。

チャルメラ⓪【葡 charamela】 七孔喇叭，嗩吶。

チャレンジ②【challenge】 スル 挑戰。

チャレンジャー①【challenger】 挑戰者。

ちゃわ⓪【茶話】 ①茶話。②滑稽的話，輕浮的話。

ちゃわん⓪【茶碗】 茶碗。

ちゃん（接尾） 充滿親切感稱呼人時的用語。「太郎～」太郎。

チャン⓪ 瀝青。

ちゃんこ⓪ 相撲力士火鍋。

チャンス①【chance】 機會。「～を逃す」錯過機會。

ちゃんちゃらおかし・い⑤（形） 滑稽至極，萬分可笑。

ちゃんちゃんこ⓪ 嬰兒背心。

ちゃんと⓪（副）スル ①十分整潔，十分恰當，非常好。「～した仕事」正經的工作。②正確，無誤。「～書く」正確書寫。③整齊，恰好地。「～並ぶ」排列整齊。④結實，牢固。「～つかまる」牢牢地抓住。

チャンネル⓪①【channel】 ①頻道，波道。②頻道鈕，波道鈕。

ちゃんばら⓪ 武打，武戲。

チャンピオン①【champion】 ①衛冕者，優勝者。「野球の世界～」棒球世界冠軍。②代表人。某方面首屈一指的人。

チャンピオンシップ⑥【champion ship】 冠軍，霸權。

チャンピオンフラッグ⑦【champion flag】 優勝旗。

チャンピオンベルト⑥【champion belt】 冠軍腰帶，金腰帶。

ちゃんぽん⓪ ①攙和，交替，混合。「日本語と英語を～に話す」摻雜著說日語和英語。②什錦湯麵。

ちゆ①【治癒】 スル 治癒。

ちゆう⓪【知友】 知友，知己。

ちゆう①【知勇・智勇】 智勇。「～兼備」智勇雙全。

ちゅう①【中】 ①中（等）。②中庸。「～を取る」採取中庸。③「中学校」之省略。「付属～」附中。④「中国」之略。

「日～」日中。⑤表示包含在其中。「空気～」空氣中。⑥中，內，裡。表示在其範圍內。「来月～」下月期間。⑦…中，正在…。「会議～」正在開會。⑧表示其中最具某種特質的。「秀才～の秀才」秀才中的秀才。⑨命中。「百発百～」百發百中。

ちゅう⓪【宙】 ①空中，空間。「～に舞う」在空中飛舞。②記住。「～で言う」背著說；背誦。

ちゅう⓪【忠】 ①忠，真誠。②忠。竭盡真心為國家或主君做事。

ちゅう⓪【注・註】 注。「～をつける」加注。

ちゅう⓪【酎】 「焼酒」之略語。「～ハイ」燒酒兌蘇打水飲料。

ちゅうい⓪【中尉】 中尉。

ちゅうい①【注意】 スル ①注意，小心。②注意，用心提防。③注意，忠告。

ちゅういじんぶつ⑤【注意人物】 受警察監視的人物。

ちゅういぶか・い⑤【注意深い】 （形）十分注意，很小心。

ちゅういほう⓪【注意報】 警報。（氣象）天災預報。

ちゅういりょく⓪【注意力】 注意力。「～散漫」注意力散漫。

ちゅういん⓪【中陰】 中陰。

チューインガム⑤⓪【chewing gum】 口香糖。

ちゅうう①【中有】 〔佛〕中有。

ちゅうえい⓪【中衛】 中衛。

ちゅうおう③【中央】 ①正中央。②中央，中心，中樞。③中央，首府，首都。↔地方

ちゅうおうかんちょう⑤【中央官庁】 中央官廳。

ちゅうおうぎんこう⑤【中央銀行】 中央銀行。

ちゅうおうけいば⑤【中央競馬】 中央賽馬。

ちゅうおうしゅうけん⑤【中央集権】 中央集權。↔地方分権

ちゅうおうせいふ⑤【中央政府】 中央政府。

ちゅうおし⓪【中押し】 中盤認輸。

ちゅうおん⓪【中音】 中音。

ちゅうか①【中華】 ①中華。「～思想」中華思想。②「中華料理」之略。

ちゅうか①【仲夏】 仲夏。陰曆五月的別稱。

ちゅうかい⓪【仲介】 スル 居間，仲介。

ちゅうかい⓪【注解・註解】 スル 注解。

ちゅうがい⓪【虫害】 蟲害。

ちゅうがえり③【宙返り】 スル 空翻，空中翻筋斗。

ちゅうかく⓪【中核】 中堅，骨幹。

ちゅうがく①【中学】 中學。

ちゅうがくせい③【中学生】 中學生。

ちゅうかそば③【中華蕎麦】 中華麵。

ちゅうがた⓪【中形】 中型。

ちゅうがた⓪【中型】 中號，中型。

ちゅうがっこう③【中学校】 中學，國中。

ちゅうかどんぶり⑤【中華丼】 中華蓋飯。

ちゅうかなべ③【中華鍋】 炒鍋，中華鍋。

ちゅうかまんじゅう⑤【中華饅頭】 中華包子，肉包子，豆沙包。

ちゅうかん⓪【中間】 ①中間。②中立。③中間，中途。「～発表」中間發表。

ちゅうかん⓪【中浣・中澣】 中浣。將1個月分成3份，指中旬。

ちゅうかん⓪【昼間】 晝間，白天。↔夜間

ちゅうかんかいきゅう⑤【中間階級】 中產階級。

ちゅうかんかんりしょく⑨【中間管理職】 中間管理職，中層管理幹部。

ちゅうかんさくしゅ⑤【中間搾取】 中間剝削，中間榨取。

ちゅうかんし③【中間子】 〔meson〕介子。

ちゅうかんしゅくしゅ⑤【中間宿主】 中間宿主。

ちゅうかんしょうせつ⑤【中間小説】 中間小說。介於純文學和大眾文學之間的小說。

ちゅうかんしょく⓪【中間色】 ①中間

色。純色中摻入灰色後具有柔和感的顏色。②中間色，第二色。色相環中處於主要原色中間的色相，如橙色、黃綠色、紫色等。

ちゅうかんぶ⓪【中間部】　中音部。

ちゅうき⓪【中気】　①中風。②節氣。

ちゅうき⓪【中期】　①中期，中葉。②中期。

ちゅうき⓪【注記・註記】スル　①注記，注釋。②註記。記下來，亦指記錄。

ちゅうぎ⓪【忠義】　忠義。「～を尽くす」盡忠。

ちゅうぎだて⓪【忠義立て】　盡忠，表現出忠誠。

ちゅうきゅう⓪【中級】　中級。

ちゅうきょう⓪【中京】　中京。名古屋市的別名。

ちゅうきょり⓪【中距離】　中距離。

ちゅうぎり⓪⓪【中限】　下月底交貨。

ちゅうきん⓪【忠勤】　盡忠盡力，忠實勤奮。

ちゅうきん⓪【鋳金】　燒鑄。

ちゅうきんとう⓪【中近東】　中近東。中東的別名。

ちゅうくう⓪【中空】　①天空的中間，中天。②中空，內部空虛。

ちゅうぐらい⓪【中位】　中等。「～の大きさ」中等大小。

ちゅうくん⓪⓪【忠君】　忠君。「～愛国」忠君愛國。

ちゅうけい⓪【中継】スル　①中繼，轉接。「～点」中繼點。②轉播。「中継放送」之略。

ちゅうけい⓪【仲兄】　仲兄，二哥。

ちゅうけいほうそう⓪【中継放送】スル　轉播，實況轉播。

ちゅうけん⓪【中堅】　①中堅，骨幹。②規模等屬中等程度。「～会社」中型公司。③中堅，主力軍。④中外野手。⑤中鋒。

ちゅうけん⓪【忠犬】　忠犬。

ちゅうげん⓪【中元】　中元節。

ちゅうげん⓪【中原】　中原。(相對邊境或蠻國) 天下的中央地。「～に鹿を逐う」逐鹿中原。

ちゅうげん⓪【中間】　中間。對部分武家僕役的稱呼。

ちゅうげん⓪【忠言】　忠言。「～耳に逆らう」忠言逆耳。

ちゅうけんしゅ⓪【中堅手】　中外野手。

ちゅうこ⓪【中古】　①中古，二手。②中古。上古和近古之間的時代。

ちゅうこう⓪【中耕】スル　中耕。作物生長期裡在株行間進行淺耕。

ちゅうこう⓪【中興】スル　中興。「～の祖」中興之祖。

ちゅうこう⓪【忠孝】　忠孝。

ちゅうこう⓪【昼光】　晝光，日光，自然光。

ちゅうこうしょく⓪【昼光色】　自然光色，晝光色，日光色。

ちゅうこく⓪【中刻】　中刻。將 1 刻 (2 小時) 分成三等分時的中間的時刻。→上刻・下刻

ちゅうこく⓪【忠告】スル　忠告。

ちゅうごく⓪【中国】　①中國。②(日本的) 中國地方 (指岡山、廣島、山口、島根、鳥取五縣)。

ちゅうごし⓪【中腰】　略微欠身，半起身。

ちゅうこひん⓪【中古品】　二手貨，中古品。

ちゅうこん⓪【忠魂】　忠魂。「～碑」忠魂碑。

ちゅうさ⓪【中佐】　中佐。

ちゅうざ⓪【中座】スル　中途退席。

ちゅうさい⓪【仲裁】スル　仲裁，說和。「～に入る」開始進行調解。→斡旋・調停

ちゅうざい⓪【駐在】スル　①駐在，駐紮。「アメリカ～大使」駐美大使。②「駐在所」(警察派出所)之略，亦指駐紮在此的巡警。

ちゅうざいしょ⓪【駐在所】　①巡警崗哨。②派出所，辦事處。

ちゅうさつ⓪【誅殺】スル　誅殺，誅戮。

ちゅうさつ⓪【駐剳】スル　駐外。

ちゅうさん⓪【昼餐】　中餐。

ちゅうさんかいきゅう⓪【中産階級】　中產階級。

ちゅうし⓪【中止】スル　中止，作罷。

ちゅうし◎【注視】スル　注視。

ちゅうじ◎◎【中耳】　中耳。

ちゅうじえん◎【中耳炎】　中耳炎。

ちゅうじき◎【中食】　①中飯。午飯的舊說法。②茶會上擺出的飯食。

ちゅうじく◎【中軸】　①中軸。②核心（人物）。

ちゅうじつ◎【忠実】　①忠實，誠實。②忠實，如實。「～に写す」如實地抄寫。

ちゅうしゃ◎【注射】スル　注射，打針。

ちゅうしゃ◎【駐車】スル　停車。→停車

ちゅうしゃく◎【注釈・註釈】スル　注釋。

ちゅうしゅう◎【中秋】　中秋。「～の名月」中秋的明月。

ちゅうしゅう◎【仲秋】　仲秋。陰曆八月的異名。

ちゅうしゅつ◎【抽出】スル　①抽出，提取。②萃取，提取。

ちゅうしゅん◎【仲春】　仲春。陰曆二月的異名。

ちゅうじゅん◎【中旬】　中旬。→上旬・下旬

ちゅうしょう◎【中小】　中小。程度中等和程度小的事物。「～河川」中小型河川。

ちゅうしょう◎【中称】　中稱。日語指示代名詞「こ、そ、あ」三種區分中，相當於「そ」所指示的人或物，特指聽者一方的事物、場所、方位，如「それ」、「そこ」、「そちら」等。→近称・遠称

ちゅうしょう◎【中傷】スル　中傷，毀謗。

ちゅうしょう◎【抽象】スル　〔abstraction〕抽象。↔具象・具体→捨象

ちゅうじょう◎【中将】　中將。

ちゅうじょう◎【衷情】　衷情。

ちゅうしょうてき◎【抽象的】（形動）〔abstract〕①抽象的。屬於概念的且為一般性的樣子。②抽象的。缺乏具體性。「～な説明」抽象說明。↔具象的・具体的

ちゅうしょうめいし◎【抽象名詞】　抽象名詞。

ちゅうしょうろん◎【抽象論】　抽象論。

ちゅうしょく◎【昼食】　午餐，午飯。

ちゅうしん◎【中心】　①中心，正當中，

中央。②中心。「文化の～」文化中心。③中心。主要的地方、東西或人。「～人物」中心人物。④重心。「～をとる」保持重心。

ちゅうしん◎【中震】　中級地震。

ちゅうしん◎◎【忠臣】　忠臣。

ちゅうしん◎【注進】スル　緊急上報，急報。「御～」緊急上報。

ちゅうしん◎【衷心】　衷心。「～より哀悼の意を表す」表示由衷的哀悼。

ちゅうしんち◎【中心地】　中心地。

ちゅうしんてき◎【中心的】（形動）　中心的。

ちゅうすい◎【虫垂】　闌尾。

ちゅうすい◎【注水】スル　注水。

ちゅうすいどう◎【中水道】　中水道。對雨水、污水作淨化處理，再用於沖水廁所、灑水等各種用途的水道。雜用水道。

ちゅうすう◎【中枢】　中樞。

ちゅうすうしんけいけい◎【中枢神経系】　中樞神經系統。↔末梢神経系

チューズデー◎【Tuesday】　週二，星期二。

ちゅう・する【沖する・冲する】（動サ變）　沖，上沖。「天に～する」沖天。

ちゅう・する◎【注する・註する】（動サ變）　①加說明，加注釋。②登錄記載。

ちゅう・する◎【誅する】（動サ變）　①誅殺。②誅滅。

ちゅうせい◎【中世】　中世。古代之後、近代之前的時期，鎌倉、室町時代相當於中世。

ちゅうせい◎【中正】　中正，公正。

ちゅうせい◎【中性】　①中性。②中性人。③〔化〕中性。即不顯示酸性，也不顯示鹼性，pH為7。

ちゅうせい◎【忠誠】　忠誠。「～心」忠誠心。

ちゅうぜい◎【中背】　中等身材。「中肉～」不胖不瘦中等身材。

ちゅうせいだい◎【中生代】　中生代。

ちゅうせき◎【沖積】　沖積。

ちゅうせき◎【柱石】　①柱石。「国家

の～」國家的柱石。②方柱石。

ちゅうせきそう◎【沖積層】 沖積層。

ちゅうせきへいや◎【沖積平野】 沖積平原。

ちゅうせつ◎【忠節】 忠節。忠貞且節義。「～を尽くす」克盡忠節。

ちゅうぜつ◎【中絶】ｽﾙ ①中斷,杜絕。②人工流產。

ちゅうせん◎【抽籤・抽選】ｽﾙ 抽籤。「～して決める」抽籤決定

ちゅうぞう◎【鋳造】ｽﾙ 鑄造。「～貨幣」鑄造貨幣。

ちゅうそつ◎【中卒】 中學畢業。

チューター①【tutor】 ①個人指導教師。②研究會等的講師。

ちゅうたい◎【中退】ｽﾙ 中輟,中途退學。

ちゅうたい◎【中隊】 中(連)隊。

ちゅうたい◎【紐帯】 ①細繩帶。②聯繫。

ちゅうだん◎【中段】 ①中段,中層。②中間階段。③中段。劍道姿勢中的正眼。

ちゅうだん◎【中断】ｽﾙ ①中斷。「放送を～する」中斷播放。②〔法〕中斷。「時効の～」時效中斷。

ちゅうちゅうたこかいな〔連語〕 玩沙包等遊戲中計數時,代替 2、4、6、8、10 而念唱的詞語。

ちゅうちょ①【躊躇】ｽﾙ 躊躇。

ちゅうっぱら◎【中っ腹】 心裡生氣。

ちゅうづり◎【宙吊り】 懸吊,懸空。

ちゅうてつ◎【鋳鉄】 鑄鐵。

ちゅうてん◎【中天】 ①中天,天的正中央。②空中,半空。

ちゅうてん◎【中点】 中點。

ちゅうと◎【中途】 ①中途,半途。②中途。進行中事物的半途。「～でやめる」半途而廢。

ちゅうとう◎【中等】 中等。

ちゅうとう◎【仲冬】 仲冬。陰曆十一月的別名。

ちゅうとう◎【柱頭】 ①柱頭,柱頂。②〔植〕柱頭。雌蕊的先端。

ちゅうとう◎【偸盗】ｽﾙ 偷盜,偷竊。

ちゅうとう◎【中東】 〔Middle East〕中東。→極東・近東

ちゅうどう◎【中道】 ①中道,中庸之道。②中途,半路。「業～にして倒れる」事業進行到一半就倒閉。

ちゅうどく◎【中毒】ｽﾙ 中毒。

ちゅうどしま◎【中年増】 中間年齡層婦女。指超過 20 歲至 28～29 歲左右的女性。

チュートリアルソフトウエア【tutorial software】 〔tutorial 為「個人指導」之意〕個人指導軟體,學習軟體。

ちゅうとろ◎ 多脂肪鮪魚肉。

ちゅうとん◎【駐屯】ｽﾙ 駐屯,駐紮。

チューナー①◎【tuner】 ①調頻器。②調諧設備。

ちゅうなごん◎【中納言】 中納言。太政官職的一種。

ちゅうなんべい◎【中南米】 中南美。

ちゅうにかい◎【中二階】 中二樓。一樓和二樓之間的建築物。

ちゅうにく◎【中肉】 ①中級肉。②不胖不瘦。

ちゅうにち◎【中日】 ①中間日,正中間那天。②〔佛〕春分日,秋分日。③中日。「～貿易」中日貿易。

ちゅうにち◎【駐日】 駐日。

ちゅうにゅう◎【注入】ｽﾙ 注入。

ちゅうにん◎【中人】 半個大人,大孩子,中小學生。

チューニング◎【tuning】ｽﾙ ①調頻,調整。②和音。

ちゅうねん◎【中年】 中年。「～層」中年階層。

ちゅうのう◎【中脳】 中腦。

ちゅうのり◎【宙乗り】 宙乘,懸空移動。歌舞伎演出的一種方法。

ちゅうは◎【中波】 中波。

チューバ①【tuba】 低音號。

ちゅうハイ◎【酎―】 燒酒兌蘇打水飲料。

ちゅうばいか◎【虫媒花】 蟲媒花。

ちゅうばつ◎【誅伐】 誅伐。

ちゅうはん◎【昼飯】 午飯。

ちゅうばん◎【中盤】 ①中盤,中局。圍

ち

棋、將棋等進入正式戰鬥的階段。②中盤。進入爭勝負等的中間時期。

ちゅうび⓪【中火】 中火。→強火・弱火

ちゅうぶ⓪【中部】 中部。

チューブ⓪【tube】 ①管，筒。②軟管。③內胎。

ちゅうふう⓪【中風】 中風。

ちゅうふく⓪【中腹】 半山腰。

ちゅうぶとり⓪【中太り】 有點胖。

ちゅうぶらりん⓪【中ぶらりん・宙ぶらりん】 ①懸空，懸著，吊著。②懸而未決。「～な状態」懸而未決的狀態。

ちゅうぶる⓪【中古】 半舊，半新。

ちゅうへい⓪【駐兵】 ⊃ル 駐兵，駐軍。

ちゅうべい⓪【中米】 中美洲。

ちゅうへん⓪【中編・中篇】 ①中篇。②中篇。「中篇小説」的略稱。

ちゅうぼう⓪【厨房】 厨房，伙房。

ちゅうぼく⓪【忠僕】 忠僕。

ちゅうぼそ【中細】 中細。

ちゅうみつ⓪【稠密】 ⊃ル 稠密。

ちゅうもく⓪【注目】 ⊃ル 注目，注視。「～に値する」值得注目。

ちゅうもん⓪【中門】 中門。

ちゅうもん⓪【注文・註文】 ⊃ル ①訂做，訂貨，訂購。「～を受ける」接受訂貨。②要求，願望。「～をつける」提出要求。

ちゅうや⓪【昼夜】 夜，日夜。「～を分かず」不分晝夜。

ちゅうゆ⓪【注油】 ⊃ル 注油。

ちゅうよう⓪【中庸】 中庸。

ちゅうよう⓪【中葉】 中葉，中世。

ちゅうようとっき⓪【虫様突起】 蚓突，闌尾。

ちゅうりきこ⓪【中力粉】 中筋麵粉。

ちゅうりつ⓪【中立】 中立。「～国」中立國。

チューリップ⓪【tulip】 鬱金香。

ちゅうりゃく⓪⓪【中略】 ⊃ル 中略。

ちゅうりゅう⓪【中流】 ①中游。②中等階層。「～の家庭」中等家庭。

ちゅうりゅう⓪【駐留】 ⊃ル 駐留。

ちゅうりん【駐輪】 停車。「～禁止」禁止停車。

チュール⓪【法 tulle】 珠羅紗。

ちゅうれいとう⓪【忠霊塔】 忠靈塔。

ちゅうれん⓪【柱聯】 柱聯。

ちゅうろう⓪【柱廊】 柱廊。

ちゅうわ⓪【中和】 ⊃ル 中和，中和反應。

チューンアップ④【tune up】 ⊃ル 調準，校準。

チュチュ⓪【法 tutu】 芭蕾舞裙。

チュニック⓪【tunic】 束腰上衣。

ちよ⓪【千代】 千代，千年。「～に八千代ぽに」千秋萬代。

ちょ⓪【著】 著。寫作著述，亦指著作。

ちょ⓪【緒】 緒。事物的開頭。「～についたばかり」剛剛開始。

ちょい【儲位】 儲位。

チョイス⓪【choice】 挑選，選擇。

ちょいちょい⓪（副） 常，經常，常常。「彼は～学校を休む」他經常曠課。

ちょう⓪【丁】 ①①雙，雙數。賭博中骰子的點數為偶數。↔半。②張。②（接尾）①張。計算日式裝訂書頁數的量詞。②塊。計算豆腐的量詞。③碟數，碗數，杯數。

ちょう⓪【庁】 廳。作為內閣總理府，或各省的外局設置的行政機關之一。

ちょう⓪【兆】 ①兆，預兆。②兆。1 億的 1 萬倍。

ちょう⓪【町】 ①町。距離的單位。②町。土地面積單位。③町，鎮。地方公共團體之一。

ちょう⓪【疔】 疔。癰瘡的俗稱。

ちょう⓪【長】 ①首領，首長。②長處，優點。↔短。「一日の～がある」略高一籌。

ちょう⓪【帳】 ①帳幕。②帳面，帳簿。

ちょう⓪【朝】 ①朝廷。②王朝。「ビクトリア～」維多利亞王朝。③朝。君主持續統治的期間。「推古～」推古朝。

ちょう⓪【腸】 腸。

ちょう⓪【蝶】 蝶。「～よ花よと育てる」嬌生慣養。

ちょう⓪【調】 ①調。律令制的租稅之一。②調。以具有絕對音高的主音為中心具備一定功能的諸音體系。③調。表示格調、風格、格律。「七五～」七五

調。

ちょう⓪【超】（接頭）　超。「～満員」超客滿。

ちょう⓪【張】（接尾）　①張,把。弓、琴等的量詞。②頂,張。計數幕布、蚊帳等懸掛物的量詞。③張。計數紙、皮子等的量詞。

ちょうあい⓪【丁合い】　配頁。書籍裝訂中,將折帖按頁碼順序經由手工或機械集中在一起的作業。

ちょうあい⓪①【帳合い】　①核對帳目。②登帳,記帳,入帳。

ちょうあい⓪【寵愛】ス ル 　寵愛。

ちょうあく⓪【懲悪】　懲惡。「勧善～」勸善懲惡。

ちょうい①【弔意】　哀悼,弔意。

ちょうい①【弔慰】ス ル 　撫慰,弔唁。「～金」撫恤金。

ちょうい①【潮位】　潮位。

ちょういん⓪【調印】ス ル 　簽字,簽署。

ちょうウランげんそ⓪【超一元素】　超鈾元素。

ちょうえい⓪【町営】　町營,鎮營,街營。

ちょうえき⓪【懲役】　懲役,徒刑。→禁固。「無期～」無期徒刑。

ちょうえつ⓪【超越】ス ル 　①超越,超絕。②超脱。

ちょうえん⓪【長円】　長圓,橢圓。

ちょうえん⓪【腸炎】　腸炎。

ちょうおん⓪【長音】　長音。↔短音

ちょうおん⓪【調音】ス ル 　①發音。②調音。

ちょうおん⓪【聴音】　聽音,辨音。

ちょうおんかい⓪【長音階】　長音階,大音階。↔短音階

ちょうおんそく⓪【超音速】　超音速。

ちょうおんぱ⓪【超音波】　超音波。

ちょうおんぷ⓪【長音符】　①長音符。音符中表示延長得較長的音。②長音符號。標在文字上表示延長該母音的記號。

ちょうか⓪【弔花】　輓花。

ちょうか⓪【弔歌】　輓歌。

ちょうか⓪【町家】　①街屋。街上的房子。②商家。

ちょうか⓪【長靴】　長靴,長筒皮靴。

ちょうか⓪【長歌】　長歌。

ちょうか⓪【釣果】　釣魚的成果。

ちょうか⓪【超過】ス ル 　超過,超額。

ちょうかい⓪【町会】　①町會。「町議会」的舊稱。②町會,街道居民委員會。

ちょうかい⓪【朝会】　朝會。

ちょうかい⓪【潮解】ス ル 　潮解。

ちょうかい⓪【懲戒】ス ル 　懲戒。

ちょうかきんむ⓪【超過勤務】　加班。

ちょうかく⓪【頂角】　頂角。↔底角

ちょうかく⓪①【聴覚】　聽覺。

ちょうかん⓪【長官】　長官。

ちょうかん⓪【鳥瞰】ス ル 　鳥瞰。

ちょうかん⓪【朝刊】　晨刊,早報,晨報。↔夕刊

ちょうかんず⓪【鳥瞰図】　鳥瞰圖。

ちょうかんまく⓪【腸間膜】　腸間膜。

ちょうき⓪【弔旗】　輓旗,弔旗,下半旗。

ちょうき①【長期】　長期。↔短期

ちょうぎ①【町議】　「町議会議員」之略。

ちょうぎ①【朝議】　朝議。朝廷的會議。

ちょうぎかい⓪【町議会】　町議會。

ちょうきせん⓪【長期戦】　長期戰。

ちょうきゃく⓪【弔客】　弔客,弔唁者。

ちょうきゅう⓪【長久】　長久。「武運～」武運長久。

ちょうぎょ①【釣魚】　釣魚。

ちょうきょう⓪【調教】ス ル 　調教,馴獸。「～師」馴獸師。

ちょうきょり①【長距離】　長途,長距離。

ちょうきん⓪【彫金】ス ル 　雕金。

ちょうく①【長駆】ス ル 　①長途跋涉。②長途追擊。③策馬長驅。

ちょうく①【長軀】　高個子。個子高。↔短軀。「痩身～」瘦高個子。

ちょうけい①【長兄】　長兄,大哥。

ちょうけい⓪【長径】　長半徑,長軸。同「長軸」。↔短径

ちょうけし⓪【帳消し】ス ル 　①銷帳。②沖

銷。③清帳。扣除後完全結清。

ちょうけつ◎【長欠】スル 長期缺席。

ちょうけん◎【長剣】 ①長劍。②長針，分針。↔短劍

ちょうけん◎【朝見】スル 觀見。「～の儀」觀見之儀。

ちょうげん◎【調弦】スル 調弦，調音。

ちょうこう◎【長江】 ①長江，長的河流。②長江。中國第一大河。

ちょうこう◎【長考】スル 長考，久思，久想。

ちょうこう◎【彫工】 雕刻工（匠）。

ちょうこう◎【朝貢】スル 朝貢。

ちょうこう◎【徴候・兆候】 徵兆，跡象。

ちょうこう◎【調香】スル 調香，調製香味。「～師」調香師。

ちょうこう◎【聴講】スル 聽講，旁聽，聽課。

ちょうごう◎【調合】スル ①調劑，配藥。②調合，調配，混合。

ちょうこうぜつ◎【長広舌】 喋喋不休。

ちょうこうそう◎【超高層】 超高層。「～ビル」摩天大樓。

ちょうこく◎【彫刻】スル ①雕刻。②雕塑。

ちょうこく◎【超克】スル 克服，超越。

ちょうさ◎【調査】スル 調查。

ちょうざ◎【長座・長坐】スル 長坐，久坐。

ちょうざい◎【調剤】スル 調劑，配藥。

ちょうざい◎【聴罪】スル 聽懺悔，聽罪。

ちょうざめ◎【蝶鮫・鰉魚】 鰉。

ちょうさん◎【逃散】 逃散。

ちょうさんぼし◎【朝三暮四】 朝三暮四。

ちょうし◎【弔詞】 悼詞。

ちょうし◎【長子】 長子，大兒子，長男。

ちょうし◎【長姉】 大姐。

ちょうし◎【長詩】 長詩。

ちょうし◎【銚子】 酒壺。

ちょうし◎【調子】 ①狀況，程度，情況，樣子。「体の～が良い」身體健康情況良好。②興頭，乘興。「～に乗る」乘著興頭；乘興。③調子。音律的高低。④調子，語調，語氣，聲調。「激しい～で話す」用激烈的語調講話。

ちょうし◎【聴視】スル 視聽。

ちょうじ◎【丁子・丁字】 ①丁香。②瑞香的俗稱。

ちょうじ◎【弔事】 （死去、葬禮等的）弔喪之事。↔慶事

ちょうじ◎【弔辞】 悼詞，弔辭。

ちょうじ◎【寵児】 ①寵兒。受到特別溺愛的孩子。②寵兒。在社會上受到寵愛的人。「時代の～」時代的寵兒。

ちょうしぜん◎【超自然】 超自然。

ちょうじつ◎【長日】 長日，天長。

ちょうじつしょくぶつ◎【長日植物】 長日照植物。→短日植物

ちょうしもの◎【調子者】 ①飄飄然者，得意忘形者。「お～」飄飄然者。②迎合幫腔者。

ちょうしゃ◎【庁舎】 官廳房舍。

ちょうじゃ◎【長者】 ①長者，長老，上司。②富翁。「億万～」億萬富翁。③族長。

ちょうじゃく◎【長尺】 長底片，長片。「～物」長拷貝片；長影片。

ちょうしゅ◎【聴取】スル ①聽取。②收聽。「～者」收聽者。

ちょうじゅ◎【長寿】 長壽。

ちょうしゅう◎【徴収】スル 徵收。

ちょうしゅう◎【徴集】スル ①徵集。②徵召。

ちょうしゅう◎【聴衆】 聽眾。

ちょうじゅう◎【弔銃】 鳴槍致哀。

ちょうじゅう◎【鳥獣】 鳥獸，禽獸。

ちょうしょ◎【長所】 長處，優點。↔短所

ちょうしょ◎【調書】 ①調查書，報告書。②筆錄。

ちょうじょ◎【長女】 長女，大女兒。

ちょうしょう◎【長嘯】スル 長吟，長嘯。

ちょうしょう◎【徴証】 證明，證據。

ちょうしょう◎【嘲笑】スル 嘲笑。「世間の～を浴びる」受到嘲笑。

ちょうじょう◎【長上】 長輩，尊長。

ちょうじょう◎【長城】 長城。

ちょうじょう◎【重畳】（たる）　①重疊。「～たる山脈」層巒疊嶂的山脈。②太好了。「それは～」那太好了。

ちょうじょうかいだん◎【頂上会談】　最高領導人會議，首腦會議。

ちょうしょく◎【朝食】　早飯，早點。

ちょうじり◎【帳尻】　①帳尾。②帳戶餘額。「～が合う」帳戶餘額相符。

ちょう・じる◎【長じる】（動上一）　①長大。②長於，擅長。「音楽に～・じる」擅長音楽。③長，加深，深化。「恋慕の情が～・じる」愛慕之情日長。

ちょうしん◎【長身】　高個子，大個子。↔短身

ちょうしん◎【長針】　長針，分針。↔短針

ちょうしん◎【朝臣】　朝臣。

ちょうしん◎【調進】スル　承辦，承製，承做。

ちょうしん◎【聴診】スル　聽診。

ちょうしん◎【寵臣】　寵臣。

ちょうじん◎【鳥人】　鳥人。

ちょうじん◎【超人】　超人。具有超凡能力的人。

ちょうしんけい◎【聴神経】　聽覺神經。

ちょうしんせい◎【超新星】　超新星。

ちょうしんるこつ◎◎【彫心鏤骨】　雕心鏤骨，嘔心瀝血。

ちょうず◎【手水】　①洗手水，洗臉水。②上廁所。「～に立つ」上廁所。

ちょうすいろ◎【長水路】　長泳道。↔短水路

ちょう・する◎【徴する】（動サ變）　①徴，證驗。「忠実に～・する」以徴忠實。②徴求，要求。③徴收。「税を～・する」徴税。

ちょうせい◎【長征】スル　長征，遠征。長途跋涉進行征伐。

ちょうせい◎【長逝】スル　長逝，永眠，逝世。

ちょうせい◎【調製】スル　調製，承製，承做。

ちょうせい◎【調整】スル　①調整，調和，協調。②調整，調節。「時間～」調整時間。③調整，協調。「日程の～」行程調整。

ちょうぜい◎【町税】　町税。

ちょうぜい◎【徴税】スル　徴税。

ちょうせき◎【長石】　長石。

ちょうせき◎【朝夕】　①朝夕。②經常，日夜。

ちょうせき◎【潮汐】　潮汐。

ちょうせつ◎【調節】スル　調節。

ちょうぜつ◎【超絶】スル　超群，出類拔萃。

ちょうせん◎【挑戦】スル　挑戦。「～者」挑戦者。「～状」挑戦書。「新記録に～する」挑戦新記録。

ちょうせん◎【腸腺】　腸腺。

ちょうせん◎【朝鮮】　朝鮮。

ちょうぜん◎【超然】（たる）　超然，超脱。

ちょうせんあさがお◎【朝鮮朝顔】　曼陀羅。

ちょうせんせんそう◎【朝鮮戦争】　朝鮮戦争。

ちょうせんにんじん◎【朝鮮人参】　朝鮮人参，高麗参。

ちょうせんはんとう◎【朝鮮半島】　朝鮮半島。

ちょうそ◎【重祚】スル　重祚。

ちょうそ◎【彫塑】　雕塑。

ちょうそう◎【鳥葬】　天葬，鳥葬。

ちょうぞう◎【彫像】　雕像。

ちょうそく◎【長足】　①長足。長腿大腳。②快步。③長足。喻事物發展迅速。「～の進歩をとげる」取得長足的進步。

ちょうぞく◎【超俗】　超俗。

ちょうだ◎【長打】スル　長打。

ちょうだ◎【長蛇】　①長蛇，大蛇。②長蛇。喻東西接連不斷拖得很長。「蜿蜒（えんえん）～の列」蜿蜒如長蛇之列。

ちょうだい◎【長大】スル　長大，漫長。↔短小

ちょうだい◎【頂戴】スル　①「もらう」的謙遜用語。「～物」領到的東西；收到的東西。②請給，賜給，賞給。「私にも～」請也給我一點。「電話を～」請打電話給我。

ち

ちょうたいそく⓪【長大息】 ⼊ル 深深長嘆。

ちょうたく⓪【彫琢】 ⼊ル 雕琢。

ちょうたつ⓪【調達】 ⼊ル 籌措，籌集，籌辦。

ちょうだつ⓪【超脱】 ⼊ル 超脱，超群。

ちょうたん⓪【長短】 ①長和短。②長短，優缺點。「人それぞれ~あり」人各有優缺點。

ちょうたんぱ⓪【超短波】 超高頻。

ちょうチフス③【腸―】 傷寒。

ちょうちゃく⓪①【打擲】 ⼊ル 打人，揍。

ちょうちょう⓪【町長】 町長，鎮長。

ちょうちょう⓪【長調】 大調，長調。↔短調

ちょうちょう⓪【蝶蝶】 蝴蝶。

ちょうちょう⓪【打打・丁丁】（副）叮噹，叮叮噹噹。

ちょうちょうなんなん⓪【喋喋喃喃】 呢喃私語。

ちょうちょうはっし①【打打発止】（副）①鏗鏘，叮噹，叮叮噹噹。②爭論不休。激烈爭論。

ちょうちん③【提灯】 提燈，燈籠。「~に釣鐘」不相稱。相差懸殊。

ちょうつがい③【蝶番】 ①百葉。②關節。「あごの~が外れる」下顎脱臼。

ちょうつけ④⓪【帳付け】 ⼊ル 記帳。

ちょうづけ⓪【丁付け】 標頁碼，頁碼。

ちょうづめ⓪【腸詰め】 香腸。

ちょうづら⓪【帳面】 帳面。

ちょうてい⓪【朝廷】 朝廷。

ちょうてい⓪【調停】 ⼊ル 調停，調解。→仲裁・幹旋

ちょうてき⓪【朝敵】 朝敵，國賊，叛逆。

ちょうてん③【頂点】 ①頂點，頂端。②頂點，極限。「感動が~に達する」感動至極。③〔數〕頂點。

ちょうでん⓪【弔電】 唁電。

ちょうでんどう③【超伝導・超電導】 超導，超導性。

ちょうと①【長途】 長途。

ちょうど⓪②【丁度】（副）①正，整。一點也不差。「~2時だ」二點整。②正

好，恰好。「~電車が来た」恰好電車來了。③正要，剛。「~出たところ」剛出門。④宛如，好像，恰似。「形は~富士山のようだ」形狀好像富士山。

ちょうとう⓪【長刀】 長刀。

ちょうどうけん⓪【聴導犬】 導聴犬。

ちょうとうは⓪【超党派】 超黨派。

ちょうとっきゅう③【超特急】 超級特快列車。

ちょうな⓪【手斧】 斧頭，扁斧。

ちょうない①【町内】 町內，鎮內，街道內。

ちょうなん①【長男】 長男，大兒子。

ちょうにん⓪【町人】 町人。

ちょうネクタイ③【蝶―】 蝴蝶結領帶，蝶形領結。

ちょうねんてん③【腸捻転】 腸絞痛。

ちょうのうりょく③【超能力】 超能力。

ちょうは①【長波】 ①長波。②長波，長水波。

ちょうば⓪【帳場】 帳房，收銀台。

ちょうば⓪【跳馬】 跳馬。

ちょうば⓪【嘲罵】 ⼊ル 嘲罵，嘲諷辱罵。

ちょうばいか③【鳥媒花】 鳥媒花。

ちょうはつ⓪【長髪】 長髮。

ちょうはつ⓪【挑発】 ⼊ル 挑撥，挑釁，挑逗。

ちょうはつ⓪【徴発】 ⼊ル ①徵調。②徵召。

ちょうはつ⓪【調髪】 ⼊ル 梳理頭髮。

ちょうばつ⓪【懲罰】 ⼊ル 懲罰。

ちょうはん①【丁半】 擲骰子，單雙。

ちょうびけい⓪【長尾鶏】 長尾雞的別名。

ちょうふ①【貼付】 ⼊ル 貼上，貼附。

ちょうぶ①【町歩】 町步。計算山林、田地面積時使用的量詞。

ちょうふく⓪【重複】 ⼊ル 重複。

ちょうぶく⓪【調伏】 ⼊ル ①〔佛〕調伏。②念咒殺人，詛咒人死。

ちょうぶん⓪【弔文】 祭文，弔念文章。

ちょうぶん⓪【長文】 長文。↔短文

ちょうへい⓪【徴兵】 ⼊ル 徵兵。

ちょうへいそく③【腸閉塞】 腸阻塞。

ちょうへき【腸壁】 腸壁。

ちょうへん◎【長編・長篇】 長篇。

ちょうぼ◎【帳簿】 帳簿，帳本。

ちょうほう◎【弔砲】 弔唁禮炮。

ちょうほう◎【重宝】 スル ①重寶，至寶。「先祖伝来の～」先祖傳下來的重要寶物。②愛用。「～して使っている」慣用；喜歡使用。③便利，適用。「～な品物」方便的東西。

ちょうほう◎【諜報】 諜報。

ちょうぼう◎【眺望】 スル 眺望。

ちょうほうけい③◎【長方形】 長方形。

ちょうぼん◎【超凡】 超凡。

ちょうほんにん③◎【張本人】 主謀，肇事禍首，罪魁禍首。

ちょうみ①【調味】 スル 調味。

ちょうみりょう③【調味料】 調味料，佐料。

ちょうみん◎【町民】 鎮上居民，街道居民，町民。

ちょうむすび③【蝶結び】 蝴蝶結。

ちょうめ③【丁目】 巷，段，丁目。「銀座4～」銀座4丁目。

ちょうめい◎【長命】 長命。↔短命

ちょうめい◎【澄明】 澄明，澄清。

ちょうめん③【帳面】 ①筆記本，練習本。②帳簿，收支帳。

ちょうめんづら◎【帳面面】 帳面，帳目。

ちょうもく◎【鳥目】 錢，金錢。

ちょうもん◎【弔問】 スル 弔唁，弔慰。

ちょうもん◎【聴聞】 スル 公聽。「～会」公聽會。

ちょうもんのいっしん◎【頂門の一針】 頂門一針，擊中要害的教訓。

ちょうや①【長夜】 ①長夜。↔短夜。②〔佛〕長夜。「無明～」無明長夜。

ちょうや①【朝野】 ①朝野。②世間，天下，全國。

ちょうやく◎【跳躍】 スル 跳躍。

ちょうやく◎【調薬】 スル 調劑，配藥。

ちょうやくきょうぎ◎【跳躍競技】 跳躍比賽。

ちょうゆう◎【町有】 鎮有，街道所有，町有。

ちょうよう◎【長幼】 長幼。「～序あり」長幼有序。

ちょうよう◎【重用】 スル 重用。

ちょうよう◎【重陽】 重陽。

ちょうよう◎【徴用】 スル 徴用。→国民徴用令。

ちょうらい◎【朝来】 早晨以來，清晨以來。

ちょうらく◎【凋落】 スル ①衰落，沒落。②凋落，凋零。

ちょうり①【調理】 スル 烹調，烹飪，做菜，調理。

ちょうりし③【調理師】 廚師。

ちょうりつ◎【町立】 鎮立，町立。

ちょうりつ◎【調律】 スル 調音，調律。「ピアノの～」調鋼琴。

ちょうりゅう◎【潮流】 ①潮流。②潮流，時代的趨勢。「時代の～」時代的潮流。

ちょうりょう◎【跳梁】 スル ①蹦跳奔跑。②跳梁，猖獗。「～跋扈」飛揚跋扈。

ちょうりょく①【張力】 張力。

ちょうりょく①【潮力】 潮力，潮汐力。

ちょうりょく①【聴力】 聽力。

ちょうるい①【鳥類】 鳥類。

ちょうれい◎【朝礼】 朝會。

ちょうれいぼかい◎【朝令暮改】 朝令夕改。

ちょうれん◎【調練】 スル 操練，教練。「～場」操練場。

ちょうろ◎①【朝露】 朝露。「人生～のごとし」人生如朝露。

ちょうろう◎【長老】 ①長老，老前輩。「学界の～」學術界的老前輩。②〔佛〕高僧，長老。

ちょうろう◎【嘲弄】 スル 嘲弄。

ちょうわ◎【調和】 スル 調和，和諧。「～を欠く」不夠協調。

チョーカー①【choker】 短項鍊，領巾，硬高領。

チョーク①【chalk】 ①粉筆。②白堊。③（用於撞球的）防滑粉。

チョーク①【choke】 氣門，阻風門。

ちよがみ◎【千代紙】 千代紙。「～細工」千代紙工藝品。

ちょきん◎【貯金】 スル ①儲蓄存款，存

錢。「～箱」儲蓄盒。②存錢，存款。→
預金

ちょきんつうちょう◎【貯金通帳】　存
摺。

ちょく◎【直】　①筆直。②直率。「～な
話」直截了當的話。③直接。「～の取
引」直接交易。

ちょく◎【勅】　①敕，敕令。天皇的命
令。②敕。神佛的囑咐，神敕。

ちょく◎【猪口】　豬口杯。

ちょくえい◎【直営】スル　直接經營。

ちょくおん◎【直音】　直音。日語音節中
由一個母音或者一個子音和一個母音等
構成的音。→拗音

ちょくげき◎【直撃】スル　（炸彈等）直接
擊中，命中。

ちょくげん◎【直言】スル　直言。「上司に～
する」對上司直言。

ちょくご◎【直後】　①剛…之後，緊接
著。「事件の～」剛剛發生之後。②跟在
…之後，緊靠著。「バスの～をわたる」
緊挨著公車後面過馬路。→直前

ちょくご◎【勅語】　敕語，敕言。

ちょくさい◎【直裁】スル　①即刻裁決。②
親自裁決。

ちょくさい◎【直截】　直截了當。「ちょ
くせつ（直截）」的習慣讀法。

ちょくし◎◎【直視】スル　直視，正視。

ちょくし◎◎【勅使】　敕使。

ちょくしゃ◎【直射】スル　①直射。「～日
光」直射的陽光。②直射。以近乎水平
直線的低彈道發射炮彈、子彈。「～砲」
直射炮。

ちょくじょ◎【直叙】スル　直敘。

ちょくじょう◎【直上】　正上面，正上
方。→直下

ちょくじょう◎【直情】　真情。

ちょくしん◎【直進】スル　直進，直行，長
驅直入。

ちょくせつ◎【直接】　（副）①直接。「～
聞く」直接聽。②直接。不繞道地朝著
目標去。「～会場に行く」直接去會場。

ちょくせつ◎【直截】　直截了當。「～簡
明」直截了當而簡明。

ちょくせつこうどう◎【直接行動】　直接

行動。「～に出る」付諸直接行動。

ちょくせつぜい◎【直接税】　直接稅。←
間接税

ちょくせつせいきゅう◎【直接請求】　直
接請求，直接要求。

ちょくせつせんきょ◎【直接選挙】　直接
選舉。←間接選挙

ちょくせつわほう◎【直接話法】　直接敘
述法。←間接話法

ちょくせん◎【直線】　直線。←曲線

ちょくせん◎【勅撰】　敕撰，奉旨編撰。
←私撰。

ちょくぜん◎【直前】　①即將…前，眼看
就要…時，正要，前夕。「出発～」正要
出發。②眼前，跟前，正前方。「～を横
切る」從眼前橫穿過去。→直後

ちょくせんぎいん◎【勅選議員】　敕選議
員。

ちょくそう◎【直送】スル　直接運送，專
送。

ちょくぞく◎【直属】スル　直屬。「～機関」
直屬機關。

ちょくだい◎【勅題】　①御題匾額。天皇
親筆題字的匾額。②敕題，御題。天皇
出的詩歌題目。

ちょくちょう◎◎【直腸】　直腸。

ちょくつう◎【直通】スル　直通，直達。

ちょくとう◎【直登】スル　直攀，直線上
爬。

ちょくとう◎【直答】スル　①立即回答。②
直接回答。

ちょくどく◎【直読】スル　直讀。←顛
読てん

ちょくのう◎【直納】スル　直接繳納。

ちょくばい◎【直売】スル　①直銷。「産
地～」產地直銷。②直接出售。

ちょくはん◎【直販】スル　直銷。「～シス
テム」直銷系統。

ちょくひ◎【直披】　親啟。書信用語。

ちょくひつ◎【直筆】　①直書，如實寫。
←曲筆。②直筆。書畫運筆方法之一。
←側筆。「懸腕～」懸腕直筆。

ちょくほうたい◎【直方体】　矩體，長方
體。

ちょくめい◎【勅命】　敕命。天皇的命

令。

ちょくめん⓪【直面】スル 直接面對。

ちょくやく⓪【直訳】スル 直譯。→意訳・逐語訳

ちょくゆ⓪【直喩】 直喻。→隠喩

ちょくゆしゅつ③【直輸出】 直接出口。

ちょくゆにゅう③【直輸入】 直接進口。「海外～のバッグ」海外直接進口的包。

ちょくりつ⓪【直立】スル ①直立，挺立。「～歩行」直立行走。②聳立。

ちょくりゅう⓪【直流】 ①直流，直流電。↔交流。②直流，筆直地流動。↔曲流。③嫡派，直系。「源氏の～」源氏直系。

ちょくれい⓪【勅令】 敕令。

ちょくれつ⓪【直列】 串聯。↔並列

ちょこ⓪【猪口】 小酒杯。

ちょこざい③【猪口才】 輕狂，自大。

チョゴリ⓪〔韓語〕小襖。

チョコレート③【chocolate】 巧克力，朱古力。

ちょさく⓪【著作】スル 著作。「～家」作家。

ちょさくけん③【著作権】 著作權。

ちょさくしゃ③【著作者】 著作人，作者。

ちょさくぶつ③【著作物】 ①作品。②著作物。

ちょさくりんせつけん⓪【著作隣接権】 著作鄰接權。

ちょしゃ①【著者】 著者，筆者。

ちょじゅつ⓪【著述】スル 著述，著作。

ちょじゅつぎょう⓪【著述業】 著述業。

ちょしょ①【著書】 著書，著作。

ちょすい⓪【貯水】スル 貯水，蓄水。「～槽」貯水槽；蓄水池。

ちょぞう⓪【貯蔵】スル 貯藏，儲藏。

ちょちく⓪【貯蓄】スル 儲蓄。

ちょっか①【直下】スル ①正下方，腳底下，眼皮底下。↔直上。「赤道～」位於赤道正下方。②直下。「急転～」急轉直下。

ちょっかい⓪ 多管閒事，搭話挑逗，沒話找話說。「～を出す」多管閒事。

ちょっかく⓪【直角】 直角。

ちょっかく⓪【直覚】スル 直覺。

ちょっかつ⓪【直轄】スル 直轄。「～地」直轄地。

ちょっかっこう⑤【直滑降】 直滑降，直線滑降。

ちょっかん⓪【直感】スル 直覺。「～で答える」憑直覺回答。

ちょっかん⓪【直観】スル 〔哲〕〔intuition〕直觀。

ちょっかん⓪【直勘】 敕勘。天皇的責備。

ちょっかんひりつ⑤【直間比率】 直間接稅比率。

ちょっき⓪【直帰】 直接下班。

チョッキ①【葡 jague】 西裝背心，背心。

ちょっきゅう⓪【直球】 直球，直線球。↔変化球

ちょっきょ①【勅許】 敕許。天皇許可。

ちょっくら⓪（副） 一會兒，一點兒，一下。

ちょっけい⓪【直系】 ①直系。血統上由親子關係等直接相承的系統。②直系，嫡系。由師徒關係等直接相傳的系統。↔傍系

ちょっけい⓪【直径】 直徑。

ちょっけいそんぞく⓪【直系尊属】 直系尊親屬。

ちょっけいひぞく⓪【直系卑属】 直系卑親屬。

ちょっけつ⓪【直結】スル 直接結合，直接聯繫，直接連結。

ちょっこう⓪【直交】スル 正交。兩直線或兩平面、直線和平面垂直相交。

ちょっこう⓪【直行】スル ①直行，直奔，徑直前往。②直行。隨自己的意願做事。「直言～」直言直行。③正直的行為。

ちょっこう⓪【直航】スル 直航。→巡航

ちょっと①〔Ⅰ〕（副）①稍微，一點，暫且，一會兒。②試試，看看，順便。以輕鬆的心情做事。「～行ってくる」去去就來。③頗，相當。「～名の知れた人物」相當出名的人。④不太…，難以

…，不大容易…。「私には～できません」我可辦不到。②（感）喂，喂喂喂。「～、君、待ちたまえ」喂，你啊，稍等一會兒。「～した」①有點。一點點的，微不足道的。「～風邪」有點感冒。②相當的，挺好的。「～アイデア」挺好的主意。

ちょっとみ⓪【ちょっと見】 乍看，初看。

チョッパー①【chopper】 ①石斧。②切碎機。③斷路器，斷波器，斬波器。

ちょっぴり③（副） 有點，少許。

チョップ①【chop】 ①排骨，燒排骨，烤排骨。②砍擊，切。職業摔角中，以手刀劈打對方。

ちょびひげ⓪②【ちょび髭】 小鬍子。

ちょぼ⓪【点】 ①點，著重點，頓點，逗號。②點。源自太夫在腳本中對自己說唱部分加註旁點而得的名稱。

ちょぼく⓪【貯木】 貯木。「～場」貯木場。

ちょめい⓪【著名】 著名。「～な小説家」著名小說家。

ちょめい⓪【著明】 明確，明白無誤。

ちょりつ⓪【佇立】スル 佇立。

ちょろぎ⓪【草石蚕】 草石蠶，甘露子。

ちょろず③【千万】 千萬，千千萬萬。

ちょろまか・す⓪（動五） 偷拿，矇騙。「会社のものを～・す」偷公司裡的東西。

ちょん⓪ ①標點。②劇終，終場，完結。③一丁點，稍微。「～の間」不一會兒；轉眼間。④免職，解雇，開除。

チョンガー①【総角】〔韓語〕①單身漢，光棍。②與妻兒分開，去遠方工作的男性的俗稱。

ちょんぼ⓪ ①詐和。麻將用語。②意外失策，無心之過。

ちょんまげ⓪【丁髷】 丁髻。江戶時代男子的髮型之一。

ちらか・す⓪③【散らかす】（動五） 亂扔，使零亂，弄散亂。「～・したら必ず片付けなさい」亂扔亂放的東西一定要收拾好。

ちらか・る⓪③【散らかる】（動五） 亂

七八糟，七零八落，到處都是。「～・った部屋」東西扔得亂七八糟的房間。

ちらし⓪【散らし】 傳單，廣告單。「～広告」傳單廣告。

ちらしがき⓪【散らし書き】 散書。將和歌詩句不按行而呈跳躍空開，或草假名平假名混雜，並或濃或淡、或粗或細、飄逸灑脫地書寫在色紙、詩箋等上。

ちらしずし③【散らし鮨】 散壽司飯。

ちらしもよう③【散らし模様】 碎紋。

ちら・す⓪【散らす】（動五） ①散開，弄散，吹落。「紙屑を～・す」把紙屑扔了一地。②散布，散播，傳播。「うわさを～・す」散播謠言。③消炎，散瘀。「盲腸を～・す」使盲腸消炎。④丟失，失去，喪失。「命を～・す」喪命。

ちらつ・く⓪（動五） ①若隱若現，閃爍恍惚。「目の前に、母の顔が～・く」彷彿媽媽的面容浮現在眼前。②飄灑，飄飛。「雪が～・く」雪花飄飛。

ちらば・る③【散らばる】（動五） 零散，零亂，分散，離散。「机の上に原稿用紙が～・る」桌上雜亂地放著稿紙。

ちり⓪ 什錦火鍋，魚肉火鍋。「河豚～」河豚火鍋。

ちり⓪【塵】 ①塵土，塵埃。「～がたまる」積下灰塵。②塵世，紅塵。「浮き世の～を逃れる」躲避紅塵。③一星半點，少許。「～ほどの値打もない」毫無價值。

ちり⓪【地理】 ①地理。「人文～」人文地理。②地理。當地的樣子、情況。「東京～に明るい」熟悉東京的地理。③地理學。

ちりあくた③【塵芥】 塵芥，垃圾。「～に等しい」如同塵芥。

ちりがみ⓪【塵紙】 衛生紙。

ちりし⓪【塵紙】 衛生紙。

ちりし・く⓪③【散り敷く】（動五） 落滿。「落ち葉が～・く」落滿了落葉。

チリソース③【chili sauce】 辣椒醬。

ちりぢり⓪【散り散り】（形動） 四散，離散。「家族が～になる」家人離散。

ちりとり③④【塵取り】 簸箕，畚箕。

ちりなべ⓪【ちり鍋】 魚火鍋。→ちり

チリパウダー③【chili powder】 番椒粉。

ちりば・める④【鏤める】（動下一） 鏤（滿），鑲嵌，穿插。「ダイヤを～・めた冠」鑲了鑽石的王冠。

ちりめん⓪【縮緬】 縐綢，縐紗。

ちりめんじゃこ⓪【縮緬雑魚】 皺雜魚，小雜魚乾。

ちりゃく⓪【知略・智略】 智略，智謀。「～にすぐれる」智謀出眾；足智多謀。

ちりょう⓪【治療】 スル 治療。

ちりょく①【地力】 地力，土壤肥力。

ちりょく①【知力・智力】 智力。

ちりれんげ③【散り蓮華】 ①調羹，湯匙。②凋謝散落的蓮花。

ち・る⓪②【散る】（動五） ①散落，凋落，凋謝。↔咲く。②分散，離散。「人が～・っていく」人群散去。③消退，散。「毒が～・る」消腫；解毒。④暈開。「インクが～・る」墨水暈開。⑤渙散，散漫，不專心。「気が～・る」心神渙散。⑥消散。「霧が～・る」霧散了。⑦壯烈犧牲，英勇就義。「花と～・った若者」壯烈戰死的年輕人。

チルド①【chilled】 低溫冷藏，半冷凍。「～食品」低溫冷藏食品。

ちれき⓪【地歴】 史地。「地理、歴史」的略語，用於教學科目。

チロキシン⓪【thyroxine】 甲狀腺素。

ちろり⓪【銚釐】 燙酒壺。

チロリアン⓪【Tyrolean】 提洛爾地方的、提洛爾地方式的之意。

チロリアンハット⓪【Tyrolean hat】 提洛爾帽。

ちわ⓪①【痴話】 情話，枕邊話。

ちわげんか②【痴話喧嘩】 爭風吃醋。

ちん①【狆】 哈巴狗。

ちん①【亭】〔唐音〕亭子，涼亭。

ちん①【珍】 珍貴，珍貴的東西。「山海の～」山珍海味。

ちん①【賃】 ①使用費，價金。「借り～」租金。②費用，工資，工錢。「運び～」運費。

ちん①【朕】（代） 朕。

チン①【chin】 下巴，下顎。

ちんあげ⓪④【賃上げ】 スル 加薪。「～要求」加薪要求。

ちんあつ⓪【鎮圧】 スル 鎮壓。

ちんうつ⓪【沈鬱】 陰鬱。「～な気分」沉悶的心情。

ちんか⓪①【沈下】 スル 下沉，沉降。「地盤～」地基下沉。

ちんか①【鎮火】 スル 滅火。

ちんがいやく③【鎮咳薬】 鎮咳劑，止咳藥。

ちんがし⓪【賃貸し】 スル 出租。

ちんがり⓪【賃借り】 スル 承租。

ちんき①【珍奇】 珍奇，稀奇。「熱帯産の～な魚」熱帶產的珍奇的魚。

チンキ①〔源自荷 tinctuur，也寫作「丁幾」〕酊，酊劑。「ヨード-～」碘酒。

ちんきゃく⓪【珍客】 稀客，貴客。

ちんきん⓪【沈金】 描金。

ちんぎん⓪【沈吟】 スル 沉吟。

ちんぎん①【賃金・賃銀】 工資，薪資，薪水。

ちんぎんたいけい①【賃金体系】 工資體系。

ちんぎんベース⑤【賃金一】 工資標準，工資基準。

ちんくしゃ⓪【狆くしゃ】（五官擠一起）癟面孔，醜八怪。

チンクゆ⓪【一油】 氧化鋅油。

チンゲンサイ③【青梗菜】 青江菜。

ちんこう⓪【沈降】 スル ①沉降，沉積，沉澱。「赤血球～速度」紅細胞沉降速度；血沉速度。②沉降，下沉，凹下，窪下。↔隆起

ちんころ③ ①哈巴狗。②小型犬，幼犬。

ちんこん⓪【鎮魂】 スル 安魂，收魂，招魂。

ちんこんきょく③【鎮魂曲】 安魂曲。

ちんざ①【鎮座】 スル ①坐鎮，鎮守。②坐鎮，端坐。

ちんし①【沈子】 沉子，鉛墜。

ちんし①【沈思】 スル 沉思。

ちんじ①【珍事】 ①離奇事，新鮮事。「前代未聞の～」前所未聞的稀奇事。②意外事件。

ちんしごと③【賃仕事】 計件工作。

ち

ちんしゃ◎【陳謝】スル 賠禮，致歉。

ちんしゃく◎【賃借】スル 承租。↔賃貸

ちんじゅ◎【鎮守】 ①鎮守。派駐軍隊，保護其土地。②守護神社。「～の森」代替神靈守護當地居民的森林。

ちんじゅつ◎【陳述】スル 陳述。「～書」陳述書。

ちんじょう◎【陳情】スル 陳情。

ちんせい◎【沈静】スル 沉靜。「混乱が～する」混亂平靜了。

ちんせい◎【鎮静】スル 鎮靜，平息。「騒動を～する」平息騷動。

ちんせき◎【枕席】 寢具，臥具。「～にはべる」侍枕席。

ちんせん◎【沈潜】スル ①沉潛。沉到水底深處隱藏起來。②潛心。「研究に～する」潛心研究；潛心鑽研。

ちんたい◎【沈滞】スル 沉滯，不振。「～した雰囲気」沉滯的氣氛。

ちんたい◎【賃貸】スル 出租，租賃。↔賃借

ちんだい◎【鎮台】 鎮臺。擔負當地守備的軍隊。「～兵」各地駐兵。

ちんたいしゃく◎【賃貸借】 租賃。

ちんだん◎【珍談】 奇談。

ちんちゃく◎【沈着】 ①沉積，沉澱。「色素が～する」色素沉澱。②（形動）沉著。「～な態度」沉著的態度。

ちんちょう◎【珍重】スル ①珍重。「父が～する品」父親珍重的東西。②珍重，保重自己。

ちんちろりん◎ ①雲斑金蟋的俗稱。②擲骰子。

ちんちんでんしゃ◎【一電車】 噹噹電車。

ちんつう◎【沈痛】 沉痛。「～な面持ち」沉痛的表情。

ちんつう◎【鎮痛】 鎮痛，止痛。

ちんつうやく◎【鎮痛薬】 鎮痛藥，止痛藥。

ちんてい◎◎【鎮定】スル 鎮定，平息，鎮壓。「暴徒を～する」鎮壓暴徒。

ちんでん◎【沈殿・沈澱】スル 沉澱。「不純物が～する」雜質沉澱。

ちんとう◎【枕頭】 枕邊，枕上。

ちんとう◎【珍答】 離奇回答，奇妙回答。

ちんどく◎【鴆毒】 鴆毒。

ちんどんや◎【ちんどん屋】 化妝廣告業，化妝廣告人。

ちんにゅう◎【闖入】スル 闖入，闖進。「～者」闖入者。

ちんば◎【跛】 ①跛，跛腳，瘸子。②不成雙，不成對。

チンパンジー◎【chimpanzee】 黑猩猩。

ちんぴ◎◎【陳皮】 陳皮。

ちんぴら◎ ①乳臭未乾。②小流氓，小混混，小無賴。

ちんぴん◎【珍品】 珍品，稀罕物。

ちんぶ◎【鎮撫】スル 鎮撫，平定安撫。

ちんぷ◎【陳腐】 陳腐。

ちんぶん◎【珍聞】 珍聞。「～奇聞」珍聞奇聞。

ちんぷんかん◎ 莫名其妙的話，外國話。「～な話」沒人明白的話；莫名其妙的話。

ちんぼつ◎【沈没】スル ①沉沒。「～船」沉船。②（俗）酒後失態。

ちんみ◎◎【珍味】 珍味，珍饈，珍稀美味。「山海の～」山珍海味。

ちんみょう◎◎【珍妙】 奇異。「～なヘアスタイル」古怪的髮型。

ちんむるい◎【珍無類】 滑稽無比。「～の服装」奇裝異服；滑稽無比的服裝。

ちんもく◎【沈黙】スル 沉默。「～を守る」保持沉默。「～は金ぎん、雄弁は銀」沉默是金，雄辯是銀；沉默勝於雄辯。

ちんもん◎【珍問】 奇問，怪問。「～珍答」奇問奇答。

ちんれつ◎【陳列】スル 陳列。「～棚」陳列架；陳列櫃。

つ【津】 ①津，碼頭，渡口。②港口城鎮。

ツアー【tour】 ①周遊旅行，團體旅遊。「ヨーロッパ～」歐洲旅遊。②短途旅行。「バス～」巴士旅遊。

ツアーコンダクター【tour conductor】 導遊，嚮導。

つい【終】 終，臨終。「～のすみか」終身棲所；最終歸宿。

つい【対】 ①成對。兩個搭配起來成爲一組的東西，成雙。②（接尾）對，套。「～のはし」一雙筷子。

つい（副） ①不由得，不知不覺，無意中。「～しゃべってしまった」無意中說出去了。②就，方才，剛剛。「～さっき来たばかりだ」剛剛來到。

ツイード【tweed】 粗花呢，粗呢。

ついえ【費え】 費用，開銷。

つい・える【費える】（動下一） ①消耗，耗費。②浪費時間。「時間が～・る」消費時間。

ついおく【追憶】スル 追憶，回憶。

ついか【追加】スル 追加，補加。

ついかんばん【椎間板】 椎間盤。

ついき【追記】スル 追記，補記，補寫。

ついきそ【追起訴】スル 追加起訴。

ついきゅう【追及】スル ①追究。②追上，趕上。

ついきゅう【追求】スル 追求。

ついきゅう【追究】スル 追究，追求，探討。「真理を～する」探索真理。

ついきゅう【追給】スル 補工資，後發，後給。

ついく【対句】 對偶，對句。

ついけい【追啓】 再啓，又及。

ついげき【追撃】スル 追擊。

ついこう【追考】 事後思考，事後斟酌。

ついごう【追号】スル 追號，諡號。

ついこつ【椎骨】 椎骨。

ついし【追試】スル ①補考。②重新試驗，再次試驗。

ついし【墜死】スル 摔死，墜死。

ついじ【築地】 瓦頂泥土牆。

ついしけん【追試験】 補考。

ついしゅ【堆朱】 剔紅，雕紅漆。→堆黒

ついじゅう【追従】スル 追從，追隨，追捧，迎合。

ついしょう【追従】スル 奉承（話），逢迎。

ついしん【追伸】 再啓，又及。

ついずい【追随】スル ①追隨，跟隨。②追隨，仿效，步人後塵。

ツイスト【twist】 ①轉球。②轉體。③扭扭舞。

ついせき【追跡】スル ①追跡，追緝，跟蹤。②追究根源，追蹤。

ついせきちょうさ【追跡調査】スル 追蹤調查。

ついぜん【追善】スル 追善。做法會等善事以化解死者苦難、祈禱冥福。

ついそ【追訴】スル 追訴。

ついぞ【終ぞ】（副） 未曾，從未。「～見たことがない」從未見過。

ついそう【追走】スル 追趕。

ついそう【追想】スル 追想，追憶。

ついぞう【追贈】スル 追贈。

ついたいけん【追体験】スル 再體驗，隨後體驗。

ついたち【一日・朔日】 一日，朔日。

ついたて【衝立】 隔扇屏風。

ついちょう【追徴】スル 〔法〕追徵，補徵。

ついで【序で】 就便，順便，方便。「～があったらお寄りください」有機會順便來玩。

ついでに【序でに】（副） 順便，就便。「～本屋に立ち寄る」順便到書店去。

ついては【就いては】（接續） 因而，因此。「近く発行します。～御推薦の辞

をいただきたい」將於近日出版，因此想請您寫一篇推薦詞。

つい・てる□（動下一）　走運，交好運。

ついと□（副）　①忽然，猛然。「～立ち上がる」猛然站起。②一下子，飛快地，猛地。「水鳥が～泳いで通る」水鳥飛快地遊過去。

ついとう□【追討】　ｽﾙ　追討，討伐。「～軍」討伐軍。

ついとう□【追悼】　ｽﾙ　追悼。

ついとつ□【追突】　ｽﾙ　追撞。

ついな□【追儺】　追儺。一種驅逐惡鬼、疫癘的儀式。

ついに□【終に・遂に】（副）　①終於。「その日が～やって来た」那一天終於來了。②（下接否定語）終於，最後也（不）…。「～来なかった」最終也沒來。

ついにん□【追認】　ｽﾙ　追認。「現状を～する」事後承認現狀。

ついのう□【追納】　ｽﾙ　追交，補交。

ついはく□【追白】　再啓，又及。

ついば・む□【啄ばむ】（動五）　啄。

ついび□【追尾】　ｽﾙ　尾隨，跟蹤。

ついふく□【追福】　ｽﾙ　追福。為死者祈禱冥福做佛事。

ついほ□【追補】　ｽﾙ　追補。事後補充必須追加的事項。

ついぼ□【追慕】　ｽﾙ　追慕，追念，緬懷。

ついほう□【追放】　ｽﾙ　①驅逐。②開除，革職，下放。「公職～」開除公職。

ついや・す□【費やす】（動五）　①花費，耗費，消耗。「工事は９年の歳月を～・す」工程花了九年時間。②耗費，耗損，浪費。「ことを～・す」白費口舌。

ついらく□【墜落】　ｽﾙ　墜落，掉下。

ついろく□【追録】　ｽﾙ　補寫，添寫，補錄。

ツイン□【twin】　①成對，成雙。②雙人房間。

ツインベッド□【twin bed】　雙人床。

ツインルーム【twin room】　雙人房。

つう□【通】　①①在行，內行。「歌舞伎の～だ」歌舞伎通。「消息～」消息通。②通曉人情世故。↔野暮。③封，件。計數書信、文件等的量詞。「3～も手紙を書いた」寫了三封信。

ツー□【two】　2，二，兩個。「～‐アウト」兩人出局。

つういん□【通院】　ｽﾙ　上醫院，跑醫院。

つういん□【痛飲】　ｽﾙ　痛飲，暢飲。

つううん□【通運】　①運輸。②轉運。

つうか□【通貨】　通貨。廣義上與貨幣同義。

つうか□【通過】　ｽﾙ　①通過，從某地點經過。②通過。事情順利解決。「検査を～する」通過檢查。③通過。得到議決、裁決、批准等。「予算案が～する」預算草案通過。

つうかあ□　內心相通，一唱一和，互相瞭解。「～の仲」哼哈二將般的關係。

つうかい□【通解】　ｽﾙ　全面解釋，通盤解釋。

つうかい□【痛快】　痛快。

つうかく□【痛覚】　痛覺。

つうがく□【通学】　ｽﾙ　通學。

つうが・る□【通がる】（動五）　裝內行。

つうかん□【通巻】　（全集、叢書、雜誌等的）總卷數。

つうかん□【通関】　ｽﾙ　通關，報關。

つうかん□【通観】　ｽﾙ　全面觀察。

つうかん□【痛感】　ｽﾙ　痛感。

つうき□【通気】　通氣，通風。

つうぎょう□【通暁】　①徹夜，通宵。②通曉。

つうきん□【通勤】　ｽﾙ　通勤，去上班。

つうく□【痛苦】　痛苦。

つうけい□【通計】　共計，總計。

つうげき□【痛撃】　ｽﾙ　痛擊。

つうげん□【通言】　通用語言，一般語言。

つうげん□【痛言】　ｽﾙ　厲言，痛切陳詞，逆耳忠言。

つうこう□【通交・通好】　ｽﾙ　通好，互通友好。

つうこう□【通行】　ｽﾙ　①通行。②通行，通用。「～止め」禁止通行。

つうこう□【通航】　ｽﾙ　通航。

つうこく⓪【通告】 スル　通告。

つうこく⓪【痛哭】 スル　痛哭，慟哭。

つうこん⓪【痛恨】　痛悔，痛恨。「一大〜事」一大憾事。「〜の思い」痛悔之感。

つうこん⓪【通婚】　通婚。「〜圏」通婚圈。

つうさん⓪【通算】 スル　總計。

つうさんしょう⓪【通産省】　通産省。「通商産業省」的略稱。

つうし①【通史】　通史。↔時代史

つうじ①【通じ】　①理解，領會，反應，通。「〜が早い」領會得快。②大便排泄，通便。

つうじ①【通事・通詞・通辞】　通事。從事通譯的人。

つうしゃく⓪【通釈】 スル　通釋，通解，全面解釋。

つうしょう⓪【通称】 スル　通稱。「源為朝、〜鎮西八郎」源為朝通稱鎮西八郎。

つうしょう⓪【通商】 スル　通商。

つうじょう⓪【通常】　通常，平常，照常。

つうじょうこっかい⑤【通常国会】　通常國會。↔臨時国会・特別国会

つうしょうさんぎょうしょう⓪【通商産業省】　通商産業省。

つうしょうじょうやく⑤【通商条約】　通商條約。

ツーショット④【two-shot】　二人鏡頭。

つう・じる⓪【通じる】（動上一）❶（自動詞）①通到，通往。「山頂へ〜・じる道」通往山頂的路。②通，到達。「鉄道が〜・じる」通火車。「電話が〜・じない」電話不通。③相通，領會，瞭解，懂得。「気持ちが〜・じる」心靈相通。「洒落が〜・じない」不懂得幽默。④共同，通用，相通。「現代にも〜・じる問題」現代仍然存在的共同問題。⑤通曉，精通。「日本語に〜・じる」精通日語。⑥通敵。⑦私通。「人妻と〜・じる」與他人妻子私通。❷（他動詞）①接通。「電流を〜・じる」接通電流。②通稟告知，通知。「来意を〜・じる」告知來意。「気脈を〜・じる」通

氣；串通。③經由。「テレビを〜・じて知らせる」透過電視發出通知。④（時間、範圍的）整個，在…中。「一生を〜・じてがんばる」奮鬥了一生。

つうしん⓪【通信】 スル　①通（音）信。②通訊。

つうじん⓪【通人】　①…通。精通某事物的人。②體貼人的人，通情達理的人。③花街柳巷通。

つうしんいん⓪【通信員】　通訊員，特派記者。

つうしんえいせい⑤【通信衛星】　通信衛星，通訊衛星。

つうしんきょういく⑤【通信教育】　函授教育。

つうしんしゃ③【通信社】　通訊社。

つうしんはんばい⑤【通信販売】　函售，郵購。

つうしんぼ③【通信簿】　成績單。

つうせい⓪【通性】　共通性。「都会人の〜」城市人的共通性。

つうせき⓪【痛惜】 スル　痛惜。「〜の念に堪えない」不勝痛惜。

つうせつ⓪【通説】　①一般說法。②通解，通盤解說。「日本文学史〜」《日本文學史通解》。

つうせつ⓪【痛切】（形動）　痛切。「〜に感じる」深切地感觸。

つうそうていおん【通奏低音】　通奏低音，標數低音。

つうそく⓪【通則】　通則。

つうぞく⓪【通俗】　①通俗。②通俗，普通。「〜な考え」通俗的想法。③通俗，社會一般的習俗。

つうぞくか⓪【通俗化】 スル　通俗化。「学問を〜する」使學問通俗化。

つうぞくしょうせつ⑤【通俗小説】　通俗小說。

つうだ⓪【痛打】 スル　①痛打，痛擊。②用力擊球。

つうたつ⓪【通達】 スル　①通知，使知曉。②通達，精通。「英語に〜する」精通英語。③通知，通報。→訓令

つうち⓪【通知】 スル　通知。

つうちひょう⓪【通知表】　通信簿。

つうちょう[0]【通帳】 銀行存摺，存摺，記帳本。

つうちょう[0]【通牒】スル 通牒。「最後~」最後通牒。

つうちよきん[4]【通知預金】 通知存款。

つうてい[0]【通底】スル 知根知底。

つうてん[1]【痛点】 痛點。

つうでん[0]【通電】スル 通電。

ツートーンカラー[5]【two-tone color】 雙色調。「~の車体」雙色調的車身。

つうどく[0]【通読】スル 通讀。

つうねん[0]【通年】 全年，整年。

つうねん[1]【通念】 通念。「社会~」社會共同的看法。

つうば[0][1]【痛罵】スル 痛罵。

ツーバイフォーこうほう[7]【一工法】〔two-by-four method〕2英寸×4英寸木框架施工法。

つうはん[1][0]【通販】 「通信販売」之略。

ツーピース[3]【two-piece】 上下兩件式套裝。→ワンピース

つうふう[0]【通風】スル 通風。

つうふう[0]【痛風】 痛風。

つうふうき[3]【通風機】 通風機，換氣機。

つうぶ・る[3]【通ぶる】（動五） 充行家，裝內行。

つうふん[0]【痛憤】スル 痛恨。「政治の腐敗を~する」痛恨政治腐敗。

つうぶん[0]【通分】スル 通分。

つうへい[0]【通弊】 通弊，通病。

つうべん[1]【通弁】スル 「通訳」的舊稱。

つうほう[0]【通宝】 通寶。「寛永~」寛永通寶。

つうほう[0]【通報】スル 通報，通知。告知。「気象~」氣象通報。「警察に~する」通報給警察。

つうぼう[0]【痛棒】 ①痛棒。坐禪時懲戒亂心不止的人的木棒。②痛斥，痛棒。「~を食らわす」給以痛棒。

つうや[1]【通夜】 通宵，徹夜。

つうやく[0]【通訳】スル 翻譯，口譯，通譯，譯員。

つうゆう[0]【通有】 通有，共有。「政治家に~の考え」政治家共有的信念。

つうよう[0]【通用】スル ①通用。②通用，通行。被社會普遍理解並接受，亦指作爲有效的事物得到認許。③通用，兼用。「これは別のケースにも~する」這也兼用於其他情況。④平常出入。「~口ぐち」便門；平常出入口。

つうよう[0]【痛痒】 痛癢。「何ら~を感じない」不關痛癢。

つうらん[0]【通覧】スル 通覽，綜覽。

ツーラン[1]〔tw-run homer（ツーランホーマー）之略〕二分全壘打。

ツーリスト[3]【tourist】 ①觀光客，遊覽者，旅行者。②二等艙。③旅行社。

ツーリストクラス[6]【tourist class】 二等艙，經濟艙。

ツーリストビューロー[6]【tourist bureau】 旅行社，觀光導遊，旅遊諮詢處。

ツーリング[0]【touring】 觀光，旅遊，遊覽。

ツール[1]【tool】 ①工具，刀具。②程式。

ツールボックス[4]【toolbox】 工具箱。

つうれい[0]【通例】 通例，慣例，常例。

つうれつ[0]【痛烈】（形動） 猛烈，激烈，痛切，辛辣。

つうろ[1]【通路】 通路，通道。

つうろん[0]【通論】スル ①通論，概論。②公論。

つうろん[0]【痛論】スル 激烈爭論，激烈辯論。

つうわ[0]【通話】スル ①通話。「~不能」不能通話。②通話。用電話通話時的，一定時間長度的單位。「~数」通話次數。

つえ[1]【杖】 ①手杖，拐杖。②滑雪杖。③依靠，靠山。「~とも柱とも頼む」完全依靠。

ツェツェばえ[2]【一蠅】 采采蠅。

つか[2]【束】 ①一握長。古代的長度單位。②書芯厚度。「~が出る」有厚度。

つか[2]【柄】 ①柄，把。②筆桿。

つか[2]【塚・冢】 ①土堆，塚。「1里~」一里的里程標。②塚，墳頭。

つが[2]【栂】 鐵杉。

つかあな[0]【塚穴】 塚穴。

つかい◎【使い】 ①使用，使用的人。「～心地」用起來的感覺。「魔法～」魔術師。②為辦事外出。「お～に行く」出去辦事。③打發人。「～を出す」打發人去。④作為神佛使者的動物。「狐は稲荷様のお～」狐狸是稲荷神的使者。

つがい◎【番】 ①①一對。②（動物的雌雄）一對。「～のおしどり」一對鴛鴦。

つかいがって◎【使い勝手】 好用程度，用得順手。

つかいこな・す◎【使いこなす】（動五）運用自如，熟練掌握。「コンピューターを～・す」能得心應手地使用電腦。「5か国語を～・す」熟練使用5國語言。

つかいこ・む◎【使い込む・遣い込む】（動五） ①盜用，挪用。②超支。③用慣。「よく～・んだ道具」用慣了的工具。

つかいすて◎【使い捨て】 用後即扔，用完就扔。

つかいて◎【使い手・遣い手】 ①使用者。②使用刀、槍等的高手。

つかいで◎【使い出】 耐用，經用。「～がある」耐用。

つかいばしり◎◎【使い走り】ｽﾙ 跑腿（人）。

つかいみち◎【使い途】 ①用處，用途。「～がない」沒用處。②用法，作用。「金の～を知らない」不知道錢怎麼用。

つかいもの◎【使い物】 有用物。「～にならない」不能用。

つかいわけ◎【使い分け】ｽﾙ 分別使用，靈活運用。

つかいわ・ける◎【使い分ける】（動下一） 分別使用，靈活運用。

つか・う◎◎【使う】（動五） ①使用。「頭を～・う」動腦。「通勤に車を～・う」乘車上下班。②玩弄。「仮病を～・う」裝病。③使內心、頭腦發揮作用。「頭を～・う」動腦筋。「神経を～・う」費心；勞神。④花費，消費。⑤使喚。「あごで人を～・う」頤使人。⑥與特定的詞語搭配，實施其行為。「風呂を～・う」洗澡。「弁当を～・う」吃便當。⑦耍弄。「猿を～・う」耍猴。

つが・う◎◎【番う】（動五） ①成對。②交尾。

つか・える◎【支える・閊える】（動下一） ①堵塞，阻塞。「車が～・える」堵車。「天井に頭が～・える」腦袋頂到天花板。「仕事が～・える」工作不能順利進行。②語塞，不流暢，結結巴巴。「～・え～・え読む」念得結結巴巴。③梗塞，堵住。「胸が～・える」胸口悶得慌。

つか・える◎◎【仕える】（動下一） ①服侍，伺候。「社長に～・える」服侍社長。②做官，當官，仕奉。「宮中に～・える」在宮中供職。

つか・える◎【使える】（動下一） 可用。「彼は～・える」他可用。

つが・える◎◎【番える】（動下一） 搭箭，搭上。

つかさ◎【司】 ①司。衙門，官署。②官員，官吏。

つかさど・る◎【司る】（動五） ①擔任。②執行，主持，管理。「国を～・る」統治國家。

つか・す◎◎【尽かす】（動五） 用盡，竭盡。「あいそを～・す」厭棄。

つかぬこと◎【付かぬ事】（連語） 貿然，冒昧，突如其來。「～を伺いますが」冒昧地請問您一件事。

つか・ねる◎◎【束ねる】（動下一） ①捆，束。「髪を～・ねる」束髮。②袖手。③統帥，統率。「三軍を～・ねる将」統率三軍的將領。

つかのま◎【束の間】 一刹那，瞬間。「～の喜び」瞬間的喜悅。

つかばしら◎【束柱】 短柱，脊瓜柱，脊童柱。

つかま・える◎◎【捕まえる】（動下一） 捕捉，抓住，俘獲。「犯人を～・える」捉住犯人。

つかま・せる◎【摑ませる】（動下一） ①使抓住。②行賄。「金を～・せる」用錢行賄。③騙賣。「にせ物を～・せる」騙賣假貨。

つかまつ・る◎◎【仕る】（動五） ①「す

る」「行う」的謙讓語。「いえ、どう～
・りまして」哪兒的話，您太客氣了。
②（補助動詞）（表示謙讓之意）做，
爲。「承知～・った」我知道了。

つかま・る⓸⓪【摑まる】（動五）　①揪
住，抓住。「つり革に～・る」抓住（電
車上的）吊環。②被留下，被制止。「先
生に～・る」被老師制止。

つかみ⓪【摑み】　①揪，抓。「ひと～」
一把。②猜先。圍棋互先對弈時，以猜
中（對方）手裡攥的棋子數是單數還是
雙數來決定先走後走。

つかみあい⓪【摑み合い】　スル　扭打，揪
打。

つかみあ・う⓪⓪【摑み合う】（動五）　互
相扭打。

つかみかか・る⓪【摑み掛かる】（動五）
上前扭住，抓起來。

つかみきん【摑み金】　一把錢。

つかみどころ⓪【摑み所】　①扶手。②要
領。「～のない話」不得要領的話。

つかみどり⓪【摑み取り】　スル　①隨便抓。
「魚を～にする」隨便抓魚。②大把
抓，盡量抓取，抓多少是多少。「百円硬
貨の～」一百日圓硬幣大把抓。

つか・む【摑む・攫む】（動五）　①
抓，抓住，揪住。②抓住，理解，領
會。「チャンスを～・む」抓住機會。③
拿到，掌握。「証拠を～・む」掌握證
據。

つか・る【漬かる】（動五）　醃好，醃
透，漬好，泡好。

つか・れる⓪【疲れる】（動下一）　①疲
勞，勞累。②疲乏，用舊。「～・れた
服」穿舊了的衣服。

つか・れる⓪【憑かれる】（動下一）　附
身。「狐に～・れる」被狐狸附身。

つかわ・す⓸⓪【遣わす】（動五）　①派
遣，差遣，打發。②賞給，賜給。③
（補助動詞）給。「ほめて～・す」予以
表揚。

つき⓪【月】　①月，月亮，月球。②天體
的衛星。「木星の～」木星的衛星。③
月光。「～が明るい」月光明亮。④一個
月。「～に一度」一個月一次。⑥足月。

「～満ちて生まれる」足月出生。

つき⓪【付き・附き】　①附著，黏性。
「おしろいの～が悪い」粉底的附著狀
況不好。②點著，燃燒。火點燃了。③
幸運，走運。「～が回る」走運；時來運
轉。④陪伴，隨從。「お～の者」隨從。
⑤樣子，神態，表情。「顔～」表情。
「手～」手勢。⑥跟隨，附屬。「社長
秘書」總經理身邊的秘書。⑦附帶。「3
食～の下宿」附帶三餐的住宿。「瘤ぷ～」
帶有孩子；累贅。

つき⓪【尽き】　盡頭，終了，完結。「運
の～」氣數已盡；劫數已到。

つき⓪【突き】　①刺，撞。②刺，一劍封
喉。劍術中刺對方喉嚨附近的招數。③
撞。相撲運動中，以手掌推撞對方胸部
或肩膀的招數。

つき⓪【搗き】　（米等的）搗。「～が足り
ない」搗得還不夠。

つぎ⓪【次】　①其次。②隔壁，相鄰，下
一個。「～の間」隔壁的房間。③次，第
二。「部長の～にえらい」（職位）僅次
於部長的人。

つぎ⓪【継ぎ】　襪補，縫補，補丁。

つきあ・う⓪⓪【付き合う】（動五）　①交
往。②陪，陪同，應酬。「お～で飲む」
爲應酬陪伴喝酒。

つきあかり⓪【月明かり】　月明，明月。

つきあ・げる⓪【突き上げる】（動下一）
①頂起。②頂撞。③湧上，激動。「悲
しみが胸に～・げる」悲痛湧上心頭；悲
痛滿腔。

つきあたり⓪【突き当たり】　盡頭。

つきあた・る⓪【突き当たる】（動五）
①碰上，撞上。②走到盡頭。③碰到，
遇到。「研究がかべに～・る」研究遇
阻。

つきあわ・せる【突き合わせる】（動下
一）　①對上，接上，挨緊。「ひざを
を～・せて語り合う」促膝交談。②對
話，對質。「当事者を～・せる」讓當事
人對質。③比照，比對，查對，核對。

つきうす⓪【搗き臼】　杵臼，搗米臼。

つきおくれ⓪【月遅れ・月後れ】　①按新
曆延遲一個月。「～のお盆」按公曆延

遲一個月的盂蘭盆會。②過期（刊）。

つきおとし⓪【突き落とし】 扎倒。相撲中決定勝負的一招。

つきおと・す④【突き落とす】（動五） ①頂下去，撞下去。②跌落，陷入。「悲しみの底に～・す」陷入悲痛的深淵。③相撲中用手將對方摔倒。

つきかえ・す③【突き返す】（動五） ①推回去，頂回去。②退回，拒收。

つきかげ⓪③【月影】 ①月影，月光。「～さやかな夜」月光皎潔之夜。②月影。

つきがけ⓪【月掛け】 按月交款，月付款。「～貯金」按月儲蓄。

つきがわり③【月代わり】 ①換月，改月。②每月換班，每月輪換。「～の当番」每月輪換當班。

つぎき⓪【接ぎ木】 ㋜ル 嫁接。

つききず⓪【突き傷】 扎傷，刺傷。

つきぎめ⓪【月決め】 包月，按月。

つききり⓪【付き切り】 始終在身旁照料。

つきくず・す④【突き崩す】（動五） ①碰倒，撞倒，推倒。②衝垮，擊潰，突破。③突破，擊破。

つぎぐち⓪【注ぎ口】 漏斗，注入口，加油口。

つきげ⓪【月毛】 桃花色（馬）。

つきごと⓪【月毎】 每月，逐月，各月。

つぎこ・む⓪【注ぎ込む】（動五） ①注入，灌入，倒入。②傾注，花掉，投入。「全財産を事業に～・む」把全部財產投到事業上。

つぎざお⓪【継ぎ竿】 分節釣竿。↔延べ竿

つきささ・る④【突き刺さる】（動五） 扎入，刺進。

つきさ・す③【突き刺す】（動五） ①扎入，刺透，抓。②刺痛，打動。

つきじ⓪【築地】 填築陸地，人造陸地。

つきじ⓪【築地】 築地。東京中央批發交易市場。

つきしたが・う⑤【付き従う】（動五） ①跟隨，隨從。「大臣に～・う」跟隨大臣。②從屬，隸屬，屈從，屈服。

つきしろ⓪【月白・月代】 月白。月亮快要出來時天空漸漸發亮。

つきずえ⓪③【月末】 月末，月底。

つきすす・む④【突き進む】（動五） 突進，猛衝，衝進。

つきせぬ【尽きせぬ】（連語） 不盡，無限。「～想い」無限思念。

つきそい⓪【付き添い】 照料，服侍，護理，陪伴。

つきそ・う⓪【付き添う】（動五） 照料，服侍，護理，陪伴。

つきだ・す③【突き出す】（動五） ①推出去。②猛地向前伸出。「こぶしを～・す」快速出拳。③探出，挺起。「窓から首を～・す」把頭伸出窗外。④扭送。⑤突出。「海峡に～・す岬」向海峽突出的海角。

つぎた・す③【注ぎ足す】（動五） 加注，加足，添上，補上。

つぎた・す③【継ぎ足す】（動五） 添上，補上，接長。

つきた・てる④【突き立てる】（動下一） ①插上，扎入，戳進，豎起。②猛推，猛撞。

つきたらず③【月足らず】 不足月產，早產兒。

つきづき⓪【月月】 月月，每月。

つぎつぎ⓪【次次】（副） 依次，陸續，相繼，接連不斷，一個接一個地。

つきつ・ける④【突き付ける】（動下一） ①推到面前，推到面前，摔到面前。②強硬地提出。「要求を～・ける」強硬地提出要求。

つきつ・める④【突き詰める】（動下一） ①追究到底，刨根問底。②左思右想，冥思苦想。「～・めて考える」冥思苦想。

つぎて⓪【継ぎ手・接ぎ手】 ①介面，接頭，連結器，聯軸節。②接頭，榫接，接縫。

つき・でる③【突き出る】（動下一） ①突出。「海に～・でた岬」伸到海裡的海角。②刺透，扎穿。

つきとお・す③【突き通す】（動五） 扎透，刺透，穿透。

つきとお・る③【突き通る】（動五） 穿

透，扎穿，刺透。

つきとば・す【突き飛ばす】（動五）　撞出很遠，撞飛，撞倒，衝飛。

つきと・める【突き止める】（動下一）　①查明，追究。「原因を～・める」查明原因。②找到，查明。「隠れ家を～・める」查明隱匿處。

つきなみ【月並・月次】　①月例行（的）。「～の会」每月的例會。②平庸，一般，常事。「～な考え」平庸的想法。

つぎに【次に】（接續）　其次，接著。

つきぬ・ける【突き抜ける】（動下一）　①穿透，扎穿，刺透。②穿過。「体を～・けたような衝撃」受到了電流穿過全身般的震動。

つぎのま【次の間】　①外間，前廳，前室，套間。②鄰室。主君居室的隔壁房間。

つきのもの【月の物】　月經。

つきのわ【月の輪】　①月輪。月亮，特指圓月。②月輪。表示望月的圓形。③月輪。黑熊喉部下面的半月形白花紋。

つぎは【継ぎ端】　話頭。「～を失う」接不上話。

つぎば【接ぎ歯】　①鑲補假牙。②接木履齒。

つぎはぎ【継ぎ接ぎ】　縫補。「～だらけの着物」滿是補丁的衣服。

つきはじめ【月初め】　月初。

つきは・てる【尽き果てる】（動下一）　用盡，窮盡。「精も根も～・てる」精疲力盡。

つきはな・す【突き放す】（動五）　①推開，撞開，頂開。②甩開，拋開，拋棄。③冷酷（無情）。「子供を～・して見る」冷漠地對待孩子。

つきばらい【月払い】　①按月付款，分月付款。②月付，按月付款。

つきひ【月日】　①月日。月亮和太陽。②時光，日子。「～がたつ」時光流逝。

つきびと【付き人】　隨員，隨從。

つきべり【搗き減り・舂き減り】スル　舂米損耗。

つぎほ【接ぎ穂】　接穗。

つきましては【就きましては】（接續）（「ついては」的禮貌說法）因此。

つきま・ぜる【搗き交ぜる】（動下一）　①搗在一起，搗拌，搗勻。②摻混。

つきまと・う【付き纏う】（動五）　①伴隨。「小犬が～・う」小狗伴隨在身邊。②糾纏，纏住。「不安が～・う」擺脫不了不安。

つきみ【月見】　①賞月。「～の宴」賞月之宴。②賞月麵。加入打入雞蛋的清湯蕎麥麵條、清湯麵。

つきみそう【月見草】　月見草，待宵草。

つぎめ【継ぎ目】　接頭，接縫，焊縫，介面。

つきもの【付き物】　①附屬物，附帶物。「失敗は～だ」失敗是避免不了的事情。②（書籍或雜誌的）附屬印刷品。

つきやぶ・る【突き破る】（動五）　①扎破，刺破，撞破，戳破，頂破。②突破。「敵陣を～・る」突破敵陣。

つきやま【築山】　假山，築山。

つきゆび【突き指】スル　挫傷手指。

つきよ【月夜】　月夜。「～に提灯ちょうちん」畫蛇添足；多此一舉。

つ・きる【尽きる】（動上一）　①耗盡。「資金が～・きる」資金用盡。②完畢，終結。「話は～・きない」話說不完。③到頭，窮盡。「命が～・きる」死去。

つきわり【月割り】　①月平均。②按月付款。

つ・く【付く】（動五）　①附著，沾上。「泥が～・く」沾上泥。②留下，印上，壓上，睡亂。「傷が～・く」留下傷疤。③打。「罰点が～・く」打「×」號。④偏向，向著，偏袒，依附，投靠，倒向。「改革派に～・く」偏向改革派。⑤提，增添。加。「味が～・く」提味。⑥陪伴。「護衛が～・く」有護衛陪伴。⑦具有，具備。「実力が～・く」具有實力。⑧設有。「道路が～・く」設有

公路。⑨有結論，有眉目。「勝負が～・く」分出勝負。⑩感到，注意到。「目に～・く」看見。⑪連接在後面。「最後尾に～・く」接在最末尾。⑫（以「ついている」等形式）走運。⑬達到（價錢）。「高く～・く」顯出昂貴。⑭明顯帶有。「差が～・く」有明顯差別。⑮（不喜歡的事情）發生，出現。「けちが～・く」出現不吉之兆。⑯生根。「挿し木がうまく～・く」插木順利生根。

つ・く[0]【就く】（動五）　①（天皇、國王）即位。②就職。③就任，從事（某種職業、工作）。「堅い職業に～・く」從事正經的職業。④就任，進入。「床に～・く」就寢。「眠りに～・く」入睡。⑤孵蛋，抱窩。「鳥が巣に～・く」雞在孵蛋。⑥上路，登程，起程。「家路に～・く」踏上歸途。⑦沿著，順著（某物）。「塀に～・いて左に曲がる」順著牆向左拐。⑧就（學），從（師）。「先生に～・いて習う」跟著老師學習。

つ・く[1][2]【着く】（動五）　①到達。「7時に駅に～・く」7時到達火車站。②寄到，運到。③碰到，搆著。「深くて足が～・かない」深得腳觸不到。④置身於某一場所。「席に～・く」到席。

つ・く[1][2]【突く】（動五）　①捅，扎，刺，戳，頂，叉，蓋，沖。「指先で～・く」用指尖戳。「針で～・く」用針扎。「判を～・く」蓋章。「～・き飛ばす」衝飛。②拍，打。「まりを～・く」拍球。③撞，敲。打擊鐘等發出聲音。④支撐。⑤拄，扶。「杖を～・く」拄拐杖。⑥攻擊，衝擊。「急所を～・く」擊中要害。「弱点を～・く」說中弱點。⑦衝，刺，嗆。「鼻を～・く匂い」嗆鼻的氣味。⑧頂著，冒著，不顧。「大雨を～・いて、出発しに」冒著大雨出發了。

つ・く[1][2]【吐く】（動五）　①出氣，呼吸。「ため息を～・く」歎氣。②說出，吐露。

つくえ[0]【机】　書桌，桌子，辦公桌，寫字臺。

つくし[0]【土筆】　筆頭菜，筆頭草。

づくし【尽くし】（接尾）　全…，所有…，一切…。「国～」所有國家；各國。「花～」各種花。

つくしじろう[4]【筑紫二郎】　筑紫二郎。筑後川的異名，也稱筑紫三郎。→坂東太郎・四国三郎

つく・す[2]【尽くす】（動五）　①竭盡。「全力を～・す」竭盡全力。②盡。充分表達出來。「筆舌に～・し難い」筆舌難盡。③盡力，效力。「社会に～・す」報效社會。④…盡，…完。「食べ～・す」吃光。「言い～・す」說盡。

つくだに[0]【佃煮】　佃煮。

つくづく[2][3]【熟】（副）　①痛切地，深感。「～と感心する」深深地佩服。②凝神，呆然。「～写真を見る」盯著照片看。

つくつくぼうし[5]【つくつく法師】　法師蟬，寒蟬，知了。

つぐな・う[3]【償う】（動五）　①賠償，補償，抵償。②贖罪，抵償。

つくね[0]【捏ね】　①捏丸子。②「捏ね揚げ」「捏ね焼き」「捏ね薯」的略語。

つくねいも[3]【捏ね薯・仏掌薯】　佛掌薯蕷。

つくねやき[0]【捏ね焼き】　烤捏丸子（的菜餚）。

つく・ねる[3]【捏ねる】（動下一）　捏。

つくねんと[3][3]（副）　發呆，呆然。

つくばい[0][3]【蹲・蹲踞】　（設在茶室庭院等處的）洗手盆。

つくば・う[3]【蹲う】（動五）　①蹲。②屈服，卑躬屈膝。

つくばね[0]【衝羽根】　①毽子。②米麵蓊。植物名。

つぐみ[0]【鶫】　斑鶇。

つぐ・む[3][0][2]【噤む】（動五）　噤，閉口，緘口不語。

つくもがみ[3]【九十九髪】　老婦的白髮。

つくり[3]【作り・造り】　①製造，構造，結構，樣式。「庭～」修造庭園。②化妝，打扮。③身材，體格。「小～な女」身材矮小的女人。④生魚片。→おつくり。⑤假裝，裝作。「～笑い」假裝笑。「～泣き」假裝哭。

つくり[3]【旁】 偏旁。漢字構成部分的名稱。↔偏ん

つくりあ・げる[5]【作り上げる】（動下一） ①做完，完成。②僞造，捏造，炮製，虛構。

つくりごえ[4]【作り声】 假嗓子，假聲，模仿聲，擬聲。

つくりごと[0][5][4]【作り事】 捏造事項，編造事項，子虛烏有。

つくりだ・す[4]【作り出す】（動五） ①開始做。②造出，作出，做出。③造出，創出，發明，創作出。

つくりたて[0]【作り立て】 剛做好。「～の服」剛做好的衣服。

つくりた・てる[5]【作り立てる・造り立てる】（動下一） 大加裝飾，盛裝，濃妝。「白ずくめで～・てる」打扮得全身都是白色。

つくりつけ[0]【作り付け】 固定安裝，鑲裝，嵌入，埋設。「～の本棚」固定的書架。

つくりばなし[4]【作り話】 虛構的故事，謊話，假話，妄語。「全くの～」完全是謊言。

つくりもの[0][5]【作り物】 ①人造品，仿製品。「～の花」假花。②虛構的故事。③布景道具。④指農作物。

つく・る[2]【作る】（動五） ①製作，製造，製成。②栽培，耕種。③寫。做成文件等。「詩を～・る」作詩。④生孩子。⑤創作，創造，建立，組成。「会社を～・る」成立公司。「新記録を～・る」創造新紀錄。⑥攢下，賺得。⑦建立，建成。「理想の社会を～・る」建成理想的社會。⑧結交。「友だちを～・る」交朋友。⑨安排。「暇を～・る」安排時間；抽空。⑩形成。「指で丸を～・る」用手指圈成圓形。⑪化妝，打扮。「若く～・る」打扮得年輕。⑫假裝。「笑顔を～・る」強作笑臉。⑬造作。使產生某種結果。「罪を～・る」作孽；造孽。

つくろ・う[3]【繕う】（動五） ①縫補，修補。「そで口を～・う」縫袖口。②修飾，打扮，掩飾。「身なりを～・う」打扮。「世間体を～・う」裝門面；保持體面。

つけ[2]【付け・附け】 [1]①字據，帳單。②賒欠，欠帳。「この店は～がきく」這家店可以賒帳。③附帶梆子聲。④裝上，縫上。「袖～」上袖子。⑤習慣。「行き～の店」去慣了的店。

つげ[0]【黄楊・柘植】 黃楊。

づけ【漬け】 ①鮪魚瘦肉握捏的壽司。②泡，漬浸。「茶～」茶泡飯。③醃漬物的名稱。「たくあん～」黃蘿蔔乾。「一夜～」一夜醃菜。「奈良～」奈良醃菜；奈良漬。

つけあが・る[4][0]【付け上がる】（動五） 放肆起來，得意忘形，得寸進尺。

つけあわせ[0]【付け合わせ】 搭配物，配菜。

つけあわ・せる[0]【付け合わせる】（動下一） ①拼起來。②搭配。

つけい・る[3][0]【付け入る】（動五） 抓住機會，乘機，乘隙。

つけうま[2]【付け馬】 跟隨客人回家拿錢的人。

つけおち[0]【付け落ち】 漏記。

つけおとし[0]【付け落とし】 漏記。

つけぎ[2]【付け木】 引柴，引火木條。

つげぐち[0]【告げ口】スル 告密，打小報告，撥弄是非。

つけくわ・える[5][0]【付け加える】（動下一） 附加。

つけくわわ・る[5]【付け加わる】（動五） 附加，補充。

つけげいき[3]【付け景気】 虛假繁榮。

つけこ・む[3][4]【付け込む】（動五） ①乘虛，乘機，利用。抓住機會。「弱みに～・む」抓住弱點。②記流水帳。

つけこ・む[3]【漬け込む】（動五） 醃上，浸漬，漬泡。

つけさげ[0]【付け下げ】 下配花樣。和服上加配花樣方法的名稱。

つけじる[0]【付け汁】 蘸汁，佐料汁。

つけだい【付け台】 附帶台架。

つけたし[0]【付け足し】 ①補足，附加。②附帶。

つけだし[0]【付け出し】 ①帳單，請款

單。②直接上榜。相撲中，從最初即列入力士等級榜。「幕下~」幕下直接上榜力士。

つけた・す[3][0]【付け足す】（動五） 附加，追加，補足。

つけたり[0]【付けたり】 附帶。「~にすぎない」不過附帶而已。

つけどころ[0][3]【付け所】 著眼點，著手處。「目の~が違う」所見不同；著眼點不同。

つけとどけ[0]【付け届け】スル 饋贈，贈送，送禮。

つけな[0]【漬け菜】 醃漬用菜。

つけね[2]【付け値】 買價，出價。↔言い値

つけね[0][3]【付け根】 根。「足の~」腹股溝。「葉の~」葉根。

つけねら・う[4][0]【付け狙う】（動五） 盯住，伺機。

つけび[2]【付け火】 縱火。

つけひげ[0][2]【付け髭】 假鬍子，戴假鬍。

つけびと[0]【付け人】 隨從。

つけひも[0]【付け紐】 成形結腰帶，配帶。

つけぶみ[0][2]【付け文】スル 傳遞情書。

つけぼくろ[3]【付け黒子】 假黑痣。

つけまつげ[3]【付け睫毛】 假睫毛。

つけまわ・す[4]【付け回す】（動五） 跟蹤，尾隨。

つけめ[3]【付け目】 可乘之機，可利用的弱點。

つけもの[0]【漬物】 醃漬品，鹽漬，醃菜，漬菜，醬菜。

つけやき[0]【付け焼き】 塗汁燒烤。

つけやきば[3]【付け焼き刃】 臨陣磨槍，應急，臨時抱佛腳。

つ・ける[2]【付ける】（動下一） ①黏上，附著。「手にインクを~・ける」手上沾到了墨水。②留有，弄上。「傷を~・ける」弄出傷痕。③寫，記。「日記を~・ける」寫日記。④同陣線，袒護。「味方に~・ける」倒向我方。⑤添加，增加。「元気を~・ける」振作精神；打氣。⑥使照料，使陪伴。「家庭教師を~・ける」請家庭教師。⑦養成，掌握。「教養を~・ける」有教養；修養。⑧設置，安裝。「電話を~・ける」安裝電話。⑨決定。「決着を~・ける」解決了。⑩注目，注意，察覺。「気を~・ける」注意。⑪尾隨，盯梢。「犯人を~・ける」盯上犯人。⑫給予。「役を~・ける」授予官職。「合格点を~・ける」給個及格分。⑬使明確。「差を~・ける」拉開差距。⑭引起不滿（不平）。「文句を~・ける」吹毛求疵。⑮拉到，開到。「車を玄関に~・ける」把汽車開到大門口。⑯擦，塗上，抹上。「クリームを~・ける」擦面霜。⑰…慣，…熟。「やり~・けた仕事」做慣了的工作。

つ・ける[2]【就ける】（動下一） ①使就座，使就職。②使即位。放在國王位置上。③使就教，從師。

つ・ける[3][0]【浸ける】（動下一） 浸，泡。

つ・ける[3][0]【漬ける】（動下一） 醃，漬，醃漬。

つ・ける[2]【着ける】（動下一） ①穿著。「下着を~・ける」穿著內衣。②靠岸。「船を港に~・ける」讓船進港。③使坐在。「座に~・ける」讓其坐下。

つ・げる【告げる】（動下一） ①告知，通告。「別れを~・げる」告別。②報告，宣告，啓示。「時刻を~・げる」報時。③宣告。告知某種情況。「風雲急を~・げる」形勢告急。

つごう[0][1]【都合】スル [1] ①方便，狀況，形勢，情由。「~が悪い」不方便。②緣故，妨礙。「~があって行けない」因故不能去。③安排。「~をつけて出席する」安排時間出席。[2]（副）合計，總計，全部。「出席者は~10人です」出席者總共十人。

つごもり[0]【晦・晦日】 晦日，月底。「大~」除夕；大年三十。

つじ[0]【辻】 ①十字路口，十字街。②路口，路旁。

つじうら[0]【辻占】 ①卦籤。②事占卜。根據偶然碰到的事物來判斷將來的吉

凶。

つじぎり◎【辻斬り】 街頭試刀（殺人）。

つじごうとう◎【辻強盗】 攔路強盗，街頭歹徒。

つじせっぽう◎【辻説法】 街頭說法。

つじつま◎【辻褄】 條理，道理，邏輯。「～の合わない話」前後矛盾的話。「収支の～」收支的條理。

つじまち◎【辻待ち】 スル 街頭待客。

つた◎【蔦】 地錦，爬牆虎。

つた・う◎【伝う】（動五） 順著。「屋根を～・って逃げた」順著屋頂逃走了。

つたえ◎【伝え】 傳言，傳說。

つたえき・く◎【伝え聞く】（動五） ①傳聞，聽說。②傳說。

つた・える◎◎【伝える】（動下一） ①傳達，流傳，傳承，轉告。②傳給，傳授。「技術を～・える」傳授技術。「家宝を子孫に～・える」把傳家寶傳給子孫。③傳導，表現。「電流を～・える」傳導電流。

つたかずら◎【蔦葛】 蔓草的統稱。

つたな・い◎【拙い】（形） ①拙劣。②笨拙，拙劣。③運氣不佳。「武運～・く討ち死にする」武運不佳，在作戰中陣亡。

つたもみじ◎【蔦紅葉】 ①地錦紅葉。②色木槭的別名。

つたわ・る◎◎【伝わる】（動五） ①傳說，傳播，感染。「うわさが～・る」消息（傳言）傳開了。②（文化或物品）傳來，傳入。「アメリカから～・った野球」從美國傳來的棒球。③流傳，傳世，留世。「村に～・る七不思議」村裡傳有七個不可思議的事。④傳遞。「気持ちが～・る」心情傳遞。⑤順。「手すりを～・って歩く」順著扶手走。

つち◎【土】 ①土，泥土。②土地。↔天ﾃﾝ

つち◎【槌・鎚】 錘子，槌，鎚。

つちいじり◎【土弄り】 ①玩泥（土）。②從事園藝，種菜。

つちいっき◎【土一揆】 農民暴動，土一

揆。

つちいろ◎【土色】 土色，土黃。

つちおと◎【槌音】 槌聲。「復興の～が響く」復興的槌聲響個不停。

つちか・う◎【培う】（動五） ①培養，培育。「少年時代に～・った忍耐力」在少年時代培養的忍耐力。②培植。

つちくさ・い◎【土臭い】（形） ①土味，土腥味。②土氣，土裡土氣。

つちぐも◎【土蜘蛛】 ①土蜘蛛。地蜘蛛的別名。②土蜘蛛。古代對不服從大和朝廷被視為異民族人的稱呼。

つちくれ◎【土塊】 土塊。

つちけいろ◎【土気色】 土色，土黃。

つちけむり◎【土煙】 飛塵，暴土。

つちのえ◎【戊】 戊。

つちのこ◎【槌の子】 ①小錘子。②野槌蛇。想像中的動物。

つちのと◎【己】 己。

つちふまず◎【土踏まず】 腳心。

つちぼこり◎【土埃】 塵土，灰塵，塵埃，埃土。「～が上がる」塵土飛揚。

つちろう◎【土牢】 土牢，地牢。

つつ◎◎【筒】 ①筒，管。②槍筒，炮筒。「～先」炮口；槍口。③小槍，大炮。「大～」大炮。④糧食探叉。

つつうらうら◎【津津浦浦】 全國各地。

つつおと◎【筒音】 槍炮聲。

つっかいぼう◎【突っ支い棒】 支柱，支棍，頂門棍。

つっかえ・す◎【突っ返す】（動五） 「つきかえす」的略微通俗的說法。「贈り物を～・す」退回禮品。

つっかか・る◎【突っ掛かる】（動五） ①猛撞，猛衝，猛撲。②頂撞，頂嘴，抬槓，極力反駁。③掛（上），絆（到）。「机に～・ってころぶ」撞到桌子上摔倒了。

つっかけ◎【突っ掛け】 拖鞋。

つつがな・い◎【恙無い】（形） 無恙。「～・く暮らす」平平安安過日子。

つつがむし◎【恙虫】 恙蟲。

つつがむしびょう◎【恙虫病】 恙蟲病。

つづき◎【続き】 ①續文，下文。「～を読む」讀續篇。②接連不斷，連續，持

續。「雨～」連續下雨。「地～」（地面）鄰接；毗連；接壤。

つづきがら◎【続き柄】 親緣關係，聯姻關係。

つづきもの◎【続き物】 連載，連續劇。

つつぎり◎【筒切り】 切成圓片，切成段。「鯉を～にする」把鯉魚切成段。

つっき・る◎【突っ切る】（動五） 橫穿，橫過，橫斷。「道を～・る」迅速穿過馬路。

つつ・く◎【突く】（動五） ①戳，捅，啄。②捅，戳（暗示）。③挑剔，挑毛病，吹毛求疵。④欺負，虐待，折磨。「弱い者を～・いて喜ぶ」以欺負弱者為快。⑤挑撥，唆使。「誰かが背後で～・いているにちがいない」肯定有人在背後挑撥。⑥夾，挾（吃）。「なべ料理を～・く」吃火鍋。

つづ・く◎◎【続く】（動五） ①繼續，持續，連續。②接連不斷，連續，連綿。「雪の日が～・く」連日下雪。③接連發生。④與…相連，連著，連接著。「野原に～・いて林がある」有樹林與原野相連。⑤接續，緊接著。「指導者に～・く」跟著指導者。⑥跟隨其後。「あとに～・く者」跟在後面的人。

つづけざま◎【続け様】 接連不斷，接二連三。

つづ・ける◎◎【続ける】（動下一） ①繼續，持續。②連續。「失敗を～・ける」連續失敗。③連上，連接，緊接著。「部屋を二間～・ける」把兩間房子連起來。「授賞式に～・けた祝賀会」緊接著頒獎儀式的慶祝會。

つっけんどん◎【突っ慳貪】（形動） 生硬，冷淡，粗暴，譏諷。

つっこみ◎【突っ込み】 ①衝入，刺入，闖入，捲入。②深究。「～が足りない」深究不夠。③大宗，一併，整批。「～で買う」整批買下。

つっこ・む◎【突っ込む】（動五） ①（自動詞）①闖進，衝進，衝入。「敵陣に～・む」衝進敵陣。②深入。「～・んだ話合いをする」深入交談。③暴跌，抛售。②（他動詞）①塞進。②刺進，扎

入。③放入，插進。「ポケットに手を～・む」把手插進衣袋裡。④深究。⑤伸入，捲入，干預。「他人の問題に首を～・む」干預他人的問題。⑥歸併，合併，一併。「現金も手形も～・んで計算する」現金、票據一併計算。

つつさき◎【筒先】 ①筒頭，管口。②槍口，炮口。

つつじ◎◎【躑躅】 杜鵑花，映山紅。

つつしみ◎◎【慎み】 謹慎，慎重，有禮貌。

つつしみぶか・い【慎み深い】（形）極慎重，非常謹慎，很有禮貌。「～・い物言い」很有禮貌的說法。

つつし・む◎【慎む】（動五） ①謹慎，小心，慎重。「言動を～・む」謹言慎行。②節制，抑制。「酒やタバコを～・む」節制菸酒。③恭謹，有禮貌。「～・んで承る」敬悉。→つつしんで

つつそで◎【筒袖】 筒袖，筒袖和服。

つった・つ◎【突っ立つ】（動五） ①挺立，直立，聳立。②呆立。

つった・てる◎【突っ立てる】（動下一）①挺直，直立，豎立。②直插，豎起來。

つっつ・く◎【突っ突く】（動五） 捅，戳。「木の枝で目を～・く」用樹枝捅眼睛。

つつどり◎【筒鳥】 中杜鵑。鵑形目的鳥。

つつぬけ◎【筒抜け】 ①聽得真切，清晰可聞。②完全洩露。

つっぱし・る◎【突っ走る】（動五） 猛跑，突進。

つっぱな・す◎【突っ放す】（動五） ①猛然推開，甩開。②抛棄，拒絕，冷淡對待。「～・した目で見る」冷眼相看。

つっぱ・ねる◎【突っ撥ねる】（動下一）①撞開，推開。②拒絕，頂回去。

つっぱり◎【突っ張り】 ①頂上，支上，撐上。②頂棍，支柱。③用力連續猛推。一種相撲招數。④以不好的態度虛張聲勢。

つっぱ・る◎【突っ張る】（動五） ①頂上，支上。②撐緊，拉緊，抽筋。③

撐。相撲中使勁撐住對手。④硬撐，堅持己見。⑤撐得滿滿的，漲滿。「欲の皮が～・る」充滿貪欲；貪得無厭。⑥硬是採取不好的態度虛張聲勢。

つっぷす◎【突っ伏す】（動五）　突然伏倒，趴下。

つつまし・い◎【慎ましい】（形）　①持重，恭謹，拘謹，彬彬有禮。②質樸，樸素。儉樸，樸實。

つつましやか◎【慎ましやか】（形動）彬彬有禮，恭謹，文雅。

つづま・る◎【約まる】（動五）　①縮短，簡化。②縮小。

つつみ◎【包み】　包裹。「小さな～」小包裹。

つつみ◎◎【堤】　堤防。

つづみ◎◎【鼓】　鼓。

つつみかく・す◎【包み隱す】（動五）①包藏。②隱瞞。

つつみがね◎【包み金】　賞封，禮金包，紅包。

つつみやき◎【包み焼き】　①包起來烤。②包燒。將海帶、柿餅串等放入鯽魚腹中燒烤的菜餚。

つつ・む◎【包む】（動五）　①包裹。②包圍，籠罩。「悲しみに～・まれる」沉浸在悲痛之中。③包藏，隱瞞。「～・まずお話しする」我坦率地跟您說。④包起來送去。「1万円～・む」包上一萬日圓送去。

つづ・める◎【約める】（動下一）　①縮短，縮小。②簡化，概括。③節約，削減。

つつもたせ◎【美人局】　美人局，仙人跳。

つづら◎【葛・葛籠】　①衣箱。②爬蔓植物。

つづらおり◎【九十九折り】　九十九拐，九十九道彎。

つづらふじ◎【葛藤】　防己，青風藤，蝙蝠葛。

つづり◎◎【綴り】　①編綴，裝訂（成）冊。「書類～」訂成書。②拼綴。

つづりあわ・せる◎【綴り合わせる】（動下一）　拼在一起，綴到一起，編綴，合訂。

つづ・る◎◎【綴る】（動五）　①連綴，編綴，縫上，縫合，拼接。「着物の破れを～・る」把衣服破的地方縫上。②裝訂，訂上。「書類を～・る」裝訂文件。③綴句，綴文。將詞語連接起來組成文章或詩歌。「詩を～・る」綴詩。④拼綴，拼寫。

つづれおり◎【綴れ織り】　織錦，花紋織物。

つて◎【伝】　①捎口信，傳話。「～があればすぐにも届ける」一有口信馬上送到。②門路，關係。「～をさがす」找門路。

つと◎【苞】　①草包，蒲包。②土產，伴手禮。「家～」（旅遊時）帶回家的禮物。

つど◎【都度】　每次，每回，每當，每逢。

つどい◎◎【集い】　聚會，集會。「若人の～」年輕人的聚會。

つど・う◎【集う】（動五）　聚會。

つとに◎【夙に】（副）　①早先就，早就。「～名高い」早就聲名遠揚。②從小。

つとま・る◎【勤まる】（動五）　堪任，能任。

つとめ◎【務め】　本分，職責。「委員としての～を果たす」要發揮委員的作用。

つとめあ・げる◎◎【勤め上げる】（動下一）　盡職卸任，履職卸任，履任，完事交差。

つとめぐち◎◎【勤め口】　工作單位，工作崗位。

つとめて◎【努めて・勉めて】（副）　竭力，儘量。「～早く起きる」儘量早起。

つとめにん◎【勤め人】　工作人員，上班族，職員。

つと・める◎【努める】（動下一）　努力，盡力，（為某人）效力。「実現に～・める」努力實現。「人前で泣くまいと～・める」強忍著不在人前哭。「老母に～・める」侍奉老母。→つとめて

つと・める◎【務める】（動下一）　擔任

（任務），扮演（戲劇等的角色）。「社長を～・める」擔任社長。「弁慶の役を～・める」扮演弁慶這個角色。

つと・める③【勤める】（動下一）　①上班，工作，做事。②修行，做功課。

つな②【綱】　①纜繩，粗繩，繩索。②命脈，依靠。「命 の～」命脈。「頼みの～」唯一的依靠。③橫綱。「～を張る」成爲橫綱。

ツナ①【tuna】　鮪魚（罐頭）。

つながり⓪【繫がり】　①關係，關聯，聯繫。②血緣關係，羈絆。

つなが・る④⓪【繫がる】（動五）　①連接，接通，連繫。②排列，排成行（隊）。「自動車が～・ってくる」汽車排成長隊。③關係到。「敗北に～・る失策」失敗所繫的失策。④有血緣關係。「血の～・らない子」沒有血緣關係的小孩。⑤繫，拴綁。「情に～・る」被愛情迷住；繫情。

つなぎ⓪【繫ぎ】　①連接（的東西）。②過渡性的，補加，填補。「～に歌を歌う」爲不冷場而加演唱歌。③黏著用材料。④幕間演奏。

つなぎゆうし⑤【繫ぎ融資】　過渡性信貸，過渡性融資。

つな・ぐ⓪【繫ぐ】（動五）　①接上，連起，串上。②繫，拴。「犬を～・ぐ」把狗拴起來。③拘禁。「獄に～・ぐ」繫獄。④維繫。「一縷の望みを～・ぐ」維繫一線希望。「命を～・ぐ」延續生命。

つな・げる⓪【繫げる】（動下一）　接上，連上，串上。

つなひき⓪【綱引き】　①拔河。②雙方爭奪一件東西。

つなみ⓪【津波・津浪】　海嘯。

つなわたり③【綱渡り】ｽﾙ　①走鋼絲，走鋼索。②走鋼絲，冒險。

つね②【常】　①尋常。「顔色が～と違う」臉色與往常不同。「車中での読書を～とする」車中看書習以爲常。②經常，不變的。「政界に～なし」政界無常。③司空見慣。「～の人」常人。④常態。「弱肉強食は世の～だ」弱肉強食乃人世之

常。→常に

つねづね⓪【常常】　平常，素日。

つねに①【常に】（副）　常常，總是。

つねひごろ⓪【常日頃】　平常，素日。

つね・る②【抓る】（動五）　掐，擰，扭。

つの②【角】　角，犄角。

つのがき⓪【角書き】　附加說明，副標題。

つのかくし③【角隱し】　蒙頭絹。婚禮時穿和服新娘的頭戴物。

つのつきあい⑤④【角突き合い】　牴觸，反目，鬧彆扭。

つのぶえ⓪【角笛】　角笛，號角。

つのまた⓪【角叉】　角叉藻，角叉菜。

つの・る②【募る】（動五）　①越來越嚴重，激化。「悲しみが～・る」越來越感到悲傷。「嵐が～・る」暴風雨越來越大。②募集。

つば①【唾】　口水，唾沫。

つば①【鍔・鐔】　①護手。②帽簷。③鍋緣。

つばき⓪【唾】　唾液。

つばき⓪【椿】　山茶。

つばきあぶら⓪【椿油】　山茶油。

つばくらめ③【燕】　燕子。

つばくろ⓪【燕】　燕子。

つばさ⓪【翼】　①翼，翅膀。②機翼飛機的翅膀。

つばぜりあい③【鍔迫り合い】　①相互用護手架住劈削來的刀劍。②拼殺。

つばな⓪【茅花】　茅草花。

つばめ⓪【燕】　家燕，燕子。

つばめがえし⓪【燕返し】　燕子翻身斬。

つぶ①【粒】　①粒，顆粒，圓粒。「大きな～の真珠」大顆粒珍珠。「豆～」豆粒。②個頭兒，個兒。「～が小さい」個子小。③粒。「1～の水滴」一滴水珠。

つぶ①【螺】　蠑螺。

つぶさに①【具に】（副）　①詳盡，詳細。②具全，所有，全部。

つぶし⓪【潰し】　①回爐。「～の値段」回爐的價錢。②（做各種事情來）消磨時間。「ひま～」打發時間。「～が効く」改行也能做得好。

つぶ・す⓪③【潰す】（動五）　①壓碎，弄碎，弄壞。「箱を踏んで～・す」把箱子踩碎。「すり～・す」磨碎。②弄壞。「喉を～・す」弄啞嗓嚨。「目を～・す」弄瞎眼睛。③毀，搞垮，敗壞。「会社を～・す」公司破産。「身上を～・す」破産；敗家。「遺産を食い～・す」吃光遺産。④取消。「企画を～・す」取消計畫。⑤毀掉，回爐熔化。「畑を～・す」毀田。⑥丟失，敗壞。「面目を～・す」有失顏面。「顔を～・す」丟臉。⑦消磨，消遣。「時間を～・す」消磨時間。⑧浪費，失去，錯過。「チャンスを～・す」錯過機會。

つぶぞろい⓪【粒揃い】　齊平，一般齊，個個優秀。「～の選手たち」每個都棒的選手。

つぶつぶ⓪【粒粒】　粒狀物，疙瘩。

つぶて⓪①【礫・飛礫】　小石塊，飛石，投石。「～を打つ」投石子。

つぶや・く⓪【呟く】（動五）　嘟噥。

つぶより⓪【粒選り】　精選，挑選，選拔。

つぶら⓪①【円ら】（形動）　滴溜，滾圓。「～な瞳」圓滾滾的眼。

つぶ・る⓪②【瞑る】（動五）　瞑目，閉眼。

つぶ・れる⓪④【潰れる】（動下一）　①壓瘍，擠瘍，壓壞。②磨鈍，變鈍。「刃が～・れる」刀刃鈍了。③不堪用，報廢。「声が～・れる」聲音嘶啞。④垮，倒閉。「地震で家が～・れる」因地震房子被震塌了。⑤泡湯，落空，告吹，沒了。「企画が～・れる」計畫告吹了。⑥失去知覺。「酔い～・れる」醉得不省人事。⑦浪費，丟失，錯過。「来客で一晩～・れた」因為來了客人，一晚上時間白白浪費掉了。⑧丟臉。「面目が～・れる」臉面無光；失面子。⑨壓垮，洩氣。「胸が～・れる」心碎。

つべこべ①（副）　詭辯，狡辯，講歪理。

つべた・い⓪④【冷たい】（形）　冷，涼。

ツベルクリン⓪④【德 Tuberkulin】　結核菌素。

ツベルクリンはんのう⓪【一反応】　結核菌素反應。

つぼ⓪【坪】　坪。土地或建築物的面積單位，1 坪約為 $3.306m^2$。

つぼ⓪【壺】　①罐，壇，甕，壺。②（賭博用的）扣骰子鉢。「～を振る」搖骰子。③灸點，穴位。④要害，要點。「～を押さえる」抓住要點。

つぼすみれ⓪【壺董】　董菜。

つぼにわ⓪【坪庭・壺庭】　院内庭園，裡院，天井，中庭。

つぼま・る⓪③【窄まる】（動五）　越來越窄小。

つぼみ⓪①【蕾・蕾】　①花蕾。②（前途有望但）還不是成年年齡的人。

つぼ・む⓪③【窄む】（動五）　①收窄。「裾が～・んだズボン」褲腿收窄的褲子。②萎縮。「花が～・む」花萎縮了。

つぼ・む⓪【蕾む】（動五）　含蕾，含苞，長苞。

つぼ・める⓪④【窄める】（動下一）　①合上，抿。「傘を～・める」把傘合上。②收攏，收窄。

つぼやき⓪【壺焼き】　①罐烤。②「栄螺の壺焼き」的略語。

つま①【妻】　妻。↔おっと。

つま①【端・妻】　①頭，端部，邊緣，山牆面，側牆面。↔平。②山牆。

つまおと⓪【爪音】　①義甲彈琴聲。②馬蹄聲。

つまがけ⓪【爪掛け】　木屐腳尖護罩。

つまかわ⓪【爪革】　木屐腳尖護罩。

つまぐ・る⓪③【爪繰る】（動五）　撚，搓揉。

つまこ⓪【妻子】　妻子，妻子兒女。

つまごい⓪【夫恋・妻恋】　夫婦（雌雄）相戀。

つまさき⓪【爪先】　腳尖。

つまさきあがり⓪【爪先上がり】　緩坡（路）。

つまさきだ・つ⓪【爪先立つ】（動五）　踮起腳。「～・て舞台を見る」踮著腳看舞臺。

つまさ・れる⓪③（動下一）　①被牽動，所動。「情に～・れる」陷入情網。②引起（身世）傷感。「身に～・れる」引起

身世的傷感。

つまし・い⓪【倹しい】（形）　節儉，儉樸。

つまず・く⓪⓪【躓く】（動五）　①絆，絆跤。②受挫，跌跤，栽跟頭。「仕事に～・く」工作受挫。

つまど⓪【妻戸】　①山牆門，妻戸。②側門，邊門，角門，旁門。

つまどいこん⑤【妻問婚】　訪妻婚，走婚。

つまど・る⓪【褄取る・端取る】（動五）提起衣襟底邊。

つまはじき④【爪弾き】スル　①（出於不滿、輕蔑、責備等情緒）彈指。②厭惡，嫌棄。「みんなから～される」遭到大家的厭惡。

つまび・く③【爪弾く】（動五）　彈撥。「ギターを～・く」彈撥吉他。

つまびらか④【詳らか・審らか】（形動）詳細，詳盡，詳知。「真相を～にする」弄清真相。

つまみ⓪【摘まみ・撮み】　①撮。「塩ひと～」一撮鹽。②紐，提手。「ふたの～」蓋子上的紐。③小吃，小菜。「ビールの～」啤酒的小菜。

つまみあらい④【抓み洗い】スル　揪著洗，只洗髒處。

つまみぐい④【摘まみ食い】スル　①捏食，抓食，抓著吃。②偷吃，偷嘴。③侵吞，挪用。

つまみだ・す④【摘まみ出す】（動五）①捏出，撿出。②攆出去，揪出去，轟出去。「部屋から～・された」被從房間裡轟了出去。

つまみな⓪【摘まみ菜】　間菜。間苗時拔下來的蘿蔔苗等嫩菜。

つま・む⓪【摘まむ・撮む】（動五）　①撮，摘，捏，拈，夾，揪，掐。「鼻を～・む」捏鼻子。②拈，夾。「おかずを～・む」挾菜。③摘要。④被迷住。「キツネに～・まれたようだ」摸不著頭腦的話。令人莫名奇妙的話。

つまようじ③【爪楊枝】　小牙籤。「食後に～を使う」飯後用小牙籤剔牙。

つまらない③【詰まらない】（連語）　①

無聊。②毫無價值的，不足取的，微不足道。「～・いものですが」一點小意思（送禮時常用的客氣話）。③划不來，無聊，倒楣。「盗まれては～」如果被偷就倒楣了。④不划算，沒意義，沒用，無聊。「～・い映画」沒意思的電影。

つまり③【詰まり】　①①充塞，堵塞，飽滿。「豆の実の～具合」豆粒的飽滿程度。②（事物的）盡頭，結尾。「とどの～」到頭來。②（副）①歸根到底，總之。②就是說。「食塩、～塩化ナトリウム」食鹽即氯化鈉。

つま・る⓪【詰まる】（動五）　①充滿，塞滿，飽滿。「札がぎっしり～・った財布」塞滿了紙幣的錢包。②堵塞，憋。「息が～・る」喘不過氣。③窘迫，為難，拮据。「金に～・る」缺錢。④（長度）縮短，（距離）縮小。「寸が～・る」尺寸縮短。「差が～・る」縮小差距。

つまるところ⓪　歸根結底，總之。

つみ⓪【罪】　①罪，罪責。「～を犯す」犯罪。「～を問う」問罪。②罪咎，罪責。「無沙汰の～を許されたい」久未問候請多原諒。③罪孽。特指違反宗教教義的行為。

つみ⓪【詰み】　將死。將棋中，老將無處逃避即為輸棋。

つみあ・げる④【積み上げる】（動下一）①堆積。②堆上，裝上。③積累，累積。「実績を～・げる」累積實績。

つみいれ⓪【摘み入れ】　氽魚丸。

つみおろし③【積み降ろし】スル　裝卸。

つみかさな・る⑤【積み重なる】（動五）①累積，堆起來。②累積，反覆，加重。「心配事が～・る」心事重重。

つみかさ・ねる⑤【積み重ねる】（動下一）　①堆起來，疊起來，摞起來。②累積，持續，反覆。「努力を～・ねる」持續努力。

つみき⓪【積み木】　①堆積木材。②堆積木，積木。

つみこ・む③【積み込む】（動五）　裝貨，裝入。

つみだ・す③【積み出す】（動五）　裝

つ

出，裝運，發送，發出。「早場米を～・す」裝運早熟稻米。

つみた・てる⓪④【積み立てる】（動下一）積攢，積存，累積。「外国留学の費用を～・てる」積攢去外國留學的費用。

つみつくり⓪【罪作り】　造孽。「純情な娘をだますとは～だ」欺騙天真的女孩，真是造孽。

つみとが⓪【罪科】　罪過。

つみと・る⓪【摘み取る】（動五）　①摘取，採摘，撮取，掐。「芽を～・る」掐芽。②除掉。「悪の芽を～・る」除掉壞芽。

つみに⓪【積み荷】　裝載貨物，載貨，裝貨。

つみのこし⓪【積み残し】　裝剩下（的）。「～の案件」拋下的案件。

つみびと⓪【罪人】　罪人。

つみぶか・い【罪深い】（形）　罪重的，罪深的。

つみほろぼし⓪【罪滅ぼし】ヌル　滅罪，贖罪。

つみれ⓪【摘入】　①魚丸。②蒸魚丸。

つむ①【錘・紡錘】　紡錘，錠子。

つ・む⓪【詰む】（動五）　①密實，稠密，緊密。「目の～・んだ布」織得密實的布。②將死。將棋中老將無處逃避。

つ・む⓪①【摘む】（動五）　①摘，採，掐，捏。「茶を～・む」採茶。「悪の芽を～・む」掐掉壞芽。②剪。「髪の毛を～・む」剪髮。

つ・む⓪①【積む】（動五）　①堆積，積疊，疊砌。②載，裝。③累積，蓄積，積攢。「経験を～・む」積累經驗。

つむぎ⓪【紬】　紬絲織物。

つむ・ぐ⓪①【紡ぐ】（動五）　紡（紗）。「糸を～・ぐ」紡紗。

つむじ⓪【旋毛】　旋毛，髮旋。「ーを曲げる」鬧瞥扭。

つむり①【頭】　頭，腦袋。

つむ・る⓪【瞑る】（動五）　瞑，閉眼。「目を～・る」瞑目。

つめ⓪【爪】　①爪，指甲，趾甲。②假指甲，撥子，指套。③掛鉤。

つめ⓪【詰め】　①裝，填。②填料，填充

物。③端，盡頭。「橋の～」橋頭。④（品茗會上的）末席，末座。「お～」末席客人。⑤將軍，將死，末了。將棋中就要決出勝負的最後局面，轉義爲事物的最後階段。「～が甘い」最後甜美。

づめ【詰め】　①裝。「箱～」用箱子裝。②一味強調。「規則～」一味講究清規戒律。③長駐。「国会～の記者」派駐國會的記者。④靠近（某場所）。「橋～」靠近橋頭。「西～」靠西面。⑤一直，始終。「笑い～」一直都在笑。

つめあと⓪【爪痕】　①爪痕，指甲印。②傷痕。

つめあわせ⓪【詰め合わせ】　混裝（物）。

つめいん⓪【爪印】　指印，手印。

つめえり⓪【詰め襟】　直領，豎領。

つめか・ける⓪④【詰め掛ける】（動下一）蜂擁而至。

つめきり⓪【爪切り】　指甲刀，指甲剪。

つめき・る⓪【詰め切る】（動五）　①堅守，一直工作。②進行到底。「交渉を～・る」交涉到底。

つめくさ⓪【爪草】　漆姑草。

つめご⓪【詰め碁】　（圍棋）死活局勢，棋式。

つめこみきょういく⓪【詰め込み教育】填鴨式教育。

つめこ・む⓪③【詰め込む】（動五）　①裝滿，塞滿。②填滿肚子，多吃。③擠滿。「乗客を～・む」擠滿乘客。④灌輸，死記硬背。

つめしょ⓪【詰め所】　值班室，守衛室。「守衛の～」門衛的守衛室。

つめしょうぎ⓪【詰め将棋】　殘棋譜。

つめた・い⓪③④【冷たい】（形）　①冷，涼。↔熱い。②冷冰冰，冷淡。↔あたたかい

冷たくなる　①變涼，死去。②變冷淡。

つめばら⓪【詰め腹】　①被迫切腹。②被迫離任，被迫辭職。「～を切らされる」被迫辭職。

つめもの⓪【詰め物】　①填塞食品，填餡，填料。②填塞物，襯墊物。

つめよ・る④⑤【詰め寄る】（動五）　①逼近。②逼問，詰問，追問。「返事を求めて～・る」逼著回信。

つ・める②【詰める】（動下一）　①裝滿，塞滿。「弁当を～・める」裝便當。②堵，填，塞。「穴を～・める」堵住窟窿。③縮短（尺寸）。「着物の丈を～・める」剪短衣服。④挨緊，靠緊，抓緊。「奥に～・めてください」請往裡擠一擠。⑤節省。「暮らしを～・める」節省度日。⑥憋住氣，屏息。「息を～・める」屏息。⑦守候，值班，值勤。「会社に～・める」在公司值班。⑧專心致志。「根ぇを～・める」聚精會神。「～・めて勉強する」專心學習。「毎日通い～・める」每天通勤上班。⑨深入。「話を～・める」把談話深入下去。「思い～・める」鑽牛角尖。

つもり⓪【積もり】　①打算，企圖，動機。②估計，預計。「～書き」估價單。③就當作…，算算是…。「映画を見た～で貯金する」把錢存起來，就當作看電影花掉了。④最後一杯酒。「これでお～にする」喝光這杯酒就算結束。

つも・る②③【積もる】（動五）　①堆積。「雪が～・る」積雪。②積攢，累積，積存。「むりが～・って病気になる」積勞成疾。

つや⓪【艶】　①光亮，光澤。「～のある声」清脆的聲音。「磨いて～を出す」擦亮；磨光。②嬌滴滴，嬌媚。「～のある声」嬌滴滴的聲音。③（添加在話語或態度等上面的）趣味，興味。「～のない話す」無趣的話。④粉飾，美化。「～を着けて話す」添枝加葉地說。⑤豔事，風流事。「～一種ぁ」豔聞。

つや⓪【通夜】　（靈前）守夜。

つやけし⓪【艶消し】　①消光，除光。②興味索然，殺風景，掃興。「～な話」掃興的話。③去光劑。

つやごと③【艶事】　豔事，風流事。

つやっぽ・い④【艶っぽい】（形）　妖豔。

つやつや⓪⓪【艶艶】（副） スル　光潤，亮麗。「血色のよい～した顔色」紅潤的

臉。

つやぶきん③【艶布巾】　白蠟抹布，油抹布。

つやぼくろ③【艶黒子】　風流痣，豔痣。

つやめ・く③【艶めく】（動五）　①有光澤，潤澤。「木々が緑に～・く」樹木看上去綠油油的。②妖豔，光豔。

つややか②【艶やか】（形動）　豔麗，光潤，光豔。「～な肌合い」光潤的肌膚。

つゆ①【汁・液】　①汁液，水分。②羹湯，湯。「お～を吸う」喝湯。③滷汁。

つゆ①【梅雨】　梅雨。

つゆ①【露】　①①露水。→結露。②一點兒。「そんな気持ちは～ほどもない」沒有一點那種想法。③露水。喻短暫無常。「～の命」露水般短暫的生命。④喻眼淚。「袖の～」衣袖濕淚。

つゆあけ⓪【梅雨明け】スル　出梅。

つゆいり⓪【梅雨入り】スル　入梅。

つゆくさ②【露草】　鴨蹠草。

つゆはらい③【露払い】　①開道，先驅，打頭陣。「～役をつとめる」擔任打頭陣的工作。②開道力士。

つゆばれ③【梅雨晴れ】　①出梅放晴。②梅雨放晴。梅雨季期間中暫時放晴的間隙。

つゆびえ③【梅雨冷え】　冷梅，梅雨季節突然變冷。

つゆほども⓪【露程も】（副）（下接否定詞）一點（也不）…，絲毫（也不）…。「～うたがわない」一點也不懷疑。

つよ・い②【強い】（形）　①強，高，好，棒。「～・い国」強國。②強壯，健壯。「～・い体」強壯的身體。③堅強，堅定。「～・い口調」強硬的口氣。④擅長。「数学に～・い」擅長數學。⑤強烈。「～・い風」強風。「～・い酒」烈酒。「うぬぼれが～・い」過於自大。⑥緊，牢固的。「～・く結ぶ」繫緊。↔弱い

つよがり③【強がり】　逞強，好強，裝硬漢。

つよき⓪【強気】　①強硬，剛強。「～な発言」強硬的發言。②看漲。「～に出る」看漲售出。↔弱気

つよごし₀【強腰】　態度強硬。↔弱腰。「～で交渉に臨む」以強硬態度出席談判。

つよび₀【強火】　旺火，強火，大火。↔弱火よわび

つよふくみ₀【強含み】　行情看漲。↔弱含み

つよま・る₃【強まる】（動五）　漸強，增強，加強。↔弱まる

つよみ₀【強み】　①強，強度。②強（項）。「顔が広いのが～だ」。交際廣是強項。↔弱み

つよ・める₃【強める】（動下一）　加強，增強。↔弱める

つら₀【面・頰】　①臉，顏面，面孔。②表面，外表。「上っ～」表面上。③嘴臉，德行。「馬～」長臉；驢臉。「紳士～」紳士派頭。

つらあて₀₄【面当て】　當面諷刺，惡意譏諷，指桑罵槐。「～を言う」當面說諷刺話。

つら・い₀【辛い】（形）　①艱辛，辛苦，辛酸，痛苦，難受，難過。「仕事が～・い」工作艱辛。「別れが～・い」離別而心裡難過。②苛刻，刻薄，薄情，殘酷。「部下に～・く当たる」苛刻地對待部下。③難辦，難堪。「それを言われると～・い」被人說那種話真受不了。

づら・い【辛い】（接尾）　難…，不便…，不好…。「聞き～・い悪口」不堪入耳的壞話。

つらがまえ₀【面構え】　面目，長相，嘴臉，神氣。（看似兇惡又強大的）相貌或表情。「不敵な～」目空一切的神情。

つらだましい₃【面魂】　氣概，神色。「不敵な～」無畏的氣概。

つらつき₀₄【面付き】　模樣，長相，面相，面孔。

つらつら₀【熟】（副）　仔細，認真地。「～思うに」仔細想來。

つらな・る₃【連なる・列なる】（動五）　①成排，成行，成列連綿，綿亙，連接。②列席。「調印式に～・った」參加

了簽字儀式。③參加，列入。「幹事に～・る」列爲幹事。④牽連，牽涉，關聯。「社の存亡に～・る事業」牽涉到公司存亡的事業。

つらにく・い₄【面憎い】（形）　面目可憎，令人厭惡的。「～・いほど落ち着いている」穩重得令人厭惡。

つらぬ・く₃【貫く】（動五）　①貫通，貫穿。「町を～・いて流れる小川」穿過城鎮的小河。②穿透，貫穿。「矢が板を～・く」箭穿透木板。③始終堅持，始終如一，貫徹。「初志を～・く」貫徹初衷。

つらね₀【連ね・列ね】　連，列。歌舞伎中主要由武戲的主角用響亮的聲音富有情趣地逃說劇情的宗旨、由來、效果等。

つら・ねる₃【連ねる・列ねる】（動下一）　①排成行，連排。「家家が軒を～・ねる」（房屋）鱗次櫛比。②連通，相接，連上，連成串。「玉を～・ねる」把珍珠穿起來。③伴同，會同，參加。「名を～・ねる」聯名。

つらのかわ₄【面の皮】　臉皮。→好い面の皮。「～が厚い」不要臉，厚臉皮。

つらよごし₀₃₄【面汚し】　丟臉，蒙羞。「会社の～」丟公司的臉。

つらら₀【氷柱】　冰柱。

つら・れる【釣られる】（動下一）　①被吸引，受影響。「宣伝に～・れて買う」受宣傳影響而購買。②被引誘。「はやしの音に～・れて町へ出る」被吹吹打打的聲音引誘上街。

つり₀【吊り】　①吊起，吊帶，吊鉤。②吊。相撲中把對方身體摟抱起摔到比賽場外。③吊環。

つり₀【釣り】　垂釣，釣魚。

つりあい₀【釣り合い】　平衡，均衡，協調。

つりあ・う₃【釣り合う】（動五）　①均衡。「重さが～・う」重量均衡。②和諧，協調。「上着の色とよく～・う」和外衣的顏色很協調。

つりあ・げる₀【吊り上げる】（動下一）　①吊起來。「高々と～・げる」高高地吊

起。②向上吊，吊起。「目を～・げて怒る」橫眉立目地發火。③抬高價格。

つりいと◎【釣り糸】　釣線，釣魚線。「～を垂れる」垂釣。

つりがき◎【釣書き】　①家譜，系譜。②（相親等時互換的）庚帖，簡歷。

つりかご◎【吊り籠】　吊籃，吊籠，吊艙。

つりがね◎【釣り鐘】　吊鐘。

つりがねそう◎【釣鐘草】　風鈴草，吊鐘草。

つりかわ◎【吊り革】　吊環，吊帶。

つりぐ◎◎【釣り具】　釣具。「～店」漁具店。

つりこ・む◎【釣り込む】（動五）　引誘，誘騙，迷住。「つい話に～・まれる」終於被言談迷住；終於被說動。

つりざお◎【釣り竿】　釣竿，魚竿。

つりさ・げる◎【吊り下げる】（動下一）　懸掛，吊掛，提著。

つりし◎【釣り師】　釣客，釣魚人。

つりせん◎◎【釣り銭】　找零，找給零錢。

つりだ・す◎【釣り出す】（動五）　釣出，誘騙出來。「甘言で～・す」用甜言蜜語誘騙出來。

つりだ・す◎【吊り出す】（動五）　吊出。相撲中抓住對手的兜襠布，（將對手）提起摔出場外。

つりだな◎【吊り棚】　①吊裝擱板。②吊架。

つりだま◎【釣り球】　吊球。

つりて◎【吊り手】　蚊帳吊繩，蚊帳鈎，吊帶，吊環。

つりてんぐ◎【釣り天狗】　自誇釣魚高手。

つりてんじょう◎【釣り天井】　吊頂式天花板裝置。

つりどこ◎【吊り床】　吊床。

つりばし◎【吊り橋・釣り橋】　吊橋，鋼索橋。→斜張橋。

つりばしご◎【吊り梯子】　吊梯。

つりばな◎【吊花】　垂絲衛矛。植物名。

つりばり◎◎【釣り針】　釣鉤，魚鉤。

つりびと◎【釣り人】　釣魚人。

つりぶね◎【釣り舟・釣り船】　①釣魚船。②吊船花插。

つりぼり◎【釣堀】　釣魚池，釣魚塘。

つりみ◎【吊り身】　吊身。相撲運動中，將對手吊出這種姿勢。「～になって出る」吊身出比賽區。

つりめ◎【吊り目】　吊眼梢。

つりわ◎【吊り輪】　吊環。

つる◎◎【弦・絃】　①弓弦。②琴弦。

つる◎◎【蔓】　①蔓。「藤の～」藤蔓。②指生財之道，門路。③眼鏡鏡架。

つる◎【鶴】　鶴。「～の一声こえ」鶴鳴一聲；權威一言。「～は千年亀は万年」千年仙鶴萬年龜。

つ・る◎【吊る】（動五）　❶（他動詞）①吊，掛。「蚊帳を～・る」掛蚊帳。②架，吊上。架設在高處。「ハンモックを～・る」架起吊床。❷（自動詞）①抽筋。「足が～・る」腿抽筋。②繃緊，過緊。「ミシンの上糸が～・る」縫紉機的上線過緊。③往上吊著，向上拉緊。「目の～・った人」有著鳳眼的人。

つ・る◎【釣る】（動五）　①釣(魚)。②誘捕。「トンボを～・る」誘捉蜻蜓。③引誘，利誘，勾引，釣。「金で～・る」用錢誘惑（騙）。

つるおと◎◎【弦音】　弦音。弓弦鳴響的聲音。

つるかめ◎【鶴亀】　[1]鶴龜。用於表示祝賀長壽的裝飾等。[2]（感）消災祈福時唱念的詞語。

つるぎ◎◎【剣】　劍，刀劍。

つるくさ◎◎【蔓草】　蔓草。

つるし◎【吊るし】　成衣。

つるしあ・げる◎【吊るし上げる】（動下一）　①吊上去。②圍攻。

つるしがき◎【吊るし柿】　去皮柿乾，柿餅。

つる・す◎【吊るす】（動五）　吊，懸，掛。

つるな◎【蔓菜】　番杏。

つるはし◎【鶴嘴】　鶴嘴鎬，（洋）鎬。

つるばみ◎【橡】　橡樹，橡實。

つるべ◎【釣瓶】　吊桶。

つるべうち◎【釣瓶打ち】スル　①連發，齊

射。「鉄砲を～にする」連射排（子）槍。②連續安打。

つるべおとし④【釣瓶落とし】 似吊桶落下，落得快。「秋の日は～」秋天的太陽落得快。

つる・む①【交尾む】（動五） 交尾。「犬が～・む」狗交尾。

つるれいし③【蔓荔枝】 苦瓜。

つれ①【連れ】 ①同伴，同夥。②助演。③表示一起做事之意。「～平家」合平家；「～三味線」合奏三味線。

づれ【連れ】（接尾） ①領著，帶著，結伴。「子供～」帶著孩子。②同行，同夥，同伴。「道～」旅伴；同路（人）。

つれあい⓪②【連れ合い】 ①結伴，搭伴。「帰り道で～になる」在回家路上結伴。②（老）伴，伴侶，愛人。

つれあ・う③【連れ合う】（動五） ①一起去，結伴去，偕同。②結合，婚配。

つれこ⓪【連れ子】 帶來的孩子，繼子女。

つれこ・む⓪【連れ込む】（動五） 領進，帶進，帶入。

つれさ・る⓪【連れ去る】（動五） 領走，帶走。

つれしょうべん③【連れ小便】 同去小便。

つれそ・う③【連れ添う】（動五） 婚配，結爲伴侶。「長年～・った仲」多年的夫妻關係。

つれだ・す③【連れ出す】（動五） 領出，邀出，帶出去。

つれだ・つ③【連れ立つ】（動五） 同去，結伴去，搭伴去。

つれづれ⓪②【徒然】 ①寂寞，無聊。「老後の～を慰める」慰藉晚年的寂寞。②（形動ナリ）無所事事的樣子。「～なるままに」任憑無所事事。

つれて⓪【連れて】 （連語）隨著，跟著。「時がたつに～、悲しみは薄らいできた」隨著時間的推移，悲傷之情逐漸淡泊了。

つれな・い③（形） ①無情，薄情。「～・く断る」冷淡地拒絕。「～・い人」薄情的人。②無動於衷。

つれびき⓪【連れ弾き】 聯合彈奏。

つれもど・す④【連れ戻す】（動五） 領回，帶回。

つ・れる⓪【吊れる】（動下一） ①抽筋，痙攣。「足の筋肉が～・れる」腿的肌肉抽筋。②起皺褶。「縫い目が～・れる」針腳起皺。③向上吊。「目が～・れる」眼睛瞪圓。

つ・れる⓪【連れる】（動下一） ①帶，領，遛。「犬を～・れて散歩する」帶著狗散步遛狗。②伴隨，適應。「歌は世に～・れ、世は歌に～・れ」歌影響社會，社會影響歌。

つわぶき⓪【橐吾・石蕗】 山菊。

つわもの⓪【兵】 ①兵士，武士。②勇士，高手，能人。「その道の～」那一行的高手。

つわり⓪【悪阻】 害喜，孕吐。

つんけん①（副）スル 氣呼呼，氣沖沖，板著臉，不和氣。「～した応対」氣沖沖地待人。

つんざ・く③【劈く】（動五） 劈，刺破，震破，衝破，撕破。「耳を～・く雷鳴」震耳欲聾的雷鳴。

つんどく⓪【積ん読】 藏書不讀。

ツンドラ①【俄 tundra】 凍土帶，凍原。

つんのめ・る④（動五） 向前傾，差點栽倒。

つんぼ⓪【聾】 聾，聾子。→ろう（聾）

つんぼさじき⓪【聾桟敷】 ①最後部看臺，聾子看臺。位於看臺最後部的最低等級座。②局外的。「～に置かれる」被當作局外人。

て

て◯【手】 □①手，手臂，胳臂。「～を振る」揮手。②把手，扶手。「急須の～」茶壺把。③以手幹活，工作。「名人の～になる」出自名人之手。「追及の～がゆるむ」追查工作有所鬆懈。④手段，詭計。「あらゆる～をつくす」用盡各種辦法。⑤到手。「宝を～にする」把寶貝弄到手。⑥方向，方面。「山の～」山腳下。「右～に湖がある」右側有湖。⑦勢頭。「火の～」火勢。「水の～」水勢。

で◯【出】 ①出。「日の～」日出。②上班，出勤，出場。「～を待つ」等候出場。③伸出，露出。「軒の～」屋簷伸出。④開端，開頭。「～が1拍遅れる」開始慢了一拍。⑤出身，籍貫。「商人の～」商人出身。「大学～」大學畢業。

てあい◯◯【手合い】 ①同路人，一路貨。「あんな～は相手にするな」不要和那些傢伙在一起。②對弈，比賽。「大～」大賽。

であい◯【出会い・出合い】 ①相遇。「偶然の～」偶然相遇。②匯流處，合流處。「一ノ倉沢の～」一倉澤的匯流處。③約會，幽會。「～茶屋」（男女）幽會茶館。

であいがしら◯◯【出会い頭・出合い頭】 迎頭碰上時，迎面碰上時。「～に衝突する」迎面撞上。

であ・う◯【出会う・出合う】（動五）①遇到，碰上，相遇。「道で～・う」路上遇到。②偶然看見，親身經歷事件。「大事件に～・う」目睹大事件。③上。衝上去當對手，多用命令形。「曲者くせものじゃ，～・え」有壞人，衝上去！

てあか◯【手垢】 手垢。「～がつく」沾上手印。

てあき◯【手空き】 閒著。「～になる」閒著。

てあし◯【手足】 ①手足。②左右手，俯首貼耳。「社長の～となって働く」忠實地為社長工作。

であし◯【出足】 ①起步。「～の鋭い車」起動快的汽車。②（集會等人們的）到場情況。「いいお天気で祭りへの～が良い」天氣好，參加廟會的人很多。③出足。相撲向前進攻時，腿腳的運用。「～がつく」出足。

てあたりしだい◯【手当たり次第】 隨手，順手，信手。「～に投げ捨てる」隨手扔出去。

てあつ・い◯◯◯【手厚い・手篤い】（形）殷勤，優厚，厚誼，熱心。

てあて◯【手当て】 ①預備，準備。②治療。

てあて◯【手当】 補助，津貼。「～がつく」附津貼。

テアトル◯【法 théâtre】 劇場，劇院。

てあぶり◯【手焙り】 手爐。

てあみ◯【手編み】 手編，手織。

てあら◯【手荒】（形動）蠻橫，粗野，粗蠻。「～に扱う」粗野地對待。

てあらい◯【手洗い】 ①洗手，洗手盆。②洗手間，廁所。

てある・く◯◯【出歩く】（動五）出去走走，閒逛。

てあわせ◯【手合わせ】 スル 比賽，較量。

てい◯【丁】 ①丁。天干的第4個。②丁。等級、順序的第4位。

てい◯【体・態】 ①狀態。「困惑の～」困惑的樣子。②表面。「ほうほうの～で逃げる」抱頭鼠竄。③表示「…樣子的」「…風情」等意。「職人～の男」手藝工模樣的男人。

てい◯【弟】 弟弟。↔兄けい。「兄たりがたく～たりがたし」伯仲之間，難分高下。

てい◯【底】〔數〕①底。「底邊」「底面」之略。②底。ay 等於 x 時的 a。即 $y=\log_a x$ 中的 a。→対数たいすう

てい◯【邸】 邸。

てい◯【艇】 艇，小舟。

てい◯【亭】（接尾）①亭。接在日本高

級料理店、曲藝場等屋號後的用語。「末広~」末廣亭。②亭。接在雅士的居室、亭子或藝人、文人的號後面的用語。「観月~」觀月亭。「式~三馬」式亭三馬。

ていあつ[0]【低圧】 ①低壓。「球内を~にする」降低球內壓力。②低電壓。↔高圧

ていあつ[0]【定圧】 定壓，一定的壓力。

ティアラ[1]【tiara】 （鑲寶石的）頭飾。

ていあん[0]【提案】スル 提案，建議。

ていい[1]【低位】 低位。低的位置，低的職位。

ていい[1]【定位】スル 定位。

ていい[1]【帝位】 帝位。

ティー[1]【tea】 茶，紅茶。「レモン~」檸檬茶。

ティー[1]【tee】 球座。高爾夫球放球的架子。

ティーオフ[3]【tee off】 開球。

ティーグラウンド[4]【teeing ground】 開球區。

ディーシーブランド[6]【DC—】〔DC 爲 designer's and character 之字首〕DC 牌，名牌。

ティーシャツ[0]【T shirt】 T 恤。

ティーじょうぎ[3]【T 定規】 丁字尺。

ティーショット[3]【tee shot】 開球打。

ティーじろ[3]【T 字路】 T 字路。同「丁字路」。

ティースプーン[4]【teaspoon】 茶匙，紅茶用的匙。

ディーゼルエンジン[5]【Diesel engine】 柴油引擎。

ディーゼルカー[4]【Diesel car】 柴油（火）車。

ティーチイン[4]【teach-in】 校內討論會。

ティーチングマシン[7]【teaching machine】 教學機。

ていいど[3]【低緯度】 低緯度。→高緯度

ティーパーティー[3]【tea party】 茶會，午茶會。

ティーバック[3]【[和]T+back】 T 型內褲，女用丁字褲。

ティーバッグ[3]【tea bag】 茶包。

ティーバッティング[3]【tee batting】 球架打擊。

ディープ[0]【deep】 「深的」「濃的」之意。「~キス」深吻。

ティーボーンステーキ[7]【T-bone steak】 丁骨牛排。

ティーポット[3]【teapot】 茶壺。

ディーラー[1]【dealer】 ①商人，經銷商。②交易商，經紀人。③莊家。發牌的人。

ディーリング[0]【dealing】 交易。

ティールーム[3]【tearoom】 咖啡廳，茶館。

ていいん[0]【定員】 定額，員額。

ティーン[1]【teen】〔十幾歲世代之意〕「ティーンエージャー」之略語。

ティーンエージャー[4]【teenager】 13 歲至 19 歲的少年少女。

ていえん[0]【庭園】 庭園。

ていえんしょうゆ[5]【低塩醤油】 低鹽醬油。→減塩醤油

ていおう[3]【帝王】 ①帝王。②大王，頭目。「暗黒街の~」黑街老大；地頭蛇。

ていおうせっかい[5]【帝王切開】 帝王切開術，剖腹產。

ディオニソスてき[3]【一的】（形動） 狄俄尼索斯式的。尼采所說藝術創造的一種類型，↔アポロン的

ていおん[0]【低音】 ①低音。②小聲。

ていおん[0]【低温】 低溫。↔高温

ていおん[0]【定温】 恆溫，常溫。

ていか[0]【低下】スル ①下降。↔上昇。「温度が~しつつある」溫度正在下降。②低下。品質、技術等的水準差。↔向上

ていか[0]【定価】 定價。

ていかい[0]【低回・低徊】スル ①低頭徘徊。②左思右想。

ていかいしゅみ[5]【低徊趣味】 低徊趣味。夏目漱石早期提倡的文學態度。

ていがく[0]【低額】 低額。

ていがく[0]【定額】 定額。

ていがく[0]【停学】 停學（處分）。

ていがくねん[3]【低学年】 （小學）低年級。

ていかん◎【定款】　章程。

ていかん【停刊】 スル　停刊。

ていかん◎【諦観】スル　①審視。看清事情的本質。「時代を～する」審視時代。②看破（紅塵）。

でいがん◎【泥岩】　泥岩。

ていかんし【定冠詞】　定冠詞。

ていき◎【定期】　①定期。「～刊行物」定期刊物。②定期。「定期乗車券」「定期預金」之略語。

ていき◎【提起】スル　①提起，揭示。②提起訴訟，起訴。

ていぎ◎◎【定義】スル　定義。「～を下す」下定義。

ていぎ◎【提議】スル　提議。

ていきあつ◎【低気圧】　①低氣壓。↔高気圧。②氣氛緊張，不高興。

ていきけん◎【定期券】　定期車票。

ていきびん◎【定期便】　班機，班輪，班車。

ていきゅう◎【低級】　低級。↔高級

ていきゅう◎【定休】　定期休息日。「～日」公休日。

ていきゅう◎【庭球】　網球。

ていきゅう◎【涕泣】スル　涕泣。

ていきょう◎【提供】スル　提供。「援助を～する」提供支援。

ていきよきん◎【定期預金】　定期存款。

ていきん◎【庭訓】　庭訓。

ていきん◎【提琴】　提琴。

ていぎん◎【低吟】スル　低吟。「古歌を～する」低吟古歌。

ていくう◎【低空】　低空。↔高空

ディクショナリー◎【dictionary】　辭典。

ディクテーション◎【dictation】　聽寫，聽寫考試。

ていけい◎【定形・定型】　定型，定形。

ていけい◎【梯形】　梯形。「台形」（梯形）的舊稱。

ていけい◎【提携】スル　提攜，互助。「技術の～」技術合作。

ていけつ◎【締結】スル　締結。

ていけつあつ◎◎【低血圧】　低血壓。

ていけん◎【定見】　定見，主見。「～のない男」沒有定見的男人。

ていげん◎【低減】スル　①數量少了，減少。②減低，降低價格。「費用を～する」降低費用。

ていげん◎【逓減】スル　遞減。↔逓増

ていげん◎【提言】スル　提出建議。「解決策を～する」提出解決策略。

ていこ◎【艇庫】　艇庫。

ていこう◎【抵抗】スル　①抵抗，反抗。②抗拒感。「それをするには～を感じる」很反感那麼做。③阻力。「空気の～」空氣的阻力。

ていこく◎【定刻】　定時，準時，規定時間。「～通りに始める」準時開始。

ていこく◎【帝国】　①帝國。②「大日本帝国」之略。

ていこくしゅぎ◎【帝国主義】　〔imperialism〕帝國主義。

ていさ◎【艇差】　艇差。賽艇時兩艇之間的距離，以艇的長度為基準來表示。

ていざ◎◎【鼎座・鼎坐】スル　鼎坐，三人對座。「～して語る」三人對坐而談。

ていさい◎【体裁】　①外觀，外表。「～をつくろう」裝飾門面。②體裁，名目，體例。「論文の～をなさない」不構成論文體裁。③形象，外表。「ひどく～を気にする」非常講究外表。④奉承（話）。「～を言う」說奉承話。

ていさつ◎【偵察】スル　偵察。「～機」偵察機。

ていし◎【停止】スル　①停止。「呼吸が～する」呼吸停止。②停止。「発行～」禁止發行。

ていじ◎【丁字】　丁字，丁字形。

ていじ◎【低次】　低次，低級，低檔。↔高次。「～の話」低層次的話。

ていじ◎【定時】　①定時。②定期。「～刊行」定期發行。

ていじ◎【提示】スル　提示，出示。「条件を～する」提出條件。

ていじ◎【綴字】　拼音。

ていしき◎【定式】　一定的形式，一定的儀式。「～化された方法」定型化的方法。

ていじげん◎【低次元】　低次元，低檔。「～な議論」低層次的討論。

ていせい⓪【低姿勢】 低姿態，謙遜。
←高姿勢

ていじせい⓪【定時制】 定時制。←全
日さい制

ていじたい⓪【丁字帯】 丁字帶，丁字繃
帶。

ていしつ⓪【低湿】 低濕。←高燥

ていしつ⓪【低質】 劣質，低質。

ていしゃ⓪【停車】 スル 停車。

ていしゃじょう⓪【停車場】 火車站，車
站。「駅」的舊稱。

ていしゅ①【亭主】 ①老闆，店主。②丈
夫。「～持ち」有夫之婦。③東道主。主
人。←客

ていしゅ①【艇首】 船首，船頭。

ていじゅう⓪【定住】 スル 定居。

ていしゅうは③【低周波】 低頻。←高周
波

ていしゅく⓪【貞淑】 貞淑，貞潔嫻淑。

ていしゅつ⓪【呈出】 スル ①呈現。②提
出。

ていしゅつ⓪【提出】 スル 提出。「宿題を～
する」交作業。

ていじょ①【貞女】 貞女。「～をたてる」
守節；守貞。

ていしょう⓪【低唱】 スル 低唱。「浅酌～」
淺斟低唱。

ていしょう⓪【提唱】 スル ①提倡，倡導。
「改革を～する」提倡改革。②提唱。
禪宗裡指提示教義大綱後進行講經，亦
指講解禪書。

ていじょう⓪【呈上】 スル 呈上，呈獻。

ていじょう⓪【定常】 恆定，穩定，恆
常。

でいじょう⓪【泥状】 泥狀。

ていじょうは⓪【定常波】 定長波。←進
行波

ていしょく⓪【定食】 套餐。

ていしょく⓪【定植】 スル 定植。

ていしょく⓪【定職】 固定職業。

ていしょく⓪【抵触・觝触・牴触】 スル ①
牴觸。觸犯法律。「法に～する行為」與
法律相牴觸的行為。②牴觸。事物互相
矛盾。「双方の利害が～する」雙方利害
相牴觸。

ていしょく⓪【停職】 停職。

ていじろ⓪【丁字路】 丁字路，丁字街。

ていしん⓪【挺身】 スル 挺身。

ていしん⓪【挺進】 スル 挺進。「敵中に～
する」向敵陣挺進。

ていしん⓪【通信】 傳遞音信，通信，郵
電。

ていしん⓪【艇身】 艇身，艇的全長。

でいすい⓪【泥水】 ①泥水。②比喻花柳
界。「～に沈む」淪為娼妓；淪落風塵。

でいすい⓪【泥酔】 スル 酩酊大醉，爛醉如
泥。

ディスインフレーション⑧【disinflation】
反通貨膨脹。

ていすう③【定数】 ①定數，定額（人
數）。「議員の～」議員的定額人數。②
常數，常量。

ディスカウンター⑧【discounter】 折扣商
店，廉價商店。

ディスカウント①【discount】 スル 打折，
減價。

ディスカッション①【discussion】 スル 討
論，商議。「自由に～する」自由討論。

ディスク①【英 disk, disc; 法 disque】 ①
唱片，光碟。②圓板，圓碟。③磁片。
「磁気ディスク」之略。

ディスクジョッキー④【disk jockey】 音
樂節目播音員，DJ。

ディスクロージャー⑥【disclosure】 企業
決算公開。

ディスコ 〔法語 discothèque 之略〕迪斯
可舞廳。

ディスタンス①【distance】 ①間隔，距
離。②遠方，遠景。

ディストリビューター⑥【distributor】 ①
銷售代理店，批發業者。②配電器，分
電器。

ディスプレー⓪①③【display】 ①展示，陳
列。②顯示器。③炫耀。

ディスポーザー③【disposer】 廚餘處理
器。

てい・する③【呈する】（動サ變） ①提
出。「疑問を～・する」提出疑問。②呈
現。「活況を～・する」呈現出繁榮景
象。

てい・する◎【挺する】（動サ變）①挺。「身を～・する」挺身。帶頭。②挺身。「身を～・して捕球する」挺身接球。

ていせい◎【帝政】帝政。

ていせい◎【訂正】スル訂正，修訂。

ていせいぶんせき⑤【定性分析】定性分析。→定量分析

ていせき◎【定積】①一定面積，一定體積。②一定的乘積。

ていせつ◎【定説】定說，定論。「～をくつがえす」推翻定論。

ていせつ◎【貞節】貞節。

ていせん◎【汀線】海岸線，海濱線。

ていせん◎【停船】スル停船。

ていせん◎【停戦】スル停戰。

ていぜん◎【庭前】庭院前。

ていそ◎【定礎】スル奠基。

ていそ◎【提訴】スル起訴，申訴。

ていそう◎【貞操】貞操。「～をやぶる」失節；失身。

ていぞう◎【逓増】スル遞增。↔逓減

ていそく◎【低速】低速。↔高速

ていそく◎【定則】定則，定規。

ていぞく◎【低俗】低俗。

ていそくすう◎【定足数】最低限數，規定人數。

ていたい◎【停滞】スル停滞。「仕事が～する」工作停滯不前。

ていた・い◎【手痛い】（形）厲害，嚴重。受害的程度深。

ていだい◎【帝大】帝大。「帝国大学」之略語。

ていたいぜんせん◎【停滞前線】滯留鋒。

ていたく◎【邸宅】邸宅。「豪壮な～」豪宅。

ていたらく◎【体たらく】樣子，狀態。「散々の～だ」狼狽相。

ていだん◎【鼎談】スル三人座談。

でいたん◎【泥炭】泥炭，泥煤。

ていち◎【低地】低地，窪地。↔高地

ていち◎【定置】スル定置，固定設置。「建網などを～する」固定設置建網。

ていちゃく◎【定着】スル①固著，附著，定居。②固定，扎根。「現在の職に～る」扎根現在的工作。③定影。

ていちゃくえき◎【定着液】定影液。

でいちゅう◎【泥中】泥中，軟泥之中。

でいちゅうのはちす◎【泥中の蓮】泥中蓮花，出污泥而不染。

ていちょう◎【丁重・鄭重】①懇摯。「～な挨拶」懇摯的問候。②小心，鄭重。「～にしまい込む」小心地收拾起來。

ていちょう◎【低調】①低下，水準低。「～な作品」低劣的作品。②低調，不活躍，不熱烈。「～な試合」不激烈的比賽。

ていちょう◎【艇長】艇長。

ティッシュペーパー④【tissuepaper】指高級衛生紙。

ていっぱい◎【手一杯】（副）時間占滿，沒空。

ディップ①【dip】沾醬。

ディテール③【detail】細節，細目，詳圖。

ていてつ◎【蹄鉄】馬蹄鐵。

ていてん◎【定点】定點。

ていでん◎【停電】スル停電。

ていと①【帝都】帝都。

ていど◎◎【程度】①程度。「けがの～」受傷程度。②程度。事物變化階段大致達到的範圍。「焦げない～に焼く」烤到不焦的程度。③適度。「頑張るにも～がある」努力也要適度。

でいど①【泥土】泥土。

ていとう◎【低頭】スル低頭。「平身～」低頭認錯。

ていとう◎【抵当】抵押。「～証明」抵押字據。

ていとうしょうけん◎【抵当証券】抵押證券。

ていとうながれ◎【抵当流れ】流當，喪失抵押物贖回權。

ていとく◎【提督】提督。

ていとん◎【停頓】スル停頓。「交渉が～する」交渉陷入僵局。

ディナー①【dinner】正餐，晚餐。

ていない◎【邸内】邸宅內。

ていねい◎【丁寧・叮嚀】①認真，正

經，正經八百。「～に書く」認真地寫。②很禮貌，恭恭敬敬，殷勤。「～な挨拶」很禮貌的寒暄。

でいねい⓪【泥濘】　泥濘。

ていねいご⓪【丁寧語】　禮貌語。敬語的一種。

ていねん⓪【丁年】　丁年。20歲，成年。

ていねん⓪【定年・停年】　退休年齡，退職年齡。「～制」退休制度。

ていねん⓪【諦念】　諦念。

ていのう⓪【低能】　低能。

ディノテーション⓪【denotation】　指示意義，標記，標誌。

ディバイダー②【divider】　兩腳規，分線規。

ていはく⓪【停泊・碇泊】ス ル 停泊，錨泊。

ていはつ⓪【剃髪】ス ル 剃髪，落髪，削髮。

ディパック⓪【day pack】　（裝一日遊隨身物品的）小型背包。

ていばん⓪【定番】　傳統商品，定型商品。

ティピカル①【typical】（形動）典型的，代表性的。「～な例」典型的例子。

ていひょう⓪【定評】　定評。廣為一般人承認的評論或評價。

ディフェンス①【defense】　防禦，防衛，防守隊員。↔オフェンス

ディフェンダー③【defender】　後衛。

ディベート②⓪【debate】　辯論。

ディベロッパー③【developer】　開發商。

ていへん⓪【底辺】　①底邊。②底層。

ていぼう⓪【堤防】ス ル 堤防。「～が決壊する」堤防決口。

ていぼく⓪【低木】　灌木。↔高木

ていほん⓪①【定本】　定本。經充分校訂，正文完整無缺的本子。

ていほん⓪①【底本】　底本。原本。

ていまい⓪【弟妹】　弟妹。

ディミヌエンド⓪【義 diminuendo】　漸弱。↔クレッシェンド

ていめい⓪【低迷】ス ル 　①低沉，彌漫。「暗雲が～する」烏雲低垂。②低迷。「景気が～する」景氣低迷。

ていめん⓪①【底面】　底面。

ディメンション②【dimension】　度（數），次元，因次，量綱。

ていよう⓪【提要】　提要。「国語学～」國語學提要。

ていよく⓪【体良く】（副）　委婉。「～断られた」被婉言拒絕。

ていらく⓪【低落】ス ル 低落，下跌。

ティラノサウルス④【拉 Tyrannosaurus】　霸王龍，暴龍。

ティラミス⓪【tiramisù】　提拉米蘇蛋糕。

ていり①【低利】　低利，低息。↔高利

ていり①【廷吏】　庭吏。法院的職員名。

ていり①【定理】　定理。

でいり⓪【出入り】ス ル 　①出入。「人の～が多い」出入的人很多。②常來往。「～の商人」常來往的商人。③出入。數量的增減。「参加者に多少の～を見込む」估計參加人員會略有出入。

ていりつ⓪【低率】　低率，低比率。↔高率

ていりつ⓪【定率】　定率。一定的比率。

ていりつ⓪【鼎立】ス ル 鼎立。「党内には3派が～している」黨內3派鼎立。

ていりゅう⓪【底流】ス ル 　①底流，潛流。②暗流。「国際情勢の～」國際形勢之趨勢。

ていりゅう⓪【停留】ス ル 停留。

でいりゅう⓪【泥流】　泥流，土石流。

ていりょう⓪【定量】　定量。「きょうはこれで～だ」今天的定量就這些。

ていりょうぶんせき⓪【定量分析】　定量分析。→定性分析

ていれ①【手入れ】ス ル 　①整理，修整，保養，維修，拾掇，護理，收拾。「庭の～をする」收拾院子。②搜捕，查抄。「賭博場の～があった」搜捕了賭場。

ていれい⓪【定例】　①定例，慣例，常規。②例會。↔臨時。「～の会議」例會。

ディレードスチール【delayed steal】　伺機盜壘。

ディレクター②【director】　①（電影、戲劇）導演，戲劇導演。②廣播節目主持人。③（樂團等的）指揮（者）。

ディレクトリー⑤【directory】 目錄。

ていれつ⓪【低劣】 低劣。

ディレッタンティズム⑥【dilettantism】 業餘愛好。

ディレッタント④【dilettante】 業餘愛好者。

ていれん⓪【低廉】 低廉。「～な価格」低廉的價格。

ディンクス②【DINKS】〔double income no kids〕頂客族。→ヤッピー

ティンパニー③【義 timpani】 定音鼓。

ディンプル①【dimple】 微凹。高爾夫球表面的微小凹處。

てうえ⓪【手植え】 手植。「お～の松」親手種植的松樹。

てうす⓪【手薄】 ①人手少。「防備の～なところ」防備薄弱之地。②手頭緊。

デウス①【葡 Deus】〔天主教用語〕神，天主，上帝，造物主。

てうち⓪②【手打ち】 ①拍手祝賀。②手工，手擀。③手斬，手刃。武士親手殺死僕從或町人。

デーケア③【day care】 日間治療，日間照護。

デーゲーム③【㐂 day+game】 日間比賽。

デージー①【daisy】 雛菊。

テースト①【taste】 味道，滋味，趣味，愛好。

テーゼ①【德 These】 ①正題。②綱領。

データ①【data】 ①材料，論據。「～を集める」收集材料。②數據。

データつうしん⑤【一通信】 數據通訊。

データバンク④【data bank】 資料庫。

データベース④【data base】 資料庫。

データマン③【㐂 data+man】 題材搜集通訊員。

デーツ①【date】 椰棗，伊拉克蜜棗。

デート①【date】 スル ①年月日，日期。②約會。

テーピング⓪【taping】スル 纏帶，用帶子捆綁。

テープ①【tape】 ①帶，帶子。②終點帶。賽跑終點線的細帶。

テープカット④【㐂 tape+cut】スル 剪綵。

テープデッキ④【tape deck】 大型錄音機，錄音帶裝置。

テーブル⓪【table】 ①桌子，書桌，餐桌。②表格，一覽表。「タイム～」時間表；時刻表。

テーブルウエア④【table ware】 餐桌餐具。

テーブルクロス⑥【table cloth】 桌布，臺布。

テーブルスピーチ⑥【㐂 table+speech】 即席發言，席間致詞。

テーブルセンター⑤【table center】 桌心布。

テーブルタップ⑤【table tap】 延長線插座。

テーブルチャージ⑤【table charge】 座位費，餐桌費。

テーブルワイン⑤【table wine】 佐餐葡萄酒。

テープレコーダー⑤【tape recorder】 卡帶錄音機。

テーマ①【德 Thema】 ①主題，主旋律。②〔theme〕主位。

テーマパーク④【㐂 Thema+park】 主題樂園。

デーモン①【demon】 惡魔，鬼神，惡靈。

テーラー①【tailor】 (男裝的)裁縫店。

テーラード①【tailored】 男裝式樣女裝，訂做服裝。

デーリー①【daily】 每日的，日刊。

テール①【tail】 ①尾，尾狀物。「ポニー～」馬尾辮。②尾端。滑雪板、衝浪板等的後端。

テールエンド④【tail end】 末端，最末，倒數第一。

ておい⓪【手負い】 受傷，負傷。「～のクマ」受傷的熊。

デオキシリボかくさん⑨【一核酸】〔de-oxyribonucleic acid〕去氧核糖核酸。→リボ核酸

ておくれ⓪【手後れ・手遅れ】 延誤，耽誤。「処置が～になる」處置延誤了。

でおく・れる⓪④【出遅れる】 (動下一)起步晚。「選挙戦に～・れる」很晚才著手競選活動。

て

ておけ◎【手桶】 提桶。

ておし◎【手押し】 手推。「～車」手推車。

ておち◎【手落ち】 疏忽,漏洞。

デオドラント②【deodorant】 除臭,防臭劑。「～-シャンプー」除臭洗髮精。「～効果」除臭效果。

ておどり③【手踊り】 徒手舞。

ており◎【手織り】 ①手織。「～の布」手織布。②自己織。

でか◎ 刑警,便衣警察。

デカ【法 deca】 10，10倍。

てがい◎【手飼い】 自己飼養,自家飼養。「～の犬」自家養的狗。

でか・い②(形) 大的。

てかがみ③【手鏡】 手鏡。

てかがみ③【手鑑】 ①古墨跡帖。②榜樣,模範。

てがかり②【手掛かり・手懸かり】 ①握柄,扶手。「～もない絶壁」沒有手抓處的峭壁。②線索。「犯人の～をつかむ」抓到了犯人的線索。

てかぎ◎①【手鉤】 手鉤。帶把的鉤子。

てかけ◎【手掛け】 把手,握柄。

でがけ◎【出掛け】 正要出去。「～に客がくる」剛要出門來了客人。

てが・ける③【手掛ける】(動下一) 親自動手。「設計を～・ける」親自設計。

でか・ける◎③【出掛ける】(動下一) 外出,到…去。「買物に～・ける」去買東西。

てかげん②【手加減】 スル ①手勁,手法,技巧,竅門,門道。「～がわからない」不懂竅門。②斟酌,酌情,通融。「～を加える」善加斟酌。

てかず◎【手数】 工夫,麻煩。「～をかける」添麻煩。

でか・す◎【出来す】(動五) ①做成,完成,製造,惹出(不好的事態)。②出色完成,做得好。「～・した」做得漂亮。

てかせ◎【手枷】 ①手銬。②枷鎖。「～足枷」手銬腳鐐。

でかせぎ◎【出稼ぎ】スル 打工,外出做工。

てがた◎【手形】 ①手印,掌印。「関取の～」關取力士的手印。②票據。

でかた◎【出方】 ①形式。「枝の～」枝形。②(談判等時的)態度,方針。「相手の～を見る」看對方的態度。③男招待員,雜役。

てがた・い◎③【手堅い】(形) ①踏實,靠得住。②堅挺,堅穩。「～・い相場」穩定的行情。

てがたな◎【手刀】 手刀。「～を切きる」劈手刀。

でがたり◎【出語り】 出語。淨琉璃太夫和三味線彈奏者到設在舞臺的坐位面對觀眾演奏。↔御簾内

デカダン◎②【法 décadent】 頹廢的,頹廢派。

デカダンス③【法 décadence】 ①頹廢墮落。②頹廢(主義)。

でかでか◎(副) 醒目,特大。「～と広告を出す」登出特大廣告。

てがみ◎【手紙】 ①信,書信。②信函。

てがら◎【手柄】 功勞,功勳,功績。

でがらし◎【出涸らし】 味淡。↔出花。「～のお茶」泡得無味的茶。

てがる◎【手軽】 輕易,簡單,輕鬆。「～を食事」小吃;便飯。

てがる・い◎【手軽い】(形) 輕易,簡便,輕鬆。

デカンタ②【decanter】 細頸酒瓶。

てき◎【敵】 ①敵人,仇敵。「～と戦う」與敵戰鬥。②敵手。「～視」敵視。

てき【的】(接尾) ①…般的,…樣的。「母親～な存在」如同母親一樣的人物。②…的。處於此種狀態。「定期～な検診」定期的體檢診查。③…上的,…方面的。「事務～な配慮」工作方面的考慮。

てき【滴】(接尾) 滴。「数～の露」幾滴露水。

でき◎【出来】 ①出產,製造,完成。「今～の品」最近出的東西。②完成情況。「昔の物は～が違う」以前的東西品質就是不同。「上～」做得很好。③收成。「今年は果物の～がいい」今年水果的收成好。

て

てぎれい□【手奇麗】（形動）　精美。「～な細工」精美的工藝品。

てきろく◎【摘録】スル　摘録，節錄。

てぎわ◎◎【手際】　手法，技巧，本事。「～よく事件を解決する」恰當地處理事件。

てきん◎【手金】　訂金，押金。

テク　①技術。「テクノロジー」的略稱。「ハイ～」高技術。「財～」理財技術。②技巧。俗指「テクニック」的略稱。「～のあるミュージシャン」有技巧的演奏家。

でく◎【木偶】　木偶。

てくシー　徒步，11路公車（步行）。

てぐす【天蚕糸】　天蠶絲。

てぐすね【手薬煉】　摩拳擦掌。「～ひく」摩拳擦掌；嚴陣以待。

てくせ◎◎【手癖】　①手癖。②手不老實，有盜癖。「～が悪い」①好偷東西。有盜癖。②好對女性動手動腳。

でぐせ◎【出癖】　愛出門。「～がつく」外出慣了。

てくだ【手管】　手腕，詭計。「手練～」花招。

てぐち◎【手口】　①手法。「同じ～」同樣的手法。②（股票）交易用語。

でぐち◎【出口】　出口。　↔入り口

てくてく□（副）　一步一步地，徒步。

テクニカラー□【Technicolor】　特藝色法，染料轉印法，彩色印片法。

テクニカル□【technical】（形動）　①專門的，學術上的。②技術性的。

テクニカルターム□【technical term】　術語，專門用語。

テクニカルノックアウト□【technical knockout】　技術擊倒。

テクニカルライター□【technical writer】　技術說明書編寫專家。

テクニシャン□【technician】　精於技巧者，技巧派。

テクニック□【technic】　技術，技巧，技法。

テクノクラート□【technocrat】　技術官僚，技術官員。

テクノストレス□【technostress】　科技壓力。

テクノポップ□【technopop】　電子通俗音樂。

テクノポリス□【technopolis】　①高科技社會。②高科技城市。

テクノロジー□【technology】　科技，工藝學，工藝規程。

てくばり◎【手配り】スル　①布置。②部署，準備。「きちんと～する」充分部署好。

てくび□【手首・手頸】　手腕。

てくらがり□【手暗がり】　手遮陰影，手影，手遮住光。「～になる」手遮住光。

てぐるま◎【手車】　①手推車。②手搭轎子。兩人相對，雙手搭在一起，讓人乘坐其上抬著走的遊戲。

デクレッシェンド□【義 decrescendo】　漸弱。　↔クレッシェンド

でくわ・す◎◎◎【出会す】（動五）　偶遇，碰見。

でげいこ◎【出稽古】　①外出傳藝，上門傳藝。②出外學藝。

てこ◎【梃子・梃】　槓桿。「～でも動かない」固持己見；絲毫不動搖。

デコイ□【decoy】　①鳥形引誘物。②圈套。

てこいれ◎【梃入れ】スル　①干預行情，操盤。②支援，打氣。「親会社が～する」母公司給予支援。

てごころ□【手心】　酌情。「～を加える」酌情處理；手下留情。

てこず・る□【手古摺る】（動五）　棘手，為難。「説得に～・る」難以說服。

てごたえ◎【手応え】　①手感。②回應。

てごま◎【手駒】　①手中棋子。②部下，嘍囉。「～をうまく使う」隨意驅使部下。

てごめ◎【手込め・手籠め】　施暴，強姦。「～にする」強姦。

でこもの◎【出庫物】　庫存處理品。

デコラ□【Decola】　合成樹脂裝飾板。

デコラティブ□【decorative】（形動）　裝潢的。「～な内装」極富裝潢的內部裝修。

デコレーション□【decoration】　裝飾，裝

漢。

てごろ⓪【手頃】 ①適手。②適合。「～な値段」價錢正合適。

てごわ・い【手強い】（形） 難對付，難鬥。「～・い相手に出会う」碰上了勁敵。

テコンドー③【跆拳道】〔韓語〕跆拳道。

デザート②【dessert】 甜食，甜點。

デザートコース⑤【dessert course】 上甜食，上甜點，正餐最後一道。

デザートワイン⑤【dessert wine】 甜酒。

デザイナー②【designer】 設計師。

デザイン②【design】スル 設計。「衣服を～する」設計服裝。「生活を～する」規畫生活。

でさか・る【出盛る】（動五） ①人多。②大批上市，旺季。「露地物の～・る時分」露天作物產品旺季時分。

てさき③【手先】 ①手指頭，指尖。「～がしびれる」手指麻了。②走狗，爪牙。「敵の～」敵人的爪牙。③眼線。

でさき③⓪【出先】 去處。

でさききかん【出先機関】 派出機構，駐外機構。

てさぐり②【手探り】スル ①摸黑。②摸索。

てさげ②⓪【手提げ】 手提袋，提包，提籃。

てさばき②【手捌き】 手法。

てざわり②【手触り】 觸感，手感。「なめらかな～」光滑的手感。

でし②【弟子】 弟子，門徒。

デシ【法 déci】 十分之一。

でしいり⓪③【弟子入り】スル 當弟子。「相撲部屋に～する」進相撲部屋當弟子。

てしお②⓪③【手塩】 手鹽。每張飯桌上備的少量食鹽。「～に掛ける」親手拉拔。

でしお⓪【出潮】 漲潮。

てしごと②【手仕事】 手工。

てした③【手下】 手下。

デジタル①【digital】 數位式（的），計數（的）。↔アナログ

デジタルカメラ⑤【digital camera】 數位相機。

デジタルテレビ⑤【digital television】 數位電視。

デジタルどけい【一時計】 電子錶，電子鐘。

てじな①【手品】 戲法，魔術。

でしな⓪【出しな】 要出去時，臨走時。「～に呼びとめられた」臨走時被叫住了。

デシベル①【decibel】 分貝。

てじまい②【手仕舞い】 了結清算。

てじめ⓪③【手締め】 齊拍手，一齊鼓掌。

てじゃく⓪【手酌】 自酌，自斟自飲。

でしゃば・る③（動五） 多管閒事，多嘴多舌。

デジャビュ②【法 déjà vu】 似曾相識症。

てじゅん⓪①【手順】 （做事的）順序，步驟。「～を踏む」按程序。按步驟。「～通りに運ぶ」有次序地進行。

てじょう⓪【手錠・手鎖】 手銬。「～をかける」銬上手銬。

てしょく⓪【手燭】 手燭。

てしょく⓪【手職】 手藝。

デシリットル③【法 décilitre】 公合。

でじろ⓪【出城】 小城堡。↔根城

デス【death】 死。「～マスク」死者臉部模型。

でずいらず【出ず入らず】 恰到好處。

でずいり⓪【手数入り】 橫綱入場儀式的俗稱。

てすう②【手数】 費事，費勁。「～のかかる仕事」費事的工作。

てすうりょう【手数料】 手續費，佣金。

てずから⓪【手ずから】（副） 親手，親自。「～値えた木」親自栽的樹。

デスカレーション⑤【de-escalation】 逐步降級，逐步縮小，減少。→エスカレーション

てすき⓪③【手空き・手透き】 空閒，沒事。

てすき②【手漉き】 手抄。「～の和紙」手抄和紙。

でずき⓪③【出好き】 愛外出，好出門

者。↔出嫌い

です・ぎる⓪【出過ぎる】（動上一） ①超出限度。「水が～・ぎる」水流得過量。②越權。「～・ぎたまねをする」多管閒事。

デスク①【desk】 ①桌子，辦公桌。②編輯部主任，採訪部主任。

デスクトップ④【desk top】 桌上型，桌上型個人電腦。

デスクプラン④【desk plan】 紙上談兵。

デスクワーク④【desk work】 案頭工作，事務員。

てすさび②【手遊び】 把玩。「老後の～」老後的消遣。

てすじ①【手筋】 ①手紋，掌紋。②天資，天分。「～のいい子」天資好的孩子。

テスター①【tester】 電路檢驗器，萬用表。

でずっぱり⓪【出突っ張り】 連續出場。

テスト①【test】 ｽﾙ ①試驗，檢查，審查。「心理～」心理測驗。「機械を～する」測試機器。②考試。「～に合格する」考試合格。③排練，預演。

テストケース④【test case】 案例。

テストドライバー④【test driver】 試車手。

テストパイロット④【test pilot】 試飛員。

テストパターン⑤【test pattern】 測試圖。

テストマッチ④【test match】 對抗賽。

テストラン④【test run】 試車，試運轉。

デスペレート④【desperate】（形動） 絶望的，自暴自棄的。

デスマスク③【death mask】 死者臉部模型。

デスマッチ③【㊖ death+match】 殊死搏鬥，決鬥。

てすり③④【手摺り】 扶手，欄杆。

てずれ⓪【手擦れ】 ｽﾙ 用手磨破。

てせい⓪【手製】 手製，自製品。「～のお菓子」手工點心。

てぜい⓪①【手勢】 手下兵將。

デセール②【法 dessert】 ①甜點（以前也包括乳酪，但現在指乳酪之後上的點心）。②一種餅乾。

てぜま⓪【手狭】（形動） 狹窄。

てそう⓪【手相】 手相。

てぞめ⓪【手染め】 親手染，手染。

でぞめ⓪【出初め】 初次出去。亦指新年過後第一次一齊出去做的活動。

でそろ・う③【出揃う】（動五） 全部出來，出齊，到齊。

てだい⓪【手代】 ①二掌櫃。②特定代理。

てだし⓪【手出し】 ｽﾙ ①出手，動手。②參與。「株に～をする」參與股票交易。③插手，干涉。「余計な～はするな」少管閒事。

でだし⓪【出出し】 （事物的）開始，起步。「何事も～が大切だ」什麼事都是開頭最重要。不過…。

てだすけ③【手助け】 ｽﾙ 幫忙，幫助。

てだて②【手立て】 方法，對策，手段。「～がない」沒有辦法。「～を講じる」講究方法。

でたとこしょうぶ【出た所勝負】 順其自然。

てだま⓪【手玉】 手球，沙包。「～に取る」玩弄人；擺布人。

でたらめ⓪【出鱈目】 胡說八道，胡言亂話，不著邊際，瞎胡鬧。「～に書く」胡亂地寫。

てだれ⓪②【手足れ】 技藝高超，武藝高強，高手。「一刀流の～」一刀流的高手。

デタント②【法 détente】 緊張緩和。

てぢか⓪【手近】 ①手邊，眼前，身邊。②普通常見，淺易，淺顯。「～な例をあげる」舉一個眼前的例子。

てちがい②【手違い】 差錯，錯誤。

でちがい②【出違い】 相左，不相遇，錯過。

てちょう⓪【手帳・手帖】 筆記本，手冊。

てつ⓪【鐵】 鐵。

てつ⓪【轍】 轍。「前車の～を踏む」重蹈覆轍。

てつあれい③【鉄亜鈴】 鐵啞鈴。

てついろ◎【鉄色】 鐵色，鐵青色。

てっか◎【鉄火】 ①熱紅鐵。②刀劍和槍砲，砲火。「～の間」戰場上。③「鉄火丼」、「鉄火巻き」的略語。④性情剛烈，有豪俠氣概。「～な姉御」潑辣的大姐。

てっかい◎【撤回】スル 撤回，撤銷。「処分を～する」撤銷處分。

でっか・い◎（形） 極大，遠大。「～・い夢」遠大的理想。

てっかく◎【的確・適確】（形動） ⇨てきかく（的確）

てつがく◎【哲学】 哲學。「～の本を読む」讀哲學書。

てつかず◎【手付かず】 沒做，沒動，沒碰。「宿題がまだ～だ」作業還沒做。「～の金」尚未動用的錢。

てつかぶと③【鉄兜】 鐵盔，鋼盔。

てづかみ◎【手摑み】スル （直接用）手抓。

てっかみそ③【鉄火味噌】 鐵火味噌。一種副食味噌。

てっかん◎【鉄管】 鐵管。

てつき◎【手付き】 手法動作，手勢。「慣れた～で餃子を作る」以熟練的動作包餃子。

てっき◎【鉄器】 鐵器。

てっき◎【摘記】スル 摘記，摘錄。「演説の要旨を～する」摘記演說的要旨。

デッキ◎【deck】 ①（輪船的）甲板。②月臺。③錄音帶裝置。「テープ-デッキ」的略語。④空橋。

てっきじだい④【鉄器時代】 鐵器時代。

デッキチェア④【deck chair】 輕便折疊躺椅，甲板躺椅。

てっきゃく◎【鉄脚】 ①鐵腳。②鐵腳，結實的腳。

てっきょ①【撤去】スル 撤去，拆除。

てっきょう◎【鉄橋】 ①鐵橋。②鐵路橋。

てっきり◎（副） 料定，必定，肯定。

てっきん◎【鉄琴】 鐵琴。

てっきん◎【鉄筋】 ①鋼筋。②鋼筋水泥。

てっきんコンクリート⑧【鉄筋―】 鋼筋混凝土。

テック◎【⑭ tech】 ①車輛主題遊樂場。②〔「テクニカル-センター」之略〕汽車教練場。

テックス◎〔源自 texture〕①纖維板，木質纖維隔音（熱）板。「防音～」隔音纖維板。「吸音～」吸音纖維板。②織物，布料（多用於商標名的一部分）。

てづくり◎【手作り】 自己親手做，手工。「～のケーキ」自己做的蛋糕。

てつけ◎◎【手付け】 ①「手付け金」之略語。「～を打つ」下訂金。②動手，使用，著手。

てつけきん◎③【手付金】 定金，保證金。

てっけつ◎【剔抉】スル 剔出，揭發。「不正・汚職を～する」揭發醜聞與瀆職。

てっけん◎【鉄拳】 鐵拳。「～をとげす」揮動鐵拳。

てっけんせいさい⑤【鉄拳制裁】 鐵拳制裁，武力制裁。

てっこう◎【手っ甲】 護手套。

てっこう◎【鉄工】 鐵工。

てっこう◎【鉄鉱】 鐵礦。

てっこう◎【鉄鋼】 鋼鐵。

てっこつ◎【鉄骨】 鋼骨，鋼架，鋼框架。

てつざい◎③【鉄材】 鋼材。

てつざい③【鉄剤】 鐵劑。含鐵補血藥。

てっさく◎【鉄柵】 鐵柵欄。

てっさく◎【鉄索】 鋼絲繩。

てっさん◎【鉄傘】 鋼傘。

てつざん◎【鉄山】 鐵礦山。

デッサン①【法 dessin】スル 素描。

てっしゅう◎【撤収】スル ①撤除，撤收。「テントを～する」拆帳篷。②撤除，撤離。「基地を～する」撤除基地。

てっしょう◎【徹宵】スル 通宵。

てつじょうもう◎【鉄条網】 鐵絲網。

てっしん◎【鉄心】 ①鐵芯。②鐵心。裝在線圈中作為磁路用的鋼材。③鐵石心腸。

てつじん◎【哲人】 哲人。「～ソクラテス」哲人蘇格拉底。

てつじん◎【鉄人】 鐵人。

てっ・する▣▣▣【徹する】（動サ變）①透徹。「寒さが骨身に～・する」寒風刺骨。②徹底，貫徹始終，始終如一。「信仰に～・する」信仰堅定。③經過某段時間。「夜を～・する」徹夜。

てっせい▣【鉄製】　鐵製。

てっせん▣【鉄泉】　鐵泉。含有大量鐵離子的礦泉。

てっせん▣【鉄扇】　鐵骨扇子，鐵扇。

てっせん▣【鉄線】　①鐵絲。「有刺～」鐵蒺藜。②鐵線蓮。

てっせん▣【撤饌】　撤饌，撤供。撤下神前的供品。↔献饌

てっそく▣【鉄則】　鐵律。「議会主義の～」議會主義的鐵律。

てったい▣【撤退】スル　撤退。

てつだい▣【手伝い】　幫助，幫手。

てつだ・う▣【手伝う】（動五）①幫忙，幫助。②又因，加之，還由於。「不況も～・ってあの会社が倒産した」由於不景氣那家公司破產了。

でっち▣【丁稚】　學徒，小夥計，徒工。

でっちあ・げる▣【捏ち上げる】（動下一）①編造，捏造。「これは警察の～・げたことだ」這是警察編造的事。②拼湊出。「一晩で～・げたレポート」一個晚上拼湊出來的報告。

てっちゅう▣【鉄柱】　鐵柱。

てっちり▣【鉄ちり】　河豚火鍋。

でっちり▣【出っ尻】　撅臀。「～鳩胸」雞胸撅臀（形容人長得醜）。

てっつい▣【鉄槌】　（大）鐵錘。「～を下す」嚴懲。

てつづき▣【手続き】スル　①程序。「～をあやまる」把程序搞錯。②手續。「入学～」入學手續。

てってい▣【徹底】スル　①徹底。「意味が～する」意思透徹。②徹底，始終如一，貫徹始終。「方針を～させる」使方針落實。

てっていてき▣【徹底的】（形動）　徹底的。「～な調査をする」徹底調查。

デッド【dead】　①①死球。②靜止點。高爾夫球運動中，指接近球洞的位置，亦指球於落下地點靜止不動。②（形動）

沉悶的，無生氣的。「～なホール」沉悶的大廳。

てっとう▣【鉄桶】　鐵桶。「～水を漏らさず」鐵桶般滴水不漏。

てっとう▣【鉄塔】　鐵塔。

てつどう▣【鉄道】　鐵道，鐵路。

てっとうてつび【徹頭徹尾】（副）　徹頭徹尾，自始至終，從頭到尾。「～反対する」自始至終反對。

てつどうばしゃ▣【鉄道馬車】　鐵路馬車。

てっとりばや・い【手っ取り早い】（形）①省事的。「～い方法」省事的方法。②迅速，俐落。「～・く片づける」迅速收拾完。

でっぱ▣【出っ歯】　齙牙。

てっぱい▣【撤廃】スル　取消，撤銷，停止。「輸入制限を～する」取消進口限制。

でっぱ・る▣▣【出っ張る】（動五）　突出，鼓出。「腹が～・る」肚子突出。

てっぱん▣【鉄板】　鐵板。

てっぴ▣【鉄扉】　鐵門。

てっぴつ▣【鉄筆】　①鐵筆。先端爲鋼針的刻鋼板用具。②鐵筆。雕刻用的小刀。③刻圖章，篆刻。「～家」篆刻家；刻圖章師傅。

てつびん▣【鉄瓶】　鐵瓶，鐵壺。

でっぷり▣（副）スル　肥胖，胖嘟嘟。「～した人」胖胖的人。

てつぶん▣【鉄分】　鐵分，鐵質。「～の多い水」含鐵質多的水。

てっぺい▣【撤兵】スル　撤兵。

てっぺき▣【鉄壁】　①鐵壁。「金城～」銅牆鐵壁。②鐵壁。喻防守堅不可摧。「～の備え」戒備森嚴。

てっぺん▣【鉄片】　鐵片。

てっぼう▣【鉄棒】　①鐵棒，鐵杖，鐵棍。②單槓。

てっぽう▣【鉄砲】　①步槍，獵槍。「～を打つ」放槍；開槍。②燒熱水鐵管。③推柱練習。相撲的練習法之一。

てっぽうだま▣【鉄砲玉】　①子彈。②糖球。③一去不返（者）。「～の使い」一去不返的使者。

てっぽうみず◎【鉄砲水】 ①暴發洪水，驟發洪水。②土石流。

てっぽうゆり◎【鉄砲百合】 麝香百合。

てづまり◎【手詰まり】 ①一籌莫展，僵局。「～の状態に陥る」陷入束手無策的境地。②手頭拮据。

てつマン◎【徹一】 徹夜打麻將。

てつめんぴ◎【鉄面皮】 厚臉皮。

てつや◎【徹夜】ｽﾙ 徹夜。

てつり◎【哲理】 哲理。

てづる◎【手蔓】 ①門路，人情。②線索，頭緒。

てつろ◎【鉄路】 鐵路，鐵路線。

てつわん◎【鉄腕】 鐵腕，鐵臂。「～投手」鐵臂投手。

テディーベア◎【teddy bear】 泰迪熊。

ててなしご◎【父無し子】 無父兒。

でどころ◎◎【出所】 ①出處，來源。「金の～」錢的來源。②出口。③該出現的場合、場面。「この辺が～だ」應該出現在這一帶。

テトラ◎【希 tetra】 四。希臘語的4。

テトラパック◎【Tetrapack】 三角形四面紙盒。

テトラポッド◎【tetrapod】 消波塊。

てどり◎【手取り】 實收入，純收入。

テトロドトキシン◎【tetrodotoxin】 河豚毒素。

テトロン◎【Tetron】 特多龍。

テナーサックス◎【tenorsax】 次中音薩克斯風。

てないしょく◎【手内職】 手工副業。

てなおし◎【手直し】ｽﾙ 修改。

でなおし◎【出直し】ｽﾙ 回來再出去。

てながえび◎【手長海老】 長臂蝦。

てながざる◎【手長猿】 長臂猿。

てなぐさみ◎【手慰み】 ①玩弄，擺弄，把玩。②賭博。

てなげだん◎【手投げ弾】 手榴彈。同「手榴弾ﾘゅうﾀん」。

てなず・ける◎【手懐ける】（動下一）①使馴服。②使歸順，使順從。

てなべ◎【手鍋】 手提鍋。「～さげても」即使自炊過窮日子也甘心。

てなみ◎【手並み】 本事，能耐。

てならい◎【手習い】ｽﾙ ①練字，習字。②學習，練習。「六十の～」六十學藝；活到老，學到老。

てならし◎【手馴らし】 用慣了，用熟。

てな・れる◎【手慣れる・手馴れる】（動下一） ①用慣，熟練。「～・れた手付き」熟練的動作。②慣用。「～・れたペン」用慣了的鋼筆。

テナント◎【tenant】 房客，租借人，租戶。

デニール◎【denier】 丹尼。表示絲、尼龍絲等的粗細程度的單位。

テニス◎【tennis】 網球。

デニッシュ◎【Danish】 丹麥酥。

デニム◎【denim】 粗斜紋布。

てにもつ◎【手荷物】 ①小件貨物。②隨身行李。

てにをは◎【弖爾乎波・天爾遠波】 ①助詞、助動詞、活用詞尾和接頭接尾詞等的舊稱。②助詞、助動詞的用法。③說話的條理。「～が合わない」前言不搭後語。

てぬい◎【手縫い】 手縫（物）。

テヌート◎【義 tenuto】 持續記號。

てぬかり◎【手抜かり】 疏漏，遺漏。

てぬき◎◎【手抜き】ｽﾙ 偷工。「～工事」偷工減料工程。

てぬぐい◎【手拭い】 手巾，手帕。

てぬる・い◎【手緩い】（形） 不嚴厲的，寬鬆的。

てのうち◎◎【手の内】 ①手掌心（裡）。②掌握著，支配下。「大国の～にある」掌握在大國手中。③心思，意圖。「彼女の～を見すかす」看透了他的用意。

てのうら◎【手の裏】 手掌。「～を返す」翻雲覆雨；翻臉不認人。

テノール◎【德 Tenor】 ①男高音。②高音管樂器。「～トロンボーン」高音長號。

てのこう◎【手の甲】 手背。

てのひら◎◎【手のひら・掌】 手掌。「～を返す」翻臉不認人。

デノミネーション◎【denomination】 面額（變更）。

てのもの⓪【手の者】　手下的人，部屬。

てば⓪【手羽】　雞胸肉。

では①（接續）　那麼。「それでは」的略語。

でば⓪【出刃】　厚刃菜刀。

でば②【出場】　去處，出處。

デパート②　百貨公司。

てはい①【手配】　スル　①籌備，安排。「車を一台~する」安排一輛車。②通緝。「指名~」指名通緝。

デバイス②【device】　①組合元件。②裝置。③炸彈。「ニュークリア-~」核彈。

ではいり⓪【出入り】　スル　出入，進出。「人の~が多い」來往人多。

でばかめ⓪【出歯亀】　齙牙龜太郎，色鬼。

てばかり②【手秤】　①手秤。②重量。

てばこ①【手箱】　手提箱。

てばさき⓪【手羽先】　雞翅尖端。

てはじめ②【手始め】　起步，開頭。「~に掃除をする」一開始先打掃。

てはず⓪【手筈】　步驟，準備。「~が狂う」步驟亂了。

てばた⓪【手旗】　①（手裡拿的）小旗。②手旗。打旗語用的旗子。

デバッグ②【debug】　スル　除錯。

てばな⓪①【手鼻】　用手擤鼻涕。「~をかむ」用手擤鼻涕。

ではな⓪【出端】　剛一出門時，剛要出門。「~を挫く」當頭棒喝；給人潑冷水。

でばな⓪【出花】　①出花，新沏茶。「鬼も十八、番茶も~」醜女十八也美，粗茶新沏出花。②出花。指有關茶的事，主要用於花柳界。

でばな⓪【出鼻】　突角，岬角，突鼻。

てばなし②【手放し】　①放手，轉手。②盡情，放手，毫不顧及。「~で喜ぶ」盡情歡樂。

てばな・す③【手放す】　（動五）　①放手，賣掉，送人，轉手。「田畑を~・す」賣掉房子。②撒手，放手不管。「子供を~・す」讓孩子獨立生活。③鬆開手，撒手。「~・せない仕事がある」有件放不開手的工作。

てばなれ③【手離れ】　スル　①離手，不需照料。「子どもが~する」孩子獨立自主。②脫手。

でばぼうちょう⓪【出刃包丁】　小型厚背寬幅菜刀。日本菜刀的一種。

てばや・い③【手早い】　（形）　敏捷，俐落，動作快。「部屋を~・く片付けた」俐落地把房間收拾完了。

でばやし⓪【出囃子】　①出場演奏。②出場囃子。

ではら・う③④【出払う】　（動五）　全出去。

でば・る②【出張る】　（動五）　①鼓出來，凸出。②出差。

でばん⓪【出番】　①上班，坐班，當班。②出場序號。

てびかえ②【手控え】　①做記錄，備忘錄。②留下備用（品）。③節制，暫緩。

てびか・える④【手控える】　（動下一）①做記錄。「要点を~・える」把要點記下來。②節制，暫緩。「出荷を~・える」暫緩出貨。

てびき①【手引き】　スル　①引路，嚮導，導引，引導（者）。②導引，引導，輔導，入門讀物。

てびきしょ②【手引書】　導引書，指南，入門書。

デビスカップ⑤【Davis Cup】　戴維斯杯。

デビスカップせん【一戦】　戴維斯杯網球錦標賽。

デビットカード⑤【debit card】　轉帳卡。

てひど・い③【手酷い】　（形）　嚴厲，劇烈，粗暴。

デビュー①【法 début】　スル　初次登臺，初出茅廬，初露頭角。

てびょうし②【手拍子】　打拍子。

デビル①【devil】　惡魔。

デファクト①【拉 de facto】　事實上。

てふうきん②【手風琴】　手風琴。

デフォルト②【default】　①不履行債務，違約。②內定值。在電腦系統中，指在用戶不作特別指定的情況所設定的標準工作條件。

デフォルメ⓪【法 déformer】スル 變形。

てふき⓪【手拭き】 擦手巾。

てぶくろ②【手袋】 手套。

でぶしょう③【出不精】 不愛出門，懶得外出。

てぶそく②【手不足】 人手不夠，人手不足。

てふだ⓪【手札】 ①「手札判」的略語。②手牌。

てふだがた⓪【手札型】 四寸相片。

てふだばん⓪【手札判】 四寸（版）。長105mm、寬80mm 左右。

でふね⓪【出船】 出港船，開船。↔入り船

てぶら⓪【手ぶら】 空手，空著手。

てぶり⓪【手振り】 ①手勢。②字體，書法風格。

デフレーション③【deflation】 通貨緊縮，物價下跌。↔インフレーション

デフレスパイラル⑤〔源自 deflation 和 spiral〕物價下跌惡性循環。

テフロン⓪【Teflon】 鐵氟龍。

てぶんこ③【手文庫】 小文件箱。

でべそ⓪【出臍】 凸肚臍。

てべんとう③【手弁当】 ①自帶便當。②義務勞動，義工。「～で手伝う」義務幫忙。

デポ①【法 dépôt】 ①倉庫，保管所，貨場。②登山用品存放處，滑雪器材庫。

てぼうき③【手箒】 小掃把。

でほうだい③【出放題】 ①放任自流。「水を～にする」讓水隨便流。②信口胡說。信口開河，胡言亂語。

デポジット②【deposit】 押金。「～制度」押金制度。

てほどき②【手解き】スル 入門輔導，啓蒙。

デボンき③【一紀】 泥盆紀。古生代第四個紀。

てま②【手間】 ①工夫。「～がかかる」費工夫；費事。②工錢。

デマ① ①謠言，流言蜚語。②蠱惑性宣傳。

てまえ⓪【手前】 ①①跟前。②當著…的面。「世間の～が恥しい」沒臉見人。③本領，能耐。「お～拝見」領教領教您的本事。②（代）①我（稍含謙遜地指自己的詞語）。②爾，你。

でまえ⓪【出前】スル 送外賣，送飯菜上門。

てまえがって⓪【手前勝手】 自私自利。

てまえみそ⓪【手前味噌】 自誇自吹自擂。

てまくら③【手枕】 手枕，曲肱爲枕。

デマゴーグ③【德 Demagog】 煽動型政治家（一般都帶有譴責的意思）。

てましごと③【手間仕事】 ①費事的工作。②零工，小時工，計件工作。

てまちん②【手間賃】 工錢。

でまど⓪【出窓】 凸窗，外飄窗。

てま・る⓪【手間取る】（動五） 費時，費事，費工夫。「手続きに～・る」辦手續費事。

てまね⓪【手真似】スル 打手勢。

てまねき②【手招き】スル 招手。

てまひま②【手間隙】 工夫和空閒，勞力和時間。「～をかける」費時費力。

てまめ③【手まめ】 ①勤勤懇懇，勤快。②手巧。「～な人」手巧的人。

てまり⓪①【手毬】 手球。以前日本新年時的玩具。

てまりばな③【手毬花】 蝴蝶戲珠花。

てまわし⓪【手回し】 ①手搖，手用，手動。②預先布置，準備。「～がいい」準備得好。

てまわり⓪【手回り】 身邊，手邊。「～品」隨身物品。

でまわ・る⓪③③【出回る】（動五） 上市。「にせのブランド品が～・る」假冒的名牌商品充斥市場。

デマンド②【demand】 需要，要求。

てみじか⓪【手短】（形動） 簡短，短小。

てみず②【手水】 ①洗手水。②蘸手水，手沾水。

でみず②【出水】 漲大水。

でみせ⓪【出店】 ①分店，分號。②攤販。「道の両側に～が多く並ぶ」路兩旁擺著很多攤販。

デミタス①【法 demi-tasse】 小咖啡杯，

餐後咖啡。「～-カップ」餐後咖啡杯。

てみやげ◎【手土産】 小禮物，簡單禮品。

てむかい◎【手向かい】スル 抵抗，對抗。

てむか・う◎【手向かう】（動五） 對抗。

でむか・える◎◎【出迎える】（動下一） 出迎。

でむ・く◎【出向く】（動五） 前往，前去，派去。

でめ◎【出目】 凸眼，金魚眼。↔奧目

でめきん◎【出目金】 凸眼金魚。

デメリット◎【demerit】 壞處，缺點，短處。↔メリット

でも◎（接續） 即使，但是，可是。

デモ◎ 示威運動。「～行進」示威遊行。「～隊」示威隊伍。

デモーニッシュ◎【德 dämonisch】（形動） 有魔力的，惡魔般的。

デモクラシー◎【democracy】 民主主義。

デモクラティック◎【democratic】（形動）民主的。

てもち◎◎【手持ち】 手上的，持有。「～のお金」手上的錢。

てもちぶさた◎【手持ち無沙汰】 閒得無聊。

てもと◎【手元・手許】 ①手邊，手頭，手裡。「～に置く」故在身邊。②把手，握柄。③手勢，手法。「～が狂う」失手。④手頭上的錢。「～不如意ぶ」手頭拮据。

てもときん◎【手許金】 備用現金，手頭現款。

でもどり◎【出戻り】 ①離婚回娘家。②回原單位。

てもなく◎【手も無く】（副） 簡單地，容易。「～やられる」被輕易打敗。

でもの◎◎【出物】 ①疙瘩，癤子。②屁。③販賣品，出售品。「～腫れ物所どを嫌ぶわず」放屁生瘡不挑地方。

デモ・る◎（動五） 示威。

デモンストレーション◎【demonstration】 ①展示，顯示。②示威，遊行。

デモンストレーションこうか◎【―効果】

〔經〕示範效果。

デュアル◎【dual】 二元，二重，兩面。「～-コート」兩面穿的外套。

デューティーフリー◎【duty-free】 免稅。

デュープ◎【dupe】 翻製，翻拍。

デュエット◎【duet】 ①二重唱。②二重奏。③雙人舞。

デュオ◎【義 duo】 二重唱，二重奏。

でよう◎【出様】 ①流出的樣子。②（對某事採取的）態度，行動。「相手の～を見る」看對方的態度。

テラ【tera】 太拉。表示1兆的詞語，符號T。

テラ◎【拉 terra】 土地，大地。

て・う◎【衒う】（動五） 炫耀，顯示。「奇を～・う」標新立異。

デラウェア◎【Delaware】 ①德拉瓦州。美國東部瀕臨大西洋的州。②德拉瓦葡萄。

てらおとこ◎【寺男】 寺院男雜役。

テラコッタ◎【義 terra cotta】 赤陶。

てらこや◎【寺子屋】 寺子屋。江戶時代爲庶民開設的初等教育機構。

てらしあわ・せる◎【照らし合わせる】（動下一） 對照，核對，查對。

デラシネ◎【法 Déraciné】 失去故鄉的人。

てら・す◎◎【照らす】（動五） ①照射。②對照，參照。「法律に～・して處分する」依法處分。

テラス◎【terrace;法 terrasse】 ①階地。②露臺，陽臺。

テラスハウス◎【和 terrace＋house】 聯體住宅。各戶專用庭院皆連在一起的住宅。

てらせん◎【寺錢】 抽頭錢。

テラゾー◎【義 terrazzo】 水磨石。

デラックス◎【deluxe】（形動） 豪華的，奢侈的。

てらまいり◎【寺参り】 去寺院參拜。

テラロッサ◎【義 terra rossa】 鈣紅土，紅土，紅色石灰土。

てり◎【照り】 ①旱天，晴天。②光澤。③照燒醬。

デリート[2]【delete】　刪除。

テリーヌ[2]【法 terrine】　陶盤瓦缽。

てりかえし[0]【照り返し】　①反光，反射，反射光。②反射器，反射裝置。

てりかえ・す[3][0]【照り返す】（動五）　反射，反照，反光。

てりかがや・く[5]【照り輝く】（動五）　照耀。

デリカシー[2]【delicacy】　（感覺、感情等的）細膩程度，纖細程度，微妙程度。「~に欠ける」不夠細膩。

デリカテッセン[4]【德 Delikatessen】　熟食店。

デリケート[3]【delicate】（形動）　①纖細的，敏感的。②微妙的。「~な問題」微妙的問題。

デリシャス[2]【Delicious】　美洲蘋果。

てりつ・ける[4][5][0]【照り付ける】（動下一）　暴曬，狠狠地曬。

テリトリー[1]【territory】　①勢力圈，勢力範圍。②領土，領地。

てりは・える[4]【照り映える】（動下一）　映照。

デリバティブ【derivative financial instruments】　衍生性金融商品。

デリバリー[2]【delivery】　送（貨），交付，交貨，配送。

テリヤ[1]【terrier】　㹴犬。

てりやき[0]【照り焼き】　照燒。

てりゅうだん[2]【手榴弾】　手榴彈。

てりょうり[2]【手料理】　親手料理，自家菜餚。

デリンジャーげんしょう[6]【—現象】　德林格爾現象。

て・る[1]【照る】（動五）　①照耀，照亮。②晴，晴天。↔曇る。「~・る日、曇る日」晴天、陰天。

でる[1]【出る】（動下一）　①出去，出來。「家を~・る」離開家。②出來，出現。「月が~・る」月亮出來了。③發生。「風が~・る」起風了。④出發，開出。「電車が~・る」電車開出。⑤出版。「本が~・る」出書。⑥刊登。「新聞に~・る」登在報紙上。⑦賣出，銷出。「よく~・る品物」暢銷貨。⑧上前，出面，投身。「前へ~・る」迎上前去；上前。⑨超出。「一月を~・ないうちに止める」不出一月就作罷。⑩畢業。「大学を~・る」大學畢業；走出大學。⑪通到，到達。「駅に~・る道」通往車站的路。⑫端出。提供飲食。「酒が~・る」酒端上來了。

デルタ[1]【delta; ⊿・δ】　①德爾塔。希臘語字母表的第4個字母。②三角洲。「~地帯」三角洲地帶。

てるてるぼうず[5]【照る照る坊主】　祈晴娃娃，晴天娃娃。

テレカ　電話卡。「テレホン-カード」的略稱。

てれかくし[3]【照れ隠し】　遮羞，掩飾。

てれくさ・い[4]【照れ臭い】（形）　害羞，難爲情，羞怯感。

テレクラ【[和] telephone+club】　電話俱樂部。

デレゲーション[3]【delegation】　代表團，派遣團。

テレコ[1]　磁帶答錄機。「テープ-レコーダー」的略稱。

テレコム[1]【telecom】　（藉由電話、電報、電視、無線電等進行的）遠距離通訊。

てれしょう[2]【照れ性】　好害羞，靦腆。

テレショップ[3]【[和] tele+shop】　電視購物。

テレスコープ[4]【荷 telescoop】　望遠鏡。

テレタイプ[3]【teletype】　電傳打字機。

テレックス[2]【telex】　〔teleprinter exchange〕電傳打字通訊系統。

テレパシー[2]【telepathy】　傳心術，心靈感應。

テレビ[1]　電視。「テレビジョン」的略語。

テレビゲーム[4]【[和] television+game】　電視遊樂器遊戲，電子遊戲。

テレビジョン[3]【television】　電視，電視機。

テレビでんわ[4]【—電話】　視訊電話。

テレビンゆ[3][0]【—油】　松節油。

テレホン[1]【telephone】　電話，電話機。

テレホンカード◎【telephone card】　電話カード。

テレホンサービス◎【⑭ telephone+service】　電話服務。

テレマーク◎【德 Telemark】　弓步式轉彎，擺動回轉。

てれや◎【照れ屋】　靦腆的人。

て・れる◎【照れる】（動下一）　害羞，羞怯，靦腆，不好意思。「ほめられて～・れる」因受到表揚而不好意思。

てれんてくだ◎【手練手管】　騙人花招。「～の限りを尽くす」要盡花招。

テロ◎　「テロル・テロリズム」的略語。「～行為」恐怖行動。

テロップ◎【telop】　〔television opaque projector〕電視投影機。

テロリスト◎【terrorist】　恐怖主義者，恐怖分子。

テロリズム◎【terrorism】　恐怖主義，暴力主義。

テロル◎【德 Terror】　恐嚇。

てわけ◎【手分け】スル　分開做，分頭做。「～して捜す」分頭尋找。

てわた・す◎【手渡す】（動五）　親手交，面交。

てん◎【貂】　貂。

てん◎【天】　①天，天空。②蒼天，上天。「～の助け」天助；蒼天保佑。③天道，天命。

てん◎【点】　[1]①點。②〔數〕點。③斷句符號，一般用「、」。④著重點。⑤灸穴點。「～をおろす」把灸穴點向下移。⑥應特別提出之處。「疑問の～がある」有疑點。[2]（接尾）①分。「満～を取る」得滿分。「～が入る」得分。②件。「3～セット」三件套。

てん◎【転】　轉音。

でん◎【伝】　①傳說。「～定家筆」傳為藤原定家真跡。②傳記。③做法，方法。「いつもの～」老套的做法。

でんあつ◎【電圧】　電壓。

てんい◎【天意】　天意。「～にそむく」違背天意。

てんい◎【転位】スル　轉位，轉座。

てんい◎【転移】スル　①轉移，移動。②〔醫〕轉移，擴散。③〔transition〕轉變，轉換。④〔心〕〔transfer〕遷移。

でんい◎【電位】　電位，電勢。

てんいむほう◎【天衣無縫】　①天衣無縫。②天真爛漫。

てんいん◎【店員】　店員，售貨員。

てんいん◎【転院】スル　轉院。

てんうん◎【天運】　①天運，天命。「～尽きる」天運盡。②天體的運行。

てんえん◎【展延】スル　延展。「～性」延展性。

でんえん◎【田園】　田園。

てんか◎【天下】　①天下，世界中。②天下，世間。「～の笑い者となる」成為天下人的笑柄。③天下。治理國家的權力。「～を取る」取得天下。④天下。能充分發揮力量才能的狀態。「若者の～だ」年輕人的天下。⑤天下無雙，無與倫比。「～の横綱」天下無雙的橫綱。

てんか◎【点火】スル　①點火。②點火，發火。

てんか◎①◎【添加】スル　添加，加上，疊加。「～物」添加劑。

てんか◎①◎【転化】スル　轉化，轉變。「意味が～する」意思變了。

てんか◎【転科】スル　轉科，轉系。

てんか◎【転嫁】スル　轉嫁，推諉。「責任を他人に～する」把責任推脫給別人。

てんが◎【典雅】（形動）　典雅，雅致。

でんか◎【伝家】　傳家。

でんか◎【殿下】　殿下。

でんか◎【電化】スル　電氣化，電化。

でんか◎【電荷】　電荷。

てんかい◎【天界】　天界。

てんかい◎【展開】スル　①展開，掀起，宣傳。②推展。「多様な外交を～する」拓展多種外交。③展現。「眼下に～する景観」展現在眼前的景觀。

てんかい◎【転回】スル　①轉變。②旋轉，回轉。③〔音〕轉換。

てんがい◎①◎【天涯】　天涯，天邊。「～孤独」舉目無親。

てんがい◎【天蓋】　①寶蓋，天蓋。佛具之一。②天蓋，笠蓋。虛無僧戴用的深斗笠。

でんかい⓪【電解】 スル 電解。「電気分解」的略語。

でんかいしつ⓪【電解質】 電解質。

てんかく⓪【点画】 點畫。構成漢字的點與線。

てんがく⓪【転学】 スル 轉學，轉校。

でんがく⓪【田楽】 ①田樂。日本平安中期開始流行的一種藝能。②田樂。日本民俗藝能分類用語。③田樂，味噌烤豆腐串。

でんがくざし⓪【田楽刺し】 穿成串。

てんかふん⓪【天花粉・天瓜粉】 天花粉，天瓜粉。作痱子粉用。

てんから⓪【天から】 （副） 根本就。「～信用しない」根本就不講信用。

テンガロンハット⓪【ten-gallonhat】 牛仔帽。

てんかん⓪【天漢】 天河，銀河。

てんかん⓪【展観】 スル 展出，展示。

てんかん⓪【転換】 スル 轉換。「気分～」轉換心情。「運命の～点」命運的轉折點。

てんかん⓪【癲癇】 癲癇，羊癲瘋。

てんがん⓪【点眼】 スル 點眼藥。「～剤」點眼藥；洗眼劑。

てんがんきょう⓪【天眼鏡】 天眼鏡。看面相用的帶柄大凸透鏡。

てんき⓪【天気】 ①天氣。②晴天，好天氣。「お～で何よりです」晴天是最好的了。

てんき⓪【天機】 天機。「～を洩らす」洩漏天機。

てんき⓪【転記】 スル 過帳，轉記。

てんき⓪【転機】 轉機，轉振點。「人生の～」人生的轉折。

てんき⓪【転帰】 預後。「死の～をとる」準備後事。

てんぎ⓪【転義】 轉義。

でんき⓪【伝奇】 ①傳奇。「～的な生涯」傳奇的生涯。②傳奇。中國小說的一種體裁。

でんき⓪【伝記】 傳記。「偉人の～」偉人傳記。

でんき⓪【電気】 ①電，電氣。②電燈。「～をつける」開燈。③電力。「～代」

電費。

でんき⓪【電器】 電器。「～店」電器行。

でんき⓪【電機】 電機，電動機。

でんきいす⓪【電気椅子】 電椅。

でんききかんしゃ⓪【電気機関車】 電力火車頭。

でんきくらげ⓪【電気水母】 僧帽水母的俗稱。

てんきず⓪【天気図】 天氣圖。

でんきていこう⓪【電気抵抗】 電阻。

でんきぶんかい⓪【電気分解】 スル 電解。

てんきぼ⓪【点鬼簿】 點鬼簿，生死簿。

でんきめっき⓪【電気鍍金】 電鍍。

てんきゅう⓪【天球】 天球。

でんきゅう⓪【電球】 電燈泡。

てんきゅうぎ⓪【天球儀】 天球儀。

てんきょ⓪【典拠】 典據，原典。「小説の～」小說的出處。

てんぎょう⓪【転業】 スル 轉業，改行。

でんきょく⓪【電極】 電極。

でんきろ⓪【電気炉】 電爐。

てんきん⓪【天金】 天金。在書的上切口燙金。

てんきん⓪【転勤】 スル 調動工作，換工作地。

てんぐ⓪【天狗】 ①天狗。一種妖怪。②自負，驕傲自滿。「～になる」自負起來。

てんくう⓪【天空】 天空。

てんぐさ⓪【天草】 石花菜。

デングねつ⓪【―熱】 〔德 Denguefieber〕登革熱。

でんぐりがえし⓪【でんぐり返し】 スル （手）翻筋斗。

でんぐりがえ・る⓪【でんぐり返る】 （動五） ①（手）翻筋斗。②顛倒，翻轉，天翻地覆。「心臓が～・る思い」忐忑不安之感。

てんけい⓪【天啓】 天啓。「～を得る」得到天啓。

てんけい⓪【典型】 典型。「悪人の～」惡人的典型。

てんけい⓪【点景・添景】 點景。風景畫中，爲突出整體效果而加上去的人或物等。

でんげき◎【電撃】①電撃。②閃電式。「～戦」閃電戦。

てんけん◎【天険】 天険。「～の地」天険之地。

てんけん◎【点検】 スル 査點，檢點。

てんげん◎【天元】①天元。萬物生育的本源。②天元，太極。位於圍棋盤中央的星位交叉點。

でんけん◎【電鍵】 電鍵。

でんげん◎◎【電源】 電源。「～を切れる」切斷電源。

でんげんかいはつ◎【電源開発】 開發電力資源。

てんこ◎【典故】 典故。

てんこう◎【天候】 天候。「～が不順だ」天氣不正常。

てんこう◎【転向】 スル 轉向，改變傾向。

てんこう◎【転校】 スル 轉校，轉學。

てんこう◎【電光】①閃電。②電光。利用電發出的光。「～ニュース」電訊快報。

でんこうせっか◎【電光石火】①電光火石，瞬間。②風馳電掣。「～の早技」閃電般的神速技藝。

でんこうニュース◎【電光一】 電子字幕新聞。

てんこく◎【篆刻】 スル 篆刻。「～家」篆刻家。

てんごく◎【天国】①天國，天堂。↔地獄。②天國，樂園。「子供の～」兒童樂園。

てんごく◎【典獄】 典獄。

てんこもり◎【てんこ盛り】 盛滿，盛得尖尖的。

でんごん◎【伝言】 スル 傳言，傳話，留言，捎話，帶口信。

てんさい◎【天才】 天才。

てんさい◎【天災】 天災。

てんさい◎【天際】 天際，天邊。

てんさい◎【甜菜】 甜菜的別名。

てんさい◎【転載】 スル 轉載，轉登。

てんざい◎【点在】 スル 散布。

てんさいてき◎【天才的】（形動） 天才的。

てんさく◎【添削】 スル 增刪。

てんさく◎【転作】 スル 轉作。

でんさん◎【電算】 「電子計算機」的略語。

でんさんき◎【電算機】 「電子計算機」的略語。

てんし◎【天子】 天子。

てんし◎【天使】①天使。②天使。以和善的心情照顧別人的人。「白衣の～」白衣天使。

てんし◎【天資】 天資。「～英邁」天資英明。

てんし◎【展翅】 スル 展翅，翅展。「～板」展翅板。

てんじ◎【点字】 點字，盲文。

てんじ◎【展示】 スル 展示，展覽。

てんじ◎【篆字】 篆字。

でんし◎【電子】 電子。

でんじき◎【磁気】①電磁。由電流產生的磁性。②電磁。電與磁。

てんじく◎【天竺】 天竺。

てんじくあおい◎【天竺葵】 天竺葵的別名。

てんじくねずみ◎【天竺鼠】 天竺鼠，豚鼠。

てんじくぼたん◎【天竺牡丹】 天竺牡丹。大麗花的別名。

でんしけんびきょう◎【電子顕微鏡】 電子顯微鏡。

でんしこうがく◎【電子工学】〔electronics〕電子學，電子工程學。

でんしこうがく◎【電子光学】 電子光學。

でんじしゃく◎【電磁石】 電磁鐵。

でんしじゅう◎【電子銃】 電子槍。

でんししゅっぱん◎【電子出版】 電子出版。

でんししょうとりひき◎◎【電子商取引】〔electronic commerce〕電子商務。

でんしずのう◎【電子頭脳】 電子腦。

てんじつ◎◎【天日】 天日，太陽。

でんじは◎【電磁波】 電磁波。

でんじば◎【電磁場】 電磁場。

でんしビーム◎【電子一】 電子束。

てんじブロック◎【点字一】 導盲磚。

でんしマネー◎【電子一】 電子貨幣。

でんしメール◎【電子一】 電子郵件。

てんしゃ◎【転写】スル ①轉抄。「原本から~する」從原書上轉抄。②轉錄。

てんじゃ◎◎【点者】 評點人。

でんしゃ◎【殿舎】 殿舎，大殿。

でんしゃ◎◎【電車】 電車，電車。

てんしゃく◎【転借】スル 轉借。

てんしゅ◎【天主】 天主。

てんしゅ◎【店主】 店主，老板。

てんじゅ◎【天寿】 天壽，天年。「~を全うする」享盡天年。

でんじゅ◎【伝受】スル 受傳，接受傳授，被傳授。

でんじゅ◎【伝授】スル 傳授。「こつを~する」傳授祕訣。

てんじゅう◎【転住】スル 遷居。

でんしゅう◎【伝習】スル 傳習。

てんしゅかく◎【天守閣】 天守閣。

てんしゅきょう◎【天主教】 天主教。

てんしゅつ◎【点出】スル 點出。繪畫中，爲點景而進行描繪。

てんしゅつ◎【転出】スル ①遷出，遷移。←転入。②轉調。

てんしゅどう◎【天主堂】 天主教堂。

てんしょ◎【添書】 附加信。讓使者帶去或附在贈品上的書信。

てんしょ◎【篆書】 篆書。

でんしょ◎【伝書】 ①傳遞書信。②傳書。寫有秘傳、家傳等的文書、書籍，亦指世代相傳的書籍。

てんしょう◎【天象】 天象。

てんじょう◎【天上】スル ①天上。「~の音楽」天上的音樂；天國音樂；天堂音樂。②指升天或死去。③天堂，極樂世界。

てんじょう◎【天井】 ①頂棚，天棚，天花板。「~を張る」裝天花板。②天花板，頂點。←底

てんじょう◎【転乗】スル 轉乘。

でんしょう◎【伝承】スル 傳承，流傳下來。「民間~」民間傳承。

てんじょうがわ◎【天井川】 地上河，懸河。河床高出兩岸地面的河。

てんじょうさじき◎【天井桟敷】 最高排座位，最頂層樓座。

てんじょうしらず◎【天井知らず】 失控飛漲。

てんじょうびと◎【殿上人】 殿上人。准許上清涼殿內殿上間的人。→地下^ヂ

てんしょく◎【天職】 天職。

てんしょく◎【転職】スル 換工作，改行。

でんしょく◎【電飾】 燈飾，燈彩。

でんしょばと◎【伝書鳩】 信鴿。

テンション◎【tension】 ①緊張，不安。②〔物〕張力。

てん・じる◎◎【点じる】 （動上一） ①點。用毛筆尖等輕加記號。「紅を~・じる」點紅點。②點燈，點火。「火を~・じる」點火。③滴上。「目薬を~・じる」點眼藥水。④標點。給漢文標假名或訓讀符號等。

てん・じる◎◎【転じる】 （動上一） 轉。改換（方向、狀態）。「話題を~・じる」轉換話題。「矛先が~・じる」矛頭一轉。

でんしレンジ◎【電子一】 微波爐。

てんしん◎【天心】 天空的中心。

てんしん◎【点心】 ①點心。禪家午飯前吃的簡單飯食。②點心。在茶會等吃的茶點。③點心。中式餐點中可代替簡單正餐的小吃。

てんしん◎【転身】スル 換身分，換職業，換個生活方式。

てんしん◎【転進】スル 改變前進方向，改變目的地前進。

てんじん◎【天神】 ①天神，天界的神。←地祇^ギ。②天神。菅原道真的神號。

でんしん◎【田紳】 鄉紳。

でんしん◎【電信】 ①電信。②電報。

でんしんかわせ◎【電信為替】 電匯。

でんしんばしら◎【電信柱】 電線桿。

てんしんらんまん◎【天真爛漫】 天真爛漫。

てんすい◎【天水】 天水，雨水。

てんすう◎【点数】 ①得分。②件數。

でんすけ◎【伝助】 ①「伝助賭博」的略語。②手提式錄音機。

てんせい◎【天成】 ①天成，自然形成。「~の要害」天成要塞。②天生。「~の才」天生之才。

てんせい⓪【天性】 天性。

てんせい⓪【点睛】 點睛。→画竜^{がりょう}点睛。「～を欠く」缺點睛之筆；漏掉了重點。

てんせい⓪【展性】 延展性，可壓性，可鍛性。

てんせい⓪【転生】 スル 轉世，輪迴。

てんせい⓪【転成】 スル ①轉成。變爲性質不同的其他東西。②轉成詞。「動詞の連用形から～した名詞」由動詞連用形轉成的名詞。

でんせいかん⓪【伝声管】 傳聲筒，傳聲管。

てんせき⓪【典籍】 典籍。

てんせき⓪【転籍】 スル 轉戶籍，轉學籍。「～地」轉籍地。

でんせつ⓪【伝説】 傳說。

てんせん⓪【点線】 點線，虛線。

てんせん⓪【転戦】 スル 轉戰。

てんぜん⓪【恬然】（ト/タル） 恬然。

でんせん⓪【伝染】 傳染，傳播。「あくびが～する」哈欠傳染給別人。

でんせん⓪【伝線】 スル 綻線，跳線。

でんせん⓪【電線】 電線。

てんそう⓪【転送】 スル 轉送，轉寄。

でんそう⓪【伝送】 スル 傳送，傳輸。

でんそう⓪【電送】 スル 電傳，傳真。

てんそく⓪【天測】 ①「天体観測」的略語。②觀測天體，天體定位。

てんそく⓪【纏足】 纏足，裹腳。

てんぞく⓪【転属】 スル 轉屬。

てんそん⓪【天孫】 ①天孫。天神的子孫。②天孫。天照大神的孫子瓊瓊杵尊。

テンダーロイン⓪【tenderloin】 里脊肉。

てんたい⓪【天体】 天體。

てんたい⓪【転貸】 スル 轉租。

てんたいしゃく⓪【転貸借】 スル 轉借，轉租。

てんだいしゅう⓪【天台宗】 天台宗。

てんたく⓪【転宅】 スル 換地方住，換居所，遷居。

でんたく⓪【電卓】 桌上型電腦。「電子式卓上計算機」的略語。

でんたつ⓪【伝達】 スル 傳達。

デンタル⓪【dental】 表示「牙齒的」「牙科的」的意思。「～ケア」牙齒護理。

デンタルフロス⓪【dental floss】 潔牙線。

てんたん⓪【恬淡・恬澹】 恬淡。「～とした人」淡泊名利的人。

でんたん⓪【伝単】 傳單。

てんち①【天地】 ①天地，宇宙，世界。「～創造」創造世界。②天地。作爲自己存在、活動的場所。「新～を求める」追求新天地。

てんち①【転地】 スル 易地，轉換地點。

でんち①【田地】 田地。「～田畑^{でんぱた}」水旱田地。

でんち①【電池】 電池。「乾～」乾電池。「蓄～」蓄電池。

てんちじん⓪【天地人】 ①天地人。②天地人。分三個層次表示東西順序用語。

てんちしんめい①【天地神明】 天地神明。「～に誓って」在天地神明前起誓。

てんちむよう①【天地無用】 請勿倒置。

てんちゃ⓪【点茶】 點茶。

てんちゅう⓪【天誅】 天誅，天罰。「～を加える」替天誅伐。

てんちゅう⓪【転注】 轉注。

でんちゅう⓪【電柱】 電線桿。

てんちょう⓪【天頂】 ①頂峰，巔，頂上。②天頂。↔天底

てんちょう⓪【転調】 スル 轉調。由一種調變爲另一種調。

てんちょうせつ⓪【天長節】 天長節。第二次世界大戰前對天皇誕辰的稱呼。

てんで⓪①（副） 根本。完全，壓根。「～役に立たない」根本不起作用。

てんてい⓪【天帝】 天帝，造物主，上帝。

てんてい⓪【点綴】 スル 點綴，連綴。

でんてい⓪【電停】 電車站。

てんてき⓪【天敵】 天敵。

てんてき⓪【点滴】 スル ①點滴，水滴，雨滴。「～石をうがつ」滴水穿石。②點滴，滴注。靜脈注射的方式之一。

てんてこまい①【てんてこ舞い】 スル 手忙腳亂，忙得不可開交。

てんてつ⓪【点綴】スル 「てんてい（点綴）」的習慣讀法。

でんてつ⓪【電鉄】 「電気鉄道」的略語。

てんてつき④⓪【転轍機】 轉轍器。

てんでに⓪⓪【手ん手に】（副） 各自，分別。

てんてん⓪⓪【点点】 ①①點點。②點線，虛線。②（副）①點點，散在。「～船が見える」看見幾點船影。②斷斷續續，時斷時續。③滴滴答答。「しずくが～とたれる」水點滴滴答答地滴落下來。

てんてん⓪⓪【展転・輾転】スル 輾轉。（身體）翻來覆去。

てんてん⓪【転転】（副）スル ①轉來轉去。②滾動貌。

でんでんだいこ⑤【でんでん太鼓】 撥浪鼓。

てんてんはんそく⑤【輾転反側】スル 輾轉反側。

でんでんむし⓪【蝸牛】 蝸牛的異名。

てんと⓪【奠都】スル 奠都，建都，定都。

テント⓪【tent】 帳篷。

てんとう⓪【天道】 天道。「～様」老天爺。

てんとう⓪【店頭】 門市，店頭，櫃台。「～に並べる」擺上櫃台。

てんとう⓪【点灯】スル 點燈。↔消灯

てんとう⓪【転倒・顛倒】スル ①顛倒。「本末～」本末倒置。②翻倒。③驚慌失措，失魂落魄。「気が～する」魂不附體。

てんどう⓪【天道】 ①天道。↔地道。②神，天帝。③天道。天體運行之道。④〔佛〕天道。六道之一。「～人を殺さず」天無絕人之路。

でんとう⓪【伝統】 傳統。

でんとう⓪【電灯】 電燈。

でんどう⓪【伝動】スル 傳動。

でんどう⓪【伝道】スル 傳道，傳教。

でんどう⓪【伝導】スル ①傳授指導。②傳導。

でんどう⓪【殿堂】 ①殿堂。「学問の～」學問殿堂（大學）。②祭祀神佛的建築物。

でんどう⓪【電動】 電動。「～車」電動車。

でんどうき⓪【電動機】 電動機，馬達。

てんとうきぎょう⑤【店頭企業】 店頭企業，非上市（股票）企業。正在發行非上市股票的企業。

てんどうせつ⑤【天動説】 天動說。

てんとうむし⑤【天道虫】 瓢蟲。

てんとり④【点取り】 計分，得分。「～ゲーム」計分賽。

デンドロビウム⑤【拉 Dendrobium】 石斛蘭。

てんどん⓪【天丼】 天婦羅大碗蓋飯。

てんにゅう⓪【転入】スル ①遷入。↔転出。②轉入。

てんにょ①【天女】 天女，天仙。

てんにん⓪①【天人】〔佛〕天人。

てんにん⓪【転任】スル 轉任，調任，調職。

でんねつ⓪【電熱】 電熱。

でんねつき④【電熱器】 電熱器，電爐。

てんねんガス⑤【天然一】 天然氣。

てんねんきねんぶつ⑨【天然記念物】 天然紀念物。

てんねんしょく⓪【天然色】 天然色，彩色。

てんのう⓪【天王】〔佛〕①天王，四天王。②天王。帝釋天、大梵天等。

てんのう⓪【天皇】 天皇。

でんのう⓪【電脳】 電腦。

てんのうきかんせつ⑤【天皇機関説】 天皇機關說。→国体明徴問題

てんのうしょう⓪【天皇賞】 天皇獎。特別的賽馬。

てんのうせい⓪①【天王星】〔Uranus〕天王星。

てんのうせい⓪【天皇制】 天皇制。

てんのうたんじょうび⑨【天皇誕生日】 天皇誕生日。

てんば①【天馬】 ①天馬。讓天帝騎乘在天上奔馳的馬。②天馬，駿馬。③天馬，飛馬。「～空を行く」天馬行空。

でんば①【電場】 電場。

でんぱ①【伝播】スル ①傳播。②傳播，傳導。

でんぱ◎【電波】　電波。

てんばい◎【転売】スル　轉賣，轉售。

テンパイ◎【聴牌】スル　聽牌。麻將用語。

でんぱた◎【田畑】　農田，田地，水旱田。

てんばつ◎【天罰】　天罰。「～が下る」遭天誅。

でんぱぼうえんきょう◎【電波望遠鏡】　電波望遠鏡。

てんぱん◎◎【典範】　典範。

テンパン◎【天―】　烤爐平底盤，方形鐵盤。

てんぴ◎【天日】　天日，太陽的光。「～干し」曬太陽。

てんぴ◎【天火】　烤爐。

てんびき◎【天引き】スル　預扣。

てんびょう◎【点描】スル　①點彩，點染。②速寫，素描。

でんぴょう◎【伝票】　傳票。

てんぴょうじだい◎【天平時代】　天平時代。文化史上的時代劃分。

てんびん◎【天秤】　①天平。②天平聯結器。「～に掛ける」①權衡利弊；衡量得失。②腳踏兩條船。

てんぴん◎【天稟】　天稟，稟賦。

てんぷ◎【天府・天桴】　擺輪，擺輪遊絲機械。

てんぷ◎【天賦】　天賦，天資。

てんぷ◎【添付】スル　添上，附具。

てんぷ◎◎【貼付】スル　〔「ちょうふ」的慣用讀法〕貼上。

でんぶ◎【田麩】　魚鬆。

でんぶ◎【臀部】　臀部。

てんぷく◎【転覆・顛覆】スル　顛覆，推翻。

てんぶくろ◎【天袋】　頂櫃，頂櫥。⇔地袋じぶくろ

でんぷやじん◎【田夫野人】　田夫野人，鄉野村夫。

テンプラ◎　〔葡 tempero 也寫作「天麩羅」「天ぷら」〕①天婦羅。②（在關西指）油炸魚肉丸子。③冒牌貨，虛有其表。「～学生」冒牌學生。

テンプル◎【temple】　①太陽穴。②眼鏡架。

テンプレート◎【template; templet】　①（矯正齒列用的）型板，模板。②樣板，模板，樣規。③操作標準框。蓋在電腦鍵盤上的薄片。

てんぶん◎【天分】　天分，天資。

でんぶん◎【伝聞】スル　傳聞，傳說。

でんぶん◎【電文】　電文。

でんぷん◎【澱粉】　澱粉。

てんぺん◎【天変】　天變。

てんぺん◎【転変】スル　變遷，轉變。「有為う～」（佛）有為轉變。

てんぺんちい◎【天変地異】　天變地異。

てんぼ◎【展墓】　掃墓，上墳。

てんぽ◎【店舗・店鋪】　店鋪。

テンポ◎【義 tempo】　①進展速度。②（音樂中其樂曲被指定的）速度。

てんぼう◎【点棒】　記分棒。

てんぼう◎【展望】スル　①瞭望，眺望。「～がきく」便於遠眺。「～台」瞭望台。②展望。對未來的預測。「未来への～」展望未來。

てんぽう◎【転封】スル　轉封。江戶時代改封大名的領地。

でんぽう◎【伝法】　①傳法。佛教中指師傅向弟子傳授教義。②學壞（的人）。「～な男」學壞了的男人。③豪俠，豪邁（多就年輕女子的言行而言）。「～な口をきく」講話有豪俠氣概。

でんぽう◎【電報】　電報。

でんぽうはだ◎【伝法肌】　好講義氣的性格，豪俠氣概（主要就女性而言）。

テンポラリー◎【temporary】（形動）一時的，臨時的。

てんま◎【天魔】　〔佛〕天魔。

てんま◎【伝馬】　傳馬，驛馬。

てんまく◎【天幕】　帳篷。

てんません◎【伝馬船】　傳馬船，舢板。

てんまつ◎◎【顚末】　始末，原委。「事の～を話す」講述事情原委。

てんまど◎【天窓】　天窗。

てんめい◎◎【天命】　①天命，宿命。「人事を尽くして～を待つ」盡人事，聽天命。②天命，天年。

てんめつ◎【点滅】スル　點滅，閃光，閃爍，忽亮忽滅。

てんめつき◎【点滅器】 開關。

てんめん◎【纏綿】 (トル)①糾纏。②纏綿。「情緒~」情意纏綿。

てんもう◎【天網】 天網。「~恢恢として疎にして漏らさず」天網恢恢疏而不漏。

てんもく◎【天目】 黑釉茶盞，天目釉茶碗。

てんもん◎【天文】 天文。

てんもんがく◎【天文学】 天文學。

てんもんがくてきすうじ【天文学的数字】 天文數字。

てんもんだい◎【天文台】 天文臺。

でんや◎【田野】 田野。

てんやく◎【点訳】 ｽﾙ 譯成點字。

てんやく◎【点薬】 ｽﾙ 點眼藥。

てんやもの◎【店屋物】 餐飲店外賣食品。

てんやわんや◎◎ 天翻地覆，亂七八糟。「~の大騒ぎ」吵鬧得天翻地覆。

てんゆう◎【天佑・天祐】 天佑。「~神助」天佑神助。

てんよ◎【天与】 天與，天賜。「~の才」天賜的才能。

てんよう◎【転用】 ｽﾙ 轉用，挪用，借用。

てんらい◎◎【天来】 天來。「~の妙音」天上傳來的美妙聲音。

てんらい◎【天籟】 天籟。

でんらい◎【伝来】 ｽﾙ ①傳來，傳入。「仏教の~」佛教的傳入。②留傳，傳下來。

てんらく◎【転落・顛落】 ｽﾙ ①滾下，下台。②破落。

てんらん◎【天覧】 御覽，天皇觀看。「~相撲」御覽相撲。

てんらん◎【展覧】 ｽﾙ 展覽。

でんらん◎【電纜】 電纜。

でんり◎【電離】 ｽﾙ 電離。

でんりそう◎【電離層】 電離層。

でんりゅう◎【電流】 電流。

てんりょう◎【天領】 ①天領。江戶幕府直轄的領地。↔私領。②天領。天皇、朝廷的領地。

でんりょく◎◎【電力】 電功率，電力。

てんれい◎【典礼】 ①典禮。②聖禮。「~書」聖禮書。→サクラメント

てんれい◎【典例】 典例，典故。

でんれい◎【電鈴】 電鈴。

でんろ◎【電路】 電路。

でんわ◎【電話】 ｽﾙ 電話。「赤~」紅色公共電話。

でんわき◎【電話機】 電話機。

でんわぐち◎【電話口】 電話聽筒。

でんわせん◎【電話線】 電話線。

でんわちょう◎【電話帳】 電話號碼簿。

でんわばんごう◎【電話番号】 電話號碼。

と

と[0]【戸】　戶，門，門扇，窗扇，門板。

と[1]【斗】　①斗。日本尺貫法的容量單位。②斗。木材的實際體積單位。③斗拱，枓。

と[1]【徒】　徒，同夥，同類人。「無賴の~」無賴之徒。

と[1]【途】　途，道路。「帰国の~につく」踏上歸國之途。

と[1]【都】　①首都。②都。日本行政區劃單位（地方公共團體）之一。

ど[1]【土】　①土。②土曜日，星期六。

ど[0]【度】　[1]①度。事物的程度，界限。「~を越す」過度。②度。溫度單位。③度。角度單位。④度。經度、緯度單位。⑤度。眼鏡深淺程度的單位。「~の強い眼鏡」度數高的眼鏡。⑥度。音程單位。⑦度。酒精含量單位，即表示該飲料的酒精濃度。[2]（接尾）度，次，回。

ド[1]【義 do】　① do。西洋音樂音級名稱之一。② do。C 音的義大利音名。

ドア[1]【door】　（出入口、門口等的）門，扉，門扇。

ドアアイ[3]【[和] door+eye】　門眼，門鏡。

どあい[0]【度合】　（事物的）程度，恰好程度。

ドアチェーン[3]【door chain】　門鏈。

ドアツードア[5]【door to door】　直接前往。

ドアボーイ[3]【[和] door boy】　門僮，迎賓員，門口服務員。

ドアマン[2]【doorman】　門房，門口服務員。

ドアミラー[3]【door mirror】　車門後視鏡。

とある[2]（連體）　某，某一個。「~一日にこんなことがあった」某一天發生了這樣的事情。

とい[0]【問い】　①提問，質問。②問題，設問。

とい[1]【樋】　集水管，雨水管。

トイ[1]【toy】　玩具。「~ショップ」玩具店。

といあわ・せる[5][0]【問い合わせる】（動下一）　詢問，打聽。

といかえ・す[3]【問い返す】（動五）　①重問，追問。②反問。

といか・ける[4]【問い掛ける】（動下一）　①打聽。「聴衆に~・ける」詢問聽眾。②開始問。

といき[0][1]【吐息】　吐息，嘆息。

といし[0]【砥石】　磨刀石。

といた[0]【戸板】　門板，門扇板，窗扇板。

といただ・す[4]【問い質す】（動五）　盤問，追問。「どこまでも~・す」刨根問底。

といち[1]【十一】　十天一成。10天便收取百分之十利息的高利金融貸款。「~金融」十天一成息的高利貸。

どいつ[1]【何奴】（代）　①哪個傢伙，哪個小子。「だれ」（誰）的輕蔑說法。「あんなことしたのは~だ」是哪個傢伙幹的？②哪個。「どれ」（哪一個）的粗俗說法。「~でもいいから持っていけ」哪個都行，拿走吧。

ドイツ[1]【荷 Duits】〔德 Deutsch-land〕德國。

といつ・める[4]【問い詰める】（動下一）　追問，盤問。

トイメン[1]【対面】　對家，對門。麻將用語。

といや[0]【問屋】　批發店，批發商。

トイレ[1]　廁所的簡稱。

トイレタリー[3]【toiletry】　化妝用品，梳妝用具。

トイレット[3]【toilet】　廁所。

トイレットペーパー[6]【toilet paper】　衛生紙，手紙。

とう[1]【刀】　刀具，小刀，手術刀。

とう【灯】　①燈火，燈光。②（接尾）盞。「1 室 2~」一室兩盞。

とう◎【当】　①適當，恰當。「～を得た処置」適當的處置。②本，該。「～会社」該公司。

とう◎【党】　①黨。「～をなして横行する」結黨橫行。②政黨。「～の方針」黨的方針。

とう【塔】　①〔佛〕塔。②塔。指高聳細長的建築物。「テレビ～」電視塔。

とう【棟】　①棟。「同じ～の住人」住在同一棟房子裡的人。②（接尾）棟。用以計數建築物數量的量詞。「20～の団地」有20棟樓的小區。

とう◎【糖】　糖，糖分。

とう◎【薹】　薹。油菜、款冬等的花莖。「～が立つ」①抽薹；薹長老了。②過時；過了妙齡期。

とう◎【藤】　藤。

とう◎【唐】　唐朝。

と・う◎◎【問う】　（動五）　①詢問，打聽。「道を～・う」問路。②問（罪）。「責任を～・う」追究責任。③問。當作問題。「年齢を～・わない」年齡不限。「老若が～・わず」不問老少。

と・う◎◎【訪う】　（動五）　拜訪，訪問。「友を～・う」訪友。

とう【等】　（接尾）　①等。「米、英、仏～を歴訪」歷訪美、英、法等國。②等。用以計數名次、等級的量詞。「1～賞」一等獎。「勲三～」勳三等。

とう【頭】　（接尾）　頭。計數牛、馬等大型動物的量詞。「象1～」大象一頭。

どう◎【同】　①同，該。「昭和60年入学，～63年卒業」昭和60年入學，昭和63年畢業。②該。接前句，表示「其…」之意。「～提案」該提案。

どう◎【胴】　①胴體，軀幹，軀體。②腰身。「～まわり」腰圍。③胴甲，胸鎧，護胸，護腹。④鼓筒，共鳴箱。

どう◎【堂】　[1]①佛堂。②禮堂。[2]（接尾）堂。屋號、雅號。「哲学～」哲學堂。「～に入る」升堂入室；有水準。

どう◎【道】　①道。人應該走的路。「商人～」商人之道。②〔佛〕八正道，亦指佛道。③「道教」的簡稱。「儒、仏、～」儒教、佛教、道教。④道。日本地方行政區劃之一，指北海道。⑤道。日本施行律令制時期，劃分的行政區劃，如東海道等。

どう◎【銅】　銅。

どう◎【如何】　（副）スル　①如何。「～したらいいか」如何是好。②怎樣。「～でもいい」愛怎樣就怎樣吧。③（無論）怎麼，如何。表示採取一切可以採取的手段、方法。「～見てもにせものだ」無論怎麼看都是假的。④怎麼樣，如何。表示詢問對方的意向、情況等心情。「その後～ですか」在那之後怎麼樣了？

とうあ◎【東亜】　東亞。

どうあく◎【獰悪】　獰獰兇惡，粗暴，兇狠。「～な人相」兇狠的相貌。

どうあげ◎◎◎【胴上げ】スル　（把人）拋起來。「コーチを～する」把教練拋起來。

どうあつ◎【動圧】　動壓力。↔静圧

とうあつせん◎【等圧線】　等壓線。

とうあん◎【偸安】　偷安。

とうあん◎【答案】　答案，答案卷。

とうい◎【当為】　〔倫〕〔德 Sollen〕當為，義務。

とうい◎【等位】　①同等的位置，同等地位。②等級，級別，地位。

どういう◎（連體）　什麼樣的，怎樣的。「それは～わけだ」那是為什麼？「～風の吹き回しか」怎麼回事啊？

とういす◎【籐椅子】　籐椅。

とういそくみょう【当意即妙】　隨機應變，當意即妙。「～な答弁」機敏的答辯。

とういつ◎【統一】スル　①統一。「～見解」統一看法。②統一。歸於一統進行統治。「国を～する」統一國家。

どういつ◎【同一】　①同一，相同。「～人物」同一人物。②平等。「～に扱う」平等對待。

どういつし◎◎【同一視】スル　同樣看待。

とういん◎【党員】　黨員。

とういん◎【登院】スル　出席議會。「初～」第一次出席議會。

とういん◎◎【頭韻】　頭韻。

どういん◎◎【動因】　起因，動機因素。

どういん◎◎【動員】スル　①動員。為某一目

的有組織地發動、調動人力和物力。②動員。使軍隊轉入戰時編制。「～令」動員令。③總動員。將國內的資源、設備、人員等，都集中到國家的統一管理之下。

どううら⑤⑥【胴裏】　上衣裡子，上衣襯裡。

とうえい⓪【灯影】　燈影，燈光。

とうえい⓪【投影】　スル　①投影。投射物體的影子。②投影。（比喻性地）使某事物反映在另一事物上。「時代精神の～」反映了時代的精神。

とうえい⓪【倒影】　倒影。「富士の～」富士山的倒影。

とうえいず⓪【投影図】　投影圖。

とうおう⓪【東欧】　東歐。↔西歐

どうおう⓪【堂奥】　①堂奧。廳堂深處。②堂奧。學問、藝術等的深奧境地。「～にはいる」堪入堂奧。

どうおや⓪【胴親】　設賭抽頭者，設賭的組頭，莊家。

とうおん⓪【唐音】　唐音。日本漢字讀音的一種。

とうおん⓪【等温】　等溫。

どうおん⓪【同音】　①同音，同樣音高。②同聲。「異口～に答える」異口同聲地回答。

どうおんご⓪【同音語】　同音詞。

とうおんせん⓪【等温線】　等溫線。

とうか⓪【灯下】　燈下。

とうか①【灯火】　燈火。「～親しむべし」燈火可親。

とうか⓪①【投下】　スル　投下，投入。

とうか⓪【透過】　スル　①穿過，透過。②透光。

とうか①【等価】　等價，等值，等效。

とうか⓪【糖化】　スル　糖化。

とうが①【冬芽】　冬芽。→夏芽

どうか⓪①【同化】　スル　①同化。事物性質或想法變得相同。↔異化。②吸收理解。③同化作用。↔異化。

どうか①【道家】　①道家。②道士。

どうか①【道歌】　道歌。道德性教訓的和歌。

どうか①【銅貨】　銅幣，銅錢。

どうか①（副）　①請。表示向別人懇求。「～よろしくお願いします」請多關照。②務請，設法。「～ならないものか」不能想點辦法嗎？③怎麼了，不對勁。表示懷疑、納悶的心情。「彼女は今日は～している」她今天有點反常。

どうが⓪【動画】　動畫。

どうが⓪【童画】　兒童畫。

とうかい①【東海】　①東海。東方的大海。②東瀛。日本的異名。③東海。「東海道」、「東海地方」的簡稱。

とうかい⓪【倒壊】　スル　倒塌。「～家屋」倒塌房屋。

とうがい①【当該】　該，相應，相關。「～官庁」相應政府機關。「～事項」該事項。

とうがい⓪【凍害】　凍害，寒害。

とうがい⓪①【等外】　等外。不能列入等級、名次的（產品）。「～品」等外品。

とうかいちほう⑤【東海地方】　東海地區。

とうかいどう⑤【東海道】　東海道。江戶時代的五條大道之一。

とうかかんせい⑤【灯火管制】　燈火管制。

とうかく①【当確】　確定當選。

とうかく⓪【倒閣】　スル　倒閣。

とうかく⓪【等角】　等角。同角度的角。

とうかく①【頭角】　頭角。「～を現す」嶄露頭角。

どうかく⓪【同格】　同格。資格、規格等相同。

どうがく⓪【同学】　同學。「～のよしみ」同學之誼。

どうがく⓪【道学】　①道學，道德學。②朱子學。③道學。石門心學的別稱。④道教。

どうかせん⓪【導火線】　①導火線，引火線。②導火線。引發事件的誘因。

とうかつ⓪【統括】　スル　統括，總合，總括。「全體の意見を～する」匯總全部意見。

とうかつ⓪【統轄】　スル　統轄，統管。「出先機関を～する」統轄駐外機構。

どうかつ⓪【恫喝】　スル　恫嚇，恫喝。「～

を加える」施以恫嚇。

どうがめ⓪【胴亀】 日本鼈的別名。

とうから①【疾うから】（副） 老早，早就。

とうがらし③【唐辛子・唐芥子・蕃椒】 辣椒。

とうかん⓪【投函】 スル 投寄，投函。「葉書を~する」投寄明信片。

とうかん⓪【等閑】 等閒。「~視」等閒視之。

とうかん⓪【盗汗】 盗汗。

とうかん⓪【統監】 スル 統一監督，統監。

とうがん③【冬瓜】 冬瓜。

とうがん⓪【東岸】 東岸。

どうかん⓪【同感】 スル 同感。「私もまったく~だ」我也完全同意你的意見。

どうかん⓪【動感】 動感。「~にあふれた絵」充滿動感的繪畫。

どうかん⓪【導管・道管】 ①導管，管道。②導管。構成被子植物維管束的主要成分。

どうがん⓪【童顔】 ①童顔。②娃娃臉。

とうき①【冬季】 冬季。

とうき①【冬期】 冬季期間。

とうき①【当期】 本期。「~の業績」本期的業績。

とうき①⓪【投棄】 スル 抛棄。

とうき①⓪【投機】 投機。

とうき①【党紀】 黨紀。

とうき①【党規】 黨規，黨章。

とうき①【陶器】 陶器，陶瓷器。

とうき①【登記】 スル 登記，註冊。

とうき①【騰貴】 スル 騰貴，漲價。

とうぎ①【党議】 ①黨內議論。②黨的決議。

とうぎ①【討議】 スル 商議。

とうぎ①【闘技】 ①鬥技。就技藝、力量等進行比賽。②鬥技。柔道、摔角等的格鬥技。

どうき①【同期】 スル ①同期。「昨年~と同じだ」與去年同期相同。②同期。入學、畢業、進公司等的年度相同，亦指同期生。

どうき①【動悸】 心悸。「~がする」心跳。

どうき⓪【動機】 動機。「犯行の~は不明だ」犯罪動機不明。

どうき①【銅器】 銅器。

どうぎ①⓪【胴着】 小棉襖，棉背心。

どうぎ①【同義】 同義。

どうぎ①【動議】 動議。「緊急~を提出する」提出緊急動議。

どうぎ①【道義】 道義。「~心」道義之心。「~的責任をとる」承擔道義上的責任。

どうぎご①⓪【同義語】 同義詞。↔対義語

とうきしょ③【登記所】 登記所。

どうきづけ④【動機付け】 〔motivation〕〔心〕動機形成過程。

とうきび⓪【唐黍】 ①玉米的別名。②高粱的別名。

とうきゅう⓪【投球】 スル 投球。「全力~」全力投球。「~がそれる」投球偏了。

とうきゅう⓪【等級】 ①等級。②星等。天體亮度級別的數值。

とうぎゅう⓪【闘牛】 鬥牛。「~士」鬥牛士。

どうきゅう⓪【同級】 ①同一年級。「~生」同級生。②同一等級，同一地位。「~にとりあつかう」同等對待。

どうきゅう⓪【撞球】 撞球。

とうぎょ①【闘魚】 鬥魚。

どうきょ①【同居】 スル ①同居。兩人以上的人同在一處居住。↔別居。②同住。該家庭以外的人住在該家裡。「友人と~する」和朋友一起住。

とうきょう①【東京】 東京。

どうきょう①【同郷】 同鄉。

どうきょう①【道教】 道教。

どうぎょう⓪【同行】 スル ①同行，同路人。②同修。一起修行佛道的人。

どうぎょう⓪【同業】 同業。「~者」同業者。

とうきょく⓪【当局】 當局。「大学~」大學當局。「警察~」警察當局。

とうきょく⓪【登極】 スル 登基。

とうぎり⓪①【当限】 當月底交貨。→先限・中限

どうきん⓪【同衾】 スル 同衾，同床，同

房。指男女在一起睡覺。

どうぐ⓪【道具】　①工具，用具。爲迅速順利完成工作所使用的器具的總稱。②工具。將物或人當作達到目的手段或方法。「取引の～にする」作爲交易的手段。③道具。指戲劇中的大小道具。④零件，部位。「芝居の～」戲劇用的道具。

とうぐう⓪【東宮・春宮】　①東宮。皇太子住的宮殿。②東宮。借指皇太子。

どうぐかた⑤【道具方】　道具人員，布景工。

どうぐだて⑤【道具立て】　①備好用具。②事前準備。「～に着手する」著手作準備。③長相。

とうくつ⓪【盗掘】スル　盜掘。

どうくつ⓪【洞窟】　洞窟，洞穴。

どうぐや⑥【道具屋】　舊貨店，舊貨商。

とうぐわ⓪【唐鍬】　鍬頭。

どうくん⓪【同訓】　同訓。不同漢字具有相同訓讀讀音。「～異字」同訓異字。

とうけ⓪【当家】　本家，我們家〔通常說別人家時要說「御当家」〕。「～の嫁」我們家的媳婦。

とうげ⓪【峠】　①山口，埡口，隘口。②頂峰，頂盛時期。「寒さもここ二、三日が～だ」這二、三天是最冷的了。

どうけ⓪【同家】　①同家，同宗。②該家。（前面講到的）那一家。

どうけ⓪⑥【道化】　滑稽，玩笑。「～を演じる」滑稽表演。

とうけい⓪【東経】　東經。↔西經

とうけい⓪【統計】スル　統計。「～をとる」進行統計。

とうけい⓪【闘鶏】　鬥雞。

とうげい⓪【陶芸】　陶藝。

どうけい⓪【同形・同型】　同形，同型。

どうけい⓪【同系】　同一系統。

どうけい⓪【同慶】　同慶。「御～の至り」我也同慶欣喜之至。

どうけい⓪【憧憬】スル　憧憬。

とうけいがく⓪【統計学】〔statistics〕統計學。

とうけつ⓪【凍結】スル　①結凍，結冰。②凍結。「開発計画を～する」凍結開發計劃。

とうげつ⓪【当月】　當月，本月。

どうけつ⓪【同穴】　同穴。→偕老かいろう同穴。「～の契ちぎり」白頭偕老之約。

どうけつ⓪【洞穴】　洞穴。

どう・ける⓪【道化る】（動下一）　逗笑，開玩笑。

とうけん⓪【刀剣】　刀劍。

とうけん⓪【闘犬】　鬥狗，鬥犬。

どうけん⓪【同権】　同權。「男女～」男女同權。

どうけん⓪【洞見】スル　洞見。

どうけん⓪【銅剣】　銅劍。

どうげん⓪【同源】　①同源。②同一詞源。

とうご⓪【倒語】　倒置詞，倒語。

とうご⓪【頭語】　開頭語。

どうこ⓪【銅壺】　銅壺。

どうご⓪【同語】　同語。

とうこう⓪【刀工】　製刀工匠，刀匠。

とうこう⓪【投光】スル　投光照明，投光。「～器」投光照明設備；投光燈。

とうこう⓪【投降】スル　投降。「～兵」投降士兵。

とうこう⓪【投稿】スル　投稿。

とうこう⓪【陶工】　陶工。

とうこう⓪【登校】スル　上學，到校。→下校

とうごう⓪【投合】スル　投合，相投。「意気～する」情投意合。

とうごう⓪【等号】　等號。

とうごう⓪【統合】スル　統合，統一合併。

どうこう⓪【同工】　同工。同樣的工藝，同樣的作法。

どうこう⓪【同好】　同好。「～の士」同好之士。

どうこう⓪【同行】スル　同行，同路人。

どうこう⓪【動向】　動向。「経済の～を注視する」注視經濟動向。

どうこう⓪【瞳孔】　瞳孔。

どうこういきょく⑤【同工異曲】　①同工異曲。指樂曲、詩文等雖作品不同，而巧妙相等。②同工異曲。比喻雖表面不同，而內在相似。

とうこうせいていがた⓪【東高西低型】

東高西低型氣壓。

とうこうせん⓪【等高線】 等高線。

とうごく【投獄】スル 下獄。

とうごく【東国】 ①東方的國家。②關東,關東地區。

どうこく⓪【慟哭】スル 慟哭,痛哭。

とうこつ⓪【橈骨】 橈骨。

とうこつ⓪【頭骨】 頭骨。

とうごま⓪⓪【唐胡麻】 蓖麻。

とうごろん⓪【統語論】〔syntax〕句法學,語法學。

とうこん⓪【刀痕】 刀痕。

とうこん⓪【当今】 當今。

とうこん⓪【痘痕】 痘痕,痘疤。

とうこん【闘魂】 鬥志,戰鬥精神。

どうこん⓪【同根】 同根,同根源。

どうこん⓪【同梱】 同包裝。「～の説明書を参照」請參照同包裝的說明書。「スペアを2本～する」將兩個備用品包裝在一起。

どうこんしき⓪【銅婚式】 銅婚儀式,銅婚典禮。紀念結婚7周年的儀式。

とうさ⓪⓪【等差】 ①等差。等級差別。②等差。差數一定。

とうさきゅうすう⓪【等差級数】 算術級數,等差級數。

とうさく⓪【倒錯】スル ①顛倒,位置相反。②錯亂。「～した欲望」錯亂的慾望。

とうさく⓪【盗作】スル 剽竊。

どうさつ⓪【洞察】スル 洞察。「～力」洞察力。

とうさん⓪【父さん】 爸爸。

とうさん⓪【嬢さん】 小姐。主要用於關西地區。

とうさん⓪【倒産】スル 倒閉,倒產。

とうざん⓪【当山】 ①此山。②此寺,此廟。

とうざん⓪【唐桟】 進口細條紋布。

どうさん⓪【動産】 動產。↔不動產

どうさん⓪【道産】 ①北海道的產物。②出生於北海道。

どうざん⓪【銅山】 銅礦山。

とうさんさい⓪【唐三彩】 唐三彩。

とうし【投資】スル 投資。

とうし【凍死】スル 凍死。

とうし【唐紙】 宣紙。

とうし【唐詩】 ①唐詩。中國唐代的詩。②唐詩。中國古典詩的總稱。

とうし【透視】スル ①透視。能穿透物體看見東西。②〔心〕透視。一種特異功能。

とうし【闘士】 ①戰士。②鬥士,勇士。特指積極參與社會運動的人。

とうし【闘志】 鬥志。「～満々」鬥志昂揚。

とうじ【冬至】 冬至。↔夏至

とうじ【当事】 當事。「～国」當事國。

とうじ【当時】 ①當時。「～の繁栄をとり戻す」恢復當時的繁榮。②現在,現今。

とうじ【杜氏】 釀酒匠之首領。

とうじ【悼辞】 悼詞,悼辭。

とうじ⓪【湯治】スル 溫泉療養。「～場」溫泉療養地。

とうじ⓪【答辞】 答詞。

とうじ⓪【蕩児】 浪蕩子。

どうし【同士】 …們,…之間。彼此有共同關係的人。「恋人～」戀人關係。

どうし【同志】 同志。志向相同的人。

どうし【動詞】 動詞。

どうし【道士】 ①道義之士。②道教徒。③道士。施法術的人,方士。

どうし【導師】 法師。

どうじ【同字】 ①同字。相同的文字。②同字。同一漢字的異體字,如「島」與「嶋」等。

どうじ⓪【同時】 同時。

どうじ⓪【童子】 童子,兒童。

どうしうち⓪⓪【同士討ち・同士打ち】 同室操戈。

とうしがほう⓪【透視画法】 透視畫法。

とうしき⓪【等式】〔equality〕等式。

どうじくケーブル⓪【同軸―】 同軸電纜。

とうしつ⓪【等質】 均質,同質量。

とうしつ⓪【糖質】 碳水化合物,澱粉質。醣類及其衍生物的總稱。

とうじつ⓪【当日】 當日,當天。「通用～限り」只限當日有效。

どうしつ◎【同室】ュル 同室，同屋。「~の客」同室的客人。

どうしつ◎【同質】 同性質。↔異質。「~の素材」同質的素材。

どうじつ◎◎【同日】 ①同日，那一天。「~付けで発令」同日發布命令。②同日，同一天。「~は会議もある」當天還要召開會議。「~の=論（＝談）ではない」不可同日而語。

どうじつうやく④【同時通訳】ュル 同歩口譯。

どうして◎【如何して】 ①（副）①如何。②爲什麼，何故。「~遅れたのか」爲什麼遲到了？③其實。「なかなか~気が強い」其實他很剛強呢。④怎麼能…呢？「~生きて帰れようか」怎麼能活著回去呢。②（感）哪裡哪裡。「~、、、とてもだめですよ」哪裡哪裡，根本不行啊！

どうしても◎◎【如何しても】（副）①一定，如何也要。「~行ってみたい」一定要去看看。②（下接否定詞語）怎麼也（不…）。「~理解できない」無論如何都無法理解。③總會。「体が悪いと~気分がめいる」身體一生病心情就不好。

どうじめ◎【胴締め】 ①抱腰。摔角的一種抱技。②女式腰帶。

とうしゃ◎【当社】 ①本社，本公司。②本神社。

とうしゃ◎【投射】ュル ①投射，照射。②入射。③〔心〕〔projection〕投射。

とうしゃ◎【透写】ュル 描寫，描繪。「地図を~する」描繪地圖。

とうしゃ◎【謄写】ュル ①謄寫，抄寫。②謄印。

どうしゃ◎【堂舎】 堂舍。「一山の~」一山堂舍。

とうしゅ◎【当主】 現在的戶主。

とうしゅ◎【投手】 投手。

とうしゅ◎【党首】 政黨首領，黨魁。

どうしゅ◎【同種】 同種。↔異種。「~の品物」同一種物品。

とうしゅう◎【踏襲】ュル 踏襲，沿襲。

どうしゅう◎【同舟】ュル 同舟。「呉越~」

吳越同舟。「~相救う」同舟共濟。

どうしゅう◎【同臭】 ①相同氣味。②臭味相投。

どうしゅう◎【銅臭】 銅臭。

とうしゅく◎【投宿】ュル 投宿。

どうしゅく◎【同宿】ュル 同宿。住在同一家裡或同一旅館裡。

どうしゅつ◎【導出】ュル 導出，得出。

とうしょ◎【当初】 當初，最初。

とうしょ◎【当所・当処】 此處，本處。

とうしょ◎【投書】ュル ①投訴，投書，投訴信。「新聞に~する」向報紙投書。②投稿。

とうしょ◎【島嶼】 島嶼。

とうしょ◎【頭書】 ①眉批，眉注。②引子，文書的開頭。「~の通り」如文書開頭所述。

とうじょ◎【倒叙】 倒敘。「~日本史」倒敘日本史。

どうしょ◎【同所】 ①同處。②該處，該地。

どうじょ◎【童女】 童女。

とうしょう◎【刀匠】 刀匠。

とうしょう◎【凍傷】 凍傷。

とうしょう◎【闘将】 ①戰將，猛將。②闖將，幹將，鬥士。

とうじょう◎【東上】ュル 東上。指從日本西部地方到東京去。↔西下

とうじょう◎【凍上】 凍脹，凍起（作用）。指地下水分結凍而使地表凍土突起的現象。

とうじょう◎【搭乗】ュル 搭乘。

とうじょう◎【登場】ュル 登場，出場。↔退場。

どうじょう◎【同上】 同上。

どうじょう◎【同乗】ュル 共乘，同乘。「~者」共乘的人。

どうじょう◎【同情】ュル 同情。「~心」同情心。

どうじょう◎◎【道場】 ①道場，練武場。「町~」街道練武場。②〔佛〕道場。

どうしょういむ【同床異夢】 同床異夢。

とうしょく◎【当職】 ①該職。②（代）

（正擔任現職的）自己，本人。

どうしょくぶつ◎【動植物】　動植物。

とう・じる◎◎◎【投じる】（動上一）
　①（自動詞）①投降。「敵軍に～・じる」投敵。②乘機，迎合。「時流に～・じる」順應潮流。③投合。「意気投合に～・じる」意氣相投。④投宿。「旅館に～・じる」投宿旅店。②（他動詞）①投，投擲。「球を～・じる」投球。②投進，投入。「水に～・じる」投水（自盡）。③投身。獻身於某種環境。「仕事に～・じる」投入工作。④投下。「暗い影を～・じる」投下陰影。⑤投（資）。「資金を～・じる」投入資金。⑥投（藥）。「薬を～・じる」投藥。

どう・じる◎◎【同じる】（動上一）　同意，贊成。「全体の意見に～・じる」同意大家的意見。

どう・じる◎◎◎【動じる】（動上一）　動搖。「物に～・じない人」不為物所動的人。

とうしろ◎【藤四郎】〔將「しろうと」（外行）一詞倒讀，使之像個人名〕外行。

どうじろくおん◎【同時録音】　同時錄音，同步收音。

とうしん◎【刀身】　刀身。

とうしん◎【灯心・灯芯】　燈芯。

とうしん◎【投身】スル　投（水），跳（樓），縱身。「～自殺」跳樓自殺；投水自殺。

とうしん◎◎【投信】　「投資信託」的簡稱。

とうしん◎【答申】スル　報告，匯報，回覆。

とうしん◎【等身】　等身。「～大」等身大。

とうしん◎【等親】　等親。「親等」的舊稱。

とうしん◎【頭身】　①頭身，全身。②頭身比。「八～」八頭身（与稱身材）。

とうじん◎【党人】　①黨人，屬於某一政黨的人。②政黨元老。

とうじん◎【蕩尽】スル　耗盡，耗竭，蕩盡。

どうしん◎【同心】スル　①同心。「一味～」一意同心。②同心。同一圓心。③同心。江戸時代幕府的下級官員，主要負責庶務、警察等工作。

どうしん◎【童心】　童心。

どうしん◎◎【道心】　信奉佛教之心。「今～」初入佛門者。

どうじん◎【同人】　同人，同好，同事。

どうじん◎【同仁】　同仁。「一視～」一視同仁。

とうしんぐさ◎【灯心草】　燈心草的異名。

とうしんとんぼ◎【灯心蜻蛉】　豆娘的異名。

とうすい◎【陶酔】スル　陶醉。「名演奏に～する」陶醉於精湛的演奏。

とうすい◎【統帥】スル　統帥。

どうすい◎【導水】　導水。「～管」導水管。

とうすう◎【頭数】　頭數。

どうすう◎【同数】　同數。

とう・ずる◎◎【投ずる】（動サ變）　投。

どう・ずる◎◎【同ずる】（動サ變）　同意，贊成。

どう・ずる◎◎【動ずる】（動サ變）　動搖。

とうぜ◎【党是】　黨的基本方針。

どうせ◎◎（副）　①反正，總歸。「～やるなら今すぐ始めよう」若是要做的話，現在就馬上開始吧。②順勢，乾脆。「～だから頂上まで登ろう」乾脆爬到頂上吧。

とうせい◎【当世】　今世，現代。「～向き」合時尚的。合乎潮流的。

とうせい◎【東征】スル　東征。「～軍」東征軍。

とうせい◎【党勢】　黨的勢力。

とうせい◎【陶製】　陶製。

とうせい◎【等星】　等星。根據星的亮度稱呼星。

とうせい◎【統制】スル　①統理，統籌。②協調一致。「～のとれた身のこなし」協調一致的動作。③統制，統治控制。「言論～」限制言論自由。

とうせい◎【騰勢】 上漲趨勢。↔落勢

どうせい◎【同姓】 ①同姓。↔異姓。②同宗。

どうせい◎【同性】 ①同性。↔異性。②性質相同。

どうせい◎【同棲】 スル 同居。

どうせい◎【動静】 動靜。

どうせい◎【銅製】 銅製。

とうせいけいざい⑤【統制経済】 統制經濟。

とうせき◎【投石】 スル 投石。「～して道をさぐる」投石問路。

とうせき◎【党籍】 黨籍。

とうせき◎【透析】 スル 透析。

どうせき◎【同席】 スル ①同席，同桌。②同席，同等地位。

とうせつ◎【当節】 近來，當前，當今。

とうせん◎【当選】 スル ①中選。②當選。↔落選

とうせん◎【盗泉】 盜泉。位於中國山東省泗水縣東北的古泉。→渇しても盜泉の水を飲まず

とうせん◎【登仙】 スル 登仙，成仙。「羽化～」羽化登仙。

とうぜん◎【当然】 當然。「理の～」理所當然。「～の結果」當然的結果。

とうぜん◎【東漸】 スル 東漸，逐漸東移。

とうぜん◎【陶然】 （ょル） 陶然。

どうせん◎【同船】 スル 同船。

どうせん◎【動線】 動線。

どうせん◎【銅銭】 銅錢，銅幣。

どうせん◎【銅線】 銅線，銅絲。

どうせん◎【導線】 導線，電線。

どうぜん◎【同前】 同前，同上。

どうぜん◎【同然】 一樣，同樣，同前。「犬猫～に扱われる」待如貓狗。「兄弟～の付き合い」親如兄弟的交情。

どうぞ （副） 請。「～お召し上がりください」請多關照。「～お入りください」請進。

とうそう◎【逃走】 スル 逃走。

とうそう◎【党争】 黨爭。

とうそう◎【凍瘡】 凍瘡。

どうそう◎【同窓】 同窗。「～会」同學會。

どうぞう◎【銅像】 銅像。

とうそく◎【党則】 黨章，黨規。

とうそく◎【等速】 等速，匀速。

とうぞく◎【盗賊】 盜賊。

どうぞく◎【同族】 同族。

どうぞく◎【同属】 同屬。

どうそじん◎【道祖神】 道祖神，石敢當。

どうそたい◎【同素体】 同素異形體，同素異性體。

とうそつ◎【統率】 スル 統率。

とうた①【淘汰】 スル ①淘汰，優勝劣汰。②淘汰。去掉不必要、不合適的東西。

とうだい◎【灯台】 ①燈塔。②燈臺，燭臺。「～下暗し」燈影底下黑；當局者迷。

とうだい①【当代】 ①當代。「～屈指の思想家」當代屈指可數的思想家。②那個時代，當時。③現在的主人，特指當今天子。

どうたい◎【同体】 ①同體。指成為一體。「一心～」同心同德。②同體。相撲比賽中，兩個選手以相同身體姿勢倒在相撲台或摔出台外，這時要重新比賽。

どうたい①【胴体】 胴體，軀幹。

どうたい◎【動体】 ①運動物體。②流體。

どうたい◎【動態】 動態。↔静態。「人口～」人口動態。

どうたい◎【導体】 導體。一般爲金屬。↔不導体

とうだいもり③【灯台守】 燈塔看守人。

どうたく◎【銅鐸】 銅鐸。

とうたつ◎【到達】 スル 到達，達到，探究。

とうだん◎【登壇】 スル 登講壇，登臺。

どうだん◎【同断】 一樣，同樣。「～に論ぜられない」不可相提並論。

どうだんつつじ⑤【灯台躑躅・満天星】 吊鐘花，吊燈花。

とうち①【当地】 當地，本地。「～の名産」當地的名產。

とうち◎【倒置】 スル 倒置。

とうち◎【等値】 等值。

とうち①【統治】 スル 統治。「国家を～す

る」治理國家。

どうち⓪【同値】〔論〕等價。

とうちゃく⓪【到着】ｽﾙ 了了，到達。

どうちゃく⓪【同着】 同時到達（比賽終點等）。

どうちゃく⓪【撞着】ｽﾙ ①撞到。②衝突，牴觸。「自己～」自相矛盾。

とうちゅう⓪【頭注・頭註】 頭注，頭批，眉批。↔註脚

どうちゅう⓪【道中】 途中，道上。

とうちょう⓪【盗聴】ｽﾙ 竊聽。「～器」竊聽器。

とうちょう⓪【登庁】ｽﾙ 到政府機關上班。↔退庁

とうちょう⓪【登頂】ｽﾙ 登頂。

とうちょう⓪【頭頂】 頭頂。

どうちょう⓪【同調】ｽﾙ ①同調。②調諧。

とうちょく⓪【当直】ｽﾙ 值班，值宿。

とうちん⓪【陶枕】 陶枕，瓷枕。

とうつう⓪【疼痛】 疼痛。

どうづき④【胴突き】 打樁，打地基。

とうてい⓪【到底】（副） 怎麼也，無論如何也。「～間に合わない」怎麼來不及。

どうてい⓪【同定】ｽﾙ〔identify〕①認同。②鑑定。

どうてい⓪【童貞】 童貞。

どうてい⓪【道程】 ①路程，行程。②道路，過程。「研究の～は長い」研究的過程漫長。

とうてき⓪【投擲】ｽﾙ 投擲。

どうてき⓪【動的】（形動） 活動的，生動的。↔静的

とうてつ⓪【透徹】ｽﾙ ①清新，清澄，清澈。「～した空気」清新的空氣。②透徹，一貫到底。「～した理論」透徹的理論。

どうでも⓪【如何でも】（副） ①無論怎樣。「～するがいい」愛怎樣就怎樣。「～いい」怎樣都行。②無論如何，必須。「～せねばならない」無論如何也得做。

とうてん⓪【当店】 本店。

とうてん⓪⓪【東天】 東方的天空，黎明的天空。

とうてん⓪⓪【読点】 頓點，頓號。

とうでん⓪【盗電】ｽﾙ 盗電，偷電。

とうてん⓪【同点】 同分，平手。

どうてん⓪【動転・動顛】ｽﾙ 慌張。「気が～する」神色慌張。

とうてんこう⓪【東天紅】 ①東天紅。一種啼聲很長的雞，原產於高知縣。②報曉雞。

とうと⓪【東都】 東都。東面的都城。

とうど⓪【凍土】 永凍土。

とうど⓪【唐土】 唐土。過去用來指稱中國。

とうど⓪【陶土】 陶土。

とうど⓪【糖度】 糖度。

とうとう⓪⓪【滔滔】（ﾀﾙ） ①滔滔。「～たる時代の流れ」滔滔的時代洪流。②滔滔。能說善辯。「～とまくし立てる」滔滔不絕。

とうとう⓪⓪【蕩蕩】（ﾄﾙ） 浩瀚，浩蕩。「～たる大河」浩蕩的大河。

とうとう⓪【到頭】（副） 終於，到底，到頭來。

とうとう【等等】（接尾） 等等。「英、米、独、仏～の欧米各国」英、美、德、法等等歐美各國。

どうとう⓪【同等】 同等。「～に待遇す」同等對待。「～の資格」同等資格。

どうとう⓪【堂塔】 堂塔。

どうどう⓪【同道】ｽﾙ 同道，同路。

どうどう⓪⓪【堂堂】（ﾀﾙ） ①堂堂，凜凜。嚴肅、可敬畏的樣子。「威風～」威風凜凜。②堂堂。不驚慌而光明正大的樣子。「正々～」堂堂正正。③堂堂。毫無顧忌公然進行的樣子。「白昼～」光天化日之下。

どうとく⓪【道徳】 道德。

どうとくてき⓪【道徳的】（形動） 道德的。

とうとつ⓪【唐突】（形動） 唐突，冒昧。

とうと・ぶ【尊ぶ・貴ぶ】（動五）①敬重，尊崇。「神を～・ぶ」敬神。②尊重，珍視。「勤労を～・ぶ」珍視勤勞。

とうどり⓪【頭取】 ①頭頭，首長。②董

事長，總經理。③後台老闆。指劇場等中掌管後台一切事務的人。

とうな回【唐菜】 菘。

どうなか回回【胴中】 ①中段。軀幹的中間部分。②中段，中間部分。物體的正中間。

どうなが回【胴長】 身子長。「～短足」身子長腿短。

とうなす回回【唐茄子】 南瓜的別名。

どうなりと回【如何なりと】（副） 怎麼辦，怎樣處理。「～勝手にしろ」該怎麼辦隨便你便。

とうなん回【東南】 東南。

とうなん回【盗難】 失竊，被盜，被偷。「～に遭う」被偷了。

とうなんアジア回【東南一】 東南亞。

とうに回【疾うに】（副） 早就，老早。「～噂も聞きました」早就聽到風言風語了。

どうにか回【如何にか】（副） ①湊合，將就。「～やっている」湊合著過。②勉強，好歹。「～助かる」勉強得救。③無論怎樣也要。「～して会いたい」無論如何也要見一面。「～こうにか」加強「どうにか」語氣的詞語。

どうにも回回回【如何にも】（副） ①怎麼也沒有辦法。②簡直，實在。「～困ったものだ」簡直煩死人；實在為難。「～こうにも」加強「どうにも」語氣的詞語。

とうにゅう回【投入】 スル ①投進。②投入。指注入資金、勞力等。

とうにゅう回【豆乳】 豆漿，豆乳。

どうにゅう回【導入】 スル ①引進，引入。「外資を～する」引進外資。②引導階段。

とうにょう回【糖尿】 糖尿。

とうにん回【当人】 該人。

どうにん回【同人】 同一個人。

とうねん回【当年】 ①今年，本年。②當年。（正說著的）那一年。

どうねん回回【同年】 ①同年。同一年。②同年，同歲，同齡。③該年。

どうねんぱい回【同年輩】 年齡相仿，同輩。

とうの回【当の】（連體） 該，此，其。「～本人」其本人。

どうのこうの回【如何の斯うの】（副） 說這說那，說長道短。「今さら～言っても遅い」事到如今再說這說那也已經晚了。

どうのじてん回【同の字点】 同字重複號。如「人々」等的「々」。

どうのま回【胴の間】 中艙。船的中央部分。

とうのむかし【疾うの昔】（連語） 老早，很久以前。

とうは回【党派】 黨派。

とうは回【踏破】 スル 翻越，走遍，踏破。「深山を～する」走遍深山。

とうば回【塔婆】 ①塔婆，卒塔婆。②墳墓。

どうはい回【同輩】 同輩，平輩。「～のよしみ」同輩之誼。

とうはいごう回【統廃合】 統廢。「官公庁の～」官公廳的統廢。

とうばく回【倒幕】 スル 倒幕。

とうばく回【討幕】 スル 討伐幕府。「尊皇～」尊皇討幕。

どうばち回【銅鈸・銅鉢】 鈸，銅鈸。

とうはちけん回【藤八拳】 藤八拳，狐拳。

とうはつ回【頭髪】 頭髮。

とうばつ回回【討伐】 スル 討伐。

とうばつ回【盗伐】 スル 盜伐。

とうはん回【登攀】 スル 攀登。

とうばん回【当番】 ①值日（的人）。②值班，值宿。

とうばん回【登板】 スル 踏板。↔降板

どうはん回【同伴】 スル 伴同，陪同，同伴。「秘書を～する」帶秘書同去。

どうばん回【銅版】 銅版。

とうひ回【当否】 當否。

とうひ回回【逃避】 スル 逃避。「現実から～する」逃避現實。

とうひ回【唐檜】 雲杉。

とうひ回【等比】 等比。

とうび回【掉尾】 事物的結尾。「～を飾る」最後來個漂亮的結尾。

どうひつ回【同筆】 同筆跡。同一人的筆

跡。

とうひょう◎【投票】 スル 投票。

とうびょう◎【投錨】 スル 拋錨。↔抜錨

とうびょう◎【痘苗】 痘苗。

とうびょう◎【闘病】 スル 和疾病戰鬥。

どうひょう◎【道標】 路標。

どうびょう◎【同病】 同病。「～相怜れむ」同病相憐。

とうひん◎【盗品】 竊盗品，失竊物，贓物。

とうふ◎③【豆腐】 豆腐。「～に鎹然」豆腐打鍋子；徒勞無功。

とうぶ◎【東部】 東部。

どうぶ◎【胴部】 胴體。

とうふう◎【東風】 ①東風。②春風。

とうふう◎◎【唐風】 唐式。

どうふう◎【同封】 スル 一併寄上。

とうふく◎【倒伏】 倒伏。

どうふく◎【同腹】 ①同母，同腹。↔異腹。「～の兄弟」同母兄弟。②同心。

どうふく◎【道服】 道服，僧衣。

とうぶつ◎【唐物】 外國貨，舶來品，進口貨。

どうぶつ◎【動物】 ①動物。將生物界分成兩大類時，與植物相對的一大類。②動物。指除人類以外的其他動物，主要指獸類。

どうぶつえん◎【動物園】 動物園。

どうぶつしつ◎【動物質】 動物質。

どうぶつせい◎【動物性】 動物性。

どうぶつてき◎【動物的】 （形動） 獸性的。「～な欲望」獸欲。

どうぶるい◎【胴震い】 スル 寒戰，打冷顫，發抖。

とうぶん◎【当分】 （副） ①暫時。「～は静養する」暫時靜養。②暫且，姑且。「～これでがまんします」暫且用這個對付一下。

とうぶん◎【等分】 スル ①等分，均分。②等份。

とうぶん◎【糖分】 ①糖分。②甜味。

どうぶん◎【同文】 ①同前文。「以下～」以下文字同前。②文字相同，同文。

とうへき◎【盗癖】 盗癖。

とうへん◎【等辺】 等邊。

とうべん◎【答弁】 スル 答辯。「～がうまい」善於答辯。

とうへんぼく◎【唐変木】 笨蛋，木頭。

どうぼ◎【同母】 同母。↔異母。「～弟」同母弟弟。

とうほう①【当方】 我方。↔先方

とうほう◎【投法】 投法。球的投擲方法。

とうほう◎【東方】 東方。

とうぼう◎【逃亡】 スル 逃亡。

どうほう◎【同胞】 ①同胞。同一個祖國的人。②同胞。同父母所生。

どうぼう◎【同房】 同牢房。

とうぼく◎【唐墨】 唐墨。

どうほこ◎【銅鉾・銅矛】 銅矛。

とうほん◎【唐本】 唐本。漢文書籍。

とうほん◎【謄本】 ①謄本，繕本，副本。②戶籍謄本。→抄本

とうほんせいそう◎【東奔西走】 スル 東奔西走。

どうまき④◎【胴巻き】 腰包。

どうまごえ④【胴間声】 破鑼嗓。

どうまる◎【胴丸・筒丸】 圓筒甲，胴丸甲。

どうまわり③【胴回り】 腰圍。

とうみ①【唐箕】 稻穀風車。

どうみぎ◎【同右】 同前，同上，同右。

とうみつ◎◎【唐蜜】 ①糖漿。將砂糖溶化後熬成像蜜一樣的溶液。②糖蜜。製作精製糖過程中的副產品。

どうみゃく◎【動脈】 ①動脈。→静脈。②動脈。（比喻）主要的交通幹線。

どうみゃくこうか⑤【動脈硬化】 動脈硬化。

どうみゃくりゅう◎【動脈瘤】 動脈瘤。

とうみょう◎【灯明】 明燈。

どうみょうじ③【道明寺】 ①道明寺。②道明寺米粉。

とうみん◎【冬眠】 スル 冬眠。

とうみん◎【島民】 島民。

どうみん◎【道民】 道民。北海道的居民。

とうむ①【党務】 黨務。

とうめい◎【透明】 ①透明。「～なガラス」透明的玻璃。②純淨，清澈。「～な

朝の空気」純淨的清晨空氣。

どうめい₀【同名】 同名。「同姓~」同名同姓。

どうめい₀【同盟】 スル 同盟。「~国」同盟國。

どうめいきゅうこう₅【同盟休校】 罷課。

とうめん₀【当面】 スル 當前,目前。「~の問題」當前的問題。

どうも₁（副） ①怎麼也。「~うまくいかない」總是不順利。②總覺得。「~変だ」（總覺得）有點不對勁。③唉呀,實在。「~困ったやつらだ」這傢伙實在拿他沒辦法。④實在,太。加在表示感謝或歉意的詞語之前。「~ありがとう」太謝謝您了。「~すみません」真對不起。

どうもう₀【獰猛】 （形動） 兇猛,猙獰。「~な犬」兇猛的狗。

とうもく₀【頭目】 頭目。「強盗団の~」強盗集團的頭目。

どうもく₀【瞠目】 スル 瞠目。「~に値する」值得正視。

どうもと₀【胴元・筒元】 ①組頭,設賭莊家,設賭局抽頭者。②總管。

どうもり₀【堂守り】 守廟人。

とうもろこし₃【玉蜀黍】 玉米,玉蜀黍。

どうもん₀【同門】 同門。

どうもん₀【洞門】 洞門,洞口。

とうや₁【当夜】 ①當夜,當晚。②今夜,今晚。

とうや₁【陶冶】 スル 陶冶,熏陶。

とうやく₀【投薬】 スル 投藥,用藥。

どうやく₀【同役】 同事,同職。

どうやら₁（副） ①好不容易才。「家族三人が~暮らしていける収入」能讓一家三口湊合著過日子的收入。②總覺得,多半,好像。「~雨になりそうだ」總覺得要下雨似的。

どうやらこうやら₀（副） 總算。「~片がついた」總算解決了。

とうゆ₀【灯油】 ①燈油。②煤油。

とうゆ₀【桐油】 桐油。

どうゆう₀【党友】 ①黨友。②黨外友好人士,黨友。

どうゆう₀【同友】 志同道合朋友。

どうゆう₀【同憂】 同憂。「~の士」同憂之士。

とうゆうし₅【投融資】 投資與融資。

とうゆがみ₀【桐油紙】 桐油紙。

とうよ₁【投与】 スル （給患者）用藥,開藥。

とうよう₀【当用】 當前的事情。「~買い」現用現買。

とうよう₀【東洋】 東洋,東方。↔西洋

とうよう₀【盗用】 スル 盜用。「デザイン~」盜用設計。

とうよう₀【登用・登庸】 スル 起用,任用,提拔。「新人を~する」提拔新人。

どうよう₀【同様】 同樣。「~に扱う」同樣對待。

どうよう₀【動揺】 スル ①動搖,搖擺。②動搖。失去平靜。

どうよう₀【童謡】 兒歌,童謠。

とうようかんじ₅【当用漢字】 當用漢字。→常用漢字

とうようにっき₅【当用日記】 記事本,當用日記。

どうよく₀【胴欲・胴慾】 貪婪。「~な男」貪婪的人。

とうらい₀【到来】 スル ①到來。「好機~」時機已到。②送到,送來。「~物」送來的禮物。

とうらく₀【当落】 當選和落選。「~線上の候補者」在當選和落選線上的候選人。

どうらく₄◎₀【道楽】 スル ①嗜好,著迷。「つり~」愛釣魚。②浪蕩,放蕩。「~息子」花花公子。

どうらん₀【胴乱】 植物採集箱。

どうらん₀【動乱】 スル 動亂,騷亂。

とうり₁【党利】 黨利。黨派或政黨的利益。

とうり₁【桃李】 桃李。

どうり₃【道理】 ①道理。②情理,道理。「~にかなう（背く）」合乎（違背）道理。

とうりつ₀【倒立】 スル 倒立。

どうりつ₀【同率】 比率相同。

どうりつ◎【道立】 道立。由北海道廳設立並維持營運。

どうりで◎◎【道理で】（副） 怪不得，誠然。「病気なのか，～元気がなかった」原來是病了，怪不得沒精神。

とうりゅう◎【当流】 ①本流派，該流派。「～での花の生け方」本流派的插花方法。②時興，時髦。

とうりゅう◎【逗留】スル 逗留。

どうりゅう◎◎【同流】 ①同流。水等的同一水流。②同流。同一種流派。

とうりゅうもん◎【登竜門】 登龍門。「文壇への～」登上文壇的龍門。

とうりょう◎【投了】スル 認輸。在圍棋或將棋比賽中，由一方承認敗北而決定勝負。

とうりょう◎【棟梁】 ①棟梁。一族、一門的頭領。「一国の～」一國之棟樑。②木匠的首領。

とうりょう◎【等量】 等量，同量。「醬油と～の味醂」與醬油等量的味醂。

どうりょう◎【同量】 同量，等量。

どうりょう◎【同僚】 同僚。

どうりょく◎【動力】 動力。

どうりょくしゃ◎【動力車】 動力車。

どうりょくろ◎【動力炉】 動力反應爐。

どうりん◎【動輪】 主動輪，驅動輪。

とうるい◎【盗塁】スル 盜壘。

とうるい◎【糖類】 醣類。

どうるい◎【同類】 ①同類。②同夥。

とうれい◎【答礼】スル 答詞，還禮，答禮。

とうれき◎【党歴】 ①黨史。②黨員經歷。

どうれつ◎【同列】 ①同列，同排。②同列。同樣的地位、程度、待遇。「～には論じられない」不能相提並論。

とうろ◎【当路】 當權。「～の要人」當權要人。

どうろ◎【道路】 道路，公路，馬路。

とうろう◎【灯籠】 燈籠。

とうろう◎【登楼】スル 上青樓。

とうろう◎【蟷螂・螳螂】 螳螂。「～の斧」螳臂當車。

とうろうながし◎【灯籠流し】 放河燈。

とうろく◎【登録】スル 登記，註冊，登錄。「住民～」住民登記。

とうろくしょうひょう◎【登録商標】 註冊商標。

どうろひょうしき◎【道路標識】 道路交通標誌。

とうろん◎【討論】スル 討論。

どうわ◎【同和】 同和。同胞合一、同胞融和之意。組成「同和教育」「同和問題」等詞，用於有關解放被歧視部落等事項。

どうわ◎【童話】 童話。

とうわく◎【当惑】スル 迷惑，為難。「～した顔」困惑不解的表情。

とえい◎【都営】 都營。東京都經營。「～バス」都營公車。

とえい◎【渡英】スル 赴英。到英國去。

とえはたえ◎【十重二十重】 多重，多層，左一層右一層。

どえら・い◎◎【ど偉い】（形） 不得了。「～・い事件」非常事件。

とお◎【十】 ①十，十個。② 10 歲。「～で神童十五で才子、二十過ぎれば只の人」十歲是神童，十五是才子，若過二十歲，不過是常人。

とおあさ◎【遠浅】 平淺，淺灘，遠淺。「～の海岸」遠淺的海岸。

とおあるき◎【遠歩き】スル 遠行，出遠門。

とお・い◎◎【遠い】（形） ①遠。空間的間隔距離長。「駅まで～・い」離車站遠。②遠。時間的間隔大。「～・い昔」很久以前；遠古。③遠。距某個階段相差甚大。「他人に～・く及ばない」遠遠趕不上別人。④疏遠。「足が～・くなる」關係疏遠。⑤遠。血緣關係疏遠。「～・い親戚」遠親。⑥神志不清。「気が～・くなる」發昏。⑦聽覺遲鈍，聽不清楚。「耳が～・い」耳背；耳聾。「電話が～・い」電話聽不清。↔近い

トーイック◎【TOEIC】〔Test of English for International Communication〕國際溝通英語測驗，多益英語測驗。

とおう◎【渡欧】スル 赴歐。到歐洲去。

とおえん◎【遠縁】 遠緣，遠親。↔近

緑_{きん}

とおか⓪【十日】 十日，十天。「～の菊」十日菊；馬後炮；明日黃花。「六日の菖蒲_{めや}～」六日菖蒲十日菊。

とおからず【遠からず】（副） 不久。「～真相が判明するだろう」真相不久就會大白。

トーキー⓪【talkie】 有聲電影。↔サイレント

とおく③【遠く】 ①遠處，遠方。②（副）遠遠地。「彼には～及ばない」遠不如他。「～の親類より近くの他人」遠親不如近鄰。

トーク①【talk】 漫談。「～番組」漫談節目。

とおざか・る③【遠ざかる】（動五） ①遠離，遠去。「船が～・る」船漸漸地遠去。②遠離。「政界から～・る」遠離政界。

とおざ・ける④【遠ざける】（動下一）①甩掉。↔近付ける。「追手を～・ける」甩掉追趕者。②疏遠。

とおし⓪【通し】 ①連續，連貫。「宝くじを～で買う」買連號彩券。「～番号」連續號碼。②通狂言。「～で興行する」演出通狂言。③（以「どおし」的形式）表示「一直（做某動作）」。「泣き～」一直哭個沒完。

とおしきっぷ⓪【通し切符】 ①聯票，聯運票。②通用票。可以晝夜或連續幾次使用的戲票或音樂會門票等。

とおしきょうげん④【通し狂言】 通狂言。

トーシューズ③【toe shoes】 芭蕾舞鞋。

とお・す⓪【通す】（動五） ①使之通行，使之通過。「関所を～・す」通過關口。②穿過。「糸を～・す」穿線。③通透。「水を～・す」透水。④傳達。「話を～・す」通話。⑤通過，認可。「議案を～・す」通過議案。⑥一直到完。「夜を～・して話す」徹夜長談。⑦貫穿通達。「筋を～・す」通情達理。⑧透過。「実践を～・して学ぶ」透過實踐學習。

トースター①【toaster】 烤麵包機。

トースト⓪①【toast】 吐司，烤吐司。

とおせんぼう⑤【通せん坊】 _{スル} 攔路遊戲。一種兒童遊戲。

トータル①【total】 ①合計，總計。②（形動）整體，總體。「～に考える」從總體考慮。

トーダンス③【toe dance】 足尖舞。

トーチ①【torch】 火炬，火把。

トーチカ④【俄 tochka】 火力點，碉堡。

トーチランプ④【torch lamp】 焊接器，焊槍。

トーチリレー④【torch relay】 傳遞聖火。

とおで⓪【遠出】 _{スル} 出遠門。

トーテミズム④【totemism】 圖騰制度，圖騰崇拜。

トーテム①【totem】 圖騰。

トーテムポール⑤【totem pole】 圖騰柱。

トートバッグ④【tote bag】 大手提袋，大提包。

トートロジー③【tautology】 重言式。

ドーナツ①【doughnut】 甜甜圈。「～型」甜甜圈型。

ドーナツげんしょう⑤【―現象】 甜甜圈現象。

ドーナツばん⓪【―盤】 甜甜圈唱盤。

トーナメント①【tournament】 淘汰賽。→リーグ戦

とおなり⓪【遠鳴り】 響聲從遠處傳來，遠處傳來的響聲。「潮_{しお}の～」遠處傳來的潮水聲。

とおの・く⓪【遠退く】（動五） ①遠離，退遠。②遠離。「足が～・く」不大來往了。

とおのり⓪【遠乗り】 _{スル}（騎馬或乘車等）遠行。

ドーパミン⓪【dopamine】 多巴胺。

トーバンジャン③【豆瓣醬・豆板醬】 豆瓣醬。

とおび⓪【遠火】 ①遠離火，離開火。↔近火。②遠火。在遠處燃燒著的火。

ドーピング⓪①【doping】 運動禁藥。

ドープチェック④【dope check】 興奮劑檢查，藥檢。

ドーベルマン③【doberman】 杜賓犬。

とおぼえ⓪【遠吠え】 _{スル} 遠吠。敵不過對

方，只站在遠處叫罵。「負け犬の～」敗犬的遠吠。

とおまき◎【遠巻き】　遠遠圍住。「けんかを～に見る」在遠處圍著看吵架。

とおまわし◎【遠回し】　委婉，間接，拐彎抹角，不直截了當。「～に頼む」委婉相求。

とおまわり◎【遠回り】スル　①繞遠路。↔近回り。②迂迴，間接。「～なやり方」間接的作法。

ドーム①【dome】　圓屋頂，巨蛋，圓頂。「～球場」巨蛋球場。

とおめ◎【遠目】　①遠看，遠眺。「～にもはっきり見える」從遠處看得很清楚。②千里眼。「～がきく」看遠處一清二楚。③遠視眼。

とおめがね⑤【遠眼鏡】　望遠鏡，雙筒望遠鏡。

ドーラン◎【德 Dohran】　演員用的化妝品。

とおり③【通り】　①大街。道路，馬路，街道。②通行，過往。「車の～が激しい」車水馬龍。③流通。「風の～がいい庭」通風很好的院子。④響亮，嘹亮，透亮。「声の～がいい」聲音洪亮。⑤名聲。「～がいい（わるい）」評論好（不好）；有（沒有）名氣。⑥理解，領會。「話の～が早い」對話語領悟快。⑦照樣。「言われた～にする」照吩咐的去做。

どおり①①【通り】　（接尾）　①街，大街。表示街名。「銀座～」銀座大街。②道。表示交通工具走的道路。「バス～」公共汽車道。③表示按照…的樣子。「注文～」按照訂單。④表示大致的程度。「八分～仕上がる」完成了八成。

とおりあわ・せる◎【通り合わせる】（動下一）　恰巧路過。

とおりいっぺん⑤【通り一遍】　①順道路過。「～の客」順道路過的客人。②敷衍了事，泛泛。「～のつきあい」泛泛之交。

とおりがかり◎【通り掛かり】　碰巧路過。「～の人」過路人。

とおりかか・る◎①【通り掛かる】（動

五）　偶然路過。

とおりこ・す◎【通り越す】（動五）　①過。「目的地を～・す」過了目的地。②闖過，渡過。「危機を～・す」闖過危機。

とおりことば◎【通り言葉】　①通用話語。②行話，黑話。

とおりすがり◎【通りすがり】　偶然路過，碰巧路過。

とおりす・ぎる◎【通り過ぎる】（動上一）　通過，超過。

とおりそうば⑤【通り相場】　①市價，時價。「十万円が～だろう」十萬日圓是一般的行情吧！②公認。

とおりな◎【通り名】　①通稱。②通名。祖輩世代代傳下來的名字。

とおりぬ・ける◎⑤【通り抜ける】（動下一）　穿越，穿行。

とおりま◎【通り魔】　過路魔。毫無緣由地加害偶然路過人後離去的人。「～殺人」過路魔殺人。

とおりみち◎【通り道】　通路，通道。「学校への～」去上學的路。

とお・る①【通る】（動五）　①通行，通過。「トンネルを～・る」穿過隧道。②通到，穿透。「針が～・った」針穿過來了。③通過。「食べ物がのどを～・らない」食物吞不下去。④通報。「注文が～・る」點的菜通報廚房了。⑤通過。被認可。「議案が～・る」議案通過了。⑥筆直。「鼻筋が～・っている」鼻梁直。⑦傳遍四方。「名が～・っている」名聲遠揚。⑧通達。「意味が～・る」意思通了。

ドール①【doll】　洋娃娃。

トールゲート④【tollgate】　收費站。

トーン①【tone】　音調，色調。

とおんきごう③【卜音記号】　G音記號。

とか①【都下】　①都城內，都城。「～全域」都城內全部區域。②都下。東京都內除中心 23 區以外的都轄市町村。「～西多摩郡」都轄西多摩郡。

とか①【渡河】スル　渡河。

とが②【咎・科】　①咎，過錯。②咎，罪過。「窃盗の～」竊盜之咎。

とが⓪【栂】　鐵杉。

とかい①【都会】　①都會，城市，都市。「～生活」都市生活。②「都議会」的簡稱。

どかい⓪【土塊】　土塊。

どがいし⓪【度外視】　スル　無視。「利益を～する」不考慮利益。

とかき⓪【斗掻き】　斗棒，斗刮。

とがき⓪【卜書き】　舞臺指示。

とかく①⓪①【兎角】　(副)　スル　①這個那個，各式各樣。「～するうちに一週間だった」（做這做那）不知不覺之間一星期過去了。②就愛，就會，動輒。「～失敗しがちだ」總是失敗。③（用「とかくの」的形式）表示貶意的種種。「～のうわさがある」有種種流言蜚語。④總之。「～この世はままならぬ」總之，這社會就是讓你不如意。

とかげ⓪【蜥蜴】　蜥蜴。「～のしっぽ切り」壁虎斷尾。

とか・す⓪【解かす・融かす】　(動五)　融化，熔解，熔融。

とか・す⓪【溶かす】　(動五)　溶化，溶解。「砂糖を水に～・す」把糖溶化在水裡。

どか・す⓪⓪【退かす】　(動五)　挪開，搬開。「障害物を～・す」挪開障礙物。

どかた⓪【土方】　土木勞力。

とがにん⓪【咎人・科人】　罪人。

どかべん⓪【どか弁】　特大號飯盒。

とがま⓪【利鎌】　鋒利鐮刀。

どがま⓪【土釜】　砂鍋。

どがま⓪⓪【土窯】　炭窯，土窯。

とがめだて⓪【咎め立て】　スル　挑剔。

とが・める⓪【咎める】　(動下一)　（他動詞）①指責，責備。②盤問，盤查。「警察に～・められる」被警察盤問。

どかゆき⓪⓪【どか雪】　暴雪。

とがら・す⓪【尖らす】　(動五)　①削尖，磨尖。②繃緊（神經），使敏銳。「神経を～・して聞く」注意聽。

とがりごえ⓪【尖り声】　尖聲，尖嗓子。

とが・る⓪【尖る】　(動五)　①變尖。②警覺，敏銳。「神経が～・る」神經敏感。

どかん⓪【土管】　陶土管。

とき⓪【時】　①時間。「～がたつ」時光流逝。②時辰。③年代，時代。「将軍綱吉の～」將軍綱吉之時。④當時。「～の人」一時的紅人。⑤季節，時候，時節。「～は春」時值春天。「梅雨～」梅雨時節。⑥時勢，時局。「～に従う」緊跟著時勢。⑦表示做重要事情的時機。「危急存亡の～」危急存亡之秋。⑧時候。「若い～の事だ」年輕時的事。⑨時機，時宜。「～にあう」趕上好時候。逢時。

とき②【斎】　〔佛〕①齋。僧侶或修行者正午以前吃的飯。↔非時。②素食。③施齋。

とき①【鴇・朱鷺】　朱鷺。

とき①【鬨・鯨波】　吶喊聲。

とぎ⓪【伽】　①消除愁悶（的人）。②陪夜，陪床（的人）。

どき①【土器】　低溫陶器皿，日本土器。

どき①【怒気】　怒氣，怒容。「～を表す」滿臉怒氣。

ときあか・す④⓪【解き明かす】　(動五)　弄清，說清。

ときあらい⓪【解き洗い】　スル　拆洗。↔丸洗い

ときいろ⓪【鴇色】　淺粉色。

ときおこ・す④⓪【説き起こす】　(動五)　從頭講起。

ときおり⓪【時折】　(副)　時而，有時，偶爾。

とぎかい【都議会】　都議會。東京都的議決機關。

とぎし①【研ぎ師】　磨刀人，磨刀匠。

ときしも⓪【時しも】　(副)　正當那時。

とぎじる⓪【磨ぎ汁】　洗米水。

とぎすま・す④⓪【研ぎ澄ます】　(動五)　①磨光，磨快。②使敏感。「神経を～・す」緊張起來。

トキソプラズマ④【toxoplasmosis】　弓蟲。

とぎだし⓪【研ぎ出し】　磨亮，拋光。

ときたま⓪【時偶】　(副)　偶爾，有時。

どぎつ・い⓪⓪⓪　(形)　過分強烈，過於濃重，烈性。「～・い化粧」濃妝豔抹。

ときどき[2][0][4]【時時】　①各個時期，每個時期。「四季~の花」各個季節的花。②（副）時而，有時。「晴れ~曇り」晴有時陰。晴時多雲。

ときとして[2]【時として】（副）　有時，偶而。「~あやまりも犯す」有時也會犯錯誤。

ときなし[0]【時無し】　無時。

ときならぬ[4]【時ならぬ】（連語）　不合季節，出乎意料。「~雪」不合季節的雪。

ときに[2]【時に】（副）　[1]①有時。「~ねぼうすることもある」偶爾睡個懶覺。②當時（恰值），那時正是。「~十一月三日文化の日」時值11月3日文化節那天。[2]（接續）可是，不過。「~あの件はどうなりました」不過，那件事怎麼樣了。

ときのうじがみ[5][0]【時の氏神】　時神。

ときのこえ[4]【鬨の声】　哄叫聲。「~を上げる」起哄。

ときのひと【時の人】　新聞人物。

ときはな・す[4]【解き放す】（動五）①解放。「因習から人々を~・す」把人們從因習守舊中解放出來。②解開，放開。

ときはな・つ[0]【解き放つ】（動五）　放開。「猛獣を~・つに等しい」等於縱虎歸山。

ときふ・せる[4][5][0]【説き伏せる】（動下一）　勸說，說服。

ときほぐ・す[4]【解きほぐす】（動五）①解，鬆開。「相手の心を~・す」解開對方心裡的疙瘩。②解決，解開。按照程序解決難題等。

とぎみず[2]【磨ぎ水・研ぎ水】　①研磨用水。磨東西時用的水。②淘米水。

ときめか・す[4]（動五）　心跳，興奮。

ときめ・く[3]（動五）　心跳，激動，興奮。

ときめ・く[3]【時めく】（動五）　顯赫，名聲大振。「今を~・く作家」當今嶄露頭角的作家。

どぎも[3][0]【度胆】　膽量。「~を抜く」嚇破膽；使之大吃一驚。

どきゅう[0]【弩級】　巨級。「超~」超巨級。

ドキュメンテーション[5]【documentation】　文獻管理。

ドキュメント[1]【document】　記錄，文獻，文書。

どきょう[0]【読経】スル　讀經，念經。

ときょうそう[2]【徒競走】　賽跑。

とぎれがち[3]【途切れ勝ち】　時常中斷。「~な話」不時中斷的講話。

とぎ・れる[3]【途切れる・跡切れる】（動下一）　中斷，斷絕。「援助が~・れる」援助中斷了。

ときわ[0]【常磐】　①永遠不變。②常青，常綠。「~ぎ」常綠樹。

ときわず[0]【常磐津】　①常磐津。「常磐津節」的簡稱。②常磐津調世家的名稱。

ときん[0]【と金】　變金將步，過河卒。將棋中，步兵（過河）變成的金將。

ときん[0]【兜巾・頭巾】　頭巾。

ときん[0]【鍍金】スル　鍍，鍍金（屬）。

とぎん[0]【都銀】　「都市銀行」的簡稱。↔地銀

とく[0]【得】　①得，利，利益。↔損。「十万円の~をした」賺了十萬日圓。②（形動）划算。↔損。「安いうちに買ったほうが~だ」趁便宜買下來比較划算。

とく[0]【徳】　①德行。「~を養う」修養德行。②品德。「~が高い」品德高。③恩惠。「~を施す」施恩德。「~は孤ならず必ず隣(となり)あり」德不孤必有鄰。「~をもって怨(うら)みに報(むく)ゆ」以德報怨。

と・く[1]【解く】（動五）　①解開。「なわを~・く」解開繩子。②拆開。「着物を~・く」拆和服。③脫下外出裝扮換上平常服裝。「旅装を~・く」脫下旅行服裝。④解除（命令、禁令），解任。「外出禁止令が~・かれる」外出禁令得到解除。⑤解除。「警戒を~・く」解除警戒。⑥消除。「誤解を~・く」消除誤解。⑦解答。「疑問を~・く」解疑。

と・く[1]【梳く】（動五）　梳，梳理。

と・く[1]【溶く】（動五）　①溶解，化

開。「アルコールを水に～・く」用水調酒精。②攪，調開。「玉子を～・く」打雞蛋。

と・く◎【説く】（動五）①闡明，講明。「世間の道理を～・く」闡明世間的道理。②勸說，說明。「健康の重要性を～・く」說明健康的重要性。③提倡，倡導。「自由平等を～・く」提倡自由平等。

とく◎【疾く】（副）趕緊，急忙，立刻。

と・ぐ◎【研ぐ・磨ぐ】（動五）①磨亮，擦亮，打磨。②磨，磨快。「包丁を～・ぐ」磨菜刀。③淘。「米を～・ぐ」淘米。

どく◎【毒】①毒。「～を盛る」下毒。「夜更かしは体に～だ」熬夜有害身體健康。②壞影響。「この小説は子供には～だ」這本小說對孩子有害。③惡毒。「～のある言い方」惡言惡語。

ど・く◎◎【退く】（動五）躲開，讓開，退開。

とくい◎【特異】①特異。「～な体質」特殊體質。②卓越。「彼は～な才能を持っている」他有優異的才能。

とくい②◎【得意】①得意。↔失意。「～の絶頂」得意到極點。②得意揚揚。「～な顔」春風得意的樣子。③得意，拿手，擅長。「～の歌を歌う」唱拿手的歌。④老主顧。「お～さん」老主顧。

とくいく◎【徳育】德育。

とくいさき◎【得意先】老主顧，老客戶。

とくいせい◎【特異性】①特殊性。「本件の～」本案的特殊性。②特異性。

とくいたいしつ◎【特異体質】特異體質。

とくいび◎【特異日】特定日。

とくいまんめん②【得意満面】春風滿面。

とくいんがい◎【特飲街】特殊飲食店街。（允許有女招待的）特殊飲食店林立的繁華街。

どぐう◎【土偶】①泥偶。②陶俑。

どくえい◎【独泳】スル①獨自游泳，獨泳。②獨自游在前面，遙遙領先獨泳。

どくえき◎【毒液】毒液。

どくえん◎【独演】スル個人演出，個人演講，獨演。

どくが◎【毒牙】①毒牙。②毒手。

どくが◎【毒蛾】毒蛾。

どくがい◎【毒害】スル毒害，毒死。

とくがく◎【篤学】篤學，博學。「～の士」篤學之士。

どくがく◎【独学】スル自學，自修。「フランス語を～する」自學法語。

どくガス◎【毒―】毒氣，毒瓦斯。

どくがん◎【独眼】獨眼。

どくがんりゅう◎【独眼竜】獨眼龍（將軍）。獨眼的英雄，特指伊達政宗。

とくぎ◎【特技】特技。

とくぎ◎【徳義】道德義務。

どくぎょ◎【毒魚】毒魚。

どくぎん◎【独吟】スル①獨吟。②獨唱一段謠曲等。↔連吟。③獨吟。獨自作俳句。「～千句」獨吟一千句。

どくけ◎【毒気】①毒氣，有毒成分。②歹意，惡意。「～を抜かれる」魂不附體；目瞪口呆。

どくけし◎◎◎【毒消し】①消毒。②解毒藥。

どくご◎【独語】スル①自言自語。②德語。「～文法」德語語法。

どくご◎【読後】讀後。

どくさ◎【木賊・砥草】木賊。植物名。

どくさい◎【独裁】スル①獨斷。②獨裁，專制，專政。「～政治」獨裁政治。

とくさく◎【得策】上策。

とくさつ◎【特撮】特殊攝影。

どくさつ◎【毒殺】スル毒殺，毒死。

とくさん◎【特産】スル特產。「甲州～のブドウ」甲州特產的葡萄。

とくし◎◎【特使】特使。「～を派遣する」派遣特使。

とくし◎◎【篤志】①篤志。②熱心公益。「～家」公益事業活動家；慈善家。

どくじ◎◎【独自】①獨自。「～に行く」獨自進行。②獨自，獨到，獨特。「～な考え」獨自的看法。

とくしつ◎【特質】特質。

と

とくしつ⓪【得失】 得失。

とくじつ⓪【篤実】 篤實。「温厚~」篤實敦厚。

とくしゃ⓪【特写】 ｽﾙ 特別拍攝，特寫。「本紙~」本報特別拍攝。

とくしゃ⓪【特赦】 特赦。

どくしゃ⓪【読者】 讀者。「~層」讀者層。

どくしゃく⓪【独酌】 ｽﾙ 獨酌，自斟自飲。

とくしゅ①【特殊】 ①特殊，特別。↔一般・普通。②特殊。只局限於個別的事物。↔普遍。「~な事情」特殊事況。

とくしゅ①【特種】 特種。

とくじゅ①【特需】 特需。指美軍在日本籌集物資及勞務需要。

どくしゅ①【毒手】 ①毒手。「~にたおれる」慘遭毒手。②毒辣手段，魔掌。「~にかかる」落入魔掌。

どくじゅ①【読誦】 ｽﾙ 〔佛〕誦經，誦讀。

とくしゅう⓪【特集・特輯】 ｽﾙ 特輯，專刊，特別節目。

どくしゅう⓪【独修】 ｽﾙ 自修。

どくしゅう⓪【独習】 ｽﾙ 自學。「ピアノを~する」自學彈鋼琴。

とくしゅがっきゅう④【特殊学級】 特殊班級。爲對身心障礙程度不太嚴重的兒童、學生進行特殊教育。

とくしゅきょういく④【特殊教育】 特殊教育。

とくしゅこう⓪【特殊鋼】 特殊鋼。

とくしゅせい⓪【特殊性】 特殊性。

とくしゅつ⓪【特出】 ｽﾙ 特別突出，出衆。

とくしゅほうじん④【特殊法人】 特殊法人。

どくしょ①【読書】 ｽﾙ 讀書。「~百遍義自おのずから見あらわる」讀書百遍義自見。

とくしょう⓪【特称】 ｽﾙ 特稱。

とくしょう⓪【特賞】 特等獎。

とくじょう⓪【特上】 最上等，特等。

どくしょう⓪【独唱】 ｽﾙ 獨唱。

とくしょく⓪【特色】 特色。「~を発揮する」發揮特長。

とくしょく⓪【瀆職】 ｽﾙ 瀆職。

とくしん⓪【特進】 ｽﾙ 特別晉級。「二階級~する」特別晉升兩級。

とくしん⓪【得心】 ｽﾙ 完全同意。「~がいく」會意理解。

とくしん⓪【篤信】 篤信。「~家」忠實信徒。

とくしん⓪【瀆神】 ｽﾙ 褻瀆神聖。「~的行為」褻瀆神聖的行爲。

どくしん⓪【独身】 獨身，單身。

どくじん⓪【毒刃】 兇刃。「~にたおれる」被兇刃刺中。

どくしんじゅつ⓪【読心術】 讀心術。

どくしんじゅつ⓪【読唇術】 讀唇術。

どくじんとう⓪【独参湯】 ①獨參湯。中醫湯藥的名稱。②歌舞伎中，指無論何時上演都能賣座的劇目。

どくず⓪【読図】 ｽﾙ 看地圖，讀圖。

とく・する⓪【得する】 （動サ變） 得利益。

どく・する⓪【毒する】 （動サ變） 毒害。「青少年を~・する本」毒害青少年的書。

とくせい⓪【特性】 特性。

とくせい⓪【特製】 特製。

とくせい⓪【徳性】 德性。

とくせい⓪【徳政】 ①德政，仁政。②德政。指從鎌倉時代末期到室町時代，廢除因發生買賣、質押、借貸等形成的債權、債務契約的措施。

どくせい⓪【毒性】 毒性。

とくせつ⓪【特設】 ｽﾙ 特設。「~スタンド」特設看臺。

どくぜつ⓪【毒舌】 刻薄話，惡語。「~をふるう」大肆挖苦。

とくせん⓪【特選】 特選。「~品」特選產品

とくせん⓪【特薦】 特別推薦。「~品」特別推薦品。

とくせん⓪【督戦】 ｽﾙ ①督戰。監督部下並激勵其作戰。②督戰。在後方監督前線部隊。「~隊」督戰隊。

どくせん⓪【独占】 ｽﾙ ①獨占，獨自占有。「利益を~する」獨吞利益。②獨占，壟斷。→寡占かせん

どくぜん◎【独善】 獨善，自以為是。

どくせんかかく⑤【独占価格】 壟斷價格。

どくせんきんしほう◎【独占禁止法】 禁止壟斷法，反壟斷法。

どくせんしほん⑤【独占資本】 壟斷資本。

どくせんじょう◎【独擅場】 唱獨角戲，個人拿手好戲。

どくぜんてき◎【独善的】（形動） 自以為是的。「～な行動」自以為是的行動。

どくそ①【毒素】 毒素。

とくそう◎【特捜】 「特別捜査」的簡稱。「～本部」特別捜查本部。「～隊」特別捜（偵）查隊。

とくそう◎【徳操】 堅貞不變的節操。

どくそう◎【毒草】 毒草。

どくそう◎【独走】 スル ①獨自跑在前面，遙遙領先。「～態勢にはいる」進入遙遙領先的態勢。②獨行。③獨自跑。

どくそう◎【独奏】 スル 獨奏。↔合奏

どくそう◎【独創】 スル 獨創。「～性に富む」富於獨創性。「～的な作品」創造性的作品。

どくそうせい◎【独創性】 獨創性。

とくそく◎【督促】 スル 督促，催促。

ドクター①【doctor】 ①博士。「～論文」博士論文。②醫生。

ドクターコース⑤【doctor course】 （研究所的）博士課程。

ドクターストップ⑥【doctor stop】 醫生叫停。在拳擊等比賽中，一方選手負傷，經醫生提議，裁判宣告停止比賽，判另一方選手獲勝。

とくたい◎【特待】 特別待遇，特殊優待。「～制度」特殊優待制度。

とくだい◎【特大】 特大，特大號。「～のシャツを買う」買一件特大的襯衫。

とくたいせい◎【特待生】 特優生。

どくたけ◎◎【毒茸】 毒蘑菇。

とくだね◎【特種】 獨家特別新聞，特訊。「～記事」獨家特別新聞報導。

どくだみ◎【蕺草】 蕺菜，魚腥草。

とくだわら③【徳俵】 德俵。相撲土俵的四方中央處，僅向外錯開 1 俵寬放置的俵。

とくだん◎【特段】 特別，格外。「～の配慮をする」特別照顧。

どくだん◎【独断】 スル ①獨斷。「～専行」獨斷專行。②專斷。自己主觀判斷。「～で決める」擅自決定。

どくだんせんこう◎【独断専行】 スル 獨斷專行，獨斷獨行。

とぐち◎◎【戸口】 門口。

とくちゅう◎【特注・特註】 スル 「特別注文」「特別發注」的簡稱。「～品」特別訂做的製品。

とくちょう◎【特長】 特長。

とくちょう◎【特徴】 特徵，特色。「～のある顔立ち」有特色的長相。

どくづ・く③【毒突く】（動五） 大罵。「はげしく～・く」臭罵一頓。

とくてい◎【特定】 スル ①特定。「～条件」特定條件。②特定。對其做出斷定。「誰と～できない」不能特定為某一個人。

とくていほけんようしょくひん◎【特定保健用食品】 特定保健用食品。→機能性食品。

とくてん◎【特典】 優惠（條件），特別恩典。「会員だけの～」會員獨享的特權。

とくてん◎【得点】 スル 得點，得分。↔失点

とくでん◎【特電】 〔「特別電報」之略〕特電，專電。

とくと①【篤と】（副） 仔細地。「～ご覧ください」請看好。

とくど①【得度】 スル 〔佛〕①得渡，受剃度。佛教指覺悟而得渡彼岸。②得渡。指出家（作和尚）。

とくとう◎【禿頭】 禿頭，光頭。

とくとう◎【特等】 特等。一般比一等的等級還要高。「～賞」特等獎。

とくどう◎【得道】 〔佛〕得道。

とくとく◎【得得】（タル） 洋洋得意。「～として話す」洋洋得意地說。

どくとく◎【独特・独得】（形動） 獨特。「～な味わい」獨特風味。

どくどくし・い⑤【毒毒しい】（形） ①似乎有毒。「～・いきのこ」似乎是有毒

的蘑菇。②花俏濃豔的。「～・い化粧」過於濃豔的化妝。③惡毒的。「～・い言葉」惡毒的語言。

ドクトリン⓪【doctrine】 ①教義。②（政治、外交上的）基本原則。

ドクトル⓪【德 Doktor】 醫生。

とくに⓪【特に】（副） 尤其，特別。「今日は～寒い」今天特別冷。

とくにん⓪【特認】スル 特別認可，特別承認。「～事項」特別承認的事項。

とくのうか⓪【篤農家】 篤農家。熱心並富鑽研精神的農業家。

とくは⓪①【特派】スル 特派。「～員」特派員。

どくは①【読破】スル 讀完。

とくはい⓪【特配】スル 特配。特別的配給。

とくばい⓪【特売】スル 特賣。

とくはいん①【特派員】 ①特派員。賦予特殊任務而被派遣到當地的人。②特派記者，特派員。被特別派遣到外國，進行採訪報導的記者。

どくはく⓪【独白】スル ①獨白。②自言自語。

とくはつ⓪【特発】スル ①臨時加班車，臨時增刊。②〔醫〕突發。「～性疾患」突發性疾病。

とくひつ⓪【禿筆】 ①禿筆。筆尖磨禿了的毛筆。②禿筆。對自己的文章或字的謙遜說法。

とくひつ⓪【特筆】スル 特別書寫，特書。「～に値する」值得特別書寫一筆。

どくひつ⓪【毒筆】 毒筆。充滿惡意或諷刺的文章。

とくひつたいしょ⓪【特筆大書】スル 大書特書。

とくひょう⓪【得票】スル 得票。在選舉中候選人獲得的選票。

とくひょうりつ⓪【得票率】 得票率。

どくふ①【毒婦】 毒婦。

どくふ⓪【読譜】 看譜，唱譜。

どくぶつ②【毒物】 毒物。

どくぶん⓪【独文】 ①德文。德語文章。②德國文學。

とくべつ⓪【特別】 ①（形動）特別。「～に許可する」特別許可。②（副）①格外，尤其。「今日は～暑い」今天特別熱。②特別。（下接否定）並不太…，並沒什麼…。「～変ったこともない」並沒什麼特別變化。

とくべつあつかい⑤【特別扱い】スル 特別對待，特別照顧。

とくべつかいけい⑤【特別会計】 特別會計。

とくべつく④【特別区】 特別區。指東京都的23個區。

とくべつこっかい⑤【特別国会】 特別國會。指日本眾議院大選以後，在30天之內召集的國會。

とくべつしょく⑤【特別職】 特別職。

とくべつようごろうじんホーム⑬【特別養護老人―】 特殊養老院。

どくへび⓪①【毒蛇】 毒蛇。

とくほう⓪【特報】スル 特別報導。

とくぼう⓪【徳望】 德望，德高望重。「～が高い」德高望重。

どくぼう⓪【独房】 單人牢房。

とくほん⓪【読本】 ①讀本，語文課本，教科書。②讀本，通俗（文藝）讀物。「文章～」文章讀本。

ドグマ①【dogma】 ①（宗教上的）教義，教理。②教條。（貶義的）專斷的看法。「～に陥る」過於教條。

ドグマチック④【dogmatic】（形動）專斷的，教條主義的。「～な判断」教條主義的判斷。

どくみ⓪①【毒味・毒見】スル ①嘗毒。「～役」專門試嘗是否有毒的人。②嘗鹹淡，嘗味道。

とくむ①②【特務】 特務。

とくむきかん④【特務機関】 特務機關。（日本）舊軍部中的特殊軍事組織。

どくむし②【毒虫】 毒蟲。

とくめい⓪【匿名】 匿名。「～記事」匿名報導。

とくめい⓪【特命】 特命。

とくめいぜんけんたいし⓪【特命全権大使】 特命全權大使。

どくや①【毒矢】 毒箭。

とくやく⓪【特約】スル 特殊協定，特約。

どくやく◎【毒薬】　毒藥。

とくやくてん③④◎【特約店】　特約店。

とくゆう◎【特有】　特有。「当家～の食膳」我家特有的餐桌。

とくよう◎【徳用】　物美價廉。「～品」物美價廉品。

とくよう◎【特養】　特養。「特別養護老人ホーム」的略稱。

とくり◎【徳利】　德利小酒壺。

とくりつ◎【特立】スル　特別出眾。

どくりつ◎【独立】スル　①獨立，孤立。「～した部屋」獨立的房間。②獨立，自立。③獨立。不受干涉，得單獨行使許可權。「司法権の～」司法權的獨立。

どくりつかおく◎【独立家屋】　獨立房屋，獨棟。

どくりつご◎【独立語】　獨立詞，獨立語，獨立成份。

どくりつこく④【独立国】　獨立國。

どくりつさいさんせい◎【独立採算制】　獨立核算制。

どくりつぜい③【独立税】　單獨稅，獨立稅。地方公共團體單獨項課徵的租稅。↔付加税

どくりつせんそう◎【独立戦争】　獨立戰爭。

どくりつどっぽ⑤【独立独歩】　獨立獨行。獨立地按自己的信念去做。

どくりょう◎【読了】スル　讀完。「長編を一晩で～した」一晚上讀完了一篇長篇小說。

どくりょく◎【独力】　獨力。

とぐるま②【戸車】　拉門滑輪。

とくれい◎【特例】　特例。

とくれい◎【督励】スル　監督鼓勵。「部下を～する」督促部下。

とくれん◎【得恋】スル　戀情如願以償。

とぐろ◎　蟠。蛇將身體盤曲起來，亦指曲的樣子。「～を巻く」❶蟠蛇。蛇將身體盤曲成一團。❷盤結。幾個人沒事，閒呆聚在一個地方。❸蟠踞。

どくわ◎【独和】　①德日。德語和日語。②「独和辞典」的簡稱。

どくわ◎【独話】スル　自言自語。

どくわじてん③【独和辞典】　德日辭典。

とげ②【刺・棘】　①刺。植物體表面針狀的硬突起物。②刺。動物的消化器官及身體表面的尖狀附屬突起物。③刺。傷人心的言詞或作法。「～のある言い方」帶刺的說法。

とけあ・う③【溶け合う】（動五）　溶合，融合。

とけあ・う③【解け合う】（動五）　融洽。「～・った雰囲気」融洽的氣氛。

とけい◎【徒刑】　徒刑。「～囚」服徒刑囚犯。

とけい◎【時計】　鐘，錶。「～台」鐘塔；鐘樓。

とけいざら◎【時計皿】　平皿。

とけいすうじ④【時計数字】　錶面數字，鐘錶數字。

とけいまわり◎【時計回り】　順時針旋轉。

とけこ・む◎③【溶け込む】（動五）　①溶入。②融入。「新しいクラスに～・む」適應了新班級。

どげざ◎②【土下座】スル　跪伏地面。「～して謝る」磕頭賠罪。

とけつ◎【吐血】スル　吐血。→喀血かっけつ

とげっぽう◎【吐月峰】　煙灰筒。

とげとげし・い⑤【刺刺しい】（形）　帶刺的。

とげぬき③【刺抜き】　拔刺，鑷子。

と・ける②【解ける】（動下一）　①解，解開。「靴ひもが～・ける」鞋帶鬆了。②解除。「禁令が～・ける」禁令解除了。③消解，消除。「誤解が～・ける」誤會消除了。④解。「謎が～・ける」謎解開了。

と・ける②【溶ける】（動下一）　溶解，溶化，溶於。

と・げる◎③【遂げる】（動下一）　①完成，實現。「目的を～・げる」實現目的。②取得，達到。「進歩を～・げる」終於獲得進步。

ど・ける◎③【退ける】（動下一）　挪開，移開。「いすを～・けてください」請把椅子挪開。

とけん◎【杜鵑】　杜鵑漢語名。

どけん◎【土建】　土建。「土木建築」的

簡稱。

とこ◎【床】 ①床鋪。「～をとる」鋪床。②病床。「～上げ」病癒起床。③壁龕「～飾り」壁龕飾。④榻榻米的底襯（墊）。⑤地板。⑥苗床。⑦河床。「川～」河床。「～に就く」❶睡覺；就寢。❷臥床。病倒在床上。

とこ◎【所】 「ところ」的簡稱。「今着いた～だ」剛剛到達。「千円が～損をした」損失了一千日圓左右。

どこ◎【何処】（代） 何處，哪兒，哪裡。「～から来たか」從哪裡來？「～にお勤めですか」您在何處就職？「～にもない」哪兒都沒有。

どご◎【土語】 土話。當地的方言。

とこあげ◎◎【床上げ】 スル 下床。大病痊癒後或產後恢復健康。

とこいり◎◎【床入り】 スル ①就寢。②入洞房。

とこう◎【渡航】 スル 渡航出國。「～手続きをとる」渡航出國手續。

どごう◎【土豪】 土豪。當地的豪族。

どごう◎【怒号】 スル 怒號，怒吼。

どこか◎【何処か】（連語） ①某處。「～で見たことがある」在哪兒見過。②好像有些。「～姉似の人」有些像姐姐的人。

とこかざり◎【床飾り】 壁龕（裝）飾。

とこがまち◎【床框】 壁龕踢腳板。

とこさかずき◎【床杯】 交杯酒。

とこしえ◎【永久】 永久，永恆。「～の愛」永恆的愛。

とこずれ【床擦れ】 スル 褥瘡。

とことん◎ 最終，最後，到底。「～までつきあう」奉陪到底。

とこなつ◎【常夏】 常夏。「～の島」常夏之島。

とこのま◎【床の間】 壁龕，凹間。

とこばしら◎【床柱】 壁龕裝飾柱。

とこばなれ◎【床離れ】 スル ①離床，起床。「～の悪い人」愛睡懶覺的人。②下床，離床。

とこばらい◎【床払い】 スル 病癒後起床。

とこはる◎【常春】 （四季）常春。

とこぶし◎【常節】 九孔螺，雜色鮑。

とこや◎【床屋】 剃頭鋪。理髮店的俗稱。

とこやま◎【床山】 專門為演員、相撲力士等梳理頭髮的人。

とこやみ◎【常闇】 常暗，長夜。

とこよのくに◎【常世の国】 ①常世之國。不老不死的仙境。②黃泉，陰間。

ところ◎◎【所・処】 ①所，處。場所，地點。「高い～から落ちる」從高處掉下來。②住所，居所。「～番地」居所門牌號。③部位，部分。「手首の～が痛い」手腕處疼痛。④位置，立場。「～を得ない」未得其所。⑤當地，鄉土。「～自慢」以故鄉為榮。⑥正當…時候。「今読んでいる～だ」現在正在讀。⑦場面，時點。「今の～大丈夫だ」現在還沒問題。⑧地方，處。「彼にはいい～がある」他有長處。

ところ◎【野老】 山萆薢。

ところえがお◎【所得顔】 春風滿面。

ところが（接續） 可是，不過。

ところがき◎【所書き】 寫住所。

ところがら◎【所柄】 場所情形。

ところで（接續） 即使，不過，可是。

ところてん◎【心太】 石花菜涼粉。

ところてんしき◎【心太式】 推頂式。「～に進級する」推頂式進級。

ところどころ◎【所所】 處處。到處。

どこんじょう◎【ど根性】 骨氣，毅力。

とさえ◎【土佐絵】 土佐繪。

どざえもん◎【土左衛門】 溺死者。

とさか◎【鶏冠】 雞冠。

どさくさ◎ 忙亂。

どさくさまぎれ◎【どさくさ紛れ】 趁著忙亂，混水摸魚。

とざ・す◎◎【閉ざす・鎖す】（動五） ①鎖，閉。「門を～・す」鎖門。②封閉，封鎖。「道を～・す」封鎖道路。③關閉住，遮掩起來。「～・された世界」封閉的世界。

とさつ◎【屠殺】 屠宰，屠殺。

とざま◎【外様】 ①外樣（大名）。沒有譜代大名那種君臣關係的家臣。②旁系。

どさまわり◎【どさ回り】 巡迴演出，巡

迴劇團。

とざん[4][0]【登山】スル 登山，爬山。↔下山

どさん[0]【土産】 土産。「～品」土產品。

どさんこ[0]【道産子】 ①北海道馬。②北海道人。

とざんてつどう[5]【登山鉄道】 登山鐵路。

とし[0]【年・歳】 ①年。②一年。「～の始め」一年的開始。③年歲，年齡，歲數。「～は争えない」年齡不饒人。④上年紀。「もう～だ」上了年紀了。

とし[0]【徒死】スル 徒然喪命。

とし[0]【都市】 都市，城市。「商業～」商業都市。

とじ[0]【刀自】 老婦人。

とじ[0]【綴じ】 裝訂。

とじ[0]【途次】 沿途。「帰郷の～」歸鄉途次。

どじ[0] 失策，蠢貨。「～を踏む」失策；搞糟。

としあけ[0]【年明け】 新年到來。「～を外国で迎える」在國外迎接新年的到來。「～早々の仕事」剛過年就要做的事。

としうえ[0][3]【年上】 年長，歲數大。↔年下

としお・いる[4]【年老いる】（動上一）年老，上年紀。

としおとこ[3]【年男】 本命年男人。

としおんな[3]【年女】 本命年女人。

としがい[0][3]【年甲斐】 頭腦年齡。「こんなこと知らないとは～もない」連這樣的事也不知道，簡直是白活。

としかさ[0]【年嵩】 ①年長。②年紀，年齡。「ずっと～の人」年邁的人。

としガス[3]【都市―】 城市瓦斯。

どしがた・い[4]【度し難い】（形）沒救，毫無辦法。

としかっこう[3]【年恰好・年格好】 大概年齡。

としぎんこう[3]【都市銀行】 城市銀行。

としけいかく[4]【都市計画】 城市規劃。

としご[0]【年子】 同母所生差一歲孩子。

としこし[4][0]【年越し】スル 過年，辭舊

歲，除夕夜過年。

としこしそば[5]【年越し蕎麦】 除夕蕎麥麵，過年蕎麵。

とじこみ[0]【綴じ込み】 合訂，合訂本。

とじこ・む[0]【綴じ込む】（動五）①合訂。「一ヶ月の新聞を～・む」把一個月的報紙合訂成冊。②訂上，夾上。「後に白紙を2枚～・む」在後面訂上兩頁白紙。

とじこ・める[0]【閉じ込める】（動下一）關起來。

とじこも・る[0]【閉じ籠る】（動五）閉門不出，守在家裡，悶在房間裡。

としごろ[0]【年頃】 ①年齡層，大約年齡。②（女性的）適齡期，妙齡。「～の娘」妙齡少女。③正…年齡。「丁度遊びざかりの～だ」正是貪玩的年齡。

としした[0][3]【年下】 年紀小，年歲小，年輕。↔年上

としじろ[0][3]【綴じ代】 裝訂處。

としたことが（連語）怎麼會，竟會。「おれ～、ふがいない」我怎麼做了這種事，真窩囊。

どしつ[0]【土質】 土質。

としつき[2]【年月】 年月，歲月。「～が経つ」歲月流逝。

としづよ[0]【年強】 ①上半年生。②年歲大，歲數大。

としどし[2]【年年】 年年，每年。

としとり[3]【年取り】 ①上了歲數。②辭歲。

としと・る[3]【年取る】（動五）①長年紀。②上了年紀，老。

としなみ[0]【年波】 上年歲，上年紀。「寄る～には勝てない」歲月不饒人。

としのいち[3]【歳の市・年の市】 年貨市集，年貨市場。

としのくれ[0]【年の暮れ】 年底，歲暮。

としのこう[4]【年の功】 閱歷深。「亀の甲より～」薑還是老的辣。

としのせ[0]【年の瀬】 年底，年關。

としは[0][3]【年端】 歲數。「～も行かぬ子」不到歲數的孩子。

とじぶた[0][2]【綴じ蓋】 修理過的鍋蓋。「割れ鍋に～」破鍋配破蓋。

としま⓪【年増】　近中年的女子，高齢女。

とじまり②⓪【戸締まり】　スル　關窗鎖門。

としまわり③【年回り】　年運。

とじめ⓪【綴じ目】　裝訂處。

としゃ①【吐瀉】　スル　嘔吐和腹瀉。

どしゃ①【土砂】　土沙，沙土。

どしゃぶり⓪【土砂降り】　傾盆大雨，大雨如注。

としゅ①【斗酒】　斗酒，1斗酒，很多酒。

としゅ①【徒手】　①徒手，空手，赤手。②白手。除自己以外，沒有任何可依靠的東西。

としゅくうけん⓪【徒手空拳】　赤手空拳。

としょ①【図書】　圖書。

としょ①【屠所】　屠宰場。「～の羊ひつ」屠宰場的羊。

としょう⓪【徒渉】　スル　①徒步涉水。②跋涉，走遍各地。

とじょう⓪【途上】　路上，途上，中途。

とじょう⓪【都城】　都城。

とじょう⓪①【登城】　スル　登城謁見。↔下城

どじょう⓪【泥鰌・鰌】　泥鰍，鰌。

どじょう⓪【土壌】　土壤。

どじょういんげん⑤【泥鰌隠元】　菜豆角，泥鰍豆。

どじょうじる④【泥鰌汁】　泥鰍味噌湯。

どじょうすくい⓪【泥鰌掬い】　①捉泥鰍。②捉泥鰍舞。

どじょうなべ⓪【泥鰌鍋】　泥鰍火鍋。

どじょうひげ⓪【泥鰌髭】　泥鰍鬍。

どしょうぼね⓪【土性骨】　倔脾氣，劣根性。「～をたたき直す」改掉倔脾氣。

としょかん②【図書館】　圖書館。

としょく⓪【徒食】　スル　徒食，白吃飯。「無為～」無為徒食。

としより④【年寄り】　上了年紀的人，老人。「～の冷や水」老人偏洗冷水澡。

としより④【年寄】　①年寄。指在武家中，掌管政務的重臣。②年寄。江戶時代，在江戶位於町名主之上掌管市政的人。

としよ・る⓪③【年寄る】　（動五）　上了年紀。老。

としよわ⓪【年弱】　①下半年生。按虛歲計算年齡時，生日在後半年，亦指其人。↔年強きよ。②歲數小，年輕。

と・じる②【閉じる】　（動上一）　①（自動詞）①閉，關。「水門が～・じる」關上水門。②閉幕。「会が～・じる」會議結束。②（他動詞）①關閉。「窓を～・じる」關窗戶。②閉上，合上，折疊起來。「本を～・じる」合上書。③使之終結，停止。「今日の会議を～・じる」今日的會議到此結束。↔開く

と・じる②【綴じる】　（動上一）　訂綴，縫上，訂上，釘上。

としわすれ③【年忘れ】　尾牙。

としん⓪①【妬心】　忌妒心，妒心。

としん⓪【都心】　都心，市中心，鬧市區。

とじん⓪【都塵】　都塵，都市塵囂。

どじん①【土人】　①土人。對未開化的原住民等的蔑稱。②土人。當地的人，土著的人們。

トス①【toss】　スル　①托球。②拋傳。在棒球、籃球等比賽中，將球從下方撈取似地扔傳給在附近的本隊隊員。③拋球。網球比賽中，發球時將球向上拋起。④擲硬幣定奪。

どす①　①短刀，匕首。②令人害怕。「～のきいた声」駭人的聲音。

どすう②【度数】　①次數，頻數。②度數。表示溫度的數值。③度數。表示角度、緯度、經度等的數值。

ドスキン①【doeskin】　駝絲錦。

どすぐろ・い④【どす黒い】　（形）　烏黑，紫黑。

トスバッティング⑤【toss batting】　輕投輕擊。

と・する②【賭する】　（動サ變）　賭上，豁出去。「社運を～・する」賭上公司的命運。

とせい①【都政】　都政。東京都的行政。

とせい①【渡世】　度日，過日子，餬口。

どせい⓪【土星】　〔Saturn〕土星。

どせい⓪【土製】　土製，陶製，土製品。

どせい◎【怒声】　怒吼聲，怒罵聲。

どせきりゅう◎【土石流】　土石流。

とぜつ◎【途絶・杜絶】スル　杜絕，中斷。

とせん◎【渡船】　渡船。

とぜん◎【徒然】　無聊。

とせんば◎【渡船場】　渡口。

とそ◎【屠蘇】　屠蘇。

とそう◎【塗装】スル　塗裝，塗飾，塗漆。

どそう◎【土葬】スル　土葬。

どぞう◎【土蔵】　土窯倉庫。

どそく◎【土足】　①不脱鞋。②泥腳。

どぞく◎【土俗】　當地的風俗。

とそさん◎【屠蘇散】　屠蘇散。

どだい◎【土台】　①底横樑，横墊木，基座。②地基，橋基。③根基。④（副）本來，根本，壓根兒。「～根も葉もないことだ」完全是沒有根據的事。

とだ・える◎【途絶える】（動下一）　①行人絕跡。②中斷。「連絡が～・えた」聯繫中斷了。

どたキャン【どた―】　關鍵時刻失約。

どたぐつ◎【どた靴】　呱嗒靴，不合腳的鞋。

とだな◎【戸棚】　櫃櫥。

どたばたきげき◎【どたばた喜劇】　滑稽鬧劇，滑稽喜劇。

とたん◎【途端】　正當那時，…的一刹那，剛一…的時候。

とたん◎【塗炭】　塗炭。

トタン◎〔源自葡 tutanaga〕鍍鋅鐵皮，鍍鋅板。

とたんのくるしみ◎【塗炭の苦しみ】　塗炭之苦。

どたんば◎【土壇場】　最後關頭，緊要關頭，千鈞一髮之際。

とち◎【土地】　①土地，大地。②土壤。③土地。用作耕地、宅地等的地面。④當地。「～のようすに詳しい」熟悉當地情形。

とちかいりょう◎【土地改良】　土地改良。

とちかおくちょうさし◎【土地家屋調査士】　土地房屋調查士。

とちがら◎【土地柄】　地方情況，地方風氣。

とちかん◎【土地鑑・土地勘】　土地鑑。

とちじ◎【都知事】　都知事。爲東京都首長的知事。

とちっこ◎【土地っ子】　當地人。

とちのき◎【橡の木・栃の木】　七葉樹。

とちめんぼう◎【栃麺棒】　①擀麵棍。②慌張忙亂。

どちゃく◎【土着】スル　土著。「～民」原住民。

とちゅう◎【途中】　途中，半途。

とちょう◎【徒長】スル　徒長。作物莖和枝幹伸展得過於長而柔嫩。

とちょう◎【都庁】　都廳，東京都政府。

どちょう◎【怒張】スル　①血脈賁張。②聳肩。

どちら◎【何方】（代）　①哪裡，哪邊，哪兒。「～にお住まいですか」您住在哪裡？②哪一個。「～になさいますか」您要哪一個？③哪一位。「失礼ですが、～さまですか」對不起，您是哪一位？

とち・る（動五）　①出錯，失誤。演員念錯臺詞或做錯動作。②搞錯，失敗。

とつ◎【凸】　凸，凸起。

とつおいつ◎（副）スル　游移不決，優柔寡斷，遲疑不決。「～思案する」思前想後。

とっか◎【特化】　①特殊化。②特化。國際分工的結果，某國變得向比較有優勢的產業領域專門化。

とっか◎【特価】　特價。「～品」特價品。

とっか◎【特科】　特殊科目。「～講義」特殊科目講義。

どっか◎【何処か】（連語）　「どこか」的轉換音。

トッカータ◎【義 toccata】　托卡塔。一種流行於 17～18 世紀的，富有自由即興性的鍵盤樂曲。

どっかい◎【読解】スル　閱讀理解。

とっかかり◎【取っ掛かり】　開始著手，頭緒。

とっかん◎【吶喊】スル　吶喊。

とっかん◎【突貫】スル　①刺穿，刺透。②突擊。一氣呵成。「～工事で堤防を築く」以一氣呵成方式築堤。③吶喊。

とっき◎【突起】スル　突起，隆起，突起

物。

とっき◎【特記】スル 特別記載。「~事項」特別記載事項。

とっきゅう◎【特急】 ①特急，火急。②特快車。「特別急行」的簡稱。

とっきゅう◎【特級】 特級，特等。

とっきょ◎【特許】 ①特許，專利。②特許權。

どっきょ◎【独居】スル 獨居。

ドッキング◎◎【docking】スル 對接。太空船與同伴接合在一起。

どっきんほう◎【独禁法】 「独占禁止法」的簡稱。

とっく◎【疾っく】 ①老早。「~の昔」老早以前。②（副）早就。「~に売り切れた」早就賣完了。

とつ・ぐ【嫁ぐ】（動五） 出嫁。「~・ぐ日」出嫁的日子。

ドック◎【荷 dock】 船塢。

ドッグ◎【dog】 狗。

とつくに◎【外つ国】 外地，外國。↔うちつくに

ドッグファイト◎【dogfight】 纏鬥，激戰。戰鬥機之間激烈的空戰。

とっくみあ・う◎【取っ組み合う】（動五） 扭打，格鬥。

ドッグレース◎【dog race】 賽狗。

ドッグレッグ◎【dog leg】 狗腿洞。指高爾夫球道中，從球座到果嶺之間有彎曲，亦指這樣的球洞。

とっくん◎【特訓】スル 特訓。

とっけい◎【特恵】 特別優惠，特惠。

とつげき◎【突撃】スル 衝鋒，突擊。

とっけん◎【特権】 特權。

とっけんかいきゅう◎【特権階級】 特權階層。

とっこ◎【独鈷】 獨鈷杵，金剛杵。

どっこいどっこい◎（形動） 不分上下，旗鼓相當。「実力は~だ」實力不分上下。

とっこう◎【特攻】 特攻。「特別攻擊」的簡稱。

とっこう◎【特効】 特效。

とっこう◎【徳行】 德行。

とっこう◎【篤行】 篤行。

とっこう◎【篤厚】 厚道誠實。

どっこう◎【独行】スル ①獨行。②孤行。

どっこうせん◎【独航船】 獨航船。

とっこうやく◎【特効薬】 特效藥。

とっさ◎【咄嗟】 剎那，瞬間，猛然。「~に思いつく」立刻想起來。「~には答えられなかった」一時無法回答。

ドッジボール◎【dodge ball】 躲避球。

とっしゅつ◎【突出】スル ①突出。凸出。②突出。③突出。明顯超出其他。「防衛費が~する」防衛費（軍費）突出。

とつじょ◎【突如】（副） 突如（其來地）。

とっしん◎【突進】スル 突進。

とつぜん◎【突然】（副） 突然。

とつぜんし◎【突然死】 突然死亡，猝死，暴斃。

とつぜんへんい◎【突然変異】 突變。

とったり◎ 相撲運動中，用兩手拿住對方的一隻手，將其擰倒的技巧。

とったん◎【突端】 突出的一端。

どっち◎【何方】（代） 哪一個，哪一邊，哪一位。「~もどっちだ」哪個都行。

どっちつかず◎【何方付かず】 模稜兩可，含糊。「~の気持ち」猶豫不定的心情。

どっちみち◎【何方道】（副） 反正，總之。

とっち・める◎◎（動下一） 懲罰，訓斥。

とっちゃんぼうや◎【父ちゃん坊や】 娃娃臉的成人。

とっつき◎【取っ付き】 ①開頭，起頭。②第一印象。「~のよくない人」初次見面給人印象不好的人。③最前面，第一個。「~の部屋」第一個房間。

とって◎◎【取っ手・把手】 拉手，提把，把手。

とってい◎【突堤】 突堤，丁壩。

とっておき◎【取って置き】 珍藏物。

とってかえ・す◎【取って返す】（動五） 半路折返。

とってかわ・る◎◎【取って代わる】（動五） 取代。

とっても⓪（副）「とても」的強調說法。「～おもしろかったわ」有意思極啦。

ドット①【dot】①點。小圓點。②水珠紋。③二分音符。

とつとつ【訥訥・吶吶】（ヽ）訥訥，結結巴巴。「～と語る」訥訥而語。

とっとと①（副）趕快。「～帰れ」快回去。

とつにゅう⓪【突入】スル①突入，衝進。②進入某種狀態。「最後の段階に～した」進入了最後階段。

とっぱ①⓪【突破】スル①突破，闖過。「難関を～する」闖過難關。②突破。超過某界限，水準。

トッパー①【topper】女式寬鬆短大衣。

とっぱこう⓪【突破口】突破口。

とっぱつ⓪【突発】スル突發。「事故が～した」事故突然發生了。

とっぱな⓪【突端】①突出的尖端。②開端。

とっぱら・う④【取っ払う】（動五）拆除，撤掉。

とっぱん⓪【凸版】凸版。

とっぴ⓪【突飛】（形動）突飛，意外，古怪。「～な服装」古怪的服裝。

とっぴょうし①①【突拍子】走板，異常，脫離常規。「―もない」駭人聽聞。

トッピング⓪【topping】頂飾，頂部配料。

トップ①【top】①首位，第一位。②頭一個，第一名。「～を切る」跑在前頭。③最上等，最高。「～-クラス」最高級。④頂部，最高處。「マストの～」桅杆的頂部。⑤首腦。「～会談」首腦會談。⑥頭條。「～ニュース」頭條新聞。

とっぷう⓪①【突風】陣風。

トップスピン⑤【top spin】上旋球。

トップダウン⑤【top down】自上而下。

トップニュース④【top news】頭條新聞。

トップマネージメント⑧【top management】（最）高層管理。

トップモード⓪【top mode】最時髦，最新流行。

トップや⓪【―屋】頭條撰稿人。

ドップラーこうか①【―効果】〔Doppler effect〕都卜勒效應。

トップライト④【top light】①天窗，天窗光。②頂光。

トップレス①【topless】上空泳衣，露胸泳裝。

トップレディー④【top lady】第一夫人，女英傑。

トップレベル⑤【top level】①最高水準。「～の技術」最高水準的技術。②首腦層，最高層。「～での交渉」最高層的談判。

とつべん⓪【訥弁】不善言談，笨嘴笨舌，木訥。↔能弁

どっぽ①【独歩】スル①獨自步行。②獨行。「道ばたを～する」獨步街頭。③獨步。無與倫比般地優秀。「古今～の名作」古今獨步的名作。

とつめん⓪【凸面】凸面。↔凹面

とつめんきょう⓪【凸面鏡】凸面鏡。↔凹面鏡

とつレンズ③【凸―】凸透鏡。↔凹レンズ

どて⓪【土手】①堤。②大魚塊。③空牙齦，空牙床。

とてい⓪【徒弟】①徒弟。在工商業者家裡當學徒的人。②徒弟。藝術行當中的門人、弟子。

どでか・い（形）特大。「～いビル」特大的一幢樓房。

ドデカフォニー①【dodecaphony】十二音音樂。

とてつ⓪【途轍】道理。

どてっぱら⓪【土手っ腹】①肚子，腹部。②（像船舷一樣，向外鼓出的東西的）正中央。

とても⓪【迚も】（副）①無論如何也，怎麼也。「～40才とは見えない」怎麼也不像四十歲的人。②非常，很。「～すてきだ」特別棒。

どてら⓪【縕袍】縕袍。

とでん⓪【都電】都營電車。

とど⓪【鯔】成鯔。「～のつまり」最終，到頭來。

どどいつ⓪【都都逸・都都一】 《都都逸》。俗曲之一。

ととう⓪【徒党】 黨徒。「~を組む」結成黨徒。

ととう⓪【渡島】ㇲㇽ 赴島，上島。

どとう⓪【怒涛】 怒濤。

とどうふけん⓪【都道府県】 都道府縣。

トトカルチョ⓪【義 totocalcio】 足球彩券。

とど・く⓪【届く】（動五） ①到，送到。「手紙が~・いた」信到了。②搆得到。「手が~・かない」手碰不到。③周到。「世話がよく~・く」照顧非常周到。④領會。「思いが~・く」心意到了。

とどけ③【届け】 ①送交。②申請。③申請書。

とどけいで⓪【届け出で】 呈報，申報。

とどけで⓪【届け出】 申報。

とどけ・でる⓪【届け出る】（動下一） 申報，報告。

とど・ける③【届ける】（動下一） ①送上，送去，送交。②申報，呈報。

とどこお・る④【滞る】（動五） ①滯礙，拖延。②滯納，拖欠。「家賃が~・る」拖欠房租。

ととの・う③【整う】（動五） ①整齊，齊備，齊全，完善。②和諧。樂器等調子相合。

ととの・う③【調う】（動五） ①齊全，齊備。②談妥。「縁談が~・う」婚事談妥了。

ととの・える④【整える】（動下一） ①整理，整頓。②調音，調整韻律。

ととの・える④【調える】（動下一） 準備。②談妥。

とどのつまり⓪【連語】 到頭來。→とど

とどまつ⓪【椴松】 北海冷杉。

とどま・る③【止まる】（動五） 停止，停下。

とどま・る③【留まる】（動五） ①停留，留下。②限於，止於。③停留，停滯，保留。

とどめ③⓪【止め】 致命一擊。「~を刺さす」給以致命一擊；決定性一擊。

どどめ⓪【土留め】 擋土牆（構築物）。

とど・める⓪【止める】（動下一） ①停下，抑制住。②止住，阻止住。

とど・める⓪【留める】（動下一） ①留，留下。「足跡を~・める」留下足跡。②保留。③限於。「予算を4兆円以内に~・める」把預算控制在4兆日圓以內。

とどろか・す④【轟かす】（動五） ①使轟鳴。②轟動，大震。「飛行機の爆音を~・してとび立った」飛機轟隆隆地起飛了。③使心激烈跳動。

とどろ・く③【轟く】（動五） ①轟鳴。②聲名遠播。③心情激動。

トナー①【toner】 調色劑，著色劑。

ドナー①【donor】 臟器提供者，器官捐贈者。

とない①【都内】 都內。東京都行政區域內。

とな・える③【唱える】（動下一） ①唱，誦。②高喊，大聲說。③高唱，倡導。

トナカイ⓪ 〔愛奴語〕馴鹿。

どなた①【何方】（代） 哪一位。「この方は~ですか」這是哪一位呀？

どなべ⓪【土鍋】 沙鍋。

となり⓪【隣】 ①旁邊，隔壁。「~の国」鄰國。②鄰居。

となりあ・う④【隣り合う】（動五） 相鄰。

となりあわせ⑤【隣り合わせ】 鄰接。

どなりつ・ける⑤【怒鳴り付ける】（動下一） 痛叱，大聲斥責。

どな・る②【怒鳴る】（動五） ①叫嚷，吵鬧。②大罵。

とにかく①【兎に角】（副） ①總之，好歹，反正。「~やってみよう」總之先試試看吧。②姑且，姑且不論。

とにもかくにも①【兎にも角にも】（副） 無論如何，總而言之。

とにゅう⓪【吐乳】ㇲㇽ 溢奶，吐奶。

とねりこ③【梣】 梣，白蠟樹。

との①【殿】 老爺，先生，殿下。

どの①【何の】（連體） 哪，哪個。「~本がすきですか」喜歡哪本書。

どの◎【殿】（接尾）　大人，先生。表示增添敬意的詞。「山田太郎～」山田太郎先生。「隊長～」隊長大人。〔多用於事務性的、正式的文書中〕

どのう◎【土嚢】　沙包，沙袋。

とのがた◎【殿方】　男士，公子，先生。

とのこ◎◎【砥粉】　砥石粉，抛光粉。

とのご◎◎【殿御】　先生，男士。

とのさま◎【殿様】　①老爺，大人。對主君、貴人的敬稱。②老爺，大人。江戶時代，對大名、旗本等的敬稱。③公子哥，狂士。「～商売」狂人生意；官商。

どのみち◎【何の道】（副）　總而言之。

とば◎【賭場】　賭場。

どば◎【駑馬】　①駑馬。②駑才。

とばく◎【賭博】　賭博。

とばくち◎【とば口】　①出入口，門口。②開頭，開端。

どばし◎【土橋】　土橋。

とばし・る◎【迸る】（動五）　迸。

とば・す◎【飛ばす】（動五）　①使飛起來，投擲出去。②飛馳，疾駛。③跳過。④大喊大叫。「野次を～・す」起哄。⑤調離。「支社へ～・された」被調離到分公司去了。

どはずれ◎【度外れ】　出奇，不尋常，超出限度。

どはつ◎【怒髪】　怒髪。「～=冠かんむり（＝天）を衝つく」怒髪衝冠。

とばっちり◎【迸り】　①濺水。②受連累，受牽連。

どばと◎◎【土鳩・鴿】　①家鴿。②和平鴿。

とばり◎【帳・帷】　①帳，帷，幔帳。②帷幕。「夜の～」夜幕。

とはん◎【登坂】スル　爬坡。「～力」爬坡力。

とはん◎【登攀】スル　攀登。

とび◎【鳶・鵄】　鳶，老鷹。「～が鷹を生む」歹竹出好筍。「～に油揚げを取られたよう」煮熟的鴨子被叼走。

どひ◎【土匪】　土匪。

どひ◎【奴婢】　奴婢。

とびあが・る◎【飛び上がる】（動五）　飛起來。「ヘリコプターが～・る」直升機飛上天空。

とびあが・る◎【跳び上がる】（動五）　跳起來。吃驚或興奮時，禁不住跳起來。

とびある・く◎【飛び歩く】（動五）　四處奔忙。忙碌地到處奔走。

とびいし◎【飛び石】　墊腳石。

とびいた◎【飛び板】　跳板。

とびいり◎【飛び入り】スル　臨時參加（者），空降者。

とびいろ◎【鳶色】　茶褐色，棕色。

とびうお◎【飛魚】　飛魚。

とびお・きる◎【飛び起きる】（動上一）　躍起。

とびお・りる◎【飛び降りる・飛び下りる】（動上一）　①跳下。②跳下，跳車。

とびか・う◎【飛び交う】（動五）　亂飛，紛飛。

とびかか・る◎【飛び掛かる】（動五）　猛撲上去，衝上前去。「獲物に～・る」猛地撲向獵物。

とびきゅう◎【飛び級】スル　跳級。

とびきり◎【飛び切り】　出類拔萃，出眾。

とびぐち◎【鳶口】　鷹嘴鈎，消防鈎。

とびこみ◎【飛び込み】　①「～の選手」跳水選手。②突然造訪。③臨時加進，飛來（的事）。「～の仕事」臨時增加的工作。

とびこみじさつ◎【飛び込み自殺】スル　跳軌自殺，投水自殺。指迎著行進中的電車等跳入軌道自殺，亦指從懸崖、船上跳入水中自殺。

とびこみだい◎【飛び込み台】　跳臺。

とびこ・む◎【飛び込む】（動五）　①跳入，跳進去。②飛入，飛身進入，急忙跑進。「道を歩いていて、雨が降りだしたので、きっさ店に～・んだ」正在走路下起了雨，急忙跑進咖啡店。③投入。④突然闖入。「彼女は19才で映画の世界に～・んだ」她19歲就投身於電影界了。

とびしょうぎ◎【飛び将棋】　跳將棋。

とびしょく◎【鳶職】　架子工，（江戶時

期）消防隊員。

とびだい[0]【飛び台】　跳臺。在行情等中指大關。

とびだ・す[3]【飛び出す】（動五）　①起飛。②衝出去，跑出去。「けんかをして家を～・した」因吵架而離家。③冒出，凸出。「目玉が～・している」眼球突出。

とびた・つ[3]【飛び立つ】（動五）　①飛上天。②飛離。「成田を～・つ」飛離成田機場。

とびち[0]【飛び地】　飛地。地處其他區域內，但行政上仍屬主地域管轄的土地。

とびち・る[3]【飛び散る】（動五）　飛散，四散，飛濺，亂飛。

とびつ・く[3]【飛び付く】（動五）　①撲上去。②撲上去。「家に帰ると、子供たちが～・いてくる」一回家孩子們就撲奔過來。

トピック[1]【topic】〔複數形為「トピックス」〕話題，論題。

トピックス[1]【TOPIX】〔Tokyo Stock Exchange Stock Price Index〕東證一部指數，TOPIX。

とび・でる[3]【飛び出る】（動下一）　開始飛，跑出去，凸出，冒出。

とびとび[0]【飛び飛び】（形動）　①跳著，隔。②分散，零散。

とびぬ・ける[4]【飛び抜ける】（動下一）　卓越，出眾。

とびの・く[3]【跳び退く】（動五）　抽身離去，急忙躲開。

とびの・る[3]【飛び乗る】（動五）　①（飛身）跳上。②跳上，躍上。一躍飛身騎上。

とびばこ[0]【跳び箱】　跳箱。

とびはな・れる[5]【飛び離れる】（動下一）　①飛身離去。②相差甚遠。

とびは・ねる[4]【飛び跳ねる】（動下一）　①跳躍，蹦跳。②雀躍。

とびひ[0]【飛び火】スル　①火星飛濺，飛濺的火星。②延燒。③擴散，牽連。④黃水瘡，天皰瘡。

とびまわ・る[4]【飛び回る】（動五）　①飛來飛去，來回飛，盤旋。②跑跳，蹦跳。③四處奔走。

どひょう[0]【土俵】　①土袋子，土草袋。②相撲台比賽區，土俵。③爭輸贏等的場所。「同じ～ですもうをとる」在相同條件下競爭。

どひょういり[0]【土俵入り】　相撲力士出場儀式。

どひょうぎわ[0]【土俵際】　①相撲台比賽區邊緣。②緊要關頭，危險邊緣。

とびら[0]【扉】　①扉，房門，櫃門。②扉頁。③門徑，入門。

どびん[0]【土瓶】　茶壺，水壺，藥壺，陶瓶。

どびんむし[0]【土瓶蒸し】　土瓶蒸。

とふ[1]【塗布】スル　敷，塗（藥）。「背中に～する」往背上塗藥。

と・ぶ[0]【飛ぶ】（動五）　①飛，飛翔。「つばめが～・ぶ」燕子飛翔。②飛動。「ボールが遠くまで～・ぶ」球飛到遠處。③飛濺。「水しずくが～・ぶ」水滴飛濺。④飛往。「パリに～・ぶ」飛往巴黎。⑤飛快。「～・んで帰る」迅速回家。⑥逃走。「犯人は外国へ～・んだ」犯人逃到國外去了。⑦跳過。「ページが～・ぶ」有跳頁。⑧飛來。出乎意料也受到打擊。「びんたが～・ぶ」飛來一記耳光。⑨響起，發出。「怒声が～・ぶ」響起怒吼聲。⑩傳播，傳開。「デマが～・ぶ」謠言傳開。⑪突然中斷。「ヒューズが～・ぶ」保險絲斷了。⑫揮發。「アルコール分が～・ぶ」酒精成分揮發。「～・んで火に入る夏の虫」飛蛾撲火。

と・ぶ[0]【跳ぶ】（動五）　①跳。②跳過去。「みぞを～・ぶ」跳過溝去。

どぶ[0]【溝】　排水溝，陰溝。

どぶがわ[0]【溝川】　污水河。

とぶくろ[4][2]【戸袋】　板窗盒，門窗箱，推拉門暗箱，門斗式木板門套窗。

とふつ[0]【渡仏】スル　赴法。到法國去。

どぶづけ[0]【どぶ漬け】　糟醃菜。

どぶねずみ[3]【溝鼠】　褐家鼠，溝鼠。

とぶらい[0]【弔い】　弔唁。

どぶろく[0]【濁酒】　濁（米）酒。

とべい[1][0]【渡米】スル　赴美。

とほ⓪【徒歩】　徒歩。

とほう⓪【途方】　方法，方針，手段。「～に暮れる」窮途末路。「～もない」沒轍；聞所未聞。

どぼく⓪【土木】　土木，土木工程。

どぼく⓪【奴僕】　奴僕。男僕人。

とぼ・ける⓪【恍ける・惚ける】（動下一）　①恍惚。②裝傻充楞，故意出洋相。

とぼし・い⓪【乏しい】（形）　缺少，不足。

とぼそ⓪【枢】　門臼，支樞。

トポロジー②【topology】　拓撲學。

とま⓪【苫】　苫簾，苫席。

どま⓪【土間】　①素土地面房間，三合土地面。②池座。劇場中舞臺正面一層的平地座席。

とます⓪【斗】　斗字旁。

とます⓪【斗枡】　斗。

トマト①⓪【tomato】　番茄。

とまど・う③【戸惑う】（動五）　糊塗，困惑。

トマトケチャップ⑤【tomato ketchup】　番茄醬調味料。

トマトピューレ⑥【tomato purée】　番茄醬汁。

とまら⓪【枢】　樞，門軸。

とまり⓪【止まり】　①止步處。②止境。

とまり⓪【泊まり】　①過夜，投宿。②值夜班。③船停泊處。

とまりがけ⓪【泊まり掛け】　在外住宿。

とまりぎ⓪③【止まり木・留まり木】　①棲木。②高腳椅。

とまりこみ⓪【泊まり込み】　投宿，住下。

とまりこ・む④【泊まり込む】（動五）投宿，住下。

とま・る⓪【止まる・停まる】（動五）①停住，驟停。「時計が～・る」手錶停了。②停止。「笑いが～・らない」笑個不停。③停落，棲息。「鳥が～・る」鳥棲息下來。

とま・る⓪【泊まる】（動五）　①投宿，在外住宿。②停泊。

とま・る⓪【留まる】（動五）　①固定

住。「くぎで～・っている」釘子釘住的。②留在某種感覺中。「目に～・る」映入眼簾。③棲息，落下。「鳥が木の枝に～・っている」鳥棲息在樹枝上。

どぼく⓪【土木】（省略なし）

とまれ⓪（副）　總之，姑且不論。

どまんじゅう③【土饅頭】　墳塚，墳頭。

どまんなか③【ど真ん中】　正中間。「まんなか」強調說法。

とみ①【富】　①財富。累積起來的大量財產。②財富。有經濟價值的財富資源、物質。

とみくじ⓪②【富籤】　富籤。流行於江戶時代的一種賭博性活動。

ドミグラスソース⑥【法 sauce demiglace】　蔬菜肉醬。

とみこうみ④【左見右見】スル　左顧右盼。

とみに①【頓に】（副）　停頓，頓然。

ドミノ①⓪【domino】　多米諾骨牌。

ドミノりろん④【―理論】　多米諾理論。

とみん⓪【都民】　都民。東京都的居民。

どみん⓪【土民】　土著居民。

と・む①【富む】（動五）　①富有，富裕。②豐富，有許多。「才能に～・む」富有才能。

トムトム①【tom-tom】　手鼓。

トムヤム①【泰 tom yam】　泰國酸辣湯。

とむらい⓪【弔い】　①弔喪，弔唁。②葬禮。③為死者祈冥福，供養。

とむらいがっせん⑤【弔い合戦】　弔慰亡靈會戰，復仇會戰。

とむら・う③⓪②【弔う】（動五）　①弔喪，弔唁，弔慰。②作法事。

とめ⓪【止め】　①停止，禁止。②停止。

ドメイン②【domain】　①網域。②領域。→ドメイン名

とめおき⓪【留め置き】　①留下。②「留置郵便」的簡稱。

とめおきゆうびん⑤【留置郵便】　存局待領郵件。

とめお・く⓪【留め置く】（動五）　①留下，扣留。②（原封不動地）保管。「郵便局に～・く」在郵局保管。③記下來，寫下來。「議事録に～・く」記在會議記錄上。

とめおけ⓪【留め桶】　沖洗用小桶，沖洗

と

用小盆。

とめおとこ回【留め男】 ①勸架角色。戲劇中，表演勸架的人。②攬客人。旅館攬客的人。

とめがね回【留め金】 金屬卡榫，金屬鈕。

とめぐ回【留め具】 別扣，卡榫，鎖扣。

ドメスティック回【domestic】（形動）①家庭的。②有關家務的。③國內的，自國的。

とめそで回【留袖】 留袖。已婚女性用於禮裝的，印有五處家徽、底衿帶花的和服。

とめだて回【留め立て】スル 阻止，阻攔。「いらぬ～」多管閒事。

とめど回【止め処】 止境，盡頭。「～もなくしゃべる」沒完沒了地說個不停。

と・める回【止める・停める】（動下一）①停，停下。「車を～・める」把車停下來。②中斷，止住。「息を～・める」止息。③戒掉，讓其停止。「酒を～・められる」戒掉酒。

と・める回【泊める】（動下一）①留宿，借宿。②使停泊。

と・める回【留める】（動下一）①固定住，別住。「髮をピンで～・める」用髮夾別上頭髮。②扣留，扣住。「留置場に～・める」扣在拘留所。③記住，留在（心裡）。「心に～・める」留在心裡。④勸阻，阻止，遏止。「けんかを～・める」勸架。

とも回【友】 ①親密交往的人，友人。②經常親近的東西。「書物を～とする」以書為友。

とも回【共】 ①一起，共同。「行動を～にする」共同行動。「～かせぎ」雙薪。②均，都。「3 人～来る」三個人全來了。③共。表示「含…在內」之意。「運賃～三千円」包括運費總共三千日圓。

とも回【供】スル 隨從。

とも回【鞆】 護臂皮套。射箭時，戴在左腕上的圓皮製護具。

とも回【艫】 船尾，船後方。↔みよし・へさき

ども回【共】（接尾）①表示複數。「若い者～」年輕人們。②表示自謙。「てまえ～の店」敝人的小店。

ともうら回【共裏】 裡和表面一樣。

ともえ回【巴】 ①巴紋。像水旋渦樣的形狀。②旋，打旋。「卍巴（まんじ）～に入り乱れる」正旋兒反旋兒亂打轉。

ともえせん回【巴戦】 循環賽。

ともがき回【友垣】 朋友，友人。

ともかく回【兎も角】（副）①總之，無論如何。「～行って見ましょう」不管怎樣，去看看吧。②（用「…はともかく」的形式）暫且不論。「その話は～といたしまして」暫且不提那事。

ともかせぎ回【共稼ぎ】スル 雙薪。

ともがら回回【輩】 輩，同夥，同伴。

ともぎれ回【共布・共切れ】 同一衣料。

ともぐい回【共食い】スル 吃同類，自相殘殺。

ともじ回【共地】 同一衣料，同樣面料。

ともしらが回【共白髮】 白頭偕老。

とも・す回【点す・灯す】（動五） 點亮，點燃。「ろうそくを～・す」點亮蠟燭。

ともだおれ回回【共倒れ】スル 一起倒下，兩敗俱傷，同歸於盡。

ともだち回【友達】 朋友。

ともちどり回【友千鳥】 群鷸。

ともづな回【纜・艫綱】 纜，船艉繫纜。

ともづり回【友釣り】 誘餌釣香魚法。

ともども回【共共】（副） 一同，共同。「～に学び合う」互相學習。

ともな・う回【伴う】（動五） ①帶著去，陪伴。「夫人を～・って行きます」帶夫人去。②伴隨，連帶，帶有。「科学の進歩に～・って」伴隨科學的進步。「先生に～・って出掛ける」跟老師去。

ともに回【共に】（副） 共同，一起。「～学び～遊ぶ」一起學習，一起遊戲。「～天を戴（いただ）かず」不共戴天。

ともね回【共寝】スル 共寢，同床共枕。

ともばたらき回【共働き】スル 夫妻都工作，共同工作賺錢。

ともびき回【友引】 友引。曆書注釋的一

種，定吉凶的六曜之一。

どもり[1]【吃り】 口吃。→吃音（きつおん）

どもり[3][0]【土盛り】スル 墊土。

どもり[3]【度盛り】 刻度。

とも・る[0]【点る・灯る】（動五） 點亮。

ども・る[2]【吃る】（動五） 口吃，結巴。→吃音

とや[0]【鳥屋・塒】 ①鳥窩，雞窩。②脫毛，蛻毛。③鳥屋。設在舞臺花道幕後的一個小屋。

どや[2] 旅店。簡易旅館的隱語。

とやかく[1]【兎や角】（副） 種種。

どやき[2]【土焼き】 不施釉的陶器。

どやしつ・ける[5]（動下一） ①狠揍。②臭罵。

どや・す[2]（動五） ①捶。「背中を~・される」背部輕輕地挨了一下打。②訓斥。「生意気だから~・してやった」因爲他態度傲慢，所以狠狠地申斥了他一頓。

とゆう[0]【都有】 都有。東京都所有。

とよあしはら[4]【豊葦原】 豐葦原。對日本國的美稱。

とよう[0]【渡洋】スル 渡洋。

どよう[2]【土用】 在陰曆中，指立春、立夏、立秋、立冬前的18天。

どよう[2]【土曜】 週六。

どよ・む[2]【響む】（動五） 響徹，轟鳴，人聲鼎沸。

どよめ・く[3]【響めく】（動五） ①響徹，響遍。②吵嚷，喧嘩。「観客が~・く」觀眾喧嘩起來。③搖動，動搖。

どよも・す[3]【響もす】（動五） 使響徹，使響遍。

とら[0]【虎】 ①虎，老虎。②醉鬼。「~の威を借る狐（きつね）」狐假虎威。「~の尾を踏む」踩虎尾。

とら[0]【寅】 ①寅。地支第3個。②寅時。「~の刻」寅時。③寅。方位名稱。

どら[0]【銅鑼】 鑼。

とらい[0]【渡来】スル 渡來，外來，舶來，傳入。「~の品」進口貨。

トライ[2]【try】スル ①試，嘗試。②達陣。

ドライ[2]【dry】（形動） ①乾。↔ウエット。②理智，冷冰冰。↔ウエット。

ドライアイ[4]【dry eye】 乾眼病。

ドライアイス[4]【dry ice】 乾冰。

トライアスロン[4]【triathlon】 鐵人三項全能運動。

トライアル[2]【trial】 試做，熱身，試行。

トライアングル[4]【triangle】 ①三角形。②三角鐵。

ドライイースト[4]【dry reast】 乾酵母。

ドライカレー[4]【[和] dry+curry】 咖哩炒飯。

ドライクリーニング[5]【dry cleaning】 乾洗。

ドライバー[2]【driver】 ①司機，駕駛員。②螺絲起子。③1號木桿。

ドライビール[4]【dry beer】 乾啤酒。帶辣味的啤酒。

ドライブ[2]【drive】スル ①開車，開車兜風。②旋轉球。③驅動裝置。

ドライブイン[5]【drive-in】 ①汽車劇場，汽車餐廳，汽車銀行。②路旁店，汽車小吃店，汽車休息店。

ドライブウエー[6]【driveway】 汽車道。

ドライブスルー[6]【drive-through】 免下車式，汽車進入式（商店）。「~-ショップ」免下車式購物店。

ドライブマップ[5]【[和]drive+map】 交通路線圖，公路交通圖。

ドライフラワー【dried flower】 乾燥花。

ドライマティーニ[5]【dry martini】 烈馬丁尼酒。

ドライヤー[2]【drier】 ①乾燥機。「ヘアー~」吹風機。②乾燥劑。

とらえどころ[4]【捉え所】 要點，要領，依據。

とら・える[3]【捕らえる】（動下一） 捕捉，逮住，捉住。

とら・える[3]【捉える】（動下一） ①揪住，緊緊抓住。「襟首を~・える」揪住脖領。「心を~・える」揪心。②捕捉住，把握。「チャンスを~・える」捕捉機會。「電波を~・える」捕捉電波。③抓住。將某部分作爲議論的對象。「言葉

じりを～・える」抓話柄。④抓住，掌握。「要点を～・える」掌握要點。

とらがり⓪【虎刈り】 狗啃的（頭髮）。

ドラキュラ①【Dracula】 《吸血鬼，德古拉》。

トラクター②【tractor】 拖拉機。

ドラクマ⓪【義 drachma】 德拉克馬。希臘貨幣單位。

どらごえ⓪①⓪【どら声】 粗聲粗氣。

トラコーマ②【trachoma】 砂眼。

ドラコン⓪〔ドライビング-コンテスト（driving contest）之略〕遠打比賽。高爾夫球比賽中，指定球洞，透過開球打的第一桿的飛行距離而決勝負的比賽方法。

ドラゴン①【dragon】 龍，飛龍，火龍。

トラジ① 桔梗花。朝鮮民謠。

ドラスティック②【drastic】 （形動）猛烈。

トラスト①【trust】 ①信賴，信用。②托拉斯。③信託。

とら・せる⓪【取らせる】 （動下一） 賞給。「ほうびを～・せる」賞給獎品。

トラック②【track】 ①（田徑運動場、賽馬場等的）跑道。②「トラック競技」（徑賽）的簡稱。③磁軌。→セクター

トラック②【truck】 卡車。

ドラッグ②【drag】 拖曳。

ドラッグ②【drug】 藥品，藥物原料，藥劑。

ドラッグストア⓪【drugstore】 ①藥房，藥店。②藥妝店，百貨店。

ドラッグバント⑤【drag bunt】 觸擊短打，觸擊球。↔プッシュ-バント

とらつぐみ③【虎鶫】 虎鶫。

トラッド①【trad】 （形動）〔traditional之略〕傳統的。

トラップ②【trap】 ①回水彎管，存水彎管。②凝汽閥。③拋靶機。④圈套。

トラディショナル④【traditional】 （形動）傳統的。

とらねこ②【虎猫】 虎斑貓。

どらねこ⓪【どら猫】 野貓，饞貓。

とらのお⓪【虎の尾】 珍珠菜的別名。

とらのこ⓪【虎の子】 珍藏品，珍藏財物。

とらのまき⓪【虎の巻】 ①虎之卷，密傳兵書。②秘訣集錄。③教學參考書。

トラバース③【traverse】 スル 橫貫，穿越。

とらひげ⓪【虎鬚】 虎鬚。

トラピスト③【Trappists】 特拉伯苦修會。

とらふ⓪【虎斑】 虎斑，虎皮花紋。

トラフ②【trough】 海槽，海溝。

トラフィック②【traffic】 ①交通，運輸。②通訊量，通話量。

とらふぐ⓪【虎河豚】 紅鰭多紀鮄。

ドラフト②【draft】 ①選拔。②通風，排氣，透氣。③草稿，草圖。

ドラフトビール⑤【draft beer】 生啤酒，鮮啤酒。

トラブ・る②（動五） 惹麻煩，挑起糾紛。

トラブル②【trouble】 ①爭執，糾紛，麻煩。②故障。

トラブルメーカー⑥【troublemaker】 經常惹麻煩的人，經常出問題的人。

トラベラー②【traveler】 旅行者。

トラベラーズチェック⑦【traveler's check】 旅行支票。

トラベル⓪【travel】 旅行。

トラホーム③【德 Trachom】 砂眼。同トラコーマ。

ドラマ①【drama】 ①戲劇，戲。②戲曲，腳本。③戲劇性事件。

ドラマー①【drummer】 鼓手。

とらま・える④【捕まえる・捉まえる】 （動下一） 抓住，捕捉。

ドラマチック②【dramatic】 （形動） 戲劇性的。

ドラマツルギー④【德 Dramaturgie】 戲劇理論。

ドラム①【dram】 特拉姆。碼磅法度量衡中的重量單位。❶1 特拉姆爲 1/16 盎司（約合 1.77g）。❷特拉姆。藥量中爲 1/8 盎司（約合 3.89g）。

ドラム①【drum】 ①鼓。②鼓。圓頂建築。

どらむすこ③【どら息子】 浪蕩子，敗家子。

どらやき◎【銅鑼焼き】　銅鑼燒。

とらわれ④【囚われ・捕らわれ】　被俘，被囚。「～の身」被囚之身。

とらわ・れる④【囚われる・捕らわれる】（動下一）①被俘，被逮捕。②受禁錮，受束縛，囿於。「情実に～・れない」不講情面。

トランク②【trunk】　①旅行箱，皮箱。②（轎車的）行李箱，貯藏室。

トランクス②【trunks】　運動短褲，游泳褲，平腳褲。

トランザクション⑤【transaction】　交易，交換。

トランシーバー④【transceiver】　①無線電收發兩用機。②收發器，收發（報）機。↔LAN

トランジスター③【transistor】　電晶體。

トランジスターラジオ⑧【transistor radio】　半導體收音機，電晶體收音機。

トランシット④【transit】　經緯儀。

トランス②〔trans former之略〕變壓器。

トランス②【trance】　〔心〕失神，失魂。

トランスファー⑦【transfer】　移行，遷移，轉移。

トランスポート⑤【transport】　①輸送，運送，運輸機構。②搬運。

トランスミッション⑥【transmission】　①傳動系，變速器。②傳動齒輪。

トランスミッター⑤【transmitter】　發射機，發話器。

トランスレーション⑥【translation】　翻譯。

トランスレーター⑤【translator】　①翻譯者，通譯。②自動中繼器，轉換器。

トランプ②【trump】　①撲克。用紙牌玩的一種西方遊戲。②撲克牌。

トランペット④【trumpet】　小號。一種銅管樂器。

トランポリン◎【trampolin】　運動用彈簧床。

とり【取り】　①取，捭，練。「月給～」賺月薪的。「相撲～」練相撲。②壓台，壓軸。「～をつとめる」唱壓軸戲。③（接頭）用以加強語氣。「～調べる」認真調查。

とり◎【鳥】　鳥。「～無き里の蝙蝠こうもり」山中無老虎，猴子稱大王。

とり◎【鶏】　雞。

ドリア①【法 doria】　多利安飯。

とりあ・う◎【取り合う】（動五）①牽手。②相互爭奪。③理睬，答理。「笑って～・わない」付之一笑；一笑置之。

とりあえず③【取り敢えず】（副）姑且，暫先。「～お知らせします」姑且先通知您。

とりあげばば⑤【取り上げ婆】　接生婆，產婆。

とりあ・げる◎【取り上げる】（動下一）①拿起，舉起。②接受，採納。③奪取，剝奪。「財産を～・げる」沒收財產。④接生。

とりあつか・う◎【取り扱う】（動五）①駕馭，操縱，操作。②處理（事物）。③辦理。④對待。「お客さんを～・う」接待來賓。

とりあつ・める⑤【取り集める】（動下一）　廣泛收集。

とりあみ④【鳥網】　鳥網。

とりあわせ◎【取り合わせ】　調配，搭配，配合，調合。

とりあわせ◎【鶏合わせ】　鬥雞。

とりあわ・せる⑤【取り合わせる】（動下一）　調配，搭配。

ドリアン①【durian】　榴槤。

とりい◎【鳥居】　鳥居。神社參拜道路入口處的大門。

とりいそ・ぐ④⑤【取り急ぐ】（動五）緊急。「～・ぎお知らせまで」緊急通知您。

トリートメント⑤【treatment】スル　保養，治療，護理，護髮。

ドリーネ②【doline】　滲穴，石灰井，落水洞。一種岩溶地形。

ドリーム②【dream】　夢，空想，幻想。

とりい・る◎【取り入る】（動五）討好，拍馬屁，獻殷勤。

とりい・れる◎【取り入れる】（動下一）①收進來。「洗濯物を～・れる」把洗好的衣物收進來。②收（割），收穫。「小麦を～・れる」收割小麥。③引進。「外

国の先進の技術を～・れる」採用外國先進技術。

とりうち⓪【鳥打ち】 ①打鳥。②「鳥打ち帽子」的簡稱。

とりうちぼうし④【鳥打ち帽子】 鴨舌帽。

トリウム②【Thorium】 釷。

とりえ①【取り柄・取り得】 優點，長處。

トリエンナーレ⑤【義 triennale】 三年一度展覽會。

トリオ①【義 trio】 ①三人一組。②三重奏，三重唱。

とりおい①【鳥追い】 ①趕鳥，驅鳥。②驅鳥節。

とりおこな・う【執り行う】（動五）舉行，舉辦。

とりおさ・える⓪【取り押さえる】（動下一） ①逮住，抓住。「犯人を～・える」抓住犯人。②抑制住。

とりおどし⓪【鳥威し】 嚇鳥器物。

とりおと・す④【取り落とす】（動五）①摔。「茶碗を～・す」把碗摔了。②漏掉，遺漏。「集計から～・す」從總計中漏掉。

トリガー①【trigger】 ①（槍的）扳機。②扳手。照相機扳式的捲底片裝置。

とりかえし⓪【取り返し】 挽回，還原。「もう～がつかない」已經無法挽回。

とりかえ・す③【取り返す】（動五） ①收回，要回，拿回，提回。②恢復。「元気を～・す」恢復健康。

とりか・える⓪【取り替える】（動下一）①互換，掉換。②更換，頂替。

とりかか・る⓪【取り掛かる】（動五）開始做，著手。

とりかご⓪【鳥籠】 鳥籠。

とりかこ・む⓪【取り囲む】（動五）包圍，環繞，包繞。「城を～・む」環繞城池。

とりかじ⓪【取り舵】 左舵。↔面舵おもかじ。「～いっぱい」左滿舵。

とりかたづ・ける⓪【取り片付ける】（動下一） 收拾乾淨，整理好。

とりかぶと⓪【鳥兜】 ①鳥盔。日本舞樂多重套裝用的一種頭盔。②烏頭。毛茛科烏頭屬植物的總稱。

とりかわ・す⓪【取り交わす】（動五）交換（意見），互換。「契約書を～・す」簽訂（互換）契約。

とりき・める⓪【取り決める】（動下一）決定，商定。「スケジュールを～・める」決定行程。

とりくず・す④【取り崩す】（動五） ①拆掉，拆除。②零取。「預金を～・す」零取存款。

とりくち⓪【取り口】 摔法，練法，相撲入門。

とりくみ⓪【取り組み】 ①投入某事。②組合，配合。③分組。相撲運動中的比賽組合。

とりく・む⓪【取り組む】（動五） 交手。②埋頭，投入。「仕事に～・む」努力工作。

トリクロロエチレン⓪【trichloroethylene】三氯乙烯。

とりけ・す④【取り消す】（動五） 取消，撤銷。

とりこ⓪【取り粉】 浮粉，浮麵。防止黏手等的麵粉。

とりこ①【虜・擒】 俘虜。「恋の～」愛情的俘虜。

とりこしぐろう④【取り越し苦労】スル 杞人憂天；自尋煩惱；瞎操心。

トリコット①【法 tricot】 特里科經編織物，羅紋織物。

とりこぼ・す④【取りこぼす】（動五）本不該輸。

とりこみ⓪【取り込み】 ①拿進來。②抓瞎，忙亂。

とりこみさぎ【取り込み詐欺】 騙取詐欺。

とりこ・む⓪【取り込む】（動五） ①收進來，拿入，攝入。「洗濯物を～・む」把洗好的衣服收進來。②據為己有。③拉籠。④忙亂。

トリコモナス④【拉 trichomonas】 滴蟲。

とりごや⓪【鳥小屋】 鳥窩，雞窩。

トリコロール④【法 tricolore】 三色。

とりころ・す[0][4]【取り殺す】（動五） 折磨死。

とりこわ・す[0]【取り壊す・取り毀す】（動五） 拆毀，拆掉。

とりざかな[3]【取り肴】 自取菜餚。

とりさ・げる[0]【取り下げる】（動下一） 撤銷。

とりざた[2]【取り沙汰】スル 談論，傳說，議論。

とりさば・く[4]【取り捌く】（動五） 處理事情，處置。

とりざら[2]【取り皿】 分菜碟，配菜碟，餐盤。

とりさ・る[0]【取り去る】（動五） 去掉，拿走。「水の中の不純物を～・る」去掉水裡的雜質。

とりしき・る[0]【取り仕切る】（動五） 一手承辦，全權處理，掌管，攬下。

とりしまり[0]【取り締まり】 ①監督，管理，掌管。②「取締役」的簡稱。

とりしまりやく[5]【取締役】 董事。

とりしま・る[0]【取り締まる】（動五） ①監管。②監督，懲戒。

とりしら・べる[0]【取り調べる】（動下一） ①深入調查。②訊問。

とりすが・る[0]【取り縋る】（動五） 扶住，依偎，緊靠。

とりすま・す[0]【取り澄ます】（動五） 裝模作樣，一本正經。「～・した顔つき」裝模作樣的表情。

とりそろ・える[0]【取り揃える】（動下一） 備齊，準備齊全。

とりだ・す[3]【取り出す】（動五） ①取出。②選出，提取出。

とりたて[0]【取り立て】 ①催討，催繳，催收。「借金の～」討債。②提拔，提升。「主君のお～」主公的提拔。③剛摘下，剛捕獲。「～のイチゴ」剛摘的草莓。

とりた・てる[0]【取り立てる】（動下一） ①催繳，催收，徵收。②強調。「～・て言うほどのこともない」並不值得強調。③（特別重視而）提拔，提升。「部長に～・てる」提升爲部長。

とりちが・える[0]【取り違える】（動下一） ①取錯，拿錯。②搞錯，弄錯。「言葉を～・えた」把話聽錯了。

とりちら・す[4]【取り散らす】（動五） 搞亂。

とりつ[1]【都立】 都立。由東京都設立。「～高校」都立高中。

とりつぎ[0]【取り次ぎ・取次】 ①仲介，轉達。「電話の～」電話的轉達。②經銷，代銷，代辦，代理。

トリッキー[2]【tricky】（形動） ①奇特，巧妙。「～な仕組み」巧妙的裝置。②不可大意的，狡猾的。

とりつ・く[0]【取り付く】（動五） ①扶住，揪住，依偎。②開始做，著手。「新しい研究に～・く」著手新的研究。③附體。「取り付く島がない」①不好接近；無所適從。②無依無靠，毫無辦法。

トリック[2]【trick】 詭計，計謀，花招，策略。

とりつ・ぐ[0]【取り次ぐ】（動五） ①傳達，轉達。「伝言を～・ぐ」捎口信。②傳達，通報。③居間，代理。

とりつくろ・う[0]【取り繕う】（動五） ①縫補，修理。②掩蓋，掩飾，粉飾。「口先でミスを～・う」拿話圓場。③遮掩，蒙混。臨時遮掩自己的過失等。

とりつけ[0]【取り付け】 ①安裝，聯接。②常從固定店購買。③擠兌。

とりつ・ける[0]【取り付ける】（動下一） ①安裝，裝配。②取得。「了解を～・ける」取得諒解。

トリップ[2]【trip】 旅遊，短途旅行。

ドリップ[2]【drip】 ①滴濾式。②滴出物。

とりて[3]【捕り手】 捕快，捕吏。

とりで[0]【砦】 ①城寨，據點，小城堡。②堡壘，要塞。

とりどく[0][2]【取り得】 拿到才算得利。

とりとめ[0]【取り留め】 （談話等的）要點，要領。「～のない話」不得要領的講話。

とりと・める[0]【取り留める】（動下一） 保住。「一命を～・める」保住一條性命。

とりどり②【取り取り】　各式各樣，繽紛。「色～」五彩繽紛。

とりなお・す②【取り直す】（動五）　①重新拿。②重振精神。「気を～してよく勉強する」振作精神，努力學習。③重新比賽。

とりな・す⓪【執り成す】（動五）　①說和，調解。②勸說，勸解。③周旋。應付過關。

とりにが・す⓪【取り逃がす】（動五）　逃脫。

とりにく⓪【鳥肉】　禽肉，鳥肉，雞肉。

とりのいち⓪【酉の市】　酉市。11月酉日在鷲神社舉行的廟會。

とりの・ける⓪【取り除ける】（動下一）　拿掉，去掉，除掉。

とりのこ⓪【鳥の子】　①蛋。②雛鳥。③仿羊皮紙。④淡黃色，雞蛋皮色。

とりのこがみ⓪【鳥の子紙】　仿羊皮紙，蛋皮色上等日本紙。

とりのこ・す⓪【取り残す】（動五）　①留下，剩下，留一部分。②落伍。「時代に～・される」落後於時代。被時代淘汰。

とりのぞ・く⓪【取り除く】（動五）　拿掉，除掉，拆掉。

とりはから・う⓪【取り計らう】（動五）　善處，照顧，安排。「適当に～・う」適當的處理。

とりはこ・ぶ⓪【取り運ぶ】（動五）　進展，推進。「うまく～・んで行く」進展順利。

とりばし⓪【取り箸】　公筷。

とりはず・す⓪【取り外す】（動五）　①拆卸，卸下。②失手掉下，沒抓住掉下。

とりはだ⓪【鳥肌】　①雞皮疙瘩。②粗糙皮膚。

とりはな・す⓪【取り離す】（動五）　①鬆開，脫手。②拆除，卸下。

とりはら・う⓪【取り払う】（動五）　拆掉，撤除。

トリハロメタン⑤【trihalomethanes】　三鹵甲烷。

トリビアル②【trivial】（形動）　瑣碎

的，枝節的。

とりひき⓪【取引】ぇぇ　①交易。②交易。爲了相互的利益，採納雙方的主張要求並達成妥協。

とりひきさき⓪【取引先】　往來客戶，顧客。

とりひきじょ⑤【取引所】　交易所。

とりふだ⓪【取り札】　抓取牌。日本和歌紙牌時，放在下面讓大家拿取的牌。⟷読み札

トリプル①【triple】　三個，三層。

ドリブル⓪【dribble】ぇぇ　①盤球，運球。②帶球，運球。手球、籃球中一邊用手拍球一邊前進。

トリプルプレー⑤【triple play】　三振。

とりぶん⓪【取り分】　應得份額，配額。

トリマー②【trimmer】　寵物美容師。

とりまえ⓪【取り前】　應得份額，分得份額，配額。

とりまき⓪【取り巻き】　捧場者，拍馬屁者。

とりまぎ・れる⓪【取り紛れる】（動下一）　①混進去，混入。②繁忙紛擾。「～・れて忘れた」一忙亂就忘記了。

とりま・く⓪【取り巻く】（動五）　圍繞，包圍，包繞。

とりまと・める⓪【取り纏める】（動下一）　①歸攏，匯總。「意見を～・める」匯總意見。②玉成，促成。「縁談を～・める」促成親事。

とりまわ・す②【取り回す】（動五）　①善處，應酬。②傳遞。

とりみだ・す⓪【取り乱す】（動五）　①搞亂，弄亂。②心慌意亂，失去理智，缺少理智，手忙腳亂。

トリミング⓪【trimming】ぇぇ　①裁切。②滾邊。③修剪，修整。

トリム⓪【trim】　縱傾。

とりむす・ぶ⓪【取り結ぶ】（動五）　①締結。②撮合。③巴結，討好。「ご機嫌を～・ぶ」討好別人。巴結人。

とりめ⓪【鳥目】　麻雀眼。夜盲症的俗名。

とりもち⓪【取り持ち】　①調停，撮合。「～役」從中周旋的人。②應酬，接

待。

とりもち[0][3]【鳥黐】　黏鳥膠，黏蟲膠。

とりも・つ[0]【取り持つ】（動五）　①撮合，調解，斡旋。「仲を～・つ」撮合關係。②應酬，招待，接待。

とりもど・す[4]【取り戻す】（動五）　收回，恢復，撿回。「健康を～・す」恢復健康。

とりもなおさず[5]【取りも直さず】（連語）　就是，簡直。

とりもの[2]【捕り物】　逮捕犯人，捉拿犯人。

とりものちょう[0]【捕り物帳】　①捕物帳。江戸時代，捕吏等記錄偵查、逮捕犯人的記錄本。②捕物帳。以江戸時代捕吏爲主角的小說名稱。「半七～」《半七捕物帳》。

とりやま[0]【鳥山】　海鳥集聚。

とりや・める[0]【取り止める】（動下一）　停止。

トリュフ[1]【法 truffe】　松露。

とりょう[0]【塗料】　塗料。

どりょう[1]【度量】　①度量。刻度尺和計量器。②度量。心胸寬廣程度。

どりょうこう[2]【度量衡】　度量衡。

どりょく[1]【努力】スル　努力。「いっそ～をかたむける」再接再勵。

とりよせ[0]【鳥寄せ】　誘鳥。

とりよ・せる[0]【取り寄せる】（動下一）　①拉過來。②讓人拿來，讓人送來。

トリル[2]【trill】　〔音〕顫音。

ドリル[2]【drill】　①鑽頭。②電鑽，鑽床，鑽機。③鑽研，反覆練習。

トリレンマ[3]【trilemma】　①三難困境，三重苦。②三難困境。通貨膨脹、失業、國際收支赤字同時發生的狀態。

とりわけ[0]【取り分け】（副）　尤其，特別，格外。「～今日は暖かい」今天特別暖和。

とりわ・ける[0]【取り分ける】（動下一）　①分取。②挑出來。「不良品を～・ける」把次級品挑出來。

ドリンク[2]【drink】　①飲料。②保健飲品。「～剤」保健口服液。

ドリンクざい[4]【一剤】　保健藥，保健口服液。

と・る[1]【取る】（動五）　①取，拿。「本棚から雑誌を～・る」從書架上拿雜誌。②占爲己有。「天下を～・る」謀取天下。③理解。「悪く～・る」往壞處理解；理解得差。④收集，收穫。「米が～・れる」收稻米。⑤掙，得到。「月給を～・る」掙月薪。⑥攝取。「食事を～・る」吃飯；攝食。⑦合著，協調。「拍子を～・る」打拍子。⑧取得，獲得允許。「了解を～・る」取得諒解。⑨預先約定。「部屋を～・る」訂房間。⑩訂。進行交易。「注文を～・る」訂貨。⑪訂購。「寿司を～・る」訂叫壽司。「新聞を～・る」訂閱報紙。⑫迎娶。「婿を～・る」招女婿。⑬取得。接觸上。「連絡を～・る」取得聯繫。⑭記錄，抄寫。「メモを～・る」記筆記。⑮承擔。「担保を～・る」承擔擔保。⑯除去。「よごれを～・る」去污。⑰脫掉。「帽子を～・る」摘帽子。⑱偷。「財布を～・られる」錢包被偷。⑲收取。「税金を～・る」收稅金。⑳負。承受。「責任を～・る」負責。㉑招致壞結果。「不覚を～・る」自取其辱。

と・る[1]【捕る】（動五）　捕。「魚を～・る」捕魚。

と・る[1]【採る】（動五）　①採集。「果物を～・る」摘水果。②採取，錄取。「弟子を～・る」選收徒弟。「よい手段を～・る」採取好辦法。③拿出來，提取，榨取。「皿を～・る」把盤子拿出來。「大豆から油を～・る」從大豆中榨油。④採入。「あかりを～・る」採光。

と・る[1]【執る】（動五）　①執。「筆を～・る」執筆。②採取。「柔軟な態度を～・る」採取靈活的態度。③辦公，執行。「事務を～・る」辦事。

と・る[1]【撮る】（動五）　拍攝。「写真を～・る」照相。

ドル[1]〔源自荷 dollar（ドルラル）〕①元，美元。②金錢，錢。「～入れ」錢包。

トルエン[2]【toluene】　甲苯。

トルク[1]【torque】　轉矩，扭矩，扭力。

トルコいし◎【―石】 綠松石。

トルコぶろ◎【―風呂】 土耳其浴。

トルコぼう◎【―帽】 土耳其帽。

トルソ◎【義 torso】 軀幹雕像。

トルテ◎【德 Torte】 鮮奶油蛋糕。

トルティーヤ◎【西 tortilla】 玉米捲餅。

トルネード◎【tornado】 颶風，龍捲風。

ドルばこ◎【―箱】 ①金庫，保險箱。②搖錢樹，財庫，財源。「彼は会社の～だ」他是公司的搖錢樹。「～路線」錢匣子路線；財源渠道。

ドルビーシステム◎【Dolby System】 杜比系統。

ドルフィン◎【dolphin】 海豚。

ドルフィンキック◎【dolphin kick】 海豚式打水。

ドルマンスリーブ◎【dolman sleeve】 蝙蝠袖。

ドルメン◎【dolmen】 石棚，石室墳塚墓。

どれ◎【何れ】（代） 哪個，任何一個。「～を選ぶかは君の自由だ」挑選哪個是你的自由。「～もこれも似たり寄ったりだ」哪個都差不多。

どれ（感） 哎，喂。

トレアドール◎【西 toreador】 騎馬鬥牛士。

トレアドールパンツ◎【toreador pants】 緊身女短褲。

どれい◎【土鈴】 土鈴，陶鈴。

どれい◎【奴隷】 ①奴隸。②奴隸。成為某種東西俘虜的人。「金銭の～となる」成為金錢的奴隸。

トレー◎【tray】 托盤。

トレーサー◎【tracer】 ①追蹤物質，追蹤劑。②描圖員。

トレーシングペーパー◎【tracing paper】 描圖紙，透寫紙。

トレース◎【trace】スル ①描記，謄寫。②腳印，蹤跡。

トレーダー◎【trader】 自營商。

トレーディングカード◎【trading card】 集換式卡片，交換卡。

トレーディングスタンプ【trading stamp】 贈品券。

トレード◎【trade】スル ①交易，貿易，買賣。②交換選手，轉隊籍。

トレードオフ◎【trade-off】 抉擇。

トレードマーク◎【trade mark】 ①註冊商標。②（使某人明顯區別於他人的）好特徵。

トレーナー◎【trainer】 ①教練員。②馴獸師。③訓練服，練習裝。

トレーニング◎【training】スル 訓練，練習，鍛鍊。

トレーニングウエア◎【training wear】 運動服。

トレーニングパンツ◎【training pants】 運動褲。

ドレープ◎【drape】 ①下垂褶，懸垂性。②簾子，幔。

トレーラー◎【trailer】 ①拖車。②電影預告片。

トレーラーハウス◎【trailer house】 拖曳式房屋。→キャンピング-カー

トレーラーバス◎【trailer bus】 大拖掛車。

ドレーン◎【drain】 排水管，下水道，排水溝。

ドレス◎【dress】 ①衣服。西服、服裝的總稱，尤指女式西裝。②女禮服。

ドレスアップ◎【dress up】スル 穿禮服。

ドレスメーカー◎【dressmaker】 女裝成衣師，裁縫店。

とれだか◎【取れ高】 收成，產量。

とれたて◎【取れ立て】 剛收的，剛摘的，新鮮的。

トレッキング◎【trekking】 徒步旅行。

ドレッサー◎【dresser】 ①穿著講究的人。②梳妝台。

ドレッシー◎【dressy】（形動） ①時髦的。②講究的。

ドレッシング◎【dressing】 ①穿戴，打扮。②沙拉醬。

トレパン◎ 運動褲。

トレビアン◎【法 très bien】（感） 非常好。

どれほど◎【何程】 ①多少，若干。「値段は～でしょうか」價格多少。②多麼。「～楽しいことか」多麼快樂啊。

ドレミ【義 do re mi】 do re mi。音階，尤指由7音構成的全音階。「～で歌う」用do re mi唱。

トレモロ[0]【義 tremolo】 震音。

トレリス【trelis】 格形籬笆，花格牆。

と・れる[0]【取れる】（動下一） ①掉下，脫落。「ボタンが～・れる」扣子掉了。②消除，消失。「痛みが～・れた」疼痛消失了。③批准。「ビザが～・れる」簽證批准了。④可以解釋，可以理解。「どっちにも～・れる返事」模稜兩可的答覆。⑤調和，勻稱，平衡。「バランスが～・れている」保持著平衡。⑥花費，需要。「手間が～・れそうだ」好像很費功夫。

トレンチコート[5]【trench coat】 軍用大衣，軍用風衣。

トレンディー[2]【trendy】（形動） 趕時髦的，最新流行，時代尖端。「～-ドラマ」流行劇。

トレンド[2]【trend】 傾向，趨勢。

とろ[1] 鮪魚肚。

とろ[1]【瀞】 河水深處，深緩流處。

とろ[1]【吐露】スル 吐露。「真情を～する」吐露真情。

どろ[2]【泥】 ①泥，軟泥。②「泥棒」的簡稱。「介抱～」假裝照顧人趁機偷東西的賊。「～のように眠る」酣睡。「～をかぶる」背黑鍋。

とろ・い[2]（形） ①遲鈍，愚笨，呆傻。②柔和，溫和。

トロイカ[2]【俄 troika】 三匹馬馬車。

トロイカほうしき[5]【―方式】 三巨頭制。

とろう[0]【徒労】 徒勞。「～に終わる」徒勞一場。

どろえのぐ[3]【泥絵の具】 泥畫顏料。

ドロー[2]【draw】 ①分組抽籤。②（體育）打成平手，不分勝負。

トローチ[2]【troche】 口含錠，口服錠。

トローリング[0][2]【trolling】 曳繩釣，拖釣。

トロール[2]【trawl】 拖網。

とろか・す[3][0]【蕩す】（動五） 使溶化，使銷魂。

どろがめ[0]【泥亀】 鼈的異名。

とろくさ・い[4]（形） 慢吞吞的，優柔寡斷的，傻呼呼的。

とろ・ける[0]【蕩ける】（動下一） ①心蕩神馳，神魂顛倒。②溶化變軟。

どろじあい[3]【泥仕合】 互相揭瘡疤，互相揭祕。

どろた[0]【泥田】 泥田。

どろだらけ[3]【泥だらけ】 滿是泥或渾身是泥。

トロツキズム[4]【Trotskyism】 托洛茨基主義。

トロッコ[2] 運土車，台車，手推車。

トロット[2]【trot】 ①快步，疾走。②狐步舞。

ドロップ[2]【drop】スル ①〔drops〕水果糖。②沒考上，落第。③下墜球。

ドロップアウト[5]【dropout】スル 落伍（於社會），（從學校）中途退學。

ドロップキック[5]【dropkick】 落踢。橄欖球運動中，球落地第一次反彈上升的瞬間將球踢出的踢法。

ドロップショット[5]【drop shot】 網前吊球。

ドロップハンドル[5]【[和] drop+handle】 賽車手把。

どろどろ[1] 歌舞伎下座音樂的一種，在幽靈、施妖術者等出場時演奏，用長鼓槌擊打大太鼓。

どろなわ[0]【泥縄】 臨陣磨槍。「～式の勉強では及弟できない」臨陣磨槍是考不上的。

どろぬま[0]【泥沼】 ①泥沼。②泥淖。「～の争い」泥淖之爭。

どろのき[3]【泥の木】 遼楊的別名。

とろび[0]【とろ火】 微火，文火，弱火。「～で煮つめる」用微火燉爛。

トロピカル[2]【tropical】 ①「熱帶的」之意。②薄型織物，夏令織物。

トロフィー[2]【trophy】 獎盃，獎牌，獎章。

どろぼう[0]【泥棒】スル 小偷，賊。「～を捕らえて縄を綯なう」臨陣磨槍。臨時抱佛腳。

どろまみれ[5]【泥塗れ】 滿是泥，渾身是

泥。

とろみ◎◎【稠糊，勾芡。

どろみず◎【泥水】　①泥水，泥漿。②風塵，妓女生涯。「～稼業」風塵生涯。

どろやなぎ◎【泥柳】　遼楊。

どろよけ◎【泥除け】　汽車擋泥板。

トロリーバス◎【trolley bus】　無軌電車。

と

とろろ◎【薯蕷】　山藥泥，山藥汁。

とろろいも◎◎【薯蕷芋】　薯蕷。

とろろこんぶ◎【とろろ昆布】　①切絲海帶。②圓切氏海帶。

とろん◎【徒論】　徒論。

どろん◎スル　逃掉，跑掉，逃之夭夭。「～をきめこむ」急忙逃跑。逃之夭夭。

ドロンゲーム◎【drawn game】　平手。

どろんこ◎【泥んこ】　①泥。②滿身是泥。「～になって遊ぶ」玩得滿身是泥。

トロンボーン◎【trombone】　長號。

とわ◎【永久】　永久，永遠。「～の誓い」永遠不變的誓言。

トワイライト◎【twilight】　微光，微明。

とわずがたり◎【問わず語り】　不打自招，無意中洩漏，不問自答。

どわすれ◎【度忘れ】スル　瞬間遺忘。

トン◎【ton】　噸。

どん◎【丼】　大碗，蓋飯。「カツ～」炸豬排蓋飯。

どん◎【鈍】　鈍，遲鈍。「～な奴」遲鈍的傢伙。

どん◎　①矸。②午炮聲。

ドン◎【西 Don】　①先生。西班牙語中，冠於男性名字前面，表示尊敬。→セニョール。②首領，頭子。「暗黒街の～」黑街街老大。

とんえい◎【屯営】スル　屯營，駐紮。

どんか◎【鈍化】スル　鈍化。「刃が～した」刀刃變鈍了。

どんかく◎【鈍角】　鈍角。↔鋭角

とんかち◎　鐵錘。

とんカツ◎【豚一】　炸豬排。

とんがらか・す◎【尖らかす】（動五）　噘，弄尖。「口を～・して言う」噘著嘴說。

とんが・る◎【尖る】（動五）　尖，尖銳。

どんかん◎【鈍感】　麻木。↔敏感

どんき◎【鈍器】　①鈍器。「～でなぐられる」被用鈍器毆打。②鈍刀具。↔利器

ドンキー◎【donkey】　驢。

ドンキホーテがた◎【一型】　唐吉軻德型。

とんきょう◎【頓狂】（形動）　頓時瘋狂。「～な声を出す」發出頓時瘋狂的聲音。

トンキロ◎　噸公里。表示貨物運輸量的用語。

トング◎【tongs】　夾子。「サラダ～」沙拉夾。「ケーキ～」蛋糕夾。

どんぐり◎【団栗】　橡實。「～の背比べ」半斤八兩。

どんこう◎【鈍行】　慢車。↔急行

とんこつ◎【豚骨】　蒟蒻紅燒排骨。

とんコレラ◎【豚一】　豬瘟，豬霍亂。

ドンゴロス◎【dungarees】　黃麻袋，麻袋布。

とんざ◎【頓挫】スル　①頓挫，挫折。②頓挫，受挫夭折。

どんさい◎【鈍才】　蠢才。

とんし◎【頓死】スル　猝死。

とんじ◎【豚児】　犬子。

とんじ◎【遁辞】　遁詞。「～を弄する」玩弄遁詞。

とんしゃ◎【豚舍】　豬舍，豬圈，豬窩。

とんじゃく◎【頓着】スル　介意，在意。「物事に～しない性質」對什麼事都不介意的性格。

とんしゅ◎【頓首】スル　頓首。「草々～」草草頓首。

どんじゅう◎【鈍重】　笨重，遲鈍。

どんじり◎【どん尻】　最尾巴。

とんじる◎【豚汁】　豬肉湯。

どんす◎【緞子】　緞子。

とんずら◎◎スル　（俗語）逃跑。

どん・する◎【鈍する】（動サ變）（變）鈍，變蠢。「貧すれば～・する」貧則鈍。

とんせい◎【遁世】スル　①遁世，隱遁。②〔佛〕遁世。

とんそう◎【遁走】スル　遁走，逃走。

どんそく◎【鈍足】　跑得慢，亦指其人。
→俊足

どんぞこ◎【どん底】　最底層，谷底。「～
の生活」最底層的生活。

とんだ◎（連體）　①意外的。「～ことが
起った」發生了意外的事情。②不可思
議的，毫無道理的。「～お笑いぐさだ」
不可思議的笑料。

ドンタク◎〔源自荷 zondag〕星期日，假
日。

とんち◎【頓智】　機智，機靈。

とんちき◎【頓痴気】　蠢貨，笨蛋。「こ
の～め」這個蠢貨。

とんちゃく◎【頓着】スル　介意，在意。
「人の気持ちに～しない」不體諒別人
的心情。

どんちゃんさわぎ◎【どんちゃん騒ぎ】
發酒瘋。

どんちょう◎【緞帳】　①捲幕。劇場中，
將舞臺與觀眾席隔開，能上下開啓的厚
布幕。②緞帳。江戸時代，演短劇或臨
時搭演戲台時，能上下開啓的簡易布
幕。③帶花的厚布，常用做帷幕。

とんちんかん◎【頓珍漢】　①自相矛盾，
前後不符。「～な返事をする」前言不搭
後語的回答。②言行愚蠢（者）。

どんつう◎【鈍痛】　鈍痛。

どんづまり◎【どん詰まり】　①最終，到
底。②盡頭。道路的終點。「路地の～」
巷子的盡頭。

とんでもな・い◎（形）　①意外的。「～
・いことでしかられた」因意外的事，
沒想到挨了一頓罵。②極其荒唐，毫無
道理的。「～・いことをする」做極其荒
唐的事。③哪裡的話。

とんでん◎【屯田】　屯田。

どんてん◎◎【曇天】　陰天。

どんでんがえし◎【どんでん返し】　①迅
速轉換布景裝置。②急轉直下。「～の結
末」急轉直下的結局。

とんと◎◎（副）　①徹底，完全。「～忘れ
た」完全忘了。②（下接否定語）一點
也…。「～聞かない」一點也不聽。

どんとう◎◎【鈍刀】　鈍刀。

ドントほうしき◎【一方式】　唐特方式。
在比例代表選舉中，一種決定當選人的
方式。

とんとん◎（形動）　①不相上下。②不賠
不賺。「差引き～になる」扣除開支，不
賠不賺。

とんとんびょうし◎【とんとん拍子】　順
順利利。「～に出世する」一帆風順地取
得成就。

どんな◎（形動）　怎樣的。「～映画がす
きですか」你喜歡看什麼樣的電影呢？

トンネル◎【tunnel】スル　①隧道。②漏
接。

とんび◎【鳶】　①鳶。②順手牽羊的人。
「～に油揚げを攫われる」油豆腐被鳶
叼走。

どんぴしゃり◎（副）　完全一致。

ドンファン◎◎【西 Don Juan】　①唐璜。
②色棍，色鬼，好色之徒。

とんぷく◎【頓服】スル　每頓服用。一次把
一包藥全服下去。

どんぶり◎【丼】　①大碗，大碗公。②
「どんぶり物」的簡稱。③前兜。工匠
圍裙前部裝東西的口袋。

どんぶりかんじょう◎【丼勘定】　無計劃
的開支，隨意花錢。

とんぼ◎【蜻蛉】　蜻蜓。

とんぼがえり◎【蜻蛉返り】スル　①空翻。
②馬上返回。「～の出張」馬上返回的出
差。

どんま◎【鈍麻】スル　麻木。「神経が～す
る」神經麻木。

ドンマイ◎（感）　沒關係，別介意。

とんや◎【問屋】　①批發商，批發店，行
紀。②（比喻）專幹這種事的人。「あの
人は病気の～だ」他容易生病。

とんよく◎【貪欲】　〔佛〕貪欲。十惡之
一。

どんらん◎【貪婪】　貪婪。

どんわん◎【鈍腕】　沒才幹，手藝笨拙。
→敏腕

な◎【名】　①名稱。「花の～」花名。②人名。人被叫慣的名字，姓名。③名氣，名望。評價聲譽。「名人の～が高い」名人的名望高。④名目，形式。「ホテルとは～ばかり」飯店有名無實。⑤藉口，口實。「開発の～のもとに自然を破壊する」借開發之名，破壞自然。⑥名義。「～を借りる」借用人的名義。

な【菜】　①菜，蔬菜，青菜。②油菜。「～の花」油菜花。

ナーシングホーム◎【nursing home】　保育院，養老院。

ナース◎【nurse】　護士。

ナースコール◎【⑪nurse+call】　呼叫護士裝置。

ナースステーション◎【nurse station】　護士辦公室，護理站。

なあて◎【名宛て】　指定收件人，收件人姓名。

ナーバス◎【nervous】　（形動）神經質，神經過敏。

ない◎【内】　内。

な・い◎【無い】　（形）①沒有，無。「池に水が～・い」水池裡沒有水。「金が～・い」沒錢。②不到，不足。「駅まで1キロも～・い」到車站才不到1公里。③（接「…こと」後）表示否定。「欲しくないことも～・い」並非不想要。「まだ行ったことは～・い」還沒去過。④（補助形容詞）表示否定某種狀態。「それほど寒く～・い」不那麼冷。「まだ夕食を食べて～・い」還沒吃晚飯。

ないあつ◎【内圧】　内壓内部壓力。↔外壓

ないい◎【内意】　内心話，心意。「～を伝える」傳達心意。

ナイーブ◎【naive】　（形動）天真，純樸，樸實。

ないいん◎【内因】　内因。↔外因。

ないえつ◎【内閲】　スル　①私下閲覽，秘密查閲。②秘密檢閲。

ないえん◎【内苑】　内苑。↔外苑

ないえん◎【内縁】　事實婚姻。

ないおう◎【内応】　スル　内應。

ないおう◎【内奥】　内心深處，靈魂深處。「人間心理の～」人類内心的深處。

ないか◎【内科】　内科。

ないかい◎【内海】　内海。↔外海

ないかい◎【内界】　内心世界，精神世界。↔外界

ないがい◎【内外】　①内外，裡外。②國内外。「～の情勢」國内外形勢。③左右，上下。「百人～」一百人左右。

ないかく◎【内角】　①〔數〕内角。②本壘内角。↔外角

ないかく◎【内核】　内核。

ないかく◎【内閣】　内閣。

ないかくかんぼうちょうかん◎【内閣官房長官】　内閣官房長官。

ないかくそうりだいじん◎【内閣総理大臣】　内閣總理大臣，首相。

ないがしろ◎◎【蔑ろ】　蔑視，輕蔑。「人を～にする」瞧不起人。

ないかん◎【内患】　内患。↔外患。「～外憂」内憂外患。

ないかん◎【内観】　スル　①〔佛〕内觀。一種閉目深思的修行法。②内心反省，内省。

ないき◎【内規】　内部規定，内部規章，内部守則。

ないぎ◎【内儀・内義】　内掌櫃。「お～」女掌櫃；老闆娘。

ないきょく◎【内局】　内（部）局。↔外局

ないきん◎【内勤】　内勤。↔外勤

ないくう◎【内宮】　内宮。指伊勢皇大神宮。↔外宮

ないこう◎【内向】　スル　内向，内傾。↔外向。「気持ちが～する」性格内向；心情不外露。

ないこう◎【内攻】　スル　①内攻。疾病在身

體內部浸潤，並侵入內臟。②攻心，鬱結。

ないこう◎【内訌】スル　內訌。

ないこきゅう◎【内呼吸】　內呼吸。↔外呼吸

ないこく◎【内国】　國內。

ないさい◎【内妻】　事實婚妻。

ないさい◎【内債】　內債。↔外債

ないざい◎【内在】スル　內在。↔外在。

ないし◎【乃至】（接續）　①至。「5日～7日の道のり」5至7天的路程。②或，或者。「大学卒業者～それに準ずる者」大學畢業或相當於大學畢業的人。

ないじ◎【内示】スル　私下指示，秘密指示。「転任の～を受ける」接到調動工作的秘密指示。

ないじ◎【内耳】　內耳。→骨迷路・膜迷路

ないしきょう◎【内視鏡】　內視鏡，內診鏡。→ファイバー-スコープ

ないしつ◎【内室】　內室，妻室，太太，夫人。

ないじつ◎【内実】　①真相，內情。「～を告げる」告知內情。②實際，本來，其實。「私も～弱っている」實際上我也無能爲力。

ないしは◎【乃至は】（接續）．「ないし」的加強語。

ないじゅ◎【内需】　內需。↔外需

ないじゅうがいごう◎【内柔外剛】〔易經〕內柔外剛。↔外柔内剛

ないしゅっけつ◎【内出血】スル　內出血。↔外出血

ないしょ◎◎【内証・内緒】　①保密，不公開。②內事，家事，生活。「～は苦しい」家裡生活困苦。

ないじょ◎【内助】　內助。「～の功」賢內助之功。

ないじょう◎【内情・内状】　內情。

ないしょく◎【内職】スル　①副業，業餘打工。②家庭副業。

ないしん◎◎【内心】　①內心。②〔數〕內心。↔外心

ないしん◎【内診】スル　內診。

ないじん◎【内陣】　內陣，內殿。↔外陣

ないしんしょ◎【内申書】　考生成績報告書。

ないしんのう◎【内親王】　內親王。

ナイス◎【nice】　形容漂亮，美好，精彩等意的詞語。「～ボール」好球。

ナイズ（接尾）　…化。「アメリカ～」美國化。

ないせい◎【内政】　內政。↔外政

ないせい◎【内省】スル　內省。

ないせいかんしょう◎【内政干渉】　干涉內政。

ないせつ◎【内接】スル　〔數〕內接，內切。↔外接

ないせん◎【内戦】　內戰，國內戰爭。

ないせん◎【内線】　①內側的線。②內線，分機。↔外線

ないそう◎【内奏】スル　秘密上奏。

ないそう◎【内装】スル　內部裝潢。↔外装

ないぞう◎【内蔵】スル　內藏，蘊藏。

ないぞう◎【内臓】　內臟。

ナイター◎【⑩ night+er】　（棒球等的）夜間比賽。↔デー-ゲーム

ないだい◎【内題】　內標題。→外題

ないだいじん◎【内大臣】　內大臣。

ないだく◎【内諾】スル　私下承諾。「～を得る」得到私下同意。

ないだん◎【内談】スル　私下商談。

ないち◎【内地】　①內地。國內。②內地。指日本本國的土地。③內地。北海道、沖繩等地的人對本州等地的稱呼。④內陸。

ナイチンゲール◎【nightingale】　夜鶯，歌鴝。

ないつう◎【内通】スル　私通，暗地勾結敵人。「敵と～する」暗地通敵。

ないてい◎【内定】スル　內定。「採用が～する」內定錄用。

ないてい◎【内偵】スル　暗中偵察，秘密偵察。

ないていひ◎【内廷費】　內廷費。皇室費用的一種。

ないてき◎【内的】（形動）　①內在的。↔外的。「～な要因」內在因素。②精神的，內心的。

ないてん⓪【内典】 内典。佛教中稱佛教自己的經典。↔外典

ナイト①【knight】 ①（中世紀歐洲的）騎士。②爵士。

ナイト①【night】 夜。「オール-~」通宵；徹夜。

ナイトガウン④【nightgown】 長睡袍。

ナイトキャップ④【nightcap】 ①睡帽。②睡前酒。

ないどきん⓪【内帑金】 内帑金。君主的手頭現款。

ナイトクラブ④【nightclub】 夜總會。

ナイトゲーム④【night game】 夜間比賽，夜場比賽。↔デー-ゲーム

ないない⓪②【内内】 ①①不外露，暗地裡。「~の話」秘密話。②内心。②（副）①私下地。「~お知らせする」暗中通知。②暗自。「~心配する」暗地裡擔心。

ないねんきかん④【内燃機関】 内燃機。↔外燃機関

ないはつてき⓪【内発的】（形動） 内發的，自發（的），自然發生（的），内部發生（的）。

ないはんそく⓪【内反足】 内翻足。↔外反足

ないひ⓪【内皮】 内皮。→外皮

ナイフ①【knife】 ①小洋刀。②西餐刀。

ないぶ①【内部】 ①内部。「箱の~にしかける」裝設在箱子裡面。②組織内部。「企業の~」企業内部。↔外部

ないふくやく④【内服薬】 内服藥，口服藥。↔外用薬

ないぶこうさく⑤【内部工作】 内部工作。

ないふん⓪【内紛】 内部糾紛。内訌。

ないぶん⓪【内分】 スル ①不公開。②〔數〕内分。↔外分

ないぶん⓪【内聞】 スル ①私下聽到。「~に達する」暗地裡聽到。②保密，不公開。「~に済ます」秘密了結。私下解決。

ないぶんぴつ④【内分泌】 内分泌。↔外分泌

ないぶんぴつせん⑥【内分泌腺】 内分泌腺。↔外分泌腺

ないへき⓪【内壁】 内壁，内牆。↔外壁

ないほう⓪【内包】 スル ①含有，包含。「可能性を~する」含有可能性。②〔論〕〔intension, connotation〕内涵，内含内容。↔外延

ないほう⓪【内報】 スル 内報，密報，内部消息。

ないまぜ⓪【綯交ぜ】 ①混撚，混搓。②混合摻雜，交織。

ないみつ⓪【内密】 保密。

ないむ①【内務】 内務。國内的政務。

ないめい⓪【内命】 スル 密令。

ないめん⓪③【内面】 ①内面。②内面，内心。↔外面。「~の苦悩」内心的苦悩。

ないめんてき⓪【内面的】（形動） 内部的，内心的，内在的。↔外面的。「~な変化」内心的變化。

ないものねだり④【無い物ねだり】 没有的東西偏要想象。

ないや⓪【内野】 内野。↔外野

ないやく⓪【内約】 スル 私下約定，密約。

ないゆう⓪【内憂】 内憂，内患。↔外憂

ないよう⓪【内容】 ①内容。容器等所裝的東西。②内容。事物的實質或價值所在。「あの人の話はおもしろいけれど~がありませんね」他的話雖然有趣，可是内容空洞呀。↔形式

ないようやく④【内用薬】 内服藥。↔外用薬

ないらん⓪【内乱】 内亂。

ないらん⓪【内覧】 スル 内部閲覧，内部觀賞。「書類を~する」内部閲覧文件。

ないり⓪【名入り】 寫上名字。

ないりく⓪【内陸】 内陸。

ないりくきこう⑤【内陸気候】 内陸（性）氣候。↔海岸気候

ないりくこく⓪【内陸国】 内陸國。

ないりんざん③【内輪山】 内輪山，内火山錐，中央火山錐。

ないれ⓪【名入れ】 簽名，寫上名字，印上名字。「~辞書」署名辭書。

ナイロン①【nylon】 尼龍。

ないわくせい③【内惑星】 内行星。↔外

惑星

ナイン⓪【nine】 ①9，九。②〔因一個隊有九人〕棒球隊隊員。「ベスト-～」最佳九位選手。

な・う⓪【綯う】（動五）搓。

ナウ①【now】（形動）現代的，新式的，新潮的。「～な服装」新潮服裝。

ナウ・い②（形）現代的，新式的，新潮的。「～・い感覚」現代感覺。

なうて⓪【名うて】有名，著名。「～の名優」有名的名演員。

ナウマンぞう⓪【一象】諾氏古菱齒象。

なえ①【苗】①苗，秧。「～を植える」栽秧。②稻秧。

なえぎ⓪②【苗木】苗木。「～市」苗木市場。

なえどこ②【苗床】苗床。

な・える②【萎える】（動下一）①發麻，發愣。「手足が～・える」手腳發軟。②萎靡。③枯萎，蔫。

なお①【猶・尚】（副）①猶，尚，仍然，依然。「あの人は今も～元気です」他現在還很健康。②尚，繼續，如原來一般。「～いっそうのお引き立てを」尚請多加關照。③更加，愈發。「それなら～都合がいいです」要是那樣就更方便了。④尚，還。「憎んでも～余りある」尚有餘恨。⑤尚且。「昼～暗い杉並木」白天尚且陰暗的杉樹行道樹。⑥猶如。「過ぎたるは～及ばざるが如し」過猶不及。

なおかつ③【猶且つ】（副）①仍然，還是。②而且。

なおさら⓪【尚更】（副）更加，越發。「夕方になって雨は～ひどくなった」到了傍晚，雨越下越大。

なおざり⓪【等閑】等閑，忽視，玩忽。

なおし⓪【直し】①修繕，修理。②修改，改正。

なお・す②【直す】（動五）①修，修理。「テレビを～・す」修電視機。②改正，修訂。「文章を～・す」修改文章。③改正，復原。「欠点を～・す」改正缺點。「機嫌を～・す」恢復情緒，快活起來。④修補，整理。「化粧を～・す」補

妝。⑤修改，變更。「洋服の寸法を～・す」修改西服的尺寸。

なお・す②【治す】（動五）醫治。「病気が～・る」病好了。

なおなお②【尚尚・猶猶】①（副）更加，越發。②（接續）（在信等中）添加，附加，再者。

なおも①【尚も・猶も】（副）猶，仍，繼續。「雪は～降り続く」雪仍繼續下著。

なおらい⓪【直会】直會。祭神結束後，參加者分食神饌、神酒的儀式。

なお・る②【直る】（動五）①改正過來，矯正過來，恢復過來。「悪い癖が～・る」壞習慣改過來了。「機嫌が～・る」情緒恢復過來。②修理好。「故障が～・る」故障修好了。③更正。「誤記が～・る」筆誤更正過來。④改為適當的場所。「座敷に～・る」恢復為客廳。「正妻に～・る」扶為正室。

なお・る②【治る】（動五）痊癒，治好。「風邪が～・る」傷風痊癒。

なおれ⓪⓪【直れ】（感）向前看。「前へならえ。～」向前看齊！向前看！

なか①【中】①裡，中。某空間範圍的內側。「箱の～に果物を入れる」把水果裝在盒子裡。②中，裡。家庭、學校、公司等某組織或集團的內部。「会社の～のこと」公司中的事。③…中。就某事物限定一個範圍。「男の～の男」男中豪傑。④中間。「～にわってはいってけんかをやめさせた」插進中間去制止了打架。⑤中間。兩件事物之間。「～4日置いて登板する」中間隔四天再登場主投。⑥第二。階段、等級、順序等並排著三個中的第二個。「～の兄」二哥。⑦中，內。指抽象事物的內部。「心の～」心中；心裡；內心。⑧當中。某狀態進行之中。「会議の～」會議正在進行。「雨の～を出て行く」冒雨外出。

なが②【長・永】①長。「～袖」長袖。②長久。「～雨」持續雨；長時間降雨。③慢吞吞。「気～」慢性子；慢吞吞。

ながあめ⓪【長雨】長時間降雨，持續雨，連陰雨。「～手続く」淫雨連綿。

ながい₀【長居】ㇲㇽ 久坐。

ながいき₀₃【長生き】ㇲㇽ 長生，長命，長壽，壽命長。

ながいす₀【長椅子】 長椅子，長沙發。

ながいも₀【長芋・長薯】 家山藥。

なかいり₀₄【中入り】ㇲㇽ ①幕間休息，中間休息。相撲、戲劇、曲藝等的中途休息。「～後の取組」（相撲）中間休息後的比賽。②主角幕間退場。

ながうた₀【長唄】 長謠曲。

なかおち₀【中落ち】 帶肉魚脊骨。

ながおどり₃【長尾鶏】 長尾雞的別名。

なかおもて₃【中表】 反疊，反折疊。↔外表そとおもて

なかおれ₀【中折れ】ㇲㇽ ①中折，中凹。②禮帽，呢帽。

なかおれぼうし₅【中折れ帽子】 呢帽，氈帽，禮帽。

なかがい₀₂【仲買】 經紀，經紀人。「～人」經紀人。

ながき₀【長き・永き】 長久，永久。「20年の～にわたる裁判」長達20年之久的審判。

なかぎり₀【中限】 下月底交貨。→当限とうぎり・先限さきぎり

ながぐつ₀【長靴】 長靴，馬靴。

なかぐろ₀【中黒】 間隔號，中圓點。

なかご₀【中子・中心】 ①套匣的小匣。②瓤。③莖，芯刀柄，劍柄。

なかごろ₃₀【中頃】 ①中期。「七月の～」七月中旬。②中間的地方，中途。

なかし₀【仲仕】 碼頭工，搬運工，裝卸工。「沖～」船舶裝卸工。

ながし₃【流し】 ①流，沖，流放。「灯籠～」放河燈。②水池，洗滌槽。③沖洗處。④搓背（的）。「～をとる」要人搓背。⑤計程車串街攬客。「～のタクシー」流動的計程車。

ながしあみ₃【流し網】 流刺網。

ながしうち₀【流し打ち】 推棒輕擊，推棒順擊，短打。

なかしお₀【中潮】 中潮。

ながしかく₃【長四角】 長方形。

なかじき₀【中敷】 內鋪，內墊。

なかじきり₀【中仕切り】 ①隔牆。②隔板。

ながしこ・む【流し込む】（動五） 灌入，注入，澆注。

ながしだい₀【流し台】 水槽，洗滌台。

ながしどり₀【流し撮り】 跟拍。

ながしめ₀₃【流し目】 ①斜視。「～に見る」斜著眼看。②媚眼，秋波。「～を使う」拋媚眼。

ながしもと₀【流し元】 洗滌池旁邊。「食器を～に運ぶ」把餐具拿到流理台邊。

ながじり₀【長尻】 屁股沉，久坐。「～の客」久坐之客。

なかす₀【中州・中洲】 河中沙洲。

なか・す【泣かす】（動五） 弄哭。

なが・す【流す】（動五） ①使流動，沖走，倒，潑。「水を～・す」倒水；潑水。②使漂浮，使漂流，沖走。「舟を～・す」使船漂走。③掉落，流下。「涙を～・す」流眼淚；掉淚。④播送，傳遞。「情報を～・す」傳遞情報。「ニュースを～・す」播送新聞。⑤傳開。「デマを～・す」散布謠言。⑥流放，放逐。「さびしい島に～・される」被流放至荒島上。⑦非法出售。「暴力団に～・す」非法出售給暴力集團。⑧沿街攬客，流動。「タクシーが町を～・す」計程車沿街招攬乘客。

ながすくじら₃【長鬚鯨・長寶鯨】 長鬚鯨。

なかせき₀₃【中席】 中旬場，中旬演出。

なか・せる₀【泣かせる】（動下一） ①使哭泣。「泣きやむまで～・せておく」讓（她）哭個夠。②讓人為難得想哭。「親を～・せることばかりしている」淨做讓父母頭痛的事情。③使人感激涕零。「～・せる話だ」使人感激涕零的話。

なかせんどう₀【中山道・中仙道】 中山道。

ながそで₀【長袖】 ①長袖。↔半袖。②長袖和服。袖長長的和服。

なかだか₀【中高】 ①中間高，中間高

出。②高鼻梁。「～の顔」鼻梁挺直的臉龐。

なかたがい⓪【仲違い】 スル 失和，關係破裂。「ちょっとしたことから～をする」爲了一點小事失了和氣。

なかだち⓪⓪【中立ち】 中途休息，中間休息。

ながたび⓪【長旅】 長途旅行。

ながたらし・い⓪【長たらしい】（形）冗長，囉唆。

なかだるみ⓪【中弛み】 スル ①中間鬆弛，半途鬆懈。「仕事の～」工作中間鬆懈。②中途衰退。

ながちょうば⓪【長丁場】 ①費時。「～の仕事」費時的工作。②長站距。

なかつぎ⓪⓪【中継ぎ・中次】 スル ①中轉，轉口。「～商」轉口商。②中轉，中繼。「～の投手」中繼投手。③接上，接合（部）。「切れた電線を～する」接上斷了的電線。

ながつき⓪【長月】 長月。陰曆九月的異稱，菊月。

なかつぎぼうえき⓪【中継貿易】 轉口貿易。

ながったらし・い⓪【長ったらしい】（形）冗長，囉唆。「～・い話」囉唆的話。

ながつづき⓪【長続き】 スル 持續，持久。

なかづり⓪【中吊り】 車廂廣告，車內吊掛廣告。「電車の～広告」電車車廂內的吊掛廣告。

なかて⓪【中手・中生】 中熟。收穫期在早熟和晚熟之間的作物品種。

なかなおり⓪【仲直り】 スル 和好，言歸於好。

なかなか⓪【中中】 （副）①相當，非常。「～遠」非常遠。②（不）輕易，怎麼也…不…。「～帰ってこない」怎麼也不回來。③（形動）形容超出想像的，相當的。「～ですよ，彼は」他可不簡單。

ながなが⓪【長長】（副）①長長地，長時間，長久，冗長。「～しゃべる」講起來沒完。②直直地，伸直地。「ベットに～寝そべる」舒展地在床上躺著。

ながなき⓪④【長鳴き】 スル 長鳴。「鶏の～」雞的長鳴聲。

なかにわ⓪④【中庭】 中庭，內院。

なかね⓪【中値・中直】 中間價，平均價。

ながねぎ⓪【長葱】 蔥，長蔥。

ながねん⓪【長年・永年】 長年，多年。「彼とは～のつきあい」和他往來多年了。

ながの⓪【長の・永の】（連體） 長的，長久的。「～いとま」長假。

なかば⓪⓪【半ば】 ①①一半。②中間。「30代～」35歳左右。③半途，中途。「会の～で帰った」在開會的中途回去了。②（副）①半…半…。某種狀態達到了一半。「～遊びのつもりで試験を受けます」半鬧著玩地參加考試。②一半。「仕事を～しあげる」把工作做好一半。

ながばかま⓪【長袴】 長袴。

ながばなし⓪【長話】 スル 長談，久談，長話。

なかび⓪【中日】 中間日，正中間那天。

ながびつ⓪【長櫃】 長櫃。

ながひばち⓪【長火鉢】 長方形火盆。

ながほそ・い⓪④【長細い】（形） 細長。「～い箱」細長的箱子。

なかほど⓪【中程】 ①（時間、期間的）中間，中途，半途。「話の～で席を立つ」話講到一半就離開位子。②中間，裡面，中心。「AとBとの～にある」在A和B的中間。③中等程度。「彼の成績は～だ」他的成績屬中等。

なかま⓪【仲間】 ①夥伴，同夥，同仁，同事。「野球の～を集める」召集棒球的夥伴。②同類。「サザンカはツバキの～だ」山茶花和茶花同屬一族。

なかまいり⓪【仲間入り】 スル 入夥，合夥，加入。「大人の～をする」加入大人的行列。

なかまわれ⓪【仲間割れ】 スル 拆夥。

なかみ⓪【中身・中味】 ①內裝物，容納物。「箱の～」箱子裡裝的東西。②事物的內容，非外表的實質。「～のない話」空洞的話。

なかみせ[0]【仲見世・仲店】 友誼店。

ながむし[2]【長虫】 長蟲。蛇的異稱。

ながめ[3]【眺め】 景觀，景致，眺望。

ながめ[0]【長め】 略長一點，稍長。↔短め

なが・める[3]【眺める】（動下一） ①眺望，遠眺。「星空を～・める」眺望星空。②凝視，端詳。「写真を～・める」凝視照片。③觀望，注視。「しばらく様子を～・めていよう」先看這陣子情況吧。

ながもち[4][3]【長持ち】スル ①耐久，持久。「このかばんはずいぶん～する」這個皮包很耐用。②方型衣箱，長櫃。

ながや[0]【長屋】 長排房屋，聯排長屋、房屋，長屋。「裏～に住む」住在大雜院裡。

なかやしき[3]【中屋敷】 中邸宅。→上屋敷・下屋敷

なかやすみ[3]【中休み】スル 中間休息，工休。

ながゆ[2]【長湯】スル 洗澡時間長，入浴時間長。

なかゆび[2]【中指】 中指。

なかゆるし[3]【中許し】 中級許可。技藝的許可階段。

なかよし[2]【仲良し・仲好し】 關係好，親密，好朋友。

なかよしこよし[2]【仲良し小好し】 「なかよし」的愉快語調的說法。

ながら・える[4]【長らえる・永らえる】（動下一） 繼續活，久活，長命。「命を～・える」延續生命。

ながらく[2]【長らく・永らく】（副） 長久，長時間。「～お待たせいたしました」讓您久等了。

ながらぞく[3]【乍ら族】 習慣一心兩用者。

なかれ[2]【勿れ・莫れ】 勿，莫，不能。「君死にたまふこと～」你不能死！

ながれ[3]【流れ】 ①流動，水流。②流水，河流。「～を渡る」渡河。③潮流，趨勢。「歴史の～」歷史潮流。④流。指人或車輛的往返。「車の～」車流。⑤血脈，血緣，流派。「源氏の～」源氏的血脈。⑥散會後三五成群。「忘年会の～」「忘年會」三五成群在一起。⑦傾向。「機械化の～」機械化傾向。⑧斷贖，流當，死當。「～質」流當。

ながれこ・む[4]【流れ込む】（動五） 流進，流入。

ながれさぎょう[4]【流れ作業】 生產線，流水作業。→コンベヤー-システム。

ながれだま[0]【流れ弾・流れ玉】 流彈。「～に当たる」中流彈。

ながれぼし[3]【流れ星】 流星。

ながれもの[0][5]【流れ者】 遊民，流浪者。

なが・れる[3]【流れる】（動下一） ①流動。「水が～・れる」水流動。②漂流，沖走。「橋が～・れる」橋沖走了。③流淌。「汗が～・れる」汗水淋漓。④流傳，傳播，播放。「隣りからピアノの音が～・れてくる」從隔壁傳來鋼琴聲。⑤流傳。「うわさが～・れる」謠言四起。⑥流入。以非預期的手段傳遞情報或轉移物資。「闇ルートに～・れる」流入黑市。⑦流逝。「月日が～・れる」歲月流逝。⑧流於。「華美に～・れる」流於華美。⑨流浪。「田舎町へ～・れてきた」流落到偏僻鄉村。⑩流產。「会議が～・れる」會議流產。⑪流當，流質，死當。「指輪が～・れる」戒指流當了。⑫流產。

ながわきざし[3]【長脇差】 長腰刀。

ながわずらい[3]【長患い】スル 久病，慢性病。

なかんずく[2]【就中】（副） （眾多事物中的）尤其，其中，特別。

なき[0]【泣き】 哭泣。「～の涙で別れた」灑淚而別。「～を入れる」哭著道歉；苦苦哀求。

なぎ[2]【凪・和】 風平浪靜。↔時化け。「朝～」早晨風平浪靜。

なぎ【梛】 竹柏。

なきあか・す[4]【泣き明かす】（動五） 哭到天亮，整天哭泣。

なきおとし[0]【泣き落とし】 哭著要求，哭訴。「～戦術」淚眼戰術。

なきがお[0]【泣き顔】 哭喪的臉。

なきがら◎【亡き骸】 亡骸，屍首。

なきかわ・す◎【鳴き交わす】（動五） 争鳴。

なきくず・れる◎【泣き崩れる】（動下一） 嚎啕大哭，哭得死去活來。

なきくら・す◎【泣き暮らす】（動五） 整天哭。

なきごえ③【泣き声】 ①哭聲。②帶哭腔的聲音，含淚欲哭聲。

なきごえ③【鳴き声】 鳴聲。

なきごと◎【泣き言】 哭訴話，牢騷話。「～を言う」發牢騷。

なぎさ◎【渚・汀】 汀，渚，濱面，濱前，岸邊，臨濱。

なきじゃく・る◎【泣き噦る】（動五） 抽泣。

なきじょうご③【泣き上戸】 醉後愛哭。

なぎたお・す◎【薙ぎ倒す】（動五） ①砍倒，割倒，摺倒。②掃平，蕩平，橫掃。「並みいる強豪を～・す」橫掃在座的高手。

なきだ・す◎【泣き出す】（動五） 哭出來，哭起來。

なきつ・く◎【泣き付く】（動五） 哭著央求。「～・いて金を借りる」哀求借錢。

なきつら◎【泣き面】 哭臉。「～に蜂は」哭臉偏遭蜂螫。比喻連遭不幸，禍不單行。

なきどころ◎【泣き所】 痛處，把柄。「弁慶の～」強者的弱點。

なきなき◎②【泣き泣き】（副） 邊哭邊…，哭著…。

なぎなた◎④【長刀・薙刀】 長刀，長柄大刀。

なきぬ・れる◎【泣き濡れる】（動下一） 淚流滿面。「悲しんで～・れている」悲傷得淚流滿面。

なきねいり◎【泣き寝入り】スル ①哭著睡著了。②忍氣吞聲，無可奈何。

なきのなみだ◎【泣きの涙】 流著淚哭，非常痛心。

なぎはら・う◎④【薙ぎ払う】（動五） 橫掃。

なきはら・す◎【泣き腫らす】（動五）

哭腫。

なきひと◎【亡き人】 死去的人，故人。

なきべそ◎【泣きべそ】 咧嘴要哭。「～をかく」咧嘴要哭。

なきぼくろ◎【泣き黒子】 淚痣，愛哭痣。

なきまね◎【泣き真似】 假裝哭，假哭。

なきみそ◎【泣き味噌】 愛哭鬼。

なきむし③④【泣き虫】 愛哭鬼。

なきもの◎【無き者・亡き者】 亡者。「～にする」使成爲亡者；殺死。

なぎょうへんかくかつよう◎【ナ行変格活用】 ナ行變格活用。

なきりぼうちょう③【菜切り包丁】 菜刀。

なきりゅう◎【鳴き竜】 鳴龍。

なきわかれ◎③【泣き別れ】スル 灑淚而別。

なきわらい③【泣き笑い】スル ①邊哭邊笑。②哭笑，悲喜交集。「～の人生」悲喜交集的人生。

な・く◎【泣く】（動五） ①哭，啼哭，哭泣。②懊喪，傷心。「不運に～・く」爲不走運而傷心。③不相稱，不配。「看板が～・く」徒有虛名。④揮淚接受，飲泣接受。

な・く◎【鳴く・啼く】（動五） 啼，鳴，叫。「鳥が～・く」鳥叫。

な・ぐ◎【凪ぐ・和ぐ】（動五） 風平浪靜。「海が～・ぐ」海面風平浪靜。

な・ぐ◎【薙ぐ】（動五） 橫砍，割。「かまで草を～・ぐ」用鐮刀割草。

なぐさみ◎【慰み】 消遣，解悶。

なぐさ・む③【慰む】（動五） 欣慰，快活，舒暢。「いい音楽で気持ちが～・む」美妙的音樂使人心情舒暢。

なぐさめ◎【慰め】 寬慰，安慰。「～の言葉」安慰話。

なぐさ・める◎【慰める】（動下一） ①安慰，慰問，撫慰。「病気の友達を～・めようとみんなで花を買いに行った」大家爲慰問患病的朋友買花去了。②快慰。「音楽を開いて心を～・める」聽音樂解悶。

な・く・す◎【無くす】（動五） ①喪失，

丟掉。「財布を~・さないように」別把錢包弄丟了。②喪失，失去。「自信を~・す」喪失自信。「やる気を~・す」失去幹勁。③清除，去除。「ごみを~・す運動」清除垃圾的運動。

なく・する🅾🅾【無くする】（動サ變）除掉，去除，消除。「不正を~・する」去除不正之風。

なくなく🅾【泣く泣く】（副）哭著…，難受得想哭。「弟は~家に帰ってきた」弟弟哭著回家來了。

なくな・す🅾【亡くなす】（動五）失去，亡故。「子供を~・す」死了孩子。

なくな・す【無くなす】（動五）丟，丟失。「かばんを~・す」丟了包。

なくな・る🅾【亡くなる】（動五）亡故，去世。「おばあさんは去年~・りました」奶奶去年去世了。

なくな・る🅾【無くなる】（動五）①丟掉，遺失。②沒，用光。「ガソリンが~・る」汽油用完了。③沒有，消失。「可能性は~・った」可能性沒有了。

なくもがな🅾【無くもがな】（連語）沒有倒好，多餘。「あの一言は~だった」那句話純屬多餘。

なぐりあい🅾【殴り合い】互毆。「~のけんか」對打。

なぐりがき🅾【擲り書き】ス 潦草地書寫。「~のメモ」潦草的筆記。

なぐりこみ🅾【殴り込み】來打架，蜂擁闖入。「~をかける」來找碴打架。

なぐりこ・む🅾🅾【殴り込む】（動五）來打架。

なぐりつ・ける🅾【殴り付ける】（動下一）痛打，狠揍。

なぐ・る🅾【殴る・擲る・撲る】（動五）毆打，痛打。

なげ🅾【投げ】①投，扔。「輪~」套圈圈。②投技。相撲和柔道中的一種招數。③投子認輸。④虧本出售，拋售。

なげ🅾【無げ】（形動）若無其事。「人も~な振る舞い」旁若無人的舉止。

なげいれ🅾【投げ入れ】投入插花法。

なげう・つ🅾🅾【投げ打つ・抛つ・擲つ】（動五）豁出去。「国のために命を~・つ」為國捐軀。

なげうり🅾【投げ売り】ス 傾銷，拍賣，拋售。

なげか・ける🅾【投げ掛ける】（動下一）①搭上，披上。②依偎，依靠。「身を~・けてあまえる」靠在人身上撒嬌。③投向。「冷たい視線を~・ける」投以冷冷的目光。④質疑。

なげき🅾【嘆き・歎き】哀嘆，慨嘆。

なげキッス🅾【投げ—】飛吻。

なげ・く🅾【嘆く・歎く】（動五）①嘆息，嘆氣，哀嘆。「友人の死を~・く」悲嘆友人之死。②慨嘆，可嘆。「世の腐敗を~・く」慨嘆社會的腐敗。

なげこみ🅾【投げ込み】①投入，投進。②夾頁。「~広告」夾頁廣告。

なげこ・む🅾🅾【投げ込む】（動五）①投進，投入，扔進。「ポストに手紙を~・む」把信投進郵筒。②投（球）。「100球ほど~・んだ」投了100球。

なげし🅾【長押】橫木板條，長押。

なげす・てる🅾🅾【投げ捨てる】（動下一）①拋棄，扔掉，摒棄。「吸い殻を~・てる」扔掉煙蒂。②放棄，丟棄，丟開。

なげだ・す🅾【投げ出す】（動五）①摔，丟掉，扔出去。②豁出，拿出。「命を~・す」豁出性命。③甩下，丟下，扔下，放棄。「仕事を~・す」丟下工作不管。

なげつ・ける🅾🅾【投げ付ける】（動下一）①擲，扔向，投到。「石を~・ける」扔石頭。②用強硬的口氣斥責對方。「非難の言葉を~・ける」當面責難。

ナゲット🅾【nugget】①（天然）金塊。②炸雞塊。「チキン~」炸雞塊。

なげづり🅾【投げ釣り】甩鉤釣。

なけなし🅾🅾【無けなし】極少，沒多少，僅這點。「~のお金をはたく」把僅有的一點點錢都拿出來。

なげなわ🅾【投げ縄】索套，繩圈。

なげやり🅾【投げ遣り】不重視，草率，馬虎。「任務を~にする」玩忽職守。

な・ける🅾【泣ける】（動下一）感極而

泣，喜極而泣。「行き届いた心遣いに～・ける」無微不至的關懷使之感動得流淚。

な・げる[2]【投げる】（動下一）　①投，擲，扔，推。「ボールを～・げる」投球。②跳入。「水面に身を～・げる」投水。③拋出，提出。「話題を～・げる」提出話題。④放棄，不用心。「試験を～・げる」放棄考試。

なげわざ[0]【投げ技】　投技。將對方投出摔倒的一種技巧。

なこうど[2]【仲人】　媒人。「～を頼む」拜託媒人。

なこうどぐち[4]【仲人口】　媒婆嘴，媒妁之言。

なご・む[2]【和む】（動五）　溫和，平和，平靜。「雰囲気が～・む」氣氛緩和。

なごやおび[4]【名古屋帯】　名古屋腰帶。

なごやか[2]【和やか】（形動）　溫和，和諧，平和，柔和，安詳。「～な雰囲気」和諧的氣氛。

なごり[3][0]【名残・余波】　①餘波。「冬の～の雪」冬天殘留的雪。②依戀，惜別。「～の会」惜別會。③最終。「この世の～」世界的末日。

なごりおし・い[5]【名残惜しい】（形）　依依不捨，戀戀不捨。

なごりのつき[6]【名残の月】　①殘月。拂曉前殘留在天空的月亮。②名殘月。陰曆九月十三夜裡的月亮。

なさけ[1][3]【情け】　①同情，慈悲，仁慈，人情。「～をかける」體恤關懷（上對下）。「～が仇(あだ)」恩將仇報。②戀情。「深～」深情。

なさけしらず[4]【情け知らず】　不懂人情世故。

なさけな・い[4]【情け無い】（形）　①無法同情的，可悲可嘆的。②悲慘，貧弱。「～・い声を出す」發出慘叫。

なさけぶか・い[5]【情け深い】（形）　善良，仁慈，熱心腸。

なさけようしゃ[4]【情け容赦】　情面，情義。「～もなくこき使う」毫不留情地任意驅使。

なざし[0]【名指し】スル　點名，指名。「～で非難する」點名譴責。

なさぬなか[2][4]【生さぬ仲】　義親子關係。

なさ・る[2]【為さる】（動五）　①「する」的敬語。「先生、日曜日には何を～・るつもりですか」老師，星期日打算做什麼。②（補助動詞）表尊敬之意。「早くお電話～・ったほうがいいと思います」我想還是早點打個電話好。

なし[2]【梨】　梨。「～の礫(つぶて)」杳無音信；肉包子打狗。

なし[1]【無し】　①不存在，沒有，無。「～としない」也不是沒有。②沒有，不做…。「一文～」分文皆無。

なしくずし[0]【済し崩し】　①整借零還，分期還款。②逐步處理。

なしじ[0]【梨子地】　①梨子地，斑灑金。漆繪的一種技法。②梨子地，梨皮織物。使布面產生梨皮似感覺的織物。

なしと・げる[0]【成し遂げる・為し遂げる】（動下一）　完成，做完。

なじみ[3]【馴染み】　①熟悉，親密，友好。「旅行中に～になった人」旅行中認識的人。②熟客。「古くからの～」老主顧。

なじ・む[2]【馴染む】（動五）　①熟識，親密，適應。「だれにでもすぐ～・む子」和誰都能很快熟識的孩子。②協調，融合。「靴が足に～・む」鞋很合腳。③適合，適當。「こういう問題は裁判には～・まない」這問題不適於審判。

ナショナリスト[4]【nationalist】　國家主義者，民族主義者，國粹主義者。

ナショナリズム[4]【nationalism】　國家主義，民族主義，國民主義。

ナショナリティー[3]【nationality】　①國民性，民族性。②國情，國風。③國籍。

ナショナル[0]【national】（形動）　①國民的，國家的。②國立的。

ナショナルセンター[5]【[和]national+center】　工會的全國中央組織。

ナショナルトラスト[6]【National Trust】　全國託管協會。

ナショナルミニマム⑤【national minimum】 國家最低生活保障。→シビル-ミニマム。

ナショナルリーグ⑤【National League】 全國棒球聯盟，國家聯盟。→アメリカン-リーグ。

なじ・る②【詰る】（動五） 詰難，責備，責難。「彼の不信を～・る」責備他不守信用。

なす◎【茄子・茄】 茄子。

な・す◎【成す】（動五） ①完成，造就出。「財を～・す」治下財產。②形成。「群れを～・す」成群。「山を～・す」形成山。③使成為，使變成。「荒野を変じて沃野よくやと～・す」使荒野變成沃土。

な・す◎【為す】（動五） 做，為。「人力の～・し得るところではない」非人力所能為的。「～・すがままにまかせる」任其所為。

な・す◎【生す】（動五） 生孩子。「～・さぬ仲」義親子關係。

なすこん◎【茄子紺】 絳紫色。

ナスダック①【NASDAQ】〔National Association of Securities Dealers Automated Quotations〕那斯達克（NASDAQ）。

なずな◎【薺】 薺菜。

なすび①【茄子・茄】 茄子。

なず・む②【泥む】（動五） ①停滯不前。「仕事が～・んではかどらぬ」工作停滯不前。②拘泥小節。③熟悉，適應。「都会の悪風に～・む」對都市的惡風俗習以為常。

なずら・える④【準える・准える・擬える】（動下一） 比作，比擬。「花に～・える」比作鮮花。

なすりあい◎【擦り合い】 互相推諉。

なすりつ・ける④【擦り付ける】（動下一） ①擦上，抹上。②嫁禍，推諉。「罪を人に～・ける」嫁禍於人。

なす・る◎【擦る】（動五） ①擦，塗，抹。②推諉，轉嫁，推卸。「罪を人に～・る」嫁禍於人。

なぜ①【何故】（副） 為何，為什麼，何故。

なぜか①【何故か】（副） 不由得，總覺得。

な・ぜる◎【撫ぜる】（動下一） 撫摩，撫摸。「ひげを～・ぜる」摸鬍子。

なぞ◎【謎】 ①謎語。「～を掛ける」❶出謎語。❷謎語暗示。②暗示，示意，謎語。③謎，神秘，詭秘。「～の人物」神秘的人物。

なぞなぞ◎【謎謎】 謎語，猜謎遊戲。

なぞめ・く【謎めく】（動五） 使難理解，使猜謎。

なぞら・える【準える・准える・擬える】（動下一） ①比作，比擬。「池を鏡に～・える」把池子比作鏡子。②仿照，比照，類比。

なぞ・る②（動五） ①描，描摹。②臨摹。

なた◎【鉈】 砍刀，劈刀，短柄斧，劈柴刀。「～を振るう」大刀闊斧；大量削減。

なだ①【灘・洋】 波濤洶湧海面。「玄界～」玄界波濤洶湧洋面。

なだ①【灘】 灘。「～の生一本さいっぽん」灘產道地清酒。兵庫縣灘一帶釀造的純正的清酒。

なだい◎【名代】 有名，出名，著名。「～の店」著名的商店。

なだい◎【名題】 劇目，題名。

なだか・い③【名高い】（形） 有名氣的，著名的，出名的。

なだたる③【名立たる】（連體） 著名，有名的，有名氣的。「～剣豪」著名劍豪。

ナタデココ④【西 nata de coco】 椰汁果凍。

なたね②【菜種】 ①菜籽，菜種。②油菜的別名。

なたねあぶら③【菜種油】 菜籽油。

なたねづゆ③【菜種梅雨】 菜籽梅雨。

なたまめ◎【鉈豆・刀豆】 短刀豆。

なだめすか・す【宥め賺す】（動五） 哄，討好。

なだ・める③【宥める】（動下一） 勸解，勸慰，撫慰，使緩和，用好話勸。「言葉をかけて～・める」用溫暖人心

的話安慰人。

なだらか（形動）①緩，不陡。「～な坂」緩坡。②平穩。

なだれ【雪崩】雪崩。「～を打つ」許多人蜂擁而上。

なだれこ・む【雪崩れ込む】（動五）蜂擁而入。

なだ・れる【傾れる】（動下一）傾斜。「海に向かって～・れる丘陵」向海邊傾斜延伸的丘陵。

なだ・れる【雪崩れる】（動下一）崩，指雪崩。

ナチス【德 Nazis】〔德 Nationalsozialistische Deutsche Arbeiterpartei〕納粹黨。

ナチズム【Nazism】納粹主義及其政策。

ナチュラリスト【naturalist】①自然主義者。

ナチュラル【natural】①〔音〕本位符號，還原號。②（形動）自然的，天然的。「～な色」天然色；本色。

ナチュラルチーズ【和 natural+cheese】天然起司，天然乳酪。→プロセス-チーズ

ナチュラルフーズ【和 natural+foods】自然食品。

なつ【夏】夏。「受取りに～する」在收據上蓋章。

なついん【捺印】スル蓋章。

なつがけ【夏掛け】涼被，夏用薄被。

なつかし・い【懐かしい】（形）①懷念，留戀。「楽しかった子供の頃が～・い」歡樂的童年令人懷念。②眷戀，親近，親切。

なつかし・む【懐かしむ】（動五）想念，懷念。「幼時を～・む」懷念童年時光。

なつかぜ【夏風邪】夏季流感，熱傷風。

なつがれ【夏枯れ】スル夏季蕭條，夏天淡季。

なつ・く【懐く】（動五）易親近，馴服。「よく～・いた犬」已經很馴服的狗。

なつくさ【夏草】夏草。

ナックル【knuckle】①指關節。②指叉球。

ナックルフォア【knuckle four】四人單槳划艇比賽。

ナックルボール【knuckle ball】指叉球。

なつげ【夏毛】夏毛。↔冬毛

なづけ【名付け】取名字。

なづけ【菜漬け】醃菜，醬菜。

なづ・ける【名付ける】（動下一）起名，命名。

なつご【夏蚕】夏蠶。

なつこだち【夏木立】夏季繁茂樹叢。

なつさく【夏作】夏季作物。↔冬作

なつじかん【夏時間】夏令時間，日光節約時間。

ナッシング【nothing】①一無所有。「オール-オア-～」孤注一擲。②零好球。「ワン-～」一比零。「ワンボール-～」一壞零好球。

ナッツ【nuts】堅果。

なっとう【納豆】①納豆。②濱納豆。③在關西稱甜納豆。

なっとく【納得】スル同意，信服，領會，接受。

なつどり【夏鳥】夏鳥，夏候鳥。↔冬鳥

なつば【夏場】夏天時期，夏季。

なつぱ【菜っ葉】菜葉，葉菜。

なつばしょ【夏場所】夏場所。每年五月舉行相撲大賽的本場所。

なつばて【夏ばて】スル夏季虛弱。

なっぱふく【菜っ葉服】藍色工作服。

なつふく【夏服】夏服。

ナップザック【knapsack】背囊。

なつまけ【夏負け】スル夏季虛弱。

なつまつり【夏祭り】夏祭。

なつみかん【夏蜜柑】夏蜜柑，甜橙。

なつめ【棗】①棗。②棗汁染料。③棗形茶葉罐。

ナツメグ【nutmeg】肉豆蔻。

なつめやし【棗椰子】椰棗，棕棗，海棗。

なつメロ【懐―】懷舊歌曲。

なつもの【夏物】夏季用品。

なつやすみ⓪【夏休み】　暑假。

なつやせ⓪【夏瘦せ】スル　夏季消瘦。

なつやま⓪【夏山】　夏山。夏季攀登的山。↔冬山

なでおろ・す④【撫で下ろす】（動五）①向下捋，向下攏。「髪を～・す」向下捋頭髮。②安心，放心。「胸を～・す」往下撫摸胸口；鬆一口氣。

なでがた⓪②【撫で肩】　斜肩膀。↔怒り肩

なでぎり⓪【撫で斬り・撫で切り】①用刀按著切。②全部斬殺，趕盡殺絕。

なでしこ⓪【撫子】　瞿麥。

なでつ・ける④【撫で付ける】（動下一）梳攏，梳整，梳理，捋順。「髪を～・ける」梳理頭髮。

な・でる⓪【撫でる】（動下一）①撫摸。②拂，撫摸。「五月の風が頰を～・でる」五月的風吹拂拂面頰。③梳攏。

ナトー①【NATO】〔North Atlantic Treaty Organization〕北約，大大西洋公約組織。

などころ⓪【名所】　①各部名稱。「太刀の～」大刀的各部名稱。②名勝。

なとり⓪②【名取り】　取藝名。

ナトリウム③【德 Natrium】　鈉。

ナトリウムとう【一灯】　鈉蒸汽燈。

なな①【七】　七。

ななえ⓪【七重】　七層，七重，多層。「～の膝を八重に折る」卑躬屈膝；低聲下氣。

ななかまど③【七竈】　花楸。

ななくさ②【七種・七草】　七種，多種。

ななくさがゆ③【七草粥】　七草粥。

ななころびやおき⓪⑤【七転び八起き】①百折不撓。②起伏無常，七跌八起。

ななしゅきょうぎ⑤【七種競技】　七項全能。→五種競技・十種競技

ななつ②【七つ】　①七，7個。②7歲。

ななつのうみ【七つの海】　七大洋。

ななのか⓪【七七日】　四十九天，七七（人死後第四十九天）。

ななはん⓪【七半】　排氣量為750 cc的摩托車之通稱。

ななひかり③【七光】　庇蔭，沾光。「親

の～で重役になる」沾父母的光當上了董事。

ななふしぎ③【七不思議】　七大不可思議現象，七大奇蹟。「本所～」本地七大不可思議現象。

ななまがり③【七曲がり】スル　迂迴曲折，七拐八折。「～の道」彎曲的道路。

ななめ②【斜め】　①傾斜。②斜，歪，偏斜。「～に切る」斜切。③不佳。「御機嫌～だ」情緒不佳；不高興。

なに①【何】　①（代）①何，什麼。②什麼，哪個。指不清楚哪一個合適的事物。「それは～」那是什麼？③那個。「～をもってこい」把那個東西拿來？④什麼的，之類的。「お金も～もいらない」不需要錢之類的。②（副）①什麼都。「～一つとして滿足な事はできない」沒有什麼能使你滿意的。②為何，為什麼。「～怒っているの」為什麼怒？③（感）哪裡，沒什麼。「～、大したことはない」哪裡，沒什麼了不起。

なにか①【何か】（連語）①什麼，某些。「～よみたいなあ」真想讀點什麼。②之類，一類。「バナナか～食べるものはないか」有沒有香蕉之類可吃的東西？③不知為什麼，總覺得。「～変だ」總覺得有點怪。④是…樣吧！「それなら、～消えてなくなったというのか」這樣說的話，是弄丟了吧。

なにかしら⓪【何かしら】（副）①什麼，一些，某些。「彼女はいつも～考えこんでいる」她老在沉思著什麼。②不知為何，總覺得。「準備はできているが～心配だ」雖已做好準備，但總有些不放心。

なにがなし⓪【何が無し】（副）　不為什麼，不知為何。

なにがなんでも【何が何でも】（連語）無論如何，不管怎樣。

なにくそ①【何糞】（感）　算什麼。

なにくれ①⓪【何くれ】（副）　樣樣，多方，事事。「～となく面倒をみる」事事都關照。

なにげな・い⓪【何気無い】（形）①無意。「～・い言葉が相手の心を傷つけ

た」無心的話把對方得罪了。②沒事，沒關係。「～・い風を装う」裝作沒事的樣子。

なにごと⓪【何事】 ①什麼事，何事。「一体～が起こったのか」到底出了什麼事？②任何事，萬事。「～も努力が大切だ」凡事努力最重要。③怎麼搞的，怎麼回事。「うそをつくとは～だ」為什麼要撒謊。

なにさま②【何様】 ①哪位大人物。「自分を～だと思っているのか」你自以為是了不起的人嗎？②（副）①不管怎麼說，不管怎樣。「～まだ若いから」不管怎麼說還年輕。

なにしろ⓪【何しろ】（副） 不管怎樣。

なにせ⓪【何せ】（副） 總之，總而言之。

なにとぞ⓪【何卒】（副） 務請，請。

なにびと③【何人】 何人，任何人，什麼人。

なにぶん⓪【何分】 ①（副）①請，務請。「～（とも）よろしく」請多關照。②畢竟，究竟。「～年を取りましたので」畢竟是上了歲數了。②①多少，若干。「～の御寄付をお願いいたします」希望多少捐助點。②某些，什麼。「～の通知をまつ」等待什麼通知。

なにも⓪【何も】 ①（副）（別）故意。「～笑わなくてもいいだろう」不要故意笑。②（連語）…也都…，什麼都。「私はそれについては～知りません」關於那件事我什麼都不知道。

なにもかも⓪【何も彼も】（連語） 什麼都…，全部。

なにもの⓪【何物】 何物，什麼東西。「～にもかえがたい」用什麼東西都很難換來。

なにもの②【何者】 ①何人，什麼人，誰。「やつは～だ」那傢伙是何人。②任何人。「～も異論をはさめない」任何人都沒提出不同意見。

なにやかや②【何や彼や】（連語） 各種各樣，這個那個。

なにやつ①⓪【何奴】 什麼傢伙，什麼人。

なにやら①【何やら】（副） ①不知是什麼，什麼。②不知怎地。「～また痛くなってきた」不知怎麼又痛起來了。③表示存在不一一列舉的同類事物。「引っ越しやら～で忙しい」因為搬家什麼的而很忙。

なにゆえ②【何故】（副） 為什麼，何故。

なにより⓪【何より】 ①比什麼都好。最好。「お元気で～です」您身體健康比什麼都好。②（副）最，無比。「～楽しい一日」最令人高興的一天。

なにわ【難波・浪速・浪花・浪華】 難波，浪速，浪花。大阪市的古稱。「～気質」大阪人氣質（商人情味）。

なぬか⓪【七日】 七號，七日。

なぬかしょうがつ④【七日正月】 一月七的慶祝活動。

なぬし①【名主】 名主。村政權的核心人物。

ナノ①【nano】 奈米。

なのか①⓪【七日】 ①七日，7號。②七天，七日。

ナノテクノロジー⑤【nano-technology】 奈米技術。

なのはな②【菜の花】 油菜花。

なのり③【名乗り・名告り】スル ①通報姓名。②用於名字的漢字訓讀。「～を上げる」通名報姓；報名。「市長選挙に～」報名參加競選市長。

なのり・でる【名乗り出る】（動下一） 自報姓名，自稱。「犯人が～・でる」犯人自報姓名。

なの・る②⓪【名乗る・名告る】（動五） ①自報姓名。「彼は～・ることを拒んだ」他拒絕說出自己的姓名。②報姓名，自稱。「先生だと～・る男」自稱為老師的人。③改姓。「妻の姓を～・る」改姓妻子的姓。

ナパームだん⑤【一弾】〔napalm〕凝固汽油彈。

なびか・す③【靡かす】（動五） ①使飄動，使飄揚。「長髪を～・す」吹得長髮飄舞。②使屈服，使順從。

なび・く②【靡く】（動五） ①隨風搖

曳，迎風招展，順水漂蕩。②屈從，依從。「彼は金力にも～・かない」他不屈服於金錢的力量。

ナビゲーション⓪【navigation】 ①航海術，航空術。②路徑誘導，領航。

ナビゲーター⓪【navigator】 ①領航員，大副。②汽車駕駛技術比賽上，指示速度和方向的副駕駛。

ナプキン①【napkin】 ①餐巾。②衛生棉。

ナフサ①【naphtha】 石腦油，揮發油，粗汽油。

なふだ⓪【名札】 名牌，姓名條，門牌。

ナフタリン⓪【naphthalin】 萘，萘球，樟腦丸。

ナフトール③【naphthol】 萘酚。

なぶりごろし⓪【嬲り殺し】 凌虐致死，折磨死。

なぶりもの⓪【嬲り者】 玩物。

なぶ・る②【嬲る】（動五）①戲弄，欺凌，玩弄。②把玩，捉弄，欺凌。

なべ①【鍋】 ①鍋。②「鍋料理」的簡稱。

なべかま⓪【鍋釜】 鍋釜。

なべずみ⓪②【鍋墨】 鍋底灰，鍋煙灰。

なべづる⓪【鍋鶴】 白頭鶴。

なべて⓪【並べて】（副） 總括來看，一般來說，一律，一切。

なべぶぎょう③【鍋奉行】 火鍋指導。

なべぶた⓪【鍋蓋】 ①鍋蓋。②京字頭（亠）的俗稱。

なべやき⓪【鍋焼き】 什錦火鍋。

なへん⓪【奈辺・那辺】（代） 哪邊，哪兒，何處。「真意は～にありや」真意何在？

ナポリタン③【法 napolitain】 拿坡里義大利麵。

ナポレオン③【Napoléon】 ①〔Napoléon Bonaparte〕拿破崙一世（1769-1821）。②拿破崙。一種撲克牌遊戲。③拿破崙。白蘭地酒等級中的極品。

なま①【生】 ①①生的。②天然，原生，直接。「～の声」真正的聲音。③現場。「～の演奏」現場演奏。④直播，現場直播。「～放送」現場直播。⑤生硬，不

遜，狂妄。「～を言うな」別出言不遜。⑥「生啤酒」的略語。②（形動）技術等不熟練。「～返事」含糊的答覆。

なまあくび③【生欠・生欠伸】 沒有完全打出的呵欠。

なまあげ⓪【生揚げ】 ①沒炸透。②油豆腐。

なまあたたか・い⑤【生暖かい】（形）微溫，微暖，不冷不熱。

なまいき⓪【生意気】 狂妄，自大，驕橫，驕傲。

なまえ⓪【名前】 ①名字。②姓，姓名。

なまえんそう③【生演奏】 現場演奏。

なまがし②【生菓子】 ①鮮點心。←干菓子[ひがし]。②生鮮西點。

なまかじり③【生齧り】 スル 一知半解，半生不熟。

なまかべ②【生壁】 油漆未乾的牆。

なまかわ⓪【生皮】 生皮。

なまかわき③【生乾き】 半乾。尚未乾透。「～のシーツにアイロンをかける」熨平半乾的床單。

なまき⓪①【生木】 ①活樹。②新伐材，生材，濕材。「～を裂く」捧打鴛鴦。

なまきず⓪②【生傷・生疵】 新傷。

なまぐさ・い④【生臭い・腥い】（形）①腥，膻。②破戒，講世俗，不守清規。

なまぐさぼうず⑤【生臭坊主】 ①酒肉和尚，花和尚，葷和尚。②世俗和尚，葷和尚。

なまぐさもの⓪【生臭物】 葷物。←精進物

なまくび⓪【生首】 新砍人頭。

なまくら⓪②【鈍ら】 ①鈍（刀）。②懶漢，懶人。

なまクリーム③【生一】 鮮奶油。

なまけもの③【怠け者・懶け者】 懶漢，懶人。「～の節句[せっく]働き」懶人過節時忙。

なまけもの③【樹懶】 樹懶。

なま・ける③【怠ける・懶ける】（動下一） 懶惰，懶怠。「仕事を～・ける」工作偷懶；懶得幹活。

なまこ③【海鼠】 ①海參。②生鐵塊，鐵

なまこいた⓪【海鼠板】　波浪板，波形板，瓦楞板。

なまこがた⓪【海鼠形】　瓦楞形，半圓筒形，半圓柱形。

なまこかべ⓪【海鼠壁】　瓦楞牆，波紋牆。

なまごみ⓪【生塵】　廚餘垃圾。

なまゴム⓪【生一】　生橡膠，天然橡膠。

なまごろし⓪【生殺し】　①打半死。②拖拖拉拉，半途而廢。

なまざかな⓪【生魚・生肴】　生魚，鮮魚。

なまざけ【生鮭】　鮮鮭。

なまじ⓪【憖】　[1]（副）①半路，不徹底，不踏實，三心二意。「～知ってる仲だから頼みづらい」因是不熟的朋友，所以難說靠得住。②倒不如。「～会えば未練がわく」如果見面的話，反倒會戀戀不捨。[2]（形動）半路，不徹底，不踏實，三心二意。

なまじろ・い⓪【生白い】（形）　微白，蒼白。「～・い肌」蒼白的肌膚。

なます⓪⓪【膾・鱠】　醋拌菜絲。

なまず⓪【瘺】　白斑病。

なまず⓪【鯰】　鯰魚。

なまたまご⓪【生卵】　生鮮蛋，生雞蛋。

なまちゅうけい⓪【生中継】スル　現場直播，實況轉播。

なまっちょろ・い⓪【生っちょろい】（形）　太隨便，欠嚴屬。「追及が～・い」追究不夠嚴屬。

なまつば⓪【生唾】　生津，口水。「～を呑み込む」垂涎欲滴，垂涎三尺。

なまづめ【生爪】　（生長中）指甲。

なまなか【生半】　[1]（形動）不徹底，不充分。「～なことはしない方がよい」不要做徒勞無益的事。[2]（副）半途而廢，不徹底，勉強。「～慰留などしてもらいたくない」不想讓人勉強挽留。

なまなまし・い⓪【生生しい】（形）　①活生生，栩栩如生。「記憶に～・い」記憶猶新。②非常新鮮的。「～・い色」鮮艷的顏色。

なまにえ⓪【生煮え】　①半生不熟。②不成熟。「～な論旨」不成熟的論點。

なまぬる・い⓪【生温い】（形）　①微溫。②含糊，溫吞。「～・い性格」優柔寡斷的性格。

なまハム⓪【生一】　生火腿。

なまはんか⓪⓪【生半可】　半調子，不充分。

なまビール⓪【生一】　生啤酒。

なまびょうほう⓪【生兵法】　①三腳貓功夫。②一知半解。「～は大怪我の基」一知半解吃大虧。

なまふ⓪⓪【生麩】　生麩，生麵筋。

なまフィルム⓪【生一】　空白底片。

なまへんじ⓪【生返事】スル　含糊回答。

なまほうそう⓪【生放送】スル　直播。

なまぼし⓪【生干し・生乾し】　半乾。「～のイワシ」半乾的沙丁魚。

なまみ⓪【生身】　活體，生肉，活肉體。

なまみず⓪【生水】　生水。

なまめかし・い⓪【艶かしい】（形）　嬌豔，妖豔，妖媚。

なまめ・く⓪【艶く】（動五）　妖豔，顯得妖媚。

なまめん⓪【生麵】　切麵，生麵條。

なまもの⓪【生物】　①鮮物。②鮮奶油點心，有餡點心。

なまやけ⓪【生焼け】　烤半熟，未烤熟。

なまやさし・い⓪⓪【生易しい】（形）　簡單，容易（下面多接否定句）。「～・いことではない」不是容易的事。

なまゆで⓪【生茹で】　未煮熟，煮半熟。

なまよい⓪【生酔い】　半醉。

なまり⓪【訛り】　方言，鄉音，口音。

なまり⓪【鉛】　鉛。

なまりいろ⓪【鉛色】　鉛灰色。

なまりぶし⓪【生り節】　生鰹魚乾。

なま・る⓪【訛る】（動五）　有鄉音，帶口音。

なま・る⓪【鈍る】（動五）　①鈍，變鈍。「包丁が～・る」刀鈍了。②生疏。「腕が～・る」手藝生疏了。

なまワクチン⓪【生一】　活疫苗。→ワクチン

なみ⓪【並み】　普通，一般，平常。

なみ⓪【波・浪】　①波，波浪，浪濤。②連綿起伏。「歓迎の旗の～」歡迎的旗

海。③高低起伏。「景気の~」景氣的高低起伏。④浪潮。「自由化の~」自由化的浪潮。「~に乗る」順應潮流。「景気の~」乘著景氣發展。

なみあし◎【並み足】　①通常步伐。②慢步。馬術中最慢的步伐。

なみ・いる◎【並み居る】（動上一）　並列坐，在座。

なみうちぎわ◎【波打ち際】　水邊，水岸，水濱，水岸邊。

なみう・つ◎【波打つ】（動五）　①浪打。②波動。

なみがしら◎【波頭】　波峰，浪頭。

なみかぜ◎【波風】　①風浪。②風波，糾紛。「家庭に~がたえない」家庭糾紛不斷。

なみき◎【並木】　行道樹。「~道」林陰道；林陰路。

なみじ◎【波路・浪路】　航海線路，航道，航路。

なみ・する◎【蔑する】（動サ變）　蔑視，輕蔑。

なみせい◎【並製】　一般製（品）。

なみだ◎【涙・涕・泪】　①眼淚。②哭泣。「~なしには語れない」不哭就說不下去。③憐憫。「血も~もない」無血無淚；冷酷無情。「~を呑のむ」飲泣吞聲。

なみだあめ◎【涙雨】　①淚雨。②幾滴雨，微雨。

なみたいてい◎【並大抵】　尋常。「~の人物ではない」不是一般的人物。

なみだきん◎【涙金】　少額慰撫金。

なみだぐまし・い◎【涙ぐましい】（形）　要落淚的，催人淚下的。「~・い努力」令人感動的努力。

なみだぐ・む◎【涙ぐむ】（動五）　含淚，噙淚。

なみだごえ◎【涙声】　①哭腔。②哭訴聲。

なみだ・する◎【涙する】（動サ變）　流淚，哭。

なみだ・つ◎【波立つ】（動五）　①起波浪，浪高。②波濤般上下起伏。③爭吵。「クラスが~・つ」班級發生糾紛。

なみだもろ・い◎【涙脆い】（形）　愛哭，多愁善感。

なみなみ◎【並並】　一般，平常，尋常。「~ならぬ苦労」非比尋常的辛苦。

なみにく◎【並肉】　普通肉。

なみのはな◎【波の花・波の華】　①鹽，食鹽。②浪花。

なみのり◎【波乗り】スル　衝浪運動。

なみはず・れる◎【並外れる】（動下一）　不尋常，非凡。「~・れた才能」非凡的才能。

なみはば◎◎【並幅・並巾】　狹幅。

なみま◎【波間】　波間，波谷。

なみまくら◎【波枕】　①波枕，乘船旅行，船中過夜。②波枕。旅途枕邊聽著濤聲入眠。

なみよけ◎【波除け】　防波（物）。

なむ◎【南無】　〔梵 namas〕南無。「~八幡大菩薩」南無八幡大菩薩。

なむあみだぶつ◎◎【南無阿弥陀仏】　南無阿彌陀佛。

なむさん◎【南無三】（感）　天呀！我的天哪！「~、逃がした」天呀，讓他跑了。

なむみょうほうれんげきょう◎【南無妙法蓮華経】　南無妙法蓮華經。

ナムル◎　〔韓語〕涼拌小菜。

なめくじ◎【蛞蝓】　蛞蝓。「~に塩」垂頭喪氣；老鼠見了貓。

なめこ◎【滑子】　滑菇，滑子菇。

なめし◎【菜飯】　菜飯。

なめ・す◎【鞣す】（動五）　鞣，熟皮。

なめず・る◎【舐めずる】（動五）　舐遍，舐嘴唇。

なめたがれい◎【なめた鰈】　油鰈的別名。

なめたけ◎【滑茸】　金針菇的別名。

なめみそ◎◎【嘗め味噌】　副食味噌，炸醬。

なめらか◎【滑らか】（形動）　①平滑，滑膩，光滑。「~な石」光滑的石頭。②流暢，順暢，流利。「仕事が~に進む」工作順利進行。

な・める◎【嘗める・舐める】（動下一）

①舐，舐，口含。「あめを～・める」口含糖果。②嘗，品嘗。③嘗受。「人間世界の苦しみを～・めて初めて大人になる」經受了人世間的痛苦才能成長成人。④輕視，小看。「相手を～・める」瞧不起對方。

なや⓪①【納屋】　①雜屋，小倉庫。②庫房，貯藏室，納屋。

なやまし・い⓪【悩ましい】（形）　①迷人的，令人神魂顛倒的。「～・い絵」令人神魂顛倒的畫。②惱人的，煩惱。

なやま・す③【悩ます】（動五）　惱，折磨。「頭を～・す」傷腦筋的問題。

なやみ③【悩み】　煩惱，苦惱。「生きる～」生活（生存）的苦惱。

なや・む②【悩む】（動五）　①苦惱，煩惱。②苦惱，痛苦，折磨。「持病に～・む」受老毛病折磨。③困擾。「赤字に～・む会社」被赤字困擾的公司。

なや・める③【悩める】（動下一）　發愁，煩惱。「～・める王様」發愁的國王。

なよせ⓪【名寄せ】 スル　按名義集中，按名義歸併。

なよたけ⓪【弱竹】　①苦竹的別名。②細竹。

なよなよ①（副）スル　柔軟，纖弱，婀娜。

なよやか②（形動）　柔軟，纖弱，嬌弱。

なら⓪【楢・柞・枹】　①枹櫟的別名。②枹。

ならい③【習い】　①風俗，習慣。「古くからの～」自古的習俗。②常事，常例。「有為転変は世の～」陰晴圓缺乃世之常事。「～性と成る」習與性成；習以成性。

ならいごと⓪③【習い事】　要學習事，習藝。

なら・う②【倣う】（動五）　模仿，仿效，仿，學。「前例に～・う」仿前例。

なら・う②【習う】（動五）　①學習。②學。（按照範例）反覆練習、學習。「～・うより慣れよ」熟能生巧。

ならく⓪①【奈落】〔梵 naraka〕①地獄。②最底層，最終目的，走到盡頭。③舞臺的底下，奈落。

ならし⓪【慣らし・馴らし】　馴養，練習。「～運転」試運轉。

ならじだい③【奈良時代】　奈良時代。

なら・す⓪【生らす】（動五）　使結果實。「実を～・す」結果實。

なら・す⓪【均す】（動五）　①弄平。②均。平均。

なら・す⓪【慣らす・馴らす】（動五）　①使習慣。②做準備備活動。「足を～・す」活動一下腿部。③馴養，馴化。

なら・す⓪【鳴らす】（動五）　①鳴。②出名，馳名。「名を平下に～・す」名震天下。③揭露。「不平を～・す」鳴不平，發牢騷。

ならずもの⓪【ならず者】　流氓，惡棍，無賴，痞子。

ナラタージュ③【法 narratage】〔narration 和 montage 的合成語〕旁白場景，倒敘法。

ならづけ⓪【奈良漬け】　奈良醬菜，奈良醃菜，奈良漬。

ならび⓪【並び】　①並排，排列。「歯～がきれいなので、せいけつな感じを受ける」牙齒排列整齊，給人整潔之感。②比，相比。「世界に～もない大学者です」是世界上無與倫比的大學者。

ならびだいみょう③【並び大名】　①陪襯大名。②陪襯。

ならびた・つ④【並び立つ】（動五）　①並立。②並立。「両雄～・たず」兩雄不並立。

ならびな・い④【並びない】（形）　無比的，無與倫比的。此外無可比之物。

なら・ぶ⓪【並ぶ】（動五）　①排列，列隊。②挨著，並排，並列。「～・んで歩く」並排走。③擺放。「書棚に～・んでいる本」擺放在書櫃裡的書。④倫比，匹敵。「～・び称される」並稱爲…。

ならべた・てる⑤【並べ立てる】（動下一）　①羅列，排列。一個一個地擺出。②列舉，一個一個地舉出來以便計算。

なら・べる⓪【並べる】（動下一）　①排列，並列。②橫排，並排。「肩を～・べて闘う」並肩戰鬥。③擺，陳列。「テー

ブルに料理を～・べる」餐桌上擺好菜肴。④列舉，數落。「証拠を～・べる」列舉證據。⑤相比。「シラーをゲーテと～・べて論じる」把席勒與歌德相提並論。

ならわし⓪◎【習れし・慣わし】 慣例，常規，習俗，風俗。「そういう～になっている」形成了那麼一種風氣。

ならわ・す【習わす】（動五）①讓人學，使學習。「学生に英語を～・す」讓學生學英語。②慣於，使習慣。「言い～・す」說慣。

なり⓪【生り】 結果，結實。「うら～」結了瓜。

なり⓪【成り】 成。將棋對局中，棋子進入對方陣地後取得等同「金將」的資格。「桂～」桂馬成金將。

なり⓪【形・態】①體形，身材，個子，形態。「～は小さいが力はあり」個子雖小，力量大。②打扮，裝束。「派手な～」花俏的打扮。③從屬狀，相應狀態。「道～に行く」沿著路走。

なり⓪【鳴り】 響聲。鳴響，發出聲音。「～を潜める」悄然無聲；銷聲匿跡。

なり（助動）①是。表示說明、斷定之意。「本日は晴天～」今天是晴天。②整。「金五万円～」5萬日圓整。

なりあがり⓪【成り上がり】 發跡，暴發，暴發戶。

なりあが・る⓪【成り上がる】（動五）暴富，驟富，發跡，飛黃騰達。↔成り下がる

なりかたち⓪【形姿】 儀表，儀容。

なりかつよう【ナリ活用】 「ナリ」活用。

なりかわ・る⓪【成り代わる】（動五）代替，取代。

なりき【生り木】 結果樹，果樹。

なりきん⓪【成り金】①成金。將棋中進入對方陣地後變成「金將」的棋子，尤指將兵成金將的棋子。②暴富，發跡，暴發戶。「戦争～」發戰爭財的人。

なりさが・る⓪【成り下がる】（動五）淪落，沒落，零落。↔成り上がる

なりすま・す⓪【成り済ます】（動五）變得一模一樣，裝扮成，扮作，冒充。

なりたち⓪【成り立ち】①（成立）經過。「労働組合の～」工會成立的過程。②構成要素，結構，成分。「代表団の～」代表團的成員。

なりた・つ⓪【成り立つ】（動五）①成立，談成，談妥。「貿易の取り決めが～・つ」達成貿易協定。「契約が～・つ」契約談妥了。②能維持，站得住。「経営が～・つ」經營能維持。③組成，構成。

なりたて⓪【成り立て】 剛當上，剛剛成為。

なりて⓪【成り手】 想擔任…的人，想當…的人。「会長の～がない」沒有想擔任會長的人。

なりどし⓪【生り年】 果實豐收的年份。↔裏年

なりは・てる⓪【成り果てる】（動下一）淪落，沒落，落魄。「こじきに～・てる」淪落乞丐。

なりひび・く⓪【鳴り響く】（動五）①響遍，響徹。②天下聞名，馳名，遠揚。

なりふり⓪【形振り】 衣著形象。「～かまわず」不講究衣著。

なりもの⓪【生り物】 結果樹，水果。

なりもの⓪【鳴り物】①鳴樂器。②鳴物，響器，打擊樂伴奏。

なりものいり⓪【鳴り物入り】①加入響器伴奏。②大肆宣傳。

なりゆき⓪【成り行き】①趨勢，局勢，推移，演變。②時價交易。↔指し値

なりわい⓪◎【生業】 為維持生計的工作。

なりわた・る⓪【鳴り渡る】（動五）①響遍。②馳名，聞名，遠揚。

な・る⓪【成る】（動五）①實現，完成。「新装～・った本館」裝飾一新的本館。②組成。「論文は6章から～・る」論文由文章構成。③無妨，允許。「悪いことをしては～・らない」不要做壞事。④對動作者表示敬意。「お休みに～・りました」休息了。

な・る⓪【為る】（動五）①成為，變

爲。「この子は学者こ～・りたいと言っています」這個孩子說想成爲學者。②成爲，具有。起某種作用。「甘やかすとために～・らない」太驕慣了，沒好處。③到。到達某一時刻、時期。「梅雨の季節に～・った」到了梅雨季節。

な・る⓪【鳴る】（動五）　①鳴響。②著名，著稱，聞名。「名声が天下に～・る」馳名天下。

なるこ⓪【鳴子】　鳴子。驅趕田間害鳥之工具。

ナルシシスト④【narcissist】　自戀者。

ナルシシズム④【narcissism】　①自戀（癖）。②自戀，自我陶醉。

なるたけ⓪【成る丈】（副）　儘量，盡可能。

なると⓪【鳴門】　①鳴門。潮水漲落時潮流捲起漩渦發出轟鳴的窄海峽。②「鳴門巻き」之略。

なるとまき⓪【鳴門巻き】　鳴門魚肉捲。

なるべく⓪【成る可く】（副）　盡可能，如果可能的話，儘量。

なるほど⓪【成る程】　①（副）　的確，實在，誠然。②（感）的確，可不是。

なれ②【慣れ・馴れ】　習慣，熟習。

なれあい⓪【馴れ合い】　合謀，勾結。

なれあ・う③【馴れ合う】（動五）　①（相互）親密。「子供のときから～・った仲」自幼親密的交情。②合謀，勾結。

ナレーション②【narration】　旁白。

ナレーター①【narrator】　（影視、廣播中的）解說員，旁白者。

なれずし②【熟れ鮨】　熟成壽司。

なれそめ⓪【馴れ初め】　認識機會。戀愛的契機。

なれっこ⓪【慣れっこ・馴れっこ】　習以爲常，非常習慣。

ナレッジエンジニア【knowledge engineer】　系統工程師。

なれなれし・い⑤【馴れ馴れしい】（形）　親暱的，不尊重的，過親密。

なれのはて⓪③【成れの果て】　窮途末路。

な・れる②【慣れる・馴れる】（動下一）　①習慣，適應。②熟練。「～・れると上手になる」熟能生巧。③熟悉。「新しい先生に～・れてきた」對新老師熟悉了。④馴順，馴化。⑤合適。「足に～・れた靴」合腳的鞋。⑥用習慣。「書き～・れた万年筆」寫字用慣的鋼筆。

なわ②【縄】　①繩，繩索。②綁住，捕。「～に掛かる」被捕。

なわしろ⓪【苗代】　秧田。

なわつき④⓪【縄付き】　受綁，犯罪人。

なわて⓪【畷・縄手】　田埂，畦道。

なわとび⓪【縄跳び・縄飛び】　跳繩。

なわぬけ⓪【縄脱け】　スル　掙開繩子。

なわのれん⓪【縄暖簾】　①繩簾，垂繩門簾。②小館子，繩簾小店。

なわばしご⓪【縄梯子】　繩梯，軟梯。

なわばり⓪【縄張り】　①工地界繩，現場定界。②基址配置，基址規劃。③勢力圈，勢力範圍，地盤。

なわめ⓪③【縄目】　①繩結，繩扣。②繩紋。③挨捆，被縛，受綁。「～の恥を受ける」蒙受被縛之辱。

なん①【軟】　軟，柔軟。「硬～取りまぜる」軟硬兼施。

なん①【難】　①災難，災禍，危難。「一～去ってまた一～」禍不單行。②非難，問難，責難。「～をいえば、少々重い」若說到非難，稍有些嚴重。③難事，困難。

ナン①【naan】　饢，印度烤餅。

なんい⓪【南緯】　南緯。↔北緯

なんい⓪【難易】　難易。「～の程度」難易度。

なんおう⓪【南欧】　南歐。

なんか①【南下】　スル　南下。↔北上

なんか⓪【軟化】　スル　①軟化，變軟。②軟化。「態度が～する」態度軟化；態度緩和。③軟化。除去硬水中的鈣離子、鎂離子，使成爲軟水。④交易疲軟。↔硬化

なんが⓪【南画】　南畫。「南宗画」的略語。

なんかい⓪【南海】　南海。

なんかい⓪【難解】　難懂，難解。

なんかん⓪【難関】　①難關。不能輕易通

過的關口。「入学試験の～」入學考試的
難關。②難關。難以輕鬆克服的局面、
狀態。「科学の～を突破する」突破科學
難關。

なんぎ⓪【難儀】　①困苦。「借金で～す
る」因債台高築而困苦。②麻煩，困
難。

なんきつ【難詰】　スル　責難，責問，責
備。「子供のだらしなさを～する」責備
孩子的散漫。

なんきゅう⓪【軟球】　軟球。軟式棒球、
網球等使用的較軟的球。↔硬球

なんぎょう⓪【難行】　①〔佛〕難行。↔
易行。②難行，苦修苦行。學藝等非常
艱苦的修行。

なんぎょうくぎょう⑤【難行苦行】　スル　難
行苦行，苦修苦行。

なんきょく⓪【南極】　南極。

なんきょく⓪【難曲】　難演奏的樂曲。

なんきょく⓪【難局】　困難局面。「～を
切りぬける」擺脫困難局面。

なんきょくかい【南極海】　南極洋。

なんきょくけん【南極圏】　南極圈。↔
北極圈

なんきょくたいりく⑤【南極大陸】　南極
大陸。

なんきん⓪【軟禁】　スル　軟禁。「彼は～さ
れた」他被軟禁起來了。

ナンキン⓪【南京】　①南京。②中國貨。
表中國產或經中國傳入的貨物之意。

ナンキンじょう⓪【南京錠】　洋鎖。

ナンキンだま⓪【南京玉】　有孔小珠子。

ナンキンまめ⓪【南京豆】　花生。

ナンキンむし【南京虫】　①臭蟲的別
名。②金殼女用錶。

なんくせ⓪⓪【難癖】　毛病，缺點。「～を
付ける」吹毛求疵；雞蛋裡挑骨頭。

なんくん⓪【難訓】　難訓，難讀漢字訓
讀。

なんけん⓪【難件】　棘手問題，難案。

なんげん⓪【南限】　南限。(動植物區域
分布等的)南部界限。↔北限

なんご⓪【喃語】　スル　①喃喃私語，體己
話。②〔心〕喃喃學語。乳兒期向不能
稱之為語言的無意義語音。

なんご⓪【難語】　難解話語，難懂話語。

なんこう⓪【軟膏】　軟膏。↔硬膏

なんこう⓪【難航】　スル　①難以航行，艱難
航行。②進展不暢，難以進展。「交渉
が～する」談判難以進展。

なんこうがい【軟口蓋】　軟顎。↔硬口
蓋

なんこうふらく⑤【難攻不落】　難以攻
陷。

なんこつ⓪【軟骨】　軟骨。↔硬骨

なんざん⓪【南山】　①南山。南方的山。
②南山。指高野山，尤指金剛峰寺。③
南山。中國西安近郊終南山的異名。

なんざん⓪【難産】　スル　①難產。↔安產
②難產。喻因遇到困難使事情受到超乎
預料的拖延。

なんじ【難字】　難字。

なんじ⓪⓪【難治】　難治，不好治。

なんじ【難事】　難事，難題。

なんじ⓪⓪【汝・爾】　(代)　汝，你，
爾。「～の隣人を愛せよ」愛汝鄰人！
「～自身を知れ」汝當自知。

なんしつ【軟質】　軟質，軟性。↔硬質

なんじゃく⓪【軟弱】　軟弱，懦弱。

なんじゅう⓪【難渋】　スル　①遲滯。②艱
難。「捜査が～する」搜查遲遲進展不
了。

なんしょ【難所】　難行處，難關。

なんしょく⓪【難色】　難色。「～を示す」
面露難色。

なんしん⓪【南進】　スル　南進。

なんすい【軟水】　軟水。↔硬水

なんせ【何せ】　(副)　總之，無論如
何。

なんせい【南西】　西南。

なんせい【軟性】　軟性。↔硬性

なんせいげかん⑤【軟性下疳】　軟性下
疳。→硬性下疳

なんせん⓪【難船】　スル　遇難船。

ナンセンス①【nonsense】　滑稽。

なんせんほくば⑤【南船北馬】　南船北
馬。

なんたいどうぶつ⑤【軟体動物】　軟體動
物。

なんだか【何だか】　(副)　總覺得，不

由得，總有點。

なんだかんだ◎ 這個那個，這樣那樣。「～屁～理屈を言う」這個那個地講歪理。「～で忙しかった」忙這忙那。

なんたる◎【何たる】 ①（連體）多麼…呀！「～みにくいざまだ」多麼難看呀！②（連語）爲何物，是什麼。「哲学の～かを学ぶ」學一學哲學爲何物。

なんちゃくりく◎【軟着陸】スル 軟著陸。

なんちゅう◎【南中】スル 上中天，中天。天體通過子午線。

なんちょう◎【軟調】 ①軟調。照相的負像、正片的影調。②疲軟。行情下跌的趨勢。

なんちょう◎【難聴】 重聽耳聾，耳背。

なんて①【何て】 ①（副）多麼…啊！「～親切な人だろう」多麼親切的人。②（連語）「なんという」的極通俗說法。「～名前なの」叫什麼名字。

なんで①【何で】（副）①爲什麼，何故。「～学校を休んだ」爲什麼沒上學。②豈能。「そのような理不尽が～認められよう」豈能允許如此不講道理。

なんてき◎【難敵】 勁敵，強敵。

なんでも①【何でも】 （副）①據說是，似乎。「～今日は来るそうだよ」據說今天要來。②不管事情如何，無論如何，想方設法。「なにが～やりとおさなければならない」無論如何都要做到底。

なんでもかんでも①【何でもかんでも】（副）①全都。②一定，務必。「この仕事が終わるまでは～がんばろう」一定要堅持到這項工作結束。

なんでもや◎【何でも屋】 多能者，萬事通，啥事都管。

なんてん◎【南天】 ①南方的天空。②南天竹，天竹子。

なんてん①【難点】 ①缺點。②困難點。「未解決の～を克服する」克服沒解決的難題。

なんと①【何と】 ①（副）①怎麼樣，如何。「～したものか」怎麼樣了？②多麼…啊！「～りっぱな庭だろう」多麼好的庭院呀！②（感）①哎呀，呀。②（用於提醒、叮囑對方時）怎麼樣，如何。

「～、そうじゃありませんか」怎麼樣？不是這樣嗎？

なんど◎【納戸】 儲藏室。

なんど①【難度】 難度。

なんとう◎【南東】 東南。

なんとう◎【軟投】 軟投。棒球比賽中，投手較多投出慢速球和變化球。

なんとか◎【何とか】（副）スル ①無論如何，想方設法。「～やりこなす」總得把事情想辦法。②（雖談不上滿足的）總算，勉強，差不多。「二万円ぐらいあれば～まにあいます」要是有二萬日圓的話，還勉強應付。

なんどき◎【何時】 ①何時。「いつ～事故に遭うかわからない」不知何時會遇到事故。②「幾點鐘」的老式說法。「いま～だい」現在幾點鐘？

なんどく◎【難読】 難讀，難念。

なんとも①【何とも】（副）①怎麼也。「～言いようがない」無以言狀。②無關緊要。「～思わない」毫不介意；滿不在乎。③非常，真是太。「～申し訳ありません」真是太對不起了。

なんなら①【何なら】（副）①如果必要，如果您希望的話。「～中止してもよい」如果必要的話中止也可以。②如有不便，如果不情願的話。「ここが～、よそへ行こう」如果您不喜歡這裡，我們就去別處吧。

なんなりと①【何なりと】（副）無論如何，不管怎麼樣。

なんなんせい①【南南西】 南南西。

なんなんとう①【南南東】 南南東。

なんなんと・する①【垂んとする】（動サ變）將近，就要。「5万人に～・する大観衆」將近5萬人的眾多觀眾。

なんにも◎【何にも】（副）①無論什麼，什麼也。「それでは～ならない」如果那樣，什麼也辦不成。②絲毫，完全。「～見えない」什麼也沒有。

なんにょ①【男女】 男女。「老若なんじゃく～」男女老少。

なんねん◎【難燃】 難燃。

なんぱ①◎【軟派】スル ①溫和派，鴿派。②調情派，獵艷派。③社會版面記者，文

化版面記者。④拈花惹草，廝混調情。→硬派

なんぱ◎【難破】スル 失事，遇難。「～船」失事船隻；遇難船。

ナンバー①【number】 ①數字，頁碼。「用紙に～を打つ」往稿紙上打頁碼。②牌號，號碼。「自動車の～」汽車牌號。③期，號。「バック-～」過期刊物。④（音樂的）曲目。「スタンダード-～」標準曲目。

ナンバーエイト⑤【number eight】 第八號，八號隊員。

ナンバープレート⑥【⑪ number+plate】 牌照。

ナンバーワン④【number one; No.1】 ①頭號人物，明星，一流。②第 1 名，第 1 號，第 1 人。

ナンバリング◎〔numbering-machine 之略〕號碼機。

なんばん①【南蛮】 ①南蠻。②南洋。「～漬け」南蠻漬醃漬醃魚。「～焼き」南蠻粗陶器。

なんばんづけ◎【南蛮漬け】 南洋醃漬物。

なんばんに◎【南蛮煮】 南蠻煮。

なんぴと◎【何人】 什麼人，任何人。「～も立ち入ることは許さない」任何人不准入內。

なんびょう◎◎【難病】 難症，難治之症。

なんぴょうよう◎【南氷洋】 南冰洋。南極洋的別名。

なんぶ①【南部】 南部。

なんぷう◎【南風】 南風。

なんぷう◎【軟風】 軟風，微風。

ナンプラー①【namplaa】 （泰國料理中使用的）魚醬。

なんぶん◎【難文】 難懂的文句。

なんぶんがく◎【軟文学】 軟文學，黃色文學。

なんべい◎【南米】 南美，南美洲。

なんべん◎【軟便】 軟便。

なんぼ◎（副） ①什麼程度，若干，多少。②多麼。「一人ぼっちは～寂しかろう」孤身一人多麼寂寞啊。③無論多少，無論多麼。「ほしければ～でもあげよう」想要的話，無論多少都可以給你。

なんぽう◎【南方】 南方。

なんぼく①【南北】 南北。「東西～」東西南北。「～アメリカ」南北美洲。

なんぼくちょうじだい⑤【南北朝時代】 南北朝時代。

なんぼくもんだい⑤【南北問題】 南北問題。北半球的先進工業國家與低緯度地帶及南半球開發中國家之間存在的政治、經濟諸問題之總稱。

なんまいだ◎ 「南無阿弥陀仏」之轉換音。

なんみん◎◎【難民】 難民。

なんもん◎【難問】 難題。「～が山積する」難題成堆。

なんやく◎【難役】 艱鉅任務。「～をこなす」完成艱鉅任務。

なんよう◎【南洋】 南洋。

なんら①◎【何等】（副）（下接否定）絲毫，任何。「～の困難もない」一點困難也沒有。

なんらか①【何等か】（連語） 一些，某些，稍微。「～の問題があるらしい」似乎有一點問題。

なんろ①【難路】 險峻的道路，難行的路。

に◎【二】 D音。西洋樂音名。

に◎【丹】 丹，朱紅。

に◎【荷】 ①荷載，貨物，行李。「～を集める」集中貨物。②擔子，任務，負荷。「肩の～が下りる」卸掉肩上的擔子。「～が勝つ」不勝負荷。

に◎【煮】 ①燉煮，煮。②煮的火候。「～が足りない」煮得不到火候；沒煮透。

に◎【二・弍】 ①二，貳。②二，第二，其次。「～の句」第二句話。

に◎【尼】 尼姑。「修道～」修道尼。

にあ・う◎【似合う】（動五） 相稱，合適，匹配。「よく～・うスカート」很相稱的裙子。

にあがり◎◎【二上り】 二上。三味線調弦法之一。

にあげ◎【荷揚げ】ㇲㇽ ①起貨，卸貨。②往上搬。

にあし◎【荷足】 壓艙貨。

にあつかい◎【荷扱い】 ①貨物處置方法。②辦理貨運。

ニアミス◎◎【near miss】 空中接近。

にあわし・い◎【似合わしい】（形） 適宜的，適合的，適稱的。

ニー◎【knee】 膝，膝蓋。

にいさま◎【兄様】 哥哥（的敬稱）。

にいさん◎【兄さん】 ①哥哥。對兄長的稱呼。②大哥。對年輕男子的親熱稱呼。

ニーズ◎【needs】 必要，需要，要求。

ニーズ◎【NIEs】 〔newly industrializing economies〕新興工業經濟區。「アジア-～」亞洲新興工業經濟區。

にいづま◎【新妻】 新娘，新妻。

にいにいぜみ◎【にいにい蟬】 蟪蛄。

にいぼん◎◎【新盆】 新盂蘭盆會。

にいまくら◎【新枕】 初次同床，初次同房，新枕。

ニーレングス◎【kneelength】 及膝長襪，及膝長裙。

にいろ◎【丹色】 丹色，紅色。

にいん◎【二院】 二院，兩院。

にうけ◎【荷受け】 收貨，領貨。

にうごき◎【荷動き】 物流。

にえ◎【煮え】 煮，燉煮火候。「～が足りない」煮的火候不夠。

にえ◎【沸・錵】 倭刀花紋。

にえあが・る【煮え上がる】（動五） ①煮好，煮透。②煮開。

にえかえ・る【煮え返る】（動五） ①沸騰，煮開。②翻騰，怒火中燒，非常氣憤。

にえきらない【煮え切らない】（連語） 不乾脆的，猶豫不決的，曖昧的。「～・い態度」猶豫不決的態度。

にえくりかえ・る◎【煮え繰り返す】（動五） 沸騰，翻騰，非常氣憤。

にえたぎ・る【煮え滾る】（動五） 煮得滾開。

にえた・つ◎【煮え立つ】（動五） ①煮開，煮滾。②非常氣憤。

にえゆ【煮え湯】 開水。「～を飲まされる」被要慘了。

に・える◎【煮える】（動下一） ①燉爛，煮熟。②（水）燒開。③熬化，溶化，熔化。「コールタールが～・える」瀝青熬化了。④非常氣憤。

にお◎【鳰】 小鸊鷉的古名。

におい◎【匂い】 ①氣味。「花の～をかぐ」聞花香。②氣氛，氣息。「ここには城下町の～が残っている」此處尚保留著城鎮的風貌。

におい◎【臭い】 ①臭味。惡臭。「魚の生ぐさい～」魚腥味。②不對味，不對勁。「不正の～」（給人以）不正派的感覺。

においぶくろ◎【匂い袋】 香袋，香囊。

におう◎【仁王・二王】 哼哈二將。

にお・う◎【匂う】（動五） ①散發香味，發香。②顯得好看，顯得光豔。「朝日に～・う山桜花」在朝陽映照下顯得十分鮮豔的山櫻花。③風姿綽約，閉月

羞花，光潔可愛。「～・うばかりの美少年」風姿綽約的美少年。④隱約感到，有所感覺。

にお・う◎【臭う】（動五）　發臭，有臭味。

におうだち◎【仁王立ち】　挺立。

におうもん◎【仁王門】　山門。

におくり◎【荷送り】　發送貨物，送貨，發貨。

ニオブ◎【德 Niob】　鈮。

におも◎【荷重】　負荷，負重。「この役目は彼には～だ」這項任務對他來說負擔過重。

におわ・す◎【匂わす】（動五）　使散發香味。

におわ・せる◎【匂わせる】（動下一）①使散發香味。②使光豔照人，使美麗。「湯上がりの肌を～・せる」剛剛出浴的肌膚顯得明豔照人。③暗示，透露。「辞職を～・せる」暗示辭職之意。

にかい◎【二階】　①二層樓房，二樓。②第二層。

にが・い◎【苦い】（形）　①苦，味苦的。「～・いお茶」苦茶。②不開心的，不愉快的。「人の前であれこれ注意されて、～・い顔をしている」在人前這樣那樣地受指責，面帶不悅之色。③痛苦的，苦楚的。「～・い経験をする」有痛苦的經驗。

にがうり◎【苦瓜】　苦瓜的別名。

にがおえ◎◎【似顔絵】　似顏繪，肖像畫。

にがしお◎【苦塩】　鹽鹵，鹵水。

にが・す◎【逃がす】（動五）　①放，放掉，放跑。「かっていた小鳥を～・す」把飼養的小鳥放掉。②逃，放跑，錯過，沒抓住。「機会を～・す」沒抓住機會；放過機會。③放跑。「裏口から～・す」從後門放走。

にかた◎【煮方】　①烹調法，煮法。②烹調師，掌勺廚師。

にがたけ◎【苦竹】　苦竹。剛竹、雌竹的別名。

にがつ◎◎【二月】　二月。

にがて◎【苦手】　①難對付者，棘手的對手。「あの人は～だ」那個人難對付。②不擅長。「私は英語が～だ」我不擅長英語。

にがにがし・い◎【苦苦しい】（形）　非常不愉快的，極其討厭的。

にがみ◎【苦み・苦味】　①苦，苦味。②莊重的，不快的，痛苦的。

にがみばし・る◎【苦み走る】（動五）　嚴肅端莊，莊重。「～・ったいい男」表情莊重的堂堂男子漢。

にがむし◎【苦虫】　苦蟲。「～を嚙みつぶしたよう」嚼碎苦蟲般表情；愁眉苦臉。

にかめいが◎【二化螟蛾】　二化螟蛾。

にかめいちゅう◎【二化螟虫】　二化螟蟲。二化螟蛾的幼蟲。

にかよ・う◎【似通う】（動五）　相似，相像，類似。

にがり◎【苦汁】　鹽鹵，鹵水。

にがりき・る◎【苦り切る】（動五）　痛苦之極，一臉苦相。

にかわ◎【膠】　膠，骨膠，動物膠。

にがわせ◎【荷為替】　貨匯，押匯，跟單。

にがわらい◎【苦笑い】 スル　苦笑。

にがんレフカメラ◎【二眼─】　雙鏡頭反光照相機。

にき◎【二季】　①二季。四季中的兩季，春和秋、夏和冬等。②盂蘭盆會和年底。

にきさく◎【二期作】　二期作。

にぎてき◎【二義的】（形動）　（第）二義的。

にぎにぎし・い◎【賑賑しい】（形）　熱鬧非凡，盛大。「～・い繁華街の夕暮れ」熱鬧的繁華大街的傍晚。

にきび◎【面皰】　痤瘡，粉刺。

にぎやか◎【賑やか】（形動）　①熱鬧，繁盛，繁華。「～な通り」熱鬧的大街。②喧鬧，嘈雜，鬧哄哄，有說有笑，性格開朗。「～な会合」鬧哄哄的聚會。

にきょくしんくうかん◎◎【二極真空管】　二極真空管，二極體。

にぎら・せる◎【握らせる】（動下一）　①使握住，使拿住。②行賄。

にぎり◎【握り】 ①握住。②一拳，一把，一握。「一～の米」一把米。③把，把手，柄。「ステッキの～」手杖的把手。④握飯糰。

にぎりこぶし◎【握り拳】 握拳。

にぎりし・める◎【握り締める】（動下一） 緊握，握緊，攥。

にぎりずし◎【握り鮨】 飯糰壽司，握壽司。

にぎりつぶ・す◎【握り潰す】（動五） ①捏碎，捏壞。

にぎりばし◎【握り箸】 握著筷子。

にぎりめし◎【握り飯】 握飯糰。

にぎりや◎【握り屋】 吝嗇鬼，守財奴。

にぎ・る◎【握る】（動五） ①握，攥。「手に汗を～・る」捏一把汗。②握緊，抓住。「ハンドルを～・る」握住方向盤。③抓住，掌握。「政権を～・る」掌握政權。「証拠を～・る」掌握證據。

にぎわ・う◎【賑わう】（動五） ①熱鬧，繁華。「銀座のデパートは土曜日や日曜日は買い物客で大変～・う」銀座的百貨公司週六、週日顧客很多，熱熱鬧鬧的。②興隆。「あの店はいつも客で～・っている」那個商店老是生意興隆。③豐盛。「食卓が～・う」餐桌豐盛。

にぎわ・す◎【賑わす】（動五） ①使活躍，使興隆。「余興で～・す」以餘興活躍氣氛。②使豐盛。「食膳を～・す」使餐桌豐盛起來。

にぎわわ・す◎【賑わわす】（動五） 同「にぎわす」。

にく◎【肉】 ①肉，肌肉。「～がつく」長肉。②肉。③果肉。「びわは種が大きくて～が少ない」枇杷核大肉少。④（物的）厚度。「～のうすい葉」薄葉子。⑤加工，潤色。「文章に～をつける」對文章再加潤色。⑥肉體。「血わき～おどる」血湧肉跳；躍躍欲試。⑦肉欲，性慾。「～の誘惑」肉欲的誘惑。⑧印泥。

にくあつ◎【肉厚】（形動） 肉厚，厚實。「～の手」厚實的手。

にく・い◎【憎い】（形） ①可憎的，可恨的，可惡的。②可恨的，小冤家，殺千刀的，死鬼。（用作反語）可愛的。「私の心を奪った～・い人」奪去我心的可恨的人。③令人佩服，漂亮之極，令人欽佩。「なかなか～・いことを言う」你說得實在令人欽佩。

にく・い◎【難い】（接尾） （接動詞連用形後表示）做…很難，的確難以…。「読み～・い」難讀。

にくいろ◎【肉色】 肉色，膚色。

にくがん◎【肉眼】 肉眼。

にくぎゅう◎【肉牛】 肉牛。

にくさ◎【憎さ】 憎恨，憎惡。「かわいさ余って～百倍」愛之愈深而恨之愈切。

にくじき◎【肉食】 スル 食肉，吃葷。

にくじきさいたい◎【肉食妻帯】 吃葷娶妻。指僧人食魚肉、娶妻子。

にくしつ◎【肉質】 ①肉質。指肉多的性質。「～の葉」肉質葉。②肉質。肉的品質。「～がいい」肉質好。

にくジュバン◎【肉―】 肉色緊身衣褲。

にくしみ◎【憎しみ】 憎恨，憎惡。

にくしゅ◎【肉腫】 肉瘤。

にくじゅう◎【肉汁】 肉汁，肉湯。

にくしょく◎【肉食】 スル ①肉食，食肉。↔菜食。②肉食。↔草食。「～動物」肉食動物。

にくしん◎【肉親】 血親，骨肉親。「～の情」骨肉之情。

にくずく◎【肉豆蔻】 肉豆蔻。

にくずれ◎【荷崩れ】 スル 貨物倒塌。

にくずれ◎◎【煮崩れ】 スル 煮化，煮爛。

にくせい◎【肉声】 肉聲，原音。

にくたい◎◎【肉体】 肉體。

にくたいてき◎【肉体的】（形動） 肉體的，體力的。↔精神的

にくたいろうどう◎【肉体労働】 體力勞動。↔精神労働

にくたらし・い◎【憎たらしい】（形） 非常可憎的，非常討厭的。

にくだん◎【肉弾】 肉彈，肉搏。

にくだんご◎【肉団子】 肉丸子。

にくち◎【肉池】 印泥盒。

にくづき◎【肉月】 月字邊。

にくづき⓪【肉付き】 胖瘦，肥瘦。「～のいい体だ」豐滿的身體。

にくづけ④【肉付け】 スル ①胖瘦，肥瘦。②加工，潤飾，充實內容。「文章に～する」潤色文章。

にくなんばん⓪【肉南蛮】 肉湯麵。

にくにくし・い⑤【憎憎しい】（形） 極其可憎的。

にくはく⓪【肉薄・肉迫】 スル ①肉搏，逼近。「敵陣に～する」逼近敵陣。②迫近，非常接近。「首位に～する」（競技時）接近第一名。

にくばなれ⓪【肉離れ】 スル 肌肉撕裂，肌肉拉傷。

にくひつ⓪【肉筆】 親筆，手筆。

にくぶと⓪【肉太】 筆畫粗，筆道粗，粗體。↔肉細

にくへん⓪【肉片】 肉片。

にくぼそ⓪【肉細】 筆畫細，筆道細。↔肉太

にくまれぐち⓪【憎まれ口】 令人憎惡的話，令人討厭的話，討人嫌的話。「～をたたく」專說令人討厭的話。

にくまれっこ⓪【憎まれっ子】 討厭鬼，頑皮孩子，討人嫌的孩子。「～世にはばかる」頑皮孩子有出息。

にくまれやく⓪【憎まれ役】 令人埋怨的角色，反派角色，反面人物。

にくまん⓪【肉饅】 肉包子。

にく・む②【憎む】（動五） 怨恨，憎惡。

にくようしゅ⓪【肉用種】 肉用種。

にくよく【肉欲・肉慾】 性欲，肉欲。

にくらし・い④【憎らしい】（形） ①可恨的，嫉恨的，可惡的，討厭的。②可恨的。（用於反語）令人著迷而可愛的。「その気にさせた～・い人」令人身不由己地著迷但卻又可恨的人。

にぐるま②【荷車】 獸力車，人力車，板車。

ニグロ①【negro】 黑人。

ニグロイド④【Negroid】 尼格羅人種，黑色人種。

にぐん⓪【二軍】 二軍，二線隊員。

にげ②【逃げ】 ①逃跑，逃，躲。「～も

隠れもしない」不躲不藏。②遁詞，藉口。「～を言う」找藉口。「～を打つ」設法逃避責任；準備退路。

にげあし②【逃げ足】 逃速，逃跑速度快。「～が速い」逃得快。

にげう・せる④【逃げ失せる】（動下一）跑掉，逃亡，逃匿。

にげうま②【逃げ馬】 領先馬，頭匹馬。

にげおく・れる⓪【逃げ遅れる】（動下一） 沒逃掉，沒跑了。

にげかくれ⓪【逃げ隠れ】 スル 逃避，逃匿。「もう～は致しません」（我）不再逃避。

にげき・る【逃げ切る】（動五） 逃脫，領先取勝，甩開對手獲勝。「追手から～・る」擺脫追捕者。

にげこうじょう【逃げ口上】 遁辭，藉口。

にげごし⓪⓪【逃げ腰】 要逃走，想逃避責任，想推卸責任。

にげこ・む【逃げ込む】（動五） ①逃入，竄入。

にげだ・す⓪③【逃げ出す】（動五） ①逃出。「裏口から～・す」從後門逃出。②開始逃跑。「猛攻に敵は～・した」在猛攻之下敵人開始逃跑。

にげな・い【似気無い】（形） 不合的，不像的，不相符的。「上司に～・い振る舞い」與上司身分不相符的舉止。

にげの・びる⓪【逃げ延びる】（動上一）遠遁，逃之夭夭。

にげば⓪【逃げ場】 避難所，藏身處。「～を失う」無處可逃。

にげまど・う④【逃げ惑う】（動五） 亂竄，亂逃，亂跑，逃散。「突然の地震で人々が～・う」突然發生地震，人們亂成一團。

にげみず【逃げ水】 路面氣浪現象，陸上蜃景水。

にげみち③【逃げ道】 ①逃跑的方向，逃脫的道路。②後路，退路。「～を作っておく」準備好退路。

に・げる⓪【逃げる】（動下一） ①逃，逃走，逃跑。②逃脫，逃離，逃生，溜。「鳥籠から小鳥が～・げる」小鳥從

鳥籠中逃脱。③逃避，躲避，回避。「あの男はその仕事を〜・げているようだ」他似乎是躲避那個工作。④外洩，外逸，跑氣。「熱が〜・げる」熱氣外洩。

にげん⓪【二元】　二元。「物心の〜の哲学」物質和精神的二元哲學。

にげんろん⓪【二元論】〔哲〕〔dualism〕二元論。

にごう①【二号】　①二號，第二號。②老二，二房，姨太太。

にこげ⓪【和毛】　胎毛，絨毛。

にこごり⓪【煮凝り】　魚凍，魚肉凍。

にごしらえ③【荷拵え】スル　包裝（貨物）。

にご・す【濁す】（動五）　①使混濁，弄渾。②含糊（其詞）。「言葉を〜・す」含糊其詞。

ニコチン⓪【nicotine】　尼古丁，煙鹼。

ニコチンちゅうどく⑤【—中毒】　尼古丁中毒，煙鹼中毒。

にこぼ・れる⓪【煮零れる】（動下一）　湯溢出來，溢出鍋外。

にこぽん　拉攏，籠絡。

にこ・む【煮込む】（動五）　燉，熬熟，燉爛。

にこやか②【和やか】（形動）　和藹，和氣。「〜な顔つき」和藹的面孔。「〜に話す」和和氣氣地說話。

にこよん　短工，零工。

にごら・す【濁らす】（動五）　①弄渾，弄混濁。②含糊，閃爍（其詞）。「口を〜・す」閃爍其詞。

にごり③【濁り】　①混濁，污濁。不清，正發渾。②濁音符號，濁點。「〜をつける」加濁音符號。③嘶啞，沙啞。「声に〜がある」聲音嘶啞。

にごりざけ⓪【濁り酒】　濁酒。

にころがし⓪【煮転がし】　湯汁收乾的料理。

にごん⓪【二言】　二話，食言，出爾反爾。「武士に〜はない」武士沒二話；武士不食言。

にざかな②【煮魚】　燉魚，煮魚。

にさばき②【荷捌き】スル　①理貨。分類處

理貨物。②銷貨。

にさん⓪【二三】　二三，幾個，少數。「〜うかがいたい」想請教二三。

にさんかいおう⑤【二酸化硫黄】　二氧化硫。

にさんかたんそ⑤【二酸化炭素】　二氧化碳。

にし⓪【西】　①西。↔東。②西風。③西方，西方淨土。「〜も東もわからない」❶不分東西；不知東西南北。❷不分東西。喻不明事理。

にし⓪【螺】　螺。

にし①【二死】　（棒球）二人出局。

にじ①【虹】　彩虹。

にじ①【二次】　①第二次，二次。「〜試験」複試。②次要，二次。「〜エネルギー」次級能量；二次能量。③〔數〕二次。「〜関数」二次函數。

にしあかり③【西明かり】　迴光返照。

にじエネルギー④【二次—】　二次能源。

にじかい⓪【二次会】　①二次會議。②二次宴會。

にしかぜ⓪【西風】　西風。

にしがわ⓪【西側】　①西側。「家の〜」房屋的西側。②西方。指（歐美）資本主義國家。↔東側

にじかんせん③【二次感染】　①雙重感染。②二次傳染。由感染者再傳染給他人。

にしき①【錦】　織綿，綿緞。「紅葉の〜」紅葉似錦。「〜を飾る」衣錦還鄉。

にしきえ⓪【錦絵】　錦繪。

にしきごい③【錦鯉】　錦鯉。

にしきのみはた①【錦の御旗】　①錦旗。官兵的象徵旗幟。②旗號，堂皇招牌。「公害防止を〜とする」以防止公害作爲招牌。

にしきへび⓪【錦蛇】　蟒蛇。

にじぐち⓪【二字口】　二字口。相撲運動中力士登相撲台的地方。

にじげん③【二次元】　二元，二次元。

にじさいがい【二次災害】　二次災害。

にしじんおり⓪【西陣織】　西陣錦緞，西陣絲綢。

にじっせいき⑤【二十世紀】　①二十世

紀。②二十世紀梨。

にしにほん⓪【西日本】 西日本。↔東日本

にしはんきゅう⑤【西半球】 西半球。

にしび⓪【西日】 夕陽。

にじます⓪②【虹鱒】 虹鱒。

にじみ・でる④【滲み出る】（動下一）①滲出，流露。「汗が～・でる」沁出汗來。②流露，顯出。「手紙にはなっかしさが～・でている」信上流露出戀慕之情。

にじ・む②【滲む】（動五）①滲，量開。「インクが～・みやすい紙」墨水容易滲開的紙。②滲出，流露。「涙が目に～・む」眼淚汪汪。

にしめ⓪【煮染め】 紅燒菜餚。

にし・める③【煮染める】（動下一）燜，燉，紅燒。

にしゃたくいつ④【二者択一】 二者擇一。

にじゅう⓪【二重】①兩層，雙層。「～に包む」包兩層。②雙重。「～国籍」雙重國籍。

にじゅううつし⑤【二重写し】①重疊拍攝。②雙重拍攝，雙重曝光。

にじゅうかかく⑤【二重価格】 雙重價格。

にじゅうこくせき⑤【二重国籍】 雙重國籍。

にじゅうしせっき⑤【二十四節気】 二十四節氣。

にじゅうしょう⓪【二重唱】 二重唱。

にじゅうじんかく⑤【二重人格】 雙重人格。

にじゅうせいかつ⑤【二重生活】①雙重生活。②兩地生活。

にじゅうそう②【二重奏】 二重奏。

にじゅうちょうぼ⑤【二重帳簿】 兩本帳。

にじゅうはっしゅく④【二十八宿】 二十八宿。

にじゅうひてい⑤【二重否定】 二重否定，雙重否定。

にじゅうぼいん⑤【二重母音】 雙重母音，複合母音。

にじゅうまわし⑤【二重回し】 披肩式男和服外套。

にじょう⓪【二乗】スル 〔數〕平方，二次方。

にじりぐち⓪【躙り口】 膝行口。

にじりよ・る④【躙り寄る】（動五）膝行靠近。

にじる【煮汁】①湯汁。②煮汁。

にじ・る⓪【躙る】（動五）①膝行。②捻。「タバコを～・り消す」將香煙捻熄。

にしん⓪【鰊・鯡】 鯡魚。

にしん【二心】 二心。「～を抱く」懷有二心。

にしん⓪【二伸】 又及。

にしんとう【二親等】 二親等。

にしんほう⓪【二進法】〔數〕〔binary scale〕二進制。

ニス⓪ 漆，清漆。

にすい【二水】 兩點水。漢字偏旁之一。

にせ⓪【贋・偽】①贋，偽，假冒，仿製（品）。「～札」偽鈔。②假冒，冒牌。「～もの」冒牌貨。

にせ⓪【二世】 二世，兩世。今世和來世。「～の契り」二世之盟。

にせアカシア⑤【贋一】 洋槐的別名。

にせい⓪【二世】①第二代。②二世。③第二代，（後嗣的）兒子。「最近～が生まれた」最近生了孩子。

にせがね⓪【贋金】 偽幣，假錢。

にせさつ⓪【贋札】 偽鈔，假鈔票。

にせもの⓪【贋物・偽物】①贋品，假貨，偽造品。「～をつかませる」騙人購買假貨。②冒牌貨。徒有其表，有其名無其實的東西。「～の芸」假把式；花拳繡腿。

に・せる⓪【似せる】（動下一）模仿，仿造，仿效。「彼の筆跡に～・せてサインする」摹仿他的筆跡簽字。

にそう⓪①【尼僧】 比丘尼，尼姑，尼僧。

にそく⓪【二足】（鞋襪）兩雙。「～の草鞋を穿く」一人身兼兩種互相妨礙的職業。

にそくさんもん◎【二束三文】 兩把三文，極廉價，極便宜。「～でたたき売る」廉價拍賣。

にだ◎【荷駄】 駄運貨物。

にだい◎【荷台】 車廂，載貨架，車架底盤，裝貨台面。

にたき①【煮炊き】スル 做飯，煮炊。

にだしじる◎【煮出し汁】 高湯，鮮湯汁。

にだ・す②【煮出す】（動五） 煮出，熬出，煮湯，熬湯。「昆布を～・す」煮海帶湯。

にた・つ②【煮立つ】（動五） 煮開，煮得滾開。

にた・てる◎【煮立てる】（動下一） 使煮開。

にたにた①（副）スル 獰笑。「～（と）笑う」獰笑。

にたもの◎【似た者】 相似者。「～どうし」相似的夥伴。

にたものふうふ◎【似た者夫婦】 情趣相投夫妻，脾氣相似的夫妻。

にたりよったり◎【似たり寄ったり】（連語） 相似相近，不相上下，差不多。

にだんがまえ◎【二段構え】 兩手對策。「～で事にあたる」以兩手對策應對。

にち【日】 ①週日。星期之一，「日曜」的略稱。②（接尾）①日。「3月17～」3月17日。②天，日。用於計算天數的量詞。

にちがく【日額】 日額。

にちぎん◎【日銀】 日銀，日本銀行。

にちげん◎【日限】 ①期限，日限。「～が切れる」到期；過期。②期限。「定まった～までにあげる」按期完成。

にちじ①◎【日時】 ①日時。日與時。②時日。日期和時刻。「会合の～を知らせる」通知開會的時間。

にちじょう◎【日常】 日常。

にちじょうさはん◎【日常茶飯】 家常便飯，司空見慣。

にちじょうさはんじ◎【日常茶飯事】 平常事，司空見慣。

にちにち◎【日日】 日日，天天。「～是好日」日日是好日。

にちぶ◎【日舞】 日本舞蹈。

にちぶん◎【日文】 日本文學。

にちや①【日夜】 日夜，晝夜。

にちよう◎【日用】 日用，日常使用。「～に供する」供日常使用。

にちようがっこう⑤【日曜学校】 週日學校。

にちようだいく⑤【日曜大工】 星期日木工。

にちりん◎②【日輪】 日輪，太陽。

にちろく◎【日録】 日記錄。

にっか①【日貨】 日貨。「～排斥」排斥日貨。

にっか◎【日課】 日課。

ニッカーボッカー⑤【knickerbockers】 燈籠褲。

につかわし・い⑤【似付かわしい】（形） 合適的，相稱的。

にっかん◎【日刊】 日刊。

にっき◎【日記】 ①日記。②日記本。「当用～」記事本。

にっきゅう◎【日給】 日薪，日工資。

にっきゅうげっきゅう⑤【日給月給】 計日月薪，日薪月付。

にっきょうそ◎【日教組】 「日本教職員組合」的略稱。

につ・く◎【似付く】（動五） 酷似。「似ても～・かない」一點也不像。

ニックス①【NICs】 〔newly industrializing countries〕新興工業國及地區。

ニックネーム④【nickname】 外號，綽號，暱稱。

にづくり②【荷造り・荷作り】スル 包裝，打包。

にっけい◎【日系】 日裔。「～中国人」日裔中國人。

にっけい◎【日計】 ①以日計。②日計。一天的總計。

にっけい◎【肉桂】 肉桂。

にっけいれん◎【日経連】 日經連。日本經營者團體聯盟的簡稱。

につ・ける◎【煮付ける】（動下一） 煮入味，燉入味。

ニッケル[0]【nickel】　鎳。

ニッケルカドミウムでんち[10]【一電池】　鎳鎘電池。

にっこう[1]【日光】　日光，陽光。

にっさん[0]【日参】スル　①每日參拜（寺院或神社）。②每日前往，每天去。「役所に~する」每天都到官署去。

にっさん[0]【日産】　日產。1日的生產。

にっし[0]【日誌】　日誌。「学級~」班級日誌。

にっしゃ[0]【日射】　日射，太陽能。

にっしゃびょう[0]【日射病】　日射病，中暑。

にっしゅつ[0]【日出】　日出。↔日没

にっしょう[0]【日照】　日照。

にっしょうけん[3]【日照権】　日照權。

にっしょく[0]【日食・日蝕】　日食。

にっしんげっぽ[5]【日進月歩】　日新月異。

にっすう[3]【日数】　日數，天數。

にっせき[3]【日赤】　日本紅十字會。

ニッチ[1]【niche】　①壁龕。②洞龕。設於隧道或橋兩側的用於迴避的場所。

にっちもさっちも[1]【二進も三進も】（副）　進退維谷貌。

にっちゅう[0]【日中】　白天，白晝。

にっちょく[0]【日直】　①值日（的人）。②白天值班（人員）。

にってい[0]【日程】　日程。

ニット[0]【knit】　編織物。

ニットウエア[5]【knit wear】　針織服裝，針織品。

ニッパー[1]【nipper】　鉗子。

にっぱち[0]【二八】　二八月。2 月和 8 月，被視爲不景氣的月份。

ニッパやし[4]【一椰子】〔馬來文nipah〕水椰。

にっぽう[0]【日報】　①日報導。②日報，日刊報紙。③日報表。「セールス~」銷售日報表。

につま・る[3]【煮詰まる】（動五）　①煮乾，熬乾。「みそ汁が~・る」味噌湯煮乾了。②接近解決，將有結論。「原案が~・る」原方案將有結論。

にづみ[0][3]【荷積み】スル　①裝貨。②堆貨，堆放貨物。

につ・める[3]【煮詰める】（動下一）　①煮乾，熬乾。②使接近解決，使接近尾聲。「計画を~・める」使計畫得以討論通過。

にと[1]【二兎】　二兔，兩隻兔子。「~を追う者は一兎をも得ず」追二兔者不得一兔；貪多嚼不爛。

にど[2]【二度】　二度，兩次。「~ある事は三度ある」有第二回就有第三回。

にとう[0][2]【二等】　二等。

にとうぶん[0]【二等分】スル　二等分。「~線」平分線；等分線。

にとうへい[2]【二等兵】　二等兵。

にとうへんさんかくけい[8]【二等辺三角形】等腰三角形。

にとうりゅう[0]【二刀流】　既飲酒又好吃甜食。

にどざき[0]【二度咲き】　二度開花。

にどでま[0]【二度手間】　二遍工，二道手。

ニトロ[0]【nitro】　①硝基。②硝化甘油。

ニトログリセリン[0][6]【nitroglycerin】　硝化甘油。

ニトロセルロース[6]【nitrocellulose】　硝化纖維。

にな[2]【蜷】　①蜷。一群螺的總稱。②川蜷的別名。

にないて[0][4]【担い手】　①挑夫。②肩負重任者，責任承擔者，核心人物，中堅。

にな・う[2]【担う】（動五）　①擔，挑。②承擔，負擔，擔負。「責任を~・う」承擔責任。

になわ[0]【荷縄】　行李繩，捆貨繩。

ににんさんきゃく[4]【二人三脚】　①兩人三腳，兩人綁腿跑。②二人步調一致，共同行動。

ににんしょう[2]【二人称】　第二人稱，對稱。

にぬき[3]【荷抜き】スル　偷貨。指偷偷竊取少量的貨物。

にぬき[0]【煮抜き】　米湯，飯米湯。

にぬきたまご[5]【煮抜き玉子】　水煮蛋。

にぬし[0]【荷主】　①貨主，收貨人。貨物

的持有人。②貨主，發貨人。貨物的發送人。

にぬり◎【丹塗り】 塗成紅色（物）。「～の鳥居」塗成紅色的牌樓。

にねんせいしょくぶつ【二年生植物】 ①二年生植物。②二年生植物。

にねんそう◎【二年草】 二年生草。

にのあし◎【二の足】 ①第二步。②猶豫，躊躇。「～を踏む」猶豫不前。

にのうで◎【二の腕】 ①上臂。②前臂。

にのかわり◎【二の替わり】 二替。京都和大阪正月演出的歌舞伎狂言。

にのく◎【二の句】 二話，第二句話。「～が継げない」無言以對。

にのぜん◎【二の膳】 二膳。繼本膳之後端出的膳食。

にのつぎ◎【二の次】 其次，次要，延遲，緩辦。

にのとり◎◎【二の酉】 二酉市集。

にのまい◎【二の舞】 重蹈覆轍。「～を演じる」重蹈覆轍。

にのまる◎【二の丸】 外城，外郭。

にのや◎【二の矢】 ①第二次射的箭。②第二步對策，下一步措施。「～が継げない」下一步措施跟不上。

にはいず【二杯酢】 二杯醋，醬油醋。

にばしゃ【荷馬車】 運貨馬車。

にはちそば【二八蕎麦】 二八蕎麥。

にばな◎【煮端】 頭煎茶。

にばん◎【二番】 ①第二。②第二回。

にばんせんじ◎【二番煎じ】 ①二次煎。②翻版，重演，炒冷飯。「その話は～だ」老調；老生常談。

にびいろ【鈍色】 深灰色，淺墨色。

にびたし◎【煮浸し】 煮後湯浸，煮浸。「鮎の～」香魚煮後用湯浸。

にひゃくとおか【二百十日】 二百十日。雜節氣之一。

にひゃくはつか【二百二十日】 二百二十日。雜節氣之一。

にびょうし◎【二拍子】 二拍子。

ニヒリスティック◎【nihilistic】 （形動） 虛無的，虛無主義的。

ニヒリスト◎【nihilist】 虛無主義者。

ニヒリズム◎【nihilism】 虛無主義。

ニヒル◎【拉 nihil】 虛無，虛無的，虛構的。

にふ◎【二歩】 二步。將棋的禁招之一。

にぶ・い◎【鈍い】（形） ①鈍，不鋒利。「このナイフの切味は～い」這把小刀不利。②遲緩。「動作が～・い」動作遲緩。③遲鈍，反應不快。「頭が～・い」頭腦遲鈍。④暗淡。「光線が～・い」光線暗。⑤沙啞，低沉。「～・い音」低沉的聲音。↔するどい

にぶいろ【鈍色】 深灰色，淺墨色。

にぶおんぷ◎【二分音符】 二分音符。

にふく・める◎【煮含める】（動下一） 燉進味道。

にぶけいしき【二部形式】 二部曲式。

にぶさく◎【二部作】 二部作。由兩部分構成的作品。

にふだ◎【荷札】 貨籤，行李條。

にぶ・る◎【鈍る】（動五） ①變鈍。「斬れ味が～・る」刀鈍了。②減弱，乏力。「決心が～・る」決心動搖了。③變遲鈍。「腕が～・る」技能下降。

にぶん◎【二分】 スル 二分。「財産を～する」平分財產。

にべ◎【鮸】 石首魚。

にべ◎【鮸膠・鱁膠】 魚膠，鱁膠。「～も無い」沒親熱勁；非常冷淡。

にべな・い【鮸膠無い】（形） 沒親熱勁，非常冷淡。

にぼし◎【煮干し】 煮小魚乾。

にほん【日本】 日本。

にほんアルプス◎【日本一】 日本阿爾卑斯山。

にほんいち【日本一】 日本第一，日本之最。

にほんが◎【日本画】 日本畫。

にほんかい◎【日本海】 日本海。

にほんがくじゅつかいぎ◎【日本学術会議】 日本學術會議。

にほんがみ◎【日本髪】 日本髮型，日本髻。

にほんぎんこう◎【日本銀行】 日本銀行。

にほんげいじゅついん◎【日本芸術院】 日本藝術院。

にほんけん⓪【日本犬】 日本犬。

にほんご⓪【日本語】 日語。

にほんこく②【日本国】 日本國。

にほんざし⓪【二本差し】 ①武士。②雙插手。相撲比賽中，雙手插入對方腋下的招數。

にほんざる④【日本猿】 日本獼猴。

にほんさんけい④【日本三景】 日本三景。

にほんし③【日本紙】 日本紙。

にほんしきローマじつづり⑨【日本式一字綴り】 日語式羅馬字拼寫法。

にほんしゅ③【日本酒】 日本酒。

にほんじゅうけつきゅうちゅう⑨【日本住血吸虫】 日本血吸蟲。

にほんシリーズ⑤【日本一】 日本棒球聯賽。

にほんダービー⓪【日本一】 日本德比賽。中央賽馬「東京優駿（ゆうしゅん）競走」的通稱。

にほんだて⓪【二本立て】 ①一場上映（演出）兩部作品。②同時進行兩件事情。

にほんちゃ⓪【日本茶】 日本茶。

にほんとう③【日本刀】 日本刀。

にほんばれ③【日本晴れ】 ①晴朗天氣。②爽朗，暢快。

にほんびじゅついん⑨【日本美術院】 日本美術院。

にほんぶよう④【日本舞踊】 日本舞蹈。

にほんま⓪【日本間】 日本式房間，和室。↔洋間

にほんまち③【日本町】 日本街。

にほんやっきょくほう⑥【日本薬局方】 日本藥典。

にほんれっとう④【日本列島】 日本列島。

にまいおち③【二枚落ち】 讓兩子。

にまいがい③【二枚貝】 二枚貝，二扇貝，雙殼貝。

にまいかんばん③【二枚看板】 ①兩個台柱，兩張王牌。②兩樣招牌產品，兩張王牌。

にまいげり③【二枚蹴り】 二枚蹴。相撲決定勝負招數之一。

にまいごし③【二枚腰】 兩枚腰。指相撲或柔道比賽中，能重新站直的堅韌腰。

にまいじた③【二枚舌】 兩片舌，說話自相矛盾。「～を使う」撒謊。

にまいめ⓪【二枚目】 ①二角。在歌舞伎戀愛戲中扮演美男子角色。②美男角色，英俊小生。③美男子。「～きどり」假裝美男子。

にまめ⓪【煮豆】 煮豆。

にもうさく⓪【二毛作】 二熟，雙作物。

にもつ⓪【荷物】 ①貨物，行李，隨身品。②累贅，壓力。「他人のお～になる」成為他人的累贅。

にもの⓪【煮物】 煮食，燉菜，燉煮菜。

にやく⓪【荷役】 裝卸，貨物裝卸，裝卸工。「～をする」當裝卸工人。

にや・ける③（動下一） 女人樣。

ニュアンス①【nuance】 情緒，情調，神韻。「言葉の～」語言的韻味；語感。

ニュー①【new】 新的。「～イヤー」新年。

にゅういん⓪【入院】 スル 住院。↔退院

にゅういんりょう⑨【入飲料】 乳飲料。

ニューウェーブ⑤【new wave】 新潮流。

にゅうえい⓪【入営】 スル 入伍，參軍，入營。

にゅうえき⓪【乳液】 ①乳汁。②乳液。

にゅうえん⓪【入園】 スル ①入園。「～料」入園費。②入園幼兒。

にゅうか⓪【入荷】 スル 進貨。

にゅうか⓪【乳化】 スル 乳化。

にゅうかい⓪【入会】 スル 入會。

にゅうかく⓪【入閣】 スル 入閣。

にゅうがく⓪【入学】 スル 入學，上學。「大学に～する」上大學。

ニューカマー③【newcomer】 新人，初學者，新來者。

にゅうかん⓪【入館】 スル 入館。

にゅうかん⓪【入棺】 入殮，入棺。

にゅうかん⓪【入管】 入境管理局。「入国管理局」的略稱。

にゅうがん⓪【乳癌】 乳癌。

にゅうぎゅう⓪【乳牛】 乳牛。

にゅうきょ①【入居】 スル 入居，遷入，入住。「～者」入住者。

にゅうきょ◯【入渠】スル　入塢。指船進船塢。

にゅうぎょ◯【入漁】スル　入漁。指進入共同漁業權或一定區域漁業權所屬的漁場從事漁業。

にゅうきょう◯【入京】スル　入京，進京。

にゅうきょう【入鋏】スル　剪票。

にゅうぎょう◯【乳業】　乳製品業。

にゅうぎょく◯【入玉】　入玉。將棋王將進入敵陣。

にゅうきん◯【入金】スル　①（應）收款，進款。↔出金。②交款。

にゅうこ◯【入庫】スル　①入庫。②進入車庫。↔出庫

にゅうこう◯【入坑】スル　下（礦）井。

にゅうこう◯【入校】スル　進校，入校，上學。

にゅうこう◯【入貢】スル　入貢，進貢。

にゅうこう◯【入港】スル　入港。↔出港

にゅうこう◯【入稿】スル　①發排。②收到稿子，到稿，收稿。

にゅうこう◯【入構】　①進入建築物。「～禁止」禁止入內。②進站。

にゅうこう◯【乳香】　乳香。橄欖科常綠喬木。

にゅうこく◯【入国】スル　入國，入境。↔出国。「～手続をする」辦入境手續。

にゅうごく◯【入獄】スル　入獄。↔出獄

にゅうこん◯【入魂】　①全神貫注，嘔心瀝血。「『紅樓夢』は一部の～作品である」《紅樓夢》是一部嘔心瀝血的作品。②竭盡全力。「～式」誓師大會。

にゅうさつ◯【入札】　投標。

にゅうさん◯【乳酸】　乳酸。

にゅうさんきん◯【乳酸菌】　乳酸菌。

にゅうさんきんいんりょう◯【乳酸菌飲料】　乳酸菌飲料。

にゅうし◯【入試】　入學考試。

にゅうし◯【乳歯】　乳牙，乳齒。

にゅうじ◯【乳児】　乳兒，哺乳兒。

にゅうじき◯【乳児期】　乳兒期，幼兒期。

にゅうしち◯【入質】スル　入質，設質。

にゅうしつ◯【入室】スル　進入室內。

にゅうしつ◯【乳質】　①乳質。像乳汁那樣的性質。②乳質。奶汁的品質。

にゅうしぼう◯【乳脂肪】　乳脂。

にゅうしゃ◯【入射】スル　入射。

にゅうしゃ◯【入社】　①進公司，入社。「～してから5年になった」進入公司（工作）已經5年了。②入股。「～契約」入股契約。

にゅうじゃく◯【入寂】スル　〔佛〕入寂，圓寂。

にゅうじゃく◯【柔弱】　柔弱。

にゅうしゅ◯【入手】スル　取得，入手。

にゅうじゅう◯【乳汁】　乳汁，奶汁。

にゅうしょう◯【入賞】スル　得獎，獲獎。

にゅうじょう◯【入城】スル　入城。

にゅうじょう◯【入場】スル　入場。↔退場。「無用の者は～を禁ず」閒人勿進。

にゅうじょう◯【乳状】　乳狀。

にゅうしょく◯【入植】スル　遷居殖民地。

にゅうしん◯【入信】スル　入信，入教。

にゅうしん◯【入神】スル　入神，精妙，出神入化。「～の技ぎ」出神入化之技。

ニュース◯【news】　消息，新聞。

にゅうすい◯【入水】スル　①入水，下水。②投水自盡。

ニュースキャスター◯【newscaster】　新聞播報員，新聞評論員。

ニュースショー◯【news show】　新聞秀。

ニュースバリュー◯【news value】　報導價值，新聞價值。

ニュースペーパー◯【newspaper】　報紙，新聞紙。

にゅうせいひん◯【乳製品】　乳製品。

にゅうせき◯【入籍】スル　入籍。

にゅうせん◯【入船】スル　進港，進港船。

にゅうせん【入線】スル　上道，進線。

にゅうせん◯【入選】スル　入選。↔落選

にゅうせん◯【乳腺】　乳腺。

にゅうたい◯【入隊】スル　入伍，入隊。↔除隊

ニュータウン◯【new town】　新城，新興城市。

にゅうだん◯【入団】スル　加入團體。↔退団

にゅうちょう◯【入朝】スル　入朝，朝覲。

にゅうちょう⓪【入超】　入超。↔出超

にゅうてい⓪【入廷】スル　進入法庭。

にゅうでん⓪【入電】スル　來電。

にゅうとう⓪【入党】スル　入黨。

にゅうとう⓪【入湯】スル　泡澡，洗溫泉。

にゅうとう⓪【乳糖】　乳糖。

にゅうとう⓪【乳頭】　①乳頭，奶頭。②乳突。

にゅうどう①【入道】　①入道，出家。②光頭。

にゅうどうぐも⓪【入道雲】　積雨雲。

ニュートラル①【neutral】　①中立，中間。「～な立場」中立的立場。②空檔。

ニュートリノ③【neutrino】　中微子。

ニュートロン③【neutron】　中子。

ニュートン①【newton】　牛頓。

にゅうないすずめ⑤【入内雀】　山麻雀。

にゅうねん⓪【入念】　細心，精細，謹慎。「～に調べる」細心調查。「～な細工」精細的工藝品。

にゅうばい⓪【入梅】　入梅。↔出梅。

にゅうはくしょく③【乳白色】　乳白色。

にゅうばち⓪【乳鉢】　乳缽。

にゅうひ①【入費】　開銷，費用。

にゅうぶ①【入部】スル　入部。加入名稱帶「部」的團體。↔退部

ニューファミリー⑤【⑥new+family】　新家庭。

ニューフェース⑤【new face】　①新面孔，新演員。②新人。

にゅうぼう⓪【乳棒】　乳棒，藥杵。

にゅうまく⓪【入幕】スル　入幕。相撲運動中，成爲幕內力士。

ニューミュージック⑤【⑥new+music】　新音樂。

ニューム①　鋁。

にゅうめつ⓪【入滅】スル　〔佛〕①入滅，圓寂。②入滅。進入滅度（涅槃）。

ニューメディア④【new media】　新傳媒。

にゅうめん⓪【入麵】　煮掛麵。

にゅうもん⓪【入門】スル　①進門。②投師，入門，師從，從師學習。「画家のもとへ～する」投入畫家門下。③入門。初次著手某項工作。「～者」初學者。

にゅうよう⓪【入用】　①需要。②必要費用，經費。

にゅうようじ③【乳幼児】　乳幼兒。哺乳兒和幼兒，學齡前兒童的總稱。

にゅうようじとつぜんししょうこうぐん【乳幼児突然死症候群】　哺乳兒猝死症候群，嬰兒猝死症。

にゅうよく⓪【入浴】スル　入浴，洗澡。

にゅうらい⓪【入来】スル　光臨，來訪。

にゅうらく⓪【入洛】スル　入洛。在日本指來到京都。

にゅうりょう⓪【入寮】スル　入住宿舍。↔退寮

にゅうりょく⓪【入力】スル　輸入。↔出力

にゅうりん⓪【乳輪】　乳暈。

にゅうろう⓪【入牢】スル　入獄。↔出牢

ニューロコンピューター⑦【neurocomputer】　神經電腦。

ニューロン③【neuron】　神經元。

にゅうわ⓪①【柔和】　柔和。「～な顔つき」和藹的面孔。

によい①【如意】　①稱心如意。「手元不～」手頭拮据。②〔佛〕如意（棒）。僧侶在讀經、說法、法會等時手持的佛具。

によう⓪【二様】　兩樣，兩種，兩類。

によう①【尿】　尿。

によう①【繞】　辶字邊，廴字邊。

にょうい①【尿意】　尿意。「～をもよおす」有尿意。

にょうかん⓪【尿管】　尿管，輸尿管。

にょうさん⓪【尿酸】　尿酸。

にょうそ①【尿素】　〔urea〕尿素。

にょうそじゅし④【尿素樹脂】　尿素樹脂。

にょうどう⓪【尿道】　尿道。

にょうどくしょう③【尿毒症】　尿毒症。

にょうはち⓪【鐃鈸】　〔佛〕鐃鈸。

にょうぼう①【女房】　①老婆，妻子，內人。②女房。日本古代在宮中侍奉並賜予房屋居住的女官的總稱。

にょうぼうことば⑤【女房詞】　女房詞。

にょうぼうやく⓪【女房役】　助手，幫手。

ニョクマム①【nuoc mam】　魚醬，魚露。

にょごがしま⓪【女護が島】 護女島，女人島。

にょじつ⓪①【如実】 如實，真實。「～に物語る」如實地講述。

にょしょう⓪【女性】 女性。

にょたい⓪【女体】 女體。

ニョッキ①【義 gnocchi】 義大利湯團，義大利風味疙瘩湯。

にょにん⓪【女人】 女人。

にょにんきんせい⓪【女人禁制】 女人禁止，女人禁止入內。

にょにんけっかい⓪【女人結界】 女人結界，女人禁地。

にょらい①⓪【如来】 〔佛〕如來。

により⓪【似寄り】 相似，類似。

によ・る⓪【似寄る】（動五） 相似，類似，相像。「～・った性格」相似的性格。

にら⓪①【韮】 韭菜。

にらみ⓪【睨み】 ①瞪眼，盯。「ひと～する」瞪了一眼。②威懾，懾服。「～をきかせる」能懾服人。

にらみあ・う⓪【睨み合う】（動五） ①互相瞪眼（盯視）。②對峙。「川の両岸で～・う」隔岸對峙。

にらみあわ・せる⓪【睨み合わせる】（動下一） 依照，衡量。「費用と～・せて旅程を決める」比較費用決定旅程。

にらみす・える【睨み据える】（動下一） 凝視。

にらみつ・ける⓪⑤【睨み付ける】（動下一） 狠瞪，瞪眼看。

にら・む②【睨む】（動五） ①瞪眼，狠瞪，盯視。②瞪（大眼睛），注視，盯視。「黒板を～・む」注視著黑板。③看準，判斷，推測，估計。「違うと～・んでいる」估計可能有錯。④盯上。「彼に～・まれたらおしまだ」讓他盯上了可就倒霉了。⑤（把事情）計算在內，考慮在內。「あいつが泥棒だと～・む」據推測那傢伙是個小偷。

にらめっこ⓪【睨めっこ】ヌル ①對視，對峙，對立。②看誰先笑。兒童遊戲。

にらんせいそうせいじ⓪【二卵性双生児】 雙卵雙胞胎。

にりつはいはん⓪【二律背反】 二律背反。

にりゅう⓪【二流】 二流，規格。「～作家」二流作家。

にりんしゃ⓪【二輪車】 兩輪車。

にる⓪【似る】（動上一） ①似，相似，類似。「アユに～・た魚」類似香魚的魚。②似，像。性格、狀態等有許多相同點。「父親に～・る」像父親。

にる⓪【煮る】（動上一） 煮，燉，熬。「～・て食おうと焼いて食おうと」死豬不怕開水燙。「～・ても焼いても食べぬ」軟硬不吃；不好對付的人。

にるい①【二塁】 二壘。

にるいしゅ⓪【二塁手】 二壘手。

にれ⓪①【楡】 楡。

にろくじちゅう⓪【二六時中】（副） 一整天，終日。

にわ⓪【庭】 ①庭，庭院，院落。②特定場所。「戦の～」戰場。③家庭。「～の訓え」庭訓；家訓。

にわいし⓪【庭石】 庭園點景石，庭石。

にわいじり⓪【庭いじり】 整修庭園，收拾院落。

にわか①【俄】 ①（形動）驟然，忽然。「～に雨が降り出した」驟然間下起雨來了。②即興滑稽小品。

にわかあめ④【俄雨】 急雨，陣雨。

にわかじこみ⓪【俄仕込み】 ①應急進貨，緊急進貨。②臨陣磨槍，死記硬背。「～で覚えた芸」強記現學的技能。

にわき⓪【庭木】 庭園樹木，庭木。「～をいえる」載植庭樹。

にわきど⓪【庭木戸】 庭園柵欄門。

にわくさ⓪【庭草】 庭園草，庭草。

にわげた⓪【庭下駄】 庭園木屐。

にわさき⓪【庭先】 庭前，庭園前。

にわさきそうば⓪【庭先相場】 產地價格，產地行情。

にわし①【庭師】 園藝師，園丁，花匠。

にわづたい【庭伝い】 穿過庭院，穿院而行。

にわとこ⓪【接骨木】 接骨木。

にわとり⓪【鶏・鶏】 雞。「～は跣」不言而喻。

にん◻【人】 ①人，人品。②（接尾）人。計算人數的量詞。「親子 3~」一家三口；親子三人。

にん◻【任】 任務，職責。「~に当る」擔當任務。「~重くして道遠し」任重而道遠。

にんい◻◻【任意】 任意。「~選ぶ」隨便的挑選。

にんいしゅっとう◻【任意出頭】 任意到場。未受拘束的嫌疑人應偵查機關的要求，自行去偵查機關。

にんか◻◻【認可】スル 認可。「営業の~がおりる」發下營業許可。

にんかん◻◻【任官】スル 任官。

にんき◻【人気】 ①人氣，眾望，人望，人緣，熱門，崇拜，走紅，受歡迎。「~のある先生」受歡迎的老師。②風氣，風俗。「~の悪い土地」風氣差的地方。

にんき◻【任期】 任期。「~が切れる」任期屆滿。

にんきしょうばい◻【人気商売】 人氣生意。

にんきとり◻【人気取り】 討好，買好，嘩眾取寵。

にんきょ◻【認許】スル 認許，批准，許可。

にんぎょ◻【人魚】 人魚，美人魚。

にんきょう◻◻【任侠・仁侠】 仁侠，侠義。「~道」任侠道。

にんぎょう◻【人形】 ①人偶，木偶。②傀儡，唯命是從的人。

にんぎょうしばい◻【人形芝居】 木偶戲劇。

にんぎょうじょうるり◻【人形浄瑠璃】 木偶淨琉璃。

にんぎょうつかい◻【人形遣い】 操縱木偶演員。

にんく◻【忍苦】スル 耐吃苦，忍耐痛苦。

にんげん◻【人間】 ①凡人，人類。②人品，人物，人性。「~ができている」有修養。有品格。「~到る所青山あり」人間到處有青山。

にんげんがく◻【人間学】 〔anthropology〕〔哲〕人類學，人本學。

にんげんこうがく◻【人間工学】 〔human engineering〕人體工程學，人類工程學。

にんげんこくほう◻【人間国宝】 國寶級人物。「重要無形文化財產保持者」的通稱。

にんげんせい◻【人間性】 人性。「~を失う」失去人性。

にんげんてき◻【人間的】（形動） 人的，人性的，人性方面的。

にんげんドック◻【人間―】 短期住院體檢。

にんげんもよう◻【人間模様】 人際關係圖。

にんげんらし・い◻【人間らしい】（形） 像人，有人性，有人情味。

にんげんわざ◻【人間業】 人力，人工。「~とも思われぬ芸」巧奪天工之藝；不能想像的人工之藝。

にんごく◻【任国】 赴任國，駐在國。

にんさんばけしち【人三化け七】 三分像人七分像鬼，醜八怪。

にんさんぷ◻【妊産婦】 妊產婦，孕產婦。

にんしき◻【認識】スル 認識。

にんしきぶそく◻【認識不足】 認識不足。

にんしきろん◻【認識論】 〔哲〕認識論。

にんじゃ◻【忍者】 忍者。

にんじゅう◻【忍従】スル 忍氣吞聲。

にんじゅつ◻【忍術】 忍術，隱身術。「~つかい」施展忍術。

にんしょう◻【人称】 人稱。

にんしょう◻【認証】スル 認證。

にんじょう◻【人情】 人情。

にんじょう◻【刃傷】 用刀傷人。「~に及ぶ」導致用刀傷人。

にんしょうかん◻【認証官】 認證官，須認證官。

にんしょうだいめいし◻【人称代名詞】 人稱代名詞。

にんじょうばなし◻【人情話】 人情話。人情世故成分多於滑稽的落語。

にんじょうみ◻【人情味】 人情味。

にん・じる◻【任じる】（動上一） ①委

任，任命。②承擔，擔負。「市場調査
を~・じる」使擔任市場調査工作。③
自命，自任。「学者をもって~・じてい
る」自命爲學者。

にんしん◎【妊娠】ㇲㇽ 妊娠。

にんじん◎【人参】 胡蘿蔔。

にんしんちゅうどくしょう◎【妊娠中毒
症】 妊娠毒血症。

にんずう◎【人数】 ①人數。②很多人，
人多。「~で圧倒する」以人多獲勝。

にんそう◎【人相】 ①人相，相貌。②面
相，人相。「~を見る」相面。

にんそうがき◎【人相書き】 畫圖影，畫
人像。

にんそうみ◎【人相見】 相面先生。

にんそく◎◎【人足】 土木工，搬運工。

にんたい◎【忍耐】ㇲㇽ 忍耐。

にんち◎【任地】 任地，任所。「~に赴
く」赴任。

にんち◎【認知】ㇲㇽ ①認定，認知，認
識，識別。「現状を~る」認識現狀。②
認領。③〔心〕〔cognition〕認知，感
知。

にんちかがく◎【認知科学】〔cognitive
science〕認知科學。

にんてい◎【人体】 品格，人品。「~い
やしからぬ人」品格不俗的人。

にんてい◎【認定】ㇲㇽ 認定。「資格を~
する」認定資格。

にんどう◎【忍冬】 忍冬。金銀花的別
名。

にんにく◎【葫・大蒜】 大蒜。

にんぴ◎【認否】 認否，承認與否。「罪
状の~」罪狀承認與否。

にんぴにん◎【人非人】 不是人，人面獸
心的人。

ニンフ◎【nymph】 ①仙女。②美少女。

にんぷ◎【人夫】 勞力工。從事土木工
程、搬運等勞力工作的勞動者的舊稱。

にんぷ◎【妊婦】 孕婦。

にんべつちょう◎【人別帳】 人別帳。江
戶時代記錄人口調查結果的帳簿。

にんべん◎【人偏】 單人旁，豎人字邊。

にんぽう◎【忍法】 忍法，忍術。

にんむ◎【任務】 任務，職責。

にんめい◎【任命】ㇲㇽ 任命。

にんめん◎【任免】ㇲㇽ 任免。

にんよう◎【任用】ㇲㇽ 任用。

にんよう◎【認容】ㇲㇽ 充許，容許，認
可。

に

ぬいあわ・せる⓪【縫い合わせる】（動下一） 縫合。

ぬいぐるみ⓪【縫い包み】 ①填充玩具。②扮裝用戲服，扮裝用獸裝。

ぬいこ・む⓪【縫い込む】（動五） ①縫進去，縫在裡面。②縫窩邊。

ぬいしろ⓪⓪【縫い代】 縫份，縫邊。

ぬいつ・ける④【縫い付ける】（動下一） 縫上。「ひもを～・ける」把帶子縫上。

ぬいとり⓪【縫い取り】 スル 繡花，刺繡。

ぬいばり⓪【縫い針】 縫紉針。→待ち針

ぬいめ⓪【縫い目】 接縫，針跡。「～がほころびる」接縫綻線。

ぬいもの⓪⓪【縫い物】 スル 針線活。

ぬいもん⓪⓪【縫い紋】 繡徽。

ぬ・う⓪【縫う】（動五） ①縫。「ほころびを～・う」把綻線開口處縫上。②縫。用針線做衣服等。「着物を～・う」縫衣服。③穿過空隙，見縫插針。「人波を～・って行く」在人群中穿行。

ヌー⓪【gnu】 角馬，牛羚，羚牛。

ヌーディスト③【nudist】 裸體主義者。

ヌード⓪【nude】 （繪畫、雕塑、照片等的）裸體像，裸體。

ヌートリア⓪【nutria】 美洲巨水鼠，海狸鼠。

ヌードル⓪【noodle】 麵條。

ヌーベル【法 nouvelle】 中篇小說。

ヌーベルキュイジーヌ【法 nouvelle cuisine】 原味菜肴。

ヌーベルバーグ⓪【法 nouvelles vagues】 新浪潮。

ヌーボー⓪③【法 nouveau】 ①新葡萄酒。②新藝術派。→アール-ヌーボー。

ヌーボーロマン④【法 nouveau roman】 新小說。

ぬえ⓪【鵺・鵼】 ①虎鶇的異名。②鵺，鵼。《平家物語》中所記載的源三位賴政射殺的怪物。③莫名其妙。「～的人物」莫名其妙的人物。

ぬか⓪【糠】 ①糠。②細碎，空。「～喜び」空歡喜。「～雨」毛毛雨。「～に釘」往糠裡釘釘子。

ヌガー⓪【法 nougat】 牛軋糖。

ぬかあぶら③【糠油】 米糠油。

ぬかあめ⓪【糠雨】 濛濛細雨，毛毛雨。

ぬか・す⓪【抜かす】（動五） ①忘記，漏掉。「1字～・した」漏一個字。②跳過。「1行～・して読む」跳過1行往下讀。③洩氣，脫力。「腰を～・す」癱軟。④胡說，瞎扯。「下らんことを～・すな」別扯無聊的話。

ぬかず・く⓪【額突く】（動五） 叩頭，叩拜。「神前に～・く」在神前叩拜。

ぬかづけ⓪【糠漬け】 糠醃。用米糠拌鹽醃製。

ぬかどこ⓪【糠床】 糠床。以米糠爲主的醃醬菜床。

ぬかぶくろ③【糠袋】 糠袋。

ぬかみそ⓪【糠味噌】 米糠醬。「きゅうりを～に漬ける」在米糠醬裡醃黃瓜。

ぬかみそくさ・い⑥【糠味噌臭い】（形） ①（散發出）米糠味噌氣味。②淨是操持家務，成天圍著鍋台轉。

ぬかみそづけ⓪【糠味噌漬け】 米糠味噌醬菜。

ぬかよろこび③【糠喜び】 スル 空歡喜。「～に終わる」空歡喜一場。

ぬかり⓪【抜かり】 紕漏，疏漏。漏洞。「準備に～はない」準備上毫無疏漏。

ぬか・る⓪【抜かる】（動五） 紕漏，粗心大意，疏漏出事，不小心出錯。「いよいよ試合だ、～るなよ」快要比賽了，可不要大意呀。

ぬかるみ⓪【泥濘】 泥濘。

ぬかる・む⓪【泥濘む】（動五） 泥濘。「道が～・む」道路泥濘。

ぬき⓪【抜き】 ①除去，省去。「損得は～にする」不論得失。②剔骨泥鰍。③去佐料食品。④開瓶器。⑤連勝。「5人～」連勝五人。

ぬき⓪【貫】 橫撐，橫穿板，穿插橫木，

横梁。

ぬき◎【緯】　緯。織物的橫線。↔経

ぬきあしさしあし◎【抜き足差し足】　躡手躡腳，放輕腳步。「～で後を付ける」躡手躡腳地跟蹤。

ぬきいと◎◎【緯糸】　緯紗，緯線。

ぬきうち◎【抜き打ち】　①拔刀砍中，拔刀斬。②冷不防，突然襲擊。「～に質問する」突然發問。

ぬきえもん◎【抜き衣紋】　露脖頸和服穿法。

ぬきえり◎【抜き襟】　露脖頸和服穿法。

ぬきがき◎【抜き書き】スル　摘要，摘錄。「要点を～する」要點摘錄。

ぬきさし◎◎【抜き差し】スル　抽出與插入，除去和加入。「～ならない」一籌莫展。進退兩難。

ぬぎす・てる◎【脱ぎ捨てる】（動下一）　①脫掉一扔，脫下扔掉。②擺脫，屏除。

ぬきずり◎【抜き刷り】スル　選印，抽印（本），文摘（本）。

ぬきだ・す◎【抜き出す】（動五）　①拔出，抽出。②選拔，挑選，抽出。「力の強い者を～・す」選出力氣大的人。

ぬきて◎【抜き手】　拔手泳，爬泳。

ぬきと・る◎【抜き取る】（動五）　①抽出，拔出。「草を～・る」拔草。②扒竊。

ぬきみ◎【抜き身】　①出鞘兵刃。②貝肉，仁。

ぬきん・でる◎【抜きん出る・抽んでる・擢んでる】（動下一）　①高超。②出眾，傑出。「～・でた成績をとる」取得出類拔萃的成績。

ぬ・く◎【抜く】（動五）　①拔，抽出，拔掉。「糸を～・く」抽線。②排掉，放掉，清除。「空気を～・く」放掉空氣。③省略。「手を～・く」省事。④除掉，削除，註銷。「服のしみを～・く」除掉衣服上的污漬。⑤選出，抽出。「カードを１枚～・く」抽出一張卡片。⑥穿透，扎穿。「投手の足許を～・くヒット」穿過投手腳邊的一擊。⑦超越。「群を～・く成績」出眾的成績。⑧搶到獨

家新聞。「特ダネを～・かれる」被搶先刊登獨家特別報導。⑨做徹底。「やり～・く」堅持到底。

ぬ・ぐ◎【脱ぐ】（動五）　脫，脫掉，蛻掉。「帽子を～・ぐ」脫帽。「服を～・ぐ」脫衣服。

ぬく・い◎【温い】（形）　溫暖，溫和。

ぬぐ・う◎【拭う】（動五）　①拭，擦，揩掉。「涙を～・う」拭淚。②洗刷掉。「恥を～・う」洗刷恥辱。

ヌクテー◎〔韓語〕勒犬。狼的一亞種，朝鮮狼的異名。

ぬくぬく◎【温温】（副）　①暖烘烘，熱呼呼。「ふとんに～くるまる」在被子裡暖得熱呼呼。②舒適，自在，悠然。「親もとで～と暮らす」在父母身邊悠然自得地生活。

ぬくばい◎【温灰】　溫灰，熱灰。

ぬく・める◎【温める】（動下一）　溫，暖。

ぬくもり◎◎【温もり】　（與人體肌膚溫度相近的）溫和，溫暖。

ぬけあな◎【抜け穴】　①漏洞，隧洞。②漏洞，破綻。「法律の～」法律的漏洞。

ぬけお・ちる◎【抜け落ちる】（動上一）　①脫落，落榜。「羽が～・ちる」羽毛脫落。②脫漏，遺漏，掉。「２行～・ちている」掉了２行。

ぬけがけ◎【抜け駆け】スル　①率先。②搶先，率先。「～の功名」搶頭功。

ぬけがら◎【抜け殻・脱け殻】　①蛻。蛇、蟬等脫皮後留下的殼。②空殼。③失魂，失神。

ぬけげ◎【抜け毛・脱け毛】　落髮，脫髮。

ぬけさく◎【抜け作】　笨蛋。

ぬけだ・す◎【抜け出す】（動五）　①溜走，脫逃。「会場から～・す」溜出會場。②超前，超出。「からだ一つ～・す」超前一個人身。

ぬけ・でる◎【抜け出る】（動下一）　①脫離，離開，溜出。②脫出，擺脫。「～・でられない」無法脫身。③突出，聳立。「塔が～・でて見える」塔突出可見。④出色，傑出。「彼はこの方面には

ひときわ～・でている」他在這方面格外出眾。

ぬけに⓪【抜け荷】　走私貿易。

ぬけぬけ⓪【抜け抜け】　(副)　厚顏無恥。「～とうそをつく」厚顏無恥地撒謊。

ぬけみち⓪【抜け道】　①近路，小路，抄小道。②規避途徑。「～をさがす」找籍口。

ぬけめ⓪【抜け目】　①紙漏，破綻。②疏漏。「～がない」精明。無孔可入。

ぬ・ける⓪【抜ける】　(動下一)　①脫落，蛻，掉。「毛が～・ける」掉毛。②跑出，出來，散發。「タイヤの空気が～・けた」輪胎漏氣了。③退出。脫離。「列を～・ける」離開隊伍。④漏掉。「2ページ～・けている」缺兩頁。⑤消失，洩。「香りが～・ける」走味。⑥穿過，穿越。「トンネルを～・ける」穿過隧道。⑦沒心眼，弱智，遲鈍。「少し～・けている」有點傻里傻氣。

ぬ・げる②【脱げる】　(動下一)　掉下來。

ぬさ①【幣】　幣，幣帛。

ぬし①【主】　１①主人，君主。「一家の～」一家之主。②物主，所有人。「車の～」車主。③主體。「声の～」發聲體。２(代)①您。「お～、できるな」您別這樣。②主。妓女對客人表示親愛之意。「～さん」主子。

ぬすっと⓪①【盗人】　盜賊，小偷。「～猛猛しい」賊不要臉；強盜邏輯。

ぬすびと⓪【盗人】　小偷，盜賊。「～に追い銭」賠了夫人又折兵。「～にも三分の理あり」竊賊也有三分理。

ぬすみ①【盗み】　偷，盜。

ぬすみぎき⓪【盗み聞き】　スル　偷聽，竊聽。

ぬすみぐい⓪【盗み食い】　スル　①偷吃，偷嘴。②偷腥。

ぬすみみ⓪【盗み見】　スル　偷看。

ぬすみよみ⓪【盗み読み】　スル　①背著人讀，偷讀。②偷瞧，偷讀。

ぬす・む②【盗む】　(動五)　①盜，偷，盜竊。②偷，竊。暗中模仿他人的技藝、想法或行動等。「人の文章を～・む」剽竊別人的文章。③掩飾。「人の目を～・む」掩人耳目。④偷空，擠出時間。「ひまを～・む」偷閒。⑤(棒球運動中)盜壘。「二塁を～・む」盜上二壘。

ぬた①【饅】　涼拌魚，涼拌蛤肉，涼拌海鮮。

ぬたく・る⓪(動五)　①蠕動。「へびが～・る」蛇蜿蜒爬行。②塗鴉，亂寫。③亂塗、亂抹。「紙に字を～・る」在紙上亂寫。

ぬの⓪【布】　布。

ぬのじ⓪【布地】　布料，衣料，面料。

ぬのめ⓪【布目】　①布眼，布紋。②布紋圖案。③布紋漆法。

ぬばたま⓪【射干玉・野干玉・鳥玉・烏珠】　黑珠。射干的果實。

ぬひ①【奴婢】　奴婢。

ぬま②【沼】　沼澤，池塘。

ぬまち⓪【沼地】　沼澤地。

ぬめ②【絖】　光綾。

ぬめり⓪【滑り】　①滑溜，滑膩，滑溜黏液。「魚には～がある」魚身上有黏液。②黏滑汁，黏液。

ぬめ・る②【滑る】　(動五)　光滑，打滑。「苔で～・る山道」因長有青苔而打滑的山道。

ぬら・す⓪【濡らす】　(動五)　弄濕，浸濕，濡濕，淋濕，潤濕。「口を～・す」糊口。勉強生活。「袖を～・す」落淚。哭泣。

ぬらりくらり③(副)　スル　同「のらりくらり」。

ぬり⓪【塗り】　①塗，刷，塗層。「～がはげる」塗層剝落。②塗漆，上漆，髹漆，漆器。「～ばし」漆筷子。

ぬりえ⓪【塗り絵】　塗色繪畫。

ぬりか・える⓪【塗り替える】　(動下一)①重塗，重新粉刷。「壁を～・える」重新粉刷牆壁。②刷新。「世界記録を～・える」刷新世界紀錄。

ぬりぐすり⓪【塗り薬】　塗敷藥，外敷劑。

ぬりし⓪【塗り師】　油漆工，漆匠。

ぬりたく・る◎【塗りたくる】（動五）
塗滿，厚塗。「紙に絵の具を～・る」在
紙上用繪畫顏料亂塗一通。

ぬりたて◎【塗り立て】　剛刷上，剛塗
完。「ペンキ～」油漆未乾；油漆剛刷
上。

ぬりた・てる◎【塗り立てる】（動下一）
①塗滿。「原色で～・てた看板」用原色
全塗上的招牌。②新粉刷，塗飾一新，
揩光。「門を～・てる」把門重新粉刷。

ぬりつ・ける◎【塗り付ける】（動下一）
①塗付，抹上。②推諉，嫁禍，轉嫁。

ぬりばし③【塗り箸】　漆筷。

ぬりもの◎【塗り物】　漆器。

ぬ・る◎【塗る】（動五）　①塗，擦，
刷。「ペンキを～・る」刷上油漆。②
抹。「壁を～・る」抹牆。③濃妝豔抹。

ぬる・い◎【温い】（形）①溫，溫和。
「風呂が～・い」洗澡水是溫的。②溫
和。「～・いやり方」溫和的作法。

ぬるで◎【白膠木】　山鹽青，鹽膚木。

ぬるぬる①（副）スル　①滑溜溜。「油で～
になる」因為有油，滑溜溜的。②黏
滑。「～（と）した里芋」黏滑的芋頭。

ぬるまゆ◎【微温湯】①溫水。②安閒。
「～につかった生活」安閒的生活。

ぬる・む◎【温む】（動五）①溫。②變
暖，變溫。「なつになって小川の水も～
・んできた」夏天到了，小河的水也變
暖了。

ぬれ◎【濡れ】　濡，濡濕，沾濕。「び
しょ～」濕淋淋。「ずぶ～」濕透。

ぬれいろ◎【濡れ色】　濡色，濕色。

ぬれえん◎【濡れ縁】　不遮雨簷廊。

ぬれぎぬ◎【濡れ衣】①濕衣，濡濕的衣
服。②冤罪，冤枉。「～を着せられる」
受冤枉。

ぬれごと◎【濡れ事】①豔情戲。②豔
情，風流韻事。

ぬれそぼ・つ◎【濡れそぼつ】（動五）
濕透。

ぬれて◎【濡れ手】　濕手。「～で粟」濕
手抓小米；輕鬆獲利。

ぬれねずみ③【濡れ鼠】①被水濕透的老
鼠。②落湯雞。

ぬれば◎【濡れ場】①戀愛場面，豔情場
面。②情愛場面，色情場面。

ぬればいろ◎【濡れ羽色】　油黑發亮。
「髪は烏の～」頭髮又黑又亮。

ぬ・れる◎【濡れる】（動下一）①濡，
濡濕，沾濕，濕透。②交合，做愛，偷
情。「しっぽり～・れる」情意纏綿的交
合。

ぬんちゃく◎【双節棍】　雙節棍。

ぬ

ね◎【子】 ①子。②子時。③子。方位名稱，北方。

ね◎【音】 ①音。「虫の～」蟲音。「笛の～」笛音。

ね◎【値】 ①價錢，價格。「～が張る」價格昂貴。②（東西的）價值。「男の～を下げる」降低男人的身價。

ね◎【根】 ①根。②根，根基，根底。③根源，根據。「対立の～は深い」對立的根源很深。④本性。「～が正直だ」本性誠實。

ね【嶺・峰】 峰，嶺。「富士の～」富士山山峰。

ねあか 爽快的性格。

ねあがり◎【値上がり】 スル 漲價。↔値下がり

ねあがり◎【根上がり】 露（樹）根。「～松」露根松樹。

ねあげ◎【値上げ】 スル 升值，加價。↔値下げ

ねあせ◎【寝汗】 盗汗。

ネアンデルタールじん◎【―人】〔Neanderthal〕尼安德塔人。

ねいき◎【寝息】 寝息。

ねいじつ◎【寧日】 寧日。「昨今ほとんど～なし」最近幾乎沒有寧日。

ねいす◎【寝椅子】 躺椅，睡椅。

ねいも◎【根芋】 球莖芋。

ねいりばな◎【寝入り端】 剛入睡時。

ねい・る◎【寝入る】（動五）①睡著，入睡，就寢。②沉睡，熟睡。「ぐっすりと～・る」睡得很香。

ねいろ◎【音色】 音色。

ねうごき◎【値動き】 スル 價格波動，價格變動。「～が激しい」價格波動劇烈變化。

ねうち◎【値打ち】 スル ①價值。②價錢，價格。

ねえさま◎【姉様】「姐姐」的尊稱。

ねえさん◎【姉さん】 ①「姐姐」的敬稱。②對年輕女子的稱呼。

ねえさん◎【姐さん】 ①大姐。對旅館、飯店女服務員的稱呼。②大姐，阿姐。藝妓等對前輩的稱呼。③嫂子，大嫂。嘍囉對頭目或大哥之妻的稱呼。

ネーション◎【nation】 國家，國民，民族。

ネーチャー◎【nature】 自然，天然，本性。

ネーティブ◎【native】 ①原地的，原產的。②本國人，本土人。③出生的，土生土長的。「～-カントリー」祖國。

ネービー◎【navy】 海軍。

ネービーブルー◎【navy blue】 海軍藍。顏色名，深藏青色。

ネーブル◎【navel】「オーブル-オレンジ」的略語。

ネーブルオレンジ◎【navel orange】 臍橙。

ネーミング◎【naming】 スル 起名，命名。

ネーム◎【name】 ①名，名稱。②名牌商標之簡稱。③圖説。

ネームバリュー◎【⑭name+value】 知名度，名聲，名譽。

ネームプレート◎【nameplate】 ①（釘在門旁或門上的）門牌，姓名牌。②名牌，銘牌，商標牌。

ネール◎【nail】 指甲，爪，釘。

ネオ◎【neo】 新的，新。

ねおき◎【寝起き】 スル ①起居。「～の時間」就寢起床時間。②睡覺起來。「～が悪い」睡覺起來後心情不舒暢。起床氣。

ねおし◎【寝押し】 スル 睡覺時壓平。

ネオン◎【neon】 ①氖。②霓虹燈的簡稱。

ネオンサイン◎【neon sign】 霓虹燈字型大小，霓虹燈廣告。

ネガ◎ 負片的略語。↔ポジ

ねがい◎【願い】 ①願望，請求。「～が届く」達到願望。「～がかなう」如願以償。②申請，申請書，請願書。「入

学～」入學申請書。③祈求，許願。

ねがいごと⓪【願い事】 願望，心願。「～を聞き届ける」仔細聽取希望。

ねがいさげ⓪【願い下げ】 ①撤銷申請，撤訴。②謝絕。「そんな役目は～だ」那樣的任務，恕我不能接受。

ねが・う②【願う】（動五） ①祈禱。「神に無事を～・う」向神禱告平安。②懇請，懇求。「援助を～・う」請求援助。③期望，盼望，期盼。「～ってもないこと」求之不得的好事。④要求，申請，請求。「許可を～・う」請求批准。⑤（主要以「お願いします」「お願いする」的形式表示）請求他人做某事。「係の方をお～・いします」拜託經辦人員。⑥請…。「お早くお乗り～・います」請及早上車。

ねがえり⓪【寝返り】 スル ①翻身。②投敵，背叛，倒戈。

ねがえ・る③【寝返る】（動五） ①翻身。②叛變，投敵，倒戈。「彼は敵に～・った」他投敵了。

ねがお⓪【寝顔】 睡顔，睡臉。

ねがさ⓪【値嵩】 高價，價格高。「～株」高價股；熱門股。

ねか・す⓪【寝かす】（動五） 見「寝かせる」。

ねか・せる⓪【寝かせる】（動下一） ①使睡覺，使躺下。「赤ん坊を～・せる」讓嬰兒睡覺。②放平，放倒。「病人をベッドに～・せる」讓病人躺在床上。③積壓，閒置。「資金を～・せる」使資金閒置。④使發酵，窖藏。「30年も～・せたワイン」窖藏了30年的葡萄酒。

ねかた⓪【根方】 根部。

ネガティブ①【negative】 ①負像，底片，負片。↔ポジティブ。②（形動）否定的，消極的。「～な生き方」消極的生活態度。

ねかぶ⓪【根株】 樹頭，樹椿，殘幹。

ねがわくは②【願わくは】（副） 願，但願，希望。「～、我に勝利の栄冠を」願勝利的桂冠屬於我們。

ねがわし・い⓪【願わしい】（形） 所求的，所願的。

ねかん⓪【寝棺】 寝棺，臥棺。

ねぎ①【葱】 蔥。

ねぎ①【禰宜】 禰宜。神職的總稱。

ねぎぼうず③【葱坊主】 蔥花。

ねぎま⓪③【葱鮪】 蔥段鮪魚。

ねぎら・う③【労う・犒う】（動五） 犒勞，慰勞。「戦士を～・う」慰勞戰士。

ねきりむし③【根切虫】 斷根蟲。

ねぎ・る②【値切る】（動五） 講價，殺價，還價，使降價。

ねぐされ⓪【根腐れ】 根腐爛，爛根。

ネクスト①【next】 下一次的，下次的，下。「～ウイーク」下週。

ねくずれ⓪【値崩れ】 スル 價格崩潰，價格崩盤。「～を起こす」引起價格崩潰。

ねぐせ⓪【寝癖】 ①睡亂頭髪。「～がつく」養成睡亂頭髪的壞習慣。②睡癖不佳，睡覺亂動。

ネクター①【nectar】 花蜜神酒，甘露。

ネクタイ①【necktie】 領帶。

ネクタイどめ⓪【一留め】 領帶夾。

ネクタイピン③【necktie-pin】 領帶別針。

ねくた・れる④【寝腐れる】（動下一） 因睡覺弄亂而不整齊。「～・れた姿」剛睡起來頭髪蓬亂、衣著不整的樣子。

ねくび⓪【寝首】 睡首。睡著了的人的頭部。「～を掻く」①斬睡首。②暗算人。

ねくら⓪ 憂鬱的性格。

ねぐら⓪【塒】 ①塒，鳥窩，鳥巢。「鳥が～に帰って行く」鳥飛回窩去。②家。

ネグリジェ①【法 négligé】 長睡衣。

ネグ・る（動五） 無視，忽視。

ねぐるし・い④【寝苦しい】（形） 難入睡，睡不著。

ネグレクト③【neglect】 スル 無視，輕視，小看人。

ねこ①【猫】 貓。「～に鰹節」虎口送肉（提防被吃掉）。「～に小判」對牛彈琴。「～の手も借りたい」忙得不可開交。

ねこあし⓪【猫足】 ①貓步。②貓腳。桌子、食案的腳形似貓腳。

ねこいらず⓪【猫いらず】 免貓滅鼠劑。

ねこかぶり⓪【猫被り】 假裝和善，假裝老實。

ねこかわいがり⓪【猫可愛がり】 スル 溺愛。

ねこぎ⓪【根扱ぎ】 連根拔。

ねこぐるま③【猫車】 獨輪手推車。

ねごこち⓪【寝心地】 睡躺時的感覺。「～がよい」睡（躺）著舒服。

ねござ⓪【寝莫蓙】 涼蓆。

ネゴシエーション⓪【negotiation】 交涉，談判。

ネゴシエーター③【negotiator】 交涉者，擔任談判者。

ねこじた⓪②【猫舌】 怕吃熱食。

ねこじゃらし③【猫じゃらし】 狗尾草的別名。

ねこぜ⓪【猫背】 駝背。

ねこそぎ⓪②【根刮ぎ】 ①連根拔。②一點不留地，全部。「～持っていかれる」全部被拿走了。

ねごと⓪【寝言】 ①夢話，夢囈。②夢話，胡說。「それは～に過ぎない」那只不過是胡說。

ねこなでごえ⓪【猫撫で声】 媚聲媚氣，嗲聲嗲氣。

ねこのひたい①【猫の額】 巴掌大。喻面積窄小。

ねこのめ【猫の目】 貓的眼；老天爺的臉。

ねこばば⓪【猫糞】 スル 掩蓋壞事，昧為己有。

ねこまたぎ【猫跨ぎ】 難吃的魚。

ねこみ⓪【寝込み】 熟睡中，酣睡之時。「～を襲う」乘人熟睡時襲擊。

ねこ・む②【寝込む】 （動五） ①熟睡，入睡。②臥病在床。

ねこめいし②【猫目石】 貓眼石。

ねこやなぎ②【猫柳】 貓柳，銀柳。

ねごろ⓪【値頃】 價錢合適。「～の品」價錢合適的物品。「～感」感到價錢合適。

ねころが・る④【寝転がる】 （動五） 閒躺，滾躺。

ねころ・ぶ④【寝転ぶ】 （動五） 隨便躺下。「～・んでラジオを聞く」躺著聽廣播。

ねさがり⓪④【値下がり】 スル 落價，跌價。↔値上がり

ねさげ⓪【値下げ】 スル 減價，降低費用。↔値上げ

ねざけ⓪【寝酒】 睡前酒。

ねざ・す②【根差す】 （動五） ①生根，扎根。②根源，起因，基於。

ねざめ⓪【寝覚め】 睡醒。「毎日の～は5時だ」每天於早晨五點醒來。①睡醒後情緒不佳。②寢食難安。

ねざや⓪【値鞘】 價格差距，價差。「～を稼ぐ」賺價差。

ねじ①【螺子・捻子・捩子】 ①螺栓，螺絲。②發條。「～を巻く」上緊發條。

ねじきり⓪【螺子切り】 套螺紋。

ねじくぎ⓪【捻子釘】 螺絲釘。

ねじく・れる④【拗くれる・捩くれる】 （動下一） 彎彎曲曲。「～・れた松」彎彎曲曲的松樹。

ねじ・ける⓪【拗ける】 （動下一） ①扭曲，彎曲。②乖僻，奸詐。「心の～・けた人」性情乖僻的人。

ねじこ・む⓪③【捩じ込む】 （動五） ①擰進，扭進。②勉強放入，強行塞進。③訴苦，抱怨。

ねしずま・る④【寝静まる】 （動五） 夜深人靜。

ねしな⓪【寝しな】 臨睡時，剛睡時。

ねじふ・せる⓪④【捩じ伏せる】 （動下一） ①擰倒，按倒。②制伏，制服。「反対派を～・せる」制服反對派。

ねじま・げる④【捩じ曲げる】 （動下一） 扭彎，歪曲。

ねじまわし【螺子回し】 螺絲刀，螺絲起子。

ねじめ⓪【音締め】 定音。

ねじめ⓪【根締め】 ①壓實根土。②圍根（花草）。

ねじやま⓪【螺子山】 螺紋牙。

ねしょうが⓪【根生姜】 嫩薑，老薑。

ねしょうがつ⓪【寝正月】 待在家裡過年。

ねしょうべん③【寝小便】 尿床，遺尿

症。

ねじりはちまき⓪【捩り鉢巻き】スル 使勁地纏頭巾。

ねじ・る⓪【捩る・捻る・拗る】（動五）①擰，扭，撚。「てぬぐいを～・る」擰毛巾。②向左或向右扭轉塞子等。

ねじ・れる⓪【捩れる・捻れる・拗れる】（動下一）①扭曲，扭歪。②乖僻，性情古怪，彆扭。「～・れた根性」乖僻的性情。

ねじろ⓪【根城】①主城，根據地城。↔出城。②根據地，大本營。

ねず⓪【杜松】杜松，刺柏，山刺柏。

ねすご・す⓪【寝過ごす】（動五）睡過時間，睡過頭。

ねずのばん⓪【不寝の番】通宵值班。

ねずみ⓪【鼠】①鼠，老鼠，耗子。②鼠灰色的略稱。③鼠竊狗盜之人。「～に引かれそう」喻一人在家寂寞状。

ねずみいらず⓪【鼠入らず】防鼠櫥。

ねずみこう⓪【鼠講】老鼠會。

ねずみざん⓪【鼠算】老鼠級數演算法，幾何級數增加演算法。

ねずみとり⓪【鼠捕り】①捕鼠，捕鼠器。②滅鼠藥，耗子藥。③俗稱警察取締超速行駛。

ね・せる⓪【寝せる】（動下一）使睡覺。

ねぞう⓪【寝相】睡姿，睡相。「～が悪い」睡相難看。

ねそび・れる⓪【寝そびれる】（動下一）失眠，睡不著覺。

ねそべ・る⓪【寝そべる】（動五）趴，躺。

ねた⓪①素材，原料，主料。「小説の～」小說的材料。「寿司～」壽司主料。②證據，證物。「おまえの～はあがっているんだぞ」你的把柄在我手裡。③魔術等的機關。「～が割れる」魔術的祕密暴光了。

ねだ⓪【根太】地板擱柵，地板架。

ねたきり⓪【寝た切り】因病臥床不起。

ねタバコ⓪【寝一】躺在床上吸煙。「～厳禁」嚴禁躺在床上吸煙。

ねたまし・い③【妬ましい】（形）嫉妒

的。「友達の成績を～・く思う」嫉妒朋友的幸福。

ねた・む②【妬む・嫉む】（動五）嫉妒。

ねだやし⓪【根絶やし】①除根，根絕。②杜絕，根除。

ねだ・る⓪【強請る】（動五）央求，強求。

ねだん⓪【値段】價格，價錢。「～が高い」價錢貴。

ねちが・える④【寝違える】（動下一）落枕。「首を～・える」睡覺落枕了。

ネチケット③【netiquette】網路禮儀。

ねちっこ・い④（形）嘮叨，絮叨。「～・く小言を言う」絮絮叨叨地發牢騷。

ねつ②【熱】①熱，熱度。②發燒。③熱中，熱心。「仕事に～がない」工作不熱心。④〔物・化〕熱量。

ねつあい⓪【熱愛】スル 熱愛。

ねつい①⓪【熱意】熱情，熱忱，投入。「～がある」有熱情。

ねつうん⓪【熱雲】①熾熱（火山）灰雲，発光雲。②高熱的雲。

ねつエネルギー④【熱一】熱能。

ねつえん⓪【熱演】スル 盡心演出，賣（力）。

ねつかくはんのう⓪【熱核反応】熱核反應。

ネッカチーフ④【neckerchief】（脖子上圍的）薄方圍巾。

ねっから⓪【根っから】（副）壓根兒，天生。「～の商売人だ」天生就是商人。

ねづかれ⓪【寝疲れ】スル 越睡越睏，越睡越累。

ねつがん⓪【熱願】スル 渴望，熱望。

ねっき①【熱気】①熱氣。「炎天で～にあてられる」因天氣熱中暑。②熱情，激情，熱烈氣氛。「～を帯びて語る」激動地述說。③發燒，高燒。

ねつぎ⓪【根接ぎ】根接。

ねつぎ⓪【根継ぎ】更換柱脚。

ねっきかん⓪【熱機関】熱力機。

ねっきょう⓪【熱狂】スル 狂熱。

ねつ・く②【寝付く】（動五）①入睡，睡著。②病倒。「風邪で～・く」因感冒

臥床。

ネック③【neck】　①脖子，領子。「タートル~」高領絨套衫。②〔源自 bottle-neck〕瓶頸，隘口。③（衣服的）領口。

ねづ・く④【根付く】（動五）　生根，扎根。「男女平等の思想が~・いた」男女平等的思想生根了。

ネックライン④【neckline】　領圈線。

ネックレス①【necklace】　項鍊。

ねつけ⑤【根付】　墜飾，夾子。

ねつけ④【熱気】　熱氣。

ねっけい◎【熱型】　熱型。體溫時高時低的類型。

ねっけつ◎【熱血】　①熱血。②熱血，激情。↔冷血

ねつげん◎【熱源】　熱源。

ねっこ◎【根っ子】　①根。②根株，樹椿。

ねっこ・い（形）　不乾脆，執著，拘泥，嘮叨。

ねっさ①【熱砂】　熱沙。

ねつさまし④【熱冷まし】　退熱劑。

ねっしゃびょう◎【熱射病】　中暑。→日射病

ねつじょう◎【熱情】　熱情。

ねつしょり②【熱処理】　スル　熱處理。

ねっしん①③【熱心】　熱心，熱誠。「~に勉強する」熱心學習。

ねっすい【熱水】　熱液。

ねっ・する◎【熱する】（動サ變）　①加熱，加溫。「水を100度に~・する」把水加熱到一百度。②發熱，變熱。「まっ赤に~・した溶岩」火紅熾熱的熔岩。③著迷，熱中。「~・しやすい男」愛趕熱潮的男人。

ねっせい◎【熱性】　①熱性。「~痙攣」熱性痙攣。②容易激動（興奮）的性質。

ねっせん◎【熱戦】　熱戰，激戰，酣戰。「~をくりひろげる」展開了激烈比賽。

ねっせん◎【熱線】　①發熱的金屬線。②紅外線。

ねつぞう◎【捏造】　スル　捏造，無中生有。

ねったい◎【熱帯】　熱帯。

ねったいうりん⑤【熱帯雨林】　熱帯雨林。

ねったいきこう⑤【熱帯気候】　熱帯氣候。

ねったいぎょ⑤【熱帯魚】　熱帯魚。

ねったいていきあつ⑦【熱帯低気圧】　熱帯低氣壓。

ねったいや③【熱帯夜】　熱帯夜。在攝氏25度以上難以入睡的暑夜。

ねっちゅう◎【熱中】　スル　熱中，專心致志。

ねっちゅうしょう◎【熱中症】　中暑。

ねつっぽ・い④【熱っぽい】（形）　①有點發燒。②熱情洋溢。「~い調子で話す」講得很熱情。

ねってい◎【熱低】　「熱帯低気圧」的略語。

ネット①【net】　①網，網狀物。②球網。③髮網。④網路的略稱。

ねつど①【熱度】　①熱度。熱的程度。②熱度，熱情。「学習の~が高まる」學習的熱情高漲起來。

ネットイン④【net in】　スル　觸網球。

ねっとう◎【熱湯】　滾開水，熱開水。

ねっとう◎【熱闘】　酣戰。「~をくりひろげる」展開酣戰。

ネットサーフィン④【net surfing】　網際漫遊。

ネットスコア④【net score】　餘桿數，淨桿數。

ネットプレー④【net play】　網前打法。

ネットワーク④【network】　①廣播網，電視網。②網路。

ねっぱ◎【熱波】　熱氣流，熱浪。↔寒波

ねっぷう◎②【熱風】　熱風。

ねつべん◎【熱弁】　熱情演說。「~をふるう」熱情演說。

ねつぼう◎【熱望】　スル　熱望，渴望。「救助を~する」渴望獲得援助。

ねづまり◎【根詰まり】　塞滿根。

ねづよ・い④【根強い】（形）　根深蒂固，不易動搖。「~い偏見」根深蒂固的偏見。

ねつようりょう③【熱容量】　熱容量。

ねつらい④【熱雷】　熱雷雨。

ねつりょう②【熱量】　熱量。

ねつるい◎【熱涙】 熱涙。

ねつれつ◎【熱烈】（形動） 熱烈。「～な恋愛」熱戀。

ねどこ◎【寝床】 床鋪，睡鋪，被窩。

ねとぼ・ける◎【寝惚ける】（動下一） 見「ねぼける」。

ねとまり◎【寝泊まり】スル 住宿，投宿。

ねと・る◎【寝取る】（動五） 私通，霸占。「妻を～・られる」妻子遭霸占。

ねなしぐさ◎【根無し草】 ①浮萍。②比喻不確實、無憑據的事和物。「～の生活」漂泊不定的生活。

ねばつ・く【粘つく】（動五） 黏，黏糊。「のりが手に～・く」漿糊黏在手上。

ねばっこ・い◎④【粘っこい】（形） ①有黏性，黏糊。②執著，難纏。

ねばつち◎【粘土】 黏土。

ねはば◎【値幅】 差價，價格差距。「～が大きい」差價大。

ねばり◎【粘り】 ①黏，黏性，黏度。②韌性，耐性。

ねばりけ◎【粘り気】 黏著力，黏性，黏度。

ねばりごし◎【粘り腰】 黏腰。相撲中，不易崩潰的強有力的腰，轉喻堅韌的態度。

ねばりづよ・い◎【粘り強い】（形） ①黏性強。②耐心的，堅韌的，不屈不撓，頑強。「～・い人」堅韌不拔的人。

ねば・る◎【粘る】（動五） ①黏，發黏。②堅韌，頑強。「最後まで～・る」堅持到最後。

ねはん◎◎【涅槃】〔佛〕①涅槃，寂滅。②涅槃，入寂，入滅。

ねびえ◎【寝冷え】スル 睡覺著涼。

ねびき◎【値引き】スル 降價，減價。

ねぶか◎【根深】 蔥的別稱。

ねぶか・い◎【根深い】（形） ①根深。②根深蒂固。「～・い恨み」深仇大恨。

ねぶくろ◎【寝袋】 睡袋。

ねぶそく◎【寝不足】 睡眠不足。

ねふだ◎【値札】 價目標籤。

ネプチューン◎【Neptune】 ①尼普頓，羅馬神話中的海神。②海王星。

ねぶと◎【根太】 腫疱。

ねぶみ◎【値踏み】スル 估價。

ねぶ・る◎【舐る】（動五） 舐。舔，吮。

ネフローゼ◎【Nephrose】腎病症候群。

ねぼう◎【寝坊】スル 早上睡懶覺（的人）。

ねぼけ◎【寝惚け】 睡迷糊。「～顔」睡迷糊的表情。「～まなこ」睡眼朦朧。

ねぼ・ける◎【寝惚ける】（動下一） ①迷糊。②夢遊。③胡說。「～・けたことを言う」胡說。

ねぼすけ◎【寝坊助】 懶豬，懶蟲。

ねま◎【寝間】 臥室，寢室。

ねまき◎【寝巻・寝間着】 睡衣。

ねまちづき◎【寝待ち月】 臥待月。陰曆十九日夜晚的月亮。

ねまわし◎【根回し】スル ①修根。②事先疏通，底下打招呼。

ねみだれがみ◎【寝乱れ髪】 睡亂頭髮。

ねみみ◎【寝耳】 睡夢中聽到。「～に水の出来事」突發事件。

ねむ・い◎【眠い】（形） 睏的，睏倦的。「～・くて目があけられない」睏得睜不開眼睛。

ねむけ◎【眠気】 睡意，睏意。

ねむけざまし◎【眠気覚まし】 消除睏意。

ねむた・い◎【眠たい】（形） 睏的，睏倦的。

ねむのき◎【合歓木】 合歡，絨花樹，夜合樹。

ねむら・せる◎【眠らせる】（動下一） ①使入睡。②閒置不用。「人材を～・せておくのはもったいない」人才閒置不用實在可惜。③使長眠。

ねむり◎【眠り・睡り】 ①睡眠，睡覺。②死去，死亡。「永い～につく」長眠。

ねむりぐさ◎【眠り草・含羞草】 含羞草。

ねむりぐすり◎【眠り薬】 ①安眠藥。②（全身性）麻醉藥。

ねむりこ・ける◎【眠りこける】（動下一） 沉睡，酣睡。

ねむ・る◎【眠る】（動五） ①睡覺。②

長眠。「永遠に～・る」永眠。③沉睡。「海底に～・る資源」沉睡於海底的資源。④睡眠，靜止。「草木も～・る丑三つ時」夜闌人靜；萬籟俱寂。

ねめつ・ける④【睨め付ける】（動下一） 狠瞪。

ねもと⓪【根本・根元】 ①（植物的）根部。②根本。

ねものがたり④【寝物語】 枕邊話。私房話。

ねや①【閨】 ①內室，寢室，臥室。②夫婦的寢室。

ねゆき⓪【根雪】 底層積雪。

ねらい⓪【狙い】 ①瞄，瞄準。「～をつける」瞄準方向。②目的。

ねらいうち⓪【狙い撃ち・狙い打ち】ヌル 狙擊。

ねら・う⓪【狙う】（動五） ①瞄準。「的を～・う」瞄準靶子。②把…作為目標，想得到…。「優勝を～・う」以奪取冠軍為目標。③（為達到某種目的）伺機，惦記。「すきを～・う」伺機。④以…為目標，瞄準，盯上。「大衆受けを～・った演出」以受大眾歡迎為目標的演出。

ねりあ・げる④【練り上げる・煉り上げる】（動下一） ①熬煉，精製，精煉。②錘鍊，推敲。「革命的意志を～・げる」鍛鍊革命意志。

ねりある・く④⓪【練り歩く】（動五） 結隊緩行。

ねりいと⓪③【練糸】 熟絲，精練蠶絲。

ねりうに③⓪【練り雲丹】 海膽醬。

ねりえ⓪②【練り餌・煉り餌】 拌餌。

ねりぎぬ⓪【練絹】 精練絲綢，熟絹。

ねりきり⓪【練り切り・煉り切り】 熬切餡，熬切餡點心。

ねりせいひん③【練り製品・煉り製品】 魚漿製品。

ねりなお・す④【練り直す】（動五） ①再熬，再和，再次攪拌。「餡を～・す」把餡再熬（攪拌）一次。②進一步推敲，重新研究，完善，潤色。「やり方を～・す」重新考慮作法。

ねりはみがき④【練り歯磨き・煉り歯磨き】 牙膏。

ねりべい⓪【練り塀・煉り塀】 土瓦牆。

ねりまだいこん⑤【練馬大根】 練馬蘿蔔。

ねりもの⓪【練り物・煉り物】 ①人造寶石。②熬煉食品。③魚板。

ねりもの⓪【練り物】 祭禮等時的遊行隊伍、山車、臨時舞台等。

ねりようかん④【練り羊羹・煉り羊羹】 熬羊羹。

ね・る⓪【練る・煉る】（動五） ①熬煉。②拌和，揉和。

ね・る⓪【練る・錬る】（動五） ①（燒熱金屬）鍛造，鍛鍊。「刀を～・る」鍛造刀，打刀。②錘鍊，推敲，籌畫。「対策を～・る」推敲對策。③鍛鍊。「技を～・る」練本事。

ね・る⓪【練る・邌る】（動五） ①列隊緩行。「提灯行列が大通りを～・って行く」燈籠隊伍緩緩走過大街。②遊行。「みこしが街中を～・って行く」神輿在繁華街上遊行。

ねる⓪【寝る】（動下一） ①睡眠。「ぐっすり～・る」酣睡。②睡覺，就寢。「～・る前に歯を磨く」睡前刷牙。③臥床。「風邪で～・ている」因感冒臥床休息。④同床，同房。⑤躺，臥。「～・て本を読む」躺著看書。⑥閒置，滯銷。「～・ている資金を活用する」有效利用閒置資金。

ネル⓪ 法蘭絨。「フランネル」的略稱。「～の寝巻」法蘭絨睡衣。

ね・れる⓪【練れる】（動下一） ①攪拌好，揉和好；熬煉好。②老練，圓通。「よく～・れた人」老練的人。③精湛。「芸が～・れる」技藝精湛。

ねわざ⓪【寝技・寝業】 ①寢技。↔立ち技。②暗中活動。「～に巧みな政治家」善於背後搞鬼的政治家。

ねわざし⓪【寝技師・寝業師】 陰謀家。

ねわら⓪【寝稿】 鋪窩草。

ねん①【年】 ①①年。「～に一度」一年一度。②年限。「～があける」年限到了。②（接尾）①年。計算年數的量詞。「この世に生をうけて 50～」生於此世 50

年。②年。用於年號、學年等。「昭和元～」昭和元年。

ねん⓪【念】　①念頭，念。「感謝の～に満ちる」充滿感激的心情。②留心，注意。「御～には及びません」不必掛念。「～には念を入れる」百般小心；格外謹慎。「～を入れる」嚴加注意；格外留神。③夙願，希望。「～が届く」如願以償。

ねんあけ⓪【年明け】　①滿期，到期。②新年。

ねんいり⓪⓪【念入り】　周到，精心，細心。「～に見る」仔細觀察。

ねんえき⓪⓪【粘液】　黏液。→漿液しょう

ねんえきしつ⓪【粘液質】　〔心〕黏液質。

ねんが⓪【年賀】　①賀年，拜年。②祝壽。

ねんがく⓪【年額】　年額。每一年的數額。

ねんがっぴ⓪【年月日】　年月日。

ねんがらねんじゅう⓪【年がら年中】（副）　終年，整年，一年到頭。

ねんかん⓪【年刊】　年刊。

ねんかん⓪【年間】　①一年間。②年間。

ねんかん⓪【年鑑】　年鑑。

ねんがん⓪【念願】ㇲル　心願，願望，夙願。

ねんき⓪【年忌】　〔佛〕年忌，周年忌辰。

ねんき⓪【年季】　①雇傭年限。②「年季奉公」之略。

ねんきぼうこう⓪【年季奉公】　年期傭工（學徒）。

ねんきゅう⓪【年休】　年度有薪休假。「年次有給休暇」之略。

ねんぎょ⓪【年魚】　①一年魚。②香魚的異名。

ねんきん⓪【年金】　年金。

ねんぐ⓪⓪【年貢】　年貢，地租。「地主に～を納める」向地主繳地租。

ねんげつ⓪【年月】　年月，歲月。

ねんげん⓪【年限】　年限。「修業～」修業年限；學習年限。

ねんこう⓪⓪【年功】　①長年業績，年功。②資歷，資望，老經驗。

ねんごう⓪【年号】　年號。→元号

ねんこうじょれつ⓪【年功序列】　年功序列，資歷工資制。

ねんごろ⓪【懇ろ】（形動）　①誠摯，誠懇，殷切。「～にもてなす」款待。②親睦，親密。「～な交際」親密的交往。

ねんざ⓪【捻挫】ㇲル　挫傷。

ねんさん⓪【年産】　年產（量）。

ねんし⓪【年始】　①年初，歲初，歲首。②賀年，拜年。

ねんし⓪【年歯】　年齡，歲數。

ねんし⓪【撚糸】　加撚紗線。「～機」撚線機。

ねんじ⓪【年次】　①每年，逐年，各年。「～計画」年度計畫。②年份。「卒業～」畢業年份。③年度。「～予算」年度預算。

ねんしき⓪【年式】　型號，式樣，年款，款式。「～が古い」式樣陳舊。

ねんじゅ⓪【念珠】　念珠。

ねんじゅ⓪【念誦】ㇲル　〔佛〕念佛誦經，念誦。

ねんしゅう⓪【年収】　年收（入）。

ねんじゅう⓪【年中】　全年，整年，終年。「～無休」全年無休；全年營業。（副）總是，始終，不斷地。「父は～無休で働く」父親一年到頭不休息地工作。

ねんしゅつ⓪【捻出・拈出】ㇲル　①琢磨出，動腦筋想出。②籌措。「費用を～する」多方籌措費用。

ねんしょ⓪【年初】　年初。↔年末

ねんしょ⓪【念書】　字據。

ねんしょう⓪【年少】　年少，年幼。↔年長。「～者」年少（幼）者。

ねんしょう⓪【年商】　年營業額。

ねんしょう⓪【燃焼】ㇲル　①燃燒。②燃燒。指傾注全部熱情和精力做某事。「生命を～し尽くす」燃燒生命；殫精竭慮。

ねん・じる⓪【念じる】（動上一）　①盼望，企盼，祈盼。「成功を～・じる」祈盼成功。②念，默誦，祈禱。

ねんすう⓪【年数】　年數。「勤続～」工

作年數。

ねんせい◎【粘性】 ①黏性。②〔viscosity〕黏滯性。

ねんだい◎【年代】 ①年代。「化石で～がわかる」根據化石判明年代。②年代。紀元的年數。「～順に並べる」按年代順序排列。③一代，一輩。「戦争を経験した～」經歷過戦争的一代人。④年代，歲月。「～のせいで朱がはげた」因年代關係，紅色都褪去了。

ねんちゃく◎【粘着】 スル 黏著，黏附。「～力」黏著力。「～テープ」膠帶。

ねんちゅうぎょうじ⑤【年中行事】 年中祭典活動。

ねんちょう◎【年長】 年長。↔年少。「～者」年長者。

ねんてん◎【捻転】 スル 扭轉。「腸～」腸打結。

ねんど◎【年度】 年度。

ねんど◎【粘土】 黏土。

ねんとう◎【年頭】 年頭。

ねんとう◎【念頭】 念頭，心上。「～に置く」放在心上。「～に無い」沒放在心上。

ねんない◎⓪【年内】 年內，當年之內。

ねんね◎ スル ①睡覺覺。②嬰兒。③不懂事的孩子，幼稚。

ねんねこ② 背嬰兒半纏棉衣。

ねんねん◎【年年】 年年。「～ある事件だ」年年都有的事。

ねんねんさいさい◎【年年歳歳】 年年歳歳。「～花相似たり」年年歳歳花相似。

ねんぱい◎【年輩・年配】 ①大致的年齡。「50～の男が来た」來了五十歲左右的男人。②年長。「七つ～だ」大七歲。

ねんばらい◎【年払い】 年付。

ねんばんがん◎【粘板岩】 板岩。

ねんぴ◎【燃費】 燃料消耗率。

ねんぴょう◎【年表】 年表。「～を作る」製作年表。

ねんぷ◎【年賦】 按年償還，分年付款。

ねんぷ◎【年譜】 年譜。

ねんぶつ◎【念仏】 スル 〔佛〕念佛。「～を唱える」唸佛。

ねんぶつしゅう◎【念仏宗】 念佛宗。

ねんぽう◎【年俸】 年俸，年薪。「～制」年薪制。

ねんぽう◎【年報】 年報，年度報告。

ねんまく◎【粘膜】 黏膜。

ねんまつ◎【年末】 年底。

ねんまつちょうせい⑤【年末調整】 年終調整，年底調整。

ねんゆ◎【燃油】 燃料油。

ねんよ①【年余】 年餘，一年有餘。「～にわたる交渉」歷時年餘的交渉。

ねんらい①◎【年来】 多年來，幾年來。「～の望み」多年來的期望。

ねんりき①◎【念力】 ①意念力，心力，意志力。②〔心〕念力。「～岩を通す」精誠所至，金石為開。

ねんりつ◎【年率】 年利率。

ねんりょう◎【燃料】 燃料。

ねんりょうでんち◎【燃料電池】 燃料電池。

ねんりん◎【年輪】 ①年輪。②人的成長或學業上的累積。「～を重ねた芸」久經磨練的技藝。

ねんれい◎【年齢】 年齡。

の₁【野】 ①野外。②田野。田地，曠野。「～を耕す」耕田。③粗製的，毛的。↔化粧。④野生。「～いちご」野生草莓。「～の花」野花。

の【幅・布】 幅。「四～の布団」四幅寬的被子。

のあそび₀【野遊び】 郊遊，春遊。

ノイズ₁【noise】 ①噪音、雜音。②干擾，資料混亂。

のいばら₀【野薔薇・野茨】 野薔薇。

のう₁【能】 ①能力。「～がない」無能。②才能。「彼の～は実践から得られたものだ」他的本領是從實踐中得來的。③效能，功能。「～書き」功能說明。④能樂。

のう₁【脳】 ①腦。②腦力。

のう₁【農】 ①農業，農活。「半～半漁」半農半漁。②農民，農夫。「士～工商」士農工商。

のう₁【膿】 膿。

のうえん₀【脳炎】 腦炎。

のうえん₀【農園】 園藝農場。「～を営む」經營園藝農場。

のうえん₀【濃艶】 濃豔。「～に笑う」豔笑。

のうか₁【農家】 農家，農戶。

のうかい₀【納会】 ①年會，閉幕會，總結會。②月底交易。↔発会

のうがき₀【能書き】 ①效用說明書。②自誇，羅列能耐，自我宣傳。「～を並べ立てる」自我吹噓。

のうがく₀【農学】 農學。

のうかしん₀【膿痂疹】 黃膿瘡，膿皰瘡。

のうかすいたい₄【脳下垂体】 腦下垂體。

のうかん₀【納竿】 收竿。

のうかん₀【納棺】 入殮。

のうかん₀【脳幹】 腦幹。

のうかんき₃【農閑期】 農閒期。↔農繁期

のうき₀【納期】 繳納期，交貨期。

のうき₀【能記】 〔法 signifiant〕能記，能指。↔所記

のうきぐ₃【農機具】 農機具。

のうきょう₀【農協】 農協。「農業協同組合」的略稱。

のうきょう₀【膿胸】 膿胸。

のうぎょう₁₀【農業】 農業。

のうきょうげん₃【能狂言】 ①能狂言。能樂和狂言。②能狂言。能樂的狂言。

のうきん₀【納金】 スル 納金。

のうぐ₁【農具】 農具。

のうげい₁₀【農芸】 ①農業技術。②農業和園藝。

のうげか₀【脳外科】 腦外科。

のうけっせん₃【脳血栓】 腦血栓。→脳梗塞

のうこう₀【農耕】 農耕，耕作。

のうこうぎれい₅【農耕儀礼】 農耕儀禮，農耕儀式。

のうこうそく₃【脳梗塞】 腦梗塞。→脳血栓・脳塞栓

のうこつ₀【納骨】 スル 納骨。

のうこん₀【濃紺】 深藏青色。

のうさい₀【納采】 納采。「～の儀」納采儀式。

のうさい₀【能才】 能人，幹才，能士。

のうさい₀【濃彩】 重彩，濃彩。↔淡彩

のうさぎ₀【野兎】 野兔。

のうさぎょう₃【農作業】 農活，農業工作。

のうさくぶつ₃【農作物】 農作物。

のうざしょう₀【脳挫傷】 腦挫傷。

のうさつ₀【悩殺】 スル 使著迷。

のうさんぶつ₃【農産物】 農產品，農作物產品。

のうし₁【直衣】 直衣。天皇以下的貴族的平常衣服。

のうし₁【脳死】 腦死。

のうじ₁【能事】 應做之事。「～終われり」所能之事都已做完。

のうじ◎【農事】　農活，農事。「～試験場」農業試驗場。

のうしゅ◎【膿腫】　膿腫。

のうしゅ◎【囊腫】　囊腫。

のうじゅう◎【膿汁】　膿汁，膿液。

のうしゅく◎【濃縮】　スル　濃縮。

のうしゅくウラン⑤【濃縮─】　濃縮鈾。

のうしゅっけつ⑤【脳出血】　腦出血。

のうしゅよう◎【脳腫瘍】　腦腫瘤。

のうしょ◎【能書】　擅書法，能書。「～家」書法家。

のうしょう◎【脳漿】　腦漿。

のうしょう◎【脳症】　腦病。

のうじょう◎◎【農場】　農場。

のうしんけい◎【脳神経】　腦神經。

のうしんとう◎【脳震盪】　腦震盪。

のうすいしょう◎【農水省】　農林水產省。「農林水產省」的略稱。

のうせい◎【農政】　農政。

のうぜい◎【納税】　スル　納稅。

のうせいまひ◎【脳性麻痺】　腦性麻痺。

のうぜんかずら◎【凌霄花】　凌霄花，紫葳。

のうそくせん⑤【脳塞栓】　腦栓塞。→脳梗塞

のうそっちゅう◎【脳卒中】　腦中風，腦溢血。

のうそん◎【農村】　農村。

のうたん◎【濃淡】　濃淡，深淺。

のうち◎【農地】　農地，農田。

のうちゅう◎【囊中】　①囊中。指口袋裡。②囊中，錢包中，所帶的錢。「～無一物」身無分文；囊空如洗；囊無一物。

のうてん◎【脳天】　腦頂，頭頂。

のうてんき◎【能天気・能転気】　輕浮（的人）。「～なやつだ」輕浮之徒。

のうど◎【農奴】　農奴。

のうど◎【濃度】　濃度。

のうどう◎【能動】　能動，主動。→受動

のうどう◎【農道】　田間道路。

のうどうたい◎【能動態】　能動語態，主動語態。→受動態

のうどうてき◎【能動的】　(形動)　能動的，主動的。→受動的

のうなし◎【能無し】　無能。

のうにゅう◎【納入】　スル　繳納，上繳。「会費を～する」繳納會費。

のうは◎【脳波】　腦波。「～の検査を受ける」接受腦電波檢查。

のうはく◎【農博】　「農学博士」的略語。

のうはんき◎【農繁期】　農忙期。↔農閑期

のうひつ◎【能筆】　擅書法，能筆。

のうひん◎【納品】　スル　交貨。「～書」交貨單。

のうひんけつ◎【脳貧血】　腦貧血。

のうふ◎【納付】　スル　繳納。「税金を～する」納稅。

のうふ◎【農夫】　農夫。

のうふ◎【農婦】　農婦。

のうぶたい◎【能舞台】　能舞臺。能、狂言的專用舞臺。

のうぶん◎【能文】　擅長寫文章。

のうほう◎【農法】　農法，耕作方法。

のうほん◎【納本】　スル　①交書。向訂購者交納書籍或雜誌。②納本，繳納樣本。都要向國立國會圖書館交納所規定數量的發行物。

のうほんしゅぎ◎【農本主義】　農本主義。

のうまく◎【脳膜】　腦膜。

のうまくえん◎【脳膜炎】　腦膜炎。

のうみそ◎【脳味噌】　①腦漿。腦髓的俗稱。②腦汁，腦筋，腦子。「～をしぼる」絞盡腦汁。

のうみつ◎【濃密】　濃重，濃密，稠密。「～な描写」細緻的描寫。

のうみん◎【農民】　農民。

のうむ◎【濃霧】　濃霧。

のうめん◎【能面】　能樂面具。

のうやく◎【農薬】　農藥。

のうやくしゃ◎【能役者】　能樂演員。

のうよう◎【膿瘍】　膿腫，膿瘍。

のうらん◎【悩乱】　スル　心煩意亂。

のうり◎【能吏】　能吏，能幹的官員。

のうり◎【脳裏・脳裡】　腦海裡，腦子裡。「～にうかぶ」浮現在腦海裡。

のうりつ◎【能率】　效率。「仕事の～を

上げる」提高工作效率。

のうりつきゅう[4]【能率給】 效率工資，計件工資。→固定給・生活給

のうりつてき[0]【能率的】（形動） 有效率的。

のうりょう[0]【納涼】 乘涼。「~花火大会」納涼煙火大會。

のうりょく[1]【能力】 ①能力。「~のある人」有能力的人。②能力。法律上所要求的資格。

のうりん[0]【農林】 農林。

のうりんしょう【農林省】 農林省。

のうりんすいさんしょう[7]【農林水産省】 農林水產省。

のうりんすいさんだいじん[9]【農林水産大臣】 農林水產大臣。

ノエル[1]【法 Noël】 聖誕節。

ノー[1]【no】 ①無，禁止，不要（等意）。「~-サイン」無署名。②（感）不，非，否。↔イエス

ノーアウト[3]【no out】 無人出局。

ノーカウント[3]【no count】 不計。

ノーカット[3]【[和] no+cut】 無修剪。

ノーゲーム[3]【no game】 被判無效的比賽。

ノーゴール[3]【no goal】 投中無效，無效射門。

ノーコメント[3]【no comment】 無可奉告。

ノーサイド[3]【no side】 （橄欖球）比賽結束。

ノーサンキュー[3]【No; thank you】 不用謝，不必客氣。

ノース[1]【north】 北，北方，北面。

ノーズ[1]【nose】 ①鼻。②鼻部。「車の~」車的前端。

ノースリーブ[4]【[和] no+sleeve】 無袖服，無袖女服，女式背心。

ノータイ[3][0]【no tie】 不打領帶。

ノータイム[3]【[和] no+time】 ①休息結束。②無時間。有規定時間限制的對局中，到下步落子前不花時間。

ノータッチ[3]【[和] no+touch】①不接觸。②不參與某事。

ノート[1]【note】スル ①筆記，記錄，備忘錄。②筆記本。③註釋。④音符，樂譜。

ノートがたパソコン【一型一】 筆記型電腦。

ノートブック[4]【notebook】 筆記本。

ノーネクタイ[3]【no necktie】 不打領帶。

ノーハウ[1]【know-how】 ①技術秘訣，技術訣竅。②竅門。

ノーバウンド[3]【[和] no+bound】 不滾跳球。球不滾跳。

ノーヒット[3]【no hit】 無安打。

ノーヒットノーラン[6]【no-hit-norun】 完封，無安打無得分比賽。

ノーブラ【[和] no+brassiere】 無胸罩，未穿胸罩。

ノーブランド[4]【no brand】 無品牌商品。

ノーブル[1]【noble】（形動） 崇高的，高尚的。

ノープレー[4]【no play】 不比賽，非比賽，攻守無效。

ノーベルしょう[4]【一賞】 諾貝爾獎。

ノーマーク[3]【[和] no+mark】 無人看守。

ノーマライゼーション[5]【normalization】 正常化。

ノーマル[1]【normal】（形動） 正常的，普通的。↔アブノーマル

ノーマルヒル[4]【normal hill】 標準台。→ラージ-ヒル

ノーモア[3]【no more】 再沒有了，（今後）不再。「~ヒロシマ」廣島悲劇不容重演。

ノーワインドアップ【[和] no+windup】 繞臂投球，風車式投球，轉圈投球。

のが・す[2]【逃す】（動五） ①放跑，放走。「犯人を~・す」放走犯人。②錯過，逸失。「チャンスを~・す」錯過機會。

のが・れる[3]【逃れる・遁れる】（動下一） ①逃，遁，擺脫。「重囲を~・れる」逃脫出重圍。②逃脫，解脫，逃避，躲避。「責任を~・れる」逃避責任。

のき[0]【軒】 ①房簷，屋簷。②帽簷。

のぎ[0]【芒】 芒。稻。

の

のぎく◎【野菊】　野菊。

のきさき◎【軒先】　①房簷前端。②屋簷前，屋前。

のきしのぶ【軒忍】　瓦葦。

ノギス◎【德 Nonius】　卡尺，游標卡尺。

のきなみ【軒並み】　①鱗次櫛比。「古い~が続く」老房屋鱗次櫛比。②家家戸戸。③所有，一律，統統。「~値上がりした」統統漲價了。

のきば【軒端】　簷端。

のぎへん【ノ木偏】　禾字旁。

の・く◎【退く】（動五）　①退，退後。「わきへ~・く」退到一旁。②退出，脱離。「公職を~・く」辭掉公職。

のぐそ◎【野糞】 スル　野外拉屎，野糞。

ノクターン◎【nocturne】　夜曲，小夜曲。

のけぞ・る◎【仰け反る】（動五）　向後仰。「~・って笑いこける」仰天大笑。

のけもの◎【除け者】　受排擠（者）。「わたしを~にされる」被人排擠。

の・ける◎【退ける】（動下一）　①搬開，移開，挪開。「道の石を~・ける」把路上的石頭挪開。②另當別論，置於一旁。③（補助動詞）表示勇於做難做的事。「やって~・ける」出色地完成。

の・ける【除ける】（動下一）　剔除，擺脱，去掉。「取り~・ける」除掉。

のこ◎【鋸】　「のこぎり」的略稱。「糸~」線鋸。

のこぎり◎◎【鋸】　鋸。

のこ・す◎【残す】（動五）　①留下，保留。「昔の面影を~・す」留下昔日的風貌。②剩下。「ご飯を~・す」把飯剩下。③存留，留下。「記録に~・す」留在記録中。④㋐留下，存留。「すこしも痕跡を~・さない」不留一點痕跡。㋑拋下，撇下。「幼い子を~・して世を去る」拋下年幼的孩子去世。⑤留傳，留下，遺留。「名を後世に~・す」名垂後世。「証拠を~・す」留下證據。

のこった◎【残った】（感）　有餘地。行司發出的喝采聲。

のこらず◎【残らず】（副）　全部，不

のこり◎【残り】　剩下，殘餘，剩餘。

のこりが◎【残り香】　餘香，餘味，留芳。

のこりすくな・い◎【残り少ない】（形）所剩無幾。

のこりび◎【残り火】　餘火，餘燼。

のこりもの◎【残り物】　剩餘物。「~には福がある」剩下東西中有福氣。

のこ・る◎【残る】（動五）　①留下。「傷あとが~・る」留下傷疤。②剩餘，剩下。「金が~・る」錢有剩餘。③㋐遺留，殘存。「城跡に石垣だけが~・る」城址只剩下了石牆。㋑留下。人留下。「会社に~・って仕事をする」留在公司幹活。④留傳後世。「名が~・る」留名後世。⑤心存。「不満が~・る」心存不滿。

のさば・る◎（動五）　橫行霸道。「悪者が~・る」壞人橫行霸道。

のざらし◎【野晒し】　①曝露野外。②曝露荒野骷髏（頭骨）。

のざわな◎【野沢菜】　野澤油菜。

のし◎【伸し】　①撐開。「~イカ」乾魷魚片。②側泳。

のし◎【熨斗・熨】　①熨斗。「火熨斗ひのじ」的略稱。②「熨斗鮑のしあわび」的略稱。③禮箋。「~をつける」欣然奉送。

のしあが・る◎【伸し上がる】（動五）爬上，踩著別人肩膀往上爬。「大臣に~・る」爬到了大臣的位子。

のしあわび◎【熨斗鮑】　乾鮑魚片。

のしいか◎【伸し烏賊・熨斗烏賊】　乾魷魚片。

のしかか・る◎◎【伸し掛かる】（動五）①壓上。「貧乏が~・る」貧窮壓上身。②扛。

のしがみ◎【熨斗紙】　熨斗紙。

のしぶくろ◎【熨斗袋】　禮金袋。

のしめ◎【熨斗目】　①熨斗目。生經熟緯絲綢服的一種。②熨斗目。能裝束、狂言裝束的一種。

のしもち◎【伸し餅】　長方形扁平黏糕。

のじゅく◎【野宿】 スル　野宿，露宿。

の・す◎【伸す】（動五）　❶（自動詞）

①長進，上升。「第一位に～・す」升到第一位。②伸展，擴展，伸長。「盛り場まで～・す」擴展到繁華場所。③延伸。「根が四方へ～・す」根向四周延伸。❷（他動詞）①延展，攤開。「腰を～・す」伸腰。②熨平。「ズボンのしわを～・す」熨平褲子上的皺褶。③打倒，使昏厥。「簡単に相手を～・す」很輕鬆的打倒了對方。

ノスタルジア◎【nostalgia】 鄉愁，鄉情。

ノスタルジック③【nostalgic】（形動）（使）懷舊的，懷舊的。

ノズル①【nozzle】 噴嘴。

の・せる◎【乗せる】（動下一）①使搭乘，載乘，載運。②搭載，傳播。「音楽を電波に～・せて送る」播送音樂。③（施計謀）誘騙，騙人。「人を口車に～・せる」用花言巧語騙人。④入夥，參加，附有。「一口～・せてもらう」算上我一份。⑤和著（伴奏）。「ギターに～・せて歌う」和著吉他唱歌。⑥感染，打動。「聴衆を～・せる」感染聽眾。⑦突破，打破，超越。「大台に～・せる」突破大關。

の・せる◎【載せる】（動下一）①擺上，放上，放置。「本を机に～・せる」把書放在桌上。②載，裝載，收入。③登載，刊登。「広告を～・せる」登廣告。

のぞか・せる◎【覗かせる・覘かせる】（動下一）露出，使看見。「白い歯を～・せて笑う」露出白牙一笑。

のぞき◎【覗き・覘き】 窺視。

のぞきこ・む【覗き込む】（動五）窺視。

のぞきしゅみ④【覗き趣味】 窺視癖。

のぞ・く◎【除く】（動五）①除，禳解，化解。「雑草を～・く」除雜草。②除外。「彼を～・くクラス全員」除他之外的全班人員。③剷除，除去。「邪魔者を～・く」拔掉眼中釘。

のぞ・く◎【覗く・覘く】（動五）❶（他動詞）①窺視。「カーテンのかげから外を～・く」從窗簾後偷看外面。②

俯視，下望。「谷底を～・く」下望谷底。③小逛一下，看一下，瞧一下。「古本屋を～・く」看一眼舊書店。④瞄一眼，看一眼。（對書中的內容等）瞟一眼。「子供の絵本を～・いてみる」瞄一眼孩子的繪本。⑤觀察。「双眼鏡を～・く」用雙筒望遠鏡觀察。❷（自動詞）露出（一點兒）。「衣の下のよろいが～・く」露出衣服下的鎧甲。

のぞまし・い◎◎【望ましい】（形）符合希望的，合乎心願的。

のぞみ◎【望み】①願望，希望。「～がかなう」如願以償。②指望，希望，期望。「～を一身に集める」集眾望於一身。③人望，名望。「天下の～を失う」有失天下所望；有負眾望。

のぞみうす◎【望み薄】希望渺茫，沒有指望，無可期待。

のぞ・む◎【望む】（動五）①眺望。「がけ下の海を～・む」遠望崖下的海水。②盼望。「世界の平和を～・む」盼望世界和平。③期望。「嫁にと～・まれる」願做新娘。

のぞ・む◎【臨む】（動五）①面臨。「海に～・む」臨海。②親臨，蒞臨。「試合に～・む」親臨比賽。③臨到，瀕臨。「危機に～・む」面臨危機。④對待，處理。「違反に対しては厳罰をもって～・む」對違章則給予嚴罰。

のたうちまわ・る【のたうち回る】（動五）痛得亂滾。

のたう・つ◎（動五）痛得打滾，翻滾掙扎。「おなかが痛くて～・つ」肚子痛得直打滾。

のたく・る◎（動五）①蠕動，蜿蜒爬行。「みみずが～・る」蚯蚓蠕動。②四處走動。③寫得潦草，亂寫，塗鴉。

のだて◎【野点】 スル 野外泡茶。

のたま・う◎【宣う】（動四）「言う」的尊敬語。

のたれじに◎【野垂れ死に】 スル 死在路旁，倒斃路旁。

のち◎【後】①（某事或某時之）後。↔マエ。「食事の～出発する」飯後出發。「雨～曇」雨後轉陰。②以後，未

來，將來。↔まえ・さき。「～のために
備える」為將來作準備。③死後。④子
孫。

のちぞい◎【後添い】　二房，填房，續
弦，繼室，後妻。

のちのち◎【後後】　今後，將來。

のちのよ◎【後の世】　①將來。②死後，
死後的世界，來世。

のちほど◎【後程】（副）　待會兒，隨
後。

ノック◎【knock】スル　①扣門，敲門。②
打接練球，內外野手接球練習。

ノックオン◎【knock on】　球向前滾。

ノックス◎◎【NOₓ】　NOₓ。總稱造成大氣
污染原因之一的氮氧化物的詞語。

ノックダウン◎【knockdown】スル　①擊
倒。②組合式。「～家具」組合家具。

のっけ◎◎　開始，最初。「～から心配して
いる」從一開始就很擔心。

のっ・ける◎【乗っける・載っける】（動
下一）　攞，放。「棚に箱を～・ける」
把箱子放在架子上。

ノッチ◎【notch】　①刻痕，凹口，槽口，
溝槽。②〔電〕觸點，擋。

ノット◎【knot】　節。船舶、海流等的速
度單位。

のっと・る◎【乗っ取る】（動五）　①攻
占，攻取。「敵陣を～・る」攻占敵人陣
地。②篡奪，奪取，侵占，霸占。「会社
を～・る」霸占公司。③劫持。「旅客機
を～・る」劫持客機。

のっと・る◎【則る・法る】（動五）
法，效法，遵照，遵循，依據，根據。
「古式に～・って執り行われる」效法
古禮行事。

のっぴきならない◎【退っ引きならない】
（連語）　不可避免。「～・い用事」非
辦不可的事。

のっぺい◎【能平・濃餅】　①能平菜湯，
濃餅湯菜。②勾芡菜。「～うどん」勾芡
麵條。

のっぺいじる◎【能平汁・濃餅汁】　油炸
豆腐青菜湯。

のっぺらぼう◎◎　①平滑，平板，平淡，
呆板。「～な顔」呆板的臉。②無眼鼻口

的平臉怪物。

のっぺり◎（副）スル　①平坦，單調。「～
しに顔」平板的臉。②呆板表情。「～
（と）した顔の男」一臉呆板的男人。

のつぼ◎【野壺】　野地糞坑。

のっぽ◎　大個子，瘦高個兒（的人）。

のづみ◎【野積み】　露天堆放。

のどか◎【長閑】（形動）　①恬靜，寧
靜。「～な田園風景」恬靜的田園風光。
②晴朗，風和日麗。③悠閒。「～に日を
暮らす」悠閒度日。

のどくび◎【喉頸】　①前頸，喉頸，咽
喉。②咽喉，要害，致命處。「敵の～を
押さえる」扼住敵人的咽喉。

のどじまん◎【喉自慢】　①自誇唱歌好，
亦指其人，自誇嗓音好（的人）。②業
餘歌手大賽。

のどちんこ◎【喉ちんこ】　小舌。懸雍垂
的俗稱。

のどびこ◎【喉彦】　懸雍垂，小舌。

のどぶえ◎【喉笛】　嗓子。

のどぼとけ◎【喉仏】　喉結。

のどもと◎【喉元】　①喉頭根部。②咽
喉。「～過ぎれば熱さを忘れる」好了傷
疤，忘了痛；忘恩負義。

のどわ◎【喉輪】　護頸。

のなか◎【野中】　原野上，原野中。「～
の一軒家」原野中的一戶孤獨人家。

のねずみ◎【野鼠】　野鼠，田鼠。→家
鼠いえねずみ

ののし・る◎【罵る】（動五）　①罵，高
聲斥責。②漫罵。

ののてん◎【ノノ点】　同前行點。

のば・す◎【伸ばす】（動五）　①伸長，
拉長，放長。「ゴムひもを～・す」拉長
鬆緊帶。②伸直。「腰を～・す」直腰。
③碾薄，展寬，擀。「麺棒で～・す」用
擀麵棍擀。④擴展，擴大。「業績を～・
す」擴大業績。⑤打垮。「一発で～・
す」一下子揍到趴下。

のばなし◎【野放し】　①（家畜）放養。
②放任不管。「～に育てる」任其自然地
成長。

のはら◎【野原】　原野。

のび◎【伸び・延び】　①成長，延伸，延

展，延長率。「～の早い草」長得快叫
草。②均勻展開。「～のよいクリーム」
抹得均勻的奶油。③增長。「～がとま
る」停止發展。④伸懶腰。「～をする」
伸懶腰。

のび◎【野火】 野火。

のびあが・る◎【伸び上がる】（動五）
踮起腳，蹺腳。

のびざかり◎【伸び盛り】 ①成長旺盛。
②顯著增長期。

のびちぢみ◎【伸び縮み】スル 伸縮。

のびなや・む◎【伸び悩む】（動五） ①
停滯不前，上不去。「売り上げが～・
む」銷售額上不去。②行情呆滯。

のびのび③【延び延び】 延了又延，一再
拖延，一再後延。「工事の完成が～にな
る」工程的完成拖延下來。

のびのび③【伸び伸び】（副）スル ①欣欣
向榮，茁壯成長，生長茂盛。「～（と）
育つ」茁壯成長。②舒暢，解放，輕鬆
自在，怡然自得。「気持ちが～する」心
情舒暢。③暢達，奔放。「～とした文
章」奔放的文章。

のびやか②【伸びやか】（形動） 舒暢，
悠然大度。「～な暮し」悠然自得的生
活。

のびる◎【野蒜】 山蒜。

の・びる◎【伸びる】（動上一） ①伸
長，生長。「背が～・びる」個子長高
了。②伸展，展平，展開。「しわが～・
びる」皺紋展開。③攤開，抹開。「よ
く～・びるクリーム」抹得均勻的奶
油。④增加，擴大；上升。「売り上げ
が～・びる」銷售額上升。⑤疲乏。「そ
ばが～・びる」蕎麥麵條變爛了。⑥倒
下。「この暑さで～・びてしまった」因
暑熱倒下了。

の・びる◎【延びる】（動上一） ①延
長，拖長。「寿命が～・びる」壽命延
長。②延，延期。「出発が～・びる」出
發延期。③延伸。「地下鉄が～・びる」
地鐵延伸開來。④延續，活了下來，生
存下來。「生き～・びる」多活；倖存。

ノブ①【knob】 球形把手，球柄。

のぶし◎◎【野武士・野伏】 野武士。

のぶせり【野伏せり・野臥せり】 ⇨の
ぶし（野武士）

のぶと・い③【筬太い・野太い】（形）
①臉皮厚，厚臉皮。②粗澀，嗓音粗。

のべ◎【延べ】 ①展鍛，延展，壓延品。
「銀の～のキセル」銀壓延的煙斗。②
合計，共計，總計。「～日数」總計日
數。③延期。「日～」延期；延長日期。

のべ◎【野辺】 ①野地。「～の花」野花。
②埋葬場，火葬場。

のべいた◎【延べ板】 ①金屬薄板。「金
の～」金板。②（擀）麵板。

のべおくり◎【野辺送り】 送葬，出殯。

のべざお◎【延べ竿・延べ棹】 整根長釣
竿。↔継ぎ竿。

のべつ◎（副） 不間斷地，無休止地。「～
に小言を言う」不停地發牢騷。

のべつぼ◎【延べ坪】 總建築面積，總坪
數。

のべばらい◎【延べ払い】 延期付款，延
期支付。

のべぼう◎【延べ棒】 壓延金屬條。「金
の～」金條。

ノベライゼーション⑤【novelization】 小
說化。

の・べる◎【伸べる・延べる】（動下一）
①伸手。「救いの手を～・べる」伸出援
助之手。②展鍛，壓延。「金を～・べ
る」壓延金屬。③鋪。「床を～・べる」
鋪床。

の・べる◎【述べる・陳べる】（動下一）
敘述，陳述，闡述，傾訴。

ノベル①【novel】 長篇小說。→ロマン

ノベルティ①【novelty】 廣告贈品。

のほうず◎【野放図・野放途】 ①散漫放
縱，無所忌憚。「～な生活」自由散漫的
生活。②無邊無際，漫無邊際。「～に広
がる」廣袤無垠。

のぼ・す◎【上す】（動五） 提出，提
上。「話題に～・す」當作話題提出；提
上議程。

のぼせあが・る◎【逆上せ上がる】（動
五） 昏頭，癡迷。「有名になって～・
る」成名後昏了頭。

のぼ・せる◎【上せる】（動下一） ①提

上，提出。「教育問題を話題に～・せる」把教育問題提到議程上。②載入，記入。「記録に～・せる」載入記録。③付梓。④端上，擺上。⑤上升到，想到，想起，記起，出現。「意識に～・せる」上升到意識。

のぼ・せる◎◎【逆上せる】（動下一）①氣血上衝，頭大，頭暈，腦脹。「長湯して～・せる」因洗澡時間過長而頭暈。②昏頭，入迷，迷戀，沉溺。「歌手に～・せる」迷戀歌手。③沖昏頭腦，忘乎所以。

のぼり◎【上り・登り・昇り】①攀，登，升，上，上坡。↔くだり。「急な～」陡的上坡。②上行（車）。↔くだり。「～の特急」上行特快列車。③上行。向上游方向航行。↔くだり。「～の船便」上行船。④上京，進京。「お～さん」進京觀光者；進京遊覽的鄉下人。↔くだり

のぼり◎【幟】①幟，幡，長條旗。②鯉魚旗。

のぼりおり◎【上り下り】スル 上下。

のぼりがま◎【登り窯】升坡窯，龍窯。

のぼりくだり◎【上り下り】スル 上下。

のぼりざか◎【登り坂・上り坂】①上坡路。②上升，攀升，爬坡。「商売が～になってくる」生意興隆起來。↔下り坂

のぼりちょうし◎【上り調子】上升狀態，上升情勢，走紅。「今～の選手」正在走紅的選手。

のぼりつ・める◎【上り詰める】（動下一）攀登到頂，爬到頂，爬上。「山頂に～・める」登上山頂。

のぼりりゅう◎【登り竜】騰龍。

のぼ・る◎【上る】（動五）①上，登。向上方走。「坂を～・る」上坡。②上溯。↔くだる。「川を～・る」逆流而上。③進京。↔くだる。④高達。「人口は 13 億に～・る」人口達到十三億。⑤興奮，氣得發昏。「頭に血が～・る」血衝上頭。⑥上升，提上，擺上。「話題に～・る」提出為話題。「食卓に～・る」擺上飯桌。

のぼ・る◎【昇る・上る】（動五）①昇

起。「日が～・る」太陽昇起。②上升。③升遷，晉級，晉升。↔くだる。「部長の位に～・る」升到部長的職位。

のぼ・る◎【登る】（動五）爬上，登上，攀登。↔おりる。「山に～・る」登山。

のみ◎【蚤】跳蚤。「～の夫婦」跳蚤夫婦。妻子比丈夫身材高大的夫婦。

のみ◎【鑿】鑿子。

のみくい◎◎【飲み食い】スル 飲食。

のみぐすり◎【飲み薬】內服藥。

のみくち◎【飲み口・呑み口】①味道，口感。「この酒は～がいい」這酒的口感很可口。②愛喝。③杯（碗）口。

のみこうい◎【呑み行為】①場外買空賣空行為。②非法買賣彩券。

のみこ・む◎【飲み込む・呑み込む】（動五）①吞下，嚥下，吞嚥。②吞沒，容納。「渦潮が小船を～・む」漩渦吞沒小船。「大観衆を～・んだ甲子園球場」容納眾多觀眾的甲子園球場。③明白，摸著。「こつを～・む」領會訣竅。④嚥，忍住，止住。「出かかった言葉を～・む」到了嘴邊的話又忍住了。

のみしろ◎【飲み代・呑み代】酒錢。

のみすぎ◎【飲み過ぎ】飲過量，喝多了。

のみすけ◎【飲み助・呑助】酒鬼。

のみち◎【野道】鄉間小道。

のみつぶ・れる◎【飲み潰れる・呑み潰れる】（動下一）喝倒，喝趴下。

のみとりこ◎◎【蚤取り粉】滅跳蚤粉。

のみとりまなこ◎【蚤取り眼】明察秋毫。

のみならず◎（連語）①不僅…。「雨～風まで吹いてきた」不僅下雨還刮起風來了。②〔置於句首，作接續詞用〕不僅如此，而且。

ノミナル◎【nominal】（形動）①有名無實。②「ノミナル-レート」的略語。

ノミネート◎【nominate】スル 提名。「新人賞に～される」被提名為新人獎的候選人。

のみのいち◎【蚤の市】跳蚤市場，二手貨市場。

のみほ・す◎【飲み干す・飲み乾す】（動五） 喝乾，喝光。

のみみず◎【飲み水】 飲用水。

のみもの◎◎◎【飲み物】 酒水，飲料。

のみや◎【呑み屋】 ①場外買空賣空經紀人。②非法莊家。賽馬、賽車等中非法買賣彩券的莊家。

のみや◎【飲み屋】 小酒館，酒鋪。

の・む◎【飲む】（動五） ①喝，飲，呑。「水を～・む」喝水。「ミルクを～・む」喝牛奶。②飲酒。「～・んで騒いで丘にのぼれば」酒後嬉鬧上山岡……③吸（煙）。

の・む◎【呑む】（動五） ①接受，承諾。「条件を～・む」接受條件。②呑沒。「大波に～・まれる」被大浪呑沒。③呑沒，呑掉。「雰囲気に～・まれてしまう」完全被氣氛呑沒。④屏（息），咽，飲（恨、泣），呑（聲）。「思わず息を～・む」不由得倒吸一口涼氣。⑤暗藏利刃。暗中攜帶利刃等。「短刀をふところに～・む」懷揣短刀。

のめ・す◎（動五） ①弄趴下。②表示徹底…之意。「たたき～・す」揍趴下；痛打。「しゃれ～・す」總是開玩笑；盡說詼諧話。

のめりこ・む◎【のめり込む】（動五） ①一頭栽進，跌入，摔進。「泥田に～・む」進泥田。②陷入，沉溺。「勝負事に～・む」沉溺於賽事。

のめ・る◎（動五） 快要栽倒，向前倒。「つん～・る」差點栽倒。

のやき◎【野焼き】スル 火燒田。為使土地肥沃放火燒田野。

のやま◎【野山】 山野。

のら◎【野良】 ①原野，野地。②田地，農場。「～着」田間作業服。

のらいぬ◎【野良犬】 野狗。

のらくら◎ 遊手好閒。「～者」遊手好閒者；懶漢。

のらしごと◎【野良仕事】 農活。

のらねこ◎【野良猫】 野貓。

のらりくらり◎（副）スル ①無所事事，遊手好閒。②含糊其辭，支支吾吾，態度曖昧。「～（と）言い逃れる」含糊其辭。

のり◎【法・則・矩】 ①法，規矩，規則。②規則，規矩。③直徑。「内～」內徑。④斜度，坡度，斜面，邊坡。

のり◎【乗り】 ①騎乘。「玉～」踩球（藝人）。②起勁，得意忘形。「～のよい曲」很起勁的曲子。「悪～」得意忘形。②（接尾）能乘坐的人數，准乘人數。「60人～のバス」能搭載60人的巴士。

のり◎【海苔】 ①紫菜。②海苔。

のり◎【糊】 ①漿糊，漿。②（廣義上指）黏著劑。「ゴム～」膠水。

のりあいじどうしゃ◎【乗り合い自動車】 公共汽車。

のりあ・げる◎【乗り上げる】（動下一） 觸礁，擱淺。「浅瀬に～・げる」擱淺。

のりあわ・せる◎【乗り合わせる】（動下一） 同乘，共乘。「沖縄行の船で彼と～・せる」去沖繩時和他同坐過一條船。

のりい・れる◎【乗り入れる】（動下一） ①騎入，開進，坐車進入。「この道は遊歩道ですので、バイクを～・れることはできません」這條路是人行步道，所以不能騎摩托車駛入。②搭上，接運。把鐵路、公車路線等，延長到其他公司的路線上營運。「バスが団地に～・れる」公車通到住宅區。

のりうつ・る◎【乗り移る】（動五） ①改乘。②附體。「悪魔が～・る」惡魔附體。

のりおく・れる◎【乗り遅れる】（動下一） ①耽誤乘車，沒趕上，沒搭上。「終電車に～・れる」沒趕上末班電車。②跟不上。「貿易自由化の波に～・れる」跟不上貿易自由化的潮流。

のりおり◎【乗り降り】スル 上下（車船等）。

のりか・える◎【乗り換える・乗り替える】（動下一） ①換乘。「電車からバスに～・える」從電車下來，換乘公車。②改換，變換。「理想主義から現実主義に～・える」由理想主義轉到現實主義。

のりかか・る【乗り掛かる】（動五）①開始搭乘（騎）。②著手。「～った仕事」著手做的工作。③騎上，乘上，搭上。「～・った船」騎虎難下。

のりき◎【乗り気】 起勁，熱心，感興趣。「～になる」感興趣。

のりき・る【乗り切る】（動五）①渡過，闖過，沖破。②渡過，闖過。「難局を～・る」渡過困難局面。

のりくみいん◎【乗組員】 乘務員。

のりく・む【乗り組む】（動五） 同乘，共乘。

のりこ・える◎【乗り越える】（動下一）①跨過，越過，超越。②克服。「障害を～・える」超過障礙。③超出，超過，高出，壓倒。凌駕。「先人の偉業を～・える」凌駕先人的偉大事業。

のりこ・す【乗り越す】（動五）①坐過站。②超越。

のりこ・む【乗り込む】（動五）①搭乘，坐上，乘上。②開進，衝進。「敵地に～・む」衝進敵區。③乘車（馬）進入。「自動車で会場に～・んだ」坐著汽車進入會場。

のりしろ◎②【糊代】 抹漿糊處。

のりすご・す◎【乗り過ごす】（動五） 坐過（站）。

のりだ・す【乗り出す】（動五）①乘船出去。②挺進。「新分野に～・す」挺進新領域。③開始乘（騎）。④挺出，探出。「車内から身を～・す」從車窗探出身子。

のりづけ◎【糊付け】 スル ①糊住，糊上。②漿洗，上漿。「シーツを～する」漿洗床單。

のりつ・ける◎【乗り付ける】（動下一）①乘車到達，搭乘到，坐到。「玄関に車を～・ける」直接坐到大門口。②坐慣，搭乘慣。

のりと◎【祝詞】 祝詞。

のりにげ◎【乗り逃げ】 スル ①坐霸王車，逃票。「汽車の～をする」坐火車不買票，下車跑掉。②劫車，劫車逃走。

のりば◎【乗り場】 車站，碼頭。

のりまき◎【海苔巻き】 海苔捲壽司。

のりまわ・す◎【乗り回す】（動五）（開車）兜風。「気分のすっきりしない日は、一人で車を～・すと気が晴れます」心情不舒暢的日子裡，如果獨自一個人乘車兜風，心情就很愉快了。

の・る◎【乗る】（動五）①登上，乘上。↔おりる。②騎，乘坐，搭乘。↔おりる。「馬に～・る」騎馬。③㋐入夥。↔おりる。「誘いに～・る」應邀入夥。④上當，受騙。「誘惑に～・る」受誘惑。㋑參與，參加，陪練。「相談に～・る」參與商談。④起勁，來勁。⑤合。調和，協調。「リズムに～・る」合拍。⑥附著。⑦隨著，乘著，順著。「風に～・る笛の音」隨風飄來的笛音。⑧充沛，旺盛。「仕事に脂の～・りきった年代」工作精力充沛的年齡階段。⑨提起興致，引起興趣。「気分が～・らない」沒興趣。

の・る◎【載る】（動五）①擱，放。「本ばこの上に時計が～・っている」書箱上放著鐘。②搭載。「このトラックは 10 トンまで～・る」這輛卡車可載十噸。③登載。「僕の書いた小説が雑誌に～・った」我寫的小說登在雜誌上了。

のるかそるか◎【伸るか反るか】（連語） 聽天由命，碰運氣。

ノルディックしゅもく◎【一種目】〔Nordic events〕北歐三項。→アルペン種目

ノルマ◎【俄 norma】 定額，工作配額。「～を果たす」完成配額。

のれん◎【暖簾】 ①門簾，暖簾。②字型大小。「～にかかわる」關係到店鋪的信譽。

のろ◎【鸞・鷹・獐】 獐。

のろい◎【呪い・詛い】 詛咒。「～をかける」詛咒（人）。

のろ・う◎【呪う・詛う】（動五）①詛咒。②痛恨。「不幸な運命を～・う」痛恨不幸的命運。

のろけ◎【惚気】 炫耀戀愛史。「～話」炫耀戀愛史話題。

のろ・ける◎【惚気る】（動下一） 炫耀

戀愛史，好談戀愛史。「手ばなしで～・
ける」毫不顧忌地談戀愛史。

のろし@【狼煙・狼烟・烽火】①狼煙，
烽火。②暗號，信號。「新時代の到来を
告げる～」宣告新時代到來的信號。

のろのろ@【鈍鈍】（副）スル 慢吞吞地。
「～と話す」慢吞吞的講。

のろま@【鈍間】遲鈍，笨蛋。「～な人」
動作遲緩的人。

のろわし・い@【呪わしい】（形）令人
詛咒的，令人憎恨的。「～・い思い出」
可恨的回憶。

ノワール@【法 noir】（形動）黑，暗。

のわき@@【野分き】野分大風。從秋末
到初冬刮的大風。

ノン@【non】不，非，無。「～プロ」非
職業的。「～ストップ」中途不停；直
達。

ノン@【法 non】（感）不，不是，否。
→ウイ

のんき@【暢気・呑気】（形動）〔「暢
気・呑気」爲假借字〕①不在乎，漫不
經心。②悠閒，安閒。「～な生活」閒適
自得的生活。③慢郎中。「～に構える」
從容對待。

ノンキャリア@【⑪ non+career】不及格
公務員。

ノンシャラン@【法 nonchalant】（形動）
漫不經心。

ノンセクション@【non section】不分部
門，不受部門限制。

ノンセクト@【⑪ non+sect】無黨派。

のんだくれ@【飲んだくれ】酩酊大醉，
酒鬼。

のんびり@（副）スル 無憂無慮，悠哉，安
閒。「一日～（と）暮らす」悠閒地度過
了一天。

ノンフィクション@【nonfiction】非小說
類作品。→フィクション

ノンブル@【法 nombre】頁碼。

のんべえ@【飲ん兵衛・呑ん兵衛】酒
鬼。

のんべんだらり@（副）無所事事。「～
と日を送る」虛度光陰。

ノンポリ@〔「nonpolitical」之略〕不關
心政治（者）。「～学生」不關心政治的
學生。

ノンレムすいみん@【一睡眠】〔non-
REM〕非快速眼動睡眠。

は

は⓪【ハ】　C音。「～長調」C大調。

は⓪【刃】　刃。「ほうちょうの～がこぼれた」菜刀刀刃裂了。

は⓪【葉】　葉。

は⓪【歯】　①齒，牙，牙齒。②齒。物體的邊緣等上附帶的像牙齒般的刻紋。「櫛の～」梳齒。「～車」齒輪。

は⓪【端】　①端，邊，頭。「山の～」山頭。「口の～にのぼる」湧到嘴邊。②零頭，分式。「～数」零數。

は⓪【派】　①流派。②派。屬於某一流派、傾向。「浪漫～の詩人」浪漫派詩人。③派。具有某種性格、傾向者之意。「慎重～」慎重派。

は⓪【覇】　稱霸。「～を唱える」稱霸。「～を争う」爭霸。

ば⓪【場】　①場地。「～をふさぐ」占場地；占地方。②場所。「～を取る」佔地方。預約座位。③場合。「～を踏む」出入某場合。④場。事物舉行時的狀況或氛圍。「～が白ける」冷場。⑤（戲劇、電影等中的）場面。「殿中刃傷の～」在殿中被砍傷的場面。

パ⓪【法 pas】　舞步。

ぱあ　①布。剪刀-石頭-布拳遊戲中，指五指伸開的形狀。②全輸光，精光。「苦心が～になる」一片苦心落空。③混蛋，傻瓜。

パー⓪【par】　①同價，等價，平價。「公債を～で売り出す」將公債平價售出。②（在高爾夫球運動中，各洞的）標準桿數。「～-プレー」標準桿數打法。

ばあい⓪【場合】　①場合，局面。「時と～による」根據時間和場合。②場合，時刻，情形。「雨の～は試合を中止する」遇雨時中止比賽。③情況，情形。「ときと～による」要看時間和場合。

パーカ⓪【parka】　派克短大衣，風雪短大衣。

バーガー⓪【burger】　漢堡。

パーカッション③【percussion】　打擊樂器。

バーガンディー⓪【Burgundy】　勃艮第的英語名，亦指該地生產的葡萄酒。→ブルゴーニュ

パーキング⓪【parking】　停車。

パーキングメーター⓪【parking meter】　停車計時器。

パーキンソンびょう⓪【―病】　帕金森氏症。

はあく⓪⓪【把握】　スル　①握住。②把握，掌握。「情勢を～する」掌握局勢。

パーク①【park】　①公園。②駐車，停車，停車場。

バークシャー③【Berkshire】　巴克夏豬。

ハーケン①【德 Haken】　楔釘，鋼錐。

ハーケンクロイツ⑤【德 Hakenkreuz】　卐，倒十字。

バーゲンセール⑤【bargain sale】　大拍賣，大減價，廉價銷售，廉價出售。

バーコード③【bar-code】　條碼。

パーゴラ①【pergola】　蔓藤花棚，藤架。

パーコレーター③【percolator】　過濾器，濾煮式咖啡壺。

パーサー①【purser】　乘務長，事務長，機長。

バーサス①【versus】　對抗。以…為對手，常略作 VS.或 V.。

ばあさん①【祖母さん・婆さん】　①奶奶，祖母，姥姥，外祖母。②老太太，老奶奶。

バージョン①【version】　（電腦的）版本。

バージン①【virgin】　處女，純真姑娘。

バース①【berth】　①泊位，停泊處。②（船、火車的）鋪位。③始發站，終點站。

バースコントロール⑥【birth control】　節育，調節受孕，計畫生育。

バースデー①【birthday】　生日，生辰。

パースペクティブ③【perspective】　①遠近畫法，透視畫法。②遠景，眺望。③

預想，展望，視野。

パーセク⓪【parsec】 秒差距。→光年

パーセンテージ③【percentage】 百分比，百分率。

パーセント⓪①【percent】 百分率。

パーソナリティー④【personality】 ①個性，人格。②（唱片音樂）節目主持人。

パーソナル①【personal】（形動）①個人的，私人的。②個人用的，小型的。「～-テレビ」小型電視。

パーソナルコール⑥【personal call】 個人呼叫。國際電話的指定通話，本人若未出面則不收費。

パーソナルコンピューター⑧【personal computer】 個人電腦。

パーソナルチェック⑥【personal check】 個人支票，私人支票。

バーター①【barter】 以物易物，易貨貿易，實物交易。

ばあたり⓪【場当たり】 ①權宜，臨時，臨機應變。「～な計画」臨時性計畫。②即席，即興，邀寵。「～演説」即興演說。

バーチャル①【virtual】（形動）①（形式上暫且不論）實質上的。②假設的，虛構的。

バーツ①【baht】 銖。泰國的貨幣單位。

パーツ①【parts】 零件，組件。

バーディー①【birdie】 博蒂。高爾夫球中，比標準桿數少一桿。

パーティー①【party】 ①社交聚會，派對，酒會，聚餐，宴會。「ダンス-～」舞會。「カクテル～」雞尾酒會。②同伴，一行。③黨派，政黨。

パーティクルボード⑥【particle board】 塑合板，粒片板，合板。

パーティション①【partition】 ①分割，分配。②隔板，間壁。③分割，分塊，分區。

バーテン⓪ 調酒師。

バーテンダー①【bartender】 調酒師。

ハート①【heart】 ①心，心臟。②心。指思想感情等。「彼女の～をとらえる」掌握她的心。③紅心。撲克牌的種類之一。

ハード①【hard】 ①硬體。↔ソフト。②硬的，堅固的，結實的。「～-カバー」硬皮書；精裝書。③激烈的，嚴格的，緊張的。「～なスケジュールをくむ」安排緊湊的行程。

バード①【bird】 鳥，小鳥。

パート①【part】 ①（整體中的）部分，（小說等的）章，篇，卷。②作用，任務，職責，本分。③（音樂的）聲部，（各樂器的）擔當部。④零工，兼職工（等的略稱）。

バードウイーク④【bird week】 愛鳥週。

ハードウェア④【hardware】 硬體。↔ソフトウェア

バードウオッチング⑤【bird watching】 賞鳥，野鳥觀察。

バードカービング④【bird carving】 鳥雕刻。

ハードコア④【hard-core】 核心場面。成人電影中露骨的性表現場面。

ハードコピー④【hard copy】 硬拷貝。指電腦中列印輸出。

パートタイマー④【part-timer】 計時工，短工，零工。

パートタイム④【part time】 短時間勞動，部分工時。↔フル-タイム

ハードディスク④【hard disk】 硬碟。

ハードトップ④【hard top】 硬頂，硬頂轎車。

パートナー①【partner】 ①舞伴，搭檔，夥伴，合夥人。②搭檔。③配偶。

ハードボイルド④【hard-boiled】 ①冷酷無情派。②硬漢派推理小說。

ハードボード④【hardboard】 硬質纖維板。

ハードル①⓪【hurdle】 跨欄。跨欄賽跑的簡稱。

ハードロック④【hard rock】 硬式搖滾。

ハードワーク④【hard work】 重勞動，重體力勞動。

バーナー①【burner】 燃燒器，燃氣爐，噴燃器，噴槍，焊槍。

ハーネス①【harness】 ①狗帶，狗鏈。②登山服，潛水服，船員服，鎧甲裝。

は

ハーバー⓪【harbor】 港，港口。「ヨット-~」遊艇（專用停泊）港。

バーバー⓪【barber】 理髮店，理髮師。

バーバリー①【Burberry】 巴寶麗。品牌名稱。

バーバリズム③【barbarism】 未開化的，不文明的，粗野的。

ハーフ①【half】 ①一半。「~-サイズ」一半尺寸。②「ハーフバック」之略。③半場。④混血兒。

ハーブ①【herb】 藥草，香草。

ハープ①【harp】 豎琴。

ハーフウエー③【halfway】 壘間，壘間停留。棒球術語。

ハーフウエーライン⑦【halfway line】 中線。

パーフェクト①【perfect】（形動）完美的，完全的，完備的。「~な仕上げ」做得完美。

ハーフコート④【㊌half＋coat】 短外套。

ハーフサイズカメラ⑦【half-size camera】 半幅照相機。

ハープシコード⑤【harpsichord】 哈普西科德，撥弦鍵琴。

ハーフスイング⑤【half swing】 半揮。

ハーフタイム④【halftime】 中場休息。

ハーフトーン③【halftone】 ①中間色調。②（音樂中的）半音。

ハーフバック④【halfback】 中衛。

ハーフマラソン⑤【half marathon】 半程馬拉松。

ハーフミラー④【half mirror】 半透明反射鏡。

ハーフメード④【half-made】 ①半成品食品。②半成衣試樣，半成品服裝。

パープル①【purple】 紫（紅）色。

バーベキュー③【barbecue】 Bar-BQ 燒烤。

バーベナ⓪【拉 Verbena】 馬鞭草。

バーベル⓪①【barbell】 槓鈴。

バーボン①【bourbon】 波旁威士忌酒。

パーマ①【permanent】 燙頭髮（的略稱）。

パーマネント⓪【permanent】 電燙髮。

パーマネントウエーブ⑧【permanent wave】 燙頭髮。

バーミキュライト⑤【vermiculite】 蛭石。

バーミリオン⓪【vermilion】 硃砂，朱紅（色）。

パーミル①【per mill】 千分比，千分率。

パームボール④【palm ball】 掌心球。棒球運動中的一種變化球。

ハーモナイゼーション⑥【harmonization】 ①調和，調整，協調。②協調關稅。

ハーモニー①【harmony】 ①和音，和聲。「美しい~を奏でる」演奏美妙的和聲。②調和，和諧。「絵に~がある」畫面呈現出和諧美。

ハーモニカ⓪【harmonica】 口琴。

ばあや⓪【婆や】 老媽子，奶媽。↔じいや

パーラー⓪【parlor】 ①冰果店。「フルーツ-~」水果冰品店。②（西式）會客室。

ハーラーダービー⑤【hurler derby】 投手勝投數。

はあり⓪【羽蟻】 飛蟻，翅蟻。

バール①【bar】 巴。壓力單位。→パスカル

パール①【pearl】 珍珠。

バーレスク②【burlesque】 粗俗歌舞表演。

ハーレム①【Harlem】 哈林區。紐約市曼哈頓區北部的黑人街。

バーレル⓪【barrel】 桶。體積單位。

パーレン⓪【parenthese】 圓括號。

バーンアウト④【burn-out】 精疲力盡。

はい①【灰】 灰，燃灰。「~になる」①化為灰燼。②化成灰了。死後被火葬。

はい⓪【蠅】 蠅，蒼蠅。「はえ」的轉換音。

はい①【拜】 拜。書信中寫在自己名字下的敬詞。「中村一郎~」中村一郎拜。

はい①【杯・盃】 ①杯子。②（接尾）①杯。計算液體、飯等的量詞。「コップ1~の水」一杯水。②艘，隻。計算船隻的量詞。「5~の輸送船」5艘運輸船。③頭，隻。計算章魚、烏賊等數量的量詞。「烏賊を2~買う」買2隻烏賊。

はい①【胚】 胚。

は

はい◎【肺】 肺。

はい◎【敗】 ①敗，負，輸。②（接尾）負。「8勝7〜」8勝7負。

はい（感） ①是，好。表示應答的用語。「〜、中村です」是，我是中村。「〜、〜、万事承知しました」好、好、一切照辦。②喂。提醒對方注意時用。「〜、話をやめて」喂，別說了！

ハイ◎【high】 ①高。「〜-ジャンプ」跳高。②昂貴的，高價的，高級的。「〜-センス」高品位；高雅的。「〜-クラス」高檔。

ばい◎【貝】 日本鳳螺。

ばい◎【倍】 ①（加）倍。「〜にして返す」加倍奉還。②（接尾）倍。相同數重複相加的次數。

パイ◎【牌】 麻將牌。

パイ◎【pi;Π・π】 ①派，Π，π。希臘語字母表的第16個字母。②〔數〕表示圓周率的符號（π）。

パイ◎【pie】 派。「アップル-〜」蘋果派（酥）。「ミート-〜」肉餡派。

はいあが・る◎【這い上がる】（動五）①爬上，攀登。②向上爬。「下積みから〜・る」從低層向上爬。

バイアス◎【bias】 ①斜條。②「バイアス-テープ」之略。③偏頗。「発言に〜がかかる」發言有偏頗。

バイアスロン③【biathlon】 現代冬季兩項。

ハイアラーキー④【hierarchie】 分層結構，階層構造。

ハイアライ③【西 jai alai】 回力球運動。

はいあん◎【廃案】 廢案。

はいい◎【廃位】ㅈㅙ 廢黜。

はいいろ◎【灰色】 ①灰色。「〜の空」灰色的天空。②灰色。「〜の生活」枯燥無味的生活。③有犯罪嫌疑。

はいいん◎【敗因】 敗因。↔勝因

ばいう◎【梅雨】 梅雨。

ばいうぜんせん◎【梅雨前線】 梅雨鋒面。

はいえい◎【背泳】 仰泳。

はいえき◎【廃液】 廢液。「〜を処分する」處理廢液。

はいえつ◎【拝謁】ㅈㅙ 拜謁，謁見。「陛下に〜する」拜謁陛下。

ハイエナ◎【hyena】 鬣狗。

はいえん◎【肺炎】 肺炎。

はいえん◎【排煙】 排煙。

ばいえん◎【梅園】 梅園。

ばいえん◎【煤煙】 煤煙。

バイオ◎【bio】 ①生命，生物（之意）。②生物技術。

バイオエシックス⑤【bioethics】 生命倫理學。

バイオガス④【biogas】 生物沼氣。

はいおく◎【廃屋】 廢屋，廢居。

ハイオクタン⑤【high-octane】 高辛烷值汽油。

バイオグラフィー④【biography】 傳記，傳記文學。

バイオセラミックス⑥【bioceramics】 生醫陶瓷。

バイオテクノロジー⑥【biotechnology】 生物工程，生物工學。

パイオニア③【pioneer】 先鋒，先驅者。「〜精神」先鋒精神。

バイオハザード⑤【biohazard】 生物危害。

バイオマス①【biomass】 ①生物量。②生物質。

バイオリズム④【biorhythm】 生物節律。

バイオリニスト⑤【violinist】 小提琴演奏者。

バイオリン◎【violin】 小提琴。

バイオレット①【violet】 ①紫羅蘭。②紫羅蘭色，紫色。

バイオロジー③【biology】 生物學。

ばいおん◎【倍音】 泛音，倍音。

はいか◎【配下】 屬下，手下，部下。

はいか◎【廃家】 廢居，廢屋。「故郷の〜」故鄉的廢居。

はいが◎【拝賀】ㅈㅙ 拜賀。向上司、長輩表示祝賀。

はいが◎【胚芽】 胚芽。

はいが◎【俳画】 俳畫。日本畫的一種。

ばいか◎【売価】 售價，賣價。↔買価

ばいか◎【買価】 買價。↔売価

ばいか◎【倍加】ㅈㅙ ①加倍，倍加。②倍

増。「人員を~する」把人員增加一倍。

ハイカー⓪【hiker】 徒步旅行者。

はいかい【俳諧・誹諧】 ①俳諧。②「俳諧の連歌」的簡稱。③「俳諧歌」的簡稱。

はいかい⓪【徘徊】 スル 徘徊。

はいがい⓪【拝外】 崇洋。「~思想」崇洋思想。

はいがい⓪【排外】 排外。「~思想」排外思想。

ばいかい⓪【媒介】 スル 媒介。「蚊は伝染病を~する」蚊子傳播傳染病。

はいかき⓪【灰掻き】 灰鏟。

はいかきょう⓪【拝火教】 拜火教。

ばいがく⓪【倍額】 雙倍金額。

はいかぐら⓪【灰神楽】 灑水揚起灰塵。「~が立つ」揚起灰塵。

はいガス⓪【排一】 排廢氣。「排気ガス」的略稱。「~規制」廢氣排放限制。

はいかつりょう⓪【肺活量】 肺活量。

ハイカラ⓪【high collar】 時髦，高領族，洋味十足。「~な服装」時髦的服裝。

パイカル⓪【白乾児】 白乾。酒名。

はいかん⓪【拝観】 スル 拜觀，拜謁。「仏像を~する」瞻仰佛像。

はいかん⓪【配管】 スル 配管，管道布置。「~工事」配管工程。

はいかん⓪【廃刊】 スル 停刊。

はいがん⓪【拝顔】 スル 拜謁尊顏。「~の栄に浴する」得以拜謁尊顏。

はいがん⓪【肺癌】 肺癌。

はいき⓪【排気】 スル ①排氣，排風，出風。②排廢氣。↔吸気。「~口」排氣口。

はいき⓪【廃棄】 スル ①廢棄。「書類を~する」將文件廢棄。②廢除。

はいきガス⓪【排気一】 排廢氣，排放廢氣。

はいきしゅ⓪【肺気腫】 肺氣腫。

ばいきゃく⓪【売却】 スル 銷售，售出，變賣。

はいきゅう⓪【配球】 配球，變化投球。

はいきゅう⓪【配給】 スル ①分配。②配給，配售。

はいきゅう⓪【排球】 排球。

ばいきゅう⓪【倍旧】 更加，倍加。「~のお引き立てをお願いいたします」請您倍加關照。

はいきょ⓪【廃墟】 廢墟。

はいぎょ⓪【肺魚】 肺魚。

はいきょう⓪【背教】 ①違背教導。②叛教。

はいぎょう⓪【廃業】 スル 停業，歇業。

はいきりょう⓪【排気量】 排氣量。

はいきん⓪【拝金】 拜金，金錢至上。「~主義」拜金主義。

はいきん⓪【背筋】 背肌。「~力」背肌力量。

ばいきん⓪【黴菌】 黴菌。

ハイキング①【hiking】 スル 遠足，徒步旅行。

はいく⓪①【俳句】 俳句。

ハイク①【hike】 遠足。「ヒッチ-~」搭便車旅行。

はいぐ①【拝具】 謹上，拜。寫於書信末尾。

バイク①【bike】 摩托車的簡稱。

はいぐう⓪【配偶】 スル 夫婦，伴侶，配偶。「好~を得る」找個好配偶。

はいぐうし⓪【配偶子】 配子。

はいぐうしゃ⓪【配偶者】 配偶。

ハイクラス①【high class】 上層，上流，上等，高級。

ハイグレード④【high-grade】 （形動）高（難）度的，高精度的，高級的。

はいぐん⓪【敗軍】 敗軍。「~の将は兵を語らず」敗軍之將不言勇。

はいけい①【拝啓】 敬啓者。

はいけい⓪【背景】 ①背景。「湖を~に写真をとる」以湖水爲背景照相。②布景。③背景。事物背後隱藏的情況。「事件の~」事件的背景。④後盾，靠山。「強大な経済力を~とした圧力」以強大的經濟實力爲後盾而施加的壓力。

はいげき⓪【排撃】 スル 痛斥，抨擊。

はいけっかく⓪【肺結核】 肺結核。

はいけん⓪【拝見】 スル 瞻仰，拜讀，拜見，領教。「お手紙~しました」來函悉。

はいご⓪【背後】 ①背後。「~は山だ」

背後是山。②背後，幕後，背地。「～から操る」背後操縦。

はいご⓪【廃語】　廢語，死語。

はいこう⓪【廃坑】　スル　廢棄坑道，廢礦，廢坑。

はいこう⓪【廃校】　スル　廢校。

はいこう⓪【廃鉱】　停止開採，廢礦。

はいごう⓪【俳号】　俳號。俳人的雅號。

はいごう⓪【配合】　スル　配合，調配。「色の～がいい」顏色配得好。

はいごう⓪【廃合】　スル　撤銷合併。「下部組織を～する」撤銷合併下部組織。

ばいこく⓪【売国】　賣國。

ばいこくど⓪【売国奴】　賣國賊，賣國奴。

バイコロジー⑤【bicology】〔bicycle 和 ecology 的合成語〕騎自行車運動。

バイザー①【visor】　遮陽帽。

はいざい⓪【配剤】　スル　①配合得當，巧妙配合。「天の～」天作之合。②配藥，調劑。

はいざい⓪【廃材】　木材廢料，廢木材。

ばいざい⓪【媒材】　①介質，媒介物。②顏料溶劑。

はいざら⓪【灰皿】　煙灰缸。

はいざん⓪【敗残】　スル　①戰敗生還。「～兵」殘兵敗將。②潦倒，沉淪，落魄，殘敗。「人生の～者」人生的落魄者。

はいざん⓪【廃残】　潦倒，落魄。「～の身」潦倒之身。

はいし⓪【廃止】　スル　廢除，廢止，廢棄，撤銷。「虚礼を～する」廢除虚礼。「赤字路線を～する」廢除赤字政策（路線）。

はいし①【稗史】　稗官野史。↔正史

はいじ⓪①【拝辞】　スル　①拜辭，辭謝。「君命を～する」拜辭君命。②拜辭。「恩師のもとを～する」拜辭恩師。

はいじ⓪【廃寺】　廢寺。

はいしつ⓪【肺疾】　肺疾。

ばいしつ⓪【媒質】　媒介，介質。

はいしゃ⓪【歯医者】　牙醫，牙科醫生。

はいしゃ⓪【拝謝】　スル　拜謝，謹謝，敬謝。

はいしゃ⓪【配車】　スル　調度車輛。「タク

シーの～事務所」計程車的調度站。

はいしゃ⓪【敗者】　敗者。↔勝者

はいしゃ⓪【廃車】　スル　①廢車，廢棄不用的車輛。②報廢車輛。

バイシャ①【梵 vaiśya】　吠舍。印度的瓦爾納（四種姓）的第 3 種身分。→カースト

はいしゃく⓪【拝借】　スル　借用。「一万円～したいのですが」我想向您借用一萬日圓。「電話をちょっと～したいんですが」我想借電話用一下。

ばいしゃく⓪【媒酌・媒妁】　作媒，媒妁，介紹人。

ばいしゃくにん⓪④【媒酌人・媒妁人】　媒人，介紹人。

ハイジャック④【hijack】　スル　劫機。

はいしゃふっかつせん⑪【敗者復活戦】　敗部復活賽。

ハイジャンプ⑤【high jump】　跳高。急行跳高。

はいしゅ①【胚珠】　胚珠。

はいじゅ⓪【拝受】　スル　拜受，拜領。

ばいしゅう⓪【買収】　スル　①收購，購入。「土地を～する」收購地皮。②收買，買通。「金で相手を～する」用金錢收買對方。

はいしゅつ⓪【排出】　スル　①排出。②排泄。

はいしゅつ⓪【輩出】　スル　輩出。「人材が～する」人才輩出。

ばいしゅん⓪【売春】　賣春。「～婦」賣春婦；妓女。

ばいしゅん⓪【買春】　スル　買春，嫖妓。

はいしょ⓪①【俳書】　俳書。有關俳諧的書籍。

はいしょ①【配所】　發配地，流放地。

はいじょ①【排除】　スル　排除。「障害物を～する」排除障礙物。

はいしょう⓪【拝承】　謙稱「聽、聞」的詞語。

はいしょう⓪【拝誦】　スル　拜閱，拜讀。「御手紙～いたしました」來函拜閱。

はいしょう⓪【敗将】　敗將。

ばいしょう⓪【売笑】　賣笑，賣春。「～婦」賣春婦；妓女。

ばいしょう⓪【賠償】スル　賠償。「損害~
を要求する」要求賠償損失。「~を取
る」索賠。

ばいじょう⓪【陪乗】スル　陪乗。

はいしょく⓪【配色】スル　配色。

はいしょく⓪【敗色】　敗相，敗勢。「~
が濃い」敗相昭然。

ばいしょく⓪【陪食】スル　陪膳，陪餐。

はいしん⓪【背信】　背信。

はいしん⓪【背進】スル　倒行，倒退走。

はいじん⓪【俳人】　俳人。作俳句的人，
喜好俳諧的人。

はいじん⓪【廃人・癈人】　殘障人士，廢
人。

ばいしん⓪【陪臣】　①陪臣。家臣的家
臣。↔直参。②陪臣。諸大名的家臣。

ばいしん⓪【陪審】　陪審。

はいしんじゅん⓪【肺浸潤】　肺浸潤。

バイス①【vise】　老虎鉗。

はいすい⓪【配水】スル　配水，供水。「~
管」配水管。「~路」配水渠。

はいすい⓪【排水】スル　排水。「~口」排
水口。

はいすい⓪【廃水】　廢水。「工場~」工
廠廢水。

はいすいこう⓪【排水溝】　排水溝。

はいすいしゅ⓪【肺水腫】　肺水腫。

はいすいトンすう⓪【排水~数】　排水順
位，排水噸數。→総トン数

はいすいのじん⓪【背水の陣】　背水之
陣。「~をしく」佈下背水之陣。

はいすいりょう⓪【排水量】　排水量。

はいすう⓪【拝趨】スル　拜訪，趨訪，拜
謁。

ばいすう⓪【倍数】　倍數。↔約数

ばいすうせい⓪【倍数性】　倍數性。

ばいすうたい⓪【倍数体】　倍數體。呈倍
數性的個體。

ハイスクール⑤【high school】　高級中
學，高中。

ハイスピード⑤【high speed】　高速。「~
で疾走する」高速奔跑。

はいずみ⓪【掃墨・灰墨】　油煙墨，灰
墨。

はい・する⓪【拝する】（動サ變）　①

拜，禮拜。②拜受，奉命。「大命を~・
する」拜受大命。③拜見。「尊顔を~・
する」拜見尊顔。

はい・する⓪【配する】（動サ變）　①布
置，配置，安排。「全員に~・する」分
給全體人員。②配，配合。「松に梅を~
・する」松配梅。③發配。

はい・する⓪【排する】（動サ變）　①
排，排除。「万難を~・して勝利たたか
いとる」排除萬難爭取勝利。②用手推
開。③排列。「五十音順に~・する」排
成五十音順序。

はい・する⓪【廃する】（動サ變）　①廢
除，廢止。「不平等条約~・する」廢除
不平等條約。②廢，廢黜。「君主を~・
する」廢黜君主。

ばい・する⓪【倍する】（動サ變）　加
倍。「前回に~・するご協力をお願いし
ます」請您給予加倍於上次的協助。

はいせい⓪【敗勢】　敗勢，敗相。

はいせき⓪【排斥】スル　排斥，抵制。

ばいせき⓪【陪席】スル　①陪席。「~の栄
に浴する」忝陪末席，十分榮幸。②
「陪席裁判官」的略稱。

バイセクシュル①【bisexual】　兩性的，
兩性者。

はいぜつ⓪【廃絶】スル　廢絶，斷絶，廢
除，衰微荒廢。「核~」核廢除。

はいせん⓪【杯洗・盃洗】　洗杯器。

はいせん⓪【肺尖】　肺尖。肺的上部。

はいせん⓪【配線】スル　①架線，接線，線
路。②佈線，配線。「~図」配線圖。

はいせん⓪【敗戦】スル　戰敗。

はいせん⓪【廃船】　①廢船。②報廢船
隻。

はいせん⓪【廃線】　廢線。

はいぜん⓪【配膳】スル　擺上飯桌，擺上飯
菜。「~室」配膳室。

はいぜん⓪【沛然】（タル）　沛然。「~た
る豪雨」沛然（滂沱）大雨。

ばいせん⓪【焙煎】スル　烘焙，烘製。

はいせんカタル⑤【肺尖一】　肺尖炎。結
核性炎症，是肺結核初期。

ハイセンス③【high sense】（形動）（趣
味等）高雅的。「~な服」高雅的服裝。

はいそ◎【敗訴】スル 敗訴。↔勝訴

はいそう◎【背走】スル 向背後跑。

はいそう◎【配送】スル 配送，發送。

はいそう◎【敗走】スル 敗走，敗逃。

ばいぞう◎【倍増】スル 倍增。「所得を~する」收入倍增。

はいぞく◎【配属】スル 配屬，分配，安排。

ハイソサエティー⑤【high society】 上流社會，上層社會。

ハイソックス⑤【high socks】 長筒襪。

バイソン①【bison】 野牛。

パイソン①【python】 巨蟒。

はいた◎【歯痛】 牙痛。

ばいた◎①【売女】 ①妓女，婊子。②婊子，破鞋。指對不貞潔的女人的罵詞。

はいたい◎【胚胎】スル 孕育，起源，起因，濫觴。

はいたい◎【敗退】スル 敗退，敗北。「A チームは一回戦で~した」A 隊在第一輪比賽中就敗下來了。

ばいたい◎【媒体】 ①媒體，介質。②媒體。「宣伝~」宣傳媒體。

はいだ・す◎【這い出す】（動五） ①爬出。「穴からやっと~・した」好不容易從洞裡爬出來了。②開始爬。「赤ん坊が~・す」嬰兒開始會爬了。

はいたつ◎【配達】スル 送，發送，投遞。

バイタリティー③【vitality】 活力，存活，生命力。「~に富んだ人間」充滿活力的人。

はいだん◎【俳壇】 俳句界，俳壇。

はいち◎①【背馳】スル ①背離，背反，相悖，相反。②背道而馳。

はいち◎【配置】スル 配置，布置，部署，安排，分置，布局，搭配。

ばいち◎【培地】 培養基。

はいちてんかん◎【配置転換】スル 調動，調換，調轉，調配。

はいちゃく◎【廃嫡】 廢嫡。

はいちょう◎【蠅帳】 防蠅食品櫥，防蠅櫥櫃。

はいちょう◎【拝聴】スル 恭聽，聆聽。「御意見~したいと存じます」欲恭聽您的高見。

ハイツ①【heights】 高地住宅區。

はいつくば・る◎【這い蹲る】（動五） 匍匐，拜倒。「~・って威服する」欽佩得五體投地。

はいてい◎【拝呈】スル ①謹呈。②拜呈，敬啓者。

はいてい◎【廃帝】 廢帝。「淡路~」淡路廢帝。

ハイティーン④【⑭ high+teen】 16 歲至 19 歲的青少年。↔ロー-ティーン

ハイテク◎【high-tech】〔high technology〕高科技，尖端科技。「~産業」高科技產業。

ハイテクさんぎょう⑤【―産業】 尖端產業，高科技產業。

ハイテクノロジー⑥【high technology】 高科技，先端技術，尖端技術。

はい・でる◎【這い出る】（動下一） 爬出。「穴から~・でる」從洞穴中爬出。

はいてん◎【配転】スル 調派。「配置転換」之略。「地方に~される」調至外地。

はいでん◎【拝殿】 （參）拜殿。

はいでん◎【配電】スル 配電，送電。

ばいてん◎【売店】 零售商店，販賣部，售貨亭。

ハイテンポ③【⑭ high+tempo】 （形動）高速度，快拍，急調。「~な曲」快板的曲子。

バイト◎スル 打工。「アルバイト」的略稱。「~学生」工讀生。

バイト① 刨刀，車刀。

バイト◎①【byte】 位元組。→ビット

はいとう◎【佩刀】スル 佩刀，腰刀。

はいとう◎【配当】スル ①分配。②股利，股息，餘利，分紅，紅利。③分配。

はいとうおち◎【配当落ち】 不分紅利（的股票）。

はいとく◎【背徳】 違背道德。「~行為」不道德行為。

はいどく◎【拝読】スル 拜讀，奉悉。「お手紙~し、安心いたしました」拜讀了您的信，我可以放心了。

ばいどく◎【梅毒・黴毒】 梅毒。

ハイドロカルチャー⑥【⑭ hydro+culture】

水耕，水栽培。
パイナップル[3]【pineapple】 鳳梨。
はいならし[3]【灰均し】 灰鏟，灰板。
はいにち[0]【排日】 排日運動。
はいにゅう[0]【胚乳】 胚乳。
はいにょう[0]【排尿】スル 排尿。
はいにん[0]【背任】スル 背信。
ばいにん[0]【売人】 出賣人，販子。「やく（=麻薬）の~」毒品販子。
はいねつ[0]【廃熱】 廢熱，餘熱。
ハイネック[3]【high-necked】 高領。
はいのう[0]【背嚢】 背包。
ハイパー[0]【hyper】 超越，超…，過度…，過大（其程度在「スーパー」以上）。
ハイハードル[3]【high hurdle】 高欄。
ハイパーリンク[5]【hyper link】 超連結。
ばいばい[1]【売買】スル 買賣，購銷。
バイバイ[1]【bye-bye】 拜拜。告別時的寒暄語。
バイパス[0]【bypass】スル ①繞行幹道，迂回道路。②繞道而行。③旁通管，繞道管。
ハイパワー[3]【high-powered】 強力貨幣。
はいはん[0]【背反・悖反】スル ①背反，悖反。「二律~」二律背反。②違反。
はいばん[0]【廃盤】 停止生產的唱片。
はいはんちけん[5]【廃藩置県】 廢藩置縣。
はいばんろうぜき[0]【杯盤狼藉】 杯盤狼籍。
はいび[1]【拝眉】スル 拜見，拜會。
はいび[1]【配備】スル 配備。「国境に守備隊を~する」在國境配備守備隊。
ハイヒール[3]【high heel】 女高跟鞋。
ハイビスカス[3]【hibiscus】 木槿。
ハイピッチ[3]【high pitch】 進展迅速。「~で工事が進む」工程進展迅速。
はいびょう[0]【肺病】 ①肺病。②肺結核。
はいひん[0]【廃品】 廢品，廢物。「~を回収する」回收廢品。
ばいひん【売品】 賣品，銷售品。
パイピング[0]【piping】 ①滾邊。②包布邊。
はいふ[1][0]【肺腑】 肺腑，內心。「人の~をつく言葉」感人肺腑的話。
はいふ[1]【配付】スル 分發，分給。
はいふ[1]【配布】スル 散發。「ビラを~する」散發傳單。
パイプ[1]【pipe】 ①管。②煙斗。「~をくゆらす」抽煙斗。③穿針引線者，牽線人。「両首脳の会談の~役をつとめる」擔任兩國首腦會談的牽線人。
ハイファイ[3]【hi-fi】〔high fidelity 之略〕高傳真性。
パイプオルガン[1]【pipe organ】 管風琴。
パイプカット[4]【[和] pipe+cut】 輸精管結紮手術。
はいふき[4]【灰吹き】 煙灰筒。
はいふく[1]【拝復】 敬覆者。
はいぶつ[0]【廃物】 廢物，廢品。「~利用」廢物利用。
はいぶつきしゃく[5]【廃仏毀釈・排仏棄釈】 廢佛毀釋。
パイプライン[4]【pipeline】 管道，管線。
ハイブリッド[4]【hybrid】 ①雜種。②混合。
バイブル[1]【Bible】 ①《聖經》。→新約聖書・旧約聖書。②經典。「この本は言語学の~だ」這本書是語言學的經典著作。
バイブレーション[4]【vibration】 ①震動，振動。②顫音。
バイブレーター[4]【vibrator】 ①振動治療器。②振搗器，振動器。對混凝土施加振動，使其均質化地壓實的棒狀、枝狀機械。
バイプレーヤー[4]【[和]by+player】 配角。電影。
ハイブロー[4]【highbrow】 ①很有文化修養者。②大知識份子，大文化人。
はいぶん[0]【配分】スル 分配。「利益を公平に~する」公平分配利潤。
ばいぶん[0]【売文】 賣文，鬻文。「~業」鬻文業。
はいへい[0]【廃兵・癈兵】 殘廢軍人，殘廢兵。
ハイペース[3]【high pace】 高速度，快步

はかいし◎【墓石】 墓石。

はがいじめ◎【羽交い締め】 反剪勒頸。

ばかがい◎【馬鹿貝・馬珂貝】 中華馬珂蛤。

はがき◎【葉書・端書き】 ①明信片。「郵便葉書」的略稱。②記事箋。

はかく◎【破格】 ①破格，破例。「～の昇進」破格晉升。②破格。

はかげ◎【葉陰】 葉陰，葉背。

ばか・げる◎【馬鹿げる】 （動下一） 蠢，愚，糊塗，荒唐。「～・げた話」蠢話。

ばかさわぎ◎【馬鹿騒ぎ】 スル 胡鬧，喧囂。

はかしょ◎【墓所】 墓所。墓的所在地。

ばかしょうじき◎【馬鹿正直】 過於老實，死心眼，死腦筋，太正直。

はか・す◎【捌す】 （動五） ①疏通。②流通，賣光。「在庫を～・す」把庫存賣光。

はが・す◎【剝がす】 （動五） 剝下，揭下。「ポスターを～・す」撕下海報。

ばか・す◎【化かす】 （動五） 迷，騙。「狐に～・される」被狐狸迷住。

ばかず◎【場数】 場數，場次。「試合の～を踏む」經歷多次比賽。

はかせ◎【博士】 ①博士。「文学～」文學博士。②博士。日本律令制下，在各官司從事學生教育的官職。

はかた◎【博多】 博多。

はがた◎【歯形】 齒痕，牙印。

はかたおび◎【博多帯】 博多腰帶。

はかたおり◎【博多織】 博多綢。

はがため◎【歯固め】 ①固齒。指近世把正月年糕保存到6月1日吃的習慣。②固齒器。

ばかぢから◎【馬鹿力】 牛勁兒，傻力氣。「火事場の～」火場的拼命三郎。

ばかていねい◎【馬鹿丁寧】 過分恭敬，太殷勤。

はかど・る◎【捗る】 （動五） 順利進展，發展順利。「仕事が～・る」工作順利進展。

はかな・い◎【果無い・果敢無い・儚い】（形） ①無常，短暫。「～・い命」短暫的生命。②虛幻，渺茫，無常，不可靠。「～・い望みを抱く」抱有渺茫的希望。

はかな・む◎【果無む・儚む】 （動五） 虛幻，無常。「世を～・んで自殺する」因感到世事無常而自盡。

はがね◎【鋼・刃金】 ①鋼，鋼鐵。②刃鐵，利刃。

はかば◎【墓場】 墓場，墳場。

はかばかし・い◎【捗捗しい】 （形）（一般下接否定語）進展順利，順利進行。「工事の進み方が～・くない」工程進展不順利。「勉強が～・くすすまない」學習沒長進。

ばかばかし・い◎【馬鹿馬鹿しい】（形）①荒唐可笑，愚蠢。②過於，很。「～・い安値」過於廉價。

ばかばなし◎【馬鹿話】 廢話，無聊的話。

ばかばやし◎【馬鹿囃子】 神社祭禮音樂，馬鹿囃子。

はかぶ◎【端株】 零股。

バガボンド◎【vagabond】 流浪者，流浪漢。

はかま◎◎【袴】 ①袴，和服褲裙。②包裹筆頭莖等節稈上的葉鞘或橡實殼斗的俗稱。③酒壺套。

はかまいり◎【墓参り】 スル 掃墓，上墳。

はがみ◎◎【歯嚙み】 スル 咬牙切齒。

ばかもの◎【馬鹿者】 傻瓜，笨蛋。

はかもり◎【墓守り】 守墓人，看墳人。

ばかやろう◎【馬鹿野郎】 混蛋。

はがゆ・い◎【歯痒い】 （形） 令人發急，令人牙癢。「彼のなまぬるいやり方をみていると～・くなる」看他那拖拖拉拉的做法，真急死人。

バカラ◎【baccarat】 巴克拉。一種紙牌賭博。

はからい◎【計らい】 安排處理，處置，措置。「穏当な～」穩當的處理。

はから・う◎【計らう】 （動五） ①酌處，處理。應付。「なんとか～・って見よう」想想辦法看吧。②商量，協商。「人に～・う」與人磋商。

ばからし・い◎【馬鹿らしい】 （形） 愚

蠢的，無聊的。

はからずも⓪【図らずも】（副） 沒想到，沒料到。「～会長に選ばれた」沒想到被選爲會長。

はかり⓪【計り・量り】 稱，量。「～が甘い」分量足。

はかり⓪【秤】 秤。「～に掛ける」①用秤稱。②權衡，衡量。「義理と人情を～・ける」權衡一下理與情。

はかりうり⓪【量り売り】 スル 論分量賣，論斤賣，量售。

はかりごと⓪【謀】 計謀，謀劃，圖謀，計策。「敵の～に陥る」中了敵人的詭計。

はか・る②【図る】（動五） 策劃，圖謀。「社長の暗殺を～・る」圖謀暗殺社長。

はか・る②【計る・測る・量る】（動五）①測定，測量。②推測，猜想，揣摩。「人の心は～・り難い」人心難測。→はからずも

はか・る②【謀る】（動五） 謀算，圖謀，伺機，策畫。「まんまと～・られる」毫無察覺地被人算計。

はか・る②【諮る】（動五） 諮詢。「審議会に～」向審議會會諮詢。

はが・れる⓪【剥がれる】（動下一） 剥落，脫落，剝下。「ばけの皮が～・れる」畫皮被剝掉（原形畢露）。

バカロレア④【法 baccalauréat】 中學畢業會考。

はがん⓪【破顔】 破顏。臉上轉而露出笑容。

バカンス②①【法 vacances】 休假。

はき⓪【破棄・破毀】 スル ①廢棄，廢除。「婚約を～する」解除婚約。②撕毀。「契約を～する」撕毀合約。③撤銷。

はき⓪【覇気】 ①雄心壯志，進取心，銳氣。「～に欠ける」缺乏雄心壯志（進取心）。②霸氣。

はぎ⓪【脛】 脛，脛部，小腿。

はぎ⓪⓪【萩】 ①胡枝子。②萩餅，牡丹餅。

はぎあわ・せる⑤【接ぎ合わせる】（動下一） 接合，拼接。

バギー⓪【buggy】 ①手推嬰兒車。②〔「サンド-バギー」之略〕沙灘越野車。

はききよ・める⑥【掃き清める】（動下一） 清掃。

はきけ③【吐き気】 噁心。「船に酔って～がする」由於暈船感到噁心。

はぎしり③【歯軋り】 スル ①咬牙。②咬牙切齒。

はきそうじ③【掃き掃除】 掃除，打掃。

はきだしまど④【掃き出し窓】 掃除窗，掃出窗。

はきだ・す③【吐き出す】（動五） ①吐出。②冒出，湧出，噴出。③傾吐，發洩。「ほんとうのことを～・す」吐露真情。④拿出，吐出。把積存的金錢等貴重物品提供出來。「へそくりを～・す」拿出私房錢。

はきだめ⓪【掃き溜め】 垃圾堆，垃圾場。「～に鶴」雞窩裡飛出金鳳凰。

はきちが・える⑤【履き違える】（動下一） ①錯穿鞋（等）。②誤會，誤解，想錯。「彼は自由を放縱と～・えている」他把自由誤解成放縱。

はぎと・る③【剥ぎ取る】（動五） ①剥取。「樹皮を～・る」剥取樹皮。②扒下，剝下。「身ぐるみ～・られた」全身被扒得一絲不掛。

バギナ⓪【拉 vagina】 陰道，膣。

はきはき①（副） スル 爽快，有朝氣。「～と答える」爽快地回答。

はきもの⓪【履物】 鞋類，鞋襪。

ばきゃく⓪【馬脚】 馬腳。「～を露わす」露出馬腳。

はきゅう⓪【波及】 スル 波及。「全世界に～する」波及全世界。

バキューム③【vacuum】 真空。

バキュームカー④【和 vacuum+car】 真空清潔車。

はきょう⓪【破鏡】 ①破鏡。②弦月，月牙。③破鏡。指離婚。「～再び照らさず」破鏡難圓。

はぎょう⓪【覇業】 霸業。

はきょく⓪【破局】 破局，悲劇告終，殘破局面。

はぎれ◎【歯切れ】　①牙感。②口齒清楚。「彼の話しぶりは～がよい」他說法口齒很清楚。

はぎれ◎【端切れ】　碎布頭，零頭布。

はく◎【拍】　①拍，節拍。②拍。日語音韻的基本單位。

はく◎◎【箔】　①箔，金屬薄片。「金～」金箔。②身價，威嚴。「～が付く」贏得聲譽。「外国に留学して～をつける」到外國留學鍍金。

は・く◎【吐く】（動五）　①吐，嘔，呼，喘氣。「荒い息を～・く」喘大氣；氣端吁吁。②冒，噴，吐。「黒い煙を・いて走る蒸気機関車」冒出黑煙奔馳的蒸汽機関車。③吐露。「本音を～・く」說真心話。④坦白，供認。「どろを～・く」被迫坦白。

は・く◎【穿く】（動五）　穿。

は・く◎【履く】（動五）　穿。（把布襪、襪子、鞋等）套到腳上。

は・く◎【掃く】（動五）　①掃，打掃，掃除。②輕塗。「紅を～・く」擦胭脂。

は・ぐ◎【剝ぐ】（動五）　①剝，剝下，撕下。「皮を～・ぐ」剝皮。②脫掉，扒下，揭掉，揭開。「布団を～・ぐ」揭開被子。③奪取，搶奪，剝奪。「身ぐるみ～・ぐ」扒光身子。

は・ぐ◎【接ぐ】（動五）　接，連接。

ばく◎【縛】　縛，被縛。「～に就く」就縛。

ばく◎【貘・獏】　①貘，獏。②貘，獏，貊。中國人想像中的動物。

ばぐ◎【馬具】　馬具。

バグ◎【bug】　程式錯誤。

パグ◎【pug】　巴哥犬，獅子狗。

はくあ◎【白亜・白堊】　①白堊。②白牆壁。「～の殿堂」白牆的殿堂。

はくあい◎【博愛】　博愛。「～の精神」博愛精神。

はくい◎【白衣】　白衣。

はくいんぼうしょう◎【博引旁証】スル　旁徵博引。

はくう◎【白雨】　午後驟雨。

はくおし◎◎【箔押し】スル　燙金，壓箔，貼金銀箔。

ばくおん◎◎【爆音】　①爆炸聲。②轟隆聲。

ばくが◎【麦芽】　麥芽。

はくがい◎【迫害】スル　迫害。

はくがく◎◎【博学】　博學。

ばくがとう◎【麦芽糖】　麥芽糖。

はくがん◎【白眼】　①眼白，白眼珠。②白眼。↔青眼

はくがんし◎◎【白眼視】スル　遭白眼，冷眼對待。

はぐき◎【歯茎】　齒齦，牙齦。

ばくぎゃく◎【莫逆】　莫逆。「～の友」莫逆之友。

はくぎょくろう◎【白玉楼】　白玉樓。文人死後去的樓閣。「～中の人となる」成爲白玉樓中人。指文人逝世。

はくぎん◎【白銀】　①白銀。②銀白色，白雪。「～の世界」銀白色的世界。

はぐく・む◎【育む】（動五）　①抱（雛）。②養育，照料。「両親の愛に～・んで成長する」在雙親之愛的哺育下成長。③培養，培育。「新鋭を～・む」培養新生力量。

ばくげき◎【爆撃】スル　轟炸。

ばくげきき◎【爆撃機】　轟炸機。

はくげきほう◎【迫撃砲】　迫擊炮。

はくげんがく◎【博言学】〔philology 的加藤弘之所譯之譯語〕博言學。語言學的舊稱。

はくごうしゅぎ◎【白豪主義】　白澳主義。

はくさい◎◎【白菜】　白菜。

はくさい◎【舶載】スル　舶載，船運，舶來。

はくさい◎【博才】　賭才。賭博的才能。

ばくさい◎【爆砕】スル　炸碎，爆破。

はくし◎【白紙】　①白紙。「～の答案」白卷。②一張白紙，原狀。「～に戻す」恢復原狀。「～に返す」恢復原狀；返回原處。

はくし◎【博士】　博士。學位之一。

はくし◎【薄志】　①薄禮，寸心。②薄志。薄弱的意志。

はくじ◎【白磁・白瓷】　白瓷。

ばくし◎【爆死】スル　（被）炸死。

はくしいにんじょう◎【白紙委任状】　空白委任狀。

はくしき◎【博識】　博識。

はくじつ◎【白日】　①白日。光輝燦爛的太陽。②白日。白天，白晝。③清白，坦然無愧。「青天~」青天白日。「~の下に晒す」暴露在光天化日之下。把隱匿的事物公開出來。

はくしゃ◎【白砂】　白沙。

はくしゃ◎【拍車】　馬刺。「~を入れる」加把勁；加緊。

はくしゃ◎【薄謝】　薄禮，薄謝，薄敬。

はくしゃく◎【伯爵】　伯爵。

はくじゃく◎【薄弱】　①不可靠，不確實。「~な根拠」不可靠的根據。②薄弱。「意志~な人」意志薄弱的人。

はくしゅ◎【拍手】スル　拍手，鼓掌。

はくじゅ◎【白寿】　白壽。

ばくしゅう◎【麦秋】　初夏，麥收時節。

はくしょ◎【白書】　白皮書。

はくしょ◎【曝書】スル　曝書，曬書。

はくじょう◎【白状】スル　坦白，招認，供認。

はくじょう◎【薄情】　薄情。

ばくしょう◎【爆笑】スル　哄然大笑，哄堂大笑。

はくしょく◎【白色】　白色。

はくしょくじんしゅ◎【白色人種】　白色人種。

はくしん◎【迫真】　逼真。「~の演技」逼真的演技。

はくじん◎【白人】　白人，白種人。

はくじん◎【白刃】　白刃。「~の下をくぐる」出生入死。

ばくしん◎【幕臣】　幕臣。

ばくしん◎【爆心】　爆炸（轟炸）中心。「~地」爆炸（轟炸）中心地。

ばくしん◎【驀進】スル　勇往直前，奮勇挺進，突飛猛進。

はく・する◎【博する】（動サ變）①博得，贏得。「好評を~・する」博得好評。②推廣，普及。

はくせい◎【剝製】　剝製標本。

はくせき◎【白皙】　白皙。「~の美青年」長得又白又漂亮的青年。

はくせん◎【白扇】　白扇。

はくせん◎【白線】　白線。

はくせん◎【白癬】　白癬。

ばくぜん◎◎【漠然】（タル）含混，模糊，籠統。「~とした不安を感ずる」感到一種說不出的不安。

はくそ◎【歯屎】　牙垢。

はくそう◎【博捜】スル　廣泛搜集。

ばくそう◎【爆走】　暴走。汽車或摩托車等發出極大的噪音行駛。

はくだい◎【博大】　博大。

ばくだい◎【莫大】（形動）莫大。「~な損害をこうむる」蒙受巨大的損失。

はくだく◎【白濁】スル　白濁。「液が~する」液體變得白濁。

はくだつ◎【剝脱】スル　剝脫，脫落。

はくだつ◎【剝奪】スル　剝奪。「特権を~する」剝奪特權。

ばくだん◎【爆弾】　①炸彈。②炸彈酒。劣質燒酒。③爆炸性的。「~発言」爆炸性的發言。

はくち◎【白痴】　白癡。

はくち◎【泊地】　停泊地。

ばくち◎【博打・博奕】　①賭博，博奕。②冒險，賭一把。

ばくちく◎【爆竹】　鞭炮，爆竹。

はくちゅう◎【白昼】　白晝。

はくちゅう◎【伯仲】スル　①伯仲。大哥與二哥。②伯仲，不分上下。

はくちゅうむ◎【白昼夢】　白日夢。

はくちょう◎【白鳥】　天鵝。

バクテリア◎◎【bacteria】　細菌。

ばくと◎【博徒】　賭徒。

はくとう◎【白桃】　白桃。水蜜桃的一品種。

はくとう◎【白頭】　白頭，白首。

はくどう◎【白銅】　白銅。銅與鎳的合金。

はくどう◎【拍動・搏動】スル　搏動，跳動。

はくとうゆ◎【白灯油】　白煤油，白燈油。

はくないしょう◎【白内障】　白內障。

はくねつ◎【白熱】スル　①白熱，白熾。②最熱烈，白熱化。

はくば◎【白馬】 白馬。「～は馬に非ず」白馬非馬。

ばくは◎◎【爆破】 スル 爆破，炸毀。

はくばい◎【白梅】 白梅。

バグパイプ⑤【bagpipe】 風笛。

ばくばく◎【漠漠】（ト/タル）①漠漠。遼闊無邊的樣子。②茫然，漠漠。模糊的樣子。「～とした印象」漠漠的印象。

はくはつ◎【白髮】 白髮。「～の老人」白髮老人。

ばくはつ◎【爆発】 スル ①爆炸。②爆發。「日頃の不満が～した」平時的不滿爆發了。

ばくはつてき◎【爆発的】（形動）爆炸性的，急劇的，驚人的，爆發式的。「～に人気が広まる」一夜走紅。

はくはん◎【白斑】 ①白色斑點。②光斑。太陽表面上白光特別明亮的部分。③白斑，白癜風。

はくび◎【白眉】 ①白眉。②最傑出，最優秀，最出色。「歴史小説の～」歴史小說中的傑作。

はくびしん⑤【白鼻心】 果子狸，白鼻心。

はくひょう◎【白票】 ①空白票。「～を投ずる」投空白票。②白票。日本國會用來表示贊成的白色票。↔青票せい

はくひょう◎【薄氷】 薄冰。「～を履ふむ」如履薄冰。

はくびょう◎【白描】 白描。

ばくふ◎◎【幕府】 幕府。

ばくふ◎【瀑布】 瀑布。

ばくふう◎【爆風】 爆風，爆炸衝擊波。

はくぶつがく④【博物学】 博物學。

はくぶつかん④⑤【博物館】 博物館。

はくぶつし③【博物誌】 博物誌。

はくぶん◎【白文】 白文，無注釋漢文。

はくへいせん◎【白兵戦】 白刃戰，肉搏戰。

はくぼ◎【薄暮】 薄暮，傍晚，黃昏。

はくほうじだい⑤【白鳳時代】 白鳳時代。文化、美術史劃分的時代之一。

はくぼく◎【白墨】 粉筆。

はくま◎【白魔】 雪災。

はぐま◎【白熊】 白毫。犛牛尾巴上的毛，裝飾用。

はくまい◎【白米】 白米，精白米。

ばくまつ◎【幕末】 幕末。

はくめい◎◎【薄命】 ①薄命。「佳人～」紅顏薄命。②薄命，不幸，不遇。「～に泣く」爲薄命而泣。

はくめい◎【薄明】 曙暮光，晨昏蒙影。

はくめん◎【白面】 ①白面，臉色白。「～の貴公子」白面公子。②幼稚。

はくや◎【白夜】 白夜。

ばくやく◎【爆薬】 炸藥。

はくらい◎【舶来】 スル 舶來，進口。「～の香水」進口香水。「～品」舶來品。

ばくらい◎【爆雷】 深水炸彈。

はぐらか・す④（動五）打岔，回避，支吾，擺脫，變換。

はくらく◎【伯楽】 ①伯樂。中國周代有名的善相馬者。②伯樂，馬醫，獸醫。③伯樂。發掘人才的人。

はくらく◎【剝落】 スル 剝落。

はくらん◎【博覧】 博覽，觀賞。「世人の～に供する」供世人觀賞。

はくらんかい③【博覧会】 博覽會。

はくらんきょうき⑥【博覧強記】 博覽強記。

はくり◎【剝離】 スル 剝離，脫落。

はくり◎【薄利】 薄利。

はくりきこ③【薄力粉】 低筋麵粉。

はくりたばい④【薄利多売】 薄利多銷。

ぱくりや◎【ぱくり屋】 票據貼現詐騙犯。

ばくりょう◎【幕僚】 幕僚。

ばくりょうかんぶ⑤【幕僚監部】 幕僚監部。

はくりょく◎【迫力】 感染力，逼真的，扣人心弦。

はぐ・る②（動五）掀開，掀起，翻開。

ぱく・る②（動五）①張大嘴吃。②騙取，竊取，盜取。「手形を～・る」偷竊票據。③抓，逮捕。「犯行がばれて～・られた」犯罪行爲暴露後被捕了。

はぐるま②【歯車】 ①齒輪。②齒輪。喻構成整體的各個要素。

ばくれつ◎【爆裂】 スル 爆裂。

はぐ・れる③【逸れる】（動下一）①走

散。「一行に～・れる」與同行的人走散了。②錯過，沒趕上。「昼めしを食い～・れた」沒趕上吃午飯。

はくれん⓪【白蓮】　白蓮，白荷花。

はくろ⓪【白露】　①白露，露水。②白露。二十四節氣之一。

ばくろ⓪【暴露・曝露】スル　①暴露，揭露。「陰謀が～」陰謀暴露。②曝露，風吹雨打（日曬）。

ばくろう⓪③【博労・馬喰・伯楽】　①牲口販子，牛馬販子，牲口經紀人。②獸醫。

ばくろうびょう⓪【白蠟病】　雷諾氏病。

ばくろん⓪【駁論】スル　反駁，駁論。

はくわ⓪【白話】　白話。↔文言戯

はけ⓪【刷毛】　①毛刷，刷子。②刷毛頭。

はげ⓪【禿】　①禿頭。②禿。喻山嶺等沒有樹木。「～山」禿山。

はげあが・る⓪【禿げ上がる】（動五）禿頂，頭頂禿。

はけい⓪【波形】　①波形。②波形圖。

はげいとう③【葉鶏頭】　雁來紅。植物名。

バケーション②【vacation】　（長期間的）休假，假期。

ばけがく⓪【化学】　化學。

はけぐち⓪【捌け口】　①排放口，洩水口，排水口。②銷路。「仕入れ品の～」購進貨物的銷路。③發洩處，發洩對象。「不満の～」不滿的發洩對象。

はげし・い【激しい・劇しい・烈しい】（形）　①劇烈，激烈，強烈，剛烈，兇猛，勇猛，殘酷。「～・いあらしをついてでかけた」冒著猛烈的暴風雨出去了。②激動，高昂。「～・い口調」激動的語氣。③激烈，厲害，沉重，嚴重，劇烈。「～・い痛み」痛得厲害。

はげたか⓪【禿鷹】　禿鷹。

バケツ⓪〔bucket〕鉛皮桶，鐵桶。

バケット②【bucket】　鏟斗。

バゲット①【法 baguette】　長棍麵包。

パケット②【packet】　封包。

バケットシート⑤【bucket seat】　箕斗式座椅。

ばけのかわ⓪【化けの皮】　假面具，畫皮。「～がはげる」假面具脫落。「～を現ぁらす」現出原形；原形畢露。

はげ・む【励む】（動五）　勤奮，振作，奮勉，勵精。「仕事に～・む」努力工作。

はけめ⓪【刷毛目】　刷痕。「～がつく」留有刷痕。

ばけもの⓪【化け物】　妖怪，鬼怪，怪物。

は・ける⓪【捌ける】（動下一）　①排泄，排出。②銷售，賣掉。「在庫はあらかた～・けた」庫存幾乎全都賣掉了。

は・げる⓪【剝げる】（動下一）　①剝落。「ペンキが～・げる」油漆剝落。②脫色，褪色。

は・げる⓪【禿げる】（動下一）　①禿頭。②禿山。

ば・ける⓪【化ける】（動下一）　①變化。②喬裝，裝扮。③突然改變。「授業料が下宿代に～・けた」學費突然變成了公寓住宿費。

はげわし⓪【禿鷲】　禿鷲，禿鷹。

はけん⓪【派遣】スル　派遣。

はけん⓪【覇権】　①〔hegemony〕霸權。「～を奪う」掌握霸權。②冠軍。「～をあらそう」奪得冠軍。

ばけん⓪【馬券】　馬票，馬券，賽馬彩券。

はけんろうどうしゃ⓪【派遣労働者】　派遣勞動者。

はこ⓪【箱・函・筥・匣】　①（名）①箱，函，盒，匣。②火車車廂。③（接尾）箱。計算裝箱物品的量詞。「みかん二～」橘子兩箱。

はご⓪【羽子】　羽子。一種玩具。

はごいた⓪【羽子板】　羽子板。

はこいり⓪【箱入り】　①裝箱，箱裝（物）。②掌上明珠，珍品。③拿手，壓箱寶。→おはこ

はこいりむすめ⑤【箱入り娘】　千金小姐。

はこう⓪【跛行】スル　①跛行，一瘸一拐地走。②不平衡，失調。「～状態」不平衡狀態。

はこがき◎【箱書き】スル ①題箱簽。②場面內容提要。

はごく◎【破獄】スル 越獄。

はこし②【箱師】 車上小偷。

はこせこ①【筥迫】 紙巾袋，荷包。

パゴダ①【pagoda】 寶塔。

はごたえ◎【歯応え】 ①嚼勁，咬勁。②（對外界作用力、影響的）回應，反應。「～のある相手」有回應的對手。

はこづめ◎【箱詰め】スル 裝箱，箱裝。「～のミカン」箱裝橘子。

はこにわ◎【箱庭】 庭園式盆景。

はこび◎【運び】 ①移步，步伐。「足の～」步伐。②進度，步調。③進度，程序，步驟。「調印の～となる」即將簽字。④餐廳服務員，端盤子的，跑堂的。

はこ・ぶ◎【運ぶ】（動五） ①移動，搬運，運送。②人到某地去。㋐勞步，勞駕。用作「行く」、「来る」的敬語。「わざわざお～・び下さって恐縮です」勞駕您特意來一趟，真是對不起。㋑移步，邁步，前往，到…去。「役所まで足を～・ぶ」到官廳去。③做某種動作。㋐推進，運作。「段取りをつけて仕事を～・ぶ」有步驟地展開工作。㋑使用工具做某種動作。「筆を～・ぶ」運筆。④進展。「すらすらと～・んで、交渉がまとまった」談判進展順利，達成了協議。

はこぶね◎【箱船・方舟】 ①方舟。②「諾亞方舟」。

はこべ◎【繁縷・蘩蔞】 繁縷，鵝兒腸。

はこぼれ◎【刃毀れ】スル 銼，卷刃，傷刃，缺口，轉口。

はこまくら◎【箱枕】 箱枕。

はごろも◎【羽衣】 羽衣。

はこん◎【破婚】 解除婚約，取消婚禮。

はさ②【稲架】 稻架。

バザー①【bazaar】 義賣會，慈善義賣，義賣活動。

ハザード①【hazard】 障礙區。高爾夫球場障礙區的總稱。「ウオーター－～」水障礙區。

バザール②【法 bazar】 ①市集。伊斯蘭教圈的街頭市場。②拍賣會場，廉價商店。

はさい◎【破砕】スル 粉碎，摧毀，破碎。

はざかいき◎【端境期】 青黃不接時期。

はざくら②◎【葉桜】 葉櫻。

ばさし◎【馬刺し】 生馬肉片。

はざま◎②【狭間・迫間・間】 ①間隙，狭縫，夾縫。「生と死の～」生死之間。②谷間，峽谷。「山の～をぬけて通る」通過峽谷。③槍眼，箭眼。

はさま・る◎【挟まる】（動五） ①夾住。「歯に物が～・る」牙縫裡塞住東西。②夾。處在兩個對立者之間。「私は双方のあいだに～・って困っている」我夾在雙方之間很為難。

はさみ③【挟み・挿み】 夾子。「書類～」文件夾。

はさみ③【鋏・剪刀】 ①剪刀，剪子。②剪票鉗，剪子。③螯，夾子。

はさみう・つ◎【挟み撃つ】（動五） 夾擊，夾攻。

はさみしょうぎ◎【挟み将棋】 夾子將棋。

はさ・む②【挟む・挿む】（動五） ①夾。從相對的兩側施加壓力使物體固定不動。「はしで～・む」用筷子夾。②插入，夾入。把東西塞入某物中間。「しおりを本の間に～・む」把書籤夾在書裡。③隔。「机を～・んで向かいあう」隔著桌子相對著。④插入，加入。在某一動作的過程中擠進別的事。「休憩を～・んで会議を再開する」中間休息後再接著開會。

はざわり◎【歯触り】 口感，咀嚼感。「～がよい」口感好。

はさん◎【破産】スル 破產。

はし②【端】 ①邊，邊緣。「道の～」路邊。②端，頭。「ひもの～」繩子兩端。③斷片，零頭。「木の～」木片；小木塊。④片段，枝節。「言葉の～をとらえる」抓話柄。

はし①【箸】 筷子。「～にも棒にもかからない」無法對付；無計可施。「～より重い物を持ったことがない」沒拿過比筷子重的東西；嬌生慣養。

はし◎【橋】　橋，橋樑。

はじ◎【恥】　恥，恥辱，可恥。「～の上塗り」一再丟臉。「～も外聞もかまわぬ」恬不知恥；不顧廉恥。「～をそそぐ」雪恥。

はじ◎【把持】ㇲル　把持，掌握。「信念を～する」把持信念。

はしあらい◎【箸洗い】　清湯。

はしい◎【端居】ㇲル　坐房頭，房頭納涼。

はじい・る◎◎【恥じ入る】（動五）　深感羞愧。

バジェット◎【budget】　（政府的）預算，預算案。

はしおき◎【箸置き】　筷架，箸枕。

はしがかり◎【橋懸かり・橋掛かり】　①橋懸。能樂舞臺上，從鏡間斜架起通往正面舞臺的設有欄桿的通路。②橋式走廊。

はしがき◎【端書き】　序言。

はしがみ◎【箸紙】　箸紙袋，筷紙袋。

はじき◎【弾き】　①彈簧。②彈玻璃珠。③（俗稱）手槍。

はじきだ・す◎◎【弾き出す】（動五）①彈出，散出。②驅逐，排擠走。「異端先を～・す」排除異己。③〔源於用算盤計算〕算出。「利益はざっと１億円と～・された」粗算利潤爲１億日圓。④籌集，籌措。「経費を～・す」籌算經費。

はじ・く◎【弾く】（動五）　①（用彈簧等彎曲物返回來的力量）彈。「小石を～・く」彈石頭。②彈。用指尖撥弦。「弦を～・く」撥弦。③排斥，不沾，疏遠。在表面擋住，不使其靠近。「水を～・く」疏水。④打算盤。「そろばんを～・く」打算盤。

はしぐい◎【橋杭・橋杙】　橋椿，橋墩。

はしくよう◎【橋供養】　橋供養。橋峻工後，通車前舉行的供養。

はしくれ◎【端くれ】　①邊角料，碎屑。②小字輩，無名鼠輩。「教師の～」教師的末流。

はしけ◎【艀】　舢板，駁船。

はしげた◎【橋桁】　橋樑，橋桁。

はじ・ける◎【弾ける】（動下一）　①爆開，綻開，爆裂。「大豆のさやが～・ける」大豆莢爆裂。②爆，爆發，迸發。「水が～・ける」水向外飛濺。

はしご◎【梯子・梯】　①梯子。「軒に～をかける」把梯子架在屋簷。②梯級。③（比喩的に）階梯。「～が外される」拆臺。

はしこ・い◎◎【捷い・敏捷い】（形）　捷，敏捷。

はしござけ◎【梯子酒】　逛酒館喝酒。

はしごしゃ◎【梯子車】　雲梯車。

はじさらし◎【恥曝し】　人前丟臉。

はじしらず◎【恥知らず】　恬不知恥，不要臉，厚臉皮。

はした◎【端た】　①零數，分數，分式，零星，零碎。「～を切り捨てる」把尾數捨去。②零錢。

はしたな・い◎（形）　粗俗，下流，卑鄙。「～・い言葉」粗話。

はしぢか◎【端近】　靠外邊。

はしっこ◎【端っこ】　邊，角，頭。

ばじとうふう◎【馬耳東風】　馬耳東風，耳邊風。

はしなくも◎【端無くも】（副）　沒想到，冷不防。

はしばこ◎【箸箱】　筷匣。

はしばし◎【端端】　細微處。「言葉の～に」在說話的細節上。

はしばみ◎【榛】　榛子，平榛。

パシフィックリーグ◎【Pacific League】　太平洋聯盟。日本職業棒球聯盟之一。→セントラル-リーグ

はじま・る◎【始まる】（動五）　①始，開始，發起。「今日から新しい学年が～・る」從今天起新學年開始了。②始於。「京都に～・る風習」始於京都的風俗。

はじめ◎【初め・始め】　①初始。②開頭，起先。③起源，起因。「国の～」國家之始。④頭一個，老大，前者。「～が男の子で次が女だ」頭一個是男孩，第二個是女孩。⑤以…為首。「社長を～として社員一同」以社長爲首的員工們。「～有るも終わりなし」有始無終；有頭無尾。「～有る者は必ず終わりあり」

有始必有終；天下沒有不散的宴席。

はじめて⓪【初めて・始めて】（副）①初次，首次，第一次。「私は日本へ行くのはこれが～です」這是我第一次去日本。②…之後才…，終於。「病気になって～健康の有難さが分る」生了病才知道健康的可貴。

はじめまして⓪【初めまして・始めまして】（連語）初次見面。

はじ・める⓪【始める】（動下一）①始，開始。「彼は商売を～・めた」他開始做生意了。②開創，創辦，始建。「会社を～・める」創建公司。③指出現老毛病或言行舉止。「また例のほら話を～・めた」又照例吹起牛來了。④開始…。「降り～・める」開始下。

はしゃ①【覇者】①冠軍。②霸主，霸王。↔王者

はじゃ①【破邪】〔佛〕破邪。「～の剣」破邪之劍。

ばしゃ①【馬車】馬車。

ばしゃうま⓪【馬車馬】①挽馬。②聚精會神，一心一意。「～のように働く」聚精會神般地工作。

はしゃ・ぐ⓪【燥ぐ】（動五）①歡鬧，玩鬧。②過燥，乾燥。

はじゃく①【羽尺】和服外褂衣料。

はしやすめ⓪【箸休め】小菜。

パジャマ①【pajamas】成套睡衣，全身式睡衣，整套睡衣。

はしゅ①【播種】スル播種。

ばしゅ①【馬主】馬主。

ばしゅ①【馬首】馬頭，馬首。「～をめぐらす」調轉馬頭。

はしゅつ⓪【派出】スル派出，派遣。

ばじゅつ①【馬術】馬術。

ばしょ⓪【場所】①地點，部位，地位，所在地。「会議の～をかえる」變更會議地點。②處所，場合，場所。「～をあける」騰出地方。③場所，會場，會期。「一月～」一月場所。

はじょう⓪【波状】①波狀。②波浪式，每隔一段時間就反覆一次。

ばしょう⓪【芭蕉】芭蕉。

ばじょう⓪【馬上】①馬背上。②騎馬，乘馬。

はしょうふう⓪【破傷風】破傷風。

ばしょがら⓪【場所柄】場所性質（特點、條件），場所情形，場合。「～をわきまえぬ口をきく」說話不看場合。

はしょく⓪【波食・波蝕】浪蝕，波蝕，海蝕。

ばしょく⓪【馬食】スル大吃特吃。「牛飲～」大吃大喝。

ばしょふさぎ③【場所塞ぎ】占地方礙事。

はしょ・る⓪【端折る】（動五）①撩起來。「裾を～・る」撩起底襟。②縮短，簡化。「話を～・る」把話縮短。

はしら⓪⓪【柱】①柱子。②支柱，杆。「強い風でテントの～が倒れた」由於強風，帳篷的支柱倒了。③頂樑柱，台柱。「彼は一家の～だ」他是全家的支柱。④頁首標題。

はじら・う⓪【恥じらう・羞じらう】（動五）害羞，害臊，難為情。

はしら・せる⓪【走らせる】（動下一）①快派，急派，急差。「使いの者を～・せる」讓派的人快走；急忙派去使者。②使加速，使激動。「ペンを～・せる」振筆疾書。③趕走。「敵を～・せる」趕走敵人。

はじらみ①【羽風】羽虱。

はしり①【走り】①跑，跑法。②早上市的，先上市的，新上市的，初上市的。

はしりがき④【走り書き】スル疾書，快寫。

バジリコ①【義 basilico】羅勒。

はしりこ・む④【走り込む】（動五）①跑入。②跑到底，盡全力跑。「合宿で～・む」在集訓中盡全力跑。

はしりたかとび④【走り高跳び】助跑式跳高。

はしりづかい④【走り使い】跑腿，供差遣（者）。

はしりづゆ④【走り梅雨】梅雨的前奏。

はしりはばとび④【走り幅跳び】助跑式跳遠，跳遠。

はしりまわ・る⑤【走り回る】（動五）跑遍。四處奔走，到處跑。「山野を～・

る」跑遍山野；滿山遍野跑。「金策に～・る」爲籌款而四處奔走。

はしりよみ[0]【走り読み】スル　瀏覽。

はし・る[2]【走る】（動五）　①跑，奔跑。②奔馳，越野，高速行駛。③疾行，奔赴。「現場へ～・る」奔到現場。④逃跑。「西国へ～・る」向關西逃跑。⑤出走，出奔，投奔。「敵国側へ～・る」投奔敵國。⑥耽於，陷入。「悪事に～・る」耽於壞事。⑦一閃而過。「稲妻が～・る」閃電。⑧閃現，衝動。「肩に痛みが～・る」肩膀忽覺一陣疼痛。⑨自如，流暢，順暢。「筆が～・る」運筆自如。「新しいプログラムがうまく～・った」新計畫進展順利。⑩通往，走向，橫貫，貫穿，穿行，流經。「南北に～・る山脈」南北走向的山脈。

は・じる[2]【恥じる】（動上一）　①害羞，慚愧。「それの無知を～・じる」自愧無知。②不及，遜色，不相稱。「歴史に～・じない」無愧於歷史。

はしわたし[3]【橋渡し】スル　①架橋。②搭橋，當介紹人。

ばしん【馬身】（接尾）　馬身。「1～の差で惜しくも負ける」可惜以馬前馬後之差輸了。

はす[0]【斜】　斜，歪。「～に線を入れる」斜著畫線；畫斜線。

はす[0]【蓮】　蓮，蓮藕，荷。

はず[0]【筈・弭】　①應該，理應。「彼なら及第する～だ」他肯定會及格的。②表示預定。「5時に終わる～だ」5點該結束。③會，該，肯定。「たしかあなたもそう言った～だ」你確實也是那麼說的。

ハズ[1]　〔「ハズバンド」之略〕丈夫。

バス[1]【bass】　①男低音。②低音部。③低音樂器。

バス[1]【bath】　西式浴池（浴室）。

バス[1]【bus】　巴士，公共汽車。「～に乗り遅れるな」〔源自英語 miss the bus〕別誤了班車。意爲不要落後於時代的潮流，不要錯失好機會。

パス[1]【pass】スル　①過關，及格，錄取。「試験に～した」考試通過了。②通行證，定期票，入場券。③傳球。④不叫牌，不玩。玩撲克牌等輪到自己時跳過去而輪下一個人。

はすい[0]【破水】スル　破水，羊水流出。

はすう[2][0]【端数】　尾數，零頭，零數，分數。「百円以下の～は切り捨てる」捨去一百日圓以下的零頭。

バズーカほう[0]【一砲】〔bazooka〕反坦克火箭炮。

はずえ[0]【葉末】　①葉尖。②後代子孫。

ばすえ[0]【場末】　近郊，郊區。

はずおし[0]【筈押し】　筈推。相撲運動中，力士把手張開成筈形，抵在對方的腋下或側腹等上推。

はすかい[0]【斜交い】　斜交。「～にまじわる道路」斜交叉道路。

バスガイド[3]【bus guide】　遊覽車導遊。

はずかし・い[4]【恥ずかしい】（形）　①害羞，害臊，丟臉，恥辱。「カンニングをして～・いと思わないのか」你難道不爲自己考試作弊感到害羞？②不好意思。「あまりほめられて～・くなった」受到過分的誇獎，感到很難爲情。

はずかし・める[5]【辱める】（動下一）　①侮辱，羞辱。②玷污，辱沒。「家名を～・める」玷污家聲。③姦污，污辱。

パスカル[1]【pascal】　帕斯卡，帕。

ハスキー[1]【husky】（形動）　沙啞的。「～な声」沙啞的聲音。「～ボイス」沙啞嗓音。

バスケット[3]【basket】　①籃，筐。②籃（網）。

バスケットボール[6]【basketball】　籃球，籃球賽。

はず・す[0]【外す】（動五）　①摘下，解開，脫。②偏離，錯過。「チャンスを～・す」錯過機會。③除名。「今回は彼をメンバーから～・しておこう」這次從成員裡把他剔除了吧。④離席，出去一下。「席を～・す」離席。⑤引開，使落空。「先方のねらいを～・す」使對方企圖落空。⑥錯過，避開，躲開。「相手の視線を～・す」避開對方的視線。⑦過分，過度。「はめを～・す」過分盡興。

バスストップ④【bus stop】　公車站。

パスタ⓪【義 pasta】　麵食，麵製品。

バスター①【bastard】　假觸擊強打。

バスタオル③【bath towel】　浴巾。

バスタブ⓪【bathtub】　浴缸，澡盆，浴池。

はすっぱ⓪【蓮っ葉】　輕佻。「～な言い方」輕浮的說法。

パステル⓪【pastel】　彩色粉筆。

パステルカラー⑤【pastel color】　柔和色。

バスト①【bust】　①胸圍，女性的胸部。②胸圍。③胸像，半身像。

パストラル①【pastoral】　①田園曲。②田園劇，牧歌劇。③田園詩，牧歌。

ハズバンド①【husband】　丈夫。

パスポート③【passport】　護照。

パスボール③【passed ball】　漏接球，漏球。

はずみ⓪【弾み・勢み】　①彈力，彈性。②勁頭，興頭。「話に～がつく」說話起勁。③瞬間，剎那。「よろけた～に破れた」搖晃踉蹌的瞬間就破了。「～を食う」城門失火，殃及池魚。

はずみぐるま④【弾み車】　飛輪，慣性輪。

はず・む⓪【弾む】（動五）　①（自動詞）①反彈，跳，蹦。②心直跳，興奮，激動，喘。「胸が～・む」滿懷喜悅。③起勁，高昂。「次から次へと話が～・む」一個話題接著一個話題，越說越起勁。②（他動詞）慷慨，肯多給，不吝嗇。「チップを～・む」肯多給小費。

はすむかい⓪【斜向かい】　斜前方，斜對面。

ハスラー⓪【hustler】　①幹將。②騙子，詐騙犯。③職業賭徒。

パズル①【puzzle】　字謎，猜謎，難題。「クロスワード-～」填字遊戲。

バスルーム③【bathroom】　浴室，澡堂。

はずれ⓪【外れ】　①未中，落空。⟷あたり。②盡頭，外頭。「町の～に住んでいる」住在城外。

バスレーン③【bus lane】　公車道。

はず・れる⓪【外れる】（動下一）　①脫落，掉下。②未中。「くじが～・れる」沒中獎。③落空，不準。「天気予報が～・れる」天氣預報不準。④不合乎，偏離基準。「ロケットは軌道を～・れてしまった」火箭偏離了軌道。⑤被除名。「一軍から～・れる」被從一軍中除名。

バスローブ③【bathrobe】　浴衣。

パスワーク③【pass work】　傳球練習，傳球技術。

パスワード③【password】　密碼，暗號。

はぜ⓪【沙魚・鯊・蝦虎魚】　鰕虎魚。

はぜ⓪【櫨・黄櫨】　山漆的別名。

はせい⓪【派生】 スル　衍生，引發。

ばせい⓪【罵声】　罵聲。「～を浴びせる」痛罵；破口大罵。

はせいご⓪【派生語】　〔derivative〕衍生詞。

はせいてき⓪【派生的】（形動）　衍生的。

パセティック③【pathetic】（形動）　令人感傷的，感動的，悲劇性的。「～な物語」動人的故事。

バセドーびょう⓪【―病】　巴塞杜氏病。甲狀腺機能亢進引起的疾病。

はぜのき⓪【櫨の木・黄櫨】　山漆。

パセリ①【parsley】　荷蘭芹，西洋芹。

は・せる⓪【馳せる】（動下一）　①奔馳。跑，急行。②飛馳，奔馳，奔逸，想念，緬懷。「思いを～・せる」意念奔逸；思緒奔馳。③馳名。「国の内外に名を～・せる」馳名國外。

は・ぜる⓪【爆ぜる・罅ぜる】（動下一）　爆裂，裂開，裂紋。「栗が～・ぜる」栗子裂開。

はせん⓪【波線】　波浪線，波狀線。

はせん⓪【破船】　遇難船，失事船。

はせん⓪【破線】　虛線。

はそく⓪【把捉】 スル　把握，掌握。「文意～する」掌握文意。

ばぞく⓪【馬賊】　馬賊。

パソコン⓪　個人電腦。

パソコンつうしん⑤【―通信】　個人電腦通訊。

ばそり⓪【馬橇】　馬橇。

はそん【破損】ㇲㇽ　破損。

はた⓪①【畑・畠】　旱地。「～を打つ」開墾田地。

はた⓪【端】　端，邊。「池の～」池邊。

はた⓪【旗・幡・旌】　①旗，幡，旌。②旗幟。「校門に～をかかげる」在校門掛旗。「～を振る」揮動旗幟；搖旗指揮。

はた②【機】　織布機。

はた②【将】（接續）　或，或者。

はだ①【肌・膚】　①皮膚，肌膚。「彼女は～が荒れる」她皮膚粗糙。②紋理。「木の～」木紋。③脾氣，風度。「学者～」學者風度。「～が合う」合得來。「～で感じる」親身感受。「～を許す」以身相許。

バター⓪【butter】　奶油。

パター⓪【putter】　撥推桿，輕推桿。

はだあい⓪【肌合い】　①手感，肌膚感。②性情，性格，裏性。「彼とは～が違う」和他性格不同。

はたあげ⓪【旗揚げ】ㇲㇽ　①舉兵，起兵。②創建，組建，開辦，發起。

ばたあし⓪②【ばた足】　兩腿上下打水。

はだあれ⓪【膚荒れ】　皮膚粗糙。

バターン②【Bataan】　巴丹半島。

ばたい⓪【馬体】　馬體，馬身。

はたいろ⓪④【旗色】　（勝負的）形勢，（爭論、辯論等的優劣）狀況。「～が悪い」形勢不妙。

はだいろ⓪【肌色】　①膚色，肉色。②（器物的）底色。

はたおさめ⓪【旗納め】　懇談會。

はたおり⓪①【機織り】　（用織布機）織布。

はだか⓪【裸】　①裸體，赤身露體。②赤裸裸。「～電球」無燈罩電燈泡。③精光，一無所有，身無一物。「焼け出されて～になった」一場大火被燒得精光。④毫無秘密，無隱情，赤誠。「～になって話しあう」坦誠交談。

はだかいっかん⓪【裸一貫】　赤手空拳。

はだかうま③【裸馬】　裸馬，無鞍馬。

はたがしら③【旗頭】　首領，頭目。「一軍の～となる」成爲一軍首領。

はだかむぎ⓪【裸麦】　裸麥，裸大麥，青稞。

はだか・る⓪【開かる】（動五）　①張臂叉腿。「門口に～・る」張開胳臂叉開兩腿擋在門口。②敞開。

はたき⓪【叩き】　撣子。

はだぎ⓪【肌着】　內衣，襯衣。

はたきこみ⓪【叩き込み】　拍趴。相撲決定勝負的招數之一。

はた・く⓪【叩く】（動五）　①拍打。敲打，打。②拍，撣，拂去。③花光，用盡。「有り金を～・く」花光身上的錢。

バタくさ・い④【一臭い】（形）　洋裡洋氣的。

はたけ⓪【畑・畠】　①旱地。②專業領域。「工学～」工學領域。③出生地，出生，母胎。「～がちがう」出生地不同。

はたけ⓪【疥】　疥癬。

はだ・ける⓪【開ける】（動下一）　張開，敞開。「着物の前を～・ける」敞開和服前襟。

はたざお⓪【旗竿】　旗竿。

はたさく⓪【畑作】　旱作，旱地作物。

はたさしもの【旗指物】　認旗。日本古時插在鎧甲背後，用作戰場標誌的小旗。

はださむ・い【肌寒い・膚寒い】（形）　①微寒。②膽寒，心裡有些害怕。

はだざわり⓪【肌触り】　膚觸感。

はだし【裸足・跣】　①赤腳，光著腳，光腳站著。②根本敵不過，甘拜下風。「玄人（ﾞ）～」行家也敵不過。

はたしあい【果たし合い】　決鬥。

はたしじょう【果たし状】　決鬥書。

はたして⓪【果たして】（副）　①果然，果真。「～雨になった」果然下雨了。②真的，果真。「彼は～行けるか」他果真能去嗎？

はたじるし③【旗印・旗標】　①旗號，旗標。②旗幟。

はた・す⓪【果たす】（動五）　①完成，實現。「公約を～・す」履行公約。②起作用。「役割を～・す」產生作用。③徹底…完了，…用盡。「お金を使い～・す」錢都用光了。

はたせるかな◎【果たせる哉】（副）　不出所料，果然。「～失敗した」果然失敗了。

はたち◎【二十・二十歳】　二十歳。

ばたち◎【場立ち】　場內經紀人。

はたと◎（副）　①拍，擊。「ひざを～叩く」啪的一聲拍了一下膝蓋。②突然，忽然。「～思いあたる」突然想起。

はだぬぎ【肌脱ぎ】　裸背，赤膊，上身赤裸。

はたはた◎【鰰・鱩】　日本叉牙魚。

はたび◎【旗日】　旗日。國家規定節日。

はたびらき◎【旗開き】　（工會）年初聯誼會。

バタフライ◎【butterfly】　蝶式，蝶泳。

はたふり◎【旗振り】　①打旗語，旗工，信號旗手。②發起（人），領頭（人）。「～役」發起人角色。

はたまた◎【将又】（接續）　抑或，還是，或者。

はだみ◎◎【肌身】　肌膚，身體。「～離さず」不離身。

はため◎【傍目】　旁觀者看法（感覺、印象）。

はためいわく◎【傍迷惑】　煩擾旁人。

はため・く◎（動五）　隨風飄揚。「旗が風に～・く」旗子隨風飄揚。

はたもと◎【旗本】　旗本。日本在大將身邊護衛的家臣團。

はたや◎【機屋】　①織布廠。②織布匠，織布工，紡織工作坊。

ばたや◎【ばた屋】　撿破爛的。

はたらか・せる◎◎【働かせる】（動下一）　使勞動，使有效利用。「知恵を～・せる」使智慧發揮作用；利用智慧。

はたらき◎【働き】　①工作。「一日の～」一天的工作（量）。②收效，功勞，功效。「～が悪い」成效差。③功能。「肺の～が悪い」肺功能不好。

はたらきあり◎【働き蟻】　工蟻。

はたらきか・ける◎【働きかける】（動下一）　推動。

はたらきざかり◎【働き盛り】　年富力強時期，精力旺盛時期。

はたらきて◎【働き手】　①主要勞力。

「一家の～」一家的主要勞動力。②能幹的人。

はたらきばち◎【働き蜂】　工蜂。

はたらきもの◎【働き者】　有本領者，勞動能手。

はたら・く◎◎【働く】（動五）　①勞動。②動。等智力、精神在活動。「頭が～・く」動腦筋。「意志が～・く」意志起作用。③發揮機能，起作用。「心臓の機能が～・く」心臟功能產生作用。④作用。「重力が～・く」重力作用。⑤幹壞事。「盜みを～・く」行竊。

はだれゆき◎【斑雪】　零星小雪，雪斑。

はたん◎【破綻】スル　①破洞。②破裂，破產，凋敝，失敗，出毛病。「生活が～する」生活維持不下去。

はだん◎【破談】　取消約定，食言。「～になる」解除婚約。

はたんきょう◎【巴旦杏】　①巴旦李。②巴旦杏。杏仁的別名。

はち◎【蜂】　蜂。

はち◎【八】　八。

はち◎【鉢】　①〔佛〕鉢。②鉢，大碗。③盆，花盆。④顱骨。「～を割る」分割頭蓋骨。

ばち◎【罰】　罰，懲罰，天譴。「～があたる」遭報應。

ばち◎【撥】　撥子。

ばちあたり◎【罰当たり】　該罰，該遭報應（的人）。「～な行い」該遭報應的行為。

はちあわせ◎【鉢合わせ】スル　①頭碰頭。②意外碰上。「デパートで小学時代の友達と～した」在百貨公司意外地碰見了小學時的朋友。

はちうえ◎◎【鉢植え】　盆栽，盆花，鉢花。

ばちがい◎◎【場違い】　不合時宜。「～の発言」不合時宜的發言。

はちがつ◎【八月】　八月。

はちき・れる◎【はち切れる】（動下一）　脹破，撐破。「もう食べられない、お中が～・れそうだ」不能再吃了，肚皮都要撐破了。

はちく◎【淡竹】　淡竹。

はちくのいきおい◎【破竹の勢い】　破竹之勢。

はちじゅうはちや【八十八夜】　八十八夜。雜節之一，立春後的第88天。

はちしょう◎【八丈】　八丈綢。

はちす◎【蓮】　蓮的別名。

はちだいしゅう◎【八代集】　八代集。

はちのす【蜂の巣】　蜂房，蜂窩，蜂巢。「～をつついたよう」像捅了馬蜂窩似的。

はちぶおんぷ◎【八分音符】　八分音符。

はちぶんめ【八分目】　八分（程度）。「腹～」吃八分飽。

はちまき【鉢巻き】スル　纏頭，纏頭布，包頭巾。「向こう～」在額頭處打結的纏頭巾。纏頭時在額頭處打結。

はちまん【八幡】　八幡神，八幡宮。

はちまんだいぼさつ【八幡大菩薩】　八幡大菩薩。

はちみつ◎【蜂蜜】　蜂蜜。

はちミリ◎【八－】　8釐米影片，8mm底片。

はちめんれいろう【八面玲瓏】　八面玲瓏。

はちめんろっぴ【八面六臂】　①八面六臂。②三頭六臂。「～の大活躍」三頭六臂的好身手。

はちもの◎【鉢物】　①盆栽。②大碗菜餚。

はぢゃ◎【葉茶】　葉茶。

はちゅうるい◎【爬虫類】　爬蟲類，爬蟲綱。

はちょう◎【波長】　波長。

はちょう◎【破調】　①走調，跑調。②不合節拍。

はちりはん【八里半】　烤番薯。

バチルス【德 Bazillus】　桿菌。

ぱちんこ◎　①彈弓。②小鋼珠，柏青哥。③手槍（的俗稱）。

はつ【初】　①首次。最初，第一次。「～の記者会見を開く」召開首次記者招待會。②「首次的」「新的」「當年第一次的」等意思的接頭詞。「～雷」初雷。「～舞台」初次登台。「～仕事」初次工作。

はつ【発】　①①開出，起飛。↔着。「午後3時～の列車」下午三點開的火車。②發出，發。「北京～の電報」北京發的電報。②（接尾）發，顆。「二～の弾丸」兩發子彈。兩發炮彈。

ハツ【heart】　（做烤雜碎串用的牛、豬、雞等的）心。

ばつ◎　①（當時的）情況，狀態。②（講話的）條理，道理。「～が悪い」難爲情。

ばつ◎　叉。「×」的符號。

ばつ◎【跋】　後記，跋。↔序

ばつ◎【罰】　罰，懲罰，懲戒。

ばつ◎【閥】　派閥，派系。

はつあき◎【初秋】　初秋。

はつあん◎【発案】スル　①提案，提出動議，想出方案。②提案，提出議案。

はつい◎【発意】スル　提議。

はついく◎【発育】スル　發育。

はついち◎【初市】　初市。第一個市集。

はつうま◎【初午】　初午。2月的第一個午日。「～詣で」初午參拜。

はつえき◎◎【発駅】　起站，起點站。↔着駅

はつおん◎【発音】スル　發音。

はつおん◎【撥音】　撥音。日語的音節之一。

はつおんびん◎【撥音便】　撥音便。音便之一。

はつか◎【二十日】　20日，20天。

はっか◎【発火】スル　①發火，起火，點火。②空槍，空炮。「～信号」空槍信號。

はっか◎【薄荷】　薄荷。

はつが◎【発芽】スル　發芽，萌發。

ハッカー【hacker】　駭客。電腦非法侵入者。

はっかい◎【発会】スル　①創立會，成立會，首次會議。②月初首場交易。↔納会

はつがい◎【初買い】　初買。1月2日新年後第一次買東西。↔初売り

はつがお◎【初顔】　初次露面。

はつかおあわせ【初顔合わせ】　①首次碰頭會。②（相撲等）首次交鋒。（電

影等）初次一起演。

はっかく[4]【八角】 ①八角形。②八角，大茴香。

はっかく[0]【発覚】スル 發覺，暴露。

ばっかく[0]【麦角】 麥角。

はつかしょうがつ[4]【二十日正月】 正月二十。

バッカス[1]【Bacchus】 巴克斯。酒神。

はつかだいこん[4]【二十日大根】 櫻桃蘿蔔。

はつがつお[3]【初鰹・初松魚】 初鰹魚。

はっかてん[3]【発火点】 燃點，起火點。

はつかねずみ[4]【二十日鼠】 小家鼠。

はつがま[0]【初釜】 初釜。新年後第一次燒茶湯。

はつかり[3]【初雁】 初雁。

はっかん[0]【発刊】スル 發刊。

はっかん[0]【発汗】スル 發汗，出汗。

はつがんぶっしつ[0]【発癌物質】 致癌物質，誘癌劑。

はっき[1][0]【発揮】スル 發揮，施展，盡其才。

はつぎ[1]【発議】スル ①提議，建議，提意見。②提議，動議，倡議。

はづき[1]【葉月・八月】 葉月。日本陰曆八月的異名。

はっきゅう[0]【発給】スル 發給，發放。

はっきゅう[0]【薄給】 低工資，低薪。

はっきょう[0]【発狂】スル 發狂，發瘋，精神錯亂。

はっきゅう[0]【白球】 白球。棒球、高爾夫球等的白色的球。

はっきり[3]（副）スル ①清楚。「遠くの家が～と見える」遠處的房子清晰可見。②明確，明白，鮮明，清楚。「彼の立場は～していない」他的立場不明確。③清爽，暢快，舒暢。「頭が～しない」頭腦不清爽。④直爽，直截了當。「この際～言っておく」這時要直截了當地說清楚。

はっきん[0]【白金】〔西 platina〕鉑，白金。

はっきん[0]【発禁】 禁止發行，禁售。

バッキンガムきゅうでん[7]【一宮殿】〔Buckingham Palace〕白金漢宮。

パッキング[0][1]【packing】 ①打包，包裝。②密封墊圈，密封墊片，襯墊。

バック[1]【back】スル ①背，背面，後面。↔フロント。②背景。「長城を～にして写真をとる」以長城為背景拍照。③後援，後援者。「彼女には有力な～がある」他有強有力的後盾。④向後倒。「車が～する」車子向後倒。⑤退回，退還。「手数料はあとで～される」手續費以後退還。⑥（足球、橄欖球等的）後衛。⑦仰泳。

バッグ[1]【bag】 袋子，旅行袋。

パック[1]【pack】スル ①打包，包裝，捆。②敷面膜。「顔を～する」給臉敷面膜。③壓縮。

パック[1]【puck】 冰球。

バックアップ[4]【backup】スル ①接應。②支援，扶植。「委員長を～する」支持委員長。③備份。

バックグラウンド[5]【background】 背景。

バックグラウンドミュージック[9]【background music】 背景音樂，環境音樂。

バックシャン【[和]英 back+德 schön】 背影美人。

バックス[1]【backs】 ①後衛，中衛，後分衛。↔フォワード。②守備陣容。

バックスイング[5]【backswing】 後揮棒，後揮桿，後引臂，後引棒。

バックスキン[4]【buckskin】 ①鹿皮。②仿鹿皮毛織物。

バックスクリーン[6]【back screen】 背景屏障。

バックステージ[5]【backstage】 後台，幕後。

バックストレッチ[6]【backstretch】 非終點直道。↔ホームストレッチ

バックストローク[6]【backstroke】 仰泳。

バックスピン[5]【backspin】 逆旋轉。

バックチャージ[4]【back charge】 背後衝撞。

はっくつ[0]【発掘】スル ①發掘，挖掘。「遺跡を～する」發掘遺跡。②發掘。「人材を～する」發掘人才。

バックナンバー⑤【back number】 ①過期期刊（號）。②車尾牌號。③（運動員等的）背後號碼。

バックネット⑤【和 back＋net】 後擋網。

バックハンド⑤【backhand】 ①反手擊球。②反手接球。↔フォアハンド

バックホーム⑤【back home】 スル 回傳。

バックボーン⑤【backbone】 ①脊背。②骨氣，氣概。

バックミラー⑤【和 back＋mirror】 後視鏡。

バックル①【buckle】 （皮帶、鞋子等的）卡子，帶釦，卡釦，釦子。

バックレス①【backless】 露背式。

はづくろい③【羽繕い】 スル 啄理羽毛。

ばつぐん⓪【抜群】 超群，出眾，拔羣。「～の成績」優異的成績。

はっけ⓪【八卦】 ①八卦。②算卦，占卜。「当たるも～」卜卦也許靈。

はっけい⓪【八景】 八景。

パッケージ①【package】 スル ①包裝，（商品）包裝箱。②套裝，提供成套商品。「～-ツアー」套裝行程。

はっけっきゅう③【白血球】 白血球。

はっけつびょう③【白血病】 白血病。

はっけみ③【八卦見】 算卦先生，占卜者。

はっけよい①（感） 可以上！相撲運動中，行司向停止行動力士喊出的催戰口令。

はっけん⓪【白鍵】 白鍵。↔黒鍵

はっけん⓪【発見】 スル 發現。

はつげん⓪【発言】 スル 發言。

はつげん⓪【発現】 スル 顯現，出現，表現，體現。

バッケン⓪【德 Backen】 固定器。

バッケンレコード⑤【和 挪威 bakken＋英 record】 跳臺記錄。

はつご⓪【初子】 頭生子，第一個孩子。

はつご⓪①【発語】 スル ①發話，說話，發聲。②發語詞。

ばっこ①【跋扈】 スル 跋扈。「悪徳業者が～する」惡德業者跋扈。

ばつご⓪【跋語】 跋語。

はつこい⓪【初恋】 初戀。

はっこう⓪【白光】 白光。

はっこう⓪【発光】 スル 發光。「ほたるは自分で～する」螢火蟲自身發光。

はっこう⓪【発行】 スル ①發行，出版。②發放，發行。「公債を～する」發行公債。

はっこう⓪【発効】 スル 生效。

はっこう⓪【発酵・醗酵】 スル ①發酵。②醞釀，形成。

はっこう⓪【薄幸・薄倖】 苦命，不幸。

はっこういちう⑤【八紘一宇】 八紘一宇，世界一家。

はつごおり③【初氷】 初冰。

はっこつ⓪【白骨】 白骨。

ばっさい⓪【伐採】 スル 砍伐，採伐。

はっさく⓪【八朔】 ①八朔。陰曆八月朔日的稱呼。②八朔風。陰曆八月一日前後刮的大風。③八朔橘。

はっさん⓪【発散】 スル ①散發，發散，發洩，抒發，抒解。「汗は熱を～して体温を一定に保つ」汗散發體熱，以保持一定的體溫。「不満を～する」發洩不滿。②發散。光線向四周擴散。↔集束。③〔數〕發散。↔収束

はつざん⓪【初産】 初產，頭胎。

ばつざんがいせい⑤【抜山蓋世】 拔山蓋世。

はっし（副） ①啪，啪唧，啪嚓。「来た球を～と打つ」啪的一聲擊中來球。②哐啷，鐺啷，叮噹。「丁々～」叮叮噹噹。

ばっし①【末子】 末子，最小的孩子。

ばっし①【抜糸】 スル 拆線。

ばっし①【抜歯】 スル 拔牙。

バッジ①【badge】 徽章，紀念章。

パッシブ①【passive】 ①（語法上的）被動態，被動式。②（形動）被動的，消極的。↔アクチブ

はつしも⓪【初霜】 初霜。

はっしゃ⓪【発車】 スル 發車。

はっしゃ⓪【発射】 スル 發射。

はっしょう⓪【発祥】 スル 發祥。「オリンピックの～地」奧林匹克的發祥地。

はつじょう⓪①【発条】 發條。

はつじょう⓪【発情】 スル 發情，動情。「～

期」發情期。

ばっしょう◎【跋渉】スル 跋山涉水，跋涉。「山野を～する」跋涉山野。

はっしょく◎【発色】スル ①發色，生色，顯色。②（照片、染色等的）上色情況。

パッショネート◎【passionate】（形動）熱烈的，熱烈的，易動感情的。

パッション◎【passion】 ①熱情，激情。②耶穌受難曲。

パッションフルーツ◎【passion fruit】 百香果。

はっしん◎【発信】スル ①發報，發信，發布，發送，發射。「電波を～する」發射電波。②發信，寄信。↔受信

はっしん◎【発振】スル 振盪，振動。「～回路」振盪電路。

はっしん◎【発疹】 發疹，出疹，丘疹，斑疹。

はっしん◎【発進】スル 出動，開出，啓航。「基地から～する」從基地起飛。

バッシング◎【bashing】 ①敲，打，痛擊。②強烈譴責，不滿。「ジャパン-～」日本貿易遭受衝擊。

はっすい◎【撥水】 防水，不沾水。「～性」防水性。

ばっすい◎【抜粋・抜萃】スル 摘錄，拔萃。「要点を～する」摘要。

はつすがた◎【初姿】 ①初次裝束。②新年形象。

はっ・する【発する】（動サ變） ❶（自動詞）①出發。②發，顯示。「熱が～・する」發燒。③發生。「喜びが～・した顔」滿臉笑容（幸福掛在臉上）。❷（他動詞）①發源，發起。「松花江は長白山中に源を～・する」松花江發源於長白山。②發出，散發。「悪臭を～・する」發出惡臭。③發出，發布，簽發，發表。「声明を～・する」發表聲明。

ハッスル◎【hustle】スル 鬥志旺盛，熱情高漲，幹勁十足。

ばっ・する◎◎【罰する】（動サ變） 罰，懲罰。

はっすん◎【八寸】 ①八寸。②八寸。會

席料理中用的八寸方形器皿。

はっせい◎【発生】スル ①發生。②發育。

はっせい◎【発声】スル ①發聲，發音。②領呼，提議。「校長の～で万歳を唱える」由校長領頭高呼萬歲。③領誦，領唱。

はっせき◎【発赤】スル 皮膚變紅，皮膚發紅。

はつぜっく◎【初節句】 頭一個兒童節。孩子的第一個節日，女孩為 3 月 3 日，男孩為 5 月 5 日。

ばっせん◎【抜染】 拔染。

はっそう◎【発走】スル 起跑。

はっそう◎【発送】スル 發送。

はっそう◎【発想】スル ①主意，想法。「若らしい～」年輕人特有的思維方式。②構思，立意。③表達。表現樂曲的感覺、快慢、強弱等。

はっそく◎【発足】スル 上路，動身。

ばっそく◎【罰則】 罰則。

ばつぞく◎【閥族】 ①閥族。高貴門第的一族。②門閥，閥族。形成一個派閥的一族。

はつぞら◎【初空】 新年天空。

ばっそん◎【末孫】 末孫，子孫後代。

ばった◎【飛蝗・蝗虫・蝗】 蝗蟲，螞蚱。

バッター◎【batter】 （棒球的）打者。

バッターボックス◎【batter's box】 打擊區。

はつたけ◎【初茸】 乳菇。

はったと◎（副） 怒目。「～にらむ」怒目而視。

ばったや◎【バッタ屋】 走私貨銷售商，黑市商人。

はったり◎ 故弄玄虛，危言聳聽，恫嚇。「～をきかせる」故弄玄虛。「～を言う」危言聳聽。

ハッチ◎【hatch】 ①艙口。②窗口，小門。

パッチ◎【patch】 補丁。

バッチしょり◎【一処理】 〔batch processing〕（整）批處理。

パッチテスト◎【patch test】 貼膚測試，皮膚接觸試驗。

ハッチバック⓪【hatchback】 艙背式。

はっちゃく⓪【発着】 スル 起降。

はっちゅう⓪【発注】 スル 訂貨，訂購。↔受注

はっちょうみそ⓪【八丁味噌】 八丁味噌。

ばっちり①（副）（俗語）漂亮地，充分地，順利地。「～きまった」順利地決定了。

ぱっちり①（副）スル ①大而水靈。「～した目」水汪汪的大眼睛。②睜大眼睛。「目を～あけて見る」眼睛睜得大大地看。

パッチワーク④【patchwork】 拼布工藝（細工）。

ばってい⓪【末弟】 么弟，末弟。

バッティング⓪【batting】 打擊，擊球術。指棒球的打擊。

バッティング⓪【butting】 頂撞。在拳擊比賽中，用頭部、肩、臂、肘等撞擊對方。

バッティングアベレージ⑥【batting average】（棒球）打擊率。

バッティングオーダー⓪【batting order】（棒球）打者上場順序。

バッティングセンター⑥【⑯ batting+center】 打擊練習場。

ばってき⓪【抜擢】 スル 拔擢。

バッテラ⓪【葡 bateira】 ①小艇，救生艇。②鯖魚模壓壽司。

バッテリー①⓪【battery】 ①電池，蓄電池。「～があがった」電池沒電了。②投捕手。「～-エラー」投手和捕手失誤。

はってん⓪【発展】 スル ①發展。「～する企業」有發展的企業。②發展，進展，延續。「全面的な～をはかる」謀求全面發展。③奔放，放蕩。

はつでん⓪【発電】 スル 發電。

ばってん⓪【罰点】 叉，叉號。

はってんとじょうこく⑥【発展途上国】〔developing country〕開發中國家。

はっと⓪【法度】 法令，準則。

ハット①【hat】 有帽簷的帽子。「シルク-～」大禮帽。

バット①【bat】 球棒，球拍。

バット①【vat】 方平底盤。

パット①【putt】 スル 輕擊入洞，短打球。

パッド①【pad】 墊肩，襯墊。

はつどう⓪【発動】 スル ①行使。「権力を～する」行使權力。②發動，發出。③開始活動。

ばっとう⓪【抜刀】 スル 拔刀。

はつどうき⓪【発動機】 內燃機，發動機，引擎。

ハットトリック⑤【hat trick】 帽子戲法。

はつに⓪【初荷】 ①新年初次送貨。②當年初上市新貨，時鮮貨。

はつね⓪【初音】 初鳴，初啼，初唱。

はつねつ⓪【発熱】 スル ①發熱，放熱，致熱。「～体」發熱體。②發熱，發燒。「風邪で～する」因感冒而發燒。

はつのり⓪【初乗り】 ①初乘，初騎。新年初次乘車馬等。②首次乘坐，初乘。③基本費。乘計程車、電車等的最低計費區間里程。

はっぱ⓪【葉っぱ】 葉，葉子。

はっぱ⓪【発破】 爆破，爆破炸藥。「～をかける」實施爆破；激勵；鼓勁。

はつばい⓪【発売】 スル 出售，發售。

はつばしょ③【初場所】 初場所。大相撲的一月場所。

はつはな⓪【初花】 初花。春天最先開的花，多指櫻花。

はつはる⓪【初春】 初春。

はつひ【初日】 初日。元旦的日出。

はっぴ⓪【法被・半被】 法被，半被。套在長和服外面的長度到膝蓋或腰間的衣服。

ハッピー①【happy】（形動）幸福的，幸運的。

ハッピーエンド⑤【happy end】 大團圓圓滿的結局。

はつひので【初日の出】 元旦的日出。

はっぴゃくやちょう⑥【八百八町】 八百零八條街，八百八町。

はつびょう⓪【発病】 スル 發病。

はっぴょう⓪【発表】 スル 發表，公布，提出，揭曉。

バッファー①【buffer】 緩衝器。

バッファロー①【buffalo】 北美野牛。→

バイソン

はつぶたい⓪【初舞台】 ①首次登臺演出。「6歳で～を踏む」6歲首次登上舞台。②嶄露頭角。

はっぷん⓪【発憤・発奮】ｽﾙ 發奮。

ばつぶん⓪【跋文】 跋文。

はつほ⓪【初穂】 ①初穂。②初穂。供奉神佛或朝廷的當年最早收穫的穀物。③初穂，獻納品。獻納給神佛的金錢、食物、酒等。「～料」初穂錢。

はっぽう⓪【八方】 八方。「四方～」四面八方。

はっぽう⓪【発泡】ｽﾙ 發泡，起泡。

はっぽう⓪【発砲】ｽﾙ 開槍，開炮。

はっぽうさい⓪【八宝菜】 八寶菜。

はっぽうしゅ③【発泡酒】 發泡酒。

はっぽうスチロール⓪【発泡一】 發泡聚苯乙烯，多孔苯乙烯。

はっぽうびじん⑤【八方美人】 八面玲瓏。

はっぽうふさがり⑤【八方塞がり】 ①八方阻塞。②四處碰壁，窮途末路。

はっぽうやぶれ⑤【八方破れ】 漏洞（破綻）百出，千瘡百孔。

ばっぽんてき⓪【抜本的】(形動) 拔本的，徹底的。「～な対策を取る」採取根本對策。

はつまご⓪【初孫】 大孫子，長孫。

はつみみ⓪【初耳】 初次聽到。

はつめい⓪【発明】 ①發明。「新しい～」新發明。②(形動)聰明，伶俐。「～な子供」聰明的孩子。

はつもうで③【初詣で】ｽﾙ 初參拜。新年首次參拜社寺。

はつもの⓪【初物】 ①時鮮，時鮮貨。②處女，童貞。

はつものぐい⓪【初物食い】 喜歡嘗鮮的人。

はつもん⓪【発問】ｽﾙ 發問，提問，質疑。

はつゆき⓪【初雪】 頭場雪，初雪。

はつゆめ⓪【初夢】 初夢。

はつゆるし③【初許し】 傳授最初級技藝。

はつよう⓪【発揚】ｽﾙ 發揚。「国威を～

**する」宣揚國威。

はつらつ⓪【溌剌・溂溂】(ﾀﾙ) 活潑。「～とした少年たち」生氣勃勃的少年。

はつ・る②【削る】(動五) 削，刨。「木を～・る」削木頭；刨木頭。

はつれい⓪【発令】ｽﾙ ①發布法令，發布任免令。「人事異動を～する」發布人事變動指令。②發布。「津波警報を～する」發布海嘯警報。

はつろ⓪【発露】ｽﾙ 顯露，流露，表露。

はつわ⓪【発話】〔utterance〕言語（表達）。

はて②【果て】 ①終結，盡頭，邊際。②結局，下場。「～は喧嘩になった」最後打起架來了。

はで②【派手】 ①豔麗，闊綽。↔地味。「この服はちょっと～だ」這衣服有點艷。②小題大作，誇張。「～に泣き出す」痛哭起來。

パテ①【法 pâté】 肉派。派的一種。

パテ①【putty】 油灰，填縫劑。

ばてい⓪【馬丁】 馬丁，馬倌，馬夫，牽馬人。

ばてい⓪【馬蹄】 馬蹄。

パティスリー③【法 Pâtisserie】 糕點。

はてし⓪③【果てし】 完了，盡頭。「～のない論争」無休止的爭論。

はてしな・い④【果てし無い】(形) 無邊無際的。「～・い口論」無休止的爭吵。

はてな⓪(感) 咦，哎呀。「～、何かおかしいぞ」哎呀，真有點怪啊！

はでやか②【派手やか】(形動) 華麗，花俏，浮華，闊氣。

は・てる②【果てる】(動下一) ①終，盡，完了，到頭。②生命終結，死。③徹底，到極點。「すっかり忘れ～・てている」忘得一乾二淨。

ば・てる②(動下一) 疲頓，筋疲力盡。「昨日徹夜してすっかり～・てた」昨天因夜車累得筋疲力盡。

バテレン⓪【伴天連】〔葡 padre〕①伴天連。基督教傳到日本時隨之而來的傳教士、司祭。②伴天連。基督教的俗稱。

はてんこう®【破天荒】 破天荒。「～の大事業」破天荒的大事業。

パテント®【patent】 專利，專利權。

はと®【鳩・鴿】 鴿。「～に豆鉄砲まめでっぽう」事出意外。

はと®【波頭】 ①浪頭，浪尖。②波浪上，海上。

はとう®【波濤】 波濤。

はどう®【波動】 波動，波狀運動。

はどう①【覇道】 霸道。↔王道。

ばとう®【罵倒】 スル 大罵，痛罵，漫罵，髒話。

パトカー® 巡邏車，警車。

はとこ®【再従兄弟・再従姉妹】 從堂（表）兄弟，從堂（表）姐妹。

パトス①【希 pathos】〔哲〕動情力。

パドック®【paddock】 ①圍場，預檢場。②等待比賽停車場，預檢場。

パドドゥ®【法 pas de deux】 雙人芭蕾舞。

はとどけい①【鳩時計】 布穀鳥報時掛鐘。

はとは®【鳩派】 鴿派，穩健派，溫和派。↔鷹たか派。

はとば®【波止場】 碼頭，港口。

はとぶえ®®【鳩笛】 鴿笛。

バドミントン®【badminton】 羽毛球。

はとむぎ®【鳩麦】 薏苡仁，薏仁。

はとむね®【鳩胸】 雞胸。

はとめ®【鳩目】 孔眼，索眼，金屬釦眼。

はどめ®【歯止め】 スル ①煞車，車閘，制動器。②制止，限制。「物価上昇に～をかける」制止物價上漲。

バトル®【battle】 鬥爭，戰鬥，戰爭。

パドル®【paddle】 短槳。

バトルロイヤル®【battle royal】 混戰。職業摔角比賽形式之一。

パトローネ®【德 Patrone】 暗盒。35毫米的電影膠捲盒。

パトロールカー®【patrol car】 巡邏車，巡視車，警車。

パトロン®【patron】 贊助人，資助者，後援人。

ハトロンし①【一紙】〔荷 patroonpa-

pier〕硏光牛皮紙。

バトン®【baton】 ①接力棒。②指揮棒。「後任者に～を渡す」向繼任者交代工作。

バトンガール®【⑯ baton＋girl】 行進樂隊女指揮。

バトンタッチ®【⑯ baton＋touch】 ①傳接力棒。②移交工作，交接工作，交班。

バトントワラー®【baton twirler】 樂隊指揮。

はな®【花・華】 ❶①花。②（在日本指）櫻花。③插花，花道。❷花。「雪の～」雪花。「波の～」浪花。❸①花。假花，裝飾花。②花紅。❹①花枝招展。「職場の～」職場的一朵花。②感到美麗、高貴的東西。「高嶺たかねの～」高嶺之花。③表示華貴、美麗之意。「～の都」花都。④花（季），黃金時代。「若いころが人生の～だ」年輕的時候是人生的黃金時代。⑤特點。「火事と喧嘩けんかは江戸の～」火災和吵架是江戸的特色。「～より団子だんご」去華求實。不圖虛名，只求實惠。「～を持たせる」讓花予人，給人面子。

はな®【鼻】 鼻，鼻子。「～が高い」趾高氣揚；高傲。「～であしらう」嗤之以鼻。「～に掛ける」自大；炫耀。

はな®【洟】 鼻涕。「～をたらす」流鼻涕。「～も引っ掛けない」不屑一顧。

はな®【端】 ①開端，開頭。「～からうまくいく」一開始就很順利。②先端，尖端，盡頭。「山の～に立つ」站在山頂上。③（事物）開始時，開始做時。多以「…ばな」的形式被使用。「寝入り～」剛睡下。「出～」剛一出門；剛一開始。

はなあかり®【花明かり】 花明。鮮豔的櫻花使得週圍的黑暗也隱約發亮。

バナーこうこく®【一広告】 ①旗幟廣告。②標題廣告。

はなあらし③【花嵐】 ①櫻花盛開時刮的大風。②落櫻繽紛，落英繽紛。

はないき②【鼻息】 ①鼻息。②幹勁，熱情。「～が荒い」盛氣凌人；趾高氣揚。

はないけ②【花生け・花活け】 花插。

はないちもんめ②【花一匁】　花一匁。兒童遊戲的一種。

はないれ③④⓪【花入れ】　花插。

はないろ⓪【花色】　①淺藍色。②花色。

はなうた⓪【鼻歌・鼻唄】　哼歌。

はなお⓪【鼻緒】　木屐帶，草屐帶。

はなかぜ⓪【鼻風邪】　鼻傷風。

はながた②【花形】　①花形。「大根を~に切る」在蘿蔔上雕花。②紅人，明星，熱門。「サッカーチームの~となった」成了足球隊的明星。「~産業」熱門產業。

はながつお②【花鰹】　鰹魚乾刨片。

はながみ⓪【鼻紙・花紙】　擤鼻涕紙，面紙，衛生紙。

はながら⓪【花柄】　花紋，花羅紋。

はなキャベツ③【花一】　花椰菜的別名。

はなぐすり③【鼻薬】　①鼻藥。②小恩小惠。「~をきかす」用點心哄哄小孩。「~を嗅がせる」給點甜頭。

はなくそ③【鼻糞・鼻屎】　鼻垢，鼻屎。

はなぐもり③【花曇り】　花陰天。在日本櫻花開花時常陰的天氣。

はなげ⓪【鼻毛】　鼻毛。「~を抜く」巧加利用。「~を伸ばす」沉湎於女色。

はなごえ③⓪【鼻声】　①鼻音。②鼻音。撒嬌時帶鼻音發出的聲音。「子供が~を出して甘える」小孩嗲聲嗲氣地撒嬌。

はなござ③【花茣蓙】　花草蓆。

はなことば③【花言葉・花詞】　花語。

はなごよみ③【花暦】　花曆。

はなざかり③【花盛り】　①花盛開。②妙齡。③正時興，盛行。「今が海外留学の~だ」現正盛行海外留學。

はなさき⓪【鼻先】　①鼻尖，鼻頭。②眼前，面前。「ポストは~にある」郵筒就在眼前。「~で笑う」嗤笑；嗤之以鼻。

はなし【放し】　①放，放開。「手~」放手；撒開手。「野~」放養。②（多以「…っぱなし」的形式表示）放置不管，置之不理。「水を出しっ~にする」打開水龍頭不關。「放りっ~」棄置不管。

はなし③【話】　①話，話語，言論。談話，②談的內容。③話題。「~を変え」

る」改變話題。④傳說，傳聞。「先生の~によると明日試験があるそうだ」據老師講明天有考試。⑤商談，商議。「~をまとめる」談妥。⑥故事，傳奇故事，演講，演說。「大臣の~」大臣的談話。⑦事理。「~のわかる人」明白事理的人。「~上手は聞き上手」善談必善聽。「~に花が咲く」越談越有趣。

はなしあ・う③【話し合う】（動五）　①交談，談心，對話。②協商，商量。

はなしがい③【放し飼い】　放養。

はなしか・ける⓪【話し掛ける】（動下一）　①攀談，搭話。「隣の人に~ける」主動和隔壁的人搭話。②開始講話。

はなしことば④【話し言葉】　口語，口頭語言。↔書き言葉

はなしこ・む④【話し込む】（動五）　只顧說話。

はなして⓪【話し手】　①說話人。↔聞き手。②會說話的人，健談的人。

はなしょうぶ③【花菖蒲】　日本鳶尾。

はなじる⓪【鼻汁】　鼻涕。

はなじろ・む④【鼻白む】（動五）　敗興，掃興。

はな・す②【放す】（動五）　①放開。②放，釋放，放掉。「小鳥を野に~・す」把小鳥放歸大自然。

はな・す②【話す】（動五）　①說，講。「原因を~・す」說明原因。②用某種語言進行會話。「英語で~・す」用英語說。③說，談話。「~・せばわかる」說明情況就會明白。

はな・す②【離す】（動五）　①把…分開，使…離開。「にぎった手を~・す」鬆開握著的手。②拉開距離，隔開。「30センチずつ~・してうえる」間隔30公分種植。③離身，離手。「肌身~・さず持っていたお守り」一刻也不離身的護身符。④離眼。「~をはなす」忽略。不去照顧。

はなすじ⓪【鼻筋】　鼻梁。「~が通る」鼻梁直，五官端正。

はなずもう③【花相撲】　花相撲，相撲表演賽。

はな・せる◎【話せる】（動下一） 通情達理。「彼は～・せた人だ」他是通情達理的人。

はなぞの◎【花園】 花園。

はなだい◎【花鯛】 花鯛。

はなたかだか◎【鼻高高】（形動） 得意洋洋，趾高氣揚。

はなたけ◎【鼻茸】 鼻息肉。

はなたて◎【花立て】 花插，插花筒。

はなたば◎【花束】 花束，花把。

はなだより◎【花便り】 花信。

はなたらし◎【洟垂らし】 ①總是流鼻涕，鼻涕鬼。②流著鼻涕的，乳臭未乾。

はなたれこぞう◎【洟垂れ小僧】 ①鼻涕鬼。②流著鼻涕的，乳臭未乾。

はなぢ◎【鼻血】 鼻血。「～も出ない」錢花得分文不剩。

はな・つ◎【放つ】（動五） ①放開。②派，派出。把負有使命的人差遣到某地。「スパイを～・つ」派出間諜。③放，放出。「声を～・って泣く」發聲大哭。④放火，點火。

はなづな◎【鼻綱】 鼻綱。穿在牛鼻上的緝繩。

はなっぱしら◎【鼻っ柱】 逞強，倔強。「～をへし折る」挫其銳氣。「～が強い」固執己見。

はなつまみ◎【鼻摘まみ】 討人嫌，臭不可聞（的人）。

はなづまり◎【鼻詰まり】 鼻塞，鼻子不通。

はなづら◎【鼻面】 鼻尖，鼻頭。「馬の～をなでる」撫摸馬的鼻尖。

はなでんしゃ◎【花電車】 花電車，彩電車。

バナナ【banana】 香蕉。

はなぬすびと◎【花盗人】 盜花人。

はなばしら◎【鼻柱】 ①鼻中隔。②鼻梁。

はなはずかし・い◎【花恥ずかしい】（形） 羞花的。「～・い乙女」羞花的少女。

はなはだ◎【甚だ】（副） 甚，極，非常。「彼は態度が～よくない」他的態度

極其惡劣。「～残念に思う」甚感遺憾。

はなはだし・い◎【甚だしい】（形） 甚，很，非常，相當。「それは～・い誤解だ」那是個天大的誤會。

はなばなし・い◎【花花しい・華華しい】（形） 華麗，絢麗，輝煌，轟轟烈烈。「～・い活躍」非常出色的工作。

はなび◎【花火・煙火】 煙花，禮花，焰火，煙火。

はなびえ◎【花冷え】 花季天寒，櫻花初放時的寒流。

はなびら◎【花弁】 花瓣。

はなぶさ◎②【花房・英】 總狀花。

はなふだ◎【花札】 花紙牌。

はなまがり◎【鼻曲がり】 ①鼻子彎曲。②彆扭，性情乖僻。③雄鮭魚。

はなまち◎【花街】 花街，花街柳巷，煙花巷。

はなまつり◎【花祭り】 花祭。4月8日浴佛會的通稱。

パナマぼう◎【―帽】 巴拿馬帽。

はなまる◎【花丸】 ①花瓣圓圈章。②頂花小黃瓜。

はなみ◎【歯並み】 齒列。

はなみ◎【花見】 賞花，看花。

はなみ◎【花実】 ①花與果實。②名與實，名與利，名利。「～が咲く」名利雙收。

はなみず◎②【鼻水】 鼻涕。

はなみずき◎【花水木】 四照花。

はなみぞ◎【鼻溝】 人中。

はなみち◎【花道】 ①花道。歌舞伎劇場中，貫穿觀眾席到舞臺的通道。②花道。相撲力士從預備室出場和退場的通道。③轟轟烈烈大幹一番的場面和時期。

はなむこ◎②【花婿・花聟】 新郎，新郎官。

はなむすび◎【花結び】 打花結。

はなめがね◎【鼻眼鏡】 ①夾鼻眼鏡。②眼鏡滑落到鼻尖上。

はなもじ◎②【花文字】 ①花體字。②花卉字。把花栽成字的形狀。

はなもちならない◎【鼻持ちならない】（連語）臭不可聞。

はなもの②【花物】 觀花草（本植物），花物。

はなやか②【花やか・華やか】（形動）①華麗，華美，豪華，絢麗。「～な着物」華麗的服裝。②輝煌，顯赫。

はなや・ぐ③【花やぐ・華やぐ】（動五）亮麗，可愛。「～・いだ声」亮麗的聲音。

はなやさい③【花椰菜・花野菜】 花椰菜的別名。

はなよめ②【花嫁】 新娘。

はなよめごりょう⑤【花嫁御寮】 新嫁娘。

はならび②【歯並び】 齒列。

はなれ⓪【離れ】 ①附屬房屋，附屬建築物。②脱離，離開。「活字～」告別鉛字。「日本人～した体格」不像日本人的體格。「親～」離別父母。

ばなれ⓪【場慣れ・場馴れ】スル 習慣場面，不怯場。

はなれこじま④【離れ小島】 小孤島，離島。

はなれざしき④【離れ座敷】 旁廳。

はなればなれ④【離れ離れ】 分散，離散，分開，失散。

はなれや⑤【離れ家】 ①離村人家，獨戶住宅。②附屬房屋。

はな・れる③【離れる】（動下一）①分離，離開。②相距，離開。「汽車が駅から～・れていった」火車離開了火車站。③疏遠。「気持ちが～・れる」感情疏遠。④忘掉，忘卻。一般用其否定形。「このことが頭を～・れない」這件事忘不了。⑤相差，差距。「家と学校とは2キロも～・れている」家離學校有2公里遠。⑥離去，離開。「席を～・れる」離開座位。⑦退休，卸任。「職を～・れる」離職。⑧脱離，離開，背離。「話が本筋から～・れる」話脱離本題。

はな・れる③【放れる】（動下一）①脱開，離開，放開，擺脱。②放手不管，無需照料，脱離。

はなれわざ⓪⑤【離れ技】 驚人技藝，驚險技藝，驚人舉動，特技。

はなわ②⓪【花輪・花環】 花圈，花環。

はなわ②⓪【鼻輪】 鼻環。

ハニー①【honey】 蜂蜜。

バニーガール④【bunny girl】 兔女郎。

はにか・む③（動五）羞怯。「～・まいで，思い切って言いなさい」不要害羞，大膽地說吧。

はにく①⓪【歯肉】 齒齦，牙床。

ばにく①【馬肉】 馬肉。

バニシングクリーム⑦【vanishing cream】 粉底霜。

パニック①【panic】 ①恐慌，經濟恐慌。②大恐慌，驚慌。

バニティーケース⑤【vanity case】 化妝盒。

バニラ①【vanilla】 香草，香草蘭。

バニラエッセンス④【vanilla essence】 香草香料，香草精。

はにわ⓪【埴輪】 埴輪，土俑，明器。

ばぬし⓪【馬主】 馬主。→うまぬし（馬主）

はね⓪【羽】 ①羽，羽毛。②〔昆蟲類的也寫作「翅」〕翅膀，翼。「～をひろげる」展翅。③機翼。「～を伸ばす」無拘無束。自由自在。

はね⓪【跳ね】 ①跳躍。②濺，濺泥。③散戲，散場。

はね⓪【撥ね】 挑，撇，捺，勾。

ばね①【発条・弾機】 ①彈簧，發條，鋼板彈簧。②腰腿的彈性。

はねあが・る④【跳ね上がる】（動五）①躍起，跳起，濺起。②飛漲，暴漲，猛漲。③激進。「彼の行動は～・っている」他的行為過火。

はねかえ・る④【跳ね返る】（動五）①撞回，彈回。②跳躍，歡跳。③反過來影響。

はねつき②④【羽根突き・羽子突き】スル 拍羽毛毽子。

はねつ・ける④⑤【撥ね付ける】（動下一）頂回去，不接受。

はねつるべ④【撥ね釣瓶】 桔槔，吊桿汲水裝置。

はねとば・す④【跳ね飛ばす】（動五）①飛濺，濺出，彈出去，撞出去。②力

排障礙闖過。

はねの・ける⑤【撥ね除ける】（動下一）①推開，移開。②淘汰，清除。「不良品を～・ける」把不良品淘汰掉。

ばねばかり⑤【発条秤】 彈簧秤。

はねばし⑤②【跳ね橋】 ①吊橋，活動橋。②開合橋，仰開橋。

はねぶとん⑤【羽布団】 羽絨被，鴨絨被。

ハネムーン③【honeymoon】①蜜月。②新婚旅行，蜜月旅行。

パネラー①【⑪ panel＋er】①公開討論會參加者。②解謎者。猜謎節目的解答人。

パネリスト③【panelist】 公開座談討論會參加者。

は・ねる②【刎ねる】（動下一） 問斬，割。

は・ねる②【跳ねる】（動下一） ①跳，跳躍。②濺，飛濺。③綻開，裂開，崩開。④散場。「十時に芝居が～・ねる」戲十點散場。

は・ねる②【撥ねる】（動下一） ①彈開，撞開，碰開，碰撞。②濺起，飛濺。③淘汰，清除。④提取佣金，提成，揩油。「上前を～・ねる」抽佣金。

パネル①【panel】①鑲板，嵌板，護牆板。②鑲板，框板。③油畫板。④布告欄。

パネルディスカッション⑥【panel discussion】 公開座談討論會。

パネルヒーター④【panel heater】 嵌板式加熱器。

はは①②【母】①母親。↔父。②母。產生事物之本。「必要は発明の～」需要是發明之母。

はば①【幅・巾】①寬，寬度，布幅。②靈活餘地，城府。「解釈に～を特たせる」在解釋上留有伸縮的餘地。③幅度，價差。「値段に～がある」有差價。「利～」利潤幅度。「～を利かせる」為所欲為。

ばば①【祖母】 祖母，奶奶，外祖母，姥姥。↔祖父

ばば①【婆】①老太婆，老太太，老奶奶。↔爺。②烏龜。撲克牌捉烏龜遊戲中的鬼牌。「～をつかまされる」被抓到烏龜。

ばば①【馬場】 跑馬場，馬場。

ばばあ①【婆】 老太婆，老婆子。↔じい

パパイア②【papaya】 木瓜，番木瓜。

ははうえ①【母上】 母親（大人）。↔父上

ははおや①【母親】 母親。↔父親

ははかた①【母方】 母方，母系，母系親屬。↔父方

はばかり①【憚り】①顧忌，忌憚。②有故障，有障礙，不方便。③廁所。

はばかりさま①【憚り様】①對不起，辛苦了。②抱歉，謝謝，勞駕。「～、あなたのお世話にはなりません」謝謝，哪敢勞您的大駕。

はばかりながら①【憚り乍ら】（副）①請原諒，恕我多事。②不是我張狂，不是我誇口。「～、これでも作家のはしくれです」不是我誇口，即便如此，也還算個作家吧。

はばか・る③【憚る】（動五）①忌憚，忌諱。「人目を～・る」怕人看見。②霸道，可畏。「憎まれっ子世に～・る」頑皮孩子令人可畏。

はばき①【脛巾・行纏】 脛巾。

ははご①【母御】 令堂。↔父御

ははこぐさ③【母子草】 鼠麴草，佛耳草。

はばたき①【羽撃き・羽搏き】スル 振翅。「鳥の～」鳥拍打翅膀。

はばた・く③【羽撃く・羽搏く】（動五）①振翅，拍打翅膀。②張開翅膀，展翅。「力強く未来へ～・け」向著未來展翅高飛吧！

はばとび①②【幅跳び】 跳遠。

ばばぬき①【婆抜き】 捉烏龜。撲克遊戲之一。

ハバネラ②【西 habanera】 哈巴奈拉舞，哈巴奈拉舞曲。

ははのひ①【母の日】 母親節。

はばびろ①【幅広】（形動） 寬幅。

はばひろ・い④【幅広い】（形）①寬幅

的，寬廣的，寬闊的。「～・い大通り」寬闊的道路。②廣泛的，寬廣的，廣博的。「～・い趣味」興趣廣泛。

はば・む回【阻む・沮む】（動五）①阻礙，阻擋。②阻擋，阻止。

はばよせ回【幅寄せ】スル①靠路邊行駛。②橫向移動車位。

パパラッチ回【義 paparazzi】狗仔隊。

ババロア回【法 bavarois】果凍甜點。

はびこ・る回【蔓延る】（動五）猖獗，狂妄，蔓延，彌漫，泛濫。「流行病が～・る」流行病猖獗。

ばひつ回【馬匹】馬匹。「～改良」馬匹改良。

パピヨン回【法 papillon】蝴蝶犬。

パビリオン回【pavilion】（臨時）展覽廳。

パピルス回【拉 papyrus】①大傘莎草。②紙莎草紙。

はふ回【破風・搏風】封簷板，搏風板，封山板，山牆。

はぶ回【波布】飯匙倩，蝮蛇。

ハブ回【hub】①中心。②（機能、活動的）中心，中樞。③網路集線器。

パフ回【puff】粉撲。

パブ回【pub】〔public house 之略〕（英國風味的）大眾酒館，西式小酒吧。

パフェ回【法 parfait】凍糕。

パフォーマンス回【performance】①實行，完成。②演出。③（在街頭巷尾進行的）即興演出。④行為表現。⑤性能，效能。

はぶ・く回【省く】（動五）①省略，精簡。②減少，節省。「無駄を～・く」減少浪費。

はぶそう回【波布草】羊角豆。

はぶたえ回【羽二重】紡綢，電力紡。

はぶちゃ回【波布茶】決明子茶，波布茶。

バプテスト回【baptist】①浸禮教友。②洗禮者。

バプテスマ回【希 baptisma】①洗禮。②浸禮。

ハプニング回【happening】①意外事件，偶發事件。②偶發藝術。

はブラシ回【歯—】牙刷。

はぶり回回【羽振り】聲望，名望，實力。「～がよい」聲望高；名聲好。「～を利かせる」巧用名望；使實力發揮作用；運用實力。

パプリカ回【paprika】紅辣椒粉。

パブリシティー回【publicity】廣告宣傳活動。

パブリック回【public】（形動）公共的，大眾的。↔プライベート

パブリックインタレスト回【public interest】公共利益，公眾利益。公共的福利。

パブリックコース回【public course】對外開放高爾夫球場。非會員制而向一般人開放的高爾夫球場。

パブリックスクール回【public school】①（英國的）私立中學。②（美國的）公立學校。

バブル回【bubble】泡沫經濟。

ばふん回【馬糞】馬糞。

はへい回【派兵】スル派兵。「海外に～する」向海外派兵。

はべ・る回【侍る】（動五）服侍，侍候，陪侍。「美女を～・らせる」美女服侍。

バベルのとう回【一の塔】〔Babel〕巴別塔，空想計畫。

はへん回【破片】破片。

はぼたん回【葉牡丹】葉牡丹，羽衣甘藍。

はほん回【端本】殘本。↔完本

はま回【浜】①湖濱，海濱，海灘。②「横浜」的略語。「～っ子」道地橫濱人。

はまおぎ回回【浜荻】蘆葦的異名。「難波の蘆は伊勢の～」難波的葦子，伊勢的濱荻。

はまかぜ回【浜風】海風，海濱風。

はまき回【葉巻】雪茄，葉捲煙。

はまぐり回【蛤・文蛤】蛤，文蛤。

はまだらか回【羽斑蚊】瘧蚊。

はまち回【魬】青甘。與青甘鰺的發育成長相呼應的稱呼。

はまちどり回【浜千鳥】海濱鷸。

はまなす⓪　重瓣玫瑰。

はまなっとう⓪【浜納豆】　濱納豆。

はまなべ⓪【蛤鍋】　蛤肉火鍋。

はまびらき⓪【浜開き】　開放海邊。同「海開き」。

はまべ⓪⓪【浜辺】　海濱，湖濱，岸。

はまぼうふう⓪【浜防風】　珊瑚菜，北沙參。

はまや⓪【破魔矢】　破魔箭，避邪箭，驅邪箭。

はまやき⓪【浜焼き】　濱烤。

はまゆう⓪【浜木綿】　文殊蘭，濱木棉。

はまゆみ⓪【破魔弓・浜弓】　驅邪弓，破魔弓。

はまりやく⓪【嵌まり役】　（對某人）最適合的角色、工作。「助六は彼の～だ」助六最適合他演。

はま・る⓪⓪【嵌まる・填まる】　（動五）①吻合，嵌入。「蛇口にホースが～・らない」軟管與水龍頭不吻合。②跌進，落進，掉進，陷入。「泥沼に～・る」陷入泥沼。③上當中計。「たくらみに～・る」中計。④吻合，適合。「役に～・っている」適合演某一角色。

はみ⓪【馬銜】　①馬口銜。②繩嚼子，馬轡頭。

はみがき⓪【歯磨き】　①刷牙。②牙粉，牙膏。

はみだ・す⓪【食み出す】　（動五）　超出範圍，超出限度，漫出，擠出，露出。

バミューダパンツ⓪【㊍Bermuda+pants】百慕達褲。

ハミング⓪【humming】スル　哼唱。

は・む⓪【食む】　（動五）　①吃。②食，領受。「禄を～・む」食祿。③食害，損壞。「骨肉相～・む」骨肉相殘。

ハムエッグ⓪【ham and eggs】　火腿蛋。

はむか・う⓪【歯向かう・刃向かう】　（動五）　抵抗，對抗。

はむし⓪【羽虫】　①羽虱的別名。②羽蟻的通稱。

ハムスター⓪【hamster】　倉鼠。

ハムレット⓪【Hamlet】　《哈姆雷特》。

ハムレットがた⓪【一型】　哈姆雷特型（的人）。

はめ⓪【羽目】　①木板牆，木牆板。②窘況，困境。「苦しい～におちいる」陷入痛苦境地。「～を外す」盡興。盡情狂歡。

はめいた⓪【羽目板】　護牆板，壁板，襯板。

はめこみ⓪【嵌め込み】　嵌入，嵌入式構件。

はめこ・む⓪【嵌め込む・填め込む】　（動五）　鑲上，安進，填入，嵌入。

はめころし⓪【嵌め殺し】　鑲死，固定窗，固定安裝。

はめつ⓪【破滅】スル　破滅。「酒が身の～を招く」喝酒導致身敗名裂。

は・める⓪⓪【嵌める・填める】　（動下一）　①鑲，嵌，填，戴，安上，插入。「指輪を～・める」戴戒指。②欺騙，使陷入。「計略に～・める」使中計。③嵌入，限定。「子供を型に～・めずに育てる」不用老套的辦法教育孩子。

ばめん⓪⓪【場面】　①場面，場景。「思いがけない～にぶつかった」遇到了意外的場面。②場面。「名～」著名場面。

はも⓪【鱧】　海鰻。「～も一期～海老も一期」怎樣都是一輩子；榮辱雖有別，終歸也一生。

はもの⓪【刃物】　刃具，刀具，刀劍，利刃器具。

はもの⓪【葉物】　①觀葉植物。→花物・実物。②葉菜。

はもの⓪【端物】　零碎之物。

ハモ・る　（動五）（在合唱中）唱出和聲。「きれいに～・ったコーラス」美妙地唱出和聲的合唱。

はもん⓪【波紋】　①波紋，漣漪。②波及。

はもん⓪【破門】スル　①破門，開除。「弟子を～する」開除徒弟。②破門，開除教籍，逐出教會。

ハモンドオルガン⓪【Hammond organ】哈蒙德風琴，電子風琴。

はや⓪【早】（副）　已經，早已。「～日も傾く」太陽也已經偏西了。「～3年過ぎた」早已過了三年。

はや▢【鮠】　鮠。

はやあし▢▢【早足・速歩】　①快步，急步。「～で行って来る」快步走一趟。②快步。馬術運動中指馬的步度。

はや・い▢【早い】（形）　①早。↔遅い。②還不到時候，為時尚早。「出発するにはまだ～・い」出發還早。③迅速，直接了當。「直接会って話すほうが～・い」還是直接面談來得快。④剛一……就…。「席に着くが～・いか発言を求める」剛就位就要求發言。「～・かろう悪かろう」欲速則不達。

はや・い▢【速い】（形）　快。↔遅い。「流れが～・い」水流急。「株価の変動が～・い」股價變動快。

はやうまれ▢【早生まれ】　早出生（的人）。1月1日後4月1日前出生。虛歲8歲上學。↔遅生まれ

はやおき▢【早起き】スル　早起，起的早。「～は三文▢の徳」早起三分利。

はやおくり▢【早送り】スル　快速捲帶，快進。「テープを～する」使磁帶快轉前進。

はやがてん▢【早合点】スル　囫圇吞棗，自以為懂。

はやがね▢【早鐘】　①急敲警鐘。②心怦怦地跳。

はやがわり▢【早変わり・早替わり】スル　①快速換裝。②迅速變樣，搖身一變。「食堂が祝勝会場に～する」食堂很快變成慶祝勝利的會場。

はやく▢【早く】　①早先。「朝～から働く」從大清早就開始工作。②（副）早就。「～父を失った」早就失去了父親。

はやく▢【端役】　配角。↔大役

はやく▢【破約】スル　毀約。

はやくち▢【早口】　說話快，嘴快。「あの先生だ～で、よく聞き取れない」那位老師說得太快，聽不太清楚。

はやくちことば▢【早口言葉】　說繞口令，繞口令。

はやくも▢【早くも】（副）　①立即，已經。「～成果が現れた」成果已經表現出來了。②最快也得…。「完成まで～3日はかかる」即使快要完成也得三天吧。

はやざき▢【早咲き】　早開，先開，早開花品種。↔遅▢咲き

はやし▢▢【林】　①樹林，林。「雑木～」雜樹林。②林，林立。「アンテナの～」天線林立。

はやし▢【囃子・囃】　囃子。在日本的各種文藝活動中，為給演技、舞蹈、歌唱（謠、唄）伴奏的音樂。

はやしかた▢【囃子方】　囃子方。擔任囃子的演奏者。

はやしことば▢【囃子詞】　囃子詞。

はやした・てる▢【囃し立てる】（動下一）　熱情伴奏，高聲伴奏，大肆炒作，大肆嘲笑，大肆吹捧。

はやじに▢▢【早死に】スル　早逝，夭折。

はやじまい▢【早仕舞い】スル　提前收工，提前關店。「店を～する」提前關店。

はやしも▢【早霜】　早霜。

ハヤシライス▢　牛肉洋蔥蓋飯。

はや・す▢【生やす】（動五）　①使（植物）生長。②使（毛髮、牙齒、角等）長長。

はや・す▢【囃す】（動五）　①打拍子。②伴奏，奏囃子。③大聲嘲笑，哄笑，喝彩。

はやせ▢【早瀬】　急流，急灘。

はやだち▢【早立ち】スル　大清早動身。「宿を～する」大清早離開了旅店。

はやて▢【疾風・早手】　疾風。

はやてまわし▢【早手回し】　提前做好準備，事先做好準備。

はやと▢【隼人】　隼人。古代，住在日本薩摩、大隅的人們。「薩摩～」薩摩隼人。

はやとちり▢【早とちり】スル　自以為懂而搞錯。

はやのみこみ▢【早呑み込み】　自以為是，自以為懂。

はやばや▢【早早】（副）　早早地，極早地，很早地，急忙。「～と起きた」早早地就起來了。

はやばん▢【早番】　早班。↔遅番

はやびけ▢【早引け・早退け】スル　提早下班，提早放學，早退。「歯が痛いため～した」因牙痛早退了。

はやま・る◎【早まる】（動五）　①貿然，倉促，過急。「～ったことはするな」不要太倉促。②（時間）提前。「納期が～・る」工期提前。

はやま・る◎【速まる】（動五）　加速。「スピードが～・る」速度加快；加速。

はやみ◎◎【早見】　一目了然，一看就懂。

はやみち◎【早道】　①近路，抄道。②捷徑。「書くより話すほうが外国語上達の～だ」學外語的捷徑不是寫而是去說。

はやみみ◎【早耳】　耳朵尖，消息靈通，耳朵尖者，消息靈通人士。

はやめ◎◎【早め】　提前，提早。「～帰る」提早回去。

はやめ◎◎【速め】　快點兒，快些。↔遅め。「～に歩く」快點兒走。

はや・める◎【早める】（動下一）　提前，提早。

はや・める◎【速める】（動下一）　加快，加速。

はやら・せる◎【流行らせる】（動下一）　使流行起來，使興旺起來。「改装して店を～・せる」透過裝修使店鋪興旺起來。

はやり◎【流行り】　①流行，時興，時髦。「今年～の水着」今年流行的泳裝。②流行。「～風邪」流行性感冒。

はやりすたり◎【流行り廃り】　時興與不時興。

はやりめ◎【流行り目・流行り眼】　流行性結膜炎。

はやりやまい◎【流行り病】　傳染病，流行病。

はや・る◎【流行る】（動五）　①流行，時興，時髦。②流行，蔓延。③興旺，興隆。「いつも～・っている店」總是繁榮昌盛的店鋪。

はや・る◎【逸る・早る】（動五）　①急躁，心急，性急，偏激。「心が～・る」心情急躁。②振奮一時意氣。

はやわかり◎◎【早分かり】　①理解得快，領會得好。②簡明手冊，一覽表，指南。

はやわざ◎◎【早技・早業】　神速技藝，神技，輕功。「目にもとまらぬ～」人眼看不出來的神速招式。

はら◎【腹】　①腹部。②肚子，胃腸。③心意，內心，真心。④心情，感情，意趣。⑤魄力，膽量，度量。「～の太い」度量大。「～が痛む」自掏腰包。「～が据+わる」心胸寬廣。鎮定自若。「～が立つ」憤怒；生氣。

ばら◎【肋】　肋肉。

ばら◎【荊棘】　荊棘。

ばら◎【散】　散裝，散放。「～で売る」零賣。

ばら◎【薔薇】　薔薇花，玫瑰花。

はらあて◎◎【腹当て】　①肚兜，圍腰，纏腰布。②短鎧甲。

はらい◎【払い】　①支付，付款。「～をすます」付清款項。②掃除，清除。「厄介～」擺脫麻煩；清除煩惱。

はらいこ・む◎【払い込む】（動五）　繳付，交納。

はらいさ・げる◎【払い下げる】（動下一）　出讓，轉讓，賣給。「国有地を～・げる」出讓國有地。

はらいだし◎【払い出し】　付出。「～期日」付出日期。

はらいもどし◎【払い戻し】　スル　退錢，退款。「特急料金の～」退還特快車費。

はらいもど・す◎【払い戻す】（動五）①退錢，退款。②付還存款。③支付贏金。

ばらいろ◎【薔薇色】　①淺紅色，玫瑰色。②美好，光明，玫瑰色。「～の人生」幸福的人生。

はら・う◎【払う】（動五）　①清除，去掉。⑦拂，揮。「ほこりを～・う」揮掉灰塵。①砍掉，剪去，剷除。「下枝を～・う」砍（剪）掉下枝。⑦拿掉，取下。「刀の鞘を～・う」取下刀鞘。㊀撥開，推開，挪開，移開，掃蕩。「足を～・って倒す」掃腿放倒。②驅逐，驅除，斥退，趕走。「人を～・う」把人趕走。③壓倒，威壓，威逼。「威風あたりを～・う」威風凜凜。④賣掉，處理

掉。「古雑誌を屑屋に～・う」把舊雜誌賣給收破爛的。⑤交錢，支付。「授業料を～・う」交聽課費。⑥付出，耗費。「犧牲を～・う」付出犧牲。⑦騰出，倒出，離開。「宿を～・う」騰出旅店。⑧表示，傾心。「敬意を～・う」表示敬意。⑨完全喪失。「威信地を～・う」威信掃地。

はら・う[2]【祓う】（動五） 祓除。「心身を～・い消める」清洗罪惡，淨化身心。

ばらうり[0]【散売り】スル 零賣，零售。

はらえ[2]【祓】 祓。

バラエティー[2]【variety】 ①多種多樣，有變化。「～に富む」富於變化。②「バラエティー-ショー」的略語。

バラエティーショー[4]【variety show】 綜藝演出。

はらおび[3]【腹帯】 ①腹帶。②馬肚帶。

はらがけ[0]【腹掛け】 ①圍裙，圍腰。②幼兒肚兜。

はらがまえ[3]【腹構え】 心理準備，精神準備。

はらから[0][2]【同胞】 ①兄弟姊妹。②同胞。同一國家的國民。

はらくだし[3]【腹下し】スル ①腹瀉。②瀉藥。

パラグライダー[4]【paraglider】 飛行傘。

パラグラフ[1]【paragraph】 （文章的）段落，章節。

はらぐろ・い[4]【腹黒い】（形） 黑心的。「～・いやつ」黑心的傢伙。

はらげい[0][2]【腹芸】 ①內心戲，表情演技。②膽略，計謀，度量。③肚皮舞。

はらこ[3]【腹子】 魚子，醃魚子。

はらごしらえ[3]【腹拵え】スル （工作前）先吃好飯。

はらごなし[3][0]【腹ごなし】 助消化，幫助消化。

パラサイト[3]【parasite】 寄生生物，寄生者。

パラジウム[3]【palladium】 鈀。

パラシュート[3]【parachute】 降落傘。

ハラショー[1]【俄 khorosho】（感） ①好，行，可以。②滿好，挺好，不錯。

はら・す[2]【晴らす・霽らす】（動五） 解除，消除，打消，發洩，洗刷掉。「疑いを～・す」消除疑慮。

はら・す[0]【腫らす】（動五） 腫。

ばら・す[2]（動五） ①拆開，拆散。②告密，揭露，洩密，洩露。「違反を警察に～・す」向警察密告違法活動。③宰，殺死。「しゃべると～・すぞ」要是說出去就宰了你。

バラス[1]【ballast】 道碴。

バラスト[2]【ballast】 ①壓載。爲使船穩定而裝在船底的鐵塊、砂石等。②道碴，碎石。

ハラスメント[4]【harassment】 嚇唬，威嚇。→セクシャル-ハラスメント

パラセール[3]【parasail】 拖曳傘運動。

ばらせん[0]【荊棘線】 鐵蒺藜。有刺的鐵線。

ばらせん[0]【散銭】 散錢，小錢，零錢。

パラソル[2]【法 parasol】 遮陽傘。

パラダイス[3]【paradise】 ①樂園，伊甸園。②天國，樂園。③桃花源。

パラダイム[3]【paradigm】 ①範本，典型，規範。②詞形變化表。

はらだたし・い[5]【腹立たしい】（形） 氣人，令人氣憤。「彼女の態度は実に～・い」她的態度真氣人。

はらだち[0][4]【腹立ち】 憤怒，生氣。

はらだちまぎれ[5]【腹立ち紛れ】 大發雷霆，勃然大怒。「～に八つ当たりする」大發雷霆；對誰都動肝火。

パラチオン[3]【parathion】 巴拉松。

はらちがい[3]【腹違い】 同父異母，異腹。「彼は～の弟です」他是我同父異母的弟弟。→種違い

パラチフス[3]【德 Paratyphus】 副傷寒。

ばらつき[0] ①不整齊，不齊全，參差不齊。「出来に～がある」成績參差不齊。②不一致，有誤差，偏差。

ばらつ・く[4][0]（動五） ①稀稀落落地下。②零亂。③離散，分散，彌散。「測定値が～・く」測定値分散。

バラック[2]【barrack】 臨時房屋。

ぱらつ・く[4]（動五） （雨）稀稀落落地下。

はらつづみ回【腹鼓】 鼓腹。「～を打つ」鼓腹自樂。

はらっぱ回【原っぱ】 原野，荒原。

はらづもり回【腹積もり】 腹案。

はらどけい回【腹時計】 腹鐘。根據肚子餓的程度推算出大致的時間。

ばらにく回【肋肉】 肋肉，五花肉，三層肉。

パラノイア回【德 Paranoia】 妄想狂，偏執狂。

はらば・う回【腹這う】（動五） ①趴。「～・って本を読む」趴著看書。②匍匐。

はらはちぶ回【腹八分】 吃八分飽。「～に医者いらず」飯吃八分飽，醫生不用找。

パラフィン回【paraffin】 石蠟。

パラフィンし回【一紙】 包裝用蠟紙。

パラフレーズ回【paraphrase】 ﾕﾙ ①釋義，意譯。②樂曲改編。

はらぺこ回【腹ぺこ】 肚子很餓，餓癟肚皮。

パラボラアンテナ回【parabola antenna】 抛物面天線，碟形天線。

はらまき回【腹巻き】 ①圍腰，纏腰布。②纏腹甲。

ばらま・く回【散蒔く】（動五） ①散發，散布。「ビラを～・く」散發傳單。②到處給錢，撒錢，散財。「金を～・く」隨便給人錢。

はら・む回【孕む】（動五） ①懷孕，妊娠。「犬が子を～・む」狗懷孕。②鼓滿。「帆が風を～・む」帆鼓滿風。③孕育。「矛盾を～・む」孕育矛盾。

パラメーター回【parameter】 參項，參數，參變量。

はらもち回【腹持ち】 耐饑，耐餓。

バラモン回【婆羅門】 ①〔梵 brāhmana〕婆羅門。印度種姓（四種姓）中最高位的身分。→カースト。②婆羅門教。

バラモンきょう回【婆羅門教】 〔Brahmanism〕婆羅門教。→ヒンズー教・ベーダ

バラライカ回【俄 balalaika】 巴拉萊卡。樂器名。

はららご回【鮞】 魚卵，魚子。

パラリンピック回【Paralympic】 〔paraplegia 和 Olympic 的合成語〕國際殘障人士運動會。

パラレル回【parallel】 ①平行的，類似的。「～に配置する」平行配置。②（電）並聯。③平行式（轉彎）。「～ターン」平行式轉彎。

はらわた回【腸】 ①腸。「酒が～にしみ通る」酒（肉）穿腸過。②腸子，下水。「魚の～をとり出す」取出魚腸。③心腸。心地，本性，性情，精神。④瓜瓤。「～がちぎれる」肝腸寸斷。「～が煮えくり返る」怒不可遏。

はらん回【葉蘭】 蜘蛛抱蛋，一葉蘭。

はらん回【波瀾・波乱】 ①波瀾風波。「～にとんだ人生」起伏伏的人生。②波瀾，曲折多變，起伏不平。「～万丈」波瀾萬丈。③波瀾。浪，大小波濤。

バランス回【balance】 ①平衡，均衡。「～が崩れる」失去平衡。②（借貸）平衡。

バランスシート回【balance sheet】 得失相當，得失相抵。

はり回【針】 ①針。②針狀物，刺。③縫紉，針線活。④講話，帶刺。→鍼・鉤「～のむしろ」如坐針氈。

はり回【張り】 ①①張力。②洪亮勁。「～のある声」強有力的聲音。③勁頭，起勁。「仕事に～が出てきた」工作做得愈來愈起勁。②（接尾）①盞，副，頂。計數燈籠、幕、蚊帳、帳篷等的量詞。②張，把，只。計數弓、琴等的量詞。

ばり回【罵詈】 ﾕﾙ 罵詞，罵人，罵人話。「～雑言ぞん」破口大罵。

バリアー回【barrier】 障壁，障礙，擋牆，屏障。

はりあい回【張り合い】 ①爭奪，爭執，爭。「意地の～」意氣用事的爭執。②有意義，有勁，起勁。「～のある仕事」有幹勁的工作。

はりあ・う回【張り合う】（動五） ①爭奪。②爭持，爭執。「チャンピオンをめざして～・う」為奪冠軍互相競爭。

はりあ・げる回【張り上げる】（動下一）

大聲（喊叫），放開嗓子（喊）。「声
を～・げて叫ぶ」大聲喊。

バリアフリー⓪【barrier free】 無障礙。

はりい①【鍼医・針医】 針灸醫生。

バリウム①【barium】 ①鋇。②Ｘ光造影
劑硫酸鋇的俗稱。

バリエーション③【variation】 ①變化，
變動。「～に富む」富於變化。②〔音〕
變奏，變奏曲。

はりえんじゅ④【針槐】 刺槐，洋槐。

はりおうぎ③【張り扇】 紙扇。

はりがね⓪【針金】 金屬絲。

はりがみ⓪【張り紙・貼り紙】 ①貼紙，
糊紙。②廣告，標語。③附箋，便條
紙。

バリカン⓪ 理髮推剪，理髮剪。

ばりき①【馬力】 ①〔horsepower〕馬
力。②精力，活力，體力。

はりき・る③【張り切る】 （動五） ①拉
緊，繃緊。②精神緊張，心情緊張。「～
・った気分」緊張的氣氛。③鼓足幹
勁，精神百倍，爭先恐後，緊張。「～
・って働く」緊張地勞動（工作）。

はりくよう③【針供養】 針供養。

バリケード③【barricade】 路障，拒馬。

ハリケーン③【hurricane】 颶風。

はりこ⓪【針子】 女縫工。

はりこ⓪【張り子】 紙糊（工藝）品。「～
の虎」紙老虎。

はりこのとら⑥【張り子の虎】 ①搖頭
虎，有搖頭習慣者。②紙老虎，虛張聲
勢的人。

はりこ・む③【張り込む】 （動五） ①貼
入。②埋伏，暗中監視。「ビルに警察
が～・んでいる」警察埋伏在大樓裡。
③豁出錢來。「～・んでカメラを買う」
豁出錢去買一架照相機。

パリさい⓪【一祭】 Quatorze Juillet（７月
14 日）〕①《七月十四日》。法國電影
名。②巴黎節。

パリサイは⓪【一派】 ①法利賽派。西元
前 2 世紀興起的猶太教的一派。②（轉
指）偽善者，形式主義者。

はりさ・ける④【張り裂ける】 （動下一）
①脹破，脹裂，碎裂。「悲しみで胸が～

・けるばかりだ」悲傷使我心都碎了。
②悲痛欲絕，肝膽欲裂，炸裂。「～・け
る思い」感慨萬千。

はりさし③【針刺し】 針插，針包。

ばりざんぼう③【罵詈讒謗】 スル 惡語中
傷，詈言謗語，罵詈讒謗。

はりしごと③【針仕事】 スル 縫紉，裁縫，
作針線，針線活。

パリジャン②【法 Parisien】 巴黎男子。

はりたお・す④【張り倒す】 （動五） 扇
倒。

はりだし⓪【張り出し】 ①伸出，突出，
外飄。「～の窓」外突窗。②告示，布
告，廣告。③副榜，副榜力士。「～大
関」副榜大關。

はりだ・す③【張り出す】 （動五） ①向
外伸出，使突出，使外飄。「ひさしが～
・している」房簷向外伸出。②公布，
揭示。「成績を～・す」張榜公布成績。

はりつ・く③【張り付く・貼り付く】 （動
五） ①貼上，黏上。②賴著，賴在。
「捜査本部に～・いて取材する」賴在
捜査本部採訪。

はりつけ⓪【磔】 磔刑。

はりつ・める④【張り詰める】 （動下一）
①鋪滿，布滿，封凍，全面覆蓋。②繃
緊，緊張，振作。「～・めた気持ち」緊
張的心情。

はりて⓪【張り手】 掌打。相撲的招數之
一。

パリティーけいさん⑤【一計算】 平價計
算法。

はりとば・す④【張り飛ばす】 （動五）
使勁揍，痛打，狠煽。「横っ面を～・
す」狠狠打了一記耳光。

バリトン⓪【baritone】 ①男中音（歌
手）。②中音樂器。

はりねずみ③【針鼠】 刺蝟。

はりばこ⓪【針箱】 針線盒。

はりばん⓪【張り番】 スル 警衛，守衛，看
守。

はりぼて⓪【張りぼて】 紙糊小道具。

はりめぐら・す⑤【張り巡らす】 （動五）
掛滿，圍上，布滿，使…遍布。「事故現
場にロープを～・す」用繩子把事故現

場圍起來。

はりもの[0]【張り物】 ①漿洗布，染布。②裱糊大道具。

バリュー[1]【value】 價值。「ネーム-～」名譽；聲譽；名聲。

ばりょう[0]【馬料】 馬料。

はる[1]【春】 ①春。②正月，新春。「～を迎える」迎新春。③精力旺盛的時期。「わが世の～」一生的最盛期。④青春期，思春期。「～のめざめ」情竇初開。⑤色情，春情。「～をひさぐ」賣春。「～を売る」賣春。

は・る[0]【張る】（動五） ①蓋，蔓延，生長。「湖に氷が～・った」湖結冰了。「根を～・る」扎根。②繃緊，使緊張，使振作。「糸が～・る」線繃緊。「気が～・る」精神緊張。③脹。「腹が～・る」肚子脹。④四方形，使成四方形。「あごが～・る」方下巴。「肩を～・る」端起肩膀。⑤擴大，膨脹。「腹が～・る」肚子脹。「勢力を～・る」擴張勢力。⑥過大，過高，過重。「値が～・る」價錢太高。⑦張掛，搭。「テントを～・る」搭帳篷。⑧裝滿，盛滿。「水槽に水を～・る」往水槽裡注滿水。⑨擺開。「論陣を～・る」擺開陣勢辯論。⑩抗衡，較量。「横綱を～・る」爭奪橫綱。⑪挺起。「胸を～・る」。挺胸。⑫硬堅持，固執到底。「強情を～・る」固執己見。⑬好（虛榮），講（排場）。「見えを～・る」擺闊氣；撐門面。⑭拍打。「ほっぺを～・る」打嘴巴。⑮賭。「山を～・る」押寶；碰運氣。⑯監視，警戒。「容疑者を～・る」監視嫌疑犯。

はるいちばん[4]【春一番】 春一號。日本立春後最早刮的強南風。

バルーン[2]【balloon】 氣球。

はるか[1]【遥か】（副・形動） ①遙遠。「～な昔」很久很久以前。②遠遠，遠比。「このチームのほうが~に強い」這個隊（比其他隊）強得多。

はるがすみ[3]【春霞】 春霞。

はるかぜ[2]【春風】 春風。

はるぎ[3]【春着】 ①過年衣裳。②春裝。

バルキー[1]【bulky】 膨鬆毛線（衣），粗針距運動衫。「～-セーター」膨鬆毛線衣。

バルコニー[3]【balcony】 ①陽台。②（劇場的）二樓座席，包廂。

バルコン[1]【法 balcon】 陽台，（劇場的）二樓座位。

パルサー[1]【pulsar】 脈衝星。

はるさき[4][0]【春先】 早春，初春。

はるさく[0]【春作】 春作。「～の野菜」春作蔬菜。

バルサミコす[3]【一酢】 芳香醋。

はるさめ[0]【春雨】 ①春雨。②粉絲。

パルス[1]【pulse】 脈衝。

パルチザン[3]【法 partisan】 游擊隊。

はるつげうお[4]【春告魚】 報春魚。鯡的異名。

はるつげどり[4]【春告鳥】 報春鳥。黃鶯的異名。

パルテノン[3]【Parthenōn】 帕特農神殿。

バルトリンせん[0]【一腺】 巴多林氏腺。

はるのななくさ[1]【春の七草】 春七草。元月 7 日用來煮七草粥的嫩菜。→秋の七草。

はるばしょ[0]【春場所】 春場所。每年 3 月舉行的大相撲的本場所。

はるばる[3][2]【遥遥】（副） 遙遙。「～九州から上京した」千里迢迢從九州來到東京。

バルブ[3][1]【bulb】 ①球根。②電燈泡。③閃光燈。

パルプ[1]【pulp】 紙漿，漿料。

はるまき[0]【春巻き】 春捲。

はるまき[0]【春蒔き】 春播種。

ハルマゲドン[4]【希 Harmagedōn】 ①世界末日善惡決戰場。②世界末日。

はるめ・く[3]【春めく】（動五） 春意，春色。「ようやく～・いてきた」漸漸有了春意。

パルメザンチーズ[6]【Parmesan cheese】 帕馬森乳酪。

はるやすみ[3]【春休み】 春假。

はれ[2][1]【晴れ】 ①晴，晴天。②隆重，盛大，正式。↔褻け。「～の開幕式」隆重的開幕式。③嫌疑消除，證明清白。

「～の身となる」清白無罪。

はれ◎【腫れ】 腫脹。「～がひく」消腫。

はれあが・る◎【晴れ上がる】（動五） 放晴，晴朗。「台風が去って～・る」颱風過後天空放晴。

はれあが・る◎【腫れ上がる】（動五） 腫得厲害，腫起來。

ばれい◎【馬齢】 馬齒。謙稱自己的年齡。「～を重ねる（＝ムダニ年ヲトル）」虚度年華（馬齒徒增）。

ばれいしょ②◎【馬鈴薯】 馬鈴薯的別名。

バレエ①【法 ballet】 芭蕾舞。

ハレーション②【halation】 光暈。

パレード①②【parade】 スル 盛裝遊行（隊伍）。

バレーボール④【volleyball】 排球。

パレオ①【法 paréo】 纏腰布。

はれがまし・い⑤【晴れがましい】（形） 隆重，豪華。

はれぎ③【晴れ着】 盛裝。

パレス①【palace】 ①宮殿，王宮，宮廷。②宮。「スポーツ-～」體育宮。

はれすがた③【晴れ姿】 ①盛裝形象。②亮相形象，英姿，雄姿。「彼の～を見て涙をこぼす」看見他出席盛大場面的樣子激動地落下眼淚。

はれつ◎【破裂】 スル ①破裂，炸開，爆炸。「タイヤが～する」輪胎爆胎了。②破裂，決裂。「談判が～する」談判破裂。

はれつおん◎【破裂音】 塞音，爆發音，破裂音。

バレッタ②【法 barrette】 五彩髮夾。

パレット②【palette】 調色板。

パレットナイフ⑤【palette knife】 調色刀。

はれて②【晴れて】（副） 公開地，正式地。「～結婚できる」能正式地結婚。

はればれ③【晴れ晴れ】（副）スル 明朗，愉快，開朗。

はればれし・い⑤【晴れ晴れしい】（形） ①愉快，快活。「～・い顔つき」愉快的表情。②輝煌的，雄壯的，顯赫的。「～・い行列」雄壯的隊伍。③晴朗的，鮮明的。「～・い眺め」鮮明的景色。

はれぼった・い⑤【腫れぼったい】（形） 有點腫，發腫的，微腫。「～・い目」腫的眼睛。

はれま③【晴れ間】 ①短暫晴天。「梅雨の～」梅雨期內短暫的晴天。②雲間晴空。

ハレム①【harem】 ①閨房，閨閣。②（奧斯曼帝國王室的）後宮。

はれもの◎【腫れ物】 疙瘩，癤子，腫脹，腫塊，腫包。「～に触るよう」小心謹慎；提心吊膽。

はれやか②【晴れやか】（形動） ①晴朗，萬里無雲。②愉快，歡快，舒暢，明朗，爽朗。「表情は～」表情開朗。

バレリーナ③【義 ballerina】 芭蕾舞女演員。

は・れる②【晴れる・霽れる】（動下一） ①放晴，晴。②開朗，愉快，舒暢。「気が～・れる」心情開朗。③消散，誤會消除。「疑惑が～・れる」消除疑惑。

は・れる◎【腫れる】（動下一） 腫，腫脹。

ば・れる②（動下一） 暴露，敗露，被發現。「秘密が～・れた」秘密暴露了。

ハレルヤ③【hallelujah】 哈利路亞。

はれわた・る④【晴れ渡る】（動五） 晴朗，萬里無雲。「～・った空」晴朗的天空。

ばれん◎【馬棟・馬連】 竹皮刷。

バレンシアオレンジ⑦【Valencia orange】 巴倫西亞甜橙。

バレンタインデー⑤【Saint Valentine's Day】 聖瓦倫泰恩節，情人節。

はれんち②【破廉恥】 破廉恥，寡廉鮮恥。「～きわまる」極端無恥。

はろう◎【波浪】 波浪。「～注意報」波浪注意預報。

ハロウィン①【Halloween】 萬聖節前夕。

ハロー①【halo】 ①暈。太陽和月亮週圍出現的光環。②光暈，暈圈，彌散斑。攝影術語。

ハロー①【hello】（感） 喂！哈囉！

ハロゲン◎【halogen】 鹵族元素。

バロック⓪【法 baroque】 巴洛克。

バロックおんがく⑤【—音楽】 巴洛克音樂。

パロディー①【parody】 模仿作品，模仿詩文。

バロメーター③【barometer】 ①氣壓計，晴雨表。②標準，指針，指標。「体重は健康の~である」體重是衡量健康的標準。

ハロン①【furlong】 浪。賽馬運動中使用的距離單位。

バロン①【baron】 男爵。

パワー①【power】 ①力，臂力，馬力。「~のあるトラック」馬力大的卡車。②權力，軍事力量。「ウーマン~」女權運動。③（集體的）力量。「住民~」居民的力量。④動力，功率。

パワーアップ④【⑧ power+up】 提高功率，提高動力。

パワーウインドー⑤【power window】 電動車窗。

パワーゲーム④【power game】 強權遊戲。

パワーショベル④【power shovel】 挖土機，動力鏟。

パワーステアリング⑤【power steering】 助力轉向裝置，動力方向盤。

パワーリフティング④【power lifting】 舉槓鈴，舉重輔助動作。

ハワイアン②【Hawaiian】 夏威夷音樂。

はわたり①【刃渡り】 ①刃長。②走刀刃。

パワフル①【powerful】 （形動） 強有力的，強大的。「~なエンジン」大馬力發動機。

はん【反】 （接頭）反。「~作用」反作用。

はん①【半】 ①半，一半。「2倍~」兩倍半。②半。1 小時的二分之一。「1 時間~」1 個半小時。「五つ~」五刻半（相當於現在的九時或二十一時）。③奇數。↔丁。「丁か~か」是偶數還是奇數。④半。表示中途，一半。「~製品」半成品。

はん①【判】 ①圖章，印鑑。「~を押す」蓋章。②紙張規格。「A5~」A5紙。「一で押したよう」千篇一律。

はん①【版】 ①版。「~を彫る」雕版。「~を改める」改版。②（接尾）版次。刊行次數的量詞。「~を重ねる」再版。

はん①【班】 班，組。

はん①【煩】 煩瑣，麻煩。「~を厭わず」不厭其煩。

はん①【範】 範本，榜樣，模範。「~を垂れる」垂範。

はん①【藩】 藩。江戶時代大名統治領地及統治機構的總稱。

はん【汎】 （接頭） 泛。「~アジア主義」泛亞細亞主義。

はん【犯】 （接尾） 犯。表示受刑罰次數的量詞。「前科3~」前科3犯。

ばん①【晩】 ①傍晚。②晚上。③晚飯，晚餐。「~ご飯」晚飯。

ばん①【番】 ①①班，班次。「君の~」你的班。②看守，看管。「店の~をする」看顧店鋪。②（接尾）①號，第…號。「1~」1號。②局，盤。「3~勝負」3局比賽。③齣，曲。表示「能樂」和「狂言」樂曲數量詞。

ばん①【盤】 ①棋盤。②唱片，唱盤。「LP~」密紋唱片。

ばん①【鷭】 紅冠水雞。

ばん①【万】 （副） ①萬一。「~やむをえずにやったのだ」萬不得已而做的。②決不…，絕對不…，萬無…。「~遺漏なきよう」萬無一失。

パン①【pan】 スル 搖攝。

パン①【葡 pāo】 麵包。「~にミルク」吃麵包，喝牛奶。

パン①【Pān】 牧羊神。希臘神話中的牧人與家畜之神。

バンアレンたい⑥【—帯】 范艾倫輻射帶。

はんい①【犯意】 犯意，犯罪故意。

はんい①【範囲】 範圍，界限。「知っている~で答える」回答只限於我知道的範圍內。

はんいんよう③【半陰陽】 雙性人，雌雄同體。

はんえい◎【反映】スル ①映照。「夕日が水面に~する」夕陽映照在湖面上。②輝映。③反映。「国民の意見を~した政治」反映民意的政治。

はんえい◎【繁栄】スル 繁榮。「国が~する」國家繁榮。

はんえいきゅう◎【半永久】 半永久。

はんえり◎【半襟】 襯領，女和服襯領。

はんえん◎【半円】 半圓。「~形」半圓形。

はんおん◎【半音】 半音。

はんおんかい◎【半音階】 半音音階，半音階。↔全音階

はんか◎【反歌】 反歌。

はんか【頒価】 分發價。

はんか◎【繁華】 繁華。「~街」繁華街；鬧市區。

はんが◎【版画】 版畫。

ばんか◎【挽歌】 輓歌，哀歌。

ばんか◎【晩夏】 ①晩夏。②晩夏。陰曆六月的異名。

ハンガー◎【hanger】 西裝架，掛衣架。

バンカー◎【banker】 銀行家。

バンカー◎【bunker】 （水）窪，坑窪。

ハンガーストライキ◎【hunger-strike】 絕食罷工。

ハンガーボード◎【俗 hanger＋board】 廚具掛板。

はんかい◎【半開】スル 半開。

はんかい◎【半解】 半解，半懂，半通不通。「一知~」一知半解。

はんかい◎【半壊】スル 半壞。「家屋が~する」房屋半毀。

ばんかい◎【挽回】スル 挽回，收復。「勢力を~する」挽回局勢。

ばんがい◎【番外】 加演節目。「~として王さんの手品がある」作爲額外節目，安排了王先生的魔術。

はんがえし◎【半返し】 退還一半，返還一半，還半禮。

はんかく◎【反核】 反核。

はんがく◎【半額】 半額。

ばんがく◎【晩学】 晩學。年紀大了後才開始求學。

ばんがさ◎③【番傘】 番傘。

はんがた◎【判形・判型】 紙張規格，判型。

ばんがた◎【晩方】 晩上，傍晚。

ハンカチーフ④【handkerchief】 手帕。

はんかつう◎◎【半可通】 一知半解，似通非通，不懂裝懂，一知半解者，半瓶醋。

はんかふざ◎【半跏趺坐】 半跏趺坐。

ばんカラ◎【蛮一】 粗魯（人）。

バンガロー◎③【bungalow】 ①有遊廊平房。②露營小屋，避暑別墅。

はんかん◎【反感】 反感。「彼女は私に対して~を抱いている」她對我抱有反感。

はんかん◎【繁閑】 忙與閒。

はんかん◎【繁簡】 繁簡。

はんがん◎【半眼】 半睜眼。

はんがん◎【判官】 審判官。

ばんかん◎【万感】 百感。「~胸に迫る」百感交集。「~交々到る」百感交集。

はんかんはんみん◎【半官半民】 半官半民，公私合營。

はんき◎【反旗・叛旗】 反旗，叛旗。「~をひるがえす」舉旗造反。

はんき◎【半季】 半年。

はんき◎【半期】 ①半期。「上~」上半期。②半年。

はんき◎【半旗】 半旗。

はんぎ◎◎【版木・板木】 木版。

ばんき◎【万機】 萬機。「~公論に決すべし」萬機決於公論。→五箇条の御誓文

ばんぎ◎【板木】 雲板。

ばんぎく◎【晩菊】 晩開菊。

はんぎゃく◎【反逆・叛逆】スル 叛逆，反逆。「~児」叛逆兒。

はんきゅう◎【半休】 休息半天。

はんきゅう◎【半球】 ①半球。兩等分球的其中之一。②半球。將地球表面等分成南北或東西兩部分中的一部分。

ばんきょ◎【盤踞・蟠踞】スル ①蟠踞，屹立。「老松が~する」老松蟠踞。②盤踞（據）。占據不動。「辺境に~する」盤踞邊境。

はんきょう◎【反共】 反共。↔容共

はんきょう⓪【反響】スル ①回音，回聲。「廊下は声が～する」在走廊說話有回聲。②回響。「意外な～を呼ぶ」引起意外的反應。

はんきょうらん⓪【半狂乱】 半癲狂。

はんぎょく⓪【半玉】 見習藝妓，雛妓。

はんきれ⓪④【半切れ】 半塊，半片，半截。

はんきん⓪【半金】 一半款，半額。

ばんきん⓪【板金・鈑金】 金屬板材，板金，料板。「～工」板金工。

バンク①【bank】 ①傾斜飛行。②傾斜跑道。

バンク①【bank】 銀行。「アイ-～」眼球銀行；眼庫。

バング①【bang】 劉海。「～スタイル」劉海髮型。

パンク⓪【puncture】スル ①放氣，刺破，扎破，破裂，爆胎。②脹破，爆。「注文が多くて工場は～しそうだ」訂貨過多，工廠超過負荷了。③擁擠不堪，爆滿。「空港は～状態だ」機場擁擠不堪。

パンク①【punk】 龐克。

ハンググライダー⑤【hang glider】 滑翔翼飛行。在斜坡上助跑後起飛，靠身體的移動進行操作。

ばんぐみ⓪【番組】 節目，節目表，比賽日程表。

ハングリー①【hungry】 饑餓的，渴望的，如饑似渴的。「～な精神」如饑似渴的精神。

ハングル⓪ 韓文字母。

バングル①【bangle】 手鐲。

ばんくるわせ⓪【番狂わせ】 出乎意外，出人意料。

はんぐん⓪【反軍】 ①反戰。「～思想」反戰思想。②叛軍。

はんけい①【半径】 半徑。

はんけい⓪【判型】 開本規格，規格類型。

ばんけい⓪【晩景】 傍晚的景色，黃昏，晚上。

パンケーキ③【pancake】 ①薄餅。②水粉餅。

はんげき⓪【反撃】スル 反擊，反攻。

ハンケチ③ 手帕。

はんけつ⓪【判決】スル 判決。「～を下す」宣判。「第一審の～」一審判決。

はんげつ①【半月】 ①半月。②半個月。

バンケット⓪【banquet】 晚餐會，宴會。「～-ルーム」宴會廳。

はんけん①【半券】 副票，半張證據，半截單據。

はんけん①【版権】 版權。

はんげん⓪【半舷】 半舷。

はんげん⓪⓪【半減】スル 減半。

ばんけん⓪【番犬】 看門犬，看家狗。

はんげんき③【半減期】 半衰期。

はんこ③【判子】 印，印鑑，圖章。

はんご⓪【反語】 ①反問，反詰。②說反話，反語，諷刺，挖苦。

ばんこ①【万古】 萬古，千古。

パンこ⓪【一粉】 ①麵包粉，麵包屑。②麵粉。

はんこう⓪【反抗】スル 反抗。

はんこう⓪【犯行】 犯罪行為，所犯罪行，作案。

はんこう⓪【版行】スル ①版子印行，版子刊行。②印，印章，圖章，印鑑。

はんごう⓪【飯盒】 飯盒，便當。「～炊爨さん」用便當盒做飯。

ばんこう⓪【蛮行】 蠻行，野蠻行為。

ばんごう③【番号】 號碼，號數，番號。

はんこうき③【反抗期】 反抗期。

はんこうてき⓪【反抗的】（形動） 反抗性的，抵抗性的。

はんコート③【半一】 短大衣。

ばんこく⓪【万国】 萬國。

ばんこく⓪【万斛】 萬斛。形容分量多得無法計量。「～の涙」萬斛淚。

ばんこくき③【万国旗】 萬國國旗。

ばんこくはくらんかい【万国博覧会】 萬國博覽會，世博會。

はんこつ①【反骨・叛骨】 反骨，造反精神，反抗精神。「～精神」反骨精神。

はんごろし⓪③【半殺し】 （打個）半死。「～の目にあわせる」整他個半死。

はんこん⓪【瘢痕】 瘢痕，傷疤。

ばんこん⓪【晩婚】 晚婚。↔早婚

はんごんこう⓪③【反魂香】 返魂香，回

魂香。

はんさ◎【煩瑣】 煩瑣，麻煩。「～な手続き」煩瑣的手續。

パンサー◎【panther】 豹，美洲豹。

はんさい◎◎【半歳】 半歳。

はんざい◎【犯罪】 犯罪。

ばんざい◎【万歳】 ①萬歳。「～三唱」三呼萬歳。②沒法解決，束手無策，無可奈何。「もう～だ」已經束手無策了。

はんざき◎【半割・半裂】 日本大鯢魚的異名。

ばんさく◎【万策】 種種策略，萬策。「～尽きる」無計可施；用盡計策。

はんさつ◎【藩札】 藩幣。

はんざつ◎【煩雑】 煩雜。「～な手続き」煩瑣的手續。

はんざつ◎【繁雑】 繁雜。「～な規定」繁雜的規定。

ハンサム◎【handsome】 （形動） 漂亮，英俊，美男子。「～な青年」英俊的青年。

はんさよう◎【反作用】 反作用。

ばんさん◎【晩餐】 晚飯，晚餐。「～会」晚餐會。

はんし◎【半紙】 半紙。長 24～26cm、寬 32～35cm 的日本紙。

はんし◎【範士】 範士。劍道、弓道、長刀等武道團體授予的最高位稱號。

はんし◎【藩士】 藩士。

はんじ◎【判事】 推事，判事。

ばんし◎【万死】 ①萬死，無救。②萬死。死無數次。「その罪～にあたいする」罪該萬死。「～一生を得る」九死一生；死裡逃生。

ばんじ◎【万事】 萬事。「～意のままだ」萬事如意。「～休す」萬事休矣。

パンジー◎【pansy】 三色董，紫花地丁。

バンジージャンプ◎【bungy jump】 高空彈跳。

はんしき◎【版式】 版式。

はんした◎【版下】 ①草圖。②清樣稿，謄清原稿。

はんじほ◎【判事補】 判事補，助理法官。

はんじもの◎◎【判じ物】 字畫謎，寓意詩（畫）。

はんしゃ◎【反射】 スル ①反射。「光を～する」反射光。②反射。人和動物對刺激無意識地由神經系統做出的反應。

ばんしゃ◎【万謝】 スル ①萬謝。②深表歉意，謝罪。

はんしゃきょう◎【反射鏡】 反射鏡。

ばんしゃく◎【晩酌】 スル 晚酌。

ばんじゃく◎【磐石・盤石】 磐石。「～の構え」堅若磐石。

はんしゃぼうえんきょう◎【反射望遠鏡】 反射望遠鏡。

はんしゃろ◎【反射炉】 反射爐。

はんしゅ◎【藩主】 藩主。

はんじゅ◎【半寿】 81 歳壽辰。

ばんしゅう◎【晩秋】 ①晚秋，暮秋。②晚秋。陰曆九月的異名。

はんじゅく◎【半熟】 ①半熟，半生不熟。「～卵」半熟的雞蛋。②半熟，沒熟透。

ばんじゅく◎【晩熟】 晚熟。↔早熟

はんしゅつ◎【搬出】 スル 運出，搬出。↔搬入

ばんしゅん◎【晩春】 ①晚春，暮春。②晚春。陰曆三月的別名。

ばんしょ◎【板書】 スル 板書。

はんしょう◎【反証】 スル 反證。

はんしょう◎【反照】 スル ①反照，返照，反光。②晚霞。③互映，互相反照，相互增輝。

はんしょう◎【半焼】 スル 半燒毀，局部燒毀，燒掉一半。

はんしょう◎【半鐘】 半鐘，火警鐘。

はんしょう◎【汎称】 スル 泛稱。

はんじょう◎【半畳】 ①半張榻榻米。②半席。劇場池座觀眾坐的小席墊。「～を入れる」喝倒彩。

はんじょう◎【繁盛・繁昌】 スル 興隆，繁盛。「商売～」生意興隆。

ばんしょう◎【万象】 萬象。「森羅～」森羅萬象。

ばんしょう◎【万障】 一切障礙，萬障。「～繰り合わせて」撥冗。

ばんしょう◎【晩照】 夕照，晚照。

ばんしょう回【晩鐘】　晩鐘。

ばんじょう回【万丈】　①萬丈。「～の山」萬丈高山。②萬丈。氣勢盛而高昂。「気炎～」氣焰萬丈。

ばんじょう回【万乗】　萬乘。「一天～の天子」一天萬乘之天子。

バンジョー回【banjo】　班卓琴。

はんしょく回【繁殖】ㇲㇽ　繁殖。

ばんしょく回【伴食】ㇲㇽ　①伴食，作陪，陪餐。②傀儡，有職無權。「～大臣」傀儡大臣。

ばんしょく【晩食】　晩餐。

はん・じる回回【判じる】　（動上一）　判斷，分辨。「合否を～・じる」分辨合格與否。「吉凶を～・じる」推斷吉凶。

はんしん回回【半身】　半身，半邊身體。「上～」上半身。

はんしん回【阪神】　阪神。大阪和神戶。

ばんじん回【万人】　萬人。

ばんじん回回【蛮人】　蠻人，野蠻。

はんしんはんぎ回【半信半疑】　半信半疑，將信將疑。「彼女の話を～で聞いた」半信半疑地聽了她的話。

はんしんふずい回回【半身不随】　半身不遂。

はんしんろん回【汎神論】　〔pantheism〕泛神論。

はんすう回【反芻】ㇲㇽ　①反芻。②反芻，反覆考慮。

はんすう回【半数】　半數。

ハンスト回　絕食罷工（的略語）。

パンスト回回　連褲襪（的略語）。

はんズボン回【半─】　半短褲，半截褲。

はん・する回【反する】　（動サ變）　①相反，相悖。「予想に～・して負けた」與預想相反而輸了。②違反。「規則に～・する」違反校規。③背叛，不服從。「友人の忠告に～・する」違反友人的忠告。

はん・する回【叛する】　（動サ變）　背叛，造反。

はんせい回【反省】ㇲㇽ　反省。

はんせい回【半生】　半生，半輩子。「～を費して勉強した」用半生的時間去學習。

ばんせい回【万世】　萬代，萬世。

ばんせい回【晩生】　晩生，晩熟。↔早生。「～種」晩熟種。

ばんせい回【晩成】ㇲㇽ　晩成。「大器～」大器晩成。

ばんせい回【蛮声】　蠻聲。

ばんせいいっけい回【万世一系】　萬世一系。

はんせいいでん回【伴性遺伝】　隱性遺傳。

はんせいひん回【半製品】　半成品。

はんせき回【版籍】　版籍。版圖與戶籍，轉指領土與人民。

はんせきほうかん回【版籍奉還】　版籍奉還。

はんせつ回【反切】　反切。

はんせつ回【半切・半截】ㇲㇽ　對半裁（切、截）開，豎切。「～にした紙」對半裁開的紙。

ばんせつ回【晩節】　晩節。「～を汚す」玷污晩節。

はんせん回【反戦】　反戰。

はんせん回【帆船】　帆船。

はんぜん回【判然】　①判然，顯然，分明。「目的が～としない」目的不明確。②分明，顯然，截然。

ばんぜん回【万全】　萬全。「～を期す」以期萬全。

ハンセンびょう回【─病】　〔Hansen〕漢森病，麻瘋病。

はんそ回【反訴】ㇲㇽ　反訴。

はんそう回【半双】　單隻，半雙。

はんそう回【帆走】ㇲㇽ　張帆行駛，揚帆行駛。

はんそう回【搬送】ㇲㇽ　①搬送。②傳送，輸送。

ばんそう回【伴走】ㇲㇽ　伴賽，陪跑。「～車」陪賽賽車。

ばんそう回【伴奏】ㇲㇽ　伴奏。

ばんそう回【晩霜】　晩霜。4至5月份下的霜。

ばんそうこう回【絆創膏】　膠布，絆創膏。

はんそく回【反則】ㇲㇽ　犯規，違章，違例。

はんそく◎【反側】ｽﾙ　翻身，（輾轉）反側。

はんぞく◎【反俗】　反世俗。「～の精神」反世俗的精神。

ばんそつ◎【万卒】　萬卒。「～は得やすく一将は得難し」千軍易得，一將難求。

はんそで◎◎【半袖】　半袖，短袖，短袖衣服。↔長袖

はんた◎【煩多】　煩多，繁瑣。

はんた◎【繁多】　繁多。「事務～」事務繁多。

はんだ◎【半田・盤陀】　焊料，焊錫。

ばんだ◎【万朵】　花枝繁茂。

パンダ◎【panda】　①熊貓科。有大熊貓和小熊貓兩種。②熊貓。特指大熊貓。

ハンター◎【hunter】　①獵人，獵手。②追求者，搜尋者。「ブック-～」獵書者。

はんたい◎【反対】　①顛倒，逆向。②相對，另一個。「道の～側」路的另一側。③反對的提案。↔賛成。「提案に～する」反對提案。

はんだい◎【飯台】　飯桌，折疊式飯桌。

ばんだい◎【万代】　萬代。

ばんだい◎【番台】　澡堂值班台，值班臺上值班人。

ばんだい◎【盤台】　（橢）圓形盛魚木盤。

はんたいきゅうふ◎【反対給付】　相對給付，對等給付。

はんたいじんもん◎【反対尋問】　對方詢問，對方詰問。

はんたいせい◎【反体制】　反體制。

はんだくおん◎【半濁音】　半濁音。

パンタグラフ◎【pantograph】　①導電弓，集電弓。②縮放儀，比例繪圖儀。

バンダナ◎【bandanna】　方巾，絲巾。

パンだね◎【―種】　麵包酵母，發粉。

バンタムきゅう◎【―級】　羽量級，最羽量級。

パンタロン◎【法 pantalon】　馬褲，筒褲。

はんだん◎【判断】ｽﾙ　①判斷。「正しい～を下す」作出正確判斷。②占卜吉凶。「姓名～」姓名占卜吉凶。

ばんたん◎【万端】　萬端。「用意～」萬事俱備。

ばんち◎【番地】　地區號碼，門牌號碼，地址編碼。

パンチパーマ◎【和 punch＋perma】　小波浪男式短髮。

ばんちゃ◎【番茶】　粗茶。「～も出花」妙齡無醜女。粗茶新沏出花。

パンチャー◎【puncher】　①善攻選手。「ハード-～」拳擊高手。②穿孔員。③打孔機，穿孔器。

はんちゅう◎【範疇】　範疇。

はんちょう◎【班長】　班長。

ばんちょう◎【番長】　壞孩子頭兒，小流氓頭頭。

ハンチング◎【hunting cap】　鴨舌帽。

パンチング◎【punching】　擊打。足球守門員的防禦技術之一。

パンツ◎【pants】　①褲子。「トレーニング-～」運動褲。②襯褲，短褲，褲襯。

はんつき◎【半月】　半月。

はんつき◎【半搗き】　粗製，半精製。

ばんづけ◎【番付】　①排行榜，等級榜，一覽表。「～が上がる」排名上升。②節目表，節目單。「歌舞伎の～」歌舞伎節目單。

はんつや◎【半通夜】　半守夜。

ばんて◎【番手】　①支。表示紗的粗細的單位。②（接尾）號。「リレーの 2～」接力賽跑的第二棒。

はんてい◎【反帝】　反帝，反帝國主義。「～闘争」反帝鬥爭。

はんてい◎【判定】ｽﾙ　①判定。「～が下りる」作出判定。②判定，評判。「～勝ち」判定獲勝。

はんてい◎【藩邸】　藩邸。

ハンディー◎【handy】　（形動）便攜的，輕便的，袖珍的。「～な辞典」袖珍辭典。

パンティー◎【panties】　短襯褲。（幾乎無下襠的）女性內褲。

パンティーストッキング◎【和 panty＋stocking】　連身褲襪。

ハンディートーキー◎【Handie Talkie】　手持對講機。

ハンディキャップ◎【handicap】　①不利

條件。「～を克服する」克服不利條件。②讓，讓子賽，讓桿。

ハンティング⓪【hunting】スル 狩獵，打獵。

バンデージ③【bandage】 拳擊繃帶。

パンテオン⓪【Pantheon】 ①萬神殿。②名人紀念堂。

はんてん【半纏・半天】 ①半纏。類似羽織的短和服上衣。

はんてん⓪⓪【斑点】 斑點。

はんてん【飯店】 飯店，中國餐館。

はんと【半途】 半途。

はんと【版図】 版圖。

はんと【叛徒】 叛徒。

ハント①【hunt】スル 獵取，追求，引誘。「ガール-～」獵豔；追求女性。

ハンド⓪【hand】 ①手球犯規。②表示「手」「手動」「手工操作」等意。「マジック-～」機械手臂。

バント①【bunt】スル 觸擊。

ばんど⓪【礬土】 礬土，氧化鋁。

バンド⓪【band】 ①扁繩，帶。「ゴム～」橡皮帶。②衣帶，皮帶，布帶。③〔frequency band 之略〕頻道，波段。「スリー-～-ラジオ」三波段收音機。

はんドア③【半―】 車門未關緊，車門半關。

ハンドアウト④【handout】 文宣資料。

はんとう⓪【反騰】スル 回升，反彈。↔反落

はんとう⓪【半島】 半島。「朝鮮～」朝鮮半島。

はんどう⓪【反動】 ①反動，反衝，反推，反作用。「急ブレーキの～で倒れた」因緊急煞車的反作用力而摔倒了。②反抗，反動。「～勢力」反動勢力。

ばんとう⓪【晩冬】 ①晚冬，冬末。②晚冬。陰曆十二月的異名。

ばんとう⓪【晩稲】 晚稻。

ばんとう⓪【番頭】 掌櫃，經理，管家，資方代理人。

ばんどう①【坂東】 坂東。日本關東地區的古名。

はんどうたい⓪【半導体】 半導體。

はんとうまく③【半透膜】 半透膜。

はんとうめい⓪【半透明】 半透明。

はんとき④【半時】 ①半個時辰。②片刻，少時。

はんどく⓪【判読】スル 猜讀，判讀，邊琢磨邊讀。「この碑文が～できる」這塊碑文尚可辨認。

ハンドクラフト⑤【handcraft】 手工藝（品）。

ハンドクリーム⑤【hand cream】 護手霜。

はんとし⓪【半年】 半年。

バンドネオン⓪【西 bandoneón】 班多乃奧琴。

ハンドバッグ④【handbag】 手提包。

ハンドブック④【handbook】 ①小型書。②手冊。「海外旅行～」海外旅行手冊。

ハンドブレーキ④【hand brake】 手制動器，手煞車。

パントマイム④【pantomime】 默劇。

バンドマスター④【band master】 樂隊指揮，首席演奏者，樂團團長。

ハンドメード④【handmade】 手製（的），手工（的）。

ハンドラー①【handler】 訓狗師。

パンドラのはこ【―の箱】 潘朵拉的盒子。

ハンドリング⓪【handling】 ①手觸球犯規。②持球。③操縱方向盤。

ハンドル⓪【handle】 ①方向盤，舵輪，手柄。②把手，柄。

バンドル①【bundle】 捆綁銷售，搭配銷售。

ハンドルネーム⑤【handle name】 網路化名，上網名。

はんドン⓪【半―】 半天班，半休日。

はんなま⓪【半生】 ①半生。②半生不熟。

はんなまがし③【半生菓子】 半乾點心。

はんなり①（副）スル 醉人。「～とした味」醉人的味道。

ばんなん⓪【万難】 萬難。

はんにえ⓪【半煮え】 煮半熟。

はんにち①【反日】 反日，排日。↔親日。「～運動」反日運動。

はんにち①【半日】 半日，半天。

はんにゃ⓪【般若】〔梵 prajñā 智慧之意〕①〔佛〕般若。②般若面具。

はんにゃしんぎょう⓪【般若心経】 《般若心經》。

はんにゃとう⓪【般若湯】 般若湯。〔僧侶的隱語〕酒。

はんにゅう⓪【搬入】 スル 搬入。↔搬出

はんにん⓪【犯人】 犯人，罪人。

ばんにん③【万人】 萬人，世人。「～向き」以世人爲對象。

ばんにん③【番人】 看守，值班人。

はんにんかん③【判任官】 判任官。日本舊官吏制度中的官吏等級之一。

はんにんまえ③【半人前】 ①半人份。「～の分量」半人份的份量。②半吊子，半個人。「仕事は～だ」工作上是個半吊子。

はんね⓪①【半値】 半價。

ばんねん⓪【晩年】 晚年，暮年。

はんのう⓪【反応】 スル ①反應，回響，效果。「激しい～」強烈的反應。②生化反應。「酸性の～を呈する」呈酸性反應。「化学～」化學反應。

はんのう⓪【半農】 半農。「～半漁」半農半漁。

ばんのう⓪【万能】 ①萬能。「～薬」萬能藥。②全能，全才，無所不能。「～選手」全能運動員。

はんのき⓪【榛の木】 赤楊，樿木。

パンのき⓪【一の木】〔breadfruit tree〕麵包果樹。

はんば⓪【飯場】 工寮。

はんぱ⓪【半端】 ①零星。「～な時間」零星時間。②零數，尾數，零頭。「～が出る」出現零數；有尾數。③半截腰，不徹底，不明確，模稜兩可。「中途～」半途而廢。④半吊子。「～者の」不大有用的人。

ばんば⓪【輓馬】 挽馬。

ハンバーガー③【hamburger】 漢堡。

ハンバーグステーキ⑤【Hamburg steak】 漢堡牛肉餅。

はんばい⓪【販売】 スル 販賣。

バンパイア③【vampire】 ①吸血鬼。②吸血蝙蝠的異名。

はんばく⓪【反駁】 スル 反駁，批駁。

はんぱく⓪【半白】 半白，花白，斑白。

ばんぱく⓪【万博】 世博，萬國博覽會。

はんばつ⓪【藩閥】 藩閥。「～政治」藩閥政治。

はんぱつ⓪【反発】 スル ①彈回，回彈，排斥。②頂撞，反對，不滿。「親に～する」頂撞父母。③回升，反彈。

はんはば⓪【半幅・半巾】 半幅。

はんばり⓪【半張り】 換前底。

はんはん③【半半】 各半，一半一半。

ばんばん⓪【万万】（副）①充分，無上，非常地。「～承知のうえ」充分諒解的基礎上。②決不會，萬萬不會。

ばんぱん⓪【万般】 萬般。「～わたる準備」各個方面的準備。

ばんばんざい③【万万歳】 萬萬歲。

バンバンジー③【棒棒鶏】 棒棒雞。

はんびょうにん③【半病人】 半病人，像病人。

はんびらき⓪②【半開き】 半開。「～の窓」半開的窗子。

はんぴれい③【反比例】 スル 反比例。↔正比例

はんぷ①【頒布】 スル 頒布，散布，發行。「無料～」免費發放。

バンプ①【vamp】 妖婦。

パンフ⓪ 小冊子（的略語）。

パンプキン③【pumpkin】 南瓜。「～パイ」南瓜派；南瓜餡餅。

はんぷく⓪【反復・反覆】 スル 反覆。「～練習」反覆練習。

ばんぷく⓪【万福】 萬福。

はんぷくきごう⑤【反復記号】 重複記號，反覆記號。

パンプス①【pumps】 輕便女鞋，淺口女鞋。

ばんぶつ①【万物】 萬物。

ハンブル①【fumble】 スル 漏接。

パンフレット①④【pamphlet】 小冊子。

はんぶん③【半分】 ①一半，二分之一。「百の～は 50 だ」一百的二分之一是 50。②半…。「冗談～」半開玩笑。

はんぶんじょくれい⓪【繁文縟礼】 繁文縟節，繁文縟禮。

ばんぺい◎【番兵】 哨兵。

はんべいしゅぎ◎【汎米主義】 泛美主義。

はんべつ◎【判別】スル 辨別，判別。

はんぺら【半ぺら】 半張紙。

はんぼいん◎【半母音】〔semivowel〕半母音。

はんぼう◎【繁忙】 繁忙。「～を極める」極其繁忙。

はんぽん◎①【版本】 版本。

ハンマー①【hammer】 ①鐵錘，榔頭。②音錘。③鏈球。

ハンマーなげ◎【一投げ】 擲鏈球。

はんまい◎【飯米】 口糧米，食用米。

はんみ◎【半身】 ①側身，斜著身體。「～に構える」側身架勢。②半片魚。

はんみょう◎【斑猫】 虎甲蟲。

ばんみん◎③【万民】 萬民，全國人民。

はんめい◎【判明】スル 判明，弄清。「身元が～した」查明了來歷。

ばんめし◎【晩飯】 晚飯。

はんめん◎【反面】 反面，另一面。

はんめん◎◎【半面】 ①半邊臉。②半邊，一側，半面。③單方面，片面。「～の真理」片面的真理。

はんめん◎◎【版面】 版面，印版。

はんめん◎【盤面】 盤面，棋局。

はんめんきょうし◎【反面教師】 反面教師，負面示範。

はんも◎【繁茂】スル 繁茂。「その公園には草木が～している」那個公園草木茂盛。

はんもく◎【反目】スル 反目。

ハンモック①【hammock】 吊床。

はんもと◎【版元】 出版者。

はんもん◎【反問】スル 反問。

はんもん◎【斑紋】 斑紋。

はんもん◎【煩悶】スル 煩悶。

ばんや【番屋】 哨所，哨亭，守望亭。

パンヤ◎①【葡 panha】 木棉，木棉纖維。

はんやく◎【反訳】スル ①翻譯。②反譯，把已翻譯的文字等再恢復原樣。

ばんゆう◎【万有】 萬有。「天地～」天地萬物。

ばんゆう◎【蛮勇】 蠻勇。

ばんゆういんりょく◎【万有引力】 萬有引力。

はんよう◎【汎用】スル 通用，萬用。「～モーター」萬能發動機。

はんら◎【半裸】 半裸。

ばんらい◎【万雷】 萬雷。「～の拍手」雷鳴般的掌聲。

はんらく◎【反落】スル 回跌，回落。↔反騰

はんらん◎【反乱・叛乱】スル 叛亂，反叛。

はんらん◎【氾濫】スル 氾濫，充斥。「海賊版のテープが～している」盜版錄音帶到處都是。

はんらんざい【反乱罪】 叛亂罪。日本舊陸、海軍刑法中規定的結黨、拿起武器進行叛亂的罪，在不以紊亂朝憲的目的為要件這一點上有別於內亂罪。

ばんり◎【万里】 萬里。「～の波濤」萬里波濤。

ばんりのちょうじょう◎【万里の長城】 萬里長城。

はんりょ◎【伴侶】 伴侶。「終生の～（＝配偶者）」終生伴侶。

ばんりょく◎【万緑】 萬綠，一片綠。「～叢中紅一点」萬綠叢中一點紅。

はんりん◎【半輪】 半輪，半圓形。

はんれい◎【凡例】 凡例。

はんれい◎【判例】 判例，案例。

はんろ◎【販路】 銷路。

はんろん◎【反論】スル 反論，反駁。

はんろん◎【汎論】 泛論。

ひ

ひ[1]【一】　一，一個。「~、ふ、み」一，二，三。

ひ[0]【日】　①日，太陽。「~が沈む」日落。②陽光，日光。「~が差す」陽光照射。③白天。「~が長い」天長。④一整天，一日。「~に三時間勉強する」一天用功三個小時。⑤日子。「~が浅い」開始做某事的時間尙短、經驗少。⑥日子，日期。「出発の~がせまる」出發的日子臨近了。⑦天天。每日。「悲しみの~を送る」過著悲傷的日子。⑧天氣情況。「うららかな、よい~」風和日麗。⑨情形，時候。「忘れた~にはそれこそ大変だ」一旦忘了那可不得了！⑩時代，時候。「若かりし~の思い出」年輕時代的回憶。⑪指吉日、凶日等，日子的好壞。「~が悪い」日子不吉利。

ひ[1]【火】　①火，火熱。②炭火。③火災。「~の用心」小心火燭。④火光。「鬼~」鬼火；磷火。「~の消えたよう」灰心喪氣；頓失生氣。「~の無い所に煙は立たない」無火不生煙；無風不起浪。

ひ[1]【灯】　燈火，燈光。「遠くに~が見える」看見遠處的燈光。「~をともす」點燈。

ひ[1]【杼・梭】　杼，梭。

ひ[1]【樋】　①導水管。②細溝。「~定規」刻道的尺。

ひ[1]【比】　①比，可比。「~ではない」無法相比。②〔數〕比，比例。

ひ[1]【妃】　妃。「皇太子~」皇太子妃。

ひ[1]【非】　[1] ①醜聞。↔是。「~をあばく」揭發醜聞。②不利。「形勢~なり」形勢不利。③錯誤。「自分の~を認める」承認自己的錯誤。[2]（接頭）非，無，沒。「~科学的」非科學的。「~公開」非公開。

ひ[1]【秘】　①秘密。「秘中の~」秘中之秘。②奥秘。

ひ[0]【碑】　石碑。

ひ[1][0]【緋】　緋，深紅色。「~の衣」緋衣。

び[1]【美】　①美。「自然の~」自然美。②圓滿出色。「有終の~を飾る」善始善終。

び[1]【微】　微。「~に入り細(さい)を穿(うが)つ」分析入微。

び【尾】（接尾）　尾。「鯛(たい)1~」鯛魚1尾。

ひあい[0][1]【悲哀】　悲哀。「人生の~を味わう」體驗人生的悲哀。

ひあが・る[3]【干上がる・乾上がる】（動五）　①乾透。「日照りで田が~・る」田地因旱情而乾透。②難以糊口。「口が~・る」難以糊口。③乾潮，乾涸。

ひあし[0]【日脚・日脚】　①日腳。「~が早い」太陽跑得快。②（白）天。「~が延びる」白天變長。③日行情表。

ひあし[0]【火脚】　火勢蔓延速度。

ピアス[1]　〔pierced earrings 之略〕耳針式耳環，耳墜，耳飾。

ひあそび[2]【火遊び】スル　①玩火。②玩火。男女間逢場作戲。

ひあたり[0][4]【日当たり・陽当たり】　向陽。「~のいい部屋」光線明亮的房間。

ピアニカ[2]【pianica】　口風琴。

ピアニスト[3]【pianist】　鋼琴家。

ピアニッシモ[3]【義 pianissimo】　非常弱，pp。

ピアノ[0]【義 piano】　①弱，*p*。②鋼琴。

ピアノせん[0]【一線】　鋼琴弦。

ひあぶり[2]【火炙り】　火炙。「~の刑」火炙刑。

ヒアリング[1]【hearing】　①（語言教育方面的）聽力，聽寫。②公聽會，聽證會。

ひい[1]【一】　一。「~、ふう、みい」一、二、三。

びい[1]【微意】　微意，寸心。「感謝の~を表す」聊表感謝之意。

ビーカー[1]【beaker】　燒杯。

ひいき[1]【贔屓】スル　①偏愛，偏袒，眷顧，袒護，關照。②贊助者，眷顧者，後援人。「～の旦那」主顧。
ひいきめ[0][4][3]【贔屓目】　偏心。「～に見ても負けだ」即使偏心看待也贏不了。
ひいく[0]【肥育】スル　肥育，育肥。
ピーク[1]【peak】　①山頂。②高峰，高潮。「ラッシュの～」交通擁擠高峰。
ビークラス[3]【B class】　二級，B 級。
ビーグル[1]【beagle】　米格魯。犬的一個品種。
ピーケーせん[5]【PK 戦】〔PK 爲 penalty kick 之略〕PK 戰，罰球決勝負。
ピーコート[3]【pea coat】　水手短外衣。
ピーコック[3]【peacock】　孔雀。
ビーコン[1]【beacon】　①信標。②無線電指向標，無線電信標。
ビーシーへいき[5]【BC 兵器】　生化武器。
びいしき[2]【美意識】　美的意識。
ヒース[1]【heath】　①歐石楠的英語名。②矮灌木（荒原）。
ビーズ[1]【beads】　小珠珠，串珠。
ピース[1]【peace】　和平。
ピース[1]【piece】　切片，小片，片，塊。「2000～のジグソー-パズル」2000 片的拼圖遊戲。
ヒーター[1]【heater】　①電熱器。②暖氣設備。
ピーターパンシンドローム[10]【Peter Pan syndrome】　彼得潘症候群。
ビーだま[0]【一玉】　玻璃珠，玻璃球。
ピータン[3]【皮蛋】　皮蛋。
ビーチ[1]【beach】　湖灘，海邊，海濱。
ピーチ[1]【peach】　桃。
ひいちにち[1]【日一日】（連語）　一天天地。
ビーチバレー[4]【beach volleyball】　沙灘排球。
ひいては[1]【延いては】（副）　進而，進一步。
ひい・でる[3]【秀でる】（動下一）　卓越，突出，秀出，擅長，出類拔萃。「一芸に～・でる」有一技之長。
ヒート[1]【heat】　熱，熱氣，熱量。「オーバー-～」過熱。
ビート[1]【beat】　①游泳時兩腿上下打水等。②拍子，節拍。「～のきいた演奏」聽節奏明快的演奏。
ビート[1]【beet】　甜菜。
ヒートアイランド[4]【heat island】　熱島。
ヒートポンプ[4]【heat pump】　熱泵。
ピートモス[3]【peat moss】　泥炭苔。
ビードロ[0]【葡 vidro】　玻璃的古稱。
ビーナス[1]【Venus】　維納斯。
ピーナツ[1]【peanuts】　花生米，花生。
ピーナツバター[6]【peanut butter】　花生醬。
ビーにじゅうく[3]【B29】　B29 轟炸機。
ピーは[1]【P 波】〔拉 undae primae〕P 波。→S 波
ビーバー[1]【beaver】　河狸，海狸。
ビーばん[0]【B 判】　B 規格。紙張尺寸之一。
ビーフ[1]【beef】　牛肉。
ビーフシチュー[4]【beef stew】　清燉牛肉。
ビーフジャーキー[4]【beef jerky】　牛肉乾。
ビーフステーキ[5]【beefsteak】　煎牛排，鐵扒牛肉。
ビーフストロガノフ[7]【beef stroganoff】　俄式燉牛肉。
ピープル[1]【people】　人們，人民，國民。
ビーフン[1]【米粉】　米粉。
ピーマン[1]【法 piment】　甜椒，青椒，彩椒。
ビーム[1]【beam】　①橫樑。②波束，光束，電子束。
ビームアンテナ[4]【beam antenna】　定向天線。
ヒーメン[1]【德 Hymen】　處女膜。
ピーラー[1]【peeler】　剝皮器。
ひいらぎ[1]【柊】　異葉木犀。
ヒーリング[0]【healing】　治療，康復。
ヒール[1]【heel】　鞋後跟。
ビール[1]【荷 bier】　啤酒。
ピール[1]【peel】　①果皮。②撕下面膜。
ヒールアウト[4]【heel out】　勾回。用腳後

跟踢球，並傳給同伴。

ひいれ⓪【火入れ】　①首次點火，開爐。「～式」開爐式。②點火加熱。

ヒーロー①【hero】　①英雄。②男主角。↔ヒロイン

ビーンボール④【bean ball】　投頭球。擦過打者頭部的猛球。

びう①【眉宇】　眉宇。

びう①【微雨】　微雨。

ひうお①【氷魚】　冰魚。

ひうち⓪【火打ち・燧】　①打火石（取火工具）。②水平斜撐，水平角撐，水平偶撐。

ひうちいし④【火打ち石・燧石】　打火石，燧石。

ひうん⓪【飛雲】　飛雲。「～文様」飛雲紋路；雲紋。

ひうん①【悲運】　悲運。

ひえ②【冷え】　冷，畏寒，冷勁。

ひえ⓪①【稗】　稗子。

ひえき⓪①【裨益】　スル　裨益。

ひえこ・む③【冷え込む】（動五）①很冷。②冷透，受寒。

ひえしょう⓪【冷え性】　虛冷症。

ひえびえ③【冷え冷え】（副）スル　①冷冰冰，冰冷，冰涼。②冷冰冰。

ヒエラルキー③【德 Hierarchie】　等級制，教階體制。

ひ・える②【冷える】（動下一）①感覺冷，涼。「体が～・える」身體發冷。「ご飯が～・えた」飯涼了。②冷淡，冷漠。

ピエロ①【法 pierrot】　小丑，丑角。

ヒエログリフ④【hieroglyph】　古埃及文，象形文。

ひえん⓪【飛燕】　飛燕。

びえん⓪【鼻炎】　鼻炎。

ビエンナーレ③【義 biennale】　隔年美展。

ひおう⓪【秘奧】　奧秘，蘊奧。「～を究める」究其奧秘。

ひおうぎ③【檜扇】　①檜扇。②射干。植物名。③高貴海扇蛤。

ビオトープ③【biotope】　生物棲地。

ひおどし⓪【緋縅】　緋色穿甲繩，緋甲

繩。

ビオラ①【義 viola】　中提琴。

ビオロン⓪①【法 violon】　小提琴。

びおん⓪【美音】　美音。

びおん⓪【微溫】　①微溫。②溫呑。

ひか①【皮下】　皮下。「～脂肪」皮下脂肪。

ひか①【悲歌】　スル　①悲歌，哀歌，輓歌。②唱悲歌。

ひが①【彼我】　彼我，彼此。「～の勢力」彼此的勢力。

びか①【美化】　スル　美化。「校内～運動」美化校園運動。「恋愛を～する」美化戀愛。

びか①【美果】　①美味的果實。②美好的結果。

ひがい⓪【被害】　被害，受害。↔加害。「～地」受害地。

ぴかいち②【光一】　①光一。日本花紙牌的手牌得分牌之一。②數第一，首屈一指。

ひがいもうそう⑤【被害妄想】　被害妄想。

ひかえ③②【控え】　①備用，備份。②備忘錄，記錄。③等候，扼控。「～の選手」候補選手。「～の者」身邊的幫手。

ひかえしつ③【控え室】　等候室，休息室。

ひかえめ⓪④【控え目】　①有節制，客氣，謹慎。②保守，少算，低估，控制，節制，留有餘地。「～な数字」保守的數字。

ひがえり⓪④【日帰り】　スル　當日歸。「～出張」當天回來的出差。

ひか・える③②【控える】（動下一）❶（自動詞）①待命，等候，等待。「別室に～・えている」正在別的房間等候。②侍候，恭候。「後ろに～・える」跟隨其後。③附近就有，不久就，靠近。「北に山が～・える村」北面靠山的村莊。「試合が明日に～・えている」明天就要比賽。❷（他動詞）①拉住，扼控。「袖を～・える」拉住袖子。②節制，控制。「酒を～・える」節制飲酒。③臨近，靠近，迫近。「後ろに山を～・えた

土地」後面靠山的土地。「あしたに数学
の試験に～・える」明天將面臨數學考
試。④記下來。「住所を手帳に～・え
る」把地址記在本子上。

ひかがみ【膕】　膕。膝後部的腿窩。

ひかく◎【比較】ㇲㇽ　比較。

ひかく◎◎【皮革】　皮革。「～製品」皮革
製品。

ひかく◎【非核】　非核，無核。

びがく◎【美学】　〔aesthetics〕美學。

ひかくてき◎【比較的】（副）　比較
（地）。

ひかくぶんがく◎【比較文学】　比較文
學。

ひかげ◎【日影】　日光，陽光。

ひがけ◎【日掛け】　每日存入，按日攤
還。「～貯金」每日存款。

ひかげん◎【火加減】　火候，火力強弱。

ひがさ◎【日傘】　遮陽傘，陽傘。

ひがさ◎【日暈】　日暈。→暈かさ

ひかさ・れる◎【引かされる】（動下一）
礙於。「情に～・れる」礙於情感。

ひがし◎◎【東】　①東，東方。↔西。②
東風。

ひがし◎【干菓子】　乾點心。↔生菓子

ひがしかぜ◎◎【東風】　東風。

ひがしがわ◎【東側】　①東側。「校舎
の～」校舍東側。②東側，東方國家。
↔西側

ひがしにほん◎【東日本】　東日本。↔西
日本

ひがしはんきゅう◎【東半球】　東半球。

ひかしぼう◎【皮下脂肪】　皮下脂肪。

ひかず◎【日数】　日數，天數。「～を重
ねる」日復一日。

ひかぜい◎【非課税】　非課稅，不課稅。

ひがた◎【干潟】　潮灘，潮坪，潮間帶。

ピカタ◎【義 piccata】　義大利豬排。

びかちょう◎【鼻下長】　迷戀女色，女人
迷，色鬼。

ぴかどん◎　原子彈的俗稱。

ひがみ◎【僻み】　乖張，乖僻。

ひがみこんじょう◎【僻み根性】　乖僻的
心，乖僻的性情。

ひが・む◎【僻む】（動五）　乖張，乖

僻，偏執。

ひがめ◎【僻目】　①斜眼，斜視。②看
錯，誤會。③偏見。

ひがら◎【日柄】　日子好壞。「お～も良
く」日子也吉利。

ひから・す【光らす】（動五）　擦亮。
「目を～・して監視する」擦亮眼睛監
視。

ひから・びる◎【干涸びる・乾涸びる】
（動上一）　①乾涸，乾透。「日照りで
田が～・びた」因乾旱田地乾涸了。②
枯燥，單調，乾巴巴，乾癟。

ひかり【光】　①光。②視力。「事故で～
を失う」因事故而失明。③光明，希
望。「前途に～を見いだす」前途光明。
④威光。「親の七光なな ひかり」父親的七色
光。「～を放つ」放光輝；大放光彩。

ひかりつうしん◎【光通信】　光通訊。

ひかりディスク◎【光―】　光碟。

ひかりファイバー◎【光―】　光導纖維，
光纖。

ひかりもの◎◎◎【光り物】　①閃光物，發
光體。②（在舊貨商、廢品收購業等
指）金屬。③青光魚。如鰶魚、竹莢
魚、鯖魚等。

ひか・る【光る】（動五）　①發光，發
亮，閃耀。「星が～・る」星光閃耀。②
閃光。③光彩照人，出眾，頂尖。④眼
睛閃耀，眼睛閃亮。「才気に～・る目」
才華橫溢的眼神。⑤受監視。「親の目
が～・っている」正受到父母監視。

ピカレスクしょうせつ◎【―小説】　流浪
漢小說。

ひかれもの◎【引かれ者】　被押送者，被
押赴刑場者。「～の小唄こ うた」死不服輸。

ひかれる◎◎【引かれる】（連語）　被套
牢。

ひがわり◎【日替わり】　一日一變。「～
定食」每天變換的套餐。

ひかん◎【悲観】ㇲㇽ　悲觀。↔楽観

ひかん◎【避寒】ㇲㇽ　避寒。「～地」避寒
地。

ひがん◎【彼岸】　①春分周，秋分周。②
彼岸。覺悟的境地，涅槃。↔此岸しがん

ひがん◎【悲願】　悲願，宏願，悲壯決

心。無論如何也要實現的悲壯願望。「～を達成する」達成夙願。

びかん⓪【美感】 美感。

びかん⓪【美観】 美觀。

ひがんばな⓪【彼岸花】 石蒜。

ひき⓪②【引き】 １①拉，牽，拉力，牽引力。②關照，照顧，提拔。「上司の～で出世する」依靠上司的提拔出人頭地。③門路，人際關係。「親類の～で就職する」靠親戚的關係找到工作。④拉力。釣魚時，魚銜住餌食後拉拽，亦指這時的力量。「～が強い」拉力大。２（接頭）接在動詞前表示強調。「～しぼる」用力拉。

ひき⓪【匹・疋】 ①匹。以２反爲織物單位。②（接尾）頭，隻，尾，條。（接尾）「2～の小犬」兩隻小狗。「金魚5～」金魚5尾。

ひき【蟇】 癩蛤蟆。

ひき⓪【悲喜】 悲喜。「～こもごも」悲喜交集。

ひぎ⓪【秘儀】 秘密儀式。

びき⓪【美姫】 美姬，美女。

びぎ⓪【美技】 漂亮的演技，妙技。

ひきあい⓪【引き合い】 ①引證，見證人。「～に出す」舉作例子；引為例證。②問價，詢價。「新製品の～が殺到する」新產品的詢價雪片似地飛來。

ひきあ・う⓪【引き合う】（動五）①互相拉，互相拽，相互吸引。「ロープを～・う」互相拉繩子。②划算。「～・わない商売」不划算的買賣。

ひきあ・げる⓪【引き上げる】（動下一）①牽引上來，拉上來，攏上去，打撈，撈起。「沈没船を～・げる」打撈沉船。②提高。「家賃を～・げる」漲房租。③提拔，起用。「主任に～・げる」提拔爲主任。

ひきあ・げる⓪【引き揚げる】（動下一）①撤回。「外地から～・げる」從外地撤回。②收回。「出資した資金を～・げる」收回投資的資金。

ひきあて⓪【引き当て】 ①抵押，擔保。②備抵，備付，提出。

ひきあ・てる⓪【引き当てる】（動下一）①中獎。「1等を～・てる」中頭獎。②適用，應用，對照。「自分に～・ててみる」對照一下自己。③充當，填補。「借金返済に～・てる」充作償還借款。

ひきあみ⓪【引き網・曳き網】 拖網。

ひきあわせ⓪【引き合わせ】 ①引見，引導，撮合。「お～願う」請給引見一下。②（無形力量的）引導，撮合。「この結婚も、先祖の～でしょう」此次結婚也可能是祖先在天之靈的撮合。③核對。

ひきあわ・せる⓪【引き合わせる】（動下一）①引見。「二人を～・せる」引見倆人會面。②拉合上，拉上。「着物の前を～・せる」把和服前襟合上。③核對。「台帳と～・せる」核對總帳。

ひき・いる⓪【率いる】（動上一）①率。帶領，率領。②指揮，統率。

ひきい・れる④【引き入れる】（動下一）①拉進來，扯入，曳入，拽入。↔引き出す。②請進，拉入。「業者を家に～・れる」把業者請到家中。「味方に～・れる」拉入同夥。

ひきう・ける④【引き受ける】（動下一）①承擔，接受，收受，承兌，認購，承受，承包。②擔保，保證。

ひきうす⓪③【碾き臼・挽き臼】 磨，石磨。

ひきうつし⓪【引き写し】 抄，描，照著畫。

ひきおこ・す④【引き起こす】（動五）①拉起，扶起。②惹起，引起。「問題を～・す」引起問題。

ひきおとし⓪【引き落とし】 拉倒，扯倒，曳倒。

ひきおと・す④【引き落とす】（動五）①拉拽。②劃撥，轉帳。「水道料金を～・す」劃撥自來水費。③扣除，扣款。

ひきかえ⓪【引き換え】 交換，兌換，互換，換給，退（瓶）。「代金と～にする」付款交貨；銀貨兩清。

ひきかえし⓪【引き返し】 ①返回，折回。②幕中拉幕。

ひきかえ・す⓪【引き返す】（動五）返回，折回。「忘れものをして、家へ～・した」忘了東西，又返回了家。

ひきか・える⓪【引き替える】（動下一）①交換，兌換。「小切手を現金と～・える」把支票兌成現金。②（用其連用形）相反，突然改變。「きのうの晴天に～・え，今日は朝から雨だ」與昨日的晴天相反，今天從早上開始就下起雨來。

ひきがえる⓪【蟇・蟾蜍】　蟾蜍。

ひきがし【引き菓子】　分贈點心。

ひきがたり⓪【弾き語り】①彈說。②彈唱。

ひきがね⓪【引き金】①扳機。「～を引く」扣扳機。②開端，起因。「その事件が～となって革命がおこった」那件事成爲導火線引發了革命。

ひきぎわ⓪【引き際・退き際】　引退之際，抽身（撤手）時。「人間は～が肝心だ」對人來說引退的時機很重要。

ひきげき⓪【悲喜劇】　悲喜劇。「人生の～を見る思い」看人生悲歡的感受。

ひきこみせん⓪【引き込み線】①引入線，聯絡線，專用線。②引入線。

ひきこ・む⓪【引き込む】（動五）①引入，引進。②吸引。「名演奏に～・まれた」被高超的演奏吸引住了。③引進，拉入。「田に水を～・む」引水入田。④拉入，拉進。「一味に～・む」拉入一夥。⑤患重感冒。⑥凹進，陷下。「壁の～・んだところ」牆壁凹進去處。⑦隱退，隱居。「田舎に～・む」隱遁鄉下；隱居鄉村。

ひきこも・る⓪【引き籠る】（動五）①悶居，閉居。②隱居。

ひきさが・る⓪【引き下がる】（動五）①退出，退下。「彼は急用で会場から～・た」他有急事離開了會場。②作罷，辭職，脫身。「おとなしく～・る相手ではない」對方不會老實罷手。

ひきさ・く⓪【引き裂く】（動五）①撕破，撕開。②拆散，離間。「男女の仲を～・く」挑撥男女關係。

ひきさ・げる⓪【引き下げる】（動下一）①降價，下降，降低。②降低。③使退。「車を～・げる」倒車。④撤下。「提案を～・げる」撤回提案。

ひきさ・る⓪【引き去る】（動五）①退去，離去，撤去。「潮が～・る」退潮。②扣去，扣除，減去。「給料から税金を～・る」從工資中扣除稅款。

ひきざん⓪【引き算】　減法。↔足し算

ひきしお⓪【引き潮・引き汐】　落潮，退潮。↔満ち潮・上げ潮

ひきしぼ・る⓪【引き絞る】（動五）①拉滿弓。「弓を～・る」把弓拉滿。②扯開嗓門喊。

ひきしま・る⓪【引き締まる】（動五）①繃緊，緊張，嚴肅，嚴緊，緊湊，緊繃。「～・った表情」緊張的表情。「気持ちが～・る」心情緊張。②行情堅挺。↔引き緩む。「相場が～・る」行情上漲。

ひきし・める⓪【引き締める】（動下一）①拉緊，勒緊。「口もとを～・める」閉口不語。「心を～・める」振作精神。②緊縮，縮減。「家計を～・める」縮減生活開支。

ひぎしゃ⓪【被疑者】　犯罪嫌疑人。

ひきす・える⓪【引き据える】（動下一）強迫坐下，強按坐下。

ひきずり⓪【引き摺り】　花枝招展懶女人。

ひきずりこ・む⓪【引き摺り込む】（動五）拖入，拽進。「不良グループに～・む」硬拉入不良團體。

ひきずりだ・す⓪【引き摺り出す】（動五）　硬拉出去。

ひきずりまわ・す⓪⓪【引き摺り回す】（動五）①拉著到處轉，拖著四處走。②帶著任意逛。「東京見物で一日じゅう～・された」被拉著逛了東京一整天。

ひきず・る⓪⓪【引き摺る】（動五）①拉，拖，拽。「机を～・って移す」用拉的移動桌子。②拖著。「足を～・って歩く」拖著腳走。③強拉，硬拉，硬拽。「いやがる子供を～・っていく」硬拉著去。④拖延，延長。「問題を～・る」把問題拖延下來。⑤礙於。「義理に～・られる」礙於義理。

ひきぞめ⓪【引き染め】　塗染底色。

ひきぞめ⓪【弾き初め】　初彈。

ひきたお・す③【引き倒す】（動五）　拉倒。「櫓を～・す」把瞭望台拉倒。

ひきだし⓪【引き出し・抽き出し】　①抽屜。②提款。

ひきだ・す③【引き出す】（動五）　①拽出，抽出，拉出。↔引き入れる。「馬屋から馬を～・した」把馬牽出了馬棚。②帶出，拉出。「交渉の場に～・す」帶到交渉（談判）地點。③引出，引發，發揮，誘導，促使發揮。「音楽の才能を～・す」發揮音樂才能。④讓別人出錢。「金は親から～・す」錢讓父母出。⑤提取，提走。「三万円を～・す」取出三萬日圓。

ひきた・つ③【引き立つ】（動五）　①顯眼，更好。「雨にぬれて木の緑が～・つ」淋過雨的樹木綠色分外好看。②高漲。「気が～・つ」精神振作。

ひきたてやく⓪④【引き立て役】　配角，襯托，陪襯者。

ひきた・てる④【引き立てる】（動下一）①使顯眼，使突出，使更好看。「花束を～・てるリボン」裝飾花束的緞帶。②照顧。「むすめむこを～・てる」關照女婿。③鼓勵。「気分を～・てる」鼓勁。④帶走。「罪人を～・てる」把犯人帶走。⑤拉上。「荒々しく格子戸を～・てる」粗暴地把格子門拉上。

ひきちがい⓪【引き違い】　雙槽推拉，多槽推拉。

ひきちゃ⓪【挽き茶・碾き茶】　（碾）粉茶。

ひきつ・ぐ③【引き継ぐ】（動五）　交接，繼承，接收，移交。「仕事を～・ぐ」接替工作。

ひきつ・ける④【引き付ける】（動下一）①拉近，引過來，使靠近。「敵を～・ける」讓敵人靠近。②吸引，使傾倒。「名演技で観客を～・ける」靠出色的演技吸引觀眾。③牽強附會。「自説に～・けて解釈する」對己見牽強附會地解釋。④發生痙攣。

ひきつづき⓪【引き続き】　①繼續。「昨年度からの～議案」接著去年的議案。

②（副）接續。「～先生のお話があります」緊接著有老師的談話。

ひきつづ・く⓪【引き続く】（動五）　①接連不斷。「戦乱が～・く」戰亂接連不斷。②一個接一個，接踵而來。「～・いてショーがあります」一個接一個地舉辦展覽會。

ひきづな⓪【引き綱】　①拉繩，牽繩，牽引用索。②曳索，纜繩。

ひきつ・る⓪【引き攣る】（動五）　①結疤。②抽筋。「水泳中に足が～・った」游泳時腿抽筋了。③抽搐。④發硬，板，繃。「知らせを聞いて顔が～・る」聽到通知後就繃著臉。

ひきつ・れる⓪【引き連れる】（動下一）帶去，帶領，帶。「生徒を～・れて行く」帶領學生去。

ひきつ・れる⓪【引き攣れる】（動下一）痙攣，抽筋。「足が～・れる」腿抽筋。

ひきて⓪【引き手】　①拉把，拉繩。用手拉的金屬件或繩帶。②拉車人，縴夫。「荷車の～」車夫。

ひきて⓪【弾き手】　彈奏者，演奏者。

ひきでもの⓪【引き出物】　贈品，紀念品，禮品。

ひきど⓪②【引き戸】　推拉門。

ひきどき⓪【引き時】　引退（脱身）好時機。「身の～」脱身的好時機。

ひきと・める④【引き止める・引き留める】（動下一）　①勒住，止住，牽制，束縛。「馬を～・める」勒住馬。②勸阻，挽留。「客を～・める」挽留客人。「夜遅くまで～・める」挽留到深夜。

ひきと・る③【引き取る】（動五）　①離開，回去，退出，退下。「寝室に～・る」退回寢室。②領回，取回，收養，收留，領養。「子犬を～・る」收養小狗。③接著說道。「話を～・る」接著別人的話說。④斷氣，嚥氣。「息を～・る」嚥氣。

ビギナー②【beginner】　初學者，生手。

ビギナーズラック⑥【beginner's luck】　初學者運氣（旺），生手運氣（佳），生手中頭獎。

ビキニ⓪【Bikini】　①比基尼島。②比基

尼泳裝，三點式泳衣。「～‐スタイル」比基尼式。

ひきにく⓪【挽き肉】 肉餡，絞肉，肉末。

ひきにげ⓪【轢き逃げ】 スル 肇事後逃逸。「飲酒運転で～する」酒後駕車肇事後逃逸。

ひきぬき⓪【引き抜き】 ①拔出，抽出，選拔，挑選。「主力選手の～合戦」主力選手選拔賽。②抽線變裝。

ひきぬ・く⓪【引き抜く】（動五） ①拔出，拉出，抽出，拔掉。「大根を～・く」拔蘿蔔。②拉過來，挖過來。「他球団の選手を～・く」挖角其他球隊的隊員。

ひきのば・す⓪【引き伸ばす】（動五） ①拉長，擴大，伸開，伸展開。「ゴムひもを～・す」把橡皮筋拉長。②放大。

ひきのば・す⓪【引き延ばす】（動五） 延長。「決定を～・す」延遲決定。

ひきはな・す⓪【引き離す】（動五） ①拉開，分離。「二人を～・す」拆散二人。②拉開，領先。「二位を～・してゴールインする」抛開第二名衝向終點。

ひきはら・う⓪【引き払う】（動五） 搬出，騰出，離開。「下宿を～・う」從租屋搬走。

ひきふね⓪【引き船・曳き船】 拖輪，拖船。

ひきまく⓪【引き幕】 收場幕。

ひきまど⓪⓪【引き窓】 拉繩天窗。

ひきまゆ⓪【引き眉】 畫眉，描眉。

ひきまわし⓪【引き回し】 ①領著到處逛。②指教，照顧，托育。「お～の程お願いします」請多指教。③遊街示眾。

ひきまわ・す⓪【引き回す】（動五） ①拖著轉，圍上，圈上。「幕を～・した会場」周圍圍著布幕的會場。②牽著走，帶著到處逛。「きょうは一日じゅう彼に～・された」今天被他拖著轉了一整天。③指教，照顧。「新人を～・す」關照新人。

ひきめかぎばな⓪【引目鉤鼻】 吊眼勾鼻。

ひきもきらず⓪【引きも切らず】（副） 接連不斷，絡繹不絕。「～客がくる」客人絡繹不絕。

ひきもど・す⓪【引き戻す】（動五） 拖回，拉回。「家に～・す」拖回家。

ひきもの⓪【引き物】 贈品，禮品，紀念品。

ひきゃく⓪【飛脚】 飛腳。傳遞緊急文件等的腳夫。

ひきゅう⓪【飛球】 高飛球。

びきょ⓪【美挙】 美舉，美好的行為。

ひきょう⓪【比況】 比況，比照，比擬，比喻。

ひきょう⓪⓪【卑怯】 卑鄙，卑怯。「～な手段」卑鄙的手段。

ひきょう⓪【秘境】 秘境。

ひきょう⓪【悲況】 悲況，慘狀。

ひきょう⓪【悲境】 悲境，逆境。

ひぎょう⓪⓪【罷業】 ①罷工。②同盟罷工。

ひきょく⓪【悲曲】 悲曲。

ひきよ・せる⓪【引き寄せる】（動下一） 拉過來，拉到身邊，拉到近旁。

ひきょり⓪【飛距離】 ①球的飛行距離。②飛行距離。滑雪在空中飛行而到著陸的距離。

ひきわけ⓪【引き分け】 平手。

ひきわ・ける⓪【引き分ける】（動下一） ①不分勝負。「延長の末～・ける」延時賽的結果仍不分勝負。②拉開，排解。

ひきわた・す⓪【引き渡す】（動五） ①拉上，張掛。②交付，移交。「営業権を～・す」移交營業權。

ひきわり⓪【引き割り】 推拉轉換。歌舞伎的舞臺轉換法。

ひきわりむぎ⓪【碾き割り麦】 麥子米。

ひきん⓪【卑近】 淺近，淺顯，通俗。「～な例」淺顯的例子。

びぎん⓪【微吟】 スル 低吟，微吟。

ひきんぞく⓪【卑金属】 賤金屬。→貴金属

ひきんぞくげんそ⓪【非金属元素】 非金屬元素。

ひ・く⓪⓪【引く】（動五） ①拉，扯，

拽，牽，拖，挽拉，拉動。「綱を～・く」拉繩子。「弓を～・く」拉弓。〔「舟を～・く」寫作「曳く」，「相手の気を～・く」寫作「惹く」〕②挽拉，牽引。「車を～・く」拉車。③描，畫線。「まゆを～・く」畫眉。④敷，塗，打，上。「油を～・く」塗一層油。⑤拉長。「糸を～・く」拉線。⑥拉攏，吸引。「注意を～・く」引起注意。⑦拉進，引進，安裝。「水道を～・く」安裝自來水。⑧拖。「裾を～・く」拖著下擺。⑨引用。「例を～・く」舉例。引例。⑩查。「辞書を～・く」查辭典。⑪繼承。「血筋を～・く」繼承血統。⑫打折。「値段を～・く」減價。⑬撒手，抽身，撤下。「手を～・く」撒手不管。⑭辭去，退出。「舞台から～・く」從舞臺退出。

ひ・く[0]【退く】（動五）　①後退。「兵を～・く」退兵。②辭退，辭去。「会長の職を～・く」辭去會長職務。

ひ・く[2][0]【挽く】（動五）　①旋，削，（拉）鋸。「のこを～・く」拉鋸子。「ろくろを～・く」旋滑輪。②碾碎，磨碎，絞。「肉を～・く」絞肉。

ひ・く[2][0]【碾く】（動五）　碾，碾碎。「コーヒー豆を～・く」磨咖啡豆。

ひ・く[0]【弾く】（動五）　彈。「ピアノを～・く」彈鋼琴。

ひ・く[0]【轢く】（動五）　軋，壓。

びく[1]【魚籠】　魚籠，魚簍。

びく[1]【比丘】　〔源自梵語〕比丘。

ひく・い[2]【低い】（形）　①低，矮。「背が～・い」身材矮小。「～・い天井」低矮的天花板。「～・く飛ぶ」低飛。②音量低。「～・い声」低聲。③低微，低賤。「身分が～・い」身分低微。④教養、能力、品位等差。「知能が～・い」智力低。「格調が～・い」格調低。⑤金錢數額少，數值小。「血圧が～・い」血壓低。「精度が～・い」精度低。「～・いコスト」低成本。↔高い

びくう[0]【鼻腔】　鼻腔。

びくしょう[2]【微苦笑】スル　微微苦笑。「～を浮かべる」臉上浮現出微微苦笑。

ピクセル[1]【PIXEL】　〔源自 picture element〕像素，畫素。

ひぐち[1]【火口】　①火口，火源。②噴火口。③噴嘴，噴火口。

ピクチャー[1]【picture】　繪畫，圖畫。

ひくつ[0]【卑屈】（形動）　卑躬屈膝，低三下四。「～な態度」卑躬屈膝的態度。

ひくて[0]【引く手】　①邀請者，引誘者。「～数多(あまた)」邀請者眾多。②引手。舞蹈的手勢。

ビクトリー[1]【victory】　勝利。

びくに[0][1]【比丘尼】　〔源自梵語〕比丘尼。

ピクニック[1][2]【picnic】　郊遊，遠足。

ひぐま[0]【羆】　棕熊。

ひくま・る[3]【低まる】（動五）　變低。「琴の音が～・る」琴音變低。

ピグミー[1]【Pygmy】　俾格米人。

ひくめ[0][3]【低め】　略低。↔高め

ひく・める[3]【低める】（動下一）　壓低，放低。↔高める。「声を～・める」壓低聲音。

ひぐらし[0]【日暮らし】　整天，終日。

ピクルス[1]【pickles】　西式醃菜，西式泡菜。

ひぐれ[0]【日暮れ】　日暮，黃昏，傍晚。

びくん[0]【微醺】　微醺。「～を帯びる」略帶醉意。

ひけ[0]【引け・退け】　①下班，放學，收工。「会社の～どき」公司下班的時候。②收盤，收盤價。③退縮，自愧不如別人。「～を感じる」感到不如別人。④落後，遜色，居下風。「～を取る」屈居下風；比不上。

ひげ[0]【髭・鬚・髯】　①鬍鬚，鬍子。②觸鬚。

ひげ[1]【卑下】スル　卑下，自謙。「自分を～する」貶低自己。自卑。

びけ　最後，倒數第一。

ピケ　糾察，糾察隊。「～をはる」設置糾察。

ピケ[2]【法 piqué】　凹凸織物。

ひけい[0]【秘計】　秘計。「～をめぐらす」謀劃秘計。

びけい[0]【美形】　美貌。

びけい⓪【美景】 美景。

ひげき①【悲劇】 ①悲劇。↔喜劇。②悲劇，悲慘事件。「戰争の～」戰爭的悲劇。

ひげきてき⓪【悲劇的】（形動） 悲劇性的。「～な最期」悲劇性的死去。

ひけぎわ⓪【引け際・退け際】 ①宜辭職時，宜退出時。②臨收盤時（行情）。

ひげくじら【鬚鯨】 鬚鯨。

ひけし⓪⓪【火消し】 ①滅火，消防。②消防隊，消防隊員。

ひけしつぼ⓪【火消し壺】 滅火罐，熄火罐。

ひげそり③【髭剃り】 刮鬚（刀）。

ひけつ①【否決】 スル 否決。↔可決

ひけつ⓪【秘訣】 秘訣。「成功の～」成功的秘訣。

ピケット①【picket】 崗哨，糾察。「～を張る」設置糾察。

ひげづら⓪【髭面】 鬍子臉。

ひけどき⓪【引け時・退け時】 下班時間，放學時，收工時。

ひけめ⓪【引け目】 ①自卑感，遜色。「～を感じる」感到自卑。②短處。「～をもつ」有短處。

ひけらか・す（動五） 炫耀，賣弄。

ひ・ける⓪⓪【引ける】（動下一） ①下班，放學，收工。「三時に学校が～・ける」學校三點放學。②不好意思，難爲情，畏縮。「気が～・ける」不好意思；膽怯。

ひけん⓪【比肩】 スル 比肩，相匹敵。「～するものなき秀才」無與比肩而立的秀才；無與倫比的優秀人才。

ひけん⓪【披見】 スル 披覽，展閱，拆閱。

ひけん⓪【卑見・鄙見】 鄙見，愚見，拙見。「あえて～を申せば」冒昧陳述拙見…。

びげん⓪【微減】 スル 微減，略減。↔微增。「利益が～する」利益微減。

ひげんぎょう②【非現業】 機關工作，管理工作，非現場工作。

ひけんしゃ【被験者】 受驗者，被測驗者，被檢查者，受測人。

ひこ【彦】 彥。男子的美稱。↔姫。

「海幸～」海幸彥。

ひこ⓪【曾孫】 曾孫，重孫。

ひご⓪【籤】 竹籤，竹篾，篾條。

ひご①【庇護】 スル 庇護。「親の～を受ける」受到父母的庇護。

ひご①【卑語】 卑語，粗話。

ひご①【飛語・蜚語】 蜚語。「流言～」流言蜚語。

ピコ①【pico】 兆分之一。

ひごい⓪【緋鯉】 緋鯉，紅鯉魚。

ひこう⓪【披講】 スル 披講，吟誦。

ひこう⓪【肥厚】 スル 肥厚，肥大。

ひこう⓪【非行】 ①非行，不良行爲。「～少年」不良少年。②嚴重不良行爲，失足。「～に走る」做壞事。

ひこう⓪【飛行】 スル 飛行。

ひこう⓪【飛蝗】 飛蝗。

ひごう⓪①【非業】 ①〔佛〕非業。②意外災難。「～の最期」意外災難的最終。

びこう⓪【尾行】 スル 跟蹤，尾隨。「犯人を～する」跟蹤罪犯。

びこう⓪【美校】 「美術学校」的簡稱。

びこう⓪【備考】 備考。「～欄」備考欄。

びこう⓪【備荒】 備荒。

びこう⓪【微光】 微光。

びこう⓪【鼻孔】 鼻孔。

びこう⓪【鼻腔】 鼻腔。

ひこうかい⓪【非公開】 非公開，不公開。「～で審議する」非公開審議。

ひこうき②【飛行機】 飛機。

ひこうきぐも⑤【飛行機雲】 凝結尾跡，飛機尾跡，航跡雲。

ひこうし②【飛行士】 飛行員，飛行士。

ひこうじょう⓪【飛行場】 飛機場，機場。

ひこうせん②【飛行船】 飛艇，飛行船。

ひこうてい②【飛行艇】 水上飛艇。

ひごうり②【非合理】 非理性，不合理。

ひごうりしゅぎ⓪【非合理主義】 〔哲〕〔irrationalism〕非理性主義。

ひこく⓪【被告】 被告。↔原告

ひこくにん②【被告人】 被告人。

ひこくみん②⓪【非国民】 非國民。

ひこつ①⓪【腓骨】 腓骨。

びこつ⓪【尾骨】 尾骨。

びこつ⓪①【鼻骨】 鼻骨。

ピコット②【法 picot】 牙邊，飾邊小圈。

ひごと⓪①【日毎】 每天。

ひごのかみ【肥後の守】 肥後守摺疊小刀。

ひこばえ①【蘗】 蘗。從樹木的殘株或根部叢生出的嫩芽。

ひこぼし②【彦星】 彦星。牽牛星的和名，天鷹座的α星河鼓二。

ひこまご⓪【曾孫】 曾孫，重孫。

ひごろ⓪【日頃】 平常，平時。

ひこん⓪【非婚】 未婚，非婚，不婚。

ひざ⓪【膝】 ①膝蓋，膝。②大腿。「～かけ」蓋在大腿上的圍毯。「～を打つ」一拍大腿；恍然大悟。「～を折る」卑躬屈膝；屈服。

ビザ①【visa】 簽證。→旅券

ピサ①【Pisa】 比薩。位於義大利中部，亞諾河口的附近的城市，有比薩斜塔。

ピザ①【義 pizza】 披薩。

ひさい⓪【非才・菲才】 無才，不才，才疏。「浅学～」學淺才疏。

ひさい⓪【被災】スル 受災，遭災。「～者」受災者。

びさい⓪【微細】 微細，細微。「～にえがく」微細地描繪。

びざい⓪【微罪】 輕罪，微罪。

ひざおくり③【膝送り】スル 挪位置，移動座位，挪座位。「順に～して下さい」請依次移動一下座位。

ひざかけ③【膝掛け】 膝毯，蓋毯。

ひざがしら③【膝頭】 膝蓋。

ひさかたぶり⓪【久方振り】 好久，許久。

ひざかり⓪④②【日盛り】 陽光最強時。

ひさく⓪【秘策】 秘策，秘計。「～を練る」籌劃秘策。

ひさ・ぐ②【鬻ぐ】（動五） 鬻，賣。「春を～・ぐ」賣春。

ひざぐみ⓪④【膝組み】 盤腿坐。

ひざくりげ③【膝栗毛】 徒步旅行。

ひさご⓪【瓠・匏・瓢】 ①瓠果。葫蘆、扁蒲、冬瓜等果實的總稱。②酒葫蘆。

ひざこぞう④【膝小僧】 膝蓋。

ひざざら⓪【膝皿】 膝蓋骨。

ひさし⓪【庇・廂】 ①房簷，出簷，挑簷，披屋，簷廊。「～を貸して母屋を取られる」喧賓奪主；出租廂房後主房被霸占。②帽舌，帽簷。③額前髮。

ひざし⓪【日差し】 陽光，光照。

ひさし・い③【久しい】（形） ①好久，許久。「～・く便りがない」好久沒有來信。②久違。「お～・うございます」久違久違。

ひさしぶり⓪⑤【久し振り】 久別，隔了好久。「お～ですね」好久不見。

ひざづめ⓪【膝詰め】 促膝。「～談判」促膝談判。

ひさびさ①【久久】（形動） 久別，隔了好久。「～の帰郷」隔了很久以後回鄉。

ひざびょうし③【膝拍子】 拍膝打拍子，拍腿打拍子。「～を打つ」拍膝打拍子。

ひさべつぶらく⑤【被差別部落】 受歧視部落。

ひざまくら③【膝枕】 以大腿作枕，腿枕，膝枕。

ひざまず・く④【跪く】（動五） 跪，跪下，跪拜。「～・いて祈る」跪下祈禱。

ひさめ⓪【氷雨】 ①冰雹，霰。②冰雨。

ひざもと⓪【膝元】 膝下，身邊，身旁。「親の～を離れる」離開父母身邊。

ひさん⓪【砒酸】 砷酸。

ひさん⓪【飛散】スル 飛散。「粉塵が～する」粉塵飛散。

ひさん⓪【悲惨・悲酸】 悲慘，悲酸。「～な災害」慘不忍睹的災害。

ひさんなまり⓪【砒酸鉛】 砷酸鉛。

ひし⓪【菱】 菱，菱角。

ひし①【皮脂】 皮脂。

ひし①【秘史】 秘史。「王朝～」王朝秘史。

ひじ②【肘・肱・臂】 ①肘關節，手肘。「～をつく」支起手肘。②肘形物。

ひじ①【秘事】 秘事。

ひしお⓪【醬】 醬。味噌醬的一種。

ひじかけ⓪③【肘掛け】 ①扶手。②憑肘几。

ひしがた⓪【菱形】 菱形。

ひじき⓪【鹿尾菜】 羊栖菜。

ひし・ぐ◎【拉ぐ】（動五）　①壓碎，壓扁。「気勢を～・ぐ」削弱氣勢。②壓倒，挫敗。「鬼をも～・ぐ勢い」勢不可擋。

ひし・げる◎【拉げる】（動下一）　壓碎，壓扁。

ひしこいわし④【鯷鰯】　日本鯷的別名。

ひししょくぶつ④【被子植物】　被子植物。

ビシソワーズ◎【法 Vichyssoise】　維琪奶油濃湯。

ビジター①【visitor】　①來客，來賓。②客隊。

ひしつ◎【皮質】　皮質。↔髓質

ひじつき◎【肘突き】　肘墊。

びしてき◎【微視的】（形動）〔microscopic〕①微觀（的）。「～な世界」微觀世界。②微觀的。「問題を～にとらえて論ずる」從微觀上抓住問題進行論述。↔巨視的

ひじでっぽう◎【肘鉄砲】　①肘撞。②嚴厲拒絕。「～を食わせる」遭嚴厲拒絕。

ビジネス①【business】　①工作，事業，生意，實業，事務。②商務，經商。「～としてわりきる」作爲商務要決斷。

ビジネススクール◎【business school】　①實業學校。②商學院。

ビジネスホテル◎【business hotel】　商務旅館。

ビジネスマン④【businessman】　①實業家。②商務職員，辦事員。

ビジネスライク◎【businesslike】（形動）　有效率的，事務性的，實務性的。

ひしひし◎【犇犇】（副）　①逼人。「寒さが～と身に迫る」寒氣逼人。②緊逼。「数万の兵が～と城に迫る」數萬大軍兵臨城下。

びしびし①（副）　接二連三地，不容分說地，嚴厲地。「～教え込む」嚴加教誨。

ひじまくら③【肘枕】スル　肘枕，曲肱爲枕。

ひしめ・く③【犇めく】（動五）　熙熙攘攘。「参拝者が～・く境内」參拜者熙熙攘攘的寺院境內。

ひしもち◎【菱餅】　菱餅，菱形黏糕。

ひしゃ◎【飛車】　飛車。將棋的棋子之一。

ひしゃく①【柄杓】　舀子，長柄勺。

びじゃく◎【微弱】　微弱，輕微。「～な電流」微弱的電流。

ひしゃ・げる◎②【拉げる】（動下一）　壓平，壓扁，壓癟。「～・げた帽子」壓癟的帽子。

ひしゃたい◎【被写体】　被攝體。

びしゃもんてん③【毘沙門天】〔源自梵語〕毗沙門天。

ぴしゃり②（副）　①砰地一聲。②啪地。「～とほおを打つ」啪地打了一記耳光。③嘩啦，啪嚓。④正顏厲色地，嚴厲地。「要求を～とはねつける」嚴厲地拒絕對方的要求。⑤恰好，正好，一點不差。「計算が～と合った」計算一點不差。

びしゅ①【美酒】　美酒。「勝利の～に酔う」沉醉於勝利的美酒。

ビジュアル①【visual】（形動）　視覺的，圖像化，形象化。「～な広告」形象化廣告。

ひしゅう◎【悲愁】　悲愁。

ひじゅう◎【比重】　①〔物〕比重。②比重。「教育費の～が年々増大する」教育費的比重年年增加。

びしゅう◎【美醜】　美醜。

ひしゅうしょくご⑤【被修飾語】　被修飾語。

ひじゅつ◎【秘術】　秘術。

びじゅつ①【美術】　美術。

びじゅつかん③【美術館】　美術館。

ひじゅん◎【批准】スル　批准。

ひしょ①◎【秘書】　①秘書。「社長～」社長秘書。②秘笈。

ひしょ①【避暑】スル　避暑。「～地」避暑地。

びじょ①【美女】　美女。

ひしょう◎【卑小】　卑微，卑賤。

ひしょう◎【卑称】　蔑稱。如「てめえ」、「…しやがる」等。

ひしょう◎【飛翔】スル　飛翔。「鷹が～する」老鷹在空中飛翔。

ひしょう◎【悲傷】スル　悲傷。

ひしょう⓪【費消】スル 花光，用盡，耗盡。

ひじょう⓪【非常】 ①非常，緊急，危急。「～の場合」緊急情況非常場合。②（形動）非常，特別，很，極。「～な喜び」極度喜悅。

ひじょう⓪【非情】 無情。「～人」冷酷無情的人。↔有情

びしょう⓪【美稱】 美稱。

びしょう⓪【美粧】スル 美妝，美容。「～料」美容費。

びしょう⓪【微小】 微小。「～な生物」微小的生物。

びしょう⓪【微少】 微少，極少。

びしょう⓪【微笑】スル 微笑。「～を浮かべる」露出微笑。

びじょう⓪【尾錠】 卡釦，搭釦。

ひじょうきん⓪【非常勤】 非固定勤務，不定期出勤，非正常上班。「～講師」兼職講師。

ひじょうじ【非常時】 ①危急時，緊急時。②非常時期。

ひじょうしき【非常識】 無常識，不合常理，超出常識。「そんな～なことをするな」不要做那樣沒有常識的事情。

ひじょうしゅだん【非常手段】 非常手段。「～に訴える」訴諸非常手段。

びしょうじょ【美少女】 美少女。

ひじょうすう【被乗数】 被乗數。

ひじょうせん【非常線】 警戒線。

びしょうねん【美少年】 美少年。「紅顔の～」英俊少年；紅顏美少年。

びじょうふ【美丈夫】 美男子。

ひじょうり【非条理】 沒條理，不合事理。

ひしょかん⓪【秘書官】 秘書官。

ひしょく⓪【非職】 休職，無現職。

びしょく⓪【美食】スル 美食。「～を好む」喜歡美食。

びじょざくら【美女桜】 馬鞭草。

ひじょすう⓪【被除数】 被除數。

ビショップ⓪【bishop】 主教，司教，監督。

びしょぬれ⓪【びしょ濡れ】 濕透，濕淋淋。

ビジョン⓪【vision】 ①理想，想像。②幻想，幻影。③視覺，視野。

ひじり⓪【聖】 ①高僧。②聖人。③聖知識、技術本領格外優異的人。「歌の～」（和）歌聖。

びじれいく⓪【美辭麗句】 華麗辭藻。「～を並べる」堆砌華麗辭藻。

びしん【微震】 微震。

びじん⓪【美人】 美人。

ピジン【pidgin】 洋涇濱英語。

ひしんけい【披針形】 披針形。

ひ・す【秘す】（動五） 隱藏，秘藏。「特にその名を～・す」特隱其名。

ヒス⓪ 歇斯底里，癔病。「～をおこす」導致歇斯底里。

ひず【氷頭】 魚頭軟骨。

ビス⓪【法 vis】 小螺釘，螺絲。

ひすい⓪⓪【翡翠】 ①翡翠。②翡翠。翠鳥的別名。

びすい【微醉】 微醉。

ビスケット⓪【biscuit】 餅乾。

ビスコースレーヨン⓪【viscose rayon】 黏膠人造絲，黏液絲。

ビスタ⓪【vista】 眺望，瞭望，展望。「～カー」觀景車。

ピスタチオ⓪【義 pistacchio】 開心果。

ヒスタミン⓪【histamine】 組織胺。

ヒステリー⓪⓪【德 Hysterie】 ①歇斯底里。②癔病性格。「～性格」癔病性格。

ヒステリック⓪【hysteric】（形動） 歇斯底里發作。「～な笑い声」歇斯底里的笑聲。

ヒストグラム⓪【histogram】 直方圖，矩形圖，直條圖。

ヒストリー⓪【history】 歷史。

ピストル⓪【pistol】 手槍，短槍。

ビストロ⓪【法 bistro】 小型法式餐館。

ヒストン⓪【histone】 組蛋白。

ピストン⓪【piston】 活塞。

ピストンゆそう⓪【一輸送】 固定循環列車運輸。

ヒスパニック⓪【Hispanic】 拉丁美洲裔美國人。

ビスマス⓪【bismuth】 鉍。

ひずみ⓪【歪み】 ①歪斜，翹曲，畸變。

②後果，弊病，後遺症。「経済高度成長
の～に泣いている」正爲經濟高度成長
所帶來的弊病叫苦。

ひず・む⓪⓪【歪む】（動五）　歪斜，翹
曲，變形，畸變，失真。「映像が～・
む」影像失真。

ひ・する⓪【比する】（動サ變）　比，比
較。

ひ・する⓪【秘する】（動サ變）　秘藏。

ひせい⓪【批正】スル　批評訂正。「御～を
乞う」請予批評指正。

びせい⓪【美声】　美聲，悅耳聲音。

びせいぶつ⓪【微生物】　微生物。

ひせき⓪【砒石】　砒石，砒華。

ひせき⓪【飛跡】　〔物〕行跡，徑跡，飛
行軌跡。

びせきぶん⓪【微積分】　微積分。

ひせつ⓪⓪【飛雪】　飛雪。

ひぜに⓪【日銭】　日錢，日收入。

ひぜめ⓪【火攻め】　火攻。

ひぜめ⓪【火責め】　火刑拷問。

ひせん⓪【飛泉】　飛泉，瀑布。

ひぜん⓪【皮癬】　皮癬，疥癬。

びせん⓪【微賤】　微賤。

びぜん⓪【美髯】　美髯。

ひせんきょけん⓪【被選挙権】　被選舉
權。

ひせんきょにん⓪【被選挙人】　被選舉
者，被選舉人。

ひせんとういん⓪【非戦闘員】　非戰鬥人
員。

ひぜんもの⓪【肥前物】　肥前刀。

びぜんもの⓪【備前物】　備前刀。

びぜんやき⓪【備前焼】　備前燒。備前產
的陶器總稱。

ひせんろん⓪【非戦論】　非戰論，不戰
論。

ひそ⓪⓪【砒素】　〔arsenic〕砷，砒。

びそ⓪【鼻祖】　鼻祖，始祖。

ひそう⓪【皮相】　①表面，外表。②皮
相，膚淺，淺薄。「それは余りに～な見
方だ」那是過於膚淺的看法。

ひそう⓪【悲壮】　悲壯。「～な決意で出
発する」以悲壯的決心出發。

ひそう⓪【悲愴】　悲愴。「～感がただよ
う」充滿悲愴感。

ひぞう⓪【秘蔵】スル　①秘藏，珍藏，秘藏
物，珍藏物。「～の書物」珍藏的書籍。
「名画を～する」珍藏名畫。②珍愛，
嬌養。「～弟子」得意門生。

ひぞう⓪【脾臓】　脾臟。

びそう⓪【美装】　美裝，衣著美。「～を
こらす」講究衣著美。

びぞう⓪【微増】スル　微增。↔微減

ひそうしゃ⓪【被葬者】　被葬人。

びそうじゅつ⓪【美爪術】　美甲術。

ひそうぞくにん⓪【被相続人】　被繼承
人。

ひそか②【密か・私か】（形動）　秘密，
暗中，私下。「公金を～に流用する」私
挪公款。

ひぞく⓪【卑俗】　卑俗，庸俗，下流。「～
な作風」庸俗的作風。

ひぞく①【卑属】　卑親屬。↔尊属

ひぞく①【匪賊】　土匪，匪賊。

びそく⓪【鼻息】　鼻息。「～を窺う」
仰人鼻息。

びぞく①【美俗】　美俗。「醇風～」淳風
美俗。

ひぞっこ⓪⓪【秘蔵っ子】　寶貝兒，得意
門生（部下）。

ひそひそ①（副）　悄悄地，偷偷地。「～
話」悄悄話；竊竊私語。

ひそま・る③【潜まる】（動五）　變寂
靜，變冷清。「～・り返った校庭」恢復
寂靜的校園。

ひそみ③【顰み】　顰蹙，皺眉。「～に
倣う」效顰。

ひそ・む③【潜む】（動五）　①隱藏，潛
藏，潛伏。②隱含。「文中に～・む真
意」隱含在文中的真意。

ひそ・める③【潜める】（動下一）　①
藏，潛藏，潛伏。「暗闇に身を～・め
る」隱身於暗處。②低聲，小聲。「息
を～・めて聞いている」屏住氣息聽下
去。③銷聲匿跡。「鳴りを～・めた暴力
団」銷聲匿跡的暴力團體。

ひそ・める③【顰める】（動一下）　皺
（眉），顰。「彼のずうずうしさに一同
は思わず眉を～・めた」對於他那無恥

的表現，大家不由得皺起眉頭。

ひそやか⓪【密やか】（形動）　①寂靜，靜悄悄，鴉雀無聲。「～な夜の通り」夜裡靜悄悄的大街。②暗自，偷偷，秘密地。「～な思いを抱く」心中暗做打算。

ひだ⓪【襞】　①褶，襞。「スカートの～がきちんとしている」裙子褶得很整齊。②襞。「山の～」山襞。③曲折，波折，波動。「心の～」內心的波動；心曲。

びた⓪【鐚】　粗製錢。「～一文まからない」一文錢也不讓。

ひたあやまり⓪【直謝り】　一個勁地道歉。

ひたい⓪【額】　額，前額。「～の汗を拭く」擦額頭的汗。

ひだい⓪【肥大】ㅈﾙ　①肥大，膨大，龐大。「機構の～化に反對する」反對機構龐大。②肥大，腫大。

びたい⓪【媚態】　①媚態。「～を呈す」現出媚態。②媚態，低聲下氣，低三下四。

びたいちもん⓪【鐚一文】　粗製錢一文，一分錢。「～寄付は出さない」一分錢也不捐。

ひたおし⓪【直押し】　直推，一個勁地推。「～に押す」一個勁地推進。

ひたかくし⓪【直隠し】　一味隱藏，一個勁地掩蓋。「～に隠す」一個勁地掩蓋。

びだくおん⓪【鼻濁音】　鼻濁音。

ひたしもの⓪【浸し物】　涼拌青菜。

ひた・す⓪【浸す】（動五）　浸，泡。「着物を水に～・す」把衣服泡在水裡。「アルコールを～・したガーゼ」泡過酒精的紗布。

ひたすら⓪⓪【只管】（副）　只顧，只管，一心，衷心，一個勁地。

びたせん⓪【鐚錢】　劣質錢，粗製錢。

ひだち⓪【肥立ち】　長大，康復。「産後の～」產後的康復。

ひたと⓪【直と】（副）　①緊靠。「～寄りそう」緊緊依偎。②突然。「物音が～やむ」響聲突然停止。③聚精會神。「～と見つめる」聚精會神地凝視。

ひだね⓪【火種】　①火種。②起因。「戰

争の～をばらまく」撒下戰爭的種子。

ひたはし・る⓪【直走る】（動五）　不停地跑，只顧著跑。

ひたひた⓪①（副）①啪啪地拍打，拍打聲。「波が～と舟端を打つ」波浪嘩啦嘩啦地拍擊船舷。②逐漸迫近，步步逼近。「大軍が～と押し寄せる」大軍步步逼近。②（形動）剛淹過。「水を～にして野菜を煮る」讓水剛好淹過蔬菜再燉。

ひたぶる⓪【頓】（形動）　一個勁地，一味地。「～に追い求める」一味地追求。

ひだまり⓪⓪【日溜まり】　無風向陽處，背風向陽處。

ビタミン⓪【德 Vitamin】　維生素，維他命。

ビタミンイー⑤【―E】　維生素 E。

ビタミンエー⑤【―A】　維生素 A。

ビタミンシー⑤【―C】　維生素 C。

ビタミンビーいち⓪②④【―B₁】　維生素 B_1。

ビタミンビーじゅうに⓪①【―B₁₂】　維生素 B_{12}。

ひだら⓪【干鱈】　鱈魚乾。

ひだり⓪【左】　①左，左側，左邊。②左半身，左手，左腳。「～勝ち」慣用左手。③左，左派。↔右。④愛喝酒，酒貪杯者。

ひだりうちわ⓪⑤【左団扇】　安享清福。「～で暮らす」安閒度日。

ひだりがき⓪【左書き】　由左向右寫。

ひだりきき⓪【左利き】　①左撇子。②好喝酒（者）。

ひだりづま⓪【左褄】　①左衿邊。②藝妓的身分。「～を取る」當藝妓。

ひだりて⓪【左手】　①左手。②左邊。

ひだりまき⓪【左巻き】　①左旋纏繞，向左撐。②缺心眼（者）。

ひだりまわり⓪【左回り】　逆時針轉，反轉，左旋。

ひだりむき⓪【左向き】　向左，朝左。

ひだりよつ⓪【左四つ】　左四。相撲運動中相互將左手插入對方右腋下呈下手的姿勢。

ひた・る⓪【浸る】（動五）　①浸，

泡。「作物が水に～・ている」農作物淹在水裡。②沉浸，沉湎，沉醉。「酒と女に～・る」耽於酒色。

ひだる・い⓪【饑い】（形）餓得慌，饑餓，饑困而空腹。「賢者は～・し伊達だて寒し」賢者要挨餓，俏者要受凍。

ひだるま【火達磨】渾身是火，一團火，火球。「全身～になる」全身是火；成了火人。

ひたん⓪【悲嘆・悲歎】スル悲嘆。「～にくれる」悲嘆不止。

ひだん⓪【被弾】スル中彈。

びだん⓪【美談】美談，佳話。

びだんし③【美男子】美男子。

びちく⓪【備蓄】スル儲備。「～食糧」儲備糧。

ぴちぴち①①（副）スル①（魚等）活蹦亂跳貌。②朝氣蓬勃，充滿活力，活潑。「～した体」健壯的身體。

ひちゃくしゅつし④【非嫡出子】非婚生子女。↔嫡出子

びちゅう①①【微衷】微衷。對自己真心實意的謙稱。

ひちょう⓪【飛鳥】飛鳥。「～のごとき早技」飛鳥般的神技；飛鳥般的輕功。

ひちょう⓪【悲調】悲調。

びちょうせい⓪【微調整】微調。

ひちりき①①【篳篥】篳篥。雅樂用的管樂器。

ひつ⓪【櫃】①櫃。②飯櫃，飯桶。

ひつ①②⓪【筆】①筆。「貫之の～と伝える断簡」傳為貫之之筆的斷簡。②筆，宗。土地的一個區劃。「1～²の土地」一筆土地。

ひつあつ⓪【筆圧】筆壓（力）。

ひつう⓪①【悲痛】悲痛。

ひっか①⓪【筆禍】筆禍。「～を招く」招來筆禍。

ひっかかり⓪【引っ掛かり】①吊掛處，抓握處。②瓜葛，有關係。「あの会社とは～がある」與那家公司有關係。③疙瘩，芥蒂。「気持ちに～がある」心裡有疙瘩。

ひっかか・る⓪【引っ掛かる】（動五）①掛住，卡住，中途受阻。「つり糸に木

の枝が～・る」樹枝掛住釣魚線了。「税関で～・った」被海關扣住了。②連累。「厄介なことに～・った」被麻煩事牽連上了。③受騙，上當。「詐欺に～・る」被詐騙。④疙瘩，芥蒂。心裡有不痛快的事。「この話はやはり～・る」這事仍然心存芥蒂。⑤濺，濺。「ズボンに泥水が～・る」泥水濺在褲子上。

ひっかきまわ・す⑤【引っ掻き回す】（動五）①攪亂，翻亂，弄亂。②擾亂，攪亂。「株主総会を～・す」把股東大會攪亂。

ひっかく⓪【筆画】筆畫。

ひっか・く⓪【引っ掻く】（動五）搔，撓。「猫に顔を～・かれた」被貓抓傷了臉。

ひっか・ける⓪【引っ掛ける】（動下一）①吊掛，垂掛。「服を釘に～・ける」把衣服掛在釘子上。②繫，連接。「杭にもやい綱を～・ける」把纜繩繫在樁上。③掛住，絆住。「凧だを電線に～・ける」風箏掛在電線上。④衝撞。「トラックがオートバイを～・ける」卡車把摩托車撞了。⑤騙，欺騙。「敵をみごとに～・ける」巧妙地騙過敵人。「女を～・ける」勾引女人。⑥藉口，借機。「教育問題に～・けて息子の自慢をする」借教育問題誇耀自己孩子。⑦濺，濺，撒。「人の足にきたない水を～・けてしまった」把髒水濺到別人的腿上了。⑧乾杯。「ビールを一杯～・ける」一口氣喝光一杯啤酒。

ひっかぶ・る⓪【引っ被る】（動五）①蒙上，戴上，澆。「布団を～・て寝てしまう」蓋上被子就睡了。②攬過來。「罪を一身に～・る」把罪責全攬在自己身上。

ひつき⓪【火付き】引火，點火（難度）。「～の悪いライター」不易點燃的打火機。

ひっき⓪【筆記】スル筆記。「口述～」口述筆記。

ひつぎ⓪②【柩】柩，棺。

ひつぎのみこ④【日嗣の御子】日嗣御子。對皇太子的尊稱。

ひっきょう⓪【畢竟】（副）　畢竟。「～天の配剤というものだ」畢竟是上天的巧妙安排。

ひっきりなし⓪【引っ切り無し】（形動）　不間斷地，絡繹不絕，接連不斷地。

ピッキングシステム⓪【picking system】　分選系統。

ビッグ⓪【big】（形動）　大的，重大的，巨大的。「～な話題」重大話題。「～-ニュース」重大新聞。

ピックアップ⓪【pickup】スル　①選出，選拔出。「候補者を～する」選出候選人。②拾音器。唱機的重播裝置。③輕型客貨兩用車。

ひっくく・る⓪【引っ括る】（動五）　綁緊，紮緊。

ビッグバン⓪【big bang】　大爆炸宇宙論。

びっくり③（副）スル　吃驚，受驚，嚇一跳。

ひっくりかえ・す⑤【引っ繰り返す】（動五）　①翻過來，翻轉，顛倒。「札を～・す」把牌子翻過來。②翻倒。「慌てて、茶碗を～・した」由於慌張把碗弄翻了。③翻閱，翻找。「書類を～・して調べる」查閱文件。④推翻。「従来の学説を～・す」推翻從前的學說。

ひっくりかえ・る⑤【引っ繰り返る】（動五）　①倒，翻，反。「バスが～・った」公車翻了。②翻倒。「コップが～・る」玻璃杯倒了。③倒下，躺下。「芝生に～・って空をながめる」躺在草坪上仰望天空。④逆轉，顛倒過來。「国内の形勢が～・る」國內的形勢逆轉。

びっくりぎょうてん⑤【びっくり仰天】スル　大吃一驚。

びっくりばこ⑤【びっくり箱】　嚇人箱，嚇人盒。

ひっくる・める⓪【引っ括める】（動下一）　統統，通通，總共。「問題を～・めて考えよう」把問題匯總起來考慮吧。

ひつけ④【火付け】　縱火（者）。

ひづけ⓪【日付・日附】　附日期。

ひっけい⓪【必携】　①必攜。②指南，便

覽。「源氏物語～」《源氏物語指南》。

ひづけへんこうせん⑤【日付変更線】　換日線，日期變更線。

ピッケル①【德 Pickel】　冰鎬。

ひっけん⓪【必見】　必看，必讀。「～の名著」必讀的名著。

びっこ①【跛】　①跛，瘸腿。②不成對，不成雙。

ひっこう⓪【筆耕】　筆耕。「～料」稿費。

ひっこし⓪【引っ越し】スル　搬家，喬遷。

ひっこしそば⑤【引っ越し蕎麦】　喬遷蕎麥麵。

ひっこ・す③【引っ越す】（動五）　搬家，遷居，搬遷。「新居に～・す」遷到新居。

ひっこぬ・く⓪【引っこ抜く】（動五）　「引き抜く」的強調說法。

ひっこま・す④【引っ込ます】（動五）　縮回，撤回。「提案を～・す」撤回提案。

ひっこみ⓪【引っ込み】　①引進，拉入。②脫身，引退，撤手。③下場。「～がつかない」不能脫身；下不來台。

ひっこみじあん⑤【引っ込み思案】　畏縮不前，怯場。「あの人は何事にも～だ」那個人做什麼都畏首畏尾。

ひっこ・む③【引っ込む】（動五）　①塌陷，凹陷。「病気で目が～・む」因病眼睛凹陷。②進去，退下去。「主人が出てきたが、すぐ～・んでしまった」主人露了一下面，但馬上就進去了。「無理が通れば道理～・む」邪氣上升，正氣下降。③退場，下場。「六方を踏んで～・む」走導步退場。④縮進，隱入。「用のない者は～・んでください」請沒事的人往後退一退。⑤隱退，隱居。「仕事をやめて田舎に～・んだ」辭去工作，退居鄉間。

ひっこ・める④【引っ込める】（動下一）　①縮入，縮回，使凹陷。「亀が打たれて頭を～・めた」烏龜被打了一下縮回了腦袋。②撤回，放棄。「要求を～・める」撤回要求。③撤下，撤出。「先発投手を～・める」把先上場的投手撤下來。

ひ

ヒッコリー⓪【hickory】 山核桃。

ピッコロ⓪【義 piccolo】 短笛。

ひっさ・げる⓪【引っ提げる】（動下一）①率領，帶領。「兵を～・げて出陣する」率兵上陣。②帶著，提出，率兵上陣。「新政策を～・げて登場する」帶著新政策登場。

ひっさつ⓪【必殺】 必殺，勢必殺死。「～の剣」必殺之剣。

ひっさん⓪【筆算】 スル 筆算。

ひっし⓪【必死】 ①（形動）拼命，拼死，殊死。「～になって追い掛ける」拼命地追趕。「革命のために～に働く」為革命拼命工作。②必死。

ひっし⓪【必至】 必然趨勢。「敵の敗北は～の情勢だ」敵人的失敗是不可避免的。

ひつじ⓪【未】 ①未。十二支的第8個。②未時。③未。方位名。

ひつじ⓪【羊】 綿羊。

ひつじぐさ⓪【未草】 子午蓮。

ひつじぐも⓪【羊雲】 綿羊雲，絮狀高積雲。

ひつじさる⓪【未申・坤】 坤。方位名。

ひっしゃ⓪【筆写】 スル 抄寫，筆寫。

ひっしゃ⓪【筆者】 筆者，作者。

ひっしゃたい⓪【筆写体】 書寫體，手寫體。

ひつじゅ⓪【必需】 必需。

ひっしゅう⓪【必修】 必修。

ひつじゅん⓪【筆順】 筆順。

ひっしょう⓪【必勝】 必勝。

ひつじょう⓪【必定】 必定，一定。

ひっしょく⓪【筆触】 筆觸。

びっしょり③（副） 濕淋淋，淋濕透。

びっしり③（副） 塞滿。

ひつじん⓪【筆陣】 論戰，筆戰。「～を張る」展開筆戰。

ひっす⓪【必須】 必須，必需。「～の条件」必須的條件。

ひっせい⓪【畢生】 畢生。「～の大作」畢生的大作。

ひっせい⓪【筆勢】 筆勢。

ひっせき⓪【筆跡・筆蹟】 筆跡。

ひつぜつ⓪【筆舌】 筆舌，筆墨言詞。「～に尽くし難い」非筆墨言詞所能盡述；不可言喻。

ひっせん⓪【筆洗】 筆洗。洗筆尖之器具。

ひっせん⓪【筆戦】 筆戰，論戰。

ひつぜん⓪【必然】 必然。↔偶然・蓋然。「これは歴史発展の～の帰結である」這是歷史發展的必然結果。「～の勢い」必然趨勢。

ひつぜんせい⓪【必然性】 必然性。

ひつぜんてき⓪【必然的】（形動） 必然的。↔蓋然的。「～な帰結」必然的歸結。

ひっそく⓪【逼塞】 スル 淪落隱遁。「片田舎に～する」淪落隱遁到偏僻鄉村。

ひっそり③（副）スル ①寂靜，冷清，冷落，鴉雀無聲。「家の中は～と静まりかえっている」家裡靜悄悄的。②悄悄地，偷偷地，無聲無息地。「田舎で～と暮している」在鄉村靜靜度日。

ひっそりかん⓪（副） 鴉雀無聲地，無聲無息。「家の中は～としている」家裡無聲無息。

ひったくり⓪【引っ手繰り】 搶奪，搶劫，搶掠（者）。

ひったく・る④【引っ手繰る】（動五）搶奪，奪取，強奪。

ひった・てる⓪【引っ立てる】（動下一）拉走，帶走。「犯人を～・てる」押解犯人。

ひったん⓪【筆端】 ①筆端。②筆勢。

ひつだん⓪【筆談】 スル 筆談。

ひっち⓪⓪【筆致】 筆致。「軽妙な～」輕妙的筆致。

ピッチ①【pitch】 ①頻率。「～を上げる」提高頻率；加速。②（棒球中的）投球。「～練習」練習投球。③音調。「～が低」音調低。

ピッチ①【pitch】 瀝青。

ピッチドアウト⑤【pitchedout】 （故意）投壞球。

ヒッチハイク④【hitchhike】 搭便車旅行。

ピッチャー①【pitcher】 投手。

ピッチャー①【pitcher】 （帶提把的）大

水罐。

ひっちゃく◎【必着】 必到，一定到。「郵送の場合は月末までに~のこと」郵寄的話月底前必到。

ひっちゅう◎【必中】 スル 必中。「一発~」一發必中。

ひっちゅう◎【筆誅】 スル 筆誅，筆伐，筆誅墨伐。「~を加える」加以筆伐。

ピッチング◎【pitching】 スル ①投球。②（船、飛機等的）上下搖晃。↔ローリング

ピッチングマシーン◎【pitching machine】 投球機，自動發球器。

ひっつ・く◎【引っ付く】（動五） ①黏住，貼住。②形影不離，勾搭上。

ひっつめ◎【引っ詰め】 垂髻。

ひっつれ◎【引っ攣れ】 燒傷疤痕。

ヒッティング◎【hitting】 撃球。「~に出る」撃出安打。

ひってき◎【匹敵】 スル 匹敵。

ヒット①◎【hit】 スル ①安打。②大受歡迎，博得好評，暢銷。「この本はきっと~するだろう」這本書一定會大受歡迎。③撃中，打中，一撃。

ビット①【bit】 〔binary digit 之略〕①二進位，位。②比特。→バイト

ピット①【pit】 ①穴，坑窪。「オーケストラ~」樂隊席；樂池。「排水~」排水坑。②沙坑，墊子。③加油站，修理站。

ひっとう◎【筆頭】 首位，第一位。「~に名を掲げる」名列第一。「~株主」首席股東；第一大股東。

ヒットエンドラン◎【hit-and-run】 打帶跑。

ひつどく◎【必読】 必讀。「この名著は~の書である」這本名著是必讀之作。

ヒットチャート◎【hit chart】 （流行歌曲等的）排行榜。

ヒットマン①【hit man】 職業殺手，刺客。

ひっとら・える◎【引っ捕らえる】（動下一）「捕らえる」的強調說法。「犯人を~・える」逮捕犯人。

ひっぱが・す【引っ剥がす】（動五）

用力剝下。

ひっぱく◎【逼迫】 スル 窘迫，困窘。

ひっぱた・く④【引っ叩く】（動五） 使勁打，揍。「横面を~・く」打一記耳光。

ひっぱつ◎【必罰】 必罰。「信賞~」信賞必罰。

ひっぱり◎【引っ張り】 拉伸，拉進，拉扯。

ひっぱりこ・む◎【引っ張り込む】（動五） 拉進。「客を店に~・む」把客人拉進店裡。「悪の道に~・む」拉上邪路。

ひっぱりだこ◎【引っ張り凧・引っ張り蛸】 爭搶，搶手貨，受歡迎者。「彼の作品は~読まれている」他的作品很受歡迎，都爭著看。

ひっぱりだ・す◎【引っ張り出す】（動五） 拉出，拽出，扯出。「押し入れから~・す」從壁櫥裡拉出來。「会長に~・す」拉出當會長。

ひっぱ・る◎【引っ張る】（動五） ①扯，拽，拖，牽引。「網を~・る」拉繩子。②引進，拉進，架設。「部屋に電気を~・る」把電線牽進房間。③帶走，拉走。「あちこち~・って歩く」帶著到處走。「機関車が貨車を~・る」火車頭把貨車拉走。「すりは警察に~・られた」小偷被警察拉走了。④拉攏。「チームに~・る」拉入隊伍。⑤拖音，拉長音（腔）。「語尾を~・って音する」發音時把語尾拖長。

ひつび◎【必備】 スル 必備。「~の辞書」必備的辭書。

ひっぷ①【匹夫】 匹夫。「~の勇^{ゅう}」匹夫之勇。

ひっぷ①【匹婦】 匹婦。

ヒップ①【hip】 臀部，臀圍。

ヒップホップ◎【hip hop】 嘻哈。

ひっぽう◎【筆法】 ①筆法，書寫法。②文章的表現法。③作法，辦法。「例の~でことを運ぶ」依以往的辦法辦事。

ひっぽう◎【筆鋒】 ①筆鋒，筆尖。②筆鋒。字或文章的氣勢。「~鋭く反論する」筆鋒犀利地反駁。

ひつぼく◎【筆墨】　筆墨。「～に親しむ」喜好筆墨。

ひづめ◎◎【蹄】　蹄，蹄子。

ひつめい◎【筆名】　筆名。

ひつめつ◎【必滅】スル　必滅。「生者しょう～」生者必滅。

ひつもんひっとう◎【筆問筆答】　筆問筆答。

ひつよう◎【必用】　必用。

ひつよう◎【必要】　必要，需要，必需。「～は発明の母」需要是發明之母。

ひつようあく◎【必要悪】　必要之惡。

ひつようけいひ◎【必要経費】　必要經費。

ひつようじょうけん◎【必要条件】　必要條件。

ひつりょく◎【筆力】　筆力。

ひつろく◎【筆録】スル　筆録。

ビデ◎【法 bidet】　坐浴盆，下身盆。

ひてい◎【比定】スル　推定，推斷，比照推定。「この古墳は○○天皇陵に～された」這座古墳被推定爲某某天皇陵。

ひてい◎【否定】スル　否定。「彼はあくまでもこの事実を～している」他矢口否認這個事實。↔肯定

ビデオ◎【video】　①影像，錄影，視頻。「～を見る」看影像。②磁帶錄影機。

ビデオカセット◎【videocassette】　卡式錄影帶。

ビデオカメラ◎【video camera】　攝影機。

ビデオクリップ◎【video clip】　新歌宣傳帶。

ビデオソフト◎【⑭ video+soft】　影音軟體。

ビデオディスク◎【videodisk】　光碟。

ビデオテープ◎【videotape】　①錄影帶。②磁帶錄影機。

ビデオテープレコーダー◎【videotape recorder】　磁帶錄影機。

ピテカントロプスエレクトゥス◎【拉 Pithecanthropus erectus】　直立猿人，爪哇猿人。

びてき◎【美的】（形動）　美的。「～なセンス」美的感覺。

ひてつきんぞく◎【非鉄金属】　非鐵金屬。

ひでり◎【日照り・旱】　①日照，日曬。②乾旱。③缺乏。「女～」缺女人。

ひでりあめ◎【日照り雨】　太陽雨，日照雨。

ひでん◎【秘伝】　秘傳。「～の薬」秘方。

びてん◎【美点】　優點，長處。

びでん◎【美田】　美田，良田。

ひでんか◎【妃殿下】　王妃殿下。

ひと◎【一】　①一。②表示「一個」或「一次」之意。「～房ぶさ」一串。「～太刀浴びせる」砍他一刀。③一整個。「～夏」一夏。「～村あげて」一村（整個村）都……。④一陣，一場。「～苦労」吃一陣苦。「～雨来る」下一陣雨。

ひと◎【人】　①人。②某人。「～と～とのつながり」人與人之間的關係。③人手。「～が足りない」人手不夠。④人材。「～はほんとうに得がたい」人才難得。⑤人品。「～が悪い」人品不好。⑥外人，他人，世人。「～をからかってはいけない」不要捉弄人。「～のいうことを聞く」聽別人的勸。「～のうわさも七十五日」傳言長久不了。⑦人家。把自己當作第三人的用語。「～の気も知らないで」也不瞭解人家的心情。⑧那位。有特定關係的個人，如丈夫、妻子、情人等。「うちの～」家裡那位。「意中の～」意中人。

ひとあし◎【一足】　①一步。「家まではほんの～です」離家只有一步遠。②一步。少許時間。「～先にでかける」先走一步。

ひとあじ◎【一味】　味道的微妙狀態。「～足りない」不夠味。

ひとあしちがい◎【一足違い】　差一步，一步之差。「～で間に合わなかった」就差一點沒趕上。

ひとあしらい◎【人あしらい】　招待，應酬，待人接物。「～がうまい」很會待人接物。

ひとあせ◎【一汗】　一陣汗，一身汗，出出汗。「風呂で～流す」在澡堂裡出出汗。

ひとあたり⓪【一当たり】スル ①試探一下。②粗略地查一下。「～順に点検する」粗略地一一進行點查。

ひとあたり⓪⓪【人当たり】 待人接物的態度。「あの人は～が悪い」那個人態度不好。

ひとあめ②【一雨】 一場雨。「～ごとに暖かくなる」一場春雨一場暖。

ひとあれ②【一荒れ】スル ①一陣暴風雨，一場暴風雨。「空模様では～来そうだ」這種天氣看樣子要來一場暴風雨。②大發雷霆。③一場糾紛，一場風波。

ひとあわ②【一泡】 嚇一大跳，大吃一驚。「～吹かせる」使人嚇一跳。

ひとあんしん③⓪【一安心】スル 姑且安心。

ひど・い②【酷い】（形）①酷，殘忍，殘暴。「彼は～・い扱いを受けた」他遭到殘酷的對待。②糟糕，不留情面。「～・い成績」糟糕的成績。③酷，厲害，兇猛，劇烈。「～・い雨に降られた」被大雨淋了。

ひといき②【一息】 ①喘口氣，歇口氣。②一口氣。「水を～に飲んだ」把水一口氣喝下去了。③喘口氣，歇口氣，歇會兒。「～を入れる」稍作休息。「ほっと～つく」好不容易喘口氣。④一口氣，一下子。「～にやる」一氣呵成。⑤一把勁，稍微加把勁。「あと～だ」再加把勁。

ひといきれ②【人いきれ】 憋悶，人多悶熱。

ひといちばい⓪【人一倍】 比人多一倍。

ひといろ②【一色】 ①一色。一種顏色。②一色。一個種類。

ひとう⓪【秘湯】 秘密溫泉，秘湯。

ひどう①【非道】 非正道。「極悪～の犯罪行為」滔天罪行。

びとう⓪【尾灯】 尾燈。

びとう⓪【微騰】スル 微漲，微升。↔微落

びどう⓪【微動】スル 微動。「～だにしない」紋風不動。

ひとうけ⓪【人受け】スル 人緣，受歡迎。「～のいい人」人緣好的人。「～する作品」受歡迎的作品。

ひとえ⓪【一重】 ①單層，一層。②單瓣。

ひとえに⓪【偏に】（副）①完全。②衷心，一個勁地。「ご配慮のほど～お願いいたします」衷心希望您多多關照。

ひとおじ⓪【人怖じ】スル 認生，怕生。

ひとおもいに④【一思いに】（副）一狠心，下決心，一下子。

ひとかい②【人買い】 人口販子。

ひとかかえ②【一抱え】 一摟，一抱。

ひとがき⓪【人垣】 人牆，人垣，圍一圈人。「そこにはもう～ができた」那已經形成了一堵人牆。

ひとかげ⓪【人影】 ①人影。「～もなく，物音一つもない」沒一個人影，也沒一點兒動靜。②人影。被光線映照出來的人的影子。「壁に～がうつっている」牆上映著人影。

ひとかた②【一方】 ①一位。「お～」一位。②（形動）一般，尋常。「～ではない悲しみ方」非比尋常的悲傷方式。

ひとかど⓪【一廉】 ①突出，優秀，出類拔萃，非同一般。「あの方は～人物だ」那位是個了不起的人物。②（副）相稱，一般。「～役に立っているつもりらしい」好像還自以為很有用似的。

ひとがら⓪【人柄】 ①人品，人格，為人。「私は彼の～が好きだ」我喜歡他的為人。②品格高尚。

ひとかわ②【一皮】 ①一張皮。②外表，表皮，假面具。「～剝く」剝去偽裝的外表。

ひとぎき⓪【人聞き】 外人聽起來，名聲。「～が悪い」外人聽起來不好。

ひとぎらい②【人嫌い】 不願見人，孤僻。

ひときわ⓪【一際】（副）格外，分外，特別，突出。「～目立つ」特別顯眼。

ひとく⓪【秘匿】スル 隱匿，秘匿。

ひどく②【酷く】（副）很厲害，真殘忍，真狠心，殘酷。「～暑い日が続いた」酷暑的日子連續。「船が～ゆれる」船搖晃得厲害。

びとく⓪①【美徳】 美德。「謙遜は～である」謙虛是美德。

ひとくい◎【人食い・人喰い】 ①吃
人，食人。②咬人。「～鮫<small>ざめ</small>」食人鯊。

ひとくさり②【一齣】 一齣。「～うたっ
てきかせる」唱一齣來聽聽。「～話をす
る」說一齣傳奇故事。

ひとくせ②【一癖】 ①一怪癖。②怪癖，
特別，乖僻，非同一般。「あの人は～あ
りそうだ」那個人好像有點古怪。「～も
二癖<small>ふたくせ</small>もある」怪癖難相處。

ひとくち◎【一口】 ①一口。「～に食べ
た」一口吃下。②嘗一點，一口。「ほん
の～飲んだ」喝了一小口。③一言，一
則，一句話，一概而論。「～に言えば」
一言以蔽之。④一筆，一宗，一份，一
股。「～五千円の寄付」一筆五千圓的
捐款。⑤一股，一言。「～乗る」認購
一股；算上一份。

ひとくちばなし⑤【一口話・一口咄・一口
噺】 小笑話，短笑話，一則故事。

ひとくろう②【一苦労】 <small>スル</small> 吃些苦，受點
累，費點勁，費一番勁。

ひとけ◎【人気】 人氣。

ひどけい◎【日時計】 日晷，日規。

ひとこいし・い◎【人恋しい】（形） 眷
戀人的。

ひとこえ◎【一声】 ①一聲。「鳥が～悲
鳴した」鳥悲鳴一聲。②一聲，一句
話。「隣の人に～を出掛けた」和鄰居打
了招呼就出門了。③一句話。對於某件
事起決定性作用的一言。「鶴<small>る</small>の～」權
威人士的一句話。

ひとごこち③【人心地】 寬慰心情，正常
心境。「これでやっと～がついた」這才
好不容易清醒過來。

ひとこと②【一言】 ①一言，一句話，一
語。「～も聞き入れない」一句話也聽不
進去。②三言兩語。「～言いたいことが
ある」我想講幾句話。

ひとごと◎【人事・他人事】 閒事，別人
的事。「～でない」並非他人事。

ひとこま◎【一齣】 ①一鏡頭，一片斷，
一場面。「人生の～」人生的一個片斷。
②一畫幅，一畫格，一框。

ひとごみ◎【人込み】 人海，人潮，人山
人海。

ひところ◎【一頃】 前一陣子，曾有一
時。

ひとごろし◎【人殺し】 殺人，殺人
者。

ひとさしゆび④【人差し指】 食指。

ひとさと◎【人里】 村，村落，村莊。

ひとさま◎【人様】 人家，旁人。

ひとさらい◎【人攫い】 拐騙人，拐騙
者。

ひとさわがせ④【人騒がせ】 擾民，滋
擾。

ひとし・い◎【等しい】（形） ①相等。
「色は違うが大きさが～・い」顏色不
同但大小一樣。②等於，等同於。「それ
はどろぼうにも～・い行為だ」那簡直
是強盜行為。

ひとしお◎【一塩】 薄醃。「～の鱈<small>たら</small>」薄
醃鱈魚。

ひとしきり③【一頻り】（副） 一陣，一
時，一會兒。「ざあざあと大雨が～降っ
た」嘩嘩地下了一陣大雨。「花が～咲き
ほこっている」花兒盛開一時。

ひとじち◎【人質】 人質。

ひとしなみ◎【等し並み】 等同，同等，
同樣，無差別。「大人も子供も～に扱
う」童叟無欺。

ひとじに◎【人死に】 死人。「～が出る」
死人了；出死人事故。

ひとしばい③【一芝居】 演一齣戲，耍一
花招，搞一個陰謀。

ひとしれず◎【人知れず】（連語） 偷偷
地，背地裡，暗中。「～心配する」暗地
裡擔心。

ひとしれぬ◎【人知れぬ】（連語） 人所
不知的，旁人很難理解的。「～苦労」別
人所不知的辛苦。

ひとずき◎【人好き】 惹人喜歡。「あの
子は～のする顔持っている」那個孩子
有張討人喜歡的臉。

ひとすじ◎【一筋】 ①一條，一縷，一
線，一絲，一道。「東京空港から市の中
心都市まで～の並木路がある」東京機
場到中心市有一條林蔭大道。「～の光
明」一線光明。②（形動）一心一意，
專心致志，一個勁地。「～に思いつめ

る」鑽牛角尖。

ひとすじなわ回【一筋縄】 一般手段。「~では行かない」用一般手段不行。

ひとずれ回【人擦れ】 スル 世故,滑頭。

ひとだかり回【人集り】 スル 聚集許多人,人成群。「黒山のような~」黑壓壓的人群。

ひとだすけ回【人助け】 助人。

ひとだのみ回【人頼み】 依賴別人,託他人,靠他人。

ひとたび回【一度】 ①一度,一次,一回。①(副)如果,一旦。「~決心したからには、実行する」一旦下了決心就可實行。

ひとだま回【人魂】 鬼火,磷火。

ひとたまり回【一溜まり】 支撐一時。「~もない」瞬間不支;不堪一擊。

ひとちがい回【人違い】 スル 認錯人,看錯人。

ひとつ回【一つ】 ①一,一個。「みかんは~もない」一個橘子也沒有。②一歳。1歳。「誕生日が来て、~になる」到生日那天就一歲了。③一同,一樣,一致。「全員が~にまとまる」全體一致。④一個,一種。「それも~の方法だ」那也是一個方法。⑤一個,一點兒。「手紙一~満足に書けない」連一封信都寫不好。⑥第一位的。「二人の気持ちが~になる」兩人心情是一致的。

ひとつあな回【一つ穴】 ①同穴,一穴。「~に葬られる」一穴而葬。②狼狽為奸。「~の貉なぎ」一丘之貉。

ひとつおぼえ回【一つ覚え】 老套,死腦筋。「馬鹿の~」一成不變。

ひとづかい回【人使い】 支使人,用人。「~が荒い」用人太狠。

ひとつかま回【一つ釜】 一鍋。「~の飯を食った仲」同吃一鍋飯的夥伴。

ひとつかみ回【一掴み】 一把,少量。「~の豆しかない」只有一把豆子。

ひとづき回【人付き】 ①人際交往。②給人印象。「~がいい」給人印象好。

ひとづきあい回【人付き合い】 人際交往。「李さんは~がいい」小李善於交際。

ひとっこひとり【人っ子一人】 (下接否定)一個人也…,誰也…。「~通らない」連一個來往的人也沒有。「~いない」連一個人也沒有。

ひとづて回【人伝】 傳話,捎口信。

ひとっぱしり回【一っ走り】 スル 跑一趟,跑一跑。

ひとつばなし回【一つ話】 ①第一話題。②一段佳話。

ひとつぶだね回【一粒種】 獨子,獨苗。

ひとづま回【人妻】 ①人妻。②已婚女性。

ひとつまみ回【一撮み】 一撮。

ひとつめこぞう回【一つ目小僧】 獨眼小僧妖怪。

ひとて回【一手】 ①一手。「~に引きうける」一手承擔。②一手,一步,一著,一局,一盤。③(舞蹈、樂曲等的)一曲,一支,一場,一齣。

ひとで回【人手】 ①人手,人工。「~が加わる」人工加工。②人手。「~に渡る」交於人手。③人手,外援,幫手。「仕事に~を借りる」為工作找幫手。④他人所為。「~にかかる」他殺。⑤人手。「~が足りず、忙しくてやりきれな」人手不夠,事情忙不過來。

ひとで回【人出】 外出人多,外出人群,人潮,人海。

ひとで回【海星】 多棘海盤車,海星。

ひとでなし回国【人で無し】 沒人味,不是人。

ひととおり回【一通り】 ①大概,大略,粗略。「~説明しておく」粗略說明。②普通,一般。「悩みは~ではない」苦惱非比尋常。③一種,一套。「やり方は~だけではない」方法不只一種。

ひとどおり回【人通り】 行人往來,來往行人。

ひととき回【一時】 ①一時,片刻。「いこいの~」休息一會兒。②一時。「この歌手~人気があった」這位歌手曾經紅極一時。③一個時辰。

ひととせ回【一年】 ①一年。②某一年。

ひととなり回【人となり・為人】 為人,人品。「この事は彼の~をよくあらわし

ている」這件事已充分說明了他的爲人。

ひとなか◎【人中】 當眾，眾人中，眾人面前，人多場所。「内気なので、~に出るのが恥しい」性格內向，不好意思到眾人面前。

ひとなかせ◎◎【人泣かせ】 氣人，難爲人，折騰人。

ひとなつこ・い◎【人懐こい】（形）易親近，不認生。「この女の子は大層~・い」這個女孩太惹人喜歡了。

ひとなぬか◎【一七日】 頭七。

ひとなみ◎【人並み】 一般人，常人。

ひとなみ◎【人波】 人流，人潮。「~をかき分けて前へ進む」穿過人群向前進。

ひとにぎり◎◎【一握り】 一把，一小撮。「~の異端分子」一小撮異己分子。

ひとねいり◎【一寝入り】スル 睡個小覺，打個盹。

ひとねむり◎【一眠り】スル 睡一下，打個盹。

ひとのみ◎【一呑み】スル ①一口吞下。②喝一口。

ひとばしら◎【人柱】 ①人柱。在架橋、修堤、築城等時，爲祈求工程的完成和神靈庇祐，而以活人作犧牲埋在水底或地裡。②獻身者，犧牲者。

ひとはしり◎【一走り】スル 跑一趟，跑一跑。

ひとはた◎【一旗】 一面旗。「~揚げる」興辦新事業；重整旗鼓。

ひとはだ◎【一肌】 助一臂之力。

ひとはだ◎【人肌】 ①肌膚。②體溫。「~の程度にお燗する」把酒加熱到與體溫相同的程度。

ひとはな◎【一花】 一時榮華。「~咲かせる」榮耀一時。

ひとばらい◎【人払い】スル 讓人迴避，讓旁人退下。

ひとひ◎【一日】 ①一日，一天。②一整天，終日。③一日，某天。

ひとびと◎【人人】 人人，眾人，民眾，人士。

ひとひねり◎◎【一捻り】スル ①擰一下。

②容易應付，一捻而勝。③稍加鑽研，稍下工夫，稍動腦筋。

ひとひら◎【一片】 一片。「~の雪」一片雪花。

ひとふで◎【一筆】 ①略寫一筆。「手紙を~書く」寫封短信。②一筆揮就。

ひとふでがき◎【一筆書き】 ①一筆（書）畫，一氣呵成。②一筆畫。

ひとふろ◎【一風呂】 洗個快澡，沖個澡。「~浴びる」洗個快澡。

ひとべらし◎◎【人減らし】 減員，裁員。

ひとま◎【一間】 一間，一室。

ひとまえ◎【人前】 ①人前。「~で恥をかかす」在人前丟臉。②當著人面前。「~を飾る」裝門面。

ひとまかせ◎◎【人任せ】 委託別人，託付他人。

ひとまく◎【一幕】 ①一幕。「~もの」獨幕劇。②一幕。事件的一個場面。

ひとまず◎【一先ず】（副）暫且，暫時。「~きりがついたので、ほっとした」暫且告一段落，所以鬆了一口氣。

ひとまちがお◎◎【人待ち顔】 等人般的神色。

ひとまとめ◎【一纏め】 歸攏到一起，籠統地。「荷物を~にする」把行李歸攏到一起。

ひとまね◎【人真似】スル 學人，模仿人。

ひとまわり◎【一回り】スル ①轉一圈。②輪流，輪一圈。「打順が~する」（棒球）打擊順序輪一圈。③一輪。12年。「兄とは~も年が違う」和哥哥年齡相差一輪。④一格，一等。「~大きい人物」才識高人一等的人物。

ひとみ◎◎【瞳・眸】 ①瞳孔。②眼睛。「つぶらな~」圓圓的眼睛。

ひとみごくう◎【人身御供】 ①人身供品。②犧牲品。

ひとみしり◎◎【人見知り】スル 認生。

ひとむかし◎【一昔】 往昔，過去。「十年~」十年隔世；十年竟成往昔。

ひとめ◎【一目】 一看，一眼。

ひとめ◎【人目】 旁人眼目，世人眼目。「~を避ける」避人眼目。「~につく」

引人注目，顯眼。「～を忍ぶ」避人眼目。「～を盗む」掩人耳目。

ひとめぼれ◎【一目惚れ】スル 一見鍾情。

ひともうけ◎【一儲け】スル 賺一筆。

ひともじ◎【人文字】 人排文字，人文字。許多人排列起來組成的文字圖案。

ひともしごろ◎【火点し頃】 掌燈時分，傍晚，黃昏。

ひとやく②【一役】 一項任務，一項工作。「～買う」主動承擔任務。

ひとやすみ②【一休み】スル 稍事休息。「～して出掛ける」休息一會兒再走。

ひとやま②【一山】 ①一座山。②一山，滿山。③（堆積物的）一堆。「～200 円のみかん」200 日圓一堆的橘子。「～当てる」碰運氣發財；僥倖成功。

ひとよ◎【一夜】 ①一夜。「～を共に過ごす」共度一夜。②某夜。「ある冬の～」某個冬季的一夜。③整個夜晚。「～語りあかす」一夜長談。

ひとよぎり◎【一節切】 一節豎笛。尺八的一種。

ひとよせ◎【人寄せ】スル 招攬人。「～パンダ」吸引人的熊貓。

ヒドラ①【希 Hydra】 ①九頭蛇。②水螅。

ひとり◎【一人・独り】 ①〔多數情況「一人」表示人數，「独り」表示單獨〕①一人，一個人。②一人，獨自。「～で考える」獨自思考。③獨身。④獨自。「～の方が気楽だ」獨自一個人輕鬆愉快。②（副）①（後接否定）僅僅，只有，單單。「これは君～だけではなく、ぼくたちの問題でもある」這不單是你的問題，也是我們的問題。②獨自。「～悩む」獨自煩惱。

ひどり◎【日取り】 定日子，所定日子。

ひとりあるき④【一人歩き・独り歩き】スル ①獨步，獨行，一個人走。②孤行，獨行，任意做。「うわさが～する」謠言不脛而走。

ひとりぎめ◎【独り決め】スル 獨自決定，獨斷。

ひとりぐち④【一人口】 獨自謀生，單身生活。「～は食えぬが二人口は食える」一人吃不飽，兩人吃不了（喻比起單身生活，夫妻生活更爲經濟）。

ひとりごと④【独り言】 自言自語。

ひとりしずか④【一人静】 銀線草。

ひとりしばい④【一人芝居】スル ①獨角戲。②唱獨角戲。「～に終わる」始終唱獨角戲。

ひとりじめ◎【独り占め】スル 獨占。

ひとりだち◎【独り立ち】スル 獨立。「～で活動できる能力」獨立工作能力。

ひとりでに◎【独りでに】（副） 自動地，自行地。「～戸が開いた」門自動開了。

ひとりね◎【独り寝】 獨眠，獨寢。「～のわびしさ」獨眠的寂寞。

ひとりぶたい④【独り舞台】 ①獨角戲。②獨斷專行。

ひとりぼっち④【独りぼっち】 孤獨一人，無依無靠。沒有親人或朋友，僅一個人孤獨地生活。

ひとりみ◎【独り身】 ①獨身，單身。「～を通す」一直獨身。②隻身一人，單身。「～の気楽さ」單身的樂趣。

ひとりむし◎【火取り虫】 趨光昆蟲。

ひとりもの◎【独り者】 ①單身漢，獨身者。②自己一人。

ひとりよがり④【独り善がり】 自以爲是，自命不凡，只顧自己。「それは～の考えだ」那是自以爲是的想法。

ひとわたり◎【一渡り・一渉り】 大體，大略，大概，粗略。「～目を通す」粗略地看一遍。

ひな◎【鄙】 鄙地。遠離城市的土地。「～にはまれな美人」偏遠之地罕見的美人。

ひな①【雛】 ①雛。剛從蛋中孵出的鳥。②女兒節人偶。

ひなあそび③【雛遊び】 玩女兒節人偶。

ひなあられ③【雛霰】 女兒節米花糖。

ひなうた◎【鄙歌】 鄉間民歌，地方民謠。

ひなか◎【日中】 日中，正午時分。「昼～」大白天。

ひなが◎【日永】 晝長。↔夜長

ひながし③【雛菓子】 女兒節點心。

ひながた[2]【雛形】　雛形。
ひなぎく[2]【雛菊】　雛菊。
ひなげし[2]【雛罌粟】　虞美人，麗春花。
ひなた[0]【日向】　向陽處。↔ひかげ
ひなたくさ・い[5]【日向臭い】（形）　太陽味。
ひなたぼっこ[4]【日向ぼっこ】スル　曬太陽。
ひなだん[2]【雛壇】　①女兒節人偶壇。②階梯式座位。③演奏席，伴奏席。
ひなどり[2]【雛鳥】　雛鳥，雛雞。
ひなにんぎょう[3]【雛人形】　女兒節人偶。
ひな・びる[3]【鄙びる】（動上一）　帶鄉土氣，帶鄉土味。「～・びた歌」帶鄉土氣息的歌。
ひなまつり[3]【雛祭り】　女兒節。
ひなみ【日並み】　日子好壞。「～がよい」日子吉利。
ひならず[3]【日ならず】（副）　不日，沒幾天。「～して全快するだろう」沒幾天就會痊癒。
ひなわ[3]【火繩】　火繩。
ひなわじゅう[3]【火繩銃】　火繩槍。
ひなん[1]【非難・批難】スル　非難，責難，譴責。
ひなん[1]【避難】スル　避難。「洪水のため高所へ～する」由於發生洪水到高處避難。
びなん[1]【美男】　美男，俊男。「～美女」俊男美女。
ビニール[2]【vinyl】　乙烯基，塑膠薄膜。
ビニールハウス[5]【[和]vinyl+house】　塑膠棚溫室，塑膠棚。
ひにく[0]【皮肉】　①皮與肉，身體。②挖苦，嘲諷，諷刺，風涼話。「～を言う」說風涼話；冷言冷語。③不如意，不濟，捉弄。「運命の～」命運不濟。
ひにく[0]【髀肉・脾肉】　髀肉。大腿上的肉。「～の嘆」髀肉復生之歎。
ひにち[0]【日日】　①定日期。「～を決める」決定日期。②天數，日數。「～が足りない」天數不足。
ひにひに[0][1]【日に日に】（副）　逐日，日益，一天比一天地。「われわれの生活は～高まる」我們的生活蒸蒸日上。
ひにょうき[2]【泌尿器】　泌尿系統。
ビニロン[1]【vinylon】　維尼龍。
ひにん[0]【非人】　①〔佛〕非人。②非人。江戶時代，位於最下層並被視爲賤民的眾人。
ひにん[0]【避妊・避姙】スル　避孕。
ひにんじょう[2]【非人情】　無情，冷酷。
ビネガー[1]【vinegar】　醋，醋劑。
ひねく・る[3]【捻くる】（動五）　①玩弄，擺弄。②狡辯，強詞奪理。
ひねくれもの[0]【捻くれ者】　乖僻者。
ひねく・れる[4]【捻くれる】（動下一）　①彎曲，歪斜。「～・れた枝ぶり」彎曲的樹枝。②乖僻，彆扭。「～・れた考え方」彆扭的想法。
ひねこ・びる[4]（動上一）　①變舊，變老。「～・びた松」老松。②少年老成，早熟。「～・びた子供」早熟的孩子。
ひねしょうが[3]【ひね生姜】　老薑。
ひねつ[0]【比熱】　比熱。
びねつ[0]【微熱】　微熱，微微發燒。
ひねもす[0]【終日】（副）　終日，全天。
ひねり[3]【捻り】　①扭，擰。②扭倒。
ひねりだ・す[0][2]【捻り出す】（動五）　①動腦筋想出，琢磨出（辦法）。②勉強籌出（款項）。
ひねりまわ・す[5]【捻り回す】（動五）　擺弄，玩弄，揉搓。
ひね・る[2]【捻る】（動五）　①扭，撚，捏。「ひげを～・る」捻鬍子。②擰死，掐死，勒死，扼死。「鶏を～・る」把雞掐死。③輕取，輕易擊敗。「簡単に～・られた」被輕而易舉地打敗了。④構思，想出（託詞）。「頭を～・る」絞盡腦汁。⑤（創作俳句等的）推敲，斟酌，反覆琢磨。「詩を～・る」作詩。
ひ・ねる[2]（動下一）　①老舊。「～・ねた大根」老蘿蔔。②早熟，老成。「～・ねた子供」老成的小孩。
ひのいり[0]【日の入り】　日落，日暮（時分）。
ひのうみ[1]【火の海】　火海。「一面～になる」成爲一片火海。
ひのえ[0]【丙】　丙。

ひのえうま◎【丙午】 丙午年。

ひのき◎【檜】 扁柏，檜。

ひのきぶたい◎【檜舞台】 ①檜木板舞臺。②用武之地。

ひのくるま◎【火の車】 拮据，生計艱難。「わが家の家計は～だ」我家生計窘迫。

ひのけ◎②【火の気】 ①火氣，熱氣。「～のない部屋」沒有熱氣的屋子。②火源，火災起因。「～のない所から出火した」從看不出火災起因的地方起了火。

ひのこ◎【火の粉】 火星。

ひのしたかいさん◎【日の下開山】 日下開山。

ひのたま◎【火の玉】 ①火球。「～が飛んできた」飛來一團火。②火球，鬼火，磷火。

ひのて◎②【火の手】 ①火勢，火頭，火舌。②氣勢，勢頭。「進攻の～があがる」進攻的火力加強了。

ひので◎【日の出】 日出，太陽出來。「～の勢い」日出之勢。

ひのと◎【丁】 丁。

ひのべ◎【日延べ】スル ①緩期，延期。「運動会が雨で～になった」運動會因雨延期了。②延長，拖延。「会議を一日～する」會議延長一天。

ひのまる◎【日の丸】 ①太陽形，圓太陽。②太陽旗。

ひのみやぐら◎【火の見櫓】 火警瞭望台。

ひのめ◎【日の目】 日光，陽光。「～を見る」❶問世；公布於世。❷得見天日。

ひのもと◎【火の元】 火頭，有火處，火災起火處。

ひば◎【干葉・乾葉】 乾蘿蔔莱。

ひば◎【檜葉】 ①檜葉。②羅漢柏的別名。

ビバ◎【義 viva】（感）（歡呼聲）萬歲。

ビバーク◎【法 bivouac】スル 野宿，野營。「岩棚で～する」在岩床上露營。

ひばい◎【肥培】 施肥栽培。

ひばいどうめい◎【非買同盟・罷買同盟】 抵制購買同盟，罷買同盟。

ひばいひん◎②【非売品】 非賣品。

ビハインド◎【behind】 ①（時間上）落後於，遲於，次於，低於，不如。②後面，背後，裡側。

ひばく◎【飛瀑】 飛瀑。

ひばく◎【被曝】スル 輻照，輻射。「～事故」輻射事故。

ひばく◎【被爆】スル ①被炸。②特指遭受原子彈、氫彈的災害。「～者」原子彈、氫彈受害者。

ひばし◎【火箸】 火鉗。

ひばしら◎【火柱】 火柱。「～が立つ」火柱沖天。

びはだ◎【美肌】 美麗肌膚，美膚。

ひばち◎【火鉢】 火盆。

ひばな◎【火花】 火花，火星。「～を散らす」火花飛濺；激烈交鋒。

ひばら◎【脾腹】 側腹。

ひばり◎【雲雀・告天子】 雲雀，告天子，百靈鳥。

ひはん◎◎【批判】スル ①評論，評判。②批判。

ひばん◎【非番】 不當班，不值勤。

ひひ①【狒狒】 ①狒狒。②色鬼。「～おやじ」老色鬼。

ひひ①【霏霏】（タル）霏霏。雪、雨等下個不停的樣子。

ひび①【皸・皹】 皸裂，龜裂。

ひび①【篊】 附著基，附著器，採苗器。

ひび◎【罅】 ①罅，璺。②裂痕。③損傷，違和。「～が入る」①出現裂紋。②出現裂痕。

ひび①【日日】 日日，天天。

びび①【微微】（タル）微微，甚微。「私の功績など～たるものだ」我的功績甚微。

ひびか・せる④【響かせる】（動下一）①弄響，作響。②揚名，宣揚。

ひびき◎【響き】 ①響，響聲。②回響，回聲，回音。③餘音，餘韻。④回響，反應。「～の声に応ずる如し」應答如流；反應極快。

ひび・く◎【響く】（動五） ①響，響徹。「彼の声はよく～・く」他的聲音很

響亮。②巨響，大作。「爆音がガラスに戸に～・く」爆炸聲震得門窗玻璃直響。③揚名，出名。「世界中に名が～・く」揚名世界。④波及，牽涉到，影響到。「経済に～・く」影響經濟。「仕事に～・く」影響工作。⑤銘刻在心。「胸に～・く」打動心弦。

びびし・い⓪【美美しい】（形）華美，豔麗，華麗。「～・い装い」豔麗的裝束。

ビビッド⓪【vivid】（形動）栩栩如生，逼真。「～な描写」逼真的描寫。

ひひょう⓪【批評】スル 批評，評論。「作品を～する」評論作品。

びび・る②（動五）倒退，後退，畏縮不前。「しりごみする」的俗語。

ひびわれ⓪【罅割れ】スル 裂璺，裂紋。

びひん⓪【備品】備品。

ビビンバ⓪ 朝鮮蓋飯。

ひふ①【皮膚】皮膚。

ひふ⓪【被布・被風】披風。

ひぶ⓪【日歩】日息，每日利息

ビフィズスきん⑤【―菌】〔拉 Lactobacillus bifidus〕比菲德氏菌。

びふう⓪【美風】美風，良好習慣，良好風俗。「節倹の～」節儉之美風。

びふう⓪【微風】微風。

ひふかんかく③【皮膚感覚】皮膚感覺。

ひふきだけ④【火吹き竹】吹火竹筒。

ひふく①【被服】衣服，衣著。「～費」被服（衣著）費。

ひふく⓪【被覆】スル 被覆，覆蓋。「～電線」被覆電線。

ひぶくれ②【火脹れ】燒腫，燙腫，燎泡。

ひふこきゅう③【皮膚呼吸】スル 皮膚呼吸。

ひぶた⓪【火蓋】火口蓋。「～を切る」❶開槍；開火。❷開火；拉開序幕。

ひぶつ①⓪【秘仏】秘佛。

ビフテキ⓪【法 bifteck】煎牛排。⇨ビフステーキ

ビブラート②【義 vibrato】顫音。

ビブラフォン③【vibraphone】顫音琴。打擊樂器之一。

ビブリオ②【拉 vibrio】弧菌。

ビブリオグラフィー⑤【bibliography】①書誌學，文獻學。②參考文獻目錄。

ひふん①【悲憤】スル 悲憤。

ひぶん⓪【碑文】碑文。

びぶん⓪【美文】美文。排列華麗詞藻、講究寫作技巧的裝飾性很高的文章。

びぶん⓪【微分】スル ①〔differentiation〕微分。②〔differential〕微分。

ひふんこうがい①【悲憤慷慨】スル 憤慨激昂。

ひぶんしょう⓪【飛蚊症】飛蚊症。

ひへい⓪【疲弊】スル ①疲憊，疲弱。②疲軟，凋敝，不景氣。

ビヘイビアー②【behavior】行為，舉止。

ピペット②【pipette】吸注管，移液管。

ひぼ①【悲母】悲母。「～観音」悲母觀音。

ひほう⓪【飛報】飛報，緊急通知，急報。

ひほう⓪【秘方】秘方。

ひほう⓪【秘宝】秘寶，珍寶。「～の持つ」有秘寶。

ひほう⓪【秘法】秘法，秘訣。

ひほう⓪【悲報】訃聞，噩耗。

ひほう⓪【誹謗】スル 誹謗。「人を～する」誹謗人。

びほう⓪【弥縫】スル 彌縫，補救。

びぼう⓪【美貌】美貌。

びぼう⓪【備忘】備忘。

びほうさく⓪【弥縫策】彌補之策。

びぼうろく②【備忘録】備忘錄。

ひほけんしゃ③【被保険者】被保險人。

ひほけんぶつ④【被保険物】被保險物。

ひぼし⓪【干乾し】餓瘦，餓得乾癟。「食糧不足で、～になりそうだ」糧食不夠而餓瘦了。

ひぼし⓪【日干し・日乾し】曬乾（物）。

ひほん⓪【秘本】①秘本，珍藏本。②春本，淫書，黃色書刊。

ひぼん⓪【非凡】非凡。

びほん⓪【美本】①精裝本，精美本。②精美本，善本。

ひま⓪【暇】　①閒暇，餘暇，空閒。②休假。③解除，解雇。「～を出す」離婚；休妻；解雇。④閒暇，工夫。「～に飽かす」豁出時間；不惜耗時。「～を潰す」消磨時間。

ひま⓪【蓖麻】　蓖麻的別名。

ひまく⓪【皮膜】　皮膚和黏膜。

ひまく⓪【被膜】　被膜。

ひまご⓪【曾孫】　曾孫。

ひまし⓪【日増し】　①日益，日甚一日。「～に暖かになる」日益變暖。②陳舊，不新鮮。「～のようかん」不新鮮的羊羹。

ひましゆ【蓖麻子油】　蓖麻子油。

ひまじん【暇人・閑人】　閒人。

ひまつ⓪【飛沫】　飛沫。

ひまつぶし③【暇潰し】　①消磨時間，消遣。②浪費時間。

ひまど・る【暇取る】　（動五）　費時間，費工夫。

ヒマラヤすぎ⓪【一杉】　雪松。

ヒマラヤン⓪【Himalayan】　喜馬拉雅貓。

ひまわり⓪【向日葵】　向日葵。

ひまん⓪【肥満】　スル　①肥胖，豐滿。②〔醫〕肥胖症。

びまん⓪【弥漫・瀰漫】　スル　彌漫，蔓延。

ひまんしょう③【肥満症】　肥胖症。

びみ①【美味】　①美味。「山海の～に飽きる」飽嘗山珍海味。②美味，味美。「きわめて～な菓子」非常好吃的點心。

ひみつ⓪【秘密】　①秘密。②秘密，神秘。③隱蔽，不公開。

ひみつけいさつ⑤【秘密警察】　秘密警察。

ひみつけっしゃ⓪【秘密結社】　秘密結社。

ひみつせんきょ⑤【秘密選挙】　秘密選舉。

びみょう⓪【微妙】　微妙，不可捉摸。

ひめ①【姫・媛】　①小姐，公主，閨秀。②姬，媛，仙女。↔彥。③（接頭）小巧可愛。「～鏡」小鏡子。

ひめい①【非命】　非命。「～に死する」死於非命。

ひめい⓪【悲鳴】　①悲鳴，哀鳴。②驚叫，悲鳴。「～をあげる」驚叫；驚呼；發出悲鳴。②叫苦。「しきりに～をあげる」叫苦連天。

ひめい⓪①【碑銘】　碑銘。

びめい⓪①【美名】　①美名。②美其名。

ひめがき②【姫垣・姫墻】　矮垣，矮籬笆。

ひめかわ⓪【姫皮】　竹筍先端的軟皮。

ひめぎみ②【姫君】　公主，小姐。

ひめくり②【日捲り】　日曆。

ひめごと②【秘め事】　秘事，隱私。

ひめこまつ③【姫小松】　①五針松的別名。②小松樹。

ひめます②【姫鱒】　紅鱒魚。

ひめまつ②【姫松】　小松樹。

ひめゆり【姫百合】　渥丹，姬百合。

ひ・める③【秘める】　（動下一）　①藏，隱秘，隱藏，密藏，隱瞞。「身の上を～・めずに言う」不加隱藏地說出自己的身世。②保有，擁有，具有。「400年の歴史を～・めた杉並木」具有400年歷史的杉樹行道樹。

ひめん⓪【罷免】　スル　罷免。

ピメント②【pimento】　①甜椒，紅椒。②多香果。

ひも⓪【紐】　①帶子，細繩，扣繩。②吃軟飯男人，養小白臉。③附加條件。「～のついた融資」附條件的融資。

ひもかわうどん⑤【紐革饂飩】　寬麵條，扁麵條。

ひもく⓪【費目】　費用開支項目。

びもくしゅうれい【眉目秀麗】　眉目清秀，眉清目秀，眉目秀麗。

ひもじ・い⓪（形）　饑餓的。

ひもすがら⓪【終日】（副）　終日，整天。

ひもち⓪①【日持ち・日保ち】　スル　耐存，經放，放得久。

ひもち⓪①【火持ち・火保ち】　耐燒。「～のよい炭」耐燒的炭。

ひもつき⓪④【紐付き】　①帶有帶子。②有情夫的女人。③附條件。

ひもと②【火元】　①起火處。②火源。③

根源。

ひもと・く⓪【繙く】（動五） 翻閱，閱讀。

ひもの⓪【干物・乾物】 ①乾貨。②乾物。

ひや⓪【冷や】 ①涼水。②涼酒。③涼。「～奴ゃっ」涼拌豆腐。

ビヤ⓪【beer】 啤酒。「～-ホール」啤酒館。

ひやあせ③【冷や汗】 冷汗。

ひやか・す③【冷やかす】（動五） ①冷嘲熱諷，取笑。②只問不買，逛。

ひやく⓪【飛躍】スル ①飛躍。②飛躍。有很大進步。③飛躍。邏輯推理或思維等跳躍式前進。

ひやく⓪①【秘薬】 秘藥。

ひゃく②【百】 ①百。②百。許多，數目眾多。「～に一つ」百裡挑一。「～も承知」瞭如指掌。

びやく⓪①【媚薬】 春藥。

びゃくえ⓪【白衣】 白衣。「～観音」白衣觀音。「～の天人」白衣天人。→はくい

ひゃくがい⓪【百害】 百害。「～あって一利なし」有百害而無一利。

ひゃくじつこう③【百日紅】 百日紅。紫薇的漢名。

ひゃくしゃくかんとう⓪【百尺竿頭】 百尺竿頭。「～に一歩を進む」百尺竿頭更進一步。

ひゃくじゅう⓪【百獣】 百獸。

ひゃくじゅうきゅうばん⓪【119番】 119。

ひゃくしょう③【百姓】スル ①農人，農民。②田裡的工作，農活。③百姓，老百姓，黎民百姓。

ひゃくせん⓪【百戦】 百戰。

ひゃくせんひゃくしょう⓪【百戦百勝】 百戰百勝。

ひゃくせんれんま⓪【百戦錬磨】 身經百戰，百戰磨煉。

ひゃくたい⓪①【百態】 百態。

ひゃくだい⓪①【百代】 百代。

びゃくだん⓪【白檀】 白檀，檀香。

ひゃくとおばん⓪【110番】 110。

ひゃくにち⓪【百日】 ①百日。②百日。很多天數。「～の説法談屁～一つ」說法百日，功虧一屁。

ひゃくにちかずら③【百日鬘】 百日鬘。歌舞伎的假髮名。

ひゃくにちぜき③【百日咳】 百日咳。

ひゃくにちそう③【百日草】 百日草，百日菊。

ひゃくにんいっしゅ⓪【百人一首】 《百人一首》。

ひゃくにんりき⓪【百人力】 ①百人之力。②心裡踏實，有仗恃，膽壯。

ひゃくねん⓪【百年】 ①百年。②百年。長久的年月。「～河清を俟まつ」百年俟河清。

ひゃくねんのけい⓪【百年の計】 百年之計，百年大計。

ひゃくねんめ⓪【百年目】 ①第一百年。②氣數已盡，末日。

ひゃくパーセント③【百一】 ①百分之百。②完美無缺，百分之百。

ひゃくはちじゅうど⓪【百八十度】 ①180度。②180度，急劇變化。「～の方向転換」180度的大轉向。

ひゃくはちのかね⓪【百八の鐘】 百八鐘聲。

ひゃくぶん⓪【百聞】 百聞。「～は一見に如かず」百聞不如一見。

ひゃくぶんりつ③【百分率】 百分率。

ひゃくまん⓪【百万】 ①百萬。②百萬。極大的數字。

ひゃくめろうそく⓪【百目蠟燭】 百目蠟燭。

ひゃくめんそう⓪【百面相】 百面相。

ひゃくやくのちょう⓪【百薬の長】〔漢書〕百藥之長。對酒的譽美之詞。

ひゃくようばこ⓪【百葉箱】 百葉箱。

びゃくれん⓪【白蓮】 ①白蓮。②心地純潔。

ひやけ⓪【日焼け・陽焼け】スル ①曬黑，日曬，日炙。②褪色。

ひやざけ⓪【冷や酒】 冷酒。↔燗酒

ひやし⓪【冷やし】 冷，涼，冰鎮，冷食，冰鎮食品。「～そば」涼麵。

ヒヤシンス③【hyacinth】 風信子，洋水

仙。

ひや・す②【冷やす】（動五）①冷卻。②使冷靜。

ひやそうめん③【冷や素麵】涼麵。

ビヤだる◎【一樽】①啤酒桶。②有啤酒肚者。

ひゃっか◎【百科】①百科。「～万般にわたる知識」包羅萬象的知識。②百科事典。「～辞典」百科辭典。

ひゃっかせいほう⑤【百花斉放】百花齊放。

ひゃっかぜんしょ⑤【百科全書】百科全書。

ひゃっかそうめい⑤【百家争鳴】百家爭鳴。

ひゃっかてん◎【百貨店】百貨商店。

ひゃっかにち③【百箇日】百日，百日忌辰。

ひゃっかりょうらん⑤【百花繚乱】①百花盛開。②百花齊放，人才薈萃。

ひゃっきやこう⑤【百鬼夜行】①百鬼夜行。②百鬼夜行，群魔亂舞。

ひゃっけい◎【百計】百計。「～をめぐらす」千方百計。

びゃっこ◎【白虎】白虎。掌管四方的天上的四神之一。

びゃっこ◎【白狐】白狐。

ひゃっこ・い④【冷やっこい】（形）冰冷的。

ひゃっぱつひゃくちゅう◎【百発百中】百發百中。

ひゃっぱん◎【百般】百般。「武芸～に通ずる」精通百般武藝。

ひやとい◎【日雇い・日傭い】日工，打短工。「～労働者」做日工勞動者。

ひやひや①【冷や冷や】（副）スル①發冷，發涼。②擔驚受怕，提心吊膽。

ビヤホール③【beer hall】啤酒屋。

ひやむぎ◎【冷や麦】過水麵條，涼麵。

ひやめし◎【冷や飯】冷飯，涼飯。「～を食う」❶吃冷飯；受冷淡待遇。❷寄居；吃閒飯。

ひややか③【冷ややか】（形動）①涼，冷。②冷淡，冷冰冰。「～な態度」冷淡的態度。

ひややっこ◎【冷や奴】涼拌豆腐。

ひゆ◎【莧】莧菜。

ひゆ◎【比喩・譬喩】比喻。

ピュアー①【pure】①純，純粹。「～-カラー」純色。②清純，高潔。「～な人柄」高潔的人品。

ビューアー①【viewer】幻燈機。

ヒューズ①【fuse】保險絲。

ビューティー①【beauty】①美。②美人。

ビューティーサロン⑤【beauty salon】美容院。

ビューティフル①【beautiful】（形動）美麗的，美好的，漂亮的。

ビューポイント③【viewpoint】觀點，視點。

ピューマ①【puma】美洲獅。

ヒューマニスティック⑥【humanistic】（形動）人道主義的，人道的。「～な感情」人道主義的感情。

ヒューマニスト④【humanist】①人道主義者。②人文主義者。

ヒューマニズム④【humanism】人文主義，人道主義。

ヒューマニティー①【humanity】像人的，人性，人道。

ヒューマン①【human】（形動）像人的，人類的，人性的。「～な心情」通人情。

ヒューマンアセスメント⑥【human assessment】人事考核。

ヒューマンドキュメント⑦【human document】人生實錄小說，人生記錄。

ヒューマンリレーションズ⑥【human relations】人際關係。

ヒュームかん◎【一管】休謨管。

ピューリタニズム④【Puritanism】清教徒主義。

ピューリタン④【Puritan】①清教徒派。②極度潔癖而又認真的人。

ピューレ①【法 purée】醬。

ビューロー①【bureau】①辦事處，介紹所。「チケット-～」售票處。②（機關的）局，部，科。③有抽屜辦公桌。

ビューロクラシー④【bureaucracy】官僚

政治，官僚制。

ヒュッテ◎【德 Hütte】　山中小屋。

ビュッフェ◎【法 buffet】　①簡易餐廳。②自助餐。

ピュリッツァーしょう◎【一賞】　普立茲獎。

ひよう◎【費用】　開支，費用。

ひょう◎【表】　表。

ひょう◎【豹】　豹。

ひょう◎【票】　①票。選舉中投票用的紙。「～を続む」唱票。②（接尾）票。計算投票數的量詞。「一～の差」僅一票之之差。

ひょう◎【雹】　雹，冰雹。

びよう◎【美容】　美容。

びょう◎【秒】　〔second〕①秒。②秒。角度、經緯度的單位。

びょう◎【廟】　廟。

びょう◎【鋲】　①大頭針。②圖釘。③鉚釘。

ひょうい◎【表意】　表意。↔表音

ひょうい◎【憑依】スル　附身，憑依。「～霊」附身靈魂。

ひょういつ◎【飄逸】　飄逸，灑脫。

ひょういもじ◎【表意文字】　表意文字。↔表音文字

びょういん◎【病因】　病因。

びょういん◎【病院】　醫院。

ひょうおん◎【氷温】　冰溫。

ひょうおん◎【表音】　表音。↔表意

ひょうおんもじ◎【表音文字】　表音文字。

ひょうか◎【氷菓】　冰點心。

ひょうか◎【評価】スル　①評價，評論，評估，估計。②定價，比價，估價，折價。③評價，好評，盛讚。

ひょうが◎【氷河】　冰河。

びょうが◎【病臥】スル　病臥。

びょうが◎【描画】スル　繪畫，描繪。

ひょうかい◎【氷海】　冰海。

ひょうかい◎【氷塊】　冰塊。

ひょうかい◎【氷解】スル　冰釋，徹底消除。「疑問が～する」疑問徹底消除。

ひょうがい◎【雹害】　雹災。

びょうがい◎【病害】　病害。

ひょうがじだい◎【氷河時代】　冰河時代，冰河時期。

ひょうがため◎【票固め】　固票工作。

ひょうかん【剽悍・慓悍】　剽悍，強悍。

びょうかん◎【病患】　患病，疾病。

びょうかん◎【病間】　①患病期間，病中。②病稍痊癒的時候。

ひょうき◎【氷期】　冰河時期。↔間氷期

ひょうき◎【表記】スル　①（表面）寫明，標示。②表記，書寫。

ひょうき◎【標記】スル　①標記，標誌，標識。②寫標題，標上題目。

ひょうぎ◎【評議】スル　評議。「～会」評議會。

びょうき◎【病気】　①疾病，病灶，病情，生病。②毛病，不好的習慣。

ひょうきん◎【剽軽】　詼諧，打趣。

びょうく◎【病苦】　病苦，疾病之苦。

びょうく◎【病軀】　病軀，病體。「～をおして出席する」帶病出席。

ひょうけい◎【表敬】スル　禮貌性（做…）。「～訪問」禮貌性拜訪。

ひょうけつ◎【氷結】スル　結冰，結凍，結霜。

ひょうけつ◎【表決】スル　表決。

ひょうけつ◎【票決】スル　投票表決。

ひょうけつ◎【評決】スル　評議決定。

びょうけつ◎【病欠】スル　因病缺席。「～届」請病假。

ひょうげん◎【氷原】　冰原。

ひょうげん◎【表現】スル　表現，表達，顯現，描述，抒發。

ひょうげん◎【評言】　評言，評語。

びょうげん【病原・病源】　病原，病因。

びょうげんきん◎【病原菌】　病原菌。

びょうげんたい◎【病原体】　病原體，病原菌。

ひょうご◎【評語】　評語。

ひょうご◎【標語】　標語，口號。

びょうご◎【病後】　病後。

ひょうこう◎【氷厚】　冰的厚度。

びょうこん◎【病根】　①病根。生病的原因。②病根。不好的根本原因。

ひょうさつ◎【表札・標札】 門牌，名牌，姓名牌。

ひょうざん◎【氷山】 冰山。「～の一角か」冰山一角。

ひょうし◎【拍子】 拍子。「～を取る」打拍子。

ひょうし◎【表紙】 封面，封皮。

ひょうじ◎【表示】 スル ①表示，顯示，指示。「自分の意思を～する」表明自己的意向。②表列。用表格表示。

ひょうじ◎【標示】 スル 標示，標出。「～板を立てる」立標示牌。

びようし②【美容師】 美容師。

びょうし◎【病死】スル 病死。

ひょうしぎ◎【拍子木】 拍子木，梆子。

ひょうしきとう◎【標識灯】 標燈，標誌燈，識別信號燈。

ひょうしつ◎【氷室】 冰室，冰窖。

ひょうしぬけ◎【拍子抜け】スル 掃興，失望，洩氣，沮喪。

ひょうしゃ◎【雇用者・被傭者】 被雇者，受雇者，被雇用人。

ひょうしゃ◎【評者】 評論者，批評者。

びょうしゃ◎【病舎】 病舍。

びょうしゃ◎【描写】スル 描寫，描繪。

ひょうしゃく◎【評釈】スル 評釋，評注，評點注釋。

びょうじゃく◎【病弱】 病弱。

ひょうしゅつ◎【表出】スル 表露，表達。「誠意を～する」表示誠意。

びょうしゅつ◎【描出】スル 描寫出，描述出。

ひょうじゅん◎【標準】 ①標準。②大體的指標，目標。③一般標準，普通的水準。「～に達する」達到標準。

ひょうじゅんきかん◎【標準軌間】 標準軌距。

ひょうじゅんご◎【標準語】 標準語，國語。

ひょうじゅんじ◎【標準時】 標準時。

ひょうじゅんてき◎【標準的】（形動）標準的。

ひょうじゅんへんさ◎【標準偏差】〔standard deviation〕標準差，標準偏差。

ひょうしょう◎【氷晶】 冰晶。

ひょうしょう◎【表象】〔哲〕〔德 Vorstellung〕表象。

ひょうしょう◎【表彰】スル 表彰，表揚。「～状」獎狀。

ひょうじょう◎【氷上】 冰上。

ひょうじょう◎【表情】 表情。

ひょうじょう◎【評定】スル 評定。

びょうしょう◎【病床・病牀】 病床。「父の～が悪化する」父親的病情惡化。

ひょうしょく◎【氷食・氷蝕】 冰蝕。

びょうじょく◎【病褥】 病床。

びょうしん◎【秒針】 秒針。

びょうしん◎【病身】 病身，病體。

ひょう・す①【表す】（動五） 表示，表達。

ひょう・する【表する】（動サ変） 表示，表達。「感謝の意を～・する」表示感謝之意。

ひょう・する◎【評する】（動サ変）評，評價，批評，評論。

びょうせい◎【病勢】 病勢。病情的進展情況。「～が進む」病情加重。

びようせいけい◎【美容整形】 美容整形。

ひょうせつ◎【氷雪】 冰雪。

ひょうせつ◎【剽窃】スル 剽竊。

ひょうせつきこう◎【氷雪気候】 凍結氣候，冰雪氣候。

ひょうぜん◎【飄然】（タル）飄然。

ひょうそ◎【瘭疽】 瘭疽。

ひょうそう◎【氷層】 冰層。

ひょうそう◎【表装】スル 裱裝。

ひょうそう◎【表層】スル 表層。

びょうそう◎【病巣】 病灶。

ひょうそうなだれ◎【表層雪崩】 表層雪崩。

ひょうそく◎【平仄】 ①平仄。②條理，順序。「～が合わない」不合邏輯，不合條理。

びょうそく◎【秒速】 秒速。

ひょうだい◎【表題・標題】 ①書名。②標題。③劇目。

びょうたい◎【病態】 病態。

ひょうだいおんがく◎【標題音楽】 標題音樂。

びようたいそう◎【美容体操】 健美體操。

ひょうたん◎【瓢箪】 ①葫蘆。②酒葫蘆。「～から駒が出る」①戲言成真。②不可能有的事。

ひょうたんなまず◎【瓢箪鯰】 無法捉摸，不得要領。

ひょうち◎【錨地】 錨地，錨泊地，拋錨地。

ひょうちゃく◎【漂着】 スル 漂至，漂到。

ひょうちゅう◎【氷柱】 柱，冰錐。

ひょうちゅう◎【評注・評註】 評注。「～平家物語」平家物語評注。

ひょうちゅう◎【標柱】 標柱，標桿。

びょうちゅうがい◎【病虫害】 病蟲害。

ひょうちょ◎【表徴】 ①表徵。②象徵。

ひょうちょう◎【漂鳥】 漂鳥。

ひょうてい◎【評定】 スル 評定。「勤務～」工作評定。

ひょうてき◎【標的】 ①標靶。②靶子。攻擊的目標。③目標物，標的物。

びょうてき◎【病的】 （形動） 病的，病態的，不健康的。

ひょうてん◎【氷点】 冰點。

ひょうてん◎【評点】 評點，評語。

ひょうでん◎【票田】 票田，票倉。選舉時，得票多的地方。

ひょうでん◎【評伝】 評傳。

ひょうど◎【表土】 ①表土，耕層。②表土層，覆蓋層。

びょうとう◎【病棟】 病房大樓。

びょうどう◎【平等】 平等。

びょうどう◎【廟堂】 廟堂。

びょうどく◎【病毒】 病毒。

びょうにん◎【病人】 病人。

ひょうのう◎【氷囊】 冰囊，冰袋。

ひょうはく◎【表白】 スル 表白，表明。②表明意見。

ひょうはく◎【漂白】 スル 漂白，漂洗。

ひょうはく◎【漂泊】 スル 漂泊，流浪。

ひょうばん◎【評判】 ①風傳，傳聞，評論，評判。②出名，聞名。「～の美人」有名的美人。

ひょうひ◎【表皮】 表皮。

ひょうひょう◎【飄飄】 （タル） ①飄飄。②飄然，超然，灑脫超逸。

ひょうびょう◎【縹渺・縹緲】 （タル） ①縹緲，縹渺。「～とした雪明かり」縹渺的雪光。②浩瀚，一望無際。

びょうびょう◎【渺渺】 （タル） 渺渺，浩淼。「～たる海原」渺渺大海。

びょうふ◎【病夫】 病夫。

びょうぶ◎【屏風】 屏風。

びょうぶだおし◎【屏風倒し】 仰面跌倒。

びょうへい◎【病弊】 弊病。「社会の～をえぐり出す」揭露社會的弊病。

ひょうへき◎【氷壁】 冰壁，冰障，冰堵，冰壩。

びょうへき◎【病癖】 怪癖，惡習，惡癖，癖病。

ひょうへん◎【豹変】 スル 豹變。「君子は～す」君子豹變。

ひょうへん◎【氷片】 冰碴，冰片。

びょうへん◎【病変】 病變。

ひょうぼう◎【標榜】 スル 標榜，誇耀，宣揚。

びょうぼう◎【渺茫】 （タル） 渺茫，浩渺。「～たる大洋」渺茫的大洋。

びょうぼつ◎【病没・病歿】 スル 病故，病逝，病沒，病歿。

ひょうほん◎【標本】 ①標本。②標本，典型性的東西。③樣本。

ひょうほんちょうさ◎【標本調査】 樣本調查，取樣調查。→抜き取り検査

びょうま◎【病魔】 病魔。

ひょうめい◎【表明】 スル 表明。

びょうめい◎【病名】 病名。

ひょうめん◎【表面】 ①表面。↔裏面。②外觀，外貌。↔裏面。

ひょうめんか◎【表面化】 表面化。

ひょうめんせき◎【表面積】 表面積。

ひょうめんちょうりょく◎【表面張力】 表面張力。

びようやなぎ◎【未央柳】 金絲桃。

ひょうよみ◎【票読み】 スル ①唱票。②估票。

びょうよみ◎【秒読み】 讀秒，倒數計

時。

ひょうり◎【表裏】 ｽﾙ ①表裡。「～を成す」構成表裡。②表裡不一。

びょうり◎【病理】 病理。

ひょうりいったい◎【表裏一体】 表裡一致，表裡如一。

ひょうりゅう◎【漂流】 ｽﾙ ①漂流。②漂泊。

ひょうりょう◎【秤量】 ｽﾙ ①稱量，稱重。「～器」秤；衡器。②最大稱重量。「～10キロの秤」最大稱重量為10kg的秤。

びょうれき◎【病歴】 ①病歷。②患病經過。

ひょうろう◎【兵糧・兵粮】 ①軍糧。「～が尽きる」軍糧已絕。②糧食，食品。

ひょうろうぜめ◎【兵糧攻め】 切斷糧道，打擊補給線。

ひょうろくだま◎【表六玉】 笨蛋，蠢材。

ひょうろん◎【評論】 ｽﾙ 評論。

ひよく◎【比翼】 比翼。

ひよく◎【肥沃】 肥沃。

びよく◎【尾翼】 尾翼。

びよく◎【鼻翼】 鼻翼。

ひよくづか◎【比翼塚】 ①比翼塚。相愛男女的合葬墓。②比翼塚。埋葬殉情男女的墓。

ひよくのとり◎【比翼の鳥】 ①比翼鳥。②天堂鳥。極樂鳥的異名。

ひよくれんり◎【比翼連理】 比翼連理。

ひよけ◎【日除け】 遮陽，遮簾，遮篷。

ひよけ◎【火除け】 ①防火，消防裝置。②降火，伏火。

ひよこ◎【雛】 ①幼鳥，雛。②不成熟的，幼稚的人。

ひよっこ◎【雛】 雛。

ひょっと◎（副） 忽地，忽然。「～思いつく」忽然想到。

ひょっとこ◎ ①滑稽面具，尖嘴獨眼小猴相。②尖嘴猴腮。

ひよどり◎【鵯】 棕耳鵯。

ひよみ◎◎【日読み】 ①曆書。②十二地支。

ひよめき◎【顋門・顖門】 頂門心，囟

門。

ひより◎【日和】 ①天氣情況。②好天氣，晴天。「小春～」小陽春天氣。③好天氣。適合做某事的好氣候。「運動会～」開運動會的好天氣。

ひよりげた◎【日和下駄】 晴天木屐。

ひよりみ◎【日和見】 ①觀望形勢，見風使舵。②看天氣。

ひよりみかんせん◎【日和見感染】 條件性感染。

ひよ・る◎【日和る】（動五） 見風轉舵。

ひょろなが・い◎【ひょろ長い】（形）瘦長，細長。

ひよわ◎【ひ弱】（形動）（身體）纖弱，虛弱，纖細。

ひょんな◎（連體） 意想不到的，意外的，奇妙的。

ひら◎【平】 ①平，平頂。②平常百姓。③（接頭）「一個勁地…」之意。「～あやまりにあやまる」一個勁地認錯。

ひら◎【片・枚】（接尾） 片，瓣，枚，張。「ひと～の雲」一片雲。

びら◎ 傳單。

ビラ◎【villa】 別墅。

ひらあやまり◎【平謝り】 只顧道歉，一個勁地道歉。「～にあやまる」一個勁地道歉。

ひらい◎【飛来】 ｽﾙ 飛來。「飛行機が～する」飛機飛來。

ひらいしん◎【避雷針】 避雷針。

ひらうち◎【平打ち】 ①打扁，打扁金屬。②扁平帶。③扁簪。

ひらおよぎ◎【平泳ぎ】 蛙泳。

ひらおり◎【平織り】 平紋（組織），平紋織物。

ひらがな◎【平仮名】 平假名。

ピラカンサ◎【拉 Pyracantha】 火棘。薔薇科火棘屬植物的總稱。

ひらき◎【開き】 ①開。「観音～」對開門。「両～」雙開門。②花開。「～が遅い」花開得晚。③差異，差距。「得点の～が大きい」成績的差距太大。④散會，解散。「これでお～にします」宴會至此結束。⑤開膛乾魚。「さんまの～」

秋刀魚乾。

ひらきど⓪【開き戸】　平開門。用合頁、軸金屬附件等，旋轉開閉的門。

ひらきなお・る⓪⓪【開き直る】（動五）變臉，翻臉，突然改變態度。

ひらぎぬ⓪⓪【平絹】　平紋絹綢。

ひら・く⓪【開く】（動五）①敞開，打開。「戸が～・く」門開著。「窓を～・く」開窗。②打開，攤平，撐開，拆開，開闊，變寬。「傘が～・く」傘撐開著。③（花）開，開放。「梅の花が～・く」梅花開放。④拉開，有差別，有差距。「貧富の差が～・く」貧富相差懸殊。⑤擺開架勢。「体を～・いて打つ」拉好架子打。⑥開，召開。「会議を～・く」召開會議。⑦開發，開拓，開闢，開墾。「山を～・いて田畑にする」開山造田。⑧開。求平方根、立方根等。「平方に～・く」開平方。

びらく⓪【微落】スル　微落，微降。↔微騰

ひらぐけ⓪【平絎】　①平絎。②平絎帶。

ひらくび⓪⓪【平首】　馬脖子側面。

ひらぐも⓪【平蜘蛛】　壁錢，壁蟲。蜘蛛的一種。「～のよう」俯首認錯。

ひら・ける⓪【開ける】（動下一）　①開闊，寬敞。「視界が～・ける」視野開闊。②開化。「文明が～・ける」文明開化。③好轉，走運。「運が～・ける」時來運轉。④開通，開明。「～・けた両親」開明的雙親。

ひらざら⓪【平皿】　淺盤，淺碟。

ひらじろ⓪【平城】　平城，平地築城。→平山城・山城

ひらた・い⓪【平たい】（形）　①平，扁平，平坦。②平易，簡單。「～・いことばで話す」用淺顯易懂的話說。

ひらだい⓪【平台】　平臺（印刷機）。

ひらち⓪【平地】　平地。

ひらて⓪【平手】　①巴掌。「～でたたく」用掌拍；打一巴掌。②平手。→駒落ち

ひらどま⓪【平土間】　平土間。歌舞伎劇場舞臺正面的觀眾席。

ひらなべ⓪【平鍋】　平底鍋。

ひらに⓪【平に】（副）　務必，懇請。

ピラニア⓪【piranha】　食人魚。

ひらば⓪【平場】　①平地。②正面座位。③一般人，普通人（立場）。「～の意見を聞く」聽取一般人的意見。

ピラフ⓪【法 pilaf】　肉燴飯。

ひらべった・い⓪【平べったい】（形）平坦，扁平。

ひらまく⓪【平幕】　平幕。相撲中，非役力士的幕內力士。

ピラミッド⓪【pyramid】　金字塔。

ひらめ⓪【平目・鮃・比目魚】　牙鮃，比目魚。

ひらめき⓪【閃き】　①閃耀，閃爍。②閃光。③煥發（智慧），閃現，閃念，展現。

ひらめ・く⓪【閃く】（動五）　①閃，閃耀，閃爍，閃光。②飄動，飄揚。③閃念，閃現，展現。

ひらや⓪【平屋・平家】　平房。

ひらわん⓪【平椀】　平碗，淺碗。

びらん⓪【糜爛】スル　糜爛。

ピリオド①【period】　句號。「文の終わりに～を打つ」在句尾打上句號。

ひりき⓪⓪【非力】　無力。

ビリケン⓪【Billiken】　①福神。②頭尖的人。「～頭」尖頭。

ひりつ⓪【比率】　比率。「合格者の～が高い」合格者的比率高。

びりっけつ⓪【びりっ尻】　末尾，最低下，倒數第一。

ビリヤード③【billiards】　撞球。

ひりゅう⓪【飛竜】　飛龍。「～雲に乗る」飛龍騰雲。

びりゅうし③【微粒子】　微粒子。

ひりょう①【肥料】　肥料。

びりょう⓪【微量】　微量。

びりょう⓪【鼻梁】　鼻梁。

ひりょうず⓪【飛竜頭】　飛龍頭。炸豆腐丸子的別名。

びりょく①【微力】　①微力，力量微薄，微薄之力，勢力單薄。②綿薄之力。「～ながらお力添えしましょう」力雖微薄，但願盡力幫忙。

ピリンけいやくざい⓪【一系薬剤】〔pyrine〕比林類藥物。

ひる②【昼】　①白晝，白天。「～を欺<ruby>欺<rt>あざむ</rt></ruby>

く」亮如白晝。↔夜。②晌午，中午。
③午飯。

ひる⓪【蛭】　蛭。

ひ・る⓪【放る】（動五）　放，排泄。
「屁を～・る」放屁。

ひる⓪【干る・乾る】（動上一）　①乾。
②退潮後露出海底。

ヒル⓪【hill】　丘，丘陵，小山。

びる（接尾）〔動詞上一段型活用〕看上
去好像…，帶…樣子。「おとな～」有大
人樣。「いなか～」帶鄉下人氣息。

ビル⓪　大樓，大廈。「高層～」摩天大樓。
「～街」大樓林立的大街。

ビル⓪【bill】　①字據，帳單。②票據。

ピル⓪【pill】　①藥丸。②口服避孕藥的
俗語。

ひるあんどん⓪【昼行灯】　呆傻的人，無
用的人。

ひるい⓪【比類】　倫比，類比。「～を見
ない」無與倫比。

ひるがえ・す⓪【翻す】（動五）　①翻過
來，翻轉。②翩翩起舞。③使飄動，使
飄揚。④翻然改變，突然改變。

ひるがえって⓪【翻って】（副）　反過
來，回過頭來看。「～考えてみると」如
果反過來考慮。

ひるがえ・る⓪【翻る】（動五）　①翻，
翻過來。②飄揚。③突然改變，翻臉。

ひるがお⓪【昼顔】　旋花。植物名。

ビルかぜ⓪【一風】　高樓風，大廈風。

ひるげ⓪【昼餉】　午飯。

ひるさがり⓪【昼下がり】　過午。

ひるせき⓪【昼席】　日場。曲藝場、說書
場、雜技場的白天場。

ビルディング⓪【building】　高樓，大
廈，大樓。

ビルトイン⓪【built-in】スル　（機械等內
部）內裝，自備，附帶。「セルフタイ
マー～」附自拍裝置。

ビルトゥオーソ⓪【義 virtuoso】　演奏名
家，音樂大師。

ひるどき⓪【昼時】　中午時分。

ひるね⓪【昼寝】スル　睡午覺，白天睡覺。

ひるひなか⓪【昼日中】　大白天。

ピルビンさん⓪【一酸】〔pyruvic acid〕

丙酮酸。

ひるま⓪【昼間】　白天，白晝，畫間。

ひる・む⓪【怯む】（動五）　畏怯，膽
怯，膽小。「強敵にも～・まない」不畏
強敵。

ひるめし⓪【昼飯】　午飯，中飯。

ひるやすみ⓪【昼休み】　午休。

ひれ⓪【領巾】　領巾。

ひれ⓪【鰭】　鰭。

ヒレ⓪【法 filet】　里肌。「～カツ」炸里
肌。

ひれい⓪【比例】スル　比例。

ひれい⓪【非礼】　失禮。「～を詫びる」
為失禮道歉。

びれい⓪【美麗】　美麗。

ひれいだいひょうせい⓪【比例代表制】
比例代表制。

ひれいはいぶん⓪【比例配分】　比例分
配。

ひれき⓪【披瀝】スル　披瀝，吐露。「真情
を～する」吐露真情。

ひれざけ⓪【鰭酒】　鰭酒。

ひれつ⓪【卑劣】　卑劣。

ビレッジ⓪【village】　村，村莊，村落。

ピレトリン⓪【pyrethrin】　除蟲菊精。

ひれふ・す⓪【平伏す】（動五）　拜倒，
跪拜，叩拜，跪倒，跪伏。

ひれん⓪⓪【悲恋】　悲戀。

ひろ⓪【尋】　英尋。長度單位。

ひろ・い⓪【広い】（形）　①遼闊。②
寬，寬闊，廣大。③廣泛。④心胸寬
闊，豁達。↔狭い

ひろいあ・げる⓪【拾い上げる】（動下
一）　①拾起。②挑選，挑出，撿出，
揀出。

ヒロイズム⓪【heroism】　英雄主義，英雄
氣概。

ヒロイック⓪【heroic】（形動）　英勇
的，英雄的。

ひろいもの⓪【拾い物】　①拾獲物。②白
撿的，意外收穫，白撿便宜。

ひろいよみ⓪【拾い読み】スル　①選讀。②
結結巴巴地讀，一個字一個字往外迸。

ヒロイン⓪【heroine】　女主角。↔ヒー
ロー

ひろう◎【披露】ㇲㇽ ①披露，宣布。②披露宴。廣爲宣傳結婚、開店等，亦指爲此舉行的宴會。

ひろう◎【疲労】ㇲㇽ ①疲勞，疲乏。②金屬疲勞。

ひろ・う◎【拾う】（動五） ①拾，揀，撿。↔捨てる。②挑選。③拾，撿，揀。意外獲得貴重的東西。↔捨てる。④叫計程車。

びろう◎【尾籠】 粗俗，不中聽，言語粗野。

ひろうえん◎【披露宴】 披露宴。爲宣布結婚、開店等，而舉行的宴會。

ひろうこんぱい◎【疲労困憊】ㇲㇽ 疲勞困憊，疲憊不堪。

ピローケース◎【pillowcase】 枕頭套。

ビロード◎【葡 veludo】 天鵝絨。

ひろが・る◎【広がる】（動五） ①擴大，展開，拓寬。②擴大，擴展。「伝染病が〜・る」傳染病蔓延開了。③展現，開闊，廣闊，延伸。「平野が〜・る」原野廣闊。

ひろく◎◎【秘録】 秘錄，秘密記錄。

びろく◎◎【美禄】 ①厚祿，高薪。②美祿，酒。

びろく◎【微禄】 微祿，薄薪。

ひろくち◎【広口】 ①廣口。「〜瓶」廣口瓶。②淺底花盆，砂缽，水盤。

ひろ・げる◎【広げる】（動下一） ①擴大，擴展。②打開，展開。③攤開，擺開。④擴大，擴張，擴展，拓展。

ピロシキ◎【俄 pirozhki】 油炸包子。

ひろそで◎【広袖】 廣袖，敞袖。

ひろっぱ◎【広っぱ】 廣場，空地。

ひろば◎【広場】 廣場。

ひろびろ◎【広広】（副）ㇲㇽ 寬廣，闊，寬敞。「〜した講堂」寬敞的禮堂。

ヒロポン◎【Philopon】 希洛苯。甲基安非他命的商標名。

ひろま◎【広間】 ①廳堂。②（西式建築的）門廳，大廳。

ひろま・る◎【広まる】（動五） ①擴大。②擴展，擴散，推廣，傳播，流傳。

ひろめ◎【広め】 ①擴大，推廣。②（若論寬窄）還算寬敞的。

ひろ・める◎【広める】（動下一） ①推廣，光大，弘揚。②擴大，增大，豐富，弘大。

ひろやか◎【広やか】（形動） 寬敞，寬闊。「〜な庭園」寬敞的庭園。

ひわ◎【鶸】 ①金翅雀。②明黃綠色。

ひわ◎【秘話】 秘話，秘聞。「終戦〜」終戰秘聞。

ひわ◎【悲話】 悲慘的故事，悲話。

びわ◎【枇杷】 枇杷。

びわ◎【琵琶】 琵琶。

ひわい◎【卑猥】 卑猥。「〜な話」下流話語。

ひわだ◎【檜皮】 檜皮，檜樹皮。

ひわだぶき◎【檜皮葺き】 扁柏樹皮葺頂。

びわほうし◎【琵琶法師】 琵琶法師。

ひわり◎【日割り】 ①按日。「〜計算」按日計算。②行程表。

ひわれ◎【干割れ】 乾裂。

ひわれ◎【日割れ】 曬裂，乾裂，裂紋。

ひわ・れる◎【干割れる】（動下一） 乾裂，曬裂，龜裂。

ひん◎【品】 ①品格，品味，品質。②（接尾）品，樣，道，種，個。計數菜餚等的品數的量詞。「一〜料理」一道料理；一道菜。

ひん◎【顰】 顰，顰蹙。皺眉頭。「〜に倣なう」東施效顰。

びん◎【便】 郵寄，郵遞，班次，寄送手段。

びん◎【敏】 靈敏，敏捷，敏銳。↔鈍。

びん◎【瓶・壜】 瓶，瓶子。

びん◎【鬢】 鬢髮。

ピン◎ ①么。骨牌、骰子等的一點。②第一，最上等（的東西）。↔キリ。「〜からキリまで」從最上等的到最下等的。③揩油，傭金，回扣。「〜をはねる」從中撈一把。

ピン◎【pin】 ①大頭針。②髮針，髮夾。③飾針。④插銷，銷針。⑤保齡球瓶。⑥（高爾夫球運動中立在球洞的）旗桿。

ひんい◎【品位】 ①品位。②成色。③品

位。礦石中金屬的比例。

ひんか⓪【貧家】　貧苦之家，貧寒家。

ピンカール③【pin curl】　髮夾捲髮（法）。

ひんかく⓪【品格】　品格。

びんがた⓪【紅型】　紅花板，紅漿印，紅型。

びんかん⓪【貧寒】（ᴀ）　貧寒。

びんかん⓪【敏感】　敏感。↔鈍感

ひんきゃく⓪【賓客】　賓客。

ひんきゅう⓪【貧窮】ᴀ　貧窮。

ひんく⓪【貧苦】　貧苦。

ピンク⓪【pink】　①桃色，淡紅色。②桃色，色情。「～-ムード」妖豔。

ピンクッション③【pincushion】　針插，針包。

ひんけつ⓪【貧血】　貧血。

ひんけつしょう⓪④【貧血性】　貧血體質。

ビンゴ⓪【bingo】　賓果遊戲。

ひんこう⓪【品行】　品行。

びんごおもて④【備後表】　備後榻榻米席面，草墊子席面。

ひんこん⓪【貧困】　①貧困。②貧乏。

びんざさら③【編木・拍板】　編木，拍板。

びんさつ⓪【憫察】ᴀ　憫察，諒察。

ひんし⓪【品詞】　品詞，詞類。

ひんし⓪【瀕死】　瀕死。

ひんじ①【賓辭】〔論〕〔predicate〕述語，述詞。

ひんしつ⓪【品質】　品質。

ひんじゃ⓪【貧者】　貧者。

ひんじゃく⓪【貧弱】　①貧弱寒酸。②貧乏。

ひんしゅ⓪【品種】　品種。「豊富な～」豐富的品種。

ひんしゅく⓪【顰蹙】ᴀ　顰蹙。「～を買う」惹人討厭；惹人瞧不起。

ひんしゅつ⓪【頻出】ᴀ　頻出，頻頻出現。

びんしょう⓪【敏捷】　敏捷。

びんしょう⓪【憫笑・愍笑】ᴀ　憫笑，憐笑。「～を買う」惹人憐笑。

びんじょう⓪【便乗】ᴀ　①就便搭乘。②趁機，乘機，乘便。

ヒンズー①【Hindu】　①印度教信徒。②印度人。

ひん・する③【貧する】（動サ變）　貧窮，貧乏。「～・すれば鈍する」貧則愚鈍；人窮志短。

ひん・する③【瀕する】（動サ變）　瀕臨，迫近。「危機に～・する」危機臨頭。

ひんせい①【品性】　人品，品性。

ひんせい①【稟性】　稟性，天性。

ピンセット③【pincet】　小鑷子，小鉗子。

びんせん⓪【便船】　便船。「～で行く」搭便船去。

びんせん⓪【便箋】　便箋，信紙。

ひんそう⓪【貧相】　貧相，窮酸相。↔福相

びんそく⓪【敏速】　敏速，敏疾。

ひんだ⓪【貧打】　貧打，不揮棒擊球。

びんた⓪　掌摑，打耳光。

ヒンターラント⑤【德 Hinterland】　腹地，後置地。

ピンチ①【pinch】　危機，困境，窘境。

ピンチヒッター④【pinch hitter】　代打。

ピンチランナー④【pinch runner】　（棒球運動中的）代跑。

びんつけあぶら⓪【鬢付け油】　鬢髮油。

びんづめ⓪②【瓶詰め・壜詰め】　裝瓶，瓶裝。

ビンディング⓪①【德 Bindung】　固定器。把滑雪鞋固定在滑雪板上的金屬。

ビンテージ⓪①【vintage】　佳釀葡萄酒。

ヒント①【hint】　暗示，提示，啟發。

ひんど①【頻度】　①頻次，出現率。②頻度，頻率。

ピント⓪〔源自荷語 brandpunt〕①聚焦點。②要點，靶子。

ひんとう⓪【品等】　品級，品等。

びんなが⓪【鬢長】　長鰭鮪。

ピンナップ③【pinup】　釘牆上裝飾照片。「～-ガール」釘在牆上的美人照。

ひんにょう⓪【頻尿】　頻尿。

ひんのう⓪【貧農】　貧農。

ひんば⓪【牝馬】　牝馬，母馬，雌馬。↔

牡馬ぼ

ひんぱつ⓪【頻発】スル 頻發。

ピンはね⓪【一撥ね】スル 抽頭。

ひんぱん⓪【頻繁】 頻繁。

ひんぴょうかい⓪【品評会】 品評會。

ひんぴん⓪【頻頻】（タル） 頻頻，屢屢。

ひんぷ①【貧富】 貧富。「～の差」貧富差別。

ピンポイント⓪【pinpoint】 ①針尖。②準確位置，精確定位，精確位置。「～-ランディング」定點著陸；精確著陸。

びんぼう⓪【貧乏】スル 貧乏，貧窮。「～な暮らし」貧窮的生活。

びんぼうがみ⓪【貧乏神】 ①窮神。②貧乏神。在相撲中，十兩的筆頭力士的俗稱。

びんぼうくじ⓪【貧乏籤】 下下籤，不走運。

びんぼうしょう⓪③【貧乏性】 小氣性，貧氣。

びんぼうゆすり⓪【貧乏揺すり】 窮哆嗦。

ピンホール⓪【pinhole】 針孔。

ピンぼけ⓪ ①焦點失調，焦點不實，散焦。②不得要領，不中肯。

ピンポン①【ping-pong】 乒乓球。

ひんみゃく⓪【頻脈】 頻脈，脈搏過快，心跳過快。

ひんみん⓪【貧民】 貧民。

ひんみんくつ⓪③【貧民窟】 貧民窟。

ひんむ・く③【ひん剝く】（動五）（使勁）剝下，（用力）撕下。

ひんめい⓪【品名】 品名，物品名。

びんらん⓪【紊乱】スル 紊亂。「社会秩序を～する」使社會秩序紊亂。

びんろうじ③【檳榔子】 ①檳榔（子）。②暗黑色的染色。

びんろうじゅ⓪【檳榔樹】 檳榔樹。

びんわん⓪【敏腕】 靈活能幹，幹練。↔鈍腕。「～を振るう」大顯身手。「～家」幹練之人。

ふ

ふ[0]【斑】　斑駁，花斑。

ふ[1]【府】　①府。地方公共團體之一，有大阪、京都 2 府。②府。辦事的場所。「学問の~」學府。

ふ[0]【歩】　步，兵，卒。將棋的棋子之一。

ふ[1]【訃】　訃告，訃聞，訃文。

ふ[1]【負】　①〔數〕負，負數。②負電荷。↔正

ふ[1]【符】　①符，符節。上級官司發給直屬官司的公文書。②神符，護身符。③符號。「疑問~」問號。

ふ[0]【腑】　①腑，臟腑。「胃の~」胃腑。②肺腑，內心，心底。「~抜けた人」精神不健全。呆子。「~に落ちない」不能理解，無法領會。

ふ[1]【賦】　①賦。「詩經」六義之一。②賦。漢文的韻文體之一。③賦。指（長）詩，韻文。「早春の~」早春賦。

ふ[0]【麩】　麩。

ふ[0]【譜】　①樂譜，曲譜。②棋譜。③系譜，家譜。

ふ[0]【不】（接頭）　①表示「不…」「沒…」之意。「~必要」不需要；沒必要。「~行き届き」不周到。②「…不好」之意。「~出来」做得不好；收成（生長）不好。「~成績」成績不好。

ぶ[0]【分】　①分。單位名。②順利程度，有利情勢。「~が悪い」不利；吃虧。

ぶ[1]【武】　①武，武術，武藝。②武力，軍事力量。「~に訴える」訴諸武力。③武官，武人。

ぶ[0]【歩】　①步。單位名。「1 町 2 段~」1 町 2 段整。②利率。「~を取る」計算利率。

ぶ[1]【部】　①部分。「四つの~に分ける」分成四部分。②部門。「編集~」編輯部。③部。社團活動等團體。「野球~」棒球隊。④（接尾）本，冊。計算書籍、出版物等的量詞。「一万~印刷する」印刷一萬本（冊）。

ぶ[0]【不】（接頭）　①「不…」「沒…」之意。「~器用」不靈巧。「~調法」不周到；不在行。②「…不好」之意。「~気味」令人害怕。「~器量」不好看；無能。

ぶ【無】（接頭）　①「不…」「沒…」之意。「~風流」不風流；不風雅。「~遠慮」不客氣。②「…不好」之意。「~愛想」怠慢。

ファ[1]【義 fa】　fa。音階名。

ファー[1]【fur】　①毛皮，毛皮製品。「~-コート」毛皮大衣。

プアー[1]【poor】（形動）　貧窮的，貧乏的，可憐的。「~な精神」精神貧乏。

ファーザー[1]【father】　①父，父親。②（天主教的）神父。

ファースト[1]【first】　①第一（名），頭一場，第一級。「~ラン」電影首輪上映。「~-クラス」頭等；上等。②（棒球運動中的）一壘，一壘手。

ファーストクラス[5]【first class】　頭等艙。

ファーストネーム[5]【first name】　（與姓相對而言的）名。→ファミリー-ネーム

ファーストフード[5]【fast food】　速食，快餐。

ファーストラン[5]【first run】　首映。

ファーストレディー[5]【first lady】　①第一夫人。②女強人，女領袖。

ファーマシー[1]【pharmacy】　（有藥劑師的）藥局，藥房。

ファーム[1]【farm】　①農場。「パイロット-~」實驗農場；示範農場。②預備隊，二軍。

ぶあい[0]【歩合】　①比率，比值。②傭金，抽成。「~を取る」收取佣金。

ファイア[1]【fire】　①火，火焰。②營火。

ファイアウォール[4]【fire wall】　擋火牆，防火牆。

ファイアストーム[5]【fire storm】　營火晚

會。

ファイアマン⓪【fireman】 ①消防隊員。②（棒球運動中的）救援投手。

ぶあいせいど④【歩合制度】 傭金制，業績制。

ぶあいそう②【無愛想】 怠慢。

ファイター⓪【fighter】 ①鬥士，戰士，鬥志旺盛的人。②進攻型選手。③戰鬥機。

ファイティングスピリット⑧【fighting spirit】 戰鬥精神，戰鬥意志。

ファイト⓪【fight】 ①戰鬥，比賽。「ドッグ～」纏鬥。②鬥志，鬥爭精神。③（感）體育比賽中的「加油！」「堅持下去！」等意的加油聲。

ファイナル⓪【final】 ①「最終的」「最後的」之意。②決賽。

ファイナンシャルプランナー⑧【financial planner】 理財顧問。

ファイナンス①【finance】 ①財源。②財政，財政學。③金融，融資，籌措資金。

ファイバー①【fiber】 ①纖維，絲狀物。②食物纖維。

ファイバーグラス⑤【fiberglass】 玻璃纖維。

ファイバースコープ⑥【fiberscope】 光纖內視鏡。

ファイブ①【five】 5，五個。

ファイリング【filing】 歸檔，匯編。

ファイル①【file】 スル ①文件夾，紙夾。②合訂，合訂本。③檔案。

ファイン①【fine】 ①「出色的」「絕佳的」之意。「～-プレー」絕技。②「精密的」「細微的」之意。「～-チューニング」微調。

ファインセラミックス⑥【fine ceramics】 精密陶瓷。

ファインダー⓪【finder】 ①取景器。②尋星鏡。

ファウル①【foul】 スル ①犯規。②界外，界外球。↔フェア

ファウルグラウンド⑤【foul ground】 界外地區。↔フェア-グラウンド

ファウルチップ④【foul tip】 スル 觸擊球。

ファウルボール④【foul ball】 界外球。

ファウルライン④【foul line】 邊線，界線。

ファクシミリ③【facsimile】 傳真，傳真機。

ファクター①【factor】 ①要素，要因，因素。②〔數〕因數，因子。

ファゴット①【義 fagotto】 低音管。

ファサード②【法 façade】 主立面。

ファジー①【fuzzy】（形動）不明確，模糊的，失真的。

ファシスト②【fascist】 ①法西斯分子，法西斯主義者。②（義大利）法西斯黨黨員。

ファシズム②【fascism】 法西斯主義。

ファシリティ②【facility】 ①容易的事，不難的。②便宜，便利，方便。

ファスナー①【fastener】 拉鏈，拉鎖。

ぶあつ・い⓪【分厚い・部厚い】（形）厚，很厚。「～・い封書」很厚的一封信。

ファック①【fuck】 スル 性交。

ファッショ①【義 fascio】 ①（義大利的）法西斯黨。②法西斯傾向者。

ファッショナブル①【fashionable】（形動）趕時髦的，時髦的。

ファッション①【fashion】 流行，時興，時髦，時裝。「ニュー-～」新時裝；新流行。「～ブック」時裝雜誌。

ファッションショー⑤【fashion show】 時裝展示會，時裝表演，時裝秀。

ファッションモデル⑥【fashion model】 時裝模特兒。

ファナティック④【fanatic】 ①盲信者。②（形動）迷信的，狂熱的。

ファニーフェース④【funny face】 滑稽面孔。

ファミコン⓪ 家用電腦。

ファミリー①【family】 ①家族，一家，家庭。「～-カー」家用汽車。②族，群。

ファミリーネーム⑤【family name】 姓。→ファースト-ネーム

ファミリーレストラン⑤【family restaurant】 家庭餐廳。

ファラオ⓪【Pharaoh】 法老王。

ファラド①【farad】 法拉。靜電容量的SI單位。

ファルセット③【義 falsetto】 假音，假聲。

ふあん⓪【不安】 不安。

ファン①【fan】 風扇。「～-ヒーター」風扇式暖氣設備。

ファン①【fan】 迷，狂熱者，愛好者。

ファンキー①【funky】 鄉土爵士樂。

ファンクション①【function】 機能，作用。

ファンクションキー⑥【function key】 功能鍵。

ファンシー①【fancy】 ①想像，幻想。②別緻的，新奇的，奇異的。「～-ショップ」精品店。

フアンタジア③【義 fantasia】 幻想曲。

ファンタジー①【fantasy】 ①空想，幻想，夢。②幻想曲。③幻想性、夢幻性的文學作品。

ファンタジック①（形動）【和 fantasy+ic】奇異的，異想天開的，怪異的。

ファンタスティック⑤【fantastic】（形動）異想天開的，奇異的。

ファンダメンタルズ④【fundamentals】基本指標。

ふあんてい⓪【不安定】 不安定，不穩定。

ファンデーション③【foundation】 ①調整型內衣，美體塑型內衣。②粉底霜。③白底。

ファンド①【fund】 ①基金，資金。②基金財產。

ふあんない③【不案内】 不熟悉，陌生，生疏。「この土地には～だ」對這一帶不熟悉。

ファンファーレ③【德 Fanfare】 號角齊鳴。

ふい① 落空，白費，無效，泡影。「せっかくのチャンスが～になった」唯得機會失去了。

ふい⓪【不意】 不意，沒想到，突然。「～打ち」突然襲擊。

ぶい①【武威】 武威。武力的威勢。

ぶい①【部位】 部位。「身体各～の名称」身體各部位的名稱。

ブイ①【buoy】 ①浮標。②救生圈。

フィアンセ③〔法 fiancé（男性），fiancée（女性）〕未婚夫，未婚妻。

フィー①【fee】 費用，手續費。

フィージビリティー④【feasibility】 可實現性，能實行性。

フィーチャー①【feature】 スル ①容顏，容貌。②特色，特徵。③長篇電影，故事片。④特稿，專欄。

フィート①【feet】 英尺。

フィードバック④【feedback】 スル 反饋。

フィーバー①【fever】 スル 狂熱。

フィーリング①【feeling】 ①情緒，心情，感覺。「～が合う」情投意合。②感受。

フィールディング①【fielding】 （棒球運動中的）防守。

フィールド①【field】 ①原野，野外。②田賽運動場。③棒球場的內場和外場。④（學問、活動等的）範疇，領域。

フィールドアスレチックス⑧【和 field+athletics】 野外體育活動。

フィールドノート⑤【field note】 田野工作日誌。

フィールドワーク⑤【fieldwork】 田野工作。

ふいうち②⓪【不意打ち】 突然襲擊，冷不防。「～にテストをする」突然進行考試。

フィギュア①【figure】 ①形，圖形。②花式溜冰。

フィギュアスケート⑧【figure skating】花式溜冰。

ふいく⓪【扶育】 スル 養育，扶育。

ふいく⓪【傅育】 スル 輔育。「幼君を～する」輔育幼主。

フィクサー①【fixer】 調解者，牽線人。

フィクション①【fiction】 ①虛構。②杜撰故事，小說。↔ノンフィクション

ふいご⓪【鞴】 風箱，鼓風機。

ブイサイン③【V sign】 V字形。

フィジカル①【physical】（形動） ①物理的，物理學的。②肉體的，身體的。

フィズ⓪【fizz】 菲士汽酒。

ふいちょう⓪【吹聴】 スル 吹噓，張揚。「自分の手柄を~する」吹噓自己的功勞。

ふいつ⓪【不一・不乙】 不一。

フィッシュ⓪【fish】 魚，魚類。

フィッシング⓪【fishing】 釣魚。

フィッティングルーム⑥【fitting room】 試衣室，試穿室。

フィット⓪【fit】 スル 合適，合身。

フィットネス⓪【fitness】 健身運動。

フィトンチッド④【德 Phytonzid】 芬多精。

フィナーレ②【義 finale】 ①大團圓，大結局。「~を飾る」圓滿結束。②末樂章，終曲，終場。

フィニッシュ②【finish】 ①完畢，結束。②結束動作，收式。

ブイネック③【V neck】 V字領。

フイフイきょう⓪【回回教】 回回教，回教，伊斯蘭教。

フィフティーフィフティー①【fifty-fifty】 各半，一半一半。

フィフティーン③【fifteen】 ① 15。② 15。指網球比賽中的最初得分。③ 15名球員。一支橄欖球隊的全體成員。

ブイヤベース④【法 bouillabaisse】 法國魚羹湯。

フィヨルド①②【挪 fjord】 峽灣。

ブイヨン①【法 bouillon】 清湯。

フィラメント⓪【filament】 ①長絲，單纖維。②燈絲。

フィラリアしょう⓪【一症】 絲蟲病。

ふいり⓪【斑入り】 帶斑點，帶斑紋。

ふいり⓪【不入り】 不賣座。

フィルター①【filter】 ①過濾器，過濾裝置。②濾光器。③濾波器。④過濾程式，篩選程式。

フィルタリング⓪【filtering】 填補現象。

フィルハーモニー④【德 Philhar-monie】 愛樂。

フィルム①【film】 ①底片。②影片，幻燈片。③薄膜，軟片。

フィルムライブラリー⑤【film library】 電影資料館。

フィロソフィー②【philosophy】 哲學。

ふいん⓪【訃音】 訃告，訃聞。

フィン①【fin】 ①潛水用腳蹼。②（安裝在衝浪板下面的）鰭狀穩向板。

ぶいん⓪【部員】 部員，部屬成員。

ぶいん⓪【無音】 スル 久無音信，久疏音信。

フィンガー①【finger】 ①手指，指狀物。「~ -チョコレート」指狀巧克力。②機場迎送平台。

フィンガーボウル⑤【finger bowl】 （西餐中用於餐後洗手指的）洗手盆。

ふう⓪【封】 封，封上，封口。「~を切る」拆封。

ふう⓪【風】 ①風俗，習氣，習俗。②風格，傾向。③方式，方法。「どんな~に使うのか」怎樣使用？④樣子，外表。「何気ない~を装う」佯裝坦然自若的樣子。⑤風評。⑥風味，風格。「西洋~」西洋式。

ふうあい⓪【風合い】 觸感，風格。紡織品的手感或給人的感覺。

ふうあつ⓪【風圧】 風壓。

ふうい①【風位】 風向，風向方位。

ふういん⓪【封印】 スル 封印。

ふういん⓪【風韻】 風韻。

ブーイング⓪【booing】 噓，呸！觀眾發出的噓聲。

ふうう①【風雨】 風雨。

ふううん⓪【風雲】 ①風和雲。②風雲。「~急を告げる」風雲急；形勢緊急。

ふううんじ③【風雲児】 風雲兒，風雲人物。「一代の~」一代風雲人物。

ふうえい⓪【諷詠】 スル 諷誦。

ふうか⓪【風化】 スル ①風化。②淡化。

ふうが①【風雅】 ①風雅，文雅，雅致。②風雅。指詩歌、文章之道。

フーガ①【義 fuga】 賦格曲。

ふうがい⓪【風害】 風災，風害。

ふうかく⓪【風格】 ①風格，品格。②風格。獨特的風趣。

ふうがわり③【風変わり】 與眾不同，奇特，怪異。「~な服装」奇裝異服。

ふうかん⓪【封緘】 スル 封緘，封信口。

ふうき①【風紀】 風紀。「~が乱れる」

風紀紊亂。

ふうき◎【富貴】　富貴。

ふうきり◎【封切り】　スル　①事物的開始。②首映。「～館」首映館。

ふうきん◎【風琴】　①風琴。②手風琴之略。

ブーケ◎【法 bouquet】　花束。

ふうけい◎【風景】　①風景，景致。「～画」風景畫。②情景。「一家団らんの～」全家團圓的情景。

ブーケガルニ◎【法 bouquet garni】　調味香草束。

ふうけつ◎【風穴】　風洞。

ふうげつ◎【風月】　①風月。泛指自然界之物。「花鳥～」花鳥風月。②風月。熱愛自然以風流爲樂。「～を友とする」以風月爲友。

ブーゲンビリア◎【拉 Bougainvillea】　九重葛。

ふうこう◎【風向】　風向。

ふうこうめいび◎【風光明媚・風光明美】　風光明媚。「～な土地」風光明媚的土地。

ふうさ◎【封鎖】　スル　封鎖。

ふうさい◎【風采】　風采。「～が上がらない」其貌不揚。

ふうさつ◎◎【封殺】　スル　①封殺。「敵の動きを～する」封殺敵人的行動。②封殺。棒球運動的封殺出局。

ふうし◎【夫子】　①夫子，先生。對賢者、師長的尊稱。「村～」村夫子。②夫子。孔子的尊稱。

ふうし◎【風刺・諷刺】　スル　諷刺。

ふうし◎【風姿】　儀表，風姿。

ふうじこ・める◎【封じ込める】（動下一）　封入，封閉，封鎖。

ふうじて◎【封じ手】　封盤。將棋、圍棋等對弈中暫停時，不走當天的最後一手棋而寫於紙上封起來。

ふうじめ◎【封じ目】　封口，加封處。

ふうしゃ◎◎【風車】　風車。

ふうじゃ◎【風邪】　感冒。

ふうしゅ◎【風趣】　風趣。

ふうしゅう◎【風習】　風習。

ふうしょ◎【封書】　封口書信。

ふうしょく◎【風食・風蝕】　スル　風蝕。

ふう・じる◎◎◎【封じる】（動上一）　封閉，封住。

ふうしん◎【風疹】　風疹。

ふうじん◎【風神】　風神。

ふうじん◎【風塵】　①飛揚的沙塵。②風塵，俗事。「～を避けて隠棲する」避風塵而隱居。

ふうしんし◎【風信子】　風信子。洋水仙的異名。

フーズ◎【foods】　食品，食物。

ブース◎【booth】　小教室，展示台，展臺，展示間。

ふうすい◎【風水】　①風和水。②風水。

ふうすいがい◎【風水害】　風災水患。

ブースター◎【booster】　①助推器。②無線電放大器。③加壓機。④加速器。

フーズフー◎【Whoś Who】　名人錄。

ふう・ずる◎【封ずる】（動サ變）　①封，封閉。②封鎖，封住。③鎮住。④封住，阻止。「反撃を～・ずる」阻止反撃；封住反撃。

ふうせい◎【風勢】　風勢。

ふうせいかくれい◎【風声鶴唳】　風聲鶴唳。

ふうせつ◎【風雪】　①風和雪。②風雪，暴風雪。③風雨，風霜，艱苦。「～十年」風雪十年。

ふうせつ◎【風説】　スル　風傳，傳說，謠傳。

ふうせん◎【風船】　氣球。

ふうそう◎【風葬】　スル　風葬。

ふうそう◎【風霜】　①風和霜。②風霜，風雪。

ふうそく◎【風速】　風速。

ふうぞく◎【風俗】　風俗，習俗，風情習俗。

ふうぞくえいぎょう◎【風俗営業】　風俗營業。

ふうぞくはん◎【風俗犯】　風俗犯。

ふうたい◎◎【風袋】　包裝袋，袋重，包裝物重。「～込みの重量」毛重。

ふうたく◎【風鐸】　風鈴，風鐸。

ふうち◎【風致】　風景，風致。

ふうちょう◎【風鳥】　風鳥，極樂鳥。

ふうちょう◎【風潮】 風潮，潮流。

ふうちん◎【風鎮】 風鎮。掛在掛軸的軸兩下端之墜子。

ブーツ①【boots】 長筒靴。

ふうつうおり◎【風通織り】 雙面異色花紋組織。

ふうてい◎【風体】 ①打扮，體態，風采，著裝。「あやしげな～」奇異的裝扮。②風體。

ふうてん◎【瘋癲】 ①瘋癲，精神病。②遊蕩者。

ふうど①【風土】 風土，水土。「～に合わない」水土不服。

フード①【food】 食物，食品。

フード①【hood】 ①兜帽。②鏡頭遮光罩。③風斗。

ふうとう◎【封筒】 信封。

ふうどう◎【風洞】 風洞。

ふうとうぼく◎【風倒木】 風倒木。

フードスタンプ⑥【food stamp】 食物券。

ふうどびょう◎【風土病】 地方病。

フードプロセッサー⑥【food processor】 食物加工機，食品加工器。

プードル①【poodle】 貴賓犬。

ふうにゅう◎【封入】 スル 封入。「電球にアルゴンガスを～する」把氫氣封入電燈泡內。

ふうは①【風波】 ①風與波浪，風掀起的波浪。②風波，糾紛，亂子。「～が絶えない」風波不斷。

ふうばいか◎【風媒花】 風媒花。

ふうばぎゅう◎【風馬牛】 風馬牛（不相及）。

ふうび①【風靡】 スル 風靡。「一世を～する」風靡一世。

ブービー①【booby】 （高爾夫球、保齡球的）倒數第二。「～賞」末等獎。

ふうひょう◎【風評】 （不好的）傳說，社會議論。

ふうふ①【夫婦】 夫婦，夫妻。「～そろって買物に行く」夫妻倆一起去購物。

ふうふげんか③【夫婦喧嘩】 夫妻吵架。「～は犬も食わない」夫妻吵架連狗都不理；夫妻吵架，外人別管。

ふうぶつ①【風物】 ①風景。②應景的事物。「桜は日本の代表的な～だ」櫻花是日本具代表性的景物。

ふうぶつし④【風物詩】 風物詩。「花火は夏の～」煙火成為當地夏天的風物詩。

ふうふべっせい⑤【夫婦別姓】 夫妻不同姓，夫妻分姓。

ふうぶん◎【風聞】 スル ①風評。②風聞，風傳。「悪事を働いていると～される」壞事傳千里；只要做惡事，就會有風聞。

ふうぼう◎【風防】 擋風，風擋。

ふうぼう◎【風貌】 風貌。「古武士の～」古代武士的風貌。

ふうみ①【風味】 風味。「～が落ちる」風味變差。

ブーム①【boom】 ①熱潮。②熱。「外国語～が起きる」興起外語熱。

ブーメラン①【boomerang】 回力鏢。

ふうもん◎【風紋】 風紋，砂紋。

ふうゆ①【諷喩・風諭】 スル 諷諭。

フーヨーハイ③【芙蓉蟹】 芙蓉蟹。

ふうらいぼう③【風来坊】 來去無蹤者，流浪者。

フーリガン①【hooligan】 惡球迷，足球流氓。

ふうりゅう◎【風流】 ①風流，風雅。「～な庭」雅致的庭院。②風流，風雅。詩歌、書畫、茶道等所具有的脫俗韻味。「～の道」（詩歌、書畫、茶等）風雅之道。

ふうりょく①【風力】 風力。

ふうりょくかいきゅう⑤【風力階級】 風級。

ふうりん◎【風鈴】 風鈴。

ふうりんかざん③【風林火山】 風林火山。

プール①【pool】 スル ①游泳池。②集中處，放置場，停放處。「モーター～」停車場。③積累。「資金を～する」儲備資金。④〔經〕聯合經營體，企業聯盟，聯營。

プール①【pool】 撞球遊戲。

プールサイド⑥【poolside】 游泳池邊。

プールねつ⓪【―熱】 游泳池病毒熱。

プールバー⑤【和 pool+bar】 設有撞球台的酒吧，撞球場。

ふうろ⓪【風炉】 風爐。

ふうろう⓪【封蠟】 封蠟，火漆。

ふうろう⓪【風浪】 ①風和波浪。②風浪。

ふうん⓪【不運】 不走運。↔幸運

ふうん⓪【浮雲】 浮雲。

ぶうん⓪【武運】 武運。「～長久」武運長久。

ふえ⓪【笛】 ①笛子。②警笛，哨子。「～吹けども踊らず」笛子吹了未見跳。比喻已完全做好準備，但怎樣誘導也無人回應。

ふえ⓪【鰾】 魚鰾。

フェア①【fair】 商品交易會，商品展銷會，展覽會。

フェア①【fair】 ①界內球。↔ファウル。②（形動）光明正大，公平。

フェアウエー④【fairway】 整平球道。→ラフ

フェアキャッチ⑤【fair catch】 ①合法接球。②直接接球。

フェアグラウンド④【fairground】 界內地區。↔ファウル・グラウンド

フェアプレー④【fair play】 行為光明磊落。

フェアリー①【fairy】 仙女，妖精。

フェアリーテール⑤【fairy tale】 民間故事，童話。

ふえいせい②【不衛生】 不衛生。

ふえいようか④【富栄養化】 優養化。

フェイント①②【feint】 佯攻戰術，假動作。「～をかける」做假動作。

フェース①【face】 ①顏，臉孔，容貌。「ニュー・～」新面孔。②票面。③岩壁。④（高爾夫球桿頭的）擊球面。

フェーズ①【phase】 ①相，局面。②〔理〕相位，位相。

フェースオフ④【face-off】 開球，爭球。

フェースバリュー⑤【face value】 票值，票面金額，票面價格。

フェードアウト④【fade-out】 漸隱，淡出。↔フェード・イン

フェードイン④【fade-in】 漸顯，淡入。↔フェード・アウト

フェールセーフ④【fail-safe】 故障保險，安全裝置。

フェーン①【德 Föhn】 焚風。

ふえき⓪【不易】 不易，不變。②萬古不易。

ふえき⓪【賦役】 賦役。地租和夫役。

ふえきりゅうこう⑤【不易流行】 不易流行。蕉風俳諧理念之一。

フェザー①【feather】 鳥的羽毛，羽毛。

フェザーきゅう⓪【―級】 次羽量級。

フェスタ①【義 festa】 節日，喜慶日。

フェスティバル①【festival】 節日，祭典。

ふえて⓪②【不得手】 不擅長。↔得手

フェティシズム④【fetishism】 ①拜物教。②〔心理〕戀物癖。

フェデレーション③【federation】 聯合，聯邦，聯盟。

フェニックス①【phoenix】 ①火鳥。②海棗屬。

フェノール①【phenol】 ①苯酚。②酚。芳香族化合物。

フェミニスト③【feminist】 ①女性解放論者。②重視女性的男人。

フェミニズム④【feminism】 男女平權主義，女權主義。

フェミニン①【feminine】（形動） 女性的，女流的。

フェライト①【ferrite】 ①鐵酸鹽。②鐵素體。

フェラチオ⓪【fellatio】 口交，口交性愛。

フェリー①【ferry】 渡船。

フェリーボート④【ferryboat】 渡船。

ふ・える⓪【増える】（動下一） 增加，增多，增殖，增生。↔減る。「人が～・える」人員增多。

ふ・える⓪【殖える】（動下一） 增加，增多。↔減る

フェルト①②【felt】 毛氈，氈。

フェルトペン⑤【felt pen】 毛氈筆。

フェルマータ③【義 fermata】 延長符號。

フェレット⓪【ferret】 雪貂。

フェローシップ⓪【fellowship】 （英美大學等的）特別研究員職位，研究員獎學金。

フェロモン⓪【pheromone】 費洛蒙。

ふえん⓪【不縁】 ①離婚，收養終止。②收養未成立。「～に終わる」未收養成。

ふえん⓪【敷衍・敷延】 スル 細說。

フェンシング⓪【fencing】 擊劍。

フェンス①【fence】 ①柵欄，圍欄。②（球場等周圍的）擋網，擋牆，圍欄。

フェンダー⓪①【fender】 ①（安裝在汽車、自行車輪子上的）擋泥板。②（安裝在列車前前部的）緩衝裝置。③護舷材，護舷墊。

ぶえんりょ②【無遠慮】 不客氣，不拘泥。

フォア①【four】 ① 4，四個。②四人艇。

フォアグラ⓪【法 foie gras】 鵝肝。

フォアハンド④【forehand】 ①正手擊球。②正手接球。↔バックハンド

フォアボール③【和 four+balls】 〔在美國讀作 base on balls〕4 壞球保送。

フォイル①【foil】 葉形飾。

フォーカス①【focus】 焦點。

フォーク①【folk】 ①民俗，民眾，庶民。②民歌，民謠。

フォーク①【fork】 ①餐用叉。②耙。

フォークソング④【folk song】 ①民謠，民歌。②美國民歌。

フォークダンス⑤【folk dance】 ①民族舞蹈。②土風舞。

フォークボール④【forkball】 下墜球。

フォークロア④【folklore】 ①民間傳承。②民俗學。

フォースアウト④【force-out】 封殺出局。

フォービスム⓪【法 fauvisme】 野獸主義。

フォーブ①【法 fauve】 野獸主義的信奉者，野獸派。

フォーマット⓪【format】 ①形式，書寫格式。②格式。

フォーマル①【formal】（形動） 正式的，形式的，禮節性的。「～-ウエア」禮服。

フォーミュラ①【formula】 形式，公式。

フォーミュラカー⑤【formula car】 方程式賽車。

フォーム①【foam】 泡沫。「シェービング-～」刮鬍泡沫。「クレンジング-～」淨化泡沫。

フォーム①【form】 ①姿勢。「投球～」投球姿勢。②形式，形態。③表格。

フォーメーション③【formation】 ①成形，形成。②陣形，陣容。

フォーラム①【forum】 ①（古羅馬市中心）公共集會廣場，（轉）集會場所。②「フォーラム-ディスカッション」的略稱。

フォーラムディスカッション⑧【forum discussion】 公共論壇，集體公開討論會。

フォール①【fall】 スル 雙肩著地。

フォールト①【fault】 ①發球失誤。②失誤。

フォッグ①【fog】 霧。

フォックス①【fox】 狐。

フォックストロット⑥【fox trot】 狐步舞（曲）。

フォッグランプ④【fog lamp】 霧燈。

フォッサマグナ④【拉 Fossa Magna】 中央地溝帶。

フォト【phot】 輻透。照度單位。

フォト①【photo】 ①照片。②「光的」「照相的」等意。

フォトグラフ【photograph】 照片。

ぶおとこ②【醜男】 醜男。

フォトジェニック⑤【photogenic】（形動）上相的，上鏡頭的。

フォルクローレ④【西 folklore】 民謠，民俗音樂。

フォルダー①【folder】 ①文件夾，紙夾，文件架。②檔案夾。

フォルテ①【義 forte】 強音。

フォルティッシモ④【義 fortissimo】 極強。音樂的強弱記號之一。

フォロー①【follow】 スル ①跟蹤。指進行追蹤。②輔助。「新人の仕事を～する」

輔助新手工作。③跟拍攝影。「～-シーン」跟拍攝影場景。

フォローアップ◎【follow-up】 追加報導，繼續報導，跟蹤調查。

フォロースルー◎【follow-through】 隨手揮。

フォワード◎【forward】 前鋒。↔バックス

ふおん◎【不隱】 不穩。

フォンデュー②【法 fondue】 ①乳酪鍋。②炸肉鍋。

フォント②【font】 ①一副鉛字。②字型。③字元。

フォンドボー◎【法 fond de veau】 小牛高湯。

ぶおんな◎【醜女】 醜女。容貌難看的女人。

ふか◎【鱶】 鯊，大鯊魚。

ふか②◎【不可】 ①不可。「可もなく～もない」不置可否。②不及格。

ふか②◎【付加・附加】 スル 附加。

ふか②【府下】 府下。「大阪～」大阪府下。

ふか②②【負荷】 ①負荷，擔負。②負荷，負載。接受並消耗電力學能或電能。

ふか②◎【孵化】 スル （卵進行）孵化。

ふか②【賦課】 スル 賦課。「～金」賦課款。

ぶか②【部下】 部下，屬下。

ふかい◎【不快】 ①不快，不愉快。②患病，身體不適。

ふかい◎【付会・附会】 スル 附會。「牽強ゖ゙ょう～」牽強附會。

ふか・い②【深い】（形） ①深。「～海」深海。「～・い森」幽深的森林。②深重，深刻。「罪が～・い」罪孽深重。「遠慮～・い」非常客氣；拘謹。③濃，濃厚。「色が～・い」顏色深。「毛～ぶ・い」毛髮很濃；毛髮多。④深遠，深長。「意味が～・い」意味深長。⑤深厚。指關係密切。「～・い仲」深厚的交情；深交。⑥深入，深刻。「～・い考え」深思。「～・い悲しみ」深切的悲哀。

ぶかい◎【部会】 ①各部門。「專門～」

專門部會。②部門會議。

ぶがい◎【部外】 部門外。↔部內。「～秘」對外保密。

ふかいしすう④【不快指數】 不適指數。

ふがいな・い◎【腑甲斐無い・不甲斐無い】（形） 沒志氣，沒出息，窩囊。「～・いやつだ」沒志氣的傢伙。

ふかおい◎【深追い】 スル 深追，窮追，追到底。

ふかかい②【不可解】 不可（理）解。

ふかかち③【付加価値】 附加價值，增值。

ふかぎゃく②【不可逆】 不可逆（轉）。↔可逆

ふかく◎【不覚】 ①不覺，無意識。「～の涙」不知不覺流出的眼淚。②（因大意而）失敗，過失。「～の敗」過失。過錯。

ふかく◎【俯角】 俯角。↔仰角

ふがく②【富岳・富嶽】 富岳。富士山的異名。「～百景」富岳百景。

ぶがく②【舞楽】 舞樂。

ふかくてい③【不確定】 不確定。

ふかけつ②【不可欠】 不可缺。「～な条件」不可缺少的條件。

ふかこうりょく◎【不可抗力】 不可抗力。

ふかざけ◎【深酒】 スル 飲酒過量。

ふかし③【不可視】 不可視，不可見。↔可視

ふかしぎ②【不可思議】 不可思議。

ふかしん【不可侵】 不可侵。

ふか・す②【吹かす】（動五） ①噴（煙）。②（使汽車引擎）高速運轉。「エンジンを～・す」使引擎高速運轉。③擺…架子，逞威風。「先輩風を～・す」擺老資格的架子。

ふか・す②【蒸かす】（動五） 蒸。「芋を～・す」蒸番薯。

ふか・す②【更かす】（動五） 熬夜。「夜を～・す」熬夜。

ふかち②【不可知】 不可知。

ふかちろん③【不可知論】 〔agnosticism〕不可知論。

ぶかつ◎【部活】 社團活動。

ぶかっこう⓪【不恰好・不格好】 不恰好,不美觀。

ふかっせいガス⓪【不活性一】 惰性氣體。

ふかづめ⓪【深爪】 スル 深剪指甲。

ふかで⓪【深手・深傷】 重傷。↔浅手・薄手。「～を負う」負重傷;受重傷。

ふかなさけ⓪【深情け】 深情。

ふかのう②【不可能】 不可能。

ふかのひれ⓪【鱶の鰭】 魚翅。

ふかひ②【不可避】 不可避免。「衝突は～だ」衝突是不可避免的。

ふかぶか①【深深】（副） 深深地。「～とおじぎをする」深深地鞠個躬。

ふかぶん②【不可分】 不可分。↔可分

ふかま⓪【深間】 ①深處。②（男女）關係極爲親密。

ふかま・る③【深まる】（動五） 變深,加深。「秋が～・る」深秋。

ふかみ③⓪【深み】 ①深處。↔浅み。②關係密切。③（內容、知識等的）深度,深淺。

ふかみどり③【深緑】 深綠。

ふか・める③【深める】（動下一） 加深。「親交を～・める」加深親密交往。

ふかよみ⓪【深読み】 過深解釋,深讀。

ふかん⓪【俯瞰】 スル 俯瞰。

ぶかん①【武官】 武官。↔文官

ふかんしへい③【不換紙幣】 不兌換紙幣。↔兌換だかん紙幣

ふかんしょう⓪【不感症】 ①冷感症。②感覺遲鈍。

ふかんぜん②【不完全】 不完全,不完整,不完備。

ふかんぜんねんしょう⑥【不完全燃焼】 不完全燃燒。↔完全燃焼

ふき⓪【蕗・苳・款冬・菜蕗】 款冬,蜂鬥菜。

ふき①②【不帰】 不歸。「～の客となる」成爲不歸客;死去。

ふき①【不羈】 不羈。

ふき①②【付記・附記】 スル 附記,附註。

ふぎ①【不義】 ①不義。②私通。「～は御家おいえの法度はっと」私通乃家之禁規。

ぶき①【武器】 武器。「女性の～は涙だ」女人的武器是眼淚。

ふきあ・げる⓪【吹き上げる】（動下一） ①刮起,刮到…上。②吹起,刮起。「谷から風が～・げる」風從溪谷。

ふきあ・げる⓪【噴き上げる】（動下一） ①噴起。②噴出。「鯨が潮を～・げる」鯨魚噴出海水。

ふきあ・れる⓪【吹き荒れる】（動下一） 刮大風,狂吹。

ブギウギ⓪【boogie-woogie】 布基烏基舞曲。

ふぎかい②【府議会】 府議會。

ふきかえ⓪【吹き替え】 ①（貨幣、金屬等）回爐,重鑄。②翻譯配音。③替身。

ふきか・える⓪③【吹き変える・吹き替える】（動下一） ①回爐。熔化重鑄。「金貨を～・える」重鑄金幣。②翻譯配音。

ふきか・ける⓪【吹き掛ける】（動下一） ①吹氣,哈氣。②要高價。③猛吹,猛刮。

ふきげん②【不機嫌】 不愉快,不高興,不痛快。

ふきこぼ・れる⓪【吹き零れる】（動下一） 溢出。

ふきこ・む③【吹き込む】（動五） ①刮進,吹入。②吹進,注入。「新風を～・む」吹進新氣息。③灌輸,教唆。「悪知恵を～・む」教壞主意。④錄音,灌製,灌（唱片）。

ふきさらし⓪【吹き曝し】 暴露在風雨中,露天。

ふきすさ・ぶ③⓪⑥【吹き荒ぶ】（動五） 猛刮,狂吹。「～・ぶ嵐」狂風暴雨。

ふきそ②【不起訴】 不起訴。

ふきそうじ③【拭き掃除】 スル 擦拭,擦乾淨。

ふきそく②③【不規則】 不規則,無規律。「～な生活」無規律的生活。

ふきだ・す③【吹き出す】（動五） ①風開始刮。②冒出,噴出。「煙を～・す」冒煙。③冒芽,抽芽。

ふきだ・す③【噴き出す】（動五） ①噴出,迸出。「温泉が～・す」溫泉噴出。

②笑出來。「ぷっと〜・す」噗嗤一聲笑了。

ふきだまり⓪【吹き溜まり】 ①風吹成堆，樹葉堆，雪堆，土堆，沙堆。②流浪者聚集處。

ふきつ⓪【不吉】 不吉，不吉利，不吉祥。「〜な予感」不祥的預感。

ふきつ・ける⓪【吹き付ける・吹き着ける】（動下一） ①狂吹。②噴上。「塗料を〜・ける」噴上塗料。

ふきでもの⓪⓪【吹き出物】 小疱，小疙瘩。

ふきとば・す⓪【吹き飛ばす】（動五） ①吹跑，刮跑。②趕走，趕跑。「悲しみを〜・す」消除悲傷。

ふきと・ぶ⓪【吹き飛ぶ】（動五） ①吹跑，刮掉。②盡消，消散。「疑いが〜・ぶ」懷疑盡消；疑雲消散。

ふきと・る⓪【拭き取る】（動五） 擦去。「汗を〜・る」擦汗。

ふきながし⓪【吹き流し】 ①風旛。②飄帶旗。端午節時與鯉魚旗一起掛的幡。

ふきぬき⓪【吹き抜き・吹き貫】 ①通風處。②飄帶旗。旗幟、小旗的一種。③〔建〕明柱無牆房屋，井式房屋。

ふきぬけ⓪【吹き抜け】 吹過，刮過。

ふきのとう⓪【蕗の薹】 款冬花莖。

ふきぶり⓪【吹き降り】 暴風雨，連風帶雨。

ふきまめ⓪【富貴豆】 富貴豆，糖煮去皮蠶豆。

ふきまわし⓪【吹き回し】 風向，（風的）大小，強弱。「どういう風の〜か，筆不精の彼が暑中見舞いをよこした」不知是哪陣風吹的，一向懶得寫信的他寄來了盛夏的問候的信。

ぶきみ⓪⓪【不気味・無気味】（形動） 令人害怕，慪人。

ふきや⓪【吹き矢】 吹箭。

ふきゅう⓪【不休】 不休息。

ふきゅう⓪【不朽】 不朽。「〜の名作」不朽的名作。

ふきゅう⓪【不急】 不急。「〜の物資」不急需的物資。

ふきゅう⓪【普及】スル 普及。

ふきゅう⓪【腐朽】 腐朽。

ふきょう⓪【不況】 經濟停滯，蕭條。↔好況

ふきょう⓪【不興】スル 掃興，沒趣。「〜をかう」冒犯上級。惹長輩不高興。

ふきょう⓪【布教】スル 傳教，佈道，佈教。「〜活動」傳教活動。

ふきょう⓪【富強】 ①富強。②「富国強兵」的略語。

ふぎょう⓪⓪【俯仰】スル 俯仰。「〜天地に愧はじず」俯仰無愧（仰不愧於天，俯不作於人）。

ぶきよう⓪【不器用】 ①笨拙，不靈巧。②笨，不熟練，不靈活。

ぶぎょう⓪【奉行】 奉行。

ふきょうカルテル⓪【不況一】 反蕭條卡特爾。

ふぎょうじょう⓪【不行状】 劣行，不端。

ふぎょうせき⓪【不行跡】 劣跡。

ふきょうわおん⓪【不協和音】 ①不協和音。↔協和音②二者不協調。「〜を生じる」產生不協調。

ふきょく⓪【負極】 ①負極，陰極。②南極。↔正極

ぶきょく⓪【部局】 部局。

ぶきょく⓪【舞曲】 舞曲。

ふきよせ⓪【吹き寄せ】 吹來什錦荣，吹來什錦點心。

ふぎり⓪【不義理】 ①忘恩負義，不合情理，欠人情。②拖欠（債務）。

ぶきりょう⓪【不器量・無器量】 ①相貌醜，難看。②沒才能，無能。

ふきん⓪⓪【付近】 附近。

ふきん⓪【布巾】 抹布。

ふきんこう⓪【不均衡】 不均衡，不平衡。

ふきんしん⓪【不謹慎】 不謹慎。

ふく【服】 ①衣服。②西服。③（接尾）服。計算藥粉包數的量詞。④支，根，包。計算抽香煙的量詞。

ふく【副】 ①副。↔正。「班長は正と〜の二名を選ぶ」選出正副兩名班長。「〜業」副業。②副件，副本。「正〜二通の書類」正副一式二份的文件。

ふく⓪【幅】 ①幅，字畫。「弘法大師の～」弘法大師的條幅。②（接尾）幅。計算掛軸、軸畫等字畫的量詞。「一～の掛軸」一幅掛軸。

ふく⓪【福】 福，福氣。↔禍。「残りものには～がある」剩餘東西裡有福氣。

ふ・く⓪①【吹く】（動五） ①（自動詞）吹，刮（風）。「風が～・く」刮風。②出現，現出。「白い粉が～・く」出現白霜。③（他動詞）吹。「笛を～・く」吹笛。④噴，噴出。「クジラが潮を～・く」鯨魚噴水。⑤泛出，現出，冒出。「芽を～・く」冒出芽。「干し柿が粉を～・く」柿餅出了白霜。⑥吹牛，說大話，言過其實。「ほらを～・く」說大話；吹牛皮。

ふ・く①【噴く】（動五） 噴，噴出。「なべが～・く」溢出鍋外了。「火を～・く」噴火。

ふ・く①【拭く】（動五） 拭，揩，擦抹。

ふ・く②①【葺く】（動五） 葺。

ふぐ⓪【河豚・鰒】 河豚。「～は食いたし命は惜_おしし」想吃河豚又惜命。

ふぐ⓪【不具】 ①殘廢，殘疾。②不具，書不盡言。

ぶぐ①【武具】 武具，武器。

ふくあつ⓪【腹圧】 腹壓。

ふくあん⓪【腹案】 腹稿，腹案。

ふくい⓪【復位】 スル 復位。

ふくい①【腹囲】 腹圍。

ふくいく⓪【馥郁】（トル）タル 馥郁。「～とした香り」馥郁的香氣。

ふくいん⓪【幅員】 幅員，幅寬。

ふくいん⓪【復員】 スル 復員，退伍。

ふくいん⓪【福音】 福音，佳音。「～を待つ」靜待佳音。

ふくいんしょ③【福音書】 福音書。

ふぐう⓪【不遇】 （懷才）不遇，不得志。

ふくうん⓪【福運】 福運。

ふくえき⓪【服役】 スル ①服刑，服勞役。②服役。

ふくえん⓪【復縁】 スル 恢復關係。

ふくがく⓪【復学】 スル 復學。

ふくかん⓪【副官】 副官。

ふくがん⓪【複眼】 複眼。→個眼

ふくぎょう⓪【副業】 副業。

ふくげん⓪【復元・復原】 スル 復原。「本を～する」把書放回原處。

ふくごう⓪【複合】 スル 複合。

ふくごうおせん⑤【複合汚染】 複合污染。

ふくこうかんしんけい⑦【副交感神経】 副交感神經。

ふくごうきょうぎ⓪【複合競技】 北歐混合式滑雪。

ふくごうご⓪【複合語】 〔compound word〕複合詞。

ふくごうこく⓪【複合国】 複合國。↔単一国

ふくさ①【副査】 副查。輔助主查進行審查的職務。

ふくささばき④【袱紗捌き】 袱紗巾用法。

ふくざつ⓪【複雑】 複雜。↔単純。「～な問題」複雜的問題。

ふくさよう③【副作用】 副作用。

ふくさんぶつ③【副産物】 ①副產品，副產物。②附帶收穫，副產品。

ふくし①【復氏】 恢復姓氏。

ふくし①【副使】 副使。

ふくし①【副詞】 副詞。

ふくし①【福祉】 福利，福祉。

ふくじ⓪【服地】 西裝料。

ふくしき②③⓪【複式】 ①複式。②複式簿記，複式記帳。③複勝式。↔単式

ふくしきかざん⑤【複式火山】 複式火山。↔単式火山

ふくしきがっきゅう⑤【複式学級】 複式班級。

ふくしきこきゅう⑤【腹式呼吸】 腹式呼吸。

ふくしきぼき⑤【複式簿記】 複式簿記，複式記帳。↔単式簿記

ふくしこっか⑤【福祉国家】 福利國家。

ふくししせつ⑤【福祉施設】 福利設施。

ふくじてき⓪【副次的】（形動） 次要的。

ふくしゃ⓪【伏射】 スル 臥射。以臥姿進行

ふじつ⓪⓪【不実】　①不實在。「～な人」不誠實的人。②不實，不是事實。「～記載」不實記載。

ぶしつけ②⓪【不躾・不仕付】　不禮貌，不懂禮貌。

ふしど②【臥し所】　臥室，臥房，睡覺處。

ぶしどう②【武士道】　武士道。

ふしのき⓪【五倍子の木】　鹽膚木的別名。

ふじばかま③【藤袴】　佩蘭。植物名。

ふじびたい③【富士額】　富士山形額頭。

ふしぶし②【節節】　①各個關節。②節節。

ふしまつ②【不始末】　①不注意，不經心。「すいがらの～から火事になった」亂扔煙蒂引起了火災。②不周全，添麻煩，不軌。

ふしまわし④【節回し】　音調悠揚。

ふじみ⓪【不死身】　①硬漢，不死之身。②倔強，不屈不撓。

ふじむらさき④【藤紫】　藤紫，淡紫色。

ふしめ⓪⑥【伏し目】　眼睛往下看。

ふしめ⓪【節目】　①節子，節環。②（事物的）階段，段落。

ふしゃ①【富者】　富人，有錢人。↔貧者

ふしゃくしんみょう①⓪⓪【不惜身命】　〔佛〕不惜身命。

ふしゅ①【浮腫】　浮腫。

ぶしゅ①【部首】　部首。

ふしゅう⓪【俘囚】　俘囚，俘虜。

ふしゅう⓪【腐臭】　腐臭。

ふじゆう①【不自由】　スル　不自由。「金に～する」缺錢；金錢上不充裕。

ぶしゅうぎ③【不祝儀】　喪事，葬禮。↔祝儀

ふじゅうぶん②【不十分】　不十分，不充分，不完全。

ぶしゅかん⓪【仏手柑】　佛手柑，佛手。

ぶじゅつ①【武術】　武術。

ふしゅび②【不首尾】　結果不好。↔上首尾

ふじゅん⓪【不純】　不純，不純真。

ふじゅん⓪【不順】　不順，不調。「気候が～だ」氣候異常。

ふじょ①【扶助】　スル　扶助，援助。

ふじょ①【婦女】　婦女。

ぶしょ①【部署】　スル　職守，部署，崗位。「各自～につく」各就各位。

ふしょう⓪【不肖】　①不肖，愚笨。「～の子」不肖之子。②（代）不肖，鄙人。稱自己的謙辭。

ふしょう⓪【不詳】　不詳。「作者～」作者不詳。

ふしょう⓪【負傷】　スル　負傷。「～者」傷員；負傷者。

ふじょう⓪【不定】　〔佛〕不定。

ふじょう⓪【不浄】　①不淨。「～の金」不義之財。②便所，廁所。

ふじょう⓪【浮上】　スル　①浮上，浮出水面。②顯露頭角。

ぶしょう⓪【不精・無精】　スル　懶，懶惰，怠惰。「～者の」懶漢。

ぶしょう⓪【武将】　武將。

ぶしょう⓪【部将】　部將。

ふしょうか②【不消化】　不消化，消化不了。

ふしょうじ②【不祥事】　不祥之事。

ふしょうち②【不承知】　不贊同。

ぶしょうひげ④【不精髭】　邋遢鬍子。

ふしょうぶしょう⑤【不承不承】（副）勉強答應。

ふしょうふずい⓪【夫唱婦随】　夫唱婦隨。

ふじょうり②【不条理】　①沒條理。不合理。②〔哲〕〔法 absurdité〕荒謬。

ふしょく⓪【扶植】　スル　扶植。

ふしょく⓪【腐食・腐蝕】　スル　腐蝕。

ふしょく⓪【腐植】　腐植（質）。

ぶじょく⓪【侮辱】　侮辱。

ふしょくふ②【不織布】　不織布，非織造織物。

ふじょし②【婦女子】　①婦幼。②女人，婦人。

ふじわらじだい⑤【藤原時代】　藤原時代。

ふしん⓪【不信】　①無信，不信。「～を招く」招致對方的不相信。②不誠實，不守信用。

ふしん⓪【不振】　不振。

く話を～・せておく」先不要把話說出去。

ふせん⓪【不戰】 不戰。

ふせん⓪【付箋・附箋】 浮籤。

ふぜん⓪【不全】 不全，不充分，不完全。「発育～」發育不全。

ふぜん⓪【不善】 不善。「小人間居して～をなす」小人間居爲不善。

ぶぜん⓪【憮然】（タル） 憮然，悵然失意。

ふぜんかん⓪【不善感】 無效。

ふせんめい⓪【不鮮明】（形動） 不鮮明，不清楚。「～なコピー」影印不清楚。

ふそ①①【父祖】 父祖，祖先。

ふそう⓪【扶桑】 ①扶桑。中國東方海上的神樹，據說爲太陽升起之處。②扶桑。日本的異名。

ぶそう⓪【武裝】 武裝。

ふそうおう⓪【不相応】 不相應，不相稱。

ぶそうかいじょ④【武裝解除】スル 解除武裝。

ふそく⓪【不足】スル ①不足。②不滿足。

ふそく⓪【不測】 不測。

ふそく⓪【付則・附則】 附則。↔本則

ふぞく⓪【付属・附属】スル ①附屬。「本島に～する小島」附屬於主島的小島。②附屬學校。

ぶぞく①【部族】 部族，宗族。

ふぞろい②【不揃い】 不齊，不一致。

ふそん⓪【不遜】 不遜。

ふた⓪【二】 二，雙。

ふた⓪【蓋】 ①蓋，蓋子。②口蓋，蓋板。

ふだ⓪【札】 ①札，小牌子。②憑證。如入場券、執照等。③牌子。如告示牌、揭示牌等。④（紙牌、撲克牌、花紙牌等一張張的）牌。「～を配る」發牌；分牌。

ぶた⓪【豚】 豬。「～に真珠」投珠與豚。

ふたあけ⓪【蓋明け】 揭幕。「ペナント-レースの～」錦標賽揭幕。

ふたい⓪【付帯・附帯】スル 附帶。

ふだい⓪【譜代・譜第】 譜系，譜代。

ぶたい①【部隊】 部隊。「落下傘～」傘兵部隊。

ぶたい①【舞台】 ①舞臺。②舞臺藝術。「～をつとめる」從事舞臺藝術工作。③舞臺。發揮本領的場所，活躍的場所。「政治の～に立つ」活躍在政治舞臺上。

ぶたいうら⓪【舞台裏】 ①後台，幕後。②幕後，後台。「～で暗躍する」在幕後活動；暗地裡活動。

ふたいけつぎ④【付帯決議】 附帶決議。

ふたいこうじ④【付帯工事】 附帶工程，附屬工程。

ふだいだいみょう⑤【譜代大名】 譜代大名。江戶時代大名的家格之一。

ふたいてん②【不退転】 不動搖，不屈，堅定。「～の決意」堅定的決心。

ふたえ⓪【二重】 二重，雙重。「～まぶた」雙眼皮。

ふたおや⓪【二親】 雙親。↔片親

ふたく⓪【付託・附託】スル 託付。

ふたく⓪【負託】スル 託付。「国民の～にこたえる」不辜負國民的託付。

ぶたくさ⓪【豚草】 豬草，豚草。

ふたご⓪【双子・二子】 雙胞胎，孿生子。

ふたごころ③⓪【二心】 ①二心。②有外遇之心。

ふたことめ④【二言目】 掛在嘴邊的話，口頭禪。「～には小言を言う」一開口就發牢騷。

ふださし⓪【札差】 札差。江戶時代承包爲旗本、御家人領取祿米，並將其換成現金的住在淺草藏前的商人。

ふたしか②【不確か】（形動） 不確切。「～な情報」不確實的情報。

ふだしょ⓪【札所】 札所。

ふたたび⓪【再び】 再次。

ふたつ③【二つ】 ①二。②兩個。③ 2 歲。

ふだつき⓪④【札付き】 ①標價籤。②聲名狼藉。「～の不良少年」出了名的不良少年。

ふたつへんじ④【二つ返事】 連聲答應。

ふたつめ◎【二つ目】 ①第二個。②二目。落語家的等級，「前座」之上，「真打」之下。

ふたて◎【二手】 兩手，兩路。「～に分かれる」分兩路。

ぶだて◎【部立て】 分門別類，分部。

ふだどめ◎【札止め・札留め】 ①停止售票，滿席。「～の盛況」滿席的盛況。②（立告示牌）禁止入內，禁止通行。

ふたなり◎【二形・双成り・二成り】 二形性，雙性人，陰陽人。

ぶたにく◎【豚肉】 豬肉。

ふたば◎【二葉・双葉】 ①雙子葉。②人的幼年時節，事物的萌芽期。「～の頃から見守る」從幼年起進行看顧。

ふたばあおい◎【二葉葵・双葉葵】 雙葉細辛。

ぶたばこ◎【豚箱】 「留置場」的俗稱。

ふたまた◎【二股】 ①兩股，兩叉。②腳踏兩條船。「～をかける」腳踏兩條船；三心二意；搖擺不定。

ふたまたごうやく◎【二股膏薬】 騎牆派，牆頭草。

ぶたまん◎【豚饅】 豬肉包子。

ふため◎【二目】 二眼，再看一眼。「～と見られない」不忍看第二眼；慘不忍睹。

ふため◎【不為】 不利，無益。

ふたもの◎【蓋物】 有蓋器物，有蓋陶器（漆器等）。

ふたりぐち◎【二人口】 兩口子。「～は過ごせるが一人口は過ごせぬ」兩個人吃不了，一個人吃不飽。

ふたりしずか◎【二人静】 及己，四葉細辛。

ふたん◎【負担】 スル ①負擔。②負擔。令承擔的超出能力以上的工作或責任。「好意が～になる」好意成了重擔。

ふだん◎①【不断】 ①不斷。「～の努力」不斷的努力。②寡斷。「優柔～」優柔寡斷。

ブタン①【butane】 丁烷。

ぶだん◎【武断】 スル 武斷。↔文治

ふだんぎ◎【普段着・不断着】 家居服，便服。

ふち◎【淵・潭】 ①淵，潭。↔瀬。②深淵。指很難擺脫的困苦境地。

ふち◎【縁】 緣，框，（帽）簷。「～なし眼鏡」無框鏡框。

ふち◎【付置・附置】 附設，附置。

ふち◎【扶持】 スル 扶持。武家的主君給予家臣的一種俸祿。

ぶち◎【斑・駁】 斑駁。

プチ①【法 petit】 小的，小巧，小型。「～-ケーキ」小蛋糕。

ぶちあ・げる◎【打ち上げる】（動下一）鼓吹，吹噓。「遷都論を～・げる」鼓吹遷都論。

ぶちかま・す◎【打ち噛ます】（動五）①頂撞。於相撲站起交手中，用頭猛力地頂對手的胸部。②猛擊。給予對方強而有力的一擊。

ぶちこ・む◎②④◎【打ち込む】（動五） 打入，闖進。

ぶちころ・す◎【打ち殺す】（動五） 打殺，打死。

ぶちこわし◎【打ち壊し】 打壞，打碎，打破。

ぶちこわ・す◎【打ち壊す】（動五） 打壞，打碎，打破。

ふちどり◎【縁取り】 スル 鑲邊，飾邊。

ふちど・る◎③【縁取る】（動五） 鑲邊，飾邊。

ぶちぬ・く◎【打ち抜く】（動五） ①打穿，擊穿。「板を～・く」將板打穿。②打通。「座敷を～・く」把客廳打通。

ぶちま・ける◎【打ちまける】（動下一）①傾倒（一空）。②傾吐，全盤托出。

ふちゃく◎【不着】 不到，未到達。

ふちゃく◎【付着・附着】 スル 附著。

ふちゃりょうり◎【普茶料理】 普茶料理，中式素食料理。

ふちゅう◎【不忠】 不忠。

ふちゅうい◎【不注意】 不注意，不小心。

ふちょう◎【不調】 ①不適，不爽，不調。②不順利，不成功。「調停は～に終わた」調停以破裂告終。

ふちょう◎【婦長】 護士長。

ふちょう◎【符丁・符牒】 ①記號，符

號。②行話，暗語，符牒。③標籤，價
格籤。

ぶちょう⓪【部長】　經理。

ぶちょうほう⓪【不調法・無調法】スル　①
不周到，不靈活。②不在行，無愛好，
不行。

ふちん⓪【不沈】　不沉。「～戦艦」不沉
戰艦。

ふちん⓪【浮沈】スル　沉浮，浮沉，盛衰。
「一生の～にかかわる」事關一生的榮
衰。

ぶつ⓪【物】　實物，東西。

ぶつ【仏】　〔梵 buddha〕佛。

ぶ・つ⓪【打つ】（動五）〔「うつ」之轉
換音〕①打，敲，擊。②演講，演說。
「一席～・つ」演講一番。

ふつう⓪【不通】　①不通。②不溝通。
「実家とも～だ」同娘家也不來往。

ふつう⓪【普通】　①普通，平常。「～高
校」普通高中。↔特殊。②（副）大體
上，一般。↔特殊

ふつうかぶ⓪【普通株】　普通股。

ふつうきょういく⓪【普通教育】　普通教
育。

ふつうぎんこう⓪【普通銀行】　普通銀
行。

ふつうせんきょ⓪【普通選擧】　普選，普
通選擧。↔制限選擧

ふつうめいし⓪【普通名詞】　普通名詞。

ふつうよきん⓪【普通預金】　活期存款，
普通存款。

ぶつえん⓪【仏縁】　佛緣。

ふつか⓪【二日】　①兩日，二日。② 2
日，二號，初二。

ぶっか⓪【物価】　物價。

ぶつが⓪【仏画】　佛畫，佛教繪畫。

フッカー①【hooker】　勾球員。

ぶっかき⓪【打っ欠き】　砸冰塊，錐冰，
碎冰塊。

ふっかく⓪【伏角】　磁傾角。

ぶっかく⓪【仏閣】　佛閣。「神社～」神
社佛閣。

ぶっか・く⓪【打っ欠く】（動五）　敲打
碎，砸成碎塊。「氷を～・く」把冰砸成
碎塊。

ふっか・ける⓪【吹っ掛ける】（動下一）
①吹氣，哈氣。②挑釁，找碴。「けんか
を～・ける」找碴打架。③要價。「法外
な料金を～・ける」要高價。

ふっかつ⓪【復活】スル　①復活。②復辟。
③復活。特指基督的復活。

ふっかつ⓪【復活】　〔俄 Voskresen-ie〕
《復活》。列夫·托爾斯泰的長篇小
說，1899 年出版。

ふっかつさい⓪【復活祭】　復活節。

ふつかよい⓪【二日酔い】スル　宿醉，隔夜
餘醉。

ぶつか・る⓪⓪（動五）①碰，撞。②遇
上，碰上。「むずかしい問題に～・る」
遇上了難題。③衝突，對立，爭吵。「父
親と～・る」與父親發生爭吵。④面對
（困難）。⑤重疊，適逢。「日曜と元旦
が～・る」星期天和元旦碰在一起了。

ふっかん⓪【復刊】スル　復刊。

ふっき⓪【復帰】スル　復原，復位。

ふづき⓪【文月】　陰曆七月的異名。

ぶつぎ⓪【物議】　物議。「～を醸す」引
起物議。

ふっきゅう⓪【復旧】スル　復舊。

ふつぎょう⓪【払暁】　拂曉。

ぶっきょう⓪【仏教】　佛教。

ぶっきらぼう⓪（形動）說話生硬，不和
氣。

ぶつぎり⓪【ぶつ切り】　切成大塊。

ふっき・る⓪【吹っ切る】（動五）
（風）完全停息，吹盡，拋卻。「未練
を～・る」拋卻依戀之情。

ふっき・れる⓪⓪【吹っ切れる】（動下一）
吹盡，消除。「長い間のわだかまりが～
・れる」長時間的心結解開了。

ふっきん⓪【腹筋】　腹肌。

フッキング⓪【hooking】　勾。

ブッキング⓪【booking】　①記帳。②預
訂。

フック①【hook】　①鉤，鉤形物。②勾
拳。③左曲球。↔スライス

ブック①【book】　書，書籍。

ぶつぐ⓪【仏具】　佛具。

ふづくえ⓪【文机】　日式書桌。

ブックエンド④【book end】　書擋。

ブックバンド[4]【[和] book+band】 捆書帶，綁書帶。

ブックメーカー[4]【bookmaker】 ①造書家。②馬票黃牛，地下賭博組頭。

ブックレット[4]【booklet】 小冊子。

ブックレビュー[4]【book review】 書評，新書介紹。

ぶっけ[1]【仏家】 ①佛家，寺院。②佛教徒。③佛之淨土。

ふっけい[0]【復啓】 復啓。回信時的開頭用語。

ぶつ・ける[4][0]（動下一） ①投，打中。②碰上，撞上。③坦率說出，提出。

ふっけん[0]【復権】[スル] 復權。

ふっこ[0] 花鱸魚的幼魚。

ふっこ[1][0]【復古】[スル] 復古。「王政に~する」恢復王朝。

ふつご[0]【仏語】 法語。

ぶっこ[1]【物故】[スル] 物故。「~者」物故者。

ぶつご[0]【仏語】 佛教用語。

ふっこう[0]【復交】[スル] 恢復邦交，復交。

ふっこう[0]【復航】[スル] 返航，復航。↔往航

ふっこう[0]【復興】[スル] 復興。

ふっこう[0]【腹腔】 腹腔。

ふつごう[2]【不都合】 ①不方便，不妥當。↔好都合。②不像話，無理，萬不該。「~をしでかす」做出不像樣的事。

ふっこく[0]【復刻・覆刻】[スル] 影印，翻印。「~本」影印本。

ぶっこぬ・く[4]【打っこ抜く】（動五） 打通，打穿。

ぶっこ・む[3]【打っ込む】（動五） 打進，投入。

ぶっさつ[0]【仏刹】 ①佛剎，佛塔。②佛國，佛土。

ぶっさん[0]【物産】 物產。「~展」物產展覽會。

ぶっし[1]【仏師】 佛像師。

ぶっし[1]【物資】 物資。

ぶつじ[1]【仏事】 佛事，法事，法會。

プッシー[1]【pussy】 ①小貓。②（俗稱）女性的性器官。

ブッシェル[1]【bushel】 蒲式耳。碼磅度量衡制的單位。

ぶっしき[0]【仏式】 佛教式。

ぶっしつ[0]【物質】 物質，物品。

ぶっしつこうたい[5]【物質交代】 物質代謝。

ぶっしつてき[0]【物質的】（形動） 物質的，物質上的。↔精神的

ぶっしつぶんか[5]【物質文化】 物質文化。↔精神文化

ぶっしつめいし[5]【物質名詞】 物質名詞。

ぶっしゃり[0]【仏舎利】 佛舍利。

ブッシュ[1]【德 Busch;英 bush】 灌木叢，樹叢，叢林。

プッシュ[1]【push】[スル] ①推，壓，按，推出。②推進。③推薦。

プッシュホン[3]【[和] push+phone】 按鍵電話。

ぶっしょう[3][0]【仏性】 〔佛〕佛性。

ぶっしょう[0]【物象】 物象。物的形象。

ぶつじょう[0]【物情】 物情，公眾的心。「~騷然」物情騷然。

ふっしょく[0]【払拭】[スル] 拂拭，消除。

ぶっしょく[0]【物色】[スル] 物色。「人材を~する」物色人才。

ぶっしん[0]【仏心】 佛心。

ぶっしん[0]【物心】 物心。「~両面」物質與精神兩方面。

ぶっせい[0]【物性】 物性。

ぶつぜん[0]【仏前】 佛前。

ふっそ[1]【弗素】 氟。

ぶっそう[0]【仏葬】 佛教葬禮。

ぶっそう[3]【物騒】 ①騷動不安，不安寧。「~な世の中」騷動不安的社會。②危險感。「~な男」危險人物。

ぶつぞう[0]【仏像】 佛像。

ぶっそくせき[4]【仏足石】 佛足石。

ふっそじゅし[4]【弗素樹脂】 氟樹脂。

ぶったい[0]【物体】 物體，物。「未確認飛行~」不明飛行物。

ぶったぎ・る[4]【打っ手切る】（動五） 砍，劈，剁。

ぶったく・る[4]【打っ手繰る】（動五） ①強奪，掠奪，硬搶。②敲竹槓，牟取暴利。

ぶつだん◎【仏壇】 ①佛壇。②佛龕。

ぶっちがい◎【打っ違い】 （斜著）交叉。

ぶっちぎ・る◎【打っ千切る】（動五） ①撕碎，掐碎。②（主要指賽馬中的）大差距獲勝。

ぶっちゃ・ける◎（動下一） 「打ち明ける」的強調語。「～・けた話」開誠布公的談話。

ぶっちょうづら◎【仏頂面】 板著臉，繃著臉。

ふつつか◎【不束】（形動） 粗，粗俗，不成熟。

ぶっつけ◎【打っ付け】 ①突然，冷不防。②開門見山，不客氣。「～に話す」開門見山地說；不客氣地說。③最初。

ぶっつけほんばん◎【打っ付け本番】 ①上場就演，直接就拍。②直接開始。

ぶっつづけ◎【打っ続け】 持續，繼續不斷。

ふってい◎【払底】 スル 告罄，匱竭。「物資が～する」物資貧乏。

ぶってき◎【物的】（形動） 物的，物質的。「～な証拠」物證。

ぶってきしょうこ◎【物的証拠】 實物證據。↔人的証拠

ふってん◎【沸点】 沸點。

ぶってん◎【仏典】 ①佛典。②佛書。

ぶつでん◎【仏殿】 佛殿。

フット◎【foot】 ①腳。②最下部，下沿。③書頁的下部。

ぶっと◎【仏徒】 佛教徒。

ぶつど◎【仏土】 佛土，淨土。

ふっとう◎【沸騰】 スル ①沸騰。②情緒沸騰，群情激昂，情緒高漲。「議論が～する」議論紛紛。

ぶっとう◎【仏塔】 佛塔。

ぶつどう◎【仏堂】 佛堂。

ぶつどう◎【仏道】 ①佛道。②佛的教誨。

ふっとうせき◎【沸騰石】 沸石。

ぶっとおし◎【打っ通し】 ①連續不斷，不間斷。②打通，打穿。

フットサル◎【(國際語) Futsul】 五人制室內足球。

ふっとば・す◎【吹っ飛ばす】（動五） ①吹掉，吹跑。②開快車，使車飛馳。

ぶっとば・す◎【打っ飛ばす】（動五） ①用力使飛遠。②猛打，痛打，狠揍。③開快車，飛馳。「時速150キロで～・す」以時速 150 公里飛馳。

ふっと・ぶ◎【吹っ飛ぶ】（動五） ①刮跑，吹掉。②吹走，化為烏有。「入浴して、疲れが～・んだ」洗了個澡，疲勞一下子消失了。③飛馳，猛跑，飛奔。「現場へ～・んで行く」朝現場飛奔而去。

フットボール◎【football】 足球、橄欖球及美式橄欖球的總稱。

フットライト◎【footlights】 腳燈。

フットワーク◎【footwork】 步法。

ふつトン◎◎【仏一】 噸，公噸。

ぶつのう◎【物納】 スル 實物繳納。↔金納

ぶっぱな・す◎【打っ放す】（動五） 猛放，猛射。

ぶっぴん◎【物品】 物品。「～購入」購物品。

ふつふつ◎【沸沸】（トル） ①咕嘟咕嘟。「～と煮えたぎる」咕嘟咕嘟地沸騰。②（感情等）湧現，油然而生。「喜びが～とわいてくる」喜上心頭。

ぶつぶつこうかん◎【物物交換】 物物交換，以物易物，易貨貿易。

ぶつぶん◎【仏文】 ①法文。②法國文學。③法文學科。

ぶっぽうそう◎【仏法僧】 ①〔佛〕佛法僧。②佛法僧目鳥。

ぶつま◎【仏間】 佛堂。

ぶつみょう◎【仏名】 佛名。

ぶつめつ◎【仏滅】 ①佛滅。佛陀去世。②佛滅。曆法的一種。

ぶつもん◎【仏門】 佛門。「～に入る」入佛門，出家。

ふつやく◎【仏訳】 譯成法文，法語譯文。

ぶつよく◎【物欲】 物欲。

ぶつり◎【物理】 物理。

ふつりあい◎◎【不釣り合い】 不相稱，不配。

ぶつりがく◎【物理学】 〔physics〕物理

學。

ぶつりてき⓪【物理的】（形動）①物理的。「～変化」物理變化。②物理上的。「～に不可能」物理上是不可能的。

ぶつりへんか【物理変化】 物理變化。

ぶつりゅう⓪【物流】 物流。

ぶつりょう⓪【物量】 物量。「～作戦」物量戰。

ぶつりょう⓪【物療】「物理療法」的略語。「～内科」物理治療內科。

ぶつりりょうほう④【物理療法】 物理療法，物理治療。

ふつわじてん④【仏和辞典】 法日辭典。

ふで⓪【筆】①毛筆。②用毛筆寫或畫。「～に任せる」信筆而書。③文筆。「～が立つ」文筆出眾。

ふてい⓪【不定】 不定。「住所～」住所不定。

ふてい⓪【不逞】 不逞，不順從，不順服，不講道義。「～の輩」不逞之徒。

ふていき⓪【不定期】 不定期。「～便」不定期航班。「～船」不定期船。

ふていけい⓪【不定形】①不定形，未定形。②不定形式，未定形式。

ふていけいし⑤【不定型詩】 自由詩。

ふていさい②【不体裁】 丟臉，不光彩，不體面，不像樣，不成體統。

ふていしゅうそ⑤【不定愁訴】 原因不明症候群。

ふていしょう⓪【不定称】 不定人稱代名詞。

ブティック①【法 boutique】 精品店，流行服飾精品專賣店。

ふでいれ⓪【筆入れ】 筆筒，文具盒。

プディング①【pudding】 布丁。

ふでおろし③【筆下ろし】スル①初試新筆。②初出（茅廬）。③（男子）破童貞。

ふてき⓪【不適】 不適合，不適當。

ふてき⓪【不敵】 無畏，膽大。「大胆～」大膽無畏。「～な面構え」無所畏懼的神態。

ふでき②【不出来】 做得不好，收成不好，生成不好。「～な子供」發育不良的小孩。

ふてきとう②【不適当】 不適當。

ふてぎわ②【不手際】 笨拙，不精巧，不漂亮。

ふてくさ・れる⑤【不貞腐れる】（動下一） 嘔氣，鬧情緒，自暴自棄。

ふでたて⓪【筆立て】 筆架，筆筒。

ふでづかい⓪【筆使い・筆遣い】 筆觸，筆法。

ふてね⓪【不貞寝】スル 賭氣而睡。

ふでばこ⓪【筆箱】 鉛筆盒，文具盒。

ふでぶしょう②【筆不精】 筆不勤。↔筆まめ

ふてぶてし・い④【太太しい】（形） 厚臉皮，不以為然。

ふでまめ⓪【筆忠実】 筆勤，好動筆。↔筆不精

ふ・てる②【不貞る】（動下一） 嘔氣，要脾氣。

ふと⓪（副） 忽然，突然。

ふとい⓪【太藺】 斑太藺。

ふと・い②【太い】（形）①粗。②肥。③渾厚。④粗鄙，粗俗。「～・い野郎だ」厚顏無恥的傢伙。⑤粗放，粗獷。「胆っ玉が～・い」膽子大。

ふとう⓪【不当】①不當。②不正當。

ふとう⓪【不撓】 不撓。「～の決意」不撓的決心。「～不屈」不屈不撓。

ふとう⓪【埠頭】 碼頭。

ふどう⓪【不同】①不同。②混亂，不整齊。「順～」不按順序。

ふどう⓪【不動】①不動。「～の信念」堅定的信念。②「不動明王」之略。

ふどう⓪【浮動】スル①浮動。②浮動，不定。

ぶとう⓪【武闘】 武鬥。「～派」武鬥派。

ぶとう⓪【舞踏】スル 舞蹈。

ぶどう①【武道】①武道。↔文道。②武士道。

ぶどう⓪【葡萄】 葡萄。

ふとういつ②【不統一】 不統一，不一致。

ぶどういろ③【葡萄色】 深（紅）紫色，葡萄色。「～の服」深紅色衣服。

ふとうおう②【不倒翁】 不倒翁。

ぶとうかい③【舞踏会】 舞會。

ふどうかぶ⓪【浮動株】　流通股，流動股票。

ふとうこう⓪【不凍港】　不凍港。

ふとうこう⓪【不登校】　不上學。

ふどうさん⓪【不動産】　不動產。↔動産

ふとうしき⓪【不等式】　不等式。

ぶどうしゅ③【葡萄酒】　葡萄酒。

ふどうそん⓪【不動尊】　不動尊。不動明王的尊稱。

ふどうたい⓪【不導体】　非導體。

ぶどうとう⓪【葡萄糖】　葡萄糖。

ふどうとく②【不道徳】　不道德。

ふどうひょう⓪【浮動票】　流動票，游離票，浮動票。↔固定票

ぶとうびょう⓪【舞踏病】　舞蹈病。

ふとうひょうじ③【不当表示】　不當表示。

ふどうみょうおう⑥【不動明王】　〔佛〕不動明王。

ふとうめい②【不透明】　①不透明。②看不透，難以預料，不可預測。「先行き~」前途難以預料。

ふとうろうどうこうい⑤【不当労働行為】　不當勞動行為。

ふとおり⓪【太織り・紬】　粗絹織物。

ふどき⓪【風土記】　《風土記》。

ふとく⓪【不徳】　①缺德，無德。「~の致すところ」無德所致。②不道德。「~漢」不道德的人。

ふとくい②【不得意】　不擅長。

ふとくてい②【不特定】　不特定，非特定。「~多数」不特定多數。

ふとくていたすう⑤【不特定多数】　不特定多數。「~の読者」不特定多數的讀者。

ふとくようりょう⑤【不得要領】　不得要領。「~な説明」不得要領的說明。

ふところ⓪【懐】　①胸懷。被衣服遮蓋的胸部附近。②懷抱處。「財布を~に入れる」把錢揣在懷裡。③身上帶的錢。「~がさびしい」身上沒錢。「~を痛める」破費。「~を肥=やす」自肥。④胸中，內心中，心事。⑤內部，內側。「敵の~深く入る」深入敵人內部。

ふところがたな⑤【懐刀】　①懷刀，匕首。②親信。

ふところがみ⓪【懐紙】　懷紙。

ふところで⓪【懐手】　スル　懷揣雙手。

ふとざお⓪【太棹】　粗柄三味線。

ふとじ⓪【太字】　①粗體字。↔細字。②（印刷）黑體。

ふとした①（連體）　意外，偶然。「~はずみ」偶然的瞬間。

ふとっぱら⑤⑤【太っ腹】　①度量大，豁達。②大腹便便。

ふとどき②【不届き】　不講理，沒禮貌，不法，不周到。「誠に~で申し訳ありません」招待不周實在抱歉。「~千万㷀」無禮之極。

ふとばし⓪【太箸】　粗筷。

ぶどまり⓪【歩留まり】　①成品率，利用率。②精米率，精茶率，精肉率。

ふとめ⓪【太め】　有些粗（肥）。↔細め

ふともの⓪【太物】　粗布。

ふともも②【太股】　大腿（肚子）。

ふとりじし③【太り肉】　豐滿，肥實。「~の女」豐滿的女人。

ふと・る②【太る・肥る】　（動五）①胖，肥。↔やせる。②長大，增加。「財産が~・る」財產增加。

ふとん⓪【布団・蒲団】　①褥子，被子，坐墊，墊被，保暖被。②蒲團。

ふとんむし⓪【布団蒸し】　被捂住（使憋悶）。

ふな①【鮒】　鯽魚。

ぶな①【橅・山毛欅】　山毛欅，水青岡。

ふなあし⓪【船脚】　①船速。②吃水深度。

ふなあそび③【船遊び・舟遊び】　乘船遊玩。

ぶない⓪【部内】　①部內。②（組織、機構的）內部。↔部外

ふないた⓪【船板】　船板。構成船體的板材。

ふなうた⓪【舟唄・船歌】　船歌。

ふなか⓪【不仲】　不和睦。「~になる」不和。

ふなぐら⓪【船蔵・船倉】　①船塢。②船艙。

ふなじ⓪【船路】　①航路，航道。②航

程。

ふなぞこ⓪【船底】　①船底。②船底形。

ふなぞこてんじょう⑤【船底天井】　船底形天花板。

ふなだいく⑤【船大工】　造船工，船匠。

ふなたび⓪【船旅】　乘船旅行。

ふなだま⓪【船靈・船魂】　船靈，船魂。

ふなちん⓪【船賃】　船錢，船費。

ふなつきば⓪【船着き場】　碼頭，泊靠處。

ふなづみ⓪【船積み】 スル　裝船。

ふなで⓪【船出】 スル　開船，出港，出航。

ふなに⓪【船荷】　船貨。

ふなぬし⓪【船主】　船主。

ふなのり⓪【船乗り】　①船員，船夫。②乘船。

ふなばし⓪【船橋】　船橋，舟橋。

ふなばた⓪【船端・舷】　船邊，舷。

ふなびん⓪【船便】　①通船，班船，船班，船期。②船運，水運，船運郵件，船運貨物。

ふなべり⓪【船緣・舷】　船邊，舷。

ふなまち⓪⓪【船待ち】　等船。

ふなむし⓪【船虫】　海蟑螂。

ふなやど⓪【船宿】　①船員旅館。②遊船出租者。

ふなよい⓪【船酔い】 スル　暈船。

ふなれ①【不慣れ・不馴れ】　不習慣，不熟悉。

ぶなん⓪【無難】　平淡無奇，說得過去。「～な作品」不錯的作品。

ふにく⓪【腐肉】　腐肉。

ふにょい⓪【不如意】　①拮据，不寬裕。「手元～」手頭拮据。②不如意，不隨心，不稱心。

ふにん⓪【不妊】　不孕，不能生育。

ふにん⓪【赴任】 スル　赴任，上任。

ぶにん⓪【無人】　無人。

ふにんじょう⓪【不人情】　無情，不近人情。

ふぬけ⓪【腑抜け】　沒志氣，不爭氣，沒出息。

ふね①【船・舟】　舟，船。「～を漕ぐ」打盹兒；打瞌睡。

ふねん⓪【不燃】　不可燃。「～性」不燃性。「～物」不可燃物。「～ごみ」不可燃垃圾。

ふのう⓪【不能】　①無能，沒有能力，不可能。②陽痿。

ふのう⓪【富農】　富農，富裕農民。

ふのり⓪【布海苔・鹿角菜】　海蘿，鹿角菜。

ふはい⓪【不敗】　不敗。

ふはい⓪【腐敗】 スル　腐敗，腐化。「政治の～」政治腐敗。

ふばい⓪【不買】　拒買。「～運動」拒買運動。

ふばいうんどう⓪【不買運動】　不買運動。

ふばいどうめい⓪【不買同盟】　拒買同盟。

ふはく⓪【布帛】　布帛。

ふはく⓪【浮薄】　浮薄。「軽佻けい～」輕佻浮薄。

ふばこ⓪【文箱・文筥】　信箱，信匣，文件箱。

ふはつ⓪【不発】　無法發射，打不出去。

ふばつ⓪【不抜】　不拔。「堅忍～」堅忍不拔。

ふばらい⓪【不払い】　不支付。

ぶば・る⓪【武張る】（動五）　逞威風，強悍。

ふび①【不備】　①不完備，不周全。②不備。

ぶびき⓪【分引き・歩引き】 スル　降價，減價。

ふひつよう②【不必要】　不必要，不需要。

ふひょう⓪【不評】　惡評。↔好評。「～を買う」招致惡評。

ふひょう⓪【付表・附表】　附表。

ふひょう⓪【付票・附票】　行李條，貨籤。

ふひょう⓪【浮標】　浮標。

ふひょう⓪【譜表】　譜表。

ふびょうどう②【不平等】　不平等。

ふびょうどうじょうやく⓪【不平等条約】　不平等條約。

ふびん①【不憫・不愍】　可憐，可惜。

ふびん①【不敏】　①不機敏。②不敏，謙

稱自己的詞語。

ぶひん⓪【部品】 零件，元件。

ぶふうりゅう②【無風流・不風流】 不風流。

ふぶき①【吹雪】 雪暴，暴風雪。

ふぶ・く②【吹雪く】（動五）（高）吹雪。

ふぶん⓪【不文】 ①不成文。②拙文。

ぶぶん①【部分】 部分。

ぶぶんしょく⓪【部分食・部分蝕】 偏蝕。→皆既食

ぶぶんてき⓪【部分的】（形動） 部分的。

ふぶんりつ【不文律】 ①不成文法。↔成文律。②不成文律。

ふへい⓪【不平】 不平，不滿，牢騷。

ぶべつ⓪【侮蔑】 スル 侮蔑，輕慢。

ふへん⓪【不変】 不變。↔可変。「～の真理」不變的真理。

ふへん⓪【不偏】 不偏。

ふへん⓪【普遍】 スル ①普遍。遍及各處。②普遍。指適用、通用於一切事物。↔特殊。

ふべん⓪【不便】 不便。

ふべんきょう③【不勉強】 不用功。

ふへんてき⓪【普遍的】（形動） 普遍的。「～な真理」普遍性的真理。

ふぼ①【父母】 父母。

ふほう⓪【不法】 ①不法，非法。↔合法。「～侵入」非法入侵。→違法。②不法，無理。

ふほう⓪【訃報】 訃報，訃告。

ふほうこうい⑤【不法行為】 不法行為。

ふほうしんにゅう⑤【不法侵入】 非法侵入。

ふぼん⓪【不犯】 不破戒律，不犯。

ふほんい②【不本意】 非本意，不情願。「～ながら承知する」勉強答應。

ふま・える③【踏まえる】（動下一） ①踏，踩，用力踏（在上面）。②根據，依據。「事実を～えて述べる」依照事實說話。

ふまじめ②【不真面目】 不認真，不嚴肅，不正經。

ふまん⓪【不満】 不滿。「～をもらす」流露出不滿。

ふみ①【文・書】 ①書信，書簡。「～を通わす」互通書信。②書籍。「～読む月日」讀書的時光。

ふみ⓪【不味】 味道不好，不好吃。

ふみあら・す【踏み荒らす】（動五） 踩壞，亂踏。

ふみいし⓪【踏み石】 ①踏石。②墊腳石。

ふみいた⓪【踏み板】 ①踏板，跳板。②踏腳板。

ふみい・れる④【踏み入れる】（動下一） ①踏進，邁入，步入。②踏入，闖入。

ふみえ⓪【踏み絵】 ①踏繪。江戶時代鎮壓基督教徒時，為了區分是否為基督教徒，在木板或金屬板上刻基督或聖母像，令教徒用腳踩。②踏繪。為查探個人的思想、信仰等採取的行為。

ふみきり⓪【踏切】 平交道口。「～を渡る」過平交道。

ふみきり⓪【踏み切り】 起跳（點），踏出圈外。

ふみき・る【踏み切る】（動五） ①起跳。②決意。「実行に～・る」下決心實施。③踏出圈外。

ふみこ・える④【踏み越える】（動下一） ①踩過，踏過。②渡過，衝破。③越過，踏越。

ふみこみ⓪【踏み込み】 ①踩進，踏入，闖入，深入。「～が足りない」深入不夠。②踩著點跳。③入口脫放鞋處。

ふみこ・む④【踏み込む】（動五） ①踏入，踩進。「沼に～・む」陷進沼澤。②闖入，擅自進入。③深入。「むずかしい問題に～・む」深入思考難題。④用力踩，深踩。「アクセルを～・む」深深踩下加速踏板。

ふみしだ・く④【踏み拉く】（動五） 踩碎，踩亂。

ふみし・める④【踏み締める】（動下一） ①用力踩（踏）。②踩結實。

ふみだい⓪【踏み台】 ①腳凳，梯凳。②墊腳石。

ふみたお・す④【踏み倒す】（動五） ①

踩倒。②賴帳。

ふみだ・す【踏み出す】（動五）　①邁出，邁步，踏出，踩出。②起步，著手。

ふみちが・える【踏み違える】（動下一）　①失足，失腳。②迷路，誤入歧途。③扭到腳。

ふみづき【文月】　文月。陰曆七月的異名。

ふみづくえ【文机】　日式書桌。

ふみつけ【踏み付け】　踐踏，破壞，欺侮。「人の気持ちを～にする」破壞他人的心情。

ふみつ・ける【踏み付ける】（動下一）　①踩住，用力踩。②破壞，敗壞，使丟臉。

ふみとどま・る【踏み止まる】（動五）　①站穩。②站穩，堅持（到底），堅定，不動搖。

ふみにじ・る【踏み躙る】（動五）　①蹂躪，踐踏。②踐踏，糟蹋。不尊重他人的立場或心情。

ふみぬ・く【踏み抜く・踏み貫く】（動五）　①用力踩穿。「床を～・く」把地板踩出洞了。②扎腳，腳扎到刺。

ふみば【踏み場】　踏腳處，立足處，立足點，落腳點。「足の～もない」無立足之處。

ふみはず・す【踏み外す】（動五）　①失足，失腳。②失足。「人の道を～・す」走上邪路；誤入歧途。

ふみまよ・う【踏み迷う】（動五）　迷路，誤入歧途。

ふみわ・ける【踏み分ける】（動下一）　踩開，蹚開。

ふみん【不眠】　失眠，沒睡。

ふみんしょう【不眠症】　失眠症。

ふ・む【踏む】（動五）　①踏，踩。「ブレーキを～・む」踏制動器；踩煞車。「～・んだり蹴ったり」雪上加霜；禍不單行。②踏入。「故郷の土を～・む」踏入故鄉的土地。③實際辦事，經驗。「場数を～・む」反覆實踐；累積經驗。④遵行，遵循。「手続きを～・む」履行手續。⑤估價，估計。「一万円ぐらいと～・む」估計值一萬日圓左右。

ふむき【不向き】　不宜，不合適，

ふめい【不明】　①不明。②不明（事理），少見識。

ぶめい【武名】　武人的名譽。

ふめいよ【不名誉】　不名譽。

ふめいりょう【不明瞭】　不明瞭，不明確。「～を説明」不明確的說明。

ふめいろう【不明朗】　不明朗，不光明正大。「～な会計」做假帳的會計。

ふめつ【不滅】　不滅。

ふめん【譜面】　譜面。

ふめんもく【不面目】　沒面子，失面子，不體面。

ふもう【不毛】　①不毛。「～の地」不毛之地。②無發展，無成果。「～な議論」無結果的議論。

ふもと【麓】　山麓。

ふもん【不問】　不問，不過問。「～に付す」付之不問。

ぶもん【武門】　武門。「～の出」武門出身。

ぶもん【部門】　部門，門類。「会社の生産～」公司的生產部門。

ふやか・す（動五）　浸泡，泡脹，泡軟，水漬。「豆を～・す」泡豆子。

ふや・ける（動下一）　①泡脹。「指先がお湯で～・ける」手指尖在熱水裡泡著。②鬆懈，散漫，渙散。「～・けた態度」鬆散的態度。

ふやじょう【不夜城】　不夜城。

ふや・す【増やす】（動五）　增，增多，增加，添加。↔減らす

ふや・す【殖やす】（動五）　增產，增值，增多。

ふゆ【冬】　冬，冬天，冬季。

ぶゆ【蚋】　蚋。

ふゆう【浮遊・浮游】スル　浮游。漂浮。

ふゆう【富裕】　富裕，富有。「～な暮らしをしている」過著富足的生活。

ふゆう【蜉蝣】　蜉蝣。

ぶゆう【武勇】　武勇。

フュージョン【fusion】　①融合。②融合音樂。

ぶゆうでん⓪【武勇伝】 ①武勇傳。富於武勇精神人物的傳記。②振奮人心的功蹟。

ふゆかい②【不愉快】 不愉快。

ふゆがまえ③【冬構え】 過冬準備，冬防。

ふゆがれ⓪【冬枯れ】 スル 冬季枯萎。

ふゆきとどき③【不行き届き】 不周到。

ふゆげ⓪【冬毛】 冬毛。↔夏毛

ふゆげしょう③【冬化粧】 スル 銀裝，雪景。

ふゆご⓪【冬子】 冬仔。冬天出生的動物幼子。

ふゆこだち③【冬木立】 冬季凋零的樹木。

ふゆごもり③【冬籠り】 スル 避冬，蟄居，蟄伏。

ふゆさく⓪【冬作】 冬季作物。↔夏作

ふゆざれ⓪【冬ざれ】 冬景。

ふゆしょうぐん③【冬将軍】 冬將軍。指嚴寒或冬季。

ふゆぞら⓪【冬空】 冬空，寒空。

ふゆどり②⓪【冬鳥】 冬候鳥。↔夏鳥

ふゆな⓪【冬菜】 ①冬菜。②菘菜的異名。

ふゆば⓪【冬場】 冬季時期，冬季期間。

ふゆび②【冬日】 ①冬日。冬陽。②冬日。一天的最低氣溫在零度以下的日子。↔夏日

ふゆふく⓪【冬服】 冬服。

ふゆやすみ③【冬休み】 寒假，冬休。

ふよ①【付与】 スル 賦與，授予。

ふよ①【賦与】 スル ①賦予，給予。「天から～された才能」天賦的才能。②天賦，與生俱來。「～の天才」與生俱來的天才。

ぶよ①【蚋】 蚋的別名。

ふよう⓪【不用】 ①不用。「～の品物をすてる」把沒有用的東西扔掉。②無用。「～の施設」無用的設施。

ふよう⓪【不要】 不要。

ふよう⓪【扶養】 スル 扶養。

ふよう⓪【芙蓉】 木芙蓉。

ふよう⓪【浮揚】 スル 浮揚。「景気～策」景氣刺激政策；景氣揚升政策。

ぶよう⓪【舞踊】 跳舞，舞蹈。

ふようい②【不用意】 不慎，沒準備，漫不經心。「～な発言」漫不經心的發言。

ふようじょう②【不養生】 不養生，不注意健康。「医者の～」醫生反而不注意健康。

ぶようじん②【不用心・無用心】 太不小心，留神不夠，粗心大意。

ふようせい⓪【不溶性】 不溶性。↔可溶性

ふようど②【腐葉土】 腐葉土。

ふようほう⓪【芙蓉峰】 芙蓉峰。富士山的美稱。

ブラ⓪【bra】 胸罩，乳罩。

フライ⓪【fly】 ①高飛球。②毛鉤。

フライ⓪【fry】 （魚、肉、蔬菜等的）油炸食品。

プライオリティー③【priority】 優先順序，優先權。

ぶらいかん②【無頼漢】 無賴。

フライきゅう⓪【一級】 蠅量級。

プライス②【price】 價錢，價格，市價。

プライズ②【prize】 獎賞，獎品，獎金。

フライスばん⓪【一盤】 銑床。

プライスリーダー⑤【price leader】 先導價格（企業）。

ブライダル①【bridal】 婚慶。婚禮。「～産業」婚慶行業。

ブライダルベール⑤【bridal veil】 新娘草。

フライデー②【Friday】 星期五，週五。

フライト⓪【flight】 スル ①飛，飛行，飛機定期飛行。②（滑雪運動中的）跳躍。

フライド⓪【fried】 炸。「～ポテト」炸薯條。「～チキン」炸雞。

ブライド②【bride】 新娘，新婦。「ジューン-～」（象徵幸福的）六月新娘。

プライド⓪【pride】 自豪感，自尊心。

フライトコントロール⑥【flight control】 ①航空管制，航管制室。②飛機的操縱裝置。

フライトレコーダー⑥【flight recorder】 飛行記錄器，黑盒子。

プライバシー②【privacy】 ①私事。②隱

フライパン⓪【frypan】 平底鍋。

プライベート④【private】（形動） ①個人的。「～な問題」個人的問題。②非公開的。↔パブリック

プライベートブランド⑧【private brand】 自有品牌。

プライベートルーム⑦【private room】 個人房間，私人房間。

プライマリー④【primary】 初級滑翔機。

プライマリーケア⑦【primary care】 初期護理，初步治療。

プライム⓪【prime】 ①第一的，主要的，最重要的。②最優的，上等的。③全盛期，最盛期。④「プライム-レート」之略。

プライムタイム⑤【prime time】 黄金時段。

プライムレート⑤【prime rate】 最低利率，最優惠利率。

プライヤー②【pliers】 鉗子，扁嘴鉗。

フライング⓪【flying】 スル 搶跑，搶游。

ブラインド⓪②【blind】 遮簾，百葉窗。

ブラインドテスト⑤【blind test】 盲測，蒙眼測試。

フラウ①【德 Frau】 妻，女主人，夫人。

プラウ①【plow】 西洋式犁。

ブラウス②【blouse】 寬大短外套，女罩衫。

ブラウン②【brown】 褐色，茶色。

ブラウンかん⓪【―管】 布勞恩管，陰極射線管，映射管。

ブラウンソース⑤【brown sauce】 茶色醬汁。

プラカード③【placard】 標語牌，（手舉的）牌子。

ぶらく⓪【部落】 小村落，部落。

プラグ⓪②②【plug】 ①插頭，插銷，插件。②火星塞。③擬餌鉤。

フラクション②【fraction】 ①支部。②派系，派別。

プラクティカル②【practical】（形動） ①可行的，實用的，應用的。②實際的，實踐的。「～な意見」符合實際的意見。

プラグマティズム⑤【pragmatism】 〔哲〕實用主義。

プラグマティック⑤【pragmatic】（形動） 實際的，實用的。

ブラケット②【bracket】 ①〔建〕支架，托座。②壁燈。③括弧。印刷中使用的符號。

プラザ①①【plaza】 廣場，市場。「ショッピング-～」購物市場。

ブラザー①【brother】 兄弟。

ぶらさがり⓪【ぶら下がり】 ①垂，吊。②成衣。

ぶらさが・る③⓪④【ぶら下がる】（動五） ①懸垂，吊著。「電灯が～・っている」電燈懸吊著。②在眼前，眼看就要到手。「大臣のいすが目の前に～・っている」部長的位置眼看就到手了。

ぶらさ・げる⓪【ぶら下げる】（動下一） ①懸掛，佩帶。「勲章を～・げる」佩帶勲章。②提，拎。「かばんを～・げる」拎提包。

ブラシ①【brush】 ①刷子。②繪畫筆，畫筆。③電刷。

ブラジャー①【法 brassière】 乳罩，胸罩。

ふら・す【降らす】（動五） 降，使降落。「雪を～・す雲」降雪的雲。

プラス①⓪①【plus】 スル ①加上，添補。②加號，正號。③有益，有利。「将来に～する」對將來有益。④利益，黑字（盈餘）。⑤正電。↔マイナス

プラスアルファ④【⑧ plus+alpha】 附加，再加一些，另加一些。

フラスコ⓪【葡 frasco】 ①長頸玻璃瓶。②燒瓶。

プラスター⓪【plaster】 ①灰泥粉，飾粉。②膏藥。

プラスチック④②【plastics】 塑膠，塑膠。

プラスチックばくだん⑨【―爆弾】 塑膠炸彈。

プラスチックモデル⑧【plastic model】 塑膠模型。

フラストレーション⓪【frustration】 挫折。

ブラスバンド④【brass band】 吹奏樂隊。

プラズマ⓪【plasma】 等離子體。

プラスマイナス④【plus minus】 ①正與負，相抵，得失。「～ゼロになる」一加一減等於零。②允差，正負。「～5%の誤差」±5%的誤差。

プラズマディスプレー⑤【plasma display】 電漿顯示器。

ブラスリー②【法 brasserie】 （也可用餐的）啤酒館，西式小酒館，大型咖啡館。

プラタナス②【拉 Platanus】 懸鈴木屬。

フラダンス③【hula dance】 草裙舞，呼拉舞。

ふらち⓪【不埒】 可惡，混帳。「～千万ぱな」可惡之極。

プラチナ⓪【platina】 白金。

ふらつ・く⓪⓪（動五） ①腳步搖晃。②徘徊。③困惑，彷徨。

フラッグ②【flag】 旗。

ブラック②【black】 ①黑，黑色。②黑咖啡。③黑人。④黑色。「～-ユーモア」黑色幽默。

ぶらつ・く⓪⓪（動五） ①閒逛，溜達。「商店街を～・く」逛商店街。②搖晃，晃蕩，搖擺。

ブラックアウト⑥【blackout】 ①停電，燈火管制。②意識喪失，記憶喪失。③場面暗轉。④報導管制，中止廣播。

ブラックコメディー⑦【black comedy】 黑色喜劇。

ブラックジャック⑤【blackjack】 21點。

ブラックタイ⑤【black tie】 黑領結，著正式服裝。→ホワイト-タイ

ブラックバス⑤【black bass】 大口黑鱸。

ブラックペッパー⑥【black pepper】 黑胡椒。

ブラックホール⑤【black hole】 黑洞。

ブラックボックス⑤【black box】 ①黑箱。②未知框。③黑盒子，飛行記錄器。

ブラックマーケット⑥【black market】 黑市。

ブラックユーモア⑥【black humor】 黑色幽默。

ブラックリスト⑤【blacklist】 黑名單。

フラッシャー②【flasher】 閃爍器，閃光器，轉向信號燈。

フラッシュ②【flash】 ①閃光（燈）。②閃現，瞬間鏡頭。「ニュース-～」快報。

ブラッシュアップ⑤【brush-up】スル ①刷光。②重新學習。

フラッシュバック⑥【flashback】 倒敘。

フラッシュメモリー⑦【flash memory】 快閃記憶體。

ブラッシング②【brushing】スル 刷攏，梳髮。

フラット②【flat】 ①降記號。②整。指無尾數。「10秒～」10秒整。③單層住宅。

プラットホーム⑤【platform】 ①月臺，站臺。②平臺。

フラッパー②【flapper】 輕浮的女人，輕佻的女人。

フラップ②【flap】 襟翼，折翼。

フラッペ②【法 frappé】 ①刨冰飲料。②水果霜淇淋。

プラトニック④【Platonic】（形動） 柏拉圖的，純精神的。

プラネタリウム⑤【planetarium】 星象儀。

プラネット②【planet】 行星。

ブラフ①【bluff】 （用假象）恫嚇，危言聳聽。「～をかける」進行恫嚇。

フラフープ⑤【Hula-Hoop】 呼拉圈。

ブラボー②【法 bravo】（感） 好極了！太妙了！

フラボノイド④【flavonoid】 類黃酮，黃酮類化合物。

プラマイ 「プラス-マイナス」（正負）的略語。「～ゼロ」正負相抵為零。

ブラマンジェ③【法 blanc-manger】 牛奶杏仁凍。

フラミンゴ⓪【flamingo】 焰鶴，紅鶴。

フラメンコ③【西 flamenco】 佛朗明哥（歌舞）。

プラモデル③【plamodel】 塑膠模型的商標名。

フラワー②【flower】 花，花卉。「～-ショップ」花店

フラワーアレンジメント⑥【flower arrangement】 插花，西式插花。

ふらん⓪【孵卵】ㅈㅡ 孵卵。「～器」孵卵器。

ふらん【腐乱・腐爛】 腐爛。「～死体」屍體腐爛。

フラン【法 flan】 蛋塔，蛋撻。

フラン【法 franc】 法郎。

プラン①【plan】 ①計畫，謀畫，方案。②圖式，簡圖，平面圖。

フランク②【frank】（形動） 率直的，坦率的。「～に話す」坦率地說出。

ブランク②【blank】 空白的，空白期。

プランクトン⓪②【Plankton】 浮游生物。

フランクフルトソーセージ⑨【frankfurt sausage】 法蘭克福香腸。

ブランケット⓪【blanket】 ①毛毯，毯子。②玻璃棉氈。

ぶらんこ①【鞦韆】 鞦韆。

フランス⓪【France】 法國。

フランスししゅう⑤【―刺繡】 法蘭西式刺繡。

フランスパン④【佛英 France＋葡 pão】 法國麵包，法式麵包。

フランスまど⑤【―窓】 法蘭西式窗，落地窗。

プランター⓪【planter】 花木箱，花盆。

ブランチ②【branch】 ①枝，分枝。②部門，分科。③支店，分局，分店。

フランチャイズ④【franchise】 ①主場占有權，根據地占有權。②區域營銷權，經銷權。

ブランデー⓪②【brandy】 白蘭地酒。

プランテーション⑥【plantation】 種植園。

ブランド⓪【brand】 商標，品牌。

プラント⓪【plant】 全套生產設備，工廠全套設備。「石油～」成套石油設備。

プランナー⓪【planner】 起草者，規畫者，設計者，計畫者。

プランニング②【planning】ㅈㅡ （制定）計畫，籌畫，設計，策畫。

フランネル⓪【flannel】 法蘭絨。

フランボアーズ⑤【法 framboise】 懸鉤子，尤指覆盆子。

ふり⓪②【振り】 ①①揮動，搖動，擺動（方式）。②（動作的）姿態，樣子。「分からない～をする」裝著不懂的樣子。③（舞蹈或歌舞伎等演員的）動作，姿勢。「～を付ける」帶（舞蹈、戲劇）動作。④陌生。「～の客」陌生的客人；不速之客。⑤振袖。②（接尾）①次。「バットをひと～」揮一次棒。②把，口。計數刀、劍的量詞。「小刀2～」小刀2把。

ふり①【不利】 不利。⟷有利

ぶり①【鰤】 鰤。

ふりあ・てる④【振り当てる】（動下一）分派，分配。「仕事を～・てる」分派工作。

プリアンプ③【preamplifier】 前置放大器，前置擴大機。

フリー②【free】 ①自由的，無拘無束的，不受束縛的。②自由。「～のジャーナリスト」自由記者。③免費的。④自由撰稿人，自由演員，自由契約者。

ブリー【法 Brie】 布里乳酪。

フリーウェア④【freeware】 免費（軟）體。

フリーエージェントせい⓪【―制】〔free agent〕自由經紀人制，FA 制。

フリーキック④【free kick】 自由球。

フリーク②【freak】 ①畸形，怪物。②狂熱者。

フリークライミング⑤【free climbing】 徒手攀登。

フリーザー②【freezer】 冷凍機，冷卻器。

フリーサイズ④【佛 free＋size】 無尺寸限制，不分大小號。

フリージア②【freesia】 香雪蘭，小蒼蘭。

フリーズ②【freeze】 ①冷凍，（將資產、物價、工資等）凍結。②凍結。阻止行動。

フリースクール⑤【free school】 自由學校。

フリースケーティング⑥【free skating】 自由溜冰。

フリースタイル⑤【free style】 ①（游

泳）自由式。②自由式摔角。

フリースロー⓪【free throw】 罰球，間接任意球。

フリーセックス④【和 free+sex】 自由性愛。

ブリーダー②【breeder】 繁殖者，飼育者。

フリータイム④【和 free+time】 （團體旅行等中指）自由活動時間。

フリーダイヤル④【free dial】 免付費電話。

ブリーチ②【bleach】 脱色，漂白。

プリーツ②【pleats】 褶。「～-スカート」百褶裙。

フリートーキング⑥【和 free+talking】 自由討論，自由發言，自由談話。

フリーパス④【free pass】 ①免票。②通行證。

フリーバッティング⑥【free batting】 自由擊球練習。

フリーハンド④【freehand】 ①徒手寫，隨手畫。②自由裁奪（權），行動自由。

ブリーフ②【briefs】 三角褲。

ブリーフケース④【briefcase】 公事包。

フリーペーパー④【free paper】 免費的報紙。

フリーマーケット④【flea market】 跳蚤市場，舊貨市場。

フリーライダー④【free rider】 免費搭乘，搭便車。

フリーランサー④【free-lancer】 自由撰稿人，自由演員。

ふりかえ⓪【振り替え・振替】 ①調換，改換，挪用。「～休日」補休。「～輸送」調換運輸。②郵政轉帳。③劃撥，轉帳。

ぶりかえ・す⓪③【ぶり返す】（動五） ①復發，重犯。②反覆。「寒さが～・す」天又冷起來了。

ふりかえ・る③【振り返る】（動五） ①回頭看。向後看。②回過頭來看。

ふりか・える⓪③③【振り替える】（動下一） ①調換，改換，挪用。「休日を～・える」補休。②轉帳。

ふりかか・る④【降り掛かる】（動五） ①飛到，落到，傾瀉。②降臨，臨頭。

ふりかけ⓪【振り掛け】 紫菜鹽。

ふりか・ける④【振り掛ける】（動下一） 撒，撒上。「砂糖を～・ける」撒上糖。

ふりかざ・す③【振り翳す】（動五） ①揮起，掄起。「刀を～・す」掄刀。②極力標榜。「大義名分を～・す」極力標榜大義名分。

ふりかた⓪【振り方】 ①揮法。②對待，安置。「身の～」安身之計。

フリカッセ②【法 fricassée】 白醬汁燉肉。

ふりがな⓪【振り仮名】 注音假名。

ブリキ⓪【荷 blik】 白鐵皮，馬口鐵。

ふりき・る③【振り切る】（動五） ①甩開，掙開。②斷然拒絕。③拋開，丟下。「二位の走者を～・る」拋開第二名的跑者。④用力揮，猛揮。「バットを～・る」猛揮球棒。

フリクション②【friction】 摩擦，不和，傾軋。

プリクラ⓪ 大頭貼遊戲機。

フリゲート⑤【frigate】 護衛艦。

ふりこ⓪【振り子】 擺，擺錘。

ふりこう⓪【不履行】 不履行。「契約～」不履行合約。

ふりごま⓪【振り駒】 擲子猜先。

ふりこみ⓪【振り込み】 ①撥入，轉入，轉帳，繳款。②放炮。麻將用語。

ふりこ・む③【振り込む】（動五） ①撥入，轉入。「当座預金に～・む」存入活期存款。②放炮。麻將用語。「役満を～・む」放了個番滿貫。

ふりこ・む③【降り込む】（動五） 雨雪下進來。

ふりこ・める④⑤【降り籠める】（動下一） （因下大雨、雪）被困在家裡不能出門。「雨に～・められる」被雨困住了。

ブリザード③【blizzard】 大風雪，雪暴。

ふりしお⓪【振り塩】 撒鹽。

ふりしき・る④⑤【降り頻る】（動五） 不停地下，下個不停。

ふりしぼ・る④【振り絞る】（動五） 用

盡，使盡，拼命。「声を～・って助けを求める」聲嘶力竭地求助。

ふりす・てる③【振り捨てる】（動下一）拋捨，拋棄，拋下，丟下。「家族を～・てる」拋下家人。

フリスビー③【Frisbee】 飛盤。

プリズム回②【prism】 稜鏡。

ふりそそ・ぐ④回③【降り注ぐ】（動五）傾盆大雨，光強烈照射。「陽光が～・ぐ」陽光強。

ふりそで回④【振袖】 振袖。

ふりだし回【振り出し】 ①搖出，晃出，篩出（器具）。②起點，開始。「彼は商人が～です」他最初是個商人。③開票，出票，發票。

ふりだ・す③【振り出す】（動五）①搖出，晃出。②開始搖，搖晃起來，開始搖動。③開票，發票，出票。「小切手を～・す」開支票。

ふりつ回【府立】 府立。「～病院」府立醫院。

ふりつけ回【振り付け】 舞蹈編導，編舞。

ぶりっこ回②【ぶりっ子】 裝乖孩子，裝模作樣的孩子。「いい子～している」裝乖孩子。

ブリッジ①【bridge】 ①橋，橋梁。②艦橋，船橋。③橋牌。

フリッター②【fritter】 乾炸（菜肴）。

フリッパー②【flipper】 ①蛙鞋。②不斷轉換頻道的視聽者。

フリップ②【flip chart】 （在電視播送等中使用的）大型圖解卡。

ふりつも・る④【降り積もる】（動五）雪等下得積了起來。

プリティー①【pretty】 （形動） 可愛的。

ふりにげ回【振り逃げ】 スル 不死的三振。

ふりはな・す④【振り放す】（動五） 甩開，掙開，振開。「すがる手を～・す」甩開扶著的手。

プリペイドカード回【prepaid card】 預付卡。

ふりほど・く④【振り解く】（動五） 掙脫開，甩開。

プリマ①【義 prima】 ①歌劇首席女歌手。②芭蕾舞首席女演員。

ふりま・く③【振り撒く】（動五） 撒，揮撒。「愛嬌を～・く」對誰都表示好感。

プリマドンナ④【義 prima donna】 歌劇院首席女歌手。

ふりまわ・す④【振り回す】（動五） ①掄起，揮舞。②顯露，賣弄。「知識を～・す」賣弄知識。③愚弄。「にせ情報に～・される」被假情報所愚弄。

ふりみだ・す④【振り亂す】（動五） 蓬亂。「髪を～・す」披頭散髮。

プリミティブ②【primitive】（形動） 原始的，樸素的，幼稚的。

ブリム①【brim】 （帽子等的）帽簷，邊緣。

ふりむ・く③【振り向く】（動五） ①回顧。回頭看。②顧盼，理睬。

プリムラ①【拉 Primula】 報春花。

ふりゅうもんじ④【不立文字】 不立文字。

ふりょ①【不慮】 意外。「～の災難」意外災難。

ふりょ①【俘虜】 俘虜。

ふりょう回【不良】 ①不良，不好，次級。「～品」次品。②不良，流氓，品行不端。

ふりょう回【不漁】 漁獲量少。↔大漁

ぶりょう回【無聊】 無聊。

ふりょく①【浮力】 浮力。

ふりょく①【富力】 經濟力，財力。

ぶりょく①【武力】 武力，軍力。「～行使」行使武力。

ブリリアント④【brilliant】 ①（形動）燦爛，輝煌，才氣煥發。「～な生涯」輝煌的一生。②多面形鑽石。

フリル①【frill】 荷葉邊，（波形）褶邊。

ふりわけ回【振り分け】 ①分開，攤派。②前後分開扛在肩上。「～荷物」前後分開扛在肩上的行李。

ふりわ・ける④【振り分ける】（動下一）①分成兩份，分為兩半。②分派，指派，攤派。「仕事を～・ける」分攤工作。

ふりん[0]【不倫】　違背人倫，不倫。「～の愛」不正當的愛情。
プリン[1]　布丁。
フリンジ[2]【fringe】　鬚邊，流蘇。
プリンシプル[2]【principle】　①原則，原理。②主義。
プリンス[2]【prince】　①王子，皇子，皇太子。↔プリンセス。②王儲，皇儲，接班人。「政界の～」政界接班人。
プリンスメロン[5]【[和] prince+melon】　王子甜瓜。
プリンセス[2]【princess】　公主。↔プリンス
プリンター[0]【printer】　①印刷機，曬圖機。②印表機。
フリント[2]【flint】　打火石，燧石。
プリント[0]【print】スル　①印刷，印刷物。②印相，拷貝，照片。③印染，印花。
プリントアウト[5]【printout】スル　列印輸出，印出。
プリントごうばん[5]【一合板】〔printed plywood〕印刷膠合板，木紋紙貼面膠合板。
プリントはいせん[5]【一配線】　印刷電路配線。
ふる[1]【古】　①舊貨，舊衣物。「姉のお～」姐姐的舊衣物。②年老。「～つわもの」老戰士（老兵）。③舊的，老的。「～巣」舊巣；老巣。
ふ・る[2][0]【振る】（動五）　①搖，擺，揮。「旗を～・る」搖旗子。②撒，散布。「塩を～・る」撒鹽。③轉向，改向。「機首を右に～・る」將機首向右轉。④拒絕，甩。「女に～・られる」被女人拋棄了。⑤分派，指派。「役を～・る」分配角色。⑥標注（讀音假名等）。「漢字に仮名を～・る」給漢字標注假名。
ふ・る[1]【降る】（動五）　①下，降。「雪が～・る」下雪。②降霜。「～・って湧ゎいたよう」突如其來；從天而降。
フル[1]【full】（形動）　充分，全面。「～操業」全面作業。
ぶ・る[1]【振る】　①（動五）裝模作樣，裝腔作勢。「～・った奴」裝腔作勢的傢伙。②（接尾）裝作…樣子，擺出…架子。「学者～・る」擺出學者的樣子。「えら～・る」擺臭架子。
ブル[1]　①鬥牛犬。②推土機。③有產者，資產階級。
ブル[1]【bull】　①公牛。雄牛。②牛市。（股票的）多頭市場。↔ベア
プル[1]【pull】　①拖，牽。②拉引擊球。
ふるい[0]【篩】　篩子。「～にかける」過篩；篩選；選拔。
ふる・い[2]【古い・旧い】（形）　①舊，老，古。「～・い机」舊桌子。「～・い服」舊衣服。②舊有的，老的。「～・い友人」老朋友。「～・い制度」舊制度。③陳舊，老式，落後。「～・い考え方」想法陳腐。↔新しい
ぶるい[1]【部類】　部類。
ふるいおこ・す[5]【奮い起こす】（動五）　奮起，振奮，激發，鼓起。
ふるいおと・す[5]【篩い落とす】（動五）　①篩掉。②淘汰。「試験で～・す」透過考試進行淘汰。
ふるいた・つ[4]【奮い立つ】（動五）　奮起，奮發，振奮。
ふるいつ・く[4]【震い付く】（動五）　摟抱住，擁抱。
ふるいわ・ける[5]【篩い分ける】（動下一）　①篩出，用篩子分開。②篩選。
ふる・う[0]【振るう】（動五）　①揮，抖。「拳こぶしを～・う」揮拳。②顯示，施展。「腕を～・う」顯示本領；發揮特長。③興旺，興隆，興盛。「商売が～・う」買賣興隆。④離奇。「理由が～・っている」理由離奇。
ふる・う[3][0]【奮う】（動五）　振奮，振作，鼓起。「国力が大いに～・う」國力大增。
ふる・う[3][0]【篩う】（動五）　①篩，篩選。②篩掉，淘汰。
ブルー[2]【blue】　①青色，藍色。②憂鬱的，沮喪的，無精打采的。③下流的，淫猥的。「～-フィルム」黃色電影。
ブルーカラー[4]【blue-collar】　藍領。
ブルーギル[4]【bluegill】　藍鰓太陽魚。
ブルース[2]【blues】　藍調音樂。

ブルーチーズ[4]【blue cheese】 藍乳酪，藍奶酪。
フルーツ[2]【fruit】 水果。
フルーツパーラー[5]【[和]fruit+parlour】 水果茶館。
フルーツポンチ[5]【fruit punch】 混合果汁飲料。
フルーティー[2]【fruity】（形動） 似水果的，果味的，新鮮的。
フルート[2]【flute】 長笛。
プルーフ[2]【proof】 ①證明，證據。②規定酒精度，標準酒精度。③（印刷）校樣。
ブルーフィルム[4]【blue film】 黃色電影。
ブルーベリー[4]【blueberry】 藍莓。
ブルーマウンテン[4]【Blue Mountain】 藍山咖啡。
フルーレ[2]【法 fleuret】 花劍。
プルーン[2]【prune】 加州梅，洋李。
ふるえ[0]【震え】 顫抖，打顫。
ふる・える[4][0]【震える】（動下一） ①顫動。②發抖，打顫，哆嗦，顫抖。「緊張で手が～・えた」緊張得手發抖。
プルオーバー[3]【pullover】 套衫。
フルカウント[3]【full count】 ①兩好三壞滿球數。②讀完拍數。
ふるがお[0]【古顔】 老人，老資格者。↔新顔
ふるかぶ[0]【古株】 老手，老人，舊人。
ふるかわ[2]【古川】 古河。
ふるぎ[0]【古着】 舊衣服。
ふるきず[0][2]【古傷・古疵】 ①老傷，舊傷。②舊瘡疤。「～に触れる」觸碰舊瘡疤。
ふるぎつね[3]【古狐】 ①老狐狸。②老奸巨滑者，老滑頭，老狐狸。
ふるく[1]【古く】（副） 老早。
ふるくさ・い[4]【古臭い】（形） 陳舊，古老，陳腐。
フルコース[3]【full course】 全餐。
ふるさと[2]【故郷・古里】 故鄉，故里，老家。
ブルジョア[0]【法 bourgeois】 ①市民。②資產者，有產階級。↔プロレタリア。③（俗稱）有錢人，富翁。
ブルジョアジー[4][3]【法 bourgeoisie】 市民階級，有產階級。↔プロレタリアート
ふるす[0]【古巣】 ①老巢，舊窩。②故居，舊宅。
フルスイング[4]【full swing】スル 有力揮棒，強力揮桿。
フルスピード[4]【full speed】 全速。
フルセット[3]【full set】 滿盤，滿局。
ブルゾン[1]【法 blouson】 法式夾克衫。
ふるだぬき[3]【古狸】 ①老狐狸。②老奸巨猾者，老狐狸。
プルタブ[3]【pull-tab】 拉環。
ふるづけ[0]【古漬け】 陳年鹹菜。↔新漬け
ふるって[0]【奮って】（副） 踴躍地。「～御参加下さい」請踴躍參加。
ふるつわもの[4]【古兵】 ①老兵，老武士，老軍人。②老手。
ふるて[0]【古手】 ①舊貨。②老手，老資格。
ふるどうぐ[3]【古道具】 舊工具。
ブルドーザー[3]【bulldozer】 推土機。
ブルドッグ[3]【bulldog】 鬥牛犬。
プルトップ[3]【pull-top】 易拉蓋。
プルトニウム[4]【plutonium】 鈽。
プルトニウムばくだん[7]【一爆弾】 鈽彈。
ふるとり[0]【隹】 隹部。
プルニエ [0]【法 prenier】 法式魚料理（餐館）。
フルネーム[3]【full name】 全稱，姓名。
ブルネット[3]【brunette】 褐髮，褐色外表的女子。
フルハウス[1]【full house】 葫蘆。撲克的玩法之一。
フルバック[1]【fullback】 後衛。
フルバンド[3]【[和] full+band】 大樂團，全樂團。
ふる・びる[3]【古びる】（動上一） 變舊，陳舊。「～・びた家」舊房子。
フルフェース[3]【[和] full+face】 全罩式面罩。
フルベース[1]【[和] full+base】 （棒球運動

中的）滿壘。

ブルペン⓪【bull pen】 （設在棒球場一角的）投手練習場。

ふるぼ・ける④【古惚ける】（動下一）褪色，陳舊。「～・けた帽子」舊帽子。

ふるほん⓪【古本】 ①舊書。②古書。

ブルマー【bloomer(s)】 ①燈籠褲。②女式短燈籠褲。女用運動褲。

ふるまい⓪②【振る舞い】 ①舉止，動作。②請客。「～を受ける」接受宴請。

ふるま・う③【振る舞う】（動五） ①行動，動作。②款待，請客。「酒を～・う」請客人喝酒。

フルマラソン③【full marathon】 全程馬拉松賽。

ふるめかし・い⑤【古めかしい】（形）顯舊，古老，古色古香。

フルメンバー④【⑪ full+member】 ①全員，全體成員。②正式會員，正式成員。

ふるや②【古屋・古家】 古屋，舊房子。

ふるわ・せる④【震わせる】（動下一）使顫抖，使發抖，使哆嗦。「体を～・せる」（使）渾身哆嗦。

ふれ⓪【振れ】 擺振，偏差，偏轉，偏斜。

ふれ⓪②【触れ】 ①通告，廣而告之。「相撲の～太鼓」相撲比賽前一天繞市內通告開賽的太鼓。②（官府、君主等發出的）告示，布告，文書。「～が回る」公文旅行。

ぶれ⓪ 晃動，模糊。

プレ【pre】（接頭） 前，從前，預先。「～参院戦」前參院戰。「～オリンピック」奧林匹克預賽。

フレア⓪【flare】 ①喇叭形。「～-スカート」喇叭裙。②炫光。③耀斑。

ふれあ・う③【触れ合う】（動五） ①互相接觸，接觸。②心靈互通。「互いの心と心が～・う」心心相印。

ふれい⓪【不例】 貴人的病。「御ミ～」天皇的病。

ぶれい⓪②【無礼】 無禮，沒禮貌。

ぶれいこう⓪②【無礼講】 開懷暢飲宴會。

フレー②【hurray】（感） 好哇！加油！

プレー②【Play】スル ①玩耍，遊戲。②競技，比賽。「トリック-～」假動作。③劇，戲曲。④演技，演奏。⑤開球。

プレーイングマネジャー⑦【playing manager】 領隊兼運動員。

プレーオフ④【play-off】 延長賽，決勝期，平手決勝局。

ブレーカー⓪【breaker】 斷路器。

プレーガイド④【⑪ play+guide】 預售處，詢問處。

ブレーキ②【brake】 ①煞車裝置，制動器。②煞住，制止。

フレーク②【flake】 ①薄片。②剝片。

ブレーク②【break】 ①分開。②破發球局。③休息。「コーヒー-～」喝咖啡休息一下。

ブレークスルー⑤【breakthrough】 前進，進展，衝破，打破。

ブレークダンス⑤【break dance】 霹靂舞，街舞。

フレーズ②【phrase】 ①句子，成語。②〔音〕樂句。

ブレース②【brace】 花括弧。

プレース②【place】 控制落點。

プレースキック⑤【place kick】 定位球，定踢。

ブレード⓪②【blade】 ①刀刃。②槳葉。③冰刀（刃）。④（螺旋槳等的）槳葉。⑤鎬尖，鎬刃。

プレート②【plate】 ①板金，金屬板。「ナンバー-～」號碼牌；車牌。②盤子。③（棒球的）投手板，本壘。④板塊。「太平洋～」太平洋板塊。

プレートテクトニクス⑧【plate tecton-ics】 板塊構造學說。

フレーバー⓪【flavor】 風味，香味，情趣。

プレーバック④【playback】 播放，放音。

プレーボーイ④【playboy】 花花公子。

フレーム⓪②【frame】 ①框緣。框架，額緣。②建築物、機械等的，骨架、框架。③畫面，鏡頭。④訊框。顯示器顯示圖像的一個畫格。⑤溫床。⑥輪。保

齡球比賽中，構成一局的各輪。

フレームアップ⑤【frame-up】スル 陷害。

フレームワーク⑤【framework】 ①骨架，骨骼，框架。②體制，組織。

プレーヤー⓪【player】 ①運動員，選手。②演奏者。③電唱機。

プレーリードッグ⑥【prairie dog】 草原犬鼠。

プレーン②【plain】（形動）①樸素的，簡樸（單）的。「～なスタイル」樸實無華的風格。②不加調味的。「～ソーダ」純蘇打水。

ブレーンストーミング⑥【brainstorming】 腦力激盪法。

プレオリンピック⑥【Pre-Olympic】 奧運會前運動會。

フレオン⓪【Freon】 氟利昂，氟氯烷。

ふれがき⓪【触れ書き】 ①文告。②節目表。

フレキシビリティー④【flexibility】 柔軟性，靈活性。

フレキシブル②【flexible】（形動）靈活的，有彈性的。「～な思考」靈活的思維。

フレグランス③【fragrance】 ①芳香。②芳香型化妝品的總稱。

ふれこみ⓪【触れ込み】 事先宣揚（宣傳），宣稱。「天才という～だ」吹捧爲天才。

ふれこ・む③【触れ込む】（動五）事先宣揚（宣傳），事先張揚，宣稱。「大ベテランだと～・む」吹噓（自己）是老手。

ブレザー②【blazer】 輕便型西式上衣，西式獵裝。

プレジデント②【president】 總統，校長，總長，總裁，會長，社長（等）。

プレジャーボート⑤【pleasure boat】 遊樂船舶。

ブレス②【breath】 換氣。

プレス①【press】スル ①按壓，弄平。②熨平。③壓力機，沖床。「～加工」壓力加工。④印刷品。⑤（舉重）推舉。

プレスキャンペーン⑥【press campaign】 報紙宣傳運動。

フレスコ⓪【義 fresco】 濕壁畫法，濕壁畫。

プレスコ⓪【prescoring】 前期錄音，前期配音。→アフレコ

プレスセンター④【press center】 新聞中心。

プレスティージ④【prestige】 威望。社會的威信、聲望。

ブレスト②【breast】 ①胸，胸部。②蛙泳。

プレスハム④【pressed ham】 壓製的火腿。

ブレスレット②【bracelet】 手鐲。

プレゼンス②【presence】（於國外的軍事、經濟的影響力）存在。

プレゼンテーション⑤【presentation】 （廣告代理商向廣告主拿出）廣告企畫案。

プレゼント②【present】スル 贈送，送禮，禮物，贈品。

ふれだいこ③【触れ太鼓】 觸太鼓，通告鼓。

プレタポルテ④【法 prêt-à-porter】 高級成衣。

フレックスタイム⑥【flextime】 彈性工作時間（制）。

プレッシャー①【pressure】 壓力，壓迫。

フレッシュ②【fresh】（形動）新鮮的，清新的，清爽的。

フレッシュマン③【freshman】 新人，新生。

フレット②【fret】 品。裝在絃樂器指板上，表示按弦位置的突起線。

プレハブ⓪【prefab】〔prefabricated house之略〕預鑄式。「～住宅」預鑄式住宅。

プレパラート④【德 Präparat】 （將試樣夾在2枚玻璃中間的）顯微鏡標本。

プレビュー③【preview】 ①預演。②預覽。

ふれまわ・る⓪【触れ回る】（動五）到處散布，宣揚，通知，傳達。

プレミア⓪ 獎，獎品。「～付き」附帶獎品。

プレミアショー⑤【premiere show】 首映

會，首次公演。

プレミアム⓪【premium】 ①溢價，升水。②溢價，加價。③獎品，獎券。

プレリュード④④【prelude】 前奏曲，序曲。

ふ・れる④⓪【狂れる】（動下一） 精神失常，精神錯亂。

ふ・れる④⓪【振れる】（動下一） ①振動，擺動。②偏向。③揮。「バットが~・れている」揮動球棒。

ふ・れる④⓪【触れる】（動下一） ❶（自動詞）①碰，觸，接觸。②觸。透過眼、耳等感知。「目に~・れる」看見。③觸犯。「法に~・れる行為」違法行為。④觸及。「問題の核心に~・れる」觸及到問題的核心。⑤體驗。「異文化に~・れる」體驗不同的文化。❷（他動詞）①觸摸。（用手）接觸物體。「指一本~・れない」一根指頭都不碰。一點都不碰。②（廣泛）通知。「あちこちに~・れて回る」到處通知。

ぶ・れる（動下一）（相機）手震，搖晃，抖動。

ふれんぞくせん④【不連続線】 不連續線。

ふれんぞくめん④【不連続面】 不連續面。

フレンチ④【French】 法國的，法國人的，法國風味的，法國式的。

フレンチトースト⑤【French toast】 法式吐司。

フレンチドレッシング⑥【French dressing】 法式沙拉調味汁。

フレンド④【friend】 朋友。

ブレンド⓪【blend】 ｽﾙ 調合，攙和，混合，混合物，混成品。

フレンドリー④【friendly】（形動） 親切的，好用的，順手的，友好的。「ユーザー-~」用戶易操作的。

ふろ④⓪【風呂】 ①洗澡水，浴池，澡堂。②烘乾室，漆房乾燥室。

ふろ②【風炉】 風爐。

プロ⓪ ①專門的，職業的，專業的。 ↔アマ。②製片，生產，製作。③程序，計畫，節目表。④無產者，無產階級。

⑤宣傳。「アジ~」鼓動宣傳。

フロア④【floor】 ①地板。「~-スタンド」落地燈。「~-ショー」夜總會的節目表演。②櫃檯。「~-マネージャー」賣場經理。③（樓房的）層。

ブロイラー④【broiler】 ①烤肉器具。②燒烤用嫩雞。

ふろう④【不老】 不老。「~長壽」長生不老。

フロー④【flow】 ①流動，流。②流通量。

ブロー④【blow】 ｽﾙ ①猛吹，（尤指用吹風機整理髮型的）吹風。②（拳擊運動中的）重擊，重拳。

ブローカー④【broker】 經紀人，仲介業者。

ブロークン④【broken】（形動） ①破的，碎的，不完整的。②語法上下規範的。

ふろおけ④【風呂桶】 ①浴缸，浴池。②浴桶。

プロージット④【德 Prosit】（感）（乾杯時用語）祝健康！祝成功！

フローズン④【frozen】 ①冰凍的，冷凍的，冷凍食品。②（資金、物價等）凍結。

ブローチ④【brooch】 胸針，飾針。

フロート④【float】 ①漂浮，浮標。②水上飛機的浮筏。③浮有霜淇淋的飲料之總稱。④浮動匯率制。

ブロード④【broadcloth】 ①細平布。②絨面呢。

ブロードウエー④【Broadway】 百老匯大街。

ブロードバンド④【broadband】 寬頻網路傳輸。

ブローニング④【Browning】 白朗寧手槍。

フローリング④【flooring】 木地板鋪裝材料。

ふろく⓪【付録】 ①附錄。「巻末~」卷末附錄。②附冊，增刊。

プログラミング④【programming】 ｽﾙ 程式設計。

プログラム⓪【program】スル ①（事情的預定）計畫，節目。②節目表，計畫書。③程式集。

プログラムがくしゅう⓪【一学習】 程式學習。

プログラムげんご⓪【一言語】 程式語言。

ブロケード③【brocade】 花緞，織錦。

プロジェクター③【projector】 ①放映機。②泛光燈。③計畫起草者。

プロジェクト②⑤【project】 規畫，企畫。「商品開発～」商品開發規畫。

プロジェクトチーム⑤【project team】 課題研究小組，企畫小組。

ブロシェット③【法 brochette】 （西餐中使用的）烤籤，或烤肉串。

ふろしき⓪【風呂敷】 包袱巾。「～包み」包袱。「～を広げる」說大話，吹牛，大吹大擂。

フロスト②【frost】 霜，結霜。

プロセス①【process】 ①程序，步驟，工序。②過程。③（食品的）保存處理。④照相製版。

プロセッサー③【processor】 處理器。

プロダクション③【production】 ①製作，生產。②（電影、電視節目、出版物等的）製作公司。③製作單位。

ブロッキング⓪【blocking】 阻擋，攔截。

フロック②【fluke】 僥倖，幸運。

ブロック③【英 bloc】 集團，聯盟，陣營。

ブロック②【block】スル ①塊，砌塊。②混凝土塊。③街區，街段。④區段。⑤滑車，滑輪。⑥木刻板，木印板。⑦（玩具中的）積木。⑧妨礙，障礙，截斷，阻滯。「神経～」神經傳導阻滯。

ブロックけいざい⑤【一経済】〔bloc〕區域經濟。

ブロックサイン⑤【⑭ block+sign】 妨礙暗號。

ブロックし④【一紙】〔bloc〕區域報紙。

ブロッケンげんしょう⓪【一現象】 光輪，布羅肯現象。

ブロッコリー③【broccoli】 花莖甘藍。

プロット②【plot】 構思。

フロッピー③【floppy】 軟碟。

フロッピーディスク⑤【floppy disk】 軟碟，軟磁碟，軟性磁碟。

プロテクター③【protector】 護具。

プロテスタント③【Protestant】 新教徒。

プロテスト③【protest】 抗議，異議，提出異議。

プロテストソング⑥【protest song】 反抗歌曲。

プロデューサー③【producer】 製片人，製作人。

プロデュース③【produce】スル （戲劇）創作，（電影）製片。

プロトコル③【protocol】 ①協定。②通訊協約，規程。

プロトタイプ④【prototype】 原型，模型。

プロパー③【propagandist】 藥品銷售員。

プロパー③【proper】 ①本來的，固有的。②元老。「営業の～」經商的元老。

プロパガンダ④【propaganda】 （帶有政治意圖的）宣傳。

プロパティー③【property】 ①資產，財產。②特徵，特性。③小道具。

プロバビリティー④【probability】 或然性，機率，可能性。

プロパン③【propane】 丙烷。

プロフィール③【profile】 ①側影，側面像。②側面觀察，人物側寫。

プロフィット③【profit】 利益，利潤。

プロフェッサー③【professor】 教授。

プロフェッショナル③【professional】（形動） 專門的，專業的，職業的。↔アマチュア

ふろふき⓪【風呂吹き】 煮蘿蔔（蕪菁）蘸醬。

プロブレム②【problem】 問題，難題。

プロペラ⓪【propeller】 螺旋槳，推進器。

プロポーザル③【proposal】 提案，提議，提出要求。

プロポーション②【proportion】 ①均衡，勻稱。②比率，比例。

プロポーズ②【propose】スル 提出要求，（尤指）求婚。

ブロマイド③【bromide】 明星照片。

プロミネンス②【prominence】 ①日珥。②重音，強調語句。

プロムナード④【法 promenade】 ①隨便走走。②散步道，步行道。

プロモーション③【promotion】 促進（銷售等），獎勵。「セールス~」促銷。

プロモーター③【promoter】 ①發起人，主辦人。②承辦人，出資人。③〔生物〕啓動因數，啓動基因。

プロモート③【promote】スル ①推動，促成。②主辦。

ふろや②【風呂屋】 澡堂，公共浴池。

プロやきゅう④【一野球】 職業棒球（比賽）。

フロリスト②【florist】 花店，花商，花匠，花草栽培者。

プロレス②【professional wrestling】 職業摔角（比賽）。

プロレタリア④【德 Proletarier】 ①貧民。②無產階級，無產者。↔ブルジョア

プロレタリアート⑥【德 Proletariat】 勞動者階級，無產階級。↔ブルジョアジー

プロレタリアかくめい⑨【一革命】 無產階級革命。

プロレタリアぶんがく⑦【一文学】 無產階級文學。

プロローグ③【prologue】 ①序幕，序曲，序。②開端，開頭。↔エピローグ

ブロンズ②【bronze】 青銅，古銅，青銅製品。

フロンティア②【frontier】 ①邊境。國境地區，邊境。②新開闢地。③尖端領域，新領域。

フロンティアスピリット⑦【frontier spirit】開拓者（先驅者）精神，開拓精神，進取精神。

フロント②【front】 ①正面，前面。↔バック。②接待櫃檯。③戰線，前線。④球隊負責人，秘書處。

プロンプター③【prompter】 提詞員。

プロンプト②【prompt】 提示符號。

ふわ①【不和】 不睦，不和。

ふわく①【不惑】 不惑。

ふわけ①【腑分け】 解剖。

ふわたり②【不渡り】 拒付（票據）。

ふわらいどう①【付和雷同・附和雷同】スル 隨聲附和，人云亦云。

ふん①【分】 ①分。時間單位。②分。角度單位。③分。日本尺貫法度量衡中的重量單位。

ふん①【糞】 糞。「犬の~」狗糞。

ぶん①【分】 ①（被分配的）份。「人の~まで食べる」把別人的份都吃了。②（人所處的）立場，身分，（人所具備的）能力程度。「~をわきまえる」自知之明。③本分，職責。「おのおの~を尽す」各盡其職。④（事物的）樣子，情況，狀態。「この~なら安心だ」若是這樣，就放心了。

ぶん①【文】 ①句子。②文章。「~を練る」推敲文章。「~は人なり」文如其人。

ぶんあん①【文案】 文稿，草稿。

ぶんい①【文意】 文意。

ふんいき③【雰囲気】 氛圍。「~を乱す」破壞氣氛。

ぶんいん①【分院】 分院。

ぶんうん①【文運】 文運。「~隆盛」文運昌盛。

ふんえん①【噴煙】 火山灰雲。

ぶんえん①【分煙】 分煙。

ふんか①【噴火】スル 噴發，爆發。

ぶんか①②【分化】スル 分化。「学問の~」學問的分類。

ぶんか①【分科】 分科。

ぶんか①【文化】 ①文化。②文明，文化。「~鍋」新式鍋。「~包丁」新式菜刀。

ぶんか①【文科】 ①文科。↔理科。②文學系，文學院。

ふんがい①【憤慨】スル 憤慨，氣憤。

ぶんかい①【分会】 分會。

ぶんかい①【分界】スル 分界。

ぶんかい①【分解】スル ①分解，拆卸。「時計を~する」把手錶拆開。②分

解。化合物的反應。

ぶんかいさん◎【文化遺産】 文化遺産。

ぶんがく◎【文学】 ①文學。②文藝學。③文學。文藝學、語言學、哲學、心理學、史學等的總稱。「～博士」文學博士。

ぶんがくしゃ◎【文学者】 文學家。

ぶんがくせいねん◎【文学青年】 ①文學青年。②文學青年。「青白い～」白面書生。

ぶんがくてき◎【文学的】（形動） ①文學的。「～研究」文化的研究。②文學的。「～な表現」文學性的表達。

ぶんかくんしょう◎【文化勲章】 文化勳章。

ぶんかこうろうしゃ◎【文化功労者】 文化功勞者。

ぶんかざい◎【文化財】 文化財產。

ぶんかじゅうたく◎【文化住宅】 文化住宅。

ぶんかじん◎【文化人】 文化人。

ぶんかじんるいがく◎【文化人類学】 文化人類學。

ぶんかつ◎【分割】 スル 分割，瓜分。

ぶんかつ◎【分轄】 スル 分轄，分開管轄。

ぶんかのひ◎【文化の日】 文化日。日本國民的節日之一。

ぶんかん◎【文官】 文官。↔武官

ふんき◎【噴気】 噴氣。「～孔」噴氣孔。

ふんき◎【奮起】 スル 奮起，振奮。

ふんぎ◎【紛議】 議論紛紛，爭執。

ぶんき◎◎【分岐】 スル 分歧，分枝。

ふんきざみ◎【分刻み】 按分鐘。「～のスケジュール」按分鐘的行程表。

ふんきゅう◎【紛糾】 スル 糾紛。「～した会議」爭執不休的會議。

ふんきゅう◎【墳丘】 スル 墳丘

ぶんきょう◎【文教】 文教。

ぶんぎょう◎【分業】 スル ①分工，分業。「医薬～」醫藥分業。②分工（序）。

ぶんきょうじょう◎【分教場】 學校的分校。

ぶんきょうちく◎【文教地区】 文教區。

ぶんきょく◎【分極】 極化，電極化。

ぶんきょくか◎【分極化】 スル 兩極分化。

ふんぎり◎【踏ん切り】 決斷。

ぶんぐ◎【文具】 文具。文房四寶的總稱。

ぶんけ◎【分家】 スル 分家。

ふんけい◎【刎頸】 刎頸。「～の友」刎頸之友。「～の交わり」刎頸之交。

ふんけい◎【焚刑】 焚刑，火刑。

ぶんけい◎【文系】 文科系統，文科系列。↔理系

ぶんけい◎【文型】 句型。

ぶんげい◎【文芸】 ①文藝。「～雑誌」文藝雜誌，文學雜誌。②文藝。學術和藝術，學藝。「～思潮」文藝思潮。

ふんげき◎【憤激】 スル 激憤。

ぶんけつ◎【分蘗】 スル 分蘗。主要指禾本科植物在靠近根部的莖節上生出分枝。

ぶんけん◎【分遣】 スル 分遣。「～隊」派遣隊。

ぶんけん◎【分権】 分權。↔集權「地方～」地方分權。

ぶんけん◎【文献】 ①文獻。成爲（後人）瞭解古代制度或文物資料的記錄。②文獻。有參考價值的書籍或文書。「参考～」參考文獻。

ぶんげん◎【分限】 ①分限。「～をわきまえる」有自知之明。②財產，有錢人。「～者」財主。

ぶんけんがく◎【文献学】〔德 Philologie〕文獻學。

ぶんけんちず◎【分県地図】 分縣地圖。

ぶんこ◎【文庫】 ①文庫，書庫。②文卷匣。③文庫版。「レクラム～」雷克蘭叢書。④文庫，藏書。「少年～」少年文庫。「学級～」班級文庫。

ぶんご◎【文語】 ①文章用語。②文語，日本古典語。↔口語

ふんごう◎【吻合】 スル 吻合。

ぶんこう◎【分光】 スル 分光。

ぶんこう◎【分校】 分校。

ぶんごう◎【文豪】 文豪。

ぶんごたい◎【文語体】 文語體。↔口語体

ふんこつ◎【分骨】 スル 分骨。

ふんこつさいしん◎【粉骨砕身】 スル 粉身碎骨。

ぶんごぶん⓪【文語文】 文語文。↔口語文

ふんさい⓪【粉砕】スル ①粉碎。②徹底打垮。「敵を~する」徹底打垮敵人。

ふんざい⓪【粉剤】 粉劑，粉藥，散劑。

ぶんさい⓪【文才】 文才。

ぶんざい⓪【分際】 身分，地位。「~をわきまえない」不自量力；缺乏自知之明。

ぶんさつ⓪【分冊】スル 分冊。

ぶんさん⓪【分散】スル ①分散。「敵の力を~する」分散敵人的力量。②色散。③方差。表示樣本的離散程度的一個量。

ふんし⓪【憤死】スル ①憤慨而死。②（棒球比賽中）在壘上出局。

ぶんし⓪【分子】 ①〔molecule〕分子。②分子，成員。「破壊~」破壞分子。③分子。指分數或分數式中的被除數或被除式。↔分母

ぶんし⓪【分枝】スル 分枝。

ぶんし⓪【文士】 文士。

ぶんじ⓪【文辞】 文辭。

ぶんししき⓪【分子式】 分子式。

ぶんしせいぶつがく⓪【分子生物学】 分子生物學。

ふんしつ⓪【紛失】スル 紛失，遺失，丟失，失落。

ぶんしつ⓪【分室】 ①分室。②分部，分社，分理處，分室，分支機構。

ふんしゃ⓪【噴射】スル 噴射。

ぶんしゃ⓪【分社】 ①（神秘）分社。②分公司，分社。→カンパニー制度

ぶんじゃく⓪【文弱】 文弱。「~の徒」文弱之人。

ぶんしゅう⓪【文集】 文集。

ぶんしゅく⓪【分宿】スル 分開住，分別投宿。

ふんしょ⓪【焚書】 焚書。→焚書坑儒

ぶんしょ⓪【分署】 分署，分局。

ぶんしょ⓪【文書】 文書。

ふんじょう⓪【粉状】 粉狀。

ぶんしょう⓪【分掌】スル 分掌。

ぶんしょう⓪【文章】 文章。

ぶんじょう⓪【分乗】スル 分乘。

ぶんじょう⓪【分譲】スル 分讓，分割出售，分割出讓。「~地」分割出讓的土地。「~住宅」分開出賣的住宅。

ぶんしょうご⓪【文章語】 文章語。

ふんしょく⓪【粉飾・扮飾】スル ①粉飾，裝潢門面。②粉飾。雖出現虧空，卻要掩飾成有收益。

ぶんしょく⓪【文飾】 ①修飾文句。②文飾，潤色，上色。

ふんしん⓪【分針】 分針。

ふんじん⓪【奮迅】 奮迅。「獅子~」（佛家語）獅子奮迅（三昧也）。

ぶんしん⓪【分身】 分身，化身，分出機構。「作者の~である主人公」爲作者化身的主角。

ぶんじん⓪【文人】 文人。

ぶんじんが⓪【文人画】 文人畫。

ぶんじんぼっかく⓪【文人墨客】 文人墨客。

ふんすい⓪【噴水】 噴水（池），噴泉。

ぶんすい⓪【分水】スル 分水。

ぶんすいかい⓪【分水界】 分水界。

ぶんすいれい⓪【分水嶺】 分水嶺。

ぶんすう⓪【分数】 分數。

ふん・する⓪【扮する】（動サ變） 扮演。

ぶんせき⓪【分析】スル ①分析，剖析。↔総合。「情勢を~する」分析形勢。②分析，化驗。

ぶんせき⓪【分籍】スル 分（戶）籍。

ぶんせき⓪【文責】 文責。「~編集部」文責編輯部。

ぶんせつ⓪【文節】 文節，文句。

ふんせん⓪【噴泉】 ①噴泉。②噴水池。

ふんせん⓪【奮戦】スル 奮戰。

ふんぜん⓪【憤然】（ﾀﾙ） 憤然。

ふんぜん⓪【奮然】（ﾀﾙ） 奮然。

ぶんせん⓪【文選】スル 排（揀）字。「~工」排（揀）字工。

ふんそう⓪【扮装】スル ①裝扮。②裝扮，改扮，化裝。「~をこらす」精心化妝。

ふんそう⓪【紛争】スル 紛爭，糾紛。「国際間の~」國際紛爭。

ぶんそう⓪【文藻】 文藻，才華。「豊か

な～」才華橫溢。

ぶんそうおう◎【分相応】　合乎身分，與身分相稱。

ふんそく◎【分速】　分速。

ふんぞりかえ・る④【踏ん反り反る】（動五）　後仰，傲慢，擺架子。

ぶんそん◎【分村】スル　分村。

ぶんたい◎【分隊】　分隊。

ぶんたい◎【文体】　①文體。②風格。

ぶんだい◎【文台】　文几，小書桌。

ふんだく・る④（動五）　①硬奪。②敲竹槓。

ぶんたん◎【分担】スル　分擔。

ぶんたん◎【文旦】　文旦。

ぶんだん◎【分団】　①分團。「消防～」消防分團。②小組。

ぶんだん◎【分段】　分段，段落。

ぶんだん◎【分断】スル　分割，切斷，截斷。

ぶんだん◎【文壇】　文壇。「～に登場する」步入文壇。

ぶんち◎【分地】スル　分地，分給的地。

ぶんち◎【文治】　文治。↔武断。「～派」文治派。

ぶんちゅう◎【文中】　文中，文章之中。

ぶんちょう◎【文鳥】　文鳥。

ぶんちん◎【文鎮】　文鎮，紙鎮。

ぶんつう◎【文通】スル　通信。

ふんづ・ける④【踏ん付ける】（動下一）　踩上，踩住，欺侮。

ふんづまり◎【糞詰まり】　便秘。

ぶんてん◎【分店】　分店，支店，分號。

ぶんてん◎【文典】　文典，語法書。

ふんど①【憤怒・忿怒】スル　憤怒。「～の形相」憤怒相。

ふんとう◎【奮闘】スル　奮鬥，奮戰。「孤軍～」孤軍奮鬥。

ふんどう◎【分銅】　①秤錘，秤砣，砝碼。②平衡錘，沉子。

ぶんとう◎【文頭】　文章開頭的部分。

ぶんどき◎【分度器】　分度規，量角器。

ふんどし◎【褌】　護身帶，兜襠布。男子遮蓋陰部的細長條布。

ふんどしかつぎ◎【褌担ぎ】　①相撲運動中等級極低力士的俗稱。②低微者，新手。

ぶんど・る◎【分捕る】（動五）　搶，搶奪，虜獲。

ぶんなぐ・る◎【打ん殴る】（動五）　毆打，痛打。

ぶんな・げる◎【打ん投げる】（動下一）　使勁扔，亂扔。

ふんにゅう◎【粉乳】　奶粉。

ふんにょう◎【糞尿】　糞尿。

ふんぬ①【憤怒・忿怒】スル　憤怒。「～の形相」憤怒相。

ぶんのう◎【分納】スル　分繳，分期繳納。

ぶんぱ①【分派】スル　①分派。②分派，支派。

ぶんばい◎【分売】スル　分售。

ぶんぱい◎【分配】スル　分配，分給。

ぶんはく◎【文博】　「文学博士」的略稱。

ふんぱつ◎【奮発】スル　①奮發，發憤。②豁出錢。

ふんば・る◎【踏ん張る】（動五）　①使勁地站住，堅持。「最後まで～・る」堅持到底。②堅持，苦撐。

ふんぱんもの◎【噴飯物】　可笑事，噴飯笑料。

ぶんぴ①【分泌】　分泌。「ぶんぴつ」的習慣讀法。

ぶんぴつ◎【分泌】スル　分泌。

ぶんぴつ◎【分筆】スル　分筆，分宗。↔合筆

ぶんぴつ◎【文筆】　文筆。

ふんびょう◎【分秒】　分秒。「～を争う」爭分奪秒；分秒必爭。

ぶんぶ①【文武】　文武。

ぶんぷ◎【分布】スル　分布。「方言の～」方言的分布。

ぶんぶつ①【文物】　文（化事）物。

ふんぷん◎【芬芬】（トル）　芬芳，香噴噴。「酒気～」酒氣撲鼻。

ふんぷん◎【紛紛】（トル）　紛紛，紛紜，繽紛。「諸説～」眾說紛紜。

ふんべつ①【分別】　分別，辨別，分辨（力）。「～のある人」通情達理的人。「～に迷う」難以辨別。

ぶんべつ①◎【分別】スル　分別。

ふんべつくさ・い⑤【分別臭い】（形）

通情達理似的。

ふんべつざかり⓪【分別盛り】 判斷力最強的年齡，年富力強的年齡。

ふんべん⓪【糞便】 糞便。

ぶんべん⓪【分娩】 スル 分娩，生產。

ふんぼ①【墳墓】 墳墓。「～の地」祖墳墓地。

ぶんぼ①【分母】 分母。↔分子

ぶんぽう⓪【分封】 スル ①分封。②分蜂。蜜蜂類出現新的女王蜂，原來的女王蜂連同一群工蜂另築蜂巢。

ぶんぽう⓪【文法】 文法，語法。

ぶんぼうぐ③【文房具】 文具。

ふんぽん⓪【粉本】 粉本。

ふんまつ⓪【粉末】 粉末。

ぶんまつ⓪【文末】 文末。

ぶんまわし③【ぶん回し】 ①（舊時稱文具中的）圓規。②轉臺。

ふんまん⓪【憤懣・忿懣】 スル 憤懣。「～やる方ない」無法一舒憤懣。

ぶんみゃく⓪【分脈】 分脈，側脈，副脈，分支。

ぶんみゃく⓪【文脈】 文脈，語序，上下文。「～から判斷する」根據上下文判斷。

ぶんみん⓪【文民】 〔civilian 之譯文〕文民。非軍人的平民。

ふんむき⓪【噴霧器】 噴霧器。

ぶんめい⓪【文名】 文名，文譽。

ぶんめい⓪【文明】 文明，物質文化。「～が進む」文明進步。

ぶんめいかいか⑤【文明開化】 文明開化。

ぶんめいびょう⓪【文明病】 文明病。

ぶんめん⓪【文面】 字面。

ふんもん⓪【噴門】 賁門。

ぶんや①【分野】 分野，範疇。「專門～」專門領域。

ぶんゆう⓪【分有】 スル 分有。

ぶんよ①【分与】 スル 分給。

ぶんらく⓪【文楽】 文樂。木偶淨琉璃的通稱。

ぶんらん⓪【紊乱】 スル 紊亂。「風紀～」風紀紊亂。

ぶんり⓪【分利】 迅速退燒。

ぶんり⓪【分離】 スル ①分離。②分離，分開。

ぶんりつ⓪【分立】 スル 分立，分設。

ふんりゅう⓪【噴流】 スル 噴流，射流。

ぶんりゅう⓪【分流】 スル ①分流，支流。②支派，分支，分派。

ぶんりゅう⓪【分留・分溜】 スル 分餾。「～塔」分餾塔。

ぶんりょう③【分量】 スル ①分量，重量。②分量。計量長度、重量等（中的一個量）。

ぶんりょく①【分力】 分力。↔合力

ぶんるい⓪【分類】 スル 分類。

ふんれい⓪【奮励】 スル 奮勉。「～努力する」奮勉努力。

ぶんれい⓪【文例】 文例。

ぶんれつ⓪【分列】 スル 分列。

ぶんれつ⓪【分裂】 スル 分裂，裂開。

ぶんろん⓪【文論】 造句法，句法學。

へ

へ[1]【へ】　F 音，低音。西洋音樂的音名。

へ[1]【屁】　屁。「~をひる」放屁。「~とも思わぬ」根本不當回算。

ヘア[1]【hair】　毛，汗毛，頭髮，陰毛。

ベア[1]【bear】　①熊市。②做空頭者。↔ブル

ベア[1]　「ベース-アップ」之略。

ペア[1]【pair】　①對，偶，一雙。②搭檔，雙人組。③雙人划艇，雙人划艇賽。

ペアー[1]【pear】　西洋梨，洋梨。

ヘアケア[3]【hair care】　護髮。

ヘアスプレー[4]【hair spray】　髮膠。

ヘアダイ[3]【hairdye】　染髮，脫色染髮劑。

ヘアトニック[4]【hair tonic】　生髮液，生髮水。

ヘアドライヤー[4]【hair dryer】　吹風機。

ヘアドレッサー[4]【hairdresser】　美髮美容師，美容師。

ヘアネット[3]【hairnet】　髮網。

ヘアバンド[3]【[和] hair+band】　髮帶。

ヘアピース[3]【hairpiece】　假髮片。

ヘアピン[0]【hairpin】　髮針，髮夾，髮飾。

ヘアピンカーブ[5]【hairpin curve】　髮夾型彎道，（道路）迴轉曲線，髮夾形曲線。

ヘアリキッド[3]【[和] hair+liquid】　男性整髮液。

ベアリング[0]【bearing】　軸承。

ペアリング[0]【pairing】　配對，交配。

へい[1]【丙】　①丙。天干的第 3 個。②丙。表示等級。

へい[1]【兵】　①兵，士兵。②軍人，將士。③戰爭，軍事。「~を構える」備戰。「~は神速(しんそく)を貴(たっと)ぶ」兵貴神速。「~を挙(あ)げる」舉兵。

へい[0]【塀】　圍屏，院牆，牆壁，屏壁，擋牆。

へい[1]【弊】　弊，弊病。「語~」語病。

ヘイ[1]【hey】（感）　喂，嗨。

ベイ[1]【bay】　灣，小海灣。「~クルーズ（＝湾内遊覧船）」灣內遊覽船。「~ブリッジ」港灣橋。

ペイ[1]【pay】スル　①報酬，工資，薪水。②支付。③划算，划得來，夠本。

へいあん[0]【平安】　①平安，太平。②平安信。③「平安京」「平安時代」之略。

へいあんきょう[0]【平安京】　平安京。

へいあんじだい[5]【平安時代】　平安時代。

へいい[1][0]【平易】　平易，淺顯易懂。「~な文章」淺顯易懂的文章。

へいいはぼう[1]【弊衣破帽】　蔽衣破帽。

へいいん[0]【兵員】　兵數，兵員。

へいいん[0]【閉院】スル　閉院。↔開院

へいえい[0]【兵営】　兵營。

へいえき[0]【兵役】　兵役。

ベイエリア[3]【bay area】　①臨港地區。②海灣沿岸地區。

へいえん[0]【閉園】スル　閉園。↔開園

へいおく[0]【弊屋】　①破房子。②敝宅，寒舍，舍下。

ペイオフ[3]【payoff】　①賄賂。②付款（日）。③清算，了結。

へいおん[0]【平温】　①常年溫度，常溫。②正常體溫。

へいおん[0]【平穏】　平穩，平靜，平安。「~な世の中」和平的世界。

へいか[1]【平価】　①平價。表示各國貨幣對外價值的基準值。②平價，票面價值。有價證券的價格與票面金額相等。

へいか[1]【兵戈】　①兵戈，武器。②兵戈，戰爭，干戈。

へいか[1]【兵火】　①兵火，戰火，戰禍。②戰爭，干戈。

へいか[1]【兵科】　兵科，兵種。

へいか[1]【兵家】　①兵家。「勝敗は~の常」勝敗乃兵家常事。②兵法家。

へいか◎【併科】スル 併科，併罰。

へいか①【陛下】 陛下。

べいか①【米価】 米價。「生産者~」生產者米價；米的收購價。

べいか①【米菓】 米菓。

へいかい◎【閉会】スル ①閉會，散會，閉幕。↔開会。「~式」閉幕式。②閉會，議會會期之外。

へいがい◎【弊害】 弊害，弊端。

へいかきりさげ⑤【平価切り下げ】 貨幣（通貨）貶值。

へいかつ◎【平滑】 平滑。

へいかつきん④【平滑筋】 平滑肌。↔横紋筋

へいかん◎【閉館】スル 閉館，停止開放。↔開館

へいがん◎【併願】スル 多志願報考，同時報考多所學校。→単願

へいき◎【平気】 鎮靜，冷靜，平常心，無動於衷，平心靜氣。「~ではいられない」不能泰然處之。「~の平左ざ」毫不在乎；無動於衷。

へいき①【兵器】 兵器，武器。

へいき①【併記】スル 一併記載，併記。

へいきしょう③【兵器廠】 兵工廠。

へいきょ①【閉居】スル 閉居，蟄居。

へいぎょう◎【閉業】スル ①閉店，下班。②停業，歇業。

へいきょく◎【平曲】 平曲。平家琵琶曲。

へいきん◎【平均】スル ①平均，均匀。「~した品質」品質均衡。②〔數〕平均，平均數。③取得平衡，均衡。「~を失う」失去平衡。

へいきんじゅみょう◎【平均寿命】 平均壽命。

へいきんだい①【平均台】 平衡木。

へいきんてき◎【平均的】（形動） 平均的。

へいきんよめい⑤【平均余命】 平均預期壽命，平均剩餘壽命。

へいきんりつ⑤【平均律】 平均律。

へいけ①【平家】 平家，平氏。

へいけい◎【閉経】 停經，閉經。「~期」停經期。

へいげい◎【睥睨】スル 睥睨。

へいけいき⑤【閉経期】 閉經期，停經期。

へいけがに③【平家蟹】 日本關公蟹。

へいけびわ③【平家琵琶】 平家琵琶。

へいけものがたり⑤【平家物語】 《平家物語》。

へいけん◎【兵権】 兵權。

へいげん◎【平原】 平原。

べいご◎【米語】 美語，美國話。

へいこう◎【平行】スル 平行。↔交差

へいこう◎【平衡】スル 平衡。「~を保つ」保持平衡。

へいこう◎【並行・併行】スル ①並排而行。②並行，並進。「両案を~して審議する」對兩議案同時進行審議。

へいこう◎【閉口】スル ①為難，折服，吃不消，無法對付。②閉口，閉口無言。

へいこう◎【閉校】スル ①停課。②廢校。↔開校

へいこう◎【閉講】スル 停講，停課。

へいごう◎【併合】スル ①合併。②吞併，併吞。

へいこういどう⑤【平行移動】 平行移動，平行位移。

へいこうかんかく⑤【平衡感覚】 ①平衡感覺。②平衡力。

へいこうしへんけい⑥【平行四辺形】 平行四邊形。

へいこうせん◎【平行線】 ①平行線。②各持己見，相持不下。

へいこうぼう◎【平行棒】 雙槓。

へいこうゆにゅう⑤【並行輸入】 平行進口。

べいこく②【米穀】 米穀，穀物，糧穀，糧食。

べいこく②【米国】 美國。

べいこくつうちょう⑤【米穀通帳】 購糧本，購糧證。

べいこくねんど⑤【米穀年度】 糧食年度。

べいごま◎【貝独楽】 貝殼陀螺。

へいさ◎【閉鎖】スル ①閉鎖，封閉。②鎖閉，關閉，封閉，鎖定。

へいさい◎【併載】スル 同時刊登，一併刊

へいさい◎【併催】　一併舉辦。

べいざい◎【米材】　美國木材。

へいさく◎【平作】　普通年收成，平年收成。

べいさく◎【米作】　米作，稻作。

へいさつ◎【併殺】 スル　雙殺。

へいざん◎【閉山】 スル　封山。

べいさん◎【米産】　①産米。「～県」産米縣。②美國産。

へいし①【平氏】　平氏，平氏家族。

へいし①【兵士】　士兵，兵士，戰士。

へいし◎【閉止】 スル　停止。「月経～」停經。

へいじ①【平時】　①平時。平素，日常，平常。②和平時期。↔戦時

へいしき◎【閉式】 スル　閉幕式。↔開式

へいじつ◎【平日】　①平日，平時，平常。②平日。週休日、節假日以外的日子。「～ダイヤ」（公車）平日時刻表。

へいしゃ①【兵舎】　兵營，營房。

へいしゃ①【弊社】　敝公司，敝社。

へいしゅ①【兵種】　兵種。

べいじゅ①【米寿】　米壽。88 歲，88 歲壽辰。

へいしゅう◎【弊習】　陋習，惡習。

べいしゅう①【米州】　美洲。

べいしゅうきこう◎【米州機構】　〔Organization of American States〕美洲國家組織。

へいじゅん◎【平準】　①找水平。②水準，平衡，平均。「作業の～化」作業水準化。

へいしょ①【兵書】　兵書。

へいしょ①【閉所】　①封閉的場所，關閉的場所。②停止辦公。↔開所

へいじょ①【平叙】　平鋪直敘，平敘。

へいしょう◎【並称・併称】 スル　並稱，合稱，齊名。「李杜と～する」並稱李杜。

へいじょう◎【平常】　平常，平素，平日。

へいじょう◎【閉場】 スル　閉場。會場停止對外開放。↔開場

へいじょうきょう◎【平城京】　平城京。

へいしょきょうふしょう◎【閉所恐怖症】　幽閉恐懼症。

べいしょく◎【米食】　吃米飯，食米。

へいしん◎【平信】　平安信。

へいしん◎【並進】 スル　並進。

べいじん◎【米人】　美國人。

へいしんていとう①【平身低頭】 スル　欠身低頭，點頭哈腰。

へいすい◎【平水】　①正常水，平時水量。「～量」正常水流量。②平靜水。

へいせい◎【平静】　①平靜，鎮靜，冷靜。②平靜，十分安靜。「～を保つ」保持平靜。

へいせい◎【兵制】　軍制，兵制。

へいせい◎【幣制】　幣制。

へいせい◎【平成】　平成。現在位天皇的年號（1989.1.8-）。

へいぜい◎【平生】　平常，平素，平日。

へいせつ◎【併設】 スル　並設，附設。

へいせん◎【兵船】　兵船，軍艦。

へいぜん◎【平然】 (タル)　沉著，坦然。

へいそ①【平素】　平素。「～は静かな町」平時很安靜的街路。

へいそう◎【兵曹】　兵曹。

へいそう◎【並走】　並跑，一起跑。

へいそく◎【閉塞】 スル　①閉塞，阻塞，堵塞。②囚錮作用。

へいぞく◎【平俗】　①平庸，平俗。「～に流れる」流於平庸。②（文章等）通俗易懂，淺顯易懂。

へいそくぜんせん◎【閉塞前線】　囚錮鋒。

へいそつ◎【兵卒】　兵卒，士兵，戰士。

へいそん◎【併存・並存】 スル　並存，共存。

へいたい◎【兵隊】　①士兵。②部隊，軍隊。③小兵，小卒，兵卒。

へいたん◎【平坦】　平坦。「～な土地」平坦的土地。「～な道」平坦的道路。

へいたん◎【平淡】　平淡，清淡。「～な趣」平淡之趣。

へいたん◎【兵站】　補給站。

へいたん◎【兵端】　戰端，兵端。「～をひらく」開戰。

へいだん◎【兵団】　兵團。

へいち⓪【平地】　平地。

へいち⓪【併置】スル　附設，並置，並設。「四年制の大学に短大を～する」四年制的大學內附設短期大學。

へいちょう⓪【兵長】　兵長。

へいちょう⓪【閉庁】　政府機關下班，政府機關關門。

へいてい⓪【平定】スル　平定。「反乱を～する」平定叛亂。

へいてい⓪【閉廷】スル　閉庭，休庭。↔開廷

へいてん⓪【閉店】スル　①（商店）關門，停止營業。②關門，歇業，倒閉。↔開店

へいてん⓪【弊店】　敝店。謙稱自己的店。

へいどく⓪【併読】スル　同時閱讀，並讀。

へいどん⓪【併呑】スル　併吞，吞併。

へいねつ⓪【平熱】　正常體溫。

へいねん⓪【平年】　①非閏年，平年。②平年，普通年景。「気温は～並みだ」氣溫同往年一樣。

へいねんさく⓪【平年作】　平年收成，普通年收成，平常年景。

へいば⓪【兵馬】　①兵馬。②軍隊，軍備。

へいはく⓪【幣帛】　幣帛。

べいばく⓪【米麦】　米麥。

へいはつ⓪【併発】スル　併發。

へいはん⓪【平版】　平版。

へいばん⓪【平板】　①平板。貼測量用圖紙的板。②平板，呆板。「～な描写」平板的描寫。

べいはん⓪【米飯】　米飯。「～給食」供應米飯。

へいふう⓪【弊風】　弊風。

へいふく⓪【平伏】スル　跪拜，叩拜，叩首。

へいふく⓪【平服】　便服，便裝。

へいふく⓪【平復】スル　平復，康復。

べいふん⓪【米粉】　米粉。

へいべい⓪⓪【平米】　平方公尺。

へいへいぼんぼん⓪【平平凡凡】（ト/タル）平平凡凡。

へいほう⓪【平方】　①平方。②平方。寫

在表示長度的單位前，表示面積。「5～メートル」5平方公尺。③平方，見方。寫在長度的單位後，表示以該長度爲邊的正方形的面積。「10 キロ～」10km 見方。

へいほう⓪【兵法】　①兵法。②武術，武藝。

へいぼん⓪【平凡】　平凡。↔非凡

へいまく⓪【閉幕】スル　①閉幕。②閉幕，告終。↔開幕

へいみゃく⓪【平脈】　正常脈搏。

へいみん⓪【平民】　①平民，百姓。②平民。對身分爲農、工、商的人的稱呼。

へいむ⓪【兵務】　兵務，軍務。

へいめい⓪【平明】　簡潔明快，容易理解，簡明。

へいめん⓪⓪【平面】　①平面。②〔數〕平面。

へいめんきょう⓪【平面鏡】　平面鏡。

へいめんず⓪【平面図】　平面圖。

へいめんてき⓪【平面的】（形動）　①平面的。「～な顔」扁平的臉。↔立体的。②表面的，膚淺的。「～を見方」膚淺的見解。「～な描写」表面性的描寫。

へいもん⓪【閉門】スル　①閉門，關門。↔開門。②閉門不出，閉居家中。③禁閉，閉門反省。

へいや⓪⓪【平野】　平原。

へいゆ⓪⓪【平癒】スル　病癒，痊癒。

へいよう⓪【併用】スル　併用。

へいらん⓪【兵乱】　兵亂，兵災。

へいり⓪【弊履・敝履】　敝履。「～のごとく捨てる」棄之如敝屣。

ベイリーフ⓪【bay leaf】　月桂葉。

へいりつ⓪【並立】スル　並立，並存。「二つの政党が～する」兩黨並存。

へいりつじょし⓪【並立助詞】　並列助詞。

へいりゃく⓪【兵略】　兵略。

へいりょく⓪【兵力】　兵力。

へいれつ⓪【並列】スル　①並列。②並聯。↔直列

へいろ⓪【平炉】　平爐，馬丁爐。

へいわ⓪【平和】　①和平。②平和，和睦。

ペインクリニック⑤【pain clinic】 疼痛門診。

ペインティング⓪【painting】 ①繪畫。②著色。③塗漆。

ペイント⓪【paint】 油漆，塗料，塗層。

ベーカリー①【bakery】 麵包店，蛋糕店。

ベーキングパウダー⑥【baking powder】 泡打粉，發酵粉。

ベークドポテト⑤【baked potato】 烤馬鈴薯。

ベークライト④【bakelite】 電木。

ベーグル①【bagel】 貝果。

ベーコン①【bacon】 培根。

ページ①【page】 頁。

ページェント①【pageant】 ①露天劇，室外劇。②化裝遊行，露天表演。「航空~」飛行表演。

ベーシック①【BASIC】 〔Beginner's All-purpose Symbolic Instruction Code〕BA-SIC程式語言，初學者通用符號指令碼。

ベーシック①【basic】 (形動) 基礎的，基本的。「~な学習」基礎學習。

ページボーイ①【page boy】 ①花童。②侍者，招待員，童僕。③內捲齊肩髮。

ベージュ①【法 beige】 本色的，米黃色。

ベース①【base】 ①(棒球術語)壘。「ホーム~」本壘。②基準，基礎，基本。「賃金の~」基本工資。③根據地，軍事基地。

ベース①【bass】 ①「ダブル·ベース」之略。→コントラバス。②男聲最低音域，男低音。

ペース①【pace】 ①步(游)速，步調。「~を上げる」提高速度。②進度，節奏。「~を守る」保持進度。

ベースアップ④スル【⑥ base+up】 提高基本工資。

ベースキャンプ④【base camp】 ①基地帳篷。②集訓營。

ペースト①【paste】 ①漿糊。②焊膏。③貼上。④糊，泥。

ベースライン④【base line】 壘線。

ペーズリー①【paisley】 佩斯利漩渦紋花呢。

ベーゼ①【法 baiser】 接吻。

ペーソス①【pathos】 悲傷，哀愁，悲哀。「~あふれる映画」充滿悲傷情調的影片。

ベータ①【beta; B.β】 貝塔。

ベーダ①【梵 veda】 《吠陀》。

ベータせん⓪【β線】 β射線。

ベータほうしき①【β方式】 β帶形式。

ベーチェットびょう⓪【一病】 貝白塞氏病。

ペーパー①【paper】 ①紙。②貼紙，標籤，商標。「~をはがす」撕去標籤。③砂紙。「~をかける」用砂紙磨。④論文。

ペーパーウェート⑤【paperweight】 文鎮，鎮紙。

ペーパーカンパニー⑥【paper company】 空頭公司，有名無實公司。

ペーパークラフト⑥【papercraft】 紙工藝品，紙工藝。

ペーパータオル⑤【paper towel】 紙巾。

ペーパーテスト⑤【paper test】 筆試。

ペーパードライバー⑥【⑥ paper+driver】 有駕照但不開車的人。

ペーパーナイフ⑤【paper knife】 裁紙刀，切紙刀。

ペーパーバック④【paperback】 平裝本。

ペーパープラン⑤【paper plan】 紙上計畫，紙上談兵。

ペーブメント①【pavement】 鋪砌，路面，道面。

ベーラム①【bay rum】 貝蘭姆香水。

ベール①【veil】 ①面紗，面罩。②面紗，遮蔽物，掩飾物。「神秘の~をはぐ」揭開神秘的面紗。

ペール①【pail】 桶，提桶。

へおんきごう⓪【へ音記号】 F音符號。

ベガ①【Vega】 織女星。

ペガサス①【英 Pegasus; 希 Pēgasos】 珀伽索斯，飛馬。

へき①【癖】 怪癖，怪脾氣。

へき①【冪·巾】 〔數〕冪，乘方。

へぎいた⓪⓪【折ぎ板】 薄木片，木紙。

へきえき⓪【辟易】 スル ①為難。②辟易，

退避。

へきが⓪【壁画】　壁畫。

へきかん⓪【壁間】　柱間牆面。

へきがん⓪【碧眼】　①碧眼。「～紅毛」紅髮碧眼。②西洋人。

へきぎょく⓪【碧玉】　碧玉。

へきくう⓪【碧空】　碧空。

へきすい⓪【碧水】　碧水。

へきそん⓪【僻村】　僻村。

へきち⓪【僻地】　偏遠之地。

へきとう⓪【劈頭】　劈頭，開頭。「開会～」會議一開頭。

ペキニーズ⓪【Pekinese】　獅子狗。

へきめん⓪⓪【壁面】　牆面。

へきれき⓪【霹靂】　①霹靂。「青天の～」晴天霹靂；青天霹靂。②霹靂。指傳出巨大的聲響。

ペキンげんじん⓪【北京原人】　北京猿人，北京直立人。

ペキンダック⓪【北京一】　北京烤鴨。

へ・ぐ【剝ぐ】（動五）　①剝，削。②減少，削減。

ベクター①【vector】　媒介物，媒介。

ヘクタール③【法 hectare】　公頃。

ペクチン①【pectin】　果膠。

ヘクト①【hecto】　百。

ヘクトパスカル④【hectopascal】　百帕（斯卡）。

ベクトル①【德 Vektor；英 vector】　向量。

ベクレル③【becquerel】　貝克。

ペケ①　①無用，不行。②叉。　↔まる

ヘゲモニー②①【德 Hegemonie】　霸權，領導權。「～をにぎる」掌握領導權。

へこおび⓪【兵児帯】　兵兒帶，抆帶。

へこた・れる④⓪（動下一）　精疲力竭，癱軟。

ベゴニア⓪【拉 Begonia】　秋海棠。

へこま・す④⓪【凹ます】（動五）　①弄癟，弄扁。②說服，折服。

へこ・む⓪⓪【凹む】（動五）　①凹陷，窪陷，癟。②認輸，服輸。③下跌，縮水，虧空。「相場が大分～・んだ」行市大跌。

へさき⓪⓪【舳先】　船頭，船首。↔とも

へしあ・う⓪【圧し合う】（動五）　擁擠，推推攘攘。

へしお・る④⓪⓪【圧し折る】（動五）　折斷，壓斷。「木の枝を～・る」折斷樹枝。「鼻っ柱を～・る」挫其傲氣。

ベジタブル①【vegetable】　蔬菜，青菜。

ベジタリアン③【vegetarian】　素食主義者，吃素的人。

ペシミスティック⑤【pessimistic】（形動）　厭世的，悲觀的，悲觀主義的。「～な考え」悲觀的想法。

ペシミスト③【pessimist】　悲觀主義者，厭世者。↔オプチミスト

ペシミズム③【pessimism】　悲觀主義，厭世主義。

ベシャメルソース⑤【béchamel sauce】　貝夏美醬汁，奶油白色調味汁。

ぺしゃんこ⓪（形動）　壓扁。

ベスト①【best】　①最優異的，最好的，最上。②最善，全力。

ベスト①【vest】　①棉背心，背心，馬甲。②「ベスト判」之略。

ペスト①【德 Pest】　鼠疫。

ベストコンディション⑥【best condition】　最佳身體狀態，最好條件。

ベストセラー④【best seller】　暢銷書。「今月の～」本月的暢銷書。

ベストテン④【best ten】　前10名。

ベストドレッサー⑤【best dresser】　衣服合身的人，會穿衣服的人。

ベストメンバー④【best member】　最佳成員，最佳陣容。

へず・る⓪⓪【剝る】（動五）　①削減。「端を～・る」把頭削掉。②截取，攫取。

ペセタ①【西 peseta】　比薩斜塔。

へそ⓪【臍】　①臍，肚臍。②臍狀凹洞，臍狀突起。「みかんの～」橙臍。③磨臍，榫頭。④核心。「文章に～がない」文章缺乏主題。「～で茶を沸かす」笑破肚皮；捧腹大笑。「～を曲げる」鬧情緒；鬧彆扭。

べそ⓪　要哭的樣子。「～をかく」要哭的樣子。

ペソ①【西 peso】　披索。

へそくり◎【臍繰り】　私房錢，體己錢。

へそく・る◎【臍繰る】（動五）　攢私房錢。

へそのお◎【臍の緒】　臍帶。

へそまがり◎◎◎【臍曲がり】　乖僻，怪僻，古怪。

へた◎【下手】　①笨拙，低劣，拙劣，不擅長。↔上手。②冒失，不慎重，不小心。「～に口を出さない方がいい」不要隨便說。③半途而廢，不徹底。「～な学者より精通している」比半途而廢的學者精通。「～な鉄砲も数打てば当たる」勤能補拙。

下手をすると　弄不好；稍一馬虎的話。

へた◎◎【蔕】　蒂。茄子、柿子等與果實相連的萼。

へた◎◎【臍】　口蓋。「サザエの～を開く」掀開海螺的口蓋。

べた◎　（形動）①滿。②表示「沒有空隙」「完全」「全部」等意。「～惚れ」一心迷戀。「～凪ぎ」一片風平浪靜。

べたいちめん◎【べた一面】　全面。「～の焼け野原」一片被火燒過的原野。

へたくそ◎【下手糞】　差勁。

べたぐみ◎【べた組み】　排滿版。

へだた・る◎【隔たる】（動五）①相隔。「二千キロ～った所」遠隔二千公里的地方。②有差距，有差別。「考え方が～・る」想法不一致。

べたつ・く◎（動五）①發黏，黏上。②親熱，黏人。「人前で～・く」人前親熱。

へだて◎【隔て】　①隔開（物），間壁。「～にびょうぶを置く」放上屏風隔開。②差別，區別。「～なくあつかう」同等對待。③隔閡。「～なくつきあう」不分彼此地來往。

へだ・てる◎【隔てる】（動下一）①隔開，分開。「びょうぶで～・てる」用屏風隔開。②隔。「道路を～・てる」隔著路。③相隔。「30年の歳月を～・てて再会した」隔30年後重相會。

へたば・る◎（動五）　累垮，累趴下。

べたぼめ◎【べた賞め】スル　盛讚，捧上了天。

べたやき◎【べた焼き】　工作樣片，印製工作樣片。

へた・る（動五）　一屁股坐下，累倒。

ペダル◎【pedal】　腳蹬，踏板。

ペタンク②【法 pétanque】　滾球賽。

ペダンチック◎【pedantic】（形動）炫耀學識，賣弄學識。「～な文章」炫耀學識的文章。

へち◎【辺・端】　①邊，端。②水邊。「～をねらう」看好水邊垂釣。

ペチカ◎【俄 pechka】　俄式壁爐。

ペチコート③【petticoat】　內裙，襯裙。

へちま◎【糸瓜・天糸瓜】　①絲瓜。②不中用者，廢物。

へちますい◎【糸瓜水】　絲瓜水。

ぺちゃんこ◎（形動）①壓扁。②被駁倒，啞口無言。「～にやられる」被駁得啞口無言。

ペチュニア◎【petunia】　矮牽牛的別名。

べつ◎【別】　①差異，區別。「男女の～」男女之別。②別的，另外。「それとこれとは～だ」那個和這個不同。「～な物を探す」尋找別的東西。③個別，除外，例外。「彼は～として」他例外。

べつあつらえ◎【別誂え】スル　特別訂做。「～の品」特別訂做的物品。

べついん◎【別院】　別院。

べっかく◎【別格】　破格，別格。「あの人は～だ」那個人很特殊。

べつがく◎【別学】　男女分校學習，男女分班學習。

べっかん◎【別巻】　別卷，附卷，另卷。

べっかん◎【別館】　別館。

べっき◎【別記】スル　別記，附記，附錄。

べつぎ◎【別儀】　①他事。②特殊理由，特殊情況。③別的意義。

べっきょ◎【別居】スル　分居。↔同居

べつぐう◎【別宮】　別宮。↔本宮

べつくち◎【別口】　①另一方面，另一種類。「～に声をかける」向另一方面打招呼。「～の話」另一回事。②另一筆交易，另一筆帳。

べっけい◎【別掲】スル　另載，別刊。

べっけん[0]【別件】　其他事件，別情，另案。

べっけん[0]【瞥見】スル　瞥見。

べつげん[0]【別言】スル　換句話說，換言。「~すれば」換言之。

べっけんたいほ[5]【別件逮捕】　另案逮捕。

べっこ[0]【別個・別箇】　①另一個。「~の問題」另一個問題。②分別開，個別。「~にあつかう」個別處理。

べっこう[0]【別項】　另款，別款，另項。

べっこう[0]【鼈甲】　玳瑁，玳瑁角質板。

べっさつ[0]【別冊】　別冊，附刊。

ペッサリー[1]【pessary】　子宮托，子宮帽，陰道栓劑。

ヘッジ[1]【hedge】スル　套頭交易，套期保值。

べっし[0]【別紙】　另紙，附頁，附件。

べっし[1]【蔑視】スル　蔑視，輕視，藐視，歧視。

べつじ[1]【別事】　①別的事情，其他的事情。②特別的事情。「~なく暮らす」平靜度日。

べつじ[0]【別辞】　送別辭。

べっして[0]【別して】（副）　尤其，特別。「~親しくおつきあい願います」懇請友好相處。

べっしゅ[0]【別種】　另一種。

べっしょう[0]【別称】　別稱，別名。

べっしょう[0]【蔑称】　蔑稱。

べつじょう[0]【別条】　意外變化，變故。「~なく過ごす」平安度日。

べつじょう[0]【別状】　其他症狀，毛病，異狀。「命に~はない」生命沒有危險。

べつじん[0]【別人】　別人，另一個人。「賭け事となると~のようになる」一旦參與賭博就會變得像另一個人。

べつずり[0]【別刷り】　①另外印刷，另冊。②選印，單行本。

べっせい[0]【別製】　特製，特製品。

べっせい[0]【別姓】　①別姓。別的姓。②夫妻不同姓。→夫婦別姓

べっせかい[3]【別世界】　不同環境，另一世界。

べっせき[0]【別席】　別席，雅座。

べっそう[3]【別荘】　別墅，園林住宅。

べっそう[0]【別送】スル　另寄，另送。「代金は~します」貨款另寄。

べったく[0]【別宅】　別宅，另一宅。

へったくれ[0]　沒什麼價值，真沒用。「規則も~もあるか」規則還有用嗎!

べつだて[0]【別建て】　分別處理。「~の料金」分別處理的費用。

べったらづけ[0]【べったら漬け】　醃鹹蘿蔔。

べつだん[0]【別段】　①特殊，另外的。「~の取り扱い」特殊待遇。②（副）特別，尤其。「~変わったことはない」並沒有什麼特別之處。

へっちゃら[0]（形動）　滿不在乎。

べっちょう[0]【別丁】　插頁，插圖，附冊，附表，附圖。

ベッチン[0]【別珍】　棉絨，平絨，緯絨。

へっつい[0]【竈】　灶，爐灶。

べってい[0]【別邸】　別邸，別宅。

ヘッディング[0][1]【heading】　①頭球，頭槌。「~シュート」頭槌射門。②（報紙、文件等的）標題，題目。

ペッティング[0]【petting】　性愛撫。

ヘット[1]【荷 vet】　牛油。

ヘッド[1]【head】　①頭，頭部。②（東西的）頭部。「ゴルフ-クラブの~」高爾夫球桿的桿頭。③首領。④磁頭。

べっと[0][1]【別途】　別途，另外，另行。「交通費は~支給する」交通費將另行支付。「それについては~に考える」對此將另行考慮。

ベッド[1]【bed】　①床，床鋪。②底盤。

ペット[1]【pet】　①寵物，玩賞動物。②寵兒，寶貝兒。

ベッドイン[4]【bed-in】　①靜臥街頭示威，露宿街頭示威。②上床。（日本的用法）指男女發生性行爲。

べつどうたい[0]【別動隊・別働隊】　別動隊。

ヘッドギア[4]【headgear】　頭盔，拳擊護頭。

ベッドシーン[4]【[和] bed+scene】　床上鏡頭。

ヘッドスライディング[5]【head sliding】スル

前撲滑壘，魚躍式滑壘。

ベッドタウン⓪【⑥ bed+town】 城郊住宅區，市郊住宅區。

ペットネーム⓪【pet name】 暱稱，愛稱。

ヘッドハンター⓪【headhunter】 獵人頭公司，挖角者。

ヘッドハンティング⓪【head hunting】 ①物色人才，拉人才。②獵人頭。

ペットフード⓪【pet food】 寵物食品。

ペットボトル④【PET bottle】 寶特瓶。

ヘッドホン⓪【headphone】 頭戴式受話器，耳機。

ベッドメーキング⑥【bedmaking】 整理床鋪，整理寢具。

ヘッドライト④【headlight】 前照燈。

ヘッドライン④【headline】 （報紙、雜誌等的）標題。

ペットロス③【pet loss】 喪失寵物症候群。

ヘッドワーク④【headwork】 腦力勞動。

べつに⓪①【別に】（副）值得一提，特別。「～用事はない」並無他事。

べつのう⓪【別納】ㇲㇽ 另納。另外交納費用或物品等。

べっぱ⓪【別派】 別派。

ペッパー①【pepper】 胡椒。

べっぴょう⓪【別表】 附表，另表。

へっぴりごし④【屁っ放り腰】 ①欠身哈腰。「～で球を受ける」彎腰地接球。②坐立不定，搖擺不定沒自信。

べつびん⓪【別便】 ①另寄郵件，另函。②另一運輸工具。「荷物は～で送る」行李用其他運輸工具運送。

べっぴん⓪【別品】 特製品，精品。

べっぴん⓪【別嬪】 美女，別嬪。

べっぷう⓪【別封】ㇲㇽ ①另封，單封，分別封上。②另函，另一信封。

べつべつ⓪【別別】 分別，個別。「～に帰る」個別返回。

べっぽう⓪【別法】 別法。

べっぽう⓪【別報】 另行告知。

へっぽこ⓪ 庸才，大笨蛋。

べつま⓪【別間】 另一間。

べつむね⓪【別棟】 另一棟（房子）。

べつめい⓪【別名】 別名，別稱。

べつめい⓪【別命】 另命，特命。「～を帯びる」負有特命。

べつもの⓪【別物】 ①別物。②特殊人，特殊物。

べつもんだい③【別問題】 另一問題，另一回事。

べつよう⓪【別様】 別樣。「～の見方をする」持不同的見解。

へつら・う③【諂う】（動五） 阿諛，諂媚，拍馬，奉承。「上役に～・う」奉承上司。

べつり①【別離】ㇲㇽ 離別，別離。

べつわく⓪【別枠】 另設，特設，特別框架。「～の予算」特別預算。

ペディキュア⓪【pedicure】 趾甲化妝，修腳。

ペティナイフ③【⑥法 petit＋英 knife】 小菜刀，削皮刀。

ベテラン⓪【veteran】 行家，老資格，老手，老將。

ヘテロ①【hetero】 異型接合體的略稱。↔ホモ

ぺてん⓪ 欺騙，詐騙。

へど⓪【反吐】 嘔吐，嘔吐物。

べとつ・く③①③（動五） 黏，黏住，發黏。

へとへと⓪（形動） 筋疲力盡，精疲力竭，疲憊不堪。

へどろ⓪ ①沉積泥。②污泥。

ベトン①【法 béton】 混凝土。

へなちょこ⓪【埴猪口】 廢物，笨蛋。「～野郎」廢物一個。

ペナルティー①【penalty】 ①罰則。「～キック」罰球。②罰金。

ペナルティーエリア⑥【penalty area】 罰球區。

ペナルティーキック⑥【penalty kick】 罰球，罰踢。

ペナルティーゴール⑥【penalty goal】 罰踢得分。

ペナント①①【pennant】 ①細長三角旗。②優勝旗，錦旗。「～を手にする」手持錦旗。

ペナントレース⑤【pennant race】 棒球錦

標賽。

べに[1]【紅】 ①紅花色素，胭脂紅。②紅色，鮮紅色。「～の緒」紅帶子。③口紅，胭脂。「～をさす」抹口紅。「ほお～」胭脂。

ペニー[1]【penny】 便士。

べにいろ[0]【紅色】 紅色，胭脂色。略帶點紫色的鮮紅，以前用紅花染成。

べにかね[2]【紅鉄漿】 紅鐵漿。

べにざけ[3]【紅鮭】 紅鮭魚。

べにさしゆび[4]【紅差し指】 無名指，第四指。

べにしょうが[3]【紅生姜・紅生薑】 紅薑。

ペニシリン[0]【penicillin】 青黴素，盤尼西林。

ペニス[1]【拉 penis】 陰莖。

べにすずめ[3]【紅雀】 紅梅花雀。

べにばな[0][2]【紅花】 紅花。

べにます[0][2]【紅鱒】 紅鱒。紅鮭的別名。

ベニヤいた[4][3]【一板】 膠合板。

ベネフィット[1]【benefit】 ①利益，恩惠，好處。②義演。「～コンサート」義演音樂會。「～マッチ」義賽。

ベネルクス[3]【Benelux】 比荷盧。比利時、荷蘭、盧森堡 3 國的合稱。

へのかっぱ[1]【屁の河童】 無關緊要，易如反掌。

ペパーミント[4]【peppermint】 ①薄荷。②薄荷酒。

へばりつ・く[4][2]（動五） ①緊貼，緊挨。「岩壁に～・く」附著在岩壁上。②黏上，貼上。

へび[1]【蛇】 蛇。「～ににらまれた蛙」被蛇盯上的青蛙。

ヘビー[1]【heavy】 ①激烈的，嚴重的。「～トレーニング」強化訓練。②加足馬力，努力。「ラスト～をかける」做最後努力；做最後衝刺。③重，激烈。「～サウンド」重音。

ベビー[1]【baby】 嬰兒。

ベビーカー[2]【[和] baby+car】 嬰兒車。

ベビーサークル[4]【[和] baby+circle】 嬰兒圍欄。

ベビーシッター[4]【baby-sitter】 臨時照顧小孩者，臨時保姆。

ベビーパウダー[4]【[和] baby+powder】 嬰兒爽身粉。

ベビーフェース[4]【baby face】 童顔。

ペプシン[1]【pepsin】 胃蛋白酶。

ヘブライ[1]【希 hebraios】 希伯來。

へべれけ[0]（形動） 酩酊大醉，爛醉如泥。

へぼ[1] ①拙劣，拙人。②歪瓜，癟果。「～きゅうり」歪扭黃瓜。

へま[1] 錯事，不漂亮的事。「～をする」做錯事。

ヘム[1]【hem】 折邊，貼邊，邊飾。

ヘモグロビン[4]【hemoglobin】 血紅蛋白。

へや[2]【部屋】 房間，屋子。

へやずみ[0]【部屋住み】 住部屋，住一室。在日本舊時指尚未繼承家督的嫡男。「～の身」住一室之身。

へやわり[0]【部屋割り】スル 分配房間。

へら[2][1]【篦】 小片，刮鏟，刮刀。

べら[0]【遍羅・倍良】 隆頭魚。

ぺら[1] ①一頁 200 字稿紙的俗稱。②單頁，一頁（兩面）。

へら・す[3][0]【減らす】（動五） 減少，削減，精減。↔ふやす

へらずぐち[0][3]【減らず口】 嘴硬，不認輸。「～をたたく」死不認輸。「～をきく」鬥嘴。

へらぶな[0]【篦鮒】 高身鯽的異名。

べらぼう[0]【篦棒】 ①混蛋，傻瓜。②不合理，不像話。「～な値段」不合理的價格。③非常，很。「～にうまい」好極了。好吃極了。

ベランダ[0]【veranda】 遊廊，走廊，陽臺。

べらんめえ[4] ①混蛋，混帳東西。②東京人，江戶人。

べらんめえくちょう[6]【べらんめえ口調】 江戶腔。

へり[2]【縁】 ①邊，緣。「机の～」桌子邊。②「～をとる」鑲邊。

ヘリ[1] 直升機。「大型～」大型直升機。

ベリーダンス[4]【belly dance】 肚皮舞。

ベリーロール[4]【belly roll】　腹滾式跳高。

ヘリウム[2]【德 Helium】　氦。

ヘリオスコープ[5]【helioscope】　①太陽觀測鏡，太陽目視鏡。②單色太陽光觀測鏡。

ペリカン[0]【pelican】　鵜鶘。

へりくだ・る[4][5][0]【遜る・謙る】（動五）　遜，謙，謙抑，謙恭。

へりくつ[2]【屁理屈】　歪理，謬論，狗屁理由。「~をつける」強詞奪理。

ヘリコプター[3]【helicopter】　直升機，直升飛機。

ペリスコープ[0]【periscope】　潛望鏡。

ヘリポート[3]【heliport】　直升機機場。

ベリリウム[3]【beryllium】　鈹。

ヘリンボーン[3]【herringbone】　①人字形圖案。②海力蒙，人字呢。

へ・る[0]【減る】（動五）　①減，減少。↔増える・増す。「交通事故が~・る」交通事故減少了。②餓，空肚子。「腹が~・る」肚子餓。③（下接否定語）畏怯，服軟。「口の~・らないやつ」嘴不饒人的傢伙。

へる[1]【経る】（動下一）　①經，經由，經過。②經過。時間消逝。「就職して一年を~・る」已經工作一年了。③經歷。「数多の困難を~・る」經歷了各種困難。

ヘル[1]【hell】　地獄，陰間。

ベル[1]【bell】　①電鈴，呼叫鈴。②車鈴。③〔教會等的〕鐘。「ウエディング~」婚禮鳴鐘。④鐘琴，顫音琴。

ベルエポック[3]【法 belle époque】　美好時期。

ベルカント[3]【義 bel canto】　美聲唱法。

ベルサイユ[3]【Versailles】　凡爾賽。

ベルサイユきゅうでん[6]【一宮殿】　凡爾賽宮。

ペルシア[1]【Persia】　波斯。

ペルシアねこ[4]【一猫】　波斯貓。

ヘルシー[1]【healthy】（形動）　健康的，健壯的。「~な生活」健康的生活。

ヘルス[1]【health】　健康。

ヘルスケア[4]【health care】　健康管理。

ヘルスセンター[4]【[和] health+center】　休養中心，育樂中心，娛樂中心。

ヘルスメーター[4]【[和]health+meter】　家庭用小型體重計。

ペルソナ[0][2]【拉 persona】　①人格，人物。②（美術中指）人體，人體像。③假面具，偽裝。

ヘルツ[1]【hertz】　赫，赫茲。

ベルト[0]【belt】　①腰帶。②帶，地帶。「グリーン~」城郊綠化帶。③傳動帶，皮帶。

ベルトコンベヤー[6]【belt conveyer】　輸送帶，帶式輸送機。

ヘルニア[0]【拉 hernia】　疝氣。

ヘルパー[1]【helper】　幫手，助手。

ヘルプ[1]【help】　救助，援助，幫助。

ヘルペス[1]【herpes】　小水皰，皰疹。

ベルベット[3]【velvet】　經絨，立絨，絲絨。

ベルボーイ[3]【bellboy】　行李員。

ベルボトム[3]【bell bottoms】　喇叭褲。

ベルマーク[3]【[和]bell+mark】　鐘形標記。

ヘルメット[3]【helmet】　①頭盔，鋼盔，安全帽，防護帽。②軟木遮陽帽。

ベルモット[3]【法 vermouth】　苦艾酒。

ベレー[1]【法 béret】　貝雷帽。

ペレット[2]【pellet】　①小丸，小藥丸。②彈丸，子彈。

ヘレニズム[3]【Hellenism】　①希臘主義，希臘精神。②希臘化文化，古希臘文化。

ベロア[1]【法 velours】　長毛絨，長絲絨，棉絨。

ヘロイン[2]【德 Heroin】　海洛因。

ベロどくそ[3]【一毒素】　〔Vero toxin〕大腸桿菌毒素。

へん[0]【辺】　①附近，一帶，邊。「あの~は静かだ」那一帶很安靜。②類。「その~の事情は複雑だ」那一類事情很複雜。③表示大致程度和範圍等。「成績は、まあその~だ」成績還說得過去。

へん[1]【変】　[1]①變，事變。「本能寺の~」本能寺之變。②降半音，降半音符號。↔嬰(えい)。[2]（形動）①奇怪，古怪，異常，反常。「様子が~だ」情形可疑。

②可疑的。「～なく」舉止怪異的人。③意想不到的。「話は～な方向に発展していった」事情向意想不到的方向發展。

へん⓪【偏】　偏。漢字組成部分的名稱。←旁ぼう

へん⓪【編・篇】　［１］①篇。「3～に分かれた小説」分為 3 篇的小說。②編輯，編纂。［２］（接尾）①篇。「詩 二～」詩二首。②篇。書籍所分部分數目或順序。「第3～」第3篇。

へん⓪【遍・返】（接尾）　遍，回數，次數。「10～も繰り返す」重複 10 遍。

べん⓪【弁（瓣）】　①瓣。花瓣。「5～の椿」5 瓣的山茶花。②閥。

べん⓪【便】　①方便，便利。「交通の～がよい」交通方便。②大小便。

ペン①【pen】　①墨水筆。②筆。鋼筆、原子筆等筆記用具的總稱。「ボール～」原子筆。③寫作。「～の力」寫作能力。「～を折る」投筆；停筆。「～は剣よりも強し」筆勝於劍；文治勝於武攻。

へんあい⓪【偏愛】スル　偏愛。

へんあつ⓪【変圧】スル　變壓。

へんあつき⓪【変圧器】　變壓器。

へんい⓪【変位】スル　①變位，移位。②〔物〕〔displacement〕位移。

へんい①【変異】スル　①變異，變故。「天地の～」天地的變異。②變異。

へんい①【変移】スル　變移，變遷。「情勢の～」形勢的變化推移。

べんい①【便意】　便意。「～を催す」想大便。

へんうん⓪【片雲】　片雲。

へんえい⓪【片影】　片影，（人物）一側面。

べんえき⓪【便益】　方便。「～をはかる」圖個方便。

へんおんどうぶつ⓪【変温動物】　變溫動物。←恒温こうおん動物

へんか①【返歌】　返歌，和詩，答詩。

へんか①【変化】スル　①變化。②（詞尾的）變化。

ペンが⓪【一画】　鋼筆畫。

べんかい①【弁解】スル　辯解。

へんかきごう⓪【変化記号】　變音符號，變音記號。

へんかきゅう⓪【変化球】　變化球。←直球

へんかく⓪【変革】スル　變革。

へんかく⓪【変格】　①變格，變則。②變格。「變格活用」的簡稱。

へんがく⓪【扁額】　匾額，橫匾。

べんがく⓪【勉学】スル　勤學，用功。

へんかくかつよう⓪【変格活用】　變格活用，不規則變化。

へんかん⓪【返還】スル　返還，歸還，退還。

へんかん⓪【変換】スル　①變換，轉化。②〔數〕〔transformation〕變換，轉換。

べんき①【便器】　尿盆，馬桶，便器。

べんぎ①【便宜】　①便宜。②權宜，權變，方便。「～をはかる」圖方便。「検索の～上」為了檢索的方便。

ペンキ⓪【荷 pek】　油漆，線料，色漆。「～塗りたて」剛塗好油漆。「～を塗る」塗油漆。「～屋」油漆店。

へんきごう⓪【変記号】　降號，降音符，降半音符號。←嬰 えい記号

へんきゃく⓪【返却】スル　返還，歸還，退還，償還。

へんきゅう⓪【返球】　回傳球。

へんきょう⓪【辺境・辺疆】　邊境，邊疆。

へんきょう⓪【偏狭】　①（心胸）狹窄，偏狹。「～な性格」偏狹的性格。②狹小，土地狹窄。「～な国土」狹小的國土。

べんきょう⓪【勉強】スル　①用功。②學習經驗。「何事も～だ」任何事都是學習。③賤賣，廉價。

へんきょく⓪【編曲】スル　編曲。

へんきん⓪【返金】スル　還錢，還款，還帳。「月末までに～する」月底前還錢。

ペンギン⓪【penguin】　企鵝。

へんくつ⓪【偏屈】　乖僻，古怪。「～な人」古怪的人。

ペンクラブ③【P.E.N. Club】　「国際ペンクラブ」、「日本ペンクラブ」的簡稱。

へんげ①【変化】スル　①妖怪，鬼怪，妖精。「妖怪～」妖魔鬼怪。②變化。神佛

變成人等形象現身。

へんけい◎【変形】スル　變形。

べんけい①【弁慶】　弁慶。「～の立ち往生」進退維谷。

べんけいじま◎【弁慶縞】　弁慶雙色大方格花紋。

へんけいどうぶつ◎【扁形動物】　扁形動物。

へんけん◎【偏見】　偏見。「～を持つ」持有偏見。

へんげん◎①【片言】　片語。一言。

へんげん◎【変幻】スル　變幻。「～出没」神出鬼沒。

べんご①【弁護】スル　辯護，辯解。

へんこう◎【変更】スル　變更，變動。

へんこう◎【偏光】　偏光。

へんこう◎【偏向】スル　偏向。「政治的の～」政治上的偏向。

へんこうせい◎【変光星】　變星，變光星。

べんごし①【弁護士】　律師。

べんごにん◎【弁護人】　辯護人。

へんさ①【偏差】　①偏差。②〔數〕偏差。

べんざ◎【便座】　（抽水）馬桶座。

へんさい◎【辺際】　邊際。

へんさい◎【返済】スル　還，償還。「ローンの～」還清貸款。

へんざい◎【偏在】　不均。

へんざい◎【遍在】スル　遍布。

べんさい◎【弁才】　辯才，口才。

べんさい◎【弁済】スル　①清償，償還。②〔法〕清償。

べんざいてん◎【弁才天・弁財天】〔佛〕婆羅室伐底，弁才天女。

ペンさき◎【一先】　鋼筆尖，鋼筆頭。

へんさち◎【偏差値】　偏差值，標準分數。

へんさん◎【編纂】スル　編纂。「書物を～する」編寫書。

へんし①【変死】スル　橫死。「～する」死於非命。

へんじ③【返事・返辞】スル　①答應，回答，回話，回覆。②回覆，回信，回函。

べんし①【弁士】　①辯士，好口才。②演講者，演說者。③無聲電影解說員。

へんしつ◎【変質】スル　①變質。②變態，性格異常。「～者」心理變態的人。

へんしゃ◎【編者】　編者，編輯。「辞典の～」辭典的編者。

へんしゅ◎【変種】　變種。

へんしゅう◎【偏執】スル　偏執，固執。

へんしゅう◎【編修】スル　編修。「国史の～」編修國史。

へんしゅう◎【編集・編輯】スル　編輯。「雑誌を～する」編輯雜誌。

へんじゅつ◎【編述】スル　編述。

へんしょ①【返書】　回信，覆信。

べんじょ①【便所】　廁所，便所。

へんしょう◎【返照】スル　反（返）照，夕照，夕陽。

へんじょう◎【返上】スル　①奉還。「辞典を～する」奉還辭典。②退還，不接受。「汚名～」洗刷壞名聲；昭雪。「その役目は～したい」不願意接受此任務。

べんしょう◎【弁証】スル　辯證。

べんしょう◎【弁償】スル　賠償。

べんしょうほう◎【弁証法】〔希 dialekti-kē；德 Dialektik〕辯證法。

べんしょうほうてきゆいぶつろん③【弁証法的唯物論】〔德 dialektischer Materialismus〕辯證唯物主義。

へんしょく◎【変色】スル　變色，褪色，改色，改變顏色。

へんしょく◎【偏食】スル　偏食。

ペンション◎【pension】　民宿公寓。

へん・じる◎【変じる】（動上一）①變，變化。「水が水蒸気に～・じる」水變成水蒸氣。②改變，變更。「出発時間を～・じる」變更出發時間。

べん・じる◎【弁（辨）じる】（動上一）①辨，分辨。「黒白を～・じる」不辨黑白。②辦完，辦理，解決。「用を～・じる」辦完事情。

べん・じる◎【弁（辯）じる】（動上一）①辯明，申述，辯論。「滔々と～・じる」滔滔不絕地發表意見。②申辯。「友人のために～・じる」為朋友申辯。

べん・じる⓪【便じる】（動上一）　有用。「用を～・じる」有用。

ペンシル①【pencil】　鉛筆。

へんしん⓪【返信】　回信，回電。↔往信

へんしん⓪①【変心】スル　變心，改主意。

へんしん⓪【変身】スル　改變裝束，化裝，變身。「俳優に～する」變成了個演員。

へんしん⓪【変針】　改變航向。

へんじん⓪①【変人・偏人】　怪人。

ペンス①【pence】　便士。penny的複數形式。

へんすう③【変数】　變數，變數。↔定数

へんずつう③【片頭痛・偏頭痛】　偏頭痛。

へん・する③【偏する】（動サ變）　偏，偏向，偏重。

へん・ずる⓪【変ずる】（動サ變）　變化，改變，變更。

べん・ずる⓪【弁（辯・辨）ずる】（動サ變）　辯論，辨明。

へんせい⓪【変成】　轉化，變質。物質系統的相發生變化。

へんせい⓪【変性】スル　變性。

へんせい⓪【編成】スル　編成，編組，編造。「8両～の電車」8 輛編組的電車。「予算を～する」編製預算。

へんせい⓪【編制】スル　編制。「戦時～」戰時編制。

へんせいがん⓪【変成岩】　變質岩。

へんせいき⓪【変声期】　變聲期。

へんせいふう③【偏西風】　偏西風。

へんせつ⓪【変節】スル　變節，叛變。

へんせん⓪【変遷】スル　變遷。

ベンゼン⓪【benzene】　苯。

へんそう⓪【返送】スル　送回，退回，寄回。

へんそう⓪【変装】スル　改扮，化裝，喬裝。

へんぞう⓪【変造】スル　變造，篡改。「～紙幣」變造貨幣。

へんそうきょく③【変奏曲】　變奏曲。

へんそく⓪【変則】　不合規則，不正規，不規範。

へんそく⓪【変速】　變速。

ベンダー①【vendor; vender】　①自動販賣機。②賣主，經銷店。

へんたい⓪【変体】　變體，變形。

へんたい⓪【変態】スル　①變態。②「変態性慾」的簡稱。

へんたい⓪【編隊】　編隊。「～飛行」編隊飛行。

へんたいがな⓪【変体仮名】　變體假名。

へんたいせいよく【変態性慾】　性態，性慾異常。

ペンだこ⓪③【一胼胝】　筆繭。

ペンタゴン⓪【Pentagon】　五角大廈。

べんたつ⓪【鞭撻】スル　①鞭撻，鞭打。②鞭策，激勵。「御～を賜わりますよう」請多鞭策。

ペンダント①【pendant】　①墜，耳墜，有墜項鍊。②吊燈，懸飾燈。

へんち①【辺地】　邊地，偏僻地方。

ベンチ①【bench】　①長板凳，長椅。②替補隊員席，領隊席，教練席。

ペンチ①　〔源自 pinchers〕鐵鉗，鉗子。

ベンチウォーマー⑤【bench warmer】　候補隊員，候補選手。

ベンチシート④【bench seat】　長條型座椅，長排椅。

ベンチプレス④【bench press】　臥推。

ベンチマーク④【benchmark】　①基準指標。②基準點。

ベンチャーキャピタル⑤【venture capital】　創業投資，風險投資。→ベンチャー-ビジネス

ベンチャービジネス⑤【venture business】　風險企業，冒險企業，投機企業。

べんちゅう⓪【鞭虫】　鞭蟲。

へんちょ①【編著】　編著。

へんちょう⓪【変調】スル　①變調，失常。「エンジンに～を来す」導致發動機聲音失常。②不正常。③轉調，換調。

へんちょう⓪【偏重】スル　偏重。「学歴～の傾向がある」有偏重學歷的傾向。

ベンチレーション④【ventilation】　通風，換氣。

ベンツ①【vent】　衣叉。

へんつう⓪【変通】スル　變通，隨機應變。「～自在」見機行事。

べんつう◎【便通】 通便。

ペンテコステ④【希 pentēkostē】 ①五旬節。猶太教三大節日之一。②（基督教的）聖靈降臨節。

へんてつ◎【変哲】 出奇，奇特。「～もない」毫不出奇，不值一提，司空見慣。

へんてん◎【変転】スル 轉變，轉化。

へんでん◎【返電】 回電，覆電。

べんてん◎【弁天】 ①「弁天才」的簡稱。②（轉）美人。「～娘」美女。

へんでんしょ◎【変電所】 變電所，變電站。

へんとう◎【返答】スル 回答，回話。

へんどう◎【変動】スル 變動，改變。

べんとう◎【弁当】 便當。

へんとうせん◎【扁桃腺】 扁桃腺。扁桃腺炎。「～にかかる」患扁桃腺炎。

へんどうそうばせい◎【変動相場制】〔「変動為替相場制」之略〕浮動匯率制。↔固定相場制

ペントハウス④【penthouse】 ①（豪華的）頂層公寓。②屋頂房間。

へんにゅう◎【編入】スル 編入，插入。「～試験」插班考試。「二年生に～された」被編入二年級。

ペンネ①【義 penne】 管麵，空心麵。

ペンネーム④【pen name】 筆名。

へんねんし◎【編年史】 編年史。

へんねんたい◎【編年体】 編年體。

へんのう◎【返納】スル 歸還，歸位，放回原位。

へんのうゆ◎【片脳油】 樟腦油。

へんぱ◎【偏頗】 偏頗，偏向。

へんぱい◎【返杯・返盃】スル 還杯，回敬酒。

べんぱつ◎【弁髪・辮髪】 髮辮，辮子。

へんぴ◎【辺鄙】 偏僻。

べんぴ◎【便秘】スル 便秘。

へんぴん◎【返品】スル 退貨。「～の山」退貨堆積如山。

へんぷ◎【返付】スル 發還，歸還，交還。

へんぷく◎【辺幅】 ①邊幅，衣著打扮。「～を飾る」愛打扮。②邊幅。

ペンフレンド④【pen friend】 筆友。

へんぺい◎【扁平】 扁平。「～な顔」扁平的臉。

べんべつ◎①【弁別】スル 辨別。

ベンベルグ③【德 Bemberg】 彭帛。銅銨人造絲的商標名。

へんぺん◎【片片】（タル）①片片，片斷。「～たる雲」片片浮雲。②紛紛，片片。「桃の花が～として散り乱れる」桃花紛紛零落。③不足取，微不足道。

べんべん◎【便便】（タル）①虛度。「～と時を過ごす」虛度時光。②便便，肥胖。「～たる腹」大腹便便。

ぺんぺんぐさ④【ぺんぺん草】 薺，薺菜。

へんぼう◎【変貌】スル 改變面貌，改觀，變樣。

へんぼう◎【偏旁・偏傍】 偏旁。

へんぽう◎【返報】スル ①報復，報仇。②報答，報恩。③回稟，回信。

べんぽう◎【便法】 ①便法，捷徑。②權宜之計。「～を講ずる」採取權宜之計。

ペンホルダー③【penholder】 ①鋼筆桿。②直握拍（法）。

へんぽん◎【返本】スル 退書。

へんぽん◎【翻翻】（タル）翻翻。「国旗が空に～とひるがえる」國旗在空中飄揚。

べんまく①【弁膜】 瓣膜。

ペンマンシップ④【penmanship】 習字，習字帖。

へんむ①【片務】 單務，單方義務。↔双務

べんむかん③【弁務官】 高級專員，特派員。

へんめい◎【変名】スル 化名，假名字。

べんめい◎【弁明】スル ①辯白，辯明。②闡明，辯明。

べんもう◎【鞭毛】 鞭毛。

へんもく◎【編目・篇目】 篇目。

へんよう◎【変容】スル 變樣，改觀，演變。

ペンライト③【penlight】 鋼筆形小手電筒。

べんらん◎【便覧】 便覽，手冊。「大学～」大學簡介。

べんり◎【弁理】スル　判斷、處理事務。

べんり◎【便利】　方便，便利。「この都市は交通が～だ」這個城市交通方便。「この品は～にできている」這個東西用起來很方便。

べんりし◎【弁理士】　代理人，專利代理人。

べんりや◎【便利屋】　便民家，樂於助人者，家政服務業者，便民服務業者。

へんりん◎【片鱗】　①片鱗。一片鱗。②一鱗半爪，一斑，片鱗。「～を示す」顯示出一鱗半爪。

ヘンルーダ◎【荷 wijnruit】　芸香。

へんれい◎【返礼】スル　還禮，回禮，答禮。

へんれい◎【返戻】スル　歸還，退還。

べんれい◎【勉励】スル　勤勉，勤奮，發奮。「刻苦～」刻苦勤奮。

べんれいたい◎【駢儷体】　四六駢儷體。

へんれき◎【遍歴】スル　①遍歷，周遊，漫遊。「欧米の諸国を～する」周遊歐美各國。②遍歷，經歷，體驗。「不遇の～を語る」敘述坎坷的經歷。

へんろ◎【遍路】　遍路朝聖（者），巡禮者。「お～さん」遍路朝聖者。

ほ

ほ□【ホ】　E音。西洋音樂音名。

ほ□□【帆】　帆。

ほ□【穗】　①穗。②（物的）尖端。「筆の～」筆尖。「槍の～先」矛頭；槍刺。③插穗，接穗。

ほ□【步】　①步行，步伐。「～を進める」邁步。②（接尾）步。表示行走時邁步的次數。「二～步く」走兩步。

ほあん□【保安】　保安。「～裝置」保安裝置。「～方」日本自衛隊統帥部舊稱。

ほあんかん□【保安官】　治安官。

ほあんりん□【保安林】　保安林，禁伐林。

ほい□【補遺】　補遺。

ぽ・い□（接尾）　表示帶有某種傾向狀態的意思。「あきっ～・い」沒定性的。「忘れっ～・い」健忘的（人）。「子供っ～・い」孩子氣。

ホイール□【wheel】　車輪。「フライ-～」飛輪；慣性輪。

ホイールキャップ□【wheel cap】　輪轂蓋，車輪罩。

ホイールベース□【wheelbase】　軸距。

ほいく□【保育】スル　①保護培育。②保育。

ほいくえん□【保育園】　保育園。

ほいくき□【保育器】　育嬰箱，保溫箱。

ほいくし□【保育士】　保育士。

ほいくしょ□【保育所】　育幼院，保育所。

ボイコット□【boycott】スル　聯合抵制。

ボイス□【voice】　聲，聲音。

ホイスト□【hoist】　吊車，升降機。

ボイスレコーダー□【voice recorder】　座艙通話記錄器，黑盒子。

ホイッスル□【whistle】　哨子，鳴笛。

ホイップ□【whip】スル　攪拌。

ボイラー□【boiler】　①鍋爐。②蒸汽鍋。

ホイル□【foil】　箔。

ボイル□【boil】スル　煮沸，燒開。

ボイル□【voile】　巴里紗，華爾紗。

ボイルド□【boiled】　煮沸的，燒開的。「～-エッグ」水煮蛋。

ぼいん□【母音】　母音。↔子音

ぼいん□【拇印】　拇指印。

ポインセチア□【拉 Poinsettia】　聖誕紅。

ポインター□□【pointer】　①波音達獵犬。②指示符，指標。③指示字，指標。指出相關訊息儲存位置的訊息。

ポイント□□【point】　①點，地點。②要點。「～をつかむ」抓重點。③得分，分數。④（鐵路的）轉轍器。⑤小數點，逗點。⑥點，百分點。「0.5～アップ」上升 0.5 個百分點。

ポイントゲッター□【point getter】　得分高手，最佳得分隊員。

ほう□【方】　①方，面。方向，方位。「鳥が西の～へ飛んで行った」鳥飛到西邊去了。②方面，部門。「学校の～」校方。③方面。「私より彼女の～が上手だ」她比我更拿手。「北方より南方の～が好きだ」比起北方，我更喜歡南方。④類。「彼は親切な～だ」他屬於親切的人。⑤方法，手段。「連絡する～がない」無法聯絡。⑥正方，方形，平方。「～3 センチの印」3 公分正方的印章。⑦藥方，處方。「漢～」漢方。

ほう□【法】　①規則，法則。「～にかなった振る舞い」合乎規矩的舉止。②法律。「～を犯す」犯法。③做法，辦法，方法。「友達を納得させる～がたたない」沒有說服朋友的方法。

ほう□【苞】　苞葉。

ほう□【砲】　砲。

ほう□【報】　通知，報知。「死去の～」去世的通知。

ぼう□【亡】　死亡。「～父」亡父。

ぼう□【坊】　①坊。僧侶的住所，轉意為僧侶。「僧～」僧坊。「お～さん」和尚。②對小男孩的暱稱。「～や」寶寶；

小弟弟。②（接尾）①接在人名後，表示親密或輕微嘲笑的意思。「お春～」小阿春。②…之人。「朝寝～」愛睡懶覺的人。

ぼう◎【房】 小房間，（宮廷中的）獨立房間。

ぼう◎【某】 某。「～学生」某個學生。

ぼう【帽】 帽子。「ベレー～」貝雷帽。

ぼう◎【棒】 ①棒，棍子。「犬を～でひっぱたく」用棒子狠狠打狗。「～に振る」白費。②直線。③僵直。「足が～になる」累得雙腿僵硬（成棒子了）。④一直。「～読み」（日本人以日語音讀）直接讀（漢文）。

ぼう◎【暮雨】 暮雨。傍晚下的雨。

ぼうあく◎【暴悪】 ①蠻橫，橫暴。②殘暴。

ぼうあげ◎【棒上げ】 スル 直線上升。

ぼうあつ◎【暴圧】 スル 暴力壓制。

ほうあん◎【法案】 法案。

ほうい【方位】 ①方位。②方位吉凶。

ほうい【包囲】 スル 包圍。「城を～する」圍城。「～討伐」圍剿。

ぼうい◎【暴威】 淫威。「～をふるう」發威。

ほういがく◎【法医学】 法醫學。

ほういつ◎【放逸】 放縱，放逸。

ほういん◎【法印】 〔佛〕①法印。②法印。僧位的最高位。

ぼういん◎【暴飲】 スル 暴飲。

ほうえ◎【法会】 〔佛〕法會。

ほうえ◎【法衣】 法衣，僧衣。

ほうえい【放映】 スル 放映，播映。

ぼうえい【防衛】 スル 防衛。

ぼうえいだいがっこう【防衛大学校】 防衛大學。

ぼうえいちょう◎【防衛庁】 防衛廳。日本總理府的直屬局之一。

ほうえき【法益】 法益。

ぼうえき◎【防疫】 防疫。

ぼうえき◎【貿易】 スル 貿易。

ぼうえきがいしゅうし◎【貿易外収支】 貿易外收支，非貿易收支。

ぼうえきじゆうか【貿易自由化】 貿易自由化。

ぼうえきしゅうし◎【貿易収支】 貿易收支，貿易差額。

ぼうえきてがた◎【貿易手形】 貿易票據。

ぼうえきふう◎【貿易風】 信風，貿易風。

ほうえつ◎【法悦】 ①法悅。聽完佛法等，因信仰而內心感到喜悅。②心醉神迷。

ほうえん◎【方円】 方圓。「水は～の器に随う」水能隨方就圓。

ほうえん◎【豊艶】 豐豔。體態豐盈而豔麗。

ぼうえんきょう◎【望遠鏡】 望遠鏡。

ぼうえんレンズ◎【望遠―】 遠攝鏡頭，望遠鏡頭。

ほうおう◎【法皇】 法皇。出家的太上皇。

ほうおう◎【訪欧】 スル 訪歐。

ほうおう◎【鳳凰】 鳳凰。

ほうおく◎【蓬屋】 ①蓬屋。用飛蓬葺屋頂的房子。②蓬屋。簡陋的房子，亦是對自己家的謙稱。

ほうおく◎【茅屋】 ①茅屋。用茅草葺屋頂的房子。②茅屋。簡陋的房子，亦是對自己家的謙稱。

ほうおん◎【芳恩】 芳恩。敬稱從他人之處受到的恩惠。

ほうおん◎【報恩】 報恩。

ぼうおん◎【忘恩】 忘恩。「～の徒」忘恩之徒。

ぼうおん◎【防音】 スル 隔音，防音。「～装置」隔音裝置。

ほうか◎【邦貨】 本國貨幣，本幣。

ほうか◎【放火】 スル 放火，縱火。

ほうか◎【放歌】 スル 放聲高唱，高歌。

ほうか◎【放課】 下課，放學。

ほうか◎【法科】 ①法律，規章。②法律系。

ほかう◎【法家】 ①法家。②法律家。

ほうか◎【法貨】 法定貨幣。

ほうか◎【砲火】 砲火。「～を交える」開戰。

ほうか◎【烽火】 ①烽火。②戰爭。

ほうが◎【邦画】 ①日本的繪畫，日本

畫。②日本電影。→洋画

ほうが◎【奉加】スル ①奉贈，捐獻。②奉贈，布施。

ほうが◎【奉賀】スル 恭賀，奉賀。

ほうが◎【萌芽】スル ①萌芽，發芽。②萌芽，苗頭。「文明の～」文明的萌芽。

ぼうか◎【防火】スル 防火。「～訓練」防火訓練。

ぼうが◎【忘我】 忘我。

ほうかい◎【抱懷】スル 懷抱。

ほうかい◎【崩壞・崩潰】スル ①崩潰，倒塌。②〔物〕衰變。

ほうがい◎◎【法外】 ①法外。②格外，過度。「先方は～な値段」對方的要價太過份了。

ぼうがい◎【妨害・妨碍】スル 妨害，妨礙。

ぼうがい◎【望外】 望外。「～の喜び」喜出望外。

ほうかいせき◎【方解石】 方解石。

ぼうかかいへき◎【防火界壁】 防火牆。

ほうがく◎【方角】 ①方位。「始めて行くので～が分からない」第一次去，所以分不清方向。②方向。「これは～違いの問題だ」這是方向錯誤的問題。

ほうがく◎【邦楽】 邦樂。

ほうがく◎【法学】 法學。

ほうがちょう◎【奉加帳】 捐獻簿。

ほうかつ◎【包括】スル 包括。

ほうかん◎【奉還】スル 奉還。「大政を～する」奉還大政。

ほうかん◎【宝冠】 寶冠，王冠。

ほうかん◎【宝鑑】 ①珍貴的鏡子，寶鏡。②寶鑑，寶典。

ほうかん◎【砲艦】 砲艦。

ほうかん◎【幇間】 幫閒。

ほうがん◎【方眼】 方格。「5ミリ～」五毫米的方格。

ほうがん◎【包含】スル 包含。

ほうがん◎【判官】 判官。

ほうがん◎【砲丸】 ①（古時大砲的）砲彈。②鉛球。

ぼうかん◎【防寒】 防寒，禦寒。

ぼうかん◎【傍観】スル 旁觀。「拱手きょう～」袖手旁觀。「～の態度を取る」採取

旁觀的態度。

ぼうかん◎【暴漢】 暴徒，歹徒。

ほうがんし◎【方眼紙】 座標紙，方格紙，方眼紙。

ほうかんしょう◎【宝冠章】 寶冠章。

ほうがんなげ◎【砲丸投げ】 擲鉛球。

ほうがんびいき◎【判官贔屓】 惻隱之心。

ほうき◎◎【箒・帚】 掃帚。

ほうき◎【芳紀】 妙齡。

ほうき◎【放棄・抛棄】スル 放棄，拋棄。

ほうき◎【法規】 法規。「交通～」交通法規。

ぼうぎ◎【謀議】スル 密謀，謀議。

ほうきぐさ◎【箒草】 掃帚草。地膚的別名。

ほうきぼし◎【箒星】 掃帚星。彗星的俗稱。

ほうきゃく◎【忘却】スル 忘卻。

ぼうぎゃく◎【暴虐】 暴虐。

ほうきゅう◎【俸給】 薪俸，俸給，薪水，薪資。

ほうぎょ◎【崩御】スル 駕崩。

ぼうきょ◎【暴挙】 暴舉，暴行。

ぼうぎょ◎【防御・防禦】スル 防禦。

ほうきょう◎【豊胸】 豐胸，隆胸。「～術」豐胸術。

ほうきょう◎【豊頰】 豐滿的面頰。

ぼうきょう◎【防共】 防共。

ぼうきょう◎【望郷】 望鄉，懷鄉，思鄉。「～の念にかられる」引起思鄉之念。

ほうぎょく◎【宝玉】 寶石，寶玉。

ほうぐ◎◎【法具】 佛具，法器。

ぼうぐ◎【防具】 防護具，護具。

ぼうくう◎【防空】 防空。「～演習」防空演習。

ぼうくうごう◎【防空壕】 防空壕。

ぼうぐみ◎【棒組み】 拼排版面。

ぼうグラフ◎【棒―】 直線圖表，柱狀圖表。

ぼうくん◎【亡君】 先主，先君。

ぼうくん◎【傍訓】 旁訓，旁注假名。

ぼうくん◎【暴君】 暴君，霸王。

ほうけい◎【方形】 方形。

ほうけい⓪【包茎】 包莖。
ほうげい⓪【奉迎】スル 恭迎。
ぼうけい⓪【亡兄】 亡兄。
ぼうけい⓪【傍系】 ①旁系。↔直系。②旁系。集團、組織中非主流的系統。
ぼうけい⓪【謀計】 計謀，謀略。
ほうげき⓪【砲撃】スル 砲擊。
ぼうげつ①【某月】 某個月，某月。「～某日」某月某日。
ほう・ける③【惚ける・耄ける】(動下一) ①昏聵。②著迷，熱衷。「遊び～・ける」玩得入迷。
ほうけん⓪【奉献】スル 奉獻。
ほうけん⓪【宝剣】 ①寶劍。②天叢雲劍(草薙劍)。
ほうけん⓪【法権】 法權。「治外～」治外法權。
ほうけん⓪【封建】スル 封建，分封。
ほうげん③【方言】 方言，地方話，土話。
ほうげん⓪【放言】スル ①暢所欲言。②信口開河。
ほうげん①【法眼】 ①法眼。爲僧位的第2位，位於法印和法橋之間。②法眼。佛像師、畫師、連歌師、醫師等的稱號。
ぼうけん⓪【冒険】スル 冒險。「～をおかす」冒險。
ぼうけん⓪【剖検】スル 解剖檢查。
ぼうけん⓪【望見】スル 遠望。
ぼうげん⓪【暴言】 粗話。「人前で～を吐いてはいけない」不要在人前說粗話。
ほうけんじだい⑤【封建時代】 封建時代。
ほうけんせい⓪【封建制】 封建制。
ほうけんてき⓪【封建的】(形動) 封建的。
ほうこ①【宝庫】 寶庫。「知識の～」知識的寶庫。
ほうご⓪【邦語】 (相對於外語而言的)日語。「フランス詩集の～訳」法文詩集的日譯。
ほうご⓪【法語】 ①〔佛〕①法語。講解佛教教義的話。②法語。作爲標準的話，成爲典範的話。③法律用語。
ぼうご①【防護】スル 防護。「～壁」防護牆。
ほうこう⓪【方向】 ①方向，方位。「同じ～に進む」向同一方向前進。②方向，方針。「研究の～を決ある」決定研究的方針。
ほうこう⓪【芳香】 芳香。
ほうこう⓪【咆哮】スル 咆哮。
ほうこう①【奉公】スル ①雇工，傭工。「～に出る」出外做工。②奉公，效勞。「人民に～する」爲人民服務。
ほうこう⓪【放校】スル 開除(學籍)。
ほうごう⓪【抱合】スル ①相抱。②化合。
ほうごう③【法号】 法號。
ほうごう⓪【縫合】スル ①縫合。②骨縫結合。
ぼうこう⓪【膀胱】 膀胱。
ぼうこう⓪【暴行】スル ①暴行。②暴行，強暴。
ほうこうだ③【方向舵】 方向舵，操向舵。
ほうこうたんちき⑦【方向探知器】 定向器，測向器，探向器。
ほうこうてんかん⑤【方向転換】スル ①方向轉換。②改變方針。
ほうこく⓪【報告】スル 報告，提交。
ほうこく⓪【報国】 報國。
ぼうこく⓪【亡国】 ①亡國。使國家滅亡。「～論」亡國論。②亡國。已滅亡的國家。「～の民」亡國奴。
ぼうこひょうが①【暴虎馮河】 暴虎馮河。
ぼうさい⓪【亡妻】 亡妻。
ぼうさい⓪【防災】 防災。
ほうさく⓪【方策】 方策，對策。
ほうさく⓪【豊作】 豐收。↔凶作・不作
ほうさくびんぼう⑤【豊作貧乏】 豐收貧窮，豐收饑饉。
ぼうさつ⓪【忙殺】スル 非常繁忙，忙得不可開交。
ぼうさつ⓪【謀殺】スル 謀殺，謀害。
ほうさん⓪【放散】スル ①擴散，散發。②發洩。
ほうさん⓪【硼酸】 〔boric acid〕硼酸。

ほ

ほうさん◎【坊さん】 和尚。

ほうし【芳志】 好意，厚意，盛情。

ほうし【奉仕】スル ①服務。「無料～」免費服務。②廉價販賣。③侍奉，侍候。

ほうし【放恣・放肆】 放肆。

ほうし【法師】 ①法師，僧人，出家人。②出家人打扮的在家男子。「琵琶～」彈琵琶的盲人；琵琶法師。③加在其他詞下，表示「人」之意。「影～」人影。「一寸～」矮子；一寸法師。

ほうし【胞子】 孢子。

ほうじ◎【邦字】 日本字。「アメリカで発行の～新聞」在美國發行的日文報紙。

ほうじ◎【法事】 法事。

ほうじ◎【奉持・捧持】スル 手持。「団旗を～する」雙手舉著團旗。

ぼうし【亡姉】 亡姊。

ぼうし◎【防止】スル 防止。

ぼうし◎【某氏】 某氏。

ぼうし【紡糸】 紡紗，紡絲。

ぼうし◎【帽子】 ①帽子。②帽。罩在器物頭部的東西。

ぼうし◎【鋩子】 鋩子。刀劍的鋒，亦指刀鋒的刃。

ぼうじ◎【房事】 房事。

ほうしき◎【方式】 方式。「一定の～に従う」依照一定的方式。

ほうしき◎【法式】 法式。「～に従って回向する」按照禮節為死者祈冥福。

ほうじちゃ◎【焙じ茶】 焙茶。

ぼうしつ◎【亡失】スル 丟失，遺失。

ぼうしつ◎【忘失】スル 忘卻，忘掉。

ぼうしつ◎【防湿】スル 防濕，防潮。「～剤」防潮劑；乾燥劑。

ぼうじつ◎【某日】 某日。

ぼうじま◎【棒縞】 粗條子花紋，直條紋。

ほうしゃ◎【放射】スル ①放射。②〔物〕〔radiation〕放射（線），輻射。

ほうしゃ◎【報謝】スル ①報恩。②布施，報恩。為報答、感謝神佛給予的恩惠，而供奉財物或念佛等。

ほうしゃ◎【硼砂】 硼砂。

ぼうじゃくぶじん◎【傍若無人】 旁若無人。

ほうしゃじょう◎【放射状】 輻射狀，放射狀。

ほうしゃせいげんそ◎【放射性元素】 放射性元素。

ほうしゃせいはいきぶつ◎【放射性廃棄物】 放射性廢物。

ほうしゃせん◎【放射線】 放射線。

ほうしゃのう◎【放射能】 放射能。

ほうしゅ◎【法主】 ①法主。佛的尊稱。②法主。一宗派的長老。③法主。法會主持人。

ほうしゅ◎【砲手】 砲手。

ぼうしゅ◎【芒種】 芒種。二十四節氣之一。

ぼうじゅ◎【傍受】スル 監聽，竊聽，偷聽。

ほうしゅう◎【報酬】 報酬。

ほうじゅう◎【放縦】 放縱。「～な生活」放縱的生活。

ぼうしゅう◎【防臭】 防臭。「～剤」防臭劑。

ほうしゅく◎【奉祝】スル 謹祝，奉祝。

ほうじゅく◎【豊熟】スル 豐產，豐收。

ぼうしゅく◎【防縮】スル 防縮。「～加工」防縮加工。

ほうしゅつ◎【放出】スル ①放出，釋放。「ホースから水を～する」由水龍頭噴水。②放出，發放，投放。「剰余物資を～する」處理剩餘物資。

ほうじゅつ◎【方術】 ①方法，手段。②技術，技藝。③方術。仙人法術。

ぼうじゅつ◎【砲術】 砲術。

ぼうじゅつ◎【棒術】 棒術。

ほうじゅん◎【芳醇・芳純】 芳醇。

ほうじゅん◎【豊潤】 豐潤。「～な果物」豐潤的水果。

ほうしょ◎【芳書】 大札，芳書。

ほうしょ◎【奉書】 ①奉書。下達天皇、將軍等的意向或決定的文書。②奉書紙。「～包み」奉書紙包。

ほうじょ◎【幇助】スル 幫助。

ぼうしょ◎【防暑】 防暑，避暑。

ぼうしょ◎【某所・某処】 某處，某地。

ぼうじょ◎【防除】スル ①預防和清除。②防治。

ほうしょう◎【報奨】スル 報以獎勵。「～金」獎金。

ほうしょう◎【報償】スル ①報償。②報仇，報復。

ほうしょう◎【褒章】 獎章。

ほうしょう◎【褒賞】スル 褒獎，獎賞。

ほうじょう◎【方丈】 ①一方丈，1 丈見方。②方丈。寺院中住持的居室，亦爲住持的俗稱。

ほうじょう◎【芳情】 厚意，盛情。

ほうじょう◎【放生】 放生。

ほうじょう◎【豊穣】 五穀豐登。「～の秋」五穀豐登之秋。

ほうじょう◎【豊饒】 豐饒，富饒。「～な土地」豐饒的土地。

ほうじょう◎【褒状】 獎狀。

ぼうしょう◎【傍証】スル 旁證。

ぼうしょう◎【帽章】 帽徽。

ぼうじょう◎【棒状】 棒狀。

ほうじょうきたい⑤【胞状奇胎】 葡萄胎。

ほうしょく◎【奉職】スル 供職，奉職。「彼女は本校に～して四十年になる」她在本校已經工作四十年了。

ほうしょく◎【宝飾】 珠寶飾品。「～品」珠寶飾品。

ほうしょく◎【飽食】スル ①飽食，飽餐。②飽食。食物充裕。「暖衣～」暖衣飽食；豐衣足食。

ぼうしょく◎【防食・防蝕】スル 防蝕。「～剤」防蝕劑。

ぼうしょく◎【紡織】 紡織。「～機」紡織機。

ぼうしょく◎【望蜀】 (得隴)望蜀。「～の嘆」望蜀興嘆。→隴を得て蜀を望む

ぼうしょく◎【暴食】スル 暴食。「暴飲～」暴飲暴食。

ほう・じる◎◎【報じる】（動上一） 報(答)，報恩。②報答，告知。「電話で近況を～」用電話告知近況。

ほう・じる◎◎【焙じる】（動上一） 焙。「茶を～・じる」焙茶。

ほうしん◎【方針】 ①方針。②指南針。

ほうしん◎【芳信】 ①芳信，華翰。②花信。

ほうしん◎【放心】スル ①出神，恍惚。「～状態」出神狀態。②放心。「私も元気でおりますから、どうかご～ください」我也很健康，請您放心。

ほうしん◎【砲身】 砲身。

ほうじん◎【方陣】 矩陣。

ほうじん◎【邦人】 (日本人指)本國人。

ほうじん◎【法人】 法人。↔自然人

ぼうじん◎【防塵】 防塵。

ぼうず◎【坊主】 ①和尙。②光頭。「頭を～にする」把頭剃光。③禿小子。對男孩子的愛稱或粗俗的稱呼。「うちの～」我家的禿小子。④光禿。「濫伐であの山が～になった」由於亂砍亂伐，那座山都禿了。

ほうすい◎【放水】スル 放水，排水。「～路」排水渠；疏洪道。

ほうすい◎【豊水】 豐水梨。

ぼうすい◎【防水】スル 防水。「～着」防水衣。

ぼうすい◎【紡錘】 紡錘，錠子。

ほう・ずる◎【奉ずる】（動サ變） ①奉，接受。「命を～・ずる」奉命。②奉爲。當作主子來擁戴。「国王に～・ずる」奉爲國王。③奉上，呈上。「国に一命を～・ずる」爲國捐軀。④工作，奉職。⑤雙手捧舉。「国旗を～・ずる選手」舉著國旗的選手。⑥侍奉，效勞，效力。

ほう・ずる◎【封ずる】（動サ變） 分封。「加賀百万石に～・ずる」封爲加賀一百萬石。

ほう・ずる◎【崩ずる】（動サ變） 駕崩。

ぼう・ずる◎◎【忘ずる】（動サ變） 忘記。「故郷～・じがたし」難忘故郷。

ほうすん◎【方寸】 ①方寸，寸土。「～の地」方寸之地。②心中，方寸。「～におさめる」藏在心中。

ほうせい◎【方正】 方正，端正。「品行～」品行端正。

ほうせい◎【法制】 法制，法規。

ほうせい◎【砲声】 砲聲。

ほうせい◎【鳳声】 鳳聲（轉達）。敬稱他人帶的口信和書信。

ほうせい◎【縫製】スル 縫製。

ぼうせい◎【暴政】 暴政。

ほうせき◎【宝石】 寶石。

ぼうせき◎【紡績】 紡紗。

ほうせつ◎【包摂】スル 包含，包括，包蘊。

ぼうせつりん◎【防雪林】 防雪林。

ほうせん◎【砲戦】スル 砲戰。

ぼうせん◎【防戦】スル 防禦戰。

ぼうせん◎【傍線】 旁線。在字旁畫的線。

ぼうせん◎【棒線】 直線。

ぼうぜん◎【茫然】（タル） 茫然，漠然。

ほうせんか◎【鳳仙花】 鳳仙花，指甲花。

ぼうぜんじしつ◎【茫然自失】スル 茫然自失。

ほうそ◎【硼素】〔boron〕硼。

ほうそう◎【包装】スル ①捆行李。②包裝，封套。「～紙」包裝紙。

ほうそう◎【放送】スル 播放，廣播。

ほうそう◎【法曹】 法曹。

ほうそう◎【疱瘡】 天花。

ほうぞう◎【包蔵】スル 包藏。

ほうぞう◎【宝蔵】 寶庫，寶藏。

ぼうそう◎【暴走】スル ①暴走，飆車。②失控，打滑，滑行。③（打棒球時）貿然跑壘。④魯莽從事，冒進。

ほうそうえいせい◎【放送衛星】 傳播衛星。

ほうそうかい◎【法曹界】 司法界，法律界。

ぼうそうぞく◎【暴走族】 暴走族，飆車族。

ほうそうだいがく◎【放送大学】 空中大學。

ほうそく◎【法則】 ①法則，法規。②法則，定律。

ぼうだ◎【滂沱】（タル） 滂沱。

ほうたい◎【包帯・繃帯】 繃帶。

ほうたい◎【奉戴】スル 恭敬地擁戴。

ほうだい◎【砲台】 砲台。

ほうだい◎【放題】（接尾） 表示隨意做某種動作，或任憑某種作用發生。「食い～」隨便吃。「言いなり～」怎麼說怎麼是；唯命是從。

ぼうだい◎【膨大】スル 膨大。

ぼうだい◎【膨大・厖大】（形動） 龐大。「～な資料」大量的資料。

ぼうたおし◎【棒倒し】 倒桿子比賽。運動會上舉行的競賽項目之一。

ぼうだち◎【棒立ち】 呆立不動，呆若木雞。

ぼうだま◎【棒球】 無速度的直球。

ぼうだら◎【棒鱈】 鱈魚乾。

ほうたん◎【放胆】 放膽，果敢。

ほうだん◎【放談】スル 漫談，縱橫談。

ほうだん◎【砲弾】 砲彈。

ぼうだんガラス◎【防弾―】 防彈玻璃。

ぼうだんチョッキ◎【防弾―】 防彈背心。

ほうち◎【放置】スル 置之不顧，棄置不理，放置。「駅前に～された車」被置於車站前的汽車。

ほうち◎【報知】スル 報知，通知。「火災～器」火災警報器。

ほうちく◎【放逐】スル 放逐。

ほうちゃく◎【逢着】スル 相遇，遭遇。「難問に～した」遇到難題。

ぼうちゅう◎【忙中】 百忙之中。「～閑あり」忙中有閒。

ぼうちゅうざい◎【防虫剤】 防蟲劑。

ほうちょう◎【包丁・庖丁】 ①菜刀。②廚師。③烹飪手藝，烹調本領。

ほうちょう◎【放鳥】スル 將鳥放生。

ぼうちょう◎【防諜】 防諜。

ぼうちょう◎【傍聴】スル 旁聽。「～席」旁聽席。

ぼうちょう◎【膨張・膨脹】スル ①膨脹。⟷收縮。②膨脹。指大幅度地發展或數量增加。「世界の人口が年每に～する」世界人口年年增加。

ほうてい◎【奉呈】スル 奉呈，呈上。

ほうてい◎【法廷】 法庭。

ほうてい◎【法定】 法定。

ほうてい◎【亡弟】 亡弟。

ほうていしき◎【方程式】〔equation〕方

程式。

ほうていでんせんびょう◎【法定伝染病】
法定傳染病。

ほうていとうそう◎【法廷闘争】 法庭鬥
爭。

ほうてき◎【放擲・抛擲】スル 放棄，抛
棄。

ほうてき◎【法的】（形動） 法律的。

ほうてん◎【奉奠】スル 奉奠，供奉。「玉
串を～する」獻祭玉串。

ほうてん◎【宝典】 ①寶典。貴重的書
籍。②寶典。「家庭医学～」家庭醫學寶
典。

ほうてん◎【法典】 法典。

ほうでん◎【放電】スル ①失電現象。②漏
電。↔充電。③放電。

ぼうてん◎【傍点】 ①著重號。②旁點。
在漢字旁邊加的日文字母及標點符號。

ほうでんかん◎【放電管】 放電管。

ほうと◎【方途】 手段，方法，辦法。

ほうど◎【邦土】 邦土，國土。

ほうど◎【封土】 封土，封地。

ぼうと◎【暴徒】 暴徒。

ほうとう◎【宝刀】 寶刀。「伝家の～」
傳家寶刀。

ほうとう◎【宝灯】 寶燈。

ほうとう◎【宝塔】 寶塔。

ほうとう◎【放蕩】スル 放蕩。

ほうとう◎【朋党】 朋黨。

ほうとう◎【法統】 法統，佛法的傳統。

ほうどう◎【報道】スル 報導。

ぼうとう◎【冒頭】 ①起首，開頭，開頭
語。「～の文は有名です」開頭的句子很
有名。②開端。「～陳述」開頭陳述。

ぼうとう◎【暴投】スル 暴投。→悪投

ぼうとう◎【暴騰】スル 暴漲。↔暴落

ぼうどう◎【暴動】 暴動。

ほうどうきかん◎【報道機関】 報導機
關。

ほうどうじん◎【報道陣】 報導陣容。

ぼうとうちんじゅつ◎【冒頭陳述】 開頭
陳述。

ほうとく◎【報徳】 報德，報恩。

ぼうとく◎【冒涜】スル 冒瀆，褻瀆。

ぼうどくマスク◎【防毒―】 防毒面罩，

防毒面具。

ほうなん◎【法難】 法難。

ほうにち◎【訪日】スル 訪日。

ほうにょう◎【放尿】スル 撒尿。

ほうにん◎【放任】スル 放任。

ほうねつ◎【放熱】スル 散熱，放熱。

ほうねつき◎【放熱器】 散熱器，散熱
片。

ほうねん◎【放念】スル 放心。「御～下さ
い」請您放心。

ほうねん◎【豊年】 豐年。↔凶年。「～
満作」豐收年景。

ぼうねんかい◎【忘年会】 忘年會，年終
聯歡會。

ほうのう◎【奉納】スル 奉納。

ほうのうじあい◎【奉納試合】 奉納比
賽。

ほうはい◎【澎湃・彭湃】（トル） 澎湃。
「新思潮が～として起こる」新思潮澎
湃而起。

ぼうばい◎◎【朋輩・傍輩】 朋輩，同
僚，同輩。

ぼうばい◎【防黴】 防黴。「～塗料」防
黴塗料。

ぼうはく◎【傍白】 旁白。

ぼうばく◎【茫漠】（トル） 渺茫。

ほうはつ◎【蓬髪】 蓬髮。

ぼうはつ◎【暴発】スル ①走火。②暴發。

ぼうはてい◎【防波堤】 防波堤。

ぼうばり◎【棒針】 棒針，毛線針。

ほうばん◎【邦盤】 日本唱片。

ぼうはん◎【防犯】 防止犯罪。

ほうひ◎【放屁】スル 放屁。

ほうび◎【褒美】 ①獎品。②褒揚，讚
美。

ぼうび◎【防備】スル 防備。

ほうふ◎【抱負】 抱負。

ほうふ◎【豊富】 豐富。

ほうぶ◎【邦舞】 邦舞，日本舞蹈。↔洋
舞

ぼうふ◎【亡夫】 亡夫。

ぼうふ◎【亡父】 先父。

ぼうふ◎【亡婦】 ①亡婦。②亡妻。

ぼうふう◎【防風】 ①防風。②防風。繖
形科的多年生草本。③濱防風的別名。

ほ

ぼうふう◎【暴風】　暴風，狂風。

ぼうふうう◎【暴風雨】　暴風雨。

ぼうふうりん◎【防風林】　防風林。

ほうふく◎【法服】　法服。

ほうふく◎【報復】スル　報復。

ほうふくぜっとう◎【抱腹絶倒・捧腹絶倒】スル　前仰後倒，捧腹大笑。

ぼうふざい◎【防腐剤】　防腐劑。

ほうふつ◎【髣髴・彷彿】（タル）　①清楚地想起。「亡父を～とさせる」清楚地想起了先父（的音容笑貌）。②彷彿，模糊。「～たる島影」彷彿望見的島影。

ほうぶつせん◎【放物線・抛物線】〔parabola〕抛物線。

ぼうふら◎【子子・孑孑】　孑孓。

ぼうぶん◎【邦文】　日文。↔欧文

ほうぶん◎【法文】　①法條文章。②文法學院。

ほうへい◎【砲兵】　砲兵。

ぼうへき◎【防壁】　屏障，壁壘。

ほうへん◎【褒貶】スル　褒貶。「毀誉～」毀譽褒貶。

ほうべん◎【方便】　方便，權宜之計。「うそも～」撒謊亦是一種權宜之計。

ぼうぼ◎【亡母】　先母。

ほうほう◎【這う這う】　落荒而逃。「～の体で逃げ出す」倉皇逃出。

ほうほう◎【方法】　方法。

ほうぼう◎【魴鮄・竹麦魚】　棘綠鰭魚。

ぼうぼう◎【茫茫】（タル）　①茫茫。「～とした大平原」茫茫的大平原。②模糊不清。③蓬亂。「この辺は草が～と生えている」這一帶雜草叢生。④呼嘯。

ほうぼく◎【放牧】スル　放牧。

ぼうまい◎【亡妹】　亡妹。

ほうまつ◎【泡沫】　泡沫。「～候補」虛幻的候補。

ほうまん◎【放漫】　散漫。「～経営」胡亂地經營。

ほうまん◎【豊満】　①豐富。②豐滿，豐盈。「～な体つき」豐滿的體型。

ほうまん◎【飽満】スル　飽滿。

ほうみょう◎【法名】　法名。↔俗名

ぼうみん◎【暴民】　暴民。

ほうむしょう◎【法務省】　法務省。

ほうむだいじん◎【法務大臣】　法務大臣。

ほうむ・る◎【葬る】（動五）　①葬。②埋葬，捨棄。

ほうめい◎【芳名】　①芳名，大名。「ご～はかねがねうかがっておりました」久仰大名。②美好的名聲。

ぼうめい◎【亡命】スル　亡命。

ほうめん◎【方面】　①方面。「東京～へ出張する」去東京附近出差。②方面。某一範圍和領域。「数学の～では玄人ですが、文学の～では素人です」在數學方面是個專家，但在文學方面卻是外行人。

ほうめん◎【放免】スル　釋放，赦免。

ほうもう◎【法網】　法網。「～を逃れる」逃出法網。

ぼうもう◎【紡毛】　粗梳羊毛，粗紡毛（紗）。

ほうもつ◎【宝物】　寶物。「～殿」寶物殿；珍寶館。

ほうもん◎【砲門】　砲口。「一斉に～を開く」一齊開砲。

ほうもん◎【訪問】スル　訪問。

ほうもんかんご◎【訪問看護】　到宅看護。

ほうもんぎ◎【訪問著】　訪問服。

ほうもんはんばい◎【訪問販売】　訪問推銷。

ほうやく◎【邦訳】スル　日譯，譯成日文。

ほうゆう◎【朋友】　朋友。

ぼうゆう◎【亡友】　亡友。

ぼうゆう◎【暴勇】　蠻勇。

ほうよう◎【包容】スル　包容。「～力」容人之量。

ほうよう◎【抱擁】スル　擁抱。

ほうよう◎【法要】　佛事，法事，法會。

ぼうよう◎【亡羊】　亡羊。「～の嘆」亡羊之嘆。

ぼうよう◎【茫洋・芒洋】（タル）　廣闊無垠，一望無際。「～とした人物」深不可測的人物。

ぼうよみ◎【棒読み】スル　①平音調讀。②直讀。

ほうらい◎【蓬萊】　①蓬萊。中國神話傳

說中想像的仙境。②蓬萊山盆景。竹梅、鶴龜儀式時的裝飾物。

ほうらく[0]【法楽】　①法樂。②開心，快樂。「見るも～、聞くも～」耳目一新；賞心悅目。

ほうらく[0]【崩落】スル　①崩落，崩塌。②猛跌，崩盤。

ぼうらく[0]【暴落】スル　（行情）暴跌。↔暴騰

ほうらつ[0]【放埒】　①爲所欲爲。②越軌。

ほうらん[0]【抱卵】スル　孵卵，抱窩。

ほうり[1]【法理】　法理。

ぼうり[1]【暴利】　暴利。

ほうりき[0]【法力】　法力。

ほうりこ・む[4]【放り込む】（動五）　拋入，扔入，丟進。

ほうりだ・す[4]【放り出す】（動五）　①拋出，丟出。②拋擲丟下，扔下。「札束を～・す」扔下一捆鈔票。③逐出，攆出。「職場から～・される」被職場開除。④丟開。「仕事を～・して遊びに行く」工作做一半就去玩了。

ほうりつ[0]【法律】　法律。

ほうりな・げる[5]【放り投げる】（動下一）　拋擲。②扔下，擱下，拋開不顧。

ほうりゃく[0]【方略】　方略。

ぼうりゃく[0]【謀略】　謀略。

ほうりゅう[0]【放流】スル　①放流，放水，排放。②放養。「鯉の稚魚を～する」放鯉魚苗。

ぼうりゅう[0]【傍流】　①支流。②旁支。

ほうりょう[0]【豊漁】　漁獲量大，漁業豐收。

ぼうりょく[1]【暴力】　暴力，蠻力。

ぼうりょくだん[4]【暴力団】　暴力集團。

ボウリング[0]【bowling】　保齡球。

ほう・る[0]【放る】（動五）　①扔，丟。「石を遠くへ～・った」將石頭扔得遠遠的。②丟開。③放手。「いくら泣いても～・っておけ」怎麼哭都不要理她。

ボウル[0]【bowl】　盆，大碗。

ほうるい[0]【堡塁】　堡壘。

ぼうるい[0]【防塁】　防禦工事，堡壘。

ほうれい[0]【法令】　法令。

ほうれい[0]【法例】　①規定，規章。②法例。

ほうれい[0]【豊麗】　豐滿豔麗。「広く～な額」飽滿漂亮的額頭。

ぼうれい[0][1]【亡霊】　亡靈，亡魂。「～をしずめる」使亡靈安息。

ほうれんそう[3]【菠薐草】　菠菜。

ほうろう[0]【放浪】スル　流浪。

ほうろう[0]【琺瑯】〔enamel〕琺瑯，搪瓷。

ほうろく[0]【俸禄】　俸祿。

ほうろく[0][3]【焙烙・炮烙】　焙烙沙鍋。

ぼうろん[0]【暴論】　謬論。

ほうわ[0]【飽和】スル　飽和。

ホエールウオッチング[5]【whale watching】賞鯨。

ポエジー[1]【法 poésie】　①詩。詩歌。②詩意，詩情。③作詩方法，詩學。

ほえづら[0]【吠え面】　哭喪臉，哭臉。「～をかく」哭喪著臉。

ポエティックス[2]【poetics】　詩學，詩論。

ポエム[1]【poem】　（每首）詩，韻文作品。

ほ・える[2]【吠える・吼える】（動下一）①吠，吼。②大聲喊叫，大聲申斥。「そう大声で～な」別那麼大聲嚎叫。

ぼえん[0]【墓園・墓苑】　墓園，陵園，墓地。

ほお[1]【朴・厚朴】　厚朴樹。

ほお[1]【頰】　臉頰，臉蛋。

ボー[1]【bow】　①蝴蝶結，蝴蝶結緞帶。②蝶形領結。

ボーイ[1]【boy】　①少年，男孩。↔ガール。②侍者，男服務生。

ボーイスカウト[5]【Boy Scouts】　童子軍。

ボーイソプラノ[4]【boy soprano】　少年高音。

ボーイッシュ[3]【boyish】（形動）　（女性的服裝和髮型）像男孩一樣，男孩氣的。「～-ルック」男孩式打扮。

ボーイハント[4]【[和] boy+hunt】　獵男，女追男。

ボーイフレンド₄【boyfriend】 男友。

ポーカー₁【poker】 撲克。

ポーカーフェース₅【poker face】 無表情的面孔，撲克臉。

ほおかぶり₃【頰被り】 スル ①用布手巾等包住頭和雙頰，在下巴處打結。②佯裝不知。

ボーカリスト₄【vocalist】 歌手，聲樂家。

ボーカル₀【vocal】 聲樂，歌唱，聲部。

ボーキサイト₃【bauxite】 鋁土礦。

ボーク₀【balk】 投手犯規。

ボーグ₀【法 vogue】 流行，時髦。

ポーク₀【pork】 豬肉。

ポークカツ₄ 「ポーク-カツレツ」之略。

ポークカツレツ【pork cutlet】 炸豬排。

ポークソテー【pork sauté】 煎豬肉。

ポークチョップ【porkchop】 豬排。

ほおげた₀【頰桁】 顴骨。

ほお・ける₃【蓬ける】 （動下一） （舊了以後）起毛，蓬亂，（頭髮）散亂。

ボーゲン₀【德 Bogen】 ①弧形，絃樂器的弓。②犁式迴轉，制動迴轉。

ホーコーツ₃【火鍋子】 火鍋。

ボージョレヌーボー₆【法 Beaujolais nouveau】 薄酒萊新釀。

ほおじろ₀【頰白】 草鵐。

ホース₁【荷 hoos】 軟管，蛇管。

ポーズ₁【pause】 ①間隔，休止，隔開。②（音樂中的）休止符。

ポーズ₁【pose】 ①姿態。「カメラビデオの前で～をとる」在攝影機前擺姿勢。②裝腔作勢的態度，虛張聲勢。「あれは人前での～だけだ」那只不過是在人前裝腔作勢罷了。

ほおずき₃【酸漿・鬼灯】 ①酸漿。②紡錘螺、紅皺岩螺等螺的卵囊。

ほおずり₃【頰擦り】 スル 貼臉。

ボースン₁【boatswain】 （船的）甲板長，水手長。

ボーダー₁【border】 邊，緣，國境，邊界。

ポーター₁【porter】 行李員，行李搬運工。

ボーダーライン₅【borderline】 邊界。

ボーダーレス₁₀【borderless】 （形動）無疆界，無國界。

ボータイ₃【bow tie】 蝶形領結。

ポータビリティ₄【portability】 可攜帶，輕便。

ポータブル₁₀【portable】 手提式，輕便。

ポーチ₁【porch】 門廊。

ポーチ₁【pouch】 小袋，香煙袋。

ポーチドエッグ₅【poached egg】 水煮荷包蛋。

ほおづえ₃【頰杖】 托腮。「～をついてぼんやりしている」兩手托腮發呆。

ホーデン₁【德 Hoden】 睪丸。

ボート₁【boat】 小艇。

ボード₁【board】 板材，板。

ポート₁【port】 ①港口。②埠。個人電腦等中的輸出輸入終端。③左舷，左舵。↔スターボード。④波爾多葡萄酒。

ボートピープル₅【boat people】 印支難民。

ボードビリアン₃【vaudevillian】 輕歌舞劇演員，娛樂性短劇演員。

ボードビル₃【法 vaudeville】 歌舞雜耍表演。

ポートフォリオ₄【portfolio】 ①公事包。②作品選。③資產組合。

ボートレース₃【boat race】 賽艇比賽。

ポートレート₄【portrait】 ①肖像畫。②肖像寫真，人物寫真。③人物簡介。

ポートワイン₄【port wine】 波爾多葡萄酒。

ほおのき【朴の木】 厚朴樹。

ほおば₀【朴歯】 用厚朴樹製成的木屐齒，厚樸木齒木屐。

ほおば・る₃【頰張る】 （動五） 大口吃。

ほおひげ₃【頰髯】 頰鬚。

ホープ₁【hope】 希望。

ほおぶくろ₃【頰嚢】 頰嚢。

ほおべに₃【頰紅】 胭脂。

ほおぼね₀【頰骨】 顴骨。

ホーム₁ 月站。「3 番～」3 號月站。

ホーム₁【home】 ①家庭。「～ソング」

家庭氣氛的歌曲。②故鄉，祖國。③…之家。「老人~」老人之家。④本壘。

ホームアンドアウェー[8]【home and away】 主客場賽制。

ホームイン[3]【[和] home＋in】 跑進本壘。

ホームグラウンド[5]【home ground】 ①球隊自己的或所在地的球場。②自己的故鄉，根據地。

ホームゲーム[4]【home game】 主場賽。↔ロード-ゲーム

ホームシック[4]【homesick】 鄉愁，懷鄉病。

ホームショッピング[4]【home shopping】 居家購物，在宅購物。

ホームスチール[5]【[和] home＋steal】 盜回本壘。

ホームステイ[5]【homestay】 寄宿家庭。

ホームスパン[4]【homespun】 ①手工紡織呢。②綗花呢。

ホームセンター[4]【[和] home＋center】 家庭用品商店。

ホームタウン[4]【hometown】 ①故鄉，出生地，籍貫。②主場。

ホームタウンデシジョン[8]【hometown decision】 本國裁判判定。

ホームチーム[4]【home team】 地主隊。↔ビジティング-チーム

ホームドクター[4]【[和] home＋doctor】 家庭醫生。

ホームドラマ[4]【[和] home＋drama】 家庭劇，家庭故事劇。

ホームバー[4]【[和] home+bar】 家庭吧台。

ホームプレート[5]【home plate】 （棒球比賽中的）本壘。

ホームページ[4]【home page】 首頁。

ホームヘルパー[4]【[和] home＋helper】 家庭助理員，家庭助理。

ホームメード[4]【homemade】 手工製，自家製。

ホームラン[3]【home run】 （棒球比賽中的）全壘打。

ホームルーム[4]【homeroom】 課外活動。

ホームレス[1]【homeless】 遊民，街友。

ボーメ[1]【法 Baumé】 波美。液體比重的計量單位之一。

ポーラー[1]【poral】 波拉呢。

ボーリング[1]【boring】[スル] ①鏜孔，鑽孔。②鑽探。

ホール[1]【hall】 ①大廳。②會館，會場。③舞廳。

ホール[1]【hole】 ①洞。孔，穴。②球洞。

ポール[1]【pole】 ①細長圓木，桿。「~に掛ける」掛在桿子上。②導電桿，集電桿。③（用於測量的）測桿。

ホールアウト[4]【hole out】 擊球入洞。

ホールインワン[6]【hole in one】 一桿進洞。

ボールカウント[4]【ball count】 球數。

ボールがみ[0]【一紙】 草紙，卡紙，紙板。

ホールディング[0]【holding】 ①持球。②阻擋犯規。

ホールド[1]【hold】 ①用手抓住，扣住。②握處，扶手處。③握（抱）。

ホールドアップ[5]【hold up】 搶劫，持槍強盜。

ボールベアリング[4]【ball bearing】 球軸承，滾珠軸承。

ボールペン[4]【ball-point pen】 原子筆，鋼珠筆。

ポールポジション[5]【pole position】 最佳起點位置。在賽車比賽的出發點，處於最前排最內側的絕佳位置。

ボーロ[1]【葡 bolo】 鬆餅。

ほおん[0]【保温】[スル] 保溫。「~裝置」保溫裝置。

ボーン[1]【bone】 骨，骨頭。

ボーンヘッド[4]【bonehead】 （棒球等比賽中的）低水準比賽。

ほか[0]【外・他】 ①別處。「~から来た先生」從別處來的老師。②別的，其他，另外。「~の本を買った」買了本別的書。「この~にしたいことはないですか」除此之外還有想做的事嗎？。③超過某一範圍。「思いの~安い」比想像中便宜。↔うち

ぼか[1]【簿価】 帳面價額。

ぽか[0] 愚蠢事。

ほ

ぼがい◎【簿外】 帳外。

ほかく◎【保革】 保守和革新。

ほかく◎【捕獲】ｽﾙ 捕獲。

ほかく◎◎【補角】 〔數〕補角。→余角

ほかげ◎【火影】 燈光，火光。

ほかげ◎【帆影】 帆影。

ほかけぶね◎【帆掛け船】 帆船。

ほか・す◎【放下す】（動五） 丟下，抛棄。

ぼか・す◎【暈す】（動五） ①暈（映）。②曖昧。

ほがらか◎【朗らか】（形動） ①舒暢。②晴朗。

ほかん◎【保管】ｽﾙ 保管。「～料」保管費。

ほかん◎【補完】ｽﾙ 填補，補充完整。

ほかん◎【補巻】 增補卷，補卷。

ほかん◎【母艦】 母艦。「航空～」航空母艦。

ほき◎【補記】ｽﾙ 補記，補寫。

ぼき◎【簿記】 簿記。

ボギー◎【bogey】 柏忌。高於標準桿一桿。

ボキャブラリー◎【vocabulary】 詞彙，語彙。

ほきゅう◎【捕球】ｽﾙ 接球。

ほきゅう◎【補給】ｽﾙ 補給。

ほきょう◎【補強】ｽﾙ 加強，增強。

ぼきん◎【募金】ｽﾙ 募捐，募款。「共同～」共同募款。

ほきんしゃ◎【保菌者】 帶菌者。

ぼく◎【僕】（代） 我。「～の本」我的書。

ほくい◎◎【北緯】 北緯。↔南緯

ほくおう◎【北欧】 北歐。

ぼくが◎【墨画】 水墨畫。

ぼくぎゅう◎【牧牛】 牧牛。

ほくげん◎【北限】 北限。↔南限

ボクサー◎【boxer】 ①拳擊選手。②拳師狗。

ぼくさつ◎【撲殺】ｽﾙ 打死，撲殺。

ぼくし◎【牧師】 牧師。

ぼくしゃ◎【卜者】 算卦先生，卜者。

ぼくしゃ◎【牧舎】 牧舍。

ぼくしゅ◎【墨守】ｽﾙ 墨守。

ぼくじゅう◎【墨汁】 ①墨汁。②墨液。烏賊、章魚等的黑色排出液。

ぼくしょ◎【墨書】ｽﾙ 墨書。

ほくじょう◎【北上】ｽﾙ 北上。↔南下

ぼくじょう◎【牧場】 牧場。

ほくしん◎【北辰】 北辰。

ほくしん◎【北進】ｽﾙ 北進。

ぼくしん◎【牧神】 牧神。

ぼくじん◎【牧人】 牧人。

ボクシング◎【boxing】 拳擊。

ほぐ・す◎【解す】（動五） ①解，拆開。②放鬆，揉開。「気分を～・す」穩定情緒。

ぼく・する◎【卜する】（動サ變） 占卜。

ほくせい◎【北西】 西北。

ぼくせき◎【木石】 ①木和石。②木石。用來比喻沒有情感的人。

ぼくせき◎【墨跡・墨蹟】 筆跡，字跡。

ぼくせん◎【卜占】 占卜。

ぼくそう◎【牧草】 牧草。

ほくそ・む◎【ほくそ笑む】（動五） 竊笑，暗自歡喜，一個人獨笑。

ぼくたく◎【木鐸】 ①木鐸。②木鐸，先導。「社会の～」社會之木鐸。

ほくち◎◎【火口】 ①火絨。②點火處，火口。

ぼくちく◎【牧畜】 畜牧，畜牧業。

ぼくちょく◎【朴直・樸直】 樸直。

ほくてき◎【北狄】 北狄。

ぼくてき◎【牧笛】 牧笛。

ほくと◎【北斗】 北斗。

ほくとう◎【北東】 東北。

ぼくどう◎【牧童】 ①牧童。②牧人。

ほくとしちせい◎【北斗七星】 北斗七星。

ぼくとつ◎【朴訥・木訥】 木訥。

ぼくねんじん◎【朴念仁】 ①木頭人。②不通情理的人。

ほくぶ◎【北部】 北部。

ほくふう◎【北風】 北風。

ほくべい◎【北米】 北美。

ほくへん◎【北辺】 北邊。

ほくほくせい◎【北北西】 北北西。

ほくほくとう◎【北北東】 北北東。

ほ

ぼくめつ[0]【撲滅】スル　撲滅。「ねずみの~を図る」力圖消滅老鼠。
ぼくや[1]【牧野】　牧野。
ほくよう[0]【北洋】　北洋。↔南洋
ぼくよう[0]【牧羊】スル　牧羊。
ほくりく[0]【北陸】　北陸。
ほくれい[0]【北嶺】　①北嶺。②北嶺。比叡山延暦寺的別名。
ほぐ・れる[3]【解れる】（動下一）　①解開。「からんだ糸が~・れる」纏在一起的線解開了。②解除，舒暢。「気持ちが~・れる」心情舒暢。③解套。
ほくろ[0]【黒子】　黑痣。
ぼけ[1]【木瓜】　①木瓜。②倭海棠的別名。
ぼけ[2]【惚け・呆け】　①癡呆，呆。「時差~」暈時差。②逗笑的人。③癡呆症。④模糊。
ほげい[0]【捕鯨】　捕鯨。
ぼけい[0]【母系】　母系。↔父系
ぼけい[0]【母型】　銅模，母（模）型。
ほけきょう[0]【法華経】　《法華經》。
ほげた[0]【帆桁】　帆桁。
ほけつ[0]【補欠】　①補缺。「~選挙」補選。②候補。「~選手」替補選手。
ぼけつ[1][0]【墓穴】　墓穴。「~を掘る」自掘墳墓。
ポケッタブル[2]【pocketable】（形動）　攜帶式的，袖珍的。「~-ラジオ」袖珍收音機。
ポケット[2]【pocket】　口袋。
ポケットチーフ[5]【[和] pocket+handkerchief】　胸帕。
ポケットばん[0]【一判】　袖珍開本。
ポケットベル[5]【[和] pocket+bell】　袖珍鈴。能放入衣袋的小型攜帶用無線呼叫鈴的商標名。
ポケットマネー[5]【pocket money】　零用錢。
ぼけなす[0]【惚け茄子】　①色澤發暗的茄子。②呆子。
ポケベル[0]　呼叫機。
ほ・げる[2]（動下一）　呆滯，一時下跌。
ぼ・ける[2]【惚ける・呆ける】（動下一）　呆，昏頭。
ぼ・ける[2]【暈ける】（動下一）　模糊。
ほけん[0]【保健】　①保健。②保健課。
ほけん[0]【保険】　保險。
ぼけん[0]【母権】　母權。
ほけんきん[0][2]【保険金】　保險金。
ほけんし[2]【保健士】　保健士。
ほけんじょ[0]【保健所】　保健所。
ほけんふ[2]【保健婦】　保健婦。
ほけんりょう[2]【保険料】　保險費。
ほこ[1]【矛・鉾・戈・鋒】　①矛，戈。②武器。「~を収める」罷兵戈。
ほご[1]【反故・反古】　①廢紙。②廢物。③無效，廢棄。「~にする」①廢棄。②毀約，作廢。
ほご[1]【保護】スル　保護。
ほご[1]【補語】　〔complement〕補語。
ぼご[1]【母語】　母語。
ほこう[0]【歩行】スル　步行。
ほこう[0]【補講】スル　補講。
ぼこう[1]【母校】　母校。
ぼこう[1]【母港】　船籍港，母港。
ほこうしゃ[2]【歩行者】　步行者。
ほこうしゃてんごく[5]【歩行者天国】　步行者天堂，行人徒步區。
ほごかんさつ[3]【保護観察】　保護觀察。
ほごかんぜい[3]【保護関税】　保護關稅。
ぼこく[1]【母国】　祖國。
ほごこく[2]【保護国】　保護國。
ほこさき[4][0]【矛先】　①矛頭。②矛頭，鋒芒。攻擊的方向。「議論の~をすぐそらした」立刻避開了議論的鋒芒。
ほごし[2]【保護司】　保護司。
ほごしょく[2]【保護色】　保護色。
ほごしょぶん[3]【保護処分】　保護處分。
ほご・す[2]【解す】（動五）　解開。
ほごぼうえき[3]【保護貿易】　保護貿易。→自由貿易
ほこら[3]【祠・叢祠】　祠堂。
ほこらか[2]【誇らか】（形動）　得意洋洋。「~に成果をうたいあげる」洋洋得意地宣揚成果。
ほこらし・い[4]【誇らしい】（形）　自鳴得意。
ほこり[0]【埃】　塵埃。
ほこり[0]【誇り】　自豪。

ほごりん[2]【保護林】 保護林。

ほこ・る[2]【誇る】（動五） ①自豪，炫耀。「自分の財産を～・る」炫耀自己的財產。②自豪。當作榮譽。「科学技術を～・る時代」以科技爲榮的時代。

ほころば・せる[5]【綻ばせる】（動下一） 使綻開。「顔を～・せる」使綻開笑臉；笑逐顏開。

ほころび[4]【綻び】 綻線，綻開處。

ほころ・びる[4]【綻びる】（動上一） ①綻線。②綻開。「梅のつぼみが～・びる」梅花的花蕾微開。③舒展。「うれしくて口もとが～・びる」高興得嘴角露出笑容。

ほころ・ぶ[3]【綻ぶ】（動五） 綻開，舒展。

ほさ[1]【補佐・輔佐】スル 輔佐，輔助，輔弼，助理。「課長～」課長助理。

ほさき[3][0]【穂先】 ①穗尖。②尖端。

ほざ・く[2]（動五） 胡說。「つべこべ～・くな」少說廢話。

ほさつ[0]【捕殺】スル 捕殺。「野犬を～する」捕殺野狗。

ほさつ[0]【補殺】スル 接殺。

ぼさつ[1]【菩薩】〔佛〕①菩薩。大徹大悟，發心成佛，勤勉修行的人。彌勒、觀世音、地藏等高階位菩薩僅次於佛而受到人們信仰。②菩薩。讚美德高望重的僧人而給予的尊稱。③菩薩。根據神佛融合的思想，賦予日本神的稱號。「八幡大～」八幡大菩薩。

ボサノバ[0]【葡 bossa nova】 巴沙諾瓦。在巴西的森巴舞裡融進都市洗煉風格的舞曲。

ぼさん[0]【墓参】スル 掃墓，上墳。

ほし[0]【星】 ①星。「～を戴(いただ)く」披星戴月。②星。指小點。「～争い」點數之爭。③目標，點子。「～を挙げる」檢舉嫌疑人。④星。支配命運的星。「幸運の～の下に生まれる」吉星照命。

ほじ[1]【保持】スル 保持。「選手権～者」冠軍衛冕者。

ぼし[1]【母子】 母子。

ぼし[1]【母指・拇指】 拇指。

ぼし[1]【拇趾】 腳拇趾。

ぼし[1]【墓誌】 墓誌。

ポジ[1]【positive】 正片，正像。↔ネガ

ほしあかり[3]【星明かり】 星光。「夜道は～すらなかった」夜路連一點星光都沒有。

ほし・い[2]【欲しい】（形） ①想要。②希望。（補助形容詞）對方表達謀求自己期望事物的心情。「これからは注意して～・い」希望你從今以後要注意。

ほしいまま[2]【縦・恣】 縱情，恣意，隨心所欲。

ほしうらない[3][4]【星占い】 占星。

ポシェット[2]【法 pochette】 小肩包。

ほしがき[2]【干し柿】 柿餅。

ほしかげ[3][4]【星影】 星光。

ぼしかてい[3]【母子家庭】 母子家庭。

ほしがれい[3]【干し鰈・乾し鰈】 鰈魚乾。

ほしくさ[2]【干し草・乾し草】 乾草。

ほしくず[3]【星屑】 群星。

ほじく・る[3]【穿る】（動五） ①摳，挖出來。「鼻を～・る」摳鼻孔。②揭穿，揭發，揭露。「内情を～・る」揭露內情。

ぼしけんこうてちょう[7]【母子健康手帳】 母子健康手冊。

ポジション[2]【position】 ①位置，職位。②（棒球運動中的）防守位置。

ほじそ【穂紫蘇】 紫蘇花穗。

ほしぞら[0]【星空】 星空。

ほしつ[0]【保湿】スル 保濕。

ほしづきよ[4][3]【星月夜】 星夜。

ポジティブ[1]【positive】 ①正片。②（形動）積極的，肯定的。「～な考え方」肯定的想法。↔ネガティブ

ほしとりひょう[0]【星取り表】 得星表。相撲比賽中，用黑白星表示勝敗的表。

ほしのり[2]【干し海苔・乾し海苔】 乾紫菜。

ほしぶどう[3]【干し葡萄・乾し葡萄】 葡萄乾。

ほしまわり[3]【星回り】 星運，運勢。

ほしめ[0]【星眼】 白翳。

ぼしめい[2]【墓誌銘】 墓誌銘。

ほしもの[3]【干し物・乾し物】 曬乾物。

ほしゃく◎【保釈】スル　保釋。

ほしゃくきん◎【保釈金】　保釋金。

ポシャ・る◎（動五）　弄壞了，不行了，告吹了。「計画が～・る」計畫告吹了。

ほしゅ◎【保守】スル　①保守。↔革新。②保養，維修。「機械の～する点検」機械的保養檢查。

ほしゅ◎【捕手】　捕手。

ほしゅう◎【補修】スル　補修，修補。「～工事」修補工程。

ほしゅう◎【補習】スル　補習。「成績のよくない学生が放課後の～を受ける」成績不佳的學生放學後接受補習。

ほじゅう◎【補充】スル　補充。「人員を～する」補充人員。

ぼしゅう◎【募集】スル　募集，招募。

ぼしゅう◎【暮秋】　暮秋。陰曆9月的別名。

ほしゅしゅぎ◎【保守主義】　保守主義。↔進歩主義

ぼしゅん◎【暮春】　暮春。陰曆3月的別名。

ほじょ◎【補助】スル　補助，輔助。「生活費を～する」補助生活費。「～金」補助金。

ぼしょ◎【墓所】　墳地，墓地。

ほしょう◎【歩哨】　步哨。

ほしょう◎【保証】スル　①保證。「あの人のことは私が～する」那個人的事我來保證。②保證。當債務人不履行債務時，代而承擔履行債務義務。

ほしょう◎【保障】スル　保障。「安全を～する」保障安全。

ほしょう◎【補償】スル　補償。

ほじょう◎【捕縄】　捕繩，法繩。

ぼじょう◎【慕情】　戀慕之情。

ほしょうきん◎【保証金】　保證金。

ほじょかへい◎【補助貨幣】　輔幣。

ほしょく◎【捕食】スル　捕食。

ほしょく◎【補色】　互補色，補色。

ぼしょく◎【暮色】　暮色。「～がせまる」暮色降臨。

ほじょけいようし◎【補助形容詞】　補助形容詞。

ほじょどうし◎【補助動詞】　補助動詞。

ほじょようげん◎【補助用言】　補助用言。

ほじ・る◎【穿る】（動五）　挖，摳。

ほしん◎【保身】　保身，防身。「～の術」防身術。

ほ・す◎【干す・乾す】（動五）　①弄乾，曬乾，晾乾。「洗濯物を日の下で～・す」把洗的東西在太陽下曬乾。②淘乾。「プールを～・す」把游泳池裡的水排乾。③喝乾，飲光。「杯を～・す」乾杯。④使挨餓。「役を～・される」不給工作、受冷落。

ボス◎【boss】　①老闆，老大，有頭有臉的人物。「金融界の～」金融界的首領。②頭子，首領。

ほすい◎【保水】　保水。「水源地の～」水源地的保水。「森林の～能力」森林的保水能力。

ポスター◎【poster】　廣告畫，宣傳單。

ポスターカラー◎【poster color】　廣告顏料。

ホステス◎【hostess】　①女主人。↔ゲスト・ホスト。②女招待。↔ホスト。③空姐。

ホスト◎【host】　①東道主。↔ゲスト・ホステス。②男招待員。↔ホステス。③男主持人。④多數派。

ポスト◎【post】　①郵筒，信箱。②（家庭等的）信箱。③地位，部署，職務。「重要な～につく」身居要職。

ポストカード◎【postcard】　明信片。

ポストハーベスト◎【postharvest application】　農產品保質處理。

ポストモダン◎【post-modern】　①後現代建築。②後現代的。

ボストンバッグ◎【Boston bag】　波士頓包。

ホスピス◎【hospice】　安寧病房。

ホスピタリズム◎【hospitalism】　〔心〕醫院病，住院致病。

ホスピタリティー◎【hospitality】　①款待。②對新事物有較好的接受性。

ホスピタル◎【hospital】　醫院。

ほ・する◎【補する】（動サ變）　任命。「調査官に～・する」任命為調查官。

ほせい◎【補正】スル ①補正。②校正，修正，補正。

ほせい◎【補整】スル 修整。

ほせい◎【母性】 母性。↔父性。「～愛」母愛。

ほせいあい◎【母性愛】 母愛。↔父性愛

ぼぜいそうこ◎【保税倉庫】 保税倉庫。

ポセイドン◎【Poseidōn】 波塞冬。希臘神話中奧林匹斯十二神之一。

ほせいよさん◎【補正予算】 補正預算。

ぼせき◎【墓石】 墓石。

ほせつ◎【補説】スル 補充説明。

ほせん◎【保線】 保養路線。

ほせん◎【補選】 補選。「補欠選挙」的略称。「参議院～」参議員補選。

ほぜん◎【保全】スル 保全。「領土を～する」保全領土。

ぼせん◎【母船】 母船。

ぼぜん◎【墓前】 墓前。「～に誓う」在墓前宣誓。

ぼせんこく◎【母川国】 母河國。

ほぞ◎【柄】 柄，雄榫，榫頭。

ほぞ◎【臍】 ①臍。②心中，本心，内心。「～を固める」下決心。「～を噛む」噬臍莫及。

ほそ・い◎【細い】（形） ①細。「～・い管」細管。②窄。「～・い道」窄道。③瘦。「体が～・い」身體修長。④尖細。⑤微小。「食が～・い」飯量小。「神経が～・い」神經過敏。「細く長く」細水長流。↔太く短く

ほそう◎【舗装・鋪装】スル 鋪路，鋪砌。

ほそうぐ◎【補装具】 輔助用具。

ほそうで◎【細腕】 ①細腕。②過於柔弱的力氣，脆弱的生活能力。「女の～」女人纖細的手；女人纖弱的手。

ほそおもて◎【細面】 長臉，瓜子臉。「～の美人」瓜子臉美人。

ほそく◎【歩測】スル 歩測。

ほそく◎【捕捉】スル 捕捉，捉拿。「レーターで敵を～する」用雷達捉拿敵人。

ほそく◎【補足】スル 補足。

ほそく◎【補則】 補則。

ほそじ◎【細字】 細筆字。↔太字

ほそつ◎【歩卒】 歩卒。

ほそづくり◎【細作り】 ①做得精細（的東西）。②身材苗條柔軟。「～の体」苗條柔軟的身體。

ほそなが・い◎【細長い】（形） 細長。又細又長。「～・い板」細長的板。

ほぞのお◎【臍の緒】 臍帯。

ほそびき◎【細引き】 ①細（麻）繩。②細長條。

ほそぼそ◎【細細】（副） ①細細（地）。「～とした腕」細細的手腕。②勉強地延續下去。「～と続く小道」羊腸小道。③勉強度日。

ほそみ◎【細身】 細長，纖細物。「～の刀」細長的刀。

ほそめ◎【細め】（形動） 有一點細。↔太め。「窓を～に開ける」把窗戶打開一道縫。

ほそ・める◎【細める】（動下一） 弄細。「目を～・めて喜ぶ」高興得瞇起眼睛。

ほそ・る◎【細る】（動五） ①變細。②瘦。「病気で身が～・る」病得身體消瘦。③量減少，減弱。「食が日に日に～・る」飯吃的一天比一天少。

ほぞん◎【保存】スル 保存。

ほた◎【榾】 引火木柴，劈柴。

ぼた◎ 煤渣。

ポタージュ◎【法 potage】 濃湯。→コンソメ

ぼたい◎【母体】 ①母體。母親的身體。②母體，前身，基礎。「このデパートは合作社を～としてできたのです」這個百貨公司是以合作社爲基礎成立的。

ぼたい◎【母胎】 ①母胎。②母體。

ぼだい◎【菩提】〔佛〕①〔梵語的音譯〕菩提。覺悟境界。②菩提。死後的冥福。「～をとむらう」祈禱死者冥福。

ぼだいじ◎【菩提寺】 菩提寺。

ぼだいじゅ◎【菩提樹】 菩提樹。

ぼだいしん◎【菩提心】 菩提心。

ぼたいほごほう◎【母体保護法】 母體保護法。

ほたぎ◎【榾木】 段木。

ほださ・れる◎【絆される】（動下一） 被絆住，被糾纏住。「情に～・れる」

爲情感所羈絆。

ほたてがい◎【帆立貝】　海扇貝。

ぼたもち◎【牡丹餅】　牡丹餅。「棚から～」福自天降。

ぼたやま◎【ぼた山】　煤渣山。

ぼたゆき◎【ぼた雪】　鵝毛大雪。

ほたる◎【蛍】　螢火蟲。「～の光窓の雪」螢光窗雪。

ほたるいか◎【蛍烏賊】　螢火魷。

ほたるいし◎【蛍石】　螢石。

ほたるがり◎【蛍狩り】　捕螢

ほたるぐさ◎【蛍草】　大葉柴胡的別名。

ほたるび◎【蛍火】　①螢光。②星火，餘燼。

ほたるぶくろ◎【蛍袋】　紫斑風鈴草。

ぼたん◎【牡丹】　牡丹。

ボタン◎【葡 botão】　①扣子，鈕扣。②鈕，電鈕，按鍵。「機械の～を押す」按下機械的按鈕。

ボタンホール◎【buttonhole】　扣眼。

ぼたんゆき◎【牡丹雪】　鵝毛大雪。

ぼち◎【墓地】　墓地。

ほちゅう◎【補注・補註】　補充注釋。

ほちゅうあみ◎【捕虫網】　捕蟲網。

ほちょう◎【歩調】　①步調。步幅快慢。「～揃えて進む」步伐整齊地行進。②步調。「党内の～がそろわない」黨內步調不一致。

ほちょうき◎【補聴器】　助聽器。

ぼつ◎【没】　①不採用（投稿等）。「～にする」不採用。「この投書を～にする」不採用這個投稿。②（接頭）沒。「～個性」沒個性。「～交渉」沒交往。

ぼつ◎【没・歿】　歿，死去。「昭和 20 年～」昭和 20 年歿。

ぽつ◎　小點。

ぼっか◎【牧歌】　①牧歌。②田園詩歌。

ぼつが◎【没我】　忘我。「～の境に入るか如く」如同進入忘我的境地。

ほっかい◎◎【北海】　北海。

ほっかいどう◎【北海道】　北海道。

ぼっかく◎【墨客】　墨客。「文人～」文人墨客。

ほっかぶり◎【頬っ被り】　スル　用毛巾等包住頭和雙頰。

ほつがん◎【発願】　スル　〔佛〕①發願。②許願。

ほっき◎【発起】　①發起。②發起心願。「一念～してお酒をやめる」下決心戒酒。

ほつぎ◎【発議】　スル　動議，倡議，提議。

ぼっき◎【勃起】　スル　勃起。

ほっきがい◎【北寄貝】　北寄貝的別名。

ほっきにん◎【発起人】　①發起人。②創辦人。

ぼっきゃく◎【没却】　スル　①忽略。「自己を～する」忘卻自己。②埋沒。

ほっきょく◎【北極】　①北極點。②北極。③北天極。↔南極

ほっきょくぐま◎【北極熊】　北極熊。

ほっきょくけん◎【北極圏】　北極圈。↔南極圈

ほっきょくせい◎【北極星】　北極星。

ほっく◎【発句】　①發句。↔挙げ句。②發句。俳句。③起句。

ホック◎【hook】　掛鉤扣，鉤狀扣。

ボックス◎【box】　①箱子。②包廂。「ロイヤル～」貴賓包廂。③箱形建築物。「電話～」電話亭。④區。棒球運動比賽時，所處位置的劃區。「バッター～」打擊區。⑤方塊紋樣小牛皮。「～の靴」方塊紋樣小牛皮鞋。⑥四方舞。

ボックスシート◎【box seat】　包廂座位。

ぽっくり◎　漆木屐。

ほっけ◎【𩸽】　遠東多線魚。

ポッケ　口袋（幼兒用語）。

ホッケー◎【hockey】　曲棍球。

ほっけしゅう◎【法華宗】　法華宗。

ぼっけん◎【木剣】　木劍。

ぼつご◎【没後】　歿後。

ぼっこう◎【勃興】　スル　勃興。

ぼっこうしょう◎【没交渉】　沒往來，沒關係。

ぼっこん◎【墨痕】　墨痕，墨跡。「～鮮やかな書」墨痕漂亮的書法。

ほっさ◎【発作】　スル　發作。

ほっさてき◎【発作的】　（形動）突發性的。「～な犯行」突發性的犯罪行爲。

ぼっしゅう◎【没収】　スル　沒收。

ぼっしゅうじあい◎【没収試合】　棄權比

賽。

ぼつしゅみ⓪【没趣味】　沒意思，沒趣味。

ぼっしょ⓪【没書】　投稿沒被採用，沒被採用的原稿。

ほっしん⓪【発心】スル　①〔佛〕發心。②立志，下決心。

ほっす⓪【払子】　拂塵。

ほっ・する⓪【欲する】（動サ變）①想要（某種東西），希望。②想做（某事）。「名誉や地位を～・する」想要名譽和地位。③好像在做（某事）。

ぼっ・する⓪【没する】（動サ變）①沒入，沉沒。「日が西山に～・する」日沒西山。②人死去。③隱沒。④沒收。

ぼつぜん⓪【没前・歿前】　歿前，生前。

ぼつぜん⓪【勃然】（タル）　勃然。

ほっそく⓪【発足】スル　①開始（活動）。②出發。

ほっそり③（副）スル　纖細，修長。

ほったて⓪【掘っ立て・掘っ建て】　無礎埋柱式簡易建築。

ほったてごや⑤【掘っ建て小屋】　無礎埋柱式簡易房。

ほったらか・す⑤（動五）　丟開不管，置之不顧。

ほったん⓪【発端】　發端，開端。

ホッチキス①　訂書機。

ぼっちゃん①【坊ちゃん】　①少爺。②公子哥。

ぼっちゃんそだち⑤【坊ちゃん育ち】　嬌生慣養，養尊處優。

ぼってり③（副）スル　①厚墩墩。②胖嘟嘟。

ホット⓪【hot】　①熱。「～-コーヒー」熱咖啡。②（形動）熱門。「～なニュース」最新消息；第一手新聞。③白熱化。「～な論争」白熱化的爭論。

ポット①【pot】　①壺。「コーヒー-～」咖啡壺。②熱水瓶。

ぼっとう⓪【没頭】スル　埋頭。

ホットカーラー⑤【㊉ hot＋curler】　電熱捲髮器。

ホットケーキ④【hot cake】　鬆餅。

ホットコーナー④【hot corner】　三壘。

ホットスポット⑤【hot-spot】　熱點。

ぽっとで⓪【ぽっと出】　首次進城（者）。

ホットドッグ④【hot dog】　熱狗。

ホットニュース④【hot news】　最新消息。

ホットプレート④【hot plate】　電熱板。

ホットライン④【hot line】　熱線。

ほづな⓪【帆綱】　帆索。

ぼつにゅう⓪【没入】スル　①沒入。②埋頭。「読書に～する」專心讀書。

ぼつねん⓪【没年・歿年】　①享年。死時的年齡。②歿年。去世那年的年度。↔生年

ぼつねんと①（副）スル　孤單單，孤零零。

ホッパー①【hopper】　料斗。儲存糟的一種。

ぼっぱつ⓪【勃発】スル　爆發。「戦争の～」戰爭爆發。

ほっぴょうよう③【北氷洋】　北冰洋。

ホップ①【hop】スル　①單腳跳。②（三級跳遠中的）第一跳。③上飄球。

ホップ①【荷 hop】　啤酒花，忽布，蛇麻草。

ポップアート④【pop art】　普普藝術。

ポップコーン④【popcorn】　爆玉米花。

ポップス①【pops】　通俗音樂，大眾音樂。

ポップフライ④【pop fly】　內野高飛球。

ほっぺた③【頬っぺた】　臉蛋。「おいしくて～が落ちる」形容非常好吃的用語。

ぽっぽ⓪　懷，懷中。「～に入れる」放入懷裡。

ほっぽう⓪【北方】　北方。

ぼつぼつ⓪【勃勃】（タル）　勃勃。「～たる闘志」勃勃鬥志。

ぼつぼつ⓪（副）①漸漸。「もう時間になったので、～出掛けよう」時間到了，我們現在出發吧。②星星點點。點或粒狀的東西到處都有。

ほっぽらか・す⑤（動五）　中途放棄，丟下不管。

ほっぽ・る⓪（動五）　拋棄，摺下。

ぼつらく⓪【没落】スル　①沒落。②陷落。

ボツリヌスきん⓪【―菌】〔拉 botulinus 為腸阻塞之意〕肉毒桿菌。

ほつれげ⓪【解れ毛】 蓬亂的頭髮。

ほつ・れる⓪【解れる】（動下一） 綻開。

ほてい⓪【補訂】スル 補充修訂。「～版」補充修訂版。

ほてい⓪【補綴】スル ①補綴，修補。②綴句。

ボディー①【body】 ①軀體。②汽車的車體、飛機的機體、船舶的船體等的稱呼。

ボディーチェック④【body check】 ①身體阻截。②身體安檢。

ボディービルディング⑥【body building】健身運動，健美運動。

ボディーブロー⑤【body blow】 擊打胸腹。

ボディーライン④【body line】 身體線條，身體曲線。

ボディーランゲージ⑥【body language】身體語言。

ほていばら⓪【布袋腹】 便便大腹。

ほてつ⓪【補綴】スル 補綴。

ポテト①【potato】 馬鈴薯。

ほて・る②【火照る・熱る】（動五） 發熱。

ホテル①【hotel】 賓館，飯店。

ほてん⓪【補填】スル 填補。「赤字を～する」填補虧空。

ポテンシャル②【potential】 潛力。

ぽてんヒット④ 棒球運動中，球擊至內外野手之間的安打的俗稱。

ほど⓪【程】 ①㋑事物的程度。「身の～を知らない」自不量力。㋺適度。「酒は～を過ごさず飲め」喝酒不要過量。㋩可允許的程度，限度。「冗談と言っても～がある」雖說開玩笑也要有分寸。②情形，樣子。「真偽の～は不明だ」真假情況不明。③大致的時間，時候，時分。「この～はありがとうございました」最近這段時間太謝謝你了。

ほど①【歩度】 腳步。「～を緩める」放慢腳步。

ほどあい⓪【程合い】 正好的程度，恰好程度，恰好的。

ほどう⓪【歩道】 人行道，步道。↔車道

ほどう⓪【補導・輔導】スル 輔導，引導。

ほどう⓪【舗道・鋪道】 鋪建道路。

ぼどう⓪【母堂】 令堂。

ほど・く【解く】（動五） ①解開。②還願。

ほとけ⓪【仏】 ①佛，聖僧。②釋迦牟尼。③佛。聖人、高僧。④死者。「～になる」升天了；成佛了。「～作って魂入れず」為山九仞，功虧一簣。「～の顔も三度」事不過三。

ほとけのざ⓪【仏の座】 ①菊科的稻槎菜的別名。②寶蓋草。

ほど・ける⓪【解ける】（動下一） ①解開，鬆開。②緩解。「緊張が～・ける」緊張緩和。

ほどこ・す③【施す】（動五） ①施與（金錢、物品、恩惠等）。②施肥。③施加。「蒔絵を～・す」加施泥金畫。④施行。「策を～・す」施行策略。⑤推行政策。⑥表露。「面目を～・す」露臉。「世界に名を～・す」聞名世界。

ほどちか・い④【程近い】（形） 不太遠，比較近。

ほどとお・い④【程遠い】（形） ①很遠。②相距甚遠。「理想とは～・い現状」和理想相差很遠的現實。

ほととぎす③【杜鵑・時鳥・子規・不如帰・杜宇】 杜鵑。

ほどなく②⓪【程なく】（副） 不久。

ほとばし・る④【迸る】（動五） 迸出。

ほと・びる③【潤びる】（動上一） 泡開，泡漲。「豆が～・びる」豆泡開了。

ポトフ②【法 pot-au-feu】 蔬菜牛肉濃湯。

ほとほと②（副） 實在。「あの人には～愛想がつきた」那個人實在討厭透了。

ほどほど⓪【程程】 適當地，適可而止。

ほとぼり④⓪【熱り】 餘熱。

ボトム①【bottom】 ①底，下部。②衣服下擺。

ボトムアップ④【bottom up】 自下而上的管理模式。→トップ-ダウン

ほどよ・い【程好い・程良い】（形）
恰好，適宜。「運動も～・くしないと、
かえって害になる」運動若不適當反而
對身體有害。

ほとり①【辺・畔】　①岸邊，畔。②
（某物的）旁邊。

ボトル⓪【bottle】　①瓶。②酒瓶。

ボトルキープ⑤【⑭ bottle＋keep】　暫存
酒。

ボトルネック④【bottleneck】　瓶頸。

ほとんど②【殆ど】　（副）①大體，大
致，基本上。「火事で部屋が～焼けてし
まった」因失火屋子大部分都燒光了。
②差一點，幾乎。「～泣くところだっ
た」差點就哭了。③大部分。「会員の～
が賛成だ」大部分的會員贊成。

ほなみ⓪【穂並み】　齊穗。

ほなみ⓪【穂波】　稲（麥）浪。

ボナンザグラム⑤【bonanzagram】　懸賞
填字謎。

ポニー①【pony】　小型馬，矮馬。

ポニーテール⑤【ponytail】　馬尾辮。

ほにゅう⓪【哺乳】　哺乳。

ほにゅう⓪【母乳】　母乳。

ほにゅうどうぶつ⑤【哺乳動物】　哺乳動
物。

ほにゅうるい③【哺乳類】　哺乳類。

ほにん⓪【補任】　補任。

ほね②【骨】　①骨。②骨灰。③骨
（架）。④核心人物。⑤骨氣。「～のあ
る人」有骨氣的人。⑥棘手。「これは～
の仕事だが、王さんは見事にやりとげ
た」這本是十分費力的工作，小王卻出
色地完成了。「～が折れる」困難，費
勁。

ほねおしみ④【骨惜しみ】 スル　不肯吃苦。

ほねおり③【骨折り】　費力氣。「大変な～
をいただく」承蒙鼎力相助。

ほねおりぞん④【骨折り損】　徒勞。「～
のくたびれもうけ」徒勞無功。

ほねお・る③【骨折る】（動五）　賣力，
不辭勞苦。

ほねぐみ②【骨組み】　①骨架。②骨架。
主要的結構。

ほねつぎ②【骨接ぎ】　接骨術，整骨醫
生。

ほねっぷし⓪【骨っ節】　①骨節。②骨
氣，氣概。

ほねっぽ・い⓪【骨っぽい】（形）①骨
頭多。②皮包骨。③有骨氣。

ほねぬき⓪【骨抜き】　①去骨。②沒骨
氣。「金をやって～にする」用錢買通
③刪去關鍵內容。「法案は～にされた」
法案被刪掉了關鍵內容。

ほねぶと⓪【骨太】　骨粗，骨骼結實。↔
骨細。「～な指」骨粗的手指。

ほねみ②【骨身】　骨和肉，全身。「～に
こたえる」痛苦浸入全身。痛不欲生。
「～を惜しまない」不辭辛苦。

ほねやすめ④【骨休め】 スル　歇一口氣，休
息。

ほの②【仄】（接頭）　表示略微、稍微等
意。「～白い」微微發白。

ほのお②【炎・焔】　①火焰。②火焰。
心中燃起的激情。「恋の～」愛的火焰。

ほのか②【仄か】（形動）　略微，些許。
「～な香り」淡淡的香味。

ほのぐら・い④【仄暗い】（形）　微暗。

ほのじ⓪【ほの字】　愛慕。「あの娘に～
なんだろ」你在愛戀那個女孩吧。

ほのぼの⓪【仄仄】（副）スル　①朦朧亮。
②略微有點溫暖。「～た心持ち」暖暖的
情意。

ほのめか・す④【仄めかす】（動五）　拐
彎抹角地示意，暗示。

ほのめ・く③【仄めく】（動五）　隱約可
見，時隱時現。「喜びの色が～・く」露
出些高興的神色。

ぼば①【牡馬】　牡馬，公馬。↔牝馬

ホバークラフト⑤【hovercraft】　氣墊船。

ほばく⓪【捕縛】 スル　捕縛，逮住綁上。
「犯人を～する」把犯人逮住綁上。

ほばしら②【帆柱・檣】　桅桿。

ほはば⓪【歩幅】　步幅。

ホバリング⓪【hovering】　空中停留。

ぼはん⓪【母斑】　胎記。

ぼひ①【墓碑】　墓碑。

ホビー①【hobby】　趣味，嗜好。

ポピー①【poppy】　罌粟，虞美人。

ほひつ⓪【補筆】 スル　補筆，補寫。

ほひつ⓪【輔弼・補弼】スル　輔弼。輔佐天子執政。

ポピュラー①【popular】　①流行歌曲。②流行音樂。③通俗的。

ポピュラーミュージック⑤【popular music】　流行音樂。

ポピュリズム③【法 populisme】　民眾主義。

ぼひょう⓪【墓標】　①墓碑文。②墓標。

ボビン①【bobbin】　①繞線筒。②梭心。③梭子。

ほふ①【保父】　男保育員。

ボブ①【bob】　鮑伯髮型，齊頸短髮。

ほふく⓪【匍匐】スル　匍匐。

ボブスレー①【bobsleigh】　有舵雪橇，雪車（運動）。

ホフマンほうしき⑤【一方式】　霍夫曼方式。

ポプラ①【poplar】　白楊。

ポプリ①【法 pot-pourri】　百花香囊。

ポプリン⓪【poplin】　府綢。

ほふ・る②【屠る】（動五）　①殲滅。②屠宰。

ほへい⓪【歩兵】　步兵。

ボヘミアン③【Bohemian】　①波希米亞人。流浪者。②波希米亞式的人。

ほぼ①【保母・保姆】　保母，女保育員。

ほほえまし・い⑤【微笑ましい】（形）　惹人笑，有趣的。

ほほえみ④【微笑み】　微笑。

ほほえ・む③【微笑む】（動五）　①微笑。「あの人はうれしそうに～・んでいる」那個人高興地露出笑容。②初放，初綻。

ポマード②【pomade】　髮油。

ほまえせん③【帆前船】　帆前船。

ほまれ⓪【誉れ】　榮譽，名譽。

ほむら⓪【焔・炎】　①火焔。②火焰般的激情。

ほめそや・す⓪④【褒めそやす】（動五）　讚不絕口。

ほめちぎ・る④【褒めちぎる】（動五）　極力稱讚。

ポメラニアン⑤【Pomeranian】　博美狗。

ほ・める②【褒める・誉める】（動下一）

讚揚。「先生に～・められる」受到了老師的表揚。

ホモ①【希 homo】　男性同性戀，同性戀者。

ホモぎゅうにゅう⑤【一牛乳】　〔ホモ為homogenized（均質化）之略〕均質牛奶。

ホモサピエンス⑤【拉 Homo sapiens】　①智人。②〔哲〕知性人，理智人。

ホモセクシャル⑤【homo-sexual】　同性戀。

ホモフォニー⑤【homophony】　主調音樂。

ホモルーデンス【拉 Homo ludens】　遊戲人。

ほや①【海鞘】　海鞘。

ほや①【火屋・火舎】　①玻璃燈罩。②爐蓋。

ぼや①【暮夜】　暮夜，夜晚，夜裡。

ぼやか・す⓪（動五）　曖昧，使模糊不清。「話の焦点を～・す」使談話的焦點模糊。

ぼや・く②（動五）　發牢騷。

ぼや・ける（動下一）　模糊。「焦点が～・けている」焦點模糊。

ぼやぼや①（副）スル　發呆。「～するな」不要發呆。

ほゆう⓪【保有】スル　保有。

ほよう⓪【保養】スル　①保養。②使心情愉快。「目の～」眼睛的保養。

ほら①【洞】　洞。

ほら①【法螺】　大話。「～を吹く」①吹海螺。②吹牛。

ぼら⓪【鯔・鰡】　鯔，烏魚。

ホラー①【horror】　恐怖。

ホラーえいが【一映画】　〔horror movie〕恐怖影片。

ほらあな③【洞穴】　洞穴。

ほらがい③【法螺貝】　①大法螺。②海螺號角。

ほらがとうげ⑤【洞ヶ峠】　見風轉舵。觀察形勢。「～をきめこむ」見風使舵。

ほらふき③【法螺吹き】　吹牛的人。

ポラロイドカメラ⑧【Polaroid Land Camera】　立可拍相機。

ボランティア②【volunteer】 志工。

ほり◎【堀・濠】 ①濠，溝渠。②護城河。

ほり①【彫り】 ①雕刻，雕刻效果。②像被雕刻過一樣的凹凸。「～の深い顔」凹凸鮮明的面龐。

ポリ① 警察。「ポリス」的略稱。「～公」警察。

ポリ① 聚乙烯。「～袋」聚乙烯袋。

ほりあ・てる【掘り当てる】（動下一）①挖到，掘到。②發掘。「優秀な人材を～・てる」發掘優秀人才。

ホリー【holly】 冬青樹。

ポリウレタン③【polyurethane】 聚氨酯。

ポリエステル③【polyester】 聚酯。

ポリエチレン④【polyethylene】 聚乙烯。

ほりおこ・す◎【掘り起こす】（動五）①開墾土地。②挖出，刨。③挖掘。「有用な人材を～・す」發掘有用的人才。

ほりかえ・す◎【掘り返す】（動五）①翻地。「畑を～・す」翻鬆田地。②重挖。③翻舊帳，舊事重提。「昔の事件を～・す」重提往事。

ポリグラフ③【polygraph】 測謊器。

ほりごたつ③【掘り炬燵】 鑲嵌被爐。

ほりさ・げる④【掘り下げる】（動下一）①下挖，深掘。②深究。「問題点を～・げる」深究問題點。

ポリシー①【policy】 ①政策。②方針。

ポリス①【police】 警察。

ポリスボックス⑤【police box】 派出所，警察崗哨。

ホリゾント③【德 Horizont】 穹窿（背景）。

ほりだしもの◎【掘り出し物】 偶然到手的珍品，便宜地弄到手的貴重物品。

ほりだ・す③【掘り出す】（動五）①挖出。②發掘出。

ホリデー①【holiday】 ①假日。②休假。「サマー-～」暑假。

ほりぬきいど⑤【掘り抜き井戸】 自流井。

ポリネシア②【Polynesia】 玻里尼西亞。

ポリフォニー②【polyphony】 ①復調音樂。②復調小說。

ポリプロピレン⑥【polypropylene】 聚丙烯。

ほりもの②【彫り物】 ①雕刻品，雕刻技術。②紋身。

ほりゅう◎【保留】スル 保留。「～の余地はなし」沒有保留的餘地。

ほりゅう◎【蒲柳】 蒲柳。「～の質」蒲柳之質；體質虛弱。

ボリューム②【volume】 ①量，量感。「～のある食事」有定量的飯。②音量。③（書籍的）卷，冊。④分割資料集。→パーティション

ほりょ①【捕虜】 俘虜。

ほりわり◎【掘割・堀割】 渠，濠。

ほ・る①【彫る】（動五）①雕刻，篆刻。「仏像を～・る」雕刻佛像。②黥，紋身。

ほ・る①【掘る】（動五）①掘，挖。「穴を～・る」挖洞。②挖出，掘出。「さのまいもを～・る」挖地瓜。

ぼ・る①（動五）敲竹槓。「大金を～・られる」被敲竹槓敲掉了鉅款。

ポルカ①【polka】 波卡舞（曲）。

ボルシェビキ④【俄 Bol'sheviki】 布林什維克。

ボルシチ①【俄 borshch】 羅宋湯。

ホルスター◎【holster】 手槍套。

ホルスタイン④【德 Holstein】 荷蘭牛。

ボルゾイ①【俄 borzoi】 蘇俄牧羊犬。

ホルダー①【holder】 ①支撐物。「キー-～」鑰匙圈。②保持人。「タイトル-～」冠軍稱號保持人。

ボルテージ③【voltage】 ①電壓。②力度。「～の高い文章」很有感染力的文章。

ボルト①【bolt】 螺栓。

ボルト①【volt】 伏特。

ボルドー①【Bordeaux】 波爾多。

ボルドーえき⑤【―液】 波爾多液。

ポルノ①【porno】 色情。「～映画」色情電影。

ホルマリン◎【formalin】 福馬林。

ホルムアルデヒド⑥【formaldehyde】 甲醛。

ホルモン⓪【德 Hormon】 賀爾蒙。

ホルモンやき⓪【—焼き】 烤內臟串。

ホルン⓪【horn】 ①原始號角。②法國號。

ほれい⓪【保冷】 保冷。「～倉庫」冷凍倉庫。

ボレー①【volley】 截擊球。

ほれこ・む③【惚れ込む】（動五） 看中，入迷。「あの女優に～・んでいる」深深地迷戀著那個女演員。

ほれぼれ③【惚れ惚れ】（副）スル 令人神往，出神。

ほ・れる⓪【惚れる】（動下一） ①愛戀，迷戀。「～・れた欲目」情人眼裡出西施。②欽佩。「社長の心意気に～・れる」佩服社長的幹勁。③入迷。「美しい曲に聞き～・れる」美妙的樂曲使人聽得入迷。「見～・れる」看得入迷。

ボレロ①【西 bolero】 ①波麗露舞（曲）。②波雷若外套。

ほろ①【幌】 ①車篷。②軟篷。

ぼろ⓪ 表程度很甚之意。「～勝ち」壓倒性的勝利。

ぼろ①【襤褸】 ①破布。②破爛衣服。「～を着ている」衣衫襤褸。③缺點，破綻。「～が出る」缺點暴露出來。

ポロ①【polo】 馬球。

ぼろ・い②（形） 一本萬利的。「～・い儲け」一本萬利。

ほろう⓪【步廊】 ①遊廊，步廊。②月臺。

ぼろきれ⓪【襤褸切れ】 破布頭。

ぼろくそ⓪【襤褸糞】 一文不值，破爛貨。「～に言う」說得一文不值。

ホログラフィー③【holography】 全像攝影術。

ホログラム③【hologram】 全像圖。

ホロコースト③【holocaust】 （特指納粹對猶太人的）大屠殺。

ポロシャツ③【polo shirt】 POLO 衫。

ホロスコープ④【horoscope】 占星，天宮圖。

ほろにが・い④【ほろ苦い】（形） 味稍苦。「～・い思い出」略微苦澀的回憶。

ポロネーズ③【法 polonaise】 波蘭舞（曲），波羅乃茲舞。

ほろばしゃ③【幌馬車】 帶篷馬車。

ほろ・びる③【滅びる・亡びる】（動上一） 滅亡，死亡。「国が～・びる」國家滅亡。

ほろ・ぶ⓪②【滅ぶ・亡ぶ】（動五） 滅亡。

ほろぼ・す③【滅ぼす】（動五） 消滅，使滅亡。「敵を～・す」消滅敵人。「身を～・す」自取滅亡。

ほろほろちょう⓪【ほろほろ鳥】 珠雞。

ぼろもうけ③【ぼろ儲け】スル 一本萬利。「ぬれ手であわの～」不勞而獲發大財。

ほろよい⓪【ほろ酔い】スル 微醺。

ホワイト②【white】 ①白，白色。②白色顏料。③白色人種，白人。

ホワイトカラー⑤【white-collar】 白領階層。

ホワイトゴールド⑤【white gold】 白色合金。

ホワイトソース⑤【white sauce】 白色調味汁。

ホワイトデー④【和 white＋day】 白色情人節。

ホワイトニング⓪【whitening】 美白。

ホワイトハウス⑤【White House】 ①白宮。②美利堅眾國政府。

ホワイトリカー⑤【和 white＋liquor】 白酒。

ポワレ②【法 poêler】 奶油鍋燒肉。

ほん①【本】 ①①書，書籍。②本子，劇本。②（接頭）接在名詞前。①本人。「～席」本席。②本。表與說話者自己有關的事物之意。「～官」本官。③（接尾）根，條，輛。②計數招數和練習次數的量詞。「三～勝負」三場比賽。「素振り 100～」假動作練習 100 次。③部。計數原稿、電影等的量詞。

ぼん①【凡】 平凡，普通。↔非凡

ぼん①【坊】 對男孩的愛稱。

ぼん①【盆】 ①盂蘭盆會。②盆，托盤。「～と正月が一緒に来たよう」忙得不亦樂乎；喜事盈門；雙喜臨門。

ほんあん◎【翻案】スル 改編。

ほんい◎【本位】 ①本位。想法和行動等的基本出發點。「あの人は何をするにしても自己を～にしている」那個人無論做什麼老是只顧自己。②本位。貨幣制度的基準。「金～」金本位。③原位。原來的位置，原來的地位。「～に復する」恢復原位。

ほんい◎【本意】 ①本意，真意。②本意，初衷。「～を告自する」表明本意。

ほんい◎【翻意】スル 改變主意。

ほんいかへい◎【本位貨幣】 本位貨幣。

ほんいきごう◎【本位記号】 還原記號，本位記號。→変化記号

ほんいんぼう◎【本因坊】 本因坊。

ほんえい◎【本営】 大本營，司令部。

ぼんおどり◎【盆踊り】 盂蘭盆舞。

ほんか◎【本科】 本科。→専科・別科・予科。

ほんかい◎【本懐】 本願，本來的願望。

ほんかいぎ◎【本会議】 ①（對部門會議、委員會等而言的）正式會議。②全體議員大會。

ほんかく◎【本格】 正規，本格。「～派」本格派；嚴肅派。

ほんがく◎【本学】 本校。

ほんかどり◎◎【本歌取り】 取本歌。吸取古代和歌中的語句、構思、情趣等，創作新和歌的手法。

ほんかん◎【本官】 ①正式官職。②本來官職。③（代）本官。人、警官、公務員等任官職者的自稱。

ほんかん◎【本管】 幹管，總管線。

ほんかん◎【本館】 主樓，本館。

ほんがん◎【本願】 ①本願，本來的願望。②〔佛〕本願。

ポンカン◎【椪柑・凸柑】 椪柑。

ほんき◎【本気】 正經，當真，真心。「あいつの話を～にするな」別把那個人的話當真。

ほんき◎【本機】 ①主機。②本機。這部機械。③本機。指這架飛機。

ほんぎ◎【本紀】 本紀。

ほんぎ◎【本義】 本義。「国体の～」國體的根本大義。

ほんぎまり◎【本決まり】 正式決定。

ほんきゅう◎【本給】 基本工資。

ほんきょ◎【本拠】 據點，主場，本源地，大本營。「城を～にして戦う」據城而戰。

ほんぎょう◎◎【本業】 本業，正業。↔副業

ほんきょく◎【本局】 ①總局，總台。②本局，本台。在郵局、電臺與電視臺、藥局等指當時所在的局（台）。

ほんきん◎【本金】 ①真金，純金。②本金。

ぼんぐ◎【凡愚】 凡愚。「～な考え」凡愚的想法。

ほんぐう◎【本宮】 本宮。原來的神社。↔別宮

ほんぐもり◎【本曇り】 烏雲密布，陰天。

ぼんくら◎【盆暗】 笨蛋，愚笨。

ぼんくれ◎【盆暮れ】 中元節和年底。「～のあいさつ」中元節和年底的祝詞。

ほんけ◎【本家】 ①本家。②正宗，嫡派。↔分家・末家

ぼんけい◎【盆景】 盆景。

ほんけがえり◎【本卦還り】 花甲。

ほんけん◎【本件】 本件，本案。

ほんげん◎【本源】 本源，根源。

ぼんご◎【梵語】 梵語，梵文。

ボンゴ◎【西 bongo】 曼波鼓。

ほんこう◎【本坑】 主坑道。

ほんこう◎【本校】 ①本校。（對於分校而言的）本校。②該校。這個學校。

ほんこく◎【翻刻】スル ①翻刻。②翻印，影印。

ほんごく◎【本国】 本國。

ほんごし◎【本腰】 認真的樣子。「～を入れる」鼓起幹勁認真地做。

ぼんこつ◎【凡骨】 凡骨，庸人。

ぽんこつ◎ 廢物。「～車」報廢車。

ボンゴレ◎【義 vongole】 義大利蛤蜊料理。

ホンコン◎【香港】〔Hong Kong〕香港。

ホンコンフラワー◎【香港一】 香港塑膠花。

ほんさい◎【本妻】　正妻。正式的妻子。

ほんさい◎【盆栽】　盆栽。

ほんさい◎【梵妻】　梵妻。僧人的妻子。

ほんさく◎【凡作】　平庸之作。

ほんざん◎【本山】　①本山，本寺。②該寺，該山，本寺。

ボンサンス③【法 bon sens】　良知，良識。

ほんし◎【本旨】　本旨，本意。

ほんし◎【本紙】　①本報。②原紙。③正刊。

ほんし◎【本誌】　①本雜誌。②正刊，本刊。

ほんじ◎【本地】　①本地。佛、菩薩本來的姿態，相對於垂跡而言。②本體。③真心，本心。④本底。漆器的底子之一。

ほんじ◎【本字】　①本字。對假名文字而言的漢字。②繁體字。

ほんじ◎【翻字】スル〔transliteration〕翻譯，譯文。

ぼんじ◎【梵字】　梵字。被用來標記梵語的文字的總稱。

ほんしき◎【本式】　①正規。②正式。

ほんじすいじゃくせつ□【本地垂迹説】　本地垂跡說。

ほんしつ◎【本質】　本質。

ほんじつ①【本日】　本日。

ぼんしつ◎【凡失】　不應有的失誤。

ほんしつてき◎【本質的】（形動）　本質的。「～な問題」本質上的問題。

ほんしゃ◎【本社】　①總社，本社。↔支社。②本公司。該公司。③本社。在一個神域內祭主神的神社。「熊野～」熊野本社。

ぼんしゅ◎【凡手】　庸才，凡人。

ほんしゅう①【本州】　本州。

ほんしょ①【本署】　①總署。②本署，該署。

ほんしょう◎【本性】　本性。「～を現す」露出本性。

ほんしょう◎【本省】　①本省。中央省廳。②本省，該省。

ぼんしょう◎【梵鐘】　梵鐘。

ほんじょうぞうしゅ◎【本醸造酒】　本醸造酒。

ほんしょく◎【本職】　①本職，本業。②內行，本行，行家。③（代）本職，本官。

ほんしょしごせん①【本初子午線】　本初子午線。

ほんしん◎【本心】　①本心，真心，實意。「～からの言葉です」是真心話。②本心，良心。

ほんしん◎【本震】　主震。

ほんじん◎【本陣】　①本陣。大將所在之處。②本陣。江戶時代，諸大名等把驛站當作住所的公認之旅館。

ぼんじん◎【凡人】　凡人。

ポンス①【荷 pons】　橙子汁。

ほんすじ◎【本筋】　①中心思想，合理步驟。「話が～から外れる」話離開了正題。②本來的血統或派流。

ほんせい◎【本姓】　①本姓。娘家的姓，舊姓。②真正的姓。

ほんせき◎【本籍】　現籍。

ぼんせき◎【盆石】　盆景石。

ほんせん◎【本船】　①主船。②本船。

ほんせん◎【本線】　①主線，幹道。②正線。指鐵路的幹線。③本線，主線。電信線路的幹線。

ほんせん◎【本選】　正式評選。

ほんぜん◎【本膳】　①本膳。②正式日本宴席。

ほんぜんりょうり◎【本膳料理】　本膳料理。

ほんそう◎【本葬】　正式的葬禮。

ほんそう◎【奔走】スル　奔走。「署名集めに～する」爲集體簽名到處奔走。

ほんぞう◎【本草】　本草。

ほんぞうがく◎【本草学】　本草學。

ほんそく◎【本則】　①正規規則，原則，本來的方針。②主要法則。↔付則

ぼんぞく◎【凡俗】　①凡俗，普通。②〔佛〕凡夫俗子。

ボンソワール④【法 bonsoir】（感）　晚上好，晚安。

ほんぞん◎【本尊】　①本尊，主佛。②本尊，該人，本人。

ぼんだ◎【凡打】スル　平庸的打擊。

ほんたい◎【本体】 ①本來面目。「～を現す」露出本來面目。②〔哲〕〔希 noûmenon〕本體。③主佛。④中心事項，主體。

ほんたい◎【本隊】 ①中心部隊，主力部隊。②本隊。

ほんたい◎【本態】 本來姿態。

ほんだい◎【本題】 本題，正題。

ぼんたい◎【凡退】 スル 未打出安打而出局，打者出局。

ほんたく◎【本宅】 本宅，主宅。

ほんたて◎【本立て】 書擋。

ほんだな◎【本棚】 書架，書櫥。

ほんだわら◎ 馬尾藻。

ぼんたん◎【文旦】 文旦。

ぼんち◎【坊ち】 少主，少爺（主要在關西使用）。

ぼんち◎【盆地】 盆地。

ポンチ◎【punch】 ①中心衝。②打孔器，穿孔機。

ポンチ◎【punch】 潘趣酒。「フルーツ～」水果潘趣。

ポンチえ◎【一絵】 漫畫，諷刺畫。

ポンチョ◎【西 poncho】 ①南美斗篷，穗飾披風。②防雨披風。

ほんちょう◎【本庁】 ①本廳，中央官廳。②本廳。

ほんちょう◎【本朝】 本朝。↔異朝

ほんちょうし◎【本調子】 ①本調子。三味線最古老、最基本的調弦方法。②常態。「やっと～になる」終於恢復常態。

ほんつや◎【本通夜】 指連續守夜 2～3夜中，送葬前夜的守夜。

ほんて◎【本手】 ①絕技，絕招。②正式。

ほんてい◎【本邸】 本邸，本宅。

ほんてん◎【本店】 ①總店。↔支店。②本店。

ほんでん◎【本殿】 本殿，正殿。

ほんど◎【本土】 ①本土，本國。②本土。主要的國土。

ボンド◎【bond】 ①連接線。②債券，保證債券。③〔Bond〕黏接劑。

ポンド◎【荷 pond】 ①磅。②鎊。埃及、敘利亞、黎巴嫩等國的貨幣單位。

ほんとう◎【本当】 ①真的。②實在，完全。「あいつの話は～にあてにならない」那傢伙的話實在是靠不住。

ほんとう◎【本島】 ①本島，主島。「沖縄～」沖繩本島。②本島，該島。

ほんとう◎【奔騰】 スル 激漲，猛漲，奔騰。「相場が～する」行情猛漲。

ほんどう◎【本堂】 本堂，正殿。

ほんどう◎【本道】 ①主道，幹道。↔間道。②正道。「政治の～を行く」走正確的政治路線。

ほんどこ◎【本床】 正式壁龕。

ほんにん◎【本人】 本人。

ほんね◎【本音】 ①真心話。「これは～ではない」這不是真心話。②原音。

ボンネット◎【bonnet】 ①無邊女帽，無邊童帽。②引擎罩，引擎蓋。

ほんねん◎【本年】 本年，今年。

ほんの◎【本の】 （連體）一點點，些許。「～できごろです」只不過是一時衝動。

ほんのう◎【本能】 本能。

ぼんのう◎【煩悩】 〔佛〕煩惱。

ぼんのくぼ◎【盆の窪】 頸窩。

ほんのり◎（副）スル 微微的，略微，稍稍。

ほんば◎【本場】 ①主產地。「～の英語」道地的英語。②發源地。「彼のロシア語は～で習ったのです」他的俄語是在俄羅斯學的。③上午盤，上午行情。

ほんば◎【奔馬】 奔馬。

ほんばこ◎【本箱】 書箱。

ほんばしょ◎【本場所】 本場。決定力士等級榜的地位及薪金的日本相撲協會組織之正式相撲比賽。

ほんばん◎【本番】 ①正式演出。②正式進行。「ぶっつけ～」開門見山；直截了當。

ぽんびき◎【ぽん引き】 ①皮條客。②拉客詐財。

ぼんぴゃく◎【凡百】 各式各樣，種種。「～の相談に応じる」接受各種諮詢。

ほんぶ◎【本部】 本部。

ほんぷ◎【本譜】 本譜。

ぼんぷ◎【凡夫】 ①凡夫。②〔佛〕凡

夫。

ポンプ⓪【荷 pomp】 幫浦，泵。

ほんぷく⓪【本復】スル 痊癒，康復。「長患いが～する」久病痊癒了。

ほんぶしん⓪【本普請】 正式修建，大修。

ほんぶたい③【本舞台】 ①本舞臺，正面舞臺。②正式大顯身手的好場所。

ほんぶり⓪【本降り】 下大雨。

ほんぶん⓪【本分】 ①本分。「学生の～」學生的本分。②天分，天資。

ボンベ⓪【德 Bombe】 高壓儲氣瓶。

ほんぺん⓪【本編・本篇】 ①正篇。②本篇。

ほんぽ⓪【本舗】 總號，本號。

ほんぽう⓪【本邦】 本邦，本國。「～初演」本國首次上演。

ほんぽう⓪【本俸】 基本工資。

ほんぽう⓪【奔放】 奔放。「自由～な生き方」自由奔放的生活方式。

ほんぼし⓪【本星】 目標嫌疑人。「～を絞り込む」鎖定目標嫌疑人。「～を追う」追趕目標嫌疑人。

ぼんぼり⓪【雪洞】 紙糊的小型燈。

ぼんぼん⓪ 少爺。主要在關西地方使用。

ボンボン③【法 bonbon】 酒心巧克力，夾心糖。

ぽんぽんじょうき⑤【ぽんぽん蒸気】 小汽艇。

ポンポンダリア⑤【pompon dahlia】 絨球菊花。

ほんま⓪【本真】 真的。「～の話やで」是真的。

ほんまつ⓪【本末】 ①本末。②開頭和結束。

ほんまつてんとう⓪【本末転倒】スル 本末倒置。

ほんまる⓪【本丸】 中心內城。

ほんみ⓪【本身】 真刀，真劍。

ほんみょう③【本名】 本名，真名。

ほんむ①【本務】 本來的任務。

ほんめい⓪①【本命】 優勝候選者。

ほんめい⓪【奔命】 奔命。「～に疲れる」疲於奔命。

ほんもう⓪①【本望】 ①夙願。②滿足。

ほんもと⓪【本元】 根源，本元。「本家～」本家本元。

ほんもの⓪【本物】 ①真貨。↔贋物。②原物。③真正的。「この絵は～だ」這幅畫是真貨。

ほんもん⓪【本文】 ①本文，原文。②正文。書籍中主要部分的文章。③（引用的）原文。

ほんや①【本屋】 ①書店，書商。②主房，正房。

ほんやく⓪【翻訳】スル ①翻譯。②〔生〕轉譯。

ぼんやり③（副）スル ①模糊，不強，不明亮。「山が霧の中に～と見える」山在霧中隱約可見。「～と覚えている」模糊地記得。②無所事事。「～と暮らす」無所事事地生活。③發呆。

ぼんよう⓪【凡庸】 平庸。

ほんよさん③【本予算】 基本預算。

ほんよみ③【本読み】 ①讀書，喜歡讀書的人。②讀劇本。

ほんらい①【本来】 本來，理當如此。「～なら罰せられるところだ」理應受懲罰。

ほんりゅう⓪【本流】 ①主流。↔支流。②主要流派，主流。

ほんりゅう⓪【奔流】 奔流。「～となって流れる」以奔流之勢流動。

ぼんりょ①【凡慮】 凡人的想法。「～の及ぶところではない」不是普通人所能料到的。

ほんりょう③【本領】 本領。「～を発揮する」發揮本領。

ほんるい⓪【本塁】 ①根據地。②本壘。

ほんるいだ③【本塁打】 全壘打。

ボンレスハム⑤【boneless ham】 去骨火腿。

ほんろう⓪【翻弄】スル 玩弄，翻弄。

ほんろん⓪【本論】 ①本論，正文。「～に入る」進入正題。②本論，該論。

ほんわり⓪【本割】 本割。職業大相撲力士比賽中的正規分組。

ほ

ま

ま◎【真】 ①真正，真實。「~に受ける」當真。②（接頭）①真實的，真正的。「~人間」正經人；正直的人。②正確的。「~横」正側面。③純，全。「~水」純淨水。「~新しい」全（嶄）新。④純種。「~いわし」純種沙丁魚。

ま◎【間】 ①①空隙，間隔。「木の~」樹間。②房間。「茶の~」茶室；飯廳。③間隙，間歇。「寝る~もない」連睡覺的時間都沒有。④空隔的時間。「~を置いて交渉する」留出時間進行交渉。⑤適當的時機，機會。「~を見計らう」乘機；擇機。⑥當時的情形、氣氛。「~が悪い」不湊巧。②（接尾）間。計數房間的量詞。「六畳ふた~」六席榻榻米大的房間2間。

ま◎【魔】 ①魔。②惡魔。「~の手をのびる」伸出魔爪。③著魔。「電話~」電話迷。「~が差す」著魔；鬼使神差。

まあ◎ ①（副）①勉強，還算可以。「学生としては~いいでしょう」作爲學生來說，還算可以吧。②先，暫且。「~お坐わりください」先請座。③喂，來。「~一杯」來，乾一杯！②（感）喲，嘿，哎呀。「~、きれい」哎呀，真漂亮！

まあい◎【間合い】 ①空檔，閒暇。「~を詰める」抓緊閒暇。②空。「~をはかる」抽空。

マーカー◎【marker】 ①標兵。②標記筆，記分器。③標示物，路標，標誌物。④記分員。

マーガリン◎【margarine】 人造奶油。

マーガレット◎【marguerite】 茼蒿菊，馬格麗特。

マーキュリー◎【Mercury】 ①水銀的英語名。②水星。

マーキュロクロム◎【Mercurochrome】 紅汞，紅藥水。

マーキング◎◎【marking】 戳印，印記，標識。

マーク◎【mark】 スル ①標記，符號，標章。②商標（的略稱）。③盯，注意，留心。「怪しい人を~する」監視可疑的人。④創造紀錄。「アジア記録を~する」創造亞洲紀錄。

マークシート◎【mark sheet】 （打孔的）紙帶，卡片，標記卡片，標碼紙。

マーケット◎【market】 ①市場，市集，商業中心。②行情，市面。商品的銷路，市場。

マーケティング◎【marketing】 市場營運，行銷。

まあじ◎【真鯵】 真鯵。

マージ◎【merge】 スル 合併，歸併，整合。

マージャン◎◎【麻雀】 麻將。

マージン◎【margin】 ①價差，套利，賺頭。「~を取る」獲取價差。②銷售佣金。③（交易中的）保證金。④空白，白邊。

まあたらし・い◎【真新しい】 （形）嶄新，全新。「~かばん」嶄新的皮包。

マーチ◎【march】 進行曲。

マーチ◎【March】 3月。

マーチャンダイジング◎【merchandising】 商品供應計畫。

マート◎【mart】 市場，商業中心地。

マーブル◎【marble】 ①大理石，大理岩。②大理石般的。

マーボーどうふ◎【麻婆豆腐】 麻婆豆腐。

まあまあ◎ ①（形動）還算可以，過得去，還可以，勉強。「~の成績」成績還可以。②（副）①勉強。「~暮らしてゆける」勉強維持生計。②行了，得了，好了，算了。「~落ちついて」行了行了，平靜些吧。

マーマレード◎【marmalade】 橘子果醬。

マーメード◎【mermaid】 美人魚。

まい◎【舞】 舞。

まい【毎】（接頭）　每，每個。「～日曜日」每個星期日。

まい【枚】（接尾）　①張，枚，只。②枚。相撲用語。「5～あがる」上升了 5 枚。③塊，片。「田 1～」水田一塊。

マイ【my】　「我的」之意。「～-カー」自家車。

まいあが・る【舞い上がる】（動五）飛揚，飛舞。「ほこりが～る」塵土飛揚。

まいあさ【毎朝】　每天早上（晨）。

まいおうぎ【舞扇】　舞扇。

まいおさ・める【舞い納める】（動下一）　舞畢。

マイカー【和 my+car】　自家車。

まいかい【玫瑰】　玫瑰。

まいきょ【枚挙】スル　枚舉，一一列舉。「事例を～する」一一列舉事例。「～に違がない」不勝枚舉。

マイク　話筒，麥克風。

マイクロ【micro】　①微，微型。「～-フィルム」微型膠捲。②微。「～-アンペア」微安。

マイクロキュリー【microcurie】　微居里。放射能的單位。

マイクロコンピューター【microcomputer】　微電腦。

マイクロフィルム【microfilm】　微縮影片。

マイクロホン【microphone】　麥克風，話筒，傳聲器。

マイクロメーター【micrometer】　測微器，測微計。

マイクロリーダー【microreader】　微縮片閱讀器。

まいげつ【毎月】　每月。

まいこ【舞子・舞妓】　舞妓。

まいご【迷子】　①迷路的孩子，走失的兒童。②走失。

まいこつ【埋骨】スル　埋骨。

マイコプラズマ【mycoplasma】　黴漿菌。

まいこ・む【舞い込む】（動五）　①飛入，飄進來。「雪が窓から～む」雪花從窗戶飄入。②飛來，降臨。「吉報が～

・む」喜訊從天而降。

マイコン　微型電腦。

まいじ【毎次】　每次。

まいじ【毎時】　每一小時。「～30 分発」在每小時的 30 分發一班。「～50 キロの速度」每小時 50 公里的速度。

まいしゅう【毎週】　每週，每星期。「～のパーティー」每週的宴會。

まいしょく【毎食】　每餐，每頓飯。

まいしん【邁進】スル　邁進。「勇往～」勇往直前。

マイシン【myicin】　鏈黴素的略語。

まいすう【枚数】　枚數，張數，片數，塊數，件數。

マイスター【德 Meister】　①巨匠，大家，大師，名家。②（徒弟制度上的）師傅，老師。

まいせつ【埋設】スル　埋設。「水道管の～工事」埋設水管的工程。

まいそう【埋葬】スル　埋葬。

まいぞう【埋藏】スル　①埋藏。「～物」埋藏物。②蘊藏。「～量」蘊藏量。

まいたけ【舞茸】　舞茸。

まいちもんじ【真一文字】　①筆直，一條直線。②一直前進，勇往直前。

まいつき【毎月】　每月。

まいった【参った】（感）　輸了，服輸。

マイト　黃色炸藥，硝化甘油炸藥。

まいど【毎度】　每次，總是，每一回。

まいとし【毎年】　每年。

マイナー【minor】　①（形動）小的，不重要的。②小調，短音階。↔ メジャー。「B～」B 小調。

マイナーリーグ【minor league】　小聯盟。

まいない【賂】　賄賂。

マイナス【minus】スル　①減去，扣去。②減號，負號。③有損於，不利於。「将来にとって～だ」對將來不利。④虧損，赤字。⑤負電（陰電）及其符號，「－」。⑥陰性。↔ プラス

まいにち【毎日】　每日，每天。

まいねん【毎年】　每年。

マイノリティー【minority】　少數，少

數派。↔マジョリティー

まいばん⓪【毎晩】 每晚。

まいひめ⓪⓪【舞姫】 女舞蹈者，舞姬。

まいびょう⓪【毎秒】 每秒。

まいふん⓪【毎分】 每分（鐘）。

マイペース③【和 my+pace】 自己的步調。

マイホーム③【和 my+home】 我家。

マイホームしゅぎ③【一主義】 家庭至上主義。

まいぼつ⓪【埋没】 スル ①埋沒。②埋頭。「研究に~する」埋頭研究。

まいまい⓪【舞舞】 ①蚊蟲的異名。②蝸牛的異名。

まいまい⓪【毎毎】 每每，每次，總是。

まいまいつぶり③【舞舞螺】 蝸牛的異名。

まいまいむし③【舞舞虫】 蚊蟲的別名。

マイム①【mime】 默劇的簡稱。

まいもど・る④【舞い戻る】 （動五） 返回，重返。「古巣へ~・る」重返故居。

まい・る①【参る】 （動五） ①「行く」「来る」的謙恭說法或禮貌說法。「兄が~・ります」我哥哥前來。②參拜，祭，掃。「墓に~・る」掃墓。③認輸，降服。「どうだ~・ったか」怎麼樣，認輸了吧。④受不了。「この寒には~・る」這天冷得實在受不了。⑤迷戀。「彼女にすっかり~・っている」徹底迷上她了。⑥鈞啟，鈞鑒。「…様~・る」鈞鑒。

マイル①【mile】 英里。

マイルストーン③【milestone】 里程碑。

マイルド①【mild】 （形動） 柔和，口感好。「~な味」味道柔和。

マイレージ③【mileage】 飛行里程。

マインド①【mind】 心，精神。

マインドコントロール⑥【和 mind+control】 ①精神控制，心靈控制。②心智控制。

ま・う⓪①【舞う】 （動五） ①舞，跳舞。「舞を~・う」跳舞。②飛舞。「木の葉が~・う」樹葉飛舞。

まうえ③【真上】 正上方。↔真下

まうしろ③【真後ろ】 正後方。

マウス①【mouth】 口，嘴。

マウス①【德 Maus; 英 mouse】 ①鼠。②滑鼠。

マウスピース④【mouthpiece】 ①吹口，樂器嘴。②護牙套，護齒。

マウンテン②【mountain】 「山」「山脈」之意。

マウンテンバイク⑥【mountain bike】 登山越野車。

マウント①【mount】 ①裝裱紙，片框。②鏡頭座。

マウンド①【mound】 投手板。

まえ①【前】 ①①前，正面，前方。↔うしろ・しりえ。②前，以前。↔あと・のち。「30 分ほど~」約 30 分鐘前。③以前的經歷，（尤指）前科。「~がある」有前科。②（接尾）①份。「2 人~」2 個人的份。「分け~」分的份。②表強調屬性、機能等的用語。「腕~」能耐；本事。「男~」男子漢風度（氣派）。

まえあき⓪【前開き】 前開式。

まえあし⓪①【前足・前脚】 ①前足，前腳。↔うしろあし。②前腳。「~に重心をかける」把重心移至前腳。

まえいわい③【前祝い】 預祝。

まえうしろ③【前後ろ】 ①前後。②前後逆轉，前後顛倒。「セーターを~に着る」毛衣前後穿反了。

まえうり⓪【前売り】 スル 預售。

まえおき⓪【前置き】 スル 開場白，前言，引言。

まえかがみ③【前屈み】 彎腰，前屈。

まえがき⓪【前書き】 スル 前言，序言，序。↔後書き

まえかけ③⓪【前掛け】 圍裙。

まえがし⓪【前貸し】 スル 預貸，預支。

まえがしら③【前頭】 前頭。力士的等級之一。

まえがみ⓪【前髪】 額髮，劉海。

まえがり⓪【前借り】 スル 預借。

まえきん⓪【前金】 預付款。

まえく⓪①【前句】 前句。

まえくづけ⓪【前句付け】 接前句遊戲。

まえげいき③【前景気】 事前氣氛，事前景氣。「~をあおる」事先營造氣氛。

まえこうじょう◎【前口上】 引子，開場白。「芝居の～」戲劇的引子。

まえこごみ◎【前屈み】 彎腰，前屈。

まえさがり◎【前下がり】 ①前側低。②前長後短。

まえさばき◎【前捌き】 前捌。相撲比賽中，兩力士相互把對方的手推擋回去而進行手爭。

マエストロ◎【義 maestro】 （音樂的）巨匠。

まえずもう◎【前相撲】 前相撲。

まえせつ◎【前説】 前言，前白。

まえせんでん◎【前宣傳】 前宣傳，事前宣傳。

まえだおし◎【前倒し】 移到前面，提前。「～発注」提前訂貨。

まえたて◎◎【前立て】 前襟，掩襟（貼邊布）。

まえだれ◎【前垂れ】 圍裙。

まえづけ◎【前付け】 前附。↔後付け

まえのめり◎【前のめり】 前傾。

まえば◎【前歯】 ①前齒。②（木屐齒的）前齒。↔奥歯

まえばらい◎【前払い】 ｽﾙ 預付。↔後払い

まえひょうばん◎【前評判】 事前評論。

まえぶれ◎【前触れ】 ｽﾙ ①預告。②前兆。「地震の～」地震的前兆。

まえまえ◎【前前】 以前，老早。「～から知ってはいたが」很早以前就知道了。

まえみごろ◎【前身頃】 前身。↔後ろ身頃

まえみつ◎【前褌】 前褌。

まえむき◎【前向き】 ①面向前方。②往前看，向前。「～に検討します」積極地進行研究。↔後ろ向き

まえもって◎◎【前以て】 （副） 事前，預先。「～用意する」事先準備。

まえやく◎【前厄】 前厄。↔後厄。→厄年

まえわたし◎【前渡し】 ｽﾙ ①先交。②定金。

まおう◎【麻黄】 麻黃。

まおう◎【魔王】 魔王。

マオタイしゅ◎【茅台酒】 茅台酒。

まおとこ◎【間男】 ｽﾙ 通姦，姦夫。

まかい◎◎【魔界】 魔界。

まがい◎【紛い】 ①贗，假。「～の鼈甲」假玳瑁。②仿造。「ワニ皮～」仿鱷魚皮。

まがいもの◎◎【紛い物】 贗品。

まがお◎◎【真顔】 認真的表情。

まがき【真牡蠣】 長牡蠣。

まがき◎◎【籬】 籬笆。

まがし◎【間貸し】 ｽﾙ 出租房間。↔間借り

まかじき◎【真旗魚】 紅肉旗魚。

マガジン◎【magazine】 ①雜誌。②底片盒，膠捲盒。

マガジンラック◎【magazine rack】 報刊架。

まか・す◎【任す・委す】 （動五） 委託。「運を天に～・す」聽天由命。

まか・す◎◎【負かす】 （動五） 打敗，戰勝，擊垮。「相手を～・す」戰勝對手。

まかず◎◎【間数】 房間數。

まかぜ◎【魔風】 邪風，妖風。

まか・せる◎【任せる・委せる】 （動下一） ①託付，委託。「仕事を～・せる」委託工作任務。②聽任，任憑。「身を～・せる」委身。③任憑。「足に～・せて歩く」信步而行。「成り行きに～・せる」順其自然。④盡（力），盡量。「力に～・せて投げる」拚力一擲。

まがたま◎【曲玉・勾玉】 勾玉。

マカデミアナッツ◎【macadamia nuts】 澳洲胡桃。

まかない◎◎【賄い】 供給伙食（的人）。

まかふしぎ◎【摩訶不思議】 神乎其神，非常離奇。「～な出来事」非常離奇的事件。

まがまがし・い◎【禍禍しい】 （形） 不吉利，不祥的。「～・い事件」不祥的事。

まがも◎◎【真鴨】 綠頭鴨。

まがり◎【曲がり】 彎曲。「～をなおす」矯正彎曲。

まがり◎【間借り】スル 租房間。↔間貸し

まがりかど◎【曲がり角】 ①街角，拐角。②十字路口。「人生の〜」人生的十字路口。

まがりくね・る◎【曲がりくねる】（動五） 彎彎曲曲，蜿蜒曲折。

まかりこ・す◎【罷り越す】（動五） 前往，拜訪。「行く」的自謙語。

まかりとお・る◎【罷り通る】（動五） ①硬走過去，強行通過。「大手をふって〜・る」大手一揮就橫衝直撞。②肆虐，無法無天。「わがままが〜・る」為所欲為。

まかりならぬ◎【罷り成らぬ】（連語） 決不能做，絕對不准。「成らぬ」強調說法。

まがりなりにも◎【曲がり形にも】（副） 勉勉強強，好歹。

まかりまちが・う◎【罷り間違う】（動五） 稍有差錯，稍一弄錯。「間違う」的強調說法。「〜・えば命がない」一旦有誤會，就會喪命。

まか・る◎【負かる】（動五） 能讓價。「少し〜・らないか」能稍微便宜一點嗎？

まか・る◎【罷る】（動四） ①去，來，退出，退下。「行く」「去る」等的自謙語及禮貌語。②去世。「死ぬ」的自謙語。→みまかる。③接在動詞前面，表自謙、禮貌、加強語氣。「〜・り越す」拜訪。「〜・り間違う」稍有差錯。

まが・る◎【曲がる】（動五） ①彎曲。「年をとって腰が〜・った」上了年紀，腰彎了。②轉彎。「右に〜・る」向右轉。③偏，歪斜。「ポスターが〜・る」海報歪了。④乖僻，乖張，扭曲。「根性が〜・っている」性情乖僻。⑤行情失常。

マカロニ◎【義 macaroni】 通心粉，通心麵。

マカロニウエスタン◎【⑭ macaroni＋western】 義大利西部片。

まき◎【牧】 牧場。

まき◎【巻き】 ①①捲。②卷。「源氏物語，桐壺の〜」《源氏物語》桐壺卷。

②（接尾）①軸，捲。計算捲軸、書籍數量的量詞。②捲。計算捲曲次數的量詞。

まき◎【薪】 柴火，柴薪。

まき◎【真木】 材質較好的杉木、扁柏的總稱。

まき◎【槙】 羅漢松。

まきあ・げる◎【巻き上げる】（動下一） ①捲上，捲起。「ロープを〜・げる」捲起繩子。②捲起。「木の葉を〜・げる」風捲起樹葉。③敲詐，勒索。「金を〜・げる」敲詐錢；詐財。

まきあみ◎【巻き網・旋網】 圍網，旋網。

まきえ◎【撒き餌】スル 撒餌。

まきえ◎◎【蒔絵】 蒔繪。

まきおこ・す◎【巻き起こす】（動五） ①捲起，揚起。②引發，惹起。「反響を〜・す」引起回響。

まきおこ・る◎【巻き起こる】（動五） 捲起，掀起。「ブームが〜・る」掀起一股熱潮。

まきがい◎【巻き貝】 螺。

まきかえ・す◎【巻き返す】（動五） ①反撲，報復。「最終回に〜・す」最後一次反攻。②重捲，捲回。

まきがみ◎【巻き紙】 捲紙。

まきぐも◎【巻き雲・捲き雲】 捲雲。同けんうん（巻雲）。

まきげ◎【巻き毛】 捲毛，捲髮。

まきごえ◎【蒔き肥】 基肥，底肥。

まきこ・む◎【巻き込む】（動五） ①捲進，捲入。「大波に〜・まれる」被捲進大浪裡。②捲入，牽連，連累。「わいろ事件に〜・まれた」被牽連到了受賄案件中。

マキシ◎【maxi】 特長，（尺寸）超長。

マキシム◎【maxim】 格言，箴言。

まきじゃく◎【巻き尺】 捲尺。

まきスカート④【巻き一】 緊身裙。

まきずし◎【巻き鮨】 壽司捲。

まきぞえ◎【巻き添え】 牽連，株連，連累，牽及。「この事件は一家を〜にした」這事件把全家都牽連上了。「〜を食う」受到牽連。

まきちら・す⓪【撒き散らす】（動五）
散布，撒布。「うわさを～・す」散布謠
言。

まきつ・く⓪【巻き付く】（動五）　纏
上，盤繞，纏繞。「枝に～・く」纏繞在
樹枝上。

まきつ・ける⓪【巻き付ける】（動下一）
纏上，繞上，捲上，捲住。「縄を～・け
る」纏上繩子。

まきつ・ける⓪【蒔き付ける】（動下一）
播種。

まきとりがみ⓪【巻き取り紙】　捲筒紙。

まきと・る⓪【巻き取る】（動五）　纏，
繞。「フィルムを～・る」捲底片。

まきなおし⓪【蒔き直し】スル　①重播。②
重做。「新規～」重新打鼓，重新開張。

まきば⓪【牧場】　牧場。

まきひげ⓪【巻き鬚】　捲鬚。

まきもど・す⓪【巻き戻す】（動五）倒，
倒回。「テープを～・す」倒帶。

まきもの⓪【巻き物】　①卷軸。②捲成軸
的布匹。

まきゅう⓪【魔球】　魔球。

まきょう⓪【魔境】　①魔境，魔界。②秘
境。「アマゾンの～」亞馬遜的秘境。

まぎら・す③【紛らす】（動五）　①蒙
混，掩飾，含混，吞吐。「ほかの言葉
で～・す」用別的話岔開。②消，除，
排遣。「悲しみを～・す」解除憂愁。

まぎらわし・い⑤【紛らわしい】（形）
不易分辨的。「本物と～・いにせもの」
以假亂真的冒牌貨。

まぎらわ・す④【紛らわす】（動五）　蒙
混，掩飾。「笑いに～・す」用笑掩飾過
去。「さびしさを～・す」排遣寂寞。

まぎ・れる③【紛れる】（動下一）　①混
入，混進。「人込みに～・れる」混進人
群。②只顧，忘懷，忘卻。「忙しさに～
・れて忘れる」因忙而忘記了。

まぎわ⓪【間際】　正要…之時，快要…以
前。「出発～」正要出發時。

まきわら⓪【巻き藁】　稻草捆，稻捆的
靶。

まきわり⓪③【薪割り】　劈柴，斧子，砍
刀。

まく⓪【幕】　①①布幕，幕布。②幕。戲
劇中演出的一個段落。「次の～に出る」
下一幕出場。③場面，場合。「君の出
る～ではない」不是你該去的地方。④
幕。指幕內力士。「～に入る」入幕（力
士）。⑤事物的終結。「事件もこれで～
となる」事情到此也告一段落。②（接
尾）幕。計算戲劇段落的量詞。「3～5
場」三幕五場。「～が開く」開幕；揭
開帷幕。「～を閉じる」閉幕。

まく⓪【膜】　①膜。②生物膜。

ま・く⓪【巻く・捲く】（動五）　❶（他
動詞）①纏，繞，包。「包帯を～・く」
纏繃帶。②捲，捲起。「敷物を～・く」
捲鋪蓋。③擰，上弦。「ねじを～・く」
擰螺絲。④捲，盤，盤據。「とぐろを～
・く」盤成一團。⑤包圍，包上。「遠巻
きに～・く」從遠處包圍。⑥繞，繞
過。「山腹を～・く」繞過山腰。⑦對
詠，連詠。「百韻を～・く」連吟百韻。
❷（自動詞）旋，打旋。「つむじが～・
いている」打旋。

ま・く⓪【蒔く・播く】（動五）　①播，
種。②結果。「自分で～・いた種」自食
其果。③塗撒。（為做蒔繪）撒布金銀
粉。「金粉を～・く」塗撒金粉。

ま・く⓪【撒く】（動五）　①撒，灑，
潑。「水を～・く」灑水。②散發，分
發。「ビラを～・く」散發傳單。③甩
掉，擺脫。「尾行を～・く」甩掉跟蹤。

まくあい⓪【幕間】　幕間。

まくあき⓪【幕開き】　①開幕。②開
端。「新時代の～」新時代的開端。

まくうち⓪⓪【幕内】　幕內。相撲力士等
極榜中，名列第 1 段「前頭」以上的力
士。

まくぎれ⓪【幕切れ】　①閉幕。②落幕，
收場。「あっけない～の試合」草草收場
的比賽。

まぐさ⓪⓪【秣】　秣，飼料草，乾草。

まくしあ・げる⑤【捲くし上げる】（動下
一）　捲起，挽起。「袖を～・げる」挽
起袖子。

まくした④⓪【幕下】　幕下。位居十兩之
下、第 3 段之上的力士。

まくした・てる◍【捲くし立てる】（動下一）　喋喋不休，滔滔不絕地說。「早口で～・てる」口若懸河。

まくじり◍◍【幕尻】　幕尻。相撲幕內最末位的地位。

まぐち◍【間口】　①面闊。↔奥行。「～3間」面闊3間。②寬闊度。「仕事の～を広げる」擴大工作範圍。

まくつ◍【魔窟】　①魔窟。②賊窟，妓女戶。

マグナカルタ◍【拉 Magna Carta】　大憲章。

マグナム◍【magnum】　馬格納姆子彈，馬格納姆手槍。

マグニチュード◍【magnitude】　震級，震度。

マグネシウム◍【magnesium】　鎂。

まくま◍【幕間】　「まくあい（幕間）」的誤讀。

マグマ◍【magma】　岩漿。

まくら◍【枕】　①枕頭。「～が上がらない」臥床不起。「～を交わす」同床共枕。「～を高くして寝る」高枕安寢；高枕無憂。②枕木，墊木。

まくらえ◍【枕絵】　春畫，春宮畫。

まくらがみ◍【枕上】　枕上，枕邊。「～に立つ」立於枕邊。

まくらぎ◍【枕木】　枕木，軌枕，墊木。

まくらぎょう◍【枕経】　枕經。

まくらことば◍【枕詞】　枕詞，冠詞。

まくらさがし◍【枕探し】　趁旅客睡覺時偷竊（的賊）。

まくらべ◍【枕辺】　同「まくらもと」。

マクラメ【法 macramé】　流蘇花邊。

まくらもと◍【枕元・枕許】　枕邊。

まくり◍　鷓鴣菜。海人草的別名。

まくりあ・げる◍【捲くり上げる】（動下一）　捲起，捲上去。

まく・る◍【捲くる】（動五）　①捲，捲起，挽起。「そでを～・る」挽起袖子。②掀，翻。「ページを～・る」翻頁。③拼命。「逃げ～・る」拼命地逃。

まぐれ◍【紛れ】　偶然。「～で当たる」偶然猜中（擊中）。

マクロ◍【macro】　①巨大，宏觀的。↔

ミクロ。「～分析」宏觀分析。②巨集指令。

まぐろ◍【鮪】　鮪魚，金槍魚。

マクロコスモス◍【德 Makrokosmos】　大宇宙，宏觀宇宙，宏觀世界。↔ミクロコスモス

まぐわ◍◍【馬鍬】　耙。

まくわうり◍【真桑瓜】　香瓜，甜瓜。

まけ◍【負け】　①負，敗，輸。↔勝ち。「～がこむ」輸定了。②減價，讓價。③不值，不如，不及。「名前～」名不副實；徒有虛名。

まげ◍【髷】　髮髻，頂髻。

まけいくさ◍【負け軍】　戰敗，敗戰，敗仗。↔勝ち軍

まけいぬ◍【負け犬】　敗犬，敗者。「～根性」敗犬根性。

まけおしみ◍【負け惜しみ】　不服輸，不認輸，不服氣。「～を言う」嘴上不認輸。

まけぎらい◍【負け嫌い】　不服輸，好強，倔強。「～な性格」倔強的性格。

まけこ・す◍◍【負け越す】（動五）　敗多勝少，負多勝少，輸多贏少。↔勝ち越す。「千秋楽で～・す」最後一天比賽輸多贏少。

まけずぎらい◍【負けず嫌い】　不服輸，不認輸。

まげて◍【曲げて・枉げて】（副）　務請，務必，無論如何。「～御承知下さい」請您無論如何都要答應。

まけぼし◍【負け星】　輸星，黑星。作為敗北標記而畫的黑圈。↔勝ち星

まげもの◍【曲げ物】　彎曲薄板器具。

まげもの◍【髷物】　髷物。

ま・ける◍◍【負ける】（動下一）　①負，輸，敗，洩氣。②禁不住，禁不起。「誘惑に～・ける」禁不起誘惑。③負於，屈服。「暑さに～・ける」怕熱。④鞍，創傷，發炎，過敏。「漆に～・ける」皮膚對漆過敏。⑤讓價，減價。「～・けてくださいませんか」能不能便宜點。「～が勝ち」以退為進。

ま・げる◍【曲げる】（動下一）　①弄彎，折彎。「腰を～・げる」彎腰。②篡

改，曲解，枉。「法を～・げる」枉法。③違心放棄，屈就。「節を～・げる」屈節。④入質。「盗品を～・げる」典當贓物。

まけんき⓪【負けん気】 不認輸，好強，爭勝。

まご⓪【孫】 ①孫。②隔代，隔輩。「～弟子」徒孫。

まご⓪【馬子】 趕馬人。「～にも衣装ょう」人靠衣裳馬靠鞍。

まごい⓪【真鯉】 （相對於紅鯉魚）普通黑鯉魚。

まご・う⓪【紛う】（動五） 見「まがう」。「～・う方なき」絲毫不錯。

まごうけ⓪【孫請け】 再轉包。

まごこ⓪【孫子】 ①孫子和兒子。②子孫，兒孫。「～の代まで」到子孫後代。

まごころ⓪【真心】 真心。

まごつ・く（動五） 驚慌失措，不知如何是好。「初めての仕事なので，～・いた」因爲是第一次工作，所以有些手忙腳亂。

まごでし⓪【孫弟子】 徒孫。

まこと⓪【真・実・誠】 ①真實。②誠意，真心。「～を尽くす」竭誠。③（副）真，的確，實在。「～にみごとだ」實在是很精彩。

まことしやか【真しやか】（形動） 像真的一樣，煞有介事。「～なうそをつく」謊話說得跟真的一樣。

まごのて⑤【孫の手】 搔癢耙，不求人。

まごびき⓪【孫引き】スル 間接引用，盲目引用。

まごびさし⑤【孫庇・孫廂】 側廂房。

まごむすめ⑤【孫娘】 孫女。

まこも⓪【真菰】 菰，茭白筍。

マコロン⓪【法 macaron】 蛋白杏仁餅。

マザー①【mother】 ①母親。②女修道院長。

マザーコンプレックス⑤【⑯ mother+complex】 戀母情結。

まさか⓪ ①一旦，萬一。「～の時」萬一不測。②（副）莫非，難道，不致於。「～失敗はしないだろう」總不會失敗吧。

まさかり⓪⓪【鉞】 板斧，鉞。

まさぐ・る⓪③【弄る】（動五） 弄，玩弄，擺弄。「指先で～・る」用指尖擺弄。

まさご⓪【真砂】 細砂。「浜の～」海濱的細沙。

まさしく③【正しく】（副） 確實，沒錯，誠然。

さつ⓪【摩擦】スル ①摩擦。「乾布～」乾布摩擦。②摩擦。「～が生じる」產生了摩擦。

まさつおん③【摩擦音】 摩擦音，擦音。

まさに①【正に】（副） ①的確。「～指摘のとおりだ」的確如您所指出的那樣。②正好，恰好。「～適任だ」恰好勝任。

まざまざ①①（副） 歷歷在目，清清楚楚。「ふるさとの風景を～と思い出す」故鄉的景象歷歷在目，在腦海中浮現。

まさむね【正宗】 ①正宗。鎌倉末期鎌倉的刀匠。②正宗刀。③正宗酒。灘地區清酒的牌子。

まさめ⓪【柾目・正目】 直木紋，直紋理。↔板目

まさめがみ⓪【柾目紙・正目紙】 ①白色厚紙。②直木紋貼面。

まさゆめ⓪【正夢】 應驗的夢。↔逆夢ゆめ

まざりもの⓪⓪【混ざり物】 混雜物，混合物。

まさ・る⓪⓪【勝る・優る】（動五） 優於，占優勢，勝於。↔劣る。「健康は財産に～・る」健康勝於財產。

まさ・る⓪⓪【増さる】（動五） 增多，增加，增大。「水かさが～・る」水量增大。

まざ・る⓪【交ざる】（動五） 攙混，攙雜，混雜。「アサが～・ったワイシャツ」混麻的襯衫。

まざ・る⓪【混ざる・雑ざる】（動五） 夾雜，混雜。「ドイシ人の血が～る」混有德國血統。

まし⓪【増し】 ①增，增多，增加。「5割～」增加5成。②勝過，強。「ないより～だ」總比沒有強。

ま

まじ◎（形動）　認真。「まじめ（真面目）」之略。「～な顔」認真的表情。

まじ・える◎【交える】（動下一）　①攙雜，夾雜。「私情を～・える」夾雜私情。②交換，進行對話。「一戰を～・える」打一仗。③交錯，交叉。「視線を～・える」視線交錯。

ましかく◎【真四角】　正方形。

まじきり◎【間仕切り】　隔牆，隔斷。

マジシャン◎【magiciam】　術士，魔術師。

ました◎【真下】　正下方，正下面。↔真上

マジック◎◎【magic】　①魔法，魔術，戲法。②「マジック-ナンバー」的略稱。

マジックインキ◎【⑯Magic Ink】　萬能墨水，揮發性墨水。

マジックテープ◎【⑯Magic Tape】　魔鬼氈。

マジックナンバー◎【magic number】　獲勝積分。

マジックミラー◎【magic mirror】　單向玻璃。

まして◎【況して】（副）　何況，況且。「～一人で動かせるわけがない」（大家都搬不動）何況一個人更是搬不動。

まして◎◎【増して】（副）　更，更加，超過。「以前にも～」也超過以前。「それにも～」也超過那個。

まじない◎【呪い】　念咒，咒語。

まじな・う◎【呪う】（動五）　念咒。

まじまじ◎（副）　凝視，目不轉睛。「～顔を見つめる」目不轉睛地看。

まじめ◎【真面目】　①認真，嚴肅。「～な顔つき」嚴肅的面孔。②誠實。「～な人柄」誠實的人品。

まじめくさ・る◎【真面目腐る】（動五）　裝認真，假正經。「～った顔」一本正經的樣子。

ましゃく◎【間尺】　①施工尺寸。②損益計算，比率。「～に合わない」不合算。

ましゅ◎【魔手】　魔掌，魔爪。「誘惑の～」誘惑的魔掌。

マシュマロ◎【marshmallow】　果汁軟糖。

まじょ◎【魔女】　①〔witch〕魔女。②魔女，女巫。

ましょう◎【魔性】　魔性。

まじょがり◎【魔女狩り】　①抓魔女（女巫）。②清除異己。「現代の～」現代的清除異己運動。

マジョリカ◎【majolica】　馬約里克軟彩陶。

マジョリティー◎【majority】　多數，多數派，過半數。↔マイノリティー

ましら◎◎【猿】　猴子的異名。

まじらい◎◎【交じらい】　交往，交際。

まじり◎【交じり】　混和，混雜，夾雜。「白髮～」夾雜著白髮。

まじ・る◎【混じる・雑じる】（動五）　①混，雜，夾雜。「異物が～・る」異物混入。②攙雜，混雜，摻和。「酒に水が～・る」酒裡摻水。

まじ・る◎【交じる】（動五）　①加入，參加。「若い人に～・って走る」加入年輕人中跑步。②攙雜，夾雜，混雜。「漢字に仮名が～・る」漢字中混有假名。

まじろぎ◎◎【瞬ぎ】　眨眼。「～もせずに見つめる」不眨眼地凝視。

まじろ・ぐ◎【瞬ぐ】（動五）　眨眼。

まじわ・る◎【交わる】（動五）　①碰上，交叉。「二本の線が～・る」二條線相交。②交往，交際。「多くの友と～・る」交很多朋友。③性交。④〔數〕相交。

マシン◎【machine】　①機械，機器。②賽車。

ます◎【斗】　斗拱。

ます◎◎【升・枡】　①升，斗。②包廂。

ます◎◎【鱒】　鱒魚。

ま・す◎◎【増す・益す】（動五）　（自動詞）①增加，增多。↔減る。「食欲が～・す」食欲增加。②增強，加劇。「痛みが～・す」疼痛加劇。→增して。③（他動詞）增強，增加，增多。「速さを～・す」加快速度。

マス◎【mass】　①集體，集團。「～-ゲーム」團體遊戲，團體操。②大量，多數。「～-プロダクション」大量生產。③大眾。「～-ソサエティ」大眾團體。

まず⓪【先ず】（副）①最初，開頭。「～報告いたします」先作報告。②姑且，先。「～お茶をどうぞ」請您先喝杯茶。③大致，大體。「～大丈夫だと思う」我想大概沒問題。④（下接否定）幾乎。「～助からない」幾乎沒救了。

ますい⓪【麻酔】麻醉。「～をかける」實施麻醉。

まず・い②【不味い】（形）不好吃，難吃。↔うまい。「この料理は～・い」這道菜不好吃。

ますがた⓪【枡形・升形】①升形。②甕城。

マスカット③【muscat】麝香葡萄。

マスカラ⓪【mascara】睫毛膏。

マスカレード④【masquerade】化妝舞會。

マスク①【mask】①面具，假面。②口罩。③護面罩。④防毒面具。⑤面貌，容貌。「甘い～」天真的模樣。⑥馬賽克。

マスクメロン④【muskmelon】哈密瓜，洋香瓜。

マスゲーム③【mass game】團體操，集體舞。

マスコット①【mascot】吉祥物。

マスコミ⓪ 大眾媒體，新聞媒體。

マスコミュニケーション⑥【mass communication】大眾傳媒。

ますざけ③【升酒・枡酒】①注入升中之酒。②按升賣酒。

まず・い②【貧しい】（形）①貧窮，貧苦。「～・い暮らし」貧苦的生活。②簡陋。「～・い設備」簡陋的設備。③貧乏，不足。「～・い才能」貧乏的才能。

マスセール③【mass sale】大量銷售。

ますせき③【升席・枡席】包廂席，升席。

マスター①【master】スル ①主任。②店長，經理。③碩士。④掌握，精通。「英語を～する」精通英語。

マスターキー③【master key】主鑰匙。

マスターズ③【Masters Tournament】美國高爾夫名人賽。

マスタード③【mustard】芥末。

マスタードガス⑤【mustard gas】芥子氣。

マスタープラン⑤【master plan】總計畫，總設計，基本計畫，基本設計。

マスターベーション⑤【masturbation】①手淫，自慰。②自我安慰。

マスト①【mast】船的桅桿。

まずは①【先ずは】（副）總之，匆忙，暫且。「～御礼まで」謹此匆匆致謝。

マスプロ⓪ 大量生產。「～教育」大量生產式教育。

マスプロダクション⑤【mass production】大量生產，批量生產。

ますます②【益益】（副）益發，越發，更加。「風が～強くなった」風越刮越大。

ますめ⓪③【升目・枡目】①升量。②方格，方眼。「原稿用紙の～」稿紙的方格。

マスメディア③【mass media】大眾媒體，新聞媒體。

まずもって①【先ず以て】（副）首先，不管怎樣。「～報告する」首先作報告。

ますらお⓪②【益荒男・丈夫】①大丈夫，男子漢，豪傑。↔たおやめ。②壯士。

ま・する【摩する】（動サ變）①磨，磨擦。②接近。「天を～・する」摩（參）天。

マズルカ①【波 mazurka】《瑪祖卡》。波蘭民族舞蹈及舞曲。

まぜあわ・せる⑤【混ぜ合わせる】（動下一）攪和，混合，攪和。「材料を～・せる」把材料攪和起來。

ませいせっき③【磨製石器】磨製石器。→打製石器

まぜおり⓪【交ぜ織り】交織，混紡。

まぜかえ・す⓪【混ぜ返す・雑ぜ返す】（動五）①攪和，攪拌。②打諢，插嘴，打岔。「話を～・すなよ」不要打岔。

まぜがき⓪【交ぜ書き】混寫。

まぜこぜ⓪ 混合，攪和。

まぜごはん③【混ぜ御飯】什錦飯。

まぜっかえし④【混ぜっ返し】打岔。

ま・せる◎【動下一】 早熟，（少年）老成。「～・せた口をきく」說大人話。

ま・ぜる◎【交ぜる】（動下一） 攙，攙和，攙混，拌上。「二色の糸を～・ぜて織る」把兩種顏色的線攙在一起織。

ま・ぜる◎【混ぜる・雑ぜる】（動下一） ①混雜，摻入，加上，加進。「絵の具を～・ぜる」調色。②攪和，攪拌。「御飯をよく～・ぜる」把飯好好攪和攪和。

マゼンタ◎【magenta】 紫紅，品紅，洋紅。

マゾヒスト◎【masochist】 受虐狂者。↔サディスト

マゾヒズム◎【masochism】 受虐狂。

まそん◎【磨損】 スル 磨損，磨耗。

また◎【股・胯】 胯下，胯襠。「～に掛ける」走遍各地。

また◎【又】 ①（副）①再，又。「～会いたい」希望還會再見面。②也，亦，還，仍然。「～伺います」下次還會來訪。③又，同時。「彼は～熱血漢でもある」他又是一個熱血男兒。④究竟，到底。「どうして～そんなことを」到底為什麼幹那種事？⑤另一個。「～の日にしよう」改日吧。②（接續）①又，接著。「波～波」一浪接一浪。②或者，「～明日でもいい」要不然明天也行。③不過，可是。「～、一方では」不過，另一方面說。③（接頭）表示「間接」的意思。「～聞き」間接聽到。「～貸し」轉借；轉租。

まだ◎【未だ】（副） ①還，尚。「会議は～終わらない」會議還沒開完。②依然，還是。「雨が～降っている」雨仍然在下著。③才，僅。「～10日しかたっていない」才過了10天。④還算。「～ないよりは～ましだ」比沒有還強。⑤還有。「原因は～ある」還有原因。

まだい◎【真鯛】 真鯛。

まだい◎【間代】 房租。

またいとこ◎◎【又従兄弟・又従姉妹】 從堂兄弟（姐妹），從表兄弟（姐妹）。指（兩家的）父母是堂（表）兄弟（姐妹）關係所生子女間的關係。

またがし◎【又貸し】 スル 轉租，轉借。

またがみ◎【股上】 直襠，立襠。↔股下

またがり◎【又借り】 スル 轉租來，轉借來。

またが・る◎【跨がる】（動五） ①跨，騎。「馬に～・る」騎馬。②跨，跨越，橫跨。「三年に～・る工事」跨三個年度的工程。

まだき◎【未だき】（副） 早就。

またぎき◎【又聞き】 スル 間接聽來。

また・ぐ◎【跨ぐ】（動五） ①跨過，邁過。「溝を～・ぐ」跨過溝。②跨越，橫跨。「海峡を～・ぐ鉄橋」橫跨海峽的鐵橋。

またぐら◎【股座・胯座】 胯間，股間。

まだけ◎◎【真竹】 苦竹。

まだこ◎【真章魚・真蛸】 真蛸，章魚。

またした◎◎【股下】 下襠，褲腿長度。↔股上

またしても◎【又しても】（副） 又，再次。「～料金の値上げがある」又漲價了。

まだしも◎【未だしも】（副） 還好，還行，還算。「～こっちがました」還是這個好。

またずれ◎◎【股擦れ】 スル 磨大腿。

またぞろ◎◎【又候】（副） 又，再次。「～彼が来た」他又來了。

また・く◎【瞬く】（動五） ①眨眼。②閃爍。「星が～・く」星光閃爍。「～・く間₊」眨眼間；一瞬間；一刹那。

またたび◎【股旅】 到處流浪，遊蕩。

まただし◎【又弟子】 徒孫。

マタニティー◎【maternity】 ①母性，母愛。②孕婦。「～-ドレス」孕婦服。

マタニティードレス◎【maternity dress】 孕婦裝。

マタニティーブルー◎【maternity blue】 妊娠憂鬱。

またのひ◎【又の日】 改日，次日，翌日。

または◎◎【又は】（接續） 或，或者。「明日～明後日におじゃまします」我明、後天再來。

またび◎【股火】 叉開腿烤火。

またひばち[3]【股火鉢】 腿叉在火盆上烤火。

またまた[4]【又又】（副） 再，又。「～負けだ」又輸了。

マダム[1]【madam】 ①老闆娘。「バーの～」酒吧老闆娘。②夫人，太太。「有閑～」有閒夫人。

マダムキラー[4]【[和] madam+killer】 師奶殺手。

またもや[2]【又もや】（副） 又。再。「～失敗した」又失敗了。

まだら[0]【斑】 斑，斑駁，斑點，花斑，斑紋。「～の牛」斑點牛。

まだる・い[3]【間怠い】（形） 緩慢，磨蹭。慢吞吞。

まだるこ・い[5]【間怠こい】（形） 慢吞吞，慢騰騰。「～・いやり方」慢吞吞的作法。

まだれ[0]【麻垂】 广字旁。

まち[2]【町】 ①鎮，城鎮。②町。（日本）構成市或區的小區劃。「千代田区麹(こうじ)～」千代田區麴町。

まち[2][1]【襠】 拼角，拼條。「～を入れる」加上拼條布。

まちあい[0]【待ち合い・待合】 ①等候，等待（會面）。②「待合茶屋」之略。

まちあいぢゃや【待合茶屋】 情人茶屋。有女招待的高級茶館。

まちあか・す[0][4]【待ち明かす】（動五） 久等，等到天亮。

まちあぐ・む[0]【待ち倦む】（動五） 等煩，等膩。

まちあわ・せる[6][5]【待ち合わせる】（動下一） 約定會面，約會，等待，等候。「長野駅で～・せましょう」約在長野站見面吧！

まちいしゃ[2]【町医者】 町醫。

まちう・ける[0]【待ち受ける】（動下一） 等候，等待。「両親からの手紙を～・ける」等著父母的來信。

マチエール[3]【法 matière】 ①材料，材質。②材質效果。

まぢか[1]【間近】 臨近，接近，來臨。「試験が～にませる」考試在即。

まちがい[3]【間違い】 ①錯，不正確，錯誤。「答えに～が多い」回答有許多錯誤。②錯誤，失策，失敗。「選択の～」選擇的錯誤。「～を犯す」犯錯誤。③差錯，事故。「～のないように家まで送る」安全送到家。

まちが・う[3]【間違う】（動五） ①錯，錯誤。「～・った行い」錯誤的行爲。②弄錯，搞錯。③無論怎樣也，絕對。「～・ってもしない」絕對不做。

まちが・える[3][4]【間違える】（動下一） 弄錯，做錯。「計算を～・える」算錯。「部屋を～・える」走錯房間。

まちかど[0][3]【街角】 ①街角。「～の店で道をたずねる」在轉角的小店問路。②街頭。「～でアンケートをする」在街頭做問卷調查。

まちか・ねる[0]【待ち兼ねる】（動下一） 焦急等待，盼望，期望。「～・ねて電話をしてみる」等不及了，打個電話看看。

まちかま・える[0][5]【待ち構える】（動下一） 等候，等待。

まちぎ[2]【町着】 外出服。

まちくたび・れる[6]【待ち草臥れる】（動下一） 等得厭倦。

まちこうば[3]【町工場】 街內工廠。

まちごえ[0][2]【待ち肥】 底肥，基肥。

まちこが・れる[0][5]【待ち焦がれる】（動下一） 渴盼，渴望。

まちすじ[0][3]【町筋】 街道，街道網。

まちどうじょう[3]【町道場】 市內道場。

まちどおし・い[5]【待ち遠しい】（形） 盼望已久，望眼欲穿的，急切盼望的。「冬休みが～・い」熱切期盼的寒假。

まちなか[0]【町中】 市內，街裡。

まちなみ[0][4]【町並み】 街景，鱗次櫛比，沿街建築。「美しい～が目の前にある」眼前是美麗的街市。

マチネー[1]【法 matinée】 日場。

まちのぞ・む[4][0]【待ち望む】（動五） 盼望，期待。「平和を～・む」盼望和平。

まちば[0]【町場】 市區。

まちはずれ[3]【町外れ】 市郊，郊外，城郊。

まちばり⓪【待ち針】　大頭針。

まちびと②⓪【待ち人】　所等的人，所盼的人。「～来らず」等人未遇。

まちぶぎょう③【町奉行】　町奉行。

まちぶせ⓪【待ち伏せ】　スル　埋伏，伏擊。

まちぼうけ⓪【待ち惚け】　乾等，白等，空等。「～を食う」白等。

まちまち⓪②【区区】　各式各樣，形形色色。「～な意見」各式各樣的意見。

まちもう・ける⓪②【待ち設ける】（動下一）　①等候，迎候。「客を～・ける」迎候客人。②期望，期待，預期。

まちや⓪【町家】　買賣人家，臨街人家，鋪面房。

まちやくば⓪【町役場】　町公所。

まちわ・びる⓪【待ち侘びる】（動上一）　等得厭煩，等得焦急。

まつ⓪【松】　①松。②門松。「～をかざる」裝飾門松。

まつ⓪【末】　末。「学期～」學期末。

ま・つ⓪【待つ】（動五）　①等待，等候。「バスを～・つ」等車。②（請）等。「ちょっと～・って」請稍等。「待ちに待った」盼望已久；等了又等；期盼地等待。

ま・つ⓪【俟つ】（動五）　①期待，寄希望於…。「良識に～・つ」寄希望於良知。②無需。

まつい⓪【末位】　末位。↔首位

まつえい⓪⓪【末裔】　末裔，後代。「源氏の～」源氏的末裔。

まっか⓪【真っ赤】　①通紅，鮮紅。非常紅。②純粹，完全。「～なうそ」純粹的謊言；彌天大謊。

まつがく⓪②【末学】　①末學。膚淺無根基的學問。②末學。學者謙稱自己時使用的詞語。

まつかさ⓪【松笠・松毬】　松球，松塔，松果。

まつかざり③【松飾り】　松飾。

まつかぜ③【松風】　①松風。②松風。茶道中形容鍋中熱水沸騰的聲音。

まっき⓪【末期】　末期。「鎌倉時代～」鎌倉時代末期。

まつぎ⓪【末技】　末技，小技。

まっきてき⓪【末期的】（形動）　末期的，晚期的。「～症状」末期症狀。

まつくいむし③【松食虫・松喰虫】　松蛀蟲。

まっくら③【真っ暗】　①漆黑。②暗淡，渺茫。「お先～」前途暗淡。

まっくらがり③【真っ暗がり】　漆黑，漆黑處。

まっくらやみ③【真っ暗闇】　漆黑。

まっくろ③【真っ黒】　①漆黑。「～な雲」烏雲。②黝黑。「日に焼けて、～になった」被太陽曬得黝黑。③烏黑。

まつげ⓪【睫・睫毛】　睫毛，眼毛。

まつご③【末期】　彌留之際。

まっこう⓪③【抹香】　抹香。

まっこう⓪【真っ向】　①正面。「～から反対する」直截了當地反對。②前額，腦門。③頭盔的正面。

まっこうくさ・い⑤【抹香臭い】（形）　香火味。「～・いお説教」傳教味十足的說教。

まっこうくじら⑤【抹香鯨】　抹香鯨。

まつごのみず①【末期の水】　臨終水。

まつざ⓪【末座】　末座，末席。「～に控える」坐在末席。

マッサージ③【massage】　スル　推拿，按摩。

まっさいちゅう③【真っ最中】　最盛期，正當中。

まっさお③【真っ青】　①深藍，蔚藍。「～な空」蔚藍的天空。②蒼白。「恐怖で～になる」因害怕而臉色蒼白。

まっさかさま④【真っ逆様】　頭朝下，倒栽蔥。「～に落ちる」頭朝下掉下來。

まっさかり③【真っ盛り】　極盛，正盛。「桜の～」櫻花盛開。

まっさき③④【真っ先】　最先，頭一個。「～に立つ」站在最前面。

まっさつ⓪【抹殺】　スル　①抹殺，勾去，抹掉，使消失。「社会から～する」使從社會上消失。②抹掉，搓去。「記録を～する」抹掉記錄。

まっさら⓪【真っ新】　嶄新。「～な浴衣」嶄新的浴衣。

まっし⓪【末子】　小兒子，老么，最小的

孩子。↔長子

まつじ⓪【末寺】 末寺。

まっしぐら⓪【真っしぐら・驀地】（副）
猛進，勇往直前。

まつじつ⓪【末日】 末日。

まっしゃ⓪【末社】 ①末社。②幫閒。

マッシュ①【mash】 醬，泥。

マッシュポテト④【mashed potatoes】 馬
鈴薯泥。

マッシュルーム④【mashroom】 洋菇。

まっしょ⓪①【末書】 後續本。

まつじょ①【末女】 么女，小女兒。

まっしょう⓪【末梢】 ①末梢。②小事，
枝節。③末梢，樹梢。

まっしょう⓪【抹消】ㇲㇽ 抹掉，塗銷。「3
字~する」刪掉 3 個字。

まっしょうじき⑤【真っ正直】 耿直。「~
な人」非常正直的人。

まっしょうしんけいけい⑥【末梢神経系】
末梢神經系統。

まっしょうてき⓪【末梢的】（形動） 枝
節的，末梢的，細節的。

まっしょうめん⑤【真っ正面】 正對面。

まっしろ⓪【真っ白】 純白，潔白，雪
白。

まっしん⓪【真っ心・真っ芯】 正中心。
「バットの~」球棒的正中心。

まっすぐ③【真っ直ぐ】 ①筆直，平直。
「~な高速道路」筆直的高速公路。②
直接，一直。「~に家に帰る」直接回
家。③正直，耿直，坦率，直率。「~な
性格」坦率的性格。

まっせ①【末世】 ①末世。②〔佛〕末
世，末法之世。

まっせき⓪【末席】 末席，末座。「~を
汚す」列居末座。

まっせつ⓪【末節】 末節，枝節，瑣碎
事。「枝葉~」細枝末節。

まっそん⓪【末孫】 後代子孫。

まった①【待った】 ①悔棋，暫停。②停
止。「発表に~がかかった」已停止發
表。

まつだい⓪②【末代】 末代，後代，後
世。「~まで名を残す」留名後世。

まったく⓪①【全く】（副）①全然，完

全。「~正しい答え」回答完全正確。②
完全地，無剩餘。「~分からない」完全
不同。③真，實在。「これは~の幸運
だった」這確實是太幸運了。

まつたけ⓪【松茸】 松口蘑，松蘑，松
茸。

まっただなか⑤⑥【真っ只中】 ①正當
中，正中央。「都会の~」城市中心。②
正盛時。「青春の~」青春正盛；風華正
茂。

まったなし⓪【待ったなし】 ①不悔棋，
無暫停。②毫不遲疑。

まったり③（副）醇厚。「~（と）した
味わい」醇厚的味道。

まったん⓪【末端】 末端，尖端。

マッチ①【match】 火柴。

マッチ①【match】ㇲㇽ ①比賽，競賽，比
勝負。「タイトル-~」錦標賽。②協
調，相稱。「洋服に~したネクタイ」與
西裝相配的領帶。

マッチプレー⑤【match play】 比洞賽。
以洞球數決定勝負比賽。

マッチポイント⑤【match point】 決勝
分。

まっちゃ⓪【抹茶】 抹茶。

マッチョ①【西 macho】 有男人氣，大男
人主義。

マッチング⓪【matching】 ①（色彩或外
觀）協調，匹配。「古い町に高い建物
は~しない」高聳的建築相對於老街不
協調。②使對照。「~リスト」對照表。

まってい⓪【末弟】 么弟。

マット①【mat】 ①蹭鞋墊。②地席，席
子。③護墊。「~に沈める」擊倒在拳擊
台護墊上。

まっとう⓪【真っ当】（形動） 正經，認
真。「~な生活」正經的生活。

まっとう・する⓪【全うする】（動サ變）
保全，終，盡。「最後を~・する」盡享
晚年。「責任を~・する」盡到責任。

マットレス①【mattress】 褥墊，床墊。

まつなん⓪【末男】 小兒子，老么。

まつねん⓪【末年】 ①末年。「大正~」
大正末年。②末代，末世。

まつのうち③【松の内】 新年期間。從元

且到１月７日或15日。

まつのは⓪【松の葉】　①松葉。②薄儀，菲儀，菲敬。

マッハ①【Mach】　馬赫。

まつば⓪【松葉】　松葉。

まっぱ⓪【末派】　末流。

まっぱい【末輩】　無名小輩。

まつばがに【松葉蟹】　①武裝深海蟹。②松葉蟹的別名。

まつばぎく【松葉菊】　松葉菊。

まっぱだか⓪【真っ裸】　赤裸裸，赤身裸體，一絲不掛。

まつばづえ⓪【松葉杖】　丁字拐杖。

まつばぼたん⓪【松葉牡丹】　松葉牡丹，大花馬齒莧，太陽花。

まつばら【松原】　松原。

まつび⓪【末尾】　末尾。「列の～」隊的末尾。

まっぴつ⓪【末筆】　最後。信等末尾用語。「～ながら皆様によろしく」最後祝各位安好。

まっぴら⓪【真っ平】（副）　①一味，務必，務請。②千萬別…，但願別…。「戦争は～だ」絕不要戰爭。

まっぴらごめん【真っ平御免】　①絕對不幹，絕不要。「～だ」絕對不幹。②務請原諒。「～なすって」說是請你饒恕。

まっぴるま⓪【真っ昼間】　白晝，大白天。

マップ①【map】　（印成單張的）地圖。

まっぷたつ⓪【真っ二つ】　一下切成兩段，正好分成兩半。「意見が～に分かれる」意見分成兩派。

まつぶん⓪【末文】　①末文。書信最後的簡單結尾語。②末文。文章的最後部分。

まっぽう⓪【末法】　〔佛〕末法，末法時代。

まっぽうしそう⑤【末法思想】　〔佛〕末法思想。

まつぼっくり⓪【松陰囊】　松毬，松果。

まつむし⓪【松虫】　①雲斑金蟋。②松蟲。日本同蜩的古名。

まつよう⓪【末葉】　①末葉。「19世紀～」19世紀末葉。②後代。

まつり⓪③【祭り】　①祭日。②祭典，廟會，迎神賽會，祭祀儀式。③儀式，節日。「古本～」舊書節。

まつりあ・げる⓪【祭り上げる】（動下一）　①捧上臺。「会長に～・げる」捧作會長。②推崇。「ビーローに～・げる」捧爲英雄。

まつりごと④【政】　政務。

まつりゅう⓪【末流】　①後裔，子孫。②末流，分支。③末世。④河流的下游。

まつ・る⓪③【祭る・祀る】（動五）　①祭祀，祭奠。「先祖の霊を～・る」祭奠祖先在天之靈。②供奉。「乃木大将を～・った神社」供奉乃木大將的神社。

まつ・る③【纏る】（動五）　鎖邊，包縫。「裾を～・る」鎖下擺。

まつろ⓪【末路】　①末路。「悲惨な～」悲慘的末路。②末路。衰敗的晚期。「彼の～はあわれだった」他的晚年很凄涼。

まつわりつ・く④【纏り付く】（動五）　①糾纏，纏繞。「つる草が～・く」蔓草纏繞。②糾纏，縈繞，縈迴。「悲しげな声が耳に～・く」哀鳴之聲縈繞在耳邊。

まつわ・る③【纏る】（動五）　①纏繞。「すそが足に～・る」下擺纏到了腿上。②糾纏。「幼児が母に～・る」幼兒糾纏著母親。③關於，有關。「この湖に～・る説」有關這個湖的故事。

マティーニ③【martini】　馬丁尼酒。

まてがい③【馬刀貝】　竹蟶。

マテリアリズム④【materialism】　唯物論，唯物主義。

マテリアル⓪【material】　①材料，原料。②原材料，素材。

まてんろう③【摩天楼】　摩天大樓。

まと⓪【的】　①的，靶子。②目標，標的。「～をしぼる」對準目標。③核心，要點。「～を外れた批評」未擊中要害的批評。

まど①【窓】　窗，窗子，窗戶。

まどあかり【窓明かり】　窗透亮。

まとい⓪【纏】　①纏，裹。②纏。馬標之

一。③纏。消防隊各組的標誌。

まどい◎【惑い】 困惑。

まどい◎【円居・団居】スル ①團坐，圍坐，團團圍坐。②歡聚，團聚。「～の一時を楽しむ」享受歡聚時刻。

まといつ・く【纏い付く】（動五） 纏繞，糾纏。

まと・う◎【纏う】（動五） 纏，裹，穿。「コートを～・う」裹著大衣。

まど・う【惑う】（動五） ①迷路，迷失（道路）。「山道に～・う」迷失了山路。②困惑。「人生の道に～・う」人生路上舉棋不定。③迷戀。「女に～・う」迷戀女人。

まどお◎【間遠】（形動） 一陣一陣，斷斷續續。「音が～になる」聲音斷斷續續。

まどお・い◎◎【間遠い】（形） 一陣一陣，斷斷續續。「雷が～・くなる」雷聲斷斷續續地遠去。

まどか◎【円か】（形動） ①圓圓地。「～な月」圓圓的月亮。②安穩，美滿貌。「～な人」安穩的人。

まどかけ◎【窓掛け】 窗簾。

まどぎわ◎【窓際】 窗邊，窗前。

まどぎわぞく【窓際族】 窗邊族。

まどぐち◎【窓口】 窗口。「三番の～」3號的窗口。

まとはずれ◎【的外れ】 離題。「～の質問」離題的提問。

まどべ◎【窓辺】 窗邊。

まとま・る◎【纏まる】（動五） ①匯總，總結，歸納起來。「意見が～・る」意見歸納起來。②有條理，有系統。「構想が～・る」構想有條理。③有歸結，談妥。「契約が～・る」合約談妥。

まと・める◎◎【纏める】（動下一） ①匯總，歸納。「意見を～・める」匯總意見。②歸納，理清。「考えを～・める」理清思路。③了結，辦妥。「交渉を～・める」完成交涉；使談判達成協定。

まとも◎【真面】 ①正面。「北風を～に受ける」迎接北風。②正經，正派，認真。「～な商売をする」進行正當買賣。

マドモアゼル◎【法 mademoiselle】 小姐，姑娘。

マドラー◎【muddler】 攪拌棒。

まどり◎【間取り】 房間配置，房間布置，平面布置。

マドリガル◎【madrigal】 抒情詩，情歌。

マトリックス◎【matrix】 ①基質，基地，基材，母體，基礎。②原型，鑄型。③〔數〕矩陣，行列式。

マドレーヌ◎【法 madeleine】 瑪德蓮蛋糕。

マドロス◎◎【荷 matroos】 水手，船員，海員。

まどろ・む◎【微睡む】（動五） 假寐。「授業中、しばらく～・んだ」上課時打了個盹。

まどわく◎【窓枠】 窗框。

まとわ・す◎【纏わす】（動五） 使纏繞。「身に～・す」纏身。

まどわ・す◎【惑わす】（動五） 迷惑，蠱惑，誘惑。「心を～・す」迷惑人心。

マトン◎【mutton】 羊肉。

マドンナ◎【義 Madonna】 ①聖母像。②美麗的女性。

まな◎【真名・真字】 漢字。

マナー◎【manner】 舉止，禮節，禮貌，禮儀。

まないた◎◎【俎板・俎】 俎，砧板，切菜板。「～の鯉」俎上鯉。

まなかい◎◎【目交い】 眼前，親眼，直接。

まながつお◎【真魚鰹・鯧】 銀鯧魚。

まなこ◎【眼】 眼睛，眼。

まなざし◎◎【目差し・眼差し】 ①目光，眼神。②視線。

まなじり◎◎【眦・眥】 眥，眼角。

まなつ◎【真夏】 盛夏，仲夏。

まなでし◎【愛弟子】 愛徒，得意門生。

まなび◎【学び】 學習，學問。

まなびのその◎【学びの園】 學校，學園。

まなびや◎【学び舎】 學校，校舍。

まな・ぶ◎【学ぶ】（動五） ①學，學習。「法律を～・ぶ」學習法律。②學習，做學問。「よく～・び、よく遊べ」

好好學習，好好玩。③體驗，體會。「人生から～・ぶ」從人生中體驗。

まなむすめ⓪【愛娘】 愛女，掌上明珠。

マニア①【mania】 狂熱者，熱心者。

まにあ・う③【間に合う】（動五） ①趕得上，來得及。「発車時刻に～・う」能趕上發車。②夠用。「人手が～・わない」人手不夠。

マニアック③【maniac】（形動） 狂熱的。「～な収集の仕方」狂熱的收集方法。

まにあわせ⓪【間に合わせ】 權宜之計，應急（用品），應急物。

まにあわ・せる⑤【間に合わせる】（動下一） ①臨時湊合，應急。「借り着で～・せる」用借的衣服臨時湊合。②使來得及，趕出來。「徹夜で～・せる」熬通宵趕出來。

マニキュア⓪【manicure】 指甲美容。

マニッシュ①【mannish】 男性化女裝。

マニフェスト③【manifesto】 ①宣言，聲明書，檄文。②（特指）《共產黨宣言》。

まにまに①【間に間に・随に】（副） 隨著，憑任。「波の～ただよう小舟」隨波漂浮的小舟。

マニュアル⓪【manual】 ①手冊，指南，使用說明書。②手排檔。

マニュファクチュア③【manufacture】 製造業。

マニラあさ④【一麻】 馬尼拉麻，蕉麻。

まにんげん③【真人間】 正經人，正派人。「～になる」當正派人。

まぬが・れる⓪④【免れる】（動下一）避免，逃避。「責任を～・れる」推卸責任。

マヌカン⓪【法 mannequin】 人體模型，時裝模特兒。

まぬけ⓪【間抜け】 愚蠢，愚人，笨蛋。「～なやつ」糊塗蟲。

まね⓪【真似】 スル ①仿效，模仿，效法。「猿は人の～をする」猴子模仿人。②舉動。「君、ばかな～はよせ」你可別做傻事！

マネー①【money】 錢，金錢。

マネーゲーム④【money game】 金錢遊戲。

マネーサプライ④【money supply】 貨幣發行量，貨幣供應量。

マネージメント②【management】 ①管理，經營。②管理者，經營者。「トップ～」最高管理者。

マネージャー⓪【manager】 ①經理，管理人。②經紀人。③領隊，幹事。

マネービル⓪〔⑪ money+building 之略〕利殖。

マネーフロー⑤【money flow】 資金循環。

マネーロンダリング④【money laundering】洗錢。

まねき⓪【招き】 ①招待，邀請，招聘。「～に応ずる」應邀。②招牌。

まねきねこ③【招き猫】 招財貓。

マネキン⓪②【mannequin】 ①模特兒。②女模特兒。

まね・く②【招く】（動五） ①招手，招呼。「ウェーターを～・く」招喚服務生。②聘請，邀請，宴請。「顧問に～・く」聘為顧問。「パーティーに～・く」邀請赴宴。③招致。「危険を～・く」造成危險。

まねごと⓪【真似事】 ①模仿著做。「先人の～」模仿先人。②多用於謙稱自己的行為。「祝いの～」略表賀忱之禮。

ま・ねる⓪【真似る】（動下一） 模仿，仿效。「犬の鳴き声を～・ねる」學狗叫。

まのあたり③【目の当たり】 親眼，眼前。「交通事故を～にする」親眼目睹了交通事故。

まのび⓪【間延び】 スル ①冗長，拖拉。「～した拍子」拖長音的拍子。②遲緩，遲鈍。「～した顔」呆頭呆腦。

まばたき③【瞬き】 スル 眨眼。「～もせずに見つめる」眼睛眨都不眨地盯著。

まばゆ・い③【眩い】（形） ①耀眼，晃眼，刺眼。「太陽が～・い」太陽耀眼。②絢麗，光彩照人，光彩奪目。「～・い宝石」光彩奪目的寶石。

まばら⓪【疎ら】（形動） ①疏，稀疏。

「人通りが～な町」行人稀少的街道。②零星，零散。

まひ【麻痺・痲痺】 スル ①麻痺。「神経が～する」神經麻痺。②麻痺，癱瘓。「交通が～する」交通癱瘓。

まびきな【間引き菜】 間苗菜。

まび・く【間引く】 （動五） ①間苗。「大根を～・く」間蘿蔔苗。②殺嬰。③省去一些地方。「～・いて運転する」有些站不停的行駛。

まびさし【眉庇・目庇】 ①盔簷。②帽舌。③窗簷。

まひる【真昼】 正晌午，大白天。

まふ【麻布】 麻布。

マフ【muff】 暖袖。

まぶ【間夫】 ①情夫。②妓女的情人。

マフィア【Mafia】 黑手黨。

マフィン【muffin】 瑪芬蛋糕。

まぶか【目深】 （形動） 深戴，低戴。「帽子を～にかぶる」把帽子戴得壓低到眼部。

まぶし【蔟】 蔟，蠶蔟。

まぶし・い【眩しい・目映い】 （形） ①晃眼，耀眼，刺眼。「照明が～・い」燈光耀眼。②絢麗，光彩奪目。「～・いほどの美しさ」光彩奪目般的美麗。

まぶ・す【塗す】 （動五） 塗滿，敷滿，抹滿，撒滿。「砂糖を～・す」沾滿糖。

まぶた【瞼】 （眼）瞼，眼皮。

まふたつ【真二つ】 正好兩半。

まぶち【目縁】 眼皮邊緣，眼圈。

まふゆ【真冬】 隆冬，三九天。

マフラー【muffler】 ①圍巾。②滅音器。

まほ【真帆】 滿帆。↔片帆

まほう【魔法】 魔法，魔術，妖術。

まほうつかい【魔法使い】 巫師，魔法師，魔術師。

まほうびん【魔法瓶】 保溫瓶，熱水瓶，暖瓶。

マホガニー【mahogany】 桃花心木。

マホメットきょう【―教】 穆罕默德教，回教。

まぼろし【幻】 ①幻，幻影，虛幻。②

虛幻。「～の名画」虛幻的名畫。

まほろば 寶地，福地。「大和 ²⁸ は国の～」大和是國家的寶地。

まま【儘】 ①任憑，任意。「足の向く～」信步而行。②如意，隨心所欲。「～にならない」不如意。③原封不動，一如原樣，照舊。「昔の～」一如昔日。④仍舊。「借りた～だ」仍舊借著。

まま【間間】 （副） 有時。「忘れることも～ある」有時也忘記。

ママ【mamma,mama】 ①媽媽。↔パパ。②（酒吧等的）女掌櫃，老闆娘。

ままおや【継親】 繼父母。

ままこ【継子】 ①繼子女。②討厭鬼。

ままこ【継粉】 沒和開的麵疙瘩。

ままごと【飯事】 扮家家酒。

ままちち【継父】 繼父。

ままはは【継母】 繼母。

ままよ【儘よ】 （連語） 由它去吧，管它去。「～、濡れて帰ろう」管它的，濕著回去吧。

まみ【目見】 眼神，眉眼。

マミー【mammy】 媽媽，媽咪。

まみ・える【見える】 （動下一） ①拜謁，謁見。「見面，會面」的謙讓語。「閣下に～・える」拜謁閣下。②相見，遭遇。「敵と相～・える」與敵人遭遇。③侍奉。「忠臣は二君に～・えず」忠臣不事二主。

まみず【真水】 淡水。

まみ・れる【塗れる】 （動下一） 渾身都是。「どろに～・れる」渾身是泥。

まむかい【真向かい】 正對面。

まむし 在京阪地區對鰻魚飯的稱呼。

まむし【蝮】 蝮蛇。

まめ【豆】 [1]①豆。②大豆。「～まき」撒驅邪豆。③陰核。[2]（接頭）①小豆，小型。「～電球」小燈泡。「～自動車」小型汽車。②表示孩子的意思。「～記者」小記者。

まめ ①勤懇，勤快。「～に働く」勤懇地工作。②康健，健康。「～に暮らす」〔也寫作「忠実」〕健在。

まめいたぎん【豆板銀】 豆板銀。

まめかす【豆粕】 豆餅。

まめがら⓪④【豆殻・豆干】 豆稈，豆
其。

まめしぼり⓪【豆絞り】 豆斑紮染
（布）。

まめたん③【豆炭】 煤球。

まめつ⓪【磨滅・摩滅】 スル 磨滅，磨損，
磨薄。「タイヤが～する」輪胎磨損。

まめつぶ③【豆粒】 豆粒。「～ほどの大
きさ」豆粒大小。

まめでっぽう⓪【豆鉄砲】 豆子槍。

まめでんきゅう⓪【豆電球】 小電燈泡，
小電燈泡。

まめほん⓪【豆本】 袖珍本。

まめまき⓪③【豆撒き】 撒豆驅邪。

まめまめし・い③【形】 勤奮，勤懇，勤
快。「～・く働く」勤懇地幹活。

まめめいげつ③【豆名月】 豆名月。陰曆
九月十三日晚上的月亮，供奉毛豆賞
月。

まめやか⓪【忠実やか】 （形動）忠實
的，誠懇的。

まもう⓪【磨耗・摩耗】スル 磨耗。

まもなく②【間も無く】（副）不久，立
即，一會兒。

まもの⓪【魔物】 ①妖怪，妖魔，魔物。
②妖魔，魔鬼，惡魔。「金は～だ」錢是
魔鬼。

まもり③【守り・護り】 ①守衛，保護，
防守。「～を固める」加強防守。②守
護，佑護。③護身符，護身袋。

まもりがみ③④【守り神】 守護神。

まもりふだ④【守り札】 護身符。

まも・る②【守る】（動五）①護，守，
守護，守備。「身をもって～・る」捨身
相救。②恪守，遵守。「約束を～・る」
守約。

まやかし⓪④ 欺騙，誆騙，造假，贗品。
「～物」冒牌貨。

まやく⓪【麻薬・痲薬】 麻藥，毒品，麻
醉品。「～中毒」麻藥中毒。

まゆ①【眉】 眉毛。「～に唾をつける」
眉上抹唾沫。提高警惕，謹防受騙。
「～を顰める」雙眉緊皺。

まゆ①【繭】 ①繭。②蠶繭。

まゆげ①【眉毛】 眉毛。

まゆじり③【眉尻】 眉梢，眉毛尖。→眉
根

まゆずみ③【眉墨・黛】 眉黛，眉毛膏。

まゆだま③【繭玉】 繭球。

まゆつばもの⓪【眉唾物】 可疑物。

まゆね⓪④【眉根】 眉根，眉頭。→眉尻

まゆみ⓪④【檀・真弓】 ①衛矛。②用衛
矛木做的弓。

まよい③【迷い】 ①迷惑。②〔佛〕妄
念。

まよいご③【迷い子】 迷路的孩子，走失
的孩子。

まよ・う②【迷う】（動五）①迷失，迷
惑。「道に～・う」迷路。②不知所措，
茫然失措。「判断に～・う」猶豫不定。
③迷戀，貪戀。「女に～・う」沉溺於女
色。④執迷。

まよけ③⓪【魔除け】 避邪，驅邪，除
魔，避邪物。

まよこ⓪【真横】 正側面，正旁邊。

まよなか②【真夜中】 深夜。半夜。

マヨネーズ③【法 mayonnaise】 美乃
滋，沙拉醬。

まよわ・す③【迷わす】（動五）蠱惑，
迷惑，使混亂。「人を～・す」迷惑人。

まら①【魔羅・摩羅】〔源自梵語〕①
〔佛〕魔羅，摩羅。②〔原爲僧侶的隱
語〕陰莖。

マラカス①③【西 maracas】 馬拉卡斯，
響葫蘆，沙鈴。

マラソン⓪【malathion】 馬拉松。

マラリア⓪【德 Malaria】 瘧疾。

まり⓪【鞠・毬】 球。「～をつく」拍球。

マリア①【Maria】 瑪利亞，馬利亞。即
耶穌的母親瑪利亞。

マリアかんのん④【―観音】 瑪利亞觀
音。江戶時代，隱藏的基督教徒偷偷地
把崇敬的觀音像類比爲聖母瑪利亞像。

マリアッチ③【西 mariachi】 墨西哥流浪
樂隊。

マリーゴールド⑤【marigold】 金盞花。

マリーナ⓪【marina】 小船塢。

マリーン②【marine】〔Marine Corps〕
（美國）海軍陸戰隊。

マリオネット④【法 marionette】 提線木

偶（劇）。

マリッジ⓪【marriage】 結婚。「～-リング」結婚戒指。

マリネ⓪【法 mariné】 醃泡，醃泡荣餚。

マリファナ⓪【西 marijuana】 大麻。

まりも⓪【毬藻】 毬藻。

まりょく⓪【魔力】 魔力。

マリン【marine】 「海的」，「海上」之意。「～-パーク」海上公園。

マリンバ⓪【marimba】 馬林巴琴。

まる⓪【丸・円】 ①①圓，球，圓圈。「～を描く」畫圓圈。②圈點。表示正確、優良等的〇形符號。「正しい答えに～をつけてください」請在正確的答案上畫圈。③（俗語）金錢。④城郭內部的一個區劃。「北の～」北區。⑤圈。標點符號的句號和半濁音符號。⑥整個，完全。「～ごと」整個。②（接頭）①整，滿。「～三年」整整三年。②全部，全包。「～抱え」（費用）全包。

まるあらい⓪【丸洗い】スル 整件洗衣。

まる・い⓪①【丸い・円い】（形） ①圓的。「地球は～・い」地球是圓的。②圓圓的。「～・い肩」圓圓的肩膀。③圓滑。「～・く扱う」圓滑地處理事情。

まるうつし⓪【丸写し】スル 全部照抄。「答えを～する」全部照抄答案。

まるおび⓪【丸帯】 圓帶。

まるがお⓪【丸顔】 圓臉。

まるがかえ⓪①【丸抱え】 全包。

まるがり⓪【丸刈り】 全剪光，推光頭。

まるき⓪【丸木】 原木。

マルキシズム⓪【Marxism】 馬克思主義。

マルキスト③【Marxist】 馬克思主義者。

まるきばし③【丸木橋】 獨木橋。

まるきぶね④【丸木舟】 獨木舟。

まるきり⓪【丸切り】（副） 完全，根本，全然。「～できない」根本不會。

マルク⓪【Mark】 馬克。德國貨幣單位。

マルクス⓪【Karl Marx】 馬克思。

マルクスけいざいがく⓪【一経済学】 馬克思經濟學。

マルクスしゅぎ⓪【一主義】 馬克思主義。

マルクスレーニンしゅぎ⓪【一主義】 馬克思列寧主義。

まるくび⓪【丸首】 圓領。

まるごし⓪【丸腰】 徒手。

まるごと⓪【丸ごと】（副） 整個，囫圇地。「～飲みこむ」整個吞下去。

まるざい⓪【丸材】 圓木材。

マルサスしゅぎ⓪【一主義】 〔Malthusianism〕馬爾薩斯主義。

まるシー⓪【丸一】 〔c 是 copyright 的字首〕著作權（版權）標記。用©表示。

マルス⓪【Mars】 ①馬爾斯。羅馬神話中的戰神。②火星。

まるぞめ⓪【丸染め】 整件染衣。

まるぞん⓪【丸損】 全賠，全虧。

まるた⓪【丸太】 圓木。

まるだし③【丸出し】 全露，整個露出，和盤托出。

マルチ①【multi】 表示「多數的」「大量的」「複數的」等意。「～CM」大量的廣告。

マルチーズ③【Maltese】 瑪爾濟斯犬。

マルチしょうほう⓪【一商法】 傳銷，多層次傳銷，金字塔形銷售法。

マルチタスク⓪【multitask】 多重任務處理。→バックグラウンド

マルチメディア④【multimedia】 多媒體。

マルチング⓪【mulching】 覆蓋。

まるっきり③⓪【丸っ切り】（副） 完全，全然，根本。「～分からない」全然不知。

まるっこ・い④【丸っこい】（形） 圓圓，溜圓。「～・い顔」圓圓的臉。

まるつぶれ⓪【丸潰れ】 全毀，全壞。「面目～」顏面殆盡。

まるで⓪①【丸で】（副） ①完全。「～だめだ」全完了。②恰如，宛如，彷彿。「～夢のようだ」宛如一場夢。

まるてんじょう③【丸天井】 ①穹窿形頂棚。②穹蒼，蒼穹。

まるどり⓪【丸取り】スル 全取，全拿，全占，獨吞。「利益を～する」利益獨吞。

まるなげ⓪【丸投げ】 全部委託。

まるのみ⓪【円鑿】 圓鑿，弧口鑿。

まるはだか▣【丸裸】①赤身露體，一絲不掛。②一無所有，一貧如洗。「火事で〜になる」因遭火災而一貧如洗。

まるばつ▣ ○×，圈叉。「〜式のテスト」○×式考試。

まるひ▣【丸秘】應保守秘密的事物。「〜扱い」作爲秘密。

まるぼうず▣【丸坊主】①光頭。②光禿禿。

まるぼし▣【丸干し】 整曬（物）。

まるぽちゃ▣【丸ぽちゃ】 圓臉，蘋果臉。

まるまげ▣【丸髷】 圓髻。

まるまど▣【丸窓・円窓】 圓窗。

まるまる▣【丸丸】①雙圈。（副）スル②圓圓，胖胖。「〜と太っている」胖得圓圓的。③整整。「〜一日かかる仕事」做了一整天的工作。

まるま・る▣【丸まる】（動五） 團，捲，蜷。「紙が〜・る」紙捲起來。

まるみ▣【丸み】 發圓，圓度。「〜を帶びた丘」呈圓形的山丘。

まるみえ▣【丸見え】 全部看得見。

まるむぎ▣【丸麦】 麥子米。

まるめこ・む▣【丸め込む】（動五）①揉成團放入，團。②哄騙，籠絡，拉攏。「反対派を〜・む」拉攏反對派。

まる・める▣▣【丸める】（動下一）①團，弄圓，揉成團。②剃頭。「頭を〜・める」剃頭。

マルメロ▣【波 marmelo】 梓樹。

まるもうけ▣▣【丸儲け】スル 純賺，淨賺。

まるやき▣【丸焼き】 整烤。

まるやね▣【丸屋根】 圓屋頂，穹頂。

まれ▣▣【稀・希】（形動） 稀罕，稀有。

まろうど▣【客人】 客，客人。

マロニエ▣【法 marronnier】 歐洲七葉樹。

まろやか▣【円やか】（形動）①圓的，像球的。「〜な月」圓月。②溫和，圓潤，和睦。「〜な味」溫和的味道。

マロン▣【法 marron】 栗子。

マロングラッセ【法 marrons glacés】 蜜餞栗子。

まわし【回し・廻し】①輪流。「〜読み」輪流讀。②按順序傳遞。「たらい〜」（權力）更替。③按順序移動。「来月〜」轉至下月。④兜襠布。

まわしのみ【回し飲み】スル 輪流喝。

まわしもの【回し者】 間諜，奸細，臥底者。

まわ・す▣▣【回す・廻す】（動五）①轉，旋轉。「こまを〜・す」轉陀螺。②調轉，扭轉。「自動車のハンドルを〜・す」轉動汽車方向盤。③圍，圍上，圍繞。「荷物になわを〜・す」把繩子綁在行李上。「石塀を〜・す」圍上石牆。④依次傳遞。「バトンを〜・す」傳接力棒。⑤轉送，轉到，調任。「在庫を〜・す」轉庫存。⑥轉任，調職。「補欠に〜・す」轉爲後補。⑦運用，安排。「手を〜・す」安排好；採取措施。⑧放貸，投資。「高利で〜・す」以高利放貸。

まわた▣【真綿】 絲綿。「〜で首を絞めるよう」隔靴搔癢。

まわり▣【回り・廻り】 ⓵①轉，旋轉，轉動。②擴展，蔓延。「火の〜が早い」火勢蔓延得很快。③巡迴，走訪。「得意先〜」走訪顧客。④經過，經由。「北極〜」經過北極。⓶（接尾）①周，周長，圈。「グラウンド 2〜」繞運動場二周。②輪。計算地支時 12 年爲單位的量詞。「年がひと〜ちがう」年紀差一輪。③圈，號。「ひと〜大きい皿」大一圈的盤子。

まわり▣【周り】 周圍，附近。「池の〜」水池周圍。「〜がうるさい」周圍很吵。

まわりあわせ▣【回り合わせ】 命運，機遇，運氣。

まわりどうろう▣【回り灯籠】 走馬燈。

まわりぶたい▣【回り舞台】 轉臺，旋轉舞臺。

まわりみち▣【回り道】スル 繞道，繞道路。

まわりもち▣【回り持ち】 輪流（擔任）。

まわ・る▣【回る・廻る】（動五）①

轉，轉動。「水車が~・る」水車在轉。②繞圈，轉圈。「池を~・る」圍著池塘轉圈。③順便去，中途去。「本屋に~・る」順便去書店。④傳遞，轉遞。「回覧板が~・る」傳遞傳閱板。⑤經過，路過。「京都を~・って行く」經過京都。⑥轉變。「説明役に~・る」轉變爲説明者。⑦輪，輪流。「当番が~・ってくる」輪到我的班。⑧擴展，蔓延。「毒が~・る」病毒蔓延。⑨靈活，敏捷。「知恵が~・る」頭腦靈活。⑩已過。「もう六時を~・った」已經過了六點了。⑪運用資金，產生利潤。「5分ぶで~・る」賺5分利。⑫各處轉，四處轉。「言い~・る」四處去說。

まん[1]【万】　萬。

まん[1]【満】　①充滿。②滿周歲，整，足。「~で二十歳」周歲二十。

マン[1]【man】　人員。「宣伝~」宣傳員。

まんいち[1]【万一】　①萬一。「~にそなえる」以備萬一。②（副）萬一，假如。「~事故でもあったらたいへんだ」萬一出事就麻煩了。

まんいん[0]【満員】　客滿，超額。

まんえつ[0]【満悦】スル　欣喜，大悅。「御~の体てい」（他人）顯得很高興。

まんえん[0]【蔓延】スル　蔓延。「伝染病が~する」傳染病蔓延。

まんが[0]【漫画】　漫畫。「少女~」少女漫畫。

まんかい[0]【満開】スル　盛開。「~の桜」盛開的櫻花。

まんがく[0]【満額】　滿額。「~回答」滿額批復。

まんかん[0]【満干】　漲退潮。

まんがん[0][1]【万巻】　萬卷。「~の書」萬卷書。

まんがん[0]【満願】　滿足願望。向神佛祈願，在期限內完成。

まんがん[3]【満貫】　滿貫。

マンガン[1]【德 Mangan】　錳。

まんかんしょく[3]【満艦飾】　①滿旗。軍艦禮儀之一。②萬國旗，彩旗招展。

まんき[0]【満期】　滿期，期滿，到期。

まんきつ[0]【満喫】スル　①吃足，飽餐。充分吃喝。「料理を~する」飽餐佳餚。②飽嘗，領略，欣賞。「紅葉の美しさを~する」充分領略紅葉的美麗。

まんきんたん[3]【万金丹】　萬金丹。

マングース[3]【mongoose】　獴。

マングローブ[4]【mangrove】　紅樹林。

まんげきょう[0]【万華鏡】　萬花筒。

まんげつ[1]【満月】　滿月。

まんこう[0]【満腔】　滿腔。「~の謝意」滿腔的謝意。

まんざ[0][1]【満座】　滿座，全場（的人），滿場（人）。

まんさい[0]【満載】スル　①滿載，載滿。②登滿，載滿。

まんざい[3]【万歳】　萬歲。

まんざい[3]【漫才】　漫才。

まんざら[0]【満更】（副）　並不，並非。「~悪いというわけではない」未必壞。「~でもない」並非完全不好，並非討厭。

まんざん[1]【満山】　①滿山，遍山。「~紅葉にいろどられる」滿山妝點著紅葉。②滿山。

まんじ[0]【卍】　①〔佛〕卍字。②卍字徽。

まんしつ[0]【満室】　住滿，客滿。

まんしゃ[0]【満車】　車位已滿，停滿。

まんじゅう[3]【饅頭】　包子。

まんじゅしゃげ[3]【曼珠沙華】　①〔佛〕曼珠沙華。②石蒜的別名。

まんじょう[0]【満場】　滿場，全場，全場人。

まんじり（副）　瞇一會兒，閉一下眼。「一晚中~ともしなかった」整晚都沒闔眼。

まんしん[0]【満身】　滿身，全身。「~の力をこめる」使出渾身力氣。

まんしん[0]【慢心】スル　自高自大，傲慢心。

まんしんそうい[5]【満身創痍】　滿身創痍。

まんすい[0]【満水】　滿水。

まんせい[0]【慢性】　慢性。↔急性。「~腹膜炎」慢性腹膜炎。

まんせき[0]【満席】　滿座。

ま

まんぜん⓪【漫然】（トル） 漫然，漫不經心，糊裡糊塗。「～と日を送る」漫不經心的混日子。

まんぞく⓪【満足】スル ①滿足，滿意。「今の生活に～している」滿足於現在的生活。②滿足，滿意，圓滿。「～な結果を得る」取得滿意的結果。③〔數〕滿足。「方程式を～する値」滿足方程式的值。

まんだら⓪【曼荼羅・曼陀羅】「佛」〔梵 mandala〕曼荼羅，曼陀羅。

まんだらげ⓪【曼陀羅華】 ①〔佛〕曼陀羅華。②白花曼陀羅的異名。

マンダリン⓪【mandarin】 ①中國清朝高級官吏。②官話。③桔子。

まんタン⓪【満一】 油滿罐，油滿箱。

まんだん⓪【漫談】スル 漫談。

まんちゃく⓪【瞞着】スル 瞞著，欺騙。「世間を～する」瞞著世人。

まんちゅういん⓪【満中陰】 七七。人死後第49天。

まんちょう⓪【満潮】 漲潮，滿潮。↔干潮

マンツーマン⑤【man-to-man】 一對一。「～でクイズをする」一對一做智力測試。

マンデー⓪【Monday】 星期一。

まんてん⓪【満天】 滿天。「～の星」滿天的星斗。

まんてん⓪【満点】 ①滿分。「～をとれた」獲得滿分。②滿分，圓滿無缺。「サービス～」服務完美無缺。

まんてんか⓪【満天下】 滿天下。「～の人々」天下眾生。

まんと⓪【満都】 全首都（的人）。

マント①【法 manteau】 斗篷。

まんどう③【万灯】 萬燈。

まんどうえ③【万灯会】 萬燈會。

マントー①【饅頭】 饅頭，包子。

マントひひ④【一狒狒】 阿拉伯狒狒。

マンドリン⓪【mandolin】 曼陀林。

マントル①【mantle】 ①白熾罩。②地幔。

マントルピース⑤【mantelpiece】 壁爐台，壁爐裝飾。

まんなか⓪【真ん中】 正中央。

まんにん⓪【万人】 萬人。

マンネリズム④【mannerism】 因循守舊，墨守成規，陳規俗套。「～におちいる」陷入陳規俗套。

まんねん⓪【万年】 ①萬年。②永久，永遠。「～青年」永保青春的年輕人。

まんねんせい③【万年青】 萬年青的漢名。

まんねんどこ③【万年床】 永不整理的床鋪。

まんねんひつ③【万年筆】〔fountain pen〕自來水筆。

まんねんゆき③【万年雪】 永久冰雪。

まんねんれい③【満年齢】 足歲。

まんのう⓪【万能】 鎬形鋤。

まんば①【漫罵】 漫罵。

まんぱい⓪【満杯・満盃】 ①滿杯，滿盃。②裝滿，盛滿。③收滿，放滿。

マンハッタン③【Manhattan】 曼哈頓。

マンパワー③【man power】 人力。

まんぱん⓪【満帆】 滿帆。「順風～」一帆風順。

まんびき⓪④【万引き】スル 扮成顧客偷商品（的人）。

まんぴつ⓪【漫筆】 漫筆，隨筆。

まんびょう⓪【万病】 百病。「風邪は～のもと」感冒乃百病之源。

まんぴょう⓪【満票】 全部票數，全數票。

まんぴょう⓪【漫評】 漫評，隨意評論。

まんぷく⓪【満幅】 ①滿幅，全幅。②全面，完全。「～の信頼をおく」寄予完全信任。

まんぷく⓪【満腹】スル ①滿腹，吃飽。②衷心，由衷，滿腹。「～の敬意」衷心的敬意。

まんぶん⓪【漫文】 ①漫筆，隨筆。②詼諧文，滑稽文。

まんべんなく⑤【満遍なく】（副） 全部，普遍，沒有遺漏。「～水をかける」把水灑向各個角落。

マンボ①【西 mambo】 曼波舞。

まんぽ①【漫歩】スル 漫步。

まんぼう⓪【翻車魚】 翻車魨，曼波魚。

マンホール③【manhole】 人孔，檢修孔。

まんぽけい⓪【万歩計】 計步器，步程計。

まんまえ③【真ん前】 正前方，正前面。

まんまく⓪①【幔幕】 帷幕，幔帳。

まんまと①（副） 巧妙，輕而易舉。「～騙された」被巧妙地騙了。

まんまる③⓪【真ん丸】 真圓，正圓，滴溜圓。

まんまんいち③【万万一】（副）「万一」的強調說法。

まんまんなか③【真ん真ん中】「まんなか」的強調說法。

まんめん③⓪【満面】 滿面，滿臉。「得意～の表情」一臉得意的表情。「～に笑みを浮べる」滿面笑容。「～朱ュを濺ぐ」滿臉漲紅；怒火中燒。

まんもく⓪【満目】 滿目，滿眼。「～の大草原」滿眼（一望無際的）大草原。

マンモス⓪【mammoth】 ①猛獁象，長毛象。②巨大。「～-タンカー」巨型油輪。

まんゆう⓪【漫遊】 スル 漫遊。「諸国～」漫遊諸國。

まんよう⓪【万葉】 ①萬葉。②《萬葉集》的略稱。

まんようがな③【万葉仮名】 萬葉假名。

まんようしゅう③【万葉集】 《萬葉集》。

まんりき④⓪【万力】 ①老虎鉗。②轆轤，起錨機。③帶鉤繩索。

まんりょう⓪【万両】 硃砂根。

まんりょう⓪【満了】 スル 屆滿。「任期が～する」任期屆滿。

まんるい⓪【満塁】 滿壘。

まんろく⓪【漫録】 漫錄，漫筆。

み【三】 三。

み◎【巳】 ①巳。十二地支之一。②巳時。③南南東。

み◎【身】 ①身體，身子。「～のこなし」身體動作。②自身，親身。「～をもって実践する」親身實踐。③地位，身分，立場。「相手の～になって考える」站在對方的立場上考慮。④身，品行。「～が修らない」不修身；品行不端。⑤（相對於皮、骨而言的）肉。

み◎【実】 ①實，籽。「やしの～」椰子的果實。❶結實。植物結果。❷有成果；結果。②湯裡的蔬菜或肉等。③內容物，內容。「～のない話」沒有內容的話。

み◎【箕】 簸箕。

み【御】 （接頭）①表示禮貌或尊敬之意。「神の～心」神之心。「～輿」神輿。②讚美或調整語氣。「～山」（好美的）山！「～吉野」（好漂亮的）吉野櫻！

み（接尾）①〔有時寫作「味」〕…勁，…意，…味，…樣。「暖か～」暖意。「新鮮～」新鮮味。②表示呈某種狀態的地方、場所。「深～にはまる」陷入深處。「茂～」枝葉繁茂處。

ミ◎【義 mi】 ①mi。音階名。②E音的義大利音名。

みあい◎【見合い】 スル ①對視，相看。②相親。③相抵，相稱，平衡，相配。

みあ・う◎【見合う】（動五）①相稱，平衡，均衡。「支出と収入が～・っている」收支平均。②對視，相視。

みあ・げる◎◎【見上げる】（動下一）①仰視，向上看，仰望，抬頭看。②令人欽佩，敬重，敬仰，尊敬。↔見下げる。「～・げた行いだ」令人尊敬的行為。

みあた・る◎【見当たる】（動五）找到，看到，看見。「財布が～・らない」找不到錢包。

みあわ・せる◎◎【見合わせる】（動下一）①對視，互看。「顔を～・せる」面面相覷。②對比，比照。③推遲，緩辦，暫緩。「外出を～・せる」暫時取消外出。

みい◎【三】 三。

ミー◎【me】（代）我。

ミーイズム◎【meism】 自我主義，唯我主義。

みいだ・す◎【見出だす】（動五）找到，看出。「生きる喜びを～・す」找到生存的樂趣。

みいちゃんはあちゃん◎ 品味低下、缺乏文化素養的年輕人，或是對這種人的蔑稱。

みいつ【御稜威】 （日本天皇的）皇威。

ミーティング◎【meeting】 聚會，會議，集會。

ミート◎【meat】 （牛、豬等的）肉。

ミート◎【meet】 スル 準確擊中。「ジャスト～」適時擊中。

ミートソース◎【meat sauce】 義式肉醬。

ミートローフ◎【meat loaf】 肉糕。

ミイラ◎【葡 irra】 木乃伊。「～取りが～になる」肉包子打狗一去不回；勸人者反被人勸。

みいり◎【実入り】 ①結實。②收入，收益。「～がいい」收入多。

みい・る◎【見入る】（動五）看得出神。

みい・る◎【魅入る】（動五）迷住，附體，纏身，作祟。「美人の笑顔に～・られる」被美女的笑臉迷住。

ミール◎【meal】 粗粉。「オート～」麥片粥；燕麥片。

ミール◎【meal】 用餐，用餐時。

みうけ◎【身請け】 スル 贖身。

みう・ける◎【見受ける】（動下一）①一看便知，看起來。「おだやかな人と～・ける」看起來是個穩重的人。②看

到，看見。「町でよく変な人を～・ける」在街上經常看到奇怪的人。

みうごき⓪【身動き】 スル ①挪身，轉身。「この部屋は～もできないほど狭い」這間屋子小得連轉身的地方也沒有。②自由行動。「高利貸で～もできない」被高利貸壓得喘不過氣來。

みうしな・う⓪⓪【見失う】（動五）看丟，迷失，丟掉。「行く方向を～・う」迷失前進的方向。

みうち⓪【身内】 ①渾身，全身。②親戚。③自己人，師兄弟，自家人，同伴。

みうり⓪【身売り】 スル ①賣身。②轉讓，轉賣，出讓。

みえ⓪【見え・見栄・見得】 ①外觀，外表，門面。「～に構わない」不修邊幅。②虛榮。「～を張る」裝門面；愛面子；愛慕虛榮。③亮相。「～を切る」❶虛張聲勢；故作姿態；假裝勇敢；故作鎮靜。❷亮相。

みえかくれ⓪【見え隠れ】 スル 忽隱忽現。「車窓に海が～する」從車窗中看見大海忽隱忽現。

みえす・く⓪【見え透く】（動五）看透，看破，看穿，顯而易見。「～・いたうそをつく」顯然是在撒謊。

みえっぱり⓪【見栄っ張り】 虛飾外表。

みえみえ【見え見え】 看出來，看透。

み・える⓪【見える】（動下一） ①看見。「富士山が～・える」看見富士山。②看了之後覺得。「ふけて～・える」顯得老；看上去比實際年齡大。③看得出，猜想得到。「出かけるところと～・える」看來正要出門。④看得透，看得出。「うれしそうに～・える」看樣子很高興。⑤「来る」的敬語。同「おいでになる」。「お客さんがお～・えです」客人來了。

みお⓪【澪・水脈・水尾】 ①水道，航道。②航跡。

みおく・る⓪【見送る】（動五） ①送行，送別。②暫緩實行，等待。「この案は提出を～・ることにする」先把這項提案擱置一邊。③放過。「絶好球を～・る」放過最佳好球。④延遲，暫緩。

みおさめ⓪【見納め】 最後一次見到，見最後一面，看最後一眼。「この世の～」看這個世界最後一眼。

みおつくし⓪【澪標】 航標。

みおとす⓪【見落とす】（動五） 忽略，看漏。

みおとり⓪【見劣り】 スル 相形見絀。

みおぼえ⓪【見覚え】 眼熟，彷彿見過。

みかい⓪【未開】 ①未開化，沒開化。「～の社会」未開化的社會。②未開墾，未開拓。「～の原野」未開墾的原野。

みかいけつ⓪【未解決】 未解決，懸而未決。

みかいはつ⓪【未開発】 未開發。

みかえし⓪【見返し】 ①前襯，襯頁。②封二，裡封。③貼邊，翻邊。

みかえ・す⓪【見返す】（動五） ①重看，重新看，反覆看。②回顧，回頭看。③爭氣，自強。「いつか、きっと～・してやる」總有一天會做出一番成就來給你看。

みかえり⓪【見返り】 ①回顧。②抵押，抵押品。「工場誘致の～」招商的保證。

みがき⓪【磨き】 ①研磨，拋光，擦亮。②精練，錘鍊，磨煉。「芸に～をかける」琢磨技藝。

みがきこ⓪【磨き粉】 研磨粉，拋光粉。

みがきた・てる⓪【磨き立てる】（動下一） ①精磨。②精益求精，精練。「技を～・たてる」精練技藝。

みがきにしん⓪【身欠き鰊】 鯡魚乾。

みかぎり⓪【見限り】 ①失望，放棄，斷念。②拋棄，不理睬。

みかぎ・る⓪【見限る】（動五） 放棄，斷念。「医者にも～・られた」連醫生都覺得沒救了。

みかく⓪【味覚】 味覺。

みが・く⓪【磨く】（動五） ①擦亮，刷乾淨，打磨。②磨練，鍛鍊，鑽研。「うでを～・く」練本領。③美化，打扮，裝飾。「肌を～・く」清潔皮膚。

みかくにん⓪【未確認】 未確認。「～情報」未確認的情報。「～飛行物体（＝UFO）」不明飛行物；幽浮。

みかけ◎【見掛け】 外觀，外表。「～に よらずやさしい人」不能不看外表，他 其實是和藹的人。

みかげいし◎【御影石】 御影石。

みか・ける◎【見掛ける】（動下一） 看 到，看見。「駅でよく・ける人」在車 站經常看到的人。

みかじめ◎ 監督，取締，保護。「～料」 保護費。

みかた◎【見方】 ①看法。②觀點。「～ をかえる」改變觀點。③想法，見解。 「それは～の相違だ」那是理解上的不 同。

みかた◎【味方】 スル ①我方，同伴，夥 伴。②援助，幫忙，擁護，祖護。「弱い 方に～する」援助弱方。

みかづき◎【三日月】 新月，月牙。

みがって◎【身勝手】 任性，自私，只顧 自己。「～な行動」自私的行動。

みかど◎【帝】 帝。

みか・ねる◎【見兼ねる】（動下一） 看 不過去。「事故の慘狀を見るに・ねて 立ち去った」因不忍看事故的慘狀而離 開。

みがまえ◎【身構え】 （拉開）架勢， （擺個）姿勢，（採取）姿態。

みがま・える◎【身構える】（動下一） ①拉開架勢，採取姿態。②警戒地把話 憋在心裡。「～・えた話し方」拒人於千 里之外的說法。

みがら◎【身柄】 身體，人身。「～を拘 束する」束縛人身。

みがる◎【身軽】 ①身輕，動作敏捷。② 輕便，輕裝。「～な服装」輕便的服裝。 ③沒有義務或束縛。「～な一人暮らし」 輕鬆的單身生活。

みかわ・す◎【見交わす】（動五） 互 看，對視。「顔と顔～・す」面面相覷。

みがわり◎◎【身代わり】 替身，代替， 代人。「～に立つ」當替身。

みかん◎【未刊】 未刊出，未出版。↔既 刊

みかん◎【未完】 未完，未結束。「～の 大器」大器未成；未能成材。

みかん◎【蜜柑】 柑橘。

みき◎【幹】 ①樹幹。②主幹。

みき◎◎【神酒】 神酒。

みぎ◎【右】 ①右，右側，右邊。↔左。 「～から左ひだ」錢一手進一手出（喻有 錢就花光）。「～と言えば左」唱反調。 ②右，右側。↔左。「～投げ左打ち」右 擲左打。③上文，前文。「～に書いたと おり」正如上文所寫。④右翼，右派， 右傾。↔左。「～に属する」屬於右派。 ⑤上座，上席，上位。

みぎうで◎【右腕】 ①右臂。②左右手。 「社長の～」社長的左右手。

みきき◎【見聞き】 スル 見聞，所見所聞， 耳聞目睹。

みぎきき◎【右利き】 慣用右手，右撇 子。

ミキサー◎【mixer】 ①食物處理機，果 菜機。②攪拌機。③混頻器，調音裝 置。

ミキシング◎【mixing】 混音，混頻。

みぎ・する◎【右する】（動サ變） 往 右，向右方走。↔左する

みぎて◎【右手】 ①右手。②右邊，右 側。「～に富士山が見える」右側看得到 富士山。

みぎよつ◎◎◎【右四つ】 相撲中，彼此將 右手插在對方的左腋下。

みきり◎【見切り】 死心，斷念，絕望。 「商売に～をつける」對做生意絕望 了。

みきりはっしゃ◎【見切り発車】 スル ①拋 客發車。②條件不成熟而斷然實行。

みきりひん◎【見切り品】 廉價品，拋售 品。

みき・る◎◎【見切る】（動五） ①看 全，看完。②死心，斷念，絕望。③看 透，看清。④廉價拋售。

みぎれい◎【身綺麗】（形動） 衣冠楚 楚，衣著整潔。「～にする」穿得乾淨淨 淨。

みぎわ◎【汀・渚】 汀，水畔。

みきわ・める◎【見極める】（動下一） ①看透，看清。「結果を～・める」看清 結果。②弄清，研究明白。「事実を～・ める」弄清事實。③辨別。

みくだ・す⓪【見下す】（動五）　輕視，小看人。

みくだりはん⓪【三行半・三下り半】　休書。

みくに⓪【御国】　①祖國，國家。②日本國的敬語表現。

みくび・る⓪【見縊る】（動五）　瞧不起，輕視。

みぐるし・い⓪【見苦しい】（形）　醜陋，寒碜，難看。「～・い負け方」輸得不光彩；慘敗。

みぐるみ⓪【身ぐるみ】　身上穿的所有東西。「～はがれる」全身被剝個精光。

ミクロ①【micro】　非常小，微小，微觀。「～の世界」微觀世界。↔マクロ。

ミクロコスモス⑤【德 Mikrokosmos】　微觀宇宙。↔マクロコスモス

ミクロン①【法 micron】　微米的舊稱。

みけ⓪【三毛】　三色毛（貓）。

みけいけん②【未経験】　尚無經驗，尚未經歷。「～の仕事」沒做過的工作。

みけつ②【未決】　①尚未決定。↔既決。「～の問題」尚未解決的問題。②未判決。

みけん⓪【未見】　還沒看，未見過。「～の論文」還沒讀的論文。

みけん⓪【眉間】　眉心，眉間，額頭中央。「～にしわをよせる」雙眉緊鎖。

みこ①【巫女】　女巫。

みごうしゃ②【見巧者】　票友，戲迷。

みこし⓪①【神輿】　神輿。「～を上げる」開始行動。「～を担ぐ」抬轎；吹捧奉承別人。

みごしらえ②【身拵え】ㇲㇽ　整裝，裝束。

みこ・す⓪【見越す】（動五）　預見，預想，預料。「雨を～して、かさを持って行く」預計要下雨，因此帶傘去。

みごたえ⓪【見応え】　值得一看，有看的價值。「～のある映画」值得一看的電影。

みごと①【見事】（形動）　①好看，美麗。「～な花」美麗的花。②巧妙，精彩，出色。「～にやりとげた」完成得很出色。③完全，整個。「～に失敗した」徹底失敗了。

みことのり⓪【詔・勅】　聖旨，詔書。

みこみ⓪【見込み】　①估計。「～違い」估計錯誤。②期待，前途。「～のある男」有前途的男人。

みこ・む⓪【見込む】（動五）　①相信。「将来性を～・む」相信將來有望。②信賴，指望。「将来の成功を～・む」可望將來獲得成功。③計入，算進。「返品を～・む」把退貨估計進去。

みごも・る⓪【妊る・孕る】（動五）　懷孕，妊娠。

みごろ⓪【見頃】　正好看的時候。「桜の～」賞櫻花的時節。

みごろ⓪【身頃・裑】　（前後）身。「前～」前身；衣服的前身。

みごろし⓪②【見殺し】　見死不救。

みこん⓪【未婚】　未婚。↔既婚

ミサ①【拉 missa】　彌撒。

みさい⓪【未済】　①事情沒做完。「～の案件」未完的案件。②未償清，未還清。↔既済。「～の借金」未還清的借款。

ミサイル⓪【missile】　導彈，飛彈。

みさお⓪【操】　①情操，節操。「固い～」堅定的情操。②貞操，貞節。「～をささげる」獻出貞操。「～を立てる」矢志不渝；守節。

みさかい⓪【見境】　分辨，區別。「前後の～がない」沒有前後的分別。

みさき⓪【岬】　海角，岬。

みさげは・てる⑤【見下げ果てる】（動下一）　極其輕蔑。「～・てた根性」極卑鄙的本性。

みさ・げる⓪【見下げる】（動下一）　看不起，小看，蔑視。↔見上げる

みさご⓪【鶚】　鶚，魚鷹。

みささぎ⓪【陵】　陵，御陵。

みさだ・める⓪【見定める】（動下一）　認清，看準。「成り行きを～・める」看清趨勢。

みざる⓪【見猿】　不見猴。（不看、不聽、不說）三猴之一。

みさんぷ②【未産婦】　未產婦。

みじか・い③【短い】（形）　①短。②短促，短暫。「花の命は～い」花的生命短

暫。③簡短。（言語或文章）不長。

みじたく⓪【身支度】スル 整裝，打扮。

みじまい⓪【身仕舞い】スル 打扮。

みじめ⓪【惨め】 惨，悲惨，凄惨，惨痛。「～な暮らし」悲惨的生活。

みしゅう⓪【未収】 未徵收，未收納。

みじゅく⓪②【未熟】 ①生，未熟。②生手。「～者」生手。

みじゅくじ②【未熟児】 早産兒。

みしょう⓪【実生】 實生，實生苗。

みしらず②【身知らず】 ①自不量力。「～な男」自不量力的人。②不知保重身體。

みしりごし⓪【見知り越し】 熟人，熟面孔，熟悉。

みし・る⓪【見知る】（動五） 熟識，熟悉。「お～・りおきください」以後多關照。

みじろぎ⓪②【身じろぎ】スル 稍微地動動身體，動彈。

ミシン①【sewing machine】 ①縫紉機。「～をかける」用縫紉機縫製。②齒孔。

みじん⓪【微塵】 ①微塵。②〔佛〕微塵。③微小，微量，一點。「粉～」粉塵。「～切り」碎末；切碎。

みじんぎり⓪【微塵切り】 切末，切細絲。

みじんこ⓪【微塵子】 水蚤。

みじんこ⓪【微塵粉】 糯米粉。

みじんも⓪【微塵も】（副） 一點也…，絲毫也…。「～ゆるがぬ態度」毫不動搖的態度。

みす⓪【御簾】 ①簾子的鄭重說法。②御簾。

ミス①【Miss】 ①小姐。②小姐，未婚女性。「鈴木さんはまだ～です」鈴木還沒結婚。③小姐，選美大賽冠軍。「～日本」日本小姐（美人）。

ミス①【miss】スル 失敗，失誤，錯誤。

みず⓪【水】 ①水。「～が合わない」水土不服。「～清ければ魚棲まず」水至清則無魚。②液體。「～飴」麥芽糖。③大水，出水，洪水，漲水。「～が出る」發生洪水。

ミズ①【Ms.】 女士。對女性的尊稱。

みずあか⓪【水垢】 水垢，水鏽，水鹼。

みずあげ⓪【水揚げ】スル ①卸貨。②漁獲量。③營業額，流水額。④初次接客。

みずあさぎ③【水浅葱】 淺綠色，淡藍色。

みずあそび③【水遊び】スル 水中遊戲，玩水。

みずあたり③【水中り】スル 由於飲用生水而腹瀉。

みずあび⓪②【水浴び】スル ①用水沖澡。②游泳。

みずあめ⓪【水飴】 飴，麥芽糖。

みずあらい③【水洗い】スル 水洗。

みすい⓪【未遂】 未遂。「自殺～」自殺未遂。↔既遂

みずいらず⓪【水入らず】 只有自家人，沒夾雜外人。「親子～」只有父母與子女關係的人們。

みずいり⓪【水入り】 相撲比賽中，選手雙方長時間扭在一起，分不出勝負時，暫時中斷比賽，讓選手喝水，休息一下。「～の大一番」勢均力敵，最精彩相撲比賽。

みずいろ⓪【水色】 水色，淺藍色，蔚藍色。

みずうみ③【湖】 湖。

みずえ⓪【水絵】 水彩畫。

みずえのぐ③【水絵の具】 水彩。

みす・える⓪【見据える】（動下一） ①盯住看，定睛而視，目不轉睛地看。②瞄準。「将来を～・えて計画する」看準未來而制定計畫。

みずがい②【水貝】 涼拌生鮑魚片。

みずかがみ③【水鏡】 水面映出倒影，把水作鏡子照。

みずかき②【水掻き・蹼】 蹼。

みずかけろん④【水掛け論】 抬槓，爭辯，無休止的爭論。

みずかさ⓪【水嵩】 水量。

みずがし②【水菓子】 水果。

みすか・す⓪【見透かす】（動五） 看穿，看透，看破。「心の底を～・される」心思被看穿。

みずがめ⓪【水瓶・水甕】 水瓶，水缸。

みずから◎【自ら】 ①自己，自身。「～の力を信じる」相信自己的實力。②（副）親自，親身。「校長～指揮をとる」校長親自指揮。

みずガラス③【水―】 矽酸鈉，水玻璃。

みずがれ◎【水涸れ】 乾涸。

みすぎ◎【身過ぎ】ｽﾙ 生活，活過。「～世過ぎ」生計。

みずき◎【水木】 燈台樹。

みずぎ◎【水着】 泳裝，泳衣。

みずききん③【水飢饉】 水荒，旱災。

ミスキャスト③【miscast】 調配失當，安排失敗。

みずきり◎【水切り】ｽﾙ ①除去水分。②瀝水籃。③截水溝，斷水槽。④打水漂。

みずくき◎◎【水茎】 筆跡。「～の跡もうるわしい文」筆跡秀麗的文章。

みずくさ◎【水草】 水草，水藻。

みずくさ・い◎◎【水臭い】（形） ①客套，客氣，見外。「～・いことを言うな」別說見外的話。②味薄，味淡，味不濃。「～・い酒」薄酒。

みずぐすり③【水薬】 液態藥。同すいやく（水薬）。

みずぐるま③【水車】 水車。同すいしゃ（水車）。

みずけ◎【水気】 水氣。

みずげい◎◎【水芸】 水藝。

みずけむり③【水煙】 水霧，飛沫。「～をあげる」水花飛濺。

みずこ◎【水子】 嬰靈。「～供養」嬰靈供養。「～地蔵」嬰靈地藏。

みずごえ◎【水肥】 水肥。

みすご・す◎【見過ごす】（動五） ①看漏。「標識を～・す」漏看了標誌。②視而不見，置之不理，忽略掉。「だまって～・すわけにはいかない」不能視而不見。

みずこぼし③【水翻】 盛洗茶碗水的水盂。

みずごり◎◎【水垢離】 沐浴淨身。「～を取る」往身上灑水淨身。

みずさいばい③【水栽培】 水耕栽培。

みずさかずき③【水杯・水盃】 以水代酒作別。

みずさき◎◎【水先】 ①流向。②船的航向。

みずさきあんない⑤【水先案内】 領航，領航員，引水員。

みずさし◎③【水差し】 ①水瓶，水壺，水罐。②貯水罐。

みずしげん③【水資源】 水資源。「～の開発」水資源的開發。

みずしごと③【水仕事】 洗刷工作，刷鍋刷碗。

みずしぶき③【水飛沫】 飛沫，水花，浪花。

みずしょうばい③【水商売】 酒水生意，接待客人的營業。

みずしらず③【見ず知らず】 素不相識，陌生。「～の人」陌生人。

みずすまし③【水澄まし】 ①豉蟲。②姬水黽的別名。

みずぜめ◎【水攻め】ｽﾙ ①水攻。②斷水攻城。

みずぜめ◎【水責め】ｽﾙ 灌水，水刑。

みずた◎【水田】 水田。

ミスター①【Mister, Mr.】 ①先生。②美男子，帥哥。「～田中」田中先生。

みずたき◎【水炊き】 清燉（砂鍋雞）。

ミスタッチ③【㈴ miss+touch】 按錯鍵。

みずたま◎【水玉】 ①水珠，水沫。②水珠花紋。

みずたまり◎【水溜まり】 水窪，小水坑。

みずっぱな⑤④【水っ洟】 鼻水。

みずっぽ・い④【水っぽい】（形） 味道淡。「～・い酒」淡而無味的酒。

ミスティック①【mystic】（形動） 神秘的，神秘主義的。「～な女性」神秘女郎。

ミステーク③【mistake】 錯誤，失誤。

みずでっぽう③【水鉄砲】 噴水槍，水槍。

ミステリアス③【mysterious】（形動） 不可思議的，神秘的，難解的，故弄玄虛的。「～な出来事」神秘事件。

ミステリー①【mystery】 ①謎。②神秘小說，偵探推理小說。

み

みす・てる◎【見捨てる】（動下一）①拋棄。②眼看著扔掉。

みずてん◎【不見転】①不顧後果。②藝妓不擇對象賣身。

みずどけい◎【水時計】漏刻，漏壺。

ミストラル◎【mistral】密斯脫拉風。法國南部海岸的凜冽北風。

みずとり◎【水鳥】水鳥，水禽。

みずな◎【水菜】京野菜。

みずに◎【水煮】スル水煮。

みずのあわ◎【水の泡】①水泡，水沫。②泡沫，虛幻，無常。③白費，徒勞，（歸於）泡影。

みずのえ◎【壬】壬。天干的第9個。

みずのと◎【癸】癸。天干的第10個。

みずのみびゃくしょう◎【水呑み百姓】水呑百姓。

みずば◎【水場】①水場。野獸飲水的地方。②水場。用水的地方。

みずはけ◎◎【水捌け】洩水，排水。「～のいい土地」排水良好的土地。

みずばしょう◎【水芭蕉】水芭蕉，觀音蓮。

みずばしら◎◎【水柱】水柱。

みずばら◎【水腹】①一肚子水。②空腹飲水充饑。

みずひき◎【水引】①水引繩。紙撚上漿晾乾定型的細繩，作辮繩等用。②水引繩。將①的3或5根並排在一起固定成的多股紙繩，作繫捆禮品包裝紙用。③金線草。蓼科多年生草本植物。

みずびたし◎【水浸し】浸水，水浸，淹沒。

みずぶくれ◎◎【水脹れ】水泡。

みずぶとり◎【水太り】虛胖，胖嘟嘟，肥胖。

ミスプリント◎【misprint】印錯，誤印，錯印。

みずぶろ◎【水風呂】冷水浴，洗冷水澡。

みずべ◎【水辺】水邊。

みずほ◎【瑞穂】瑞穂。新鮮的稻穂。

みすぼらし・い◎◎【見窄らしい】（形）難看，寒磣。「～・い姿」難看的樣子。

みずまくら◎【水枕】冰枕，冰袋。

みずまし◎◎【水増し】スル①加水，摻水，兌水。②弄虛作假。

みずま・す◎【見澄ます】（動五）仔細地觀察，看清。

ミスマッチ◎【mismatch】不適合，不平衡，不相稱。

みずまわり◎【水回り】有水處，有水的房間。

みすみす◎【見す見す】（副）眼看著，眼睜睜地，眼看著乾著急。「～チャンスを逃がしちゃった」眼睜睜地讓犯人從手中跑掉。

みずみずし・い【瑞瑞しい・水水しい】（形）水靈，嬌嫩。「～・い若葉」水嫩嫩的嫩葉。「～・い果物」新鮮的水果。「～・い感覚」清新的感覺。

みずむし◎◎【水虫】水蟲。

みずもち◎◎【水餅】浸水年糕。

みずもの◎【水物】①飲料。②含水分多的水果，羊羹類食品。③變化莫測，憑運氣。「勝負は～」勝負無常。

みずや◎【水屋】①淨水處。②接觸水的地方。③附屬於茶室的廚房。

みずようかん◎【水羊羹】水羊羹。

ミスリード◎【mislead】スル①誤導，引入歧途。②文不對題。

み・する【魅する】（動サ變）吸引，迷惑。

ミス・る（動五）出錯誤，說錯。「実地試験で～・ってしまった」在實際考試中錯得一塌糊塗。

みずろう◎◎【水牢】水牢。

みずわり◎【水割り】攙水，兌水。

みせ◎【店】店鋪。「～をたたむ」關店；歇業；停業。「～を広げる」擴建店鋪；物品等琳瑯滿目。

みせいねん◎【未成年】未成年。

みせかけ◎【見せ掛け】徒有其表。

みせか・ける◎【見せ掛ける】（動下一）①偽裝。②改頭換面，冒充，假冒。「病気のように～・けて学校を休む」裝病不去上學。

みせがね◎【見せ金】（為取得信用而）亮出讓對方看的現金。

みせがまえ◎【店構え】商店的格局。

みせさき◎【店先】 店門口，門面。

みせじまい◎【店仕舞い】スル ①打烊，關門。②歇業。

みせしめ◎【見せしめ】 殺雞儆猴，以儆效尤，懲戒。

ミセス①【Mrs.】 夫人，太太。

みせつ・ける◎【見せ付ける】（動下一）賣弄，誇耀，誇示。「仲のいいところを～・ける」向別人顯示親密關係。

みせどころ◎【見せ所】 拿手，精彩處。「ここが腕の～」這兒是本領的精彩處。

みぜに◎【身銭】 自己的錢，私款。「～を切る」自己掏腰包。

みせば◎【見せ場】 最精彩場面。

みせばん◎【店番】スル 店內值班，站櫃臺。

みせびらか・す◎【見せびらかす】（動五）顯示，炫耀，賣弄。

みせびらき◎【店開き】スル ①開業。②開門，開始工作。

みせもの◎【見世物】 ①雜要，把戲，雜技。「～小屋」雜耍場。②出洋相，耍寶，當眾出醜，被看笑話。「～になる」被人笑話，當眾出醜。

みせや◎【店屋】 店鋪，商店。

み・せる◎【見せる】（動下一）①讓別人看，給別人看。②顯現，顯示。「微笑を～・せる」露出微笑。③讓人蒙受…，讓人明白。「つらい目を～・せる」讓…吃盡苦頭。④假裝。「偉そうに～・せる」裝偉大。⑤看病。「医者に～・せる」看醫生；讓醫生看病。

みぜん◎【未然】 未然。「事故を～に防ぐ」防患於未然。

みぜんけい◎【未然形】 未然形。「る、らる」「す、さす」「しむ」等搭配的形態而言。

みそ◎【味噌】 ①味噌。「～も糞≈も一緒」莨莠不分；香臭不辨。②醬狀物。③自誇，特點，特色。「手前～」自誇；自吹自擂。④嘲諷弱者時的常用語。「泣き～」愛哭鬼；愛哭的人。

みぞ◎【溝】 ①溝。②槽溝，槽。③分歧，隔閡。「親子の～が深まる」父子間

隔閡很深；分歧增大。

みそあえ◎【味噌和え】 味噌（食品）。

みぞう◎②【未曾有】 未曾有，前所未有，空前。「～の大事件」空前的大事件。「古今～」古今罕見；史無前例。

みぞおち◎【鳩尾】 心窩，胸口。

みそか◎【晦日・三十日】 晦日。

みそぎ◎【禊】スル 祓禊。

みそこし◎【味噌漉し】 濾醬篩子。

みそこな・う◎【見損なう】（動五）①看錯，看岔。「数字を～・う」看錯數字。②錯過看的機會。③估計錯誤，看錯了人。評價失誤。「彼を～・っていた」錯看他了。

みそさざい◎【鷦鷯】 鷦鷯。

みそじ◎【三十・三十路】 三十，三十歲，三十年。

みそしきろうどうしゃ◎【未組織労働者】未在組織勞動者。

みそしる◎【味噌汁】 味噌湯。

みそすり◎【味噌擂り】 ①磨味噌。②阿諛奉承，拍馬屁，諂媚。

みそっかす◎【味噌っ滓】 ①味噌渣。②小孩。

みそづけ◎【味噌漬け】 醬菜，醬肉。

みそっぱ◎【味噌っ歯】 齲齒。

みそはぎ◎【禊萩】 千屈菜。

みそひともじ◎【三十一文字】 三十一文字。（一首和歌的形式為5、7、5、7、7共31字）短歌，和歌。

みそ・める◎【見初める】（動下一）一見鍾情。

みそら◎【身空】 身世，境遇。「若い～で」年紀輕輕地。

みぞれ◎【霰】 ①雨夾雪，雨雪，雨雪交加。②蜜刨冰。在刨冰中加上蜜的一種食物。

みだ①【弥陀】 「阿弥陀」之略。「～の本願」阿彌陀之本願。

みたけ◎【身丈】 身長，身高。

みだし◎【見出し】 ①標題。②目錄，索引。③詞條。

みだしなみ◎【身嗜み】 ①衣冠整齊，儀表整潔。②很有教養。

みた・す回【満たす・充たす】（動五）
①弄滿，填滿。「コップにビールを～・
す」把杯裡倒滿啤酒。②滿足。「願い
を～・す」滿足願望。

みだ・す回【乱す】（動五）　弄亂，攪
亂，擾亂，敗壞。「映画館の秩序を～・
す」擾亂電影院秩序。「並べていた本
を～・す」把排好的書弄亂。

みたて回【見立て】　①挑選，判斷，鑑
定。「洋服の～がいい」很會挑選西服。
②（醫生的）診斷。「医者の～が違う」
醫生誤診。③方案，主意，想法。「～の
おもしろさを競う」比較方案的趣味
性。④比喻，比興。

みた・てる回【見立てる】（動下一）　①
選擇，判定。「似あう着物を～・てる」
挑選相似的和服。②診斷，判斷。「がん
と～・てる」診斷為肺癌。③假定，比
作。「木の葉をお金に～・てる」把樹葉
當錢。

みたま回【御霊・御魂】　英靈。

みための【見た目】　外表。

みだら回【淫ら・猥ら】　淫亂，淫猥，放
蕩。

みたらし【御手洗】　參拜者洗手處。

みだり回【妄り・濫り・猥り】（形動）
①任意，隨意。「～に立ち入るな」不得
隨意入內。②胡亂，狂妄。「～に人の悪
口を言う」信口誹謗他人。

みだりがわし・い【猥りがわしい】
（形）　①非常混亂。②淫亂，猥褻。

みだれ回【乱れ】　①雜亂無章，亂七八
糟。②內心亂。③變亂，騷亂。

みだ・れる回【乱れる・紊れる】（動下
一）　①不整齊，雜亂。「順番が～・れ
る」順序亂了。②紊亂，錯亂。「脈が～
・れる」脈搏不正常；亂了方寸。③不
太平，動蕩，不安定。「世の中が～・れ
る」社會混亂。「風紀が～・れる」風紀
不整；風紀敗壞。④紛亂。「心が～・れ
る」心緒不定；心情很亂。

みち回【道・路・径・途】　①道路，路
徑。②路程，距離。「～がはるかに遠
い」路途遙遠。③道途，歷程，途徑。
「栄光の～を歩む」踏上光榮的歷程。

④道義。「～にそむく」違背道義。「親
子の～」父子之道。⑤道。「仏の～」佛
之道。⑥專業領域，專業方面。「医学
の～を究める」從事醫學研究工作。⑦
生路。「生活の～を断たれる」生活之路
被切斷了。

みち回【未知】　未知。↔既知。「～の世
界」未知世界。「～への挑戦」向未知挑
戰。

みちいと回【道糸】　主線。

みぢか回【身近】　①身邊，手邊，身旁。
②切身的，身邊的。「～な問題」切身
問題。

みちが・える回【見違える】（動下一）
看錯，看岔。

みちかけ回【満ち欠け・盈ち虧け】　月盈
月虧。

みちくさ回【道草】スル　途中耽擱。「～を
食う」在途中陷入他事耽擱時間。

みちしお回【満ち潮】　漲潮，滿潮。↔引
き潮

みちしば回【道芝】　狼尾草的別名。

みちじゅん回【道順】　路線順序。

みちしるべ回回【道標】　①路標。②入
門，導引，嚮導。「数学初学への～」數
學初步入門。

みちすう回【未知数】　未知數。「彼の実
力は～だ」他的實力是個未知數。

みちすがら回回【道すがら】（副）　沿
路，沿途，一路上。「～見た桜の花」沿
途見到的櫻花。

みちすじ回【道筋】　①道路，路線，路
徑。②道理，條理。「議論の～」辯論的
道理。

みちた・りる回回【満ち足りる】（動上
一）　滿足。「～・りた生活」富足的生
活。

みちづれ回回【道連れ】　①同行，同路，
同路人，旅伴。「旅は～世は情け」出門
靠朋友，處世靠人情。②強迫著一起採
取行動。「子供を～にした一家心中」強
迫孩子參與的全家自殺。

みちならぬ回【道ならぬ】（連語）　不道
德的，不正當的。「～恋」不正當的戀
愛；不倫之戀。

みちなり⓪【道形】 順著路，沿著路走。「～に行く」順著路走下去。

みちのく①②【陸奥】 陸奥。

みちのべ⓪【道の辺】 道邊，路旁。

みちのり⓪【道程】 路程。「歩いて1時間ほどの～」大約走一小時的路程。

みちばた⓪【道端】 路邊，路旁。

みちひ⓪【満ち干】 海水的漲落。

みちびき⓪【導き】 引導，指導，指教。「よろしくお～のほど」請多指教。

みちび・く⓪【導く】 （動五） ①引路。②教導，指導。③指引，引導。「優勝に～・く」引向勝利。④導引，導出。「結論を～・く」引出結論。

みちみち①②【道道】 （副） 一路上。「～相談する」一路上邊走邊談。

みちゃく⓪【未著】 未到，未至。

みちゆき⓪【道行き】 ①走路。②遊記，紀行文。③一種和服外套。

み・ちる②【満ちる・充ちる】 （動上一） ①充滿。「悪意に～・ちた書評」充滿惡意的書評。「活気に～・ちたクラス」充滿朝氣的班級。②月圓。③漲潮，滿潮。④期滿，任滿，到期。「任期が～・ちる」任期屆滿。

みつ①②【三つ】 ①三。②三歲。

みつ①②【褌】 相撲的兜襠圍裙。「前～」（兜襠圍裙的）前片。

みつ⓪【密】 ①緊密，稠密。↔疎。「人口が～な地域」人口稠密的地域。②內容充實。「中身が～な本」內容充實的書。③密切，親密。「～な間柄」親密的關係。④緊密，嚴密。「連絡を～にする」聯繫緊密。⑤機密，秘密。「はかりごとは～なるをもってよしとする」計畫最好是秘密進行。

みつ①【蜜】 ①蜂蜜，果蜜，花蜜。②糖蜜。

み・つ①【満つ・充つ】 （動五） 充滿。「人口4万に～・たない市」人口不滿4萬的城市。「～・つれば虧く」月盈則虧；滿招損，盈則虧。

みつあみ⓪【三つ編み】 三股帶子，三股辮。

みつうん⓪【密雲】 密雲。

みっか⓪【三日】 ①三日，三天。②三日，三號。「～見ぬ間の桜」花無三日紅。

みつが⓪【密画】 ①工筆畫。↔疎画。②精細畫。

みっかい⓪【密会】 スル 密會，幽會。

みつがさね⓪【三つ重ね】 三件式。

みっかてんか④【三日天下】 三日天下，短命政權。

みつかど⓪【三つ角】 ①三個角。②三岔路，三岔路口。

みっかばしか④【三日麻疹】 風疹的俗稱。

みっかぼうず④【三日坊主】 三天打漁兩天曬網的人。

みつか・る⓪④【見付かる】 （動五） ①被發現，被看見。「迷子が～・った」找到了迷路的孩子。②能找到，能發現。「仕事が～・った」找到工作。

みつぎ⓪【密議】 スル 密談。「～をこらす」聚集密談。

みっきょう⓪【密教】 密教。

みつ・ぐ⓪【貢ぐ】 （動五） ①養活，供養。「男に～・ぐ」養活男人。②納貢。

ミックス①【mix】 スル ①攙合，混合物。「～-ジュース」混合果汁。②合為一體。「～-サンド」綜合三明治；什錦三明治。③混合雙打。

みつくち⓪【三つ口】 唇顎裂。

みづくろい③【身繕い】 スル 打扮。「急いで～する」急忙打扮起來。

みつくろ・う⓪④【見繕う】 （動五） 酌情備置。「酒のつまみを～・う」備齊下酒菜。

みつけ⓪【見付・見附】 ①外城門，卿城門。②外觀，外觀大小。↔見込み

みっけい⓪【密計】 密計，密謀。「～をめぐらす」策劃密計；籌劃密謀。

みつげつ①②【蜜月】 〔honeymoon 之譯語〕①新婚蜜月。②蜜月。「労尻の～時代」勞資的蜜月時代。

みつげつりょこう⑤【蜜月旅行】 蜜月旅行。

みつ・ける④⓪【見付ける】 （動下一） ①找出，找到。②看慣，常見。「～・け

ている景色」常見的景色。

みつご⓪【三つ子】 ①三胞胎，一胎三子。②3歲的孩子，幼兒。「～の魂百まで」三歲看老；（江山易改）本性難移。

みっこう⓪【密行】 スル 悄悄地走，偷偷地走，秘密地走，秘密行動。

みっこう⓪【密航】 スル 偷渡，密航。

みっこく⓪【密告】 スル 告密，檢舉。

みっさつ⓪【密殺】 スル 私宰，私屠（家畜）。

みっし⓪【密使】 密使。

みっしつ⓪【密室】 ①密室，暗室。「～殺人事件」密室殺人事件。②秘密房間。

みっしゅう⓪【密宗】 密宗，真言宗。↔顯宗。→密教

みっしゅう⓪【密集】 スル 密集。

みっしゅっこく⓪【密出国】 スル 秘密出國，潛逃出境。↔密入国

みっしょ⓪①【密書】 秘密信件，秘件。

ミッション①【mission】 ①傳教團體。②「ミッション-スクール」之略。③代表團，使節團。④傳動。

ミッションスクール⑥【mission school】 教會學校。

みっせい⓪【密生】 スル 密生。「笹が～している」矮竹叢生。

みっせつ⓪【密接】 ①密接。「隣家に～した家」緊接著鄰居的屋子。②密切。「～な関係にある」處於密切的關係中。

みっせん⓪【蜜腺】 蜜腺。

みっせん⓪【密栓】 スル 塞緊（塞子），蓋緊（蓋子）。

みっそう⓪【密送】 スル 秘密發送。

みっそう⓪【密葬】 スル ①密葬。②秘密葬禮。

みつぞう⓪【密造】 スル 私造，秘造。「酒の～」私釀酒。

みつぞろい⓪【三つ揃い】 三件式套裝。

みつだん⓪【密談】 スル 密談。

みっちゃく⓪【密着】 スル ①貼緊，靠緊。「生活に～した政治」貼近生活的政治。②印相片。

みっちり①（副） 緊緊地，嚴格地，一絲不苟地。「～仕込む」嚴格訓練；好好教育。

みっつ⓪【三つ】 三個，三歲。「みつ」加上促音。

みっつう⓪【密通】 スル ①秘密通知。②私通。

みってい⓪【密偵】 密探。「～を放つ」派遣密探。

ミット①【mitt】 合指手套。

みつど①【密度】 ①〔density〕密度。每單位體積的質量。②密度。「人口～」人口密度。

ミッドナイト④【midnight】 子夜，三更半夜，深夜。

ミッドナイトブルー⑧【midnight blue】 深藍色。

ミッドフィールダー⑥【midfielder】 中衛。

みつどもえ⓪【三つ巴】 ①三巴。三個漩渦狀的圖形組合而成的圓形圖案。②勢均力敵的三方混戰。「～の乱戦」三方混戰；三家紛爭。

みっともな・い⑤（形） 不體面，難看，不像樣。「～い服装」難看的服裝。

みつにゅうこく⓪【密入国】 スル 秘密入境，潛入國境。

みつばい⓪【密売】 スル 私販，私賣。

みつばち⓪【蜜蜂】 蜜蜂。

みっぷう⓪【密封】 スル 密封。

みっぺい⓪【密閉】 スル 密閉，密封。

みつぼうえき⑤【密貿易】 スル 走私貿易。

みつまた⓪【三つ又】 ①三叉。②叉竿。前端呈Y字形的棍子。③三通。電器、瓦斯、水管等布線中，從一根分岔為兩根的零件。「～ソケット」三通插座。

みつまめ⓪【蜜豆】 什錦蜜豆湯圓。

みつめぎり⓪【三つ目錐】 三稜錐，三刃錐。

みつ・める④③【見詰める】（動下一） 凝視，盯。「相手の顔を～・める」一直凝視著對方的臉。

みつもり⓪【見積もり】 估量，估計。「～をとる」進行估計。

みつも・る⓪③【見積もる】（動五） ①

估計，估算，折合。「工事費を~・る」估算工程費用。②預計，折合。「少なく~・っても一万人」保守估計也有一萬人。

みつやく⓪【密約】スル 密約。

みつゆ⓪【密輸】スル 走私，私運。

みつゆしゅつ⓪【密輸出】スル 走私出口。

みつゆにゅう⓪【密輸入】スル 走私進口。

みつゆび⓪【三つ指】 三指（禮）。

みづら・い【見辛い】（形）①難以辨認，不易看清。「字が小さくて~・い」字太小，難以看清。②難看，不堪入目。

みつりょう⓪【密猟】スル 盜獵，非法狩獵。

みつりょう⓪【密漁】スル 盜漁，非法捕魚。

みつりん⓪【密林】 密林。

みつろう⓪【蜜蠟】 蜂蠟。

みてい⓪【未定】 未定。↔既定

みていこう⓪【未定稿】 未定稿。

みてくれ⓪【見てくれ】 外觀，外表。「~は悪いが味はいい」外觀不好，味道不錯。

みてと・る⓪【見て取る】（動五） 看透，看穿，看破。「相手の弱みを~・る」看破對方的弱點。

みとう⓪【未到】 未到，未達到。「前人~の大記録」前所未有的最高紀錄。

みとう⓪【未踏】 足跡未到，未涉足。「人跡~の地」人跡未到的地方。

みとう⓪【味到】スル 玩味，體會。

みどう⓪【御堂】 ①佛堂，佛殿。②在基督教、特別是天主教中指禮拜堂。

みとおし⓪【見通し】 ①一眼望盡。「~がまく」看得遠、視野開闊。②洞察，看透。「きみの考えはお~だ」我看透了你的想法。③預測，預料。「~が立たない」無法預料。

みとお・す⓪⓪【見通す】（動五） ①一直看下去，從頭看到尾，看到了底。②望得遠，一眼望盡。③洞察，洞悉。「本心を~・す」洞悉他人的本意。④預料，預測。「先を~・す」預測未來。

みとが・める⓪⓪【見咎める】（動下一）

盤問，盤詰。「警官に~・められる」被警察盤問。

みとく⓪【味得】スル 體會到，領略到，領悟。「名作を~する」充分領悟名作的真髓。

みどく⓪【味読】スル 細讀，精讀。

みどころ⓪⓪【見所】 ①精彩處。「この試合の~」這次比賽的精采之處。②前程，前途。「~のある少年」有前途的少年。

みとど・ける⓪⓪【見届ける】（動下一）①看到最後。「勝負を~・ける」看到結束。②看準，看清。

みとめ⓪【認め】 圖章，印章，私章，手戳。「~を押す」蓋圖章。

みとめいん⓪【認め印】 ①證明印章。②認可印。

みと・める⓪⓪【認める】（動下一） ①看見，看到。「人かげを~・める」看見人影。②同意，准許，批准。「使用を~・める」允許使用。③承認，認可。「負けを~・める」認輸。④認定。「正当防衛だと~・める」認定爲是正當防衛。⑤博得賞識，得到承認，器重。「世に~・められる」爲社會所承認。

みども⓪【身共】 （代）吾，俺。武士用語。

みとり⓪【看取り】 護理。

みどり①【緑・翠】 ①綠，綠色。「木々の~」樹樹滴翠。②翠綠。「~の季節」翠綠的季節。

みどりご⓪【嬰児】 嬰兒，新生兒。

みとりざん⓪【見取り算】 邊打邊算。

みとりず⓪【見取り図】 ①示意圖，略圖，素描圖。②（不用繪圖工具的）手繪圖。

みどりのおばさん⓪【緑のおばさん】 導護媽媽。

みどりのくろかみ【緑の黒髪】 青絲，烏黑油亮的頭髮。

みどりのひ⓪【みどりの日】 綠色節。日本國民節日之一。

みどりむし⓪【緑虫】 裸藻。

みと・る⓪⓪【見取る】（動五） 看清，看準，看懂。

ミドル⓪【middle】　①中間，中級，中等。「～-クラス」中產階級。②「ミドル級」之略。③位於划艇中央的划手。

ミドルきゅう⓪【一級】　中量級。

ミドルクラス⑤【middle class】　中產階級，中間階層。

ミドルネーム⓪【middle name】　中間名。由三組名字組成的人名當中，中間的那一組名字。

ミドルホール④【middle hole】　高爾夫球運動中，標準桿數（PAR）爲4的球洞。

みと・れる④⓪【見とれる】　（動下一）看得入迷，看呆了。

ミトン①【mitten】　連指手套。

みな②【皆】　①全部，全都，所有。「～なくなる」全沒了。②大夥，大家，全體。「～に告げる」告訴大家。

みなおし【見直し】　ｽﾙ　重新評價。「制度の～」制度的重新評價。

みなお・す⓪⑤【見直す】　（動五）　①重新看。②重議。「外交政策を～・す」重新探討外交政策。③重新評價，重新認識，重新估價。「彼女の人柄を～・す」重新認識了她。

みなかみ⓪【水上】　上游。河的上游。

みなぎ・る【漲る】　（動五）　①漲滿。水勢迅猛溢滿。②充滿，飽滿，彌漫。「若さが～・る」青春洋溢。

みなくち⓪【水口】　水道入口，引水口。

みなげ⓪【身投げ】　ｽﾙ　投河，投水。

みなごろし⓪③【皆殺し】　殺盡，殺光。

みなさま②【皆様】　諸位，各位。

みなさん②【皆さん】　大家，各位。

みなしご⓪①【孤児】　孤兒。

みな・す⓪②【見做す・看做す】　（動五）①看作，視爲。「欠席は棄権と～・す」缺席視爲棄權。②〔法〕視爲。

みなそこ⓪【水底】　水底。

みなづき②【水無月】　陰曆6月的別名。

みなと⓪【港・湊】　港口，海港。

みなと⓪【港】　港區。東京都23區之一。

みなのか⓪【三七日】　三七。

みなのしゅう【皆の衆】　各位，諸位。

みなまたびょう⓪【水俣病】　水俣病。

みなみ⓪【南】　南。

みなみかいきせん⓪【南回帰線】　南回歸線。

みなみかぜ⓪【南風】　南風。

みなみじゅうじせい⓪【南十字星】　南十字星。

みなみなさま②【皆皆様】　諸位，大家。「皆様」的強調說法。

みなみはんきゅう③【南半球】　南半球。↔北半球

みなも⓪【水面】　水面。

みなもと⓪【源】　①源頭，水源。②源頭，起源，根源，源流。

みならい【見習い】　①模仿，學習。②實習，實習生，見習生。

みなら・う⓪③【見習う・見倣う】　（動五）　①見習，實習。「技術を～・う」學習技術。②摹仿，學習。「上級生を～・う」向高年級學生學習。

みなり⓪【身形】　裝束，打扮。

みな・れる⓪③【見慣れる】　（動下一）看慣，看熟，眼熟。「～・れた景色」司空見慣的景色。

みなわ⓪【水泡】　水泡，水沫。

ミニ①【mini】　①迷你裙之略稱。②（接頭）表示微小、小型等意。「～カー」迷你車。

ミニアチュール④【法 miniature】　①西方中世紀手抄本的插圖以及大寫字母、標題、邊飾等的裝飾畫。②精細畫。

ミニカー③【minicar】　①迷你車。②小型模型汽車。

みにく・い⓪【見難い】　（形）　難辨。「画像が～・い」畫像很難辨認。

みにく・い③【醜い】　（形）　①不好看，醜。↔美しい。「～・い姿」難看的樣子。②不忍一睹，不堪入目。「～・い骨肉の争い」慘不忍睹的骨肉相爭。

ミニコミ⓪【和 mini+communication】　小範圍傳播。

ミニスカート⑤【miniskirt】　迷你裙，超短裙。

ミニチュア⓪②【miniature】　①微小的東西，小型物品。②小型模型。

ミニッツステーキ⑥【minute steak】　快熟薄牛排，一分鐘牛排。

ミニバイク⑤【minibike】 迷你摩托車。

ミニマム①【minimum】 ①最小，最小限，最低限。②〔數〕極小，極小值。↔マキシマム

ミニレター①【⑧ mini+letter】 郵簡。

みぬ・く②【見抜く】（動五） 看透，看穿。「うそを~・く」識破謊言。「相手の考えを~・く」看破對方的想法。

みね②【峰・嶺】 ①山峰，山頂。②物之高處。「雲の~」雲端；雲之巔。③刀背。

みねうち⓪【峰打ち】 用刀背擊打對方。

ミネストローネ⑤【⑧ minestrone】 蔬菜濃湯。

ミネラル①【mineral】 ①礦物。無機物。②礦物質。

ミネラルウオーター⑥【mineral water】礦泉水。

みの①【蓑・簑】 蓑衣。

みのう⓪【未納】 未交，未納。↔既納

みのうえ⓪【身の上】 經歷。「~相談」生活顧問。

みのが・す⓪②【見逃す】（動五） ①看漏。「あやまりを~・す」漏看了錯誤。②放過，寬恕。「違反を~・す」饒恕過錯。③錯過。「映画を~・した」錯過了看電影的機會。④放過好球。「絶好球を~・す」放過絕佳的球不打擊。

みのがみ⓪【美濃紙】 美濃紙。

みのがめ⓪【蓑亀】 蓑笠龜。

みのけ⓪②【身の毛】 汗毛。「~がよだつ」毛骨悚然。

みのこ・す⓪【見残す】（動五） 沒全看，沒看完。

みのしろきん⓪【身の代金】 ①贖金，身價。②賣身價。

みのたけ⓪【身の丈】 身長，身高。

みのばん⓪【美濃判】 美濃紙尺寸的大小。

みのほど⓪①【身の程】 身分，才能。「~知らず」不自量力。

みのまわり⓪【身の回り】 隨身用品，身邊瑣事。

みのむし②【蓑虫】 結草蟲。

みのり⓪【実り・稔り】 結果實，成熟，收成。「~の秋」豐碩的秋天。

みのり⓪【御法】 佛法，佛的教誨。

みの・る⓪【実る・稔る】（動五） ①成熟，結實。②取得成績，有成果。「努力が~・って成功する」經過努力終於成功了。「きびしい練習が~・って優勝した」苦練取得成果，得了第一名。

みば⓪【見場】 外觀，外表。「~は悪いがおいしいリンゴ」不好看但好吃的蘋果。

みはい⓪【未配】 未分紅，未配發，未配給，未投遞。「~の郵便物」尚未投遞的郵件。

みばえ⓪②③【見栄え】 漂亮，美觀。「~のする着物」漂亮的和服。

みはから・う④⓪【見計らう】（動五）①斟酌，看著辦。②擇機，擇時。「時間を~・う」估計時間。

みはっぴょう③【未発表】 未發表。「~の作品」未發表的作品。

みは・てる⓪③【見果てる】（動下一）看完，看到最後。「~・てぬ夢」未做完的夢。

みはな・す③⓪【見放す・見離す】（動五） 抛棄。「医者に~・される」被醫生放棄了。

みばなれ②【身離れ】 去骨，去殼。「~がいい」去好殼。

みはば⓪【身幅】 腰身幅寬。

みはらい②【未払い】 未支付，未付。

みはらし⓪【見晴らし】 眺望。「~がきく」視野開闊。

みはら・す⓪③【見晴らす】（動五） 眺望，遠眺。

みはり⓪【見張り】 看守，監視，警戒，值班崗哨。「~を立てる」設立警戒。「~番」看守者，保衛人員，警衛人員。

みは・る⓪③【見張る】（動五） 戒備，監視。

みはるか・す④【見晴るかす・見霽かす】（動五） 極目遠眺。「~・す武蔵野の原」一覽無遺的武藏野原野。

みびいき②【身贔屓】 護短，袒護自己人。「~な評」護短的說法。

みひつのこい①【未必の故意】　未必故意。

みひとつ②【身一つ】　隻身一人，孑然一身，孤獨一人。

みひらき①【見開き】　對頁。書或雜誌翻開時的左右兩頁。

みひら・く①【見開く】（動五）　睜大眼睛。「目を～・いて、よく見ろ」睜大眼睛，好好看看！

みぶな①②【壬生菜】　壬生菜。

みぶり①【身振り】　姿態，姿勢。「～手ぶりで説明する」比手劃腳地說明。

みぶりげんご④【身振り言語】　體態語言，身體語言。

みぶるい②【身震い】 ヌル　發抖，打顫。

みぶん①【身分】　①身分，地位。②境遇。「うらやましいご～だ」您的境遇真令人羨慕。③身分。「～証明書」身分證。

みぶんか②【未分化】　未分化。

みぼうじん②【未亡人】　未亡人，遺孀。

みほ・れる①②【見惚れる】（動下一）　忘我地看著，看得入迷。

みほん①【見本】　①樣品，樣本，貨樣。②範例，樣板，榜樣。「正直者の～」典型的老實人。

みほんいち①【見本市】　商品展示會，商品交易會，商品展銷市場。

みまい①【見舞い】　問候，探望，慰問。「お～を出す」寄慰問信；寄慰問品。「～金」慰問金。「病院へ～に行く」到醫院去探病。「火事～」慰問火災受害者。

みま・う①②【見舞う】（動五）　①慰問，探望。「病人を～・う」慰問病人。②遭受（災害）。「地震に～・われる」遭受地震襲擊。

みまが・う①【見紛う】（動五）　看錯。錯把…看成…。「雪と～・う花吹雪」宛若飛雪似的落花；錯把落花作飛雪。

みまか・る①【身罷る】（動五）　去世，逝世。「若くして～・る」英年早逝。

みまちが・う【見間違う】（動五）　錯看，誤認，看岔。

みまも・る①【見守る】（動五）　①監護，照料，保護。「子供の成長を～・る」照料孩子的成長。②注視。「成り行きを～・る」關注事態發展。

みまわ・す①②【見回す】（動五）　環視，四周張望。

みまわ・る①②【見回る】（動五）　巡視，巡邏。「警備員が～・る」警衛員巡邏。

みまん①【未満】　未滿。「二十歳～」未滿二十歲。

みみ②【耳】　①耳朵，耳。②聽力。「～が遠い」聽力差；耳聾；耳背。「～が痛い」刺耳。「～が早い」消息靈通。③邊，沿。「パンの～」麵包邊。

みみあか②【耳垢】　耳垢。

みみあたらし・い⑥【耳新しい】（形）　耳目一新的。「～・くもない話」不是第一次聽到的話。

みみあて①【耳当て】　護耳罩。→耳袋

みみうち①②【耳打ち】 ヌル　耳語，咬耳朵。

みみかき③④【耳搔き】　挖耳杓。

みみがくもん③【耳学問】　道聽塗說之學，一知半解的知識。

みみかざり③【耳飾り】　耳飾，耳環。

みみくそ②【耳糞】　耳屎，耳垢。

みみざと・い④【耳聡い】（形）　耳聰，耳朵靈，耳尖。

みみざわり①【耳障り】（形動）　難聽，刺耳。「～な音」刺耳的聲音。

みみず①【蚯蚓】　蚯蚓。「～ののたくったよう」字寫得像蚯蚓爬似的。

みみずく②【木菟】　貓頭鷹。

みみたぶ③①【耳朶】　耳垂。

みみっち・い（形）　小氣，吝嗇。「～・いことを言うな」別說小氣話。

みみどお・い【耳遠い】（形）　①耳背。②沒聽慣，聽不慣。

みみどしま②【耳年増】　（關於性）道聽塗說的知識很豐富的年輕女子。

みみなり①②【耳鳴り】　耳鳴。

みみな・れる②③【耳慣れる】（動下一）　聽慣，耳熟。「～・れない言葉」聽不習慣的詞。

みみもと①③【耳元・耳許】　耳邊，耳

旁。

みみより⓪【耳寄り】 值得一聽，令人愛聽。「～な話だ」令人愛聽的話。

みみわ【耳環】 耳環，耳墜。

みむき⓪①【見向き】 關注，理睬。「～もしないで駅へ急ぐ」看也不看地急急忙忙趕往車站。

みめ⓪【見目】 長相，相貌。「～より心」長相好不如心靈美。

みめい⓪①【未明】 黎明，拂曉，凌晨。「～に出発する」拂曉出發。

みめかたち⓪【見目形】 姿容，姿色。

みめよ・い⓪【見目好い】（形） 美貌，漂亮。

ミモザ⓪【mimosa】 ①含羞草的通稱。②豆科含羞草屬的學名。

ミモザサラダ⓪【mimosa salad】 含羞草沙拉。

みもだえ⓪①【身悶え】スル 扭動身體，折騰。

みもち⓪【身持ち】 操行，品行。「～のよくなくむすめ」品性不端的女孩。

みもと⓪①【身元・身許】 ①出身，來歷。「～の確かな人」來歷可靠的人。②身世。「～を引き受ける」擔保身分。

みもの⓪【見物】 值得看（之物）。

みもの⓪【実物】 結籽結果實植物。→花物・葉物

ミモレ①【法 mi-mollet】 中長裙。

みもん⓪【未聞】 未聞。「前代～」前所未聞。

みや⓪【宮】 ①宮，神社。②皇宮，宮殿。③皇族的稱謂。

みやいりがい⓪【宮入貝】 宮入貝。

みゃく⓪【脈】 脈搏。「～をうつ」脈搏跳動。「～がある」有脈搏；有希望。「～を取る」把脈；量脈；診脈。

みゃくあつ⓪【脈圧】 脈壓。

みゃくう・つ⓪【脈打つ・脈搏つ】（動五） ①脈搏跳動。②搏動，湧動。「いまも～・つ開拓精神」仍然躍動的開拓精神。

みゃくどう⓪【脈動】スル ①脈動。②微震。

みゃくはく⓪【脈拍・脈搏】 脈搏。

みゃくみゃく⓪【脈脈】（タル） 連續不斷。「～と続く伝統」延續不斷傳統。

みゃくらく⓪【脈絡】 脈絡，連貫。「前後の～がない話」前後不連貫的話；前言不搭後語。

みやけ⓪【宮家】 宮家。賜予宮號的皇族家庭。

みやげ⓪【土産】 ①土產。②禮品，禮物。

みやげばなし⓪【土産話】 旅遊見聞。

みやこ⓪【都】 ①都城。「奈良の～」奈良的皇宮所在地。②首府，首都。③都市。「水の～ベニス」水上都市威尼斯。

みやごう⓪【宮号】 宮號。

みやこおち⓪【都落ち】 ①逃離京城，逃向地方。②調離京城。

みやこどり⓪【都鳥】 ①蠣鴴。②紅嘴鷗的雅稱。③美朱砂螺。

みやこわすれ⓪【都忘れ】 飛蓬。植物名。

みやさま⓪【宮様】 尊稱皇族的用語。

みやす・い⓪【見易い】（形） ①容易看。②易懂。「～・い道理」顯而易見的道理。

みやずもう⓪【宮相撲】 （秋季廟會、祭祀等時）在神社境內舉行的相撲。

みやだいく⓪【宮大工】 宮殿木匠。

みやづかえ⓪【宮仕え】スル ①宮中供職或侍候貴人。②當差，供職，伺候人。「すまじきものは～」為人不當差，當差不自在；人在宮門，身不由己。

みやび⓪【雅び】 典雅，高雅，文雅。↔俚び。「～な服装」高雅的服裝。

みやびやか⓪【雅びやか】（形動） 雅致，瀟灑。

みやぶ・る⓪①【見破る】（動五） 看破，識破。「正体を～・った」識破了真面目。

みやま⓪【深山】 深山。→外山。「～桜」深山櫻。「春の～に分け入る」鑽入春天的深山中。

みやまいり⓪【宮参り】スル ①參拜神社。②小孩出生後，初次參拜出生地守護神。

みやまざくら⓪【深山桜】 黑櫻桃。

みや・る⓪【見遣る】（動五） ①遠眺，

遠望，遙望。「おきを～・る」遙望海面。②看著那邊。「声のする方を～・る」看著發出聲音的方向。

ミュー⓪【mu, M.μ】 ①希臘語αβ的第 12 個字母。②長度單位。③微粒子的符號（μ）。

ミュージアム⓪【museum】 博物館，美術館。

ミュージカル⓪【musical】 音樂劇。

ミュージシャン⓪【musician】 （流行爵士樂）演奏家。「スタジオ-～」室內音樂演奏家。

ミュージック⓪【music】 音樂。

ミュージックコンクレート⓪【法 musique concrète】 具象音樂。

ミュージックホール⓪【music hall】 歌舞廳，音樂廳，劇場。

ミューズ⓪【Muse】 繆斯。希臘神話女神。

ミュール⓪【mule】 ①騾馬。②紡織機的一種。→クロンプトン

みゆき⓪【深雪】 ①雪（的美稱）。②深雪。

みよ⓪【御代】 治世，在位年間。「明治の～」明治年間。

みよ・い⓪【見好い】 （形） ①悅目。②容易看，好看，易看清。

みよう⓪【見様】 看法，見解。「～が悪い」看法不好。

みょう⓪【妙】 ①妙，絕妙，巧妙。「造化の～」造化之妙。「言い得て～だ」能言巧舌；能說善道。②不可思議，新奇，奇怪，奇異。「～な話」奇談怪論。

みょう⓪【明】 明，翌。「～17 日」明天 17 號。「～平成 10 年」明年平成 10 年。

みょうあさ⓪【明朝】 明朝，明晨。

みょうあん⓪【妙案】 妙點子，好主意。

みょうおん⓪【妙音】 妙音。

みょうが⓪【茗荷】 蘘荷，陽藿。

みょうが⓪【冥加】 ①〔佛〕冥加。②非常走運。「命～」吉星高照；古人自有天相。

みょうがきん⓪【冥加金】 冥加金。近世歷史中的雜稅之一。

みょうぎ⓪【妙技】 妙技，絕技。

みょうけい⓪【妙計】 妙計。

みょうご⓪【明後】 後天，後年。「～23 日」後天 23 日。

みょうごう⓪【名号】 名號。「～を唱える」唸佛。

みょうさく⓪【妙策】 妙策。

みょうじ⓪【名字】 名字。

みょうしゅ⓪【妙手】 ①妙招，妙手。②高手。

みょうしゅ⓪【妙趣】 妙趣，雅趣。「～富む」富於妙趣。

みょうしゅん⓪【明春】 ①明春。②來年的正月，明年初。

みょうじょう⓪【明星】 金星。「明けの～」拂曉的金星。

みょうじん⓪【明神】 明神。「大～」大明神。

みょうせき⓪【名跡】 （必須繼承的）稱號、家名、姓。「～を継ぐ」繼承家名。

みょうだい⓪【名代】 代表。「父の～として出席する」作為父親的代理人出席。

みょうちょう⓪【明朝】 明晨，明早。

みょうてい⓪【妙諦】 妙諦，真諦，精髓。「政治の～」政治的真諦。

みょうと⓪【夫婦】 夫婦。

みょうにち⓪【明日】 明日，明天。

みょうねん⓪【明年】 明年。

みょうばん⓪【明晩】 明晚，明天晚上。

みょうばん⓪【明礬】 明礬。

みょうみ⓪【妙味】 妙趣。「～を味わう」領略妙味。

みょうみょうごにち⓪【明明後日】 大後天。

みょうみょうごねん⓪【明明後年】 大後年。

みょうや⓪【明夜】 明夜，明天晚上。

みょうやく⓪【妙薬】 ①特效藥，靈藥。②靈丹妙藥。「紛争解決の～」解決爭端的靈丹妙藥。

みょうり⓪【名利】 名利。

みょうり⓪【冥利】 ①〔佛〕冥利。②好處，甜頭。「～に尽きる」極盡幸運。

みょうれい⓪【妙齢】 妙齡。「～の女性」妙齡女郎。

みよし【舳】 ①船頭破浪木。②艫，船頭，船首。↔とも

みより【身寄り】 親人，親屬。「～のないみなしご」沒有親人的孤兒。

ミラー【mirror】 鏡子。「バック-～」（汽車）後視鏡。

ミラージュ【mirage】 海市蜃樓，幻影。

ミラーボール【mirror ball】 旋轉燈球，鏡球。

みらい【未来】 ①未來。②〔佛〕未來，來生，來世。③未來式。

みらい【味蕾】 味蕾。

みらいえいごう【未来永劫】 永久，永恒。

みらいは【未来派】〔futurism〕未來主義，未來派。

ミラクル【miracle】 奇蹟。「～-ボール」魔球。

ミリ【法 milli】 ①（造語）毫。②「ミリメートル」之略。

ミリオネヤ【millionaire】 百萬富翁，非常有錢的人。

ミリオン【million】 一百萬。

ミリオンセラー【million seller】 暢銷作品（如唱片、書等）。

ミリグラム【法 milligramme】 毫克。

ミリタリー【military】 「軍人的」「軍隊的」之意。「～-ルック」軍服樣式的服裝，軍服式。

ミリタリズム【militarism】 軍國主義。

ミリは【一波】 毫米波。

ミリバール【millibar】 毫巴。

ミリメートル【法 millimètre】 毫米。

みりょう【未了】 未了。「審議～」審議還沒結束。

みりょう【魅了】 スル 吸引。

みりょく【魅力】 魅力。

ミリリットル【法 millilitre】 毫升。

みりん【味醂】 味醂。

みる【見る】（動上一） ①觀看，端詳，看。「テレビを～・る」看電視。②判斷。「調子を～・る」看情況。③查看。「湯加減を～・る」查看熱水（的溫度、水量等）。④照顧，照料。「子供を～・る」照顧孩子。⑤經歷，體驗。「痛い目を～・る」經歷痛苦。⑥形成某種狀態。「実現を～・る」得以實現。⑦試試看。「やって～・る」做做看。

みるがい【海松貝・水松貝】 馬珂蛤的市場名。

みるから【見るから】（副） 一看就…。一眼看去，看上去。「～にきざなやつだ」一看就是個令人討厭的傢伙。

ミルキーウエー【Milky Way】 銀河。→ギャラクシー

ミルク【milk】 牛奶。

ミルクセーキ【milk shake】 奶昔。

ミルクホール【和 milk+hall】 簡易飲食店。

ミルフィユ【法 millefeuille】 法式千層派。

みるみる【見る見る】（副） 眼看著。「～川が増水した」眼看著河水漲上來了。

ミレニアム【millennium】 千禧年。

みれん【未練】 依戀。「～が残る」依依不捨。

みれんがまし・い【未練がましい】（形） 留戀，不乾脆。

みろく【弥勒】 彌勒菩薩。

みわく【魅惑】 スル 魅惑，迷惑。

みわけ【見分け】 區分，鑑別。「よい悪いの～がつかない」不能區分好壞。

みわ・ける【見分ける】（動下一）區分，識別。「真偽を～・ける」辨別真偽。

みわす・れる【見忘れる】（動下一）①忘卻，忘掉。「この顔を～・れたか」忘記這張面容了嗎？②忘記觀看。「テレビ番組を～・れる」忘記看電視了。

みわた・す【見渡す】（動五） 環視，展望，遠望，眺望。「～・すかぎりの雪原」一望無際的雪原。

みん【明】 明（朝）。

みんい【民意】 民意。「政治に～を反映させる」讓政治反映民意。

みんえい【民営】 民營。↔官営。「～港」民營港口。

みんか【民家】 民家，民宅。

み

みんかん◎【民間】 ①民間。「～信仰」民間信仰。②民間，私人。「～企業」民間企業。「～事業」民間事業。

みんかんがいこう◎【民間外交】 民間外交。

みんかんかつりょく◎【民間活力】 民間活力。

みんかんでんしょう◎【民間伝承】 民間傳承。

みんかんほうそう◎【民間放送】 民間廣播，民營廣播。↔公共放送

みんかんりょうほう◎【民間療法】 民間療法。

みんぎょう◎【民業】 民營事業。↔官業。「～圧迫」壓迫民營事業。

ミンク①【mink】 貂。

みんぐ◎【民具】 生活用具。

みんげい◎【民芸】 大眾工藝（品），民間藝術。

みんけん◎【民権】 民權。「～運動」民權運動。「自由～」自由民權。

みんじ①【民事】 民事。

みんしゅ①【民主】 民主。

みんじゅ①【民需】 民需，民用。↔官需・軍需

みんしゅう◎【民衆】 民眾。

みんしゅか◎【民主化】 スル 民主化。

みんしゅく◎【民宿】 民宿。

みんしゅこく◎【民主国】 民主國家。

みんしゅしゅぎ◎【民主主義】 〔democracy〕民主主義。

みんしゅてき◎【民主的】 （形動） 民主的。「～に運営する」民主式經營管理。

みんじょう◎【民情】 民情。「～を視察する」視察民情。

みんしん◎【民心】 民心。「～を問う」詢問民心。

みんせい◎【民生】 民生。

みんせい◎【民政】 ①文官政治。↔軍政。「～移管」民政移交。②民政。爲謀取國民的利益、幸福而施行的政治。

みんそ①【民訴】 民訴。「民事訴訟」之略。

みんぞく①【民族】 民族。

みんぞく①【民俗】 民俗。

みんぞくいしき◎【民族意識】 民族意識。

みんぞくじけつ◎【民族自決】 民族自決。

みんぞくしゅぎ◎【民族主義】 民族主義。

みんちょう◎【明朝】 ①明朝。②明朝體，明體。

ミント①【mint】 薄荷。

みんど①【民度】 居民生活文化的程度。

みんな◎【皆】 大家，全體，全都。「～集まれ」全體集合。「～食べてしまった」全都吃光了。

みんぺい◎【民兵】 民兵。

みんぽう◎【民放】 「民間放送」之略。

みんぽう◎【民法】 ①民法。②民法典。

みんぽう◎①【民報】 《民報》。

みんぽんしゅぎ◎【民本主義】 〔democracy之譯語〕民本主義。

みんみんぜみ【みんみん蟬】 鳴蟬。

みんゆう◎【民有】 民有。↔官有。「～地」民有地。

みんよう◎【民謡】 民謠。

みんりょく①【民力】 民力。「～調査」民力調査。

みんわ◎【民話】 民間故事。

む

む⓪【六】 六，6，6個。

む⓪【無・无】 ①無。↔有ゆう。「～から有を生じる」無中生有。②徒勞，白費。↔有ゆう。「好意が～になる」辜負了好意。

む【無】（接頭） 無。「～免許」無執照。「～資格」無資格。

むい①【無位】 沒地（職）位。「～無官」無官無職。

むい①【無為】 ①無為。②無所事事。「～徒食」無為徒食。③〔佛〕無為。↔有為ゐ。「～にして化かす」無為自化。

むいか⓪【六日】 ①六日，六天。②六號，六日。「～の菖蒲あやめ」明日黃花；雨後送傘。

むいしき②【無意識】 ①無意識。「～状態」無意識狀態。②無意識，不知不覺，下意識。「～な動作」無意識的動作。③〔心〕潛在意識，無意識。

むいそん②【無医村】 無醫村。

むいちぶつ③【無一物】 無一物，空無一物。

むいちもん②②【無一文】 無一文，分文皆無，一文不名。

むいみ②【無意味】 無意義，無價值，沒意思。「～な行動」沒有意義的行動。

むいん⓪【無韻】 無韻。「～詩」無韻詩。

ムース①【法 mousse】 ①慕斯（點心）。②慕斯，定型髮膠。

ムーディー①【moody】（形動） 有氣氛，有氛圍。「～な音楽」有氣氛的音樂。

ムード①【mood】 氛圍，氣氛，情緒。「家庭的な～」家庭氣氛。「～が高まる」情緒高漲。

ムードミュージック⑥【mood music】 氣氛音樂，情調音樂。

ムートン①【法 mouton】 羊皮。

ムービー①【movie】 電影。

ムーブメント①【movement】 ①政治運動，社會運動。②動態效果，動感。③樂音結構。

ムールがい③【一貝】 〔法 moule〕紫殼菜蛤。

ムーン①【moon】 月亮。

ムーンライト④【moonlight】 月光。

むえいとう【無影灯】 無影燈。

むえき⓪【無益】 無益。↔有益

むえん⓪【無援】 無援。「孤立～」孤立無援。

むえん⓪【無煙】 無煙。

むえん⓪【無縁】 ①無緣，無瓜葛。「政治とは～の人」和政治無緣的人。②無緣。「～墓地」無親人祭祀墓地；無緣墓地。

むえんたん⓪【無煙炭】 無煙煤。

むえんぼとけ③【無縁仏】 無緣佛。

むが①【無我】 ①無我，忘我。「～の境」無我的境地。②〔源自梵語〕無我。

むかい⓪【向かい】 面對，對面。「～の家」對面的人家。

むがい⓪【無害】 無害。↔有害

むがい⓪【無蓋】 無蓋。↔有蓋。「～貨車」敞篷貨車；無蓋貨車。

むかいあわせ⓪④【向かい合わせ】 對面，面對面，相向。「～の座席」對面的座席。

むかいかぜ⓪③【向かい風】 迎面風，頂風。↔追い風

むか・う⓪②【向かう】（動五） ①朝著，面向，指向。「机に～・って勉強する」坐在桌子前用功。②朝向，趨向。「目標に～・って進む」朝著目標前進。③朝往，邁向。「快方に～・う」病漸痊癒。④面對著。「面と～・って文句を言う」當面發牢騷。「舞台に～・って左」面對著舞臺的左面。⑤敵對，對抗。「素手で～・っていく」徒手對抗。⑥對做買賣。

むかうのさと①【無何有の郷】 無何有之鄉，理想國，烏托邦。

むかえ⓪【迎え】 迎接，往迎。↔送り。

「～の車」迎接的車。

むかえう・つ◎【迎え撃つ】（動五） 迎撃。

むかえざけ◎【迎え酒】 以酒解酒。

むかえび◎【迎え火】 迎（靈）火。↔送り火

むか・える◎◎【迎える】（動下一） ①⑦迎，迎接，招待，請進。「笑顔で～・える」笑臉相迎。④迎接。出迎。「客を～・える」迎接客人。②⑦迎娶，招納，迎請，迎接。「嫁を～・える」迎娶新娘。④聘請，邀。「コーチとして～・える」以教練的身分聘請而來。③迎，迎候，迎接。等待某時期、狀態的來臨。「新時代を～・える」迎來新時代。④迎擊。「敵を～・える」禦敵。⑤迎合。「社長の意を～・える」迎合社長之意。

むがく◎【無学】 無學識，沒文化。

むかご◎【零余子】 零餘子，珠芽。「～飯」零餘子飯。

むかし◎【昔】 ①昔，往昔。「～のしのぶ」追憶往昔。②十年前。「もうふた～も前のこと」已經是20年前的事情了。「～取った杵柄」老手藝。

むかしかたぎ◎【昔気質】 老派，守舊，古板。「～の職人」老派的手藝人。

むかしなじみ◎【昔馴染み】 舊交，舊知，舊相識。

むかしばなし◎【昔話】 ①敘舊，昔話。「～に花が咲く」熱衷於昔話。②昔話，傳說，民間故事。

むかしふう◎【昔風】 昔風，舊式，老樣式。

むかしむかし◎【昔昔】 很久很久以前，從前。

むかつ・く◎◎（動五） ①反胃。②噁心。「飲みすぎて胃が～・く」喝多了想吐。

むかっと◎（副）ｽﾙ 勃然大怒，突然發怒。「その言葉に～する」為那番話而勃然大怒。

むかっぱら◎【向かっ腹】 無名火，無故生氣。「～を立てる」發無名火。

むかで◎【百足】 蜈蚣。

むがむちゅう◎◎【無我夢中】 不管不顧，不顧一切。「～で研究をする」忘我地研究。

むかん◎【無官】 無官。「無位～」無職無官。

むかん◎【無冠】 無冠。「～の帝王」無冕王。新聞工作者，新聞記者。

むかん◎【無感】 無感。↔有感

むかんけい◎【無関係】 無關係。

むかんじしん◎【無感地震】 無感地震。↔有感地震

むかんしん◎【無関心】 不關心。

むき◎【向き】 ①朝向。「南～の家」朝南的房子。②持某種意向或想法的人。「反対の～もあるようですが」也有相反的意見。③傾向，趨向。「その点になると、さける～がある」一談到那一點，就有迴避的傾向。④針對，適合，對路。「女性～の仕事」適合女性的工作。「～になる」當真；動肝火。

むき◎【無季】 無季。俳句中不含季語。「～俳句」無季俳句。

むき◎【無期】 無期。「～懲役」無期徒刑。

むき◎【無機】 無機。無機化學、無機化合物、無機物等的略稱。↔有機

むぎ◎【麦】 麥。

むきあ・う◎【向き合う】（動五） 相向，面對面。

むぎうち◎◎【麦打ち】 打麥子，打麥連枷。

むきかがく◎【無機化学】 無機化學。↔有機化学

むきかごうぶつ◎【無機化合物】 無機化合物。↔有機化合物

むきけい◎【無期刑】 無期徒刑。↔有期刑

むきげん◎【無期限】 無期限，無限期。「～スト」無限期罷工。

むぎこ◎【麦粉】 麵粉。

むぎこがし◎【麦焦がし】 麵茶。

むきこきゅう◎【無気呼吸】 無氧呼吸。↔酸素呼吸

むぎさく◎【麦作】 ①麥作。②麥子的收成。

むきしつ◎【無機質】 ①無機物。②無機質。

むきず◎【無傷・無疵】 ①無傷，無疵。「～の宝玉」無瑕寶玉。②無瑕疵。「～で決勝戦にのぞむ」以全勝成績進入決賽。

むきだし◎【剝き出し】 ①剝出，露出，剝露。「下地が～の壁」基底剝露的牆壁。②毫不掩飾，露骨，表露。「感情を～にする」毫不掩飾感情。

むぎちゃ◎【麦茶】 麥茶。

むきてき◎【無機的】（形動） 呆板，刻板。「～なデザイン」呆板的圖案設計。

むきどう◎【無軌道】 ①無軌道。②超出常規。「～な生活」放蕩不羈的生活。

むぎとろ◎【麦薯蕷】 山藥汁麥飯，麥薯蕷。

むきなお・る◎【向き直る】（動五） 轉過身，改變方向。

むぎぶえ◎【麦笛】 麥稈笛。

むきみ◎【剝き身】 貝肉。

むきむき◎【向き向き】 各有所好，各有所適。「人には～がある」人各有所好。

むきめい◎【無記名】 無記名，不記名。「～投票」無記名投票。

むきめいとうひょう◎【無記名投票】 無記名投票。↔記名投票

むぎめし◎【麦飯】 麥飯。

むぎゆ◎【麦湯】 麥茶。

むきゅう◎【無休】 無休。「年内～」全年無休；今年無休。

むきゅう◎【無給】 無酬，無工資。↔有給。「～で働く」無報酬工作。

むきゅう◎【無窮】 無窮。

むきりょく◎【無気力】 無力。

むぎわら◎◎【麦藁】 麥稈。

むぎわらとんぼ◎【麦藁蜻蛉】 麥稈蜻蜓。

むぎわらぼうし◎【麦藁帽子】 麥稈草帽。

むきん◎【無菌】 無菌。「～室」無菌室。

むく◎【椋】 椋，糙葉樹。

むく◎【無患子】 無患子，無患子果。

むく◎【無垢】 ①無垢，單純天真。「純真～」純真無垢。②純粹。「金～（＝純

金）」純金。③無垢。「白～」白無垢服。

む・く◎◎【向く】（動五） ①朝向。「窓の方を～・く」對著窗戶。②面向，朝向，面對著。「北に～・いた窓」向北的窗戶。③趨向，傾向。「気が～・く」願意；有意願。「運が～・いてきた」運氣來了。④適合，對路。「女性に～・いたスポーツ」適合於女性的運動。

む・く◎◎【剝く】（動五） 剝，削，削薄。「皮を～・く」剝皮。

むくい◎◎◎【報い・酬い】 ①報應。「なまけに～を受ける」偷懶遭到報應。②報償，酬勞。「一銭の～もない」沒有一點酬勞。

むくいぬ◎【尨犬】 尨犬，長毛的狗。

むく・いる◎【報いる・酬いる】（動上一） ①報答，報償，酬勞。「恩に～・いる」報恩。「～・いられることの少ない仕事」報酬很少的工作。②報仇，報復。「一矢を～・いる」報一箭之仇。

むく・う◎【報う・酬う】（動五） 報應，報償，報答。「苦労が～・われる」辛苦得到了回報。

むくげ◎【木槿・槿】 木槿。

むくげ◎【尨毛】 ①尨毛，長毛。「～の犬」長毛狗。②尨毛，軟毛，茸毛。

むくち◎【無口】 話少，寡言，不愛說話。「～な人」話少的人。

むくつけき◎ 粗穢的，粗陋的。「～男」粗穢的男人。

むくどり◎【椋鳥】 灰椋鳥。

むくのき◎【椋木】 糙葉樹。

むく・む◎【浮腫む】（動五） 浮腫。「顔が～・む」臉浮腫。

むぐら◎【葎】 葎草。

むく・れる◎◎【剝れる】（動下一） ①脫落，剝落。「皮が～・れる」皮剝落了。②噘嘴生氣。

むくろじ◎【無患子】 無患子。

むげ◎【無碍・無礙】 無礙，無阻礙。「融通～」暢通無阻。

むけい◎【無形】 無形。↔有形

むげい◎【無芸】 無一技之長。「～な男」無一技之長的男人。

む

むげいたいしょく⓪【無芸大食】 飯桶。

むけいぶんかざい⑤【無形文化財】 無形文化財產。

むけつ⓪【無欠】 無缺。「完全~」完美無缺。

むけつ⓪⓪【無血】 無血。「~革命」不流血革命。

むげに①【無下に】（副） 一概。「~断れない」不能一概拒絕。「~する」一概不理，置之不理。

む・ける⓪⓪【向ける】（動下一） ①朝向，投向，調轉方向。「顔を西に~・ける」把臉朝西。②朝向。「東京に~・けて出発する」向東京出發。③對於。「関心を外に~・ける」對外界感興趣。④派遣。「使者を~・ける」派遣使者。⑤撥出，挪用。「臨時支出に~・ける」撥作臨時支出。

む・ける⓪⓪【剝ける】（動下一） 剝落。

むげん⓪【無限】 無限。↔有限。

むげん⓪【夢幻】 夢幻，虛幻。「~の世界」夢幻世界。

むげんせきにん⓪【無限責任】 無限責任。↔有限責任

むこ①【婿・壻】 ①女婿。②入贅女婿，上門女婿。③新郎。↔嫁

むこ①【無辜】 無辜。「~の民」無辜百姓。

むご・い②【惨い・酷い】（形） ①凄惨，惨。「~・い自動車事故」惨不忍睹的車禍。②殘酷，殘暴，狠毒，殘忍毒辣。「~・い仕打ち」殘酷的行為。

むこいり⓪【婿入り】スル ①入贅。②回門。

むこう⓪⓪【向こう】 ①對面，正面。「~の山」對面的山。②那邊。「~に着いたら知らせる」到那邊以後通知你。③對面。「~岸」對岸。④異地，分離的土地，外國。⑤對方。「~に回す」轉為對手。「~の考えを聞く」聽聽對方的想法。⑥從今日起。「~10日間」今後10天。

むこう⓪【無効】 無效。「期限切れで~だ」過期無效。「契約の~」契約無

效。↔有効

むこういき⓪【向こう意気】 要強，好勝心。「~が強い」好勝心很強。

むこうきず⓪【向こう傷】 額前傷。↔後ろ傷

むこうさんげんりょうどなり⑤【向こう三軒両隣】 左鄰右舍，左右鄰居。

むこうじょうめん⓪【向こう正面】 ①正對面，正前方。②正面看臺。

むこうずね⓪【向こう脛】 脛前。脛骨的前面。

むこうづけ⓪【向こう付け】 ①附加的涼菜。②正面頂拉。相撲運動中，將頭頂在對手胸上，拉對手兜襠布的動作。

むこうっつら⓪【向こうっ面】 正面。「~を張りとばす」迎面一擊。

むこうはちまき⑤【向こう鉢巻き】 正面打結纏頭巾。↔後ろ鉢巻き

むこうみず⓪【向こう見ず】 冒失，魯莽，莽撞。「~な人」莽撞的人。

むこうもち⓪【向こう持ち】 對方付費。

むごたらし・い⑤【惨たらしい・酷たらしい】（形） 極殘酷，極殘忍，惨不忍睹，凄惨。「~・い死に方」惨死。

むことり⓪【婿取り】 招女婿，招贅。↔嫁取り

むこようし③【婿養子】 婿養子。

むこん⓪【無根】 無據。「事実~のうわさ」無事實根據的謠傳。

むごん⓪【無言】 無言。

むさい⓪【無才】 無才。「無学~」無學無才；不學無術。

むさ・い②（形） ①髒亂的。「~・いところですが」夠髒亂的地方。②齷齪。

むざい⓪【無罪】 無罪。「~放免」無罪釋放。↔有罪

むさく⓪【無策】 無策。「無為~」束手無策。

むさくい②【無作為】 隨機，任意。「~に選ぶ」隨機選擇。

むさくるし・い⑤（形） 髒亂，簡陋，亂糟糟的。「~・い部屋」骯髒凌亂的房間。

むささび⓪【鼺鼠】 白頰鼺鼠，大鼺鼠。

むさつ⓪【無札】　無票。「～乗車」無票乘車。坐霸王車。

むさべつ⓪【無差別】　無差別，不歧視。「男女～に扱う」男女平等。

むさべつばくげき⓪【無差別爆撃】　無差別轟炸，狂轟濫炸。

むさぼ・る⓪【貪る】（動五）　①貪，貪婪。「暴利を～・る」貪圖暴利。②貪圖。「安逸を～・る」貪圖安逸。③貪吃。

むざむざ①（副）　輕易地，簡單地。「～敵のわなにかかる」輕易陷入敵人的圈套。

むさん⓪【無産】　①無職。②無產。↔有產

むさん⓪【霧散】スル　（雲消）霧散。

むざん①【無残・無惨・無慚】　①〔佛〕無慚愧。「破戒～」破戒無慚。②殘酷。「～な最期」悲慘地死去。③殘酷，無情，不幸。「夢は～にもついえた」夢想無情地消滅了。

むさんしょう⓪【無酸症】　胃酸缺乏症。

むし⓪【虫】　①蟲。「～がわく」生蟲。②鳴蟲。聲音鳴叫的昆蟲，如雲斑金蟋、日本種蟋。③引起孩子生病的事。「疳の～」驚風。④蟲。熱衷於一件事的人。「本の～」書蟲。「芸の～」藝術狂。「～がいい」只顧自己。

むし⓪【無死】　無人出局。

むし①【無私】　無私。「公平～」公平無私。

むし①【無視】スル　無視，忽略不計。「規則を～する」無視規則。

むじ①【無地】　單色，素色。「～の着物」單色的衣物。

むしあつ・い④【蒸し暑い】（形）　悶熱。「～・い夜」悶熱的夜晚。

むしおくり③【虫送り】　送蟲（儀式）。

むしかえ・す④③【蒸し返す】（動五）　①重蒸。「ご飯を～・す」熱一下飯。②舊事重提。「議論を～・す」重覆討論。③重新炒作。

むじかく②【無自覚】　不自覺。「～な言動」不自覺的言行。

むしかご⓪【虫籠】　蟲籠。

むしがし③【蒸し菓子】　蒸製點心。

むしがれい③【蒸し鰈】　蒸製鹹鰈魚乾。

むしき⓪【蒸し器】　蒸食器。

むしくい⓪⑥【虫食い・虫喰い】　①蟲蛀，蟲眼。「～の本」蟲蛀過的書。②蟲眼紋。③夏日啼叫的黃鶯。④柳鶯。

むしくだし⓪⑥【虫下し】　驅蟲藥。

むしけら⓪【虫螻】　蟲螻，螻蟻。「～同然の男」蟲蟻般的男人。

むしけん⓪【虫拳】　蟲拳。

むししぐれ③【虫時雨】　蟲聲大作。

むしず⓪【虫酸・虫唾】　酸水。「～が走る」令人作嘔。

むしずし③【蒸し鮨】　蒸壽司飯。

むじつ⓪【無実】　①無實，不屬實，不實之罪，冤罪。「～の罪」無實之罪。②無實。「有名～」有名無實。③不誠實。無誠實之心。

むじな⓪③【狢・貉】　①獾的別名。②〔因毛色相似〕狸。

むしのね⓪【虫の音】　蟲叫聲，蟲聲。

むしば⓪【虫歯】　蛀牙，蛀齒。

むしば・む③【蝕む】（動五）　①蟲蛀，蟲咬。「盆栽が～・まれる」花盆裡的植物被蟲咬了。②侵蝕，腐蝕。「人間を～・む公害」侵蝕人類的公害。

むじひ①②【無慈悲】　無慈悲，殘忍，無情，狠心，狠毒。「～なやり方」冷酷的做法。

むしピン⓪【虫一】　蟲針。

むしぶろ⓪【蒸し風呂】　蒸氣浴，桑拿。

むしぼし⓪【虫干し】スル　晾曬，曬書。「冬物を～する」晾曬冬季物品。

むしむし①【蒸し蒸し】（副）スル　悶熱。「～する夏の夜」悶熱的夏夜。

むしめがね③【虫眼鏡】　放大鏡。

むしもの⓪【蒸し物】　①蒸菜。②蒸製點心。

むしゃ①【武者】　武者，武士。

むしやき⓪【蒸し焼き】　烘烤，烘燜，蒸烤，不透氣燒製。

むじゃき①【無邪気】　①純真，天真可愛，無邪氣。②幼稚。

むしゃくしゃ①（副）スル　惱火，煩悶。

むしゃしゅぎょう③【武者修行】スル　武者

修行，武士修行。

むしゃにんぎょう⓪【武者人形】　武者人偶，武士人偶。

むしゃぶりつ・く（動五）　用力抱住，緊緊抓住。

むしゃぶるい⓪【武者震い】スル　（興奮得）抖動，顫抖，抖擻。

むしゅう⓪【無臭】　無臭，無味。「無色～の液体」無色無臭的液體。

むじゅう⓪【無住】　①無住持。寺院無住持。②〔佛〕無住。

むしゅうきょう③【無宗教】　無宗教。「～葬」無宗教葬禮。

むじゅうりょう③【無重量】　失重。

むしゅく⓪【無宿】　無家可歸，無住處，流浪者。

むしゅくもの⓪【無宿者】　無家可歸者，流浪漢。

むしゅみ②【無趣味】　無趣味。

むじゅん⓪【矛盾】スル　矛盾，牴觸。「～した意見」矛盾的意見。

むしょう⓪【無償】　①無償，無報酬。②無償，不收費。↔有償。「～の行為」無償的行為。

むしょう⓪【霧消】スル　霧消，霧散。「雲散～」雲開霧散。

むじょう⓪【無上】　無上。「～の喜び」無上的喜悅。

むじょう⓪【無常】　①〔佛〕無常。↔常住。「諸行～」諸行無常。②無常。指人世易變，生命短暫。

むしようかん③【蒸し羊羹】　蒸羊羹。

むじょうけん③【無条件】　無條件。「～降伏」無條件投降。

むしょうに⓪【無性に】（副）　不問是非，不分緣由。「～腹が立つ」不分緣由地生氣。

むしょく⓪【無色】　①無色。↔有色。「～透明」無色透明。②公正。

むしょく⓪【無職】　無職，無業。

むしよけ③【虫除け】　①除蟲，防蟲，除蟲器，除蟲藥。②除蟲符。

むしょぞく②【無所属】　無黨派。

むし・る⓪③【毟る】（動五）　①揪，拔，摘除。「草を～・る」拔草。②撕下

來，剝下來。「魚の身を～・る」撕魚肉。③強奪，豪奪。

むじるし③【無印】　①無標記。②無標記。賽車和賽馬比賽的優勝者預測表中沒有任何標記，得勝可能性極小的選手和馬。

むしろ⓪【筵・蓆・莚】　蓆，草蓆，筵。

むしろ⓪【寧ろ】（副）　寧可，倒不如。

むしん⓪【無心】スル　①無心。②無心，無慾，只顧。「～の勝利」無心的勝利。「～に遊ぶ」專心地玩。③不客氣地討。「金を～する」無顧忌地要錢。↔有心

むじん⓪【無人】　無人。「～島」無人島。

むじん⓪【無尽】　①無窮盡。「縦横～」自由自在；縱橫無盡。②標會。

むしんけい③【無神経】　沒神經，無顧忌，感覺遲鈍，少根筋，沒心眼。「～な男」感覺遲頓的男人。

むじんぞう⓪【無尽蔵】　無盡藏，無窮無盡。「地球資源は～ではない」地球資源不是無窮無盡的。

むしんろん⓪【無神論】〔atheism〕無神論。↔有神論。

む・す⓪【蒸す】（動五）　①蒸，熏蒸。「芋を～・す」蒸甘薯。②（感到）悶熱。「朝から～・しますね」從早晨開始就悶熱啊！

むすいアルコール⓪【無水―】　純酒精，無水酒精。

むすう②⓪【無数】　無數。「夜空に輝く～の星」夜空中閃耀著無數的星星。

むずかし・い③⓪【難しい】（形）　①難的，艱深。↔やさしい。②難，艱難。「登頂は～・い」登上山頂挺難的。「～・い立場」艱難的處境。③煩雜，複雜。「操作が～・い」難操作。④好挑剔的。「食べものに～・い人」挑食的人。⑤為難。「～・い顔をする」現出一副不高興的樣子。⑥難治的。

むずがゆ・い④【むず痒い】（形）　刺癢的。

むずか・る③⓪（動五）　（哭鬧）磨人。「赤ん坊が～・る」嬰兒哭鬧磨人。

むすこ⓪【息子】　①兒子。↔娘。②俗指

陰莖。

むすば・れる【結ばれる】（動下一）
結合，結爲夫妻。「晴れて二人は~・れた」誤會消除，兩個人結婚了。

むすび◎【結び】①結。②結交，勾搭。「~の杯￣」交杯結盟。③結束，終結。「~の言葉」結束語。④飯團。⑤結尾形，結語。⑥〔數〕聯集。↔交わり

むすびつき◎【結び付き】相互聯繫，有關聯，情結，結合，依附。「両者の~」兩者的結合。

むすびつ・く◎【結び付く】（動五）①結合，結爲一體。②有關聯，連帶。「事件に~・く証拠」與案件相關的證據。

むすびつ・ける◎【結び付ける】（動下一）①繫上，繫結，套結，拴上。「おみくじを~・ける」把神籤繫（在神社的樹）上。②結合，聯繫，掛鉤。「両者を~・けて考える」把兩者聯繫起來考慮。

むすびのかみ◎【結びの神】月下老人。

むすびめ◎【結び目】結子，結扣。

むす・ぶ◎◎【結ぶ】（動五）（他動詞）①聯結，繫結，纏結。②連接，溝通。「東京と大阪を~・ぶ高速道路」連接東京和大阪的高速公路。③結，締結，訂立，簽訂，交好，達成。「条約を~・ぶ」簽訂條約。「縁を~・ぶ」結緣。「手を~・ぶ」攜手；聯手。④握緊（手），緊閉（嘴）。「口を~・ぶ」緊閉住嘴。⑤結，編結。「実を~・ぶ」結果；結實。「夢を~・ぶ」作夢。「庵￣を~・ぶ」結庵。⑥結尾。「話を~・ぶ」結束講話。

むすぼ・れる◎【結ぼれる】（動下一）①糾結，糾纏。②結露。③鬱悶。

むすめ◎【娘】①女兒。↔息子。②女孩。「若い~さんたち」年輕的女孩們。「~三人持てば身代￣つぶす」家有三女，傾家蕩產。「~一人に婿￣八人」粥少僧多；一女八婿求。

むすめむこ◎【娘婿】女婿。

ムスリム◎【阿 Muslim】穆斯林。

むせい◎【無声】①無聲，不出聲。②〔unvoiced〕無聲音。

むせい◎【無性】無性。

むせい◎【夢精】夢遺，遺精。

むぜい◎【無税】無稅，免稅。↔有税

むせいえいが◎【無声映画】無聲電影。

むせいおん◎【無声音】無聲音，清音，清子音。↔有声音

むせいげん◎【無制限】無（不）限制。「~に供与する」無限供給。

むせいせいしょく◎【無性生殖】無性生殖。↔有性生殖

むせいふしゅぎ◎【無政府主義】無政府主義。

むせいぶつ◎【無生物】無生物。

むせいらん◎【無精卵】無精卵。↔有精卵

むせかえ・る◎◎【噎せ返る】（動五）①抽噎。②抽泣。

むせき◎【無籍】①無戶籍。②無國籍。

むせきついどうぶつ◎【無脊椎動物】無脊椎動物。↔脊椎動物

むせきにん◎【無責任】①無責任。「~な態度」不負責的態度。②不負責任。「~な発言」不負責任的發言。

むせびな・く◎◎【噎び泣く】（動五）抽泣，嗚咽，抽抽搭搭的哭。

むせ・ぶ◎◎【噎ぶ・咽ぶ】（動五）①噎，嗆。「タバコの煙に~・ぶ」被香煙的煙嗆到。②哽咽。「なみだに~・ぶ」抽抽搭搭地哭。③嗚咽。

む・せる◎◎【噎せる・咽せる】（動下一）噎，嗆。「煙に~・せた」被煙嗆了。

むせん◎【無銭】無錢，沒錢，免費，不花錢。「~飲食」免費飲食。

むせん◎【無線】①無線（的），無線電。↔有線。②無線。無線電通訊的略語。「~機」無線電通訊機。③無線。「~綴じ」無線裝訂。

むせんそうじゅう◎【無線操縦】無線電操縱，無線電控制。

むせんでんしん◎【無線電信】無線電信，無線電報。

むそう◎【無双】①無雙。「天下~の男」天下無雙的男兒。②面裡同料，內外同料。

むそう⓪【夢想】スル ①夢想。「～だにしない」作夢也不敢想。②夢想，幻想。「～家」幻想家。

むぞうさ②【無造作】 ①不費事，毫不費力，簡單。「～にやってのける」毫不費力地做完。②漫不經心，草率，隨便。「～にゴミをすてる」隨隨便便地扔垃圾。

むそじ①【六十・六十路】 ①六十。②六十歲。

むだ⓪【無駄】 ①白費，無用功，空耗。「いくら言っても～だ」無論怎麼說都是白費。②閒話，廢話。

むだあし⓪【無駄足】 白跑一趟。「～をふむ」白跑一趟。

むたい⓪【無体】 ①無體。「～物」無體物；無形物。②不講理，蠻橫，硬來。「無理～」蠻不講理。

むだい⓪【無題】 ①無題。②無題詩。

むだがね⓪【無駄金】 冤枉錢。「～を使う」白花錢。

むだぐち⓪【無駄口】 閒話，閒聊，廢話。「～をたたく」閒聊。

むだげ⓪【無駄毛】 雜亂毛，多餘毛。

むだだま⓪【無駄玉】 浪費子彈，放空槍。「～を撃つ」放空槍。

むだづかい③【無駄遣い】スル 亂花錢。

むだばな⓪【無駄花】 謊花。

むだばなし③【無駄話】スル 廢話，閒話，閒聊，無關緊要話。

むだぼね⓪【無駄骨】 徒勞。「～を折る」白受累。

むだめし⓪【無駄飯】 吃閒飯，白吃飯。「～を食う」吃閒飯；虛度光陰。

むだん⓪【無断】 擅自。「～で休む」擅自休息。

むたんぽ⓪【無担保】 無擔保。

むち①【鞭・笞】 ①鞭子，鞭，笞。「愛の～」愛的體罰。②教鞭。

むち①【無知・無智】 ①無知。「法律には～だ」對法律一無所知。②無知，無智。「～蒙昧」愚昧無知。

むち①【無恥】 無恥。「厚顏～」厚顏無恥。

むちうちしょう③【鞭打ち症】 頸挫傷。

むちう・つ①③【鞭打つ】（動五） ①鞭打。「馬を～・つ」策馬。②鞭策，激勵。「老骨に～・つ」鞭策老軀。

むちもうまい①【無知蒙昧】 蒙昧無知。「～の徒」蒙昧無知之徒。

むちゃ① ①沒道理，蠻橫，胡亂，亂來。「～な言い分」胡攪蠻纏。②離譜，格外。「～な高値」離譜的高價；貴得離譜。

むちゃくちゃ⓪ ①「無茶」的強調語。「～に寒い」天氣特別寒冷。②瞎搞，糟蹋。「人生を～にする」糟蹋人生。

むちゃくりく③【無着陸】 直飛，直達。「～飛行」直達飛行；直航。

むちゅう⓪【夢中】 ①夢中，夢裡。「～に音を聞く」夢中聽到聲音。②入迷，沉迷，忘乎所以。「ゲームに～になる」沉迷於遊戲。

むちゅう⓪【霧中】 霧中，霧裡。「～航行」霧中航行。

むちん⓪①【無賃】 不收費，免費，不花錢。「～乗車」免費乘車。

むつ①【鯥】 鯥。

むつ①【六つ】 ①六，六個。②六歲。③六。「明け～」上午六點。「暮れ～」下午六點。

むつ①【陸奥】 陸奥。

むつき⓪【襁褓】 襁褓，尿布。

むつき⓪【睦月】 陰曆一月的異名。

むつぎり⓪【六つ切り】 ①六裁，6 等分。②六裁。大小為 20.3cm×25.4cm。

ムック①【mook】〔magazine 和 book 的合成語〕期刊書。

むつごと②⓪【睦言】 枕邊私語，貼心話。「～を交わす」互訴衷腸。

むつごろう③【鯥五郎】 大彈塗魚。

ムッシュー①【法 monsieur】 先生。

むっちり③（副）スル 豐滿。

むっつ③【六つ】 六，六個，六歲。

むっつり③（副） 沉默寡言，沉默不語。「～屋」沉默寡言的人。

むつまじ・い④【睦まじい】（形） 和睦，親密。「仲～・く暮す」和睦地生活。

むつまやか④【睦まやか】（形動） 和

睦。「～な夫婦」和睦的夫婦。

むつみあ・う [睦み合う]（動五） 相互和睦，要好。

むつ・む [睦む]（動五） 和睦。

むて [無手] ①徒手，空手。②空手，毫無對策。「～で交渉にあたる」空手應付談判。

むていけい [無定形] ①不定型。②無定形，非晶型。

むていけい [無定型] 無定型。沒有一定的型或格式。「～俳句」無定型俳句。

むていけん [無定見] 無定見，無主見，隨波逐流。

むていこう [無抵抗] 無抵抗，不抵抗，不反抗。

むていこうしゅぎ [無抵抗主義] 不抵抗主義。

むてかつりゅう [無手勝流] ①自勝，不戰自勝。②自創。

むてき [無敵] 無敵。「天下～」天下無敵。

むてき [霧笛] 霧笛。

むてっぽう [無鉄砲] 冒失，莽撞。「～な性格」魯莽的性格。

むでん [無電] 「無線電信」的略稱。

むてんか [無添加] 無添加。

むとう [無灯] 無燈。

むとう [無糖] 無糖。「～練乳」無糖煉乳。

むどう [無道] 無道，缺德，殘暴。「悪逆～」惡逆無道。

むとうか [無灯火] 無燈火。「～の自転車」無燈的腳踏車。

むとうは [無党派] 無黨派。

むとうひょう [無投票] 無須投票。「～で当選」不經投票而當選。

むどく [無毒] 無毒。

むとどけ [無届け] 未呈報，沒請示。「～欠席」無故缺席。

むとんちゃく [無頓着] 不介意，不在乎，毫不關心。「お金に～な人」對錢毫不在乎的人。

むないた [胸板] ①胸脯。「～が厚い」胸部厚實。②護胸板。

むながわら [棟瓦] 屋脊瓦。

むなぎ [棟木] 脊木，脊檁，大梁，脊梁，脊桁，檁木。

むなくそ [胸糞] 心情，情緒。「～が悪い」心情不好。

むなぐら [胸倉] 前襟，胸襟。「～をつかむ」揪住前襟。

むなぐるし・い [胸苦しい]（形） 胸口悶得情慌，喘不過氣來。

むなげ [胸毛] 胸毛。

むなさき [胸先] 胸口，心窩。

むなさわぎ [胸騒ぎ] 心跳，心驚肉跳，心裡不安。「どうも～がする」總覺得有點心慌。

むなざんよう [胸算用] スル 估計，內心估計，心裡盤算。「～をたてる」心中盤算。

むなし・い [空しい・虚しい]（形） ①空虛，空洞。「～・いことば」沒有內容的話。②徒然，徒勞。「時が～・く過ぎる」虛度時光。③虛幻。「～・い夢」虛幻的夢。

むなだか [胸高] 高繫胸部，高胸。「～に締める」高高地繫在胸部；繫成高胸。

むなつきはっちょう [胸突き八丁] ①山頂附近的陡坡。②（轉指即將達到目標之前的）最艱苦時刻。

むなもと [胸元・胸許] 胸口，心口，胸部。

むに [無二] 無二，唯一。「～の親友」唯一的親友。

ムニエル [法 meunière] 法式奶油烤魚。

むにん [無人] 無人。

むにんか [無認可] 無認可，未認可。「～保育所」未認可的保育所。

むにんしょ [無任所] 無任所，無特定任務。

むね [旨・宗] 旨，宗旨。「その～御了承下さい」請您諒察其宗旨。「～とする」作爲宗旨。

むね [胸] ①胸，胸膛，胸部。「～を張る」挺胸。②心，心臟。「～がどきどきする」心蹦蹦直跳。③肺。「～を病む」患肺病。④胃。「～が焼ける」胃不

適；燒心。⑤內心。「~に秘めた思い」埋藏在心裡的思念。「~が痛む」非常擔心；痛心之極。「~が騒ぐ」忐忑不安。

むね⓪①【棟】 ①①脊，屋脊。②脊檁，大梁。③刀背。②（接尾）棟，幢。計數房屋、建築物的量詞。「2~が全燒した」兩棟房子全部燒光。

むねあげ⓪①【棟上げ】 上梁，上梁儀式。

むねあて①②【胸当て】 圍兜，護胸，圍裙。

むねさんずん①【胸三寸】 胸中，心裡。「~におさめる」埋藏在心裡。

むねまわり③【胸囲り】 胸圍。

むねやけ⓪①【胸焼け】 スル 燒心，胃灼熱，胃燒灼感。

むねわりながや④【棟割り長屋】 隔成數戶長條房子。

むねん⓪①【無念】 ①〔佛〕無念。②懊悔，懊念。「~の敗北」懊悔的失敗。

むのう⓪【無能】 無能，無用。↔有能

むのうりょく③【無能力】 無能力，沒本事。

むのうりょくしゃ④【無能力者】 ①無能力的人。②〔法〕無行爲能力人。

むはいとう③【無配当】 不分紅，沒有紅利，無紅利股。

むひ①【無比】 無比。「~の性能を誇る」以無比的性能自豪。

むひょう⓪【霧氷】 霧冰，霧凇。

むびょう⓪【無病】 無病。

むひょうじょう③【無表情】 無表情。「~な顔」無表情的面孔。

むびょうそくさい⓪【無病息災】 無病無災。

むふう⓪【無風】 ①無風。②無風，不受影響，平穩，安定。「~の選挙区」無風波的選區。

むふんべつ③【無分別】 不分好歹，輕率，莽撞。「~な行動」輕率的行動。

むへん⓪【無辺】 無邊。「広大~」廣闊無邊。

むほう⓪【無法】 ①無法，不守法紀。「~地帯」無法地帶。②違法，胡作非爲。

「~者」無法無天者。③過分，無法。

むぼう⓪【無帽】 免冠，無帽。

むぼう⓪【無謀】 無謀，胡亂，魯莽。「~な運転」魯莽的駕駛。

むぼうび③【無防備】 無防備，不設防。

むほん①【謀反・謀叛】 スル 謀反，叛變，造反。「~をおこす」發動叛亂。

むま①【夢魔】 ①夢魔。②惡夢。

むみ①【無味】 ①無味。「~無臭」無味無臭。②無趣，乏味，沒意思。

むみかんそう①【無味乾燥】 枯燥無味，無味無趣。「~な話」枯燥無味的話。

むめい⓪【無名】 ①無名。「~戦士の墓」無名戰士墓。②無名，沒名氣。↔有名。「~のタレント」無名演員。

むめい⓪【無銘】 無銘。書畫、刀劍、日常用品等上面沒署作者姓名。↔在銘。「~の刀」無銘之刀。

むめいし③【無名氏】 ①無名氏。「~の投書」匿名信。②無名氏，不出名者。「~の作品」不出名者的作品。

むめいし③【無名指】 無名指。

むめんきょ③【無免許】 無照，沒有執照。「~運転」無照駕駛。

むもうしょう⓪【無毛症】 無毛症。

むやく①【無役】 無任務，無差事。

むやく①【無益】 無益。

むやみ①【無闇】 ①蠻幹，胡亂，亂來，隨便做。②過度，過分。「~に食べるな」別吃過多

むやみやたら⓪①【無闇矢鱈】 加強「むやみ」的語氣的詞語。

むゆうびょう⓪【夢遊病】 夢遊症，夜遊症。

むよう⓪【無用】 ①無用，沒有用處。↔有用。「~の物」無用之物。②無事。「~の者の立ち入りを禁ず」閒人禁止入內。③請勿，不用。「心配~」無需擔心。「天地~」請勿倒置。「~の長物ちょう」無用之長物。

むよく⓪【無欲・無慾】 無欲，無私欲。「~恬淡たん」恬淡無欲。「~の勝利」無欲之勝。

むら②【村】 ①村子，村莊，村。②鄉村。

むら◎【斑】 ①斑。「染め〜」染斑。②不齊，不定。「成績に〜がある」成績參差不齊。③朝三暮四。「〜気」没定性。

むらが・る③【群がる】 （動五） 群聚，成群，成簇，群集，成片。「ファンが〜・る」粉絲聚集。

むらき◎◎【斑気】 没定性，喜怒無常。

むらぎえ◎【斑消え】 斑駁消融。「〜の雪」斑駁消融的雪。

むらさき◎【紫】 ①紫草。②紫，紫色。③醬油。

むらさきいろ◎【紫色】 紫色。

むらさきずいしょう◎【紫水晶】 紫晶，紫水晶。

むらさきつゆくさ◎【紫露草】 紫鴨蹠草，紫露草。

むらさきはしどい⑤【紫丁香花】 紫丁香的日本名。

むらざと◎【村里】 郷村，村莊，村里。

むらさめ◎【村雨】 急陣雨。

むらしぐれ③【村時雨】 大陣雨。

むらしばい③【村芝居】 郷村戲劇，郷村劇團。「〜の一行」郷村劇團一行。

むら・す②【蒸らす】 （動五） 燜，蒸爛。「御飯を〜・す」燜飯。

むらすずめ③【群雀】 群雀。

むらたけ◎【群竹】 叢竹。

むらはずれ③【村外れ】 村外。

むらはちぶ③【村八分】 ①村八分制裁。在村落實行的制裁方式之一。②受孤立，被當作局外人。

むらびと◎【村人】 村裡人，村民。

むらむら①（副） ①湧起，油然。「いかりが〜とこみ上げる」不由得怒上心頭。②滾滾。

むらやくば③【村役場】 村公所。

むり①【無理】 スル ①無理。「〜な要求」無理的要求。②勉強，不合適，難以辦到。「〜な仕事」勉強的工作。③無理。「〜に詰め込む」硬塞。

むりおし◎【無理押し】 スル 硬幹，強行。

むりかい②【無理解】 不理解。

むりからぬ◎【無理からぬ】 （連體） 不無道理的，合情理的。

むりさんだん◎【無理算段】 スル 七拼八湊，東挪西借。

むりじい◎【無理強い】 スル 強迫，逼迫。強制。

むりしんじゅう③【無理心中】 スル 強迫殉情。

むりすう②【無理数】 〔數〕無理數。↔有理數

むりなんだい③【無理難題】 出難題，無理要求。

むりむたい①【無理無体】 毫無道理，勉為其難。

むりやり◎【無理矢理】 （副） 硬逼，勉強，強行。

むりょ①【無慮】 （副） 約達，大約，大概。「〜数千の死傷者」約達數千的死傷者。

むりょう◎◎【無料】 免費。↔有料。「入場〜」免費入場。

むりょう◎【無量】 無量。「感〜」感慨萬千；感慨無限。

むりょく①【無力】 無力。↔有力

むりょくかん③【無力感】 無力感。

むるい◎【無類】 無與倫比。「〜の話好き」無與倫比的愛說話。

むれ②【群れ】 ①群，夥。「鳥が〜をなす」鳥成群。②群，一夥。「〜をつくる」結夥。

む・れる②【群れる】 （動下一） 成群。「ありが〜・れる」螞蟻群集。

む・れる◎【蒸れる】 （動下一） ①蒸透，蒸熟。②悶，潮濕悶熱。「部屋の中が〜・れる」房間裡悶得慌。

むろ◎【室】 溫室，暖房，窨。

むろあじ◎【室鰺】 圓鰺魚。

むろく◎【無禄】 無祿，無薪。

むろざき◎【室咲き】 溫室裡開花。「〜のバラ」溫室裡開花的薔薇。

むろまちじだい⑤【室町時代】 室町時代。

むろん◎【無論】 （副） 不用說，當然。「〜、わたしも賛成です」當然，我也贊成。

むんむん①（副） スル 悶熱，悶悶的。「人いきれで〜する」由於人多而悶悶的。

め◎【目・眼】 ①①目，眼。②眼。具有眼睛作用的機器零件。「レーダーの~」雷達的螢幕。③眼神，眼光。「変な~で見る」用奇怪的目光看。④眼力，視力。「~がいい」視力很好。⑤眼，目。指看。「監視の~」監視的眼睛。⑥眼光，看法。「さめた~」清醒的眼光。⑦眼光，眼力。「~が高い」眼光高。⑧外觀。「見た~が悪い」看上去感覺不好。⑨體驗。「ひどい~に遭う」遭殃；倒楣。②（接尾）①第。表示次序的詞語。「二番~」第二個。②程度。「厚~」厚度。③時，勁。「弱り~」軟弱了點。④時，線，痕。「季節の変わり~」換季時。「折り~」折痕；折線。

め◎【芽】 ①芽。②萌芽，苗頭。「悪の~をつむ」剷除惡勢力萌芽。

め◎【女】 ①女，女人。「草刈り~」割草的女人。②表示一對物體中的「小」、「勢弱」者。↔お。「~滝」小瀑布。

め◎【雌・牝】 母。↔お。「~牛」母牛。

めあかし◎【目明し】 線民，眼線。

めあき◎【目明き】 ①目明，有視力。②識字的人。③明理人。

めあたらし・い◎【目新しい】（形）新奇，新穎。

めあて◎【目当て】 ①目標。「ポストを~に行く」向郵筒走去。②目標，預期，打算。「お金が~の犯行」以金錢爲目的的犯罪行爲。

めあわ・せる◎【娶わせる】（動下一）嫁給。「娘を友人の息子に~・せる」將女兒嫁給朋友的兒子。

めい◎【姪】 侄女，外甥女。↔甥

めい◎【名】 ①名。「姓と~」姓與名。②有名。「~文句」名句。③（接尾）名。計算人數的量詞。「3~生還」3人生還。

めい◎【命】 ①生命。「~をおとす」喪命。②命令，吩咐。「~にしたがう」服從命令。

めい◎【明】 明。識別、分辨事理的能力。「先見の~」先見之明。

めい◎【盟】 盟，盟誓。「~を結ぶ」結盟。

めい◎【銘】 ①銘，銘文。②銘，銘記。「座右の~」座右銘。③銘。刻在器皿上的作者的名字。「無~」無銘。④銘。特意給器皿取的名字。「~を有明という」銘曰有明。

メイ◎【May】 5月。

めいあん◎【名案】 好主意。

めいあん◎【明暗】 ①明暗。光明與黑暗。②明暗。高興的事與爲難的事，幸運和不幸。「~を分ける」分別明暗。③明暗。繪畫、攝影等中，顏色的濃淡和明亮的程度。

めいい◎【名医】 名醫。

めいう・つ◎【銘打つ】（動五）①刻銘文。②以…爲名。

めいうん◎【命運】 命運。「~がつきる」壽命到盡頭。

めいえん◎【名園】 名園。

めいえん◎【名演】 著名演出。

めいか◎【名花】 ①名花。②喻美女。

めいか◎【名家】 ①名門。②名家，名人。

めいか◎【名歌】 名歌。

めいか◎【銘菓】 名牌糕點。

めいが◎【名画】 ①名畫。②名片。優秀的影片。

めいかい◎【明快】 明快。「~な説明」清楚明了的解釋。

めいかい◎【明解】 明解。

めいかい◎【冥界】 冥界。

めいかく◎【明確】 明確，確鑿。「~に答える」明確地回答。

めいがら◎【銘柄】 ①商品名，商標名，品牌。②股票名稱。

めいかん◎【名鑑】 名鑑。名人錄。「プロ野球選手~」職業棒球選手名人錄。

めいき◎【名器】　名器。

めいき◎【明記】ㇲ ル　明記。明白記載。

めいき◎【銘記】ㇲ ル　銘記。

めいぎ◎【名義】　名義。「～変更」名義變更。

めいきゅう◎【迷宮】　迷宮。

めいきゅういり◎【迷宮入り】　入迷宮。

めいきょうしすい⑤【明鏡止水】　明鏡止水。「～の心境」明鏡止水的境地。

めいきょく◎【名曲】　名曲。

めいきん◎【鳴禽】　鳴禽。

めいぎん◎【名吟】　①名詩，名俳句。②著名吟詠。

めいく◎【名句】　①名句。②警句。「～を吐く」口出警語。

めいくん◎【名君】　名君。

めいくん◎【明君】　明君。↔暗君

めいげつ◎【名月】　名月。陰曆八月十五夜晚的月亮。「中秋の～」中秋名月。

めいげつ◎【明月】　明月。

めいけん◎【名犬】　名犬。

めいけん◎【名剣】　名劍。

めいげん◎【名言】　名言。「～集」名言集。

めいげん◎【明言】ㇲ ル　明言，明確表示。「年内返済を～する」明確表示年內還清。

めいご◎【姪御】　對他人姪女、外甥女的敬稱。「～さん」賢姪女。

めいこう◎【名工】　名工，名匠。

めいさい◎【明細】　①明細，詳細。「～に報告する」詳細報告。②明細表。

めいさい◎【迷彩】　迷彩。「～を施す」塗迷彩。「～服」迷彩服。

めいさいしょ◎◎【明細書】　明細表。「収支～」收支明細表。

めいさく◎【名作】　名作。

めいさつ◎【名刹】　名刹。

めいさつ◎【明察】ㇲ ル　明察。「御～のほど恐れ入ります」承蒙明察，不勝惶恐。

めいさん◎【名産】　名產。

めいざん◎【名山】　名山。

めいし◎【名士】　名士，著名人士。

めいし◎【名刺】　名片。

めいし◎【名詞】　名詞。

めいし◎【明視】ㇲ ル　明視。

めいじ◎【名辞】〔哲〕名詞，語詞。

めいじ◎◎【明示】ㇲ ル　明示，表明。「証拠品を～する」明示證物。

めいじ◎【明治】　明治。明治天皇時代的年號（1868.9.8-1912.7.30）。

めいじいしん◎【明治維新】　明治維新。

めいじけんぽう◎【明治憲法】　明治憲法。

めいじつ◎【名実】　名實。「～ともにすぐれている」名符其實並優秀。

めいしばん◎【名刺判】　名片開（本）。長 8.3cm x 寬 6cm。

めいしゃ◎【目医者・眼医者】　眼科醫生。

めいしゅ◎【名手】　好手，高手。

めいしゅ◎【名主】　名主，名君。

めいしゅ◎【明主】　明主，名君。

めいしゅ◎【盟主】　盟主。

めいしゅ◎【銘酒】　名牌好酒。

めいしょ◎◎【名所】　名勝古跡。「桜の～」櫻花勝地。

めいしょう◎【名匠】　名匠。

めいしょう◎【名相】　名相。出色的宰相。

めいしょう◎【名将】　名將。

めいしょう◎【名称】　名稱。

めいしょう◎【名勝】　名勝。「天下の～」天下名勝。

めいしょう◎【明証】ㇲ ル　①明證。清楚地出示證據。②〔哲〕明證。「～的判断」明確的判斷。

めいじょう◎【名状】ㇲ ル　名狀。「～しがたい不安」難以名狀的不安。

めいしょく◎【明色】　明色，淺色。↔暗色

めい・じる◎◎【命じる】（動上一）①吩咐，命令。「提出を～じる」命令提交。②任命。「課長を～じる」任命課長。③命名。

めい・じる◎◎【銘じる】（動上一）①銘記。「肝に～じる」銘記肺腑。②銘文。刻在金屬或石頭上。

めいしん◎【迷信】　迷信。

めいじん◎【名人】 ①名人，好手。②名人。將棋、圍棋的冠軍的名稱。

めいじんかたぎ◎【名人気質】 名人氣質。

めいすい◎【名水】 ①名水。「日本~百選」日本名水百選。②名水，名川。

めいすう◎【名数】 ①名數。指將若干種同類物體匯集起來，在前頭加上數字的一種稱呼方法。↔無名数。②名數。帶有單位名稱或量詞的數。

めいすう◎【命数】 ①命數。「~が尽きる」命數（已）盡。②宿命，命運。

めいすうほう◎【命数法】 命數法。數學中給數取名字的方法。

めい・する◎【瞑する】（動サ變） ①閉上眼睛，安眠。②瞑目。「もって~・すべし」甘心瞑目。

めい・ずる◎【命ずる】（動サ變） 命令。

めい・ずる◎【銘ずる】（動サ變） 銘記。

めいせい◎【名声】 名聲。「~が高い」名聲好。

めいせき◎【明晰・明皙】 條理清楚。「~な頭脳」清晰的頭腦。

めうそう◎【名僧】 名僧，高僧。

めいそう◎【迷走】スル 迷走。「~台風」迷走颱風。

めいそう◎【瞑想・冥想】スル 冥想。「~にふける」耽於冥想。

めいそうじょうき◎【明窓浄机】 窗明几淨。

めいそうしんけい◎【迷走神経】 迷走神經。

めいだい◎【命題】 命題。

めいだん◎【明断】スル 明確的判斷。「~を下す」做出明確判斷。

めいち◎【明知・明智】 明智。

めいちゃ◎【銘茶】 上等茶。

めいちゅう◎【命中】スル 命中。「的に~する」命中目標。

めいちゅう◎【螟虫】 螟蟲。

めいちょ◎【名著】 名著。

めいちょう◎【迷鳥】 迷鳥。

めいっぱい◎【目一杯】 儘量，極限（刻度）。「~サービスする」盡力服務。

めいてい◎【酩酊】スル 酩酊。

めいてつ◎【明哲】 明哲。

めいてつほしん◎◎【明哲保身】 明哲保身。

めいど◎【明度】 明度。顏色的屬性。

めいど◎◎【冥土・冥途】 〔佛〕冥途，冥土。「~のみやげ」人死前快樂的回憶。「~の旅」命赴黃泉。

めいとう◎【名刀】 名刀。

めいとう◎【名湯】 名湯，名泉。

めいとう◎【名答】 絕妙問答。「ご~」漂亮的回答。

めいとう◎【明答】スル 明確回答，明確的答覆。「~を避ける」避而不作明確答覆。

めいとう◎【銘刀】 銘刀。

めいどう◎【鳴動】スル ①鳴動。「泰山~して鼠一匹」雷聲大，雨點小。②地鳴。

めいにち◎【命日】 忌辰。

めいば◎【名馬】 名馬，好馬。

めいはく◎【明白】 明白，確鑿。「~な事實」明顯的事實。

めいばん◎【名盤】 著名唱片，名唱片。

めいび◎【明媚】 明媚。「風光~」風光明媚。

めいひつ◎【名筆】 名筆。

めいひん◎【名品】 名品。

めいびん◎【明敏】 靈敏、慧穎。「~な頭脳」敏捷的頭腦。

めいふ◎【冥府】 冥府。

めいふく◎【冥福】 冥福。「御~を祈る」祈禱冥福。

めいぶつ◎【名物】 ①名物產，名產。②名人。「~教師」名師。③名物。有來歷的茶具。

めいぶん◎【名分】 ①名分。「~が立たない」名分不正。②名分。名和實質。「大義~」大義名分。

めいぶん◎【名文】 名文。「~家」名文家。

めいぶん◎【名聞】 名聲傳聞。「~をはばかる」顧忌名聲傳聞。

めいぶん◎【明文】 明文。

めいぶん◎【銘文】 銘文，金石文。

めいぼ◎【名簿】 名簿。

めいほう◎【名宝】 名寶。有名氣的寶物。

めいほう◎【盟邦】 盟邦。

めいぼう◎【名望】 名望。

めいぼう◎【明眸】 明眸。

めいぼうこうし◎【明眸皓歯】 明眸皓齒。

めいぼく◎【名木】 ①知名木。②名貴的香木。大多指沉香。

めいぼく◎【銘木】 貴重木材。

めいみゃく◎【命脈】 命脈。「～を保つ」保持命脈。

めいむ◎【迷夢】 迷夢。「～から覚める」從迷夢中覺醒。

めいむ◎【迷霧】 ①迷霧。②心中的迷惑。

めいめい◎【命名】 スル 命名。「～式」命名儀式。

めいめい◎【銘銘】 各個，分別，各自。「～勝手なことを言う」各執己見。

めいめいざら◎【銘銘皿】 分餐碟。

めいめいはくはく◎【明明白白】 （形動）明明白白。「～な事実」明明白白的事實。

めいめつ◎【明滅】 スル ①閃爍。②明滅。

めいもう◎【迷妄】 不明事理。

めいもく◎【名目】 ①名目，名稱。②名目，名義。「～だけの委員」只是名義上的委員。

めいもく◎【瞑目】 スル ①瞑目。閉上眼。②瞑目。安然地死去。

めいもくちんぎん◎【名目賃金】 名義工資，貨幣工資。

めいもん◎【名門】 ①名門。②名門。著名而有來歷的學校。「～の出」出自名門。

めいやく◎【名訳】 名譯作。

めいやく◎【盟約】 スル 盟約。「～を結ぶ」締結盟約。

めいゆう◎【盟友】 盟友。

めいよ◎【名誉】 ①名譽。「～に思う」感到光榮。②名譽，體面，面子。「～を守る」維護名譽。③名譽，榮譽頭銜。

「～市民」名譽市民。

めいよしょく◎【名誉職】 名譽職務。

めいり◎【名利】 名利。「～をもとめる」追求名利。

めいりゅう◎【名流】 名流。

めいりょう◎【明瞭】 明瞭，明顯，清晰，清醒。「簡単～」簡單明瞭。

めい・る◎【滅入る】 （動五） 沮喪，灰心沉悶，意志消沉。「気が～・る」意志消沉。

めいれい◎【命令】 スル ①命令。「～を下す」下達命令。「出発を～する」命令出發。②法規，命令。③指令。

めいれいけい◎【命令形】 命令形。

めいろ◎【迷路】 ①迷路。②迷路。指內耳。

めいろう◎【明朗】 ①明朗，開朗。「～快活」開朗快活。②公正無私。「～会計」公正無私的會計。

めいろん◎【名論】 名論，高論，高見。「～卓説」名論卓見。

めいわく◎【迷惑】 スル 麻煩，困窘。「～をかける」添麻煩。

めうえ◎【目上】 長上，尊長，長輩，上級。↔目下

めうち◎【目打ち】 ①錐子。②穿孔。「～を入れる」穿孔。③鑽孔錐子。④眼錐。料理鰻鱺、糯鰻時爲了固定而釘在眼上的錐子。⑤穿孔。裝訂術語，指打裝訂孔。

めうつり◎【目移り】 スル 琳瑯滿目，眼花繚亂。

メーカー◎【maker】 ①製造商，廠商。②製造者。「チャンス-～」製造機會者；助攻選手。

メーキャップ◎【makeup】 スル 化妝。化裝。

メーク◎【make】 スル 「メークアップ」的省略語。「顔を～する」臉部化妝。

メークアップ◎【makeup】 スル ①化妝，化裝。②拼版，拼成整版。

メーザー◎【maser】 〔microwave amplification by stimulated emission of radiation 的字首語〕邁射，微波激射器。

メーター◎【meter】 測量儀表，計量

器。

メーデー[1]【Mayday】〔源自法語 m'aidez〕無線電話求救信號。

メーデー[1]【May Day】 五・一國際勞動節。

メード[0][1]【maid】 ①女傭。②客房女服務生。

メートル[0]【法 mètre】 米，公尺。「～を上げる」酒壯三分膽；酒壯慫人膽。

メートルグラス[5]【[和]法 mètre+英 glass】 量杯。

メートルほう[0]【一法】 米制，公制。

メープル[1]【maple】 槭樹，楓樹。

メーリングリスト[6]【mailing list】 郵寄名單。

メール[1]【mail】 郵政，郵件。「エア～」航空郵件。

メールオーダー[1]【mail order】 函購，郵購。

メールボックス[4]【mailbox】 ①信箱。②電子信箱。

メーン[1]【main】 主要的。

めおと[0]【夫婦】 夫婦。「晴れて～になる」正式結爲夫妻。

めおとぢゃわん[4]【夫婦茶碗】 鴛鴦碗。

メカ[1] 機械裝置的簡稱。「～に弱い」不擅長機械。

メガ[1]【mega】 兆，百萬。「～ヘルツ」兆赫。

めがお[1]【目顏】 眼神。

めかくし[2]【目隱し】スル ①蒙眼。②遮罩。「～に木を植える」植樹當影壁。

めかけ[3]【妾】 妾。

めが・ける[3]【目掛ける】（動下一） 瞄準，對準目標。「的を～・けて射る」對準目標射擊。

めかじき[2]【眼梶木】 劍旗魚。

めかしこ・む[4]【めかし込む】（動五） 精心打扮。

めがしら[2]【目頭】 內眼角。↔目尻。「～が熱くなる」熱淚盈眶；眼角發熱。「～を押さえる」噙住淚水。

めか・す[2]（動五） 裝扮。「きょうはずいぶん～したね」今天打扮得好漂亮啊！

めか・す[2]（接尾） 〔五段型活用〕裝樣子，假裝。「冗談～・す」裝作開玩笑的樣子。

めかた[0]【目方】 重量。

めかど[1]【目角】 眼角。「～を立てる」怒目而視。

メカトロニクス[5] 〔メカニクス（mechanics 機械工學）和エレクトロニクス（electronics 電子工學）的合成語〕機械電子學，機電一體化。

メガトン[1][2]【megaton】 兆噸。

メカニカル[2]【mechanical】（形動） 機械般的，機械性的。

メカニズム[3]【mechanism】 ①機械裝置，裝置。②結構。「政治の～を解明する」闡明政治結構。

メカニック[3]【mechanic】 ①（形動）機械的。「～な動き」機械運動。②機械工，機械技師。

めがね[1]【眼鏡】 ①眼鏡。②鑑賞能力，眼力。「～にかなう」受賞識；受青睞。

めがねざる[4]【眼鏡猿】 眼鏡猴。

めがねちがい[4]【眼鏡違い】 戴錯眼鏡。

めがねばし[3]【眼鏡橋】 眼鏡橋。石造拱橋的通稱。

めがねへび[4]【眼鏡蛇】 眼鏡蛇。

メガフロート[4]【megafloat】 超大型浮體構造物。

メガヘルツ[3]【megahertz】 兆赫。

メガホン[1]【megaphone】 喇叭筒，麥克風。

めがみ[1]【女神】 女神。↔男神(おがみ)。「勝利の～」勝利女神。

メガロポリス[4]【megalopolis】 大都會區。

めきき[0][3]【目利き】 眼力。

めキャベツ[2]【芽一】 芽甘藍。

めくぎ[1]【目釘】 孔釘，銷釘。

めくされ[2]【目腐れ】 爛眼圈，爛眼邊（的人）。

めくされがね[4]【目腐れ金】 一點點錢。

めくじら[2]【目くじら】 眼角。「～を立てる」杏眼圓睜。

めぐすり[2]【目薬・眼薬】 眼藥。

めくそ[3][1]【目糞】 眼屎。「～鼻糞(はなくそ)を笑

う」五十步笑百步；烏鴉落在豬身上反笑豬黑。

めくばせ【目配せ】 スル 使眼色，遞眼神。

めくばり回【目配り】 スル 環顧，環視。「~がきく」迅速環視。

めぐま・れる回回【恵まれる】（動下一）①天賦，天賜，得天獨厚，富有。「~・れた生活」優裕的生活。②得到惠顧，得遇幸運，天賜。「チャンスに~・れる」得遇機會。

めぐみ回【恵み】 惠，恩賜，周濟，恩澤。「神の~」神的恩惠。「~の雨」及時雨。

めぐ・む【芽ぐむ】（動五） 萌芽，發芽。「木が~・む」樹木發芽。

めぐ・む回回【恵む】（動五）①周濟，施惠。②恩惠，體恤。

めくら回【盲】①盲，失明。→もう（盲）。②盲，不懂事物的道理、價值等。「~千人せん目明あき千人」目明千人，盲千人。「~蛇じに怖おじず」盲人不懼蛇；初生之犢不畏虎。

めくらごよみ回【盲暦】 繪畫日曆，文盲日曆。

めくらじま回【盲縞】 平紋藏青布。

めぐら・す回回【巡らす】（動五）①〔也寫作「繞らす」〕圍上，攔住。「塀を~・す」圍上圍牆。②轉，旋轉。「首こうを~・す」轉頭。③想好，定下。「計略を~・す」思考策略。

めくらばん回【盲判】 盲目蓋章。

めくらめっぽう回【盲滅法】 盲動，瞎胡來。

めぐり回【巡り・廻り】①巡迴，周遊。「名所~」周遊名勝。②周圍，圈。

めぐりあ・う回【巡り会う・廻り逢う】（動五） 意外相遇。

めぐりあわせ回【巡り合わせ・廻り合わせ】 機遇，機緣，運氣。「不幸な~」不幸的命運。

めく・る回回【捲る】（動五）①掀掉，掀起，撕扯。「布団を~・る」掀掉被子。②翻，揭，掀。「トランプを~・る」翻撲克牌。

めぐ・る回回【巡る・廻る】（動五）①繞一圈，轉一圈。「池を~・る」繞池塘一圈。②回轉，循環。「~・る年月」交替的歲月。③巡遊。「名所を~・る」周遊名勝。④圍，環繞。「お城を~・るほり」環繞城堡的濠溝。⑤圍繞。「進学問題を~・る話し合い」圍繞升學問題的商談。

めくるめ・く回【目眩く】（動五） 目眩。「~・くようなかがやき」目眩般的輝煌。

ぬく・れる回【捲れる】（動下一） 噘，撅，捲縮。「~・れた唇」噘著嘴。

め・げる回（動下一） 氣餒，洩氣。「~・げずにがんばる」不洩氣地頑強努力。

めごち回【雌鯒】 大眼牛尾魚。

めこぼし回【目溢し】 スル 睜一隻眼閉一隻眼，放過，寬恕。「お~願います」請您高抬貴手。

メサイア回【Messiah】 《彌賽亞》。

めさき回回【目先・目前】①目前，眼前。「~にちらつく」彷彿在眼前。②眼前，當前。「~の利益」眼前利益。③不久的將來，前景的預測。「~が利きく」先見之明。「~を変える」耳目一新；換情趣；改變眼前。

めざし回【目刺し】 穿眼沙丁魚串。

めざ・す回【目指す】（動五） 指向，朝向，對著。

めざ・す回【芽差す】（動五） 出芽，萌芽。

めざと・い回【目敏い】（形）①眼快，眼尖。「~・く見つけ出す」一眼就看出來。②淺眠。「年寄りは~・い」老人淺眠。

めざまし回【目覚まし】①叫醒。②小孩睡醒時給的點心等。③「目覚まし時計」的略語。

めざまし・い回【目覚ましい】（形） 驚人的，出奇的，特突出的。「~・い進步」驚人的進步。

めざましどけい回【目覚まし時計】 鬧鐘。

めざ・める回【目覚める】（動下一）①

睡醒。「目が～・める」睡醒。②萌動。「性に～・める」性萌動。③自覺，意識到。「社會的現實に～・める」認識到社會的現實。④覺悟，省悟。

めざる◎【目笊】　大眼笊籬。

めさ・れる◎【召される】（動下一）　①「する」的敬語。「油斷～・れるな」不要疏忽大意。②被召見。「召す」的被動態或敬語。「宮中に～・れる」被召入宮中。「天に～・れた」召進天國。

めざわり◎【目障り】　①障礙。「展望の～」眺望的障礙。②礙眼。「～な存在」礙眼的存在。

めし◎【飯】　①米飯。②飯。「～にしよう」吃飯吧。

めじ◎　黑鮪魚幼魚。

めじ◎【目地】　接縫，砌縫。

メシア◎【Messiah】　①彌賽亞（默西亞）。②彌賽亞。對救世主耶穌的尊稱。

めしあが・る◎◎【召し上がる】（動五）　「飲む」「食う」的敬語。「どうぞ～・てください」請用。

めしあ・げる◎【召し上げる】（動下一）　沒收。「土地を～・げる」沒收土地。

めしい◎【盲】　盲。

めしかか・える◎【召し抱える】（動下一）　雇用，招聘，用人。

めした◎◎【目下】　晩輩，部下，屬下，底下。↔目上

めしたき◎◎【飯炊き】　炊事，做飯（的人），廚師，大師傅。

めしつかい◎【召し使い】　下人，佣人，僕人。

めしつか・う◎【召し使う】（動五）　雇傭，使喚。「多くの使用人を～・う」使喚很多的傭人。

めしつぶ◎【飯粒】　飯粒。

めしつ・れる◎【召し連れる】（動下一）　帶領，率領。

めしどき◎【飯時】　吃飯時間。

めしと・る◎【召し捕る】（動五）　捉拿，逮捕。

めしのたね◎◎【飯の種】　飯碗。「～を失う」丟掉飯碗。

めしびつ◎◎【飯櫃】　飯桶。

めしべ◎【雌蕊】　雌蕊。↔雄蕊

メジャー◎【major】　①大，一流。↔マイナー。「～な作家」一流作家。②大調，長音階。「C-～」C 大調。↔マイナー。③國際大公司。

メジャー◎【measure】　①定量，計量。「～-カップ」量杯。②尺，捲尺。③基準，尺度。

めしゅうど◎【囚人】　囚徒。

めしょう◎【目性】　目力，眼力。「～が弱い」眼力不好。

めじり◎【目尻】　外眼角，眼尾。↔目頭

めしりょう◎【召し料】　貴人用物。

めじるし◎【目印】　記號，標記。「～をつける」做記號。

めじろ◎【目白】　繡眼鳥，白眉。

めじろおし◎【目白押し】　一個挨一個接排。「～の觀客」一個挨一個的觀眾。

めす【雌・牝】　雌，牝。↔雄

め・す【召す】（動五）　①召見。「宮中に～・される」召喚到宮中。②應召擔任。「歌会始めの講師に～・される」應召擔任歌會開始時的講師。③「死ぬ」的敬語。「天国に～・される」被召到天國。④「飲む」「食べる」的敬語。「御酒を～・す」喝酒。⑤身穿著之意的敬語。「和服を～・した方」身著和服的先生。⑥尊敬貴人或對方，指其動作、狀態等的詞語。「お年を～・す」上年紀了。「お気に～・す」喜歡。「お風邪を～・す」著涼。

メス◎【荷 mes】　手術刀。

メスシリンダー◎【德 Meβzylinder】　量筒。

めずらし・い◎【珍しい】（形）　①少有的，稀奇的，罕見的。「～・く朝早く起きた」難得早起。②珍奇的，稀奇的。「～・い動物」珍稀動物。③珍貴的。

メセナ◎【法 mécénat】　文化藝術贊助。

めせん◎【目線】　視線。

メソジスト◎【Methodists】　循道派。

メソッド◎【method】　方法，方式。

メゾネット◎【maisonette】　躍層式公寓。

めそめそ⓪（副）スル　抽泣。「～する」抽泣。

メゾン⓪【法 maison】　家，住宅。

メタ①【meta】　表示「超」「高次（階）」之意。「～言語」超語言。

めだか⓪【目高】　青鱂。

めだき⓪【雌滝】　小瀑布，雌瀑。↔雄滝

めだけ⓪【雌竹】　川竹，苦竹。

メタげんご③【一言語】〔metalanguage〕基礎語言，理論語言。

めだしぼう③【目出し帽】　露眼防寒帽。

メタセコイア④【拉 Metasequoia】　水杉。

めだ・つ②【目立つ】（動五）　顯眼，搶眼，顯露，醒目，奪目。

めだ・つ②【芽立つ】（動五）　抽芽，出芽。

めたて⓪③【目立て】　閱鋸，整形，修整。「鋸の～をする」銼鋸齒。

メタノール③【德 Methanol】　甲醇，木精。

メタファー③【metaphor】　隱喻。↔シミリ

メタフィジカル③【metaphysical】（形動）形而上學的，形而上的。

メタフィジックス④【metaphysics】　形而上學。

めだま③【目玉】　①眼珠。②申斥。「お～を頂戴する」挨罵；招白眼。③特價商品。「～商品」特價商品。④壓軸。「～番組」壓軸節目。

めだまやき⓪【目玉焼き】　煎蛋。

メタモルフォーゼ⑤【德 Metamorphose】化裝，變形。

メダリスト③【medalist】　獎牌得主。「ゴールド-～」金牌得主。

メタリック③【metallic】（形動）　光澤為金屬性的。「～-ブルー」金屬藍。

メタル①【metal】　金屬。「～-スキー」金屬滑雪板。

メダル⓪①【medal】　牌，金屬紀念章。「金～」金牌。

メタン①【methane】　甲烷。

メチエ①【法 métier】　技能，表現技巧。

めちがい⓪【目違い】　看錯。「とんだ～をした」大錯特錯。

めちゃ①　非常亂。

めちゃくちゃ⓪　①不合理，無道理。「～な話」一派胡言。②太，嚴重，過度，過於。「～に破壊する」嚴重破壞。③一塌糊塗。「話し合いが～になる」談得一塌糊塗。

めちゃめちゃ⓪〔「滅茶滅茶」為假借字〕亂七八糟，一塌糊塗。

めちょう⓪【雌蝶】　雌蝶。↔雄蝶

メッカ①【Mecca】　①麥加。地名。②麥加。某一領域的中心地或發祥地。「芸術家の～、パリ」藝術家心中的「麥加」，巴黎。

めつき⓪【目付き】　眼神。「いぶかしげな～」詫異的眼神。

めっき⓪【鍍金・滅金】スル　①鍍，電鍍。②虛有其表。「～が剝げる」現出原形。

めつぎ⓪【芽接ぎ】　芽接。

めっきゃく⓪【滅却】スル　滅卻，消滅，滅絕。「心頭～」心滅；心頭滅卻。

めっきり③（副）　急劇，顯著，突變。「～春らしくなった」明顯變得像春天了。

めっきん⓪【滅菌】スル　滅菌。「～消毒」滅菌消毒。

めつけ③【目付】　目付。武家社會的職制。

めっけもの⓪【目付け物】　①意外收穫，有緣物。②意外的幸運。

めっ・ける⓪【目付ける】（動下一）「見付ける」的通俗說法。

めっし①【滅私】　滅私。「～の精神」滅私精神。

メッシュ①【法 mèche】　部分染髮。

めっ・する⓪③【滅する】（動サ變）①滅。滅亡，死亡。「生あるものは必ず～・する」有生必有滅。②消滅。「敵軍を～・する」消滅敵軍。③滅，滅失。「私心を～・する」滅私心。

メッセ①【德 Messe】　樣品市場。

メッセージ①【message】　①傳言，留言，口信。②聲明，聲明文。③總統咨文。④通訊，消息。

メッセンジャー①【messenger】　使者。

めっそう⓪【滅相】（形動） 滅相，不合情理。「～なことを言うな」別說那種不合情理的話。

めった⓪【滅多】（形動） ①瞎，任意，隨便。「～なことは言えない」不能瞎說。②稀罕，不多，稀少，不常。「～に来ない」罕至；不常來。

めったやたら⓪【滅多矢鱈】（副） 瞎，胡鬧。「～になぐる」瞎打；不分青紅皂白地打。

めつぶし③【目潰し】 遮蔽眼睛，障眼。「～をくらわす」遮蔽眼睛。

めつぼう⓪【滅亡】 スル 滅亡。

めっぽう⓪【滅法】 ①①滅法。指不合乎道理，離譜的事。②（程度）非常過分。②（副）出奇，不同尋常。「～暑い」出奇地熱。

めづまり②【目詰まり】 スル 網眼堵塞。

めづもり②【目積もり】 スル 目測。

めて⓪【馬手】 馬繮手。↔弓手ゆん

メディア①【media】 ①手段，方法，媒體。「ニュー-～」新型媒體。②外部記憶體。③媒介。

メディアリテラシー⑤【media literacy】 媒體素養。

メディカル①【medical】 「醫療的」「醫學的」等意。「～-センター」醫療中心。

めでた・い③（形） ①可喜，可賀。「～・く卒業する」可喜可賀地畢業。②器重。「社長のおぼえが～・い」（承蒙）社長的器重。③老好人。

めでたしめでたし （連語）可喜可賀。「一件落着～」案子有著落可喜可賀。

め・でる⓪【愛でる】 （動下一）①欣賞。「花を～・でる」賞花。②喜歡，疼愛。③讚揚，佩服。

めど①【目処】 目的，目標，眉目，期限。「完成の～がたたない」沒有完成的希望。「～を付ける」找到目標。

めど①【針孔】 針眼。

めどおし⓪【目通し】 過目。

めどおり⓪⓪【目通り】 ①謁見，拜見，晉見。「お～する」拜見。②目視高直徑。

めどぎ⓪【筮・蓍】 筮，蓍。占卦所使用的道具。

めどはぎ⓪【蓍萩】 鐵掃帚。

めと・る⓪【娶る】 （動五）娶。

メドレー①【medley】 ①連奏。「3曲～で演奏する」3曲連奏。②「メドレー-リレー」的略語。

メトロ①【法 métro】 （巴黎的）地鐵。

メトロノーム④【德 Metronom】 節拍器。

メトロポリス⓪【metropolis】 首府，首都。

メトロポリタン⓪【metropolitan】 ①大城市的，首都的。②城市人。

めなみ⓪【女波・女浪】 低浪，小浪。↔男波おとこ

めな・れる⓪【目馴れる】 （動下一） 見慣。「～・れた風景」見慣了的風景。

メニエールびょう⓪【一病】 美尼爾氏症。

メニュー①【法 menu】 ①菜譜，菜單。②功能表。

メヌエット①【德 Menuett】 小步舞曲。

めぬき⓪⓪【目抜き】 顯眼。「町の～」街上的顯眼處。

めぬき⓪⓪【目貫】 孔貫，銷釘飾物。

めぬり⓪【目塗り】 スル ①勾縫，抹縫。②抹縫。「蔵に～する」把倉庫縫堵死。

めねじ⓪【雌螺子】 螺母。

めのう⓪⓪【瑪瑙】 瑪瑙。

めのかたき【目の敵】 眼中釘。

めのこざん③【目の子算】 心算。

めのたま①⓪【目の玉】 眼珠，眼球。「～が飛び出る」瞠目結舌。

めのと⓪【乳母】 乳母；奶媽。

めばえ⓪③【芽生え】 ①發芽，長芽。②萌芽。「恋の～」戀愛的萌芽。

めば・える⓪【芽生える】 （動下一） ①發芽。②萌芽。「恋が～・える」戀愛開始萌芽。

めはし⓪【目端】 機警，機靈。「～が利く」有眼力；很機靈。

めはな⓪【目鼻】 ①眼鼻。②五官，相貌。「～の整った顔」五官端正的臉；眉清目秀的人。「～が付く」有眉目。

めばな⓪【雌花】　雌花。↔雄花

めばり⓪③【目張り・目貼り】　スル　①糊縫（紙）。「窓に~をする」糊窗戶縫。②描眼影，描眼圈。

めびな⓪【女雛】　女人偶。↔男雛

メフィストフェレス⑤【Mephistopheles】　墨菲斯托菲里斯。

め・ぶ・く③【芽吹く】　（動五）　抽芽，冒芽。「柳が~・く」柳樹發芽了。

めぶんりょう③【目分量】　（用語）估量。

めべり⓪【目減り】　スル　①掉秤，損耗。②掉價。「貯金が~する」儲蓄實際值下降。

めぼし⓪【目星】　①目標。②目星。眼球上的小白點。「~を付ける」找到目標。

めまい②【眩暈】　眩暈。

めまぐるし・い⑤【目紛しい】　（形）　眼花繚亂，目不暇接。「~・い車の往来」車水馬龍。

めまぜ⓪【目交ぜ】　スル　使眼色，遞眼神。

めまつ⓪【雌松・女松】　日本紅松的別名。↔雄松

めみえ⓪③【目見え・目見得】　スル　①拜見。見面的謙讓語。「~がかなう」如願拜見。②試用期。

めめし・い③【女女しい】　（形）　懦弱的，女人似的，沒出息的。↔雄雄しい

メモ①【memo】　スル　記錄。「要点を~する」把要點記下來。

めもと③【目元・目許】　眼睛，眉目，眼神。「~の涼しい娘」眼神冰冷的姑娘。

メモランダム④【memorandum】　紀要，備忘錄，記錄。

めもり⓪③【目盛り】　星，刻度。

メモリアル③【memorial】　紀念的，紀念品。「~-ホール」紀念堂。

メモリー①【memory】　①記憶，回憶，紀念。②記憶體。

メモ・る②（動五）　記筆記。

めも・る②【目盛る】　（動五）　（在尺子、秤等上）刻刻度。

メモワール③【法 mémoire】　回憶錄，手記。

めやす⓪【目安】　①基準，指標，大致目標。「~をつける」確定目標。②定位標記。

めやに③【目脂】　眼油，眼屎。

メラトニン③【melatonin】　褪黑激素。

メランコリー②④【melancholy】　抑鬱症。

メランコリック⑤【melancholic】　（形動）憂鬱的樣子。「~な表情」憂鬱的表情。

メリークリスマス⑥【Merry Christmas】　（感）　聖誕快樂。

メリーゴーラウンド⑥④【merry-goround】　旋轉木馬。

めりかり②【減り上り】　升降音。

メリケン⓪　①美式。美國的。「~仕込み」美式訓練。②拳打。「~をくう」吃拳頭。「~パンチ」用拳猛擊。

メリケンこ③【—粉】　麵粉。

メリケンはとば⑥【—波止場】　洋碼頭。

めりこ・む③④【減り込む】　（動五）　陷進，嵌入。「車がぬかるみに~・む」汽車陷進泥裡。

メリット①【merit】　①功績，功勞。②優點，長處。↔デメリット。「~がない」沒有長處。

メリノ⓪【merino】　美麗諾綿羊。

めりはり②【減り張り・乙張り】　①張弛，抑揚頓挫。「~のある台詞回し」抑揚頓挫的臺詞。②有張有弛。「生活に~をつける」使生活節奏有張有弛。

メリヤス⓪【西 medias; 葡 meias】　針織品。

メリヤスあみ⑤【—編み】　平面編織。

メリンス⓪【西 merinos】　薄毛呢。

メルカトルずほう⑥【—図法】　墨卡托投影，等角正圓柱投影。

メルクマール④【德 Merkmal】　印記，記號，目標。

メルシー①【法 merci】　（感）　謝謝。

メルトン①【melton】　麥爾登（呢）。

メルヘン①【德 Märchen】　民間故事，傳說，童話。「~街道」童話街。

メルルーサ③【西 merluza】　梭鱈。

メレンゲ②【西 merengue】　默朗格舞曲。

メロー①【mellow】　（形動）　美滋滋的。

「～な気分」美滋滋的心情。

メロディー⓪【melody】 旋律，曲調節拍。

メロドラマ⑤【melodrama】 感情戲。

めろめろ⓪（形動） 鬆鬆垮垮，不嚴格。「祖父は孫に～だ」祖父寵愛孫子。

メロン⓪【melon】 甜瓜，哈密瓜，香瓜。

めん⓪⓪【面】 ①①臉，臉面。②假面具。③面具，防毒面具。④面。劍道中決定勝負的一招，打擊臉部。⑤指會面，面對面。「～と向かう」面對面。⑥方面。「栄養の～から考える」從營養方面考慮。②（接尾）面。計數扁平物的量詞。「鏡一～」一面鏡子。

めん⓪【綿】 棉，棉花。

めん⓪【麺・麪】 麵，麵條。

めんえき⓪【免役】 ①免除服役。②免役。

めんえき⓪【免疫】 免疫。

めんおりもの⓪⓪【綿織物】 棉織物，棉織品。

めんか⓪【棉花・綿花】 棉花。

めんかい⓪【面会】 スル 會客，會面。「～謝絶」謝絕會客。

めんかやく⑤【綿火薬】 火藥棉，硝化棉。

めんかん⓪【免官】 スル 免官。指罷免官職。

めんきつ⓪【面詰】 スル 面斥。

めんきょ⓪【免許】 スル ①許可，批准。②傳授秘訣。

めんきょかいでん⓪【免許皆伝】 秘訣皆傳，真傳。「～の腕前」得到了真傳的本領。

めんくい⓪【面食い・面喰い】 挑長相。

めんくら・う⓪④【面食らう・面喰らう】（動五） 吃驚，手忙腳亂。

めんこ⓪【面子】 拍洋畫。

めんご⓪【面晤】 會晤，晤面。

めんざい⓪【免罪】 免罪。

めんざいふ⓪【免罪符】 贖罪券。

めんし⓪【綿糸】 棉絲，棉紗。

めんしき⓪【面識】 相識，熟識。「まだ～がある」還不認識。

めんじつゆ⓪【綿実油】 棉籽油。

めんじゅうふくはい⓪【面従腹背】 口是心非，面從腹背。

めんじょ⓪【免除】 スル 免除。「授業料を～する」免除學費。

めんじょう⓪⓪【免状】 ①許可證。②畢業證。

めんしょく⓪【免職】 スル 免職。

めん・じる⓪⓪【免じる】（動上一） ①免除。「授業料を～・じる」免除學費。②罷免，免去。「委員を～・じる」免去委員職務。③表示考慮到…而特此允許。「父親に～・じてゆるしてやる」看在父親的份上原諒你。

めんしん⓪【免震】 防震。→耐震

メンス①【德 Menstruation】 月經。

メンズ①【men's】 男式。「～-ウエア」男式襯衣。

めん・する⓪【面する】（動サ變） 面向，面對。「庭に～・した部屋」對著院子的房間。

めん・ずる⓪【免ずる】（動サ變） 免除。「月謝を～・ずる」免除學費。「職を～・ずる」免職。

めんぜい⓪【免税】 スル 免税。「～品」免税品。

めんせき⓪【免責】 スル 免責。

めんせき⓪【面責】 スル 當面責備。

めんせき⓪【面積】 面積。

めんせつ⓪【面接】 スル 見面，面試，面談，面見。

めんぜん⓪⓪【面前】 面前。

めんそ⓪【免租】 免租。

めんそ⓪【免訴】 スル 免訴。→公訴棄却

めんそう⓪【面相】 面相。

めんそうふで⓪【面相筆】 ①畫眉細筆，面相筆。②面相筆。

めんたいこ⓪【明太子】 鱈魚卵。

メンタリティー③【mentality】 心的狀態，心理狀態，精神作用。

メンタル①【metal】（形動） 心理的。

メンタルテスト⑤【mental test】 智力測驗。

めんだん⓪【面談】 スル 面談。「個人～」個人面談。

メンチ⓪【mince】 肉末，肉餡。

めんちょう⓪【面疔】 面疔。

メンツ⓪【面子】 面子，臉面。「～をたてる」保全面子。

めんてい⓪⓪【面体】 面貌，相貌。

メンテナンス③【maintenance】 ①維持，保養。②維護，保養，支援。

めんどう③【面倒】 ①棘手，懶得，費事，很麻煩。「～な仕事」很棘手的工作。「～をかける」添麻煩。②照料，照顧。「～をみる」照顧。

めんどうくさ・い⑥【面倒臭い】 （形）太費事，麻煩極了。「～・い問題」非常麻煩的問題。

めんどうみ⓪【面倒見】 照料，關照。「～がよい」照料得好。

めんとおし③【面通し】 スル 指認。

メントール③【德 Menthol】 薄荷醇，薄荷腦。

めんとり⓪⓪【面取り】 ①削角，倒角，倒稜。②削角，斜切。

めんどり⓪【雌鳥】 雌鳥，牝雞。↔雄鳥 とり。「～歌えば家滅ぶ」牝雞之晨，惟家之索。

めんば⓪【面罵】 スル 當面謾罵。「口汚く～する」當面口出穢言罵人。

メンバー①【member】 ①成員，會員。②會員，成員，參加者。「いつもの～」老會員。

メンバーシップ⑤【membership】 成員資格，會員資格。

めんぴ①【面皮】 臉皮，顏面。

めんぷ①【綿布】 棉布。

めんぺき⓪【面壁】 面壁。

めんぼう⓪【面貌】 面貌。

めんぼう⓪【綿棒】 棉花棒，棉籤。

めんぼう⓪【麵棒】 擀麵杖。

めんぽお⓪【面頰】 ①面罩。②面頰。

めんぼく⓪【面目】 ①臉面，榮譽，面子。「～を保つ」保住臉面。②面目。「～を一新する」面目一新。「～を施ほどす」露臉。

めんぼくな・い⑤【面目無い】 （形） 丟臉的，丟人的。

メンマ①【麵媽】 筍乾，麵碼兒。

めんみつ⓪【綿密】 綿密，細緻周密。「～に点検する」周密地檢查。

めんめん⓪【面面】 每個人。「集まった～」聚集的人。

めんめん⓪【綿綿】 （トル） ①綿綿，連綿，延續。「～とうったえる」連綿不斷的傾訴。②詳詳細細。「恋情を～と綴る」詳述戀情。

めんもく⓪【面目】 面目，臉面，面子。「～を一新する」面目一新。「～を失う」丟臉。

めんもくやくじょ⑤【面目躍如】 （トル） 名聲大振。「横綱の～たる勝ちっぷり」不辱橫綱之名的勝利。

めんよう⓪⓪【面妖】 怪事。「はて～な話」唉呀，真是怪了。

めんよう⓪【綿羊・緬羊】 綿羊。

めんるい①【麵類】 麵類，麵條類。

め

も◎【喪】　喪。「～に服す」服喪。

も◎【裳】　①裳。日本律令制的禮服。②裳。穿在袴外面，後面有垂下來的褶飾。

も◎【藻】　藻，藻類。

モアイ①【moai】　莫埃人像。

モアレ【法 moiré】　①波紋織物。②龜紋，波紋。

モイスチャー②【moisture】　濕氣，水分。

もう◎【毛】　①毛。長度、重量的單位。②毛。金錢、利率、比例的單位。

もう①【蒙】　蒙，蒙昧。「～を啓く」啓蒙。

もうあい◎【盲愛】　スル　盲目寵愛，溺愛。

もうあく◎【猛悪】　兇暴，殘暴，兇殘。

もうい①【猛威】　兇猛，威猛，強大威力。

もうか◎【孟夏】　①孟夏，初夏。②孟夏。陰曆四月的異名。

もうか◎【猛火】　猛火，烈火。

もうがっこう◎【盲学校】　盲校，盲人學校。

もうか・る◎【儲かる】（動五）　①賺，賺錢。②賺，得便宜。「不景気で～・らない」由於蕭條賺不到錢。

もうかん◎【毛管】　毛管。細的管，毛細管。

もうかん◎【盲管】　盲管。

もうかんじゅうそう◎【盲管銃創】　盲管傷。

もうき◎【濛気・朦気】　濛氣，霧氣，靄。

もうきん◎【猛禽】　猛禽。

もうけ◎【儲け】　賺頭，利益，利潤。「～が少ない」盈利不多。

もうげき◎【猛撃】　スル　猛撃，猛攻。「～を加える」施加猛攻。

もうけぐち◎【儲け口】　賺錢活兒。

もうけもの◎③④【儲け物】　意外收穫。

もう・ける◎【設ける】（動下一）　①預備。「酒席を～・ける」預備酒席。②製造，設立，創設，建設。「図書室を～・ける」設立圖書室。「基準を～・ける」制定基準。

もう・ける③【儲ける】（動下一）　①賺，得到。②生子女。「3 児を～・ける」生有 3 子。

もうけん◎【猛犬】　猛犬。

もうげん◎【妄言】　妄言，妄語。

もうげんたしゃ①【妄言多謝】　妄言多有得罪。

もうこ①【猛虎】　猛虎。

もうこ①【蒙古】　蒙古。

もうご①【妄語】　〔佛〕妄語。

もうこう◎【猛攻】　スル　猛攻。

もうこはん◎【蒙古斑】　蒙古斑。

もうこん◎【毛根】　毛根。

もうさいかん◎【毛細管】　①毛細管。②毛細血管。

もうし◎【孟子】　①孟子（前 372-前 289）。②《孟子》。四書之一，儒教的必讀書。

もうしあい◎【申し合い】　申合。相撲運動中，具有一定水準以上力量的力士之間的練習。

もうしあ・げる◎【申し上げる】（動下一）　①稟告，報告，進言，上書，謹表。「お礼を～・げる」謹表謝意。②（補助動詞）對動作的對象表示敬意。「御相談～・げる」與您商談；請賜教。

もうしあわせ◎【申し合わせ】　協議，協定，商定。

もうしあわ・せる◎【申し合わせる】（動下一）　商定，約定。「朝八時に集まるように～・せる」約定早晨八點鐘集合。

もうしい・れる◎④【申し入れる】（動下一）　要求，提議，提出意見。

もうしう・ける◎【申し受ける】（動下一）　「收取」「得到」之意的謙讓語。「送料は実費を～・けます」運費按實

際費用收取。

もうしおくり◎【申し送り】　傳達，通知，轉告。「～事項」傳達事項。

もうしおく・る◎◎【申し送る】（動五）①轉告，通知，通告。②交代，轉告。

もうしか・ねる◎【申し兼ねる】（動下一）　難以啟齒，說不出口。「言い兼ねる」的謙讓語。「誠に～・ねますが、それをわたしにくれませんか」真是難以啟齒，可否把它給我呢？

もうしきか・せる◎◎【申し聞かせる】（動下一）　轉達，轉告，勸說。「言い聞かせる」的自謙語。

もうしご◎【申し子】①天賜兒，送子。「八幡様の～」八幡大神賜給的兒子。②產兒，產物。「国際化時代の～」國際化時代的產物。

もうしこし◎【申し越し】　傳話，通知。「お～の件、了解しました」您通知的事項已知悉。

もうしこみ◎【申し込み・申込】　提議，申請，預約。「～書」申請書。

もうしこ・む◎【申し込む】（動五）　提出，提議，申請，報名。「試合を～・む」提議進行比賽。「作文コンクールに参加を～・む」報名參加作文比賽。

もうしそ・える◎【申し添える】（動下一）　「言い添える」的謙讓語。

もうしたて◎【申し立て】①申述，聲明。「異議～」申述異議。②〔法〕聲請，申請。

もうした・てる◎◎【申し立てる】（動下一）①申述。②聲請，主張，申訴。

もうしつ◎【毛質】　毛質，髮質。

もうしつ・ける◎◎【申し付ける】（動下一）　吩咐，指示。

もうしつた・える◎【申し伝える】（動下一）　「言い伝える」的謙讓語。

もうしひらき◎【申し開き】　申辯，辯解。「～をする」進行辯解。

もうしぶん◎【申し分】①可指責處，可挑剔處。「～のない条件」無可挑剔的條件。②意見，辯解，見解。「先方の～を聞く」聽一聽對方的見解。

もうしゃ◎【猛射】スル　猛射。

もうじゃ◎【亡者】①〔佛〕亡者。②貪心者，著迷者。「我利我利～」唯利是圖的人。

もうしゅう◎【妄執】〔佛〕妄執。

もうしゅう◎【孟秋】①孟秋，初秋。②孟秋。陰曆七月的異名。

もうしゅう◎【猛襲】スル　猛襲。

もうじゅう◎【盲従】スル　盲從。「命令に～する」對命令盲從。

もうじゅう◎【猛獣】　猛獸。

もうしゅん◎【孟春】①孟春，初春。②孟春。陰曆一月的異名。

もうしょ◎【猛暑】　酷暑。

もうしょう◎【猛将】　猛將。

もうじょう◎【網状】　網狀。

もうしわけ◎【申し訳】スル①申辯，辯解。「～がたつ」申辯。②很小，極少。「～程度の雨」很小的雨。

もうしわた・す◎◎【申し渡す】（動五）宣布，宣告，吩咐。

もうしん◎【妄信】スル　妄信，輕信。

もうしん◎【盲信】スル　盲信，迷信。

もうしん◎【盲進】スル　盲進，冒進。

もうしん◎【猛進】スル　猛進。「猪突～」蠻幹。

もうじん◎【盲人】　盲人。

もう・す◎【申す】（動五）①說，講，稱爲。「言う」的謙讓語。「私は山田と～・します」我叫山田。②說，講。「言う」的禮貌語。「お願い～・します」拜託您。③「言う」的尊大語。「冗談を～・すな」別開玩笑啦！④（補助動詞）表示對動作對象的敬意。「お送り～・します」給您送去。

もうせい◎【猛省】スル　深省。「～を促す」促使深省。

もうせつ◎【妄説】　妄說。

もうせん◎【毛氈】　毛氈，氈子。

もうぜん◎◎【猛然】（トル）猛然。「～と反撃する」猛烈反擊。

もうせんごけ◎【毛氈苔】　毛氈苔，圓葉茅膏菜。

もうそう◎【妄想】スル①〔佛〕妄想。②妄想。「被害～」被害妄想。

もうそうちく◎【孟宗竹】　麻竹，孟宗

竹。

もうだ⓪【猛打】　猛打，猛擊。「～を浴びせる」猛擊猛打。

もうだん⓪【妄断】スル　妄斷。

もうちょう⓪【盲腸】　①盲腸。②盲腸炎。

もうちょう⓪【猛鳥】　猛禽。

もうつい⓪【猛追】スル　猛追。

もうで⓪【詣で】　參拜。「初～」新年後初次參拜。

もうてん⓪【盲点】　①盲點。→暗点。②盲點。「法の～をつく」法律的盲點。

もうとう⓪【孟冬】　①孟冬，初冬。②孟冬。陰曆十月的異名。

もうとう⓪【毛頭】（副）　絲毫，一點點。「そんな考えは～ない」絲毫沒有那種想法。

もうどう⓪【妄動】スル　妄動。「軽挙～」輕舉妄動。

もうどうけん⓪【盲導犬】　導盲犬。

もうどく⓪【猛毒】　猛毒，劇毒。

もうねん⓪【妄念】〔佛〕妄念。

もうはつ⓪【毛髪】　毛髮，頭髮。

もうひつ⓪【毛筆】　毛筆。

もうひょう⓪【妄評】　妄評。「～多謝」妄評見諒。

もうふ⓪【毛布】　毛毯。

もうぼ⓪【孟母】　孟母。「～三遷さんの教え」孟母三遷（之教）。

もうまい⓪【蒙昧】　蒙昧，愚昧。「無知～」蒙昧無知。

もうまく⓪【網膜】　視網膜。

もうもう⓪【濛濛・朦朦】（タル）　濛濛，彌漫。「ほこりが～とあがっている」塵土飛揚。

もうもく⓪【盲目】　盲目，失明。

もうもくてき⓪【盲目的】（形動）　盲目的。「～な愛」盲目的愛。

もうゆう⓪【猛勇】　勇猛。「～な兵士」勇猛的士兵。

もうら⓪【網羅】スル　網羅，搜羅，蒐羅，羅致，全面。「名作を～する」盡收名作。

もうりょう⓪【魍魎】　魍魎。「魑魅ちみ～」魑魅魍魎。

もうれつ⓪【猛烈】　猛烈，激烈。「～な雨」猛烈的雨。

もうろう⓪【朦朧】（タル）　①朦朧。「～と霞む」朦朦朧朧看不清。②朦朧。「意識が～とする」意識朦朧。

もえ【燃え】　燃燒，燃燒情況。

もえあが・る【燃え上がる】（動五）　①燃起，燒起。②燃起。

もえがら⓪【燃え殻】　灰渣，爐渣，熔渣。

もえぎ⓪【萌黄・萌葱】　蔥綠色，嫩綠色。

もえさか・る【燃え盛る】（動五）　①熊熊燃燒。「炎が高く～・る」火焰高高燃起。②燃燒。「～・る情熱」火一般的熱情。

もえさし⓪【燃え止し】　餘燼。

もえた・つ⓪【燃え立つ】（動五）　燃起。

もえつきしょうこうぐん【燃え尽き症候群】　喪失熱情症候群。

もえつ・きる⓪【燃え尽きる】（動上一）　燒盡，燒光。

もえつ・く⓪【燃え付く】（動五）　燃著，點著。「薪に～・く」把柴點著。

もえ・でる⓪【萌え出る】（動下一）　萌發，發出，長出。

もえひろが・る【燃え広がる】（動五）　延燒，火勢蔓延。

も・える⓪【萌える】（動下一）　萌芽，發芽。「草の芽が～・えるころになった」到了青草發芽的時候。

も・える⓪【燃える】（動下一）　①燃，燃燒，著火。②升騰。「かげろうが～・える」地氣升騰。③燃燒，洋溢，充滿。「希望に～・える」充滿希望。

モーグル⓪【mogul】　技巧滑雪，雪上技巧。

モーション⓪【motion】　運動，動作。「～をかける」動作勸誘；做姿態。

モーター⓪【motor】　①電動機。②馬達。③汽車，機動車。

モーターバイク⑤【motorbike】　機車，機動腳踏車。

モータープール⑤【motor pool】　停車

場。

モーターボート[5]【motorboat】 汽艇，摩托艇。

モータリゼーション[5]【motorization】 汽車化。

モーテル[1]【motel】 汽車旅館。

モード[1]【mode】 ①（時裝的）流行。「秋の～」秋季流行款式。②様式，形式，方法。③〔音〕調式，音調，音階。④〔數〕眾數。

モーニング[1]【morning】 ①早晨。②晨禮服。

モーニングカップ[6]【morning cup】 早餐杯。

モーニングコール[6]【morning call】 早晨叫醒（鈴）。

モーニングサービス[6]【[和] morning+service】 優惠早點服務，早茶服務。

モーメント[1]【moment】 ①瞬間。②時機，要因，契機。③矩，力矩。

モール[1]【mall】 林蔭步道，步行街。

モール[1]【葡 mogol】 ①金銀絲繡花緞，金銀絲花緞識物。②縲絨線，包芯線。

モールスふごう[5]【一符号】 〔Morse〕摩斯密碼。

モカ[1]【Mocha】 摩卡咖啡。

もが・く[2]【踠く】（動五） ①折騰，掙扎。「病人は苦しんでしきりに～・く」病人因痛苦而不斷掙扎。②焦急，掙扎。「試験の時になって～・いても仕方がない」快要考試了，再著急也沒用。

もがりぶえ[4]【虎落笛】 呼嘯風聲。

もぎ[1]【裳着】 著裳儀式。

もぎしけん[4]【模擬試験】 模擬考試。

もぎてん[2]【模擬店】 臨時小吃攤，飲食攤。

もぎどう[2]【没義道】 殘酷無情，殘忍。「～な仕業」殘忍的行徑。

もぎと・る[0]【捥ぎ取る】（動五） ①摘取，扭下，擰掉。「ナシを～・る」採梨；摘梨。②奪下，摘取。

もぎり[3]【捥り】 查票，剪票，查票員。

もぎ・る[2]【捥る】（動五） 扭下，摘下，擰掉，揪下。

もく[1] （俗指）香煙。「洋～」洋煙；進口煙。

もく[1]【木】 ①木紋，木理。②木。五行之首。③木曜日，星期四。

もく[1]【目】 ①目。生物分類上的等級之一。「靈長～」靈長目。②目。「款、項、～、節」款、項、目、節。③（接尾）目。圍棋術語。「10～負ける」輸了10目。

も・ぐ[1]【捥ぐ】（動五） 揪，扭。「柿の実を～・ぐ」摘柿子。

もくぎょ[2]【木魚】 木魚。

もくげい[0]【目迎】スル 目迎。「～目送する」目迎目送。

もくげき[0]【目撃】スル 目擊，目睹。「犯人を～した」目擊到犯人。

もくげき[0]【默劇】 默劇。

もぐさ[0]【艾】 ①艾絨。②艾。艾蒿的異名。

もぐさ[0]【藻草】 藻草。

もくざい[2]【木材】 木材。

もくさく[0]【木柵】 木柵。

もくさく[0]【木酢・木醋】 木醋。

もくさつ[0]【默殺】スル 置之不理。

もくさん[0]【目算】スル ①眼估，目測估計。「～が立たない」無法估計。②打算，估計，預計。「～がはずれる」期待落空。

もくし[1]【默止】スル 沉默不語，默不作聲。

もくし[0]【默示】 ①默示，暗示。②啓示。

もくし[1]【默視】スル 默視，坐視，靜觀。「哀れで～できない」可憐得令人不能坐視。

もくじ[0]【目次】 目次。

もくしつ[0]【木質】 ①木質。②木質部。

もくじゅう[0]【默従】スル 默從，默許。

もくしょう[0]【目睫】 眉睫。「～に迫る」迫在眉睫。

もくず[0][2]【藻屑】 藻屑。「海の～となる」化爲海中藻屑。

もく・する[3]【目する】（動サ變） ①認定。「犯人と～・される」被認定爲犯人。②目睹。

もく・する[3]【默する】（動サ變） 沉

默，默默無言。「~・して語らず」沉默不語。

もくせい◎【木星】〔Jupiter〕木星。

もくせい◎【木犀】木犀，桂花。

もくせい◎【木精】①樹精。②木精，甲醇。

もくせい◎【木製】木製。

もくぜん◎【目前】眼前，目前。

もくぜん◎【黙然】(ﾀﾙ) 默然。

もくそう◎【目送】スル 目送。「目迎~」目迎目送。

もくそう◎【黙想】スル 默想，冥想。

もくぞう◎【木造】木造，木材構造，木頭結構。

もくぞう◎◎【木像】木像。

もくそく◎【目測】スル 目測。「~をあやまる」目測有誤。

もくタール◎【木―】木焦油。

もくだく◎【黙諾】スル 默許。

もくたん◎【木炭】①木炭，炭。②炭筆。

もくちょう◎【木彫】木雕。

もくてき◎【目的】目的。

もくてきかく◎【目的格】〔objective case〕受格。

もくてきご◎【目的語】受詞。

もくてきぜい◎【目的税】目的稅。↔普通稅

もくてきろん◎【目的論】〔哲〕〔teleology〕目的論。

もくと◎【目途】目標，目的。

もくとう◎【黙禱】スル 默禱。

もくどく◎【黙読】スル 默讀。↔音読

もくにん◎【黙認】スル 默認，默許。

もくねじ◎【木ねじ】木螺絲，木螺釘。

もくば◎【木馬】木馬。

もくはん◎【木版】木版。「~印刷」木版印刷。

もくひ◎【黙秘】スル 沉默，默守秘密。

もくひけん◎【黙秘権】沉默權。

もくひょう◎【目標】①目標。打算，目的。「~を達成する」達到目標。②目標。射擊等的靶子。

もくぶ◎【木部】木質部。

もくへん◎◎【木片】木片。

もくほん◎【木本】木本。↔草本

もくめ◎◎【木目】木紋。

もくもく◎【黙黙】(ﾀﾙ) 默默。「~と(して)働く」默默地幹活。

もくやく◎【黙約】默契。

もくようび◎【木曜日】星期四。

もくよく◎【沐浴】スル 沐浴。「斎戒~」齋戒沐浴。

もぐら◎【土竜・鼴鼠】鼴鼠。

もくり◎【木理】木理。

もぐり◎◎【潜り】①潛入。②無照經營，非法活動。③潛水成員。

もぐりこ・む◎【潜り込む】(動五) ①潛入。②鑽入。③潛入，混進。「会場に~・む」混進會場。

もぐ・る◎【潜る】(動五) ①潛入。「水に~・って魚をとる」潛入水裡抓魚。②鑽入。「机の下に~・る」鑽進桌子底下。③潛入，躲入，隱藏。「地下に~・って活動する」潛伏地下活動。

もくれい◎【目礼】スル 注目禮，用眼神致意。「~を交わす」交換眼神致意。

もくれい◎【黙礼】スル 默禮，默默敬禮。

もくれん◎◎【木蓮・木蘭】木蘭，木蓮。

もくろう◎【木蠟】木蠟，樹蠟。

もくろく◎【目録】①目錄。②(商品)目錄。「展示品の~」展品目錄。③禮單，清單。「~贈呈」呈上禮單。④證書。

もくろ・む◎【目論む】(動五) 謀劃，策劃，意圖，圖謀，蓄意。

もけい◎【模型】模型。「~飛行機」飛機模型。

も・げる◎【捥げる】(動下一) 脫落，掉下。「人形の手が~・げた」玩具娃娃的手脫落了。

もこ◎【模糊】(ﾀﾙ) 模糊，不清楚。「曖昧(ｱｲﾏｲ)~」曖昧模糊。

もこく◎【模刻】仿刻，模刻，仿雕。

もこし◎【裳層】佛塔外簷，副簷。

もさ◎【猛者】猛將，高手，健將。「空手部の~」空手道部的高手。

モザイク◎【mosaic】①馬賽克，鑲嵌圖案，鑲嵌工藝(品)。「~模様」馬賽克

圖案。②鑲嵌型。

モザイクびょう◎【─病】 花葉病，鏽病。

もさく◎【模作】スル 仿製（品）。

もさく◎【模索・摸索】スル 摸索，探尋。「暗中～」暗中摸索。

もし◎【模試】 模擬考試的略語。「公開～」公開模擬考試。

もし◎【若し】（副） 假如，萬一。

もじ◎【文字】 文字，字元，字母。

もじえ◎【文字絵】 文字繪。

もしか◎【若しか】（副） 倘若，如若，若。

もしき◎【模式】 模式。「～的に説明する」模式化地說明。「～化」模式化。

もしくは◎【若しくは】（接續） 或，或者。「明日は、雨、～雪になるだろう」明天下雨或下雪吧。

もじげんご◎【文字言語】 文字語言，書面語言。

もじづかい◎【文字遣い】 遣字。

もじづら◎【文字面】 ①字面感受。②字面。

もじどおり◎【文字通り】（副） 恰如字面，毫不誇張，的的確確，不折不扣。

もじばけ◎【文字化け】 文字遺失。

もじばん◎【文字盤】 ①錶盤，字盤，號碼盤，儀表板。②鍵盤。

もしも◎【若しも】（副） 倘若，如若。

もしや◎【若しや】（副） 或許，可能。

もしゃ◎【模写・摸写】スル 摹，摹（模）寫，臨本，摹本，複製品。

もしゅ◎【喪主】 喪主。

モジュール◎【module】 ①模量，模數。②模組。

モジュラージャック◎【modular jack】 規格插口，標準接頭。

もしょう◎【喪章】 黑紗。

もじよみ◎【文字読み】 直譯性訓讀。

もじり◎【捩り】 ①詼諧模仿。②詼諧語，雙關語，俏皮話。

もじ・る◎【捩る】（動五） 詼諧模仿。

モス◎ 薄紗織物。

もず◎【百舌・鵙】 ①伯勞。②紅頭伯勞。

モスキートきゅう◎【─級】 蚊量級。拳擊比賽的體重級別之一。

モスク◎【mosque】 清真寺。

もずく◎◎【海雲・水雲】 海蘊。

モスグリーン◎【moss green】 苔綠色。

もすそ◎【裳裾】 裳裾。女和服的裾。

モスリン◎◎【法 mousseline】 薄毛織品，薄紗織物。

も・する◎【模する・摸する】（動サ變） 模，模仿，仿造。

もぞう◎【模造・摸造】スル 仿造，仿製。

もぞうし◎【模造紙】 模造紙，道林紙。

もだえじに◎【悶え死に】スル 悶死。

もだ・える◎【悶える】（動下一） ①難受扭動，折騰，掙扎。②苦悶，苦惱，難受。「恋に～・える」為戀愛苦惱。

もた・げる◎【擡げる】（動下一） ①抬，抬起。「鎌首を～・げる」（蛇等）抬起鎌刀形脖子。②抬頭。（苗頭）逐漸突出起來。「勢力を～・げる」勢力抬頭。

もだ・す◎【黙す】（動五） ①沉默，默默。②默許，默認。→もだしがたい

もたせか・ける◎【凭せ掛ける】（動下一） 倚，靠，搭，依託。

もた・せる◎【持たせる】（動下一） ①讓人拿，讓人搬運。「荷物を～・せる」讓人拿行李。②使負擔。「費用を～・せる」讓人負擔費用。③使維持，保持。「食品を長く～・せる」使食品得以長期保持不變。

もたつ・く◎（動五） 緩慢，遲緩，曖昧。

モダニスト◎【modernist】 現代主義者，現代派。

モダニズム◎【modernism】 ①現代式，時髦的，現代的。②現代主義。

もたら・す◎◎【齎す】（動五） 帶來，帶去。「幸運を～・す」帶來幸運。

もたれかか・る◎【凭れ掛かる】（動五） ①依靠。②依靠。

もた・れる◎【凭れる・靠れる】（動下一） ①憑，依靠。②積食，胃脹，消化不良。「食べすぎて胃が～・れる」因吃太多，胃消化不良。

モダン◎【modern】（形動）　現代的，近代的，摩登的。

モダンダンス◎【modern dance】　現代舞。

モダンバレエ◎【modern ballet】　現代芭蕾。

もち◎【持ち】　①持久，耐久，耐用。「～が良い」耐久。②負擔。「費用は自分～」費用自己負擔。③持有，擁有。「衣装～」有很多衣飾的人。④不分勝負，和局。

もち◎【餅】　年糕，黏糕，糯糬。「～は餅屋」隔行如隔山。

もち◎【糯】　糯米。↔粳る

もち◎【黐】　①黏膠。②冬青的別名。

もちあい◎【持ち合い・保ち合い】　①勢均力敵，均勢。②相互持有。「株式の～」相互持有股票。③平穩。

もちあが・る◎【持ち上がる】（動五）①舉起，升起，抬起，抬升。②發生，出現。「面倒な問題が～・る」出現了麻煩問題。③隨班。

もちあ・げる◎【持ち上げる】（動下一）①舉起，托起，抬起，抬升，拿起。②抬舉，吹捧，奉承。「～・げられていい気持になる」被人吹捧得很得意。

もちあじ◎【持ち味】　①原味。②本色，獨特風格。「彼の～がよく出ている」充分地表現出了他的獨特風格。

もちあみ◎【餅網】　烤糯糬網。

もちある・く◎【持ち歩く】（動五）　拿著…到處走。「手帳を～・く」拿著筆記本到處走。

もちあわせ◎【持ち合わせ】　現款，現錢，手頭錢物，身帶錢物，自有錢財，所帶錢款。

もちあわ・せる◎◎【持ち合わせる】（動下一）　身帶錢物，正持有，正帶著。

もちいえ◎【持ち家】　自有房產。

モチーフ◎【法 motif】　①動機，主題。②動機，樂旨，樂思。

もち・いる◎【用いる】（動上一）　①用，運用。「ボールペンを～・いて書く」使用原子筆寫。②用，錄用，採用，任用。「意欲のある人を重く～・い

る」重用有幹勁的人。

もちかえ・る◎【持ち帰る】（動五）①拿回，帶回。②拿回，帶回。「社に～・る」帶回公司。

もちか・ける◎【持ち掛ける】（動下一）　率先提出，勸說，倡議。

もちがし◎【餅菓子】　糯糬點心，糕餅。

もちかぶ◎◎【持ち株】　所持股票。

もちきり◎【持ち切り】　始終談論。「選挙の話で～だ」始終在談論選舉的事。

もちき・る◎【持ち切る】（動五）　①一直拿著。②全拿，拿盡，拿光。「重くて～・れない」太重了無法全拿。③始終談論，始終如一。「その話で～・る」始終談論那件事。

もちぐさ◎【餅草】　艾蒿的別名。

もちぐされ◎【持ち腐れ】　放到壞，放到爛，不利用，不加利用。「宝の～」視珍寶為廢物。

もちくず・す◎【持ち崩す】（動五）　敗壞品行。「身を～・す」糟蹋自己。

もちこ・す◎【持ち越す】（動五）　留待下次，拖到下回，延後。「結論は明日に～・す」結論留待明天作出。

もちこた・える◎【持ち堪える】（動下一）　維持，抗爭，挺得住。「現状を～・える」維持現狀。

もちごま◎【持ち駒】　①手裡棋子。②備用人員，備用物，手邊物，身邊人。「～を駆使する」驅使身邊人。

もちこみ◎【持ち込み】　攜入，帶入，拿進，吸收。「～企画」帶來企劃。

もちこ・む◎【持ち込む】（動五）　①攜入，拿入，拿進，帶入，帶進。「危険物を～・む」帶進危險品。②提出。「苦情を～・まれる」抱怨；訴苦。③帶入，轉入，進入。「延長戦に～・む」轉入延長賽。

もちごめ◎【糯米】　糯米，江米。

もちさ・る◎【持ち去る】（動五）　拿走，帶走。

もちじかん◎【持ち時間】　規定時間。「対局の～」對局的規定時間。

もちだい◎【餅代】　年糕錢。

もちだし【持ち出し】　①拿出，帶走，

攜出，搬出去。「~厳禁」嚴禁攜出。②接邊，貼邊布。③拿出，帶出，掏出，超支自負。「旅費は~だ」旅費超出部分自負。

もちだ・す[0]【持ち出す】（動五） ①拿出，帶出，攜出，搬出去。「ふとんを~・して干す」把被子拿出去晾曬。②拿出。「条件を~・す」拿出條件。③拿出，掏出，超支自負。④開始具有。「自信を~・す」開始有了信心。

もちつき[2]【餅搗き】 舂年糕。

もちてん[3]【持ち点】 所持點數。

もちなお・す[0]【持ち直す】（動五） ①復原，恢復。②好轉，見好。③改變拿法。

もちにげ[0]【持ち逃げ】スル 捲款潛逃，捲走。

もちぬし[2]【持ち主】 持有人，擁有人，物主。

もちのき[1]【黐の木】 冬青。

もちば[3]【持ち場】 工作崗位，職權範圍，職責。「~を守る」堅守崗位。

もちはこ・ぶ[4]【持ち運ぶ】（動五） 搬運，挪動，攜帶。

もちはだ[0]【餅肌・餅膚】 白嫩豐潤肌膚。

もちふだ[2]【持ち札】 ①手上牌，手持牌。②手持牌，手邊物。

もちぶん[2]【持ち分】 ①配額，份額。②所持份。③持份。

もちまえ[2][0]【持ち前】 ①天生，生性，秉性。「~の明るさ」天生開朗。②所持份額。

もちまわり[0]【持ち回り】 ①傳遞，巡迴，會簽。「~で審議する」巡迴審議。②輪流。「幹事は~とする」輪流當幹事。

もちもの[2]【持ち物】 ①持有物。②攜帶物品。「~にご注意ください」請注意隨身攜帶物品。

もちや[2]【持ち家】 所持房產。

もちや[0]【餅屋】 黏糕鋪，黏糕師。

もちゅう[0]【喪中】 喪中。服喪期間。

もちよ・る[0]【持ち寄る】（動五） 匯集，湊集。「意見を~・る」匯集大家提出的意見。

もちろん[2]【勿論】（副） 不用說。不言而喻。

もつ[1] 下水，雜碎。

も・つ[1]【持つ】（動五） ①持，帶，拿，執，捏住。「荷物を~・つ」帶行李。「筆を~・つ」持筆。②拿，帶，戴。「ハンカチを~・つ」帶手帕。③持有，擁有。「財産を~・つ」有財產。「いい友を~・つ」有好朋友。④具有。權力或能力。「権利を~・つ」具有權利。「才能を~・った人」懷有才能的人。⑤抱有，有。「自信を~・つ」抱有自信心。⑥保持。「交渉を~・つ」保持聯繫。⑦召開。「会議を~・つ」有會。⑧負擔。「費用を~・つ」負擔費用。⑨擔任，擔負，承擔。「1 年生を~・つ（＝担任スル）」負責一年級學生。⑩保持，支援，持久。「大事にすれば、十年に~・つ」如果愛惜的話可維持十年。

もっか[1]【目下】 眼下，目前。

もっか[0]【黙過】スル 默默讓過，默默放過。

もっかん[0]【木簡】 木簡。

もっかんがっき[5]【木管楽器】 木管樂器。

もっきょ[1]【黙許】スル 默許。

もっけ[3][0]【勿怪・物怪】 不料，想不到。「~の幸(さい)い」想不到的幸運。

もっけい[0]【黙契】スル 默契。

もっこ[3]【畚】 畚箕，網籃。

もっこう[0]【木工】 ①木工，木工藝。「~品」木工藝品。②木匠。

もっこう[0]【黙考】スル 默想。「沈思~」沉思默想。

もっこく[0]【木斛】 厚皮香。

もっしょくし[4]【没食子】 櫟癭，沒食子。

もったい[3]【勿体】 作態，威容。「~を付ける」裝模作樣；煞有介事。

もったいな・い[5]【勿体無い】（形） ①太可惜，浪費。「まだ使えるのに、捨てるのは~・い」還能用、扔了可惜。②不勝惶恐。「こんなに親切にしていただ

いては、〜・いことです」承蒙您如此熱情相待,不勝感激之至。③不敢當,惶恐。「〜・いお言葉」令人惶恐的誇獎。

もったいぶ・る⓪【勿体振る】（動五）擺架子,裝模作樣,裝腔作勢。

もったいらし・い【勿体らしい】（形）煞有介事,小題大作。

モッツァレラ⓪【義 mozzarella】莫薩里拉乳酪。

もって⓪【以て】（連語）①以,用,拿。「書面を〜通知する」以書面形式通知。②因爲,由於。「博学を〜聞こえる」因博學而聞名。③在於。「8月15日を〜実施する」於8月15日實施。④以。「優秀な成績を〜卒業した」以優秀的成績畢業了。⑤把,將。「東京を〜日本の首都とする」將東京作爲日本的首都。

もってこい⓪【持って来い】（連語）正合適,最理想。「遠足には〜の天気」對遠足來說是理想的天氣。

もってまわ・る⓪【持って回る】（動五）①拿著到處走。②兜圈子,轉彎抹角。「〜・った言い方」轉彎抹角的說法。

もっと⓪（副）更加,進一步。「来月は〜寒くなる」下個月將更冷!

モットー①【motto】標語,信條,座右銘。

もっとも③【尤も】①合乎道理,理所當然。「怒るのも〜だ」生氣也是理所當然。②（接續）可是。「全部覚えた。〜次日に忘れたが」全部記住了,可是第二天又忘了。

もっとも③⓪【最も】（副）最,頂,無以倫比。

もっともらし・い⓪【尤もらしい】（形）似乎合理,煞有介事。

もっぱら⓪①【専ら】專門,主要,淨。「〜勉強する」專習學習。

モップ①【mob】人群,暴民。

モップ①【mop】拖把。

もつやく【没薬】沒藥。

もつれこ・む④【縺れ込む】（動五）糾纏下去,拖延下去。「延長戦に〜・む」

比賽延至加時賽。

もつ・れる⓪⓪【縺れる】（動下一）①糾結,糾纏。「糸が〜・れる」線糾纏成一團。②不靈,不聽使喚。「舌が〜・れる」舌頭不靈。「足が〜・れる」腿腳不聽使喚。③糾葛,糾紛。「人間関係が〜・れる」人際關係產生糾葛。

もてあそ・ぶ⓪【弄ぶ・玩ぶ】（動五）①擺弄,玩弄。②玩弄,戲弄。「ライターを〜・ぶ」玩弄打火機。③玩忽,擺布。「運命に〜・ばれる」受命運擺佈。④欣賞,玩賞。「楽品を〜・ぶ」玩賞樂品。

もてあま・す⓪【持て余す】（動五）無法處理,難以對付,不好打發。「暇を〜・す」不知如何打發閒暇時間。

もてなし【持て成し】①招待,接待。「手厚い〜を受ける」受到盛情款待。②酒席,菜餚,招待,款待。「お〜を受ける」受到宴請。

もてな・す⓪【持て成す】（動五）①款待,招待。「手料理で〜・す」親手做菜款待客人。②招待,接待。「客をたいせつに〜・す」熱情周到地接待客人。

もてはや・す④【持て囃す】（動五）有口皆碑,讚不絕口,極力讚許。「世間に〜・される」在社會上受到讚許。

モデム⓪①【modem】〔modulator（調節器）/demodulator（解調器）的縮寫〕數據機。

モデラート①【義 moderato】適中,中板。

も・てる②【持てる】（動下一）①受歡迎,有人緣,受青睞,吃香。「大学生に〜・てる」受大學生歡迎。②保持,維持。「座が〜・てない」（會議等）冷場。

もてる⓪【持てる】（連語）有,富有。「〜力」有力。「〜国と持たざる国」富國與窮國。

モデル①【model】①型號,款式。「98年型のニュー〜」98年型的新式樣。②模型。「〜-ガン」模型槍。③模範,榜樣,樣板,樣品。「〜-ルーム」樣品屋。④模特兒。⑤原型。⑥時裝模特

兒。

モデルケース⓪【model case】 典型事例，範例。

モデルチェンジ⓪【⑯ model+change】 改型，產品更新。「乗用車の～」轎車改型。

もと【下】 ①下，下面，底下。「木の～にすわる」坐在樹下。②身邊，跟前，手下，影響下。「親の～を離れる」離開父母身邊。③在…下，處於…下。「法の～に平等」在法律面前平等。「国益の名の～に実行」在國家利益的名義下實行。

もと【元】 ①本源，根源，起源。「～をたずねる」追本溯源。②本，根基。↔末。「農は国の～」農業是國家之本：農爲國本。「資料を～に議論する」本著資料討論。③原因，理由。「～をただす」究其原因。④身世，經歷，出身。「～を洗う」查清來歷。⑤原料，材料。「豆を～にして作った調味料」用大豆做的調味料。⑥本錢，資本。「～がいる」需要本錢。「～も子もない」雞飛蛋打。

もと【本】 ①指草木的株或根。②和歌的上句。↔末。③（接尾）棵，根。「菊一??～を植える」栽一棵菊花。

もとい【基】 ①根基。「国の～を築く」建立國家的根基。②地基。

もとうた⓪⓪【本歌・元歌】 原歌。

もとうり⓪【元売り】 總經銷。

もどかし・い④（形） 令人著急，令人不耐煩。

もどき⓪【擬き】 擬，像，仿，模仿。「がん～」炸豆腐丸子。「芝居～」如同演戲。

もときん⓪⓪【元金】 ①本錢，資本，資本金。②本金。

モトクロス③【motocross】 摩托車越野賽。

もとごえ⓪【基肥・本肥】 基肥，底肥。

もとじめ④⓪【元締め】 ①主管會計。「帳場の～」帳房的主管會計。②總管，總經理。

もど・す②【戻す】（動五） ①返還，送還，放回，歸還。「本を棚に～・す」把書放回書架。②復原。「白紙に～・す」恢復原狀。「乾物を～・す」使乾貨復原。③使倒退，退回，返回。「時計を一時間～・す」把錶撥回一小時。④吐出，嘔吐，逆嘔。⑤回升。

もとせん⓪【元栓】 總開關。

もとだか⓪【元高】 本金額，原金額。

もとちょう⓪【元帳】 分類帳。

もとづ・く③【基づく】（動五） ①按照，基於。「事実に～・く小説」根據事實寫的小說。②基於，起因。「誤解に～・いた争い」因誤解引發的爭執。

もとで③⓪【元手】 ①本金，本錢。「～がかかる」需要本錢。②本錢。「からだが～だ」身體是本錢。

もとどおり③【元通り】 原樣。「～に直す」恢復原狀。

もとどり④⓪【髻】 髻，髮髻。

もとなり⓪【本生り・本成り】 近幹果，近根果。↔末??生り

もとね⓪【元値】 進價，成本價。

もとばらい③【元払い】 發貨人支付。

もとへ⓪【元へ】（感） ①還原。體操等訓練中，令其恢復原姿勢時發出的口令。②重說。取消前言重新說時的用語。

もとめ③【求め】 ①要求，請求。②購買，購入。「お～の品」您求購的物品。

もとめて③【求めて】（副） 有意識地，自討地。「～困難に立ち向かう」主動地面對困難。

もと・める③【求める】（動下一） ①謀求，追求，渴望。「幸福を～・める」追求幸福。②尋求，查找。「職を～・める」求職。③請求，要求。「協力を～・める」請求協助。④求購，希望購畫。「絵を～・める」希望購畫。

もともと⓪【元元】 ①（副）根本。「～体が弱い」本來身體就弱。②不賠不賺，原本一樣。「失敗しても～だ」即便失敗了也沒什麼。

もとゆい⓪【元結】 髮帶，髮繩，辮繩。

もとより③①【元より・固より・素より】（副） 固然。

もどり◎【戻り】 ①恢復。②返回，回程。「～の車」返回的車。③倒鉤，倒刺。

もどりづゆ◎【戻り梅雨】 返梅雨。

もと・る【悖る】（動五） 悖，違悖，背棄。「人の道に～・る」有悖人道。

もど・る◎【戻る】（動五） ①返回，回到。「家に～・る」回家。②（被）歸還，（被）返還。「盗品が～・る」失竊物品被返還。③復原，恢復。「平和が～・る」和平恢復。

もなか◎【最中】 ①正在進行中，最高潮。②最中豆沙餡餅。

モニター◎【monitor】 スル ①評論員。②監聽，監視器。「～-テレビ」監視電視；監視器。③顯示器。④監控。

モニタリング◎【monitoring】 監控，監測。

モニュメンタル◎【monumental】（形動）值得紀念的，不朽的。「～な大河小説」不朽的長篇小說。

モニュメント◎【monument】 ①紀念物。②里程碑，不朽遺作。「古代史研究の一大～」古代史研究的一大里程碑。

もぬけのから◎【蛻の殻】 ①空床位，空房子。「隠れ家は～だった」隱匿處是空屋。②空殼，軀殼。

もの◎【物】 ①①物，東西。物品的質量。「～が良い」東西好。②事物。「～を思う」想事情。「～のはずみ」事物的情勢。③凡事，任何事物。「～は考えようだ」凡事要斟酌。④事理。「～のわかる人」明白事理的人。⑤東西。「～につかれたように」被什麼東西附了體似的。⑥值得一提的對象。「～の数ではない」那不在話下。⑦東西。所有物。「もうこっちの～だ」已成我的東西。⑧物。接在各種詞下組成複合詞。「舶来～」舶來品。「冷や汗～」冷汗。「塗り～」漆器。「食べ～」食物。②（形式名詞）①應該，當然。「そんな時は許してやる～だ」那種情況應該予以原諒。②表示過去常發生的事情。「よく遊んだ～だ」以前總愛玩耍。③表示感動，感歎。…啊！「故郷とはいい～だ」故鄉，真好啊！③（接頭）難以名狀。「～淋しい」冷冷清清。「～静か」寂靜。

もの◎【者】 者，人。「家の～を迎えにやる」打發家人去接。

モノ①【mono】 單，一。「～クローム」單色。

ものいい③【物言い】 ①說話。「～が下手だ」拙於言辭。②爭論，爭吵。「～の種になる」引起爭吵的原因。③異議，不同看法。「～をつける」提出異議。

ものい・う③【物言う】（動五） ①講話，說話。「～・いたげ」欲言又止。②發揮力量。「金が～・う」金錢發揮力量；靠金錢說話。

ものいみ③【物忌み】 スル ①齋戒，齋忌。②避忌，避邪。

ものいり③【物入り】 開銷，開支。「年末はどうしても～だ」年底總是開銷很大。

ものいれ④【物入れ】 包，兜，容器，庫房。

ものう・い③【物憂い・懶い】（形） 無精打采，懶洋洋。

ものうり③【物売り】 擺攤，攤販，小販。

ものおき④◎【物置】 庫房，雜物間，貯藏室。

ものおじ④◎【物怖じ】 スル 恐懼。

ものおしみ④【物惜しみ】 スル 小氣，吝嗇，惜物。

ものおと④◎【物音】 響動，動靜，聲響。

ものおぼえ④【物覚え】 記憶力，記性。「～がよい」記憶力好。

ものおもい③【物思い】 思慮，憂慮。「～にふける」陷入哀思之中。

ものかき④【物書き】 寫東西，寫作，作家。

ものかげ③◎【物陰】 隱蔽處，隱身處，暗處。

ものかげ◎【物影】 影子，物影。

ものがた・い④【物堅い】（形） 規矩的，實在的，正直可靠。

ものがたり③【物語】 スル ①物語，談話。②物語。文學形式之一。

ものがた・る⓪【物語る】（動五）　①
講，談。「体験を～・る」講述親身體
驗。②說明，表明，意味著。「日本文化
のあとを～・る資料がたくさん並べら
れている」擺著許多說明日本文化歷程
的資料。

ものがなし・い⓪【物悲しい】（形）
無名惆悵，令人感傷。「～・い顔をす
る」面帶憂傷。

モノカルチャー⑤【monoculture】　①單一
經營。②單一經營。

ものぐさ⓪【物臭】　懶惰，嫌煩，惰性，
沒勁，懶漢，提不起勁者。

モノグラフ③【monograph】　①專題論
文，專著。②研究報告。

モノグラム⓪【monogram】　拼合文字，
交織字母，花押字。

モノクル①【monocle】　單眼眼鏡。

ものぐるい⓪【物狂い】　瘋狂，癲瘋，發
瘋。

ものぐるおし・い⓪【物狂おしい】（形）
瘋狂的，狂熱的。「～・い思い」狂想。

モノクロ⓪　單色。

モノクローム④【monochrome】　單色。
↔カラー

ものごい⓪【物乞い】スル　乞討，乞丐，叫
花子。

ものごころ③【物心】　懂事，解事。「～
のつかない子」不懂事的孩子。

ものごし⓪【物越し】　隔著東西。「～に
声を掛ける」隔著東西打招呼。

ものごし⓪【物腰】　言談舉止。「やわら
かな～の人」舉止溫和的人。

ものごと②【物事】　事物。

ものさし③【物差し・物指し】　①尺，
刻度尺。「～を当てる」用尺量尺寸（把
尺放在…上量）。②標準。「自分の～で
人をはかる」用自己的尺度去衡量別
人。

ものさびし・い⓪④【物寂しい】（形）
冷冷清清，冷落蕭條，淒涼，落寞。

ものさび・れる④【物寂れる】（動下一）
蕭條，蕭索。「～・れた裏町」蕭條的背
街陋巷。

ものさわがし・い⓪【物騒がしい】（形）

吵鬧。

ものしずか③【物静か】（形動）　①寂
靜，安靜，肅靜。②穩重，文靜。

ものしり④⓪【物知り・物識り】　見多識
廣，知識淵博，博學多識（的人）。

ものずき③【物好き】　好奇心強，好事。

ものすご・い④【物凄い】（形）　①可
怖，嚇人。「～・い顔つき」可怕的面
孔。②驚人的。「～・い人気」紅得發
紫。

もの・する④【物する】（動サ變）　寫，
作，做。「一句～・する」寫一句。

モノセックス③【⓪ 希 mono＋英 sex】
不分男女。

モノタイプ③【monotype】　莫諾鑄排機。

ものだね⓪【物種】　根本，物種。「命
あっての～」留得青山在，不怕沒柴
燒；有命才有一切。

ものたりな・い④⓪【物足りない】（形）
美中不足，不夠充足，還有缺憾，還有
欠缺。

ものづくし③【物尽くし】　物盡謠。列舉
同類事物歌謠。

モノトーン③【monotone】　①單調，一個
調子。②單一色調。

ものども②【者共】　你們，小子們。
「～，続け」小子們，接著做。

モノドラマ③【monodrama】　單人劇，獨
角戲，獨白。

ものとり③【物取り】　小偷，盜賊。

ものな・れる④【物馴れる】（動下一）
①嫻熟，熟練，老練。「～・れた口調」
老練的措詞。②老於世故。「～・れない
青年」不諳世故的年輕人。

ものの⓪⓪【物の】（連體）　頂多，充其
量。「～三キロも歩いたところ」只走了
三公里的時候。

もののあわれ④【物の哀れ】　①物哀。平
安時代的文學理念、美的理念。②物之
哀。「～を知る」知物之哀；多愁善感。

もののかず【物の数】　算得上，值得一
提。「敵は～ではない」敵人不值得一
提。

もののけ⓪⓪【物の怪・物の気】　作祟魂
靈，妖氣。

もののふ⓪【武士】　武士。

もののほん⓪【物の本】　相關書籍。「～によると…」據相關書籍記載…。

ものび⓪【物日】　節日，紀念日，喜慶日。

モノフォニー⓪【monophony】　單聲部音樂，單音音樂。

ものほし⓪⓪【物干し】　晾乾，曬乾，晾衣場。

モノポリー②【monopoly】　①獨佔，專賣，壟斷。②專有權，獨佔權，壟斷權，專賣權。③大富翁遊戲。

モノマニア②【monomania】　偏執狂。

ものまね⓪【物真似】スル　模仿，口技。

ものみ③【物見】　①望樓。②偵察兵，斥候。③觀光，遊覽。「～に出かける」外出觀光。

ものめずらし・い⓪⓪【物珍しい】（形）　頗新奇，頗稀奇。「～・そうに見る」頗稀奇似地觀看。

ものもう・す③【物申す】（動五）　提意見。

ものもち⓪⓪【物持ち】　①財主，富人。「村一番の～」村子裡最大的財主；村子裡的首富。②仔細用，經心用。「～のいい人」惜物的人。

ものものし・い④【物物しい】（形）　①威嚴的，威風凜凜的。「～・い服裝」威嚴的服裝。②嚴重的，嚴厲的。「～・い警戒をする」戒備森嚴；嚴密警戒。③煞有介事。「～・く包帶をする」煞有介事地纏繃帶。

 AWありまたものもらい③【物貰い】　①乞丐，叫花子。②針眼。

ものやわらか④【物柔らか】（形動）　和氣，柔和，穩靜。

モノラル⓪【monaural】　單頻道，單聲道。↔ステレオ

モノレール③【monorail】　單軌，單軌鐵道。

モノローグ③【monologue】　①獨白。②單人劇，獨角戲。↔ダイアローグ

ものわかり⓪【物分かり】　懂事，明理。「～のいい子」理解能力強的孩子。

ものわかれ③【物別れ】　破裂。「交渉が～になる」談判破裂。

ものわすれ③【物忘れ】スル　健忘。「～がはげしい」特別健忘。

ものわらい③【物笑い】　取笑，嘲笑，笑柄，笑話。「～の種になる」成爲笑柄。

モバイル①【mobile】　行動電話，手機。

もはや①【最早】（副）　事到如今，已經…。「～絶望だ」已經絕望。

もはん⓪【模範】　模範，榜樣，表率，典型。

モヒ①　嗎啡。「～中毒」嗎啡中毒。

モビール③【mobile】　①動態藝術作品。②「活動物」之意。「～-ハウス」活動房屋。

モビリティー①【mobility】　變動性，流動性，靈活性，機動性。

もふく⓪【喪服】　喪服，孝衣。

モヘア①【mohair】　毛海。毛線名。

モボ①　摩登青年。↔モガ

もほう⓪【模倣・摸倣】スル　模仿，仿造。

もほん⓪【模本・摸本・摹本】　①模本，摹本。②模本，臨摹本。

も ま・れる【揉まれる】（連語）　①被揉搓，被擁擠，受顛簸。「波に～・れる小舟」被波浪顛簸的小船。②受揉搓，受磨練。「世の中で～・れる」在社會上經受磨練。

もみ①【籾】　稻穀，稻種，穀粒。

もみ①【紅絹・紅】　紅絹，紅綢。

もみ①【樅】　冷杉。

もみあ・う③【揉み合う】（動五）　相互推擠，你推我擠。

もみあげ⓪【揉み上げ】　鬢髮，鬢角。

もみがら⓪【籾殻】　稻穀，糠殼。

もみくちゃ⓪【揉みくちゃ】　①揉出褶。②擠得厲害。

もみけ・す③【揉み消す】（動五）　①掐滅。②掩蓋，捂住，壓下，撲滅。「事件を～・す」把事件掩蓋下去。

もみごめ⓪【籾米】　稻穀，穀。

もみじ①【紅葉】スル　①紅葉。「山々が～する」滿山紅葉。②楓樹，槭樹。

もみじあおい④【紅葉葵】　槭葵，紅秋葵。

もみじおろし④【紅葉卸し】　紅葉蘿蔔

泥。

もみじがり⓪【紅葉狩り】 賞紅葉。

もみじマーク④【紅葉一】 紅葉標誌。高齢者標誌。

もみで⓪【揉み手】 搓手。「～をして頼む」搓著手央求。

もみぬか⓪【籾糠】 米糠。

もみのり⓪⓪【揉み海苔】 搓碎的海苔。

もみほぐ・す④【揉み解す】（動五） ①揉開。「肩を～・す」把肩頭（發硬處）揉開。②緩和，緩解。「緊張を～・す」緩解緊張。

もみりょうじ⑤【揉み療治】スル 按摩，推拿。

も・む⓪【揉む】（動五） ①揉，搓。「もりを～・む」捻錐子。②揉搓，按摩，捏。「肩を～・む」捏（按摩）肩膀。③擁擠。「満員電車で～・まれる」在客滿的電車裡挨擠。④磨練，鍛煉，切磋。「一丁～・んでやろう」跟你切磋一盤！⑤辯論，爭論。「法案を～・む」就法律草案展開辯論。⑥心神不定，不安，不平靜。「気を～・む」前思後想；思前想後。

もめごと⓪【揉め事】 糾葛。

も・める⓪【揉める】（動下一） ①爭執。引起爭議。「会議が～・める」會議發生糾紛。②焦慮，著急。「気が～・める」焦慮不安。

もめん⓪【木綿】 ①棉花。②棉紗，棉布。

もも⓪【股・腿】 股，大腿。

もも⓪【桃】 桃。「～栗く三年柿か八年」桃栗三年柿八年。

ももいろ⓪【桃色】 ①淡紅色，粉紅色。②桃色。「～遊戯」桃色遊戲；色情遊戲。

ももだち①⓪【股立】 袴腰左右兩側開口的縫合處。

ももたろう②【桃太郎】 桃太郎。童話中的人名。

もものせっく⓪【桃の節句】 女兒節，桃花節，人偶節。

ももひき⓪【股引】 ①細筒褲。②束帶細筒褲。

ももわれ⓪【桃割れ】 裂桃髻。

ももんが⓪【鼯鼠】 鼯鼠，日本飛鼠。

ももんじい 野豬、鹿、狸等野獸，亦指其肉。

もや①【靄】 靄，雲氣，薄霧。

もや・う②【舫う】（動五） 舫，併船，結纜。

もやし⓪【萌やし】 豆芽，（麥）芽。

もやしっこ⓪【萌やしっ子】 豆芽菜，嬌嫩的孩子。

もや・す⓪【燃やす】（動五） ①燃燒，燒，焚燒。「落ち葉を～・す」燒落葉。②燃起，點燃，激起，煥發出。「情熱を～・す」激起熱情。

もやもや①⓪ ⑴（副）スル①朦朦朧朧。②模糊，撲朔迷離。「真相は～としてつかみ難い」模糊不清而抓不住真相。③有芥蒂。「～とした気持ち」有了芥蒂的感情。⑵隔閡，疙瘩。「心に～が残る」心存隔閡。

もや・る⓪【靄る】（動五） 起靄，出現雲氣。「少し～・ってきた」霧靄初起；有些起雲靄。

もよい⓪【催い】 像要…，有…徵兆。「雨～の空」像要下雨的天空。

もよう⓪【模様】 ①花樣，花紋，圖樣。「～をつける」加花紋。②模樣。「空～」天空模樣。③像…樣子。「雪～」好像要下雪。

もようがえ⓪【模様替え】スル ①改變布置。②改變樣式，改換，換樣。「計画が～になる」計畫已改變。

もよおし⓪【催し】 舉辦，主辦，活動。

もよお・す⓪③【催す】（動五） ①舉辦，籌辦，主辦。「展覧会を～・す」舉辦展覽會。②感覺要…，覺得，引起，預示。「興を～・す」引起興趣。

もより⓪【最寄り】 就近，附近。

もら・い⓪【貰い】 要，得到，討到（物），收到禮品。

もらいう・ける⓪【貰い受ける】（動下一） 收受，討取。

もらいじこ⓪【貰い事故】 被撞事故。對方有過失責任的交通事故的俗稱。

もらいちち⓪【貰い乳】 要母乳。

もらいび⓪①【貰い火】 延燒。

もらいゆ⓪【貰い湯】 到別人家洗澡。

もら・う⓪③【貰う】 （動五） ①領，接，要，得，收。「時計を～・う」得到錶。②領到。「許可を～・う」領到許可。③娶，收養。「嫁を～・う」娶媳婦。④承擔，參與。「その喧嘩はおれが～・った」這場架由我包了。⑤染上，患上，招，遭。「風邪を～・ってきた」患了感冒。⑥獲取，贏得，要，買。「優勝はわがチームが～・う」優勝由我們隊取得。「これを～・おう（＝買ウ）」這個我要（買）了。⑦（補助動詞）㋐請，請求。「病気をみて～・う」請（醫生）看病。「手伝って～・う」請人幫忙。㋑表示自己的行為給他人帶來利益之意。「喜んで～・う」讓人高興。㋒表示由於他人的行為使自己受到困擾。「無断で入って～・っちゃ困るな」擅自讓人進來真傷腦筋。

もら・す②【漏らす・洩らす】 （動五） ①漏，洩，透。「水を～・す」漏水。②走漏，透露，洩露。「秘密を～・す」洩漏秘密。「辞意を～・す」透露出辭職之意。③流露。「不平を～・す」流露不滿。④遺漏，漏掉。「聞き～・す」聽漏了。

モラトリアム④【moratorium】 ①延緩償付期，延期付款。②猶豫期。

モラリスト③【moralist, 法 moraliste】 ①道德家。②倫理學家。

モラルハザード⑤【moral hazard】 道德性危險，道義性危險。

もり①【守り】 看孩子的，保姆。

もり⓪【盛り】 盛上。「～がいい」盛得滿。

もり⓪【森・杜】 森林，樹林。「～の都」森林之都。「鎮守の～」鎮守（神社）的森林。

もり⓪【銛】 魚叉。

もりあが・る③【盛り上がる】 （動五） ①凸起，堆起，墊起，隆起。「筋肉が～・る」肌肉隆起。②高漲，加強。「機運が～・る」時來運轉。③高漲，變旺盛，變飽滿，變活躍，變熱烈。「雰囲気が～・る」氣氛熱烈。

もりあ・げる④【盛り上げる】 （動下一） ①堆起，堆高，墊土。②提高，加強，使濃厚，使高漲，使活躍。「気分を～・げる」提振情緒。

もりあわせ⓪【盛り合わせ】 什錦拼盤。

もりかえ・す③【盛り返す】 （動五） 重振，挽回。

もりがし③【盛り菓子】 上供點心，供菓子。

もりきり⓪【盛り切り】 單份，一次份量。

もりこ・む③【盛り込む】 （動五） ①盛上，盛入。②加進，插進，納入，吸收。「方針に～・む」納入方針中。

もりじお⓪【盛り塩】 堆鹽，鹽堆。

もりそば⓪【盛り蕎麦】 小竹籠蕎麥麵。

もりだくさん③【盛り沢山】 ①盛滿。②豐富多彩。「～な行事」豐富多彩的活動。

もりた・てる⓪【守り立てる】 （動下一） 扶植，擁立，輔保。「新社長を～・てる」扶植新社長。

もりつ・ける④【盛り付ける】 （動下一） 裝盤，盛裝。

もりつち⓪【盛り土】 填土，堆土。

もりばな⓪②【盛り花】 ①滿插式插花法，盛花，花籃，花盤。②鹽堆。

モリブデン③【德 Molybdän】 鉬。

もりやく⓪【守り役】 看守，守護，看守員，守護人。

も・る⓪【盛る】 （動五） ①盛，盛滿。「ご飯を～・る」盛飯。②載入，充滿。「宣言に～・られた精神」被載入宣言的精神。③堆，墊。「土を～・る」堆土；墊土。④下毒。「毒を～・る」下毒。

も・る⓪【漏る・洩る】 （動五） 漏，洩，漏出，透出。「木の間を～・る月の光」從樹縫間洩出的月光。

モル①【德 Mol】 莫耳。

モルグ①【morgue】 停屍間，太平間。

モルタル⓪【mortar】 灰漿，砂漿。

モルト①【malt】 ①麥芽。②麥芽酒。

モルのうど③【―濃度】 莫耳濃度。

モルヒネ◎◎【荷 morfine】 嗎啡。

モルモット③【荷 marmot】 ①豚鼠。天竺鼠的異名。②土撥鼠。

モルモンきょう◎【―教】〔Mormon〕摩門教。

もれき・く③【漏れ聞く・洩れ聞く】（動五） 偷聽，竊聽，風聞。

もれなく◎◎【漏れ無く】（副） 毫無遺漏，全部，統統。「～賞品をさし上げます」無遺漏地全部呈送獎品。

も・れる◎【漏れる・洩れる】（動下一） ①漏，洩，漏出，透出，透露。「油が～・れる」漏油。②走漏，洩漏。「試験問題が～・れた」考題外洩了。③流露，說出。「ため息が～・れる」不禁嘆了口氣。④被除外，被淘汰，落榜。「選考から～・れる」在選拔中被淘汰。

もろ・い②【脆い】（形） ①脆，易碎，疏鬆易折。「骨が～・い」骨頭脆。②脆弱，易折。「～・くも敗れる」一下子就敗了。③心軟，不堅強。「情～・い」心軟。

もろきゅう② 多味黃瓜，脆黃瓜。

もろこ◎【諸子】 頷鬚鮈。

もろこし◎【唐土・唐】 唐土，唐。

もろこし◎◎【蜀黍】 高粱，蜀黍。

もろざし【双差し・両差し】 雙插手。相撲中將兩手插入對方雙腋下。

モロッコがわ◎【―革】 摩洛哥羊皮。

もろて◎【諸手・双手】 雙手。

もろとも◎【諸共】 共同，一起。「死なば～」死則同死。「船～宝物も沈んだ」船和寶物也一起沉沒了。

もろに◎【諸に】（副） 正面地。

もろは◎【諸刃】 雙刃，兩面刃。↔片刃。「～の剣《つるぎ》」雙刃劍。

もろはだ◎【諸肌】 左右兩肩膀的肌膚，整個上半身的肌膚。↔片肌。「～を脱《ぬ》ぐ」打赤膊；全力以赴。

もろびと◎【諸人】 大家，全體。

モロヘイヤ◎【mulu-khiyya】 黃麻，長蒴黃麻。

もろみ◎【諸味・醪】 醪糟，醬糟，醋醅，醬油醅。

もろもろ◎【諸諸】 諸多，種種，各種。

「～の説」眾說紛紜。

もん【文】 ①文。從前的貨幣單位。②文。日式短布襪、鞋等的尺碼單位。→紋

もん【門】 ①①門，大門，街門。②關口，門。「入試のせまき～」入學考試的關口。③門，門下。「蕉～」蕉門（松尾芭蕉門下）。「師の～に入る」投入師門。④門。生物分類上的一個等級。②（接尾）門。計算大炮的量詞。「大砲一～」大炮一門。

もん【紋】 ①圖案，紋樣，紋理。「花鳥～」花鳥圖案。②家徽。

もんえい◎【門衛】 門衛，守衛。

もんおり◎◎【紋織り】 提花，紋織。

もんか◎【門下】 門下，門生，弟子。

もんがい①【門外】 ①門外。②外行。「～の者」外行人；門外漢。

もんがいかん①【門外漢】 門外漢。

もんがいふしゅつ◎【門外不出】 家藏，珍藏。「～の名画」家藏的名畫。

もんがまえ③【門構え】 ①大門樣式，門結構。②門字邊。

もんかん◎【門鑑】 出入證，通行證。

モンキー①【monkey】 ①猿猴，猴子。②活扳手，活動扳手。

モンキーダンス⑤【monkey dance】 猴舞。→ゴーゴー

モンキーレンチ⑤【monkey wrench】 活動扳手，活板子。

もんきりがた◎【紋切り型】 千篇一律，老套。「～のあいさつ」老一套的致詞。

もんく①【文句】 ①文句，句。「経典の～を引用する」引用經典中的詞句。②意見，牢騷。抱怨，不服。「～を言う」發牢騷。

もんくなし◎【文句無し】 ①無可挑剔，沒有意見。「～に当選する」毫無異議地當選。②無條件，不欠缺。「～に賛成する」無條件贊成。

もんげん①【門限】 門禁時間。「～は10時」（晚上）10點鐘關大門。

もんこ①【門戸】 ①門戶。房屋的門和戶。②門戶。與外部交通、交流的出入口。「～を閉ざす」關閉門戶；閉關自

守。③門戸。指居家，住居。「～を構える」自立門戸。④門戸。自己的流派，一派。

もんごういか◎【紋甲烏賊】　金烏賊。

モンゴロイド◎【Mongoloid】　蒙古人種。

もんごん◎【文言】　文句。

もんさつ◎【門札】　門牌。

もんし◎【門歯】　門齒，門牙。

もんし◎【悶死】　スル　悶死。

もんじゃやき◎【もんじゃ焼き】　燒餅。

もんしゅ◎【門主】　①門主，掌門人。②門主。門跡寺院的住持。

もんじゅ◎【文殊】　文殊菩薩。

もんじょ◎【文書】　文書。「東大寺～」東大寺文書。

もんしょう◎【紋章】　徽章，飾章，家徽。

もんしろちょう◎【紋白蝶】　白紋蝶。

もんしん◎【問診】　スル　問診。

もんじん◎【門人】　門人，門生。

モンスーン◎【monsoon】　①季風。②雨季。

モンスター◎【monster】　妖怪，怪獸。

もんせい◎【門生】　門生，弟子。

もんせき◎【問責】　スル　問責，責問。

もんぜき◎【門跡】　①門跡。平安時代，繼承祖師法統的寺院或僧侶。②門跡。門跡寺院的住持。③門跡。淨土真宗的本願寺，亦為其管長的稱呼。

もんぜつ◎【悶絶】　スル　苦悶而死。

もんぜん◎【門前】　門前。「～市を成す」門庭若市。

もんぜんばらい◎【門前払い】　閉門羹，拒之門外。

もんぜんまち◎【門前町】　門前街，門前町。

もんぜんよみ◎【文選読み】　文選讀。

モンタージュ◎【法 montage】　スル　①蒙太奇。②合成照片。→モンタージュ写真

もんだい◎【問題】　①問題。「～を出す」出題。②問題。需要解決的事項。「貿易の不均衡を～にする」把貿易不均衡視爲問題。③問題。急待辦理或處理的事。「就職の～で悩む」因找工作問題而苦惱。④問題，引人注目。「～の人物」引人注目的人物。⑤問題，糾紛。「～を起こす」惹出問題。

もんだいいしき◎【問題意識】　問題意識。「～を持つ」具有問題意識。

もんだいがい◎【問題外】　題外，不值一談，無討論價值。

もんだいじ◎【問題児】　問題人物，有爭議的人物。「業界の～」業界的問題人物。

もんち◎【門地】　門第，家格。「～門閥」門第門閥。

もんちゃく◎【悶着】　麻煩。「～を起こす」引起麻煩。

もんちゅう◎【門柱】　門柱。

もんつき◎【紋付】　①帶徽。②帶徽和服。

もんてい◎【門弟】　弟子，門人。

もんと◎【門徒】　門徒。

もんとう◎【門灯】　門燈。

もんどう◎【問答】　スル　問答，爭論。

もんどころ◎【紋所】　家徽，定徽。

もんどり◎【翻筋斗】　空翻，翻跟頭，翻筋斗。「～（を）打つ」翻個跟頭。

もんなし◎【文無し】　身無分文。

もんばつ◎【門閥】　門閥，門第。

もんばん◎【門番】　門衛，守門人。

もんび◎【紋日】　紋日。妓院特別規定的5個節日。

もんぴ◎【門扉】　門扉。

もんぴょう◎【門標】　門牌。

もんぶしょう◎【文部省】　文部省。

もんぺ◎　綁腿式勞動褲。

もんめ◎【匁】　①匁。日本尺貫法中的重量單位。②文目。計算錢的單位。

もんもう◎【文盲】　文盲。

もんもん◎【悶悶】　（タル）　悶悶，苦悶。

もんよう◎【文様】　紋樣，紋理。

モンローしゅぎ◎【―主義】　門羅主義。

や₀【矢・箭】 矢，箭。「～でも鉄砲でも持って来い」有什麼手段盡管使出來（我準備接受任何挑戰）。

矢の催促 再三催促。

や₀【屋・家】 ①屋，家，房屋。②屋，家。用於屋號、雅號的詞語。「長崎～」長崎屋。「大和～」大和屋。③屋，（專）家。表示從事某種買賣或專門職業的用語。「花～」花店。「政治～」政治家。④表示個性的詞語。「わからず～」不明事理的人。不知好歹的人。

や₀【幅】 輻，輪輻，車條。

や₀【野】 ①野外，曠野。「～に放つ」（將動物）放歸自然。②民間。

野に下る 下野。從公職上退下來。

ヤー₀【德 ja】（感） 是，對，是那樣的。

ヤード【yard】 碼。

ヤードポンドほう₀【—法】 碼磅度量衡制。

ヤール【yard】 碼。

ヤーン₀【yarn】 紗，紗線，毛線。紡織、編織用的線等。

やいと₀【灸】 灸，灸術。「～をすえる」灸治。

やいなや【や否や】（連語） 與…同時…；剛…立刻就…。「帰る～」剛一回家就…。

やいのやいの₀（副） 緊逼，死催。

やいば₀【刃】 ①刀刃。②刃。形容極鋒利、極有威力的樣子。「氷の～」冰刃；白刃。

やいん₀【夜陰】 黑夜，深夜，夜色。「～に乗ずる」乘著夜色。

やえ₀【八重】 ①八重，八層。②多層。③重瓣。「～の桜」八重櫻；重瓣櫻花。

やえい₀【夜営】ㇲㇽ 夜晚搭營。

やえい₀【野営】ㇲㇽ 野營，露營。

やえざき₀【八重咲き】 重瓣花，雙瓣花，八重瓣。「～の桜」重瓣櫻花。

やえざくら【八重桜】 八重櫻，重瓣櫻花，牡丹櫻。

やえなり₀【八重生り】 果實累累。

やえば₀【八重歯】 虎牙。

やえむぐら【八重葎】 ①豬殃殃，拉拉藤。②蔓草叢，葎叢。

やえん₀【野猿】 野猿。

やおちょう₀【八百長】 假比賽。

やおもて₀【矢面】 ①箭射過來的方向。②眾矢之的。「抗議の～に立つ」成為抗議的眾矢之的。

やおや₀【八百屋】 蔬果店，蔬果商。

やおよろず₀【八百万】 成千上萬，眾多。「～の神」眾神；諸神。

やおら₀【徐ら】（副） 徐緩，徐徐。「～立ち上がる」徐徐地站起來。

やかい₀【夜会】 晚會。

やがいげき₀【野外劇】 露天劇，室外劇。

やかいふく₀【夜会服】 晚禮服。

やがく₀【夜学】 ①夜校。「～に通う」上夜校。②夜間學習。

やかず₀【矢数】 ①箭數。②比箭數。比賽在一定時間內射出箭數的競技。

やがすり₀【矢絣・矢飛白】 箭羽碎紋，山形碎紋。

やかた₀【屋形・館】 ①公館，邸宅。②（日本的）大名，貴人。「お～さま」大名老爺；閣下。③屋形（物）。

やかたぶね₄【屋形船】 畫舫。

やがて₀【軈て】（副） ①不久，馬上。②大約，差不多。「ここにきてから、～十年になる」來到這裡將近十年。③終歸，終究，畢竟。「日々の努力が～実を結ぶ」每日的努力終究取得了結果。

やかまし・い₄【喧しい】（形） ①喧鬧，吵鬧，嘈雜，吵嚷。「子供の声が～・い」孩子的聲音太吵鬧。②議論紛紛，眾說紛紜。「最近～くなった環境問題」近來一時成為話題的環境問題。③挑剔，嚴格。「母は、ものの言い方について～・い」媽媽對說話的方式要求

嚴格。④講究的。「食べ物に～・い人」吃東西講究的人。

やかましや⓪【喧し屋】　好抱怨的人，好挑剔的人。「～の奥さん」愛抱怨的夫人。

やから⓪【族】　①族，家族。一門，一族。②徒，輩，同類人。「不逞ｇの～」不逞之徒。

やがら⓪【矢柄・矢幹】　①箭桿。②箭桿紋。③馬鞭魚。

やかん⓪【夜間】　夜間，夜晩。「～照明」夜間照明。

やかん⓪【薬缶・薬鑵】　壺，燒水壺。

やき⓪【焼き】　①燒，烤。「～が悪い」烤得不好。②火候。「～が回る」頭腦昏沉。「～を入れる」淬火；刑訊。

やき⓪【夜気】　①夜間涼氣。「～に当たる」受夜間涼氣侵襲。②夜晩氣氛。

やきあが・る⓪【焼き上がる】（動五）　燒好，烤好。

やきいも⓪【焼き芋】　烤地瓜。

やきいれ⓪【焼き入れ】　淬火。

やきいん⓪【焼き印】　烙印，火印。

やきうち⓪【焼き討ち・焼き打ち】スル　火攻。

やきえ⓪【焼き絵】　燙畫，烙畫。

やきがし⓪【焼き菓子】　烤製點心。

やきがね⓪【焼き金】　烙鐵，火印，烙印。

やきき・る⓪【焼き切る】（動五）　①燒斷，切割。「金庫の扉を～・る」把保險櫃的門切割開。②燒盡，燒完。

やきごて⓪【焼き鏝】　火熨斗。

やきざかな⓪【焼き魚】　烤魚。

やきしお⓪【焼き塩】　煎焙精鹽。

やきそば⓪【焼き蕎麦】　炒麵。

やきだまきかん⓪【焼き玉機関】　熱球式發動機，熱球式柴油機。

やきつぎ⓪【焼き接ぎ】スル　燒接。

やきつ・く⓪【焼き付く】（動五）　①留下烙印，燒上。②銘刻，銘記，烙在心上。「心に～・いて離れなできごと」銘刻在心不能忘懷的事物。

やきつけ⓪【焼き付け】スル　①洗照片，曬印。②釉上彩繪。

やきつ・ける⓪【焼き付ける】（動下一）　①烙上，印上，曝曬。「～・けるような日差し」曝曬的陽光；烈日炎炎。②留下強烈印象。「山の美しい風景が山に～・けられて、今も忘れられない」山的美麗風景烙在心裡，至今也不能忘懷。③洗照片，曬印。④（在陶瓷器上）施釉上彩繪。⑤燒接上，焊上。

やきどうふ⓪【焼き豆腐】　烤豆腐。

やきとり⓪【焼き鳥】　烤雞肉串，烤肉串。

やきなおし⓪【焼き直し】スル　①重燒，重烤，重印。②改編，改寫，炒冷飯。

やきなまし⓪【焼き鈍し】　退火。

やきにく⓪【焼き肉】　烤肉。

やきのり⓪【焼き海苔】　烤海苔。

やきば⓪【焼き場】　火葬場。

やきはた⓪【焼き畑】　燒墾地，火耕。「～農業」火耕農業。

やきはら・う⓪【焼き払う】（動五）　燒光，燒毀。「戦火で～・われた町」被戰火燒光的城市。

やぎひげ⓪【山羊鬚】　山羊鬍子。

やきふ⓪【焼き麩】　烤麵筋，烤麩。

やきまし⓪【焼き増し】スル　加洗。

やきみょうばん⓪【焼き明礬】　燒明礬，枯礬，白礬末。

やきめ⓪⓪【焼き目】　燒痕，燙痕。

やきめし⓪【焼き飯】　①炒飯。②烤飯糰。

やきもき①（副）スル　焦躁，焦慮不安。

やきもち⓪【焼き餅】　①烤年糕。②嫉妒，吃醋。

やきもどし⓪【焼き戻し】スル　回火，回爐。

やきもの⓪【焼き物】　①燒成器物。②燒烤菜餚。

やきゅう⓪【野球】　棒球。

やぎゅう⓪【野牛】　野牛。

やぎょう⓪【夜業】スル　夜裡工作，夜班。

やきん⓪【冶金】　冶金。

やきん⓪【夜勤】　值夜班。

やきん⓪【野禽】　野禽。↔家禽

やく⓪【厄】　①災厄，災難。②厄年。

やく⓪【役】　①任務。「～か重すぎる」

任務過重。②官職，職位。③角色。「悪
人の～」反面角色。

役に立つ 有益處。有幫助

やく◎【約】 ①約定，誓約。「～を守る」
守約。②約音。③（副）約，大約。「～
三十分かかる」大約需要三十分鐘。

やく◎【訳】 翻譯。「現代語～」譯成現
代語。

やく◎【薬】 花藥。

やく◎【薬】 大麻的隱語。「～が切れる」
大麻戒斷。

や・く◎【焼く】（動五） ①燒，焚燒。
②燒，烤。「魚を～・く」烤魚。③曬
黑。「肌を～・く」把皮膚曬黑。④燒
製，焙燒。「炭を～・く」燒炭。⑤沖
洗。「このネガで三枚～・いてくださ
い」請用這個底片沖印三張照片。⑥燒
灼。「硫酸で～・く」用硫酸燒灼。「ル
ゴールでのどを～・く」用碘溶液清喉
嚨。

ヤク◎【yak】 犛牛。

やぐ◎【夜具】 寢具。

やくいん◎【役印】 公章，官印。

やくいん◎【役員】 ①監事，理事，董
事。②主持人，主管人員。

やくえき◎【薬液】 藥液，藥水。

やくおとし◎【厄落とし】 消災符。

やくおん◎【約音】 約音。

やくがい◎【薬害】 藥源性災害。

やくがく◎②【薬学】 藥學。

やくがら◎④【役柄】 ①職務性質，任務
性質。②職務身分，職務地位，職位尊
嚴。「～を重んずる」重職位尊嚴。

やくぎ◎【役儀】 職務，任務。

やくぎょう◎【訳業】 翻譯工作，翻譯業
績。

やくげん◎【約言】 ㋲ 約言，簡言。「趣
旨を～する」簡言主旨。

やくご◎【訳語】 譯詞，譯語。

やくざ◎ ①沒用的，不正經的。「～な稼
業」邪門歪道。②賭徒，流氓，無賴，
惡棍，阿飛。

やくざい◎◎【薬剤】 藥劑。已調劑好的
醫藥品。

やくざいし◎◎【薬剤師】 藥劑師。

やくさつ◎【扼殺】 ㋲ 扼殺，掐死。

やくさつ◎【薬殺】 ㋲ 藥死，毒死，毒
殺。

やくし◎【訳詞】 譯詞。

やくし◎【訳詩】 譯詩。

やくし◎【薬師】 藥師。「薬師如来」之
略。

やくじ◎【薬餌】 藥餌。

やくじほう◎◎【薬事法】 藥事法。

やくしゃ◎【役者】 ①藝人，演員。②有
才幹者。「彼はなかなかの～だ」他是位
相當有才幹的人。

やくしゃ◎【訳者】 譯者，譯員。

やくしゅつ◎【訳出】 ㋲ 譯出。

やくしょ◎【役所】 公所，官署，官廳，
機關，衙門。

やくしょ◎【訳書】 譯著，譯本，翻譯
書。

やくじょ◎【躍如】（㋡ル） 逼真，躍然，
栩栩如生，活龍活現。「面目～たるもの
がある」面目躍然而出；栩栩如生。

やくじょう◎【約定】 ㋲ 約定。

やくしょく◎【役職】 ①任務職責，職務
責任。②（公司的）管理職務。「～者」
管理者。

やくしん◎【薬疹】 藥疹。

やくしん◎【躍進】 ㋲ 躍進。

やく・す◎【約す】（動五） ①約定或商
定。「再会を～・す」相約再會。②簡
化，簡略。「手続きを～・す」簡化手
續。③約分。

やく・す◎【訳す】（動五） 翻譯。

やくすう◎【約数】 〔數〕約數，因數。

やく・する◎【扼する】（動サ變） ①
扼，掐住。「腕を～・する」扼腕。②扼
守，把守。「海峡を～・する要衝」扼控
海峽的要衝。

やくせき◎【薬石】 藥石。「～効なく」
藥石罔效。

やくぜん◎【薬膳】 藥膳。

やくそう◎【薬草】 藥草。

やくそく◎【約束】 ㋲ ①約定，商定。「～
を破る」失約；毀約。②規則，規矩。
「演技上の～」演技上的規矩。③宿
命，因緣，緣分。「前世からの～」前世

注定的因緣。

やくそくてがた⓪【約束手形】 本票，期票。

やくたい⓪①【益体】 整齊，有秩序，有著落。「～もない」不起作用；沒有價值。

やくだい⓪【薬代】 藥費。

やくだく⓪【約諾】 スル 約諾，允諾。「融資を～する」約諾融資。

やくだ・つ⓪【役立つ】 （動五） 起作用，有用，有益。「研究に～・つ資料」對研究有用處的資料。

やくだ・てる⓪【役立てる】 （動下一） 使起作用，有效使用。「寄付金を社会福祉に～・てる」把捐款有效地用於社會福利。

やくちゅう⓪【訳注・訳註】 ①譯注。翻譯者附的注釋。②譯注。翻譯和注釋。「古典の～」古典的譯注。

やくづき⓪①【役付き】 任職，接手，就職（者）。

やくづくり③【役作り】 磨戲。

やくとう⓪【薬湯】 ①藥浴。②藥湯。

やくどう⓪【躍動】 スル 躍動，活躍，朝氣蓬勃。「筋肉～している」肌肉在跳動。

やくとく⓪【役得】 外快，額外收入，特殊利益。

やくどく⓪【訳読】 スル 譯讀。「古典の～」古典譯讀。

やくどく⓪【薬毒】 藥物毒性。

やくどころ⓪【役所】 合適工作，合適職務。

やくどし②【厄年】 厄年。災厄多的年。

やくなん⓪【厄難】 厄難，災難。「～に遭う」遭厄難。

やくにん⓪【役人】 役人，差役，官員。

やくば③【役場】 公所。

やくはらい③【厄払い】 祓除不祥，消災消難，祓厄。

やくび②【厄日】 ①厄日。遭遇災難之日。②厄日。陰陽道中指因遭災難而必須小心的日子。

やくびょう⓪【疫病】 瘟疫。

やくびょうがみ⑤【疫病神】 瘟神。

やくひん⓪【薬品】 藥品。「化学～」化學藥品。

やくそく【役不足】 ①不滿意，懷才不遇。②屈才，大材小用。

やくぶつ⓪【薬物】 藥物，醫藥品。

やくぶつアレルギー⑥【薬物—】 藥物過敏症。

やくぶついそん⓪【薬物依存】 藥物依賴。

やくぶん⓪【約分】 スル 〔數〕約分。

やくぶん⓪【訳文】 譯文。

やくほん⓪【訳本】 譯本。

やくまわり③【役回り】 差事。「損な～だ」倒楣的差事。

やくみ③⓪【薬味】 藥味，佐料。

やくむき⓪【役向き】 職務（任務）的性質。

やくめ③【役目】 職責，職務。「～を果たす」履行職責。

やくめい⓪【役名】 ①角色名。②職稱，職銜，職名。

やくめい⓪【訳名】 譯名。

やくよう⓪【薬用】 藥用。

やくよけ⓪【厄除け】 除厄，消災。

やぐら⓪【櫓】 ①箭樓，瞭望樓。②高臺，眺望樓。「火の見～」消防瞭望樓；火警瞭望台。③地爐架。

やぐらだいこ④【櫓太鼓】 櫓太鼓。

やくり①【薬理】 藥理。「～作用」藥理作用。

やくりきし③【役力士】 相撲力士。

やくりょう⓪【訳了】 スル 譯完。

やぐるま⓪【矢車】 風車。

やぐるまぎく④【矢車菊】 矢車菊。

やぐるまそう⓪【矢車草】 ①獨腳蓮，鬼燈檠。②矢車菊的別名。

やくろう⓪【薬籠】 藥箱。

やくわり③⓪①【役割】 ①分配（的）任務，分派（的）職務。②角色，社會性作用。

やくわん⓪【扼腕】 スル 扼腕。「切歯～する」咬牙切齒。

やけ⓪【自棄】 自棄，自甘落後。「～を起こす」產生自暴自棄情緒。「～になる」變得自暴自棄。

やけ⓪【焼け】 ①燒。「丸～」燒光。②

燒紅，曬紅，曬黑，霞。「朝~」朝霞。「雪~」雪反射光使皮膚黝黑。

やけあと⓪【焼け跡】　火災廢墟，火燒痕跡。

やけい⓪【夜景】　夜景。「100 万ドルの~」耗資 100 萬美元的夜景。

やけい⓪【夜警】　夜間巡邏。

やけいし⓪【焼け石】　燒熱石頭。「~に水」杯水車薪。

やけお・ちる⓪【焼け落ちる】（動上一）燒塌。「塔が~・ちる」塔燒塌了。

やけくそ⓪【自棄糞】　自暴自棄。「~になる」自暴自棄。

やけこげ⓪【焼け焦げ】　燒焦，烤糊，焦痕。「着物に~をつくる」衣服燒焦了一塊。

やけざけ⓪【自棄酒・焼け酒】　悶酒。「~を飲む」喝悶酒。

やけださ・れる⓪【焼け出される】（動下一）　燒得無家可歸。

やけつ・く⓪【焼け付く】（動五）　燒附，熔接，燒上，燒接，烘烤。「~・くような暑さ」火燒般的灼熱。「エンジンが~・く」引擎過熱。

やけっぱち⓪【自棄っぱち】　自暴自棄。

やけど⓪【火傷】　スル　①燒傷，灼傷，燙傷。②損失慘重。「バブルがはじけて大~を負った」泡沫經濟破滅而遭受嚴重損失。

やけに⓪（副）　①過分，十分。「~こだわる」十分專注。②厲害，非常。「~寒い」特別冷。

やけの⓪【焼け野】　焦野。「~の雉ꜛ夜の鶴ꜛ」燎原雉救雛，寒夜鶴覆子；舐犢情深。

やけのこ・る⓪【焼け残る】（動五）　燒剩下。

やけのはら⓪【焼け野原】　燒焦原野。

やけのみ⓪【自棄飲み】　スル　自暴自棄喝酒。

やけひばし⓪【焼け火箸】　熱火鉗。「~をあてられたような熱さ」灼熱；像被熱火鉗燙著一樣熱。

やけぶとり⓪【焼け太り】　スル　火燒發旺。

やけぼっくい⓪【焼け棒杭】　焦木樁。「~に火が付く」燒焦木椿易點燃；舊情易發。

やけやま⓪【焼け山】　①被燒過的山，焦山。②休火山，死火山。

や・ける⓪【焼ける】（動下一）　①燒。「家が~・けた」房屋被燒了。②燒紅，燒熱，燒好，烤熟。「魚が~・けた」魚烤好了。「~・けた砂浜」被烤熱的沙灘。③褪色，變黑。「畳が~・ける」榻榻米褪色了。「日に~・けた顔」被曬黑的臉。④發紅，變紅。「西の空が~・けてきれいだ」西方的天空被染紅非常美麗。⑤煩躁，胸悶。「胸が~・ける」胸口煩悶。⑥操心，添麻煩。「世話の~・ける子供だ」讓人操心的孩子。⑦〔也寫作「妬ける」〕感到嫉妒。

やけん⓪【野犬】　野犬。

やげん⓪【薬研】　薬碾。

やげんぼり⓪【薬研堀】　Ｖ形溝。

やご⓪【水蠆】　水蠆。

やこう⓪【夜光】　夜光。

やこう⓪【夜行】　スル　①夜行。「~動物」夜行性動物。②夜行列車。

やごう⓪【屋号】　①商號，堂號。②屋號。日本演員的家號，如「成田屋」等。

やごう⓪【野合】　スル　私通，姘居。

やこぜん⓪【野狐禅】　野狐禪。

やさい⓪【野菜】　蔬菜，青菜。

やさおとこ⓪【優男】　①溫柔男子。②美男子。優美的男子。③文弱男子。

やさがし⓪【家捜し・家探し】　スル　①找遍家中。②找房子。

やさがた⓪【優形】　舉止文雅。

やさかにのまがたま【八尺瓊の曲玉】　八尺瓊曲玉。三種神器之一。

やさき⓪【矢先】　正要…之際，正當…之時。「外出しようとする~に客が来る」正要出門時客人來了。

やさし・い⓪【易しい】（形）　①容易，簡單。「この問題は~・い」這個問題很容易。②易懂，平易。↔むずかしい。「~・く説明する」淺顯易懂地說明。

やさし・い⓪【優しい】（形）　①和善，

溫柔。「気立ての~・い人だ」是位性情溫和的人。②體貼，溫存。「~・い心づかい」體貼的用心。③優雅。「~・い姿の仏像」表情優雅的佛像。

やし◎【香具師・野師】 江湖藝人。

やし◎【野史】 野史。↔正史

やし◎【椰子】 椰子。

やじ◎【野次・弥次】 喝倒彩，奚落聲。「~をとばす」喝倒彩。

やじうま◎【野次馬】 起鬨者。「~根性」好起鬨天性。

やしき◎【屋敷】 ①建築用地，宅地。「~を手離す」出讓宅地。②公館，宅邸。「お~町」住宅區。

やじきた◎【弥次喜多】 ①漫遊旅行。「~道中」漫遊旅行途中。②配合默契的詼諧搭檔。

やしない◎【養い】 ①養，養育。「~の親」養父母。②保養，養生，療養。「病後の~」病後的保養。

やしないおや◎【養い親】 養父養母。↔實親

やしな・う◎【養う】 （動五） ①養，養活，供養。②養，飼養。「庭鶏を~・う」養雞。③養成，培養。「実力を~・う」培養實力。④保養。「病を~・う」養病。

やしま◎【八洲・八島】 八洲，八島。

やしゃ◎【夜叉】 夜叉。

やしゃご◎【玄孫】 玄孫。

やしゆ◎【椰子油】 椰子油。

やしゅ◎【野手】 野手。內野手和外野手。

やしゅ◎【野趣】 野趣。「~に富む」富有田園風味。

やしゅう◎【夜襲】 スル 夜襲。

やじゅう◎【野獣】 野獸。

やしょく◎【夜色】 夜色。

やしょく◎【夜食】 宵夜。

やじり◎◎【矢尻・鏃】 箭頭，鏃。

やじ・る②【野次る】 （動五） 喝倒彩，怪叫，起鬨。「聴衆に~・られる」被聽眾喝倒彩。

やじるし◎◎【矢印】 箭頭（標誌）。

やしろ◎【社】 社殿，神社。

やじろべえ◎【弥次郎兵衛】 彌次郎兵衛挑擔人偶。

やしん◎【野心】 野心，雄心。「~をいだく」有野心。

やじん◎【野人】 ①鄉下人，野人。「田夫~」田夫野老；村夫俗子。②野人，粗人。③在野的人，普通老百姓。

やす◎【安】 ①低，廉。「~月給」低工資。②降價。「5円~」降價5日圓。③輕率，輕易。「~請け合い」輕率的保證；輕諾。

やす◎【簎・矠】 簎，矠，魚叉。

やすあがり◎【安上がり】 經濟實惠，省錢，儉省。

やす・い②【安い】 （形） ①賤價。↔高い。②安穩，平靜。「~・い心で」以平靜的心。「~・くない仲だ」不尋常的關係。「~・かろう悪かろう」便宜無好貨。

やす・い②【易い】 （形） ①容易，簡單。「言うは~・く行うはかたし」說起來容易做起來難。②容易，易於。「風邪をひき~・い体質」易感冒的體質。③容易…。「歩き~・い道」好走的路。「~・きにつく」避難就易。

やすうり◎【安売り】 スル ①賤賣。「大~」大拍賣。②輕易付出，輕易給予。「親切の~」濫用感情。

やすけ◎【弥助】 握壽司。

やすっぽ・い④【安っぽい】 （形） ①不值錢，不起眼。②沒有品味。

やすで◎【馬陸】 馬陸。節足動物名。

やすで◎【安手】 ①賤貨，便宜貨。「~の品な」便宜貨。②感覺便宜的。

やすね◎◎◎【安値】 ①廉價，賤價。②最低價。↔高値

やすねびけ◎◎【安値引け】 低價收盤。

やすぶしん◎【安普請】 簡陋的房子。

やすま・る③【休まる】 （動五） 得到休息，得閒放鬆，安定。「忙しくて体を~・せる時がない」由於忙，無暇使身心得到休息。

やすみ◎【休み】 ①休息，歇。「~なく働く」不休息地工作。②休假，假日。「学校が~になる」學校放假。③缺

勤，缺席。「風邪で~をとる」因感冒缺勤（缺課）。

やすみやすみ【休み休み】（副）①一會兒就休息一下。「~山を登る」爬一會兒山休息一會兒。②少…。「馬鹿も~言え」少說蠢話！

やす・む【休む】（動五）①休息。②缺勤，缺席。③停止，停歇。「機械が・~・まず動いている」機器不停地運轉著。④休息，睡覺，安歇。「夜遅く~・む」晚上很晚睡。

やすめ【安め】稍降，漸跌，趨跌。↔高め。「相場が~に推移する」行情趨跌。

やすめ【休め】（感）稍息！「気をつけ、~」立正！稍息！

やす・める【休める】（動下一）①停歇，停止，停下。「仕事の手を~・める」停下手中的工作休息；歇歇手。②放鬆，使休息，使平靜。「体を~・める」放鬆放鬆身體。

やすもの【安物】便宜貨，賤貨。「~買いの銭失ない」買便宜貨白花錢；便宜沒好貨。

やすやす【易易】（副）輕而易舉地，輕輕鬆鬆。「~と難問を解く」將疑難問題輕而易舉地解決。

やすやど【安宿】便宜旅店，小客棧。

やすら・う【休らう】（動五）休息。「木かげに~・う」在樹蔭下休息。

やすらか【安らか】（形動）①安樂，平安，安穩。「~な世」太平盛世。②無憂無慮，安然。「~に眠る」睡得安穩。

やすら・ぐ【安らぐ】（動五）安樂，安寧，平靜。

やすり【鑢】①銼，銼刀。②謄寫鋼板。

やすん・じる【安んじる】（動上一）①安心，放心。「難問が解決し~・じて寝ることができる」解決了疑難問題，可以安心地睡覺了。②安於。甘於。「現状に~・じる」安於現狀。③使安定，使安穩平靜。「王の心を~・じる」以安王心。

やせ【痩せ・瘠せ】痩，消痩。「~の

大食い」痩子食量大。

やせい【野生】スル①野生。②野（人）。

やせい【野性】野性。「~的」野性的。「~味あふれた男」充滿野性味的男子漢。

やせうで【痩せ腕】①痩胳臂，細胳臂。②微薄之力。

やせおとろ・える【痩せ衰える】（動下一）痩弱。

やせがた【痩せ型】（消）痩型，痩長型。

やせがまん【痩せ我慢】スル硬撐，逞能，硬挺。

やせぎす【痩せぎす】痩骨嶙峋，枯痩。

やせこ・ける【痩せこける】（動下一）枯痩，乾痩，骨痩如柴。「長い病気で~・ってしまった」由於長期生病完全消痩下來了。

やせさらば・える【痩せさらばえる】（動下一）皮包骨，骨痩如柴，極度痩弱。

やせん【野戦】野戰。

やせん【野選】野手選擇失誤，野手選擇。

やぜん【夜前】昨晚，昨夜。「~の雨」昨夜的雨。

やせんびょういん【野戰病院】野戰醫院。

やそ【耶蘇】①〔Jesus 的中文音譯「耶穌」的音讀〕耶穌，基督。②（轉意為）基督教，基督教徒。

やそう【野草】野草。

やそじ【八十・八十路】80，80 歲。「~の坂を越える」年紀超過 80 歲。

やたい【屋台】①攤販，攤子，（有棚的）攤位。②屋台。人可在上面表演的一種舞臺裝置。

やたいぼね【屋台骨】①攤床支架，攤位支架，房屋支柱。②家庭支柱。「一家の~」一家的樑柱。

やたて【矢立て】①箭筒，箭壺。②攜帶式硯臺盒。

やだね【矢種】所帶的箭。「~が尽きる」所帶的箭全部射盡。

やたのかがみ⓪【八咫の鏡】　八咫鏡。三種神器之一。

やだま【矢玉・矢弾】　箭和槍彈。「～の中を進む」在槍林彈雨中前進。

やたら⓪　①（形動）胡亂，任意，隨意。毫無秩序或適度。「～なことを口にするな」不要隨便亂說。②（副）過分，過於。「～寒い」寒冷異常。

やたらづけ⓪【矢鱈漬け】　什錦醃菜，什錦泡菜。

やち【谷地】　谷地。

やちぐさ【八千草】　叢草。

やちゅう【夜中】　夜間，夜中。

やちよ【八千代】　千秋萬代。「千代に～に」千秋萬代。

やちょ【野猪】　野猪。

やちょう⓪【野鳥】　野鳥。

やちょく【夜直】　值夜，值夜班。

やちん【家賃】　房租。

やつ【奴】　①傢伙，東西，小子。「いやな～」討厭的傢伙。②那個。「大きい～で1杯くれ」來一杯大的！③（代）那個傢伙，那個東西，那小子。「～のしわざだ」這是那傢伙幹的。

やつあたり⓪【八つ当たり】　遷怒，亂發脾氣，拿人出氣。

やっか【薬価】　藥價。

やっか【薬科】　藥學科。

やっか【薬禍】　藥源性災禍。

やっかい【厄介】　①麻煩，棘手，難辦。「～をかける」添麻煩。②照料，照應。「～になる」受照顧。

やっかい【訳解】スル　譯解。

やっかいばらい⓪【厄介払い】スル　甩掉累贅，擺脫難纏者。

やっかいもの⓪【厄介者】　①添麻煩者，累贅。②食客，寄食者。

やつがしら⓪【八つ頭】　八頭芋。

やっか・む⓪（動五）　羨慕，嫉妒。「同僚の昇進を～む」羨慕同僚的晉升。

やっかん⓪【約款】　約款。「～に違反する」違反約款。

やっき⓪【躍起】　急躁，激動，躍起。「～になって言い訳をする」極力辯解。

やつぎばや⓪【矢継ぎ早】　接連不斷，連珠炮般。「～に質問する」接連不斷地提出質疑。

やっきょう⓪【薬莢】　彈殼。

やっきょく⓪【薬局】　藥局。

やっきょくほう⓪【薬局方】　藥典。

ヤッケ⓪【德 Jacke】　登山夾克，防風衣。

やっこ⓪【奴】　①奴，奴婢。②（對屬下的蔑稱）他，那傢伙，那廝。③「奴豆腐」、「奴凧」的略稱。

やっこう⓪【薬効】　藥效。

やつざき⓪【八つ裂き】　撕成八塊。

やっさもっさ（副）スル　雜亂無章，爭吵不休。

やつ・す【窶す】（動五）　①裝寒酸。「旅の僧に身を～・す」裝扮成雲遊僧。②消瘦，憔悴，熱中。「恋に身を～・す」為思戀而消瘦。

やっつ⓪【八つ】　八，八個。

やっつけしごと⓪【遣っ付け仕事】　潦草完工，偷工減料。

やっつ・ける⓪【遣っ付ける】（動下一）　①幹掉。擊敗，打倒。②草率完成。

やつで⓪【八手】　八角金盤。五加科的常綠灌木。

やって・くる⓪【遣って来る】（動カ變）　來，到來，走近。

やっての・ける【遣って退ける】（動下一）　做好，幹得好，幹完，做完。「苦もなく～・ける」沒費勁就做好了。

やっと⓪（副）　①好不容易，總算。「～安心して眠れる」總算能安心入睡了。②總算，勉強。「～間に合った」終於趕上了。

やっとこ⓪【鋏】　鉗，鋏，鍛工鉗。

やっぱり⓪【矢っ張り】（副）　「やはり」的加強語氣詞。「～そうだったのか」果真如此啊。

ヤッピー⓪【yuppie】〔源自 young urban professionals〕雅痞。

ヤッホー⓪【yo-ho】（感）　呀呼，呀喔。

やつめうなぎ⓪【八目鰻】　七鰓鰻。

やつら⓪【奴等】　①小子們，傢伙們。「ばかな～だ」這夥混蛋。②（代）那

幫傢伙。「～知らないぜ」不認識那幫傢伙！

や**つ・れる**【**窶れる**】（動下一）　①消瘦，憔悴。「心労で～・れる」由於操心而憔悴。②落魄，淪落。「～・れた姿」落魄的樣子。

や**ど**回【**宿**】　①房屋，家。「埴生の～」小土房。②宿泊處，住處。「～を決める」決定住處。

や**とい**回【**雇い・傭い**】　①雇，雇工。「日～」日工。②（官廳等的）雇員。

や**といい・れる**【**雇い入れる**】（動下一）　雇用。「店員を～・れる」雇用店員。

や**といにん**回回【**雇い人**】　雇員，傭人，使喚人。

や**とう**回【**野党**】　在野黨。↔与党

や**とう**回【**夜盗**】　野盜。

や**と・う**回【**雇う・傭う**】（動五）　雇，雇用。「店員を～・う」雇用店員。

や**どがえ**回【**宿替え**】スル　換住處，搬家。

や**どかり**回【**宿借り**】　寄居蟹。

や**ど・す**【**宿す**】（動五）　①懷孕。「子を～・す」懷孕；懷孩子。②帶，保有，藏有。「露を～・す葉」帶露水的葉子。

や**どちょう**回【**宿帳**】　住宿登記簿。

や**どちん**回【**宿賃**】　住店錢，旅館費。

や**とな**回回【**雇女**】　臨時女傭。

や**どや**回【**宿屋**】　旅館。

や**どり**回【**宿り**】スル　住宿，投宿，旅館。

や**ど・る**回【**宿る**】（動五）　①住宿，投宿。「山小屋に～・る」住宿在山間小屋。「鳥は木に～・る」小鳥棲息在樹上。②存在，有。「水面に～・る月かげ」映在水面上的月影。③寄宿，寄居，寄生，孕育。「正直の頭に神が～・る」神祐正直人。「新しい生命が～・る」孕育新的生命。

や**どろく**回【**宿六**】　老公，當家的。

や**どわり**回【**宿割り**】　分配房間。

や**なあさって**回　①大後天。②大大後天。

や**ながわ**回【**柳川**】　柳川泥鰍火鍋。

や**なぎ**回【**柳**】　①柳，柳樹。②楊柳。
　　柳に風　楊柳依風。

柳の下にいつも泥鰌は居ない　不可守株待兔。

や**なぐい**回【**胡簶・胡籙**】　胡祿。

や**なみ**回【**家並み・屋並み**】　房屋排列。「～の美しい町」房屋排列整齊的漂亮城鎮。

や**なり**回【**家鳴り**】スル　房屋鳴響。

や**に**回【**脂**】　①樹脂。「松～」松脂。②煙油。③眼屎。

や**にさが・る**【**脂下がる**】（動五）　①洋洋自得，得意忘形。「美人をはべらせて～・る」讓美女陪侍而得意洋洋。②翹著煙袋抽煙。

や**にっこ・い**【**脂っこい**】（形）　①油膩的。（煙）油多的。②油膩的。③脆（弱）的。

や**にょうしょう**回【**夜尿症**】　遺尿症。

や**にわに**回【**矢庭に**】（副）　①立即，馬上。②冷不防。「～飛びかかる」猛然地撲上去。

や**ぬし**回【**家主**】　①屋主，房東。②戶主，一家之主。

ヤヌス回【**Janus**】　傑納斯。羅馬神話裡的守門神。

や**ね**回【**屋根**】　①屋頂，房蓋。②頂蓋。「自動車の～」車頂。

や**ねうら**回【**屋根裏**】　①屋頂夾層，天花板內。②閣樓。

や**のあさって**回　①大後天。②大大後天。

や**ば・い**（形）　不好，不妙。「～・い，逃げろ」不好，快逃！「今日中に終わらないと～・いな」倘若今天不完成，那可不妙呀！

ヤハウェ回【**Yahweh**】　雅威（耶和華）。《舊約聖經》中的神名。

や**はず**回【**矢筈**】　①矢筈，箭尾。②丫叉。

や**ばね**回【**矢羽根**】　箭羽。

や**はり**回【**矢張り**】（副）　①依然，仍舊。「～東京お住まいですか」您仍住在東京嗎？②果然。「～雨になった」果然下起雨來了。③（雖然）…但仍，（儘管）…還是。「注意したが～ミスがある」注意是注意了，但還是出了錯。

や**はん**回【**夜半**】　夜半，半夜。「～に雨

がある」夜半有雨。

やばん◎【野蛮】 ①野蠻，不開化。②野蠻。「～な風習」野蠻的風俗。

やひ◎【野卑・野鄙】 鄙野，粗野。

やぶ◎【藪】 ①草叢，樹叢，藪。②庸醫。「～から棒」出其不意；突如其來；沒頭沒腦。

やぶいしゃ◎【藪医者】 庸醫。

やぶいちくあん◎【藪井竹庵】 藪井竹庵。

やぶいり◎【藪入り】 傭人假日。

やぶうぐいす◎【藪鶯】 藪鶯。

やぶか◎【藪蚊】 斑蚊。

やぶ・く②【破く】（動五） 弄破，撕破。「紙を～・く」把紙撕破。

やぶ・ける◎【破ける】（動下一） 破，破損。「紙が～・ける」紙破了。

やぶさか②【吝か】（形動） 吝嗇，吝惜，躊躇。「～でない」不吝惜；欣然。

やぶさめ◎【藪雨】 短尾鶯。

やぶさめ◎【流鏑馬】 騎射比賽。

やぶそば◎【藪蕎麦】 淺綠色蕎麥麵條。

やぶつばき◎【藪椿】 野山茶。

やぶにらみ◎【藪睨み】 ①斜視。②主觀片面，偏差。

やぶへび◎【藪蛇】 自找苦吃，自尋煩惱。

やぶみ◎【矢文】 箭書。

やぶ・る②【破る】（動五） ①撕碎，弄破，破損。「手紙を～・る」把信撕碎。②破，弄壞。「金庫を～・る」破壞金庫。③打破，衝破。「関所を～・る」衝破關卡。④打破。「静寂を～・る」打破寂靜。「記録を～・る」打破記錄。⑤違犯。「交通規則を～・る」違犯交通規則。

やぶれかぶれ◎【破れかぶれ】 自暴自棄。「～になってはいけない」不要自暴自棄。

やぶ・れる◎【破れる】（動下一） ①破，破損。「障子が～・れる」紙拉門破了。②破損，破裂。「血管が～・れる」血管破裂。③破壞。「均衡が～・れる」破壞了均衡。④破滅，失敗，敗北。「夢が～・れる」夢想破滅。「恋に～・れる」戀愛失敗。

やぶ・れる◎【敗れる】（動下一） 敗，失敗，敗北，被打敗。「強敵に～・れる」敗給強敵。

やぶん◎【夜分】 半夜，夜間。

やぼ◎【野暮】 ①不懂世故人情，愚蠢，傻氣。「～なことを言う」說蠢話。②不講究，俗氣，土氣。「～な服装」俗氣的服裝。 ↔粋・通

やほう◎【野砲】 野戰炮。

やぼう◎【野望】 奢望，野心。

やぼった・い◎【野暮ったい】（形） 土氣，俗氣，傻氣。「～・い服装」土氣的服裝。

やぼてん◎【野暮天】 土包子。

やぼよう◎【野暮用】 俗事，瑣事。

やま②【山】 ⚊①山。「趣味は～だ」興趣是（爬）山。②礦山。③堆積如山。「ごみの～」垃圾山。「仕事の～」堆積如山的工作。④山，牙。「ねじの～」螺紋牙。⑤最高潮，頂點，高峰。「ここが試合の～だ」這才是比賽的高潮。「暑とも～を越した」炎熱已過了高峰。⑥押寶，碰運氣。「出題の～をかける」猜題。「～が外れる」沒押中。

やまあい◎【山間】 山間，山裡。「～の村」山間的村莊。

やまあし◎②【山足】 上方腳，山腳。 ↔谷足

やまあらし◎【山荒】 豪豬，箭豬。

やまあらし◎【山嵐】 山嵐。

やまい◎【病】 疾病。「不治の～」不治之症。「～膏肓に入る」病入膏肓。

やまいだれ◎【病垂】 疒字旁。

やまいぬ◎【山犬】 ①野狗。②日本狼的別名。

やまいも◎【山芋】 山芋，山藥。

やまうど◎【山独活】 土當歸。

やまうば◎【山姥】 山姥。

やまおとこ◎【山男】 ①山裡漢子。②男登山愛好者。

やまおやじ◎【山親爺】 山老爺。指棕熊。

やまおろし◎【山颪】 山風。

やまが◎【山家】 山裡的人家。「～料理」

山村風味菜。

やまかい◎【山峡】　山峡，峡。

やまかがし◎【赤楝蛇・山楝蛇】　赤楝蛇。

やまかけ◎【山掛け】　淋上山藥汁的菜，淋上山藥汁生魚片，淋上山藥汁蕎麥麵條。

やまかぜ◎【山風】　山風。↔谷風

やまがたな◎【山刀】　砍柴刀，山刀。

やまがつ◎【山賤】　①山樵，野叟，山裡人。②山間陋房。

やまがら◎【山雀】　山雀。

やまがり◎【山狩り】　スル　①山中狩獵。②搜山。

やまかわ◎【山川】　山川。

やまがわ◎【山川】　山川。

やまかん◎【山勘】　胡猜，瞎猜。

やまき◎【山気】　投機心。「～を起こす」起投機心。

やまぎわ◎【山際】　①山邊。②山際，天際。

やまくじら◎【山鯨】　野豬肉。

やまくずれ◎【山崩れ】　スル　山崩，滑坡。

やまぐに◎【山国】　山嶽國。

やまけ◎【山気】　投機心。「～を出す」起投機心。

やまごえ◎【山越え】　スル　翻山，翻山道路，翻越山嶺處。

やまごぼう◎【山牛蒡】　商陸。商陸科多年生草本植物。

やまごもり◎【山籠り】　スル　山中修行，閉居山中，隱居山中。

やまごや◎【山小屋】　山中小屋。

やまさか◎【山坂】　山坡。「～を越す」越過山坡。

やまざくら◎【山桜】　山櫻。

やまさち◎【山幸】　山中採獵的獵物，山珍，山貨。↔海幸

やまざと◎【山里】　山裡。

やまざる◎【山猿】　①山猿，野猴。②鄉巴佬。

やまし◎【山師】　①採礦人，勘探人。②山林商，山林商販。③投機家，冒險家。④騙子。

やまじ◎【山路】　山路。

やまし・い◎【疚しい】（形）　內疚，虧心。「～・いことはなにもしていない」未做任何虧心事。

やますそ◎【山裾】　山麓，山腳。

やませ◎【山背】　落山風。

やまたいこく◎【邪馬台国・耶馬台国】　邪馬台國，耶馬台國。

やまだし◎【山出し】　①運出山。②鄉下人，山娃兒。

やまづたい◎【山伝い】　沿著山走，順著山走。

やまつなみ◎【山津波】　山崩土石流。

やまづみ◎【山積み】　スル　堆積如山。

やまて◎②【山手】　近山處，高臺處。↔海手

やまと①【大和・倭】　①大和，倭。②大和。日本國的別名。「～言葉」和語。

やまといも◎【大和芋】　日本山藥。

やまとうた◎【大和歌】　大和歌。↔唐歌

やまとえ◎【大和絵】　大和繪。

やまとことば◎【大和言葉・大和詞】　和語。

やまとだましい◎【大和魂】　大和魂。

やまとなでしこ◎【大和撫子】　①長萼瞿麥的別名。②大和撫子。

やまどめ◎【山止め】　封山。

やまどめ◎【山留め】　防坍支撐，坍塌防護。

やまどり◎【山鳥】　①山鳥。②長尾雉。

やまない【止まない】（連語）　不罷休。「成功を願って～」不成功不罷休。

やまなみ◎【山並み・山脈】　山巒，山脈。

やまなり◎【山形】　拋物線形，弧線形，拋物線，弧線，山形。「～のスロー-ボール」弧線慢球。

やまなり◎【山鳴り】　山鳴，山聲。

やまねこ◎【山猫】　①野貓，山貓。②山貓，豹貓，狸貓。

やまねこスト◎【山猫―】〔wildcat strike〕野貓式罷工，自發罷工。

やまのいも◎【山の芋・薯蕷】　日本薯蕷，山藥，山芋。

やまのかみ◎【山の神】　①山神。②愛嘮

叨的妻子的俗稱。

やまのて[3]【山の手】 ①靠山處，近山處。②高臺處，市內地勢高台地。↔下町

やまのは[3]【山の端】 山端，天際。

やまば[0]【山場】 緊要關頭，高潮，頂點。「試合は~を迎えた」比賽到了最緊張的時刻。

やまはだ[0]【山肌】 裸露山岩，裸露山地。

やまばと[3]【山鳩】 ①野鴿。②斑鳩的俗稱。

やまばん[2]【山番】 山林看守員，巡山員。「~小屋」巡山員小屋。

やまびこ[0]【山彦】 （山中的）回聲，山鳴谷響。

やまびらき[3]【山開き】 開山，開山日。

やまぶき[2]【山吹】 棣棠花。

やまぶし[2]【山伏】 山伏，山中修行僧。

やまぶどう[3]【山葡萄】 山葡萄，野葡萄。

やまふところ[4][3]【山懐】 群山環抱之地，山坳。

やまべ[0] ①（在關東地方）平頜鱲的異名。②（在北海道、東北地方）櫻鮭的別名。

やまぼこ[2]【山鉾】 山形彩車。

やまほど[2]【山程】 堆積如山，一大堆。「金が~ある」有一大堆錢；金錢堆積如山。

やまほととぎす[5]【山杜鵑】 油點草，山杜鵑。

やままゆ[0]【山繭】 大透目天蠶蛾，日本柞蠶。

やまめ[0]【山女】 櫻鮭（河川型）。

やまもと[0]【山元】 ①山主，礦主。②礦山（煤礦）所在地。

やまもも[0]【山桃】 楊梅。

やまもり[0]【山盛り】 盛得滿滿的，堆得像山。「~のごはん」盛得滿滿的米飯。

やまやき[0]【山焼き】スル 燒山，燒荒。

やまやま[2]【山山】 ①群山。「伊豆の~」伊豆群山。②（副）非常渴望（非常想要）…，但是…。「買いたいのは~だが、お金がない」很想買，但沒錢。

やまゆき[2]【山雪】 山上下的雪。↔里雪

やまゆり[2]【山百合】 天香百合。

やまよい[0][3]【山酔い】 高山反應。

やま・る[0]【止まる】（動五） 止，休止，中止。

やまわけ[0][4]【山分け】スル 均分，平分。

やみ[2]【闇】 ①暗，黑暗，暗處，黑暗處。「人影が~に消える」人影消失在黑暗中。②著迷，糊塗，昏頭昏腦。「恩愛の~」因恩愛而盲目。③暗中，私下，背地裡。「~に葬る」私下埋葬。④黑暗。「前途は~だ」前途暗淡。⑤失去秩序，黑暗。「義理が廃ればこの世は~だ」若義理廢，則世道暗。⑥黑夜。⑦黑市交易。「~の物資」私貨。「~で買う」在黑市上買。

やみあがり[0]【病み上がり】 初癒。「彼は~で体が弱っている」他病剛好身體還很虛弱。

やみいち[2]【闇市】 黑市。

やみうち[0]【闇討ち】スル ①趁黑暗襲擊，夜襲。「~をかける」發動夜襲。②偷襲。「~をくわせる」使遭偷襲。

やみがた・い[4]【止み難い】（形） 難抑的。「恋情~・いものがある」有的戀情難以抑制。

やみきんゆう[3]【闇金融】 地下金融。

やみくも[0]【闇雲】 胡亂，不管不顧，不問青紅皂白。「~に信じる」胡亂相信。

やみじ[0]【闇路】 ①暗路，夜路。②醉心，著迷。

やみしょうぐん[3]【闇将軍】 幕後將軍。

やみじる[3]【闇汁】 摸黑火鍋餐。

やみそうば[3]【闇相場】 黑市行情，黑市價格。

やみつき[0]【病み付き】 迷上，上癮。「切手集めが~になる」熱中於收集郵票。

やみとりひき[4]【闇取引】スル ①黑市交易，非法交易。②秘密交易。「敵とは~する」與敵人秘密交易。

やみね[2]【闇値】 黑市價格。

やみや[2]【闇屋】 黑市商人。

やみよ[2]【闇夜】 暗夜，黑夜。

闇夜に烏からす 暗夜烏鴉；不易分辨。

や・む◎【止む・已む】（動五）　①止，停，止息。「雨が～・んだ」雨停了。②止，停，已。「倒れてのち～・む」死而後已。→やまない

やむに止まれぬ　欲罷不能。

やむを得ず　不得已。

や・む◎【病む】（動五）　①生病，得病，患病。「肺を～・む」患肺病。②煩惱，擔心。「気に～・む」憂慮。

ヤムチャ◎【飲茶】　飲茶，喝茶。

やむなく◎【已む無く】（連語）　不得已。「～許す」不得已應允。

やめ◎【止め】　停止，作罷。「～にする」決定停止。

や・める◎【止める・已める】（動下一）①停，忌，停止，戒除。「タバコを～・める」戒煙。②作罷，放棄，取消。「どんなことがあっても～・めない」無論如何也不放棄。

や・める◎【病める】（動下一）　疼痛。「後腹ばらが～・める」產後腹痛。

や・める◎【辞める・罷める】（動下一）　辭，罷，辭掉。

やめる◎【病める】（連語）　生病，得病，病態。「～大国」病態大國。

やもうしょう◎②【夜盲症】　夜盲症。

やもめ◎【寡・寡婦】　寡婦。

やもめ◎【鰥・鰥夫】　鰥夫。

やもり◎【守宮・家守】　守宮，壁虎。

やや◎【児・稚児】　稚兒。

やや◎【稍・漸】（副）　稍，稍微。「～右寄り」稍微偏右；有些右傾。「実物より～小さい」比實物稍小一點。

ややおも◎【やや重】　稍難跑馬場。

ややこ◎【稚児】　稚兒，嬰兒。

ややこし・い◎（形）　糾纏不清，複雜。「そんな～・い話はやめよう」別說那種令人費解的話了。

ややもすれば◎【動もすれば】（副）　動輒，動不動就…。

やゆ◎【揶揄】　スル　揶揄，嘲笑，奚落。「政治を～した漫画」揶揄政治的漫畫。

やよい◎【弥生】　陰曆三月（的異名）。

やよいじだい◎【弥生時代】　彌生時代。

やらい◎【矢来】　柵欄。

やらい◎【夜来】　夜來。「～の雨も晴れて、いい天気になった」從昨夜開始下的雨也停止，變成了好天氣。

やらか・す◎【遣らかす】（動五）　幹，做，搞，弄，辦。「失敗を～・す」搞砸了。

やら・す◎【遣らす】（動五）　使人做，讓人做。

やらずのあめ◎【遣らずの雨】（連語）　留客雨。

やらずぶったくり◎【遣らずぶったくり】（連語）　喜進不喜出，只進不出。

やらせ◎【遣らせ】　合夥做事。「テレビ局の～」電視臺的密切配合。

やら・せる◎【遣らせる】（動下一）　使做，讓做。「仕事を～・せる」讓人做工作。

やら・れる◎（動下一）　①被駁倒，被整。「暑さに～・れる」中暑。②受害，被殺，被盜。「財布を～・れる」錢包被盜。

やり◎【遣り】　賣，拋。「一買い二～」一買二賣。

やり◎【槍・鑓・鎗】　①槍，矛，刺槍，梭鏢。②標槍。

やりいか◎【槍烏賊】　長槍烏賊。

やりかえ・す◎【遣り返す】（動五）　①還嘴，反駁，反罵，反擊。「ぼくも負けずに～・した」我也毫不示弱地進行了回擊。②重新做。

やりか・ける◎【遣り掛ける】（動下一）著手，沒做完，半途而廢。「～・けた仕事を続ける」繼續做未做完的工作。

やりかた◎【遣り方】　做法，措施。

やりきれない④【遣り切れない】（連語）①做不完，完成不了，做不來。「一日では～・い」一天內完成不了。②忍受不住，吃不消，難耐。「こう熱くは～・い」這麼熱的話實在無法忍受。

やりくち◎【遣り口】　作法，方法，手段。「～がきたない」手段卑鄙。

やりくり◎【遣り繰り】　スル　設法，籌措。「家計を～する」安排家庭生活。

やりくりさんだん◎【遣り繰り算段】　スル

千方百計籌措，想盡辦法安排。「～して費用をひねり出す」千方百計籌措出費用。

やりこな・す⓪【遣り熟す】（動五）　圓滿處理，妥善完成。「難役をみごとに～・す」將艱鉅任務妥善完成好。

やりこ・める⓪【遣り込める】（動下一）　駁倒，問住，說服，訓斥。「相手を～・める」駁倒對方。

やりす・ぎる⓪【遣り過ぎる】（動上一）　做過頭，過分。

やりすご・す⓪【遣り過ごす】（動五）　①讓過去。「後から来る車を何台も～・した」讓過了好幾輛從後面開來的汽車。②等…過去。「にわか雨を～・す」等驟雨過去。③做過頭，過火，過度。「趣味もあまり～・すとよくない」興趣過多了也不好。

やりそこな・う⓪【遣り損なう】（動五）　做錯，搞壞，搞糟。

やりだま⓪【槍玉】　槍法嫻熟。「～に挙げる」成為攻擊目標。「部長が～に挙げられる」部長成了被攻擊的對象。

やりっぱなし⓪【遣りっ放し】　有頭無尾。

やりて⓪【遣り手】　①做的人。「～のない仕事」沒人做的工作。②贈送者。「～ともらい手」給的人和要的人。③能幹的人，高手，老手。「彼はなかなかの～だ」他的確是個能幹的人。④老鴇，鴇母。

やりど⓪【遣り戸】　推拉門。

やりと・げる⓪【遣り遂げる】（動下一）　完成。「言ったことは～・げる」說到做到。

やりとり⓪【遣り取り】ス ル　①互贈，互換，易貨，授受。「手紙を～する」互通書信；書信往來。②對話，交談，爭論，舌戰，交峰。「言葉の～」交談。

やりなお・す⓪【遣り直す】（動五）　重做，另做。「計算を～・す」重新計算。

やりなげ⓪【槍投げ】　擲標槍。

やりぬ・く⓪【遣り抜く】（動五）　做徹底，做到底，做完。

やりば⓪【遣り場】　擱置處，放置處。

「目の～に困る」（羞得）不知視線往哪兒看才好。

やりぶすま⓪【槍衾】　槍林，成排槍陣。

やりみず⓪②【遣り水】　①假水。入庭園等造出的水流。②澆灌。

や・る⓪⓪【遣る】（動五）　①派去，送進，遣，搬。「息子を大学へ～・る」把兒子送進大學。「額に手を～・る」以手遮額。②朝…看。「ながめて～・る」（極目）遠眺。③排遣，安慰。「酒に憂さを～・る」借酒澆愁。④給。「猿にえさを～・る」餵猴子食物。⑤郵，寄。「手紙を～・って注文する」郵購。

やるかたな・い【遣る方無い】（形）　無法排遣，無以自慰。「憤懣やる～・い」氣憤不平。

やるき⓪【遣る気】　幹勁。「～を起こす」鼓起幹勁。

やるせな・い⓪【遣る瀬無い】（形）　不開心，無法釋懷。「～・い思い」悶悶不熱。

やれ⓪【破れ】　①破，破處。②放損紙。

やろう⓪【野郎】　臭小子，傢伙。「この～」你這臭小子。

やろうじだい⓪【夜郎自大】　夜郎自大。

やわ⓪【夜話】　夜話。「音楽～」音樂夜話。

やわ①【柔】（形動）　柔弱，不過硬。「素材が～でこまる」素材太軟很難處理。「～な体」柔弱的體格。

やわ・い⓪【柔い】（形）　①柔軟，柔和，鬆軟。「～・い土」鬆軟的土。②易壞，脆弱。「～・い造作」易壞的傢具。

やわはだ⓪【柔肌】　柔嫩肌膚，柔膚。

やわら⓪【柔ら】　柔道，柔術。

やわらか⓪【柔らか・軟らか】（形動）　①鬆軟，柔軟，酥軟。「～なふとん」柔軟的被子。②柔和，柔軟，溫柔，和藹可親。「～な身のこなし」柔軟的身段。

やわらか・い⓪【柔らかい・軟らかい】（形）　①柔軟，溫柔，鬆軟。「～・いパン」鬆軟的麵包。②溫柔，柔和，柔嫩。「～・い日ざし」柔和的陽光。③溫和，靈活。「～・い話」溫和的話語。「頭が～・い」頭腦靈活。↔かたい

やわら・ぐ⓪【和らぐ】（動五）　①變柔軟，變柔和。「湿って〜・ぐ」因潮濕而變軟。②和緩，緩和。「寒さが〜・ぐ」寒冷和緩下來。「いかりが〜・ぐ」憤怒的情緒平靜下來。

やわら・げる⓪【和らげる】（動下一）　使緩和，使柔和。「苦しみを〜・げる」減輕痛苦。「態度を〜・げる」使態度緩和下來。

ヤンキー①【Yankee】　美國人，美國佬。

ヤング①【young】　①年輕，年輕人。「〜のファッション」年輕人的流行（時裝）。②年輕。「〜レディー」年輕女士。「〜マン」年輕男子。

やんごとな・い⓪【止ん事無い】（形）　高貴，尊貴。「〜・い身分」高貴的身分。

やんちゃ⓪　調皮，頑皮，淘氣，撒嬌。「〜坊主」調皮鬼；淘氣鬼。

やんぬるかな⓪【已んぬる哉】（連語）　已休矣，毫無辦法。

やんま⓪【蜻蜓】　①晏蜓。②蜻蜓。

やんや①（感）　喝彩聲，讚揚聲。「〜、〜の大喝采」熱烈喝彩。

やんわり⓪（副）スル　和顏悅色，委婉地。「〜と断る」委婉地拒絕。

ゆ⓪【湯】　①開水。「～がたぎる」開水沸騰。②浴池，溫泉，洗澡水。「～にはいる」洗澡。「～の町」溫泉之城。③水。金屬熔化成的液體。「なまりの～」鉛水。

ゆあか⓪【湯垢】　水銹，水鹼。

ゆあがり③【湯上がり】　①出浴。「～にジュースを飲む」出浴後馬上喝果汁。②浴衣。

ゆあたり③【湯中り】スル　暈池，暈澡堂。

ゆあつ⓪【油圧】　油壓。「～ブレーキ」油壓制動器。

ゆあみ③【湯浴み】スル　洗浴，沐浴。

ゆいいつ⓪【唯一】　唯一，獨一。「～の望み」唯一的願望。

ゆいがどくそん⓪【唯我独尊】　唯我獨尊。

ゆいごん⓪【遺言】スル　遺言，遺囑。

ゆいしょ①【由緒】　淵源，來龍去脈，來源。「～を尋ねる」探尋淵源。「～のある家柄」有淵源的門第。

ゆいしんろん③【唯心論】　〔spiritualism; idealism〕〔哲〕唯心論。↔唯物論

ゆいのう⓪【結納】　結納，訂婚禮。「～を交わす」交換訂婚禮物。

ゆいぶつ⓪【唯物】　〔哲〕唯物。↔唯心

ゆいぶつべんしょうほう⓪【唯物弁証法】　〔哲〕〔德 materialistische Dialektik〕唯物辯證法。

ゆいぶつろん⓪【唯物論】　〔哲〕〔materialism〕唯物論。↔唯心論

ゆいわた⓪【結綿】　①結綿。②結綿髻。

ゆう⓪【夕】　夕，黃昏，傍晚。「朝に～にご幸福を祈る」朝夕祝你幸福。

ゆう①【有】　①有。「無から～を生じる」無中生有。②所有。「わが～に帰する」歸我所有。③表示有…之意。「～資格者」有資格者。↔無

ゆう①【勇】　勇。「匹夫の～」匹夫之勇。

ゆう①【雄】　①雄。②雄。傑出，亦指強者。「私学の～」私學之雄。

ゆ・う⓪【結う】（動五）　①結，梳綁。「髪を～・う」綁頭髮。②結，繫結，捆紮。「垣根を～・う」編籬笆。

ゆう①【優】　①（形動）①優，優美。「～な心」善良之心。②優秀，卓越。「～劣」優劣。③優秀，優等。

ユー①【you】（代）　您，你。

ゆうあい⓪【友愛】　友愛。「～の精神」友愛的精神。

ゆうあく⓪【優渥】　優渥。

ゆうい①【有為】　有爲。「～な青年」有爲的青年。

ゆうい①【有意】　①有意義。②有意，故意，存心。

ゆうい①【優位】　優越地位，優勢。↔劣位。「～に立つ」處於優越地位。

ゆういぎ③【有意義】　有意義，有價值。

ゆういん⓪【誘引】スル　引誘。

ゆういん⓪【誘因】　誘因。

ゆううつ⓪【憂鬱】　憂鬱，愁悶。

ゆううつしつ③【憂鬱質】　〔心〕抑鬱質，憂鬱質。

ゆうえい⓪【游泳】スル　①游泳。「～禁止」禁止游泳。②處世。「～術」處世之道。

ゆうえき⓪【有益】　有益。↔無益。「～な本を読む」讀有益的書。

ゆうえつ⓪【優越】スル　優越。

ゆうえつかん⓪【優越感】　優越感。↔劣等感

ゆうえん⓪【幽遠】　幽遠，深遠，深邃。「～な真理」深奧的真理。

ゆうえん⓪【優婉】　優婉。

ゆうえん⓪【優艶】　優豔，雅麗。

ゆうえんち③【遊園地】　遊樂場，遊樂園。

ゆうおうまいしん⓪【勇往邁進】スル　勇往直前。

ゆうか①【有価】　有價。「～物件」有價物件。

ゆうが①【優雅】　優雅。

ゆうかい⓪【幽界】　幽界，冥界，黃泉。

ゆうかい◎【誘拐】ㇲㇽ 誘拐。

ゆうかい◎【融解】ㇲㇽ 熔化，熔解。↔凝固

ゆうがい◎【有害】 有害。↔無害。「～な食品」有害的食品。

ゆうがい◎【有蓋】 有蓋。↔無蓋。「～貨車」棚車；箱型貨車。

ゆうがお◎【夕顔】 ①瓠瓜，葫蘆。②夜牽牛的別名。

ゆうかく◎【遊客】 ①遊客。漫遊生活的人。②遊客，觀光客。③嫖客。

ゆうかく◎【遊郭・遊廓】 煙花巷，妓院區，紅燈區。

ゆうがく◎【遊学】ㇲㇽ 遊學，留學。

ゆうがた◎【夕方】 黃昏，傍晚。

ゆうがとう◎【誘蛾灯】 誘蛾燈。

ユーカラ◎【Yukar】 長篇敘事詩。

ユーカリ◎【拉 Eucalyptus】 尤加利樹，桉樹。

ゆうかん◎【夕刊】 晚報。

ゆうかん◎【有閑】 有閒。「～夫人」有閒夫人。

ゆうかん◎【勇敢】 勇敢。「～に戦う」勇敢戰鬥。

ゆうかん◎【憂患】ㇲㇽ 憂患。「識者の～する所」有識之士憂慮所在。

ゆうかんじしん◎【有感地震】 有感地震。↔無感地震

ゆうかんち◎【遊閑地】 閒置地。

ゆうき◎【有期】 有期限。↔無期

ゆうき◎【有機】 ①有機。②有機。「有機化学」「有機化合物」「有機物」的省略。↔無機

ゆうき◎【勇気】 勇氣。

ゆうき◎【幽鬼】 亡靈，幽鬼。

ゆうぎ◎【友誼】 友誼。「～団体」友誼團體。

ゆうぎ◎【遊技】 遊藝。「～場」遊藝場。

ゆうぎ◎【遊戯】ㇲㇽ ①遊戲。玩耍。②遊戲。

ゆうきかがく◎【有機化学】 有機化學。↔無機化学

ゆうきかごうぶつ◎【有機化合物】 有機化合物。

ゆうきさいばい◎【有機栽培】 有機栽培。

培。

ゆうきさん◎【有機酸】 有機酸。↔無機酸

ゆうきすいぎん◎【有機水銀剤】 有機汞。

ゆうきたい◎【有機体】 ①有機體。②有機體。社會、國家、民族等組織上的統一體。

ゆうきてき◎【有機的】（形動） 有機的。「～な関係」有機的關係。

ゆうきのうぎょう◎【有機農業】 有機農業。

ゆうきひりょう◎【有機肥料】 有機肥料。

ゆうきぶつ◎【有機物】 ①有機物。②有機化合物。

ゆうきゅう◎【有休】 「有給休暇」（有給假）的略稱。

ゆうきゅう◎【有給】 有薪，帶薪。↔無給。「～休暇」帶薪休假。

ゆうきゅう◎【悠久】 悠久，久遠。「～の大義」悠久的大義。

ゆうきゅう◎【遊休】 空閒，閒置。「～地」閒置地。

ゆうぎょ◎【遊漁】 遊漁。「～料」遊漁費。「～船」休閒用漁船。

ゆうぎょ◎【游魚・遊魚】 游魚。

ゆうきょう◎【幽境】 幽境。

ゆうきょう◎【遊俠】 遊俠。

ゆうきょう◎【遊興】ㇲㇽ 遊興，遊玩。「～にふける」沉迷於花天酒地。

ゆうぎょう◎【有業】 在業。有職業。

ゆうぎん◎【遊吟】ㇲㇽ 行吟。

ゆうぐう◎【優遇】ㇲㇽ 優遇，優待。「経験者を～する」優待有經驗者。

ユークリッドきかがく◎【―幾何学】〔數〕歐基里德幾何學。

ゆうぐれ◎【夕暮れ】 黃昏。「～がせまる」近黃昏。

ゆうぐん◎【友軍】 友軍。「～機」友軍飛機。

ゆうぐん◎【遊軍】 ①游擊隊。②機動人員。「～記者」機動記者。

ゆうげ◎【夕餉】 夕餉。

ゆうけい◎【有形】 有形。↔無形

ゆうげい⓪【遊芸】　遊藝，遊樂技藝。

ゆうげき⓪【遊撃】スル　①游擊。②（棒球）游擊手。

ゆうげきしゅ⓪【遊撃手】　游擊手。

ゆうげきたい⓪【遊撃隊】　游擊隊。

ゆうけむり⓪【夕煙】　①暮靄，晚霧。②傍晚炊煙。

ゆうけん⓪【郵券】　郵票。

ゆうげん⓪【有限】　有限。↔無限。「～会社」有限公司。

ゆうげん⓪【幽玄】　①幽玄。「～な調べ」幽玄的音調。②幽玄。深奧莫測。「～なる自然の妙」幽玄的大自然奧妙。

ゆうげんがいしゃ⓪【有限会社】　有限公司。

ゆうけんしゃ⓪【有権者】　①有權者。②有選擧權人。

ゆうげんせきにん⓪【有限責任】　有限責任。↔無限責任

ゆうこう⓪【友好】　友好。「～関係」友好關係。

ゆうこう⓪【有効】　①有功效。「～成分」有效成分。②有效。「証明書の～期間」證件的有效期。↔無効

ゆうごう⓪【融合】スル　融合。

ゆうこうじゅよう⓪【有効需要】　有效需求。

ゆうこく⓪【夕刻】　黄昏，傍晚。

ゆうこく⓪【幽谷】　幽谷。「深山～」深山幽谷。

ゆうこく⓪【憂国】　憂國。「～の士」憂國之士。

ゆうこん⓪【幽魂】　幽魂。

ゆうこん⓪【雄渾】　雄渾。「～な筆致」雄渾的筆致。

ユーザー①【user】　使用者，用戶。

ユーザーインターフェイス⑥【user interface】　使用者介面。

ゆうざい⓪【有罪】　有罪。「～判決」有罪判決。↔無罪

ゆうさん⓪【有産】　有產。↔無産

ユーザンス①【usance】　①期票支付期限。②延期支付。

ゆうし①【有史】　有史。「～以来」有史以來。

ゆうし①【有志】　有志，有志者。「～を募る」招募志願者。

ゆうし①【勇士】　勇士。

ゆうし①【勇姿】　勇姿，雄姿，英姿。

ゆうし①【遊子】　遊子。「雲白く～悲しむ」浮雲遊子悲。

ゆうし①【遊資】　游資。

ゆうし①【雄姿】　雄姿。

ゆうし①【融資】スル　融資。

ゆうじ①【有事】　有事。「～の際には」有事之際。

ゆうしお⓪【夕潮】　晚潮。↔朝潮

ゆうしかいひこう⑦【有視界飛行】　目視飛行。↔計器飛行

ゆうしき⓪【有識】　①有識，見識廣。「～者」有識者。②有識，通曉典章制度（的人）。

ゆうしてっせん⑤【有刺鉄線】　鐵蒺藜，有刺鐵絲。

ゆうしぶんれつ⓪【有糸分裂】　有絲分裂。

ゆうしゃ①【勇者】　勇者。

ゆうじゃく⓪【幽寂】　幽寂。

ゆうしゅ①【郵趣】　集郵。

ゆうしゅう⓪【幽囚】スル　幽禁，囚禁。

ゆうしゅう⓪【幽愁】　憂愁。

ゆうしゅう⓪【憂愁】　憂愁。「～の色」憂愁之色。

ゆうしゅう⓪【優秀】　優秀，優異。「～な成績」優秀的成績。

ゆうじゅう⓪【優柔】　優柔。「～な態度」優柔的態度。

ゆうしゅうのび①【有終の美】　有終之美。「～を飾る」善始善終。

ゆうじゅうふだん⓪【優柔不断】　優柔不斷，優柔寡斷。

ゆうしゅつ⓪【湧出・涌出】スル　湧出。「温泉が～する」湧出溫泉。

ゆうしゅん⓪【優駿】　①很出色，優俊。②駿馬。

ゆうじょ①【佑助】　佑助。「天の～」天佑。

ゆうじょ①【宥恕】スル　宥恕，饒恕。

ゆうじょ①【遊女】　①藝妓，歌妓。②娼婦，妓女。

ゆうしょう◎【有償】　有償。↔無償

ゆうしょう◎【勇将】　勇將，強將。「～の下に弱卒無し」強將手下無弱兵。

ゆうしょう◎【熊掌】　熊掌。

ゆうしょう◎【優勝】スル　優勝，取得冠軍。「オリンピックで～した」在奧運會上獲得冠軍。

ゆうじょう◎【友情】　友情。

ゆうじょう◎【有情】　有情。↔無情

ゆうしょうれっぱい◎【優勝劣敗】　優勝劣敗。

ゆうしょく◎【夕食】　晩飯。

ゆうしょく◎【有色】　有色。↔無色

ゆうしょく◎【憂色】　憂色。

ゆうしょくじんしゅ⑤【有色人種】　有色人種。

ゆうしょくやさい⑤【有色野菜】　有色蔬菜。

ゆうじん◎【友人】　友人。

ゆうじん◎【有人】　有人。「～飛行」有人飛行。

ユース①【youth】　①年輕人，青年。「～大会」青年大會。②「ユース-ホステル」（青年旅館）的略稱。

ゆうすい◎【幽邃】　幽邃。

ゆうすい◎【湧水】　湧水。

ゆうすいち◎【遊水池】　滯洪區，滯洪水庫。

ゆうすう◎【有数】　有數，著名。「世界でも～の数学者」在世界上也是屈指可數的數學家。

ゆうずう◎【融通】スル　①融通。金錢的借貸。②通融，靈活。臨機應變地適當處理。「～がきかない」不會隨機應變；不靈活。

ゆうずうてがた⑤【融通手形】　融通票據。↔商業手形

ゆうずうむげ⑤【融通無碍】　融通無礙。

ゆうすずみ◎【夕涼み】スル　乘晚涼。

ゆうずつ◎【夕星】　夕星。

ユーズドカー④【used car】　二手車，中古車。

ユースホステル④【youth hostel】　青年旅社。

ゆう・する③【有する】（動サ變）　具

有，所有。「選擧権を～・する」有選擧權。

ゆうせい◎【有声】　有聲。

ゆうせい◎【有性】　有性。

ゆうせい◎【郵政】　郵政。

ゆうせい◎【優生】　優生。

ゆうせい◎【優性】　優勢，顯性。↔劣性

ゆうせい◎【優勢】　優勢。↔劣勢

ゆうせい◎【幽栖・幽棲】　幽棲。

ゆうぜい◎【有税】　有稅，上稅。↔無税

ゆうぜい◎【遊説】スル　遊說。

ゆうせいおん③【有声音】　有聲音。↔無声音

ゆうせいしょう⑤【郵政省】　郵政省。

ゆうせいせいしょく⑥【有性生殖】　有性生殖。↔無性生殖

ゆうせいほごほう◎【優生保護法】　優生保護法。

ゆうせいらん③【有精卵】　有精卵。↔無精卵

ゆうせつ◎【融雪】　融雪。「～期」融雪期。「～設備」融雪設備。

ゆうせん◎【有線】　有線。

ゆうせん◎【勇戦】スル　勇戰，奮戰。

ゆうせん◎【優先】スル　優先。「老人、子供～」老人小孩優先。「～権」優先權。「～順位」優先順序。

ゆうぜん◎【友禅】　友禪綢。「～縮緬」友禪縐綢。

ゆうぜん◎【悠然】（タル）　悠然。「～とわが道をいく」從容地走自己的路。

ゆうせんほうそう⑤【有線放送】　①有線廣播。②有線廣播。

ゆうそう◎【郵送】スル　郵寄，郵遞。

ゆうそうじん③【遊走腎】　遊走腎。

ゆうそく◎【有職】　有職。

ゆうだ①【遊惰】　遊手好閒。「～な生活」遊手好閒的生活。

ユーターン③【U-turn】スル　U形轉彎，調頭。

ゆうたい◎【勇退】スル　主動辭職，急流勇退。

ゆうたい◎【郵袋】　郵袋。

ゆうたい◎【優待】スル　優待。「読者を～する」優待讀者。

ゆうだい⓪【雄大】 雄大，雄偉，雄壯，壯觀。「～な計画」宏偉的計畫。

ゆうたいるい⓪【有袋類】 有袋類。

ゆうだち⓪【夕立】 驟雨。
夕立は馬の背を分ける 隔道不下驟雨。

ゆうだん⓪【有段】 有段。「～者」有段位者。

ゆうだん⓪【勇断】 スル 勇斷，果決。「～をふるう」當機立斷。

ゆうち⓪【誘致】 スル 招來，招商，誘致。「観光客を～する」招攬遊客。

ゆうちょう⓪【悠長】 不慌不忙，慢條斯理。「～に構える」從容不迫。

ゆうづきよ⓪【夕月夜】 傍晚之月。

ユーティリティー⓪【utility】 ①有用性。②〔建〕雜物間。

ゆうてん⓪【融点】 熔點，熔解點。

ゆうと⓪【雄図】 雄圖，宏圖。

ゆうと⓪【雄途】 雄偉之途。「～に就く」踏上雄偉之途。

ゆうとう⓪【友党】 友黨。

ゆうとう⓪【遊蕩】 スル 遊蕩，浪蕩。「～児」浪蕩子。

ゆうとう⓪【優等】 優等。↔劣等。「～生」優等生。

ゆうどう⓪【誘導】 スル ①誘導，導航。②誘導，感應。

ゆうどうえんぼく⓪【遊動円木】 搖船。

ゆうどうじんもん⓪【誘導尋問】 誘導詢問。

ゆうどうたい⓪【誘導体】 衍生物。

ゆうどく⓪【有毒】 有毒。

ユートピア⓪【Utopia】 烏托邦。

ゆうに⓪【優に】（副） 足足。

ゆうのう⓪【有能】 有能，有能力。↔無能。「～な学者」有才能的學者。

ゆうはい⓪【有配】 有紅利，有股息。↔無配

ゆうばえ⓪【夕映え】 夕照。

ゆうばく⓪【誘爆】 スル 引爆，引起爆炸。

ゆうはつ⓪【誘発】 スル 誘發，引發。

ゆうはん⓪【夕飯】 晚餐，晚飯。

ゆうはん⓪【有半】 有半。「一年～」一年有半。

ゆうひ⓪【夕日・夕陽】 夕陽。

ゆうひ⓪【雄飛】 スル 雄飛。「海外に～する」海外大展宏圖。

ゆうび⓪【優美】 優美。「～な装い」優美的裝扮。

ゆうひつ⓪【右筆・祐筆】 ①右筆，祐筆。達官顯貴的秘書。②右筆，祐筆。武家的職務名稱。

ゆうびん⓪【郵便】 ①郵政。②郵件。

ゆうびんがわせ⓪【郵便為替】 郵政匯票。

ゆうびんきって⓪【郵便切手】 郵票。

ゆうびんきょく⓪【郵便局】 郵局。

ゆうびんししょばこ⓪【郵便私書箱】 郵政信箱。

ゆうびんちょきん⓪【郵便貯金】 郵政儲蓄。

ゆうびんはがき⓪【郵便葉書】 明信片。

ゆうびんばんごう⓪【郵便番号】 郵遞區號，郵編。

ゆうびんぶつ⓪【郵便物】 郵件。

ゆうびんふりかえ⓪【郵便振替】 郵政匯款。

ユーフォー⓪【UFO】〔unidentified flying object〕UFO。

ゆうふく⓪【裕福】 富裕。

ゆうべ⓪【夕べ】 ①傍晚，黃昏。↔あした（朝）。②晚會。「音楽の～」音樂晚會。

ゆうべ⓪【昨夜】 昨夜。

ゆうへい⓪【幽閉】 スル 幽閉。

ゆうべん⓪【雄弁】 ①雄辯。「～をふるう」振詞雄辯。②雄辯。「事実が～に語る」雄辯地證明事實。

ゆうほ⓪【遊歩】 スル 漫步，散步。

ゆうほう⓪【友邦】 友邦，盟國。

ゆうほう⓪【雄峰】 雄峰。「～富士」雄偉的富士山。

ゆうぼう⓪【有望】 有望，有希望，有前途。

ユーボート⓪【U-boat】〔德語 Unterseeboot 的英語形式 underseaboat 之略稱〕潛艇。

ゆうぼく⓪【遊牧】 スル 游牧。

ゆうまぐれ⓪【夕間暮れ】 日暮，黃昏。

ゆうみん◎【遊民】　遊民。「高等～」高級遊民。

ゆうめい◎【有名】　有名，聞名。↔無名。「～な画家」著名畫家。

ゆうめい◎【勇名】　勇名，威名。「～を馳ｈせる」勇敢馳名。

ゆうめい◎【幽明】　①幽明。黑暗和光明。②陰間與陽間。「～境さかを異ことにする」幽明異境；幽明相隔。

ゆうめい◎【幽冥】　①幽冥。②幽冥。死後去的世界。

ゆうめいかい◎【幽冥界】　幽冥界。

ゆうめいぜい◎【有名税】　名人税。

ゆうめいむじつ◎【有名無実】　有名無實。

ユーモア①【humor】　詼諧，幽默。

ゆうもう◎【勇猛】　勇猛。「～心」勇猛精神。

ゆうもや◎【夕靄】　暮靄，晚霧。

ユーモラス①【humorous】　（形動）　幽默，詼諧。

ゆうもん◎【幽門】　幽門。

ゆうもん◎【憂悶】　憂悶。

ゆうやく◎【勇躍】　スル　踴躍，躍躍欲試。「～して出発」踴躍出發。

ゆうやく◎【釉薬】　釉藥。

ゆうやけ◎【夕焼け】　晚霞，火燒般通紅。↔朝焼け

ゆうやみ◎【夕闇】　黃昏夜色。「～が迫る」暮色將近。

ゆうやろう◎【遊冶郎】　冶遊郎，浪蕩子，浪子，花花公子。

ゆうゆう◎【悠悠】　（タル）　①悠悠。「～と散歩する」悠閒地散步。②悠悠。「～と間に合う」來得及。③悠悠，浩瀚無垠。「～たる天地」悠悠的天地。

ゆうゆうじてき◎【悠悠自適】　スル　悠悠自適，悠然自得。

ゆうよ①【有余】　①有餘。殘餘。②加上…，…有餘。「十一年」十餘年。

ゆうよ①【猶予】　スル　①猶豫，寬限，緩期。②猶豫，遲疑。「一刻も～している場合でない」現在一刻也不得猶豫。

ゆうよう◎【有用】　有用。↔無用。「～な人材」有用的人才。

ゆうよう◎【悠揚】　從容不迫，泰然自若。「～迫らぬ態度」從容不迫的態度。

ゆうよく◎【有翼】　有翼。

ゆうよく◎【游弋・遊弋】　スル　巡弋。

ユーラシア③【Eurasia】　歐亞（大陸）。「～大陸」歐亞大陸。

ゆうらん◎【遊覧】　スル　遊覽。「～バス」旅覽巴士。

ゆうり①【有利】　①有利。「～な貯蓄の方法」有利可圖的儲蓄方法。②有利。↔不利。「～な立場」有利的地位。

ゆうり①【遊里】　紅燈區。

ゆうり①【遊離】　スル　游離，脫離。「現実を～した考え」脫離現實的想法。

ゆうりすう③【有理数】　〔數〕有理數。↔無理数

ゆうりょ①【憂慮】　スル　憂慮。「国の将来を～する」憂慮國家的將來。

ゆうりょう◎【有料】　收費。↔無料

ゆうりょう◎【優良】　優良。↔劣悪

ゆうりょく◎【有力】　①有力。「次期社長の～候補」成為下屆社長的有力候選人。②有力，有效力。↔無力。「～な証拠」有力的證據。

ゆうれい◎【幽霊】　①幽靈，幽魂。②幽靈，有名無實。「～会社」幽靈公司。

ゆうれき◎【遊歴】　遊歷。

ゆうれつ◎【優劣】　優劣。「～つけがたい」難分優劣。

ユーロ①【Euro】　歐洲。是歐洲共同體之意的接頭語。

ユーロ①【Euro】　歐元。

ユーロえん◎【一円】　〔Euroyen〕歐洲日圓。→ユーロカレンシー

ゆうわ◎【宥和】　スル　姑息，綏靖。「～政策」綏靖政策。

ゆうわ◎【融和】　スル　融和，和睦。「両国の～をはかる」謀求兩國間的和睦。

ゆうわく◎【誘惑】　スル　誘惑。「～に打ち勝つ」戰勝誘惑。

ゆえ②【故】　①緣故。「～あって休む」因故休息。②緣由，來歷。「～ありげな品」似有來歷的物品。③表示理由，由於…，因為…。「酒席のこと～」酒席的緣故。

ゆえき◎【輸液】スル　輸送液。

ゆえつ◎【愉悦】スル　愉悦。

ゆえに②【故に】（接續）　故。「我思う。～、我あり」我思，故我在。

ゆえん◎【所以】　所以。「彼を推す～は…」所以推薦他是因為…。

ゆえん◎【油煙】　油煙，黑灰，炭黑。

ゆか◎【床】　①地板。「～を張る」鋪地板。②高座。在劇場裡，淨琉璃太夫等坐的地方。

ゆかい①【愉快】　愉快。

ゆかいた◎【床板】　地板，樓面板。

ゆかいはん③【愉快犯】　愉快犯。擾亂社會為樂的犯罪。

ゆかうえ◎【床上】　地面上，地板上，樓面上。「～浸水」地板上浸水。

ゆかうんどう③【床運動】　地板體操。

ゆが・く【湯搔く】（動五）　焯（菜）。

ゆがけ◎【弓懸】　護指皮手套。

ゆかげん◎【湯加減】　洗澡水溫度。「～をみる」試試洗澡水溫度。

ゆかし・い【床しい】（形）　①高尚優雅。「～・い人柄」高尚的人品。②令人難忘的。「古式～・い儀式」令人懷古的儀式。

ゆかした◎【床下】　地面下，地板下，樓面下。「～浸水」地板下浸水。

ゆかた◎【浴衣】　浴衣。

ゆかたがけ◎【浴衣掛け】　穿著浴衣。

ゆかだんぼう③【床暖房】　地面取暖，地板取暖。

ゆが・む◎【歪む】（動五）　①歪，歪扭。「ネクタイが～・んだ」領帶歪了。②乖僻。「～・んだ性格」乖僻的性格。

ゆが・める◎【歪める】（動下一）　①歪，歪扭。「口を～・める」歪嘴。②歪曲。「事実を～・めた解釈」歪曲事實的解釋。

ゆかめんせき◎【床面積】　地板面積，地坪面積。

ゆかり◎【縁】　緣，因緣。「縁も～もない人」毫無因緣的人。

ゆかん◎【湯灌】スル　淨身。

ゆき◎【行き】　①去，往。↔帰り。「～はよいよい帰りはこわい」易去難回。

②去程票。③開往，到站。「博多～」開往博多。

ゆき◎【裄】　袖長。

ゆき◎【雪】　①雪。②雪白，潔白。「～の肌」雪白的肌膚。

ゆきあ・う◎【行き会う・行き逢う】（動五）　遇上，碰見。「銀座で友人に～・う」在銀座遇見了朋友。

ゆきあかり◎【雪明かり】　雪光。

ゆきあたりばったり◎【行き当たりばったり】　聽其自然。

ゆきあた・る④【行き当たる】（動五）　①走到（盡）頭。②碰壁，停滯，行不通。「難局に～・る」碰上困難局面。

ゆきうさぎ◎【雪兎】　雪兔。

ゆきおこし◎【雪起こし】　雪前雷鳴。

ゆきおとこ◎【雪男】　雪男。

ゆきおれ◎【雪折れ】スル　被雪壓斷。

ゆきおろし◎【雪下ろし】スル　①除雪。②飄雪山風。

ゆきおんな◎【雪女】　雪女。

ゆきか・う◎【行き交う】（動五）　①往來，過往。「車が～・う大通り」車輛往來的大街。②交往，交際。

ゆきかえり◎【行き帰り】スル　往返，來回。「学校の～」往返學校。

ゆきがかり◎【行き掛かり】　①趨勢，地步。「～上」到這地步上（欲罷不能了）。②過去的。「～をすてる」抛掉舊事。③順道，順便。「～に寄る」順便去。

ゆきかき◎④【雪掻き】スル　耙雪，雪耙子。

ゆきがけ◎【行き掛け】　中途，順道。↔来掛け「～の駄賃」一兼二顧；順手撈外快。

ゆきがこい◎【雪囲い】スル　防雪圍欄。

ゆきかた◎【行き方】　①走法，去法。「駅までの～」到火車站的走法。②做法。「独特の～」獨特的做法。

ゆきがっせん③【雪合戦】スル　打雪仗。

ゆきき◎【行き来・往き来】スル　①往來，往返。「人の～」人來人往。②往來，交往。「昔から～している家」早就有往來的家庭。

ゆきぐつ◎【雪沓】　雪鞋。

ゆきぐに◎【雪国】　雪國，雪鄉。

ゆきぐも◎【雪雲】　雪雲。

ゆきげ◎【雪消・雪解】　雪溶化。「～の水」雪溶化的水。

ゆきげしき◎【雪景色】　雪景（色）。

ゆきげしょう◎【雪化粧】ㅈ	雪裝，銀裝。

ゆきけむり◎【雪煙】　雪煙。

ゆきさき◎【行き先】　①去處，去向。②前途，將來。

ゆきしな◎【行きしな】　順道，順便。「～に寄る」去的途中順道去一趟。

ゆきしろ◎【雪代】　雪水，融雪水流。

ゆきす・ぎる◎【行き過ぎる】（動上一）　①經過，路過。「家の前を～・ぎる」路過家門口。②走過頭。「～・ぎて引き返す」走過頭又返回。③過火。

ゆきずり◎【行き摺り】　①迎面錯過。「～の人」路人；擦肩而過的人。②偶然路過。③過路，短暫。「～の縁」一面之緣。一面之交。

ゆきぞら◎【雪空】　雪空，要下雪的天空。

ゆきだおれ◎【行き倒れ】　路倒。

ゆきたけ◎【裄丈】　袖長。

ゆきだるま◎【雪達磨】　雪人。

ゆきちがい◎【行き違い】　①走岔。「～になる」走岔了。②分歧。「相互の理解に～があった」彼此的理解產生分歧。

ゆきつ・く◎【行き着く】（動五）　①到達，抵達。「やっと家に～・く」終於到家了。②到最後，到底。「～・くところは知れている」前景可期。

ゆきつけ◎【行き付け】　去慣，去熟。

ゆきづま・る◎【行き詰まる】（動五）　①走到盡頭，行不通，無路可走。「道が～・る」無路可走。②停滯，停頓。「交渉が～・る」談判毫無進展。

ゆきどけ◎◎【雪解け・雪融け】　①雪融。②緩和，消解。→雪どけ。「両国間の～」兩國之間的關係緩和了。

ゆきとど・く◎【行き届く】（動五）　周到，周密。

ゆきどまり◎【行き止まり】　①走到盡頭。「この先～」再往前就走到頭了。②盡頭，終點。

ゆきな◎【雪菜】　①雪菜。雪中精心培育的蔬菜品種。②雪菜。小松菜的栽培品種，山形縣米澤地方特產。

ゆきなや・む◎【行き悩む】（動五）　①難行。「雪道で～・む」由於大雪難以前進。②頗費周折，難產。

ゆきのした◎【雪の下】　虎耳草，太平花。

ゆきば◎【行き場】　去處。

ゆきばな◎【雪花】　雪花。

ゆきばれ◎【雪晴れ】　雪後放晴。

ゆきびさし◎【雪庇】　擋雪簷。

ゆきひら◎【行平】　行平鍋。

ゆきま◎【雪間】　①雪暫停時。②積雪融化處。「～草」積雪融化後露出的草。

ゆきまつり◎【雪祭り】　①雪祭。

ゆきみ◎【雪見】　賞雪。「～酒」賞雪酒。

ゆきみち◎【雪道・雪路】　雪道，雪路。

ゆきみどうろう◎【雪見灯籠】　雪見燈籠。

ゆきめ◎【雪目】　雪盲。

ゆきもよう◎【雪模様】　即將下雪的天候。

ゆきやけ◎【雪焼け】ㅈ	①因雪反射陽光使皮膚曬黑。②凍瘡。

ゆきやなぎ◎【雪柳】　珍珠花。

ゆきやま◎【雪山】　雪山。「～登山」攀登雪山。

ゆぎょう◎【遊行】ㅈ	雲遊。「～僧」雲遊僧。

ゆきよけ◎【雪除け】　①除雪。②防雪設施，防雪柵。

ゆきわた・る◎【行き渡る】（動五）　遍及，普及。

ゆきわりそう◎【雪割草】　雪割草。

ゆ・く◎【行く】（動五）　①離開。「早く～・け」快走開！②到，往，去，行。「同窓会に～・く」赴同學會。③過去。「～・く春」暮春；過去的春天。④進行。「うまく～・く」順利進行。⑤做，搞。「その手が～・こう」就照那方法做吧。⑥滿意。「納得が～・く」可以理解。⑦逐漸，漸漸。「暗くなって～・

く」天漸漸黑了。⑧繼續，…下去。「語り継いで‥・く」流傳下去。

ゆ・く◎【逝く】（動五） 逝去，死亡。

ゆくあき◎【行く秋】 秋末，晚秋。

ゆくえ◎【行方】 ①去處，目的地。「～を言わずに外出した」沒說去哪兒就出去了。②去向，下落。「～不明」去向不明；失蹤。③去向。「～が案じられる」想像得出前途將會怎樣的。

ゆくさき◎【行く先】 ①目的地，去處。②（今後的）前景，將來，前途。「～が案じられる」前途令人擔憂。

ゆくすえ◎【行く末】 前途。

ゆぐち◎【湯口】 ①熱水出口。②溫泉口。

ゆくて◎【行く手】 ①去路，前方。「～をさえぎる」擋住去路。②前途，將來，去向。

ゆくとし◎【行く年】 今歲殘年。「～来る年」年復一年。

ゆくはる◎【行く春】 春末，晚春。

ゆくゆく◎【行く行く】（副） 最終。「～は社長になる人物」最終有望當社長的人物。

ゆくりなく◎（副） 意外。「旅先で～も出会った」在旅途意外相遇。

ゆげ◎【湯気】 熱氣，蒸汽。

ゆけつ◎【輸血】スル 輸血。

ゆけむり◎【湯煙】 湯煙。溫泉、浴池等冒起的煙狀熱氣。

ゆごう◎【癒合】スル 癒合。

ゆこく◎【諭告】スル 諭告，告示。

ゆさい◎【油彩】 油彩。「～画」油彩畫。

ゆざい◎【油剤】 油劑。

ゆさぶ・る◎【揺さぶる】（動五） ①搖動，搖晃。「～・って落とす」搖晃下來。②震撼，震動。「天地を～・る」驚天動地。③干擾，動搖。「高低で～・る」用高低球干擾打者。

ゆざまし◎【湯冷まし】 ①涼開水。②涼水杯。

ゆざめ◎【湯冷め】スル 出浴涼。

ゆさん◎【遊山】 遊山。「物見～」遊山逛景。

ゆし◎【油紙】 油紙。

ゆし◎【油脂】 油脂。

ゆし◎【諭旨】スル 諭旨。

ゆしゅつ◎【輸出】スル 輸出，出口。↔輸入

ゆしゅつちょうか◎【輸出超過】 貿易順差，出超。

ゆしょう◎【油床】 油田，油床。

ゆじょう◎【油状】 油狀。

ゆず◎【柚・柚子】 柚，柚子。

ゆす・ぐ◎【濯ぐ】（動五） 洗滌，漱洗。

ゆすぶ・る◎【揺すぶる】（動五） 搖動，搖晃，震動。

ゆずゆ◎【柚湯】 柚子浴。

ゆすらうめ◎【梅桃・山桜桃】 綿毛櫻。

ゆすり◎【強請】 敲詐，詐財，勒索。「～たかり」敲詐勒索。

ゆずり◎【譲り】 讓，讓與，遺傳。「親～の性格」父母遺傳的性格。

ゆずりあ・う◎【譲り合う】（動五） 互讓。「席を～・う」互相讓座。

ゆずりは◎【譲葉】 交讓木。

ゆずりわた・す◎【譲り渡す】（動五） 出讓，轉讓。「財産を～・す」轉讓財產。

ゆす・る◎【揺する】（動五） 搖，搖動，搖晃。「木を～・る」搖晃樹幹。

ゆず・る◎【譲る】（動五） ①讓與，讓給。「財産を～・る」轉讓財產。②出讓。「友人に安く～・る」廉價出售給朋友。③謙讓。「席を～・る」讓座。「一歩も～・れない」寸步不讓。④改日，順延。「他日に～・る」改日。⑤遜色。「だれにも～・らない自信」不亞於任何人的自信。

ゆせい◎【油井】 油井。

ゆせい◎【油性】 油性。→水性

ゆせん◎【湯煎】 隔水加熱。

ゆそう◎【油層】 油層。

ゆそう◎【油槽】 儲油槽。

ゆそう◎【輸送】スル 輸送，運輸。「海上～」海上運輸。「～機」運輸機。

ゆそうせん◎【油槽船】 油槽船，油輪。

ゆそうせん◎【輸送船】 運輸船。

ユダ◎【Judas】 猶大。耶穌十二門徒之

一。

ゆたか[1]【豊か】（形動） ①豐富，充裕。「~な資源」豐富的資源。②豐，富裕。「~な暮らし」富裕的生活。③大方，豐厚。「~ない」寬大的胸懷。④肌肉豐滿。「~な胸」豐厚的胸。⑤足有。「6 尺~の大男」足有 6 尺高的大漢。

ゆだく[0]【油濁】 石油污染。「~防止設備」防止石油污染設備。

ゆだ・ねる[3]【委ねる】（動下一） ①委，聽憑。「後事を~・ねる」交待後事。②委身。「身を~・ねる」委身。

ゆだま[0]【湯玉】 ①開水翻花。②熱水珠，熱水花。

ユダヤ[1]【Judaea】 猶太。

ユダヤきょう[0]【一教】 猶太教。

ゆだ・る[2]【茹る】（動五） 煮熟，煮。「野菜が~・った」菜煮好了。

ゆだん[0]【油断】スル 不小心，粗心。「~大敵(たいてき)」疏忽乃大敵；切勿粗心大意。「~も隙(すき)も無い」不容疏忽。

ゆたんぽ[2]【湯湯婆】 保暖壺，熱水袋。

ゆちゃ[1]【湯茶】 湯茶。「~の接待」招待湯茶。

ゆちゃく[0]【癒着】スル ①沾黏。②勾結。相互依存難以擺脫的不良狀態。「政治家と財界との~」政治家和財金界的勾結。

ユッカ[1]【拉 Yucca】 絲蘭。

ゆづかれ[2]【湯疲れ】スル 暈池，暈澡堂。

ゆっくり[3]（副）スル ①慢慢地，慢悠悠。「~と立ち上がる」慢慢站起。②充裕，充分。「~間に合う」完全來得及。③舒適，閒適，舒暢，安逸。「~とお休みください」請好好休息。

ユッケ[1] 〔韓語〕朝鮮生牛肉。

ゆづけ[3]【湯漬け】 湯泡飯。

ゆったり[3]（副）スル ①寬裕，從容。「~した態度」鎮定自若的態度。②寬敞，寬鬆。「~した服」寬鬆的衣服。

ゆつぼ[1]【湯壺】 溫泉池。

ゆづる[1]【弓弦】 弓弦。

ゆでこぼ・す[4]【茹で溢す】（動五） 溢出。

ゆでだこ[3]【茹で蛸】 ①煮章魚。②紅臉關公，煮章魚。

ゆでたまご[3]【茹で卵・茹で玉子】 煮雞蛋。

ゆ・でる[2]【茹でる】（動下一） （用開水）煮，燙。「野菜を~・でる」煮菜。

ゆでん[0]【油田】 油田。

ゆど[1]【油土】 油土。

ゆとう[0]【湯桶】 熱水桶。

ゆどうふ[2]【湯豆腐】 燙豆腐。

ゆとうよみ[0]【湯桶読み】 湯桶讀法。

ゆどおし[2]【湯通し】スル ①熱水退漿。②熱水浸漬。

ゆどの[3][0]【湯殿】 洗澡間，浴室。

ゆとり[0] 寬裕。「~のある生活」寬裕的生活。

ユニーク[2]【英・法 unique】（形動） 唯一，獨特的。「~な考え」獨到的見解。

ユニオン[1]【union】 工會，聯合體。

ユニオンジャック[5]【Union Jack】 英國國旗。

ユニオンショップ[5]【union shop】 工會工廠，只雇傭工會會員的工廠。

ユニコーン[3]【unicorn】 獨角獸。

ユニセックス[3]【unisex】 無性別（服式）。

ユニセフ[1]【UNICEF】 〔United Nations International Children's Emergency Fund〕聯合國兒童基金會。

ユニゾン[1]【unison】 〔音〕①同音。②齊唱，齊奏。

ユニット[1]【unit】 ①（構成整體的）單位，單元。②元件。

ユニットプライス[6]【unit price】 單價，單位價格。

ユニテリアン[3]【Unitarian】 一位論派。

ユニバーサル[3]【universal】（形動） ①宇宙的，世界的。②普遍的，一般的。

ユニバーサルサービス[3]【[和] universal+service】 電信普及服務。

ユニバーサルデザイン[8]【universal design】通用設計。

ユニバーシアード[6]【Universiade】 世界大學生運動會。

ユニバーシティー[3]【university】 （擁有多個院系的）綜合大學。

ユニバース回【universe】 宇宙，世界，人類。

ユニホーム回【uniform】 （運動用）制服。

ゆにゅう回【輸入】スル 進口，引進，導入。↔輸出

ゆにゅうちょうか回【輸入超過】 貿易逆差，入超。

ゆにょうかん回【輸尿管】 輸尿管。

ユネスコ回【UNESCO】〔United Nations Educational, Scientific and Cultural Organization〕聯合國教科文機構。

ゆのはな回【湯の花】 泉華。

ゆば回【湯葉・湯波】 豆腐皮，腐竹。

ゆび回【指】 手指，腳趾。「～をくわえる」臨淵羨魚。

ゆびき回【湯引き】スル 川燙。

ゆびきり回回【指切り】スル 勾手指。

ゆびさ・す回【指差す】（動五） 指，指點。「方向を～・す」用手指方向。

ゆびずもう回【指相撲】 手指相撲。

ゆびにんぎょう回【指人形】 布袋木偶，布袋戲偶。→ギニョール

ゆびぬき回【指貫】 頂針。

ゆびぶえ回【指笛】 指哨。

ゆびわ回【指輪】 戒指。

ゆべし回【柚餅子】 柚子餅。

ゆまく回【油膜】 油膜。

ユマニテ回【法 humanité】 人性，人情味，人道。

ゆみ回【弓】 ①弓。「～折れ矢尽きる」矢盡弓折；彈盡糧絕。「～を引く」拉弓射箭；劍拔弩張。②弓。演奏小提琴、大提琴、胡琴等擦絃樂器的用具。

ゆみがた回【弓形】 弓形。

ゆみず回【湯水】 湯水。「～のように使う」花錢如流水；揮金如土。

ゆみとりしき回【弓取り式】 領弓儀式。

ゆみなり回【弓形】 弓形。「体を～にそらす」身體成反弓形。

ゆみはりづき回【弓張り月】 弦月。弓形月。

ゆみひ・く回【弓引く】（動五） 抵抗，反抗。「主君に～・く」反抗主君。

ゆみや回【弓矢】 ①弓矢，弓箭。②武器，兵器。③武士，武道。

ゆむき回【湯剝き】 水燙剝皮。

ゆめ回【夢】 ①夢。②理想，希望，夢想。「～がある」有抱負。③美夢。「～から覚める」從美夢中醒來。④夢境。「新婚の～のような日々」新婚夢幻般的日日夜夜。⑤夢。内心的迷惑，迷夢。⑥夢，夢幻。「計画も途中で～と消えた」計畫也半途成了泡影。

ゆめうつつ回【夢現つ】 ①夢和現實。②神志不清。「～の状態」意識朦朧狀態。③呆傻，似夢非夢。「驚喜のあまり～となる」過於驚喜而發呆。

ゆめうらない回【夢占い】 占夢。

ゆめごこち回【夢心地】 夢境，宛如做夢。

ゆめじ回【夢路】 ①夢路。「～をたどる」做夢。②夢中。

ゆめにも回【夢にも】（副） 絲毫（不）。一點也（不），全然。「～思わなかった」做夢也沒想到。

ゆめまくら回【夢枕】 夢枕。
夢枕に立つ 托夢。

ゆめまぼろし回【夢幻】 夢幻，虛幻。

ゆめみ回【夢見】 做夢。「～が悪い」夢做得不好。

ゆめみごこち回【夢見心地】 夢境。

ゆめ・みる回【夢見る】（動上一） 作夢，夢想。「未来を～・みる」幻想未來。

ゆめものがたり回【夢物語】 夢談，夢話。

ゆめゆめ回【努努】（副） ①決（不），一定（不）。「～忘れてはならぬ」絕對不能忘記。②絲毫（不），一點也（不）。「～そのような考えはもつな」絲毫不要抱那種想法。

ゆもじ回【湯文字】 襯裙。

ゆもと回【湯元・湯本】 湯泉源頭。

ゆや回【湯屋】 湯屋。

ゆゆし・い回【由由しい・忌忌しい】（形） 嚴重，重大，不得了。「教育上～い問題」教育方面的重大問題。

ゆらい回回【由来】 ①由來，原委。「～をたずねる」調查其來歷。②（副）原

來，本來。

ゆらく⓪【愉楽】　愉快，快樂。

ゆら・ぐ⓪②【揺らぐ】（動五）　①搖動。晃動，基礎動搖。「基礎が～・ぐ」基礎動搖。②動搖。「信念が～・ぐ」信念動搖。

ゆらゆら⓪【揺ら揺ら】（副）スル　悠悠蕩蕩。「風でぶらんこが～（と）ゆれる」風吹得鞦韆蕩來蕩去。

ゆり⓪【百合】　百合。

ゆりいす⓪【揺り椅子】　搖椅。

ゆりうごか・す⓪【揺り動かす】（動五）　搖動，搖撼。

ゆりかえし⓪【揺り返し】　①來回晃。②波動，餘震。

ゆりかえ・す⓪【揺り返す】（動五）　①來回搖動。②地震後發生餘震。

ゆりかご⓪【揺り籠】　搖籃。「～から墓場まで」從搖籃到墓地。

ゆりかもめ⓪【百合鷗】　紅嘴鷗。

ゆりね⓪【百合根】　百合根。

ゆりもどし⓪【揺り戻し】　來回搖晃。

ゆりりょう⓪【油糧】　油料。「～種子」油料種子。

ゆる・い②【緩い】（形）　①鬆。↔かたい。「ベルトが～・い」皮帶鬆。②不嚴。「規制が～・い」約束不嚴。③稀，不濃。「小麦粉を～・くとく」麵和得軟。④緩慢。「～・いテンポ」慢速。⑤緩，不陡。「勾配が～・い」坡度緩。

ゆるが・す⓪【揺るがす】（動五）　震撼。搖動。「政界を～・す事件」震撼政界的事件。

ゆるがせ⓪【忽せ】（形動）　疏忽，不重視。「～にできない」不可等閒視之。

ゆる・ぐ⓪【揺るぐ】（動五）　動搖。「信念が～・ぐ」信念動搖。「体制が～・ぐ」動搖體制。

ゆるし⓪【許し・赦し】　①允許，赦免。②傳授秘訣。「奥～」得到真傳。

ゆる・す②【許す・赦す】（動五）　①寬恕，赦免。「過失を～・す」寬恕過失。②允許，准許。「使用を～・す」准許使用。「撮影を～・される」允許拍照。③免除，允「税を～・す」免税。④放任，允

許。「敵の侵入を～・す」默許敵人的入侵。⑤鬆懈，鬆弛。「気を～・す」疏忽大意。⑥容許。「時間が～・すかぎり」只要時間允許。⑦認許，公認。「自他ともに～・すその道の大家」他是該領域彼此公認的大家。⑧傳授。「免許皆伝を～・す」傳授全部秘方。

ゆる・む②【緩む・弛む】（動五）　①鬆，鬆弛。「ロープが～・む」繩索鬆了。②鬆軟，鬆動。「長雨で地盤が～・む」霪雨連綿使地基鬆軟。③綻開笑容。「口もとが思わず～・んだ」嘴角不由得露出笑容。④鬆弛，鬆懈。「気が～・む」精神鬆懈。「綱紀が～・む」綱紀鬆弛。⑤緩和。「寒さが～・む」寒冷有所緩和。⑥疲軟。

ゆる・める⓪【緩める・弛める】（動下一）　①放鬆，鬆緩。↔しめる。②鬆懈，鬆弛，緩和。「気を～・める」疏忽。「警戒を～・める」放鬆警惕。③放緩，減速。「スピードを～・める」放緩速度。

ゆるやか②【緩やか】（形動）　①寬鬆，寬大。「～な服」寬鬆的衣服。②緩，速度慢。「～な川の流れ」緩緩的河流。③寬鬆，寬大，緩和。「取り締まりが～になる」管制不嚴。④緩。彎曲或傾斜度小。「～な坂道」緩坡；慢坡。

ゆるゆる⓪【緩緩】（形動）　①寬大。「～のズボン」寬大的褲子。②緩緩。「～と北上中の台風」正在緩緩北上的颱風。

ゆるり②【緩り】（副）　①舒緩地。「ご～とお休み下さい」請您舒舒服服地休息吧。②緩緩地。「～と参ろう」緩緩地走吧。

ゆ・れる⓪【揺れる】（動下一）　搖動，搖晃，搖擺。「地面が～・れる」地面搖晃。「考えが～・れる」猶豫。

ゆわ・える⓪【結わえる】（動下一）　繫，綁，拴。「馬を木に～・える」把馬拴在樹幹上。

ゆわかし⓪【湯沸かし】　燒水壺。

ゆわ・く⓪【結わく】（動五）　繫上。

よ

よ[1]【世】　①世上。「~に知られる」聞名於世。②世俗，凡俗。「~を捨てる」棄世。③一世，一生。「青春時代はこの~の春だ」青春時代是一生中最美好的時代。

よ[1]【四】　四。

よ[1]【夜】　夜，夜間，晚上。「秋の~」秋夜。

夜の目も寝ない　徹夜未眠。

よ[1]【節】　節。

よ[1]【余】　①餘，有餘。「一年の~も入院した」住院一年有餘。②其餘，其他。「~は知らず」不知其他。③多餘。「三年~ののち」三年多後。

よあかし[2][0][4]【夜明かし】スル　徹夜不眠，熬夜，通宵。

よあけ[3]【夜明け】　①黎明，拂曉。「~前に出発する」黎明前出發。②開端，開始。「新日本の~」新日本的開端。

よあそび[2]【夜遊び】スル　夜裡遊玩，夜裡遊蕩。

よあつ[0]【与圧】　增壓，加壓。

よあるき[2]【夜歩き】スル　夜間外出，走夜路，夜間閒遊。

よい[0]【宵】　傍晚，天剛黑。

よ・い[1]【良い・善い・好い】(形)　①好的，貴的，高的。「~・い時計」好手錶。②美麗的，漂亮的。「景色が~・い」景色很美。③好，出色。「腕が~・い」本領好。④顯貴。「家柄が~・い」門第好。⑤正當的。「~・い行い」善行。⑥正確。「姿勢が~・い」姿勢好。⑦人品惹人喜歡，善良的。「あの人は~・い人だ」那人是個好人。⑧親密，和睦。「仲が~・い」關係好。⑨恰好，合適的，適當的。「~・い例」合適的例子。⑩好。有價值。「~・い話がある」告訴你一個好消息。⑪愉快的，舒適的。「ああ~・い気持ちだ」啊，好痛快！⑫好。準備充分、齊備。「準備は~・いか」準備好了嗎？⑬行，可以，好。「帰っても~・い」可以回去了？⑭好。容易…的。「書き~・い万年筆」好寫的鋼筆。

よいごこち[3]【酔い心地】　醉意。

よいごし[0]【宵越し】　過夜，隔宿。「~の=金(かね)(=銭(ぜに))は持たぬ」不留隔夜錢。

よいざまし[3]【酔い覚まし】　醒酒。

よいざめ[0]【酔い覚め】　酒醒(了)。「~の水下戸(げこ)知らず」酒後方知涼水甜。

よいし・れる[4]【酔い痴れる】(動下一)　①爛醉。②沉醉，痴情，如醉如痴。

よいっぱり[0][4][5]【宵っ張り】　熬夜，愛熬夜的人，夜貓子。「~朝寝坊」晚上不睡，早上起不來的夜貓子。

よいつぶ・れる[5]【酔い潰れる】(動下一)　酩酊大醉，爛醉。

よいとまけ[0]　打夯(人)。

よいどれ[0]【酔いどれ】　醉漢，醉鬼。

よいのくち[0]【宵の口】　天黑不久，天剛黑。

よいのみょうじょう[0]【宵の明星】　昏星，長庚星。↔明けの明星

よいまちぐさ[4]【宵待ち草】　待宵草的異名。

よいみや[0]【宵宮】　夜祭。

よいやみ[0]【宵闇】　①黃昏。「~がせまる」快到黃昏時分。②暗夜，黑夜。陰曆二十日前月亮沒升起時的黑暗。

よいよい[3]　運動失調症。

よいん[0]【余韻】　餘韻。

よう[1]【用】　①事情，工作。「何か~ですか」有什麼事情嗎？②用處，用途，作用。「~のなくなった物は捨てる」扔掉無用處的東西。③大小便。「~を足す」上廁所。④費用。⑤…用(的)。「実験~」實驗用。「家庭~」家用。

よう[1]【洋】　洋。東洋和西洋，尤指西洋。「~の東西を問わず」不論天南地北。

よう[1]【要】　①要點，要領。「~を得る」

抓住要點。②需要，必要。「もはや弁解の~はない」已無需辯解。「~注意」需要注意。

よう[1]【庸】　庸。律令制租稅之一。

よう[1]【陽】　陽。「陰に~に」明裡暗裡。↔陰。→陰陽

よう[1]【様】　①狀態，樣子，形狀。「喜び~」高興的樣子。②方式，方法。「この~にやれ」就照這樣做！「言い~」措詞。③似，類似，樣。「天平~」狀似天平。「カーテン~のもの」窗簾般的東西。

よう[1]【癰】　癰。

よ・う[1]【酔う】（動五）　①醉。②暈。「船に~・う」暈船。③陶醉，沉醉。「名演奏に~・う」聽名曲演奏入了迷。

ようい[1]【用意】スル　準備，預備。

ようい[0]【容易】　容易，簡單。「~なことではない」不是件容易的事。

よういく[0]【養育】スル　養育，撫養。「孤児を引き取って~する」把孤兒領來撫養。

よういん[0]【要因】　要因。

よういん[0]【要員】　必要人員。

ようえい[0]【揺曳】スル　①搖曳，搖蕩。②蕩漾，飄蕩。

ようえき[0]【用益】　使用和收益。

ようえき[0][1]【葉腋】　葉腋。

ようえき[1]【溶液】　溶液。

ようえきぶっけん[5]【用益物権】　用益物權。

ようえん[0]【妖婉・妖艶】　妖豔。「~な女」妖豔的女人。

ようえん[0]【遥遠】　遙遠。

ようおん[1]【拗音】　拗音。

ようか[0]【八日】　①（日數）八日，八天。②八日，八號。

ようか[1]【養家】　養父母家。

ようか[1]【妖花】　①妖花。②妖豔的美女。

ようが[0]【洋画】　①西畫。②外國電影，外國片。↔邦画

ようが[0]【陽画】　正片。↔陰画

ようかい[0]【妖怪】　妖怪。「~変化」牛鬼蛇神。

ようかい[0]【要解】　概要。「~世界史」世界史概要。

ようかい[0]【容喙】スル　置喙。

ようかい[0]【溶解】スル　①融化，溶化。「疑念が~する」疑念消除了。②溶解。

ようがい[0]【要害】　①要害，險關。「~の地」險要之地。②城堡，城郭，要塞。「天然の~」天險；天然要塞。

ようがく[0]【洋学】　洋學。

ようがく[0]【洋楽】　西樂。↔邦楽

ようがし[3]【洋菓子】　西式點心。

ようかん[1]【羊羹】　羊羹。

ようかん[0]【洋館】　洋樓。

ようかん[0]【腰間】　腰間。

ようがん[1]【溶岩・熔岩】　熔岩。

ようかんいろ[0]【羊羹色】　羊羹色。

ようがんりゅう[3]【溶岩流】　熔岩流。

ようき[1]【妖気】　妖氣。

ようき[1]【容器】　容器。

ようき[0]【陽気】　[1]①陽氣。↔陰気。②天候，時候。「春らしい~」春天般的氣候。[2]（形動）①歡快。「~に騒ぐ」歡鬧。②性格開朗、快活。「~な人」爽朗的人。↔陰気

ようぎ[1]【容疑】　嫌疑。「殺人の~で調べる」以殺人嫌疑進行調查。

ようきが[3]【用器画】　幾何畫（法）。使用器具製圖。↔自在画

ようきゅう[0]【要求】スル　①要求。「回答を~する」要求回答。②〔心〕要求。慾求。

ようきゅう[0]【楊弓】　楊弓。遊戲用小弓。

ようぎょ[1]【幼魚】　幼魚。

ようぎょ[1]【養魚】　養魚。「~場」養魚場。

ようきょう[0]【容共】　容共。↔反共

ようぎょう[1]【窯業】　窯業。

ようきょく[0]【陽極】　陽極。↔陰極

ようきょく[0]【謡曲】　謠曲。

ようきん[0]【洋琴】　鋼琴。

ようぎん[0]【洋銀】　①白銅。②西洋銀幣。

よう**ぐ**◎【用具】 用具，工具。「筆記~」筆記用具。

よう**ぐ**◎【要具】 必要的用具，必需品。

よう**くん**◎【幼君】 幼君。

よう**けい**◎【養鶏】 ㋜ル 養雞。

よう**げき**◎【要撃・邀撃】 ㋜ル 伏擊。

よう**けつ**◎【要訣】 要訣，訣竅。

よう**けつ**◎【溶血】 溶血。

よう**けん**◎【用件】 要辦的事，應做的事。「~を忘れないように手帳に書く」爲了不忘事，記在記事本上。

よう**けん**◎【洋犬】 洋犬。

よう**けん**◎【要件】 要件。

よう**げん**◎【用言】 用言。↔体言

よう**げん**◎【揚言・颺言】 ㋜ル 揚言。

よう**ご**◎【用語】 用語。「学生~」學生用語。

よう**ご**◎【洋語】 西方語言。

よう**ご**◎【養護】 ㋜ル ①養護。「~老人ホーム」養老院。②〔教〕保育。

よう**ご**◎【擁護】 ㋜ル 擁護，維護。「自由~のために戦う」爲維護自由而奮鬥。

よう**こう**◎【妖光】 妖光。

よう**こう**◎【洋行】 ㋜ル ①留洋，出洋。②洋行。

よう**こう**◎【要港】 重要港口。

よう**こう**◎【要項】 要項，要點，簡章。「~を書きとめる」把要點記下來。

よう**こう**◎【要綱】 綱要，大綱。「政策の~」政策綱要。

よう**こう**◎【陽光】 ①陽光。②放電弧柱。

よう**こうろ**◎【溶鉱炉・熔鉱炉】 高爐。

よう**ごがっこう**◎【養護学校】 特殊教育學校。

よう**こく**◎【陽刻】 陽刻。↔陰刻

よう**ごしせつ**◎【養護施設】 兒福機構。

よう**こそ**◎（副・感） 歡迎！「~おいでくださいました」歡迎您的光臨。「遠い所を~」歡迎您遠道而來。

よう**さい**◎【洋菜】 西洋蔬菜。

よう**さい**◎【洋裁】 洋裁。西裝的裁剪縫紉。↔和裁

よう**さい**◎【要塞】 要塞。

よう**ざい**◎【用材】 ①木料。「建築~」建築木料。②所用材料。「学習~」學習材料。

よう**ざい**◎【溶剤】 溶劑。

よう**さん**◎【葉酸】 葉酸。

よう**さん**◎【養蚕】 養蠶。「~業」養蠶業。

よう**し**◎【用紙】 專用紙。「原稿~」稿紙。

よう**し**◎【洋紙】 西洋紙。↔和紙

よう**し**◎【要旨】 要旨。「文章の~をとらえる」抓住文章的要點。

よう**し**◎【容姿】 姿容。「~端麗」姿容端麗。

よう**し**◎【陽子】 質子。

よう**し**◎【養子】 養子女。

よう**じ**◎【幼児】 幼兒。

よう**じ**◎【幼時】 幼時。

よう**じ**◎【用字】 用字。

よう**じ**◎【用事】 事情，工作。

よう**じ**◎【要事】 要事。

よう**じ**◎【楊枝・楊子】 牙籤。

よう**しえんぐみ**◎④【養子縁組】 收養。

よう**しき**◎【洋式】 洋式，西式。

よう**しき**◎【要式】 要式。

よう**しき**◎【様式】 ①樣式，模式，方式。「生活~」生活方式。②樣式，式樣，風格。「ロココ~」洛可可式。

よう**じご**◎【幼児語】 幼兒語。

よう**しつ**◎【溶質】 溶質。↔溶媒

よう**しつ**◎【洋室】 西式房間。

よう**しゃ**◎【用捨】 取捨。

よう**しゃ**◎【容赦】 ㋜ル ①寬恕，饒恕，原諒。「こんどいたずらしたら~しない」下次再胡鬧不能原諒。②姑息，姑寬。「スピード違反は~しないでとりしまる」對違規超速決不姑息地加以管束。

よう**じゃく**◎【幼弱】 幼弱。

よう**しゅ**◎【幼主】 幼主。

よう**しゅ**◎【洋酒】 洋酒。

よう**しゅ**◎【洋種】 洋種。

よう**じゅ**◎【陽樹】 陽樹。↔陰樹

よう**じゅつ**◎【妖術】 ①妖術。②〔witchcraft〕巫術，魔法，妖術。

よう**しゅん**◎【陽春】 ①陽春。「~の候」陽春季節。②陽春。陰曆正月的別稱。

ようしょ◎【洋書】 ①洋書。②洋文書。

ようしょ◎【要所】 ①要衝，要地。「交通の～」交通要衝。②重點。「文章の～をおさえる」抓住文章的要點。

ようじょ◎【幼女】 幼女。

ようじょ◎【養女】 養女。

ようしょう◎【幼少】 幼小，年幼。「まだ～の頃」還幼年時。

ようしょう◎【要衝】 要衝，要地。「交通の～」交通要衝。

ようじょう◎【洋上】 海洋上，海上。

ようじょう◎【葉状】 葉狀。

ようじょう◎【養生】 スル ①養神，養身。②養生，保養。③養護作業。

ようしょく◎【洋食】 西餐。↔和食

ようしょく◎【要職】 要職。

ようしょく◎【容色】 容色。「～が衰える」容色見衰。

ようしょく◎【養殖】 スル 養殖。

ようしん◎【痒疹】 癢疹。

ようじん◎【用心・要心】 スル 留神，小心，提防。「火の～」注意防火。

ようじんぶか・い◎【用心深い】（形）十分小心，極為慎重。

ようじんぼう◎【用心棒】 ①貼身保鏢。②頂門栓，頂門棒。③防身棒。

ようす◎【様子・容子】 ①樣子。②緣故，緣由，理由。③模樣，儀容，樣子。「～のいい人」儀表堂堂的人。④舉止，神情，神態。「少し～が変だ」神情有點怪。⑤進展。「交渉の～を見守る」關注談判的進展。⑥樣子，徵兆。「雨が降りそうな～だ」好像要下雨的樣子。

ようず◎【要図】 略圖，草圖。

ようすい◎【用水】 用水。「防火～」防火用水。

ようすい◎【羊水】 羊水。

ようすい◎【揚水】 スル 抽水，揚水。

ようすうじ◎【洋数字】 洋數字，阿拉伯數字。

ようすこう◎【揚子江】 揚子江。

ようずみ◎【用済み】 事已辦完，事畢，完成任務。

よう・する◎【要する】（動サ變） 需要。「製作に～・する費用」製作所要的費用。

よう・する◎【擁する】（動サ變） ①懷抱，擁抱。②持有，擁有。「巨富を～・する」擁有鉅額財富。③率領，統率。「大軍を～・して攻める」擁大軍進攻。④擁戴。「幼帝を～・する」擁戴幼帝。

ようせい◎【幼生】 幼體。

ようせい◎【妖星】 妖星，災星。

ようせい◎【妖精】 妖精。

ようせい◎【要請】 スル 請求，要求。「援助を～する」請求援助。

ようせい◎【陽性】 ①性格開朗。②〔化〕陽性。③陽性反應。↔陰性

ようせい◎【養成】 スル ①培養，培訓，造就。②養育。

ようせき◎【容積】 ①容積，容量。②容積，體積。

ようせきりつ◎【容積率】 容積率。

ようせつ◎【夭折】 スル 夭折。

ようせつ◎【要説】 概要，概論，要說。

ようせつ◎【溶接・熔接】 スル 焊接。

ようせん◎【用船】 スル ①專用船。②租船。

ようせん◎【用箋】 信箋。

ようそ◎【沃素】 碘。

ようそ◎【要素】 ①要素。②因素，元素。

ようそう◎【洋装】 スル ①西裝。②西式裝訂，精（平）裝。↔和装

ようそう◎【様相】 ①樣相，形勢。「複雑な～を呈する」呈現出複雜形勢。②〔論〕〔modality〕模態。

ようそん◎【養鱒】 養殖鱒魚。「～業」鱒魚養殖業。

ようたい◎【様態】 樣態，樣子，情況。

ようだい◎【容体・容態】 病情，病況。

ようたし◎【用足し・用達】 スル ①辦事。②送貨，供貨，送東西。③上廁所。

ようだ・てる◎【用立てる】（動下一）①有用處。②借錢，墊款，墊付。「旅費を～・てる」借旅費。

ようだん◎【用談】 スル 商談，洽談。

ようだん◎【要談】 重要的會談。

ようだんす⓪【洋箪笥】 西式櫃。

ようち【夜討ち】 夜襲。↔朝駆け。「～をかける」發動夜襲。

ようち⓪【幼稚】 ①幼稚，幼小。②幼稚。

ようち⓪【用地】 用地。「工場～」工廠用地。

ようち⓪【要地】 重地，要地。

ようちあさがけ⓪【夜討ち朝駆け】 夜訪朝探。

ようちえん⓪【幼稚園】 幼稚園。

ようちゅう⓪【幼虫】 幼蟲。

ようちゅうい⓪【要注意】 值得注意，需要警惕。

ようちょう⓪【幼鳥】 幼鳥，小鳥。

ようちょう⓪【羊腸】 羊腸（道）。「～の小径」羊腸小徑。

ようちょう⓪【膺懲】 スル 膺懲。懲治、討伐。

ようつい⓪【腰椎】 腰椎。

ようつう⓪【腰痛】 腰疼。

ようてい⓪【要諦】 要點，要訣。

ようてん⓪【要点】 要點。「～をまとめる」歸納要點。

ようてん⓪【陽転】 スル 轉陽。

ようでんき⓪【陽電気】 陽電。↔陰電気

ようでんし⓪【陽電子】 陽電子。↔陰電子

ようと⓪【用途】 用途。

ようど⓪【用土】 栽培用土，盆栽專用土。

ようど⓪【用度・用途】 ①供應。「～係」供應股。②費用，花費。「～金」開支。

ようとう⓪【洋刀】 軍刀，馬刀，洋刀。

ようとう⓪【洋島】 大洋島，海洋島。

ようどう⓪【幼童】 幼童。

ようとうくにく⓪【羊頭狗肉】 羊頭狗肉。

ようどうさくせん⓪【陽動作戦】 佯動作戰，聲東擊西作戰。

ようとじ⓪【洋綴じ】 西式裝訂。

ようとん⓪【養豚】 養豬。「～業」養豬業。

ようなし⓪【用無し】 ①無用，沒用。②沒工作，閒暇。

ようなし⓪【洋梨】 西洋梨，梨。

ようにく⓪【羊肉】 羊肉。

ようにん⓪【用人】 傭人。

ようにん⓪【容認】 スル 認同，容忍。「～できない」不能容忍。

ようねん⓪【幼年】 幼年，童年。

ようはい⓪【遥拝】 スル 遙拜。

ようばい⓪【溶媒】 溶劑。↔溶質

ようはつ⓪【洋髪】 西式髮型。

ようばん⓪【洋盤】 西洋唱片。

ようび⓪【曜日】 星期。

ようび⓪【妖美】 妖美，妖冶。

ようひし⓪【羊皮紙】 羊皮紙。

ようひつ⓪【用筆】 ①用筆。②運筆，筆法。

ようひん⓪【用品】 用品。「日常～」日常用品。

ようひん⓪【洋品】 洋貨。「～店」洋貨店。

ようふ⓪【妖婦】 妖婦，蕩婦，女妖精。

ようふ⓪【養父】 養父。

ようぶ⓪【洋舞】 洋舞。↔邦舞

ようぶ⓪【腰部】 腰部。

ようふう⓪【洋風】 西式，洋式。↔和風。「～の部屋」西式房間。

ようふく⓪【洋服】 洋裝，洋服。

ようぶつ⓪【陽物】 陰莖，陽物。

ようふぼ⓪【養父母】 養父母。

ようぶん⓪【養分】 養分。

ようへい⓪【用兵】 用兵。

ようへい⓪【葉柄】 葉柄。

ようへい⓪【傭兵】 傭兵。

ようべん⓪【用便】 スル 大小便。

ようぼ⓪【養母】 養母。

ようほう⓪【用法】 用法。

ようほう⓪【陽報】 陽報。

ようほう⓪【養蜂】 養蜂。「～業」養蜂業。

ようぼう⓪【要望】 スル 迫切要求，迫切期待。「計画の実現を強く～する」強烈要求實現計畫。

ようぼう⓪【容貌】 容貌，相貌，臉蛋。

ようぼく⓪【用木】 木料。

ようほん⓪【洋本】 ①精（平）裝書。↔和本。②西洋的書籍，洋書。

ようま◎【洋間】　西式房間。

ようま◎【妖魔】　妖魔，妖怪，魔鬼。

ようまく◎【羊膜】　羊膜。

ようまん◎【養鰻】　飼養鰻魚。「～業」鰻魚養殖業。

ようみゃく◎【葉脈】　葉脈。

ようみょう◎⓪【幼名】　乳名，小名，幼名。

ようむ◎【用務】　要辦事務。

ようむ◎【要務】　要務。

ようむいん◎【用務員】　雜工，勤務員。

ようむき◎【用向き】　事情。

ようめい◎【用命】　吩咐，囑咐。

ようもう◎【羊毛】　羊毛。

ようもうざい◎◎【養毛剤】　生髮水，生髮劑。

ようもく◎【洋もく】　外國香菸，洋菸。

ようもく◎【要目】　要目。

ようやく◎【要約】ㄙㄌ　摘要，概要，提要，綱要。

ようやく◎【漸く】（副）　①終於，好不容易。「～試験が終わった」考試終於結束了。②勉強，好不容易，總算。「集合時刻に～間に合った」終於趕上了集合時間。③漸漸，逐漸。

ようゆう◎【溶融・熔融】ㄙㄌ　溶化，熔融。

ようよう◎【要用】　①需要，要用，必需。「～の品」必需品。②重要事情，緊要事情。「先ずは～のみ」特此奉告。

ようよう◎【洋洋】（ㄊㄌ）　①洋洋，浩淼，浩渺。②遠大，廣闊，充滿希望。「～たる前途」遠大的前途。

ようよう◎【揚揚】（ㄊㄌ）　揚揚（洋洋）。「意気～」洋洋得意。

ようらく◎【瓔珞】　瓔珞。用線貫串珠玉或貴金屬而成的首飾。

ようらん◎【洋蘭】　西洋蘭花。

ようらん◎【要覧】　要覽。

ようらん◎【揺籃】　①搖籃。②搖籃。事物發展的源頭。「黄河文明～の地」黃河文明的發祥地。

ようらんき◎【揺籃期】　①幼小期，幼兒期。②搖籃期。

ようり◎【要理】　教義，要理。

ようり◎【養鯉】　養殖鯉魚。「～業」鯉魚養殖業。

ようりく◎【揚陸】ㄙㄌ　卸貨。

ようりつ◎【擁立】ㄙㄌ　擁立，擁戴。

ようりゃく◎【要略】ㄙㄌ　概要，概略，摘要，要略。

ようりゅう◎【楊柳】　①楊柳。②縱向呈細長縐紋的紡織品。

ようりょう◎【用量】　用量，劑量。

ようりょう◎【要領】　①要領。②要領，訣竅，竅門。「～を覚える」掌握竅門。「～を得ない」不得要領。

ようりょう◎【容量】　容量。

ようりょくたい◎【葉緑体】　葉綠體。

ようれい◎【用例】　用例，舉例，例句。

ようれき◎【陽暦】　陽曆，太陽曆。

ようろ◎【要路】　①要道，要衝。②要津。「政府～の人」政府要人。

ようろ◎【溶炉・熔炉】　熔爐。

ようろう◎【養老】　①敬老。②養老。「～保険」養老保險。

ようろういん◎【養老院】　養老院。→老人ホーム

ようろうねんきん◎【養老年金】　養老年金，老人年金。→老齢年金

ようろうほけん◎【養老保険】　養老保險。

ヨークシャー◎【Yorkshire】　①約克郡。②約克夏豬。

ヨークシャーテリア◎【Yorkshire terrier】　約克夏犬。

ヨーグルト◎【德 Yoghurt】　優格。

ヨーチン◎　碘酒（的略稱）。

ヨーデル◎【德 Jodel】　岳得爾唱法。

ヨード◎【德 Jod】　碘。

ヨードチンキ◎【德 Jodtinktur】　碘酒。

ヨードホルム◎【德 Jodoform】　碘仿，三碘甲烷。

ヨードらん◎【一卵】　含碘雞蛋。

ヨーヨー◎【yo-yo】　溜溜球。

ヨーロッパ◎【葡 Europa】　歐洲。

よか◎【予価】　預定價格。

よか◎【予科】　預科。升本科前的預備課程。

よか◎【余花】　餘花。

よか◎【余暇】　餘暇。

よかく◎【予覚】　預感。

よかく◎【余角】　〔數〕餘角。→補角

よが・る◎【善がる・良がる】（動五）
①認爲好，覺得滿足，變得意。②有快感。

よかれ◎【善かれ】　希望好，好自爲之，好的願望。「～と思ってしたことが裏目に出た」雖出於一片好心，但事與願違。

よかれあしかれ◎【善かれ悪しかれ】
（副）　好歹。

よかれん◎【予科練】　預科練習生。舊海軍培養飛機乘員的制度。

よかん◎【予感】　ㇲ ル　預感。「いやな～がする」不祥的預感。

よかん◎【余寒】　春寒，餘寒。

よき◎【予期】　ㇲ ル　預料，預期。「～に反する結果」和預料相反的結果。

よぎ◎【夜着】　棉睡衣，棉睡袍。

よぎ◎【余技】　業餘愛好，業餘專長。

よぎしゃ◎【夜汽車】　夜間火車。

よぎな・い◎【余儀無い】（形）　沒辦法，不得已。「後退を～・くされる」只得被迫後退。

よきょう◎【余興】　餘興。

よきょう◎【余響】　餘響。

よぎり◎【夜霧】　夜霧。

よぎ・る◎【過る】（動五）　橫穿過，通過。「不安が心を～・る」一絲不安從心頭閃過。

よきん◎【預金】　ㇲ ル　存款。→貯金

よく◎【欲・慾】　①慾望，貪心。「～が深い」貪心。②熱情，積極性。「まだ勉強に～が出ない」學習上還缺乏主動。
欲と二人ふた連づれ　唯利是圖。

よく◎【翌】　翌，繼其之後，次。「～朝」次日早晨。

よく◎【良く・能く・善く】（副）　①好好地，仔細地，認眞地。「～見る」仔細看。②非常，十分，很。「～晴れた日」十分晴朗的天氣。③常常，經常，時常，屢屢。「～忘れる」時常忘記。④正好。「～いらっしゃいました」歡迎光臨；來得正好。⑤很好地，勇於。「～困

難に勝つ」勇於戰勝困難。⑥竟能，難爲。「こんな日に～来られたね」這種日子眞難爲你來了。⑦竟敢，居然。「～言ったね」你竟然説得出口。

よくあさ◎【翌朝】　翌晨。

よくあつ◎【抑圧】　ㇲ ル　①壓制，壓迫。②壓抑。③抑制。

よくぎょう◎【翌暁】　次日拂曉。

よくけ◎【欲気】　貪心，慾望。

よくげつ◎【翌月】　翌月，下月。

よくさん◎【翼賛】　ㇲ ル　贊助，輔助。

よくし◎【抑止】　ㇲ ル　抑制，制止，控制。

よくしつ◎【浴室】　浴室，澡堂。

よくじつ◎【翌日】　翌日。

よくしゅう◎【翌秋】　翌秋，第二年秋季。

よくしゅう◎【翌週】　翌周，下周。

よくしゅん◎【翌春】　翌春，第二年春季。

よくじょう◎【浴場】　①浴池，浴室。②澡堂，公共浴池。「公衆～」公共浴室。

よくじょう◎【欲情】　①情慾，色情，性慾。②慾望，貪心。

よくしん◎【欲心】　①貪心。②性慾。

よく・する◎【善くする・能くする】（動サ變）　①善於，擅長於，擅長。「詩を～・する」擅作詩。②能，會。「凡人の～・するところではない」非凡人力量所能及。③便利，順利。「世の中は～・したもので」意外地順利。

よく・する◎【浴する】（動サ變）　①洗澡，沐浴。②日光浴，曬太陽。③受，承蒙，沐浴。「文化の恩恵に～・する」蒙受文化的恩惠。

よくせい◎【抑制】　ㇲ ル　抑制。「感情を～・する」抑制情感。

よくせき◎（副）　別無他法，萬不得已，無可奈何。

よくぞ◎（副）　太好了，眞是…。「よく」的強調說法。「～言ってくれた」你可眞敢說。

よくそう◎【浴槽】　浴桶，澡盆，浴缸，浴池。

よくち◎【沃地】　沃地，肥沃的土地。

よくちょう◎【翌朝】　次晨。

よくど◎【沃土】 沃土。

よくとく◎【欲得】 貪婪，貪心，貪圖。「～なしで働く」無所貪圖地工作。

よくとくずく【欲得尽く】 利欲薰心。

よくとし◎【翌年】 第二年（翌年）。

よくねん◎【翌年】 翌年，次年，第二年。

よくば・る◎【欲張る】（動五） 貪婪，貪心，貪多，貪得無厭。

よくばん◎【翌晩】 翌晩。

よくふか◎【欲深】 貪心不足，貪得無厭。

よくふか・い◎【欲深い】（形） 貪心的，貪得無厭的。貪婪的。

よくぼう◎【欲望】 慾望，慾求。「～に目がくらむ」利欲薰心。

よくめ◎【欲目】 偏向，偏愛。「親の～」父母的偏愛。

よくも◎（副） 竟敢，膽敢。「～だましたな」竟敢騙人。

よくや◎【沃野】 沃野，肥沃的平原。

よくよう◎【抑揚】 抑揚。

よくよう◎【浴用】 沐浴用，洗澡用。

よくよく◎【翼翼】（タル） 謹慎，（小心）翼翼。「小心～」小心翼翼。

よくよく◎【及く良く】（副） ①仔仔細細地，好好地。「自分の行いを～反省する」好好地反省一下自己的行爲。②萬不得已。「～の事情があるらしい」似乎有萬不得已的事情。

よくよくじつ◎【翌翌日】 後天。

よくりゅう◎【抑留】スル ①扣留。②〔法〕拘押。

よくん◎【余薰】 ①餘香。②餘蔭，餘澤。

よけ◎◎【避け・除け】 防，避。「日～」防曬；遮陽（物）。

よけい◎【余計】 ①多餘。「～なお世話」不必要的照顧。②（比通常）多。「～に働く」比別人做得多。

よけい◎【余慶】 餘慶。「積善の家に～あり」積善之家有餘慶。

よ・ける◎【避ける・除ける】（動下一） ①避，躲避，逃避。「軒下で雨を～ける」在屋簷下躲雨。②躲開，避開。「車を～・ける」躲車。③避，防，預防，防止。「霜を～・ける」防霜凍。④推開，消除。推到一邊，除去，移開。「質の悪いものを～・けておく」去除劣質品。

よけん◎【与件】 給予的條件。

よけん◎【予見】スル 預見，先見之明。

よげん◎【予言】スル 預言。「将来を～する」預言未來。

よげん◎【預言】スル 預言。

よげん【余弦】 餘弦。

よこ◎【横】 ①橫。↔縱。「～に長い建物」橫向長的建築物。②寬。↔縱。「～に並ぶ」橫著排。③橫向關係。非上下級關係的同事關係。↔縱。「～の人間関係」同事間的人際關係。④橫躺。非直立狀態。「～にたおれる」橫著倒下。⑤睡覺，躺下。「～になる」躺下，睡覺。⑥（物體的）側面。「箱の～」箱子的側面。⑦旁邊，一旁。「～から口を出す」從旁插嘴。⑧無關的，局外。「話が～にそれる」話離題了。

横の物を縦にもしない 油瓶倒了也不扶。

よご◎【予後】 預後。→予後不良。

よこあい◎【横合い】 ①側面，旁邊。「～欧りかかる」打耳光。②不相干，局外，旁邊。「～から口をはさむ」從旁邊插嘴。

よこあな◎【横穴】 ①橫穴，橫洞。↔縱穴。②橫穴，橫穴墓。

よこいと◎【横糸・緯糸・緯】 緯線，緯紗。↔縱糸

よこう◎【予行】スル 預演。

よこう◎【余光】 ①餘光，殘照。②餘德，餘蔭。

よこう◎【余香】 餘香。

よこがお◎【横顔】 ①側臉。②鮮爲人知的一面，（東西的）側面。「新郎の～を紹介する」介紹新郎的簡歷。

よこがき◎【横書き】 橫寫。↔縱書き

よこがみやぶり◎【横紙破り】 蠻不講理者。

よこぎ◎【横木】 橫木，橫杠。

よこぎ・る◎【横切る】（動五） 橫穿，

よこく◎【与国】　與國，盟國，友邦。

よこく◎【予告】　スル　預告。

よこくへん◎【予告編】　預告片。

よこぐみ◎【横組み】　横排。

よこぐるま◎【横車】　蠻不講理，蠻不講理。「～を押す」專橫；蠻不講理；肆無忌憚。

よこざ◎【横座】　横座，主座，正座。

よこざま◎【横様】　横向。「帽子を～に被る」歪戴帽子。

よこじく◎【横軸】　寛幅掛軸。

よこしま◎【邪ま】　邪惡。「～な心」邪惡的心。

よこじま◎【横縞】　横格。

よこしゃかい◎【横社会】　横向社會。

よこ・す◎【寄越す・遣す】（動五）　①寄來，送來，派來。「手紙を～・す」寄信來。②表示對方向我進行某種動作（補助動詞用法）。「電話をかけて～・す」打來電話。

よご・す◎【汚す】（動五）　①弄髒，玷污。「ズボンを～・す」弄髒褲子。②攪拌，拌和。「胡麻で～・す」用芝麻調拌。

よこずき◎【横好き】　愛好，酷好。「下手の～」儘管外行，但很愛好。

よこすじ◎【横筋】　①横線，横道。②離題。

よこすべり◎【横滑り・横辷り】　スル　①側滑，横滑。②平調。③斜滑，横滑。

よこずわり◎【横座り・横坐り】　スル　側坐。

よこた・える◎【横たえる】（動下一）　①（使）横躺，平放。「ベッドに～・える」横臥在床。②横著攜帶。「大刀を腰に～・える」腰横插著大刀。

よこだおし◎【横倒し】　横倒，側倒。

よこだき◎【横抱き】　横抱，夾在腋下。

よこたわ・る◎【横たわる】（動五）　①躺臥。「ベッドに～・る」躺在床上。②横，横在，面臨。「前途に困難が～・る」前途面臨困難。③横亘。「山脈が～・る」山脈横亘。

よこちょう◎【横町・横丁】　胡同，小巷，弄堂。

よこづけ◎【横付け】　横靠，停靠。

よこっちょ◎【横っちょ】　旁邊，側面，歪斜。「帽子を～にかぶる」斜戴帽子。

よこっつら◎【横っ面】　①側臉。「～を張る」打耳光。②旁邊的部分，側面。

よこづな◎【横綱】　横綱。

よこっぱら◎【横っ腹】　側腹，腰窩。

よこつら◎【横面】　側臉。

よこて◎【横手】　側面，旁邊。「公園の～に公衆便所がある」公園旁邊有公共廁所。

よこて◎【横手】　横手。秋田縣横手盆地東部的市。

よごと◎【夜毎】　每夜，每晚。

よことじ◎【横綴じ】　横訂。「～本」横裝書。

よこどり◎【横取り】　スル　搶奪，侵占。

よこなが◎【横長】　長方形（的），横寛（的）。↔縦長

よこながし◎◎【横流し】　スル　黑市交易。

よこなぐり◎◎【横殴り】　①風雨等從側面猛烈吹刮。「風がしだいに強くなり，大つぶの雨が～に降り出した」隨著風力的增大，豆粒般的雨横刮了起來。②横打。

よこなみ◎【横波】　①從船舷襲來的波浪。②横波。↔縦波

よこね◎【横根】　横痃。

よこばい◎【横這い】　①横爬。「かにの～」螃蟹横行。②行情、物價、銷售額、工資等的上下浮動幅度很少。③葉蟬。

よこはば◎【横幅】　寛度，幅寛。

よこばら◎【横腹】　①側腹，腰窩，肋。②物體的側面。

よこぶえ◎◎【横笛】　横笛。

よこぶり◎【横降り】　斜著下。

よこみち◎【横道】　①岔道。②非正題。「話はいつの間にか～にそれていた」不知何時談話離開了正題。

よこみつ◎【横褌】　相撲兜檔布位於身體兩側的部分。

よこむき◎【横向き】　朝向側面。「車が～になる」車子打横。

よこめ◎【横目】 ①斜視。②横目付。

よこめつけ◎【横目付】 横目付。室町時代武家的職名。→目付

よこもじ◎【横文字】 ①橫寫的文字，西洋文字。②洋文，西文。

よこもの◎【横物】 横物。横長之物。

よこやり◎【横槍】 插嘴。「～を入れる」從旁插嘴。

よこゆれ◎【横揺れ】 スル ①搖晃。②横晃。

よごれやく◎【汚れ役】 污角，爛角，反面角色。

よご・れる◎【汚れる】（動下一） 髒，骯髒，不乾淨。「どろで服が～・れる」泥水弄髒衣服。

よこれんぼ◎【横恋慕】 スル 旁戀。

よこわり◎【横割り】 ①横切。②横向改組。↔縦割り

よさ【善さ・良さ】 好處，妙處，長處，好的程度。「人柄の～」人品上的優點。

よざい◎【余罪】 餘罪。「～を追及する」追究餘罪。

よざくら◎【夜桜】 夜櫻，夜間觀賞的櫻花。「～見物」夜晚賞櫻。

よさむ◎【夜寒】 夜寒。

よさん◎【予算】 預算。

よし◎【止し】 停止。「～にする」終止；作罷。

よし◎【由】 ①緣由，情由。②情況，緣由。「御元気の～何よりです」聽說您身體健康，深感欣慰。③手段，方法，線索。「原因を知る～もない」無從得知。

よし◎【葦・蘆・葭】 蘆葦。「～の髄から天井を覗く」以管窺天。

よし◎【縦】（副） 縱然，即使。「～命を失おうとも」縱然喪命也…。

よじ◎【余事】 餘事。

よしあし◎◎【善し悪し】 ①善惡，好壞，是非。②有利也有弊。「直ちに実行するのは～だ」立即實行的話，有利也有弊。

ヨジウム◎【荷 jodium】 碘。

よしきり◎◎【葦切】 葦鶯。

よじげん◎【四次元】 四次元。

よしず◎【葦簀・葭簀】 葦簾。

よじつ◎【余日】 ①餘日。②改日。「～出直します」改日再來。

よしな・い◎【由無い】（形） ①不得已。沒有手段，沒有辦法，沒法子。「～・く退却する」不得不退卻。②無理由，無故。「～・い主張」無理的主張。③無聊，沒價值，沒有意思。「～・いことをさせた」使人做無聊的事。

よしなに◎（副） 酌情。「～お取り計らい下さい」請酌情處理。

よしのがみ◎【吉野紙】 吉野紙。

よしのざくら◎【吉野桜】 ①吉野櫻。②日本櫻花的別名。

よじのぼ・る◎【攀じ登る】（動五） 攀，攀登。「険しいがけを～・る」攀登懸崖。

よしみ◎【誼み・好み】 ①親密關係，親密交往。「～を通じる」互通友情。②情誼，友誼，交情。「同郷の～」同鄉之誼。

よしや◎【縦や】（副） 縱然，即使。「～失敗しても」即使失敗。

よしゅう◎【予習】 スル 預習。↔復習

よじょう◎【余剰】 剩餘。

よじょう◎【余情】 餘情，餘味。

よじょうはん◎【四畳半】 ①四張半。②接待室等裝飾講究的小房間。

よじ・る◎【捩る】（動五） 撚，扭，擰。「体を～・る」扭動身子。

よじ・れる◎【捩れる】（動下一） 扭，扭歪，擰。「腹の皮が～・れるほど笑う」笑痛肚皮。

よしわら◎【吉原】 吉原。指東京都台東區淺草北部，原為妓院區。

よしん◎【予診】 スル 預診。

よしん◎【予審】 預審。

よしん◎【余震】 餘震。

よしん◎【与信】 授信。「～契約」授信契約。

よじん◎【余人】 外人。「～を以って代えがたい」外人無法取代。

よしんば◎【縦んば】（副） 縱令，縱然，即使。「～善意にしろ」即便是善意。

よ・す⓪【止す】（動五）　停止，結束，作罷。

よすが⓪【縁】　依靠，寄託，憑藉，憑依。「思い出の～」思念的寄託。

よすぎ⓪⓪⓪【世過ぎ】　過日子。「身過ぎ～」謀生過日子。

よすてびと④【世捨て人】　出家人，僧人，隱士，遁世者。

よすみ⓪【四隅】　四角，四隅。

よせあつ・める⑤【寄せ集める】（動下一）　聚集（在一處）。

よせい⓪【余生】　餘生。「～を安楽に過ごす」安度晚年。

よせい⓪【余勢】　餘勢，餘勇。「～を駆る」趁著餘勢；驅策餘勇。

よせうえ⓪【寄せ植え】　混栽。

よせがき⓪【寄せ書き】スル　集體作畫，共同書寫，集體創作。

よせぎ⓪【寄せ木】　鑲嵌木，拼木，木片拼圖玩具。

よせぎざいく⓪【寄せ木細工】　木片鑲嵌工藝。

よせぎづくり⓪【寄せ木造り】　鑲木造法，拼木造。

よせだいこ③【寄せ太鼓】　①戰鼓。②招客鼓。

よせつ⓪【余接】　餘切。

よせつ・ける④【寄せ付ける】（動下一）　使靠近，使接近。「人を～・けない」不讓人靠近。

よせて⓪【寄せ手】　來攻方（部隊），來犯之敵。

よせなべ⓪【寄せ鍋】　什錦火鍋。

よせむねづくり⑤【寄せ棟造り】　四坡頂。

よ・せる⓪【寄せる】（動下一）　①（使）接近，移近，挪近。「彼はわたしのそばへ椅子を～・せてきた」他把椅子挪近我的身旁。②寄與，寄託。「関心を～・せる」寄予關心。③集中，收集，聚集，召集。「仲間を～・せて相談する」召集朋友商量。④拜訪。「近いうちに～・せてもらいます」過幾天到您府上拜訪。⑤加數，加。「二人の収入を～・せても足りない」把兩人的收入

加在一塊也不夠。⑥寄居，投靠。「友人の家に身を～・せる」投靠朋友。⑦藉口，藉故。「病気に～・せて休む」藉口生病休息。⑧迫近，逼近。「敵が～・せてくる」敵人逼近。

よせん⓪【予洗】　預洗。

よせん⓪【予選】スル　①預選。②預賽。

よぜん⓪【余喘】　殘喘，餘喘。「～を保つ」苟延殘喘。

よせんかい③【予餞会】　餞行會。

よそ②【余所・他所】　①別處，他處。「～へ逃げる」逃往別處。②外邊，別人家。↔うち。「～で夕飯を食べる」在外邊吃晚飯。③別處，其他，局外。「～の国の話」外國話。④（棄置不顧的）丟在一邊。「親の心配を～に遊びまわる」置父母的擔心於不顧，到處遊玩。

よそ・う②【装う】（動五）　盛，舀（湯）。「ごはんを～・う」盛飯。

よそうがい②【予想外】　預料之外。「試合は～の結果になった」比賽結果出乎意料之外。

よそ・える③【寄える・比える】（動下一）　①比擬，比作。②假託，假借。「仕事に～・えて外出する」假借工作名義外出。

よそおい⓪【装い】　①裝飾，裝扮。「～をこらす」精心打扮。②（外觀的）樣子，景象。「春の～」春裝。

よそお・う③【装う・粧う】（動五）　①打扮，穿戴，裝束，衣著。「シックに～・う」穿著入時。②假裝。「平気を～・う」故作鎮靜。

よそく⓪【予測】スル　預測。「結果を～する」預測結果。

よそごと⓪【余所事】　與己無關的事，別人的事。「～とは思えない」不能認為與己無關；不能認為是閒事。

よそじ⓪⓪⓪【四十・四十路】　40歲，40年。

よそながら④【余所ながら】（副）　遙遠地，背地，暗中，暗自。「～見守る」暗中注視。

よそみ⓪【余所見】　①看旁邊，往別處看。②旁人看來，別人的眼裡。「～に悪

い」給別人看見不好的。

よそめ⓪【余所目】 旁人眼光，乍看。「～にもうらやましい仲」在別人看來也是令人羨慕的伙伴。

よそもの⓪【余所者】 外鄉人，外來人，外人。「～扱い」當外人對待。

よそゆき⓪【余所行き】 ①出去，出門。「～の着物」出門穿的衣服。②外出穿的衣服，漂亮衣服。③（不自然的）客客氣氣，一本正經，裝模作樣，鄭重其事。「～の態度」一本正經的態度。

よそよそし・い⓪【余所余所しい】（形）不親熱的，冷淡的，疏遠的，見外的。「～・い態度」冷淡的態度。

よぞら⓪【夜空】 夜空。

よそ・る⓪（動五） 盛，舀（湯）。「ごはんを～・る」盛飯。

よた①【与太】 ①愚，愚人。②荒唐，胡說。「～を飛ばす」胡說八道。

よたか⓪【夜鷹】 夜鷹。

よたかそば④【夜鷹蕎麦】 夜晚沿街叫賣蕎麥麵條的小販，夜間叫賣的蕎麥麵條。

よたく⓪【余沢】 ①餘澤，餘蔭。②餘澤，托福。

よたく⓪【預託】 スル ①寄存。②委託保管，寄存。

よだつ⓪【与奪】 スル 予奪。「生殺～の権を握る」掌生殺予奪之權。

よだ・つ③【弥立つ】（動五） 悚然，戰慄。「身の毛が～・つ」毛骨竦然。

よたもの⓪【与太者】 流氓，惡棍。

よた・る⓪【与太る】（動五） ①胡說八道。②幹壞事，要流氓。

よだれ⓪【涎】 涎水，口水。

よだれかけ③【涎掛け】 圍兜。

よだん⓪【予断】 スル 預判。「～を許さない」不容預先論斷。

よだん⓪【余談】 題外話，閒話。「これは～だけど、あの人はどうしているの」說句題外話，那個人現在怎樣？

よだんかつよう【四段活用】 四段活用。

よち①【予知】 スル 預知，預測。「地震を～することは難しい」預知地震很難。

よち①【余地】 ①空地。②餘地，寬裕。「これ以上考える～はない」除此無考慮餘地。

よちょう⓪【予兆】 預兆，苗頭，前兆。

よちょきん⓪【預貯金】 儲蓄款。

よつ①【四つ】 ①四，四個。②4歲。③四。相撲術語。「～に組む」對峙。④已時，亥時。

よつあし①【四つ足・四つ脚】 ①四條腿。②獸類，畜牲。

よっか⓪【四日】 ①四天。②四日，四號。

よっか①【翼下】 ①翼下，機翼下。②羽翼之下，保護傘下。

よっかい⓪【欲界】 〔佛〕慾界。

よつかど⓪【四つ角】 十字路口，交叉路口。

よつぎ⓪【世継ぎ・世嗣】 繼世，世嗣。

よっきゃく⓪【浴客】 浴客。

よっきゅう⓪【欲求】 スル 慾求，慾望，希求。

よつぎり⓪【四つ切り】 四開印相紙。

よったり⓪【四っ人】 四人。

よっつ⓪【四つ】 四，四個，四歲。

よつつじ⓪【四つ辻】 十字路口。

よって⓪【因って・仍て】（接續） 因而，因此，所以。「～ここに賞します」因而，在此予以獎勵。「～件ﾉの如ﾄ゙し」立此為證；以此為據；據此證明；如上所述。

よつであみ⓪【四つ手網】 扳罾網。

ヨット①【yacht】 快艇。

ヨットハーバー④【yacht harbor】 遊艇停泊港。

よっぱらい⓪【酔っ払い】 醉鬼。

よっぱら・う⓪【酔っ払う】（動五） 喝醉，大醉。

よっぴて⓪【夜っぴて】（副） 整夜，終夜，通宵。

よっぽど⓪【余っ程】（副・形動） 「よほど」的強調說法。

よづめ⓪【夜爪】 夜裡剪指甲。

よつめがき⓪【四つ目垣】 方格籬笆。

よつゆ⓪【夜露】 夜露。

よづり⓪【夜釣り】 夜釣。

よ

よつんばい⓪【四つん這い】　匍匐。

よてい⓪【予定】スル　預定。「一週間滞在の～です」預定逗留一週。

よてき⓪【余滴】　餘滴，餘墨。

よど⓪【淀】　淤塞處，積水處。

よとう⓪【与党】　執政黨。↔野党

よどみ⓪【澱み・淀み】　①淤水，積水處。②言詞不流暢，口吃。「～なく話」不停地講。③沉澱物。

よど・む⓪【澱む】（動五）　①淤塞，沉滯，呆滯。②停滯，不流暢。「～・むことなく，どうどう意見を述べる」滔滔不絕地闡述意見。③沉澱。「池のそこにごみが～・む」池底沉積著垃圾。④沉悶。「～・んだ雰囲気」沉悶的氣氛。

よなおし⓪【世直し】　社改。改革社會。

よなか⓪【夜中】　夜裡。

よなが⓪【夜長】　夜長，長夜。↔日永。「秋の～」秋天的長夜。

よなき⓪【夜泣き】スル　夜哭，夜泣，夜哭。

よなき⓪【夜鳴き】　夜鳴，夜啼。

よなきうどん⓪【夜鳴き饂飩】　夜間叫賣湯麵。

よなきそば⓪【夜鳴き蕎麦】　夜鷹蕎麵。

よな・げる⓪【淘げる】（動下一）　①淘米。②淘選。③淘汰。

よなべ⓪【夜なべ】　夜班，夜工，開夜車。

よなよな【夜な夜な】（副）　夜夜。↔朝な朝な

よな・れる⓪【世慣れる・世馴れる】（動下一）　諳熟世故，通達人情。「～・れた商売人」通達世故的生意人。

よにげ⓪【夜逃げ】スル　夜裡逃跑。

よにも⓪【世にも】（副）　非常。「～不思議な話」天方夜譚。

よね⓪【米】　稻米。

よねつ⓪【余熱】　餘熱。

よねん⓪【余念】　餘念。

よのう⓪【予納】スル　預繳，預付。「～金」預付金。

よのぎ⓪【余の儀】（連語）　其他事。「～にあらず」並非他事。

よのつね⓪【世の常】（連語）　世上常有的事，普通，世之風習。

よのなか⓪【世の中】　①世上。②世態，世上。「～を知らない人」不瞭解社會的人。

よのならい⓪【世の習い】（連語）　世之風俗。

よは⓪【余波】　①餘波。「台風の～でまだ波が高い」由於颱風的餘波，風浪還很大。②餘波，遺痕。

よはい⓪【余輩】（代）　余輩，吾輩。

よばい⓪【夜這い】スル　夜裡走婚。

よはく⓪【余白】　餘白。

よばなし⓪【夜話・夜咄】　夜裡說話。

よばわり⓪【呼ばわり】スル　①呼叫，喊叫，呼喚。②喊，喊叫。「どろぼう～」喊抓賊。

よばわ・る⓪【呼ばわる】（動五）　大聲呼喚，呼喊，叫喚。

よばん⓪【夜番】　值夜班，打更（的人）。

よび⓪【予備】　①預備。「～校」預備學校。②〔法〕預備犯行。

よびおこ・す⓪【呼び起こす】（動五）　①叫醒，喚醒，叫起來。②喚起。「興味を～・す」喚起興趣。

よびかけ⓪【呼び掛け】　①招呼。②號召，召喚。「～にこたえる」響應號召。

よびか・ける⓪【呼び掛ける】（動下一）　①打招呼。②號召，呼籲。「全員に協力を～・ける」呼籲大家共同努力。

よびかわ・す⓪【呼び交わす】（動五）　互相招呼，互相叫。「名を～・す」相互叫對方的名字。

よびぐん⓪【予備軍】　預備軍。

よびこ⓪【呼び子】　哨子，警笛。

よびこう⓪【予備校】　補習學校，預科學校。

よびごえ⓪⓪【呼び声】　①召喚聲，呼喊聲，吆喝聲。②呼聲，評論。「次期首相の～が高い」出任下屆首相的呼聲很高。

よびこ・む⓪【呼び込む】（動五）　喚進，叫進，讓入。

よびじお⓪【呼び塩】　爲減少鹹味，把鹹味重的魚或鹹菜等浸入淡的鹽水中浸

泡，使鹽分析出。

よびすて⓪【呼び捨て】 指名道姓，直接稱呼姓名。「～にする」直呼其名。

よびだし⓪【呼び出し】 ①喚出，傳喚。②相撲場上擔任宣讀力士名字的人。③「呼び出し電話」的略稱。

よびだしでんわ⓪【呼び出し電話】 傳呼電話。

よびだ・す③【呼び出す】（動五） 喚出來，叫來。

よびた・てる⓪【呼び立てる】（動下一） ①大聲呼喊，高喊。②特地叫來，召來。

よびちしき③【予備知識】 預備知識。

よびつ・ける⓪【呼び付ける】（動下一）①叫來，傳喚來。②叫慣。「～・けた呼び名はかえにくい」叫慣了的稱呼很難改口。

よびと・める⓪【呼び止める】（動下一）叫住，叫回，攔住。

よびな⓪【呼び名】 ①名稱，稱呼。②俗稱。

よびみず③【呼び水】 ①啓動水。②引子，起因，誘因。「つまらぬ口論が～になって、ついに大けんかを演じた」由無謂的口角終於引發了一場激烈爭吵。

よびもど・す④【呼び戻す】（動五） 叫回，召回，喚回。

よびもの⓪【呼び物】 叫座節目。

よびや⓪【呼び屋】 演出經紀商，演出經紀人。

よびょう⓪【余病】 倂發症。「かぜは～を倂発しやすい」感冒易引起倂發症。

よびよ・せる④【呼び寄せる】（動下一）召喚來，請來，接來。

よびりん⓪【呼び鈴】 叫人的鈴，呼喚鈴。

よ・ぶ⓪【呼ぶ・喚ぶ】（動五） ①呼，叫。②叫來，喚來，招呼。「ボーイを～・ぶ」召喚服務生。③請來。「医者を～・ぶ」叫醫生。④邀請，邀來。「誕生日に友達を～・ぶ」生日那天邀請朋友。⑤稱爲，叫做。「東京は昔江戸と～・ばれた」東京過去叫做江戸。⑥招引，引來。「この小説は大変な人気を～・んで

いるそうだ」聽說這本小說很受讀者歡迎。「高値を～・ぶ」導致漲價。

よふかし③【夜更かし】 スル 熬夜。

よふけ③【夜更け】 深夜。

よぶこ⓪【呼ぶ子】 哨子，警笛。

よぶね③【夜船】 夜船。

よぶん⓪【余分】 ①剩餘部分，多餘部分。「～の入場券」多餘的入場券。②格外，加倍，額外。「～なお金を寄付する」把額外的錢捐贈出去。

よぶん⓪【余聞】 軼聞，逸話，軼事。

よほう⓪【予報】 スル ①預報。②天氣預報。「長期～」長期天氣預報。

よぼう⓪【予防】 スル 預防。

よぼう⓪【輿望】 輿望，衆望。「～を一身に担う」負衆望於一身。

よぼうせっしゅ【予防接種】 預防接種。

よぼうせん【予防線】 ①防線。②預防線，防線。「～を張る」設警戒線。

よほど⓪【余程】 （副）①很，頗。「病気が～重い」病情相當嚴重。②差點就…，幾乎要…。「～棄権しようかと思った」幾乎棄權。

よぼよぼ⓪（副）スル 老態龍鍾。

よまいごと⓪【世迷言】 牢騷。「～を並べる」牢騷滿腹。

よまつり③【夜祭り】 夜祭。

よまわり③【夜回り】 スル 更夫，巡夜。

よみ①【黄泉】 黄泉。

よみ③【読み】 ①讀，念。「アナウンサーが～を間違えた」播音員讀稿時出現口誤。②讀漢字。③預見。「～が深い人」深謀遠慮的人。

よみあ・げる④【読み上げる】（動下一）①朗讀，宣讀。②讀完，看完。

よみあわせ⓪【読み合わせ】 ①讀校。「二人で～をする」雙人校對。②對臺詞。

よみあわ・せる⑤【読み合わせる】（動下一） ①讀校。②對臺詞。

よみか・える④【読み替える】（動下一）換讀法。用另一讀法念同一漢字。

よみがえ・る③【蘇る・甦る】（動五）①復甦，甦醒。②復甦，復興，恢復。

「記憶が～・る」恢復記憶。

よみかき⓪【読み書き】 讀寫。「～そろばん」讀寫算。

よみかた⓪【読み方】 ①讀法，念法。②閱讀法，讀法。

よみきり⓪【読み切り】 ①念完。②一期登完。

よみき・る⓪【読み切る】（動五） ①讀完，看完。②看透，看穿。「先を～・る」看透。

よみくせ②【読み癖】 閱讀習慣，習慣讀法。

よみくだ・す⓪【読み下す・訓み下す】（動五） ①通讀。「～気に～・す」一口氣通讀。②讀解。「白文を～・す」讀解無注釋漢文。

よみごたえ④【読み応え】 ①讀起來很有收獲。②讀起來很吃力。

よみこな・す④【読み熟す】（動五） 讀熟，讀懂，讀透，讀通。

よみこ・む④⓪【詠み込む】（動五） 把事物的名稱吟詠進詩歌中。

よみこ・む④⓪【読み込む】（動五） ①讀進去。②讀入。

よみさ・す⓪【読み止す】（動五） 讀到中途停下，沒讀完。

よみじ⓪【黄泉・黄泉路】 黃泉路。

よみ・する⓪【嘉する・好する】（動サ變）嘉獎，表揚，贊許。「厚意を～・する」其情可嘉。

よみせ⓪【夜店・夜見世】 夜攤，夜市。「～を出す」擺夜攤。

よみち⓪【夜道】 夜路。

よみて⓪【詠み手】 吟詩人。

よみて⓪【読み手】 ①從事閱讀工作的人，擔任朗讀任務的人。②唱讀人。

よみで⓪【読み出】 有的讀，看看頭。「～のある本」看看頭的書。

よみと・る⓪【読み取る】（動五） ①讀懂，領會。②推測，看出，識破。「相手の心を～・る」看出對方的心思。

よみなが・す④【読み流す】（動五） ①瀏覽。②暢讀。

よみびと⓪【詠み人】 吟詠人，詩歌作者。

よみふけ・る④【読み耽る】（動五） 埋頭讀，專心閱讀。

よみふだ⓪【読み札】 唱讀牌。←取り札

よみほん⓪【読本】 讀本。

よみもの⓪【読み物】 ①讀書。②讀物，書籍。「子供向けの～」兒童讀物。

よ・む①【読む】（動五） ①念，讀。「大声で～・む」大聲讀。②看，閱讀。「手紙を～・む」讀信。③看，判斷。「心電図を～・む」看心電圖。④體察，揣度。「人の心を～・む」揣度人的心思。

よ・む①【詠む】（動五） 詠，吟詠。「一首～・む」詠一首。

よめ⓪【嫁】 ①兒媳婦。②新娘。←婿。「～を迎える」迎娶新娘。

よめ⓪【夜目】 夜裡看。「～がきく」夜裡看得清楚。

よめい⓪①【余命】 餘命，餘生，殘年。「～いくばくもない」將不久於人世。

よめいびり④【嫁いびり】 欺負媳婦。

よめいり⓪【嫁入り】 スル 出嫁。

よめご⓪【嫁御】 〔「嫁」的敬稱〕新娘子。

よめとり③【嫁取り】 娶親，迎親，娶媳婦。

よめな⓪【嫁菜】 馬蘭，雞兒腸。

よ・める⓪【読める】（動下一） ①能讀，會念。②有價值看，值得讀。③看出，看懂，明白。「君の考えは～・めた」已明白你的想法。

よも①【四方】 ①四方。「～の海（＝四海）」四海。②四方，四處。

よもぎ⓪【蓬・艾】 艾，艾草。

よもすがら⓪【終夜】（副） 終夜，一夜，整夜，通宵。「～語る」聊了一夜。

よもや①（副） 難道，未必，不至於。「～そんなことはあるまい」未必有那樣的事。

よもやま⓪【四方山】 各種方面，雜七雜八，東拉西扯，各式各樣。

よやく⓪【予約】 スル 預約。

よゆう⓪【余裕】 ①從容，充裕，餘裕。「心に～を持つ」保持從容不迫的心情。②剩餘，有餘裕。「席に～がある」座位綽綽有餘。

よよ⓪【代代・世世】 世世，代代，世代。

よよ①【夜夜】 每夜，夜夜。

よよと①（副） 抽抽搭搭地哭，嗚咽。「～泣き伏す」伏身痛哭。

より②【寄り】 ①靠。相撲中雙方扭在一起後身體貼緊推進（將對方推出界外）。②腫塊集中在一處。③靠近，接近。「海～の道」靠海邊的路。

より②【縒り・撚り】 撚，搓（的東西）。「～の甘い糸」搓得不緊的線。「～を戻す」鬆開捻緊的東西；言歸於好；破鏡重圓。

より①（副） 更，更加。「～速く」更快。「～よい社会」更美好的社會。

よりあい⓪【寄り合い・寄合】 ①聚會。「～で祭りの日を決める」在集會上決定節日活動的日期。②寄合。鎌倉後期的意思決定機關。

よりあつまり【寄り集まり】 聚集，聚會。「しろうとの～」業餘愛好者的聚會。

よりあつま・る【寄り集まる】（動五） 集聚，集合。

よりいと⓪【撚り糸・縒り糸】 撚的線。

よりかか・る⓪【寄り掛かる・凭り掛かる】（動五） ①依靠，憑靠。身體靠著。②依靠，依賴。「親に～・って暮す」依靠父母過日子。

よりき①【与力】 スル 幫助，援助。

よりき・る⓪【寄り切る】（動五） 抓推。相撲中交手雙方抓緊對方，將對方推出比賽區外的動作。

よりごのみ⓪【選り好み】 スル 挑揀。

よりすぐ・る⓪【選りすぐる】（動五） 精選，篩選，選拔。

よりそ・う⓪【寄り添う】（動五） 靠近，挨靠，緊挨。

よりたおし⓪【寄り倒し】 靠倒。相撲決定勝負的招數之一。

よりつき⓪【寄り付き】 ①靠門口房間，外屋。②茶會休息間的別名。③開盤，開盤價。↔大引け①

よりつ・く⓪【寄り付く】（動五） ①靠近，挨近。「人が～・かない」人無法挨近。②開盤。

よりどころ⓪【拠り所】 ①依據。②依託，依靠。「心の～」精神支柱。

よりどり⓪【選り取り】 任意挑選，隨意挑選。

よりぬ・く⓪【選り抜く】（動五） 精選，選拔。

よりね⓪【寄り値】 開盤價。

よりみ⓪【寄り身】 靠身。相撲運動中，雙方交手扭在一起後用力將對方推出。

よりみち⓪【寄り道】 スル 順路，順道。

よりめ⓪【寄り目】 內斜視。

よりょく①【余力】 餘力。「～を残さず」不遺餘力。

よりわ・ける【選り分ける】（動下一） 分類挑選，分選。

よる①【夜】 夜，晚上。↔昼

よ・る①【因る・由る・依る】（動五） ①因，由於。「不注意に～・る事故」由於不小心造成的事故。②透過，依靠。「武力に～・る解決」訴諸武力解決。③在於，取決於。「努力いかんに～・る」取決於努力程度如何。④根據，看，按照。「聞くところに～・ると」據聞。「規則に～・れば」根據規定。

よ・る①【拠る】（動五） ①依據，按照。「最新の研究に～・る治療法」根據最新的研究成果採用的治療方法。②固守，據守。「大坂城に～・った豊臣方」據守大坂城的豐臣一方。

よ・る①【寄る】（動五） ①挨近，靠近。「近くに～・って見る」靠近跟前看。②靠，靠近。「道の右側に～・る」靠馬路右側。③人聚集。「三人～・れば文殊の知恵」三個臭皮匠勝過一個諸葛亮。④順便去，順路到。「本屋へ～・る」順便去趟書店。⑤增多，高齡。「～・る年波」上年紀。

よ・る①【選る・択る】（動五） 選，擇，挑選。

よ・る①【縒る】（動五） 捻，搓。「和紙でこよりを～・る」用和紙搓紙捻。

よるがお⓪【夜顔】 月光花，天茄子。

よるせき⓪【夜席】 曲藝場的晚場演出。

よるのおんな◎【夜の女】 夜女郎，妓女，娼妓。

よるひる◎【夜昼】 ①晝夜。②不分晝夜，晝夜不停，日日夜夜。「～休まず急ぐ」晝夜兼程；晝夜不停地急趕。

よるべ◎【寄る辺・寄る方】 依靠，投靠處。「～のない人」無依無靠的人。

よるよなか【夜夜中】 深夜，深更半夜。

よれい◎【予鈴】 預備鈴。

よ・れる【縒れる】（動下一） 扭結，扭歪。「糸が～れる」線纏在一起。

よろい【鎧・甲】 鎧甲。

よろいど【鎧戸】 百葉門。

よろく◎【余禄】 外快。「～に与る」收到外快。

よろく◎【余録】 其餘的記録。

よろ・ける◎【蹌踉ける・蹣跚ける】（動下一） ①蹣跚。②跟蹌。

よろこばし・い◎【喜ばしい】（形） 高興，喜悦。

よろこば・す◎【喜ばす・悦ばす】（動五） 使高興，使歡喜。

よろこば・せる◎【喜ばせる】（動下一） 使高興，使歡喜。

よろこび◎【喜び・慶び・悦び】 ①歡喜，喜悦。②道喜。「新年のお～を申し上げます」恭賀新禧。

よろこ・ぶ◎【喜ぶ・慶ぶ・悦ぶ】（動五） ①歡喜，喜悦，高興。「合格を～・ぶ」爲合格而高興。②恭喜，祝賀，慶賀。「無事な生還を～・ぶ」祝賀平安生還。③欣喜，欣然接受。「～・んで手伝いする」願意幫忙。

よろし・い◎【宜しい】（形） ①可以，令人滿意。「その処置で～・い」照那樣處置就可以。②沒關係，可以，行。「帰って～・い」可以回去。③好的，可以的，挺妥當，挺適當。「御都合の～・いときお越し下さい」在您方便的時候歡迎光臨。④好，行。「～・い，おまかせ下さい」好，就交給我辦吧。

よろしき◎【宜しき】 正合適，恰當，得當。「指導～を得る」指導得當。

よろしく◎【宜しく】（副） ①適當地，

酌情。「あいつは～やっているだろう」那傢伙大概正在好好地工作吧！②請關照，請致意。「どうぞ～」請多關照。③當然，一定。「～勉強すべし」應該好好學習。④宛如…。「役者～大見得を切る」儼然一副大明星派頭。

よろず◎【万】 ①萬。②成千上萬，數量非常多。「～の神々」眾神。③一切，萬事。「～承ります」一切遵命。

よろずや◎【万屋】 ①雜貨店。②萬事通。

よろめ・く【蹌踉めく】（動五） ①蹣跚，跟蹌。②受引誘。

よろん◎【輿論・世論】 輿論。「～に訴える」訴諸輿論。

よわ◎【余話】 餘話，逸聞。

よわい◎【齢】 年齡，年紀。

よわ・い◎【弱い】（形） ①弱，軟弱。「～・いチーム」弱隊。「風が～・くなる」風變小了。②脆弱，懦弱。「気が～・い」怯懦。③虛弱。④不結實。「体が～・い」身體虛弱。⑤薄弱，軟弱，經不起。「誘惑に～・い」經不起誘惑。⑥受不了，虧欠，內疚，有短處，心虛。「そう言われると～・い」經這麼一説就受不了。⑦弱，不擅於，做不好，不內行。「数学に～・い」數學不好。↔強い

よわき◎【弱気】 ①怯懦。↔強気。「～を出す」露出膽怯。②行情看跌。↔強気

よわごし◎【弱腰】 懦弱，膽怯，氣餒。↔強腰。「～を見せる」顯得膽怯。

よわたり◎【世渡り】スル 生活，生計，處世。

よわね◎【弱音】 洩氣話。「～を吐く」叫苦；説洩氣話。

よわび◎【弱火】 弱火，文火。↔強火

よわふくみ【弱含み】 趨跌。↔強含み

よわま・る◎【弱まる】（動五） 變弱，減弱。↔強まる

よわみ◎【弱み】 短處。↔強み。「～をにぎられる」被人抓住弱點。

よわむし◎【弱虫】 膽小鬼，孬種。

よわ・める◎【弱める】（動下一） 減

弱，削弱。↔強める

よわよわし・い⑤【弱弱しい】（形）　軟
弱，孱弱。

よわりめ⓪④⑤【弱り目】　虚弱時。「～に
祟たり目」禍不單行；雪上加霜。

よわ・る⓪【弱る】（動五）　①衰弱。「体
が～・る」身體衰弱。②（勢頭）減
弱，衰退。「気力が～・る」精力衰退。
③為難。「むりやり仕事をたのまれて～
・った」因為被強迫做工作感到實在為
難。

よん⓪【四】　四。四個。

よんダブリューディー⓪【4WD】　〔four-
wheel drive〕四輪驅動。

よんどころな・い⓪【拠ん所無い】（形）
無可奈何。「～・い用事」迫不得已的事
由。

よんびょうし③【四拍子】　四拍，四拍
子。

よんりん⓪【四輪】　①四輪。②4輪的汽
車。「小型～」小四輪。「軽～」輕四
輪。

よんりんくどう⑤【四輪駆動】　四輪驅
動。

ら

ら⓪【羅】 ①綾羅。②羅，紗羅。

ラ⓪【義 la】 la。西洋音樂中音階名之一。

ラー⓪【Ra】 瑞。

ラーゲ⓪【德 Lage】 （男女性交時的）體位。

ラーゲリ⓪【俄 lager'】 集中營。

ラージ⓪【large】 大的，巨大的。

ラージヒル④【large hill】 大跳臺。→ノーマル-ヒル

ラード⓪【lard】 豬油。

ラーメン【老麵・拉麵】 拉麵。

ラーユ⓪【辣油】 辣油。

らい【来】 ①下，下一個。「～年度」下一個年度。②從那時至今，自那以來。「昨年～」去年以來。

らいい⓪【来意】 ①來意。「～を告げる」告知來意。②來信旨意。

らいう⓪【雷雨】 雷雨。

らいうん⓪【雷雲】 雷雨雲。

らいえん⓪【来演】 スル 前來演出。

らいえん⓪【来援】 來援。

らいおう⓪【来往】 スル 來往，往來。

ライオン⓪①【lion】 獅子。

ライオンズクラブ⑥【Lions Club】 萊昂斯俱樂部。

らいか⓪【雷火】 ①閃電。②雷火。

らいが⓪【来駕】 スル 駕臨，蒞臨，光臨。

らいかい⓪【来会】 スル 與會，到會。「～の皆様」出席會議的各位。

らいかん⓪【来館】 スル 來館。

らいかん⓪【雷管】 雷管。

らいき⓪【来期】 下一期。

らいきゃく⓪【来客】 來客，來賓。

らいぎょ⓪【雷魚】 鱧魚，雷魚。

らいげき⓪【雷撃】 スル ①雷擊，落雷，打雷。②魚雷攻擊。「～機」水魚雷機。

らいげつ⓪【来月】 下個月。

らいこう⓪【来航】 スル 乘船來，來航。

らいこう⓪【来寇】 スル 入寇，來寇，敵寇來犯。

らいこう⓪【雷光】 閃電。

らいごう⓪【来迎】 來迎。

らいさん⓪【礼賛・礼讃】 スル ①禮讚。②〔佛〕禮讚。拜佛，並頌揚其功德。

らいしゃ⓪【来車】 スル 乘車前來。

らいしゅう⓪【来秋】 來秋。來年秋天。

らいしゅう⓪【来週】 下星期，下週。

らいしゅう⓪【来集】 スル 來聚。

らいしゅう⓪【来襲】 スル 來襲。「敵機の～を受ける」遭受敵機來襲。

らいじゅう⓪【雷獣】 雷獸。

らいしゅん⓪【来春】 ①來春，明春。②明年正月。

らいしょ⓪【来書】 來書，來信。

らいじょう⓪【来状】 來函。

らいじょう⓪【来場】 スル 到場，出席。

らいしん⓪【来診】 スル 出診，來診。

らいじん⓪【雷神】 雷神，雷公。

らいしんし⓪【頼信紙】 電報紙。

ライス⓪【rice】 米飯。

ライスペーパー④【rice paper】 捲煙紙。

らいせ⓪【来世】 〔佛〕來世。

ライセンス⓪【licence】 ①許可證，執照。②特許。「～生産」特許生産。

ライター⓪【lighter】 打火機。

ライター⓪【writer】 作家，撰稿人。

ライダー⓪【rider】 （摩托車等的）騎士。

らいたく⓪【来宅】 スル 到我家。

らいだん⓪【来談】 スル 前來談話。

らいちゃく⓪【来着】 スル 到達，抵達。

らいちょう⓪【来朝】 スル 來日本，來朝廷。

らいちょう⓪【来聴】 スル 過來聽。

らいちょう⓪【雷鳥】 雷鳥。

ライティング⓪【lighting】 佈光，配光。

らいてん⓪【来店】 スル 來店。

らいでん⓪【来電】 來電。

らいでん⓪【雷電】 雷電。

ライト⓪【light】 ①光，光線。②燈火，照明。③明亮的，淡的。↔ダーク。「～

-グリーン」淡緑色。

ライト①【right】 ①右，右側。②〔right field 之略〕（棒球）右外野。③〔right fielder 之略〕（棒球）右外野手。④保守的立場，右派。「ニュー-～」新保守派。↔レフト

ライトアップ④【light up】 夜燈照明。

らいとう①【来島】 スル 來島。

らいどう①【雷同】 スル 雷同。「付和～」人云亦云；附和雷同；隨聲附和。

ライトきゅう①【一級】 羽量級。

ライトバン①【⑥ light＋van】 輕型廂型車。

ライトペン①【light pen】 光筆。

ライトモチーフ④【德 Leitmotiv】 主導動機。

ライナー①【liner】 ①平飛球。②定期船。↔トランパー。③活動裡子。可拆洗的大衣裡。

らいにち①【来日】 スル 來日。

ライニング①①【lining】 ①襯套，襯墊。②襯裡，襯料。

らいねん①【来年】 來年。

らいはい①【礼拝】 スル 禮拜。→れいはい（礼拝）

らいはる①①【来春】 明春，來春。

ライバル①【rival】 對手，好敵手，競爭者。

らいひん①【来賓】 來賓。

ライフ①【life】 ①命，生命。②一生，生涯，一輩子。③生活。④救命，救生。「～ボート」救生艇。

ライブ①【live】 ①直接播出，實況轉播。②現場演奏，實況演奏。③（形動）（音質）活躍，混音時間長。↔デッド

ライフサイエンス④【life science】 生命科學。

ライフサイクル④【life cycle】 ①生命周期。②商品壽命。

ライフジャケット⑤【life jacket】 救生衣。

ライブショー④【live show】 實地表演，現場演出，現場直播。

ライフスタイル⑤【lifestyle】 生活方式。

ライフステージ⑤【life stage】 生命階段。

ライフセービング⑥【lifesaving】 救生，救難。

ライブハウス④【⑥ live＋house】 樂隊在現場演奏音樂的店。

ライフライン④【life line】 ①生命線。指關係到生存的電、水、瓦斯等補給機能。②緊急相互交談電話。

ライブラリー①【library】 ①圖書館，圖書室。「レコード-～」唱片圖書館。②藏書。③文庫。④程式集。⑤資料庫。

ライフルじゅう④【一銃】 來福槍，步槍。

ライフワーク④【lifework】 畢生事業，畢生巨著。

らいほう①【来訪】 スル 來訪。↔往訪。「友人の～を待ち受ける」等候友人的來訪。

らいほう①【来報】 來報，來通知。

ライム①【lime】 萊姆樹。

ライム①【rhyme】 韻，韻腳，押韻。

ライむぎ①【一麦】 〔rye〕黑麥，裸麥。

ライムライト④【limelight】 ①聚光燈，灰光燈。②名聲，評價。

らいめい①【雷名】 ①威名。「～がとどろく」大名鼎鼎。②大名。敬稱對方的聲名的詞語。

らいめい①【雷鳴】 雷鳴，雷聲。

らいゆ①【来由】 來由，來歷，由來。

らいらく①【磊落】 豪爽，豁達，磊落。「豪放～な性格」豪放磊落的性格。

ライラック④【lilac】 丁香，紫丁香。

らいりん①【来臨】 スル 光臨，駕臨。

らいれき①【来歴】 ①來歷。「～をただす」說明來歷。②經歷，個人的履歷。

ライン①【line】 ①線。②行，行列。「ピケ～」糾察線；警戒線。③水準，水平。「合格～」及格線。④航線，線路。⑤生產線。

ラインアウト④【line-out】 爭邊線球。

ラインアップ④【line up】 ①（棒球比賽中的）打擊順序。②陣容，上場隊員。

ラインダンス⑤【line dance】 橫列舞蹈。

ラインプリンター⑤【line printer】 行列

式印表機。

ラウ◎【羅宇】 煙袋桿。

ラウドスピーカー◎【loudspeaker】 揚聲器。

ラウンジ◎【lounge】 ①休息室，社交室。②（機場內的）候機室。

ラウンド◎【round】 ①輪。拳擊競賽的各回合比賽，一輪比賽 3 分鐘。「最終~」最後一輪比賽。②輪。高爾夫球運動中，一輪有 18 洞。③圓。接在其他外來語之前，表示圓形的意思。「~-テーブル」圓桌。

ラウンドテーブル◎【round table】 圓桌，圓桌會議。

ラウンドナンバー◎【round number】 整數，近似整數，10 的整倍數。

ラオチュー◎【老酒】 老酒，黃酒。

ラガー◎【rugger】 橄欖球（隊員）。

ラガービール◎【lager beer】 儲藏啤酒。

らかん◎【羅漢】 羅漢。

らがん◎【裸眼】 裸眼。「~視力」裸眼視力。

らぎょうへんかくかつよう◎【ラ行変格活用】 「ラ」行變格活用，「ラ」行變格，「ラ」變。

らく◎【楽】 ①舒適，安穩。②閒適而放鬆。③經濟寬裕。④容易，簡單而不費力。⑤〔「千秋楽」之略〕結束。持續幾天的表演或相撲比賽的最後一天，引申爲事物的終結。

ラグ◎【lag】 遲延。

らくいん◎【烙印】 烙印，火印。「犯罪者の~を押される」打上犯罪者的烙印。

らくいん◎【落胤】 貴人私生子。「御~」庶子。

らくいんきょ◎【楽隠居】 スル 安閒隱居，安閒度日。

らくえん◎【楽園】 樂園，天堂。

らくがい◎【洛外】 京都城外，都城外。↔洛中

らくがき◎【落書き・楽書き】 スル 亂寫，亂畫，塗寫。

らくがん◎【落雁】 ①落雁。②落雁。一種乾點心。

らくご◎【落伍】 スル 落伍，落後。

らくご◎【落語】 落語。日本曲藝場演出的一種。

らくごか◎【落語家】 落語家。

らくさ◎【落差】 ①落差。②落差，差距。

らくさつ◎【落札】 スル 中標，拍定，投標獲中。

らくじつ◎【落日】 落日。

らくしゅ◎【落手】 スル ①落到手裡，弄到手。②錯手，錯著。

らくしゅ◎【落首】 匿名打油詩。

らくしょ◎【落書】 ①匿名諷刺文章。②胡亂寫畫。

らくしょう◎【落掌】 スル 接到，到手。

らくしょう◎【楽勝】 スル 輕取。

らくじょう◎【落城】 スル ①城池陷落。②陷落，放棄，被勸服。

らくしょく◎【落飾】 スル 落飾。指貴人削髮入佛門。

らくせい◎【洛西】 京都的西邊，京都西部的郊外。

らくせい◎【落成】 スル 落成。「~式」落成儀式。

らくせき◎【落石】 スル 落石。

らくせき◎【落籍】 スル ①戶籍漏登。②落籍，除名。從花名冊上除去姓名。③落籍。交贖身錢後使藝妓、妓女等停業從良。

らくせん◎【落選】 スル ①落選。↔当選 ②漏選。↔入選

らくだ◎【駱駝】 駱駝。

らくたい◎【落体】 落體。

らくだい◎【落第】 スル ①落第，落榜，沒考上，不及格。↔及第 ②留級。「~点」留級分數；不及格分數。③不合格，不稱職。「経営者としては~だ」作爲一個經營者是不及格的。

らくたん◎【落胆】 スル 沮喪。

らくちゃく◎【落着】 スル 有著落，了結，落實。「一件~」了結了一件事情。

らくちゅう◎◎◎【洛中】 京城內，京都市內。↔洛外

らくちょう◎【落丁】 脫頁，缺頁。

らくてん◎【楽天】 樂天。

らくてんか₀【楽天家】　樂觀主義者，樂天派。

らくてんしゅぎ₅【楽天主義】　樂觀主義。

らくてんち₃【楽天地】　樂園。

らくてんてき₀【楽天的】（形動）　樂天的，樂觀（的）。

らくど₀【楽土】　樂土，樂園。

らくとう₀【洛東】　都城的東邊。尤指京都鴨川以東之地。

らくない₀【洛内】　都城之中，京都市內。

らくなん₀【洛南】　都城的南部，京都南部的郊外。

らくね₀【楽寝】　樂寢。

らくのう₀【酪農】　酪農，酪農業。

らくば₀【落馬】 スル　落馬。

らくはく₀【落剥】 スル　剝落。

らくはつ₀【落髪】 スル　落髮。

らくばん₀【落盤・落磐】 スル　塌方。「～事故」塌方事故。

らくび₀【楽日】　閉幕日。

ラグビー₁【rugby】　橄欖球。

らくほく₀【洛北】　都城的北部，京都北部的郊外。

らくめい₀【落命】 スル　喪生，喪命。

らくやき₀【楽焼き】　樂燒。陶器名。

らくよう₀【落葉】 スル　落葉。

らくよう₀【落陽】　落日。

らくよう₀【洛陽】　洛陽。「～の紙価_かを高める」洛陽紙貴。

らくようじゅ₃【落葉樹】　落葉樹。↔常緑樹

らくようしょう₃【落葉松】　落葉松的別名。

らくらい₀【落雷】 スル　落雷，雷擊。

らくらく₃【楽楽】（副）　①安逸，舒適。「親の遺産で～と暮らす」靠父母遺產過舒適日子。②輕輕鬆鬆，輕而易舉。「～合格する」很容易合格。

ラクロス₁【lacrosse】　長曲棍球。

ラケット₂【racket】　球拍。

ラザーニャ₀【義 lasagna】　焗烤千層麵。

ラジアルタイヤ₅【radial tire】　輻射輪胎。

ラジアン₁【radian】　〔數〕弧度。

ラジウス₂【Radius】　拉救斯煤油爐。

ラジウム₁【radium】　鐳。

ラジエーター₅【radiator】　①散熱器。②汽車水箱。

ラジオ₁【radio】　無線電廣播，無線電收音機。

ラジオアイソトープ₇【radioisotope】　放射性同位素。

ラジオコンパス₅【radiocompass】　無線電羅盤，無線電測向儀。

ラジオゾンデ₄【德 Radiosonde】　無線電探空儀，無線電高空測候器。

ラジカセ₀　收錄機。

ラジカル₁【radical】　（形動）①過激的，激進的。②根源性的，根本的，基本的。

ラジコン₀　無線電控制。

らししょくぶつ₄【裸子植物】　裸子植物。

ラシャ₁【葡 raxa】　呢絨。

ラジャー₁【roger】　〔無線電通訊用語〕明白。

ラシャがみ₀【－紙】　呢絨紙。

ラシャめん₀　洋妾，外妾。

らしゅつ₀【裸出】 スル　裸露，裸出。

らしん₀【裸身】　裸身。

らしんぎ₂【羅針儀】　羅盤儀。

らしんばん₀【羅針盤】　指南針，羅盤。

ラスク₁【rusk】　麵包脆片，蛋糕乾。

ラスト₁【last】　最後，結束，末尾。

ラストシーン₄【last scene】　最後場面，閉幕。

ラストスパート₅【last spurt】　衝刺。「～をかける」最後衝刺。

ラストヘビー₄【㊥ last+heavy】　衝刺，最後的努力。

ラスパイレスしすう₇【－指数】　拉斯佩耶斯指數。

ラズベリー₃【raspberry】　覆盆子。

らせん₀【螺旋】　①螺旋，螺紋。「～状」螺旋狀。②螺絲，螺釘。

らぞう₀【裸像】　裸體像，裸像。

らたい₀【裸体】　裸體。

ラタトゥイユ⓪【法 ratatouille】 法式燉菜。

ラタン⓪【rattan】 藤。

らち⓪【埒】 界域，界限，著落。「～も無い」不著邊際；毫無價值。
　らちが明かない 毫無進展；沒有結果。

らち⓪【拉致】スル 劫持，綁架。

らちがい⓪【埒外】 界限外，界域外，界定之外。↔埒内。「法律の～」法律的界定之外。

らちない【埒内】 界限内，界域内，限度内，界定之内。↔埒外

らっか⓪【落下】スル 落下。

らっか【落花】 落花，落英。

らっかせい⓪【落花生】 落花生。

らっかろうぜき⓪【落花狼藉】 落花狼藉。

らっかん⓪【落款】 落款。

らっかん⓪【楽観】スル 樂觀。↔悲觀

らっかんてき⓪【楽観的】（形動） 樂觀的。「～な予測」樂觀的預測。

ラッキー①【lucky】（形動） 幸運的，吉祥的。

ラッキーセブン⑤【lucky seventh】 幸運第七局。

ラッキーゾーン⑤【lucky zone】 幸運區。

らっきゅう⓪【落球】スル 漏接。

らっきょう⓪【辣韮】 薤，野薤。

ラック①【rack】 ①架。「ステレオ-～」身歷聲音響架。②齒條，導軌。

ラック①【ruck】 亂集團，勒克，拉克。橄欖球名詞。

らっけい⓪【落慶】 落成慶典。「～供養」落成慶典供養。

らっこ⓪【猟虎・海獺】〔愛奴語〕海獺。

ラッサねつ⓪【一熱】 拉撒熱。

ラッシュ①【rush】 ①蜂擁而至。②猛攻，猛進，猛衝。③尖峰時間。④（電影未經剪輯的）母帶，工作母帶。

ラッシュアワー④【rush hour】 擁擠時間，（交通）尖峰時間。「朝夕の～」早晚的交通尖峰時間。

らっ・する⓪【拉する】（動サ變） 綁架，劫持。

ラッセル①【russel】スル ①鏟雪車。②鏟雪開道，排雪前進。

ラッセルしゃ④【一車】 鏟雪車。

ラッチ①【latch】 彈簧鎖。

ラット【rat】 耗子。老鼠。

らっぱ⓪【喇叭】 喇叭。「進軍～」進軍號。「～を吹く」吹牛。說大話。

らっぱずいせん⑤【喇叭水仙】 喇叭水仙，黃水仙。

らっぱのみ⓪【喇叭飲み】スル 嘴對著瓶口喝。

ラッピング⓪【wrapping】 藝術包裝。

ラップ①【lap】 ①圈，趟。指跑道的一圈，或游泳比賽中泳道的一個往返。②中途記時，一趟時間。

ラップ①【wrap】 保鮮膜。

ラップタイム④【lap time】 中途計時，途中記錄，一趟時間。

ラップトップ④【lap top】 膝上型主機。

らつわん⓪【辣腕】 精幹，精明強幹。「～をふるう」大顯身手。

ラディッシュ⓪【radish】 櫻桃蘿蔔，紅蕪菁。

ラテックス②【latex】 ①膠乳，橡漿。②乳膠。

ラテン⓪【Latin】 ①拉丁語，拉丁音樂。②拉丁。「～文化」拉丁文化。

らでん⓪【螺鈿】 螺鈿。

ラテンアメリカ⑥【Latin America】 拉丁美洲。

ラテンおんがく⑥【一音楽】 拉丁音樂。

ラテンご⓪【一語】 拉丁語。

ラテンみんぞく④【一民族】 拉丁民族。

ラドン①【radon】 鐳氡。

らぬきことば④【ら抜き言葉】 省ら詞。

ラノリン⓪【lanolin】 羊毛脂。

らば①【騾馬】 騾，馬騾。

ラバー①【rubber】 ①橡膠。②橡皮。

ラバーセメント④【rubber cement】 橡膠膠水。

ラバーソール④【rubber sole】 膠底皮鞋。

ラバトリー⓪【lavatory】 廁所，洗手間。

ラビ[1]【rabbi】 拉比。猶太教的神職人員。
ラビオリ[0]【義 ravioli】 義大利餃。
ラビット[1]【rabbit】 兔子。
ラビリンス[1]【labyrinth】 迷宮。
らふ[1]【裸婦】 裸婦。
ラフ【ruff】 百褶領。
ラフ[1]【rough】 [1]（形動）①粗。②粗野的，粗暴的。③不精緻的樣子。[2] ①長草區，粗糙地帶。②硬式網球拍的一面。↔スムーズ
ラブコール[3]【love call】 愛的呼喚。
ラブシーン[3]【love scene】 愛情場面，色情場面。
ラプソディー[1]【rhapsody】 狂想曲。
ラフティング【rafting】 泛舟運動。
ラフプレー[4]【rough play】 粗野比賽，粗野動作。
ラブホテル[3]【和 love+hotel】 情人賓館。
ラブレター[3]【love letter】 情書。
ラベル[1]【label】 標籤。
ラペル[1]【lapel】 翻領，捲邊。
ラベンダー[2]【lavender】 薰衣草。
ラボ[1]【laboratory】 ①照片洗印室，研究室，實驗室。「ラボラトリー」的簡稱。②語言實驗室（的簡稱）。
ラポール[3]【法 rapport】 〔心〕信任度，情感協調。
ラボラトリー[3]【laboratory】 實驗室，研究室。「語学～」語言實驗室。
ラマーズほう[0]【一法】 拉梅茲法。無痛分娩法之一。
ラマきょう[0]【一教】 〔Lamaism〕喇嘛教。
ラマダン[2]【阿 Ramadan】 齋月，萊麥丹月。
ラマルセイエーズ[6]【La Marseillaise】《馬賽曲》。
ラミー[1]【ramie】 植物苧麻的別名。
ラミネート[3]【laminate】スル 層壓。將鋁箔、紙或薄膜等薄質材料黏合在一起，使之形成層。
ラム[1]【lamb】 ①小羊。②羔羊毛。
ラム[1]【RAM】 〔random access memory〕隨機存取記憶體。
ラム[1]【rhm】 〔roentgen per hour at one meter〕拉姆。表示輻射源強度的單位。
ラム[1]【rum】 萊姆酒。
ラムウール[3]【lamb's wool】小羊毛。
ラムサールじょうやく【一条約】〔Ramsar〕拉姆薩爾條約。
ラムダ[1]【lambda; Λ・λ】 拉姆達。
ラムネ[0] 彈珠汽水。
ラメ[1]【法 lamé】 金線，銀線，金銀絲，金銀線織物。
ララバイ[1]【lullaby】 搖籃曲。
ラリー[1]【rally】 ①連續對打。②公路車賽，汽車長途賽。
らり・る[2]（動五） 舌頭僵硬，東倒西歪。
ラルゴ[1]【義 largo】 緩慢，極慢板。
られつ[0]【羅列】スル 羅列。
ラワン[1]【lauan】 柳安，柳安木。
らん[1]【乱】 亂，騷亂，戰亂。「～を治める」平息動亂。
らん[1]【卵】 卵。
らん[1]【蘭】 山蘭，草蘭，蘭花。
らん[1]【欄】 ①欄。「上の～に名前を書く」在上欄寫上姓名。②欄。報紙、雜誌等編輯上的版塊區劃。「投書～」投書欄。
ラン[1]【LAN】 〔local area network〕區域網路。
ラン[1]【run】 ①運作。②連演。「ロング-～」長期上演。③（棒球賽中的）得分。「ノーヒット-ノー-～」無安打無得分。
らんうん[0]【乱雲】 ①雨雲。②亂雲。
らんおう[0]【卵黄】 卵黃。
らんがい[0]【欄外】 欄外，天頭，地腳。
らんかく[0]【乱獲・濫獲】スル 濫捕，亂捉。
らんかく[0]【卵殼】 蛋殼。
らんがく[0]【蘭学】 蘭學。「～者しゃ」蘭學學者；荷蘭學家。
らんかつ[0]【卵割】 卵裂。
らんかん[0]【卵管】 輸卵管。
らんかん[0]【欄干】 欄杆。
らんぎょう[0]【乱行】 粗暴行為，荒唐行

爲，淫亂，放蕩，荒淫。

らんぎり◎【乱切り】　亂刀，剁。

らんきりゅう◎【乱気流】　亂流。

ランキング◎【ranking】　排名，名次。「ボクシング世界～一位」拳擊比賽世界排名第一。

ランク◎【rank】　スル　排序，次序。

らんぐい◎【乱杭・乱杙】　①防禦椿，禦敵椿。②護堤椿。

らんくつ◎【乱掘・濫掘】　スル　亂挖，亂採。

ランゲージ◎【language】　語言，言語。

ランゲージラボラトリー◎【language laboratory】　視聽教室。

らんご◎【蘭語】　荷蘭語。

らんこう◎【乱交】　スル　亂交，雜交。

らんこうげ◎【乱高下】　スル　行情不規則波動，行情劇烈震盪。

らんさいぼう◎【卵細胞】　卵細胞。

らんさく◎【乱作・濫作】　スル　粗製濫造。

らんざつ◎【乱雑】　雜亂，雜亂無章。

らんし◎【乱視】　散光。

らんし◎【卵子】　卵子。↔精子

ランジェリー◎【法 lingerie】　（女用）內衣，睡衣。

らんししょく◎【藍紫色】　藍紫色。

らんしゃ◎【乱射】　スル　亂射，亂放。

らんじゅく◎【爛熟】　スル　①爛熟。②鼎盛。「文化の～」文化的鼎盛。

らんじゅほうしょう◎【藍綬褒章】　藍綬帶章。

らんしょう◎【濫觴】　濫觴。

らんしん◎【乱心】　スル　發瘋。

らんしん◎【乱臣】　亂臣，叛臣。

らんすい◎【乱酔】　スル　爛醉。

らんすうひょう◎【乱数表】　亂數表。

らんせい◎【乱世】　亂世。↔治世

らんせい◎【卵生】　卵生。↔胎生

らんせん◎【乱戦】　混戰，打得難分難解。

らんそう◎【卵巣】　卵巢。↔精巢

らんぞう◎【乱造・濫造】　スル　濫造。「粗製～」粗製濫造。

らんそううん◎【乱層雲】　雨層雲。

らんそうるい◎【藍藻類】　藍藻類。

らんだ◎【乱打】　スル　①亂打。②亂擊，亂打。③對打。網球等的練習中，相互對打。

らんだ◎【懶惰】　懶惰。「～な生活」懶惰的生活。

らんたいせい◎【卵胎生】　卵胎生。

ランダム◎【random】　①隨機，任意。「～に選び出す」任意選出。②隨機抽樣，任意抽出。

ランダムアクセス◎【random access】　隨機存取。↔シーケンシャル-アクセス

ランタン◎【lantern】　提燈，燈籠。

ランチ◎【launch】　汽艇。

ランチ◎【lunch】　①午餐，午飯。「～-タイム」午飯時間。②午餐套餐。

らんちきさわぎ◎【乱痴気騒ぎ】　①大吵大鬧。②爭風吃醋。

ランチャー◎【launcher】　發射器，發射架。

らんちゅう◎【蘭鋳】　虎頭金魚。

らんちょう◎【乱丁】　錯頁，亂頁。「～本」錯頁書。

らんちょう◎【乱調】　亂調。

ランチョン◎【luncheon】　（講究排場的）午宴，午餐。

ランチョンマット◎【和 luncheon+mat】　單人餐墊。

ランディング◎【landing】　①登陸，卸貨。②飛機著陸。

ランデブー◎【法 rendez-vous】　スル　①約會，幽會。②空中會合，空間對接。

ランド◎【land】　園地。「レジャー～」休閒樂園。

らんとう◎【乱闘】　スル　混戰。「場外～」場外混戰。

らんどく◎【濫読】　スル　泛讀，廣泛閱讀。

ランドサット◎【Landsat】　〔land+satellite〕美國地球觀測衛星。

ランドスケープ◎【landscape】　景觀。

ランドセル◎【荷 ransel】　硬式雙肩帶書包。

ランドマーク◎【landmark】　①界標，界椿，路標。②標誌。③里程碑。

らんどり◎【乱取り】　自由練習。

ランドリー◎【laundry】　洗衣房，洗衣

店。「コイン-~」投幣式自助洗衣店。

ランナー⓪【runner】 ①奔馳的人，賽跑選手。②跑者。

らんにゅう⓪【乱入】ｽﾙ 亂入，亂進。

ランニング⓪【running】 ①跑步。②運動背心。③（帆船航海中）順風。

ランニングキャッチ⑥【running catch】 移動中接球。

ランニングコスト⑥【running cost】 營運成本，連續成本。

ランニングシャツ⑥【running shirt】 運動背心。

ランニングホーマー⑥【⑭ running+homer】 打帶跑得分。

らんばい⓪【乱売】ｽﾙ 賤賣，拍賣，亂賣。

らんぱく⓪⓪【卵白】 卵白，蛋白。

ランバダ⓪⓪【Lambada】 黏巴達。

らんばつ⓪【乱伐・濫伐】ｽﾙ 濫砍，濫伐，亂伐。

らんぱつ⓪【乱発・濫発】ｽﾙ ①濫發。②亂放，亂開（槍、炮）。

らんはんしゃ③【乱反射】ｽﾙ 不規則反射，亂反射。↔正反射

らんぴ⓪⓪【乱費・濫費】ｽﾙ 濫用，浪費，耗費。

らんぴつ⓪【乱筆】 文字潦草，亂筆。

らんぶ⓪【乱舞】ｽﾙ 亂舞。

ランプ⓪【荷・英 lamp】 ①煤油燈，馬燈。②燈，燈管。

ランプ⓪【ramp】 ①坡道。②匝道。

ランプ⓪【rump】 牛臀肉。

らんぼう⓪【乱暴】ｽﾙ ①粗暴，兇暴，粗野。施暴胡鬧。「~に扱う」野暴行事。②粗魯，野蠻。「~な要求」蠻橫的要求。

らんぽう⓪【蘭方】 荷蘭醫術。

らんま⓪【欄間】 上腰窗，格窗，楣窗。

らんまん⓪【爛漫】（ﾄﾙ） ①爛漫。「桜の花が~と咲いている」櫻花絢麗開放。②爛漫。「天真~」天真爛漫。

らんみゃく⓪【乱脈】 雜亂無章，混亂。「~な経理」雜亂無章的會計事務。

らんよう⓪【乱用・濫用】ｽﾙ 濫用，亂用。「職権を~する」濫用職權。

らんらん⓪③【爛爛】（ﾄﾙ） 爛爛，炯炯。「~と目を光らせる」目光炯炯。

らんりつ⓪【乱立・濫立】ｽﾙ ①胡亂排列。「看板が~する」濫設招牌。②胡亂提出。「候補者が~する」胡亂提出許多候選人。

らんる⓪【襤褸】 襤褸。「~をまとう」衣衫襤褸。

ら

り◎【里】 ①里。地方行政區劃之一。②里。日本條里制中的土地區劃單位。③里，日里。日本距離單位。

り◎【理】 ①理。「物質不滅の～」物質不滅定律。「～をとおす」堅持說理。②〔佛〕理。「～の当然とざ」理所當然。

リア【rear】 後。表示「後面的」之意。「～-ウインドー」後窗。

リアエンジン⑤【rear engine】 後置引擎汽車。

リアクション②【reaction】 ①反應。②反作用力，反動。③回響，反駁，抵抗。

りあげ◎⑤【利上げ】 スル 升息。↔利下げ

リアシート⑤【rear seat】 後座，後座椅。

リアスしきかいがん⑥【一式海岸】 里亞斯型海岸。

リアリスティック⑤【realistic】 （形動）①現實的，現實主義的，實際的。②逼真的。「～な描寫」逼真的描寫。

リアリスト③【realist】 ①現實主義者。②寫實主義者，寫實派。

リアリズム⑤【realism】 ①同「現實主義」。②同「寫實主義」。

リアリティー②【reality】 現實感，現實性。

リアル◎【real】 現實的，寫實的。

リアルタイム④【real time】 即時，同時。

リーキ②【leek】 韭。

リーク②【leak】 スル ①洩密。②漏電。

リーグせん◎【一戦】 循環賽。

リース②【lease】 スル 出租，租賃。→レンタル

リーズナブル②【reasonable】 （形動）合情合理的，能接受的。「～な値段」合理的價格。

リーゼント①【regent】 後梳頭。男子髮型之一。

リーダー①【leader】 ①領袖，領導人，統率者，指揮者。②連接點線。③報紙雜誌等的社論。④牽引片，片頭。

リーダーシップ⑤【leadership】 ①領導（統率）地位，領導（統率）權。②領導能力，領導資質，統率力。

リーチ①【立直】 立直。麻將用語。

リーチ①【reach】 ①拳距。「長い～」長拳距。②截擊範圍，掩護範圍。

リーディング◎①【leading】 領先的，最重要的。

リーディングジョッキー⑤【leading jockey】 常勝騎士，冠軍騎師。

リーディングヒッター⑥【leading hitter】 首席打者，首位打者。

リート①【德 Lied】 德國藝術歌曲。

リード①【lead】 スル ①率領，帶頭，領導。②領先，超前。③離壘。④（報刊中的）內容提要，序文。

リード①【reed】 簧片，簧。

リードオフマン⑤【lead-off man】 ①（棒球運動中）第一棒打者，首棒。②領頭人，帶頭人。

リードオルガン④【reed organ】 簧風琴。

リードタイム④【lead time】 從訂貨到交貨時間，採購時程。

リードボーカル④【lead vocal】 主唱。

リーフ①【reef】 暗礁，砂洲。

リーフ①【leaf】 葉，葉片。

リーフレット①【leaflet】 傳單，廣告單。

リーベ①【德 Liebe】 戀人，情人。

リール◎【reel】 ①繞線架，紗框，捲筒，捲盤。②利爾舞（曲）。③捲線器。

りいん◎【吏員】 吏員。

りえき①【利益】 ①利益，盈利。↔損失。②利益。

りえきしゃかい④【利益社会】 〔德 Gesellschaft〕利益社會。↔共同社會

りえきりつ③【利益率】 利潤率。

リエゾン◎【法 liaison】 連音。

りえん◎【梨園】 梨園。

りえん◎【離縁】スル ①離緣，離異。②〔法〕收養終止。

りえんじょう◎◎【離縁状】 休書。

りか【李下】 李下。「～に冠<ruby>冠<rt>かんむり</rt></ruby>を整さず」李下不整冠。

りか【梨花】 梨花。

りか【理科】 ①理科。②理科，理科院（系）。↔文科。「～系へ進む」進理科系。

リカー◎【liquor】 蒸餾酒。「ホワイト-～」白酒。

りかい◎【理会】スル 理會。

りかい◎【理解】スル 理解，諒解。「わたしの立場も～してほしい」也請理解我處境。

りがい◎【利害】 利害。

りかがく◎【理化学】 理化。

りかく◎【離角】 距角。

りがく◎【理学】 ①自然科學，理學。②哲學。

りがくりょうほうし◎【理学療法士】〔physical therapist〕理療士。

リカバー◎【recover】スル 恢復，挽回。

リカバリー◎【recovery】 ①恢復，復舊。②回收。

りかん◎【罹患】スル 患病。

りかん◎【離間】スル 離間。「～策」離間計。

りがん◎【離岸】スル 離岸。↔接岸

りき◎◎【力】 ①力，力量。身體或胳臂的力氣。「～がある」有力量。②力氣，力量。「十人～」十人之力。

りき【利器】 ①利刃，利器。②利器。指便利的機械，精良的工具。「文明の～」文明的利器。

りきえい◎【力泳】スル 奮力游泳。

りきがく◎【力学】スル 力學。

りきがくてきエネルギー◎【力学的―】 力學的能。

りきかん◎【力感】 力感。「～あふれる演技」充滿張力的演技。

りきさく◎【力作】 力作。

りきし◎◎【力士】 力士。

りきせき◎【力積】 衝量。

りきせつ◎【力説】スル 力主，極力主張。

りきせん◎【力戦】スル 力戰。

りきそう◎【力走】スル 奮力奔跑，狂奔。

りきそう◎【力漕】スル 奮力划，使勁划。

リキッド◎【liquid】 ①液體，流體。②美髮油。

りきてん◎◎【力点】 ①力點。→支点・作用点。②施力點，重點。

りきとう◎【力投】スル 全力投。

りきみかえ・る【力み返る】（動五）拼命用力。

りき・む【力む】（動五） ①用力。貫注力量，運氣使勁。②奮力。鼓足勁。

りきゅう◎【離宮】 離宮。

りきゅうあげ◎【利休揚げ】 利休炸烤。「イカの～」利休烤烏賊。

りきゅういろ◎【利休色】 利休色，灰綠色。

りきゅうねずみ◎【利休鼠】 利休灰，灰綠色。

りきゅうばし◎【利休箸】 利休筷。

リキュール◎【法 liqueur】 利口酒，甜露酒。

りきょう◎【離京】スル 離京。

りきょう◎【離郷】スル 離鄉。

りきりょう◎◎【力量】 力量。「～がある」有能力。

りく◎◎【陸】 陸地，土地。↔海

りくあげ◎【陸揚げ】スル 卸貨，卸岸。「～桟橋」卸貨棧橋。

りくい◎【陸尉】 陸尉。

りぐい◎【利食い】スル 套利。「～買い」套利買進。

りくうん◎【陸運】 陸運。

リクエスト◎【request】スル ①希望要求，預約訂購。②點播，點歌。「～曲」點播的曲子。

りくかい◎◎【陸海】 ①陸和海。②陸海。陸軍和海軍。「～軍」陸海軍。

りくかいくう◎【陸海空】 ①陸海空。「～を制する」控制陸海空。②陸海空。陸軍、海軍和空軍。

りくぎ◎【六義】 六義。

りくぐん◎【陸軍】 陸軍。

りくさ◎【陸佐】 陸佐。自衛隊階級名。

りくさん◎【陸産】 陸上出產，陸產。→

水産

りくし◎【陸士】 陸士。

りくじ◎【陸自】 「陸上自衛隊」的略稱。

りくしょ①【六書】 六書。

りくしょう◎【陸将】 陸將。日本陸上自衛隊自衛官等級之一。

りくじょう◎【陸上】 ①陸上，陸地上。②「陸上競技」的略稱。

りくじょうきょうぎ⑤【陸上競技】 田徑比賽。

りくじょうじえいたい◎【陸上自衛隊】 陸上自衛隊。

りくすい◎【陸水】 陸地水，內陸水域。

りくせい◎【陸生・陸棲】ㇲ 陸生，陸棲。

りくせん◎【陸戦】 陸戰。

りくそう◎【陸送】ㇲ ①陸運。②陸路運送（移動）。

りくそう◎【陸曹】 陸曹。日本陸上自衛隊自衛官等級之一。

りくぞく◎【陸続】（ㇳ） 陸續。「同志が～と集まる」同志們陸續集中。

りくだな◎【陸棚】 大陸棚。

りくち◎【陸地】 陸地。

りくちょう◎【六朝】 六朝。

りくつ◎【理屈・理窟】 ①道理。②強詞奪理，歪理。③事理。

りくつっぽ・い⑤【理屈っぽい】（形）愛講理由的，愛辯解。

りくとう◎【陸島】 陸島，陸緣島。→洋島

りくとう◎【陸稲】 陸稻。↔水稻

りくなんぷう⑤【陸軟風】 同「陸風」。↔海軟風

りくはんきゅう⑤【陸半球】 陸半球。↔水半球

りくふう◎【陸風】 陸風。↔海風

りくふう◎【陸封】 陸封型。↔降海型

リクライニングシート⑤【reclining seat】後傾式座椅，靠背傾角可調式座椅。

リクルート④【recruit】 徵募，招聘，就職面試。「～スーツ」應徵面試套裝。

りくろ◎【陸路】 陸路。

りけい◎【理系】 理科系統，理科學科。↔文系

リケッチア②【拉 Rickettsia】 立克次體。

りけん◎【利剣】 ①利劍。②〔佛〕利劍。「降魔ごうの～」降魔的利劍。

りけん◎【利権】 利權。

りげん◎【俚言】 ①俚語。↔雅言。②方言，土話。

りげん◎【俚諺】 俚語諺語。

りこ①【利己】 利己。「～主義」利己主義。

りご◎【俚語】 俚語，土語。

りこう◎【利口・利巧】 ①機靈，機警。↔馬鹿。②乖巧。「お～さんね」乖孩子。③周到，巧妙，精明。「～に立ち回る」巧妙周旋。

りこう◎【理工】 理工。「～学部」理工學院（系）。

りこう◎【履行】ㇲ 履行。

りごう◎【離合】ㇲ 離合。「～集散」聚散離合。

リコーダー②◎【recorder】 豎笛，直笛。

リコール②【recall】ㇲ 罷免，免職。

りこしゅぎ②【利己主義】 利己主義。

りこてき◎【利己的】（形動）利己的，自私的。「～な行為」利己行為。

りこん◎【離婚】ㇲ 離婚。

リサーチ②【research】ㇲ 調查，研究。

リザーブ②【reserve】ㇲ 預約。

りさい◎【罹災】ㇲ 受災，罹災。

りざい◎【理財】 理財。「～家」理財專家。

リサイクリング②【recycling】 ①資源回收。→リサイクル。②資金回流。

リサイタル②【recital】 獨唱會，獨奏會。

りさげ◎【利下げ】ㇲ 降息。↔利上げ

りざや◎【利鞘】 毛利。「～をかせぐ」賺取差額利潤。

りさん◎【離散】ㇲ 離散，流散。

りし①【利子】 利息。

りじ①【理事】 理事。

りしゅう◎【履修】ㇲ 學完，修完。

りしゅう◎【離愁】 離愁。

りじゅん◎【利潤】 利潤。

りしょう◎【離床】スル 離床，起床。

りしょう◎【離礁】スル 離礁。

りしょく◎【利殖】スル 利益增殖。

りしょく◎【離職】スル 離職。

りす◎【栗鼠】 松鼠。

りすい◎【利水】 ①利於水流。②水利，水源利用。「～ダム」水壩。

りすい◎【離水】スル ①離水。離開水面。↔着水。②上升，出露。海面下降。↔沈水

りすう②【理数】 數理。理科和數學。「～科」理數科。

リスキー【risky】 危險的，危急萬分的。→リスク

リスク②【risk】 風險。「～が大きい」風險大。

リスト◎【list】 ①一覽表，目錄，名簿，表。②列表，列印。③序列，資料清單。

リスト◎【wrist】 手腕。

リストアップ④【⑯list+up】スル 列出，列表。

リスナー①【listener】 聽眾，聽者。

リスニングルーム⑥【listening room】 試聽室。

リズミカル③【rhythmical】（形動） 律動的。

リズム◎【rhythm】 ①律動。②節律，節奏。③詩的韻律。

リズムアンドブルース⑧【rhythm and blues】 節奏藍調。

り・する◎【利する】（動サ變） ①有利，有益，便於，有利於。「研究に～・する」有利於研究。②利，對…有利。「敵を～・する」利敵。③利用。「地勢を～・して」利用地勢。

りせい◎【理性】 理性。

りせいてき◎【理性的】（形動） 理性的。↔感情的

りせき◎【離籍】スル 離籍。

リセット①【reset】スル 重定，重新設定。

りせん◎【離船】スル 離船，下船。「全員～する」全員離船。

りそう◎【理想】 理想。

りそう◎【離層】 離層。

りそうか◎【理想化】スル 理想化。

りそうきょう◎②【理想鄉】 理想鄉，烏托邦。「～に遊ぶ」漫遊烏托邦。

りそうしゅぎ◎【理想主義】〔idealism〕理想主義。

りそうてき◎【理想的】（形動） 理想的。

リソース②【resource】 資源，財源，資產。

リゾート②【resort】 休閒地，遊覽地。

リゾートウエア⑥【resort wear】 休閒裝，休閒服。

リゾートマンション⑧【⑯ resort+mansion】 高級休閒公寓大廈。

りそく◎【利息】 利息。

リゾット②【義 rizotto】 海鮮燉飯。

りそん◎【離村】スル 離村。

りた◎【利他】 利他。↔自利

リターン②【return】スル ①返回，重返。②回球。

リターンマッチ⑤【return match】 復仇賽。

リタイア②【retire】スル ①引退，退職。②中途退出，棄權。

リダイヤル③【redial】 重撥功能。

りたしゅぎ②【利他主義】 利他主義。↔利己主義

りたつ◎【利達】 出人頭地，顯達。

りだつ◎【離脱】スル 脫離。

リタッチ②【retouch】 修版，潤飾，修片。

リタルダンド⑤【義 ritardando】 漸慢。

りち①【理知・理智】 理智。

リチウム②【lithium】 鋰。

りちぎ◎【律義・律儀】 規規矩矩。「～な人」耿直的人。

りちぎもの◎【律義者・律儀者】 規矩人。「～の子沢山」規矩人孩子多。

りちてき◎【理知的・理智的】（形動）理智的。

りちゃくりく③【離着陸】スル 離著陸。

りつ◎【律】 ①成規，法律。②〔佛〕戒律。③律詩的略稱。④音律，音調。⑤律。日本、中國音樂的程度單位。

りつ◎【率】 率，比率。「合格～」合格

率。

りつあん◎【立案】スル ①籌劃，擬定方案。②起草，草擬。

りっか◎【立花・立華】 ①插花。②立花。

りっか◎【立夏】 立夏。

りつがん◎【立願】スル 發願，立願。

りつき◎【利付】 附利息。

りっきゃく◎【立脚】スル 立足，根據。「現実に～する」立足於現實。

りっきょう◎【陸橋】 ①陸橋，天橋，高架橋。②陸橋，大陸橋。連接大陸或島嶼的細長陸地。

りっけん◎【立件】 立案。

りっけん◎【立憲】 立憲。

りつげん◎【立言】スル 公開發表意見，提案。

りっけんくんしゅこく◎【立憲君主国】君主立憲制國家。

りっけんくんしゅせい◎【立憲君主制】君主立憲制。

りっけんせいじ◎【立憲政治】 立憲政治。

りっこう◎【力行】スル 力行。「苦学～」苦學力行。

りっこう◎【立后】 立后。

りっこうほ◎【立候補】スル ①登記候選。②登記候選。

りっこく◎【立国】スル 立國。

りっし◎【律師】 ①律師。嚴守戒律、德高的僧人。②律師。僧綱的第3位。

りっし◎【律詩】 律詩。

りっしゅう◎【立秋】 立秋。

りっしゅう◎【律宗】 律宗。

りっしゅん◎【立春】 立春。

りっしゅんだいきち◎【立春大吉】 立春大吉。

りっしょう◎【立証】スル 證實，立證，作證。「無罪を～する」證明無罪。

りっしょく◎【立食】 立式自助餐，站立用餐。「～-パーティー」立式自助酒會。

りっしん◎【立身】スル 發跡，出息，立身。

りっしんしゅっせ◎【立身出世】スル 出世，出人頭地，飛黃騰達。

りっすい◎【立錐】 立錐。「～の余地もない」無立錐之地。

りっ・する◎【律する】（動サ變） ①律。「自分自身をきびしく～・する」嚴以律己。②約束，制約。「行動を～・する」約束行動。

りつぜん◎【慄然】（トル） 戰慄。「事の重さに～とする」為事態之嚴重而戰慄。

りつぞう◎【立像】 立像。

りったい◎【立体】 立體。

りったいきょう◎【立体鏡】 立體視鏡。

りったいこうさ◎【立体交差】 立體交叉道。

りったいし◎【立太子】 立太子。

りったいてき◎【立体的】（形動） ①立體的。②立體的，全面的。↔平面的

りっち◎【立地】スル 立地，選址，開發地，開發區。

リッチ①【rich】（形動） ①富裕，富有，豐富。「～な雰囲気」豪華的氣氛。②（菜餚或酒等的味道）濃厚，強烈，醇厚。

りっちじょうけん◎【立地条件】 用地條件。「～に恵まれる」天賜用地條件。

りっとう◎【立刀】 立刀旁。

りっとう◎【立冬】 立冬。

りっとう◎【立党】スル 立黨，建黨。「～の精神」立黨的精神。

りつどう◎【律動】スル 律動。

りつどうてき◎【律動的】（形動） 律動的，有節奏的。

リットル◎【法 litre】 公升。符號 L。

りっぱ◎【立派】（形動） ①漂亮，美好，美，俊秀，好。②堂堂。③完美，出色，優秀，傑出，高尚。

リップ①【lip】 唇。

りっぷく◎【立腹】スル 惱怒。

リップサービス⑤【lip service】 口頭應酬，空口許願，口惠。

リップスティック⑤【lipstick】 棒狀口紅。

りっぽう◎【立方】 ①立方，三次方。②立方。加在表示長度的單位前構成體積

單位的量詞。「三メートル～」三立方公尺。③立方。立方體積的量詞。「2メートル～の水槽」2公尺立方的水槽。

りっぽう◎【立法】スル 立法。

りっぽう◎【律法】 律法。

りっぽうけん③【立法権】 立法權。

りっぽうたい③【立方体】〔數〕〔cube〕立方體。

りっぽうふ③【立法府】 立法機關，立法府。

りづめ◎【理詰め】 堅持說理，憑理。

りつりょう①【律令】 律令。

りつれい◎【立礼】スル 立姿禮。↔座礼

りつろん◎【立論】スル 立論，論證。

りてい◎【里程】 里程。

りていひょう◎【里程標】 ①里程標。②里程碑。

リテール②【retail】 小額交易，零售，小商店。

りてき◎【利敵】 利敵。「～行為」利敵行為。

リテラシー①【literacy】 識字，掃盲。「コンピューター-～」電腦讀寫能力。

りてん◎【利点】 優點，長處，好處。

りとう◎【離党】スル 退黨，脫黨。↔入党

りとう◎【離島】 ①遠離本土島，孤島。②離島。離開島嶼轉移他處。

りとく◎【利得】スル 得利，獲利。

リトグラフ③【lithograph】 石版畫，石版印刷。

リトマス◎【litmus】 石蕊。

リトマスしけんし◎【一試験紙】 石蕊試紙。

リトミック③【法 rhythmique】 律動音樂教育法。

リトル①【little】 表示「小」的意思。「～東京」小東京。

リトルリーグ④【Little League】 世界少年棒球聯盟。

リニアモーターカー⑧【linear motor car】線性馬達驅動車。

りにち◎【離日】スル 離日。

りにゅう◎【離乳】スル 斷乳，斷奶。

リニューアル②【renewal】 ①再生，更新，更始。②續訂，更換，展期。

りにょうやく②【利尿薬】 利尿劑。

りにん◎【離任】スル 離任。↔着任

りねん◎【理念】〔哲〕〔德 Idee〕理念。

リネン◎【linen】 亞麻織物。

りのう◎【離農】スル 離農。

リノールさん③【一酸】〔linolic acid〕亞油酸。

リノリウム③【linoleum】 油氈。

リハーサル②【rehearsal】 預演，排練，排演。

リバーシブル③【reversible】 雙面（織物），雙面穿（衣物）。

リバース②【reverse】 逆，正相反，反面，逆（倒）轉。「～-パス」反向傳球。「～-ターン」（交際舞蹈）逆轉。

リバイバル②【revival】スル ①重新上演。②復甦，復活。③信仰覺醒運動。

りはつ◎【利発】 伶俐。

りはつ◎【理髪】スル 理髮。「～店」理髮店。

リバティー①【liberty】 自由，解放。

リバノール③【德 Rivanol】 利凡諾，黃藥水。

りはば◎【利幅】 利潤幅度。

リハビリテーション⑤【rehabilitation】復健。

りばらい②【利払い】 付息。

りはん◎【離反・離叛】スル 叛離，背離。「人心が～する」人心叛離。

りひ①【理非】 是非。「～曲直」是非曲直。

リピーター◎②【repeater】 回頭客。

リピート②【repeat】スル 重複，反覆。

りひきょくちょく①【理非曲直】 是非曲直。

リビドー②【拉 libido】 性慾，情慾，慾望。

りびょう◎【罹病】スル 患病。「～率」患病率。

リビング①【living】 ①「生活的」「起居室的」的意思。「～用品」生活用品。②「リビング-ルーム」的略稱。

リビングウィル③【living will】 生前遺囑。

リビングキッチン[5]【[和] living+kitchen】 起餐廚兼用房間。

リビングルーム[5]【living room】 起居室。

リブ[1]【lib】 ①〔liberation之略〕解放。②〔woman lib之略〕婦女解放運動，女性解放主義者。

リブ[1]【rib】 ①肋肉。②肋。為防止板材變形，在面上呈直角添加的補強材料。

リファイン[2]【refine】スル 精煉，精製。「~されたマナー」優雅的舉止。

リブあみ[0]【一編み】 〔rib stitch〕同「ゴム編み」。

リフィル[2]【refill】 再裝滿，補充用品。

リフォーム[2]【reform】スル 改建，翻新。

りふじん[2]【理不尽】 不講理。「~な要求」不講理的要求。

リフト[1]【lift】 ①升降機，起重機。②纜車，索道車。

リプリント[3]【reprint】スル ①翻印。②重印，影印。③（從錄音母帶上）複製。

リプレー[3]【replay】スル ①再進行一次，重演。②（錄影、錄音帶）重播，再現，重放，再播放。

リフレーション[3]【reflation】 通貨再膨脹。→ディスインフレーション

リフレーン[3]【refrain】スル 疊句，副歌。

リフレクター[3]【reflector】 反射鏡，反射板，反射器。

リフレッシュ[3]【refresh】スル 恢復元氣，使心情爽快。「気分を~する」使心情爽快。

リブロース[3]【rib roast】 肋眼肉。

リプロダクティブヘルス[8]【reproductive health】 生殖健康。

リプロダクティブライツ[8]【reproductive rights】 生殖權。

リベート[2]【rebate】 ①回扣。②手續費。

りべつ[0]【離別】スル ①離別，分手。②分手，離婚。

リベット[2]【rivet】 鉚釘。

リベラリスト[4]【liberalist】 自由主義者。

リベラリズム[4]【liberalism】 自由主義。

リベラル[1]【liberal】 注重自由的。

りべん[1][0]【利便】 便利，便宜。

リベンジ【revenge】 復仇，報復。

りほう[0][1]【理法】 理法。「自然の~」自然的理法。

リボかくさん[3]【一核酸】 〔ribonucleic acid〕核糖核酸。→デオキシリボ核酸

リボルバー[2]【revolver】 ①左輪手槍。②旋轉體，旋轉裝置。

リボルビング[2]【revolving】 旋轉式。「~-ドア」旋轉門。

リボン[1]【ribbon】 ①緞帶，絲帶，彩帶。②色帶。

りまわり[2]【利回り】 收益率，生息率，殖利率。

リミット[1]【limit】 界限，限度，極限，境界，範圍。「~を超える」超過限度。

リム[1]【rim】 ①輪圈。②車輪，套圈。③輪圈，鍊圈。

リムジン[1]【limousine】 ①高級轎車。②機場巴士。

リメーク[2]【remake】 重拍，重製。

りめん[1]【裏面】 ①裡面。②裡面、內情，幕後，陰暗面。↔表面

リモートコントロール[8]【remote control】スル 遙控。

リヤカー[2][3] 〔[和]rear+car後方的車之意〕後拖車。

りやく[1]【利益】 利益。「觀音様のご~」觀音菩薩的恩惠。

りゃく[1]【略】 ①省略。「以下~」以下略。②概略，粗略。「~年譜」（概）略年譜。

りゃくが[0]【略画】 輪廓畫，草圖。

りゃくぎ[1]【略儀】 簡略方式。「~ながら」請恕不周。

りゃくげん[0]【略言】スル 略言，簡言之，概述。

りゃくご[0]【略語】 略語，縮寫字。

りゃくごう[0]【略号】 ①略號，略碼。②簡稱，略稱。

りゃくじ[0]【略字】 簡化字，簡體字，略字。

りゃくしき[0]【略式】 略式，簡易方式，簡便方式。

りゃくしききそ◎【略式起訴】 略式起訴。

りゃくしきめいれい◎【略式命令】 略式命令。

りゃくしゅ【略取】スル ①掠取。②〔法〕掠取。→誘拐ゅう

りゃくじゅ【略綬】 略綬，略式時佩帶的綬帶。

りゃくじゅつ◎【略述】スル 略述。

りゃくしょう◎【略称】スル 略稱，簡稱。

りゃく・す◎【略す】（動五） 省略，略去。「敬称を～・す」省略敬稱。

りゃくず◎【略図】 略圖。

りゃく・する◎【略する】（動サ變） 略過，省略。

りゃくせつ◎【略説】スル 簡略說明，簡單說明。

りゃくそう◎【略装】 便裝，輕裝。

りゃくたい◎【略体】 ①簡略形式。②簡體。

りゃくだつ◎【略奪・掠奪】スル 掠奪。

りゃくひつ◎【略筆】スル ①簡要書寫，簡要文章。②略筆，簡寫，簡筆字。

りゃくふく◎【略服】 便服，常服。

りゃくぼう◎【略帽】 便帽。

りゃくれいふく◎【略礼服】 簡便禮服。

りゃくれき◎【略歴】 簡歷。

りゃっかい◎【略解】スル 略解，簡要解釋。

りゃっき◎【略記】スル 略記，簡記，記要。「経歴を～する」簡記經歷。

りゆう◎【理由】 ①理由，緣由。②理由，辯解，藉口。

りゅう◎【流】 流（派）。「小笠原～」小笠原流派。

りゅう【竜（龍）】 ①龍。「～に翼っぱを得たる如し」如虎添翼。②龍。將棋術語。

りゅう【流・旒】（接尾） 面，桿。「1～の旗」1面旗幟。

りゅうあんかめい◎【柳暗花明】 ①柳暗花明。②花街柳巷。

りゅうい◎【留意】スル 留意。

りゅういき◎【流域】 流域。

りゅういん◎【溜飲】 吐酸水。「～が下がる」心裡痛快了。

りゅううん◎【隆運】 隆運，盛運。

りゅうえい◎【柳営】 ①柳營，將軍的陣營，幕府。②幕府所在地。③將軍，將軍家。

りゅうおう◎【竜王】 ①龍王。龍族之王。→八大竜王②龍王。將棋術語。

りゅうか◎【硫化】スル 硫化。

りゅうかい◎【流会】スル 流會。會議流產。

りゅうがく◎【留学】スル 留學。「～生」留學生。

りゅうかすいそ◎【硫化水素】 硫化氫。

りゅうかん◎【流汗】 流汗，汗水。「～淋漓りん」大汗淋漓；汗流浹背。

りゅうかん◎【流感】 流感。「流行性感冒」之略。

りゅうがん◎【竜眼】 龍眼，桂圓。

りゅうがん◎【竜顔】 龍顏。

りゅうき◎【隆起】スル 隆起，上升。↔沈降

りゅうぎ◎【流儀】 ①（事情的）做法，流派，風格。②流儀。

りゅうきへい◎【竜騎兵】 龍騎兵。

りゅうきゅう◎【琉球】 琉球。

りゅうきん◎【琉金】 琉金金魚。

りゅうぐう◎【竜宮】 龍宮。

りゅうけい◎【流刑】 流刑。

りゅうけつ◎【流血】 流血。「～の惨事かおこった」發生了流血事件慘案。

りゅうげん◎【流言】 流言。

りゅうげんひご◎【流言飛語・流言蜚語】 流言蜚（飛）語。

りゅうこ◎【竜虎】 ①龍和虎。②龍虎。「～の激突」龍虎鬥。「～相搏うつ」龍虎相爭。

りゅうこう◎【流行】スル 流行。

りゅうこうか◎【流行歌】 流行歌。

りゅうこうご◎【流行語】 流行語。

りゅうこうじ◎【流行児】 紅人，寵兒。「一夜にして～となる」一夜之間變成紅人。

りゅうこうせいかんぼう◎【流行性感冒】 流行性感冒，流感。

りゅうこつ◎【竜骨】 龍骨。

りゅうさ◎【流砂】　流沙。

りゅうざい◎【粒剤】　粒劑。

りゅうさん◎【硫酸】　硫酸。

りゅうざん◎【流産】スル　①流產。妊娠不到第24週胎兒或胎盤娩出。②流產。計畫、構想等未能實現而告終。

りゅうさんアンモニウム◎【硫酸—】　硫酸銨。

りゅうさんえん◎【硫酸塩】　硫酸鹽。

りゅうさんし◎【硫酸紙】　硫酸紙。

りゅうさんどう◎【硫酸銅】　硫酸銅。

りゅうさんバリウム◎【硫酸—】　硫酸鋇。

りゅうし◎【粒子】　粒子。

りゅうしつ◎【流失】スル　流失。

リュージュ◎【法 luge】　雪橇車。

りゅうしゅつ◎【流出】スル　①流出。②流失，外流。「人口が～する」人口外流。

りゅうしゅつ◎【留出・溜出】スル　蒸餾出。

りゅうじょ◎【柳絮】　柳絮。

りゅうしょう◎【隆昌】　隆昌，興隆，昌盛。

りゅうじょう◎【粒状】　粒狀。

りゅうしょく◎【粒食】　食粒。↔粉食

りゅうじん◎【竜神】　龍王，龍王爺，龍神。

リユース◎【reuse】　再使用，再利用品。「～されるビール瓶」被再利用的啤酒瓶。

りゅうず◎【竜頭】　①龍頭鈕。②錶鈕。

りゅうすい◎【流水】　流水，水流。

りゅうせい◎【流星】　流星。

りゅうせい◎【隆盛】　隆盛。

りゅうせいう◎【流星雨】　流星雨。

りゅうせいぐん◎【流星群】　流星群。

りゅうせつ◎【流説】　流言。

りゅうぜつらん◎【竜舌蘭】　龍舌蘭。

りゅうせんけい◎【流線形・流線型】　流線型。

りゅうぜんこう◎【竜涎香】　龍涎香。

りゅうそ◎【流祖】　流祖，流派始祖。

りゅうそく◎【流速】　流速。

りゅうたい◎【流体】　流體。

りゅうだん◎【流弾】　流彈。

りゅうち◎◎【留置】スル　留置，管收，拘留，扣留。

りゅうちじょう◎【留置場】　拘留所，留置場。

りゅうちょう◎【流暢】　流暢。

りゅうちょう◎【留鳥】　留鳥。

りゅうつう◎【流通】スル　①流通。「空気がよく～する」空氣暢通。②流通。社會上廣為通用。③流通。貨幣、商品等在市場上的流動。「～機構」流通機構。

りゅうつぼ◎【立坪】　立坪。日本尺貫法的體積單位之一。

リュート◎【lute】　魯特琴。

りゅうとう◎【竜灯】　龍燈。

りゅうどう◎【流動】スル　流動。

りゅうどうしさん◎【流動資産】　流動資產。↔固定資産

りゅうどうしほん◎【流動資本】　流動資本。↔固定資本

りゅうどうしょく◎【流動食】　流質食物。

りゅうどうせい◎【流動性】　①流動性。流動的性質。②流動性。將某種資產無損地轉變為貨幣的難易程度。

りゅうとうだび◎【竜頭蛇尾】　虎頭蛇尾。

りゅうどうてき◎【流動的】（形動）　動盪。

りゅうどうぶつ◎【流動物】　①流質物。↔固形物。②流質食物，流質食品。

りゅうどすい◎【竜吐水】　①龍吐水。消防用具之一。②水槍。

りゅうにゅう◎【流入】スル　流入。

りゅうにん◎【留任】スル　留任，留職。

りゅうねん◎【留年】スル　留級。

りゅうのう◎【竜脳】　龍腦，冰片。

りゅうのひげ◎【竜の鬚】　麥門冬的別名。

りゅうは◎【流派】　流派。

りゅうび◎【柳眉】　柳眉，柳葉眉。「～を逆立てる」柳眉倒豎。

りゅうびじゅつ◎【隆鼻術】　隆鼻術。

りゅうひょう◎【流氷】　流冰，浮冰，漂移冰。

りゅうぶん◎◎【留分・溜分】　分餾。

りゅうべい◎【立米】 立方米。

りゅうべつ◎【留別】 離去者向留下者所做的告別。

りゅうほ◎【留保】 スル 保留。

りゅうぼう◎【流亡】 スル 流亡。

りゅうぼく◎【立木】 〔法〕立木，活立木。

りゅうぼく◎【流木】 ①漂流木。②放木，漂木，流木。

リューマチ◎【rheumatism】 風濕症。

リューマチねつ◎【一熱】 風濕熱。

りゅうみん◎【流民】 流浪人民。

りゅうめ◎【竜馬】 ①龍馬，駿馬。②龍馬。將棋對局時，角行攻入敵陣而成。

りゅうよう◎【柳腰】 柳腰，楊柳細腰。

りゅうよう◎【流用】 スル 挪用，轉用。→移用

りゅうり◎【流離】 スル 流離。「貴種きゅ~譚たん」《貴種流離譚》。

りゅうりゅう◎【流流】 各種流派技藝，各有千秋。「細工ざいくは~」手藝各有千秋。

りゅうりゅう◎◎【隆隆】（たる） ①發達，隆起。「筋骨~」筋骨發達。②隆盛，昌隆。「~たる勢い」隆盛的氣勢。

りゅうりゅうしんく◎◎【粒粒辛苦】 スル 粒粒辛苦，辛辛苦苦。「~して築いた富」辛辛苦苦累積的財富。

りゅうりょう◎【流量】 流量。「~計」流量計。

りゅうりょう◎【嚠喨・瀏亮】（たる） 嚠亮。

りゅうれい◎【立礼】 立禮式點茶。

りゅうれい◎【流麗】 流利，流暢。

りゅうろ◎【流露】 スル 流露。「愛情の~している手紙」流露出愛情的信。

リュックサック◎【德 Rucksack】 背囊，旅行背包。

りょ◎【呂】 呂。日本音樂中聲或樂器的低音域，比某音低一個八度音的音。→甲かん。

りよう◎【利用】 スル 利用。

りよう◎【里謡・俚謡】 俚謠。

りよう◎【理容】 理髮美容。

りょう◎【令】 令。

りょう◎【両】 ①①兩。成對的雙方事物。「~の手」兩手。②兩。日本近世貨幣單位。②（接尾）輛。計數車子數量的量詞。

りょう◎【良】 良。

りょう◎【料】 ①費用。「入場~」入場費。②料。「調味~」調味料；佐料。

りょう◎【涼】 涼。「~をとる」乘涼；納涼。

りょう◎【猟】 獵，狩獵。「~に出る」出獵。

りょう◎【陵】 陵。天皇、皇后的墳墓。

りょう◎【量】 ①量。容積、數量、重量等。②量。事物的程度。「~より質」質比量重要。

りょう◎【稜】 〔數〕稜。

りょう◎【漁】 漁。

りょう◎【領】 ①領地，領屬。②（接尾）副，身。「鎧1~」鎧甲一身。

りょう◎【寮】 ①宿舍。②別墅。

りょう◎【諒】 ①真實，真誠。②原諒。

りょうあん◎【諒闇・諒陰】 諒闇，諒陰。天皇對其父母的死後服喪的期間。

りょうい◎【良医】 良醫。

りょういき◎【領域】 ①領域，範圍。②領域。領土、領海、領空的全部。

りょういん◎【両院】 兩院。

りょうえん◎【良縁】 良緣。

りょうえん◎【遼遠】 遼遠。「前途~」前途遼遠。

りょうか◎【良貨】 良幣，良貨。↔悪貨

りょうか◎【寮歌】 宿舍歌。

りょうが◎【凌駕】 スル 凌駕。

りょうかい◎【瞭解・諒解】 スル ①諒解，體諒。②〔德 Verstehen〕理解。

りょうかい◎【領海】 領海。↔公海

りょうがえ◎【両替】 スル 兌換。

りょうがえしょう◎【両替商】 兌換商。

りょうかく◎【稜角】 稜角。

りょうかん◎【涼感】 涼感，涼意。「~をさそう」令人感到涼意。

りょうかん◎【猟官】 スル 獵官。「~運動」獵官的活動。

りょうかん◎【量感】 量感。「~に富む」有分量感。

りょうかん⓪【僚艦】　僚艦，友艦，兄弟艦。

りょうがん⓪【両岸】　兩岸。

りょうき①【涼気】　涼氣，涼爽。「朝の～」清晨的涼氣。

りょうき①【猟奇】　獵奇。「～趣味」獵奇興趣。

りょうき①【猟期】　狩獵期，獵期。

りょうき①【僚機】　僚機。

りょうき①【漁期】　①捕漁季。②捕漁期。

りょうぎ①【両義】　兩種意思。

りょうきてき⓪【猟奇的】（形動）　獵奇的。「～な事件」獵奇的事件。

りょうきょく⓪【両極】　①兩極。南極和北極。②兩極。陽極和陰極。③兩極。兩極端。

りょうきょくたん⓪【両極端】　兩極端。

りょうぎりタバコ⑤【両切り―】　煙卷。

りょうきん①【料金】　使用費。

りょうぐ①【猟具】　獵具。

りょうくう⓪【領空】　領空。

りょうくうけん⓪【領空権】　領空權。

りょうくうしんぱん⑤【領空侵犯】　侵犯領空。

りょうけ①【両家】　兩家。

りょうけ①【良家】　①良家。②良家。門第高的家庭。

りょうけい⓪【量刑】　スル　量刑。

りょうけん①【料簡・了見・了簡】　①想法，心胸，念頭。「～がせまい」心胸狹窄。②充分考慮後作出判斷。③寬恕，忍受，原諒。

りょうけん⓪【猟犬】　獵犬。

りょうげん⓪【燎原】　燎原。「～の火」燎原之火。

りょうこ①【両虎】　兩虎。「～相闘（あいたたか）えば勢（いきお）ひ倶（とも）に生きず」兩虎相鬥，其勢不俱生。

りょうこう⓪【良工】　①良工，良匠。「～は材を選ばず」良匠不擇材。②良工巧匠。

りょうこう⓪【良好】　良好。「経過は～だ」經過良好。

りょうこう⓪【良港】　良港。「天然の～」天然良港。

りょうごく⓪【領国】　領國。

りょうさい⓪【良妻】　良妻，賢妻。↔悪妻

りょうざい⓪【良材】　①良材，好木料。②英才，良材。

りょうさいけんぼ⑤【良妻賢母】　賢妻良母。

りょうさく⓪【良策】　良策。

りょうさつ⓪【了察・諒察】　スル　諒察。「何とぞ御～下さい」敬請諒察。

りょうさん⓪【両三】　兩三，二三。「～年」兩三年。

りょうさん⓪【量産】　スル　量産。

りょうざんぱく③【梁山泊】　梁山泊。

りょうし①【良師】　良師。

りょうし①【料紙】　材料紙，書寫紙，厚紙，用紙。「～箱」厚紙箱。

りょうし①【猟師】　獵人，獵手。

りょうし①【量子】　量子。

りょうし①【漁師】　漁民。「～町」漁夫聚落。

りょうじ①【両次】　兩次。「～の大戦」兩次（世界）大戰。

りょうじ①【領事】　領事。「～館」領事館。

りょうじ①【療治】　スル　治病，治療。「荒～」粗糙治療。

りょうしき⓪【良識】　良知，良識。

りょうしつ⓪【良質】　品質良好。↔悪質

りょうじつ⓪【両日】　兩日，兩天。

りょうしゃ①【両者】　兩者。

りょうしゅ①【領主】　領主。

りょうしゅう⓪【涼秋】　①涼秋。②涼秋。陰暦九月的別稱。

りょうしゅう⓪【領収】　スル　領收，收到。「～書」收據。

りょうしゅう⓪【領袖】　領袖。

りょうじゅう⓪【猟銃】　獵槍。

りょうしゅうしょ⓪【領収書】　收據，收條，回執。

りょうしょ①【両所】　①兩處。②兩位。您二位。「御～のお出かけ」您二位的外出。

りょうしょ①【良書】　好書，良書。

りょしゅく◎【旅宿】　旅途住宿，投宿，旅館，旅店。

りょじょう◎【旅情】　旅情。「～にひたる」沉醉於旅情之中。

りょそう◎【旅装】　旅裝，行裝。「～を解く」脱下行裝。

りょだん◎【旅団】　旅。軍隊編制之一。

りょっか◎【緑化】　スル　綠化。

りょてい◎【旅程】　旅程，行程。

りょひ◎【旅費】　旅費。

りょりょく◎【膂力】　肌力。

リラ◎【lira】　里拉。貨幣單位名。

リラ◎【法 lyra】　里拉琴，希臘三弦琴。

リライト②【rewrite】　スル　改寫，重寫。

リラクセーション◎【relaxation】　休養，歇口氣，放鬆。

リラックス◎【relax】　スル　放鬆，舒展，輕鬆輕鬆。

リリー①【lily】　百合。

リリース②【release】　スル　新發售。

リリーフ②【relief】　スル　救援投手，替補投手。「～を送る」派出救援投手。

リリカル①【lyrical】　（形動）　抒情的，抒情詩的。「～な詩」抒情詩。

りりく◎【離陸】　スル　起飛，離陸。

りりし・い【凜凜しい】　（形）　凜凜，凜然。

リリシズム◎【lyricism】　抒情性，抒情詩體。

りりつ◎【利率】　利率。

リリック①【lyric】　抒情詩。↔エピック

リリヤン①【lily yarn】　針織線繩。

るい【離塁】　スル　離壘。

リレー①【relay】　スル　①傳遞，中繼。「～放送」轉播。②接力賽。③繼電器。

リレーション②【relation】　關係，關聯，聯繫。

りれき◎【履歴】　履歴。「～書」履歴表。

りろ①【理路】　理路。「～整然と話す」說話思路井然。

りろせいぜん◎【理路整然】　理路整然。邏輯清楚，頭頭是道。「～と話す」說的頭頭是道。

りろん◎①【理論】　理論。

りろんか◎【理論家】　理論家。

りろんてき◎【理論的】　（形動）　理論的。↔実践的

りろんぶつりがく【理論物理学】　理論物理學。↔実験物理学

りん①【燐】　磷。

りん【輪】　（接尾）　朵，輪，環。計數花朵、車輪等的量詞。「梅一～」一朵梅花。

りんう◎【霖雨】　霖雨。連續降雨。

りんか◎【輪禍】　車禍。「～にあう」遇上車禍。

りんか◎【燐火】　磷火。

りんか◎【隣家】　鄰家，鄰居，隔壁。

りんが◎【臨画】　臨摹，臨摹畫。

りんかい◎【臨海】　臨海。

りんかい◎【臨界】　臨界。「～に達する」達到臨界。

りんかいがっこう【臨海学校】　臨海學校，海濱夏令營。

りんかいこうぎょうちたい【臨海工業地帯】　臨海工業地帶，沿海工業區。

りんかいせき◎【燐灰石】　磷灰石。

りんかく◎【輪郭・輪廓】　①輪廓。「山の～」山的輪廓。②輪廓。事物的概要。「工事の～を説明する」說明施工的大致情況。③臉形，容貌。「端正な～」端正的臉形。

りんがく◎【林学】　造林學。

りんかん◎【林間】　林間。

りんかん◎【輪姦】　スル　輪姦。

りんかんがっこう【林間学校】　林間學校，林間夏令營。

りんき①【悋気】　スル　吃醋，（男女間的）嫉妒。

りんき①【臨機】　臨機。「～の処置」臨機處置。

りんぎ①【稟議】　スル　會簽。

りんきおうへん◎◎【臨機応変】　臨機應變。

りんきゅう◎【臨休】　「臨時休業」（臨時停業）、「臨時休校」（臨時停課）的略稱。

りんぎょう◎【林業】　林業。

りんぎょう◎【輪業】　自行車銷售業。

りんきん◎【淋菌・痳菌】　淋球菌。

リンク⓪【link】 ㋥ル ①連接，連動。②連桿，鏈環。③連結。電腦用語。

リンク⓪【rink】 溜冰場。

リング⓪【ring】 ①環，環狀物。②戒指。「エンゲージ-～」訂婚戒指。③拳擊場，摔角台。

リングサイド④【ringside】 台前席。

リンクせい⓪【―制】 連鎖制。

りんけい⓪【輪形】 輪形，環形，圓形。

りんけい⓪【鱗形】 鱗形。

りんけい⓪【鱗茎】 鱗莖。

リンケージ①【linkage】 結合（策），連鎖（策）。

りんげつ⓪【臨月】 臨月。

リンゲルえき④【―液】 林格氏液。

りんけん⓪【臨検】 ㋥ル 臨檢。

りんげん⓪【綸言】 綸言。天子、天皇之言，詔書。「～汗の如し」綸言如汗。

りんご⓪【林檎】 蘋果。

りんこう⓪【輪講】 ㋥ル 輪講。「源氏物語の～」輪流講授《源氏物語》。

りんこう⓪【燐光】 ①磷光。黃磷在空氣中氧化而發出的青白色光。②磷光。發光現象的一種。

りんこう⓪【臨港】 臨港。「～工業地帯」臨港工業地帶。

りんごく⓪【隣国】 鄰國。

りんざいしゅう【臨済宗】 臨濟宗。

りんさく⓪【輪作】 ㋥ル 輪作。↔連作

りんさん⓪【林産】 林產。

りんさん⓪【燐酸】 磷酸。

りんさんカルシウム⓪【燐酸―】 磷酸鈣。

りんさんひりょう⑤【燐酸肥料】 磷酸肥料。

りんし⓪【臨死】 臨死。「～体験」瀕死經驗；臨死體驗。

りんじ⓪【臨時】 ①臨時。「～ニュース」臨時插播新聞。②暫時。非長期持續性的，一時的。「～休業」暫時停業。

りんじこっかい④【臨時国会】 臨時國會。

りんしつ⓪【淋疾】 淋病。

りんしつ⓪【隣室】 鄰室。

りんしもく【鱗翅目】 鱗翅目。

りんじゅう⓪【臨終】 臨終。

りんしょ⓪【臨書】 ㋥ル 臨書，臨帖。↔自運

りんしょう⓪【輪唱】 ㋥ル 輪唱。

りんしょう⓪【臨床】 臨床。「～医学」臨床醫學。

りんじょう⓪【輪状】 環狀。

りんじょう⓪【臨場】 ㋥ル 臨場，到場，蒞臨。

りんじょう⓪【鱗状】 鱗狀。

りんしょういがく⑤【臨床医学】 臨床醫學。

りんじょうかん⓪【臨場感】 臨場感。

りんしょうしんりがく⑦【臨床心理学】 臨床心理學。

りんしょく⓪①【吝嗇】 吝嗇。「～な人」吝嗇的人。

りんじん⓪【隣人】 鄰人，鄰居，街坊。

りんじんあい⓪【隣人愛】 鄰人之愛。

リンス①【rinse】 ㋥ル 潤絲精，潤絲。

りんず⓪①【綸子】 花緞。

りんせい⓪【輪生】 ㋥ル 輪生。→対生・互生

りんせき⓪【隣席】 鄰席，鄰座。

りんせき⓪【臨席】 ㋥ル 臨席。

りんせつ⓪【隣接】 ㋥ル 鄰接。

りんせん⓪【臨戦】 臨戰。「～態勢にはいる」進入臨戰態勢。

りんぜん⓪【凜然】（タル） ①嚴寒的狀態。②凜然。「～たる態度」凜然的態度。

りんタク⓪【輪―】 出租式載人自行車。

りんち①【臨地】 實地，親臨當地。「～調査」實地調查。

リンチ①【lynch】 私刑。

りんてんき⓪【輪転機】 輪轉機。

リンデンバウム⑤【德 Lindenbaum】 菩提樹。

りんどう⓪【林道】 林道。

りんどう①【竜胆】 龍膽。

りんどく⓪【輪読】 ㋥ル 輪流讀。「万葉集を～する」輪流講讀《萬葉集》。

りんね⓪【輪廻】 ㋥ル 〔佛〕輪迴，輪迴轉世。

リンネル①【法 liniére】 亞麻布，細夏

ない事件」尚無先例的事件。

るいれき⓪【瘰癧】 瘰癧，鼠瘡。

ルー⓪【法 roux】 油炒麵。

ルーキー①【rookie】 新選手。

ルージュ①【法 rouge】 ①唇膏，口紅。②紅，紅色。

ルーズ①【loose】（形動） 鬆懈，自由散漫。「～な生活」散漫的生活。

ルーズリーフ④【loose leaf】 活頁本。

ルーター①【router】 ①木板加工機。②路由器。

ルーチン⓪【routine】 ①例行的。規定得很死的工作。「～-ワーク」日常工作。②例行程式。

ルーツ①【roots】 ①根，根本。②起源。③祖先，先祖，始祖，先人。

ルーデサック④【荷 roed-zak】 保險套，避孕套。

ルート①【root】 根，根號。

ルート①【route】 ①路，路徑。「登頂～」登頂路徑。②門路，來路，途徑。「入手～」獲取（某物）的途徑。

ルーバー①【louver】 百葉窗。

ルーフ①【roof】 屋面，屋頂。

ループ①【loop】 ①環，環狀物。②褲環，扣環。③循環。④（形）線環道。⑤飛機翻筋斗。

ルーフィング①【roofing】 油氈。

ループせん⓪【一線】 環形線。

ループタイ④【⑭ loop+tie】 簡易領帶。

ルーブル①【俄 rubl'】 盧布。

ルーペ①【德 Lupe】 放大鏡，放大器。

ルーム①【room】 房間。「～-ナンバー」房間號碼。「ダイニング-～」餐廳。

ルームサービス⑤【room service】 客房服務。

ルームチャージ⑤【room charge】 房間費。

ルームメイト④【roommate】 室友。

ルームライト④【room light】 室內燈，車內燈。

ルーメン①【lumen】 流明。光通量的 SI 單位。

ルーラー①【ruler】 ①尺，直尺。②統治者，支配者。

ルール①【rule】 規則，規定。

ルールブック④【rulebook】 守則本。

ルーレット①【法 roulette】 ①輪盤，賭輪盤。②點線輪盤。

ルクス①【法 lux】 勒克司。光照度的 SI 單位。

るけい⓪【流刑】 ₂ᵫ 流刑，流放罪。

ルゴールえき④【一液】 路戈氏碘液，複方碘溶液。

るこく⓪【鏤刻】 ①鏤刻。②推敲。

るこつ⓪【鏤骨】 鏤骨。「彫心～」銘心刻骨。

るざい⓪【流罪】 流罪。

ルサンチマン②【法 ressentiment】〔哲〕恨，怨恨，忿恨。

るじゅつ⓪【縷述】 ₂ᵫ 縷述。

るすい⓪【留守居】 ₂ᵫ ①看家人，看門人。②留守居。江戶幕府職務名之一。

るすばん⓪【留守番】 看家，看家人。

るすばんでんわ⓪【留守番電話】 自動答錄電話。

るせつ⓪【流説】 ①傳言，傳聞。②謠傳。

るせつ⓪【縷説】 ₂ᵫ 縷說。

るたく⓪【流謫】 ₂ᵫ 流謫，貶謫。

ルチン①【rutin】 蘆丁，芸香苷。

ルック①【look】 搶眼裝。「ニュー-～」新款搶眼裝。

ルックス①【looks】 容貌。「～がいい」容貌漂亮；美貌。

るつぼ⓪⓪【坩堝】 ①坩堝。②熱潮。「興奮の～と化する」化為狂熱的海洋。③大雜燴，繁雜。「人種の～」人種繁雜。

るてん⓪【流転】 ₂ᵫ ①流轉。「万物～」萬物變遷。②〔佛〕輪迴。

るにん⓪【流人】 流人，流罪之人。

ルバシカ⓪【俄 rubashka】 俄式男襯衣。

ルビ①【ruby】 ①注音假名用的小號鉛字。②注音假名。「～を付ける」標上注音假名。

ルビー①【ruby】 紅寶石。

ルピー①【rupee】 盧比。

ルビコン⓪⓪【Rubicon】 盧比孔河。

るふ①【流布】 ₂ᵫ 流布，散布，傳播。「この説は広く世間に～している」此

一傳說廣爲流傳於世。

ルポライター⓪【⑪法 reportage＋英 writ-
er】 現場探訪記者，現場記者。

ルポルタージュ⓪【法 reportage】 ①（報
紙、廣播等）現場報導，通訊，探訪。
②報導文學。

ルミノールはんのう⓪【一反応】 發光胺
反應。

るり①【瑠璃】 〔梵 vaidūrya 的音譯「吠
瑠璃べいるり」之略〕①琉璃。②玻璃的舊
稱。③深藍色。④琉璃鳥。「～も玻
璃はりも照らせば光る」無論是琉璃還是玻
璃，只要有光就會閃耀。

るりいろ⓪【瑠璃色】 深藍色。

るる①【縷縷】（副） 縷縷，細談。「～
説明する」詳細説明。

るろう⓪【流浪】スル 流浪。「～の民」流
浪人民。

ルンゲ①【德 Lunge】 肺結核的俗稱。

ルンゼ①【德 Runse】 溝，冰溝。

ルンバ①【西 rumba】 倫巴。

ルンペン①【德 Lumpen】 流浪者，失業
者。

るんるん① 爽，痛快的。

レ⓪【義 re】 ①re。音階名。②D音的義大利音名。

レア⓪【rare】 半熟牛排，嫩牛排。

レアチーズケーキ⑥【rare cheese cake】 生乳酪蛋糕。

レアメタル⓪【rare metal】 稀有金屬。

れい⓪【令】 ①命令，吩咐。「出撃の～」出撃令。②法規，規定。

れい⓪【礼】 ①禮節，禮貌。「～をわきまえる」懂禮貌。②敬禮。「～をする」行禮。③道謝，答謝，酬謝，謝禮，禮物。「お～をする」送禮。

れい⓪【例】 ①例，例子。「～を引く」舉例。②先例。「いまだかて～のない大豊作」史無前例的大豐收。③慣例。「～のごとく」按照慣例。④像往常。「～のとおり」一如往常。

例によって例の如し 照例行事；一如既往。

れい①【零】 〔數〕零。

れい①【霊】 ①精神，靈魂。「～と肉との一致」靈與肉的一致。②靈。死者的靈魂。「先祖の～をまつる」祭奠先人之靈。③神靈。

レイ①【lei】 夏威夷花環。

レイアウト③【layout】スル ①布置，布局。②版面設計。

れいあんしつ③【霊安室】 太平間。

れいい①【霊位】 靈位。

れいう①【冷雨】 冷雨。

れいえん⓪【霊園・霊苑】 陵園，墓苑。

レイオフ③【layoff】 留職停薪，臨時解雇。

れいおん⓪【冷温】 ①冷暖，冷熱。②低溫，冷溫。「～貯蔵」低溫貯藏。

れいか①【冷夏】 冷夏。

れいか①【冷菓】 冰凍的點心。

れいか①【零下】 零下。

れいか①【隷下】 屬下。

れいかい⓪【例会】 例會。

れいかい⓪【例解】スル 例解。

れいかい⓪【霊界】 靈界，九泉。

れいがい⓪【冷害】 寒害。

れいがい⓪【例外】 例外。「～は認めない」不容許有例外。

れいかく⓪【冷覚】 冷覺。↔温覚

れいかん⓪【冷汗】 冷汗。

れいかん⓪【冷感】 冷感。

れいかん⓪【霊感】 靈感。

れいがん⓪【冷眼】 冷眼。

れいき①【冷気】 冷氣，涼氣。

れいき①【霊気】 靈氣。

れいぎ③【礼儀】 禮儀，禮貌。「～が正しい」彬彬有禮。「～作法」禮法。

れいきゃく⓪【冷却】スル ①冷卻。「水を～する」將水冷卻。②冷靜。「～期間を置く」隔一段冷靜時間。

れいきゃくきかん⑤【冷却期間】 冷卻期間。「～を置く」設置冷卻期間。

れいきゅうしゃ⑥【霊柩車】 靈車。

れいきん⓪【礼金】 ①禮金，酬謝金。②禮金。作爲謝禮支付給房東的金錢。

れいく①【麗句】 麗句。「美辞～」美辭麗句。

れいぐう⓪【冷遇】スル 冷淡待遇。↔優遇

れいけい⓪【令兄】 令兄。

れいけい⓪【令閨】 令閣，令閨，尊夫人。

れいけつ⓪【冷血】 冷血，冷酷。↔熱血

れいげつ⓪【例月】 例月，每月。

れいけつかん⑥【冷血漢】 冷血漢，冷酷的人。

れいげん⓪【例言】スル ①例言。②體例說明。

れいげん⓪【霊験】 靈驗。「～あらたか」非常靈驗。

れいこう⓪【励行】スル 厲行，嚴格執行。「右側運行を～する」嚴格執行右側通行。

れいこく⓪【冷酷】 冷酷。「～な人」冷酷的人。

れいこく⓪【例刻】 常規時刻，例行時

刻。

れいこん⓪【霊魂】 靈魂。

れいこんふめつ⓪【霊魂不滅】 靈魂不滅。

れいさい⓪【冷菜】 涼菜。

れいさい⓪【例祭】 例行祭祀，例行祭。

れいさい⓪【零細】 ①零碎，零星，少量。「～な土地」零星的土地。②小規模。「～企業」小（規模）企業。

れいざん⓪【霊山】 靈山。

れいし①【令姉】 令姐。

れいし①【荔枝】 荔枝。

れいし⓪【霊芝】 靈芝。

れいし①【麗姿】 美麗動人的姿容。

れいじ①【例示】 スル ①例示。②例示表達法。

れいじ①【零時】 零時，零點。

れいしつ⓪【令室】 尊夫人。

れいしつ⓪【麗質】 麗質。「天性の～」天生麗質。

れいじつ⓪【例日】 平日。

れいじゃ①【礼者】 拜年者。

れいしゅ⓪【冷酒】 冷酒。

れいじゅう⓪【霊獣】 靈獸。

れいじゅう⓪【隷従】 スル 隸從。「大国に～する」隸從大國。

れいしょ①【令書】 令書。「徴税～」徵稅令書。

れいしょ⓪【隷書】 隸書。

れいしょう⓪【冷笑】 スル 嘲笑，冷笑。

れいしょう⓪【例証】 スル ①例證。「～をあげる」舉例證明。②舉例證明。「必要性を～する」舉例證明必要性。

れいじょう⓪【令状】 ①令狀。「召集～」召集令；徵召令。②令狀。法院或法官以強制處分的命令或許可為內容發布的裁判書。

れいじょう⓪【令嬢】 ①令嬡。②良家女。「一見～風」一睹令嬡風采。

れいじょう⓪【礼状】 感謝信。

れいじょう⓪【礼譲】 禮讓。「～の精神」禮讓精神。

れいじょう⓪【霊場】 靈場。

れいしょく⓪【令色】 令色。「巧言～」巧言令色。

れいしょく⓪【冷色】 冷色，寒色。↔温色

れいじん⓪【麗人】 麗人，美人。「男装の～」男裝的麗人。

れいすい⓪【冷水】 冷水。↔温水

れいすい⓪【霊水】 靈水。「不老長寿の～」長生不老靈水。

れいすいいき⓪【冷水域】 冷水域。

れいすいまさつ⓪【冷水摩擦】 スル 冷水擦拭。

れいすいよく⓪【冷水浴】 スル 冷水浴。

れいせい⓪【令婿】 令婿。

れいせい⓪【冷製】 冷餐，涼菜，冷製。

れいせい⓪【冷静】 冷靜。「沈着～」沉著冷靜。

れいせつ⓪【礼節】 禮節。

れいせん⓪【冷泉】 冷泉。↔温泉。

れいせん⓪【冷戦】 〔cold war〕冷戰。

れいせん⓪【霊泉】 靈泉。

れいぜん⓪【霊前】 靈前。

れいぜん⓪【冷然】 （タル） 冷然。

れいそう⓪【礼装】 スル 禮服。

れいそう⓪【礼奏】 謝幕演奏。

れいぞう⓪【冷蔵】 スル 冷藏。

れいぞうこ⓪【冷蔵庫】 冰箱，冷藏庫。溫裝置的箱櫃。「電気～」電冰箱。

れいそく⓪【令息】 令郎，令公子。

れいぞく⓪【隷属】 スル 隸屬。「大国に～する」隸屬於大國。

れいそん⓪【令孫】 令孫。

れいだい⓪【例題】 例題。

れいたいさい⓪【例大祭】 例行大祭。

れいたん①【冷淡】 冷淡。「～な人」冷淡的人。

れいだんぼう⓪【冷暖房】 冷暖氣設備。

れいち①【霊地】 靈地，聖地。

れいちょう⓪【霊長】 靈長。「万物の～」萬物之靈長。

れいちょう⓪【霊鳥】 靈鳥，聖鳥。

れいちょうるい⓪【霊長類】 靈長類。

れいてい⓪【令弟】 令弟。

れいてき⓪【霊的】 （形動） ①靈魂上的，靈魂的。↔肉的。「～な世界」靈魂世界，精神世界。②聖潔的。「～な美しさ」聖潔的美。

れいてつ[0]【冷徹】　冷靜透徹。「～に事態を見守る」冷靜而透徹地注視著事態（的發展）。

れいてん[0]【礼典】　①禮法。②禮典。有關禮儀規則的書籍。

れいてん[1]【冷点】　冷點，冷覺點。↔温点

れいてん[3]【零点】　①零分。②毫無價值。「父親として～だ」作爲父親是徹底失敗了。

れいでん[0]【霊殿】　靈殿，靈廟。

れいど[1]【零度】　零度。

れいとう[0]【冷凍】スル　冷凍。

れいとう【霊湯】　靈湯，神泉。

れいとうこ[3]【冷凍庫】　冰櫃，冷凍庫。

れいにく[0]【冷肉】　冷肉。

れいにく[1]【霊肉】　靈肉。

れいにゅう[0]【戻入】　退入，返入。

れいねん[0]【例年】　例年，歷年。

れいば[1]【冷罵】スル　冷嘲，挖苦。

れいはい[0]【礼拝】スル　禮拜。

れいはい[0]【零敗】スル　零分敗北。

れいばい[0]【冷媒】　冷凝劑，冷媒。

れいばい[0]【霊媒】　靈媒。

れいひょう[0]【冷評】スル　冷淡的批評。

れいびょう[0]【霊廟】　①靈廟。②卒塔婆。

レイブ[1]【rave】　鋭舞音樂，瘋狂魔幻音樂活動。

れいふう[0]【冷風】　冷風。

れいふく[0]【礼服】　禮服。

れいふじん[3]【令夫人】　令夫人，尊夫人。

れいぶん[0]【例文】　①例文，例句。②範文。③固定條文，格式條款。

れいほう[0]【礼法】　禮法。

れいほう[0]【礼砲】　禮炮。

れいほう[0]【霊峰】　靈峰，靈山。「～富士」靈峰富士。

れいぼう[0]【冷房】スル　冷氣，冷氣設備。↔暖房

れいぼうびょう[0]【冷房病】　冷氣病。

れいぼく[0]【零墨】　殘墨，零墨，殘篇。「断簡～」斷簡殘篇。

れいぼく[0]【霊木】　靈木。

れいほん[0]【零本】　殘本，殘篇。

れいまい[0]【令妹】　令妹。

れいみょう[0]【霊妙】　靈妙。「～不可思議」靈妙不可思議。

れいめい[0]【令名】　好聲譽，名聲。「～が高い」名聲頗高。

れいめい[0]【黎明】　①黎明，拂曉。②黎明。事物即將興盛的時候。「近代日本の～を告げる」宣告了近代日本的黎明。

れいめん[1]【冷麵】　涼麵。

れいもつ[0]【礼物】　禮物，禮品。

レイヤー[1]【layer】　層，階層。

れいやく[1]【霊薬】　靈藥。

れいよう[0]【麗容】　麗影。

れいらく[0]【零落】スル　零落。「～の身」零落之身。

れいり[1]【怜悧】　伶俐。「～な頭脳」伶俐的頭腦。

れいりょう[0]【冷涼】　冷涼。「～な大気」冷涼的大氣。

れいりょく[1]【霊力】　①靈力。②神奇力量。

れいれいし・い[5]【麗麗しい】（形）　花俏的，花枝招展。「～・く着飾る」打扮得花枝招展。

れいろう[0]【玲瓏】（トタル）　玲瓏。「～たる美声」清脆悅耳的聲音。

れいわ[0]【例話】　實例，例話。

レインボー[2]【rainbow】　彩虹。

レーキ[1]【rake】　耙子。

レーク[1]【lake】　湖，湖水。

レークサイド[4]【lakeside】　湖畔。

レーザー[1]【laser】〔light amplification by stimulated emission of radiation〕雷射。

レーザーディスク[5]【laser disk】　雷射影音光碟。

レーザープリンター[6]【laser printer】　雷射影印機。

レーザーメス[5]【[和]英 laser＋荷 mes】　雷射手術。

レーシングカー[5]【racing car】　①賽車。②遙控汽車。

レース[1]【lace】　蕾絲，花邊。

レース[1]【race】　競賽。「ボート-～」賽

艇。

レーズン⓪【raisin】 葡萄乾。

レーゼドラマ⓪【德 Lesedrama】 閲讀性劇本。↔ビューネンドラマ

レーゾンデートル⑤【法 raison d'être】 存在理由,存在價值。

レーダー⓪【radar】〔radio detecting and ranging〕雷達。

レート①【rate】 率,比率,比值。「為替~」匯率。

レーベル⓪①【label】 ①標籤,商標。②唱片簽。

レーヨン⓪【rayonne】 人造纖維,人造絲。

レール①【rail】 ①鐵道。②滑道,滑軌。

レーン①【lane】 ①球道。②行車道。「バス-~」公車專用道。

レーンジャー①【ranger】 ①護林員,警備隊,巡視員。②突撃隊員,特工部隊。

レオタード③【leotard】 緊身衣。

レオポン⓪【leopon】 豹獅。

レガーズ①【leg guards】 護腿。

レガート①【義 legato】〔音〕連奏。↔スタッカート

レガッタ⓪【regatta】 賽船會,划船比賽。

れき①【暦】 ①暦,暦書,月份牌。②天文年暦。

れき①【礫】 礫,小石子,小石塊,碎石。

れきがく②【暦学】 暦學。

れきがん⓪【礫岩】 礫岩。

れきし⓪【歴史】 歴史。
  歴史は繰り返す 歴史重演。

れきし⓪【轢死】 スル 軋死,轢死。

れきしか①【歴史家】 歴史家。

レキシコン①【lexicon】 字典,辭典,辭彙。

れきじつ⓪【暦日】 ①暦日,年月,日月。「山中~なし」山中無暦日。②暦書。

れきしてき⓪【歴史的】(形動) ①歴史的,歴史性的。「~研究」歴史性研究。②具歴史意義的。「~大事件」具歴史意義的重大事件。③歴史上的。「~な存在」歴史上的存在。

れきしてきかなづかい⓪【歴史的仮名遣い】 歴史假名用法。↔現代仮名遣い

れきすう③【暦数】 ①氣數,命運,機緣。②暦法。「天文~」天文暦法。

れきせい⓪【歴世】 代代,世世,歴代。

れきせい⓪【瀝青】 瀝青,柏油。

れきせいたん⓪②【瀝青炭】 煙煤。

れきせん⓪【歴戦】 久經沙場。「~の勇士」身經百戰的勇士。

れきぜん⓪【歴然】(ょ゛) 明顯,清楚,歴然。「効果は~としている」效果十分顯著。

れきだい⓪①【歴代】 歴代,歴届。「~の首相」歴届首相。

れきだん⓪【轢断】 スル 軋斷,轢斷。「~死体」軋斷的屍體。

れきちょう⓪【歴朝】 歴朝,歴代。

れきど①【礫土】 礫土。

れきにん⓪【歴任】 スル 歴任。「要職を~する」歴任要職。

れきねん⓪【暦年】 ①暦年。暦法中的一年。②年月,歳月。

れきねん⓪【歴年】 ①歴年。多年。「~の研究」多年的研究。②歴年,連年,每年。

れきねんれい③【暦年齢】 時間年齡,暦年齡。

れきほう⓪【暦法】 暦法。

れきほう⓪【歴訪】 スル 歴訪,遍訪。

れきゆう⓪【歴遊】 スル 遊歴,周遊。

レギュラー①【regular】 ①有規則的,正規的。↔イレギュラー。②正式選手,正式演員。「レギュラー-メンバー」之略。

レギュラーコーヒー⑥【⑥ regular＋coffee】 正宗咖啡。

れきれき⓪【歴歴】 ①達官顯貴。②(ょ゛タ) 歴歴,昭然。清楚,清晰可見。

レギンス①【leggings】 綁腿毛線褲,護腿。

レクイエム③【拉 requiem】 安魂曲。

レクチャー①【lecture】 スル ①講解,演講,講話。②解說,說明。

レグホン⓪【leghorn】　來亨雞。

レクリエーション④【recreation】　消遣。

レゲエ⓪【reggae】　雷鬼（搖滾）樂。

レコーダー②【recorder】　錄音機，記錄器。

レコーディング⓪【recording】ㇲㇽ　錄音，灌唱片。

レコード⓪【record】　①記錄。體育競賽等的記錄，尤指最高記錄。「～を破る」打破記錄。②錄音盤，唱片。「LP～」密紋唱片，33 轉唱片。③記錄。電腦檔案的構成單位。

レコードプレーヤー⑥【record player】　唱機。

レコードホルダー⑥【record holder】　（最高）紀錄保持者。

レザー①【leather】　①皮革，熟皮。②漆布，人造革。

レザー①【razor】　西洋剃刀。

レザーカット④【razor cut】　剃髮。

レザークラフト⑤【leather craft】　皮革工藝。

レシート②【receipt】　收條，收據。

レシーバー②【receiver】　①接收機，電話聽筒，受話器。②耳機。③接球選手，捕手。

レシーブ②【receive】ㇲㇽ　接球。

レジェンド②【legend】　①傳奇，傳說，神話，聖徒傳，聖人傳說。②凡例。

レジオネラ【Legionella】　退伍軍人桿菌。

レジオンドヌール④【法 Légion d'honneur】　榮譽勳位勳章。

レジスター②【register】　①收銀機。②收費處，出納員。③暫存器。

レジスタンス③【法 résistance】ㇲㇽ　①抵抗。②抗德運動。

レシチン⓪【lecithin】　卵磷脂。

レジデンス②【residence】　住宅，宅邸。

レシピ①【recipe】　配方，配料，食譜，烹飪法。

レシピエント③【recipient】　接受者。器官移植中接受移植的人。→ドナー

レジャー①【leisure】　閒暇，空閒。「～センター」遊樂中心。

レジャーさんぎょう④【―産業】　娛樂觀光產業。

レジャーランド⑥【和 leisure + land】　遊樂園，度假村，娛樂場地。

レジュメ⓪【法 résumé】　梗概，摘要。

レズ①【Les】　女同性戀者。

レスキューたい【―隊】〔rescue〕救援隊，搶救隊。

レストハウス④【rest house】　招待所。

レストラン①【restaurant】　西餐廳。

レストルーム④【rest room】　①（劇場、百貨商場的）休息室。②廁所。

レスビアン③【Lesbian】　女同性戀者。

レスポンス②【response】　反應，應答，對應。

レスラー⓪【wrestler】　摔角選手。

レスリング⓪【wrestling】　摔角。

レセプション②【reception】　①歡迎會，招待會。「公式～」正式歡迎會。②（飯店的）服務台，帳房。

レセプト①【德 Rezept】　藥方，處方箋，醫療保險費賬單。

レター①【letter】　①信。「ラブ・～」情書。②文字，字母。「キャピタル・～」大寫字母。

レターヘッド④【letterhead】　字頭（紙）。

レタス①【lettuce】　葉用萵苣，生菜。

レタッチ②【retouch】　（底片或繪畫作品加工和增補）修正，修整。

レタリング⓪【lettering】　藝術字，美術字。

レチタティーボ⑤【義 recitativo】　朗誦調，宣敘調。

れつ①【列】　①列，行列。「入り口に～を作る」在入口列隊。②列，夥伴。「閣僚の～に加わる」入列閣僚。③列。「数～」數列。

れつあく⓪【劣悪】（形動）　惡劣，極次。（指品質等）低劣、很壞。↔優良。「～な環境」惡劣的環境。

れつい①【劣位】　劣勢，劣勢地位。↔優位

れっか⓪【列火】　四點。漢字字底之一。

れっか⓪【劣化】ㇲㇽ　劣化，惡化。

れっか①【烈火】　烈火。「～の如く怒る」

暴跳如雷。

レッカーしゃ◎【一車】〔wrecker〕拖吊車。

れっかウランだん◎【劣化一弾】　貧鈾彈。

れっき◎◎【列記】スル　開列，列記。

れっきと◎◎【歴と】（副）　①歴歴，確鑿，明顯。「～した証拠」確鑿的證據。②顯貴。「～した家柄」高貴門第。

れっきょ◎【列挙】スル　列舉。「この詩のすぐれ点を～しなさい」請列舉這首詩的優點。

れっきょう◎【列強】　列強。「～の代表が集まった」聚集各列強的代表。

レッグ◎【leg】　足，腿，脚。

レッグウォーマー◎【leg warmer】　防寒護腿。

れつご◎【劣後】　較劣，落後。

れっこう◎【列侯】　列侯，諸侯。

れっこく◎【列国】　列國。

れつごさい◎【劣後債】　後償負債，劣後債。

レッサーパンダ◎【lesser panda】　小貓熊，小熊貓。

れっし◎【烈士】　烈士，志士，忠烈之士。

れつじつ◎【烈日】　烈日。「秋霜～」秋霜烈日。

れっしゃ◎【列車】　列車。

れつじょ◎【烈女】　烈女。「～の鑑(かがみ)」烈女之楷模。

れっしょう◎【裂傷】　裂傷。「頭部～」頭部裂傷。

れつじょう◎【劣情】　色情，情慾。「～をそそる」挑動情慾。

れっしん◎【烈震】　大地震，烈震。

れっ・する◎◎【列する】（動サ變）　①列入。「強国に～・する」列入強國。②出席，列席。「式に～・する」出席典禮。

レッスン◎【lesson】　①功課，上課，練習。「ピアノの～に通う」上鋼琴課。②課程，教程。「～-ワン」第一課。

れっせい◎【劣性】　隱性。↔優性

れっせい◎【劣勢】　劣勢。↔優勢。「～に立つ」處於劣勢。「～をはねかえす」扭轉劣勢。

れっせき◎【列席】スル　列席。

レッツゴー◎【let's go】　我們走吧。「好了，走吧」之意的招呼語。

レッテル◎【荷 letter】　①商標，標籤。②（對某人或某事物的）評價。「～を貼る」貼標籤；扣帽子。

れつでん◎【列伝】　列傳。「英雄～」英雄列傳。

レット◎【let】　觸網重發。

レッド◎【red】　紅，紅色。

れっとう◎【列島】　列島。「日本～」日本列島。

れっとう◎【劣等】　劣等。↔優等。「～生」劣等生。

れっとうかん◎【劣等感】　自卑感。↔優越感

レッドカード◎【red card】　紅牌。

レッドキャベツ◎【red cabbage】　紫高麗菜，紫洋白菜。

レッドデータブック◎【red data book】　《紅皮書》，《紅色資料書》。

レッドパージ◎【red purge】　掃除赤色分子，清共。

レッドペッパー◎【red pepper】　紅辣椒。

れっぱい◎【劣敗】　劣敗。「優勝～」優勝劣敗。

れっぱく◎【裂帛】　①裂帛。②聲如裂帛。「～の気合」尖銳的喊叫聲。

れっぷ◎【烈夫】　烈士。

れっぷ◎【烈婦】　烈婦。

れっぷう◎【烈風】　烈風。

れつりつ◎【列立】スル　排隊站立，站成一排。

れつれつ◎【烈烈】（タル）　烈烈。「～たる闘志」強烈鬥志。

レディー◎【lady】　①淑女，貴婦人。↔ジェントルマン。②女士，婦女。

レディーファースト◎【lady first】　女士優先。

レディーメード◎【ready-made】　現成物品，既成品。↔オーダー-メード。

れてん◎◎【レ点】　顛倒點。

レトリック◎【rhetoric】　①修辭學。②修

辭。

レトルト⓪⓪【荷 retort】 曲頸甑，蒸餾瓶。

レトルトしょくひん⑤【―食品】 軟罐頭食品，軟包裝食品。

レトロ⓪【法 rétro】 復古傾向，懷古情趣。

レバー⓪【lever】 ①槓桿。②手柄。

レバー①【liver】 肝，肝臟。「～焼き」烤肝。

レパートリー②【repertory】 ①拿手節目，保留節目。「～が広い歌手」拿手曲目多的歌手。②拿手好戲。

レバーペースト④【liver paste】 肝醬。

レビュー①【review】 ①評論，批評，書評。「ブック-～」書評。②評論雜誌。

レビュー①【法 revue】 時事諷刺劇，輕鬆歌舞短劇。

レフ⓪ ①反光照相機，反射式照相機。「一眼～」單鏡頭反射式照相機。②反射器，反射望遠鏡。

レファレンス⓪【reference】 ①參考，參照。②照會，詢問，查詢。

レファレンスサービス⑥【reference service】 查閱服務。

レファレンスブック⑥【reference book】 ①參考書。②限館內閱覽圖書。

レフェリー①【referee】 裁判。

レフェリーストップ⑥【referee stop】 裁判叫停。

レフト①【left】 ①左，左側。②〔left field〕（棒球比賽中的）左外野。③〔left fielder〕（棒球比賽中的）左外野手。④左派，左翼。「ニュー-～」新左翼。↔ライト

レプラ①【德 Lepra】 麻瘋病。

レプリカ①【replica】 複製品。

レフレックスカメラ⑦【reflex camera】 反光照相機，反射式照相機。

レベル①【level】 ①水準。「～が高い」水準高。②水平面，水平線。③水準儀。

レベルアップ④【level up】 スル 提高水準，水準提高。「学力が～する」提高學力。

レポーター②【reporter】 ①報告人。②聯

繫人。③採訪記者。

レポート②【report】スル ①調查報告，研究報告。②報告，報導。

レボリューション⓪【revolution】 革命。

レム①【rem】〔roentgen equivalent man〕雷姆。

レムすいみん⑤【―睡眠】〔REM源自 rapid eye movement〕快速眼動睡眠。

レモネード③【lemonade】 檸檬水。

レモン①【lemon】 檸檬。

レモングラス⑤【lemon grass】 檸檬香茅。

レモンスカッシュ⑤【lemon squash】 檸檬汽水。

レリーフ②【relief】 ①浮雕。↔インタリョ。②浮凸，凸版。

れん①【連】 ①連勝式。②〔（ream的音譯。也寫作「嗹」〕令。全張印刷用紙的張數計算單位。③表「夥伴」「們」之意。「悪童～」頑童們。④連。

れん①【聯】 ①聯。對聯。②聯。中國古詩的律詩中對句的名稱。

れんあい⓪【恋愛】スル 戀愛。「～関係」戀愛關係。

れんか①【恋歌】 戀歌，情歌。

れんか①【廉価】 廉價。↔高価

れんが①【連歌】 連歌。

れんが①【煉瓦】 磚。

れんかん⓪【連関】スル 關聯。

れんかん⓪【連環】スル 連環。

れんき①【連記】スル 連記。↔単記。「3名～の投票」連記三名的投票。

れんぎ⓪①【連木】 研磨棒。

れんきゅう⓪【連休】 連假，連續假日。

れんぎょう⓪【連翹】 連翹。

れんぎん⓪【連吟】スル 齊聲吟詠。↔独吟

れんきんじゅつ⓪【錬金術】 煉金術，煉丹術。

れんく⓪【連句・聯句】 連句，聯句。

れんげ⓪【蓮華】 ①蓮花，荷花。②湯匙，調羹。

れんけい⓪【連係・連繫】スル 聯繫。「～プレー」聯賽。

れんけい⓪【連携】スル 協力，合作，聯合。「～を保つ」保持合作。

れんげそう⓪【蓮華草】　紫雲英的別名。

れんけつ【連結】スル　連接，聯結，掛，掛車，聯接。「8両~」8 輛連結車。

れんけつ【廉潔】　廉潔，清廉。「~の士」廉潔之士。

れんけつき【連結器】　車鉤，連結器。

れんけつけっさん⓪【連結決算】　合併決算。

れんこ①【連呼】スル　①連呼，連喊，反覆叫喊。「候補者の名前を~している」連呼候選人的姓名。②同音連讀。

れんご⓪【連語】　詞組，複合詞，連語。

れんこう⓪【連行】スル　帶，帶走。「犯人を~する」把犯人帶走。

れんこう【連衡】スル　連橫，連衡。↔合從

れんごう⓪【連合・聯合】スル　①聯合。②〔心〕〔association〕聯想。

れんごうぐん⓪【連合軍】　①聯軍。②（第二次世界大戰中同盟國的）盟軍。

れんごく【煉獄】　煉獄。

れんこだい③【連子鯛】　黃鯛。

れんこん⓪【蓮根】　藕。

れんさ①【連鎖】スル　①連鎖。②聯繫，連鎖。

れんざ①【連座・連坐】スル　①連坐。②並排同坐。

れんさい⓪【連載】スル　連載。

れんさきゅうきん⓪【連鎖球菌】　鏈球菌。

れんさく【連作】スル　①連作，重茬。↔輪作。②連續創作，連續作品。③合著，合寫，聯合創作。

れんさはんのう⑤【連鎖反応】　連鎖反應，鏈式反應。

れんざん⓪【連山】　連山，山巒。「~の眉まゆ（=長ク引イタ美シイ眉）」連山眉（又長又美的眉毛）。

れんし【連枝】　連枝。身分高貴的人之兄弟姊妹。「将軍様の御~」將軍的連枝。

れんし①【錬士】　錬士。→範士・教士

れんじ【連子・櫺子】　窗櫺，窗格，門窗柵欄。

レンジ①【range】　①西式爐灶。②分布範圍（區域）。

れんじつ⓪【連日】　連日，接連幾天。

れんしゃ⓪【連射】　連射，連發。「機銃を~する」機槍連射。

レンジャー①【ranger】　①護林員，巡林員。②特別部隊隊員。③（公園）管理員。「環境~」環境管理員。

れんじゃく⓪【連尺】　背架。

れんしゅ①【連取】スル　連贏，連得。「5点~する」連得 5 分。

れんじゅ①【連珠・聯珠】　①連珠。②連珠棋。

れんしゅう⓪【練習】スル　練習。「~生」練習生；見習生。

れんじゅう⓪【連中】　①夥伴，同夥。「あの手合いの~」那幫傢伙。②班。「常磐津~」常磐津班。

れんしょ①【連署】スル　會簽，聯合簽署。

れんしょう⓪【連勝】スル　①連勝。↔連敗。「連戦~」連戰連勝。②連勝式。

れんじょう⓪【恋情】　戀情。「熱い~を抱く」心懷熱戀之情。

れんじょう⓪【連声】　連聲，連音。

れんじょう⓪【連乗】　連乘。

レンズ①【荷 lens】　①透鏡。②眼球的水晶體。

れんせい⓪【錬成・練成】スル　磨練，培養，練成。「~道場」練武場；健身房。

れんせつ⓪【連接】スル　連接，連結。

れんせん⓪【連戦】スル　連戰。「各地に~する」連戰各地。

れんそう⓪【連想・聯想】スル　聯想。「~を伴う」引起聯想。

れんぞく⓪【連続】スル　連續，接連。

れんだ①【連打】スル　連打。

れんたい⓪【連体】　連體。

れんたい⓪【連帯】　連帶。「~感」連帶感。

れんたい⓪【連隊・聯隊】　團，聯隊。

れんだい⓪【蓮台】　蓮台。

れんだい⓪【輦台】　輦台。

れんたいけい⓪【連体形】　連體形。

れんたいし⓪【連体詞】　連體詞。

レンタカー③【rent-a-car】　租賃用汽車。

レンタサイクル[4]【[和] rent-a-cycle】　租賃自行車。

れんたつ[0]【練達】スル　練達。「～の士」練達之士。

レンタル[1]【rental】　出租，出賃。「～-ビデオ」出租錄影帶。

れんたん[1]【練炭・煉炭】　定型煤。

れんだん[0]【連弾・聯弾】スル　聯彈。

れんち[1]【廉恥】　廉恥。「破～」無恥；恬不知恥。

レンチ[1]【wrench】　扳手，扳子，管鉗。

れんチャン[0]【連荘】　連莊。「忘年会が～で開かれる」連莊舉辦忘年會。

れんちょく[0]【廉直】　廉直，廉正。「～の士」廉正之士。

れんてつ[0][1]【錬鉄・練鉄】　①鍛鐵，熟鐵。②熟鐵。

れんとう[0]【連投】スル　連投。

れんどう[0]【連動】スル　連動，連鎖。

レントゲン[0]【德 Röntgen】　倫琴。

れんにゅう[0]【練乳・煉乳】　煉乳。

れんぱ[1]【連破】スル　連破，連勝。

れんぱ[1]【連覇】スル　連霸，連續奪冠。

れんばい[0]【廉売】スル　大減價銷售，賤賣，廉售。

れんぱい[0]【連敗】スル　連敗。↔連勝

れんぱつ[0]【連発】スル　①連發。「六～ピストル」六連發手槍。②連續發話。「質問を～する」連續發問。③連續發生事情。

れんばん[0]【連判】スル　聯名簽署，聯合簽名蓋章。

れんばん[0]【連番】　連號。

れんばんじょう[0]【連判状】　聯名信。

れんびん[0]【憐憫・憐愍】　憐憫。「～の情」憐憫之情。

れんぶ[1]【練武】　練武。

れんぺい[0]【練兵】　練兵。「～場」練兵場。

れんぼ[1]【恋慕】スル　戀慕。「～の情」戀慕之情。

れんぽう[0]【連邦・聯邦】　聯邦。

れんぽう[0]【連峰】　峰巒，連峰。「～が起伏する」山巒起伏。

れんま[1]【錬磨】スル　磨練。

れんめい[0]【連名】　聯名。

れんめい[0]【連盟・聯盟】　聯盟，聯合會。

れんめん[0]【連綿】（トタル）　連綿。「～と続く血統」連綿不斷的血統。

れんや[1]【連夜】　連夜。

れんよう[0]【連用】スル　①連用。②連用。連接用言。

れんようけい[0]【連用形】　連用形。

れんようしゅうしょくご[0]【連用修飾語】　連用修飾語。

れんらく[0]【連絡・聯絡】スル　①聯絡，聯結。②聯絡，通知。「手紙で～する」用書信聯繫。③聯運，連絡，連接。「～船」聯運船；渡輪。

れんり[1]【連理】　連理。「比翼～の契り」比翼連理之約。

れんりつ[0]【連立】スル　聯立，聯合。

れんりつないかく[5]【連立内閣】　聯合內閣，聯立內閣。↔単独内閣

れんりつほうていしき[7]【連立方程式】〔數〕聯立方程式。

れんれん[0][3]【恋恋】　①（トタル）留戀，戀戀。「地位に～とする」留戀地位。②依戀，戀戀不捨。「～の情」依戀之情。

ろ

ろ①【ロ】　B音，B調。

ろ◎【炉】　①爐，爐灶，坑爐。火爐，地爐。「～を囲んで座る」圍坐在爐邊。②冶煉爐，熔爐。「溶鉱～」熔爐。

ろ◎【絽】　羅。紗羅織物的一種。

ろ◎【櫓・艪】　櫓。「～をこぐ」搖櫓。

ろ◎【艫】　①舳。船尾。②艫。船頭。

ろ①【露】　「露西亜（ロシア）」的略稱。「日～戦争」日俄戰爭。

ろあく①【露悪】　故意獻醜。「～趣味」喜歡獻醜。

ロイドめがね⑤【―眼鏡】　勞埃德眼鏡。

ロイヤリティー③【loyalty】　①忠誠，忠心。②智慧財產權使用費，版稅。

ロイヤル①【royal】　意為「王（的）」，「皇家（的）」。「～-カップル」女王伉儷。

ロイヤルボックス⑤【royal box】　皇家席，貴賓包廂。

ろいろぬり◎【蠟色塗り】　塗黑漆乾後磨光，推光漆塗法，上推光漆。

ろう①【老】　①老。上年紀。「～と病」老和病。②（接尾）老。接在年長者人名後的尊稱。「吉田～」吉田老。

ろう①【労】　勞，勞苦。「～をいとう」怕苦怕累。②功績，功勞。「～に報いる」酬勞。「～多くして功少なし」事倍功半。「～を多とす」大為感謝；答謝。

ろう①【牢】　牢獄，牢房。

ろう①【廊】　走廊，回廊。

ろう①【楼】　①樓，高樓。②望樓，瞭望樓。②（接尾）樓。「水月～」水月樓。

ろう①【蠟】　蠟。

ろう①【鑞】　焊料，焊錫。「～付け」焊接。

ろう①【隴】　隴。「～を得て蜀を望む」得隴望蜀。

ろうあ◎【聾啞】　聾啞。

ろうえい◎【朗詠】スル　朗詠，朗誦。「漢詩を～する」朗詠漢詩。

ろうえい◎【漏洩】スル　洩漏，洩密，洩露。

ろうえき◎【労役】　勞役，苦工。「～に服する」服勞役。

ろうえん◎【狼煙・狼烟】　狼煙，烽火。

ろうおう③【老翁】　老翁。

ろうおう③【老媼】　老媼。

ろうおう◎【老鶯】　晚鶯，老鶯。

ろうおく◎【陋屋】　①陋屋，陋室。②敝舍，陋屋，陋室。對自己家的自謙語。

ろうか◎【老化】スル　老化。

ろうか①【狼火】　狼煙，烽火。

ろうか◎【廊下】　①走廊，廊子。②峽谷走廊。

ろうかい◎【老獪】　老奸巨猾。「～な政治家」老奸巨猾的政治家。

ろうがい◎【労咳・癆痎】　肺癆，癆病。

ろうがい◎【老害】　老化之害。

ろうかく◎【楼閣】　樓閣。「砂上の～」空中樓閣。

ろうがっこう③【聾学校】　聾啞學校。

ろうかとんび④【廊下鳶】　①廊下遊蕩（者）。②客人在妓樓等相好等得不耐煩，在走廊裡踱來踱去。

ろうかん◎【琅玕】　①琅玕。美玉，硬玉、軟玉等的寶石。②琅玕。特指翡翠。

ろうかん◎【蠟管】　蠟管。

ろうがん◎【老眼】　老花眼。

ろうがんきょう③【老眼鏡】　老花眼鏡。

ろうきゅう◎【老朽】スル　①老朽。②陳朽，破舊。「～校舎」破舊的校舍。

ろうきゅう◎【籠球】　籃球。

ろうきょ①【陋居】　陋居，陋室。

ろうきょ①【籠居】スル　深居。

ろうきょう◎【老境】　老境，晚年。「～に入る」步入晚年。

ろうぎん◎【朗吟】スル　朗誦，朗吟。「詩を～する」朗誦詩歌。

ろうく①【老軀】　老軀。「～をいたわる」

憐恤老軀。

ろうく[0]【労苦】　勞苦，辛苦。

ろうくみ[0]【労組】　「勞働組合」的簡稱。

ろうくん[0]【老君】　①老君。臣下稱已隱居主君的用語。②老君。老人的敬稱。

ろうけい[0][1]【老兄】　①老兄。年老的哥哥。②老兄，仁兄。

ろうげつ[0]【臘月】　臘月。

ろうけつぞめ[0]【臈纈染め】　蠟染，蠟纈染色。

ろうこ[1]【牢乎】（タル）堅定，堅決。「～たる覚悟」堅定的決心。

ろうこ[1]【牢固】（タル）牢固。

ろうご[0]【老後】　老後。上年紀後。

ろうこう[0]【老公】　老公公。日本對年長貴人的敬稱。「水戸～」水戸老公公。

ろうこう[0]【老巧】　老練巧妙。「～なやり方」老練的做法。

ろうこう[0]【陋巷】　陋巷。

ろうこく[0]【漏刻】　水滴漏。計時器之一。

ろうごく[0]【牢獄】　牢獄，監牢。

ろうこつ[0]【老骨】　老骨（頭）。「～にむち打つ」老當益壯。

ろうさい[0]【老妻】　老妻。

ろうさい[0]【労災】　工傷。「～事故」工傷事故。

ろうさく[0]【労作】　スル　①力作。②辛勤勞動。

ろうざん[0]【老残】　老殘，年老體衰。「～の身」老殘之身。

ろうし[1]【老師】　老教師，老師。

ろうし[1]【労使】　勞資。「～の代表」工人和雇主雙方代表。

ろうし[1]【労資】　勞資。

ろうし[0]【牢死】　スル　死在牢中，死在獄中。

ろうし[1]【浪士】　浪士。「赤穂～」赤穂浪士。

ろうしゃ[1]【聾者】　聾子，失聰者。

ろうじゃく[0]【老弱】　①老弱，老幼。②年老體弱。「～な身」年老體弱的身體。

ろうしゅ[1]【老酒】　老酒，陳酒。

ろうしゅ[1]【楼主】　樓主。

ろうしゅう[0]【老醜】　老醜。「～をさらす」丟老臉。

ろうしゅう[0]【陋習】　陋習。「～を打ち破る」破除陋習。

ろうじゅう[0]【老中】　老中。

ろうじゅく[0][0]【老熟】　スル　老練純熟。

ろうしゅつ[0]【漏出】　スル　漏出。

ろうじょ[1]【老女】　①老婦，老女人。②侍女長，老女。

ろうしょう[0]【老松】　老松。

ろうしょう[0]【老将】　①老將。年老的將軍。②老將。屢建功勞、經驗豐富而擅戰的武將。

ろうしょう[0]【朗唱】　スル　高唱。

ろうしょう[0]【朗誦】　スル　朗誦，朗讀。

ろうじょう[0]【老嬢】　老姑娘，老處女。

ろうじょう[0]【楼上】　樓上。

ろうじょう[0]【籠城】　スル　①堅守。②閉門不出，悶在家裡。

ろうしょうふじょう[0]【老少不定】　老少不定，黃泉路上無老少。

ろうしん[0]【老臣】　①老臣。上年紀的家臣。②老臣，重臣。

ろうしん[0]【老身】　老身，老軀。

ろうしん[1]【老親】　年邁的雙親。

ろうじん[0]【老人】　老人。

ろうじんホーム[0]【老人一】　養老院，老人之家。

ろうすい[0]【老衰】　スル　衰老。

ろうすい[0]【漏水】　スル　漏水。

ろう・する[0]【労する】（動サ變）①勞動，勞苦。「～・せずして手に入れる」不勞而獲。②使勞累，使疲勞。「その心身を～・する」勞身勞心。

ろう・する[0]【弄する】（動サ變）弄，玩弄。「詭弁を～・する」弄詭辯。

ろう・する[0]【聾する】（動サ變）使耳聾。「耳を～・する雷鳴」震耳欲聾的雷鳴。

ろうせい[0]【老生】　①老年人，老人。②年老的書生。③（代）老生。老年男子的自謙語。

ろうせい[0]【老成】　スル　老成，嫻熟，老練。「～した筆さばき」嫻熟的筆致。

ろうせき⓪【蠟石】　蠟石，凍石，壽山石。

ろうぜき⓪【狼藉】　①狼藉，野蠻，粗野。「～をはたらく」聲名狼藉。②狼藉，亂七八糟。「杯盤～」杯盤狼藉。

ろうそう⓪【老壮】　老壮。老年人和年輕人。

ろうそう⓪【老荘】　老莊。老子和莊子。

ろうそう⓪【老僧】　①老僧。年老的僧人。②（代）老僧。已上年紀僧人的自稱。

ろうそく⓪【蠟燭】　蠟燭。

ろうぞめ⓪【蠟染め】スル　蠟染。

ろうたい⓪【老体】　①老身，老人。②老人家。對老人的敬稱。③老體。

ろうだい⓪【老大】　年老。

ろうだい⓪【楼台】　樓臺。

ろうたいか⓪【老大家】　老權威，老學究。

ろうた・ける⓪【﨟長ける】　（動下一）洗練美，風度美。「～・けた貴婦人」端莊美麗的貴婦人。

ろうだつ⓪【漏脱】スル　漏掉，遺漏。

ろうだん⓪【壟断】スル　壟斷。「市場を～する」壟斷市場。

ろうちん⓪【労賃】　工資。

ろうでん⓪【漏電】スル　漏電。

ろうと⓪【漏斗】　漏斗。

ろうとう⓪【郎党・郎等】　①郎黨，郎等。中世武家社會中侍從身分的家臣。②隨從。

ろうどう⓪【労働】スル　①勞動，工作。②〔經〕勞動。

ろうどううんどう⑤【労働運動】　勞工運動，工人運動。

ろうどうきじゅんほう⓪【労働基準法】　《勞動基準法》。

ろうどうきほんけん⑥【労働基本権】　勞動基本權。

ろうどうきょうやく⑤【労働協約】　勞動協約。

ろうどうくみあい⑤【労働組合】　工會，勞動組合。

ろうどうけいやく⑤【労働契約】　勞動契約。

ろうどうけん⓪【労働権】　勞動權。

ろうどうさいがい⑤【労働災害】　勞動災害，工傷事故。

ろうどうじかん⑤【労働時間】　勞動時間。

ろうどうしゃ⓪【労働者】　勞動者。

ろうどうしょう⓪【労働省】　勞動省。

ろうどうじょうけん⑤【労働条件】　勞動條件。

ろうどうそうぎ⑤【労働争議】　勞動爭議，勞資糾紛。

ろうどうりょく⑤【労働力】　①勞動（能）力。②勞動力，勞力。

ろうどうりょくじんこう⓪【労働力人口】　勞動力人口。

ろうどく⓪【朗読】スル　朗讀。

ろうなぬし⓪【牢名主】　牢名主。江戸時代受命管理牢內事務的囚犯。

ろうにゃく⓪①【老若】　老少。

ろうにゃくなんにょ⑤【老若男女】　男女老少。

ろうにん⓪【浪人】スル　①浪人。「～者」流浪武士。②浪人。在日本指升學或就職失敗，等待下次機會的人。

ろうにんぎょう⓪【蠟人形】　蠟人偶。

ろうぬけ⓪【牢抜け・牢脱け】スル　越獄。

ろうねん⓪【老年】　老年。「～期」老年期。

ろうねんがく⑤【老年学】　〔gerontology〕老年學。

ろうのうどうめい⑤【労農同盟】　工農聯盟。

ろうのき⓪【蠟の木】　木蠟樹的別名。

ろうば⓪【老婆】　老太婆，老嫗。

ろうはい⓪【老廃・老癈】スル　老廢，老朽。

ろうはい⓪【老輩】　①老輩。老一輩人。②（代）老朽。老人的自謙語。

ろうばい⓪【老梅】　老梅。

ろうばい⓪【狼狽】スル　狼狽。「～の色を見せた」露出狼狽的神色。

ろうばい⓪【蠟梅・臘梅】　蠟梅。

ろうばしん⓪【老婆心】　過分的懇切心。「～ながら」婆婆媽媽；苦口婆心。

ろうはち⓪【臘八】　①臘八。12月8日，

釋迦成道之日。②臘八會。
ろうばん[0][1]【牢番】　看監，獄卒。
ろうひ[0][1]【浪費】スル　浪費。「時間を~する」浪費時間。
ろうふ[1]【老夫】　老夫。
ろうふ[1]【老父】　老父。
ろうふ[1]【老婦】　老婦。
ろうへい[0]【老兵】　老兵。
ろうへい[0]【陋弊】　陋弊。
ろうほ[0]【老舗・老鋪】　老鋪。
ろうぼ[1]【老母】　老母。
ろうほう[0]【朗報】　喜報，喜訊，好消息。「~を手にする」接到喜訊。
ろうぼく[0]【老木】　老樹，古樹。
ろうぼく[0]【老僕】　老僕。
ろうまん[1]【浪漫】　浪漫。「~派」浪漫派。
ろうむ[1]【労務】　勞務。「~課」勞務處。
ろうむかんり[4]【労務管理】　勞務管理。
ろうもう[0]【老耄】スル　老耄。
ろうもん[0]【楼門】　樓門。
ろうや[3]【牢屋】　牢房，監獄。
ろうや[1]【老爺】　老爺爺。
ろうやぶり[3]【牢破り】スル　越獄，越獄囚犯。
ろうゆう[0]【老友】　老友。
ろうゆう[0]【老雄】　老英雄。
ろうゆう[0]【老優】　老演員。
ろうよう[0]【老幼】　老幼，老少。
ろうらい[1]【老来】（副）　老來。「~益々壯健」老來越發健壯；老當益壯。
ろうらく[0]【籠絡】スル　籠絡。「甘言で~する」用甜言蜜語籠絡。
ろうりょく[1]【労力】　①勞力。②勞動力，勞動付出。
ろうれい[0]【老齢】　老齡，老年。「~人口」老齡人口。
ろうれいねんきん[5]【老齢年金】　老齡年金，老人年金。
ろうれつ[0]【陋劣】　陋劣。
ろうれん[0]【老練】　老練。「~なやり方」老練的作法。
ろうろう[0]【浪浪】　①浪跡。②浪蕩。「~の身」浪蕩之身。
ろうろう[0]【朗朗】（トタル）　朗朗。「~とした読書の声」朗朗讀書聲。
ろうろう[0]【朧朧】（トタル）　朦朧。
ろえい[0]【露営】スル　露營。「~地」露營地。
ロー[1]【law】　法律，規則，法則。
ロー[1]【low】　①一檔，低檔，越野檔。「~-ギア」一檔齒輪。②低。↔ハイ。③（價格）低廉。「~-コスト」低成本。
ローカライズ[4]【localize】　本土化，本地化，當地化。
ローカリズム[4]【localism】　地方主義。
ローカル[1]【local】　本土的，當地的，本地的，地方的，區域的。「~ニュース」地方新聞。
ローカルせん[0]【一線】　地方路線。
ローカルニュース[5]【local news】　本地新聞，本地消息。
ローコスト[3]【low cost】　成本低，低價。
ローション[1]【lotion】　①（擦在皮膚、頭髮等上的）化妝水。②整髮劑，定型液。
ロース[1]【roast】　裡脊肉。「~-ハム」裡脊火腿。
ローズ[1]【rose】　①玫瑰，薔薇。②玫瑰色，淡紅色。
ロースクール[4]【law school】　法學院。
ロースター[1]【roaster】　①烤箱。②烤肉用的童子雞。
ロースト[1]【roast】スル　烤肉，烤，燒，烘。「~-ビーフ」烤牛肉。
ローズマリー[4]【rosemary】　迷迭香。
ローター[1]【rotor】　迴轉器，轉動體，旋翼。
ロータス[1]【lotus】　①忘憂果。②蓮。
ロータリー[1]【rotary】　①環形交叉，轉盤。②扶輪社。
ロータリーエンジン[6]【rotary engine】　轉缸式發動機。
ロータリークラブ[6]【Rotary Club】　扶輪社。
ローティーン[3]【[和] low+teen】　十三、四、五歲。↔ハイ-ティーン
ローテーション[3]【rotation】　①輪班，輪

流。②先發投手順序。③輪轉換位，輪轉。

ロード⓪【load】スル ①負荷。②讀入，輸入，寫入。

ロード⓪【Lord】 ①主。（基督教的）上帝，或耶穌。②勳爵，閣下，卿。

ロード⓪【road】 路，道路。

ロードゲーム⓸【road game】 客場比賽。↔ホーム-ゲーム

ロードショー⓸【road show】 特約放映，首映。

ロードホールディング⓺【road-holding】 抓地力。

ロードマップ⓸【road map】 公路圖，道路圖。

ロートル⓪【老頭児】 老頭。老人。

ロードレース⓸【road race】 ①道路汽車賽，公路自行車賽。②公路賽。

ロードワーク⓸【roadwork】 越野長跑訓練。

ローネック⓷【low-neck】 大袒胸領，低胸領。

ローヒール⓷【low-heeled shoes】 低跟鞋。

ローブ⓵【robe】 ①法袍，法官服。②女性穿的連衣裙式的衣服。

ロープ⓵【rope】 繩索，鋼絲繩。

ローファット⓷【low fat】 低脂肪。

ロープウエー⓷【ropeway】 空中索道，纜車。

ローブロー⓸【low blow】 低擊。

ローマ⓵【Roma】 羅馬。「～は一日にして成らず」羅馬不是一日完成的。

ローマカトリックきょうかい⓾【―教会】 羅馬天主教會。

ローマすうじ⓸【―数字】 羅馬數字。

ローマナイズ⓸【romanize】スル 羅馬字拼音化，拉丁化。

ローマン⓵【roman】 羅馬體。西文印刷體的基本字體之一。

ローマンてき⓾【―的】 （形動）浪漫的。

ローム⓵【loam】 ①壤土。②壚坶。日本關東壚坶質土壤層等。

ローラー⓵【roller】 ①滾軸，滾輪。②壓路機。③滾軸。「～-コンベヤー」滾軸輸送機；輥式輸送機。

ローラーカナリア⓷【roller canary】 德國金絲雀。

ローラーさくせん⓹【―作戦】 壓路機式作戰。

ローラースケート⓺【roller skate】 輪鞋運動，輪鞋溜冰。

ローリング⓪【rolling】スル ①（船等）橫搖。↔ピッチング。②旋轉。③波浪起伏。

ロール⓵【roll】スル ①捲。「バター-～」奶油捲。②軋輥。③膠捲。長捲的底片。

ロールキャベツ⓹【rolled cabbage】 高麗菜捲。

ロールシャッハテスト⓻【Rorschach test】 羅夏克測驗。

ロールパン⓪【和 英 roll+葡 pão】 麵包捲。

ロールプレーイング⓹【role Playing】 角色扮演。

ローレル⓪【laurel】 月桂樹。

ローン⓵【lawn】 草坪。

ローン⓵【lawn】 上等細布。

ローン⓵【loan】 貸款。「銀行～」銀行貸款。

ローンスキー⓸【和 lawn+ski】 滑草。

ローンテニス⓸【lawn tennis】 草地網球。

ろか⓾⓵【濾過】スル 過濾。「濁水を～する」過濾污水。

ろかた⓵【路肩】 路肩。

ロカビリー⓷【rockabilly】 鄉村搖滾樂。

ろぎん⓪【路銀】 路費。

ろく⓵【六・陸】 ①六，陸。②陸。第六。

ろく⓵【禄】 俸祿。「～を食はむ」食祿。

ログ⓵〔數〕對數。

ログ⓵【log】 ①測程儀。②〔logbook 之略〕航海日誌，航空日誌。

ログアウト⓷【logout】 登出，退出系統。

ログイン⓷【login】 進入系統，登入。

ろくおん⓾【録音】スル 録音。

ろくが⓾【録画】スル 録影。

ろくがつ⓪【六月】 六月。

ろくさんせい⓪【六三制】 六三制。小學6年、中學3年的義務教育制度的通稱。

ろくじ②【六時】 ①六時,六點鐘。時刻名之一。②〔佛〕六時。指將一晝夜分成六份的詞語。

ろくじっしんほう⓪⑥【六十進法】〔數〕六十進制。

ろくしゃく④【六尺】 ①六尺。②六尺。六尺兜襠布。

ろくしゃくふんどし⑤【六尺褌】 六尺丁字布。

ろくしゃくぼう④【六尺棒】 ①六尺棒。②扁擔。

ろくじゅう③【六十】 ①六十。②60歲。「～の手習い」六十習字;六十學藝。

ろくじゅうろくぶ⓪【六十六部】 ①六十六部。抄寫法華經66部。②六十六部。以巡禮形象步行討米錢的一種乞食。

ろくしょう⓪【緑青】 銅綠,銅鏽。

ろくすっぽ⓪【碌すっぽ】(副) 充分,很好地。「～勉強もしない」也不好好學習。

ろく・する③【録する】(動サ變) 記,記錄。

ろくたい⓪【六体】 六體。指漢字的6種字體。

ろくだいしゅう③【六大州】 六大洲。

ろくだか⓪【禄高】 俸祿額。

ろくでなし⓪【碌でなし】 窩囊廢,草包,廢物。

ろくでもな・い⑤【碌でもない】(連語)沒用的。「～・い品物」沒用的東西。

ろくな⓪【碌な】(連體) (沒什麼)了不起,(不)正經。「この本屋には～本がない」這個書店沒有一本像樣的書。

ろくに⓪【碌に】(副) 充分地,滿足地。「～あいさつもできない」連招呼都不能好好地打。

ろくぬすびと④【禄盗人】 尸位素餐者,無功受祿者。

ログハウス④【log house】 圓木屋。

ろくぶんぎ③【六分儀】 六分儀。

ろくぼく⓪【肋木】 肋木。

ろくめんたい⓪【六面体】 六面體。

ろくろ①【轆轤】 ①旋床。②轆轤(台),旋轉圓盤。③滑輪,轆轤,絞盤。④轆轤,傘軸。

ろくろく①【陸陸・碌碌】(副) 好好地,像樣地。「うるさくて～話もできない」太吵鬧了,連話都不能好好說。

ろくろくび⑤【轆轤首】 轆轤脖,長脖子妖怪。

ロケ① 拍攝外景。「海外～」國外拍攝外景。

ロケーション②【location】 外景拍攝,拍攝外景。

ロケット②【locket】 盒式項鏈墜。

ロケット②【rocket】 火箭(發動機),火箭發射器。

ロケハン⓪③スル【⑥ location+hunting】 選景。

ろけん⓪【露見・露顕】スル 敗露。

ろご①【露語】 俄語。

ロゴ①【logo】 成語活字,連合活字。

ロココ⓪②【法 rococo】 洛可可式,洛可可風格。

ロゴス①【希 logos】 ①邏輯。②邏各斯,理性。③宇宙規律。

ロゴタイプ③【logotype】 ①成語活字。②標誌,商標,徽章。

ろこつ⓪【露骨】 露骨。「～な表現」露骨的表現。

ロゴマーク③【⑥ logo+mark】 文字商標。

ろざ①【露座・露坐】スル 露(天)坐。「～の大仏」露天坐的大佛像。

ろざし⓪【絽刺し】 羅紗刺繡。

ロザリオ⓪【Rosario】 羅薩里奧。位於阿根廷中部,注入大西洋的巴拉那河下游西岸的河港城市。

ロザリオ⓪【葡 rosario】 ①念珠祈禱。②祈禱念珠。

ろし①【濾紙】 濾紙。

ろじ①【路地】 胡同,小巷。

ろじ①【露地】 ①露天地面。「～栽培」露天栽培。②甬道。「～の枝折り戸」甬道的折枝門。③茶室庭院。

ロシア①【Rossiya】 俄羅斯。

ロシアせいきょうかい④【―正教会】 俄

羅斯正教會，俄國正教會。

ロシアもじ◎【一文字】 俄羅斯文字，俄語字母。

ロシアンルーレット⑤【Russian roulette】 俄羅斯輪盤。

ロジカル◎【logical】（形動） 邏輯（的），有條理。「～な考え」合乎邏輯的想法。

ロジスティックきょくせん【一曲線】〔logistic curve〕邏輯增長曲線。

ロジック◎【logic】 ①邏輯。②邏輯學。

ろしゅつ◎【露出】スル ①露出，外露。「～鉱床」外露的礦床。②曝光。「～時間」曝光時間。

ろしょう◎【路床】 路基。

ろじょう◎【路上】 ①路上，道上，街上。②路上。通行的途中。「買い物に行く～で田中先生に会った」去買東西的途中碰到了田中先生。

ろしん◎【炉心】 核子反應爐爐心。

ロジン◎【rosin】 松香。

ロス①【LOS】 洛杉磯的簡稱。

ロス①【loss】スル 失，浪費。「1割の～」損失一成。

ロスタイム④〔loss time〕①損失時間。②損失時間，拖延時間。

ロストボール④【lost ball】 丟球。

ロストル◎【荷 rooster】 爐條，爐箅。

ロゼ①【法 rosé】 淡紅色葡萄酒。

ろせん◎【路銭】 路費，旅費。

ろせん◎【路線】 ①路線。「定期バスの～」班車的線路。②路線，方向。「平和～を守る」維護和平路線。

ろせんバス⑤【路線一】 專線公車，定期巴士。

ろそくたい◎【路側帯】 路緣帶。道路邊供行人用的區域。

ろだい◎【露台】 ①露臺，露天舞臺。②陽臺。

ろちりめん【絽縮緬】 縐紗。

ロッカー①【locker】 衣帽櫃，存放櫃。

ろっかせん③【六歌仙】 六歌仙。

ろっかん◎【肋間】 肋間。

ロッキングチェア⑥【rocking chair】 搖椅。

ロック①【lock】スル ①鎖。「電子～」電子鎖。②鎖上。「ドアを～する」鎖門。③鎖死。

ロック①【rock】 ①岩，岩石。②搖滾樂。

ロッククライミング⑤【rock-climbing】 攀岩。

ロックンロール⑥【rock'n'roll】 搖滾舞曲。

ろっこつ◎【肋骨】 肋骨。

ろっこんしょうじょう【六根清浄】 六根清淨。

ロッジ①【lodge】 登山小屋，小屋旅館。

ロット①【lot】 批，批量。「～生産」批量生產。

ロッド①【rod】 ①棒。②竿，釣竿。

ロッドアンテナ④【rod antenna】 伸縮天線。

ろっぷ①【六腑】 六腑。「五臓～」五臓六腑。

ろっぽう◎【六方】 ①六方，六合。②六方台步。「～を踏む」走六方台步。③俠客，旗本奴，町奴。

ろっぽう◎【六法】 六法。

ろっぽうぜんしょ⑤【六法全書】 六法全書。

ろてい◎【路程】 路程。

ろてい◎【露呈】スル 暴露。「弱点を～する」暴露弱點。

ロデオ①【rodeo】 牛仔競技。

ろてき◎①【蘆荻】 蘆荻。蘆與荻。

ろてん◎【露天】 露天。「～風呂」露天浴池。

ろてん◎【露店】 路邊攤，露天店。

ろてん◎【露点】 露點。

ろてんぼり◎【露天掘り】 露天開採。

ろとう◎【路頭】 街頭。「～に迷う」流落街頭。

ろどん◎【魯鈍】 魯鈍。

ろは◎ 不要錢，免費。

ろば①【驢馬】 驢。

ろばた◎【炉端・炉辺】 爐端，爐旁，爐邊。

ろばたやき◎【炉端焼き】 爐端燒烤。

ろばん◎【路盤】 路基，路面基層。

ろばん⓪【露盤】　露盤。

ロビー①【lobby】　①前廳，門廳，休息廳。②議會接待室，會客室。

ロビイスト③【lobbyist】　院外活動專家。

ろひょう⓪【路標】　路標。

ろびょうし⓪【櫓拍子・艪拍子】　櫓節拍。

ろびらき⓪【炉開き】　開爐。

ロビング⓪【lobbing】スル　吊高球。

ロブ①【lob】　吊高球。

ろふさぎ⓪【炉塞ぎ】　封爐。

ロブスター①【lobster】　①龍蝦。②大龍蝦。

ろぶつ⓪【露仏】　露天佛像，露天佛。

ロフト①【loft】　①閣樓。②高擊斜面，擊高球。

ろぶん⓪【露文】　①俄語文章。②俄國文學。

ろへん⓪【炉辺】　爐邊。

ろへん⓪【路辺】　路邊。

ろぼ⓪【鹵簿】　行幸時的儀仗隊。

ろぼう⓪【路傍】　路旁，路邊。

ろぼく【蘆木】　蘆木。

ロボット①【robot】　機器人。「産業用～」工業用機器人。

ロボトミー①【lobotomy】　額葉切除術。

ロマ①【Roma】　羅姆人。

ロマネスク③【Romanesque】　①羅馬式，羅馬風格。②（形動）〔romanesque〕傳奇小說式的，幻想的。

ロマン①【法 roman】　①羅曼史小說，長篇小說。②冒險故事。「男の～」男人的冒險故事。

ロマンしゅぎ③【—主義】　〔romanticism〕浪漫主義。

ロマンス②【romance】　①騎士故事，傳奇故事。②愛情故事，風流韻事。③浪漫曲。

ロマンスカー④【⑱ romance+car】　情侶車。

ロマンスグレー⑥【⑱ romance+gray】　華髮，華髮男子。

ロマンスシート⑥【⑱ romance+seat】　情人椅，情人包廂。

ロマンチック④【romantic】（形動）　羅曼蒂克。「～な考えにふける」沉浸在浪漫的思考中。

ロム①【ROM】　〔read only memory〕唯讀記憶體。

ろめい⓪【露命】　露命。「～を繋ぐ」糊口。

ろめん⓪【路面】　路面，路上。

ロリータコンプレックス⑧【⑱ Lolita+complex】　洛莉塔情結，戀童情結。

れつ⓪【呂律】　發音，腔調。「～が回らない」口齒不清；大舌頭。

ろわじてん⓪【露和辞典】　俄日辭典。

ろん①【論】　①論。意見，所說。「人生～」人生論。②論。議論或討論。「～を展開する」展開議論。

論より証拠　事實勝於雄辯。

論を俟たない　無可爭辯；自不待言。

ロン⓪　榮和。麻將術語。

ろんがい⓪【論外】　①題外。②不值一提。「～の要求」不值一提的要求。③無理。「～な要求」無理的要求。

ろんぎ①【論議】スル　討論，議論。

ろんきゃく⓪【論客】　辯論家。

ろんきゅう⓪【論及】スル　談到，論及。

ろんきょ①【論拠】　論據。

ロング①【long】　①遠離球台。②遠攝，長打，遠射，遠投。③表示「長的、長距離、長期間」等之意。↔ショート

ロングシュート④【long shoot】　遠射，遠投。

ロングショット④【long shot】　①遠景拍攝，遠攝。②擊遠球，打遠球。③遠射，遠投。

ロングセラー④【long seller】　長銷商品。

ロングトン⑤⓪【long ton】　長噸。碼磅度量法中規定的重量單位。

ロングパス④【long pass】　長傳。

ロングヒット④【long hit】　（棒球）長打。↔シングル-ヒット

ロングホール⑤【long hole】　遠球洞。

ロングラン⑤【long run】　經久不衰。

ろんご⓪①【論語】　《論語》。

ろんこう⓪【論功】　論功。

ろんこう⓪【論考・論攷】スル　論考。「上代文学～」上古文學論考。

ろんこく⓪【論告】スル 論告。「～求刑」論告求刑。

ろんし⓪【論旨】 論旨,論點。

ろんしゃ⓪【論者】 論者,主張者,提倡者。

ろんしゅう⓪【論集】 論集,論文集。「記念～」紀念論文集。

ろんじゅつ⓪【論述】スル 論述,闡述。

ろんしょう⓪【論証】スル 〔論〕〔reasoning〕論證。

ろん・じる⓪【論じる】（動上一） ①論述,闡述。②問,論及。「～・じるに足りない」不足論。③議論或評論。

ろんじん⓪【論陣】 論陣。「～を張る」擺開論陣。

ろん・ずる⓪【論ずる】（動サ變） 論述,討論。

ろんせつ⓪【論説】 ①論說。②評論。

ろんせついいん⓪【論説委員】 評論員。

ろんせん⓪【論戦】スル 論戰。

ろんそう⓪【論争】スル 爭論,論爭。

ろんそう⓪【論叢】 論叢。

ろんだん⓪【論断】スル 論斷。

ろんだん⓪【論壇】 論壇。

ろんちょ⓪【論著】 論著。

ろんちょう⓪【論調】 論調。「激しい～」激烈的論調。「海外の～」國外的論調。

ろんてん⓪【論点】 論點。

ロンド①【義 rondo】 迴旋曲。

ろんなん⓪【論難】スル 論難,駁斥。

ろんぱ①【論破】スル 駁倒。

ロンパース①【rompers】 連身褲童裝,連身童裝。

ロンバードがい⓪【―街】〔Lombard〕倫巴底街。

ろんばく⓪【論駁】スル 駁斥,論駁。

ロンパリ 斜視。

ろんぱん⓪【論判】スル 論判,論斷。

ろんぴょう⓪【論評】スル 論評,評論,評論文章。

ろんぶん⓪【論文】 論文。「卒業～」畢業論文。

ろんべん⓪【論弁】 論辯,辯論。

ろんぽう⓪①【論法】 論法,推理方法。「三段～」三段論法。

ろんり①【論理】〔logic〕①邏輯,推理。②邏輯,道理。「歴史の～」歴史的邏輯。

ろんりがく⓪【論理学】〔logic〕邏輯學。

ろんりてき⓪【論理的】（形動） 邏輯的。

わ

わ⓪【輪・環】 ①圓形。「土星の～」土星環。②圈，環，箍。「～を作る」做環。③車輪。「～を掛ける」誇大其詞。變本加厲。

わ【羽】（接尾） 隻。

わ【把】（接尾） 把，捆，束。

ワーカホリック⓪【workaholic】 過勞者，工作狂。

ワーキングホリデー⑥【working holiday】 打工渡假。

ワーク①【work】 ①工作，勞動，研究。「ライフ～」畢生事業，畢生巨著。②輔導教材，練習簿，作業。

ワークシート④【worksheet】 工作記錄表，工作單。

ワークシェアリング④【work sharing】 工作分攤制。

ワークショップ④【workshop】 ①工廠，作業場所。②研究會，講習會。

ワークステーション⑤【workstation】 工作平臺。

ワークブック④【workbook】 習作，練習簿。

ワースト【worst】 最嚴重，最壞，最低，最差，最劣。「～番組」最差節目。

ワード①【word】 ①單字，詞。「キー～」關鍵字。②位元。

ワードプロセッサー⑥【word processor】 文字處理機。

ワードローブ④【wardrobe】 衣櫥，行頭。

ワープ①【warp】 スル 四次元空間傳輸。

ワープロ⓪ 文字處理機。

ワーム⓪【worm】 誘餌的一種。

ワールド①【world】 世界。

ワールドカップ⑤【World Cup】 世界錦標賽，世界盃比賽。

ワールドシリーズ⑤【World Series】 美國職業棒球世界大賽。

ワールドワイド⑤【worldwide】（形動）世界性的，全世界的。

ワールドワイドウェブ⑧【World Wide Web】 全球資訊網。

わいきょく⓪【歪曲】 スル 歪曲。「事實を～する」歪曲事實。

わいざつ⓪【猥雑】 猥雜。「～な感じ」猥褻、下流的感覺。

ワイシャツ⓪【white shirt】 襯衫，西服襯衫。

わいしょう⓪【矮小】 矮小。「～な体」矮子；矮小的身材。

わいせい【矮性】 矮性，矮化。

わいせい【矮星】 矮星。↔巨星

わいせつ【猥褻】 猥褻。「～行為」淫亂的行為。

わいせつざい⓪【猥褻罪】 猥褻罪。

わいだん⓪【猥談】 猥褻話，下流話。

ワイド①【wide】 ①寬闊的，廣闊的，廣範圍的。②廣角鏡頭，廣角物鏡，廣角透鏡。

ワイドショー④【㊑ wide+show】 wide秀。

ワイドスクリーン⑥【wide screen】 寬銀幕，寬銀幕電影。

ワイドばんぐみ④【—番組】 長時間的節目。

ワイナリー①【winery】 葡萄酒廠。

ワイパー①【wiper】 雨刷。

ワイフ①【wife】 妻子，老婆，內人。

ワイプ①【wipe】 淡出，淡入。

わいほん⓪【猥本】 淫書，黃色書刊。

ワイヤ①【wire】 ①鐵絲。②電線，電話（電信）線。③鋼絲，鋼索，鋼纜。④樂器的金屬弦。

ワイヤレス①【wireless】 ①無線電訊，無線電話。②無線麥克風，無線擴音器。

ワイヤレスマイクロホン【wireless microphone】 無線麥克風，無線擴音器。

ワイヤロープ④【wire rope】 鋼纜。

ワイルド①【wild】（形動） ①野生的，未加馴養的。②粗暴的，粗野的。

ワイルドカード⑤【wild card】 萬用字元。

ワイルドピッチ⑤【wild pitch】 （投手的）暴投。

ワイルびょう⓪【一病】 韋耳氏病，傳染性黃疸。

わいろ⓪【賄賂】 賄賂。「～を贈る」行賄。

ワイン①【wine】 ①葡萄酒。②水果酒。「アップル・～」蘋果酒。

ワインカラー⓪【wine color】 暗紫紅色。

ワインセラー⓪【wine celler】 ①酒窖。②葡萄酒吧，葡萄酒酒館。

ワインドアップ⑤【windup】 揮臂，繞臂。

ワインビネガー⓪【wine vineger】 西洋醋。

ワインレッド⓪【wine red】 酒紅色。

ワウ①【wow】 顫動，失真，走音。

わえいじてん⓪【和英辞典】 和英辭典。

わおん⓪【和音】 和音。

わか①【若】 ①少東家，小主人。②表示年輕的、嫩的意思。「～芽」嫩芽。③表示一個家庭中新一代的意思。「～奥様」少奶奶。

わか①【和歌】 和歌。

わが①【我が・吾が】（連體） ①我的，自己的。「～子」我的孩子。②我們的。「～祖国」我們的祖國。

わかあゆ⓪②【若鮎】 若香魚。

わかい⓪【和解】ヌル ①和解。「相手と～する」跟對方和解。②〔法〕和解。

わか・い②【若い】（形） ①小，嫩，年輕。「～・い牛」小牛。「～・い会社」年輕的公司。②年輕的。「気が～・い」朝氣蓬勃。③不成熟，不老練，幼稚。「考えが～・い」想法幼稚。④年齡小。「二つ～・い」小兩歳。⑤（號碼、數字）小。「～・い番号」小號。

わがい①【我が意】 我意。「～を得る」正合我意。

わかいしゅ⓪【若い衆】 ①年輕人，青年。②年輕夥計，年輕店員。

わかいつばめ【若い燕】 小情人。

わかがえ・る③【若返る】（動五） ①變

年輕，返老還童。「運動をつづけたので、すっかりからだが～った」由於持續運動，身體完全變年輕了。②年輕化。「内閣が～・る」內閣年輕化。

わかがき⓪【若書き】 早期作品。

わかぎ⓪②【若木】 小樹。↔老木。「桜の～」小櫻花樹。

わかぎみ⓪【若君】 ①幼主。②太子，少東家。

わがく①【和学・倭学】 和學，倭學。

わがく①【和楽】 和樂。

わかくさ⓪【若草】 嫩草，小草。

わがくに①【我が国】 我國。

わかげ⓪【若気】 幼稚，草率，血氣方剛。「～の至り」過於幼稚；草率之至。

わかさぎ⓪【公魚】 黃瓜魚。

わかさま②【若様】 公子，少爺，少東家。

わかざり③【輪飾り】 輪飾，稻草環。

わかし 關東地區對五條鰤幼魚的稱呼。

わがし②【和菓子】 日式點心。

わかじに⓪②④【若死に】ヌル 夭折，早夭。↔長生き

わかしゆ⓪②【沸かし湯】 燒熱的洗澡水。

わかしゅ②【若衆】 ①年輕人，小夥子。②江戶時代，舉行元服儀式前的少年。

わかしらが③【若白髪】 少年白，少年白髮。

わか・す⓪②【沸かす】（動五） ①燒熱，燒開。②使狂熱，使…沸騰。「満場を～・す」使全場沸騰起來。

わか・す⓪②【湧かす】（動五） 生出。

わかぞう⓪【若造・若僧】 毛頭小子。

わかたけ⓪【若竹】 幼竹，新竹，當年竹。

わかだんな③【若旦那】 ①大少爺，少東家。②少爺，少東家。

わかちあ・う⓪【分かち合う】（動五） 互相分享，共同分擔。「喜びを～・う」共同分享喜悅。

わかちがき⓪【分かち書き】 空開寫。

わか・つ②【分かつ・別つ】（動五） ①分隔，分開。「土地を～・つ」分土地。②分，區分，區別。「貴賤を～・つ」區

分貴賤。③分辨，辨別。「黑白を~・つ」辨別黑白。

わかづくり[3]【若作り】　年輕的裝扮，顯得年輕的穿著，打扮得年輕。

わかて[0]【若手】　新手，嫩手。

わかどしより[3]【若年寄】　①若年寄。江戶幕府的職名。②未老先衰的人，老氣橫秋的人。

わかとの[3]【若殿】　幼君，幼主，儲君，太子。↔大殿

わかな[1]【若菜】　嫩菜。

わか・ねる[3]【綰ねる】（動下一）　盤，彎曲。「五月の空に~が香る」五月的空中。

わかば[1]【若葉】　嫩葉，新葉。

わがはい[0]【我が輩・吾が輩】（代）　我，吾輩。

わかはげ[0]【若禿】　少年禿。

わかばマーク[4]【若葉—】　新手駕駛標誌，新司機標誌。

わかまつ[2]【若松】　①幼松，小松樹。②嫩松。

わがまま[3]【我が侭】　任性，放肆，恣意。「~を言う」說話放肆。「~にふるまう」爲所欲爲。

わがみ[1]【我が身】　自己的身體，自己。「~を顧みる」以躬自省。「~につまされる」設身處地表示同情。「~をつねって人の痛さを知れ」推己及人。

わかみず[2]【若水】　元旦清晨汲的水。

わかみどり[3]【若緑】　嫩綠，翠綠。

わかみや[2]【若宮】　①年幼的皇子，或皇族之子。②少宮，折宮。

わかむき[0]【若向き】　適合於年輕人，以青年爲對象。

わかむらさき[4]【若紫】　①淺紫色，淡紫色。②植物紫草的別名。

わかめ[1]【若布・和布】　裙帶菜。

わかめ[2]【若芽】　嫩芽。

わかもの[0]【若者】　年輕人，青年。

わがもの[1]【我が物】　自己的東西。「~と思えば軽し笠(かさ)の雪」一想爲己物，倍覺笠雪輕；爲己幹活不覺累。

わがものがお[0][4]【我が物顔】　宛如己物，爲所欲爲。「~に振る舞う」宛如己物似地隨意支配。

わがや[1]【我が家】　自己家，我家。「~の自慢料理」我家的拿手菜。

わかやか[2]【若やか】（形動）　年紀輕輕的，年輕活潑的，天真爛漫的。「~な女性」年輕活潑的女性。

わかや・ぐ[3]【若やぐ】（動五）　變得年輕，顯得年輕。「~・いだ声」變年輕的聲音。

わがよのはる【我が世の春】（連語）　實現願望的最好時期。

わからずや[2]【分からず屋】　不明理者，不懂事者。「よほどの~だ」太不知好歹了。

わかり[3]【分かり・解り】　領會，明白。「~が早い」領會得快。

わかりきった[4][0]【分かり切った】（連語）　全懂，完全明白。

わかりにく・い[5]【分かり難い】（形）　難懂。↔わかりやすい

わかりやす・い[5]【分かり易い】（形）　易懂，容易明白。↔わかりにくい

わか・る[2]【分かる・解る・判る】（動五）　①懂，會，明白，瞭解。「言葉の意味が~・る」明白詞意。②判明，曉得，知道。「真犯人が~・る」判明真兇。③通情達理。「話の~・る人」善解人意的人。

わかれ[3]【分かれ】　分支，旁支。

わかれ[3]【別れ】　①分別，分離。「~の挨拶(あいさつ)」分別時的寒暄。②永別，訣別，死別。

わかれじも[3][0]【別れ霜】　晚霜。「八十八夜の~」（立春後）第八十八天的晚霜。

わかれみち[3]【分かれ道】　①岔道，岔道口。②歧路，岔路口，十字路口。「人生の~」人生的十字路口。

わかれめ[0][4]【分かれ目】　①界限，分界，分歧點，區分點，岔口。「線路の~」線路的分歧點。②關鍵，關口，關頭。「勝敗の~」勝敗的關鍵。

わか・れる[3]【分かれる】（動下一）　①分裂，分離，分開。「道が~・れる」道路分岔。②區分，劃分，區別。「一年は

四季に～・れる」一年分爲四季。③分歧，分裂。「意見が～・れる」意見分歧。

わか・れる⓪【別れる】（動下一）　①分離，離散，分手，分別。「駅で～・れる」在車站分手。②分手，永別。

わかれわかれ⓪【別れ別れ】　分別，分開，分頭，分散。「一家が～になる」一家分居各處。

わかわかし・い⓪【若若しい】（形）　年紀輕的，看起來很年輕，朝氣蓬勃的。「～・い身なりをしている」打扮得分外年輕。

わかん⓪【和姦】　和姦。↔強姦

わかん⓪【和漢】　①日本與中國。②和漢。日文和漢文。

わかんこんこうぶん④【和漢混交文・和漢混淆文】　和漢混合文，和漢混淆文。

わかんよう⓪【和漢洋】　和漢洋。日本、中國和西洋。

わき⓪【脇】　①腋下，脅，胳肢窩。②旁邊。「先生の～にすわる」坐在老師的身旁。③旁處，別處。「話を～にそらす」把話引到旁邊去；把話岔開。④其次，第二。「その件は～へおく」那件事先放一放。

わぎ⓪【和議】　①和議，和談。②〔法〕和解。

わきあいあい⓪【和気藹藹】（ゐ）　和樂，祥和，和和氣氣。「～とした雰囲気」和樂的氣氛。

わきあが・る④【沸き上がる】（動五）　滾開，煮開。「湯が～・る」熱水沸滾。

わきあが・る④【涌き上がる・湧き上がる】（動五）　①湧出，冒出。「雲が～・る」雲湧。②沸騰。「歓声が～・る」歡聲沸騰。③激動，興奮。「怒りが～・る」怒氣衝天。

わきおこ・る④【涌き起こる・湧き起こる】（動五）　①湧出，湧現。「雲が～・る」雲湧。②湧上，湧出。「悲しみが～・る」悲傷湧上心頭。

わきが⓪②【腋臭】　狐臭。

わきかえ・る④【沸き返る】（動五）　①滾開。「湯が～・る」水滾。②興奮，激動，暴跳。「怒りが～・る」火冒三丈。③哄然，歡騰，沸騰。「場内が～・る」場內沸騰。

わきげ⓪②【脇毛】　腋毛。

わきざし⓪②【脇差】　①插脅短刀。②腰刀，護身用短刀。

わきたけ⓪②【脇丈】　裙子等從腰圍線到下擺的尺寸。

わきた・つ⓪【沸き立つ】（動五）　①（水）滾開，翻滾。「湯が～・つ」開水翻滾。②歡騰，哄動。十分興奮的狀態。「場内が～・つ」場內一片歡騰。

わきづけ⓪【脇付】　收信人名下附語。

わきのした⓪【腋の下】　腋下。

わきばら⓪【脇腹】　①側腹。②庶出，妾生。↔本腹

わきま・える④③【弁える】（動下一）　①理解，明白，懂得。「礼儀を～・える」懂得禮儀。②辨別，明辨。「善悪を～・える」明辨善惡。

わきみ③④【脇見】スル　往別處看，往旁處看，看別處。「～運転」開車時往別處看。

わきみず⓪②【湧き水】　（從地下）冒出來的水，湧出的水。

わきみち⓪②【脇道・脇路】　①岔路，近路。②邪道，歧途，彎路。「話が～にそれる」話說得離題。

わきめ⓪②【脇目】　①看別處。「～もふらずに歩く」目不斜視地走路。②旁觀。「～も振らず」目不斜視；全神貫注；聚精會神。

わきやく⓪【脇役・傍役】　配角。↔主役

わぎゅう⓪【和牛】　日本牛。

わぎり⓪②【輪切り】　切成圓片。「レモンを～にする」把檸檬切成圓片。

わきん⓪【和金】　日本金魚。

わく⓪【枠】　①框，框子。「木の～」木框。②護板，鑲板，模子，加邊，鑲邊。「表を～で囲む」表格的四周畫上邊框。③框框。「予算の～」預算的範圍。

わ・く⓪②【沸く】（動五）　①燒熱，燒開。「風呂が～・く」洗澡水燒熱。②翻騰，翻滾。「逆波が～・く」逆浪翻騰。③發酵起泡。④興奮，激動。「会場が～

・いた」會場沸騰起來。

わ・く◎②【湧く・涌く】（動五）　①湧出，冒出，噴出。「泉が～・く」泉水湧出。②產生，發生。「興味が～・く」發生興趣。③發生，出現，冒出，產生。「アイデアが～・く」主意有了。④冒，湧現，湧出。「雲が～・く」雲湧出。⑤生，生出，孳生。「うじが～・く」生蛆。

わくがい◎【枠外】　框外，限度之外。↔枠内

わくぐみ◎◎【枠組み】　①裝配框架，搭框架。②結構，輪廓。「計画の～」計畫的輪廓。

わくじゅん◎【枠順】　（賽馬）起跑門序號。

わくせい◎【惑星】　①行星。→恒星。②明日之星，黑馬。

ワクチン◎【德 Vakzin】　①菌苗，疫苗，痘苗。②〔英 vaccine〕防毒軟體。

わくでき◎【惑溺】ス 沉醉，沉迷，沉湎。

わくない◎【枠内】　框內。↔枠外

わくばんれんしょう◎【枠番連勝】　起跑門號連勝。

わくらば◎◎【病葉】　病葉。

わくらん◎【惑乱】ス 心慌意亂，迷惑，蠱惑。

わくん◎【和訓】　訓讀。

わけ◎【分け】　不分勝負，平手。

わけ◎【訳】　①原因，理由，緣故。「逃げた～を聞く」詢問逃跑的原因。②意義。③（事物的）道理，常識。「～のわかった人」懂得道理的人。④理所當然，怪不得。「これで安心という～だ」這當然放心了。⑤內情，隱私，隱情。「～あり」有隱情。⑥情況，情形。「そういう～ではない」不是那種情形。

わけあい◎【訳合い】　情況，情形，緣故，理由。

わげい◎【話芸】　說話藝術。

わけい・る◎【分け入る】（動五）　擠進，鑽入。

わけぎ◎【分葱】　冬蔥。

わけしり◎◎【訳知り】　通情達理（的

わけて◎【別けて】（副）　特別，尤其，格外。

わけな・い◎【訳無い】（形）　簡單，輕而易舉。「～くできる」不費事就能做到。

わけへだて◎◎【別け隔て】ス 區別對待，歧視。「～ない」一視同仁。

わけまえ◎◎【分け前】　配額，分配額。「自分の～をもらう」領自己的份。

わけめ◎◎【分け目】　①分界線，區分點。「髪の～」頭髮的分線。②關鍵，關頭。「天下～の戦い」爭奪天下之戰；生死攸關之戰。

わ・ける◎【分ける・別ける】（動下一）　①分，分開。「二組みに～・ける」分成兩組。②區分，區別。「学年別に～・ける」按學年劃分。③分開，劃開，劃分。「七三に～・ける」三七開。④分發，分配。「獲物を～・ける」分獵物。⑤仲裁，調停，勸解，排解，分開。「けんかを～・ける」勸架。⑥判別是非，判斷。「事を～・けて話す」事情分開來講。⑦拐彎抹角地銷售。「安く～・ける」便宜點賣給你。

わこ◎【和子】　公子，少爺。

わご◎【和語】　①日語。②和語。與漢語、外來語相對而言的。

わこう◎【倭寇】　倭寇，日本海盜。

わごう◎【和合】ス ①和睦，和好，友好。「彼の二人は完全に～した」他們兩人和好如初了。②結合，結婚。

わこうど◎【若人】　年輕人，青年。

わこうどうじん◎【和光同塵】　①和光同塵。②〔佛〕和光同塵。

わこく◎【倭國・和國】　倭國，和國。古代中國對日本的稱呼。

わごと◎◎【和事】　和事。歌舞伎的演技、演出場面之一。

わゴム◎【輪―】　橡皮筋，橡皮圈。

わごん◎【和琴】　和琴。

ワゴン◎【wagon】　①四輪運貨馬車。②手推車。「～-サービス」手推活動服務車。③客貨兩用車。

ワゴンサービス◎【wagon service】　快餐

車，推車銷售。

ワゴンセール⓪【⑭ wagon+sale】　手推車式銷售。

わざ①【技】　①技藝，技能，手藝。「～をみがく」磨練技能。②招數，訣竅。「～をかける」使出絕招。

わざ①【業】　①業。「妄想のなせる～」妄想導致的行為。②活兒，工作。「家の～」家裡的工作。③本事，本領，技術。「容易な～でない」不是容易掌握的技術。

わざあり⓪【技有り】　技有。柔道比賽中判定有了接近得一本之技，兩次技有得一本。

わさい⓪【和裁】　和服的剪裁。↔洋裁

わざし⓪【業師】　①策略家。②政客。

わざと①【態と】（副）　存心，有意地。「～はったりをかける」故弄玄虛。

わざとらし・い⓪【態とらしい】（形）故意似的，假裝似的，不自然的。「～く振舞う」裝模作樣。

わさび①【山葵】　①山葵。②芥末。「～が利く」打動人心，沁人心脾。

わさびづけ⓪【山葵漬け】　醃芥末菜。

わざもの⓪【業物】　利刃，快刀。

わざわい⓪【災い・禍】　禍，災。「口は～の元」禍從口出。

禍を転じて福となす　〔戰國策〕轉禍為福。

わざわざ①【態態】（副）　①特意，特地。「～空港まで迎えに行く」專程去機場迎接。②故意地，有意地，存心。「～人のじゃまをする」故意干擾別人。

わさん⓪①【和算】　和算。

わさんぼん⓪【和三盆】　和三盆。上等白砂糖。

わし⓪【鷲】　鷲，雕。

わし⓪【和紙】　日本紙。↔洋紙

わし⓪【私・儂】（代）　我，俺。「～も年をとった」我也上年紀了。

わじ①【和字】　①和字，假名。②和字。日本造的漢字。

ワジ①【阿 wādī】　乾河，旱谷，乾涸河道。

わしき⓪【和式】　和式。

わしつ⓪【和室】　和室。↔洋室

わしづかみ⓪⓪【鷲摑み】　①狼抓，猛抓，使勁抓，大把抓。「札束を～にする」大把抓起一疊鈔票。②鷹爪剪。一種漁具。

わしばな【鷲鼻】　鷹勾鼻。

わしゃ①【話者】　演講者，講述者。

わしゅう①【和習】　①和習。在日本的習俗。②和習。日本人寫作漢詩文時，所犯的毛病或獨特的用法。「～に陷る」陷於和習。

わじゅつ①【話術】　說話藝術。「たくみな～」巧妙的辯術。

わしょ①【和書】　①日文書。②和式裝訂的書。

わじょう⓪①【和尚・和上】　和尚。

わしょく①【和食】　日本菜。↔洋食

わしん⓪①【和親】スル　親善，睦鄰。「～条約」睦鄰條約。

わじん⓪【倭人・和人】　倭人，和人。

わずか①【僅か・纔か】　僅，才，微，稍，微少。一點點。「～な日数」寥寥數日；沒幾天時間。

わずらい⓪【患い】　疾病。「長の～」久病。

わずらい⓪【煩い】　煩惱，苦惱，憂慮。

わずら・う⓪③【患う】（動五）　患病，有病。「ぜんそくを～・う」患哮喘病。

わずら・う⓪③【煩う】（動五）　①苦惱，煩惱。「思い～・う」憂慮；煩惱。②困苦。

わずらわし・い⓪【煩わしい】（形）　①心煩，煩惱。「～・い人間関係」令人煩惱的人際關係。②繁瑣。「～・い手続き」繁瑣的手續。

わずらわ・す⓪【煩わす】（動五）　①煩，使煩惱，為…苦腦。「心を～・す」操心。②麻煩，使…受累，煩勞。「手を～・す」麻煩人。

わずらわ・せる⓪【煩わせる】（動下一）使煩惱，為…苦惱，使…受累。「人手を～・せる」麻煩人。

わ・する【和する】（動サ變）　①和睦，和諧。「夫婦相～・する」夫妻和睦。②和好。「隣邦と～・する」與鄰邦

和好。③附和，陪同，協調。「音頭<ruby>おん</ruby>に～・する」隨著領唱人唱。

わすれがたみ回【忘れ形見】 ①紀念品。「～に写真を一枚贈る」送一張照片作紀念。②遺孤，孤兒。「友人の～の面倒を見る」照顧朋友的遺孤。

わすれぐさ回【忘れ草・萱草】 ①重瓣萱草的別稱。②煙草的別稱。

わすれじも回【忘れ霜】 晚霜。

わすれっぽ・い回【忘れっぽい】（形）健忘，好忘，容易忘。

わすれなぐさ回【勿忘草】〔forget-me-not之譯語〕勿忘草。

わすれもの回【忘れ物】 遺忘物，遺失物，丟失物。「どうぞ～をしないように」請別忘了東西。

わす・れる回回【忘れる】（動下一）①忘，忘記，忘掉，遺忘。②忘懷，忘卻，忘。「寝食を～・れる」廢寢忘食。③遺忘，忘在…。「傘を～・れる」把傘遺忘了。④忘記做…。「宿題を～・れる」忘記做作業。↔覚える。

わすれんぼう回【忘れん坊】 容易忘事的人，健忘的人，好忘事的人。

わせ回【早生】 早熟作物，早熟水果。↔おくて

わせい回【和声】 和聲。

わせい回【和製】 日本製。↔外国製

わせいえいご回【和製英語】 日本人自造的英語。

ワセリン回【vaseline】 凡士林。

わせん回【和船】 和船，日本船。↔洋船

わせん回【和戦】 和平與戰爭，和與戰。「～両様の構え」和與戰的兩手策略。

わそう回【和装】 ①和裝，和服打扮。②（書籍）日本式裝訂。↔洋装

わぞく回【和俗】 和俗。日本的風俗、習慣。

わた回【腸】 腸。

わた回【綿・棉】 ①棉，棉花。「～のように疲れる」渾身發軟；精疲力盡。②棉。棉和蠶繭等製成的纖維狀。

わだい回【話題】 話題。「～にのぼる」成為話題。

わたいれ回回回【綿入れ】 棉襖，棉衣。

わたうち回回【綿打ち】 ①彈棉花。②彈棉花弓。

わたがし回【綿菓子】 棉花糖。

わだかまり回【蟠り】 隔閡，疙瘩，芥蒂。「～を残す」留下隔閡。

わだかま・る回【蟠る】（動五）①有疙瘩，隔閡，縈繞。「不満が～・る」心裡委屈。②捲，盤旋。

わたくし回【私】 ①①我的事，私事。「公と～」公與私。②自私自利，私。「～のない人」無私的人。②（代）我。「～は田中です」我是田中。

わたくしごと回【私事】 ①私事。只與自己有關的事，個人的事。↔公事。「～で恐縮ですが」是我的私事，真不好意思。②隱私，私事。

わたくし・する回回【私する】（動サ變）化公為私，私吞。「公金を～・する」侵吞公款。

わたくしりつ回【私立】 私立。

わたぐも回回【綿雲】 捲雲，毛捲雲。

わたくりぐるま国【綿繰り車】 軋棉機，軋花機。

わたげ回【綿毛】 棉絮，絨毛。

わたし回【渡し】 ①擺渡，渡船，渡口。②跳板。

わたし回【私】（代）我。

わたしば回【渡し場】 渡口。

わたしぶね回【渡し舟・渡し船】 渡船，擺渡船。

わたしもり回【渡し守】 艄公，擺渡人。

わた・す回回【渡す】（動五）①渡，擺渡，送過河。「船で人を～・す」用船把人送過去。②架，搭。「ロープを～・す」架鋼纜。③交，付。「バトンを～・す」交接力棒。④給，讓與，授與，交給。「人手に～・す」交給別人。⑤使通過，讓過。「みこしを～・す」讓神轎通過。⑥遍及。「見～・す」放眼望去。

わだち回【轍】 ①轍。②（俗稱）車輪。

わたつみ回【綿摘み】 摘棉花，採棉。

わたつみ回【海神・綿津見】 ①海神，龍王。②海。

わたぼうし国【綿帽子】 ①絲棉帽子。②披上銀裝。「山が～をかぶる」大山披上

了銀裝。

わたぼこり⓪【綿埃】　①灰毛團。②棉埃。

わたゆき⓪【綿雪】　鵝毛大雪。

わたり⓪【渡り】　①河的渡口，海峽。「津の~」碼頭；港口；渡口。②進口，進口貨。「古~」早先年從外國傳來（的東西）。③跳板。④聯繫，搭關係。「~を付ける」與人或組織聯繫；經過交涉取得諒解。⑤到處流動。「~職人」流動手藝人。⑥越過。「みこしの御~」神轎從面前通過。

わたりあ・う⓪【渡り合う】（動五）①較量，交鋒，廝殺，還擊，迎擊。「激しく~・う」激烈交鋒。②論戰，爭論，爭辯。「議会で~・う」在議會展開舌戰。

わたりある・く⑤【渡り歩く】（動五）到處流浪，各處奔走，漫遊。「いくつもの職場を~・く」多次更換工作崗位；多次跳槽。

わたりがに⓪【渡蟹】　梭子蟹的別名。

わたりぞめ⓪【渡り初め】　新橋開通典禮，通車儀式，通車典禮。

わたりどり⓪【渡り鳥】　①候鳥。②到處奔走謀生的人。「~稼業」流動職業；流動行業。

わたりもの⓪【渡り者】　①四處打工者，流浪謀生者。②外來戶。

わたりろうか⓪【渡り廊下】　遊廊。

わた・る⓪②⓪【亘る】（動五）①經過，持續。「多年に~・る」持續多年。②涉及，關係到。「多岐に~・る」涉及多方面。「私事に~・る」關係到私事。

わた・る⓪②⓪【渡る】（動五）①渡過。「太平洋を~・る船」橫渡太平洋的船隻。②遷徙，輾轉。「転々と~・ってきた職人」輾轉四方的工匠。③過日子，活下去。「世の中を上手に~・る」過美好的一生。④提交，交到…手，歸…所有。「人手に~・る」歸他人所有。⑤分發到，普及。「資料が全員に~・る」資料發到全體人員手中。⑥遍及廣闊領域…，徹底地…。「晴れ~・る」晴空萬里。

渡る世間に鬼はない　世上到處有好人；世上總有好人在。

わっか⓪【輪っか】　（俗稱）環，圈。

ワックス①【wax】　石蠟，蠟。「~を塗る」打蠟。

ワッセルマンはんのう⓪【一反応】　梅毒血清診斷法。

ワット①【watt】　瓦（特）。

ワットマンし⓪【一紙】　瓦特曼紙。

わっぱ⓪【輪っぱ】　①（俗）圈，環，圓形，環形。②圓木飯盒。

ワッフル①【waffle】　蛋奶烘餅，華夫餅乾。

ワッペン⓪【德 Wappen】　①主要指盾形的裝飾章。②印刷在紙和聚乙烯塑膠上的標誌。

わとう⓪【話頭】　話題。「~を転ずる」轉換話題。

わどくじてん④【和独辞典】　日德辭典。

わとじ⓪【和綴じ】　和綴。

わな⓪【罠】　①圈套，套索。②圈套，暗算。「~に落ちる」落入圈套。「~にかける」設置圈套。

わなげ⓪⓪【輪投げ】　套圈遊戲，套環遊戲，投圈圈遊戲，投環遊戲。

わなな・く③【戦慄く】（動五）　哆嗦，發抖，戰慄。「おそろしさに~・く」嚇得發抖。

わに①【鰐】　鱷。

わにがわ⓪【鰐皮】　鱷魚皮。

わにぐち⓪②【鰐口】　①鱷口。②鱷魚嘴。嘲笑他人嘴大時的用語。③（蛙嘴式）小錢包。④前鞍口。馬鞍的細部名稱之一。

わにざめ⓪【鰐鮫】　鱷鮫。

ワニス①【varnish】　清漆。

わび⓪②【侘び】　樸素無華。

わび⓪【詫び】　賠禮，道歉，賠罪。「~を入れる」賠不是；道歉。

わびし・い③【侘しい】（形）①苦悶的，孤單的，孤寂的。「~・い一人暮らし」寂寞的單身生活。②貧寒，寒酸。「~・い住まい」寒酸的房舍。③淒涼的，蕭條的。「~・い山里の景色」淒涼的山村景象。

わびじょう◎【詫び状】　道歉信，謝罪信。

わびすけ◎【侘助】　南山茶。

わびずまい◎【侘び住まい】　①幽靜的住所，清閒的生活，幽居。②窮苦人家，清貧的生活。

わびちゃ◎【侘び茶】　侘茶，閒寂茶。

わ・びる◎【詫びる】（動上一）　認錯，道歉，賠罪，賠不是。「失礼を～・びる」賠禮道歉。

わふう◎【和風】　①日本式，日本式。↔洋風。②和風，春風，微風。

わふく◎【和服】　和服。↔洋服

わふつじてん◎【和仏辞典】　日法詞典。

わぶん◎【和文】　①日文。「～を英訳する」把日文譯成英文。②和文。主要指用平假名書寫的文章。

わへい◎【和平】スル　①和平，和睦。②媾和。

わへい◎【話柄】　話柄。

わほう◎◎【話法】　①說話方式，談話技巧。②敘述法。

わぼく◎【和睦】スル　和好，和解，和睦。

わほん◎【和本】　和書。

わめい◎【和名】　日本名，和名。

わや◎　①不合情理，毫無道理。「～を言う」胡說八道；講歪理。②完蛋，糟了，吹了。「～になる」一場糊塗。

わやく◎【和訳】スル　譯成日文。

わよう◎◎【和様】　①日本式，和式。②和體，日本體。③〔建〕和式建築，日本式。

わようせっちゅう◎◎【和洋折衷】　日本和西方折衷，日西合璧。

わら◎【藁】　稻稈，麥稈。「～にもすがる」抓稻草；急不暇擇。

わらい◎【笑い】　笑。「人の～を招く」惹人嘲笑。

わらいぐさ◎【笑い種】　笑料，笑柄。「とんだお～だ」天大的笑話。

わらいごと◎【笑い事】　①可笑事，想發笑的事情。②一笑之事，小事一樁。「～ではない」不是鬧著玩的。

わらいじょうご◎【笑い上戸】　①酒醉後愛笑的人。②愛笑的人。

わらいたけ◎【笑茸】　蝶形斑褶菇。

わらいとば・す◎【笑い飛ばす】（動五）　一笑置之。

わらいばなし◎【笑い話】　①笑話。「～をする」說笑話。②玩笑話。「～で済ませる」用玩笑話敷衍了事。

わらいもの◎【笑い物】　笑料，笑柄。「世間の～になる」成爲世人的笑柄。

わら・う◎◎【笑う】（動五）　①笑，可笑。「にこにこと～・う」嘻嘻地笑。②開花，熟裂。「花が～・い、鳥が歌う」花香鳥語。③發軟。「ひざが～・う」腿發軟。

笑う門には福来たる　福臨笑家門；笑門開幸福來；和氣致祥。

わら・う◎◎【笑う・嗤う】（動五）　恥笑，嘲笑。「失敗を～・う」嘲笑失敗。

わらうち◎【藁打ち】　捶稻草。

わらがみ◎◎【藁紙】　藁紙。

わらぐつ◎◎【藁沓】　草靴。

わらさ◎【稚鰤】　小五條鰤魚。

わらじ◎【草鞋】　草鞋。「～を脱ぐ」結束旅行；投宿。「～を穿く」出外旅行。

わらじせん◎【草鞋錢】　草鞋錢。

わらしべ◎【藁稭】　稻稭。

わらじむし◎【草鞋虫・鼠姑】　潮蟲。

わらづか◎【藁塚】　稻草垛，稻草堆。

わらづと◎【藁苞】　稻草包，蒲包。「～入りの納豆」裝入草包的納豆。

わらなわ◎【藁縄】　稻草繩，草繩。

わらばい◎◎【藁灰】　稻草灰。

わらばんし◎【藁半紙】　藁半紙。

わらび◎【蕨】　蕨。

ワラビー◎【wallaby】　沙袋鼠。

わらびもち◎【蕨餅】　蕨餅。

わらぶき◎【藁葺き】　草葺頂。

わらべ◎【童】　小孩子，兒童。

わらべうた◎【童歌】　兒歌，童謠。

わらわ◎【童】　兒童。

わり◎【割】　①成，一成。「3～」十分之三；三成。②比例，比率。「3日に1冊の～で本を読む」按三天一本書的比率讀書。③比起，比。「年の～には元気だ」與年齡相比顯得有精神。「～のいい

仕事」比較好的工作。

割が合う 划算，划得來。

割に合う 合算；划算。划得來。

割を食う 吃虧；不划算。

わりあい◎【割合】 ①比例，比率。「1対2の～で混ぜる」按1比2的比例攙混。②（副）比較。「～元気だ」比較有精神。

わりあ・てる◎【割り当てる】（動下一）分配，分攤，分派。「仕事を～てる」分派工作。

わりいん◎【割り印】 騎縫章。「～を押す」蓋騎縫章。

わりがき◎【割り書き】 ｽﾙ ①分2行寫。②小注。③附加說明，副標題。

わりかし◎【割りかし】（副） 比較地。

わりかた◎【割り方】（副） 比較地。「～おもしろかった」比較有趣。

わりかん◎【割り勘】 分攤費用，均攤費用。「食事の費用を三人で～にした」決定三人均分飯錢。

わりき・る◎【割り切る】（動五） ①除盡，整除。「2は4を～・る」2整除4。②乾脆，果斷，簡單地下結論。「～・って考える」考慮問題乾脆明確。

わりき・れる◎【割り切れる】（動下一）①除盡，整除。②想得通。「～・れない気持ち」心裡想不通。

わりぐりいし◎【割り栗石】 碎石。

わりご◎【破り子・破り籠】 分格飯盒。

わりこみ◎【割り込み】 ①硬擠進，硬加入。②〔interrupt〕嵌入，插入，中斷。

わりこ・む◎【割り込む】（動五） ①擠進。「話に～・む」插話。②跌破。股票下跌到某價格之下。「大台を～・む」跌破100日圓。

わりざん◎【割り算】 ｽﾙ 除法。↔掛け算

わりした◎【割り下】 佐料汁。

わりぜりふ◎【割台詞】 合說的臺詞，對口臺詞。

わりだか◎【割高】 價格貴。「野菜は～になった」菜價偏高。↔割安

わりだ・す◎【割り出す】（動五） ①做除法求答案。②算出。「単価を～・す」算出單價。③推論，推斷。「犯人を～・

す」推斷出犯人。

わりちゅう◎【割り注・割り註】 行間小注，夾注。

わりつけ◎【割り付け】 ｽﾙ 版面設計。

わりつける◎【割り付ける】（動下一）①分攤。②設計版面。

わりと◎【割と】（副） 比較地。

わりな・い◎【理無い】（形） 親密無間，相親相愛，如膠似漆。「～・い仲」如膠似漆的一對。

わりに◎◎【割に】（副） 比較地。「この品物は～高かった」這個東西比較貴。

わりばし◎◎【割り箸】 免洗筷。

わりはん◎【割判】 騎縫印，騎縫章。

わりびき◎【割引】 ｽﾙ 打折扣，減價。「～券」折價券。「～セール」大拍賣。

わりび・く◎【割り引く】（動五） ①打折，減價，降價。②票據貼現。③低估。「話を～・いて聞く」聽來的話要打折扣。

わりひざ◎【割り膝】 端坐。

わりふ◎【割符】 ①符契，符板，對號牌。②成爲日後的證據的文書、物品。③對號符。

わりふだ◎【割札】 ①符板，對號牌。②折價票。

わりふ・る◎【割り振る】（動五） 分配，分派，分攤。「部屋を～・る」分配房間。

わりまえ◎【割り前】 分得的份，分攤額，配額。

わりまし◎【割り増し】 ｽﾙ 加價，溢價，增額。「～金」溢價金；額外酬金。

わりもど・す◎【割り戻す】（動五） 退還收取金額的一部分。

わりやす◎【割安】 價格便宜。「まとめて買うと～になる」合購比較便宜。↔割高

わる◎【悪】 壞蛋，壞人，惡棍。

わ・る【割る】（動五） ①分開，切開，割開，弄碎，弄壞。「薪を～・る」劈柴。「ガラスを～・る」打碎玻璃。②分，分成。「等分に～・る」分等分。③分攤，分配。「費用は5人で～・る」費用5人分攤。④除。「15を3で～・る」